本書爲 2021 年度國家社科基金特別委托項目
"《永樂大典》綜合研究、復原"（21@ZH046）階段成果

**国家出版基金项目**
NATIONAL PUBLICATION FOUNDATION

# 大典本宋代詩文文獻整理與研究

史廣超 著

河南大學出版社
HENAN UNIVERSITY PRESS
·鄭州·

# 圖書在版編目(CIP)數據

大典本宋代詩文文獻整理與研究 / 史廣超著.
--鄭州：河南大學出版社，2021.12
　ISBN 978-7-5649-4952-5

Ⅰ. ①大… Ⅱ. ①史… Ⅲ. ①宋詩-詩歌研究　②古典散文-文學研究-中國-宋代　Ⅳ. ①I207.22 ②I207.62

中國版本圖書館 CIP 數據核字(2021)第 272335 號

策劃編輯　楊國安
責任編輯　靳宇峰　諶洪波
責任校對　王　麗
封面設計　郭　燦

| 出　版 | 河南大學出版社 | | |
|---|---|---|---|
| | 地址：鄭州市鄭東新區商務外環中華大廈 2401 號 | 郵編：450046 | |
| | 電話：0371-86059701(營銷部) | 網址：hupress.henu.edu.cn | |
| 排　版 | 鄭州市今日文教印製有限公司 | | |
| 印　刷 | 河南瑞之光印刷股份有限公司 | | |
| 版　次 | 2021 年 12 月第 1 版 | 印　次 | 2021 年 12 月第 1 次印刷 |
| 開　本 | 787 mm×1092 mm　1/16 | 印　張 | 71 |
| 字　數 | 1728 千字 | 定　價 | 298.00 圓 |

（本書如有印裝質量問題，請與河南大學出版社營銷部聯繫調換。）

史廣超，男，1977年生，河南郟縣人。2003年畢業于河南大學唐詩研究室，獲中國古典文獻學碩士學位，2006年畢業于復旦大學中文系，獲中國古典文獻學博士學位，現爲鄭州航空工業管理學院教授。主要研究方向爲《永樂大典》及唐宋文學文獻。近年來，主持國家社科基金項目2項、教育部社科基金項目3項、河南省社科規劃項目1項，出版專著《永樂大典輯佚述稿》《自堂存稿輯校》，曾獲2009年度優秀古籍圖書二等獎，被評爲河南省高校青年骨幹教師、河南省高層次人才。

# 目　　錄

序　言 …………………………………………………… 陳尚君（ 1 ）
凡　例 ………………………………………………………………（ 1 ）
前　言 ………………………………………………………………（ 1 ）
　一、《永樂大典》的編纂與流傳 ………………………………（ 1 ）
　二、大典本宋代詩文輯佚研究述評 …………………………（ 4 ）
　三、大典本宋代詩文文獻研究思路 …………………………（ 7 ）

## 第一編　大典本宋詩文獻訂補

一、《全宋詩》大典本文獻訂補 …………………………………（ 3 ）
二、《全宋詩訂補》大典本文獻訂補 …………………………（307）
三、《全宋詩輯補》大典本文獻訂補 …………………………（319）
四、《全宋詩》《全宋詩訂補》《全宋詩輯補》未收作者大典本文獻輯補 …………（331）

## 第二編　大典本宋文文獻訂補

一、《全宋文》大典本文獻訂補 ………………………………（395）
二、《全宋文》未收作者大典本文獻輯補 ……………………（775）

## 第三編　大典本宋人別集現存版本標注

大典本宋人別集現存版本標注 ……………………………（1051）

本書主要參考文獻 …………………………………………（1086）
作者索引 ……………………………………………………（1092）

# 序　言

陳尚君

　　史廣超博士 2006 年在復旦大學博士畢業後回河南工作，三年後將學位論文增訂完成，結集爲《〈永樂大典〉輯佚述稿》，由中州古籍出版社出版。當時他囑我爲序，我介紹了他的選題的考慮過程、論文的寫作追求和完成文稿的創新見解，評價則儘量從簡。利用作序的機會，我較多地談到前代古籍輯佚的成就得失，以及古籍輯佚學在數碼時代的發展機緣。倏忽已經十二年，廣超在繁忙的教學工作之餘，始終没有放棄學術研究，在前著確定的研究框架下，持續關注以《永樂大典》爲中心的文獻輯佚與考訂工作，收穫頗豐。現在將有關宋代詩文補訂的部分整理成編，居然有一百五十萬字之多，是很重大的成果。他希望我寫一些文字弁於卷端，我現在專治有唐，近二三十年對宋代詩文文本研究關心甚少，雖知難以寫出新意，感佩於他的勤勉與努力，只能黽勉爲之。

　　上世紀八十年代以來，中國基本古籍編纂最重大的成果，無疑是北京大學編纂的《全宋詩》與四川大學編纂的《全宋文》。二書出版以後，我都曾寫過文字予以表彰。原因并非我對宋代詩文研究深入，僅僅因爲我曾做過《全唐詩補編》與《全唐文補編》，於有唐一代之詩文曾廣事搜輯與考訂，對彙聚一代文獻以備學人研究取資的工作，其基本方法、學術追求以及易致偏失，有刻髓切膚的感受。唐代詩文，因爲有清康熙、嘉慶二帝之倡議，早早編成了《全唐詩》九百卷與《全唐文》一千卷，學者享受二書彙聚文獻鉅大便利的同時，對二書所收缺漏、考訂誤失、録文闕訛、編次失序、小傳簡陋等等，也不免多有抱憾。繼起而作的補遺、考訂、糾失之類工作，代有其人。我的前述工作也只是接續前人、引領後學的接力工作之一環而已。前人説古書校勘如同掃落葉，看似已經處理論定了，隨着時間推移與新文獻發現，又會有許多意想不到的問題提出來。就《全唐文》來説，清人輯得 20005 篇，足備一代文獻。書成至今 200 多年，較集中的增補有陸心源所得 3000 多篇，拙輯得約 7000 篇，三秦本《全唐文補遺》得 5000 多篇，《唐代墓誌彙編》正續集得 5000 多篇，去其重複，新補唐文肯定已經超過 15000 篇，已發表而未及編輯者，估計還有 5000 篇。兩百多年間新見唐文數量幾乎與清輯《全唐文》規模相當，這是誰也没有想到的。可以因此指責清代編纂館臣失職嗎？當然不可以。文獻的發掘，學術的進步，考訂之精細，文本之精準，是兩百多年來逐漸完成的，積聚了無數學人的大量心力。理解於此，我迴看自己年輕時候的著作，雖然可以用學力不夠，且完成於前數碼時代來解釋，其中多有疏失，考訂未精，也皆心知肚明。對於有關學者之認真糾正，嚴肅賜教，甚至輕慢相譏，我都一律接受，很少回應，更不考慮還擊，原因皆在於此。

兩宋立國時間比唐長三十多年，但因時代更近，文化昌明，存世文獻之實際數量較唐代增加五倍以上。在沒有前人前期積纍的條件下，今賢編纂《全宋詩》《全宋文》，實在是一件極其繁複而又很難達到完善的工作。就此而言，兩書能夠編纂完成，實在應該慶賀。當然，二書存在問題，也顯而易見。就我所知，《全宋詩》最初劃定的普查與引用書目，即未求全備，在所用書之版本方面，也很難達到所有書都力求選用最好版本的要求。就具體操作過程來說，二書都曾組織較大規模的文獻普查，其中最主要辦法，是劃定主要書目後，分別就每一部書中所引詩文，逐篇作出卡片，然後按照詩文作者分別存檔，無論參與工作的主要承當單位編纂人員或是專稿外約人員，收到的是各書引用相關詩文的一堆卡片。除有專集者會調查存世版本外，群書所引詩文，只能根據普查綫索，部分復核原書，多數僅能間接根據抄錄文本寫定。爲保證全書完成，二書體例也必須考慮到實際的操作，比如《全宋詩》一般僅錄一本，多數僅錄原詩，對原據書中豐富的與該詩有關的記錄，只能割愛。《全宋文》的文獻調查很充分，各文下多備記來源，但未能做到一律入校，雖然浪費了可資參校的資源，但要完成這樣規模的大書，也屬無奈的選擇。如果理解二書編纂成於衆手，所涉作者與詩文皆以數萬數十萬計，編纂中的偶見誤失當可爲讀者所見諒。當然，糾訂與補遺仍是有必要的。《全宋詩》出版至今二十多年，已有陳新等《全宋詩訂補》、湯華泉《全宋詩輯補》和朱剛《宋代禪僧詩輯考》的刊布，廣超的本書可以說是第四次較具規模的補訂。《全宋文》至今未有專補，本書是首次較具規模的補訂。不久前獲悉《全宋詩》編纂團隊已經啓動全書增訂本的編纂，值得期待。

廣超本書，以《永樂大典》爲中心，兼采《全宋詩》《全宋文》未備之相關文獻，努力爲二部大書做出有意義的訂補與輯補，體例愷切，要言不煩，取資豐需，新揭詩文數量鉅大，是一部可與二部大書并行互參的新著。我初作翻閱，欣喜過望，真有日行山陰道上，美景目不暇接的感受。能取得這樣的成就，我以爲得力於廣超對《永樂大典》全部現存文本長期而持續深入的關注，也得力於對宋代基本存世文獻的深入調查。舉例來說，宋人文集到底有多少，至今雖有專考，但并未窮盡，而各集之存世文本也有很大差異，有時并非據一文本就可盡存該作者之詩文。對存世之《永樂大典》殘本，得見者廣超皆曾充分參取，對從《永樂大典》派衍出來的文獻，包括四庫開館時所輯諸書，四庫本之存世底本，《全唐文》編修時諸臣輯出書，以及清人以各種方式據《永樂大典》抄出之文獻，皆有所取資。從本書第三編《大典本宋人別集現存版本標注》來看，他對此用力甚勤，并不輕信一本。本書補充宋人書序爲數極多，也是因爲他披檢群書範圍甚廣，同樣情況我在做《全唐文補編》時也多曾遭遇。

本書體例，書首《凡例》已經有很清晰的交待，對此我很贊賞。全書其實即針對《全宋詩》《全宋文》二書作出校補，對《全宋詩訂補》《全宋詩輯補》也皆有所校訂，且均就前人已收作者與未收作者，分別補充文獻。其中諸書已收諸詩文，皆據《大典》等可靠文本作過補校,少者僅糾訂一二字,多者則糾訂近百處,凡此皆有話則長,無話則短,實事求是,點到即止。對諸書未輯詩文,則一一抄録。凡前人已有刊布者,皆作説明,不没其功。新見作者,則殿兩編之末,所得甚爲殷富。

在此可以介紹我所見一些特别珍貴的發現。南宋末詩人陳杰,《全宋詩》存詩五卷,本書則在充分查閲其集之文淵閣本、文津閣本、《豫章叢書》本、南京圖書館藏四庫館抄本及湖南省圖書館藏葉啓勛抄本後,發現其佚詩逾百首,大大豐富了其作品。閭苑自號風雅閑客,是徽宗時一位勤奮而不甚有名的詩人,《全宋詩》失收,本書則通過其生活年代的考定,爲他録出十首完詩和殘句四十多則,爲宋文學增加了一位詩人。趙孟奎編纂《分門纂類唐歌詩》,對唐詩保存貢獻甚大,其生平文獻相對較少,本書收其咸淳初在常州期間所作札狀三篇、記三篇,對瞭解他的仕宦和政績很重要。所補馬廷鸞《題注陶詩後》和《祭東澗先生湯文清公文》,所涉爲宋末湯漢刊注《陶靖節先生詩》四卷事,此本今存,二文則别無表見,對瞭解湯氏生平及注陶原委,皆可參考。

所録出詩文也有對宋代以前詩歌研究很有用的記録。如劉涇《石門洞文》載:"宋景平中,謝靈運守永嘉,蠟屐得石門洞,作詩,遂爲東吳第一勝事。梁天監中中書侍郎丘希範,唐大曆中,侍御史丘丹、刺史裴士淹繼作。唐末喪亂,洞廢不修。"其後經李堯俞、劉涇整修,復爲勝地,諸詩亦得保存。《大典》并録諸詩,得此文可知六朝以來此洞之沿革興廢與諸詩得存之始末。所録阮閲《郴江百詠序》提及沈佺期《望仙山》,爲今所不存之佚詩。所録胡如塤《月蝕詩書》《月蝕詩序》,知胡氏曾注唐盧仝《月蝕》長詩,且着力揭發此詩"專譏宦官",其説云"蓋蝦蟆以微物託於月,而爲月之害,正猶宦官以微類託於君,而爲君之害",是難得的議論,在宋人論詩中頗有識見。

稍閲本書,我有一些連帶的隨想,一并寫出。

四庫全書開館編修,緣起有二,一爲儒藏説,即編録四庫群書以與佛、道二藏并美,二爲據《大典》輯遺書之擴展。前者今人有别解,可以理解,後者則與四庫編修同時展開,最後寫定收入七閣之《大典》輯本,大約在五百種以上,宋元别集即達兩百種左右。今人編纂《全宋詩》《全宋文》,都曾充分利用這些輯本。雖然這些輯本由於《大典》原書大多不存,具備惟一來源之價值,但其誤收諱改之嚴重,也達到了令人發指的程度。就今日之學術條件,雖然無法完全恢復各集《大典》原文之面貌,但努力盡最大可能地追求還原原書之面貌,應該是學者務必致力的方向。其中最好是原書可以找到,比如辛文房《唐才子傳》十卷,日本有存,四庫本僅剩參校本之價值,其缺誤可以忽略。另一種情況是諱改前的四庫底本尚存,可據以恢復諱改前的面貌。如湖南省圖書館存《續資治通鑒長編》的四庫底本,可據以恢復被館臣諱改的文本,很是幸運。《舊五代史》四庫輯本諱改嚴重,陳垣先生早經揭發,可惜没有機會找到初本,早期的幾種抄本稍可彌補一些缺憾,輯録所據之《永樂大典》畢竟僅存少數幾卷,可資參考的《册府元龜》僅能作部分迴改。對此,前人與筆者都已作過努力。特別應該關注的是宋刊原本雖然不存,但有部分殘本留存者。如宋祁《景文集》，日本宫内廳書陵部存南宋麻沙本三十二卷，《佚存叢書》曾予收入，然今人整理宋詩，仍以四庫本爲主，以其存詩較多，而以《佚存叢書》本酌補。就保存宋祁詩原貌來説，當然應該先取麻沙本，麻沙本没有者再據四庫本增補，庶幾能夠最大程度地恢復作者詩作原貌。類似情況還有鄧名世《古今姓氏書辨證》，四庫輯本出，清人方得見宋刊殘本十七卷，可貴的是全書目録具在，北朝胡姓也大多保持原文，可惜今人整理本没有能夠重新加以輯録。

上述情況，涉及古籍整理規範與變通的基本學理。多數學者傾向遵循規範，不願輕加改造，所慮可以理解。然而考慮到明清兩代的通行本，如《搜神記》之參雜諸書以成編，《唐會要》之多取他書以拼成完本，就現代學術之精益求精來説，都有重新校定的必要。何況四庫本迫於當時的學術環境，肆無忌憚地篡改宋人原文，前人揭發尤多，本書所揭員興宗《西陲筆略》與《紹興采石大戰始末》二文四庫本之大量諱改與删節，實在可説是觸目驚心，希望學者對此能有充分共識。

廣超歷時十多年，細心爬梳，認真校訂，全書珍貴稀見文獻甚多，我難以完全體會，僅就所知寫出，聊以爲序，不盡不妥處請廣超與讀者見諒。

2021 年 12 月 4 日於上海

# 凡　例

一、本書是以現在各種形態的"《永樂大典》本"文獻爲主,以《全宋詩》《全宋詩訂補》《全宋詩輯補》《全宋文》爲底本所作的校訂輯佚。

二、底本已收作者作品,作品訛誤者予以校勘,標以"校訂";作品遺漏者重爲補録,標以"輯補"。

三、底本未收作者,略述字里、科第、仕歷、著作等,列爲小傳,并輯佚其作品。

四、校訂部分以異文彙録、重出誤收作品考辨爲主,間及作者小傳、作品本事補正。

五、新輯作品以"《永樂大典》本"文獻爲主,求全求備;目力所及其他文獻亦補録於後。學界散見輯佚成果,多校勘重録,并注明學人姓名。

六、底本已收作者作品依據原書次第爲順序,并在作品篇目下注明底本頁碼。

七、作品校訂及新輯時,均附相應作品考辨信息,難以在正文表述者,均附相應作品末,用"按"字標識;若前人所涉文集整理成果,在正文難以表述者,列於相應作者條目末,以"附"字標識。

八、底本未收作者作品編次,姓名可考者在前,無名氏在後,均略以作者所撰作品時間爲順序。

九、新輯作品及新撰作者小傳皆注明文獻出處,儘量注引較早文獻。

一〇、新輯作品一般以首注出處爲底本,間有文字校勘,均隨句注,用圓括號標識。

一一、新輯作品之題目,儘可能保持原狀。原出處無題者,均據文意擬題,不另説明。

一二、新輯作品篇題下,間有原注撰文時間者,保持原狀。原未注明,但撰文時間可考者,徑注題下,不另説明。

一三、各詩文中之缺字,凡缺字較少者,用方框代替缺文;凡缺字較多,或不知所缺字數者,則用文字説明缺字情況。法書作品,少量難以辨識之字,用方框標示。

一四、凡宋後避諱字及習見之形誤字,皆徑改爲正體字,不作説明。其餘俗寫、異寫字,改爲通用規範字,亦不作説明。

一五、録文以新式標點詳加斷句,缺文太多及文意不可解處,暫不點斷。

一六、所用文獻在首見處列明撰者、書名及版本,再見者一般不標版本。書名間用簡稱:《永樂大典》簡稱《大典》、《全宋詩訂補》簡稱《訂補》、《全宋詩輯補》簡稱《輯補》、《聖宋名賢五百家播芳大全文粹》簡稱《播芳》、《建炎以來繫年要録》簡稱《繫年要録》、《續資治通鑒長編》簡稱《長編》、《四庫全書珍本別集》簡稱《珍本》。

一七、"《永樂大典》本"宋人別集現存版本統計多據目睹原本記録,間有輾轉抄録諸目録書者,不另説明。

一八、全書首僅列類目目録,書末附作者姓名四角號碼索引。

# 前　言

## 一、《永樂大典》的編纂與流傳

永樂元年(1403)七月，以"靖難"之名登極的明成祖朱棣，爲彰顯文治，收籠人心，決定編纂一部大型類書。翰林侍讀學士解縉等召集一百四十七人，僅用時一年四個月，纂成《文獻大成》。因編纂匆遽，内容簡約，多有缺略，成祖御覽後，認爲"所纂尚多未備"，復命重修。永樂三年，由重臣太子少保姚廣孝、刑部侍郎劉季篪及解縉總之，召集朝野文士、宿學老儒及名僧高道約三千人，分别擔任纂修、編寫、看詳、校正、謄録、繪圖、圈點等工作，開館於南京文淵閣，進行纂修。永樂六年十二月，全書寫定，姚廣孝等奉表進呈。是編通帙凡二萬二千八百七十七卷，另有凡例并目録六十卷，共一萬一千九十五册。成祖審閱後非常滿意，"包括宇宙之廣大，統會古今之異同。巨細精粗，粲然明備。其餘雜家之言，亦皆得以附見"①，親製序文以冠之，賜名爲《永樂大典》(下文簡稱《大典》)。皇皇巨製，於焉告蒇。

《大典》編纂告竣後，清抄一部，是爲《大典》之正本，或稱永樂抄本，藏南京文淵閣。未幾，成祖擬復寫一部，作刊刻之用，旋以工費浩繁而罷。永樂十九年，北京新宫建成，遷都北京，《大典》亦隨之移貯北京文樓。此後，歷經仁、宣、英、代、憲、孝、武宗諸朝，無有變革。至嘉靖帝，雅愛是書，常置御案，并於嘉靖二十一年(1542)下令重録，因事未果。至三十六年，大内回禄，殃及文樓。世宗聞變，亟命挪救，《大典》方得以保全，移貯史館。且以備無虞，於四十一年八月命重録一部，貯之他所。歷經六載，至穆宗隆慶元年(1567)始竣工，藏皇史宬。斯爲《大典》之副本，或稱嘉靖抄本。副本與正本的格式、裝幀完全一致。重録之後，正本仍歸藏宫内，張岱曾在胡敬辰家見其竊出正本三十餘册。正本其後下落，史無明載，或已毁於明末之戰火。②

終明之世，《大典》副本一直藏於皇史宬。至雍正朝，因藏《聖祖仁皇帝實録》之需要，移貯翰林院。三禮館時，部分《大典》陸續借出，供纂修官查閲。李紱《纂修三禮事宜》云：

---

① 解縉等：《永樂大典》册一〇《永樂大典目録》卷首《明成祖文皇帝御製〈永樂大典〉序》，中華書局，1986。

② 關於《大典》正本下落，張忱石首倡殉葬嘉靖帝之説，後欒貴明力主之。然此説當不確。另有萬曆焚毁、明末焚毁二説。其中明末焚毁説最爲可信。具體參見《圖書館建設》2003年第1期載張昇《永樂大典正本的流傳》及張昇《永樂大典流傳與輯佚研究》。

"查翰林院領書時,照目查收,原少一千一百四十八本。"①時爲乾隆元年,副本已大量遺失,且有記載《大典》存缺卷次的詳細目録。乾隆朝開四庫館,對《大典》清查。三十八年(1773)二月初十日,軍機大臣奏稱:"臣等查《永樂大典》原書共一萬一千餘本,今現序(存)九千餘本。"②此次未能詳檢,僅知《大典》存九千餘本。館臣懷疑散佚之《大典》,是在康熙年間修書時,爲總裁官等取出查閲而未繳回。故派員於徐乾學、王鴻緒、高士奇等家訪問。但未能尋回原本。乾隆五十九年,《四庫全書》編纂完竣後,又對《大典》作了普查。軍機大臣於十月十七日奏云:"原書共二萬二千九百三十七卷,除原缺二千四百四卷,實存二萬四百七十三卷,共九千八百八十一本外,有目録六十卷。"③在《四庫全書》編纂之初,對《大典》管理不善,以致乾隆三十九年六月,館臣黄壽齡私攜《大典》出外而遺失。後尋回,高宗加强了《大典》的管理,規定館臣不得私攜出翰林院。故《大典》在《四庫全書》編纂過程中應保存完好。第二次統計之結果應爲四庫館時《大典》存貯之情形。至嘉慶二十年(1815)重新普查,許乃濟記録普查結果,云:"《永樂大典》只有一部,現存翰林衙門敬一亭。原書共二萬二千九百卅七卷,内有《目録》六十卷。除原缺二千四百四卷,實存二萬四百七十三卷,共九千八百八十一册。嘉慶乙亥夏偕同清秘堂諸友重加編查……是年六月十七日仁和許乃濟謹識。"④統計結論與乾隆五十九年一致。乾隆五十九年的統計目録現存,名《永樂大典存目》(又稱《永樂大典點存目録》),抄本,凡一册,鈐有翰林院印。民國間入藏北平圖書館,袁同禮將其刊入《國立北平圖書館館刊》第六卷第一期。原書現藏臺北故宫博物院,國家圖書館(下文簡稱"國圖")藏有此抄本膠片。⑤ 上海圖書館(下文簡稱"上圖")藏有另一詳注《大典》存缺之目録,題《永樂大典目録》,抄本,不分卷,首行頂格"大明《永樂大典》",次行頂格云:"《永樂大典》一書,以庚子拳匪亂付之一炬,在吾國文化上之損失,堪稱秦火後一大厄也。江陰繆氏筱珊治金石學,喜收藏。曾著有《永樂大典考》,於是書源流可見梗概,兹節録焉……嘉賓抄。"言及繆荃孫《永樂大典考》。繆氏此文撰於光緒三十四年(1908),可知此抄本應爲名"嘉賓"者抄録於1908年之後。據張升先生考證,國圖藏《永樂大典存目》膠片顯示,原抄本有一些粘簽,分舊簽和新簽兩種,反映了嘉慶二十年以後一段時期《大典》存缺卷數的變化。《北平北海圖書館館刊》刊本和上圖藏《永樂大典目録》就是根據簽改後《永樂大典存目》而録,拙著《永樂大典輯佚述稿》亦曾校勘二目,列爲詳表,⑥可參看。

　　至嘉慶朝修《全唐文》時,《大典》存缺一如乾隆之世。嘉、道以降,國勢日衰,吏治腐敗,朝廷對《大典》的管理也日趨鬆懈。一些翰林院官員如文廷式之輩,進出翰林院時,乘機偷竊。光緒元年(1875)重修翰林院時,朝廷派員清點《大典》,所存已不及五千册。雖嚴

---

① 李紱:《穆堂别集》卷四九,《續修四庫全書》影印道光十一年刻本,見《續修四庫全書》第1422册。
② 中國第一歷史檔案館編:《纂修四庫全書檔案》,上海古籍出版社,1997,第56頁。
③ 中國第一歷史檔案館編:《纂修四庫全書檔案》,第2372頁。
④ 傅增湘:《藏園群書經眼録》卷一○《御製校永樂大典詩并紀事一册》,中華書局,1983,第855頁。
⑤ 張升:《永樂大典流傳與輯佚新考》,社會科學文獻出版社,2019,第44—53頁。
⑥ 史廣超:《永樂大典輯佚述稿》,中州古籍出版社,2009。

刑拷問守吏,至有斃命者,亦無從查明失書去向。光緒十二年,繆荃孫入敬一亭查閲過《大典》九百餘册。至光緒二十年翁同龢入翰林院點檢《大典》,僅存八百餘册矣。光緒二十六年,翰林院所在地成爲戰區,翰林院被焚,使館官員、侵略官兵及清廷官吏又乘機明搶暗偷,致翰林院失去《大典》六百零七本。① 光緒二十七年,英使館交回三百三十册。其後,重聚的《大典》殘本屢有遺失。至宣統元年(1909)清點翰林院所藏《大典》,僅存六十四册,移貯掌院學士陸潤庠私邸。至民國元年(1912),始由政府索回,交存教育部圖書室。嗣以京師圖書館成立,教育部留存四册,以六十册移交該館。②

歷過諸劫,幸存之《大典》流散到世界諸地。嗜古之士,重金購求,開始了《大典》殘本尋訪影印的工作。民國五年,上海商務印書館將所藏《大典》卷四八五、卷四八六《忠傳》一册刊印,開影印《大典》之先河。繼之,民國六年,羅振玉把其於東瀛所得卷一四六二八、卷一四六二九"部"字韵兩卷,刊入《吉石盦叢書》。民國十五年,傅增湘將所藏卷二六一〇、卷二六一一"臺"字韵一册仿原本影印。民國十八年,周子美借得嘉業堂劉承幹所藏卷七五四三"剛"字韵影印。此後,北平圖書館及日本東洋文庫等亦有刊印之舉。然所刊均限於所藏所見,缺乏全面性。

大規模影印《大典》的基礎是對其下落的細緻調查。袁同禮及日本學者岩井大慧在此方面作了大量工作。北京中華書局籌畫影印《大典》時,亦聘目録學家王重民詳加調查,在前人基礎上更上一層樓,共訪得七百三十卷,於1960年影印編爲二十函二百零二册。此爲《大典》第一次大規模刊印。1962年,我國臺灣地區世界書局出版了楊家駱主編的《大典》精裝本一百册,在中華書局影印本基礎上,增加十二卷,凡七百四十二卷。20世紀80年代中期,海峽兩岸出版社又幾乎同時推出了《大典》。臺灣大化書局於1985年出版了重編本《大典》,共收七百五十四卷。1982年中華書局續印本共收六十七卷及零葉五葉,仍爲兩色套印綫裝,共二函二十册;1986年又將這六十七卷與原先的七百三十卷,合二爲一,加上楊尚文刊入《連筠簃叢書》的《永樂大典目録》六十卷,出版了十册十六開精裝本。2003年8月,上海辭書出版社將現藏於美國、日本、英國、愛爾蘭等國的十七卷《大典》套印出版。③ 其中十六卷乃首次公諸學人,另外一卷,1960年中華書局影印本雖已收入,但有缺葉,此次覓得全帙,重新影印。2012年,中華書局又將此新發現十六卷與第二次所刊十册本合并,影印出版《大典》爲十一册。④ 2009年,新發現卷二二七二至卷二二七四共三卷一册,入藏國圖,2014年國家圖書館出版社據以影印。⑤ 2016年,國家圖書館出版社又將新發現美國亨廷頓圖書館所藏二卷影印出版。⑥ 今天,學術界所能看到的《大典》影印本共八百一十八卷。2020年,新發現《大典》卷二二六八、二二六九"湖"字,卷七三九一、七三九二"喪"字共四卷二册。我們相信,隨着調查工作的不斷深入,《大典》現存總數

---

① 鄧之誠:《骨董瑣記全編·骨董瑣記》卷四"庚子所失法物圖書",北京出版社,1996,第113頁。
② 關於《大典》副本之流散,可參看張升《永樂大典副本流散史》《永樂大典流傳與輯佚研究》《永樂大典流傳與輯佚新考》。
③ 《海外新發現永樂大典十七卷》,上海辭書出版社,2003。
④ 解縉等:《永樂大典》,中華書局,2012。
⑤ 《永樂大典卷2272－2274》,國家圖書館出版社,2014。
⑥ 《永樂大典卷一〇二七〇－一〇二七一》,國家圖書館出版社,2016。

一定還會略有所增加。這些《大典》殘卷的發現、影印,爲中外學者研究《大典》提供了極大的便利。

## 二、大典本宋代詩文輯佚研究述評

《大典》規模龐大,卷帙宏富。是書編纂之初,成祖制定了氣勢宏偉的編撰宗旨,云:"凡書契以來經史子集百家之書,至於天文、地志、陰陽、醫卜、僧道、技藝之言,備輯爲一書,毋厭浩繁。"①"用韻以統字,用字以繫事,凡天文、地理、人倫、國統、道德、政治、制度、名物,以至奇聞異見,廋詞逸事,悉皆隨字收載。"②其所據以纂修之資料,乃奠基於五代十國、宋、遼、金、元諸朝之中秘藏書,并儒臣所購求之天下遺籍。且一反此前類書偏重儒家經典、史書文集之做法,天文地理、陰陽醫卜、僧道技藝、詞曲戲文等內容亦無不搜羅無遺。故奧籍秘典,往往而有,"元以前佚文秘典,世所不傳者,轉賴其全部、全篇收入"③,成爲保存明初以前文獻的淵藪。纂成迄今,已逾六百年,學者逐漸認識到此書之價值,并對其進行充分的研究與利用。

就筆者所見,最早自《大典》輯錄宋代詩文文獻者是明代張四維。張四維(1526—1585),字子維,號鳳磐,蒲州(今山西永濟)人。嘉靖三十二年(1553)第進士。萬曆三年(1575),由張居正引薦,以禮部尚書兼東閣大學士入贊機務。張居正當政,事無異議。及張居正死,進內閣首輔,乃力反前政。十一年(1583)丁憂歸。著有《條麓堂集》三十四卷。④ 張四維在明世宗重録《大典》時,參與其中,任職分校官。利用此機會,他從《大典》輯出佚書兩種:《折獄龜鑒》及《名公書判清明集》。此兩書爲現存最早的大典本輯佚書,屬子部法家類,皆編録歷史上有關決疑斷獄的案例。判詞多出名家之手,多爲其本集失載。《全宋文》編録時,於此多有取資。從此意義上講,張四維雖無意於宋代詩文,輯佚成果亦有限,缺少成熟的輯佚思想,隨見隨録,然作爲自《大典》輯録宋代詩文第一人,開創之功,不可沒也。

繼張四維而起者,乃清初全祖望。乾隆十三年(1735),李紱借觀《大典》,全祖望得以寓目,約與李氏抄其中秘笈。全祖望(1705—1755),字紹衣(亦作裔),小字阿補、補兒,號謝山,自署鮚埼亭長、雙韭氏、雙韭山民、孤山社小泉翁、句曲山人,學者稱謝山先生,浙江鄞縣(今寧波市)人。清代浙東學派代表人物,傑出的史學家,尤悉南明史事,素以氣節自勵。其主要著作有《鮚埼亭集》内外編、《詩集》《句餘土音》《經史問答》《漢書地理志稽疑》等。他從四十二歲起續修黃宗羲《宋元學案》,四十五歲起七校《水經注》,三箋《困學紀聞》,均爲我國學術史之重大貢獻。⑤ 全氏自《大典》所抄佚書甚夥,其中有宋人文集三種:

---

① 《明太宗實錄》卷二一"永樂元年秋七月丙子",臺灣"中央研究院歷史語言研究所"影校本。
② 解縉等:《永樂大典》第十冊卷首《永樂大典凡例》。
③ 永瑢等:《四庫全書總目》卷一三七,中華書局,1995,第1165頁。
④ 張四維:《條麓堂集》卷三四附王錫爵《張文毅公墓表》,影印明萬曆二十三年張泰徵刻本,見《續修四庫全書》第1351冊。
⑤ 朱鑄禹彙校集注:《全祖望集彙校集注·鮚埼亭集内編》卷首董秉純編《全謝山年譜》,上海古籍出版社,2000。

劉敞《公是先生文鈔》、唐仲友《唐説齋文鈔》、袁燮袁甫《二袁先生文鈔》。另有《永樂寧波府志》一種，亦當載有宋人詩文文獻。遺憾的是，上述四種輯本今皆不存。全氏之輯佚，亦屬隨見隨録，然其與李紱一起，勸説纂修三《禮》諸公，抄《大典》宋元諸家《禮》説，在當日學界形成研讀《大典》之風氣，并爲其後四庫館大規模輯録佚書創造了輿論基礎。

高宗雲掃天下之餘，稽古右文，聿資治理，擬如佛道二宗，成儒學大藏，網羅前人文獻於一編，纂集《四庫全書》，乃廣開獻書之路，發中秘之藏，妙選通才，特開四庫館，在政府組織下，從《大典》輯録大量唐、宋、元、明等時期的文獻。由是古本、善本沉晦千百年者，至此頓復舊觀，復現於世。浙本《四庫全書總目》署大典本宋人別集者即有一百三十種，有四種浙本《四庫全書總目》列爲元人、二種四庫館輯佚而《四庫全書》未録的大典本宋集，亦爲今人編宋代詩文總集收録；宋人總集五種；其他經史子等部著作亦多載有宋人詩文。此爲清人官方系統整理宋集的最大成就。

四庫館後，《大典》的面目和價值大顯於世。但因其皮藏於翰林院，大多學者無從得見，僅能心慕而已。至嘉慶十三年（1808），全唐文館開，《大典》始又一次被廣泛利用。阮元輯《紹熙儀徵志》《嘉定真州志》，徐松輯《宋會要》《中興禮書》《中興禮書續編》《僞齊録》，胡敬輯《淳祐臨安志》，孫爾准法式善合輯《尤延之集》，法式善輯《斜川集》《稼軒集鈔存》，均爲關涉宋人詩文者。

全唐文館之後，大規模的《大典》輯佚活動已經結束了。然學人對《大典》更加重視，視之若珍寶，凡可見數卷零頁皆爲輯佚之資料。張穆、繆荃孫、文廷式等繼有輯佚之作。其中繆荃孫輯《蘇潁濱年表》《中興戰功録》《中興行在雜買務雜賣場提轄官題名》《中興東宫官寮題名》《曾公遺録》《順天府志》《瀘州志》，文廷式輯《知過軒隨録》，傅增湘輯《宋代蜀文輯存》①等，均爲宋人詩文之淵藪。北京圖書館善本組更是在趙萬里的帶領下，對所見《大典》中宋代詩文文獻進行了全面的抄録。欒貴明編纂《永樂大典索引》過程中，亦有大量宋人詩文輯佚成果。至《全宋詩》②、《全宋文》③、《全宋詩訂補》（下文簡稱《訂補》）④、《全宋詩輯補》（下文簡稱《輯補》）⑤，大典本宋代詩文輯録集前代之大成，更有大量新發現。此時期《大典》輯佚成果甚豐⑥，只不過《大典》日益亡佚，輯佚所據《大典》非常有限，但形成了科學的輯佚觀念，積纍了大量亡佚文獻查尋、復證、整序、復原的方法，成爲《大典》輯佚的典範。

大典本宋代詩文輯佚研究，是作爲《大典》輯佚研究的一部分存在的。學者在利用《大典》校録文獻，纂輯佚書之餘，有意識利用其考證文獻的時代、作者等。至道光間，徐松利用《大典》中方志文獻研究和考證唐代科舉及唐代兩京的情況，拓展了《大典》的利用範疇。清末以降，在傳統地利用《大典》外，《大典》編纂流傳的研究得到學者重視，并形成了一系

---

① 傅增湘：《宋代蜀文輯存》，北京圖書館出版社，2005。
② 北京大學古文獻研究所編：《全宋詩》，北京大學出版社，1995。
③ 曾棗莊、劉琳主編：《全宋文》，上海辭書出版社，2006。
④ 陳新等：《全宋詩訂補》，大象出版社，2005。
⑤ 湯華泉：《全宋詩輯補》，黄山書社，2016。
⑥ 此時期輯佚成果具見拙著《永樂大典輯佚述稿》附録七《全唐文館後大典輯佚書目》。

列研究論文。1949年至今,隨着《大典》殘本的調查和公布,特别是各種影印本的出現,《大典》的研究範疇更加寬廣,研究成果也異常豐富,學界有專門統計:顧力仁《永樂大典及其輯佚書研究之資料與論文索引并提要》①、李小文、張志清《永樂大典研究論文論著分類索引》②,張升《永樂大典研究資料及論著索引》等三家。③ 據此統計數據,研究涉及《大典》編纂流傳、殘卷訪求、專科研究、書目索引、校讎輯佚數端。就校讎輯佚一途而言,其中最盛者乃宋代詩文文獻的搜集、整理與研究,涉及以下六端:

（一）輯佚過程研究。陳智超《解開〈宋會要〉之謎》④、陳尚君《舊五代史新輯會證》⑤、張升《〈四庫〉館簽佚書單考》⑥等考索大典本文獻從原本到《大典》,再到輯本的流變,還原了輯佚程式和方法,爲解剖具體輯佚書樹立了典範,提供了方法論上的指導。此項研究尚可通過發掘四庫館和全唐文館纂修檔案、簽書單、輯佚草本稿本、館臣文集、《永樂大典目錄》及《大典》殘卷等,詳細勾勒《大典》收録詩文文獻的特殊體例及《大典》散佚較少時四庫館、全唐文館輯録詩文文獻的特殊程式。基於此探究這些特殊"基因"對詩文輯佚優劣的影響。

（二）版本目録編纂研究。大典本宋代詩文文獻中别集目録的編纂成果多散見於群書題跋及單篇論文。系統研究最著者《增訂四庫簡明目録標注》《藏園訂補邵亭知見傳本書目》羅列所睹版本名目;《現存宋人别集版本目録》⑦《中國古籍總目》⑧據圖書館收藏目録普查現存版本及藏地;祝尚書《宋人别集叙録》⑨爬梳集子結集及早期流布,間及現存版本源流考察。上述數據雖并非全以目驗版本爲據,著録也留有一個版本條目包含不同版本、未能深究各版本異同等缺憾,但具體版本和藏地資訊,爲全面調查、搜集版本、比勘異同提供了綫索。此項研究之趨勢是竭澤而漁地搜集大典本宋人别集的現存版本,目驗并比勘諸版本的異同,探尋版本間的流變規律,判定各版本的精粗價值。

（三）文本校勘研究。勞格和傅增湘較早留意到《四庫全書》中大典本宋代别集的文字校勘問題,其後宋集個案整理多有涉及,至《全宋詩》《全宋文》編纂時系統展開。這些研究重視散佚前存世舊刻本、《大典》殘卷、館臣輯録稿本等原始文獻,開拓了大典本宋代詩文整理的思路。但若《大典》殘卷所存宋代詩文所出别集尚有舊本流傳,或已經前人輯録,兩部詩文總集部分編者因編纂體例及時間所限,未能顧及現存《大典》原文。實際上,學人特别是清人輯録文獻時,對《大典》原文進行了有意改動,轉録時無意間在文字、出處記載等方面也造成了大量脱訛衍倒。此項研究可詳校《大典》殘卷,備録可靠異文,在此基礎上總

---

① 顧力仁:《永樂大典及其輯佚書研究·附録一》,私立東吳大學、中國學術著作獎助委員會,1985,第513—628頁。
② 《文津流觴》第四期,中國國家圖書館網站電子版。
③ 張升:《永樂大典研究資料輯刊·附録二》,北京圖書館出版社,2005,第1009—1023頁。
④ 陳智超:《解開〈宋會要〉之謎》,社會科學文獻出版社,1995。
⑤ 陳尚君:《舊五代史新輯會證》,復旦大學出版社,2005。
⑥ 張升:《〈四庫〉館簽佚書單考》,《中國典籍與文化》2006年第3期。
⑦ 劉琳、沈治宏:《現存宋人别集版本目録》,巴蜀書社,1995。
⑧ 《中國古籍總目》,中華書局,2012。
⑨ 祝尚書:《宋人别集叙録》,中華書局,2020。

結大典本宋代詩文文獻形成過程中的綴合改寫規律,指導類似文獻的整理。

(四)補遺研究。鮑廷博、葉廷琯補《畫墁集》,勞格《讀書雜識》①補31種四庫館大典本,傅增湘校諸四庫館稿本,欒貴明遍校四庫館別集輯本②,楊訥等以文津閣《四庫全書》補文淵閣本宋代別集輯本正文遺漏者51種③,《全宋詩》《全宋文》編纂時亦著力於此,2003年上海辭書出版社發布《大典》殘卷,方健、卞東波、金程宇等亦有補遺之作。這些補遺成果豐碩,且所據文獻揭示了大典本宋代詩文補遺的特殊文獻範圍。其缺憾是未能充分利用清人輯佚過程中相關文獻,考索輯本并未散佚原本、新見《大典》殘卷、四庫館稿本、錄副本、文溯閣文瀾閣本《四庫全書》等來輯錄散佚詩文。

(五)辨僞研究。較早關注於此的是清人盧文弨,後勞格《讀書雜識》考辨了45種大典本宋代別集重出誤收詩文,繆荃孫、錢鍾書亦有少量辨析成果,兩部宋代詩文總集繼有發明。但未能對大典本宋代詩文進行全方位檢索考辨,且勞格、錢鍾書等成果未被充分吸納。研究可利用現代檢索手段搜羅重出誤收篇目,判定其歸屬,并在此基礎上總結大典本宋代詩文重出誤收的特殊規律。

(六)《大典》殘卷內容索引研究。《大典》引用書目及索引整理者,劉承幹《永樂大典殘卷目錄》《嘉業堂所藏永樂大典引用書目》肇其端,嗣後作者衆多。至欒貴明及日人衣川强《永樂大典索引》則達極致。此後學人爲省翻檢之勞,多據之按圖索驥。但兩種索引編排方法、條目數量、條目時代及作者判定存在差異,間有條目遺漏、作者時代未判或判定失誤等遺憾,導致據之輯佚出現脫漏和訛誤。在使用索引稽考宋代詩文時,不能把研究範圍限於索引所列條目,應持謹慎態度,最好通讀全卷,再作判斷。

學界對大典本宋代詩文文獻的研究在上述六個方面進行了深入探索和開拓性研究,提出了不少有價值的觀點和判斷,但也存在明顯不足。一是關涉文獻發掘不徹底,局限於特定作家的特定版本。二是類型化研究不夠,未能把大典本詩文文獻特定"基因"和具體文獻研究緊密結合。從整體上看,對大典本宋代詩文文獻的研究尚不充分,這是一個有待開拓的領域。

## 三、大典本宋代詩文文獻研究思路

大典本宋代詩文文獻研究內容概有以下數端:一是四庫館、全唐文館據《大典》輯錄的一百餘種宋人別集,今人所編兩種宋代詩文總集據《大典》殘卷所輯其他宋代文獻。二是現存《大典》中殘存宋代詩文文獻,包括《大典》影印本八百一十八卷,新發現《大典》殘卷;上圖藏抄大典本《常州府志》十九卷。三是清人所輯其他四部大典本輯佚書中宋代詩文文獻。

在全面掌握各種存在形態大典本宋代詩文文獻及前人相關研究論著前提下,基於大典本詩文文獻區別於其他宋人文獻的"基因",本書擬在文字校勘、篇目補遺、僞文考辨三

---

① 勞格:《讀書雜識》,影印清光緒四年刻本,見《續修四庫全書》第1163册。
② 欒貴明:《四庫輯本別集拾遺》,中華書局,1983。
③ 楊訥、李曉明:《文淵閣四庫全書補遺》,北京圖書館出版社,1997。

個方面展開工作。其基本思路如下。

（一）探索大典本詩文文獻的"基因"。

現存《大典》爲重録本，其中所存文獻，經過了從底本到《大典》正本的改寫，從正本到副本的反復抄録，存在一些特殊規律，影響輯佚的效果。

1.《大典》收載文獻的特殊體例，對輯録佚文有重要影響。

《大典》收録宋代詩文文獻，有三種狀態。一是集中收録。將某類詩文集中收録於連續卷次，如卷一九九〇二至卷一九九〇八所載《四六膏馥》，卷八九二至卷八九九所載"宋詩"。二是散存某種著作内。如卷七八八九至卷七八九五"汀州府"引地志中多有宋人詩文。三是詩文集被割裂分散，各篇依篇題所重之字詞，收録在各韵字下，如吕南公《灌園集·石陂寨新置軍儲倉記》即載於《大典》卷七五一六"倉"字"軍儲倉"下，而《灌園集·東齋六銘》載於《大典》卷八二六九"銘"字"東齋六銘"下。第三種是宋代詩文文獻在《大典》中的主要存在狀態。《大典》編者一般在各篇詩文題上繫以該文作者名氏、集名等，并以硃色標識，以示歸屬。連續收録同一作者多篇詩文則僅在首篇前標識，其他各篇前空格以示明晰。

《大典》抄録時，有不標作者名，僅標集名者，易與同集名者混淆；若集名不爲世人熟知，則易失收。文淵閣本張嵲《紫微集》卷二九《代張帥謝太師除敷學啓》，又見《大典》卷九一七，署出處爲《王紫微先生集》。《大典》現存殘卷引録《王紫微先生集》者共有三條，與張嵲時代生平不合。《王紫微先生集》不是《張紫微先生集》之誤，作者另有其人。四庫館臣誤以《王紫微先生集》爲《張紫微先生集》，故輯録於張嵲名下。現存《大典》引録《瀛洲集》者五處，四庫館臣不知此集作者爲王邁，其所輯《臞軒集》全部失收相應文字。

有僅標作者名，而不標集名者，易與同名作者相混。《全宋詩》册六〇頁三七九三六"陳鑄字鼎臣"録有句一則，輯自《大典》卷七八九一引《臨汀志》。檢《大典》原卷，詩前有"嘉泰間，郡守陳公鑄詩云"。此陳鑄，嘉泰四年（1204）知汀州，而字鼎臣之陳鑄，寶慶二年（1226）始第進士。則此句顯非此陳鑄所作。編者因二人同名而誤輯。

有僅標作者名者，易誤斷入篇題而與其上作者文相混。文淵閣本劉攽《彭城集》卷二〇《王安石可三司户部副使張燾可兵部郎中制》，重見《宋集珍本叢刊》本影印宋紹興刻元明遞修本王安石《臨川先生文集》卷五〇《三司户部副使張燾兵部郎中制》。王安石未曾任職三司户部副使，與該文不符。該文作者應是王安石，其在《大典》中應前接劉攽文，且僅題作者名，館臣誤以"王安石"三字屬篇題而誤録。

若作者名兼集名均不標，易與其上所引文混爲同一作者。劉跂《學易集》卷六載《歲寒堂記》，文中有"先大父焕章幼孤力學……鄉先生默成潘公一見奇之"之語，與劉跂生平不合，該文非劉跂作。而王柏經歷皆與此篇《歲寒堂記》所述相符，文爲王柏作。劉跂名下《歲寒堂記》共兩篇，此爲第二篇。該文之誤收，當是《大典》録劉跂與王柏文於"堂"字"歲寒堂"條下，前後相接，且後篇未標識作者名及集名，四庫館臣蒙上而誤輯。

2.《大典》作爲抄本文獻，魯魚亥豕之誤，在所難免。且纂修官編纂時，須處理海量文獻，稍有不謹，定致疏漏或訛誤。

《大典》卷一四六〇八連續載《光禄卿馮沆遺表男安國可將作監主簿制》《貴妃沈氏遇聖節奏侄孫直方侄婿許該并可試將作監主簿制》《工部尚書余靖遺表女婿張元淳可試將作監主簿制》《光禄少卿致仕張君靖侄燾可試將作監主簿制》四文，并於第一篇前署出處爲

"鄭起潛立庵",其餘各篇前空一格。據《大典》録文體例,上述四文可視爲鄭起潛作,《全宋文》即如此處理。但四文所涉馮沆、真宗貴妃沈氏、余靖、張君靖等四人均爲北宋人,所涉制文顯非南宋人鄭起潛所能草擬。考《大典》此四文前接文《朝請郎主管台州崇道觀趙汝舶除將作監主簿制》,署出處爲"鄭起潛立庵外制"。可知《大典》所引《光禄卿馮沆遺表男安國可將作監主簿制》前即承上而誤署作者名。

　　標識作者或集名之文字有誤字者,易於失載或誤收。《大典》卷二二七〇引《元一統志》載"李豸方叔"《月湖記》。宋人李廌字方叔,則此"豸"乃"廌"之訛。《全宋文》因《大典》標作者名有誤字而失收此篇。

　　編纂所據底本本身若有缺憾,《大典》極可能遺傳這些缺憾而不能糾正。宋人别集原本編纂時即存在重出誤收問題,特别是代言之作既録入撰人文集,又録入所代人文集;奏疏多人共同奏進,則分别録入各奏進人集中。宋人總集中部分篇目也存在重出誤收問題。《大典》據此底本編纂,不可避免遺傳這些問題。後人據此輯録遺篇時易致重出誤收。文淵閣本衛涇《後樂集》卷七《謝賜臘藥表》(細書賜郡),重見《翰苑新書後集》上卷二三,題《謝賜銀合臘藥》,并注"代湖南衛帥";卷七《元正賀表》(歲在閼逢),重見《翰苑新書後集》上卷二〇,題《賀元正》;卷七《謝賜夏藥表》(侯服剖符),重見《翰苑新書後集》上卷二三《謝賜銀合夏藥》,并注"代江西衛帥";卷八《再辭免知福州表》,重見《翰苑新書後集》上卷二三《代衛參政辭免知福州》;卷一四《賀皇太子元正箋》(堯年起丙),重見《翰苑新書後集》上卷二六《賀元正丙子》,并注"代衛參政";卷一四《賀皇太子冬至箋》其一(黃鐘協律),重見《翰苑新書後集》上卷二六《賀冬至》。上述六文《翰苑新書後集》均題作者爲"李梅亭"。梅亭,李劉號;"湖南衛帥""江西衛帥""衛參政"均指衛涇。據文題,諸文應是李劉代衛涇撰。上述諸文篇題關鍵字不同,據《大典》録文規律,應該不會編排於同一韻字下,不大可能同時出現李劉諸文均前緊接衛涇文,且未標識作者名、集名,導致館臣混入衛涇名下。唯一可能是李劉代衛涇所撰諸文本就在《大典》編纂時所據《後樂集》原本中。《後樂集》乃衛涇卒後,其子樵所編。編纂時把李劉代作編入本集而未注明,《大典》依底本編入,四庫館臣因之編入集中而未加考辨。

　　《大典》亦有把文章篇名之首的人名誤爲作者名。《大典》卷二九七二引有《明堂恩恭人李氏封令人制》,署出處爲《孫逢吉集》。《全宋文》據此輯録於南宋孫逢吉下。此制又見文淵閣本陳傅良《止齋集》卷一六《孫逢吉明堂恩恭人李氏封令人制》,《全宋文》陳傅良下即收。此制作者不是南宋孫逢吉,而是陳傅良爲南宋孫逢吉妻李氏明堂恩封令人所撰制文。顯然《大典》編者録入此文時,誤斷篇題中"孫逢吉"爲作者名,而標識爲"孫逢吉集"。

　　有鑒於此,我們應逐卷查找現存《大典》中宋代詩文文獻,逐條比對,判定其在《全宋詩》《全宋文》中的收録狀態。首先,要覆查《永樂大典索引》,輯録其中已標目而未輯出作品。研究要以孔凡禮在《文史》所發表《見於〈永樂大典〉的若干宋集考》等論文爲模範,對《大典》殘卷收録的宋集作者、内容、版本等作具體考察,判斷未標明朝代作者的時代,奠定研究這些大典本詩文的文獻基礎。其次,對《大典》各卷文本作通檢、復查,輯出索引漏標而未輯出作品。最後,比勘《大典》原本與存世舊本的差異。在此基礎上探求《大典》收録詩文規律與大典本宋人詩文輯佚缺憾間的關係。

（二）乾隆四庫館時所輯大典本宋代詩文文獻具有類型化規律。

四庫館臣自《大典》輯錄佚書，有特定程序。據張升先生《四庫館簽佚書單考》所考，四庫館臣對《大典》所作輯佚工作，主要包括以下程式：簽佚書單—鈔出佚文（散片或散篇）—粘連成册（即輯佚底本）—校勘—謄錄成正本。其中最初步的工作是簽佚書單。此項工作係由纂修官逐册閱讀《大典》原本，用事先製好的簽條標明該册所要輯佚的書名、頁碼及佚文條數（有時只標書名，不標頁碼及佚文條數），粘貼於各册之上，然後交繕書處謄錄。再交給纂修官校勘，最終寫定。如此，四庫館輯錄一書，在我們熟知的定本七閣本之外，另有四庫館臣輯佚稿本、抄錄清本等"中間本"存在，甚至四庫館外私人亦間有抄錄本。這些"中間本"、私人抄錄本及稿本間，在收文篇目、文字、編次、按語等方面均有不同和異變，具有重要的文獻價值。

僅就卷次篇目異變而言，四庫館大典本宋集就有如下幾種情形。

1. 四庫館稿本呈現卷數異變。王安禮《王魏公集》八卷，見《四庫全書總目》卷一五三；文淵閣本七卷，乾隆四十六年九月校上；文津閣本七卷，乾隆四十六年三月校上。國圖藏四庫館稿本（索書號05871）八卷，乾隆四十一年九月校上。此本卷一至卷六除少量異文外，篇目、編次與文淵閣本全同；卷七"雜著"類，含功德疏、青詞、朱表、齋文、祈晴謝晴文、上梁文、祝文、祭祀土地文等五十四首，且卷端書眉墨筆注明"删卷"二字，文淵閣本未收此卷內容；卷八卷端墨筆塗改"卷八"之"八"爲"七"，版心"卷八"之"八"亦塗改爲"七"，文淵閣本卷七正爲此卷內容。南京圖書館（下文簡稱"南圖"）藏四庫館草稿本（索書號111136）編次與國圖藏四庫館稿本同。

2. 傳抄四庫館稿本呈現卷數異變。(1)胡宿《文恭集》五十卷補遺一卷，見《四庫全書總目》卷一五二，云"計詩文一千五百餘首"；文淵閣本四十卷，前附提要云"五十卷補遺一卷……計詩文一千五百餘首"，乾隆四十三年九月校上；文津閣本四十卷，前附提要云"四十卷……計詩文一千五百餘首"，乾隆四十九年三月校上；武英殿聚珍本四十卷，乾隆四十年二月校上。筆者據文淵閣本統計，凡詩文一千四百一十二首，與提要所云不合。北京大學圖書館（下文簡稱"北大"）藏清抄本（索書號2958）五十卷補遺一卷。此本應抄自四庫館稿本。文淵閣本與此本相校，少青詞、樂語、道場疏文等一百七十餘首，重編爲四十卷，并删去補遺一卷。(2)李彭《日涉園集》十卷，見《四庫全書總目》卷一五五；文淵閣本十卷，乾隆四十六年九月校上；文津閣本十卷，乾隆四十五年十月校上。國圖藏乾隆四十年孔氏微波榭抄本（索書號07676）五卷。卷一題識："乾隆乙未，借劉岸淮同年纂大典散篇，秋八月抄初七日校。"知此本抄自四庫館稿本。此本所標各卷次起訖凌亂，卷一後未標卷二，直接標卷三（詩爲文淵閣本卷五、卷六，順次不同）、卷四（詩爲文淵閣本卷七、卷八），下直接標卷九，而同卷版心題"卷五"。則此本原分爲五卷，後改爲十卷。(3)王質《雪山集》十六卷，見《四庫全書總目》卷一五九；文淵閣本十六卷，乾隆四十六年四月校上；文津閣本十六卷，乾隆四十九年八月校上；武英殿聚珍本十六卷，乾隆四十四年四月校上。國圖藏乾隆四十一年孔氏微波榭抄本（索書號01654）。據卷首題識"乾隆丙申十二月借莊庶子羹堂承籛本鈔"，知此本抄自四庫館臣莊承籛。莊氏名列浙本《四庫全書總目》卷首"校勘永樂大典纂修兼分校官"，其藏本當抄自四庫館稿本。此本十二卷，卷二"奏議"類《論使材二疏》1首，文淵閣本未收；卷八"雜著"疏文、榜文等11首，文淵閣本删去。文淵閣本其餘篇目與此本同,重新編次爲十六卷。如此本"奏議"類共收 17 首,編爲卷一至卷二凡兩卷;文淵閣本收其中十五首,重編爲卷一至卷三凡三卷。

3. 閣本呈現卷數異變。(1)趙湘《南陽集》六卷,見《四庫全書總目》卷一五二;文淵閣本五卷,前附提要云"六卷",乾隆四十二年二月校上;文津閣本六卷,乾隆四十九年八月校上;武英殿聚珍本六卷,乾隆四十二年十一月校上。文津閣本有詩三首,文淵閣本未收;文淵閣本有詩二十八首(均爲誤收韓維詩),文津閣本未收。其餘篇目相同。文津閣本卷四至卷六共三卷,文淵閣本編爲卷四至卷五兩卷。(2)宋庠《元憲集》四十卷,見《四庫全書總目》卷一五二;文淵閣本三十六卷,前附提要云"四十卷",乾隆四十九年十月校上;文津閣本三十五卷,乾隆四十九年十月校上;武英殿聚珍本三十六卷,乾隆四十六年七月校上。文津閣本詩二十一首、文九首,文淵閣本未收;文淵閣本祝文十三首,文津閣本未收。其餘篇目相同,但編次有異。特別是文淵閣本卷三五"祝文""狀""序",卷三六"記""碑銘""連珠""論""說";文津閣本刪祝文,移"狀"於卷三二,其餘內容重編爲卷三五"序""記""碑銘""論""說""連珠"。(3)宋祁《景文集》六十二卷補遺二卷附錄一卷,見《四庫全書總目》卷一五二;文淵閣本六十二卷,乾隆四十九年十月校上;文津閣本六十二卷補遺二卷附錄一卷,乾隆四十一年六月校上;武英殿聚珍本六十二卷,乾隆四十六年七月校上。與文津閣本相校,文淵閣本刪去了附錄一卷,而把補遺二卷之詩文按類補入正文。如文津閣本《補遺》卷上《圜丘賦》,即載入文淵閣本卷一。二閣本正文雖均爲六十二卷,然篇目及編次迥異。就篇目而言,文津閣本詩文四百八十一首,文淵閣本未收。(4)王珪《華陽集》六十卷附錄十卷,見《四庫全書總目》卷一五二;文淵閣本六十卷附錄十卷,乾隆四十二年十一月校上;文津閣本四十卷,乾隆四十九年三月校上;武英殿聚珍本四十卷,乾隆四十六年九月校上。文津閣本詩十首文淵閣本未收;文淵閣本卷一二至卷一三所載"青詞",卷一四"密詞""默詞""醮詞",卷一五"道場文""疏",卷一六"齋文""剃髮文",卷一七"樂語",文津閣本未收。其餘篇目相同,編次迥異。特別是文淵閣本卷九至卷四○凡三十二卷爲"制文"(其中卷九"制詞·表",散入文津閣卷一至卷一一"表"),文津閣本編爲卷一三至卷三二凡二十卷;文淵閣本卷四八至卷四九"神道碑",文津閣本編爲卷三六;文淵閣卷五○至卷六○凡十一卷爲"墓志銘",文津閣本編爲卷三七至四○凡四卷。(5)李廌《濟南集》八卷,見《四庫全書總目》卷一五四,云"廌有《德隅齋畫品》已著錄";文淵閣本八卷,乾隆四十六年三月校上;文津閣本八卷附《德隅齋畫品》一卷,前附提要云"廌有《德隅齋畫品》已著錄",乾隆四十六年九月校上。(6)周行己《浮沚集》八卷,見《四庫全書總目》卷一五五;文淵閣九卷,前附提要云"八卷",乾隆四十七年四月校上;文津閣本八卷,乾隆四十九年五月校上;武英殿聚珍本九卷,乾隆四十四年五月校上。文淵、文津二閣本前七卷篇目編次全同,文淵閣本卷九詩九十八首,文津閣本未收。(7)張守《毗陵集》十五卷,見《四庫全書總目》卷一五六;文淵閣本十五卷,乾隆四十一年十月校上;文津閣本十六卷,乾隆四十九年五月校上;武英殿聚珍本十六卷,乾隆四十四年三月校上。文津閣本卷六《謝賜鞍馬表》《謝除翰林學士表》《謝賜紹興府行宮賜本府充治所表》及卷七《賀冊皇太后禮成表》四首,文淵閣本未收;文淵閣本卷二《翟汝文資政殿大學士薛昂除尚書左丞制》(此文乃誤收翟汝文文)、卷三《賀金人退遁表》二首,文津閣本未收。其餘篇目相同,然編次相異。特別是文津閣本卷一二至卷一四凡三卷載"祭文""志銘"二類,文淵閣本"祭文"見卷一○,"志銘"類編爲卷一二、卷一三兩卷。(8)仲并《浮山集》十卷,見《四庫全書總目》卷一五八;文淵閣本十卷,乾隆四十六年九月校上;文津閣本八卷,乾隆四十六年四月校上。文淵閣本卷五、卷六"表",文津閣本編爲卷五;文淵閣本卷八啓文及卷一〇祈晴文等八首、勸農文一首、姻禮文九首,文津閣本刪去祈晴類七首、姻禮文八首,編爲卷八。(9)彭龜年《止堂集》二十卷,見《四庫全書總目》卷六〇,云"得文二百二十三首、詩二百二十首";文淵閣本十八卷,附提要云"得文二百二十三首、詩二百二十二首",乾隆四十九年十月校上;文津閣本二十卷,附提要云"得文二百二十三首、詩二百二十首",乾隆四十一年十月校上;武英殿聚珍本十八卷,乾隆四十一年十月校上。文津閣本文十三首文淵閣本未收,其餘篇目相同。文淵閣本卷一至卷六爲奏疏,文津閣本編爲卷一至卷七凡七卷。文淵閣本卷一五篇目;文津閣編爲卷一四"箋""頌""銘跋""箴""冠辭",卷一七"祭神文""祭文"。

4. 僅有提要呈現卷數異變。(1)强至《祠部集》三十六卷,見《四庫全書總目》卷一五二。文淵閣本、文津閣本均爲三十五卷。(2)鄭獬《郧溪集》三十卷,見《四庫全書總目》卷一五三。文淵閣本、文津閣本均爲二十八卷。(3)陸佃《陶山集》十四卷,見《四庫全書總目》卷一五四。文淵閣本前附提要亦云"十四卷"。然文淵閣本、文津閣本、武英殿聚珍本均爲十六卷,十四卷本未見。(4)劉跂《學易集》八卷,見《四庫全書總目》卷一五五,云"謹依類編訂,共録爲十有二卷……重加編次,厘爲八卷"。文淵閣本、文津閣本、武英殿聚珍本均爲八卷,十二卷本未見。(5)汪藻《浮溪集》三十六卷,見《四庫全書總目》卷一五六。文淵閣本、文津閣本、武英殿聚珍本均爲三十二卷。(6)曾幾《茶山集》八卷,見《四庫全書總目》卷一五八。文淵閣本前附提要云"十卷"。然現存諸本均爲八卷,十卷本未見。(7)楊冠卿《客亭類稿》十五卷,見《四庫全書總目》卷一六〇。文淵閣本、文津閣本均爲十四卷。(8)袁甫《蒙齋集》十八卷,見《四庫全書總目》卷一六二。文淵閣本、文津閣本、武英殿聚珍本均爲二十卷。

這些卷數異變的原因,有爲與提要所言卷數相合而刪去某些卷次、篇目全同而重編、誤增附録等,但最爲重要的是據御旨刪去青詞等體重編所致。其中多數異變顯示爲刪去後卷數減少,如王安禮《王魏公集》,四庫館稿本爲八卷,文淵閣、文津閣本爲七卷;也有少數異變顯示爲刪去後卷數反而增加,如王質《雪山集》,傳抄四庫館稿本十二卷,文淵閣、文津閣本爲十六卷。大量大典本宋集在刪去青詞等體後卷數并未異變。與文淵閣本相校,筆者所知者有以下諸種,羅列於此:①國圖藏孔氏微波榭抄本周南《山房集》八卷(索書號05890),卷二疏文二首,卷三疏文六首。②國圖藏四庫館稿本夏竦《文莊集》三十六卷(索書號05867),卷二七青詞二十七首、醮文六首、祝文二首、疏文二首;復旦大學圖書館藏邵晉涵抄本《文莊集》(索書號1294),卷二七另有《玉清昭應宫長生崇壽殿開啓下元節青詞》一首。③國圖藏四庫館稿本仲并《浮山集》十卷(索書號05882),卷一〇上梁文二首、疏文十七首、青詞一首、榜文二首。④國圖藏四庫館稿本綦崇禮《北海集》四十六卷附録三卷(索書號05881),卷一八青詞七篇。⑤國圖藏四庫館稿本華鎮《雲溪居士集》三十卷(索書號05872),卷三〇疏文四首、青詞四首、致語一首、謁廟文一首。⑥國圖藏四庫館稿本崔敦禮《宫教集》十二卷(索書號05885),卷二致語八首,卷一一疏文、青詞等七十首。⑦國圖藏四庫館稿本許應龍撰《東澗集》十四卷(索書號05892),卷一三上梁文一首。⑧國圖藏四庫館稿本王邁《臞軒集》十六卷(索書號05893),卷一〇《漳州辭廟文》;國圖藏孔氏微波榭抄本王邁《臞軒集》十六卷(索書號05711),卷一〇上梁文三首、辭廟文一首、疏文七首。⑨國圖藏乾隆四十一年孔氏微波榭抄本葛勝仲《丹陽集》二十四卷(索書號07679),卷一〇疏文、青詞五十五首,卷一一上梁文、樂語等八首。⑩國圖藏嘉慶八年孫氏靜遠軒刻本《燭湖集》(索書號XD7213),底本爲四庫館臣邵晉涵抄本,卷一三青詞二首、疏文二十九首、樂語六首。⑪南圖藏清吉氏研經堂抄本《忠惠集》(索書號KB0952),卷一〇青詞、疏文、醮文、致語等二十五首。⑫浙江圖書館藏清抄本《筼窗集》(索書號4349),卷九在《城隍加封祝文》下另有祝文四首、疏文四首。以上諸集所涉篇目文淵閣本均刪去,而卷數未異變。

有鑒於此,我們應充分發掘原始文獻記載,搜集并目驗分藏國圖、南圖、上圖等諸家圖書館的大典本宋人別集,完整地利用幸存之舊本及四庫館輯佚中形成的各種"中間本"及現存文溯閣、文瀾閣本《四庫全書》,發掘其中的文獻價值。

(三)充分利用集部外大典本文獻。

《大典》現僅存八百餘卷,卷次較少,故佚文之搜集,不能僅僅着眼於現存《大典》,應同時注意學者在其存世卷數較多時所輯各種佚書,從中搜集佚文。如徐松所輯《中興禮書》及《續編》中就有詩歌一百五十九首爲《全宋詩》遺漏:林遹五首、洪擬五首、胡交修五首、張闡二首、賀允中二首、黄祖舜二首、楊椿二首、陳康伯二首、沈浚二首、王綸二首、湯思退二首、宋高宗十三首、汪澈二首、楊邦弼二首、楊倓二首、洪遵二首、謝諤二首、洪邁十首、葉甕二首、王信二首、鄭僑二首、吳琚二首、章森二首、宋光宗四首、宋寧宗二首、張燾二首、葉義問二首、張子顔二首、張子立二首、沈介二首、董苹二首、王晞亮二首、黄中二首、朱倬二首、何溥二首、都民望二首、任文薦二首、黄洽二首、宇文價四首、葛邲二首、劉國瑞二首、張子正二首、嚴師魯二首、胡晉臣二首、冷世光三首、薛叔似二首、吳博古四首、作者無考二十七首。四庫館輯本《南宋館閣錄》卷五《撰述》的文獻也未被《全宋詩》利用。《全宋詩》卷三七二七《紹興以後祀五方帝六十首》《紹興以後祀感生帝十六首》,卷三七二八《紹興祀神州地祇十六首》《紹興朝日十曲》《夕月十曲》,卷三七三一《出火祀大辰十二首》《納火祀大辰十二首》,卷三七三二《紹興以後蜡祭四十二首》《紹興祀祚德廟八首》均不言其作者,歸於無名氏,今在《南宋館閣錄》中撰者之名俱在。

(四)重視并清理前人研究成果。

《大典》輯本,特別是四庫館輯本在公布之後,研究之作甚多。但後人輯佚時經常忽略這些輯佚成果。如勞格曾考證四庫館輯本之僞詩,所得甚多。然檢《全宋詩》,勞氏所考僞詩存而未言者尚有趙湘《南陽集》五首、王珪《華陽集》二十九首、劉攽《彭城集》一首、劉跂《學易集》十四首、李復《潏水集》一首、喻良能《香山集》二首、李處權《崧庵集》一首。

遺憾的是,因種種原因,這些設想筆者未能徹底實現:如2020年新發現《大典》四卷未能寓目;目睹并親勘宋集存世版本尚有限,重要的諸如文溯閣、文瀾閣本《四庫全書》,以及廈門圖書館、北大、西安博物院藏乾隆四庫館抄本宋集均未能查驗;佚文搜輯着力於大典本文獻,未能對此範圍之外文獻諸如地志、譜牒、碑刻、法書、友朋文集等全力翻檢,僅能隨見隨錄。這些遺憾和疏漏只能留待將來彌補了。

# 第一編　大典本宋詩文獻訂補

# 一、《全宋詩》大典本文獻訂補

## 册 一

### 陳摶 卷一

【校訂】詠毛女（頁一〇）

《大典》卷三〇〇五引此詩,標"毛女正美詩贈華山游人"。《全唐詩》即於卷八六三收於"毛女正美"下。

### 徐鉉 卷四至一〇

【校訂】寄舒州樂學士（頁一三三）

《大典》卷一四三八〇引此詩,標"徐任詩"。徐任,生平不詳,釋希晝有詩《寄徐任》,或即其人。然《四部叢刊》影印清黄丕烈校宋本《徐文公集》録此詩,《大典》當誤收。

### 郭廷謂 卷一一

【校訂】句（頁一四七）

"魄",《大典》卷三一三四作"魂"。

### 釋贊寧 卷一一

【校訂】秋日寄人（頁一五一）

"斜飛",《大典》卷三〇〇六作"閑飛"。

### 楊徽之 卷一一

【校訂】宿廖融山齋（頁一五八）

"隨柯",《大典》卷二五三九作"隨歌"。

### 曹翰 卷一一

【校訂】内宴奉詔作（頁一六九）

題,《大典》卷一三四九七引《古今詩統》作"賜韵應制";"睹盤",《大典》作"見團"。

### 釋遇賢 卷一四

【校訂】詩三首（頁一九二）

其一"東君",《大典》卷八七八三作"東風"。

詩一首（頁一九二）

"向無",《大典》卷八七八三作"遇無"。

### 張佖　卷一四

**【校訂】送容州中丞赴鎮**（頁二〇二）

《大典》卷二三四四引此詩，署"杜牧"。《全唐詩》卷五二一杜牧下載。據陝西人民教育出版社 1996 年版《全唐詩重出誤收考》頁三八七所考，作者當以杜牧爲是。

### 樂史　卷一五

**【校訂】慈竹**（頁二二八）

"慈愛必孝順根枝""九世""地春""遺鵠""鴉鵲""天地""孚餓""千秋""少時""玄宗""與行""立其""栽於"，《大典》卷一九八六五分作"居然報慈孝根柢""九代""地生""遺鶴""鴉雀""天壤""餓莩""十秋""小時""元宗""行其""立於""栽之"。

### 張去華　卷二一

**【校訂】游七星岩**（頁二九八）

此詩輯自《大典》卷九七六三，標"張信臣"。張去華字信臣，故輯於此。然《大典》此人前後皆元人。文淵閣本《粵西文載》卷二九元光祖《重修宣成書院記》載山長張信臣，或即其人。

### 宋太宗　卷二二至三九

**【輯補】瑞雪歌**

應有武車來表瑞，定殊黃竹著爲謠。

中華書局 2012 年版《宋會要輯稿·瑞異》一之四（册三頁二〇六六）。

### 張詠　卷四八至五一

**【校訂】游趙氏西園**（頁五三四）

《大典》卷九二二引《建康志》載此詩末句故事，可參看，錄於下：禮部尚書張詠知昇州，召溧陽宰蕭楚材食。楚材見几案有一絶云："獨恨太平無一事，淮南閑殺老尚書。"蕭改"恨"作"幸"字。公出視稿曰："誰改吾詩？"左右以實對。蕭曰："與公全身。公功高望重，奸人側目之秋，且天下一統，公獨恨太平，何也？"公曰："蕭，第一字之師也。"

**本農**（頁五四二）

"奢競苦"，《大典》卷六二四作"奔兢若"。

### 李含章　卷五五

**【校訂】出典宣城三首**（頁六〇〇）

題"宣城"，原出處《大典》卷一〇九九九作"宣城府"。

### 潘閬　卷五六至五七

**【校訂】自諸暨抵剡**（頁六二四）

組詩四首又見册一一頁七三三一吳處厚同題。潘閬詩輯自《剡錄》。檢文淵閣本《剡錄》卷六下，署作者爲"吳處厚"。文淵閣本《會稽掇英總集》卷四亦署"吳處厚"。《剡錄》四詩前接《晚泊嵊蒲寄剡縣劉覬員外》，署"潘閬"。或因之誤輯，當删。

**句**（頁六三二）

句"窺魚白鳥明殘照"，據《方輿勝覽》卷一九輯，原署"潘逍遥"。《輿地紀勝》卷二六《江南西路·隆興府》載此句，作潘興嗣，《全宋詩》册一〇頁六四五一據收。歸屬未能確考。

附：《訂補》頁二二補詩一首。《輯補》册一頁三三四至三三六補詩四首、句三則，其中《鞏州詩》乃魏野《渭上秋夕閑望》（册二頁九五九）首聯頷聯，《全宋詩》已入潘閬存目；句"夜凉"乃本人《夏日宿西禪院》（頁六二二）頷聯；《憶餘杭》乃本人詞《酒泉子·長憶西湖》中句，當删。

### 王世則　卷五八

【校訂】**高岩立春日**（頁六四三）

此詩又作册二四頁一六〇一四王安中《象州上元》。詩有"二年白玉堂""三年文昌省"等句，與王世則生平不符。王世則下誤收當删。

# 册　二

### 王禹偁　卷五九至七一

【校訂】**聽羅評事話太湖洞庭之景因賦十韵**（頁八〇二）

"往事"，《大典》卷二二六〇作"事往"。

**登秦嶺**（頁八〇三）

注"收我""時立"，《大典》卷一一九八一作"收吾""特立"。

**贈种放處士**（頁八〇三）

"薄輪""鸞鳳"，《大典》卷一三四五〇作"蒲輪""鸞鶴"。

**寄鄆城蕭處士**（頁八〇三）

"區區"，《大典》卷一三四五〇作"驅驅"。

### 范諷　卷七三

【校訂】**題鼎州甘泉寺**（頁八三三）

"回北望""烟嵐翠鎖門前路""僧厭"，《大典》卷八二三引《朝野遺事》作"曾頓轡""山堂下瞰炎蒸路""僧薄"。

### 王旭　卷七三

【校訂】**止善堂**（頁八四一）

此詩輯自《大典》卷七二四二，標"王旭詩"。詩中有"卓哉陳使君，立志希前修。名堂以止善，善外俱無求"句，知此止善堂乃"陳使君"建。《大典》此詩下有元人劉静修《題陳雄州止善堂》、同恕《題陳參政止善堂》。則王旭詩之"陳使君"當即陳雄州、陳參政，顯爲元人。《全元詩》册一三頁一一五即據以輯於元人王旭下。《全宋詩》王旭當删。

### 宋濤　卷七四

【校訂】題白雲岩（頁八五五）

《大典》卷九七六五引此詩，正文"白雲岩"作"五峰岩"，標"劉公濤詩"，《全宋詩》册二七頁一七九二七據以輯爲劉濤《五峰岩》。宋濤未見履及南安，詩當誤收。

### 趙湘　卷七五至七七

【校訂】贈張處士（頁八八六）

"更瘵"，《大典》卷一三四五〇作"更殷"。所改爲協韵，或不確。

寄國清處謙（頁八九〇）

此詩輯自《天台續集》卷下，署"趙湘"，實乃册一〇頁六七六六王安石同題，當删。

天台思古（頁八九〇）

此詩輯自《天台續集》卷下，未署作者，其上首詩署作者"趙湘"，實乃册一二頁七八七九楊傑同題，當删。

柘湖（頁八九〇）

此詩乃册八頁五一六〇韓維《和彦猷在華亭賦十題依韵·柘湖》，當删。趙湘與韓維集均名《南陽集》，故文淵閣本趙湘集輯自《大典》，其中誤收韓維詩較多。《全宋詩》已删《和子華對雨有感》二首，《蒙惠拄杖及詩依韵奉答》《蒙以詩惠水晶鱠輒次韵答謝》《聞太素絕食飲水頗甚清羸以詩奉招》等共五首，附之存目。另於頁八八六《答聖俞設膾示客》下注云："此詩以下至《夫人閣春帖子》十題，係韓維《南陽集》中詩。此處承文淵閣本誤入趙湘。"判定《答聖俞設膾示客》《皇帝閣春帖子》四首，《太皇太后閣春帖子》三首，《太后閣春帖子》三首，《皇后閣春帖子》三首，《夫人閣春帖子》二首，《皇帝閣春帖子》二首，《太皇太后閣春帖子》六首，《皇后閣春帖子》二首，《夫人閣春帖子》二首等十題爲誤收韓維詩。以上詩均因集名相同而誤收，此詩亦同。

附：《訂補》頁二八考句"天遠草離離"（頁八九一）乃本人《答徐本》首聯，當删。

### 寇準　卷八九至九二

【校訂】湖上作（頁一〇〇五）

"月寒""江山""暫與"，《大典》卷二二七二作"月傷""江上""暫共"。

### 陳堯佐　卷九七

【校訂】送王生及第歸潮陽（頁一〇八八）

"已是"，《大典》卷五三四五引斷句作"已得"。

### 梅詢　卷九九

【校訂】翻經臺（頁一一一九）

"登覽殊"下注"《永樂大典》作興",而未言所據《大典》卷次,實見《大典》卷二六〇三,且不作"興",作"與"。

### 姚鉉　卷一〇三

【校訂】**翻經臺**(頁一一七六)
"玄機",原出處《大典》卷二六〇三作"元機"。

### 林逋　卷一〇五至一〇八

【校訂】**西湖舟中值雪**(頁一一九一)
題,《大典》卷二二六四作"西湖泛雪";"彌空",《大典》作"迷空"。

**西湖泛舟入靈隱寺**(頁一二〇八)
"比未",《大典》卷二二六四作"歸未"。

**西湖**(頁一二一三)
"細風斜雨",《大典》卷二二六四作"斜風細雨"。

**贈胡明府**(頁一二二三)
"天君""微足",《大典》卷一一〇〇〇作"無君""徵足"。

**村居書事兼簡陳賢良**(頁一二四五)
"解驚""刻竹",原出處《大典》卷三五八一作"薜驚""列竹"。

### 孫僅　卷一〇九

【校訂】**步虛臺**(頁一二五五)
詩末注"《永樂大典》卷二六四〇",出處卷次誤,實見《大典》卷二六〇四。

### 陳從易　卷一〇九

【校訂】**小孤山**(頁一二五七)
"山稱",《大典》卷六七〇〇作"山名"。

### 張景　卷一〇九

【校訂】**題董真人**(頁一二五九)
"桃花謾說武陵源誤教",《大典》卷六六九八作"武陵空說有桃源誤殺"。

### 許洞　卷一一三

【校訂】**詩一首**(頁一二九三)
此詩輯自《大典》卷二三四六,題應擬爲"烏夜啼"。"意勞",《大典》作"思勞"。

### 梁顥　卷一一三

【校訂】**題靈洞天福院**(頁一二九六)
"外落",《大典》卷七八九二引斷句作"外路"。

王惟正　卷一一三

【校訂】句（頁一三〇〇）

"雲谿"，《大典》卷二二八一引殘句作"雪溪"。

# 册　三

楊億　卷一一五至一二二

【校訂】即日（頁一四一〇）

題，據《大典》卷一九六三七引《西昆酬唱集》作"即目"。上海古籍出版社1985年影印本《西昆酬唱集》卷下亦作"即目"。

獨懷（頁一四二〇）

此詩楊億《武夷新集》未收，輯自《宋詩紀事》卷六引《詩林萬選》。此詩又作册一〇頁六八六〇鄭獬《夜懷》。楊億下或誤收。

楊備　卷一二三至一二四

【校訂】句（一四四〇）

"雲寶穿銀井"句輯自史能之《重修毗陵志》卷一五，檢原出處，云："國朝皇祐初楊虞部偶"，而非"楊虞部備"。且大典本"常州府"卷一四引此詩，作"虞部楊偁"；文淵閣《四庫全書》本《無錫縣志》卷四上"辭章・宋"引此詩，作"楊偁"。則此句之作者作"楊偶"或"楊偁"，只不過亦官虞部而已。

釋希晝　卷一二五

【校訂】早春闕下寄覿公（頁一四四三）

"解書"，《大典》卷一四三八〇作"得書"。

釋惟鳳　卷一二五

【校訂】寄劉處士（頁一四六二）

贈維陽呂爲處士（頁一四六二）

第二詩末注"以上《永樂大典》卷一三四〇"。出處卷次誤，實見《大典》卷一三四五〇。《大典》引二詩未標出處，《寄劉處士》前一首標"僧惟鳳詩"，故輯錄於此。然第一詩又見册二頁一一一二釋遵式下（《訂補》頁四九已指出），第二詩雖未見重出，然作者當存疑。

王曾　卷一四三

【校訂】句（頁一五九〇）

據《歲時廣記》輯句十二則，均爲册九王珪詩中句。其一見頁五九九三《立春內中帖子詞・夫人閣》其三，其二見頁五九九五《端午內中帖子詞・皇后閣》其三，其三見頁五九九六《端午內中帖子詞・皇后閣》其九，其四見頁五九九六《端午內中帖子詞・夫人閣》其二，其五見頁五九九六《端午内中帖子詞·夫人閣》其八,其六見頁五九九六《端午内中帖子詞·夫人閣》其九,其七見頁五九九五《端午内中帖子詞·太上皇后閣》其一,其八見頁五九九四《端午内中帖子詞·皇帝閣》其一,其九見頁五九九五《端午内中帖子詞·太上皇后閣》其三,其十見頁五九九五《端午内中帖子詞·太上皇后閣》其六,其十一見頁五九九五《端午内中帖子詞·太上皇后閣》其九,其一二見頁五九九五《端午内中帖子詞·太上皇后閣》其四。

### 章得象　卷一四三

**【校訂】句（頁一五九五）**

句"千尋練挂雙流瀑"輯自《大典》卷九七六五,乃頁一五九二本人《題山宫法安院》其一中句,當删。

### 杜衍　卷一四四

**【校訂】荷花（頁一五九九）**

此詩輯自陳景沂《全芳備祖》前集卷一一。《大典》卷五四〇引《楊誠齋詩》載此詩,《誠齋集》卷二六亦載,册四二頁二六四二三據録爲《枏楮江濱芙蓉一株發紅白二色二首》其一。杜衍下當删。

### 錢惟濟　卷一四六

**【校訂】燈夕寄獻内翰虢略公（頁一六二二）**

《大典》卷二〇三五四引《西昆酬唱集》載此詩,標"惟演",上海古籍出版社影印本《西昆酬唱集》卷下正作"錢惟演"。册二頁一〇六四錢惟演下即收,錢惟濟下當删。

### 吕夷簡　卷一四六

**【校訂】天花寺（頁一六二三）**

《大典》卷八二二引《愛日齋叢抄》載此詩。詩又見册五四頁三三六九七釋文禮《頌古五十三首》其五一,吕夷簡下或誤收。

### 畢田　卷一五二

**【校訂】大哀洲（頁一七二五）**

"雲間""露冷",《大典》卷五七六九作"雲問""雲冷"。

### 王漢　卷一五三

**【校訂】詩一首（頁一七四六）**

此詩輯自《大典》卷五三四五,乃五律,句"金山獨秀峰"本爲題目（《訂補》頁五五已指出）,輯佚者誤爲首句。且"象岳",《大典》作"衆岳"。如此,詩當重録爲《金山獨秀峰》:"千古壓嶙峋,標奇世絶倫。形從天賦授,名自我推論。衆岳猶前席,群峰合望塵。不知居海郡,知己是何人。"

## 夏竦　卷一五五至一六一

**【校訂】黄鶴樓歌**(頁一七六八)

此詩又見周弼《端平詩雋》卷一,册六〇頁三七七三五周弼下收。夏竦下當爲誤收。

**鑒湖晚望**(頁一七八五)

題"鑒"、正文"谿水",《大典》卷二二七四作"照""谿路"。

**四月昌州奏聖祖殿下生芝草一本四莖及面有紅光如悦懌之狀**(頁一七九六)

此詩又見文淵閣本宋庠《元憲集》卷一二,册四頁二三〇八宋庠歸之存目,斷爲夏竦作。然未言所據,歸屬未能確考。

**奉和御製真游殿告成**(頁一八〇八)

"告成",國圖藏翰林院抄本《文莊集》作"上梁"。

**咏牡丹**(頁一八二〇)

題,據原出處《大典》卷五八三八,應擬作"咏宫苑花"。

**句**(頁一八二一)

句"氣凌雲夢吞八九"輯自《大典》卷二二六一,又見册九頁六二八五張載《岳陽書事》中句,又見册一九頁一二九三〇楊時《岳陽書事》中句。楊時詩見《龜山集》卷三九,而張載詩輯自《濂洛風雅》卷四。詩當爲楊時作,夏竦、張載下均當删。

句"孤館明秋月",乃《歐陽文忠公集·居士集》卷三《秋懷二首寄聖俞》中句,僅略有異文。册六頁三六一〇歐陽修據收,夏竦下當誤收。

附:《訂補》頁五六補《晚别》。《輯補》册二頁四四〇至四四一補詩四首、句一則,其中《咏碗注》《贈臺官》已見本人《觀藏珠》(頁一八一七)、《再從西都咏青雀寄張昇諫院》(頁一八一八),句已見夏竦詞《喜遷鶯·宫詞》(霞散綺),當删。

## 李受　卷一六三

**【校訂】題太平興國宫**(頁一八五〇)

"憶劫",原出處《大典》卷六六九八作"億劫"。

## 范仲淹　卷一六四至一六九

**【校訂】依韻和延安龐龍圖柳湖**(頁一九〇二)

"斗銷",《大典》卷二二六六作"陡銷"。

**春日游湖**(頁一九一七)

詩末注《永樂大典》卷二二六三"。出處卷次誤,實見《大典》卷二二六四。且《大典》標出處爲"遺風集范晞文詩",而范仲淹字希文,與此不同。此詩又見册六九頁四三二七六范晞文《湖上》。范仲淹下當删。四川大學出版社2007年版李勇先、王蓉貴校點《范仲淹全集》頁七四三已言之。

**答梅聖俞靈烏賦**(頁一九一七)

詩首,原出處《大典》卷二三四六有"寧鳴而死,不默而生"句。此詩又見册一五頁一〇一九一李深《題范文正公祠堂二首》其二。《大典》或誤録。

附：萬曆七年刻本《新昌縣志》卷三載范仲淹《南岩山》一首，《全宋詩》失收。

## 陳執中　卷一七〇

【校訂】**題蒼梧部**（頁一九三一）

題"部"，正文"斷歸""頻窺""□藩""溪平花檻饒桃李""吉祥文上""別墅""人到""幽期"，《大典》卷二三四三引《梧州府蒼梧志》作"郡""斷悲""窺頻""諸藩""半欹花檻繞朱槿""告祥文尚""別浦""人塞""幽奇"。

## 張先　卷一七〇

【校訂】**巢烏**（頁一九三四）

"群食"，《大典》卷二三四六作"鮮食"。

**失題**（頁一九三七）

題，據原出處《大典》卷五八三九，應擬作"落花"。

【輯補】**泛湖**

林下旗旌冒翠條，移舟岸口漾輕橈。還應風物如前歲，難得晴明過此宵。未必青春無覓處，隨教素髮不相饒。主人澄靜同湖水，肯似寒江日夜潮。

《大典》卷二二七四引《張子野詩》。

## 晏殊　卷一七一至一七三

【校訂】**句之一〇**（頁一九六五）

"萼綻夢"，《大典》卷八二一引《遁齋閑覽》作"芳綻曉"。

**句之一一**（頁一九六五）

"綻色""宮面"，《大典》卷八二一引《遁齋閑覽》作"蕊色""宮女"。

**句之四二**（頁一九六七）

"私書一紙離懷苦"乃冊四頁二二七七宋庠《春霽漢南登樓望懷仲氏子京》尾聯，當刪。

**句之五一**（頁一九六七）

"青帝回風初習習"句乃冊四頁二五七七宋祁《春帖子詞·皇帝閣十二首》之六第二聯，當刪。

**句之五六**（頁一九六八）

"衣上六花非所好"乃頁一九四四同人《雪中》後兩句，當刪。

【輯補】**置酒湖上坐客有爲余咏文靖呂公鳳池鴨陂之句**

春風殿裏栖鷄樹，落日城邊鬥鴨陂。華衮昔年曾冒處，滄州今日始相宜。廟犧豐養教誰羨，塞馬群亡莫我知。即席舉觴須强醉，了它官事是癡兒。

**余郡齋親決州事爲識者所誚又二月初吉再到湖上**

鴨頭春水欲平堤，城上春禽百種啼。莫道韶光無次序，湖東花柳勝湖西。

**三月中旬至湖上**

曲水初收會，重來已及句。殘花深避日，垂柳倒藏春。淺沚翹歸鷺，孤舟伴釣人。年華吁可惜，猶賴似江濱。

**去歲中秋夜與運使樞直王學士置酒湖上今歲復同茲賞因即席成詩并勸王酒**

蕭蕭風景舊汀州，一匝光陰若箭流。月是去年池上色，人驚今夕鬢邊秋。跳光碎處魚應樂，避影飛時鵲暗愁。珍重貴交須釂飲，崢嶸芳歲壓人頭。

以上見《大典》卷二二七二引《晏元獻公集》。

附：《訂補》頁六一補詩二首、句一則，其中句乃頁一九四二同人《題太祖廟》末句，當刪。《輯補》册二頁四七三至四七四補詩二首、句二則，其中詩一首已見《訂補》。江西人民出版社2016年版《臨川二晏集》誤補斷句五則，一則已見《全宋詩》晏殊下，其餘四則均見《全宋詩》他人下。

### 孫錫　卷一七四

【校訂】東池（頁一九七七）

詩末注"《永樂大典》卷一一八七"。出處卷次誤，且未錄書名。實見《大典》卷一〇五六引《宣城總集》。

### 石延年　卷一七六

【校訂】題趙平叔豹隱堂（頁二〇〇三）

題"平叔"，《訂補》頁六二指出當爲"叔平"之訛。"官游"，《大典》卷七二三九作"客游"。

### 李喬　卷一七七

【校訂】虎跑泉（頁二〇三〇）

大典本"常州府"卷一五引此詩，署作者爲"張詳"。且其上詩署"李喬"作。此首當爲張詳和詩。其人未見《全宋詩》。

【輯補】和定山虎跑泉

響風長嘯震松根，爪距通靈水脉分。清可浣腸人罕到，冷宜洗耳俗稀聞。微流膚寸終朝海，靜境蕭條足起雲。雄性咆哮能感物，竟勝玄豹澤奇文。

大典本"常州府"卷一五。

### 李兑　卷一七八

【輯補】裘氏義門

《大典》卷三五二八載此詩，《全宋詩》誤輯册二五頁一六四六五李光下（詳見下文）。詩不具錄。

### 李先　卷一七八

【校訂】與杜秀才（頁二〇四九）

詩乃册二五頁一六三八八李光《瓊惟水東林木幽茂予愛此三士所居雖無亭館之勝而氣象清遠連日水漲隔絕悠然遐想各成一詩目爲城東三咏》前四句，當刪。

## 册 四

### 胡宿　卷一七九至一八六

**【校訂】春晚郊野**（頁二〇五七）
此詩又見册四頁二四一五宋祁《夕坐》，歸屬未能確考。

**水館**（頁二〇六一）
此詩又見文淵閣本韓維《南陽集》卷七《水閣》，册八頁五一八八韓維據收，胡宿集輯自《大典》，其下誤收當删。

**山居**（頁二〇六二）
此詩又作册四五頁二七八〇三張孝祥同題。國圖藏影宋抄本《于湖居士文集》未録此詩，《兩宋名賢小集》張孝祥下自《四川總志》輯，《全宋詩》沿之。歸屬未能確考。

**自咏**（頁二〇六六）
組詩其二又見明正統四年刻本《宛陵先生文集》卷四三同題。册五頁三一二六梅堯臣即收，胡宿下當删。

**金山寺**（頁二〇六七）
此詩乃册八頁五二八八韓維同題，文淵閣本《南陽集》未收，《全宋詩》韓維下據《輿地紀勝》卷七輯。歸屬未能確考。

**送陳鐸歸吳興**（頁二〇八五）
詩末注"替筆□"乃據《大典》卷七九六二注，《大典》作"簪筆禁"。《訂補》頁六四已言及。

**謝惠詩**（頁二〇九〇）
《大典》卷八九九載此詩，未標出處，前一詩標"胡文恭集"。此詩又作册五八頁三六七九四張明中同題。詩中"語帶誠齋句妙香"，四庫館臣原校："誠齋乃楊萬里自號，此首疑南宋人詩誤入集中者，然或當時別有其人亦未可定，今姑存之。"則詩爲張明中作，胡宿下當删。

**雪**（頁二一〇一）
此詩又見文淵閣本韓維《南陽集》卷七同題，册八頁五一八七韓維下即收，胡宿下當删。

**謝叔子陽丈惠詩**（頁二一〇四）
《大典》卷八九九載此詩，未標出處，其前有詩標"胡文恭集"。此詩又作册五八頁三六七八五張明中。詩當亦爲張明中作，胡宿下當删。

**又和前人**（頁二一〇四）
此詩見《大典》卷八九九，未標出處，其前有詩標"胡文恭集"。詩中有"詩中活法"字，顯爲南宋人語。則此詩非胡宿作。考慮到《大典》此詩前二首均爲誤收張明中詩，此亦當如此。《大典》三詩前漏標出處而致誤收。

**禮畢慶成**（頁二一一五）
"躋斯"，《大典》卷七二一四作"濟斯"。

**吳興秋晚郡齋長句**（頁二一一八）
"寄檻""貞觀",《大典》卷二五三八作"穿檻""正觀"。
**句**（頁二一三四）
句"風花飛有態"乃册四頁二三七九宋祁《春郊曉望》頷聯,當刪。
　　附:勞格《讀書雜識》卷一二載《寧國府志》有胡宿《送表臣游宣城》詩,今檢嘉慶本《寧國府志》,未見此詩,不知勞氏所據爲何本,待考。《訂補》頁六四補詩一首,校勘三首。

## 王琪　卷一八七

【校訂】**咏玉蕊花**（頁二一三六）
"陰谷",《大典》卷一一〇七七作"谿谷"。

## 宋庠　卷一八八至二〇一

【校訂】**壬子歲四月甲申夜紀夢**（頁二一五四）
　　此詩見文淵閣本《元憲集》卷二,又見文淵閣本元宋禧《庸庵集》卷一。二人集皆輯自《大典》。宋庠所歷,僅宋真宗大中祥符五年(1012)爲壬子年,時十七歲,且其年四月戊戌朔,無甲申日;而宋禧所歷,洪武五年(1372)爲壬子年,時年六十一,且其年四月戊寅朔,有甲申日。則詩爲宋禧作,宋庠下當刪詩存目。
**去年三月禊飲池上歲月易得忽復暮春因再宴僚屬作**（頁二一五六）
"況我",《大典》卷一三九九三作"祝我"。
**送比部馬員外二浙提點刑獄**（頁二一六五）
　　此詩又作册四頁二五八九宋祁《馬比部赴兩浙提刑》。"馬比部"爲馬尋,《宋代路分長官通考》定其至和三年(1056)提點兩浙刑獄。① 宋祁本年九月罷定州任,十月至京師,約十二月赴任益州;宋庠本年五月自知許州移知河陽。《佚存叢書》載殘宋本《景文宋公集》卷二八亦載此詩。則詩應爲宋祁作,宋庠下當刪。
**寄題奉寧樞密直諫議新葺漱玉齋**（頁二一八五）
題"樞密直",《大典》卷二五四〇作"樞直"。
**春晦寓目**（頁二一九六）
　　此詩又作册四頁二三九八宋祁《春暉寓目二首》其一。《大典》卷一九六三七引此詩,標"宋景文公集";《佚存叢書》本《景文宋公集》卷一九亦載此詩,宋庠下當刪。
**池鷺**（頁二一九六）
"吞腥""淹留",《大典》卷一九六三六作"吞星""淹流"。
**柳嘲竹**（頁二二〇三）
　　此詩又作册三頁一四一八楊億《柳噪竹》,楊億詩輯自《後村千家詩》卷一一。詩歸屬未能確考。
**讀賈誼新書**（頁二二〇六）
　　此詩又作册四頁二六二一宋祁存目,《佚存叢書》本《景文宋公集》卷三〇載此詩,宋庠

---

① 李之亮:《宋代路分長官通考》,巴蜀書社,2003,第1473頁。

下當刪。

**初憩河陽郡齋三首**（頁二二一〇）
其二"息轉"、其三"横掠"，《大典》卷二五三八作"轉息""横略"。

**都下燈夕**（頁二二一六）
題"燈夕"下《大典》卷二〇三五四有"作"字。

**和致政王子融侍郎喜昭文龐相公登庸**（頁二二四三）
"冥鴻""浴鳳"，《大典》卷五四一作"鴻冥""鳳浴"。

**郡齋感懷寄呈參政給事同年**（頁二二四六）
"静坐習元功"，《大典》卷二五三八作"念佛作陰功"。

**郡齋無訟春物寂然書所見**（頁二二四六）
"餘有"，《大典》卷二五三八作"除有"。

**休日**（頁二二四九）
此詩又作册四頁二四三九宋祁《歸沐》，歸屬未能確考。

**初春夙興**（頁二二五七）
"刀環"，《大典》卷七九六二作"刀鐶"。

**重展西湖二首**（頁二二六七）
題"湖二"、其二"摧頽"，《大典》卷二二六四作"湖作二""催頽"。

**世事**（頁二二七四）
《圖書館研究》2017年第4期載陳小輝《全宋詩宋祁、宋庠詩重出考辨》認爲此詩又見册三頁一四一八楊億《書懷寄劉五》，宋庠下當誤收。

**次韻范純仁和郭昌朝寺丞見寄二首**（頁二二八二）
二詩又見元刻明修本《范忠宣公文集》卷四《和郭昌朝寺丞見寄二首》。册一一頁七四三九范純仁下即收，宋庠下當刪。

**撚鼻**（頁二二八三）
此詩又見《四部叢刊》影印清賜硯齋《後村先生大全集》卷四六《耳鼻六言二首》其二。册五八頁三六七一九劉克莊下即收，宋庠下當刪。

**新歲雪霽到西湖作三首**（頁二二九七）
其二"客至"、其三"釣輪"，《大典》卷二二六四作"衰客""釣綸"。

**句**（頁二三〇五）
句"草平天一色"乃册四頁二五八六宋祁《春晚寫望》頷聯，《佚存叢書》本《景文宋公集》卷二六載此詩，宋庠下當刪。

**莊獻太后哀挽應制二首**（頁二三〇六）
**莊惠太后挽歌應制二首**（頁二三〇七）
二組詩入宋庠存目，又見本册頁二六二〇、二六二一宋祁存目，兩存待考。《全宋詩》宋庠卷存目據宋謝維新《古今合璧事類備要》前集卷六二録，宋祁卷據《景文集拾遺》録，云"未詳所據"。檢影印文津閣本册三六三《景文集》卷七頁四六五，録《莊獻明肅皇太后哀挽應制二首》《莊惠皇太后哀挽應制二首》,①《佚存叢書》本《景文宋公集》卷二八亦載。則四詩應爲宋祁作,宋庠下當删。

**四月昌州奏聖祖殿下生芝草一本四莖及面有紅光如悦懌之狀**(頁二三〇八)

此詩文淵閣本《元憲集》卷一二載,又見册三頁一七九六夏竦。《全宋詩》宋庠下歸之存目,斷爲夏竦作,實無確據。詩歸屬未能確考。

**【輯補】出自薊北門三首**

家本關西族,身出薊城門。手持漢家詔,往救遼西屯。彫弓向風勁,金甲犯霜昏。但願君知己,微曲何足論。

霍家少年兒,不讀孫吳傳。營中踏鞠戲,山下麈兵戰。大旆掃長空,飛礮激流電。今歲降骨都,明年禪姑衍。

步卒出幽并,意氣欲橫行。借問誰家子,將軍李少卿。能擒候月虜,解用擊虛兵。男兒當自爾,不是爲功名。

影印文津閣本《四庫全書》册三六三《元憲集》卷二頁三五二。

**長寧節觀北使陪禮**

漢策和親日,堯封祝壽年。輸琛人戴斗,膚曆后捫天。膜拜參廱序,韡音接句傳。旅肴蠡味溢,濯足㳤華鮮。貂毳誇中勁,龍媒入右牽。禮豐庭燎客,誠盛國蘂篇。甌脱關譏廢,留黎信誓堅。弭兵皇意悦,歲歲會甘泉。

**鳳凰臺**

昔云丹穴鳳,翔集高臺端。彩羽去不復,層基今尚完。桐岡蔓草没,麟藪晚烟寒。茂竹弗遑食,嚇鵶徒自安。音非嶰律響,名類秦樓歡。寄語覽輝者,聖朝方紀官。

同上卷七頁三八三。

**城頭見野外春色**

河氣陰陰壓路塵,柳橋桑陌蔽長津。山溪不斷痒踰嶺,酒幟閑垂犬吠人。嵐巘參差仙髻密,野烟濃淡畫圖新。西疇偈偈多耕耦,疑有堯年傲俗民。

**送柳學士出守秀州**

仙闥初陪霧市游,直廬相對宿瀛洲。豕分譌篆刊疑畫,獸引新轝代故頭。漢檢封泥温札密,吳羹下箸紫蓴秋。登高定賦華亭事,木脱霜飛鶴語愁。

同上卷一〇頁三七〇。

**天聖己巳余悴事佐民公庭有叢竹可愛嘗爲小賦以寄懷俄丁内艱去職癸酉春復莅前局首訪珍篠但存空檻詰於廳吏對云後因主者不復賞玩又爲吏人有馬逸者食其梢葉遂枯死因成感咏二首**

病免三年去國人,再來華省訪霜筠。蕭蕭翠葉今何在,徑蘚庭蕪取次春。

小檻叢篁不復存,始嗟風馬此驚奔。豢豵秣粟真天分,何意來傷練實根。

**讀書多所廢忘**

讀遍經墳道轉迷,蓬心衰晚更傷悲。猶欣不預名臣論,正是師丹多忘時。

同上卷一五頁三八二。

---

① 影印文津閣本《四庫全書》,商務印書館,2008。

**嘉祐二年四月中旬雷始發聲至六月二十六日夜大雨震雷異於常時**
迅霆鴻響擘空來，玉女傾壺笑電開。莫恨經春天怒晚，今宵應有霹奸回。
同上卷一五頁三八三。

**句**
鑿開魚鳥忘情地，展盡江湖極目天。
向晚舊灘都浸月，過寒新木便生烟。
以上見《大典》卷二二六三。

附：《訂補》頁六五至六六考訂《小園四首》（頁二二九九）乃陸游詩（冊三九頁二四五三八），其中第二首句"麥秋天氣朝朝變"又見盧襄斷句一三（冊二四頁一六二二二）；補詩一首。《輯補》冊二頁五○一至五○二補句三則。

## 宋祁　卷二○四至二二五

**【校訂】壽州十咏·望仙亭（頁二三三七）**
此詩又見正統四年《宛陵先生文集》卷九《和壽州宋待制九題·望仙亭》，冊五頁二八一七梅堯臣下即收，宋祁下當刪。

**瓊花（頁二三四四）**
"久何"，《大典》卷一一○七七作"杳何"。

**勸酒（頁二三四七）**
"勞人"，《大典》卷一二○四三作"弊人"。

**種竹（頁二三四七）**
此詩乃冊九頁五六八六劉敞《勸思弟于南軒種竹》前四聯，當刪。

**風雨（頁二三五三）**
此詩又見《江湖小集》卷四○載葉茵《順適堂吟稿》同題，冊六一頁三八二二四葉茵下即收，宋祁下或誤收。

**初伏休沐（頁二三五五）**
"伏時""露""旱"，《大典》卷一九六三六作"伏詞""霧""旱"。

**歲豐（頁二三五六）**
陳小輝《全宋詩宋祁、宋庠詩重出考辨》以此詩又見《全唐詩》卷六○五邵謁同題，宋祁下當誤收。

**咏西湖上寄潁州相公（頁二三五九）**
"崖蔣"，《大典》卷二二六三作"岸蔣"。

**旬沐二首（頁二三六三）**
其一"薄澣"、其二"里無"，《大典》卷一九六三六作"薄朝""禮無"。

**遠行（頁二三八一）**
"山徑亦"下注"《永樂大典》作山川一"。檢《大典》原卷，實作"山川亦"。

**春暉寓目二首（頁二三九八）**
題"春暉"，《大典》卷一九六三七作"春晦"，《佚存叢書》本《景文宋公集》卷一九同《大典》。

**夕坐**(頁二四一五)

此詩又作册四頁二〇五七胡宿《春晚郊野》,歸屬未能確考。

**陪謝紫微晚泛**(頁二四二二)

此詩又見正統四年《宛陵先生文集》卷六同題,册五頁二七八三梅堯臣下即收,宋祁下當删。《瀛奎律髓》卷三四載此詩,未署作者,其上詩署"宋祁",或因此而致誤。

**渡湘江**(頁二四二二)

《大典》卷五七七〇引此詩,署"張總得",册三二頁二〇五六二張祁號總得翁下即收。宋祁下或誤收。

**中秋新霽壕水初滿自城東隅泛舟回謝公命賦**(頁二四二三)

此詩又見正統四年《宛陵先生文集》卷六同題,册五頁二七八三梅堯臣下即收,宋祁下當删。《瀛奎律髓》卷三四載此詩,其上詩《陪謝紫微晚泛》,均未署作者,再上詩署"宋祁",或因此而誤。

**夏日陪提刑彭學士登周襄王故城**(頁二四二六)

此詩又見正統四年《宛陵先生文集》卷七同題,册五頁二七八八梅堯臣下即收,宋祁下當删。

**詠菊**(頁二四二七)

此詩又見《江湖小集》卷四二葉茵《順適堂吟稿·菊》,册六一頁三八二四七葉茵下即收,宋祁下或誤收。

**寄題元華書齋**(頁二四三三)

此詩又見頁二五九一同人《比日》,僅"因鑿",《比日》作"因作"。二者當删其一,另一異文出注即可。

**朝陽**(頁二四三七)

此詩又見明刻本《雙溪文集》卷二《吕待制所居八詠·朝陽》,册四八頁二九六九四王炎下即收。宋祁下當删。

**休沐**(頁二四三九)

"缸面",《大典》卷一九六三六作"缺面";"身碌碌",《大典》作"與口禄",《佚存叢書》本《景文宋公集》卷二六作"與尸禄"。

**歸沐**(頁二四三九)

《大典》卷一九六三六引此詩,未標出處,其前一題標"宋景文公集"。此詩又作册四頁二二四九宋庠《休日》。歸屬未能確考。

**病免**(頁二四八八)

此詩又作頁二五九四本人《俊上人游山》,僅"鷹房""幾場",《俊上人游山》作"膺房""有場"。二者當删其一,另一異文出注即可。

**寄獻淮陽陳相公**(頁二五〇一)

"才閣""漫引",《大典》卷一〇九九九作"材閣""謾引"。

**慶曆初召爲學士歲餘罷久之出守凡三十年還拜承旨感而成咏**(頁二五〇五)

"齒長"下《大典》卷一〇一一五有注"晉侯戲荀息曰:屈産之齒長矣";"冰"字下注云"《永樂大典》作去"。檢《大典》原卷,"去"乃"冰"字下注文,表去聲。

**和石學士直舍晨興**（頁二五一八）

"重闇"，《大典》卷七九六二作"重華"。

**上春晦日到西湖呈轉運叔文學士**（頁二五二六）

"緣烟"，《大典》卷二二六四作"綠烟"。

**羸疾益間呈聶長孺學士**（頁二五三八）

"間日""清舐"，《大典》卷二〇三一〇作"閑日""法舐"。

**和人禁中作**（頁二五四五）

此詩乃頁二五八二本人《和王君貺禁中寓直》後兩聯，當刪。

**漱玉齋前雜卉皆龍圖王至之所植各賦一章凡得八物或賞或否亦應乎至之意歟遂寫寄至之・牡丹**（頁二五四七）

此詩又作頁二六〇七本人《應詔內苑牡丹三首・千葉》第二、三兩聯，當刪。

**湖上二首**（頁二五五三）

其二"還飛"，《大典》卷二二七二作"屯飛"。

**咏荼蘼**（頁二五五四）

此詩又作頁二五八〇本人《酴醿》前兩聯，當刪。

**湖上**（頁二五五九）

"自滯"，《大典》卷二二七二作"自膠"。

**湖上**（頁二五五九）

其三"嵩魏"，《大典》卷二二七二作"嵩隗"。

**州將和丁內翰寄題延州龍圖新開柳湖五闋**（頁二五六〇）

其四"折"字下注"《永樂大典》作坳"。檢《大典》卷二二六六，實作"拗"。

**出野觀農二首**（頁二五七一）

其一"芽正及"，《大典》卷六二四作"牙各報"。

**讀巷伯章**（頁二五七四）

題"伯章"，《大典》卷八九九作"伯詩"。

**山橙花**（頁二五七六）

此詩又見文淵閣本《欒城集》卷一一《山橙花口號》，冊一五頁九九六五蘇轍下即收。宋祁下當誤收。

**七月六日絕句**（頁二六一六）

陳小輝《全宋詩宋祁、宋庠詩重出考辨》認為此詩又見文淵閣本張耒《柯山集》卷二一《七月六日二首》其二，宋祁下當誤收。

**咏叔孫通**（頁二六一七）

此詩又見《臨川先生文集》卷三四《嘲叔孫通》，冊一〇頁六七三八王安石下即收。《臨川先生文集》前附安石曾孫王珏題識，乃以薛昂家遺稿為主，是正處多以安石親筆、石刻為據，參用眾本而刊行，可以說是流傳有自。而宋祁集早佚，現存本輯自《大典》。宋祁下當誤收。

**滕寺守丞棄導江宰還家侍太夫人**（頁二六一八）

題"守丞"，原出處《大典》卷一三三四〇作"丞"。

句（頁二六一九至二六二〇）
　　句"無色真國色"乃册二〇頁一三六三〇李廌《荼蘼洞》第一聯，當删。
　　句"磨沙瀧水莩穀滑"乃册五頁三〇四七梅堯臣《采芡》第三聯，當删。
　　句"既多九穗穀"乃册五頁三三四一梅堯臣《李士元學士守臨邛日有穀一莖九穗者數本芝數本蓮花連葉并蒂者各一本因賦之》第二、三兩聯，當删。

**莊獻太后哀挽應制二首**（頁二六二〇）
**莊惠太后挽歌應制二首**（頁二六二一）
　　二組詩入宋祁存目，又作宋庠存目。實四詩爲宋祁作，當入正文。

**讀賈誼新書**（頁二六二一）
　　此詩入宋祁存目，又作册四頁二二〇六宋庠同題，宋庠下誤收，當入宋祁正文。

**壽曾相公**（頁二六二一）
　　此詩入宋祁存目，以《詩淵》署爲宋景公，故録存待考。然此詩又見宋刻元明遞修本《臨川先生文集》卷一八《謁曾魯公》，册一〇頁六六一五王安石下即收，斷非宋祁作。

**【輯補】挽真宗文明章聖元孝皇帝詩四首**
　　封岳曾觀日，游河屢告星。一王遺漢法，九錫誤周齡。襲几傷新誥，窺盤識舊銘。徒聞不毀廟，千古薦明馨。
　　御辨三元正，橐鋒四海賓。龜書方告祚，象野忽收神。姬德歌綿祀，莊齡失大椿。祇宮愁一閉，從此罷西巡。
　　垂策凝皇運，升天逼壽期。彌留顧康命，遏密喪堯悲。昊景愁黄道，濃雲慘素旗。凄涼宣室事，寧獨賈生知。
　　姑射追仙軑，星臺奏夕氛。祈年收寶策，陽月奉遺文。瑞曆龍爲紀，神阡鳥助耘。惟應汾岱側，長勒告成勛。
　　影印文津閣本《四庫全書》册三六三《景文集》卷七頁四六五。

**樂語口號三首**
　　曆啓新年藹萬祥，詔開慈宴順三陽。紫雲度曲調天樂，北斗回杓抱壽觴。帝澤普臨春自暖，人心歡極日先長。拭圭講好多儀備，永奉威顔對未央。
　　百官星拱侍堯眉，紫殿繢山拂太微。仙鶴露凝初日泫，瑞烏風引早涼歸。天臨陛戟千重闢，霧雜爐香四坐飛。南北通歡馳使節，萬斯稱壽贊垂衣。
　　千官星拱侍凝旒，紫殿餘寒已暗收。日湛露華浮宴席，天回春色遍皇州。雲韶三闋翔朱鷺，錦幕千層舞翠虯。拭玉鄰邦通使節，萬齡亨會慶洪獣。
　　同上卷一四頁四九四附。
　　按：此三詩第一首、第二首已分見《全宋文》册二五宋祁頁一九五《教坊致語》、頁一九七《教坊致語》，第三首未見。

**仲商晦日集晏相國西園**
　　三人功名始白頭。
　　《大典》卷八二一。

**輕烟**
　　蒼蒼發龍首，漠（原作"漢"）漠暝林間。莫倚斜陽晚，便欲蔽西山。

**晚烟**
烟生壚落上,曳若百尋素。舟行亦未遠,已失溪頭樹。
以上見《大典》卷四九〇八引《宋景文公集》。
**慈竹**
束露攢烟綠玉莖,茂根蟠結熹叢生。便同葛藟繁宗族,不愧荊枝作弟兄。
《大典》卷一九八六五引《宋景文公集》。
附:《訂補》頁六六校勘字句一首,補一首,考訂《小酌感春邀坐客并賦》(頁二四三三)與同人同題詩(頁二五九二)重。《輯補》册二頁五〇六至五〇八補詩三首、銘一首、句四則,其中《定州樂歌》已見《訂補》。

### 張群　卷二二六

【校訂】**謫袁州道中寄蘇子美**(頁二六四三)
**謫袁州寄子美**(頁二六四三)
《大典》卷一四三八〇引《袁州府宜春志》引二詩,題作"謫袁州道中寄子美",標"陸經"。册七頁四八八一陸經下未收,《輯補》册二頁六四五補,未云其有貶袁州事,然余靖《武溪集》卷一〇載《大理寺丞陸經可責授袁州別駕》,可補其事迹。二詩歸屬待考。

### 余靖　卷二二七至二二八

【校訂】**寒山**(頁二六八三)
余靖詩輯自《大明一統志》。然《大典》卷二三四四引此詩,署"余襄《題寒山》"。歸屬未能確考。

### 柳拱辰　卷二二九

【校訂】**暮春游火星岩同尹瞻聯句**(頁二六九一)
"□愧",《大典》卷九七六三作"自愧"。

# 册　五

### 梅堯臣　卷二三二至二六二

【校訂】**擬玉臺體七首**(頁二七三一)
《別後》"縱裙",《大典》卷二六〇五作"緗裙";《領邊繡》"花工兒",《大典》作"花上貌"。
**許昌晚晴陪從過西湖因咏謝希深蘋風詩愴然有懷**(頁二八〇〇)
題"從過",《大典》卷二二六三作"從父自城上過"。
**寄題梵才大士台州安隱堂**(頁二八〇八)
"托靜",《大典》卷七二三九作"挂靜"。
**農難**(頁二八〇八)
題,《大典》卷六二四下有注:"時無良農,則禾莠一致。蚊曰難。""豈共",《大典》作"豈并"。

**正月十五日夜出迴**（頁二八四九）

題"迴"、正文"殊不""先闌""母出"，《大典》卷八八四四作"游""如不""已闌""母去"。

**諭烏**（頁二八六〇）

"爾間""鸜鴿"，《大典》卷二三四六作"爾聞""鸜鵒"。二處異文朱東潤校注《梅堯臣集編年校注》頁二九一已指出，然未有版本證據。

**同諸韓及孫曼叔晚游西湖三首**（頁二九二一）

其一"果下"，《大典》卷二二六四作"竹下"。

**因目痛有作**（頁二九五八）

"但口"，《大典》卷一九六三七作"俱口"。

**送王待制知陝府**（頁三〇三五）

"出舊"，《大典》卷一〇九九九作"存舊"。

**五月七日見賣瓠者**（頁三〇四一）

"馬通"，《大典》卷二二五九作"氣通"。

**依韵和馬都官春日憶西湖寄陸生**（頁三一〇一）

"來無"，《大典》卷二二六四作"啼無"。

**烏啄棗**（頁三一四九）

"不掃"，《大典》卷二三四六作"莫掃"。

**依韵和酬太師相公**（頁三一八九）

"欲使"，《大典》卷九一七作"欲揚"。

**韓玉汝遺油**（頁三二二六）

"紙書"，《大典》卷八八四一作"紙詩"。

**送李端明知河中府**（頁三二四五）

"古蝶"，《大典》卷一〇九九九作"古堞"。

**送少卿知宣州**（頁三二五九）

題，《大典》卷一〇九九九作"送王少卿知宣州府"，且有注"宣本無'王'字，今從他本"；"宣城""三陽"，《大典》作"宣州""三楊"。

**早梅**（頁三三四三）

詩末注"《永樂大典》卷二八〇九"。出處卷次誤，實見《大典》卷二八〇八。

## 趙師民　卷二六三

【輯補】句

曉鶯林外千聲囀，芳草階前一尺長。

《大典》卷八二一。

按：句又見冊三頁一九三三掌禹錫下，又見冊七一頁四五〇六二劉禹錫下，均輯自《過庭錄》，當誤輯。

## 富弼　卷二六五

【校訂】句（頁三三七一）

句"昔年曾作瀟湘客"又見《大典》卷一三四五〇,署"劉概"。册一九頁一二六二三劉概《府舍西軒作》即收。富弼下當刪。

句"古云伏日當早歸"又見《大典》卷一九七八三,署"富鄭公詩"。句乃册六頁三六〇一歐陽修《初伏日招王幾道小飲》中句。《大典》所據文獻應誤錄,富弼下當刪。

### 林概　卷二六七

【校訂】鑒湖月夜行舟(頁三三八三)
"骨爽",《大典》卷二二六七作"骨響"。

### 石介　卷二六八至二七一

【校訂】過飛仙嶺(頁三四三七)
其一"與千",《大典》卷一一九八一作"興千"。

### 江休復　卷二七二

【輯補】奉和留飲弈棋
畢景惜餘歡,邀賞極良夜。談端釋疑結,博弈示閑暇。寂歷萬境空,棋響虛堂借。行列稍分布,邊隅各帶跨。開闔無定期,勝負有更霸。區區方罫上,寓物聘長駕。聊以抒煩憂,末技何足吒。月高霜柝鳴,俯仰閱萬化。酣寢忽寤歌,不知就君舍。
國圖藏傅增湘校光緒二十五年廣雅書局重刊本《公是集》卷五附。

### 唐詢　卷二七二

【校訂】華亭十詠·顧亭林(頁三四五〇)
《大典》卷二二七〇引此詩,亦署"唐詢"。詩又見册五六頁三五一八二張堯同《嘉禾百詠·讀書堆》,歸屬未能確考。

# 册　六

### 文彥博　卷二七三至二七八

【校訂】依漾園池上即事(頁三五五一)
題"依漾",原出處《大典》卷一〇五六作"依潆"。

詩一首(頁三五五一)
據原出處《大典》卷五七六九,題應擬作"題汨羅廟"。

汶陽館(頁三五五一)
原出處《大典》卷一一三一三未標出處,其上首標"文潞公集"。《四部叢刊》本《文山先生全集》卷一四載此詩,册六八頁四三〇四三文天祥下即收。且"家國哀千古"與北宋形勢不符。文彥博下當刪。

### 楊士彥　卷二七九

**【輯補】和定山虎跑泉**

竹圍松蔽鑽霜根,爪迹依然跂石分。不載圖經嗟失記,未參茶譜悵無聞。冷穿石竅淘林月,清漱岩腰濯嶺雲。若把惠山方美味泉味異美,昔賢精鑒是虛文。

大典本"常州府"卷一五。

按:作者名原作"楊志彥",此據王繼宗《〈永樂大典·常州府〉清抄本校注》校改。

### 歐陽修　卷二八二至三〇三

**【校訂】拒霜花**(頁三六一一)

"根守",《大典》卷五四〇作"根容"。

**小飲坐中贈別祖擇之赴陝府**(頁三六五三)

"落寞",《大典》卷一〇九九九作"寂寞"。

**奉使道中寄坦師**(頁三七六三)

《大典》卷一四三八〇引《四明志》載此詩,題"寄育王山長老常坦",未署作者;《延祐四明志》卷二〇引此詩,標"王安石"。此詩又見宋刻元明遞修本《臨川先生文集》卷六《奉使道中寄育王山長老常坦》,冊一〇頁六五一一王安石下即收。歐陽修下或誤收。

**芙蓉花二首**(頁三八一〇)

組詩輯自宋陳景沂《全芳備祖》前集卷二四。其一又見《大典》卷五四〇引《歐陽公詩》,又見國圖藏宋刻本《東坡集》卷一五《王伯敭所藏趙昌畫四首·芙蓉》,冊一四頁九三六〇蘇軾下即收,歐陽修下當刪。第二首見《大典》卷五四〇引《朱晦庵集》,國圖藏宋刻本《晦庵先生文集》卷九收爲《秋華四首·木芙蓉》;又見《大典》卷五四〇引《楊誠齋詩》。冊四四頁二七六三八朱熹下即收,歐陽修下當刪(《訂補》頁七五已指出)。

**詩一首·文出升平世**(頁三八一一)

詩輯自清陸心源輯《敬齋古今黇拾遺》卷一,源自《大典》卷八二一引《敬齋古今黇》。"四克""并用""具同",《大典》作"四充""互用""且同"。注文"易爲力"下《大典》有"故小學有'上士由山水,中人坐竹林'之語"等字。

### 王素　卷三〇四

**【校訂】詩一首**(頁三八一四)

"黃金""烟霄""仙童",《大典》卷七三二八引《古今詩話》作"鳳凰""雲霞""青童"。

### 張方平　卷三〇五至三〇八

**【校訂】勸酒行**(頁三八八五)

"有客""矜權未",《大典》卷一二〇四三作"一客""乘時未"。

### 韓琦　卷三一八至三三八

**【校訂】閱古堂**(頁三九六八)

"子好""不在先覺覺",《大典》卷七二四一作"予好""先覺覺後覺"。

**明堂慶成五言二十韻**(頁四〇四〇)

"意感",《大典》卷七二一四作"易感"。

**次韻答致政趙少師感懷**(頁四〇九三)

"浮邱",《大典》卷九一八作"浮丘"。

**次韻翁監再來館中**(頁四一二三)

此詩輯自《大典》卷一一三一三,標"韓魏公安陽集"。詩又見國圖藏傅增湘校本《陵陽集》卷三,冊二五頁一六六一八韓駒下即收。《大典》或誤錄。

**初冬小園寓目**(頁四一二三)

此詩輯自《大典》卷一九六三七,未標出處,其前一題標"韓琦詩"。此詩又見清康熙呂無隱抄本《宛丘先生文集》卷二四同題,冊二〇頁一三三六六張耒下即收。《大典》當漏署出處而致韓琦下誤收。

**【輯補】次韻和運使楊畋舍人登麟州城見寄**

關河皆我舊,羌虜豈吾鄰。未決廟中筭,可傷山後民。戍兵閑自費,勝策默難陳。世論安無事,吁哉老塞臣。

《大典》卷八〇九〇引《韓魏公安陽集》。

## 趙抃　卷三三九至三四四

**【校訂】曲館**(頁四一三六)

題"曲",《大典》卷一一三一三作"賦曲"。

**寄酬前人上巳日鑑湖即事三首**(頁四一九六)

其一"仙使""苦思",《大典》卷二二六七作"仙仗""止思"。

**過台州登巾子晚游東湖**(頁四二三八)

"東吳",《大典》卷二二六二作"東湖"。

**上趙少師**(頁四二五〇)

原出處《大典》卷九一八未標文獻來源,其前詩標"趙清獻公集",故編者輯於趙抃下。然該詩又見嘉靖四十四年刻本《節孝先生文集》卷一,冊一一頁七五五九徐積下即收。據徐積詩前序,乃爲趙抃而作。《大典》所據《趙清獻公集》或附見此詩,故錄於此。趙抃下當刪。

## 范鎮　卷三四五至三四六

**【校訂】成都觀牡丹**(頁四二五七)

"噴雪""空色",《大典》卷五八三八作"噴麝""空相"。冊九頁六二〇四司馬光《和景仁答才元寄示花圖》自注云:"近歲舉世談禪,獨景仁未耳,今亦有'空相'之句,故卒章戲之。"則異文當以《大典》爲是。

**吏隱堂**(頁四二六三)

"柳",《大典》卷七二三九作"拂"。

趙丙　卷三四七

【校訂】東池(頁四二六九)

此詩輯自《大典》卷一〇五六引《詩海繪章》之《武興東池入蜀之勝趙南正曾典是郡往來熟游詩》。卞東波考證認爲"趙南正"乃詩題一部分，而非作者。① 此詩當歸無名氏，趙丙下當删。

# 册　七

李覯　卷三四八至三五〇

【校訂】震山岩(頁四三五七)

此詩又見册一一頁七三二一李觀。二人詩均輯自《大典》卷九七六四，標"李觀詩"。李覯下當删。

又寄龍學(頁四三五七)

原出處《大典》卷一四三八〇未標出處，其前一首標"李泰伯詩"，故輯錄於此。詩又見上海古籍出版社 2015 年版郭彧點校《邵雍全集·伊川擊壤集》卷九，題《代書寄祖龍圖》，册七頁四五四〇邵雍下即收。祖無擇《龍學文集》卷二一"名臣賢士詩一十六首附"亦載此詩，繫於邵康節下。則李覯下當删(《訂補》頁八二已指出)。

【輯補】題袁州東湖呈龍學

此詩又見《大典》卷二二六二，署"《祖龍學集》，李素伯"。然"李素伯"未見。檢《祖龍學集》中，多與李覯字泰伯唱和，有關東湖者即有多篇。則"素伯"當爲"泰伯"之誤。此詩已見册一一頁七三二二李觀《東湖》，僅"水清"，《大典》作"冰清"。詩當移正李覯下，不具錄。

再呈
郡藏好景有東湖，誰道蓬萊遠無路。水底芙蓉謾托根，爭如岸上甘棠樹。客來坐見碧波中，魚跳潑剌頹尾露。下釣不及呂尚賢，明月清風又歸去。

《大典》卷二二六二引《祖龍學集》。

蘇洵　卷三五一至三五二

【校訂】九日和魏公(頁四三六九)

"久從""偶傍"，《大典》卷八二一引《敬齋古今黈》作"屢從""還傍"。

元絳　卷三五三

【校訂】次韵和君貺會趙叔平少師(頁四三八一)

此詩輯自《大典》卷九一八，誤標《章敦玉堂集》。《全宋詩》正之，據以輯錄。"積雪"，

---

① 卞東波：《永樂大典殘卷所載詩選詩海繪章考釋》，《中國韵文學刊》2007 年第 2 期，第 103－108 頁。

《大典》作"和雪"。

### 【輯補】人日帖子
太極侍臣皆賀雪，含章公主正妝梅。

《大典》卷三〇〇一"章簡公帖子"。

附：《訂補》頁八二訂異文一首、補詩二首、句一則。

## 程師孟　卷三五四

### 【校訂】科漏新成（頁四三八五）
《大典》卷三五二五引此，題作"科漏新成因成二篇呈監官葉左院"。《全宋詩》爲詩一首八句，據《大典》及詩韵，當斷爲絶句二首。

### 【輯補】省真禪師
遠去千年骨尚靈，鄉人無一不虔誠。却將舊識歸何處，留得全身化有情。花落豈知春自在，雲開方見月長生。前時救旱曾相見，一過江來雨入城。

《大典》卷八七八二引《建昌府志》。

按：《大典》原署"熙寧間，經略程孟孟有詩"，"程孟孟"當爲"程師孟"之誤。

附：《訂補》頁八三訂異文三首、補詩一首。《輯補》册二頁六一二至六一三補詩六首，其中《留客開元寺》乃王惟深《程公關留客開元飲》其二（册一五頁一〇一八七），《書仲謨先塋功德院》已見《全宋詩》頁四三九〇同人下，當删。

## 劉巨　卷三五四

### 【校訂】贈蘇軾兄弟（頁四三九六）
"他祝以"，《大典》卷九二二引《愛日齋叢抄》作"它祝只"。

## 邵雍　卷三六一至三八一

### 【校訂】小園逢春（頁四四五六）
題"逢春"，《大典》卷五八三九作"花開"。

### 登嵩頂（頁四四九三）
"持棋"，《大典》卷一一九五一作"若棋"。明《正統道藏》本《伊川擊壤集》同《大典》。

### 答人吟（頁四六二〇）
"常年"，《大典》卷三〇〇六作"當年"。《正統道藏》本《伊川擊壤集》同《大典》。

## 郭獬　卷三八二

### 【校訂】送吳中復守長沙（頁四七〇九）
《大典》卷五七七〇載此詩，署"鄭獬"，册一〇頁六八九六鄭獬收。吳中復守長沙在治平元年（1064）五月，時鄭獬在京城，有送吳中復之可能。而郭獬其他文獻未見載。詩當爲鄭獬作。

### 張俞  卷三八二

**【校訂】歲窮雨夜獨卧山齋**（頁四七一七）

此詩輯自《古今歲時雜詠》卷四二，未署作者，其上一首《除夜宿黃沙館書懷》署"張少愚"，編者據以輯於張俞下。然《大典》卷二五三九引此詩，署"章惇詩"，册一三頁九〇三〇章惇下據輯。張俞下或誤收。

### 張伯玉  卷三八三至三八四

**【輯補】同孫資政游西湖席上**

湖上春風滿白蘋，湖邊船影亂龍鱗。誰何得似征南將，解與江山作主人。

《大典》卷二二七二引張伯玉詩。

附：《訂補》頁九〇補三首、句一則。其中"美君席上碧雲句"詩誤錄册三頁一九八九張毂字伯玉下，此張毂僅一詩，可删其人。

### 蔡襄  卷三八五至三九三

**【校訂】西湖**（頁四七八〇）

題，"吳船"，《大典》卷二二七二作"咏湖上"；"吳航"；"一笋"，《大典》卷二二六三作"一望"。

**抄秋湖上**（頁四七八四）

"分銷蕭"，《大典》卷二二七二作"漸銷半"。

**訪陳處士**（頁四七八七）

"元在"，《大典》卷一三四五〇作"尤在"。

**和子發**（頁四八一二）

題，大典本"常州府"卷一五作"復葛通議并序"；《序》末"常州府"有"治平元年甲辰正月二十八日書"十三字。

**寒食西湖**（頁四八一七）

"山禽"，《大典》卷二二六四作"沙禽"。

**【輯補】和鑄南州新咏**

無意孤吟探幽致，他時行橐定空還。

《大典》卷三一四五引《莆陽志》。

**羅漢寺**時與丘助教同游

故國重瞻喬木在，白頭相見故人稀。寧知強健丘公子，七十猶能扣我扉。

同治十年《重刊興化府志》卷三三。

附：《重刊興化府志》卷三二鄭伯玉《二月二十日縣樓小飲》《三月晦日縣樓小酌》《宿彌陀閣》《高亭》《環翠亭》，方子容《烏齊院》，翁績《迎仙港》，册五鄭伯玉、册一一方子容、册一九翁績下未收；卷三三黃岩孫《壬申捧檄留題》，册六七黃岩孫下未收；卷三三張禮《題木蘭陂》，《全宋詩》未收其人。今諸補訂之作亦未言及以上諸詩。

## 韓絳　卷三九四

**【校訂】和范蜀公題蜀中花圖**（頁四八四一）

"費"字下注"《永樂大典》作貴"。校文未標出處卷次，實見《大典》卷五八三八。

## 葛密　卷三九五

**【校訂】近造浮屠之悟空者睹君謨省主給事留題詩板列楣棟間粲然可誦因摭方袍之意成拙句以寄**（頁四八五六）

題，大典本"常州府"卷一五作"睹悟空寺留題寄蔡君謨并序"，《全宋詩》原題爲詩《序》，且"之意成拙句"，《大典》作"氏之意成長句一章"。

## 李師中　卷三九六至三九七

**【校訂】中隱岩**（頁四八七一）

其一"飛雪"，原出處《大典》卷九七六五作"飛雲"。

**句·裴公湖**（頁四八七三）

句末注"《永樂大典》卷六八三四"。出處卷次誤，實見《大典》卷二二七〇。

## 陸經　卷三九八

**【輯補】謫袁州道中寄蘇子美**

《大典》卷一四三八〇引二詩，標"陸經"。册四頁二六四三誤爲張群作，且以第二首題作"謫袁州寄子美"。《輯補》册二頁六四五已補（另補句一則），此不具錄。

**和南正職方與舍弟同訪夜圃兼呈知郡都官哲兄伏惟采覽**

馬入寒林趣已佳，客穿修竹徑還斜。閑雲野老自成伴，落日水亭猶見花。莫問何人爲地主，但逢幽景即吾家。喜君尋得仙村路，須向城中謝守誇。

《鳳墅續帖》卷一五。

附：《訂補》頁九三補句一則。

## 高言　卷三九八

**【校訂】干友人詩**（頁四八八六）

題、"陰風"，《大典》卷三〇〇五引《詩海繪章》作"送中牟于友人""陰雲"。且《大典》署作者爲"高明言"。

## 杜于能　卷三九八

**【校訂】次韻經略吳及石門洞**（頁四八八八）

原出處《大典》卷一三〇七四引此詩，署"杜于能"。且傳記云"與劉牧、吳及同時"。據鄭獬《鄖溪集》卷二一《户部員外郎直昭文館知桂州吳公墓志銘》，知吳及嘉祐六年知桂州、經略廣西事。檢《臨川先生文集》卷五〇載《權提點廣南西路刑獄杜千能祠部郎中制》，乃嘉祐八年制，有名"杜千能"者自權提點廣南西路刑獄改祠部郎中。韓維《南陽集》卷一六載《尚書祠部郎中杜千能可依前充三司鹽鐵判官》,名"杜千能"者又自尚書祠部郎中充三司鹽鐵判官。此"杜千能"與"杜于能"名相似,且有任官廣西之經歷,可斷定"杜于能"爲"杜千能"名之訛。另據《景定建康志》卷二七,杜千能慶曆五年以大理評事知溧陽縣,慶曆八年得替。可補杜千能傳記。則杜千能得與吳及游。

### 魯交　卷三九九

**【校訂】寄劉彦炳**(頁四八九三)

原出處《大典》卷一四三八〇引此詩,署"戈鎬詩"。則此詩作者乃明初戈鎬。《大典》此詩上一首爲《有寄》,標"魯交詩",因之而誤輯。

### 吳及　卷三九九

**【輯補】題石門洞**

會昌刺史號風流,今古雖遼迹可求。君揖衆山趨洞口,我分危徑下岩幽。賢侯已去題名在,假守重來廢館修。況是桂林多勝賞,更教添得石門游。

《大典》卷一三〇七四引《桂林志》。

按:《大典》引此詩未署作者,其下引劉牧《次韵經略吳及石門洞》、杜千(原作"于")能《次韵》。然劉牧詩韵與此詩不同,杜千能詩韵與此詩同。

### 劉贄　卷三九九

**【校訂】禹碑**(頁四九〇〇)

原出處《大典》卷八六四八署"劉贄"。然《大典》卷五七七〇亦引此詩,署"劉摯《題禹碑》",册一二頁七九九八劉摯下據輯。劉贄下當删。

**游後洞詩**(頁四九〇〇)

原出處《大典》卷八六四八署"劉贄",乃册一二頁七九三三劉摯《自福嚴至後洞記柳書彌陀碑》中句。則"贄"乃"摯"之誤,劉贄下當删。

### 金君卿　卷四〇〇

**【校訂】慈竹**(頁四九一五)

"水蒼",《大典》卷一九八六五作"冰蒼"。

**和永叔潁川西湖**(頁四九二九)

題"潁川",《大典》卷二二六三作"潁州",國圖藏翰林院抄本《金氏文集》同;詩"信步",《大典》作"信馬"。

# 册　八

### 陳舜俞　卷四〇二至四〇五

**【校訂】太湖一首和姚子張**(頁四九五四)

"直四庫本作真",《大典》卷二二六〇作"誠"。

**三峽橋**（頁四九五四）

此詩又見國圖藏宋刻本《青山集》卷一《廬山三峽石橋行》，册一三頁八七三〇郭祥正下即收。則陳舜俞下誤收當删。

**和部使者騎牛歌**（頁四九五五）

題、"英詞"，《大典》卷三一四二作"和部使者毛某歌""美辭"。

**和劉道原騎牛歌**（頁四九五五）

題、"寧戚"《大典》卷三一四二作"和涣子恕歌""又不見寧戚"。

**奉酬長文舍人出城見示之句**（頁四九六三）

此詩又見上海古籍出版社2009年版洪本健校箋《歐陽修詩文集校箋·居士集》卷一三同題，册六頁三七〇四歐陽修下即收。陳舜俞下誤收當删。

**次韵六安魏明府三首**（頁四九七六）

其一"人方"，《大典》卷一一〇〇〇作"人芳"。第一詩末《大典》有注"陳元龍，湖海之士，豪氣不除，而名重天下"。

**圓通行**（頁四九七九）

原出處《大典》卷六六九九引《江州志》署"舜俞"。詩又見宋刻本《青山集》卷一《圓通行簡慎禪師》，册一三頁八七三三郭祥正下即收。且郭祥正集中另有詩及"慎禪師"。《大典》所署作者應不確，陳舜俞下誤收當删。

附：《訂補》頁九六補詩一首。《輯補》册二頁六五二至六五三補詩一首、句一則。

## 陶弼　卷四〇六至四〇七

**【校訂】出嶺題石灰鋪**（頁四九八四）

"雲下"，《大典》卷一四五七六作"林下"。

**東湖**（頁四九八六）

"一橋"，《大典》卷二二六二作"小橋"。

**西湖**（頁四九八六）

"路向""栖泊"，《大典》卷二二六四作"路出""倚樓"。

**登邕州城**（頁四九八九）

題、"日繞"，《大典》卷三五二五作"夜登朝天門""目繞"；"斗迴"下《大典》尚有"白社舊游嗟不掃，朱門新貴笑無材。圖書脱落田園廢，好賦淵明歸去來"等句。

**木芙蓉**（頁四九九二）

"一翻""坐因"，《大典》卷五四〇引《詩海繪章》作"一番""伴因"。

**過蒼梧**（頁五〇〇〇）

原出處《大典》卷二三四三署"陶商翁"。詩又見册二二頁一四七二六謝孚《蒼梧即事》。《粤西詩載》卷一〇、《廣西通志》卷一二二引此詩，均繫謝孚下。《大典》或誤標出處。

**中湖**（頁五〇〇二）

"賞稱""使君少"，《大典》卷二二六七作"稱賞""龎官寡"。

**三海岩**（頁五〇〇二）

"此日""柔桑"，《大典》卷九七六四作"今日""桑田"。

【輯補】儂賊寇五羊歸善蕭令注夜焚賊船城得以援作詩寄之
賊計包藏久，兵權委付輕。百年銅鼓静，半夜羽書驚。敗馬嘶亡主，殘民哭破城。終軍知感憤，先我乞長纓。

寄蕭注
驃騎新戎幕，牂牁古要藩。璽書行絕域，銅柱入中原。月第笙歌濕，秋城鼓角喧。儒纓係蠻貊，令信賈生言。

《大典》卷一四三八〇引《建武志》。

按：此二詩作者不詳。然《寄蕭注》句"璽書行絕域，銅柱入中原"，又見陶弼《辰州》。且此二詩所述事爲陶弼及見，或亦爲陶弼作。

附：《訂補》頁九六至一〇〇校訂六首，補十五首、句三則，其中《桂林書事》《題陽朔縣舍之二》已見本人下，《寄桂林張田經略》第一首首聯本人下已收。《輯補》册二頁補四首（一首已見《訂補》）、句九則（三則已見《訂補》），其中《觀曹彬畫像》已見本人句一（頁五〇〇七），《黃菊》乃本人《菊》（頁五〇〇〇）中句，《欽州》乃本人《寄欽州洪邁侍禁》（頁四九九八）中句，當刪。

## 陳薦　卷四〇八

【校訂】燕子樓（頁五〇二三）
"新阡""猶住""月好""寒夢覺來滄海闊""吟罷紫蘭""思如春"，《大典》卷三一四一作"松楸""猶在""月滿""舊事欲論鄉夢斷""吟就海潭""似春深"。

范增墓（頁五〇二四）
"乘鶴""憤失"，《大典》卷三一四一作"乘變""惜失"。

## 楊蟠　卷四〇九

【校訂】虹橋（頁五〇四一）
《大典》卷二二六〇引《輿地紀勝》載此詩，署"楊蟠"。然詩又作册一八頁一二二一四劉跂律詩《吳江長橋》後四聯。楊蟠下當刪。

詩一首（頁五〇四二）
大典本"常州府"卷一五載《登君山酬馬粹中》，乃全篇，今據錄：北轉滄波繞翠微，登臨憶共看雲飛。別來樂事應如舊，老去相逢亦已稀。誰與畫圖傳勝迹，忽從詩字得清輝。江山歷歷皆堪數，不記當年幾醉歸。

清心堂（頁五〇四八）
"水"，原出處《大典》卷七二四〇作"冰"。

虎跑泉（頁五〇四八）
大典本"常州府"卷一五載此詩，題《和》，所和乃王竦《定山虎跑泉》。且詩末"常州府"有注云："事見元使君銘之泉，公嘗（原作'當'）往游而欲刻詩其上，故述此意。"

【輯補】江陰書事
流年謾記交朋在，獨坐孤城嘆物華。海上帆來何處客，烟中犬吠幾人家。雲寒雁影翻紅照，水落鷗群占白沙。江國已知身世遠，更無魂夢繞天涯。

**軍**(原作"郡")**守按視橫河**
處處門開犬不驚,田間把酒聽啼鶯。風吹柳渡春將晏,雲近花村雨復晴。工就千旗歸尚早,令齊萬錏(原作"鐲",據《弘治江陰縣志》卷三改)下無聲。新流滿滿何時放,便擬浮船去入城。

**水月庵** 舊在廣福寺
玉水冥涵一氣邊,僧來倚杖倒看天。光含物色空相照,影到人心祇自圓。落葉無留寒炯炯,潛魚不動夜娟娟。平生漫負安禪意,欲坐清凉未有緣。
以上見大典本"常州府"卷一五。

**登孤嶼**
天暖風光起,侵晨到此間。花飛春北去,潮落水東還。雙崎江心塔,層分海上去。聖君恩不淺,令我養疏閑。
《弘治溫州府志》卷二二。

**滴水泉**
一井萬人足,靈源誰與尋。自從顧太守,不竭到於今。
姜准《岐海瑣談》卷一〇。

**三姑潭**
瀑從千尺落,潭作五層流。更欲攀雲去,真源在上頭。
《乾隆瑞安縣志》卷九。

**思遠樓**
吳興劉孝叔,樓此面蒼陂。
文淵閣本《梅溪後集》卷五《林明仲自梅嶼拏舟招丁道濟道揆張思豫及予同飲索詩坐間成六絕七月朔日》。
按:以上四題,《溫州師範學院學報》2006年第4期載潘猛補《從溫州地方文獻訂補〈全宋詩〉》已補。潘所補尚有《觀瀾軒》,已見本人《滄浪閣》(頁五〇五〇),當刪。《訂補》頁一〇二至一〇三補詩六首,其中《吳江長橋》與楊傑《舟泊太湖》雖異文頗多,但可斷爲同詩,當誤收。《輯補》册二頁六六〇至六六二補詩五首、句六則,其中詩三首、句二則已見潘猛補文;另句《滄浪閣》乃本人《滄浪閣》第二聯,當刪,

## 陳襄　卷四一二至四一六

**【校訂】和蘇子瞻通判在告中聞余出郊以詩見寄**(頁五〇九七)
"綠意",《大典》卷二二六四作"芳意"。

**常州郡齋六首**(頁五〇九八)
其四"消息"、其五"惟有",《大典》卷二五三八作"消長""惟見"。

## 韓維　卷四一七至四三〇

**【校訂】下橫嶺望寧極舍**(頁五一二四)
"意閑",《大典》卷一一九八一作"意闌"。

**和晏相公西湖**(頁五一二八)

答象之謝惠黃精之作（頁五一三〇）
"荷葵""其濟"，《大典》卷二二六四作"荷芰""且濟"。
答象之謝惠黃精之作（頁五一三〇）
"而乾"，《大典》卷八五二六作"之乾"。
答和鄰幾元夕聖俞及予過之（頁五一七二）
"大樹"，《大典》卷二〇三五四作"火樹"。
同子華仲連二兄游湖（頁五一九〇）
"岸水"以下句，《大典》卷二二七四作"浮花。德義誠爲樂，銀黃未足誇。歡來不知醉，屢舞落烏紗"。
西湖雨中同公懿諸君飲（頁五一九一）
"波白"，《大典》卷二二六四作"波面"。
宿西京府署晚游東池（頁五二〇二）
"移舟"，《大典》卷一〇五六作"賡酬"。
和邵興宗再還館（頁五二一二）
"老天"，《大典》卷一一三一三作"老添"。
和謝主簿游西湖（頁五二三三）
"自生"，《大典》卷二二六四作"似生"。
和三兄游湖（頁五二三四）
"已經"，《大典》卷二二七四作"已驚"。
和晏相公湖上十月九日三首（頁五二六八）
其二"夕照"，《大典》卷二二七二作"斜照"。
芙蓉五絶呈景仁（頁五二八二）
其二"露細"、其三"尤蕊"、其四"盛品"，《大典》卷五四〇作"露結""九蕊""品盛"。
【輯補】和晏相公湖上二首依韵
撑舟入湖面，倚柂望嵩顏。目與孤雲斷，心如流水閑。魚兒蓮葉底，鶴子稻苗間。歸路城陰晚，泉聲響佩環。
元老優游地，高賢放曠心。景緣塵外勝，趣入静中深。游屐通朝暮，詩豪盡古今。何須解圭組，即自是山林。
《大典》卷二二七二引韓維《南陽集》。
附：《訂補》册二頁六六四補詩一首。

## 文同　卷四三二至四五一

【校訂】烏生八九子（頁五三〇一）
"葉捐"，《大典》卷二三四六作"棄捐"。
和吴龍圖韵五首·二色芙蓉（頁五三八〇）
"畫調"，《大典》卷五四〇作"畫開"。
依韵和張推官元夕（頁五三八三）
"榮樂"，《大典》卷二〇三五四作"營樂"。

黄庶　卷四五三

【校訂】宿趙屯(頁五四九四)
注"此詩",《大典》卷三五八七作"右詩"。

曾鞏　卷四五四至四六二

【校訂】發松門寄介甫(頁五五四〇)
"溇"下《大典》卷三五二七有注"一作溪"。
北湖(頁五五五九)
"淬消",《大典》卷二二六五作"淬净"。
西湖二首(頁五五八一)
其二"燕坐",《大典》卷二二六四作"燕子"。
餞神(頁五六一一)
原出處《大典》卷二九五二署"中興江湖集曾鞏詩"。曾鞏詩,不當入《中興江湖集》,《大典》標識當有誤,詩是否曾鞏作尚不能確定。

# 冊　九

劉敞　卷四六三至四九〇

【校訂】魏京詩(頁五六一八)
《大典》卷七七〇二引組詩,未分成數首,文淵閣本分。此詩仿《詩經》,當以不斷爲是。
鷄冠花(頁五六三五)
此詩又作册五頁三三四三梅堯臣同題。梅堯臣詩輯自《全芳備祖》前集卷二六,檢國圖藏清抄本此集,"鷄冠花"條下録五言古詩二首,第一首署"梅聖俞",又見朱東潤編年校注本《梅堯臣集編年校注》卷一七;第二首即本詩,未署作者,朱東潤編年校注本未載。此詩歸屬未能確考。
今古路(頁五六四六)
此詩又見南宋刻本《增廣司馬温公全集》卷二五《今古路行》,册九頁六二二二司馬光下即收。然《宋文鑒》卷一六載此詩,署"劉敞"。此詩歸屬未能確考。
曲水臺竹間默坐(頁五六五〇)
此詩又見頁五七〇九本人《曲水臺》,當删其一。
種蔬二首(頁五六六二)
其二"何不",《大典》卷二四〇七作"胡不"。
坐嘯亭納凉(頁五六六七)
此詩又作册一一頁七〇八五劉攽同題,歸屬未能確考。
代書寄鴨脚子于都下親友(頁五六八八)
此詩又見《梅堯臣集編年校注》卷二四同題,册五頁三一一二梅堯臣下即收。宋衢州刻本歐陽修《居士集》卷五載《梅聖俞寄銀杏》。劉敞下當誤收。

**初卜潁州城西新居**（頁五七〇〇）

此詩又作冊一一頁七一三三劉攽《潁州和永叔》，歸屬未能確考。

**晚過西湖**（頁五七〇五）

"逍遥"，《大典》卷二二六四作"消摇"。

**示鄉人陳生**（頁五七三九）

"擢扶"，《大典》卷三〇〇四此作"濯扶"。

**浮光山人**（頁五七四二）

"迹尚"，《大典》卷三〇〇四作"跋尚"。

**早發襄城之龍山呈曼叔**（頁五七四九）

此詩又見文淵閣本《南陽集》卷二同題，冊八頁五一三二韓維下即收。劉敞下當誤收。

**城頭烏**（頁五七七三）

據《大典》卷二三四六，題應擬作"烏夜啼"。

**重到謝氏園亭寄裴博士俊叔王主簿宗傑**（頁五七九二）

此詩又作冊一一頁七二二五劉攽《重到謝氏園亭寄裴博士俊叔王主簿宗傑時裴往淮南王出京師》，《兩宋名賢小集》卷五四載此詩於劉敞下。歸屬未能確考。

**乏酒**（頁五八〇〇）

此詩又作冊四三頁二六九六二喻良能同題，歸屬未能確考。

**鳳凰山笙竹**（頁五八五九）

詩末《大典》卷一九八六五有注"樂毅語中稱汝篁，此當是已然。今人無以汝篁爲用者"。

**臨昆亭**（頁五八六二）

此詩頸、頷兩聯又見文淵閣本《王荊公詩注》卷四六《雜咏六首》其六，冊一〇頁六七七八王安石下即收。此詩歸屬未能確考。

**五月望日赴紫宸謁待旦假寐**（頁五八六八）

此詩又見冊一一頁七二五六劉攽下，《兩宋名賢小集》卷五五載此詩於劉敞下。歸屬未能確考。

**壺公祠大樹**（頁五九〇一）

"直"字下注"原作信，據名賢本、傅校本改"。《大典》卷一四五三七正作"直"。詩末注"城也"，《大典》作"城是也"。

**和陳度支杜城園池長韵詩**（頁五九〇一）

題注"舊名園"、詩"邇來"，《大典》卷一〇五六作"舊名""爾來"。

**雨後回文**（頁五九〇六）

此詩又見冊一一頁七二九七劉攽下，《兩宋名賢小集》卷五五載此詩於劉敞下。歸屬未能確考。

**芍藥**（頁五九〇六）

此詩又作頁五九三五本人同題後四句，當刪。

**答鍾元達覓藕栽二首**（頁五九一二）

二詩又見嘉業堂叢書本《漫堂文集》卷一同題，冊五三頁三三三五四劉宰下即收。《寶慶四明志》卷一〇慶元二年武舉載有鍾元達，當即其人。劉敞下誤收當刪。

**野人致枸杞青蒿**（頁五九一九）

此詩乃册一四頁九二四八蘇軾《春菜》第二、三聯，當刪。

**呈主人二首**（頁五九二二）

其二"誰舉"，《大典》卷三〇〇四作"雖舉"。

**桃花三首**（頁五九二四）

其三又見上海古籍出版社2017年孫海燕點校本《參寥子詩集》卷一〇《次韵伯言明發登西樓望桃花》之二，册一六頁一〇七九〇釋道潛下即收。劉敞下誤收當刪。

**絕句**（頁五九二九）

此詩又作册一一頁七三〇八劉攽組詩《新晴》之一，歸屬未能確考。

**出長蘆口**（頁五九三五）

此詩輯自《錦綉萬花谷》，又見册一一頁七三〇五劉攽下，歸屬未能確考。

**迎春花**（頁五九三六）

此詩輯自《全芳備祖·前集》卷二〇，又作册九頁五九九二王珪《失題》之一。詩又見《御定佩文齋廣群芳譜》卷四二，題劉敞《閣前迎春花》三首。檢大典本《公是集》載《迎春花》僅二首，無重出詩。據《永樂大典凡例》所云"用韵以統字，用字以繫事。凡天文、地理、人倫、國統、道德、政治、制度、名物，以至奇聞異見、廋詞逸事，悉皆隨字收載"，知此三首詩當在《大典》中編纂於相近卷次。若重出詩爲劉敞所作，當與劉敞另二詩編於同卷同條。且王珪、劉敞名不相近，集不同名，四庫館臣抄録時不應粗疏如此，把三詩分開抄録於二人集中。故重出詩當爲王珪所作，劉敞下當刪。檢原出處此詩未署作者名，且詩前二詩亦爲咏迎春花之七言絕句，第一首下題"劉原父"，與第二首均見大典本《公是集》。因第三首詩下脱去王珪名氏，致誤認此詩亦劉敞所作，以致《御定佩文齋廣群芳譜》編此詩於劉敞下。

**筍**（頁五九三六）

此詩乃册五頁三二二五梅堯臣《韓持國遺洛筍》前四句，當刪。

**雜詩**（頁五九三七）

此詩又作册一一頁七〇八一劉攽《雜詩》之五，歸屬未能確考。

**周節推移曹州此君凡換五幕府**（頁五九三八）

此詩又見册一一頁七二〇七劉攽下，《兩宋名賢小集》卷五四歸劉敞下，歸屬未能確考。

**農父**（頁五九四一）

此詩見《大典》卷六二四引《劉原父詩》，題"農父"下有"二首四言"四字。

**自恩平還題嵩臺宋隆館**（頁五九四二）

原出處《大典》卷一一三一三未標出處，其前有詩標《劉公是先生集》，故輯於此。組詩又見道光九年刻本《莆陽知稼翁集》卷下《自恩平還題嵩臺宋隆館二絕》，册三六頁二二五〇八黄公度下即收。黄公度另有《恩平燈夕憶上都舊游呈座客》詩。劉敞下誤收當刪。

**壺公祠大樹**（頁五九四三）

"冗幹""弗聞"，原出處《大典》卷一四五三七作"穴幹""費聞"。

**上書行**（頁五九四五）

此詩輯自清《積書岩宋詩删》。詩又見册一一頁七一六一劉攽下。《宋文鑒》卷一三、《兩宋名賢小集》卷六四均録於劉攽下，劉敞下當誤收。

**句**（頁五九四五至五九四六）

句"城角日高人寂寞"乃册五九頁三六八一二劉子翬《建寧郡齋》第二聯，當删。

句"頌聲騷客誤"乃册一一頁七二七五劉攽《寄橙與獻臣》第五聯，當删。

句"江南碧木映霜秋"乃册一一頁七三一〇劉攽《黄橙寄黄翁》第一聯，當删。

句"但見古河東"又作册四一頁二五七四四陸游斷句之一〇，又作册一四頁九二六一蘇軾《中秋月寄子由三首》之二中句，劉敞、陸游下當删。

**【輯補】聞介甫典常州**介甫屢辭榮進

五月被裘者，不拾道旁金。向無延陵子，將繆伊人心。君懷讓爵高，處世猶陸沉。復爲江湖守，真若還山林。宦（原作"官"）情每輕外，俗議常排今。見君古人風，更欲投吾簪。

大典本"常州府"卷一五。

**題閣後叢竹寄直儒院長時退居南陽**

蕭蕭庭隅（原作"偶"）竹，亦有凌雲意。逼此高閣陰，秋來更憔悴。憐君隆中卧，不見孤直心。歲晚霜露繁，蟪蛄正悲吟。

《大典》卷一九八六五引《劉公是先生集》。

**寄彥猷閣老某前歲奉使還領揚州今彥猷亦自境外歸得姑蘇**

相望持節出盧龍，繼踵分符别紫宫。汲黯雖嫌棄爲郡，袁絲應憚久居中。文章不見於時益，出處何知與子同。紅藥萬株天下絶，謝公來肯醉薰風。原注：此州芍藥冠絶天下。

文淵閣本陸佃《陶山集》卷三。

按：勞格《讀書雜識》考此詩爲劉敞作。

附：《訂補》頁一〇八校勘詩一首，并考訂《過王氏弟兄》（頁五七六五）又作劉攽（册一一頁七一三七），《納涼明教臺呈太守》（頁五八四八）又作劉攽《五月二首》之二（册一一頁七二〇〇），當注明；《萱花》（頁五九〇六）乃本人《種萱》前二聯（頁五七三六），斷句之八"薰風四月濃芳歇"乃本人《榴花洞》第一聯（頁五九三〇），當删。《輯補》册二頁六六六補詩一首。

## 王珪　卷四九一至四九七

**【校訂】白鷺亭**（頁五九四八）

此詩又見《宋文鑒》卷一五，題《秋日白鷺亭向夕風晦有作》，署作者爲王琪。册四頁二一三五王琪下收作《秋日白鷺亭向夕有感》。《景定建康志》卷二二注文引此詩，亦署作者爲王琪。《景定建康志》尚載珪、琪游白鷺亭附近名勝賞心亭時詩，均爲秋日之景，與《白鷺亭詩》時序一致。但琪詩云"冉冉流年去京國，蕭蕭華髮老江湖。殘蟬不會登臨意，故噪西風入座隅"，與《白鷺亭詩》"餘生本江湖，偃蹇欣所會"感情基調一致；而珪詩"人事不同風物在，悵然猶得對芳樽"，與此基調不同。《宋文鑒》《景定建康志》皆宋人所纂，必有所據，而王珪集輯自《大典》。則此詩可斷爲珪從兄琪所作。勞格《讀書雜識》已辨之。

**和敬叔弟七月十二夜胡伯恭園池對月即事之作**（頁五九五一）

**挽貢南漪三首**（頁五九六二）

挽董瀾溪二首(頁五九六二)

挽胡信芳上舍二首(頁五九六二)

挽吳止水(頁五九六三)

挽潘昌朝(頁五九六三)

挽吳大社(頁五九六三)

挽錢公起(頁五九六三)

挽董儒仲二首(頁五九六四)

以上諸詩乃元人王圭詩,勞格《讀書雜識》已辨之,當刪。

金陵懷古二首之二(頁五九六八)

登懸瓠城感吳季子(頁五九六九)

三鄉懷古(頁五九六九)

登海州樓(頁五九六九)

此四詩均爲張耒作,分見册二〇頁一三二〇一同題、頁一三二〇六《登懸瓠城感吳李事》、頁一三二一二同題、頁一三一九〇《登海州城樓》。檢《四部叢刊》影印涵芬樓藏舊抄本張耒《張右史文集》,上述四詩分別爲卷二四《金陵懷古》《登懸瓠城感吳李事》、卷二五《三鄉懷古》、卷二二《登海州城樓》。其中重出詩《登懸瓠城感吳季子》云:"將軍戈甲從天下,丞相旌旗匝地來。堪笑怒螳猶强臂,不知蟄户欲驚雷。咄嗟武相深冤洗,指顧山東治境開。吏部聲名千古在,斷碑何處卧蒼苔。"其詩所咏乃唐憲宗元和十二年(817)平淮西吳元濟事,與吳季子無涉,王珪詩題顯誤。而所咏史實與張耒集所題《登懸瓠城感吳李事》詩題合。重出詩有《登海州樓》,檢王珪詩,僅此一首涉及海州,而《張右史文集》卷二二有《將至海州明山有作》《秋日登海州乘槎亭》等詩,則海州乃耒行履所及。且張耒集流傳有自,重出詩是王珪所作可能性極小,可斷爲張耒作。此四首詩之所以重出爲王珪詩,應源自《瀛奎律髓》。檢《瀛奎律髓》卷三録此四詩,脱去張耒之名,未署作者;而前一首爲《依韵和金陵懷古》,署作者爲王岐公。據《瀛奎律髓》選詩題作者例,四詩被誤認爲王珪所作。《兩宋名賢小集》卷四〇徑歸四詩於王珪名下。《大典》編纂者沿而不察,連《登懸瓠城感吳季子》詩題誤字亦未改,徑録耒四詩爲王珪詩,四庫館臣全部誤録入大典本《華陽集》。

莫京甫知事有臺掾之辟賦詩識別二首(頁五九七一)

胡則大學士滿秩趨京賦詩爲贈(頁五九七一)

訪别成獻甫經歷時新拜西臺御史之命二首(頁五九七一)

又上監察御史(頁五九七一)

次胡則大賦雪韵(頁五九七八)

又次韵(頁五九七八)

劉損齋主簿見示游廣教和劉朔齋詩次韵(頁五九八三)

送汪叔志赴平江州同知(頁五九八六)

以上諸詩乃元人王圭詩。勞格《讀書雜識》已辨之。

詩一首(頁六〇〇六)

據原出處《大典》卷一九六三七,題當擬爲"即目"。

句(頁六〇〇六)

句"禁籞平明帳殿開"乃册一〇頁六八六三鄭獬《春盡二首》之二首聯,當刪。

附:《訂補》頁一〇九補詩一首、句三則,考訂斷句二則分見本人詩下,當刪。《輯補》册二頁六六七補詩一首、句二則,均已見《訂補》。

### 司馬光　卷四九八至五一二

【校訂】送宋郎中知鳳翔府(頁六一五六)

"鐃騎",《大典》卷一〇九九九作"驍騎"。

### 鮮于侁　卷五一三

【校訂】揚州后土祠瓊花(頁六二三二)

題下注"《永樂大典》卷一一〇七七題作玉蘂花"。《大典》此處無題,繫於"玉蘂花"條,且云"瓊花唯揚州后土祠中有之,其他皆八仙,近似而非。鮮于子駿詩"云云。

【輯補】風土行

郡有耕天村,又有雲下田。

《大典》卷三五七九引《鮮于子駿集》。

附:《訂補》頁一一〇補詩二首,其中《寄東坡》乃蘇軾《二鮮于君以詩文見寄作詩爲謝》(册一四頁九四六〇)前兩聯,當刪。《輯補》册二頁六六九至六七〇補詩三首、句三則,其中句"千峰起華陽"乃本人《洋州三十景·湖橋》(頁六二三四)中句,當刪。

### 張公庠　卷五一五

【輯補】自京泛舟往江陰

漂泊扁舟上,西歸尚未能。江湖思故國,風雨對寒燈。命矣安窮達,時哉任愛憎。客愁無計遣,擁褐夢騰騰。

大典本"常州府"卷一五。

### 姚闢　卷五一六

【校訂】游山門呈知府大卿(頁六二六九)

"伊洛""月互",原出處《大典》卷三五二五作"伊落""月牙",《全宋詩》逕改。

### 張徽　卷五一六

【校訂】聞龍學平昔曾游潁川西湖有詩以寄之(頁六二七六)

題"潁川"、詩"具旆",《大典》卷二二六三引《祖龍學集》作"潁州""丹旆"。

### 趙衆　卷五一六

【校訂】《大典》卷七二三九"吏隱堂"下引趙衆詩,頁六二七八趙衆下即收。《大典》本卷又收司馬光詩,册九頁六一五八司馬光下載爲《和趙子輿龍州吏隱堂》,且與趙衆詩韻同,顯爲和趙衆詩。則"子輿"當爲趙衆之字。司馬光詩作於嘉祐七年(1062),趙衆詩應亦作於同年。

## 張載　卷五一七

**【校訂】岳陽書事**（頁六二八五）

張載詩輯自《濂洛風雅》卷四。然《大典》卷二二六一引詩中句"氣凌雲夢吞八九",標作者"夏竦";詩又見中華書局 2018 年版林海權整理楊時《龜山集》卷三九《岳陽書事》中句,册一九頁一二九三〇楊時下即收。詩當楊時作,夏竦、張載下當刪。

**候人**（頁六二八九）

"朝隮",原出處《大典》卷三〇〇六作"朝隮"。且注文"一作啼"下《大典》尚有注文"蝃蝀,朝隮亦止朝升而已,無他義"。

**句**（頁六二九一）

句"歸燕羇鴻共斷魂"見《大典》卷三五八七引《雨中泊趙屯有感》,標"陸放翁詩",册三九頁二四二八一陸游下收。張載下誤收當刪。

# 册 一〇

## 蘇頌　卷五一九至五三三

**【校訂】次韵蘇子瞻學士臘日游西湖**（頁六三三〇）

"對鏡",《大典》卷二二六四作"對境"。

**和就日館**（頁六四一六）

"三"字下注"《永樂大典》卷一一三一三作二"。校文誤,《大典》作"三"。"驛騎""今踰",《大典》作"胡騎""踰今"。

**使回蹉榆林侵夜至宿館**（頁六四一七）

"雪嶺迢遥""冰天",《大典》卷一一三一三作"夷落蕭疏""胡天"。

**虜中紀事**（頁六四二三）

"夷俗華風"句"夷"字下注"《永樂大典》卷一〇八七七作狄"。檢《大典》,此校文誤,此句實作"夷狄華風"。

## 王安石　卷五三八至五七七

**【校訂】竹裏**（頁六六八七）

《大典》卷八九九引此詩,標"僧顯忠詩",册一二頁七九〇二釋顯忠即收作《閑居》。《洪駒父詩話》所云,王荆公書一絶句於壁間,蓋詩僧顯忠詩也。《全唐詩》李涉下亦誤收。

**和金陵懷古**（頁六七六五）

此詩又見册九頁五九六八王珪《金陵懷古二首》之一。《王荆公詩注》卷三七載此詩。《宋文鑒》卷二四、《景定建康志》卷三七均載此詩,題《和金陵懷古》,署作者爲王安石。《瀛奎律髓》卷三載此詩,題《依韵和金陵懷古》,署作者爲王珪,并云:"此詩誤刊荆公集中,今以岐公集爲正。"今檢《四部叢刊》本《臨川先生文集》卷三六載《金陵懷古》,云:"六代豪華空處所,金陵王氣漠然收。烟濃草遠望不盡,物換星移度幾秋。至竟江山誰是主,却因歌舞破除休。我來不見當時事,上盡重城更上樓。"而此詩云:"懷鄉訪古事悠悠,獨上江城滿目秋。一鳥帶烟來別渚,數帆和雨下歸舟。蕭蕭暮吹驚紅葉,慘慘寒雲壓舊樓。故國淒涼誰與問,人心無複更風流。"正與安石詩所押韵同而韵字異。有理由懷疑《瀛奎律髓》所云"依韵"二字當爲衍文,而重出詩乃和安石詩而作。今《四部叢刊》影印嘉靖三十九年刻本及《宋集珍本叢刊》影印宋紹興刻元明遞修本《臨川先生文集》均未載此詩。故重出詩當判爲王珪作。

### 寄程公闢(頁六七六六)

此詩又作册九頁五九七五王珪《寄公闢》,又作册一〇頁六八七二鄭獬同題。詩有"何時得遂扁舟去,雪棹同君訪剡溪"句。剡溪,乃越州境名勝,則此詩寫作時公闢尚在越州任,時當熙寧十年(1077)十月至元豐二年(1079)十二月間。王安石自熙寧十年六月後,即以使相爲集禧觀使,居鐘山,則"何時得遂扁舟去,雪棹同君泛剡溪"爲其所不得云。《王荆公詩注》即於此詩下注:"此詩恐非公作。"檢《四部叢刊》影印嘉靖三十九年刻本及《宋集珍本叢刊》影印宋紹興刻元明遞修本《臨川先生文集》均未載此詩。詩當非王安石作,當删。

### 次韵王禹玉平戎慶捷(頁六七七七)

此詩又見册九頁五九八四王珪《依韵和蔡樞密岷洮恢復部落迎降》。李壁《王荆公詩注》卷三六載此詩,題《次韵王禹玉平戎慶捷》,僅個別字有異文。《臨川先生文集》卷一八載《和蔡副樞賀平戎慶捷》詩,云:"城郭名王據兩陲,軍前一日送降旗。羌兵自此無傳箭,漢甲如今不解纍。幕府上功聯舊代,朝廷稱慶具新儀。周家道泰西戎喙,還見詩人詠串夷。"所咏乃熙寧六年(1073)十月間事。時以收復熙、河、洮、岷、叠、宕等州,神宗御紫宸殿受群臣賀,親解玉帶以賜王安石。據安石《和蔡樞副賀平戎慶捷》,知其時蔡挺曾有詩紀此事,今詩不傳。然周必大《文忠集》卷一六載《跋蔡敏肅公平戎慶捷詩卷》,知周氏曾親見蔡挺詩稿。安石《和蔡樞副賀平戎慶捷》詩韵爲"旗""纍""儀""夷",當爲依蔡挺原唱之韵。重出詩《依韵和蔡樞密岷洮恢復部落迎降》云:"河湟形勝厭西陲,忽覺連營列漢旗。天子坐籌星兩兩,將軍歸旆印纍纍,稱觴別殿傳新曲,銜璧名王按舊儀。江漢一篇猶未美,周宣方事伐淮夷。"韵字與此正同,與其題所云"依韵和蔡樞密"相合。若依《王荆公詩注》,定其爲《次韵王禹玉平戎慶捷》,則似乎王珪爲此詩原唱,與安石《和蔡樞副賀平戎慶捷》相異。檢《四部叢刊》影印嘉靖三十九年刻本及《宋集珍本叢刊》影印宋紹興刻元明遞修本《臨川先生文集》,均未載《次韵王禹玉平戎慶捷》一詩。且《瀛奎律髓》卷三〇列於王珪名下,故重出詩應判爲王珪作。但王珪詩與王安石詩所顯示的蔡挺原唱不同,一作"岷洮恢復部落迎降",一作"賀平戎慶捷"。依《跋蔡敏肅公平戎慶捷詩卷》,蔡挺原題應爲《平戎慶捷》。我們懷疑王珪詩題中"岷洮恢復部落迎降"當爲注文,而脫去"平戎慶捷"數字。當時蔡挺作《平戎慶捷》詩後,珪與安石均有和詩,後編安石集者不察而攬珪詩入集。

### 李花(頁六七八二)

此詩又作册九頁五九五〇王珪《和梅聖俞感李花》前兩聯。王珪詩八句,《全芳備祖·前集》卷九僅録前四句,題王荆公。檢梅堯臣《宛陵集》卷五一載《感李花》,爲七言八句。其中前四句與後四句换韵,押不同的韵脚。重出詩前四句壓"枝""時"韵,後四句壓"絶""血"韵,正與此同。且王珪與梅聖俞有交誼,有作此詩的可能。檢《四部叢刊》影印嘉靖三十九年刻本及《宋集珍本叢刊》影印宋紹興刻元明遞修本《臨川先生文集》均未載此詩。故重出詩當判爲王珪作。此詩之重出當爲《全芳備祖》編者失察所致。

**同應之登大宋陂**(頁六七八三)

原出處《大典》卷二七五五署"王荆公詩",又見中華書局1990年版李逸安等點校本《張耒集》卷二〇同題,册二〇頁一三三八六張耒下即收。王安石下當誤收。

**送王郎中知江陰**(頁六七八三)

此詩輯自嘉靖《江陰縣志》。詩又見《梅堯臣集編年校注》卷二八同題,册五頁三二六一梅堯臣下即收。大典本"常州府"卷一五引此詩,署作者"梅堯臣"。王安石下誤收當删。

**句**(頁六七八四)

句"濃綠萬枝紅一點"輯自宋趙令畤《侯鯖録》卷三。《全宋詩》編者并注:《竹坡詩話》卷一謂爲王安國詩。《大典》卷八二一引《甕牖閑評》云:"王介甫不作纖艷等語,余嘗疑'濃綠萬枝紅一點,動人春色不須多'非介甫之詞。後觀方勺《泊宅編》云:'陳正敏謂此唐人詩,介甫常題於扇上爾。'是余之所見,爲不妄也。"則句非王安石作。

附:《訂補》頁一一六至一一七校訂四則,補詩八首,其中《論讀書》乃本人《寄吴冲卿》(頁六五二四)中句,當删。《輯補》册二頁七四六至七五二輯二十二首、句七則,其中《字謎》中三首僅較前人補謎底,詩《題范增》已見本人《范增二首》其二(頁六七二五),當删。

## 陳輔　卷五七八

**【校訂】訪楊湖陰不遇因題其門**(頁六七九一)

"未飄""風輕",《大典》卷三一四五作"又飄""風清"。

**【輯補】望湖上**

湖山只隔一重籬,孤負秋光無句題。却憶少年湖上醉,鱸魚三尺鱠金虀。

《大典》卷二二七二引陳輔之詩。

## 馮京　卷五七八

**【校訂】句**(頁六七九七)

"塵埃掉臂離長陌"見《大典》卷二三四四,署"馮京"。句實乃册一〇頁六六七〇王安石《寄石鼓寺陳伯庸》頷聯,馮京下誤收當删。

## 張經　卷五七九

**【校訂】王質過洞庭**(頁六八〇四)

原出處《大典》卷二二六一載此詩上一首標"宋張經《岳陽樓集》",故輯録於此。然此詩明確標識爲"王質過洞庭",其中"王質"顯然爲作者名。册四六頁二八八九五王質下亦據《大典》此卷輯録此詩。張經下當删。陳恒舒《王質詩誤作張經詩》曾辨之。①

## 鄭獬　卷五八〇至五八六

**【校訂】回次媯川大寒**(頁六八一九)

"非我疆""妖氛",國圖藏翰林院抄本《鄖溪集》作"屯犬羊""腥羶"。

---

① 陳恒舒:《王質詩誤作張經詩》,《中國典籍與文化》2006年第3期,第15頁。

**奉使過居庸關**（頁六八二一）

"敵騎"，翰林院抄本作"胡騎"。

**老樹**（頁六八三三）

"實脩整""虁羊"，《大典》卷一四五三七作"脩整整""虁宰"。

**汪正夫云已厭游湖上顧予猶未數往遂成長篇寄之**（頁六八四一）

"已教"，《大典》卷二二七二作"已交"。

**送李處士南歸**（頁六八四七）

"大小""遣詩"，《大典》卷一三四五〇作"力小""遣詩"。

**夜意**（頁六八五〇）

"平生"，翰林院抄本作"生平"。

**送周密學知真定府**（頁六八五四）

題"學"字下《大典》卷一〇九九九有注"沆"。

**即事簡友人**（頁六八五六）

"脱朝"，《大典》卷三〇〇五作"稅朝"。

**檇李亭**（頁六八六四）

此詩又作册七〇頁四四二五一仇遠同題。詩"坡翁仙去詩聲在"句，則當作於建中靖國元年（1101）蘇軾去世後。鄭獬熙寧五年（1072）八月卒。鄭獬下誤收當刪。

**雨夜懷唐安**（頁六八六七）

此詩又見上海古籍出版社 1985 年錢仲聯校注《劍南詩稿校注》卷四同題，册三九頁二四三二八陸游下即收。鄭獬下當誤收。

**奉詔赴瓊林苑燕餞太尉潞國文公出鎮西都**（頁六八七二）

題下《全宋詩》編者又指出王珪作，見册九頁五九八六。潞國文公，即文彥博（1006—1097）。天聖五年（1027）進士，歷監察御史、河東轉運使、參知政事、同中書門下平章事、樞密使等職。元豐三年（1080）除太尉，復判河南。知鄭獬不及見文彥博拜太尉，詩當爲珪作。鄭獬下當刪。勞格《讀書雜識》已辨之。

**送程公闢給事出守會稽兼集賢殿修撰**（頁六八七三）

題下《全宋詩》編者指出又作王珪《送程公闢給事出守會稽》，見册九頁五九八五。程公闢，即程師孟（1009—1086）。景祐元年（1034）進士，纍知福州、廣州。熙寧十年（1077）十月，以給事中、集賢殿修撰知越州，元豐二年十二月罷任。後知青州，以年老辭官歸里。此詩爲送公闢赴越州作，時當熙寧十年十月。鄭獬卒於熙寧五年（1072），其不及見公闢赴越州。詩當爲珪作。勞格《讀書雜識》已辨之。

**寄程公闢**（頁六八七三）

題下《全宋詩》編者指出此詩又作王珪《寄公闢》，見册九頁五九七五；又見册一〇頁六七六六王安石下。詩有"何時得遂扁舟去，雪棹同君訪剡溪"句。剡溪，乃越州境名勝，則此詩寫作時公闢尚在越州任，時當熙寧十年（1077）十月至元豐二年（1079）十二月間。鄭獬此前已卒，其不及見公闢知越州，詩非鄭獬所作。王安石自熙寧十年六月後，即以使相爲集禧觀使，居鐘山，則"何時得遂扁舟去，雪棹同君泛剡溪"亦其所不得云。《王荆公詩注》即於此詩下注："此詩恐非公作。"檢《四部叢刊》影印嘉靖三十九年刻本及《宋集珍本叢刊》影印宋紹興刻元明遞修本《臨川先生文集》均未載此詩。綜上所考，詩當王珪作。勞格《讀書雜識》已辨之。

**送公闢給事自青州致政歸吴中**（頁六八七三）

題下《全宋詩》編者指出又作王珪《送公闢給事自州致政歸吴中》，見册九頁五九八七。鄭獬不及見程師孟致仕，詩當爲珪作。勞格《讀書雜識》已辨之。以上四詩皆重出爲鄭獬詩，其誤當源自《瀛奎律髓》。檢《瀛奎律髓》卷五録此四詩，未題作者。且其上四首詩分别是：《賞花釣魚御製》，署"昭陵仁宗"；《和御製賞花釣魚》，署"韓琦"；《和前韻》，署"鄭毅夫"；《和前韻》，未題作者。據《瀛奎律髓》選詩題作者例，第二首《和前韻》等五詩亦當爲鄭獬所作。《兩宋名賢小集》卷一三三即於鄭獬名下録《瀛奎律髓》中《和前韻》等六詩，并合二首《和前韻》詩爲《恭和御製賞花釣魚二首》。檢《海録碎事》，未題作者之《和前韻》，是王珪詩，大典本《華陽集》失收。知《瀛奎律髓》録文時，《和前韻》詩下脱去王珪姓名，而使後人認爲此詩作者與上一首《和前韻》同，也是鄭獬。如此，導致《和前韻》後所録王珪四詩也誤爲鄭獬的作品了。而《大典》編纂者沿而不察，録珪五詩爲鄭獬詩，四庫館臣全部誤録入大典本鄭獬集。

**再賦如山**（頁六八七八）

此詩又見《梅山續稿》卷一二同題，册三八頁二四一六七姜特立下即收。如山堂乃姜特立所居之地，其集中有《歸括蒼如山堂挈家出宅》等多詩涉及。鄭獬下當誤收。

**雪晴**（頁六八七九）

題下《全宋詩》編者指出又見《臨川文集》卷三四，册一〇頁六七三八王安石下收作《初晴》，鄭獬下當誤收。

**采江**（頁六八八〇）

此詩又作册六一頁三八六四八釋紹嵩《散策》之二，乃集李邴、張君量、司空曉、翁元廣諸人句。其中張君量名釜，孝宗淳熙五年（1178）進士，其句見册五〇頁三一一六一《游山七絶》。詩當非鄭獬作。

**赤壁**（頁六八八四）

此詩又作册三頁一七六二王周同題，王周詩輯自《全唐詩外編》引《湖北通志》。歸屬未能確考。

**重到城東有感三首**（頁六八八五）

其三又見王安石詩《臨川文集》卷三二《杏園即事》，僅略有異文，册一〇頁六七二一王安石下即收。鄭獬下當誤收。

**遣興勉友人**（頁六八八七）

此詩又見《乖崖集》卷五同題，册一頁五五〇張咏下即收。鄭獬下當誤收。《大典》卷三〇〇五引此詩，未標出處，其前一首標"鄭獬鄖溪集"，或因此而致誤。

**酒寄郭祥正**（頁六八八九）

此詩又作册一七頁一一二九五賈朝奉《白玉泉酒遺李端叔》。李之儀《姑溪居士前集》卷一一有詩《謝荆州太守》，序云："荆州太守送白玉泉酒兼詩，云：第一荆州白玉泉，蘭舟載與酒中仙。且須捉住鯨魚尾，恐怕醉來騎上天。次韻答之。"《全宋詩》因《姑溪居士前集》卷一九有《與楚守賈朝奉》，故以序中"荆州太守"爲此賈朝奉，因而輯録。鄭獬治平二年

(1065)至三年知荆南,時李之儀尚未弱冠,鄭獬不當送酒。鄭獬下誤收當刪。

**紫花硯**(頁六八九四)

《春渚紀聞》卷九引此詩,有"鄭魁銘詩"云云,《全宋詩》據以輯爲册七一頁四五〇四八鄭魁《端硯銘》。實"鄭魁"非人名,因鄭獬皇祐五年(1053)狀元及第,故有"鄭魁"之稱。然此詩《春渚紀聞》所載爲詳,重錄於下:"仙翁種玉芝,耕得紫玻璃。磨出海鯨血,鑿成天馬蹄。潤應通月窟,洗合就雲溪。常恐魍魎奪,山行亦自攜。"

**梅花**(頁六八九五)

此詩乃册五頁三一一九梅堯臣《依韻諸公尋靈濟重臺梅》前二聯,《宛陵集》卷四二亦載。鄭獬詩輯自《全芳備祖》,誤收當刪。

**送吴中復鎮長沙**(頁六八九六)

題下《全宋詩》編者指出又作册七頁四七一〇郭獬《送吴中復守長沙》。據前郭獬條所考,詩確爲鄭獬作。

附:《訂補》頁一一九至一二〇校勘字句二首,考訂《莊鷗辭海》(頁六八七八)乃本人《行旅》兩聯(頁六八九四)、《閔雨》(頁六八九六)乃陸游(册三九頁二四五二一)、句"未識春風面"(頁六八九七)乃洪适《盤洲雜韻上·木蘭》(册三七頁二三四九四)、句"長亭"乃陸游詩句,當刪;并補詩一首、句二則,其中《戲友人》已見《全宋詩》鄭獬《登第後作》,當刪。《輯補》册二頁七五五補詩一首、句一則,其中《代探花郎》已見《全宋詩》鄭獬《探花》,略有異文而已,當刪。

## 強至　卷五八七至五九八

**【校訂】賀陳右司生辰**(頁六九〇八)

此詩又見文淵閣本《陵陽集》卷一《上陳瑩中右司生日詩》,册二五頁一六五八〇韓駒下即收。陳瑩中即陳瓘,元豐二年(1079)第進士。而強至熙寧九年(1076)卒。強至下誤收當刪。

**予初春被病中夏少間勉入省局偶成二十二韻**(頁六九一四)

"如止",《大典》卷一九七八二作"知止"。

**送知府吴龍圖**(頁六九二九)

此詩又見文淵閣本《丹淵集》卷一二同題,册八頁五三八五文同下即收。《成都文類》卷一三載此詩,亦署作者爲文同。強至下誤收當刪。

**京師逢徐良溫叟明府**(頁六九三〇)

"相"字下注"原作獨,據同治本改"。《大典》卷一一〇〇〇作"相"。"蒼顏",《大典》作"蒼毛"。

**居魏歲餘未嘗見江鄉故人今無悔如雄過此相見甚喜席間率成短篇呈之**(頁六九四七)

題"今無",《大典》卷三〇〇五作"今季弟無"。

**上何太宰生日二首**(頁六九五八)

二詩又作册二五頁一六六四二韓駒《上何太宰生辰詩二首》。文淵閣本《太倉稊米集》卷六七《書陵陽集後》云"韓子蒼題何太宰御賜畫喜雀詩",知韓駒與何太宰有交往。韓駒生於元豐三年(1080),時強至已卒。強至下當誤收。

**和過尉氏林香陂韵**（頁六九九四）

題，《大典》卷二七五五無"韵"字；"滚滚"，《大典》作"衮衮"。

**奉和龍興燈夕**（頁七〇一四）

題"奉和"，詩"醉程""今年"，《大典》卷二〇三五四作"再和""過程""久年"。

**何太宰生日二首**（頁七〇三〇）

此詩未見重出，然題中言及"何太宰"，當爲誤收。

**次韵都曹燈夕之作**（頁七〇三一）

"憶夢"，《大典》卷二〇三五四作"意夢"。

**漫呈盛任道監簿**（頁七〇三三）

題"漫""監簿"，詩"共覓"，《大典》卷一四六〇八作"謾""監簿諤""共覺"。

**賀吳樞府詩**（頁七〇三四）

題"賀吳"，《大典》卷一一〇〇一作"賀拜"。

**送王夕拜移帥慶陽**（頁七〇四八）

注文"府"字下注"活字本府下有就字"。《大典》卷一五一三八正有"就"字。"葉"字下注"疑當作業"。《大典》正作"業"。

**奉和堯夫**（頁七〇五七）

此詩又見册八頁五〇一六王益柔下。堯夫乃邵雍字。此詩附見元刻本邵雍《伊川擊壤集》卷一四，署"益柔"。強至下誤收當删。

**泛湖有作**（頁七〇六三）

"蓬飄萍泛真吾事，舞袖歌鬟付少年"，《大典》卷二二七四作"風吹雨氣來荷面，烟伴山容入柳邊。飲恨酒杯猶有底，吟驚詩律欲無前。高吟爛飲真吾事，舞袖歌鬟付少年"。

**句**（頁七〇六四）

句"潁浪檣烏急"乃頁六九五八本人《送王明叟起秀州法椽》頸聯，當删。

**【輯補】依韵和安道節推與貫之著作光世先輩避暑湖上**

五月湖光照眼明，傍湖游觀似登瀛。席邊禽鼓微風過，荷底魚吹細浪生。草檄元瑜才最捷，劇談夷甫坐還傾。更携新上青天客，河朔遥慚避暑名。

**冬暮獨出湖上**

流年應傍鬢邊行，綠少蒼多漸可驚。細雨有無同宦意，寒雲斷續近交情。閑來物象便詩句，數去人家厭履聲。只道湖上客笑傲，幽禽也愛喚愁生。

**湖上作時將入京**

二年湖上耽雲水，今日浮名有動機。野老謾言招客隱，沙鷗已欲背人飛。秋風未犯雙吟鬢，生事猶幸一釣磯。傳語蒼波莫相笑，且留清處濯塵衣。

以上見《大典》卷二二七二引《强幾聖詩》。

**咏吾家先生**

身隨詔起小陽城，瓜種東門羨祖平。不爲蒼生移出處，自將青史論枯榮。静吟縱月詩逾淡，冷卧嵩雲夢亦清。應笑塵埃趨幕府，鬢毛蕭瑟數功名。

《大典》卷八五七〇。

按：《書品》2006年第1期卞東波《新材料與新發現——讀海外新發現〈永樂大典〉十

七卷》已輯此詩。另《訂補》頁一二〇至一二一考訂《盧申之以惠山泉二斗爲贈因憶南仲周友二首》乃誤收,作者待考,并句一則重收。

# 册 一一

## 劉攽　卷六〇〇至六一六

【校訂】雜詩(頁七〇八〇)
其五又作册九頁五九三七劉敞同題,歸屬未能確考。
坐嘯亭納凉(頁七〇八五)
此詩又作册九頁五六六七劉敞同題,歸屬未能確考。
彈鳥(頁七〇八八)
"隼誅""桐梧",《大典》卷二三四六作"集誅""棟梧"。
首春學省同舍十一人集王彦祖爲主人人賦十韻得河字(頁七一一八)
"朱顔酡"下《大典》卷三〇〇六有"衰老愧投分,愛賢心匪他。相矜不及門,聊欲陳四科"。
引泉詩睦州龍興觀老君院作(頁七一一九)
文淵閣本《笠澤叢書》卷五載此詩,勞格《讀書雜識》辨之,認爲是陸龜蒙作,劉攽下誤收當删。
送邵興宗之丹陽(頁七一二一)
此詩又見《萬有文庫》本《司馬文正公傳家集》卷二同題,册九頁六〇二九司馬光下即收。劉攽下誤收當删。
慈孝寺送顧待制次韵和孔舍人(頁七一二七)
此詩後半第五至八聯又作册一五頁九七五八孔文仲《四月三十日慈孝寺寺山亭席上口占送子敦都運待制赴河北》後半第五至八聯。劉攽詩爲和孔文仲之作。孔詩《清江三孔集》卷一亦載。劉攽詩下半當爲錯簡。
潁州和永叔(頁七一三三)
此詩又作册九頁五七〇〇劉敞《初卜潁州城西新居》,歸屬未能確考。
楊之美彈棋局歌(頁七一三七)
"以來""乃可",《大典》卷一九七八二作"爾朱""仍可"。
過王氏弟兄(頁七一三七)
此詩又作册九頁五七六五劉敞同題,歸屬未能確考。
送王仲素寺丞歸灊山(頁七一三八)
此詩又作册一五頁九九〇九蘇軾《贈致仕王景純寺丞》,劉攽下誤收當删。
次韵范内翰西圻老人詩(頁七一三九)
"走道",《大典》卷三〇〇四作"灑道"。
送原甫帥永興(頁七一四三)
"希兩""陽和",《大典》卷一五一三八作"稀兩""煬和"。
送直史館孫兵部知陝府(頁七一四四)

"二崤",《大典》卷一〇九九九作"三崤"。

**王家酒樓**(頁七一四八)

題下注已疑此詩後半有誤。國圖藏沈叔埏校本有云:□夷門城東門一首,□是夷門行。則此首當爲二首,自"夷門城"下爲另一首。

**保州亂**(頁七一五七)

"去邊",玉棟批校本"邊"字旁注"胡"。

**鄧聖求往爲武昌令刻石元次山窪尊及蘇子瞻謫官黃州游武昌見前刻後同在翰林因有詩示余余爲次韵和之**(頁七一五八)

"徑"、二"邱",《大典》卷三五八四作"徑""丘"。

**道人申演**(頁七一六四)

題"演",玉棟批校本下有注"得今字"。

**西戎**(頁七一七二)

"遠圖",玉棟批校本作"拔胡"。

**泛舟西湖**(頁七一七二)

其二"忽晤""磬高低",《大典》卷二二六四作"忽悟""鳴高下"。

**霍邱謝令寺丞**(頁七一八〇)

題"霍邱",玉棟批校本作"霍丘"。

**眼昏**(頁七一八八)

注"淵明",《大典》卷一九六三七作"潛";"不喜"字下《大典》有"云云"二字。"稱長",《大典》作"彌長"。

**五月二首**(頁七二〇〇)

其二又作册九頁五八四八劉敞《納涼明教臺呈太守》,歸屬未能確考。

**忝官**(頁七二〇一)

題,《大典》卷二五三八作"郡齋即事"。

**周節推移曹州**(頁七二〇七)

此詩又作册九頁五九三八劉敞同題,《兩宋名賢小集》卷五四歸劉敞下。劉攽下或誤收。

**游李氏園池二首**(頁七二一七)

題"園池"、其一"先緑",《大典》卷一〇五六作"園池賦詩""已緑"。

**重到謝氏園亭寄裴博士俊叔王主簿宗傑時裴往淮南王出京師**(頁七二二五)

此詩又作册九頁五七九二劉敞同題,歸屬未能確考。

**寄韓慶州**(頁七二四五)

"邊塵""遮敵",玉棟批校本作"胡塵""遮虜"。

**五月望日赴紫宸謁待旦假寐**(頁七二五六)

此詩又作册九頁五八六八劉敞同題,歸屬未能確考。

**送李士寧山人**(頁七二五七)

"風林"、注"采藥",《大典》卷三〇〇四作"林風""出藥"。

**佚老堂爲馬給事題**(頁七二八七)

"松竹",《大典》卷七二三八作"松菊"。
**答吴侍郎寄陝府**(頁七二八八)
"甘棠",《大典》卷一〇九九九作"小棠"。
**雨後回文**(頁七二九七)
此詩又作册九頁五九〇六劉敞同題,歸屬未能確考。
**納凉明教臺**(頁七二九九)
此詩又作册九頁五九一八劉敞《納凉明教臺呈太守》,歸屬未能確考。
**出長蘆口**(頁七三〇五)
此詩又作册一一頁五九三五劉敞同題,歸屬未能確考。
**新晴**(頁七三〇八)
組詩之一又作册九頁五九三〇劉敞《絶句》,歸屬未能確考。
**考試畢登銓樓**(頁七三一〇)
此詩又見册五頁三三四二梅堯臣同題。《大典》卷八二二引《愛日齋叢抄》載此詩,亦署作者爲梅堯臣。劉攽下誤收當删。
**澄心堂紙**(頁七三一五)
此詩又作册九頁五七七四劉敞《去年得澄心堂紙甚惜之輒爲一軸邀永叔諸君各賦一篇仍各自書藏以爲玩故先以七言題其首》中兩聯,梅堯臣有《依韵和永叔澄心堂紙答劉原甫》、韓維有《奉同原甫賦澄心堂紙》。劉攽下誤收當删。
**别茶嬌**(頁七三一五)
此詩又見册九頁五九四一劉敞同題,據《大典》卷二四〇五引《侯鯖録》輯録。事在守長安時,劉敞嘉祐五年至嘉祐八年(1063)知永興軍,而劉攽無此經歷。詩當爲劉敞作。
**大安病酒留半日王守復來招不往送酒解醒因小飲江月館**(頁七三一七)
《大典》卷一一三一三引此詩,標"劉攽彭城集"。此詩又見錢仲聯校注《劍南詩稿校注》卷三同題,册三九頁二四三〇六陸游下即收。册六一頁三八一七九宋伯仁《遠訪友人不值》集句詩集此詩第四句"别是天涯一段愁",署"陸游"。劉攽下誤收當删。
**次韵王四館宿**(頁七三一七)
題"韵王",《大典》卷一一三一三作"韵和王"。
**雙橋道中寒堪**(頁七三一九)
此詩又見錢仲聯校注《劍南詩稿校注》卷一〇《雙橋道中寒甚》,册三九頁二四四七六陸游下即收。劉攽詩輯自《詩淵》,當爲誤收。
**句**(頁七三二〇)
句"蕪城此地遠人寰""水氣横浮飛鳥外"乃册九頁五八八三劉敞《游平山堂寄歐陽永叔内翰》第一、二聯,當删。
句"秋高千里月"乃頁七二二一本人《送劉四攽二首》之二第二聯,當删。
**【輯補】次韵錢待制**
吟蟬咽風思,潜蛩訴宵怨。清雨灑重城,碧兀浩千萬。訟庭一何清,枝本不圖蔓。至有田相移,頗自焚其券。嘉禾毓鹿歟,惡獸伏欄圈。塗有相從歌,吏或不敢飾。羨君鋭天機,心得非事勸。奏刀無繁肯,蓄德由止健。九韶始登歌,五鼎方薦獻。秋悲亦何爲,烈士有志願。
### 次韵子瞻兄弟送王待制
鶯斯但頻頻，蠆蜂亦群屯。自非青雲士，安得長者言。杜陵兩詩伯，辯如九河翻。多聞直諒間，足繼禦與奔。爲誰睦者歌，王子守南藩。隱然金石聲，大笑秦人盆。我來坐東軒，對境羅芳樽。懷人閲琢刻，意往心宜煩。題詩强爲繼，搦久筆爲温。不及蔡中郎，倒屣王公孫。

以上見國圖藏玉棟批校本《彭城集》卷四。

### 自此
自此龍髯不復攀，五陵宫闕半因山。千官涕泪秋風晚，寂寞甘泉鹵簿還。

同上書卷一八。

### 句
後人聞此那復得，就使得之亦不識。

復旦大學圖書館藏《公非先生集》輯《咏紙》殘句。

附：《訂補》頁一二二校勘字句一首，補一首，考訂句"霜蟹人人得"乃劉敞《蕭山舍弟將發南都以詩候之》第三聯（册九頁五八三一）、句"逍遥此中意"乃本人《泛舟》第四聯（頁七二二二）、句"懷人棠蔽芾"乃本人《和裴庫部十二韵》首聯，當删。《輯補》册二頁七五九至七六〇補四首、句一則，其中《口吃謎》已見《全宋詩》劉敞《詩一首》、《化光壁畫贊》已見《訂補》。

## 李觀　卷六一七

【校訂】東湖（頁七三二二）

此詩見《大典》卷二二六二引《祖龍學集》，題《李素伯題袁州東湖呈龍學》，"李素伯"，乃"李泰伯"之誤，詩乃李覯作。李觀下當删去。

## 王存　卷六一七

【校訂】句（頁七三二五）

"珠韉錫御恩猶在"又見《大典》卷八二三引《朝野遺事》，署"王存"。句又見册一五頁九七七一李承之斷句。歸屬未能確考。

## 蒲宗孟　卷六一八

【校訂】乙巳歲除日收周茂叔虞曹武昌惠書知已赴官零陵丙午正月内成十詩奉寄（頁七三三六）

其一"遠寄"、其四"始彼"注"郡守"、其九注"寄吴"，原出處《大典》卷八九九作"寄遠""始被""永守""寄"。

新開湖詩（頁七三三七）

組詩末注"同上書卷一二六五"。出處卷次誤，實見《大典》卷二二六五。且第五首題"調甄"，《大典》作"諷甄"。

【輯補】南湖新成用前韵示諸君

霰雪紛紛正月初，春風西圃已堪鋤。放開灩灩一湖水，鑿破青青十畝蔬。未必滿盤堆小甲，勝於他日鱠長魚。地形南北何須問，裏渚新池總不如。

《大典》卷二二六五引《洛陽志》。

按：此詩未署作者。《大典》引《洛陽志》錄詩二題，另一爲蒲宗孟《新開湖詩》。蒲宗孟組詩第一首押"鋤""蔬""魚""如"韵，與此詩全同。且此詩題有"用前韻"。則此詩當亦爲蒲宗孟作。《輯補》册一一頁五五八五錄爲無名氏，且多訛字，故重錄。

### 王無咎  卷六一九

【校訂】集村行（頁七三五〇）

題，原出處《大典》卷三五八一引《王無咎集》作"村行"。此詩又見册七頁四三一五李覯《村行》。《大典》或誤題。

【輯補】自鹿邑乘月還局口號戲王永甫

萬物無聲月色鮮，客醒薰腦思悁悁。自嗟不及吳鼉樂，暖抱柔桑葉下眠。

《大典》卷一九七八二引《王直講集》。

### 劉孝孫  卷六一九

【校訂】句（頁七三五二）

此句乃册一二頁八三七二劉季孫斷句其一。《大典》卷八二二引《維揚志》亦作劉季孫，劉孝孫下誤收當刪。

### 范純仁  卷六二一—六二五

【校訂】和范景仁蜀中寄牡丹圖（頁七四一五）

"功信"，《大典》卷五八三八作"功倍"。

效宮詞體上文太師十絕（頁七四四五）

其一〇"夜驚"，《大典》卷九一七作"夜擎"。

【輯補】籌思亭詩

至誠通造化，審慮敵權衡。境寂居忘倦，心虛照自明。

《全宋文》册二八一卷六三七七袁燮《范忠宣公祠堂記》。

### 鞏彥輔  卷六二六

【校訂】題滴水岩（頁七四六九）

其三"如山"，原出處《大典》卷九七六四作"山如"。

### 王安國  卷六三一

【校訂】西湖春日（七五三四）

《大典》卷二二六四引此詩，繫於林逋下；宋刻本《和靖先生詩集》卷上亦載，册二頁一二〇九林逋下即收。林逋集流傳有自。王安國下或誤收。

句（頁七五四〇）

句"人得交游是風月"乃黄庭堅《王厚頌二首》其二(《訂補》頁二二四已指出)。《大典》卷八二一引此句,亦作黄庭堅。王安國下誤收。

句"坐嘯"輯自《大典》。然"青嶂""徐吟""白雲",大典本"常州府"卷一二引作"清嶂""行吟""白鷗"。

## 徐積　卷六三三至六五九

**【校訂】述懷寄吕帥**(頁七五八六)

"我整",《大典》卷一五一三八作"俄整"。

**寄吕帥**(頁七六五〇)

其一"虎視""堆青",《大典》卷一五一三八作"虎士""惟青"。

**催妝**(頁七七一六)

其二詩末,《大典》卷六五二三有注"代新人寄魯山。魯山,乃盧公也"。

## 册　一二

## 吕陶　卷六六一至六七〇

**【校訂】和陳長倩休致二首**(頁七七四四)

其一"恬淡懷",《大典》卷一三四九五作"真所得"。

**范才元參議求酒於延平使君邀予同賦謹次其韵**(頁七七六九)

此詩又作册三一頁一九九〇四張元幹同題。王應《吕陶誤收詩考》考證其爲張元幹作,①吕陶下誤收。

**送蔡帥赴平凉**(頁七七八二)

題"平凉",《大典》卷一五一三八作"平源"。詩"慎簡""物情",《大典》作"慎柬""物清"。

**致政侍郎知郡學士賡和詩凡數篇謹用元韵寄呈知郡學士**(頁七八〇二)

此詩又作册一六頁一〇五〇六彭汝礪同題。王應《吕陶誤收詩考》考證爲彭汝礪作。

**伏日池上二首**(頁七八〇六)

詩已據文津閣本校勘,《大典》卷一九七八三與校勘文字同。另其一"波蕩""露明",《大典》作"垂翼""風陰"。

**次韵分司南京李誠之待制求酒二首**(頁七八二六)

二詩又見册一五頁九八九〇蘇轍下。王應《吕陶誤收詩考》考證爲蘇轍作。

**再咏芙蓉**(頁七八三〇)

詩末注"以上《永樂大典》卷五四"。出處卷次誤,實見《大典》卷五四〇。

附:《訂補》頁二二七補詩一首。

---

① 王應:《吕陶誤收詩考》,《中國典籍與文化》2006年第3期,第127頁。

### 石英民　卷六七一

【校訂】頁七八三一傳記據《大典》卷七八九二定其知汀州在熙寧元年,然據《大典》卷七八九三,其知汀州在熙寧五年(1072)。

### 趙文昌　卷六七一

【校訂】頁七八三八以其爲仁宗時人,名下收詩四首,分別爲《登金山觀潮》《鶴林》《自金山泛舟至焦山飲吸江亭》《天目山》。然前三詩輯自《至順鎮江志》卷二〇,作者分別曰"濟南西皋趙公文昌""近時濟南趙公文昌""濟南趙公文昌",爲元人趙文昌字明叔號西皋詩,第四首亦然。《全元詩》册八頁二一六趙文昌下已收兩首。此趙文昌當删。

### 楊傑　卷六七二至六七七

【校訂】題陶威公廟(頁七八九〇)
"牧札""一亟""迻訓",原出處《大典》卷六七〇〇作"敕札""一函""追訓"。

天寶洞(頁七八九〇)
其二"極玄",原出處《大典》卷一三〇七五作"極元"。

【輯補】題信州月岩
岡路陰陰忽半規,無盈萬古亦無虧。鑿開空洞地有眼,劈下廣寒天不知。小著山河偏影處,平分蟾桂上弦時。游人莫訝清光少,照見江東幾盛衰。
《大典》卷九七六三。
按:《大典》原標"陳傑無爲集"。《全宋詩》繫於册六五頁四一一五八陳杰下。然湖南圖書館藏葉啓勛抄本《自堂存稿》未錄此詩,且《無爲集》作者乃楊傑,故移至此。

### 曹確　卷六七八

【輯補】和王明遠江陰五咏
釣臺
誰云太公臺,就此寂寞濱。聲名與高山,長在無冬春。藏身老漁釣。想像思其人。世無王者興,寧死不順臣。
秦望山
人傳昔秦帝,玆山到曾望。驅從蜀川來,意塞東海漲。荒哉慕神仙,遺事可悲悵。方士能誇言,未免圖籍上。
石碑
彼秦信可智,四海欲超邁。威靈豈非雄,可役萬鬼怪。及其不能爲,亦莫救川潰。君看駕橋事,於今浪溯洄。
季子廟
賢哉吳季子,不以權利迫。一朝名所歸,千載廟無斁。嗟爾後世人,鮮肯蹈高迹。簞食猶可爭,況復避邦伯。
君山

寥寥望君山,念昔春山游。山中舊風雲,時能爲君愁。當年鼎鍾食,無異穿窬偷。殺身至傾族,安用爲公侯。

以上見大典本"常州府"卷一五。

### 李時亮　卷六七八

【校訂】《大典》卷二三四二引《鬱林志》,可補頁七八九六所載其傳記:李時亮,字端夫,鬱林縣盤鱗鄉人。嘉祐三年(1058)第進士。余襄、陶弼屢薦之,舉爲廉、欽二郡守。神宗時,獻《平邊策》十道及疏五十餘條,上覽而嘉之。善屬文,尤長於詩,與陶弼佳作號《李陶集》。

**蟠龍山**(頁七八九六)

《大典》卷二三四四引此詩,署作者"秦懷",歸屬尚有疑問。

### 黄曦　卷六七八

【校訂】寄李先生(頁七九〇八)

《大典》卷一四三八〇引此詩,標"黄曦"。然詩中"李先生"乃李覯(1009－1059),而黄曦元符三年(1100)第進士。時代不相及。此詩又見册三頁一八三七黄晞下。黄曦下當删。

### 劉摯　卷六七九至六八四

【校訂】老子畫象(頁七九一六)

題,"既倒""以能",《大典》卷一八二二四作"題老子畫像""傾倒""已能"。《訂補》頁二二八校訂二處文字。

**出都二首**(頁七九五八)

其二又見錢仲聯《劍南詩稿校注》卷一同題,册三九頁二四二六三陸游下即收。劉摯下誤收當删。

**次韵耒陽鄒明府庸**(頁七九六四)

"夢比""江渚",《大典》卷一一〇〇〇作"夢北""西渚"。

**次韵王定國湖上**(頁七九七〇)

"遠浦""兔角",《大典》卷二二七二作"深塢""兔觜"。

**次韵蔡景繁紅梅三首**(頁七九八八)

《訂補》頁二二八已據《大典》卷二八〇九校勘,尚有遺漏。其三"惜愛",《大典》作"愛惜"。

**再次紅梅**(頁七九八八)

題"梅",《大典》卷二八〇九作"梅二首"。《訂補》頁二二九輯補《再次紅梅》一首,并注云:原僅收其一。檢《大典》此卷,此題爲詩二首,《全宋詩》第一首"疏斜"下脱"閩都誰與論高下,未愧蟠桃賞碧花"二句,第二首"爲寄"上脱"春工着意與年華,換白添紅蔑絳霞。肉色膩匀宜日上,天象清冷怯霜遮。半臨回岸緗波動,巧映朱扉錦徑斜"等句,誤連爲一首。

**泛舟南湖二絶句寄公秉二首**(頁七九九四)

其二"怯浪",《大典》卷二二六五作"愜浪"。
**湖上口號三首**(頁七九九四)
其一"曉涼"、其三"欲向""恰似",《大典》卷二二七二作"晚涼""却向""却似"。
**六月二十日湖上四絶句**(頁七九九五)
其一"欲攀""冰漿""芡觜",其二"滿平",其三"晚來",《大典》卷二二七二作"旋攀""水漿""黃觜""塞平""晚涼"。
**清明後一日下沙**(頁七九九七)
"微風吹□幸陰晴",原出處《大典》卷五七七〇作"微風吹,幸陰晴"。
**三老堂**(頁七九九八)
此詩又作册三七頁二三二二二胡彥國同題。《方輿勝覽》卷四九"三老堂"條云:"元祐孫賁建。三老即劉摯、傅堯俞、范純仁也。"并引此詩,云爲胡彥國作。劉摯下誤收當删。
【輯補】**梅**
春風不待隔年回,寒暖無時花自開。九月蘄州秋熱在,著紗揮扇賞江梅。
影印文津閣本册三六七《忠肅集》卷二〇頁五二四。
按:此詩裴汝誠、陳曉平點校本《忠肅集》漏收。《訂補》頁二二八校勘字句二首、殘句二則,補詩二首,其中《雷池》乃已見《全宋詩》本人《登祝融峰題上封寺二首》其一第二、三兩聯,當删。《輯補》册三頁九四二補句一則。

## 晏幾道　卷六八五

【校訂】**與鄭介夫**(頁七九九九)
《大典》卷八二一引《耆舊續聞》誤作"晏公"詩,其中"自是人間""張主",《大典》作"不是長來""主張"。

## 沈括　卷六八六

【校訂】**雨中過臨平湖**(頁八〇一〇)
"轉間",原出處《大典》卷二二七一作"轉閑"。
**游山門**(頁八〇一一)
序"悠然",詩"岩壑""留連",原出處《大典》卷三五二五作"悠悠""岩霍""留聯"。
**延州柳湖三首**(頁八〇一二)
其二"日明",原出處《大典》卷二二六六作"日月"。
**贈故鄉人**(頁八〇一四)
原出處《大典》卷三〇〇四標"沈氏三先生集"。此集乃沈括、沈遼、沈遘三人合集,《大典》所引有標明所屬者,然此處未標具體作者,《全宋詩》遽歸於沈括下。此詩又見《大典》卷六六四一,標"宋陳藻詩樂軒",文淵閣本《樂軒集》卷二亦載,册五〇頁三一三二二陳藻下即收。詩中"我家已破出他鄉"等語,顯然爲南宋初情況,與"三沈"經歷不合。沈括下當删。
**次韵辛著作興化園池詩**(頁八〇一七)
原出處《大典》卷一〇五六引《沈氏三先生集》,未標具體作者。歸屬尚有疑問。

**賀仲雨斗門**（頁八〇一七）
原出處《大典》卷三五二六標"沈存中集"，又見文淵閣本《樂軒集》卷二，册五〇頁三一三二六陳藻下即收。沈括下誤收當删。

**寄贈舒州徐處士**（頁八〇一九）
原出處《大典》卷一三四五〇標"沈氏三先生集"，未標具體作者。然此詩又見文淵閣本《雲巢編》卷一，册一二頁八二五〇沈遼下即收。沈括下誤收當删。

## 蔣之奇　卷六八七至六八八

**【校訂】游慧山**（頁八〇二七）
此詩又見《四部叢刊初編》影印嘉靖覆宋本《臨川先生文集》卷一五《還家》，册一〇頁六五九三王安石下即收。大典本"常州府"卷一三引此詩於蔣之奇下。蔣之奇下或誤收。

**蒼玉洞**（頁八〇三六）
原出處《大典》卷七八九五引此詩上標"蔣之奇蒼玉洞"，其下標"宋思遠"。編者以詩上所標爲出處而輯録於蔣之奇下。然《大典》卷七八九〇引此詩，標"宋見遠詩"。册五〇頁三一三五二宋思遠下收作《汀州》。則知卷七八九五所引，詩下所標爲出處。蔣之奇下誤收當删。《訂補》頁二三一已言及之。

**【輯補】題宜興法藏寺十五詩**

**欽院牡丹**
年來清淚浸雙眸，雖見芳菲不解憂。好事應須連夜賞，此花纔謝一春休。

**元院金沙**
含烟帶雨小庭中，破萼披香爛熳紅。珍重花工真妙手，天機織就錦屏風。

**參院麗春**
寂寂韶光漸向闌，此花應是救春殘。輕紅色嫩檀心紫，便可名爲小牡丹。

**順院罌粟**
吟繞花叢日幾迴，問花何事晚方開。花香自占清和月，爲語春風枉送來。

**芝院密友濕紅者最佳**
茸茸千葉粉紅團，綉盡春風色未乾。吟擘彩牋花下坐，客來應作紫薇看。

**良院新蒲**
昔年曾記伏青蒲，忠憤能輕斧鉞誅。今日未逢水心劍，清朝更有佞臣無。

**一院紅蜀葵**
紅滿枝條若拒霜，誰將渥赭試新妝。孤根雖在江湖上，終有芳心傾太陽。

**總院常春**
中和粹稟得天真，吾德猶來亦似人。看取百花零落後，芳菲獨擅四時春。

**行香院白蓮**
芙蕖數種弄天葩，純白重臺品最嘉。置在玉壺清净水，應知已轉妙蓮華。

**常住手植菊**
卧病經時疑換骨，起來雙鬢已霜華。殷勤故繞東籬看，爲喜重陽見菊花。

**初院蒲萄**

翳翳繁枝張翠幄,纍纍頹實裹瓊漿。憑師且與勤添竹,引取龍鬚積漸長。
**寧院金鳳**(原作"風")
階前灼灼見紅英,點綴秋光一倍明。聖世便應鳴鳳至,不同花草謾虛名。
**揚院寶相**
繁枝相亞耐春寒,簇簇輕綃剪絳團。待得明年花正發,剩須携酒倚欄看。
**華院千葉拒霜**
一株奇艷出危墻,誰去移來寄寶坊。況是吾花有千葉,固應不怕九秋霜。
**忠院新接牡丹**
人見枯條便棄遺,不知培接本根肥。明年會有新花發,占斷春風不放歸。
大典本"常州府"卷一四。
**贈蔣璨**
渥洼之駒必汗血,青雲之榦飽霜雪。
大典本"常州府"卷一一。
附:《輯補》册三頁九四五至九五二補詩十八首、句八則,其中《北人嘲南人不識雪》乃俗語,非蔣之奇撰,當删。

## 焦千之　卷六八九

【校訂】**聽松軒**(頁八〇六三)
**偃松**(頁八〇六三)
二詩輯自《無錫縣志》卷四上。大典本"常州府"卷一四引《無錫志》引二詩,署作者爲"僧道章"。歸屬尚有疑問。

## 劉庭式　卷六八九

【校訂】**游西湖**(頁八〇六六)
**題松下老人圖**(頁八〇六六)
原出處《大典》卷二二六四、卷三〇〇四分引《宛陵群英前集》《宛陵群英集》署"劉得之"。劉庭式字得之,故《全宋詩》據以輯錄。然《大典》本卷引劉得之乃元人,《全元詩》册五二頁二八三載其詩。此劉庭式當删。

## 王令　卷六九〇至七〇八

【校訂】**雜詩**(頁八一〇〇)
其三"如蜂""歲晚",《大典》卷八九九作"似蜂""晚歲"。
**春人**(頁八一一一)
"輕飄",《大典》卷三〇〇五作"風飄"。
**衆烏**(頁八一三一)
"鴉鴉枝上鳴",《大典》卷二三四六作"鵶鵶枝上烏"。
**上聱隅先生**(頁八一五二)
"韋編",《大典》卷八五七〇作"遺編"。

**春城望湖**（頁八一六八）
"到斜""雖有"，《大典》卷二二七四作"伴斜""誰一作雖有"。
**樓上望湖**（頁八一六九）
"漁人"，《大典》卷二二七四於"人"字下注"一作翁"。
**憶江陰呈介甫**（頁八一九〇）
此詩又作册九頁六二六四朱明之《寄王荆公憶江陰》。大典本"常州府"卷一五引此詩，署朱明之。《全宋詩》朱明之下已考訂爲朱作，王令下未注明（《訂補》頁二三三已指出）。

## 沈遼　卷七一六至七二〇

【校訂】**樂神**（頁八二八一）
"歷歷"，《大典》卷二九五二作"隱隱"。

## 葛書思　卷七二一

【校訂】**宿廣福寺**（頁八三四三）
大典本"常州府"卷一三録此詩，題《宿江陰廣福寺》，署作者爲"陳鈞字静嘉"，文淵閣《四庫全書》本《御選宋金元明四朝詩·御選元詩》卷一九載此詩，署作者"陳鈞"。葛書思下當誤收。

## 劉季孫　卷七二三

【校訂】**西山老人行**（頁八三六八）
"生取"，原出處《大典》卷三〇〇四作"坐取"。
【輯補】**同公域曹子方會王都尉園池**
清風三伏有秦樓，樓下銀河一派流。幽事周旋閑可盡，故人言笑老相求。雨來柳暗蟬知怨，春去花稀蝶慣愁。且自論懷終此日，曉歸不問主人留。
《大典》卷一〇五六引《劉景文詩》。
**陪霍沂州望月湖泛舟**
終日春湖泛畫船，伴分迤邐上青天。净波全受樓臺影，輕棹不驚鷗鷺眠。分岸騎隨閑鼓吹公以僕有服,不作樂，擁橋人立望神仙。雲烟滿眼歸時晚，把酒論文意灑然。
《大典》卷二二六六引《劉景文詩》。
**陳叔達詩**
陳亡誰數義陽王，世路艱危亦備嘗。無術可紓江左亂，蕩然風績動隋唐。
《大典》卷三一三三引《劉景文詩》。
**咏王融**
功名不遂惜元長，事與心違世謂狂。高武子孫誰可輔，人心初繫竟陵王。
《大典》卷六八三一引《詩海繪章》。
**咏王琳**
僧辯遭擒天相陳，不忘良世有忠臣。事乖身戮從來事，可怪淮南會葬人。

《大典》卷六八三七引《詩海繪章》。

**司農王主簿敏仲詩**
白首念朋好,莫如先大夫。從容名理接,恍惚死生殊。紫漢搏鵬翼,丹山識鳳雛。城南枉車蓋,論舊涕洟俱。

《大典》卷一四六〇七引《詩海繪章》。

附:《訂補》頁二四七據《大典》卷二二六四輯三詩。

## 袁默　卷七二五

**【輯補】澄江八咏**

**胥湖**
詩人畏讒賊,願以(原作"少")投有北。一墮邪佞許,永使忠言塞。楚平納秦女,奢死尚不顧。君臣且苦兵,其那此子去。子胥初亡時,乞食心誰知。解劍贈漁父,脫身願吳歸。壯心不自釋,擊劍歌湖側。丈夫堅孝義,有如此水白。一朝雪大恥,高名垂後世。至今田畝間,猶識胥曾至。抑又聞闔廬病創歷苦語,毋忘勾踐殺汝父。夫差一聽伯嚭讒,盡肉家邦啗狼虎。殺身樹子終奈何,邪佞害人如此多。懷王若念前龜鑒,不到三閭沉汨羅。

**盜城**
勝母不寓參,朝歌不留墨。初無實患禍,事以虛名得。蘭陵東鄒魯,眛此殊未識。盜跖昔橫行,九州皆反側。嘗所休憩地,惡聲今未極。一夫肆無良,千載名以賊。儒生始發冢,志氣不自力。一朝處富貴,養交偷祿食。此而不云(原作"去")盜,吾故未免惑。當知跖死時,一笑無慚色。至今荒城下,尚有狐兔匿。

大典本"常州府"卷一五。

按:《全宋詩》已收《釣魚臺》《季子廟》《君山》《石女冢》《秦望山》《白龍洞》六首。

**和定山虎跑泉**
靈液何年綻石根,山枝一脉爪形分。浮沙影動空中見,漱玉聲寒靜處聞。有用譽滋春畎稼,無情長浸曉岩雲。今朝美味方逢鑒,定向前經補缺文。

大典本"常州府"卷一五。又見嘉靖《江陰縣志》卷二。

## 陳軒　卷七二六

**【校訂】建昌軍**(頁八三九九)
題,詩"作屋",《大典》卷八〇九一作"石城""作舍"。

**南樓**(頁八四〇〇)
"崇塘",《大典》卷七八九二作"崇埔"。

**句**(頁八四〇三)
句"南安岩近南斗傍"輯自《大典》卷七八九二,"牙口",《大典》作"呀口"。

句"水暖池塘"輯自《大典》卷七八九二,又見冊三八頁二三七四八趙彥端斷句之二。歸屬未能確考。

**【輯補】寄清流宰趙通直**
寒日盡時山未盡,却隨明月到嵩溪。

《大典》卷七八九二引《臨汀志》。
### 北樓
南澗吹雲過北園，北林飛鳥入南山。區區雲鳥緣何事，未似樓頭太守閑。
《大典》卷七八九二引《臨汀志》。
按：此詩《全宋詩》誤録於册五〇頁三一〇二六陳映下，且有異文，故重録。

### 周邠　卷七二六

【校訂】白石洞天（頁八四〇六）
題、詩"此境""勝境"，《大典》卷九七六四作"白石岩""此景""勝絶"。
【輯補】和蘇子瞻錢安道席上令歌者道服
舊立霜臺吐肺肝，高風猶自襲人寒。曾將白簡清朝擲，却把《黄庭》静處看。谷口退翁親（原作"新"）有道，江邊歸客本無官。君家別得長生術，不用金爐九轉丹。
大典本"常州府"卷一三。
附：《輯補》册三頁一〇三五至一〇三六補詩二首、句一則。

## 册　一三

### 韋驤　卷七二七至七三三

【校訂】雜咏五首（頁八四三一）
其一"挈酒"，《大典》卷二二五六作"提酒"。
和簡夫游南岩（頁八四五六）
"鳴弦"，《大典》卷九七六六作"鳴琴"。
宿靈岩（頁八四六五）
其一"張"字下《大典》卷九七六六有注"去聲"。
和南岩迴（頁八四八九）
"祇添""首數"，《大典》卷九七六六作"即添""頭數"。
游齊州靈岩四首（頁八五〇六）
題下，《大典》卷九七六六有注"陪温伯舍人"。其一"又長"，《大典》作"入長"。
瘦驢嶺（頁八六〇一）
"前咏"，《大典》卷一一九八〇作"前脉"。
過笠澤三賢堂詩三首（頁八六一一）
原出處《大典》卷七二三六標"錢塘韋驤集"。然組詩又見盧襄《西征集》，册二四頁一六二一四盧襄下即收。《大典》或誤"盧襄"爲"韋驤"。陳恒舒《盧襄詩誤作韋驤詩》已考證。①
【輯補】慈竹
羽毛飛走中冥冥，較之植物爲有情。世稱慈烏已可尚，況復竹得慈其名。此君麗地同

---

① 陳恒舒：《盧襄詩誤作韋驤詩》，《中國典籍與文化》2006 年第 3 期，第 66 頁。

木石,非有心智兼聰明。傑然氣格出類萃,不止歲晚長青青。春萌夏籜則鈞一,所異天性如精誠。本支叢聚不可間,宛矣子母而弟兄。高卑中外若定序,戢戢相亞無攙搶。暴雨顛風孰爲害,衆力扶助忘攲傾。繁霜大雪冷不懼,一門清白攢瑤瓊。豈無隙土足分布,寧或厚載慳其生。由來資禀確不變,始終結愛相依憑。吁嗟天地間,肖貌最爲靈。慕親與事長,不學可自能。淳厚久潰散,至戚交怨憎。節義乃其常,一有衆反驚。里閭孝友鮮或守,束帛榮耀來朝廷。族居纍世不離柝,門閥往往亦見旌時所謂義門者。在人宜爾猶獲貴,重念此竹真難輕。固知不獨賢於烏,時俗面之當色赬。

《大典》卷一九八六五引《錢塘韋驤集》。

按:《蘭州學刊》2007年第1期胡建升《全宋詩10家補遺》已收。另《訂補》頁二五一校訂二首,補詩一首。

### 馮山　卷七三四至七四五

【校訂】和新成都知府鄧潤甫溫伯内翰道中見寄(頁八六五四)

"望"字下注"原作鳳,據宜秋館本、《永樂大典》改",未言《大典》出處。實見《大典》卷一〇九九九。

和李獻甫雲頂(頁八六七〇)

"悵"字下注"《永樂大典》卷一一九五一作恨"。校文誤,《大典》實作"悢"。

【輯補】黄沙村

西出城闉百里遥,近邊村落轉蕭條。怪松穿石祠爲社,仆柳横溪渡作橋。殘照背人山影黑,乾風隨馬竹聲焦。年來不及英雄起,已覺侵侵髀肉銷。

《大典》卷三五八一引《馮太師集》。

按:《西華師範大學學報》2014年第6期李清華《北宋蜀人馮山家世行年及安岳集版本考并補馮山佚詩》已補。另《訂補》頁二五一補詩一首。

### 王安禮　卷七四六

【校訂】鴻鵠詩(頁八六八四)

"食飲",國圖藏翰林院抄本《王魏公集》作"飲食"。

麴院輸麥二十二韵呈開父(頁八六八六)

"事真",翰林院抄本作"事宜"。

謹賦五言一章贈别致政太師(頁八六九一)

"營邱",《大典》卷九一七作"營丘"。

夢長(頁八六九一)

此詩又見宋刻元明遞修本《臨川先生文集》卷二六同題,册一〇頁六六八三王安石下即收。王安禮下誤收當删。

### 劉握　卷七四八

【輯補】和定山虎跑泉

靈源來處莫尋根,猛虎遺踪僅可分。玉乳何年纔始見,金沙疇昔謾曾聞玉乳、金沙皆泉名。寒光暗潤岩邊竹,曉氣多生石上雲。坐局分宜幽賞隔,同游欣得被移文時沿敬至上日得爲是時。

大典本"常州府"卷一五。

按:詩第二聯《全宋詩》頁八〇一一輯爲斷句,今重録全詩。

## 趙凱 卷七四八

【輯補】觀石岡斗門

久壞復完君識遠(原作"遂")。

《大典》卷三五二六引《溫州郡志》。

按:詩前云"宋元豐四年,趙凱與朱令素、隱士林石觀石岡斗門,賦詩"。

過鳴山

緑楊影裏繫扁舟,遥指鳴山得勝游。欲問山名人不識,粉墻題遍爲誰留。

《弘治溫州府志》卷二二。

游雲頂院聽瀑樓

佛居瀟灑亂山根,一派來從入水源。瀉瀑横飛龍獨挂,石形中斷虎雙蹲。

《乾隆瑞安縣志》卷九。

按:以上二詩潘猛補《從溫州地方文獻訂補〈全宋詩〉》已補。

## 林希 卷七四八

【校訂】吴興(頁八七二一)

"荷花",原出處《大典》卷二二八一作"荷香"。

## 郭祥正 卷七四九至七七九

【校訂】頁八七二八其傳記云"元豐四年(1081)前後,通判汀州。五年,攝守漳州"。郭氏通判汀州時,與知州陳軒莫逆。據《大典》卷七八九三引《臨汀志》,陳軒元豐六年方知州。傳記所云郭氏通判汀州時間不確。

廬山三峽石橋行(頁八七三〇)

此詩文淵閣本陳舜俞《都官集》卷一二誤收。題,"叱鵑""尤更",《都官集》作"三峽橋""以鵑""猶更"。

圓通行簡慎禪師(頁八七三三)

此詩《大典》六六九九誤爲陳舜俞詩。題,"形勝""秋風""塵垢""誰能""躅斷",《大典》作"圓通行""形勢""頭秋風""塵俗""進能""踏斷"。

留題西林寺攬秀亭(頁八七三九)

"轟車",《大典》卷六六九九作"轟雷"。

題雨華臺(頁八八三三)

"紗紗",《大典》卷二六〇三作"鬖影"。

太平觀(頁八八三四)

"春容""爲乎",《大典》卷六六九八作"春谷""爲哉"。

同劉繼鄴秀才游岳麓登法華臺呈如水長老（頁八八四六）
"晚色""勿謙"，《大典》卷二六〇三作"曉色""莫謙"。
謝涇川宋宰惠近詩（頁八八七八）
"欲追""懷昔"，《大典》卷八九九作"行追""懷遠"。
和姜伯輝見贈醉吟畫詩（頁八八七九）
"手從"，《大典》卷八九九作"手泛"。
安中尚書見招同諸公登雨華臺（頁八八八二）
"特異"，《大典》卷二六〇三作"時異"。
阮希聖新軒即席兼呈同會君儀溫老三首（頁八九四一）
其二"蝶隨"，《大典》卷二二六二作"鶯隨"。
雨中南樓望西方僧舍要元輿同賦（頁八九四四）
"熟色"，《大典》卷七八九二引斷句作"黛色"。
將至壽州先寄知府龍圖三首（頁八九六九）
其一"感公"，《大典》卷一〇九九九作"感君"。
答省師詩卷（頁八九七四）
"實義"，《大典》卷八九九作"實效"。
句（頁九〇二四）
句"落日疏"輯自《大典》卷七八九二。"落日"，《大典》作"薄日"。
附：《訂補》頁二五二至二五三校訂三則，補三詩，其中《圓山》乃本人《同蕭英伯登陳安止嘯堂》中句，當刪。

### 林東喬　卷七八〇

【校訂】頁九〇三五其傳記云"英宗治平中知汀州"。《大典》卷七八九三載其知州事云："治平三年以朝奉郎大理寺丞知。"其下一人為藍丞，知州時間為熙寧元年。

### 滿執中　卷七八〇

【輯補】招隱堂
青林蔽蒼崖，白雲無遠近。若有真隱人，何須待招隱。
《大典》卷七二三九引《永陽志》。
按：《大典》原署"蒲執中"，"蒲"乃"滿"之訛。

### 張因　卷七八一

【校訂】鼎湖（頁九〇五四）
據原出處《大典》卷二二六七，"霓"字下脱"旌雨蓋風驅驅。括州地勝邑東隅，玉峰特起千丈餘。黃帝騰空與道俱，竭"等二十八字。

### 龍太初　卷七八一

【校訂】詠沙（頁九〇五四）

"漠漠""去",《大典》卷五七七〇引《詩海繪章》作"渺渺""過"。

# 册　一四

### 蘇軾　卷七八四至八三二

**【校訂】次韵子由種菜久旱不生**（頁九一二六）
"新春""倒舊",《大典》卷二四〇七作"三春""例舊"。

**送顏復兼寄王鞏**（頁九二三八）
"約我重陽",《大典》卷一一〇七七引斷句作"約子重來"。

**次韵錢穆父**（頁九三七四）
《大典》卷八二三引《宰相令復癡聾》載此詩,云"曾吉甫侍郎藏子瞻《和錢穆父》詩真本,所謂'大筆推君西漢手,一言置我二劉間'者。其自注云:穆父嘗草某答詔,以歆、向見喻,故有此句。而廣川董彦遠待制,乃譏子瞻不當用高光事,過矣",可補注文及逸事。

**題銅陵陳公園雙池詩**（頁九六二三）
其一"山光照綠蘿",《大典》卷一〇五六作"檐楹照綠波"。

**登廬山**（頁九六三一）
《大典》卷二二七〇載此詩,署"蘇軾"。詩又見文淵閣本《欒城集》卷一〇《江州五咏·東湖》,册一五頁九九四九蘇轍下即收。蘇軾下或誤收。

**題陳公園**（頁九六三三）
詩末注"《永樂大典》卷一五六〇引《蘇東坡大全集》"。出處卷次誤,實見《大典》卷一〇五六。

**秋日寄友人**（頁九六三四）
此詩輯自《大典》卷三〇〇五引《蘇東坡集》。此詩又見文淵閣本《乖崖集》卷五同題,册一頁五四九張詠下即收。《大典》標識當誤。

**江村二首**（頁九六三四）
《大典》卷三五七九引組詩,標"戴石屏詩",分見册五四頁三三六一〇、頁三三六一一戴石屏下《山村》。蘇軾下當誤收。

**題陳公園**（頁九六三五）
此詩輯自《銅陵縣志》卷八。然《大典》卷一〇五六引黃庭堅《豫章集》載《題銅陵陳公園池詩》與此同。《大典》同卷載知縣林桶（原誤作"桶"）文云:"幼見壁間坡、谷翰墨尚新,以此知二先生集中,所遺極多。"以此知蘇軾、黃庭堅均有題詩。今蘇軾題詩《全宋詩》録三首,而黃庭堅題詩未見。則《大典》署此詩爲黃庭堅作當可靠。蘇軾下應删。

附:《大典》卷八六四八引《衡州府志》載詩《過南嶽》,《輯補》册一一頁五五八五以蘇軾未至衡山,録爲無名氏作。

### 張舜民　卷八三三至八三八

**【校訂】書節孝先生事實於先生詩編之後**（頁九六六九）
此詩又見文淵閣本《道鄉集》卷一《書徐仲車先生詩集後》,册二一頁一三九一七鄒浩下即收。詩中有"竭來廣陵兩閱歲,所得比舊尤加親"句,鄒浩元豐五年(1082)第進士,調揚州潁昌府教授,正與"來廣陵"相合。張舜民下誤收當刪。

九日(頁九六九四)

此詩又作册一八頁一一九五四朱服同題。朱服詩輯自《後村千家詩》。歸屬未能確考。

上潁昌韓少師丞相兄弟(頁九六九五)

詩末注"《永樂大典》卷九一六"。出處卷次誤,實見《大典》卷九一八。

城上烏(頁九六九六)

據原出處《大典》卷二三四六,題應擬作"烏夜啼"。

長盤嶺遇張復鄉人(頁九六九六)

"十年",原出處《大典》卷三〇〇四作"十春"。

送孫積中兄待次吳興(頁九六九七)

詩末注"同上書卷七八九二"。出處卷次誤,實見《大典》卷七九六二。

送孫積中同年赴任陝府(頁九六九八)

詩末原出處《大典》卷一〇九九九有注"孫嘗掾蒲關"。

度秦嶺(頁九六九八)

"水濱",原出處《大典》卷一一九八一作"水湄"。

丞相寵示白羊御酒之作(頁九六九九)

"春懷",原出處《大典》卷一二〇四三作"眷懷"。

庚辰歲仲夏冲照處士王筌子真自渭上游三茅是時業趨召京師分袂於永城聊寫長言同浼行色(頁九六九九)

題"時業""同浼",原出處《大典》卷一三四五〇作"時僕""用浼"。

宿盧岩寺(頁九七〇〇)

"鮮花",原出處《大典》卷一三八二四作"蘚花"。

十二月二十五日行次渭原走寄熙帥范巽之(頁九七〇〇)

"洮泯",原出處《大典》卷一五一三八作"洮岷"。

詩一首(頁九七〇四)

同治六年《鍾祥縣志》卷一九載此詩,題作"白雪樓",在"千載浪名"上有"千里寒江繞檻流,登臨能起古今愁。山連巫峽多雲雨,路入荊門幾去留"。且"石城樓"此作"石城秋"。

柳花(頁九七〇五)

此詩前二聯又作册一八頁一一九五四朱服《柳絮》,朱服詩輯自《後村千家詩》。歸屬未能確考。

句(頁九七〇九至九七一一)

句"山長水遠連三楚"乃頁九六八八本人《離真州》中句,當刪。

句"勾稽嚴密不通賓"又作册九頁五八八五劉敞《答羅同年憶楸花之作》第一聯,當刪。

句"洲中未種千頭橘"又作册三九頁二四四九〇陸游《書懷》第三聯,當刪。

句"偃松拂盡煎茶石"又作册四五頁二七六九七錢聞禮《題簡寂觀》第二聯,當刪。

句"桃源在何處"乃頁九七〇七本人《漁夫》第四聯,當刪。

【輯補】送友人還湖外
入關情緒厭塵埃,喜遇持書使者回。談笑共尋當日事,襟懷聊得暫時開。渾渾汴水初流雪,歷歷湘山已見梅。傳語湖南舊親友,好因歸雁寄書來。
《大典》卷二二七四引張舜民《畫墁集》。
句
學語僅能追驥子,草《玄》安敢望童烏。
《大典》卷二三四六引《翁牖閑評》。
濂溪寺
洗耳褰裳本緒餘,何須外物表廉隅。碧梧修竹藏丹鳳,空谷生芻老白駒。水爲不爭方作瀁,溪因我有始名浯。北人要識濂溪景,請問江州借地圖。
岳麓書社 2007 年版《周敦頤集》卷七。
附:黑龍江人民出版社 1989 年版李之亮校箋《張舜民詩集校箋》頁一七〇補《石臼山詩》"石臼山頭有一僧",當非張氏詩,作者無考。《訂補》頁二五九至二六一校勘字句一首,句三則,考訂句"夕陽牛背無人臥"(頁九七一一)又作舒亶《村居》第二聯,補七首、句三則,其中《次韵賦楊花》已見《全宋詩》本人《柳花》,當刪。《輯補》册三頁一〇八三至一〇八四補七首。

### 王蘧　卷八三九

【校訂】據大典本"常州府"卷一一可補頁九七一六傳記:其先趙州臨川人。蘧爲夔路帥,始居江陰。仕至中奉大夫。

### 崔閑　卷八三九

【校訂】據《大典》卷二七四一,頁九七一八傳記"玉澗山人",應作"玉澗道人";"南城志",應作"南康志"。

### 釋仲殊　卷八三九

【輯補】題無錫洞虛觀
古松枝上萬年春,石刻雲芝瑑有文。日轉洞天晴漠漠,一聲玄鶴五重雲。
雲霽游善權寺
千年名刹占雲崖,一日清游踏雪苔。相國親題離墨石,女郎誰築讀書臺。洞疑水自琉璃出,岩想龍將霹靂開。爲問庭前柏樹子,古靈諸老幾人來。
大典"太常府"卷一四。
附:《訂補》頁二六一至二六二考訂誤收詩二首,補詩二首。《輯補》册三頁一〇八五補詩一首,已見《訂補》。

### 陳少章　卷八三九

【校訂】詩一首(頁九七二七)
此詩輯自《大典》卷九〇四,詩人生平不詳。然《大典》卷二二六三頁七引此詩作秦少章,同卷頁十六又引作秦少游。《全宋詩》分別又見册一八頁一二一五三秦觀《東坡守杭》,又見册二二頁一四三四三秦覯《呈東坡》。據三者人名,此詩應爲秦觀字少章者作。陳少章、秦覯下當删。

### 查應辰　卷八四一

【校訂】句(頁九七四六)

句乃册一六頁一〇六六〇陸佃《依韵和查應辰朝散雪二首》組詩之一第二聯,此處當删。

### 劉誼　卷八四一

【校訂】題黃山温泉(頁九七四九)

"心上""衆木",《大典》卷八二二引《新安志》作"身上""衆水"。

### 陳良　卷八四一

【校訂】頁九七五〇傳記有云"事見《永樂大典》卷三一四引《維陽志》"。出處卷次誤,實見《大典》卷三一四一引《維楊志》。

### 謝詞　卷八四一

【校訂】頁九七五二傳記有云"徽宗政和中知汀州"。《大典》卷七八九三引《臨汀志》載其名爲"謝泂",且云:"政和元年以朝奉大夫知。"其下一人爲掌之純,政和二年(1112)知。謝氏在任僅一年。

### 管師復　卷八四一

【輯補】山中寄陳述古密學

登科四十改春秋,未秉台衡未肯休。富貴夢中宜猛省,光陰張上似難留。長年須是閑來養,至理無非静處求。看取高山何事業,功成歸去不回頭。

《近代中國史料叢刊》本《文廷式全集》册三《永樂大典輯佚書》引《大典》卷一四三七九《桃花集》。

## 册　一五

### 蘇轍　卷八四九至八七三

【校訂】東湖(頁九八三二)

"注爲重",《大典》卷二二六二作"水注爲"。

宛丘二咏(頁九八六二)

其一"便爾",《大典》卷二二六六作"偏爾"。

次韵子瞻山村五絶(頁九八七五)

其一"山行",《大典》卷三五七九作"山村"。

**和毛國鎮白雲莊五詠·眺遠臺**（頁九九八三）

"長遠"，《大典》卷二六〇四作"悵遠"。

**送陳侗同年知陝府**（頁一〇〇二三）

"垂東"，《大典》卷一〇九九九作"乘東"。

**初春游李太尉宅東池**（頁一〇一六二）

原出處《大典》卷一〇五六，未標出處，其前詩標"蘇穎濱詩"，故輯於此。詩又見文淵閣本《樂全集》卷三同題，冊六頁三八五一張方平下即收。蔣信文考證其非蘇轍作①，當是《大典》漏標出處而致誤。

**詩一首**（頁一〇一六三）

原出處《大典》卷二五三八署"蘇穎濱集"。此詩又見文淵閣本《蘇軾全集》卷一〇《雪齋》，冊一四頁九二七七蘇軾下即收。《大典》標目或誤，蘇轍下當刪。

## 方惟深　卷八七五

【校訂】**紅梅**（頁一〇一八六）

題、詩"謾作""也自""散時"，《大典》二八〇九作"和周楚望紅梅用韵""試作""更自""去時"。

## 孔武仲　卷八七九至八八五

【校訂】**新安鋪三首**（頁一〇二四三）

其一"漸近""千里"，《大典》卷一四五七六作"漸盡""千山"。其二"庭前花數"下注云"《永樂大典》作庭花無數"，未言出處卷次，當補。其三"百倍""教疏"，《大典》作"一倍""歌殘"。

**送林子中知成都**（頁一〇二五六）

"已巴""頭如"，《大典》卷一〇九九九作"出巴""顔如"。

**五鼓乘風過洞庭湖日高已至廟下作詩三篇**（頁一〇三〇〇）

其一"半掩"，《大典》卷二二六一作"半捲"。

**縣齋偶書**（頁一〇三〇二）

"難過"，《大典》卷二五三八作"難遇"。

**送劉明復知鳳翔二首**（頁一〇三〇七）

其二"巷陌""金閣"，《大典》卷一〇九九九作"閭巷""今閣"。

**過洞庭二首**（頁一〇三一一）

其二"日暮"，《大典》卷二二六一作"日景"。

## 舒亶　卷八八九至八九〇

【校訂】**夢入天台**（頁一〇四〇二）

---

① 蔣信：《初春游李太尉宅東池非蘇轍作考辨》，四川大學古籍整理研究所、四川大學宋代文化研究中心編《宋代文化研究（第十九輯）》，四川文藝出版社，2012，第298—304頁。

《大典》卷八八四五引《江湖紀聞》載此詩，署張寘。册一六頁一〇七一一張寘據《西清詩話》輯爲《夢中詩》。歸屬未能確考。

### 鄭俠　卷八九二

**【校訂】江亭與程瞿二君邂逅小飲太守送酒因成**（頁一〇四二二）

"復七杯""豐殻""臣口""滿人"，《大典》卷一二〇四三作"過七酌""有豐""巨㦸""盈眼"。"珍脆"字下《大典》尚有"紛然羅列乃巨筵，笑語云云良有以"，"己事"字下《大典》尚有"保祐斯民如赤子，飲食教誨諸下位。吹噓枯朽奪春陽，憂民之憂過於己"。《訂補》頁二六六已有校補。

**仲常龍圖自廣中移帥閩**（頁一〇四三一）

**仲常龍圖自廣中移帥閩**（頁一〇四三九）

題，《大典》卷一五一三八作"迎仲常龍圖自廣中移閩帥"。

**【輯補】和老人令寢歸侍之什**

法有歸寧謁，於情蓋順人。矧兹無一夜，不夢侍慈親。戲彩令忘念，勤王欲致身。詩新道何古，聞者凜精神。

《大典》卷一三三四〇引鄭俠《西塘集》。

**春日同好德游湖上**

宰哲丞賢兩妙圓，卑污流落面看天。庭中日永民無訟，湖上春晴看柳綿。山好淺深分晚岫，農耕慵惰指春田。白芽細碾清心去，何必歸時馬似船。

《大典》卷二二七二引鄭俠《西塘集》。

附：《輯補》册三頁一〇九五至一〇九六補詩二首、句二則。

# 册　一六

### 彭汝礪　卷八九四至九〇五

**【校訂】晨起祠先農道中**（頁一〇四七〇）

"呼童""吹菽麥綠陰""無假"，《大典》卷六二四作"呼僕""有雍穆菽麥""二假"。

**使虜有懷**（頁一〇四九一）

"會到"，《大典》卷一〇八七七作"共到"。

**使遼**（頁一〇五〇四）

"精誠"，《大典》卷五二四四作"精神"。

**執中學士以蔬菜見貽戲寄小詩**（頁一〇五〇六）

"同公"，《大典》卷二四〇七作"從公"。

**次雜端韵**（頁一〇五五七）

題，《大典》卷一五一三九引《剡録》作"送越帥程公闢詩"。

**癸未偕子仲都官文淵節推游東湖分題和子仲湖字韵**（頁一〇五六七）

題"仲"字下注："原作中，據卷三同題詩改，下同。"所云"卷三同題詩"指册一六頁一〇四七九"癸未季秋偕子仲都官文淵節推子堅先輩同游東湖分題得東字"。然二詩分見《大典》卷二二六二葉七、葉十一，題中"子仲"，均作"子中"。

**婦人面塗黃而吏告以爲瘴疾問云謂佛妝也**（頁一〇六三五）

題"瘴疾"，《大典》卷六五二三作"瘴病"。

附：《輯補》册三頁一〇九六補頌一則。

## 陸佃　卷九〇六至九〇八

【校訂】**和毅夫病目三首**（頁一〇六七二）

題"和"字上，《大典》卷一九六三七有"依韵"二字。

**寄彥猷閣老某前歲奉使還領揚州今彥猷亦自境外歸得姑蘇**（頁一〇六七七）

據勞格《讀書雜識》所考，詩題所云與陸佃生平不合，而與劉敞相合，疑爲敞作。

**贈别吳興太守中父學士**（頁一〇六八二）

此詩又作册一三頁八六八九王安禮《七言一章贈别吳興太守中父學士兄》。"中父學士"即王介，其知湖州在熙寧六年（1073）。時王安禮、陸佃均在京，有作詩之可能。然陸佃詩輯自《瀛奎律髓》卷四二，未署作者名，因其上詩《依韵和趙令時》署"陸陶山"而輯於陸佃下。但據考查，《瀛奎律髓》中未署名詩并非均與上首作者相同。鑒於此，陸佃下或誤收。

附：《輯補》册三頁一〇九七補句一則。

## 釋清順　卷九一〇

【輯補】**答章惇**

甘霖不與滿塵寰，日日火雲蒸肉山。大地蒼生都受苦，有誰藉庇得歡顏。

《大典》卷八七八三引《元一統志》。

## 孔平仲　卷九二三至九三一

【校訂】**詠櫓**（頁一〇八九八）

"謳鴉"，《大典》卷一〇八七七作"嘔啞"。

**十三日南湖之集賓主六人謹成詩十韵拜呈**（頁一〇九五三）

"天暮"，《大典》卷二二六五作"天幕"。

**再吟六詩四首拜呈**（頁一〇九五三）

其二"璧"字下注："原作壁，據《永樂大典》卷改。"校文未言卷次，實見《大典》卷二二六五。

【輯補】**晏興**

天禄儲書少，衡扉出沐頻。貪成一枕夢，不識九衢春。日上吹塵隙，烟消曲突薪。當關且相置，潘官拙於人。

《大典》卷七九六二引《三孔清江集》。

按：《大典》未署作者名，然此處所引四首，其餘三首均見孔平仲下，故繫於此。

## 張商英　卷九三三至九三四

【校訂】**歸州**（頁一一〇〇一）

"夫萬",《大典》卷三五七九作"天萬"。

**留題慧山寺**(頁一一○○三)
"獲重",大典本"常州府"卷一三作"獲璽"。

### 黄裳　卷九三五至九四七

【校訂】**次禹弼同游滕王園池之韵**(頁一一○八三)
其一"問"字下注："《永樂大典》卷一○五六六作開。"校文卷次誤,實見《大典》卷一○五六。

**泛舟錢塘西湖**(頁一一○九○)
其一"紫玄",《大典》二二六四作"紫元"。

**湖上閑賦**(頁一一○九八)
其四"外青"、其五"陸蓮",《大典》卷二二七二作"外清""綠蓮"。

【輯補】**題道煉和尚塔**
兩臂雲林鳳翅開,不知迴抱有樓臺。昔人果是觀珠士,曾把青蓮作證來。
《大典》卷八七八二引《元一統志》。
附:《輯補》册三頁一一四四補句一則。

### 劉涇　卷九四九

【校訂】**石洞門**(頁一一一四五)
據原出處《大典》卷一三○七四,當擬題"石門洞"。

### 孫迪　卷九四九

【校訂】**過惠山皞老試茶二首**(頁一一一四九)
**見舊題**(頁一一一四九)
二組詩又分見文淵閣本《鴻慶居士集》卷四《過慧山方丈皞老酌泉試茶賦兩詩遺之》《過慧山見舊題二首》,册二六頁一六九五九、頁一六九五一孫覿下即收。大典本"常州府"卷一四、文淵閣《四庫全書》本《無錫縣志》卷四上引二詩,均署作者爲孫迪。"迪"乃"覿"之音近而訛。詩當歸孫覿。孫迪下僅此二題,當删其人。

## 册　一七

### 李之儀　卷九五○至九七五

【校訂】**邂逅故人**(頁一一一七五)
題"邂逅"、詩"產涯",《大典》卷三○○五作"解后""自涯"。

**絶句七首**(頁一一二○四)
其五"并朱""與常時兩樣",《大典》卷二八一一作"憑朱""作尋常兩等"。

**内侍劉有方畜名畫乃内嚮國夫人夜游圖最爲絶筆東坡館北客都亭駰有方敢跋其後既作詩以相示時欲和而偶未暇今閱集得詩遂次其韵以申前志**(頁一一二二八)

題"詩以",詩"滿窗""誰眷",《大典》卷八八四四作"詩録以""滿聰""誰奏"。

**次韵方叔晚過湖上時積雨新霽夜色如畫傳聞余有興元之命**(頁一一二五二)

"星月""得亦""炎凉",《大典》卷二二七二作"星夜""得一""西凉"。

**大暑不可逃偶攜數友過湖上因詠老杜槐葉冷淘句凡十人以君王納凉晚此味亦時須得須字**(頁一一二五三)

"觀不",《大典》卷二二七二作"歡不"。

## 黄庭堅　卷九七九至一〇二七

【校訂】**宗室公壽挽詞二首**(頁一一三九一)

《大典》卷八二三引《宰相令復癡聾》載組詩其二,云:"務觀云:韓子蒼嘗見魯直真迹,第三聯改云:屬舉左官律,不通宗室侯。以此爲勝,而曾吉甫獨取前作。"可校改并補逸事。

**謝楊景山送酒器**(頁一一四〇四)

"持送",《大典》卷二二五六作"提送"。

**贈趙言**(頁一一四九五)

題,"正在""九淵""斮兩",《大典》卷九〇〇引《詩海繪章》作"無題""政在""九泉""刖兩"。

**宮亭湖**(頁一一五五五)

"一風",《大典》卷六七〇〇作"天風"。

**次韵清水岩**(頁一一五五八)

"西安",《大典》卷九七六四作"西客"。

**和柳子玉官舍十首**(頁一一六〇二)

《大典》卷二五三九引組詩之《思山齋》、同書卷七二四〇引《心適堂》,分署"黄亞夫伐檀集""黄庶詩"。組詩又見文淵閣本《伐檀集》卷上,册八頁五五〇二黄庶下即收。柳子玉與王安石同年,慶曆二年(1042)第進士。黄庭堅與其唱和可能較小,當爲誤收。

【輯補】**題銅陵陳公園池詩**

此詩見《大典》卷一〇五六引黄庭堅《豫章集》。《全宋詩》册一四頁九六三五蘇東坡下誤輯爲《題陳公園》。詩不具録。

**句**

寗氏平家緣荔枝。

《大典》卷九七六四引《叙州府志》。

附:《輯補》册三頁一一六三至一一六九補詩十九首、句六則,其中《壽聖觀道士黄至明開小隱軒太守徐公爲題曰快軒庭堅集句詠之》已見《全宋詩》本人下(册一七頁一一五一三),當删;《跨牛庵銘》四則《山谷全集》卷二一載,且有長序,《全宋文》册一〇七頁二七七據收,不必輯。

# 册 一八

## 陳覺民　卷一〇三一

**【校訂】武夷山昇真洞**（頁一一七七七）

詩末，《大典》卷三一四五引《氏族類稿》有注："章聖出自武夷，事見楊大年家集。神考哲廟，亦皆武夷真君應世，故有'三朝德業'之句。"可補逸事。

## 吕南公　卷一〇三三至一〇三八

**【校訂】答陳公美**（頁一一八三一）

此詩又見宋刻本《嘉祐集》卷一五，册七頁四三六三蘇洵下即收。吕南公下誤收當删。

**擬古**（頁一一八三二）

三詩又見宋刻本《嘉祐集》卷一五《又答陳公美三首》，册七頁四三六四蘇洵下即收。吕南公下誤收當删。

**西村**（頁一一八三四）

"南村""北村"，《大典》卷三五八〇作"西村""南村"。

**亨父錄示山齋即事五篇索和遂次其韵**（頁一一八五一）

其五"塵埃"，《大典》卷二五三九作"塵壓"。

**有懷溪齋奉寄微之**（頁一一八六〇）

"甲歷"，《大典》卷二五三九作"甲曆"。

**九月二十三日過黄家嶺望行春門有感**（頁一一八八二）

"灑面"，原出處《大典》卷三五二五作"滿面"。

**五賢堂**（頁一一八八二）

詩末注"同上書卷七二三六引《灌園集》"。出處書名誤，實作"灌園詩"。"歌吹"，《大典》作"歌呼"。

**句**（頁一一八八二）

句乃頁一一八六四本人《陪道先兄游麻源輒賦二小詩》之一尾聯，當删。

## 畢仲游　卷一〇四〇至一〇四二

**【校訂】送范德孺使遼**（頁一一八九九）

"滿"字下原校"殿本作漫"，《大典》卷五二四四正作"漫"；"蕃兒""賓館""往來""邊風""之人""相勸""天宇""單騎"，《大典》作"胡兒""要館""毗離""胡風""胡人""相勉""天去""單車"。

**挽王元之相公二首**（頁一一九一九）

題中"王元之相公"，爲王禹偁，其卒於咸平四年（1001）。而畢仲游生於慶曆七年（1047）。詩當非畢仲游作，作者待考。

**挽盧革通議三首**（頁一一九二一）

三詩又見《范忠宣集》卷五《盧通議挽詞三首》，册一一頁七四六〇范純仁下即收。畢仲游多有爲范純仁代撰之作，如《西臺集》卷一九《代范忠宣挽中散某公三首》。組詩或亦屬此類，暫不能確考。

**余除鑄錢使者居厚除尚書郎俄皆銷印即事二首呈居厚**（頁一一九二六）

二詩又見《四部叢刊》影印清賜硯齋《後村先生大全集》卷二二，册五八頁三六四三六劉克莊下即收。畢仲游下誤收當删。

**次韵和貢父學士游左山歸泛北湖**（頁一一九三一）

"歸故"，《大典》卷二二六五作"隔故"。

【輯補】**游子**

游子俛眉，思歸如飢。薄暮雨止，歸雲同歸。借問游子，歸將安之。有笑無語，驅車騑騑。

影印文津閣本《四庫全書》册三七五《西臺集》卷一八頁七五。

## 柳安道　卷一〇四三

【校訂】**題共樂堂**（頁一一九四八）

題、"波數頃萬峰"，《大典》卷二二六二作"東湖即事""陂數頃萬山"。

## 朱服　卷一〇四三

【校訂】**九日**（頁一一九五四）

此詩又作册一四頁九六九四張舜民同題。張舜民詩見《畫墁集》卷四，朱服詩輯自《後村千家詩》。朱服下或誤收（《訂補》頁二八一斷爲張舜民作）。

**柳絮**（頁一一九五四）

此詩前二聯又作册一四頁九七〇五張舜民《柳花》，朱服詩輯自《後村千家詩》。朱服下或誤收。

**汨羅吊屈原**（頁一一九五五）

原出處《大典》卷五七六九標"朱行中作"。此詩又見宋刻本《放翁先生劍南詩稿》卷一〇《屈平廟》，册三九頁二四四六一陸游下即收。朱服下誤收當删。

## 劉弇　卷一〇四四至一〇五一

【校訂】**夜泊玉湖口**（頁一一九八七）

"墮吴雲"，《大典》卷二二六七作"隨吴江"。

## 劉安世　卷一〇五二

【校訂】**集句留别李子玉守素處士二首**（頁一二〇五五）

詩末注"同上書卷一三四五〇引《劉元城盡言稿》"。出處書名標點誤，當作"劉元城《盡言稿》"。

## 秦觀　卷一〇五三至一〇六八

【校訂】**中秋口號**（頁一二一〇一）

句"照海旌幢秋色裏,激天鼓吹月明中",據《大典》卷八二二引《維揚志》載"是夕却微陰,秦復別作云:'自是我公多惠愛,却回春色作秋陰。'"

**讀列子**(頁一二一三四)

"後之",《大典》卷一〇二八六作"徒知"。

**東坡守杭**(頁一二一五三)

此詩又見册一四頁九七二七陳少章下及册二二頁一四三四三秦觀下。據前陳少章下所考,此詩應爲秦觀作,秦觀下當删。

**光華寺**(頁一二一五四)

**玉井泉**(頁一二一五四)

**流杯橋**(頁一二一五四)

**江月樓**(頁一二一五五)

以上四詩輯自嘉慶《滕縣志》卷一七。《大典》卷二三四四引《古藤志》載此四詩,前二詩題作《光華亭》《注玉泉》,署作者爲元人"余觀"。此四首外其名下尚有三篇,且云:至正壬寅仲夏寓此作。秦觀下當删。

附:《大典》卷一四三八〇引《雷州志》載四題十三首,皆未署名。第一題《寄子由》爲蘇軾作;第二題十首考訂爲秦觀作,《輯補》册三頁一一八三至一一八五秦觀下已輯;第三、第四題或亦爲秦觀作,然無實據,《輯補》册一一頁五四三二輯於無名氏下。另《輯補》秦觀另補詩二首、句二則,其中句"和吕丞相太學詩"乃秦觀《駕幸太學》(册一八頁一二〇九四)頷聯,當删。

## 滿中行　卷一〇六九

**【輯補】句**

城外湖光百萬頃,城頭軒檻對湖開。

《大典》卷二二七〇"百萬湖"引《廬州府志》。

按:《訂補》頁二二七誤輯滿維端下。

## 劉跂　卷一〇七〇至一〇七三

**【校訂】使遼作十四首**(頁一二一九六)

題,《大典》卷一〇八七七作"虜中作十八首",其餘四首見頁一二二一三《虜中作四首》。其五"倉皇"、其十"耐暑"、其十三注"虜曆立",《大典》作"蒼皇""能暑""虜立"。勞格《讀書雜識》認爲劉跂未嘗使遼,詩或非其作。

**題半隱堂**(頁一二二〇三)

"摒擋",《大典》卷七二三九作"屏當"。

**和定國湖上**(頁一二二〇九)

其四"羹芹"、其六"盤中",《大典》卷二二七三作"美芹""盤針"。

**夜坐示兒侄**(頁一二二一〇)

**戲示語道**(頁一二二一〇)

《大典》卷一三三四四引上二詩,標"劉學易先生集劉元城"。劉元城即劉安世,號讀易。則"劉學易先生集"或爲"劉讀易先生集"之誤。詩之歸屬尚有疑問。

句（頁一二二一四）

句"急雨欲來先暑氣"乃頁一二二〇三本人《龍山寺》第三聯，當刪。

【輯補】和定國湖上

落晚湖光一鏡新，此中佳句古何人。少陵若盡滄洲趣，須向劉侯思入神。

腳韈手板意何如，裝點青衫冉冉趨。不見錢塘湖上寺，山僧活計一團蒲。

《大典》卷二二七三引《劉學易先生集》。

按：《大典》原有八首，其餘已見《全宋詩》劉涇下。另《訂補》頁二八三至二八四補詩一首、句二則。

## 蔣静　卷一〇七四

【輯補】登兜率寺塔

擾擾人間世，稀逢物外游。獨將無盡意，一瞬白雲頭。

題壽寧寺寶月老對青軒

莫疑狂筆浪題軒，一種靈根在目前。江月照時全體露，松風吹處妙音傳。高僧創置非徒爾，野老尋常對默然。山鳥却知人趣向，隔林長聽祖師禪。

登君山偶題

興來聊復鷲峰游，何啻樊籠得自由。未省泠（原作"冷"）風乘禦寇，寧分蝴蝶夢莊周。引吭清泪松梢鶴，插觜閑眠水上鷗。還似靈臺無事客，紅塵不挂一絲頭。

送八行吴君

送朝八行許誰參，今日賓興衆所甘。佳士果然空冀北，盛時無復滯周南。離亭揖客風吹袂，去棹燃犀月在潭。孰謂九重尊有德，芝眉格盡世間貪。

以上見大典本"常州府"卷一五。

## 米芾　卷一〇七五至一〇七八

【校訂】送端臣桂林先生兼簡信叔老兄帥坐（頁一二二八五）

題"老兄帥坐"，詩"老列仙長""得君""登雲輅"，《大典》卷一五一三八作"帥座""公列仙張""泓君""宣室招"。

## 華鎮　卷一〇七九至一〇九一

【校訂】早發蕪湖風便舟中有感（頁一二二九五）

"向浦"，《大典》卷二二六六作"闊浦"。

新開河（頁一二三一〇）

題，《大典》卷二二七一作"新開湖"。

暖齋詩（頁一二三四八）

"詎見"，《大典》卷二五三九作"渠見"。

元夕（頁一二三五〇）

"侵"字下注"原作浸，據《永樂大典》卷八八四五改"。校文卷次誤，實見《大典》卷二〇三五四。

**弦月**(頁一二三六二)

此詩又見文淵閣本《翠微南征録》卷九同題,册五五頁三四四二〇華岳下即收。華鎮、華岳名相近,《大典》中易誤。華鎮下當誤收。

**花村二首**(頁一二三七〇)

二詩又見册五五頁三四四二二華岳《花村》。華鎮詩輯自《大典》卷三五八〇引《華岳南征録》,下注"華鎮撰"。此集之作者乃華岳,《大典》顯爲誤題。華鎮下誤收當删。

### 席汝明　卷一〇九二

【校訂】**題滴水岩**(頁一二三七五)

注"見諭",原出處《大典》九七六四"見渝"。

### 常傅正　卷一〇九二

【校訂】**題滴水岩**(頁一二三七六)

"仗君",原出處《大典》九七六四作"伏君",當出校。

### 喻陟　卷一〇九二

【校訂】**寄張芸叟**(頁一二三七八)

此詩又作册一四頁九六八八張舜民《和喻明仲馬上吹笛》。喻陟詩輯自《墨莊漫録》卷二,云"喻陟明仲,睦州人。持節數部,政績藹著。雅善散隸,尤妙長笛。每行按至山水佳處,馬上臨風,快作數弄,殊風流蕭散也。常有《馬上吹笛》詩云云,寄張芸叟,和寄",下引此詩。則此詩當爲張舜民作,喻陟下誤收當删。

### 趙逢　卷一〇九三

【校訂】**和華安仁花村二首**(頁一二三九五)

原出處《大典》卷三五八〇引《華岳南征録》下注"華鎮撰、趙逢和"。實此集之作者乃華岳,和者爲趙希逢,《大典》顯爲誤題。二詩又見册六二頁三八九三七趙希逢下。趙逢當删。

## 册　一九

### 李復　卷一〇九四至一一〇一

【校訂】**十一月二十二日朝辭**(頁一二四二五)

此詩又見《西溪集》卷三同題,册一一頁七五一九沈遘下即收。李復下當誤收。

**和張栽推官游湖**(頁一二四五九)

"柳留",《大典》卷二二七四作"柳行"。

**送客至西湖**(頁一二四八三)

"雲濕",《大典》卷二二六四作"雲澀"。

贈張萬户征閩凱還(頁一二四八五)
勞格《讀書雜識》已辨之,爲元人李復詩,見《全元詩》册五一頁一八二。此李復下當删。
贈吴德秀隱士用來韵(頁一二四八八)
題"用來",《大典》卷一三四五〇作"以來"。
棣華齋(頁一二四八九)
"長吊",《大典》卷二五四〇作"常吊"。

## 陳師道　卷一一一四至一一二〇

【校訂】病中六首(頁一二七五〇)
組詩輯自《瀛奎律髓》,《全宋詩》編者録紀昀批語,疑非陳詩。組詩又見《大典》卷八九六"范成大"《藻侄比課五言詩已有意趣老懷甚喜因吟病中十二首示之可率昆季賡和勝終日飽閑也》第一、三、五、六、八、九,册四一頁二五九七七范成大下即收。陳師道下誤收當删。

【輯補】句
歲晚山河無夢思。
《大典》卷八二一。
附:《輯補》册三頁一二〇〇補句一則。

## 晁補之　卷一一二一至一一四二

【校訂】次韵韓求仁南臺朝請晚過南湖見寄(頁一二八五八)
"不須",《大典》卷二二六五作"不相"。
【輯補】譙國嘲提壺
何處提壺鳥,荒園自叫春。夕陽深樾裏,持此勸何人。
《大典》卷二二五六引《晁無咎集》。
中隱堂
大隱在廛市,小隱在山林。我今所卜居,不淺亦不深。出門見行人,閉户聞幽禽。蘭皋縈國香,菊坡布地金。梅塢弄清影,竹村結濃陰。耕雲晚穉潤,釣月夜鈎沉。南溪黿魚狎,北嶺松桂森。東園草茵展,西圃苔蘚侵。垂楊拂緑徑,老木蔽高岑。危亭壓翠阜,小橋跨清潯。對梁紫燕語,隔葉黄鸝音。新堂敞軒檻,邃閣藏書琴。團欒聚少長,宴坐談古今。春氣著花卉,夏風清衣襟。冬雪圍紅爐,秋月鳴寒砧。四時各異趣,百指俱同心。巾車驅犢行,酒尊呼童斟。浩歌坐中堂,細履成幽尋。意倦或隱几,身閑常擁衾。采蓮登芳舟,折花插花簪。但覺心休休,不知老駸駸。幸兹筋力壯,逐日圖登臨。
《大典》卷七二三九引晁無咎詩。
附:《輯補》册三頁頁一二〇〇補詩一首、句三則。

## 楊時　卷一一四四至一一四八

【校訂】東林道上閑步三首(頁一二九五六)

其一"松聲",《大典》卷六六九九作"青松"。

## 阮閱　卷一一五一至一一五二

**【校訂】坦山岩**(頁一二九九九)

《大典》卷九七六四引《郴州志》載此詩,繫於"但山岩"下。

**寄鄭良佐**(頁一三〇〇八)

原出處《大典》卷一四三八〇標"阮戶部集"。此詩又見文淵閣本《江湖長翁集》卷七,冊四五頁二八〇四二陳造下即收。且陳造下有多篇詩文涉及鄭良佐,或《大典》標目有誤,阮閱下誤收當刪。

## 吴可　卷一一五三至一一五四

**【校訂】題馬上元所藏趙墨隱畫淵明四詩**(頁一三〇一二)

題"隱畫",《大典》卷八九九作"隱"。"得之",南圖藏翰林院抄本《藏海居士集》原作"得知",館臣塗"知",旁注"之"。"歸無",翰林院抄本原作"無歸",館臣乙改。

**吴秀才出示孫尚書詩求鄙作**(頁一三〇一二)

"此"字下注"原作比,據《永樂大典》卷八八九改"。校文出處誤,實見《大典》卷八九九。"當美",翰林院抄本原作"當羨",後塗去,旁注"美"。

**題質龜軒**(頁一三〇一三)

題"軒"字下翰林院抄本原有"詩"字,後塗去。

**舟中即事**(頁一三〇一四)

"筇望",翰林院抄本原作"竹望",後塗"竹",旁寫"筇"。"瓶盆",翰林院抄本原作"瓦盆",後塗"瓦",旁寫"瓶"。

**送王觀**(頁一三〇一五)

此詩又見《眉山詩集》卷二《送王觀復交代》,冊二三頁一五〇二七唐庚下即收。吴可下當誤收。

**探梅**(頁一三〇一五)

"浪蕊",翰林院抄本原作"浪在",後塗"在",旁寫"蕊"。

**李氏娛書齋**(頁一三〇一七)

"賢聖",翰林院抄本原作"聖賢",後乙改。

**故人來自舂陵出示初寮翰墨感時懷舊輒爲長句**(頁一三〇一七)

"金兵",翰林院抄本原作"女直",後塗去,旁寫"金兵"。

**山居見梅**(頁一三〇一七)

"忍作",翰林院抄本原作"忽作",後塗去"忽",旁寫"忍"。

**即事**(頁一三〇一九)

"勁敵",翰林院抄本原作"驕子",後塗去,旁寫"勁敵"。

**寄李道夫**(頁一三〇一九)

"情親",翰林院抄本原作"情心",後塗去"心",旁寫"親"。

**探梅**(頁一三〇二一)

"印溪",翰林院抄本原作"映溪",後塗去"映",旁寫"印"。

**九日**(頁一三〇二二)
"幽庭",翰林院抄本原作"幽亭",後塗去"亭",旁寫"庭"。

**過巢邑**(頁一三〇二三)
此詩又作册一九頁一三〇〇七阮閱《濡須寺》,輯自《輿地紀勝》。康熙《含山縣志》卷二五載此詩,題作"東關",署"宋户部阮(原誤作"院")美成"。歸屬未能確考。

附:《輯補》册三頁一二二〇至一二二一補詩一首、句三則。

# 册 二〇

## 張耒　卷一一五五至一一八七

**【校訂】暇日步西園感物輒爲詩得七篇·芙蓉**(頁一三〇八〇)
"曉艷",《大典》卷五四〇作"晚艷"。

**種蔬**(頁一三〇八一)
"貧舍""種圃",《大典》卷二四〇七作"官舍""開圃"。

**下春風嶺**(頁一三二〇七)
"笑浮",《大典》卷一一九八〇作"嘆浮"。

**東池**(頁一三二一七)
"汩汩""任飄",《大典》卷一〇五六作"濄濄""狂飄"。

**湖上成絶句呈劉伯聲四首**(頁一三二四〇)
其三"雨颼颼",《大典》卷二二六〇作"雨初收"。

**局中晚坐**(頁一三二七九)
"晚葉",《大典》卷一九七八二作"脱葉"。

**春蔬**(頁一三二八三)
"雪晴",《大典》卷二四〇七作"雪青"。

**宿鳳翅山懸泉寺**(頁一三三三六)
"晚景""髮疏""山日""有在",《大典》卷一三八二四作"晚氣""髮竦""山入""看在"。

**春蔬**(頁一三三四七)
"功罪",《大典》卷二四〇七作"功罷"。

**偶成二首**(頁一三三八五)
其二"極天",《大典》卷八〇二四作"極邊"。

**務中晚作**(頁一三三九〇)
題、"帖新",《大典》卷八〇二四作"偶成""貼新"。

**效白體贈晁無咎**(頁一三四一四)
組詩輯自《宛丘先生文集》卷二八。《大典》卷一四三八〇引組詩,標"吕本中詩",題中"晁無咎",詩序中稱"齊州無咎二哥",未言姓氏。晁無咎,未見知齊州,似有可疑。

**荷花**(頁一三四一八)
《大典》卷二六〇四引曾鞏詩《芙蓉臺》,册八頁五五六〇曾鞏下收。其前四句爲張耒此詩。張耒詩輯自《全芳備祖》，當刪。

## 周邦彥　卷一一八八

【校訂】夙興（頁一三四二八）
"可祥"，原出處《大典》卷七九六二作"可詳"。

次韻周朝宗六月十日泛湖（頁一三四三一）
題"湖"下《大典》卷二二七四有"五首"二字。其四"瞰層""人間"，《大典》作"瞰澄""人閒"。

二月十四日至越州置酒泛湖欲往諸剎風作不能前（頁一三四三一）
題"往"下《大典》卷二二七四有"瑪瑙"二字。

## 潘大臨　卷一一八九

【校訂】句（頁一三四三九）
句"八字山頭雁"輯自《能改齋漫錄》，乃冊二四頁一五九一八李彭《久不得潘鬍書》中句，潘大臨下當誤收。

## 陳瓘　卷一一九一

【校訂】代書簡張天覺（頁一三四七二）
"其道""去自"，《大典》卷三一四三作"真道""失自"。

廬山詩二首（頁一三四七四）
其二"靜閑"，原出處《大典》卷三一四三作"靜閴"。

寄題黃及之谷神館（頁一三四七五）
"構"，原出處《大典》卷一一三一三作小注"太上御名"。

句（頁一三四七六）
句"黑石巴山硯"乃冊九頁五八八九劉敞《王秘丞惠然相訪并見遺蜀牋玄石硯》第五聯，當刪。

【輯補】寄壽陽處士李子玉
陶令琴中妙曲，老萊袖裏春風。爲問白頭一戲，何如黑髮千鍾。
《大典》卷一三四五〇引《陳了齋集》。

至湖上寄伯常
水麼紅鱗漾晚暉，背人鶯燕巧相隨。春歸尚有花盈塢，客醉猶禁酒滿卮。一棹漁舟尋岸戲，數聲羌笛隔林吹。風流太守朝天去，湖上烟波欲付誰。
柳絮悠揚雪滿堤，新荷池沼漾鳧鷖。留連好景花猶亂，斷送行人鶯自啼。望遠頗嫌青嶂近，臨高如覺翠雲低。烟波更指閩山外，雨過斜陽照碧溪。
《大典》卷二二七二引《陳了齋集》。

岳山壽寧觀留題
閣前千尺碧琅玕，喬岳蒼松苦歲寒。此是萬年峰上竹，何須更待雪中看。
文淵閣本《鶴山集》卷六三《跋陳忠肅公岳山壽寧觀留題》。

附：《輯補》册三頁一三〇三至一三〇五補八首、句一則，其中《寶積寺》又見陸游同題（册四一頁二五七二四），《寄靈源禪師》又作周敦頤《讀易象》（册八頁五〇六六）。

### 崔鷗　卷一一九二

【校訂】頁一三四七七其生平所據有"《永樂大典》卷二七四四引《祭崔正言文》"。此所據出處卷次誤，實見《大典》卷一四〇五四。

**桃花**（頁一三四八一）
題，"春曉""怯夜"，《大典》卷八九九作"絶句""新曉""隕夜"。

**詩四首**（頁一三四八二）
題，原出處《大典》卷八九九作"絶句"。

### 周鍔　卷一一九三

【校訂】**西湖三首**（頁一三四八六）
其二"十里"、其三"夢覺"，《大典》卷二二六三作"千里""魂覺"。

### 游冠卿　卷一一九三

【校訂】《大典》卷八八四三引吕東萊《辨志録》有"元祐中，承議郎游冠卿知咸平縣回"云云，可補頁一三四九三傳記。

### 李廌　卷一二〇〇至一二〇三

【校訂】**盧泉之水次韵晁克民贈隱人**（頁一三六〇二）
此詩又見《宋集珍本叢刊》影印清抄本《姑溪居士後集》卷二《盧泉之水次韵晁堯民贈張隱人》，册一七頁一一二二六李之儀下即收。李廌下誤收當刪。

**壁間所挂山水圖**（頁一三六〇五）
此詩又見《姑溪居士後集》卷三同題，册一七頁一一二三二李之儀下即收。李廌下當誤收。

**釣臺**（頁一三六一六）
其一又見《范蒙齋先生遺文》載《登釣臺》，册三八頁二四〇三八范端臣下即收。李廌下或誤收。

**次韵東坡還自嶺南**（頁一三六二八）
此詩又見《宋集珍本叢刊》影印清抄本《姑溪居士前集》卷四同題，册一七頁一一一六七李之儀下即收。李廌下當誤收。

**社日書懷**（頁一三六四〇）
詩下編者按云"《歲時廣記》據《提要録》，署此詩作者爲御史李方叔。李廌終身未仕，不應有御史之稱，詩可疑，姑存於此"。李正民亦字方叔，但是否爲御史不詳。

附：《輯補》册三頁一三五一補銘一首。

## 蔡肇　卷一二〇四至一二〇五

**【輯補】送江陰吕彥行**

君家東南田甫田，一畝種粟輸十千。爾來旱暵不遇歲，坐此失計長江邊。下田鳬雁若烟海，高田蒼耳實磊磊。飽把犁鋤向屋眠，浩歌不憂顧田在。歸來買鐵利耡櫌，有如不種無不收。他年滯穗萬夫飽，曾笑甌窶祝滿篝。

大典本"常州府"卷一五。

附：《輯補》册三頁一三五一補集句二則、詩一首。

# 册　二一

## 晁説之　卷一二〇七至一二一二

**【校訂】積善堂**（頁一三七一五）

此詩又見《叢書集成初編》本《晁具茨先生詩集》卷一〇《積善堂詩》，《大典》卷七二四二引此詩，亦標"晁冲之"，册二一頁一三九〇三晁冲之下即收。《全宋詩》編者於晁説之下有注，疑作晁冲之誤。然晁冲之詩前有注，詳細述及作詩經過，定非誤收。晁説之下可删詩存目。

**覽冀亭榴花**（頁一三七二三）

此詩又見《晁具茨先生詩集》卷七《戲成》，《大典》卷八九九引此詩，亦標識爲"晁冲之具茨集"，册二一頁一三八七九晁冲之下即收。歸屬未能考確。

**節孝處士徐先生**（頁一三七二六）

《大典》卷一三四五〇引《晁景迂詩》載此詩，文淵閣本《景迂生集》卷六亦收。此詩又見嘉靖四十四年刻本《節孝先生文集》卷二三《貧仙》，册一一頁七六九八徐積下即收。歸屬未能考確。

**病目作近體詩五首**（頁一三七三七）

其一"作夢""不如"，《大典》卷一九六三七作"覺夢""如不"。

**夜聞烏啼**（頁一三八一二）

其二"明日"下注"原缺，據四庫本補"，《大典》卷二三四六作"明月"。

## 鄭常　卷一二一三

**【校訂】送頭陀赴廬山寺**（頁一三八三二）

《大典》卷六六九九載此詩，繫於白居易下。此詩又見《文苑英華》卷二二一，《全唐詩》卷三一一收録。則其爲唐人作無疑。此鄭常當删。

## 晁冲之　卷一二一六至一二三〇

**【校訂】次韻再答少藴知府甥和四兄長句并見寄二首**（頁一三八九〇）

其二"多病幾登"，《大典》卷一〇九九九作"力盡望鄉"。

**積善堂詩**（頁一三九〇三）

詩末,原出處《大典》卷七二四二有注"冲之母永嘉郡君年六十六,居昭德"。

## 鄒浩　卷一二三二至一二四五

**【校訂】戲示柄**(頁一三九五五)

"汝爲獅子時"字下注:"《永樂大典》卷一三三四四作汝乃獅子兒。"校文中"獅子",《大典》作"師子"。

**將往昭州示柄**(頁一三九六〇)

"發爲",《大典》卷一三三四四作"發於";"高名"下《大典》有注"張樞子發、鄧璋德甫"。

**王憲湖上分韵得荷字**(頁一三九八四)

"使星",《大典》卷二二七二作"使君"。

**湖上雜咏**(頁一三九八五)

其七"便言",《大典》卷二二七二作"更言"。

**中秋日泛湖雜詩**(頁一三九九六)

其九"獨子",《大典》卷二二七四作"猶子"。

**聞霍仁仲唱名第一**(頁一四〇二二)

"偶聖",《大典》卷二〇三〇八作"遇聖"。

**六一岩**(頁一四〇六六)

序"永□""後岡""名之",《大典》卷九七六五作"永文""後峒""名之六一岩"。

**【輯補】五月上澣偕鄒敏卿張元善約同僚爲湖上之游分韵得蜩字**

假日平湖上,烟波千里遥。蘆深時見笋,柳暗未聞蜩。灔灔銀杯釂,悠悠玉尺跳。兹游端不惡,誰與掃生綃。

《大典》卷二二七二引《鄒道鄉先生集》。

## 毛滂　卷一二四六至一二五〇

**【校訂】對月**(頁一四一一三)

此詩又見《宋集珍本叢刊》影印明抄本《廣陵集》卷一〇同題,册一二頁八一六八王令下即收。毛滂下當誤收。

**曹彦約昌谷集同官約賦紅梅成五十六字**(頁一四一三二)

**再賦四十字**(頁一四一三二)

原出處《大典》卷二八〇九標"曹彦約昌谷集"。其上引"陳景萬集句"四首,其中第四首第四句集自毛滂。編者誤以此注文"毛滂"爲正文且下屬,造成誤輯二詩於毛滂下。二詩當爲曹彦約作。《全宋詩》即分錄於册五一頁三二一八一曹彦約《同官約賦紅梅成五十六字》、册五一頁三二一五三曹彦約《紅梅》。

附:《訂補》頁三〇五考訂《夏夜》(頁一四一二二)乃陸游《暑夜》前四句(册三九頁二四四八八),當刪;并補句一則,然已見《全宋詩》本人《正月三日游證道寺》句,當刪。

## 李新　卷一二五二至一二六三

**【校訂】晚宿江漲橋**(頁一四一八〇)

此詩又作册一八頁一二四〇〇許彥國同題,《咸淳臨安志》卷九七、《海塘録》卷二六均載許彥國下。李新下當誤收。

**悦老堂**(頁一四一八八)

尾聯"風歷北窗琴自動,成文無處問知音",《大典》卷七二三八作"山中悦老無亭樹,白酒長新橡栗肥"。且《大典》此聯又見册二一頁一四一九〇李新《江道中》尾聯。或二詩尾聯錯簡。

**早梅**(頁一四一九六)

"玄崖",《大典》卷二八〇八作"元崖"。

**藥水岩**(頁一四二一六)

"考"字下注"《永樂大典》卷九七八四作老"。校文卷次誤,實見《大典》卷九七六四。

**項羽廟**(頁一四二三一)

此詩又作册一八頁一二四〇一許彥國《咏項籍廟二首》之一,輯自《竹莊詩話》。李新下當誤收。

**錦江思**(頁一四二三一)

此詩又作册二七頁一七八七八喻汝礪同題,《成都文類》卷三載於李新下,然同書卷一四又載於喻汝礪下。歸屬未能確考。

**折楊柳**(頁一四二三五)

此詩輯自《前賢小集拾遺》,又作册一八頁一一七九六李元膺同題,輯自《積書岩宋詩册》;又作册三五頁二二〇六八許志仁同題,輯自《詩淵》。李新字元應,與李元膺相近。然未有確證,難以斷其歸屬。

**一曉發射洪循江而行書二詩州堆館**(頁一四二三九)

其一"我不"、其二"我不",《大典》卷一一三一三均作"吾不"。

**句**(頁一四二三九)

句"山外浮雲雲外城"乃頁一四一九二本人《登城望江邊》首聯,當删。

附:《訂補》頁三〇六補詩一首,《輯補》册三頁一三五七至一三五八補詩二首。

## 陳俌　卷一二六四

【校訂】《大典》卷三一四五引《清漳志》載此人,名作"陳補"。且頁一四二五一傳記中"賦甫",《大典》作"賦虎"。

## 吴則禮　卷一二六六至一二六九

【校訂】**露坐**(頁一四二七八)

題,文淵閣本作"露生",浙江圖書館藏清抄本作"雲生"。

# 册　二二

## 周行己　卷一二七一至一二七三

【校訂】**坡南塘**(頁一四三七九)

此詩輯自《嘉靖溫州府志》。潘猛補《從溫州地方文獻訂補〈全宋詩〉》認爲,《弘治溫州府志》卷二二載此詩,署作者爲陳傅良。詩當非周行己作,應補入陳傅良下。

**出都門**(頁一四三八〇)
題下《大典》卷三五二六有注"辛未如階州侍下"。詩"不能",《大典》作"不敢"。

**有所思**(頁一四三八二)
"應應",《敬鄉樓叢書》本《浮沚集·補遺》作"應節"。

**美人曲**(頁一四三八二)
此詩又見冊五〇頁三一五五二張鎡同題,歸屬未能確考。

## 楊恬　卷一二七五

【校訂】**三友堂**(頁一四四一四)
序"因此",原出處《大典》卷七二三八作"因以"。

**和頓公起**(頁一四四一四)
"對影",原出處《大典》卷七二三八作"對飲"。

## 宇文紹奕　卷一二七五

【校訂】**三友堂**(頁一四四一五)
題,據原出處《大典》卷七二三六,應擬作"五賢堂"。

## 洪朋　卷一二七八至一二七九

【校訂】**雲溪院**(頁一四四七一)
此詩輯自《輿地紀勝》,又見文淵閣本《西渡集》卷下同題前四句,冊二二頁一四七四四洪炎下即收。洪朋下當誤收。

**句**(頁一四四七三)
句"權歌縹緲城西路",《訂補》考訂乃周南《晚出至湖桑埭》第三聯(冊五二頁三二二五九)。實際周南詩見陸游《曉出至湖桑埭》第三聯(冊四〇頁二五二〇七),當刪。
附:《訂補》頁三一三考訂斷句"盱母江頭喚渡人"(頁一四四七二)乃洪炎《南城鄧氏亭》頷聯(冊二二頁一四七四三),"花明柳暗一溪水"(頁一四四七二)、"藥珠宮殿擁神仙"(頁一四四七三)乃本人《上巳日南池作》(頁一四四六二)中句,"官梅一樹小池頭"(頁一四四七三)乃本人《同玉父鴻父看池邊梅》(頁一四四六九)首聯,當刪。

## 洪芻　卷一二八〇至一二八二

【校訂】**陪陳使君宴南山亭**(頁一四四八六)
"冪""岡轉""夕陽愁",《大典》卷七八九一作"過""岡獻""日光浮"。

**人日**(頁一四四九五)
"暖如""浮箣",《大典》卷三〇〇一作"斗如""浮筴"。

**松棚**(頁一四四九七)
此詩又見明汲古閣抄本《誠齋集》卷三《和昌英叔覓松枝作日棚》其一,冊四二頁二六一一○楊萬里下即收。洪芻下誤收當删。

**戲贈僧庵二首**（頁一四四九九）

其一"空好""送陶"，其二"芳茨"，《大典》卷七八九一作"安好""引陶""茅茨"。

**高宗皇帝挽詞**（頁一四五○二）

《全宋詩》編者已考其非洪芻作，然無所歸屬，故附載於此。《中興禮書續編》卷五六載組詩，署"翰林學士洪遽"，時爲淳熙十四年(1187)。檢上圖藏《中興百官題名·學士院》，本年洪邁爲翰林學士，則"遽"乃"邁"之誤。挽詞爲洪邁作，洪芻下當删。

**咏河豚西施乳**（頁一四五○五）

此詩輯自《詩林廣記》，又作册三二頁二○三四○嚴有翼《戲題河豚》，輯自《漁隱叢話》引《藝苑雌黃》。歸屬未能確考。

**句**（頁一四五○五）

句"晉代衣冠復誰在"又見明萬曆十九年刻本《龜山先生全集》卷四二《東林道上閑步三首》之二第二聯，册一九頁一二九五六楊時下即收。洪芻下當删。

附：《訂補》頁三一三考訂《田家謠》乃唐聶夷中《田家二首》之一，句"霜後木奴香噀手"又作汪藻斷句之五（册二五頁一六五六三）。《輯補》册四頁一四六五補詩二首，其中《南山》乃本人《陪陳使君宴南山亭》（頁一四四八六）頷聯、頸聯，當删。

### 蕭磐　卷一二八三

**【校訂】冰井**（頁一四五○七）

"林泉""古基"，原出處《大典》卷二三四三作"林源""古墓"。

### 林迪　卷一二八三

**【校訂】聞伯育承事結彩舟作樂游東湖戲寄四韵**（頁一四五○九）

**次前韵**（頁一四五○九）

二詩輯自《大典》卷二二六二引《清漳集》，又見宋刻本《青山集》卷二四《聞陳伯育結彩舟行樂游湖戲寄三首》其一、其二，册一三頁八九四一郭祥正下即收。林迪下當誤收。

**又題阮希聖東湖十絶**（頁一四五一○）

其一"湖潯"，原出處《大典》卷二二六二引《清漳集》作"湖漘"。十詩又見宋刻本《青山集》卷二八《阮師旦希聖徹垣開軒而東湖仙亭射的諸山如在掌上予爲之名曰新軒蓋取景物變態新新無窮之義賦十絶句》，册一三頁八九七九郭祥正下即收。林迪下當誤收。

### 蘇庠　卷一二八八

**【校訂】惠安寺**（頁一四六○七）

原出處《大典》卷六六九九標"蘇養直詩"。此詩又見册三五頁二二三三三釋師禮《頌古十四首》之九。歸屬未能確考。

**至湖上**（頁一四六○八）

"葦秋"，《大典》卷二二七二作"蕩秋"。

### 釋祖可　卷一二八八

**【校訂】絕句**（頁一四六一二）

"擬鼓"，《大典》卷八九九作"欲鼓"。

**【輯補】寄二江**

一夕西風五嶺秋，蕭蕭柳葉使人愁。孤城吹笛所思遠，落日晴江相照流。
庭前疏影轉梧桐，天宇無雲月鏡空。想得此情鄉夢斷，夜潮殘角卷秋風。
文廷式《永樂大典輯佚書》載《大典》卷一四三七九引僧正平詩。

**次韻王銍詩**

空中千尺墮柳絮，溪上一旗開茗芽。絕愛晴泥翻燕子，未須風雨落梨花。重江碧樹遠連雁，刺水綠蒲深映沙。想見方舟端取醉，酒酣風帽任欹斜。
文淵閣本王銍《雪溪集》卷三。高等教育出版社2010年版周裕鍇《宋僧惠洪行履著述編年總案》頁七一。

附：《訂補》頁三一五補詩一首。《輯補》册四頁一四七六補詩一首、句一則，其中句已見本人句（頁一四六一四），略有異文。

### 李昭玘　卷一二八九至一二九一

**【校訂】中頂**（頁一四六四六）

詩末注"《永樂大典》卷二九五一"。出處卷次誤，實見《大典》卷一一九五一。

**回馬嶺**（頁一四六四六）

詩末注"同上書卷二九八〇"。出處卷次誤，實見《大典》卷一一九八〇。"兩展"，《大典》作"緉展"。

### 胡直孺　卷一三〇一

**【校訂】春日**（頁一四七六二）

題，詩"雲吹絮""隨人"，《大典》卷八九九作"絕句""園吹雪""知心"。

### 謝逸　卷一三〇三至一三〇八

**【校訂】謝吴迪吉以麻源桃實法製黃精見遺**（頁一四八一四）

題"見遺"，《大典》卷八五二六作"遺老兒"。

**與諸友游南湖分韻得紅字**（頁一四八一六）

"和露"，《大典》卷二二六五作"秋露"。

**三益齋詩**（頁一四八二四）

此詩又見《續古逸叢書》影印宋刻本《竹友集》卷一《三益齋》，册二四頁一五七六三謝薖下即收，《全宋詩》已指出。謝逸下當誤收。

**送常老住疏山**（頁一四八四五）

此詩又作册五三頁三三三一七游九功同題，輯自《宋詩紀事補遺》。歸屬未能確考。

**寄洪駒父**（頁一四八四九）

此詩又作頁一四八二六本人《寄洪駒父戲效其體》第七、八聯,當刪。
**春詞**(頁一四八五〇)
其五又作册七二頁四五二一一任斯《牡丹》,輯自《後村千家詩》。歸屬未能確考。
**桂花**(頁一四八五六)
其一又作册二五頁一六六四〇韓駒《岩桂花》,輯自《錦綉萬花谷》,歸屬未能確考。其二又見《誠齋集》卷一《木犀二絶句》之二,册四二頁二六〇六四楊萬里下即收。謝逸下當誤收。
**右軍墨池**(頁一四八五七)
此詩輯自《能改齋漫録》,前四句又作册二四頁一五八一三謝邁《洗墨池》,輯自《大典》。《大典》誤署作者可能性極大。
**句**(頁一四八五八)
句"未於蓮社添宗衲"乃册二四頁一五九三六李彭《送果上人坐兜率夏》頷聯,當刪。
附:《訂補》頁三一八至三一九考訂《琴》乃唐人謝邈作。《彩烟山》乃元末明初宋禧作,句"山寒石髮瘦"乃本人《懷汪信民村居》頷聯(頁一四八二七),"細雨來時麋角解"乃胡致隆《玉山道中》頷聯(册二二頁一四六二四),"身似何郎全傅粉"乃歐陽修《望江南》中句,當刪。《輯補》册四頁一五八一補詩一首。

## 趙鼎臣　卷一三〇九至一三一四

【校訂】**歸雁亭**(頁一四九一三)
此詩又作册三頁二〇四二梅摯同題,輯自《大名府志》,歸屬未能確考。
**盤齋詩**(頁一四九一四)
此詩又作册三八頁二四二一三趙釴夫《盤齋》。趙釴夫字君鼎,其詩輯自《大典》卷二五三五《趙君鼎詩》。趙鼎臣下當刪。
**仲春至王官鋪壁間讀時可詩戲次其韵云簿領堆中不舉頭坐令雙鬢欲驚秋蒼生未必須安石自爲青衫作滯留已而時可見之復次韵解嘲十二月復過此重次前韵**(頁一四九一八)
題"仲春""十二""過此",《大典》卷一四五七六作"中春""冬十二""過其丁"。
**冰齋**(頁一四九一九)
此詩又見頁二四二一三趙釴夫下,輯自《大典》卷二五三八,署"趙君鼎詩"。趙鼎臣下當刪。
**喜涼亭**(頁一四九二一)
此詩又作册五五頁三四七三〇吳機同題,輯自《儀真縣志》。歸屬未能確考。
【輯補】**次韵時可王官鋪壁間韵**
簿領堆中不舉頭,坐令雙鬢欲驚秋。蒼生未必須安石,自爲青衫作滯留。
《大典》卷一四五七六引趙鼎臣《竹隱畸士集》載詩題。
附:《訂補》頁三一九考訂句"詞源江海浩奔忙"(頁一四九二三)乃本人《昔官會稽故侍講吕公原明丈請以其孫揆中者娶余之長女既受幣矣無何揆中與余女未成婚而俱卒濟陰簿本中則揆中之弟也近於同舍林德祖處見其所與石子植唱和詩子植又余太學之舊僚也故次其韵因寄吕兼以簡石且請德祖同賦》第四聯(頁一四八八〇),當刪。

## 劉汲　卷一三一五

【校訂】西岩（頁一四九二六）

此詩輯自《大典》卷九七六六引《中州集》。然《中州集》所引劉汲乃金人，見《全金詩》（南開大學出版社，1995年）册一頁四七六《題西岩二首》其二。另《全宋詩》所收劉汲《高陽道中》亦見金人劉汲下。則此劉汲當刪。

## 吕天策　卷一三一七

【校訂】爲楊中正供奉題（頁一四九六四）

原出處《大典》卷七二四〇未標出處，其前一首標"吕天策詩"，因此輯録。此詩乃册九頁六一〇〇司馬光《題楊中正供奉洗心堂》。《大典》當漏標出處，吕天策下當刪。

**乾明院讓道人房與朱仲潛探梅**（頁一四九六四）

大典本"常州府"卷一五引此詩，前有序云："城中梅獨乾明院讓道人房數株看花最早。"

【輯補】**九日游君山**

路分支徑入蘆花，獨繞江邊覓酒家。晚日樓臺金突兀，映山鷗鷺玉橫斜。解衣狗竇呼光逸，落帽龍山想孟嘉。欲趁老漁風一葉，直窮天漢問乘槎。

**宿毗山贈勤道人**

毗山去城三十里，自有此山名在耳。冤哉自是境中人，老矣未能嘗屐齒。今朝作意揮馬策，借問征夫踏龍尾。崖深翠濕松竹潤，寺老歲荒臺殿圮。華鯨剥啄夜闌吼，鐵鳳翱翔天半起。登臨敢訴足生胝，邂負頓賞心似洗。可憐此老慣迎客，不問何人即生喜。寶薰襲襲透花縵，霜月斜斜界窗紙。它年它處應相憶，此會此生能有幾。欲識清涼掃地人，記取玉溪人姓李。

以上見大典本"常州府"卷一五。

## 袁植　卷一三一八

【校訂】游惠山（頁一四九七一）

此詩又作册二五頁一六五七七錢紳《游惠山一首》。大典本"常州府"卷一四引此詩，歸作者爲錢紳，《無錫縣志》卷四上引同。袁植下或誤收。

## 林遹　卷一三一九

【輯補】**隆祐皇太后挽詞**

一德艱難際，千齡保佑功。母儀尊四紀，婦職奉三宫原注：宣仁、欽聖、欽成三殿。壽爲憂勤損，財因節儉豐。鸞驂定何處，親泣舜（原作"瞬"）重瞳。

飲馬驅驕虜，飛龍紀建炎。艱危三改歲，倉卒兩垂簾。虛座塵凝幄，修廊日轉檐。寢門問安處，回首泪空霑。

去歲宫梧落，歸輀贛水濱。那知朱夏節，已泣素車塵。碧海神仙闕，黄粱夢幻身。徽音傳不朽，風化被斯民。

永念承顏養,難酬罔極恩。無私安社稷,不殺定乾坤。玉宇歸新燕,瑶階長舊黃(原作"冥"),孝思何日報,寶冊冠追尊。

内治無私謁,中興有聖君。洗光曾取日,厭世遽乘雲。衣澣寧嫌練,餐霞屢徹葷。泰陵松柏路,指日静妖氛。

《中興禮書》卷二五八引"中書舍人林逋"。

按:《全宋詩》所輯句一則(頁一四九八一)即見此組詩。

## 陳朝老　卷一三一九

【校訂】《大典》卷三一四六引《建安志》載其傳記,可校頁一四九八四者不一。"字廷臣""自號歡喜居士",《大典》作"字廷臣""自號常歡喜居士"。

# 册　二三

## 唐庚　卷一三二〇至一三二六

【校訂】夢泉(頁一四九九五)

《大典》卷五三四五引此詩,誤作"唐康"。序"示余命作詩",《大典》作"令余作詩爲賦此篇"。"謾意""練去""山間""鹹生",《大典》作"偶在""練長""山澗""痰生"。

芙蓉溪歌(頁一五〇三三)

"秋霜""變後""戰處""枯柄",《大典》卷五四〇引《眉山唐子西詩》作"初霜""變盡""破後""枯折"。

籌筆鋪(頁一五〇四三)

"脅寡",《大典》卷一四五七六作"脅寒"。

【輯補】陳書岩六言二首

人去空岩碧蘚,春來方沼春蘋。歸鶴故應留語,卧龍悔不終身。

檜是昔人手植,即今霜早差差。行客欲詢往事,殘僧非復當時。

《大典》卷九七六五引《唐先生集》。

按:《大典》未標作者,然卷三〇〇一引《唐先生文集》,見唐庚下,此當亦爲唐庚作。

## 釋德洪　卷一三二七至一三四六

【校訂】華光仁老作墨梅甚妙爲賦此(頁一五〇六一)

"叢邊""眼錯",《大典》卷二八一二作"籬間""眼怯"。

妙高老人卧病遣侍者以墨梅相迓(頁一五二二一)

"高情餞",《大典》卷二八一二作"多情似"。

光上人送墨梅來求詩還鄉(頁一五二四七)

"清哉""定知",《大典》卷二八一二作"清於""遙知"。

過燕湖晚望(頁一五三〇九)

"妝江""雲帶雨",《大典》卷二二六六引《詩海繪章》作"紅妝""寒帶雨"。

【輯補】句

麗句妙於天下白，高才俊似海東青。
《大典》卷八二一。

## 吕頤浩　卷一三四七

**【校訂】送張德遠宣撫川陝二首**（頁一五三八八）
其二"半壁"，翰林院抄本《忠穆集》作"巨寇"。

**桂齋二首**（頁一五三九一）
《大典》卷二五三九引組詩，署"吕頤浩詩"。其二又見傅增湘校道光刻本《梁溪集》卷三一《十二咏・桂齋》，册二七頁一七八〇八李綱下即收作《十二咏・桂亭》。吕頤浩下當誤收。

**次鄭顧道韵**（頁一五三九五）
詩末注"以上《永樂大典》卷七二二八引吕頤浩詩"。出處卷次誤，實見《大典》卷七二三八。

## 廖剛　卷一三四八至一三四九

**【校訂】偶書**（頁一五四〇八）
"原非"，《大典》卷八九九作"元非"。

## 洪擬　卷一三五〇

**【輯補】隆祐皇太后挽詞**
宣后垂簾日，娥皇始女虞。柔風三殿喜，陰教六宮孚。言動詢詩史，興衰鑒女圖。誰知三紀事，雲散祇須臾。
富貴雖無敵，艱難亦備嘗。天街妖乍起，狼角勢俄張。雖恨堯巡遠，能扶漢祚長。餘氛消偽楚，興運付吾皇。
征虜長驅後，凶徒納晦時。須知柔静德，能復太平基。共喜升龍早，誰云洗日遲。大勛彌宇宙，塵務更何施。
舍弘坤載厚，惻怛母慈深。憂國逾明德，行仁比大任。四方流美化，萬口頌徽音。更讀升仙誥，猶存愛物心。
長樂鳴鐘斷，皇儀素帳張。悲生周柳翣，泪濕舜衣裳。玉鑒鸞空舞，銀缸雁已翔。干戈何日定，歸祔太陵旁。
《中興禮書》卷二五八引"中書舍人洪擬"。

## 蘇過　卷一三五一至一三五四

**【校訂】渡泉嶠出諸山之頂**（頁一五四六三）
《大典》卷一一九五一引此詩，未署作者，其前一首《登峻極頂》署"蘇過斜川集"。此詩又見上海商務印書館影印明翻宋刻本《梁江文通集》卷三同題。《大典》當漏署出處而致蘇過下誤收。巴蜀書社1996年版舒大剛等《斜川集校注》頁八一八已言之。

**大隱堂爲范氏西田題**（頁一五四七二）

《大典》卷七二三九引此詩，標"蘇邁詩"。《大典》引蘇過《斜川集》，均誤標爲"蘇邁斜川集"。然《大典》引"蘇邁詩"是否"蘇過詩"之誤，尚未有定論。則此詩是否確爲蘇過作尚有疑問。《訂補》頁三〇〇即據錄蘇邁下。

**愛人堂爲李幾仲賦**（頁一五四七二）

"頻賜"，《大典》卷七二三八作"願賜"。

**山行**（頁一五四八二）

《大典》卷九七六四引此詩，署"蘇邁《斜川集》"，《訂補》頁三〇〇誤據錄蘇邁下，然題擬爲"題白水岩"，甚是。詩"大行"，《大典》作"太行"。

**次韵趙承之寄保德倅王粹公**（頁一五四八九）

題，《大典》卷一四三八〇無"保德倅"三字；詩"風浪"，《大典》作"風流"。

**樗隱堂**（頁一五四九〇）

《大典》卷七二三九引此詩，標"蘇邁詩"，是否確爲蘇過作尚有疑問。《訂補》頁三〇〇即據錄蘇邁下。

**和良卿病目在告**（頁一五四九六）

《大典》卷一九六三七引此詩，標"蘇邁詩"。是否蘇過作尚有疑問。《訂補》頁三〇〇即據錄蘇邁下。"獨在"，《大典》作"燭在"。

**先公守汝陰嘗以詩送都曹路君挂冠東歸載乖崖公留其錄曹語今傳播世間三十年矣過寓居潁昌一日有都曹公之季子文老者來自京師出其家所藏二帖紙墨如新因道存没之舊感慨於懷乃追繼先公詩韵以遺文老時方就試春官待報也**（頁一五五〇一）

題"子文老"，《大典》卷八九六作"子字文老"。

附：《訂補》頁三二五補詩五首，其中《呈金陵上吳開府兩絶句》《再游儀真呈張使君》《寄如皋葉尉》等四首見《全宋詩》劉過下，當删。《輯補》册四頁一六二〇補句一則。

## 許景衡　卷一三五五至一三六〇

**【校訂】龍華馬鋪懷盧行之去年邂逅**（頁一五五〇八）

題"邂逅"，《大典》卷一四五七六作"解后"。

**送僧之石梁**（頁一五五一八）

此詩又見文淵閣本《祖英集》卷上同題，册三頁一六三五釋重顯下即收。許景衡下當誤收。

**再用前韵**（頁一五五四八）

其一"戰塵"，《大典》卷一〇九九九作"虜塵"。

**陳節秀才失目贈之兼簡卓羅源**（頁一五五六四）

"隔生"下《大典》卷一九六三七有注"張籍詩：三年病眼今年較，免與風光（原脱'光'字）便隔生"。

**寄盧中甫四首**（頁一五五八五）

其二又作册一二頁八三三〇盧秉《絶句》，輯自《竹齋詩話》。《西溪叢話》卷下載於"盧政議"下。盧秉字仲甫，卒於元祐七年（1092），而許景衡生於熙寧五年（1072）。二人或未有交往。組詩許景衡下當誤收。

**論學**（頁一五五八七）

此詩乃文淵閣本許景衡《橫塘集》卷一八《溫州瑞安遷縣學碑》末銘文一部分，當刪。孫詒讓《溫州經籍志》已指出。

**【輯補】題百詠堂**

城郭尋常眼不開，誰能一一訪林巒。已將好景吟都過，留與游人取次看。寂寂郊原秋色遠，悠悠江水暮天寒。可憐三十六坊月，還照先生舊倚欄。

**過閑心寺**

杖藜溪谷譊間關，到得閑心始是閑。珍重道人能假榻，小軒終日臥看山。

花到禪房幾許深，迴廊小徑月陰陰。杖藜出郭成何事，閑得浮生半日心。

**得一堂**

未暇開三徑，還尋得一堂。山居元寂寂，塵世自茫茫。古木秋風響，寒燈夜話長。須知杜陵老，最愛贊公房。

以上見《弘治溫州府志》卷二二。

**游南雁蕩**

層岩何代已懸鐘，暖翠來青淡復濃。天地有圖供罨畫，山林無處著塵踪。風泉韻合桐絲細，石洞門深花影重。酌罷溪磐紅日落，更看明月白千峰。

周喟《南雁蕩山志》卷七。

**曉起**

清晨淡無言，坐對床上書。六經變秦灰，至道無魯魚。披沙得黃金，入水求明珠。振躬發深省，悠然契予思。

趙諫《東甌詩續集》卷四。

**謝公岩**

出守雖云遠，登臨不厭頻。五言多好句，千載獨斯人。風月樓長好，池塘草自春。超然高世志，遺像日埃塵。

《東甌詩集》卷一。

按：潘猛補《從溫州地方文獻訂補〈全宋詩〉》已輯以上前六詩。《古籍整理研究學刊》2008年第1期載陳光熙《許景衡的文集及佚作》輯以上七詩。《訂補》頁三二五考訂《送僧游天臺》（頁一五五八六）乃林逋詩（冊二頁一二三九）。

# 册　二四

## 葛勝仲　卷一三六二至一三六八

**【校訂】余謫沙陽地僻家遠遇寒食如不知蓋閩人亦不甚重其節也感而賦詩五首以杜子美無家對寒食五字爲韵**（頁一五六〇五）

五詩又見傅增湘校道光刊本《梁溪先生文集》卷八"古律詩四在沙陽作"《寒食五首》，題下注正與此題同，冊二七頁一七五六〇李綱下即收。葛勝仲無貶謫沙陽之經歷，詩誤收當刪。

**幽居夙興**（頁一五六一一）

"名"字下注"《永樂大典》卷七九六三作貫"。校文出處卷次誤,實見《大典》卷七九六二。

**同子充游堯祠見交代李行正詩追用李太白舊韵因亦次韵呈子充**(頁一五六二〇)

"秋酒",《大典》卷八九五"秩酒"。

**次韵鄭維心游西余山**(頁一五六二八)

此詩原作七言古詩,盛氏刊本《丹陽集》以其爲七言律詩二首,甚是。

**曾夢良惠然見存出口字詩十有七篇偶撼所遺成三篇紀謝**(頁一五六七九)

題中"字"下注"以上三字原作出示,據《永樂大典》卷八九五改"。《大典》此卷作"出闕字"。其二"希顔",《大典》作"晞顔"。

**以糟水灌芍藥戲題**(頁一五七〇一)

組詩其二國圖藏清乾隆四十一年(1776)孔繼涵家抄本另爲一題,作"謝人惠藕"。《全宋詩》合二題爲組詩。

**跋黄魯直畫**(頁一五七〇二)

此詩又見宋刻元明遞修本《臨川先生文集》卷三同題,册一〇頁六四九六王安石下即收。葛勝仲下誤收當删。

**句**(頁一五七〇五)

句"路出古浮山"乃頁一五六〇五本人《癸巳次古浮山普慈寺》頸聯,當删。

句"身嘗静退緣知止"乃頁一五六七九本人《曾夢良惠然見存出口字詩十有七篇偶撼所遺成三篇紀謝》之三頸聯,當删。

**【輯補】虎跑泉**

於菟挾乙舊傳聞,清溜因跑出嶺皪。玉甃下流聲帶雨,銀床輕護氣含雲。酌烹北苑滋茶味,飲助中山破酒醺。從此清漪觀水面,微風不愛舞綃紋。

大典本"常州府"卷一五。

**送慶善赴廣德軍**

五年心迹寄滄洲,邂逅連牆接俊游。

《宋元方志叢刊》本盧憲纂《嘉定鎮江志》卷二一。

**完府學及先聖廟呈權府唐逢叔**

疇昔東家後,分符景祐初。奉先嚴複廟,講藝結精廬。雄宇千櫨拱,圜埔百堵舒。原注:學廟自孔道輔龍圖經始進人亡但碑板,歲久半丘墟。科斗藏書露,鴛鴦墜瓦疏。檜花空自舞,帶草不勝鋤。舊國宗先聖,微材忝大胥。顧瞻徒悵望,營膳每躊躇。官冷誰裨助,謀疏寡奮攄。荒功緊入幎,畫諾賴題輿。記奏漢室遠,材資闕里餘。原注:求廟宅餘材於外臺,方克就役築謳聲暇豫,聲鼓韵舒徐。落落揮斤手,駸駸運甓車。甕書呈七璧,堂瑞列三魚。水樂芹堪薦,庭鷥棘自除。廊腰回窅窅,殿角聳渠渠。鴉集祛彊魘,鞏飛耀里閭。肇裡嚴幣玉,顯相盛簪裾。原注:適遇上丁釋奠導俗仍經學,垂情豈簿書。落成應枉駕,引領望干旟。

**六月末伏小集廟壖探韵得清字**

今日復何日,大火方伏庚。執熱懷凉飆,命友聊意行。能詩偶無本,可飲俱公榮。廟壖得勝地,景與情賞并。柳邊山色秀,波底天容清。窺蓮白鷺净,依藻游魚驚。持此壽佳客，一笑身名輕。坐中誰好事，割肉歸卿卿。

　　國圖藏乾隆四十一年孔繼涵家抄本《丹陽集》卷一六。

　　附：《訂補》頁三二六考訂句"空翠沾我襟"乃本人《辛卯次霧山大明院進士萬廷老介來謁》第四、五句（頁一五六〇二），當刪。《輯補》册四頁一六二〇至一六二一補詩一首、句一則。

### 曾開　卷一三七〇

【校訂】句（頁一五七三九）

《大典》卷一〇九五〇引《元一統志》載此句，署"曾開詩集"。同卷引此句，又署"曾南豐"。此句乃册八頁五五七三曾鞏《送撫州錢郎中》中句。曾開下當刪。

### 謝薖　卷一三七二至一三七八

【校訂】洗墨池（頁一五八一三）

此詩輯自《大典》卷一〇九五〇，乃册二二頁一四八五七謝逸《右軍墨池》中句，當刪。

### 李錞　卷一三七九

【校訂】烏（頁一五八二九）

題，據原出處《大典》卷二三四六，應擬作"烏夜啼"。"呀呀"，《大典》作"啞啞"。

早梅（頁一五八二九）

詩末注"同上書卷六〇八引《江湖集》"。出處卷次誤，實見《大典》卷二八〇八。《訂補》頁三三一校"芙"乃"英"之誤。

消梅（頁一五八三〇）

詩末注"同上書卷二八〇〇九"。出處卷次誤，實見《大典》卷二八〇九。

### 徐俯　卷一三八〇

【校訂】明皇夜遊圖（頁一五八三三）

題下《大典》卷八八四四有注"呂子廣藏，畫學博士李生所作"。

渡彭蠡湖（頁一五八三八）

"帆輕"，原出處《大典》卷二二六〇作"帆經"。

章江晚望（頁一五八三八）

"飛鳥"，原出處《大典》卷八〇九一作"鳥飛"。

附：《四庫存目叢書》史部册八二道光二十九年刻本謝應芳《思賢錄》卷一"徐師川詩"條引徐俯《游拾青閣》一首，《古籍整理研究學刊》2002年第6期彭國忠《補全宋詩34首》據《鳳墅殘帖釋文》補一首（歸安姚氏《鳳墅殘帖釋文》十卷本中《前帖》卷三、卷五、卷一六、卷一七凡四卷未及見，待考），不具錄。

### 李彭　卷一三八一至一三九〇

【校訂】奉酬蕭子植（頁一五八五三）

題,"開美""復軼""并坐",《鳳墅續帖》卷三作"子植以長句見貽作五字詩以報之""美無""復似""共坐"。

**慶上人以再聞誦新作突過黃初詩爲韵作十詩見寄次韵酬之**(頁一五八五四)

其七"任風帆",國圖藏孔繼涵校跋本作"俱末流","俱末"旁寫"吝風"。且有籤條云:"'吝風流'係原本。疑'吝'字係'任'字之訛,音相近也。'風流'則當作'橫流'或'風帆'字也。"

**九日奉呈元亮兄**(頁一五八五五)

"蕉夢",孔繼涵校跋本原同,并於二字旁寫"新得"。

**喜元亮歸**(頁一五八七一)

"好""噪檐際",孔繼涵校跋本原同,并於字旁寫"啼""聖得知"。

**修源**(頁一五八七二)

"乞米",孔繼涵校跋本原同,塗去并於二字旁寫"胡奴"。

**晚登鐘樓即事**(頁一五八七七)

"斜蠻",孔繼涵校跋本原作"叙鳳",塗去并於二字旁寫"斜鸞"。

**醉書**(頁一五八七八)

"覺成",《大典》卷八九九作"解成"。孔繼涵校跋本同《大典》。

**聽了公孫彈琴**(頁一五八九一)

"姿",孔繼涵校跋本原作"資",旁寫"姿"。

**觀呂居仁詩**(頁一五八九七)

"雪"字下注"《永樂大典》卷八九七作霰"。出處卷次誤,實見《大典》卷八九九。

**題伯時畫蓮社圖**(頁一五九〇五)

題"題",孔繼涵校跋本作"李"。

**韓熙載宴客圖**(頁一五九〇七)

"誰",孔繼涵校跋本原同,旁寫"不"。

**阻風雨封家市**(頁一五九一二)

"腕",孔繼涵校跋本原同,旁寫"阮"。

**贈暉書記暉有伯時所畫馬甚奇**(頁一五九二〇)

題,孔繼涵校跋本"贈"字上添"東林寺"三字。

**次韵答寶峰仁書記**(頁一五九三三)

"敵",孔繼涵校跋本原同,旁寫"虜"。

**歲晚四首**(頁一五九五八)

組詩其一孔繼涵校跋本凡兩見,另一處見卷一〇,非組詩,題《歲晚漫興》。詩又作册二五頁一六六三七韓駒《絕句》,輯自《能改齋漫錄》。歸屬未能確考。

**離曲池憩巾口**(頁一五九五九)

其一"抹""林",孔繼涵校跋本原同,旁寫"握""雲"。

**代二螯解嘲**(頁一五九六〇)

此詩又見文淵閣本任淵注《山谷內集詩注》卷一七同題,册一七頁一一四二七黃庭堅下即收。李彭下當誤收。

**蕭子植寄建茗石銚石脂潘衡墨且求近日詩作四絶句**（頁一五九六三）

題、其二"刻削""方城"、其三"下筋"、其四"蕭郎""遠愧"，《鳳墅續帖》卷三作"子植寄建茶石銚石脂潘衡墨作四絶句以報""成削""天成""下駟""子雲""却愧"。詩末《鳳墅續帖》有注云："子植要惡書詩，見於末章。"

**唐明皇夜游圖**（頁一五九六七）

"含縷"，《大典》卷八八四四作"銜鏤"。

**都城元夜**（頁一五九六七）

《大典》卷二〇三五四引此詩，標"李篔房詩"，册六五頁四〇六五九李彭老《元夕》即收。李彭下當誤收。

**吊賈氏園池**（頁一五九六八）

此詩又作册六五頁四〇六五九李彭老《賈秋壑故居》。賈秋壑即賈似道，南宋末人。則李彭下當誤收。李彭，字商老，因此而致誤。

**句**（頁一五九七〇）

句"微風披拂香来去"乃册一九頁一二四七四李復《觀梅》頷聯，當删。

句"皎月句添光陸離"乃李復《觀梅》頷聯，當删。

句"苦無疏影橫斜句"乃李復《觀梅》尾聯，當删。

**【輯補】貽王充道隱士**

憶昨浩翁虎溪別，雁來一字不曾收。勞君爲傳三月信，遣我少寬千斛愁。烟艇方游建業水，玉人猶在仲宣樓。何時挂席西湖去，藜杖青鞋鸚鵡洲。

《大典》卷一三四五〇引《李彭詩》。

**題黄氏靈芝閣**

武皇元封間，靈芝齋房秀。聲詩薦朝中，窈眇壓金奏。昭代符瑞臻，史筆勤篆籀。百川俱效珍，龍媒入閑廄。南州天一涯，和氣滋暢茂。偉哉鄉黨賢，卓絶行孝友。煌煌産奇姿，粲若雲出岫。蔚爲家庭瑞，何苦發占繇。複閣耿晴空，卿靄晨夕覆。秀出玉樹郎，競爽等華胄。起家端有人，不落流輩後。病夫卧丘園，歗傲閱晴晝。相期巾柴車，顧望未捐胝。雖非殺青書，因之作詩瘦。

**萬杉明首座休庵**

□□谿除篁，貌古心亦古。飽參雲門禪，透脱曹（原作"遭"）溪路。孤峰何烟霞，飛鳥不得度。幽竇響寒泉，晴霏生斷屨。蒲團雪明窗，一念萬年去。深疑道豐針，要遣石窟悟。

國圖藏孔繼涵校跋本《日涉園集》標卷一。

**夜坐**

人共林鶯老，春隨柳絮還。夜深喧急雨，青燈更窓間。平生攬轡志，久矣收波瀾。非關舌本强，書付一杯殘。

**留止之飲**

乃翁直節自無朋，郎子承家非力能。舌本源源巫峽倒，筆端磊磊玉山崩。夜闌杯酒興方發，歲晚溪魚寒可罾。解事勤來商略此，吾生要不愧孫登。

**次韵師言韵**

東觀讎書須若人，如何黄綬尚縈身。懸知塵外緣猶在，且盡平生瀟灑因。我以匡山爲畫筍,千岩萬壑未全貧。杖藜何日烟雲表,同作鵝溪絹上人。

**戲答施損道**

材豪氣猛如長虹,雄辯清談堪擊蒙。芝山鄙水聊寄傲,一官正坐將無同。新詩壓倒競病語,妙墨還追顏柳風。首下尻高何日了,直廬須聽景陽鐘。

修水古縣篁竹中,吏曹抱牘常相蒙。爾來小試發硎手,萬口一舌歡聲同。冥搜佳句酢烟月,復究妙理通幡風。幽園漫士辱賞味,相應一鳴如洛鐘。

大兒文舉可平視,小兒德祖真發蒙。飽聞隽望氣先感,一見心親臭味同。筆端挑戰屢摩壘,驟歌不競知南風。林間燕坐猿鳴暝,袖手雨餘來遠鐘。

同上書標卷四。

**遣心絶句奉寄洪七校書并二何**

黃綬何勞坐謗書,諫垣渠自有牽裾。鄙夫捫腹掀然笑,知是元無免□除。晚飯芹羹當食牛,杖藜徐步勝驊騮。懸鶉破帽顏夫子,何似爛羊關內侯。籬外木奴初弄黃,摘來漸帶洞庭霜。似聞歌罷紫芝曲,疑是秦□□□藏。儋耳歸成地下郎,門人時炷帳前香。□侯貌古心亦古,杖拂應來坐雪堂。

同上書標卷九。

附:孔繼涵校跋本《日涉園集》所標卷目混亂,僅標卷一、三、四、九。另《訂補》頁三三二考訂《訪僧》乃本人《游雲居寺三絶》之一。《輯補》册四頁一六八六至一六九〇補詩十五首,其中《漁父歌十首》已見《全宋詞》,當刪。

# 王安中　卷一三九一至一三九三

**【校訂】進和聖製元夕詩**(頁一五九七七)

注"通馭"、詩"萬歷",《大典》卷二〇三五四作"通駃""萬曆"。

**湖山紀游**(頁一五九八九)

《大典》卷二二六四載此詩,標"王初寮集"。此詩又作册六五頁四一〇七〇王執禮,輯自《咸淳臨安志》卷三三,標"金華王竹寮執禮"。《大典》"王初寮集"或爲"王竹寮集"之誤。歸屬未能確考。

**立春後作**(頁一六〇〇五)

此詩見作册三頁二〇二七王初下,即自《宋藝圃集》,《全唐詩》卷四九一誤作唐人王初詩。王安中號初寮,因之而誤收。

**題北城馬鋪**(頁一六〇〇七)

"晚鴉",《大典》卷一四五七六作"晚雅"。

**戒壇院東坡枯木張嘉夫妙墨童子告以僧不在不可見作此示**(頁一六〇一〇)

此詩又見文淵閣本《石門文字禪》卷四《戒壇院東坡枯木張嘉夫妙墨童子告以僧不在不可見作此示汪履道》,册二三頁一五一〇二釋德洪下即收。王安中下當誤收。

**題惠崇畫四首**(頁一六〇一三)

四詩又見文淵閣本《雞肋集》卷一〇,册一九頁一二八〇一晁補之下即收。王安中下當誤收。

**句**(頁一六〇一七)

句"來踏三湘雪"前二句又同頁一六〇一七本人斷句之一六,二處斷句當爲一詩,可合并。

**【輯補】茉莉花**
組詩二首誤列册七二頁四五二六六王右丞下,實爲王安中詩。詩不具錄。

**留題柳州甘氏娛文堂**
故人萬里隔,存没兩難呼。斯文不到處,嗟我孰爲娛。淒其望羅池,三吊愚溪愚。飲從翼與寧,安得留須臾。獨夢騎麟翁,手持明月珠。似矜趙德賢,去住欲與俱。貴常生至少,一士何必無。只今南郭甘,能友吾家烏。勤勤相師氏,愧我非韓徒。第作別子詩,老意不可孤。風濤觀若厭,刷羽鳴天衢。

紹興癸丑春社,仙弈寓舍書。初寮道人王安中履道。
《鳳墅前帖》卷一八。

附:上詩《古籍整理研究學刊》2002年第6期彭國忠《補全宋詩34首》已據《鳳墅殘帖釋文》補。《訂補》頁三三二考訂《象州上元》又見王世則《高岩立春日》(册一頁六四三),未能考訂作者。《輯補》册四頁一六九〇補詩一首。

## 翟汝文　卷一三九四

**【校訂】焦山寺**(頁一六〇二四)
此詩輯自《詩淵》,又作册三八頁二三八一八李吕《題焦山寺》。歸屬未能確考。

**【輯補】天寧節賜宴致語口號**
欲識樞星紀誕彌,天人端命撫昌期。聲涵萬歲騰歡頌,節應千秋舉盛儀。金篋賜齡輝碧簡,珠囊薦壽肅丹階。匪頒更效南山祝,艮岳連雲自不移。

**餞秀守宋龍圖致語口號**
九天褒詔已重頒,知是君王復賜環。民意定驚寇恂去,上心終欲賈生還。爲聞携李循良守,當綴甘泉近密班。獨有堅珉載忠烈,他時應合誓河山。

**餞饒守苗郎中滿任致語口號**
握蘭朝出未央宫,千騎西來望已隆。遇事英風頤指下,襲人和氣笑談中。政成恪辦行奇計,訟息方收坐嘯功。忍使塗人誦遺愛,願留旌旆莫匆匆。

**侍杭帥致語口號**
熊羆千騎駐南州,謀帥來寬旰日憂。草木也應思潤澤,湖山正爾費遨游。旌旗炷日催前導,樽俎浮春許暫留。劇飲不須辭徑醉,韶環聞已戒鳴騶。

**嵐光臺致語口號**
憑虚層構絶塵埃,綉户珠簾次第開。無數青山陪坐席,有情流水送傳杯。愛人屋上啼烏好,賀廈梁間乳燕來。莫倚嵐光對風月,主人端合在雲臺。

以上見南圖藏吉氏研經堂抄本《忠惠集》卷一〇。

## 張擴　卷一三九五至一三九九

**【校訂】**其傳記簡略,《全宋文》册一四七頁三七四可補充。
**君山**(頁一六〇五三)

此詩又作册六四頁四〇三五〇張顯《軍山》,輯自《江西詩徵》。歸屬未能確考。
**送喻迪孺郎中知遂寧府**(頁一六〇八二)
"匡衡",《大典》卷一〇九九九作"康衡"。
**博古圖**(頁一六〇九四)
題下有注"原注:《處州府志》"云云。檢原出處《大典》卷七二四一,此"原注"文字并非該詩注。

## 章清　卷一四〇五

【校訂】頁一六一七七其傳記云"徽宗大觀元年(1107)知汀州"。《大典》卷七八九三引《臨汀志》載其知州:大觀二年以朝散大夫知。其下一人爲謝洞,政和元年知州。

## 劉氏　卷一四〇五

【校訂】**重游西湖**(頁一六一七八)
《訂補》頁三三三考訂此爲劉過詩,并云:"《全宋詩》劉過名下未收此詩。"實此詩見册五一頁三一八五九劉過《寄張柬之》。此詩見《大典》卷二二六四引《中興江湖集》,標"廬陵劉氏"。文廷式《永樂大典輯佚書》引《大典》卷一四三七九引《寄蕭彥毓》,標"廬陵劉氏詩",見《江湖小集》劉仙倫《招山小集》。則諸"江湖集"標"廬陵劉氏"者或爲劉過,或爲劉仙倫詩。

**詩二首**(頁一六一七八)
原出處《大典》卷二六〇四署"莆陽劉氏",乃册五八頁三六二二三劉克莊《榕臺二絶》。《訂補》頁三三三已言之。

**五月二十七日游諸洞**(頁一六一七九)
原出處《大典》卷一三〇七五標"莆陽劉氏",乃册五八頁三六二一五劉克莊同題。《訂補》頁三三三已言之。

**題莒口鋪詩**(頁一六一七九)
詩題下注:"此首署廬陵劉氏,不知誤題亦或另一人,姑存於此。"檢《大典》卷一四五七六,標"中興江湖集莆(原誤作'蒲')陽劉氏",注文誤。據前所考,諸"江湖集"引"莆陽劉氏"即劉克莊,此當亦同。則此劉氏下所有詩均可考具體作者,當删。

## 葉夢得　卷一四〇六至一四〇七

【校訂】**又明日復同惇立總領吳德素運使章思召過天禧寺登雨花臺再用前韵**(頁一六二〇四)
"百念",《大典》卷二六〇三作"百慮"。

## 盧襄　卷一四〇八

【校訂】**迎薰堂紅梅**(頁一六二二〇)
題,《大典》卷二八〇九作"剡中同邑登迎薰堂紅梅詩"。

第一编　大典本宋诗文献订补　｜　103

鄭州書生　卷一四〇九

【校訂】謁王寀（頁一六二二五）
"撲鹿"，《大典》卷九〇三作"撲漉"。

胡交修　卷一四〇九

【輯補】隆祐皇太后挽詞
國賴簾帷政，時高社稷功。補天恢覆燾，浴日烜昭融。遺範追三后，徽音滿六宮。願憑椽筆手，紀勒昭無窮。
北狩憂難弭，東朝迹易陳。春陵開日月，浴邑尚風塵。葬合遇山遠，蕆依禹穴鄰。回瞻仙寢地，佳氣已輪囷。
多難開真主，中興仰母儀。寶圖方共濟，靈藥杳難期。茫昧嗟神理，哀恫極睿慈。初傳遺詔下，感泣別鯤鰲。
致物忠規遠，垂簾詔墨明。浮雲俄斂翳，白日更宣精。欲頌坤輿美，方隆寶册名。容臺虧禮□，愴悼激皇情。
畫翟辭宵帳，祥鸞發曉轅。初陳長樂仗，疑御濯龍門。雨泣都人慟，風悲海氣昏。重瞳追送處，揮泪矚祇園。
《中興禮書》卷二五八引"中書舍人胡交修"。

# 册　二五

李光　卷一四二一至一四二八

【校訂】九日登樓二首（頁一六四〇一）
二詩又見文淵閣本《默堂集》卷二《九日登莊樓二首》，册二八頁一八三三三陳淵下即收。李光下當誤收。
瓊士黃與善會友堂課諸生作移竹詩爲賦一首（頁一六四〇五）
題"瓊士"，《大典》卷一九八六六作"泉士"。
庭植家瓊山水北小園頗幽勝予頃寓雙泉每食罷招鄰士杖策訪之園有小亭常與客對弈因名坐隱今歲亭側輒生雙竹庭植二子皆卓然有立豈造物者產此以瑞其家庭乎作長句贈之（頁一六四二五）
題"豈造"、詩"漫成""林亭"，《大典》卷一九八六六作"造""謾成""亭亭"。
人日偶得酒果因與客飲成鄙句并紀海外風物之異（頁一六四三一）
"漫逢"，《大典》卷三〇〇一作"謾逢"。
海南氣候與中州異群花皆早發至春時已盡獨荷花自三四月開至窮臘與梅菊相接雖花頭小而香色可愛頃歲蘇端明謫居此郡嘗和淵明詩其略云城南有荒池瑣細誰復采幽姿小芙蕖香色獨未改即此池也今五十餘年池益增廣臨川陳使君復結屋其上名賓燕堂今夏得雨遲七月末花方盛開因成此詩約勝日爲采蓮之集云（頁一六四三二）
册三四頁二一三三〇陳覺下誤輯此詩《桄榔庵賓燕亭》，然有可校者。"足溢""日時烘",陳覺下作"溢足""月常供"。

### 五月八日雨大作聞守倅游湖以前日白蓮見寄戲成小詩謝之（頁一六四四二）

題下《大典》卷二二七四有注"戊寅歲病中作"。

### 裘氏義門（頁一六四六五）

《大典》卷三五二八載此詩,云"至和中,李待制兌題詩有云"。則此詩當爲李兌作,李光下當刪。《文獻》2003年第2期載李裕民《全宋詩辨誤》已辨及之。

附:《輯補》册四頁一七二〇補詩一首、句一則。

## 汪藻　卷一四三三至一四三七

### 【校訂】咏古四首（頁一六五〇五）

組詩又見各種版本元好問集。其歸屬爭論不一。《齊魯師範學院學報》2015年第1期楊峰、張莉《雜詩四首爲元好問所作辨》一文從版本、詩意等判定其當爲元好問作。汪藻下詩輯自《大典》卷八九九,凡六首,未署出處,其前題標識爲"汪藻浮溪集"。此組詩前二首乃黃庭堅作（見下）,此四首歸屬亦有疑問,懷疑組詩前當漏標出處。且組詩下正接元好問詩,或爲誤收之源頭。

### 尤袤大暑留召伯埭（頁一六五〇六）

此詩乃册四三頁二六八六一尤袤《大暑留召伯埭》。汪藻詩輯自《大典》,據《大典》體例,詩前接汪藻,題中"尤袤"當是作者名,輯佚者誤爲篇題名而誤輯。汪藻下當刪詩存目。

### 晚發吳城山（頁一六五三三）

此詩又作册三二頁二〇六八九歐陽澈《曉發吳城山》,《兩宋名賢小集》卷一二九載於歐陽澈下。歸屬未能確考。

### 送廷藻兼呈楚州通守杜丈（頁一六五四二）

此詩又見文淵閣本《蠹齋鉛刀編》卷八同題,册四六頁二八七七一周孚下即收。汪藻下當誤收。

### 雜詩（頁一六五五四）

《大典》卷八九九引二詩,未署出處,其前題標識爲"汪藻浮溪集"。二詩又見《山谷外集》卷一四《雜詩七首》之六、七,册一七頁一一六六七黃庭堅下即收。汪藻下當誤收。

### 霜餘溪上絕句（頁一六五五六）

此詩又作册二二頁一四六一〇釋祖可《霜餘溪上》,歸屬未能確考。

### 贈人（頁一六五五七）

此詩乃册二三頁一五〇八八釋德洪《喜會李公弱》之五、六、七三聯,當刪。

### 隆祐皇太后挽詞三首（頁一六五五八）

其一"歸坤""崇祀""哀榮"、其二"莫扳"、其三"隧地",《中興禮書續編》卷二五八作"居坤""崇禮""夜榮""莫攀""隨地"。

### 句（頁一六五六三）

句"霜後木奴香嗅手"又作册二二頁一四五〇五洪芻句,歸屬未能確考。

### 【輯補】廣慈院

春風何事獨多情,伴我江山萬里行。我爲忘機身到此,沙鷗相見不須驚。

乾隆刻本滿岱《豐城縣志》卷二〇。
附:《訂補》頁三四〇至三四二校勘字句二首,補詩十一首、句一則,其中《題仙洞》已見《全宋詩》本人《蓋仙山六題》之《仙洞》,當刪。《輯補》冊四頁一七四三至一七四四補詩四首。

### 韓駒　卷一四三九至一四四三

【校訂】**泰興道中**(頁一六六一〇)
"家蔽""輕舠",《大典》卷七九六二作"烟近""輕帆"。
**示龜山平老**(頁一六六二一)
其二"水橫",《大典》卷一三三四四作"冰橫"。
**蕪湖戲趙德夫**(頁一六六二四)
"西來",《大典》卷二二六六作"回來"。
**次韵吉父曾圜梅花**(頁一六六三三)
題,《大典》卷二八〇九作"和吉甫紅梅絕句"。其一"初識""只疑",《大典》作"初試""直疑"。其二"并力著""輕黄",《大典》作"着意并""輕紅"。
**句**(頁一六六五〇)
句"人間八月"乃冊二三頁一五〇三三唐庚《芙蓉溪歌》中句,《大典》卷五四〇引此詩亦標"《眉山唐子西詩》",韓駒下誤收當刪。

### 劉一止　卷一四四五至一四五一

【校訂】**題章右推砥齋一首**(頁一六六九七)
"權衡",《大典》卷二五四〇作"横衡"。

## 冊　二六

### 孫覿　卷一四八一至一四八九

【校訂】**寄題虞陽山周氏隱居五咏·佚老堂**(頁一六九六八)
"門鳥",《大典》卷七二三八作"門馬"。

### 楊信祖　卷一四九〇

【輯補】**行村**
青秧斬斬水沄沄,午雨纔收夕照曛。坐看一川翻翠浪,預知千畝隔黄雲。
《大典》卷三五八一引《楊信祖詩集》。
按:《訂補》頁七四〇考訂,冊七二頁四五五四八楊符當與楊信祖合并,且於頁三四八據《大典》補二首。

### 周紫芝　卷一四九六至一五三六

【校訂】**謝元不伐寄靈岩七詩用梅聖俞韵**(頁一七一七六)

"山名",《大典》卷九七六六作"山川"。
**渡陂南用斜川韵**(頁一七二五三)
"異趣",《大典》卷二七五五作"異趣"。
**湖上雜賦三首**(頁一七二九三)
其三"原不",《大典》卷二二七三作"元不"。

# 册 二七

## 李易　卷一五三七

**【輯補】題黄山高氏東庵**
來赴東庵約,從容結勝游。停驂望空闊,載酒轉深幽。隱吏逢梅福,詩僧得惠休。山應笑吾黨,不爲白雲留。
大典本"常州府"卷一五。
附:《訂補》頁三五三補詩三首,又見册三四頁二一三三七釋仲皎同題。兩處輯自《剡録》同卷,然《訂補》所用版本漏作者名,因之誤録李易下。

## 李正民　卷一五三八至一五四一

**【校訂】春日城東送韓玉汝赴兩浙轉運以池塘生春草園柳變鳴禽爲韵分得生字**(頁一七四五八)
此詩乃册八頁五五六〇曾鞏《送韓玉汝》。玉汝,乃北宋韓縝(1019－1097)字。李正民與其時代不相及。此詩誤收當删。勞格《讀書雜識》已辨之。
**句**(頁一七五〇五)
句"黄樹性堅正"乃册二〇頁一三五六〇李廌《黄楊林詩》,因二人皆字方叔而誤輯。
句"令人却憶漫浪翁"乃册二〇頁一三六三六李廌《題峻極下院列岫亭詩》之二。李正民句輯自《甕牖閑評》卷四,云"李方叔詩云",,因二人皆字方叔而誤輯。
**【輯補】元叔寄示富季申別紙**
年來出處竟何如,只今藏身向海隅。陳力已知潘令拙,趨時終類孟柯迁。王朝自昔思多士,天下何嘗用腐儒。平昔稍能知俎豆,叔孫應未棄生徒。
十年流落寄窮鄉,寧復聯飛鵷鷺行。且學盧敖尋若士,敢同貢禹望王陽。賓鳴社燕寧相避,秋菊春蘭各自芳。賴有琳宫叨廪禄,塵纓何必濯滄浪。
《大典》卷一〇一一〇引《李大隱先生集》。
按:《文獻》2005年第2期金程宇《新發現的〈永樂大典〉殘卷初探》已據《大典》輯補。

## 盧奎　卷一五四二

**【校訂】曉望**(頁一七五一〇)
題,原出處《大典》卷三五二五作"晚望"。

### 李綱　卷一五四三至一五七一

【校訂】吕元直得書天台郭外治園林作退老堂求詩爲賦兩章（頁一七八〇九）
題"吕元直得書"、其一"飛熊"，《大典》卷七二三八作"近得吕元直書""非熊"。

### 張斛　卷一五八二

【校訂】南京遇馬丈朝美（頁一七九三七）
題、"行路""悲南""尊前"，《大典》卷九〇〇引《詩海繪章》作"南京遇朝美丈出詩因次韵""行客""悔南""臨樽"。

### 張廣　卷一五八二

【校訂】送喻迪孺郎中知遂寧府（頁一七九四一）
原出處《大典》卷一〇九九九標"張廣詩"。詩乃册二四頁一六〇八二張擴下同題。張擴曾諱改名"張廣"，此張廣即張擴，當删其人其詩。李裕民《全宋詩辨誤》已辨及之。

## 册　二八

### 張守　卷一六〇三至一六〇四

【校訂】送秦楚材使高麗二首（頁一八〇一九）
組詩之二又見宋紹熙重修本《淮海集》卷八《客有傳朝議欲以子瞻使高麗大臣有惜其去者白罷之作詩以紀其事》其二，册一八頁一二一〇一秦觀下即收。張守下誤收當删。

次韵張輝惠詩三首（頁一八〇二〇）
其一"裁警"，《大典》卷八九五作"哦警"。

戲題四老堂十首（頁一八〇二七）
其五"何時更作"、其六"逐時""迎人"，《大典》卷七二三八作"從他更着""逐番""陳人"。

罷酒（頁一八〇二九）
此詩又作册五八頁三六七八〇陳起同題，輯自《詩淵》。歸屬未能確考。

席大光邀同賦墨梅花（頁一八〇三〇）
其六"典型"，原出處《大典》卷二八一二作"典刑"。

### 吕本中　卷一六〇五至一六二八

【校訂】擬古（頁一八〇六五）
其二"坐懷""略省"，《大典》卷八九五作"坐看""略有"。

佛日縱步相尋索歸甚苦戲成絶句（頁一八一五八）
"不用"，《大典》卷八九五作"不可"。

渴雨簡張仲宗二首（頁一八一六九）
其二"莘莘"，《大典》卷八九五作"茬茬"。

無題（頁一八一九一）

"春早""病深"，《大典》卷八九五作"春深""病侵"。

**尤美軒在玉山縣小葉村喻子才作尉時名之取歐陽文忠公醉翁亭記所謂林壑尤美望之蔚然者後數年舊軒既毀復作寺僧移軒山下汪聖錫要詩叙本末因成數句寄之**（頁一八二二〇）

"茲軒"，《大典》卷九七六四作"故軒"。

絶句（頁一八二三七）

其一見《大典》卷八九五，署"呂本中"，又見宋刻本《後山詩注》卷一一同題，册一九頁一二七三〇陳師道下即收。而呂本中詩輯自《東萊先生詩外集》，當誤收。

谷隱堂（頁一八二五七）

"肯已"，原出處《大典》卷七二三九作"骨已"。

【輯補】贈汪聖錫

驥驥騁長途，一日自千里。寧知坎井蛙，戀此升斗水。汪侯萬夫傑，學固極源委。潛心顔氏子，萬事不入耳。還家守窮閻，夫豈有愠喜。交游列憔悴，有譽不償毀。憐我亦疏愚，特寄書一紙。我老且昏病，馬鈍費鞭箠。塵埃時入夢，在此不在彼。相望來何時，春風漫桃李。

國圖藏清抄本《汪文定公集》附録《宋汪文定公行實》。

附：《輯補》册四頁一七八五補詩一首。

## 胡世將　卷一六三二

### 【輯補】梅子真贊

梅仙子真，補吏南昌。去求假傳，爰貢皂囊。指世陳政，厲志竭精。美高紬秦，斥鳳伸章。謂當察景，亡失其柄。允矣多士，爲國重器。衆賢聚朝，人斯畏忌。何以徠之，道在砥礪。䴔鵠遭害，仁鳥增逝。毋爲按圖，求驥於市。爰述孔裔，宜後成湯。紹嘉崇德，自我推明。由鳳及莽，卒解漢綱。防之亡及，吾言有徵。逝將遠游，乘雲帝鄉。

### 陳仲舉贊

汝南多賢，仲舉其尤。一室蕪穢，厲志自修。元禮刺部，威行予州。屬城引去，仲舉獨留。縣榻兩郡，始自周璆。忤冀左遷，救雲坐免。社稷是爲，見非必諫。授邑不義，上奸象緯。傾宮可嫁，天下將化。盤游肆縱，當念三空。黨錮死徙，阮儒何異。竇氏臨朝，初被寵褒。覽節昕甫，嬈及群女。常伏厥辜，請行天誅。危言上聞，凶人側目。滿朝群臣，畏害耽禄。泛泛東西，如河之木。仁爲己任，寧獨懼戮。功雖不終，義激頽俗。

### 徐孺子贊

孺子居鄉，少爲諸生。匪力弗食，守道躬耕。群守方峻，門無賓客。一榻高懸，生來則設。七舉廉茂，五辟公府。皆不屑就，夫豈徒處。帝咨三賢，誰爲後先。角立傑出，孺子有焉。辭辟諸公，而懷知己。漬酒炙雞，吊喪千里。南州高士，有道我推。生芻一束，謂莫堪之。仕者行義，居者求志。共振高風，式是百世。

### 范武子贊

武子名家，好學多聞。進不附勢，見抑於温。弼晏崇虚，蔑棄典文。禍深桀紂，乃坐清言。我辭闕之，既塞亂源。言以述志，位以行道。粵自爲邑，亟興學校。暨登牧守，益明孔教。俗尚禮樂，人知忠孝。志與道行，世推儒效。

**韋文明贊**

元和中興，吏多循良。孰爲第一，世推武陽。武陽臨民，召父杜母。其在江西，功德最厚。洪有災害，民不知避。孰圖去之，自我興利。有堤如截，水不城齧。萬瓦鱗鱗，邑居不焚。陂六百所，溉田萬頃。歲丁大旱，五穀垂穎。民或未勸，以誘其訓。匪嚴其程，卒用有成。歿四十年，稚老歌思。帝命史臣，播厥聲詩。章水滔滔，西山峨峨。與詩永久，公名不磨。

以上見《大典》卷七二三六引《豫章續志》。

按：《大典》於"五賢堂"下引諸贊，上有云："紹興五年秋，毗陵胡帥世將假守，復立祠於故基稍南，訪求遺像，命工繪畫，以時舉祀典，且爲之贊云。"《全宋文》册一七五胡世將下亦未收。

## 朱弁　卷一六三三

【校訂】紹興十三年自雲中奉使回送伴至虹縣以舟入萬安湖（頁一八三二二）
"萬象"，原出處《大典》卷二二七〇作"萬家"。

## 趙鼎　卷一六四四至一六四五

【校訂】從軍滑臺（頁一八四〇五）
其一"中原"，《大典》卷二六〇五作"犬羊"。

泊舟鹽橋兒子洙輒於市買歷尾題云客裏其如日費多因取筆足成一詩（頁一八四一五）
題"歷尾"，《大典》卷八九九作"曆尾"。

蒲中雜詠·建安堂（頁一八四一九）
題下注"以茶名"，《大典》卷七二四二作"木枕司以茶名之"。

彥文携玉友見過出示致道小詩因次其韵（頁一八四二六）
其一"風雨"、其二"原自"，《大典》卷八九九作"風露""元自"。

暮村（頁一八四三一）
此詩又作册三八頁二四二一三趙鈇夫同題。二人詩均輯自《大典》卷三五八一，標"趙君鼎詩"。"君鼎"乃趙鈇夫字。趙鼎下當删。

落花（頁一八四三一）
原出處《大典》卷五八三九標"趙君鼎詩"。《訂補》頁四一八即據此輯於趙鈇夫下。趙鼎下當删。

倦妝（頁一八四三一）
原出處《大典》卷六五二三標"趙君鼎詩"。《訂補》頁四一八即據此輯於趙鈇夫下。趙鼎下當删。

題謁松陵三賢堂（頁一八四三一）
"高岸""倫擬"，原出處《大典》卷七二三六作"高圻""倫擬"。

醉和顔美中元夕絶句（頁一八四三二）

原出處《大典》卷二〇三五四標"趙君鼎詩",册三八頁二四二一三趙鈖夫即據以輯録。趙鼎下當刪。

**和聶之美重游東郡**(頁一八四三二)

此詩乃册九頁六一三五司馬光《和聶之美重游東郡二首》之一,當刪。

附:《訂補》頁三五八校勘字句一首,補一首。

# 册 二九

曾 幾　卷一六五二至一六六〇

**【校訂】次陳少卿見贈韵**(頁一八五〇〇)

國圖藏清盧文弨《群書校正》(善本號 09394)有校聚珍版《茶山集》(以下簡稱盧校本)。"少卿令德公"句下盧校本校"令"字當爲"今"字。

**陳卿又和三首而仲通判亦三作嚴教授再賦皆有見及語予不可以無言故復次韵**(頁一八五〇〇)

注"貳太原府",盧校本以爲"原"字衍,當刪。

**自越上還信步尋梅**(頁一八五〇九)

"欵入",盧校本疑"入"爲"人"之訛。

**清樾軒**(頁一八五一四)

此詩又作册三八頁二四二一七曾逮同題,輯自《宋詩拾遺》。清樾軒乃曾幾所居,逮乃曾幾子。詩歸屬未能確考。

**和劉聖俞顧龍山約客韵**(頁一八五二一)

此詩又見文淵閣本《漫塘集》卷四《和劉聖與顧龍山約客韵》,册五三頁三三四〇八劉宰下即收。劉宰與顧龍山交往詩甚多,曾幾下當誤收。

**錢生遺笻竹斑杖戲作**(頁一八五二四)

"有客錢"句,盧校本考訂"錢"當爲"錢"。

**雨二首**(頁一八五二六)

二詩乃册四一頁二五六四一陸游同題,當刪。

**夕雨**(頁一八五二七)

此詩乃册三九頁二四四九二陸游《夕雨二首》之一,當刪。

**雨夜**(頁一八五二七)

此詩乃册三九頁二四四八六陸游同題,當刪。

**晚雨**(頁一八五二八)

此詩乃册三九頁二四三三一陸游同題,當刪。

**苦雨**(頁一八五二八)

此詩乃册四〇頁二五二〇八陸游《苦雨二首》之一,當刪。

**蛺蝶**(頁一八五二九)

此詩又作册四九頁三〇五三一趙蕃同題,歸屬未能確考。

**螢火**(頁一八五二九)

此詩又作册四九頁三〇五三五趙蕃同題，歸屬未能確考。

**秋雨排悶十韻**（頁一八五四七）

此詩乃册三九頁二四五八二陸游同題，當删。

**撫州呈韓子蒼待制**（頁一八五五二）

"聞道少林"句，盧校本考訂"少林"當爲"少陵"。

**題徐子禮自覺齋時子禮爲江陰抱麾之行**（頁一八五五四）

"照所"，《大典》卷二五三六作"覺所"。

**送尹叔東珣之象州**（頁一八五五八）

盧校本考訂題中"尹"當名"珣"，字"叔東"，則題中"東"字當改爲正文。

**示逢子**（頁一八五六〇）

題"逢子"，《大典》卷一三三四四作"逢"。

**發宜興**（頁一八五六七）

"六十""公即善權"，《大典》卷七九六二作"八十""郎善卷邊"。

**得瑞香於四明**（頁一八五七一）

"若被"，盧校本考訂當爲"苦被"。

**食笋**（頁一八五七二）

"下番"，盧校本考訂爲"上番"。

**鄭侍郎送蠟梅次韻三首**（頁一八五八五）

題、其二"幽興"，《大典》卷二八一一作"次韵鄭侍郎送蠟梅三首""幽獨"。

**食楊梅三首**（頁一八五八六）

其三注文"小饒"，盧校本考訂當爲"上饒"。

**鳳凰臺**（頁一八五八九）

此詩又作册第一八頁一一八八七曾肇同題，輯自《景定建康志》卷二二，署"曾文昭公"。曾幾下或誤收。

**痁病**（頁一八五九一）

"似病"，《大典》卷二〇三一〇作"示病"。

**再題天衣寺**（頁一八五九二）

此詩乃册一八頁一二一〇〇秦觀《游鑒湖》前二聯。《大典》卷二二六七引此詩，亦署"秦觀詩"。曾幾下當删。

**讀吕居仁舊詩有懷其人作詩寄之**（頁一八五九四）

"滿塵霧"下注"《永樂大典》作薄塵務"。檢《大典》卷九〇三，校文實作"滿塵務"。

**三霄亭和韻**（頁一八五九五）

此詩又作册三四頁二一七六九曾悖《次韵李舉之玉霄亭》之一，輯自嘉靖《廣信府志》。歸屬未能確考。

**蟹**（頁一八五九五）

此詩乃册四〇頁二四八八二陸游《糟蟹》，當删。

**贈王明清**（頁一八五九六）

此詩見《大典》卷八九九，未標出處。題作"王仲信仲言昆季袖詩見過不可無語仲信性之子曾宏父甥也";詩末尚有四句,"誤蒙錦綉重重贈,靜聽塤箎一一吹。勿以窮寒便憔悴,寒如東野始工詩",可補。

**海棠**(頁一八五九七)

此詩第二聯又見冊六二頁三八八二八曾原一斷句,歸屬未能確考。

**郡齋偶成**(頁一八五九九)

"年豐",原出處《大典》卷二五三八作"年華"。

**句**(頁一八六○一)

句"餘子不足數"乃頁一八五三五本人《種竹》第二聯,當刪。

【輯補】**無題**

玉屏無復護歌雲,散作東風陌上塵。酒冷篆空香信遠,一簾花月夢殘春。

《大典》卷八九九。

按:《大典》引此詩,未標出處,其前五題標"徐安國西窗集",《訂補》頁八四三收徐安國下。然其前二題均見曾幾下,此或亦爲曾幾作。

**寓居北窗桃竹**

天氣昏沉醉夢中,坐窗何以慰衰翁。怡顔雪後猗猗綠,暖眼春來灼灼紅。報答元無歌與酒,破除但有雨和風。未妨結子成陰事,況復新梢翠拂空。

《大典》卷一九八六五引《曾(原作"魯")文清公集》。

附:《訂補》頁三六○考訂句"新如月出初三夜"乃趙庚夫《讀曾茶山詩集》頸聯,當刪;并補詩一首,然其頷聯已見本人句,未注明。《輯補》冊四頁一八一六至一八一七補詩三首,句三則,然句"白玉堂中曾草詔"乃本人《汪彥章內翰除守臨川以詩賀之》頷聯,略有異文,當刪。

## 方開之　　卷一六六一

【校訂】頁一八六○三其傳記有云"後通判汀州"。《大典》卷七八九三引《臨汀志》載其"朝奉郎,政和七年三月二十一日到任,宣和元年十一月滿,轉朝請大夫",可補。

## 章元振　　卷一六六一

【校訂】**會諸官韓亭**(頁一八六○九)

詩末注"《永樂大典》卷五三四五引《圖經志》"。出處書名誤,實作"三陽圖志"。

## 張憲武　　卷一六六一

【校訂】《大典》卷七八九一引《臨汀志》載"紹興間,郡守張公憲武字演翁"云云;同書卷七八九三引《臨汀志》載其知州,云"紹興九年十一月十日以左朝請郎知。十一年十二月二十七日滿替"。可補頁一八六一○其生平。

## 郭印　　卷一六六二至一六七三

【校訂】《輯補》冊七頁三二五○據《修真十書》輯詩於郭邛下,并云"夔州通判"。《方輿勝覽》卷六三"普州"題咏下"石秀山回氣象雄郡守郭印詩地靈人勝風流古云云",所引詩見郭印《雲溪集》卷一〇《爽襟亭》。作者亦署"郭邱"。"邱""印"二字相似,何者爲正,尚待考證。且據《方輿勝覽》所引,郭印曾爲普州知州。以上所考可補頁一八六二〇傳記。

**送韓美成都大赴夔帥**(頁一八六二二)

"動植",《大典》卷一五一三九作"動殖"。

**山齋**(頁一八六四二)

"世情",《大典》卷二五三九作"時情"。

**題蘇慶嗣睡樂軒**(頁一八六四三)

此詩又見文淵閣本《縉雲文集》卷一同題,册三四頁二一六一〇馮時行下即收。郭印下當誤收。

**倚樓**(頁一八六四六)

此詩又見宋刻本《青山集》卷一二同題,册一三頁八八三七郭祥正下即收。郭印下當誤收。

**中秋日與諸公同游寶蓮院分韵得塵字**(頁一八六八三)

此詩又見文淵閣本《縉雲文集》卷二《游寶蓮寺分韵得塵字》,册三四頁二一六二七馮時行下即收。郭印下當誤收。

**舟中見月**(頁一八六九一)

此詩又見文淵閣本《縉雲文集》卷二同題,册三四頁二一六二六馮時行下即收。郭印下當誤收。

**送張道從上行起復帥夔二首**(頁一八七〇九)

其二"雪净",《大典》卷一五一三九作"雪静"。

**紅梅**(頁一八七二八)

據《大典》卷二八〇八,題應作"江梅"。

**和曾端伯安撫勸道歌**(頁一八七四三)

《輯補》册七頁三二五〇據《修真十書》輯於郭邱下,可校者不一。"惟是閑""是發""和金""行遍""秋桂""白首",《輯補》作"須是間""可發""金和""已遍""秋月""臨老"。

## 左緯　卷一六七九

**【校訂】題摘星嶺**(頁一八八二二)

據《大典》卷九七六三,題當作"題摘星岩";詩"皆通",《大典》作"難通"。

**送許左丞至白沙爲舟人所誤**(頁一八八二二)

題、詩"易斷魂豈",《大典》卷一四三八〇作"右丞許少尹被召約送至白沙爲舟人所誤以詩寄之""只斷魂定"。

## 劉才邵　卷一六八〇至一六八二

**【校訂】蘇文饒往昌國意頗憚之送以詩因勉之**(頁一八八五七)

此詩又作册二〇頁一三四七〇陳瓘同題。陳瓘下關涉蘇文饒往昌國詩有多首,劉才邵下當誤收。

附:《輯補》册四頁一八二一補句一則。

### 趙彥政　卷一六八三

【校訂】詩一首（頁一八八八七）

詩末注"《永樂大典》卷五七六九引《湘陰縣古羅志》"。出處書名誤，當作《古羅志》。且題應擬作"題汨羅廟"。

### 吳順之　卷一六八五

【校訂】《大典》卷七八九三引《臨汀志》載吳順之"紹興十五年六月二十五日，以右朝奉大夫知。十七年八月三十日滿替"，可補頁一八九〇三其傳記。

## 册　三〇

### 王洋　卷一六八六至一六九一

【校訂】十月十七日雨霽復至仙隱（頁一八九二〇）

此詩又見嘉慶本《謝疊山公文集》卷五《仙隱觀》，册六六頁四一四一六謝枋得下即收。王洋下當誤收。

紹興庚申解官廬陵留別歐陽隱士（頁一八九二二）

"同鄉""騰鶱"，《大典》卷一三四五〇作"桐鄉""鶱騰"。

曾祕父約游南岩短韵奉呈（頁一八九二五）

《大典》卷九七六六引此詩，標"王東牟先生集"。此詩又見《宋集珍本叢刊》影印清鈔十三卷本《汪文定公集》卷一三，册三八頁二三五七三汪應辰下即收《和游南岩》。《汪文定公集》源自明弘治間程敏政本。王洋下或誤收。

病眼（頁一八九七七）

此詩又見《宋集珍本叢刊》影印清抄本《樂全先生文集》卷三同題，册六頁三八五八張方平下即收。王洋下當誤收。

新隱四首·荷池（頁一八九七八）

此詩前四句見清抄本《汪文定公集》卷一三《池荷》，册三八頁二三五八〇汪應辰下即收。王洋下或誤收。

乞桃竹於令尹（頁一八九八八）

"静便""按鼓""桃溪"，《大典》卷一九八六五作"静君""鼓桉""桃蹊"。

送蔣推官歸宜興（頁一八九九二）

注"故云"，《大典》卷七九六二作"故言"。

目疾（頁一九〇一九）

《大典》卷一九六三七引此詩，標"王元渤詩"。然《大典》卷二〇三一〇引此詩，標"陳簡齋集"。此詩元刻本《增廣箋注簡齋詩集》卷四載，册三一頁一九四七三陳與義下即收。王洋下當誤收。

和方智善兩色梅（頁一九〇一九）

"真妃"，《大典》卷二八一〇作"貞妃"。

**以豆豉送竑父**（頁一九〇三九）

"蓴絲"，《大典》卷一三三四一作"絲羔"。

**題前寺中洲茶**（頁一九〇四二）

此詩又作冊五五頁三四三〇六倪思《游黃蘗山三首》之三，輯自同治《瑞州府志》。詩歸屬未能確考。

**琵琶洲**（頁一九〇四三）

此詩見清抄本《汪文定公集》卷一三，冊三八頁二三五八〇汪應辰下即收。汪洋下或誤收。

**【輯補】贈鄭處士**

鄭君挾術同神巫，口談禍福旁若無。有時過我論堪輿，百二十刻成須臾。少年傳食長豐腴，晚困白眼遭揶揄。長身不識完綺襦，道傍攫飯無飢烏。我疑司命愁侵漁，鬼神不貸行攘除。天寒日莫尋長塗，問胡不歸始告予。還家歲晚無歡娛，堂有慈親雙鬢枯。試乞諸侯一宴餘，有以遺母終改圖。柯山幸有先人廬，出游歲久田荒蕪。歸屬青冥親負鉏，一杯黃獨三日厨。不談怪命神舍諸，我緣一失淮芋蘆。茅無一把慚妻孥，他年小榜歌吳歈。呼吸湖光飲芳腴，與子終老同柴車。

《大典》卷一三四五〇引《王元渤詩》。

按：此詩前後皆元人，然宋王洋字元渤，暫繫於此。

## 洪皓　卷一七〇一至一七〇三

**【校訂】題黃氏所居**（頁一九一八六）

此詩又見文淵閣本《縉雲文集》卷二，冊三四頁二一六三四馮時行下即收。洪皓下當誤收。

附：《全金詩》冊一卷五至六載洪皓，脫底本卷二凡五題七首，較此本為劣。《訂補》頁三六四補一首。

## 黃彥平　卷一七〇四至一七〇五

**【校訂】趙丞相黃岡獨往亭**（頁一九一九三）

題，"亭"字下南圖藏翰林院抄本《三餘集》原有"詩"字，應為《大典》原貌，館臣後塗去。

**南歸宿西禪寺**（頁一九二〇一）

題，"寺"字下翰林院抄本原有"詩"字，應為《大典》原貌，館臣後塗去。

**丁未南徐燈夕**（頁一九二〇二）

"漫佳""月籠""朝廷"，《大典》卷二〇三五四作"謾佳""月朧""朝庭"。

## 張于文　卷一七〇七

**【校訂】次韻秦會之題墨梅二首**（頁一九二二八）

《大典》卷二八一二引組詩，標"李忠愍公集"，冊三一頁二〇一一八李若水下即收。《訂補》頁三六五考證張于文，應即冊三五頁二二二一一張子文。此二詩歸屬未能確考。

### 李彌遜　卷一七〇八至一七一七

**【校訂】五石·水月岩**（頁一九二三一）
"月漢",《大典》卷九七六三作"河漢"。
**游玉華洞**（頁一九三二七）
"真屈徑",《大典》卷一三〇七五作"雲真屈"。
**【輯補】句**
不作田舍謀,不爲子孫計。
袁燮《絜齋集》卷一六《李太淑人鄭氏行狀》。
附:《輯補》册四頁一八三二補詩一首、重録一首。

## 册　三一

### 賀允中　卷一七六〇

**【輯補】顯仁皇后挽詞**
憶昨回鑾事,編摩預史臣。奏篇時未久,哀册禮俄新。壺制先慈儉,徽稱極顯仁。宣和有遺老,泪灑翟車塵。
去去龍輴路,忡忡繐扆心。千巖迎曉色,萬鼓送潮音。霈澤漸遐邇,哀（原作"京"）榮冠古今。寢園歸永祐,遺恨滿山陰。
《中興禮書》卷二六九引"參知政事賀允中"。

### 方廷實　卷一七六〇

**【校訂】金山亭呈翁守二首**（頁一九六〇三）
詩末注"《永樂大典》卷五三四五引《圖經志》"。出處書名誤,實作"三陽圖志"。

### 張元幹　卷一七八四至一七八七

**【校訂】次韵劉希顏感懷二首**（頁一九九〇七）
其一"北騎",復旦大學藏顧沅抄本《蘆川歸來集》作"胡騎"。
**喜王性之見過千金村**（頁一九九一三）
《大典》卷三五八〇引此詩,標"周宗溥歸來集"。國圖藏清抄本《蘆川歸來集》卷七載此詩,此抄本源自宋刻本。而周宗溥生平不詳,《大典》或誤署作者。
**奉同公直圮老過應夫石友齋**（頁一九九一五）
"誰當",《大典》卷二五三九作"誰能"。
**送前東陽于明府由鄂渚歸故林**（頁一九九三一）
"結束",原出處《大典》卷一一〇〇〇作"結束"。

### 張闡　卷一七八八

**【輯補】顯仁皇后挽詞**

近者鈎星隕，俄驚失大任。一人悲孝養，四海咽歡心。慈儉聞遐邇，哀榮備古今。深仁垂寶册，千載播徽音。

八十束朝貴，年齡自古稀。尚期仙馭永，忽指帝鄉（原無"鄉"字）歸。愛日虛金殿，寒風慘玉依。忍聞號祖奠，孺慕出宮闈。

《中興禮書》卷二六九引"御史臺檢法官張闉"。

附：《訂補》頁三六八補詩一首。

## 林季仲　卷一七八九至一七九〇

**【校訂】秉燭照紅梅再次前韻即席**（頁一九九六九）

此詩又見明正統七年刻本《海瓊玉蟾先生文集》卷五《紅梅》之二，册六〇頁三七六二六白玉蟾下即收。林季仲下當誤收。

**句**（頁一九九七二）

句"寒聲落鴻雁"乃《海瓊玉蟾先生文集》卷五《護國寺秋吟》之二中句，册六〇頁三七五八七白玉蟾下即收。林季仲下當誤收。

**【輯補】芙蓉亭**

屬玉雙雙去復回，芙蓉亭下舊池臺。

姜準《岐海瑣談》卷五。

按：潘猛補《從溫州地方文獻訂補〈全宋詩〉》已補此句，另訂正林季仲小傳。

## 李若水　卷一八〇五至一八〇六

**【校訂】雜詩六首**（頁二〇一〇二）

其四"經邱"，《大典》卷八九九作"經丘"。

**諸刹以水激碨磨殊可觀爲賦此詩**（頁二〇一〇三）

此詩又見傅增湘校道光刊本《梁谿先生文集》卷一八同題，册二七頁一七六七一李綱下即收。李若水下當誤收。

**種荔枝核有感**（頁二〇一一四）

此詩又見傅增湘校道光刊本《梁谿先生文集》卷一〇同題，册二七頁一七五八五李綱下即收。李若水下當誤收。

**次友人韻題墨梅**（頁二〇一一八）

二詩又作册三〇頁一九二一八張于文《次韻秦會之題墨梅二首》。《全宋文》編者於張于文下指出二詩見李若水下。歸屬未能確考。

**題觀城驛壁**（頁二〇一一八）

此詩又見元刻本《簡齋詩外集·和顏持約》，册三一頁一九五八〇陳與義下即收。李若水下當誤收。

**次韻馬循道游長安東池詩**（頁二〇一二〇）

"無意"，《大典》卷一〇五六作"無迹"。

**書懷**（頁二〇一二一）

"戎馬""重繫"，《梅磵詩話》卷上作"胡馬""猶有"。

聞卞氏舊有怪石藏宅中問其遺孫指一廢井云盡在是矣井在室中床下不可得見乃賦此詩(頁二〇一二一)

此詩又見文淵閣本《欒城集》第三集卷一《聞卞氏舊有怪石藏宅中問其遺孫指一廢井云盡在是矣井在室中床下尚未能取先作》,册一五頁一〇一二六蘇轍下即收。李若水下當誤收。

句(頁二〇一二五)

句"東風無迹秀芳草"乃頁二〇一二〇本人《次韵馬循道游長安東池詩》中第二聯,當删。

附:《訂補》頁三七一至三七二考訂《村落》(頁二〇一二三)乃本人《次韵高子文村居》兩聯(頁二〇一一六),當删,并補詩一首。《輯補》册四頁一九一五補句一則。

# 册 三二

## 王之道　卷一八〇七至一八二一

【校訂】和吕叔恭題和州香林湯(頁二〇一二七)

注"是時",國圖藏翰林院抄本《相山集》作"是行"。

燈下讀魏彦成諸公詩因次其韵呈曾子修諸君(頁二〇一三一)

題"次其韵呈曾子修諸君",《大典》卷八九九作"次韵呈曾子修"。

對雪二首再用前韵(頁二〇一四八)

其一"當呼",翰林院抄本原作"可呼",塗去"可",旁注"應"。

贈曾桑中彈琴(頁二〇一六七)

"方國",翰林院抄本作"萬國"。疑均爲諱改,非原文。

太湖呈邵公晉沈元吉(頁二〇一八八)

"樽茗",《大典》卷二二六〇作"甌茗",翰林院抄本同。

立春示兒二首(頁二〇一九〇)

其一"盡適",翰林院抄本原作"盡試",塗去"試",旁注"始"。

閑眠二首(頁二〇一九二)

其二又見文淵閣本《傳家集》卷一一《光詩首句云飽食復閑眠又成二章·閑眠》,册九頁六一九九司馬光下即收。王之道下當誤收。

寧公新拜首座因贈(頁二〇一九八)

此詩乃册二頁七四六王禹偁同題,王之道下誤收。勞格《讀書雜識》已辨之。

和張文紀咏雪二首(頁二〇二〇七)

其一"廣寒",翰林院抄本原作"廣遭",塗去,旁注"官曹"。

避寇糁潭登李彦修延秀閣(頁二〇二一〇)

"敵圍",翰林院抄本作"賊圍"。

寄奉符大有叔(頁二〇二一二)

此詩又見文淵閣本《東萊詩集》卷九《再和兼寄奉符大有叔》,册二八頁一八一一三吕本中下即收。王之道下當誤收。

和張序臣合肥驛中詩（頁二〇二一七）
題"張"，翰林院抄本作"章"。
和彥時兄臘雪六首（頁二〇二二三）
題"雪"字下翰林院抄本有"三白"二字。
寄別江茂德赴麻城丞二首（頁二〇二三四）
題，翰林院抄本作"寄別賈茂德赴麻城丞"。
題四祖山瀑泉亭（頁二〇二三七）
"雪"，翰林院抄本原作"雷"，塗去，旁注"雪"，又改爲"冰"。
紅梅（頁二〇二四八）
《大典》卷二八〇九引此詩，署"王志道詩"，册六二頁三八八一八即收王志道，然未收此詩。王之道下當誤收。
綠萼梅（頁二〇二五三）
《大典》卷二八〇九引此詩，署"王志道詩"。王之道下當誤收。
和陳勉仲四首（頁二〇二五九）
其一"清"，翰林院抄本原作"春"。
【輯補】和楊德順題袁望回假山
遠岫來蒼石，閑庭出翠巒。小松分豎髮，新篠列叢玕。雪竇臨窗見，香爐俯砌觀。鉤連千尺荔，掩映一枝蘭。坐覺清吟勝，門無俗事干。縱真聊爾爾，莫作假山看。
國圖藏翰林院抄本《相山集》卷二。影印文津閣本《四庫全書》册三七六《相山集》卷二頁三九六。
按：勞格《讀書雜識》考訂《次韻和朗公見贈》（頁二〇二三九）、《贈省欽》（頁二〇二三九）、《贈朗上人》（頁二〇二四〇）、《贈贊寧大師》（頁二〇二四〇）、《朗上人見訪復謁不遇留刺而還有詩見謝依韵和答》（頁二〇二四〇）、《寄贊寧上人》（頁二〇二四一）爲王禹偁作，《訂補》頁三七三亦言之，并考訂《燒火用陳西麓韵》爲元人詩。《輯補》册四頁一九一五至一九一六補詩一首、句一則。

## 張進彥　卷一八二一

【校訂】句（頁二〇二七四）
此句輯自王之道《相山集》卷一二。《相山集》中"張進彥"多處有見，知其曾爲蔣守。而册三二頁二〇五五九張祁字晉彥，亦曾爲蔣守，則當爲一人。"進彥"當爲字也，亦寫作"晉彥"。

## 張煒　卷一八二六

【校訂】湖上次韵（頁二〇三三一）
題"湖上"、詩"冰心""樓臺"，《大典》卷二二七四作"湖邊""冰姿""小樓"。

## 董穎　卷一八二七

【校訂】題趙質夫艇齋（頁二〇三四五）

其二"鯆比",原出處《大典》卷二五四〇作"鱸比"。
**題舫齋**(頁二〇三四六)
詩末未注出處,下首詩詩末注"同上書卷七二三九"。出處卷次誤,實見《大典》卷二五四〇。
**呈澤中明府**(頁二〇三四六)
題"澤中",原出處《大典》卷一一〇〇〇作"澤仲"。
**賀曾修撰帥江陵**(頁二〇三四七)
其三"咳唾"、其四"紫辰"、其五"謝玄",原出處《大典》卷一五一三八作"欬唾""紫宸""謝元"。
【輯補】**東湖晚步**
九衢塵土暗秋容,頗覺青山負眼中。湖上晚來聊散策,殷懃殊謝芰荷風。合眼幾成湖上夢,祗今秋色杖藜中。賦詩安能如元亮,報答玻瓈十頃風。
《大典》卷二二六二引《董霜傑先生集》。
**山齋即事**
寄傲一窗虛,淵涵祇自如。堨塵煩竹掃,松髮倩風梳。雲破遠峰出,鳥啼幽夢餘。故人問生理,時枉數行書。
《大典》卷二五三九引《董霜傑先生集》。
**江村獨步**
松下風餘罷五弦,白雲相伴到沙邊。江花落盡江楓老,萬頃秋涵碧玉天。
《大典》卷三五七九引《董霜傑先生集》。
**同少李游湖上故人用之具茗論文少李有詩乃和其韵**
步屨湖邊欲夕陰,粲然一笑得詩人。詩情應被荷花惱,嫋嫋凌波似洛神。
《大典》卷二二七三引《董霜傑先生集》。
**渡湖田**
林下啼螿聲斷續,沙頭宿鷺影聯拳。歸舟天遣乘佳月,凌亂寒光雪一川。
《大典》卷二二七四引《董霜傑文集》。
附:《訂補》頁三七五至三三七七補十五首。

# 黄祖舜　卷一八二八

【輯補】**顯仁皇后挽詞**
慶毓千齡主,家承尺五天。東朝隆大養,南極注長年。儉德宮闈化,仁風簡册傳。漢廷誰作誄,應有筆如椽。
夢日興王業,乘雲與帝期。鐘淒長樂路,門掩濯龍時。方慶新年禮,俄纏厚夜悲。小臣叨勸講,忍誦蓼莪詩。
《中興禮書》卷二六九引"刑部侍郎黃祖舜"。

# 蔡絛　卷一八二八

【校訂】**上烏程李明府**(頁二〇三五九)

此詩輯自《大典》卷一一〇〇〇引《宋百衲詩》。蔡絛號百衲居士,故輯於此。據《文學遺產》2004 年第 6 期載彭萬隆《永樂大典所收元厲震廷唐宋百衲詩考釋》所考,此集當爲元人厲震廷所作,蔡絛下當删。

### 楊椿　卷一八二八

【輯補】顯仁皇后挽詞
甲觀鍾宸懿,東朝正母儀。配天興漢日,誕聖繼堯時。慈儉姜任匹,謙恭馬鄧卑。八旬開壽紀,昭報復何疑。
大養隆甘旨,柔儀富典刑。鴻名歸册寶,備福享慈寧。喜入萊衣戲,悲纏祖載銘。哀榮俱不恨,垂世有餘馨。
《中興禮書》卷二六九引"兵部侍郎楊椿"。

### 李處權　卷一八二九至一八三四

【校訂】送庚侄親迎延平李先生家(頁二〇三九八)
此詩又作册五三頁三二九二八劉學箕同題,李處權下當誤收。勞格《讀書雜識》已辨之。

次陳叔易太湖二十韵(頁二〇四一〇)
"迎日",《大典》卷二二六〇作"迎客"。

游峴山觀顏魯公窪樽呈鉉父(頁二〇四三五)
"拿舟",原出處《大典》卷三五八四作"挐舟"。

【輯補】游白岩詩
林梢過午未全分,泉脉幽幽逗石根。擬着籃輿訪絶頂,共携筇杖到青雲。倘逢洞裏三株樹,不羡人間萬石君。許我陰崖結茅屋,老於松竹尚殷勤。
文淵閣《四庫全書》本《浙江通志》卷一八。
附:《輯補》册四頁一九二七補句一則。

### 張嵲　卷一八三六至一八四五

【校訂】庚辰二月雪夜作(頁二〇四五七)
此詩又見清影宋抄本《于湖居士文集》卷五《庚辰二月夜雪》,册四五頁二七七五一張孝祥下即收。張嵲下當誤收。

咏雪得光字(頁二〇四五八)
此詩又見《于湖居士文集》卷三《咏雪》,册四五頁二七七四二張孝祥下即收。張嵲下當誤收。

齋祠湖上作(頁二〇四八一)
"步步轉湖",《大典》卷二二七二作"步轉湖之"。

欲雪(頁二〇四八七)
此詩又見《于湖居士文集》卷二同題,册四五頁二七七三五張孝祥下即收。張嵲下當誤收。

**即事**（頁二〇五〇四）

此詩又見《于湖居士文集》卷八《即事簡蘇廷藻》，册四五頁二七七七三張孝祥下即收。張嶷下當誤收。

**枕上聞雪呈趙郭二公**（頁二〇五一四）

此詩又見《于湖居士文集》卷六同題，册四五頁二七七五九張孝祥下即收。張嶷下當誤收。

**三月二日奉詔赴西園曲宴席上賦呈致政開府太師三首**（頁二〇五一六）

三詩見《大典》卷九一七，標"張紫微先生集"。三詩又見文淵閣本《蘇魏公文集》卷一一同題，册一〇頁六三九九蘇頌下即收。張嶷下當誤收。

**如吳興舟中讀白樂天詩有作**（頁二〇五一九）

"朝犧"，《大典》卷七九六二作"朝曦"。

**種木芙蓉**（頁二〇五二二）

"經冬"，《大典》卷五四〇作"經秋"。

**忠顯劉公挽詩四首**（頁二〇五二四）

組詩之一、二又見文淵閣本《筠谿集》卷二〇《忠顯劉公挽詩》，册三〇頁一九三三八李彌遜下即收。張嶷下當誤收。

**臨桂令以薦當趨朝置酒召客戲作二十八字遺六從事莅之壽其太夫人**（頁二〇五五〇）

此詩又見《于湖居士文集》卷一一《臨桂令以薦當趨朝置酒召客戲作二十八字遺六從事莅之壽其太夫人》，册四五頁二七七九二張孝祥下即收。張嶷下當誤收。

**句**（頁二〇五五七）

句"歸家净洗如椽筆"乃册四五頁二七七六七張孝祥《呈樞密劉恭父》第四聯，當删。

## 張祁　卷一八四六

**【校訂】田間雜歌**（頁二〇五六二）

此詩輯自《詩淵》。然《大典》卷二二一八一引此詩，標"張孝祥于湖居士集"，册四五頁二七八〇四張孝祥《大麥行》據以輯録。張祁下或誤收。

## 歐陽澈　卷一八五〇至一八五二

**【校訂】古詩寄游良臣兼簡陳國鎮**（頁二〇六六〇）

"雖"字下有注"《永樂大典》卷一一三六作須"。出處卷次誤，實見《大典》卷八九五。

**和韵戲索建中和詩**（頁二〇六七一）

"未遂"，《大典》卷八九五作"未許"。

**世弼讀白樂天放言詩仿其體依前韵作數首見寄因和答之亦仿樂天之體**（頁二〇六七一）

其三"莫"字下有注"《永樂大典》卷一一三六作異"。出處卷次誤，實見《大典》卷八九五。

## 册　三三

### 朱松　卷一八五三至一八五八

**【校訂】示謝彦翔**(頁二〇七四五)
其一"玉函",《大典》卷一三三四四作"寶函"。
**種菜**(頁二〇七六〇)
此詩輯自《濂洛風雅》。然《大典》卷二四〇七引此詩,署"劉屏山集",明正德七年《屏山集》卷一〇亦載,册三四頁二一三四六劉子翬下即收。朱松下當誤收。

### 張浚　卷一八六二

**【輯補】志張守墓**
孝友似張仲,文章數班馬。
大典本"太常府"卷一一。
附:《訂補》頁三八六補詩二首,《輯補》册四頁一九四七至一九四八補詩一首、頌一首。

### 蘇雲卿　卷一八六二

**【校訂】還張德遠書幣題詩疏圃壁間**(頁二〇八〇六)
"誰料聲""人求",《大典》卷二四〇四引《上陽子》作"豈料聞""人貪"。

### 陳康伯　卷一八六二

**【輯補】顯仁皇后挽詞**
警戒成先志,艱難啓聖功。玉宸方問寢,寶册遽崇終。渺邈青鸞馭,淒涼白柰風。惟餘慈儉德,彤史詔無窮。
二妃形道化,三后繼音徽。履武遺踪遠,承顔舊事非。真游歸帝所,懿德在宫闈。朔吹鏘哀挽,君王泪滿衣。
《中興禮書》卷二六九引"右僕射陳康伯"。

### 揚無咎　卷一八六二

**【校訂】句**(頁二〇八〇八)
"陳迹",原出處《大典》卷二八一二作"遺法"。且作者姓氏,《大典》作"楊"。

### 朱翌　卷一八六三至一八六六

**【校訂】游月岩詩**(頁二〇八一〇)
"此山""笑天",《大典》卷九七六三作"次山""嘯天"。
**告春亭詩**(頁二〇八一八)
此詩又見明抄本《南蘭陵孫尚書大全文集》卷一九《武進王丞二首·告春亭》,册二六頁一七〇一〇孫覿下即收。朱翌下當誤收。

**送福帥**（頁二〇八四六）

"天使"，《大典》卷一五一三九作"天賜"。

**與林大夫謝靈壽杖**（頁二〇八四九）

此詩又見《南陽集》卷一一同題，册八頁五二四五韓維下即收。朱翌下當誤收。

**競秀閣**（頁二〇八五七）

此詩輯自《嚴州府志》，又見册三八頁二三八五〇朱昱《競秀閣二首》之一，輯自《桐廬縣志》。歸屬未能確考。

**石芥**（頁二〇八六七）

組詩又見錢仲聯校注《劍南詩稿校注》卷一《以石芥送劉韶美禮部劉比釀酒勁甚因以爲戲二首》，册三九頁二四二六三陸游下即收。朱翌下當誤收。

**芥**（頁二〇八七三）

此詩乃頁二〇八一〇本人《送山芥與徐稚山》中四句，當刪。

**題山谷姚黄梅花**（頁二〇八七六）

"姚花"，原出處《大典》卷二八一〇作"姚黄"。

**句**（頁二〇八七七）

句"昔時桐溪漢九卿"乃頁二〇八二三本人《簡宗人利賓》第一聯，當刪。

句"水篆行科斗"乃頁二〇八三四本人《告春亭》之三第三聯，當刪。

句"經年不濯子春足"，輯自《後村詩話》，詩名《懶軒》。此句又見册三八頁二三八四九朱昱《示江子我》第三聯，輯自《大典》卷一三三四四《懶軒集》，名下有詩六首。朱翌下誤收。

**【輯補】湖上分韵得憂字**

冬晴美如春，微波生淺洲。逢人問梅花，欲往不自由。因行了人事，半日得少留。煩僧具湯餅，自起傾督郵。一一數行魚，更以餅餌投。釣手老不用，亦自無直鈎。但恨葑四合，如翳刺兩眸。清渠走城中，渴虎争引喉。下霑數斗泥，可以一鍾收。常爲有力言，出口輒遇矛。鄙夫胡爲者，終以此爲憂。湖開天下平，諸公聞此不。

《大典》卷二二七二引《朱翌詩》。

**送趙使君守天台**

四明天台神仙窟，方丈蓬萊纔咫尺。公今去乘畫鹿輴，直上赤城賓出日。官家選材蘇我民，所得莫如肺腑親。深山老人笑相迎，山行海宿無一塵。八座夫人壽千春，彩衣樂事日日新。行當召歸侍紫宸，苴茅分土山東門。我欲一見紫微君，玉霄峰頂紛祥雲。仙風道骨長庚星，可與八極俱游神。清明寒食斗指辰，便到黄堂尋故人。

**寄贈錢松窗參政**

公今居丹丘，開窗眺奇峰。窗前何所有，鬱鬱澗底松。秀色與清陰，交墮巾几中。身生富貴後，四世幾五公。繡屏開孔雀，藻井羅芙蓉。奈何不自麗，反與寒士同。前年侍上皇，退朝每從容。松窗表高隱，詰曲盤虬龍。寵光復無比，胡爲久居東。願公促曹馭，千載奉兩宮。

文淵閣本《天台續集別編》卷二。《宋詩紀事補遺》卷三六。

附：《訂補》頁三八七補一首。《輯補》册四頁一九四八至一九四九補十首。

## 范宗尹　卷一八七〇

**【輯補】句**

四海已無容足地，百年空抱濟時心。

文淵閣本《恥堂存稿》卷五《跋趙忠簡公詩帖》。

附：《輯補》册四頁一九六一補句一則。

## 胡寅　卷一八七一至一八七五

**【校訂】示阮冠**（頁二〇九五八）

"光好"，《大典》卷一三三四四作"光妙"。

**和彥仲長汀鋪留題**（頁二〇九九六）

題"彥仲"，《大典》卷一四五七六作"彥冲"。

## 李顒　卷一八七六

**【校訂】舟泊太湖**（頁二一〇二九）

題、"圓經""目眇""著岸""灣碕""暗靄""嵯岏"，《大典》卷二二七四作"涉湖作詩""圖徑""目渾""若岸""灣漪""黯靄""岿嶤"。"航舞"字下《大典》有注"一作嶤兀"；"行旅"二字下《大典》有注"一作征旅"。

## 曹勛　卷一八七七至一九〇〇

**【校訂】病中寄曾使君湖上**（頁二一一五二）

"遐想"，《大典》卷二二七二作"遇夜"。

**閑過小圃督治冬蔬**（頁二一一六〇）

"翻江"，《大典》卷二四〇七作"翻紅"。

## 許端夫　卷一九〇一

**【校訂】**《大典》卷七八九三引《臨汀志》載其"朝請大夫，建炎三年四月二十一日到任，紹興元年十二月十二日滿替"，可補頁二一二三一傳記。

## 沈浚　卷一九〇二

**【輯補】顯仁皇后挽詞**

盛德追任姒，中興贊我皇。宮闈化慈儉，家國底平康。北闕恩高厚，東朝譽寢昌。顯□騰寶册，萬古播遺芳。

耄智宜高壽，俄驚夜壑移。蒼梧歸魌馭，畫翟返瑤池。日薄旌旗暗，風侵鼓吹悲。兆人咸孺慕，慘愴格天時。

《中興禮書》卷二六九引"監察御史沈浚"。

### 吴説　卷一九〇三

【校訂】仙都山(頁二一二五八)
"佳住""直欲",《大典》卷二二六七作"佳處""真欲"。

## 册　三四

### 王銍　卷一九〇五至一九一〇

【校訂】宿華岳觀(頁二一三二五)
此詩又作册一三頁八七〇四王欽臣。吕頤浩《忠穆集》卷七《跋王仲至詩》引此詩,"仲至"乃王欽臣字,則其作者當是王欽臣,王銍下誤收當删。

### 陳覺　卷一九一一

【校訂】桄榔庵賓燕亭(頁二一三三〇)
此詩又見《莊簡集》卷五《海南氣候與中州異群花皆早發至春時已盡獨荷花自三四月開至窮臘與梅菊相接雖花頭小而香色可愛頃歲蘇端明謫居此郡嘗和淵明詩其略云城南有荒池瑣細誰復采幽姿小芙蕖香色獨未改即此池也今五十餘年池益增廣臨川陳使君復結屋其上名賓燕堂今夏得雨遲七月末花方盛開因成此詩約勝日爲采蓮之集云》,册二五頁一六四三二李光下即收,題中"臨川陳使君"即陳覺,當非陳覺作。

### 劉子翬　卷一九一二至一九二二

【校訂】張巨山賦蠟梅因成四首(頁二一三八二)
其二"盈階"、其三"微霜",《大典》卷二八一一作"盈皆""微雪"。
園蔬十咏(頁二一三九二)
《芋》"連根""曉吹",《大典》卷二四〇七作"遠根""曉炊"。《瓠》"綫解""家人",《大典》作"綫納""佳人"。《蘿蔔》題、"已飽",《大典》作"蘆菔""亦飽"。《苦益》題,《大典》作"苦蕒",《訂補》頁三九三據《大典》本卷校爲"苦菜",不確。
游北岩(頁二一四一九)
"小水"、注"探奇",《大典》卷九七六六作"泉水""架奇"。
雜題四首(頁二一四二〇)
其一"鐘"下注《永樂大典》卷九八五作鍛"。出處卷次誤,見《大典》卷八九五。且"浮陰",《大典》作"浮雲"。
次韵六四叔村居即事十二絶(頁二一四五五)
其五"於苔"、其六"螢度",《大典》卷三五八一作"如苔""雲度"。

### 王綸　卷一九二三

【輯補】顯仁皇后挽詞
履武興周室,休兵返漢宫。旨甘天子養,清净道家風。行積三千滿,年登八十崇。於今何所憾,舜孝自無窮。

三山來慶旳,一點去時明。喪事皆餘俸,尊稱最令名。腹無烟火滓,心有水雲清。徑詣西王母,相將上赤城。

《中興禮書》卷二六九引"同知樞密院事王綸"。

## 陳瀧　卷一九二三

【校訂】頁二一四七七傳記據《大典》卷三一五〇引《蘇州志》。然爲"紹興初始家於吳"所誤,編於本冊。此"紹興"等句上有"五世祖以下"等語,則"始家於吳"者顯非陳瀧。《大典》下尚有"瀧與湯仲友、高常、顧逢,皆端、淳名士……(同郡陳發)子永輯爲一編,名曰'蘇臺四妙'"。則其當爲宋理宗、度宗時人。與其齊名者湯仲友見冊六二頁三九三〇〇,顧逢見冊六四頁三九九九七。《訂補》頁三九六有相似的觀點。

## 仲並　卷一九二八至一九三〇

【校訂】寒食日歸吳興寄魯山(二一五二八)

此詩又見清康熙吕無隱抄本《宛丘先生文集》卷一五《寒食》,冊二〇頁一三四一一張耒下即收。仲並下當誤收。

鄭漕生辰代幾先作(二一五三三)

此詩又見文淵閣本《默堂集》卷七《鄭漕生辰二首》之一,冊二八頁一八三六四陳淵下即收。仲並下當誤收。

花前有感兼呈崔相公劉郎中(頁二一五四二)

此乃白居易詩,仲並下誤收。勞格《讀書雜識》已辨之。

四老堂詩(頁二一五四二)

序"封殖"、其二"邱園",《大典》卷七二三八作"封植""丘園"。

廖成伯奉議生辰(二一五五四)

此詩又見《默堂集》卷六同題,冊二八頁一八三六二陳淵下即收。仲並下當誤收。

提舉生辰(頁二一五五四)

此詩又見《默堂集》卷七同題,冊二八頁一八三六三陳淵下即收。仲並下當誤收。

俞憲生辰代龐幾先作(頁二一五五四)

二詩又見《默堂集》卷七《俞憲生辰》,冊二八頁一八三六三陳淵下即收。仲並下當誤收。

鄭漕生辰(頁二一五五六)

此詩又見《默堂集》卷七《鄭漕生辰二首》之二,冊二八頁一八三六四陳淵下即收。仲並下當誤收。

唐大夫生辰(頁二一五五六)

此詩又見《默堂集》卷七同題,冊二八頁一八三六四陳淵下即收。仲並下當誤收。

陳漕生辰代楊文作(頁二一五五七)

此詩又見《默堂集》卷三《陳漕生辰》,冊二八頁一八三四〇陳淵下即收。仲並下當誤收。

**耿憲生辰**（頁二一五五七）

此詩又見《默堂集》卷七同題，册二八頁一八三六四陳淵下即收。仲并下當誤收。

**黄兵部生辰**（頁二一五六一）

四詩又見《默堂集》卷七《黄兵部生辰四首》，册二八頁一八三六五陳淵下即收。仲并下當誤收。

## 晁公武　卷一九三一

【校訂】**春日**（頁二一五六八）

詩末注"以上《永樂大典》卷二二一八引晁公武詩"。所注爲其上二首詩出處。此詩實見《大典》卷二五四〇。

## 趙善晤　卷一九三一

【校訂】**句**（頁二一五七一至二一五七二）

此詩輯自《大典》卷七八九二，編者按語云"《永樂大典》：紹興二年郡倅趙公善晤董試"云云。檢《大典》原卷，"紹興二年"原作"壬午科"。編者以"壬午"爲紹興二年，故繫於此。此二斷句又見册五三頁三二九七五趙善晤《題貢院》詩，檢其傳記，此"壬午"乃"壬子"之誤，爲紹熙三年。此二趙善晤爲同一人。此繫年不當，當删。

## 胡銓　卷一九三二至一九三四

【校訂】**辭朝**（頁二一五七七）

"有待"，《大典》卷一〇五六作"以道"。

**吏隱堂**（頁二一五八三）

原出處《大典》卷七二三九引此詩，未標出處，其上首詩標"胡銓詩"，因此而輯於此。然此詩又見文淵閣本《南陽集》卷一《初春吏隱堂作》，册八頁五一〇九韓維下即收。《大典》此詩下漏標作者而致胡銓下誤輯。

**遠游**（頁二一五八三）

"天崖"，原出處《大典》卷八八四五作"天涯"。

**示公治**（頁二一五八四）

詩末注"同上書卷一三三三四"。出處卷次誤，實見《大典》卷一三三四四。

【輯補】**憶青原法豉**

青原不到一年强，久渴齋厨法豉香。澹老筆端還有口，憑君説似虎頭岡。原注：虎頭崗，青原小山名。

《大典》卷一三三四一引胡銓《澹庵集》。

**入純未幾轉入湖舟人以湖爲捷然四無畔岸終日泛泛無一舟過者**

捨江入湖避江迂，湖水瀰漫無四隅。但見遠山如拳樹如髮，時有島嶼星疏疏。秋濤終日喧客枕，有酒不能供痛飲。遲留自作買胡嘲，浪走得無高士哂。

《大典》卷二二七四引胡銓《澹齋集》。

附：《輯補》册四頁一九七八至一九八〇補七首、斷句一則。

## 馮時行　卷一九三六至一九三九

**【校訂】贈故人二首**（頁二一六〇七）

"枯體""許平""冥窈""角險"，《大典》卷三〇〇五作"枯骸""訊平""深溟""覺險"。此題有"二首"，《全宋詩》實僅一首，其下一首爲《再和》。《大典》引此詩與下首爲組詩二首，當爲該集原貌。

**再和**（頁二一六〇七）

"破衣""良莊"，《大典》卷三〇〇五作"破裘""良匠"。

**正月二十日上山莊二月晦日歸不見花**（頁二一六二一）

題"不見花"、詩"子規啼血不見花，春又別我天之涯"，《大典》卷五八三九作"花已無矣""老大惜春如惜血，不曾見花春又到"。

**二月將半雨過花盛開二首**（頁二一六五〇）

其一"我禁"，《大典》卷五八三九作"祇禁"。

**題綦母氏孝友堂詩**（頁二一六五四）

詩末注"同上書卷二七三八"。出處卷次誤，實見《大典》卷七二三八。題"綦母"，當作"綦毋"。

## 王之望　卷一九四二至一九四三

**【校訂】次制帥所和前韵**（頁二一六九二）

"紛"字下注"原作氛，據《永樂大典》卷三一一五八改"。校文出處卷次誤，實見《大典》卷一五一三八。題"前韵"，《大典》作"前詩"。

**再和**（頁二一六九二）

"册"字下注"原作策，據《永樂大典》卷三一一五八改"。校文出處卷次誤，實見《大典》卷一五一三八。

**同諸鄉人泛臨安西湖**（頁二一六九八）

"一尊"下注"原作知己，據《永樂大典》卷三一六四改"。校文出處卷次誤，實見《大典》卷二二六四。

**房公湖**（頁二一七〇七）

序"鄙詩"，《大典》卷二二七〇作"鄙句"。

**又和**（頁二一七一一）

其三"雅與"，《大典》卷一五三一八作"雅興"。

**過石城**（頁二一七一七）

二詩重見頁二一七一五本人《鄖守喬民瞻寄襄陽雪中三絕因追述前過石城杯酒登臨之勝爲和》之一、二，當刪。

## 湯思退　卷一九四六

**【輯補】顯仁皇后挽詞**

秀毓儀天表，光膺夢日祥。炎圖將佑漢，浚哲實生商。長樂尊名正，中興孝理彰。猗飲慈儉德，歌頌播無疆。
　　慶壽方神祝，仙游遽莫攀。虞妃從梧野，啓母祔稽山。祖載嚴宮仗（原作"伏"），哀號盡聖顔。蕭蕭松柏路，遥矚五雲間。
　　《中興禮書》卷二六九引"左僕射湯思退"。
　　按：《全宋詩》輯句一則，見組詩其二。

## 鄭樵　卷一九四九

**【校訂】北山岩**（頁二一七八一）
"曳曳"，《大典》卷九七六六作"洩洩"。

## 葛立方　卷一九五〇至一九五五

**【校訂】贈友人莫之用**（頁二一八二六）
題、詩"起來"，《大典》卷二九五二作"十二神贈莫之用""起采"。
**王季恭蓬齋**（頁二一八三〇）
"桑櫓"，原出處《大典》卷二五四〇作"柔櫓"。
**省習堂偶題**（頁二一八三一）
**次韵劉無言壽山中五絶句敢請諸僚和之**（頁二一八三一）
　　二詩輯自《江上詩鈔》，又見文淵閣本《丹陽集》卷二四，輯自《大典》，册二四頁一五六九〇、頁一五六九七葛勝仲下即收。檢文淵閣本董斯張《吴興備志》卷二四載："玲瓏山有唐杜牧題名。又紹興癸卯，葛魯卿、林彦政、劉無言、莫彦平、葉少藴題名。"紹興間無"癸卯"年，紀年當誤。"魯卿"乃葛勝仲字，則葛勝仲、劉無言（燾）二人有交誼。葛立方下或誤收。

# 册　三五

## 吴芾　卷一九五六至一九六五

**【校訂】寄隱者**（頁二一八四八）
　　此詩又見國圖藏清抄本《演山先生文集》卷三同題，册一六頁一一〇二七黄裳下即收。吴芾下當誤收。
**夜來同諸公泛舟湖中樂甚因更潭名作北湖乃作拙句呈諸友親聊以紀一時之勝云**（頁二一八七五）
"放舟""潑剌"，《大典》卷二二六五作"放船""撥剌"。
**龔帥以久別寄詩遠惠因次其韵**（頁二一九四八）
題，《大典》卷一五一三八作"龔帥以久不寄詩遠惠"。
**虞兵張宥康永年末六十一日相繼力求歸農余因嘉其志作小絶以紀之**（頁二一九七〇）
題"余因嘉"，《大典》卷六二四作"余嘉"。
**題望雲亭**（頁二一九七〇）
　　此詩又作册二一頁一三八三六蔡載《望雲亭》。大典本"常州府"卷一四引組詩《錢氏四亭詩》四首，第二首爲此詩，署作者爲"蔡載天任"。《無錫縣志》卷四上、《容齋三筆》卷二均載其於蔡載下。吳芾下當誤收。

**寄朝宗海棠**（頁二一九九二）

此詩又作頁二一九七六本人《寄朝宗二首》之二，當刪。

**海棠**（頁二二○一○）

此詩輯自《全芳備祖》，又作册七頁四七○八吳中復《江左謂海棠爲川紅》，輯自《海棠譜》。且檢文淵閣《四庫全書》本《全芳備祖》前集卷七載此詩，亦署"吳中復"。吳芾下當誤收。

**【輯補】送陳時中赴常州**

霜臺雅望聳簪紳，便合飛騰上要津。却爲聖朝宣惠化，暫臨畿甸拊疲民。聞風想見歡聲沸，布政行看盛事新。從此毗陵民俗厚，使君連得兩仁人。

大典"常州府"卷一五。

## 陳棣　卷一九六六至一九六七

【校訂】《大典》卷三一四五引其父陳汝錫傳記，有及之者，云"著《蒙隱集》，刊於宜春"，可補頁二二○一三其傳記。

**題竹友軒**（頁二二○一三）

此詩又見文淵閣本《竹友集》卷三《竹友軒》，册二四頁一五七八一謝邁下即收。陳棣下當誤收。

**【輯補】題留君所居雙竹**

夷齊千載上，英風常凛然。那知清臞骨，不隨物變遷。化爲雙琅玕，離立碧雲邊。風枝自酬答，月影相迴旋。下視凡草木，頑懦殊未悛。嵐光一披拂，氣欲吞渭川。緬懷昔詩人，曾歌相府蓮。形容比妖姬，擁背爭乞憐。何如兩龍孫，清廟圭璧連。君看歲寒姿，正色傲霜天。相對聳高節，猶差采薇肩。我聞富貴徒，列屋堆金錢。盈車買奇艷，池館誇芳妍。堂前植姚魏，堂後疏漪漣。人非日月逝，荊棘蒙荒烟。君家亦豪華，嗜好一何偏。千葩不過眼，愛竹心獨堅。天工遣尤物，得得供詩篇。大嚼對此君，端能較愚賢。

《大典》卷一九八六六引《蒙隱詩集》。

## 許志仁　卷一九七○

【校訂】**烏夜啼**（頁二二○六八）

《大典》卷二三四六引《江湖前詩》載此詩，署"郭從範詩"，册三三頁二一二七一郭世模下即收。許志仁下或誤收。

## 程敦厚　卷一九七一

【校訂】**句**（頁二二○八四）

"蘘影吒筆竿影直"乃册九頁五九二六劉敞《楱欄》第一聯，當刪。

## 湯莘叟　卷一九七一

**【校訂】馬上吟**（頁二二〇八五）
"欲上""覺難"，《大典》卷七八九四作"初上""覺寒"。

**題舫齋**（頁二二〇八五）
原出處《大典》卷二五四〇署"湯莘老"，是否與湯莘叟為同人尚有疑問。詩"幌然"，《大典》作"愰然"。

**【輯補】震山岩**
地勝藏天隱，能來有化成。酒無多擇我，物有不平鳴。水涸雙溪斷，烟空叠嶂晴。雲霄期萬里，胸次得縱橫。
《大典》卷九七六四引《湯辛老詩》。
按："湯辛老"當即湯莘老，暫附於此。

## 鄭厚　卷一九七一

**【校訂】登東山**（頁二二〇九〇）
《大典》卷五三四五引此詩，題"登潮陽東山"，繫於林嶂下，册五一頁三二〇二九林嶂下即據輯。歸屬未能確考。

## 史浩　卷一九七三至一九八〇

**【校訂】游西湖分韻得要字**（頁二二一二一）
"星"字下注"《永樂大典》卷三二六四、抄本作月"。校文出處卷次誤，實見《大典》卷二二六四。

**次韻張漢卿夢庵十八詠·喜老堂**（頁二二一三三）
"得失"，《大典》卷七二三八作"得喪"。

**題墨花**（頁二二一九六）
此詩又作册四三頁二六九一五史堯弼同題。二人詩均輯自《大典》卷五八四〇，標"史蓮峰先生家集"。則史浩下誤輯當删。

**盡心堂**（頁二二一九六）
此詩又作册四三頁二六九一五史堯弼同題。史浩詩輯自《大典》卷七二四〇，標"史蓮峰先生家集"。則史浩下誤輯當删。

附：潘猛補《從溫州地方文獻訂補〈全宋詩〉》補詩《賦賀榮慶堂》一首。

## 唐文若　卷一九八一

**【校訂】題紹興焕文閣**（頁二二一九八）
題，據原出處《大典》卷六七〇〇，當擬作"清虛庵"。其一"登盡"，《大典》作"奎畫"。

## 張子文　卷一九八一

**【校訂】次韻何文縝墨梅二絶**（頁二二二一一）

其一"夕陽",《大典》卷二八一二作"夕烟"。
**墨梅三絕**(頁二二二一一)
其一見《大典》卷二八一三引《記纂淵海》,署"張灝畫梅"。張子文名下五詩均見《聲畫集》卷五,署"張子文"。然《聲畫集》所署名均爲字或號,則此張子文或應名灝。張子文詩中"何文縝"乃南北宋之際人,此張子文應同。《全宋詩》册五三頁三二九九七有張灝字子文者,乃光宗時進士,非此張子文。

## 宋高宗　卷一九八二

**【校訂】梅岩**(頁二二二一四)
"影翠",《大典》卷二八〇九作"映翠"。
**題閻次平小景**(頁二二二一九)
此詩輯自《珊瑚網》卷四四,云"高宗題云"。《大典》卷二二六五引《河上莫歸過南湖二絕》其一爲此詩,標"蘇潁濱集",册一五頁九九二一蘇轍下錄之。宋高宗所題當非其本人詩。
**詩二首**(頁二二二一九)
其一乃白居易《自詠》。宋高宗詩輯自《式古堂書畫彙考》卷一三,云"高宗隨宜飲酒詩卷",當即高宗書白居易詩,應刪。其二《大典》卷一一六一九引,標"東坡詩云",册一四頁九五二四蘇軾《地黃》。宋高宗詩輯自《式古堂書畫彙考》卷一三,云"高宗地黃詩帖"。則詩乃高宗書蘇軾詩,應刪。
**題劉松年畫團扇二首**(頁二二二二〇)
其二又見鄒浩《湖上雜詠》其一。《大典》卷二二七二引此詩,繫於鄒浩下。宋高宗下當誤收。
**文宣王及其弟子贊・秦祖**(頁二二二二四)
"蛩聲",《大典》卷一八二二二作"贊贊"。
**文宣王及其弟子贊・左人郢**(頁二二二二九)
"稱賢",《大典》卷三〇〇七作"獨賢"。
**文宣王及其弟子贊・樂欸**(頁二二二二九)
"之萬",《大典》卷一八二二二作"之篤"。
**【輯補】御製徽宗皇帝挽詞五章**
若昔龍飛日,天臨靖國初。訓詞勤太母,謙德避宸居。孝悌踰三遜,乾坤只一如。璠揮今對越,千古炳成書。
崇觀基皇化,熙然治具修。憂勤居□寶,紹述□先猷。武德超三略,文思訪九疇。禮神恭太漠,上漢痛難留。
黼宸宣和際,元良睠注深。倦勤營□位,傳□出誠心。慈愛初終似,奸回反復侵。更堪夷狄禍,□劍帳□□。
問使衣裳信,親毫付托隆。繼明慚菲德,保國痛深衷。罔極悲霜露,時思愧眇冲。哀哀孤子恨,孺慕向旻穹。
虛位稽山静,靈輀寢廟安。綺城非洛下,帳殿且江干。大隧宸儀隔,哀歌薤露殘。莫能成末命,泪滿越波寒。

《中興禮書》卷二四六。

御製隆祐皇太后挽詞三首

母儀形四海,坤德載群生。保佑無前古,温恭去令名,東朝方就養,南國未消兵。仙馭還何速,攀號泪滿盈。

重繫行朝念,深纏寰宇悲。俯頒遺誥日,猶想禦簾日。壽禄應全未,天心杳莫知。承平雖有待,那得更扶持。

有美三宮德,無嫌并后心。疾因憂國祚,魄已散江潯。忍奏簫韶曲,寧聞金玉聲。唯應泰陵遠,餘恨石門深。

《中興禮書》卷二五八。

御製薤露詩五首

盡履艱難運,方居喪樂尊。徽音流海寓,厚載協輿坤。玉座東朝寂,金椷大練存。悲筇催泪雨,揮灑月江昏。

履素光彤史,高年在昔希。承顔猶夢寐,問寢失庭闈。慈儉過文母,勤勞掩舜妃。昊天寒日慘,慟哭闕禕衣。

天泣連朝雨,哀傳後夜風。佳城靈旐往,華屋玉衣空。椏殿簾垂素,宮庭葉改紅。鶴群盤禁籞,仙馭上雲穹。

體絶人間粒,神隨物外丹。遽遺天下養,未報夢中闌。月慘桐陰静,霜凋桂影寒。誕辰悲甫及,不復奉慈歡。

悵殿空遺像,宮巖啓夜臺。至仁參列聖,永感積深哀。薤露悲何極,仙游杳莫回。割繩催曉軔,攀慕寸心摧。

《中興禮書》卷二六九。

按:詩乃紹興二十九年爲挽顯仁皇后作。另《輯補》册五頁二〇〇三至二〇〇四補五首、句一則,其中《金山禪寺留題》已見册四三頁二六八六四宋孝宗《題金山》。

## 李石 卷一九八五至一九八九

【校訂】憂旱(頁二二二六八)

此詩見《大典》卷二二六二"東湖"下,編者擬題不確,似應擬爲"東湖"。

游銅梁縣雲岩(頁二二二七六)

"慈悲",《大典》卷九七六三作"慈忍"。

天彭行縣(頁二二二八八)

此詩又見明萬曆四十年刻本《新刻石室先生丹淵集》卷八《彭山縣居》,册八頁五三五四文同下即收。李石下當誤收。

舟次湖口追憶任明府(頁二二二九三)

此詩又作册五四頁三三六二五張弋同題,《江湖小集》卷六八、《兩宋名賢小集》載此詩,均繫於張弋下。李石下當誤收。

古柏二首(頁二二三〇三)

其二又作册六九頁四三四六二邵桂子《古柏行》,《兩宋名賢小集》卷三五四載此詩於邵桂子下,《蜀中廣記》卷六一載於李石下。歸屬未能確考。

蠟梅二首(頁二二三〇七)

其一"澹烟",《大典》卷二八一一作"澹霜"。

蠟梅(頁二二三一二)

其一"猶是",《大典》卷二八一一作"猶自"。

梅花(頁二二三一三)

據《大典》卷二八〇九,題應擬作"紅梅"。

永兄作靈照寺墨梅兩紙殊佳仍書二絕其上以爲餉次韵謝之(頁二二三一四)

題"照寺"、其一"去去",《大典》卷二八一三作"照女""老去"。

附:《訂補》頁四〇〇補詩一首。

### 晁公遡　卷一九九二至二〇〇四

【輯補】着棋臺

昔日勾漏令,著書內外篇。能知局幾道,此自有腥仙。

《大典》卷二六〇四引《元一統志》。

附:《輯補》册五頁二〇一九補句二則,其中《嘉州》乃頁二二三七一本人《從宋憲登萬景樓》中句,當删。

### 方翥　卷二〇〇五

【校訂】次韵鄭漢仲講書(頁二二四五六)

此詩又見頁二二四五三同人《次韵鄭夾漈題林時隱霆芹齋詩》,見《大典》卷二五四〇引,署"方正字次韵"。此詩僅爲其前四句,當删。

## 册　三六

### 汪澈　卷二〇〇八

【輯補】顯仁皇后挽詞

孝養艱難後,今踰二十年。身安長樂貴,德視大任賢。八秩奇齡饗,一朝遺誥宣。聖情哀慕處,雲日慘堯天。

龍輴驚祖載,鶴馭渺難尋。儉示持躬寶,仁歸愛物心。萱寒霜覺重,屺迥月初沉。門寢悵何許,慈寧宮殿深。

《中興禮書》卷二六九引"殿中侍御史汪澈"。

### 員興宗　卷二〇〇九至二〇一二

【校訂】賀陽帥(頁二二五五四)

題,《大典》卷一五一三九作"賀楊帥"。

游湖(頁二二五五六)

序"得"、詩"去路",《大典》卷二二七四作"余得""去去"。

## 王十朋　卷二〇一五至二〇四四

**【校訂】游靈岩輝老索詩至靈峰寄數語**(頁二二六九七)
注"屏旗",《大典》卷九七六六作"展旗"。"未兑",《大典》作"未免"。

**鑒湖行**(頁二二七〇五)
"轉覓",《大典》卷二二六七作"轉覺"。

**種蔬**(頁二二七五八)
序"小小園",《大典》卷二四〇七作"小園"。

**人日雨次何憲韵**(頁二二七七九)
"何濟",《大典》卷三〇〇一作"可濟"。

**游圓通**(頁二二七九六)
"夾徑""思後""杖履",《大典》卷六六九九作"夾道""祠後""振錫"。

**次韵王景文贈行四絶**(頁二二八〇三)
其二"況向",《大典》卷八六二八作"更向"。

**伏日懷潘陽同僚**(頁二二八三四)
"固陵"下《大典》卷一九七八三有注"去歲得月字,云:小飲未成醺,天邊見新月"。

**望洞庭**(頁二二八七五)
"中"字下注"雍正本、光緒本作連,《永樂大典》卷二二七一作如"。校文出處卷次誤,實見《大典》卷二二六一。

**送傅興化**(頁二二九〇七)
"無是",《大典》卷一〇九九九作"元是"。

**東湖小隱**(頁二二九一一)
"遥望",《大典》卷二二六二作"遥碧"。

**紅梅**(頁二二九五九)
此詩輯自《全芳備祖》。《大典》卷二八〇九引此詩,未署名,其前一首署"朱晦庵大全集",《全宋詩》册四四頁二七六六〇朱熹下據此輯佚。歸屬未能確考。

**過鑒湖**(頁二二九六一)
此詩輯自《大典》卷二二六七,又見文淵閣本《清獻集》卷五《次韵程給事會稽八咏·鑒湖》,册六頁四二二八趙抃下即收。"程給事"乃宋神宗時程師孟,王十朋下當誤收。

**丞廳後圃雙梅一枝發和以表弟韵**(頁二二九六一)
此詩輯自《大典》卷二八一〇,又見文淵閣本《筠谿集》卷一三同題,册三〇頁一九二五三李彌遠下即收。王十朋下當誤收。

# 册　三七

## 林之奇　卷二〇四四

**【校訂】示張直温**(頁二二九六五)
**朝乘**(頁二二九六五)

豫章別李元中宣德（頁二二九七〇）
聞徐師川自京師還豫章（頁二二九七〇）
夢訪友生（頁二二九七〇）
以上五詩分別又見冊九頁五六七五劉敞同題、冊九頁五七四〇劉敞同題、冊二二頁一四八三五謝逸同題、冊二二頁一四八四六謝逸《聞徐師川自京師歸豫章》、冊二四頁一五九六七李彭同題。此五詩均見文淵閣本《拙齋文集》。據《合肥師範學院學報》2010 年第 1 期王開春《林之奇詩辨偽——兼論〈拙齋文集〉的版本源流》考證，《拙齋文集》本卷所載二十九首詩并非林之奇作品，乃元明之際書賈有意作偽羼入。

## 楊邦弼　卷二〇四五

**【輯補】顯仁皇后挽詞**

慈殿拂雲新，安榮二十春。一人躬定省，四海守甘珍。儉德推長樂，徽稱播顯仁。天胡奪眉壽，哀慟極嚴宸。

母道超今古，嬪規善始終。夙符懷日夢，還茂補天功。雲去襢衣在，塵生黼帳空。吾皇性曾閔，雨泪灑寒風。

《中興禮書》卷二六九引"起居舍人楊邦弼"。

## 黃補　卷二〇四六

**【校訂】韓木**（頁二二九九五）

詩末注"《永樂大典》卷五三四五引《圖經志》"。出處書名誤，實作"三陽圖志"。

## 曾協　卷二〇四七至二〇四八

**【校訂】送向兄荊父帥維揚二首**（頁二三〇一四）

題，《大典》卷一五一三九作"送向兄荊父均帥維揚"。

## 張維　卷二〇五〇

**【校訂】**《大典》卷七八九三引《臨汀志》載張維"迪功郎，紹興十五年十一月十二日到任，紹興十九年三月二日滿替"，可補頁二三〇四五其傳記。

## 陳俊卿　卷二〇五〇

**【輯補】挽魏丞相杞**

讜論見排奸。

文淵閣本《絜齋集》卷八《題魏丞相詩》。

**穹石堂次林萍齋韵**

夫子胸坦夷，與世少矛戰。作屋面屏巘，環以澄流碧。遠於市井喧，而免俗譏咋。坐耕方寸田，獨守清源宅。百年數杯酒，一生幾緉屐。堂前石岩岩，屹立瑩圭璧。日高雲未移，月出夜逾寂。時時邀友朋，英彥相接迹。自言名斯堂，創意非一夕。乃祖崇寧間，規摹吞九澤。邇來四十年，寸心常篆刻。幸茲棟宇成，光采回山助。春光媚簾櫳，清風潤九席。

諸君爲我賦，佳句不外借。嗟予酷愛山，此地足未歷。會登君子堂，一覽慰疇昔。遥知景與山，秀爽能迎客。但恐無好詩，煩君設酒食。屠顏，山高貌。坡詩"攝衣步屠顏"。

同治十年《重刊興化府志》卷三二。

附：《輯補》册五頁二〇三七補句一則。

## 孫介　　卷二〇五三

【校訂】題張元鼎風雨齋（頁二三〇七五）

"飯三"，《大典》卷二五三八作"飲三"。

丁未仲夏賞月（頁二三〇七六）

序"仲吕"，國圖藏静遠軒刻本《燭湖集》作"仲夏"。

偕同人登虞山乾元宮（頁二三〇七七）

《訂補》頁四七〇據《琴川志》補《乾元宮》於孫應時下，《吴都文粹續集》卷二八亦作孫應時。孫介詩附見《燭湖集》，當誤收。

【輯補】惜月詩

年止十二月，月唯十二圓。蟾輪嗟易缺，人事苦難全。貧病愁忙夜，風雲雨雪天。上逢冰鑒滿，得酒且邀延。

静遠軒刻本《燭湖集》附編二《丁未仲夏賞月序》。

## 張椿齡　　卷二〇五三

【校訂】思高人（頁二三〇八二）

"鳴鑾"，原出處《大典》卷三〇〇四作"鳴鸞"。

## 吕愿中　　卷二〇五三

【校訂】假守吕叔恭游中隱岩無名洞坐客鄱陽朱國輔云此洞未有名因公而題欲名曰吕公岩予未敢披襟而劉子思陳朝彦皆曰甚當戲書五十六字鑱於石壁間紹興甲戌季春七日（頁二三〇八四）

《大典》卷九七六五引此詩，署"金靖詩"，册三八頁二四〇五七金靖據以輯爲《題吕公岩》。據題"假守吕叔恭"語，吕愿中不應自稱字，其下當誤收。以此相推，其下首詩《郡守吕叔恭以甲戌季春七日游中隱岩山水膏肓之興未已後兩日再拉機宜劉子思監州朱國輔經屬陳朝彦同至新洞所見愈奇真所謂倒餐甘蔗聊書五十六字》，當亦屬誤收，然作者不詳。

假守睢陽吕愿中叔恭機宜祥符劉襄子思通守鄱陽朱良弼國輔經屬建安陳廷傑朝彦因祈晴乘興游中隱岩留題以記勝游（頁二三〇八六）

《大典》卷九七六五引此詩，署"李師中詩"，册七頁四八七一李師中據輯爲《中隱岩》。據題，吕愿中下當誤收。

## 釋智嵩　　卷二〇五三

【校訂】賦虹霓（頁二三〇八九）

注"也能"，原出處《大典》卷八二二作"亦能"。

## 林憲　卷二〇五四

**【校訂】梅花**（頁二三一〇〇）
題、詩"疏映",《大典》卷二八〇八作"野梅""疏枝"。

## 李燾　卷二〇五八

**【校訂】擁翠樓**（頁二三二一四）
題下注云"原注:在瀘州雅歌堂之上"。檢原出處《大典》卷二二一八,注文爲《江陽譜》文字,非李燾詩注文。

## 李鼎　卷二〇六〇

**【校訂】句**（頁二三二三三）
句輯自王之象《輿地紀勝》;又見册三四頁二一四七四李彛,輯自《大典》卷二三四四引《輿地紀勝》。檢浙江古籍出版社 2012 年趙一生點校本《輿地紀勝》,此句作者署李彛。李鼎下當誤收。

## 楊偰　卷二〇六〇

**【輯補】顯仁皇后挽詞**
德冠東朝盛,年隨化日增。賀牋方輻湊,仙仗忽雲升。二紀慈寧殿,千秋永祐陵。湛恩漸宇宙,終古著仁稱。
羽衛移霜曉,宮莢出帝關。風悲浙江渡,雲慘上皇山。厥禮今從儉,貽謀古莫攀。臣民誦遺誥,清血每潸潸。
《中興禮書》卷二六九引"敷文閣待制楊偰"。

## 鄭伯熊　卷二〇六〇

**【校訂】清畏軒**（頁二三二四〇）
"幽靚",《大典》卷七二四〇作"幽静"。

## 吳沆　卷二〇六一

**【校訂】臨高臺**（頁二三二四六）
組詩輯自《大典》卷二六〇五,第一首上標識"吳沆詩",後二首未標。其三又見册一八頁一二四〇〇許彥國《臨高臺》,又見册三五頁二二〇六九許志仁《臨高臺》,具體歸屬未能確考。其三"十里",《大典》作"千里"。

## 陳天麟　卷二〇六二

**【校訂】題南金慎獨齋**（頁二三二六七）
原出處《大典》卷二五三六標"陳季陵詩"。此詩又見文淵閣本《太倉稊米集》卷一九同題,册二六頁一七二四〇周紫芝下即收。《太倉稊米集》卷首唐文若《序》云:"今吏部侍郎陳君季陵經從集庚樓上,出公《太倉稊米集》七十卷,命余爲序。"所言卷數正與今本合,今本當可信。且卷首有陳天麟序,《大典》或因之而誤標出處。陳天麟下當誤收。

**訪張元明山齋**(頁二三二六八)

原出處《大典》卷二五三九標"陳季陵詩"。此詩又見《太倉稊米集》卷一二同題,册二六頁一七一八一周紫芝下即收。《大典》當誤標出處。

**題王季共蓬齋**(頁二三二六八)

原出處《大典》卷二五四〇標"陳季陵詩"。此詩又見《太倉稊米集》卷二九同題,册二六頁一七三二九周紫芝下即收。《大典》當誤標出處。

**趙觀察作齋名烟艇孫耘老作唐律相邀同賦乃次其韵**(頁二三二六八)

原出處《大典》卷二五四〇標"陳季陵詩"。此詩又見《太倉稊米集》卷二七同題,册二六頁一七三一一周紫芝下即收。《大典》當誤標出處。

**越香臺**(頁二三二六八)

原出處《大典》卷二六〇四標"陳季陵詩"。此詩又見《太倉稊米集》卷一三《題吕節夫園亭十一首》之《越香堂》,册二六頁一七一八八周紫芝下即收。《大典》當誤標出處。

### 陳中孚　卷二〇六三

【校訂】**茶嶺**(頁二三二八〇)

此詩輯自《大典》卷一一九八〇引《洞天陳子正集》。此詩又見册四六頁二八九五五徐安國下,輯自《詩淵》,歸屬未能確考。

### 王灼　卷二〇六五至二〇六九

【校訂】**初到西湖**(頁二三三二七)

此詩未注出處,而於其下第九詩《三和謝娛親堂扁》下注"以上同上書卷二二六四引《頤堂集》"。實此九首不見《大典》此卷。故此注應移於《初到西湖》下。

**呈陳崇青求娛親堂三大字**(頁二三三二八)

組詩輯自《大典》卷七二三八,題"崇青",《大典》作"崇清"。

**三和謝娛親堂扁**(頁二三三二八)

詩末注"以上同上書卷二二六四引《頤堂集》"。出處卷次誤。實見《大典》卷七二三八。

### 鄧深　卷二〇七〇至二〇七一

【校訂】**鄉人禱雨有應時寓烏石**(頁二三三三〇)

"拆裂",《宋人集》甲編本作"坼裂"。此本末有校誤表,凡校處文字,原文均與文淵閣本不同,不一一指明。

**宿長湖尾**(頁二三三四四)

"横笛",《大典》卷二二六七作"横竹"。

**夏日寓山齋**(頁二三三四八)

"燻爐",《大典》卷二五三九作"薰爐"。

**送王敦素**（頁二三三五五）

此詩又見明翻宋刻本《具茨晁先生詩集》同題，册二一頁一三八八五晁冲之下即收。鄧深下當誤收。

**游仲文園池**（頁二三三六六）

詩末注"同上書卷一〇五六引鄧紳伯集"。出處書名誤，《大典》作"鄧紳伯詩"。

**詩一首**（頁二三三六七）

據原出處《大典》卷三五七九，題應擬作"江村"。

【輯補】**筜竹**

雷雨鏖春苗笋時，盡髡生怕小童癡。十餘丈地今將遍，一二年間定更奇。節勁雪霜休睥睨，心虛風月許追隨。子猷没後知音少，未敢知言許買詩。

《大典》卷一九八六五引《鄧紳伯詩》。

按：《蘭州學刊》2007 年第 1 期載胡建升《全宋詩 10 家補遺》已補上詩。《輯補》册五頁二〇七〇據《大典》補詩一首。

### 洪适 卷二〇七五至二〇八六

【校訂】**橘齋二絶句**（頁二三四七〇）

其二"可憐"，《大典》卷二五四〇作"誰能"。

**送劉元忠學士還南京**（頁二三五三三）

原出處《大典》卷七七〇一標"洪适盤洲集"，此詩又見明正統四年刻本《宛陵先生文集》卷五四同題，册五頁三二四〇梅堯臣下即收。洪适下當刪。

**送陸務觀福建提倉**（頁二三五三七）

《大典》卷七五一八引此詩，標"韓元吉南澗集"，册三七頁二三六六七韓元吉下即收。淳熙五年（1178），陸游提舉福建路常平茶監。詩中所云，當即此事。二人均有可能爲之送別。然《大典》詩末注"僕爲建安宰，作凌風亭"，與洪适經歷不合。洪适下當誤收。

## 册 三八

### 周麟之 卷二〇八七至二〇八九

【校訂】**送王時亨舍人帥蜀詩二首**（頁二三五四五）

其一"大筆""占松"、其二"遨頭"，《大典》卷一五一三八作"天筆""占桃""鰲頭"。

### 汪應辰 卷二〇九〇

【校訂】**尤美軒**（頁二三五七四）

"絶壑""時忽訝""婦姑相勃""加屋"，《大典》卷九七六四作"絶壁""日忽得""歸如相救""架屋"。

**池荷**（頁二三五八〇）

此詩又作册三〇頁一八九七八王洋《新隱四首·荷池》前四句。汪應辰下當誤收。

**桂林**（頁二三五八三）

此詩輯自《輿地紀勝》，又作冊三七頁二三三八四趙夔《桂山諸岩歌》前四句。汪應辰下當誤收。

【輯補】題客位詩

爲學急如火，客來莫久坐。

國圖藏清抄本《汪文定公集》附錄《宋汪文定公行實》。

# 韓元吉　卷二〇九三至二〇九八

【校訂】遠游十首（頁二三六〇一）

其三"辟除"下注"《永樂大典》卷八八五四作捎抶"。校文出處卷次誤，實見《大典》卷八八四五。

望靈山（頁二三六〇七）

據《上饒師範學院學報》2013 年第 2 期載易水霞《南澗甲乙稿詩作辨僞及韓詩輯佚》，同治《廣信府志》卷一載此詩，"閟藏神所司"句下無"陰崖彼何靈，頸斷不敢悲"句，而有"飛泉瀉餘怒，勢作千丈垂。葛仙煉丹成，空聞龍化陂。遺休被山川，勝概毋乃私。其東沐金鵝，其西暴元龜。洞雲倚長空，岩月隱半規。龍電衛方壇，至今傳道師。延連葬玉地，聳秀尤相宜。分明別長幼，次第論崇卑。袂將九華接，肩與廬阜隨。孰雲東南傾，擎持端在斯。會當歷其巔，不但一管窺。雖微始皇頌，倘有神禹碑"等句。

檢詳出示所賦陳季陵戶部巫山圖詩仰窺高作嘆息彌襟范成大嘗考宋玉談朝雲事漫稱先王時本無據依及襄夢之命玉爲賦但云瀕薄怒以自持曾不可乎犯干後世弗察一切溷以媒語曹子建賦宓妃亦感此而作此嘲誰當解者輒用此意次韵和呈以資拊掌（頁二三六二二）

此詩乃冊四一頁二五八二六范成大《韓無咎檢詳出示所賦陳季陵戶部巫山圖詩仰窺高作嘆息彌襟余嘗考宋玉談朝雲事漫稱先王時本無據依及襄王夢之命玉爲賦但云瀕顏怒以自持曾不可乎犯干後世弗察一切溷以媒語曹子建賦宓妃亦感此而作此嘲誰當解者輒用此意次韵和呈以資撫掌》。輯佚時當以題目中"韓無咎"爲作者名而誤收，當刪詩存目。易水霞《南澗甲乙稿詩作辨僞及韓詩輯佚》已辨之。

清明日雨中同中甫子雲二兄集湖上（頁二三六五三）

"醞美"，《大典》卷二二七二作"酒美"。

清明後一日同諸友湖上值雨（頁二三六五四）

"碧水"，《大典》卷二二七二作"綠水"。

送郭誠思歸華下（頁二三六七〇）

此詩又見《宋集珍本叢刊》影印清抄本《樂全集》卷一同題，冊六頁三八三一張方平下即收。韓元吉下當誤收。

姜特立寄詩編爲賦四首（頁二三六九三）

題、其二"半偈""隋珠"、其三"十寺"、其四"宋景文爲工學問"，《鳳墅續帖》卷一六引"南澗翁韓元吉"帖作"梅山友文采富甚橐上不第頃相從金華復自三山編寄近詩益奇而工感嘆之餘得四絶句少謝勤意""一偈""明珠""千寺""劉景文能工問學"。

南岩（頁二三七〇〇）

"屋宇""危徑""寒流"，《大典》卷九七六六作"石屋""花徑""寒溜"。

句（頁二三七〇〇）

句"幾年家住玉溪頭"乃頁二三六九六本人《次韵趙文鼎同游鵝石五首》之五中句，當刪。

【輯補】清明湖上分韵二首得風字上字

興來跂馬任西東，浦浦村村綠映紅。但覺湖山宜曉日，不知花柳又春風。幽情已寄茶烟外，樂事猶須酒盞中。記取蘇仙舊詩語，勝游難復五人同。

西湖水闊山相向，借與幽人作屏障。波光雲物漾空明，便覺身行九天上。一春風雨雖可惜，兩岸烟花得無恙。不妨拍手和吳歈，爲買扁舟釣烟浪。

《大典》卷二二七二引韓元吉《南澗集》。

【題城山寶覺寺】

澤國富烟波，曠達無丘陵。兹地驚見晚，蒼岩正崚嶒。翠筱森野蔓，喬松挂枯藤。刳山出古殿，映水明青燈。蠟屐從吾侶，應門走殘僧。旅懷百憂煎，得酒如飲冰。誰能插羽翰，去作孤飛鷹。徘徊候佳月，晚風涼可乘。雲間幾丈塔，闌檻思一憑。會看兩徑乾，來登最高層。

萬曆《湖州府志》卷二。

【羊山】

自笑金華老使君，兩仙常約度層雲。駕車尚有雙羝在，縱入山中白石群。

光緒《金華縣誌》卷五。

按：二詩易水霞《南澗甲乙稿詩作辨偽及韓詩輯佚》已輯。

## 蔡如松　卷二〇〇

【校訂】國師南岩詩（頁二三七一三）

"伴紫"，原出處《大典》卷九七六六作"侔紫"。

## 洪遵　卷二〇一

【校訂】王世英秀才出示曾卿詩求和（頁二三七二二）

詩末注"同上書卷八九五六引《小隱集》"。出處卷次誤，實見《大典》卷八九五。

【輯補】顯仁皇后挽詞

獨返蒼梧狩，欣逢赤伏符。九天嚴孝養，萬國奉歡虞。盛德仁宗似，仙游顯考俱。不須論節惠，簡冊向來無。

八十迎初度，相將舉壽觴。遽陳昭德舞，不過返魂香。禹穴寒雲斷，堯門夜漏長。先臣已冥漠，無復玉衣旁。

《中興禮書》卷二六九引"中書舍人洪遵"。

附：《輯補》册五頁二〇九一補銘一首。

## 謝諤　卷二〇四

【輯補】高宗皇帝挽詞

炎正中興日，真龍應運翔。山河重整頓，宗社鎮安疆。付托歸明聖，優游享壽康。自從遺詔下,痛泪遍遐荒。

孝德高千古,艱難助有神。祐陵從吉壤,長樂奉慈親。三紀規模遠,群（原作"郡"）生雨露均。只今陶舜治,推本感堯仁。

《中興禮書續編》卷五六引"右諫議大夫謝諤"。

**無玷判縣朝議舊友之官南康輒賦唐律以伸叙別**

縣近梅花大嶺頭,征軍催起簇群驤。存心定匪追時好,處事還應與道謀。且使閭閻興禮義,却從臺閣縱遨游。吾宗老子曾居此,遺愛煩詢果是不。伯祖民師遺愛,見曾大卿詩選。

彭國忠《補全宋詩 34 首》據《鳳墅殘帖釋文》補。

附:《輯補》册五頁二〇四至二〇五補詩二首、句一則。

# 崔敦禮　卷二一〇五至二一〇六

**【校訂】再訊問嚴子文疾**（頁二三七六三）

題"再訊",國圖藏翰林院抄本《宮教集》作"用韵"。

**東宮壽章**（頁二三七六六）

題,翰林院抄本下有注"代魏丞相"。

**【輯補】祝聖樂致語口號**

運協千齡紀露囊,玉皇親奉萬年觴。和風度曲慈顏喜,暖日烘花御幄香。神護卿雲浮北極,宴均恩露焕朝陽。三呼競致無疆祝,壽與南山共久長。

**王母隊致語口號**

薰風天闕九門開,樂奏仙韶彩鳳來。萬乘鳴鞘朝特室,千官響佩集鈞臺。南山鎮地增宸筭,北斗傾霞入壽杯。欲獻蟠桃千度實,年年絳節下蓬萊。

**秋大閱致語口號**

犀節麟符鎮十城,煌煌英衮坐論兵。晴秋劍戟冰霜凛,曉日麾幢錦綉明。樽俎從容帥律整,烽烟沉滅塞塵清。欲知威德人歌舞,静聽還營鼓吹聲。

**建康春大閱致語口號**

上宰堂堂擁帥牙,熒煌犀節映琱戈。分憂暫遠蒼龍闕,講武時臨白鹿坡。戎備已瞻新紀律,威聲應響舊關河。廟謨正欲公歸相,衮綉詩章便可歌。

**又**

秋原霜晚按熊羆,上相臨戎喜氣隨。左棘近班新典册,中權仍擁舊旌麾。聲名鎮壓江山重,威德流聞草木知。十國晏然無外事,鼓桴常静犬生氂。

**平江春大閱致語口號**

曉來千乘肅軍容,穿月旌旗錦綉紅。皂蓋朱轓新五馬,黑頭黃閣舊三公。聊煩台鼎調元手,坐閲籌帷決勝功。待看衮衣歸去後,太平只在笑談中。

**平江府鹿鳴宴致語口號**

良辰啓宴萃嘉賓,盡是詞場得雋英。踏月東風京國路,開樽北海主人情。天邊會拆蟾宮桂,堂上聊歌鹿野苹。春色皇州看得意,軟紅塵裏馬蹄輕。

國圖藏翰林院抄本《宮教集》卷二。

## 蕭德藻　卷二一〇八

【校訂】登岳陽樓（頁二三七九五）
"浪蕩""一柁""得句"，《大典》卷二二六一引《岳陽志》作"汗漫""一枕""覓句"。

## 李呂　卷二一〇九至二一一一

【校訂】喜入杉嶺（頁二三八〇八）
"見幾""團圞""一斑"，《大典》卷一一九八〇作"見機""團欒""一班"。
題焦山寺（頁二三八一八）
此詩又作册二四頁一六〇二四翟汝文《焦山寺》，歸屬未能確考。
自臨州還題杉嶺鋪（頁二三八二二）
"真大"，《大典》卷一四五七六作"終大"。
遣興（頁二三八二五）
此詩又作册八頁五〇四〇楊蟠《春日獨游南園》，輯自《宋文鑒》卷二三。李呂下當誤收。
雲莊耕者（頁二三八三五）
此詩又作册三八頁二三九七三李流謙同題，歸屬未能確考。
題吳仲微常齋（頁二三八四〇）
題"仲微"，《大典》卷二五三五作"微仲"。

【輯補】次張文潛龍圖寄黃魯直太史韵
詩翁署門無客訪，妻孥不譏官漫浪。載醪問字人掃軌，舉案齊眉妻供餉。久甘造化相疾苦，白墜醪中獨無恙。從來文字煥星斗，落筆風雲隨軼蕩。不停聲鳴更少日，挑抉化工窮想像。故令糢糊強舌本，暮年洗心摧意向。只今飄蕭素垂領，筆力尚榦千鈞壯。忍飢未悟詩能窮，得飽懸憂福無妄。鄰翁判與身世遺，顧我強嬰兒女愴。詩翁事業故不貧，與人心中無盡藏。

影印文津閣本《四庫全書》册三八五《澹軒集》卷一頁一五七。
按：國圖藏乾隆翰林院《澹軒集》卷一籤條云："此首非集中詩，移後一詩補之。"《全宋詩》未收，不知作者，暫附於此。

仁知堂
一水繞平篆，諸峰長滴翠。先生樂考槃，默與方寸會。

隱求堂
清風一丘壑，外物皆土苴。患失彼何知，爭先我無暇。

以上見國圖藏乾隆翰林院抄本《澹軒集》卷三。
按：原稿有籤條二，一云："查正本無《仁知堂》《隱求室》二詩，删去方畫一。"一云："二詩照前籤删。"

代人挽妻父號道者
蒲團貝葉是平生，爭利爭名謝不能。曩劫曾修出世法，今朝聊作在家僧。朱客塵網輕相誤，果有天堂定許登。來去於公常自在，空餘像設在冰繒。

國圖藏乾隆翰林院抄本《澹軒集》卷三。

按：原稿二詩有刪除標識，且旁小字寫《贈朱少南別二首》，并有籤條云："照原改處寫。"另《華東師範大學學報》2005 年第 2 期載彭國忠《補全宋詩 81 首》輯《調笑令》詩歌部分五首，此不錄。

## 李流謙　卷二一一三至二一二〇

【校訂】鄰守以石刻屈平昭君像見惠因思大夫之忠貫白日而凌秋霜在所不論而昭君以傾國之艷擅天下之色乃不肯自同衆姬貨畫師以求媚此尤爲可感者爲賦此篇（頁二三八五九）

"北庭"，國圖藏翰林院抄本《澹齋集》原作"虞庭"，後塗去，旁注"穹廬"。

**送劉文潛司業江西漕二首**（頁二三八六五）

其二"豁然"，翰林院抄本作"燁然"。

**送樊漕移帥瀘南**（頁二三八九六）

"惟稽"，《大典》卷一五一三九作"雛稽"。

**七夕**（頁二三九一一）

"我友"，翰林院抄本原作"吾友"，塗去"吾"，旁注"我"。

**十月十五日同黄大博出城**（頁二三九四七）

"春容"，翰林院抄本原作"春容"，塗去"春"，旁注"春"。

**次韻陳彥博梅飲之什**（頁二三九六五）

"趨新"，翰林院抄本原作"趣新"，塗去"趣"，旁注"趨"。

**雲莊耕者**（頁二三九七三）

此詩又作册三八頁二三八三五李呂同題，歸屬未能考確。

【輯補】**同鄉人游湖分韻得灝字**

老大狃威殊未斂，駕言及此休沐暫。西湖四面無遮攔，漲曉水紋鋪碧簟。去家萬里誰疏親，放意一尊同屬厭。娟娟日尊蓮間吐，子孑風根荷屢颭。吟蜩翳葉自栖哽，立鷺窺人最閑淡。銀絲胃箭柳貫魚，玉粒破包盤走茨。其室則邇人甚遠，三酌寒泉惻孤念。棋驅市人亦浪戰，詩宗深文期未減。城頭吹角暮色上，坐上歡呼色猶慊。明朝坐局仍鷗鷺，鐘鼎山林須揀點。少年欲傳南山虎，説起單于纔一劍。如今心期已疏闊，行矣歲華驚荏苒。吾家盤谷萬檀欒，下有一溪清澈灩。何時乞得此身歸，笑脱朝衫謝繩檢。

**游湖**

平湖演漾千頃寬，周遭仍插萬髻鬟。霽光雨態兩奇絶，造物何以施凋剗。
江衣浴波嬌婭奼，晚吹吹香香可把。小舫中流卧看之，一對飛禽恰飛下。
高樓百尺臨湖陰，樓頭美人歌采菱。呼觴飲客客未醉，已見落日跳黄金。
西湖西湖雖足樂，遥望西南天一角。何時小舫載人歸，夢見潮生與潮落。

《大典》卷二二七四引李流謙《澹齋集》。

按：《大典》原作一詩，據詩韻，當作絶句四首。

## 洪邁  卷二一二一至二一二三

**【輯補】高宗皇帝挽詞**

寶曆中興運,於今六十年。洗光陽古(《全宋詩》作"暘谷")日,煉補女媧天。大業超東漢,皇恩暢北燕。聖謨誰可頌,會有筆如椽。

往在艱難際,乾坤震擾中。京華元有主,趙魏剪(《全宋詩》作"翦")爲戎。整頓須神武,扶持主(《全宋詩》作"立")雋功。配天遽(《全宋詩》作"還")祀夏,宜(《全宋詩》作"真")與少康同。

紫塞連沙漠,天親墮杳冥。竟能襄永佑(《全宋詩》作"水祐"),復見養慈寧。孝道光千古,精誠(《全宋詩》作"神")格上靈。典謨書(《全宋詩》作"垂")不盡,赫赫照丹青。

盛德如何説,由來只是仁。推心無爾界,摩手爲吾民。廣大天同道,高明聖與鄰。欲知恩普處,海岳但微塵。

禍轉亡胡(《全宋詩》作"妖氛")歲,天催五鼎亨。只知江飲馬,豈料對封鯨。士感親征詔,神扶義戰兵。干戈俄載戢,遺恨不收京。

翼善能傳聖,巍巍又見堯。纔踰知命歲,已禪拱宸(《全宋詩》作"辰")朝。玉册三加俊(《全宋詩》作"峻"),瓊宫千(《全宋詩》作"十")閏超。大章章(《全宋詩》作"傳")懿鑠,稽古耀宗祧。

聖學由天縱,煌煌翰墨場。臣中羞瓘靖,户外立鍾王。飛動鸞窺藻,昭回斗避芒。焕文瞻仰處,傑閣在西厢。

北内神靈地,期期億萬年。嚴廊明舜(《全宋詩》作"聖")日,宇宙戴堯天。樂事湖山遍(《全宋詩》作"在"),英徽雅頌傳。那知開玉鎖,不戀地行仙。

鶴馭臨丹極,龍輴墜玉塵(《全宋詩》作"宸")。爐烟猶泛夜,宫藥已迷春。夢斷無尋處,宸游不見人。傷心天壤内,血泪染車塵。

仙仗葳蕤去,行行浙水東。稽山元禹穴,吴岫自(《全宋詩》作"見")堯宫。帳殿栖(《全宋詩》作"凄")寒霧(《全宋詩》作"露"),笳城起瞑風。霓旌不可望,應在采雲(《全宋詩》作"毫")中。

《中興禮書續編》卷五六。

按:原誤署"翰林學士洪遽",《全宋詩》册二二誤收洪芻下,今重録。

**周丈直院侍郎以詩送子和教授之官兼以見簡且及夷堅丁志輒次元韵**

共被儒冠誤,於今自得師。未妨名藉甚,獨可酒中之。領郡人生貴公近有建寧之命,投閑我分宜請祠未允。夜光招桉劍,蟠木羡離奇。

我作夷堅志,歸田當雅歌。玉環知叔子,金合驗無頗張無頗事見傳奇。事業羞編簡,功名拙白科。廣文天下士,此客不嫌多。

彭國忠《補全宋詩 34 首》據《鳳墅殘帖釋文》補。

附:《輯補》册五頁二一一五補九首、斷句一則。

## 莫汲  卷二一二四

**【輯補】二樂寄陸仲高**

星振天以行周兮,曠美人之遠予。曩甘心於弋者兮,久同繳而異鈠。嚶其鳴以相求兮,幸翕翅以小舒。朝予發兮石龍,過吳川而問途。夕余宿溫村兮,壯夜濤之轟車。竿格澤以鼓帆兮,尾方中而啓艫。夫津浦於轉眴兮,竦翼予乎太虛。海波不動,空明虛徐。絢暖日之晴彩,漾光風之春胦。瞰八極之所入,渺一碧而無餘。豁宇宙之全體,混元氣於浩初。寄一毫於萬頃,澋不知其所如。銁鉦欸以晬諜,屹山背之穿魚。鱠鯨之手久屬,於么瑣其焉誅。信生平斯游之冠絶,非被老二口誰與徒。頃焉有點黛浮於天末者,舟人指以告曰:此泗州也。將艤焉,抑豈所謂圓嶠方壺者乎?予是行其何志,未暇問神仙之有無也。遲明發兮予東,暮期宿若人之廬。叩音於正如,發懇鮮於西疁。予不知其何樂,頓覺神王而氣愉。亂曰:樂莫樂兮涉滄海,樂莫樂兮見故人。萃二樂於一朝,寧天公之我勤。愧七年兮瘴州,釋牢愁兮自今。歸去來兮湖江,味芳旨兮差親。寄莫送於一笑,于胥樂兮終身。

《大典》卷一四三八〇引《雷州志》。

按:《大典》署名下原注:"自化州來訪陸提舉。"原有二題四首,《輯補》冊五頁二一一七據《大典》輯一題三首。

## 趙廱　卷二一二五

**【校訂】南湖**(頁二四〇三三)

原出處《大典》卷二二六五署"趙提舉廱集"。冊五一頁三二〇二二趙汝談下收,輯自《兩宋名賢小集》。歸屬未能確考。

## 黃謙　卷二一二五

**【校訂】高宗皇帝挽詞**(頁二四〇三五)

《中興禮書續編》卷五六引組詩,標"監察御史黃謙",可正傳記。其一"王""扳",《中興禮書續編》作"皇""攀";其二"會稽天杖路,彩雲傷心遙",《中興禮書續編》作"傷心會稽路,仙杖彩雲遙"。

## 李知己　卷二一二七

**【校訂】題靈岩洞**(頁二四〇四五)

"認詩句",《大典》卷九七六六作"詩句好"。

## 何異　卷二一二七

**【校訂】宗老堂**(頁二四〇四九)

"如父",原出處《大典》卷七二三八作"如父兮"。

## 葉翥　卷二一二八

**【輯補】高宗皇帝挽詞**

啓運移天步,同仁熄障烟。萬方開泰日,三紀中興年。授舜河圖告,尊堯玉册鐫。雲間騰鶴駕,弓箭忽悲纏。

奎文琬琰在,帝業典謨昭。盤鬱稽山穴,凄涼前殿朝。皇哀移縞仗,終制過簫韶。筲咽春江曉,千官泪送潮。

《中興禮書續編》卷五六引"户部侍郎葉翥"。

## 姜特立　卷二一三二至二一四八

**【校訂】因見市人以瓦缶蒔花屋上有感**(頁二四一二四)

題"缶"字下注"《永樂大典》卷三五七九作缸"。出處卷次誤,實見《大典》卷五八三八。詩"一邱",《大典》作"一丘"。

**木芙蓉**(頁二四二〇八)

**二色芙蓉花**(頁二四二〇八)

第二題詩末注"以上《永樂大典》卷五四〇引《梅山續稿》"。第一題出處書名誤,當爲《姜特立詩》。第二題又見册六四頁四〇〇一九顧逢同題,歸屬未能考確。

**紅梅**(頁二四二〇九)

"玄冥""相窺",原出處《大典》卷二八〇九作"元冥""相闚"。

**【輯補】嗜好**

平生嗜好老方定,何物最關今日情。李杜蘇黄好詩卷,祇應相伴送餘生。

《大典》卷一三三四一引《姜特立詩》。

## 趙鈰夫　卷二一四九

**【輯補】游北岩**

行行過東江,步步望北岩。佳景三十餘,天然真不凡。

《大典》卷九七六六。

附:《訂補》頁四一七至四一八補詩四首。

## 朱熙載　卷二一四九

**【校訂】鼎湖**(頁二四二一五)

"海底",原出處《大典》卷二二六七作"山岳"。

# 册　三九至四一

## 陸游　卷二一五四至二二四一

**【校訂】沙頭**(頁二四二八四)

"愈",《大典》卷五七七〇作"已"。

**北窗梧葉坐間落四五有感**(頁二四三五六)

"陳間"下注"《永樂大典》卷二二三七作陣門"。校文出處卷次誤,實見《大典》卷二三三七。

**我有美酒歌**(頁二四三六八)

"未遂",《大典》卷一二〇四三作"未逐"。

**寺居凤興**(頁二四四一三)

"何許",《大典》卷七九六二作"何處"。

**登劍南西川門感懷**(頁二四四一九)

"欲"字下注"《永樂大典》卷二〇一八引作來"。此校有誤二:一是出處卷次誤,實見《大典》卷三五二五;二是校文位置誤,應改於"歸"字下。

**觀蔬圃**(頁二四五一三)

"菘芥可葅""何味",《大典》卷二四〇七作"珍菜可蠚""何事"。

**月夜泛小舟湖中三更乃歸**(頁二四五三九)

"愁思",《大典》卷二二七四作"閑思"。

**十月旦日至近村**(頁二四五四九)

"雲際",《大典》卷三五八〇作"烟際"。

**初冬出扁門歸湖上**(頁二四五九二)

題"扁門",《大典》卷二二七三作"郭門"。

**予所居南并鏡湖北則陂澤重複抵海小舟縱所之或數日乃歸**(頁二四七四八)

此詩多闕文,據《大典》卷二二六七,重錄於下:"大澤北際海,渺渺四無路。炎歊三伏時,爽氣襲庭戶。偶挐一舟出,家人莫知處。飄然醉復醒,幽事實屢飫。怪奇狎蛟龍,蕭散友鷗鷺。洲中日月出,波面雷霆鶩。有時臥一舟,夜半霑墜露。北斗何磊落,銀河但東注。人間五十年,自笑晚乃悟。歸來寫苔紙,老懶無傑句。"

**晚秋農家八首**(頁二四七五四)

其三"施報",《大典》卷六二四其三作"施振"。

**蔬食戲書**(頁二四七六八)

"陰符",《大典》卷二四〇七作"除符"。

**湖上**(頁二四八一二)

"已拆",《大典》卷二二七三作"已坼"。

**緗梅三首**(頁二四八一二)

其一"芳菲""風思",《大典》卷二八一〇作"烟菲""風惡"。

**泛舟自中堰入湖**(頁二四八三七)

"一句",《大典》卷二二七四作"一舟"。

**賽神曲**(頁二四八四八)

"糝美",《大典》卷二九五二作"糝羹"。

**江村道中書觸目**(頁二四八四九)

"回潮",《大典》卷三五七九作"潮回"。

**思遠游**(冊四〇頁二四八六七)

"此詩",《大典》卷八八四五作"此計"。

**山村書所見二首**(頁二四八七四)

其二"扳角",《大典》卷三五七九作"攀角"。

**夜雨思括蒼游**(頁二四九三二)

題"游"、詩"退惰",《大典》卷七五一八作"舊游""退墮";"琶"字下《大典》有注"入聲"。

**病退頗思遠游信筆有作**(頁二五〇七四)

"白髮",《大典》卷八八四五作"白鬢"。
**二月三日春色粲然步至湖上**(頁二五一一一)
"違春",《大典》卷二二七三作"逢春"。
**晨興二首**(頁二五一三二)
其一"夕宜""陳前""凛如",《大典》卷七九六二作"日惟""前陳""凛若"。
**雜書四首**(頁二五二二〇)
其四"驚斷",《大典》卷八九五作"驚覺"。
**避暑近村偶題**(頁二五二四九)
"堪怕",《大典》卷三五八〇作"堪帕"。
**游近村**(頁二五二六六)
題"游",《大典》卷三五八〇作"殘秋游"。
**游近村二首**(頁二五四〇一)
其一"絡石",《大典》卷三五八〇作"繞石"。
**賽神**(頁二五四五七)
"倒社",《大典》卷二九五二作"禱社"。
**出游二首**(頁二五四六八)
其一"雪垂""石水",《大典》卷八八四四作"雪隨""水石"。
**行飯至湖上**(頁二五四七五)
題及正文"行飯",《大典》卷二二七三作"行飲"。
**東村**(頁二五四八六)
"衰病",《大典》卷三五八〇作"衰疾"。
**湖上**(册四一頁二五五八五)
"彷徉",《大典》卷二二七二作"徜徉"。
**讀近人詩**(頁二五六一八)
"玄酒",《大典》卷八九五作"元酒"。
**古風二首**(頁二五六六二)
其二"亦可",《大典》卷八九五作"或可"。
**湖上**(頁二五六六八)
"市墟",《大典》卷二二七三作"市壚"。
**農圃歌**(頁二五七一九)
"和合",《大典》卷六二四作"和答"。
**末題二首**(頁二五七二二)
其二"幾度醉",《大典》卷八九五作"更醉幾"。
**石門**(頁二五七三九)
據原出處《大典》卷一三〇七四,題當擬爲"石門洞"。
**【輯補】贈趙教授詩**
憶昔茶山聽說詩,新從夜半得玄機。律令合時方帖妥,工夫深處却平夷。每愁老死無人付,不謂窮荒有此奇。世間有恨知多少,不得從君謁老師。

《大典》卷八二一。

附:《訂補》頁四二一補詩一首,《輯補》册五頁二一二一至二一二二補詩二首,其中《哭塗毒禪師》已見《全宋詩》陸游下《哭徑山策老》,當删。

### 范成大　卷二二四二至二二七四

**【校訂】李深之西尉同年談吴興風物再用古城韵**(頁二五七九三)
"伊梁",《大典》卷七九六二作"伊凉"。

**程助教遠餞求詩**(頁二五八一二)
"直欲",《大典》卷八九六作"真欲"。

**次韵唐幼度客中幼度相别數年復會於錢塘湖上**(頁二五八一三)
"中人""不愁""君吹",《大典》卷二二六四作"惱人""逐愁""看流"。

**次韵韓無咎右司上巳泛湖**(頁二五八二二)
"休沐""教冷",《大典》卷二二六四作"日吉""他冷"。"鴉未",《大典》卷二二七四作"鷗未"。

**次韵馬少伊郁舜舉寄示同游石湖詩卷七首**(頁二五八三九)
其七"孤負"、注"二公",《大典》卷二二六六作"何負""三公"。

**初約鄰人至石湖**(頁二五八四二)
"日上",《大典》卷二二六六作"日出"。

**與周子充侍郎同宿石湖**(頁二五八四二)
"東皋",《大典》卷二二六六作"東郊"。

**相國寺**(頁二五八四八)
"恰開""裘狼",《大典》卷一三八二二作"却開""裘胡"。

**過鄱陽湖次游子明韵**(頁二五八五八)
"弟靡",《大典》卷二二六〇作"茅靡"。

**寄題潭帥王樞使佚老堂**(頁二五八八一)
注"頃步",《大典》卷七二三八作"百步"。

**桃花鋪**(頁二五八八七)
"風生",《大典》卷一四五七六作"生風"。

**下岩**(頁二五九三一)
"凭闌",《大典》卷九七六五作"倚欄"。

**初歸石湖**(頁二五九三八)
"孤明",《大典》卷二二六六作"孤鳴"。

**束山渡湖**(頁二五九四一)
"波臣川后",《大典》卷二二七四作"巨波長川"。

**與游子明同過石湖**(頁二五九四一)
"醒村",《大典》卷二二六六作"醒村"。

**次韵同年楊廷秀使君寄題石湖**(頁二五九四一)
其一"平堤"、其二"卧雲",《大典》卷二二六六作"半堤""卧龍"。

頃乾道辛卯歲三月望夜與周子充內翰泛舟石湖松江之間夜艾歸宿農圃距今淳熙己亥九年矣余先得歸田復以是夕泛湖有懷昔游賦詩紀事(頁二五九四四)

"共仙人同"，《大典》卷二二六六作"昔仙人共"。

題請息齋六言十首(頁二五九七五)

其三"似馬"，《大典》卷二五三五作"如馬"。

藻侄比課五言詩已有意趣老懷甚喜因吟病中十二首示之可率昆季賡和勝終日飽閑也(頁二五九七七)

其八"藥鼎"，《大典》卷八九六《大典》作"鼎藥"。

請息齋書事三首(頁二五九八八)

其二"祭餘"、其三"肩鑰"，《大典》卷二五三五作"祭終""肩鎖"。

舫齋信筆(頁二六〇〇六)

"任吾""西江""因從""生餐"，《大典》卷二五四〇作"在吾""江西""因從""生盤"。

偶然(頁二六〇三二)

"渠儂""寬顏"，《大典》卷八九六作"渠伊""賓親"。

范村午坐(頁二六〇三五)

"凍樾"，《大典》卷三五七九作"清樾"。

再題白傅詩(頁二六〇三七)

"生春"，《大典》卷八九六作"回春"。

村居即景(頁二六〇六〇)

《大典》卷三五八一載此詩，標"翁靈舒詩"，册五〇頁三一四二六翁卷下即收。范成大下或誤收。

# 册　四二

## 楊萬里　卷二二七五至二三一八

【校訂】宿潮州海陽館獨夜不寐二首(頁二六三〇四)

其一"作"字下《大典》卷五三四五注"音做"；"天明"下《大典》注"韓批兼三王、施四事，時不可矣。數更聲免驚夢，非知心者不能會意"。其二"須多"下《大典》注"韓批佞口覆邦國不在多耳。蚊聲云乎哉。余於二詩深有感焉，讀者不可以辭鄙而遺之也"。

聖筆石湖大字歌(頁二六三一八)

序"分似"，《大典》卷二二六六作"分賜"。

大司成顏幾聖率同舍招游裴園泛舟繞孤山賞荷花晚泊玉壺得十絕句(頁二六三二四)

其八"來禽"，《大典》卷二二六四作"林禽"。

過楊村(頁二六三九五)

"匹似"，《大典》卷三五七九作"正似"。

曉泊丹陽館(頁二六四三五)

"重亦"，《大典》卷一一三一三作"薄亦"。

歸舟大雪中入運河過萬家湖(頁二六四四三)

"此否",《大典》卷二二七〇作"如此"。

**庚戌正月三日約同舍游西湖十首**（頁二六四五二）

其三"鶯花"、其八"過清"、其九"青葱",《大典》卷二二六四作"鶯兒""過清""青蒼"。

**春菜**（頁二六四六一）

"雪葉",《大典》卷二四〇七作"露葉"。

**過鶯門湖三首**（頁二六四六一）

其二"江上",《大典》卷二二七〇作"岸上"。

**過新開湖五首**（頁二六四六八）

其一"向南"、其四"得得",《大典》卷二二七一作"西南""特特"。

**雨中出湖上送客**（頁二六四八三）

"諸峰",《大典》卷二二七四作"青峰"。

**山村二首**（頁二六五〇八）

其一兩處"搭"、其二"何防",《大典》卷三五七九作"塔""何妨"。

**芙蓉盛開戲簡子文克信**（頁二六五七七）

"秋花",《大典》卷五四〇作"秋光"。

**寄題儋耳東坡故居尊賢堂太守譚景先所作二首**（頁二六五八六）

其一"頓危""桂酒""精忠""高屋帽""未是",《大典》卷七二三七作"隱危""桂醑""忠貞""長帽子""居士"。其二"更有""幸無""首新",《大典》作"幸有""更無""道新"。

**寄題南城吳子直子常上舍兄弟社倉**（頁二六六〇八）

"愁早""文孫",《大典》卷七五一〇作"愁旱""又孫"。

**南溪上種芙蓉**（頁二六六三九）

《大典》卷五四〇引熊夢祥《草堂集》載此詩,《大典》或誤標出處。

**【輯補】題黃陵廟**

古祠蕭瑟淺山傍,目極平沙雁落行。霜後寒波洲吐尾,蘆花十里雪茫茫。

《大典》卷五七六九引《古羅志》。

按:《文學評論》1981年第2期載欒貴明《楊萬里、尤袤集拾遺》已補。《訂補》頁四二三補詩二首。中華書局2007年版辛更儒箋校《楊萬里集箋校》附錄二《補遺》可參看。《輯補》册五頁二一二二至二一二三補詩六首、句一則,其中《退休自贊》其一已見《全宋詩》楊萬里《又自贊》,當删;《和徐淵子》已見《楊萬里集箋校》。

# 册　四三

## 周必大　卷二三一九至二三三二

**【校訂】留別金陵韓帥二首**（頁二六六八七）

其一"訟息"、其二"再點",《大典》卷一五一三八作"訟少""再展"。

**高宗皇帝挽詞二首**（頁二六七五三）

其一"天垂"、其二"大帝""酣忘御""思堯顙""泣舜瞳",《中興禮書續編》卷五六作"天傾""上帝""酣忘馭""堯仁遠""舜孝隆"。

## 王淮　卷二三三三

【校訂】高宗皇帝挽詞（頁二六八二六）
其一"龍翔"，《中興禮書續編》卷五六作"龍興"。

## 陳國材　卷二三三四

【校訂】頁二六八三四傳記簡略，《大典》卷三一五五引《元一統志》可補，今錄於下。云："陳杲卿字國材，博學工詩文。嘗以古樂府見舍人張孝祥，擊節賞嘆。又著《強國書》五十篇，時忠獻公張浚董師淮上，以其書獻焉。浚深知之，會浚罷，不果薦。乾道中參政龔茂良帥隆興，以其書聞諸朝，不報。今其詩文多有傳者。"

## 吳居仁　卷二三三四

【校訂】咏梅（頁二六八三五）
原出處《大典》卷二八一二標"吳居仁詩"。此詩又見《宋集珍本叢刊》影印清抄本《東萊詩集》卷一二《墨梅》，册二八頁一八一四七吕本中即收。吕本中字居仁，則《大典》之"吳居仁"當即"吕居仁"之誤。吳居仁當刪。

## 宋晉之　卷二三三四

【校訂】《大典》卷七八九三引《臨汀志》"司户題名"載其"乾道五年到任，八年滿替"，可補頁二六八三八傳記。

## 宋孝宗　卷二三三七

【校訂】高宗皇帝挽詞（頁二六八六五）
其一"指顧"、其二"方送""厭兵""親提"、其三"履燾"，《中興禮書續編》卷五六作"指示""今送""壓兵""新提""覆燾"。

## 鄭汝諧　卷二三三八

【校訂】水南寺（頁二六八八〇）
此詩乃册五〇頁三〇九九五袁燮《游寶方山》中句，當删。
附：《輯補》册五頁二一三一據《大典》補詩一首。

## 曹逢時　卷二三三九

【校訂】漫成（頁二六八九二）
"筆本""便有"，原出處《大典》卷八九九作"筆半""使有"。
【輯補】樂琴書齋
焦桐配韋編，個中有真味。馬融豈解此，長物餘粉翠。
《大典》卷二五三六引《曹橘林集》。
和李支使蠟梅

纖葩點蠟未乾時,好是黃蜂凍著枝。若使無香似金雀,詩人誰解琢雕爲。
昨夜花神軋剪刀,巧裁粟玉綴香苞。此花不出人間世,想見江梅價倍高。
《大典》卷二八一一引《曹橘林集》。
按:方健《久佚海外永樂大典中的宋代文獻考釋》曾指出漏收幷補考曹逢時生平。

## 史堯弼　　卷二三四〇至二三四一

**【校訂】静心堂**(頁二六八九七)
據《大典》卷七二四〇,題當擬作《盡心堂》。
**春晚飲西湖上歸借榻吳山睡起偶作**(頁二六八九八)
題"歸"字上《大典》卷二二六四有"以"字,"吳山"下《大典》有"景和仲通判位","偶作"下《大典》有"蓋國風好色不淫之意"。
**癸亥秋陪張丞相游西湖和周去華機宜韻二首**(頁二六九〇二)
其二"野旱",《大典》卷二二六四作"楚旱"。
**重題湖上**(頁二六九〇二)
題,《大典》卷二二六四作"重題"。
**山齋**(頁二六九〇八)
"邱壑",《大典》卷二五三九作"丘壑"。
**乙丑中秋與山僧數輩自虎邱靈岩泛太湖登洞庭東山曰翠峰望湖中群山高下出没如大圓鏡見百千萬億青螺髻然瑰瑋絕特蓋入眼未之見恨風作不能過西山睹林屋洞天之勝然已得其仿佛矣**(頁二六九一二)
題"山"字下注"《永樂大典》卷二二六四作川"。校文出處卷次誤,實見《大典》卷二二六〇。題"峰"字下注"《永樂大典》下有西字",《大典》"峰"下作"四"。題"虎邱""泛太",《大典》作"虎丘""絕太"。

## 喻良能　　卷二三四二至二三五七

**【校訂】星源縣齋書事**(頁二六九二一)
"鎦"下注"原作淄,據《永樂大典》卷一二〇三改"。校文出處卷次誤,實見《大典》卷二五三八。
**大雪追和退之辛卯年雪韻**(頁二六九二七)
題"大雪",國圖藏翰林院抄本《香山集》二字上有"正月";"玄冥",翰林院抄本作"元冥"。
**爲周提宫題尚友堂**(頁二六九三四)
"昭"字下注"原作作,據《永樂大典》卷七二三八改"。校文誤,《大典》作"照"。
**點檢朝陵内人頓遞至西興道中紀事**(頁二六九三九)
"岑"字下注"《永樂大典》卷七八九二作嶺"。校文出處卷次誤,實見《大典》卷七九六二。
**送侍御帥夔府**(頁二六九五七)
其五"茂弘",《大典》卷一五一三九作"茂洪"。

乏酒(頁二六九六二)
此詩又作册九頁五八〇〇劉敞同題,歸屬未能確考。
次韵王龜齡春日湖上(頁二六九七二)
"柳蔭""何時",《大典》卷二二七二作"柳暗""何辭"。
挽李靖少傅夫人(頁二六九八〇)
此詩乃册五頁三〇五一梅堯臣《李康靖少傅夫人挽詞二首》,喻良能下誤收。勞格《讀書雜識》已辨之。
侍太夫人拜掃先塋季直弟有詩因次其韵(頁二六九九一)
題"季直""因次其韵"、詩"荇絲",《大典》卷一三三四〇作"季""次韵一首""荇緑"。
訪何茂恭於南湖作三絶句(頁二七〇二三)
題下《大典》卷二二六五有注"六言"二字。
次韵楊廷秀郎中游西湖十絶(頁二七〇三〇)
其五"光風",《大典》卷二二六四作"風光"。
送師相陳大觀文(頁二七〇四六)
其六"擁去",《大典》卷一五一三九作"遮去"。
湖上二絶(頁二七〇四九)
其一"疏雨",《大典》卷二二七二作"閣雨"。
醉題艇齋(頁二七〇六〇)
"恰如",《大典》卷二五四〇作"恰似"。
【輯補】讀邸報東坡追諡文忠一絶
禄位見輕揚執戟,履歷猶藏魯乘田。蓋世窮名蒙美諡,故應千載識真賢。
《宋會要輯稿》禮五八之八九(册二頁一六五六)。
王母口號
家住蓬萊(原衍"瀛"字)縹緲間,聊同仙子下塵寰。巍巍遥望黄金闕,濟濟如臨玉笋班。喜見衆星尊北極,願將萬壽等南山。年年趁得莪蘋月,再拜天威咫尺顔。
國圖藏乾隆翰林院抄本《香山集》卷一一。
附:《輯補》册五頁二一三四補詩二首。

## 梁克家　卷二三五九

【輯補】和蘇峴
只恐歸無荔子圖。
《大典》卷二四〇一引宋韓元吉《南澗集》。
附:《輯補》册五頁二一三四補句二則。

## 李洪　卷二三六四至二三六八

【校訂】迎送神辭(頁二七一四〇)
序"侑神"二字下《大典》卷二九五一有"辭曰"二字。
己巳正月十八九間雪復大作不止(頁二七一四五)

此詩又見文淵閣本《劍南詩稿》卷八一同題，册四一頁二五六五九陸游下即收。李洪下當誤收。

**比至武原省侍叔父二兄因成二詩**（頁二七一五〇）

其二"貧婆"，《大典》卷一三三四〇作"勘婆"。

**和玉泉達老餉笋**（頁二七一六九）

此詩又見文淵閣本《斐然集》卷四同題，册三三頁二〇九八四胡寅下即收，李洪下當誤收。

**漫成**（頁二七一八六）

"怯衣"，《大典》卷八九九作"悭衣"。

**偶作**（頁二七一九三）

其三"趁欲"，《大典》卷八九九作"起欲"。

附：《訂補》頁四二九校勘文字一首。

## 陳居仁　卷二三六九

【校訂】**高宗皇帝挽詞五首**（頁二七二〇四）

其一"著號"、其二"寧只""盛萬"、其三"嗟呼"、其四"除荊"、其五"得壽""屢垂""文母"，《中興禮書續編》卷五六作"昔號""寧止""益萬""嗟吁""餘荊""德壽""已垂""文宮"。

## 留正　卷二三六九

【校訂】**高宗皇帝挽詞五首**（頁二七二〇六）

其一"政編""下養"、其二"聖學""蒿岑"，《中興禮書續編》卷五六作"政篇""下寶""聖孝""蒿吟"。

## 劉剛　卷二三六九

【校訂】**宮亭廟**（頁二七二〇八）

原出處《大典》卷六七〇〇引《江州志》云"有劉刪、黃魯直、晁無咎詩"。《全宋詩》誤讀爲"劉剛"。此詩又見册七一頁四五〇三六劉刪《泛宮亭湖》。據《訂補》頁六六五所考，此劉刪乃六朝陳詩人，則劉剛亦當刪去。

# 册　四四

## 項安世　卷二三七〇至二三八二

【校訂】**次韵謝姜自明秀才示卷詩**（頁二七二二一）

"飫晨"，《大典》卷八九六作"飲晨"。

**陳攖寧既刊周左司太倉稊米集於阜陽趙使君復刊攖寧詩於荆門詩家皆美其師徒傳授之懿余亦次韵美之**（頁二七二三〇）

題"阜陽"，《大典》卷八九六作"集陽"。"陳攖寧"即陳天麟。據《太倉稊米集》前唐文若及陳天麟序，其刊刻此集時爲乾道三年，在知襄陽軍任。則"阜陽""集陽"均誤，當作"襄陽"。詩"未如"、兩"玉川"、"傳焉""兩手付汝□□□。君不見",《大典》作"未知""玉州""得焉""兩手付汝君不見"。

**有感三首**(頁二七二三六)

組詩又見文淵閣本《屏山集》卷一九同題,冊三四頁二一四四三劉子翬下即收。項安世下當誤收。

**寒食風雨中過南湖**(頁二七二四九)

注"巴蜀",《大典》卷二二六五作"巴俗"。

**次韵沈告院問訊南湖**(頁二七二五〇)

"漚波",《大典》卷二二六五作"鷗波"。

**次韵謝處州鄉人二首**(頁二七二五四)

其一"如何",《大典》卷三〇〇四作"何如"。

**雪寒百司作暇獨入局觀雪簡張直閣**(頁二七二五五)

此詩又作冊三四頁二一四五七劉子翬《館中簡張約齋》,又作冊四六頁二八六〇九楊方同題。二人詩均輯自《後村詩話後集》,繫於"楊吏部"下。題中"張約齋"即張鎡,生於紹興二十三年(1153),而劉子翬卒於紹興十七年(1147),劉子翬下誤收。至於項安世與楊方,歸屬未能確考。

**次韵張部門湖上二首**(頁二七二六六)

其一"爛漫",《大典》卷二二七三作"爛熳"。

**次韵楊僉判潛室中竹枝**(頁二七二六六)

此詩重見頁二七二九五本人《次韵楊僉判室中竹枝》,當刪其一。

**謝王草場示詩卷**(頁二七二七六)

題末《大典》卷八九六有"說"字。

**晴日迓江西帥徐子宣**(頁二七二八三)

題"子宣",《大典》卷一五一三八作"子宜"。

**和宋帥出示所送李大著詩**(頁二七二八三)

其三"邱道",《大典》卷一五一三八作"丘道"。

**有感韓魯一首**(頁二七二九八)

此詩又見宋刻本《後村居士集》卷三《韓曾一首》,冊五八頁三六一七六劉克莊下即收。項安世下當誤收。

**有感**(頁二七二九八)

此詩又見宋刻本《後村居士集》卷七同題,冊五八頁三六二三〇劉克莊下即收。項安世下當誤收。

**有感七首之一**(頁二七二九八)

此詩又見《四部叢刊》影印清賜硯齋本《後村先生大全集》卷四二《有感》,冊五八頁三六六七七劉克莊下即收。項安世下當誤收。

**聞城中募兵有感**(頁二七二九八)

二詩又見宋刻本《後村居士集》卷二《聞城中募兵有感二首》,冊五八頁三六一六四劉克莊下即收。項安世下當誤收。

**天申節錫宴戴花**（頁二七三一六）

"申"字下注"原誤作中，據吳抄本改"。《大典》卷五八三八正作"申"。"還似"，《大典》作"還是"。

**順風過湖二首**（頁二七三一七）

題"二首"，《大典》卷二二七四作"二絕句"。

**次韵黔陽王令論詩五絕句**（頁二七三一九）

其三"輕圓"、其四"此事""今人"，《大典》卷八九六作"勻圓""此字""令人"。

**元夕二首**（頁二七三二七）

題，《大典》卷二〇三五四作"元夕絕句二首"。

**讀本朝史有感十首**（頁二七三二九）

十詩又見《後村先生大全集》卷一八《讀本朝事有感十首》，冊五八頁三六三七九劉克莊下即收。項安世下當誤收。

**有感**（頁二七三三二）

此詩又見文淵閣本《屏山集》卷一五同題，冊三四頁二一三九七劉子翬下即收。項安世下當誤收。

**次韵鄭檢法與胡教授論詩**（頁二七三四一）

"機轉""斑"，《大典》卷八九六作"機傳""班"。

**謝張堯臣秀才惠詩**（頁二七三四一）

"心"字下注"《永樂大典》卷二二五六作燈"。出處卷次誤，實見《大典》卷八九六。題"堯巨"，《大典》作"堯臣"。

**濯足萬里流**（頁二七三六〇）

此詩又見文淵閣本《止齋集》卷三《招隱二首》其二，冊四七頁二九二四四陳傅良下即收。項安世下當誤收。

**次韵張安撫李侍郎同賦茯苓酥**（頁二七三七二）

"真與"，《大典》卷二四〇五作"直與"。

**寄友**（頁二七三七三）

"過登"，《大典》卷一四六〇七作"我登"。

**次胡仲方東湖送別韵**（頁二七四〇六）

"色新"，《大典》卷二二六二作"色青"。

**衛州東湖**（頁二七四〇七）

《大典》卷二二六二引此詩，在條目"武昌東湖"下，則擬題不確。

**已賦四花復得紅因念閣下舊賞遂足五花之韵**（頁二七四二二）

題"得紅"，《大典》卷二八〇九作"得紅梅"。

**題屏風墨梅二首**（頁二七四三八）

**二十六日慈竹二首**（頁二七四三八）

二詩題"二首"，《大典》卷一九八六五作"二絕"

**有感四首**（頁二七四五三）

組詩其一、二又見《後村先生大全集》卷三七《有感二首》，冊五八頁三六六二二劉克莊下即收；其三、四又見《後村先生大全集》卷三九《有感》律詩一首，册五八頁三六六四五劉克莊下即收。項安世下當誤收。

**爲朱文公作**（頁二七四五五）

此詩輯自劉克莊《後村詩話》後集卷一，重見頁二七四五〇本人《閏月二十一日作落梅花》其一，略有異文，當刪。

**永州**（頁二七四五五）

題，《大典》卷八九六作"絶句"，《大典》卷六六四一作"思鄉"。詩"偏夢"，《大典》均作"偏愛"。

**人日從王安撫鑒湖上分韵得禹字成八十韵**（頁二七四五六）

注"守繚""敕羌""末秘""末嘗"、詩"亂縷""一特""君佞"，原出處《大典》卷二二六七作"守臻""救荒""朱秘""朱嘗""覯縷""一時""君侯"。

**莫愁村**（頁二七四五八）

詩末注"《永樂大典》卷二〇八四"。出處卷次誤，實見《大典》卷三五七九。

**文村道中**（頁二七四五八）

詩末注"以上《永樂大典》卷二五九七"。出處卷次誤，實見《大典》卷三五七九。注"前比"，《大典》作"前此"。

**山行二十里至鶴弄嶺又見息勒村**（頁二七四五八）

題"息勒"、詩"漫"，原出處《大典》卷三五八一作"息勤""浸"。

按：《中國典籍與文化》2009年第3期載李更《宛委别藏本平庵悔稿小識》已指出了上述項安世集重出誤收問題。《訂補》頁四三〇校勘字句四首，補二首，然所補已見頁二七三一五本人《釣臺》，僅第一首略有異文，當刪。

## 朱熹　卷二三八三至二三九四

**【校訂】奉同張敬夫城南二十咏·山齋**（頁二七五一七）

"藏書"，《大典》卷二五三九作"積書"。

**挽蔬園**（頁二七五二四）

《大典》卷二四〇七引此詩，署"楊誠齋集"，但楊萬里下未收。《大典》當誤標出處。

**鵝湖寺和陸子壽**（頁二七五四六）

"風流""加邃"，《大典》卷二二六七作"流傳""方邃"。

**醉下祝融峰作**（頁二七五五五）

"雲許"，《大典》卷八六四八作"雲欲"。

**擇之寄示深卿唱和烏石南湖佳句輒次元韵三首**（頁二七五七二）

其三"心惆惆"，《大典》卷二二六五作"身碌碌"。

**次張彦輔西原之作**（頁二七六〇六）

"絶壁""窗虚""閑自"，《大典》卷二七四一作"絶壑""檜空""閑日"。

**訓蒙絶句·爲己爲人**（頁二七六八一）

"新斷""身上"，《大典》卷三〇〇〇作"斬斷""身止"。

**句**（頁二七六八二）

句"共喜巧回春"又見《大典》卷五四〇引《朱晦庵集》，册四四頁二七六三八朱熹《秋華四首·木芙蓉》即收。此句當刪。

附：嘉靖十四年刻本《龍溪縣志》卷八載其《贈黃杞》斷句"須信九秋饒好景，還遲十日作重陽"，《全宋詩》失收。朱傑人等主編《朱子全書》册二六《朱子遺集》輯有遺詩，可參看。

# 册　四五

## 韓彦質　卷二三九七

**【校訂】高宗皇帝挽詞**（頁二七七二五）

《中興禮書續編》卷五六引組詩，標"工部尚書韓彦質"，時淳熙十四年，可補傳記。其一"文武"、其二"昊天"、其三"歸希""具衣"，《中興禮書續編》作"文物""上天""真希""其依"。

## 張孝祥　卷二三九八至二四〇八

**【校訂】喜晴賦呈常守葉夢錫**（頁二七七三六）

題、"熙熙"，大典本"常州府"卷一三作"喜晴呈葉常州衡""嬉嬉"。

**湖上晚歸遇雨**（頁二七七五九）

題、"凝翠""浮鷗""兒童"，《大典》卷二二七三引《臨川志》作"晚歸湖上""迎翠""浮鵝""有人"。

**滑石**（頁二七七七六）

題、"重來""虛檐"，《大典》卷一四五七六作"滑石鋪碧玉泉詩""重經""檐虛"。

**明年重過次韵六言**（頁二七七八八）

題，《大典》卷一四五七六作"重過滑石鋪六言和去年韵"。

**仲欽寄民爲重齋詩和答**（頁二七七八九）

其二"家聲"，《大典》卷二五三六作"佳聲"。

**【輯補】磊石**

天設鯨波險，神依象教崇。林巒明水府，金碧煥天官。澤國鴻濛外，陰靈肸蠁中。白雲千里望，拜手願分風。

佛閣重湖表，山雲五月寒。三湘當眼界，七澤俯欄干。帝子遺靈瑟，騷人詠澧蘭。鏡中羅萬象，著句始知難。

《大典》卷五七六九引《古羅志》。《湖南科技大學學報》2011年第2期載周方高《全宋詩拾補》。

按：《大典》原署"通判張某又作"，其上所收詩署"于湖張孝祥作"，故繫於此。另《訂補》頁四三五至四三六補詩三首，《輯補》册五頁二一四二至二一四三補詩二首。《古籍整理研究學刊》2006年第5期載韓立平、彭國忠《全宋詩補59首》輯《致語》中口號二首，不另錄。

## 陸九齡　卷二四一三

【校訂】鵝湖示同志（頁二七八四九）
題、"可成""切琢"，《大典》卷二二六七引《永平志》作"會鵝湖呈元晦伯恭""忽成""講習"。

## 張栻　卷二四一四至二四二一

【校訂】張子因携二子西歸求予詩爲賦此以致鄉黨之義（頁二七八七六）
"岸邊""自何"，《大典》卷八九六作"岸傍""何自"。

## 陳造　卷二四二二至二四四一

【校訂】至喜鋪（頁二八〇一〇）
"川城""罷爾"，《大典》卷一四五七六作"州城""罷榮"。
韓守松卿索近詩（頁二八〇四四）
注"寄似"，《大典》卷八九六作"寄以"。
暗用古人名詩寄程帥（頁二八〇六〇）
"回顧"，《大典》卷一五一三八作"四顧"。
閑題（頁二八一一九）
"好在"，《大典》卷八九六作"信有"。
贈趙步帥（頁二八一四二）
"無端顛倒"，《大典》卷一五一三八作"每因傾倒"。
再次習池詩韵寄程帥二首（頁二八一五九）
其二"乘燭"，《大典》卷一五一三八作"秉燭"。
次韵程帥二首（頁二八一六三）
其二"要看"，《大典》卷一五一三八作"西看"。
送詩陳惠伯（頁二八一六五）
注"送似"，《大典》卷八九六作"以送"。
呈程帥五首（頁二八二二七）
其一"在邦"，《大典》卷一五一三八作"成邦"。
暮春泛西湖次口號韵呈程待制十首（頁二八二五二）
其八"已規"，其九"玄真"，《大典》卷二二六四作"已歸""元真"。
泛湖十絶句（頁二八二五四）
其二"隨處"，其六"巧隨"，《大典》卷二二七四作"開處""巧將"。
次韵趙帥二首（頁二八二五五）
其二"搖歌"，《大典》卷一五一三八作"搖欹"。
再次韵趙帥見寄三首（頁二八二五七）
其二"如前"，《大典》卷一五一三八作"如丹"。
十絶句寄趙帥（頁二八二五八）

其五"豪竹",《大典》卷一五一三八作"亭竹"。
**次韵趙帥五首**(頁二八二五九)
其三"一昨",《大典》卷一五一三八作"昨昨"。

## 趙不敵　卷二四四二

【校訂】頁二八二七二傳記云"有《清漳集》"。傳記以此集爲其別集,然此集《大典》多有引用,爲總集。

# 册　四六

## 許及之　卷二四四三至二四六〇

【校訂】**再用韵**(頁二八二八五)
題,《大典》卷一四六〇七作"醻再用韵"。
**轉庵觀趙十一聖花**(頁二八二九七)
此詩未見重出,其下首爲《次轉庵聖花韵》,爲步韵之作。頗疑此首題"轉庵"乃作者名。潘檉,號轉庵。則此詩或爲册三八頁二四二二一潘檉詩。
**白山茶**(頁二八三三五)
此詩又見文淵閣本《方是閑居士小稿》卷上同題,册五三頁三二九一七劉學箕下即收。許及之下當誤收。
**送趙端明帥蜀**(頁二八三五六)
"几"字下注"原作幾,據同上書改"。上書即《大典》卷一五一三八。檢此卷,實作"幾"。
**寄洪州新建知縣**(頁二八三七八)
此詩又作册三頁一四四九釋保暹《寄洪州新建知縣張康》,輯自《廣聖宋高僧詩選》。歸屬未能確考。
**病赤目從薛山甫借荷葉巾**(頁二八三八一)
"預"字下注"《永樂大典》卷一九三六七作頃"。校文出處卷次誤,實見《大典》卷一九六三七。
**次韵古梅二首**(頁二八四四九)
其二"身藏",《大典》卷二八〇八作"藏身"。
**高宗皇帝挽詞**(頁二八四五二)
《中興禮書續編》卷五六引二詩,標"右拾遺許及之"。其一"恩""扳""老",《中興禮書續編》作"思""攀""考";其二"誠""思""興",《中興禮書續編》作"仁""私""修"。
**咏史**(頁二八四五三)
此詩輯自《大典》卷七九六〇引《咏史詩》,其上一首詩標"許綸涑齋集"。編者以《咏史詩》爲詩題而歸此詩於許及之下。實《咏史詩》在《大典》多有引用,乃獨立一書。許及之下當誤收。
**喜德久從人使虜來歸**(頁二八四五四)

此詩輯自《大典》卷一〇八七七,重見頁二八三六三本人《喜德久從人使北來歸》。二詩乃同詩,詩題相異乃四庫館臣諱改,當刪其一。

附:《訂補》頁四四〇考訂《題邊魯生花木翎毛四首》乃元人詩,《湯婆子》《廢冢》乃許棐詩,當刪。

### 虞儔　卷二四六二至二四六五

**【校訂】和姜總管喜民間種麥**(頁二八四六五)

"免"字下注"《永樂大典》卷二二八一二作已"。校文出處卷次誤,實見《大典》卷二二一八二。

**無眠**(頁二八四八一)

此詩又見文淵閣本《浪語集》卷四同題,冊四六頁二八六二一薛季宣下即收。虞儔下當誤收。

**赴吳興初入境**(頁二八五三二)

注"催趣",《大典》卷七九六二作"催輒"。

**夏芙蓉**(頁二八五三六)

組詩見《大典》卷五四〇引《虞儔詩》,題分作《夏芙蓉》及《和》。詩又見《四部叢刊》影印清賜硯齋本《後村先生大全集》卷一八《小圃有雙蓮夏芙蓉之喜文字祥也各賦一詩爲宗族親朋聯名得雋之識》之二及《自和二首》之二,冊五八頁三六三七六劉克莊下即收。《大典》當誤標出處而致虞儔下誤收。

**次韻曾使君和刪定鮑倅喜譙樓雙門復舊觀之作**(頁二八五四八)

題"曾使君"、詩"間覽""雄潭",《大典》卷三五二五作"曾守述""周覽""宜潭"。

**送張伯子尚書帥隆興**(頁二八五五七)

"貪"字下注"原作思,據《永樂大典》卷一九一三九改"。校文出處卷次誤,實見《大典》卷一五一三九。

**自雲門還泛若耶溪入鏡湖寄院中諸公**(頁二八五六五)

此詩見北宋孔延之編《會稽掇英總集》卷一四,不當爲南宋人虞儔詩。虞儔下誤收。勞格《讀書雜識》已辨之。

**過南京**(頁二八五七六)

"女真"字下注"原作小民,據《永樂大典》卷七七一〇改"。校文卷次誤,實見《大典》卷七七〇一。國圖藏四庫館稿本即作"女真",塗去,旁注"小民"。從翰林院抄本可知,四庫館臣對《大典》原文、注文等多有改動,不一一出校。

**憶南坡芙蓉**(頁二八五八三)

"末寧"字下《大典》卷五四〇有注"音蹇"。

**雨花臺**(頁二八五九四)

此詩又作冊七二頁四五二七五盧壽老,輯自《景定建康志》,署"盧壽老"。《大典》卷二六〇三引此詩,亦署"盧壽老"。虞儔字壽老。"盧"是否即"虞"之誤,尚未有確證。

**【輯補】和姜總管糟蟹**

偪塞圓臍不計錢,將糖彌躁賴蒲編。舉杯聊試持螯手,下筯空餘蛻骨仙。爭向盤中誇得隽,誰知酒裏獨全天。無腸不與人間事,骨醉憐渠爲惻然。

清抄本姜特立《梅山續稿》卷七。

按:此詩《甘肅廣播電視大學學報》2008年第4期載曾維剛《全宋詩虞儔佚詩二首考録》已輯。原文輯録二首,其中《再賦》已見《全宋詩》姜特立下。

**和郁簿問訊梅花**

冷眼何妨看熟(旁注:熱)官,青雲萬里此開端。機心莫遣驚鷗鷺,領取江湖氣象寬。

國圖藏乾隆翰林院抄本《尊白堂集》卷四。

按:此詩被勾出,且有四庫館臣籤條云:"照原勾處删,不肖。"

**謝楊誠齋寄詩二首**

好句風吹過太湖,炯然百二十驪珠。江西此去傳新派,洛下從來見異書。兩地別離俱老大,浮雲變化忽須臾。想公不減東園興,時引詩情上碧虛。

一誦公詩一整襟,朱弦三嘆恨難禁。聯珠叠璧驚凡目,流水高山信此心。老我每懷青眼舊,何人更伴白頭吟。祇今大廈須棟梁,忍使高才委鄧林。

民國《寧國縣志》卷一二。

附:《輯補》册七頁三一六○據嘉慶《寧國府志》輯《過千秋嶺》《和耕緑亭》於俞儔下。因俞儔生平不詳,疑爲俞燾誤。然二詩見《全宋詩》虞儔下,民國《寧國縣志》卷一二引《和耕緑堂》,亦署"虞儔"。則此俞儔當即虞儔誤。

## 林淳　卷二四六六

【校訂】**清心堂**(頁二八六○七)

第一、二句《大典》卷七二四○作"有來即應我何慚,清畏人知已是貪"。

## 陳讜　卷二四六六

【校訂】**尊賢堂**(頁二八六一一)

詩末注"《永樂大典》卷七二三五引《瓊臺郡志》"。出處卷次誤,實見《大典》卷七二三七。

附:《粤西詩載》卷一載陳讜四言詩《潯州南山》、同治十年《重刊興化府志》卷三三《小滄浪》二詩,諸今人編宋詩總集未録,附識於此。

## 薛季宣　卷二四六七至二四七七

【校訂】**送韓國器登舟至石門視窪樽逮暮乃返**(頁二八六八四)

"淵明",《大典》卷三五八四作"泉明"。

## 周孚　卷二四七九至二四九二

【校訂】**洪致遠屢來問詩作長句遺之**(頁二八七三七)

"灰心""看取",《大典》卷九○三作"虛心""記取"。

**讀吕居仁詩有味其言因録致德裕隱軒中且次其韵余嘗有蒼烟窮谷之約於德裕故末章及之**(頁二八七五六)

"相與",《大典》卷八九六作"與子"。

## 王質　卷二四九三至二四九九

【校訂】蕪湖道中(頁二八八二六)
"紛下括",《大典》卷二二六六作"分覓語"。

宿石谿寺(頁二八八三一)
"寒山""荒烟""水衣""雁米""擁被",《大典》卷六六九九作"荒山""寒烟""薜衣""雁水""擁鼻"。

觀政堂成上黃少譽二首(頁二八八四四)
其一"青葉"、其二"典型",《大典》卷七二三九作"新葉""典刑"。

寄峽石老人(頁二八八五八)
"鬚眉",《大典》卷三〇〇四作"丰眉"。

千葉梅(頁二八八六一)
"向來",《大典》卷二八一〇作"鄉來"。

## 徐安國　卷二五〇三

【校訂】茶嶺(頁二八九五五)
此詩又見冊三七頁二三三八〇陳中孚下,輯自《大典》。歸屬未能確考。

## 羅願　卷二五〇五

【校訂】福州趙侍郎開城西古湖以溉田既成冀得致政丞相福公一臨於是有唱和之篇二首(頁二八九七四)
其二"小異",《大典》卷二二七四作"少異"。

# 冊　四七

## 唐仲友　卷二五〇六至二五〇七

【校訂】次季弼索楊繼甫詩(頁二八九八五)
題、其二"逢回",原出處《大典》卷八九六作"再用韵""遲回"。

## 楊寅　卷二五一〇

【校訂】九里嶺(頁二九〇一六)
此詩注引《大典》卷一一九八〇,"徑城""徑縣",《大典》作"涇城""涇縣"。

## 章甫　卷二五一二至二五一七

【校訂】歸自真州道中用前韵簡諸故人(頁二九〇三四)
"相聚",《大典》卷三〇〇五作"想聚"。

諸公過易足爲紅梅一醉醉後率成數語(頁二九〇五七)

題 "率成"、詩 "來否"，《大典》卷二八〇九作 "率然成" "來不"。

**寄荊南友人**（頁二九〇七九）
"自拚"，《大典》卷三〇〇五作 "自判"。

**湖上吟**（頁二九〇八三）
此詩又作冊三五頁二二〇六八許志仁，輯自《詩淵》。《大典》卷二二七二引此詩，署 "章之甫詩"。歸屬未能確考。

**郡圃殘雪**（頁二九〇八七）
組詩又見明汲古閣抄本《誠齋集》卷一一同題，冊四二頁二六二二三楊萬里《郡圃殘雪三首》。章甫下當誤收。

附：勞格《讀書雜識》卷一二云《寧國府志》有章甫《送韓季舒歸宣城》詩，今檢嘉慶《寧國府志》未見，不詳勞氏所據為何版本，待考。

## 王萊　卷二五一八

**【輯補】九月四日侍大兄五兄偕張伯子游湖上詩記所歷**
承日雲為蓋，籠烟樹作屏。湖光開水鑒，堤面燦沙星。樓觀罩飛接，林園櫛比扃。秋高增爽致，馬足上青冥。

林巒分面勢，臺殿出棱層。相好長廊壁，光明古殿燈。湖音開大施，鐘響肅群僧。身在虛空境，將心問上乘。

鼓吹松篁引，行行紫翠高。遍游天竺境，遠瞰浙江濤。營壘輸拳勇，丘墟肅貴豪。黃葵側金盞，渾欲勸香醪。

高柳驚秋色，枯荷落水痕。近山多見寺，遠郭不知村。林響凋松子，田青長稻孫。清游留戀意，城禁未黃昏。

**再用韻**
昆閬神仙境，丹青罨畫屏。兵楊攢箭雪，佛髻炯珠星。小艇衝荷過，幽扉映竹扃。午甌翻茗乳，睡思破沉冥。

世路如山路，高低幾許層。蟻浮秋後秫，花結夜來燈。九九塵中客，三三衲下僧。倦游疏勝地，清興喜同乘。

天竺分三竺，南高對北高。雲天垂雨露，山海足烟濤。霜冷初欺袂，秋明可析豪。蒼官風九里，誰與醞松醪。

山斂晴雲氣，楓滋曉露痕。塵闤喧酒市，烟寺帶漁村。世仰重華帝，民看幾代孫。隔林雞犬吠，聲出翠烟昏。

《大典》卷二二七二引王萊《龜湖集》。

**趙達明同年相招游湖**
平湖風細渙漣漪，遠岫烟濃滴翠微。舊觀已多青菲卷，閑情似欠白鷗飛。林園錯綜迷春國，江海朝宗護日畿。蠟屐畫船窮勝賞，日長判取夕陽歸。

《大典》卷二二七四引《王龜湖集》。

## 何澹　卷二五一八

【校訂】和趙知府延緑韵（頁二九〇九七）

詩末注"同上書卷一〇九九九引《小山雜著》"。出處書名誤，實作"何澹詩"。

## 徐似道　卷二五一九

【校訂】句（頁二九一〇七）

句"小桃洗面添光澤"輯自《全芳備祖》前集卷八，署"竹隱"。徐似道號竹隱，故輯於此。然句又作册二二頁一四九一七趙鼎臣《次韵楊時可雪中三絕句》之二第二聯。《全芳備祖》引詩，有"徐竹隱""趙竹隱""竹隱"三種標識。此句當爲趙鼎臣作，徐似道下當删。

## 嚴嘉賓　卷二五二一

【校訂】盤齋（頁二九一二八）

"已足"，原出處《大典》卷二五三五作"已定"。

## 劉志行　卷二五二一

【校訂】頁二九一二九載劉志行，乃孝宗時人。《訂補》頁四四四引《大典》，訂其引詩非孝宗時劉志行作。甚是。《明一統志》卷八四"名宦·元"載："劉志行，知鐔津縣。政事之暇，以吟咏自適。有《梅南集》行於世。"《全元詩》册六七頁一六七至一六九載劉志行。此卷劉志行當删。

## 廖行之　卷二五二三至二五二六

【校訂】代游西湖分韵得香字（頁二九一五七）

"潛"字下注"原作羡，據《永樂大典》卷二二五六改"。校文出處卷次誤，實見《大典》卷二二六四。

送春（頁二九一八五）

此詩又見文淵閣本《方是閑居士小稿》卷上《感事懷人送春病酒曉起五首》之三，册五三頁三二九四五劉學箕下即收。廖行之下當誤收。

舊友家睹書札感成（頁二九二一二）

此詩又作册七一頁四五〇五四廖齊《永州有感》，輯自《詩話總龜》。廖行之下當誤收。

## 吕祖儉　卷二五三五

【校訂】和趙户曹游南湖之篇（頁二九三一四）

"徹雲"，原出處《大典》卷二二六五作"微雲"。

詩一首（頁二九三一四）

據原出處《大典》卷二五三六，題應擬作"題隱求齋"。

【輯補】湖上偶成

春波十頃碧琉璃，月榭風亭繞曲磯。盡日畫船供醉眼，何如衝浪覓漁師。

春朝漠漠晚來寒，亭院深沉夜雨闌。默數寒更對殘火，嗒然隱几夢邯鄲。
乾元妙理與誰論，醉魄浮沉寄夢魂。四序平分如轉磨，春來天氣又氤氳。

**湖上二首**
滿目湖山指顧間，風枝雨葉自翻翻。天容漠漠難模寫，欲與閑官子細看。
曉雨蕭蕭密復疏，恰來精舍得幽居。小窗深靜渾無事，午枕欹斜幾冊書。
《大典》卷二二七三引呂祖儉《大愚叟集》。

**題清江三劉帖**
磨勘風流幾世傳，三公翰墨故依然。鬼神呵護忘時日，孫子扶持有歲年。赫奕寶章雖斷簡，覃研小傳已聯編。槐陰書卷同舒捲，尚喜賢郎肯續弦。
彭國忠《補全宋詩34首》據《鳳墅殘帖釋文》。

附：《訂補》頁四四四至四四五補十首。

## 樓鑰　卷二五三六至二五四九

**【校訂】送趙子直貳卿帥三山**（頁二九三三八）
"一蹴"，《大典》卷一五一三八作"踘蹴"。

**送萬耕道帥瓊管**（頁二九三五八）
"自然""知氣"，《大典》卷一五一三八作"息然""和氣"。

**巾山曲肱齋**（頁二九四二三）
"一何"下注"《永樂大典》卷一一九二作不勝"。校文卷次誤，實見《大典》卷二五三七。

**群從泛湖次叔韶弟韵**（頁二九四三〇）
"絕憐"，《大典》卷二二七四作"已憐"。

**經筵講詩徹章進詩**（頁二九四七〇）
"依"下注"《永樂大典》卷八九五六作仕"。出處卷次誤，實見《大典》卷八九五。

**送蔣甥若水使屬北行**（頁二九四七八）
"軟飽""止可"，《大典》卷八六二八作"軟飯""正可"。

**【輯補】與胡都丞游山泛湖**
選勝來劉寺，登高憩小亭。珠泉光錯落，石戶碧瓏玲。秋半川原净，年豐黍稷馨。鳳鸞齊鑒德，誰復羡鴻鳴。
《大典》卷二二七四引《樓攻媿先生集》。

附：《訂補》頁四四五補詩一首。

## 王信　卷二五五〇

**【輯補】高宗皇帝挽詞**
一定乾坤後，干戈萬國休。功成身不有，恩大世難酬。雨泣龍樓曉，雲騰鶴駕休。傷心問耆老，抆淚莫能收。
音寂歌薰奏，塵浮介壽觴。九重躬舜孝，三載服堯喪。弓劍留無益，羹墻見不忘。攀號會稽路，山遠水茫茫。
《中興禮書續編》卷五六引"給事中王信"。

第一編　大典本宋詩文獻訂補　｜　171

## 滕岑　卷二五五三

【校訂】蔣中丞庭下芙蓉（頁二九五九九）

題"蔣中"，原出處《大典》卷五四〇作"題蔣中"。

【輯補】和趙琳父游湖韵

拂面花香吹好風，快哉却笑黜臺雄。京蟾忽到湖堤上，小艇如行畫障中。山寺藏烟迷翠碧，水軒隔竹見青紅。勝游更得新詩紀，陳迹誰云轉首空。

《大典》卷二二七四引《滕元秀詩》。

附：《訂補》頁四四六補詩二首。

## 楊冠卿　卷二五五四至二五五六

【校訂】西北有高樓（頁二九六一五）

東方有一士（頁二九六一五）

此二題又見《縉雲文集》卷一同題，册三四頁二一六〇八馮時行下即收。楊冠卿下當誤收。

填維揚（頁二九六二九）

此詩又作册五〇頁三一〇六八楊冠《上揚州太守》，輯自《揚州府志》。楊冠卿下當誤收。

癸丑仲冬十日蚤晴從中使過蓴湖未幾風雪交作（頁二九六三一）

"攸飛""晴空"，《大典》卷二二六六作"頃飛""時空"。

麻姑之東涉千堆壠至射亭宿黄氏新館（頁二九六五一）

《大典》卷一一三一三引此詩，標"楊冠卿客亭類稿"。此詩又見文淵閣本《安陽集》卷五《新館》，册六頁四〇〇三韓琦下即收。楊冠卿下當誤收。

附：國圖藏存素堂鈔《宋元人詩集》本《客亭類稿》卷下錄《送鄧南秀解秩東歸》《送穀仲歸謙謝以詩次韵奉酬》《送解省元赴南宫》，均見文淵閣《四庫全書》本《涉齋集》卷九，《全宋詩》許及之下已收。此所錄不知何據，待考。

## 黄度　卷二五五七

【校訂】玄武湖（頁二九六五九）

其一"萬堞"，《大典》卷二二六一作"萬蝶"。

## 趙善括　卷二五五八

【校訂】送外舅杜侍御使陝西（頁二九六七二）

此詩又見文淵閣本《雞肋集》卷一三《送外舅杜侍御使陝西自徐州移作》，册一九頁一二八二五晁補之下即收。趙善括下當誤收。

題馬氏避暑宫開福寺蓮湖（頁二九六七八）

"教鐘鼓喚笙"，《大典》卷二二六六作"如鐘鼓換笙"。

## 册 四八

### 王炎　卷二五五九至二五六七

【校訂】和許尉小洞庭韵（頁二九七五〇）
其二"少時"，《大典》卷二二六一作"少年"。

### 崔敦詩　卷二五六八至二五六九

【輯補】二月湖上得光字韵
朝雲漏澄鮮，暮雲變蒼涼。雲山亦有意，百態隨軒昂。晚氣寒尚力，平川澹晴光。開簾曉淥净，倚袂春風長。同來道義侶，意合成形忘。妙語發金石，清姿照圭璋。行流信所遇，散策徐倘佯。疏疏翠篁路，杳杳青霞房。幽尋正云適，嘉會何當常。徘徊意未已，晚景明千岡。
《大典》卷二二七二引崔敦禮《舍人集》。
按：崔敦禮集名《宫教集》，且《大典》其他引《舍人集》者均署崔敦詩。則此"禮"當爲"詩"之誤。

過湖
柁轉三叉港，風平十里湖。烟村隨指點，浦樹費招呼。夢淺俄歸店，心驚尚畏途。并船尊鱠美，全似過松吴。
《大典》卷二二七四引崔敦詩《舍人集》。

涉湖
颶風吹酷暑，送我入長安。野迥開心目，湖清照肺肝。櫂歌聲軋軋，客路去漫漫。回首瀨陽遠，依然不忍看。
《大典》卷二二七四引宋崔敦詩。

### 陸九淵　卷二五七〇

【校訂】游湖分韵得西字（頁二九八四一）
"少蓬"，《大典》卷二二七四作"短篷"。

環翠臺（頁二九八四四）
此詩輯自《大典》卷二六〇四，又見文淵閣本《北磵詩集》卷七《楊園四首》其四，册五三頁三三二一〇釋居簡下即收。《大典》當誤標出處。

### 沈繼祖　卷二五七二

【校訂】次韵答李孟達通判索鄘詩（頁二九八五九）
"玄酒"，原出處《大典》卷八九六作"元酒"。

愛民堂爲涪陵盧使君題（頁二九八六一）
"辟如"，原出處《大典》卷七二三八作"譬如"。

上章帥侍郎（頁二九八六二）

其一"十年"、其二"玄齡",原出處《大典》卷一五一三八作"千年""元齡"。《訂補》頁四四八已言及。

附:《訂補》頁四四八至四五一補傳記,校勘文字二則,校訂作品起訖三則,補十三首。

## 鄭僑　卷二五七三

【輯補】高宗皇帝挽詞二首
聖武高千古,仁恩浸八埏。中興垂漢統,内禪享堯年。寶册逾三上,慈幃慶兩全。黄雲擁仙鶴,趣駕獨賓天。

問寢虛前殿,因山仰上皇。孝思濡雨露,孺慕見羹墻。禮起通喪志,哀形繼伐章。他年俘(原作"浮")突厥,何處奉瑶觴。

《中興禮書續編》卷五六引"起居舍人鄭僑"。

## 袁説友　卷二五七四至二五八〇

【校訂】被旨許浦閱舟歸(頁二九八八五)
題、詩"虛設""某某""通捷""鍪青""愧不敏",《大典》卷三五八六作"許浦屯即事""天設""説友""通涉""鍪甲""何蕭似"。

郡寮案樂飲趙判院有詩次其韻(頁二九八九〇)
此詩又見明萬曆刻本《江湖長翁集》卷四《郡寮按樂飲趙判院有詩次其韻》,册四五頁二七九九七陳造下即收。袁説友下當誤收。

舟發黄州連日遇逆風泊赤壁(頁二九九二三)
題,國圖藏翰林院抄本《東塘集》作"日暮遇逆風泊赤壁"。

張守招飲(頁二九九四〇)
陳主管招飲(頁二九九四一)
二題又見《江湖長翁集》卷一四同題,册四五頁二八一五四、頁二八一五八陳造下即收。袁説友下當誤收。

春日懷錢塘西湖(頁二九九四三)
"循堤",《大典》卷二二六四作"尋堤"。

呈浙西張提倉(頁二九九四九)
注"曾見",原出處《大典》卷七五一八作"今見"。

善頌堂(頁二九九六五)
此詩又見文淵閣本《丹淵集》卷一三《江原張景通善頌堂》,册八頁五三九六文同下即收。袁説友下當誤收。

知止堂(頁二九九六五)
"若無",《大典》卷七二四一作"使無"。

飲寓隱軒(頁二九九六八)
此詩又見《江湖長翁集》卷一一《飲寓隱》,册四五頁二八一一七陳造下即收。袁説友下當誤收。

招山陽高徐二生飲二首(頁二九九七二)

二詩又見《江湖長翁集》卷二〇同題，册四五頁二八二四六陳造下即收。袁說友下當誤收。

**到房山交代招飲四首**（頁二九九七三）

**再次韵四首**（頁二九九七三）

**再次交代韵四首**（頁二九九七三）

**再次交代韵四首**（頁二九九七三）

四題又見《江湖長翁集》卷一九同題，册四五頁二八二二五陳造下即收。袁說友下當誤收。

**再次韵四首**（頁二九九七四）

**復次韵四首**（頁二九九七四）

二題又見《江湖長翁集》卷一九同題，册四五頁二八二二六陳造下即收。袁說友下當誤收。

**謝王提幹召飲三首**（頁二九九七五）

組詩又見《江湖長翁集》卷一八《謝三提幹召飲三首》，册四五頁二八二一〇陳造下即收。袁說友下當誤收。

**學宮諸生飲邀予與予野同之二首**（頁二九九七五）

組詩又見《江湖長翁集》卷二〇《學宮諸生飲邀予與子野同之三首》之一、之二，册四五頁二八二四二陳造下即收。袁說友下當誤收。

**題寄顔畫士姜元愷**（頁二九九七八）

題，翰林院抄本作"贈寫真畫士姜元愷"。

**將至慎邑寄鼎**（頁二九九八〇）

此詩又見文淵閣本《青山集》卷二九同題，册一三頁九〇〇一郭祥正下即收。題中"鼎"乃郭祥正之子。袁說友下誤收當删。

## 辛棄疾　　卷二五八一至二五八二

【校訂】**偶題**（頁三〇〇〇六）

其一"且喜"，原出處《大典》卷八九六作"且喜"。

**偶作**（頁三〇〇一一）

詩末注"《永樂大典》卷九八六"。出處卷次誤，實見《大典》卷八九六。

## 林光宗　　卷二五八三

【校訂】**芹齋詩**（頁三〇〇二二）

《大典》卷二五四〇引此詩，署"林謙之次韵"，册三七頁二三〇六九林光朝下即載。此詩當爲林光朝作。林光宗下另有《次韵奉酬趙校書子直》《九日同出真珠園再用前韵》均重見林光朝下。林光宗其人當删。

## 吳鎰　　卷二五八三

【校訂】**野石岩**（頁三〇〇二四）

據《大典》卷九七六四,題當作"喝石岩"。"深如",《大典》作"渾如"。

## 蔡戡　卷二五八四至二五八八

**【校訂】易地湖外喜而有作**(頁三〇〇五六)
"天外""峰前",《大典》卷二二七四作"浪泊""衡陽"。

## 楊簡　卷二五八九

**【校訂】侍象山先生游西湖舟中胥必先周元忠弈**(頁三〇〇八五)
"人間",《大典》卷二二六四作"林間"。

**明堂侍祠十絕**(頁三〇一〇一)
原出處《大典》卷七二一四未標文獻出處。其上詩標"楊慈湖集"。以《大典》引文例,歸於楊簡。然組詩《咸淳臨安志》卷一五載,標作者爲"王庭",《全宋詩》據以收册六四頁四〇四二八王庭下。《大典》當漏標出處。

## 趙善扛　卷二五九〇

**【校訂】麗人行**(頁三〇一〇三)
原出處《大典》卷三〇〇五標"趙文鼎"。此詩又見文淵閣本《盧溪文集》卷二同題,册二五頁一六七三七王庭珪下即收。《大典》當誤標出處。

## 吳漢英　卷二五九〇

**【輯補】夏港僧舍**
我聞盛刹名,望梅止渴漿。荊棘昔未斬,苔蘚封古房。一朝化金碧,立見如錐囊。張公履聲在,繼此誰有光。二賢聯翩來,小憩此華坊。鄉情無浪語,趺坐齋一航。是時熱如焚,僕馬倦游韁。此偏不受暑,晚净同納涼。文藻相發揮,陸海與潘江。休便乘槎去,萬里傾太陽。

**善利泉**
幾年泉服翳柴荊,鑿石疏通鏡面清。縱使崖枯常不竭(原作"揭"),從教雨集弗加盈。支分沃壤霑餘潤,小憩行人解渴酲(原作"醒")。到處有山惟欠水,何如水秀更山明。

以上見大典本"常州府"卷一五。

## 錢聞詩　卷二五九一

**【校訂】文殊臺**(頁三〇一一五)
題下注"在香"二字上原出處《大典》卷二六〇三有"詩臺"二字;"正馬",《大典》作"正爲"。

## 彭龜年　卷二五九三至二五九五

**【校訂】送曾無瑕改常州**(頁三〇一四五)
題、"如愛""愛刺""不禁""此見""繁夥""明年",《鳳墅前帖》卷一八引"奉議郎太學博士彭龜年"詩作"詩別知郡寺丞易守常州""勝愛""求刺""不禁平聲""此智""繁劇""來年"。

**盆花示兒**(頁三〇一六一)

"如此",原出處《大典》卷五八三八作"如斯"。

# 曾丰 卷二五九六至二六一〇

**【校訂】贛縣向宰座上見綠萼梅主簿程開老相勉賦詩**(頁三〇一八二)

"玻璃""來色",《大典》卷二八〇九作"玻瓈""色來"。

**吉之南門外見木芙蓉爛開**(頁三〇一八二)

題"木芙蓉",《大典》卷五四〇作"芙蓉"。

**游三洲岩**(頁三〇一九一)

"斑爛",《大典》卷九七六五作"爛班"。

**題張仲寅甘老堂**(頁三〇二一一)

"蟠蛟",《大典》卷七二三八作"蟠龍"。

**廣東黃漕改除廣西帥過郡送行**(頁三〇二二三)

"眼醒"下注"四庫本作久酣",《大典》卷一五一三九正作"眼醒"。"融會諸海""會融諸峰",《大典》作"會融諸海""融會諸峰"。

**贈別藤州法曹南劍張仲明**(頁三〇二三五)

組詩二首應爲五言律。又見國圖藏萬曆刻本《撙齋先生緣督集》卷二、文淵閣本《緣督集》卷八,均作五言排律一首。

**呈江西倉使汪太社二首**(頁三〇二四八)

其一"盈砌"、其二"顧盼",《大典》卷七五一八作"連砌""顧眄"。

**題潮出海門圖**(頁三〇二九三)

"風擘",《大典》卷三五二六作"氣擘"。

**觸目**(頁三〇二九四)

"外通",《大典》卷一九六三七作"外充"。

**郡齋與龔濟叔劉蕙卿談詩**(頁三〇三〇八)

"玄酒",《大典》卷八九九作"元酒"。

**送孫莘老移知南京**(頁三〇三三一)

原出處《大典》卷七七〇一標"曾丰詩"。此詩題中"孫莘老"乃孫覺,卒於元祐五年(1090),時曾丰尚未生,不能與孫覺有交往。且曾丰爲南宋人,也不可能送人知南京。詩定非曾丰作。據文淵閣本《長編》卷三四〇,元豐六年十月孫覺已在知應天府任,詩當作於此前不久。

**甲申大水**(頁三〇三三一)

組詩又作册四七頁二九六〇八滕岑同題,輯自《詩淵》。國圖藏《撙齋先生緣督集》四十卷,乃據元刊本鈔錄,未錄此詩。曾丰下或誤收。

**辛丑大水**(頁三〇三三二)

此詩又作册四七頁二九六〇九滕岑同題,輯自《詩淵》。《撙齋先生緣督集》四十卷本未錄此詩。曾丰下或誤收。

**壽陳龍圖**（頁三〇三三二）

此詩又作册二五頁一六六四三韓駒《上陳龍圖生辰詩》，輯自文淵閣本《播芳》卷八七，未署作者，其上有詩署名"韓子蒼"，故輯於此。然《摶齋先生緣督集》四十卷本亦未録此詩。歸屬未能確考。韓駒下此類詩尚有三十四首，歸屬均有疑問。

**疏山**（頁三〇三三五）

此詩又作册六五頁四一〇六八曾淵子同題，輯自《宋詩紀事》。《摶齋先生緣督集》四十卷本未録此詩。歸屬未能確考。

附：《訂補》頁四五三校訂文字一則。

### 劉光祖　卷二六一一

【校訂】**鶴林寺**（頁三〇三四〇）

《大典》卷一一〇七七引此詩，標"劉後村集"，册五八頁三六七五四劉克莊下據以輯爲《玉蕊花》。歸屬未能確考。

### 徐冲淵　卷二六一一

【校訂】**通明館灑掃二首**（頁三〇三四二）

題"通"，原出處《大典》卷一一三一三作"被命通"。

### 林某　卷二六一一

【校訂】**瑞麥贊**（頁三〇三四五）

原出處《大典》卷二二一八一繫於淳熙九年知夔州林某下。李裕民《全宋詩辨誤》考知州者乃林秉。然據《全宋文》册二一九卷四八六九引林栗《奏破施州譚汝翼狀》，時知州者乃林栗。《全宋詩》册三一載此人，《輯補》册五頁二〇二八林栗下即補。

### 王孝嚴　卷二六一二

【校訂】**舫齋**（頁三〇三四八）

"花香""疏櫺""穩著""日近""向來""望洋"，《大典》卷二五四〇作"華薌""棘櫺""穩居""日定""鄉來""望佯"。

### 傅伯成　卷二六一三

【校訂】**擬和元夕御製**（頁三〇三六九）

**擬和元夕御詩**（頁三〇三六九）

原出處《大典》卷二〇三五四標"竹隱畸士集"，又見册二二頁一四九二三趙鼎臣下。傅氏集名《竹隱集》，趙氏集名《竹隱畸士集》。則傅氏下誤收當删。

## 册　四九

趙蕃　卷二六一六至二六四二

【校訂】閏月二十日離玉山八月到餘干易舟又二日抵鄱陽城追集途中所作得詩十有二首(頁三〇三九九)

題"八月"、其十"殊懷"、其十一"典型"、其十二"界流",《大典》卷八〇九三作"八日""殊憬""典刑""界留"。

將行示遠父秉文四八弟(頁三〇四三六)

"女"字下注"原作汝,據《永樂大典》一三四五〇改"。校文出處卷次誤,實見《大典》卷一三三四四。"方停",《大典》作"方亭"。

水淺(頁三〇四五九)

此詩又見《詩淵》,署"元仇遠仁",《全元詩》册一三頁二三六仇遠下據收。歸屬未能確考。

養源齋(頁三〇四六三)

"紅源",《大典》卷二五三九作"江源"。

謁孺子祠後由南昌還艤舟之地(頁三〇四九一)

此詩與册四九頁三〇五九四本人《謁孺子祠》二首、《避雨入總持寺謁澹臺子羽墓》,在《大典》卷八八四四爲組詩,題作"初八日人事少閒命車出游因以尋詩首訪滕王閣紛然屠沽思爲之敗已過東湖得孺子亭亭閣幽邃乃陳阜卿復作者一時詩板甚多擇數知名句錄之又東數步得孺子祠有像設及曾子袞書南豐所作祠堂記及沈持要重立歲月壁崩糞積殊異敬事迤邐避雨入總持寺謁澹臺子羽墓閱雷公祠墓有大篆立於其前祠有樂章無盡所作雨止絕南昌縣徑還艤舟之地作五詩"。四庫館臣輯錄時,囿於按體編排之體例,割裂數處,題目亦改動頗多。另漏收一首。

芙蓉道間二首(頁三〇五〇二)

其一"持"下有注"原作特,據《永樂大典》卷五四〇六改"。校文出處卷次誤,實見《大典》卷五四〇。

蛺蝶(頁三〇五三一)

螢火(頁三〇五三五)

二題又作册二九頁一八五二九曾幾同題,歸屬未能確考。

二月初十日自荻浦絕湖三首(頁三〇五六五)

其一"言城",《大典》卷二二七四作"言成"。

二十一日湖中(頁三〇五七一)

"囊粟",《大典》卷二二七四作"囊粟"。

口占示成父(頁三〇六二八)

"黜"字下注"原作淡,據《永樂大典》卷一三四五〇改"。校文出處卷次誤,實見《大典》卷一三三四四。

早行示同舟(頁三〇六二八)

題"早行"上《大典》卷一三三四四有"十五日"三字。
**賀吴仲權召試館職**（頁三〇六六九）
"湖外",《大典》卷二〇四七九作"胡外"。
**訪韋丈叔能於嚴州西溪門外**（頁三〇六九二）
"畫不""輕舟",《大典》卷三五二五作"詩不""徑舟"。
**別朱子大蘇召叟昆仲**（頁三〇七二九）
此詩又作册六〇頁三七八四六趙汝唫《別朱子大蘇名叟》,輯自《詩家鼎臠》。歸屬未能確考。
**題楊補之畫梅**（頁三〇七八七）
題"畫梅",《大典》卷二八一二作"梅"。
**獨行**（頁三〇八〇四）
"遺"字下注"《永樂大典》卷八六二八作遣"。校文誤,《大典》正作"遺"。
**亦好園**（頁三〇八一七）
此詩又見明汲古閣抄本《誠齋集》卷二一《寄題喻叔奇國博郎中園亭二十六咏·亦好園》,册四二頁二六三五一楊萬里下即收。趙蕃下誤收當刪。
**書李氏園亭**（頁三〇八七三）
此詩又作册五四頁三三八六二趙師秀同題,輯自《詩淵》。歸屬未能確考。
**與世美奉詔旨分督決獄甲戌判袂之武陽壬午還宿中興寺而得世美自延平所寄詩因次韵**（頁三〇九〇二）
此詩又見文淵閣本《錢塘集》卷六同題,册一三頁八五八五韋驤下即收。趙蕃下誤收當刪。
**登縣樓有感二首**（頁三〇九二四）
二詩又作册四七頁二九一一四李揆《登縣樓》,輯自《上高縣志》。歸屬未能確考。
**復游東湖題盧石**（頁三〇九三二）
題"復"字下注"原缺,據《永樂大典》卷二二六四補"。校文卷次誤,實見《大典》卷二二六二。且題"復"字上《大典》尚有"是日"二字。
**松湖和曾文清公韵**（頁三〇九四三）
據原出處《大典》卷二二六六,題當擬爲《松湖》。
**【輯補】訪徐季益於禪月臺**
郡郭凡幾到,兹臺獨未登。遺踪問禪月,文士得徐陵。坐久意忘憊,景驕詩不勝。靈山何許是,空翠涌千層。
《大典》卷二六〇三引《章（原作"草"）泉集》。
按：《大典》署此詩出處爲《草泉集》,未見。檢趙蕃有《送徐季益赴婺州陳尚書之招并屬寄謝郡守韓侍郎》,有"禪月臺邊草樹蒼,下臨溪流碧泱泱。君卜居之歲且長,徑路不忍夷其荒"句,且趙蕃號章泉。則"草泉集"當爲"章泉集"。
**初六日絕湖二首**
俱曰洞庭在目,誰歟雲夢吞胸。歸思已過彭蠡,舊游還憶吳松。
《大典》卷二二七四引趙蕃《淳熙稿》。

按：《大典》原兩首，《全宋詩》已錄第一首。《訂補》頁四五五補四首。

### 徐恢　卷二六四三

【校訂】臨川洪守游南湖命予賦詩（頁三〇九五三）

詩末注"同上書卷二二六五引《月臺集》"。出處書名誤，實爲《徐恢詩集》。

按：方健《久佚海外永樂大典中的宋代文獻考釋》補考徐恢生平，可參考。另其認爲有《玉雪集》乃元人徐恢撰，《大典》與此徐恢混爲一人。然《文淵閣書目》卷二即有徐月臺《玉雪詩》一部二冊，可證二者當爲一人。

【輯補】韓尚書邀至湖上

鬚髯如戟竟成癡，面目可憎無復疑。不有清游呼我共，只今覊思遣誰知。岸山脱葉難藏巧，湖水因風屢出奇。何處曉梅春信動，冷香應在竹邊枝。

《大典》卷二二七二引徐恢《玉堂集》。

按：此《玉堂集》應爲《玉雪集》之誤。《訂補》頁四五六至四五七考訂生平，校勘文字，并輯詩五首。

### 岳甫　卷二六四四

【校訂】凌丹亭（頁三〇九六五）

據原出處《大典》卷六七〇〇，題當擬作"清虛庵"。

## 冊　五〇

### 袁燮　卷二六四六至二六四七

【校訂】病目（頁三〇九九九）

"閉目""萬慮"，《大典》卷一九六三七作"閑目""神慮"。

望東湖五首（頁三一〇〇八）

題"望"字上《大典》卷二二六二有"十月"二字。其一"澄泓"，《大典》作"泓澄"。

又二首（頁三一〇〇九）

其一"難摹"、其二"利溥"，《大典》卷二二六二作"難模""利博"。

### 陳謙　卷二六四八

【校訂】凌丹亭（頁三一〇二一）

據原出處《大典》卷六七〇〇，題當擬作"清虛庵"。

附：《全蜀藝文志》卷三《白帝城》、卷一五《八陣圖》二首爲陳謙詩，《全宋詩》失收。《訂補》頁四五八補詩一首，《輯補》冊五頁二一九二補詩一首。

### 陳映　卷二六四八

【校訂】北樓（頁三一〇二六）

《大典》卷七八九二引《臨汀志》載此詩，有"慶元間，郡守陳公映因讀舊守陳公軒絶句云:南軒吹雲過"云云,正爲此詩。則此詩乃陳軒作,陳映下當刪去。

  **句**(頁三一〇二六)

  此句輯自《大典》卷七八九五,前標"陳映",下標"蔣之奇蒼玉洞"。編者以句前所標爲出處,故輯錄於此。然據此卷所引他人詩,知引詩下所標爲出處。則此句屬蔣之奇,册一二頁八〇三三蔣之奇下即收。陳映下當刪。

### 吳琚  卷二六四八

**【輯補】高宗皇帝挽詞**

  鴻業戡多難,炎圖粲復興。玉卮尊壽嘏,寶牒鏤徽稱。鐘虡新文廟,衣冠接禹陵。聖功天廣大,刻化愧難能。

  浯水磨崖頌,康衢擊壤詩。倦勤親授受,退養樂期頤。弓劍神游遠,羹墻聖子悲。寢門陳素仗,無復未央遺。

  《中興禮書續編》卷五六引"敷文閣待制吳琚"。

  附:《輯補》册五頁二一九三補句一則。

### 章森  卷二六四九

**【輯補】高宗皇帝挽詞**

  曆數延周卜,謳歌識啓歸。照臨還日月,付托重裳衣。風雨郡龍應,乾坤一劍飛。中天知有造,大德侈重輝。

  祐陵弓箭古,長樂鼓鐘深。仁孝由天質,哀榮極帝心。百年周禮樂,萬國漢謳吟。恢括成規在,雲霓望到今。

  心已非堯屋,天方錫禹疇。雍容三遜日,燕翼萬年謀。曉色開璇宇,春聲度玉舟。袞衣親拜舞,盛事絕前疇。

  帝學深千古,奎文盡六經。聖明更作述,道德有儀型。荆鼎如聞就,虞琴不忍聽。傷心對南極,夜作老人星。

  風露賓群羽,雲雷折九關。倏空塵世夢,元厭紫青班。泪落人間雨,愁連海上山。三年不言處,古道獨今還。

  《中興禮書續編》卷五六引"吏部侍郎章森"。

  **見一堂詩**并序

  森守江陵,幕府多望士。一日,劉君師尹元衡有請將老焉,予勉謝之,請逾力,至於三四。老不待年,志不可奪。是則予所嘉也,是則予所愧也。行有期,合同舍酌酒送之。取唐僧徹"相逢盡道休官去,林下何曾見一人"之語,爲作"見一堂"三大字,仰持歸榜所居之堂。因成二百言,率同列偕賦,以侈此邦今日盛事云。

  手持淵明辭,送子歸去來。三讀廣受傳,子孫亦榮哉。當年陸成江,所記但甲子。而子豈不遭,退勇乃如此。行囊只詩書,那復幾許金。歸遺爾父兄,清風滿故林。士病行所難,不與世同轍。子心蓋悠然,出處均一法。有琴未始彈,何者爲虧成。江頭浪翻天,雪立鷗不驚。乾坤大爐鞲,物物困薰灼。不有獨醒人,衆醉誰與覺。頗聞三間茅,松菊日以滋。林下今見一,高躅良我師。我歸豈無田,歸念亦已熟。月明鴻影單,猶爾戀餘粟。落筆三大字,俛首吾愧之。春風不相饒,況此兩鬖絲。子今着先鞭,我行亦知止。不所與同盟,有如大江水。

同治十一年刻本《新昌縣志》卷三一。

附:《訂補》頁四六〇補句一則,已見《全宋詩》册七二頁四五一六〇利州路運判句其一。

### 李巘　卷二六四九

**【校訂】高宗皇帝挽詞**(頁三一〇四四)

《中興禮書續編》卷五六載組詩,標"中書舍人兼直學士院李巘",時淳熙十四年,可補傳記。其四"漢帝""超赤""百皇"、其五"映日""休橋仙",《中興禮書續編》作"漢殿""越赤""百王""鍊日""收橋山"。

### 黄裳　卷二六五一

**【校訂】潭州**(頁三一〇五九)

原出處《大典》卷五七七〇署"黄給事"。此詩乃册四五頁二七八七三張栻《廣漢黄仲秉即轉運使治之東作亭扁以楚翠蓋取杜陵所謂楚岫千峰翠者屬客賦詩》,黄裳下當删。

### 趙宗德　卷二六五一

**【校訂】**《大典》卷二三四四載其人,可補傳記"惠州人,字伯高"。然《大典》本卷其前為元人劉志行,後為明人葉原賀,趙宗德似亦為元末明初人。檢《大典》卷二三四三引《梧州府蒼梧志》"國朝"引"趙宗德字伯高"。則可確定趙宗德乃明代人,其人當删。《大典》卷二三四三載其《寄梧州府孫舜元太守卓良心經歷》、卷二三四四載其《赤水峽》《廣法寺》《重游浮金亭》,亦為明詩。

**九日宴浮金亭**(頁三一〇七〇)

"藤江""鬱抑""清政""令簿""江海",《大典》卷二三四四作"襄江""抑塞""清苦""余簿""江梅"。

### 宋光宗　卷二六五三

**【輯補】高宗皇帝挽詞**

昔在艱難日,神開赤伏符。乾坤重整頓,社稷更持扶。英武恢王業,寬仁偉帝謨。指疆終克復,不見會東都。

三紀凝天命,熙然萬寓春。農疇迷綠野,烽火静黄塵。内治樞機密,人文禮樂新。中興能事畢,脱屣付真人。

黄屋非心久,巍巍冠百王。九重崇至養,八衮衍休祥。道大人天仰,心閒日月長。塵寰留不住,終返白雲鄉。

鶴禁叨儲貳,承恩侍祖堯。孫枝元未報,仙馭已成遥。功德尊高廟,威靈在紫霄。山陵成指顧,應有百神朝。

《中興禮書續編》卷五六。

**孝宗皇帝挽詩**

德壽一言決,昌陵七世孫。躬方膺曆數,志欲整乾坤。揖遜循先烈,崇高仰至尊。纊筵如在上,猶得奉晨昏。

聖德何加孝,惟皇集大成。哀誠動蠻貊,至性格神明。盡物難圖報,稱天遂易名。直從虞舜後,今日見躬行。

九閽凝丕績,中興鼎盛時。聖圖天廣大,王度日清夷。已矣南風曲,傷哉十月厄。都人紛涕泪,舊事說淳熙。

曉發移霜紼,風行引素旟。攀車勤孺慕,臨酹動慈闈。地接稽山空,寒生漢殿衣。史臣占瑞象,歸奏五雲飛。

久荷綠車寵,俄驚玉几憑。居喪履苦莧(原校爲"塊"),嗣統劇淵冰。祖業何能潤,宸謨敢不承。因山遵素志,萬古近思陵。

《宋會要輯稿》禮三〇之二三(冊二頁一一一七)。

附:《訂補》頁四六二補《待月》一首,《全宋詩》趙光宗下已收作《待月詩》,實乃林逋《林間石》詩,當刪。

### 張縯　卷二六五三

【校訂】**梅**(頁三一〇八一)

此詩見《大典》卷八二二引《愛日齋叢抄》,"又見",《大典》作"又嘆"。

### 趙師罩　卷二六五八

【輯補】**郡圃梅花間有如微點臙脂者因以記之**

誤著臙脂注玉容,新妝偷約牡丹風。東君細把南枝看,喚作梅妃一捻紅。

《大典》卷二八〇九。

### 司馬儼　卷二六五八

【校訂】**仲夏賞月次雪齋韵**(頁三一一五六)

詩末注"清陸心源《宋詩紀事補遺》五六引《燭湖集》。按:《燭湖集》已佚,今《四庫全書》輯本未見此詩,未知陸心源所據,俟考"。今檢國圖藏靜遠軒刻本《燭湖集》附編卷上孫介詩後有"司馬令尹儼次韵",正爲此詩。

### 林采　卷二六五八

【校訂】**黃陵題咏二首**(頁三一一五八)

原出處《大典》卷五七六九,二首詩所在非同葉同條,第二首當擬題爲"磊石"。

### 李寅仲　卷二六五九

【校訂】**游先神童讀書岩**(頁三一一七二)

"水簾",原出處《大典》卷九七六五作"冰簾"。

## 黄樵仲　卷二六五九

【校訂】《大典》卷七八九三引《臨汀志》"錄事題名"載黄樵仲"從事郎,紹熙五年正月二日到任,慶元元年八月內漕司考試致仕",可補頁三一一七五所載其傳記。

## 陳武　卷二六五九

【校訂】《大典》卷三一五六引《温州府志》可補頁三一一七八傳記。"進士"下當補"慶元初,除禮兵架閣";"起爲"下當補"幹辦江西安撫司公事,除";"少監兼國史院編修官",《大典》作"秘書少監兼司業,進秘書監兼右諭德";"知泉州",《大典》作"以右文殿修撰知泉州"。

## 陳曄　卷二六六○

【輯補】汀州

我愛汀州好,山川秀所鍾。閣前橫滿水雲釀閣,亭畔列奇峰蒼玉亭。古驛森慈竹臨汀驛,蓮城挺義松蓮城縣有義松。

《大典》卷七八九五引《臨汀志》。

按:《全宋詩》頁三一一八九本人下載此詩後二聯,今重錄。

**新修南樓詩**

卧龍形勝著甌閩,前有南樓氣象新。

《大典》卷七八九五引《臨汀志》。

附:《輯補》册五頁二二○四補句一則。

## 葉適　卷二六六一至二六六三

【校訂】陳同甫抱膝齋二首（頁三一二○一）

其一"世間",《大典》卷八二二引《愛日齋叢抄》作"區間"。

靈岩（頁三一二○二）

"停咎",《大典》卷九七六六作"停晷"。

宿石門（頁三一二○八）

"盆雲深霧常""不易供嗟""餕盆盂",《大典》卷一三○七四作"盤深霧常彌""未易供嘆""餕盤子"。

孫祖佑解元世友堂（頁三一二三三）

詩末《大典》卷七二三八有注"君家對山,即子陵葬地"。

薛景石兄弟問詩於徐道暉請使行質以子錢畀之（頁三一二七○）

"彈九",《大典》卷八九六作"彈丸"。

## 林岊　卷二六六五

【校訂】青田岩（頁三一二八六）

"却有",《大典》卷九七六四作"忽有"。

## 陳藻　卷二六六六至二六六八

【校訂】將有遠行走筆效江西體贈叔嘉(頁三一三〇二)
"猶之",《大典》卷八六二八作"猶如"。
謝余子京驪惠詩(頁三一三三八)
其一"學歷",《大典》卷八九六作"學曆"。
次韵林君則惠詩(頁三一三四一)
"摸得",《大典》卷八九六作"換得"。
別林黃中帥湖南(頁三一三四六)
原出處《大典》卷一五一三八標"陳藻樂軒集"。此詩又見文淵閣本《網山集》卷一同題,册四七頁二九〇〇四林亦之下即收。《大典》當誤標出處。
【輯補】鬱孤臺上唱和詩成示成季諸子輩
落日寒江斲句詩,千吹萬斲竟何爲。不知老去還成癖,到了封題更一吹。
《大典》卷八九六引《三先生文集》。

## 宋思遠　卷二六六九

【校訂】汀州(頁三一三五二)
"里淵",《大典》卷七八九〇作"重淵"。
定光南安岩(頁三一三五二)
原出處《大典》卷七八九五引此詩前標"宋思遠",其後標"正弼",編者以詩前所注爲作者而輯錄。然《大典》卷九七六六引組詩,明確標"鄭弼詩"。則《大典》卷七八九五所引詩下所注爲作者,册三五頁二二〇五一鄭弼下據以輯錄。宋思遠下當删去。

## 翁卷　卷二六七三至二六七四

【校訂】送趙明叔明府(頁三一四一七)
"隔"字下注"《永樂大典》卷一一〇〇〇、西岩集作密"。校文誤,《大典》實作"遠"。
偶題(頁三一四二八)
《大典》卷九〇三引此詩,標"葛天民",册五一頁三二〇六八葛天民下即收。此詩又見册五五頁三四一八七徐文卿下。歸屬未能確考。

## 張氏　卷二六七六

【校訂】寄陳秋塘(頁三一四五二)
《大典》卷一四三八〇引此詩,標"江陵張氏詩"。此詩又見册五四頁三三六三〇張弋《寄秋塘》。則此張氏即張弋,當删。

## 曾極　卷二六八〇

【校訂】和李璧凌丹亭(頁三一五二一)
題"李璧",當作"李壁"。"金□",原出處《大典》卷六七〇〇作"金鋪"。

**凌丹亭**（頁三一五二一）

據原出處《大典》卷六七〇〇，題當擬爲"清虛庵"。

## 張鎡　卷二六八一至二六九〇

**【校訂】偶成**（頁三一五三七）

"消逸"，《大典》卷八九九作"清逸"。

**秋日夙興**（頁三一五三九）

"閑稀""唱群"，《大典》卷七九六二作"閃稀""倡群"。

**千葉黃梅歌呈王夢得張以道**（頁三一五四三）

"靨"字下注"《永樂大典》卷二八〇一作壓"。校文出處卷次誤，實見《大典》卷二八一〇。

**美人曲**（頁三一五五二）

此詩又作册二二頁一四三八二周行己同題，歸屬未能確考。

**同魏茂先潘茂洪泛湖終日**（頁三一五六一）

"檜海"，《大典》卷二二七四作"海檜"。

**讀樂天詩**（頁三一五六八）

"讀到"，《大典》卷八九九作"詩到"。

**題方竹杖松根枕二首**（頁三一五八〇）

其一又見《龍洲道人詩集》卷七《方竹杖》，僅第三聯不同，册五一頁三一八五四劉過下即收。張鎡下當誤收。

**客舍夜聞吳謳有懷南湖**（頁三一五八四）

"明知"下注"原作月明，據《永樂大典》卷二二六四改"。校文出處卷次誤，實見《大典》卷二二六五。

**三月十四日夜觀月思南湖**（頁三一五八八）

"然"字下注"原作言，據《永樂大典》卷二二六四改"。校文出處卷次誤，實見《大典》卷二二六五。

**改舊詩戲成**（頁三一六〇三）

"幾希"，《大典》卷八九九作"幾稀"。

**次韵酬陳伯冶監倉**（頁三一六一四）

"橫"字下注"原作翱，據《永樂大典》改"。據《大典》卷七五一八，校文當移至"翔"字下。

**歸南湖喜成**（頁三一六二〇）

"半路"，《大典》卷二二六五作"半露"。

**敬和東宮春日泛湖韵**（頁三一六三六）

"空林飛彩"，《大典》卷二二七四作"飛空林彩"。

**紹興間國工胡偉琵琶擅稱一時其徒豪興得胡心傳之妙今年七十二清健伎益精從容話故都事使人感嘆因書小詩與之**（頁三一六四九）

"故都休說"，國圖藏邵晉涵藏本《南湖集》原作"胡兒休說"，後改爲"休論舊事"。

### 許道士房（頁三一六五〇）

此詩又作頁三一六七五本人《游九鎖山》之二，又作册七二頁四五四六七無名氏《題清隱堂》。當爲張鎡詩，删其一并出校異文。

### 鷗渚亭次韵茂洪西湖三詩（頁三一六五二）

其三"較真"，《大典》卷二二六四作"校真"。

### 三月望日微雨泛舟西湖四首（頁三一六五二）

其三"睹妝"，《大典》卷二二六四作"靚妝"。

### 靈芝寺避暑因携茶具泛湖共成十絶（頁三一六五五）

其四"采菱"、其六"小童"，《大典》卷二二七四作"摘菱""丫童"。

### 窗前木芙蓉（頁三一六六五）

此詩又見明弘治活字印本《石湖詩集》卷一同題，册四一頁二五七五〇范成大下即收。《大典》卷五四〇引此詩，標"張約齋《湖南集》"。《大典》當誤標出處而致張鎡下誤收。

### 山行（頁三一六六六）

"市聲欄檻"字下注"原作溜聲戞玉，據《永樂大典》卷一九八三六改"。校文出處卷次誤，實見《大典》卷一九六三七。且題應擬作"縱目"。

### 分韵賦散水花得鹽字（頁三一六六七）

其二又見册七二頁四五二六七無名氏《散水花》。組詩凡三首，其餘兩首押十四鹽韵，韵字爲"簾""鹽"，而此首押一先韵，韵字爲"妍""鞭"，與題目不合，張鎡下當誤收。

### 蠟梅二首（頁三一六六九）

其一"供蜜"，《大典》卷二八一一作"借蜜"。

### 種蠟梅喜成（頁三一六七〇）

《大典》卷二八一一引組詩，《全宋詩》據以校勘，然有不確者。題下校語"住"，《大典》作"往"；其二校文"佛寺"，《大典》作"佛庵"。

### 謝李仁父寄茯苓（頁三一六七五）

《大典》卷二四〇五載《李仁父寄茯苓酥賦長句謝之》，署"張南軒集"，册四五頁二七八六二張栻下載。詩有"憐我百慮形早衰"句，與李燾、張鎡生年經歷不合。張鎡下當删。

### 吟詩（頁三一六七六）

"我詩"，原出處《大典》卷八九九作"吾詩"。

### 過下黃村（頁三一六七六）

"相應"，原出處《大典》卷三五七九作"想應"。

### 蘋風館（頁三一六七七）

"花著"，原出處《大典》卷一一三一三作"花暑"。

### 【輯補】湖上

來禽葉暗方塘晚，荷面蒲根香滿滿。么花并蒂緑風嬌，斜日鶯聲易腸斷。輕舟采藕鴛波遠，雨意不成吹望眼。病餘把酒欠心情，休放秦筝催楚怨。

### 謁客湖上

支水縱横漱石根，疏籬欹到插苔痕。山容頓慘風頭釅，春意潛回日脚温。蕭寺記游聊引筆，野園移坐不携樽。重城屢恨歸時逼，卜築終期外外村。

《大典》卷二二七二引張鎡功詩。

按:張鎡字功甫,此"張鎡功"當脱"甫"字。

**敬和東宫春日泛湖韵二首**

畫鷁風隨舞燕輕,鏡中天地著佳晴。湖山自古詩多少,妙處青宫爲發明。

《大典》卷二二七四引《張鎡詩》。影印文津閣本《四庫全書》册三八九《南湖集》卷七頁二〇三。

按:《大典》原有二首,《全宋詩》已收一首。《訂補》頁四六七至四六八校勘文字一首,考訂《題楊誠齋南海朝天二集》(頁三一六七六)乃楊萬里作,句"自笑從來癖"乃本人《買書》(頁三一五七三)中句,當删;并補詩三題四首,其中《贈郭居士》之"已信此心安此命"已見本人下,當注明。

# 册 五一

## 孫應時　卷二六九二至二六九八

**【校訂】碧雲即事**(頁三一七二〇)

此詩又見文淵閣本《漫塘集》卷二同題,册五三頁三三三七〇劉宰下即收。孫應時下當誤收。

**夜深至寧庵見壁間端禮昆仲倡和明日次其韵**(頁三一七二五)

此詩又見明弘治活字印本《石湖詩集》卷六《夜至寧庵見壁間端禮昆仲倡和明日將去次其韵》,册四一頁二五七八五范成大下即收。孫應時下當誤收。

**正月二十八日避難至海陵從先流寓兄弟之招仍邂逅馮元禮故人二首之一**(頁三一七三二)

此詩又見文淵閣本《景迂生集》卷九《正月二十八日避難至海陵從先流寓兄弟之招仍邂逅馮元禮故人》之一,册二一頁一三八〇八晁説之下即收。馮元禮,宋仁宗時人,晁説之與之多有交往。孫應時下誤收當删。

**登仙木**(頁三一七六六)

"猶"字下注"《永樂大典》作無"。校文誤,《大典》卷一四五三七作"元"。

**石龜古梅**(頁三一七七一)

《大典》卷二八〇八引此詩,標"孫介燭湖集"。《燭湖集》乃孫介之子應時詩文集,《大典》所引附有孫介詩。此題下有注"癸亥",孫應時、孫介均歷此年。此詩或爲孫介作。《訂補》頁四六九已指出。

**避難至海陵從先流寓兄弟之招仍邂逅故人馮元禮二首之一**(頁三一七七六)

此詩又見《景迂生集》卷九《正月二十八日避難至海陵從先流寓兄弟之招仍邂逅馮元禮故人》之二,册二一頁一三八〇八晁説之下即收。孫應時下誤收當删。

**借韵跋林肅翁題詩**(頁三一七七八)

此詩又見《四部叢刊》影印清賜硯齋本《後村先生大全集》卷二七同題,册五八頁三六四九九劉克莊下即收。孫應時下當誤收。

**和甄雲卿詩**(頁三一七八三)

第一編　大典本宋詩文獻訂補 | 189

其一"貞觀""似陶""帝庭"、其二"南庭",《大典》卷一四六〇八作"正觀""自陶""帝廷""南廷"。

**和李季章校書西湖即事三首**(頁三一七九六)

其三"匆匆"字下注"原作忽忽,據《永樂大典》卷二二六四改"。然《大典》正作"忽忽",校文誤。

**眉州**(頁三一八〇四)

據《大典》卷九七六五,題當擬作"中岩"。

**【輯補】寄吳縣主簿劉全之**

玉霄鸞鳳集吳中,爲寄雙魚問大馮。燈火十年驚客髩,江湖萬里對晴空。扶持道術君民計,擺落塵埃學問功。外此秋毫非我事,低頭飽飯各西東。

**顔主簿覓書字次韵**

目衰仍苦病侵陵,浪說工書稍見稱。近代風流曾莫繼,古人品格故難登。家山正有墨池在,柿葉何憂紙價騰。加我數年容少進,丐君多致剡川藤。

以上見靜遠軒刻本《燭湖集》卷一九。

**邊頭偵者言中原至幽薊聞上皇遺弓多慟哭小臣不勝感憤成二十四韵**

憶昔皇家盛,誰令國步危。簡書昏酖毒,疆域剖藩籬。黑眚躔丹禁,青城引皂旗。蠟書開幕府,羽檄會王師。靈武天人屬,昆陽士馬疲。兩宮哀陷辱,三鎮憤離披。嘗膽君心銳,捐軀國論疑。關河情落寞,江海勢逶迤。故老經綸闕,權臣志節卑。計疏擒頡利,迹婉事昆夷。吳會棲行殿,淮堧畫塞池。長城摧道濟,北府散牢之。文治光華郁,雄圖歲月移。堯仁深與子,武烈晦遵時。夕膳昭慈孝,宵衣鬱嘆思。星辰回五紀,天地裂三陲。德澤從來厚,謳吟本未衰。荒寒周境土,蕪沒漢威儀。痛結簞壺舊,驚傳弓劍遺。幽燕猶慟泣,京洛想纏悲。真宰高難訴,仙靈去莫追。炎精行白日,敵命托流澌。賈誼行三表,陳平抱六奇。終看石崖頌,一雪黍離詩。

同上書卷二〇。

附:《訂補》頁四六九至四七一校勘小傳及字句二首,補詩六首,均輯自《琴川志》。然《乾元宮》又見孫介《偕同人登虞山乾元宮》,或歸孫應時。

## 劉過　卷二六九九至二七〇八

**【校訂】古詩**(頁三一八一四)

"峭岩",《大典》卷八九九作"峻岩"。

**懷古四首爲知己魏倅元長賦兼呈王永叔宗丞戴少望**(頁三一八一九)

其一"松柏遭摧傷"、其二"照已"、其四"蓬島何迢遥",《大典》卷八九九作"隨風散芳香""眼已""此人不可招"。

**慶周益公新府**(頁三一八二四)

"奐頌",《大典》卷一〇九九九作"奐頌"。

**登白雲絶頂**(頁三一八三九)

"須上""婦子",《大典》卷一一九五一作"頓上""父母"。

**【輯補】永嘉薛師董同兄筮從友劉仁愿同來** 丙寅孟春

縛屋匡廬老不歸，晨雲夜月手能揮。兩山夾值春風布，一水涓回鼓瑟希。翠柏偶成庭下蔭，游禽何有夕陽暉。洗空天地銷餘滴，獨怪門前多魯衣。
《大典》卷八九九。
按：《大典》引此詩未標出處，其下詩爲劉過。此或亦爲劉過作。或認爲乃薛師董作，當不確。另《訂補》頁四七一補詩一首。

### 吳英父　卷二七〇八

**【校訂】思劉改之**（頁三一八七一）
題下注"據《永樂大典》引詩擬題"。未標明卷次，實見《大典》卷八九九，云"爲思劉改之作也"。作者亦署"呂英父"，與《訂補》頁四七一所考"作者姓誤呂爲吳"合。

### 敖陶孫　卷二七〇九至二七一三

**【校訂】思古人**（頁三一八七七）
"玄德"，《大典》卷三〇〇四作"元德"。
**上閩帥范石湖五首**（頁三一八八二）
其三"丁年"，《大典》卷一五一三九作"十年"。

### 高似孫　卷二七一九至二七二一

**【輯補】人日**
此詩冊七二頁四五三七一高氏下據《大典》卷二八〇九引《中興江湖集》輯。其上《紅梅花》亦輯自《大典》引《中興江湖集》高氏下，又見此冊頁三二〇〇七高似孫下，輯自《詩淵》。則《中興江湖集》之"高氏"乃高似孫。此詩當輯錄於此，不具錄。

### 趙汝談　卷二七二三

**【校訂】南湖**（頁三二〇二二）
此詩又見冊三八頁二四〇三三趙廱同題，輯自《大典》。歸屬未能確考。

### 林嶪　卷二七二三

**【校訂】題西湖山岩二首**（頁三二〇二八）
題"山岩"，原出處《大典》卷五三四五作"山石"。
**登潮陽東山**（頁三二〇二九）
此詩又見冊三五頁二二〇九〇鄭厚《登東山》，歸屬未能確考。

### 姜夔　卷二七二四

**【輯補】得窊樽銘詩**
書法瘦硬已逼顏平原，文字奇古突過歐蘇前。清醥自酌西山月，健筆快寫寒溪烟。平生萬事漫復漫，憐渠名實自冰炭。浯溪漫刻尊漫銘，日炙雨淋文欲斷。
《大典》卷三五八四。

## 葛天民　卷二七二五

【校訂】偶題（頁三二〇六八）

《大典》卷九〇三引此詩，標"葛天民"，《江湖小集》葛天民下載。此詩又見文淵閣本《西巖集》，册五〇頁三一四二八翁卷下即收；又作册五五頁三四一八七徐文卿同題。葛天民下當誤收。

清明前四日泛湖（頁三二〇七二）

"滿緑"，《大典》卷二二七四作"泛緑"。

六月一日同姜白石泛湖（頁三二〇七六）

"西湖""江湖"，《大典》卷二二七四作"湖邊""湖山"。

## 任希夷　卷二七二七

【校訂】讀壬子以前詩（頁三二〇九五）

題下注"壬子以前詩大抵皆少作"，據《大典》卷八九九，此當非注，乃詩首聯。"棠□"，《大典》作"棠■"。"■"當爲"棣"字"貼黄"方式之避諱。

與毛茶幹趙司法游東湖四首（頁三二〇九六）

其二"疑共"、其四"三十"，原出處《大典》卷二二六二作"凝共""三千"。

中澣西湖之集斯遠有詩輒奉同游一笑（頁三二〇九七）

"玄圃"，原出處《大典》卷二二六四作"元圃"。

【輯補】與廉君澤泛湖之次日復登戢山

右軍宅廢今爲寺，賀老湖荒已變田。歲月無端自今古，江山不盡獨雲烟。西風昨鼓湖邊棹，落日來看海外天。應有峴山留叔子，此身飲罷更蒼然。

《大典》卷二二七四引任希夷《斯庵集》。

附：《輯補》册五頁二二三一補詩二題三首，其中《竹》乃蘇軾《霜筠亭》。

## 蔡淵　卷二七二九

【輯補】題張生所畫文公像

張生父子稱紫陽，形（原作"於"）容人物非尋常。能傳遺像數百本，粹然千載存無忘。言學工夫日星皎，無言氣象真難曉。後學深明未發時，始信張生功不少。

《大典》卷一八二二二、文淵閣本《西山文集》卷三六《跋蔡節齋題張生所畫文公像》。

按：此詩《全宋詩》誤錄爲真德秀詩，今據《大典》重錄。原爲一詩，今據韻離析爲二首。

## 易袚　卷二七二九

【校訂】和太白感秋詩韵（頁三二一二〇）

"江成"，原出處《大典》卷六六九八作"江城"。

## 曹彥約　卷二七三〇至二七三二

【校訂】水北民家窗間有題夜深短檠燈功名平生心者戲成平側詩二首（頁三二一三三）

其一"投林",《大典》卷八九六作"役林"。

**偶成**(頁三二一三五)

此詩見《大典》卷八九六,標識爲"曹彥約昌谷集",又作楊簡《偶作》之一八前半篇,見册四八頁三〇〇八四(楊簡此詩在曹彥約下分爲二首)。錢鍾書《宋詩選注》已指出曹彥約誤收楊簡《偶成》諸詩,《書目季刊》2007年第3期載趙燦鵬《宋人曹彥約昌谷集中楊簡詩作的羼入問題辨析》繼之對此《偶成》詩詳細論辨,《文獻》2014年第4期載尹波《四庫本曹彥約〈昌谷集〉誤收詩文考》亦辨及之。

**次韵李晦父炎早梅**(頁三二一三七)

"孤真""鼎鼐",《大典》卷二八〇八作"孤貞""鼎彝"。

**子敬作詩已久不以見示忽出一卷共有四十字乃相陪避暑三峽橋之作戲次其韵**(頁三二一四四)

題"共有",《大典》卷八九六作"其中有"。

**總領户部楊公挽詩**(頁三二一五〇)

其三末注有"先兄伯剛、伯遜與公爲同年兄弟",據文淵閣本《春秋分記》卷首程公許序及劉光祖《程伯剛墓志銘》,注文正與程公許相合。故勞格《讀書雜識》及尹波認爲組詩乃程公許作,甚是。

**江村散步**(頁三二一五二)

"寒稍",《大典》卷三五七九作"寒梢"。

**紅梅**(頁三二一五三)

題,《大典》卷二八〇九作"再賦四十字"。

**漫成寄朱伯海主簿**(頁三二一五九)

據尹波考證,此詩乃元人曹伯啓詩,當删。

**龍游道中即事**(頁三二一六〇)

"坐"字下注"原作作,據《永樂大典》卷八八四改"。校文出處卷次誤,實見《大典》卷八八四二。

**況子沿檄來歸舟過淮右綉衣左國録贈行以詩因及衰朽次韵奉酬三首**(頁三二一六八)

題"次韵"、其一"勤賊定勤"、其三"是豫",《大典》卷八九六作"輒韵""擒賊定擒""疑豫"。

**使君見示鹿鳴詩走筆奉和**(頁三二一六八)

題"使君",《大典》卷八九六作"史君"。

**陳倅寄惠四詩用昌黎和裴相韵愧不能當也走筆賦二章以謝**(頁三二一六九)

其一"辜負",《大典》卷八九六作"孤負"。

**偶成**(頁三二一六九)

組詩見《大典》卷八九六,標識爲"曹彥約昌谷集"。組詩二首又作楊簡《偶成》之一、二,見册四八頁三〇〇八六。曹彥約下誤收,尹波及《訂補》頁四八〇已言及。

**謝朱鶴皋招飲**(頁三二一七一)

據尹波考證,此詩乃元人曹伯啓詩,當删。

**旬休日遣懷招陳德温飲**(頁三二一七一)

據尹波考證，此詩又作元人曹伯啓詩，不能遽斷。此詩與上首曹伯啓詩相接，且均爲"招飲"詩，據《大典》引詩文例，在《大典》中當相接。則此詩可斷爲曹伯啓作。

**海棠**（頁三二一七六）

組詩二首又見文淵閣本《節孝集》卷二一《海棠花》，册一一頁七六八七徐積下即收。曹彦約下當誤收。尹波已考及之。

**偶成**（頁三二一八四至三二一八五）

組詩見《大典》卷八九六，標識爲"曹彦約昌谷集"。組詩之一又作楊簡《偶作》組詩之一二，見册四八頁三〇〇八四；之二又作楊簡《偶作》組詩之一三，見册四八頁三〇〇八四；之三又作楊簡《偶作》組詩之一四，見册四八頁三〇〇八四；之四又作楊簡《偶作》組詩之一五，見册四八頁三〇〇八四；之五又作楊簡《偶作》組詩之一六，見册四八頁三〇〇八四；之六又作楊簡《偶作》組詩之一七，見册四八頁三〇〇八四；之七又作楊簡《偶作》組詩之一九，見册四八頁三〇〇八四；之八又作楊簡《偶成》組詩之三，見册四八頁三〇〇八六；之九又作楊簡《偶成》組詩之四，見册四八頁三〇〇八六；之一〇又作楊簡《偶成》組詩之五，見册四八頁三〇〇八六；之一一又作楊簡《偶作》組詩之一，見册四八頁三〇〇八三；之一二又作楊簡《偶作》組詩之二，見册四八頁三〇〇八三；之一三又作楊簡《偶作》組詩之三，見册四八頁三〇〇八三；之一四又作楊簡《偶作》組詩之四，見册四八頁三〇〇八三；之一五又作楊簡《偶作》組詩之五，見册四八頁三〇〇八三；之一六又作楊簡組詩《偶作》之六，見册四八頁三〇〇八三；之一七又作楊簡《偶作》組詩之七，見册四八頁三〇〇八三；一八又作楊簡《偶作》組詩之八，見册四八頁三〇〇八三；一九又作楊簡《偶作》組詩之九，見册四八頁三〇〇八四；二〇又作楊簡《偶作》組詩之一〇，見册四八頁三〇〇八四；之二一又作楊簡《偶作》之一一前半篇，見册四八頁三〇〇八四（楊簡《偶作》之一一在曹彦約詩中分爲兩首，且韵不同。或分兩首爲確）。尹波及《訂補》頁四八一已言之。

**伯量同二弟欲見訪湖莊以詩告至褒拂過情輒次其韵**（頁三二一八五）

其一"琴聲"，《大典》卷八九六作"琴書"。

**謝朱鶴皋招飲四詩**（頁三二一八九）

據尹波考證，組詩乃元人曹伯啓詩，當删。

**偶作**（頁三二一九〇）

組詩見《大典》卷八九六，標識爲"曹彦約昌谷集"，其一又作册四八頁三〇〇八四楊簡《偶作》之一一後半篇。組詩之二又作册四八頁三〇〇八四楊簡《偶作》之一八後半篇。尹波及《訂補》頁四八一已言之。

## 王邁　卷二七三六

【校訂】**百萬湖**（頁三二二一〇）

其二"浸撒"，原出處《大典》卷二二七〇作"漫撒"。

## 袁韶　卷二七三六

【輯補】**錢塘先賢贊**
**陶唐許箕公**

一身蘧廬，萬物土苴。黃屋垂裳，何有於我。洗耳之泉，晝夜不舍。稽留之山，可眇天下。

**漢嚴先生**
甄殷陶周，起渭去莘。先生奚爲，畢世隱淪。西都之季，氣節不伸。以此助理，匪潔其身。

**吳將軍淩公**
蜮視曹瞞，霆掃蜂蝟。翼蔽仲謀，脫危虎尾。忠不顧身，有賣無二。豈曰兵家，爲古國士。

**晉文正范先生**
涵今茹古，殫見洽聞。津航學海，從者如雲。周粟雖甘，其忍去殷。文正之諡，汗簡流芬。

**晉中尉褚公**
龍躍鳳鳴，人物之盛。雖有它樂，亦不敢請。晚覿清姿，瞿然興敬。悟善者機，心會神領。

**晉孫先生**
造物與游，盡性窮理。闇室不欺，佩仁服義。禹稷同道，飢溺由己。天嗇其年，如顏之死。

**宋龍驤將軍卜壯侯**
惟節與誼，天下大閑。呆呆龍驤，爲人所難。死輕鴻毛，名重泰山。凶徒逆儔，胡不厚顏。

**宋范先生**
世降俗漓，貨力爲己。鄰有急難，睨而不視。温温德人，藥疾楛死。榆陰孟亭，必恭敬止。

**齊褚先生**
瀑布長虹，難比其潔。剡山白石，莫抗其節。蒲璧空還，不受羈紲。館岩之阿，太平日月。

**齊顧先生**
寒松怪節，殘膏腹笥。蓼莪廢詩，晉哀是似。山谷諫編，蛛網金匱。南風帝琴，草堂流水。

**齊杜先生**
軒冕市朝，醢鷄舞甕。肥遁丘園，道義爲重。子亦謝官，菽水歸奉。喬（原作"橋"）梓俱零，死生同夢。

**梁太中大夫范公**
帝師之學，惜不逢時。諤諤忠諫，汲直之遺。秩二千石，秋毫無私。家徒壁立，萬古清規。

**梁范先生**
抱甕生涯，山澤臞儒。匪瑕之德，薰浹里閭。跨齊歷梁，蕭然隱居。孰云好爵，不如園蔬。

**梁記室褚公**
蹟探羲文,學鄙歆向。孝通於天,日嚴以敬。溢米廢餐,居廬滅性。超絶古今,冠冕百行。

**唐太常卿褚康公**
潛龍將翔,霧雨先集。貂珥蟬聯,康濟鴻業。鳩杖之歸,遺恨黄閣。蒼梧白楊,始終遇合。

**唐太尉褚公**
受遺老臣,立朝孤忠。事有至難,遑恤我躬。逐餒湘水,胎禍漢宮。委階之笏,光摩蒼空。

**唐禮部尚書褚文公**
發揮聖真,經緯邦國。端憂言歸,廬在空谷。松柏滋榮,麋鹿攸伏。惟孝惟忠,其人如玉。

**唐荊州大都督許公**
氣吞軋犖,屈事髯張。鯁賊喉牙,爲國金湯。壯哉義士,魂兮故鄉。名存忠烈,廟食相望。

**唐章先生**
終唐之世,垂三百年。於杭大州,得三人焉。孝通神明,維德之全。殺青闕文,我永其傳。

**後梁吴越王武肅錢公**
匹馬一呼,奄有吴會。檀而藏之,百年有待。子孫其昌,生民永賴。錦衣故城,山川不改。

**後梁給事中羅公**
浣西草堂,白髮參謀。奇骨非媚,與俗爲仇。黽江百篇,擬度驊騮。異世一轍,汗漫天游。

**皇朝秦王忠懿錢公**
真人龍興,揮斥六合。我有土田,圖獻閭閻。吴芮分茅,忠載令甲。煌煌大星,流光纍葉。

**皇朝吏部侍郎郎公**
名貴公車,萬乘知己。膏馥詩書,嶺嶠洙泗。鰲頭倦游,宴休禊沚。醫國刀圭,乃砭州里。

**皇朝知制誥謝公**
決河之諫,砥柱頹波。爰田之均,概量取禾。象璜衆建,子衿肩摩。乃言底績,其德不瑕。

**皇朝諫院錢公**
大科異等,一翁二季。白眉最良,德稱其位。玉立朝紳,霜清諫紙。犖犖如公,百年有幾。

**皇朝翰林學士沈公**
伊昔綉游,駭耀閭里。而公之歸,仁及生死。甄花日新,隧柏風起。哲人其萎,命也天只。

### 皇朝太中大夫錢公
翩翩王孫，侃侃儒素。國有大疑，庭抗三疏。平生美官，一寒如故。何以贈終，知者明主。

### 皇朝龍圖學士陸公
珮戈盪節，邑柱延廊。航琛輦賮，威行令孚。青苗之議，千喙囁嚅。筆端膚寸，膏澤蠢鳧。

### 皇朝龍圖閣學士錢公
戒得若仇，口唾鈎餌。疾惡如風，筆驅蛇豕。孤雲九華，一斥不起。名振雞林，清哉膚使。

### 皇朝秘閣吳公
帝學巍巍，游戲弄翰。言當格心，奚止筆諫。常棣（原"貼黃"避諱作"■"）專經，谷風共難。施屯豐年，識者之嘆。

### 皇朝龍圖閣學士虞公
鴻雁安居，鶺鴒懷惠。皇皇者華，君子豈弟。若人侵官，事特其細。投劾以爭，所重國體。

### 皇朝八行崔先生
尸祝於庠，惟褚及許。異世并祠，以盛德故。行歸於周，爲彠爲矩。仰止高山，尚其踵武。

### 皇朝太師崇國張文忠公
關洛正傳，表微繼絕。道扶中興，大義昭揭。讒波稽天，何傷日月。揚光於今，益暢忠烈。

### 孫氏定夫人
烈烈共姜，英英陵母。惟夫人德，二美俱有。歲晚養堂，金章紫綬。受報於天，俾昌俾壽。

### 虞氏夫人
彤史無傳，女師罔詔。展如之人，獨懷清操。野服岩居，名齊德曜。爰表芳徽，來者是效。

### 馮孝女
孝之大端，於終於始。有女能之，愧彼男子。靡室靡家，養生喪死。揭名鄉閭，永錫爾類。

### 何氏節婦
臨難守節，哲士難之。惟此烈婦，白刃弗移。殺身成仁，其甘如飴。松柏之心，匪姑焉知。

### 盛氏孝婦
婦之事姑，難於事親。乃眷淑德，今昔異聞。里閭表懿，史册揚芬。閨門之化，式是國人。

《大典》卷七二三五。又見《咸淳臨安志》卷三三。

按：除後二首，又見文淵閣《四庫全書》本《錢塘先賢傳贊》。因《全宋詩》已錄諸贊中"皇朝和靖林先生贊"(《題林和靖像》)，故仍附此，不再補於《全宋文》袁韶文下。

# 册　五二

## 周南　卷二七三九至二七四〇

【校訂】季春(頁三二二五一)
"大艱"，國圖藏翰林院抄本《山房集》作"大難"。

卓文君(頁三二二五三)
"心怨"，翰林院抄本作"心意"。

秋日步至湖桑埭西(頁三二二五四)
此詩又見宋刻本《放翁先生劍南詩稿》卷二三同題，册三九頁二四七五二陸游下即收。周南下當誤收。

賦里人亭前三立石(頁三二二五五)
"支撐"，翰林院抄本作"枝撐"。

後過書塢夜坐(頁三二二五八)
題"後"，翰林院抄本作"復"。

晚出至湖桑埭(頁三二二五九)
此詩又見文淵閣本《劍南詩稿》卷五一《曉出至湖桑埭》，册四〇頁二五二〇七陸游下即收。周南下當誤收。

謝友人見過(頁三二二六〇)
"癡塵"，《大典》卷三〇〇五作"凝塵"。

隨太守送神歸而有感(頁三二二七〇)
題"歸而有"，《大典》卷二九五二作"歸有"。

丘都督樞密挽章(頁三二二七〇)
其一"強敵"、其二"邊陲"，翰林院抄本作"黠寇""華夷"。

答静翁并以筇竹杖一枝贈行頌(頁三二二七一)
組詩四首又見文淵閣本《山谷集》卷一五《再答静翁并以筇竹一枝贈行四首》，册一七頁一一七一二黄庭堅下即收。周南下當誤收。

咏史(頁三二二七二)
組詩末注"以上《永樂大典》卷二九五引《山房後集》"。出處卷次誤，實見《大典》卷二九五二引《咏史詩》。"咏史詩"并非詩題，而爲集名。此集編者不詳，《大典》他卷引作《宋咏史詩》。則周南下誤收當删。且《郭汾陽女許橋神》中"患消"，《大典》作"患銷"。

## 李壁　卷二七四四

【校訂】游西湖分韻得棲字(頁三二二三一三)
"鴨鶂"，原出處《大典》卷二二六四作"鵝鶂"。

詩一首(頁三二二三一三)

據原出處《大典》卷二二六四,題可擬爲"游西湖"。

**莊敬日强齋二首**(頁三二三一七)

原出處《大典》卷二五三六署"李壁詩"。其二又見文淵閣本《誠齋集》卷三六《題王才臣南山隱居六咏莊敬日强齋》,册四二頁二六五六七楊萬里下即收。《大典》當漏標出處而致誤收。

**湛庵出示憲使陳益之近作且蒙記憶再次韵一首適王令君國正携酒相過斷章并識之有便仍以寄陳也**(頁三二三一九)

詩末注"同上書卷三一五五引《雁湖集》",出處書名誤,實作"宋雁湖先生李壁集"。

**黃陵題咏二首**(頁三二三二〇)

組詩乃唐人李群玉作,周方高《全宋詩拾補》已辨之。

**中岩**(頁三二三二一)

注"龍現",《大典》卷九七六五作"龍見"。

**東帥少才兄寵貺七言一首口占八句以謝**(頁三二三二二)

"匡山",原出處《大典》卷一五一三八作"康山"。

**【輯補】湖上探韵得尊字通敬課成拙詩二首送李君亮知府修史侍郎**

聚散從來事,年侵易斷魂。湖弦追勝日,秋色墮離尊。
分闈君恩重,維舟峽浪奔。平生斷金志,懷抱得深論。

按:《大典》詩原無空格,作一首。據題,當爲二首。

**湖上雜言十七首**

老鶴先露警,高蟬挾風清。閑居感時節,悵焉起遐情。命酒泛瑤瑟,水花與欄平。
涼蟾出城東,照我湖上柳。清暉來萬里,玩玩夜將久。皋禽亦何爲,逸響發雙咮。
人生嗟長勤,對月姑飲酒。夫渠旅萬玉,池閣皓如晝。幽香如高人,可聞不可嗅。
四序各一時,誰能奪炎熱。啼鵑常收聲,來去但深樾。不見古人之,語嘿皆有節。
酌泉注流芳,器自何代作。土花蝕將盡,銅綠瑩如濯。獨訝年歲深,胡然事輕薄。
西榮榜時習,松竹蔚葱青。婉婉媚學子,於焉玩遺經。習久心則悦,翰飛戾高冥。字書"習"字訓鳥數飛也。
平生我同胞,室邇人則遠。經時闕書素,欄檻生碧蘚。何以慰離憂,報國極綣繾。
故鄉不可忘,老境況華髮。園屋稍補治,竹樹亦行列。我道蓋如斯,悠哉玩風月。
參旗正當中,庭月呼我起。乾坤莽回互,萬化惟一軌。不有先覺興,繄誰示玄旨。
林間百慮澹,但願農歃秋。隆景困赫赤,雖勤亦何收。安得鞍萬雷,玉淵起潛虯。時方閔雨。
故人眇天末,遺我雙素書。勉我崇明德,奉身劇璠璵。行違固有命,道遠將何如。
永日靜如水,南風進微涼。虛堂寄午夢,一枕同羲皇。群兒忽闞我,讀《易》聲琅琅。
暮登古城隅,遥見東嶺碧。佳哉小羅浮,昨夢猶歷歷。中有洞宫存,神清殆其匹。嵩山有神清洞,蘇書成文。昨夢記三十年前事也。
笑花玉璁瓏,移自汝江側。幽人坐東牖,靜對終日夕。揚揚固奇芬,況乃絶代色。
白社呼已遠,青門邈難儔。哀哉火銷膏,馳逐老未休。誰能八極外,一飲天河流。
恢然萬頃波,季漢稱叔度。哲人隨伸屈,和氣四時具。如何摻摑生,勃鬱有餘怒。

善端初本微，既久則綿密。老衰不自力，勇寸復懦尺。作詩詔諸生，勉勉寸陰惜。

### 送客北關循湖上路歸得四十言
山半雲全黑，湖邊雨欲來。草深渾欠治，荷敗不禁裁。鸛靜心常遠，鷗輕性苦猜。故林應好在，荒却釣魚臺。

### 休日泛舟湖上小詩四解
木末樓臺似畫圖，蕭蕭涼吹滿菰蒲。稻畦水足分餘浸，一夜清波到兩湖。
蘭州日晚不知還，心似兒童鬢已班。喚起江湖六年夢，一蓑烟雨暗君山。
湖光洗却簿書塵，舫小纔容瘦鶴身。老覺濠梁有真趣，此中不著蕩舟人。
枯槎貼水半鱗皴，栖鵲當頭不避人。醉裏不知題竹遍，護持應付主林神。湖上有竹三郎祠，頗靈異。

### 湖上三絕寄范少才
苦無公事送迎稀，傍水穿林晚未歸。一陣南風吹過雨，笋香荷氣著水衣。
故人秋後約重來，昨日題詩醉幾回。望帝聲中烟樹遠，相思獨立上高臺。
夕陽橋影瀉清陂，往事憑欄旋覺非。鬢禿欹巾人易老，水流花發燕雙飛。

### 上七日湖上雜言十首 嘉定癸酉正月
深築溝泥帶蘂栽，醴泉溪畔記分來。誰憐霜逼清枝苦，未到臘前花盡開。
從來三徑說柴桑，爭及清湖映畫廊。野鶩隨波近人没，渚梅和樹破晴香。
先生卷葑出清波，湖水今年一倍多。盡日憑欄對高鶴，有時蕩槳趁新鵝。一作盡日凭欄倍老鶴。
見日常稀別日多，掃除湖徑待君過。武昌官柳雖然好，來歲春風憶此麼。
水光林影淨相磨，翠羽飛來勝錦駝。試比樂天池上看，祇無人唱采菱歌。
風漪一片玉生肥，卷盡如雲古錦機。何必洞庭賒月去，分明人在鏡中歸。
略勝仲蔚隱牆東，庭樹猶存十八公。更入平湖鷗鳥社，不妨流落馬牛風。
糟粕沉迷笑斲輪，是非紛糾竟誰真。不如拋却湖邊去，白鳥滄波不負人。
將軍援臂爲誰雄，更說封侯品下中。不見新堂榜陶白，傍相仍繪石林翁。石林翁自斥。
小呼船舫怕魚驚，畫屏輿臺共鶴行。千載謫仙風雅繼，可能容易比陰鏗。

### 偶校正邛南李翰林集故云湖上
遠途相戒莫匆匆，早日元知臭味同。左竹出分驚昨夢，長楊入侍各衰翁。干時未信書真誤，守道何妨宦路通。一別故園秋又老，因君歸思滿西風。

以上見《大典》卷二二七二引李壁《雁湖集》。

### 再和泛湖四絕
意合真須畫作圖，一雙魚戲水中蒲。獨憐連蹇房丞相，老卧風烟十頃湖。
城頭盡日暮鴉還，徑路苔紋稱意班。病得一州逢歲稔，閑將筆墨照湖山。
西風吹盡雨如塵，月在船頭影半身。敕賜知章裁一曲，五湖烟浪屬何人。
風漪向晚縠紋皴，岸蓧汀蘋綠映人。懷抱因依更牢落，池臺得水却精神。

### 從倪正甫真院泛湖二首
水邊秋色已斑斑，難得都城半日閑。學士新裁天詔了，却携賓從過孤山。
册方雲錦度星槎，細雨疏疏不濕花。曲館涼臺人不到，路人搖指是天家。

### 泛湖晚過淨慈見徽老復泛湖以歸

捫思坐何事,踽若轅下駒。起尋清絕處,不憚路險紆。況有陶謝手,杖屨爭攜扶。奚暇顧市人,舉手相揶揄。輕舟亂流去,縱棹穿菰蒲。湖山隨處佳,品目經大蘇。若人去已久,風景故不殊。龜魚粲可數,鷗鷺馴可呼。泳飛各其適,對此懷抱舒。言登峰頭寺,華屋高浮屠。霜眉八十老,見客猶勤劬。蕭然淡凝思,妙語或起予。置之且復去,我欲歌鳥鳥。

### 九月二十一日泛湖作

去年美人同彩舟,折花弄水湖中游。菱腰新剝薦明玉,歌送清醑行雲留。一作菱腰剝玉薦清醑,妍唱一起行雲留。

今年我游何錯莫,綠戶塵生暗弦索。早知零落湖岸花,悔不從翁只猿鶴。

### 九日同諸友泛湖登城五言一首

徑合梧桐老,湖深蒲稗秋。倦依磵石竭,閑喚畫船游。取樂非紅袖,登高尚黑頭。從人嘲酩酊,自省實良謀。黑頭,謂諸友也。

### 九月一日自道人磯拋江過散花洲入湖行舟即事五言一首

暮宿妨他盜,朝行畏逆風。淮山侵岸聳,江浪與湖通。遡月猶征雁,吟秋聽候蟲。惟歡終不醉,枕藉故書中。

### 同年約講團拜之禮於西齋堂飯已航湖訪梅孤山天氣甚佳因成鄙句

半夜東風作意顛,晚來光景變澄鮮。不妨几格拋文案,暫借湖天著畫船。屈指舊游如昨日,知心今代幾同年。春寒未放新桃李,一醉梅邊絕可憐。

《大典》卷二二七四引李壁《雁湖集》。

### 小詩二章奉送寺丞尊契丈出守池陽

已餞瀛洲伯,今朝更別君。清時能幾士,一日恐空群。雁下齊山月,猿啼秋浦雲。古來行樂地,重與話清芬。

人物推江右,從來盛本朝。隼旟聊坐嘯,天路即旌招。邂逅論先契,殷勤見後凋。君行我亦逝,離恨若相撩。

《鳳墅前帖》卷一八"宣義郎將作監主簿李壁再拜上"。彭國忠《補全宋詩34首》。

附:《訂補》頁四八四至四八六校勘異文四則,補詩七首,其中《劍門》《重陽亭次韻》《黃兼山墓》等三首乃明知劍州李璧字白夫者作,當刪。《輯補》冊五頁二二三四輯《龍鵠山》,乃唐杜光庭詩,《全唐詩》卷八五四已收,當刪。

## 韓淲　卷二七五二至二七七〇

**【校訂】坐想孤山雪竹壓籬礙過之勝**(頁三二三九六)

"常語",《大典》卷一九八六六作"長語"。

**同譚守登跨鶴臺**(頁三二四〇三)

題"登跨鶴臺",《大典》卷二六〇四作"同臺"。

**鄒道鄉送幼安赴澶倉**(頁三二四七七)

此詩又見文淵閣本《道鄉集》卷二《送幼安赴澶倉》,冊二一頁一三九三三鄒浩下即收。《大典》卷七五一八引此詩,標"鄒道鄉",其上一首標"韓淲澗泉集"。四庫館臣誤以作者鄒道鄉為篇題而誤輯,當刪。

**縱酒**(頁三二五七一)
"心事",《大典》卷一二〇四作"必事"。
**張禮書帥隆興**(頁三二五八七)
"邱園",《大典》卷一五一三八作"丘園"。
**次韻晁仲二同倉使游靈巖**(頁三二六〇四)
"邂逅",《大典》卷九七六六作"解后"。
**九日登跨鶴臺有懷**(頁三二六〇八)
題"登跨鶴臺",《大典》卷二六〇四作"同臺"。
**澗上蠟梅香甚**(頁三二六二〇)
"何故",《大典》卷二八一一作"何苦"。
**劉簿橄自安仁回泊天寧**(頁三二六四五)
"玉"字下注"原作王,據《永樂大典》卷二〇〇八五改"。校文出處卷次誤,實見《大典》卷二〇八五〇。
**懷人**(頁三二七一二)
"清"字下注"《永樂大典》卷一七三三作青"。校文出處卷次誤,實見《大典》卷三〇〇六。
**次韻王寺簿所和昌甫句**(頁三一七三〇)
題"句"字下注"《永樂大典》卷一四六〇七作詩"。檢《大典》,正作"句"。
**大滌洞贈朱道士**(頁三二七三七)
此詩又作册七二頁四五三九九陳振甫《贈冲虛齋朱道士》,自《詩淵》輯錄。歸屬未能確考。
**三岩**(頁三二七五八)
"三"字下注"原作碧,據《永樂大典》卷九七六五改"。校文誤,《大典》正作"碧"。
**鵝湖道中**(頁三二七七六)
其四"殘沙",《大典》卷二二六七作"淺沙"。
**次公招看綠萼梅和韻**(頁三二七七七)
詩末注"同上書卷二〇八九"。出處卷次誤,實見《大典》卷二八〇九。
**初八日傳聞光州虜退又云東海之捷**(頁三二七七七)
"女貞",原出處《大典》卷一〇八七七作"女真"。
**句**(頁三二七七八)
句"玄機未易窺"乃頁三二三九五本人《梅雪》頸聯,當刪。
**【輯補】九日**
日月依辰至,淵明愛其名。黃花滿東籬,壺觴還自傾。我無三徑□,悵望南山橫。故鄉渺千里,令節難爲情。
國圖藏乾隆翰林院抄本《澗泉集》卷一。
**湖上**
湖邊到天竺,佳處必裴徊。秦皇纜船石,謝公翻經臺。人去屋突兀,時異山崔嵬。意思寫不出,臨風空擲杯。

《大典》卷二二七二引韓淲《澗泉集》。

**湖中呈坐客**
舟泊斷橋下，杯迎落照中。放懷千載後，勝踐四人同。尚憶坡翁句，難追處士風。芙蕖蔭楊柳，歸棹莫匆匆。

《大典》卷二二七四引韓淲詩。

**初八日午後同致道泛湖入南屏**
小舟吹我泛烟波，匝眼春山長綠蘿。應有高人深處隱，可無閑客靜中過。友逢勝己因同載，僧若能詩試與哦。古寺殘陽見啼鳥，紅塵歸路復如何。孤山山下野人家，松樹林邊薺菜花。少憩枯藜醒午醉，一杯泉水興天涯。

**同斯遠過顯應觀飰了買船泛湖**
望見湖山已爽神，更尋道院著吾身。兩峰雨後衹如舊，一水風前却似新。城闕高華多達者，林廬澹泊有閑人。經行落托浮游去，麥潤荷輕記此辰。

**泛湖**
晴雲映湖色，水滿山轉青。方舟誰家園，與步花下亭。牡丹尚餘芳，海棠已飄零。平生幾春游，何地非昔經。年年只如此，但覺老我形。有酒不肯飲，何以陶性靈。寄言同游者，急須卧長瓶。

以上見《大典》卷二二七四引韓淲《澗泉集》。

## 趙不諔　卷二七七一

【校訂】頁三二七九四其傳記云"嘉定二年由知汀州任放罷"。《大典》卷七八九三引《臨汀志》"郡守題名"載鄒非熊云"嘉定元年五月二十八日以朝奉大夫知，三年三月二十八日被旨特留節制軍馬"，而未見趙不諔之名。

## 衛涇　卷二七七二

【校訂】**元日到湖上**（頁三二八〇〇）
"新歷""湖山"，《大典》卷二二七二作"新曆""湖上"。

【輯補】**題無相寺壁**
投笏返故園，心與泉石契。嘯歌松篁中，衣巾襲寒翠。鐘聲間雨聲，杳杳入林細。南望吳山遥，白雲迷空際。

清光緒八年友順堂聚珍本《衛文節公後樂集》卷二〇。

# 册　五三

## 林迪　卷二七七四

【校訂】**教授兩爲玉蘂花賦長韵富贍清新老病無以奉酬輒用楊史君韵爲謝**（頁三二八三三）

**次韵廷秀待制玉蘂**（頁三二八三三）

**去夏孫從之示玉蘂佳篇時過未敢賡和今年此花盛開輒次嚴韵并以新刻辯證爲獻**（頁

三二八三三)
　此三詩均輯自《大典》卷一一〇七七。此三詩分別見明澹生堂抄本《周益公文集》卷四一《林順卿迪教授兩爲玉藥花賦長韵富瞻清老病無以奉酬輒用楊使君韵》、卷四一同題、卷四二同題，册四三頁二六七七一、頁二六七七〇、頁二六七七五周必大下即收。第一首詩題首云"林順卿迪"，《大典》與此同，輯佚者誤詩題中"林順卿迪"爲作者名而誤輯。《大典》下接二首亦誤收。

### 李埴　卷二七七六

**【校訂】竹齋題事**（頁三二八四九）
　原出處《大典》卷二五四〇標"李直詩"。此詩又見明正德刻本《直講李先生文集》卷三五同題，册七頁四三〇六李覯下即收。《大典》引李覯詩多標爲《李直講集》。故《大典》所標"李直詩"，當爲"李直講詩"。李埴下誤收當删。

**四恩岩**（頁三二八五〇）
　原出處《大典》卷九七六五引《泉州府志》標"李文肅公"。因李埴諡文肅，故輯録於此。然李邴亦諡文肅，且卒於泉州。而未見李埴履及泉州之文獻，故詩當屬李邴，李埴下當删。《輯補》册四頁一七九一李邴下輯作《題四恩岩》。

### 徐璣　卷二七七七至二七七八

**【校訂】登信州靈山閣跨鶴臺**（頁三二八七九）
　"靈岫"，《大典》卷二六〇四作"春岫"。

**連江官湖**（頁三二八八六）
　"全不"，《大典》卷二二六六作"今不"。

**湖**（頁三二八八七）
　題，《大典》卷二二七二作"湖上曲"。

### 釋慧性　卷二七八一

**【校訂】頌古七首·越州見二庵主**（頁三二九一二）
　《大典》卷二八〇九載此詩爲鬼神詩，册二頁一二六〇劉元載妻下收作《早梅》。歸屬未能確考。

### 劉學箕　卷二七八二至二七八三

**【校訂】飲東屯庶姪家賦臘梅和陳簡齋韵**（頁三二九二七）
　"吟搜""少須"，《大典》卷二八一一作"吟叟""小須"。

**峮山鋪**（頁三二九五一）
　《大典》卷一四五七六引此詩，標"宋施樞芸隱横舟稿"，册六二頁三九一一五施樞下即收。劉學箕下當誤收。《訂補》頁四九一已考訂。

## 周端臣　卷二七八四

【校訂】送翁賓暘之荆湖（頁三二九六〇）

"作能""右道"，《大典》卷二二六六作"坐能""古道"。

【輯補】秋日湖上

西山烟靄不曾收，舡去沙鷗滿渡頭。一路晚風吹落日，殘荷疏柳正爭秋。

三月湖上

三月湖天春晝長，東風飄暖草吹香。櫻桃熟處游人倦，柳絮飛時燕子忙。

小飲湖上晚歸

家隔重關外，游情每自忙。別憐秋又暮，歸覺路猶長。野艇分菱白，村盤薦栗黃。西風楊柳下，人影亂斜陽。

《大典》卷二二七三引周彥良《葵窗小稿》。

附：《訂補》頁四九二補詩二首。

## 徐綱　卷二七八五

【輯補】題浮遠堂壁

君山磊落壓晴江，上到山頭思岳陽。歸目儘隨秋雁遠，落霞不斷暮天長。半空霧散千山碧，萬里風來六月凉。剗却沙洲應更好，月明來此看寒光。

大典本"常州府"卷一五。

## 錢文子　卷二七八五

【校訂】頁三二九七六據《大典》輯録三詩，據傳記，其與同册頁三二九七五所録錢宏爲同人，當合并。潘猛補《從温州地方文獻訂補〈全宋詩〉》已言及。

狀元去春用楊吉州子直韵賦玉蕊詩老誇久稽奉酬今承秩滿還朝就以爲餞（頁三二九七七）

此詩輯自《大典》卷一一〇七七，又見明澹生堂抄本《周益公文集》卷四一《錢文季舉狀元去春用楊吉州子直韵賦玉蘂詩老誇久稽奉酬今承秩滿還朝就以爲餞》，册四三頁二六七七一周必大下即收。則輯佚者誤詩題中"錢文季"爲作者名而誤輯。錢文子下當删。

## 趙汝譡　卷二七八六

【校訂】冰壺亭（頁三二九八五）

詩末注"《永樂大典》卷二二三六"。出處卷次誤，實見《大典》卷二二五六。

## 朱睎顔　卷二七八七

【校訂】頁三二九九五據《大典》輯詩二首。然《大典》所載朱睎顔詩者，均爲元代有《瓢泉吟稿》名朱睎顔者。此二詩已見《全元詩》册一八頁三二一、頁三三〇朱睎顔下。其人當删。

## 許景迂　卷二七八七

**【輯補】東陽貳車胡偉節挺被憲檄决讞括蒼歸示道間古律因次韵三首**壬戌

何年鑿山成峻嶺，石蹬斜斜還整整。瀑流百丈助奇觀，叠巘千層森列屏。青天尺五疑可攀，兩足蹴踏仙都境。倦游十步輒一憩，行旅貪程自爭逞。未容大庾擅清絕，道左江梅印疏影。貳車攬轡訪鄰壑，後乘携壺仍載穎。酒邊開拓詩興動，飛花又學江天景。銷金暖帳（原作"悵"）定塵俗，客裏聞香發深省。歸束傑句富倉箱，更許飢人拾遺秉。猩脣象鼻俱可棄，正味天厨推隽永。過馮公嶺。

尚書作牧駐朱輪，政事溪山焕一新。歷歲斑衣來歧想，當時黄髮見猶詢。别車遵道姑環徹，明鏡堂臺不染塵。信是高門有陰德，平反到處總生春。先正尚書獻簡公嘗作處牧。

危欄跨晴虛，雲氣生履底。唤起塔中仙，爲我説真際。歸來酒未醒，詩筒隔墻遞。深慚縊縷衣，强逐雲霞袂。

《大典》卷七五一八引許景迂《野雪行卷》。

## 釋居簡　卷二七九〇至二八〇一

**【校訂】賀陳中書除夕郎**（頁三三一七六）

"因夭"，《大典》卷七三二八作"因大"。

**陳襄陽歸長興**（頁三三二〇三）

其二"因些"，《大典》卷七九六二作"因此"。

**如隱索賦雙梧**（頁三三二三四）

"孫"字下注"《永樂大典》卷二三三七作懸"。校文誤，《大典》作"縣"字。

## 王與鈞　卷二八〇五

**【輯補】徐太古有湖上之約**

西湖三十里，春入緑楊波。已約吟詩伴，明朝載酒過。僧寒吟客懶，鷗没避船多。不計他晴雨，幽期豈爾蹉。

**湖上分韵塘字**

草青時節雨，春水滿春塘。小艇斷橋外，斜楊古柳傍。櫓聲妨晚唱，簾影界羅裳。却羡乘驄者，鳴鞭踏紫芳。

《大典》卷二二七二引王與鈞《藍縷稿》。

**虞金部陳郎中泛湖**

德人心逸自休休，暇日巾車復掉舟。唤客不妨凌曉集，携尊猶得及春游。詩杯吟處知圓美，酒興豪時欲拍浮。滿目湖山看不盡，好將餘韵寄滄洲。

《大典》卷二二七四引王與鈞《藍縷稿》。

附：《訂補》頁四九六補詩一首。孔凡禮《孔凡禮文存》頁三二四認爲，《大典》所題《藍縷稿》作者"王與鈞"當不確，應是"王與權"，可備一説。《大典》卷二〇四二六、卷二〇四二七引《藍縷稿》，署"宋純愚"，或王與鈞字或號純愚。

### 趙希晝　卷二八〇五

**【校訂】寄廣南轉運陳學士**（頁三三三三八）

原出處《大典》卷一四三八〇引《廣州府志》標"趙希晝"。此詩又見冊三頁一四四一釋希晝《懷廣南轉運陳學士》。廣南轉運曾在宋初短暫存在，後分廣南東路、西路二司。趙希晝時早已分治。《大典》誤標出處而致趙希晝下誤收。《訂補》頁四九七、周方高《全宋詩拾補》已辨之。

**寄潮州于公九流**（頁三三三三九）

原出處《大典》卷一四三八〇引《潮州府志》未標作者。其上所引《廣州府志》載詩標作者爲趙希晝。詩又見冊七二頁四五三七六無名氏，亦輯自《大典》此卷。《大典》卷五三四五載此詩，標作者爲"陳文惠公"，冊二頁一〇九一陳堯佐下據輯。于九流真宗時知潮州，冊二頁一二五一載其《和陳倅游西湖》，此陳倅即陳堯佐。則詩當爲陳堯佐作。《訂補》頁四九七已言之。

### 劉宰　卷二八〇六至二八一〇

**【校訂】和王克家所寄草堂詩二首**（頁三三三五六）

其二"盧仝處"，《大典》卷八九六作"盧處士"。

**贈凌山人二首**（頁三三三六〇）

其一"木石"，《大典》卷三〇〇四作"木食"。

**殺虎行謝宜興趙大夫惠虎皮虎腊虎睛**（頁三三四一八）

大典本"常州府"卷一三引此詩，前有序，云："戊子、己丑間，毗陵境内多虎患，蓋有致之者。宜興趙大夫至，未幾即空其群，而傍邑之害亦以是息。漫塘劉宰文而壯之，爲賦《殺虎行》以遺觀民風者。"可補。

### 錢厚　卷二八一二

**【輯補】題浮遠堂壁**

天闊江宜向，何年漲遠洲。風沙迷望眼，烟樹界中流。詩興供難盡，歸心挽不留。潮聲本無兢，風葉自鳴秋。

**題浮遠堂壁**

重來弔古倦登臨，風挾驚濤動壯心。暮靄不知天遠近，閑雲休礙月升沉。自分南北同天壤，誰似江淮識古今。亦有孤山中屹立，可能終始少知音。

又踏君山路，來驅陌上塵。江仍舊時面，我是去年人。愛聽松聲古，休催柳色新。片雲銜落日，梅與月爭春。

以上見大典本"常州府"卷一五。

按：第一首詩首聯《全宋詩》錢厚下已錄。

## 册 五四

### 戴復古 卷二八一三至二八二〇

【校訂】**南康六老堂**（頁三三五八九）

題，《大典》卷七二三八作"陳寺丞爲僕寫赤壁詞有客長歌"。

**山村**（頁三三五九七）

其二"稍頭"，《大典》卷三五七九作"梢頭"。

【輯補】**湖上**

昔日題詩湖上寺，天寒歲晚暮雲昏。重來一笑知誰在，又載籃輿到水門。

《大典》卷二二七三引《臨川志》。

按：《大典》此處引《臨川志》凡三詩，第一首標"陳節齋"，後兩首題爲《湖上》，未標所屬。然第三首見《全宋詩》戴復古下，暫繫第二首於此。

**題晦庵亭**

晦翁疇昔此登臨，草木曾聞謦欬音。四海共尊傳道統，一亭聊寓敬賢心。故鄉景物應如舊，前輩風流尚可尋。千古文公經史學，武夷山水共高深。

國圖藏明正德八年刻本戴銑輯《朱子實紀》卷二二。

附：《訂補》頁四九九至五〇三補詩二十六首，其中《古意》其二又見《全宋詩》梅堯臣《古意》（册五頁二七六四）、張商英《題關公像》（册一六頁一〇九二二）。《輯補》册五頁二二五七至二二五八補詩二首、句一則。另《朱子實紀》本卷所錄尚有宋人錢時《題晦庵亭》二首，陳淳祖、呂午、王亞夫《題晦庵亭》各一首，《全宋詩》及諸補作其人名下均未收；饒虎臣《題晦庵亭》一首，《全宋詩》未載其人。

### 張弋 卷二八二二

【輯補】**古詩**

叠練如叠愁，練厚愁亦厚。登登夜深杵，隨月到窗牖。不道有離人，空齋獨搔首。

《大典》卷九〇三引《江湖集》"張韓伯"。

附：《訂補》頁五〇四補詩一首。

### 蔡沈 卷二八二四

【校訂】**讀江西詩呈游光化料院**（頁三三六四六）

"玄暉"，《大典》卷八九九作"元暉"。

**馬司户所作墨梅并示佳作因次韻**（頁三三六五〇）

題"户所"，原出處《大典》卷二八一二作"户惠所"。

**送江端伯之隆興**（頁三三六五〇）

"相積"，原出處《大典》卷七九六二作"相猜"。

**游靈岩分韻得從字**（頁三三六五一）

其下首詩末注"以上同上書卷九七六六引蔡九峰詩"。出處書名誤，《大典》作"蔡九峰集"。

### 度正　卷二八二五至二八二八

**【輯補】留題九江濂溪書堂**

維暮之春萬象都,望花尋柳過溪居。一源流水元清潔,幾片浮雲自捲舒。獨對高山吟景行,細看芳草訂遺書。可憐魚鳥渾無意,相向欣欣總自如。

岳麓書社 2007 年版《周敦頤集》卷七。

### 周文璞　卷二八三二至二八三四

**【校訂】烏夜啼**（頁三三七二一）

"故故",《大典》卷二三四六作"故人"。

**太湖**（頁三三七四八）

"污池",《大典》卷二二六〇作"洏池"。

### 宋寧宗　卷二八三五

**【輯補】高宗皇帝挽詞**

寶曆開真主,皇天佑我家。攘夷功廣大,復古自光華。仁覆生靈遂,神怡壽祉遐。巍巍稽上古,帝典又何加。

至養安慈辰,尊臨仰太翁。重重慶方遠,九九數何窮。私抱曾門戚,悲纏率土同。龍輴登去路,雲慘浙江東。

《中興禮書續編》卷五六。

**光宗皇帝挽詩五首**

問寢長清禁,賓空邈白雲。萬方懷覆育,六載想憂勤。虛己來辰告,稽經每夜分。遺言猶薄葬,不起霸陵墳。

德威兼神聖,仁深似祖宗。繁幾勞聽斷,高蹈適從容。日謹承尊養,天胡降閔凶。稽山傳禹葬,仙寢又閟封。

顧復恩勤厚,基圖父子傳。雖懷心愛日,曷報德如天。太極方同運,神機倏已仙。可勝殂落痛,得疾爲民編。

曡深涼德薄,禍鍾數旬餘。母範成真馭,喪容正倚廬。尚成慈父養,又愴大庭虛。號絕羹墻慕,奎文但寶書。

祖載仙輴去,因山浙水東。銘旌愁落照,挽鐸咽悲風。鳳翣群靈擁,烏號兆姓同。嬛嬛心欲折,哭踊望陵宮。

《宋會要輯稿》禮三〇之六四（冊二頁一一三七）。

**憲聖慈烈皇后挽詩五首**

景命開皇宋,純坤祐我家。御天興大漢,鍊石有神媧。勤儉仍終逸,文明并上嘉。更能承聖統,慈烈迥光華。

南渡中天業,思陵復古心。一時參慮遠,五紀咏仁深。德冠周任姒,功高漢郭陰。艱難前日事,無路聽徽音。

躬致東朝禮,親觀孝廟時。繩金興府冊,奉玉未央卮。道大昌鴻業,謀深侈燕詒。惕思傳授計,何以報恩慈。

聖父膺虞禪,神孫奉漢闈。綠車承愛撫,素幄贊傳歸。方謹龍樓侍,俄驚鶴馭飛。復存長樂注,盛德在簾帷。

四世陰功遠,三朝孝養尊。自慚膺大統,尤篤擁曾孫。增謚難名德,爲基罔極恩。仙輿攀不得,慟哭灑堯門。

《宋會要輯稿》禮三四之三二(冊二頁一二九七)。

附:《訂補》頁五〇五至五〇七補《中殿生辰詩題楊婕妤百花圖》十六首、句五則,然據張伯駒《春游紀夢·宋楊婕妤百花圖卷》所考,圖上識"今上御製中殿生辰詩",乃紹定四年楊太后爲謝皇后而作,則詩當宋理宗作。《輯補》册五頁二二六六補詩一首。

### 黃簡　　卷二八三五

**【輯補】秋塘招泛湖分韵得稱字**

嘉辰漾安舲,霽來頻清鏡。潤綠繚空翠,到眼互森映。冷冷吹午涼,艷艷涵晚瑩。適哉社中游,一洗古聲病。心澄趣斯遠,意足句自稱。紺宇扣幽深,滄堤步修靜。潄芳有餘味,攄實無誇咏。合語兩山雲,記此一段勝。

《大典》卷二二七四引《中興江湖集》。

附:《訂補》頁五〇七補詩一首。

### 張衜　　卷二八三五

**【輯補】題浮遠堂壁**

未許歸心動故林,江山勝處且登臨。更無纖翳礙空曠,時有孤帆破净深。酒富可供開口笑,詩豪肯使掉頭吟。飽將風物羅胸次,呵護平時耿耿心。

大典本"常州府"卷一五。

### 許應龍　　卷二八三六

**【校訂】次韵張太博方得余所遺二程先生集辨二程戲邵子語**(頁三三七七二)

此詩題下編者注其亦見《鶴山集》卷三,冊五六頁三四八八五魏了翁《次韵張太博得余所遺二程先生集辯二程戲邵子語》。"張太傅"即張方,魏了翁與其多有交往,許應龍下當誤收。

### 韓松　　卷二八三八

**【校訂】游大滌假宿鳴玉館成**(頁三三七九七)

《大典》卷一一三一三引《洞天清録》載此詩,標"陳洵直"。冊五五頁三四一九一陳洵直據以輯録。歸屬未能確考。

附:其兄韓梴,《全宋詩》未録其詩。《宋詩紀事》卷五八據《洞霄詩集》輯《游洞霄宮》:"雲去山空鶴自來,天壇石室已蒼苔。洞前石鼓叩即應,岩上仙真挽不回。明月照人山霧合,東風吹澗野蘭開。高眼百尺長松下,閑看飛花落酒杯。"

### 周師成　卷二八三九

**【校訂】梅**（頁三三八一一）
"述所"，《大典》卷九〇三作"迷所"。

**古詩**（頁三三八一二）
其一"與誰"，《大典》卷九〇三作"無誰"。

**【輯補】晨興**
振衣起附火，衣敝非華襟。頰面出澄景，理髮生道心。日月互回斡，雲霞莽飛沉。鑒鏡啓疏牖，隔墻見高林。晨光一以照，樹色忽如金。江南久淹泊，塵境空狂吟。返照珠玉質，尺宅自良箴。神凝契元化，語簡合大音。歲晚鳥雀少，天寒城郭深。茲焉有妙悟，丹將弦上尋。
《大典》卷七九六二引《周思成詩》。
按：周思成，未詳其人。或爲周師成之誤。暫繫於此。

### 蘇洞　卷二八四三至二八五〇

**【校訂】夜讀杜詩四十韵**（頁三三八六五）
"難"字下注"《永樂大典》卷八九九六作險"。出處卷次誤，實見《大典》卷八九九。"聞無""應価""雨片"，《大典》作"闐無""應緬""兩片"。

**寓言二首**（頁三三八六六）
其一"能從"，《大典》卷八九九作"能忘"。

**口占**（頁三三八六六）
"舜舉"，《大典》卷八九九作"舜與"。

**擬古**（頁三三八六七）
"星辰""孰聞"，《大典》卷八九九作"晨星""熟聞"。

**老杜浣花谿圖引**（頁三三八八三）
此詩又見文淵閣本《山谷集》外集卷四，册一七頁一一五七五黃庭堅下即收。蘇洞下誤收當刪。

**陳杰荆州之役伯文實約予聞其没官愴甚不寐遂成詩**（頁三三八九九）
此詩題首云"陳杰"，不成句。以《大典》引詩文例，陳杰應爲作者名。檢陳杰詩，與伯文交往者甚多。湖南圖書館藏葉啓勛抄本陳杰《自堂存稿》卷一一正録此詩。則詩當爲陳杰作，蘇洞下誤收當刪。

**雪霽歸湖山過千秋觀少留**（頁三三九一七）
此詩又見文淵閣本《劍南詩稿》卷一三《雪霽歸湖上過千秋觀少留》，册三九頁二四五三五陸游下即收。蘇洞下當誤收。

**秋日泛鏡中憩千秋觀**（頁三三九三五）
此詩又見文淵閣本《劍南詩稿》卷一七同題，册三九頁二四六二九陸游下即收。蘇洞下當誤收。

**劉郎詩**（頁三三九五三）

"桃山",《大典》卷七三二八作"山桃"。
**小憩西興**(頁三三九五六)
"玄暉",《大典》卷七九六二作"元暉"。
**與曾亨仲曹六二兄買小舟游西湖**(頁三三九五六)
"日日",《大典》卷二二六四作"十日"。
**又南明示衆**(頁三三九六一)
此詩又見明嘉靖四十一年刻本《趙清獻公文集》卷五《南明示衆》,册六頁四二四五趙抃下即收。蘇洞下當誤收。
**無題**(頁三三九七六)
其二"自摘",《大典》卷八九九作"自滴"。
**紅梅**(頁三三九七八)
其三"自空",《大典》卷二八〇九作"是空"。
**來禽詩**(頁三三九八一)
此詩又作册三一頁一九五八六陳與義《來禽》,輯自《山堂嗣考》;又見文淵閣本《屏山集》卷一七《和士特栽果十首·來禽》,册三四頁二一四一六劉子翬下即收。陳與義、蘇洞下當誤收。

### 許奕  卷二八五一

**【輯補】夏港僧舍次魏了翁韵**
暑秋風裝懷(原作"懷"),如病渴得漿。綠英解人意,招我眠僧房。京華飽塵夢,不到古錦囊。出門天地寬,弄此山水光。脩然三間茅,如坐七寶坊。短檜接烟稻,疏籬度飛航。須臾海潮急,萬馬不受韁。壯心八(原作"人")極表,却扇坐晚凉。峨眉秀連娟,萬里同一江。欲駕海雲去,小窗轉斜陽。
大典本"常州府"卷一五。
按:此詩原未署作者,此據王繼宗考證補。另《訂補》頁五一一補詩一首,《輯補》册五頁二二七二補詩一首(已見《訂補》)。

# 册 五五

### 高翥  卷二八五八至二八五九

**【校訂】西湖雜興二首**(頁三四一四三)
其二"泉寺",《大典》卷二二六四作"泉亭"。

### 徐文卿  卷二八六三

**【校訂】偶題**(頁三四一八七)
此詩又見册五一頁三二〇六八葛天民、册五〇頁三一四二八翁卷下。歸屬未能確考。
**廬陵劉氏以仲立於枕上和余韵夜半得詩句敲門喚余余攝衣而起相與對語於野航橋上殊爲勝絶因再用韵**(頁三四一八八)

原出處《大典》卷九〇三引《江湖集》,其上首詩標"徐文卿",故輯録於此。然《大典》中《江湖集》凡引同人多篇詩,則於第一首前標作者名,其他詩前標"又"字。此首前未有"又"字。且此首詩見《江湖小集》卷四九劉仙倫《招山小集》。則此詩題中"廬陵劉氏"爲作者,即劉仙倫。徐文卿下當刪。

### 陳洵直　卷二八六三

【校訂】游大滌假宿鳴玉館偶成(頁三四一九一)

此詩輯自《大典》卷一一三一三,又見册五四頁三三七九七韓松下。歸屬未能考確。

### 趙庚夫　卷二八七三

【校訂】論詩(頁三四二九八)

題、詩"水梅""場知""只話",《大典》卷九〇三作"論詩有感""野梅""易知""止話"。

### 魏寶光　卷二八七四

【輯補】題浮遠堂壁

英魄無人酹一尊,山頭遺恨古今論。説秦强楚猶談笑,不識危機在棘門。

大典本"常州府"卷一五。

按:據王繼宗校注《〈永樂大典·常州府〉清抄本校注》頁六六四所考,作者名當爲"魏寶先"。

### 羅必元　卷二八七七

【校訂】《大典》卷七八九三引《臨汀志》"郡守題名"載羅必元"寶祐元年四月十二日以朝請郎知,二年九月二十五日宮觀",可補頁三四三五五傳記。

【輯補】句

無人描畫無人咏,始是梅花自在時。

文淵閣本《剩語》卷下《哭北谷羅先生》。

### 陳貴誠　卷二八七七

【校訂】《大典》卷七八九三引《臨汀志》"通判題名"載陳貴誠"承議郎,嘉定十五年十月二日到任,十七年十二月二十七日滿替",可補頁三四三五九傳記。

### 華岳　卷二八七八至二八八七

【校訂】思故人(頁三四三九四)

"計和",《大典》卷三〇〇五作"寄和"。

斗齋(頁三四三九五)

"寄一",《大典》卷二五四〇作"第一"。

思故人(頁三四四三〇)

《大典》卷三〇〇五引此詩,標"邵子擊壤集",又見元刻本《伊川擊壤集》卷八同題,册七頁四五二六邵雍下即收。華岳下當誤收。

### 趙及甫　卷二八八八

**【校訂】和華岳過鄱陽湖**（頁三四四三三）
原出處《大典》卷二二六〇題"和"，其前引華岳《南征錄》題中有"趙貢元"，編者因輯錄於此。然華岳《南征錄》又名《華趙二先生南征錄》，原本均爲華岳唱，趙希逢和，此亦當爲趙希逢詩。《訂補》頁五七七趙希逢下已輯。趙及甫名下僅此一詩，則其人其詩當刪。

### 徐逢年　卷二八八八

**【輯補】題浮遠堂壁**
危亭突兀倚寒江，江闊依然漾夕陽。勝景常隨人意好，浮生不覺歲華長。重投塔院尋陳迹，緩步松林趁晚凉。若問當年游樂事，不堪横泪對秋光。
大典本"常州府"卷一五。

### 蔡雋　卷二八八八

**【校訂】和陳軒題汀州蒼玉洞**（頁三四四四二）
"崩雲"，《大典》卷七八九一引斷句作"穿雲"。

### 李仲光　卷二八八八

**【校訂】**《大典》卷七八九三引《臨汀志》"教授題名"載李仲光"迪功郎，開禧二年十二月八日到任，嘉定三年七月七日滿替"，可補頁三四四四四傳記。

### 趙汝淳　卷二八八九

**【校訂】靈岩**（頁三四四四八）
詩末注"《永樂大典》卷九七六六引《常州府志》"。出處書名誤，實見《大典》引"蘇州府志"。

### 洪咨夔　卷二八九〇至二八九七

**【校訂】送興元聶帥**（頁三四四七六）
"半豈"，《大典》卷一五一三八作"半鼎"。

**酬黎倅元夕**（頁三四四九四）
"巴月"，《大典》卷二〇三五四作"月色"。

### 鄭清之　卷二八九八至二九〇六

**【校訂】一岩**（頁三四六七四）
據《大典》卷九七六三，題當擬作"月岩"。詩"洞空""半壁"，《大典》作"空洞""半壁"。

樓鐩　　卷二九一三

【校訂】《大典》卷七八九三引《臨汀志》"通判題名"載樓鐩"承議郎，嘉定九年七月二十一日到任，續宮觀"，可補頁三四七三一其傳記。

方信孺　　卷二九一四至二九一五

【校訂】凌丹亭（頁三四七六三）

據原出處《大典》卷六七〇〇，題當擬作"清虛庵"。"未見"，《大典》作"未踐"。

## 册　五六

真德秀　　卷二九二一至二九二二

【校訂】跋蔡節齋爲題張生所畫文公像（三四八五七）

此詩輯自《大典》卷一八二二二，凡三部分，分別爲詩、蔡淵跋、真德秀跋，題"真西山集"，故録於此。所引文字又見文淵閣本《西山文集》卷三六，題作《跋蔡節齋題張生所畫文公像》，三部分中真德秀跋居首，其餘兩部分前有題《附蔡節齋詩并跋》。則詩乃蔡淵作，真德秀下當删。

魏了翁　　卷二九二四至二九三七

【校訂】續和李參政湖上雜咏（三四八七九）

其一"桓桓"，《大典》卷二二七二作"恒心"，文淵閣本作"依依"。

口占（三五〇一二）

偶成（三五〇一三）

二題三詩輯自《大典》卷八九六引《魏鶴山大全集》，分別又見清影宋抄本《平齋文集》卷二、卷三、卷七同題，册五頁三四四八一、頁三四四九二、頁三四五八〇洪咨夔下即收。《大典》誤標出處而致誤收。

吴泳　　卷二九四〇至二九四三

【校訂】送長兒槃赴金陵典斛（頁三五〇三七）

其五"玄雲""迎人"，國圖藏翰林院抄本《鶴林集》作"元雲""迎入"。

塞雁（頁三五〇四五）

題，翰林院抄本作"邊塞"。

壽某翁（頁三五〇六八）

題，翰林院抄本作"嘉爲仙翁賦壽"。

蠟梅（頁三五〇七八）

此詩又作册七二頁四五二五三吴永濟。吴泳詩見《鶴林集》卷四，吴永濟詩輯自《全芳備祖》。二人名相近，但吴永濟生平不詳。《鶴林集》輯自《大典》。故歸屬未能確考。

城上烏（頁三五〇八一）

據原出處《大典》卷二三四六,題應作"烏棲曲",且詩"爾何"二字上《大典》有"城上烏"三字。

**【輯補】和李微之游湖**

斷橋風日永銷憂,春拍湖堤水漫流。前此詩人都放過,後來畫史不拘收。時妝未免蒙西子,古調誰能繼莫愁。上巳一篇猶欠在,更須彩筆記重游。

《大典》卷二二七四引吴泳《鶴林稿》。

附:《輯補》册五頁二三五五補句二則。

## 戴栩　卷二九四五至二九四七

**【校訂】曹徽猷生日二首**(頁三五一一六)

二詩又見文淵閣本《鄮峰真隱漫録》卷三《上曹守徽猷生日》,册三五頁二二一四七史浩下即收。此"曹徽猷"乃曹咏,紹興二十年(1150)知明州時尚直徽猷閣。戴栩嘉定元年(1208)方第進士,當不及此,其詩誤收當删。

## 葉紹翁　卷二九四九

**【校訂】題鄂王墓**(頁三五一三五)

"更緩""學取",《大典》卷七六〇二作"少緩""悔不"。

## 謝采伯　卷二九五〇

**【校訂】題釣臺三賢堂**(頁三五一五〇)

"逆祠",原出處《大典》卷七二三六作"逆祀"。

## 張堯幹　卷二九五七

**【校訂】次唐彦猷顧亭林韵**(頁三五二二一)

此詩又見《宋集珍本叢刊》影印清抄本《蘆川歸來集》卷六《次韵唐彦猷所題顧野王祠與霍子孟廟對》,册三一頁一九九〇一張元幹下即收。張堯幹下當誤收。

## 王呈瑞　卷二九五八

**【輯補】題浮遠堂壁**

我來酹酒楚黄君,又迫烟寒訪舊盟。萬古春歸山自在,一江帆散日陰晴。有懷故國愁誰會,滿眼飛漚醉復明。人事百年知更别,此江終對此山横。

大典本"常州府"卷一五。

## 李華　卷二九五八

**【校訂】**《大典》卷七八九三引《臨汀志》"郡守題名"載李華"紹定三年十二月監軍權州事,四年差知汀州,續除直華文閣再任,轉左朝散大夫,端平二年四月除廣東運判",可補頁三五二四七傳記。

## 包恢　卷二九六四

### 【輯補】寄李俊彥先輩

辭却朝簪入隱淪，名園高枕卧江濆。鏡中華髮莖莖雪，樓外青山處處青。曾未尺書干故舊，肯將大雅一驕人。龍門恨識荆州晚，提命從今氣味親。

《宋人集》丙編本《敝帚稿略》補遺據《李氏家譜》輯。

## 岳珂　卷二九六五至二九八三

### 【校訂】思賢堂（頁三五四七九）

原出處《大典》卷七二三六"思賢堂"條下，未署題目。同書卷七二三七亦錄此詩，題"次韵"，前爲汪統關於十賢堂之詩，則此詩當擬題爲"次韵汪統十賢堂"。且卷七二三七詩末尚有"惟揚尚德之祠有二，此堂雖已葺，平山所祀上止五賢，又棟宇剥落，不無望於妥靈垂教之仁，故末章及之"，可補。

# 册　五七

## 程公許　卷二九八四至二九九五

### 【校訂】游涪州北岩（頁三五五〇一）

"汎掃"，《大典》卷九七六六作"泛掃"。

### 木皮口紀事爲故沔戎帥何進賦也（頁三五五二六）

"聲"字下注《永樂大典》卷一三〇七五作若"。校文出處卷次誤，實見《大典》卷一五一三九。"求"字下注"同上書作丐"。校文誤，《大典》作"匃"。"嗚呼"，《大典》作"烏乎"。

### 泛舟登弁山祥應宮之絶頂望太湖窺黄龍洞過倪尚書雲岩（頁三五五九五）

"輿"字下注"《永樂大典》卷九七六二作將"。校文出處卷次誤，實見《大典》卷九七六三。

### 和虞使君擷素馨花遺張立蒸沉香四絶句（頁三五六一九）

題"絶句"，《大典》卷七九六〇作"絶"。

### 【輯補】上饒趙與臻致道以魏鶴山所作茅齋銘相示僭作五言一章

棟宇茅茨密，襟懷宇宙寬。源流雖帝胄，習氣秖酸儒。秋雨蓬蒿徑，春風苜（原作"首"）蓿槃。青藜如扣户，借與異書看。

《大典》卷二五四〇引《滄州集》。

按：《永樂大典索引》歸《滄州集》於羅公升下，然此詩言及魏了翁，羅公升不當及此。程公許號滄州，有集《滄州麈缶編》，且與魏了翁時代相及。故繫此詩於此。

### 總領户部楊公挽詩諱師復字無悔

華顯世儒業，循良今吏師。未應州縣薄，能簡廟堂知。沃響歌周雅，含香問漢儀。經綸殊未展，曛景迫崦嵫。

頳尾勞民久，青天轉粟艱。三年流馬運，一笑狎鷗閑。天遠才多阨，功深報肯慳。勒銘周伏柱，何恨掩丘山。

二昆同唱第,短世不堪言。生晚欣親炙,謙撝過撫存。里門重擁篲,秀野祇空園。零落西歸稿,誰能作九原。原注:先兄伯剛、仲遜與公爲同年兄弟。仲遜調官臨安,又與公同舟泝峽,有《西歸集》,唱酬甚富。秀野,公家園名也。

文淵閣本《昌谷集》卷一。

按:勞格《讀書雜識》考訂詩乃程公許作。《訂補》頁五三二考訂《夜過馬當山》(頁三五五九六)又作高翥(册五五頁三四一三三)。《輯補》册五頁二三六六補詩一首。

### 陳大用　卷三〇〇

【校訂】無題(頁三五六八九)

原出處《大典》卷九〇三標"陳允中"。陳大用字允中,故輯錄於此。此詩又見汲古閣影宋鈔本《西麓詩稿》,册六七頁四一九九二陳允平下即收。《大典》誤題作者而致誤收。

### 王邁　卷三〇〇二至三〇〇六

【校訂】邵武山人楊壽卿臨別索詩(頁三五七四〇)
"龍眼豹睛",《大典》卷三〇〇四作"龍眠豹伏"。

讀坡詩(頁三五七四〇)
"快如""萬里",《大典》卷八九九作"快如""萬重"。

和林養正龜符惠詩(頁三五七七三)
"殿陛",《大典》卷八九九作"殿階"。

和馬伯庸尚書四絶句(頁三五七九四)
組詩未見重出。《古籍整理研究學刊》2012年第3期載拙文《大典輯本臞軒集誤收詩考》考定四詩并非王邁所作,當爲馬祖常友人,即元代詩人作品。

戴老堂爲城西林兄作(頁三五七九八)
詩末注"《永樂大典》卷七二三八引王君實《臞軒集》"。出處書名誤,實作"王實之詩"。

【輯補】游西峰在廣化寺
忙裏偷閑閑最樂,醉中得句句偏嘉。禪房深處春長静,朶朶芭蕉月上花。
同治十年《重刊興化府志》卷三三。

附:《訂補》頁五三三考訂《歲晚》(頁三五七五五)、《壽丞相》(頁三五八〇〇)乃王安石作,《除夕》(頁三五七八五)乃劉克莊作,并補詩五首、句一則,然句《全宋詩》已收,誤列作者爲"王實之",《訂補》頁六一四考訂其與王邁字實之爲同人,可合并。《訂補》頁四五九考訂王邁《送人紙筆》又見册五〇頁三一〇三八楊炎正《送紙筆與何慶遠》,歸屬難定。《輯補》册五頁二三七一補詩一首。

### 陳郁　卷三〇〇七

【校訂】偕潘寒岩陳定軒游石湖次定軒韵(頁三五八〇五)
"霜催""魚竿",原出處《大典》卷二二六六作"霜摧""漁竿"。

### 儲泳　卷三〇〇八

【輯補】寄杜北山

東風潮水濱,一話一眉顰。近世詩千卷,到唐今幾人。江楓烟外冷,池草夢中春。見說吟尤苦,開元漸逼真。

### 再寄北山
久不知消息,多應已二毛。風流東晉在,名字北山高。閉户聞霜葉,臨窗看夜濤。與誰同此興,無似爾詩豪。

### 寄漁莊
鱗鴻無處所,心事若爲傳。相去一千里,別來三四年。片雲依獨樹,疏葦占平川。自恨驅馳甚,從容未有緣。

### 寄同舍
吾廬非不愛,安處亦何曾。客久諳風俗,年饑憶友朋。雪消庭甃雨,寒結硯池冰。幾欲題書寄,驅馳又未能。

### 寄賓州連教
欲寫長箋寄遠愁,風烟漠漠水悠悠。雁飛只到衡陽住,人在衡陽更上州。

《大典》卷一四三八〇引儲文卿《華谷稿》。

附:《輯補》册五頁二三七二補贊二首。

## 史彌應　卷三〇〇九

**【校訂】過東吴**(頁三五八三八)

此詩又見《大典》卷二二六二載《次韵孫季和東湖二詩》其一,標識爲"史浩鄞峰真隱集",亦載文淵閣本《鄞峰真隱漫録》卷三同題,册三五頁二二一四一史浩下即收。史彌應下誤收當删。

## 戴師古　卷三〇〇九

**【校訂】寄趙叔魯**(頁三五八四一)

原出處《大典》卷一四三八〇標"戴師古詩"。戴師古生平不詳。此詩又見册五六頁三四八一七薛師石下。《大典》標識訛誤而致誤收,戴師古當删。潘猛補《從温州地方文獻訂補〈全宋詩〉》已訂正。

## 袁甫　卷三〇一〇至三〇一一

**【校訂】和越帥汪仲宗韵**(頁三五八五六)

題"宗韵",《大典》卷一五一三八作"宗拜廳韵"。

附:《訂補》頁五三七考訂《題慈雲閣》乃陳塤作。

## 陳昉　卷三〇二〇

**【校訂】落花**(頁三五九八〇)

此詩輯自《大典》卷五八三九,標"陳節齋詩"。陳昉號節齋,故輯於此。此詩又見《全元詩》册四頁一四九陳祐《落花寄石子章韵》。陳祐號節齋。且石子章乃元初人。陳昉下當删。

## 釋永頤　卷三〇二一

【校訂】呂晉叔著作遺新茶（頁三六〇〇〇）
此詩乃梅堯臣作，勞格《讀書雜識》已辨之。
游張園觀海棠戲作（頁三六〇〇〇）
此詩乃釋紹嵩作，勞格《讀書雜識》已辨之。

## 陳元晉　卷三〇二三至三〇二四

【校訂】和馮眉州九日無酒韵（頁三六〇一二）
"健兒"，國圖藏乾隆翰林院抄本《漁墅類稿》作"胡兒"。
楊南仲寓湖（頁三六〇一四）
"清光"，《大典》卷二二七四作"清明"。
附:《訂補》頁五三九補銘一首。

## 曾由基　卷三〇二九

【輯補】雨中泛湖
騷人愛看烟雨圖，放舟直向荷香入。葭葦叢中出短篙，不見漁翁見簑笠。
《大典》卷二二七四引曾由基詩。
附:《訂補》頁五四〇補詩一首。

## 陽枋　卷三〇三一至三〇三二

【校訂】臘月二十八日與知宗提舉分歲郡中啜茶於北樓賞梅於忠獻堂知宗即席有詩次韵并簡提舶（頁三六一二三）
此詩又見文淵閣本《梅溪集》後集卷一九同題，册三六頁二二九三七王十朋下即收。陽枋下誤收當删。
癸未守歲（頁三六一二四）
此詩又見文淵閣本《梅溪集》後集卷七同題，册三六頁二二七六七王十朋下即收。詩有"明日人相問，行年五十三"句，知作者癸未年年五十二。王十朋生於政和元年（1112），五十二歲爲隆興元年（1163），恰爲癸未年；陽枋生於淳熙十四年（1187），五十二歲爲嘉熙二年（1238），爲戊戌年。則詩爲王十朋作，陽枋下誤收當删。
艘人誤同行錢文作詩解之（頁三六一二五）
"依人"，《大典》卷八六二八作"時人"。
社日過洞庭（頁三六一二六）
題，《大典》卷二二六一作"過洞庭一絶是日社"。
句（頁三六一三二）
句"飽諳風月歸"乃頁三六〇九五陽枋《過九江望見廬山立雪一峰和全父弟韵》中句，當删。
句"可奈紅塵飛白羽"乃頁三六一一三陽枋《赴大寧司理贄俞帥》其二之頷聯，當删。

【輯補】盧新之上舍約游湖賦詩

環湖十里青山寺,夾岸千章翠柳家。月榭風軒紛爽凱,蔘汀蒲渚亂參差。濃雲欲雨新晴曉,白月初生晚照斜。記我來游當夏首,藕柚繁葉尚無花。

《大典》卷二二七四引《字溪陽先生集》。

# 册 五八

## 劉克莊　卷三〇三三至三〇八一

【校訂】燈夕(頁三六一五三)
"千炬""華屋",《大典》卷二〇三五四作"萬朵""華館"。

又得湖字(頁三六一五九)
"看似",《大典》卷二二七四作"看自"。

游水東諸洞次同游韵二首(頁三六二〇八)
其二"似善",《大典》卷一三〇七五作"自善"。

泛西湖(頁三六二一五)
"勝餞",《大典》卷二二六三作"勝踐"。

次韵王元度二詩(頁三六二八五)
其二"今誰",《大典》卷八九六作"今惟"。

丁酉九月十四日黃源嶺客舍題黃瀛父近詩(頁三六二八九)
"匡鼎",《大典》卷八九六作"康鼎"。

端嘉雜詩二十首(頁三六二九八)
其三"取北"、其四注"言云",《大典》卷八九六作"收北""詩云"。

雜咏一百首·壺公(頁三六三四四)
"跳入",《大典》卷二二五八作"躍入"。

寄題建陽宋景高友于堂(頁三六四三七)
"釀棗",《大典》卷七二三八作"讓棗"。

無題二首(頁三六四六二)
其二"卯竟",《大典》卷八九六作"卯意"。

芙蓉六言四首(頁三六四七五)
其一"東林",《大典》卷五四〇引《劉後村詩》作"寒林"。

烹茶鶴避烟(頁三六五〇九)
"高飛",《大典》卷四九〇八作"高翔"。

蒙仲以二畫壽予生朝各題一詩(頁三六五一七)
其二"□漢""韓蘚",《大典》卷二四〇八作"在漢""韓蘇"。

翌日宮教惠詩次韵二首(頁三六五二四)
其一"漚鳥",《大典》卷八九六作"鷗鳥"。

芙蓉(頁三六五三四)
"紛紛亭錦""誰改",《大典》卷五四〇作"紛專亭館""誰取"。

**信庵丞相爲余作墨梅二軸謝以小詩**(頁三六五六二)

"麼去",《大典》卷二八一二作"麼出"。

**後九首**(頁三六五八一)

其一"天子"下注"永樂大典作公子",檢《大典》卷一九六三七,二字作"于公",校文誤。

**諸公載酒賀余休致水村農卿有詩次韵**(頁三六五八八)

其五注"士草堂"、其十七"勝石"、其二十"知如""鶴斷",《大典》卷一三四九五作"處士草堂圖""可勝""纔如""樸斷"。

**題陳復祖節推留遠齋**(頁三六六〇六)

"曾讀"下注"二字原缺,據盧本補",《大典》卷二五三五作"留取"。"寒"字下注"原缺,據盧本補",《大典》作"夜"。

**題黃景文詩**(頁三六六一四)

其一"成楮",《大典》卷八九六作"成鵠"。

**口占**(頁三六六三六)

"雪鬢""共可",《大典》卷八九六作"鬢髮""可共"。

**雜咏七言十首**(頁三六六四七)

其二末《大典》卷八九六有注"劉向傳"。其三"白鶴""純湖""問訊"、其一〇"永叔",《大典》作"黃鶴""絶湖""問信""文叔"。

**無題二首**(頁三六六五〇)

其二"致中",《大典》卷八九六作"致平"。句下有"自注云:章援也。"章援字致平也。

**再題信庵墨梅**(頁三六六七〇)

"羹"字下注"《永樂大典》卷一五〇〇〇作美"。校文出處卷次誤,實見《大典》卷二八一二。

**落花怨十首**(頁三六六九一)

其十"惟見",《大典》卷五八三九作"化作"。

**放言五首**(頁三六七一四)

其四"亦作"、其五"不若",《大典》卷八九六作"又作""似若"。

**古意二十韵**(頁三六七二〇)

"三隻"下注有"陳仰齋",《大典》卷八九六作"陳抑齋"。陳韡號抑齋,侯官人。

**匡人一首**(頁三六七二五)

"古履",《大典》卷三〇〇五作"吉履"。

**懷人**(頁三六七五四)

此詩輯自《大典》卷三〇〇六,重見頁三二九四五本人下,當刪。

**【輯補】題莒口鋪詩**

此詩見《大典》卷一四五七六,標"中興江湖集莆(原誤作蒲)陽劉氏"。册二四頁一六一七九劉氏誤輯。詩不具錄。

附:《訂補》頁五四一至五四五補詩二十二首。《輯補》册五頁二三八五至二三八六補詩一首、句三則。

### 陳起　卷三〇八二至三〇八三

【校訂】泛湖紀所遇(頁三六七五七)
"銖衣""壓領",《大典》卷二二七四作"朱衣""厭領"。
奉酬竹溪陳史君新詩墨梅之貺(頁三六七六〇)
"前榮""報裹",《大典》卷二八一二作"前營""報囊"。
以毅齋曾先生詩法曰能以無情作有情子熊舉以見教兼示學詩如學禪之句次韵聲謝(頁三六七七七)
天台桐柏觀李高士惠詩兼寄其游山紀咏一編且復見招予不能赴約敬次來韵以謝(頁三六七七八)
汪起潛謝送唐詩用韵再送劉滄小集(頁三六七七八)
趙監簿寄建寧諸詩(頁三六七七八)
六言(頁三六七七八)
以上五題輯自《大典》卷九〇三引《江湖集》,標"陳起宗"。陳起字宗之,編者以"陳起宗"乃"陳起宗之"之脫漏,故輯錄於此。然《大典》卷三一四八引《蘇州府志》載陳起宗傳:"陳起宗字興祖,少入上庠。"則此陳起宗或即《江湖集》之陳起宗。陳起下當誤收。
湖上曲(頁三六七七九)
此詩輯自《大典》卷二二六四引《芸居遺稿》,然《大典》卷二二七三引此詩於《中興江湖集》下,署"天台徐氏",歸屬未能確考。
梅谷毛應麟畫梅(頁三六七七九)
詩末注"同上書卷二八一二引《芸居詩稿》"。出處書名誤,《大典》作"芸居詩集"。
元夕雨中偶成四絕奉寄東齋(頁三六七七九)
組詩輯自《大典》卷二〇三五四,標"江湖集陳起宗"。陳起下或誤收。

### 張明中　卷三〇八四

【校訂】和故舊招館(頁三六七九三)
《大典》卷一一三一三引此詩,標"張南軒集",册四五頁二七九四五張栻下據以輯錄。張明中下或誤收。
【輯補】又和前人
此詩見《大典》卷八九九,誤輯册四頁二一〇四胡宿下。詩不具錄。

## 册　五九

### 司馬述　卷三〇八五

【校訂】仲夏賞月次雪齋韵二首(頁三六七九七)
詩末注"宋孫應時《燭湖集》卷一五"。出處誤,實見靜遠軒刻本《燭湖集》附編卷上孫介詩後"司馬縣尉述次韵二首"。且其一"喜約",靜遠軒刻本作"嘉約"。

## 吴陵　卷三〇八五

**【校訂】古意**（頁三六七九八）

《大典》卷五八三九引此詩，標"吳自明"，歸屬尚有疑問。

**【輯補】偶成**

人不識春風，競看枝上紅。春風有妙理，都在綠陰中。

《大典》卷八九九。

按：《大典》此詩未標出處，其前第二首標"藝文類聚"，然今本《藝文類聚》未收。其下一首未標出處，爲宋人吳陵作，此首或亦爲其作。另《訂補》頁五四六補詩一首。

## 楊端叔　卷三〇八五

**【輯補】題浮遠堂壁**

衣裳撲翠林木冷，獻歌應人山崦空。飛坡挽斷海神鎖，涌塔高於天梁宮。老松獨礙欲落石，大舶穩駕不貲風。回頭細看城市裏，底事擾擾塵埃中。

大典本"常州府"卷一五。

## 劉子寰　卷三〇八六

**【輯補】季子墓宮**

金書大帝爲祠額，土塑胡姬舞柘枝。華表鶴歸應一笑，後來禮樂遂如斯。
一上祠宮酹白雲，始知蠻觸浪紛紛。有吳何代無陵墓，萬世惟知季子墳。

**題浮遠堂壁**

杳杳雲空浪拍浮，□（疑爲"恍"）然身出九垓游。旁環大深迷三島，下視長淮隔一洲。鳶跕馬鞍峰影外，潮噴鵝鼻石磯頭。英雄磨滅江山在，不凝空名萬古留。

大典本"常州府"卷一五。

**復齋先生贊**

名登儒錄，處乏裕如。深探《易》義，剖析爻辭。膺父之囑，著述《春秋》。微危獨闡，綱領群書。兩嗣歸宗，一子繼虞。孝名兩得，天性愉愉。

雍正版《蔡氏九儒書》卷四《復齋文集》卷首。

附：《訂補》頁五四七補詩一首。《輯補》册五頁二三八七補句一則。

## 許棐　卷三〇八九至三〇九〇

**【校訂】秋齋即事**（頁三六八五〇）

"銅瓶"，《大典》卷二五三九作"銅壺"。

**花**（頁三六八五二）

題，《大典》卷五八三八作"墻頭花"。

**落花**（頁三六八六八）

"能旁"，《大典》卷五八三九作"能倚"。

### 劉克遜　卷三一〇一

【輯補】題鉛山劉煇讀書岩
岩穿石罅可容居，昔日輸君此讀書。君去不來山易主，清風峽草少曾鋤。
《大典》卷九七六五引劉克遜《西墅集》。

湖上
竟日遲回興未闌，更過道院訪幽閑。深深廊宇無人迹，時有棋聲出竹間。
《大典》卷二二七三引《江湖續集》。
附：《訂補》頁五四九至五五〇補三首，《輯補》冊五頁二四二三補一首（已見《訂補》）。

### 黄棐　卷三一〇一

【校訂】黃陵廟（頁三七〇二一）
原出處《大典》卷五七六五作七律一首。據韵，當分爲絶句二首。

### 林汝礪　卷三一〇一

【校訂】隱求齋（頁三七〇二二）
原出處《大典》卷二五三六標"林君用詩"。其一又見冊七二頁四五四二〇林錫翁同題。二人均字君用。然林錫翁詩輯自《詩淵》冊四頁三〇〇八三，署"林錫翁"。則組詩當爲林錫翁作，林汝礪下當删。

### 吴淵　卷三一〇二

【校訂】勸耕二首（頁三七〇三〇）
其一"□將"，原出處《大典》卷六六九九作"頓將"。

### 張琮　卷三一〇三

【校訂】逍遥樓（頁三七〇三二）
"想用"，原出處《大典》卷二三四四作"想有"。

### 靳更生　卷三一〇三

【校訂】頁三七〇三八傳記云"官海南教授"，然大典本"常州府"卷一一云"終海州教授"，當是。

【輯補】題浮遠堂壁
老氣崢嶸印古人，臨江釃酒酹春申。豪名磊磊難磨滅，待拂君山石作塵。
我來江上渺觀瀾，活法滔滔瞬息間。會得太虛元不死，從教古往與今還。
大典本"常州府"卷一五。

### 劉子澄　卷三一〇四

【輯補】送董倉歸宜興

幾上求閑請,今朝始得行。酒澆歸夢熟,詩壓去船平。人憶隨車兩,天多卷舌星。家山未可戀,行復上青冥。

《大典》卷七九六二引《江湖集·玉淵吟稿》。

**同趙端甫樓亶父飲湖上和亶父詩**

孤山山下寺,曾到幾千回。人自來還去,花應落又開。一僧清似水,三友淡如梅。雪屋何時架,它年杖屨陪。

《大典》卷二二七二引劉子澄《玉淵吟稿》。

## 吳惟信　卷三一〇六至三一〇七

【校訂】**上曾贊府三首**(頁三七〇六五)

詩末注"同上書卷一一〇〇〇引吳仲孚集"。出處卷次誤,實見《大典》卷一一〇〇一。

**寄沈二山人**(頁三七〇七一)

題"沈二",《大典》卷三〇〇四作"沈筠"。

**湖上**(頁三七〇七九)

"吟詩",《大典》卷二二七二作"吟思"。

**初春湖上**(頁三七〇七九)

"任西",《大典》卷二二七二作"任風"。

**掀蓬梅**(頁三七〇八〇)

"日老",《大典》卷二八一二作"月老"。

【輯補】**湖上簡徐抱獨**

孤山多勝處,隨客一追尋。隔塢聞僧語,看雲得我心。夕陽臨水薄,春事入花深。未可輕回去,鷗邊欠好吟。

《大典》卷二二七二引吳仲孚詩。

**過湖**

荷蒲香清蓼岸深,不須移櫂過湖心。暝烟起處眠鷗醒,一半隨風上柳林。

《大典》卷二二七四引吳仲孚詩。

## 張侃　卷三一〇九至三一一二

【校訂】**園丁報秀野對岸芙蓉盛開**(頁三七一一七)

"寸裁"下注"原作鏒,據《永樂大典》卷五四〇改"。《大典》原卷作"寸裁"。另"酌酒",《大典》作"勻酒"。

**野航池邊古梅二首**(頁三七一一八)

其一"景象",《大典》卷二八〇八作"景像"。

**雨中**(頁三七一四六)

據《大典》卷一九六三七,題當擬為"寓目"。

**六言**(頁三七一六二)

其一"一邱",《大典》卷八九六作"一丘"。

**有作**(頁三七一六四)

**偶成**（頁三七一六四）

二詩輯自《大典》卷八九六，《有作》前標識"馮太師集"。故二詩爲馮山作，今分見册一三頁八六二八、頁八六四七馮山下。二詩前所録詩標識爲"張侃拙軒集"，張侃集編者因此誤二詩爲張侃作。

附：《訂補》頁五五二據《大典》卷二二六〇補詩《咏五湖》，然歸屬尚有疑問。另《文學遺産》2001年第1期載段學儉、劉榮平《張侃三考》考證張侃生於淳熙十六年（1189），卒於開慶元年（1259）以後，并考訂其仕履，可校改傳記。

## 徐經孫　卷三一一四

**【輯補】和陳自堂韵**

罩山自堂先生號罩山主人有句念衰翁，好風直送圖書左。自然陶菊憶緒餘，不次繩括自恬妥。那知多病廢人事，習懶披衣頭不裹。□□□□□□，□□□□□□顆。古人讀檄愈頭風，今讀君書真起我。

湖南圖書館藏葉啓勛抄本陳杰《自堂存稿》卷四。

## 林希逸　卷三一一八至三一二六

**【校訂】近聞諸山例關堂石門老偶煮黄精以詩爲寄次韵以戲之**（頁三七三六四）

原出處《大典》卷八五二六標"林希逸竹溪集"。此詩又見文淵閣本《筠谿集》卷一九同題，册三〇頁一九三二八李彌遜下即收。林希逸、李彌遜集原均有"竹溪"字，故重出。《大典》當誤題作者，實爲李彌遜作，林希逸下當删。

**止戈堂**（頁三七三六四）

原出處《大典》卷七二四二標"竹溪先生集"。組詩又見文淵閣本《筠谿集》卷一六《寄題福州程進道止戈堂二首》，册三〇頁一九二九七李彌遜下即收。《大典》此卷前趙師恕《止戈堂記》下有注，云"有秦檜、李綱、孫近、汪藻、許份、張致遠、李彌遜、辛炳、張嵲、洪炎、鄧肅、李苪、朱松等詩咏程公之功令，爲《止戈堂集》"。則組詩爲李彌遜作，林希逸下當删。

## 蔣重珍　卷三一二八

**【校訂】**頁三七三七九傳記可據尤焴《宋故刑部侍郎蔣公壙志》（《全宋文》册三三三頁三九〇）補考：蔣重珍（1183—1236），初名奎，字良貴，號實齋，又號一梅老人，無錫（今屬江蘇）人。寧宗嘉定十六年（1223）進士，簽判建康軍，未上，丁憂。服闋，僉書昭慶軍。理宗紹定二年（1229），遷秘書省正字，秘書郎，均不拜。端平間，纍遷著作郎兼起居舍人，起居郎説書。以刑部侍郎致仕。

**題惠山**（頁三七三七九）

此詩輯自《無錫縣志》卷四上。然大典本"常州府"卷一四引《無錫志》載此詩，署作者爲"天目山僧明"，歸屬尚有疑問。

## 彭耜　卷三一二八

**【校訂】知州**（頁三七三八七）

《大典》卷一五一三八引組詩其六,標"劉後村集",宋刻本《後村居士集》卷二《送真舍人帥江西八首》之二,册五八頁三六一五二劉克莊下即收。彭耜下誤收當刪。

### 李龏　卷三一三〇至三一三四

**【輯補】野梅歎**

春風依稀煦桃李,桃李紛華盍羞死。綢繆世味尚甘腴,愁酸謾托青青子。

《大典》卷二八〇八。

按:《大典》此詩上接頁三七四七三《野梅歎》,然二詩韻不協,當另爲一詩。

**臘晴偶到湖上有感**

柳色輕籠菉豆塵,東風暗破碧梅春。絶憐和靖飛仙後,勝賞今歸名利人。

《大典》卷二二七三引《李和父詩》。

**送月浦王叔敬往京湖謁制閫觀文吳退庵**

南征南楚去,發脚古丹陽。旅鬢染秋色,新詩懷夜光。吳船寬泛月,荆樹遠臨霜。一見貂蟬帥,春歸置草堂。

《大典》卷二二七四引李龏和《雪林擁簑吟稿》。

按:李龏字和甫,《大典》當脱一"甫"字。另《訂補》頁五五四補詩一首。

### 毛珝　卷三一三五

**【校訂】西興寄呈**(三七四九〇)

原出處《大典》卷七九六二未標出處,其前一首標"毛珝吾竹小稿",故輯於此。此詩又見文淵閣本《芸隱勒游稿‧西興寄呈東畂先生》,册六二頁三九一一〇施樞下即收。《大典》當漏標出處。

## 册　六〇

### 周弼　卷三一四六至三一四九

**【校訂】天申宮蘇文忠畫像**(頁三七七四九)

此詩又見《江湖後集》卷二一黄文雷《偕周伯弜題天申宮蘇文忠公畫像》,册六五頁四一〇八七黄文雷下即收。大典本"常州府"卷一四引此詩,題"題天申宮蘇文忠公石刻像",署作者爲"周弼"。歸屬未能確考。

**山崦早梅**(頁三七七六八)

此詩録自《端平詩雋》卷四。《大典》卷二八〇八引此詩,署"江湖後集李龏父詩",册五九頁三七四三二李龏下即收。歸屬未能確考。

**鄱陽湖四十韻**(頁三七七七一)

此詩見《大典》卷二二六〇引《江湖後集》,署"周弼"。此詩又見文淵閣本《龍雲集》卷七同題,册一八頁一二〇〇四劉弇下即收。《大典》或誤,周弼下當注明。

**【輯補】題張公洞**

靈液倒垂千羽蓋,雲根擁出衆仙官。常疑道引飄飄去,遍語游人禮石壇。

重來定入尋仙穴,細踏琪花傍石行。還有迤迴難認處,遺書就借白騾迎。
大典本"常州府"卷一四。

## 徐元杰　卷三一五一

【校訂】餞劉恭父二首(頁三七八二三)

此詩見《楳埜集》卷一二,又見張孝祥《于湖集》卷三二《鷓鴣天·餞劉恭父》。劉恭父即劉珙(1122—1178),字共父,又作恭父;而徐元杰(1194—1245)與其時代不相及,誤收,當刪詩存目。

大巧(頁三七八二四)

題下注"《永樂大典》卷九七六三題作半月岩"。檢《大典》此卷,并無題目。據其所在條目,可擬作"月岩"。

附:《訂補》頁五五六考訂其生年并補詩一首,然所考生年不確,補詩歸屬亦有疑問。

## 吴潛　卷三一五五至三一五八

【校訂】謝世頌三首(頁三七八六一)

其三"湖州新市上""循州""一場""也好",《大典》卷一三四九五作"雪川烏墩鎮""循江""這場""真好"。

## 顏耆仲　卷三一六二

【校訂】寬民堂(三七九二六)

"千般",《大典》卷七二三八作"千艘"。

【輯補】題浮遠堂壁

長江浩渺接蒼烟,背涌金鼇莫記年。萬里朝宗將至海,一峰峭拔獨擎天。清高景象超塵外,廣大乾坤在眼前。遥指神京何日復,中興有頌可磨鐫。

大典本"常州府"卷一五。

## 馬光祖　卷三一六二

【輯補】平糴倉門牌詩

人人飽喫昇州飯,世世常存老守心。

《大典》卷七五一四引《建康志》。又見《景定建康志》卷二三。

## 陳鑄　卷三一六二

【校訂】句(三七九三六)

此句輯自《大典》卷七八九一引《臨汀志》。檢《大典》,詩前有"嘉泰間,郡守陳公鑄詩云"。此郡守陳鑄,嘉泰四年(1204)知汀州。而《全宋詩》字鼎臣之陳鑄,寶慶二年(1226)始第進士。則句顯非此陳鑄所作。實《全宋詩》此處之陳鑄,乃錯綜宋代三陳鑄而成。此句前所錄詩《任公仙臺祠堂》,輯自《淳熙三山志》卷三八。檢原卷,署作者爲"通判陳鑄"。字鼎臣之陳鑄生平,最詳盡者爲《淳熙三山志》卷三二,僅云"陳鑄,字鼎臣,閩縣人,寄居嘉興……朝請郎，主管玉局觀"，而未言及其通判福州事。且北宋另有一陳鑄，《萬姓統譜》卷一八載其生平，"陳鑄，字師回，興化縣人。天聖中登甲科，康定初知南雄州。以親老求通判福州，力贊守臣增學田，延宿儒教以經術。改倅陳州，時有水患，悉力拯援，全活者衆。當路上其勞，擢知潮州、汝州、登州，仕至光禄卿"，顯然爲此詩之作者。《全宋詩》此處"陳鑄"，生平混亂，名下詩均非其作，當删。同時，另立其他二陳鑄之條目。

### 葛紹體　卷三一六三至三一六四

【校訂】游本覺寺（頁三七九五七）

此詩又見文淵閣本《筠谿集》卷一四《次韻舍弟游本覺寺》，册三〇頁一九二七一李彌遜下即收。葛紹體下當誤收。

題韓伯直順齋（頁三七九七一）

"静展"，《大典》卷二五三五作"静轉"。

永嘉王孟同適安堂（頁三七九七八）

詩末注"同上書卷三〇二〇引《葛元承詩》"。出處卷次誤，實見《大典》卷七二四二。

### 劉震孫　卷三一六五

【輯補】送閻憲使游張公洞

混沌元無竅，何年始鑿開。人方眩神怪，我欲罪風雷。飛雨沾危磴，浮烟罨净臺。摩挲洞前石，蜀客幾人來。

大典本"常州府"卷一四。

附：《訂補》頁五六〇補句一則。

### 林庚　卷三一六五

【輯補】清孝里

皛皛錫山昏，人家半掩門。虹橫秋木杪，鷓卧雪蘆根。表立飛來鶴，香留仙去魂。日高風力雋，一雁過前村。

大典本"常州府"卷一五。

### 劉垕　卷三一六五

【校訂】玉樹謡（頁三七九九二）

原出處《大典》卷一四五三六標"江湖集静齋"。詩又見册五五頁三四四四九趙汝淳，輯自《詩淵》，標"宋静齋趙汝淳"。劉垕亦號静齋，故輯録，誤收當删。

### 王柏　卷三一六六至三一七〇

【校訂】和易岩兄芙蓉吟（頁三八〇一四）

"席地"，《大典》卷五四〇作"藉地"。

題平心堂（頁三八〇一七）

"圓文"，《大典》卷七二四〇作"負圖"。

**早梅有感**（頁三八〇六八）

詩末注"同上書卷二八〇八引《王會之集》"。出處書名誤,實作"王魯齋甲寅稿"。

**重聘古梅行**（頁三八〇六八）

詩末注"以上同上書卷二八〇八引《甲寅稿》"。出處書名誤,實作"王會之集"。

【輯補】**商鼎歌壽潘介軒**

乘興而來,適值申生之旦;知心既久,可無頌魯之章。僭成調鼎之歌,仰侑壽卮之祝:光霽樓前春正長,梅花已作鼎鼐香。旄倪同指南極瑞,客星高映屏星光。我聞陰陽根太極,天以中和生萬物。正通之氣鍾爲人,亦以中和融盛德。中和時候出大賢,平生學力全其天。花溪上接丹溪派,毅齋衣鉢曾親傳。嚴亦毅齋之仕國,嘗以疏橫扁其室。先生亦有梅兩株,即日架亭名玉立。梅花本不貪春風,清標凜凜專窮冬。浮花落盡真實見,微酸一點心事同。愛君憂國丹心折,何意平分風與月。去年拯民魚鱉中,今見桑麻已萌達。桐山高兮桐水長,梅花兩處流餘芳。小摘青青祝公壽,和羹滋味須先嘗。

《大典》卷一一九五七引王魯齋《甲寅稿》。《蘭州學刊》2007 年第 1 期胡建升《全宋詩 10 家補遺》。

附:《輯補》册五頁二四七一至二四七二據《大典》補詩二首。。

# 册　六一

## 江萬里　卷三一七六

【輯補】**題浮遠堂壁**

淮浙平分一水間,開林陡見八溟寬。江山曾識三千客,風月重歸十二欄。天迥不知身世窄,境清翻覺骨毛寒。楚帆切莫貪程急,潮水未平行路難。

大典本"常州府"卷一五。

附:《輯補》册五頁二四九一補贊一首。

## 高吉　卷三一七六

【校訂】**塞南**（頁三八一二五）

據《大典》卷二三四六,題應作"烏栖曲"。且該題下當爲二詩,第一首凡六句。其餘爲第二首。

## 葉茵　卷三一八四至三一八八

【校訂】**古意二首**（頁三八二一〇）

其二"境空",《大典》卷九〇三作"鏡空"。

**偶成**（頁三八二一七）

"綠楊",《大典》卷九〇三作"綠陰"。

**偶成**（頁三八二二五）

"會心",《大典》卷九〇三作"惠心"。

**舫齋**（頁三八二二八）

"潮汛",《大典》卷二五四〇作"潮信"。

## 方岳　卷三一九〇至三二二五

**【校訂】書維揚張君梅卷**(頁三八二七一)
其一"更作",《大典》卷二八一二作"便作"。
**再用韵奉酬**(頁三八二七五)
其一"洗净",《大典》卷二八〇九作"净洗"。
**入村**(頁三八二八九)
其四"宿"字下注"《永樂大典》卷三八五一作乍"。校文出處誤,實見《大典》卷三五八一。
**貴妃夜游**(頁三八三〇五)
"又上",《大典》卷八八四四作"欲上"。
**游九曲**(頁三八三一〇)
題、其一"豈無"、其二"船又"、其三"斷不""便覺芒鞋好",《大典》卷八九六作"三絕句""得無""舟重""端不""烏履渾輕健"。
**次韵宋尚書山居·息齋**(頁三八三一二)
"塵途""倦至",《大典》卷二五三五作"塵緣""倦矣"。
**再用韵**(頁三八三四九)
"世終",《大典》卷三五八一作"世紛"。
**上巳修禊社謝兩園**(頁三八三六三)
"過了",《大典》卷一三九九三作"過後"。
**人日**(頁三八三七五)
其二"玄尚",《大典》卷三〇〇一作"元尚"。
**畦菜**(頁三八四一八)
"踏雲""土甘",《大典》卷二四〇七作"踏雪""土耳"。"錢狹"句下《大典》有"去毛莫拗項,美哉不鳴鴨。瀑泉煮山月,此豈腥羶壓。琉璃乳蒸純,卿自用卿法"三十字。
**春盤**(頁三八四五一)
題、"映梅""未渠",《大典》卷二四〇七作"食蔬""雜梅""其未"。
**題司理采芙蓉圖**(頁三八四五四)
題"司理"、詩"滿座",《大典》卷五四〇作"葉司理""滿袖"。
**郡齋即事**(頁三八四九一)
其三"非夢",原出處《大典》卷二五三八作"昨夢"。
附:金程宇《稀見唐宋文獻叢考·佚存東瀛的方岳詩文集及其價值》補不見於《全宋詩》《訂補》者十九首。

## 高斯得　卷三二二九至三二三一

**【校訂】感事**(頁三八五五五)
"鎮華夷"字下注"原作欽邊陲,據《永樂大典》卷九一七六、殿本改"。校文卷次誤,實見《大典》卷九一七。

## 趙孟堅　卷三二四〇至三二四一

**【校訂】江樓遲客**（頁三八六七七）

此詩又見《宋集珍本叢刊》影印清抄本《樂全先生文集》卷三同題，册六頁三八五八張方平下即收。趙孟堅下誤收當删。

**牆頭花**（頁三八六八五）

詩末注"《永樂大典》卷五八三八引《彝齋文集》"。出處書名誤，實作"彝齋文編"。"枝頭""看花"，《大典》作"滿枝""見花"。

**【輯補】鼠嘆**

落落兩鼠入伏箱，窒穴已計逃無方。擁狸追捕冀一快，顧視窮搏成徘徨。先登鏊兮隸弗力，第誘狸也才非良。我觀感憤成嘆慨，陰邪自古能干陽。否泰（或作"陰邪"）豈果能干陽，否泰還知屬主張。元和御史勇諫論，一蚓閶闔無精光。却□（或作"從"）低回取相位，繞指由來百鍊剛。

**題顧德謙畫唐中宗射鹿圖**

赭袍玉帶虬鬚怒，人似真龍馬如虎。英風猶似天可汗，肯信昏孱困韋武。上林草綠閑呦呦，飛鞚霹靂捎長楸。畫旗闌合晚不休，後庭雙陸誰能籌。追游不記房陵辱，五王竭來勢猶獨。空誇大明飛絕谷，不射妖狐射生鹿。畫圖令人生感嗟，天寶回首飄胡沙。仲宣早解習祖勢，不遺御筆空中花。

**繁昌官舍竹**

南牆墻下梅邊竹，今歲行根始入來。雙笋并生成幹立，一梢斜娜對窗開。知吾欲畫如呈樣，問汝無言只舉杯。此去更應多長旺，後人端合代栽培。

**借補之梅於君謨弟**

知是珍藏難假借，其如愛學起思惟。暫時爲我開心法，他日供君作畫師。曩習凌波通筆格，亦曾面壁隔年期。從今軸上成雙美，不恨此梅無好枝。

國圖藏知不足齋抄本《彝齋文編補遺》。

**題皂林酒肆**

等閑籬落多芳草，陰曀天工最惜花。老大行春無脚力，只將杯酒答年華。
去年馬上逢寒食，今日還從客裏過。不肯佳時空自擲，旗亭酤酒亦頑酡。

南圖藏鮑廷博抄本《彝齋文編》卷二。

**臨終賦詩**

百年處世欠三秋，事業都歸海上鷗。

光緒三年刻本《海鹽縣志》卷一五。

附：《訂補》頁五七〇據《珊瑚網》卷六補詩二首，均已見《全宋詩》趙孟堅下，當删。

## 册 六二

### 李曾伯　卷三二四三至三二五一

【校訂】**洞庭口占**（頁三八七一七）
"封姨"，《大典》卷二二六一作"風夷"。
**辛亥元夕坐間和劉景文韵**（頁三八七五四）
其一"客心"，《大典》卷二〇三五四作"客星"。
**題推篷梅軸**（頁三八七六一）
"半"字下注"原作平，據《永樂大典》卷六一二改"。校文出處卷次誤，實見《大典》卷二八一二。

### 王諶　卷三二五三

【輯補】**湖上**
過了雲濤雪浪堆，小舟搖入斷溝來。分明似個花茵上，兩岸浮萍撥不開。
乍明乍暗梧桐月，似有似無荷葉風。久立湖邊衫袖冷，十年前事到心中。
《大典》卷二二七三引王子信《潛泉蛙》。
附：《訂補》頁五七三補詩二首。

### 王志道　卷三二五四

【校訂】**秋早過湖**（頁三八八二〇）
"冒兩"，《大典》卷二二七四作"帽兩"。
【輯補】**秋日泛湖**
半篙秋水蕩輕槳，一抹暮烟橫遠山。策策驚風墜林葉，白鷗飛起蓼花灘。
《大典》卷二二七四引王希聖詩。
**紅梅**
《大典》卷二八〇九引《王志道詩》，《全宋詩》誤錄於册三二頁二〇二四八王之道下。詩不具錄。
**綠萼梅**
《大典》卷二八〇九引《王志道詩》，《全宋詩》誤錄於册三二頁二〇二五三王之道下。詩不具錄。

### 蕭澥　卷三二五四

【校訂】**題壺**（頁三八八二四）
題，《大典》卷二二五六作"提壺"。
【輯補】**山村晚眺**
田頭白石坐移時，稍覺交秋暑氣微。長嘯一聲人半醉，林鴉爭背夕陽歸。
《大典》卷三五七九引蕭（原誤作"瀟"）澥《竹外蠻吟》。

附：《訂補》頁五七三補《讀晉史》。《全元詩》册六五頁二二七載蕭瀚，録詩《戍婦詞》（《輯補》册五頁二五〇二補此詩）、《商婦怨》二首，《全宋詩》未收。《古籍整理研究學刊》2011年第4期張佩《宋末詩人蕭立等一門生卒年及著述考論》一文，補充了蕭瀚字當爲"汛之"，號芸莊，卒於宋亡前等信息。

## 李昴英　卷三二五六至三二六〇

【校訂】《大典》卷七八九三引《臨汀志》"推官題名"載李昴英"文林郎，紹定二年四月二十九日到任，三年十一月二十一日守城。循儒林郎，四年五月十九日慶壽恩循承直郎，七月二十九日諸司奏功，特轉兩官，候改官牧使。五年十月十二日除太學正"，可補頁三八八三五其傳記。

## 趙汝騰　卷三二六一至三二六二

**【校訂】示趙與檳弘毅章**（頁三八八七二）
"謂弘""無疆"，《大典》卷一三三四四作"謂洪""亡疆"。
**食梅**（頁三八八七四）
此詩又作册五六頁三五一八九沈說同題。二人同號庸齋。沈說詩見其《庸齋小集》，趙汝騰下誤收當刪。
**和史綉使瑞梅韵**（頁三八八八六）
"真仙"，《大典》卷二八一〇作"瑞仙"。
**秋詞**（頁三八八九四）
此詩又作册五六頁三五一八九沈說，《庸齋小集》亦載，趙汝騰下誤收當刪。
**句**（頁三八八九五）
句"陽萌知獨復"乃册三五頁二二〇一六陳棣《先春賦梅一首》中句，當刪。
**【輯補】浮遠留題**
浮遠奇觀天下稀，層欄上與玉繩齊。孤峰枕上勾吳左，一水來從蜀漢西。霜葉寂寥津樹少，烟波縹渺暮雲低。誓清正屬書生事，惆悵關河尚忍淒。
大典本"常州府"卷一四。
附：《訂補》頁五七五補詩一首，《輯補》册五頁二五〇四補詩一首。

## 釋妙倫　卷三二六三至三二六四

**【校訂】偈頌八十五首**（頁三八八九八）
《大典》卷三五八一引組詩第二十五，標"葉紹翁靖逸小集"，册五六頁三五一三六葉紹翁《烟村》。釋妙倫所引或非己作。

## 孫應鳳　卷三二六五

**【輯補】暇日同衆官登浮遠**
此是經游第二遭，山君應不厭吾曹。天光祇覺茫茫闊，地步從知節節高。淮面雖云籬落静，江頭更要户門牢。欲將此意同商榷，醉後無言首屢搔。

大典本"常州府"卷一五。

## 石祖文　卷三二六五

【校訂】朝宗門（頁三八九一九）
詩末注"明《永樂大典》卷二五二七《江陰志》"。出處卷次誤，實見《大典》卷三五二七。
【輯補】季子廟
隱公攝魯猶稱遜，重耳辭秦亦謂仁。勇決抽身非矯僞，延陵千古獨精神。
大典本"常州府"卷一五。

## 趙希逢　卷三二六六

【校訂】和思故人（頁三八九二五）
其一"踪迹""一兒"，《大典》卷三〇〇五作"縱迹""些兒"。
和題易村（頁三八九三五）
"憶達"，《大典》卷三五七九作"憶遠"。
【輯補】和西爽
剖破藩籬作大家，一區非儉亦非奢。小園翠拂竿竿竹，別館香傳徑徑花。獨酌滿船撑皓月，歸樵半嶺拾殘霞。英雄不是耽憂戚，時利錐刀鈍鏌鋣。
和偶成
已覺清歡減少年，詩狂酒興獨依然。榮華有夢應難到，禀受知吾僅得偏。莫羨暮三朝得四，休論人百已能千。枕肱飲水隨吾分，不管飢寒兒女煎。
《大典》卷八九九。
按：《大典》未標出處，然其前各有詩《西爽》《偶成》，均見華岳。二詩分別位各詩下，題"和"。《大典》引華岳出《南征錄》，此集原本均爲華岳唱，趙希逢和。《訂補》頁五七六至五七七校訂二首，補八首。

## 武衍　卷三二六八至三二六九

【校訂】春日湖上（頁三八九六七）
"花外"，《大典》卷二二七二作"苑外"。
正元二日與菊莊湯伯起歸隱陳鴻甫泛舟湖上二首（頁三八九七八）
其一"漠漠"，《大典》卷二二七二作"淡淡"。
【輯補】積潦方收泛湖舟中得二十韵
平湖五月凉，小雨一灑止。天光豁層翳，霽色落明水。山椒白雲收，石根紫烟起。烟雲互吞吐，變態發奇詭。嶄嶄樓觀開，比比松桂峙。雙峰領群岫，峭翠新若洗。菱歌動渺茫，鳥影没菰葦。縱衡指顧外，繡繪圖畫裏。我方榜輕艓，解衣坐篷底。冷然天風來，翕爾塵慮委。開書誦空闊，捉瓢弄清泚。酒烈呼碧筩，香幽采芳茝。夷猶往而復，應接殊未已。平生山水癖，清夢三萬里。安知跬步間，勝絶有如此。桃李閙春陽，彤艫已閑艤。伊誰於此時，重來訪西子。玩世真蜉蝣，得處竟能幾。當其欣所遇，樂貴極天理。縱令兒輩覺，春風吹馬耳。

《大典》卷二二七四引武朝宗詩。
附:《訂補》頁五七八至五八四補四十二首,其中一首與《全宋詩》重出。

## 施清臣　卷三二七四

【輯補】湖邊即事
挾彈呼鷹寶勒嘶,鳴騶爭驟綠楊堤。芙蓉花底傳觴處,十里秋紅照馬啼。
度曲新腔紫玉簫,護晴簾額窣蘭橈。柳迷遠近花迷畫,小泊蘇堤第六橋。
《大典》卷二二七四引《中興江湖集》。
按:《大典》原署"宋施清",當脱"臣"字。

## 俞桂　卷三二七五至三二七七

【校訂】香林洞(頁三九〇五六)
石笋峰(頁三九〇五六)
二詩輯自清厲鶚《雲林寺志》。詩又見文淵閣本《西湖百咏》卷下《香林》及同題,册六八頁四二七〇四、頁四二七〇二董嗣杲下即收。俞桂下當誤收。

## 朱繼芳　卷三二七八至三二八〇

【校訂】次韵橋亭禊事(頁三九〇七一)
題"禊事"、詩"今昔""聚蚊",《大典》卷一三九九三作"禊飲""今古""聚蛟"。
宋五嫂魚羹(頁三九〇八三)
題,《大典》卷二二七二作"湖上即事"。
【輯補】湖上即事
湖水自歸東海,潮頭不到西陵。三三兩兩游女,日暮長歌采菱。
《大典》卷二二七二引朱繼芳《静佳吟稿》。
附:《訂補》頁五八五補詩一首。

## 張至龍　卷三二八一

【校訂】寄苕川故人(頁三九〇八八)
"天外",《大典》卷三〇〇五作"天下"。

## 蕭立之　卷三二八五至三二八七

【輯補】慈竹
舊將義竹誨諸王,太液池邊夢事長。此語不知誰記省,可憐南内剩凄凉。
《大典》卷一九八六五。
按:作者名《大典》作"蕭立",然未見其人。《大典》卷六五二三引"《江湖續集》蕭立詩(膩粉匀成玉筋垂)",又見於《四部叢刊續編》本蕭立之《蕭冰崖詩集拾遺》。則蕭立即蕭立之誤。且蕭立之有《開元天寶雜咏》詩,此詩所咏亦爲開元天寶間事,則此蕭立當亦爲蕭立之。另《訂補》頁五八六補詩二首。《輯補》册六頁二五一九至二五二五二〇補句二则。

### 陳宗禮　卷三二八八

【輯補】賦廣南
六絲不枉行千里,多少流人謫籍香。
《大典》卷一三四九五引《元一統志》。

### 潘昉　卷三二八九

【校訂】登嶺(頁三九二〇九)
《大典》卷一一九八〇引組詩其二,標"劉後村集"。詩又見宋刻本《後村居士集》卷五《黃熊嶺》,册五八頁三六二〇七劉克莊下即收。潘昉下當刪。

江行(頁三九二一〇)
《大典》卷三五七九引此詩,標"戴石屏集",册五四頁三三五二一戴復古下收。潘昉下當刪。《訂補》頁五八八已言之。

附:白玉蟾《海瓊玉蟾先生文集》附錄載其詩五首,《全宋詩》及諸補作失收。

### 張榘　卷三二九一

【校訂】有懷尤贊府季崙(頁三九二二七)
題下《大典》卷一一〇〇一有注"崙"字。

雨花臺(頁三九二三三)
"浪紀",《大典》卷二六〇三作"浪絕"。

### 程炎子　卷三二九二

【校訂】蠟梅(頁三九二三九)
"時匀",《大典》卷二八一一作"時勻"。

【輯補】湖上次友人韵
春風湖上柳,曾共把杯看。竹杖今重到,梅花又一寒。雲深藏佛屋,石瘦露仙臺。彼此皆爲客,挑燈語夜闌。
《大典》卷二二七二引程清臣詩。

### 宋理宗　卷三二九二

【輯補】寧宗皇帝挽詩五首
我宋書開雒,炎圖統得天。年推仁祖久,曆至紹興綿。孝廟鴻謨永,先皇寶祚延。四朝各三紀,盛德洽民編。
帝烈王謨大,居然備一身。聰明堯實并,孝友舜惟均。夏后猶稱儉,周王獨擅仁。兼之惟聖德,天賦絕群倫。
一意遵先烈,無忘付托功。天心期不負,帝業勉無窮。七月猶爲近,三年尚有終。帷餘飄血泪,千歲五雲東。

《宋會要輯稿》禮三〇之九四（册二頁一一五三）。

按：第三、四詩已見《全宋詩》。潘猛補《從溫州地方文獻訂補〈全宋詩〉》補《黄葵》一首，乃張末同題。《訂補》頁五九〇補二首。另《訂補》頁五〇五至五〇七宋寧宗下補《中殿生辰詩題楊婕妤百花圖》十六首、句五則，然據張伯駒《春游紀夢·宋楊婕妤百花圖卷》所考，圖上識"今上御製中殿生辰詩"，乃紹定四年楊太后爲謝皇后而作，則詩當宋理宗作，不具録。

## 李伯玉　卷三二九四

【校訂】天游齋（頁三九二六一）
碇齋（頁三九二六一）
吏隱堂（頁三九二六二）
送蕭晉卿西行（頁三九二六二）

四詩輯自《大典》，署"李純甫"。其中第一首、第四首又見《中州集》卷四金人李純甫下，知《大典》所收李純甫者非李伯玉字純甫者。四詩當删。

按：本卷所載《雪後》（頁三九二六三），又見《中州集》卷四金人李純甫下，當删。

## 陳容　卷三二九五

【輯補】送閭憲使游張公洞
太湖匯全吳，八表圍青天。黄塵飛不到，水氣生雲烟。青山縮泉脉，山骨磐在懸。是中有火井，洞口常温然。有田本不種，有床何用眠。地軸如犬牙，飛仙自盤旋。三十有六洞，相串如珠聯。結構凌丹霄，玉磬聲清圓。羽士若冰潔，朗誦青苔（原作"答"）篇。上帝有卿侍，骨緑排雙觀。咳唾皆珠璣，落筆鍾衛妍。靈襟貯冰雪，不以勢利纏。詔下鎮名山，不泰旌陽仙。夜夢常見乏，素手揮朱弦。此人生并世。佳傳後千（原作"十"）年。

雪中重游張公洞
玉界真人游下方，雪衣冰珮行風裳。萬靈雜遝紛相送，腥肝露魄含兵霜。初來尚有烟火氣，遠覺漸入虛無鄉。洞門不扃六丁直，石壁倒挂璆琳琅。是爲五十八福地，白日輕舉聞鬐張。仙班未齊力相送，淋漓羽蓋紛旌幢。鸞歌鳳舞青虯翔，突立一瓣須彌香。中有一人其色莊，上朝三十六玉皇。仿佛劍珮鳴丁當，傴僂入侍香案傍。帝前玉女開電光，八琅雲璈奏宫商。滑痕尚帶驢馬迹，簡聖不許蛟龍藏。向來正一有族子，失脚徑入留其樁。瓊田芝草如截肪，丹砂作粒玉爲糧。人間風日所不到，安得偃卧仙人房。要從暖穴問消息，莫出風洞成凄凉。神仙窟宅不可測，太湖萬頃波茫茫。仙人騎氣上碧落，游子欲去空徬徨。

以上見大典本"常州府"卷一四。

徐侍郎墓
青山萬古鳴孤鳳，曾扶日轂升扶桑。當時宗衮悲沉湘，此翁夔鑠生還鄉。南邊庾塞凌孤芳，弓矢斧鉞臨中黄。此生不到幸行藏，大忠方録神飛揚。百年拱木摩蒼蒼，萬竹離立璆琳琅。三年作令懷瓣香，感公障海如金湯。盡驅海若投大荒，三犀鼎立鎮北塘，千秋血食庇一方。

登仙臺山二首

作尹已三月,何曾事登臨。青山似兩翼,環我詩書林。松廳鸞鶴姿,暇日來搜尋。福仙共裴徊,梯磴東山岑。岑樓高蠹天,精房瞰崎嶔。丘壑宛相似,暗使年華侵。草木有榮落,吾道無古今。山中葛仙卿,久服扶桑椹。坐閱千載松,古鬚而古心。松泉亦決驟,聽我山中吟。

陽燧升八表,久翳方精明。千層凌丹梯,寡步當扶繩。上有金仙居,草木依神靈。白日開戶牖,青天覆原坰。鍼苗已出水,秧馬彳亍行。先生望平疇,所憂在潦盈。麥須捲黃雲,願天保秋成。此飲有何樂,何以蘇瘵悙。

仙壇

風籟寂無聲,長聞澗水鳴。初疑兩山阻,中有石橋橫。

南屏山

我來宰昆陽,朱墨沸蝗螟。豈無山水趣,俗守時奇徵。愁盤轉中腸,如醉未解醒。西軒面何峰,當中對南屏。惡木高如山,蔽虧黑冥冥。一朝去惡木,翠尖方亭亭。晦明在俄頃,開軒揖良賓。朝看草木長,暮看雲烟生。小郏二十年,翩翩朝太清。倒騎碧峰嶺,如紫鳳斑麟。邑人不相忘,見我空中行。譬如緱山鶴,又如令威丁。吟詩寄西軒,不羡後世名。

青華山

老令二月勸農時,東郊父老相追隨。櫂船要逐帽郎去,竹輿已上青華梯。茲行亦欲少行樂,風雨故將青山迷。回環夾溝二三里,舊時花木編成籬。晚香堂上亦草草,歸來篷底歡淋漓。當時醉中行石壁,酷似山中神禹碑。又思懸厓挂高屋,無心古鬚相撐支。如登西華不可下,誰能驚哭如昌黎。看來行樂不可過,著小風致留詩牌。一從吏鞅苦摩戛,此身束縛如雞栖。昔人到此發深省,憶我老圃何年歸。人生勇退苦不早,猛截少有人知幾。青牛老子夜相訪,袖中遺我青松枝。

桃湖

玉蒼山發昆侖巔,玉浦流玉銀河邊。化成寶汞流成川,下接滄海相句連。桃花絳壓嬌紅玉,千樹臨湖看不足。那知山中八萬户,琢就一條蒼玉束。六丁不敢下取將,天吳橫截海若忙,此帶繫住湖中央。君不見經天一帶名河潢,亙地一帶昆侖黃。昔我藝祖攜金戈,玉帶只有二條河。此帶縛殺英雄多,不如坐閱帶水隨東波,三間破屋供吟哦。桃花開謝等暮朝,我不束帶尤其高。

湖春

漲天黃塵吹入海,青山如浪隨鞭飛。人生頓足在何處,丘壑不許愚公移。平泉宰相惜草木,京洛甲第多園池。歌鐘鼎食盡公相,荊棘已生狐兔肥。盛名宦職尚招忌,嗇取小受為知幾。郇公門閥回川甥,家有一樹同二荊。萬卷插斗摩天星,政以平世收功名。三平二滿養生印,一卷相鶴養魚經。帆來帆去風南北,潮退潮生月東西。四時花木隨意長,巨靈運石雙麗碑。海天一片性海藏,不點不污青琉璃。念我先友有宅相,一脉已分橫浦上。深衣大帶獨樂園,此園千古渾無恙。讀書便要學聖賢,聖賢內樂真無邊,志在後世千載前。考槃澗阿永勿諼,此詩可托蒼珉堅。

游南雁蕩

蕩山消磨幾兩屐,蕩山費人幾吟筆。山中坐斷翠髯翁,吞吐寒泉吸朝日。倒騎元氣入有無,八極爲家破肩鐴。至人雙足如遺土,目視含光無喘栗。谿谽梯磴即鱗鬣,游人但見山嶇岬。江河湖海貫其鼻,日月雷電繞其膝。吼時似轉阿香車,微吟似響申胡觱。大岩小岩岩體同,大湫小湫湫脉一。誰嫌耳目能亂人,跋難陀與阿那律。所翁游歷賦逍遥,不學吟蛩空唧唧。獨餘奇癖似少文,盡把山川圖一室。

**外塘**

蜀江西來騰萬馬,此邑從來居水下。江豚吹浪蛟蜓飛,腥風怪雨飄無時。千夫萬夫供畚築,令尹寒飢江上宿。往往欲以身爲堤,願化此身爲三犀。運石如山分寸纍,纍得九層長數里。爲爾活此地下人,宰官正現如來身。祝爾安流東出海,海有歸墟藏百怪。不用神禹鼎,不用支祈索,不用旌陽劍,不必蛟龍縛,不必黃帽郎,不用歌黃鵠。但願人人印此心,歲歲年年護堤脚,千秋萬歲如來國。

以上見劉紹寬《民國平陽縣志》卷九五。

按:以上十詩,潘猛補《從溫州地方文獻訂補〈全宋詩〉》已補九首,今重録。

## 湯仲友　卷三二九八

**【輯補】吊趙信翁提幹必湮**

春日昏昏春水黃,沿堤楊柳已成行。天連烟樹營盤闊,地捲風沙驛路長。敗鼓皮存游蟻聚,排梁木朽野蜂藏。采菱港上人何在,白骨堆中酹一觴。

大典本"常州府"卷一四引《泰定毗陵志》。

附:《訂補》頁五九一補《虎丘山》《登嘉慶樓》二詩。《全元詩》册八湯仲友下録詩九首,其中《題天平范氏先世諸卷》《嘉慶樓》(已見《訂補》)、《吴江長橋》三首,《全宋詩》未收。《輯補》册六頁二五二二補二詩(《全元詩》均載)。

# 册　六三

## 唐康　卷三三〇三

**【校訂】潮陽尉鄭太玉夢至泉側飲之甚甘明日得之東山上作夢泉記令余命作詩爲賦此篇**(頁三九三六二)

原出處《大典》卷五三四五標"唐康"。此詩又見文淵閣本《眉山詩集》卷二《夢泉》,此題即爲唐庚詩之序,册二三頁一四九九五唐庚下即收。且唐庚集中多與鄭子玉唱和。《大典》之"唐康",定爲唐庚之誤。此唐康下僅此一詩,當删其人。

## 朱南杰　卷三三〇七

**【校訂】陳梅隱求詩**(頁三九三九八)

題"陳",《大典》卷九〇三作"因陳"。

## 張志道　卷三三〇八

**【校訂】白石山**(頁三九四一〇)

**西湖懷古**(頁三九四一〇)

《西湖懷古》又見元代張以寧字志道《翠屏集》卷二《錢塘懷古》,《全元詩》册四二頁二四一張以寧下即收。《白石山》一詩《全元詩》張以寧下未收,然見《粵西詩載》卷二二,與張以寧行履相符,應亦爲張以寧作。《大典》所引署張志道者近十篇,如《大典》卷二五三五《積素齋爲成誼叔參政作》,張以寧下即未收,則張以寧下遺漏尚多。此張志道當刪。

## 釋文珦　卷三三一五至三三二七

【校訂】**古意**(頁三九五二〇)

組詩四首中三首又見章雲心《古意十四首》。其一又作《古意十四首》其八,見册七二頁四五四三八;其二又作《古意十四首》其一三、其三又作《古意十四首》其一四,見册七二頁四五四三九,當刪。

**惟初**(頁三九五四〇)

"棄置",《大典》卷二四〇六作"置置"。

**奉酬鹽倉李丈金橘銀魚之什**(頁三九六三五)

此詩又見文淵閣本《網山集》卷一同題,册四七頁二八九九四林亦之下即收。釋文珦下當誤收。

**子思惠詩用韵酬之**(頁三九六三五)

此詩又作册五〇頁三一三三三陳藻同題,《大典》卷八九六載此詩,署出處爲"三先生文集",釋文珦下當誤收。

**法寶璉師求竹軒**(頁三九六五七)

此詩又見宋刻本《放翁先生劍南詩稿》卷一《法寶璉師求竹軒詩》,册三九頁二四二六五陸游下即收。釋文珦下誤收當刪。

**衡門**(頁三九六六八)

其一"暗後",原出處《大典》卷三五二七作"晴後"。

**幽徑**(頁三九六八〇)

**荒徑**(頁三九六八〇)

二詩分別重見頁三九六二五本人組詩《荒徑》其二、其一,當刪。

**江上**(頁三九六八四)

其一重見頁三九六四六本人《晚泊》,當刪。

**聽松**(頁三九六八七)

此詩重見頁三九五一四本人《題聽松亭》,當刪。

**静處**(頁三九六九一)

此詩重見頁三九六六九本人同題,當刪。

**竹居**(頁三九六九二)

此詩重見頁三九五九八本人同題,當刪。

**訪山家**(頁三九六九三)

此詩重見頁三九五七九本人同題,當刪。

**春曉尋山家**(頁三九六九三)

此詩重見頁三九六六一本人同題,當刪。《訂補》頁六〇三已言及。

**效陶秋岩韵**（頁三九六九五）

此詩重見頁三九五四三本人《效陶四首用葛秋岩韵》其三，當刪。

## 李應春　卷三三二八

**【輯補】鹿湖袖詩見訪次韵**

屏星照我有光華，閭巷群觀笑語嘩。閩楚幾年分月色，江湖今日不天涯。襟無俗韵真前輩，幟立詩壇老作家。別乘重來慰蕭索，李生何憚手煎茶。坡《茶歌》："李生好客手煎茶。"

《大典》卷八九九引李恕齋《扣缶初稿》。

**次趙制幹韵**

傷心春暮盼庭柯，驚見枝間萬玉瑳。柳巷依稀繰絮繭，藥堦髣髴撲燈蛾。雲車仙馭朝攀弄，月色花光夜盪摩。欲醉香邊重著句，主人儻許客頻過。

《大典》卷一一〇七七引《李應春詩》。

**鹿湖以禊飲載酒見過有詩次韵**

浮生聚散水雲身，平日迎逢況令辰。君探蘭亭千古意，我添茆屋十分春。圍香生怕風掀幙，拾翠翻宜雨洗塵。老去只耽詩酒樂，心情那到水邊人。

《大典》卷一三九九三引李恕齋《扣缶初稿》。

**君山**

洞庭浩渺九州間，誰向中央着此山。媧氏補天遺煉石，湘娥醮水掠雲鬟。烟開綠樹鳥聲樂，水隔紅塵僧夢閑。想像高堂難着語，杖藜終待叩禪關。

明梅淳《岳陽紀勝彙編》卷三。

按：《全元詩》冊八頁三九八載李應春下已錄《君山》。另《訂補》頁六〇三至六〇四補李應春生平資料，并補詩三首。

## 利登　卷三三三〇

**【校訂】玉臺體**（頁三九七二四）

其二"寐衣"、其三"翠謾"，《大典》卷二六〇五作"寢衣""翠幔"。

## 胡仲弓　卷三三三二至三三三六

**【校訂】夢黃吉甫**（頁三九七三九）

此詩又見宋刻元明遞修本《臨川先生文集》卷二同題，冊一〇頁六四八四王安石下即收。胡仲弓下誤收當刪。

**寄懶庵**（頁三九七四八）

此詩又見《江湖小集》卷一四胡仲參《竹莊小稿》，又見《兩宋名賢小集》卷二九八胡仲參下，冊六三頁三九八五〇胡仲參下即收；又見《兩宋名賢小集》卷二三八劉學箕《寄靜庵》，冊五三頁三二九四八劉學箕下即收。詩歸屬雖未能確考，但胡仲弓下應誤收。

**贈悟上人**（頁三九七六二）

此詩又見文淵閣本《野谷詩稿》卷四同題，冊五五頁三四二二九趙汝鐩下即收。胡仲弓下當誤收。

**寄梅朧**（頁三九七七七）

此詩又見《江湖小集》卷一四《竹莊小稿》同題，册六三頁三九八五二胡仲參下即收。胡仲弓下當誤收。

**寄黃雲心**（頁三九七七七）

此詩又見《江湖小集》卷一四《竹莊小稿》同題，又見《兩宋名賢小集》卷二九八胡仲參下，册六三頁三九八四七胡仲參下即收。胡仲弓下當誤收。

**泛湖晚歸式之有詩見寄因次其韻**（頁三九七八三）

注"龍"，《大典》卷二二七四作"游龍"。

**西湖懷古**（頁三九七八四）

詩末注"弱冠初入京時作"。《大典》卷二二六四載此詩，其下篇爲《春日過西湖》，載於頁三九七八五。《大典》於《春日過西湖》下注云："初篇乃弱冠初入京時作也，今附於此。"

**雜興**（頁三九八一五）

組詩又見明嘉靖刻本《秋崖先生小稿》卷二八同題，其中第一、第二首合爲一首，册六一頁三八四三四方岳下即收，胡仲弓下當誤收。

**春日雜興**（頁三九八二六）

組詩十五首又見《秋崖先生小稿》卷一九同題，册六一頁三八三七九方岳下即收。其中第十四首"綠陰芳樹鳥啼春"又作册三三頁二一二二八曹勛《中秋雨過月出》第二首。胡仲弓下當誤收。

**郊行同張宰**（頁三九八二九）

此詩又見《野谷詩稿》卷六同題，册五五頁三四二四八趙汝鐩下即收。胡仲弓下當誤收。

**耕田**（頁三九八三二）

此詩又見《江湖小集》卷三九葉茵《順適堂吟稿·鱸鄉道院》，册六一頁三八二〇八葉茵下即收。胡仲弓下當誤收。

**暑中雜興**（頁三九八三六）

組詩八首又見《秋崖先生小稿》卷五同題，册六一頁三八二八五方岳下即收。胡仲弓下當誤收。

附：《訂補》頁六〇五校勘文字一首。《名作欣賞》2019年第5期載姜高威《全宋詩之胡仲弓詩重出考辨》亦辨及胡仲弓重出詩。

## 黄應龍　卷三三三八

【校訂】**迎神詞**（頁三九八五八）

詩末注"《永樂大典》卷二九五二引《壁林集》"。出處書名誤，實作"璧林集"。

## 薛嵎　卷三三三九

【校訂】**漁村雜詩十首再和前韻**（頁三九八八五）

其九"欠趣"，《大典》卷三五八〇作"起來"。

## 冊 六四

### 柴望　卷三三四〇

**【校訂】白雲莊四首**（頁三九九一五）

組詩之《晚望臺》又見《大典》卷二六〇四，署作者爲趙抃，又見明嘉靖四十一年刻本《趙清獻公文集》卷四《次韵毛維瞻白雲莊三咏》之《眺望臺》，册六頁四二〇六趙抃下即收；組詩之《掬泉軒》《平溪堂》亦見趙抃《次韵毛維瞻白雲莊三咏》；組詩之《嬾歸閣》，又見《趙清獻公文集》卷四《題毛維瞻懶歸閣》，頁四二一〇趙抃下即收。毛維瞻，宋神宗時人，與趙抃同里，二人多唱和。柴望下誤收當删。

### 家鉉翁　卷三三四三至三三四四

**【校訂】和唐壽隆上元三首**（頁三九九五四）

組詩乃册三三頁二〇九七一胡寅《和唐壽隆上元五首》其一、其二、其五，家鉉翁下誤收當删。《古籍整理研究學刊》2012年第2期載閻雪瑩《家鉉翁則堂集漏佚、隱佚、誤收詩文考》已辨之。《全元詩》册三家鉉翁下即删。

**題梅竹圖**（頁三九九六〇）

此篇見《則堂集》卷六，爲騷體。《全宋文》册三四九頁九一家鉉翁已收，此當删。《全元詩》册三家鉉翁下即未收。

**【輯補】子新令郎作墨梅有奇趣**

水邊疏影自橫斜，曾被詩人模寫來。爲愛郎君知筆意，胸中應是有詩材。
從來淡墨勝鉛華，光補而來三兩家。妙處不通言語說，似花還復似非花。

**觀月秋作梅**

歸路漫漫雪正深，無人爲寄一枝春。陽關邂逅江南客，寫得孤山面目真。

《大典》卷二八一二引《瀛洲集》。

**水竹詩**

誰家修竹兩三竿，勝似繁紅爛熳看。爲報主人勤護笋，春來日日報平安。城中無竹，惟陳子新樓下有叢竹焉。聞雪壓，請扶之。

誰家傍郭水成陂，十里環城僅見之。爲報主人多種柳，成陰莫待十年遲。城内無水，常過劉器之，見宅後陂水，鷗鷺集其間，但欠樹木蔭庇。故云。

《大典》卷一九八六五引《瀛洲集》。

按：家鉉翁晚年居河間，故其集又有名《瀛洲集》者。中華書局影印本《大典》録《瀛洲集》者四處，其中卷九七六三標示爲"瀛洲集家鉉翁"，卷二〇三〇八標示爲"瀛洲集則堂先生"。新發現《大典》卷二二七二引録此集，明確標示爲"則堂先生瀛洲集"。則《大典》所引《瀛洲集》著者爲家鉉翁。

**咏牡丹**

洛花古來稱第一，人人愛花幾人識。惟有天津橋上觀物翁，獨向根心驗生色。四時之春四德元，惟花與翁天其天。春陵無人彭澤不可起，千載識花一邵子。

《則堂集》卷六。

按：此詩閻雪瑩《家鉉翁則堂集漏佚、隱佚、誤收詩文考》已輯。另《全元詩》册三頁八二至一〇三載家鉉翁，刪誤收詩一題三首，其中頁一〇三《東坡餅》（閻雪瑩文已補）、《贈呂貴賓》二題三詩《全宋詩》未收（《全宋詩》所録十一首《全元詩》亦失收）。《輯補》册六頁二五四六至二五四七補三詩（均已見《全元詩》）。

### 顧逢　卷三三四九

【校訂】頁三九九九七傳記云"顧逢，字君際，號梅山"。據孔凡禮《孔凡禮文存》頁三三九至三四二考證，號梅山者，乃顧世名，字君際，又稱顧先生、顧梅山，有《梅山集》。與顧逢相識，且年輩較長。《詩淵》所録詩題顧逢者，實際上乃混合顧逢與顧世名詩而成，每首詩具體歸屬均需一一辨明。本卷後所録題"顧逢友"詩，其中《史雲麓先生席上贈顧梅山》《顧君際號梅山》《御覽所同顧君際檢書》《顧君際近集》均爲顧逢之詩；而《題吳田園雜興詩》（《大典》卷九〇〇作《題吳僧閑白雲注范石湖田園雜興詩》）爲顧世名作。《大典》所引《顧世名詩》之《不買花》，引《顧世名梅山集》之《詩債》《西湖堤上書所見》（《全宋詩》未收，《訂補》頁六〇八補）、《太倉道中二首》《寄童梅岩繼榮》《寄盧進齋》《懷寄周靜德應鳳》《懷寄碧瀾趙右之》《寄平江靈殿薛梅坡》《寄黃鶴山呂雪村》《寄申屠雪磯》《寄光福老磻古溪》，引《顧先生詩》之《三賢堂》；《珊瑚木難》卷六引《顧梅山詩》之《秋夜宿僧房》《嚴月澗同飲湖邊》《風雨樓》《題山居圖》《早秋湖上》《偶成》《厲杭雲袖詩見訪》《雪中同鄭所南訪趙溪梅》《和文本公先生贈許端甫》《秋晚與許端甫山行》均爲顧世名作。《贈吾世衍》原出處署"顧梅山"，亦爲顧世名作。其餘諸作，作者難以確考。《全元詩》册一〇顧逢下亦如此，且把《全宋詩》題"顧逢友"者載入顧逢下，其中《西湖堤上書所見》《贈如鏡上人》二首《全宋詩》未録。

**二色芙蓉花**（頁四〇〇一九）

此詩輯自《詩淵》，又見册三八頁二四二〇八姜特立下，輯自《大典》，歸屬未能確考。

**西湖書院重建三賢堂**（頁四〇〇二五）

組詩其一見《大典》卷七二三六，署"顧先生詩"，詩末有注云"胡雪江名伉，元立此堂於西湖堤上"。

【輯補】湖邊書所見

湖光山色隔窗紗，一帶朱闌緑水涯。再二十年來此看，樓臺又屬别人家。

《大典》卷二二七四引《顧梅山續集》。

附：《輯補》册六頁二五四七補詩二首，其中《贈吾世衍》已見《全宋詩》同人同題，另首已見《全元詩》。

### 趙希鄂　卷三三八九

【校訂】黄陵題咏（頁四〇三二一）

此詩下首《汨羅廟》末注"以上《永樂大典》卷五七六九引《湘陰古羅志》"。出處書名誤，實際爲《古羅志》。

按：《全元詩》册六八頁二一二載趙希鶚，言"字里不詳"。其詩《黄陵竹》乃此卷《汨羅廟》前四句,《秦人三洞》詩此卷失收。

### 俞掞　　卷三三九一

**【輯補】三岩**

曉游六石暮三岩,杜宇啼紅入翠嵐。客子搖籃疏雨外,麥黄柘緑是村南。

《大典》卷九七六五引《俞伯華詩》。

### 趙崇懌　　卷三三九一

**【輯補】連雲天霜思出湖上適次熊丈韵**

九月盡時蕙菊荒,秋在芙蓉湖上堂。野水背城初落雁,西風挾雨不成霜。有形天地會枯槁,無事市朝堪隱藏。我爾明年遠相憶,北湖信美非吾鄉。

《大典》卷二二七三引《古今詩統》"臨川王孫東林趙崇懌成叔"。

**春陵**

横風吹雨入闌干,客裏芳菲匆匆殘。燒燭下簾深處坐,外頭却憶牡丹寒。

《詩淵》頁一九六四。

**大梵寺**

城邊大梵無人到,閣上秋屏爲我開。但有牽牛緣水竹,更無野馬與塵埃。枯琴照座星辰近,落葉打窗風雨來。歸路山頭明月在,齋頭魚鼓不須催。

《詩淵》頁三六八四。

按:以上兩詩《全元詩》册六六頁一五四載趙崇懌下,并言生平不詳,與此當爲一人。

### 林洪　　卷三三九四

**【校訂】冷泉**（頁四〇三九四）

《大典》卷七六〇二引此詩,標"林丹青山詩"。此詩又見册一八頁一一七七五林積下。林積號丹山。《武林舊事》卷五亦作"林丹山"詩。林洪下當誤收。

### 徐霖　　卷三三九四

**【校訂】梅**（頁四〇三九七）

據原出處《大典》卷二八〇八,題應擬爲"古梅"。《大典》有注云:"臨川郡治仁壽堂前古梅,蜿健枯古,不啻龍跳而鳳下也。"詩末注"明《永樂大典》卷二八〇八引《徑畈集》"。出處書名誤,《大典》作"徑畋集"。

附:《訂補》頁六一二有校勘并輯句一則。《輯補》册六頁二五五一補斷句一則。《全元詩》册五三頁二二〇載徐霖,乃明代字子仁者,與此非同人。

## 册　六五

### 釋圓悟　　卷三四二〇

**【校訂】寄方俊甫**（頁四〇六七〇）

詩末注"《永樂大典》卷一四三八"。出處卷次誤,實見《大典》卷一四三八〇。且"共時",《大典》作"共詩"。

### 龔準　卷三四三三

**【輯補】創雄覽臺留題**
兹城肇改邑,地偏景逾奇。襟江帶淮海,天造非人爲。筆峰兩離立,前參後欲隨。於間尚斯臺,收拾塵遐遺。歷覽既不極,稱雄亦其宜。我來桃未華,成此冰始澌。民劬歲僅熟,經始無與知。凌虛得游目,信美將安之。小住豈不佳,王事乃有期。雲泥渺飛鴻,去去餘丘坻。

**留題天慶觀**
竭來古驛寄吟身,此是臨岐第一程。公事久閑行色易,歸期可數客心輕。榻分竹影推衾冷,舟傍梅花得句清。明日黄田江上路,料應鷗鷺不相驚。

以上大典本"常州府"卷一五。

附:據《訂補》頁六一五考訂,卷三四五八所收龔澴乃同人,當合并。

### 舒岳祥　卷三四三五至三四四四

**【校訂】送陳用之遠游**(頁四〇九〇四)
"世用",《大典》卷八八四五作"施用"。

**石臺紀游**(頁四〇九〇六)
詩又見文淵閣本黄溍《文獻集》卷一《石臺分韵得下字》,舒岳祥下當誤收。《全元詩》册三舒岳祥下已言之。

**蠟梅咏**(頁四〇九〇七)
"柔"字下注"《永樂大典》卷二八二作柴"。校文出處誤,實見《大典》卷二八一一。

**平皋木芙蓉千株爛然雲錦醉行其中如游芙蓉城也作歌紀之**(頁四〇九〇八)
"花重",《大典》卷五四〇作"花壓";"白頭出没"下《大典》有"芳叢裏。清曉穿花秉燭歸,花摇露墮秋溪水。汲溪入甕琥珀成,駐得朱顔"二十八字。

**題余文叔山間四時之樓**(頁四〇九一六)
題及正文"余",國圖藏翰林院抄本《閬風集》作"俞"。

**七夕**(頁四〇九三一)
題,翰林院抄本作"天河"。

**山行**(頁四〇九五一)
題,翰林院抄本作"山晴"。

**山齋觀物**(頁四〇九九五)
題"觀物"、詩"布羅",《大典》卷一三〇八二作"觀動""設羅"。

**雁**(頁四一〇二三)
題,《大典》卷九〇〇作"無題"。

**三月二十九日立夏喜晴稍有自適意有自舊京來者問錢湖景物又復悵然**(頁四一〇二五)

詩末注"同上書卷二二六七引《閬風集》"。出處書名誤,《大典》作"閬風稿"。
**題正仲瓠齋**(頁四一○二五)
題"正仲",《大典》卷二五四○作"正中"。
**寄達善**(頁四一○二九)
"飢鳥",《大典》卷一四三八○作"飢鳥"。
**再寄正仲**(頁四一○三二)
"作"字下注"自注:音佐"。《大典》卷一四三八○注文在"聽"字下,注"作音佐"。
**【輯補】酬胡元魯惠松石詩**
噫嘻呼!岼崿鬱崛,胡為而出。鉛松怪石,合為一耶。赤松黃石,形變譎耶。吾聞太山之谷,穹崇隱天。嶡屴龍挻,岷嶙崩騫。長松萬古,六月晝寒。沐以瀣溢之甘露,浸以瀰淡之神淵。仰視懵怳,綿邈芊眠。聲為風雨,氣成雲烟。玄猨獅猢,閃儵騰掉,攀援乎其隙。鷟鸑鵷雛,翩幡婉潬,嘹唳乎其顛。駃童涓子戲其下,山圖赤斧巢其間。幽人羽客,茹其葉而煉其脂,食其實而服其苓兮。去三蟲,除百痾,久久而成仙。彼夫采精華、吸滋液者猶若是,而況根天地之正氣,凌歲寒而不改兮。其柯銅根鐵,非鎔鍊而後堅者乎。疾雷破山,大風動地,谷變而陵遷。長千仞、大連抱者,傴仆觸觝,騰薄而回旋。霍神龍之既蛻兮,夭矯蜿蜒,臃腫而連蜷。投崖赴壑,首埋尾没,不知幾千萬年。五丁引之而莫取,萬牛挽之而不前。其膏液既已為琥珀,而其骨骸則為不朽之一拳。簌節具在,皮甲尚完。文理錯綜,或斷或連。是故物之理也,夫何怪焉。嗚呼噫嘻!君不見魚龍之石,魚所變成,焚之則腥。石蟹勃窣,宛然如生,奮然欲行。昔有人焉,鑿鉛入阬,崖墮路閉,飲寶乳以止渴,食石膏以為糧。此人平昔,惟誦佛經。後人鑿山,復沿此路。漸聞經聲,尋至其處。穴中相問,能道其故。出而飲山下之泉,味人間之茹。忽頑然而為石,儼髭眉而皆具。自常形而論之,似不近於人理。若限於耳目之所窮,則又昧變化之奇詭。人既有之,物亦然耳。君不聞章質夫之帥延安乎,發地得竹,半已為石。延安之地,自昔無竹。不知此物,何從而得。邵伯溫謂天地之氣,回南作北。然則地本浮物,水以載之。天既昭然而升降,地亦隱然而運移。人居地上,如附舟中。人隨舟轉,不知西東。嗚呼噫嘻!若天地果回南而作北,四方之位,特未定也。靖康之變,猶未為應也。至於德祐、景炎,則信而有證也。斯松斯石,近出括婺,此固南方之物也。則邵子之說,疑未可據。其數不可以致詰兮,其理則可以默悟。噫嘻!物化物,蓋有之矣。至於人化而為犬豕豺狼兮,吾為斯懼。
《嘉業堂叢書》本《閬風集》卷二。《全元詩》册三頁二七三。
**歸樵嶺**
嶺口樵歸雲亦歸,與雲同宿掩柴扉。交游莫問飯顆瘦,妻子共甘糠核肥。
《嘉業堂叢書》本《閬風集》卷八。《全元詩》册三頁三七八。
附:《訂補》頁六一五至六一六考訂古詩《十二月十七日歸故園酌紅梅花下》一首當作七絕六首處理。《全元詩》册三頁二三一至四○四載舒岳祥,與此本相校,異文甚夥。且《全元詩》删去誤收詩一首,《酬胡元魯惠松石詩》《歸樵嶺》《贈張景文聽松樓》三詩為此本失收。此本亦有詩九首及斷句一則為《全元詩》失收。《輯補》册六頁二五八一據《全元詩》補《贈張景文聽松樓》(校以《嘉業堂叢書》本《閬風集》附錄所載,"西村"當作"西林")。

## 張塤　卷三四四五

【校訂】湘中二首書縣齋冰壺（頁四一○三六）

其一"潑潑"，原出處《大典》卷二二五六作"發發"。

**東湖湯餅後進翁展墓飲嵩山踏雨泳歸在行相繼屬和蘭亭集獻之噤無半語果人情耶**（頁四一○三七）

詩末注"同上書卷二二六二引《張瀘濱詩》"。出處書名誤，《大典》實作"張瀘濱"。

**是日歸館中作**（頁四一○三八）

"杜鵑"，原出處《大典》卷一一三一三作"紅鵑"。

## 王執禮　卷三四四六

【校訂】湖山紀游（頁四一○七○）

"□晨"，《大典》卷二二六四作"今晨"。

## 陳必復　卷三四四九

【校訂】夜發江城（頁四一○九八）

詩末注"同上書卷八○九二引《九江志》"。出處書名誤，實作"陳必復詩"。

**遠游**（頁四一○九九）

此詩輯自《大典》卷八八四五，又見頁四一○九四同人同題，當刪。

【輯補】深村

深村連日雨，杖履少追隨。積潦占梅候，微寒記麥時。陰晴弓力定，昏曙鳥聲知。懷抱誰堪語，傷時鬢欲絲。

《大典》卷三五八○引陳無咎《餘濱稿》。

**觸目**

夏深五月未聞蟬，窗戶槐陰意寂然。粉濕蝶翎翻雨重，穀生魚暈漾波圓。半垣蘚色侵幽望，一榻松聲借午眠。長許平生江海志，筆床茶竈五湖船。

《大典》卷一九六三七引《陳無咎詩》。

## 陳杰[①]　卷三四五○至三四五四

【校訂】郊行遇鄉人（頁四一一二三）

"共班"，《大典》卷三○○四作"語斑"。

**泛西湖**（頁四一一三六）

"吹拂"，《大典》卷二二六四作"吹沸"，文淵閣本亦作"吹沸"。

**十二月二十六日蔡叔庸至剪燭聽雨**（頁四一一三九）

---

① 陳杰詩，文淵閣本、文津閣本、《豫章叢書》本、南圖藏四庫館抄本及湖南省圖書館藏葉啓勛抄本間異文甚夥，詳見拙著《自堂存稿輯校》（河南人民出版社2018年版），今僅錄其佚詩及《大典》殘卷之異文。

此詩葉啓勛抄本《自堂存稿》未收,又見文淵閣本明貝瓊《清江詩集》卷七、明曹學佺編《石倉歷代詩選》卷三一四"貝瓊"下。詩中有"清江狂客繫吳船"語,顯與貝瓊合。則此詩非陳杰作。

**紅梅**(頁四一一五〇)

詩末《大典》卷二八〇九有注文"瓊紅玉"三字。

**和彭教諭論詩**(頁四一一五六)

"死傳""未造",《大典》卷八九六作"傳死""末造"。《訂補》頁六一六已校勘第一處文字。

**無題**(頁四一一五六)

《大典》卷八九六引三詩,署出處"陳杰集"。且其三"聞道",《大典》作"聞説"。此三詩又作册六六頁四一二七一馬廷鸞《無題三首》,歸屬未能確考。

**至日拜賜**(頁四一一五六)

**程簿能静袖詩來訪次韵**(頁四一一五七)

二詩均輯自《大典》卷八九六,第二題"老泥",《大典》作"老呢"。二詩閣本、葉啓勛抄本均未收,《四庫輯本別集拾遺》《全宋詩》《全元詩》均據《大典》此卷輯錄。《大典》原卷均未標出處,其前四題首標"陳杰集"。其上《無題》又作馬廷鸞作,此詩是否陳杰所作尚有疑問。

**充善堂爲吴氏題**(頁四一一五七)

"是從",《大典》卷七二四二作"是縱"。

**送萬平野余秋山被薦北行**(頁四一一五八)

"羌笛",原出處《大典》卷八六二八作"茗笛"。

**題信州月岩**(頁四一一五八)

原出處《大典》卷九七六三署"陳傑《無爲集》"。《全宋詩》編者按云:《無爲集》爲楊傑的集名,詩當爲楊作,今楊集中未收此詩,姑置于此。則此詩當刪去,補於楊傑下。《全元詩》册一二陳杰下已刪。

**大窖韜旟**(頁四一一五八)

此詩輯自《詩淵》册二頁一五三八,又作頁四一一〇九本人《讀蘇武傳》,當刪。《全元詩》册一二陳杰下已刪。

**登岳陽樓**(頁四一一五九)

此詩輯自元傅習《元風雅》前集,乃頁四一一三八本人《即事二首》其一,當刪。《全元詩》册一二陳杰下已刪。

【輯補】**有卉**著感也,著其異於古之感也

有卉萋萋,有黍離離,會露未晞。

有狐綏綏,有豕狘狘,會景未穨。

有泉既瀄,有澤既瀦叶周,深谷爲丘。

其音孔休,其儀孔修,高天悠悠。

有卉四章,章三句。

**陌上桑**

采采采,陌上桑。行行行,陌上郎。前綏賁然來,加璧雙明璫。女生亦有歸,君婦不在堂。躬我蠶事,春日載陽。垂露成珮,白雲爲裳。舉頭桑覆陌,低頭葉覆筐。桑田朝變海,化石永相望。

### 秋胡行

長旦走懸薄,盛年羞乞墦。托身未分明,一隔五暑寒。中堂幸有姑,力養可忘年。春日蠶事起,采桑道傍阡。懷金者誰來,解囊陳甘言。此物奚至□(元劉壎《隱居通議》引作"哉"),妾心炳如丹。反舍尚三唾,欣聞稿砧還。胡然道傍金,乃在阿母間。嘗經挑桑婦,還以奉慈萱。歙飲豈不歡,伉儷難爲顏。反覆重子污,濯之清冷淵。誠雖匹婦諒,微義不猶完。

### 公無渡河

公無渡河,河水湯湯。豈不濟洍,河無梁。被髮提壺,亂流望洋。自古皆有死,孰如公之狂。公無渡河,河水浮浮協符。豈不逝洍,河無桴。亂流望洋,被髮提壺。自古皆有死,孰如公之愚。撫世變之橫流,極風沙其渺愁。平陸成江,長鯨吞九州。我思神禹如不作,奚啻萬國赤子生魚頭。公無渡河,獨公之尤。

### 瑤床臥玄玉

瑤床臥玄玉,大璞含淳音。一彈寫皇風,曾開天地心。再彈薰風來,垂裳奠高深。三變風爲王,二南無古今。珠絡暗橫理,荒亡紛鄭淫。空山霜月夜,天籟殷上聲龍吟。美人渺西方,欣然皇重臨。

### 瑤匣凝去聲秋水

瑤匣凝去聲秋水,元工下天精。神武開媧皇,斷鼇奠三靈。餘刃授赤帝,斬蛇除暴嬴。未之侫臣首,肯涴樓蘭腥。土花冷霜銛,鉛割皆青萍。空山夜牛斗,怒鐔鐔,劍鼻殷上聲雷吼。持將語貴人,當食謾三繞。

### 西郊有仁獸

西郊有仁獸,治古無與珍。東家以獲書,宇宙秋爲春。天豈不命德,茲族久無聞。百姓罪過多,虎狼半乾坤。今日虎咋豚,明日嚙其人。哀哀泰山下,爾獨長子孫。麟兮來不來,虎吾已爲鄰。幸且少嚙噬,請誦虎狼仁。

### 南方有文鳥

南方有文鳥,五色麗朝陽。岐山渺重雲,千載遲一翔。如此衆羽鷯,孰從見文章。金烏富族聚,聲質自爲祥。承恩棲上林,颺彩傍觚稜協郎。慣趨紅雲曉,長對白日光。鳳兮來不來,烏吾永相忘。有日此有烏,不聞有鳳凰。

### 我出其東門

我出其東門,所思在泰山。考禮濟汶上,講經洙泗間。舉頭見姬、孔,觸耳見曾、顏。意且掃百氏,獨提聖真還。怒飇從何來,吹海使海翻。黃塵漲天起,白晝如夜漫。岩岩可復詹,東望鬢成斑。

### 我出自北門

我出自北門,駕言渡大河。溫滎深䆳淪,嵩華高嵯峨。周郊企行葦,商廟想猗那。緒末吊遺黎,挈時還泰和。雨雪勿斷道,風沙水揚波。虎豹正晝號,蛟龍向人呀。洋洋可復濟,北望鬢成皤。

### 傳賢渺無還

傳賢渺無還,與子莽相繼。卜洛易興亡,據殽營萬世。對酒吾當歌,開卷君莫恚。熟醉天地寬,陳編古今細。

### 六經出殘灰

六經出殘灰,夫子恩罔極。人心幸不死,乾坤亦幾息。斯文漢太宗,奚啻重開闢。烏戲毋高談,坐念有再厄。

### 茹芝輕駟馬

茹芝輕駟馬,種瓜置侯篆。富或不如貧,貴當令可賤。高人狎大化,智士眇時變。悠哉觀我生,無欠本無羨。

### 向平畢嫁娶

向平畢嫁娶,龐公携妻子。古來避世人,安穩得如此。風波地上惡,日月山中駛。歸來廣成門,宇宙吾脫屣。

### 古雪四首

#### 山陰乘興

平生疏散性,意得無主賓。偶來竹下不相問,瞥去看山從汝嗔。茲游非狂定非夢,多事驚猜千載人。惟有當時溪上雪,皎皎照予來去真。

按:《全宋詩》已錄《大窖嚙骹》《洛陽僵卧》《垂瓠襲城》三首。

#### 梅山礬

白眉此最良,季方難爲弟。斟酌水國仙,同時略同味。

#### 松柳

青青東門柳,鬱鬱南磵松。所觀特未定,回首是嚴冬。

#### 秋荷

高荷遂委頓,寒浦相因依。昨日好池館,颯然有餘淒。向來冰紈子,翩彼去何之。白鳥專一石,寒暑不相移。

#### 霜菊

玄冥專殺物,青女正行時。金花斂其英,槁而抱枯枝。人言可長年,堅苦聊自持。摩挲重三嗅,寒日下疏籬。

### 讀選二首

嗣宗天與力,迅筆世無擬。獨深删後興,高出漢初體。遺恨托窮轅,長愁付醇醴。容也已墮吾,全身更貽子。

元亮妙去琢,落唾皆天成。自性識剛忤,人言工淡平。大時挽不回,萬事如羽輕。幽懷寄千古,素律明秋英。

### 讀朱子感興

天命首盡性,生人先天倫。堯舜於父子,湯武於君臣。周公兄弟間,孔氏夫婦親。茲道古已窮,茲義久未伸。五常一寄友,千載謂無人。箕穎終身逃,首陽到死嗔。召公滋不懌,記禮重云云。六聖日月如,六經萬世尊。但見益光大,終無少緇磷。豈不各有説,犁然未前聞。昆侖與磅礴,何者最關身。安得無極翁,指掌此開陳。

### 秋日白

且喜秋日白,乍兹洗炎光。勿云秋夜清,便恐成履霜。天地皆殺機,冰火互翕張。何所逃其患,游於彀中央。巍煌古有人,垂拱調陰陽。無欲寒暑平,神凝民壽康。重華叫不還,兹事亦復長。安得追鴻濛,高步出太荒。永辭代序苦,閑玩跳丸忙。

### 贈神眼相士
南陽卧龍纔用蜀,天津若人衹平淮。我評兩公正未滿,觸眼□事增幽懷。是身能無天地責,中朝達官手玉色。白面書生喙三尺,神眼神眼何方來。淮寒蜀岌正需才,眼底誰爲諸葛裴。

### 五雜組吟皆非有裨於世教者故特作二首
五雜組,補舜裳。往復還,五就湯。不得已,書尊王。
五雜組,斑萊衣。往復還,躍鯉妻。不得已,履霜兒。
葉啟勛抄本陳杰《自堂存稿》卷一。

### 春秋嚴筆削
《春秋》嚴筆削,一字勸懲百。古詩删十九,武城無多策。文章要經世,繁浮或爲蠧。十年營《三都》,異代尊老賊。

### 趙括善言兵
趙括善言兵,劉歆工《左傳》。當其肆胸臆,察父不能辨。學術久方明,人才用乃見。苦口教汝曹,寧爲伯高願。

### 楚不寶白珩
楚不寶白珩,正自有二士。齊不寶照乘,正復有四子。惜哉霸圖淺,論寶亦止此。君看寶仁賢,十亂可千祀。

### 文種有七術
文種有七術,扣囊奉鳥喙。用其三滅吳,餘者君自試。利器難假人,士或懷餘智。向來嚙鏃翁,射更愈於羿。

### 事成嫉勛能
事成嫉勛能,不盡固不止。而公晚自行,竟亦斃流矢。天道誠好還,委身豈願爾。世無虞廷歌,曝背老田里。

### 市交非人情
市交非人情,事已掉臂過。方趨霍車騎,詎記楊臨賀。其負安足云,其賣可勝禍。君看百二秦,但爲大賈貨。

### 吕氏欲王吕
吕氏欲王吕,而公囑安劉。漢無天命者,一語殲絳侯。所悲虬髯翁,貽厥靡不周。如何正觀葉,衹爲昏童謀。

### 周生引韓厥
周生引韓厥,陳義良亦公。整軍較劾曹,緩急將無同。史但取辭勝,理還愧休容。七篇端庚斯,直固在其中。

### 署曹重違閤
署曹重違閤,品士猥加吏。當時既免禍,後世初弗議。酌之古權度,兹法孰非是。翔鳳在廓寥,險微蓋先避。

### 文若初事操

文若初事操，亟稱吾子房。君臣此已定，末路聊徊徨。同時伏龍翁，生計八百桑。臨邛無火井，馬鬣卧南陽。

### 知人

作人良獨難，知人亦未易。陳情愛令伯，動色笑毛義。正爾爲養同，終然立身異。水落見垠涯，松柏在晚歲。

### 才難

上馬能殺賊，下馬能草檄。耳聽口答酬，目覽手書畫。惜哉生才難，理亂非有益。智伯爾多賢，禹稷但躬稼。

### 秋夜吟

皓露清八表，明河捲微瀾。起瞻秋旻高，乍睹正色還。蒼然大圓蓋，瑩以白玉盤。野馬與塵埃，日中事萬端。天公出敏手，收拾無留殘。太虛本渾涵，積氣成宇寰。大化日夜馳，變滅不可殫。物生無牢彊，脆薄如朱顏。端倪忽呈露，三嘆造物完。天公信崛奇，我老亦偉觀。忽復見我初，醒然得還丹。援筆愧凡鈍，追模良已難。

### 管夷吾

夷吾負才高，生世何嶇崎。事雛啓彊霸，興仆扶弱姬。斯人微斯人，左袵言侏離。生幸脱施伯，死還厄曾西。到今九合功，見羞五尺兒。向來避世翁，度外置顛危。安身養天年，千古無是非。

### 秦

秦皇隘宇宙，嚴令驅雷風。方來渺無際，欲以智盡籠。變古不遺力，啓彊無餘功。塹山地絶維，駕海石作虹。實田數米炊，遠戍九泥封。焚籍刈秀茂，消兵杜奸雄。井兼固云暴，箝揵良亦工。於人不於天，一斯挾兩蒙。餘威足有制，函谷誰敢攻。利觜方擅塲秦□利觜，終得擅塲，孽生已隱宫。莫親匪元子，十主諸王公。其誰實盡之，首事非山東。秋郊哭白蛇，泗水開赤龍。方觀赫赫際，詎省冥冥中。神理萬年在，人心千古同。阿堅沸經營，又啓虬髯翁。

### 題徐先輩詩稿

菊白不如黄，梅黄不如白。生物之不齊，各自有本色。

### 郡泮咏歸亭久廢嘉熙庚子廣文熊公有宗復之落成命賦

聖門如天闕，游者視所歸。學不求本心，悵悵欲何之。春風城東湖，花洲柳爲堤百花洲、萬柳堤。一亭獨荒榛，扁乃祖浴沂。正面夫子墻，厥途直以夷。歲久址亦湮，過者誰復祇。斯文熊夫子，於道猶渴饑。乃築仍舊貫，稍前府清漪。日月轉蘭檻，江山借光輝。恭惟昔元聖，如天地四時。盈虛有消息，舒捲無益虧。用魯以卜周，宗予其尚誰。轍環道固然，曲肱理亦宜。聖人天爲懷，諸子未盡知。點也受才高，於焉見先機。若聖吾豈敢，諸子吾不爲。閑情托春莫，獨趣寄瑟希。三沐謝塵事，永歌涵聖涯。慨嗟據響答，脱灑同襟期。與顏兼爾藏，乃盡性分推。與點喟然決，天命吾得違。聖賢本坦明，講求遞深微。會心適有悟，寫景聊成詩。

### 方寸高岑樓

方寸高岑樓，銖兩移千鈞。滄海元納污，泰山本積塵。六經理無加，文字還日新。蒙莊笑蛙井,自以無前倫。

### 年侵稍聞道
年侵稍聞道,萬折循一中。盛滿闕變計,阻艱常多功。天人各有還,禍福相無窮。六經若揭日,不落瞿聃空。

### 機心
調弓白猿號,未弋雙鳧落。藝精誠入神,潛伏亦孔炤。至人本何思,玄理非有作。短世機械微,高空鬼神惡。

### 五客
兩客行說詩,兩客立談道。清如霏玉屑,雄似捲海潦。一客醉兀兀,每問但肯首。鸚鵡催點茶,卿言復大好。

### 反宮詞
清蹕下彤庭,古樂升端冕。流雲委行蓋,微風生輕幰上聲。左掖對詞臣,石渠翻聖典。金屋晝長閑,玉鈎晨不捲。

### 理手澤
十詩儼先澤,一誦三泫然。既殊教咸指,亦異訓符篇。讀書戒非聖,臨事思景賢。願爲龍伯高,願效任昭先。忠厚即世濟,清白爲家傳。經籯昭揭日,風木重呼天。可但詔來世,勉之觀暮年。

### 湖亭晚步見梅子
牆頭英英玉,照我初雪來協離。閉門了春事,化作青螺枝。征衫黑貂昏,香雪正行時。豈不念趨新,母慈親熨治平聲。摩挲斷綫三,寒暑酸然遺。井法百畝多,事育仍書詩。楚楚同游子,我懷爾得知。

### 嚴陵釣臺
西都未聞道,法意多踵秦。馬上忍得之,揚湯待功臣。子孫習見聞,爵祿爲斧斤。小忤或赤族,薄推猶鬼薪。往往卿相貴,舉頭絓深文。卒之養懦諛,輸國如飲醇。先生本人豪,避亂此江濆。文叔吾久要,方時俱賤貧。豈無及茲事,嘆息三開陳《出師表》語。既帝未可知,綈袍獨何諄。性不耐三公,所來爲故人杜"所來爲宗族"。禮樂百年須,甫脫干戈釁。亦復舉其綱,孰先義與仁。自度終無益王生自度終無益於張廷尉,故聊使結襪以重之,多言讓紛紜。此足固有尊莊猶有尊足者存,又經云必有尊也,一爲萬世伸。我觀嬴、劉間,誰識巢、許倫。正爾掣建武,去之傍華勛。廢興亦常事,茲道久彌存。釣臺無傾日,桐水逝沄沄。高誼動千古,羊裘非潔身。

### 翁漕卿浩堂
泗洙秘微言,亞聖發養浩。茲義彌千年,工力未有到。誰無生人責,坐嘆歲月老。天將欲平治,皇肇錫嘉號。恭惟知言章,夫子亦允蹈。著書尊六籍,束棄百氏陋。經綸隱數子,宇宙見深袍。平生踐躬地,山立有餘操。人物方眇然,頹風正瀾倒。不應商川楫,猶試漢關漕。歸哉棟明時,一力弘此道。

### 松楸別
夜夢如平生,朝辭即長路。草端暉乍浮,木末風猶怒。堂封三嘔伏,體魄生死附。木主手抱持,宗親後前袝。捧檄天一涯,驅車歲云暮。斗升痛微養,九折慚遠騖。尚懷癡了情,已非顯揚具。先廬深風雨,罔極渺霜露。三歲未可道,九載焉能度。清平會且歸,蔬水豈不裕。讀書教子孫,毋輕去墳墓。

**湖山別**

西嶺雪半窗,東湖梅一瓶。論交十年舊,取別萬里情。是邦誰相知,諫坡獨典刑。其次臨汝侯,暨予老年盟。重來俱不作,坡已宰木青。二氏乏喪主,過車三涕零橋玄事。黃家龍頭齋,期我早步瀛。見我初品官,每罵主司盲。斯人信國士,游宦遠在京。惟有釣隱翁,寶氣夜崢嶸。彊直如朱游,博洽如更生。相知千載上,乃我異姓兄。出處爲我決,騖波來在城。積雪留時輝,梅花粲初英。□人一笑同,供張江浦亭。風雲生去棹,宇宙入離觥。何以報我交,歲寒兩晶煢。并持滿船月,寄謝翁常卿浩堂賜舟,并經紀行;諫坡李宗卿、撫侯趙景皋、年盟侍其舜輔、黃仲、林履齋受客,復扁其齋龍頭釣隱。熊子壽、雷省身齋年長友二公送予詩,各盡朋友之情,擷句附云云。

**赴殿日母夢云近代文章屬紫微筆頭挑得狀元歸後特以省中覆試第一應追念春暉雖負勿負而作誓言**

旁生滿腔慈,上慧不兼福。空令罔極慕,畢世抱天酷。

微名在温飽,司物調常兒。古來慰母心,名與李杜齊"温飽",王曾語。

同上書卷二。

**夜泊楊柴洲即安慶移治處**

寶祐四載春,月正日書九。身爲淮海役,道出瀾里口。寒氣殊未歸,白雲忽蒼狗。衝風尋穩泊,下纜得淺潦。通昔無佳眠,十起問昏曉。舟師彊人意,鼻息故雷吼。崇朝雪在山,陰霾頓如掃。一笑大江橫,挂席十幅飽。舉頭過二孤,轉瞬失五老。烟墟莽長淮,春風入衰草。中原在何許,青山爲誰好。倦枕那計程,醒來已過酉。荒城二更鼓,淡月千家柳。意定復慘愴,呼詰制柂叟。乘船古稱危,水宿合戒早。是江吞衆流,其間聚淵藪。桀黠爲長雄,亡命供指嗾。出沒如鬼神,合散類雲鳥。王官或可殺,賈客不足剽。吾聞雁名汊,過者色爲愀俗云"黃池雁,汊鬼見"也。前夕有天幸,今夕無乃狃。柂叟再拜言,種種視予首。十五來江湖,此說未見有。中因官要錢,言利析豪秒。作法初變鹽,其次茗與酒。一物不得逃,魚蝦及薪篠。窮民地無錐,饑歲野有莩。丁壯四方散,奸凶日夜誘。曾是王公家,甘心寇戎偶。朝領子本錢,暮許十倍取。情知白晝攫,無奈三窟狡。去年太湖賊,爲爾正掣肘事口王邸。福星今建業,尚書我父母馬制使光祖。寬征遍山澤,信令行夷獠。彼均具心目,各亦惜骸髑。弱者反田廬,強者伏海島。青天白日下,且睡省煩惱。同時幾客舸,扣額合十爪。書生三嘆息,茲事關世道。有懷長江險,因以舊聞考。春秋吳楚大,三國孫氏久。琅邪迄梁陳,正統接義皞。操以赤壁敗,堅以風鶴走。煌煌光堯業,植立固非小。開闢有此江,天地不可歆。遺黎所托命,通國效死守。長城莫如賢,照乘或非寶。繭絲彼何人,保障乃存趙。作詩擬《北征》,安得告我后。

**翹材阮賓中見予凱歌書之曰某於好賞文字凡以敬順天理扶植統緒也且以其進稿來教賦而歸之**

斯文與爲命,未面固已心。平生有漫刺,歲晚不鼓琴。華袞君一字,敝帚吾千金。說項自爲德,薦郊愧不任。詎争咸陽市,願印正始音。相觀慚往□,□□在高深。

**賦熊校尉惠硯**

歙州古石青絲紋,何年琢此如玉溫。再三著手試蒼璧,良久爲我開玄雲。人言燥剛歙本色,夫□所寶無乃澤。區區利鈍幾俗眼,此物正坐才□德。時來投筆不作勞,有石自瀰龍文刀。天涯□似留滯客,閉門覓句供濡毫。一笑何時解濃□,浯溪插天千丈壁。

### 初抵荊南借居極熱即事
□陽欺客舍,枕簟遍朱光。一飯三環之,低頭汗似漿。主人頗料理,別席開虛堂。靜深亦何有,桐君殷在床。三叫起師文,扣羽召雪霜。豈獨解我熱,大地皆清涼。腐儒信多事,意欲渺難量。且休永今夕,微薰度修篁。

### 呈宣謀江侍御
黃濁江漢流,炎燼六月役。大臣獨賢勞,頗嘗見此客。恭惟三聖緒,姬、孔等援溺。飄風西南來,殺氣宇宙黑。斯文可遂喪,生物亦幾息。人言穹昊仁,不有周禮敵。嘻其天道遠,勉旃諸老責。事乃尚可爲,萬世真立極。

### 又
維昔東湖上,承惠在斯文。輅車駕言來,函席開細論。平生一瓣香,邂逅兩手分。歲月坐成晚,昔少今無聞。風塵牧馬秋,霧潦墮鳶地。公爲蒼生來,吾事亦復細。尚想千載人,雩風發深喟。

### 江漢告成右揆外拜頌聲初作報帖甚謙同幕囑書其後
十詩桃林夜,一帖江漢曉。葳蕤蔥蒨開,摧陷廓清了。德盛禮言恭,功大心轉小。常如景定初,此紙當不朽。

### 婁公真盛德
婁公真盛德,伯仁固良友。度何相去遠,恩乃不出口。世俗淺量人,古人今或有。汪汪王魏公,百代俱不朽。

### 古寺追涼期友不至
晨興睨幽賞,暑薄懷遠林。勝友期不來,野僧避人深。翛然半日閑,專此十畝陰。白雲爲我留,好鳥相與吟。微薰從何來,徘徊戀衣襟。須臾上松竹,散作無弦琴。寫我意中事,三嘆有餘音。

### 和洪平江請放龜
神龜抱千年,彼忍鑽七十。天全類仁壽,行會非智及。深功妙藏六,元氣在一吸。人間陰陽患,短世湯火急。幾微不鞭後,瓦裂百憂集。有來玄衣巾,邂逅道傍拾。方冬事閉塞,百蟲各坏蟄。循除作居宅,鑿竅通燥濕。支床不猶愈,夜半誰復泣。聖朝重函生,數詈屢戒入。謀國盡蓍蔡,休祥卜不習。類爲神禹出,事絕豫且執。謂放誠可侯,責報得無汲。區區舍爾靈,至貴并上聲爵□。

### 和方虛谷二首
開闢有此江,宇宙有此山。出門獨何悲,古人去無還。大道日云遠,遺我以險艱。未知更千年,孰如今日觀。老聃殊未廣,戚戚身有患平聲。

士有天地責,勛華安足辭。亦復有屈伸,其柄誰執持。蒼生誠命窮,烹葵忍朝饑。冥冥四老人,詎肯從吾兒。時哉不少俯,千載無人知。

### 和虛谷蛛網
天機役群動,妙理難盡扣。其間最憎蛛,張網下闚漏。螫毒彼方酣,稂莠吾自耨。久不作刺詩，妄發因君又。

### 和徐民泉暑途秤提楮幣之作
飛錢日重困，掃地事更新。因君暑行役，慨我思古人。孟夏嚴力本，乃遣司徒巡。田家方作勞，敢愛高明身。無日不稼穡，取禾三百囷。恭惟多艱日，元祀政如春。制用自冢宰，分憂先閫臣。秤提下信令，選擇輙嘉賓。勞勞徹池間，僕僕靴帽塵。平生談學愛，田野一相親。救楮本無術，搜詩良有神。

### 和雷憲省身要使古道反之句其剡辟黃君性本予請也
火雲正張空，水玉忽在眼。色澤何方來，緘題南海遠。綉衣九霄立，鉅筆萬牛挽。鄉音寄寥廓，尺素見悃欸。異時崔嵬胸，水落木歸本。頗聞持刑平，僚屬得精揀。一朝表兩賢，近取皆楚產。黃幡予所請，轉上極褒袞。乾坤人事多，松柏歲年晚。騫予範其馳，屈折九折阪。阻艱□備嘗，學愛堪一筦。誦詩對月明，悠哉輾轉反。

### 鼓琴有成虧
鼓琴有成虧，觀弈無善敗。陳編撫往事，千恚取役快。熱官思爛熟，駟馬憂甚大。歸來乎山中，枕石漱寒瀨。

### 謝後林李戶部寄八稿
吾里數上聲先達，後林以詩昌。亦既大雅資，工力復非常。深穩提一律，根株從杜、黃。平生三千篇，十一見刊稿。甲題肅初讀，少作氣彌老。溪上已如此，況乃夔州後。山中當日月，萬古入搔首。詩成萬事足，看雲度歸鴻。屬聞清廟瑟，初試嶧陽桐。如何商頌手，却在此山中。

### 抱關者
車馬有折軸，鼎厚有覆餗。麒麟或爲楦，貂蟬豈勝續。炙手取熱官，還舍仰看屋。王事一乘田，君恩二升粟。何言反抱關，正自不碌碌。

### 題畫苑四首
一童二牛，索御前者，鞭引後者。罔牽不於首，罔鞭不視後。童子之智歟，聖以牧九有。

落木空江，一笻岸立，小艇別浦。天闊水無津，林空歲華晚。挐音去不回，吾亦從此遠。

雪中兩山，樓觀對峙，衣冠偉如。一片龍門雪，千年賞未殘。何時兩銀闕，復見此衣冠。

松下小亭，青蘆晚霞，一笻回眺。小亭過雨松如沐，遠水明霞荻未秋。獨自臨流何限意，瘦藤欲倦更回頭。

同上書卷三。

### 贈工醫張學賓
越人善爲醫，持論最近理。非死實可生，能起生人死。君看古秦緩，竟厄二豎子。於此有天命，不繫術臧否。上醫本醫國，疾痛等由己。禹稷當平世，孔孟非得已。叔季亂離多，民命如土委。豈無大醫王，出手施一匕。六經皆已驗，治法包百氏。時哉水石然，是亦芻狗耳。張君故淮人，避亂武昌里。探囊書活人，家乃具簪履。夜燈勘典墳，所得進乎技。邂逅印一言，可但識藥喜。

#### 緑蔭小憩半山謂勝花時吾亦聊作

涼霏澹園池，紅紫事已退。餘春寄殘藥，風日不少貸。一筇愜幽尋，萬綠得靜對。高嶂油擁屏，新林翠舒蓋。松珊雜修玉，草蒨連遠黛。清漪湛深碧，奇雲弄微靄。步陰攀青子，薄醸時一啐。人間劇寒暑，新故莽多態。會心即欣然，豈必與時背。歸徑穿荼蘼，淡白亦可愛。

#### 五月霪雨六月不雨禱廣祐王乃雨

間者水失行，魚龍起平陸。低田遂無禾，高岸或漂屋。陽候暫退舍，旱魃乃爲酷。天高風伯惡，炎夏正書六。露香十日禱，九虎當關伏。是邦足山川，雲氣所泄蓄。其神顏渥丹，廟食儼王服。遣官御靈斾，齋戒授史祝。庶因請於帝，匪直禮從俗。大雲東南來，坐覺燥變澍。低頭瓦溝鳴，仰面已如瀑。三日殊不休，既渥益以霂。腴饒固無恙，焦槁或能穀。就令無低田，歲可得中熟。古嚴一飯報，吾敢愛牲玉。屬時方遏密，簫鼓未忍觸。何以迎送神，博士撰新曲。藉蘭芬奠桂，復此徼餘福。亂離所餘民，每念中夜顧。一飽懸諸天，大命亦僅續。天若未厭兵，所嗟雖有粟。

#### 送黃學錄辭歸

荒城吏散早，庭柯靜晚陰。故人乃不凡，千里登然音。相看渾似初，老色稍覺侵。空齋無長物，西爽有雲岑。久闊得小留，濁醪間清吟。劇談常跋燭，感嘆或霑襟。意得殊未央，興盡還治任。風帆且勿開，搖我歸來心。桑柘舊十畝，松楸今幾尋。明年重相過，茅屋故山深。

#### 郡圃賦梅

四序冬最晚，百芳梅獨殿。青紅塗抹盡，純白稍自見。君看靜退姿，肯作爭春面。人間無雪霜，奚啻桃李先。

大化有殺物，玄冥乃行冬。回飆怙其威，剝爛千林空。於時無梅花，生意幾遂終。聊憑向南枝，托比冰雪叢。視之朧然耳，與世開春風。

#### 初雪作之甚艱

朔風將黃雲，屢作仍屢輟。天公不草草，十日辦一雪。平生願豐念，愛雪不愛璧。偉哉厚化功，倚柱看盈尺。復念窮閻叟，水旱歲再厄。無衣無酒醪，何以永今夕。小忍莫怨傷，來年爾之慶協祛羊反。

#### 再雪遄晴

今雪忽復下，舊雪殊欲消。餘霙散無幾，阿巽已不驕。晴曦露雲端，生意在梅萼。憑高寒氣微，人語鳥鳥樂。却回江天眼，歷歷見村落。瑤林出炊烟，吾亦聊舉爵。

#### 釣隱姓熊名應豈吾里人博學有文行該咸淳到殿恩不受道卒櫬歸

吁嗟乎釣隱，生世何須臾。南浦昨日別乙卯冬別城中，西風十年徂。平生細論心，間者或尺書。常恐剛直胸，磊碨竟少徒。澗松摧不韵，野鶴矯難呼。相思天一方，每夢在田廬。黃雞秋饌黍，夜雨剪春蔬。朝來有鄉信，言君喪在途。人事良好乖，爲君長嘆吁。

歸來乎釣隱，在世何艱勤。苦心讀何書，埋没舉子群。山癯抱廊廟，藿食憂黎元。二十貢春官，青燈逮眙昏。低垂傲新霈，骯髒安舊貧。假令志不行，高科彌不欣。挾此猶有待，化爲道間塵。素旌薄言歸，短些遥招魂。亦復遣麥舟，君兮聞不聞。

#### 沔陽湖中古祠紀行

荊州渺上游，古沔僻一隅。蜀江洶西來，稍北疏爲湖。一水分合流，取勢極縈紆。十年再行役（《大典》卷二二七四作"行"），俱值夏潦初。且復避風波，竟日牽蒿蘆。沮洳莽相翳，白畫蚊嘈膚。百里不逢人，并與炊烟無。晚泊古祠下，舉頭見栖烏。水鳥亦三四，飛來頗忘吾。憑舷聊欲狎，徑去不可呼。惟餘舊楊柳，短髮共蕭疏。風物何足紀，我行歲年徂。

### 荊南回取湖汊行復得順風

北風將我來，我歸用南風。誰言荊州遠，正有八尺篷。所畏蜀江湍，乃與七澤通。輕橈走間道，高枕策奇功。荒涼菰蒲地，勃崒蘆葦叢。試作長嘯呼，獵獵皆前鋒。久速豈俄度，戚欣繫乖逢。低頭謝河伯，舉頭問天公。美哉儻有濟，吾亦聊欲東。

### 陳總監承詔薦三郡守予預一焉劇談終日不及也既別乃得之走筆謝其意

在於推轂士，類有不識面。報國非求知，來謝或大恨。吾宗古靈翁，一舉有衆善。長才便劇部，遠服兼近甸。人品難概齊，詔書得公薦。奏章肯故襲，本領最先辨。言皆務悃愊，意不取彊健。謹簡牧守良，牽聯姓名賤。樊山兵旱餘，民命僅如綫。未知撫字勤，能補催科殿。袞華過一字，珠穢班二彥。迂疏無他長，學愛本微願。他年持報公，獨有循吏傳。同薦兩人，後皆除言官。

### 題陸宰太初蘭軸 是日迎新相

猗蘭不求知，雅淡如幽人。雖含宇宙芳，要是林壑身。出山已小草，翠袖成緇塵。捲舒奉娛玩，宛復色香真。清標落夜窗，熟視安得紉。聊因筆外趣，憶我山中春。

### 題黃氏三省堂

聖門爲己學，參也最不欺。幾微涉心過，未動良已知。當其所省三，念兹偶在兹。今人病痛多，亦各有克治平聲。嘉君嗜學甚，此理何常師。回光取自鑒，意得語言遺。

### 寄題劉使君濟美堂

護兒世南兒，家世誠反掌。何用生嘆憐，富貴事亦儻。以德不以爵，公卿或慙長。巍巍河朔老，高風至今仰。宰相時來爲，千古漢鉤黨。君侯端肖似，行已要骯髒。三薰濟美名，一洗世貂想。家學炯不磨，長留照穹壤。

### 同將軍宅酌李郎中子發

羽書急翻静，冰壺冷多暇。朋來睨幽憩，意往無宿駕。山西故將軍同，北來人，道南美宅舍。淡交或莫逆，徑造初弗訝。漢儀今望郎，鄭句昔同社。久摻武昌裾，暫飛荊渚靶。耽詩覺更超，愛酒渾未怕。況復將軍豪，不同灌夫罵。劇談得十噱，危語時一嚇談兵事輒慎叫。殷勤出寶釵，俄傾羞珍炙。擷苗葵上畦，嗅蘂菊邊榭。鬚眉兩翁埒，齒髮三君亞。清歡幸終日，餘賞休卜夜。邊有未解圍，里或不通蜡。兹游信非易，回首能無謝。一星專塞垣，福力壓嵩華。

### 贈秋谷相士

心之虚靈是謂谷，氣之清高無若秋。持此以業風鑒，不目視而神游。神仙壺子杜德，富貴何公鬼幽。噫！無鳶肩無虎頭，諺有之曲如鉤。不說破來卿相優，待看破來妻妾羞。我醉欲眠君且休，秋深谷迴風颼颼。

### 揭汝翼有七竅古琴將鬻以爲刊詩之助徵予語先容後竟大遇

焦餘三尺身，疑是渾沌死。森森竅有七，隱隱天籟起。雖無待徽弦，固已涵宮徵。十年卧空床，四壁冷似冰（原作"水"）。主人耽詩窮，賣此或遺彼。編成資用竭，采撥殊未已。

誓捐古琢桐,足了新鎡梓。安得好事人,仍具知音耳。慷慨雙南金,薄言酬綠綺。

### 今者

仕列七不堪,窮吟五無奈。人間信多事,卿意復易敗。向來本何心,今者焉不快。油然南山雲,我爾長自在。

同上書卷四。

### 闕題

共伯事荒唐,杞憂大早計。直從堯水年,未半莊春歲。天災古代有,世變今安悸。酌斗壽斯文,與天扶正氣。

### 悼惡人

山南有修蟒,山北有鷙鳥。稔惡已經年,流毒良不少。一朝暴風雷,去之若振槁(原爲"稿")。天道誠昭明,祇用照微小。

### 飄風蕩人心

飄風蕩人心,禽獸變倉卒。托交磐石固,回面九疑兀。重寄遂不歸,小醜俄備物。逆節胥萌動,彝章肆淪没。猶有厭亂年,何從起綿蕞協卒。

### 和酬胡簿幼謙

逃虛此跫然,一粲雙白璧(原作"壁")。緹巾開冷淡,古道見顏色。佳人來何遲,此日足可惜。清風生咳唾,明月照服飾。蓬瀛渺歸路,窮巷乃轍迹。山空一燈寒,坐久千籟息。霜林涵新霽,冰檐送餘滴。念深但神領,天定忽晤得。持似千載人,幽懷尚予識。

### 再用韵歸莊子集注

蒙莊非全書,如世有瑕璧。風檐取快讀,相骨或遺色。夫君自作古,出手無靳惜。舛駁備更張,繁蕪載修飾。吾衰窘舊聞,大類磨牛迹。焉知培風鵬,去以六月息。闕疑懷一二,江海薦涓滴。應無髮根遺,或有千慮得。脱灑李將軍,譖焉程不識。

### 新涼篇

今晨一涼颸,萬金不當直。向無今夏炎,貴重得許極。涸魚急升斗,人窮易爲德。無情倏寒暑,天公本戲劇。箋我新涼詞,蒼生問蘇息。

### 鐵柱行

晶晶奠深滔水縮,支祈壓穩龜蒙蠹。巨靈擘華河伯笑,海神鞭石山鬼吊。罔象填羊聖得知,荒唐猷勝蜀三犀。襟江帶湖水爲國,洞天福地神仙宅。抉闉開垠莽誰力,洪崖先生一派洪,上頭直與銀河通。旌陽真君一株鐵,下頭不憂坤軸折。十重古屋玄都壇,四尺枯槎金井闌。春陰倚闌探江漲,拔起一渦黃濁浪,井底更高江幾丈。風雷畫壁神如在,霧氣成樓平陸海,飛劍下救何時再。書生讀書莫作癡,滿壇涼月聽哦詩,老嫗夜哭愁蛟螭。題詩柱上補晉史,回首龍光斗間紫。

### 題黃草塘

謝公天外思去聲,忽落池邊春。五字本容易,驚詫如有神。得非困鵬鷃,乍此釋斧斤。當日自知味,後來誰識真。試拈公案去,重問草塘人。

### 和謝李鶴田前一首

河上無姓字,涉世如虛空。笑問我輩人,胡爲此區中。

### 爲吉庵上人書其師夢堂落梅篇

當年大醫王，問訊病居士。錫飛不作難，夜上三百里自渝走贛。曰爲衆生來，要度一切死。詰朝對丈室，正得無妄喜。慈雲小安穩予長之慈雲，願力漲灘水。海桑千變態，今昔一彈指。十年坐逃空，萬事不接耳。方袍儻誰來，龍象大弟子。探丸起膏肓，迎面傾底裏。試詢出岫雲，已作西歸屨。澹然餘落梅，語妙不加綺。劫火燒須彌，蓬萊落清泚。性有正眼禪，不逐電光起。君其保宗風，有永徵此紙。

### 詹教諭用山谷見坡兩韵來訪和其首章

崢嶸干戈地，慘淡翰墨場。我友散如烟，斯文日韜光。亦有磊魄胸，自薰知見香。跫然東湖濱，玉珮鳴虛廊。殷懃兩秋月，云自金華黃。已復出手編，函牛容㰞嘗。正堪當一面，何止鼓噪傍。郢斤吾豈敢，妙質本無傷。

### 和送趙儀可

吾聞蟠桃枝，一花三千年。又聞驪龍珠，乃在九重淵。天葩不與夕零落，神物地挾難回旋。鋪糟吹竽儘世法，欲持語君君惡圓。高天皎日照來去，江空目短風帆翩。

### 孫氏松竹書堂一家倡和凡七師稷謂予書其篇端輒亦用韵

山中劫灰餘舊築，千樹長青萬竿綠。老舅偃蹇真閱世，此君蕭疏亦醫俗。高標自是傲玄冥，美蔭尤堪戰庚伏。終然取義息兼修，正爾得名林下讀。放聲歌商出金石，多事亡羊較臧穀。長鍬雪盛休厲苓，翠袖日斜聊倚玉。頽檐敗壁有千載，阿房插天無托足。勉旃我友歲寒盟，一日遺書發藏屋。

### 送劉德孚北游

神仙懷濟物，方術信非虛。人間劉子政，枕中鴻寶書。漢武無仙材，末代同一愚。豈識□□□，天地皆璠璵。耳孫秘家學，平世逃魯儒。刖業開晚逢，席珍赴時須。燕齊海上士，影響風雲俱。戲擲葛陂龍，閑飛尚方鳧。役鬼事復小，塞河談正迂。惟有成黃金，利益彌堪輿。誠令土同價，九牧貢亦紓。蒼生得蘇醒，力本安擾鋤。豈但寇攘息，自然争戰無。區區旌陽令，點鐵代民輸。以兹較功行，所活猶呴濡。雙符未足酬，七寶莊嚴軀。更疑玉皇詔，丹鶴下雲衢。

### 胡山長端逸手開碧玉峰求書疏後

玉峰夫何如，精舍此安在。斯文天未喪，至寶地不愛。衒袖出好辭，陳義動深慨。上云祀先賢，忠節儼十輩。下云開來學，濟濟見衿佩。由來長民責，甚矣越俎代。恭惟湖學翁，當日猶北泰。負材足明堂，榱棟不假外。耳孫赤雙手，工力較百倍。資希草堂送，粟指監何貸。何（原爲"河"）時見突兀，造端正弘大。要須探龍頷，難用刮龜背。安得千丈綸，助君釣東海。

### 朱上舍興甫以晚修名堂求賦予請矯乎晚之義而大其修之説

扶桑甕繭八葉巧，喬松龜苓薅華早。白楊纍纍鶴翔表，海仙歸來種瑤草。黃鵾細點衿觜瓜，□養千金或非寶。湯盤周几朝日杲，秦誓輪臺未聞道。蘧瑗一生知昨非，九十武公歌抑詩。

### 簽憲趙公亮官滿

東南日官倍，分察猶古遺。老天托餘黎，大命□一絲。趙公簽名官，不作占署癡。劇部得非□，□裁凛獨持。由來禮文邦，間者法守墮。□□□□，豪奴橡□瓮。□□□□狡，奸駔□□□。□□所豢成，小詰或轉移。公以霹靂手，盡取鼠輩尸。掀髯我且直，瞑目汝奚爲。濯纓官湖東,葺舍孺子西。坐有勝士榻,門無雜賓蹊。一朝及瓜代,萬里載月歸。關河風沙道,天地冰雪時。浦雲獨多情,暖春小留嬉。還家萬卷在,開徑三益誰。人生此不惡,券外黍一炊。光明貴善保,宇宙懷深期。

### 題李簽憲省瞻雲樓

河西世家李相公,家傳相業孝與忠。兵前遺愛西江涘,長白西平今有子。分大行臺仍駐南,睡仙福地府潭潭。安輿萬里厭卑濕,列鼎十年虛旨甘。白雲孤起關河隔,作樓望雲高百尺。一日思親十二時,慈庭只在闌干北。古來悅親貴平反平聲,鵲喜萬金加一餐。手開青天照修水,奚啻百口保符氏。更激西江活涸鱗,顛崖窮谷蘇冗民。陰功豎碑樓入雲。樓前過者合十瓜,爲太夫人無量壽。

### 送朱先輩

白藤作箱裁短冊,跋提河外行不得。書生腰間一雙虎,萬字嘉餉寫蒙古。

### 雁不來□舊隱

出門北成南,閉戶玄尚白。山空鳥喚人,江落楓愁客。誰歟寂寞濱,共此慘淡色。詩成雁不來,渺渺長相憶。

### 和賈鹿泉十詩 删留六首

聲明中州來,本領孔氏自。澤物將奚先,載籍有已誠。人窮適易德,寬分即行志。十詩落寒檐,三沐收老泪。

兵前新草木,景象殊未諳。惟聞武昌柳,雨露先春酣。清風激江來,要洗山川慚。安得俓作霖,八荒同一甘。

四民俱可憐,最憐士廢書。茲事關萬古,興言渺愁予。衣冠望公來,不啻山斗如。斯文但未喪,無敢恨窮居。

少陵洗兵馬,屬意先崆峒。誠知道德尊,未數功業崇。所希干戈際,猶識禮敬風。公詩用其意,落語何從容。

景星與鳳凰,豈不快先睹。舉頭見清明,天青日當午。一簾照江垠,萬物氣已吐。獨無嘆愁間,動色相勞苦。

馮生佩䩌緱,百里炊炭廖。其間得意人,孰出軼與斯。滿高有遺慮,寒餓或適宜。八章著貪暴,萬古含深規。

### 贈覺溪徐矩山爲閩海御史

君今持繡斧,一似未官時。無地通關節,憑天斷是非。吏閑衙退早,事省印開遲。八郡闌干月,分輝照客衣。

同上書卷五。

### 兩事

加禮聘嚴陵,卑躬候孔明。誠非王夫子,聊欲變先生。語德黄唐遠,商功管晏輕。炎圖餘四百,兩事最光榮。

### 片紙

片紙從中夜,三網并絶年。今人猶踏地,當日敢佻天。家令顏如甲,宮嫠泪到泉。那知萬國痛,不獨一荒阡。

### 四美

積雪遥連月，疏花細度風。今宵四美具，清賞幾人同。小佇身無事，微酡酒有功。天涯尋絕勝，只在竹籬東。

### 北枝
開盡北枝春早晚，淡黃初縷嫩紅苞。杜郎可是才情淺，睥睨娉婷豆蔻稍。

### 讀唐宋宮詞往往遺其大者
白楊華去歌聲咽，赤鳳凰來笑語含。禁掖秘嚴多少事，與君洗耳聽《周南》。

### 題饒道士學禮圖
大典聊存柱下班，長身小俯片辭間。不無源委河先海，自有生民垤類山。

### 一飯之報
邂逅餘飱食翳桑，等閑回炙授行觴。當時豈意收奇報，無報堪書味更長。

### 書鴻溝事
鴻溝講解異鴻門，人品姑從善敗論。亞父猶慚負初約，子房直要背中分。

### 物理
物區別矣理常近，子比同之分固遼。戴粒□山俱贔屭，搶揄摶海等逍遥。

### 三達尊
德齒相尊味最長，古於尊爵亦何嘗。印章不敢先叔度，輿從無堪過子將。九老圖中容李滿，五君咏內黜山王。眼看時俗方瀾倒，如此風流未可忘。

### 中秋
晚吹微催楚户砧，庭虛早去聲覺薄寒侵。一年又見中秋月，四海誰同永夜心。如此粲何圓又缺，運而往矣古猶今。囅然一笑還無寐，閑倚幽蛩出細吟。

### 聲詩
聲詩與世作低昂，評論隨時互短長。韋、孟不工周體在，建安大好漢音亡。製教麗密從東晉，離得清空到晚唐。要是并包諸季盡，却回古調自成章。

### 偃王廟
不見歌行葦，千秋草亦春。易仁誠至矣，未易易周仁。

同上書卷六。

### 訒德公解憂
終日看傳燈，三時梵磬聲。吾禪聊爾耳，師律太僧生。一杖挑雲闊，千峰入句清。全勝舊山裏，長對野狐精。

### 出山二首
時事漸多艱，饑驅浪出山。斷無囊漏穎，容有管闚斑。獻璞良非願，吹竽復厚顏。蹇予知免矣，才與不才間。

歲晏携家出，天寒行客稀。極知騎馬瘦，不似飯牛肥。役役知誰使，悠悠與願違。人生消二頃，無語對斜暉。

### 大孤山
截來五老峰頭石，卓向鄱陽盡處湖。莫道江東成小弱，山如斗大亦稱孤。

### 小孤山 俗呼爲小姑
傍無淮岸寸岑碧，下有蜀江千頃湍。青野獨能當一面，小孤未可小姑看。

杏花綉眼
一株濃艷張春時，翠羽穿花小更奇。標格不同顏色似，回看么鳳雪中枝。
和王制參復其先世北山五絶句
山頭定有歸來鶴，山下能無手種松。夜半還令負山走，百年如此最高峰。
石泉已取流光扁，更扁資深屋數間。深處從頭推混混，流邊隨意聽潺潺流光、資深，亭名。
平春別後春何似，高碧新來碧幾分。客裏畫圖頻點勘，山中猿鶴飽知聞平春、高碧，亭名。
橋月多情留客住，嶼雲有約待君還。偶成拄笏看西爽，未怕移文出北山橋月、揚州嶼雲，亭名。
摩詰他鄉寫輞川，衛公身後戒平泉。人生識得山林趣，只合多閑十數年。
賀大閫平遷知院
淮平三面顧憂寬，海水無波江亦安。已後十年歸有衮，直疑二府賞無官。勳名早就委蛇處《莊子》：與物委蛇，宰相徐來久遠看。一日經綸了張李，春風汴柳見回鑾。
崇朝陰慘至日特晴
陰機潛播弄，生意極摧藏。垂就一天雪，翻成連夜霜。居然見大造，無乃避初陽。最愛茅檐日，歸心共爾長。
念齋鼓院有和復用韵謝
乾坤此消息，我爾亦行藏。風幕裘明雪，寒燈字挾霜。黄鍾含雅奏，老鳳待朝陽。細味安身句，相觀意復長。
人事
得虎方誇入穴奇，觸鯨還笑渡河癡。哭庭小智能紓楚，斷指真忱不救睢。曹沫、荊軻等行險，魯公、吏部各臨危。人間底事非天命，成敗茫茫未可推。
送人出幕知高沙
木天米廩此清流，幕府十年方作州。人儌去珠還甓社，春隨飛蓋上秦郵。方千里護風寒處，寬一分爲保障謀。青野更堪私耀苦，異時高論每深憂其後更甚。
西施
遣去亡吴日，携將避越時。平生子皮子，滿用一西施。
玉兒
夫子髯如戟，兒家玉面妝。石頭生有臭，蓮步死猶香。
御前傀儡
龍準包羞揭美人，三郎説夢嘆絲身。鼓髯大笑吻侵角，長與升平作弄臣。
同上書卷七。
闕題
上缺淮。世事終□極，吾生固有涯。如何數乘險，□宿上官排。
近荆一湖新漲夜宿甚清
雪潦分江乍入湖，岸痕淺闊浸菰蒲。飛來身世雙蘭槳，泊在乾坤一玉壺。萬頃水光落吾手，三更涼風冰入聲人膚。暑行邂逅真奇絶，便合浮家老釣徒。

### 壽賈母兩國四首時歸越上
畫堂永日萱自花，階前春風蘭長芽。倚門爲國不爲家，一秋烏鵲聲楂楂。
楚山越山天□涯，岷山捷書清晝馳。此日平安酒一卮，却勝萊衣親勸時。
雙鬢未老玉關人，奈此騫飛報主身。活得□萬億蒼生，即是壽母八千春。
兒今不願將相權，何時歸來五湖船。紅葉歲歲菊年年，此身常在阿母前。

### 萬里樓中秋
小住層城最上頭，今年滿意作中秋。天開玉鏡三更月，人在冰壺萬里樓。濾得身心無點滓，看來宇宙亦浮漚。紛紛下界方同夢，誰可相從八極游。

### 傳舍後一山如屛時得游之
城中那得此，公暇亦悠哉。負屋翠屛起，倚空晴檻開。有時和月去，無事看雲來。石壁堪題記，摩挲惜綠苔。

### 送趙制幹赴班
苦將科第換兜鍪，此日朝天一葉舟。正爾不蒙稽古力，故家諸校盡封侯。

### 和林貳車伯父初得牡丹武昌兵火前富有此
眼明宛是洛中花，無語相看到日斜。聊復一枝存國色，向來千本出民家。匆匆把酒澆□恨，草草裁詩答歲華。已是武昌驚見此，兵餘楊□未藏鴉。

### 正賦牡丹之餘忽有送二本皆白
誰家藏得十分春，眼底園林劫火新。清曉立談雙白（原爲"曰"）璧，三生絕世再佳人。皎如帶雨玉環面，脆似倚風飛燕身。復見承平緣有此，臕拚七字賞花神。

### 李倅子發全家陷於己未之變幼子二齡有漁舟夜竊以逃後數年大閫爲物色得之同官賦詩亦用韵
掌珠驚見復還時，十萬人家舞槊悲。信有林回輕尺璧，忽從韓獻出嬰兒。眼前且喜餘宗武，膝上何妨著坦之。虎穴得全那可料，昂霄寬作十年期。

### 獻象
聞有安南使，來從古桂州。朝正欣復見，除道此何由。云是通馴象，將非引石牛。帥臣方表賀，迂腐固多憂。

### 山東歸疆三學作頌
往事三京痛未瘳，更堪狼子弄金甌。朝馳淮甸一介使，暮上山東十數州。儒館同聲唐雅頌，人間別本晉春秋。非常事會終無據，聊亦先爲固田謀。

### 和送鄉友蕭先輩
一間浮屋鶴磯頭，流傳如蓬不自由。鍾子琴音思去聲南國，浪仙鄉夢托并州。數行雁影羌吹笛，四壁蛩聲女獻裘。此際臨分還自憶，非君獨負故園秋。

### 送友自蜀試不利還廬陵
幸自研深白鷺洲，無端弊盡黑貂裘。勛名近日千金子，書册何年萬里侯。蜀道虎蛇纔出險，江天鵰鶚正橫秋。錦囊不是成身具，歸去工夫向上求。

### 和張純父木山似人
皮毛落盡參天柏，骨格枯於犯斗槎。曾與莊春同雨露，偶隨周鼎出泥沙。水仙幻作壽者相，神物移來好事家。却笑官鑪鑄銅狄，被人摩頂數年華時朝貴有似毫汰及不知止被嘲者。

### 至夜觀復
閉閣焚香坐正襟，幾祥未動鬼神森。先秦而上讀書眼，太極以來生物心。拽轉乾坤元氣大，做成位育聖功深。俗間文字相違久，一爲羲皇理蠹蟬。

同上書卷八。

### 久雨潦漲未已
一雨遂踰月，連朝仍徹宵。雷公自收麥，田父不耘苗。時見危垣墮，仍聞比屋漂。愧無援溺手，窮巷有持橈。

### 久雨遣餉王新班
舍南舍北水漫漫，乍霽還陰暖復寒。石補色天原有漏，泥污后土不曾乾。龍蛇起陸生光怪，鸞鳳翀霄怯羽翰。聊復盤飱餉桑戶，可能藜杖過蘇端。

### 見除目及春榜因憶熊子壽林一父
諸君方衮衮，二子復奄奄。竭鼓琴成穢，鉛刀鎛失銛。聲華天亦忌，才命古難兼。一度觀新報，還將白髮添。

### 黎先輩談天
不爭富貴不爭名，時和歲豐早息兵。出手有人能辦此，白頭飽飯看升平。

### 得檝泝荆取新灘以避江漲
渾黃東下短篷西，分得新灘水一支。忽轉風檣如抹電，已抛雪浪入平漪。逡巡直上三百里，妥帖高眠十二時。邂逅成功許奇偉，老漁來往不曾知。

### 登鳳凰臺
六朝王氣此登臺，天道茫茫未可猜。正統萬年胡羯上，元嘉一日鳳凰來。乾坤不乏文明象，平治將須聖哲才。却倚南雲叫虞舜，簫韶悠邈首重回《選》鳳詩"將須聖明君"。

### 半山祠堂 荆公久削從祀，是歲詔升溫公
博學清修彼一時，天津杜宇早去聲相知。半山結屋重雲上，單舸還京七日期。小草亦名爲遠志，大儒正坐誦陵陂。屬聞司馬陪通祀，珍重僧龕寄一枝。

### 短亭小憩
短亭千古意，永晝一枝節。濯濯王恭柳，森森和嶠松。擊江時遠楫，瞻洛尚前峰。忽憶規恢相，昌言駐六龍。

### 江左懷古
麋鹿游臺燕去堂，東風吹恨幾興亡。蕭融生已稱愁帝，項籍歸堪作憒王。結綺閣前春寂寂，館娃宮裏水茫茫。個中已是無腸斷，更說咸陽及洛陽。

### 泊金山寺
砥柱東來屹障川，闌干迴繞下臨淵。一拳揚子江心石，八面浮圖影底船。夾岸龍宮平占水，中流佛日獨擎天。山河南北休回首，且試煎茶極品泉拳非卷豢。

### 雛鶴
雛鶴焉知事，低飛故近人。碧天無限好，元是自由身。

### 黃金羽
粲粲黃金羽，亭亭碧玉枝。暫來調一曲，不敢立多時。

### 連攝獻官宿湖山供檢討職

諫匭封章少,齋宮出宿頻。焚香掃地坐,拄笏與山親。莫道無才藝,猶能事鬼神。奉祠端不忝,明發乞閑身。

### 得家書
□□□□□□,一紙家書卷復看。老去豈堪癡了事,何來本是漫爲官。欲魚何似欲熊掌,食肉寧須食馬肝。汾曲弊廬無恙否,菊松猶在竹平安。

### 去國初程
水氣昏昏海,雲容澹澹天。吟情殘雪後,歸路夕陽邊。伴鶴投孤嶼,看烏攫野田。再來寧復日,如此好山川。

### 過衢將有所訪
暖景暄風曉過衢,手中搖兀看殘書。三叉間道穿梅塢,一個飛花入笋輿。去國不知春事早,還鄉但愛客程紓。霜靴待漏初無補,且放閑身得自如。

同上書卷九。

### 羅氏帶鋤堂
鋤㽞吾不如農圃,學也人人□□□。□□□□□已甚,爲□□□□□。披襟見肘歌商頌,經耸窮人世固寒。多少取青還掃地,未如空谷倚鋤看。

### 宿招提
夜半雨過寺,朝來秋滿廊。水花泫宿潤,風□嘯餘凉。地僻本無暑,心清時有香。人間正炎赫,可要出山忙。

### 入滕城東門
當年一束書,幾入此闉闍。王播題詩壁,黃公賣酒爐。重來寧復有,慨嘆不能無。留面相看者,青山與碧湖。

### 光岳分去聲來久
光岳分來久,聖賢無奈何。地生朱草少,天種白榆多。萬事一樽醁,百年雙鬢皤。當時洙泗上,不欠接輿歌。

### 令伯陳情表
令伯《陳情表》,義之《誓墓》言。胸襟自流出,孝愛與亡存。□向非無子,郤徽亦有孫。身謀至輸國,更□□□門。

**漢**世皆罪武帝窮兵,然漢無此,即神州之禍,不待晉而後見矣

殫殘到籍焚,宇宙已中淪。多謝高文景,重開天地人。武初大諸夏,光再敘彝倫。偏末談二代,譏其不古淳。

### 山扉
幸自無愁思,山扉謾一開。可憐消盡雪,更忍落殘梅。

### 美曝
隱几窗停午,拋書酒半醺。俗間車馬遠,花外鳥烏欣。櫩雪流晴雨,鑪霏颭暖雲。山林一曝美,正爾敢忘君。

### 用石橋韵復徐古爲并寄酬謝叠山時徐正召
斯文幾見障東川,名世無多五百年。豈有麒麟真可擊,或疑鸞鳳亦堪鞭。若人自謂羲皇上,顧我猶談戴晉前。空復短章含永嘆,江東長是暮雲天。

#### 鄂渚孟園訪友不遇
掃雪園林剗地寒,晚風燥得鵲聲乾。一枰殘著無人下,滿院春愁客倚闌。
#### 獨坐
春水緣迢迢,春山亂長苗。倚風雛燕媚,得雨老蛙驕。樽酒懷離索,行書寄廓寥。平生學道意,正用永今朝。
#### 題呂中隱和陶
籬下黃花采未殘,淵明夜半失南山。可能一片青青色,千古吟人喚不還。
當時豈是事沉浮,憂入永初無可憂。爲底却將淳祐筆,和渠詩句替渠愁。
#### 還胡先輩長書囊
投册難甘老兔園,不妨鷫弁謁軍門。辭家道路三千里,銜袖文書一萬言。客舍坐來長鋏冷,故山歸去黑貂昏。細君若問封侯事,笑指張儀舌尚存。
#### 僧舍用伯文舊題犟字韵
乍見輕風拂柳犟,無端細雨作花屯。鏡中勳業三分白,壁上琳琅一寸塵。動與俗違非雅道,時過僧話儘閑身。虎溪招得淵明麼,渠自羲皇向上人。
#### 玄言
中國一稊米,齊州九點塵。猶嫌分裂破,要看渾淪前。正爾亂生亂,言之玄又玄。伯陽方廣口,且爲笑柔然。
#### 夜聽誦太(原作"大")極西銘
六經宇宙包無際,消得斯文一貫穿。萬水混茫潮約海,三辰焕爛斗分天。鳶魚察理河洛後,金玉追章秦漢前。遙夜并聽仍闇昧,奎明誰敢第三篇。
#### 觀簡齋詩
鵬翼風期別有涯,優曇根器自如花。唐從工部洗萬古,宋入簡齋無百家。博極約來皆法度,渾成流出絶英華。斯文統緒安終盡,一爲前朝定等差。
#### 聞鵑
曾是蠶叢古帝魂,一聲叫合楚山雲。爽鳩何代不亡國,此鳥到今猶寄君。所至巢成群羽讓,每當乳哺衆鶵分。年年泣盡思鄉血,元德家兒獨不聞。
同上書卷一〇。
#### 報罷就舟沙頭
記得年時觸熱來,馬前三丈衮黃埃。今朝妥帖沙頭路,却愛輕陰細雨回。
楊柳何曾管別離,一樽芳草出關時。筍輿獨自開三面,乞與東風面面吹。
過雨烟江貼岸平,斷虹霽岫射潮明。誰開錦步三千里,供張東歸第一程。
回首城頭是赤雲,諸公著意了經綸。那知女几登高日,最有深山折屐人。
#### 荆州之役伯文實約予忽聞其殁官愴甚不寐成詩
細雨歸帆暮,西風遠笛哀。江空人永已,興盡首重回。嗣祖焉非福,王生本不來。從今長謝客,穩卧北山隈。
按:此詩册五四頁三三八九九蘇洞下誤收。
#### 舟過陽羅堡有懷夏節使前權閫事相拉俟代於此纍日
此事當時屬老臣,争關正慮絶河津。辰行只伺詞頭下,寅報纔知局面新。客寢甚安非就國,吾謀不用謂無人。孤城此日真腸斷,獨自歸舟過漢濱。

### 贈采詩李先輩首編親王宰相
衫袖長拖一刺漫,頭銜題作采詩官。揀金翻笑披沙苦,取月何憂倒海難。編次已先《周》《召》盛,牽聯亦許《鄶》《曹》寒。山中近日元無稿,萬一流傳莫誤刊。

### 謝矩山大資分送生荔
六月炎埃驛路干,絳囊猶裹玉膚鮮。色香想對風前樹,老子婆娑住五年。

### 埋犬
養久正堪憐,曾隨渡漢船。戀軒空有意,舐鼎獨無緣。蓋弊聊存古,氂深亦盡年。月明人靜處,乞汝夜長眠。

### 流水深村路
流水深村路,先春小樹梅。偶因行藥去,還作看花來。拂磴憐孤賞,扶筇嘆早開。淹留未怕晚,新月照人回。

### 懷友
暗塵生麈(原作"塵")尾,愁緒落吟邊。勝事廢來久,可人招不前。清風朗月夜,春樹暮雲天。信有思玄度,能無憶謫仙。

### 范安仲以目眚命其子盡寫詩稿附朋友來印一言
苦吟天亦妒,有句病何妨。可但師張籍,庸非孝卜商。八分兒寫得,一瓣友持將。刮膜慚無補,空成報短章。

### 讀除目
又見除書起北涯,盛名之下故多猜。子臺自可□富貴,王叟何其屑往來。少室當年譏路捷,草堂他日勒車回。茲行萬一鳴陽鳳,可待韓公著論催。

### 雲林
布韈青鞋懶重尋,此生隨分有雲林。君公避世牆東淺,仲統寄愁天上深。白雪陽春寡和曲,高山流水絕弦琴。惟應方外烟霞友,鶴過猶堪一嗣音。

### 休休
讒口如簧亦孔壬,諸公還見蕘之心。王通而謂慢越國,韓愈仍妒傲翰林。皮裏陽秋吾豈敢,腹中鱗甲子何深。休休苦死相猜忌,正自閑身愛碧岑。

### 題湖邊晚唱
入眼蜀棠篇,渾疑不食烟。誰傳換骨法,直是嘔心仙。相馬皮毛外,看花蓓蕾前。是間還笑領,回首謝雕鎸。

### 題嗣唐稿
半班秋色點江楓,一片秋聲落井桐。千古在前思不極,臥聽蟋蟀寫《唐風》。

### 上十八灘
長江天塹限,白晝地垠開。猶倚重灘險,直携一死來。傴循吾得避,危急本非才。却憶陳先慮,三曾忏上臺。

### 交篆與環
急驛來交篆,斜封出賜環。已□時事去,且放病身閑。傾日重雲眛,觀文永夜潛。苟全仍未卜,小擬鬱洲山。

### 題丘太初吟稿
丘郎袖裏錦千尺,芳草落花相對閑。還憶君家老靈鞠,東風吹恨滿江關。
### 題山中小草
玄圃方期拾碧瑤,一聲鵜鴂宇寰秋。空餘小草平生志,寫向山中字字愁。
### 題范敬則詩稿
畏人長日掩柴關,剥啄誰驚午夢殘。童子忽來傳好語,文書銜袖客儒冠。相逢便說十年詩,立馬風斤待一揮。亦欲從君試揚搉,白頭心在事都非。
### 空言
乾坤周季已幾息,回首王綱喚不還。聖托空言極撐住,正堪千六百年間。
### 近代蘇希亮得意山水
黯然成暮澹成秋,空林點鵶生許愁。乞我青天一張紙,萬里晴江看落鷗。
### 贈王數爻
誰將陽一對陰二,天地亦無如數何。自有生民君子少,鋪觀往古亂時多。希夷愁極乘驟笑,康節懷深擊壤歌。窮變變通吾未究,君家《易總》尚存麼王遠知事。
### 題海印天雲泉月
入釋逃儒亦世緣,竺墳魯誥等蹄筌。先幾解脫正法眼,餘事吟哦散聖禪。函蓋句中非印印,華嚴偈外不傳傳。問師畢竟參何祖,雲在青天月在泉。
### 題伯樂相馬圖
天上房星動色,人間尤物成圖。何日掩群空冀,終身傳法相鶩。
### 題天際歸帆
黃鵠歌殘公主,芳草怨罷王孫。瞥眼風滿十幅,誰家聽鵲倚門。
### 和杭山題奉新宰龍山亭
依然青嶂裏,著此白雲間。小杜攜壺日,阿嘉吹帽山。西風天自老,黃菊地長閑。坐想登臨勝,栖烏見暮還。
### 題蕭用之兵後吟稿
行卷歸來首和陶,十年流落幾成騷。悲如鮫室珠生睫,憤似胥江雪涌濤。萬壑酸風陰虎嘯,千林落月冷猿號。却回一覺承平夢,正爾無詩不更高。
### 題熊監稅吟稿
斯民情性先王澤,時有污隆理不磨。何日相從在田野,卧聽扣角起商歌。
同上書卷一一。
### 初至郡庠暫寓小學之左
當年曳縱此歌商,白髮重來五十霜。落若晨星宋章甫,巋然劫火魯靈光。閑瞻烏止於誰屋,時聽鵶懷食我桑。鬱鬱小窗含萬古,月明千步繞修廊。
### 答楊左丞中齋木犀霜天曉角□前朝駙馬
金粟妝嚴玉樹秋,西風夢事廣寒游。忽翻異曲吹霜曉,萬斛天香檻下收。
### 題熊教諭詩稿杭山客
文從字順三百首,朱墨淋漓不作難。吟入乍橋公衮社,來從雙井老仙壇。氣豪尚欲搥黃鶴,質妙誰堪剪紫鸞。歲晚相逢有新晤,江空木落暮雲寒。

**送孫學究歸老鎮江書院舊仕湘中**

江湖風雨冷齋夜，炊黍夢回三十年。一盂蠻飯落何處，白頭鄉思聞杜鵑。
形容變盡語音在，城郭歸來人事非。終然六國黃金印，不似丹徒一布衣。
承平養士深雨露，到處劫灰餘孔墻。淮海堂中老尊宿，一氈相對話枌桑堂長程守與孫同鄉。

**題韓道錄北歸吟稿**

長安賣藥塵遮市，秦嶺看雲雪擁關。海上有方人正去，城門著句鶴先還。

**送雪樓程侍御求賢北還**

衣綉乘驄萬里回，手提天網罩群才。江東豈少景略比，燕北行多樂毅來。薦鶚已知胸水鏡，問狼還要筆風雷。用儒會是關時運，萬一陳謨自牖開。

**雪樓同來奉御覓賦**

常何邂逅稱家客，楊意從容達子虛。一士救時如少補，姓名千載史聯書。

**謝鄒貢士惠詩**

雪深窮巷六十日，梁苑鄒陽來在門。老子布衾如鐵冷，當家竹管作春溫。

**題雲山樵唱**

高人暫閟紫芝曲，志士坐閑梁父吟。道上行歌紛富貴，一聲短笛薜蘿深。

**挽朱孺人**

承平尚想《周南》化，太息聊看婦德碑。饋職多方神瀰瀰，機聲長旦和吾伊。憐夫舍法垂成日，憶子鄉書快捧時。三尺荒苔藏歲月，事非恤緯偶同悲。

**還海北沈道人舊文稿**

刺時滿紙墮空談，玄教藏身晚一庵。地上賤臣三寸在，綠章封事蜜如蠶。

**用鄧中齋韵送劉教諭還邑庠**

斯文斤斧恐長休，有美人兮杜若洲。宇宙一漚鵬視鷃，齦齦半菽犅同牛。幅巾快閣携詩出，歸棹寒江學字流。欲捲東湖作佳贈，霜荷無葉可眠鷗。

**鴻又來**

年時過耳北風惡，搖落天涯鴻又來。獲麟何與去聲書黃鳥，縞紵能忘遇一□。

**贈痔科范可久**

何年色天一孔漏，壞爛不收疽食淫。決尻潰癰願一洗，所治愈下痛愈深。

同上書卷一二。

**蕭太秀書存稿有隻字犯法斧汝死槌床夫叫杜陵起之句走筆用韵**

聖標風雅秋暴篇，杜入夔州不刪稿，詩亡千年懣一老。天實與力神運肘，二陳根株自黃九，末派傍支捧心醜。後來刪筆無素王，金刀玉尺裁魯狂，王迹又熄幾再亡。於皇茲業族有祖，那能瓣香嚮非鬼。詩在人間固不死，有瑰其詞輾予起，夜光晶熒落寒几，何言蹩然見吾似。自謂犁然得吾髓，奕奕透繭華星字。楷如古鼎細作行，橫竪有截皆成章，推我欲置雙井黃，疾鞭忘我走欲僵。此翁深穩從杜得，後山修姱女正色。簡齋蒼然清廟璧，人間楚製方短衣，盡取歌舞供兒嬉。斯文寥寥元氣會，至寶曠絕天所愛，天人騎龍謝銜轡，休息何年下游戲。千金絡轡□一御，立壁傾囊不供費，拾芹野苞蒯窮緯，狐貉之温膏粱味。宇宙茫茫那得知，酸風苦雨浣花□，春花秋月年年悲，夫君平生慎可許。遺予琪江珮洛浦，長留天地亦虛名,甚矣吾衰畏後生。老懶收聲蚯蚓竅,夜窗不那驪珠照。寒驢風雪青簑雨,只今難覓詩人處,我已倦游君正去。鯨呿鼇擲玉樓仙,妙筆正中何一篇,春風更上夔州船,奚止付君以二百年。

### 逃禪橫枝
新抽挾老勁,淡綴餘春妍。玉手石作腸,柳枝鐵綫圈補之新法楊柳枝鐵綫圈。

### 廉相公廉泉隱居八題相公廉名南北共聞

### 渚亭烟雨
長空没淡淡,遠浦來冥冥。大千如是觀,高處聊一憑。

### 射圃晴蕪
控弦滿前山,豐相誰爭所。苜蓿暗連天,斜陽小凝佇。

### 溪堂曉月
擁被聽落梅,披衣見頹魄。誰識永夜心,廉泉照窗白。

### 蓮塘垂釣
秋風凋紅衣,積潦崖底黑。鸝鵡紛眼明,吾亦一鈎直。

### 桃園春霽
陽坡繚柔綠,晴日蒸小紅。人間定何似,微物又東風。

按:《琴窗夜雪》《萱徑携筇》《菊畹秋香》三詩,《全宋詩》陳杰下已收。

### 送魏憲使北還
□□凋盡蘋花江,江北初聞邊雁聲。江頭一舸□月明,送將還朝萬里程。寫將還家萬里□,□□設□夥使□。古自憲斧司彈平,繫民□□□□。□□□□□,□□□□□□。震竦江用寧而獨,賢勞踰嶠行委老。從渠劉鞭析寄贏,我此更作玉雪清。歸哉提筆福蒼生,歸哉念本養壽齡。梅花留人江路晴,朔風截道黃河冰。

### 題黃有山韓幹五馬手卷
寂寥五馬一馬龍,依稀五馬一馬驄。良馬五之誰適從,前者仰蹴頭搶地。其四舉肥立或跪,老韓畫肉今餘幾。阿良搖策滿野多,百年此種塞兩河。清平何時却歸華,千里還聞鼓車駕。春風一卷相牛經,放取烏犍到處耕。

### 鄧謙谷嗣教諭詩來用韵慘然
大化翻覆手,萬微出入機。獨有磊落人,玩之等兒嬉。鴻冥固避弋,凰下亦覽輝。我思謙谷翁,夜夢烟不迷。平生月梁色,今睹玉樹枝。何曾孤嵇紹,未用哀瘦彌。古來《蓼莪》篇,廢講幾為儀。斯文要千載,家集手自厘。往事此姑置,隱憂彼一時。江東事久去,誰實階元熙。非無痛哭疏,豈乏譎諫詩。權貴棄不省,窮愁獨何為。貂蟬萬金帶,持此今安之。壞陵無漢樹,廢苑有唐碑。兵火莽出没,城民羌是非。空令負才諝,太平死亂離。忽見鳳毛喜,仍懷鶴群悲。念哉揚大名,諸老無憖遺。艱虞信莫助,富貴本自知。荊璞幸勿躁,黃金鑄鍾期。

### 送高郎中道凝赴侍御史
恭惟魯齋翁,晚出猶魯麟。獨紹姬孔學,重披河洛文。豈不究體用,終然闕經綸。正印付高流,清風被江垠。望色見古道,占辭知吉人。涸轍斗升活,芒端膚寸雲。及物本隨時,大節驗行身。設官象執法,靈鑒猶近民。不假霜臺秋,孰回寒谷春。乘驄指建業,送鷁上青旻。行步何時來,萬里天衢新。浩有千載事,臨風難重陳。

### 古思 平聲

秦不廢井法,隴上安得王。秦不罷侯衛,泗水無龍翔。耕仕各世業,匹夫絕非望。乃知大道公,實包萬世防。

### 避亂東湖書院用孫少初狼字韻

洛下有城名避狼,人間無閣可巢鳳。鶴歸空嘆當年郭,燕入都更舊主堂。數仞孔墻天覆幬,一灣賀曲水滄浪。亂離市隱知何似,且借葉風九夏涼。

### 題謝秘教感事稿

滿地干戈日,三生翰墨身。風雲牽恨遠,花鳥入愁新。萬古江如練,一年池又春。君家詩固在,斯道豈窮人。

### 和友談禪

幾劫陶成丈六金,手魔歷遍逝多林。老盧南去不傳缽,達摩西來直指心。柏子話頭拈熱出,葛藤注脚演教深。寄却儒學毋胥效,徹上工夫徹下尋。

### 送鄒端簡金陵求失子之行

散地投戈孰戚疏,阿禽十載隔東隅李白兒。賫金往贖何嗟及,擊鼓求亡自嘆迂。大類刻舟尋墮劍,又疑使罔得遺珠。故人有力無多恙,萬一相全紹不孤。

### 書野史後

玩視中流忘楫,養成入室操戈。平居反衣狐白,臨難倒持太阿。

### 牧牛圖

長歌山粲石爛,幾見風吹草低。何□桃林春暖,家家甘雨一犁。

### 塾前木犀冬花

西風信已渺雲查,朔律灰猶冷漢葭。一夕庭前蒼玉樹,千年天上紫陽花。却枝定續科名廢,寶塾曾回世道污。直爲斯文元氣壽,《折楊》無由可《皇荂》。

### 題北山省掾雙親高年錄

晚歲希逢具慶歡,有田堪養更須官。禄鍾驟取三千易,親秩同登八十難。鶴髮堂前偕老犬音歇,雁書雲外報平安。斑衣聞健抽簪去,一與中州作音佐樣看。

### 題歐陽東樂堂本取回仙詩

藏書冰冷家斷釀,壁上榴皮深海塵。萬里夢回震旦國,三生失笑羲皇人。

同上書卷一三。

附:《全元詩》册一二頁三五六至四一八載陳杰,删《本宋詩》誤收詩三首。

## 雷侍郎 卷三四五四

【校訂】葉啓勛抄本陳杰《自堂存稿》,稱此"雷侍郎"爲"雷侍郎省身""雷省身齋年畏友""雷憲省身"等,可補雷侍郎傳記。

【輯補】句

要使古道反。

葉啓勛抄本陳杰《自堂存稿》卷三《和雷憲省身要使古道反之句其剡辟黄君性本予請也》。

## 册　六六

### 王楙　卷三四五八

【校訂】北湖水月（頁四一二〇九）
詩末注"《永樂大典》卷二二六五引《郴州圖志》"。出處書名誤，實爲《郴州重修圖志》。

### 馬廷鸞　卷三四六一至三四六四

【校訂】恭進明堂大禮慶成詩（頁四一二四四）
序"大言"、詩"授笑"，《大典》卷七二一四作"大上言""援策"。
示程介夫（頁四一二六〇）
此題爲二絕，《大典》卷一三三四四引此題，爲七律一首。
無題三首（頁四一二七一）
三詩輯自《詩淵》，又作册六五頁四一一五六陳杰《無題》。《大典》卷八九六引三詩，署出處"陳杰集"。然葉啓勛抄本《自堂存稿》未載，其歸屬未能確考。其三"聞道"，《大典》作"聞說"。

【輯補】聚遠樓題詩
君家儒素襲良方，能構危樓四望通。可愛江山千里外，盡歸風月一簾中。雲收倚檻繁機息，木落當軒衆籟空。已解塵纓方退隱，恣游清興意無窮。
清康熙二十二年刻本《饒州府志》卷七。
按：《書目季刊》1970年第2期載黃筱敏《馬廷鸞及其佚文》已輯。

挽張立
禁階出入幾春秋，獻納朝朝待冕旒。勞思焦心謀國事，披肝瀝膽贊皇猷。朝中喜得擎天柱，天上俄成白玉樓。恩降九重除御葬，櫟溪佳處卜松楸。

春江送別詩
獵獵胡沙海戍迷，華風何莫蕩腥威。元臣乞假都民送，悶聽林梢叫子規。

祠堂享祀
國破家亡死有知，二難重塑舊形儀。天開匯水雙忠廟，日麗芝山節氣祠。朔望爐中焚寶鴨，春秋臺下奠舍卮。我來再拜觀新碣，勝讀當年墜淚碑。
以上見《牡丹江師範學院學報》2013年第6期載孫文明《碧梧玩芳集輯佚九則》。

附：《訂補》頁六一九至六二〇、《輯補》册六頁二五九二均補《題晦庵亭》二首。

### 龔開　卷三四六五

【輯補】贈寫荷於居士
道是耶溪景幻成，耶溪無此四時榮。花雖入夜紅難合，葉縱無風綠亦傾。落筆似移仙種到，撲衣惟欠遠香清。嬌童欲折折不得，誤唱采蓮歌一聲。
大典本"常州府"卷一四。
附：《全元詩》册四頁一五七至一六二載龔開，未收此本《宋江三十六贊》《自題山水卷》

《一字至七字觀周曾秋塘圖有作》三題。此三題有文體不符、作者訛誤等情況；另《題自寫蘇黃像》改爲兩首，均以《全元詩》爲妥當；其中《自題臨昭陵什伐赤馬圖》《題大令保母帖詩一首》，《全宋詩》失收。《輯補》册六頁二五九三補二首，其中一首已見《全元詩》，《題高士圖》已見《全宋詩》同人《題趙鷗波高士圖》。

## 王侑　卷三四六六

【校訂】頁四一二八三載王侑傳記云"理宗景定四年知建康府"，所據乃《大典》卷一二〇七二載詩序"癸亥十月十有八日辛丑"之語。景定四年確爲癸亥，然十月丁未朔，十八日爲甲子，時間不確。

## 謝枋得　卷三四七七至三四八〇

【輯補】和陳自堂韵

溶溶春水鬧平川，香到荼䕷又一年。雲捲山明新得句，日長風靜緩加鞭。連天芳草知心事，夾岸飛花瞥眼前。雖不相逢自相識，可人紫氣斗牛天。

湖南圖書館藏葉啟勛抄本陳杰《自堂存稿》卷九。

附：《輯補》册六頁二五九八補句一則。

## 方回　卷三四八一至三五〇九

【校訂】謁東坡祠（頁四一九〇八）

大典本"常州府"卷一三引此詩，署作者方回。然此詩又作册五九頁三六九五八徐鹿卿《史君贈所臨蜀本三蘇入京圖詩以謝之》，略有異文。此詩歸屬未能確考。

附：《全元詩》册六頁一至五八四載方回，其中四十五首爲《全宋詩》失收，《輯補》册六頁二五九八至二六一一補詩四十四首、句三則，其中《游金陵寄二婢於其母一婢爲豪客挾去歸而悵惋遂作二詩》已見《全宋詩》同人《詩二首》，其餘四十二首已見《全元詩》。

# 册　六七

## 牟巘　卷三五一〇至三五一五

【校訂】次韵寄史彥明（頁四一九六二）

"聊從"，《大典》卷一四三八〇作"聊煩"。

**希年初度老友王希宣扁舟遠訪凤誼甚厚既以十詩實用淵明采菊東籬下語五章云每歲思親不持觲蓼莪幾欲廢詩雅蓋深知予心者讀之淒然輒爾和韵**（頁四一九六八）

其二"忍飲"、其六"謬悠"、其九"憐彼"、其十"不廣""石高"，《大典》卷一四七〇七作"忍饑""繆悠""堪憐""不廢""名高"。《訂補》頁六二六略有校勘，且有誤，故重校。

附：《輯補》册六頁二六一二輯詩二首、斷句一則（已見《全宋詩》同人下）。《全元詩》未錄其人。

### 林千之  卷三五三九

**【輯補】浮遠堂**

遺民長憶楚春申,并把青山喚作君。名與洞庭千里共,地聯淮海一江分。石灣潮怒秋逾白,馬馱烟橫日欲曛。莫上浮圖西北望,離離山草直連雲。

大典本"常州府"卷一五。

### 楊鎮  卷三五四三

**【輯補】句**

木犀霜天曉角□。

葉啓勛抄本陳杰《自堂存稿》卷一二《答楊左丞中齋木犀霜天曉角□前朝駙馬》。

**擬古**

志士多苦心。

**觀梅**

月淡溪橋浸疏影,雪深籬落見橫枝。

**漁村**

籬燈吐秋影,岸荻長春芽。野水一雙鷺,暮烟三四家。

**維揚遣懷**

夢回孤館人千里,漏轉重城月一樓。

**客中清明**

滿眼落花隨水去,無情垂柳共春愁。

**秋色**

凉月一江翻夜白,夕陽千樹奪春紅。

**和周公謹韵**

村酒黃花九日後,曉霜紅葉兩山秋。

**登孺子亭**

春樹倚檐分浦色,暮雲含雨渡江心。

**寄林上人**

林樹有無生雨氣,野花開落見春心。

以上見文淵閣本《青崖集》卷一《奉答楊左丞詩》序。

附:楊鎮詩,《全元詩》册九頁一二三録《題虎丘》,《輯補》册六頁二六二二亦輯。

### 甘泳  卷三五四三

**【校訂】過南湖**(頁四二三八三)

"筆墨",《大典》卷二二六五作"筆硯自道甚真"。

**【輯補】湖上二首**

去年湖上宿,今年湖上宿。湖上月來時,寒光動幽緑。

水浸月不濕,月照水不乾。有人湖上坐,夜夜共清寒。

《大典》卷二二七三引《中興江湖集》。

附：《全元詩》冊七頁三二〇至三二三載甘泳，收詩同此卷，略有異文。《訂補》頁六三二補詩二首。

### 劉辰翁　卷三五五一至三五五五

**【校訂】挽朱文公**（頁四二四五八）

組詩又作冊五〇頁三一五一八曾極《文公先生挽詞》。朱熹卒於慶元六年（1200），而劉辰翁生於紹定五年（1231），則詩非劉辰翁作。勞格《讀書雜識》已辨之。

**挽蔡西山**（頁四二四五八）

此詩又作冊五〇頁三一五一八曾極《蔡西山貶道州》。劉辰翁卒於大德元年（1297），蔡西山元定卒於大德二年（1298），則詩非劉辰翁作。

**詠西湖偉觀樓**（頁四二四五九）

此詩又作冊五六頁三五〇二六李遇《詠西湖江湖偉觀樓》，歸屬未能確考。

附：《輯補》冊六頁二六二四補《祭蒙古及之》，當爲祭文，非詩，《全宋文》未收。

### 周密　卷三五五六至三五六二

**【校訂】西太一宮**（頁四二五六九）

題、詩"空照"，《大典》卷二二七三作"湖上感事""空點"。

**【輯補】游玉華西洞并靈龜石燕獅子三岩**

巨靈探玉開昆岡，神鐫刻琢寒昂藏。石華玄乳伏仙翼，幽泉滴瀝松花香。蜂房鑿鑿造天巧，誰擷青霞種瑤草。雲暗崖陰泣古精，蓄縮千年懶蛟老。半空紫翠仙人居，露搖鶴背鳴瓊琚。子長老死骨已朽，穴中疑有先秦書。靈龜失足天柱折，飛作人間碧雲闕。百粵烟深過展稀，夜夜清猿叫明月。

《大典》卷一三〇七五引《江湖續集》。

按：《訂補》頁六三三據《大典》錄此詩，然詩題有誤字，且脫文甚多，故重錄。

**寄王聖與**

折柳河橋又隔年，夢魂時到五雲邊。潮驅衆水遠浮海，春入亂山青接天。花發正當人別後，雁回長在燕歸前。東風半紙分攜恨，間寄西陵載雨船。

《大典》卷一四三八三引《周密詩》。

**湖上感事**

柳寒無葉蔽殘蟬，獨立斜陽意惘然。一自山中居宰相，十年不見裏湖船。

《大典》卷二二七三引周密《弁陽蠟屐集》。

**追涼湖外**

南屏雨後清如玉，白鷺時時繞塔飛。老叟得魚無一事，亂荷香裏數船歸。
柳影夜涼湖上亭，一湖秋水浸疏星。山空月黑不知處，忽向松梢見塔燈。

《大典》卷二二七四引周密《弁陽蠟屐集》。

附：《訂補》頁六三三補二詩。

## 册　六八

### 董嗣杲　卷三五六五至三五七四

【校訂】録秋日稿因寫客況寄王倅昆仲仲亦曾任衡倅(頁四二六二八)

"落斧",《大典》卷一四三八二作"落釜"。

寄程申叔(頁四二六二八)

"揚馬""況著""分外",《大典》卷一四三八二作"楊馬""亶著""資身"。

贈蕭鍊師公弼(頁四二六三二)

此詩又見文淵閣本元好問《遺山集》卷三,董嗣杲下當誤收。《全元詩》册一○頁二七六已言之。

周孚與高伯庸同游王氏庵歸而聞丘仲詩至因次韵貽顯庵主以紀一時事(頁四二六三七)

組詩又見文淵閣本《蠹齋鉛刀編》卷三《與高伯庸同游王氏墳庵歸而聞丘仲時詩至因次韵貽顯庵主以紀一時事二首》,册四六頁二八七四二周孚下即收。據《大典》體例,四庫館臣以作者名"周孚"爲詩題一部分而誤輯。

雨後(頁四二六四三)

此詩又見文淵閣本張翥《蛻庵集》卷二《雨凉》,董嗣杲下當誤收。《全元詩》册一○頁二八八已言之。

九江易帥遂得盡游郡齋(頁四二六四五)

"芳扉""熟處",《大典》卷二五三八作"芳菲""想處"。

泊韶村(頁四二六四五)

"却舊",《大典》卷三五七九作"怯舊"。

舟宿湖口(頁四二六四九)

此詩又見文淵閣本虞集《道園遺稿》卷三同題,董嗣杲下當誤收。《全元詩》册一○頁二九四已言之。

寄湖口張監渡(頁四二六五六)

"雲查",《大典》卷一四三八二作"雲楂"。

寄周堂長(頁四二六五六)

"清白",《大典》卷一四三八二作"清濁"。

富池客中寄范葯莊(頁四二六五九)

"燈窗",《大典》卷一四三八二作"燈床"。

病中步入蔡公橋村落間(頁四二六七八)

"橋晚",《大典》卷三五八○作"橋塊"。

送陸明府歸嘉禾(頁四二六八四)

"端憂",《大典》卷一一○○○作"憂憂"。

陌上二首(頁四二六八六)

其一"兩不",《大典》卷二二一八○作"正不"。

**李花二首**（頁四二七二二）

組詩輯自《詩淵》，其二又見南宋刻本《增廣司馬溫公全集》卷一五《李花》，册九頁六一三二司馬光下即收。董嗣杲下當誤收。《全元詩》册一〇即未收。

**長春花**（頁四二七二九）

此詩輯自《詩淵》，又見國圖藏清抄本《新注朱淑真斷腸詩集》後集卷五同題，册二八頁一七九九二朱淑真下即收。董嗣杲下當誤收。

**紅梅花**（頁四二七三二）

詩前《大典》卷二八〇九有文字，當爲序，云："此花粉紅標格，猶諉曰梅，而繁密枝滿，則宛若杏花。晏元獻移植西岡圃內，荆公詩'北人渾未識，渾作杏花看'。"

**素馨**（頁四二七三六）

此詩輯自《大典》卷七九六〇，又作頁四二七三一本人《素馨花》，當删。《全元詩》册一〇董嗣杲下即未收。

**寄湖口茶局臧尚幹**（頁四二七三八）

詩末注"同上書卷一九七八〇引《廬山集》"。出處卷次誤，實見《大典》卷一九七八一。"玄真"，《大典》作"元真"。

**記仙女三絶**（頁四二七三八）

周密《齊東野語》卷一六載此三詩，有"董無益嘗記女仙三絶句云"，故詩當歸爲女仙作，此宜删。

**【輯補】寄江城口占四首**

纔留又思歸，便歸亦爲客。見船心又酸，幾阻津頭栅。

紙閣背風妝，地爐向陽掘。指準傲窮冬，浪出又半月。

《大典》卷八〇九二引董嗣杲《廬山集》。

按：《大典》此題本四首，其中二首已見册六八頁四二六六七董嗣杲下。

**寄翟建大二首**

身跧江國轉艱難，不似栖鴻落浦安。明月夜寒思把酒，何時聯取客吟刊。

君家茂苑我孤山，相逐溢城慨未還。何自且栖南館邃，客中贏（原作"羸"）得暫偷閑。

《大典》卷一四三八二引董嗣杲《廬山集》。

附：《訂補》頁六三四校勘異文三首。《輯補》册六頁二六二六至二六二七補詩三首，均已見《全宋詩》本人下，當删。《全元詩》册一〇頁二四三至三九一較《全宋詩》略有異文，且删去重見詩五題六首及頁四二七三八《記仙女三絶》。

## 蒲壽宬　卷三五七五至三五八〇

**【校訂】仲冬下澣會同僚游東岩**（頁四二七五一）

"飲之"，《大典》卷九七六六作"飲酒"。

**游西岩**（頁四二七六二）

"及鋒"，《大典》卷九七六六作"反鋒"。

**西岩**（頁四二七七六）

題下注"有"，《大典》卷九七六六作"偶有"。

漁父詞十三首（頁四二七八六）
又漁父詞二首（頁四二七八七）
欸乃詞（頁四二七八七）
上述作品均見文淵閣本《心泉學詩稿》卷六，歸於"詩餘"下，已見《全宋詞》，當删。
南村（頁四二七八八）
詩末注"《永樂大典》卷二五八〇《心學泉詩稿》"。出處卷次及書名均誤，實見《大典》卷三五八〇引《心泉學詩稿》。
【輯補】水竹
磊磊澗底石，泠泠澗中泉。修廊度曲折，綠篠環漪連。湍流決細響，磴蘚含新研。朗誦紀禊篇，感慨思此賢。
《大典》卷一九八六五引蒲壽宬《心泉學詩稿》。
附：《全元詩》册九頁二七〇至三一九載蒲壽宬，删去《全宋詩》所誤録詞體作品。

## 陳炤　卷三五九四

【校訂】題北郭外前湯普濟庵（頁四二九二三）
大典本"常州府"卷一三引此詩，題作"題無錫前湯庵"，"曲徑""荒池"，《大典》作"徑曲""池荒"。

## 余謙一　卷三五九四

【校訂】温陵吴氏瓠齋（頁四二九二四）
其一"洞天"，原出處《大典》卷二五四〇作"一天"。

## 李謹思　卷三五九四

【校訂】補疏齋題鵝湖（頁四二九二七）
"詩坐"，《大典》卷二二六七作"詩生"。
附：《全元詩》册八頁九五至九七載李謹思，收詩相同，校勘較《全宋詩》爲精。

## 文天祥　卷三五九五至三六〇〇

【校訂】清江何漢英再見於空同讀歐陽先生詩感慨爲賦（頁四二九八〇）
"子慣"，《大典》卷八九九作"子貫音慣"。
無錫（頁四二九九五）
題、詩"泯泯""趙事"，大典本"常州府"卷一三作"過無錫""茫茫""國事"。
常州（頁四二九九六）
題、詩"陽守"，大典本"常州府"卷一三作"哀毗陵""陽戰"。
遠游（頁四三〇四一）
"王屋""百泉""山碑""邛悲""黄鶴""孔悲""自持""欲差"，《大典》卷八八四五作"十二""百二""山牒""邛嘻""黄鵠""新悲""能持""歙差"。
人日（頁四三〇七八）

"守太""笑發",《大典》卷三〇〇一作"寫太""嘆發"。

## 虞薦發　卷三六〇二

【校訂】大典本"常州府"卷一七引韓性《薇山先生虞公墓誌銘》可補頁四三一四〇其傳記：虞薦發（1239—1316），字君瑞，丹陽（今屬江蘇）人。度宗咸淳三年（1267）應鄉舉，九年再舉，官知寧國縣。德祐中，避地無錫，招諸生講學，學者稱薇山先生。延祐元年（1314）初行科舉，爲江浙試官。（《全宋文》册三五九頁二七一傳記亦可補）。

## 趙文　卷三六一一至三六一二

【校訂】**次分宜**（頁四三二五二）

此詩又作册一二頁八〇三七蔣之奇《按行分宜》，且蔣之奇曾履及此地，趙文下當誤收。

**江路聞松風**（頁四三二六三）

此詩又見文淵閣本《中州集》卷二，作者署金人"趙可"。趙文字儀可，或因此而誤收。趙文下存目即可。

附：《訂補》頁六三九補詩一首。《全元詩》册九載趙文詩，校勘較此精審，且另輯詩七題八首（遺漏《訂補》所輯）。《輯補》册六頁二六五〇至二六五三補詩七題八首，全同《全元詩》。《全宋文》未收此人。

# 册　六九

## 方鳳　卷三六一七至三六一九

【校訂】**題鄭氏義門**（頁四三三二八）

《大典》卷三五二八引《麟溪集》載此。然詩爲十二首，每首四句。《全宋詩》誤合爲一首。

附：《全元詩》册九頁三二〇至三四一載方鳳，未錄《全宋詩》所輯《寄雲林上人》及句一則。

## 連文鳳　卷三六二〇至三六二二

【校訂】**載菊分題**（頁四三三七三）

此詩輯自《詩淵》，重見頁四三三五四本人《菊》，當刪。

附：本册據詩文推定其生年，當不確。《知不足齋叢書》本《百正集》卷上補《送西秦張仲實游大滌洞天》，《全宋詩》失收。《全元詩》册一三頁三九九至四三二載連文鳳即據此本，《輯補》册六頁二七四二補此詩。

## 熊瑞　卷三六二九

【校訂】**句**（頁四三四五九）

句"海鵬已激三千里"乃册三二頁二〇四一六李處權《次韻德孺感懷》頷聯，且李處權集中有多詩及德儒,則熊瑞下當屬誤收。

## 邵桂子　卷三六二九

**【校訂】餞魏州判鵬舉**(頁四三四六二)

此詩乃册三五頁二二三二七李石《左右生題名》後半部分,邵桂子下當誤收。

**古柏行**(頁四三四六二)

此詩又作册三五頁二二三〇三李石《古柏二首》其二,歸屬未能確考。

**到夔門呈王待制**(頁四三四六二)

此詩又作册三五頁二二三〇五李石同題,《兩宋名賢小集》卷三五四載此詩於邵桂子下,《全蜀藝文志》卷二一載於李石下。王十朋乾道元年(1165)以敷文閣待制知夔州,題中"王待制"當即其人。邵桂子咸淳七年(1271)進士,與王十朋時代不相及。邵桂子下當誤收。

附:《輯補》册六頁二七四八至二七四九補詩三首,其中《題環碧亭》乃李石(册三五頁二二三二八)作。

## 梁棟　卷三六四〇

**【校訂】雨花臺**(頁四三六三一)

《大典》卷二六〇三引此詩,署"方岳詩"。册六一頁三八三六五方岳下即收。據《大典》本卷,梁棟另有《雨花臺》詩。此首當為方岳作。

**雨花臺**(頁四三六三四)

詩末注"《永樂大典》卷二六〇六"。出處卷次誤,實見《大典》卷二六〇三。

**【輯補】落花**

滿眼繁華苦易過,歡情常被恨消磨。狂風驟雨催人老,流水芳塵奈爾何。路遠乍迷懷舊夢,酒闌緩舞聽離歌。青青不及王孫草,腸斷天涯思轉多。

《大典》卷五八三九引"梁隆吉詩"。

**惻隱堂**

天地一生理,人心天地心。善端隨念起,陰德及人深。紅杏花千樹,青囊藥萬金。願將醫國手,為我療窮吟。

《大典》卷七二三九引"梁隆吉詩"。

**觀鉛汞交媾**

一點氤氳氣,純陽感至陰。火炎丹鶴舞,水盡白龍擒。勢激成爭戰,神交忽嘯吟。洪爐緃有意,瓦礫亦黃金。

《大典》卷一三〇八四引"元梁隆吉"。

**山中歲暮寄京口諸公**

閑來無處不沾衣,天遣孤心與願違。谷口空傳子真在,故鄉誰望買臣歸。山深有虎難容迹,海闊無鷗莫露機。且盡一杯千日酒,明年春事想芳菲。

**寄京口諸公**

少年飛絮逐狂風,老去人間萬事慵。説與京江故人道,布衣今住小茅峰。

以上見《大典》卷一四三八三引"梁隆吉詩"。
　　按：以上五詩《全元詩》册一一頁七二梁棟下已輯，且認爲《全宋詩》已收《春日郊游和友人韵》與貢仲高詩重、《送存書記》與梁柱重，故删去。然尚不能確考。《多景樓》一詩及句二則《全元詩》未收。

### 戴表元　卷三六四一至三六四四

**【校訂】雪後况湖歌**(頁四三六五九)
　　題"况湖"，《大典》卷二二七四作"泛湖"。
**送旨上人西湖并寄鄧善之**(頁四三六九二)
　　"新友"，《大典》卷二二六四作"詩友"。
**寄陸子方**(四三七一九)
　　此詩輯自《墙東類稿》卷一八《和戴帥初寄詩韵》，原詩爲五律，此爲斷句。《全元詩》册一二頁二一九《寄陸子方》爲全篇，詩末尚有兩聯："丹爐地近淮王藥，詞筆人傳楚俗騷。安得挂帆乘便去，菊花新酒又持螯。"
　　附：《全元詩》册一二頁七六至二三二載戴表元，所録相同詩校文各有所長，《全元詩》頁二〇八《梨州寺》組詩第三首與第一首重出，頁九二《丙午二月十五日以府檄出宿了岩》詩後注"本詩後，原有五律《送官歸作》，與《剡源逸稿》卷二重……暫存《答顧伯玉》，删《送官歸作》"，然未録《答顧伯玉》一篇，造成遺漏。但一般《全元詩》較優，且頁一七三《送阮主簿》下所録《寶林寺得無字壁有徐季海詩碑》《梨州寺》《送汪同年至朝麻姑山下歸望南溪道院作》《寄陸子方》《登崇寧閣》《法善寺》等外三百一十五首爲《全宋詩》未録。《輯補》册六頁二七五七至二八三三據以去《全宋詩》已録六詩外，補三百一十五首，全同《全元詩》。

## 册　七〇

### 蔣捷　卷三六五七

**【輯補】題太平寺畫水**
　　耽耽建元寺，一片黃河秋。波濤起於陸，明明忽幽幽。如見伐晉人，來此曾焚舟。久立方矍然，身在殿角頭。偕行功名士，西風黑貔裘。夢想河之北，欲以竹葉浮。嗟哉古毗壇，百年兩戈矛。燕歸巢春林，陰鬼聲啾啾。檜心火自出，既爲神所收。雙龍倦攫石，亦作寥天游。閑僧語斜陽，喜此迹尚留。我不以畫觀，獨對如前修。白帽管幼安，青門東陵侯。
**季子廟**
　　衮字榮生翠碣春，寥寥百世德堪薰。當年若代(原作"伐")諸樊立，不過勾吴一國君。
**多稼亭**
　　亭前瘦竹一林寒，亭下腴田萬頃寬。多稼十分非不好，三分百姓七分官。
**報恩寺**坡詩所謂"井花水養石菖蒲"，即此寺也
　　莫欺此寺太荒蕪，曾有高僧識大蘇。白髮頭陀欲存古，井花依舊養菖蒲。
**宜興雜咏三絕**
**宜興長橋**周處斬蛟之地

喝電呵雷下半空,豪搜猛索水神宮。劍峰一裂老蛟斷,橋外拍天腥浪紅。
**文筆峰**
詩仙擲筆下雲端,幻作孤峰碧玉寒。此筆莫愁無蘸處,太湖萬頃硯池寬。
以上見大典本"常州府"卷一四。
按:組詩共三首,《全宋詩》已收《東坡田》一首。另《全元詩》册九頁一〇八載蔣捷,録詩三首,其中《謁鄒忠公墓》一詩《全宋詩》未收;《輯補》册六頁二八三五輯詩一首,同《全元詩》。

### 汪元量　卷三六六四至三六六九

【校訂】**西湖舊夢**(頁四四〇四四)
詩末注"《永樂大典》卷三二六四引《湖山類稿》"。出處卷次誤,實見《大典》卷二二六四。

【輯補】**挽自堂公詩**
綉衣開憲闥,斬斫賊心寒。劉裕已稱帝,陶潛方棄官。百年憂杞國,一枕夢槐安。風浪從教險,悠悠十八灘。
葉啟勛抄本陳杰《自堂存稿》卷一三。
附:《全元詩》册一二頁一至七五載汪元量,删《全宋詩》頁四三九九二《二月初八日左丞相吳堅》、頁四四〇四九《函谷關》二首。

### 仇遠　卷三六七八至三六八四

【校訂】**暢師同玉上人游茅阜**(頁四四一六三)
國圖藏武英殿聚珍本《金淵集》,有傅增湘録盧文弨校文。"二竺",盧校云:按"三竺"之名舊矣,"三竺"與"三茅"相映有致,此作"二竺"疑誤。

**過岳公故居**(頁四四一六四)
題"岳公"下,武英殿聚珍本有"霆震"二字。

**寄史貴質**(頁四四一六四)
"愛寶",《大典》卷一四三八二作"寶寶"。

**立春**(頁四四一七二)
"梅柳",盧文弨校:按"柳"當作"雪"。"梅雪爭春"見宋人詩句,此言出土牛而寒氣送,若非此一鞭,幾於寒無了期矣。其不得預言柳明甚。

**送存博教授回虎林**(頁四四一七三)
題"存博",武英殿聚珍本作"屠存博"。

**謝秋潤沈君瑞爲予寫真**(頁四四一七七)
"只今",盧文弨校:按"今"當作"合"。

**寄南仲**(頁四四一七八)
"盍早"、注"時生",《大典》卷一四三八二作"早""生"。

**和黄晉卿金陵見寄**(頁四四一八五)
題"晉卿",武英殿聚珍本作"晉卿潛"。

**憶暢慶玉如四上人**（頁四四一八六）
題"憶暢"，武英殿聚珍本上有"月下"二字。
**送楊剛中赴淮安教授**（頁四四一八九）
題"剛中"下，武英殿聚珍本有"巽申"二字。
**寄陳南翔張伯成主賓**（頁四四一九二）
題下《大典》卷一四三八二有注"衍鎔"二字。
**寄陳仲麟**（頁四四一九七）
"元度"，《大典》卷一四三八二作"玄度"。
**寄武康王居正**（頁四四一九九）
題"正"字下《大典》卷一四三八二有"子正"二字。"清溪"，《大典》作"英溪"。
**寄子野**（頁四四一九九）
題"寄"，《大典》卷一四三八二作"再寄"。
**和劉君佐韵寄董靜傳高士**（頁四四一九九）
題"靜傳"，《大典》卷一四三八二作"靖傳"。"梅根"，《大典》作"梅深"。
**寄鄧善之**（頁四四二〇〇）
"天遠"，《大典》卷一四三八二作"天近"。
**秋日懷吾子行**（頁四四二〇六）
"愀然"，盧文弨校：按"愀"當作"悄"。
**雁多**（頁四四二二八）
題，武英殿聚珍本作"雁"。
**東園賞紅梅**（頁四四二五七）
詩末注"同上書卷二八九〇"。出處卷次誤，實見《大典》卷二八〇九。
**村舍即事**（頁四四二五八）
"葦箔"，原出處《大典》卷三五八一作"葦簿"。
**送李介甫赴官塘湯氏館**（頁四四二五八）
"東盧"，原出處《大典》卷一一三一三作"東廬"。
**【輯補】送陳相士**
相色不如相形，相形不如相骨。詩脾納此清氣，書眼了然明月。燕臺千金方市，楚畹衆芳未歇。試問毛遂先生，誰是白眉黃髮。
武英殿聚珍本《金淵集》卷一。
**贈禮敬龍澤上人**
幾年不踏澄江路，耆舊唯存陸子方。
文淵閣本《墻東類稿》卷二〇《山村贈禮敬龍澤上人詩有幾年不踏澄江路耆舊唯存陸子方之句和之二首》。
**題錢舜舉山居圖**
山麓沿溪上，山居入樹間。雨香泉決決，風細鳥關關。僻地真堪住，新圖不等閑。一時諸作手，價重玉連環。
文淵閣本《珊瑚網》卷三一。

附：《全元詩》册一三頁一三六至二七三載仇遠，其中詩一百二十二首《全宋詩》未收。《輯補》册六頁二八四三至二八七五補詩一百二十二首（均見《全元詩》）、句二則，其中《送悟侍者游茅山》《秋日曲》及句二則已見《全宋詩》本人下，《水淺》已見《全宋詩》趙蕃下。

### 白珽　卷三六八六

**【輯補】題太平寺畫水**

中流一筆捲洪濤，不是吳松落剪刀。壁立一方天影小，胸吞萬里浪頭高。何人行險思沉馬，有客臨深欲釣鼇。吸盡西江參未透，儘教渠笑不容刀。

**毗陵三絕詩**并序

毗陵舊稱獨孤檜、李懷仁龍、徐友水為三絕。龍、檜既毀於兵，獨畫水僅存。今取宣聖表季子墓、徐騎省篆常州、蘇玉局題斬蛟橋爲三絕。

**常州**

延陵壯哉邑，古隸吳楚粵。版圖入中州，挺挺產人傑。南朝徐騎省，文名（原作"各"）擅江浙。大書篆常州，譙門儼高揭。金鐘罩六龍，六魁踵相接。大觀觀渾化，文源盛河決。佳占驗點畫，在理言近褻。顧瞻鼓士氣，神物妙發越。如何兵燹來，棄置餘斷碣。頹然罍廡下，苔蕪遭蝕齧。文風竟何如，負此天下絕。我來日□過，摩挲補其闕。安得崇趸人，爲我一提挈。

以上見大典本"常州府"卷一四引《泰定毗陵志》。

按：《全宋詩》已收《吳季子墓》《題斬蛟橋》二首。另《全元詩》册一四頁一五五至一六九載白珽，二者校文可互補。卷末輯七題十二首爲此本未收（另有《題王獻之保姆志》一詩，《全宋詩》輯爲《王大令保母帖》）。《輯補》册六頁二八八一至二八八五輯八題十三首、句二則，僅《本齋王公孝感白華圖頌》及句爲《全元詩》失收。《全宋文》未收白珽。

### 謝翱　卷三六八七至三六九二

**【校訂】冬青樹引別王潛**（頁四四三〇〇）

"雜龍"，《大典》卷一四五三六作"護龍"；詩末《大典》有注"諸公星夜拾靈寢殘骸，以一冬青樹爲表葬其下。或遇其下，莫不慟哭，故曰冬青樹"。

**雪中方四隱君訪宿有詩憶鹿田風雨舊游奉和并呈吳六贊府**（頁四四三〇八）

"人北""石來""玩非""怯孤"，《大典》卷一一〇〇一作"入北""石㝄""既非""寄孤"。

**蠟梅**（頁四四三三一）

"誰把"，《大典》卷二八一一作"誰記"。

**西巖·雪壁**（頁四四三三八）

"中米"，原出處《大典》卷九七六六作"中采"。

**義門曲**（頁四四三三八）

詩末注"同上書卷三五二八六引明鄭氏《麟溪集》"。出處卷次誤，實見《大典》卷三五二八。題應擬作"鄭氏義門"。

附：《全元詩》册一四頁三三二至三九五載謝翱，校勘較此爲優，且刪《全宋詩》頁四四三〇二與他人重見詩《仙華山招隱》及頁四四三三九斷句一則。

### 黃叔美　卷三六九八

【校訂】頁四四三七二至四四三其三錄詩四首，言宋末曾任官，入元不仕。《訂補》頁六四九據《大典》補一首，《輯補》册六頁二八八五另補二首。《大典》錄其詩二十首，均爲《全元詩》册三〇頁三八八黃河清字叔美下錄。其下共錄詩一百五十一首。且據《全元詩》編者所考，其至正七年(1347)尚在世，在宋時當不及出仕，宜自《全宋詩》刪去。

### 艾性夫　卷三六九九至三七〇一

【校訂】**古意**（頁四四三八四）
組詩又作册七二頁四五四三八章雲心《古意十四首》其二至七，艾性夫《剩語》或誤收。
**雜言**（頁四四三八四）
其一"伯氣"、其二"尚俟"，《大典》卷九〇〇作"氣伯""尚候"。
**書馬使君所藏草蟲**（頁四四三八八）
此詩錄自四庫館輯本《剩語》卷上，又見大典本"常州府"卷一四，署作者爲"燕山廉簡"。此詩上爲《題曾逵臣草蟲》，四庫館臣或承上而誤輯。
**木綿布歌**（四四三九〇）
此詩又見《元風雅》卷二八，署"練梅谷"。《乾坤清氣》卷九署"胡艾山"，則歸屬尚有疑問。《全元詩》繫此詩於册六五頁一二九練梅谷下。
**檢歷即事**（頁四四四一〇）
據詩意，題"歷"，當爲"曆"之諱改。
**立春日雪**（頁四四四一二）
"漫捲"，翰林院抄本《剩語》作"謾捲"。
**歲菊**（頁四四四一三）
"同來"，翰林院抄本原作"同年"，後改。
**清趣**（頁四四四一六）
其一"蝶穴"，翰林院抄本作"蝶冗"。
**宣和御筆二扇面**（頁四四四一九）
其一"黃塵"，翰林院抄本作"腥塵"。
**與林止庵葉半隱分賦郡中古迹得魯公祠右軍墨池**（頁四四四二一）
"攝崔苻""阿犖奴"，翰林院抄本作"攝狂胡""羯狗奴"。
**漫興**（頁四四四二二）
其一"一方"，翰林院抄本原作"一鈎"，塗去"鈎"，改"方"。"鈎"字當爲《大典》原文。
【輯補】**贈先見趙太史**
輕柔楊柳挾春妍，孤梗梅花結雪緣。此是乾坤大消息，相逢切莫說流年。
文淵閣《四庫全書本》《剩語》卷下。
附：《全元詩》册一九頁一二二至一八二載艾性夫，刪《全宋詩》重見詩一首。

## 册　七一

### 陸文圭　卷三七〇八至三七一三

**【校訂】性齋二首爲分湖陸提舉作**（頁四四五二二）

題"性齋二首"、其一"有粹""由克"，《大典》卷二五三七作"性齋""與粹""要克"。

**雜詩五首**（頁四四五二三）

其五"志器"，《大典》卷九〇二作"志趣"。

**寄戴帥初先生**（頁四四五八六）

"溯當"，《大典》卷一四三八一作"磕當"。

**雪夜不寐偶成短句十首用渭北春天樹江東日暮雲爲韵**（頁四四五九六）

組詩又見馬臻《霞外詩集》卷四，《全元詩》册一六頁一三以陸文圭爲誤收，當删。

**王祈伊中秋不見月四首**（頁四四六〇〇）

組詩未見重出，但詩題中"王祈伊"不辭。《大典》引詩中有王沂《伊濱集》（《全元詩》册三三載其人）。詩題中字當即爲此人此集之誤録。

**石湖留題三絶**（頁四四六〇一）

其二"履聲"，《大典》卷二二六六作"履聲"。

**偶題**（頁四四六一六）

詩末注"明《永樂大典》卷九〇〇引《陸子方集》"。出處卷次誤，實見《大典》卷九〇二。

**甲子三月二日出白羊門將游茅山詩**（頁四四六一六）

"頭髮"，原出處《大典》卷三五二七作"頂髮"。

**深山佳處子昂爲宣城友人書**（頁四四六一七）

題"深山"，原出處《大典》卷一四五四四作"溪山"。

**【輯補】天慶觀丹樓詩**

丹樓獨倚對青山，歷歷西風十二鬟。曉氣净連紅樹碧，秋雲低護石苔斑。仙人長嘯聞天外，羽士吹笙帶月間。安得置身蕭爽地，捲簾時待鶴飛還。

**天壽觀載夢舟詩**

中流一葉下寰瀛，偃息猶便鶴骨清。渾沌未分龍伯國，江山長繞化人城。帆開細雨迷春蜨，棹拂凉波動石鯨。回首天池三萬里，卧游何惜片時程。

**梅花别墅繆苔石先生清玩行吟處道經有感口占一首**

一簪華髮老江陰，伏闕上書無此心。門外落紅春寂寂，室中虚白晝沈沈。瓦甌竹葉巢雲醉，山墅梅花踏（原作"榻"）雪尋。人海黄塵深十丈，此閒那得半毫侵。

以上見天津圖書館藏光緒武進盛氏重刻道光世德堂刻本《墻東類稿》書末《補遺》。

附：《全元詩》册一六頁一四至一一九載陸文圭，糾正其生卒年及誤收作品一組，但也遺漏了《姑蘇懷古和鮮于伯機韵》詩。《全宋文》未收其人。

### 宋無　卷三七二三

**【校訂】烏夜啼**（頁四四七四一）

"耕狐""瑟怨",《大典》卷二三四六作"穴狐""琴怨"。

**【輯補】朱壽昌**

壽昌望母白雲邊,刺血書經五十年。一旦朱幡迎象服,孝心純至徹蒼天。

《大典》卷一〇八一三引《噝嘰集》。

附:《訂補》頁六五一補詩一〇三首,《全元詩》册一九頁三五九至四五四亦補此一〇三首及一〇一首之本事,并在此基礎上補詩三首。《輯補》册六頁二八九九至二九四五亦有補詩,均同《全元詩》。

### 陳堯道　卷三七二六

**【輯補】鄭氏義門**

仙華之山屹亭亭,排空橫展翡翠屏。大江前傾類建瓴,一瀉百里鳴春霆。神氣勃鬱通潛冥,東風吹花入紫荊。紫荊却種滎陽庭,玄檀點萼香凝凝。上有五鳳聲和鳴,如奏雲中紫鸞笙。下有赤芝生前檻,扣之金石同鏗鍧。坐歷八世二百齡,朝朝但見摶芬馨。太平天子坐龍廷,至治上與黃虞并。化被海寓知天經,彰善癉惡樹風聲。一朝天書下紫清,大書銀榜崇門旌。鐵劍橫截紐金繩,鸞鳳飛舞來瑤京。州里仰瞻如景星,吁嗟埃風欲翻溟。宦寔之下藏戈兵,閱墻勃蹊氣拂膺。豈知原上鳴鶺鴒,視此寧不面發頳。我稽德義何由興,季方爲弟元方兄。秋風老泪吹廣陵,知心唯有花如瓊。白刃可蹈了不驚,負骨歸葬四尺塋。二難制行通神明,致令門閭逢恩榮。龐門書客塵冠纓,作詩歌與太史聽。彤筆便當書汗青,留與後世爲章程。

**題鄭義士玄麓先生像**

我觀世間人,易凋若花柳。唯有奇男兒,千載骨不朽。鄭公壯氣秋雲高,虬髯起立如利刀。要將殺盡不義鬼,肯假大戟長鎗鏖。何人在家能不死,公死廣陵大城裏。北風吹盡血痕青,芳魂夜歸逐江水。江水有竭時,公義不可虧。我來拜公像,凛凛若見之。嗚呼埃風方渺瀰,交相爲瘉何人斯,如公當作百世師。

以上見《大典》卷三五二八。

附:《全元詩》册二〇頁七三載此人,録詩同《全宋詩》。另同治十二年重印《仙游縣志》卷一三《楊蔡趙三公闢西塘記》、卷二四《朱文公祠堂記》二文,乃陳堯道作,《全宋文》册三四三卷七九三一失收。

### 陳舜道　卷三七二六

**【輯補】鄭氏義門**

伊誰司此堪輿權,淋漓浩氣開象先。帝青遥遥收不盡,一時融作奇山川。烏傷北鄙浦陽澨,仙岩斜倚青縿壇。何年巨靈敕龍鬼,移來秋掌龍門邊。勢如長蛟縛不定,東走十里飛蜿蜒。化爲金蓉發靈瑞,黃跗巧與青蕤纏。猶如大將擁旗鼓,健卒鞬矢持空弮。香嚴群峰類結陣,執兵遠衛轅門前。白麟昂頭卧其下,口吐萬丈玻瓈泉。縈林絡石去不返,蟠渦時匯爲深淵。靈氣盤旋不得洩,神功斂聚鍾群賢。滎陽先生眼如電,洞然四矚牛無全。不隨區區事簽籠,手持鐵摘翻韋編。發揚經筌築沉壘,麾斥墨守施長鞭。豈爲游談務口耳,要仿通德高門懸。川鳴谷應不足喻,盈庭和孺春風妍。遠行萬里自顚步,欲使弓冶傳千年。利刀誓斬牝鷄舌,捷翮永比慈烏肩。繼繼繩繩愈昭晰,深造奧闥抽關鍵。真醇盆盎見疊洗,文章衡紞加紘綖。昭哉孫曾有奇氣,皦皦雙璧輝相聯。周郊天空鼎已失,殷民夜哭頑難鑴。廣平城中開大府,百花高座貔貅氈。紫髯將軍按劍坐,元戎十萬橫戈鋋。一朝分符下浙水,載旌直往何翩翩。兄弟相携競欲死,道逢見者皆潸然。世間若有范史筆,此事未許姜生專。一門已見二千指,變化藉此爲陶甄。穿堂邃廬若櫛比,三時綴食開長筵。大鑊一震鼎皆列,前後魚貫行連連。公財唯知共笥篋,私簦不聽存栖椽。薰漸僾媵諳禮讓,賑貸飢裹舒憂煎。漢廷當應孝廉舉,淮南勿賦招隱篇。綉衣使者駕朱幰,廉察國邑攘奸虔。下車咨詢手加額,便合植表風輕儇。夜書緑章數千字,直奏袞閣行旌旜。龍章光耀動林谷,官曹麇至聲駢闐。白瑶爲榜淶爲篆,兩楹丹雘争瑛鮮。煌煌淵宮照珠璧,燁燁命服明蛇蟺。義風洋溢被閭閈,遠邇聲教咸明宣。我聞古先建家國,錫以山川連土田。分茅命氏有定制,從此世及長循沿。別子承家統支屬,涉歷百世無由遷。布系分宗雖萬變,水原木本知相嬗。試提宏綱振萬目,分明六子隨坤乾。成周遺法廢不講,如車無輻衣無船。公卿既乏世臣禮,氏族變滅同雲烟。縱如八葉著蕭氏,遺胤今日誰人傳。豈期士庶或敦義,合族有道恒平平。老幹當中屹不動,枝葉交襲皆依緣。前張後李既赫奕,南崔西鄭還綿延。只今榮陽已八世,追合古轍無差愆。聖人當天理萬國,時時教雨霑八埏。自非淪肌共洽髓,安有嘉瑞長江壖。書生煢煢吊孤影,多寡奚翅夔憐蚿。青山濕翠裹雙屐,秋燈雨几空鑽研。揭來觀瞻駭心目,三日凝坐幾成顛。強顔賦詩不成句,悲吟徒用鳴秋蟬。瀛洲杳杳在天上,風日不到多群仙。鋪張偉迹定可屬,當有彩筆鴻如椽。

《大典》卷三五二八。

按:《大典》誤其名作"程舜道"。《全元詩》册二○頁三三四載此人,録詩同《全宋詩》。

## 郊廟朝會歌辭① 卷三七二七至三七三五

**【校訂】元符親郊五首**(頁四四八四二)

其《降神用景安》,又見《宋會要輯稿》禮六之一"仁宗親撰四曲"之一,唯"恭在"作"如在","明德"作"惟德";《送神用景安》,又見《宋會要輯稿》禮六之一"仁宗親撰四曲"之四。則此二曲乃修潤宋仁宗所撰而成。

**紹興二十八年祀圜丘**(頁四四八四五至四四八四九)

宋高宗撰《太祖皇帝位酌獻》一首,陳康伯修潤《降神》《飲福位》《皇帝入中壝》《皇帝升壇》《皇帝降壇》五首(陳氏尚修潤《皇帝再升壇》《皇帝降壇》二首,《全宋詩》未録),王綸撰《亞獻》(王氏尚撰有《終獻》一首,《全宋詩》作爲《亞獻》的異文注出)、《詣飲福位》《送神》《望燎》《望瘞》五首,王剛中修潤《盥洗》《還位》《奉俎》《再盥洗》《還位》《入小次》六首,洪遵撰《文舞退武舞進》《出小次》《還位》《徹豆》《還大次》《還内》(此首《宋會要輯稿》樂七之五

---

① 此部分歌辭有與《全宋詩》具體修潤者下所録重出者,有《全宋詩》具體修潤者下未收而此處注明修潤者姓名者。但大部分歌辭作者未有注明,其中南宋部分有可考者,詳見《鄭州航空工業管理學院學報》2011年第2期刊拙文《南宋郊廟歌辭作者考》,今據此文并糾正其錯誤,僅列結論。另宋代樂章歌辭多據前代修潤,故同一歌辭稍有異文即署爲不同作者,其校理必須考慮静態和動態變異的不同,甚爲複雜。可據《中興禮書》及《續編》《宋會要輯稿》等校理重録。

亦載作者爲洪遵)六首(洪氏尚有《升御座》《降御座》二首,《全宋詩》錄爲《紹興登門嗣赦二首》)。《中興禮書》卷一五載紹興十三年祀圜丘樂章二十三首,其中《降神》《飲福位》《皇帝入中壝》三首與紹興二十八年署陳康伯修潤者相同,知陳氏乃承襲紹興十三年舊作修潤而成。

**紹興以後祀五方帝六十首**(頁四四八五六至四四八六二)

據《南宋館閣錄》卷五載,六十首樂章乃紹興二十七年撰,修潤者:《青帝》十二曲,張孝祥;《赤帝》十二曲,陳山;《黃帝》十二曲,劉望之;《白帝》十二曲中《降神》圜鍾宮三奏楊邦弼、黃鍾角一奏唐文若、太簇徵一奏黃中、姑洗羽一奏王剛中、《升殿》季南壽、《詣白帝位奠玉幣》陳祖言、《詣帝少昊氏位奠幣》陳俊卿、《奉俎》胡沂、《詣白帝位酌獻》葉謙亨、《詣帝少昊氏位酌獻》張孝祥、《亞獻終獻》汪澈、《送神》林之奇;《黑帝》十二曲,陳祖言。

**紹興以後祀感生帝十六首**(頁四四八六四至四四八六六)

據《南宋館閣錄》卷五載,十六首樂章乃紹興八年撰,修潤者:《降神》四曲,葛立方;《盥洗》《升殿》《奠玉幣》《僖祖位奠幣》四曲,孫仲鼇;《奉俎》《感生帝酌獻》《僖祖位酌獻》《文舞退武舞進》四曲,林大鼐;《亞終獻》《徹豆》《送神》《望燎》四曲,葉綝。

**紹興親享明堂二十六首**(頁四四八七〇至四四八七三)

該組樂章中《徽宗位奠幣》《徽宗位酌獻》二曲下注:未知所始。今據《中興禮書》卷六四所載,二曲乃紹興二十一年修潤到;《文舞退武舞進》一曲"紹興元年緣不設宮架二舞,無此一曲",淳熙六年添入,不當編入此下。此外二十三曲,據《中興禮書》卷六三所載,乃紹興元年汪藻所修潤,且樂曲名有不同者。《太祖位奠幣》此作《信安》之曲,《全宋詩》《廣安》之曲,據《中興禮書》卷六四乃淳熙六年所改;《太宗位奠幣》此作《恭安》之曲,《全宋詩》《化安》之曲,據《中興禮書》卷六四乃淳熙六年所改;《皇地祇位酌獻》此《作光》安之曲,與《彰安》之曲不同;《太宗位酌獻》此作《英安》之曲,《全宋詩》《韶安》之曲,據《中興禮書》卷六四乃淳熙六年所改;《終獻》此作《隆安》之曲,與《穆安》之曲不同。

**元符祭神州地祇二首**(頁四四八八〇)

題下原注云"會要樂六之二三注:景祐元年呂□撰二曲"。檢原文,"呂□撰"作"呂夷撰"。則《全宋詩》此處誤錄。撰者或應爲呂夷簡。

**紹興祀神州地祇十六首**(頁四四八八〇至四四八八二)

據《南宋館閣錄》卷五載,十六首樂章乃紹興二十七年撰,修潤者爲季南壽。

**紹興朝日十首**(頁四四八八三至四四八八四)

據《南宋館閣錄》卷五載,十首樂章乃紹興二十七年撰,修潤者爲汪澈。

**夕月十首**(頁四四八八四至四四八八五)

據《南宋館閣錄》卷五載,十首樂章乃紹興二十七年撰,修潤者爲楊邦弼。

**高宗郊祀前朝享太廟三十首**(頁四四九〇二至四四九〇六)

據《中興禮書》卷一六,所錄乃紹興二十八年郊祀前朝享太廟樂章。除《全宋詩》已注明外,宋高宗撰《太祖室酌獻》《太宗室酌獻》《徽宗室酌獻》三首,湯思退修潤《迎神》《皇帝飲福》《皇帝入門》《皇帝升殿》《皇帝詣僖祖室酌獻》五首,陳誠之修潤《皇帝詣翼祖室酌獻》《皇帝詣宣祖室酌獻》(《中興禮書》僅有題目,無正文)、《皇帝詣真宗室酌獻》(《中興禮書》僅有正文,無題目)、《皇帝詣英宗室酌獻》《皇帝詣神宗室酌獻》《皇帝詣哲宗室酌獻》《亞獻》《終獻》八首,陳康伯修潤《送神》一首,楊椿修潤《皇帝盥洗》《奉俎》《皇帝再盥洗》三首,賀允中修潤《皇帝降殿》《皇帝入小次》《文舞退武舞進》《皇帝出小次》《皇帝再升殿》《皇帝還位》《徹豆》七首,王剛中撰《皇帝降殿》《皇帝還大次》二首。至於其中見於周麟之下者,或爲代作,不得而知矣。《中興禮書》此卷所録,尚有《全宋詩》此處遺漏給事中楊椿撰《皇帝還位乾安之曲》(此曲又見周麟之下,不另録)、禮部侍郎賀允中撰《皇帝還位乾安之曲》二樂章。《中興禮書》卷一五載紹興十三年郊祀前朝享太廟二十三首,除《皇帝詣仁宗室酌獻》《送神》外,與此全部不同。但又與《全宋詩》所録《高宗明堂前朝享太廟二十一首》同,故不另録。

**高宗祀明堂前朝享太廟二十一首**(頁四四九一〇至四四九一三)

據《中興禮書》卷六三,所録乃紹興七年明堂前朝享太廟樂章。然《中興禮書》闕《皇帝詣英宗室酌獻》《文舞退武舞進》二曲。

**紹興別廟樂歌五首**(頁四四九二〇至四四九二一)

五曲又見《中興禮書》卷一六隆興二年七月載郊祀大禮前一日朝享太廟皇帝合詣別廟下,注云:合用升殿并奉俎、酌獻、亞獻、終獻、行禮、徹豆等樂章,係□□紹興三十二年翰林學士承旨洪邁修潤降到親享太廟別廟樂章。則五首下當注明修潤者洪邁。

**高宗郊前朝獻景靈宮二十一首**(頁四四九二七至四四九三〇)

據《中興禮書》卷一六,所録乃紹興二十八年郊祀前朝獻景靈宮樂章。除《全宋詩》已注明外,宋高宗撰《聖祖位奉玉幣》一首,沈該修潤《降神》《皇帝飲福》《皇帝入門》《皇帝升殿》《亞獻》《送真》六首,湯思退修潤《皇帝詣望燎位》一首,楊椿修潤《皇帝詣盥洗位》《皇帝再升殿》《皇帝還位》《尚書奉饌》《皇帝再盥洗》《皇帝再升殿》《皇帝還位》《文舞退武舞進》《皇帝還位》《尚書徹饌》《皇帝降殿》《皇帝還大次》十二首。至所見於周麟之下者,或爲代作,未能確考。《中興禮書》卷一五所録紹興十三年郊祀前朝獻景靈宮樂章十二首與此相較,僅一首略異,其餘樂章中十首又與《全宋詩》所録《高宗明堂前朝獻景靈宮》相同,另一首與《高宗郊前朝獻景靈宮》之《皇帝入門》注文同,故不重録。

**高宗明堂前朝獻景靈宮十首**(頁四四九三〇至四四九三一)

據《中興禮書》卷六三所載,此乃紹興七年明堂前朝獻景靈宮樂章。《中興禮書》此卷所録凡十二首,《皇帝詣盥洗》《亞獻》二首此處失收。然第一首與《全宋詩》所録《高宗郊前朝獻景靈宮》之《皇帝入門》注文同,第二首與此組樂章《亞獻》全同,故不重録。

**孝宗明堂前朝獻景靈宮八首**(頁四四九三一)

《中興禮書》卷六四載淳熙六年七月修潤明堂前朝獻景靈宮樂章二十首,《全宋詩》所録《還位用乾安》外,七首均見此處。《中興禮書》其餘十首完全同《高宗郊前朝獻景靈宮》,其餘三首略有異文。

**紹興祀岳鎮海瀆四十三首**(頁四四九四三至四四九四八)

據《南宋館閣録》卷五載,此典禮紹興時并未恢復,至乾道四年李燾始奏請而行之,故歌辭所冠紹興年号誤矣。四十三首樂章修潤者:立春祀東方岳鎮海瀆九曲,劉季裴;立夏祀南方岳鎮海瀆九曲,詹亢宗;季夏祀中岳中鎮七曲,唐孚;立秋祀西方岳鎮海瀆九曲,陳騤;立冬祀北方岳鎮海瀆九曲,楊興宗。

**紹興祀大火十二首**(頁四四九四九至四四九五〇)

據《中興禮書》卷一五九,題爲《紹興祀熒惑》。《南宋館閣錄》卷五載,十二首樂章乃紹興二十七年撰,修潤者爲魏志。

**出火祀大辰十二首**(頁四四九五一至四四九五二)
據《南宋館閣錄》卷五載,十二首樂章乃紹興二十七年撰,修潤者爲林之奇。

**納火祀大辰十二首**(頁四四九五二至四四九五三)
據《南宋館閣錄》卷五載,十二首樂章乃紹興二十七年撰,修潤者爲陳俊卿。

**紹興祭風師六首**(頁四四九五九至四四九六〇)
據《南宋館閣錄》卷五載,此典禮乃自乾道四年李燾請而行。六首樂章修潤者爲劉焞。

**雨师雷神七首**(頁四四九六〇至四四九六一)
據《南宋館閣錄》卷五載,此典禮乃自乾道四年李燾請而行。七首樂章修潤者爲員興宗。

**紹興祀先農攝事七首**(頁四四九六六至四四九六七)
據《南宋館閣錄》卷五載,此典禮乃自乾道四年李燾請而行。七首樂章修潤者爲李木。

**祀先蠶六首**(頁四四九六七至四四九六八)
據《南宋館閣錄》卷五載,此典禮乃自乾道四年李燾請而行。六首樂章修潤者爲李遠。

**紹興以後蜡祭四十二首**(頁四四九七〇至四四九八七四)
據《南宋館閣錄》卷五載,東方百神十四曲乃紹興二十七年胡沂撰,西方百神十四曲乃紹興二十七年葉謙亨撰,南方百神七曲乃乾道四年蕭國梁撰,北方百神七曲乃乾道四年施元之撰。

**紹興祀祚德廟八首**(頁四四九七九至四四九八〇)
據《南宋館閣錄》卷五載,八首樂章乃紹興二十二年撰,修潤者:成信侯、忠智侯、義成侯《迎神》《升殿》(原注:降殿同)、《奠幣》三曲,董德元;《酌獻》三曲,王佐;《亚终獻》《送神》二曲,周麟之。

**熙寧中朝會三首**(頁四四九九一)
組詩第一、二兩首見册九頁五九四八王珪《皇帝冬至御大慶殿舉第一盞酒奏慶雲之曲》《皇帝冬至御大慶殿舉第二盞酒奏嘉禾之曲》,當於詩下注明作者王珪名。

**紹興登門肆赦二首**(頁四四九九五)
二首又見《宋會要輯稿》樂七之五,注云"紹興二十八年中書舍人洪遵修潤"。《中興禮書》卷一六紹興二十八年祀圜丘樂章亦載二曲,署爲洪遵。則修潤者爲洪遵無疑。

**御樓**(頁四五〇三四)
《皇帝還内用采茨》,重見《紹興二十八年祀圜丘》最后一首,當删。

**【輯補】紹興十三年祀圜壇二十三首**
**皇帝入中壝宫架奏黃鍾宫乾安之曲**
樂章同《全宋詩》録《紹興二十八年祀圜丘》樂章,不具録。

**降神宫架奏景安之曲六變文德之舞**
樂章同《全宋詩》録《紹興二十八年祀圜丘》樂章,不具録。

**皇帝升壇登歌作大吕宫乾安之曲**
因吉爲壇,屹然而崇。其圓自然,以象高穹。無曰在上,有感必通。陟降從之,福禄永隆德。

　　**皇帝詣昊天上帝位奠玉幣登歌作大呂宮嘉安之曲**
　　蒼璧禮天，幣放其色。奉以奠之，帝在北極。求之以類，遠無不格。非天我私，佑於一德。

　　**皇帝詣皇地祇位奠玉幣登歌作應鍾宮嘉安之曲**
　　至哉坤元，乃順承天。我今禮之，玉帛粲然。父天母地，子在其前。并祀顧饗，百世可傳。

　　**皇帝詣太祖皇帝位奠幣登歌作大呂宮廣安之曲**
　　明明我祖，克配彼天。神武開基，不殺而全。惟此寬仁，帝意謂然。子孫保之，於萬斯年。

　　**皇帝詣太宗皇帝位奠幣登歌作大呂宮化安之曲**
　　太宗繼明，廣文之聲。威武所使，四方底平。亦克配天，基命有成。二后受之，維德之行。

　　**皇俎宮架奏黃鍾宮豐安之曲**
　　玉帛既陳，犧牲登俎。匪牲博碩，民力周普。帝顧下民，庶無疾苦。欣然居歆，而豈其吐。

　　**皇帝詣昊天上帝位酌獻登歌作大呂宮禧安之曲**
　　時邁其邦，欽哉肇祀。嘉薦美芳，酒多且旨。丘澤一祠，神明彰矣。侑以祖宗，咸報本始。

　　**皇帝詣皇地祇位酌獻登歌作應鍾宮光安之曲**
　　天惟下際，地乃上行。二氣感通，物資以生。六子輔之，百穀用成。爲此旨酒，以薦忱誠。

　　**皇帝詣太祖（原作“宗”）皇帝位酌獻登歌作大呂宮彰安之曲**
　　猗歟烈祖，聰明齊聖。德合於天，誕膺駿命。肇造區夏，撥亂反正。克昌厥後，世篤其慶。

　　**皇帝詣太宗皇帝位酌獻登歌作大呂宮韶安之曲**
　　惟我太宗，則友其兄。卒其伐功，以至迓衡。誕敷文德，偃武銷兵。曾孫篤之，永觀厥成。

　　**文舞退武舞進宮架奏黃鍾宮正安之曲**
　　天剛而武，地成□□。□□□□，□□□□。於皇祖宗，克配天地。奏舞象功，一張一弛。

　　**亞獻武功之舞宮架奏黃鍾宮正安之曲**終獻同
　　陽丘其高，神祇并位。歌吟青黃，嘉虞有喜。濟濟多士，相予毖祀。用申貳觴，以成熙事。

　　**皇帝飲福酒登歌作大呂宮禧安之曲**
　　樂章同《全宋詩》録《紹興二十八年祀圜丘》樂章，不具録。

　　**徹豆登歌作大呂宮韶安之曲**
　　繭栗既純，粢盛亦潔。于豆于登，靡不陳列。禮已告成，靈饗且悅。何以示虔，不遲廢徹。

**送神宮架奏夾鍾宮景安之曲**
九重洞開,靈初來游。臨我中壇,須搖淹留。來如風馭,去若雲浮。鴻垂恩惠,永孚于休。

**皇帝詣望燎位宮架奏黃鍾宮乾安之曲**
謂天蓋高,何以達之。思求厥路,惟以類推。我燔斯柴,烟氣上躋。誠與之俱,降我純禧。

**皇帝詣望瘞位宮架奏太簇宮乾安之曲**
謂地蓋厚,積陰而成。山川鬼神,皆地之靈。求之以類,亦罔不寧。工祝臨瘞,達此專精。

**皇帝還大次宮架奏黃鍾宮憩安之曲**
泰元尊升,媼神靜息。禮儀既備,笙鏞亦寂。已事言還,和氣充溢。福美始興,時萬時億。

**皇帝回鑾將至采茨宮架奏黃鍾宮乾安之曲**
星影疏動,霜華淡薄。六龍方馳,吾知所樂。歸望端門,日光耀爍。湛恩汪濊,四海咸若。

**皇帝升御座宮架奏黃鍾宮乾安之曲**
大孝備矣,郊祀配天。昊天子之,惟以永年。上鴨九垓,下沂八埏。御茲端門,湛恩沛然。

**皇帝降御座宮架奏黃鍾宮乾安之曲**
盛德休明,溥率兼臨。受帝之祉,翼翼小心。歸坐宣室,何念之深。惟此嘉慶,匪今斯今。

《中興禮書》卷一五。

**紹興二十五年八月添入郊祀登歌樂章三首**

**景靈宮升宮**
帝既臨饗,龍馭華耀。孝孫承之,陟降在廟。莖穗發祥,日欽迎導。天休滋至,千億克紹。

**太廟升殿**
清宮鴻都,元精回復。靈芝熒煌,來牟率育。惕然省思,降爾景福。有慶孝孫,同仁草木。

**圓壇升壇**
帝(原衍"靈"字)臨崇壇,媼神其從。況施鼎來,昭明有融。靈華曼茂,麥秀穎同。作我太平,受報收功。

《中興禮書》卷一五。

按:原載"二十九日,權尚書兵部侍郎兼權直學士院沈虛中札子"。

**紹興二十八年祀圜丘樂章三首**

**皇帝再升壇乾安之曲** 參知政事陳康伯
帝臨崇壇,媼神其從。稽古合祛,并侑祖宗。升階奠酌,誠意感通。況施鼎來,受福無窮。

**皇帝降壇乾安之曲**參知政事陳康伯

躬展盛儀,天步逡巡。樂備禮交,旨酒既陳。神方安坐,薦祉紛綸。陟降有容,皇心載勤。

**終獻正安之曲**同知樞密院事王綸

陽丘其高,神祇在位。既奠厥玉,既奉厥醴。亦有嘉德,相克毖祀。旨哉三爵,以成熙事。

《中興禮書》卷一六。

**淳熙六年親享明堂八首**

**皇天詣昊天上帝位奠玉幣登歌作大呂宮鎮安之曲**

皇皇后帝,周覽四方。眷我前烈,宴娛此堂。金支秀發,□簴高張。世歆明祀,曰宋是常。

**皇帝詣皇地祇位奠玉幣登歌作應鍾宮嘉安之曲**

至哉坤元,持載萬物。繼天神靈,觀世治忽。頌祇之堂,薦馨維德。孰爲邦休,四海無拂。

**皇帝詣昊天上帝位酌獻登歌作大呂宮慶安之曲**

律中無射,時惟仲辛。肇開陽館,恭禮尊神。蒼玉輝夜,紫烟煬晨。祖宗并配,天地同禋。

**皇帝詣太祖皇帝位酌獻登歌作大呂宮彰安之曲**

一德開基,百年垂統。中天禘郊,薄海朝貢。寶龜相承,器鼎加重。澤深慶綿,右序有宋。

**皇帝入小次宮架奏黃鍾宮儀安之曲**

瑤舉既舉,玉稍載遲。有德斯顧,靡神不娱。物情肅穆,天宇清夷。宅中受命,永奠邦基。

**亞獻宮架奏黃鍾宮穆安之樂威功睿德之舞**

四阿有聲,神既戾止。備物雖儀,潔誠惟己。有來振振,相我熙事。載酌滋恭,以成毖祀。

**送神宮架奏圜鍾宮誠安之曲一成**

奕奕宗祀,煌煌禮文。高靈下墮,精意升聞。熙事既畢,忽乘青雲。敢拜明貺,福禄無垠。

**皇帝還大次宮架奏黃鍾宮憩安之曲**

精意以享,已事而竣。皇容奠翼,天步循循。靈光下燭,協氣斯陳。福禄時萬,基圖日新。

《中興禮書》卷六四

按:與紹興元年正文不同者録於此。其下尚有《登門嗣赦》二首,見《全宋詩》崔敦詩下,此不具録。

**紹興二十八年郊祀前朝獻景靈宮樂章**

**皇帝還位乾安之曲**禮部侍郎賀允中

明祀舒徐,升侑旋復。星炬熒煌,靈光下燭。惕然孝思,不疾而速。天載無聲,降爾景福。

《中興禮書》卷一六。

**淳熙六年明堂前朝獻景靈宫三首**

**景靈門酌獻皇帝入門宫架奏黄鍾宫乾安之曲**

維皇齊居,承神其初。顒顒昂昂,龍步雲趨。華光爛如,精明之符。注兹酌兹,神人用孚。

**皇帝升殿登歌作大吕宫乾安之曲**

帝既臨饗,罄兹精意。對越在天,爰升九陛。孔容翼翼,保承丕緒。孝奏天儀,永錫爾類。

**皇帝還大次宫架奏黄鍾宫乾安之曲**

我將我享,昭事上帝。爰兹畢觴,復即于次。飊斿載旋,容旌香騎。維皇嘉承,錫祚（原作"作"）昌熾。

《中興禮書》卷六四。

**淳熙六年明堂前享太廟皇帝降殿一首**

三歲親祠,於禮莫盛。入太室祼,遍于聖列。陟降有儀,而主乎敬。祀事孔明,邦家賴慶。

《中興禮書》卷六四。

按:原載三十六首,其餘與《全宋詩》所錄《高宗郊祀前朝享太廟》《紹興别廟》《孝宗明堂前享太廟》《紹興以後時享》《乾道别廟》樂章同,不具録。

**紹興親享先農一首**

**皇帝升壇登歌作南吕宫降安之曲**

陟降壇壝,威儀孔時。步舞中節,神其格思。□□□□,□□□□。□□□□,□□□□。

《中興禮書》卷一五九。

按:後四句原文與前四句重複而誤脱。

## 英州司寇女　卷三七三六

【校訂】**題梅嶺佛祠壁**（頁四五〇三七）

"滇江""買栽""十樹""留與",《大典》卷六六五作"英江""買將""十本""留在"。

## 鄭魁　卷三七三六

【校訂】**端硯銘**（頁四五〇四八）

此詩第二、第三句又見册一〇頁六八九四鄭獬《紫花硯》,略有異文。鄭獬詩輯自宋高似孫《硯箋》卷一,署"鄭毅夫"。鄭魁詩輯自《春渚紀聞》卷九。鄭獬皇祐五年進士第一,故稱"鄭魁"。鄭魁即鄭獬,此人當删。

## 册 七二

### 李公異　卷三七四〇

**【輯補】延陵破培詩**

管鮑分金舊所傳,破培今見想前賢。義風掃地天還日,一睹遺基一泫然。

《至順鎮江志》卷二〇。

**朱方門詩**

王氣今何在,空餘百尺樓。登臨當夏日,消得幾人憂。

《大典》卷三五二七引李仲殊《京口集》。

### 林昉　卷三七四五

**【校訂】題所寓壁（頁四五一七〇）**

此詩又見《詩淵》册五頁三五八七,署"宋林石田",《全宋詩》册七〇頁四四〇六六輯於字景初號石田之林昉下。此兩林昉同代同名,故詩有混淆。此詩當歸粤人林昉。

**【輯補】寄葉唐卿**

別後無書尺,閉門空一春。久貧諳世事,垂老念鄉人。風雨吟燈夢,乾坤客劍塵。何時磯畔月,照夜共持綸。

《大典》卷一四三八〇引《林旦翁詩》。

**秋日湖上**

小舟租得載吟翁,流水斜陽秋思中。老却六橋楊柳樹,一蟬猶自咽西風。

《大典》卷二二七三引《林旦翁詩》。

**送西秦張仲實游大滌洞天**

此詩册七〇頁四四〇六四錄於號石田林昉下,《全元詩》册一二頁四三六考證當爲此三山林昉作,不具錄。

附:《全元詩》册一二載此林昉,錄詩五首,均已見《全宋詩》。

### 盛烈　卷三七四五

**【輯補】湖邊晚望**

半村豆雨濕斜暉,白鷺聯翩柳外歸。歌斷采菱人去後,只留空艇傍漁磯。

**同鄉友泛湖**

客中快簪盍,一舸泛清波。長日人閒少,好山雲占多。倩鶯翻白苧,呼蟻度金荷。行樂吾生事,流年迅擲梭。

《大典》卷二二七四引盛烈《峴窗浪言》。

### 董杞　卷三七四七

**【校訂】梅（頁四五一八四）**

"略彴",原出處《大典》卷二八一三作"略約"。

### 釋璉　卷三七四九

【校訂】紅梅（頁四五二〇八）

此詩輯自《後村千家詩》。《大典》卷二八〇九載此詩，標"饒德操詩"，册二二頁一四六〇〇饒節下即收。《訂補》頁六八六認爲當爲饒作。

### 李庭　卷三七四九

【校訂】頁四五二一三録其詩六首。《大典》引其詩甚多此未收者。《藕香零拾》載其集《寓庵集》八卷，其中詩三卷。《古典文獻研究》2003 年版載楊洪升《全宋詩失收李庭詩補輯》考證，其中詩共二百六首，二百四首《全宋詩》未收。且《大典》另有二十九首與上述各詩不重。然李庭（1199－1282）原在金，金滅入元，一生與宋無涉。《全金詩》册四卷一四五至卷一四七全依《藕香零拾》載李庭；《全元詩》册二録其詩二百三十九首。《全宋詩》其人當删去。

### 釋輝　卷三七五三

【校訂】題洞靈觀（頁四五二五一）

此詩又作釋仲殊同題，見册一四頁九七二〇。大典本"常州府"卷一三引此詩，署作者"僧仲殊"。

### 吳永濟　卷三七五三

【校訂】蠟梅（頁四五二五三）

此詩又作册五六頁三五〇七八吳泳下同題，歸屬未能確考。

### 姚西岩　卷三七五三

【校訂】蠟梅（頁四五二五三）

"梅粉"，《大典》卷二八一一作"梅妝"。

### 楊巽齋　卷三七五三

【校訂】蠟梅（頁四五二五四）

《大典》卷二八一一引此詩於楊巽齋下，又見册三五頁二二二一八宋高宗下，歸屬未能確考。

### 王右丞　卷三七五四

【校訂】茉莉花（頁四五二六六）

句（頁四五二六六）

上述二題輯自《全芳備祖》前集卷二五，署"王右丞"。其中組詩其一"玉顏知復爲誰容"句又作册二四頁一六〇一七王安中斷句之二〇。王安中曾爲尚書右丞。故此王右丞即王安中，當并此王右丞詩入王安中下。

### 李方敬　卷三七五五

【校訂】秋蝶（頁四五二七二）

此詩輯自《古今合璧事類備要》，又作册二〇頁一三六一五李廌下同題。李廌字方叔。李方敬名與此相近，且未見其他文獻記載其人。李方敬下當誤收。

### 張湯　卷三七五五

【校訂】雨花臺（頁四五二七五）

《大典》卷二六〇三引此詩，作二首，每首四句。

### 盧壽老　卷三七五五

【校訂】雨花臺（頁四五二七五）

《大典》卷二六〇三引此詩，署"盧壽老"。《全宋詩》以"盧"爲"虞"之誤，輯此詩於册四六頁二八五九四虞儔字壽老下。盧壽老生平不詳，其詩輯自《景定建康志》卷二二，或爲誤題。

### 李商　卷三七五五

【校訂】記化蝶異聞（頁四五二七七）

此詩又見册二四頁一五九一三李彭《蝴蝶詩》前四句。李彭字商老，而李商未見其他記載。則李商乃李商老之誤，其人當删。

### 葉原賀　卷三七五九

【校訂】《訂補》頁七〇四據《大典》卷二三四四判其人爲元人。然《明一統志》卷八四"山川""火山"條注：本朝洪武中葉原賀記其事。則葉原賀乃明初人。其人當删。

### 吳朝奉　卷三七六〇

【校訂】濯纓石（頁四五三五四）

《大典》卷二三四四引《容州志》載此詩，署"吳郡守"。且《大典》卷二三四〇引《容州志》載《濯纓石記》云："予見其水色清平，波光如練，深不可測，躊躇之間，信步石砥，引至中流，不覺取纓就濯，因名濯纓石。葺茅亭於江滸，扁額曰滄浪亭。酒酣，夜月浸潭，寒星沉水。南山嶠直森，環坐左右，若從侍上仙宴蓬島，清興不復過此。因成詩呈都嶠山翁，以召來者云。紹興癸酉下元日，吳郡守記。"則詩乃紹興二十三年（1153）吳姓郡守即吳朝奉作。《全宋詩》册三二頁二〇三四八載吳元美《濯纓石》詩，即爲步韻吳朝奉而作。"暮舉""密星""相輝映直聳"，《大典》作"羃舉""宵星""森嚴直從我"。另檢同治十二年刻本《梧州府志》卷二三載此詩，署作者爲"吳朝鳳"；《全宋詩》所載據《宋詩拾遺》卷二三，檢原書，未言所據，未知孰是。

## 李公明　卷三七六二

【校訂】偶作（頁四五三六二）
其一"光火"，《大典》卷八九九作"火光"。

## 柯氏　卷三七六二

【校訂】據《大典》卷二二六四，柯氏乃浦陽人，可補傳記。

## 李氏　卷三七六二

【校訂】據《大典》，李氏乃大梁人，可補傳記。
【輯補】無題
舜裳本自完，色絲焉用補。故應盤溪翁，江海看烟雨。平生事機巧，百歲亦塵土。寒花貴晚節，顧影吾與汝。
平生霜中竹，歲晏風下草。靡靡不可救，皦皦竟誰保。倉箱固爾富，食薇可以飽。嘆息復嘆息，已矣勿復道。
《大典》卷九〇三引《江湖集》。
按：《電大教學》1997年第5期載費君清《宋人江湖詩續補》已輯。
**湖上**
菰蒲望不斷青青，山色雲陰幾晦明。孤塔出林知有寺，尚嫌水遠隔鐘聲。
《大典》卷二二七三引《中興江湖集》引大梁李氏。

## 王郡守　卷三七六二

【校訂】懷古（頁四五三六八）
詩末注"《永樂大典》二三四四引《永州志》"。出處書名誤，實爲"容州志"。

## 無名氏　卷三七六二

【校訂】二疏（頁四五三六八）
《大典》卷二四〇八引此詩，標"宋人咏史詩"。此集作者不詳。孔凡禮《見於永樂大典的若干宋集考》疑其爲李照《西漢史咏》，當不確。《大典》此詩題下尚有"戒子孫"三字，詩前有序"西漢疏廣爲太子太傅，疏受爲少傅，乞骸骨。宣帝賜黃金二十斤。或勸廣以其金爲子孫立產業。廣曰：吾豈老悖不念子孫哉？顧自有舊田廬，令子孫勤力於其中，足以供衣食。今復增置，但教子孫怠惰耳。賢而多財，則損其志；愚而多財，則益其禍。且夫富者，衆之怨也。吾既無以教化，不欲益其過而生怨"。
【輯補】咏伊尹
伊尹精忠死負冤，元王筆下竟亡言。他時斫脛剖心事，說道渠家有本原。注：《春秋後序紀年》：伊尹放太甲於桐，乃自立也。伊尹即位，放太甲。七年，太甲潛出自桐，殺伊尹，立其子伊陟。
《大典》卷四八九引《宋咏史詩》。
**人日**

董勛禮問古通今，七日當門特鏤人。意謂生人由此始，百祥駢集又從新。

《大典》卷三〇〇一引《咏史詩》。

### 咏張觜

觜，福州人，爲蔡京館師席教其子，逐日令弟子學走。京怪問之，曰："天下被汝父壞了，快學走。"京再問之，曰："急召楊時中出用。"

蔡京愛子致賢師，爭奈君憂國告危。張觜識時真俊傑，祇將走字教京兒。

《大典》卷一二一四八引《宋咏史詩》。

### 郭汾陽女許橋神
### 陳茂呵水神

二詩見《大典》卷二九五二引《咏史詩》，《全宋詩》誤録於册五二頁三二二七三周南《咏史》。詩不具録。

### 素馨

此詩見《大典》卷七九六〇引《咏史詩》，《全宋詩》誤録於册四六頁二八四五三許及之下。詩不具録。

## 何棄仲　卷三七六二

【校訂】營道齋（頁四五三六九）

序"托宿"，原出處《大典》卷二五三九作"記宿"。

## 高氏　卷三七六二

【校訂】紅梅花（頁四五三七一）

此詩輯自《大典》卷二八〇九引《中興江湖集》，又見册五一頁三二〇〇七高似孫下。則《中興江湖集》之"高氏"乃高似孫。

## 無名氏　卷三七六二

【校訂】金華山人（頁四五三七一）

此詩輯自《大典》卷三〇〇四引《中興江湖集》，未標作者。此詩又見册八頁五〇七八陳襄下，此"無名氏"當删。

## 張氏　卷三七六二

【校訂】贈人（頁四五三七二）

此詩輯自《大典》卷三〇〇六引"張氏詩"。其後二句見册五九頁三七〇二二李翔高下斷句，歸屬未能確考。

## 無名氏　卷三七六二

【校訂】擬人生不滿百（頁四五三七二）

此詩輯自《大典》卷三〇〇六引《江湖續集》，未署作者。此詩重見册六〇頁三八〇七三趙崇嶓同題，此"無名氏"當删。

### 周宗溥　卷三七六二

【輯補】喜王性之見過千金村

《大典》卷三五八〇引此詩，標"周宗溥歸來集"。册三一頁一九九一三張元幹下誤收，當補於此。詩不具錄。

### 盧廷輔　卷三七六二

【校訂】鴨湖（頁四五三七三）

"艤孤"，《大典》卷二二六七引《三陽志》作"漾孤"。

### 陳隆之　卷三七六二

【校訂】頁四五三七三傳記云"號錦屏"。原出處《大典》卷五七六九，標"錦屏陳隆之"。其下爲"長樂鄭良臣"。則此"錦屏"當爲地名，非號也。

### 姚中一　卷三七六二

【校訂】花障（頁四五三七四）

此詩輯自《大典》卷五八三九引宋姚中一。此詩又見册六四頁四〇四三二姚勉。姚勉字成一。則《大典》之"姚中一"當爲"姚成一"之訛。姚中一當删。

### 葉見泰　卷三七六二

【校訂】其人爲元末明初人，《全元詩》册五三頁三四七載其人，此當删。《訂補》頁七一二已辨之。

### 無名氏　卷三七六二

【校訂】寄潮州于公九流（頁四五三七六）

此詩輯自《大典》卷一四三八〇引《潮州府志》，當爲陳堯佐作。此無名氏當删。《訂補》頁七一二已辨之。

### 傅夢得　卷三七六四

【輯補】過常州

抖擻詩腸作勝游，西風吹面到常州。滿川月影侵蘆葉，拂曉雞聲送客舟。對岸擬撑沽酒斾，誰家方整釣魚鈎。天禧橋下曾經過，隔浦芙蓉帶晚秋。

大典本"常州府"卷一五。

附：《訂補》頁七一二至七一三補傳記，補詩三首、句一則，其中《平山堂》第二首又見杜柬同題（册五七頁三五八三九），歸屬未能確考。

### 陳振甫　卷三七六四

【校訂】贈冲虛齋朱道士（頁四五三九九）

此詩又作册五二頁三二七三七韓淲《大滌洞贈朱道士》，歸屬未能確考。

## 無名氏　卷三七六六

【校訂】茶陵（頁四五四一七）

《大典》卷一一九八〇引此詩，標"洞天王宗賢集"，册七二頁四五三七〇王宗賢下據以輯，此當删。

## 林錫翁　卷三七六七

【輯補】隱求齋

《大典》卷二五三六"隱求齋"下引《林君用詩》二首，《全宋詩》誤輯於册五九頁三七〇二二林汝礪下。組詩第一首已見林錫翁下，第二首林錫翁下未收。詩不具録。

## 陳元英　卷三七六七

【校訂】頁四五四二一載其人，生平不詳。《全元詩》册二四頁二五三載其人，録詩五首。《大典》卷三五二六引林希逸《竹溪集》載：董役莆田尉權丞陳元英，三山人。時咸淳四年（1268）。陳元英詩多與福建有關，當即此人。

## 陶應霱　卷三七七〇

【校訂】古詩二首（頁四五四六六）

組詩輯自《詩淵》。《大典》卷八九九引二詩，第一首分爲三首，標爲"宛陵羣英集"，未標明具體作者。文淵閣《四庫全書》本《宛陵羣英集》據《宛雅》載第一、四首爲張師愚作，歸四首於張師愚下。

## 留怡然　卷三七七〇

【校訂】漱玉館（頁四五四七六）

《大典》卷一一三一三引此詩，標"洞天清録張韞"。《全宋詩》未收張韞，歸屬未能確考。

## 施允　卷三七七一

【校訂】君山（頁四五四八九）

大典本"常州府"卷一五引此詩，作者署"沈宏"。

## 孫應威　卷三七七一

【校訂】君山（頁四五四九〇）

大典本"常州府"卷一五引此詩，作者署"孫應成"，乃嘉定十四年爲江陰軍學教授。孫應威，生平不詳。大典本"常州府"卷一〇教授題名有"孫應成，（嘉定）十四年以迪功郎到任，十五年以賞賞，轉修職郎"。《江南通志》卷一二〇亦載孫應成，嘉定間進士，蕪湖人。此詩當歸於孫應成，《全宋詩》無其人。

### 陳正善　卷三七七一

【校訂】尊賢堂（頁四五四九四）

《大典》卷七二三七引此詩，云"陳正言譔有詩云"，册四六頁二八六一一陳譔下即收。"正言"爲官名，誤爲"正善"，此當删。

### 劉弼　卷三七七二

【校訂】句（頁四五四九九）

此句輯自《汀州府志》。《大典》卷七八九二引《臨汀志》亦載，云"劉公弼和云"，册一一頁七四七〇劉公弼下據輯。此人或名"弼"而尊稱爲"劉公"，或其名即"公弼"。檢《大典》此卷引《臨汀志》，凡曾官此者始有尊稱某公，如陳軒，稱"陳公軒"。其他情况不尊稱，直接稱名。劉弼未曾官此，不得尊稱。則此句當歸於劉公弼下，劉弼當删。

### 藍喬　卷三七七二

【校訂】懷霍山（頁四五五〇三）

《大典》卷九〇三引《江湖集》，標"無名氏"。此詩又見册一八頁一二三七七倍磐《詩一首》。歸屬未能確考。

### 羅處純　卷三七七六

【校訂】泛太湖（頁四五五五九）

《大典》卷二二六〇載此詩，署"羅處約"，《宋文鑑》卷二二同，册二頁八四七羅處約下即收。處約字思純，輾轉誤爲"羅處純"。《訂補》頁七四二已言及。

### 張惟中　卷三七七八

【校訂】鏡湖（頁四五五九一）

《大典》卷二二六七引《名賢詩》載此詩。《大典》所載《名賢詩》録詩三首，其中可考作者者爲元人黄清老子肅作，此或亦爲元人作。考元張庸字惟中，慈溪人，《全元詩》册五四録其詩，其中詠鏡湖者多首，此當亦爲其所作。

### 無名氏　卷三七七九

【校訂】《題宜興迎華驛》作者，大典本"常州府"卷一三引此詩，并云"建炎間人"，可補頁四五六〇八其傳記。

### 張大直　卷三七七九

【校訂】題三洞（頁四五六一八）

《大典》卷一三〇七五引《星源志》載此詩，標"朱松題洞"，《全宋詩》朱松下未收。歸屬尚有疑問。

## 二、《全宋詩訂補》大典本文獻訂補

### 陶穀

【校訂】雲峰齋（頁三）
序"召李"，原出處《大典》卷二五三九作"招李"。

### 張士遜

【校訂】寄唐山人（頁三六）
"翠江"，原出處《大典》卷一四三八〇作"翠光"。

### 丁謂

【校訂】烏（頁三八）
注"蕭攸""楚墓"，原出處《大典》卷二三四六作"蕭放""楚幕"。

### 釋惟鳳

【校訂】和張秘校贈吳處士（頁四九）
此詩輯自《大典》卷一三四五〇，未標出處，其前第三詩標"僧惟鳳詩"，故輯於此。然《大典》此詩上首又見冊二頁一一一二釋遵式下。則此詩雖未見重出，作者當存疑。

### 晏殊

【校訂】春野觀農事（頁六一）
"耕者"，原出處《大典》卷六二四作"耕徒"。

### 趙抃

【校訂】琴洞聽琴留題（頁七九）
"揩筇""慇勤"，原出處《大典》卷一三〇七四作"楷筇""殷勤"。

### 祖無擇

【校訂】聖果寺介亭銘（頁八七）
《乾道臨安志》卷二載此銘，并有序"亭前有石二俯，自北而南二十舉趾，高踰再仞，有若衙道，故諺以排衙稱。因名其亭曰介亭。銘曰"云云。

### 陶弼

【校訂】寄陽朔父老（頁一〇〇）
此詩未標出處，實輯自《大典》卷一四三八〇。"人懷"，《大典》作"長懷"。

## 任伋

**【校訂】石門洞**(頁一〇六)

"倒瀉",原出處《大典》卷一三〇四作"倒寫"。且作者署"任極",歸屬尚有疑問。

## 滿維端

**【校訂】句**(頁二二七)

此句乃據《大典》卷二二七〇輯。《大典》原作"滿雜端",且百萬湖在無爲軍,有知汀州者名滿維端,故以"雜端"爲"維端"之誤。據《宋會要輯稿·職官》六七之一七載:"(元豐五年)四月六日,侍御史知雜事滿中行罷臺職,爲直集賢院、知無爲軍。"則滿中行亦知無爲,且曾爲"侍御史知雜事",可有"滿雜端"之稱。此處誤輯。

## 韋驤

**【校訂】謝吴令惠詩**(頁二五一)

"縱大野",原出處《大典》卷八九九作"乘大颶"。

## 章惇

**【校訂】和上巳西湖勝游**(頁二五三)
**和梅龍圖游西湖見寄**(頁二五三)
**和人**(頁二五三)

前二詩輯自《大典》卷二二六四,第三首輯自《大典》卷三〇〇六,均署"章惇玉堂集"。據孔凡禮考證①,《大典》引章惇《玉堂集》乃元絳作品,此三詩《全宋詩》册七頁四三八一至四三八二元絳下已收,此當刪。

**早梅**(頁二五四)

此詩輯自《大典》卷二八〇八,署"章玉堂集",《全宋詩》册七頁四三八二元絳下已收,此當刪。

## 蘇邁

**【校訂】樗隱堂**(頁三〇〇)

"紈褲",《大典》作"紈綺"。

**題白水岩**(頁三〇〇)

《大典》卷九七六四引此詩,署"蘇邁《斜川集》"。《大典》引《斜川集》,乃蘇過撰,此詩《全宋詩》册二三頁一五四八二蘇過下輯作《山行》,蘇邁下當刪。

**和良卿病目在告**(頁三〇一)

"鼓聲"下原出處《大典》卷一九六三七有注:"良卿在告,免按教已十日矣。"

---

① 孔凡禮《見於〈永樂大典〉的若干宋集四考》,《孔凡禮文存》,中華書局,2009,第370-371頁。

## 李邦彦

**【校訂】二妃廟**（頁三二〇）

"繞英""濤江",原出處《大典》卷五七六九作"鐃英""潯江"。

## 楊信祖

**【校訂】無題**（頁三四九）

原出處《大典》卷八九九標"陽信祖集"。據《訂補》頁七四〇所考,此人名符,字信祖,有《楊信祖集》。則《大典》與此當爲一人。其傳記可增補"其人見《江西詩社宗派圖》"。其一"藝術",《大典》作"藝朮"。

## 呂本中

**【校訂】臘梅**（頁三五六）

《訂補》認爲"偷傳",《大典》卷二八一一作"偷敷"。檢《大典》原卷,正作"偷傳",《全宋詩》不誤。

## 趙鼎

**【校訂】句**（頁三五八）

詩末注出處"《永樂大典》卷二五六三"。出處卷次誤,實見《大典》卷二五三六。

## 董穎

**【校訂】書柏修兄詩尾**（頁三七五）

題"柏修",原出處《大典》卷八九五作"伯修"。

**戲書**（頁三七六）

**借東湖先生寄養直韵書陶淵明蘇公詩後**（頁三七六）

**書少鼎秣陵詩卷**（頁三七六）

以上三題見《大典》卷八九五,均作七言律詩,《訂補》均析爲七言絕句二首。且第一題"相□",《大典》作"相準"。

**上太師相公**（頁三七七）

"窮□",原出處《大典》卷九一七作"窮聞"。

## 蔡絛

**【校訂】同友游西湖**（頁三七七）

此詩輯自《大典》卷二二六四引《宋百衲詩》。蔡絛號百衲居士,故輯於此。據彭萬隆《永樂大典所收元厲震廷唐宋百衲詩考釋》所考,①此集當爲元人厲震廷所作,蔡絛下當刪。

---

① 彭萬隆《永樂大典所收元厲震廷唐宋百衲詩考釋》,《文學遺產》2004 年第 6 期。

朱松

【校訂】題洞(頁三八五)
康熙《婺源縣志》卷一二、道光《婺源縣志》卷三七、光緒《婺源縣志》卷六二均引此詩，題"題三洞"，署作者爲張大直。《全宋詩》册七二頁四五六一八即收。詩歸屬未能確考。

題通元洞(頁三八五)
其一"□標"，原出處《大典》卷一三〇七五作"標題"。組詩其二又見康熙《婺源縣志》卷一二、道光《婺源縣志》卷三七，題作"題二洞"，又見光緒《婺源縣志》卷六二，題作"題靈岩二洞"，三部《婺源縣志》均署作者爲李棣，《全宋詩》未收其人。組詩歸屬尚有疑問。

王遵

【校訂】詠五湖(頁三九九)
原出處《大典》卷二二六〇引此詩，署"王遵詩"，上接"李紳詩"，下接"胡曾"詩，均爲唐人。此詩亦見《全唐詩》卷六〇二汪遵下。此詩爲唐人詩，此當刪。

史浩

【校訂】送潮士王司業知温州(頁三九九)
"未奉"，原出處《大典》卷五三四五作"未泰"。

陳中孚

【校訂】藏書洞(頁四一二)
詩末注"《永樂大典》卷一三〇七五"，出處卷次誤，實見《大典》卷一三〇七四。

王灼

【校訂】送馮仲壬歸侍下(頁四一二)
"相逢"，原出處《大典》卷一三三四〇作"相從"。

趙鈇夫

【校訂】倦妝(頁四一八)
"妝盒"，原出處《大典》卷六五二三作"妝合"。

朱熹

【校訂】濂溪先生畫像贊(頁四三三)
"言淹""□孰"，原出處《大典》卷一八二二二作"言湮""孰開"。

伊川先生畫像贊(頁四三三)
"准平""允笑""者稀"，原出處《大典》卷一八二二二作"準平""允矣""者希"。

涑水先生畫像贊(頁四三三)
"可淵"，原出處《大典》卷一八二二二作"可肅"。

## 橫渠先生畫像贊（頁四三三）
"示頑"，原出處《大典》卷一八二二二作"討頑"。

## 何澹
【校訂】外沙（頁四四二）
"無渾"，原出處《大典》卷五七七〇作"無滓"。

## 劉志行
【校訂】《訂補》頁四四四據《大典》考訂《離鐔津》《藤江》二詩非孝宗時劉志行作，乃元人作品。其名下尚有《堯山冬雪》《舜洞秋風》二詩，亦爲元人劉志行作。《全元詩》册六七頁一六七已收。此劉志行當刪。

## 呂祖儉
【校訂】太常簿史同叔奏祠歸侍以十章言別（頁四四四）
其九"續経"，原出處《大典》卷一三三四〇作"續經"。

## 陸九淵
【校訂】鵝湖和教授兄韵（頁四四八）
《訂補》校言"哀"《大典》卷八九九作"衰"，實《大典》作"哀"，《全宋詩》不誤。

## 黄礐
【校訂】石門洞（頁四六三）
"赫奕""中口"，原出處《大典》卷一三〇七四作"赫變""中處"。

秋桂（頁四六三）
原出處《大典》卷一三〇七四引此詩前後，所標均爲作者名，而無詩題，則"秋桂"亦當爲作者名。雖秋桂生平不詳，但詩定非黄礐作。"還從"，《大典》作"遠從"。

## 朱晞顏
【校訂】題曉妝圖（頁四九四）
詩輯自《大典》卷六五二三，署"朱希顏瓢泉吟稿"，乃元人朱晞顏作，《全元詩》册一八頁三四五朱晞顏下輯，當刪。

## 王與鈞
【校訂】送能蘭皋還侍（頁四九六）
詩末注"《永樂大典》卷一三三三四"，出處卷次誤，實見《大典》卷一三三四〇。"掃除""重瞳"，《大典》作"除掃""重童"。

## 許奕

**【校訂】游泉州紫帽山下金粟洞**（頁五一一）

此詩輯自《大典》卷一三〇七五,載"許奕有游山詩云",則詩當擬題"游山"或"游金粟洞"爲宜。"慊然",《大典》作"慊成",當有訛字。

## 陳洵直

**【校訂】藏書洞詩**（頁五一四）

此詩輯自《大典》卷一三〇七四,"□泠",《大典》作"響泠"。

## 林表民

**【校訂】元夕泊湖州市**（頁五三三）

"□寓",原出處《大典》卷二〇三五四作"開寓"。

## 陳元晉

**【校訂】安分齋銘**（頁五三九）

"智愚",原出處《大典》卷二五三五作"知愚"。此銘《全宋文》册三二五頁七三亦收。

## 陳夢庚

**【校訂】題橫清古梅**（頁五五〇）

"要逋",原出處《大典》卷二八〇八作"林逋"。

## 李義山

**【校訂】洞下道**（頁五五一）

題,原出處《大典》卷一三〇七五作"洞下道中"。且《大典》引詩標"李義山集",或爲李商隱詩,《全唐詩》及諸補編均未收。然可疑者是《大典》引"李義山集"者,他處均前置"唐"字,均爲李商隱作。此詩歸屬尚有疑問。

## 張侃

**【校訂】咏五湖**（頁五五二）

此詩輯自《大典》卷二二六〇。然《大典》標識爲"拙軒老人集",宋張侃、金王寂均有《拙軒集》,《永樂大典索引》繫於王寂下。薛瑞兆、郭明志纂《全金詩》册一頁四四七即收。其歸屬尚有疑問。

## 周弼

**【校訂】鄱陽湖四十韵**（頁五五六）

有校文一則,云"據《永樂大典》卷二二六〇〇",出處卷次誤,實見《大典》卷二二六〇。

## 徐元杰

【校訂】頁五五六據方回《叔父八府君墓志銘》考定其生年爲淳熙甲辰(1184)，較原傳1194年早十年。然檢方回原文，云："先祖五男子，叔父八府君居其中，諱璲，字元珪，以淳熙十一年甲辰八月初八日生，少先君十歲……徐公元杰者，名士也……與府君同庚，最厚善。"可知與徐元杰同庚者，乃方回之父，長方回叔父十歲，則原傳1194年生不誤。《訂補》補《江舍》詩，輯自《後村千家詩》，然檢貴州人民出版社1986年版《後村千家詩校注》卷一五，此詩作者署"闕名"，則歸屬尚有疑問。

## 王諶

【校訂】元夕（頁五七三）

詩末注"《永樂大典》卷二三〇五四"。出處卷次誤，實見《大典》卷二〇三五四。其二"吟也"，《大典》作"吟成"。

## 宋自遜

【校訂】四時佳致（頁五七四）

"悠然"，原出處《大典》卷一三四九五作"脩然"。

## 趙希逢

【校訂】和呈古洲老人（頁五七七）

"轉兮""追户"，原出處《大典》卷三〇〇四作"轉盻""搥户"。

## 武衍

【校訂】題湯伯起菊莊圖（頁五七八）

題"湯伯"，原出處《江湖後集》卷二二作"楊伯"。

復歸絲桐琴名玉壺冷芸居以詩見賀紀述備盡報以長篇兼簡葵窗（頁五七八）

題"壺冷"、正文"原處"，原出處《江湖後集》卷二二作"壺冰""元處"。

謝芸居惠歙石廣香（頁五七八）

"惜印""商榷"，原出處《江湖後集》卷二二作"借印""商確"。

謝秀松庵蒲大韶墨（頁五七九）

"笏頭""碧蹈"，原出處《江湖後集》卷二二作"笏頸""碧溜"。

次芸居湖中韻（頁五八〇）

"樗捕"，原出處《江湖後集》卷二二作"挎蒲"。"雨盡"，《大典》卷二二七四引《江湖續集》作"雨静"。

跋龍眠春牧圖（頁五八三）

"晴波"，原出處《江湖後集》卷二二作"晴坡"。

游吳門同樂園書池光亭壁呈使君張都承（頁五八四）

詩已見《全宋詩》册六二頁三八九六六武衍《游吳門同樂園疥池光亭壁呈使君張都

承》,重輯當删。

## 羅椅

【校訂】漢朝(頁五九〇)
題,原出處《大典》卷八二三作"漢廟"。

## 張蘊

【校訂】西窗雜言(頁五九三)
其三"分懸"、其八"讙同",原出處《江湖後集》卷二一作"分縣""儺同"。

**中秋陪文昌吴少蓬游石壁精舍步月野橋**(頁五九五)
原出處《江湖後集》卷二一爲古體詩一首,此分爲二首,當不確。

**紀游**(頁五九六)
"清風""穿榴""翩翩",原出處《江湖後集》卷二一作"青風""穿溜""翩翩。希言味無味,示我玄又玄。瞻望儵烟滅,豁悟逾病蠲"。

**三月四日飲蔗境海棠下**(頁五九七)
題"蔗境",原出處《江湖後集》卷二一作"蔗竟"。

**和信庵留題虎丘韵**(頁五九八)
"殿穩",原出處《江湖後集》卷二一作"殿隱"。

**黄龍洞**(頁五九九)
第二首題,原出處《江湖後集》卷二一作"再用韵"。

**雜興**(頁六〇一)
其六"憔悴",原出處《江湖後集》卷二一作"蕉萃"。

## 李應春

【校訂】岳陽樓望洞庭(頁六〇四)
詩末注"《永樂大典》卷二二六〇"。出處卷次誤,實見《大典》卷二二六一。

**唐主簿扁齋曰菊隱以史西樓詩求和**(頁六〇四)
"□覽",原出處《大典》卷二五四〇作"仇覽"。

**柳葉金梅**(頁六〇四)
"翠梅",原出處《大典》卷二八一〇作"翠眉"。

## 舒岳祥

【校訂】十二月十七日歸故園酌紅梅花下(頁六一五)
考訂云"《永樂大典》卷二八〇九載此題詩,作七絕六首處理,似較合理",實《大典》同《全宋詩》,未作七絕六首。此詩凡十二句,其韵字"春""人"屬"真"韵,"漾""上"屬"漾"韵,"前""錢""憐"屬"先"韵,"娛""魚"分屬"虞""魚"韵,"管""亂""偃"分屬"旱""翰""先"韵,故不能作爲七絕處理。

## 趙文

【校訂】題陳竹性刪後贅吟後（頁六三九）

詩末注"趙文《青山集》卷二《陳竹性刪後贅吟序》"，出處卷次誤，實見《青山集》卷一。"阜陽"，原出處作"富陽"。

## 王道士

【校訂】頁六四八據《大典》補詩二首，《全宋詩》據《大典》補詩三首。《全元詩》册二四頁七七至九六載王煉師，即此王道士，共輯詩一〇八首，且考其元延祐、至治間尚在世，《全宋詩》不載此人可也。

## 俞昕

【校訂】上元謁洞天有作（頁七〇〇）

題"有作"，原出處《大典》卷一三〇七五作"首作"。《訂補》補傳，考定南宋二俞昕，未知孰是。檢《大典》此詩署"菊坡俞昕"。陳允平有詞《思佳客·和俞菊坡海棠韵》，則號菊坡之俞昕與陳允平相識，當爲宋末人。

## 張揆

【校訂】贈楊山人（頁七〇二）

活人（頁七〇二）

真帥（頁七〇二）

此三詩均輯自《大典》引《張敬齋詩》，《全宋詩》册七二頁四五三二一以張揆"號敬齋"，故繫於此。然《大典》卷七三二九引《張敬齋詩集》，載詞《賀新郎·壽歐陽新卿》。此詞又見《詩淵》册六頁四五九〇引"宋張明中《言志集》"。則《大典》所引"張敬齋"乃張明中。《全宋詩》册五八頁三六七八四至三六七八五張明中同題。《全宋詩》此張揆下僅錄《題資福院平錄軒》一詩，輯自《至元嘉禾志》卷三二。此詩又見册三頁二〇四六張揆下，又見册五〇頁三一四四三王用亨《平錄軒》。此張揆生平《全宋詩》言據《至元嘉禾志》，然檢原書，未言及其任何生平。此詩當歸仁宗時張揆，此張揆當刪去。

## 董天吉

【校訂】借廉端甫副使游三天洞戴帥初作詩次韵（頁七〇九）

檢原出處《宛陵群英集》卷六，句"誰鑿通天穴"起爲另首五律，此誤合二首五律爲一首五古。

【輯補】寄題戴帥初岩崾亭

道家冠服出風塵，且爲岩崾作主人。座上好山青對起，門前流水綠橫陳。閑情倦翼凝情迥，酒盞棋枰發興新。千里情交都在眼，與亭相遠似相鄰。

文淵閣本《宛陵群英集》卷一〇。

按：《全元詩》册二四頁二二一已補。

## 王宗賢

【校訂】**藏書洞**（頁七一〇）
此詩輯自《大典》卷一三〇七四，然原卷分爲二絕句，當誤。

## 吕由誠

【校訂】**題清心堂**（頁八〇一）
"使塵污一洗空"，《弘治溫州府志》卷一五作"在靈源一點通"。

## 張授都

【校訂】**題天明岩**（頁八〇二）
原出處《大典》卷九七六三載"元祐四年，提刑張授都捕蠻寇"，《訂補》以"張授都"爲人名，故繫於此。檢《八瓊室金石補正》卷一〇六載"權提點荆湖南路刑獄公事張綬，被旨督捕邵、永蠻寇，師次小裔虛，愛其幽深"，則作者名爲張綬，詩題爲《題裔岩》，《全宋詩》册一二頁八三八五張綬下已收。此人此詩當删。

## 釋善權

【校訂】**送墨梅與王性之**（頁八三四）
其一"壓雪"、其二"發隴""政煩""卧看"，《大典》卷二八一二作"雪壓""回隴""政須""對着"。
按：《全宋詩》誤録其爲權巽，《訂補》頁八三四輯詩二首，《輯補》册一〇頁四七六〇至四七六六補十四首、斷句六則。

## 徐安國

【校訂】**觀呂氏外孫祖謙詩**（頁八四二）
**王仲信仲言昆季袖詩見過不可無語仲信性之子曾宏父甥也**（頁八四二）
**無題**（頁八四三）
以上三詩輯自《大典》卷八九九，未標出處。其前二詩前標"徐安國西窗集"。然第一首又見册二九頁一八五九六曾幾下，第二首前四句又見册二九頁一八五九六曾幾下。或《大典》漏標出處。第三首或亦爲曾幾作。
**吾友鍾君禄爲仁和陳大夫覓酒無倦齋詩嘉其志尚喜爲之書**（頁八四四）
題"覓酒無"，原出處《大典》卷二五三六作"覓無"。
**次孫不朋雪齋韵**（頁八四四）
**再次韵**（頁八四五）
二詩輯自《大典》卷二五三八，第一首"凛烈""爲饒"，《大典》作"凛冽""近饒"。第二首"益契""借觀"，《大典》作"暨契""請觀"。
**龔德高送二色梅**（頁八四七）
此詩未注出處，而於其下《謝諸葛元佐送蠟梅》詩末注"以上同書卷二〇八一"。此詩及其上詩出處卷次誤,實見《大典》卷二八一〇。

**謝諸葛元佐送蠟梅**(頁八四七)

詩末注"以上同書卷二〇八一"。出處卷次誤,實見《大典》卷二八一一。

**送趙子固赴淮東倉**(頁八四八)

其一"便覺",原出處《大典》卷七五一八作"使覺"。

**游雨岩有感**(頁八四八)

詩末注"同上書卷七九六三"。出處卷次誤,實見《大典》卷九七六三。

【輯補】**山齋**

叠石不在多,種竹亦宜少。開窗覽幽勝,一日事已了。文書堆案煩,俗吏四圍繞。回首念山齋,便可出嶺表。

**次韵王伯俞山齋即事**

秋來山色增輝光,西風落葉生悲涼。書堂獨坐了無事,默與盆菊分幽香。玉寒琴軫弦初上,洛浦聲沉若為向。呼童為燭短檠燈,數步懶行徒倚杖。相過有客驚屨微,之子有室胡不歸。安知兀兀坐望處,進此克己工夫時。

以上見《大典》卷二五三九引徐安國《西窗集》。

**謝浩然以朋尊送詩來**

香暖萍澌雨帶烟,追游仍近帝城邊。佳期共草《長門賦》,度曲誰調錦瑟弦。醉裏湖山非我有,詩中圖畫獨君便。明朝并遣芳樽至,賸楮蠻牋為擣蓮擣蓮花為碧方酒。

《大典》卷三五八四引《徐衡仲(原作"仲衡")詩》。

**題重游月岩**

老眼重游識舊模,踟躕凝望意何如。峰回路轉驚埋壁,雨散雲收憶墮梳。日借空明還皎皎,風搖桂影亦疏疏。劇知羽舞歸來久,幾對高寒相步虛。

頻年往返城西路,目送高岩有底如。正想雕弓思繳射,偏疑鸞鏡罷妝梳。一夫仿像成何益,千古標題顧不疏。安得衡空桂枝杖,飄然容我一冲虛。

《大典》卷九七六三引徐安國《西窗集》。

**月岩道中**

萬空烟雨暗籃輿,卯酉昏昏困未蘇。舉眼神驚恍如失,倚空凝面擁蟾蜍。

**次張子永同游雲洞月岩**

瘦竹頻敲稚子班,此身何似白雲閑。詩成醉墨三千首,欄倚衡空十二間。怪石驚心排磊磈,飛泉當面瀉潺湲。幡然莫卜歸時路,又見山頭月一彎。

以上見《大典》卷九七六三引《徐衡仲詩》。

**次呂浩然湖上韵**

雨餘紅濺落花泥,莫向風前折柳枝。好在湖光與山色,弄晴時欲出新奇。

森森修竹倚雲屯,竹外花飛減却春。幾悟殘枝最堪折,一樽相向盡沉淪。

去去湖邊買小舟,綠波深處儘夷猶。機心自笑今亡幾,試遣同盟問白鷗。

彈却從前冠上塵,偈來湖上覓詩人。謝他一霎籠晴雨,洗出孤山分外新。

**再到湖上**

千門碧瓦散青烟,試問西湖着那邊。好在蘭舟方載酒,可能冰柱已安弦。濃歡漸逐朝雲散,清夢頻招午睡便。堪羡芳年事豪飲,半酣獨覆倒垂蓮。

### 答周景仁

何日西湖宿暮烟,釣舟長繫小橋邊。從他珠履三千客,苦愛箜篌十四弦。夜飲沙頭醒不了,晝眠篷底老猶便。遙知不作迷香夢,安用華燈照鎖蓮。迷香洞、鎖蓮燈,見《雲仙散錄》。

遠岫輕籠薄薄烟,綠楊圍繞畫欄邊。須君滿飲杯中酒,容我試聽徽外弦。揮手雅知夫子意,捧心誰似若人便。何當共泛扁舟去,折取波心二色蓮。

### 次董明老湖上韵

湖邊行樂記頻年,剩折梅花伴水仙。白苧塵泥可毋恨,青衫風日最堪憐。重游共喜交情見,雅志休爲俗慮牽。薄莫遲留望南北,兩山相向欲爭妍。

《大典》卷二二七三引徐安國《西窗集》。

### 泛湖至南山訪長眉再次韵

向曉樓臺失暝烟,艤舟聊傍小亭邊。平分霽色千紅日,盡屏新聲過素弦。絳闕豈堯知可到,禪關空寂若爲便。殷勤舉似桃花偈,更與宣揚出水蓮。

《大典》卷二二七四引徐安國《西窗集》。

### 七月三日太乙宮祠事畢陳正之同二應約就靈芝寺素飯取道顯慶下湖留連終日再用韵

瀲灩湖光泛曉烟,催歸來傍柳堤邊。幾看仙馭栖三島,況有悲風寓七弦。痛飲未酬狂客願,清游惟獨病夫便。情鍾尚憶前歡在,餘韵中涵隔浦邊。

《大典》卷二二七四引徐衡《西窗集》。

按:徐安國字衡仲,《大典》當脫一"仲"字。

### 題潏水集後

潏水先生道可宗,清詩華藻亦云工。欲知派別從何出,具載邦君大集中。

文淵閣本李復《潏水集》附錄引"徐衡仲"。

附:《訂補》頁四四一另校訂文字一則,補一首。

# 三、《全宋詩輯補》大典本文獻訂補

## 册　一

### 周渭

【校訂】題湘妃廟（頁一五）
"黯消"，原出處《大典》卷五七六九作"暗消"。陳尚君《全唐詩補編》頁九四〇輯此詩於大曆十四年第進士者周渭下。歸屬待考。

### 王曙

【校訂】觀昌黎題名（頁三五七）
"村"，原出處《大典》即如此，然當爲"材"之訛。

### 張士遜

【校訂】和鄴城友生見寄　寄唐山人　寄陳書記赴闕　送魏處士（頁三七五至三七六）
以上三詩一斷句，《訂補》頁三六至三七已補。

### 張景

【校訂】題董真人（頁三九二）
"香靄"，原出處《大典》卷六六九八作"杳靄"。

## 册　二

### 晏殊

【校訂】春野觀農（頁四七四）
題"農"，原出處《大典》卷六二四作"農事"。《訂補》頁六一已補。

### 陶弼

【校訂】寄陽朔父老　咏长沙　又　咏南岳　咏瀟湘（頁六五四至六五五）
以上詩一首、句四則，《訂補》頁一〇〇已補。

### 王安石

【校訂】題彭澤修真院（頁七四八）
"臨登"，原出處《大典》卷六六九八作"登臨"。

### 張公裕

【校訂】書衆香寺壁（頁七五九）

書末注"《永樂大典》卷一三八二四引《臨邛記》",出處書名《大典》原作"臨功志",有誤字,《輯補》逕改。

## 册 三

### 釋顯忠

【校訂】爲釋道明頌語(頁九三七)

原出處《大典》卷八七八二載"道明。郡人,姓陳……雲門、林際禪宗兩派,皆出於明,故楊傑爲之頌曰"云云,則此頌乃楊傑作。檢《輯補》册二頁九二二楊傑《頌古》即補全詩。釋顯忠下當删。

### 郭祥正

【校訂】鄰壁詩至惡而終夜甚苦(頁一〇四三)

此詩《訂補》頁二五二已補。

### 黄庭堅

【校訂】清江引贈崔閑(頁一一六五)

原出處《大典》卷二七四一載"崔閑,星子人也……時有皮仙翁者,不知何名,亦與蘇、黄往來。庭堅嘗爲賦《清江引》曰"云云,則題作"清江引"。若更擬題,當作"清江引贈皮仙翁"。《輯補》擬題誤。

### 吳可

【校訂】題黄節夫所臨唐元度十體書卷末(頁一二二〇)

據原出處,此詩經吳可改定。"漫戲""追十""真成",原稿分作"游戲""傳十""縱橫"。

### 高荷

【校訂】句(頁一三五九)

原出處《藏海詩話》云:"高荷子勉五言律詩可傳後世,勝如後來諸公。柳詩'風驚夜來雨','驚'字甚奇。"所引"柳詩",乃柳宗元《雨後曉行獨至愚溪北池》,非高荷所作。

## 册 四

### 洪芻

【校訂】南山(頁一四六五)

此詩乃《全宋詩》册二二頁一四四八六洪芻《陪陳使君宴南山亭》頷聯、頸聯,當删。

### 蕭磐

【校訂】火山詩三首(頁一四六六)

組詩輯自《大典》卷二三四三,未署作者。其前詩爲《冰井》,署作者爲"蕭磐",故輯於此。然據詩序,詩乃紹興三十一年(辛巳,1161)知梧州者所作,而蕭磐宣和中知梧州,相距甚遠,顯非其所作,當改爲無名氏作。

## 林迪

【校訂】**題東湖**(頁一四六七)

此詩《訂補》頁三一四已補。

## 李邦彥

【校訂】**二妃廟**(頁一五九二)

此詩《訂補》頁三二〇已補。

## 李彭

【校訂】**漁夫歌十首**(頁一六八六)

此組作品中華書局2013年版《全宋詞》册二頁八四六至八四八已收,云"十首皆摘取漁家傲半片"。此不必輯補。

**往過南湖**(頁一六八六)

"樹搖",原出處《大典》卷二二六五作"樹遥"。

## 陳克

【校訂】**句**(頁一七五六)

此句又見《墨客揮犀》卷九,作張宗永,《全宋詩》册七頁四三九五據收;又見《詩話總龜》前集卷一五引《倦游錄》,作張宗尹,《全宋詩》册七一頁四五〇五三據收。歸屬待考。

## 吳致堯

【校訂】**謝雨送神辭**(頁一七六四)

序"已未",當作"己未"。且句"以六月之已未、庚申,雨於零陵",句讀不確,當改爲"以六月之己未。庚申,雨於零陵"。

## 李綱

【校訂】**題顯應廟詩**(頁一七六五)

編者疑此詩出後人依托。然《大典》卷七八九二引《臨汀志》即載此詩,若依托,時間亦甚早。

## 李邴

【校訂】**題四恩岩**(頁一七九一)

詩末注"《全宋詩》據《大典》別卷收作李埴",實李埴下所輯該詩與此出《大典》同卷,僅因署"李文蕭公",而李埴亦謚文蕭而誤輯。

## 朱松

【校訂】**題洞**（頁一九三六）
**題通元洞**（頁一九三七）
二題《訂補》頁三八五已補，作者歸屬尚有疑問。

## 胡銓

【校訂】**次韵答楊即蔚文雙竹詩**（頁一九七九）
其一"昕龍"，原出處《大典》卷一九八六六作"聽龍"。

# 册　五

## 曾惇

【校訂】**寄建昌使君汝士胡丈**（頁一九九〇）
題、正文"使君"，原出處《大典》卷一四三八〇均作"史君"。

## 陳長方

【校訂】**題元祐黨籍**（頁二〇〇九）
"蛇龍"，原出處《步里客談》卷上作"蚖龍"。

## 蔡柟

【校訂】**寄上宜春沈使君**（頁二〇二五）
此詩《訂補》頁四〇二已輯。

## 林栗

【校訂】**夔州瑞麥圖贊**（頁二〇二八）
此贊又見《大典》卷二二一八一，《全宋詩》册四八頁三〇三四五林某下輯，較此多長序，此不必輯。

## 劉望之

【校訂】**題白皓亭**（頁二〇二八）
此詩《訂補》頁四〇六已據《大典》卷二二一八輯。

## 龐謙孺

【校訂】**與祝子權渡沙子**（頁二〇七三）
詩末注"《永樂大典》卷五七七〇引《儀真志》"，出處書名誤，實見《大典》引"龐謙（原作'兼'）孺白蘋集"。

## 梁介

【校訂】題雅歌堂（頁二一三一）
題蝸牛廬（頁二一三二）
二詩《訂補》頁四二七已據《大典》卷二二一八補。

## 糜師旦

【校訂】爲平山堂補柳寄趙子固（頁二一四〇）
詩末注"《永樂大典》卷八二二引《寶祐惟揚志》"。書名誤，《大典》此卷作"維揚志"。此詩《訂補》頁四三五已輯。

## 張栻

【校訂】咏長沙（頁二一五二）
此斷句《訂補》頁四三九已輯。

## 何澹

【校訂】外沙（頁二一六三）
詩末注"《永樂大典》卷五七七〇引《儀真志》"，出處書名誤。實見《大典》引《小山雜著集》。《訂補》頁四四二已補。

## 王卿月

【校訂】題止水亭（頁二一六七）
此詩《訂補》頁四四六已據《大典》卷二二一八輯。

## 廖德明

【校訂】八賢贊（頁二一七二）
贊末注"《永樂大典》卷五三四五引《潮州府圖經志》"，出處書名誤，實見《大典》引《圖經志》。檢《大典》原卷，贊末尚有長篇《後序》，此徑刪。《全宋文》册二七二卷六一六〇已收，此不必再輯。且"知郡朝散張公""不墜"，《大典》作"不隊"。另《輯補》廖德明下尚輯《潯州詩》，《全宋詩》册五一頁三二〇一二已據《輿地紀勝》輯爲石應孫《題南山》，《方輿勝覽》卷四〇亦作石應孫詩，則詩之歸屬尚有疑問。

## 徐恢

【校訂】上先生（頁二一九〇）
此詩輯自《大典》卷八五七〇，"桃燈"，《大典》作"挑燈"。此詩又見《栟櫚集》卷五，《全宋詩》册三一頁一九六九八鄧肅下據收。《大典》或誤標出處。

## 趙汝談

【校訂】題劉明叟浩重梅（頁二二一七）
其三"裾何"，原出處《大典》卷二八一〇作"裙何"。此組詩《訂補》頁四七五已收。

## 鄭域

【校訂】木芙蓉（頁二二一九）
此詩輯自《佩文齋廣群芳譜》。《大典》卷五四〇載此詩，署"胡松窗詩"。鄭域號松窗。歸屬待考。

## 危稹

【校訂】爲陳氏西峰功德院學資判（頁二二三三）
《大典》原卷引判末尚有"臘月臨川危稹書"，當附注。

## 胡榘

【校訂】奉寄武岡使君公甫國錄（頁二二四〇）
其一"使說"，原出處《大典》卷一四三八〇作"使晚"。《訂補》頁四八六已輯此三詩。

## 吳機

【校訂】西宮祭前政叔知府文（頁二三三六）
此篇乃祭文，《全宋文》册三〇二卷六九一一已輯，此不必再輯。

## 釋普濟

【校訂】臨終偈（頁二三五五）
《訂補》頁五二六已輯。

## 程公許

【校訂】分紙贈子思叔達彥威（頁二三六六）
題"叔達"，原出處《大典》卷一九八六六作"叔逢"。

## 劉克遜

【校訂】抵合沙作（頁二四二三）
《訂補》頁五四九已輯。

## 王柏

【校訂】和書隱咏雙竹韵（頁二四七一）
"林連"，原出處《大典》卷一九八六六作"木連"。

## 余玠

【校訂】古調寄趙信庵（頁二四八九）

序"天子知"、第三首"我所"，原出處《大典》卷一四三八〇作"天知""我之所"。《輯補》所校當是，然未出校記。

泛淮十二首寄趙信庵（頁二四九〇）

題，原出處《大典》卷一四三八〇作"寄趙信庵"。

# 册 六

## 朱詵

【校訂】題覽勝樓（頁二九七七）

此詩又見黃公度《知稼翁集》卷下，題作《和章守元振三咏·清心堂》，《全宋詩》册三六頁二二五〇六黃公度下即收。此詩原出處《大典》卷七二四〇載"（清心堂）堂在福建道院之左。有樓曰覽勝，郡守朱公詵隸焉。詩云"云云。則"郡守朱公詵隸焉"所言當爲樓名"覽勝"二字爲朱詵用隸書題字。至於詩之作者，未及一字。此朱詵當删。

## 何宋英

【校訂】頁二九七八云"建炎紹興間曾以布衣上書言事"。檢文淵閣本李心傳《建炎以來繫年要録》（以下簡稱《繫年要録》）卷一九〇"（紹興三十一年六月）是月，和州布衣何宋英上書論敵必敗盟"，并節録上書文字；《全宋文》册二〇七卷四五九六據《三朝北盟會編》卷二二七輯，載"（紹興三十一年正月）和州進士何廷英上書"。則上書時間是紹興三十一年，上書人或作何宋英，或作何廷英。檢文淵閣本《三朝北盟會編》，上書人作"何送英"。則其名當以"宋英"爲是，因音近而訛作"送英"，又因形近而訛作"廷英"。

【輯補】新河

自從二水分新舊，南北烟波各自愁。

李賢等纂《明一統志》

羊腸山

羊腸有路地多險，馬脊無人天一隅。

同上書卷五二。

按：《全宋詩》册七二頁四五五〇〇誤輯何英下。

# 册 七

## 馬仲甫

【校訂】題借山亭（頁三〇五一）

詩末注"《永樂大典》卷八二二引《寳祐惟揚志》"。書名誤，《大典》原卷作"維揚志"。

## 彭延年

【校訂】《訂補》言"紹興三年（1133）特奏名"，此云"皇祐間知潮州"。檢其他文獻，知《訂補》誤。

**浦口莊舍五首**（頁三〇六一）

其三"鎮日"，原出處《大典》卷五三四五作"鎮不"。

按：《訂補》頁八一七輯此題詩二首，略有異文，不具校。

## 楊稱

【校訂】傳記言"生平不詳，排序在北宋"。考大典本"常州府"卷一四引此詩，署"虞部楊稱"；《咸淳毗陵志》卷一五"泉"引斷句，云"國朝皇祐初楊虞部偁"。則楊稱，名一作楊偁，皇祐初爲虞部員外郎。

**實乳泉**（頁三〇九五）

"漬塵"，大典本"常州府"卷一四作"積瘴"。

## 蔣楷

【校訂】**題龍潭石岩**（頁三一三二）

詩末注"《永樂大典》卷九七六六引《廣信府志》"。出處卷次誤，實見《大典》卷九七六四。

## 方賓

【校訂】**武齋**（頁三一五九）

"好彈"，原出處《大典》卷二五三六作"好殫"。

## 張夔

【校訂】**和知州徐璋送舉人**（頁三一六一）

"賓興""摽金"，原出處《大典》卷五三四五分作"賔興""彯金"。

【輯補】**示子昌裔通判容州句**

慎勿與人交水火，好尊名節重丘山。

嘉靖四十年刊《廣東府志》卷五六。又見《全粵詩》卷二五。

按：《全粵詩》卷二五載張夔，考定其生卒年爲（1069—1161），字致堯，可補《輯補》。

## 傅墨卿

【校訂】傅墨卿生平，可補者不一。《會稽志》卷一五載：宣和四年（1119），以禮部尚書持節册立高麗王楷有功，還，賜同進士出身。靖康元年春爲京城東壁守禦使，出知舒州。文淵閣本《中興小曆》卷一載：（建炎元年六月）甲子，召通奉大夫傅墨卿爲禮部尚書、龍圖閣學士。《繫年要錄》卷六：（建炎元年六月）通奉大夫、知舒州傅墨卿守禮部尚書、龍圖閣學士。同書卷三四載：（建炎四年六月乙未）正議大夫、提舉臨安府洞霄宮傅墨卿卒。

**端午帖子**（頁三一七一）

詩末注"《永樂大典》卷八二二引洪邁《隨筆》"。檢《大典》此卷，所引出自《維揚志》，所注不確。但今本《容齋五筆》載此詩。

### 梁顏

【校訂】**題靈洞天福院**（頁三二二一）

《大典》卷七八九二標"河南少尹梁顏留題"，據以輯錄。此句又見《全宋詩》册二九頁一二九六梁頠，《大典》卷七八九四引《臨汀志》有傳記。《大典》此處"顏"字乃"頠"之訛。此梁顏當刪。

### 郭邛

【校訂】**次韻曾愷勸道歌**（頁三二五〇）

此詩又見文淵閣本《雲溪集》卷一二《和曾端伯安撫勸道歌》，册二九頁一八七四三郭印下即收。則郭印、郭邛爲同人，何名未正，尚待考證。郭邛下僅此一詩，當刪。

### 張山人

【校訂】頁三三〇一作者傳記云"張山人，生平不詳，當爲南宋前期人"。戴望舒曾撰文《張山人小考》，認爲張山人當即張壽，山東兖州人。自鄉里入汴京，在瓦舍説渾話爲生，善以十七字作詩，穎脱含譏諷，人多畏其口，著名於熙寧至崇寧間。

### 陳經

【校訂】**題威惠廟通仙樓**（頁三三一三）

此詩《訂補》頁八五六已據《全閩詩話》輯錄。

### 潭州帥守

【校訂】**送鄭應龍歸鄉**（頁三三四〇）

"當知"，原出處《大典》卷七八九四作"但知"。

### 馬榮祖

【校訂】**題靖節祠**（頁三三五七）

詩末注"《永樂大典》卷六七〇〇引《江州志》"。此詩上爲《題彭澤狄梁公祠》，乃此出處。此首雖出同卷，然出處引書名爲"九江志"。

### 洪德秀

【校訂】頁三三六五據《大典》卷八六四八輯詩六首，作者生平不詳。其人或爲樂洪，字德秀，祝融人。從胡安國游，號屈肱先生。

## 王紹宗

**【校訂】題種玉亭**（頁三三六八）

檢原出處，云"取王紹宗碧之詩"云云。則此王紹宗字碧之，其他別無綫索，則作者是否嘉定十三年第進士者尚有疑問。

## 吴枋

**【校訂】**頁三三六九作者傳記云"錢塘（今浙江杭州）人，嘉定十七年撰就《宜齋野乘》"，所言不確。吴枋乃江陰人，凡文獻言及《宜齋野乘》基本言明此點，不贅言。至於《宜齋野乘》撰就時間，《宜齋野乘》卷首有吴枋自序，云："枋自四十歲以來，榮念已絶……壬午夏五月，錢塘金波橋遭畢方之禍，延燎數萬家，儲書寄留癸辛街楊和王府，盡爲劫灰……甲申八月，芙蓉城人吴枋書。"檢周密（1232—1298）《齊東野語》卷一三"祠山應語"載："余世祀祠山張王，動止必禱，應如蓍龜。姑志奇驗數事於此，以彰神休……壬午五月二十八日，杭城金波橋馮氏火作，次日勢益張。雖相去幾十里，而人情惶惶不自安。"可知杭州金波橋大火之"壬午"，乃元世祖至元十九年（1282）。則吴枋撰《宜齋野乘》時間在至元二十一年（甲申，1284）。故嘉定十七年（1224）之説不確。

**【輯補】浮遠亭**

何年山背築斯堂，今古題詩滿屋梁。風過塔鈴常自語，地高座席易生涼。春潮鵝鼻添魚網，秋日黃田聚舶航。最喜近城纔二里，人言此景勝瀟湘。

此邦素號暨陽鄉，不是荆湖古岳陽。東近海門江結局，北連淮浦水分彊。李侯屯戍名猶在，楚相經游迹已荒。漁叟不知形勝地，蘆花深處自鳴榔。

**蒼墩梁敬帝墓**

四望平原接遠村，一丘荒土號蒼墩。漢唐陵寢今無幾，却喜梁王冢尚存。

**青山**

冶爐九所迹俱荒，獨有空山卧夕陽。今過太平無事日，誰從此地鑄干將。

以上見大典本"常州府"卷一五。

附：《全元詩》册六七頁四六九亦載有吴枋一詩，未知與此作者之關係。

# 册　九

## 釋法喜

**【輯補】次李大夫韵**

人自飄零梅自花，關河歸計渺無涯。明年逐食家何處，更有新詩訪物華。

《大典》卷二八〇八。

按：《大典》此詩前乃李邦獻《仁壽堂古梅》，韵正與此詩同，則"李大夫"乃李邦獻。此册所收偈2首，已爲復旦大學出版社2012年版朱剛、陳玨《宋代禪僧詩輯考》頁二七三輯補。

## 册 一〇

### 釋守端

**【校訂】題石盆庵**（頁四六七五）

此詩又見《大典》卷六七〇〇引《江州志》，未署作者。《輯補》册一一頁五五八六另輯爲無名氏，題《題石盆寺》。朱剛、陳珏《宋代禪僧詩輯考》頁六六五輯此詩於釋守端下。其中"初頒""朽幾""菜時""面承""子問""萬壑"，《大典》分作"初聞""朽累""菜應""面酬""子對""萬里"。

## 册 一一

### 釋清佚

**【校訂】題瑞迹岩石佛**（頁五三七六）

詩末注"《永樂大典》卷九七六三引《泉州府志》"。出處卷次誤，實見《大典》卷九七六五。

### 其他·無名

**【校訂】題石盆寺**（頁五五八六）

詩末注出處"《永樂大典》卷六六九九引《江州志》"，出處卷次誤，實《大典》卷六七〇〇。《雲卧紀譚》卷下引此詩，署作者爲"南海僧守端"。《輯補》册一〇頁四六七四即輯於釋守端下。

**即席和蔡子明韵**（頁五五八七）

"且宜"，原出處《大典》卷二〇三五三作"更宜"。

**得京都華燈於維揚招同官凝香預賞**（頁五五八七）

詩末注"《永樂大典》卷二〇三五引《寶祐維揚志·凝香小集》"，出處卷次誤，實爲《大典》卷二〇三五三引《惟揚志·凝香小集》。

## 册 一二

### 其他·歌謡語諺

**【校訂】洛中地勢語**（頁六〇三〇）

注云"《畫墁集》卷一"，出處誤。實出《畫墁錄》，且《畫墁錄》不分卷。

**諺**（頁六一〇四）

檢《顔氏家訓》卷上，云："俗諺曰'教婦初來，教兒嬰孩'，誠哉斯語。"則此諺在南北朝顔之推時已流行，非趙宋人語，當删去。

**又爲陳伯温王補語**（頁六一〇四）

注中引《清漳志》語，然多删改文字，爲節引，而未標識言明。

**汀州民迎陳模莅任歌**（頁六一〇五）

"使君",原出處《大典》卷三一五五作"史君"。且以《清源志》云"陳模,嘉定十二年知汀州",檢《大典》原出處,無此等文字,乃《輯補》據其他文獻添加,而未言明。檢《大典》卷七八九三引《臨汀志》云:"陳模,嘉定十二年十月知,十三年二月致仕。"

**鐵塔諺**（頁六一〇五）

檢《大典》原出處,詩下注語爲節引,"僧"下原有"卓庵其上","山巔"下原有"厥後郡人以其不利於科舉,移置光孝寺"。此刪改易引起誤解。

# 四、《全宋詩》《全宋诗订補》《全宋诗輯補》未收作者大典本文獻輯補

## 元德昭

元德昭(890—967),本姓危,字明远,南城人,寄籍钱塘。主南閩機務,後爲吳越丞相,卒贈太保。(《大典》卷三一四一"陳公衮",《大典》錯簡)。

**自題**

滿堂羅綺兼朱紫,四代兒孫奉老翁。

《大典》卷三一四一引《盱江前志》。

按:《全唐詩》卷七九五已收。

## 邊歸讜

邊歸讜(908—964),字安正,幽州薊人。弱冠以儒學名,歷仕晉、漢、周。宋初,遷刑部尚書。建隆三年(962),拜户部尚書,致仕。(《宋史》卷二六二本傳)。

**左人郢贊**

鳳德既衰,龍戰於野。方領圓冠,孰敦儒雅。平平子衡,晝夜無捨。張我國維,是稱達者。

《大典》卷三〇〇七引《廟學典禮》。

按:贊文上原注:"宋刑部尚書邊歸讜,建隆。"《全宋文》未載邊歸讜,《全唐文》卷八六一載其文三篇。

## 鄒元慶

鄒元慶,字進發,浙江錢塘人。曾任東頭供奉官,閤門祇候,贈左屯衛大將軍。其子霖生於淳化三年(992),登天禧三年(1019)進士第(鄒浩《道鄉集》卷三一《曾祖詩訓後語》、三六《至明弟墓志銘》)。

**送子霖詩**

幸得文明天子選,何憂羽翮不高飛。但將冰蘖堅清政,莫忘軒墀脱白衣。初宦已登蓮幕職,爲儒最是桂枝輝。二親執手丁寧道,治取蒼生陰騭歸。

大典本"常州府"卷一七。

按:"常州府"卷一七詩前載:"小男霖授筠州推官,進發書五十六字與臚行。父押。"

## 李鐸

李鐸(975—1053),邵武軍光澤(今屬福建)人,李吕之高祖。曾爲大理評事(文淵閣本李吕《澹軒集》卷八《録祖先遺事》)。

**送子入京詩**

父子相傳世業儒,只將筆研當耕鋤。爾今應詔趨丹闕,我且貪門守敝廬。酒酌十分須酩酊,途登千里莫躊躇。明年二月并三日,好報平安及第書。

### 句

圃茶搖雀舌,岩草墜龍鬚。

池闊魚容婢,堂幽木養奴。

啄食雞呼伴,逢羶蟻報王。

李呂《澹軒集》卷八《録祖先遺事》。

按:《華東師範大學學報》2005 年第 2 期載彭國忠《補全宋詩 81 首》已輯。

### 王竦

王竦,治平元年(1064)爲常州屬縣主簿。

**定山虎跑泉**

靈泉自古晦山根,猛虎初跑一派分。冷逼客衣威若在,聲和林籟嘯如聞。潤通石脉甘凝乳,輕發茶腴色泛雲。誰謂陸生真博物,獨遺幽僻載無文。

大典本"常州府"卷一五。

按:大典本"常州府"卷五載治平元年楊蟠"和簿王竦,與郡守楊士彥諸公,賦詩刊石,結亭其上"。和王竦詩者凡十五人。

### 張詳

張詳,治平元年和王竦詩。

**和定山虎跑泉**

虎丘岩畔識泉根,股引瓊腴此處分。品絶未應容易得,地靈難使等閑聞。聲寒夜雜林間籟,氣潤朝隨谷口雲。十和清篇盈麗軸,強牽已句不成文。

大典本"常州府"卷一五。

按:《全宋詩》卷一七七誤收於李喬下。

### 丁佐

丁佐,治平元年爲江陰縣司法參軍(大典本"常州府"卷一〇),和王竦詩。

**和定山虎跑泉**

山足纏綿萬木根,甘泉中洌虎踪分。自緣勝地人難到,獨使靈源世未聞。逸客晝窺清據石,野僧晨挹冷披雲。發揚玉液因佳句,何必前賢論水文。

大典本"常州府"卷一五。

### 馬琬

馬琬,治平元年爲江陰縣主簿(大典本"常州府"卷一〇),和王竦詩。

**和定山虎跑泉**

透迤淺嶺抱峰根,泉迹何年向此分。圓竇環環明可鑒,亂渠瑟瑟細猶聞。銅瓶夜汲翻寒月,石銚朝烹帶曉雲。賢守已爲真賞地,山經雖闕有斯文。

大典本"常州府"卷一五。

## 邵光

邵光，常州人，嘉祐八年（1063）第進士（大典本"常州府"卷一〇），治平元年和王竦詩。

**和定山虎跑泉**

泠泠（原作"冷冷"）一溜俯江根，天外銀潢派暗分。未潔獨期真賞到，聲清纔入幾人聞。澄秋色凈偏宜月，潤物功深不待雲。鴻漸有靈應自愧，賢侯佳句詆遺文公詩有"圖經失記""茶譜無聞"之句。

大典本"常州府"卷一五。

按：作者名原作"郡光"。

## 沈兑

沈兑，常州人，嘉祐八年第進士（大典本"常州府"卷一〇），治平元年和王竦詩。

**和定山虎跑泉**

何年瓊液綻深根，一脉初從虎迹分。潤石影隨寒日轉，落渠聲逐曉風聞。甘資北苑浮甌茗，冷浸南軒度嶺雲。太守佳篇褒賞重，人間誰貴又新文張又新。

大典本"常州府"卷一五。

## 杜昱

杜昱，字宜中，江陰人。嘉祐八年第進士，終通直郎（大典本"常州府"卷一〇）。治平元年和王竦詩。

**和定山虎跑泉**

宿草山隈迸舊根，靈源藏此（原作"北"）獨誰分。地雖欲寶終難秘，虎爲探奇始有聞。野客縱臨飄逸志，朝衣當若傲浮雲。他年好卜來高隱，靜對清流緝古文。

大典本"常州府"卷一五。

## 夏臻

夏臻，治平元年和王竦詩。

**和定山虎跑泉**

涓涓源竇滴林根，甘液經年世未分。珍寶忽逢千騎發，佳名從此四方聞。新篇追琢垂岩壁，舊迹輝光振法雲。何日邀朋尋勝概，茶烹自飲共論文。

大典本"常州府"卷一五。

按：《全宋詩》册一六頁一一一二五載福清人夏臻，熙寧六年進士，當非一人。

## 王君宜

王君宜，宋神宗熙寧間曾至丹陽縣普寧寺。

**春日到寺詩**

回廊深靜鎖春輝，杖策看花信步歸。穿樹鶯啼紅日永，倚樓僧望白雲飛。

**句**

花褪瑤階雙鶴舞，檜依瓊閣老龍蟠。《春日到寺詩》。
以上見《至順鎮江志》卷九。

## 閻苑

閻苑，字東叟，號風雅閑客，魏陵人。嘗使武都。學詩四十年，吟咏不輟。政和七年（1117），五十餘歲，輯爲《風騷閑客詩録》。

**林間靜飲**
婆娑舞態争如柳，宛轉歌喉不似鶯。
**植竹**
勁節不甘埋朽壤，虛心何懼染新霜。
**池影**
一段好雲翻着底，萬條垂柳倒成行。
**春深**
輕風入柳依前舞，暖日催花分外香。
**早朝**
四大王（"王"字疑誤）居一，三光日最尊。
**曉雪**
去雁迷孤影，前山失數峰。
**春游**
花隨飛燕舞，鶯伴緑珠歌。
**江行**
老蕨藏崖縫，危藤拂浪花。
**夜**
遠極無邊處，微包小有天。
**過臨潼**
水引花穿市，山移翠入樓。
**宿山寺**
驟雨驚狂蝶，疏鐘悟曉猿。
**秋望**
水闊孤帆小，天高一雁悲。
**晚望**
返照明殘雨，孤禽過小池。
**大寒**
肌生秦伯粟，心抱越王冰。
**林池**
秋入霜紅葉，晚來風白波。
**春别**
流水傷心碧，飛花熨眼紅。

**白紫二色牡丹**
承露如悲素,臨風笑奪朱。
**幻化吟**
仙李因爲姓,空桑尚寄生。
**冬日客居**
凍連雲不散,寒覺雀偏愁。
**道中**
落日孤村遠,寒烟去路迷。
**觀苻堅傳**
魚羊咸作敵,草木盡爲人。
**桃花**
臨風唯是笑,終日竟無言。
**夜望**
仰面幾點雨,行雲時露星。
**試筆**
丹額點時龍入色,銀鈎就處月生風。
**席上戲贈**
蜜勻粉面蜂鬚白,酒坏泥頭燕觜香。
**西邊**
馬銜苜蓿秋風急,人摘葡萄曉月低。
**春暮閑望**
落花映草丹青國,帶雨行雲水墨天。
**春深**
花承曉露低無語,水帶春風失舊痕。
**同言上人觀水月**
風生細浪何如静,月綴微雲不若無。
**浮世**
風藏縫際塵寰小,蠅打窗間色界迷。
**山寺**
幽鳥帶雲穿像閣,曉泉和月入僧厨。
**早宴越溪**
濃垂風露妨飄絮,冷逼浮烟着舞衣。
**宿郭園**
欲無還有簾纖雨,乍去重來料峭寒。
**戲贈**
臨風翠黛翻如畫,着雨花枝更逼真。
**春游**
西池柳勝邯鄲舞,上苑鶯偷邐迤音。

### 代人送客
滿地殘紅人獨去，半山愁黛水空流。
### 途中
微見字碑橫古道，半無枝樹倒荒墳。
### 戲贈
花因失曉難勝露，柳爲多情不耐風。
### 戲人見召賞月
促席預愁離畢夜，行庖多遇入箕時。
### 弈局
羅計周天行黑道，列星倒影入方池。
### 山行
飛泉散響連雲際，好鳥相呼帶雨餘。
### 塞上曲
胡笳奏曉天山静，代馬嘶風易水寒。
### 送傅子華歸洪
高踪散彩騎箕尾，神物飛光射斗牛。
### 春令
數枝紅杏留山鳥，一片白雲伴野僧。
### 咏史
蛇斷已愁秦失鹿，龍擒先覺楚亡雛。
### 春暮
輕風解盡丁香結，小雨和成乙鳥泥。
### 奉使武都雨後道中晚望
白浪走江聲，山花展綉屏。斷雲橫落照，獨鳥下寒汀。攬轡無長策，瞻天愧使星。誰言秋色淡，染出萬峰青。
### 對弈
未得爭先術，空勞慮患深。鷗閒浮碧水，鴉晚點瑶林。白狄侵邊角，烏桓間腹心。低迷尋一着，不暇惜分陰。
### 過故人舊居
昔見馬知幾，幽居近翠微。荻芽穿上井，竹笋出柴扉。草木先生藥，雲霓處士衣。養魚疏澗溜，移樹傍苔磯。往事因時改，浮名與願違。楚臺三柳變，燕塞十霜飛。樹已勝巢穩，魚皆墜釣肥。故人同游水，獨鳥對殘暉。
### 奉使塞上早意
一點明星壓戍樓，隔林斜月落山州。梅花弄曉驚殘夢，柳葉敲秋送舊愁。山色有情濃不改，水聲何恨咽還流。重來塞上增牢落，羞照馮唐兩鬢秋。
### 晨登寺樓解醒
五十衰顔酒借紅，蝸蠅無復戰胸中。僧敲孤磬飄寒韵，月挂疏林振曉風。幾點遠山横秀色，一聲去雁落晴空。漱醪處士都無語，目送奔踶逐斷蓬。

### 旅泊言懷

可愛當年春色濃，鵝黃鴨緑間幽叢。香侵簾幕梨梢月，翠拂池亭柳帶風。屈指光陰真過隙，回頭踪迹尚飄蓬。欲求一覺揚州夢，莊蝶纔飛驚去鴻。

### 紅黃二色牡丹對檻齊開

傾國佳人倚桂欄，步虛仙子降瑤壇。發妝酒入霞生臉，侍醮香遲露濕冠。木筆有情描不得，榆錢何限買時難。臨風誰會低昂意，莫向罇前取次看。

### 晚燕武都湖亭

戍樓孤角起山阿，吹落邊聲動敗荷。出水晚紅留白羽，倚空頑碧列青螺。秋風掠岸搖蒲劍，夕照餘霞蹙錦波。膾縷橙虀皆舊物，醉鄉不復到無何。

### 自武都歸秦亭公眼晝寢夢舉前作髣髴若唐人見教云公何不道佳境灑然宜漸入醉鄉歸去到無何既覺吾不知古詩耶神助耶因道目前之景以成夢中之句

杜門不覺詩成癖，枕石方知睡有魔。疏竹似嫌寒雀鬧，晚山無奈亂雲多。漫愁蝶戲迷蛛網，却恐簾垂隔燕窠。佳境灑然宜漸入，醉鄉歸去到無何。

### 秋暮閑望

酒徒星散射堂閑，籬菊蕭疏白眼看。巫峽夢回山色健，衡陽雁去櫓聲乾。一溪皺緑侵衣潤，萬葉敲紅入座寒。晚果纍纍人不采，澹黃輕碧鳥銜殘。

《大典》卷九〇九引閬苑《風騷閑客詩録》。

## 劉景

劉景，與宋神宗時徐州陳汝羲游。

### 同陳汝羲郎中徐州席上賦竹馬隊

錦筵催竹馬，盛服看群兒。分路身爭出，揚鞭意恨遲。歌長晴景待，舞罷晚風吹。此戲何爲者，能銷謝守詩。

《大典》卷一五一四〇引《劉景集》。

按：據《長編》卷二二一，熙寧四年三月，刑部郎中、直史館陳汝羲落職知南康軍；同書卷二四四，熙寧六年四月，知徐州、刑部郎中陳汝羲復直史館。則此詩當撰於熙寧五年或六年。檢《直齋書録解題》卷二〇載"劉景文集一卷"，乃劉季孫作。此"劉景"或即"劉景文"。別無證據，仍作"劉景"。

## 黃公舉妻

黃公舉妻，生平不詳。據序中"三舍之法新行"語，當是宋神宗時人。

### 贈黃公舉十絕并序

君子東去，日月不居，屢天旬朔思愛之，誠未嘗暫忘。雖往還之便，不蒙示字，然亦得其動止之詳（原作"祥"）。非不能略奉密音，蓋妾婦之道，不可以筆墨爲事。今因風便附此。乃於中隱忍，素有所不禁也。妾旦夕箕帚之奉如常，不煩念念。學中師明友良，見聞必異。三舍之法新行，英才遴集。謀進身者，當須自強。妾乘閑之際，吟成短章，并拙詞一闋，繕寫呈去。雖詞涉邪艷，乃寓一時感物之懷爾。觀《周南》以伐條之義，能以正爲之勉者，良有所愧也。雖然非誠之真，聊以爲戲勉之之義，備在此書也。戲之者，情也；勉之者，義也。幸無以戲之之情,而廢其勉之之義。此妾之望也。私心萬狀,不能盡。既謹,因便勒此。通聞未會,中更宜慶字不悉。

　　公舉年來學建安,幾時愁恨鎖眉山。歸時若問離情苦,請看羅衣袖已斑。
　　公舉年來學建安,兩情還隔幾重山。何時再得同衾枕,免使梅天席半斑。
　　公舉年來學建安,幾尋芳草上前山。無端閑物牽愁思,鹿踏修場町疃斑。
　　公舉年來學建安,劍溪重築望夫山。鴛帷別後應經載,幾把羅衣拭淚斑。
　　公舉年來學建安,妾今愁恨積如山。都無魚雁傳音信,空有蒼苔滿地斑。
　　公舉年來學建安,金烏幾見沒西山。思量君去春方媚,今已階前笋籜斑。
　　公舉年來學建安,教奴望斷建溪山。而今始信湘江竹。端的娥皇淚染斑。
　　公舉年來學建安,夫妻恩義重如山。功("山功"原乙)名立處須宜早,莫待潘安兩鬢斑。

　　以上見文廷式《永樂大典輯佚書》引《蕙畝拾英》録八首。

## 張范

張范,番陽人,宋哲宗時在世。

**題朝陽洞**

不污西風一點塵,高城二(原作"三",據《零陵縣志》改)水自中分。南樓晚角隨人到,北寺疏鐘隔岸聞。秀石潤生江上月,平泉流出洞中雲。暫來還去空惆悵,誰更嘲移傔(原作"駭",據《零陵縣志》改)俗文。

《大典》卷九七六三。又見清劉沛纂《零陵縣志》卷一四。

按:《零陵縣志》署作者爲"番陽張囗玹",作者名或爲張范玹,或張范字囗玹,不得而知。詩末并云"蔣若本癸酉甲子月戊子日書"。《八瓊室金石補正》卷一〇〇載元豐六年齊湛九龍岩題名,"下刻蔣若本三字,或刻工名也"。則此"癸酉",當爲元祐八年(1093),詩或亦作於本年。

## 李處權父

李處權父,名不詳,洛陽人。李淑孫。建中靖國間,贈詩張舜民,獲其嗟賞,自是名重京洛。曾爲郎拜州,晚節益不偶,至於廢放流離,度隴蜀入涪、萬。後還故官北歸(李處全《崧庵集序》)。

**送張芸叟帥中山三十韵**

孝治追羊棗,嘉言問凍梨。

文淵閣《四庫全書》本《崧庵集》卷首李處全《序》。

## 王朝俊

王朝俊,字元遇,福州閩縣(今福建福州)人。大觀三年(1109)第進士,終宣教郎(《淳熙三山志》卷二七)。

**千岩萬壑之洞**

僚友蕭公行即廳事南廡開軒,畫成華山,堆奇疊秀,乞名於予。因以千岩萬壑之洞名

之,仍爲賦詩:

梅川先生真磊落,平生丘壑存心胸。篋中搜出古畫圖,泰華氣象何其雄。古來巨靈挺神力,拆開山骨河流通。至今仙掌依然在,萬象羅列多靈踪。山頭誰種玉井蓮,開花十丈無夏冬。山前父老競相傳,時聞石鼓聲鼞鼞。獵人往往見毛女,自言久離秦皇宫。華陰此去九千里,此山此景何由逢。梅川夫子運思巧,開圖指點教畫工。世間紛紛皆俗畫,畫山須青花須紅。豈知水墨淡泊外,青墻灑粉成奇峰。須臾華岳雪中出,崢嶸萬古何啻千百重。我聞雪山峙西域,何爲頃在凡界中。普賢不知在何許,現出世界銀色同。乃知此畫深有意,不謾嬉戲如兒童。漳南四時皆炎熱,瘧鬼欺人時相攻。睹此便可壓瘴癘,沉痾無復侵余躬。我聞好龍有葉公,畫之日久來真龍。佇看六花散瓊屑,盈尺呈瑞年歲豐。民物安泰無札瘥,除煩豈止如涼風。梅川夫子頻開束,對榻定是王旦翁。栖鸞先生同與座,槃阿居士仍相從。畫向壁間如四皓,到老莫放樽酒空。

《大典》卷一三〇七五引《清漳集》。

## 李璆

李璆(?—1151),字西美,開封人。政和二年(1112)第進士,調陳州教授,入爲國子博士,出知房州。宣和三年,因極諫伐燕責監英州清溪鎮,明年赦還爲郎,尋試中書舍人。紹興四年以集英殿修撰知吉州。累遷徽猷閣直學士、四川安撫制置使(《宋史》卷三七七本傳)。

**學古堂**

遙岑列茅檐,近水照蓬户。瀟然君子居,一室守環堵。誰知掩關坐,自有游適所。終朝几案間,猶與聖賢語。藜羹不盈腹,文字飽撐柱。里俗化弦歌,儒冠盛徒侣。及親念三釜,拾芥當易取。雖憐范叔寒,未病原憲窶。我行海隅邦,窮寂嘆羈旅。忽欣逢若人,敢復陋兹土。扣門數來過,言志吾所與。我亦訪空廬,題詩美學古。

《大典》卷七二四一引《肇慶新昌志》。

按:《大典》未署作者。然華南理工大學出版社2015年版《話説石頭冲》頁四八載此詩,題《温氏學古堂》,并云作者爲李璆。

## 李武弁

李武弁,生平不詳,生活於蘇軾之後。

**題襄城李君所作三朵花傳後**

凡聖同居混世塵,陽狂豈亦類逃秦。當時謾説蘇子訓,宿契未諳祁孔賓。三朵花中隱名姓,一壺市上寄家身。丹砂獨付山西李,老將陰功在後人渠嘗從三朵花游,且得丹砂云。

《大典》卷五八四〇引李武弁《斜川集》。

按:《畫繼》卷三載:三朵花,房州人。許安世通判其州,以書遺坡,謂吾州有異人嘗戴三朵花,莫知其姓名,郡人因以三朵花名之。能作詩,皆神仙意。又能自寫真。坡作詩曰:畫圖要識先生面,試問房陵好事家。

## 祁寬

祁寬,字居之,均州人。尹焞門人。南渡後寓廬山,隱居不仕,自稱廬阜老圃(《宋元學案》卷二七)。

### 謁季王廟并序

武當祁寬從學於和靜先生,自虎丘將游江西,至舍(原作"茶")鎮膠舟,聞僧,道求步謁季王廟,景仰高風,題詩於壁。

至德泰伯裔,清風汗簡傳。樂聞知政化,道契友仁賢。遺像丹青暗,高明日月懸。蕭蕭墓木拱,誰復挂龍泉。

大典本"常州府"卷一五。

## 黃□

黃□,名不詳,乃黃庭堅侄。

### 題銅陵陳公園

涪翁埋九州,留名等泰華。摩挲讀舊碑,令我泪如灑。

《大典》卷一〇五六引蘇軾《東坡大全集‧題銅陵陳公園雙池詩》其二注。

## □溥

□溥,姓不詳,南宋初爲德安府教授。

### 上判府相公并序

溥茲者,伏蒙判府宣機中大先生頒示勸士文詩,風厲五色,一鄉士子,銘心篆脊,感激思奮。溥晚進不才,備數學職,仰承獎勵之意,詎敢自默,輒忘膚淺,輳成古詩五十韻,繕寫拜獻,以謝萬分之一。儻蒙台覽,仍賜斤削,不勝幸甚。

三楚蘊秀異,鄖城雄上流。衣冠世不乏,文物多中州。人材亙古推,無雙稱漢劉。郝、許擅李唐,忠孝摩千秋。真人造皇宋,開國魁龍頭。宋、鄭繼高躅,聲華振遐陬。父子兄弟間,聯名英俊游。杞梓茂長材,蘭蓀藝芳洲。三歲科詔下,功名等閒收。漢運厄陽九,六飛偶南浮。翠鳳翔淮海,郡成籌邊樓。儒流短衣後,吾道嗟窮愁。子衿咏成闕,學校廢不修。鄉黨罷里選,它郡副旁求。中間得良牧,洴水延枚、鄒。丐請復秋闈,縫掖皆來游。命鄉治論秀,取穎仍拔尤。侯邦興勸駕,鹿鳴咏呦呦。薦士僅繾半,舊額未云周。天地忽開泰,喜色傾朋儔。斯文其在兹,真儒領邦侯。教化爲己任,甘棠無訟留。領齋富吟咏,文彩珊瑚鈎。手筆大燕、許,道統傳旦、丘。朝廷撫西師,元老將貔貅。機幕賴關決,玉帳談兵籌。歸來上方略,片言悟宸旒。天子勞小試,分符寬顧尤。下車未云幾,五袴宣歌謳。曰晹而曰雨,誠感通靈湫。視民若愛子,疾奸甚仇讎。利器易盤錯,鑄頑成仁柔。政成甫一載,作爲慕前修。士曰得賢守,夜光非暗投。功業在此舉,誓當焚秦舟。公曰諮爾士,山川今昔侔。自古有若兹,在今寧爾休。大書訓此邦,父兄無謬悠。勉爾子弟輩,淬勵膚冥搜。毋使師帥賢,徒貽古人羞(原作"差")。刺史秩滿去,富貴爾其謀。青紫可俯拾,胡寧甘惰媮。士皆感斯語,再拜謝綢繆。此德何以報,斯言無以酬。我有難老頌,旨酒觥其獻。燕喜多壽祉,五福歌是遒。明廷箸鵷鷺,夷路騰驊騮。願公歸朝去,玉佩鳴清球。論思獻納地,雍容展嘉猷。坐令天下士,廣厦皆庇庥。

《大典》卷八九九。

按:《大典》原標"《西昆酬唱集》"。然據"真人造皇宋""漢運厄陽九,六飛偶南浮"等句,知詩撰於南宋初,出處誤。

### 蘇師德

蘇師德(1098—1177),字仁仲,蘇頌之孫,泉州同安人,寓京口。以祖蔭補承務郎。歷監都進奏院、樞密院計議官、湖南提舉常平。(韓元吉《南澗甲乙稿》卷二○《故中散大夫致仕蘇公墓志銘》)。

#### 陸仲高挽詞

殘年但願長相見,今雨那知更不來。

《大典》卷八二一。

### 鄭強

鄭強,字南美,長樂人。崇寧五年(1106)第進士,宣和六年(1124)知萍鄉縣(《江西通志》卷一五),紹興二年(1132)知汀州(《大典》卷七八九四引《臨汀志》),五年知建州(《繫年要錄》卷八五)。終廣東提舉(《淳熙三山志》卷二七)。

#### 題郡學

卜築名山作郡庠,臥龍騰驤拜龍驤。

《大典》卷七八九二引《臨汀志》。

按:《宋詩紀事》卷四一誤據《袁州府志》輯戴復古《化成岩》於鄭強下。

### 釋梵崇

釋梵崇,字寶之(《宋詩紀事》卷九二),北宋末、南宋初詩僧。

#### 若訥容膝齋

一室良易安,兩膝劣可受。道人樂虛寂,嘿坐徹清晝。雙扉閉不開,而我時一叩。禪味恣所嗜,妙理深莫究。小窗栖白雲,喬木挂玄狖。細泉出蒼崖,泠然瀉幽竇。

《大典》卷二五三七引《僧梵崇集》。又見《增廣聖宋高僧詩選後集》卷下。

#### 寓居西林

一身雖復懶,百念勤掃除。衆人自紛擾,我心長晏如。寄兹西林寺,適與靜者俱。流水響環玦,芳林列扶疏。時開南面窗,烟中認香爐。夜梵出遠壑,朝雲生坐隅。高眠謝俯仰,一食隨鐘魚。須知天宇間,所在皆我廬。何必支上人,買山纔隱居。

#### 暮春

未作郊原十日游,村村楊柳已青柔。無端風雨夜來惡,桃李一空春又休。

#### 示圓上人三首

小雨驟鳴砌葉,薄雲忽改秋容。不見西山暮色,但聞烟外疏鐘。

繚繞蒼杉萬本,森嚴密竹千竿。未到菊花時候,夜堂已是清寒。

竹屋君能共老,蔬畦我自躬鋤。有個生涯湖上,何當便賦歸歟。

**香泉濟大師見過**

老木因風時自號,杜門春徑長蓬蒿。得君過我殊堪喜,夜語不知山月高。

**贈元華二上人**

英英二子真連璧,俊氣渾如支遁師。茶鼎重爐三日款,青燈夜雨十年期。江山去我苦嫌遠,溪寺識君空恨遲。政自別愁無處着,更當啼鳥落花時。

**夜歸**

暮策返溪寺,松風遵路長。水幽聲斷續,山暝色蒼茫。鐘隱空巖響,露滋群草香。歸來人已寂,華月半虛廊。

**春晚和呂少馮**

莫問春愁與客愁,從來便覺此生浮。我今心性底相似,正似荻花江上鷗。

**次韵子虛承事**

松門閑倚杖,四顧好風烟。水繞寒城外,山橫落照邊。孤雲凝大壑,一雁沒遙天。徑欲過支許,青燈對榻眠。

**瑛上人從廬山來相訪**

昔別江南蕨政肥,今逢淮右雪花飛。感君千里忽相訪,顧我一身猶未歸。歲月但驚如鳥過,雲山空嘆與心違。更須少待臘寒盡,復策瘦藤還翠微。

**雜興二首**

空山無一事,深喜去人群。草堂繞流水,竹籬懸斷雲。小詩閑裏得,幽鳥靜中聞。時得鄰僧飯,同羹碧澗芹。

振策出游眺,崎嶇歷榛蕪。林靜遠聞雁,水清深見魚。既喜原野曠,復欣懷抱舒。歸來日已暝,宿鳥自相呼。

**送子建李教授**

相逢初恨晚,欲去更關心。已是故鄉遠,況茲殘雪深。野雲寒委地,遙日曉升林。執手此為別,柴門難重尋。

**書西林房壁**

秋着梧桐葉已零,西風吹起故人情。不知他日北窗下,誰聽泠泠寒澗聲。

**觀燕肅山水**

憶昨神林口,江山此畫同。沙鷗輕泛浪,浦樹遠含風。一舸菰蒲外,數峰烟雨中。個中誰得計,蓑笠釣魚翁。

以上見《增廣聖宋高僧詩選後集》卷下。

**春晚**

春光過眼只須臾,榆莢楊花掃地無。却憶菩提湖上寺,綠荷擎雨看跳珠。

《錦繡萬花谷前集》卷三。

**句**

秋聲萬壑滿,月色一窗虛。

《錦繡萬花谷前集》卷三。

按:《姑蘇志》卷三〇載陸徵之《東靈寺莊田記》載:"壽聖東靈寺天台教院者,肇修於熙寧六年,涉二紀而告備焉。基自講師光瑞,而成於今闍黎梵崇。"則梵崇於紹興元年(1131)

建成斯寺。另梵崇有詩《春晚和呂少馮》,而呂少馮與吳則禮(?—1121)、李彭交游詩屢見二人集中。綜上所考,則梵崇爲北宋末南宋初詩僧。

## 朱倬

朱倬(1086—1163),字漢章,福州閩縣(今福建福州)人。宣和五年登進士第,調常州宜興簿。召對,除廣東路茶鹽司幹官。再用薦,改除檢福建、廣東西經費財用所屬官。後與丞相秦檜忤,出越州教授。薦除諸王府教授,通判南劍州,除知惠州,除國子監丞,尋除浙西提舉。紹興二十七年,除右正言,驟遷御史中丞。三十年遷參知政事。三十一年拜尚書右僕射。三十二年罷爲觀文殿大學士提舉江州太平興國宮。孝宗即位,降資政殿學士。卒贈特進(《宋史》卷三七二本傳、《鶴山集》卷七四《觀文殿學士左通奉大夫贈特進謚文靖朱公神道碑》)。

**顯仁皇后挽詞**

性備三千行,齡高八十春。靜專儷永祐,慈儉繼宣仁。長樂方崇養,蓬壺忽返真。聖心過舜慕,孝德動蒼旻。

漏轉慈寧曉,奩開浣濯衣。私恩杜歲晼,遺愛滿宮闈。訓儉言猶在,朝元去不歸。稽山隔濤渚,望斷白雲飛。

《中興禮書》卷二六九引"侍御史朱倬"。

## 張燾

張燾(1092—1166),字子公,饒州德興(今江西德興)人。政和八年第三人第進士,授文林郎辟雍録,宣和元年遷太學博士。靖康元年入李綱幕,遷秘書省正字,尋貶。建炎初起通判湖州。紹興二年以薦除司封員外郎,遷起居舍人,因事罷。六年,以起居郎召,暫權給事中。七年拜中書舍人,罷爲提舉台州崇道觀。八年四月召以兵部侍郎,六月兼權吏部侍郎,十一月又兼史館修撰。忤秦檜,以寶文閣學士出知成都府。自蜀代歸,卧家凡十三年。二十五年冬,檜死,除知建康府兼行宮留守。進端明殿學士。二十九年,提舉萬壽觀兼侍讀。以衰疾力辭,不許,除吏部尚書。屢以衰疾乞骸。三十年以資政殿學士致仕。孝宗受禪,除同知樞密院。隆興元年,遷參知政事,以老病不拜,除資政殿大學士提舉萬壽觀兼侍讀。卒謚忠定(《宋史》卷三八二本傳、《文忠集》卷六四《張忠定公神道碑》)。

**顯仁皇后挽詞**

馭馭神天相,東朝福禄新。六宮師大練,萬乘奉常珍。欒棘無窮慕,猗蘭不復春。寧須論一惠,四海自歸仁。

鳳降千齡瑞,鑾回萬國春。養崇膺舜孝,壽永體堯仁。配地尊名正,因山儉德均。他時易脂澤,哀愴尚如新。

《中興禮書》卷二六九引"端明殿學士提舉萬壽(原缺"壽"字)觀兼侍讀張燾"。

## 葉義問

葉義問(1098—1170),字審言,嚴州壽昌(今浙江建德)人。建炎二年第進士,調臨安府司理參軍,爲饒州教授、知江寧縣,通判江州。紹興二十七年十月,擢殿中侍御史,遷侍御史、吏部侍郎兼史館修撰,尋兼侍讀、兼權吏部尚書,拜同知樞密院事。隆興初謫饒州。乾道元年詔自便。六年卒。(《宋史》卷三八四本傳)。

**顯仁皇后挽詞**

玉蘊西崑遠,龍飛白水深。艱難開聖統,保祐屬天心。約己辭湯沐,憂民在德音。萬方知舜慕,雨泪自難禁。

未返從虞狩,誰為厮養功。母儀唯日戴,孝感自天通。方舉瑤觴慶,俄驚帳殿空。凍雲愁草木,無路報春風。

《中興禮書》卷二六九。

按:原署"吏部侍郎葉義",脫"問"字。

## 黃中

黃中(1096—1180),字通老,邵武(今福建邵武)人。初以族祖蔭補官。紹興五年擢進士第二人,授保寧軍節度推官。官州縣二十餘年,始召為校書郎。歷遷普安恩平府教授、司封員外郎兼國子司業、秘書少監。尋除起居郎。纍遷權禮部侍郎、給事中。乾道改元,以集英殿修撰致仕。進敷文閣待制。召為兵部尚書兼侍讀。除顯謨閣提舉江州太平興國宮。除龍圖閣學士致仕。進職端明殿學士。卒諡簡肅(《宋史》卷三八二本傳)。

**顯仁皇后挽詞**

懿德追前古,徽音播九圍。離明正旁燭,月魄遽淪輝。風引霓旌去,雲隨鶴馭飛。孺哀瞻舜孝,潸涕向東揮。

陰教輝彤史,神游返帝鄉。慈宮塵暗積,蓬島日初長。寶佩收餘響,瑤池掩壽觴。傷心祐陵道,松柏已蒼蒼。

《中興禮書》卷二六九引"起居郎黃中"。

## 董苹

董苹,建炎末知句容縣(《繫年要錄》卷三八)。紹興二十三年知汀州(《大典》卷七八九三引《臨汀志》),二十六年入為尚書金部郎中,總領淮東財賦(《繫年要錄》卷一七二)。除秘閣修撰,二十九年閏六月權戶部侍郎(《繫年要錄》卷一八二),司農少卿。三十年,充集英殿修撰,知湖州(《繫年要錄》卷一八四),移知潭州(《繫年要錄》卷二〇〇)。

**顯仁皇后挽詞**

敏慶占沙麓,傳經本相門。千秋坤載厚,四海母儀尊。慈極光塵歇,仙游羽衛繁。平生仁儉德,無愧寫瑤琨。

龍沙萬里別,鸞御十年回。聖孝高千古,仁恩浹九垓。舜琴聲未足,禹穴葬還陪。挽鐸松岡路,西風故作哀。

《中興禮書》卷二六九引"戶部侍郎董苹"。

## 王晞亮

王晞亮,字季明,興化軍莆田(今福建莆田)人。紹興元年釋褐。歷建、汀二州教授,遷敕令所刪定官,權太學博士。以忤秦檜,罷為福建安撫司幹當官(《繫年要錄》卷一五〇)。

二十六年除國子監丞(《繫年要録》卷一七四),守吏部員外郎,守左司員外郎(《繫年要録》卷一七七)。二十九年二月,權工部侍郎(《繫年要録》卷一八一),閏六月兼權給事中(《繫年要録》卷一八二)。三十年兼侍讀(《繫年要録》卷一八四)。尋乞祠,提舉江州興國太平宮。起知漳州。官終秘閣修撰(《盤州文集》卷二〇《知漳州王晞亮祕閣修撰致仕制》)。

### 顯仁皇后挽詞

聖德逾三母,天年未九齡。衣冠陪永祐,温清隔慈寧。國富資勤儉,家慈尚典刑。白雲飛盡處,望斷越山青。

北狩三千里,東朝二十霜。江濱曾從帝,岐下預興王。堯母門猶在,瑶池路寢長。來年春日近,何處奉椒觴。

《中興禮書》卷二六九引"工部侍郎王晞亮"。

## 任文薦

任文薦,字遠流,福州閩縣(今福建福州)人。紹興五年第進士。二十九年爲監察御史(《繫年要録》卷一八二),出爲江西提舉、浙東提刑,入爲太常少卿,出爲浙西提刑、浙西都運副使,終秘閣簽書、知建寧府(《淳熙三山志》卷二八)。

### 顯仁皇后挽詞

文母齊家日,堯心孺慕年。六宮方賀厦,八帙遽終天。躬儉流光遠,鴻名取數全。哀筵奏望路,簡册信無前。

哀動慈寧殿,宮城最上頭。悲催秋雨泣,凝慘暮(原作"慕")雲愁。壞絕香塵斷,仁深美化留。九重朝夕慕,天際望歸舟。

《中興禮書》卷二六九引"監察御史任文薦"。

## 沈介

沈介(1121—?),字德和,德清(今浙江德清)人。紹興八年第進士,時年十八(《吴興備志》卷一八)。十二年中博學宏詞科。授敕令所删定官。十三年二月除秘書省正字,十五年正月爲校書郎,十七年五月爲司勳員外郎(《南宋館閣録》卷八),二十六年九月以司勳員外郎權秘書少監,二十八年八月除秘書少監兼國史院編修官,二十九年三月權吏部郎中(《南宋館閣録》卷七),三十年試中書舍人(《繫年要録》卷一八四),三十二年知永州(《繫年要録》卷一九八),改知平江,尋除四川安撫制置使兼知成都府(《吴郡志》卷一一)。隆興二年十二月知鄂州,兼沿江制置使。乾道二年再知平江,三年四月召回(《吴郡志》卷一一),四年移知信州(《浙江通志》卷一六八)。以左中奉大夫致仕(參《繫年要録》)。

### 顯仁皇后挽詞

儷極聞天合,承祧告日符。造周開太姒,從舜返蒼梧。仁矣高千古,天乎欸九虞。濯龍無復御,恨滿越山隅。

碧海靈仙下,丹霄羽衛升。陳衣彰儉德,奉册焕徽稱。日慘慈寧殿,雲深永祐陵。聖情隆孝慕,攬紳涕先凝。

《中興禮書》卷二六九引"吏部侍郎沈介"。

## 何溥

何溥,字通遠,溫州永嘉(今浙江永嘉)人。紹興十二年試禮部第一,登進士第,授臨安府學教授。歷刪定官、通判婺州,以忤秦檜罷。檜死,通判嚴州。紹興二十五年十二月除監察御史(《繫年要錄》卷一七〇),二十七年十一月遷左正言(《繫年要錄》卷一七八),二十九年二月爲左司諫(《繫年要錄》卷一八一),十二月試右諫議大夫(《繫年要錄》卷一八三)。三十一年三月除翰林學士兼吏部尚書(《繫年要錄》一八九),三十二年三月充龍圖閣學士提舉江州太平興國宫(《繫年要錄》卷一九八)。

**顯仁皇后挽詞**

懿并周文母,芳傳漢相家。九重嚴日養,八秩慶年華。南極光初度,西真樂未□。誰知稱壽處,天泪濕衰麻。

問寢今無所,悲風繞禁闈。空瞻蘭殿在,難望翟車歸。仙仗凌虛迥,神凄鎖翠微。稽山增聖慕,重見五雲飛。

《中興禮書》卷二六九引"左司諫何溥"。

## 張子顔

張子顔,字幾仲,成紀(今甘肅天水)人,居平江。俊第三子。以蔭入仕,紹興十一年四月以右承事郎直秘閣(《繫年要錄》卷一四〇),十二年正月升直敷文閣(《繫年要錄》卷一四四)。紹興末爲右承議郎充敷文閣待制、提舉江州太平興國宫,乾道末知信州。淳熙間歷知襄州、隆興府、紹興府、太平州,再知鎮江府,紹熙初爲户部侍郎(《姑蘇志》卷五九)。

**顯仁皇后挽詞**

育聖興皇祚,寧親禮使隆。内朝端母訓,流化厚民風。至養勤天下,慈儀冠域中。仙游俄遠駕,雲物慘旻穹。

崇儉餘宫帑,封儲德意深。忽聞遺誥語,乃見恤民心。金殿塵虛積,璿霄路莫尋。空留彤管記,千古頌徽音。

《中興禮書》卷二六九引"敷文閣待制張子顔"。

## 都民望

都民望(？—1160),江州德化(今江西九江)人。紹興二十八年四月,自左朝請郎、通判荆南府,召爲監察御史(《繫年要錄》卷一七九)。二十九年二月爲右正言(《繫年要錄》卷一八一),十二月除右司諫(《繫年要錄》卷一八三)。三十年爲太常少卿,九月卒(《繫年要錄》卷一八六)。

**顯仁皇后挽詞**

三代龍旂貴,千齡鳳曆祥。興王天作合,誕聖日重光。返紀方稱慶,大行俄盡傷。悲風動雲駕,遺誥重彷徨。

瑶齋隆位號,玉塞斂烟霏。仰見三靈祐,端爲萬國依。至仁躋壽域,丕顯自慈闈。遽掩猗蘭殿,寰瀛涕泗揮。

《中興禮書》卷二六九引"右正言都民望"。

## 張子立

張子立,紹興二十九年時爲敷文閣待制。

**顯仁皇后挽詞**

天下欽堯母,東朝久照臨。浣衣珍儉寶,濟物擴仁心。寧數馬明德,何如摯仲任。煌煌垂謚册,千古仰徽音。

騏馭搖南斾,時康樂中興。三牲供日用,萬福冀川增。絲管慈寧殿,松楸永祐陵。易晞悲薤露,清血臢霑膺。

《中興禮書》卷二六九引"敷文閣待制張子立"。

## 李氏

李氏,名不詳,與胡銓(1102—1180)游。

**句**

未暇携壺賞清景,明朝同試一甌茶。

《大典》卷一〇五六引胡銓詩注。

按:《大典》殘存胡銓詩後半,整詩見文淵閣本《澹庵文集》卷三《辭朝》,注云:李詩云云,故末句及之。

## 張子正

張子正,成紀(今甘肅天水)人,居平江。俊第四子。紹興十一年四月以右承務郎直秘閣(《繫年要錄》卷一四〇),二十一年十月以右奉議郎直敷文閣主管台州崇道觀(《武林舊事》卷九),淳熙三年時知泰州(《江南通志》卷五七),十四年爲敷文閣待制。

**高宗皇帝挽詞**

身濟艱難業,功收建紹時。車攻修政事,司隸復威儀。南北均仁愛,乾坤報壽祺。徽稱高廟祐,再造(原件模糊,暫定此字)等鴻基。

內禪光前古,皇恩大莫酬。賓天騰雀駕,問寢愴龍樓。七月遺弓闋,千岩王氣浮。先臣早攀附,應帶玉京游。

《中興禮書續編》卷五六引"敷文閣待制張子正"。

附:《播芳》卷四一《賀王司理發舉啓》,署"張子正",《全宋文》失載。

## 冷世光

冷世光(1122—?),字賓王,常熟(今江蘇常熟)人。紹興十八年第進士,調湖南歸安簿,知歷陽、寧國縣,廣德軍教授,改知龍游縣,幹辦行在諸軍審計司。淳熙十二年任監察御史,十四年除殿中侍御史,十五年罷,奉祠。復起知嚴州,終朝奉大夫(《紹興十八年同年小錄》)。

**高宗皇帝挽詞**

纘服艱難後,沉幾俶擾初。孝心柔左袵,慈殿返安輿。牛馬聊休牧,畊桑即奠居。少康仍祀夏,功烈竟何如。

脱屣輕堯禪，垂裳協舜華。孫謀千載下，德壽八齡賒。内閣儲奎畫，孤山破漢槎。鼎湖飆馭遠，宮闕五雲遮。

問寢勤清蹕，乘雲邈去踪。羹墻深在念，天日慘無容。禹廟荒寒路，稽山濕翠峰。老臣心更折，嗚咽涕無從。

《中興禮書續編》卷五六引"殿中侍御史冷世光"。

## 顔師魯

顔師魯（1119—1193），字幾聖，漳州龍溪（今福建漳州）人。紹興十二年第進士，歷知莆田、福清縣，召爲主管官告院，遷國子丞，除江東提舉，改使浙西，入爲監察御史。淳熙十年由太府少卿爲國子祭酒，十二年除禮部侍郎，尋兼吏部，遷吏部侍郎，尋改吏部尚書兼侍講。以龍圖閣直學士知泉州。紹熙四年卒於家。嘉泰二年賜諡定肅（《宋史》卷三八九本傳）。

### 高宗皇帝挽詞

炎運重熙日，人心誓不忘。規模同藝祖，忠厚似仁皇。萬里衣裳信，千秋揖遜光。始終無（原件模糊，暫定"無"字）失德，端人（原件模糊，暫定"人"字）并陶唐。

道冠百王上，功成三紀間。堯游忽汾水，禹葬暫稽山。縹緲騰仙馭，滂沱慘聖顔。衣冠寧久此，京洛會當還。

《中興禮書續編》卷五六。

按：原署"禮部侍郎嚴師魯"，"嚴"字誤。

## 胡晉臣

胡晉臣（？—1193），字子遠，唐安人。紹興二十七年第進士，淳熙四年三月除校書郎兼國史院編修官（《南宋館閣錄》卷八），五年四月遷著作佐郎兼國史院編修官，十月知漢州（《南宋館閣續錄》卷八）。除潼川路提點刑獄，以憂去，服除，召除度支郎。纍遷侍御史。光宗嗣位，遷工部侍郎，除給事中。拜端明殿學士，簽書樞密院事。除參知政事兼同知樞密院事。薨于位，贈資政殿學士，諡文靖（《宋史》卷三九一本傳、《止堂集》卷二《乞議知院胡晉臣恤典罷曝書會讌疏》）。

### 高宗皇帝挽詞

運逢陽九厄，大統實親承。戡定資神武，艱難賴中興。皇風高揖遜，徽號極推稱。遽却長生藥，雲隨鶴馭昇。

五利存兼舜，仁恩滲瀝深。宮帷傳宴駕，戎狄亦傷心。介壽虛堯酒，纏哀入舜琴。攀髯嗟莫及，血泪但盈襟。

《中興禮書續編》卷五六引"起居郎胡晉臣"。

## 吳博古

吳博古，字敏叔，暨陽（今浙江諸暨）人。紹興二十七年第進士，授吳江縣主簿。乾道中爲太平州教授（《入蜀記》卷二），知貴溪縣。淳熙初，幹辦行在諸軍審計司。淳熙十四年時爲監察御史，兼宗正少卿，十五年七月兼太子左諭德，十六年二月除權刑部侍郎（《中興東宮官僚題名》),改權吏部侍郎。以老請祠,除煥章閣待制,卒贈正議大夫(大典本"常州府"卷一一)。

**高宗皇帝挽詞**

維昔天人會,龍飛濟水陰。赤符元受命,黃屋本非心。武定英威振,文修聖略深。煌煌中興業,史冊照來今。

治定餘三紀,功高寢五兵。華夷均覆冒,天地自生成。顯號思推稱,諸儒力講(原寫作"請",旁又寫"講")明。高光徒擬議,蕩蕩本難名。

道與天同大,名尊古有光。延年高五帝,捷志上三皇。屨脫重霄迥,弓遺萬國傷。寓蕆臨禹穴,終慕見堯墻。

天上宸游遠,人間帳殿移。忍聞遺世詔,誰續中興碑。嗣聖三年服,思陵七月期。傷心越山路,草木亦纏悲。

《中興禮書續編》卷五六引"監察御史吳博古"。

## 劉國瑞

劉國瑞,宣和元年正月時爲太學錄(《宋會要輯稿·選舉》二〇之二),六年爲承議郎、大晟府典樂兼國史編修官(《宋會要輯稿·選舉》二〇之三)。乾道五年監左藏南庫(《宋會要輯稿·選舉》二〇之二〇)。淳熙十一年三月時爲侍御史(宋會要輯稿·選舉)四之四三),曾爲刑部侍郎。

**高宗皇帝挽詞**

威震關河外,心游造化先。華胥驚斷夢,杞國痛摧天。聖政書三紀,中興立萬年。傷心未央殿,永夜月空圓。

日宴瞻仙仗,雲深返帝鄉。乾坤終一統,越洛且相望。撥亂歸先帝,收功屬後王。聖心元有在,不但見羹墻。

《中興禮書續編》卷五六。

按:《中興禮書續編》原署"刑部侍郎劉廟諱",名不詳。《宋會要·儀制》八之二二載:"(淳熙)十五年三月十七日詔令侍從臺諫禮官詳議"高宗祔廟配饗功臣時,有"刑部侍郎劉國瑞"。國瑞乃朱元璋字。則"廟諱"乃《大典》原文。

## 釋慧梵

釋慧梵,字竺卿,俗姓顧,崇德石門(今桐鄉崇福)人。住崇德羔羊村澄寂院。僧臘七十六,壽八十九。有《蓬居集》(釋居簡《北磵集》卷一〇《梵蓬居塔銘》)。

**太湖**

黃蘆一股水,翠竹兩三家。落日聞雞犬,荊榛一徑斜。

《大典》卷二二六〇引《高僧詩集》。又見國圖藏清影宋抄本《增廣聖宋高僧詩選續集》。

按:《大典》所引未署作者,然《宋詩紀事》卷九七歸釋慧梵下。

人生處事不欲快,捷徑未必通諸礙。歸途擬作沿塘行,甑倒囊空胡可待。

《大典》卷二二六〇引《高僧詩集》。

#### 雨後

柴門三日雨，幽徑十分苔。鞭綻竹間石，釵漫松下臺。正嫌屐齒入，休放馬蹄來。

《增廣聖宋高僧詩選續集》。

### 汪安行

汪安行，字伯壽，績溪人。紹興二十四年（1154）第進士。歷蕭山尉、蘄州教授、知金華縣，皆有政聲。後通判常德，權澧州，入奏，孝宗與宰相王淮嘆賞。守澧州，官至朝奉大夫（《新安志》卷八、《萬姓統譜》卷四六）。

#### 靈岩前洞詩

誰爲彌陀作此龕，坐來頓覺離塵凡。山南水北分雙洞，天上人間第一岩。龍窟元因風雨改，鼇靈柱用斧斤劚。爲官豈似爲僧好，醉裏題詩莫繫銜。

紅葉青苔行徑微，山空日出自烟霏。因穿後洞水中過，更覺靈岩天下稀。兩壁千龕須把炬，一溪九折屢褰衣。明朝尚有桃花約，待訪秦人了後歸。

《大典》卷九七六六引《桃花集》。

### 樓鍔

樓鍔，字巨山，四明人。紹興三十年（1160）第進士。淳熙八年（1181）知江陰軍（《江南通志》卷一一四）。

#### 浮遠堂題壁 并序

紹興庚辰之春，賜進士第於集英殿。四明樓鍔，與錫山周君夢若，吳興周君祐，澄江何君武仲、呂君棐、耿君秉及曹君桀、檝、嶧預焉。淳熙辛丑，鍔假守澄江，而吳興周君分教軍（原作"君"）頖，錫山周君惠然過之，何君需次里社。遂載酒於君山之巔，以叙同年之好。前瞻大江，波濤千里，却顧平野，二麥如雲。春夏之交，風日殊美。時耿君以麾蓋鎮桐川，呂有憂制，皆致餽焉。三曹君，恨即世久矣。閏三月二十日，鍔敬書於浮遠堂。

解褐彤庭二十年，集英猶憶聽臚傳。半生游宦知何謂，一旦逢迎豈偶然。春入桃江供遠眺，秋歸麥隴動炊烟。百杯聊試鯨吞量，鐘鼎功名更勉旃。

大典本"常州府"卷一五。

### 黃洽

黃洽（1122－1200），字德潤，福州侯官人。隆興元年舉進士第二，授紹興府觀察判官。歷國子博士、浙東安撫司主管機宜文字、太學國子博士、樞密院編修官，通判福州。奉祠，召爲太常丞。繇秘書郎遷著作郎。歷右正言、侍御史、右諫議大夫、御史中丞。十年，除參知政事。十五年，除知樞密院事。後除資政殿大學士知隆興府。屢乞歸田，尋畀提舉洞霄宮。慶元二年致仕（《宋史》卷三八七本傳）。

#### 高宗皇帝挽詞

臨御綿三紀，憂勤豈一朝。披榛功迄立，脫屣德彌超。祉施重孫慶，尊歸萬乘朝。若將謨典較，真是可光堯。

憶嘗承上諭，侍宴奉堯氏。笑語有餘樂，從容不覺疲。方經蔑莢換，遽動鼎湖悲。望斷稽山塢,小臣惟涕洟。

《中興禮書續編》卷五六引"知樞密院事黃洽"。

## 宇文价

宇文价,字子英,成都(今四川成都)人。隆興元年第進士。淳熙五年十月除秘書郎,六年四月爲著作佐郎,十二月起居舍人(《南宋館閣續錄》卷八)。十年爲給事中,十二年任兵部尚書,十三年兼侍講,十五年兼權禮部尚書兼吏部尚書,五月除徽猷閣學士知興元府(《宋會要輯稿·職官》六二之二七)。紹熙二年知襄陽(《攻媿集》卷三五《知興元府宇文价知襄陽府制》),改知遂寧府(《攻媿集》卷三六《新知襄陽府宇文价改知遂寧府》)。

**高宗皇帝挽詞**

天啓欽明后,龍飛險難中。衣裳方受命,談笑已平戎。治道周家備,官儀漢室隆。中興凡幾見,惟聖有初終。

揖(原作"緝")遜高千古,規模定一朝。執中親授舜,傳子遠賢堯。坐閱千年統,俄虛五日朝。攀髯知莫及,雨泣看春潮。

宸游驚脱屣(原作"莅"),望斷泣遺弓。霜露堯階暗,山陵禹穴空。亮陰全聖孝,遏密見遺風。從此羹墻念,惟收繼伐功。

曆數雖天定,全功亘古無。商宗容并駕,漢祖可同符。大與乾坤合,高難日月踰。鴻名終莫擬,聚訟陋諸儒。

《中興禮書續編》卷五六引"兵部尚書宇文价"。

## 葛邲

葛邲,字楚輔,號可齋,其先居丹陽,後徙吳興。以蔭授建康府上元丞。隆興元年登進士第,除國子博士。淳熙五年四月除秘書郎,十月除著作佐郎。六年十月,除著作郎兼學士院權直。七年二月,除右正言。遷給事中。除刑部尚書,改東宮僚屬。紹熙元年正月同知樞密院事。七月,除參知政事。除知樞密院事。四年,拜左丞相。未期年,除觀文殿大學士知建康府,改隆興,請祠。寧宗即位,判紹興府。改判福州,道行感疾。除少保,致仕。薨年六十六,贈少師,謚文定(《宋史》卷三八五本傳)。

**高宗皇帝挽詞**

身濟艱難業,重開萬世基。元功垂宇宙,盛德遍華夷。脱屣承尊養,遺弓動孝思。千秋奉高廟,忍看未央卮。

舜慕天何極,羹墻想見堯。挽鈴傳聖作,擊壤記民謡。獨舉三年制,猶存五日朝。傷心神禹穴,吹泪咽春潮。

《中興禮書續編》卷五六引"刑部尚書葛邲"。

## 薛叔似

薛叔似(1141—1221),字象先,溫州永嘉(今浙江溫州)人。乾道八年第進士,授迪功郎、明州鄞縣主簿。淳熙中歷太學博士,除樞密院編修官、江南東路轉運判官。紹熙中除荆湖北路轉運判官、直秘閣、福建路轉運判官,入爲太常少卿、秘書監、兼禮部侍郎、樞密院都承旨。嘉泰中知廣州，差知隆興府，改知廬州，權兵部侍郎。開禧中除吏部侍郎兼侍讀，差充京西湖北宣諭使，除兵部尚書、宣撫使、端明殿學士。後謫福州。卒諡恭翼（《全宋文》册二九四頁四一七據溫州市文管會藏《薛叔似壙志》拓片録文）。

### 高宗皇帝挽詞

烏啼成鼎後，龍化渡江前。湯紀扶皇極，堯仁浹漏泉。修文宸慮密，殞敵晚功全。脱屣巍巍日，光華跨古先。

衢室皇心倦，西宫子職祇。奉厄三世并，擊筑萬年思。雲慘稽山暮，風掀汴水悲。昭哉繼文志，痛念隙駒馳。

《中興禮書續編》卷五六引"左補闕薛叔似"。

## 陳鑄

陳鑄，字伯冶，臨海人。乾道八年第進士。歷大理寺主簿、司農寺丞。嘉泰四年（1204）知汀州，後提舉福建路常平。後爲工部郎中，終朝散郎、主管冲祐觀（《赤城志》卷三三）。

### 句

雲頭落日半規明，林際炊烟一抹横。雲驤閣

《大典》卷七八九一引《臨汀志》。

按：此句原誤録於册六〇頁三七九三六"陳鑄字鼎臣"下，今厘正。

## 成守祖

成守祖，家鄂州。淳熙間由武官任某處巡檢，忽解官，棄妻子，從廬山李麻鞋爲師。至富川，居西山道堂之左，行通衢爲乞士。凡十餘年，一日無疾交坐而化。王質爲之傳，且謚之曰明月先生（《東南紀聞》卷二）。

### 臨終詩

七十餘年一夢間，棄名入道得安閑。隨緣日（《東南紀聞》作"明"）月街頭叫，鬧市難居却入山。

《大典》卷一三四五〇引《東南記聞》。

## 杜旃

杜旃，字仲高，號癡齋，金華人。仁翁汝霖之孫，陵之子。兄伯高旟、弟叔高斿、季高旞、幼高旞皆有詩聲，時稱金華五高。嘗占湖漕舉首，著有《癡齋小集》《杜詩發微》。（《兩宋名賢小集》卷三三五）。

### 浮遠堂題壁

岳陽樓上見君山，又向澄江一破顔。浴海曦輪清可掬，礙天鵬翼倦知還。青齊近納重檐下，淮浙平分一葦間。彈指當時珠履客，幾多遺恨在函關。

大典本"常州府"卷一五。

### 讀杜詩斐然有作

王澤久淪浹（《江湖小集》作"洽"），正聲皆雅言。百川忽西流，青黄雜犧（原作"蟻"，據

《江湖小集》改)樽。騷經吹死灰,明燭日月昏。綺麗兆建安,淳古還開元。夫子握元氣,大音發胚腪。明婁失毫芒,神羲隘乾坤。再變六義彰,一日五典惇(原作"焚",據《江湖小集》改)。上該周南風,下返湘水魂。仲尼不容刪,餘子何足吞。五季兵戈繁,嘲哳蟲鳥喧。頹波既瀰漫,新奇尚西崑。吻喙生譏評,神鬼懷憤冤。王蘇發醯甕,黃陳窮河源。煌煌百年間,後學同推尊。時時或嘗鼎,往往猶戴盆。仿摹惑銅盤,箋釋詑金根。顧余小子疏,獨受罔極恩。神融泪交墮,思苦心屢捫。相望五百載,如接顏色溫。爐冶無停工,況復忝諸孫。斯文誠儻存,庶以起九原。

《大典》卷九〇三引《江湖集》。又見《江湖小集》卷一九。

### 白雲在南山
白雲在南山,幽鳥乘風飛。鳥飛不能遠,雲高還難依。園中亦有菊,堂後那無萱。游子不得歸,銜悲欲何言。

### 綠珠行
蜀絲殷空金作谷,珊瑚成林珠百斛。彼姝千花萬花蔟,明月出胎照彼綠。鏡中飛鸞掌中身,夜月春風看不足。悲歡倚伏徵禍福,西里憐韄東市戮。願將舊意奉新人,此別他生定難卜。君因妾死莫多怨,妾死君前君眼見。高樓直下如海深,璧玉一碎沙中沉。平時感君愛妾貌,今日令君知妾心。

### 同平父園中即事
季冬少寒凜,霜薄日色明。訪我會心友,相攜園中行。菜甲長疏花,梅枝綴初英。潛魚戲晴波,寒雀暖有聲。小步極迴覽,閑吟暢幽情。語言接繾綣,意適體自輕。歲華晚更好,景趣靜始并。俯仰物態間,聊與同春榮。

### 明鏡行
明鏡照形不照影,明月照影不照心。朱絲委地流水咽,寶劍挂壁蛟龍吟。二桃畫謀恩義絕,慘慘嚴霜飛六月。銜石海可填,鍊石天可補。君非食蓮茵,安知此心苦。

### 上徐子宜侍郎二絕
當年金屋誤承恩,自倚容華托至尊。風外游絲難繫日,依然青草暗長門。
猿臂將軍戰不休,當時部曲亦封侯。夜涼忽夢燕山月,猶幸君恩晚見收。
按:此二首又見劉過《呈徐侍郎兼寄辛幼安》。

### 九日懷陳舍人
白髮江湖暗,青燈几席涼。窮途幾半百,佳節又重陽。命也吾何奈,天乎孰可量。元龍樓百尺,猶足慰行藏。
按:此詩又見劉過《九日寄陳君舉舍人》。

### 蔗境庵二絕
世事多端好備嘗,未能悅口勿輕忘。結交莫厭初年澹,晚節相看味始長。
美惡初終自不同,新人那念舊人容。君知食蔗逢佳境,不念人間有菲葑。

### 別江陰宰魏元長兼望王木叔使君
荊山抱璞自遭毀,漠漠胡沙埋皓齒。咸韶正音或出爨下桐,十年憤鐵,一日變化成蛟龍。人生相歡貴知己,心不相知異生死。豈不見豫遜不報中行氏,又不見聶政殺身酬仲子。

滄海終可填,太行竟能移。丈夫殺身爲感激,有恩不報非男兒。意氣磨日月,感遇由一時。齊威九合諸侯盟,黃河倒流五岳傾。楚茅入貢民冠帶,金繩玉檢思告成。高臺已荒,曲池既平。不見夷吾功,但聞鮑叔名。

**賦賢己錄**静觀趙使君喜棋,有是錄,約予賦詩

物理因人創,神機自古傳。揚雄嗟有法,孔子嘆猶賢。勝負存虛實,初終謹後先。按圖嚴畫井,起數象周天。百戰期爭道,三隅察守邊。開基思漢祖,復土想周宣。審勢攻無備,沉機救未然。勝心游碧落,幽思及黃泉。冒利魚貪餌,乘虛雁落弦。紛爭忘父子,迷惑到神仙。守必防重柝,攻須出萬全。妄興侵伐意,私擅殺生權。紿弄心懷詐,包藏智益儇。甘辭韜甲冑,險志匿山川。諱忌真情露,矜誇小數專。怯圍潛却步,貪得暗垂涎。見逼難思進,相持莫敢前。蹈危鬚抈虎,役志耳鳴蟬。意滿渾忘食,神馳更廢眠。弱形遭毒手,短節不空拳。悔誤徒批頰,矜高欲比肩。禍胎還隱伏,陣勢漫綿延。詭道非存正,贏師合忌堅。設心踰虺蜴,攫子甚烏鳶。造妙群心妬,趨亡衆目憐。淺謀徒躁進,重地莫輕捐。黑白材因見,雌黃論豈偏。高人真托興,遠見始忘筌。鑒戒無忘此,防虞蓋有焉。請看弈棋句,何愧鬥鷄篇。

**山有狙行**

山有狙不可馴,山有虎不可親。狙詐匪懷德,虎飢須噬人。死生托良馬,信厚稱瑞麟。野性定難保,猛獸終不仁。

**王粲宅**

春風佳人命多薄,深宮井冷梧桐落。江邊百尺斷魂樓,未比鷦鷯一枝托。漢家待士禮意失,黨獄淪胥生鼎鑊。南山豆萁苦燒焚,鸚鵡洲邊埋一鶚。丈夫擇木豈無術,何爾依劉燕巢幕。君不見平時子房侍帷幄,一語不投斃文若。登樓此日誠可哀,亦恐從軍未爲樂。

**書懷呈鍾君祿吏部**

君不見黃河之水能上天,白髮一變無由玄。人生住世無百年,倏忽變化空中烟。眼前富貴皆年少,悲苦長多少歡笑。抽弦促柱向君彈,宛轉淒凉不成調。

持心托明月,明月照影不照心。彈劍發長歌,歌長宛轉多苦音。瀉水東西南北流,昔日年少今白頭。欲對君前歌此曲,恐君泪下不能收。

**勿除蔓行**

蔓草君勿除,葉蒂相連牽。春風共滋長,秋露同衰殘。庭前梅花樹,一種同根生。南枝暖,北枝寒。

**紙被一首**

疏布裹敗綿,破碎錯經緯。嚴風過強弩,終夜縮如蝟。剡溪楮夫子,益友吾所畏。策勛在覆冒,周密罕傳彙。隱然萬里城,可却戎馬氣。脉髓盆春温,濁酒有醲味。直躬免拳跼,夜氣益洪毅。吳宮鳳花錦,伐命可歟欷。物微用匪薄,道在窮不諱。緼袍可終身,狐貉不足貴。

**陸務觀赴召**

四海文章陸放翁,百年漁釣兩龜蒙。數開天地吾何與,老作春秋道未窮。李耳守官逾二代,張蒼職史到三公。坐令嘉泰追周漢,此是君王第一功。

以上見《江湖小集》卷一九。

**從辛稼軒游月巖**

霧露朦朧曉色新,半空依約認冰輪。婆娑弄影寒山露,中有釵橫鬢亂人。

浙江攝影出版社1990年版吳世和、吳漢能《金華山水詩選》。

附:杜旃與兄旟,弟斿皆有詩,《全宋詩》皆未錄。《輯補》册七頁三三二六至三三二七輯杜旟詩三首、斷句三則,《宋詩紀事》卷六五據《鈞臺集》輯杜斿一首。嘉慶五年刻本《蘭溪縣志》卷一七誤載高翥《喜杜仲高移居清湖》於杜旃下。

## 吴如愚

吴如愚(1167—1244),字子發,號準齋,錢塘(今浙江杭州)人。以父任補承信郎,調福州連江縣監稅,再調平江常熟縣酒庫。爾後退居鄉里,研究理學。嘉熙中特轉秉義郎,差監襲慶府東嶽廟,任便居住(徐元杰《準齋先生吴公行狀》)。

**勉學詩**

老來幸安適,滿懷春氣和。顧我一心定,從他雙鬢皤。如天運日月,若水息風波。尚聽升堂樂,寧操入室戈。閑吟意自得,節飲顏微酡。聖道有餘樂,良朋不厭多。金門既絕望,鐵硯奚勞磨。世事省夢蝶,物情嘆燈蛾。反躬貴黽勉,進步毋蹉跎。蝸角漫成縛,烏光快擲梭。人如未知覺,志須勤切磋。或至自暴棄,吾末如之何。

文淵閣《四庫全書》本《準齋雜説》卷下。

**賦詩寓意**

踐履不加功,虛行豈爲道。有體必有用,辨之所宜早。成己以成物,斯殊佛與老。

文淵閣《四庫全書》本《楳埜集》卷一一《準齋先生吴公行狀》。

## 李沐

李沐,孝宗淳熙二年爲江陰軍教授(大典本"常州府"卷一〇)。

**浮遠堂題壁**

今日東山裏,春林入翠陰。山隨人意好,紅帶酒杯深。一醉難爲惜,斯游可廢吟。便應朝闕去,莫忘此登臨。

大典本"常州府"卷一五。

## 胡緝

胡緝,字舜舉,一字熙績,丹陽人。豪於詩文,舉於鄉,爲鎮江府學正。淳熙間,潘陽守趙公廣館於郡齋,一夕大醉而卒(《嘉定鎮江志》卷一九)。

**贈孫尚書覿**

九老圖中白居易,八仙座上李長庚。
宣室若膺前席問,鬼神姑置對蒼生。

《嘉定鎮江志》卷一九。

按:全詩已佚,僅存殘句二。

**題翠微亭**

帆穿萬里江心過,雲傍六峰山頂來。

《景定建康志》卷二二。

## 徐向

徐向,字彦功,江陰人。孝宗淳熙二年(1175)第進士。官終饒州教授(大典本"常州府"卷一二)。

### 浮遠堂題壁

浮遠堂之北,江山直下觀。誰言天地窄,賸覺水雲寬。風急千帆飽,壺清一島寒。鯨魚如可釣,於此試投竿。

大典本"常州府"卷一五。

## 吳當可

吳當可,字時甫,號迪齋,福州人,寓居江陰。開禧元年(1205)第進士,二年十二月以國子監丞除秘書郎,三年正月爲監察御史(《南宋館閣續錄》卷八)。紹定五年(1232)知建康府(《景定建康志》卷二四)。

### 題浮遠堂

落日孤雲雁影斜,蒼蒼烟水渺兼葭。江於盡處將通海,淮到中間尚隔沙。斗絶莫言千里小,風寒全靠一屏遮。願留名勝咽喉地,彈壓山川扈翠華。

### 和前韵

喬木家聲多歷年,幾年願識我公賢。瓣香來炷南豐壽,塵眼欣披樂廣天。滿砌芝蘭俱籍甚,故山桃李尚依然。互鄉童子與其進,收拾囊書冀托塵。

以上見大典本"常州府"卷一四。

按:"前韵"乃趙崇侯《假守澄江元正會鄉友叙拜於迪齋詔卿之壽力堂小詩紀實》。

## 沈唐老

沈唐老,字竹莊,宜興人。寧宗慶元二年(1196)第進士(大典本"常州府"卷一二)。寶慶元年(1226)官蘭溪縣推官(《六藝之一錄》卷九四)。

### 殺虎行

將軍古廟荊溪側,倒影南山浸溪碧。英風凜凜照人寒,白額驅除不留迹。於菟遺種一已多,二十六輩如渠何。揚揚當路擇人肉,白晝掉尾森如戈。令君勇欲去民害,呪虎能令虎知罪。殺人正自人殺之,食肉寢皮真一快。莫令餘孽猶渡江,道途彼此成康莊。誰云三十一虓死,更有真虎中潛藏。嗚呼,令君之德真可紀,彼苛政者頼有泚。大典"常州府"卷一四。

## 王□

王□,臨川人,不樂仕進,號雲巢居士,有集《續雅》,與張孝祥友善。(《絜齋集》卷八《跋雲巢王公續雅》、卷一〇《噍爽亭記》)。

### 秋山詩

朝來倚危欄,爽氣真可噍。

文淵閣本《絜齋集》卷八《跋雲巢王公續雅》。

## 李珏

李珏,字夢聞(黃榦《與金陵制使李夢聞書》),平江府人。李彌遜之孫,李松之子。淳熙十二年爲江陰軍司法(大典本"常州府"卷一〇)。歷大理評事、大理寺丞。慶元六年,以朝散郎知常州。嘉泰二年除湖北提舉常平(大典本"常州府"卷九)。後歷江東提刑、浙東提刑、知紹興府、侍右郎中等職。隨後遭彈劾罷官。後復官,歷江西提刑,江西安撫使、户部侍郎、江淮制置使、安撫使兼行宫留守司公事(《南宋制撫年表》卷上)。

### 浮遠亭
十分興地赤欄前,只隔沙汀是極邊。此水可當兵十萬,昔人空有客三千。蒼茫雲氣龍橫海,杳渺秋聲雁貼天。東望蓬萊知不遠,回潮好趁順風船。

大典本"常州府"卷一五。

按:《輯補》册七頁三四五九據《宋詩紀事》誤輯頷聯於字元暉之李珏下。

## 鄭勛

鄭勛(?—1235),字景周,興化軍仙游仁。嘉泰二年(1202)第進士,纍官至知惠州博羅縣,端平二年,爲兵變士卒所殺,贈朝奉郎(乾隆十四年《仙游縣志》卷二三)。

### 庭花
人間春風來幾時,不見花開殊不知。最初先見杏破萼,紫蠟點綴濃香披。漸開漸落色愈淺,淺處方見真玉肌。林檎海棠次第發,晉公頓有兩驪姬。牡丹不見姚與魏,雖在常格猶爲奇。百花已盡此最晚,猶如殿後稱雄師。海榴似服赤帝色,絳冠岌峨(原作"我")飄丹緌。層層紅紫繞前後,大幢霞蓋相追隨。百合野花不及格,田婦雖美無殊姿。晚秋亡奈苦索寞,清香佳菊還相宜。春叢雖有百花衆,此花自敵十西施。嫣然獨秀不矜艷,幽房静女修容儀。北風少恩苦慘戚,萬木削露皆枯枝。此皆浮巧事顔色,開落與時隨盛衰。獨有寒松伴蒼石,與我相對終不移。

《大典》卷五八三八。

## 陳人傑

陳人傑(?—1243),又名經國,字剛甫,號龜峰,長樂人。弱冠,隨牒江東漕闈,不第,漫游兩淮湖湘等地,後回臨安。有《龜峰詞》一卷(饒宗頤《詞集考》卷六)。

### 木芙蓉
紫茸排萼露微紅,不比春花對日烘。冷落半秋誰是侣,可憐妖艷嫁西風。

《大典》卷五四〇引《陳龜峰詩》。《全芳備祖前集》卷二四。

### 杜鵑花
蜀魄啼山血染枝,幻成紅艷送春歸。不須聲裏催人去,纔見花開便合歸。

《全芳備祖前集》卷一六。

## 孫應成

孫應成，蕪湖人，嘉定間第進士（《江南通志》卷一二〇）。嘉定十四年（1221），以迪功郎爲江陰軍學教授，十五年，以賞賚轉修職郎（大典本"常州府"卷一〇）。

### 君山

詩誤收於册七二頁四五四九〇孫應威下，據大典本"常州府"卷一五，作者爲孫應成。詩不具録。

## 史渭

史渭，鄞縣（今浙江寧波）人。淳祐四年（1244）倅常州，同年通判廣德軍。（《咸淳毗陵志》卷九）。

### 寄徐子新子碩伯仲

生無所成今老矣，斷梗飛蓬何定止。江湖汩没二十年，弟妹飄零八千里。馬雖能走困蹶蹄，劍本鍊鋼成繞指。人前羞見冗長物，欲辦一丘善吾死。君家兄弟久見知，白頭如新有終始。長公德義過乃直，少公明敏師孺子。長才經國有原本，主父嚴安何足擬。奉親鄉黨法慈孝，謾仕用捨何愠喜。每思舉目誰我容，自賀得友有如此。擁爐夜語雜諧謔，把酒論文談至理。尋茶野寺天或暮，煮豆田舍日移晷。陽都別野三冬學，衣有純綿食甘美。携筇踏雪松山頂，藉草觀魚石橋址。功名絶口不復道，依栖謂可終焉耳。信哉聚散非人力，止或尼之行或使。今爲石河父老留，比竹編茅桑柘裏。小畦僅可種韭薤，繞屋猶堪植桃李。飽飯雖度夏日長，破衣預畏西風起。病疽更不問醫藥，絶迹那能入城市。早來雖勤戀德心，地僻無人致雙鯉。別時藝麻燕未歸，今燕空巢人續焉。一日已覺三歲長，東望寧免踵頻企。壯盛猶若喪家狗，流轉況如旋磨蟻。常擬古人報一飯，恐負此心成没齒。高柳鳴蜩日落西，獨立吞聲泪如水。

### 權倅毗陵七月送客城西門客既去日已夕矣因記去歲與唐卿正郎登城東樓作乞巧飲成短章寄唐卿

七月七日餞行客，西南缺月上城闉。一聲歌送一杯酒，不是去年歌酒人。

以上見《大典》卷一四三八〇引《嘉定史氏詩》。

按：二題未署作者，詩題有"權倅毗陵"，檢《咸淳毗陵志》卷九，史姓倅常州者爲史渭。

## 尹焕

尹焕，字惟曉，號梅津，福建長溪人，寄居紹興府。嘉定十年第進士。歷官潛江縣縣尉、寧國府通判。嘉熙四年知江陰軍。淳祐六年爲兩浙轉運運判，七年除左司郎中（王兆鵬等《兩宋詞人叢考·尹焕考》）。

### 登浮遠堂

憂民憂國鬢俱蒼，老去何心燕寢香。政自懲羹虞旱暵，又還載酒勸耕桑。鶯花無復行春樂，牲幣方思禱雨忙。何日承平還舊觀，醉歸倒載咏高陽。

雲濤沸日打春灣，仿佛川妃響珮環。千古長江朝鉅海，一尖孤塔鎮君山。暖催雁翼歸天北，風約龍腥入坐間。草草登臨殊不惡，且呼樽酒暈衰顔。

大典本"常州府"卷一四。

### 趙崇侯

趙崇侯,福建人。嘉定十三年(1220)第進士,曾提舉淮東(《福建通志》卷三五)。

**假守澄江元正會鄉友叙拜於迪齋韶卿之壽力堂小詩紀實**

乘障江城又半年,是邦喜事大夫賢。一琴出處知清獻,九老婆娑有樂天。説著吴音方莞爾,拈來閩語尚依然。願君衣錦相承去,還與吾儂受一廛。

大典本"常州府"卷一四。

### 陳東叟

陳東叟,理宗時在世。

**磊石**

湖光撑巨浸,嵐色如凝雲。舟子却停蘭,煩我扣湘君。平明豁朝曦,四顧藏陰氛。拍手挂帆去,可以壯吾軍。

《大典》卷五七六九引《古羅志》。

按:《大典》其前爲東萊吕祖异詩,《全宋詩》册六五頁四〇八五九輯爲《重游洞庭》。吕祖异,理宗淳祐八年爲江東安撫司幹辦。陳東叟詩次韵吕祖异詩,當與其同時人。

### 李慶齡

李慶齡,理宗時在世。

**磊石**

磊石山藏寺,重湖水接雲。臺高先主將,祠奉洞庭君。河北欣停浪,風神爲掃氛。登臨得佳句,健筆凌千軍。

《大典》卷五七六九引《古羅志》。

按:李慶齡此詩次韵吕祖异詩,當與其同時。

### 段允迪

段允迪,濟陽人,乃武人之能文者。陳樸厚、黄庚曾序其所著《脭齋詞草》三卷。(《郡齋讀書記》卷五下)。

**題倅治月岩石**

岩月韜藏閲歲深,故老空傳無處尋。一朝掘起污渠下,何啻焦桐遇知音。高才固未識易識,汝亦埋没隨浮沉。春風觓蝕土花古,夜雨暈出苔蘚侵。冉侯通守湖海士,搜奇不吝橐中金。終日坐對無俗慮,大書傑句銘石陰。此書定知傳不朽,後人視昔猶視今。

《大典》卷九七六三引《段允迪詩》。

### 趙孟奎

趙孟奎(1238-?),字宿道,小名儒孫,居安福(今江西安福)。寳祐四年(1256)登進士第。(《寳祐四年登科録》卷二)。咸淳元年(1265)知江陰軍,三年改知衢州。(大典本"常州府"卷一八）。

**浮遠堂留題**

戰爭當七國，此地楚圻東。塔共山根老，江分海勢雄。潮隨沙浣白，暈到日生紅。誰謂宸京遠，西風望眼中。

大典本"常州府"卷一五。

## 余直卿

余直卿，生平不詳，與葛紹體游（葛紹體《東山詩選》卷上《送余直卿廷對》）。

**偕懋卿過烟雨館**

社飯聚朝餐，春茶醒宿醒。一枕一卷書，愛涼尋幽行。北鄰橋門客，行行難弟并。庭草芳未歇，湖水寬欲平。西風清入懷，拂我衣裾輕。飛鳥渺天末，白雲縩英英。軒東正新甃，曲檻話深情。叢叢鳳兒花，鷄冠立亭亭。軒東正新甃，有似擊壤聲。爲言今年秋，父老歌可聽。嘉禾接吳會，黍稔登繩繩。舒此畎畝忠，且以慰飄零。君歸語伯氏，燈火新涼生。

《大典》卷一一三一三引《余直卿詩》。

按：葛紹體《東山詩選》卷下有《烟雨館立冬前一日》詩。

## 熊子壽

熊子壽，生平不詳，與陳杰游。

**闕題**

相期出千載，勛華亦直細。昔憂齋年難，今覺忘年易。

葉啓勛抄本陳杰《自堂存稿》卷二。

## 黃仲林

黃仲林，生平不詳，與陳杰游。

**闕題**

□□□□□，未足盡奇才。天驥閑駕皂，驪珠伏蚌胎。且循初調去，更試大科來。

葉啓勛抄本陳杰《自堂存稿》卷二。

## 林一父

林一父，宋末人，與陳杰游。

**句**

紅袖烏絲憶舊游。

葉啓勛抄本陳杰《自堂存稿》卷九《和林一父自溫陵寄詩由信上再忤時貴歸本貫》注。

## 蕭太秀

蕭太秀，宋末人，與陳杰游。

**句**

隻字犯法斧汝死，槌床大（原作"夫"）叫杜陵起。

葉啓勛抄本陳杰《自堂存稿》卷一三《蕭太秀書存稿有隻字犯法斧汝死椹床夫叫杜陵起之句走筆用韵》。

## 釋日損

釋日損,舒岳祥德祐二年(1276)跋其詩卷。
**漁父詞**
手中一片攔江網,只待風平浪静時。
簑衣亦有安危慮,水面無波是太平。
以上文淵閣本《閬風集》卷一二《跋僧日損詩》。

## 劉元

劉元,會稽(今浙江紹興)人,與宋末鄭斗焕游。
**和鄭斗焕洞天詩**
九曲山中鎖翠微,登山不記入山時。屋藏盤谷澗聲遠,鶴舞松庭畫影遲。萬里功名南北客,幾人新舊廢興詩。劉郎若問神仙路,天柱天台天下奇。
《大典》卷一三〇七五引《洞霄詩集》。
按:《全元詩》册八頁二〇四已收劉元及此詩。

## 釋行彌

釋行彌,字頑極,越人。受教於下竺古雲、天童癡絕,與宋末釋道璨有交誼(釋道璨《柳塘外集》卷四《頑極序》)。
**題張公洞**
漢人仙去是何年,古洞空流碧澗邊。石乳滴成燒藥竈,丹泉流入養芝田。風清竹院青猿嘯,月冷瑶臺白鹿眠。方丈尊師丹已就,每逢甲子夜升天。
大典本"常州府"卷一四。
按:釋行彌,至元十四年住持阿育王山廣利禪寺,然《全元詩》未錄其人,故附於此。《阿育王山志》卷三載其《阿育王山舍利寶塔記》,《全元文》未錄其人。

## 陳畢萬

陳畢萬,或作陳景萬,號晏窩。有《梅花集句》五百首(《水東日記》卷二六)。
**紅梅五言二首**
輕紅照碧池鄭谷,背日兩三枝祖可。不肯先桃杏左緯,芬芳共此時薛逢。
妝早臙脂冷毛滂,吟看莫忍休方干。不將冰雪面吕居仁,壓得杏花羞左緯。
**七言二首**
神疑姑射今仍在韓持國,天賜臙脂一抹腮羅隱。要避冰霜發妍笑惠璉,故應不向臘前開鮑欽止。
壽陽妝韵太矜持盧襄,酒暈無端上玉肌東坡。辨杏認桃君莫謾王履道,却呼桃杏聽群兒毛滂。

以上見《大典》卷二八〇九引陳景萬《集句》。

**黃香梅五言二首**
妬雪來相并杜牧，偷傳半額黃呂居仁。壽陽當效此左緯，迷國更須香陳無己。
新梅百葉黃陳無己，愈更發清香呂居仁，國艷寧施粉曾肇，輕盈淡薄妝徐俯。

**七言二首**
良夜曾期宴藥宮韓持國，官衣黃帶御爐風山谷。檀心更作龍涎吐東坡，一種清香廣座中舒亶。
瀹雪凝酥點嫩黃洪炎，偶先紅杏佔年芳荊公。何人會得春風意東坡，別作人間一品香舒亶。

以上見《大典》卷二八一〇引陳畢萬晏窩《梅花集句》。

**梅實五言二首**
茅屋西山曲孫仲益，風回忽報晴東坡。古來何鼎實山谷，雖老未忘情呂居仁。
南園已如豆左緯，悵望隔春烟祖可。把酒來相就呂居仁，令人憶去年鄭谷。

**七言二首**
醉到江南久未還呂居仁，東風入樹舞殘寒方干。青春獨養和羹味毛澤民，試薦冰盤一點酸于湖。
濃香吹盡有誰知李易安，已是成陰結子時東坡。從此只應長入夢王介甫，午窗纔起暖金卮趙德麟。

以上見《大典》卷二八一〇引陳畢萬《集句》。

**蠟梅五言二首**
黃露滿衣濕陳去非，花非刻素紈韓駒。香飄風外別許棠，金蓓鎖春寒山谷。
檀心自成暈東坡，別作一家春後山。色染薔薇露山谷，排枝巧鬥新韓駒。

**七言二首**
風格高奇是蠟梅王履道，去年不見蠟梅開晁無咎。憶伊細把香英認晏叔原，不染春風一點埃王旦。
忽看輕黃綴雪枝晁無咎，韜藏絕色有誰知趙世長。風流不與江海共呂居仁，香似江梅開不遲山谷。

以上見《大典》卷二八一一引陳畢萬《集句》。

## 孔霆發

孔霆發，生平不詳。

**浮遠堂**
山意經秋分外清，傍欄一笑大江橫。當時珠履三千客，未必金鰲頂上行。
暑往寒來幾廢興，沙汀鷗鷺見猶曾。游人若問中原事，莫上浮圖最上層。
大典本"常州府"卷一五。
按：據"游人若問中原事"句，當是南宋人。咸淳四年有第進士者名"孔霆發"，未知與此作者是否同人。

## 宋彭來

宋彭來,生平不詳。

### 西湖

九里青青十里紅,湖山步步是吟踪。秋深烟雨朦朧處,不見荷花只見松。

《大典》卷二二六四引《古今詩統》。

按:有以"宋"爲朝代名,以"彭來"爲作者名者;亦有以"宋彭"爲作者,以"來"屬題目者。檢《大典》所引《古今詩統》十六處,作者名前均未屬時代。

## 周少游

周少游,生平不詳,《大典》標"宋周少游詩"。

### 泛三湖晚陰

隔岸諸峰眉黛愁,蓼叢菰葉共鳴秋。澄潭起柂分輕練,淺瀨投篙涌白漚。水族噞喁浮百舸,風帆安穩會三州。叩舷欲解纓冠濯,一照塵容却自羞。

### 按田行鄉或沿三湖得雜詩十五篇

瞻遠支頤久,游深鼓楫遲。水清疑請濯,山遠更多姿。崖樹栖枯蚌,村籬冒墜絲。驕陰化淫潦,搔首念流移。

秋色真無賴,塵容益自憐。已辭梁苑馬,任放楚溪船。山亞霜前木,水沈雲外天。流年都得此,誰復恨皤然。

百川歸巨壑,積水半神州。自作滔天縱,猶兼積塊浮。秋晴鸜化蛤,風黑蜃凝樓。蹈海非無意,吾今想聖丘。

連村但空井,初喜隔林烟。斷港橫牽網,寒沙側臥船。弊茅方欲剪,殘賦且休鞭。願見西來使,再歌鴻雁篇。

水怒全湖白,風花昨夜生。聲驅晚鬼入,勢合百川傾。舟楫前王利,波濤後世輕。欹危何處舸,日暮尚孤征。

水府應通籍,川靈合歲朝。魚龍儼前導,羽衛想紛飄。河伯來參乘,天吳出架橋。何當敕行仗,餘潤灑枯焦。

秋浪浮天塹,雄觀快病眸。成梁滄海日,張樂洞庭秋。雀壘銜孤照,軍山臥一牛。知非謝安石,勝處輒懷愁。

木落宜秋浦,荒荒白馬村。池浮春漲水,巫識夜歸魂。豈有田俱没,徒令廟獨存。民言儻可信,何用費蒸豚 白馬村有白馬將軍廟,在水中洲渚。土俗言地善浮,雖大水冒田,而廟常不没。

澤國宜秋信,行人況夕陽。勻齊疏樹外,空闊澹湖光。漁遠餘殘唱,鷗輕未著行。曾觀崔白畫,竚立念東梁。

欲雨勝裝急,投村覺路遥。回環一水曲,挺立萬松翹。暗壁頹丹臒,昏鐘叩寂寥。倦行當一息,衲子不須邀。

泱莽秋雲薄,凄迷野徑凉。遠田高下白,霜樹淺深黃。酒熱便風快,詩淫願日長。誰憐老無用,窮邑近農桑。

水源冬未縮,農務晚猶勤。籬落驚車馬,兒童喜令君。松岡吹翠纛,竹嶺亂蒼雲。父老知前代,時堪博異聞。
　　重泉鎖蛟室,初日耀金鋪。絶嶠遥分楚,奔崖下飲湖。漁梁跳碎白,荷柄立斜枯。江左丹青史,無機立此圖。
　　桑落欹田埂,沙痕寄古藤。生鮮來石臼,滋潤到金陵。舊俗誅求困,今王德澤興。好陳均賦策,聖日正高升。
　　浩蕩諸川會,炎蒸六月交。熊羆嘯深岨,魚鱉近櫓巢。河海休沈玉,君王欲射蛟。何時見平地,高處立蓬茅。
　　《大典》卷二二六七引《宋周少游詩》。

**思政堂夜坐風月凄然戲作二首**
　　姮娥惠然來,排闥訪幽獨。裝徊照縞素,意若憫無燭。清明非世姿,可近不可瀆。嗟余久留滯一作落,朋舊棄不録。念此無情交,良夜肯虚辱。須臾升橋櫨,別意頗戚促。寒光躡虚空,樹杪見孤宿。
　　風從竹陰來,意氣已不恬。撼撼亂翻葉,稍稍自舉簾。造次陵主人,兹客固沾沾。滅燭勸歸寢,眷言夜將淹。主人落寒鄉,清時獨幽潛。朝食尚不足,冬褐何由添。相存荷佳賜,會當待炎炎。
　　《大典》卷七二三九引《宋周少游詩》。

## 陳起宗

　　陳起宗,生平不詳。
**以毅齋曾先生詩法曰能以無情作有情子熊舉以見教兼示學詩如學禪之句次韻聲謝**
**天台桐柏觀李高士惠詩兼寄其游山紀咏一編且復見招予不能赴約敬次來韵以謝**
**汪起潛謝送唐詩用韵再送劉滄小集**
**趙監簿寄建寧諸詩**
**六言**
　　以上五題見《大典》卷九〇三引"江湖集陳起宗",《全宋詩》誤録於册五八頁三六七七七至三六七七八陳起下。詩不具録。
**元夕雨中偶成四絶奉寄東齋**
　　《大典》卷二〇三五四引"江湖集陳起宗",《全宋詩》誤録於册五八頁三六七八〇陳起下。詩不具録。
　　按:檢《大典》殘本引"江湖"諸集,作者標識或爲名,或爲字,或爲姓氏,未見既署名,又署字者,如"陳起"則署爲"宋陳起詩""陳宗之詩",故"陳起宗"不是"陳起宗之"之誤,上述詩作者不應爲陳起字宗之者所作。

## 陳宗達

　　陳宗達,生平不詳。
**絶句**
　　鳥鳴山徑曉,鳧浴野塘春。一路山礬落,幽香亂撲人。
　　《大典》卷九〇三引《江湖集》。

按：費君清《宋人江湖詩後補》疑爲"陳宗遠"。

## 卓汝恭

卓汝恭，清源人，生平不詳。
### 刊劉後村先生選唐宋絕句謾題一絕
千年風雅存餘響，唐宋諸人是似之。好在一章章四句，後村選後恐無詩。
《大典》卷九〇三引《江湖集》。

### 湖隱即事
山見雲開花旋明，風收檐溜雨初晴。窗前黃奶夢回處，猶自芭蕉點滴聲。
《大典》卷二二七四引《江湖後集》"清源卓汝恭"。

## 徐氏

徐氏，錢塘人，生平不詳。
### 松庵雜詩四首
疇昔庵中人，爲饑所驅去。去去竟何之，二年江上住。辛苦歸得來，重尋舊栖處。屋宇缺灑掃，蟻敗風雨蠹。頹漏思補葺，貧有中輟懼。人生如寄爾，復作身外慮。丁丁斤斧邊，眼闇髮垂素。秋深燕營巢，無乃日已暮。
松間待月明，露下衣上濕。歸庵閉門坐，勿聽俗塵入。挂壁燈花昏，倚窗樹影直。老懶世久疏，浩歌心有適。淵明彭澤歸，醉裏詩成集。仲蔚蓬蒿宅，門無車馬迹。
山深嵐氣寒，暖我唯有酒。飲酒不易對，隔林叫鄰叟。相見無雜言，唯說竹利厚。明年筍當生，鋤墾繭在手。事從勤苦得，此說誠不苟。客去醉則眠，徑到無何有。
鼻眼不吾用，遇物輒成礙。萬法何從生，要須自悟解。松庵今年秋，木犀在門外。黃蘂含清芬，因風入窗內。我已結集空，彼猶故態在。色香方橫陳，無靜得三昧。
《大典》卷九〇三引《江湖集》。費君清《宋人江湖詩續補》。

## 盧氏

盧氏，永嘉人，生平不詳。
### 湖上懷友
湖邊久不到，霜日似春晴。遠寺林間出，寒沙水面橫。蓮空鳧競集，竹靜鶴孤鳴。忽憶同吟者，年時共此行。
《大典》卷二二七三引《中興江湖集》。

## 李工侍

李工侍，生平不詳。
### 贈周衡處士
湖南高尚客，處士道隨時。地暖移花早，天寒放鶴遲。爐邊岩曳藥，燈下羽人棋。自說生涯處，新添卷上詩。
### 贈張處士

聞爾閑於琴,寢處未嘗輟。抱之京城來,豈與工師列。一奏流水聲,落指鳴决决。既曰林壑人,安事塵土轍。

《大典》卷一三四五〇引《江湖前賢小集》。又見費君清《永樂大典江湖詩補輯》。

## 沈蒙齋

沈蒙齋,生平不詳。

### 紅梅

才是臙脂半點侵,更無人信歲寒心。自來不得東風力,又被東風誤得深。

《大典》卷二八〇九。《全芳備祖前集》卷四。

## 釋敬之

釋敬之,生平不詳。

### 絕句

黃鶴樓前月滿川,一聲橫笛雁排天。史君遣吏來相報,風起蘆花落釣船。

《大典》卷八九九引《僧敬之詩》。

按:《大典》此卷爲"詩"字韻,標目"宋詩八 元詩一",其前後皆宋人。

## 蔣侍郎

蔣侍郎,生平不詳。

### 暮春湖上晏集

地遙北闕是孤臣,忝幸西湖作主人。樓下烟波浮畫舸,樽前簫鼓送殘春。衰顔未減從游興,坦率都忘侍從身。澤國遲留又經歲,浮雲一望隔楓宸。

《大典》卷二二七三引《詩海繪章》。

按:據《中國韵文學刊》2007年第2期載卞東波《〈永樂大典〉殘卷所載詩選〈詩海繪章〉考釋》所考,《詩海繪章》乃唐宋詩合選本,極可能是南宋人所編。本書言及《詩海繪章》者多參考卞氏之文,不具注。

## 耿思誠

耿思誠,生平不詳。

### 華山王處士有書見及賦詩爲謝

昔別云當老石房,伴身猶寄鹿皮囊。十年無路陪君語,一日飛書墮我傍。旅宿舊諳關月冷,夢闌空想岳蓮香。終期共坐柯平石,看瀉銀河萬尺長。

《大典》卷一三四五〇引《詩海繪章》。

## 滕先生

滕先生,生平不詳。

### 贈劉逸士歌

嘯烟霞,卧酒家,優哉游哉劉子華。登樓笑殺銀蝦蟇,看水走却金老鴉。一生落托行天涯,髭鬚不管霜菱花。李白狂,禰衡傲,嗔風吹落孟嘉帽。漁村酒熟不待報,江亭花發長先到。見說南尋清景時,過石水兮登石梯。雲峰頂,觀華夷。幾教石木兒,推倒石賢碑。或彈白雪曲,冠挂高松枝。數年聞我窮章句,醉拖櫛操來敲户。纔得新詩便言去,千留萬留留不住。

《大典》卷一三四五〇引《詩海繪章》。

### 韓擇中妻

韓擇中妻,生平不詳。其詩見《蕙畝拾英》,當是宋人。

**贈韓擇中下第**
力戰文場不可遲,正當捧檄悦親闈。要看鵲噪凌晨樹,莫使人譏近夜歸。

**贈韓擇中及第**
□□□□□□□,□□□□□□□。果見金泥來報喜,料無紅紙去通名。□□□□□□□,□□□□□□□。歸遺直須青黛耳,畫眉正欲倩卿卿。

以上見文廷式《永樂大典輯佚書》引《蕙畝拾英》。

### 郭暉妻

郭暉,生平不詳。其詩見《蕙畝拾英》,當是宋人。

**白紙詩**
碧紗窗下啓緘封,片紙從頭徹尾空。應是仙郎懷別恨,憶人全在不言中。

文廷式《永樂大典輯佚書》引《蕙畝拾英》。

### 施文清

施文清,生平不詳,《大典》標識爲宋人。

**丹臺**
丹臺居之西,有岡阜數畝,芝常産其中,築臺爲煉丹室。
舊說茅君過,芝生瑞不虛。背松低結屋,傍水静觀魚。鶴病窺丹鼎,人閑較曆書。鄰翁頗相訝,太與世情疏。

《大典》卷二六〇四引"宋施文清詩"。

### 張銘

張銘,生平不詳,《大典》標識爲宋人。

**度香臺** 度香,即蠟梅也
風篁弄疏晴,幽蹊自來去。氣韵妙無涯,花中黄叔度。

《大典》卷二六〇四引"宋張銘詩"。

### 白子西

白子西,生平不詳。卞東波認爲乃北宋太原白昊。

**謁龍泉神**

危徑盤紆入紫氛,香林邈與世塵分。誰知今古山前雨,盡是朝昏石上雲。溪暗碧泉和月見,洞深幽鳥隔花聞。我來神在無簫鼓,松下惟香一炷焚。

《大典》卷二九五二引"宋白子西詩"。

### 題侯集賢積善堂

梁棟耽耽積善堂,堂前景物鬥輝光。烟雲滿屋子孫盛,風露一軒蘭蕙香。留客夜棋敲玉局,澆花春水響銀床。高門定見多餘慶,好種梧桐待鳳凰。

《大典》卷七二四二引"白子西詩"。

### 赤目

曼倩目如珠,王戎睛似電。內顧自熒熒,外觀亦爛爛。伊余雙瞳明,引錐未嘗轉。入夜常有光,視日亦不眩。今年生瘡痍,熱泪滴赭彈。兩目但端坐,一物不得見。巾幘如敵讎,風沙似避箭。瞭然與眊然,在乎善不善。君子然正心,小人多革面。可以觀死生,可以察貴賤。人不憂吾憂,吾常患人患。惟與青山期,相看無改變。

《大典》卷一九六三七引"白子西詩"。

### 延州南城柳湖

柳色年年好,湖光日日鮮。有岩皆長石,無穴不生泉。飛絮高低雪,澄波上下天。清風除鶴蝨,明月引龍涎。竹到枯猶直,荷從小便圓。曉寒彭澤雨,春暖洞庭烟。蒲立漁翁劍,苔鋪野叟錢。樓臺臨絕壁,簫鼓沸長川。走兔穿雕檻,驚鷗拂玳筵。人家隋岸上,郡閣岳陽前。須信芳菲國,偏藏造化權。琴棋三島客,詩酒一壺仙。屋翠籠金縷,池香浸玉蓮。四并饒飲席,八覺費吟箋。門勝陶潛宅,溪橫范蠡船。碧梧招鳳宿,喬木待鶯遷。采藥逢高士,揩碑見古賢。鐵林兵十萬,珠履客三千。盡得尋花醉,何妨籍草眠。元戎抱經畫,歌舞太平年。

《大典》卷二二六六引《詩海繪章》。

### 寄涂川故人

歲律崢嶸懶寄書,只將心對月輪孤。能移物態惟浮世,不變交情是丈夫。道在黃金如糞土,時來丹桂若桑榆。清朝未立功名了,果向山中老得無。

### 途中逢故人

皇天不虐人,六月必大暑。乖龍懶救物,五穀插乾土。漁陽道中客,筋骨如蒸煮。忽逢君子顏,清風滿襟宇。

以上見《大典》卷三〇〇五引《詩海繪章》。

### 贈興宗達人

身閑性復恬,車馬塞閭閻。好義黃金盡,窮書白髮添。厨烟燒野笋,硯水汲秋蟾。所積功兼行,高於太華尖。

《大典》卷三〇〇六引《詩海(原作"學")繪章》。

### 題許公望屋底叢竹

屋底栽叢竹,幽窗露大明。烟籠一家潤,風入四鄰青。直出古人節,深藏君子名。渭川千百畝,爭似枕前聲。

### 東園小井叢竹歌

誰云小井淺,萬古紅塵飛不滿。誰云叢竹衰,千頃紫烟薰不暖。井兮竹兮君子名,塵兮烟兮小人情。有塵不玷露華清,有烟不隔琅玕聲。願將數尺無波水,澄源養活蛟龍子。長與皇家致雲雨,赫然鱗鬣拏空起。願將數竿有節枝,長與皇家作祥瑞,軒然雨翼磨天飛。井水澆竹青森森,竹枝覆井寒陰陰。何爲井竹善相濟,各有扶持龍鳳心。井之湛兮龍可歸,竹之高兮鳳可棲。龍之不渴鳳不飢,塵烟滿月空爾爲。

以上見《大典》卷一九八六五引《詩海繪章》。

按:後六詩,卞東波《永樂大典殘卷所載詩選詩海繪章考釋》已補。

### 喬通叔

喬通叔,生平不詳。

**題圓通崇勝院**

橫瀉寒泉漱碧烟,曉風明月漾清漣。梵音常在軒窗外,好說毗廬頂上緣。

《大典》卷六六九九引《江州志》。

按:《大典》載此院開寶五年建,通叔當爲宋人。《寰宇訪碑錄》卷八載:"茅山玉柱洞喬通叔題名,崇寧四年十二月。"廖剛《高峰文集》卷一〇《次韵侯思孺席間作》序云:"辛卯間,寓居相國寺前鹿家巷,與朱希參、黃敦言、侯思孺同過喬通叔小飲,時通叔得郡湖南。"此二處之"喬通叔",未知與此詩作者之關係。

### 劉仲常

劉仲常,生平不詳。

**采箭竹行**

采箭竹,采箭竹,朝采暮采山已禿。老弱負戴踵相隨,官輸未供被驅逐。嗟爾邊民忽怨尤,虜寇未弭吾其憂。今年輸竹猶自可,明年輸竹何所求。憶昔寰區清泰日,男知耕耘婦知織。連山瀰浸樵爨餘,斧斤所赦長茂密。自從軍興器械新,弧矢之利戡遠敵。搜羅直至窮海涯,果若有材難閟匿。嗚呼安得薛將軍,天山三箭立奇勳。

《大典》卷一九八六五引《清漳集》。

按:《清漳集》乃南宋通判漳州趙不敵所編。

### 許光曾

許光曾,生平不詳。

**金盞銀臺**

黃中素表折(《百菊集譜》卷六作"拆")秋葩,恰似開筵富貴家。晃耀西風深院裏,清標不減水仙花。

《大典》卷二六〇五。

按:《華東師範大學學報》2012 年第 2 期載彭國忠《補全宋詩 101 首》已據史鑄《百菊集譜》輯。

### 裕庵先生

裕庵先生,時代不詳。《大典》其前接宋人。

### 西湖

湖面新開一鏡奩，湖邊十里捲珠簾。芳塵不上凌波襪，春色渾歸賣酒帘。晴崿籠香花冉冉，烟堤漾緑柳纖纖。蘭舟掠水歸來晚，簫鼓聲中月滿檐。

《大典》卷二二六四引《裕庵先生詩稿》。

## 汪萬寶

汪萬寶，時代不詳，《大典》其前接宋人。

### 柘湖

過橋十里烏櫨林，舍北舍南風日陰。黃牛歸盡山月上，白鷺飛來湖水深。

《大典》卷二二六六引"汪萬寶詩"。

## 陳德昭

陳德昭，生平不詳。《大典》其前後均爲宋人。

### 湖上

練塘清淺似瀟湘，塘草肥牛溢乳漿。紅蓼岸邊江月滿，木蘭舟畔海風長。芙蓉秋淡輕盈國，楊柳春深縹緲鄉。剩有數根張祜石，近來移刻隱君堂。

《大典》卷二二七二引"陳德昭詩"。

按：南宋施德操《北窗炙輠錄》卷下："故家兄之賢弟子，惟孫力道、陸虞仲、湯良器、萃先覺、陳德昭，他余亦不能盡知。在諸公間，惟先覺不第而卒，而德昭猶在場屋。"張綱《華陽集》卷三六有《衰病辭榮蒙恩賜可時小子堅方塵末第陳德昭袁仲誠惠詩褒借甚寵次韵奉答二首》，亦及陳德昭。上述材料所言爲一人，未知與此作者是否同人。

## 梁庾齋

梁庾齋，時代不詳，《大典》其前爲宋人。

### 山齋詩

寂寞尋静室，蒙密就山齋。滴瀝泉遶路，穿窿石卧階。淺槎全不動，盤根唯半埋。碎珠墜晚景，細火落空槐。直置風雲慘，彌憐心事乖。

《大典》卷二五三九引《梁庾齋集》。

## 葉德符

葉德符，時代不詳。《大典》其後爲宋人。

### 梅齋

子真隱仙地，何年玉妃謫。雲林莽蒼外，艷艷寄幽絶。小齋静窗几，開簾照眉睫。將渠江南春，伴此天涯客。靚妝清晨露，疏影黃昏月。對花真可人，却憶西園別。寄遠豈無情，躊躇不忍折。飲酣動狂吟，未害心如鐵。人言百花先，我喜歲寒節。雪霜飽憂患，松竹伴孤潔。東風桃李時，紅紫閙春色。縱復有此香，信知無此格。

《大典》卷二五三九引《常德府志》。

按：《大典》云："梅齋，翁椿年建，葉德符作詩。"南宋有葉機，字德符，葉仲微子，泉州晉江人。紹熙初年爲漳州判官,與朱熹同僚,紹熙二年請朱熹爲《慕堂詩集》作跋(朱熹《跋葉氏慕堂詩》)。未知葉機與此詩作者是否同人。

### 詹時澤

詹時澤,時代不詳。《大典》其前後均爲宋人。
**題舫齋**
尖頭屋子不嫌低,上有青山下有池。一陣東風拂松響,恰如蓬底雨來時。
《大典》卷二五四〇。
按:《景定嚴州續志》卷六載,州人詹時澤兄弟友愛終身,名其里曰友恭。

### 余□

余□,名不詳,曾倅福唐。
**題驛壁**
謀(《湖山集》作"此")生待足何時足,未老得閑方是閑。
《大典》卷一三四九五引《夢溪筆談》。
按:吳芾(1104—1183)《湖山集》卷七《僕平日聞有此生待足何時足未老得閑方是閑之句每嘆服之恨不知作者姓名一日與魯漕話次方聞此詩乃福唐余倅所作魯繼錄全詩及余君所夢始末見示讀之使人益起懷歸之興因成小詩以記其事》,據題,詩乃余氏作。

### 李則範

李則范,時代不詳。《大典》其前後皆爲宋人。
**翻經臺**
五馬穿林詰曲來,崇丘盡處訪遺臺。平看列岫螺千顆,四顧春田酒一杯。偶爾登臨成縹緲,恨無資致可徘徊。古人不作誰由問,細草幽花自在開。
《大典》卷二六〇三。

### 李峒

李峒,時代不詳。《大典》其前爲宋人。
**雨花臺**
雨花臺北倚晴空,烟草阡西是故宮。日暮六龍歸海上,夜深孤鶴語城中。山連巴蜀勢猶在,江截華夷氣不通。欲問興亡遺老盡,長林對面起清風。
《大典》卷二六〇三。

### 梁大用

梁大用,時代不詳。《大典》其後爲宋人。
**雨花臺**
春城一望半桑麻,倚杖東風感物華。山爲人知難聚寶,臺從僧去不飛花。江吞楚尾波濤險,地接吳頭道路賒。不獨眼前風景異,夕陽烟草遍天涯。

《大典》卷二六〇三。

按：南宋有梁大用，字器之，西昌人，篤志嗜學，命其讀書室爲省庵（《誠齋集》卷九八《省庵銘》）。未知其與此詩作者是否同人。

### 王師正

王師正，生平不詳。《大典》其前後均爲宋人。

**山門**

混沌（《寧國府志》作"絶壁"）誰開闢，初無斧鑿痕。一龕金布地，千古石爲門。掌指留仙迹，蓮漪自别村。東峰良可步，更欲看朝暾。

《大典》卷三五二五。又見范鎬纂嘉靖《寧國縣志》卷四。

按：洪亮吉等纂嘉慶《寧國府志》卷二五載此詩，署"王師正，寧國知縣"，并以其爲明人，然同卷以北宋阮之武爲元人。民國二十五年《寧國縣志》卷一二亦以其爲明人，同卷以北宋阮之武歸爲元人，卷一一以北宋蔣之奇歸爲唐人。故王師正時代尚有疑問，姑附於此。

### 胡廷真

胡廷真，時代不詳。《大典》其前後均爲宋人。

**題黄陵廟**

瀧江誰立湘妃廟，後世人知帝舜功。千古香魂渺如在，一川芳草恨無窮。浪花穩泛瓊樓月，木葉輕摇寶瑟風。唯有鄉人重懷古，年年釃酒報時豐。

《大典》卷五七六九引《古羅志》。周方高《全宋詩拾補》。

### 白與時

白與時，時代不詳。《大典》其前後均爲宋人。

**題黄陵廟**

兩妃作配從南巡，死有英魂福萬靈。千里洞庭崇廟貌，四時佳氣鎖林肩。祠荒月淡魚龍躍，水落平沙草木腥。鼓瑟清音今寂寂，空餘雲外數峰青。

《大典》卷五七六九引《古羅志》。

### 鄒季倫

鄒季倫，時代不詳。《大典》其前後均爲宋人。

**題汨羅廟**

汨江五月雲水愁，千人萬人思忠侯。侯之忠兮貫日月，侯之憤兮衝斗牛。休休休，自古忠良難獻謀。冰雪滿胸雖凛凛，片言不悟當回頭。我獨醒，衆皆醉，拏舟不用金章貴。李杜英魂忽此游，三仙共跨黄龍去。

《大典》卷五七六九引《古羅志》。

## 范揆辰

范揆辰,時代不詳,曾知湘陰縣。《大典》其前後均爲宋人。

### 題萬歲寺壁

水溶水緑露春湍,一品梅花笑竹間。最喜行人訪晴路,汨羅溪上指家山。

《大典》卷五七六九引《古羅志》。又見周方高《全宋詩拾補》。

按:《全宋文》册一九二卷四二四五載紹興十五年(1145)龍隱岩題名,有"方城范揆辰公任",未知其與此作者是否同人。

## 虞儲

虞儲,時代不詳。《大典》其前後均爲宋人。

### 買花

蝶蜂上下鬥輕狂,問柳尋花處處忙。誰識南坡無盡境,藩籬元不恨風光。

《大典》卷五八三八。

## 白維中

白維中,時代不詳。《大典》其前後均爲宋人。

### 思鄉偶得

敲斷砧聲天欲霜,朔風驅冷入征裳。小窗睡足梅花月,一夜歸心夢許長。

《大典》卷六六四一。

## 蔡揚

蔡揚,寧國人,時代不詳。《大典》其前後均爲宋人。

### 紫雲岩

紫洞本窮幽,深疑徹九州。夜來風月好,應有羽仙游(《大典》僅此四句)。千林染岩緑,百尺下崖瀑。山水聆清音,悲歌笑燕筑。素風淪不競,尋軌不可軸。遂令嵩少高,翻消仕途速。欽空石門下,春至常寓目。佳處未易窮,鞭長遺馬腹。回首隔暮霞,蒼蒼銷林麓。人生貴適意,何用丹雙轂。徒令誇者心,向背趨凉燠。我才本澆落,實用窘邊幅。功名謝二陸,丘壑尊一睦。種豆敢言蒔,采菽自盈掬。浸淫吾黨士,頗與幽事逐。稍知世網寬,漸畏名韁蹙。西歸由海道,大傳本不獨。空使西州人,行吟嘆華屋。

《大典》卷九七六三。又見嘉靖《寧國縣志》卷四。

### 次韻游石門洞

我本觸事少拘攣,十五官學今華顛。石岩近在吾里社,雙脚不厲(或爲"歷")心茫然。邇來幽栖多暇日,喜與佳士同揚鞭。始瞻青嶂列萬雉,中有巨闕通平川。鬱蔥兩崖疑削鐵,仿佛百矩凌非(或爲"霏")烟。入門深殿更突兀,環寺秀嶺皆蒼堅。謁來幽軒方少憩,爰有法士來導前。扶持直下明心洞,寬廣可著俱眠禪。仰看列壁高無極,寒藤老木相鈎纏。轉回山下望山腰,金鴉西騫當岩邊。捫蘿徑度危磴上,入崦相與飛雲連。瘦筇獨倚畎險在,石柱一扣聆清圓。僧云下入碧雲洞,奔崖赴壑皆湍泉。當流踏石淺可涉,陟巘投足僵或蹟。更燃松炬燭幽秘,勿憚神物相尤愆。崇臺但見存積玉,羽袟(或爲"袂")無復窺靈仙。高垂太古霜雪乳,下有千尺蛟龍淵。山僧不量吾心動,投石固欲信所傳。大聲投地轟雷鼓,使我髮疏(或爲"竦")頸縮肩。朝陽之洞聞更妙,且復尋徑窮潺湲。石生鱗甲自矯矯,泉出脉縷常涓涓。況又連漪在後洞,谽谺巨璞容纖穿。潭深暗通神仙府,路絶自隔仇池天。遍游歷覽日已暮,常掃翠蘚書崖顛。夜投山店雨如瀉,奈此住觀安可捐。明朝幷與塵事接,後會誰復華裾聯。我當便作歸老計,剩買杜曲桑麻田。行抛手板辭北闕,往來耕釣銷餘年。

嘉靖《寧國縣志》卷四。

**憶山門寺**

紫府行可到,清溪深不通。何當控雙鯉,直入水仙宮。

嘉靖《寧國縣志》卷四。

按:嘉慶《寧國府志》卷二四以蔡揚爲宋人,然歸此詩爲元周良寅作;民國二十五年《寧國縣志》卷一二亦以蔡揚爲宋人,歸此詩爲明周良寅作。

## 文子平

文子平,時代不詳。《大典》其前後均爲宋人。

**書靈岩壁**

凌晨策羸驂,尋山結游侶。路行幾舍餘,穿林傍溪滸。秋風吹黑雲,爲我閣飛雨。石門殊怪奇,嵌空滴泉乳。尚記唐人名,鐫崖字仍古。來游共嘆愛,煩喧豁襟腑。只赤(《寧國縣志》作"尺")見文脊,烟嵐隔重塢。瞿硎昔岩居,庵廬今在否。可望不可到,心思插雙羽。凝然但形留,遲遲默無語。

《大典》卷九七六六。又見嘉靖《寧國縣志》卷四。

按:嘉慶《寧國府志》卷二四以其爲宋人,民國二十五年《寧國縣志》卷一二以其爲元人。

## 向敏

向敏,時代不詳。《大典》其前爲宋人。

**秋日長安上河中知府**

葉葉紅疏落漸殘,一川秋色望長安。山河百二依然在,宮闕三千忍更觀。花蕚草荒遺堵壞,蓬萊雲斂暮陰寒。送君此地斜陽裏,執手臨風欲別難。

《大典》卷一〇九九九。

## 陳師嵩

陳師嵩,稱月林道士。《大典》其前後均爲宋人。

**陪簡易提舉游洞天**

九鎖不易到,一行亦難幷。賞心與樂事,況值秋氣清。貴游領衆客。共結山水盟。神仙知何許,不必問蓬瀛。對景一餉間,捫心百慮輕。茫茫塵世中,容易白髮生。安得架束茆,於此全吾真。

《大典》卷一三〇七五引《洞霄詩集》。又見《洞霄圖志·洞霄詩集》卷六

## 阮琦

阮琦,清源人,時代不詳。《大典》其後爲宋人。

**懷隱士**
春近曉寒峭,携壺諧遠尋。江山懷隱士,風日淡高林。白鹿已無迹,清泉猶見心。倚梅誦佳句,疑在碧雲深。

《大典》卷一三四五〇引"清源阮琦詩"。

## 釋用文

釋用文,時代不詳。《大典》其前後均爲宋人。

**經泗上有寄**
秋色動離襟,相思寄旅吟。河分隨樹盡,路入楚雲深。積水沉孤嶼,微陽着遠林。故人不可見,何處訪知音。

《大典》卷一四三八〇。

## 鄭夷亮

鄭夷亮,人稱雙清居士,生平不詳。大典本"常州府"卷一五其後爲宋人。

**題莫城廟**
晚唐藩鎮盛咸通,世襲江南割據雄。僭僞削平真主出,車書混一普天同。想憑霸氣偷安日,坐恃邊臣捍禦功。荒草莫城遺廟在,插雲喬木戰秋風。

大典本"常州府"卷一五。

**又**
漢時海盜苦縱橫,捍禦邊疆築土城。長壽鄉南遺址在,莫王廟食記芳名。

中國民族攝影藝術出版社 2010 年版張秉忠《江陰覽勝》頁一八一。

## 蔣亨叔

蔣亨叔,時代不詳。大典本"常州府"卷一五其前爲宋人。

**浮遠堂題壁**
登高來倚舊欄干,眼界今朝百倍寬。盡剖藩籬無障礙,飽看雲水共瀰漫。酒腸豪放欺杯物,詩料縱橫到筆端。壯觀人間知有幾,莫因懷古動悲酸。

大典本"常州府"卷一五。

按:王繼宗疑其人即大典本"常州府"卷一一所載蔣汝通,字亨伯,自號逸堂。早入太學,高尚不仕,曾參與纂修紹定續修《江陰志》。可備一說。

## 沈綸

沈綸,時代不詳。

**敬簡齋**

謹獨淵源妙莫窺,史君行己自能推。紛紜獄市貴毋擾,俯仰天人了不欺。燕寢凝神香裊裊,公庭省事物熙熙。致君堯舜無他術,却笑龔黄未必知。

《大典》卷二五三五引《邵陽志》引"通判宜興沈綸詩"。

按:味詩意,似與陳與義同時。

## 張奇

張奇,時代不詳。《臨邛記》爲《輿地紀勝》所引用。

### 三瀑岩

百里緣溪山始合,忽驚飛瀑自天來。山高水冷自易夕,遲遲忍辱豁聲回。

《大典》卷九七六五引《臨邛記》。

## 無名氏

### 挽王元之相公二首

二詩誤收《全宋詩》册一八頁一一九一九畢仲游下。王禹偁卒於咸平四年(1001)。詩不具錄。

## 無名氏

### 送孫莘老移知南京

此詩見《大典》卷七七〇一,誤標出處,而致册四八頁三〇三三一曾丰下誤輯。孫覺字莘老,元豐六年十月已在知應天府任,詩當作於此前不久。詩不具錄。

## 無名氏

### 何太宰生日二首

此詩誤收《全宋詩》册一〇頁七〇三〇強至下。題中"何太宰",韓駒(1080－1135)曾有壽詩。詩不具錄。

## 無名氏

此詩作於高宗紹興時。

### 題修誠館

行路難如此,吾生何太非。風塵雙鬢改,世事寸心違。日落水東注,天寒雁北飛。我無家可住,不是故忘歸。

《大典》卷一一三一三引《李公明集》。

按:《大典》李公明詩題下注云:"此紹興中宗所作,失其名矣。余少時誦而悦之,每過必一觀。"

## 無名氏

此詩作於紹興三十一年(1161),作者時知梧州。

### 咏火山重見火

火山之火載於圖經有三說。越中人戶知之。而耆老云：不見者餘五十年矣。紹興辛巳仲冬三日甲辰，山初若流星，已而如日，乍見乍隱，久之乃散爲數道，流轉山頂。郡人譁曰："聖火！"歸美於予。予無德而當之，因作詩以識其事。

寶劍靈珠地所藏，山間何事發光芒。郡人但識爲吾美，爭解天朝火德昌。
火山無火碑猶在，結也翻爲妄也言。自此神光俱不見，向來徒說道州元。
千詩百賦鬥瓌奇，總道前賢迹可齊。顧我非才何以稱，願回嘉瑞福群黎。

《大典》卷二三四三引《蒼梧志》。

按：組詩《輯補》册四頁一四六六誤輯於蕭磐下。

## 無名氏

組詩均輯自《中興禮書》，乃孝宗乾道三年諸臣所作。

### 安恭皇后挽詞

上主周南化，真同麟趾詩。來符柔順德，有助太平基。穜稑當年美，褘褕此日悲。六宫思婦則，遺訓有餘師。

帝遣皇英女，來濱虞汭門。鉤陳元自近，天極有常尊。寶册彌文在，徽名古制敦。所嗟弓韣祝，曾不報薑嫄。

未植長生木，先開白柰花。風流繅繭館，腸斷濯龍車。蘭殿成陳迹，蓬壺有舊家。悠悠赤山道，烟月送悲笳。

淑德膺天眷，坤寧敞殿闈。未聞留玉瑱，俄已掩金扉。禮意存椒壁，功勤見鞠衣。南山孤月在，澹澹不成輝。

儷極身方貴，乘雲質已仙。定從金母燕，不數月娥賢。彤管傳新史，清詩藹舊篇。豈知生是夢，惟有泪如川。

璧月循黃道，軒星映紫闈。六宮師儉節，八表咏音徽。翟茀前驅是，龍帷去路非。柏城無白日，揮淚掩容衣。

德配塗山氏，人言夏后孫。二南風化盡，一旅典刑存。蘭殿秋聲早，椒房曉日昏。傷心五雲畔，悲憤擾（《大典》作"攪"）乾坤。

漠漠（《大典》作"漢漢"）乾坤大，寥寥族望雄。神謨夏后氏，隱德漢黃公。貴女開邦媛，徽音嗣國風。若爲天不弔，一旦玉繩空。

早預虞嬪降，親承代邸思。潛龍見真玉，褕翟儷天闈。蘭殿音容盛，椒塗禮數尊。西風今夜月，忍自照黃昏。

儉德光千載，仁聲浹四方。游龍戒車馬，吐鳳有文章。絺絡有（《大典》作"猶"）朝御，房櫳漫夕香。猶堪付彤管，椽筆寫遺芳。

不見朝黃道，猶疑闋紫闈。坤儀方厚載，月魄竟淪輝。玉座悲歡異，金輿寂寞歸。梁間雙燕語，似說故時非。

穰穰都門道，遺儀感路人。龍輴成永訣，鷗鷺儼橫陳。西極仙游遠，南山吉兆新。蕭森柏城路，何以（《大典》作"日"）夜臺春。

皇以（《大典》作'矣'）中天運，居然内治修。龍樓朝望朔，繭館奉春秋。水殿人何在，雲輧挽莫留。西風湖上路，笳吹擁行輈。

魚貫承恩日，鷄鳴問寢時。聖傳仍翰墨，能事更聲詩。共擬周南應，翻成楚些悲。昭文琴不鼓，那忍問成虧。

　　時節家人禮，從容父子歡。母儀天下順，婦道四方觀。玉冷衣銷鳳，塵昏鏡掩鸞。前春勸蠶事，無復上桑壇。

　　儆戒言猶在，尊榮事已非。秋高天雨泣，仙去月沈輝。椽筆空遐想，椒塗定不歸。可堪聞恤典，華夏涕沾衣。

　　儀天初作合，遡日自同休。身有憂勤志，家無恩澤侯。月方沉厚夜，春不返長秋。典冊哀榮備，難紓萬國愁。

　　《中興禮書》卷二八五。又見《大典》卷七三七八引《中興禮書》。

　　按：原有二十首，其中三首分別見冊四七頁二九五三〇楊萬里《安恭皇后挽詞》其一及《又代人作》二首。《大典》此卷云："合用挽詞，係翰林學士、中書舍人共撰二十首。"時爲乾道三年七月。

### 莊文太子挽詞

　　組詩均輯自《中興禮書》，乃孝宗乾道三年東宮諸官所作。

　　國有元儲重，人歸上嗣賢。愆和纔十日，遺恨忽千年。玉彩空成帨，金聲會永傳。從今鷄戟曉，無復早朝天。

　　鼎盛春秋際，離明日月垂。見龍端有異，跨鳳果何之。月冷神疑在，雲空天亦悲。春闈掩蘭菊，忍習洞簫詩。

　　天性根仁孝，生知絕吝驕。禮隆賓與傳，歡動舜承堯。舊學猶能頌，英魂不可招。應留千載恨，心繫寢門朝。

　　夙稟淵沖德，天成玉裕姿。九齡無復夢，七發欲何施。敬想音容接，難成羽翼隨。郊原秋尚淺，笳鼓自淒悲。

　　授書驚夙敏，聽語記温慈。幻海方重潤，前星忽告移。空成想華蕚，不復望蘭猗。愧匪鴻儒手，操觚屬誄辭。

　　火色奚難壽，黃麾忽上賓。望思元不恨，娛侍卒無因。摘句篇尤富，揮毫墨尚新。雲旂參葆鐸，爭忍送車塵。

　　覽勝餘陳迹，承華鎖舊門。薤歌成北里，秘器出東園。遍祀虛虔祝，空圖需異恩。直疑身可贖，泪盡欲何言。

　　岐嶷寧勤傳，寬仁獨好儒。猶能誇五勝，那復進雙符。禁鑰空秋鶴，清燈耿夜鳬。長安日非遠，英爽會來無。

　　元圃詩仍在，東宮事忍觀。雨昏銅輦濕，風斷玉笙寒。穹昊嗟難問，宸慈慨永嘆。幽埏緬郊郭，都邑倍辛酸。

　　初失中闈奉，胡寧浹日間。端居深愴慕，仙馭極摧攀。莫助黃離照，空持玉契還。畫堂生晝寂，神已在瑤山。

　　《中興禮書》卷二九〇。

　　按：《中興禮書》同卷載："其合用鼓吹導引一曲并挽詞一十首，并乞令本宮官修撰。"

## 無名氏

**友賢堂**

史君胸次妙難窮,期會紛紜肯計功。厚德已綏千里遠,高懷猶寓一堂中。顏徒想合居前席,噲伍應慚拜下風。華榜巍峨瞻睇久,了然心目忽疏通。

《大典》卷七二三七引《京口續志》。

按:《大典》另引《京口詩集》,載孝宗乾道六年(1170)知鎮江蔡洸詩。此詩即爲蔡洸建友賢堂而作。

## 無名氏

曾爲制帥,與王之望(? —1170)有唱和。

**句**

來時梅破萼,忽折枝頭酸。

《大典》卷一五一三八引《王漢濱先生集》載《再和》詩注。

## 無名氏

德興縣人,淳熙五年(1178)爲詩美縣宰李舜臣。

**句**

銀峰縣政百餘年,陳鄭才猷舊所傳。

《大典》卷三一五一引林光朝《艾軒集》。

按:《大典》云:鼎爲邑有惠政,至今人思之。淳熙五年,蜀人李舜臣宰德興,邑人爲詩美之,其首章云云。

## 無名氏

此詩撰於理宗淳祐十二年(1252)。

**送胡鍭知寶慶**

院靜書千卷,庭清水一盂。身名雖刺史,滋味只臞儒。

大典本"常州府"卷一一。

按:"常州府"載"由冊府典名藩,同館以詩送之"云云。據《南宋館閣續錄》卷八,胡鍭淳祐十二年正月知寶慶府。

## 無名氏

**盧申之以惠山泉二斗爲贈因憶南仲周友二首**

組詩誤收《全宋詩》冊一〇頁七〇五七強至下,題中"南仲周友"乃南宋詩人周南(1159—1213)。詩不具錄。

## 無名氏

此組詩均輯自《大典》引"江湖"諸集,確爲宋人之作,然作者當非一人。

### 吟詩難
從昔吟詩第一難,詩成莫做等閑看。因哦一個敲爻字,倚遍春風十二欄。
《大典》卷八九九引《江湖詩集》。費君清《宋人江湖詩續補》。

### 絕句
行到山深處,臨流一兩家。也知春色好,隨分種桃花。

### 無題
秦王夜宴茉萸宮,月上海棠千點紅。舞女歌童留不住,荒茵蔓草啼寒蛩。
咸陽原頭三月春,楊花顛倒迷行人。行人混混幾來去,東去邯鄲西去秦。
以上見《大典》卷九〇三引《江湖集》。費君清《宋人江湖詩續補》。

### 東湖即事
醉扶吟策倚西風,欲泝湖光欠短蓬。一段秋容堪畫處,敗荷衰柳夕陽中。
《大典》卷二二六二引《江湖續集》。費君清《宋人江湖詩續補》。

### 咏雲卿
太師何岩岩,耐辱持國均。亦有經濟才,高臥西山雲。子房憂世心,急難思誠臣。素書聘綺園,意重千金輕。鳳凰鳴高岡,乃與梟鳥群。天末詎見之,鴻飛自冥冥。西山高插天,江水清絕塵。空勞使者車,此意難重陳。
《大典》卷二四〇四引《江湖續集》。

### 沙頭
寂寞初冬候,沉沉夜氣清。宿雲江樹冷,翻月浪花明。漁水橫深浦,鼉更度遠城。高沙魚米賤,隨在有歡聲。
《大典》卷五七七〇引《江湖集》。

### 野花
殷紅如染白如霜,淺紫深青復淡黃。天爲幽芳均雨露,平分春色作秋光。
《大典》卷五八三八引《江湖後集》。

### 送張權守隆興三首
醅糟誰忍向人醒,櫃帛囊金俗已成。別貯無名錢百萬,張侯直與水爭清。
賢侯稱職合爲貞,此是宜春父老情。不道君王精選表,漢廷近日缺公卿。
梁公數薦束之賢,尺一紫泥來日邊。不必送君向南浦,就携彩隊去朝天。
《大典》卷七九六二引《江湖續集》。費君清《宋人江湖詩續補》。

### 寄荊帥劉待制
歷歷古荊州,才堪敵壯游。星飛雲澤曉,月破渚宮秋。身世浮如客,文章老不休。還尋宋玉宅,莫上仲宣樓。雪入烹鱸鼎,花依弋雁舟。竹枝歌未穩,處處有餘愁。
《大典》卷一四三八〇引《中興江湖集》。費君清《宋人江湖詩續補》。

### 歲晚寄胡君弼
天道冥冥世道難,未知何處可求安。鼎中得米吞聲煮,擔上逢梅泣血看。死骨纍纍無主拾,生芻獵獵有人餐。占星擬卜明年事,病眼觀星夜色漫。
《大典》卷一四三八〇引《江湖後集》。

### 是處

是處堪彈鋏,今朝又起單。潮高疑地窄,蘆矮信天寬。阡陌嘉禾種,茅茨釣月灣。一風飄夕照,髣髴見青山。

《大典》卷一四五四四引《江湖續集》。費君清《宋人江湖詩續補》。周方高《全宋詩拾補》。

### 寄題江湖穩處

縛屋求於穩處宜,到門還似上船時。江湖未必風波險,平地風波險不知。

《大典》卷一四五四四引《江湖後集》。費君清《宋人江湖詩續補》。周方高《全宋詩拾補》。

### 雙竹

風聲同一嘯,月影分兩痕。見此雙清節,夷齊今返魂。

《大典》卷一九八六六引《中興江湖集》。

## 無名氏

### 過沙南

幽意樂雲水,輕舠拂浪花。晴沙卧林影,遠日在天涯。驚飆激頹波,歲月已崢嶸。玉梅行犯臘,江柳欲回春。南山浮霽色,飛翠入江城。豪賈不知愁,烟渚發行舟。高帆挂落日,叠鼓下汀洲。樽中山影度,波上夕陽流。簫聲轉前浦,餘恨滿倡樓。

《大典》卷五七七〇引《儀真志》。

### 落花詩

落花隨雨聚階傍,濯破春江錦一張。寄與東君休悵恨,明朝贏(原作"羸")得燕泥香。雨積香庭淺綠,風遥綠樹殘花。阿母親曾剪彩,瑤池猶泛紅霞。

《大典》卷五八三九引《儀真志》。

按:二題《大典》其前均爲宋人。且據張國淦《中國古方志考》頁二三八所考,《大典》引《儀真志》乃宋光宗紹熙間韓挺、蔣佑纂。

## 無名氏

### 贈彭丙翁胡復初采詩

山中五色芝,正爲何人飢。朱門酒肉厭,樵者實得之。携持易斗粟,乃以毒見疑。轉而得一售,污以肉與脂。堂堂仙上藥,爲此臭腐遺。藏深有不遇,遇亦未可知。不如取自食,何以其粟爲。

蘽本爲蘼蕪,昌陽即昌蒲。黃精與鈎吻,本是根種殊。向來家生葛,棄野不可茹。采之有不辨,不如蕫與茶。蒙茸適相似,一誤非所圖。世人不識察,以我爲儲胥。老農八十死,何如且樵蔬。

已無千載事,乃且長短吟。長吟塞天地,短吟繫人心。人心有不察,千載哀歌沈。士家得無用,無用奄且瘖。何如高山高,謂在流水深。棄去復棄去,何必揚雲今。吾言本不藏,而亦不可尋。

### 讀坡公次子由詩有感

每聽他鄉風雨聲,絶如老子在彭城。當年猶是人間別,况此茫茫別死生。

縱使重來更我心,形容未必識如今。周南留滯年年遠,并怕難存舊語音。
《大典》卷八九九引《古今詩統》。
按:總集《古今詩統》乃宋人劉辰翁編。

## 無名氏

### 羊角山
羊角山高吹畫角,虎頭洲畔釣靈鼇。
《大典》卷一〇九五〇引《臨川志》。
按:據《中國古方志考》頁五六四所考,《大典》引《臨川志》爲宋人纂。

## 無名氏

### 南岩詩
草中書帶縈迴巧,葉上靈南岩畫深。卉木無知尚風化,黔黎何獨不回心。
《大典》卷九七六六引《江陽集》。
按:《大典》其後爲晁補之詩。

## 無名氏

### 魯叶隱士
深入烟霞谷,峰巒是四鄰。夜唯滄白石,晝不識紅塵。尼父許求志,伯陽交養神。生涯無別物,藜杖與紗巾。

### 贈隱士
一室高山頂,多年静遠關。乾坤饒不老,日月與長閑。庭鶴同興寢,岩猿伴往還。却因詩句累,名姓落人間。
《大典》卷一三四五〇引《潼川志》。
按:《潼川志》編者不詳,然《大典》引《新潼川志》乃宋人纂。

## 無名氏

### 馬鞍嶺
青青不斷惜風鸞,脊聳驊騮叠巘間。此語一經詩客道,至今人指馬鞍山。
《大典》卷一一九八〇引《崖州郡志》。
按:《大典》詩前云"胡澹庵有詩所謂山脊驊騮者,自注云:馬鞍山也。後有人賦詩"云云。則詩乃胡銓題詩之後題。

## 無名氏

### 咏文翁嶺
孤峰崒屼瞰滄浪,東障狂瀾鎮邑傍。隱士遺踪知已遠,鄉人說姓未能忘。特思對峙猶賓主,博茂相從後列行。極目四時常秀麗,吳川應不乏冠裳。
《大典》卷一一九八〇引《化州郡志》。

## 無名氏

**紅梅**

紫府移來奼早芳,玉容寂寞試紅妝。花含曉雨臙脂濕,枝繞春風絳雪涼。

《大典》卷二八〇九引《桂水集(原無"集"字)》。又見《全芳備祖前集》卷四。

## 無名氏

**兩絶**

志念平生早着鞭,不知江海付推遷。眼看歲月消磨盡,盛買黃牛學種田。

此意翻成一笑休,園林真樂可消憂。蕭蕭白髮秋風裏,曳杖閑看水牯牛。

**與滕翶員外評詩**

騷雅因君話,於余敢庶幾。易教添發白,難是掩人非。趣極堪無味,理深還有機。真風今已矣,誰復苦知微。

《大典》卷八九九。

按:《大典》此處引詩凡九題,此二題列第七、八位。第一題前標"談長真水雲集",前三題《七言絶》《五言絶》《無題》二首,確見《全金詩》之譚處端下。其下所收詩未標出處,然其餘四題《絶句二首》見册五三頁三二八八四徐璣下,《偶成》之一見册三四頁二一六〇〇馮時行下,《偶成》之二見册一一頁七七四四八范純仁下,《睢陽道中》見《輯補》册七頁三二一二宋齊愈下,《頤庵口號》見册三八頁二四二三八劉應時下,均爲宋人詩,則此二題當亦爲宋詩。

## 無名氏

**過永豐入西城湖**

遠山明淡烟雲中,霏微小雨吹晴空。湖波不動鏡湖碧,藕柄入稻開鮮紅。挐舟直過苔花裏,屬玉驚眠兩飛起。忽看茅屋古柳灣,牧子騎牛渡灘水。

《大典》卷二二七〇引《溧水志》。

按:據《中國古方志考》頁二三二所考,《大典》引《溧水志》乃咸淳時纂,姑附於此。

## 無名氏

**七月二十七日如杭揚村行二首**

船動乃覺山動,樹鳴元是風鳴。秋日已深猶熱,山雲欲雨還晴。

絶壁似無平地,深村忽有人家。數間屋住巨石,一葉船依淺沙。

《大典》卷三五七九引《遺風集》。

按:《大典》引《遺風集》爲總集,或標作者,或不標。所標作者有宋人,有元人。此組詩未標作者,其上接宋詩,下接元詩,時代不詳,姑附於此。

## 無名氏

**德興寓舍**

經案朝看日,書窗暝坐時。謾吟五字句,戲誦百家詩。破夢春風動,無眠夜雨知。一生閑處著,喪亂髮如絲。

《大典》卷七九六二引《番陽志》。

按:《大典》此詩前後皆接宋詩,姑附於此。

### 無名氏

#### 聞登第曲

鵲噪凌晨樹,燈開昨夜花。

文廷式輯《永樂大典輯佚書》引《蕙畝拾英》。

按:《蕙畝拾英集》乃宋人纂,姑附於此。

### 無名氏

#### 登高嶺

平崗隱起勢陁陂,亂石崢嶸擁薜蘿。側塞豈容栖客帽,西風一醉共婆娑。

《大典》卷一一九八〇引《橫縣志》。

按:《橫縣志》乃宋志,《大典》此詩下接宋詩,姑附於此。

### 無名氏

#### 途次宮闕洞交趾酋長迎謁

馬踏寒霜下石門,海夷遙望彩旗奔。報言天子綏懷意,鬥解氈裘謝聖恩。

《大典》卷一三〇七四《建武志》。

### 無名氏

#### 題皇華館武岡洞天

試似奇章細品題,洞天不鎖畫欄西。茂林修竹山陰道,曲水橫橋罨畫溪。泉脉通池沿澗遠,石牙平屋接雲低。公家事了吟詩趣,一日一番携杖藜。

《大典》卷一三〇七五引《都梁志》。

按:《直齋書錄解題》卷八載:"《都梁志》八卷。郡守霍篪、教授周之瑞修,紹熙元年也。"

### 無名氏

#### 和邵倅劉推鉛山西湖韵

水中山影浸鵝湖,混混泉源注一隅。十頃寒光接杭潁二郡皆有西湖,千年傑句次蘇歐二公知杭潁。雪蟾骵就玻瓈界,花木鋪開錦綉圖。派出江西模寫妙,詩壇二將壓孫吳。

《大典》卷二二六三引《永平志》。

#### 暑中行役宿鵝湖

征途歷險艱,歸日當炎燠。祝融方震怒,旱魃殊驕驁。田乾赤地裂,風起黃沙簸。但有殷雷驚,曾無陰雨膏。坐乘胸如惔,步屧頭欲破。返照不容逃,南薰未嘗到。浴净隨即汗,飲清行復燥。一浣輒一焚,九蒸仍九暴。僕夫況勞瘁,客子添愁懊。前俛拔山羽,後若盪舟昪。忽欣蕭寺逢,徑借禪房卧。車馬爾雖增,泉樹吾所好。豈能陟峰高,直欲尋堂奥。賓主相棄忘,巾屨從疏墮。望月繞墻行,納涼當户坐。暫偷此夕安,明日還無奈。

《大典》卷二二六七引《永平志》。

### 縣齋觀林德亮墨梅

胸次毫端絶點塵,畫師終不似詩人。知君和靖先生後,寫得梅花分外真。
色香本幻還生幻,水墨爲梅真是梅。挂向小窗禪榻畔,引他胡蝶夢中來。
生平幾度醉花前,祇怕飛英落酒邊。今次相逢不須壽,鉛華已畫得長年。
嶺頭飽歷雪霜清,今日移居入管城。須信凌烟新繪像,向來白面舊書生。
憶昔承恩入帝宫,曉妝幾聽壽陽鐘。無錢乞與毛延壽,玉膩翻成黑瘦容。
花光卿月未爲奇,筆法真傳楊補之。意足不求顏色似,自慚未及簡齋詩。

《大典》卷二八一三引《廣信府永平志》。

按:《永平志》纂於淳熙十年以後,姑附於此。

## 無名氏

### 劉慶壽會於齊安歸索詩

放目族閭間,人歲多滿百。争光遠游賦,一語省未得。翻迁二十年,惝惝帶城墨。爾時淮西酒,只應連舉白。所視得氣概,况復臨赤壁。相繆故在捷,長公此遺迹。試窺磯石上,猶帶秋月色。獨行州西路,空有泪頻滴。嗚然不入耳,子政來爲客。不特月憐子,我負愧尤劇。大江日南風,吹笋盡成荻。極思穿六鱗,更羨師五策。如何萬里帆,將舞宮亭汐。縣知要如願,抵掌歸故國。頼乎稷下老,若此麻中直。相輝未兩眉,欲跂已孤蹟。長亭撫短柳,唯重三大息。懷心何處安,遇有飛南北。

《大典》卷八九九。

按:《大典》其上下引詩作者均爲宋人,姑附於此。

## 無名氏

### 詩一首

忽思往事三代前,今有罪者亦可憐。

《大典》卷八二二引《愛日齋叢抄》。

按:《大典》并云,比見石九成文詩云云,與《嘆息行》意近。"石九成文"不詳,姑附於此。

## 無名氏

### 詩一首

納紙投名愧已深,更教門外久沈吟。事窮計急燒牛尾,不是田單素有心。

### 句

門前人立處,席上欲言時。

以上見《大典》卷八二一引《敬齋古今黈》。

## 無名氏

**梅花集句**

冬至陽生春又來,園林風暖凍痕開,化工清氣誰先得?若説高標獨有梅。杜甫、羅隱、王履道、邵康節。

殘雪猶封宿草荄,南枝何遽得春來。東君定與花相厚,故遣凌寒特地開。晁無咎、李希聲、玉溪、張文潛。

漏洩春光此一枝,水沉爲骨玉爲肌。從教臘雪埋藏得,自有清香處處知。廖明略、山谷、荆公、毛澤民。

簾幙蕭蕭竹院深,吹香獨與我追尋。何人會得東風意,要試平生鐵石心。張乖崖、竹軒、東坡、山谷。

薄薄仙衣淡淡妝,幾時塗額藉蜂黃。偏憐雪裏無雙艶,更占人間第一香。謝無逸、張籍、周問祖、韓魏公。

江南歲晚雪漫漫,堪笑臞仙也耐寒。鬚撚黃金危欲墮,蒂凝紅臘綴初乾。韓子蒼、陳去非、荆公、林逋。

郎官湖上探春回,相與揮毫賦早梅。莫笑吟詩淡生活,爲君吟罷一銜杯。李白、范文正公、東坡、林逋。

冷冷疏疏雪裏春,氣清偏覺爽精神。世間無恨丹青手,玉骨冰肌畫不真。李希聲、何明、高蟾、劉厚。

竹裏橫斜一兩枝,惱人風味可誰知。願君采擷紉幽佩,始見清香無盡時。毛達可、陳去非、東坡、楊元素。

竹陰松影翠相連,耿耿幽姿伴歲寒。慣負曉霜甘寂寞,結爲三友冷相看。陳去非、張文潛、韓忠獻、東坡。

**落梅**

正是春容爛熳時,不堪愁笛一聲吹。香銷色盡花零落,只待青青子滿枝。東坡、陳參、喬知己、羅適。

**臘梅**

香蜜染成宮樣黃,鬱金叢裏見新妝。精神不比籬邊菊,風格孤標又國香。謝無逸、吕居仁、張文潛。

**紅梅二首**

玉頰何勞獺髓醫,猶嫌太白傅燕脂。一枝帶雨墻頭出,似畫楊妃出浴時。東坡、徐顧仲、謝天逸、杜祁公。

枝頭灼灼爛生光,獨占新春第一芳。故作小紅桃杏色,頮姿照水似臨妝。參寥、張文潛、東坡、趙德麟。

**墨梅**

杖藜點檢故園梅,雪壓林寒春未回。紙上今朝見顔色,不論時節遣花開。曾宏父、周少隱、張會川、東坡。

以上見《大典》卷八二二引《考古質疑》。

按:《大典》云:"近見《梅花集句》,其中警聯若出一手,姑以數絶附見於此。"

## 無名氏

### 宣機郡齋酬倡拉元輔伺游五祖以隔縣爲言後一日獨登峰頂戲作十六韵附郵筒寄之

我昔游西南，行盡山水窟。歸來見山水，依舊愛入骨。書生有習氣，欲去不可卒。浮名若相絆，使我意忽忽。一春走客程，半是塵土汩。心期挹清勝，得得爲洗拂。名山古道場，盡出諸祖佛。清泉落岩竇，遮護有神物。白蓮峙其上，峰頂愈崷崒。烟雲半吞吐，日月互出没。舉手摘星辰，俯焉見栖鶻。旁招五老峰，相對兩突兀。欄干遍徙倚，便欲謝簪紱。萬事可頓忘，妄念不須咄。張先騏驥姿，乃爲羈絆屈。何妨寄詩筒，爲我寫幽鬱。

《大典》卷一一九五一。

按：《大典》此詩前後皆接宋詩。

## 無名氏

### 游梁山中峰岩

弱齡嗜幽賞，寢爲名宦縻。及兹遂閑散，欣然理前思。凌晨琴樽佩，望望愜所之。石門足藤蔓，溪口多蒲葵。泝流不盡源，捫磴復改岐。倏忽值嵖岈，邂逅臻平夷。獨愛中岩勝，環峰如隱坤。列樹攢萬首，流泉釃兩支。山禽助我趣，吟哦清且悲。野鹿馴不驚，哨群自娛嬉。既悟飛走適，永悼樊籠羈。早晚檻棟具，亦開瓜芋棋閩粵謂畦曰棋。願從二三子，畢志老茅茨。

《大典》卷九七六五引《清漳集》。

## 無名氏

### 和蘇軾寄藤州弟子由

先生有文欲吊湘，飄然去國來南方。玉堂金馬在何處，久知此地壓渺茫。平生四海子由耳，少年便許同行藏。異鄉同氣各有適，并合不似秋江長。明朝解乎自南北，風晨月夕猶相望。古人兄弟有如此，今人兄弟何獨亡。蒼梧自是古名郡，賴有青紫鋤天荒。作詩重說二公事，欲使孝友留蠻鄉。

《大典》卷二三四三引《蒼梧志》。

按：《大典》前後皆接宋詩，然稱蘇軾爲"古人"，似非宋朝人口吻。難以遽斷，姑附於此。

## 無名氏

### 宿傍慘浦遇元夕有感

殷勤傍慘浦頭月，亦解嬋娟作上元。因笑耳餘論刎頸，終歸息鄭有違言。

《大典》卷二〇三五四引《雷陽志》。

按：據張國淦《中國古方志考》頁六一七考證，《雷陽志》爲宋人纂。

## 無名氏

### 種麥行

霜林老鴉尾畢逋，田間拾麥聲相呼。衙將不便豕飢腹，種在畦西行麥熟。郴民智豈詎不如。長夏忍饑疲荷鋤，寧甘辛苦號惶月。孰知他鄉餅餌如土連村墟，蒼顔太守本耕者，貽爾來牟種秋社。明年分數上有司，汝無浪費吾無欺。

《大典》卷二二一八二引《郴州重修圖志》。

## 無名氏

**題雲岩**

林深路轉山，岩虛雲觸石。是中立數椽，僅足安一室。斷罅開碧落，當晝縣白日。孔檗挂乳竇，螢鼠傳石脊。山中古老人，對我誦記憶。昔爲鬼仙家，乃籍巨人力。劃地剖疆界，印泥遺指迹。至今百年餘，住世三度易。吾非梅子真，身是江南客。阿公鬢未霜，阿弟鬢如漆。詹子武夷俊，邂逅願已適。扶携一登覽，相與有儔匹。林逋葉静能，俱來一同席。二子善鼓琴，無弦徒挂壁。日暮雲已歸，今夕竟何夕。徘徊卧白雲，華胥休更覓。

《大典》卷九七六三引《永州府志》。

## 無名氏

**題三笑圖**

愛陶淵明醉兀兀，送陸道士行遲遲。飲酒過溪都破戒，斯何人斯師如斯。

《大典》卷六六九九引《江州志》。

按：據《中國古方志考》頁五五九所考，《江州志》爲淳祐後纂，多爲宋人事迹。《大典》詩前云"又有前輩題云"。姑附於此。

## 無名氏

**題御題寺**

解鞍投宿得禪宫，識破浮生萬境空。夜静稍聞檐外雨，朝來知是葉間風。

《大典》卷一三八二三引《洛陽志》。

按：詩時代不詳，姑附於此。

## 無名氏

**楓門落照**

丹楓如染帶烟光，幻出人間錦綉鄉。一段西山觀不盡，歸鴉數點送斜陽。

《大典》卷三五二七引《武岡州志》。

**法相洞天**

石竇虚明路暗穿，塵襟到此覺瀟然。洞門正在雲深處，誰相人間别有天。

《大典》卷一三〇七五引《武岡州志》。

按：《大典》引二詩未署作者。檢光緒《武岡州志·藝文志六》，有署陳與義《十景詩》，此二首正在其中。然現存諸種陳與義集均未載此組詩，是否陳氏所作尚有疑問，今姑附於此。

## 無名氏

**耘蔬**

蔬圃晚行樂,老傭携鋤過。地偏人迹少,天闊雁聲多。落日栖榆柳,凉風捲芰荷。清砧起鄰屋,我有舊漁蓑。

《大典》卷二四〇七引《澧陽志》。

按:《澧陽志》乃元人纂,然《大典》此詩前後皆宋人,姑附於此。

## 無名氏

**曉妝**

淺畫修娥薄傅腮,淡妝雅稱壽陽梅。丁寧不用梳高髻,勾引朝臣諫疏來。

《大典》卷六五二三引《宋名賢詩集》。

## 無名氏

**鹿鳴燕士詩**

龍嶺行歌龍已化,鳳頭將見鳳齊鳴。

《大典》卷一一九八〇引《元一統志》。

按:《大典》云"宋淳熙丁酉,邑令蘇邦平縣基得古碑"云云。此詩作於淳熙四年(1177)前,姑附於此。

## 無名氏

**三教岩**

道寓環中本一樞,教分鼎足豈殊途。三人并坐渾無語,千古溪山會得無。

《大典》卷九七六五引《廣信府志》。

按:時代不詳,姑附於此。

## 無名氏

**東岩**

直上三千仞,天高勢可窮。蛟龍泉竇小,雲雨旱時通。斜日霏微外,他山隱見中。長途望不見,雙泪濕秋風。

《大典》卷九七六六引《建昌府志》。

按:時代不詳,姑附於此。

## 無名氏

**評詩**

詩情亘萬年,今日是評看。古道歸唇舌,清風入肺肝。乾坤機軸動,神鬼骨毛攢。雄跨相如室,高登杜甫壇。詞源傾渤澥,智刃擊琅玕。裁翦文章易,根求造化難。七言宜磊落,五字要攢完。龍虎生才力,風雷起筆端。門庭張雅樂,堂奧奏清歡。價震雞林國,名傳狗監官。道長欺沈謝，功不下蕭韓。手底千靈伏，胸頭萬象寬。莫投皮海笑，當出錦囊觀。曉水浮烟媚，春花帶雨寒。雲中芳草闊，鳥外夕陽殘。思極心源竭，吟多病雪乾。不須邀馴馬，何用薦金鑾。願頌皇王德，蘿圖萬世安。

### 劉氏稚子索詩
之子二三歲，天然骨目奇。纔生松有操，未琢玉無玼。見客羞騎竹，逢人喜念詩。方知慶門內，須出寧馨兒。

### 青學教授史子愚賢之惠詩一卷
青丘多勝事，一一屬君詩。遇物胸懷寫，揮毫氣象隨。溪山千古待，風月幾人知。別後珠璣在，高哦慰所思。

### 讀法芝上人詩卷
道人信腳入鍾山，却爲林泉筆不閑。收得明珠盈四百，未知高價有誰還。

### 言詩裴說
因慕曹名句，精吟五字間。功夫貪費日，年幾半拋山。盡說將詩去，皆云得句還。春官正公道，回首泪潺潺。

### 諸公寄題林子山南華詩
舍人詩待送南華，曉筆纔終宰相麻。吟處瑞烟生禁柳，寫時紅日上官花。喜看鸞鶴翔天際，敢望鷗鵬化海涯。子美右軍風格在，閩州光耀幾千家。

### 讀學易先生劉斯立詩
曩知攀《易》妙通經，今喜能詩得我驚。宇宙瞻山雄岱華，廟朝端樂貴英莖。曹劉顧鼠終窮技，郊島秋蠅便絕聲。他日北山尋馬鬣，一尊紅酒酹先生。

### 飲酒賦詩
麴生風味誰能貶，毛穎篇章此最奇。到處淋浪翻醉袖，有時搜索撚吟髭。香浮王螘人爭殢，句比銅丸世罕知。文舉一尊邀座客，翰林十幅寫宮詞。

### 奉酬宣教携詩見訪
句稽試吏本無長，斂袂初焚拜闕香。五斗可憐羞靖節，二毛空歎老潘郎。窮愁袞袞知何奈，俗務紛紛爾許忙。賴有高人慰岑寂，袖携詩句過茅堂。

### 絕句
京師素號酒色海，溺者常多濟者稀。吾子堂前有慈母，布衣須換錦衣歸。

以上見《大典》卷九○○引《詩海繪章》。

### 投蔡太師
昔年罇酒每逡巡，此日遥瞻百辟尊。零落羽毛迷鳳穴，退藏麟甲謝龍門。來非東閣天上客，歸愛武陵花下源。肯學袁絲事游說，區區來往謾高軒。

《大典》卷九一七引《詩海繪章》。

### 武興東池入蜀之勝趙南正曾典是郡往來熟游詩
《大典》卷一○五六引《詩海繪章》載此詩，《全宋詩》册六頁四二六九誤錄爲趙丙《東池》。詩不具錄。

### 題梁歸安誠意堂詩
至誠千里應，清坐一堂深。政有移風效，民無作僞心。寡辭身易治，簡訟吏聞琴。未必慚恭茂,吾知古亦今。

《大典》卷七二四〇引《詩海繪章》。

### 洪洞春步二首
洪洞春意水邊來,楊柳何人着行栽。逐客欲行猶愛惜,迴頭更見杏花開。

尋常乘興弄清流,更有輕雲左右浮。萬里好風相信否,更隨孤鷺落蒼洲。

《大典》卷一三〇七五引《詩海繪章》。

### 代人上熙河帥王公
戰旗一指虜塵空,天子臨軒議賞功。青史姓名千古上,黑頭富貴萬人中。彌年衆已歌申伯,當日誰能識太公。車騎東來爭刮目,玉書催對未央宮。

《大典》卷一五一三九引《詩海繪章》。

按:以上詩均見《大典》載《詩海繪章》所引,非一人所作,作者未能確考,姑附於此。

## 無名氏

### 木芙蓉
木芙蓉,朝花白,暮花紅。世情兩翻覆,正與此花同。木芙蓉,生墻東,死墻東。只換色,不換叢。世情翻覆無間斷,若比此花根亦換。

《大典》卷五四〇。

### 望太湖
垂虹橋外水茫茫,又歷鯤鵬變化鄉。船得便風寬客思,城留殘照染湖光。未輸溟渤吞三島,直想虛空斂八荒。欲買一樽留月色,荷花蕩口借新凉。

### 鄱陽湖
胸次欲吞雲夢澤,蕩空淪野總滔滔。鯤鵬自以天爲國,蛟鱷同驅海扇濤。障目萬艘輕似羽,插天孤島小於毫。明當飛步匡山頂,俯仰青天視六鰲。

以上見《大典》卷二二六〇。

### 同景舟外史寶玉舍人游西湖
十里平湖抱海寬,蘇堤一望思漫漫。群山倒影隨城盡,微雨吹秋入浦寒。畫舫直疑天上坐,彩雲渾在鏡中看。雷峰南去八九寺,多在湖山媚處安。

肩輿衝霧湖頭去,却向城南載酒來。燕子多情先客至,榴花解事向人開。也知曲盡湖光惱,每到詩成海思催。金碧數峰秋幾仞,并隨殘照落銀杯。

### 又
明月吹笙王子晉,畫船載酒賀知章。向來事業能幾許,如此湖山不一狂。候客斷橋題積雪,放歌曲院把瓊芳。賈生似道廢宅閑秋草,無怪啼鴉怨夕陽。

### 又
柳浪聞鶯秋水渡,竹枝留客木蘭橈。故人海內無雙士,美釀山南第一橋。不是壯游輕遠首,懶將鄉夢寄歸潮。錦衣公子肯同調,共掃明月雙吹簫。

### 又
剪取新荷作酒觴,人生只合老錢塘。李膺固與林宗并,嚴武焉知杜甫狂。鷗渚魚梁分野水,鳳笙龍管到斜陽。涌金門外烏啼早,辜負荷花送月凉。

以上見《大典》卷二二六四。

### 走筆題姑蘇人梅花卷
闔閭城中十萬家,我昨到城初日斜。欲向城頭吹玉笛,不知墻外有梅花。

《大典》卷二八一三。

### 舟中望上饒郡城欣然有賦
烟霧初收見郡城,一時無限故鄉情。扁舟重泊青山識,故交相逢白髮生。數日秋風關客思,一林幽鳥亂歌聲。征塵滿袂成何事,只好重尋鷗鷺盟。

《大典》卷八〇九三。

按:詩均輯自《抄錄雜詩》。此集編輯時間不詳,其中作者時代無考者,姑附於此。

## 寧化九龍進士

### 詩一首
遠遠青青叠叠峰,峰前真宰讀書翁。半岩冷落高宗雨,一洞淒涼吉甫風。溪隱豹眠寒霧露,井凋鳳宿舊梧桐。九龍山下英雄桑,盡屬君王宇宙中。

《大典》卷七八九二引《臨汀志》。

按:《大典》云:"嘉祐中,樞密直學士蔡公襄知泉州,有布衣上謁,自稱寧化九龍進士,公與坐,莫測其爲神,及送之庭除,忽不見,始異之。取刺而觀,於中得詩五十六字。"

# 第二編　大典本宋文文獻訂補

# 一、《全宋文》大典本文獻訂補

## 册 二

### 艾穎 卷一三

**【輯補】原憲贊**

博學於文,貧而且樂。道不磷緇,心無適莫。結駟非榮,弊冠自若。圖繪其形,名高灼灼。

《大典》卷五二〇五引《廟學典禮》。

按:《大典》原標"宋尚書工部侍郎艾穎贊。建隆奉敕撰"。

**伏勝贊**

歷代之訓,爐於暴秦。漢代業茂,伏生道伸。胸藏其義,口授於人。雅誥不泯,清芬日新。

《大典》卷一九七八四引《通祀錄略》。

按:《大典》原標"尚書工部侍郎臣艾穎奉敕撰"。

## 册 三

### 樂史 卷五二

**【校訂】李翰林別集序**(頁二五七)

文末注"又見《永樂大典》卷九二三"。出處卷次誤,實見《大典》卷九〇五。

### 宋白 卷五九至六〇

**【校訂】修相國寺碑記**(頁四一二)

此文又見《大典》卷一三八二二,可補較早出處。

## 册 四

### 宋太宗 卷六三至七八

**【校訂】孝章皇后哀册文**(頁三八一)。

此文輯自《宋會要輯稿》禮三一之一八,然同書禮三一之一六云:"六日,命翰林學士承旨宋白議謚號,禮部侍郎兼秘書監賈黄中撰謚册文,吏部侍郎李至撰哀册文。"則此文乃李至撰,《全宋文》册七卷一三一李至下失收。

**宣聖贊**(頁四一五)。

檢文淵閣本《中興小曆》卷三一、《咸淳臨安志》卷一一,紹興年間,宋高宗撰《宣聖七十二賢贊》,此贊亦在其中,僅爲斷句。《全宋文》册二〇五頁一四九宋高宗下即收。宋太宗下誤收當刪。

## 册　五

### 温仲舒　卷一〇四

【校訂】太宗謚册（頁四二三）。

《宋會要輯稿》禮二九之一二載此文。檢《宋會要輯稿》禮二九之八言："七日，命宰臣吕端撰陵名、哀册文，參知政事王化基書册寶，温仲舒撰謚册文，李昌齡書册，翰林學士承旨宋白議謚號。"然《宋會要輯稿》帝系一之四言："《宋朝會要》：謚議，翰林學士承旨宋白撰；册文，參知政事李至撰；哀册文，宰臣吕端撰。"則此文之作者有温仲舒、李至二説，未知何者爲確。《全宋文》册七卷一三一李至下未收。

## 册　六

### 柳開　卷一一九至一二九

【校訂】皮子文藪序（頁三五二）

《大典》卷一二一四八引此文，題柳開官銜爲"如京使金紫光禄大夫檢校司兼御史大夫上柱國河東縣開國伯食邑九百户"，可補生平。

## 册　七

### 趙廷美　卷一三〇

【校訂】應運統天聖明文武皇帝册文（頁四）。

檢《宋會要輯稿》帝系一之四載："太平興國三年十一月上尊號曰應運統天聖明文武，《宋朝會要》：册文宰臣薛居正撰。"《全宋文》册二頁五〇據《宋會要輯稿》輯《上太宗尊號册文》，乃十一月十五日上。此册文據《宋大詔令集》輯，乃十一月十四日上。二册文爲同一尊號而上，然内容全不同，或均爲薛居正撰。

### 李沆　卷一三〇

【校訂】上真宗乞節哀聽政奏一（頁七）。

此文輯自《宋會要輯稿》禮五五之一，乃册一四頁二八二楊億《代中書請聽政狀》。李沆下當刪。

### 李至　卷一三一

【輯補】孝章皇后哀册文

此文見《宋會要輯稿》禮三一之一八（册二頁一一六二），《全宋文》册四頁三八一宋太宗下誤收。文不具録。

## 向敏中　卷一三三

**【輯補】告富國先生文**

具官王中正，素懷至藝，洞究真詮，嚴奉靈宮，克精齋潔。遵承朝命，頗竭寅恭。每追念於忠勤，特賜修於素像，俾侍倅儀之側，仰酬道蔭之恩。爰契良辰，用陳馨薦，式伸昭告，願鑒虔誠。

《大典》卷七八九五引《臨汀志》。

## 陳靖　卷一三五至一三六

**【校訂】上太宗聚人議**（頁一〇七）

文末，《大典》卷三〇〇三有"淳化二年上，時爲將作監丞"句，可補。

# 册　七至八

## 王禹偁　卷一四一至一六二

**【校訂】怪竹賦**（頁二六〇）

《全宋文》疑文中"浚雪"爲"凌雪"，《大典》卷一九八六六正作"凌雪"。

**祭韋氏夫人文**（册八頁一八九）

文末注"又見《永樂大典》卷一四〇五"。出處卷次誤，實見《大典》卷一四〇五〇。題下《大典》有注"同年羅處約之母"，可補。

**【輯補】重建孔子廟記**

今大司農京兆杜公典郡，新是廟，甓是石，將有述焉。事未果，而漢南歸於京師，故其辭缺焉。

《大典》卷二三六九。

# 册　八

## 馮拯　卷一六九

**【輯補】真宗哀册文**

此文《全宋文》據《宋會要輯稿·禮》二九之三〇輯於册一〇頁二五〇丁謂下，當移於此。文不具録。

# 册　九

## 陳堯叟　卷一八三

**【輯補】福先塔題名**

工部尚書知樞密院事修國史兼羣牧制置使陳堯叟、翰林學士尚書工部郎中知制誥同修玉清昭應宮使李宗諤，大中祥符三年仲秋十月二日。

《大典》卷一三八二三。

## 王漢　卷一八九

### 【校訂】金城山記（頁二七六）

《大典》卷五三四五引《金山記》，與此頗多異文，故重録。

金城山，境之最奇者也。距州治越二百步，東臨惡溪，西瞰大湖，閭閻占其南，垣墉固其北。從昔榛莽翳奥，爲蛇虺之囿、麋鹿之居。徑始未闢，人不得游。山之形勢萬態，詢州之耆老，咸曰："目所未睹。"壬子仲冬，余始至郡。閱其近逼庫廩，畏盜之伏其間也，始命剪闢，非意其爲勝耳。初得一徑，從石門東上，幾半里（原無"里"字），得地如砥，方廣三十步。左右巨樹，惟荔枝爲多，始立亭曰荔枝亭。上五十步至頂，見一石峨然，出叢薄間，因以峰名之曰獨秀。北行十步，出大石中，地形孤聳，顧望曠絶，西南與鳳山對，遂立亭曰鳳凰。由鳳亭東行七十步得一址，前數石尤佳，宜日之初，立亭曰初陽。其石之最高者，號曰初陽頂。由鳳亭西廣一百步地如堂，南有石子如望，名之曰望賢。由望賢石西連大岡踰十步，有石復巨，睹者必先，傍無所礙，號曰題石岡。其下有石，宜日之昃，立亭曰西暉。亭南岩壁峭險，亦以西暉名之。岩東南五步，叢石怪詭，隱篁篠間，披剪未竟，勢若騰踴，題曰隱石。石側有洞曰仙游，有臺曰鳳臺，謂仙所宜游、鳳所宜集也。凡命名皆刻於石，俾來者得以觀焉。噫！潮爲郡，隋唐而還，賢守相繼。兹山之不興，得非有待於我乎？韓文公嘗即東山爲亭，以使游觀，人呼曰侍郎亭。渡惡溪，陟峻嶺，土無嘉葩美木，亭久已壞，惟一樹獨存。夏灾赫曦，傍無以芘。矧兹山居城隅，邇郡署，樹石間錯，坡徑紆直，陟降忘疲。游者知其境勝，比韓之東山相遠也。余既爲詩以紀，有未盡，復書以記之。大中祥符五年壬子仲冬，太守王漢記。

## 册　一〇

## 陳堯佐　卷一九六

### 【校訂】戮鰐魚文（頁一七）

"楊□"，《大典》卷五三四五作"楊勛"。

### 【輯補】招韓文公文并序

《祭法》："法施於民則祀之。"祀之之義，蓋所以獎激忠義而厲賢材也。唐元和十四年，昌黎文公愈，以刑部侍郎出爲潮州刺史。至郡，專以孔子之道教民。民悦其教，誦公之言，藏公之文，綿綿焉迨今知學者也。郡之下，即惡溪焉。有魚曰鰐，陸生卵化，蛟之流也。大者僅百尺，小者即其子孫耳。早暮城下以人爲食，雖牛馬羊豕見必尾之。居民怖焉，甚於虎兕。公憤其酷，乃投之牢食，諭以禍福，使其引去。魚德公之言，信宿大風雨，率其種類而遁。郡之上下纔一舍不居焉。民到於今賴之。溪東有亭址存焉，俗曰侍郎亭，即公尸之也。南粤大率尚鬼，而公之祠弗立，官斯民者，又曰仁乎？余由京府從事，出吏兹土，觀求所然，頗得其實，且嘆舊政之闕也。會新夫子廟，乃闢正室之東廂，爲公之祠焉。既祠之，且招之曰：

公之生而不及見之兮，惟道是師；公之没不得而祀之兮，乃心之悲。蚩蚩蒸民兮，奉實有虧;濟濟多士兮,官斯者誰?南粵之裔兮,在天一涯;吾道之行兮,自公之爲。蒼蒼海隅兮,咸閱禮以敦詩;浩浩江湍兮,悉走害以奔奇。功之大者,亘古今而不衰;德之盛者,侶軻雄而并馳。何廟食之弗供兮,俾祀典之孔隤;實我生之包羞兮,亦斯文而已而。耽耽邃宇兮,孔堂之東;儼儼盛服兮,如生之容。闢窈窕之軒楹兮,列游夏之朋從;陳蠲潔之俎豆兮,奏鏘洋之鼓鐘。顧丘禱之不繆兮,幸神道之來通;庶斯民之仰止兮,尊盛德以無窮。

《大典》卷五三四五引《圖經志》。

### 丁謂 卷二〇八

**【校訂】真宗哀册文**(頁二五〇)

此文據《宋會要輯稿・禮》二九之三〇輯。同書禮二九之一九有云:"二十三日,命宰臣丁謂撰陵名、哀册文,馮拯撰謚號册文,參知政事任中正書哀册。"且下有注云:"後謂、中正罷黜,命宰臣馮拯、參知政事呂夷簡代。"則此文爲馮拯作,丁謂下當删。

## 册 一〇至一三

### 宋真宗 卷二一二至二六六

**【校訂】名迎真迎聖奉聖奉宸輅詔**(册一二頁二〇二)

"恭館""庶章""以迎聖",《大典》卷一八二二四引《宋會要》作"珍館""庶彰""恭以迎聖"。

**訓廉銘**(册一三頁一五九)

**訓刑銘**(頁一五九)

二銘又見册三四五頁四一二宋理宗《謹刑訓廉二銘》。《大典》卷六六九七引二銘,云"淳祐五年頒"。真宗下當删。

**【輯補】貴妃沈氏遇聖節奏侄孫直方侄婿許詨并可試將作監主簿制**

此制作者不詳,誤收册三二三頁二一鄭起潛下(詳見下文)。不具錄。

## 册 一四

### 石中立 卷二七七

**【校訂】左人郢字子衡魯人贈臨淄伯今進封南華侯贊**(頁五〇)

《大典》卷三〇〇七引《廟學典禮》載此贊,可補闕文,故重錄。

循循善誘,從師希聖。崇仁厲義,奐其爲政。業修道隆,終古斯盛。興儒建侯,彰我休命。

按:《大典》署"宋尚書祠部員外郎直集賢院石中立,祥符"。《全宋文》注另引贊文一首,據《大典》,其作者乃宋高宗,誤繫於此。

### 王隨 卷二八一

**【輯補】福先塔題名**

龍圖閣直學士給事中知留府事王隨、尚書都官員外郎同判府事麻溫舒、太常博士同判留守司事王瀆、國子博士前知平陽郡事張綽、太子中舍知府司録事欒沂、知府推官廳公事張汝止，天聖七年閏十一月九日同游此。

《大典》卷一三八二三。

## 册 一四至一五

### 楊億　卷二八二至三〇三

**【校訂】上二相手簡**（頁三五六）

文末注"《永樂大典》卷二三六八"。出處卷次誤，實見《大典》卷一一三六八。

## 册 一六

### 陳珪　卷三二九

**【校訂】天聖創建由里山龍王堂記**（頁一七〇）

大典本"常州府"卷一八引此文，題"天聖創修由里山龍王堂記"，可補脱略甚夥，故重録。

聖宋乾興初祀，皇上繼照之始，命太學博士范公出治澄江。下車求瘼，革易苛弊，未期年而風俗丕變，百城相望，咸服能政。越明年，太歲甲子，自仲春不雨，至於五月，稼焦南畝，雲密西郊，嗷嗷居民，未遑啓處。公繇是形勤瘁之色，輶旱暵（原誤作"暎"）之灾，潔焚禱之誠，盡襄禬之術。逮逾十旬，絶無靈貺。遂詢訪耆舊，云："由里山白龍洞，往俗相傳，旱則請禱。"公乃令珪亟往除道，先日告期。是月十有三日，至誠齋潔，中夜而往，未曙而至，止陳祝祭於山隈之舊壇。既畢，率僚屬耆艾躬陟山巔，罔憚艱險，加焚奠於洞户之上。默與深契："三日雨足，當有厚（原誤作'原'）報。"洎乎茜旆迴旋，油雲紛鬱。是夕，雷電大震，霈然達曙，浹洽千里。翌日，龍見於西南隅，蜿蜒層霄，拽尾如練。群民仰止，悚駭神異。自是，祁祁之勢，經旬未歇。芃芃之苗，卒歲有望。咸曰："殊乎見絳之郊，空貽譏於蔡墨；窺好之牖（原誤作'埔'），徒喪魄於葉公。觀應變之迹有聞，俾濟物之道遠矣。"噫！得隱見變化之道，乘陰陽慘舒之氣，上極乎天，下沉於淵者，謂之神龍；樹禮義刑政之本，澄奢僭澆醨之源，上致乎君，下安乎民者，謂之賢牧。二者所以司生民之大柄。是故非龍之至神，不能納公之精禱，挫僭陽而成甘霑；非公之至誠，不能感龍之靈應，變旱歲而爲豐年。苟人神胥悦，則答之如影響。逮乎澄霽之日，公恪薦牲牷，祭於壇墠，復陟危頂以奠祀事，所以加厚報之意也。遂觀稼而歸，有京坻之望。乃謂僚吏曰："斯雨所以泰吾民之甚矣，非建祠則未足答龍之休。爰卜舊壇之址，構爲新堂之基。瓴甓塗墍，必擇精潔；棟宇繪象，必加嚴肅。夫民者，神之祭主；神者，民之依護。水旱之灾，實堯湯之聖有矣；祭祀之法，雖周孔之才尚矣，而況於黔首乎？來者觀之，勿謂我怪於事而佞於神哉，將欲教斯民虞水旱而禱豐穰也。"珪首奉指呼，目睹靈異，俾屬蕪辭，紀叙實迹。時天聖二年十月九日記。登仕郎試秘書省教書郎守江陰縣尉陳珪。朝散大夫國子博士知軍兼管内勸農事上騎都尉范宗古記。

大典本"常州府"卷一八。

按：文末署名有"范宗古記"等語，似范亦爲作者。然味文中語氣，當爲陳珪一人所作。署名或有脱誤。

### 【輯補】悟空院新鑄鐘記

夫鐘者，古樂之器也。器之與聲，爲律之準。是故先王之制鐘也，大不出鈞，重不過石。律吕度量，由是生焉；八音五聲，由是和焉。故曰："鐘者，聚也。"於律，則聚其氣；於樂，則聚其聲。總而言之，曰："樂治心。"又曰："聖人作樂，和民心。"較其旨歸，鐘上於樂也，豈非以"和聲""治心"之爲本歟？大雄氏之鐘也，非鈞石（"石"字原缺）之制，非律度之和，其量唯大，其聲唯遠。建梵刹、闢精宇，風聚徒衆，必懸鐘以扣之，豈止伺晨昏而期飲膳乎？固將發明佛事者哉。夫佛之旨，豈非以"治心""正覺"之爲教矣？扣是鐘也，豈非使（原誤作"俠"）其徒侣治自心而求（原誤作"未"）爲正覺乎？或曰："鐘之時義大矣哉，願聞其旨。"予曰："謂因開玄悟入，衆生之性本同；見聞覺知，菩提之心靡異。領斯旨者，則謂之迷。苟迷途之未復者，將扣是鐘警之。儻聞是鐘，信是法，於一念頃而登正覺，未爲難哉。設若辨聲教於文字，惑名相於聲色，趨真捨僞，棄有即無。趨捨尚乖，紛競未已。如此，則雖扣是鐘、喻斯旨，而欲三昧現前，其可得乎？"悟空院者，按圖經，即梁吴林捨宅以建焉。始號招隱院，聖宋太平興國中，改賜今額。去縣□一舍地，聚緇徒百餘衆。棟宇備其壯麗，居處獲其静勝。巋然紺殿，咸備莊嚴；鏗爾洪鐘，尚闕敲鑄。則有植福僧可岩齊塏者，好爲利益，興大因緣，同議斯鐘，是爲殊勝。而欲心既發，化導遂行。首則發願僧可岩，次則有施信士葛詳，各捨錢三十萬以助之。然後散募衆緣，咸悉響應。時值國家推銅，法甚嚴。岩乃遐造神畿，懇求計省，輸資内府，給銅便司，鼓柂載歸，誓果志願。乃擇良工，揆日鎔範。自始營意，至於畢工，總費錢一百萬。以天聖始號太歲癸亥十一月辛卯朔二十二日壬子，鐘成。妙圓無比，衆目瞻嘆。揭於簨簴，撞之以梃。春容其聲，舒徐其韵。我鐘既扣，我欲斯發，欲聞是鐘者，惰者勤，躁者息，憍者恭，貪者足，愚者發其慧，智者返其照，衆生離其苦，鬼神贊其善。四時得以代謝，萬物得以盛衰，此鐘之聲不可得而革；陵谷得以移，桑田得以變，此鐘之用不可得而泯。小大來扣，發清越以無窮；幽顯同符，助響答而不已。岩公知僕吏隱冗官，栖心祖道，欲刊翠琰，固托斯文。居士陳珪（原誤作"桂"）稽首贊嘆，乃爲銘曰：

萬化含生，孕育一氣。萬法興行，齊歸一致。片月流影，照百千水。希聲善應，攝百千耳。我鐘既鑄，同斯妙旨。漚幻浮沉，百慮俱深。緣妄起見，希真惑心。聲色既礙，差别既侵。唯一大事，爲不堪任。我鐘既扣，俾同妙音。大扣春容，無始無終。小扣清越，非異非同。肅懈警惰，破昏滌蒙。發六根慧，知萬法空。懲忿窒欲，響應空谷。不行而至，不疾而速。我聲本圓（原誤作"圖"），爾覺本足。吾謂聞鐘之利，俱未若鑄鐘之福。天聖六年戊辰四月望日，登仕郎試秘書省校書郎江陰縣尉陳珪撰。

大典本"常州府"卷一八。

## 册 一六至一七

### 夏竦　卷三三三至三五七

**【校訂】西蕃首領帕克巴可銀青光禄大夫檢校國子祭酒兼監察御史武騎尉充本族軍主制**（頁三二六）

題"首領帕克巴"，《大典》卷一三五〇七作"魏狸族首領潘般"。

**賀尊皇太后表**（頁三五七）

該文又見《文苑英華》卷五五七，題《鄭尚書賀册皇太后表》，署作者爲"令狐楚"。則夏竦下誤收。

**乾元節賀表一**（頁三五七）

該文又見册二四頁四四宋祁《賀乾元節表》，魏齊賢、葉棻《聖宋名賢五百家播芳大全文粹》（以下簡稱《播芳》。該書版本衆多，不另注明即指台灣地區學生書局 1964 年版《中國史學叢書》影印一百二十六卷本）卷一引此文，署作者爲"宋子京"。夏竦下或誤收。

**計北寇策**（册一七頁五三）

"外裔""敵勢""戎后""抑敵""陷敵""構塞""敵人喪""強暴""寇盜""夫敵"，明永樂刻本《歷代名臣奏議》作"犬戎狗態""虜勢""胡后""抑虜""陷虜""侵塞""醜虜喪""犬羊""寇虜""夫虜"。《全宋文》所據《歷代名臣奏議》乃經清乾隆時諱改之本，涉及少數民族字眼者多有改動，而永樂時刻本基本保持原貌。凡《全宋文》篇目見於《歷代名臣奏議》者，均可據永樂刻本校改。因所涉篇目過多，謹在夏竦下説明，不再一一出校。

**復塞垣策**（頁五四）

"敵勢""以來""華夏""削匈奴"，永樂刻本《歷代名臣奏議》作"虜勢""醜類""華夷""削黠虜"。

**陳邊事十策**（頁五七）

"戎氊"，永樂刻本《歷代名臣奏議》作"胡氊"。

**去貪吏之道奏**（頁七七）

此文輯自《璧水群英待問會元》卷三二，乃白居易《白氏文集》卷六四《策林·三十九使官吏清廉》前半部分。夏竦下誤輯當删。

**乞行三代溝澮之法奏**（頁八九）

此文輯自《群書考索》前集卷六六，標"夏英公文"。然"伏願我國家"句以上部分乃節略曾鞏《元豐類稿》卷四九《本朝政要策》之《水利》（58/91，"58"指《全宋文》册數，"91"指該文在該册起始頁碼。下同此）而成，其餘部分曾鞏文未見。然曾鞏文下注："以下并同'屯田'篇，但改'欲修耕屯之業'作'水之浸灌者舊迹皆可理'。"曾鞏此文上爲"屯田"篇，二文所論不同，然文後半部分相同。我們有理由懷疑曾鞏《水利》篇當有脱漏并錯簡。夏竦此文當爲曾鞏作。

**宰輔部實黨篇序**（頁一五〇）

文末注"《永樂大典》卷二一八八八"。出處卷次誤，實見《大典》卷一一八八八。

**光武二十八將功業先後論**（頁一六八）

文末注"《永樂大典》卷一八二七"。出處卷次誤，實見《大典》卷一八二〇七。

**平邊頌**（頁一九三）

"九人"，國圖藏翰林院抄本《文莊集》作"九夷"。

**慈孝寺銘**（頁二〇九）

"□□□祇"，文淵閣本《文莊集》原注"原本闕三字"。《大典》卷一三八二二實闕二字。

**故保平軍節度使同中書門下平章事駙馬都尉贈中書令魏公墓誌銘**（頁二三〇）

"勁敵"，翰林院抄本作"犬戎"。

**【輯補】玉清昭應宮長生崇壽殿開啓下元節青詞**

伏以良月就盈，式當於令序；真祠集福，祇率於明科。仰縈顧諟之恩，申錫延鴻之慶。永康景業，對越靈心。謹詞。

邵晉涵藏抄本《文莊集》卷二七。

**南京鴻慶宮三聖殿開啓道場爲奉安真宗皇帝御容青詞**

此文誤收册五四頁二四王珪《夏竦南京鴻慶宮三聖殿開啓道場爲奉安真宗皇帝御容青詞》（詳見王珪下），不具録。

## 册　一七

### 胥偃　卷三五八

**【輯補】修迎春橋記**

横亘溪上三巨橋，迎春其甲也。驚湍箭馳，列柱櫛比，覆以飛宇，約以雕檻。

《大典》卷二二七六引《吴興志》。

## 册　一八至一九

### 范仲淹　卷三六七至三九一

**【校訂】唐狄梁公碑**（册一九頁九）

文末注"《永樂大典》卷六七〇〇"，檢《大典》此卷，僅爲片段，寥寥數十字，而《大典》卷六六九七引此文，《全宋文》未注出。《大典》此卷文首有"朝散大夫行尚書吏部員外郎知潤州軍州事上騎都尉賜紫金魚袋范仲淹撰"，文末有"左朝奉郎集賢校理管亳州明道宮黄庭堅書。紹興六年七月朔，左朝請大夫知江州軍州兼管内勸農營田司事主管内安撫公事許端夫重立"，可補碑文信息。

**【輯補】明教院重建釋迦殿記**

洪惟大雄氏之作也，本西方之聖人，今天下之達道。以言乎覺，警群生而無昧；以言乎真，統萬法而常寂。作者、述者，不其偉歟！若夫像法之文，鼓舞乎天下之動；壯麗之制，擬議乎域中之大。故净宫寶室，有殿之名焉。江陰軍明教院者，作於六朝，而重葺於皇宋也。歲月滋久，堂構斯壞。不有良者，兹何以興？大族謝氏，家世有嚴，鄉黨推厚。天地之利，謹於先疇；禮儀之風，著乎中閫。而雅爲佛寺，興厥茂功。出金二百萬，建造大殿一所，塑釋迦佛并侍像，并九軀。又募同信之人增百萬以畢其事。金碧上輝，龍像中儼，巍乎神山之冠海,爛乎朝露之挹日。人天之觀,良盛於斯。夫象以崇教,教以詮理。教存,則大覺之路可求;理到,則正真之性自得。斯人之作,豈徒然哉?事佛者,良有取於茲也。時天聖三年七月十一日,承事郎守右司諫充秘閣校理知睦州兼管内勸農事騎都尉賜緋魚袋借紫范仲淹撰。

大典本"常州府"卷一八。

# 冊 一九

## 丁度　卷三九五

### 【輯補】皇侄孫右衛率府率夫人錢氏墓志銘

該文誤收册二五頁一五六宋祁下(詳見下文)。據《新中國出土墓志·河南·壹》第二九〇,當移於此。文不具錄。

## 陳執中　卷三九六

### 【輯補】七賢堂序

公爲郡不鄙夷其民,陶以豈弟。愛山水,爲篇章以道其登覽可樂者。至作相,猶眷眷不忘。

《大典》卷二三四二引《元一統志》。

### 與昭文相公書

執中拜聞,昭文相公台坐。比者先兄亡歿,尋請式假,存問周至,悚服殊深。遽委誨緘,何勝憝記。來日漏舍并叙鄙悰,謹先拜手狀,少布謝悃。伏惟鈞慈俯賜念察。不宣。昭文相公台坐。執中百拜。廿六日。

《鳳墅續帖》卷一二。

## 滕仲諒　卷三九六

### 【輯補】上范希文詩序

觀名與天壤齊者,有若豫章之滕閣、九江之庾樓、吳興之銷暑、宣城之叠境,此外不過更二三所而已。

《大典》卷二二八一。

按:滕宗諒詩未見,故輯詩序於此。

## 晏殊　卷三九七至三九八

### 【輯補】賀承天節瑞雪表

方祝萬春之壽,俄飄六出之祥。

《宋會要輯稿》瑞異一之四(册三頁二〇六六)。

### 冬寒帖

殊白:冬寒,計福履佳勝。京府煩劇,足彰公刃。殊視事外,如常日聽美聲,深沃瞻咏。朝直外,千萬珍愛,以迓光亨。不宣。殊白。二十九日。

《鳳墅續集》卷一二。

### 鄭戩　卷四〇二

【輯補】修儀鳳橋記
建自唐室,因紀號而名。平衺數十尋,叢倚百餘柱,亘於兩溪,殊爲勝概。
《大典》卷二二七六引《吳興志》。

# 册　二〇至二一

## 宋庠　卷四一六至四三三

【校訂】胡仲衡呂友直并除大理評事制(頁一六七)
此文又見文淵閣本《止齋集》卷一八《沈槐胡仲衡呂友直并除大理評事制》,册二六七頁一七三陳傅良下即收。《江西通志》卷五〇"嘉定十二年己卯解試"載胡仲衡名,當即其人。宋庠下當誤收。

著作佐郎兼洪州酒稅鄭修可秘書丞監檀州稅務于可度可太子左贊善大夫制(頁二一一)
"終譽",《大典》卷一三四九九作"終更"。

尚書比部員外郎知房州徐弁可尚書駕部員外郎尚書屯田員外郎通判楚州沈周可尚書都官員外郎國子博士陳宗纘可尚書虞部員外郎殿中丞監台州滴稅道德亮可國子博士大理寺丞知□州滴河縣張利可太子中舍制(頁二一三)
《全宋文》編者疑題中"□"爲"棣"字,所疑甚的。《大典》卷一三四九九作空圍,爲"棣"字之避諱。

賀樞密使啓(頁四一七)
此啓輯自《耆舊續聞》卷四,言本王安石代作,後宋庠自改定。然此卷所引王安石代作,尚載國圖藏宋刻本《臨川先生文集》卷八一,注:"代宋宣獻公作。"宋宣獻,乃宋綬。則《耆舊續聞》所載不確,宋庠下當誤收。

蠶説(頁四二七)
此文又見《寶真齋法書贊》卷一九載"米元章蠶賦帖",册一二〇頁三一二米芾下即收爲《蠶賦》。宋庠下當誤收。

天罰有罪頌(册二一頁一三)
此文又作册二四頁三九六宋祁《皇帝神武頌》。《宋文鑒》卷七四録此文,署"宋祁"。宋庠下當誤收。

【輯補】懷州武德縣令孔延傑衛州共城縣令此下原本有闕文
敕:具官孔延傑等早沿官牒,出宰縣封。眷言將漕之臣,方藏務農之役。具陳才用,各有攸宜。蓋神諶適野而後謀,薛宣換縣而皆治。不枉其分,乃能成功。或寵元戎之賓,或仍百里之任。勉集來效,無忝茂恩。可。

前婺州東陽縣令劉碩可中岳廟令制
敕:具官劉碩曩以挾策之勤,膺試吏之補。累縣銓啓,調宰縣封。歸值私艱,且嬰末疾,雖外除當任,而窮款自歸,備陳痾瘵,軫我仁惻。宜假岳祠之廩,尚紓醫肱之良。可。

### 翰林畫待詔光祿寺丞趙元亨可河陽濟源縣濟源廟令制

敕:具官趙元亨執藝庶工,編名近局。自陳衰暮,罔克服勤。矜其責事之能,優以初官之秩。念勞從欲,當體朝恩。可。

以上見文津閣本《元憲集》卷二一。

### 簽署樞密院王德用加檢校食邑實封制

敕:朕疇咨信臣,參幹幾事,内則講前箸之略,外則贊偃戈之期。績用苟彰,褒進惟允。具官王德用姿性沉毅,謀略奥微,克紹世勛,浹階勇爵。嘗護邊庭之戍,實昭帥節之忠。逮進掌於禁屯,彌增重於王室。遂從公議,入署繁機。綿歲歷以載周,茂忠勞而有恪。宜因試效,序陟寵名。視台秩於上司,衍食采於多邑。欽兹榮命,益茂殊勛。可。

同上書卷二二。

### 宗室六宅使殤女墓記

皇再從兄六宅使承裕之次女,生於景祐元祀,夭於來歲仲夏之丙申,明年孟春丁酉祔窆於汝州之梁縣。封樹所記,則其曾祖秦悼王之尊域,大父保平軍節度使鄅國公之傍兆。天族所庇,終禮厚焉。惟秦之支,蕃於小宗,保姓者十族;惟鄅之嗣,炳於中葉,承家者十一。故椒聊蕃衍,觿帨交佩。秀蘭壹而篆瑜牒,莫與爲比。然壽夭福極,紛綸相糾,雖甚德其能概於一乎?則殤之罹災,胡可詰已?刻志新壟,尚寄其哀云。謹記。

### 宗室入京使殤女墓記

宗室入京使承顯,故武勝元帥馮翊郡公諱德父之穆,始以列侯子奉朝請於京師,天蕃其支,屬籍尤盛。於是生女,十四年而夭。時景祐元祀後六月之乙丑。舉宗悼焉。始樂平郡君韓氏嬪於如京,實誕柔哲,生知孝愛,不待姆師。内姻群娟,式其秀婉,而賴慶天極,百福馮厚。宜其肅雝法度,以尸季蘭阿澤之享。甫笄而字,遘此不備。嗟乎!命之所以難言,情之所以不忘。哀喪慎終,親親之至也。先此寓攢於奉先梵刹,至是遷祔於汝州梁縣皇祖秦悼王之域,實明年孟春辰次丁酉也。詔叙其實,故月而日之。謹記。

同上書卷三四。

按:此六文又見《文淵閣四庫全書補遺》册一頁五四四至五五二。

# 册 二一至二二

## 胡宿 卷四三七至四七二

【校訂】陳亢可著作佐郎邢裕可大理寺丞制(頁一三○)
周約可著作佐郎郭灝可大理寺丞制(頁一三一)

二文"敕某",《大典》卷一三四九八均作"敕具官某"。

前石州方山縣令王佐可著作佐郎前泗州盱眙縣令吳天常睦州司法參軍前監溫州在城商稅務傅爕并可大理寺丞制(頁一三四)

此文又見道光二十二年刻本《蘇魏公文集》卷二九《前石州方山縣令王佐可著作佐郎前泗州盱眙縣令吳天常可睦州司法參軍前監溫州在城商稅務傅爕可并大理寺丞制》,册六○頁二七二蘇頌下即收。蘇頌名下篇題與胡宿下稍異,且"傅爕可并大理寺丞制"句不通,篇題當以胡宿下爲準。胡宿文見《文恭集》卷一二,輯自《大典》卷一三四九八,未標作者及集名,前接文題"胡文恭公集"。據《大典》錄文體例,四庫館臣判爲胡宿作。文中吳天常生平見張耒《吳天常墓誌銘》(128/141),云:"公諱天常,字希全,河南府洛陽人……而舅建寧軍節度使王正倫深器之。以正倫死事恩爲郊社齋郎,調濮陽縣主簿,又調舒州司法參軍……遷泗州盱眙縣令……知洪州奉新縣……知彭州永昌縣。轉運使范公純仁深知公……紹聖四年八月六日以疾卒……享年六十有一。"吳天常卒於紹聖四年(1097),據此逆推,其當生於景祐四年(1037)。吳天常知永昌縣時轉運使爲范純仁。《長編》卷二〇八載:"(熙寧三年十二月庚午)權成都府路轉運使兵部員外郎直集賢院范純仁爲陝西河東宣撫判官。"則天常熙寧三年(1070)左右知永昌縣。此文撰於天常知盱眙縣後,中間僅知奉新縣。檢《長編》卷一九五:"(嘉祐六年閏八月辛丑)翰林侍讀學士左司郎中知制誥史館修撰胡宿爲左諫議大夫樞密副使。"此後,胡宿職官中未再有職任草制者。此距吳天常知永昌縣近十年。據鄒浩《故觀文殿大學士蘇公行狀》(132/1),蘇頌熙寧元年(1068)召爲知制誥,有草制之時間。且胡宿《文恭集》早佚,現存本均源於四庫館臣輯大典本,而蘇頌《蘇魏公集》今尚有宋本流傳,其來有自。故此制當是蘇頌草擬,胡宿下存目即可。

　　李從善可殿中丞趙沐可太子中舍人制(頁一四三)
　　呂湜可殿中丞楊極高良佐并可太子中舍人制(頁一四三)
　　王希顏可殿中丞盛行甫可大理寺丞王詢并可太子中舍人制(頁一四三)
　　陳藻可秘書丞梁谷可左贊善大夫制(頁一五〇)
　　邢夢臣可秘書丞韓公彥徐總并可光祿寺丞杜子才可太常寺太祝制(頁一五一)
　　龔鼎臣可秘書丞張瑶王鎡并可大理評事陳知常可右贊善大夫制(頁一五二)
　　孫薰可大理寺丞單鼎可太常寺太祝制(頁一七〇)
　　單煦可太常博士焦盛王傅張允并可國子博士馬直方王延慶明穆歐陽炳張仲宣并可太子中舍人制(頁一七六)
　　牛拱辰可國子博士吳穆周諧陳舍并可太子中舍人制(頁一七九)
　　謝頤素可職方員外郎趙慎微可比部員外郎王得賢可虞部員外郎張擇仁可太常博士冀尚王日宣并可太子中舍人制(頁一九六)
　　此十文"敕某",《大典》卷一三四九九均作"敕具官某"。
　　周偕臧論道杜濟并可殿中丞陸聱可著作佐郎制(頁一四四)
　　楚泰可大理寺丞依舊直講制(頁一六三)
　　全余白祖彧李秉并可大理寺丞周復張熙并可著作佐郎制(頁一七二)
　　丁宗臣可太常博士丁寶臣可太常丞制(頁一七四)
　　武康可太常博士裴耕馬先張應符申屠會并可殿中丞史珍薛端并可守太子中舍人李巽可大理評事制(頁一七七)
　　田化愚可虞部員外郎鄭偕可太常博士張當可殿中丞制(頁二一〇)
　　丁度可兵部侍郎張觀可尚書左丞制(頁二一五)
　　關詠可屯田郎中趙秉可職方員外郎制(頁二二四)
　　章參可屯田郎中趙永裕張肅并可屯田員外郎制(頁二二四)
　　九文"敕某",《大典》卷一三四九八均作"敕具官某"。

職方員外郎董公彥可屯田郎中比部員外郎馬中庸可駕部員外郎屯田員外郎黎持正可都官員外郎國子博士司卜盛和仲并可虞部員外郎太子中舍人張瑃可殿中丞制（頁二二五）

此文又見《蘇魏公文集》卷二九同題，册六〇頁二七一蘇頌下存目，并注云："按此制又見於胡宿《文恭集》卷一六（本書卷四四二），文字全同，必有一誤，兹刪此存彼，俟考。"制文所涉"張瑃"，又見文淵閣本清葉封《嵩陽石刻集記》，云："殿中丞新通判汝州張瑃君儀、弟大理評事知登封琬公玉，熙寧辛亥三月二十四日率羽人張子隱雲夫、傅繼登嗣真、釋顯泰宗約、山人周谷深夫游。"時熙寧四年（1071），張瑃尚爲殿中丞。此距嘉祐六年（1061）胡宿不再草制已有十年。故此文當是蘇頌草擬，蘇頌下應録文，胡宿下存目即可。

霍保安可樞密承旨南班賈德明可樞密承旨帶南班小將軍制（頁二三三）

"敕某"，《大典》卷一三四九八作"敕具官某"。

西京左藏庫副使高遵裕可依舊西京左藏庫副使兼通事舍人制（頁二四〇）

此文又見《蘇魏公文集》卷三〇同題，册六〇頁二八七蘇頌下即收。《長編》卷二一〇載："（熙寧三年四月）西京左藏庫副使、閤門通事舍人高遵裕提舉秦州西路蕃部。"知此制當草於熙寧初，胡宿不及草制。胡宿下當刪文存目。

孫用可左藏庫副使王日宣可禮賓副使王克讓任守素毛永保并可內殿承制制（頁二四二）

李琦可供備庫副使李珹李琚李球并可內殿承制制（頁二四八）

二文"敕某"，《大典》卷一三四九八均作"敕具官某"。

左中奉大夫權尚書吏部侍郎兼史館修撰周綰除集英殿修撰知溫州制（頁二五二）

《繫年要録》卷一八一云："（紹興二十九年二月）丁亥，權尚書吏部侍郎兼史館修撰周綰引年告老，除集英殿修撰知溫州。"則此制草於紹興二十九年（1159），時胡宿已卒。該文撰人今難確考，據《全宋文編纂凡例》"詔令之屬，撰人可知者，仍歸本集，撰人無考者，歸入有關皇帝集內"，應移入宋高宗下。勞格《讀書雜識》已辨此文時代不合，《古典文獻研究》第七輯楊洪升《四庫全書總目補正六則》續有考訂。

趙良弼自豐州刺史除撫州刺史制（頁二五四）

趙良弼乃唐人，此制顯爲誤收。勞格《讀書雜識》已有考證，楊洪升《四庫全書總目補正六則》續有考訂。

前守鄜州洛川縣令宋太可試大理評事充天平軍節度推官知潞州壺關縣事制（頁二六八）

此文又見文淵閣本韓維《南陽集》卷一六同題，册四九頁四二韓維下即收。胡宿下當誤收。

樞密使王某親侄孫廷年給事中參知政事劉某親孫男子雅工部侍郎參知政事劉某親孫男燾并可守秘校制（頁二八三）

題中三"某"字《大典》卷一三四九九均無；文中"敕"，《大典》作"敕具男某"。

故翰林學士彭乘侄婿王寧可試將作監主簿制（頁二八六）

題"將作監主簿"、文"敕具官某侄婿某"，《大典》卷一四六〇八作"監簿""某具官某侄婿其"。

故翰林侍讀學士葉清臣遺表妻兄進士趙淳可試將作監主簿制（頁二八七）

題"將作監主簿",《大典》卷一四六〇八作"監簿"。

**河北都轉運使吳鼎臣遺表奏親孫男承規傳規并可試將作監主簿制**(頁二九一)

題"監主簿",《大典》卷一四六〇八作"監簿"。

**契丹賀乾元節人使朝辭訖就驛賜酒果口宣**(册二二頁一一)

此文又見宋慶元二年刻本《歐陽文忠公集》卷八三《十九日契丹賀乾元節人使朝辭訖就驛賜酒果口宣》,册三一頁二四六歐陽修下即收。胡宿下當誤收。

**論詳定官制奏**(頁二四)

此文又作册五九頁九九劉敞《條上詳定官制事件札子》。《國朝諸臣奏議》卷六九録此奏,題《上仁宗論詳定官制》,署作者爲"劉敞";《歷代名臣奏議》卷一六〇録此奏,首有"知制誥胡宿上奏曰"之句,繫此奏于胡宿下。文淵閣本《公是集》卷三三有文《受敕後奏乞先條數事與中書門下更加商量翰林學士胡宿同上尋得聖旨依奏》,《全宋文》册五九頁九九改題《乞先條官制數事與中書門下更加商量札子》。據此,則詳定官制事乃劉敞、胡宿共同負責,重出奏文亦爲二人同奏。但奏文具體撰者難以確考,此奏領銜者是劉敞無疑,依奏議類作者確定的原則,當收入劉敞下,胡宿下存目即可。

**同劉敞孫抃論四后配食奏**(頁三八)

此文又作册二二頁三五三孫抃《太廟七室議》。《長編》卷一九〇録此奏,首云"而翰林學士承旨孫抃學士胡宿侍讀學士李昭述侍講學士向傳式知制誥劉敞王瓘天章閣待制何郯等議曰",以孫抃領銜;《歷代名臣奏議》卷一九録此奏,首云"劉敞與孫抃胡宿上奏",以劉敞領銜。劉敞《論孝惠四后祫祭合食疏》(59/118)云:"臣近與孫抃、胡宿等議,后廟四主皆升合食,宜依舊制,不可輕改。"則此奏乃胡宿、孫抃、劉敞同奏,然奏文具體撰者難以確考。

**代中書樞密院謝瑞竹圖表**(頁八六)

題"樞密院"、文"駢柯",《大典》卷一九八六六作"密院""并柯"。

**迎吕相啓**(頁一三三)

此文乃文淵閣本《斐然集》卷七同題之片段,前後皆有脱文,册一八九頁二三八胡寅下即收。四庫館臣即於胡宿題下注:"案:此下有闕佚。"胡宿下誤收當删。

**謝安州范侍郎啓**(頁一六一)

此文又見文津閣《四庫全書》本《景文集》卷四九《回安州范侍郎啓》。其作者尚有疑問。

**四皓論**(頁一九一)

《齊東野語》卷一"詩用史論"引此文片段,首云"胡明仲論留侯則云"。明仲,胡寅字。則《齊東野語》以此文爲胡寅作。

# 册 二三

## 曾孝基 卷四八〇

**【輯補】栖靈觀記**

栖靈觀者,晉靖節先生書堂也。先生見其山水幽奇,林巒蕭爽云云,遂施爲道宫。至梁大同中,刺史王茂始椎輪而立之。數百年間,或經兵火,或因燒劫,或得人而興,或失人而廢,物不終否,泰之在人。景德中,真皇有宥,道教勃興,道士張用明方謀營構。祥符中,諶載思欲遂師志,爰構堂殿,翼之兩廊,華以丹臒。王日宣繼之,思廣其居。於是市豫章之材,擇方中之候,般輸衒功,離婁督繩。若正堂、橫堂,若三門、兩廊,若鐘閣、道堂、獻殿、石塏、石壇、石橋,費緡七十餘萬。經始於慶曆八年秋,底續於至和二年冬。晬宇深沉,星壇虛敞,彩楣畫栱,金碧相鮮,誠可謂一萬植福之地。日宣丐文,以志始末。

《大典》卷六六九八引《江州志》。

按:《大典》卷六六九七載:"《栖靈觀記》。嘉祐三年"。

# 册 二三至二五

## 宋祁 卷四八二至五三一

**【校訂】後苑雙竹賦**(頁一四〇)

此文僅爲片段,《大典》卷一九八六六載全文,故重錄。

右臣近得進奏院狀報後苑產雙竹,皇帝召兩制以上臨觀,群臣獻詩頌美。臣在外任,晚聞瑞應,不勝欣喜之至,謹撰成賦一篇。斐然狂簡,誠不足采,力誦上德,臣子常情。其賦謹繕寫隨狀上奏。

皇祐三年,後苑產雙竹,籥者以聞,皇帝臨視,召從臣與觀,皆賦詩頌美。臣在遠側聞瑞應,自以藉通學士職,又論撰不應噤嘿,取捐謹獻賦一篇,以抒泄至情,謹繕寫昧死上。惟后皇之降祥,不擇物以儲異;彼神苑之嘉竹,挺雙個而呈美。解斑箸之以對擢,澤縹筠以偕蒨。交繁枝之蕭森,等密葉焉葱翠。遂并節以自高,乃聯莖而告瑞。本夫和氣之勃鬱兮,薄層壤而上躋。一植不足以獨禀兮,乃合茂而齊滋。不於它而在圓兮,示崇丘之得宜。觀其梢紺蘃以儷修,簳綠玉而均直。既內附以無外,蓋不孤而有德。寫寶月以共陰,梟靈風以偶碧。於是簨人走白諸朝兮,駭前譜之所稀。紆華帽而臨幸,延清覽之游嬉;詔飛綏以榮觀,裂佩荷以賦詩。惟天意之所然,殆顯顯而可知。若曰竹爲蒼筤,將兆慶乎?震維雙者,衆多且繁,衍乎本支,一以爲群情協恭,一以爲四表共規。然天子臨福,自警愈畏。畏而祗祗,伊檀欒之嘉生。寓丕應乎兹世,蒙封殖之大造。方歸謝于隆惠,願裁管乎伶倫,期汗簡於良史。實焉可使儀鳳,笴焉可使裁矢。況剪伐之不妄,托嚴深而茂遂。彼霜雪其何傷,保同心而勿替。

按:金程宇《新發現的永樂大典殘卷初探》指出漏收。拙著《永樂大典輯佚述稿》頁一六九及《圖書館雜志》2007 年第 5 期載郝艷華《海外新發現永樂大典十七卷校補四庫全書本之價值》均已錄文。

**明堂路寢議**(頁二八六)

《大典》卷七二一三引此文,題作"議明堂路寢",四庫館臣改作今題。《大典》同卷所載《議五室》改作《五室議》(23/289)、《議規蔡邕明堂》改作《規蔡邕明堂議》(23/291)、《議上帝五帝》改作《上帝五帝議》(23/296)、《議配帝》改作《配帝議》(23/299)、《議雜制篇》改作《雜制議》(23/303)。

**賀乾元節表**(册二四頁四四)

此表又見册一六頁三五七夏竦《乾元節賀表一》,夏竦下或誤收。"作口",夏竦下作

"作乂"。

**與友人書**(頁六五)

文末注"又見《永樂大典》卷三一一四"。出處卷次誤,實見卷三一四一。《全宋文》并注《大典》題爲《陳薦書》,驗以《大典》,此文無題,僅文前有"著作"二字,且在"陳薦"條下。

**賀相公啓**(頁一二三)

"伏審"二字上《大典》卷一〇五四〇有"右某"二字;"閣下""子文""不形""洊更""決大""詘屈",《大典》作"某官""蔦敖""不容""荐更""決大""詘及"。

**賀集賢李相公啓**(頁一二三)

"伏審"二字上《大典》卷一〇五四〇有"右某"二字;"遽收",《大典》作"遽承"。

**賀史館相公啓**(頁一二四)

"伏睹"二字上《大典》卷一〇五四〇有"右某啓"三字;"醜類""祁早""詎敢""溯西",《大典》作"醜虜""某早""渠敢""傃西"。

**賀并州安撫相公啓**(頁一二四)

"伏睹"二字上《大典》卷一〇五四〇有"右某啓"二字;"祁尚",《大典》作"某尚"。

**賀文相公啓**(頁一二五)

"伏睹"二字上《大典》卷一〇五四〇有"右某啓"二字;"祁早",《大典》作"某早"。

**賀南京劉相公啓**(頁一二六)

"伏審"二字上《大典》卷一〇五四〇有"右某"二字;"彌綸",《大典》作"彌經";"祁適",《大典》作"其適",當爲"某適"。

**賀柴相公啓**(頁一二六)

"伏審"二字上《大典》卷一〇五四〇有"右某"二字;"閣下""爰田",《大典》作"某官""轅田"。

**賀廣信軍武六宅啓**(頁一二七)

"伏審"二字上《大典》卷一〇五四〇有"右某啓"二字;"足下""聖簡",《大典》作"某官""聖柬"。

**上徐州判府相公啓**(頁一七六)

"嚮"字上《大典》卷一一〇〇一有"右某啓"三字。

**上江南轉運郎中啓**(頁二五〇)

此文又見册二四頁一七九同人同題,當删。

**上太尉啓**(頁二五三)

此文又見册二四頁一六四同人同題,當删。

**上許州呂相公啓**(頁二五三)

此篇又見文淵閣本《景文集》卷五《上許州呂相公嗣崧許康詩二首并書》,《全宋詩》册四頁二三三二二已收,此當删。

**子説**(頁三六三)

此文乃宋祁注《漢書》一部分,文淵閣本《前漢書》卷一下載,非單文,當删。

**配郊説**(頁三六四)

此文輯自《宋元學案補遺》,然《宋景文公筆記》卷中正載此。則文屬專書一部分,非單文，宋祁下當刪。

### 論對偶之文不宜入史（頁三六四）

此文輯自《雲谷雜記》卷二，然《宋景文公筆記》卷上亦載此。則文屬專書一部分，非單獨文，宋祁下當刪。

### 皇姪孫右衛率府率夫人錢氏墓志銘（册二五頁一五六）

此墓志今出土，録入文物出版社1994年版中國文物研究所、河南省文物研究所編《新中國出土墓志·河南·壹》第二九〇，署"翰林學士承旨兼端明殿學士翰林侍讀學士朝奉大夫中書舍人判秘閣知通進銀台司兼門下封駁事□□□郡開國侯食邑一千一百户食實封貳百户賜紫金魚袋臣丁度奉敕撰"。而同書第二八九録宋祁同年所撰《故贈金州觀察使從郁墓志銘》，署"翰林學士朝請大夫尚書禮部郎中知制誥判史館審刑院事提舉在京諸司庫務輕車都尉臨洺縣開國男食邑三百户賜紫金魚袋臣宋祁奉敕撰"。二志題銜差異甚大。該志非祁所作，應補入丁度下。

### 酬神文（頁一六九）

此文又作册一二〇頁一九六秦觀《謝神祝文》。秦觀文又見《播芳》卷一〇一，題《蝗蟲謝神祝文》，未署作者，其前接《蝗蟲祈禱祝文》，署"秦少游"。秦觀下或誤收。

### 福寧殿啓建中元祈福道場青詞（頁一八八）

此文又見册五四頁二二王珪《建隆觀開啓中元節道場青詞》。此文又見《播芳》卷八七，未署作者，其上接《崇福觀啓建中元祈福道場青詞》，署"宋子京"。文淵閣本《播芳》卷七一載此文，署"宋子京"。歸屬未能確考。

### 福寧殿啓建祈晴道場青詞（頁一九一）

此文又作册五四頁三一王珪《内中福寧殿開啓祈晴道場青詞一》。此文又見《播芳》卷八八，未署作者，其上接文《中太乙宮啓建謝雨道場青詞》，署"宋子京"。宋祁下或誤收。

### 福寧殿啓建謝晴道場青詞（頁一九一）

此文又作册五四頁三五王珪《罷散謝晴道場青詞》。此文又見《播芳》卷八八，未署作者，前接《福寧殿啓建祈晴道場青詞》。宋祁下或誤收。

### 【輯補】李用和門人李戩可試監簿制

敕：李用和久陶邦風，善敦士檢，元戎館致，露牘薦言，俾從一命，以光初履。可。

《大典》卷一四六〇八引宋祁《子京集》

按：《文淵閣四庫全書補遺》補文四百七十七篇，《全宋文》據文淵閣本、《大典》及他書等收一百一十三篇，《感玉賦》《皇帝賀契丹皇帝生辰書》《皇帝回契丹太后賀正書》《皇帝回契丹皇帝賀正旦書》《貝州賜契丹國信使茶藥詔》《賜韓琦赴闕茶藥詔》《賜田況赴闕茶藥詔》《貝州賜契丹皇帝賀乾元節使茶藥詔》《貝州賜契丹皇帝賀乾元節副使茶藥詔》《貝州賜契丹太后賀乾元節使茶藥詔》《貝州賜契丹太后賀乾元節副使茶藥詔》《恩州賜契丹皇帝賀正旦使茶藥詔》《恩州賜契丹皇帝賀正旦副使茶藥詔》《恩州賜契丹皇太后賀正旦使茶藥詔》《恩州賜契丹皇太后賀正旦副使茶藥詔》《貝州賜契丹皇太后賀正旦使茶藥詔》《貝州賜契丹皇太后賀正旦副使茶藥詔》《北京賜契丹國信使御筵口宣》《賜契丹賀正旦人使迴至雄州白溝驛御筵口宣》《賜契丹人使銀鈔鑼唾盂盂子錦被褥等口宣》《南郊禮畢賜宰臣已下御筵口宣》《就驛賜契丹人使御筵酒果口宣》《賜契丹人使迴至班荆館御筵口宣》《賜契丹人使迴至雄州御筵兼撫問口宣》《賜契丹人使回至瀛州御筵口宣》《賜高陽關副都部署感德軍節度觀察留後王信赴闕生料口宣》《撫問鄜延路知州已下口宣》《賜契丹國信使茶藥口宣》《雄州撫問契丹人使口宣》《就驛使賜契丹兩蕃使副賀正旦生飯口宣》《雄州撫問契丹人使賀乾元節口宣》《撫問道州等處捉蠻賊使臣并知州轉運提刑等口宣》《故令公柴宗慶碑文賜侄孫貽正口宣》《貝州賜契丹皇太后賀正旦人使茶藥口宣》《賜晏殊生日禮物口宣》《撫問梓夔益利路知州已下俵散特支傳宣口宣》《雄州撫問契丹皇太后皇帝兩蕃賀正旦人使口宣》《賜張耆致仕告敕口宣》《賜德文生日口宣》《宣召新學士口宣》《賜章得象杜衍賈昌朝王貽永讓恩命不允口宣》《賜陳執中讓恩命不允批答口宣》《賜王德用加恩告敕口宣》《賜契丹人使銀沙鑼唾盂孟子錦被褥等口宣》《撫問接伴契丹國信人使口宣》《撫問河北沿邊諸州軍寨榷場臣寮口宣》《閤門賜宰臣杜衍官告賈昌朝充樞密使官告敕牒口宣》《賜新除授尚書工部侍郎參知政事陳執中口宣》《賜杜衍讓恩命第一批不允口宣》《賜賈昌朝讓恩命第一批不允口宣》《賜賈昌朝讓恩命第二批不允斷來章口宣》《賜杜衍讓恩命第二批不允斷來章口宣》《班荊館賜契丹賀正旦人使迴酒果口宣》《賜陳執中陳讓恩命不允斷來章口宣》《賜契丹人使到闕生飯口宣》《賜新除東平郡王德文讓恩命第一表不允口宣》《雄州白溝驛撫問賀正旦契丹人使兼賜御筵口宣》二首、《朝辭訖就驛賜契丹人使御筵口宣》《就驛賜契丹人使內中酒果口宣》《賜契丹人使迴至班荊館酒果口宣》《賜新除汝南郡王允讓陳讓恩命第二表不允斷來章口宣》《貝州賜契丹皇帝賀正旦人使茶藥口宣》《賜契丹人使迴至北京御筵口宣》《撫問河東等路臣寮將校口宣》《雄州撫問契丹人使口宣》《貝州賜契丹人使茶藥口宣》《就驛賜契丹人使朝辭酒果口宣》《貝州賜契丹皇太后賀正旦副使茶藥口宣》《南郊禮畢宣德門肆赦宣勞將士口宣》《賜宣州觀察使郭承祐赴闕生料口宣》《閤門賜宰臣章得象杜衍樞密使賈昌朝樞密副使王貽永加恩告敕口宣》《賜德文允讓允弼允迪口宣》《賜李用和口宣》《賜新除汝南郡王允讓陳讓恩命不允第一表口宣》《賜王貽永第四表批答》《晏殊曾祖加贈開府儀同三司制》《曾祖妣追封魏國太夫人李氏改封鄭國太夫人制》《祖加贈開府儀同三司制》《祖妣傅氏改封許國夫人制》《父加贈開府儀同三司制》《母吳氏改封唐國太夫人制》《唃廝囉光祿大夫加食邑實封制》《孫瑜父奭贈太尉制》《母趙氏追封寧國郡太夫人制》《降晏殊行工部尚書知潁州制》《鄭從政可內殿承制制》《龐克恭可內殿承制制》《尚舍奉御李震可尚藥奉御制》《張昭吉復尚藥奉御制》《劉賓可中允致仕制》《章文度可奉禮郎致仕制》《游開可太常博士制》《彭思永可太常博士制》《楊至可太常博士韓綱張式并可國子博士制》《李百川可安國軍節度推官權知磁州昭德縣事制》《張憲可供備庫副使制》《高惟慶可供備庫副使制》《東方辛堂除簿尉制》《李慶宗可蘇州吳江縣尉兼主簿制》《衛尉寺丞錢彥遠可大理寺丞制》《衛尉寺丞監福州臨河鹽稅務杜彬可大理寺丞制》《衛尉寺丞監延州鹽稅李丕旦可大理寺丞制》《衛尉寺丞監在京富國倉盛化成可大理寺丞制》《奏舉人前衡州耒陽縣令陳丹可大理寺丞制》《奏舉人前亳州司理參軍王中立可大理寺丞制》《奏舉人前權許州觀察推官張遵可大理寺丞制》《奏舉人前濠州司理參軍高惟幾可大理寺丞制》《十二考人前雅州軍事判官張拱奏舉人前開封府扶溝縣主簿蘇舜元并可大理寺丞制》《袁抗可益州轉運使制》《陳靖可少府監丞依舊翰林待詔制》《瞎蘇等充軍副軍主制》《書令史劉仲立授梓州司戶制》《汝州團練副使董仲言監揚州商稅制》《奏告天地靈祇密祠祝文》《延福宮開啓爲水災祈晴文》《天地社稷祝文》《太廟七室祝文》《皇帝朝饗太廟祭七祠祝文》《太祖太宗祝文》《后廟四室祝文》《皇后廟并奉慈廟祝文》《諸皇后陵祝文》《在京諸神廟祝文》《安陵永昌永熙永定陵祝文二道》《九宮貴神祝文》《太廟太祝奉禮位并太尉廳行墻舍屋等拆修蓋造告土地祝文》《景靈宮里域真官祝文》《修朱雀門樓了畢挂牌告土地祝文》《告后土祝文》《兗州萊州定州澶州祈雨雪祝文》《江州九天使者越州禹廟祈雨祝文》《外州等處祈雨祝文》《北郊壇望祭山川祈雨雪文》《天地大社等處祈雨雪文》《西京無畏三藏祈雨雪密祠祝文》《北岳祈雨文》《大茂山祈雨文》《請諸廟謝雨文》《大雨祭北岳文》《長源公廟祈雨文》《謝雨文》《密禱南岳文》《祈南岳文》《密禱淮瀆文》《諸廟謝雨文》《檜龍祈雨文》《里社龍神祈雨文》《祭土牛文》二首、《冬節賀西京應天禪院太祖表》《冬節賀西京應天禪院太宗表》《冬節賀西京應天禪院真宗表》《冬節賀永定陵真宗表》《冬節賀永定陵章獻明肅章懿章惠皇太后表》《冬節賀永定陵章獻明肅章懿章惠皇太后表》《十月一日西京應天禪院奏告太祖表》《十月一日西京應天禪院奏告太宗表》《十月一日西京應天禪院奏告真宗表》《十月一日奏告永定等三陵并諸后表》《十月一日奏告永定陵真宗表》《永定陵賀章獻章懿章惠皇太后表》《上永安陵昭憲永昌陵孝明懿德孝惠孝章永熙陵明德元德章穆章懷永定陵章獻章懿章惠皇太后表》《賀西京應天禪院太祖表》《賀西京應天禪院太宗表》《西京應天禪院永定陵賀真宗表》《慰安壽公主薨表》《慰張貴妃薨表》《慰魏國公主薨表》《代石少傅賀表》《代石少傅賀正表》三首、《代上尊號表》《第二表》《代昭文爲飛蝗乞罷免第二表》《第三表》《代中書爲飛蝗乞降官第二表》《第三表》《代宋參政生日謝賜羊酒米麪表》《代楊相公謝賜生日銀器衣物鞍馬表》《代謝敕設上皇帝表》《謝皇太后表》《代謝敕設上皇太后表》《代謝表》《代鄭公乞外任第三表》《謝賜夏藥狀》二首、《代石太尉謝宣妻入內狀》《代石太尉謝移蔡州安置狀》《代人謝大王兩地狀》《代謝兩地狀》《殿前李都尉謝狀》《代上大王兩地謝狀》《回李給事謝加集賢狀》《回王太傅謝狀》《回王參政讓狀》《回賀轉左丞前兩地謝狀》《回陳州楊相公問候狀》《回張侍中問候狀》《上李相公狀》《代鄭公謝參政狀》《代鄭公讓參政狀》《代上許州柳公狀》《代上大王讓狀》《代上兩地謝狀》《代河陽王資政到任狀》《代到任狀》《代張侍中回吕相公謝狀》《代回副樞侍郎讓狀》《代回薛資政狀》《代胥李二舍人狀》《襄州大悲真容贊》《宋皇女故保和公主贈越國公主石記》《宋皇從侄故江華郡君石記》《宋皇從侄左千牛衛大將軍殤女石記》《台州白雲山北净名庵般若臺記》《見任兩府賀冬啓》《外任兩府賀冬啓》《高觀文賀冬啓》《致政杜相公賀冬啓》《上陳相公賀冬啓》《外兩府賀冬啓》《上知府賀冬啓》《上晏尚書啓》《上兗州尚書啓》《上宋尚書啓》《上兩府賀正啓》《上致政相公賀正啓》《回外任賀正啓》《代回前兩地賀正啓》《外兩府賀正啓》《賀楊三司啓》《上狄太尉啓》《上宣徽太尉啓》二首、《上殿前太尉啓》《上韓相州太尉啓》《上駙馬李太尉啓》《回問候啓》《上集賢相公啓》《上青州相公啓》《上陳州相公啓》《回提刑舍人啓》《代回大王謝轉官啓》《回定州部署王步君啓》《回諸官啓》《回韓觀文遠迎啓》《回曹留後謝轉官啓》《賀稌舍人啓》《賀韓舍人啓》《回楊舍人啓》《代謝荆王并兩地啓》《益州謝上啓》《謝相公啓》《回呂贊善啓》《回晁參政啓》《上西洛宋資政啓》《回韓資政謝到任啓》《代回韓資政啓》《代回薛資政啓》《上范參政啓》《同前》《回盛右丞謝改職啓》《上三司王右丞啓》《上永興王右丞啓》《上程左丞啓》《賀資政范侍郎啓》《回安州范侍郎啓》《上外任啓》《回通事李舍人啓》《回致政郎中啓》《回知郡郎中謝改官啓》《龍圖給事啓》《樞密孫給事啓》《回張給事謝上啓》《判府侍中啓》《回賈侍中啓》《上王鼎都官啓》《上楊都官啓》《九江知郡都官啓》《回賀冬啓》《彭州知郡朱職方啓》《駙馬柴相公啓》《回柴相公謝到任啓》《又鎮府部署團練太傅啓》《太傅相公啓》《代回簽樞王太傅啓》《觀察太傅啓》《提點王太保啓》《益州劉太保啓》《回交代王大卿啓》《定州回兩制賀端明啓》《謝在京兩制啓》《與陳待制啓》《與周待制啓》《與陝西都運田待制啓》《回錢待制啓》《回發運蔣待制啓》《回瀛洲陳待制啓》《謝王待制啓》《代賀初入兩府啓》《又代回賀入兩府啓》《代上大王謝入兩府啓》《又上外兩府啓》《又兩府謝啓》《代謝兩府啓》《上兩府謝轉官啓》《兩府問候啓》《與陳相公啓》二首、《與亳州陳相公啓》二首、《與青州李相公啓》《與昭文相公啓》《與宮師相公啓》《與王端公啓》《與張滄州啓》《與諸同年啓》《與權磁州啓》《上龍圖啓》《青州田龍圖啓》《高密龍圖啓》《知府龍圖啓》《上呂龍圖啓》《錢龍圖啓》《回南京蔡龍圖謝上啓》《代姚待制謝轉官啓》《賀王待制啓》《賀陳待制轉官啓》《代回太師相公謝轉官啓》《代上集賢相公啓》《上金陵相公啓》《代上荊王生日馳禮啓》《上外任舊兩地啓》《代謝大王謝拜相啓》《代謝知制誥啓》《上王內翰啓》《撰埋銘讓物書》《王太博書》《代回謝呂相公書》《回晏相公書》《上龐相公書》《上文相公書》《上宮師相公書》《呂梓州書》《彭州朱職方書》《樞密張諫議書》《上樞參書》《與元府句郎中書》《謝兩地書》《張工部書》《與武六宅書》《上南陽王安撫密學簡》《上安撫雜端簡》《皇從姪孫贈左領軍衛將軍墓志銘》《故鄂王祭文》《定陵賦》《禮爲政興賦》《斫雕爲樸賦》《仁器賦》《五弦琴賦》《仲尼五十學易賦》《漢濱覽古詩序》等三百六十四篇《全宋文》宋祁下未收。

其中《台州白雲山北淨名庵般若臺記》又見《全宋文》宋庠下,《上知府賀冬啓》又見《全宋文》陳襄下,《回安州范侍郎啓》又見胡宿下,歸屬待考。文不具錄。

# 册 二八

## 王堯臣 卷五九五至五九六

**【校訂】**乞用涇原路熟戶邊備奏(頁一九五)
文末注"《永樂大典》卷八四三二"。出處卷次誤,實見《大典》卷八四一三。

# 册 二九

## 吳育 卷六一五

**【輯補】**無相院塔記

《禹貢》:九江之南曰敷淺原。山川邃以秀,風俗慧以敦,至於世族不析,彙口數千者。講士學爲俊民,登有司之版;沐道風爲善利,奉真如之教。是地之邑,實曰德安。北走尋陽,南面廬阜。名山大澤,而城郭韜映其表裏;茂林修竹,而水石縈帶其前後。天聖間,家君爲宰,予就養者三載,日與境會。邑之西南佛舍曰無相,有主僧德明能詩,工篆隸,年八十餘,精明不衰。家君公餘,延坐與語真空,視人根機,爲陳頓漸,皆由得所入。今踰二紀,明順化,上有足曰夢僧,於佛事猶力,得邑人石承祚施緡錢五百萬,構浮圖五級,中以嚴覺相,外以歸信心,氣象神明,邑居聳觀。遣其徒謁文以紀。噫!予侍親官游有日矣,是不可不志云云。

《大典》卷六六九九引《江州志》。
按:《大典》卷六六九七載:"《無相院塔記》。慶曆甲申,吳育撰。"

## 册 三七至三八

### 張方平　卷七八二至八三一

【校訂】論祠廟事奏（頁一九二）

此文又見册七六頁二一三劉摯《代留守張方平留闕伯微子張許三廟奏》。《國朝諸臣奏議》卷九一録此奏，題《上神宗論鄠祠廟》，署"張方平"；《歷代名臣奏議》卷一二六録此奏，有"神宗時張方平、劉摯等論廟事疏"云云。則此奏乃張方平、劉摯同奏，但具體撰者乃劉摯。

乞致仕第一表（頁二五四）

此文又見册七七頁五六劉摯《乞致仕表一》。劉摯有《代張安道南京謝表》，為代張方平所作。此文當亦為劉摯代作。

乞致仕第二表（頁二五五）

此文又作册七七頁五七劉摯《乞致仕表二》，當亦為劉摯代作。

乞致仕第三表（頁二五六）

此文又作册七七頁五七劉摯《乞致仕表三》，當亦為劉摯代作。

【輯補】夏竦罷相制

此文文淵閣本鄭獬《鄖溪集》卷二誤收，《全宋文》據《宋宰輔編年録》繫於册四五頁一九八宋仁宗下。此制撰者為張方平（詳見宋仁宗下）。文不具録。

## 册 四〇

### 范鎮　卷八六二至八七三

【校訂】論柬兵札子（頁二〇〇）

文末注《永樂大典》卷八四三〇"。出處卷次誤，實見《大典》卷八四一三。

## 册 四三

### 元絳　卷九二八至九二九

【輯補】修完內城祭告太歲以下諸神祝文

為淮南兩浙等路久旱於南岳祈雨祝神文

四皇子祔葬斬草破地奏告諸陵祝文

西太一宮開啓告遷中太一宮太一神像道場青詞

中太一宮太一并歲德神像佛塑造了畢就西太一宮開啓開光明道場青詞

中太一宮開啓奉安太一神像禮畢道場青詞

前三文見《大典》卷二九五一，后三文見《大典》卷一八二二四。《大典》誤題為"章惇《玉堂集》"，《全宋文》據以誤輯於册八二頁三七六至三七八章惇下。據孔凡禮考證，實際為元絳作。文不具録。

**樂語·勾小兒隊一**

絲竹凝和,已合雲成之奏;聖賢同樂,式均蒲藻之歡。宜延佩韘之童,來效交竿之舞。徐韵宮商,教坊小兒入隊。

**樂語·勾小兒隊二**

畫漏舒遲,仙韶嘽緩。宜召兩髦之侣,來陪萬舞之儀。徐韵宮商,教坊小兒入隊。

**樂語·勾小兒隊三**

治平八廟,圖金匏合奏。葆佾垂容,玉砌風微,錦茵霞爛。盍引佩觽之侣,試陳舞羽之儀。上奉宸顏,教坊小兒入隊。

**樂語·勾女弟子隊**

伏轉丹塗,香霏赭案。宜命霞桂之列,來呈雪袖之容。徐韵宮商,兩軍女弟子入隊。

**樂語·問小兒隊**

天日澄清,榮瞻於法辰;君臣和樂,美屬於慶辰。何其垂韘之童,來造塗丹之地。逶迤并列,儇敏可觀。必有敷陳,雍容上奏。

**樂語·放小兒隊一**

香飄赭案,酒溢衢樽。拱極歌時,委朝紳而具醉;浴沂樂聖,曳童彩以言歸。再拜丹階,相將好去。

**樂語·放小兒隊二**

鳴球應律,正資晞露之歡;佩韘揚庭,已盡迴風之妙。宜序垂髫之列,暫違舞羽之階。再拜丹階,相將好去。

**樂語·放小兒隊三**

日轉禺中,溢榮光於藻帨;歌餘沛上,收妙舞於青衿(原作"矜")。再拜丹階,相將好去。

**樂語·放女弟子隊一**

日華移刻,樂節成文。回雪輕盈,已呈妍於帝所;凌波流轉,宜近步於人間。再拜天階,相將好去。

**樂語·放女弟子隊二**

六英雅奏,久留調露之音;八佾妍姿,已盡流風之妙。宜趣凌波之步,言歸架浪之峰。再拜天階,相將好去。

以上見《大典》卷一五一四〇引章惇(實爲元絳)《玉堂集》。

**樂語·問女童隊一**

左纛前臨,正鬱葱之在望;華袿旅進,忽薌澤之微聞。進步稍前,自陳來意。

**樂語·問女童隊二**

穿赤羽以翱翔,動華袿而容裔。遥瞻綉扆,欲步花茵。密邇天階,悉陳來意。

**樂語·放女童隊**

霞衣久駐,極望雲就日之誠;華翟初陳,盡回雪流風之妙。誤游帝所,却步人寰。再拜天階,相將好去。

以上見《大典》卷一五一四〇引元絳。

### 蔣概　卷九三一

**【校訂】巴東龍昌洞行記**（頁二四二）

此文又見《大典》卷九七六三引《肇慶府志》，可補較早出處。

### 丁寶臣　卷九三二

**【校訂】修南雄州城記**（頁二六三）

"守械稱是"，《大典》卷六六六作"守械纖悉稱是"，且其下《大典》尚有文字，補於下："仡然而高，隱然而方。其堅足以禦，大足以容。崔嵬杳窱，回抱連屬，與四面雲山勢勝相高下。雖有梯衝鉤援，曰能侵軼者，吾未之信也。嗚呼！天下之事，患嘗伏於隱微，不制於未然，及其已然，方駭而圖之，其可濟乎？《傳》曰："備豫不虞，國之善經。"《兵法》亦曰："無恃彼之不來，恃吾有待之。"皆古聖賢幾事之先，慮患之深。蕭侯之心，通達於此。其為政也，精敏過人，不橈於劇，有利於國與民，勇於必為。故其舉事無不中節焉。先是，城之始謀也，工築未興，而蕭侯代去。安撫經制賊盜使入境，父老遮道，泣且言曰："州密邇賊境，而民方安於其政也，願借留以畢其事。"使者條其狀以聞，褒詔從之。故城之經度指顧，本末專一，而至於大備焉。夫作大役而人不以為勞，所以翰蕃王室、保障吾民於無窮。其惠利之博，可遽數哉？寶臣代罪於此，蕭侯修治歲月，以書其實云。時皇祐五年六月日，太常博士前知端州軍事丁寶臣記。"

### 祖無擇　卷九三四至九三七

**【校訂】袁州東湖記**（頁三二七）

文末"洛陽祖無擇"，《大典》卷二二六二作"范陽祖無擇"。

## 册　四三至四六

### 宋仁宗　卷九四〇至九八四

**【校訂】晏殊罷相工部尚書知潁州制**（册四五頁一一七）

此制又見文津閣《四庫全書》本《景文集》卷二一，題《降晏殊行工部尚書知潁州制》，《全宋文》宋祁下失收。宋仁宗下當刪。

**夏竦罷相制**（頁一九八）

此制原為閣本鄭獬《鄖溪集》卷二誤收，《全宋文》鄭獬下刪文存目。因其撰於慶曆八年，故繫於此。《宋宰輔拜罷錄》卷五載："上謂曰夏竦奸邪，以致天變如此，亟草制出之。方平請撰駁辭，上意遽解，且以均勞逸命之。"則此制乃張方平所草。

**梁適罷相特授依前行尚書禮部侍郎知鄭州仍改賜功臣制**（頁三二五）

此文又作册二一頁三五四胡宿《賜梁適特授依前行尚書禮部侍郎知鄭州仍改賜功臣制》，錄自文淵閣本《文恭集》卷二二，據《大典》卷一三五〇六輯佚，題"胡文恭集"。宋仁宗文錄自《宋大詔令集》卷六八，又見《宋宰輔編年錄》卷五，未署草擬者，故據其年代繫於宋仁宗下。此文當為胡宿作，宋仁宗下應刪去。

**【輯補】夏竦樞相制**

朕夙設右府,以制武師。考諸典刑,蓋六卿司馬之任;本之輔相,爲三事大夫之崇。眷遇惟勤,尊顯兼極。具官夏竦學貫文武,識通天人,明足以斷大疑,知足以任大事。被遇先聖,首中異科。慷慨名卿之言,雍容近輔之秀。逮朕紹服,歷踐柄司。材謀遠出於諸臣,論議有補於當世。進退一節,勤勞百爲。略平函夏之交,則裔夷執玉;綏靖大河之北,則邊堠戢戈。威名憺聞,民譽允洽。是用斷自朕志,召登機衡。過流議於風波,定成契於金石;仍中軍之旄鉞,兼上宰之印章。褒進寵名,加陪賦邑。寵光渥縟,恩意敦隆。於戲!爲君之難,知臣匪易。任惟勿貳,初必有終。圖用舊人,朕既稽於前憲;肇謀王體,爾當究於治功。俞往欽哉,祗服休命。可。

文淵閣本鄭獬《鄖溪集》卷二。

按:此制擬於慶曆七年三月,鄭獬集中誤收,《全宋文》鄭獬下删文存目。撰者不詳,繫於此。

## 册　四六至四七

### 蔡襄　卷九九四至一〇二四

**【校訂】與曹待制書**(册四七頁三八)

"浮潁亂淮""加以",《大典》卷一〇一一〇作"行潁辭淮""加諸"。

**與陳秘書書**(頁四一)

"若師弟子",《大典》卷一〇一一〇作"庶合至公"。

## 册　四八

### 呂誨　卷一〇三四至一〇四〇

**【輯補】修九江城池奏**

川廣州軍,近年皆修城壘,實居安之遠慮。竊見東南,唯江寧府近日修城。臣到任經營,將爲首務。蓋江州據三江之口,東北去江寧千餘里,水陸十數路,舟車所聚,實爲衝會。其險隘過江寧遠甚,復在上流,巴蜀正當其衝。真用武控守之地,不可不爲遠計。蓋朝廷自來只爲閑慢州軍,多以罪廢之人處之。以是城壘因循不葺,大非經久之事。欲乞漸次修完。本州自有窯務兵匠燒磚,山林至近,柴薪易得,不率民力,即無勞費。伏望指揮。

**修九江武備奏**

伏睹東南郡全無武備,蓋治平日久,因循玩弊。如江州據江湖之口,二巴二廣,沿汗上下,及其津渡驛置,可謂舟車衝要之地。臣自到任,首觀地形險固。久來頓兵,城池不完,恐非安便。

以上見《大典》卷八〇九二引《淳祐江州圖經志》。

## 册　五一

### 文同　卷一〇八至一一一〇

**【校訂】謝三泉知縣贊善狀**（頁六二）

"此者"，《大典》卷一八四〇二作"比者"。

### 張頡　卷一一一九

**【輯補】集十賢贊後序**

番禺負山帶海，夷舶歲至，珍異叢夥。而數人者，皆能以廉清爲吏民師表。

《大典》卷七二三七引《廣州志》。

**雉山題名**

武陵張頡仲舉、甬上苗時中子居、洛陽劉宗傑唐輔、吳興劉誼宜父，七月自真山觀來游。元豐元年八月。

《粵西叢載》卷二。

## 册　五二至五四

### 王珪　卷一一二〇至一一七一

**【校訂】賜翰林學士尚書兵部員外郎知制誥吳奎乞知青州不允詔**（頁三〇）

此文又見宋慶元二年刻本《歐陽文忠公集》卷八九同題，且題下注"七月二十一日"，册三一頁三二四歐陽修下即收。《長編》卷一七七載："（至和元年九月）甲子，起居舍人直集賢院同修起居注吳奎爲兵部員外郎。"同書卷一七九載："（至和二年）夏四月癸巳，兵部員外郎知制誥吳奎知壽州。"則此制撰於至和元年，時歐陽修爲翰林學士，有草制之可能。王珪下當誤收。

**賜樞密使文彦博乞罷節度使公使錢獎諭詔**（頁五八）

此文又見明嘉靖五年刻本文彦博《文潞公文集》卷三七《許免公使錢詔》，且題下注"元祐五年"，而王珪卒於元豐八年（1085），不可能草此詔。王珪下當删文存目。此詔撰人今難確考，可移入宋哲宗下。

**賜皇伯祖承顯加食邑詔**（頁一二八）

此文又見宋紹興刻本《温國文正司馬公文集》卷五六《除皇伯祖承顯制》，册五四頁一二八下即收。王珪下當誤收。

**兵部員外郎知滄州田京可工部郎中制**（頁二九六）

此文又見清雍正十二年刻本《宋端明殿學士蔡忠惠公文集》卷九《尚書兵部員外郎直史館知滄州田京可工部郎中余依舊制》，册四六頁一九五蔡襄下即收。《長編》卷一七三載："（皇祐四年八月庚子）兵部員外郎直史館田京爲工部郎中。"則制文當草於皇祐四年（1052）八月。《宋會要輯稿·選舉一》："（皇祐）五年正月十二日，以翰林學士承旨王拱辰權知貢舉，翰林學士曾公亮、翰林侍讀學士胡宿、知制誥蔡襄、王珪并權同知貢舉。"則蔡襄、王珪在皇祐四年同知制誥。但王珪《華陽集》早佚，現傳本均源出四庫館臣自《大典》輯本，而蔡襄集流傳有自，故王珪下當誤收。

**文彥博授依前檢校太師尚書左僕射同中書門下平章事成德軍節度使判太原府制**（頁三二七）

"敵之""之悦"，《大典》卷一三五〇六作"胡之""之忱"。

**招箭班殿侍誉彥澤在班及十五年補承節郎仍舊存留在班祇應制**（册五三頁六）

此文又見明弘治十八年刻本《止齋先生文集》卷一一同題，册二六七頁二〇陳傅良下。《大典》卷一三四九九錄此文，題"王珪華陽集"，當誤題出處而致王珪下誤收。

**降授朝奉郎權通判建康府徐嶢任國子博士日奏對失儀降官特復朝散郎致仕制**（頁二五）

此文又見《止齋先生文集》卷一四，册二六七頁八三陳傅良下即收。樓鑰（1137—1213）撰有《朝散郎國子博士徐嶢上殿墜笏降一官》（262/181）。此徐嶢隆興元年（1163）第進士，王珪與其時代不相接。王珪下當誤收。

**開封府左軍判官劉機可光禄寺丞制**（頁四三）

此文又見《宋端明殿學士蔡忠惠公文集》卷一一《開封府左軍巡判官劉機可光禄寺丞制》，册四六頁二五一蔡襄下即收。王珪下當誤收。

**婕妤俞氏等賀明堂禮成表**（頁一〇一）

此表與册六六頁三五强至《代婕妤俞氏才人朱氏明堂禮畢賀皇帝表》略同。或爲某人擬稿，而另一人潤飾修改。

**依御批受翰林承旨奏狀**（頁一二一）

題下《大典》卷一〇一一五有注"治平四年九月"六字。

**中書謝春宴笏記**（頁一五〇）

此文又見文淵閣本《西溪集》卷七同題，册七四頁二九四沈遘下即收。王珪下當誤收。

**濮安懿王合稱皇伯議二**（頁一五八）

《國朝諸臣奏議》卷八九錄此文，題《上英宗乞如兩制禮官所議》，署"范鎮"，册四〇頁二二七范鎮下收作《議濮安懿王稱號狀》。《歷代名臣奏議》卷二八二亦錄此文，署"范鎮"，且前接韓琦奏、王珪議。王珪下或承此而誤收。

**封諸王後議**（頁一六七）

此文輯自《長編》卷二一三，云"翰林學士承旨王珪、范鎮、司馬光等言"，故輯於此。此文又見宋紹興刻本《温國文正司馬公文集》卷四二《宗室襲封議》，册五五頁一六四司馬光下即收。則此奏雖王珪等同奏，但爲司馬光草擬，王珪下當誤收。

**安陸侯妻賈氏墓志銘**（頁二五八）

此文又見文淵閣本《文忠集》卷三七《安陸侯夫人長樂郡君賈氏墓志銘》，册三六頁三歐陽修下即收。二文僅篇題及"同與此室""於此幽室"之句有異，當爲同篇文字。王珪下當誤收。

**内中福寧殿開啓醮彗星道場青詞**（册五四頁三）

《播芳》卷八七載此文，題《福寧殿啓建禳謝彗星道場青詞》，未署作者，其上一文署"汪彦章"。文淵閣本《播芳》卷七二載此文，署"汪彦章"，册一五七頁四一九汪藻下收此文。

歸屬未能確考。

### 罷散禳醮彗星道場青詞(頁三)

《播芳》卷八七載此文,題《福寧殿滿散禳謝彗星道場青詞》,未署作者,其上第二文署"汪彥章"。文淵閣本《播芳》卷七二載此文,署"汪彥章",冊一五七頁四二〇汪藻下收此文。歸屬未能確考。

### 太乙宮啓建皇太后本命道場青詞(頁五)

此文又作冊五四頁一六同人《內中慶寧宮開啓皇太后本命道場青詞一》,所撰文或通用於諸宮,當注明。

### 建隆觀開啓皇帝本命靈寶道場青詞一(頁一三)

《播芳》卷八七載此文,題《太乙宮啓建皇帝本命靈寶道場青詞》,未署作者。文淵閣本《播芳》卷七一載此文,署"孫夢得",冊二二頁三九二孫抃下即收。或同詞用於諸宮,歸屬未能確考。

### 建隆觀開啓皇帝本命靈寶道場青詞二(頁一三)

《播芳》卷八七載此文,題《壽星觀啓建皇帝本命道場青詞》,未署作者。文淵閣本《播芳》卷七一載此文,署"文士穎",《全宋文》未載其人。歸屬未能確考。

### 壽星觀開啓皇帝本命靈寶道場青詞(頁一四)

《播芳》卷八七載此文,題《崇福觀啓建皇帝本命道場青詞》,未署作者。文淵閣本《播芳》卷七一載此文,署"孫夢得",冊二二頁三九一孫抃下即收。歸屬未能確考。

### 南京鴻慶宮開啓皇帝本命道場青詞一(頁一四)

《播芳》卷八七載此文,題《鴻慶宮啓建皇帝本命道場青詞》,未署作者。文淵閣本《播芳》卷七一載此文,署"汪彥章",冊一五七頁四一八汪藻下收。歸屬未能確考。

### 內中慶寧宮開啓奉安皇帝本命道場青詞(頁一五)

《播芳》卷八七載此文,題《慶寧宮啓建皇帝本命道場青詞》,未署作者。文淵閣本《播芳》卷七一載此文,署"孫夢得",冊二二頁三九〇孫抃下即收。歸屬未能確考。

### 玉津園罷散爲民禳災天皇九曜道場青詞(頁二二)

《播芳》卷八七載此文,題《太乙宮爲民禳災天皇九曜道場青詞》,未署作者。文淵閣本《播芳》卷七二載此文,署"汪彥章",冊一五七頁四二〇汪藻下即收。歸屬未能確考。

### 建隆觀開啓中元節道場青詞(頁二二)

此文又作冊二五頁一八八宋祁《福寧殿啓建中元祈福道場青詞》,歸屬未能確考。

### 夏竦南京鴻慶宮三聖殿開啓道場爲奉安真宗皇帝御容青詞(頁二四)

此文未見重出,在《華陽集》中前接《壽星觀開啓奉安真宗御容道場青詞》,篇題命名方式相異。篇題"夏竦"當爲《大典》中標識作者之語,因前接王珪文,四庫館臣以其爲篇題而誤輯。

### 萬壽觀膺福殿開啓權奉安真宗御容道場青詞(頁二四)

此文在《華陽集》中前接《夏竦南京鴻慶宮三聖殿開啓道場爲奉安真宗皇帝御容青詞》。以四庫館臣對輯自《大典》中別集編輯方式而言,此篇在《華陽集》中位置,與《大典》相似,或爲夏竦文,四庫館臣誤輯。

### 皇太后生辰道場青詞一(頁二七)

《播芳》卷八七載此文,題《觀文殿滿散皇太后生辰道場青詞》,未署作者。文淵閣本《播芳》卷七一載此文,署"文士穎"。《全宋文》未載此人,歸屬未能確考。

### 皇太后生辰道場青詞二(頁二七)

《播芳》卷八七載此文,題《靈厘殿滿散皇太后生辰道場青詞》,未署作者。文淵閣本《播芳》卷七一載此文,署"孫夢得",册二二頁三九〇孫抃下即收。歸屬未能確考。

### 內中福寧殿開啓祈晴道場青詞二(頁三二)

《播芳》卷八八載此文,題《紫宸殿啓建祈晴道場青詞》,署"歐陽永叔"。文淵閣本《播芳》卷七二同此。册三六頁一〇五歐陽修下即收。歸屬未能確考。

### 集禧觀開啓仁宗百日道場青詞(頁三五)

此文又作册五四頁八四同人《英宗開啓百日道場疏》。二文除題目外,其餘皆同,當爲一文兩用,應注明。

### 景靈宮孝嚴看經堂開啓黃籙道場青詞一(頁三六)

《播芳》卷八七載此文,題《景靈宮啓建仁宗忌辰黃籙道場青詞》,未署作者,其前一文署"蘇子瞻";同書卷九二載此文,題《仁宗忌辰道場疏》,亦未署作者。文淵閣本《播芳》卷七六載此文,署"蘇子瞻";同書同卷又載此文,題《仁宗忌辰道場疏》,未署作者。册九二頁二六五蘇軾下即收。歸屬未能確考。

### 奉元殿啓建皇帝本命道場青詞(頁四〇)

《播芳》卷八七載此文,未署作者。文淵閣本《播芳》卷七一載此文,署"汪彥章",册一五七頁四一八汪藻下即收。歸屬未能確考。

### 西京應天禪院拆修太祖神御殿祭告祝文(頁五一)

此文又見宋刻元明遞修本《臨川先生文集》卷四六同題,册六五頁三〇元王安石下即收。王珪下當誤收。

### 皇后生辰功德疏(頁七五)

此文又見文淵閣本《文忠集》卷八九《延福宮性智殿開啓皇后生辰道場齋文》,册三六頁九九歐陽修下即收。《播芳》卷九一載此文,題《皇后生辰功德疏》,署"歐陽永叔"。王珪下當誤收。

### 明堂禮成開啓謝在京諸廟道場疏(頁七六)

《播芳》卷九二載此文,未署作者,其前一文署"王岐公"。文淵閣本《播芳》卷七六載此文,署"孫仲益",册一六一頁二〇七孫覿下即收。歸屬未能確考。

### 仁宗忌辰道場疏(頁七九)

此文又見文淵閣本《樂靜集》卷二二《神宗忌疏》,册一二一頁二七六李昭玘下即收。《播芳》卷九二載此文,題《神宗忌辰道場疏》,未署作者,其前一文署"王岐公"。王珪下當誤收。

### 文懿皇后忌辰道場疏(頁八一)

此文又作册五四頁九三同人《文懿皇后忌辰道場齋文》,當刪其一。

### 英宗小祥道場疏一(頁八五)

此文又見文淵閣本《樂靜集》卷二二《神宗小祥功德疏》,册一二一頁二七五李昭玘下即收。《播芳》卷九三載此文,題《神宗小祥道場疏》,未署作者,其前署名文作者署"王岐公"。王珪下當誤收。

### 英宗小祥道場疏二（頁八六）

此文又見《樂静集》卷二二《神宗小祥開啓道場疏》，册一二一頁二七六李昭玘下即收。《播芳》卷九三載此文，題《神宗小祥道場疏》，未署作者，其前署名文作者署"王岐公"。王珪下當誤收。

### 西京無畏三藏前開啓祈雨道場齋文一（頁八九）

《播芳》卷九二載此文，題《西京無畏三藏前開啓祈雨道場疏》，未署作者。文淵閣本《播芳》卷七六載此文，署"唐子西"，册一四〇頁六一唐庚下即收。歸屬未能確考。

### 西京無畏三藏前開啓謝雨道場齋文（頁九一）

《播芳》卷九二載此文，題《西京無畏三藏前開啓謝雨道場疏》，未署作者。文淵閣本《播芳》卷七六載此文，署"李成季"，册一二一頁二八七李昭玘下即收。歸屬未能確考。

### 温成皇后獻陵殿内開啓冬節道場齋文（頁九四）

此文又見《臨川先生文集》卷四六同題，册六五頁三〇八王安石下即收。王珪下當誤收。

### 後苑以天王殿拆收了畢齋文（頁九四）

此文又見《臨川先生文集》卷四六《後苑天王殿拆修了畢齋文》，册六五頁三〇九王安石下即收。王珪下當誤收。

### 南郊青城彩内畢功大殿上開啓保安祝壽諷孔雀明王經齋文（頁九四）
### 南郊青城彩内畢功大殿上開啓保安祝壽諷法華經齋文（頁九五）

二文又見《臨川先生文集》卷四六同題，册六五頁三〇五王安石下即收。王珪下當誤收。

### 天章閣延昌殿開啓權奉安英宗皇帝御容道場齋文（頁九五）

此文又見《臨川先生文集》卷四六同題，册六五頁三〇七王安石下即收。王珪下當誤收。

### 神宗大祥道場啓（頁九九）

此文輯自文淵閣本《播芳》卷七七。檢原卷，未署作者，其上第十一文署"王岐公"。但《播芳》卷九三載此文，署"蘇東坡"。此文又見文淵閣本《東坡全集》卷一一四《在京諸宫觀開啓神宗皇帝大祥道場齋文》，册九二頁一五四蘇軾下即收。王珪下當誤收。

### 太上皇小祥功德疏（頁一〇〇）

此文輯自文淵閣本《播芳》卷七七，未署作者，其上一文署"王岐公"。然題有"太上皇小祥"之語，顯爲南宋事，非王珪所能及。王珪下當誤收。

### 【輯補】祝皇后壽疏

演祇園之教，悟夙智於本來；翻貝葉之文，資善音而普覺。虔依梵界，佑右皇圖。皇后伏願北極齊尊，諸天密護。流景光而配日，崇厚德以儀坤。

《大典》卷三五八五引王珪《華陽集》。《播芳》卷九七。

按：《播芳》未署作者名；《大典》署名，然僅録片段。今合二書而録之。

### 回吕參政謝給事書

方真主之勵精，稽先王而發政。謂六經所以制天下之治，非大賢不能濟人文之興。

《大典》卷七九六二引王珪《華陽集》。

**祝聖道場青詞**

天布大時,月維仲夏。扇炎歊之盛氣,貿長養於群生。

《大典》卷八五六九引王珪《華陽集》。

按:金程宇《新發現的永樂大典殘卷初探》指出漏收,拙著《永樂大典輯佚述稿》頁一七〇已錄。

**與監倉國博書**

珪啓:近蒙寵臨,偶出,不果奉佇,弟積悚懷。少狠欲一面,聞來早,或無事,幸見顧,不避坐邀,爲愧也。謹馳手啓。不宣。珪再拜。監倉國博齋格。初九日。

《鳳墅續帖》卷一二。

# 册 五四至五六

## 司馬光 卷一一七二至一二三〇

### 【校訂】上太皇太后謝賜生日禮物表(頁一七五)

此文又作册一一〇頁二五五畢仲游《代司馬温公上太皇太后謝賜生日禮物表》,當爲畢仲游代作,歐陽修下應注明。

### 【輯補】乞罷引伴高麗奉表官借官借服奏

某(原作"其")近准尚書省札子,差引伴高麗奉表官借奉議郎吏部員外郎賜緋魚袋。續又奉聖旨,以麗人奉表官服紫繫金帶,許某借金紫。契勘高麗自來朝貢,使副係彼國近上臣僚,朝廷寵以異數,亦許接伴官借官品加章服以禮之,未爲失禮。今來奉命,止是近下陪臣,名位卑下。況其來不時,殆同泛使。朝廷縱欲懷徠,未忍拒絕,止宜量行應接,不宜稍過,以取輕侮。謹按《周官》"掌訝邦國之等籍,以待賓客""凡賓客,諸侯有卿訝,卿有大夫訝,大夫有士訝",是賓客之來,其訝者皆合次降一等,以明王人不可下與諸侯之人齒也。又《春秋·成公三年》:"晉侯使荀庚來聘,且尋盟。衛侯使孫良夫來聘,且尋盟。公問諸臧宣叔曰:'中行伯之於晉也,其位在三。孫子之於衛也,位爲上卿。將誰先?'對曰:'次國之上卿當大國之中,中當其下,下當其上大夫。小國之上卿當大國之下卿,中當其上大夫,下當其下大夫。上下如是,古之制也。衛在晉,不得爲次國。'"於是丙午盟晉,丁未盟衛,《傳》以爲得禮。今麗人之於朝廷,得爲次國乎哉?若以降殺之節言之,姑降二等,猶爲中理。某謂今來奉表官在麗人爲耶?官某以校書郎,服九品服逆之,正爲合節。若彼有疑耶,當質以經義,彼將無辭説。若或紛拏,某當以理折之,而不使上干朝廷也。或曰使副與引伴同服,行之已久,自宜比附,不可遽改。某曰不然。前此麗人朝貢,略無失禮,縱稍屈以待之,尚容可説。今彼遣使,在平日使副之外,恐萬一別生事端,正宜少殺其禮,示之以意。及某與相對接,則當接以辭氣,使不失其懼心。某竊謂此亦御遠之一道也。所有借官借服,願賜寢罷,乃協事宜。伏乞詳酌施行。

《大典》卷一九七九二。

按:此文未標出處,其前一文署"司馬温公傳家集"。據《大典》體例,此文一般亦當同此出處,故暫繫於此。

## 册　五七至五八

### 曾鞏　卷一二三一至一二七四

**【校訂】答蔡正言書**（頁二七二）

題"書"、文"世馬""人之望""云其""焉爾"，《大典》卷一〇一一〇作"别紙啓""極馬""小人之望""去其""焉爾。餘直望自愛，不任禱頌之至"。

**【輯補】越州論開浚鑒湖狀**

越州山陰、會稽兩縣所管鑒湖，周迴三百五十八里，自來蓄水以備旱歲，溉蔭民田九千頃，及通行公私舟舡。纍有法令禁民盜種為田，而奸民冒法不已，以致積漸堙塞。蓄水不多，稍遇天旱，湖港即先乾涸。前後纍經相度，欲行開浚。今詳前知越州張伯玉於嘉祐八年十一月内擘畫增築塘岸，開浚湖水，差會稽、山陰兩縣官員帶領壕寨等前去逐一檢計合用工料内，開浚鑒湖盜種田腳七百一十二頃二十一畝二十四步，開深五尺，計用二千六百七十萬七千九百一十三工，日役五千人，每畝用三百七十五工，限定一十五年九個月餘二十一日半開浚了畢。所立工限至遠，兼且每年春夏水漲之際施工不得，及又妨奪農時。若今本路差那兵士又全闕少，今若將前項開深五尺計定工料日限，分作七年，開浚各深五尺，每畝紐計三萬尺，每工開浚八十尺，每年只於水涸農隙之時，自十月一日興工，止於次年正月三十日住工，日役三萬七千九十六人，每人各役一百二十工，每年止上項月日計役三百八十一萬五千五百二十工，開得湖一百一頃七十四畝二角五十二步四尺。每開方一里，計五頃四十里，每年計開得方一十八里零四頃五十四畝二角五十二步四尺。其所用人夫將本州管内會稽等八縣五等人户計二十一萬一十九户數内等第出辦：内第一等管三千三百六十七户，每户出辦人夫四名；第二等五千三百七十户，每户出三名；第三等一萬四千三百八十七户，每户出二名；第四等八萬八千一百七十户，每户出一名；第五等九萬八千七百二十五户，每四十户共出三十一名。已上五等人户七年共出人夫二千六百七十六萬四百六十五工，計剩元料五萬六千一百五十二工。每工逐日支米二勝，每年計七萬六千三百一十碩四斗。其米即於本户合納苗米内便與據數除破。如不足，更支官米相添支。散其所役人夫，令分作七年差撥。每夫只役一度，更不再差。又將張伯玉元定開三尺計料，共工一千六百二萬四千七百四十七工，半日役五千人，計九年十個月零十四日半了畢。若將上項開深三尺工料限定，分作三年開浚，一依前項，每年十月一日下手，止次年正月三十日住工，日役四萬四千五百一十三人，每人各役一百二十工，每年計役三百三十四萬一千五百八十六工，開得湖二百三十七頃四十畝，計方四十三里零五頃二十畝二角七步四尺九寸。三年共用夫力一十三萬三千五百四十人，只於管内會稽等八縣第一止四等項内人户均匀出辦：内第一等每户四名，第二等每户出三人，第三等每户出一名，第四等每户出一名。已上四等人户都出夫力一千五百八十五萬六千二百工，計少元料一十六萬八千五百四十七工半，却於前項第三等項内人户每一十户更出夫一名，計一千四百三十八人，共添出一十七萬二千五百六十二工，計剩元料四千一十二工半。第五等人户更不科出夫力。每工逐日支米二勝，每年一十萬六千八百三十二碩（原誤作"頃"）五斗。其夫亦不再差。所有口食米并依前項擘畫支破。再詳本州鑒湖，今來雖為田處，亦不全與堤面相平，其間去堤面亦有深三尺處，若更開三尺，則爲六尺。亦有深二尺一尺，若更開三尺，則爲五尺四尺。則可蓄水不須臾。要開深五尺，其所溉之田三面至江，止有九千餘頃。即今盜種湖田內爲田，只計七百餘頃。若開深三尺，每年開得湖二百三十七頃四十畝，則三年之間，已開及五百頃。三分之中，已開及二分。兼自有見今蓄水，不須盡數施工。兼去山近處埋塞多年，地勢高仰，亦難更開浚。且先將上等人戶差撥，若二年工料可罷，即向下人戶更不須差。其支口食雖一年，或計十萬餘碩。緣湖田每年罰米，自有四萬餘碩，其開浚未到處，且令仍舊耕種。舊納米每畝只三五斗，其數極少。若令更添一倍，亦人自合出，足以助得官給口食。其開浚時，近堤岸處所出土，即用增添堤岸，令廣闊堅牢；其遠處，即令聚爲丘阜。所開湖若二年約可罷役，令畫定開淘盡處，以所出土便爲長堤隔斷，不爲湖處堤外之地，可悉賦與百姓爲田，自無久遠侵耕之患。如此，則用工不多，爲日又少，湖不盡開，而灌溉之利固已盡復。然此工役不細，須更自朝廷審加相度。若以謂此兩項擘畫內有可以施行，即須選擇明習土水利之人，再行審計工料，及考驗地形高下、施工先後，分定遠近、深淺、闊狹、工料，責以辦集。俟畢工日，別加賞擢。其所差夫力，即須令八縣知縣、縣令躬親。部轄內有知縣、縣令不得力處，即令監司及本州別差官權知。本縣其不得力官員，即別差往他處勾當，或與改替。至畢工日，其部夫、官吏等，亦各等第加賞。

《大典》卷二二六七引曾鞏《元豐類稿》。

### 詒弟教

義據昊蒼，仁蓋蠢生。出入所繫，治亂繇成（原誤作"戍"）。

《大典》卷七五一八。

儵使和寸櫱以灑藻，裂幅而摘華。

《大典》卷一一六〇三引曾鞏《元豐類稿》。

### 與歐陽少師別紙啓

某往歲曾蒙見問爲人後之禮，是時議論方嘩，而明公參與機政，某自顧非職，所以不敢與聞。然鄙陋之心，頗闚經傳之意。是時曾作議一篇，然不敢置之左右。今明公謝事高退，於理無嫌，故敢繕寫寄呈。願且藏去，勿遠廣之。自顧鄙言，必不沉沒，不爲無所發明也。塵瀆視聽，皇恐皇恐。

### 與歐陽少師別紙啓

某之疲駑，乃見處於煩劇。以此初少休暇，爲之粗修紀綱，檢制奸猾。近日已來，頗似簡靜，日斷獄訟，不過一二事而已。殊覺優游，實爲鄙拙之幸。思造牆屏以聞餘教，拘於官守，厥路末由。嚮慕之情，豈勝懇悃。比欲自請潁（原誤作"穎"）上，少遂安閑，庶獲承接左右。而顧省疏拙，不敢有求，輒復自止。其爲馳仰，益用惓惓也。拙詩寄獻，幸賜采覽。塵瀆左右，皇恐皇恐。

### 襄州與轉運章岵（原作"岾"）別紙啓

某頓首再拜：伏審過垂采聽，曲有薦論。某自到此州，雖務悉心修營庶事，然當人安姑息之際，檢制奸強；在俗尚苟簡之時，去除弊蠹。自某孤拙，不善身謀，惟明公察其所存，屢加獎嘆，其爲私幸，已不可言；而更賜吹噓，欲令振發，其爲重德，何以克堪。今者伏遇執事請去朝廷，出臨藩服，顧蕞然之下邑，幸相望於大邦。雖不得與蟲魚草木之倫，預蒙德澤，猶庶幾與山岩窟穴之士，講聞頌聲。始喜獲伸積歲之心，繇此以進一書之問。伏惟執事，受材閎博,抱道純明,天子之所倚毗,有如柱石;學者之所鑽仰,以爲蓍龜。雖爲親自樂於一州,而及物宜登於三事。不應歲滿,當被召歸。伏惟上爲宗祊,善調寢餗,企嚮門屏,不任區區之至。謹奉手啓。不宣。

### 越州論修海塘別紙啓

海塘人工物料,計當費錢數萬緡。若全出於民,蓋不能辦;若全出於官,又官用亦不能給。爲可行之計,此常歲民但當自修營,今歲官須助之耳。故止敢以錢二萬緡,能全給此役也。既不能全給此役,則不可不令有定數,使始終足以集事。欲令有定數,今已檢計到諸縣確實工料,便當以所給之錢均定數目,令每工與口食米若干。或有錢,即便更與若干;若無錢,即已其工料,官爲出得若干以代下户。其餘即令上户自出,然後隨諸縣合得錢數分給。如此,則事有本末,必無乖誤。若不如此處置,以成畫指授州縣,令奉行之,或不計始終如何。其初一有枉費,則務多而不計,後必至不足,恐虛費官錢而不能集事也。

### 與兩浙轉運許醇按視海塘別紙啓

敝邑海塘,蒙差許察判按視,此君當風雨晦寒之中,走江海之上,經涉旬月,不憚冒犯之艱、跋履之勤,或布衣芒屩,踐歷泥塗沙礫間,驗視以營度,至於利害纖悉,靡不畢究。其用力可謂勞,而用心可謂至矣。使四方皆得勤事之吏如此,亦安有不舉之政乎?某備官於此,既高許君之行,又喜明公所遣之得人,故敢以告,欲其歸也,明公延而問之,采其所(原闕,據意補"所"字)言以定成畫,使敝邑得奉而行之,庶乎處置周於本末,而使費不虛出,役不輕舉,以惠利此邦之人。則明公之於此邦,爲福厚矣。辱知己,深思報萬一,故敢布腹心。皇恐皇恐。

### 與密學別紙

某頓首再拜啓:孟夏漸熱,伏惟密學執事尊候動止萬福。伏念某昔游門下,最被誤知,所與極談,多當世之務,喜於相得,有古人之風。然自遠違,至於近歲,無候伺之一迹,及於賓階;絶訊問之半詞,通於記室。若斯曠隔,豈謂怠疏。蓋以執事崇榮於近密,匹夫之鄙,方滯於困窮。自通則類於有求,苟往則寬而怨之。某白首微官,苟希寸禄,候伺之屈,奔走之勞,是皆常分,顧惟凌暴窘辱之非意,風波險惡之難測,動須憂畏,曾不皇寧。則心形俱困,無復平昔,慨然歸思,日滿山林。輒欲收身,尚復顧私爲貧,未能決然引去,真小人之仕爲利禄者也,豈可謂知恥也哉。内慚私心,仰負教誨,故此乃及之。秋冷,伏惟順時自重,薾然之質,限此拘綴,佇望墙屏,豈任私恨。

### 齊州答青州趙資政別紙啓

某昏愚不肖,蒙處以煩劇,不敢辭難,勉强即事。大懼不能免於悔咎,以爲侍御者之辱,乃蒙以政術嚴簡見稱。蓋治煩不可以不簡,不可以不嚴,而要其所趣,則未嘗不歸於慈恕,此非某之所自得,向者竊窺浙西之治殆出於此,故心潛之日久矣。及施於此,果得安靜,則所竊者乃左右之緒餘也,鄙劣何有焉。然今之爲治者,非得久於其官而各行其志也,故所爲止於如此而已,豈有志者之所素學乎?伏惟明公道德高深,而器業閎遠,蓋明於此說舊矣,固不待末學之言。其他惓惓,非侍坐不悉。某皇恐。

### 齊州答青州趙資政別紙啓

某駑鈍,見使治劇,非其克堪,固亦愚所未一有"能"字曉也。到郡之初,吏事紛紛,良亦可駭。然孤蒙之質,久仰吏師,竊其緒餘,輒自試,數日以來,頗覺簡静。若遂獲如此,實鄙劣之幸也。更冀愛憐，時賜教誨。

### 太平州與提刑別紙啓

某以屬吏，理當隔絶，不敢輒進私書，以冒煩視聽。而拜別門下，未及旬日，再蒙寵貺手教。眷愛之至，非復常情。其爲重賜，何以當之？其爲感幸，豈敢忘也。所謂孫小九，情宜正其重辟，而聽於鈐轄司，固如尊旨。至於妻子從坐，若不上請，則尚有可疑。蓋聞今獄辭云，所殺者非一家三人。若果如是，則盜殺五人以上，妻口與同居周親及財産，皆應請比。自有著令，恐須至奏陳。不審如此處之如何？願不惜終賜委曲教誨之。而某於職分，所當受約束于下執事者也。辱存寵之厚，故敢及此。冒黷威尊，不任皇恐之至。

### 與邵（原誤作"郡"）資政論徐詵不干己事別紙啓

某皇恐，徐詵所言，反覆思之，終是不干己事，不當受理。蓋爲政者，但當持平守法，不當以貧富易意。使法一傾，則人將無所厝其手足，故不可不慎。況一家開數酒場，越人多如此者，在於人事亦無可嫉。又徐詵情狀，則非良民。夫使非良民者不得逞，然後田里獲安，此又爲政之急。惟更賜詳酌，每承約以手啓陳述，故此布區區，伏惟幸察。不宣。

### 與内翰給事別紙啓

某頓首再拜啓：仲秋漸涼，伏惟内翰給事尊體起居萬福。去違門館，今三年矣。春間舍弟出京，蒙賜手教，豈勝感慰。流落之迹，祗欲退藏，故企仰雖勤，而候問久廢。惟恃矜察，甚爲感慚，何以自處，惟知策勵，庶酬萬一。以蒙恩至厚，不敢具公禮陳謝，輒此粗叙區區，伏惟幸察。不宣。

### 洪州與時相別紙啓

某皇恐頓首再拜：某辱知最舊，故敢有一言之獻。竊以宰相之任，今日之計，不退小人、不除敝事，則人望去矣。不在於紛紛，而但在知其要。要者，進正人而已。進者正人，則所得者正論。正人衆則小人消，正論行則敝事去，此必然之理也。則宰相之任，夫何爲哉？不言而諭，不勞而成，不疾而速，不行而至者，知此而已矣。今所謂正人者，皆已章章在人耳目，但在聚之於朝，擇其言而用之耳。其於用捨，不可不審。一有不當，則人望必損。治亂安危之幾，實在於此，故敢以獻於左右，不審明公以爲如何？幸詳察焉。

### 福州與轉運論張辦七事別紙啓

南劍州將樂張辦（原闕"辦"字）七等昨結集至數百人，初未見其作過，故未嘗敢奏聞，徑令捕盜官及州縣巡防曉諭。今其酋首既已自新，理合上聞。張辦七、余寶元、孫率、孫華皆酋首，初則廖恩脅從之人，昨已投首，後因提刑司取問，遂驚疑，合衆至數百人，聲言欲作過。既而其黨有攻劫人户者，張辦七等人乃能幡然自新，擒捕江合等送官自首。計其惡，則難更存留在本處，録其自新及擒賊之效，則可因以縻縻，使絶後患。本司欲候南劍州勘到事狀具奏，乞降朝旨，發遣此數人赴闕與名目安排，未審貴司如何。敢此咨啓，幸賜示喻，所貴一體也。福州修城元相度官，忽易初議。方倅等欲奏乞壕寨，并乞差曾修閘人匠，使臣計度，恐須具此奏陳，不審如何。龐某事已有端，方且窮治，伏恐知之。

以上見《大典》卷一〇一一〇引曾鞏《元豐類稿》。

按：以上十三文金程宇《新發現永樂大典殘卷中的曾鞏佚文》、方健《久佚海外永樂大典中的宋代文獻考釋》均指出漏收并録文。

### 秦論

秦割郡縣於外，而斂其羸兵於内。盡收群子弟而縻之牢圈之地，止於飲泉而飼芻，不使得聞世務。一匹夫知其可勝也。

《大典》卷二四〇六引曾鞏《元豐類稿》。

### 教論

教義深者，治功大成。教義小行者，治功小成。背教違義者，亂亡。

《大典》卷八〇二二引曾鞏《元豐類稿》。

嚴其形，急其轡，迫其銜，痛其筆，駑耳必且横駭，況駑駘乎？

《大典》卷一一〇七六。

### 過客論

營壁越藪，建牙荊區；列卒彌野，狙狡避隅。

《大典》卷一二一四八引曾鞏《元豐類稿》。

文昭先生問於儒林丈人。

《大典》卷八五七〇引曾鞏《元豐類稿》。

### 曾判官墓銘

以衮補襦，以豆薦芻，重器小施。

《大典》卷二四〇六引曾鞏《元豐類稿》。

### 祭舜二臣文

朝廷藏垢，乾容坤涵。祇解閨籍，羈置蠻夷。

《大典》卷九七六二引曾鞏《元豐類稿》。

## 册　五九至六〇

### 劉敞　卷一二七六至一二九八

**【校訂】程戩祖母某氏追封郡太夫人制**（頁五二）

**程戩父某贈太子太師制**（頁五三）

二文注出處爲"《公是集續拾遺》"，出處誤，實見傅增湘輯《補拾遺》。

**論辨邪正疏**（頁六三）

文淵閣本《公是集》卷三一録此文，題"上仁宗論辨邪正"。《國朝諸臣奏議》卷一五録此文，題"上神宗論内外大小臣不和由君子小人并處"，署"富弼"；《宋文鑒》卷四五録此文，題《論辨邪正》，署"富弼"；《歷代名臣奏議》卷一五四載此文，有"元豐間，以司徒致仕富弼論辨邪正，上奏曰：臣伏蒙聖造，擢冠宰司"云云；《經濟類編》卷三三録此文，題"富弼論辨正疏"。對文章之歸屬，其他文獻所引毫無異辭。册二八頁三七一富弼下即收作《論辨正邪奏》。劉敞下或誤收。

**乞叙用吕溱狀**（頁一一九）

此文輯自《歷代名臣奏議》卷一三四，標"知制誥劉敞"。此文又見《宋端明殿學士蔡忠惠公文集》卷二一同題，册四六頁四二五蔡襄下即收。劉敞下或誤收。

**代曾參答弟子書**（頁一三二）

此文輯自《國朝二百家名賢文粹》卷一一四。此文又見文淵閣本《文忠集》卷五九同題，册三三頁六三歐陽修下即收。劉敞下當誤收。

**衡字公甫序**（頁二一二）

此文又作册五八頁三四七章望之《章公甫字序》。《宋文鑒》卷八九、《文章辨體彙選》卷三二九録此文，均署"章望之"。劉敞下當删文存目。

**鄭野甫字序**（頁二一四）

此文又作册五八頁三四六章望之《鄭野甫字序》。《宋文鑒》卷八九、《文章辨體彙選》卷三二九録此文，均署"章望之"。劉敞下當删文存目。

**治戎論上**（頁二六八）

**治戎論中**（頁二七〇）

**治戎論下**（頁二七一）

**雜説六篇**（頁三一五）

四文末注"《公是集續拾遺》"，出處誤，實見傅增湘輯《補拾遺》。

**詩話一則**（頁三六五）

此則輯自《大典》卷七二三九，標"劉敞詩話"。然劉攽《中山詩話》載此則。知《大典》標目誤，《全宋文》因之誤輯。

【輯補】**趙昌言謚議**

議曰：昔仲尼之徒，求也藝，由也果，稱以爲政事。夫興利除害，圖功宜民，肅給而不怠，所謂藝也；方物出謀，先慮成務，明察而不貳，所謂果也。尚書在外則强家巨猾斂手就職，恩被朔土；在内則凶徒桀賊厥角歸死，威動儌外。政事之幹，兼藝與果矣。冉、季偏能，不足遠過。謚以景肅，僉謀爲宜。謹議。

《宋會要輯稿》禮五八之九八（册二頁一六六〇）。

**養老有惇史賦**君養賢老皆有惇史

昔者五帝之世，三代之君，養賢老以致孝，爲惇史而垂文。禮尚引年，俾無遺於壽耇；書成緝御，必廣記於見聞。豈不以王者天下之達尊，老者君上所當養。或憲其德以躬法，或乞其言以自廣。史也不具，世兮安仰？是故雖學異於庠序，禮殊於燕饗，必有執簡之士以著其徽猷，必有傳信之書以存其忠讜。想夫肅肅耆德，顒顒上賢，往授之几，既肆之筵，行發乎邇，則下從而化；言脱乎口，則衆忻而傳。勒成一家，因旄期而紀善；度越諸子，由忠孝而名篇。且夫柱下偏任也，猶有主方書之官；宫中燕處也，尚存貽彤管之道。孰貴乎天爵，孰尊乎國老？作而爲萬乘之師，語而爲歷代之寶。書之於策，俾衆兆以皆傳；必也正名，信惇厚而能保。豈非徒善者民弗信，徒法者衆不懷。南面之主至尊也，而老必養；養老之禮至備也，而史必書（原誤作"皆"）。事父事兄，諒溫文之斯在；記言記動，微凉薄之能偕。漢以書法著神君之祠，楚以檮杌紀凶人之咎。語義則非正，觀名則不厚。豈若臨雍講禮，推子道而躬行；直筆成書，垂孝稱而綽有。所以教諸侯使之悌，所以明天子必有尊。假良史之善述，昭耆年之樹惇。是使垂之將來，弭貪凉於衰俗；施於當世，達信厚於群元。發揮禮經，欽若政紀。詢黄髮者尚謂之無過，存典刑者固所以致理。大哉！三五之治醇乎，醇得之惇史。

《大典》卷一一六一六。

按：《大典》引此文未署作者，其上接文署《劉公是先生集》。據《大典》引文體例，此或亦同此出處，故暫繫於此。另歸安姚氏《鳳墅殘帖釋文》十卷本卷五有其家書，未及見，待錄。

## 册 六〇

### 張載　卷一二九九至一三〇五

**【校訂】答范巽之書三**（頁四三）

題"答范"，原出處《大典》卷八四一四作"與范"。

**【輯補】論釋氏六用**

程正叔聞釋氏無六用之説，大以爲然，謂非後世學者所能慮及。某昔嘗謂釋氏得兩末之偷，正到中間着實處，不知釋氏上面則知得虛空，下面却要六用。於六用之迹則不要，謂六用之識常存，則起立世界要得精識不散，則可以免輪回轉化。某嘗謂要做鬼亦不能得萬物之鬼，安得由己。物壞則氣散，安得常聚？散則復歸於本然，何常得見？決無此理。昔日則將謂他釋氏迹，則不取，至於立心有同，今日觀之，於大原處如此有異，則殊不相干。向不信釋氏，己亦未知其所以然。今得不識大用之説，方知是也。

《大典》卷一三二〇三引《張橫渠集》。

## 册 六二

### 滕元秀　卷一三五九

**【校訂】盜犬賦**（頁三〇三）

《大典》卷二三四四引《古藤志》署作者爲馮京，歸屬尚有疑問。《全宋文》馮京下未收，不另補錄。

## 册 六三至六五

### 王安石　卷一三六三至一四二三

**【校訂】韓琦京兆尹再任判大名府制**（頁二二八）

此文又作册四三頁一九二元絳《除韓琦京兆尹再任判大名府制》。王安石文輯自《大典》卷一一〇〇一，標"王安石《臨川集》"，元絳文見《宋文鑒》卷三五。韓琦判大名府在熙寧四年二月，時王安石參知政事，而元絳爲翰林學士，則此制草擬者應爲元絳。《大典》誤標出處而致王安石下誤收。

**【輯補】常州學記**

嘉祐六年，樞密直學士陳襄鎮此邦，乃鼎新黌宇。州子弟相率而至，四方之士，輕千里而來。乃延聘良師，表厲論説而教之。

《大典》卷三一四二。

## 册 六六至六七

### 强至　卷一四二八至一四五六

**【校訂】代婕妤俞氏才人朱氏明堂禮畢賀皇帝表**（頁三五）
此文又作册五三頁一〇一王珪《婕妤俞氏等賀明堂禮成表》，歸屬未能確考。

**代王君貺尚書北京謝上表**（頁七〇）
《大典》卷七七〇二引此文片段，"臣某言"下有"云云"二字，"所慕"下有"云云"二字。

**代謝三司狀**（頁一二三）
校記云"三司：原作'二司'，據《永樂大典》改"。檢《大典》卷一八四〇二載此文，作"二司"，《全宋文》校記誤。

**代謝兩府狀**（頁一二四）
"狂寇""官改""駑質"，《大典》卷一八四〇二作"狂作""就改""駑狠"。

**代到任謝兩府狀**（頁一二四）
"頻易""大君"，《大典》卷一八四〇二作"頻更""大鈞"。

**代謝轉官狀**（頁一二五）
"列星"，《大典》卷一八四〇二作"積星"。

**代謝二司狀**（頁一二六）
"路末""愚欲""素垂""軫物"，《大典》卷一八四〇二作"末路""愚款""素推""終物"。

**代得替謝上司狀**（頁一二六）
"庶物"，《大典》卷一八四〇二作"庶務"。

**代謝王舍人狀**（頁一二八）
"音書""下教""崔荷"，《大典》卷一八四〇二作"音滕""占教""崔蒲"；"驟陟榮班"下《大典》無其他文字。

**代謝許發運狀**（頁一二九）
《全宋文》據庫本增"伏遇"二字。《大典》卷一八四〇二載此文，無"伏遇"；"十倍"，《大典》作"之倍"。

**代謝經過諸處官員狀**（頁一二九）
題，《大典》卷一八四〇二無"代"字；"弗加疵咎"，《大典》作"弗以庇吝"。

**代謝王副樞答書狀**（頁一三〇）
"禁扃"，《大典》卷一八四〇二作"禁局"。

**代謝中書狀**（頁一三一）
"末員""容有""謂無"，《大典》卷一八四〇二作"泛員""容有於""謂無於"。

**代謝李兵部狀**（頁一三二）
"達尊""特頒"，《大典》卷一八四〇二作"通尊""特還"。

**謝范陽軍司理狀**（頁一三三）
"倍順"，《大典》卷一八四〇二作"倍傾"。

**代謝文相公答書狀**（頁一三四）

**代謝兩憲狀**（頁一三五）

"上知"，《大典》卷一八四〇二作"主知"。

**代謝兩憲狀**（頁一三五）

"闇昧""寒微""卑瑣""特邀""忖度"，《大典》卷一八四〇二作"底滯""羈平""單瑣""特程""惟度"。

**代謝何龍圖狀**（頁一三五）

"早度其難""固建"，《大典》卷一八四〇二作"日度於何""固逮"。

**謝府推學士狀**（頁一三六）

題、"神畿"，《大典》卷一八四〇二作"府推謝學士狀""神幾"。

**謝李兵部狀**（頁一三六）

"弗問""親賜""下拜"，《大典》卷一八四〇二作"弗間""親占""拜賜"。

**代謝舉升陟狀**（頁一三七）

"勿齒""偶逃""復避"，《大典》卷一八四〇二作"分齒""偶逃於""復避於"。

**謝知府少卿狀**（頁一三八）

"咸依"，《大典》卷一八四〇二作"焉依"。

**謝通判國博狀**（頁一三九）

"由伯""頏頡"，《大典》卷一八四〇二作"始伯""頏頡"。

**謝越州知府待制狀**（頁一三九）

"之志""共依"，《大典》卷一八四〇二作"之尚""焉依"。

**謝富丞相狀**（頁一四一）

文末《大典》卷一八四〇二有注文"云云"二字。

**謝燕王召赴筵狀**（頁二三二）

"辰枉"，原出處《大典》卷一八四〇二作"辱枉"。

**回運使兵部啓**（頁二六九）

此文又見文淵閣本《蘇魏公文集》卷五〇《回運使兵部啓》，冊六一頁二九六蘇頌下即收。強至下當誤收。

**代賀董度支啓**（頁二八三）

"丹悃"，《大典》卷一〇五四〇作"丹慊"。

附：國圖藏明張士隆刻本《安陽集》附強至撰《忠獻韓魏王遺事》，文不具錄。

# 冊　六七至六八

## 鄭獬　卷一四五七至一四八三

**【校訂】穎王府翊善守太常少卿直昭文館齊恢可守尚書左司郎中依前直昭文館兼太子左諭德諸王府記室參軍尚書司封員外郎直集賢院陳薦可工部郎中依前直集賢院太子右諭德制**（頁二一三）

此文又見韓維《南陽集》卷一七同題，冊四九頁七一韓維下即收。光緒十二年(1886)江蘇書局刻本《宋文鑒》卷三八載此文，署"韓維"，但文淵閣本《宋文鑒》載此文，署"鄭獬"。制文所涉齊恢，《宋會要輯稿・選舉》三三之一〇有載，云："(治平)三年五月二十七日，太常少卿齊恢直昭文館,充潁王府翊善。"《宋史》卷三二二本傳云:"神宗出閣,精簡宮僚,韓琦薦其賢,以直昭文館,爲潁王府翊善,進太子左諭德。帝即位,拜天章閣待制,知通進銀臺司。"神宗治平四年(1067)正月八日即位,則齊恢進太子左諭德之時間很可能在治平三年(1066)末。據巴蜀書社 2001 年版李之亮《宋兩湖大郡守臣易替考》頁一四考,鄭獬治平三年、四年均知荊南府,無由擬此制。則此文作者應爲韓維,鄭獬下存目即可。勞格《讀書雜識》已辨之。

**西頭供奉官常用之可右清道率府率致仕右侍禁李襄可率府副率致仕制**(頁二四八)

此文又見韓維《南陽集》卷一八同題,册四九頁七二韓維下即收。《宋文鑑》錄此文,前接《潁王府翊善守太常少卿直昭文館齊恢可守尚書左司郎中依前直昭文館兼太子左諭德諸王府記室參軍尚書司封員外郎直集賢院陳薦可工部郎中依前直集賢院太子右諭德制》。江蘇書局刻本《宋文鑑》署"韓維",文淵閣本《宋文鑑》署"鄭獬"。此文作者應亦爲韓維,鄭獬下存目即可。勞格《讀書雜識》已辨之。

**翰林侍讀學士右正言馮京改翰林學士知制誥權知開封府制**(頁二七七)

此文又見宋紹興刻元明遞修本《臨川先生文集》卷四九同題,册六三頁五一王安石下即收。《宋會要輯稿·禮》二九之三七載:"(嘉祐八年四月)四日,命宰臣韓琦爲山陵使……翰林學士權知開封府馮京爲橋道頓遞使。"且開封市博物館藏《開封府題名記》碑馮京下殘存"□□八年"。則制文應撰於嘉祐八年(1063)四月前。據中華書局 1994 年版顧棟高《王荊國文公年譜》頁六一考,時安石知制誥,有擬制的可能。此制當爲王安石所擬,鄭獬下存目即可。勞格《讀書雜識》已辨之。

**代漕臣賀收復表**(册六八頁四五)

此文又見康熙四十六年刻本《楊龜山先生集》卷三《賀收復表代漕臣作》,册一二四頁一一九楊時下即收。鄭獬下當誤收。

**讀史六**(頁一一四)

此文乃册六七頁三四三同人《登極訓飭諸臣詔》之片段,當刪。

**書文中子後**(頁一一六)

此文乃洪邁《容齋續筆》卷一《文中子門人》,誤收當刪。

**禮法**(頁一五一)

此文輯自《皇朝文鑑》,實文淵閣本《鄖溪集》卷一六載此文,題《禮法論》。

附:《湖北先正遺書》收張國淦重刻文津閣《四庫全書》本《鄖溪集》卷末附《鄖溪集校勘記》,可校補《全宋文》者甚夥,不具錄。

**【輯補】江氏書目記**

舊藏江氏書數百卷,缺落不甚完。予凡三歸安陸,大爲搜訪,殘帙墜編,往往得之。閭巷間無遺矣,僅獲五百十卷。通舊藏凡千一百卷,江氏遺書具此矣。江氏名正,字元叔,江南人。太祖時,同樊若水獻策取李氏,仕至比部郎中。嘗爲越州刺史。越有錢氏時書,正借本謄寫,遂并其本有之。及破江南,又得其逸書。兼吳、越所得,殆數萬卷。老爲安陸刺史,遂家焉。盡輂其書,築室貯之。正既殁,子孫不能守,悉散落於民間。火燔水溺,鼠蟲齧棄,并奴僕盜去市人,裂之以藉物。有張氏者所購最多。其貧,乃用以爲爨,凡一篋書爲一炊飯。江氏書至此窮矣。然余家之所有,幸而僅存者,蓋自吾祖田曹始畜之,至予三世矣。於余則固能保有之，於其後則非余所知也。然物亦有數，或存或亡，安知異日終不亡哉。故記盛衰之迹，俾子孫知其所自，則庶乎或有能保之者矣。書多用油拳紙，方冊如笏頭，青縑爲褾，字體工拙不一。《史記》《晉書》，或爲行書，筆墨尤勁，其末用越州觀察使印，亦有江氏所題。余在杭州，命善書者補其缺，未具也。

上海古籍出版社 2012 年版田松青校點《揮麈錄·後錄》卷五。

**楚樂亭記**

予之樂於此者，其奚樂耶？予樂與荆人游也。春意盛時，草木怒生，乾坤如藻繪。於是荆人出游乎西渚之上，佳客聯騎，美酒滿車，高弦悲管，嘲嗷乎先後。荆人攜壺從之。翠幕紅帷，接連春水之濱，亦如五色畫圖，臨流而張之。清歌囀而窈眇，妙舞旋而低迴。更相獻酬，迭爲賓主，婆娑乎若御鴻鵠而飛也。日未夕，予已熟醉乎席間。游人往往相枕而卧於飛花芳草之上。於此時，泰山裂而吾不知其爲壓也，滄海決而吾不知其爲溺也。茫乎陶然，果何所也？其爲至樂之鄉乎，而予爲赫胥氏之臣乎，而游者爲大庭氏之民乎？忽然而寐，蘧然而寤，神定而思，則予猶爲荆州之守也，而游者猶爲荆州之民也。至其大適，則人焉知予不爲赫胥之臣，而游者不爲大庭氏之民乎？自予來荆，幸連歲大稔，美稻涌地而出，雞彘厭食之。洞夷匍匐，自遂於林巢山穴之間，不敢跋而北望。里閭無巾箧之盗，都市罕鈇鑕之誅。兼此數者，遂能容刺史之不才，得以放浪於尊酒之間，而得其真樂。一有不幸，即吾樂事敗矣。鐫心捄過之不暇，尚何能抵掌掀髯爲一笑適哉？故予之樂於荆者，又適丁其時之可樂。然予之爲樂，荆人能知之。故予言其樂，以名渚之南亭。則他日荆人來游者，將又曰昔吾刺史嘗樂於此。

國圖藏抄本《游志續編》。

按：勞格《讀書雜識》已言此二文可補。

# 册 六八至六九

## 劉攽 卷一四八四至一五〇九

【校訂】**敵弓賦**（頁二四四）

題"敵弓"，國圖藏玉棟批校本《彭城集》於"敵"旁注"胡"字。正文同此。

**皇叔右武衛大將軍環州刺史叔滕可遥郡團練使皇叔右千牛衛將軍仲鬐可授大將軍制**（頁二五二）

此文及以下十一文均見《大典》卷一三四九八，《全宋文》或注此出處或不注，不統一。且此文首有"敕"字，其餘篇首有"敕具官某等"，文末有"可"字，四庫館臣輯本均删去。玉棟批校本同《大典》，且他文尚多同此，不一一注明。

**承議郎光禄寺丞王愈可太常博士宣德郎吕由庚可光禄寺丞承奉郎王旂可太常寺太祝制**（頁二五八）

"九卿"二字上《大典》卷一三四九九有"具官某等"四字，"圖報"二字下有"可"字。

**朝議大夫充集賢院校理諸王府翊善王汾可中散大夫直秘閣差遣依舊制**（頁二五九）

"大夫"二字上《大典》卷一三四九九有"敕具官某等"五字，"恪居"二字下有"可"字。

**左司諫朱光庭可左司員外郎右司諫王覿可右司員外郎制**（頁二五九）

此文又見册六九頁一二同人同題。劉攽《彭城集》早佚,現傳本源自四庫館臣輯大典本。此文分見文淵閣本卷一九、卷二三,當是《大典》中兩處收錄,館臣綴合疏忽而致重出。

**大理少卿李鳴復除大理卿制**(頁二六八)

此文又見文淵閣本《平齋集》卷一六同題,册三〇六頁二三三洪咨夔下即收。文中所涉李鳴復,《宋史》卷四一九有傳,云:"李鳴復字成叔,瀘州人。嘉定二年進士……遷軍器少監、大理少卿,拜侍御史兼侍講。"劉攽與李鳴復時代不相接。此文劉攽下誤收。勞格《讀書雜識》已辨之。

**王安石可三司户部副使張燾可兵部郎中制**(頁二八六)

此文又見《臨川先生文集》卷五〇《三司户部副使張燾兵部郎中制》,册六三頁七一王安石下即收。據《王荊國文公年譜》,王安石未曾任職三司户部副使,與劉攽下制文不符。此文在《大典》中應前接劉攽文,且僅題作者名,四庫館臣誤以作者"王安石"三字屬篇題而誤錄。勞格《讀書雜識》已辨之。

**朝奉郎試禮部侍郎陸佃可朝散郎制**(頁二九六)

**朝奉郎充龍圖閣待制王震可朝散郎制**(頁二九六)

**朝散郎權發遣建昌軍張升卿可叙朝散郎制**(頁二九七)

三文首《大典》卷七三二二有"敕"字,文末有"可"字。且第三文題"朝散",《大典》作"朝奉"。

**朝散郎大理卿杜紘可朝請郎奉議郎試侍御史王覿可承議郎餘并如故制**(頁三六〇)

**奉議郎陳向能可承議郎制**(頁三六一)

**宣德郎曹旼可通直郎制**(頁三六一)

第一文首《大典》卷七三二三有"敕"字,第二、三文首《大典》有"敕具官某";文末均有"可"字。第二文"中外雜",《大典》作"夷漢雜"。

**潁州萬縣令充後省删定官葉唐稽可宣德郎差遣如故制**(頁三六一)

文首《大典》卷七三二四有"敕"字,文末有"可"字。

**通直郎孫進可國子監主簿制**(册六九頁四)

"國家"二字上《大典》卷一四六〇八有"敕具官某"四字,"銓擇"二字下有"可"字。

**太府寺主簿韓宗本可大理寺主簿馬傳慶可太府寺主簿制**(頁五)

"太府"二字上《大典》卷一四六〇八有"敕"字,"功緒"二字下有"可"字。

**殿中侍御史韓琦可左司諫制**(頁六)

據勞格《讀書雜識》所考,題"韓琦"當爲"韓川"之誤。

**朝奉郎試中書舍人蘇轍可户部侍郎制**(頁二三)

文末《大典》卷七三〇三有"可"字。

**賀三司某待制啓**(頁一一〇)

題,《大典》卷一〇五四〇"賀省主某官啓"。

**賀省主某龍圖啓**(頁一二〇)

文末注"又見《永樂大典》卷一〇五四〇"。驗以《大典》原卷,所引文題"賀省主某官啓",與此文全不同,《全宋文》誤注出處。

**與孫觀文啓**(頁一三三)

此文又作册六六頁二四八强至《代與孫觀文啓》。《宋文鑒》卷一二二、《文章辨體彙選》卷二七〇録此文，均署作者"强至"。此文當爲强至代劉攽作。

**與王承旨啓二**（頁一三九）
"歸焉"，《大典》卷一〇一一五作"焉歸"。

**賀宋相公啓**（頁一五六）
《全宋文》校"之先"疑作"之光"，原出處《大典》卷一〇五四〇正作"之光"。

**續座右銘**（頁一九七）
此文輯自《新喻縣志》。此文又見册七頁三六李至《座右銘》。《皇朝文鑒》卷七三、《古今事文類聚別集》卷八均繫此銘於李至下。劉攽下當誤收。

**克己銘**（頁一九八）
此文輯自《新喻縣志》。此文又作册八〇頁三三九程頤同題，輯自《國朝二百家名賢文粹》；又作册一一〇頁一七九吕大臨同題。《能改齋漫録》卷一四、《宋文鑒》卷七三引此文，均繫吕大臨下。則文爲吕大臨作，劉攽下當誤收。

**祭亡弟縣丞文**（頁二七〇）
"髣髴"二字下《大典》卷一四〇五二有"嗚呼哀哉尚饗"六字。

**祭亡妻潁陽縣君韓氏文**（頁二七〇）
"以哭"二字下《大典》卷一四〇五三有"嗚呼哀哉尚饗"六字。

**祭王景彝文**（頁二七一）
"來臨"下《大典》卷一四〇五四有"尚饗"二字。

**爲人祭唐給事文**（頁二七一）
"此心"下《大典》卷一四〇四六有"尚享"二字。

**祭張龍圖文**（頁二七二）
"常禮"下《大典》卷一四〇四六有"嗚呼哀哉尚饗"六字。

**爲衆人祭王十八學士文**（頁二七二）
"君以"二字上《大典》卷一四〇四六無"嗚呼"二字，"此文"下《大典》有"嗚呼哀哉尚饗"六字。

**【輯補】宋屯田郎中林高并妻黄夫人墓銘**
林氏福清人，葬兩世於吴，携諸孫居此，傍無支親援助。夫人粗衣惡食，訓誨諸子，以嚴濟慈。士大夫稱爲賢母。治平四年正月，祔（原作"附"）葬夫墓。其始居吴，門庭甚謹。門巷外事，邈然若無聞。歲久，郡人服而化之。

《大典》卷二三六七。

按：《大典》原作"劉頒銘云"。"劉頒"之名未見，或即"劉攽"之誤。另歸安姚氏《鳳墅殘帖釋文》十卷本卷五有其家書，未及見，待録。

# 册 七〇

王無咎　卷一五二五

**【輯補】愛山齋記**

吾郡城外皆山也。最大而秀者,曰麻姑也。其亞者,曰鳳凰岡。吾居當崗之麓旁,亘數里乃接麻姑。麻姑及其他陸陵林阜大小可見者,不可遽以一二計也。某年,予又治其所居之東游地爲齋,將以學也。因其有山而山,又予之所愛也,乃名之曰愛山焉。夫山,世之人莫不愛,予雷同而愛之,其於山何加焉。蓋世人之愛華,予之愛實,此其加也。何哉？彼徒以奇形秀色之迴映、清泉奧雲之蓄泄、佳花美木之蒙茂,淺可以供目之覽,深可以容迹之遁,故曰愛其華也。予之意則不然。以其堅奧巨細之材無不生也,善惡妖祥之物無不止也,則似乎仁。及夫秋氣回薄,風霜刻冽,則松竹楩梓,岑鬱自若,樗櫟荊棘,萎摧頃刻,則似乎厚賢而薄不肖也。朝陽青天,陰靄沉滅,則鸞鶴烏鵲,嬉翔紛如,狐兔蛇虺,遠遁深匿,漫不見影迹,則又似乎進明而退幽也。厚賢薄不肖,進明退幽,德也。高之爲冢峯,下之爲丘垤,位於右者不能貿,處於左、形於後者不能稍凌於前,則似乎禮。日月星辰、晦明寒暑,有時而過,此未嘗過也;郡邑鄉遂、人物風俗,有時而易,此未嘗易也,則似乎義。屹然而崖聳,確然而岳拔,巌辟崒屼,上薄乎無間,下根乎無淵,則似乎勇。得是五者之似,故曰愛其實也。齋,予所從以學,而旦暮之坐作游止,不見外侮,而所見者,惟山最詳。及見之,而又得以推見仁、德、禮、義、勇之實,將可以景而就焉,是亦學之一助也。然則予愛山之意,有加於世之人者,非邪？雖然,尚恐朋友者疑予之取是名也,故因廓其說而張之於壁,以自別云。

《大典》卷二五三九引《王直講集》。

### 江行禱神文

某所之神,曰:某不孝,罪釁所延,先人傾背,即自官所扶護喪匶,歸葬鄉里。由進舟以來,且慕且泣。且念自此而南,經歷江湖,衝沂曲折。蓋四千餘里,洪濤巨浪之突溢,盲風怪雨之撼觸,變動倏忽,恍無期節,蕩無畔際。而某以卑庳微眇之勢,羈旅孱弱之身,蹈此不測之艱險,以求遂其區區之願。諒非所至明神陰與相之,其果能獲所濟乎？故敢具酒肴,將誠懇以訴於神之前,惟神之仁,實圖利之。

《大典》卷二九五一引《王直講集》。

### 邵武軍建寧縣學記

《記》曰:古之教者,家有塾,黨有庠,遂有序,國有學。余讀書至此,未嘗不輟而歎曰:"嗟乎！先王之法,何其詳且至也！"蓋天子之畿,其鄉六,其間容黨百有五十;其遂六,其間容鄙亦然。由記者之言,則是畿內爲學二,爲序十有二,爲庠三百。諸侯之國,其鄉遂各三,則學與庠序蓋亦半之。矧門側之塾,猶未與其數乎。夫其建也,多則容者廣,近則趨者易,小大有序,則處者宜。以廣容、易趨、易處之勢,而又有渾深博正之業以充其肄,有和樂愷悌讓之禮以嚴其講,有閎雋魁艾之師以成其智,而詔其未諭,有明察確善之法以進其賢,而絀其不肖。其詳且至如此,則人材安得不成,而天下之事安得不熙哉。今也自京師至於郡縣,徒各存其一學,而縣猶有拘於法而未嘗立者。藉令任其事者,嘗使一學之興,則所肄之業、所講之禮與夫師法,已非其正。矧其興者十徒一二而已。非重可嘆也歟？昔魯不告朔而子貢欲去其羊,孔子曰:"爾愛其羊,我愛其禮。"誠以謂羊者,所以告朔也。以一羊屑屑爲可去,則告朔之禮將侵尋而不存矣。廣是意也,則學者亦所以崇教也,以一學之區區爲可廢,則崇教之意,亦將依違而不立矣。然則吏有任令之事,而猶能惓惓於斯者,豈非有志於崇教,而賢於世之吏者邪？若南城李君山甫,興建寧之學是也。建寧舊有孔子廟,天聖中，令危佑增屋於其旁以爲學。迨今三十年而李君至，又爲徙於縣南之江上，而以其高曠易址之庳隘，以其堅完易屋之傾撓，以其鮮塋易像之昏剝，而延縣之士，使肄業於其中。建寧，閩縣也。今之縣，蓋古者諸侯之國。古以一國之地，爲學百六十有餘，而常興以盛。今以一國之地，徒存其一學，而廢且壞者相望也。迹其所以，豈獨今之法度皆不具哉？亦繇任其事者，牽於時之習，而因循偷惰，無奮然崇教之意爾。用是以觀，則以李君爲賢於世之吏者，非邪？嘉祐六年九月晦日記。

《大典》卷二一九八三引《王直講集》。

# 册　七一至七二

## 范純仁　卷一五四五至一五六一

**【校訂】宣仁聖烈太皇太后哀册文**（頁一〇五）

《大典》卷二〇二〇五引陳恬《西臺畢仲游墓志銘》載："范丞相之作太皇太后哀册文，公實代焉。"則此文乃畢仲游代作。

**謝給事中表一**（頁一一五）

此文又見册一一〇頁二六七畢仲游《代范忠宣謝給事中兼侍講上太皇太后表》，乃畢仲游代作。

**謝給事中表二**（頁一一六）

此文又見册一一〇頁二六六畢仲游《代范忠宣謝給事中兼侍講表》，乃畢仲游代作。

**謝賜萬年縣君冠帔表一**（頁一一八）

此文又見册一一〇頁二八一畢仲游《代范忠宣謝賜姊萬年縣君冠帔上太皇太后表》，乃畢仲游代作。

**謝賜萬年縣君冠帔表二**（頁一一八）

此文又見册一一〇頁二八〇畢仲游《代范忠宣謝賜姊萬年縣君冠帔表》，乃畢仲游代作。

**賀獲鬼章表一**（頁一一九）

此文又見册六九頁五五劉攽《爲宰相賀擒鬼章表》，爲劉攽代作。

**穎昌府謝上表**（頁一二二）

此文又見册一一〇頁二八三畢仲游《代范右丞謝再出知穎昌表》，乃畢仲游代作。

**謝賜國醫高章章服并批語表**（頁一二九）

此文又見册一一〇頁二八二畢仲游《代范忠宣謝賜醫官章服表》，又見《大典》卷一九七九二，署"西台先生集"。據題目，當爲畢仲游代范純仁所撰。

**回文太師啓**（頁二七四）

此文又見册一一〇頁三四八畢仲游《代宰相回平章文太師求助啓》，乃畢仲游代作。

**謝同知樞密院啓二**（頁二七五）

此文又見册一一〇頁三三九畢仲游《代范忠宣謝兩府啓》，乃畢仲游代作。

**朝議大夫閻君墓志銘**（頁三五六）

"不爲矜缺四字""事難缺四字"，《大典》卷二九九九作"不爲矜飾，其於爲""事難則以身先"。

## 册　七三

### 王安國　卷一五八六至一五八七

【校訂】常州學記（頁五九）
文末大典本"常州府"卷一六有"治平四年十月庚辰，臨川王安國記"十四字，可補。

## 册　七三至七四

### 吕陶　卷一五八九至一六一五

【校訂】代賀范相公啓（頁三五六）
此文又見文淵閣本《淮海集·後集》卷五《代答范相公啓》，册一一九頁三三三秦觀下即收。題下注"堯夫"，指范純仁。文有云："器兼文武，道備天人。始列周行，綽有棟梁之器；及參大政，蔚爲社稷之臣。"秦觀尚有《代賀中書僕射范相公啓》(119/322)云："恭以中書僕射相公器兼文武，學備天人。出處繫一時之安危，議論爲四海之輕重。臨大節而不奪，雖小善其必爲。"《代何提舉賀范樞密啓》(119/335)："伏惟某官器兼文武，學備天人。雖小善而必爲，臨大節而不奪。"用詞行文均與《代答范相公啓》同。故此文應是秦觀所作，吕陶名下存目即可。

**醫博古府君墓志銘**（册七四頁一二三）
《全宋文》據文意改"自誨"爲"自晦"，《大典》卷一〇八八九正作"自晦"。"固性""某日""濟世之意"，《大典》作"固一性""某""内真之助"。

## 册　七五

### 胡宗愈　卷一六五〇

【輯補】草堂詩碑序
草堂先生，謂子美也。草堂，子美之故居，因其所居而號之曰草堂先生。先生自同谷入蜀，遂卜成都浣花江上萬里橋之西，爲草堂以居焉。唐之史記前後抵牾，先生至成都之年月不可考。其後，先生《寄題草堂》云："經營上元始，斷手寶應年。"然則先生之來成都，殆上元之初乎。嚴武入朝，先生送武至巴西，遂如梓州，蜀亂乃之閬州，將游荆楚。會武再鎮兩川，先生乃自閬州挈妻子歸草堂。武辟先生爲參謀。武卒，蜀又亂。先生去之東川，移居夔州，遂下荆湖，泝沅湘，上衡山，卒於耒陽。先生以詩鳴於唐，凡出處去就、動息勞佚、悲歡憂樂、忠憤感激、好賢惡惡，一見於詩。讀之可以知其世，學士大夫謂之"詩史"。其所游歷，好事者隨處刻其詩於石，及至成都則闕然。先生之故居，松竹荒涼，略不可記。今丞相吕公鎮成都，復作草堂於先生之舊址，繪先生之像於其上。宗愈假符於此，乃錄先生之詩，刻石置於草堂之壁間。先生雖去此，而其詩之意有在於是者，亦附其後。庶幾好事者，於以考先生去來之迹云。元祐庚午，資政殿學士中大夫知成都軍府事胡宗愈序。

《大典》卷九〇五。

# 册 七六至七七

## 劉摯 卷一六六五至一六八三

**【校訂】賀英宗皇帝即位表**（册七七頁二八）

此文又見册八四頁二四九曾布《賀皇帝登極表》。《播芳》卷一載此文，署"曾文肅"，文淵閣本《播芳》卷一上同。歸屬未能確考。

**賀立皇后表**（頁三〇）

此文又見册八四頁二五一曾布《賀册皇后表二》。《播芳》卷二載此文，署"曾文肅"，文淵閣本《播芳》卷一中同。歸屬未能確考。

**賀安南捷奏表**（頁三〇）

此文又作册八四頁二五三曾布同題。文淵閣本《播芳》卷二上載此文，署"曾文肅"。歸屬未能確考。

**謝免省啓**（頁六一）

裴汝誠、陳曉平點校本《忠肅集》卷八頁一八五《校勘記》云：此啓有"故自元豐之肇造，迄乎紹聖之纘承"句，紹聖時劉摯屢遭貶逐，并於四年去世；又有"如某者智不適時，學方爲己，徒以雙親孝養，未忘干禄之心"云云。據《宋史》本傳，劉摯"十歲而孤，鞠於外氏"。均與劉摯生平仕履不合，疑此啓非出自劉摯之手。所疑頗是。此文又見《永嘉叢書》本《劉左史集》卷一同題，册一三七頁二二三劉安節下即收。劉摯下當誤收。

**賀胡少師啓**（頁七四）

文首《大典》卷九一八有"伏審"二字。

**問候河陽李資政啓**（頁七六）

題"問候"，國圖藏孔繼涵抄本《忠肅集》作"攀違"。且此本文末尚有"謹奉狀攀違"五字。

**迎中書侍郎啓**（頁七七）

題"迎"，國圖藏孔繼涵抄本作"攀迎"。且此本文末尚有"謹奉狀攀迎"五字。

**上中書呂侍郎奉安神御啓**（頁七七）

題"上"，國圖藏孔繼涵抄本作"攀違"。

**熙寧九年祭先塋文**（頁一八五）

"敢違"二字下《大典》卷一四〇五〇有"尚饗"二字。

**【輯補】慰國哀上皇帝表**

臣某言：伏奉四月一日遺制，大行皇帝留位盛時，還神太極。詔發一旦，哀纏四方。伏惟大行皇帝德畫上下，澤春華夷，禮樂文章，越四十年治矣；政刑風采，曠數百載無之。民方父於至仁，天宜子以曼壽。宮居奉諱，臣妾無生。伏惟皇帝陛下隆孝儲思，巨創抱痛。忍革寢門之問，勉扶翼室之居。唯天性之賢，固爲哀而已甚。然聖人有訓，貴循禮之大中。伏願斷私於情，立公以義。對寶命之所屬，一群心而有歸。

**慰國哀上太后表**

大行皇帝不天斯民，遂仙大駕，詔遺無外，哀入有生，伏惟聖心何以勝處。大行垂今盛德，曠古太平，大一百歲之基，明而有述；享四十年之治，安以至誠。謂有堯之仁，必有堯之壽。豈期一旦忽棄萬方，人心畢摧，天理孰詰。恭惟太后殿下拱母儀之重，扶天德之明，義隆三綱，位變（旁注：建）一極。痛有先於臣妾，哀兩著於國家。願少抑於過情，用上全於中制。

**太皇太后上仙慰表**

今月六日奉太皇太后遺誥，伏審大行太皇太后奄棄天下，詔命所傳，哀纏萬國。臣某誠哀誠隕，頓首頓首。恭惟皇帝陛下孝德純備，追慕攀號，無所迨及，何以堪處。伏望上念宗社之重，下副臣庶之心，少抑聖情，俯就禮制。臣限以守藩在外，不獲奔詣闕庭。無任。

**宣仁聖烈皇后山陵禮畢慰表**

伏審大行太皇太后今月七日山陵禮畢者。恭惟皇帝陛下聖孝之德，追慕日遠，哀情至性，何以勝處。伏望上爲廟社，下慰臣庶，少抑過制，不勝大幸。

國圖藏孔繼涵抄本《忠肅集》卷一。

附：據孔繼涵抄本《忠肅集》目錄，知此本卷一〇尚有《未誕保安青詞》《誕免禳謝設醮青詞》《生子賽願設醮青詞》《賽願設醮青詞》《妻病設醮青詞》《女病設醮青詞》《書厨銘二首》《歙石硯銘并序》《跋游師雄刻懷素帖》等文，然此本卷九下不存，無從補遺。

# 册 七八

## 吴則禮 卷一七〇三

**【校訂】祭鄭以寬文**（頁一八三）

文淵閣本元吴海《聞過齋集》卷八録此文，題《祭鄭以宏文》，吴則禮下當誤收。

**【輯補】書怪竹供後**

方廣道人希先，緣靈源閣大緣事抵南徐。西山居士祝子固一見忘形，爲出世侣。子固舊藏怪竹奇甚，求所以付畀者無有，於是持以供之。北湖居士吴則禮云：希先道人來自南嶽，所謂祝融廬阜、洞庭彭蠡，固已置之鉢袋子中。今復得此竹，行且取鉢袋子懸之，歸示五百尊者，以爲一笑。雖然此竹在達磨爲衣，在臨濟爲棒，在德山爲喝，在曹溪爲拂子。若也薦得，則黄面可呵，直挂横擔，了無所礙。如其不然，是爲柴片䒱橛，歷却殃禍。希先歸見堂頭，試以舉似，政使瘥却方廣老人，未爲奇特會麽，只欲携渠尋衲子，寧論要汝撥天關。子固名仍，希先名法太。大觀三年八月二十三日書。

《大典》卷一九八六六引吴則禮《北湖居士集》。

## 馮山 卷一七〇八

**【校訂】代范憲子功謝館職表**（頁二六〇）

"恩先"，原出處《大典》卷二〇四七九作"恩光"。

## 册 七九

### 宋英宗　卷一七三〇至一七三三

**【輯補】工部尚書余靖遺表女婿張元淳可試將作監主簿制**

此文《全宋文》據《大典》卷一四六〇八誤輯入册三二三頁二二鄭起潛下，其作者不可確考。余靖卒於治平元年（1064），當補於此。文不具録。

## 册 八〇

### 郭祥正　卷一七三九

**【輯補】承天院佛像贊**

予嘗爲《承天禪院三門記》，十四年，僧正言訪予，復以重塑佛像之績，求文於予。予爲次序其事云。承天之殿，始建於江南李氏有國之日，雖兵火不爲之焚滅，逮今百三十餘年。完弗隳圮，惟像塑卑陋弗稱。言有志新之，募郡大姓張延福出錢緇塑二十有九軀。方拆舊塑，得姓名於腹中。乃郡人張知顯所施。衆曰："豈延福之祖裔耶？"贊曰：

一切建立具諸相，相好端嚴惟我佛。三十二好既圓滿，恒河沙數悉周遍。菩薩羅漢并從衛，隨佛威光咸自見。寶蓮花座竟法界，師子象王各哮吼。不可思議大信者，知顯延福同名休。布施無盡報無盡，冗劫今生成妙果。惟彼上人號正言，往在佛會承佛記。我今恭敬陳贊嘆，如是決定皆作佛。

《大典》卷六六九八。

按：《大典》卷六六九七載："《承天院佛像贊》。郭祥正撰，元祐七年。"

**蒙世排帖**

蒙世排者，宜州歸明人也。在太平監酒三年，能以廉自持，又曉事，辦職通於人情。內地小班行中，極難得也。今徙治下監稅，公試委以幹集，自可見也。僭冗瀆聽。祥正愧恐。

《鳳墅續帖》卷四。

附：黃山書社2014年版孔凡禮點校《郭祥正集·輯佚》卷三尚輯《題名》《摩崖詩刻序》《醉吟先生傳》《跋黃魯直書東坡所畫壁上墨竹詩》等四文，《全宋文》失收，不具録。

## 册 八一至八二

### 韋驤　卷一七六六至一七八一

**【輯補】紅梅賦**

於宜梅之時，得花似梅而所不宜者也。非梅耳，問其種，則曰梅也，接之以杏，則紅矣。問其實，則曰："所益者，異而不能也。"予感而爲賦。其辭曰：

羌梅之丹兮，衆女慕兮，予女惡兮。何用智之深蠹兮，特戕賊其所賦兮。雖乘時而則故兮，質已遷而非素兮。第其華之惟務兮，胡喪實而不顧兮。彼以爲巧而拙執喻兮，豈身亦然而不克悟兮。其本何誅而在所措兮，毋自女棄而堪輿之朔兮。噫！

《大典》卷二八〇九引《錢塘韋驤集》。

# 册　八二

## 章惇　卷一七九五至一七九七

**【校訂】**修完内城祭告太歲以下諸神祝文（頁三七六）
爲淮南兩浙等路久旱於南岳祈雨祝神文（頁三七六）
四皇子祔葬斬草破地奏告諸陵祝文（頁三七七）

原出處《大典》卷二九五一題"章惇《玉堂集》"。據中華書局2009年版孔凡禮《孔凡禮文存·見於永樂大典的若干宋集四考》頁三七〇至三七一所考，《大典》卷九一八所引"章惇《玉堂集》"，詩中有自注"景祐中，預禮部郎官"，而章惇生於景祐二年（1035），與此不符；而《大典》所引"章惇《玉堂集》"所涉内容與元絳行事相符。且《大典》卷一五一四〇"勾小兒隊"引"章惇玉堂集"四條、"勾女弟子隊"引"章惇玉堂集"兩條、"問小兒隊"引"章惇玉堂集"二條、"放小兒隊"引"章惇玉堂集"三條、"放女弟子隊"引"章惇玉堂集"三條，其中除第一條外均見《宋文鑑》卷一三二，署作者爲元絳。故《大典》引該集作者應爲元絳，誤題爲章惇。

西太一宫開啓告遷中太一宫太一神像道場青詞（頁三七七）
中太一宫太一并歲德神像佛塑造了畢就西太一宫開啓開光明道場青詞（頁三七七）
中太一宫開啓奉安太一神像禮畢道場青詞（頁三七八）

原出處《大典》卷一八二二四題"章惇《玉堂集》"。其作者爲元絳，誤題爲章惇。

# 册　八三

## 王安禮　卷一七九八至一八〇七

**【校訂】**石遇四厢都指揮使制（頁一〇）

此文又見《臨川先生文集》卷五三《石遇四厢都指揮使制》，册六三頁一四八王安石下即收。石遇，生平不詳。檢《宋會要輯稿·儀制一一·武臣追贈》云："眉州防禦使石遇，（治平）三年三月贈利州觀察使。"知治平三年（1066）石遇已卒，并獲贈官，則其任四厢都指揮使時間更在此前。據《宋史》卷三二七王安禮本傳，其在神宗朝後期始知制誥，有草擬制書的資格。且王安禮《王魏公集》早佚，現傳本源自四庫館臣輯大典本，而王安石集流傳有自。故此文應是王安石所草，王安禮名下存目即可。據清蔡上翔《王荆公年譜考略》卷九，王安石嘉祐六年（1061）六月至八年（1063）八月間知制誥，此文應撰於這一時期。

舜卿四厢都指揮使制（頁一〇）

此文又見《臨川先生文集》卷五三《竇舜卿四厢都指揮使制》，册六三頁一四九王安石下即收。竇舜卿，《宋史》卷三四九有傳，云："湖北蠻猺彭仕義叛，徙爲鈐轄兼知辰州……引兵入北江，仕義降，擢康州刺史，加龍神衛捧日天武四厢指揮使馬軍殿前都虞候。三遷邕州觀察使。"《長編》卷一八八："（嘉祐三年九月辛未）荆湖北路鈐轄兼知辰州竇舜卿領康州刺史，禮賓副使兼閤門通事舍人權荆湖北路鈐轄兼知澧州郭逵爲禮賓使。舜卿、逵仍各賜錢二十萬,并以招降彭仕羲有勞故也。"同書卷二一二:"(熙寧三年六月)丙寅,殿前都虞候邕州觀察使秦鳳路副總管竇舜卿、知秦州李師中於永興軍聽旨。"則嘉祐三年(1058)九月竇舜卿知康州,熙寧三年(1070)六月前已爲邕州觀察使。則其授四厢都指揮使必在這一時間段。王安禮未有草制的可能。此文當是王安石作,王安禮名下存目即可。

**祖保樞贈太師中書令兼尚書令追封燕國公餘如故制**(頁五六)

此文又見文淵閣本《蘇魏公文集》卷三五《尚書吏部侍郎參知政事韓絳封贈三代·祖保樞贈太師中書令尚書令可追封燕國公餘如故制》,册六〇頁三九七下即收。《長編》卷二〇〇載:"(熙寧三年四月乙卯)吏部侍郎樞密副使韓絳參知政事。"同書卷二一五載:"(熙寧三年九月)乙未,工部侍郎參知政事韓絳爲陝西路宣撫使。"知封贈事在熙寧三年,時蘇頌知制誥,有草制之可能。王安禮集名《王魏公集》,與蘇頌集名相近,或因此而致誤收。王安禮下當删。

**【輯補】兩制封妻制**

朕躬執珪幣(原誤作"弊"),宗祀總章。有壬有林,相成釐事。推神之惠,覃及厥家。具官某妻某氏徽柔静專,協德君子,丁時慶賚,申錫郡封。往其欽承,思永燕譽。可。

**百官贈妻制**

具官某妻某氏,宗祀慶成,大賚方國,無有幽顯,共蒙申休,錫邑啓封,尚昭泉隧。可。

**贈妻制**

某之妻某氏,自宫徂廟,休饗備成;維顯及幽,并均申惠。錫爾封邑,尚其歆承。可。

以上見南圖藏翰林院抄本《王魏公集》卷二。

按:《贈妻制》文末墨筆寫:"可不鈔。"當是四庫館臣删去。

# 張舜民　卷一八一三至一八二〇

**【校訂】謝提倉薦舉啓**(頁二八八)

《播芳》卷五一載此文,未署作者,其上文署"張舜民"。文淵閣本《播芳》卷三五同。此文歸屬尚有疑問。

**題蘭亭帖後**(頁二九九)

此段文字又見《蘭亭考》卷三,注:"張舜民畫墁録。"則文字屬張舜民小説類著作《畫墁録》,非專文,不入《全宋文》爲宜。

**游公墓志銘**(頁三六一)

題"游公"二字上《大典》卷八八四二有"直龍圖閣"四字;"蚤暮不少""始多""考行""□年""酋長""□可""蕃□",《大典》作"蚤夜不""始則""孜行""二年""酋長鬼章""擇可""蕃之"。

**祭范七宣德文**(頁三七一)

題下注"巽之字",《大典》卷一四〇五四作"巽之子"。

**【輯補】論鹽鈔**

范祥領制置兩池解鹽,經始鈔法。初年歲課一百二十萬,末年一百六十五萬,以謂鈔鹽利止此可矣。或從而多取之,則法必弊,是以止於一百六十五萬。其策不專爲以鈔請鹽,兼爲飛錢爾。今以百千之多,移致他州,已爲重載,易之爲鈔,則數幅紙而已。於是禁絕私鹽,沿邊置折博務,設官吏賣鹽賣鈔。本法專賣見錢,不得兌折斛斗。客得錢不能致遠,必來買鈔。用是邊糴不匱,鈔法通行。迨夫熙寧,邊事稍動,用鈔日增。元豐初年,賑濟饑民,亦用鹽鈔。自爾軍須國用,無所不資商賈入京鈔價折閱。於是金部歲出見錢三十萬貫,以權之。見錢不繼,鈔價遂下。紹聖水沴,解池又失大利。推原天時人事,符會如斯,深可嘆惜也。

文淵閣本《長編》卷四七一注。

**葉康直神道碑**

五年夏,再議靈州之舉,欲自鎮戎軍熙寧寨築堡十五,以傅靈武。康直方計事在京,神宗召康直面問所以,康直力言其不可,大體以公私財力困匱、士氣疲敝之意。且如十五堡大小相補,每一堡計工十五萬,是爲工二百二十五萬,食不在焉。即於扆前自運籌策,上爲俛然。久之,若曰:"卿且與中書密院商量。"時宰主再舉之議,見康直不說變色,乃曰:"人皆謂可爲,而君獨以謂不可,何也?"康直徐曰:"言可爲者,苟且面諛之人也。異日舉事不卒,將追罪面諛之人乎?爲復諸公身當其敝。凡事貴制於未然,毋使後悔也。"是時已遣李憲等之涇原,開制置經略使幕府,調淮南京西役兵抵闕中,勢將必爲,即放朝辭,遣歸本路。既歸,又率同事上言,乞罷進築之舉。有吳道純者,本司勾當公事,適在行,熟見康直對上本末。道純本利門子,天資更險,即迎爲之說曰:"葉某所以須索浩瀚者,重難其事爾。"上即遣道純馳驛之涇原,俾與公辯是非。尋察知道純之爲人,亟止之。涇原進築亦罷。

同上書卷三二二注。

# 册　八四

## 金君卿　卷一八二四至一八二六

**【校訂】代人謝兩府省主中丞狀**(頁七三)

"渙新",《大典》卷一八四〇二作"渙臨"。

**代人謝歐陽龍圖狀**(頁七三)

"卿品""郊願""有加""佇秉",《大典》卷一八四〇二作"鄉品""郊願聞名於將命幸偶某官方以鄒魯之道大於洙泗之間動惟名教以周旋思得""有知""歸秉"。

**代人謝王待制狀**(頁八〇)

"况盛",《大典》卷一八四〇二作"伏况盛"。

**謝曹比部狀**(頁八一)

"均體",《大典》卷一八四〇二作"均休"。

**謝鄰郡得替知州狀**(頁八三)

"彌殷",《大典》卷一八四〇二作"既深"。

**代人謝知諫院余舍人狀**(頁八三)

"職惟納言之重""小物""如絲如綸""振浮",《大典》卷一八四〇二作"稱重納言之任""小務""如綸如絲""鎮浮"。

**謝浮梁知縣狀**(頁八五)

"心緒""均調",《大典》卷一八四〇二作"心蘊""局調"。

**【輯補】論初上無陰陽定位**

輔嗣《略例》云：按象，無初上得位失位之文。又《繫辭》但論三、五、二、四同異功位，亦不及初上，何乎？唯《乾》上九《文言》云"貴而無位"、《需》上六云"雖不當位"，若以上爲陰位邪，則《乾》之上九不得云"貴而無位"也。然則初上者，是事之終始，無陰陽定也。故《乾》初謂之潛，過五謂之無位，未有處其位而云潛，上其位而云無者也。歷觀衆卦，皆亦如之。初上無陰陽定位，亦以明矣。又云：去初上而論位分，則三、五各在一卦之上，亦何得不謂之陽位？以各在一卦之下，亦何得不謂之陰位？初上卦之終始，位無常分，非可以陰陽定也。故《繫辭》但論四爻功位之通例，不及初上之定位也。君卿謂：乾之初九，亦陽之位。陽德未亨，藏其用爾，故謂之潛。上九亦陽之位，但以亢極，非君之位，故云無位。《需》之上六，以一陰居卦之極，履非君位，而爲三陽之主，故云雖不當位，非謂無陰陽之位。輔嗣但以《乾》《需》二卦觀之，故謂諸卦初上皆無陰陽定位。又輔嗣辨位之說，直以卦下之爻爲陰，卦上之爻爲陽，此又失之遠矣。夫陰陽本位，但以數而言。初、三、五本奇數，乃陽之定位也；二、四、六本耦數，乃陰之定位也。至於揲卦爻以時成，或動而之變，得老陰、老陽、少陰、少陽、剛柔之體，各乘其時而來居，有其位得君臣、父子、夫婦、賓主之象。故其間有陰陽得其本位者。或有以陰居陽，以陽居陰者。或爲之主，而非君位者。或得君位，而非爲一卦之主者。故象有失位得位之爻。惟初（原作"物"）上是卦體之始末，非居中得正之位爾。若下繫之三章云六爻相雜，惟其時物也。其初難知，其上易知。初辭擬之，卒成之終。若夫雜物撰德，辨是與非，則非其中爻不備。次章始有三與五、二與四同功異位之說，是已先論初上之位矣，亦不言無位也。又《繫辭》云"兼三才而兩之，故六六者，非他也，三才之道也"，若只以居中四爻爲（原作"焉"）有位耶，則三材之位，缺而不備矣。又《說卦》云"易六位而成章"、《文言》云"六位時成"，既有六位之說，而固云無位，未知其可也。

《大典》卷二〇六四八引《金正叔集》。又見《稗編》卷四。

# 冊　八五

## 王覿　卷一八四二至一八四六

**【校訂】乞罷青苗錢復常平舊法奏**（頁一五）

《大典》卷七五〇七引《王內翰奏議》載此文，題作"奏爲乞罷散青苗錢"，當爲原題。且文首有"依今年二月九日敕，條行舊常平倉法事狀。六月八日"，可補。

# 冊　八五至九二

## 蘇軾　卷一八四九至二〇〇四

**【校訂】子由真贊**（冊九一頁三八九）

此文又作冊九六頁二〇七蘇轍《自寫真贊》。蘇軾文輯自《大典》卷二四〇〇（此卷《大典》誤題爲"卷三千四百一"），題《蘇東坡集》，而蘇轍文出自《欒城後集》卷五及《國朝二百家名賢文粹》卷一八九。且贊云"誤入廊廟，還即里閭"，當作於崇寧三年（1104）蘇轍在潁上閑居後，時蘇軾已卒。《大典》當誤署出處而致蘇軾下誤收。

## 【輯補】與陳伯修書

鳳儀凋喪,植立於頽波狂瀾中,惟吾伯修與景純而已。

《大典》卷三一四五引《毗陵志》。

### 戒殺生偈

以人觀身,以已觀彼。云何使渠,宛轉砧几。快意何得,一甘爾耳。彼遭痛苦,我無留美。年六十六。

《大典》卷八五六九。

按:此偈當有脱文。金程宇《新發現的永樂大典殘卷初探》已指出漏收,或爲僞托。

### 放生祝文

天地闢而聖人生,中天麗日;飛潛蘇而王澤洽,寰海歸仁。是資而屬之性靈,以祝吾君之眉壽。或逢誕節,爰舉彝章。蟲魚各遂其生,廣唐虞好生之德;葵藿皆傾所向,贊箕翼有永之年。

《大典》卷八五六九引《蘇東坡集》。又見《播芳》卷九七。

按:《播芳》未署作者名。

# 册 九三

## 黄似 卷二〇一七

### 【校訂】江陰縣學開河記(頁一九)

《全宋文》所錄脱文甚多,大典本"常州府"卷一八引作"元豐江陰縣學開河記",今據以重錄。

夫百川學海,而至於海;丘陵學山,而不至於山。故君子惡夫畫而取諸水者,以其渾渾,不捨晝夜而已。是以古者天子之學曰辟廱,則周以水;諸侯之學曰泮宫,則半焉。江陰縣學,以元豐二年己未八月癸酉十有三日戊申,因河之故支旁導,而環其流。凡用工二千餘。其長千尺,其闊二十尺。然考之於古,固不合乎先王之制;成之於今,又非士者之急。特因夫昔之所既有,衆之所願爲,疑於楊侯之治、興學之道不足書也。蓋衆有願學之心,侯有樂育之志,待此而後盡焉爾。楊侯孝孺達甫,建安人也。自得於性命,深達於史傳,故推於爲治安而有序。或寬或猛,或緩或急。出仁,則入於義;出義,則入於仁,固無異歸矣。其迹之可見,而衆所共聞者,疾惡尤著。夫疾惡尤著,則樂善亦然。故使一境之内,爲盜者復於農,游博者移於商,強者不敢肆,弱者有所賴。此興學之實,已立於先矣。然學自軍廢,圮壞荒墟,所存者名耳。因侯議學之給,以請於郡,郡聞於朝。次年秋,承可詔,侯即説然命必典其事。乃計工以完其壞,督資以充其給。又越次年春,漕臺自蘇,選教授方君允升,來職是學。侯又擇鄉之有聞者三士,以輔訓導,而大集諸生。至秋,諸生皆曰:"侯將代矣。侯之所以經營樂育吾士人者,欲其成材以爲它日之用,乃侯之心也。然有是學不已久矣。而應詔取第者,歲數十無幾,豈人材皆不足歟? 説者以爲'學之面城,水旁流而不顧,此其未盛也'。故昔有善於地里者,欲引注於其前,而東鑿於熙春,北接大河,議工而罷者四紀餘矣。今不請於我侯,後無及矣。"侯始聞之,曰:"君子修其在己,俟其在物,考於昭昭,聽於冥冥,必然之理也,豈在山川乎?"既又請之,乃曰:"山川之向背,陰陽之逆順,理亦有之。"乃任其所爲。衆躍然聞命,遂析地集工,不三日而河就。夫不三日而就者,見衆願之至也;不違其請者,見樂育之盡也。東出於熙春,又非戾先王之制也。然昔持是説越四紀而不集者,豈非欲之者力有所不及,主之者愛有所不至耶?今士有餘力,侯有餘愛,是亦廢興冥冥之數會於此矣。由此而魁傑之士相繼而出,馳榮於天下,則學者足以自奮而不憂於進。未然,則學者觀水之環流,不捨晝夜,終必至於海,亦足以自反而不求於彼,則其於河也,奚有不善哉?故衆請爲之記,無得以辭焉。元豐二年十一月五日,邑尉莆陽黃佖伯禮撰。

## 上官均　卷二〇三二至二〇三六

### 【校訂】乞黜責楊畏等奏(頁三三五)

《全宋文》所録脱漏甚多,今據《大典》卷二三九九引《蘇穎濱年表》重録。

近具札子,論奏前宰臣吕大防、門下侍郎蘇轍,擅權欺君,竊弄威福;及前御史中丞李之純等,朋邪誣罔,同惡相濟。乞明正典刑,以服中外。既及旬浹,未蒙施行。臣以爲人主之所以臨制天下,爲腹心之臣者,莫重於執政;爲耳目之官者,莫重於諫官;審詔誥、慎出納者,莫重於舍人、給事。方大防、蘇轍,擅操國柄,不畏公議,引用柔邪之臣,如李之純輩,充塞要路,以固寵禄。又以張耒、秦觀撰次國史,曲明大防輩改變法度之功。是以人主賞罰私其好惡,其惡一也。同時執政如胡宗愈、許將、劉摯、蘇頌,皆以與吕大防、蘇轍議論異同,轍陰諭諫官御史,死力排擊,卒皆斥罷。敢以奸謀轉移陛下腹心之臣,易於反掌,其罪二也。李之純頃在成都,與吕大防相善。大防秉政,引用之純爲侍郎,又除知開封府。之純尹京無狀,又府舍遺火延燒殆盡,法當譴責,反挾私愛,擢爲御史中丞。楊畏、虞策、來之邵等,皆任爲諫官御史。是四人者,傾險柔邪,嗜利無恥。其所彈擊者,皆受大防、蘇轍密諭。或附會風指,以濟其欲。是以天子耳目之官,佐其喜怒,以塗蔽朝廷之視聽,其罪三也。舍人主出制命,給事主行封駁,命令有未善,差除有未當,皆許繳駁。如范祖禹、喬執中、吴安詩、吕希純四人者,皆附會吕大防、蘇轍好惡,隨意上下,不恤公論。其所繳駁者,皆大防、蘇轍之所惡;其所掩蔽者,皆大防、蘇轍之所愛。是以天子掌誥命出納之臣,濟其好惡,其罪四也。吕大防自爲執政,以至宰相,凡八九年,最爲歲久。蘇轍執政,雖止三四年,而强狠徇私尤甚。如隳壞先帝役法官制、學校科舉之制,士民失業;棄先帝經畫,塞徹要害之地,招西戎侵侮,邊陲之患,至今未弭,其罪五也。吕大防、蘇轍,身爲大臣,義當竭忠盡公,以輔佐人主。乃便辟、柔佞,陰結宦官陳衍,伺探宫禁密旨,以固寵禄,其罪六也。大防、蘇轍,同惡相濟,固非一日。李之純、楊畏、虞策、來之邵,爲朝廷耳目,曾不糾察,反陰相黨附,以圖進用。御史黄慶基、董敦逸,憤發彈奏蘇轍等專權之罪,罷斥爲轉運判官。李之純、楊畏、來之邵,希附軾、轍等,反指慶基、敦逸以爲誣陷忠良,不當更除監司,遂謫守軍壘。陛下既親機務,洞分邪正,軾、轍既已斥罷,來之邵輩方始奏諭。其朋邪罔上,趨時附勢,情狀明白,衆所共知,非臣之私言臆度也。李之純既已罷免尚書,謫守單州。今楊畏尚爲禮部侍郎,來之邵爲侍御史,虞策爲起居郎,喬執中爲給事中,范祖禹、吕希純雖出守外郡,皆尚除待制。罪同罰異,此中外之所未喻也。議者以爲李之純柔懦無能,遇爲中丞,其所附吕大防、蘇轍指意彈擊,皆楊畏、來之邵朝夕説喻,脅持爲之。二子奸險,過於之純。之純既已斥謫,而二人尚居清要,哆然自得,曾不愧避。臣聞治國之要,莫先於辨邪正;欲辨邪正,莫若驗之以事。今楊畏輩邪險之情,皆已明驗,若不加斥遠方,俾安要近,則是邪正兼容,忠佞雜處,蠹敗國政,理之必然。竊觀陛下自親機務,收還權會。大防、轍黨人,十去其七八。然楊畏等六人尚居清要,未快士論。伏望陛下考察呂大防、蘇轍擅權欺君、奸邪不忠之罪,推究楊畏等朋邪害正、趨時反覆之惡,譴責黜免,明正典刑,以示天下。

## 册　九七

### 畢仲衍　卷二一〇七

**【校訂】上備對表**(頁一二)

此文《全宋文》已據《長編》卷三〇七輯。文津閣本《西臺集》卷五附此文,題《上編次官制卷目稿札子》。今據以重錄。

伏以周官冢宰之職,常以歲終令百官府正其治,受其會,聽其致事,而詔王廢置。而其屬小宰則以敘受群吏之要,而宰夫則又以八職待王之詔令。其爲考治計功,莫不用此。所謂八職者,自旅以上,其治有三:一曰正,掌官法以治要;二曰師,掌官成以治凡;三曰司,掌官法以治目。蓋六官之正,皆有要以考其屬之治。而冢宰則總六官之要而考之,所謂受其會也。王然後察冢宰之所受,而廢置誅賞之。可謂約而詳矣。以此論之,《周官》之所謂"要會"者,正令中書之所宜有也。由漢至唐,曠千百年,莫知議此。故有決獄錢穀之問而不克對者。創自睿意,俾加纂集。臣以單見淺聞,濫與編次,重以有司凡目多所未講,承詔取索,或無以應,攄摭考究,僅就卷帙。凡爲一百二十五門,附五十八行,分爲六卷,內事目多,仍分上、中、下,共爲十卷。深懼編次失當,不足以仰塞詔旨,謹具稿進上。如可編寫,乞付中書門下,令臣依此投進,取進止。奉聖旨:令各寫一本,納執政,仍相度分令諸房揭貼。右札付檢正户房公事畢太丞。元豐三年八月十二日。

第一卷上
| | | |
|---|---|---|
| 文武官員官目附 | 文武職具員職目差遣附 | 轉官資級料錢選人官附 |
| 流內選格攝官流外附 | 文武換官 | 三年入流都數事考附 |
| 差除官闕都數 | 諸路員闕 | 知州員闕 |
| 縣令員闕 | 職司資任 | 奏舉差遣 |
| 奏舉令職官縣令 | 選人改京朝官 | |

第一卷下
| | | |
|---|---|---|
| 宗室見任官宗支附 | 宗室轉官資級料錢附 | 宗室換官 |
| 宗室賜名換官襲封附 | 入內內侍兩省內臣 | 內臣轉官資級料錢附 |
| 文武散官爵勳檢校憲官賜附 | 食邑封國 | 京府節鎮防禦團練刺史州附 |
| 中書五房 | 樞密院諸房 | 伎術官 |
| 諸蕃人官吏禄宗室祖免非祖免不該支錢物附 | | |

第二卷上
| | | |
|---|---|---|
| 四京諸路州縣户口民田附 | 二稅丁身逃閑合零附 | 諸色田租 |
| 在京總收支月支錢銀錢帛附 | 諸路總收支 | 在京課利 |
| 諸路課利 | 在京歲支 | 諸路歲支 |

| | | |
|---|---|---|
| 封樁左藏庫收支 | 內藏庫受納 | 尚衣庫收支 |
| 布庫收支 | | |
| 第二卷中 | | |
| 在京糧草 | 諸路糧草三路約支附 | 三路入中河北便糴附 |
| 封樁糧草 | 諸路上供 | 諸路進奉 |
| 應副諸路 | 拋買從拋結攬附 | 漕運造船四 |
| 排岸附 | 商稅 | 酒麴 |
| 茶鹽通商官賣路分附 | 香礬 | 房園 |
| 坑冶 | 錢監行使錢銅錢路分附 | 市易 |
| 市舶 | 榷場 | 折博務 |
| 第二卷下 | | |
| 常平經略司常平附免役 | 坊場河渡 | 平糴折納附 |
| 賑濟 | 義倉 | 戶絕田 |
| 水利田 | 方田 | 職田 |
| 公使 | | |
| 第三卷上 | | |
| 貢舉武舉附 | 銓試 | 試法官 |
| 奏薦諸色恩澤附 | 進納 | 僧道祠部寺觀附 |
| 國子監太學 | 律學 | 武學 |
| 太醫局 | 官院學官 | 諸州教授 |
| 第三卷下 | | |
| 朝會班制 | 大禮賞給附 | 祠祭禮科諸內神祠附 |
| 冕服 | 車輅 | 旗物 |
| 鹵簿 | 鼓吹警場附 | 雅樂宮架附 |
| 錫賜 | 宗室婚葬 | 宴設 |
| 國信西北歲賜附 | 使人支賜夏州進奉人支賜附 | |
| 第四卷 | | |
| 諸軍班直名額請給附 | 諸司名額請給附 | 兵民不教閱保甲附 |
| 群牧行司諸路買馬附 | 防院頭口 | 川茶 |
| 熙河財用 | 諸路安撫司封樁 | 諸蕃國 |
| 第五卷 | | |
| 律令敕條目續降道數附 | 五等賞格 | 刑部奏覆人數 |
| 命官過犯人數 | 提刑司捕盜數 | 赦宥 |
| 第六卷 | | |
| 將作監買竹木附 | 軍器監都作附 | 都水監淤田官莊附 |
| 文思院上界 | 文思院下界 | 祇候庫 |
| 御廚 | 法酒庫內酒坊附 | 炭場 |

按：文津閣本《西臺集》卷五題下注："按此篇係畢仲衍作，《永樂大典》附入《西臺集》

中,見一萬五千一百四十九卷第三頁。今因宋代官制所繫,仲衍無專集可以編次,謹從原本附錄。"

## 黄誥　卷二一〇八

【輯補】**君子堂記**大觀二年

經傳稱君子者,惟《論語》爲詳,始於"人不知而不愠,不亦君子乎",終於"不知命,無以爲君子",其故何也？蓋人之常情,好其所同,惡其所異,榮其所通,醜其所窮,能不愠者鮮矣。故曰:"天生德於予,桓魋其如予何？"夫是之謂不愠。君子畏天命,居易以俟之;小人不畏天命,行險以徼幸之,故曰:"道之將興也歟,命也;道之將廢也歟,命也。公伯寮其如命何？"夫是之謂知命。始於不愠,終於知命,然後可以稱君子。此述作之微意歟？臨湘知縣丘君儒林,經行修明,達於爲政,投刃皆虛,恢恢乎其有餘地。乃作君子堂,日欲（或爲"與"）同僚清談於其中。其意若曰:"道德仁義,在我而不在人;爵禄軒冕,在人而不在我。在我者,吾知慕之;在人者,吾知任之。慕之至於樂,所以不愠;任之至於無憂,所以知命。"與孔子之言,若合符節。非深造於道,何以臻此！他日,儒林以書來乞言,姑誦所聞於孔子者以遺之,我無加損焉,亦儒林之意也。後之君子登斯堂者,早夜以思,皆欲其行如孔子之言。然則儒林之作,不獨爲己,又將爲人,豈非無窮之利哉！若夫山川奇秀,風月清明,協氣横流,歡聲震動,凡有耳目者皆自得之,非予言所能道其仿佛也。大觀二年十一月記。

《大典》卷七二三五引《臨湘志》。

## 册　九七至九九

### 范祖禹　卷二一一五至二一六八

【校訂】**論封椿札子**(册九八頁六九)
文末注"《永樂大典》卷二五九九"。出處卷次誤。實見《大典》卷六五二四。

## 册　九九至一〇〇

### 鄭俠　卷二一六九至二一七九

【校訂】**連州重修車陂記**(册一〇〇頁一二)
卷末,《大典》卷二七五四有"熙寧十年五月十五日記"十字。

## 册　一〇一

### 彭汝礪　卷二一九六至二二〇一

【校訂】**彭次雲權發遣成都府路計度轉運副使楊國寶權發遣陝西運判制**(頁三)
題"次雩",原出處《大典》卷一三五〇七作"次雲"。

**王宜宗正寺主簿制**(頁四)
題"王宜",原出處《大典》卷一四六〇七作"王誼"。

### 御史臺祭沈貴妃文（頁九一）

文末注"《永樂大典》卷一四〇"。出處卷次誤，實見《大典》卷一四〇四九。

### 【輯補】皇兄右監門衛大將軍士香朝請郎制

敕某：視聽飲食，人之與物奚以異；好惡動息，士之與小人奚以異。然君子在上在下，皆能凛然自別，以見於天下來世，其不在學乎？爾生於深宮，乃能屏聲色而娛論説。原遷外朝，得以自試，可不謂賢乎？然六經之説大矣，可以治身，可以治家，可以治國。蓋非獨出入口耳之間而已。爾尚勉之哉。可。

《大典》卷七三二二引彭汝礪《鄱陽集》。

### 皇兄千牛衛將軍令珣奉議郎制

敕某：生於深宮，無綺紈驕侈之習；長於宗室，有布韋問學之風。明試以言，不悖義理。擢自環衛，進登朝行。匪朕汝私，師言惟允。益堅汝志，以底於成。可。

### 皇兄右千牛衛將軍令琬奉議郎制

敕某：爾長於宗室，而能夙夜於學，自同布衣韋帶之士。試之經術，亦有可觀。擢登朝行，率勵宗室。尚有休賞，以俟爾成。可。

《大典》卷七三二四引彭汝礪《鄱陽集》。

### 散指揮右第一班長行李清三班奉職制

敕某：爾父貴服勤積年，靡躬罪廢，今其歸矣，何以慰之？錫汝以官，俾嗣禄食。尚執廉謹，以圖攸忠。可。

《大典》卷二〇四七九引彭汝礪《鄱陽集》。

### 修鼓角門文

門觀隤弛，瞻視不嚴。改作以時，卜云其吉。方鳩僝工，惟神祐之。

《大典》卷三五二七引彭汝礪《鄱陽集》。

## 陸佃　卷二二〇二至二二一一

### 【校訂】除館職謝丞相荆公啓（頁二〇三）

文末注"《永樂大典》卷二四七九"。出處卷次誤，實見《大典》卷二〇四七九。

### 壽安縣君王氏墓志銘（頁二五六）

此文又見宋刻元明遞修本《臨川先生文集》卷一〇〇同題，册六五頁二三九王安石下即收。文云："嘉祐四年某月某甲子，夫人卒，年五十三。明年某月某甲子，葬揚州之天長縣博陵鄉皇姑之兆。"《全宋文》於陸佃下注云："按嘉祐四年陸佃方十八歲，其明年十九歲，未必能作此墓志，疑'嘉祐'爲'元祐'之誤。"《全宋文》於年號異文的推斷，未有版本依據。陸佃下誤收當删。

## 王古　卷二二一三

### 【輯補】文殊瑞相記 元祐元年

始予見文殊瑞相圖，願往瞻禮。元豐八年，被命使湖外，道出九江。八月二十六日至天池。初夜焚香臺上，見谷西有燈而白。僧神鑒曰："此銀燈也。"須臾，有如炬者，如星者，如金者。分一爲多，合多爲一者。高或踰山，低或住壑，遠或在江之外，不可遽數也。夜半嵐霧大起，洪洞一白，咫尺不辨人物，而燈終不可掩。又有氣起於深谷，色若水墨，其長參天，兩旁白光映之，宛若塔影，踰時乃隱。翌日雨，聞鐘聲隱隱在崖谷間，又聞振鈴尤清越。問此何寺也，鑒曰：「近此無鐘，在遠者不可聞也。且今非鐘時，山谷間寧有法事耶？此有羅漢峰，相傳下有聖寺，或聞歌唄鐃磬聲，殆是歟？」是夜雨甚，有二燈甚遠而明。二十九日開霽，將下山，有雲西來，闊如大江，輕明瑩白。積雪疊玉，不足言其潔；晨霞籠月，不足狀其光。鑒曰：「此夔羅錦雲也。中有五色炳煥者，祥雲也。」雲界之間，如物如人，勝異百變，而其西竟天，光色如金，極久乃散。元祐元年，蒙恩移節淮南。三月二十一日，復攜家登天池。申酉間，有二圓光現山西，照耀久之，有金船度空中，復有金閣現山坡，移時乃隱。夜有燈出水上，少頃即變，其狀如塔。次夜大晦霧，燈益明，其多不可勝數。凡余再至，而所見如此云云。若四方求者，所見固多。江淮之人，不遠千里而至，有久祈而終無所見者，有眾所共見獨不睹者，有至即見者，與夫見之多寡同異，類非凡情所能測知，此皆鑒言也。夫以聖境不可誣，而賢士大夫與四方之人不可欺，稍自愛者語不妄。余爲此記，豈恤世俗疑謗，將以告夫聞而未詳、信而未見者耳。

《大典》卷六六九九引《江州志》。

按：《大典》卷六六九七載：「《文殊瑞相記》。元祐元年，王古記。」

## 册　一〇一至一〇二

### 王岩叟　卷二二一八至二二二七

#### 【輯補】爲滕元發卒事奏

伏見光禄大夫龍圖閣學士滕元發，今月二十四日暴卒於都城之外。切以元發，慷慨敢爲，建事四朝，中外歷歷，風績有聞。既歿之日，家無餘貲。士大夫聞之，莫不嘆息。

《大典》卷二三六七。

## 册　一〇二

### 張商英　卷二二二八至二二三四

#### 【校訂】東湖賦（頁一〇七）

此文又作册一二七頁二一三張耒《游東湖賦》。張商英文輯自《大典》卷二二六二引《元一統志》。考慮到張耒集流傳有自，此文或是張耒所撰。

#### 神運殿記（頁二〇八）

《全宋文》所收乃片段。《大典》卷六六九九亦引片段，當可上接《全宋文》所載，今補錄於下。

云云。由遠七百有餘歲，律以父子甲乙相繼。教弊數極，革於我朝，總禪師應緣而出。於是壞陋而敞之，斥狹而廣之，繩曲而直之，破蔀而明之云云。不逾月殿成，列塑佛像。會新禁不以黃金飾物，徐國王聞之，見上曰：「乞從中賜。」兩宮從之，詔特賜金幡一萬。師曰：「前此因緣，則殿與佛既成矣。從此因緣，則公其爲我記之。」余聞昔者鞞瑟胝羅，供養栴檀座，而不設佛像，百丈、德山，建法堂而不建佛殿。今東林提宗綱，行祖令，乃區區乎世間之務,枝木以爲骨,土泥以爲膚,紺螺以爲髻,鍍金以爲衣,煥以五彩,飾以珠瑙,承以寶臺,嚴以部從。然則佛果有乎,果無乎?曰:"觀有而有之者,是有之有,而非無之有也。觀無而無之者,是無之無,而非有之無也。"云云。去予之聰明,觀殿不以土木,觀佛不以相,觀總不以迹,而相與契於冥行之先,會於思議之表,則精粗一致,而今古同歸矣。

【輯補】北岩題名熙寧六年

張商英謁告西歸,程彦博、田昉、張甫原偕來濮岩餞飲。熙寧癸丑仲冬二十九日題。

《大典》卷九七六六。

附:《宋代蜀文輯存》卷一四"張商英·補輯"載《劾陳侗疏》《五祖記》《宋大雅》《無業禪師塔銘》《雲庵頂相贊》等篇,《全宋文》未收,不具錄。

### 陳次升　卷二二四〇至二二四四

【校訂】上徽宗奏論盜發保州倉(頁四〇三)

"北人""遼主",《大典》卷七五一六作"北虜""虜主"。

## 册　一〇三至一〇四

### 黃裳　卷二二四五至二二六七

【校訂】東林太平興龍禪寺記(頁三四八)

"私□□""□間""爲□""净□""後□□""□□□□已久""□□□□□將",《大典》卷六六九九作"私焉幽""投閑""爲善""净社""後代攘""破法律久""遠近徒屬,先後將"。

## 册　一〇四

### 孔平仲　卷二二七二至二二七五

【輯補】賀李資深啓

伏審拜寵闕庭,正名禁掖,搢紳竦嘆,朝野忻愉。恭惟某官體仁爲文,秉義立本。彌綸天下之重,包括古人之長。固結主知,度越時俊。讎書玉府,衣冠莫望於清塵;倡道辟雍,士子皆承於新學。乃升法從,遂長憲臺。擊排不避乎貴豪,感激但存(《豫章叢書》本《朝散集》作"有")於忠義。果由蘭寺,兼直金坡。以言親密,則昔號私人;以言貴重,則權爲内相。況如器業之茂,當處輔拂之隆,想在匪朝,别躋大用。某繫官江嶺,係志門闌(《豫章叢書》作"闌")。聞成命之已行,撫懦衷而竊抃。

賀王和甫啓

伏審拜命内廷,即真西掖,儒林相慶,物論均歡。某官學造精微,文足經術。籍甚天下之望,蔚然王佐之才。出臨方州,政事著於雅俗;入居省計,議論動乎前旒。遂參掌於訓辭,曾未踰於歲月。發明上指,爛分雲漢之章;布聞方來,沛乎雲雨之制。號乎稱職,旋已正名。自古相門,必生輔弼;況今從橐,多秉鈞衡。佇繇此塗,即預大柄。某驅馳江國,瞻望台閣,慰抃之私,倍萬常等。

### 賀章子厚啓

伏審光膺詔紼，榮總政機，凡在陶鎔，率深慶抃。恭惟某官氣鍾川岳，學際天人。冠乎海內之英，蔚爲王者之佐。開拓土宇，威名動（或作"鎭"）乎四夷；阜通貨財，惠澤施乎一世。未離鄉邑，已陟禁塗；既至闕廷，益隆睿眷。文章足以追復古始，論議足以折衷臣工。器無不宜，道素相合。果進陪於大柄（原作"炳"），尚未究於遠猷。赫赫郁旂，當承世業；煌煌周袞，即正台階。某抗迹塵冥，托身鈞播，側聆成命，倍切歡心。

### 賀舒信道啓

伏審拜寵內廷，升華左史，英才進用，輿儀協同。恭惟某官羽儀天朝，冠冕士類。體仁而裕，從容於美氣和風；秉氣以剛，慷慨於危言核論。踐英臺之雄職，紬金匱之秘文。地嚴清規，忠貫白日。人皆服其有器識，上方倚以爲公卿。果由司憲之尊，遂陟記言之重。持囊簪筆，彌近清光；論道經邦，尚多素蘊。想在旦夕，即居弼諧。某祇局東南，宅心左右，側聆成命，倍切歡忭。

### 賀曾孝序啓

竊審拜嘉十行，持憲一道，練時之吉，視事有初，共惟歡慶。伏以某官天資高明，朝望煊赫。奉欽哉之美意，握使者之重權。先聲（原作"生"）所馳，衆望咸聳。諒即趨於召節，豈久駕於軺車。某罪戾之餘，依仰爲幸。

### 賀王正仲啓

伏審顯膺寵數，進掌命書，儒林光輝，物論慶快。恭惟某官海宇偉望，朝廷正人。特操立乎天地之間，高誼出乎世俗之表。言與行應，初無久渝。淵衷自知，清節彌峻。校讎天祿之閣，紬繹太史之編。方朔贍詞，董狐直筆。自螭坳之近密，升鳳閣之高華。議論足以增重本朝，文章足以宣明上德。發號出令，由此追三代之風；顧問論思，不日參四鄰之列。某恪居官次，阻望台光。聞成命之已行，撫懦衷而增抃。

### 賀李邦直啓

伏審拜嘉言綍，進職禁林，凡在傳聞，莫不欣喜。恭惟某官天資聰（《豫章叢書》作"貞"）敏，物望清明。篤實發乎輝光，精微先乎廣大。承仙李之華胄，丁育菱之盛辰。養成羽儀，自致霄漢。賢科決策，有公孫、晁、董之文章；信史屬辭，繼左氏、遷、固之筆削。遂升法從，以掌命書。鳳閣摛華，始更歲籥；金坡入直，益峻官聯。極儒者之榮名，厭天下之公論。佇由內相，即踐近司。某身繫江湖，迹遙屏著，側聆成命，倍切歡忭。

### 代賀李南公啓

光奉茂恩，榮參外計，恭惟歡慶。伏以某官天儲秀氣，時企絕游。所臨皆宜，自任以重。太上講裕民之政，明公宣出使之華。從容方綜於事功，赫奕就兼於漕挽。騏驥千里，式當遵路之初；鴻鵠高飛，佇展摩霄之勢。顧惟壤接，幸托鄰庥；更冀保調，別迎寵渥。

以上見《大典》卷一〇五四〇引《清江三孔集》。

按：以上八文，《賀曾孝序啓》見江西教育出版社 2004 年版江西省高校古籍整理領導小組整理《豫章叢書·集部二·朝散集》卷一四，其餘均見同書卷一五。同書卷一三《謝侯漕》（冊一四〇頁一八四《與江東宋提刑啓》"衰"字下脫"遲末路，將依德庇，倍切歡心"十一字，而衍此文後半部分）、卷一四《與衡州交待王諤》《回衡州王守》《回衡州樂倅》《上湖南監司》《上長沙李帥》《回趙憲》《又回衡守》《又回衡倅》《到任謝監司》《到任上執政》《到任回桂陽監司石朝奉》《到任回鄰郡》《回臨江馬守》《賀新漕胡師文》《賀發運吕直父》《賀提舉董必》《賀監郴稅陳厚》《回武岡陶迓》《賀柯漕移廣帥》《上范堯夫》《賀黃漕》《賀何魁》《回柳州畢朝請》《回監司胥彥回》《上曾相公》《上范右丞》《與臨江新守王戊》《與臨江守曾孝蘊》《上永興知府》《上慶帥徐侍郎》《與王讜大夫》《上慶州胡寶文》《永興到任謝兩府》《上李菜中大》《回李中大賀冬》《與王龍圖子澤》《上慶州徐帥》《又》《答郯倅杜采謝薦》《與邠州王通判》《上慶帥胡淳夫》《答延安張通判》《問候徐侍郎》《上同州張侍郎》《與運使曾孝廣》《上陝府楊侍郎》《上都運孫龍圖》《上安觀文》《楚守吕朝奉》《宮觀謝執政》《謝兩府啓》《代謝舉薦》《賀安龍圖》《上王學士元澤》《賀何運判》《謝解州太守》《代廣州到任謝執政啓》、卷一五《謝運判》《謝月望》《謝弓箭手提舉》《謝通判》《代謝提點舉監酒稅》《謝判府待制回書》《回華州知州》《回鄭氏定禮》《代賀李舒州》《代賀馮當世》《代賀廣帥》《代賀曾相》《代與孫珪》《代越州與兩浙漕》《代與兩浙憲》《代賀韓樞密》《代賀邵三司》《代謝諸公啓》《代謝執政》《監司先狀》《到任謝啓》《與臨江守》《與撫守》《上判府學士》《與臨江守》《回石大博》《回石長官》《賀張内翰》《代宋彭年邢州謝執政》《代宋彭年未到任先上監司》《代范成老謝解》《代賀王副樞》《同天節口號》《會吕給事口號》《密守上事口號》《衢州曹子方口號》《慶帥徐侍郎致語口號》九十五篇，《全宋文》孔平仲下未收，文不具錄。北大圖書館藏《三孔先生集》四十卷，其中孔平仲集二十一卷，所存文定有《全宋文》未錄者，待考。

### 謁安流王神文
某罷官衡陽，被命赴闕，挈家舟行，已涉神境。伏望陰陽佐助，使無驚虞。尚享。
《大典》卷二九五一引《清江三孔集》。

# 册 一〇八

## 任伯雨　卷二三四二至二三四六

### 【校訂】言衛州進瑞麥奏狀（頁二七六）
文末注"《永樂大典》卷三二一八一"。出處卷次誤，實見《大典》卷二二一八一。

# 册 一〇九

## 王震　卷二三五五

### 【輯補】故資政殿學士太子少保致仕元絳可特贈太子少師制
敕：進退之禮，始終不忒；存殁之恩，哀榮宜稱。肆頒明命，閔錫故臣。具官某和厚溫恭，文采自飭，政司密勿，宿有將明，知止乞身，厥惟嘉尚。遘兹奄忽，彌用盡傷。厚往飭終，加隆寵數。尚其冥漠，識我徽章。可。

### 故太子少保充資政殿學士致仕趙抃可特贈太子少師制
敕：朕有爵禄以禮天下之士，惟賢才者得以備其尊崇。生而都榮名，殁而被餘寵。非真以稱公義，維以盡於朕心。具官某厚德足以鎮浮，清名足以激濁。行己事上，始終潔完。爲時老成，實朕良弼。不復强起，今其云亡。錫兹褒嘉，申我傷惻。維爾有聞，賁於無窮。可。

以上見《大典》卷九一九引《元豐懷遇集》。
### 朝散郎試户部侍郎楊汲可朝請郎試户部侍郎制
敕:夫予奪所以示勸懲,而皆始於近者,恩稱於義,惟曰至公。具官某祇載夙勞,受兹旌寵。而官常糾職,邦法麗焉。稽令閲年,復其舊食。加於劼毖,終則有辭。可。

《大典》卷七三〇三引《元豐懷遇集》。
### 奉議郎劉載可降授宣德郎制
敕某:使者之任,典護一方,宜修明以飭其屬。而率情妄發,蹈於詆欺。奪而一官,尚徼有位。可。
### 承事郎守都水監丞陳祐甫可宣德郎制
敕某:爾服勤水官舊矣,而屢以水失職。然吾終不爾廢者,惟其材也。夫使過古之善志,矧功足以蓋前愆乎?往踐故聯,益圖其效。可。
### 勒停人前通直郎劉誼可叙宣義郎制
敕某:爾自惟弗良,用絕寵禄。而歲月浸久,弗忍終廢也。還而故官,其復就列。永悼既往,慎所守哉。可。

《大典》卷七三二四引《元豐懷遇集》。
### 四方館使康州刺史曹誦可依前官充樞密副都承旨制
敕:陟降軒階,奉承密命。屬在幾政,實維親臣。具官某夙以材能,致於休顯。試之服采,蔚有聲稱。顧疇厥宜,無易兹選。惟純惟毖,時則汝嘉。可。

《大典》卷一〇一一六引《元豐懷遇集》。
### 承務郎劉充可大理寺主簿制
敕某:大理寺議天下之刑,而治中都之獄,蓋其簿書視他寺爲劇。往祇厥守,毋曠毋侵。可。

《大典》卷一四六〇七引《元豐懷遇集》。

按:《元豐懷遇集》,《永樂大典索引》繫於曾鞏下。據孔凡禮《孔凡禮文存》頁三一八考證,此集作者爲王震字子發。

## 賈善翔　卷二三五六

### 【輯補】靖明真人傳
先生姓避太祖廟諱,名續,字子孝,生楚越間。師柱史老聃,洞希夷之妙。周武王時結茅南障山,寶練清修寡交游。有一少年衣縫掖,冠章甫,風貌異常,每訪談神仙事。先生異之,延遇益厚。一日詰之曰:"熟於風猷有日矣。願聞姓氏及所居。"少年曰:"姓劉,名越,居前山之左。先生苟不棄僻陋,幸希垂訪。如見一石高三尺許,扣之當奉迎。"未幾,先生至前山,果見石,如其言扣之,石忽開若雙扉,一丫鬟迎先生入。見丹霞繚繞,彩鳳翱翔。復有二青衣,執絳節前導。臺榭參差,金碧掩映,珍禽奇獸,名花異木,不可名狀。劉君頂黑玉冠,朱紱劍珮,迎先生升堂而坐,曰:"太上命越居此,保護學仙之子,而潛贊其不逮。先生陰功幾滿,他日將居此,期不晚矣。"飲以玉酒三酌,啜延齡湯一杯。先生告别去,反顧其所,唯一石而已。周定王問柱史,在世神仙可得知乎?對曰:"東岳有展禽,南岳有匡續,西岳有尹喜,北岳有皇人,中岳有古先生,即余是也。"由是纍有命召,皆辭不就。至威烈王復召，時先生已被上帝詔，白日登仙。聘使詣所隱，空睹靖廬，因奏請以南障山爲靖廬山，復以先生姓呼爲康山。先生登真之後，帝命司吴楚水旱，授以降魔印，俾統攝瘟部，遇訾毁神天、不忠孝君親者罰之。乃請印行疾，今人呼爲賀瘟先生，疫者禱之即愈。漢武帝元封五年，南巡祠名山至此，問何神主之，劉歆奏匡續得道於此。帝因諡爲南極大明公，而立祠虎溪上。晉末，雁門僧惠遠至祠下，愛其勝絶，謁太守柏伊寓言曰："昨夢先生捨祠創寺。"伊以爲然，遂遷祠山口，而創東林寺，且塑先生像爲土地神。惠遠死，其徒復以像侍遠側。而葛洪《仙傳》遺而不傳。廷評張景詩云"惠遠强梁憑僞夢，葛洪疏略失真仙"，正謂此也。天寶初，明皇命使致齋，尊爲仙廟。土民水旱，禱之皆應。南唐保大中，相國周宗再加興建，奏撥劉建莊以充齋贍。本朝孫邁知江州，謁祠，賦二詩，遂遷像出遠堂。

《大典》卷六六九八引《江州志》。

按：《大典》卷六六九七載："《靖明真人傳》，賈善翔述，楊諷書。"

## 吕南公　卷二三六五至二三七四

【校訂】東齋六銘·書篋銘（頁三二〇）

題"書篋"，《大典》卷八二六九作"書囊"。

## 册　一一〇至一一一

## 畢仲游　卷二三八九至二四〇七

【校訂】賀門下相公啓（頁三一六）

文首，《大典》卷一〇五四〇有"某皇恐再拜，伏自某官"九字。

與趙正夫五（册一一一頁三）

與趙正夫六（頁四）

題，《大典》卷七三〇四作"賀除振夫侍郎啓"。

上修史承旨二（頁二九）

"官守""途望""恭聞""日奉玉色於"，《大典》卷一〇一一五作"悚息再拜，官守""途，際會以望""恭承""以來，陟降文石，日奉玉色"；"款以"，原作"疑以"，《全宋文》據山右本改，《大典》正作"款以"。

上修史承旨三（頁二九）

"自拜""巾箱"，《大典》卷一〇一一五作"某惶恐啓自拜""巾楮"。

上修史承旨四（頁三〇）

"伏審""釐正""而或"，《大典》卷一〇一一五作"某再拜伏審""復緒正""人固料其必然而或"。

上門下相公（頁四三）

題、"自違""内惟""末由"，《大典》卷一〇五四〇作"賀門下相公啓""去違""自惟""末由"。文首，《大典》有"某頓首再拜某官台座"九字。

就山請神文（頁二〇四）

文末，《大典》卷二九五一有"伏惟尚饗"。

**【輯補】宣仁聖烈太皇太后哀册文**

此文見册七一頁一〇五范純仁下。據《大典》卷二〇二〇五引陳恬《西臺畢仲游墓志銘》所載,此文乃畢仲游代作。文不具錄。

**再代劉摯乞外任札子**

臣近兩具表陳乞外任,伏奉批答不允。及傳宣問諭,秪荷眷寵,不任感懼。伏念臣備員左右,荏苒歲久,無補國政,有妨賢路。虛叨祿位,臣實自知。雖聖恩曲賜包涵,而天下豈無指議。每一念此,寢食不安。所以引義自請,祈解重任。況今朝廷清明,内外無事,此時求退,非有所避。伏望天地之度,父母之慈,哀憐允許,除臣一外任。瞻仰宸嚴,期於得請。

文津閣本《西臺集》卷五。

**上蘇内翰三首**

向在京師,嘗蒙借重,舉以自代,辱門下之顧有年矣。今日之禄食,未必不由平昔之許與,而又出力如此。區區感激,義當如何?惟謹職事、甘貧賤,庶幾不辱以圖報於左右。伏惟台慈幸察。

按:前二首《全宋文》已收。

**上文潞公**

仲春漸暄,伏惟鈞體起居萬福。一向以遭罹家難,久不通問。不自死滅,復餘殘骸,以就禄食。既已到河東,即欲叙致,以請問起居之何如。而適當新秦被寇之後,種種多事,異於平日,未能收率。患難荒忽,已散之思慮。而爲竿牘之問,遂至後時。豈勝愧恐。近日河外歸,纔得定居,謹奉前啓,布區區萬一。仰惟眷憐,俯賜諒察。

**上韓左相**

伏自登庸廟堂,再貢竿牘之問於左右,竊想即闕聽覽。仲冬嚴寒,恭惟機政多暇,鈞體起居萬福。某近蒙恩,除守奉寧,已赴治。東來道路,區區幸免如昨,趨覲未辰。伏覬上爲宗社,精調寢餗,副四海具瞻之望,卑誠戀祝之至。

以上同上書卷九。

**興龍節僧寺開啓疏二首**

鳳曆司時,敬順大冬之候;燕謀啓聖,慶逢元后之生。敢因甲觀之期,虔奉法王之教。儵莊嚴之金地,誦秘密之貝文。茂契真乘,仰資睿算。伏願皇帝陛下儲神蠖濩,體道穆清,百順業臻,萬靈右饗。合離明而并照,如日方中;享椿曆之大年,與天無極。

鳳鳴當律,應大吕之宣和;龍德正中,合重離之繼照。屬誕彌之令節,爰大啓於真乘。憑覺路之勝因,致封人之善祝。緇流并集,梵席載嚴。課最勝之秘文,益無疆之睿算。伏願慈雲高蔭,法海同流。恢昭燕翼之謀,鞏固盈成之算。惟天爲大,均覆燾於群生;如日之升,永照臨於萬國。

**道士開啓疏**

神策授符,對三靈而錫羨;真樞蘊妙,奄萬物以居尊。屬震夙之元辰,希音徹而昭事。式陳淨醮,祗協明科。祈道蔭之有孚,祚帝齡於難老。伏願皇帝陛下與天函覆,如日正明。寶系宏開,真風允格。群生在宥,共瞻北斗之尊;諸福沓來,永固南山之壽。

**興龍節樂語**

祥標虹渚，祐帝德以開先；夢兆日符，續炎靈之丕赫。矧嘉平之紀序，協睿聖之昌期。震動休符，昭明鉅禮。萬靈響答，列辟歡騰。延景算於無垠，對上天之有相。號爲慶節，永洽純禧。恭惟皇帝陛下思道穆清，纘圖丕顯，體三儀而建治，合九叙以成功。駿惠先猷，導迎嘉貺。甫更嚴律，允屬誕辰。樞電焜煌，夙契聖神之會；需雲覆露，普覃慈澤之均。雖重譯之異方，亦後天而同禱。諒符人欲，多錫帝齡。如日月之常升，與山河而鞏固。誕膺神册，永執乾符。長發流祥，遜瞻於浚哲；華封善祝，欣載於聖人。臣名肆伶官，恩霑帝力。處雖匏繫，心與葵傾。遥望天庭，敢陳口號。

### 王母隊樂詞

燕禖流慶，表出震之昌期；虹渚開祥，協承乾之景運。神人聳抃，華夏謳歌。類葵藿以傾陽，仰雲天而致祝。恭惟皇帝陛下德參天地，道貫皇王，茂膺六聖之丕基，昭顯百年之成憲。人歸忠厚，國以太平。凡居覆燾之間，率躋仁壽之域。某生逢盛旦，幼慕仙風，瞻望闕庭，敢陳口號。

### 王母迴筵樂詞

某生居樂土，早慕仙風，屬舜治之寅門，效堯民而擊壤。矧慶誕生之節，獲覲錫宴之慈。調金奏以在庭，燦弁星而滿坐。芳樽屢挹，妙舞宜陳。上奉清歡，伏祈靈貺。

### 信陽軍筵設樂語

伏以校讎天禄，子雲早著於聲猷；厭直承明，莊助常均於出處。況身有太平之略，世傳忠孝之名。見義則爲，所居何陋？伏惟知府龍圖有古達節，爲時真儒，智不自謀，動思及物。螭頭簪筆，早偕侍從之榮；烏府上書，大正朝廷之體。勵忠誠於皦日，比得喪於浮雲。天下想聞其風，廷臣無出乎右。比違邊瑣，暫建軍牙。部伍懷恩，虎符犀節；封疆候吏，簞食壺漿。處進退以無心，履中和而有裕。衣冠動色，如仰高山；父老行歌，自成樂國。第恐鋒車之召，不容鈴閣之閑。化此一方，期在旬日。玉堂翰墨，未賒内相之行；道院琴樽，姑盡爲邦之樂。敢陳口號，上悦歡誠。

### 樂人迴筵

某聞周家忠孝，篤燕好於嘉賓；舜治文明，資弼諧於庶尹。粤千齡之慶會，瞻一德之元臣。歡備金匏，澤均父老。伏況某官受材博美，毓德中和。休有家聲，挺爲國器。懷真儒之遠業，抗直道於端明。天下想聞其風，廷臣無出乎右。動思及物，蓋奇節之可書；智不自謀，雖古人而無愧。承宣上德，協致太平。屬鳴社之享辰，盍充庭而飾喜。簪裳座嚴，籥呂音諧。上悦台顔，樂部獻曲。

### 萬壽樂入隊

### 問隊

適見瑞烟馥嶺，仙羽飛空，儼霓旌以成行，鏘佩環而戾止。蕙風飄拂，彩馭徘徊。合有由來，分明敷叙。

### 答語

某等桂籍遺芳，瑤池末系。采蓮拾翠，曾同江浦之群嬉；迴雪驚鴻，幼學楚宫之妙舞。偶興龍之錫宴，類翔鳳以來儀。側聞絲竹之載揚，頗識簪纓之共樂。願陳薄伎，上侑清歡。未敢自專，伏候台旨。

### 遣隊

鞠場雨過,金埒花飛。已呈迴雪之容,難駐追風之儁。嚴城向暮,逸駕争先。再拜旌階,相將好去。

**祭羅山府君廟文**

近以家有疾病,奔訴乎神者再焉。亦既痊除,知神之賜,不腆再訴之禮。恭奠祠下,尚有後禱。神其鑒之,使得居此以事神。敢不奉承,重謝靈貺。

**省祭文**

聰明正直,民物所依。惟時仲春,厥有常祀。蠲辰之吉,將以至誠。神其格思,副兹明薦。

**省賽文**

國家拓土九城,執俘萬計。乃頒聖澤,共慶神明。申命庶邦,敬修祀事。謹涓吉日,以答神休。

**告諸廟文**

華原郡介於漆、沮二河之間,怒濤奔盪,侵薄城郛。薪蒭壞石,培而復剋。日脧不止,斯民將魚。今畫地鳩工,繕完凹缺。因其順下之性,俾就如弦之轍。爰諏吉日,載興畚鍤,惟神其相之。

**淮南謁廟文**

某被命改使淮甸,嘉與境内庇神之休。至之三日,恭以禮見於祠下。凡夙夜怵惕,盡心以稱神之明德者,請自兹始。

**京東謁諸廟文**

某被命改使山東,嘉與境内庇神之休。至之三日,恭以禮見於神。伏惟尚饗。

**謁鄭州諸廟文**

某被命假守於兹,至之三日,以禮告神,而布其即事之意者,州郡之常也。矧廟食一方,民所赴訴。苟事神不至,則民罹其咎。敢不夙夜惕厲,盡心以稱神之明德,庶幾民無咎焉。

**代壽州李卿祭諸廟文二首**

國家承天宥民,期於靖治。神爲有道,以相我國家。咎異之至,憂實同之。今孟夏初吉,物生邕戀,而天示告戒,將動於三光之明。故朝廷孚大號、解繫囚,以應答天意,更詔守臣稱舉常祀。牲牢品餗,皆國所嚴。惟神之明,尚克相之。

古之爲治者,患在奉神之弗蠲,訓民之弗迪。今天子奉神訓民,罔敢有懈,庶幾於太平。而沴暘之氣,久而弗還。故大啓其室,以延太一之祐。敷詔方内,蕩滌冤繫。惟神著在典禮,邦之常祀。宜有豐薦,以協祉福於民。蓋天子之命也。

**祝春牛文**

神處震方而奠位,助木德以行仁。主此熙春,標於祀典。神其順布載陽之氣,緩翔解凍之風。民阜歲成,繄神之賜。

同上書卷一二。

按:《文淵閣四庫全書補遺》册二頁七六四至七九八補二十七篇,此二十三篇《全宋文》未收。

## 册 一一三至一一七

### 宋神宗　卷二四三七至二五二四

**【校訂】令三司判官等上財用利害詔**（頁七〇）

此文又作册六七頁三五一鄭獬《賜中書門下詔》，宋神宗下當删。

**言財利可采録施行者甄賞詔**（頁七二）

此文又作册六七頁三五二鄭獬《敕中書門下詔》，宋神宗下當删。

**議褒顯文彦博等詔**（册一一六頁二二）

此文又作册八三頁三五王安禮《祠部員外郎劉瑾可朝奉郎復天章閣待制制》。宋神宗下文據《長編》卷三〇九、《東都事略》卷六七《文彦博列傳》輯，爲王安禮所草制書一部分，當删。

**昭容朱氏進位賢妃制**（頁二六五）

此文又作册八三頁五三王安禮同題。宋神宗文輯自《宋大詔令集》卷二二，未署作者。《全宋文》編者以其作者不可考，故繫年於宋神宗下，當删。

**賢妃朱氏進位德妃制**（册一一七頁六五）

此文又作册八三頁五四王安禮同題。宋神宗文輯自《宋大詔令集》卷二二，未署作者。《全宋文》編者以其作者不可考，故繫年於宋神宗下，當删。

**【輯補】深州防禦使駙馬都尉錢景臻男忱可莊宅副使制**

敕某：公爵吾所重，而内使之介，以爲初命。豈惟（原作"帷"）爾婉孌是厚，實我諸姑之慶也。制名賦禄，以進成人。勉就學能，以需官使。可。

文淵閣本《元憲集》卷二〇。

按：《全宋文》册二〇頁一五六宋庠下删文存目。據勞格《讀書雜識》，此制撰於元豐七年九月，時宋庠已卒，頗疑此制乃王震行。因無確切證據，故繫於此。

**龍圖閣直學士太中大夫知亳州王益柔可差知江寧府制**

**承議郎直集賢院范育可權發遣鳳翔府制**

**朝議大夫守吏部尚書曾孝寬可資政殿學士知穎昌府制**

三文四庫館臣輯録於《東堂集》卷五，《全宋文》册一三二頁二〇二至二〇三毛滂下録全文，但考訂其當作於元豐時，屬誤收（詳見下文）。然具體作者不可考。據時間，可繫於此，文不具録。

**端明殿學士朝散大夫曾孝寬可差知鄆州制**

該文撰於元豐六年（1083）八月辛卯前，《全宋文》誤收册一三六頁四八慕容彦逢下（詳見下文）。此制撰者難以確指，可移於此。

**降授奉議郎趙卨可差知徐州制**

該文撰於元豐五年（1082），《全宋文》誤收册一三六頁四八慕容彦逢下（詳見下文）。此制撰者難以確指，可移於此。

**九天采訪使者進號應元保運真君制** 元豐中

運妙用，跨太虚，高極於九霄，遠際於八表。巡游上下，博（原作"傅"）觀廣察，是唯廬山九天采訪使者。蓋天之貴神,與世爲福。然隆名徽稱,歷代置而不講,甚非所以答神明之意。可進號九天采訪使者應元保運真君,庶幾導殊祥,獲嘉氣,以蒙覆生靈。

《大典》卷六六九八。

# 册 一一七

## 朱彥　卷二五二八

**【校訂】延陵季子廟記**(頁二四九)

題,大典本"常州府"卷一一八作《暨陽吳季子廟碑記》;文首,《大典》有"嗚呼！有吳延陵君子之墓,孔聖所書"十四字。

## 王仲修　卷二五二八

**【輯補】進家集表**

臣仲修等言:竊以在冶之金,以自躍而爲恥;韞匵之玉,必待價而乃珍。念父書之久藏,當聖世而難隱。臣仲修等誠惶誠懼,頓首頓首。恭惟皇帝陛下英猷天啓,睿學日熙。制規二帝之摹,言合六經之訓。握樞臨極,纂承禹績之嘉;肆筆成書,丕紹堯章之焕。重念先臣某,少緣家學,蚤中甲科,校天禄之文,才稱金馬;視淮南之草,名在玉堂。作新兩漢之文章,潤色三朝之誥命。世有儒宗之譽,史多天獎之詞。傳誦一時,豈特語言之妙;協成大事,固多翰墨之功。晚受知於裕陵,久登庸於宰路。當廊廟謨謀之暇,猶國家論撰之兼。畢罄精忠,仰贊格天之業;逮膺顧托,獨先定策之言。暨陷歡兜之誣,阻奏東方之牘。方陛下丕揚先烈,追念舊勞,辨銷骨之讒,既昭前事;覽凌雲之作,恨不同時。悉哀平日之遺文,益愴他年之榮遇。啓金縢之策,不及於生前;上茂陵之書,徒嗟於没後。今有先臣某文集一百卷,并目録十卷,共五十五册,隨表上進以聞。臣等無任,誠惶誠懼,頓首頓首。謹言。大觀二年五月日,朝奉大夫管勾南京鴻慶宫上護軍臣王仲修等上表。

《大典》卷二二五三六。

# 册 一一七至一一八

## 劉安世　卷二五三四至二五四六

**【校訂】回謝樞密都承旨啓**(册一一八頁一七二)

題"回謝"、"爲慚",原出處《大典》卷一〇一一六作"回謝除""爲漸"。

**【輯補】祭丞相韓儀公文**

維大觀三年歲次己丑十月壬申朔初二日癸酉,奉議郎武騎尉彭城縣開國男食邑三百户賜紫金魚袋劉某,謹以清酌庶羞之奠,祭於故丞相儀國韓公之靈。惟公氣間堪輿,秀鍾岳瀆。來輔昌運,協興盛福。自結明主,孰云夢卜。高陽開府,初叨采録。及長天樞,復備僚屬。飲食教誨,始終樂育。卒議姻好,不遺寒族。逮予南遷,仲婦畫哭。雖反於室,公睠彌篤。瘴嶺蠻陬,問遺以續。高誼仁心,迥出流俗。疑丞得謝,脱屣寵辱。樂道恬養,淡然自足。天下具瞻,日冀還復。衮衣龍節,匪暮伊夙。天難諶斯,云何不淑。哲人已萎,百身寧贖。常水之陽,西山之麓。鬱鬱佳城,吁嗟埋玉。棐辭告哀,曷展心曲。

文淵閣本《忠肅集》卷一四。

按:《全宋文》册七七頁一八三劉摯下删文存目。勞格《讀書雜識》據文中所涉行事,考知此文係劉安世作。

### 八寶赦叙宣德郎謝表

臣某言:今月初一日,遣人於大名府請領到告命一道,伏蒙聖恩,特授臣宣德郎者。八寶告成,永鎮安於萬國;三朝受獻,竦觀聽於四方。爰推大賚之仁,允協非常之慶。願慚譎籍,亦被洪私。中謝。伏念臣早以梼疏,謬膺簡拔。危言危行,妄有意於古人;寡悔寡尤,曾莫虞於後患。自貽厥咎,夫復何言。伏遇皇帝陛下道契範圍,誠參化育。睹珍符之肇造,述先志以丕承。雅合周文,复殊秦制。屬天庭之昭受,仰聖作之惟新。顯霈湛恩,用光盛節。而臣尚緣舊禮,未躅王府之名;方伏窮閻,乃冒庭臣之寵。切嘗負愧,豈敢爲榮。生也有涯,既迫桑榆之景;死而後已,徒傾葵藿之心。臣無任。

### 叙奉議郎謝表

臣某言:今月初十日,遣人於大名府請領到誥命一道,伏蒙聖恩,叙授臣奉議郎彭城縣開國男食邑三百户者。宗祀推恩,初絕叙遷之望;綸言申命,繼蒙矜宥之仁。稍復故官,示不終棄。寵來意外,感溢情涯。中謝。伏念臣親遇熙明,早塵要顯。迄微報稱,自速顛躋。去朝廷者十六年,投荒服者萬餘里。衰疲病質,浩無歸骨之期;漂泊異鄉,動有觸藩之悔。敢圖豐澤,普施孤根。伏遇皇帝陛下獨運乾綱,躬行慈□。曲軫久幽之迹,俾霑再造之恩。涣發德音,率從常典。未吹暖律,難回寒谷之春;既舉覆盆,均受陽晖之照。惟自期於九死,庶少答於萬分。臣無任。

《大典》卷七三二四引劉元城《盡言稿》。

### 大監蘆川老隱幽岩尊祖事實跋

宣和六年十月廿八日,劉安世嘗觀。

文淵閣本《蘆川歸來集》附録。

### 與工曹宣教書

安世頓首,荐蒙迁訪,獲接緒言,慰幸良厚。承翌日回轅,屬以襄服,亡繇祇詣。途中正寒,惟跋履眷愛。謹奉手啓,布謝,仍代攀違不次。工曹宣教侍史。安世頓首。

《鳳墅續帖》卷一四。

# 册 一二〇

## 周秩 卷二五九二

**【校訂】吕大防等罪不應輕於蘇軾奏**(頁二二八)

此奏與同人《乞再貶吕大防蘇轍等奏》後半段全同,且據《大典》卷二三九九引《蘇穎濱年表》,知後奏亦在紹興元年七月,與前奏同,當爲同奏之不同版本。

## 蔣静 卷二五九三

**【校訂】重建黄田閘記**(頁二五三)

大典本"常州府"卷一八引此文,題《大觀黃田港閘記》,可校者不一。"黃歇開"此作"黃歇之所開";"莫測其盈虛",此作"莫制其盈虛";"不可考而知已"句下有"方戰國時,四公子之徒争屈己下士,以相傾奪。春申君食客三千,其上客皆躡珠履。歇既獻淮北十二縣於楚考烈王,而請封江東。因城故吳墟以自爲都邑。而無錫今有黃城春申祠,江陰今有申浦季札墓。則無錫蓋其所城之墟,江陰乃其封境之内。而港閘之制,殆當日豪侈之所取資者。且功施於秦漢之前,而逮今百姓饗其利,長民者不可不知也。而"一百三十七字;"長太息也"句下有"夫雨卑而除道,水涸而成梁。此殆事之末者。然三代之時必謹之,爲政治之法。而子産以乘輿濟人於溱洧,謂之不知爲政。況溝洫陂防之不治,而民有藏秕,野有奥草,宜乎?百姓深以爲病而望其閘者,且嗤郡邑徒區區以水旱爲念,而政事之不修如此,以爲行道羞久矣"一百四字;"徐侯申"三字,此作"大晟府典樂徐侯申翰臣"十字;"來守毗陵"句下有"厥既下車,郡已談笑而治矣。不踰年視五邑之境,幅員數千里如在諸掌。且披按江陰之圖籍,而利害之將興除也"四十四字;"訪知縣"句上有"遂相與"三字;"丞乃詳究"四字作"乃特禀於徐侯,大悦曰:此予志也。亟乃退而詳究"十九字;"命工"二字下有"聞於部使者。部使者雖喜丞之勇爲,而慮經度之未盡,乃檄郡倅張侯元衡覆視,且詢之民,謀之再,而訪之士大夫。審矣"四十六字;"屬予爲記"四字,此作"而丞以郡侯之命,屬予爲記。予喟然曰:昔西門豹不能引漳水而民歌史起,韓不知用鄭國而秦取其功。亘古以來,固有利澤可以及物,而人鮮克豢興。夫高明寥廓之士,不得少施其效者,何可勝言。今子之功,雖賢於西門生遠甚,儻郡侯不能任子,而部使者不能聽子,則子不猶鄭國之在韓也耶。豈唯是哉?向使通守邑大夫不協力向公而梗以異議,必沮壞於冥冥之中而子亦奚功之成。丞曰:然。乃并叙其美而鐫諸石"一百六十二字;"知港之"此作"知港閘之";文末有"辛卯四月十五日,朝奉大夫充顯謨閣待制蔣静記。朝請大夫知常州徐申立石。常州江陰縣丞丁涌建"。

**政和河港堰閘記**(頁二五五)

"江陰"字下大典本"常州府"卷一八有"實昔暨州,今"五字;"示遠云"字下《大典》有"政和六年歲次丙申四月望日,朝散大夫新除試大司成蔣静記"二十五字。

## 册 一二〇至一二一

### 米芾 卷二五九七至二六〇四

**【校訂】淨名齋記**(册一二一頁三七)

卷末"元符紀元八月望日,漣漪郡嘉瑞堂書",《大典》卷二五三七作"太常博士米某記"。

## 册 一二一

### 李昭玘 卷二六〇五至二六一七

**【校訂】回謝馬狀元啓**(頁一二一)

《大典》卷一四一三一引《播芳》載此文,題《賀人及第啓》,署"李守真"。《播芳》卷四

一、文淵閣本《播芳》卷二五同。李守真或即是李昭玘。

【輯補】謝及第啓

《大典》卷一四一三一引《播芳》載此文，《全宋文》誤錄册一九八頁九五陳誠之下。文不具錄。

**賀太守正啓**

人元開統，鷄旦更端。寅乍建於斗杓，律初回於太簇。恭惟某官受天間氣，爲世偉人，早膺睿主之知，專任侯藩之政。想茂膺於正旦，宜陪擁於殊休。某幸托恩闑，俯依（原無"依"）台庇，屬拘賤職，阻奉壽觴。輒罄卑誠，聊伸慶牘。

《播芳》卷四二、文淵閣本《播芳》卷二六引署"李守真"。

## 册　一二一至一二二

### 李復　卷二六二三至二六三〇

【輯補】上范右丞别紙

某頓首再拜：某得望台光最晚，而蒙被遇特異於衆人，苟有所知，必願罄竭。況於俯垂賜問，安敢默默。今天下之事，若當權者自以爲利，力欲必行，是誠有利，更不須議。間有未然，孰肯咈其意以取怨。若事已有弊者，憚於更張，且欲偷安。謂其大者，則曰不至如此；謂其小者，則曰此何足議。或若言之，則曰輕才鼓唱。遂皆以多口尤之，使不得容於世。是以人不敢容易貢其誠也。某嘗觀前世，其害之始萌也，聞者莫不愕然變駭，久而耳目習熟，遂以爲常事而不慮。有舉而論者，或笑或拒，積至於敗。此非可以一二數也。夫害莫甚於耳目習熟而不爲慮，此將至於不可救也。爲難於易，爲大於細，前人所遺之藥石也。某頓首再拜。

《大典》卷一〇一一〇引李復《潏水集》。

按：金程宇《新發現的永樂大典殘卷初探》指出漏收。拙著《永樂大典輯佚述稿》頁一七〇已錄文。

## 册　一二二至一二三

### 華鎮　卷二六三九至二六五七

【校訂】**代謝知郡大夫啓**（頁三六六）

題"知郡"，《大典》卷一〇五三九作"侍其"。

**祭高郵縣中書孫舍人文**（册一二三頁一五三）

"初任"，《大典》卷一四〇四六作"初仕"。

## 册　一二三

### 劉跂　卷二六五九至二六六三

【校訂】**擬嶺南道行營擒劉銀露布**（頁一八六）。

此文乃册三頁五六潘美《嶺南道行營擒劉鋹露布》，輯自《宋會要輯稿》禮九之三五，撰於開寶四年。劉跂文見文淵閣本《學易集》卷五。《宋文鑒》卷一五〇録此文，未署作者，其上文乃《玉友傳》，署作者爲"劉跂"。閣本《學易集》或因此而誤認爲劉跂作，又因時間不合，故增"擬"字。

**擬昇州行營擒李煜露布**（頁一八八）。

此文乃册三頁二七四曹彬《昇州行營擒李煜露布》，輯自《宋會要輯稿》禮九之三五，撰於開寶八年。劉跂文見文淵閣本《學易集》卷五。《宋文鑒》卷一五〇録此文，未署作者，其上文乃《嶺南道行營擒劉鋹露布》。閣本《學易集》或因此而誤收。

**歲寒堂記**（頁二二四）

劉跂下《歲寒堂記》共兩篇，此爲第二篇。文云："先大父焕章幼孤力學，肄業於郊外精舍，鄉先生默成潘公一見奇之……歲在癸巳，嘗侍撝堂劉公，見履齋先兄於伯父之塋舍……明年，履齋即世，其子侃不忘先兄之意，榜此庵曰思泉矣。歲在丙午，始榜其堂曰歲寒，取大父詩中之語也……風檐月牖，與侃相期，同保歲晚幽貞之操，其志亦有年於兹矣。暇日堅請書其顛末，不敢固辭，敬爲之記。重陽後五日，宗叔某謹書。""默成潘公"即潘良貴（1094—1150），較劉跂生年晚四十一年，不當有"先大父焕章幼孤力學，肄業於郊外精舍。鄉先生默成潘公一見奇之"之語。故該文非劉跂作。王柏《會拜題名序》（338/170）："若以天子建德祚土言之，尚書莊敏公祚土東陽郡，侍講焕章公祚土金華，丞相文定公祚土魯國，皆得以爲始祖也。"《默成賜硯序》（338/146）載："昔大父幼師默成也，期待之至，乃以廷對之硯賜焉。"且王柏有侄名侃，皆與《歲寒堂記》所述相合。該文應補入王柏下。劉跂集久佚，四庫館臣始自《大典》輯出。《大典》中劉跂與王柏《歲寒堂記》應相接，四庫館臣蒙上而誤輯。勞格《讀書雜識》已辨之。

**祭王彦祖文**（頁二六八）

題下，《大典》卷一四〇五四有注"與鄉人同祭"。

附：今所見劉跂《學易集》乃八卷本，館臣初編爲十二卷本，保留青詞等體。今十二卷系統本待訪查。

# 册　一二四至一二五

## 楊時　卷二六七五至二七〇二

**【校訂】謝君咏史詩序**（頁二五六）

"積學積"，《大典》卷九〇六作"種學績"。

**跋鄒公送子詩**（頁二七一）

文末，大典本"常州府"卷一七有"紹興甲寅十月日，龜山楊時書"十二字。

**沙縣陳諫議祠堂記**（册一二五頁四）

題，《大典》卷三一四三作"了齋先生舊祠堂記"；卷末，《大典》有"建炎四年八月朔記，龍圖閣直學士朝散大夫提舉杭州洞霄宮楊時撰。從事郎新差建寧府府學教授李經書并題額"等字。

**祭某人文**（頁一三八）

文末注"《永樂大典》卷一四五四"。出處卷次誤,實見《大典》卷一四〇五四。

**【輯補】答吴國華別紙**

前書云云。初無勝慮,而長者以爲然。某復何言哉,謹當承教耳。知道之説,考繹前言,竟未能諭。道之不明久矣,是非不問,殆非筆舌所能盡也。吾徒各當勉進所學,以要其成,庶乎異日其必有合矣。何由展奉,一盡所懷。

《大典》卷一〇一一〇引《楊龜山集》。

按:方健《久佚海外永樂大典中的宋代文獻考釋》已指出漏收。

**贈青溪徐陟文**

不安於小成,然後足以成大器;不誘於小利,然後足以立遠功。怡怡然自喜、奕奕然自衒者,竪子之雄,非豪傑之士也。天之所賦於我者,若是其大也。吾充之盡其道,則可以運陰陽而順四時,輔天地而遂萬物。窮可以希孔、孟,達可以侔伊、周。彼或負一才,挾一藝,安之而自足者,自賤者也。吾之所有者,不以禄位而加,不以丘園而損者,養之得其義,可以與日月同其時,河海同其容。施之澤四表,斂之善一身。彼或不知自重,而爲物外之所移奪者,自輕者也。豪傑之士則不然。舉世推其賢而不以爲德,衆人被其惠而不以爲功,予以卿相之位而不以爲榮,布衣蔬水,處乎陋巷而樂之不厭。非薄乎當世之事而好惡異於人也,其所志者遠,故常若不至。内有足樂,故在外者不足以汨之。世之急於求名者,實不足恃也。切於趨利者,義不明而所見者狹故也。夫操不足恃之實,而邀過情之名;秉不理之義,而竊苟且之利,内望於成己,外望於立功,皆難矣乎。予求士於今世,病乎此也久矣。思得古之豪傑而友之,而末之見。然見可語者,則以吾心告之。聞吾言而笑者有之,毁余以爲迂者有之。求其與予合者,亦末之見。予末嘗不歎,以爲豪傑之士難乎其人,而有志者亦少也。今年來京師,始獲睦郡青溪徐彦陛,善爲文章,放詞馳騁。然察其志,殊不以此爲足。每慨然論事,雜以諧笑,若能輕外物者。而喜談古今豪傑士以自況,予每爲之撫掌。嗟乎斯民之困極矣,困極必通,上之人求其人用之而未之遇。吾與彦陛豈虛談哉?不安於小成,不誘於近利,而就乎遠者、大者,吾與彦陛志也。苟怡怡然自喜,奕奕然自衒,則夫人皆是矣。嗚呼,其尚以爲戒哉。

光緒八年刻本《嚴州府志》卷三〇。

按:《欽州學院學報》2018 年第 4 期載鄭斌《全宋文補遺》已輯此文。

# 册 一二九

**陳瓘** 卷二七八二至二七八五

**【校訂】陳之翰墓志**(頁一四四)

《大典》卷三一四五引陳瓘《了齋集》載此文,題《憲之墓志銘》,可補此文脱漏甚多,故重録。

君諱之翰,字憲之,明州鄞縣人也。殿中丞、贈朝散大夫諱翊之子。君少有志操,治經求其大旨,爲文不蹈襲時語。三上禮部,不中第。因不復應舉,歸求其志。其所躬行,繼母曰孝,兄曰悌,弟曰友,朋友信之。大夫君四子:伯曰伯達,叔曰伯修,季曰伯彊。君,仲也。元祐中,予權倅州事,以疾尋醫,寓居湖西,與君接屋而居,因得過從。凡鄉評之所以與,君黜考之皆信。逮今二十年,君與伯、季皆已卒矣。而家習輯睦,雍雍怡怡,不少衰也。陳氏貲業故厚,自大夫君即世,伯不喜事事,以家務委君。君平於處治,不爲纖嗇,貲日益耗。而後生之爲善者,輕彼重此,知所法象。計其所得孰多,必有能辨之者矣。鄉人初貸君黃金,後携以償君。適在汴舟,其人紿曰:"金誤墜水。"君不疑也。後數年,其人内悔,疾且死,遣其子來謝,致所當償。君亦受而不拒,且嘉其能改,徐以所償助其喪葬。君於生事類此者不一。此豈爲富之術哉?崇寧二年,詔舉遺逸。鄞之賢士大夫聞而相語曰:"此可以得憲之矣。"州及部使者,用衆論薦君於朝。天子官之,知君行實而喜。朝廷之得士者,非特鄞之賢士大夫而已也。君氣和言温,與人交久益恭,口不道人之過,以誠扣之,邪正黑白,不少私也。平居飲酒賦詩,隨境皆適,若無營於世者。至於尚論古人,自春秋以來,千餘年事,是非得失,闊略細故,獨取其大者論之。使君得試其所知,大小先後,必有攸叙。其不負天子之詔也。決矣,久鬱而始通,方流而遽涸。非命也歟?予頃自合浦蒙恩得歸,君亦被命而還,過從尤數。君病亟,予往問之,坐與予語,久之。歸未及舍,而君已殁矣。大觀三年六月二十五日也,享年六十。娶姚氏,尚書屯田員外郎甫之女。男二人:曰庚、曰廓。女一人,爲比丘尼。孫男九人。政和元年四月,君弟及之,與庚、廓自鄞遣人來通以書,囑予曰:"將以今年五月壬午,啓夫人姚氏之櫬,與君合葬於鄞之翔鳳鄉隱學山,大夫君之域。願得一言,以刻於石。"予與及之友善,而二人皆孝,於憲之銘,其何可辭。銘曰:

爲善於家,去聞取達。考諸鄉評,聲副其實。詔搜岩穴,幽遠不遺。坎中流矣,而涸於斯。人孰不壽,胡嗇爾年。立而不貳,疇能違天。

**【輯補】復宣教郎謝表**

幽滯畢通,賴豐明之遍照;焦枯蒙潤,由解澤之均霑。拜命忻歡,俯躬惕厲。伏念臣自貽愆咎,曲荷保全。既釋久羈,還與搢紳之列;又增常廩,浸忘溝壑之虞。懦志激昂,全家鼓舞。此蓋伏遇皇帝陛下德齊舜大,政比湯寬。品物咸亨,各遂豚魚之性;照臨無外,盡傾葵藿之心。餘生未泯於江湖,思報豈殊於犬馬。桑榆景短,天地恩深。臣無任。

《大典》卷七三二五引《陳了齋集》。

**與隨緣居士帖**

瓘夏末蒙除宫觀,居南康。居閑得禄戴恩。自幸城中僦舍,隘而不湫,水時得免侵齧。尤所喜便山刹雖隔城,廬阜大江,日在户牖。杜門得此,足以畢餘齡矣。孫倩還毗陵,計須相見,諸可詢知,不復詳布。瓘再拜。

《大典》卷三一四三引《南康志》。

**與王公濟别紙**

某辱書勤恤纍紙,敢不容言。别紙之諭,尤見謙厚。某孤苦待盡,人事廢弛。獨聞賦政愷悌,民之受賜,前此未之有也。托庇方厚,其何以告左右。雖然意所欲言,不敢自外。境内有二賢士吳熙、吳儀。儀居水東,熙在橘溪,兄弟也,好學有守,介而能通,求之士類,不可多得。遺逸之舉,宜在此輩。以其善自韜晦,莫有知者。閣下好賢禮士,倘使其名字自此彰徹,非唯敦獎行義,亦足以上助朝廷求士之意。政之大者,宜無以過此。輒緣下詢,布所欲言,僭易是懼。

**與唐士獻别紙**

不審自到臨川,爲况何似。側承燕邊事外,有以自樂。間得高士,共爲方外之游。一時榮謝，不復挂口。不知去國之遠，遷謫之久也。雖不獲從公之游，然聞此足以爲慰矣。自公去此，州人思慕之情，久而彌深。德政所被，自應如此。彼赫赫自表，而無惻怛愷悌之意者，雖一時可觀，非民所願。得謝守之難繼，古已如是，而況於今乎？公在臨川久矣，士論甚鬱，公實見之。而某亦知公之深者，於是鬱鬱可知。

### 與唐士獻別紙

某爲吏於此，既三年矣。已得密人謝先遠爲代，旦夕登舟，欲寓家京口，獨往京師，當求東南一邑，以便私計。與物俯仰，非所能也。非特不能，亦所不敢。京師舊識，唯公擇、莘老。自公擇既貴，不敢以尺書累之，其他可知。信筆偶及此，恐左右謾欲知之耳。

### 與任世祖司户別紙

秋浦得聞近音，大慰懸情。藏經已閲到甚處，此習初若縶驥，心閑氣定；泊如卧牛，休久力強。粒人益多，非如老牯羸憊，不復可以勝來矣。因書爲到渴想之意，且賀其益迂也。正彦、正同，各蒙垂問。至荷各不廢學，近日始敢放心講求箋傳，漸似長進。

### 與周廉彦初平別紙

所詢文字，初未嘗示人。忽蒙取索，可見舜視之遠，而下情之無壅也。前遣二卒兩僕隨遞去，并以屬倩，而中路梗阻不一。吾集以《尊堯》爲名，非國是之所謂是，宜其然也。復訪南能，或遂謁無量壽，適足以了吾大愚之誓，亦何憾乎？然今方恃乙覽，齋心聽命而已。非見詢，不欲及此。凡閉目坐禪之人，勿以此語告之。恐惱其定力，妨渠覺路，以示天啓不妨。

### 與江民表別紙

大通室中之語，曲蒙誘諭，可謂不請之友、情外之得也。再三思繹，感極感極。晁文元公自云七十七八，始漸勝於昔。大通其時亦六十餘歲。壽爲衆福之先，可驗於此。搖果而厭動者，無再搖之獲；網魚而避濕者，失後網之利。年運而往，時不待人。虺脆之中，風燭難料，聞此祗增驚嘆耳。薩陀波侖，常悲其於世慕何如也。古之識云"無生火常燃，有爲薪不續"，續與不續，既非人力可及。付之一捨，亦復何事。

### 與葉擇甫甥別紙

所云近誦《華嚴經》，此經文字浩繁，官守事多，動於民間利害，亦有餘暇可以及此否？老舅頃在合浦，專閲此書。自竄丹丘以來，九年之間，更不看其他文字。身既永感，又是世間棄物，别無用心處，得以自便也。若爲親從政，何可玩文廢務。《華嚴》云："依教修行。"八十卷中，唯此一語最爲省要。夫善修者，不敢壞也；善行者，不敢息也。不息不壞，非特釋氏之教當然也。圓冠方履，而資教於貝葉之文。是猶鉢食膜拜，而兼誦《爾雅》經子，雖甚精熟，失本家之門户矣。所云"欲掃胸中滯礙，而求此經之旨趣"，試取經中省要之語，默觀而靜思之。則不壞不息之言，不他求也。十九甥緣水利獲譴，老姊不動念否？利之而得害，亦理之常。今後於事，更當詳究耳。

### 與鄧南夫別紙

先功曹以清德自持，使感恩之民，欲以行賂勸貪而不可得也。人所欽重，鬼以福之。獄械自脱，雖常理所無，亦無足甚異也。釋氏之書曰："或囚禁枷鎖，手足被杻械，念彼觀音力，釋然得解脱。"善械無如貪恚，能解者不離念力。杻縛非他作之具，觀音豈心外之人。以誠却賄之初，則其身固已釋然矣。心賄相離之外，豈别有解脱哉？置一取二，大心之學所不信也。先功曹能信其大，深念而力行之，足以勸善而垂後矣。假幻像以蕪其實，無乃大多乎？曹翰之屠江州，非祖宗意。赦命雖下，而江濤隔之，一城之人殆無免者。先功曹赴官之初，止於德安，適在城門將閉之時，訖免茲禍。游泳聖世，逮其孫曾。其爲清德之報，比之脫械，不尤遠乎？然則爲其孫曾者，益當積念力學，使釋然之福，彌增而不替。則報述之大，在此而不在彼也。某捐書止文，致一内典，今已五年。見屬甚勤，不能力疾以從來命，深負愧恐。惟情照幸甚幸甚。

### 與孫莘老別紙

某爲吏漸久，悔吝日積，思有以復其所過，恨無力以勝之耳。昔於道求所可見，語非其全，久而寖明。始得平常心者，默觀幻境，忽焉遂至於忘言也。世以目皮相視，無足以語此。每思妙誨，發於夢寐。新字説近得一觀，深信而詳考之，時有所發。要當因字以求其意，得其意而遺其迹。或者執其形魄而論之，因疑其説之太漫。此亦不知言之過也。所欲有言於左右，如此類者不一，因書謾及一二。

### 答范子夷別紙

承諭《華嚴》義路，稍稍齩嚼。《易》之所謂《噬》，即齩嚼也，不噬則不合，不合則不一，不一則二，二乘之養，非無物也，但以少爲足。智者止觀云：少謂但空也。此語極要。故《頤》中有物，不可消化順者，養也。物者，物格之物。孔子曰："噬嗑，合也。"孟子曰："合而言之，道也。"格物之士，不可以不知此也。所云情識所遮，終不潔淨。此即未合之語。天下何思何慮，天下同歸而殊途，一致而百慮。一致本自浄潔，百慮本自無遮，必欲盡除情識，然後無遮，是求生净土之習也。求則不往，生則不止。有住有止，固不可以爲潔净矣。況有求有生而取净者乎？二俱不受，名之曰净。若情識之外，又有一净，則净有處矣。《華嚴》部帙雖大，而實無一字。《易》之實亦如是也。使閲經考《易》之人，先去情識，則分别邪正者誰耶？故情識者，知别之具入道之門。若聖若凡，同乎日用。所以異者，知不知爾。子夷所知遠契先覺，又俯詢愚昧，積善無厭。正是情識之力，幸有得力之物而欲棄之邪？若棄此物，則是不言不爲，息思絶慮，然後爲得也。或問康節曰："何謂無爲？"康節曰："時然後言，人不厭其言；樂然後笑，人不厭其笑；義然後取，人不厭其取。無爲也，無爲之理，不在情識之外。"斯語得之矣。因垂問，率易及此。斯憂方識，不盡所懷。

### 與蔣穎叔別紙

某竊聞閣下於四方之士，明白是非。苟片善可録，惟恐不聞，聞則薦之，不問識否。至於權門要路，有所拔引，非其人也，雖取怒，不一介意。士亦以此多附門下。古人之用心，不過如此。某是以足迹未接於門墻，而念慮所及，不自疑外，欲有以聞於左右。然相去千里，無以自達。會舒以詩叙見屬。某非能書者也，乃不辭而書之。非徒以托於高友爲幸，蓋將緣是以貢其所言而已。某游官未久，接識佳士，每患其不多。然有高材懿行，善自韜晦，不肯録録，而當路之人鮮或知之者，有延平葉唐稽，博學敏識，名出人上；奔走下邑而賦事不苟者，有邵武李夔，忠信樸厚，行如其言；蹭蹬將老而不求人知者，有河南宋源。此三人者，某以爲各有以過人當薦進之任者，宜汲汲於此。然衆人之門，無足告語。奇寶橫棄路側，其誰有不忍之心。某既以閣下之於士，聞則薦之，不問識否，爲萬萬於衆人，故雖足迹未接於門墻，而念慮所及不自疑外，遂有以布於左右。蓋於閣下之所汲汲者，助而張之，不知其言之妄發也。若非私於所言，而自取欺罔之過，則非不肖之所敢，唯容而恕之。幸甚。

**與羅彥侔修撰別紙**

叙文融會完廩浚井之事,非全目等視,不能爾也。百慮一致,稽諸舜孔,則何門而不入,何善而不融哉。天台智者,初以所證告其師,而南岳印之曰:"非汝不證,非吾不知其語甚詳。"自是以來,說證知者,墮於文識。然則孟氏述廩井之事,豈如尼父之道其常;天台演證知之妙,孰若達磨之默其要。彼既不默,我亦因而融會,未違古聖之意也。智覺引荷澤之言曰:"知之一字,衆妙之門。"又曰:"少林但默知字,非默餘語。"某自捐書以來,今六年矣。專閱内典,探索兹事。自恨情傳之知,不離陰識;世解之門,永隔衆妙。臨濟所謂腹熱心忙者,宜在少壯之時。送權孔戒領載臨濟語,今録去。今行年六十有一矣。初不努力,徒自悲傷爾。承諭宗鏡光中超然獨得之事,雖知其不無而咲其不易悟。智覺云:"今者偶值斯典,可謂坐參。應須曉夜忘疲,精勤披閱,以悟爲限,莫告疲勞。"又嘗以摇果網魚爲喻,以謂前摇未墜,必資後摇;前網有遺,後網乃獲。且如定慧一法,智覺先引天台正觀,每安心門户。次引法華、華嚴,各有定慧之門。文字繁穰,至於數千萬言。然後述其所自證曰:"別有一門,最爲省要。"又其言曰:"先若不前後鋪舒,後何以一門卷攝。馬鳴《起信論》,龍樹《摩訶衍論》,皆以攝門爲初。彼一以攝,我一以貫。故譯梵之書,以釋迦爲能仁。又譯釋迦爲能儒。然則儒外有佛,是未貫也。"乃和融會之旨,出於高識,何由疑叩以豁蒙滯。相望難遥,此念不隔,各宜自勉而已。

**答羅茂衡大夫別紙**

某伏蒙別紙詢誨,深見謙虚之美。甚善甚善。於此事不敢不信。然所信雖一,而所疑亦多。何由相見,互究所云?菩提心本空寂,此語得其要矣。空寂之空,即真空也。真空斷空,名同實異。杜順之言曰:"真空不即斷空,斷空不即真空。所以揀情望而顯真理,即是《楞嚴》第一卷,所明二種根本之意也。"圭峰云:"真空者,理法界也。原其實體,但是本心。"又云:"斷空者,虚豁斷滅,非真實心,無知無用,不能現於萬法。"則然能現萬法者,唯寂照靈知之心耳。本無一物,故可以目之爲空;不同虚空木石之無知也,故可以目之爲心。此心本無真妄,今以妄隔不見,則當揀情顯理。如是則真之爲望,安可不分也。妄情如垢,真理如鑒。垢非本有,鑒非本無。本無本有,皆不可得。而所以爲不可得者,則不同矣。真如一心,猶如鑒體。則所謂本性清净,解脱者是矣。鑒面受熏,日垢日昏,揩磨有力,則本明如舊。所謂離垢清净解脱者,是以二種清净,二種解脱。出於《實性論》。此論大旨,欲使人頓悟。漸修漸修,頓悟歸於圓滿清净,究竟解脱而後已。是垢若未離,鑒不可亡,撥而不念,則鑒必隱矣。垢若既盡,真妄俱離。何者是鑒,何者是垢,此即《首楞嚴》所謂無始菩提元清净體而觀法界者。以此爲真空之門也。所云真妄同源,皆不可得,纔有是非。紛然失心於不可得中,如何揀辨究竟實處。若非留意究竟之地,豈能有求實之意乎?只此求實之意,即是揀辨之心。古人所謂更莫別求者,在此而已。尊宿之言,惟一心是實。除此之外,盡是虚誑。某習於因循,憑虚受誑。白首知錯,身老力羸,徒以覺遲爲恨。今覽究竟求實之語,不勝贊嘆。隨喜之念,《起信論》依一心而二門,一曰真如門,二曰心生滅門。《宗鑒錄》設問曰:"二門之中,從何門而入,速得成就?"答曰:"但從生滅門入,直至道場。"夫真如雖真而理不可取,生滅雖妄而事不捨。取之則愈隔,捨之則不續。吾輩但當盡心於不可捨之處,其不可取者,默而信之可也。《論語》云:"默而識之。"《繫辭》云:"默而成之。"

識者識此而已,成者成此而已。一識一切識,一成一切成。此非一以貫之之道乎?雖云"一以貫之",又當聞一而知二。《起信論》之"一心"、《寶性論》之"清淨解脫",豈有二哉?至於心之二門,性之二種,則亦未始一也。二既不二,一亦不一。若云是一非一,是二非二,纔有斯念,則紛然失此矣。此不可失,爲其真也;彼不可得,爲其妄也。泯得失而融真妄者,豈可以世間言語思慮而到哉。但旦諦觀實體,則體上真妄二義如白黑矣。茂衡恬靜有德而趣求不已,非某所可跂及也。但恨羈囚之身,無由往叩誨益。尫尯已極,未知此生猶得相見否?疑愛未泯,能不悲乎?然《究竟一乘論》云:"如是老病死,不能燒佛性。"凡可燒之物,雖可執吝,其不可燒者,豈苦樂死生之所能間哉?老人相餉之語,無以尚此,自餘復何足道?

《大典》卷一〇一一〇引《陳了齋集》。

按:金程宇《新發現的永樂大典殘卷初探》、方健《久佚海外永樂大典中的宋代文獻考釋》中指出漏收。

### 與孫司諫及第啓

以被褐之賤,而親瞻天子之光;忘負薪之愚,而輒陳當世之務。有得於此,已足爲榮。矧非瑰傑之文,濫處輩流之右,可謂之幸,豈其所宜。竊以道之廢興,常繫乎時;士之進退,必安乎命。故榮通醜窮者,雖非爲己之學;而尊德樂道者,宜有經世之謀。惟設心不介於行藏,則得志可期於事業。抱關擊柝,仕或處以此爲貧;紆朱懷金,勢可資之以行道。當授受之際,處之而不苟;則出處之節,炳焉而可觀。遠乎善教之已哀,惜也流風之寖弊。上之用捨,趣乎滅裂;下之去就,昧於適從。所得蔑然,其來久矣。豈昔人曠絶之難繼,蓋後世教養之無方亦作"不明"。利害相劘,誰復古之廉者;上下同失,非獨士有罪焉。間雖讜論之可收,卒亦空言而無補。既乏賢能之助,固宜功烈之卑。擿埴索塗,嗟力行而曷至;向墻入户,欲深造以何由。天開顯顯之朝,神贊巍巍之主。卓爾獨運,超然遠觀。按迹文武,而鋪張甚盛之基;玩心唐虞,而闡繹無前之業。昭明經術,啓迪士心。縶維皎皎之駒,薪梄芃芃之樸。異人并出,片善不遺。載惟寒陋之資,獲際亨嘉之會。窮櫚菜藿,初甘原憲之貧;陋巷簞瓢,更慕顔回之樂。謂首善方先於上國,故執經來就於東膠。青衿虀年,困齏鹽之不足;白雲千里,陟屺岵以長吟。文章既拙於趨時,進取敢希於得路。偶緣奏籍,狠預試言。歷談上世之人材,博考先王之治效。顧千載寂寥之迹,不可勝求;而一旦倉卒之言,安能具列。日轂轉徙,心旌動搖。深思治亂之所關,大懼事辭之弗稱。況乃權衡在上,不容銖兩之差;夫何樗櫟無堪,濫中輪轅之用。授非所據,處不遑寧。此蓋伏遇某官德盛兼容,仁深樂育,風彩尚淹於八郡,聲猷實竦乎四方。夙知直道以事君,每欲以人而報國。諸生之後,曲膺倒屣之迎;廣坐之間,獨辱解顔而笑。撫懦心而有激,佩諄誨而不忘。獻言略效其胸中,受賜實歸於門下。苟於利禄,固非平昔之本謀;慎乃猷爲,知有公忠之可慕。

《大典》卷一四一三一引《陳了齋集》。

### 跋司馬温公送張太博守岳陽詩後

張公行事無顯顯可見之迹,其罹謗得罪,則賢士大夫爲之不平。"秀沐蘭薰"之語,足以知其爲人矣。所謂闇然而日彰者,其斯人乎?

### 跋司馬温公送李益之侍郎歸廬山詩後

索珠於衣,志月於水。兹喻本出於内典,涑水公取西方聖人之旨,而謂其妙不能出吾書。其誕吾不信,然則誕而誣人者,西方之人將以爲妙乎？此妙彼妙、先覺後覺,豈二致哉。江山舊有,軒冕本無,唯曉然知此而出於世樂者,乃可以語是。讀斯語,想斯人,恨李公之不可復見也。崇寧四年四月十五日,陳某書於合浦城內。

以上見《大典》卷九〇九引《陳了齋集》。

**鄒道鄉先生曾大夫遺訓序跋**

舍人鄒公訓戒其子,自初仕之時,即期以驚蒼生之事。初語若迂,後應如響。至完侍郎,其孫也,又有子。舍人公丁寧之訓戒,其益光矣。政和五年六月,陳瓘謹題。

大典本"常州府"卷一七。

**芻説**

武帝征伐之意,雖汲黯之言,在所不采,而主父偃以疏逖微賤,進言九事,乃以伐匈奴爲諫,引尉它、章邯,明秦之所以亡。嚴安亦曰："靡敝國家,結怨匈奴,非所以子民而安邊也。"夫偃、安之所陳,與上異意,以秦法論之,是謂非上之建立,必誅無赦。武帝乃見而謂曰："公等皆安在,何相見之晚也？"夫言雖不用,而其人見收,則非特足以進天下之材,亦可以來天下之言；一語不當,從而廢之,則非特塞賢材之路,亦將鉗天下之口。武帝之異於始皇,其在斯乎！

晁錯爲國遠慮,身喪家覆,世哀其忠。然其學以申、商刑名爲師,峭直刻深,不純乎道,論人主之所急,以臨制臣下爲先。又曰："人主所以尊顯,功名揚於萬世之後者,以知術數也。"然則聖主之務所以尊顯而垂後者,果在於術數而已乎？唯其質不厚而學非其師,故其論如此其荒唐也。

訪問於善,宜虛心而待之。主先入之言,懷決定之意,掠能問之美,無肯聽之實。如是而問者,君子之所不對也。季孫欲以田賦,使冉有訪於仲尼。仲尼曰："丘不識也。"既而私於冉有曰："子季孫若欲行而法,則周公之典在；若欲苟而行,又何訪焉？"於是乎三發而不對。孔子曰："言及之而不言,謂之隱。"孔子豈固隱哉？爲其有決定之意,而無肯聽之實,則遂事不可以復諫,而空言適足以自咎。語默動靜,豈不度哉？

人主於聽納之際,尤當寬詳盡下,不當使進言之士,懷未畢之語。楚子革與王言如響,析父譏之。及其摩厲以須之,得間而諷焉,能使其饋不食、寢不寐,以思其言,使靈王有自克之仁、改過之勇,則子革之言,豈小補哉！然方其言之如響,而其意有未盡,則謂之調諛可也。呂蒙正對太宗曰："君子小人之盛衰,繫之時運。"讀其言者,爲之驚駭。然至於論小人之害政,戒人主之不察,則言之發端,固有爲也。

君臣議論之際,言脱於口,而四方傳之,以警以勸,所以作天下之術,嘗在於此。堯舜三代,君臣相與之際,語言宣盡,何其坦然而無蔽隱也。蓋君欲舉事興爲,必謀乎下；而臣有嘉謀嘉猷,必告乎上。上有所未達,下有所未諭,亦必反覆論難,無失其和,以趣於正,是而後已。夫豈有不盡之情,未畢之語,而使利口諞言之士,可得而間之也哉。至唐之德宗則不然。謀議之際,所詢乎下者,情有不盡；所告乎上者,語有未畢。疑貳之意作,而刻核之心應,固未嘗以本然之意告其大臣,豈不曰所以密機事而固主權也。然而言脱於口,而盧杞無不知焉。惡君子之盡忠,而顯絶其言；甘小人之調邪,而陰授其柄。然則德宗之術,亦已疏矣。

《皇朝文鑒》卷一〇八。又見《大典》卷二四〇六引《文鑒》。

**先君行述**

公諱偁，字君舉，秘書少監、纍贈吏部尚書，諱世卿之子。受氏徙居，族系本末，具載尚書公之碑。

公三歲而孤，既冠，以少監子五遇大禮，特恩補太廟齋郎。調漳州司法參軍，爲法受賦，民便之。及公且代，詣州乞留公。州爲請，就注龍溪簿。移福之羅源令。始至，因孔子廟爲學，延布衣鄭穆，將致之以教邑子弟。乃以公事趨府，委幣於穆。穆辭。公曰："下邑僻陋，無秀穎之士，非其材盡不美，教則不至。考德而問業焉，莫宜於先生。願留聽而賜臨之，以爲之師。豈唯子弟之賴，今亦與有聞焉。"乃不果辭。穆至，升堂南面，正席講說。公日與諸生列坐俯聽，邑以大化。縣有荒地，得水則可墾。公爲鑿渠疏泉以溉，爲田數百千畝。改大理寺丞，知台州黃巖縣，移虔州安遠縣。二縣去州遠，部使者罕至，令多不能，能亦苟不事事。公在黃巖四月，在安遠一年。及去，民皆涕戀遮行，思之至今。轉太子中舍，移知循州，歷殿中丞、國子博士，通判蔡州，賜緋衣銀魚。覃恩，轉虞部員外郎。公嘗以疾在告，聞將錄謀殺獄，取案視之，疑不入於死。召獄官至臥内，以法意曉之，使謂守曰："是獄也，宜加審焉。"獄官未之曉，守亦不聽，將遂錄之。公病未間，强起視事，以故未得錄。守恚曰："吾白首法寺，於法反不熟耶？通判第移疾，獄有差，無累也，奚所虞而校如是？"公曰："獄繫人命，所宜重，且不嫌累己，是尤不可苟且校也。"持議未決，會法官李逵以職事過境上。公問焉。逵意與公適同，議乃決，得脫死者五人。守由是知公。後公堂除得郡，用其薦，即龍圖閣直學士錢象先也。錢去，公攝州事，硾山報獄囊頭拘械，公閱案已，即稅之。諸從事皆驚，問其故。公徐曰："竊盜拘捕，法不至是。"汝陽富民笞婢死，瘞之。覺，焚其屍。事方廷訊，州獄自以得鞫，皆將邀賄焉。公訊之曰："婢犯，主殺之，無罪。獨殘其屍，爲入於法。"即日，以其罪論之。丁諷來治蔡，諷久於詞館，未更民事，始疑公以能揠己，既而察公爲鉅人長者，悉以州事聽焉。公於所處，盡使其迹常出於諷。公之有助，衆莫得而知。及諷治他郡，聲績不能如蔡也。

轉比部員外郎，知惠州。州有廢湖，方十餘里。春夏積水潦，行者病涉。其地水不可牧，旱不可藝，其廢不知幾何時。而環湖之民，故有魚租，湖廢而租在。公因冬閲民兵，借其餘力，築堤扞江中，設斗門爲水道。潦退，水不得出，盈則洩之江。蒲蓮魚鼈之利，悉以予民。構亭具舟，載肴酒聲伎，率僚屬賓客，時節游燕。中州之士聞公賦政起弊，不鄙夷其俗，隨所施設，與民胥樂，多爲公賦詩者。而州人命其亭、橋，皆曰陳公，以示不忘。民未知麥，公將教之，乃於立春勾芒之祀，前期墾布麥種，立土牛其上。遠農來觀牛，乃麥苗，知可殖。乃競殖焉，州以有麥。緣海之民相驚，有寇自海上來，且至。提點刑獄晁宗恪攝帥廣州，疑懼不知所爲，閉門飭備，發兵旁郡，兩路騷動。野居之民，驚迸流徙。公曰："此必海舶有還至者，寇來不先聲也。"不爲備，班春湖上，民恃以不恐。既而果非寇也。覃恩，轉駕部員外郎，除宿州。宿俗彊梗，喜鬥盜，囹圄充斥以爲常。公至，矯其俗，糾之以嚴。奸猾尤無良者，案法必行，無所貸。訟衰獄空，治聲彰著。而州當水陸之衝，賓客雜遝，臺饋驛給。百須之物，有不愜其意者，騰謗於上都，曰："不治莫如宿：獄繁而不決，盜縱而不捕。"至朝廷遣使詢察，不如所聞，知其爲謗也。執政乃始有知公者。

會開封令避親當對移，移公開封，轉比部郎中。縣境多盜擾居艱，道路捕得皆壯役，下卸窖務卒。公曰："是凍餒使然。"於是籍其無家而寄食者，官爲總括其衣糧，日給食，歲給衣,病給醫藥。又爲連甍土床穴其下,冬則畜炊煙以燠之。爲法以受其長,杜其侵牟。卒之逋死減十九。因上其事,請立法,至今行之。公爲縣,當熙寧之初,詔令斬然一新,法施乎縣,自內始,條目萬緒,壓於司農,事當一二稟承,不得少出其意。公詣執政,請曰:"赤縣名擢材之地,不材瘝官是懼,願得一州自效。"乃除泉州。未幾,卒坐開封事罷去。州人方怙冒德政,始聞,欷歔相語:"太守以陷失青苗錢被罪,能衰錢五千餘萬,輸之縣官,當還我父母。"合辭相唯,無一人以磬匱解,多者至捐百千,少者一二錢,期三日而五千萬之數,積於州門。然後相與詣部使者言之,部使者以聞。

公至闕下,一年事釋。轉駕部郎中,除知舒州。州瀕皖溪,公調薪石,鳩民力,築堤十餘里,以防水患。明年公去,水大至,平堤不爲害。部使者上之,詔獎後守。民則曰:"陳公之惠也。"秩滿,就除泉州。泉民思慕既久,聞公復來,老稚抃叫,争走逆旁郡,至有灼臂於馬前者,曰:"復見公矣。"時賈青爲轉運使。青,貴家子,駃騃殘刻。部之材良,掇拾無免者。聯事者,恥名出其下,以苛察相勝,民大凋困。公之來,非青等意,善潭守陳洌,奏曰:"洌材,請使治泉。漳小郡,得某足矣。"不行,青等不自得於泉事,務爲挫撓,常咄咄毀公。或解之曰:"泉州,愷悌人也。"青嘻笑而嫚言曰:"愷悌愷悌,蓋謂愷悌爲可簿云。"東湖舊溉民田四萬餘頃,歲旱,湖涸田廢。公教民以牛車,汲潮水入湖,復以灌溉。自是環湖之田無旱歲。進士解發,故事有鹿鳴宴,自修例删削其費。公曰:"茲費有爲也,奚可已。"以俸錢爲之會。大禮,進勛上柱國,賜四品服。

泉人賈海外,春去夏返,皆乘風便。熙寧中,始變市舶法,往復必使束詣廣,不者没其貨。至是,命轉運判官王子京拘攔市舶。子京爲盡利之説,以請拘其貨,止其舟以俟報。公以貨不可失時,而舟行當乘風便,方聽其貿易而籍名數以待。子京欲止不可,於是縱迹連蔓,起數獄,移牒譙公沮國法,取民譽,朝廷所疾,且將并案。會公得旨再任,詔辭温渥。子京意沮,而搜捕益急。民駭懼,雖藥物燔棄不敢留。公乃疏其事,請曰:"自泉之海外,率歲一往復。今迁詣廣,必兩駐冬,閲三年而後返。又道有焦石淺沙之險,費重利薄,舟之南日少,而廣之課歲虧。重以拘攔之弊,民益不堪。置市舶於泉,可以息弊止煩。"未報。而子京倚法籍没以鉅萬計。上即位,子京始懼,而遽以所籍者還民。州有獄死者十有八人,疑可宥而請,事下監司覆案。子京得之,喜宣言曰:"是非死獄,朝廷欲生之,使某人往鞫。"獄變劾公。公曰:"活死者,本郡守之意,又欲辨之乎?"獄官避失入重,譖問之不承。公得代,且行。部使者以獄事留公,公不爲留,猶牒所居郡止公。公欲引年乞謝,以是不得請。欲如洪省親,不得行。

初,公既孤,所生母劉氏適洪州潘氏,生承事,即興嗣。公既仕,詣洪迎劉之漳。官滿,興嗣來迎以歸。他日,公又往迎焉,興嗣不可。公母子不能奪也,官必擇東南,赴罷往來,必一至親側。兩姓子孫朝夕承起居,問安否,詵詵如一家。而公與興嗣又皆以賢名於世。及公進於朝,以特恩纍封劉氏爲彭城縣太君。曰最後繫官於泉者五年,淹恤於鄉,又三年,太夫人過九十,足躄不能履。書來,公泣下不能視,謂其子曰:"吾平生游宦四方,時得一寧省。雖隔闊,未嘗三四年久也。今太夫人耄矣,又疾,吾又老,恐不復相見,負悔天地,將乞謝徑往,事適不可,奈何?"明年三月,獄事始報。公以無累,是月請致仕,遂如洪待報。公與太夫人皆皤然白首,相見喜極泣下。太夫人強爲公飲,親舉酒酌公,歡甚。未幾,公得疾。既病,爲太夫人言曰:"千里遠來,不得朝夕侍,以疾貽憂。"太夫人泣,亦泣。既而曰:

"臨老得復相見,雖就木焉瞑矣。"退謂其子曰:"吾死,亟以喪歸,無久於此,重夫人憂也。"

初,公既解泉州,以覃恩進階朝議大夫,至是守本官致仕。授告之夕,以壽終,元祐元年七月丙寅也,享年七十有二。母羅氏,纍封仙源縣太君。前夫人杜氏,追封長興縣君。今夫人杜氏,封永和縣君。男四人:曰瓊,汀州軍事推官;曰珏,蘇州常熟縣主簿,蚤卒;曰瓘,宣義郎;曰珹,假承務郎。女五人:長適朝請郎致仕張知古,次適和州防禦推官知潤州金壇縣事葉唐稷,次適進士楊公輔,次適饒州鄱陽令李深,次未嫁。孫男九人:仝,郊社齋郎;正裕、正冲、正平、正方、正忱、正孺、正弼。孫女六人。將以二年某月某甲子葬於某地。

公天性仁厚,動必以禮,燕居齋如也。與人言,不苟發一辭。於身之得喪利害,雖家人莫得其喜愠。周人之急,不前計有無。樂獎人之善,毋(原作"務")掩人之過。於物洎無所好,唯問學不倦。姊貧,悉挈其甥之官。男,教之學,後爲善士;女,擇所宜歸之。奏薦先其兄之子,後其子。在官不忽細務。自爲曹掾,固已得民。其長民以教化爲先,所至必斥大學舍,新祭器,歲時親率諸生行禮其中。其罪責人,不發詞色。於獄,每求所以生之。其爲防限,寬而不可踰。始至,民或未便,已而安之,去思久而不忘。其去羅源三十年,過其邑,父老載壺漿出境迎拜,問長官無恙。及行,猶皆涕戀。鄉民困於鹽,公爲移書郡,得損計口之數。又患鄉校之廢,誘率里人得米三千斛,構屋爲田,益市書以便學者。公殁,士嘆於學。喪歸,空一邑變衣出迓,無不悲慟。泉羅源父老聞公之殁,亦皆率其子弟,序哭於學。其民皆爲位於佛祠以哭。泉之人尤哀,市者輟肆,行者相吊。惠澤之在民,可概知也已。唯其沉默不爲表襮,渾無觚角可見。又其所試者小,著於行事,終此而已。其命也夫,其不幸也夫。公與人交,一以誠信,無不爲之盡,不於其人之賢否輕重,示高下厚薄之迹。以迹求公,未有知公者也。唯陳襄、鄭穆與公游最舊。襄顯,屢薦公於朝。宰相吳充亦知公,然不克薦。公老於爲郡,無不慊之意。駃童刻吏,乘時侵蔑,衆意不堪。而蒙垢受侮,主於右民,未嘗有幾微見於辭色。知公者謂公爲有待也,然止此而已。其非命也歟,其非不幸也歟?將以傳世行後,唯顯刻是賴。謹叙次行治終始,伏俟采擇。孤子陳瓘泣血述。

《大典》卷三一四一引《陳了齋集》。

### 陳伯瑜墓志銘 并序

伯瑜,南劍州沙縣人,諱珹,伯瑜其字也。二子升、戩,舉進士皆中第。戩升朝遇元圭恩,封承事郎,再封宣義郎。年八十有四,卒於升之官舍。未葬而升卒,戩泣血,令其族弟漸狀伯瑜之仁,遣人來九江請銘。維伯瑜高祖諱文餘,以其子秘書少監,贈駕部員外郎。曾祖諱可法,祖諱太初,考諱暄,皆不仕。我先公朝議與伯瑜之祖,兄弟也,常携伯瑜之官,育誨之如己子。慶曆中,先公爲羅源令,其治以教民化俗爲先。時祭酒鄭公先生年始壯,猶未仕,而名德已重。先公以禮置先生於縣學。閩之父兄,欲立其子弟者,皆樂使受教。吾族之士來就教者亦衆。伯瑜率性肄業,獨不敢懈,先公器愛之。由是益自勉勵,其施於科舉者,若有餘矣。然每試輒不利。中年益奇蹇,於是專以教子爲務,遣升、戩入太學,鬻田以資其行。里俗共笑之。自元祐至紹聖十餘年間,戩、升相繼登第,昔之笑者翻然賀之曰:"不計目前,其效乃爾。"伯瑜答之曰:"以文藝得禄,其誰不然,何足賀耶!"崇寧中,戩任虔幕,黔南部使者以蠻獠擾邊,欲辟戩爲用,戩以親老辭不就。伯瑜聞之,亟詣瀧上,勉諭戩曰:"吾意所安,汝勿辭也。吾爲汝挈婦孫以歸。"戩始從辟,除融州判官。以克敵有勞,轉通直郎,授福州閩縣丞,迎伯瑜之官。時升知建州松溪縣,亦請迎侍,遂自閩如松溪。冬十月朔，晨興正冠修容，坐堂上，子孫以次賀，婦進饋，就視，則已奄然逝矣，政和四年也。伯瑜爲士修謹，未嘗忤一物，有不慊於義，則無苟從者。初戩爲令於明之昌國，邑於海嶼，去州遠，部使者畏海道，未嘗至，令以故多因循。戩在官修潔，邑人知不可浼，於其行，厚集餕餽爲伯瑜壽。伯瑜謦止之，曰："吾兒知之，不汝容矣。"民感泣而去。至今鄞之士大夫喜言其事也。伯瑜晚歲貲稍裕，廩有餘粟，遇貴平價出之，閭里之貧者周焉。鄉俗有疾不訪醫，唯巫祝是詢。伯瑜畜藥物，作湯劑，疫歲多所全活。所居枕大溪，喬木蒼然，蔽映左右。戩築亭臨水，以爲娛親燕客之地。沙陽里居之老，成之奉議與前莆田簿溫之伯瑜之諸父也，時節享墓，禮畢，或與伯瑜集會於亭。是三老之年，皆過八十，而安樂輕健、起居飲食，不減壯時，復相似也。并鄉社高年，白首團聚，幼壯拱侍，歌咏笑語，歡而不譁。來往闐聽，止轡停棹，指點歎息，如在圖畫。此吾里之勝事。老於異鄉，不得往與。今伯瑜亡也，孰知予心之悲也。伯瑜夫人鄧氏，内治嚴整，初寡後裕，用度不易其常。爲生教子，皆有助焉。先伯瑜十年卒，後戩升朝，始贈孺人。子男三人：長升，文林郎；次堯輔，早卒；季，戩也。女二人，適黄約、羅世英，皆士。孫男四人。六年十二月辛酉，葬於崇仁里故發冲之原。銘曰：

學而能訓，老獲簪紳。彼積囷倉，我則潤身。既立厥子，恬爲婦人。其心孔遠，後將益新。

《大典》卷三一四六引《陳了翁集》。

**陳謹常墓志**

延平善士陳之顔字謹常，卒於鬱林，葬於合浦慈恩寺之東。初，崇寧二年二月，予自袁州移竄廉州，是年三月，過潭州興化寺，五月，過合浦，就拘囚於城中。之顔自鄉里遠來，見叔祖之幽辱窮餓，貨米予鬱林，得十斛，寄合浦。其書曰："米至，公可糊口。"之顔病，恐不得歸。又半月，僕挈其骨以還。予方病瘴癘，一慟失聲，因成痺眩，不能再哭。慈恩在城外，不得親臨其穴，葬之日，遥望而默告之，曰："汝萬里遠來，有意也，吾骨今誰委乎？使汝客死瘴鄉，不得歸見老母者，由汝叔祖觸禍至深，理不生還。汝其安穴以待，終當與吾骨并游於海。生死，命也；壽夭，數也；先後，時也。汝其毋憾。"

**陳子真墓志銘**

子真姓陳氏，諱彦默，子真其字也。世家洛陽，中大夫提舉西京嵩山崇福宫絃之子。子真好讀書，善屬文，慕古人奇節，不習詩賦大義，善談經世大略，豪於詩，工作草字，得外家之法。嘗謂："嵇（原作"稽"）康性懶，陸龜蒙號江湖散人，慕二人所爲，自號懶散。"又喜與釋子游。中大公爲淮西使者，比丘修顒適在壽陽，子真訪之，遂入其室。由是喜談出世事，若無意世者。中大公當用郊恩，奏薦先及次子彦修，以遂子真之志。又三年，强子真入仕，授太廟齋郎，調泗州臨淮縣主簿。歲大飢，部使者辟子真管勾賑濟事。凡奏請施爲，有益於民者，多子真之所贊畫也。監泗州太聖塔，又監河南倉。時中大公知陝府，子真官滿歸侍。下陝有召公甘棠、傅説版築、老子度關故事，子真即府廨，擴懷古庵，圖此三像於壁。謝寶文景溫帥真定，辟子真安撫司勾當公事，除官制所編修檢討官，改門下中書省編修，特旨斷例供檢編類官。一年，改承事郎。局在右司諫廳，隸中書後省典領，皆要官。同僚多顯士，子真雖以選升，恬不希進。在職凡六年，覃恩改宣義郎，轉宣德郎。用薦者，除管勾京西買木場，置司於洛陽，得往來京師，以便於奉親爲樂。改通直郎，未幾感疾，卒，崇寧四年十一月十六日也，享年六十。母蘇氏，秘閣校理舜欽之女，贈武功郡太君。繼母楊氏，贈普寧郡太君。娶劉氏。子男三人：孟、季皆未冠卒；立，登仕郎。女五人：長適曾誦，次適滄州節度推官刁綱，次適李頌，次早卒，次適太廟齋郎吳順之。誦、頌，皆士也。孫男一人，相，假承務郎。以大觀三年七月十三日，葬於河南府緱氏縣唐興鄉蔣里黄山之原。子真歌詩雄偉，語多警拔，有文集二十卷，人喜傳誦，所與游多名士。狀子真之行者，李粢德素也。熙寧中，中大公為淮西提刑，先公守龍舒，某與子真俱在龍舒侍下，數得同為潛、皖之游，飲酒賦詩甚適。後二十年，予備位諫垣，子真局在後省，又獲款晤。未幾，予被罪流合浦，繼謫靜海，復竄天台。晚蒙恩宥，得訪廬阜，寓居南康，去圃田千有餘里，而子真之子立遣人來南康求銘。予與子真原善，立能竭力營奉，勤求不懈，義不得辭，為叙而銘之。銘曰：

才氣超邁，文詞華絢。誰之不如，位不通顯。譽望彰著，能弗得施。老於抑塞，命實制之。遺語在編，窒久必亨。永久之賴，有子克成。

以上見《大典》卷三一四七引《陳了齋集》。

### 中奉大夫游公墓志銘

居士諱潛，字升叔，家建州建陽之唐石里，纍世為名族。居士少敏慧，風力過人，遇事無所屈。蚤喪母，竭力事父，鄉人皆推其孝。性樂善，無媚嫉，聞人善慶如在己，終日言不及人過惡。有盜聚劫，過居士之門，相戒以勿譁，且呼於道曰："毋怖。"里俗親没，即分財析居。居（原無"居"）士畢喪且十年，猶不忍與兄弟異食。居士居家嚴整，以身教子弟。二子舉進士，中第。酢試太學録，居士攜酢之官，京居數年。親舊至者皆館焉。俸薄用窘，居士約身從儉，以率其家，唯恐不足為親舊歡也。酢除太學博士，命下，辭，得知西京清河縣。二年，命再下，就職。未幾，復請外官，簽書興德軍節度判官廳公事。初，酢將欲求外補，先請於居士。居士曰："士行其志，出入適宜，無不可者，我何容心乎！"兄之子醇，為廣西機宜，卒。居士聞訃，哭之過哀，日夜以其兄為憂，即分先疇歲入，以助其生。未幾，居士得疾，卒於齊州之官舍，紹聖二年三月己未也，享年六十有六。夫人黃氏，有令德，生二子：酢，今為朝散大夫提點成都府長生觀；醳，出繼為南康軍司理參軍勛之後，自高郵尉解官奔齊州，與其兄扶居士柩以歸，今為奉議郎，提轄淮南路直達綱。孫男八人：攄，文林郎洪州司兵曹事，餘皆幼。女孫三人。以紹聖四年三月辛酉葬於唐石里之松原。前葬居士，長子定夫以承事郎江汝舟所述行狀屬銘於某，以遷竄南北，不暇叙述。今蒙恩自便，憩於九江。蓋自紹聖丁丑，迨今政和丁酉，二十有一年。居士之墓木拱矣，而定夫仕不加顯，所以奉承先訓，磨厲素守，久益著也。光揚德美，其要在是，奚復假於衰懣之言乎？辭不獲已，愧不足以助發揮也。居士自定夫升朝，纍贈至中奉大夫。銘曰：

閭里推孝，盜不忍譁。人與其誠，善積於家。言無枝葉，誨子以身。斥聞取道，唯是之循。於官學省，再求補外。得請於庭，動告無悔。捨彼所爭，我實訓之。取彼所棄，恪守弗違。白首未行，不貳以俟。歿而彌彰，慶在有子。

《大典》卷八八四三引《陳了齋集》。

### 祭四兄主簿文

嗚呼！昔在閭里，兄壯弟幼。幼者有親，康寧而壽。菴山之木，今既拱矣。慟哭而別，三十年矣。雁叙睽闊，罔極未報。遷竄之餘，失壯得老。白首異縣，詎忘首立。亦有喬木，異我松楸。我有城社，七峰參雲。我有閭墓，寂寞之濱。飽繫莫往，蝶夢不已。豈無他人，莫如兄弟。春阡秋社,鼓缶擊壤。老袖醉翻,歡踏可想。把酒相屬,謂當有期。胡不少延,遽成此悲。嗚呼哀哉,死生隔矣。異時或歸,不見兄矣。平生官微,但笑不顰。突或不黔,等視貲貧。富貴於我,或如浮雲。俗自瞽侮,寧移我真。真以一之,繁慮自却。歲計有餘,百疾之藥。雖康且壽,雖考厥終。天屬之情,痛傷何窮。欲往躬奠,勢不可馳。千里遥慟,翼垂心飛。

《大典》卷一四〇五一引陳瓘《了齋集》。

### 祭朱時發親家文

嗚呼！昔會靜海,于今六年。君護喪歸,我以竄遷。迨隔三江,懼無還期。天子仁聖,復令我歸。離台之時,未得君訃。單舸北來,猶冀復晤。白沙之傳,初信且疑。今知果矣,孰如我悲。君老苦學,趣一而專。富而能貧,內無間言。寂默能仁,爲方外師。志者於仁,孰得而疵。仁則於壽,胡不期頤。天所促延,人奚可知。君於世味,澹乎其歸。苦樂壽夭,存歿豈移。淮江阻修,奠不以時。情發於辭,君其鑒之。嗚呼尚饗。

《大典》卷一四〇五三引《播芳大全集》。

按：以上諸文,《古籍整理研究學刊》2012年第3期載李懿《中華本〈永樂大典〉陳瓘詩文輯考》已補《芻說》《先君行述》《陳伯瑜墓志銘并序》《陳謹常墓志》《陳子真墓志銘》《復宣教郎謝表》《中奉大夫游公墓志銘》《祭四兄主簿文》《祭朱時發親家文》《與孫司諫及第啓》《跋司馬溫公送張太博守岳陽詩後》《跋司馬溫公送李益之侍郎歸廬山詩後》等12篇。

### 祭親家文

惟靈之生,婦德著兮。柔淑且慧,妄怨惡兮。賢哉主饋,大克助兮。敬長恤孤,宗姻譽兮。既肥其家,儉而治兮。振振繩繩,繁而庶兮。宜耆而艾,何朝露兮。彼蒼者天,明而覽兮。胡其不仁,奪之遽兮。如晝而夜,抑定數兮。伊令仲子,予女女兮。粤予外孫,而許娶兮。再世婚姻,嗟莫顧兮。追懷感傷,曷云喻兮。載以清酤,郁饌具兮。伊禮之薄,盡其愫兮。嗚呼靈兮,莫予吐兮。

《大典》卷一四〇五三引《播芳大全集》。《播芳》卷一一六。

按：《播芳》未題作者名。《大典》其前一篇署陳了翁,此首前署"又",暫繫於此。

### 鄒忠公墓志

鄒公諱浩,字志完,世爲杭州錢塘人。祖霖,故任尚書都官郎中,徙居常州晉陵,今爲常州晉陵人。父戩,故任廣濟軍錄事參軍,贈朝奉郎。公元豐五年中進士第,調蘇州吳縣主簿,未赴,改除揚州州學教授。移雄州防禦推官。知安州孝感縣事,未赴,改除潁昌府府學教授。元祐七年,除太學博士。明年四月,因御史來之邵言,爲襄州州學教授。紹聖三年,丁朝奉憂。服除,改宣德郎,元符元年也。哲宗召對,除右正言。明年九月,以言事除名勒停,羈管新州。今上即位,復宣德郎,添監袁州酒稅。除右正言,遷左正言、左司諫、起居舍人。明年,除通直郎、試中書舍人,賜三品服,差同修神宗國史。遷吏、兵部侍郎,遂乞外補,除寶文閣待制、武騎尉、文安縣開國男、食邑三百戶、知江寧府。尋改知杭州,未赴,責授衡州別駕,永州安置。明年正月,除名勒停,昭州居住。崇寧四年冬,移漢陽軍居住。五年,復承議郎,遂歸常州。大觀元年,用寶赦轉宣議郎。四年,特復直龍圖閣。公自嶺表還親側,凡六年,瘴癘歲作。今年春,大病,遂不起,政和元年三月九日也,享年五十有二。母張氏,封安康郡太君。夫人沈氏,蓬萊縣君。子男二人：曰柄、曰栩。卜以今年十二月初一日,葬於常州晉陵縣德澤鄉林莊原,近祖考之塋,從公志也。叙復宣德郎陳瓘叙次。

### 張夫人墓志銘

夫人張氏,常州晉陵人。祖鑄,光禄卿。父天經,職方員外郎。母吳氏,旌德縣君。夫人在家爲賢女,以適鄒氏,爲贈朝奉郎諱戩之妻。姑樂安縣君孫氏治家嚴,夫人事之順。朝奉公仕三十餘年,運蹇不得調,而所莅必以誠,無滅裂不適之意,夫人有助焉。子男五人:浩,宣德郎、直龍圖閣;洞,假承務郎;泂、沼、況,皆士也,未仕。元符元年,哲宗擢浩爲右正言。明年,以言事竄新州。今上即位,召還,四遷爲吏部侍郎。崇寧元年,復貶永州。明年,竄昭州。五年,蒙恩復官北歸。初,志完聞除諫省,不敢受,欲終辭。夫人問其故,浩稽首而對曰:"有言責者,義不可默,恐或以是貽夫人之憂。"夫人止之曰:"勿辭也。兒所以報國者,若無愧於公議,則我何憂乎?"及新州命下,弟沼亦坐志完事連逮繫獄。一門震駭,惟夫人克踐前言,懼而弗擾。志完再竄益危,而夫人不易初意,驚送其往,笑迎其歸,非無苦樂之情也,而一視險夷。斯其所以爲鄒公之母歟?志完既自嶺表得歸,繼被直閣之寵,夫人嚮闕忭蹈。志完適夫人之適,鼓舞爲壽,如是六年,而夫人哭志完矣。前一年,洞先卒。夫人年過七十,再哭其子。夫人徐自開釋,常依持佛語,以蕩滌情累。被疾雖久,而氣守不亂。臨終之日,須湯沐更衣而卒,政和四年六月己酉也,享年七十有五。十二月壬寅,葬於晉陵德澤鄉林莊之原朝奉公之兆。張氏始居滁之清流,徙居晉陵。夫人初封仁壽縣君,進封安康郡太君。女一人,適通直郎宋靖。孫男十二人:樞、柄、概、梓、格、栩、構、櫼、桷、椿、楫、橄。孫女四人:長適丙舍張國秀,次適通仕郎孫祺,餘尚幼。曾孫男二人,曾孫女一人。前葬,諸孤遺人來丹丘,求銘於瓘。狀夫人行者,志完所善詹抃成老也。瓘以竄廢老疾,魷骫悴眩,棄筆捐書,省愆待盡,四年於兹矣,其何以發揚夫人之美?勉爲叙次行狀之語,而繫之以銘。銘曰:

七十有五,非曰不幸。子乃逝逝,其天也夫。世事有訖,不訖者壽。勿銘亦昭,鄒公之母。

以上見道光二十九年刻本謝應芳《思賢録》卷三。

### 與誼公書

羅起云:定林瀉作,李太醫處求得金液丹去,如明日未愈,則崇寧齋會可令展日也。瓘再拜。誼公首座。萬病丸方送去。心若如神自虚,不服藥,病自除。白蓮華、如意珠,不勞覓,莫區區。智者觀財色,了了如幻虚。衣食支身命,相勸學如如。時至移庵去,無物可贏餘。

### 栴檀觀音贊

慈門悲體,净妙寂常。觸栴檀者,不覷餘香。聞所聞盡,覺所覺亡。不離此座,普薰十方。

以上見《鳳墅續帖》卷三。

### 净土院記

明州延慶寺,住持比丘世有講席,以天台觀行爲宗。自法智大師知禮行學俱高,聽徒心嚮,繼其後者皆得人,今百有餘年矣。間有苦行精修之士來依道場。元豐中,比丘介然修西方净土之法,坐而不卧,以三年爲期。期滿,謂同行比丘慧觀、仲章、宗悦曰:"我等各據一室,成此勝緣。後之來者加衆,而室不增多。今延慶西隅尚有隙地,若得錢二千餘萬,構屋六十餘間，中建寶閣，立丈六彌陀之身，夾以觀音。勢至，環爲十有六室，室各兩間，外列三聖之像，内爲禪觀之所。殿臨池水，水生蓮華，不離塵染之中，豁開世界之境。念處俱寂，了無異緣，以堅決定之心，以顯安樂之土。所以順佛慈而報恩者，豈獨我四人而已哉。所欲如是，其可成乎？"慧觀等答曰："以無作任運之心，作有爲利益之事。四明多檀信，何患乎不成？"自是日營月積，更七寒暑，凡介然之所欲，無一不如如其志者。初，介然然手二指，誓必成此。元符三年三月，落成之日，設千佛之供，復然三指，以增凈誓。既成所難成，又捨所難捨，而原其用心，無私己之意。於是見者聞者，莫不隨喜；凈習之士，踴躍欣慶。而十有六室，常無虚位。期滿者去，發志者來。依勝境而獲善利者，不知其幾何人也。夫凈土之教，古佛所説，誠心之士，諦受不疑。如來之叙九品，以至誠爲上；智者之造十輪，破疑心之具。縛縛解情亡，識散智現。則彌陀凈境，何假他求？若臨明鏡，自見面像，得者不由於識受，昧者何可以情曉？超識習而不惑、度情塵而獨造者，其惟誠乎？故曰："誠者，成也。"成自成它，推此而已。

乾隆五十三年刻本《鄞縣志》卷二五。

### 林虙　卷二七八六

**【輯補】大觀新建江陰縣學記**

儒學、教，有功於天地之間而尤爲萬世重者，尊君而卑臣。其道本於二帝三王，而集大成於孔子。有天下者，惟崇儒則常治而不亂，故孔子廟食遍天下，用王者禮，自天下至郡（原作"都"）邑守長，北面拜跪，如親弟子，薦享進退，極嚴師之情文，惟恐有所不逮。國初，江陰爲軍，守臣用二千石，城池略等他郡，而泮宮稱是。中間省軍爲（原無"爲"）縣，復隸常州，而廟學如故。士游於學，患墉壓其前，面勢不直，甚不稱所以嚴事吾夫子之儀。又漕渠通江，釃一支環學，雨（原作"兩"）水暴溢，則士病涉，懷欲赴訴，而未能。會今天子興天下學，遣博士□使，而此地繼得賢守、令（原作"今"），士乃請穴墉作門，且設觀臺。内外二橋，而南其路。有司會其費，提舉學事長樂鄭公以養士之餘，給之庀工，三時乃成。自請迄成，閲三年。樂卿錢塘徐公以耆德典是州，實終始其事，親書以榜學門，邑人榮焉。始外路，更有私屋侵其上，通守建安張公行縣，詰所以迂礙之由，歸白徐公。公檄縣曰："某日不徙，治之。"於是學之門橋路皆直，延袤三十餘丈，垣其左右，以達於官道。徐公初下車，則闢州學南爲大通，名之曰進賢坊。其事載於所自爲記矣。至自縣，亦榜其街爲升俊云。前後宰，會稽石景術（原作"衎"）、徐充，丞，吴郡顧植、臨淮于漕，皆以儒者，協濟兹勞。而縣學長余一宣力尤多，一嘗作賦，誇朝廷作人之盛，官有金穀之贏，而學者得從所欲，將刻石記歲月，以文屬虙。虙惟：事輕羽毛，或曠世而莫舉；力迴造化，或俄頃而可濟。豈非機會離合，固自有數，適當其時，不約而契？夫縣學之一門與路，所繫未爲甚重，必待明天子在上，而郡、縣皆賢有司，則其成不難如此。由是以推，聖人之建立，有大於此者，又可知矣。占相者謂："出門無壅，利宦（原作'官'）學者。"此陰陽家之説，虙不可得而知也。一，熙寧名儒之子，觀其所蒞者小，足以知其異日之所自效者，故樂爲之書。大觀四年七月庚子，奉議郎充常州州學教授林虙記。

大典本"常州府"卷一八。

按：《全宋文》册一三七頁三六林虙下誤收《大觀新建學門記》，乃此文節略文。

# 册 一三二

## 李廌 卷二八四九至二八五三

### 【輯補】太史湖記

汝州刺史宅，引牛山水爲池，於石穿牙城之東，竇而入於塹。然其防岸墊缺，土堙水穢，或漫浸民室。自丞相富公領州以來，欲治未遑。他日郡置鑄錢官，派水共用，歸除於池，水溢大，池竇不能容洩，則又有決溢之慮。公私病之。今太守德安王公慨然曰："郡以水名，而汝有海稱。且古語謂汝有三十六浸，是乃澤國。烏有吾池蹞步之外，輒使公私病之，亦政所當及也。"屬歲二月舉春令，命有司慎溝洫陂障，而以待時雨。於是因水所入，至水所出，源流匯委，一時浚治。發故竇爲門栅關鍵，以限内外。廣故塹爲湖，方行五舟。表景三十餘刻乃遍，其深有倍尋者，堤高恒有五尺，長二千步。雜植佳木彌望，命之曰萬家堤。并門駕橋，上可過車，下可通舫，命之曰萬紅橋。引餘波溝堤之南，注之州學。東與橋對，亦有溝，循昭惠廟，濡貫里巷，會南溝於通街之渠，流出東關，過東郭以入於黃陂。蓋前日蓬藿薋莍之怒生，今槐柳交蔭，桃李成蹊矣。前日蛙黽蚊蚋之閗集，今藻荇浮湛，鷗鷺翔戲矣。妙因佛刹，飛觀複閣，映帶其左。而古城喬木，樛枝蒼幹，蔽虧其右。汝陽樓據其北，少室、風穴諸山，又在其北。尊勝臺控其南，崆峒、魯陽諸山，又在其南。陵波之亭，辛夷之洲，浮出於回塘菡萏之間。水光照衣履，山色滿欄楯。史君與客，步自西疇，臨石瀨，擷秋英，登舟於南陔之涘，循東西溪。所經皆竹里花塢，委蛇曲折，行錦闠罨畫上。度門至湖，忽空曠清明，如開奩出鏡。雲行日湛，鳶飛魚躍，皆在鏡中。遂爲一郡勝處。客曰："此湖延袤，幾與并汾柳堤等。而群山浸碧，不減鄠杜渼陂。盍以嘉名之？"或曰："成州之房公湖，漢陽之郎官湖，所以爲名，皆因太守。王史君於書無所不通，於文無所不能。妙齡擢上第，驟登瀛洲，領著作。熙寧以來史官日曆，實與倫次。又嘗以家學典治曆，其成書曰《大觀紀元》。論者謂史家三長，使君能兼之，俱絕人遠甚，可謂善太史之職矣。宜以太史名之。俾而今而後，游覽於斯者，想其風流於無窮，不亦可乎？"衆曰："唯。"

《大典》卷二二七〇引《元一統志》。

按：《大典》原署"李豸方叔記"，李廌，字方叔。"豸"與"廌"通。

## 毛滂 卷二八五四至二八六〇

### 【輯補】瑞石山上梁文

賣劍買牛，身欲退耕於二畮；漱流枕石，無乃曲遺於一丘。追別三徑之就荒，念當一日而必葺。難號結廬人境，不妨采薇山阿。東第相望，彼皆賢勛之稱是；北窗高臥，自覺佳興之在兹。顧不燕處超然，蓋已志願畢矣。嶺雲岫月，情繾綣以相依；露竹烟松，影扶疏而交蔭。擁篲自除幽徑，絕勝掃舍人之門；投幘意先冥鴻，定免回俗士之駕。終焉於此，老更何之。

抛梁東，珠泫籬邊露菊叢。未用長腰雲子飯，露花光滿玉池中。

抛梁西，日薄崦嵫細柳低。伍員廟北潮悲壯，正是先生醉似泥。

抛梁南，嘉魚冰底凍如蠶。踏破崖雲采薇蕨，山頭松雪止髭髯。

拋梁北,蕙帳重開臨翠麓。莫疑更待鶴頭書,老作人間不材木。
拋梁上,冥鴻夜渡銀河浪。木欄花下露如珠,祇逢佳客時分餉。
拋梁下,瑤草成茵行可藉。滿山新種碧桃花,把酒千年看花謝。
伏願上梁以後,夏畦雨足,少休抱甕之勞;春酒罍深,不廢爲客之壽。清月并游於蕙路,白雲卜鄰於松窗。眷我杵臼之交,願分猿鶴之趣。

南圖藏知不足齋抄閣本《東堂集》卷一〇。

**祭土牛文**

神輔而君,嘩(原作"煒",據南圖藏本改)然出震。咄嗟風行,榮意連畛。吏當勸(原作"觀",據南圖藏本改)耕,牛信早晚。庶幾豐年,繫神見飯。

廣東省立中山圖書館藏《東堂集》卷一〇、浙江圖書館藏顧沅藝海樓抄本《東堂集》卷一〇、知不足齋抄閣本卷一〇。

# 册 一三三

## 游經 卷二八六六

**【輯補】和理堂記**

在己有性,在物有理。内觀者,取足於身,有性存焉;外游者,求備於物,有理存焉。七情未發,謂之中性是也;發而中節,謂之和理是也。和之爲言,猶五聲、五味之相濟,莊子之智恬,釋氏之定慧也。即定之時,慧在定,静中之動,以恬養智也;即慧之時,定在慧,動中之静,以智養恬也。然後理性之説炳然矣。經教中有六和合一精明。蓋耳與聲和合,然後有聰;目與色和合,然後生明。彼以聲色和合者,六塵自見自聞,而一精明之性,未嘗見聞,亦未嘗不見聞,和理之出其性,進此道也。夫視之可見,在目理中有也;聽之有聞,在耳理中有也;思之可得,在心理中有也。出視三理,有不可窮者。《易》曰:"窮理盡性。以至於命。"理之外,猶有性有命焉。而人以理之所無,遂以爲誕,陋矣。譬髫之童,已聞混沌之初未有天地,迨夫心目一開,又疑天地未分混沌復何所托也。質之老師宿儒,競莫曉解,於是逃遁其辭曰:"聖人存而不論。"夫豈知不論者,非理所能知也。余既夫理之不可知者,有理礙,而又明夫理之不可偏者,有和理,因建堂曰和理堂,名其軒曰時軒。夫時者,天之所不能違。聖人之在上,曰皇、曰帝、曰王;聖人之在下,曰清、曰任、曰時,無非士大夫所已信也。孟氏子七篇,多言王政大人之事,惟孔子"無可無不可",乃言聖之時。"無可無不可",聖而不可知也。蓋無可,則不作有見;無不可,則不作無見。不作有見,雖善者亦不立;不作無見,雖不善者吾亦善之。作興建立,盡歸妙用,步趨鑽仰者,皆自理而及矣。祖師曰:"十二時中參取。"余嘗贊之曰:"滿郊春色露真機,十二時中個個奇。"以至觀四序之推移,閲萬物之變化,心中倜儻分明,亦無非時。此士大夫所未能信也。余既爲《和理堂記》,又以時軒之意附之,以示莫逆者一笑焉。

《大典》卷七二四一引《陽江縣志》。

按:原未署作者。《廣東通志》卷五三載"陽江縣西園":"在舊州治西周二里。喬木怪石,蕭然出塵,亦名盤玉壑。宋政和間知州游經作和理堂,鑿濠植蓮,有'橋從菡萏花邊過,人在琉璃鏡裏行'之句。"此文中有"余既夫理之不可知者有理礙,而又明夫理之不可偏者有和理,因建堂曰和理堂"句,故此文作者當爲游經。

## 劉羲仲　卷二八七〇

【輯補】孚亨泉銘

孚亨泉在惠濟院東,廬山之絕頂,壁立萬仞,隱然如在天外。江南劉羲仲往游焉。坐磻石,漱清流,裴回終日,超然非人間所有也。作銘曰:"坊之則塞,澄之則清。不失其信,維心之亨。不塞不流,不滿不傾。習坎之險,流而不盈。"

《大典》卷六六九九。

## 徐處仁　卷二八七一

【校訂】再辭免太宰兼門下侍郎表（頁一五七）

此文又作册一五七頁八四汪藻《宰相星變待罪表》其二。徐處仁文輯自《靖康要録》卷一〇,云:"太宰徐處仁等言"云云;汪藻該文篇題下注"代"。則此文乃汪藻代徐處仁作。

## 吳岩夫　卷二八七二

【校訂】慕容彥逢謚文友牒（頁一六六）

文末注"《摛文堂集》附録"。然此附録見於《大典》卷五三九,《全宋文》未能注出。

## 蔣瑎　卷二八七四

【校訂】慕容彥逢墓志銘（頁二〇九）

文末注"《摛文堂集》附録"。然此附録又見《大典》卷五三九,《全宋文》未能注出。題,《大典》作《文友公墓志》,《摛文堂集》附録改名《慕容彥逢墓志銘》,《全宋文》從之。

## 謝逸　卷二八七五至二八七八

【輯補】靈烏記

市有危生者,鬻飱饔以自給。暇則以饔飱之餘置檐端,彎弓而立牖下,伺禽鳥食焉,則射之。一日群烏至,射其一,貫膺矢没其鏃,且仆且跂,且振翼而鳴,盤旋於檐端,將墜焉。群烏擁蔽之。其一以爪束其矢,銜之以喙。矢墮地。群烏皆讙噪,挾而飛置於樹顛。或哺之食,若憐焉;或倚而立,若拊焉;或鳴於旁,若唁焉。至暮與俱往焉。嗚呼!二足而毛者,烏也,然其心則人也。衣冠而飲食者,人也,然其心烏不若也。《孟子》曰:"出入相友,守望相助,疾病相扶持,蓋謂人而言也。"孰謂烏而能之哉,孰謂有知而無義哉?世之所謂朋友居窮約,以情愛相結者,得不聞是烏而動心哉?朋友固然耳。況在閨門之内父子兄弟夫婦之際哉!況在朝廷之上君臣之際哉!

《大典》卷二三四五引謝無逸《溪堂集》。

## 册　一三三至一三四

### 李新　卷二八八一至二八九七

**【校訂】跋蔡君謨茶録**（册一三四頁一〇一）

此文又見册一五四頁二二五李光同題。李新名下跋有"宣和五年仲春既望李某題"之句，然李光亦歷此年，歸屬未能確考。

## 册　一三五

### 蘇庠　卷二九一八

**【輯補】劉無極寫照贊**

舉扇而障西風之塵，赤手而超冀北之駕。憎流俗以自拔，遣細腰而俱化。至其寫胸次之磊瑰，狀筆端之風烟。藏一丘之曲折，倒百斛之流泉。猶將與遺民而同軌，追夢得而差肩。

盧憲纂《嘉定鎮江志》卷一九。

**季若字説**

舉公取漆園《逍遥游》南溟之説，字曰至南。舉人品甚高，而字殊未稱，輒奉字季若。南溟，海也；若，亦海也。至南則出乎海而有至焉者也，若則海而已矣。晉人有言"處則爲遠志，出則爲小草"，草木也而有出處之異，斯二者在夫慎擇之爾。眚翁云。

《鳳墅續帖》卷一六。

## 册　一三五至一三六

### 慕容彦逢　卷二九二二至二九四一

**【校訂】朝請郎試光禄卿韓持可户部侍郎管鈎右曹制**（頁三一六）

題"管鈎"，《大典》卷七三〇三作"管勾"；"敕……具官"四十字，《大典》作"敕：上詞同前具官"，四庫館臣改寫。

**進士李公衍可將仕郎制**（頁三三八）

題下，《大典》卷七三二四有注"因入内侍省官王仲□陳乞"。

**通直郎富兆榮可奉議郎制**（頁三三八）

題"兆榮"，《大典》卷七三二四作"紹榮"；"奉議郎"下《大典》有"荅管燈南外宗室財用"。

**賈德明任承睿可都承旨制**（册一三六頁四二）

此文又見文淵閣本《端明集》卷一一《樞密院賈德明任承睿可承旨制》，册四六頁二一五蔡襄下即收。慕容彦逢文輯自《大典》卷一〇一一六，空格前接文《四方館使榮州刺史樞密副都承旨朱孝孫可正任防禦使依前樞密都承旨制》，署"慕容彦逢摛文堂集"。此制所涉"賈德明"，又見胡宿《霍保安可樞密承旨南班賈德明可樞密承旨帶南班小將軍制》，任承睿又見鄭獬(1022—1072)《樞密承旨左監門衛將軍任承睿可樞密都承旨制》。則慕容彦逢與此制時代顯不相接。故制文爲蔡襄所草，慕容彦逢下應删文存目。

**端明殿學士朝散大夫曾孝寬可差知鄆州制**(頁四八)

《長編》卷三三八載："(元豐六年八月辛卯)端明殿學士知鄆州曾孝寬爲吏部尚書。"則制文撰於元豐六年(1083)八月辛卯前。時慕容彦逢年十七，不當有擬制之舉。此制撰者難以確指，應移入宋神宗下。

**降授奉議郎趙卨可差知徐州制**(頁四八)

《長編》卷三二六載："(元豐五年五月丙申)知淮陽軍、奉議郎趙卨知徐州。"則制文撰於元豐五年(1082)。時慕容彦逢年十六，不當有擬制之舉。此制撰者難以確考，應移入宋神宗下。勞格《讀書雜識》、繆荃孫《藝風堂文集》卷七已辨之，楊洪升《四庫全書總目補正六則》續有考訂。

**楊愿除中書舍人誥**(頁一四七)

《繫年要録》卷一四六載："(紹興十二年九月辛亥)起居郎張廣、起居舍人楊愿并試中書舍人。"則制文撰於紹興十二年(1142)，非慕容彦逢所能及。該文撰者難以確指，當移入宋高宗下。勞格《讀書雜識》已辨之。

# 册　一三七

## 林虙　卷二九四七

**【校訂】大觀新建學門記**(頁三六)

據大典本"常州府"卷一八《大觀新建江陰縣學記》，正爲此文，署作者爲林處。此"林虙"當删。

## 范冲　卷二九四九

**【輯補】與汪聖錫**

每思相知門，如吾聖錫，英英特罕比。僕雖齒長，政當從問道也。因便不惜善誨爲幸……豈有人如聖錫而不大用者？夫亦固自有時矣。

國圖藏清抄本《汪文定公集》附録《宋汪文定公行實》。

## 周行己　卷二九五〇至二九五七

**【校訂】易講義序**(頁一〇五)

此文又作册八〇頁三一〇程頤《易序》，又作册二五〇頁三六一朱熹《易序》。《全宋文》於朱熹名下云重見程頤，暫繫於朱熹。朱傑人等編《朱子全書》册二六《朱子遺集》卷五以爲朱熹弟子熊節編、熊剛大注《性理群書句解》以此序爲朱熹作，自當有據，且以文中太極即無極，無極即太極乃朱熹獨家之解説，定此文乃朱熹作。

**禮記講義序**(頁一〇六)

此文又作册八〇頁三一一程頤《禮序》，又作册二五〇頁三六〇朱熹《禮序》。《全宋文》於朱熹名下云重見程頤，暫繫於朱熹。此序與《易序》同，當爲朱熹作。

## 册　一三七至一三八

### 劉安上　卷二九六五至二九六八

**【校訂】謁十四叔墓**（册一三八頁一六）

文末注"又見《永樂大典》卷一四〇五三"。出處卷次誤，實見《大典》卷一四〇五〇。

## 册　一三八

### 趙鼎臣　卷二九七四至二九八七

**【校訂】代謝兼侍讀表二**（頁一二六）

此文又見文淵閣本《蘇魏公文集》卷三九，册六一頁一一〇錄爲蘇頌《謝兼侍讀表二》。《長編》卷四二三載："（元祐四年三月甲戌）吏部尚書兼侍讀蘇頌等奏：臣等撰進《漢唐故事》得旨分門編修成册進呈。"則元祐四年（1089）三月前已兼侍讀。趙鼎臣（1070—?）不當及此。則此文雖爲某人代蘇頌作，然趙鼎臣下誤收。

**賀獄空表二**（頁一三三）

此文輯自《播芳》卷二上，未署作者名。其上第二首文署"趙承之"。此文歸屬尚有疑問。

**賀河清表**（頁一三六）

此文輯自《播芳》卷二上，未署作者名。其上首文署"趙承之"。此文歸屬尚有疑問。

**倅到任謝宰執啓**（頁一九九）

此文輯自《播芳》卷三二，又見册一三八頁一九四本人《代謝到任啓》。趙鼎臣下重出，當删其一。

**赴任與監稅啓**（頁二〇二）

此文輯自《播芳》卷四四，署"趙承之"。同書卷四八亦收此文，題《回監稅啓》，標"趙德莊"，册二二〇頁一六五趙彥端下據收。此文歸屬未能確考。

**祭馬處厚文**（頁二八七）

**祭路持正文**（頁二八八）

二文末注"《永樂大典》卷一四〇五〇"。出處卷次誤，實見《大典》卷一四〇五四。

**祭李彥思母曾夫人文**（頁二九五）

此文輯自《播芳》卷一〇一，未標作者，其上一首署"趙承之"。此文又見《大典》卷一四〇五〇，亦引自《播芳》，然繫於趙承之下。此文歸屬尚有疑問。

**迎神祈年祝文**（頁三一三）

此文輯自《播芳》卷八四，又見《竹隱畸士集》卷一六，題《定州迎神祝文》，册一三八頁二九五趙鼎臣下據收。趙鼎臣下重收，當删其一。

**【輯補】賀王屋山天尊降表**

盛德感通，真靈降格。金簡玉札，自古莫窺；風馬雲車，乃今親睹。中賀。竊以先朝秘殿，肇祖帝之躬臨；近歲南郊，赫衆星之丕應。蓋已和同而無間，固宜陟降而弗違。非聖孰能,實天克享。恭惟皇帝陛下力行慈寶,深體道樞。事帝極其肅祇,震於神物;保民達乎仁愛,播爲頌聲。方當定鼎之陪都,載緝封巒之盛典。仍即仙山之勝,復瞻飈馭之游。維申錫於休祥,可揆知於天意。臣久參從橐,遠守州符,阻陪來賀之班,第罄無疆之祝。

《大典》卷三五八五引《播芳大全》。又見《播芳》卷四。

按:《大典》引此文署作者爲趙承之,然《播芳》此文下未署作者名,而前一文署"趙承之"。《大典》或因此而署作者名。《大典》此卷尚收《乾元節開啓疏》,未云所據何書,署作者"任子淵"。此文又見《播芳》卷七五,未署作者,而前一首《乾龍節開啓疏》署作者爲"任子淵"。則《大典》此文所據乃《播芳》。且《大典》編者在引用《播芳》時,凡未署名之文,據其前一首署名。但這種方式顯然并不準確。如此篇《乾元節開啓疏》之乾元節,乃宋仁宗之誕辰,顯非南宋人任子淵所能及。此文又見王珪下。故《賀王屋山天尊降表》之作者,未必即是趙鼎臣,暫繫於此。

### 孫羲叟　卷二九八八

【校訂】**瀘州修城記**(頁三二九)

文末注"永樂《瀘州志》卷一"。此書名實爲繆荃孫自《大典》抄出時誤擬。今《大典》卷二二一七尚存,引自《江陽譜》。

## 册　一三八至一三九

### 廖剛　卷二九九〇至三〇〇六

【輯補】**太廟太祖位議**紹興六年正月

天子之廟,四親二祧,與太祖而七。本朝藝祖有天下,然則東向而爲太祖,復何疑焉。然又有可以義起者,如太祖皇帝既有一天下之大功,又實我之祖,則異時常居昭而不祧,詎曰不然。自此行降親盡則祧。至於三年一祫,禮謂合食於太祖之廟,是以太祖爲主也。則東向之尊爲可易哉。然本朝自前祫享,僖、順、翼、宣四祖咸在位,得如周以后稷爲主,與享者皆其子孫,是以姑尊魏晉以來故事,虛東向之位,別大禘之禮,僖祖實□權也。七廟備,太祖居東向,四祖神主遷之別宮,當祫則即而享之。前代每行之,而議論之士皆以爲當。若五年一禘,謂禘其祖之所自出,當禘僖祖爲宜。

浙江大學圖書館藏《中興禮書》卷九七引廖剛(原下有"復"字)、范冲等議。

## 册　一四一

### 呂頤浩　卷三〇四二至三〇五〇

【校訂】**上邊事備禦十策**(頁二三六)

其《收民心》"避兵""大兵""外國""避兵",國圖藏翰林院抄本《忠穆集》作"避寇""大寇""外裔""避賊"。其《料彼己》"入邊",翰林院抄本《忠穆集》作"犯邊"。其《訓疆弩》"入境",翰林院抄本《忠穆集》作"入寇"。其《備水戰》"禦敵",翰林院抄本《忠穆集》作"禦寇"。其《審形勢》"入邊""不趨",翰林院抄本《忠穆集》作"犯邊""不寇"。

**上邊事善後十策**（頁二四七）

"侵陵""強敵"，翰林院抄本《忠穆集》作"侵犯""黠寇"。其《論用兵之策》"侵掠"，翰林院抄本《忠穆集》作"侵犯"。其《論彼此形勢》"肆橫"，翰林院抄本《忠穆集》作"猖獗"。其《論舉兵之時》"外國"，翰林院抄本《忠穆集》作"外裔"。其《論分道進兵之策》"淪陷"，翰林院抄本《忠穆集》作"陷賊"。其《論機會不可失》"入揚"，翰林院抄本《忠穆集》作"犯京"。其《論并謀獨斷事》"敵兵"，翰林院抄本《忠穆集》作"賊兵"。其《貼黃》"構難"，翰林院抄本《忠穆集》作"跳梁"。

**辭免知潭州第三札子**（頁二七〇）

"刑誅"，翰林院抄本《忠穆集》作"誅夷"。

**乞宮觀札子二**（頁二七二）

"入邊"，翰林院抄本《忠穆集》作"犯邊"。

**謝賜御書蘭亭表**（頁二九九）

此文又作册一六七頁三三一綦崇禮《代吕頤浩謝賜御書蘭亭表》。吕頤浩文輯自《蘭亭考》卷二。據題，當爲綦崇禮代作。吕頤浩下删文存目即可。

**論邊防機事狀**（頁三〇一）

"入邊"，翰林院抄本《忠穆集》作"犯邊"。

**再論邊防機事狀**（頁三〇三）

"縱橫又外國""之衆""兵勢"，翰林院抄本《忠穆集》作"猖獗又外裔""之寇""寇賊"。

**論乞定駐蹕之地狀**（頁三〇四）

"直走""逼江"，翰林院抄本《忠穆集》作"直犯""犯江"。

**成敗安危繫於施設奏**（頁三一四）

"京師""敵中"，孔繼涵校跋本《逢辰記》作"京闕""賊中"。

**上時政書**（頁三三七）

"入邊"，翰林院抄本《忠穆集》作"犯邊"；"逼境"，翰林院抄本《忠穆集》作"犯境"，國圖藏孔繼涵校跋本《逢辰記》作"入寇"；"又馬"，孔繼涵校跋本《逢辰記》作"又胡馬"。

**記陳彦升事**（頁三七五）

該文凡四條，輯自《大典》卷三一四一。其中第三條又見中華書局1984年版《竹莊詩話》，言"吕忠穆公《燕魏録》"云云。《直齋書録解題》卷一八著録《吕忠穆集》，云："丞相濟南吕頤浩元直撰。後三卷爲《燕魏録》，雜記古今事，卷末言金人敗盟始末甚詳。"而《全宋文》載《燕魏雜記》（141/368），凡十八條，録自《忠穆集》卷八。其中第十六條見《大典》卷一九七八二，題"宋吕忠穆公集燕魏録上"，知"《燕魏雜記》"應爲"《燕魏録》"之誤。則《記陳彦升事》不應單列，應移入《燕魏録》。

**【輯補】賀廣州連閣學啓**

伏審光奉綸恩，榮分帥閫。涓辰協卜，視事云初。伏以某官器量恢閎，風猷凝遠。高文奥學，早登進士之科；茂實英聲，迥出廷臣之右。起自泉南之要壤，就移廣右之雄藩。虎士連營，咸聽中軍之令；島夷傾耳，爭傳大將之名。豈容坐席之溫，即奉賜環之召。別膺柄用，少慰郡僉。某違德纍年，守官近甸。瞻風雖切，幸聞幕府之開；傾頌彌深，遠贊邦人之慶。永言欣抃，罔罄敷陳。

《大典》卷一〇五四〇引《吕忠（原脱"忠"字）穆公集》。

按：《大典》引此文於《吕穆公集》下，《永樂大典索引》繫此條於吕頤浩《吕忠穆公集》下。該文"連閣學"爲連南夫，紹興五年尚知泉州，紹興六年五月以寶文閣學士知廣州，時吕頤浩爲湖南制置大使。該文當爲吕頤浩作。

**免編類勤王事迹劄子**

備準紹興五年十二月三十日劄子，中書舍人兼史館修撰任申先等劄子：勘會本館修纂《建炎日曆》，合要建炎三年三月諸路勤王事參照，伏望朝廷下當時勤王臣僚吕頤浩等各開排月日次序，編類勤王事迹。立限起發趨史館以憑參照修纂，候指揮。奉聖旨依。各限一月，并纍承史館牒催促編類。三月二十九日奏檢臣於建炎三年二月内任同簽書樞密院事，當月十三日奉聖旨，差充江淮兩浙路制置使總兵往鎮江府，於瓜州下寨節制劉光世、李安、張思正等，與金人隔江相持。後因金人退去，臣在貞州被聖旨，差兼領建康府事。在建康府明受敕書，到臣探問，得苗、傅等作過因依，遂引所部兵一萬三千餘人前來討賊。既到平江府，與張浚、劉光世、韓世忠、張俊等五人相見，共議討賊之策。議既定，遂引兵起發。是時，張浚、劉光世等四人以臣職位偶在諸人之上，遂以臣爲謀首，其平賊之功，皆四人者盡忠宣力之效。臣是時，適苦衰病，實無寸功。既以官序爲首，在今難爲措調下筆。欲望聖慈特降處分，免臣編類勤王事迹。謹録奏聞，伏候敕旨，并申史館照會。

貼黄：臣契勘上件事迹，已有今右僕射張浚及左奉議郎新差幹辦行在諸軍糧料院邵彪、右朝散大夫李承造等《勤王記》，各經進呈，及有右中大夫直寶文閣曾紆紀湖州被受吕頤浩、張浚檄書事，可以考證。如要上件文字，乞降處分，容臣繕寫供進。謹具奏知。

又貼黄：臣契勘元初檄書，係臣爲首，今有當日雕印下檄書一本，已連申史館外，庶知臣是時偶以官序爲首，今日實難編録上件文字。謹具奏知。

國圖藏孔繼涵校跋本《勤王記》。

**承乏臨安帖**

頤浩惶恐再拜：頤浩承乏臨安，復兼留司，每五鼓領詞狀，拂旦入都堂，午間復歸治郡事。自朝至夕，未嘗少閑。加以崦嵫晚景，精力不強。比者再乞宫祠，上荷聖恩，未賜開允。更俟旬日間，再伸前懇。區區之懷，非侍教款述，無由展盡，向風但依劇依向。頤浩惶恐再拜。

國圖藏清抄本《鳳墅殘帖釋文》卷上。

# 册 一四二

## 任申先 卷三〇五五

**【輯補】太廟太祖位議** 紹興六年正月

竊謂廟有太祖而虚其位，於禮無據。太祖、太宗世雖兄弟，功德則祖宗也。自古其有祖宗同世者。今日之議，正在太祖、太宗之世未別也。國家開基之主，名位未副，勵神靈之望，悖天人之理，莫此爲甚。若太祖正東向之位，別大祫之禮，僖祖實統系之所自出，太祖暫詘東向，而以世次叙位，在德爲當。蓋僖祖止可稱始祖，而不可稱太祖故也。又晏敦復議謂，天子之廟，爲斷自太祖，而不可知也。又祫享之禮，合食于太祖之廟，則天子之廟，無尊于太祖也。且受命之太祖，廟爲號太祖，自餘則以昭穆爲序，不可以世數也。今既有受命之太祖，自太宗而下又有三昭三穆祫享之禮，豈有不可正乎。若猶虛東向之位，則是東向無祫享之主，而太祖不爲太祖也。如是，則雖合食，猶不可謂之祫也。竊位正太祖東向之位，以遵祫享之正禮。僖祖而下四祖則參酌漢制，別爲祠所，異其祭享，無亂祫享之制。

浙江大學圖書館藏《中興禮書》卷九七。

### 陳規　　卷三〇六三

**【校訂】靖康朝野僉言後序**（頁二〇四）

《大典》卷八三三九引此文，可校改者甚多。"爲金破"，此作"爲虜破"；"金人乘"，此作"虜人乘"；"爲敵陷"，此作"爲虜陷"；"敵勢方彊"，此作"夷狄方彊"；"過敵人"，此作"過夷狄"；"陷於敵"，此作"陷於虜"；"入敵境"，此作"入虜境"；"不知敵人"，此作"不知虜人"；"退之"，此作"退藏"；"其敵自"，此作"其賊自"；"粘罕"，此作"尼瑪哈"；"殘敵"，此作"殘虜"；"設使敵"，此作"設使賊"；"敵欲入"，此作"賊欲入"；"地敵人"，此作"地賊人"；"於敵者"，此作"於賊者"；"外敵至"，此作"外賊至"；"敵去城"，此作"賊去城"；"敵先采"，此作"賊先采"；"其首領"，此作"賊首領"；"資敵用"，此作"資賊用"；"敵人攻械"，此作"賊人攻械"；"用縱敵"，此作"用縱賊"；"敵以雲"，此作"賊以雲"；"敵用雲"，此作"賊用雲"；"使敵倚"，此作"使賊倚"；"堵住敵"，此作"堵住賊"；"了敵人"，此作"了賊人"；"與敵燒"，此作"與賊燒"；"敵必不"，此作"賊必不"；"敵急登"，此作"賊急登"；"使敵乘"，此作"使賊乘"；"必罷"，此作"賊必罷"；"害敵之"，此作"害賊之"；"敵人初"，此作"賊人初"；"若由門"，此作"賊若由門"；"敵死城"，此作"賊死城"；"敵兵雖"，此作"賊兵雖"；"當時敵"，此作"當時賊"；"爲敵開"，此作"爲賊開"；"敵人空"，此作"賊人空"；"其在外"，此作"賊在外"；"敵兵可欺"，此作"賊兵可欺"；"引敵入"，此作"引賊入"；"敵必死"，此作"賊必死"；"樓而敵"，此作"樓而虜"；"城高數丈"四字上有"城外有壕，而虜人用洞子填壘"十二字，《全宋文》脫；"丈而敵"，此作"丈而虜"；"奈何敵"，此作"奈何虜"；"暫時隔敵"，此作"暫隔賊"；"敵人矢石"，此作"賊矢石"；"敵人落陷"，此作"賊落陷"；"下臨敵人"，此作"下臨賊人"；"備敵填"，此作"備賊填"；"敵與羊馬"，此作"賊與羊馬"；"敵當一"，此作"賊當一"；"敵人雖破"，此作"賊人雖破"；"敵人以何"，此作"賊人以何"；"敵人善攻"，此作"虜人善攻"；"丙午金"，此作"丙午虜"；"餘而金"，此作"餘而虜"；"未知金"，此作"未知虜"；"止據金"，此作"止據虜"。

## 册　一四二至一四三

### 葛勝仲　　卷三〇六四至三〇八一

**【校訂】回王狀元啓**（頁二九九）

此文又作册一九七頁三七一王之望《賀狀元及第啓》其一。此文又見《大典》一四一三一；又見《播芳》卷四一，題"王瞻叔"。歸屬未能確考。

**回第一人董狀元啓**（頁二九九）

此文又作册一九七頁三七一王之望《賀狀元及第啓》其二。此文又見《大典》一四一三一；又見《播芳》卷四一，未題作者。歸屬未能確考。

**鄧州謝范左丞啓**(頁三一九)

此文又作册一五七頁一九六汪藻《帥到任謝左丞啓》。《播芳》卷四六載此文,未題作者,前接《帥到任謝大漕啓》,亦未題作者,前接《帥到任謝執政啓》,署"汪彦章"。今《播芳》三篇,均錄於汪藻名下。第二、三篇存疑問。汪藻下或誤收。

**賀平江知府胡舍人**(頁三二五)

此文又作册二二五頁三七一黄遹《賀熊守啓》。《播芳》卷三八載此文,署"黄景聲"。歸屬未能確考。

**湖州到任謝兩府啓**(頁三三一)

此文又作册一三四頁六一李新《代人湖州到任謝兩府啓》。葛勝仲宣和四年(1122)知湖州,李新無此經歷。則此文爲李新代葛勝仲作。

**書簡帖一○**(頁三四二)

此帖輯自《寶真齋法書贊》卷二一,有云:"書簡帖十三幅真迹一卷"。然《全宋文》僅十一篇,與此不符。細檢原書,此則自"葛仲蒙餉"句以下原獨立,爲第十一則。

**書簡帖一一**(頁三四二)

此帖輯自《寶真齋法書贊》卷二一。此則自"貴眷一一"句下原獨立,爲第十三則。

**外戚論**(册一四三頁三一)

此文又見《十先生奥論注後集》卷二《西漢下》,題"胡寅"。葛勝仲下當誤收。

**祭劉頒政文**(頁一○六)

"昔長"二字上《大典》卷一四○五五有"嗚呼"二字,"生芻"二字下《大典》有"尚享"二字。

**祭王修撰文**(頁一○七)

《全宋文》補"汝"字,《大典》卷一四○四六正同。"三季"字上《大典》有"嗚呼"二字,"親黨"二字下《大典》有"尚享"二字。

**祭外舅張朝散文**(頁一○八)

"元豐"二字上《大典》卷一四○五三有"嗚呼"二字,"嘉旨"二字下《大典》有"尚饗"二字。

**祭亡兄司成文**(頁一一○)

"我辜"二字上《大典》卷一四○五一有"嗚呼"二字,"一尊"二字下《大典》有"烏乎哀哉!尚享"四字。

**樂語二·勾小兒隊一**(頁一二九)

"擊築",《大典》卷一五一四○作"擊筑"。

**賀金溪新居上梁文**(頁一三七)

題"金溪",國圖藏乾隆四十一年孔繼涵抄本《丹陽集》作"寶溪"。

# 册 一四三

## 張昌　卷三○八三

【輯補】**城隍廟記**宣和四年

高城深池，所以設險阻而辨封守，官府有攸處，兵甲器械、倉廩帑藏於此乎保固。而軍旅之出也必有告，水旱之不時也必有禱。城隍常職，蓋在於是。是能禦災捍患，有功於民者，秩文廟像，與社稷先生，皆得遍祀於天下，不爲過矣。江州，古之盆口城，漢潁陰侯所築也。背臨大川，襟帶江淮，面直廬阜，秀出南斗，斷厓踞地而佳木茂，修堤堰虹而平湖遠云云。東南漕運，與夫蠻琛夷珍入貢於京師者，取道無虛日。是誠吳楚之要津，山川之□處也。廟食茲土，而庇覵斯民，其威靈氣焰，宜如何哉。先是，廟在府治東北隅，湫隘不蔽風雨，而城闉管鑰之嚴，邦人祈請不得朝暮至。乃者浙寇跳梁，驚連旁郡，邦人禱祠曰："儻城障復完，則當徙而新之。"既而一方安堵，群心祗嚮，即相其址，得爽塏焉。據高岡，俯闤闠。鳩工度材，弗俟勸率。郡聞之，順其欲而徙焉。殿宇門廡，翬翼有序，威儀貌像，黼藻一新。落成，太守鄧公紹密躬致薦羞，以慰（原作"尉"）幽明悦懌之意。昌聞之《傳》曰："神者，聰明正直而壹者也，依人而行。"衆之所欲，神之所與也。是廟既得其所依，邦人又賴之以安，宜乎神人胥保，協慶邦家，百世無斁。

《大典》卷六七〇〇引《江州志》。

按：《大典》卷六六九七引《江州志》載："《城隍廟記》，宣和四年，張昌記。"

## 册 一四三至一四四

### 許景衡　卷三〇八五至三〇九九

**【校訂】權南豐巡檢高騰因本寨兵級聶成等作亂剿殺净盡轉一官制**（頁二四〇）

此文又見文淵閣本《苕溪集》卷三四《權南豐巡檢高騰因本寨兵卒聶成等作亂剿殺净盡轉一官制》，册一五一頁三四五劉一止下即收。許景衡下當誤收。

**張燾宣教郎制**（頁二四七）

《全宋文》校記"敵兵：翰林院本、永嘉本作'狂寇'"，《大典》卷七三二五正作"狂寇"。可知翰林院本、永嘉本保留較多《大典》原貌。

**李忠等補承信郎制**（頁二四八）

"人入邊"，《大典》卷七三二七作"寇犯順"。

**論罷李景雲等除寺監丞簿劄子**（頁二九七）

題"劄子"，《大典》卷一四六〇八作"制"；文末，《大典》有"奉御筆：李景雲、孫恕、江大一并罷，別與差遣"。

**乞劉伋經理一路劄子**（頁三一八）

此文輯自《歷代名臣奏議》卷一六二。册一四三頁二九九載同人《乞選差鄧州守臣劄子》。二文僅略有異文，主體部分相同，當爲同事所奏。故不應單列，此篇附見即可。

**論賑濟差官疏**（頁三二二）

題，《大典》卷一〇一一一作"論非御筆詔書不得用黄紙劄子"；文末，《大典》有"謹具奏以聞。取進止"。

**劉起居墓誌銘**（册一四四頁一一二）

此文《劉左史集》卷四附，多有不同。今據文淵閣本重録。

有宋承議郎權發遣宣州軍州管勾學事兼管内勸農桑事借紫金魚袋劉公卒於州之正

寢,其弟安上、安禮護其柩歸。卜以卒之二年二月壬子,葬於所居永嘉縣仙桂鄉之外彎山。郡人戴迅狀其州里世次、道學歷官行事之實,而安上問銘於橫塘許景衡。景衡曰:"墓有銘,非古也。旂常彝鼎,著人功善,以示不忘,今不復用。則賢人君子可傳於後世者,殆將泯然矣。無已則銘乎?"

恭惟劉氏,系出彭城。其家於溫也久矣。大父諱瑩,積善有陰施,識者知其後必昌大。父諱殹,以公恩封宣義郎。公諱安節,字元承。資稟不凡,方兒時已有遠度,比長嗜學,有所未達,思之夜以繼日,必至於得而後已。少與從父弟,今徽猷待制安上相友愛,皆以文行爲士友所推稱。

既冠,聯薦於鄉,同游太學,秀出諸生間,號"二劉"。一時賢士大夫皆慕與之友,而宗工名儒見其文,聞其爲人,皆嘆服。元符三年,擢進士,調越州諸暨縣主簿。國子祭酒率其屬表留公太學,不報。除萊州州學教授,未行,改河東提舉學事司管勾文字。久之,同時學校者皆進顯於朝廷,獨公奔走小官,未嘗爲進取謀。議者惜之。改宣德郎。受代來歸,當天子厲精庶政之日,孜孜賢俊,求之如不及。宰相以公名聞。有旨召對便殿,公言:"春宮宜慎擇官屬,雖左右趨走者,必惟其人。"又論節儉及君子小人和同之異。上稱善,顧問甚悉。即日,擢爲監察御史。數決大獄,所平反甚衆。居數月,攝殿中侍御史。士論翕然,稱得人。公之爲察官也,謁告省親於鄉,亦既陛辭矣,而殿中命下,故不供職而歸。俄除起居郎。有旨趣赴闕。公迎宣義而西居。無何,宣義思歸,公欲乞外補。宣義固止之,以爲朝廷厚恩,宜修職報效,且吾志安於閭里,事親者務孝其志可也。公遂不敢言。

明年,除太常少卿。而言者斥公在言責時無所建明且久不寧親,責守饒州。州洊饑。公至,大發廩振之,又檄旁郡無遏糴。軍儲不足,他日皆取諸民。公曰:"歲饑如此,重困之可乎?他用宜有相通者,正應調適其緩急耳。"市人數爲在官者擾,至晝日閉關,或逃散郊外。公躬率以廉,僚屬化之。久闕守,獄訟積留,紀綱隳壞,吏媮而民病。公爲究其本末,先後疏剔滯礙,俾就條理。未幾,饑者以充,乏者以濟,逃者以復,凡爲弊害者,悉除去。於是與之更治賦出,裁制舉貢,奉所須。俾屬縣先期戒民,無倉卒之擾。民既和樂,愛戴之如父母。雨暘有禱輒應,人以爲精誠所格也。冬祀,貢縑有期會,而民未能盡輸。公語其屬曰:"民困甚,雖嚴督之亦未必辦。吾其以罪去乎?"豪民數十人聞之,曰:"可使我公得罪耶?"相與代輸之。其得人心如此。治聲流聞京師,移知宣州。去饒之日,民遮留之,泣涕不忍別。耆壽以爲州自范文正後,惟吾劉公而已。至宣十日,水大至。公分(原作"公")遣其屬,具舟拯溺而躬督之,晝夜不少休,所活蓋數千人。而流民至者以萬數,公闢佛廟以處之,發廩以活之,一無失所者。其將發廩也,吏以爲法令不可,而部使者亦持其議。公皆不聽。其後御史疏江浙不賑濟以聞,詔書切責,獨宣不與焉。政和六年春,大疫。公命醫分治甚力,其得不死者不可計。夏五月己亥,公得疾,精爽不昧,與家人語如平時。至乙巳,卒,享年四十九。吏哭於庭,民哭於巷,雖童稚亦知感慕,而士大夫無遠近識否,皆爲之嘆息。

娶何氏,同郡人愿之女。封榮德縣君。公貳太常,改封宜人。公之娶也,初行親迎之禮,鄉人慕而繼之。旁郡聞之,駭且笑。比朝廷頒五禮於天下,於是人皆思公之倡始云。宜人仁孝可稱,人以爲宜相君子者。先公得疾,且瘳,會公病卒,哭之不成聲,後二日亦卒。生子男曰暨孫,有異質,九歲而夭。一女尚幼,以安上之子誠爲後。部使者表其治績及勤民致死狀,天子惻然,惜其才未及盡用,特命誠將仕郎。

公清明坦夷,雅近於道。嘗從當世先生長者問學,始以致知格物發其材,久之,存心養性,於是有得。其氣貌温然,望之知其有容,遇人無貴賤小大,一以誠。雖忤己者,略不見其怒色恚辭也。其在河東,同僚有交惡者,一日邂逅公座,聞其緒餘,不覺自失,相與如初。其靜默弗校,宜若易與者,至於有所立,則挺然不可回奪也。聞人善如己出,或歸以過未嘗辯。遇事不擇劇易,人所厭苦者,行之裕然,無迫遽勤瘁之色。敏於從事,區處黑白,惟義之適,不以禍福利害爲避就。鄒公浩以右正言得罪,公與其所厚者數輩追路勞勉之時,朝廷震怒痛治送行者,追逮甚急,人皆惴恐,公獨泰然如平時。既而哲宗察其無他,有詔釋之,而公亦自如也。事親能承順其意,教養諸弟涵容周旋,有古人所難者。族居踰百口,上下愛信,雖臧獲無間言也。常曰:"堯舜之道,不過孝弟,天下之理,有一無二,乃若異端,則有間矣。"其與人游,常引其所長而陰覆其所不及。諸暨令不事事,州將欲易置他邑。公既左右之,振其綱條,又稱其長者,將遂善遇之。宣州賑濟,公疏以爲非敢專也,蓋有所受之,於是朝廷錄部使之功而進拔焉。蓋其志非敢私其身,而在於爲人。其所施置,常在於公天下以爲心,不如是,則非所以合內外、通彼我也。其於窮理盡性之學,方進未艾,使天假之年,有爲於世,則吾未知與古名臣爲何如耳。觀其爲二州,專以仁義教化,平易近民。民有訟,委曲訓戒之,俾無再犯。間有鬥者,將訴於官,則曰:"何面目復見府公。"輒中輟。以是廷無可治之事,而或踰旬不施鞭朴。其爲政,效見於此。公之講學,常攝其要,使人廓然知聖賢塗轍,可望而進。而景衡也,實與切磋之益。今銘其墓、著其行事,乃止於此而已。蓋公之潛德隱行,雖至親厚善亦不能盡知之也。然因其所常言而逆其所不言,以其所已爲而究其所欲爲,庶幾後之君子有考焉,是不爲略也。銘曰:

自明而誠,大人學兮。聖門授受,其來邈兮。孰溢其源,末流涸兮。紛紛百家,益偏駁兮。後學專門,祇穿鑿兮。上下千載,嗟殘剝兮。温温劉公,其美璞兮。斯文有傳,與敦琢兮。始乎致知,物斯格兮。沉涵充擴,卒自得兮。眾人巧智,獨敦樸兮。眾人迫隘,獨恢廓兮。眾人利欲,獨淡泊兮。洞然無礙,油然樂兮。造膝有陳,其利博兮。御史左史,帝親擢兮。出守二州,愈民瘼兮。浩浩江河,裁一勺兮。天命在人,孰厚薄兮。氣之所鍾,有美惡兮。會元孕粹,良不數兮。幸而得之,嘆冥漠兮。茫茫九原,能復作兮。我銘其藏,尚後覺兮。

### 【輯補】平陽林儀甫居士韶墓志銘

昔居鄉,聞居士林氏者,正直而有知識。所居橫陽瀕岩離邑數百里,鄉人有爭,不能訴諸官,往往質居士直之。及調官京師,有名杞者,肄業太學,喜從余游,問之,乃居士家也,於是又知其有子賢。杞擢進士第,起家縣佐,有能聲。考滿升秩,待次開封而居士訃至。余往吊之,杞號哭咽絕,久之乃蘇。既而出其家人書,言居士初得疾里第,自知不起,作七字詩以見意,後數日復作小詩。族人以爲病革,皆涕泣其旁,居士曰:"未也,翌日午時與汝曹訣。"至期果然。余讀其詩,皆契理,超然無滯閡,於是又知居士於死生之際能如此也。余送杞歸,越歲,杞貽余書云:"罪逆幸不死,以及喪事,述先人行實,宜有銘,敢以□公。"余得其終始良審,故許之。居士諱韶,字儀甫,世家温之平陽。曾大父賜,大父嵩,父鄧,皆以力農豪於鄉。至居士始喜儒,辟館四方之士,使諸子若族人皆從學,冀以立門戶,而夫人徐氏實內助之。夫人死十九年,而居士卒政和二年三月辛□□,享年七十一歲,以五年八月庚申葬於所居之東山。男子二:長曰桓,習進士業,有顯行;次則杞也,今爲文林郎,新□江南東路轉運司管勾帳司。女子嫁蘇景純、徐之南、王果。孫曰智周。智周女嫁王顯夫三□□□。居士謹儀度,與世無所争。好義樂善,喜周急,尤厚於死喪之家。里有盜其地以葬者,或請訟之。居士曰:"吾與其父有舊,使得吉地藏焉,吾之願也。"其族窶俗衆一切以恩拊之。居士構屋,其地適有地旁屋者,請易之,不聽;其後反請地於居士,居士忻然與之,無難色。夫死生之故亦大矣,而居士不以爲累,則厚宗族、樂施予,固宜優爲之。或狀其平生,猶以爲難能焉,故余亦掇而存之。銘曰:

生也不淑,死則已矣。惟善在躬,是爲不死。嗚呼居士,實有子乎。

溫州市圖書館藏孫衣言編《永嘉集·内編》。

按:此文陳光熙《許景衡的文集及佚作》等已補。

## 册　一四四

### 蘇過　卷三〇〇至三一〇四

【校訂】紹熙改元賀表(頁一三七)

《全宋文》注"紹熙爲光宗年號,其時蘇過早卒。疑'紹熙'二字誤,或此文爲僞作,姑存待考"。文中有"重明麗正,方光揖遜之權;改定吉元,并法興淳之懿"句,其中"揖遜"指禪讓事,"興淳"指宋高宗之紹興、宋孝宗之淳熙,則文題"紹熙"不誤。此文乃誤收。舒大剛等《斜川集校注》頁八二〇已言之。

**代人謝啓七**(頁一四四)

此文又見宋紹熙重修本《淮海集》卷二九《代謝中書舍人啓》,册一一九頁三三〇秦觀下即收。蘇過下誤收。

**代人賀啓三**(頁一四八)

**代人賀啓四**(頁一四九)

二啓見《大典》卷一〇五四〇,《全宋文》未注此出處。

**書二李傳後**(頁一六九)

此文又見明萬曆刻本《蘇文忠公全集》卷六五《李靖李勣爲唐腹心之病》,册九〇頁三六三蘇軾下即收。蘇過下當誤收。

## 册　一四四至一四五

### 許翰　卷三一〇五至三一一六

【校訂】綽爾授承信郎制(頁二一五)

題"綽爾",《大典》卷七三二七作"屈兒"。劉雲軍點校本《許翰集》頁五已校。

**乞誅朱勔父子疏**(頁三一〇)

此文輯自《靖康要録》。文又見《歷代名臣奏議》卷一八二,有"光又論朱勔等札子"云云,册一五四頁一四四錄爲李光《論朱勔等札子》。歸屬未能確考。

【輯補】還書已領帖

翰承還書已領。此書初錄不無謬誤，此中有士人已爲刻版。須成當馳寄也。喻索《玄》《易》，以副本未暇校讎，未可以法。或有書史，它時可遣就錄。蓋《玄》《易》各十餘萬言，恐亦未易乎！錄示《橫渠易》，於象數時時獨至，其於辭義亦猶法家也。此道翳伏久矣，吾子若遂究心，它日當自知之，誠未易言言。訓故二書，亦粗領略大旨，吾子其更深考，不與心會勿止也。頃得《京房易傳》，未暇詳讀，而遭離兵火，已再亡之。恐有本，它時幸暫暇傳錄。曆數大法，在中不可無耳。相望示喜，款叙口卜，眷念不忘，幸時通問。翰再上。

《鳳墅續帖》卷四。

按：河北大學出版社2014年版劉雲軍點校本《許翰集》頁一九三已補（所補《畫韓蘇像》乃同人《朝奉大夫充右文殿修撰孫公墓誌銘》中片段，當刪。另補詩一首）。

# 冊 一四五

## 孟皇后　卷三一二〇

【校訂】疾速請睿聖皇帝還位詔（頁九二）

撤簾詔一（頁九三）

撤簾詔二（頁九三）

三文分見冊一七三頁一九九張守《宰執大臣奏乞睿聖還尊位皇太后批答》《皇太后撤簾詔》、冊一七三頁二〇〇張守《皇太后撤簾聖旨》，均輯自《三朝北盟會編》卷一二八，未言輯佚依據。據《繫年要錄》卷二一載："（建炎三年三月）時學士李邴與中書舍人張守并直禁林，然大詔令多邴所草也。"同卷又載："（建炎三年三月）丙午，尚書禮部侍郎御營使司參贊軍事張浚、同知樞密院事翰林學士李邴、御史中丞鄭毅并爲端明殿學士、同簽書樞密院事。"則知本月詔令出張守與李邴二人手，然自丙午即二十四日，李邴已同簽書樞密院事，不當再行草制。故鑒於此，三文當歸於張守下。

## 王賞　卷三一二七至三一二八

【校訂】冬祀大禮宿齋事奏（頁二〇七）

所錄凡兩段，均見《中興禮書》卷二一引《大典》卷五四七七紹興十三年三月八日，略有異文，且第二段所奏在前，故重錄。

檢會在京青城宮殿，大內門曰泰禋，東偏門曰承和，西偏門曰迎禧，正東門曰祥曦，正西門曰景耀，後門曰拱極，大殿門曰端誠，大殿曰端誠，便殿曰熙成。所有將來郊祀大禮，如車駕前一日赴青城宿齋，欲乞令儀鸞司同臨安府預先於已踏逐地步內體仿前項青城制度，隨宜絞縛。所有行事執事陪祀官宿齋幕次，亦乞令臨安府同儀鸞司預先踏逐側近寺院貼占釘設排辦。

勘會國朝禮例，每遇冬祀大禮，依儀皇帝宿齋三日，內一日於大慶殿，一日於太廟，一日於青城。所以將來郊祀大禮宿齋，未審依前項禮儀，唯復依紹興十年明堂大禮禮例，并於前殿宿齋。

【輯補】乞令修蓋望殿奏　紹興十三年三月八日

勘會將來郊祀大禮，依禮例合修蓋望祭殿。契勘在京圜壇望祭殿係五間，周圍重廊等。今欲乞從太常寺具合用閒例畫圖，報臨安府預先修蓋施行。
《大典》卷五四七七。

**太廟神門立㦸奏** 紹興十三年九月六日

廟社之制，太廟四神門，每門立㦸二十四。今來太廟南神門并東神門未曾立㦸。乞從工部指揮文思院隨宜製造，候了日，令太史局擇日安立。
《中興禮書》卷九六。

# 册 一四六

## 徐俯 卷三一四三

**【輯補】書韋蘇州詩**

韋蘇州詩，人多言其古淡，乃是不知言。自李、杜以後，古人詩法盡廢，惟蘇州有六朝風致，最爲流麗。
《大典》卷九〇六。

**大監蘆川老隱幽岩尊祖事實跋**

張侯仲宗近作，殊有老成之風，無復少年書生氣。適閩、越數千里，及見大父時客，非獨手澤存焉。掃劉夫人冢，不忘其本也。東湖居士書。
文淵閣本《蘆川歸來集》附録。

## 王安中 卷三一五〇至三一六一

**【校訂】謝除翰林學士承旨并宣召表**(頁二〇三)

"捐糜"，《大典》卷一〇一一五作"損糜"。

**題東坡字後**(頁三四四)

**跋東坡墨迹**(頁三四五)

二文輯自《全蜀藝文志》，附於王安中下，分見册一〇六頁二九三黄庭堅《題東坡字後一》及册一〇六頁二九七同題，《山谷集》卷二九亦載。王安中下誤收當刪。

**崔志亨墓志銘**(頁三八三)

"其先棣州人"，《大典》卷二七四四作"其先□州猒次人"。知《全宋文》補避諱字，然有脱文。

**【輯補】賀瑞竹柏花表**

臣某等言云云。庭幹後凋，其鄂韡韡；苞筠森立，有實離離。祥發厚坤，慶同綿宇中賀。竊以柞棫斯拔，猶知周德之興；篠簜既敷，亦紀禹功之義。地連新甫，壤別會稽。柏之九九，忽吐花之百數；竹之藋藋，出同節之七枝。郁霜蕊之清香，綮翠房之珠粒。神祇借巧，造化回春。曾草木之何知，蓋天人之相與。恭惟皇帝陛下虛心順則，體道行仁。政叶陰陽，極萬物之高大；恩濃雨露，無十日之暴寒。乃降嘉生，以綏多福。或承其茂，更容宿葉之鶯；方食有餘，可及儀韶之鳳。臣幸陪熙運，親睹休符。其類維何，貫四時而不改；有本如是，瞻萬壽之無疆。臣等無任。
《大典》卷一九八六六引《王初寮先生集》。

按：金程宇《新發現的永樂大典殘卷初探》指出漏收。拙著《永樂大典輯佚述稿》頁一七〇錄文。

**書跋韓退之別詩贈甘絢并跋** 紹興三年

韓退之在潮，趙德收拾其文曰《文錄》，其序真從韓子者也。韓徙袁，作此詩曰《別趙子》。初寮居柳，再改歲，城南甘絢次凉日來問學，寮將適東粵，爲取"不謂小郭中，有子可與娛"之語，名其書舍曰娛文堂，手寫此詩遺之。紹興癸丑上元。

《鳳墅前帖》卷一八。

# 册　一四七

## 葉夢得　卷三一六二至三一八四

**【輯補】題韓偓詩**

偓在閩所爲詩，皆手自寫成卷。嘉祐間，裔孫奕出其數卷示人。龐潁公爲漕，取奏之，因得官。時文氣格不甚高，吾家僅有其詩百餘篇。世傳別本有名《香奩集》，《唐書·藝文志》亦載其辭，皆閨房不雅馴。或謂江南韓熙載所爲，誤以爲偓。若然，何爲錄於《唐志》乎？熙載固當有之。然吾所藏偓詩中，亦有一二篇絕相類，豈其流落亡聊中，姑以爲戲？然不可以爲訓矣。

**又題**

《韓偓傳》自貶濮州司馬後，載其事即不甚詳。其再召爲學士，在天祐二年。吾家所藏偓詩雖不多，然自貶後，皆以甲子歷歷自記其所在。有乙丑年在袁州得人賀復除戎漕依舊承旨詩，即天祐二年也。昭宗前一年已弒，蓋哀帝之命也。末句云："若爲將朽質，猶擬杖於朝。"固不往矣。其後又有丁卯年正月間再除戎漕依前充職詩，末句云："豈獨鷗夷解歸去，五湖魚艇且舖糟。"天祐四年也。是嘗兩召皆辭，《唐史》止書其一。是歲四月，全忠篡。其召命自哀帝之世，自後復召，則癸酉也，南安縣之作，即梁之乾化二年。時全忠亦已被弒。明年梁亡。其兩召不行，非特避禍，蓋終身不食梁祿，其大節與司空表聖略相等，惜乎，《唐史》不能少發明之也！

以上見《大典》卷九〇六。

**題釋皎然詩**

唐詩僧皎然居湖妙喜，今寶積寺，是其故廬。自言謝靈運後，詩祖其家法，自許甚高。顏魯公爲守時，與張志和、陸鴻漸皆爲客，意其人品亦必不凡。吾嘗至妙喜，訪其遺迹，無復有，但山巔墳存耳。其詩十卷，尚行於世，無甚令人喜者，以爲優於唐詩僧可也。觀其詩評，亦貶駁老杜。如論《送高三十五書記》詩云："崆峒小麥熟，且願休王師。請君問主將，安用窮荒爲。"以爲四句已前不見題，則其所知可見矣。

《大典》卷九〇七。

按：以上三則或爲《石林詩話》之文，人民文學出版社 2011 年版逯銘昕校注《石林詩話校注》未收，未有確證，暫繫於此。

## 册 一四七至一四八

### 張擴 卷三一八五至三一九九

**【校訂】莊同孫除大理寺丞制**（册一四八頁八七）

此文又見《四部叢刊》影印清賜硯齋本《後村先生大全集》卷六一《莊同孫大理丞制》，册三二六頁二二一劉克莊下即收。《寶慶四明志》卷一〇載莊同孫於嘉定十三年榜。張擴不及此，名下文當誤收。

**前權雄州防禦推官張天占前天平軍節度推官知遂州道寧縣事韓鐸前權府州軍事判官張禧可并大理寺丞制**（頁八八）

此文又見文淵閣本《蘇魏公文集》卷三〇《前權雄州防禦推官張天占前天平軍節度推官知遂州道寧縣事韓繹前權府州軍事判官張禧可并大理寺丞制》，册六〇頁二九一蘇頌下即收。蘇頌文題中"韓繹"，乃"韓鐸"之誤。王安石有《韓鐸試大理評事充天平軍節度推官知遂州遂寧縣制》，其中韓鐸遠在張擴之前。且重出制詞與蘇頌《袁州分宜縣主簿前虔州受納板木場兼監排岸司劉最淮南節度推官前知鄆州中都縣事王仲安可并大理寺丞劍南四川節度推官前知梁山軍梁山縣事趙清可著作佐郎》（60/305）行文風格類似，當是一人所作。

**王貞換給修武郎制**（頁一三〇）

"戰功"，《大典》卷七三二六作"戰多"。

**魏葵轉保義郎吳忠轉承信郎彭孚轉修武郎制**（頁一三一）

"膚使"，《大典》卷七三二六作"虜使"。

**祁愨押川陝馬特轉敦武郎制**（頁一三三）

"戰功"，《大典》卷七三二六作"戰多"。

**魏堯臣特補右迪功郎制**（頁二一七）

"敵使"，《大典》卷七三二五作"虜使"。

**【輯補】論當今法未便者奏** 紹興八年十一月

當今之法，其未便者有二，皆前日言利之臣不究本末，急近效而昧遠圖所得，營田、贍軍酒庫是也。今營田悉籍於官還定之，民執空契，坐視故土而不得復。户部、轉運司闕失賦稅，號爲逃閣者，不知每歲幾何。其視營田，誰得誰失？此營田之未便者也。諸州承認大軍月樁之費，常若不繼；朝廷置贍軍酒庫，本以佐之，今但許取撥一分而已。積日既久，利源侵奪，此贍軍酒庫之未便者也。若謂未可遽罷，則莫若許歸業之民漸認故土，而取權酤所入之贏，盡以佐諸州月樁之數，則得矣。

《繫年要錄》卷一二三。

## 册 一四九

### 翟汝文 卷三二〇五至三二一六

**【校訂】撫問河南制置使解潛詔**（頁七）

"倿擾",南圖藏清吉氏研經堂抄本《忠惠集》作"内寇"。

**賜新除資政殿大學士中山西路安撫使詹度辭免恩命不允詔**(頁七)

"邊陲不靖""强敵之",吉氏研經堂抄本作"狂狡内寇""猾寇之"。

**賜刑部尚書李彌大乞除便鄉小郡或外任宮觀不允詔**(頁九)

"强敵",吉氏研經堂抄本作"北寇"。

**左中大夫同知樞密院事沈與求除知樞密院事制**(頁一五)

《繫年要録》卷一〇九載:"(紹興七年三月戊寅)同知樞密院事沈與求進知院事。"則制文撰於紹興七年(1137)。而《繫年要録》卷五五載:"(紹興二年六月)甲辰,左中大夫翟汝文依舊致仕,免謝辭。"此制非翟汝文擬,其作者難以確指,應移入宋高宗下。勞格《讀書雜識》已考之。

**參知政事劉大中除資政殿學士知處州制**(頁一五)

《繫年要録》卷一二二載:"(紹興八年十月)丁巳,參知政事劉大中充資政殿學士知處州。"則制文撰於紹興八年(1138),非翟汝文所擬,其作者難以確指,應移入宋高宗下。勞格《讀書雜識》已考之。

**真臘國王金裒賓深明堂加恩制**(頁一六)

"宗祀之慶覃及萬方",吉氏研經堂抄本作"天子之守在於四夷"。

**占城國王楊卜麻叠明堂加恩制**(頁一七)

此文又作册一六七頁一八六綦崇禮《除占城國王楊卜麻迭特授依前檢校太傅使持節琳州諸軍事琳州刺史充懷遠軍節度使琳州管内觀察處置等使兼御史大夫占城國王加食邑食實封散官勳如故制》。《繫年要録》卷五二載:"(紹興二年三月己亥)懷遠軍節度使占城國王楊卜麻叠,懷遠軍節度使闍婆國王悉里地茶蘭固野,大同軍節度使真臘國王金裒賓深皆加恩,以明堂故也。"則制草於紹興二年(1132)三月。《宋中興百官題名·宋中興學士院題名》載:"(綦崇禮)紹興二年以吏部侍郎兼權直院。七月,除兵部侍郎依舊兼權。九月,除翰林學士。(翟汝文)紹興二年三月以顯謨閣直學士致仕。除翰林學士承旨。四月除參知政事。"知其時翟汝文無草擬制文的可能,而綦崇禮恰相反。故該制應爲綦崇禮所草。

**闍婆國王悉里地茶蘭固野明堂加恩制**(頁一七)

此文又作册一六七頁一八七綦崇禮《除闍婆國王悉裏地茶蘭固野特授依前檢校司徒使持節琳州諸軍事琳州刺史充懷遠軍節度使琳州管内觀察處置等使兼御史大夫闍婆國王加食邑食實封散官勳如故制》,此制非翟汝文所擬。

**徽猷閣待制龐恭孫知成都府制**(頁三一)

"四裔""爾戎羌",吉氏研經堂抄本作"四夷""爾裔夷"。

**刑部員外郎孫羲叟除直秘閣知夔州制**(頁三五)

"遠人",吉氏研經堂抄本作"蠻夷"。

**端明殿學士知熙州林攄除知永興軍制**(頁三九)

"外域",吉氏研經堂抄本作"昆夷"。

**龍神衛四廂都指揮使開州防禦使劉仲武知熙州兼熙河蘭湟路經略安撫使制**(頁四三)

"遠方",吉氏研經堂抄本作"遠夷"。

**种師中湟州觀察使侍衛親軍馬軍都指揮使制**(頁四三)

"豺狼""群醜",吉氏研經堂抄本作"犬羊""羌戎"。

**劉伯容閤門宣贊舍人制**(頁四四)

"四方",吉氏研經堂抄本作"四夷"。

**追官勒停人國子博士沈扶國子博士制**(頁五一)

此文又見宋刻元明遞修本《臨川先生文集》卷五五同題,册六三頁二〇六王安石下即收。所涉沈扶,見王安石《樂安郡君翟氏墓誌銘并序》(65/242),云:"尚書主客員外郎錢塘沈君名扶之夫人翟氏者,鄂州節度推官諱希言之子……乃以治平三年九月十日卒于京師,享年五十七。"知治平三年(1066)沈扶已官至尚書主客員外郎,其妻翟氏已年五十七。翟汝文稍晚於其時代,應爲王安石所擬。勞格《讀書雜識》已考之。

**柴餘慶國子博士制**(頁五一)

此文又見宋刻元明遞修本《臨川先生文集》卷五五《柴餘慶國子博士制》册六三頁九六王安石下即收。所涉柴餘慶,江休復《江鄰幾雜志》有載,云:"太子中舍柴餘慶說,其從叔内殿承制肅蔡州日掠房緡五千,其憂愁焦煎之貌,甞如負人百千萬債者。"此書又名《嘉祐雜志》,作於嘉祐間(1056—1063),時柴餘慶已官至太子中舍,翟汝文稍晚於其時代。應爲王安石所擬。勞格《讀書雜識》已考之。

**太學正孫元卿除舞學博士制**(頁五四)

此文又見文淵閣本《止齋集》卷一八《大學正孫元卿除武學博士制》,册二六七頁一七〇陳傅良下即收。樓鑰(1137—1213)撰有《主管户部架閣孫元卿太學正制》(262/305)。此孫元卿是淳熙八年(1181)進士,翟汝文與其時代不相接,當爲陳傅良所擬。勞格《讀書雜識》已考之。

**尚書庫部員外郎葉劭爲鴻臚少卿制**(頁七一)

此文又見文淵閣本《給事集》卷二《尚書庫部員外郎葉劭爲鴻臚寺少卿制》,册一三七頁三二九劉安上下即收。翟汝文《忠惠集》久佚,四庫館臣始自《大典》輯出,而劉安上集流傳有自。該文是劉安上所撰的可能性極大。勞格《讀書雜識》已考之。

**直龍圖閣提舉崇禧觀崔子堅特授中奉大夫夔州路常平上官合特授朝散大夫制**(頁八一)

"蠻方",吉氏研經堂抄本作"蠻夷"。

**徽猷閣待制知興仁府錢郎奉行新法有勞可通議大夫制**(頁八二)

文末注"又見《永樂大典》卷一三九九九"。出處卷次誤,實見《大典》卷一三四九九。題"奉行新法有勞可通議大夫"、"古爲",《大典》作"可通議大夫奉行新法有勞""善爲"。

**邊功推賞制**(頁九一)

"士卒",吉氏研經堂抄本作"夷傷"。

**納級推賞制**(頁九二)

"群醜""獲首",研氏研經堂抄本作"裔人""首虜"。

**西番歸朝首領賜官制**(頁九八)

"寰區",吉氏研經堂抄本作"華夷"。

**溪峒歸朝首領賜官制**(頁九八)

"遐方",吉氏研經堂抄本作"裔民"。

**代賀受降表**（頁一一一）

"精布固""陷蒼黎於邊徼"，吉氏研經堂抄本作"征僕哥""淪衣冠於左袵"。

**代賀進築安化三州表**（頁一一三）

"四裔""寰海"，吉氏研經堂抄本作"四夷""蠻夷"。

**賀元會表一**（頁一一九）

"外蕃"，吉氏研經堂抄本作"四夷"。此文又見《龜谿集》卷五《代賀元會表》其二，册一七六頁二三三沈與求下即收。沈與求與翟汝文重出文甚多（詳見下文）。《忠惠集》輯自《大典》，這些文字是否是因《大典》訛誤或四庫館臣疏忽而誤收入翟汝文名下呢？《大典》所引文獻標識，或題作者名氏、或題集名、或二者兼題。若僅題其一，或遺漏相關内容，就易與名號集名相似或同條目所引相鄰前一集子混淆。這是輯自《大典》的集子誤收詩文的一般規律。但翟汝文《忠惠集》與沈與求《龜谿集》，作者名氏、集名無一近似之處，且重出文篇題無一全同，不符合上述規律。故《大典》中所載上述翟汝文文，并不是録自《龜谿集》，當另有所據，即編輯《大典》時所據《忠惠集》。换句話説，這些文字在《忠惠集》與《龜谿集》中本來就是重出的。翟汝文（1076－1141）仕哲宗、徽宗、欽宗、高宗四朝，沈與求（1086－1137）仕徽宗、欽宗、高宗三朝，二人時代相近。考慮到重出文數量之大，且部分篇題中的"代"字，當爲代作致重。然重出篇目或沈與求，或翟汝文名下篇題有"代"字，具體代作者暫未能確考。

**賀元會表二**（頁一二〇）

此文又見《龜谿集》卷五《代賀元會表》其一，册一七六頁二三二沈與求下即收。歸屬未能確考。

**賀夏祭禮成表**（頁一二六）

此文又作册一五九頁二孫覿《賀夏季禮成表》。文淵閣本《播芳》卷一中載此文，署"孫仲益"。歸屬未能確考。

**賀破夏賊界捷表**（頁一三三）

"小醜""九垓"，吉氏研經堂抄本分作"醜敵""四夷"。

**賀收復燕雲表**（頁一四〇）

"敵干敘胄""漸復燕趙""遠人""復舊族之衣冠"，吉氏研經堂抄本作"執訊獲醜""蕩定犬羊""酋渠""滌舊俗之腥臊"。

**越州謝降官降職表**（頁一四六）

"辱國""死亡而以敵"，吉氏研經堂抄本作"玩寇""夷傷而以賊"。

**收復杭州表**（頁一四八）

此文又見《龜谿集》卷五《代賀收復杭州表》，册一七六頁二三三沈與求下即收。歸屬未能確考。

**謝除龍學宫觀表**（頁一四九）

此文又見《龜谿集》卷六《謝除職名宫觀表》，册一七六頁二四六沈與求下即收。歸屬未能確考。

**乞康王聽政狀**（頁一五七）

"金師大舉"，吉氏研經堂抄本作"金賊犯順"。

**乞留浙東軍兵屯駐越州狀**（頁一六五）

"金人入境"，吉氏研經堂抄本作"金賊狙獮"。

**勸移蹕荊南札子**（頁一七一）

"中外""避敵""乘隙""攻守"，吉氏研經堂抄本作"夷夏""避狄""犯順""入寇"。

**應詔條具敵退上封事**（頁一七二）

"傷二帝之蒙塵""避敵"，吉氏研經堂抄本作"憤金人之狂狡""避狄"。

**賀拜太尉啟**（頁一七九）

"四裔"，吉氏研經堂抄本作"四夷"。

**問候中書侍郎啟**（頁一八四）

此文又見《竈谿集》卷九《問候中書啟》，冊一七六頁三二〇沈與求下即收。歸屬未能確考。

**賀譚太尉平寇啟**（頁一八五）

此文又見《竈谿集》卷八《代賀帥臣平寇啟》其一，冊一七六頁三〇五沈與求下即收。歸屬未能確考。

**又平寇啟**（頁一八六）

此文又見《竈谿集》卷八《代賀帥臣平寇啟》其二，冊一七六頁三〇六沈與求下即收。歸屬未能確考。

**回鎮江府安撫趙延康啟**（頁一八九）

"前徒奔"，吉氏研經堂抄本作"羯羌奔"。

**代轉官賜第謝執政啟**（頁一九五）

此文又見《竈谿集》卷八《代人轉官賜第謝宰執啟》，冊一七六頁三一一沈與求下即收。歸屬未能確考。

**代人謝運使胡修撰舉改官啟**（頁一九六）

此文又見《竈谿集》卷一〇《謝運使胡修撰舉改官啟》，冊一七六頁三三八沈與求下即收。歸屬未能確考。

**代人謝運使王待制舉改官啟**（頁一九七）

此文又見《竈谿集》卷一〇《謝運使王待制舉改官啟》，冊一七六頁三四〇沈與求下即收。歸屬未能確考。

**代人謝秀守苗郎中舉改官啟**（頁一九七）

此文又見《竈谿集》卷一〇《謝秀守苗郎中舉改官啟》，冊一七六頁三三九沈與求下即收。歸屬未能確考。

**圜丘犧尊款識**（頁二二五）

題，原出處《大典》卷三五八三作"太廟犧尊款識"。

**昊天殿祈雨文**（頁二三五）

此文又見《竈谿集》卷一一《昊天殿祈雨疏》其一，冊一七六頁三八七沈與求下即收。歸屬未能確考。

**神霄殿祈雨文**（頁二三五）

此文又見《竈谿集》卷一一《三清殿神霄殿祈雨疏》，冊一七六頁三八八沈與求下即收。

歸屬未能確考。

### 泗州傳衣塔祈雨文（頁二三六）

此文又見《龜谿集》卷一一《泗州傳衣塔祈雨疏》，册一七六頁三八七沈與求下即收。歸屬未能確考。

### 佛寺祈雨文（頁二三六）

此文又見《龜谿集》卷一一《佛寺祈雨疏》，册一七六頁三八九沈與求下即收。歸屬未能確考。

### 【輯補】資政殿大學士薛昂除尚書左丞制

此制擬於大觀三年(1109)，《全宋文》誤録爲册一七三頁二〇三張守《翟汝文資政殿大學士薛昂除尚書左丞制》。文不具録。

### 圜丘犧尊欵識

帝筆稱嘉禮，作犧尊，用薦神保是享，惟休於永世。

《大典》卷三五八三引《翟忠惠先生集》。

### 賀新斬獲僞四軍大王表

臣某言：伏睹報狀，御筆手詔僞四軍大王回離保出犯景薊，爰飭六師，大敗於峰山，傳首京師，皇帝御紫宸殿受文武百僚稱賀者。蠢爾狂童，薦致神人之棄；恃其狡衆，自干原野之刑。申命偏師，往戡亂略。殲夷大憝，承底朔陲。中賀。恭惟皇帝陛下軫慮幽燕，復恢境土。被衣冠於左袵，極塗炭之遺黎。惟彼亂常，獨迷不復。雖優容之至渥，終泮涣以自疑。食糗未懷，顧鴞音之難革；當車一怒，哂蟲臂之何當。於赫天誅，不煩師衆。先聲所被，方整戈矛，群醜自攜，卒歸訊馘。不以賊遺君父，知將帥之一心；以克敵示子孫，築戎夷之京觀。薦勳清廟，飲至大庭。臣恭誦德音，遠聞捷布，熊羆之武旅，悵望凱歌；鵷鷺之珍群，永違接羽。

南圖藏吉氏研經堂抄本《忠惠集》卷六。

### 越州遣勤王兵禡祭文

蠢兹金人，侵犯王略。皇帝赫怒，恭行天誅。分命邇臣，肅將帥律；申命藩隅，糾合義旅。某分土守符，不獲奮行，爲士卒先。主憂臣辱，義在必死。躬遣偏師，會於戎役，入衛京師，同獎王室。凡我將士，戮力一心。惟爾有神，克祠兹事。導我征徒，罔艱於行。旗斿所指，群醜盡殪。執俘凱旋，無作神羞。

### 功德疏

有王者興，既協生商之命；使聖人壽，咸罄祝堯之心。惟是假於靈文，兹用伸於善頌。伏願皇帝陛下永膺帝祚，誕保皇圖。衍周詩多子之祥，享箕疇五福之證。歸謳歌於四裔，率土底寧；卜歷世於萬年，後天難老。

### 又

伏以祐民而作之君，篤生上聖；繼天而爲之子，永命有邦。仰載夙之應期，當就盈之良月。重明久照，隤祉發祥。伏願皇帝陛下嗣曆無疆，如川方至。天授泰元之神筴，已介鴻休；歲以八千爲春秋，更符善頌。

### 請住持少師墳院僧疏

如來像法，開建化之一門；大士慈悲，知應緣之有地。雖無住相，不斷有爲。某師游歷諸方，護持細行。已倦游於族姓，求宴净於山林。乃因壙庵，以起道場；爰作願力，而爲佛事。善求仁者，俯爲世間，與我先君，庶幾殖福。是名出世，成此大事之因緣；爲閔有情，如我諸佛之饒益。

### 請皎老再住持疏

在在處處，皆是道場；刹刹塵塵，無非佛土。而况風烟絶景，岩壑故栖。修竹茂林，有東晉群賢之勝踐；琅函鈿軸，藏西清列聖之寶章。惟此住持，不同眇小長老。皎公機鋒獨出，福慧雙行。雲門宗枝，密傳心印；蘭亭世系，自立家風。此時無異，彼時已住。不妨更住，直須化出。善財彈指之閣，何妨再安；維摩方丈之房，是爲末後。神通爲作，將來利益；僉言所屬，仁者何辭。

### 黄籙大醮施無礙斛食詞

普告十方無極世界一切鬼神等衆、一切地獄苦魂等衆、一切餓鬼眷屬等衆、一切畜生業等衆：蓋聞善惡二緣報殊，苦樂死生異道，隔以幽冥。汝等纔捨蔭身，即淪鬼趣。但知饑渴之逼，孰救枯槁之餘。況聞受罪之苦魂，根塵障礙；一萌中心之食，念業火熾。然今者法會載陳，華筵前召，化兹妙净之斛，濟汝傷餒之形。歌空洞音，集微塵之廣衆；灑黄華水，爲甘露之清涼。汝等聞命響臻，應時蘆至。歡言盛饌，慰若平生，老稚携手而扶將，少長差肩而先後。無諠就列，既飽惟期。上承道法之慈悲，普同供養；下集齋宫之願力，無有遐遺。當興難過之懷，勿生有限之想。歸依真諦，度脱此身。捧腹相歡，如有屬饜之量；省心知愧，似聞嘆息之音。今爲汝等一切鬼神設無量斛食，加持法事。

### 沙莊設醮青詞

臣艱苦治生，躬爲衣食之養；耗失常産，歲致風濤之憂。昨者圩岸損傷，田疇堙没，馳誠霄極，請救上玄。今啓醮筵，用償夙志。尚冀有年於嗣歲，敢徼後福於高穹。伏望太上垂慈，高真錫佑，彌寧川瀆，申敕神祇，少紓水潦之灾，薦至嘉禾之實。臣無任。

### 獄空設醮青詞

下民愚闇，自抵罪誅；上帝矜哀，欲躋仁壽。仰瀆雷霆之怒，俯殫螻蟻之誠。伏念臣猥以菲材，謬當此邑。閭閻逐毫末之利，交相忿爭；田里習强悍之爲，動輒鬥狠。而臣既無德化，俾其遷善；又乏威名，可以戢奸。連年以來，冒法者衆。方劇淵冰之懼，偶成囹圄之空。天實致之，臣安得此？爰卜公庭之暇，式嚴净供之修。按秘簡於琅函，肅真游於飆馭。伏願昊穹孚佑，洪覆溥臨，彌充害於群倫，導吉祥於百里。回心向道，兹不犯於有司；易俗移風，必也使之無訟。

### 宣州爲百姓疾疫設醮禳灾青詞

右伏以吏失政刑，仰干於和氣；民呼疾痛，用徼福於有神。祇繹真文，躬臨閟宇，庶緣精懇，上格威靈。伏願哀此流亡，慮粢盛之乏祀；錫時祉福，驅疫癘之無辜。凡我有生，敢望大賜。謹疏。

### 密州爲百姓疾疫設醮禳灾青詞

右伏以道實資生，固無私於播物；人窮返本，爰請命而呼天。哀此海邦，再纏疫癘。春秋疾病，一歲至於二三；婦子喪亡，十室幾於四五。繇臣失職，獲戾自躬，延及里閭，感傷和氣。今者肅陳菲薦，上格真游。仰惟善貸之慈，俯假必從之欲。伏願靈心昭格，飆取鑒臨，申敕山川，掃除氛祲。吏實有罪，寧降灾於厥身；民斯何辜，祈悔禍於今日。謹疏。

### 黃籙大醮齋詞

臣聞大造曲成，好生爲德，真文出現，普度含靈，凡逮照臨，畢蒙道蔭。臣某肖形蠢類，竊齒人倫。私懷濟物之愚衷，志欲助天而行化。伏自三灾之厄，一紀於玆。寰宇腥聞，受干戈之屠戮；生民數盡，鍾劫運之彫殘。流血川平，死骸山積。遭離非命，計等微塵。永念黔黎，痛深荼毒。莫能拯救，悼此煩冤。恭惟上帝至玆，敷黃籙盟真之典；先天垂教，爲度人妙法之宗。臣哀籲璇穹，仰祈飆御。庶流蕩宥之澤，一洗沉淪之辜。所願上至六天，下覃九壘，四生六道之苦趣，億劫千古之幽魂，凡屬一切有情之倫，爰暨十方無極之界，咸資受煉，悉獲超升。尚慮業力之深，難導蒼是之覛。臣某先含識之請命，代之爲溥天之謝愆。雖臣持此願心，精誠愨至，緣臣難於拜跪，筋力朽衰，謹委臣男代行醮事。深虞僭越，上瀆明威。臣耆年袛率真科，嗣承父志，懼形神之甚穢，恐儀範之不蠲，對越高真，投誠歸命。臣無任。

### 黃籙大醮建東極太一天尊幡詞

臣聞玄皇設教，俯爲一切群生；黃籙垂科，普度九幽之諸趣。臣肇崇寶刹，華幡企東極之玆尊，屈丹霞袛揭之真馭。願迴景耀，燭以餘光。稱號一聞，三塗隨聲而離苦；垂斿所指，八紘被蔭而超升。臣等修敬以時，歸誠如在。懼人寰之溷濁，勤天步之逶遲。仰賴至仁，俯矜微素。

### 黃籙大醮設九㐌燈詞

蓋聞至陰苦境，號曰寒池；曠劫覊魂，名爲厚夜。哀群迷之沴入，抱靈識以長嗟。太上軫念幽倫，等慈善救。燃九燈之秘式，并三景之垂精。上以洞煥諸天，增華朗曜；下以照臨大地，普濟幽冥。中映十方，遍資六轍。散周天極，妙用至神。今者氛翳曠清，祥飆澄穆，升熏而鬱勃，清瞻烈焰之高明。敷之玄科，度諸鬼爽。仰憑道力，同朱陵丹界之輝；俯賴陽光，化酆都泉曲之壘。

### 黃籙大醮代十方衆生謝愆詞

臣聞帝降衷於下民，各成性命；人獨靈於萬物，惟有識知。所以肖二像而賦形，分三才而列位。蠢玆有衆，罔念厥初，趨僞喪真，恣情害性。貪惏無極，動起錐刀之爭；暴殄有生，以資溪壑之欲。祁寒暑雨，亦用怨咨；履地戴天，何知愧畏。繇玆積惡，致墜三灾。上拂三光之明，下戾四時之運。乖氣流而爲疫毒，自底死亡；業力化而爲刀兵，互相屠戮。淪胥九地之獄，變現六天之魔。冤報相償，禍亂滋熾。臣某痛傷下土之虐，本自生民之辜，代爲群倫哀鳴道力，干昊穹之威名，瀆大造之鑒觀，迫切煩言，冥愚昧死。恭惟昊天覆燾，大德曰生，上帝恫矜，以慈爲寶。臣歸誠玉匱之教，訴我金闕之尊。冀動聰聞，庶蒙允答。伏望普垂大霈，咸與惟新，已往之愆涓除冰釋，方來之釁蕩滌波流，使死者隨願而往生，存者蒙恩而更始，幽明同光而受度，人鬼得一而交歸，永底黔黎，悉躋仁壽。仰惟善貸，俯鑒微衷。臣某無任。

### 黃籙大醮爲鬼神謝恩詞

普告十方無極世界一切諸趣鬼等衆：汝等爰從浩劫，墜此三塗。雖云大造之仁，爲汝業力之勝，罪根既大，惡報亦然。太上原始天尊矜念冥頑，思宏化導，以謂度無邊之兆庶，非一聖之獨專。故齋十方靈寶天尊，并垂飆馭；欲集衆真慈悲道力，同濟苦魂。如施父母之劬勞，如救水火之焚溺。況復陳甘露斛，療汝久饑；燃華星燈，照汝長夜。沐浴法水，滌罪垢之羸形;盪煉陽光,化憂愁之陰魂。凡茲曲垂方便之教,一皆親屈無上之尊。汝等身至道場,肅然衷敬,心聞妙戒,永有依歸,疇昔過愆,已從恩宥。脫身惡道,蒙大梵之真文;度命朱陵,錫長生之符簡。今夕何夕,遇此繁禧。既已棄故而即新,宜當捨惡而趨善。天地大德,孰報罔極之恩;草木微誠,當識托生之所。汝等一切諸趣鬼等衆,仰謝天恩,投誠歸命。

### 繪三境御極列真朝元像畢設黄籙大醮慶成青詞

臣聞昊天覆燾,上帝鑒臨,凡厥有生,敢忘歸命。臣某中謝。伏念臣頃緣奉醮,對越高真,嘆像設之不工,懼威神之有瀆,誓求善畫,仰肖光儀,用志歷年,克成繪素。清都絳闕,象應物之睟容;玉質金相,慰群倫之生敬。臣之慶幸,豈易名言。是用祇被精衷,大宏法席,普丐諸天之來格,悉從真馭之降觀。龍輅旂常,具嚴獻禮;真文鎮信,恭率玄科。仰惟大造之好生,敷錫含靈之多福。三塗五苦,六道四生,上及億劫之親,下逮幽魂之繫。凡茲幽顯,咸乞生成。仰冀旻穹,俯矜誠悃。臣無任。

### 少師諱日設黄籙大醮青詞

伏爲臣某先臣久淪泉壤,積有歲華,深慮幽冥,或形譴訟。今者仰遵玄教,上格真游,普設一切之亡魂,欲霑無上之法力,庶伸微願,少假善因。伏望天鑒聖慈,哀愍先臣所願,申敕北帝,許削罪於酆都;告下南宮,使鍊形於火府。業身濟度,夙命超升。上資祖考之種親,傍及支屬之同體。悉憑道蔭,俱獲往生。

### 爲疾病設醮青詞

臣某言:昊天覆燾,大德曰生;上帝鑒觀,以慈爲寶。臣心窮計迫,理極詞危,懇竭精衷,冀能感動。臣某中謝。伏念臣稟生半世,報并歷年。緣兩腎之損傷,精神不守;致百骸之疾苦,氣血皆虛。骨髓枯乾,内生寒熱,人魂散失,動輒驚憂,存若行尸,訖無生意。顧臣身命喪失,非藥餌之可爲;使臣氣液復充,唯道力之能救。復望高真賜宥,太上垂矜,開禄壽準折之科,許功過尅除之律。臣謹拜章謝罪,請命求哀。恐臣積釁之太深,慮臣酷罰之難赦。今者伏乞納臣官禄,以贖罪戾之深。伏願安臣形軀,復降真元之氣,令臣三田盈實,兩腎充全,庶畢此生,歸依至道。

### 又

臣聞上帝降衷,好生爲德;下民請命,有欲必從。傾懇至之哀誠,仰鑒觀之洪造。臣某中謝。伏念臣委形螻蟻,托類肖翅。緣積釁之所鍾,抱沉痾之酷罰。心魂散亂,無日而寧;氣液漏亡,與興俱瘁。三焦乾涸而痞塞,六腑濕熱而相蒸。緣臣左腎損傷,久已精神之失守;故使百骸枯槁,自貽疾病之纏灾。冥若行尸,訖無生意。非世間服藥物之療,所可蠲除;唯上天降真氣於臣,則能拯救。臣竊恐罪根重固,譴罰宏深,輒具懇祈,庶蒙恩貸。恭惟高穹委鑒,太上垂慈,開禄壽準折之科,存功過尅除之律。臣若尚存殘息,未滌夙愆。今者伏乞納禄與官,備贖餘生之所苦;還元返本,冀全兩腎於已虧。仰幸照臨,俯垂降格。

### 天寧節賜宴致語

一氣周天,水行協而景風至;千齡接旦,火德盛而榮河清。是開震風之祥,實顯神靈之異。無疆受命,有截傾心。恭惟皇帝陛下秉籙頌常,握圖建極,席慶紫霄之上,丕休黄序之前。經緯萬方,如家至而日見;出入六合,本神動而天隨。妙用中藏,全模外振。鋪張祖宗之丕績,興起帝王之極動。故得九廟延禧,三靈薦祉。壬辰紀運,已驗寶符之文;甲子復元,遂增神筴之箄。爰屬誕彌之節,共霑宴衎之恩。喜浹衢謠,誠均封祝。衍皇基於億載,發民謳於四夷。臣猥以微生,馮玆昌祚,莫奏充庭之技,徒賡擊壤之音。遙望天階,上陳口號。

欲識樞星紀誕彌,天人端命撫昌期。聲涵萬歲騰歡頌,節應千秋舉盛儀。金篋賜齡輝碧簡,珠囊薦壽肅丹階。匪頌更效南山祝,艮岳連雲自不移。

### 餞秀守宋龍圖致語

介圭趨覲,將陪北闕之班聯;祖帳留行,蓋爲南樓之賓吏。庶因展席,聊慰畔轅。恭惟某官激濁心清,鎮浮德厚,堅金石之誠而無僞,宏江河之量而有容。共謂風流,自多氣略。遍結六州之遺愛,遂陪玉關之莫游。孤城獨存,識魯公忠義之節;雅俗相戒,道劉寬孝悌之言。毋使公歸,已從民借。驚賜環之畦下,嘆征旆之言旋。某官久蔭卿雲,重違愛日,輒叙送將之意,少攄眷戀之情。心熟吳歈,且奉千鍾之壽;心期漢詔,即傳兩禁之除。某等猥以賤工,獲陳末技,敢陳口號,上奉清歡。

九天褒詔已重頒,知是君王復賜環。民意定驚寇恂去,上心終欲賈生還。爲聞樵李循良守,當綴甘泉近密班。獨有堅珉載忠烈,他時應合誓河山。

### 餞饒守苗郎中滿任致語

化行雅俗,已騰來暮之謠;命易要藩,忽作去思之計。欲近日邊之歸路,遂傳天上之除書。少駐牙旌,聊陳祖帳。某官德鍾世美,才號人英。平易近民,蓋是息刑之顯效;中和樂職,罪多決獄之陰功。文倚馬而可成,事迎刃而即解。風流自喜,氣略誰先。摧奸不數於二天,報政方須於五月。召還宣室,將陳前席之言;移守平原,遽結遮車之戀。某官喜親規畫,悵遠儀刑,攀轅徒發於雅歌,捨毦當修於餞飲。尊罍幣幕,一新此日之榮觀;絲竹綺羅,盡紀他年之遺愛。儻不辭於竟醉,庶可盡於清歡。某等猥以賤工,獲觀勝集,敢陳口號,上瀆台顏。

握蘭朝出未央宮,千騎西來望已隆。遇事英風頤指下,襲人和氣笑談中。政成恪辦行奇計,訟息方收坐嘯功。忍使塗人誦遺愛,願留旌旆莫匆匆。

### 侍杭帥致語

大艑凌波,方重西州之別;高牙照路,遽分南顧之憂。共瞻元帥之啓行,益壯列城之勝勢。恭惟某官宏才驚世,偉望映時,氣貌冲和,濯濯如三月柳;操修挺特,森森如千丈松。早由天府之華,遂陟霜臺之峻。九重簡在,四海想聞。爲鈞爲衡,將圖一命之袞;之屏之翰,暫臨十國之交連。襃帷甫屬於綏行,彌節益敦於交際。某官方歸總制,薦奉儀刑。況當卜夜之期,適及班春之候。金絲間作,庶欲佐於清歡;醆斝交飛,幸無辭於徑醉。示一時之榮觀,爲百年之美談。某等猥以賤工,獲陳薄技,敢呈口號,上瀆台顏。

熊羆千騎駐南州,謀帥來寬旰日憂。草木也應思潤澤,湖山正爾費遨游。旌旗炷日催前導,樽俎浮春許暫留。劇飲不須辭徑醉,詔環聞已戒鳴騶。

### 嵐光臺致語

風雄楚觀,播賦詠於蘭臺;雪糝梁園,盛賓游於兔園。恭惟宮使資政公槐避寵,衣錦歸榮。從方外之赤松,寄高懷於綠野。珍禽縡羽,借雞樹之遺棲;曲沼迴塘,分鳳池之餘潤。層軒崛起,揭以嵐光;九仞穹崇,炭玆華棟。山川俯接,凌顥氣之高寒;天壤遐觀,送飛鴻之滅没。知府給事影纓青瑣,憑軾朱幩。瞻輪奐之落成,爲殷勤而設醴。玉山并映,皂烏差池。遠參正始之風流，近比永和之觴詠。觥籌交錯，聊爲東道之主人；冠蓋追隨，獲宴西園之清夜。式陳口號，以侑笑談。

憑虛層構絕塵埃，綉户珠簾次第開。無數青山陪坐席，有情流水送傳杯。愛人屋上啼烏好，賀廈梁間乳燕來。莫倚嵐光對風月，主人端合在雲臺。

**聖壽節致語**

盛德在火，丕彰載夙之期；火曆當天，乃際誕彌之日。適逢鳴社，用罄祝堯。雖時巡而未還，念出震之甫至。爰臨梵刹，祇叩佛乘。孝慈淵聖皇帝陛下，恭願受禄無疆，隆年有承，龍天加護，革九夷八蠻之野心；鑾軒遄歸，副四海九州之公望。詩闋。

以上見吉氏研經堂抄本《忠惠集》卷一〇。

## 册　一四九至一五一

### 宋哲宗　卷三二二一至三二六二

**【輯補】賜樞密使文彥博乞罷節度使公使錢獎諭詔**

此詔《全宋文》誤收於册五二頁五八王珪下，撰人今難確考，據時間當繫於宋哲宗下。文不具録。

## 册　一五一至一五二

### 劉一止　卷三二六四至三二八四

**【校訂】右通直郎權尚書刑部侍郎陝西宣諭使周幸磨勘轉右奉議郎制**（册一五二頁三八）

《大典》卷七三二四載此文，未署出處，前一文署"劉後村集"。題"周幸"，《大典》作"周聿"。

**冎舜輔隨金國賀正使充引接儀範回程循修職郎制**（頁九七）

此文又見文淵閣本《止齋集》卷一七同題，册二六七頁一四三陳傅良下即收。劉文輯自《大典》卷七三二五，署"劉行簡苕溪集"。《大典》當誤署出處。

## 册　一五三

### 章誼　卷三二八五至三二八九

**【校訂】與尚書右丞書**（頁八八）

題，原出處《大典》卷八四一三作"久安之兵不可恃札子"，《全宋文》編者據内容改題。

**【輯補】代人祭濟沁神文**

方冬冱寒，水潦既降，而沁流驚湍，嚙岸隳載。豈吏卒不虔，備慮不謹，遺神羞耶？將玉帛不陳，犧牲不時，貽神怒耶？惟神庇之，幸永厥賜。敢以祭告，冀鑒歆兹。

《大典》卷二九五一引《章忠恪公集》。

**乞樞密論豪傑之士札子**

某伏聞上臣事君以人，中臣事君以身。以身任事者，其效著；與人共事者，其功大。方今聖主在御，國家多難。兼收天下之才智，共濟天下之變故，猶恐不足。而將相之間，情未和協，使在朝之士不得以附豫，赴功之人莫知所適從，觀望之徒因資向背。持此道以佐人主，其欲撥亂興衰，不亦難乎？伏望樞密相公每於進對之時，數論豪傑之士，與之同德協心，以抗讎敵。不勝幸甚。

《大典》卷一三四五三引《章忠恪公集》。

### 李衛公論將將

問：李衛公，有唐名將，其戡亂定難，見於事功；其商較兵法，見於《問對》。簡冊所傳，風績如在。蓋嘗考其論議，取捨之際，不無可疑者。如西漢之興，高祖奮布衣，除秦、項，當對履軍搴旗之將，受任則裂土分封，跋扈則執辱葅醢，可謂善馭豪傑矣，而獨以為非。將將之君，世祖籍思漢之民，乘新室之弊，王業既定，佐命武力之士，英姿茂績，悉委不用，可謂遇功臣薄矣，而獨以為得。將將之道，謝康樂以江左新合之衆，抗苻秦乘勝之師，逐北淝水，真一時後功也，而獨貶之以為非善。唐太宗回建成幾敗之勢，乘老生輕進之鋒，擒之霍邑，似一對幸勝者，而獨譽之以為奇兵。則其平日論議者如此。至於因唐儉以擊突厥，而不免當時死間之嫌；黜李勣以佐太子，而不免諂附武氏之禍。則其行事取捨者如此。夫由前而言，則料人為未工；由後而言，則審己為已拙。衛公，名臣也。信史稱其"臨機果、料敵明、忠智根於心"，其果若是乎？不然，將有謂也。諸君讀其書，論其世，知其人矣。願究明之。

《大典》卷一八二〇七引《章忠恪公集》。

# 冊 一五四

## 李光　卷三三〇六至三三一八

**【校訂】論梁師成札子**（頁四五）

"敵騎內侵"，國圖藏翰林院抄本《莊簡集》作"虜騎內寇"。

**乞追究王蕃召姚古札子**（頁四九）

"入境"，翰林院抄本作"入邊"。

**論蔡攸欲潛入都城札子**（頁六二）

"四方"，翰林院抄本作"四夷"。

**論李會李擢札子**（頁八二）

"金兵""敵國"，翰林院抄本作"金人""外夷"。

**乞免放散民兵狀**（頁八八）

"敵騎""敵馬"，翰林院抄本作"番騎""賊馬"。

**乞進兵狀**（頁八九）

題、"金人大隊""夜侵逼""敵騎不過""金蕭""譏察""金經略""金知臨""招撫""敵兵就""金補""不從降""於天時""今敵馬""日進兵"，《大典》卷一〇八七六作"乞進討虜賊狀""番，金人大隊""夜侵犯""番騎不過""僞蕭""幾察""僞涇略""僞知臨""招伏""賊徒就""僞補""不從賊""天時""今賊馬""日進討"。

**乞與宣州官吏推賞狀**（頁九〇）

"侵逼"，翰林院抄本作"侵犯"。

**乞車駕親征札子**（頁九五）

"震遠近""金邦""外國""俯首帖耳終身爲污辱降敵"，翰林院抄本作"震戎夷""僞邦""戎夷""被髮左衽終身爲污僞降夷"。

**乞追罷守臣遷避詔書札子**（頁九六）

"入境"，翰林院抄本作"入寇"。

**乞蠲二浙積欠札子**（頁一〇〇）

"國運艱難"，翰林院抄本作"外夷猖獗"。

**論招降盜賊札子**（頁一〇三）

"金人内逼""比之敵人"，翰林院抄本作"金狄内寇""比之夷狄"。

**乞薦舉武臣狀**（頁一一三）

文末，翰林院抄本有"七月六日奉聖旨依奏令諸路監司帥臣按試保明具職位姓名申樞密院"。

**乞補外狀**（頁一一四）

"大敵"，翰林院抄本作"大寇"。

**辭免參知政事札子**（頁一二六）

"敵使"，翰林院抄本作"虜使"。

**論朱勔等札子**（頁一四四）

此文輯自《歷代名臣奏議》卷一八二。此文又見《靖康要錄》卷四，册一四四頁三一〇許翰《乞誅朱勔父子疏》即據此輯錄。歸屬未能確考。

**車駕親征進起居表**（頁一五三）

"中外"，翰林院抄本作"華夷"。

**謝除徽猷閣待制表**（頁一五三）

"奠安四海"，翰林院抄本作"鞭笞四夷"。

**除宮祠謝表**（頁一五五）

"畫鵲"，翰林院抄本作"豺虎"。

**瓊州安置謝表**（頁一六二）

"誅鋤"，翰林院抄本作"誅夷"。

**與程伯寓書五**（頁一七五）

"入北投降""敵境""金豫"，翰林院抄本作"入賊投僞""僞境""番僞"。

**與張德遠書一**（頁一八一）

"外患而掃兵"，翰林院抄本作"夷狄而掃妖"。

**跋蔡君謨茶錄**（頁二二五）

此文又見册一三四頁一〇一李新同題，歸屬未能確考。

**靖州通判胡公墓志銘**（頁二五五）

此文又作册一九六頁一六二胡銓《通判兄墓志銘》。胡銓文篇題下注："假李泰發參政名銜。"泰發，李光字也。則此文是胡銓代李光所作。

【輯補】大監蘆川老隱幽岩尊祖事實跋宣和七年

仲宗平昔負絶俗之文，今又見高世之行。群公贈言，足以不朽矣。顧予何足以進之，強爲題跋云。宣和乙巳中秋後二日，山陰李光。

文淵閣本《蘆川歸來集》附錄。

知湖州到任謝表

知洪州到任謝表

知溫州到任謝表

知婺州到任謝表

《全宋文》誤收四文於册一六三頁八八至九〇李正民下，作者實爲李光。文不具錄。

## 李邦彦　卷三三二〇

【校訂】政和御書手詔碑記（頁二八八）

"□績"，《大典》卷五二四五作"臣積"。

## 胡交修　卷三三二一

【校訂】慕容彦逢謚議（頁三〇六）

文末注"《摛文堂集》附錄"。然此附錄輯自《大典》卷五三九，《全宋文》未能注出。

【輯補】乞懲陳堯臣奏紹興元年正月四日

人臣之罪，莫大於誤國；自古誤國之禍，莫大於燕雲之役者。燕山議首與夫用事之臣，大者誅戮，次者流放，而陳堯臣者，獨仍舊故秩，廩食縣官，置而不治，豈所以上慰宗社之神靈、四方之痛憤哉！堯臣爲國召亂，不知罪惡之重，乃敢自引於乞爲郡守。今雖爲宫祠，叨切食禄。臣愚伏望睿旨削奪堯臣在身官爵，投竄遐方，以懲其惡，以謝生靈，爲後世臣子誤國之戒。

《大典》卷三一四八引《武陵新志》。

# 册　一五五

## 程俱　卷三三二四至三三四五

【校訂】綦崇禮磨勘授奉議郎依前徽猷閣直學士制（頁九八）

題下，《大典》卷七三二四引綦崇禮《北海集》有注"紹興元年十月二十八日"。"具官某""庸可"，《大典》作"徽猷閣直學士通直郎知漳州賜紫金魚袋綦某""庸可特授奉議郎充徽猷閣直學士依前知漳州軍州事兼管内勸農使特封文安縣開國男食邑三百户如故"。

# 册　一五六

## 王映　卷三三四七

【輯補】青城齋宫合用絞縛物料奏紹興十三年六月十三日

照會將來郊祀大禮，所有青城齋宫合用絞縛物料，係本府應辦。即未見得的實合起蓋屋宇間架深闊丈尺數目,及皇城四壁地步去處,欲望札下禁衛所皇城司等處,將合起齋宮屋宇間架丈尺數目并皇城四壁,分明標遷地步,關報儀鸞司同本府前去檢計實用物料,以憑預行計置施行。

《中興禮書》卷二一。

# 册 一五六至一五七

## 汪藻 卷三三六三至三三九六

**【校訂】權邦彥復舊職知江州兼制置使制**(頁三六二)

"强敵",國圖藏明正德元年馬金刻本《浮溪文粹》作"强虜"。

**知懷州霍安國贈延康殿學士制**(頁三六九)

**劉韐贈特進制**(頁三七〇)

二文"醜敵",馬金刻本均作"醜虜"。

**吕好問除尚書右丞制**(頁三八七)

此文又見文淵閣本《鴻慶居士集》卷二六同題,册一五八頁四一一孫覿下即收。《繫年要錄》卷五載:"(建炎元年五月乙未)兵部尚書吕好問守尚書右丞。"是月庚寅朔,乙未爲六日。《繫年要錄》卷五載汪藻及孫覿云:"(建炎元年五月辛卯)中書舍人孫覿、張棣并依舊職……癸丑,中書舍人孫覿充徽猷閣待制,知秀州……(丁巳)太常少卿汪藻爲起居舍人兼權中書舍人。"則本月二日孫覿爲中書舍人,二十四日出知秀州;汪藻二十八日兼中書舍人,始有草制之資格。故此制應是孫覿所草。《中國典籍與文化》2016年第4期載拙文《汪藻浮溪集重出誤收文補考》已考。

**耿南仲散官南雄州安置制**(頁四〇〇)

"强寇",馬金刻本作"醜虜"。

**梁丞相辭免恩命不允批答**(頁四三六)

題中"梁丞相"指梁克家。據《宋宰輔編年錄》卷一八所載,梁克家右丞相在淳熙九年(1182)九月,時汪藻卒已二十餘年。則此制絕非汪藻所草。該文又見《播芳》卷六六,題《批答梁丞相辭免恩命不允》,與其前六文均未署作者名,而再前一文署作者爲"汪彦章"。四庫館臣或因此而誤輯此文入《浮溪集》。該文作者難以確考,應移入宋孝宗下。勞格《讀書雜識》及拙文已考。

**王丞相辭免恩命不允批答**(頁四三七)

題中"王丞相"指王淮。據《宋宰輔編年錄》卷一八所載,王淮左丞相在淳熙九年(1182)九月,時汪藻卒已二十餘年。則此制絕非汪藻所草。該文又見《播芳》卷六六,題《批答王丞相辭免恩命不允》,與其前五文均未署作者名,而再前一文署作者爲"汪彦章"。四庫館臣或因此而誤輯此文入《浮溪集》。該文作者難以確考,應移入宋孝宗下。勞格《讀書雜識》及拙文已考。

**李齊一行軍兵等獎諭敕書**(册一五七頁二二)

此文又見册二〇二頁一九七宋高宗《諭李齊使歸朝廷敕書》,輯自《三朝北盟會編》卷一五五,時爲紹興三年(1133)正月。《繫年要錄》卷四七載:"(紹興元年九月辛酉)翰林學士汪藻充龍圖閣直學士,知湖州。"同書卷六三載:"(紹興三年二月丁亥)龍圖閣直學士汪藻守湖州,用例敷糴軍糧於民戶。"知汪藻紹興三年正月尚在湖州任,無由草制。此制具體作者不可考,《全宋文》繫於宋高宗下爲是。拙文已考。

**京畿京西湖北淮南路諸州軍撫諭敕書**(頁二七)

"彊寇侵陵",馬金刻本作"彊虜腥羶"。

**獎諭審刑院詳議官大理寺詳斷官**(頁三五)

此文又見宋刻元明遞修本《臨川先生文集》卷四八《賜敕獎諭審刑院詳議官大理寺詳斷官等》,册六三頁二六王安石下即收。文中有"敕趙文昌等:省知審刑院齊恢奏"之語,所涉齊恢,《長編》卷二二六載:"(熙寧四年八月)乙丑,右諫議大夫天章閣待制齊恢卒。"其下并有注文云:"《司馬光日記》云恢溫厚長者,而不偏倚。先知審刑,議謀殺人許首事,恢以爲不可,守之甚堅,時人稱之。"知此齊恢即汪藻文所涉者,卒於熙寧四年(1071)。時汪藻尚未出生,該文顯非其作。拙文已考。

**行在越州條具時政**(頁一二〇)

"敵騎",馬金刻本作"虜騎"。

**奏論諸將無功狀**(頁一二八)

"敵騎北""載籍""敵騎長""敵人者""待敵""敵必""寇性""敵騎渡""敵至""不知""敵人侵""敵退""則敵",馬金刻本作"虜騎北""載籍。自古夷狄強盛,固有之矣。未聞有如今日之肆中國;凌夷固有之矣,未聞有如今日之亟""犬羊""夷狄者""待虜""虜必""虜性""虜騎渡""賊至""不知。則朝廷失建康、虜犯兩浙、乘輿震驚者,韓世忠、王𤫉使之也。使豫章太母播越、六宫流離者,劉光世使之也""虜人侵""虜退""則虜"。

**奏論金人留建康乞分張浚軍馬策應狀**(頁一四一)

"強敵""云敵""制敵",馬金刻本作"腥羶""云虜""制虜"。

**回提刑吴秘丞**(頁一六四)

此文又見文淵閣本《漫堂集》卷九《回提刑吴秘丞札子》,册二九九頁二四九劉宰下即收。劉氏文題下注"前人",前接《回平江守吴秘丞淵札子》。則本文"提刑吴秘丞"即吴淵(1190—1257)。汪藻卒時吴潛尚未出生,二人未有交游之可能。該文定非汪藻作。拙文已考。

**謝汪澥司成薦舉啓**(頁一八九)

此文又作册二二〇頁一五七趙彦端《謝薦舉啓》其一。趙彦端該文輯自文淵閣本《播芳》卷三五,署"趙德莊"。歸屬未能確考。

**謝館職啓**(頁一九一)

此文又作册一五七頁二二一同人《除校書謝執政啓》。前文見《大典》卷二〇四七九。後文乃《全宋文》編者輯自文淵閣本《播芳》卷二九。二文前半篇僅個別文字小異,後半篇"至如某者"以下全異,故《全宋文》編者考辨曰"蓋同一事而所謝者異,非是同文"。然《除校書謝執政啓》與《謝館職啓》全異之後半篇,恰與歐陽修《謝校勘啓》(33/129)後半篇全同。檢國圖藏劉氏嘉蔭簃抄本《播芳》卷四五與文淵閣本《播芳》卷二九收文基本相同。汪藻《謝館職啓》即載於卷四五,題"除校書謝執政啓",其後緊接《除校勘謝執政啓》,署作者爲"歐陽永叔"。而文淵閣本《播芳》卷二九汪藻文下無歐陽修此文。則文淵閣本《播芳》卷二九所收《除校書謝執政啓》乃該書輾轉傳抄中脱簡而致汪藻與歐陽修文合二爲一,非汪藻因所謝者異而在《謝館職啓》外另撰之文。拙文已考。

**除授謝舍人啓二**(頁一九四)

此文又見文淵閣本《鴻慶居士集》卷一八《謝中書王舍人啓》,册一五九頁一六九孫覿下即收。孫覿集流傳有緒,與《浮溪集》輯自《大典》者不同,當更可信。拙文已考。

**帥到任謝大漕啓**(頁一九五)

此文又見文淵閣本《樂静集》卷二一《謝大漕啓》,册一二一頁一五八李昭玘下即收。李昭玘集流傳有緒,與《浮溪集》輯自《大典》者不同,當更可信。文淵閣本《播芳》卷三〇録此文,題《帥到任謝大漕啓》,署"闕名",其前接《帥到任謝執政啓》,署"汪彦章",四庫館臣或因此而誤收。拙文已考。

**帥到任謝左丞啓**(頁一九六)

此文又見册一四二頁三一九葛勝仲同題。文淵閣本《播芳》卷三〇載此文,署"闕名",前接《帥到任謝大漕啓》,亦署"闕名",前接《帥到任謝執政啓》,署"汪彦章",四庫館臣或因此而誤收。拙文已考。

**憲到任謝太師啓**(頁二二三)

文淵閣本《播芳》卷三〇載此文,未署作者名,其前一篇署名"汪彦章",故繫於此。歸屬未能確考。

**鮑吏部集序**(頁二二九)

文末,《大典》卷二二五三七有"紹興十年六月二十八日,新安汪某序"。

**柯山張文潛集書後**(頁二三五)

文末,《大典》卷二二五三七有"宣和五年五月日,新安汪某序"。

**郭永傳**(頁二七四)

"此輩""敵率""敵至""敵來歸敵""敵不足""敵以""敵曰城""敵遣""敵曰阻""敵見""好語""醜類""敵令""敵諱""敵犯""爲敵",馬金刻本作"此胡""虜率""虜至""虜來歸虜""賊不足""虜以""虜曰城""虜遣""粘罕曰阻""虜見""夷語""犬豕""虜令""虜諱""虜再犯""爲虜"。

**尚書刑部侍郎贈端明殿學士程公神道碑**(頁二九六)

"敵索"、三"敵帥""敵寇""敵邀""折敵""敵求""敵圖",馬金刻本作"虜索""虜""虜寇""虜邀""折虜""虜求""虜圖"。

**施氏節行碑**(頁三〇三)

編者以此碑末有"慶元二年春三月",而汪藻卒於紹興間,但文中所述事在政和三年,又與汪藻時代相近,故懷疑汪藻撰文於前而立碑在慶元間。然光緒《寧海縣志》卷二一引此文,題作"魏國夫人施氏節行碑",署"宋王澡撰。見《赤城志》"。檢文淵閣本《赤城志》未見此文,然卷三三於紹熙元年余復榜下録字身甫之王澡。《全宋文》册三〇一頁二六九王澡據《寧海縣志》録文。此文汪藻下當誤收。

**故徽猷閣待制致仕蘇公墓志銘**(頁三〇六)

"寇至",馬金刻本作"虜至"。

**右中奉大夫直徽猷閣知潭州陳君墓志銘**(頁三〇九)

"陷敵中",《大典》卷三一五〇作"陷虜中"。

### 尚書禮部侍郎致仕贈大中大夫衞公墓志銘(頁三一二)

題"墓志銘"、"金主""敵遣""敵且""知敵""敵以""挫敵""敵犯""敵已",馬金刻本作"神道碑""虜""虜遣""虜且""知虜""虜以""挫虜""虜犯""虜已"。

### 朝請大夫直秘閣致仕吴君墓志銘(頁三一八)

"金人立""反賊",馬金刻本作"虜立""反虜"。

### 滕子濟墓志銘(頁三三七)

題,馬金刻本作"龍圖閣學士左朝請大夫滕公神道碑"。

### 贈左大中大夫致仕陳君墓志銘(頁三四五)

"金兵",《大典》卷三一四五作"虜兵"。

### 徽猷閣直學士左宣奉大夫致仕贈特進顯謨閣直學士蔣公墓志銘(頁三六八)

"降敵""敵騎""避兵",馬金刻本作"降虜""虜騎""避虜"。

### 鴻慶宫啓建皇帝本命道場青詞(頁四一八)

此文又作册五四頁一四王珪《南京鴻慶宫開啓皇帝本命道場青詞一》,歸屬未能確考。

### 奉元殿啓建皇帝本命道場青詞(頁四一八)

此文又作册五四頁四〇王珪同題,歸屬未能確考。

### 福寧殿啓建禳謝彗星道場青詞(頁四一九)

此文又作册五四頁三王珪《内中福寧殿開啓醮彗星道場青詞》,歸屬未能確考。

### 福寧殿滿散禳謝彗星道場青詞(頁四二〇)

此文又作册五四頁三王珪《罷散禳醮彗星道場青詞》,歸屬未能確考。

### 太乙宫爲民禳災天皇九曜道場青詞(頁四二〇)

此文又作册五四頁二二王珪《玉津園罷散爲民禳災天皇九曜道場青詞》,歸屬未能確考。

### 集禧觀啓建仁宗百日道場青詞(頁四二一)

此文又作册五四頁八四王珪《英宗開啓百日道場疏》,輯自《播芳》卷七二,署"汪彦章"。文淵閣本《播芳》卷七七録此文,題《英宗百日道場啓》,未署作者。汪藻不及仁宗,當誤收。

### 隆祐皇后二七道場疏(頁四二四)

文淵閣本《播芳》卷七七載此文,未署作者名,其前文署名"汪彦章",故繫於此。其歸屬未能確考。

### 【輯補】祭盧諫議文

惟公奮於南服,以學發身。篤信所得,務爲貴珍。始仕學省,亨途可循。力請補外,心無屈伸。天子嗣服,敷求正人。有以公告,當膺選掄。遂應召節,來朝帝宸。初副臺屬,旋升諫臣。當寧傾待,有疑必詢。公亦展盡,屢嬰逆鱗。坐使初政,朝綱一新。衆謂朝夕,登公要津。孰云小泰,隨以大屯。如木合抱,摧之半辰。訃牘來上,天顔爲嚬。褒贈絶等,從中出綸。惟數修短,誰逃大鈞。公獨非命,天乎不仁。旅櫬千里,旁無族姻。銘旌所過,見者酸辛。矧我同省,餘光幸親。川塗契闊,笑語未頻。兹焉已矣,揮涕滿巾。有酒既酌,有殽既陳。公來一訣,永反其真。嗚呼(據《播芳》補二字)尚饗。

《大典》卷一四〇四六引汪藻《浮溪集》。又見《播芳》卷一一二。
按:《播芳》引此文未署作者名,其前一文署"汪彥章"。

湖州到任謝宰相啟
泉州到任謝宰相啟
宣州到任謝宰相啟
三文原誤收於冊一九七頁三五八至三六〇王之望下,文不具錄。

代淮東顧提舉謝表
臨遣江壖,方冒責成之寵;改除淮甸,更叨從欲之仁。即至封郵,具宣德意。蓋始望未嘗及此,雖自謀何以過之(原作"於")中謝。伏念臣綿力薄材,寒鄉悴族,早襲縉紳之後,浸膺鞭策之榮。往莅閩區,無補摘山之政;洎歸魏闕,遽分原隰之華。入承當寧之清問,出喻理財之曲折。及瓜尚遠,索米為憂。蒙造物之寬恩,與臨流之近地。謂一方稍病,失春耕秋斂之常;欲比屋皆蘇,宜朝令夕行之速。具布哀矜之指,以寬流冗之民。豈臣蠢愚堪此優寄,此蓋伏遇皇帝陛下恢張治具,駕馭人材,垂衡聽以并觀,遇寸長而必錄。有如屑瑣,亦玷使令。臣敢不仰承睿訓之丁寧,不誤淵衷之紹述。每懷靡及,寧辭四牡之馳驅;迄用有成,願上三年之計最(《播芳》作"詠永")。

《古今事文類聚·外集》卷八。又見《播芳》卷一五《淮東提舉到任謝表》。

賀文太師致仕啟
伏審懇章得請,褒冊疏榮,辭二鎮之節旄,仍三公之爵命。功成身退,於迓衡之日;心廣體胖,於佚老之初。凡在聞知,孰不欣仰。恭以某官元精孕粹,崧岳降神,智足以照眇忽之先,才足以當安危之急。運籌將幄,坐戢於五兵;論道鼎司,久熙於庶績。風采想聞於今世,聲名暴著於外夷。望高纍朝,寵極一品。方且優游故里,嘯咏昌時。屬二聖之紹休,圖舊人而共與。雖高情傲物,喻浮雲脫屣之輕;然耆德在朝,增大呂黃鍾之重。巾安車而入覲,副側席之詳延。周公之老在京師,豈私諸己;裴度之事兼軍國,適應其時。果賴元猷,一新初政。九功於是咸叙,四方以之無虞。廟堂方倚於深謀,泉石遽形於歸思。幡然而起非為利,所以安邦;浩然而歸豈收名,欲以尊主。進退必由乎義,出入皆視乎天。側聆綉袞之華,近抵澗瀍之澳。涼臺暑館,莫非綠野之餘;怪石奇花,率是平泉之舊。足以探窮勝事,恬養太和。寓形閑曠之鄉,放意舒長之日。某夙叨士品,嘗奉台光,屬官守之坐縈,阻門墉之展慶。乃誠欽抃,實異常彝。

《播芳》卷三二。
附:《叢書集成初編》本《浮溪集·拾遺》據《播芳》所補文多誤收。

# 冊 一六一

張邦昌　卷三五〇一

**【校訂】**率百官上康王勸進表(頁二一七)
此文又作冊一五七頁三六汪藻《群臣上皇帝勸發第一表》。文淵閣本汪藻《浮溪文粹》卷三錄此文,四庫館臣注云:"按:高宗以建炎元年五月庚寅即位於應天府。是表當在即位之後為張邦昌代作者。"張邦昌下當删。

## 册 一六一至一六二

### 韓駒　卷三五〇八至三五一一

#### 【輯補】承務郎石敦義部夫轉承奉郎制

敕具官某：汝調民兵護至塞下，風霜屢薄，山谷阻修，而民無逃匿者，汝有勞焉。賞以酬勞，不於汝吝。可。

《大典》卷七三二二引韓駒《陵陽集》。

#### 迪功郎王蝦可承務郎制

敕具官某：爾父昔以孤軍，力摧郡寇，義形於色，視死如歸。廟食嘉興，至今不絶。陰德之報，在其後人。朕聞鼓鼙而思將率，擢爾京秩，實爲異恩。尚思能仕之忠，無替立身之孝。可。

#### 奉議郎馮晉提舉鹽事轉承議郎制

敕具官某：漢以博學，循行郡國。便民而利公上，類非俗吏所能爲也。自儒林擢持使節，茂遷居化，邦用以寧。士不知經，果不足用。議郎增秩，往其懋哉。可。

#### 故從政郎杜沔可特贈通直郎制

敕具官某：朕澤及幽顯，義均邇遐。爾方盛年，宦游自喜。不幸而殁，襚以朝紳。儻魂有知，尚或爲慰。可。

#### 故從政郎葉（原作"業"）義雄特贈通直郎制

敕具官某：汝仕南方，不幸而殞。有司言狀，覽之惻然。襚以朝紳，寵非常典。庶我德澤，漏於九泉。可。

#### 韓之道特授通直郎賜紫章服制

敕具官某：朕於爵禄，或嚴叙進之法，或推躐等之恩，率非偶然也。爾雖盡忠，未有優最。通九門之朝籍，被三品之服章。一朝而受二榮，可不謂殊寵乎？可。

以上見《大典》卷七三二三引韓駒《陵陽集》。

#### 謝轉朝散郎表

臣某言：准告狀伏爲淵聖皇帝覃恩轉臣朝散郎者。爵秩方增，寵章薦至。義無虚受，法不容辭中謝。伏念臣投老見收，坐狂中廢。及靖康之臨御，蒙任遇之非常。兩修禁殿之書，三佩守臣之印。復西垣之故步，升内閣之新班。黄紙屢除，方慶非常之遇；翠華忽遠，空懷欲報之恩。豈謂頻年喪亂之餘，尚舉前日序遷之典。初唯感涕，久更慚顏。伏惟皇帝陛下體文武之憂勤，躬堯舜之孝悌。每緣囊眷，未棄孤踪。然臣朝烈寖高，家居甚佚。平戎禦寇，嗟綿力之已衰；尊主庇民，笑此心之猶在。臣無任。

《大典》卷七三二二引韓駒《陵陽集》。

#### 謝復承議郎表

臣某言：准告復臣承議郎者。郡守分符，已叨於委寄；議郎增秩，更冒於恩榮中謝。伏念臣孤學背時，疏才忤物。少常坎壈，壯益遭迴。兩罷中都之官，一隔便朝之對。超資越序，已推同列之先；積久繁勞，尚落衆人之後。嘗司秘籍，亦坐微文。臣猶太息以自憐，世或相傳而驚笑。忽逢新政，咸洗舊愆。伏惟皇帝陛下考績以待常材，不次而收英俊，將資衆力,共致丕平。枯木朽(原作"巧")株,猥先蒙於雨露;飛梟乘雁,終自適於江湖。臣無任。

《大典》卷七三二三引韓駒《陵陽集》。

### 謝覃恩轉朝奉郎表

臣某言:准告轉臣朝奉郎者。大賚臣工,序遷祿秩。矧被訓詞之厚,益知眷遇之隆中謝。伏念臣持橐四年,分符五郡。心驚憂患,力困道塗。晚節倦游,加有負薪之疾;中原多故,獨無橫草之功。豈謂恩榮,亦霑閑散。伏惟皇帝陛下興隆漢祚,振舉周綱。仄席而求,內責衆賢之輔;推轂而遣,外觀諸將之能。而臣未獲望於清光,已屢叨於明命。但存餘息,必報殊私。臣無任。

《大典》卷七三二四引韓駒《陵陽集》。

### 寂音尊者塔銘

建炎二年五月甲戌,寂音尊者寶覺圓明大師歿於南康軍同安寺。門人智俱等崇石爲塔,葬之寺北五里。卒事,智俱來武寧,求余銘,期年不去,曰:"先師之志也。"乃序而銘之。師初名惠洪,字覺範,姓喻氏,高安人。少孤,受學辯博,能緝文,性簡亮。年十四出家,依三峰禪師。十九,試經東都,落髮受具。聽宣秘律師講《華嚴經》。一旦不樂,歸事真淨克文禪師。七年,盡得其道,始自放於湖湘之間。荊州張丞相聞其名,請傳法於峽州天寧寺,師以二詩辭焉。已而杖策謁公。公見之,喜曰:"今世融、肇也。"給事中朱彥知撫州,以師住持北景德寺。久之,謝去。住持江寧府清涼寺,坐爲狂僧誣告抵罪。張丞相當國,復度爲僧,易名德洪。數延入府中,與論佛法。有詔賜號寶覺圓明。一時權貴人爭致之門下,執弟子禮。且將住持黃龍山矣,會丞相去位,制獄窮治踪迹,尚書郎趙賜等皆坐貶官。師竄海南島上。三年,遇赦自便,名猶在刑部。雖毀形壞服,律身嚴甚。所至長老避席,莫敢亢禮。其同門友希祖居谷山,及其嗣法在諸山中,皆迎師居丈室。學者歸之。是時法禁與黨人游,而師多所厚善,誦習其文,重得罪不悔,爲張丞相及郭、陳,尤盡其力。其在東都也,咸譏"道人尚交通權貴耶",師笑謂人曰:"是安知吾意?"大臣廉知之,故及於難。及靖康初,大除黨禁,談者謂師前日違衆趨義,屢瀕於死,既還僧籍,宜有以寵異之。語聞執政,欲上其事,屬多故,不果。明年,師歿。志迄不伸,世以爲恨。壽五十八,臘三十九。著論數萬言,皆有以佐世。圓悟克勤禪師嘗曰:"筆端有大辯才,不可及也。"至他文皆俊偉,不類浮圖語。始黃太史見其所作《竹尊者》詩,手爲書之,以故名顯。既老,自號寂音尊者。予識師久,嘗戒之使遠禍。師赫然曰:"行吾志爾。矧吾法中本無死生禍福,尚奚恤予言!"予心不善之,口弗能屈也。銘曰:

維古高僧,廣學多聞。在秦融肇,傳法以文。後皆昧陋,佛法寖堙。師獨著書,至老益勤。維古高僧,名士并游。在晉安深,孫許實儔。後皆伏匿,釋儒相仇。師獨友賢,雖遠必求。好文致憎,友賢招怨。曾是不虞,數蹈大難。維師之言,世既多有。劖其行事,以告永久。

《大典》卷八七八三引韓駒《陵陽集》。

按:以上諸文《宋代蜀文輯存校補》册三卷三七已補。

### 醉吟先生傳

許氏世居桐川,而醉吟先生遷盱眙,曰:"淮山,吾樂也。吾不歸矣。"許,大姓,仕皆斬斬有聲。先生少數補吏,意不樂,即罷去。其爲人薄世味,獨喜爲詩,未嘗一日不吟。又善飲酒,未嘗一日不醉。開門接士,胸次廓然。士之喜爲詩與善飲者,舟上下淮,輒詣其廬。至則揮杯落筆,極晝夜不厭。以故名益高,交道日廣。自始罷吏,毁冠裂裳,不行造請。嘗衣黑純直掇,鬚長,以黑風神軒軒杖而出。門人爭邀致其室,唯恐其不至也。盱眙多名山,先生實家之。山中時有幽子先生,實兄弟之。如是,幾十年,傳而贊者,皆知名士也。歲丙申,來游梁,時不吟不醉矣。將歸,俾余爲傳。余戲問之曰:"子今不吟不醉,而猶冒此名者,何哉?"笑而答曰:"始余未得道也,必酒於醉,必詩於吟,尚有待者。余今不酒亦醉,不詩亦吟,自謂進乎道矣。人何足以識之。且非公則孰能傳?"余莫測其語。先生名某,字某,醉吟蓋自號云。

《大典》卷八五七〇引韓駒《陵陽集》。

按:金程宇《新發現的永樂大典殘卷初探》指出漏收。

**跋釋惠洪詩**帖建炎四年

明白莫年詩益宏放,字益遒緊。把玩此卷,如見其抵掌笑語時。建炎四年九月庚戌,北窗居士書。

《鳳墅續帖》卷三。

# 冊 一六三

## 李正民 卷三五三五至三五四二

### 【校訂】王循友知建康府制(頁三九)

此文又見文淵閣本《海陵集》卷一九同題,册二一七頁一一八周麟之下即收。《繫年要錄》卷一六四載王循友知建康府事,云:"(紹興二十三年正月)戊午,右朝散郎知鎮江府王循友移知建康府。"同書卷一六二載:"(紹興二十一年)甲子,徽猷閣待制李正民卒。"時李正民已卒,不可能有草制之舉。此時期周麟之事迹,《繫年要錄》卷一六二載:"(紹興二十一年九月)己未,左承事郎周麟之爲秘書省正字。"同書卷一六五載:"(紹興二十三年九月)壬辰,秘書省正字兼權中書舍人周麟之罷。"知周麟之此時期曾兼中書舍人,有草制之可能。

### 中大夫起居舍人趙綸除右文殿修撰知慶元府兼沿海制置副使制(頁六四)

《寶慶四明志》卷一"郡守"載趙綸:"以中奉大夫起居舍人兼國史院編修官實錄院檢討官除右文殿修撰知慶元府兼沿海制置副使,於淳祐四年八月初七日交割司印,當月十二日交割府。"則制文撰於淳祐四年(1244),時李正民卒近百年。該文作者難以確指,應移入宋理宗下。勞格《讀書雜識》已辨之。

### 皇兄沂州防禦使權主奉吳王祭祀多才磨勘轉明州觀察使制(頁六八)

此文又見文淵閣本《止齋集》卷一一同題,册二六七頁一五陳傅良下即收。《宋會要輯稿》帝系七之五:"(乾道二年)二月二十九日,明州觀察使提舉祐神觀權主奉吳王祭祀居端言:'伏爲係英宗皇帝三世孫、緦麻親,昨差權主奉吳王祭祀。及脚膝之疾,已蒙除在京久任宫觀。近年疾勢愈增,乞除一在外久任宫觀,台州居住。其合得請給,就本州幫請;生日、大禮支賜依士錢等例,於行在幫支。見權主奉吳王祭祀,乞令親姪保義郎多才權行主奉。'詔并依。"知趙多才乾道二年(1166)始權主奉吳王祭祀,時李正民已卒。此文當是陳氏所撰。勞格《讀書雜識》已辨之。

**知湖州到任謝表**(頁八八)

《全宋文》李正民小傳云:"建炎二年知湖州,入爲尚書吏部左司員外郎。"然據《嘉泰吳興志》卷一四守臣題名,未載李正民之名,且云"(梁端)建炎元年八月八日到任……(三年四月)當月十二日,丁母憂罷任。"則李正民建炎二年未曾知湖州。表云:"伏奉誥命,復臣寶文閣待制知湖州。"《繫年要錄》卷八五載:"(紹興五年二月丙子)降授左奉議郎提舉台州崇道觀李光復寶文閣待制知湖州。"李光仕履與表所云相合。則此知湖州者,即該文作者當爲李光。該文應移入李光下。勞格《讀書雜識》已辨之。

**知洪州到任謝表**(頁八九)

《全宋文》李正民小傳云:"紹興元年出知吉州,改江西安撫使兼知洪州。"《繫年要錄》卷四九載:"(紹興元年十一月丙辰)尚書禮部侍郎李正民罷爲徽猷閣待制,知吉州。"《繫年要錄》卷六六載:"(紹興三年六月甲午)徽猷閣待制李正民知吉州。"李之亮《宋兩江郡守易替考·洪州》,亦未見李正民名。表云:"伏奉誥命,除臣江南西路安撫大使兼知洪州。"《繫年要錄》卷一一七載:"(紹興七年十一月丁酉)端明殿學士知溫州李光爲江南西路安撫制置大使兼知洪州。"李光仕履正與表所云相合。則此知湖州者,即該文作者當爲李光。該文應移入李光下。勞格《讀書雜識》已辨之。

**知溫州到任謝表**(頁八九)

《全宋文》李正民小傳云:"(紹興)六年起知筠州,不赴,改婺州、溫州。"李之亮《宋兩浙路郡守年表·溫州》未見李正民名。據上條引《繫年要錄》所載紹興三年六月事,李正民職徽猷閣待制。且《繫年要錄》卷一三三載:"(紹興九年十一月)乙未,徽猷閣待制提舉江州太平觀李正民知淮寧府。"可知在此期間李正民職徽猷閣待制,未有改變。表云:"伏奉誥命,除臣端明殿學士知溫州。"與李正民生平不合。《繫年要錄》卷一〇二載:"(紹興六年六月戊申)禮部尚書李光引疾求去,罷爲端明殿學士知台州。"李光仕履正與表所云相合。則知溫州者,即該文作者是李光。該文應移入李光下。

**知婺州到任謝表**(頁九〇)

《全宋文》李正民小傳云:"(紹興)六年起知筠州,不赴,改婺州、溫州。"《宋兩浙路郡守年表·婺州》未見李正民之名。據上條所考,李正民紹興九年自提舉宮觀起用,首爲知淮寧府。而表云:"置散投閑,方竊宮祠之祿;承流宣化,復叨屏翰之除。"與李正民生平不符。《繫年要錄》卷四六:"(紹興元年八月庚午)徽猷閣待制提舉臨安府洞霄宮李光知饒州。"同書卷四七:"(紹興元年九月)丙申,直寶文閣知建康府張縝移饒州,徽猷閣待制新知饒州李光移婺州,右文殿修撰江東安撫大使司參謀官權知池州劉洪道移宣州。時復以建康爲帥府,而江、池皆命武臣,故三人改命。"知李光未至饒州而改命婺州。其仕履與表所云相合。則知婺州者,即該文作者爲李光。該文應移入李光下。《全宋文》李正民下知州謝表凡四篇,第一篇《知吉州到任謝表》確爲李正民文,後四篇謝表均爲誤收李光文。李正民《大隱集》久佚,四庫館臣始從《大典》輯出。四文在《大典》中或未署集名及作者名,或僅署作者名,且上接李正民文,四庫館臣蒙上而誤輯。

## 册 一六三至一六六

### 宋徽宗　卷三五四三至三六三一

**【校訂】日食四月朔四京德音**（頁一八四）

文末注"《宋會要輯稿》瑞異二之三（第三册第二八〇三頁）"，出處頁碼誤，實爲第二〇八三頁。

**升潤州爲鎮江府詔**（册一六五頁五九）

"□緒"，盧憲纂《嘉定鎮江志》卷一作"休緒"。

**綦崇禮除行太學正制**（册一六六頁九九）

此制未署具體時間，《全宋文》考定其在"宣和三年前後"。然署"宣和五年八月十九日"《綦崇禮除太學博士制》(166/151)有"從事郎新除太學正綦某"句，則綦崇禮除太學正當在宣和五年八月左右。

**【輯補】蘇轍移岳州制**元符三年四月二十一日

朕即祚以來，哀士大夫失職者衆，雖稍收叙，未厭朕心。兹者天祚予家，挺生上嗣。國有大慶，資及萬方。解網恤辜，何俟終日。責授某官蘇轍，擢自先帝，與聞政機。坐廢纍年，在約彌屬。漸還善地，仍畀兵團。可濠州團練副使，岳州居住。

《大典》卷二三九九引《蘇穎濱年表》。

按：此詔前半已見册一六三頁一九〇宋徽宗《叙復元祐大臣詔》。

**蘇轍領真祠敕**元符三年十一月一日

朕初踐祚，思赴治功，敷求俊良，常恐不及。念雖廢棄，不忍遐遺。轍富有藝文，嘗預機政。謫居荒裔，積有歲時。稍從内遷，志節彌厲。昭還故秩，仍領真祠。服我異恩，無忘報稱。可特授太中大夫提舉鳳翔府上清宫外州軍任便居住。

《大典》卷二三九九引《蘇穎濱年表》。

**禱應元保運真君玉册**政和五年

維政和五年歲次乙未六月己亥朔四日壬寅，皇帝臣某謹百拜言曰：大道無形，因實而强名；至神不測，即事以表功。惟皇上帝陰騭下民，爰命貴神，省兹率土。九天采訪應元保運真君運妙用，超人群，出入有無，巡游上下。博觀廣察，周行而不殆；福善禍淫，應物而不藏。在昔神考，嚴恭寅畏，明德恤祀，帝用居歆，百神受職，發揚丕貺，肇進徽稱。謂其顯仁利用，兆於有形之始，故曰應元。錫羨降康，是衍無疆之休，故曰保運。敕書扁榜，奎壁燦然。霞衣彩幢，金碧焜燿。而典册未備，屬在後人。肆惟菲德，紹休聖緒。惟大道是興，惟前烈是承。鋪張景鑠，刊鏤嘉玉。具舉縟禮，繼述先志。伏惟精誠所嚮，符應昭答。孚祐眇躬，膺受多福。相我有邦，億萬斯年。惟時報祀，其永無斁。

**特封董真人爲昇元真君誥**宣和二年

敕：朕恢闡至教，開悟群黎，欲還邃古醇一之風，宜崇前世清修之士。董真人思真念道，專氣致柔，栖澄虚静之中，超舉範圍之外。名賓仙籙，已參紫闕之游；祠有遺靈，猶福尋陽之衆。有嘉顯迹，用焕徽稱。肆頒褒贊之書，庸示欽揚之意。可特封昇元真君。

以上見《大典》卷六六九八引《江州志》。

## 册 一六七至一六八

### 綦崇禮　卷三六三八至三六六〇

#### 【校訂】獎諭安南國太國王陳日烜詔（頁二八八）

安南國太國王名陳日烜，《宋史》卷一一九載："景定三年六月，日烜上表貢獻，乞授其位於其子陳威晃。咸淳元年二月，加安南大國王陳日烜功臣，增安善二字。"則陳日烜冠太國王當在景定三年（1262）以後，時崇禮已卒百餘年。此文又見册三五三頁三〇四馬廷鸞《獎諭安南國太國王陳日烜詔》。綦崇禮下誤收當删。

#### 賀吕忠穆公著左相啓（頁三九六）

此文又作册二一五頁一五九汪應辰《賀左丞相啓》。《播芳》卷二三録此文，署"汪聖錫"。"忠穆"乃吕頤浩謚號，顯然題有誤。吕頤浩拜左相在紹興元年，汪應辰、綦崇禮均有撰此文之可能，歸屬未能確考。

#### 賀鄰帥監司（頁四〇七）

此文又見明萬曆刻本《蘇文忠公全集》卷四七《賀鄰帥及監司正旦啓》，册八七頁二六四蘇軾下即收。綦崇禮下當誤收。

#### 賀列郡守倅啓（頁四二七）

此文又見《蘇文忠公全集》卷四七《賀列郡守倅正旦啓》，册八七頁二六五蘇軾下即收。綦崇禮下當誤收。

#### 温州景靈宫奉安聖祖天尊大帝聖像奏告青詞（册一六八頁五〇）

題中《大典》卷一八二二四無"奏告"二字，且題下有注"七月八日"。

#### 徽州天慶觀奉安聖像奏告聖祖天尊大帝青詞（册五二）

題下，《大典》卷一八二二四無注"二月二十六日"。

#### 徽宗天慶觀奉安聖祖天尊大帝聖像青詞（頁五三）

題下，《大典》卷一八二二四有注"二月二十六日"。

#### 集禧觀開啓爲民祈福祈晴文（頁七六）

此文又見宋刻元明遞修本《臨川先生文集》卷四五《集禧觀開啓爲民祈福祈晴道場默表》，册六五頁二八六王安石下即收。《長編》卷一七四："（皇祐五年六月）丙戌，新修集禧觀成。初會靈觀火，更名曰集禧，即舊址西偏。"《汴京遺迹志》卷一〇"會靈觀"條下注："在南薰門外東北，普濟水門西北。宋大中祥符五年創建……初名五岳觀，觀成，賜名會靈……觀南有奉靈園，觀東有凝祥池，中有崇禧殿，觀西塢有小池，中亦建崇禧殿，奉扶桑大帝暘谷神王洞淵龍王等神，續又增置明麗及臨水二殿。後皆毁于金兵。"其下接云："《宋朝會要》：大中祥符八年五月詔會靈觀池以凝祥爲名，園以奉靈爲名，觀以奉五岳帝。仁宗時觀火，既重建，改名曰集禧。"則集禧觀在汴京，後毁於金兵。綦崇禮雖有撰文之可能，然王安石集流傳有自，綦崇禮下極可能誤收。

#### 【輯補】兵籌類要

文淵閣本《北海集》卷三七至四六凡十卷附綦崇禮《兵籌類要》。宋人大全集中收録某些單獨著作，《全宋文》有收録者，有不録者。此部分《全宋文》未録。且《大典》卷八三三九録《善守篇》,文淵閣本亦未收。文不具録。

## 册　一七三至一七四

### 張守　卷三七七九至三七九五

**【校訂】葉適寶謨閣待制知建康府兼沿江制置使制**(頁二〇〇)

《景定建康志》卷二五載:"開禧二年六月復置,以朝請大夫寶謨閣待制知建康軍府充江南東路安撫使葉適兼沿江制置使。"則制文撰於開禧二年(1206),時張守已卒。該文作者難以確指,當移入宋寧宗下,張守下删文存目。勞格《讀書雜識》已考及之。

**翟汝文資政殿大學士薛昂除尚書左丞制**(頁二〇三)

《宋史》卷三五二薛昂本傳載:"大觀三年,拜尚書左丞。"則制文撰於大觀三年(1109)。而據《全宋文》張守小傳,其崇寧元年(1102)第進士,宣和三年(1121)始爲中書舍人。此制當非張守所擬。張守《毗陵集》久佚,四庫館臣始從《大典》輯出。該文在《大典》中應前接張守文,四庫館臣誤以該文作者"翟汝文"爲篇題一部分,蒙上而誤輯。此制應移入翟汝文下,張守下删文存目。勞格《讀書雜識》已考及之。

**謝南郊大禮加食邑表**(頁二三三)

此文又作册一九二頁二四五仲并《代謝郊祀加食邑三百户表》。二文僅有少量異文。當爲仲并代張守作。

**謝傳宣撫問表二**(頁二四八)

此文又作册一九二頁二五七仲并《代郡守謝傳宣表》。當爲仲并代張守作。

**謝傳宣撫問賜藥表**(頁二六七)

此文輯自《播芳》卷六下,未署作者名,其前文署"張全真",故輯於此。歸屬尚未能確考。

**乞屯兵江州札子**(頁三二一)

"金人軍""見金人""蕃翰""敵路""敵騎",《大典》卷三五八六作"蕃人軍""見虜人""藩翰""賊路""賊騎"。

**賀張知院除右僕射啓**(頁四〇六)

此文又作册一三五頁二七晁咏之《賀張丞相啓》。晁咏之文輯自《播芳》卷八,題"晁之道"。歸屬未能確考。

**四老堂記**(册一七四頁一七)

"我力""各爲室",《大典》卷七二三八引作"吾力""各爲以室";"紹興十三年",原作"紹興十年",《全宋文》編者校改,《大典》正作"紹興十三年"。"紹興十三年歲次癸亥六月朔記",大典本"常州府"卷一六作"紹興十三年歲次癸亥六月朔,資政殿大學士左通議大夫提舉臨安府洞霄宮毗陵郡開國公張守記"。

**【輯補】祭楊中立先生文**

維紹興五年太歲乙卯七月壬申朔某日,具官張守謹遣某官致祭於故龍圖閣直學士致仕楊公龜山先生之靈。惟公純德茂行,表的一時;奧學懿文,啓迪多士。蚤擅儒宗之譽,晚登從列之華。諫省對敡,經帷勸講。雖略聞於議論,殆未究於經綸。引年而歸故鄉,獨高名節；訪道而侍（原作"待"）元老，尚繫輿情。天不憗遺，人將安放？守頃趨函丈，數陪杖屨之游；茲領左符，坐束簡書之畏。瞻風伊邇，籩席無因。未聞拔薤之規，遽奉生芻之奠。舉觴在望，隕泪難勝。尚饗！

大典本"常州府"卷一七。

### 祭李綱文

紹興十年歲次庚申二月丙午朔二十日甲子，資政殿大學士左通奉大夫江南西路安撫制置大使兼知洪州張守，謹遣使臣唐邦憲，以清酌庶羞之奠，恭祭於故大丞相少師李公之靈。惟公識洞古今，氣涵宇宙。高明之學，成於夙習；經濟之具，得於天資。進《讜論》於群邪拱默之時，定大業於國勢阽危之際。赫然偉望，著於兩朝。逮上聖之嗣興，冠群臣而入輔。規模甚遠，經畫云初。俄讒譖之陰乘，遽飄零而遠引。落落難合，豈容袁盎之居中；惓惓不忘，何愧畢公之在外。嘉獻必告，褒詔屢頒，謂宜遄歸上宰之班，永弼中興之運。國之不幸，人之云亡。嗚呼哀哉！公之用也，不究其才；公之賢也，不得其壽。輟朝興一老之嘆，告第冠三孤之崇。雖極哀榮，曷慰存歿。惟是高明大節，揭日月以爭光；爽氣英姿，照丹青而不朽。守從游固久，辱眷尤深，歔緒論於閩中，接遺迹於江表。醉吟綠野，永懷杖屨之餘；獻諾黃堂，猶奉教條之舊。驚呼奄忽，想像平生。寓哀以辭，有隕如瀉。嗚呼哀哉！尚饗。

岳麓書社 2004 年版李綱《李綱全集》。文津閣本李綱《梁溪集》附錄。

按：《文淵閣四庫全書補遺》册二頁八四九已輯。

# 册 一七四

## 沈晦　卷三七九六

### 【輯補】與汪聖錫書

初聞車馬過常山，意謂入城尋玉山之約，久不聞來音，乃知竟往鹽官。最服高誼，欽仰殆不勝情。

臨事切告，□慎匿遠形迹，當使口如耳，庶可免千里赴師友喪。名高行峻，尤致人窺覬至祝。

國圖藏清抄本《汪文定公集》附錄《宋汪文定公行實》。

## 吕本中　卷三七九七至三七九八

### 【輯補】答周知和書

廬阜只尺，讀書少休，必到山中，所與游者，誰也？古人觀名山大川以廣其志，思而成其德，方謂善游。太史公之文，百氏所宗，亦其所歷山川有以增發之也。惜其所用止在文字間，若使志於遠者大者，雖近逐游、夏可也。

《大典》卷二五三七引《清波雜志》。

### 與汪聖錫書

嘗記紹興初，諸公例皆斥逐，先人嘗見顧子敦內翰。顧公再三相勉云：守至正以待天命，觀時變以養學術。此實至言也。聖錫器質既過常人千百，而學問之深、持養之久，將有大過人者。將來扶持此道,主張正論,惟左右與季仲一二公耳。此拳拳之私,所以朝夕不忘也。

國圖藏清抄本《汪文定公集》附錄《宋汪文定公行實》。

## 曾幾　卷三八〇〇

**【校訂】謝史成受朝奉郎表**(頁一三一)

此文又見《曲阜集》卷一《謝史成受朝奉郎表》,册一一〇頁一曾肇下即收。曾幾此文《大典》卷七三二四引,題《曾文清公集》。文有云:"裁成二帝之書,仰資聖訓;褒錄諸儒之效,俯逮孤生。"《長編》卷三二七載:"(元豐五年六月)甲寅,修《兩朝正史》成一百二十卷。上服靴袍,御垂拱殿,引監修國史王珪,修史官蒲宗孟、李清臣、王存、趙彥若、曾肇進讀紀傳。"同書卷三五九載:"(元豐八年八月)丁卯,翰林學士兼侍讀鄧温伯爲翰林學士,承旨朝奉郎吏部郎中曾肇、朝請郎禮部郎中林希兼著作。"曾肇歷官,正與此文所載相同。且文淵閣本《唐宋元名表》卷下之一載此文,亦題作者爲"曾子開"。"子開",曾肇字也。檢《大典》卷一〇一一六引《范純禮復天章閣待制樞密都承旨制》,題"曾文清公文集",而此文另見曾肇《曲阜集》卷一及《宋文鑒》卷四〇,署"曾肇"。則知《大典》所引注出處之"曾文清"者,或爲"曾文昭"之誤。故此文當爲曾肇作,曾幾下存目即可。

## 李處權　卷三八〇一

**【輯補】題蘭亭序**

古今書稱右軍爲首,正書見《曹娥碑》,妙絶超古,與鍾元常抗衡。三十年猶及識於河南王晉玉家。《黃庭經》《樂毅論》,若兩手。行書見《蘭亭序》,高風勝韻,爲一代冠。太宗褚遂良摹勒賜近臣。此本蓋有苗裔耶。洛陽李處權跋。戊午中秋前三日。

《六藝之一錄》卷一五四。《蘭亭考》卷七。

**跋石鼓文**

唐貞觀中,吏部侍郎蘇勗著論岐陽獵鼓,引歐陽、虞、褚并稱墨妙爲據。三君體法爲世楷式,賞好爲物軒輊,在當時已爾。今其故迹僅存,隋珠、和璧不足喻其珍。予避地南來,一日料檢行废,得岐鼓及《孔廟》《醴泉》《化度》《孟師》《丹州》諸碑。流徙之餘,偶無散落,爲之驚喜過望,書其事以示子孫。建炎己酉夾鍾五日,雒人李處權巽伯。

文淵閣本《晦庵集別集》卷四。

## 趙鼎　卷三八〇六至三八一四

**【校訂】與百姓同勞苦以圖恢復奏**(頁三一四)

《大典》卷七九六一引《趙忠正德集》題作"憂勤中興",且文末《大典》有"唯陛下留意。幸甚"。

**【輯補】蔡忠惠公遺像贊**

儒林儀表,國家棟梁。風雲翰墨,錦繡文章。駕長虹於寥廓,聽鳴鳳於高岡。

清吳傑刻本《忠正德文集》卷五。

**探報帖**

劉振豫探報極詳實，諸處所聞亦皆符合，則今秋入寇無疑矣。伏惟經畫已定，有可以豫相告語者，幸星速報示。如移蹕等事，亦欲前期作措置也。今政府闕員，從官因一倡復，皆謂朝廷謀大事，不得豫聞，亦以二府久不除人也，又不敢容易薦進。他時留司自要一員倚付，不知吏書欲辦否？相公切更熟思，或得其人，即告速示章。且叟欲留之行在，緩急亦有用處。以爲何如？鼎再拜。

國圖藏清抄本《鳳墅殘帖釋文》卷上。

## 册　一七五

### 李邴　卷三八二一至三八二四

#### 【輯補】祭綦內翰崇禮文

維紹興十二（原作"三"）年歲次壬戌某月某日，具位云云，謹以清酌庶羞之奠，遣人致祭於叔厚宮使內翰閣學士之靈。嗚呼！人常有言，知音實難。嗟我與公，相知幾年。昔在宣和，我官翰林。公來過我，袖有新文。其光曄如，其氣韡如。美玉在璞，可爲璠璵。薦言於朝，有應如響。非我私公，公論固然。公仕寖升，我以言謫。世故艱難，歲月如髪。再見山陽，青衫白鬢。日困盜賊，鄰於渴饑。清蹕渡江，我造行闕。遭變不死，以忝原闕。公亦戾止，遂爲郎官。鈞樞求賢，典司文翰。曰公之才，應用有餘。求之班行，可以二數。金礪方礪，鵬風而騫。簪筆螭蚴，北門視草，大筆染濡。帝寵賚之，玉硯金蜍。我寓於泉，公來守漳。往返會面，握手欣歡。杯觴淋漓，懷抱傾瀉。十年乖離，一日笑語。公再入侍，歷典鉅藩。奉祀以歸，有命則然。山川相望，再見無日。公以書來，字畫猶濕。報章未幾，忽聞訃書。天馬萬里，躓於中塗。惟公生平，懷抱夷坦。美玉精金，一無可揀。謂宜黃髪，且有嗣賢。二者莫遂，何辜彼天。孰不我知，莫如公厚。孰不知公，莫如我舊。窀穸有期，奠挽弗親。緘詞寓哀，以寫我心。嗚呼哀哉！尚饗。

文淵閣本《北海集》附錄中。

## 册　一七五至一七六

### 劉才邵　卷三八三八至三八四八

#### 【校訂】代宰相答朱丞相賀太后回鑾札子（册一七六頁二四）

《繫年要錄》卷一四六載此文，有"秀水朱勝非進賀上札子"云云。味文意，《繫年要錄》所載當不確。

#### 【輯補】上殿論減月椿札子

伏見諸路州縣月椿，先蒙朝廷慮困民力，特與蠲免減數目，行下州縣，以係省錢、經制錢椿辦。此莫大之惠也。比聞州縣間有以憲漕司占吝各司所撥名色，復責令州縣措辦，未免陰取於民，遂使寬澤不能下究。臣愚欲望聖慈，特降睿旨下有司，申嚴法禁，俾監司州縣，恪意奉承，專委帥臣覺察。如有違戾去處，乞重賜施行，庶幾民霑實惠，不勝至幸。取進止。

《大典》卷六五二四引劉才邵《杉溪集》。

#### 孟夏車駕詣景靈宫朝獻祝香文

孟夏届候,法駕親臨,恭焚寶香,供養聖祖天尊大帝。皇帝伏願永御丕圖,益恢洪業,慶協多儀之應,運符景命之昌。

文津閣本《樵溪居士集》卷一一。

按:此文《文淵閣四庫全書補遺》册二頁九五八已補。

#### 示諭文字帖

才邵再拜,蒙示諭文字。良節不外,已即時爲遣人催趁,率不至稽滯。此後有委,敢乞疏示。才邵再行。

《鳳墅續帖》卷一四。

# 册　一七七

## 王洋　卷三八六六至三八七七

#### 【校訂】史才國子監主簿制(頁九)

"慎擇",《大典》卷一四六〇八作"御名擇"。則《大典》此處避諱。據文意,四庫館臣所改"慎"字當不誤。"慎"乃宋孝宗諱,王洋未歷其時,頗疑此字乃刻集時諱改。

#### 遏敵之策疏(頁九三)

題、"外夷""外夷之人""敵寇""敵兵以""然後外寇""外夷,外夷""外夷之勢",《大典》卷一〇八七六作"遏虜之策""夷狄""夷狄之人""虜寇""虜兵以""然後虜寇""夷狄,夷狄""夷狄之勢"。

#### 蠲逋欠札子(頁一〇二)

此文又作册一八七頁八一張嶸《蠲逋欠札》,歸屬未能確考。

#### 【輯補】祭張彦素龍圖文

嗚呼!山川之靈,在人爲英。或者得之,恃才而矜。惟仁惟厚,惟正惟和。本立既固,所取洪多。嗚呼張公,兼此衆美。有浮而彰,誓不屑以。人亦有言,仁者宜壽。胡爲是公,不憖而疚。伊昔宣和,策士於庭。我實與公,聯芳而升。契闊再見,十有二年。古佛之廬,徑山之巔。規模宏豪,骨貌豐偉。意公遠期,吾徒之喜。自又十載,僕官番陽。公來持節,實治是邦。相得之樂,吐誠以果。我惟公尊,公亦我可。惟兵與刑,國柄之武。仁者居之,儵然莫懷。公之初筮,士歌以舞。東人之子,坐溪公來。惟是南國,念去以哀。如何兼忘,儵然莫懷。公之初筮,無意於禄。人憂其遲,公病其速。十年拂巾,卑栖佐縣。軺車偶來,賞論以薦。既升於廟,士論興起。重車折軸,莫究其旨。顧惟衰庸,漸德既豐。翩翩一旄,順江而東。莫遂執紼,悲懷何窮。謹致薄奠,姑明其衷。惡夫涕之無從。

《大典》卷一四〇四六。

按:《大典》此文未標出處,其前一文署"彭汝礪《鄱陽集》",據《大典》錄文體例,當屬此集。"張彦素龍圖"乃丹陽人張絢,字彦素,宣和六年第進士,官終直龍圖閣、兩浙東路提點刑獄,紹興十九年(1149)卒於任;而彭汝礪治平二年第進士,卒於紹聖二年(1095)。則文非彭汝礪作。文有"伊昔宣和,策士於庭。我實與公,聯芳而升。契闊再見,十有二年……自又十載,僕官番陽。公來持節,實治是邦"之語,知作者亦宣和六年第進士,紹興十六年至十九年間知饒州。符合上述條件者僅有王洋,紹興十七年知饒州。

## 程瑀　卷三八八六至三八八七

**【輯補】踏逐到望天去處奏**紹興二年二月六日

已降指揮令臨安府於城內踏逐祭太社太稷去處,今本府踏逐到城內天寧觀屋五間,可以充望祭等行事。

《宋會要》禮二三之四引《大典》卷二四○二三。

# 册　一七九

## 周林　卷三九一四

**【輯補】留題君山**

君山之在澄江,南接城邑,北距大江,山川雄偉,氣象炳靈。仙佛鬼神,往往來會。岳帝之祠居其麓,而寺峙其下。東風而雨,西廡皆濕,惟西亦然;西之所暵,東廡皆暴,惟東亦然。予雖不熟於斯地,然而一至其處,步涉長廊,知有是憂。乃告長老,種松與柳。柳易成,三年而陰;松難老,三年而青。行立而間植之,易成者老,則難老者成矣。是三年之淹,而獲百步之清,接乎千歲之姿也。予(原作"子")與長老皆老矣,柳猶可待。松雖小,可守歲寒。當火急爲之。

大典本"常州府"卷一五。

**祭王教授文**

世之賢而才者少,夭者亦少。少者稀有,天胡與之以世之所少。世之富且康者多,壽者亦多。多者易得,天胡奪之以世之所多。天乎天乎,謂正而頗。子之賢才,閭里惟過。鄉吏屬薦,愈鈍愈磨。一鳴驚人,金榜巍峨。藍綬拜親,棣(原諱作空)萼聯科。相君其知,命教以師。同日并除,兄弟一時。喜無幾何,何哀之那。相繼奄忽,誰意蹉跎。予哭予兒,予懷之悲。子之來吊,子慟爲誰。泪下如洗,自古有死。耳未遽忘,子亦爲鬼。天乎天乎,果不可恃。予不子外,子不予鄙。探錦索稿,異好賤嗜。子之云亡,詩成誰寄?墓旁可封,予將爲文,冢而效夫劉蛻。嗚呼哀哉!尚惟饗之。

**祭樓通奉文**

天生才德,意甚匪易。曷既生之,又艱初試。將留後福,以永晚歲。庸止其身,抑昌厥世。惟公英發,妙年入仕。服勞州縣,殆越三紀。製錦題輿,未究善美。勇退急流,即安閭里。坐觀冢嗣,進陟樞庭。恩許歸省,一世所榮。仍賜瑤帶,錯落萬釘。示勸義方,觀聽竦興。嗚呼!華資纍遷,三品爰登。康寧好德,八十二齡。夫豈不多,皆古難并。某幸與令子,廟堂同升。遭時艱厄,期共致平。緬懷教忠,聞訃失聲。式陳一酹,遥展哀誠。

以上見《大典》卷一四○四九引史林《楊湖居士集》。

**祭季觀文文**

惟公志氣自強,從古鮮儷。功名疾懷,在困不置。豈以謀身,亦將救世。故百姓之譽,不約交歸。而禄位之崇,迭居更試。出師三州,威聲正厲。請處琳宮,辭劇就易。豈黄閣紫樞,久已倦游。而赤松黄石,將從休憩。謂宜永年,奄忽長逝。何天假之才,而不以壽畀也。林生固晚，尚及同時。雖微雅故，俱值時危。聞訃三嘆，何能不悲。遥致薄奠，靈其鑒之。嗚呼哀哉！尚饗。

《大典》卷一四〇五四引史林《楊湖居士集》。

按：此集作者，孔凡禮《孔凡禮文存》頁三八六據《千頃堂書目》所引，定"史林"爲"周林"之訛。

## 册 一八〇

### 李彌遜　卷三九四四至三九五八

**【校訂】辭免户部侍郎第一狀**（頁二二八）

《全宋文》校改"刻宏"爲"刻吝"，《大典》卷七三〇三正作"刻厷"。

**謝户部侍郎表**（頁二三六）

"詞垣□□"，《大典》卷七三〇三作"詞垣清要"。

### 高登　卷三九五九至三九六〇

**【校訂】李生希顔齋銘**（頁四二一）

《大典》卷二五三六引《清漳集》載此文，題作"晞顔齋銘"，署作者爲"葉溱"。葉溱，生平不詳，《全宋文》未録其人，作者歸屬未能確考，故不另補葉溱之名。"固他""高堅前後""遲言""夫未達""星之""希顔"，《大典》作"顧他""堅高後前""馳言""未達夫""星乎""晞顔"。

## 册 一八一

### 吴説　卷三九七〇

**【輯補】題廣陵先生游壽寧寺詩後**

先生姓王氏，字逢原，説之外大父。是詩蓋當時所作也。説得官二浙，因至邑，訪異文舊跡，書而刻之君山。靖康初元六月二十六日，錢塘吴説。

大典本"常州府"卷一八。

### 薛嘉言　卷三九七五

**【輯補】重建賜趙遂良誥碑記**

臣嘉言蒙恩兹壘，厥既視事，則謁羣望。有斷碑卧祠下，俾吏視之，以"太宗皇帝制書"報。竊怪焉，命録其文，則淳化中賜趙遂良《誥》也。遂良嘗以殿中丞知軍事，其孫（原作"縣"）澤民，復兹攝邑，侈其祖賜，而刊諸石，榜閣爲清白堂，且屬劉谷記之。臣嘉言三復誦嘆，味祖宗德意之美，而惜兹碑之仆也，命復建立。謹再拜稽首，爲之贊曰："於赫上聖，風教是扶。小臣清白，寵貴璽書。首陽采薇，宣父稱仁。立懦廉貪，萬世愈尊。有唐守臣，正身律下。清白賜箴，吏以感化。矧惟嗣皇，光茂往則。四方風動，疇敢不飭？"右宣教郎權發遣江陰軍兼管内勸農事借緋魚袋臣薛嘉言重建。

大典本"常州府"卷一九。

# 册 一八二

## 秦檜　卷三九八三至三九八四

### 【校訂】乞令台州繳進綦崇禮所受御筆札子（頁二〇）

注"三年"、"因上""祚""驅敵""北朝""愚臣""爲據""然臣以""伏望""幸甚"，國圖藏翰林院抄本《北海集》附録中作"四年""固已上""祚所謂後其身而身先，無以天下爲者可以托天下也""驅虜""國相""愚臣於""爲據克家、崇禮之選用，外人所不知，臣固知二人獨頤浩所昵，非陛下所柬注也""然以其人闒冗凡下，搢紳所不齒，不足以污牙頰，姑置度外。臣又以""伏望聖慈""幸甚。取進止。貼黃：克家初受僞命，其子伋對所親厚言，它日伋等奈何？蓋已不有其父矣。豈意自全以至今日，克家受頤浩、勝非之援，再至經筵，曾無幾時。乃奏言陛下以一人召至，又以一人言而去，恐四方有以窺陛下。其敢爲大言，無所忌憚如此。疑以傳疑，何所不至。伏望聖慈深賜降鑒。七月十一日三省同奉聖旨依"。

## 宋之才　卷三九八九

### 【校訂】沙塘陡門記（頁一一八）

題，《大典》卷三五二六作《萬全鄉斗門記》，文中亦作"斗門"，與《全宋文》"陡門"不同。"徵暘""奔□"，《大典》作"徵暘""奔騰"；"端夫"，《大典》作"端吳"，"吳"屬下讀；"我□"，《大典》作"我稱"。

## 洪興祖　卷三九八九

### 【校訂】言李彭年孝行奏（頁一一九）

"本軍廣德縣左迪功郎"，《大典》卷一〇四二一引《桐汭志》作"伏見土居官"；"人境"二字下《大典》有"作過"二字；"飲水"，《大典》作"水飲"；"此身"二字下《大典》有"不食酒肉"四字；"泣下"二字下《大典》有"自兵戈以來，習熟見聞孝養廢闕不能如禮者多矣。彭年獨躬行之"二十六字。

## 胡珵　卷三九九一

### 【校訂】紹興奉詔新建軍學記（頁一五六）

《全宋文》所録脱略尤甚，今據大典本"常州府"卷一八重録。

紹興五年秋八月，知江陰軍事王棠建請於朝，曰："軍，故縣治有學，實廢餘十五年。士無所於業。今升縣復軍，法得視列郡，應立學官教授員。軍有閑田，以畝計若干。官籍其租，士廩是充。士之少若長，願補學官弟子，其員二百四十。敢冒以聞。"詔可。於是遂所請。初，軍額之復也，師旅方興，學爲營屯，糞壤荊榛，久益傾壞。王侯下車，謁先聖、先師，惕然改容，顧從事陳剛中曰："政有後先，將孰是先？"下令調工役，改治學宮，簿正祭器。乃仲秋上丁。躬修釋奠，備物稱儀，禮成不惑。蓋自復軍，於今七八年，士莫第者。及是，前祭一日，士之被選春宫，纍凡四人，而報書適至。士喜且力，不令兹勸。未幾，講堂穹宏，兩序端直,舍次靖深,庖湢潔具。一錢不以費縣官,不以擾民,學則大備。侯乃從有請也。上嘉予之。命下至軍,士子歡呼。其從事陳君前曰:"《禮》,天子命之教,國以學。請以命教名堂,可乎?"皆曰:"善。"侯又《春秋》三傳,讎校板刻,列置學官,而范君之教益孚。士始知,以牒訴詣吏,直猶恥也。粵明年五月,從事陳君擢丞太府,因太史張侯九成條具本末,以屬其同舍郎胡珵,請紀厥事。珵辭焉。更六晦朔,晏請益堅,乃爲著其大略,而且告之曰:"蓋江陰,初縣毗陵郡。毗陵,古延陵也。季子墓距縣治西三十里,列在祀典,廟食一方。而本朝文正范公,慶曆間嘗爲記文宣王廟。大賢、儒宗,千歲相望,遺風固可想也。學官弟子員,朝夕隸業其中,克究師友淵源所自,如射者有鵠,如御者有策(原作"榮"),勿貽前聞人羞,則爲無負。矧軍興以來,公私告匱,朝廷爲之損田租,命師儒,一切靡所愛惜,所望於學官弟子,宜奈何?嗚呼!克咸自勉爾矣。抑予聞之,魯僖公作頖宮而淮夷服。故其《詩》曰:'矯矯虎臣,在泮獻馘。不告於訩,在泮獻功。'今茲邊陲未寧,相與戮力王室,將在郡國、東諸侯。則獻馘獻功,修頖宮故事,職也。長江之陰,萬室之封。軍無小,足以爲政。信能治其賦役,明其獄訟,訓其桀黠,而師其賢人,毋邊薄此蕞爾壘者。鄭人鄉校,始議子產,後且更誦其遺愛。侯第徐觀之。"六年十月丁酉,左承(原作"丞")事郎秘書省正字兼史館校勘兼充行宫留守司主管機宜文字胡珵記并書。

**【輯補】紹興新建定山禪寺輪藏記**

長江之陰,定山之麓,距古道場踰五百年,有大比丘,其名覺元,重建法幢,寺以興□。唯此比丘具慈忍力,志願深廣,能以身血,大作佛事,不與丹墨五色雜合。血無□書寫經典。周游十方,持善知識,年且四十,來歸定山。有大檀那太原王渙,剪除荊榛,肇營棟宇,飲食卧具,以安處之。是比丘者,倡率其徒惠儔、道悦、妙智、道光、道雲、彦珂、梵芝、道思、智昇、□□、志圓,凡十二人,相與刺血,寫四大部,所謂《般若》《華嚴》《寶積》《涅槃》,爲卷八百四十有三。越五十旬而寫之。□□字畫端勁,如出一手。時王渙者,目睹斯時,踴躍懷喜,入□□其母,出力爲衆,建法寶藏,兩輪八方,栖匭其中。諸天□□,俯仰旋繞。金碧焕爛,以爲莊嚴。居士胡珵家於晉陵,身服儒冠,志存佛事。與是比丘,從曩劫來,有大緣契。雲居峰頂,一見如舊。何意今者,契闊九載,□□定山,成就本願,而坐道場,念茲經典,數百萬言。時□□居士,於其中間,劣有少分功德隨喜。如持滴水,限於大海,廣狹吐納,雖不同量,而此一滴,本圓明性,歷劫不消。則我父母所生身血,與此經典,永傳無窮,菩提林中,長爲種子。與是比丘十二人者,盡未來際,長爲善友。出没往反,度無量衆。□有南岳楚雲上人寫《法華經》,十指乾而終七軸,藏諸名山,誓同彌勒。貫休詩章,贊嘆希有。況乃成績,巍巍如是。又此道場法響禪師,當正觀中,以四聖果,絶江相地,肇啓精藍。後五百年,是比丘出,曠代復興,山川增輝,非偶然者。居士稽首,重説偈言:"我聞兩足尊,全身傳半偈。不愛己軀命,爲重求大法。云何驕慢者,心不生希有。是故普賢説,剥皮與折骨。刺血以爲墨,寫經如須彌。爲尊重法故,應作如是事。良哉大比丘,□願心殊特。奉身依佛敕,捨血爲佛事。純一血無□(此'□'原無),非□□五彩。所寫衆經典,字乃以萬計。手畫諸佛像,軀以尋赤計。餘血象衆塔,其數十百計。化彼净行者,總十有二人。異體同一心,虔寫四大部。百有二十指,二十四眼根。鼻端與舌端,及耳及其臆。遍取六根血,究彼六根義。各陳其心畫,端勁儼若一。八百四十三,卷袠(原作'袞')頓成就。心華所發明,爛如金光聚。是身本不净,一念成净用。是身速壞相,一念證無壞。我計其所刺,不知幾千百。量彼所用血,不知幾升斗。視身如牆壁,不以傷爲懼。忍刺如食蜜,不以慘爲懼。取血如泉源,不以涸爲懼。寫經如饑渴,不以多爲懼。是身已無我,無痛痛覺故。是身已無病,法乳充滿故。是身諸佛等,流出諸法故。是身衆生等,代受衆惱故。是身法悲幢(原作'憧'),建立希有故。是身法慈航,度凡有情故。唯此身血者,變化通神怪。爲碧或爲憐,怪有如是事。況以真實心,寫布真實語。建真大寶藏,同轉大法輪。雷動而風行,響震十方空。永鎮於大江,龍天共迴嚮。"左承事郎秘書省正字兼史館校勘胡珵撰書。紹興六年夏四月甲子,菩薩戒弟子右迪功郎王渙立石。

大典本"常州府"卷一八。

# 王銍　卷三九九二

【校訂】**梅花賦**(頁一六〇)

題,《大典》卷二八〇八作"早梅花賦"。

# 莫伯鎔　卷三九九四

【校訂】**乾道修學記**(頁二〇八)

《全宋文》所錄脫漏尤多,今據大典本"常州府"卷一八重錄。

富庶而後教,治之序也。教一日不立於天下,則争鬥之獄繁,僭侈之風熾,欲富裕得乎? 故教者,又富庶之本也。在昔之所爲治天下,志於教而已。六府三事,無非教也。皇極九疇,無非教也。歷代之所因革損益,禮樂刑政,法度班列,制之可考於經者,無非教也。學者,教之本也,教行於是而已。方治盛時,商農工賈,莫不有士君子之行,漸磨使然也。一家仁,一國興仁。塾立,而教達於家矣。庠立,而教達於黨矣。序立,而教達於遂矣。學立,而教達於國矣。凡國之政之大者,必於學乎舉焉。示教之有所本也,教成則無餘事矣。是謂治出於一。世衰,先王(原作"生")之治具日廢,長人者各以其意爲治,治術益龐。州縣之間,財賦獄訟,簿書期會,迫遽若水火,早晏以趣辨,幸(原作"奉")自脫,何暇問所謂教化事哉? 或乃摟虚文以自高,下車延見諸生,致禮敬焉,學宮敝則新之,學廩闕則豐之,曰:"吾治尚教,非俗吏爲也。"泮宮修而《魯頌》興,今何家耶? 築者則有云矣,曰:"吁嗟乎! 奈何捨稽事,而役是不急也?"然則教之耶,抑厲之耶? 徐侯爲江陰,期年,大新江陰之學,而江陰之人歌舞之,則異矣。其言曰:"異時,斧斤不絕於學宫,材窳而工濫(原作"監"),閑不十數歲,輒敗。今材良而工緻,若葺私廬,度可百年計也。"侯之事於學,蓋發於中心之確然者。方是時,公私譙譙,朝夕之資不相及。侯搏約檢柅,細大有章,銖積寸纍,克舉是役,而民不知。侯之能,於是絶人遠矣。予居湖,去江陰三百里,頗聞侯政美,猶未盡是也。侯至,詢民之疾苦既周,疏奏天子,以"所領郡,田疇洿下,溝瀆久淤不治,夏暑雨輒泥,爲害九年。於今民用艱食。天子哀憐,勘民秋之入之租,既蠲矣。稅若役、若絹與紬之買,諸民凡夏之當輸有司者,民無以輸,願盡貸勿輸。不然,民且亡(原作'之')去。謹昧死請"。報可。往歲,它郡有故不輸帛者,分配旁郡,江陰增以匹計者四千餘,歲襲弗革。侯并以爲請,歸其故。有司持之曰:"賦入之經也。"侯力請不已,上爲蠲八之三。命下之日,呼聲動阡陌。流逋日歸,草萊(原作"菜")日闢,歲以大穰。家有蓋藏,里無訟門。古之所謂"富之,庶之,教之",出治有序,致治有本,爲斯人長利者,若侯之爲,非邪? 學之建,爲不虚矣。

且教,自身出者也。初,天子命侯爲饒州守,侯家吳,懼勤親於遠也,請於朝,易旁小州,以便養。君子謂侯於是孝於親矣。孝者,教之本也。然則凡侯之所以治江陰,朝夕接吏與民,率屬、賓士,形於謦笑,施於號令,皆教事也。《詩》曰:"穆穆魯侯,敬明其德。"又曰:"濟濟多士,克廣德心。"上下莫不一於德,教之大成也。請歌是詩,以補江陰之頌。侯名葳(原作"葳"),字子禮,歷陽人。乾道丙戌歲季冬乙亥,吳興莫伯鎔記并書。

## 張頡　卷三九九五

**【校訂】**故左宣奉大夫顯謨閣待制贈特進葛公謚文康覆議(頁二三一)

"□□患難",文淵閣本《丹陽集》作"權豪患難"。

## 張元幹　卷四〇〇五至四〇〇七

**【校訂】**跋江天暮雨圖(頁四一三)

該篇前部分是散文,後部分是詩歌。《四庫存目叢書》集部册一五《蘆川歸來集》卷三有此文("首垂三十年矣"句前一葉錯簡於此卷後),其格式爲散文部分低二格,韵文部分頂格。據此,此篇主體是詩歌,散文部分爲詩之序。《全宋詩》册三一頁一九九三〇張元幹下即收。此篇與《全宋文》文體不符,應删。

**【輯補】皇太后青詞**

東朝違豫,晨昏省定以尤勤;南面焦勞,上下神祇而致禱。霈澤普施於寰宇,歡聲允洽於黎元。皇太后殿下誕育聖躬,欽崇天道,厚載之德惟廣,無疆之壽愈隆。節宣微爽於冲和,康復佇迎於景貺。臣班陪從列,職在奉祠,敢稽香火之修,是用擅場之祓。降靈車風馬而來格,粲珠星璧月以昭回。四海馳心,仰慈寧之有喜;千春受祉,卜長樂之方興。

**戊午歲醮詞**

戴天履地,雖爲萬物之靈;負陰抱陽,莫出五行之數。時推否泰,命繫窮通。敢忘知止之心,輒叩蓋高之聽。竊念臣孤根自立,薄祐良奇,少有意於功名,壯適丁於離亂。叴國門者逾一紀,脱班簿者將十年。非不貪厚禄以利妻孥,私憂四海之横潰;非不好美官以起門户,痛憤兩宫之播遷。忍恥偷生,甘貧削迹,挂衣冠而不顧,辱溝壑以何疑。故鄉同流寓之徒,老境覺侵尋之晚。中原别業,蕩兵火以無涯;先世弊廬,緣喪葬而易券。甚欲畢嫁娶之累,稍容追耕釣之游。志願未諧,經營殊拙,值此劬勞之日,占於熒惑之躔。允屬忌星,宜遭讒口。載懼愆尤之積,重罹災禍之深。用罄祈禳,投哀造化。伏望回光碧落,垂鑒丹衷。俾爾安閑,常遇豐登之世;錫其壽富,曲成隱逸之民。

**本命日醮詞**

臣聞灾祥雖由於天降,善惡必自於己求。天亦何私,己當無愧。儻或陰陽之繆盭,尚容襀襘於過愆。敢瀝丹衷,仰干鴻造。竊念臣蚤師前輩,許奮孤忠。顧功名之會難逢,在出處之間加審。嫉邪憤世,徒有剛腸;憂國愛君,寧無雅志。叴修門僅周二紀,歸故里殊乏一廛。未免口腹以累人,所望兒女之畢娶。晚節優游於井臼,甘心潦倒於山林。悉繫生成,良增跼蹐。追此建寅之月,適臨元命之辰。恭啓星壇,特延羽服。償其夙願,冀以小亨。庶寬填壑之憂,徐治先塋之役。伏願上蒼昭鑒,衆聖扶持。遹觀正論之行,坐待中原之復。獲同遺老,用保餘齡。

### 代人爲母生朝青詞

長生久視,必欽奉於真詮;道骨仙風,乃本原於夙契。竊推步閏餘之數,常跼蹐覆載之私。爰卜灾祥,儻容禳檜。伏念妾派分王族,聘自相家,备歷艱難,旋罹儆擾。仰照臨三光之下,火宅煎熬;役思慮五濁之中,塵緣束縛。每存心於公正,或造業於貪嗔。積習愚癡,稔成罪戾。顧罔(原作"岡")逃於陰譴,實有慊於隱憂。蠢蠢螻蟻之微,駸駸桑榆之晚。戊辰將換,甲子既周。雖齒髮不至甚衰,而福禄敢期未艾。適屆始生之旦,甫迎元命之年。是用蠲潔壇場,闡揚科教。延羽流而齊戒,噀龍液以祓除。伏願紫府增齡,蒼穹降祉,雲仍稱壽,北門戶之簪纓;祖禰居歆,勤歲時之蘋藻。俾豐衣而足食,盍問舍以求田。俯循丹衷,悉繫鴻造。

### 生朝青詞

臣聞覆載無私,萬物咸資於長養;榮枯有數,四時密運於盈虛。輒希作善之祥,敢黷曲成之造。伏念臣孤忠自許,衷雖抗志於功名;拙直乏謀,久已求全於出處。浮湛里祉,經涉星霜。罔貪爵禄以素餐,寧向山林而獨往。未忘跼蹐,庶寡悔尤。侵尋遲暮之年,永感劬勞之日。爰伸夙願,式舉真科。伏願飆馭下臨,丹臺降格。憫茲遺老,錫以修齡。俾坐見於升平,獲行歌而逸樂。

### 正旦本命青詞

臣聞五行錯綜,考定數以繫窮通;六甲循環,推飛宮而占休咎。伏念臣甘心貧病,匿迹埃塵。敢詘道以信身,粗知榮而守辱。庶逃陰譴,猶有私憂。太歲丙寅,衝對長生之運;元日辛未,首臨本命之辰。適契合神,或爲吉會。是用導迎殊祉,虔啓真科。延飆馭以集祥,歆琳壇而精禱。伏願圓穹垂覆,列曜騰輝。儻善貸以遐年,必曲全其晚節。俾遂隱居之志,聊存積慶之家。

### 代人本命設醮青詞

臣聞覆載無私,萬物咸資於造化;盈虛有數,四時密運於機緘。輒希作善之祥,仰黷蓋高之聽。伏念臣孤忠自許,衷雖抗志於功名;拙直乏謀,久已求全於出處。荷聖神非常之知遇,會風雲疇昔之夤緣。接武從班,丐祠真館。爰再三而力請,覬萬一以便私。侵尋遲暮之年,坐享素餐之禄。未忘跼蹐,庶寡過尤。不無役思慮於五濁之中,豈能逃照臨於三光之下。果曲成於雅欲,然有慊於養痾。適丁戊辰元命之朝,乃屬己卯立秋之閏。儻容禱檜,敢怠精虔。是用蠲潔壇場,闡揚科教。延羽流而齋祓,噀龍液以滌除。伏願紫府增齡,蒼穹降祉,粲珠星而璧月,通藥笈於琅函。式安知足之心,守在不貪之寶。載祈善貸,俯徇愚衷。

### 辛未本命歲生朝醮詞

兩儀廣大,每跼蹐如靡容;二曜光明,敢潜藏於必照。爰輸丹悃,式叩蒼穹。伏念臣粗識古今,唯知忠孝。幼從庠序,固嘗妄意於功名;壯掛衣冠,罔或冒居於寵利。士也各行其所志,時乎自棄以難逢。奉身盍掃迹於丘園,撫事猶累人以口腹。進退非據,廉耻何顔。兹誠獲罪於聖賢,久已甘心於貧病。未能畢娶,聊復營私。賦麞頭鼠目之形,是宜跋疐;見簞食豆羹之色,徒取譏嘲。適當元命之年,矧值劬勞之日。特延羽客,恭啓露壇。嚴襪檜於陰愆,儻導迎於純嘏。伏願上真檢校,高監昭回,定一世之窮通,契五行之消長。安夫環堵,北山之文弗移;俾爾厖眉,少微之星長粲。享有生之常産,樂無用之散材。未盡頹齡,悉繫鴻造。

### 家公生朝設醮青詞

臣聞禍福由乎一己,忠孝難以兩全。儻微知止之明,必抱終身之恨。伏念父子俱塵於仕籍,閩吳并脫於賊兵。初赴難以請行,驚魂未定;迨再生而聚首,舊觀復還。有識者爲之寒心,謂茲焉可以稅駕。而況道不容以行其志,奚必祿然後乃養其親。彼幸免者安可恃爲有常,抑過憂者始能全夫無咎。連年罪戾,徒致煩言。舉目怨憎,孰非見嫉。與其蹈危機而涉世,曷若躬苦節以力田。事君之日固長,數口之家易足。鷄豚布帛,盡温飽於人情;鐘鼎山林,適窮通於天性。臣願畢矣,天聽臨之。爰因臣父誕育之辰,敢舉家庭祈禳之禮。伏望高穹垂祐,庥會除愆。卜福地以閑居,曲存覆載;闃私門而奠枕,永荷生成。

### 代人醮詞

藥笈琅函,演秘文而有請;雲車風馬,鑒危悃以來歆。天聽雖高,人心自感。竊念臣妾桑榆晚景,螻蟻微踪,脫身兵火之餘,避地海山之上。沉綿抵咎,調護乖方。屢反覆於炎涼,輒變移於寒暑。鬱蒸内熱,發彼譫言。抱冰霜而戰兢,搜膏髓以昏憒。巫醫并走,藥石交攻。殊困養痾,尚留殘孽。必遇灾躔於陰愆,爰占厄運於虔所。肅欷羽流,仰降臨於斗北;恭陳穀旦,樂長至於日南。披瀝肺肝,收召魂魄。伏願祥開碧落,罪削丹書,三辰照以靈官,五行順於司命。滌除瘴癘,澡雪形神。俾强健於寢興,獲安平於飲啄。盡繫造化,難報生成。

### 皇太后功德疏

真游渺邈,悵仙馭以難回;梵供修嚴,薦慈闈而虔啓。雲天悲慘,雨涕霧靄。恭惟大行皇太后德比塗莘,仁深任姒。蚤歷艱難之步,旋安保佑之榮。福緣允屬於聖君,位果推隆於佛母。奄終大養,茂對中興。皇帝願力無邊,孝思罔極,勿問慈寧之寢,忍瞻長樂之宮。永年劬勞,何堪荼毒。大行皇太后伏願超升兜率,悟證祇園。式憑竺典之文,夙受靈山之記。仰祈大覺印知。

### 追薦葉尚書疏文

地水火風,四大終歸於有壞;生老病死,一身孰免於無常。論壽夭亦遲速之間,貫古今奚貴賤之别。必資徹悟,始脫輪迴。某官履踐清修,性根純熟,久絕功名之念,殊忘勢位之崇。謙恭何啻漢儒,長厚可謂君子。住普光明境界,通大方廣經文。卜居宛在於别峰,示病不離於丈室。結習既盡,果位復還。徒擗踊其子孫,定依栖於佛祖。聊憑冥福,式表契家。伏願夙熏知見之香,行毗盧頂上;游戲功德之水,出華藏海中。悲憫浮世之塵勞,超升諸天之快樂。仰惟大覺印知。

### 永福大興抄題修造疏

邑稱永福,論山川秀氣,則世出顯人;寺揭大興,據水陸要津,而地爲爽塏。宜金碧之輪奐,反荊棘以荒蕪。過者殊從歸依,居焉寖成頽弊。必仗檀那之起廢,庶資名實之相符。上雨旁風,真是雪山穿膝;一椽半瓦,譬如佛塔聚沙。福既永保於千年,興乃大同於四衆。肯神勝事,願列芳銜。

### 修建薦拔富沙水災黄籙會疏

頑雲屯野,常時暑雨之霖霪;駭浪滔天,一旦山城之冒没。風輪忽轉,坤軸潛傾。豈觸怒於蛟龍,遂喪身於魚鼈。骨肉號呼而莫救,室廬漂蕩以無餘。不問賢愚,棄衣冠而徒跣;

奚論貧富,委金帛於泥沙。咄怪事所未聞,哀群生其罔措。孰曉神靈蒼茫之意,皆由造化倚伏之機。重念甌閩荐罹兵火,尚瘡痍之未合,何灾害之荐臻?頃戰鬥者,丁壯被傷;今奔波者,老稚通患。方骈肩而踯躅,竟滅頂以埋沉。浮木蔽川,既隱市聲於陷地;浮屍入海,盍藏腐骼於叢鄉。是用憫彼驚魂,遭兹非命,欲拔九泉之冤滯,必祈三界以皈依。顧同居覆載之中,忍坐視幽冥之下,不貪之寶,可守厚亡之戒甚明。爰共濟於超升,庶普霑於利益。答羽蓋步虛之肸蠁,修琅函鍊度之威儀。虔啓真科,實繫衆力。

### 代人生朝道家功德疏

陰功休德,來鍾積慶之門;雅望重名,式表挺生之瑞。仰上界神仙既降,爲人間宰相奚疑。童面之經默傳,瓊田之草已植。某官伏願飡霧飲金石之氣,飲光吞日月之華。火棗交梨,夢想朝真於絳闕;冰桃碧藕,心游侍宴於瑶池。鮐背長年,方瞳難老。永壯明堂之柱石(原作"右"),蔚爲清廟之珪璋。呵叱六丁,木鐸主盟於吾道;平章五叟,霖雨潤澤於斯民。仰賴高穹,俯垂昭鑒。

### 追薦趙無量疏

清社世家,今流寓者止數族;儒林舊德,知典故者餘幾人。好事訪古印法書,平生耽野史名畫。雖星散盡於兵火,而風味存於笑談。政爾過從,俄聞奄忽。驚崇朝之永訣,撫陳迹以深悲。某官城府坦夷,門庭和易,寬銜轡於臧獲,重樽俎於交親。時陪長者之游,自任忘年之友。謂宜難老,何遽貪程。命信是呼吸間,臂真成屈伸頃。念犬馬之齒偶長,蒙閑居以輩行相推;顧蒲柳之姿易衰,聊避俗而身名俱晦。竊比鴒原之義,式修貝葉之科。著鞭恐祖生先,本無心於馳騖;作佛在靈運後,庶育助於因緣。

### 鎮國夫人功德疏

蜀道山雄,必增崇於壽相;坤維氣秀,良鍾聚於慈顔。幸逢設帨之辰,爰即布金之地。式憑緇侣,共表精誠。伏願某人宿植善根,勤修梵行,自性如同佛性,色身即是法身。道與時升,挾象服以貂蟬之珥;母由子貴,戲彩衣以袞綉之章。鴻鈞將入輔於至尊,紫詔遂加封於兩國。享千秋之燕樂,備五福以安榮。慶及雲來,恩沾族系。

### 爲演老作衆緣水陸疏文

幽明異趣,遵覺路以圓通;生死同波,賴慈航而濟度。諸佛子等沉迷五欲,流浪三塗,造一切之苦因,盡無明之業識。爰經浩劫,莫值善因;不有皈依,孰爲懺悔。著儀文於天監,標顯現於咸亨。緣雖起於阿難,狀實存於燋面。顧功德不可思議,宜普勸信受奉行。若聖若凡,竭誠心而發誓,欣結社以隨緣。所冀罪垢消除,悉願冤親解脱。兹者法筵清净,佛事精嚴。肇新上國之壇場,一洗南方之耳目。初中後而分夜,去來今以同時。投哀大慈大悲,成就無遮無礙。三灾八難,丕變和平;六道四生,均霑利益。

### 代梵天功德疏

五百歲而賢者生,親送雅聞於釋氏;三千年而蟠桃熟,竊嘗允屬於德星。運值中興,才推間世。伏願某官雄姿英發,爽氣殊倫。善開方便之法門,夙有慈悲之願力。爲蒼生起名,已覆於金甌;現宰官身功,佇調於玉燭。龍天期之外護,龜鶴羡此長年。敢憑貝葉之文,用益喬松之壽。

### 追薦張永州功德疏

死生乃始終之説,壽夭亦遲速之間。要當知闊陷世中,切記取末後句子。一百二十歲未免這個,臘月三十日只做尋常。坐斷六道四生路頭,跳出十方三界劫外。某官性通佛地,學貫儒流。詣闕上書,欲展青雲之步;從軍草檄,嘗爲綠水之賓。將懷印綬以臨湘,忽嘆神魂而游岱。真人無位,出入廛門。扇子上天,築着鼻孔。捨瞿曇何所依仗,這閻老不許商量。行路同悲,舊交增痛。爰修功德,用薦幽冥。伏願一念圜明,千燈照耀。識破從前之眷屬,盡是冤親;悟了過去之因緣,莫非夢幻。無復身世之孤苦,兼忘妻子之愛憎。入解脱法門,得自在三昧。往生極樂國,常住菩提場。

### 追薦李丞相設齋疏

死生旦暮之常,輪迴夢幻;談笑屈伸之頃,脱離聲塵。自非宿植善根,孰能頓超果位。某官本堅固爲忠藎,廓智慧以聰明。現宰官身,具足無邊之願力;觀法界性,了知一切之妄心。報地甚深,貪程大速。未盡六十小劫,不見甲子上元。想廊廟之衣冠,話言如在;陪山林之杖屨,步武已陳。委富貴於浮雲,忘功名於故紙。愛憎俱泯,毀譽全收。荔子丹兮,爰值始生之閏;梁木壞兮,奚勝永訣之悲。是用恭叩佛乘,普聞義諦。真師子吼奮迅,廣長舌相流通。難酬國士之恩,聊效門人之禮。情文哽塞,涕泗横流。伏願悟一念於最初,斷諸緣於末後。往西方極樂世界,度南閻浮提衆生。

### 仙宗癸丑年修橋疏

雲外千山,通諸方之道路;秋來一雨,起平地之風波。襄相現前,成功忽毁。等劫火之俱壞,輸巧匠以旁觀。直須截斷衆流,不勞舡筏;儻欲超登彼岸,必假津梁。凡所往來,俱霑利益。

### 薦拔水陸功德疏

蘆川老隱紹興六年四月二十六日巳時,伏睹永福縣崇光寺前溪流暴漲,渡舡傾覆。士庶僧尼、若男若女等約三十餘人,并皆溺死,即時呼舟拯濟,共活五人。蓋緣吝財輕生,喪身失命。民雖愚暗,事可憫傷。謹捨净財入崇光寺,就二十七夜修設水陸冥陽齋,一會回食供僧,用伸薦拔者。

積潦漲溪,釀自千峰之雨;衆生爭渡,意輕一葉之舟。傾覆在前,號呼莫救。目駭驚濤之壯,神傷滅頂之凶。良由共業宿因,忽爾横罹奇禍。弗謹危亡之戒,可無性命之憂。葬魚腹以云多,垂蛟涎而或脱。諸佛子等沉迷苦海,不遇慈航;流浪愛河,未登彼岸。所願從今向去,永斷貪嗔癡;更同見在未來,常聞戒定慧。凡爲利益,莫起風波。

### 通老請疏

開山立碣,必表洪照道場;結社栽蓮,嘗修惠遠故事。兹爲勝地,盍界高人。某人言澹而行孤,性疏而色野。雅宜林下,迥在世間。得句律於東湖,訪師資於南嶺。草堂初到,推法器以争先;黄檗遍參,舉叢林而稱首。究竟雲居上足,承當佛眼嫡孫。千古風流,一時光彩。元戎乃作家檀越,居士則隨喜門徒。杖屨相從,箭鋒莫避。秋來雨過,也防蘭院鳴鐘;月出猿啼,正好虎溪送客。

### 聰老請疏

宗風未墜,大山門佛事鼎新;法席久虚,老尊宿道場遴選。式孚衲子,允屬作家。某人不打葛藤,善批判古人公案;絶無滲漏,皆流出自己胸襟。嗣續巴陵,淵源臨濟。雖然把定正脉,何嘗貶剥諸方。厭負郭之石泉,三叉路口;遷侵霄之鳳軸,百尺竿頭。戴元戎外護之恩,逢聖主中興之旦,一心奉請,四衆歸依。願聞海潮之音,速登獅子之座。攝龍象於叢社,贊箕翼於蘿圖。

### 明老請疏

擒縱殺活,直須覿面當機;成住壞空,正好安身立命。古德有見成公案,闍梨自錯認話頭。早知飯熟多時,畢竟鐵牛在陝府;又被風吹別調,泊令鷂子過新羅。某人臨濟正宗,北亭嫡子。頃化行於南岳,旋應現於西峰。出世最先,罷參蓋久。未肯得休去歇去,承當取胡來漢來。切忌商量,何堪疑着。舉叢林多證龜訪鼈,是檀越皆把纜放船。歷知萬物本來無,早是九年車不出。百尺竿頭進步,孰不失驚;大火聚裏翻身,須還好手。到這裏且要將錯就錯,爲人處未免隨鄉入鄉。啐啄同時,因緣會遇。辦心不如辦供,知恩方解報恩。普興三界之香,恭祝萬年之壽。

### 請法海通老疏

閩都分鎮,三山鼎峙於城中;法寶創基,四衆川流於座下。必得本分尊宿,始成行道叢林。維東諸侯,實大檀越。欲全提其正令,遂决用以迅機。某人龍門兒孫,楊岐宗派。氣吞雲夢,胸次露岩壑之姿;語帶烟霞,筆端奮風雷之舌。開曇華於丈室,見德雲於別峰。所向歷然,還渠識者。人境俱勝,户外之履甚多;魚鼓一新,屋上之烏轉好。况問法無絶江之阻,而入社有展鉢之頻。何惜明窗,聊同隱几。閑浮生之半日,發深省於晨鐘。佇迎象馭之臨,恭祝龍顔之壽。

### 遜老住報恩疏

大善知識,無非方便爲人;一切衆生,皆能立地成佛。未論三種滲漏,莫非五位君臣。出家若是正因,逢場不妨作戲。毛吞巨海,鋸解秤鎚。某人梵行精修,宗乘圓覺。蚤游靈石,聞猿啼青嶂之深;晚嗣雪峰,看氈輥白雲之際。縱橫自在,舒捲隨宜。與諸方兄弟結粥飯緣,要後代兒孫同安樂界。頃年資聖之塵刹,已起平地上骨堆;今日鎮國之機鋒,誰解虚空裏釘鉸。明眼鵝王之擇乳,實相香象之渡河。將什麽唤作報恩,祇這個名爲嗣法。祝聖壽以第一義諦,談禪於不二法門。大家且唱太平歌,何處更覓西來意。

### 代請歌公長老住福清蘆院疏

大千世界,阿蘭若全盛於東南;百丈規繩,比丘尼各分其保社。必推法器,以振宗風。爰堅男女之信心,用續佛祖之壽命。某人飽餐尊宿,行業精勤。遍住道場,禪機警悟。節粒食而惟啗香蜜,屏綿纊而常衣芻麻。事類古賢,名聞知識。蒙諸方之印可,審四衆以歸依。女子定開,不妨拈出;老婆心切,大是作家。未容北斗裏藏身,且要僧堂前相見。興久年之蘆院,舊店重開;看今代之末山,逢場作戲。好唱還鄉曲,休歌結草庵。願贊覺慈,共祈睿筭。

### 代請真戒師住圓明疏

粥魚齋鼓,到處皆是道場;露柱燈籠,現前無非佛事。莫問山林城市,當隨時節因緣。某人得自在禪,修平等觀,遍諸方而游戲,盡四衆以歸依。承嗣作家宗師,批判古人公案。久矣薰天炙地,宛然運水般柴。去住無心,未用身藏北斗;捲舒在我,且將芥納須彌。要令海印家風,不離普門境界。雖則因風吹火,何妨洗脚上舡。請效嵩呼,來升猊座。

### 泉州惠安大中院請前住永春太平智銓住持疏

縱橫妙用,無非信手拈來;啐啄同時,未免逢場作戲。墻壁瓦礫猶能説,露柱燈籠總會禪。直下承當,不容擬議。某人雲門後裔,通照宗風。雖無瞞人之心,宛有超師之作。因緣偶合,行解圓融。直饒一道神光,已是兩重公案。接得住山斧,正在相風使帆;執取夜明符,便要斬釘截鐵。恁麼則冰消瓦解,任從它水長舡高。驢事未了馬事來,張公喫酒李公醉。最好個轉身路,莫錯認定盤星。請續不盡之燈,願祝無疆之壽。普聞法語,共戴人王。

### 請前金地長老了性住永春太平院疏

大丈夫始解出家,古尊宿各明己事。橫擔栶栗(原作"粟"),到處同參;眨上眉毛,詎令蹉過。覓心了不可得,問佛方知有因。某人具無所礙辯才,咆哮獅子窟;識未生時面目,吐盡野狐涎。曾施陷虎之機,宛在布金之地。據此見成公案,還他靈利衲僧。更須本分,鉗鎚乃顯。作家手段,巴陵平生。三轉語足以報恩徑山會不,五百人要知問取振起太平。場席承當,臨濟兒孫。決定論芥子須彌,擬議間龜毛兔角。一口吸盡西江水,馬駒踏殺天下人。演乾竺貝葉之文,祝震旦玉旒之壽。勿藏斗裏,谿聽嵩呼。

### 請竹庵普説疏

中原虜禍,棄別業而久荒;南土寇攘,挈行裝而蕩盡。故鄉返如流寓,一室本自空虛。服五載之苴麻,營四喪之丘壟。舉家食粥者屢矣,指困贈粟者蔑然。絶憐有患之身,幾至無衣之嘆。持是心以堅忍,偶未死於悲摧。終祥祭而鬻弊廬,事禪販而贖逋券。少年尚氣,赴人之急何難;老境偷閑,治生之謀乃拙。念阿堵特積散去來之物,使衆生分愛憎喜怒之情。不有舉揚,誰共諦聽。今日居士長者共作證明,爾時債主冤家悉皆解釋。願聞安樂法,常結清净緣。

### 請惠安大中長老義端住南安延福寺疏

呵佛罵祖,未當僂儸;拽把牽犁,幾乎敗闕。具得正法眼,識取最上機。旋風打不妨八面來,臺山路大好驀直去。某人掃除物我,脱離聲塵。嗣真歇之家風,出清源之宗派。道價夙經於印可,叢林僉許以歸依。參透古德話頭,捩轉衲僧鼻孔。咸推老手,數主名藍。與麻赤灑灑時,個中活發發地。念巖頭之故居虛席,捨筆諫之真跡來歸。未須禪床上接人,且要法堂前劃草。深錐痛札,把定放行。任它諸方號,十字街頭;須還丈室住,三家村裏。靈羊挂角,大象無疑;香象渡河,請師速道。福延此土,筭祝至尊。願開不二法門,共聽第一義諦。

### 代人作湯榜

白雲飛出,特地風光;黄梅熟時,端的消息。頂門眼負荷大法,室中句親切爲人。賓主已分,因緣非細。某人平生脊梁孤硬,遍參柱杖橫行。普熏知見之香,深入禪悦之味。咬破鐵酸餡,吞却栗棘蓬。冷暖如飲而自知,中邊俱甜而無礙。三脚驢猶看輥草,一隻箭已射入城。衆所甘心,言須苦口。請嘗霜後庵摩勒,始信美勝天酥酡。祗恐坐斷舌頭,不怕築着鼻孔。

### 茶榜

騎着佛殿,何妨老漢放風狂;掀了禪床,只恐諸人没手段。未咬破雲門餅,且喫取趙州茶。悟最上乘,履真實際。種田博飯,初心學古德住山;擊鼓升堂,隨分爲檀那説法。直得龍天歡喜,是宜緇素歸依。百尺竿頭,翻身有句;三家村裏,舊店還開。團團秋月照碧潭,鬱鬱黄花明翠竹。莫問君臣賓主,但觀時節因緣。煎春露之一杯,生清風於兩腋。敢勞大衆,同應當筵。

### 湯榜

般柴運水，居山妙用縱横；掃地焚香，舉世生涯冷澹。若（原作"苦"）向個中薦取，何勞直下承當。依象王行，作獅子吼。折脚鐺煨糞火，絶念紛華；栲栗棒挂鉢囊，信緣去住。十二時無非佛事，大千界獨現法身。可謂是石火電光，不容眨眼；到這裏泥牛木馬，各自點頭。且置葛藤，同參藥石。味長松以舌本，澆甘露於心田。恁麼宗風，真堪贊嘆。略展家常禮數，重煩清衆證明。

### 茶榜

一口吞盡，遮莫向作掌勢處承當；信手拈來，要須未舉托子時會取。摽禪律雖古今立異，問佛法則南北何殊。乃眷閩中，罕聞座主。欲識人天眼目，且隨粥飯因緣。續無盡燈八萬四千門，悉皆歡喜；轉大藏教三乘十二分，本自流通。某人願力慈悲，身心廣博。常誦七俱胝神呪，度脱衆生；獨傳五印王梵音，參同密印。出入華嚴境界，游戲賢首道場。大目溪邊，誰論去來之相；小華峰下，聿新圍繞之儀。氂牛之塵已橫，貝葉之文未墜。況是禽呼春起，不妨花泛芳香。聊煩瑞草之魁，普爲雲堂之衆。俯臨法會，共洗塵昏。

### 代人湯榜

黄牛熟炙橘皮，叢林榜樣嵩老。濃煎姜杏，古德家風欲發；初地鈍根，未免重下注脚。居士長者，塵塵刹刹生信心；國王大臣，在在處處爲外護。某人辯才無礙，妙湛總持。横説倒處流通，胡現漢現具足。没量神通真散聖，平生受用輸作家。護戒律之精修，善神捧足；感摽科之奥義，諸天雨花。講席肇新，法門永賴。出廣長舌，相遍滿三千大千；化清浄法，身歸依一佛二佛。甘苦個中薦取，冷暖隨人自知。龍華會上好結緣，吉祥老子不孤負。敢勤清衆，爲作證明。

### 茶榜

香嚴圓得潙山夢，兩手擎來；院主透過趙州關，三唤拈出。好去百草頭薦取，更向一槌下承當。某人道眼分明，家風淡薄。密付雲居之古衲，飽嘗安樂之靈芽。花乳清冷，風生兩腋；塵根迥脱，舌覆大千。本眠雲卧石之人，應重手入鄽之供。白足之師高潔，聊復火種刀耕；青蓮之宇莊嚴，何妨草衣木食。活泉新汲，小鼎微鳴。莫問春去春來，有個省處；但見漚生漚滅，驗在目前。辱海衆以臨筵，講山門之常禮。

### 精嚴寺化鐘疏

晉安郡西南隅，群山插天，林麓鬱蒼，彌望秀色，絶江而往。地號水西，中多蘭若，金碧輪奂。有古道場，是名精嚴，今榜曰顯忠資福院。歲在戊辰，僧結制日，洛濱、最樂、普現三居士拉蘆川老隱過其所而宿焉，徐聆鐘聲，殊令嚃吰，同作是念。維大山門晨夕所考擊，一切聞聽，豈應如是？譬猶健丈夫堂堂七尺，宜乎音吐發越洪暢，而乃喑嗄，弗稱其軀，是山門病。爾時長老法勛即從座起而白衆，言："時節因緣，自當改作。"居士長者等是曰："檀施熾大火，聚鼓大鑪鞴，不日成之。亘千萬年，與兹山永久，政在今夕。"心念間必使衆生無明，一撞盡驚。祖師正令三界普聞，其功德不可思議。諸公相視，皆大歡喜。歸而爲之疏，以遣化云。

### 勸施金剛經疏

開元老一公禪師，歲在戊申，住福城西顯報，嘗發心願，募賢士大夫三十二位，自書《金剛》《般若波羅密經》各一分，鏤板印施。經成之日，具伊蒲塞饌人受一部，盡此報身，持誦不輟。凡書經者,止著郡望,仍各捨錢叁阡,爲工墨佛事種種所費。此志已二十禩矣,猶未能圓成。維是經有不可思議無量無邊大功德,古今因果報應,贊嘆難盡。時節因緣,正在今日。願入社者,幸題姓名。如或書寫未暇,只欲隨喜受經,亦希垂示,共結勝緣。

國圖藏清抄本《蘆川歸來集》卷一四。

### 募衆緣買魚放生疏文

實勝如來,解脫本根於六八;流水長者,功德具足於十千。不起信心,孰從猛捨。憫閩都之俗習,造殺業於歲除。競決陂塘,悉施網罟。逐錐刀之利,竭澤莫遺;資口腹之饞,垂涎未已。今則化財結社,發願放生。圉圉洋洋,俾各全其性命;波波挈挈,當自悟於因緣。雖碑無顏魯郡之法書,而事有蘇東坡之陳迹。大衆歡喜,諸佛證明。

《大典》卷八五六九。《四庫存目叢書》別集類冊一五《蘆川歸來集》卷五。國圖藏清抄本《蘆川歸來集》卷一四。

### 九幽燈放生疏

盡其道者正命,可憐庶物之無辜;陷之死而復生,爰廣如天之大德。追惟先妣,邈謝塵寰。觸乎外,感乎中,孰匪孝思之所寓;愛其人,及其物,方將德念之普施。況潛鱗翔羽,同資坤母之所成;則驚餌傷弓,豈宜人子而坐視。爰建放生之會,用伸薦往之誠。自有情以達於無情,覬永逢於解脫;由所愛以及其不愛,願悉遂於逍遙。

《大典》卷八五六九。

按:以上二文金程宇《新發現的永樂大典殘卷初探》指出漏收。拙著《永樂大典輯佚述稿》頁一七二已錄文。

### 祭李丞相文

嗚呼哀哉!大鈞播物,造化茫昧,篤生豪傑之士,常與厄運會焉。王室多艱,肇自先朝。撥亂反正,扶危救傾,奮不顧身,孰知公者?然孤忠貫日,輒蔽於浮雲;正色立朝,俄傷於貝錦。雖用每不盡其所學,一斥則終不復收用,豈黔黎命輕而善類深否耶?此殆外侮間之,後進忌焉,使不得一日安於廟堂之上者,天也。道之不行,果厭溷濁。談笑之頃,去若脫屣。是則公之英氣復藏山川,而精爽上騎箕尾,固無事蓍蔡,可逆而知也。

嗚呼哀哉!我來哭公,異於衆人。往在宣和庚子,拜了堂先生廬山之南,心知天下將亂,陰訪命世之賢。先生指公曰:"譁言久矣。乃者巨浸暴溢,都邑震驚。陰盛,兵象也。貴臣方負薪臨河,有柱下史叩頭殿陛,願陳災異大略。胸中之奇,曾未一吐,已觸鱗遠竄矣。異時真宰相也。吾老,不及見矣。子盍從之游?"後數年,始克見公梁谿之濱,歷論古今成敗數,至夜分語稍洽,爰定交焉。蓋瞻望最先而登門良舊也。越明年冬,敵騎大入。公在奉常決策,力贊徽宗內禪之志;已而庭爭,挽回淵聖南巡之興。明目張膽,自任以天下重。一遷而爲貳卿,再遷而爲右轄,三遷而爲元樞。建親征之使名,總行營之兵柄。辟置掾曹,公不我鄙,引承乏。直圍城危急,羽檄飛馳,寐不解衣,而餐每輟哺,夙夜從事,公多我同。至於登陴拒敵,矢集如蝟毛,左右指麾,不敢愛死,庶幾助成公之奇勳。初無爵祿是念也。敵退城開,群邪未盡逐。父子之間,人所難言。飛語上聞,大臣畏縮避事。公毅然請行,剖赤心,迎大駕,調和兩宮,再安宗廟,實繫公之力。而宮傳疑閡,事乃大謬。向使盡如壯圖,督追襲之師,半渡而擊,首尾相應,可使太原解圍。奈何反擠公,則有河東之役。僕嘗抗之,曰:"榆次敗績,特一將耳,未當遽遣樞臣。此盧杞薦顏魯公使李希烈也,必虧國體。且陳以禍福利害。"退而告公。公雖壯我而爲我危之。既不及陪,屬同列有擇地希進之誚,即投劾以自白。議者猶不捨也。是歲秋九月,卒與公同日貶,凡七人焉。流落倦游,回首十有四載於玆矣。中間丁未至庚戌,公入秉鈞衡,歸自嶺海。而僕阻於江湖,有如參辰。辛亥至己未,九載之內,公多居閩。歲時必升公之堂,獲奉籩豆。間乃登高望遠,放浪山巔水涯,相與賦詩懷古,未嘗不自適而返。若將終焉,無復經世之意。迨夫酒酣耳熱,撫事慷慨,必發虞卿魯仲連之論,志在憂國。坐客皆曰:"師尚父鷹揚、衛武公淇澳,公則得之福祿,固未艾也。"別曾幾何時,天不憖遺,奪我元老。聞訃之日,若噩夢然,不知涕泣之橫集也。

嗚呼哀哉!儒學起家,位躋袞綉,慶覃子孫,始終爲吾有宋師保之臣。夫復奚憾?所乏者壽考耳。人孰無死,期頤亦盡。如公不亡者,大節存焉。先民有言,死日然後是非乃定。定與未定,公庸何傷哉。百世之下,必有君子知所以處公者矣。

嗚呼哀哉!疇昔公之在廊廟,猶僕之在幕府。雖小大殊途,貴賤異勢,其爲出處齟齬,略相似焉。公今云亡,殆將安仰?几筵肆設,恍惚平生。讀公遺稿,永無負於國家;視僕孤踪,果何報於知遇?幽明之中,賓主不愧。皇天后土,實聞此言。抆血填膺,公其歆止。

嗚呼哀哉!尚饗。

## 又

昔炎正之中微兮,天步多艱。竭孤忠而委質兮,公進每正,必迎鋒而犯顏。考風雲之初載兮,遭大變以策勛。歷三朝而一體兮,輒坐困於讒人。豈君臣之不密兮,卒直道而弗信。時承平而水暴至兮,肇災異於先見。奮激烈於柱下兮,觸逆鱗而遠貶。歲收召於大荒落兮,式啓黃屋之內禪。時陽厄九而會百六兮,宇宙震駭。肆嗣皇之纂圖兮,整紀律於既壞。城狐社鼠導外侮兮,封豕長蛇恣吞噬兮。嗚呼哀哉!

扶神器之傾圮兮,公崛起而安之。挽帝裾將焉往兮,號召四方勤王之師。返木主於九廟兮,升皇輿於端門。撫六軍誓以死守兮,薄懽聲於乾坤。挺身爲金湯之固兮,被飛矢之雨集。公夙夜以盡瘁兮,屹萬仞之壁立。餘姚之舉雖未勝兮,敵已怯其敢而請和。夜三鼓扶疾而援兮,公承命靡知有它。彼利口之覆邦家兮,幸中傷以死禍。士舉幡以訟冤兮,公免冑入謝。過悼秘計之不行兮,決天源以灌注。掃匹馬無噍類兮,又沮擊於半渡。帝復用而愈交譖兮,公猶躬迎於太上。釋父子之危疑兮,叱宮傳之疑闖。遂力擠以并汾之圍兮,密授旨而撓公節度。凡可藉口以爲公害兮,衆莫恤其國之自蠹也。嗚呼哀哉!

公百謫庸何傷兮,剖赤心而奚言。虎豹守關而磨牙兮,徒閽首莫窺其天。非鐵心石腸兮,孰罹如斯之憂患。賴真人之勃興兮,爰册命以首相。披荊棘而立朝廷兮,欲盡護於諸將。辦逆順以正邦兮,尊廉陛於君上。論形勢而建都兮,以下策爲建康。用兩河之民兮,敵所懼也。定六等之罪兮,衆所怒也。涉鯨波而生還兮,皇明燭幽。身放蕩於江海兮,心惟王室之是憂也。遽蟬蛻而不返兮,皇一甲子而莫周。嗚呼哀哉!

公之不死於慧毒兮,沒元身於牖下。慶流長而源深兮,可無憾於用捨。世或賣友以速信兮,余獨甘心而守宴。意東山之起兮,夫何哭於西州之路。諒功名之無用兮,老丘園其有素。

亂曰:咽笳鼓而陳班劍兮,羌師旅之徂征。森畫翣以披拂兮,風蕭蕭而馬鳴。朝發軔兮永和,夕稅駕兮桐口。眇銘旌兮塗車芻靈,岌豐碑兮龜趺螭首。龍左旋而虎右跱兮,幽宮坡阤。何止乎立萬馬兮，廣莫陵阿象。平生之胸次兮，吞雲夢者八九。公忽歸是中而千秋兮，堅帶礪於山河。築闉兮佳城，塞天禄兮辟邪，紛斧斤於土木兮，怳貙貅之野宿。鬱夜竈以生烟兮，炯太白於蒼松之麓。公之神其猶仰占兮，冀旄頭之墜覆。仿祁連而表眸駞兮，圖遺像於雲臺。慘余白首而煢煢兮，公先去果安在哉？涕淋浪兮酹此卮酒，歌楚些兮公亦聞否？

嗚呼哀哉！尚饗。

文津閣本李綱《梁溪集》附錄。

按：以上二文《文淵閣四庫全書補遺》册二頁八七九至頁八九〇已補。

# 册 一八三

## 王綱　卷四〇〇九

### 【輯補】賜朝奉郎秘閣修撰歐陽徹制

《全宋文》因作者不可考，繫此文於册二〇二頁三三九宋高宗下。據《大典》卷三一四九所引，當爲王綱行。文不具録。

## 王普　卷四〇一〇

### 【校訂】廟制奏（頁四三）

《中興禮書》卷九七引此奏，較《全宋文》爲詳，故重録。

恭惟皇帝陛下紹祖宗之業，當艱難之時，雖治兵除戎，日不暇給，而奉先思孝，深軫淵衷，乃迎太廟神主即行在所而薦享焉。誠知禮之所重，得先王治道之本矣。然而宗廟之事，求之於禮，有不合者。臣請究其所治。

僖祖非始封之君而尊爲始祖，太祖實創業之主而列於昭穆，其失自熙寧始。宣祖當遷而不遷，翼祖既遷而復祔，其失自崇寧始。爲熙寧之説，則曰："自僖祖而上，世次之可得知，宜與稷契無異。"然商周之祖，稷契謂其始封，而王業之所由起也。稷契之先，自帝嚳至於黄帝，譜系甚明，豈以其上世不傳而遂尊爲始祖邪？爲崇寧之説，則曰："自我作古而已。"失事不事古，尚復何言，宜其變亂舊章而無稽考也。

臣謹按：《春秋》書威宫、僖宫灾，譏其當毁而不毁也；書立武宫、煬宫，譏其不當立而立也。然而宗廟不合於禮，聖人皆貶之矣。又況出於一時用事之臣私意臆説，非天下之公論，豈可因循而不革哉。臣竊惟太祖皇帝始受天命，追崇四廟，以致孝享，行之當時可也。至於今日，世遠親盡，迭殷之禮，古今同然。所當推尊者，太祖而已。董弅奏請，深得禮意。而其言尚未有盡。蓋前日之失，甚其大者有二，曰：太祖之名不正，大禘之禮不行事也。今日之議，其可疑者有四，曰：奉安之所、祭享之期、七廟之數、感生之配是也。

古者廟制異宮，則太祖居中，而群廟列其左右。後世廟制同堂，則太祖南向，而昭穆位於東西。饋食于室，則太祖東向，而昭穆又位於南北。後世祫享，一於堂上，而用室中之位。故惟以東向爲太祖之尊焉。若夫群廟迭毁，而太廟不遷，則禮尚矣。臣故太祖即廟之始祖，是爲廟號，非謚號。惟我太宗嗣服之初，太祖皇帝廟號已定，雖更纍朝，世次猶近，每於祫享，必虛東向之位，以其非太祖不居也。迨至熙寧，又尊僖祖爲廟之始祖，百世不遷，祫享東向,而太祖常居穆位。則名實舛矣。倘以熙寧之禮爲是,則僖祖當稱太祖,而太祖當改廟號。此雖三尺之童,知其不可。至於太祖不得東向而廟號徒爲虛稱,行之六十餘年,抑何理哉。然則太祖之名不正,前日之失大矣。

《大傳》曰:"禮,不王不禘。"王者,禘其祖之所自出,以其祖配之。祭法所謂商人、周人禘嚳是也。商以契爲太祖,嚳爲契所自出,故禘嚳而以契配焉。周以稷爲太祖,嚳爲稷所自出,故禘嚳而以稷配焉。《儀禮》曰:"大夫及學士則知尊祖矣。諸侯及其太祖,天子及其始祖之所自出。"蓋士大夫尊祖則有時祭而無祫,諸侯及其太祖則有祫而無禘。禘其祖之所自出,惟天子得行之。《春秋》書禘,魯用王禮故也。鄭氏以禘其祖之所自出爲祭天,又謂宗廟之禘,毀廟之主合食於太祖,而親廟之主各祭於其廟。考之於經,皆無所據。惟王肅之說得之。

前代禘禮多從鄭氏。國朝熙寧以前,但以親廟合食,爲其無毀廟之主故也。惟我太祖之所自出,是爲宣祖。當時猶在七廟之數,雖禘禮未能如古,然亦不敢廢也。其後,尊僖祖爲廟之始祖,所出系序不著而僖祖,故禘禮廢。自元豐宗廟之祭,止於三年一祫,則是以天子之尊而俯同于三代之諸侯。瀆亂等威,莫之爲甚。然則大禘之禮不同前日之失大矣。

臣愚欲乞考古驗今,斷自聖學,定七廟之禮,成一王之制。自僖祖至於宣祖,親盡之廟當遷,自太宗至於(原作"於至")哲宗,昭穆之數已備。是宜奉太祖神主居第一室,永爲廟之始祖。每歲五饗,告朔薦新,止於七廟。三年一祫,則太祖正東向之位,太宗、仁宗神主享南向爲昭,真宗、英宗、哲宗北向爲穆。五年一禘,則迎宣祖神主享於太廟,而以太祖配焉。如是,則宗廟之祭,盡合禮經,無復前日之失矣。乃若其可疑者,臣請辨之。

昔唐以景帝始封,尊爲太祖,而獻、懿二祖又在其先。當時欲正景帝東向之位,而議遷獻、懿之主。則或謂藏之夾室,或謂瘞之,或謂遷於陵所,或謂當立別廟。卒從陳京之說,祔於德明興聖之廟。蓋皋陶、涼武、昭王皆唐之遠祖也,故以獻、懿祔焉。惟我宣祖而上,正如唐之獻、懿,而景靈崇奉聖祖之宮,亦德明興聖之比也。臣竊謂四祖神主,宜放唐禮祔於景靈宮天興殿。方今巡幸,或寓於天慶觀聖祖殿焉。則奉安之所無可疑者。昔唐祔僖、懿於興聖,遇祫即廟而享之。臣竊位四祖神主祔於天興,大祫之歲,亦當就行享禮。既足以全太祖之尊,又足以極遠追之孝。考之前代,實有據依。則祭享之期,無可疑者。

《禮》曰:"天子七廟,三昭三穆,與太祖之廟而七。"則是四親二祧,止於六世,而太祖之廟不以是數爲限也。《書》曰:"七世之祔,可以觀德。"蓋舉其總數而言,非謂七世之祖廟猶未毀也。且以周制考之,在成王時,以亞圉、太王、文王爲穆,以公叔、祖類、王季、武王爲昭,并太祖后稷爲七廟焉。高圉,於成王爲七世祖,已在三昭三穆之外,則其廟毀。以惟我宣祖,雖於陛下爲七世祖,亦在三昭三穆之外,則於禮當遷,無可疑者。感生之祀,先儒位天之五帝,迭王四時。王者之興,必感其一。因別祭而奠之。如商以水王,則祭汁先紀。周以木王,則祭靈威。雖不明見於經,其說蓋有所受。然以爲祈穀之祭,以誤矣。

我宋之興,雖毀而不嫌於配食。火德感生帝赤烟怒,舊配食以宣祖,熙寧後以僖祖配焉。考祭法,祖宗之主,其廟不毀。禘郊之主,廟雖毀而不嫌於配食。臣竊謂僖祖廟既當遷,又非禘郊之主,尚乃配帝,於禮無據。請遵故事,奉宣祖以侑神。惟我宣祖皇帝,實生太祖,當爲禘生,萬世不易。則配食感生,無可疑者。臣伏睹董弅所請,已降睿旨,令侍從、台諫赴尚書省集議。伏望聖慈并下臣章,付之議者。夫禮非天降地出,而人情不甚相遠,公論所在,恐不易臣之言也。

貼黃稱,臣謹按:《春秋傳》稱祫則曰毀廟之主,陳於太祖,未毀廟之主,皆北合食於太祖。《禮記》稱禘則曰王者禘其祖之所自出,以其祖配之而已。孔子答曾子問,惟言祫有虛主而不言禘,則禘不言昭穆合食可知。國朝熙寧以前禘亦虛主,合食與合禮同則誤矣。元豐禮官所議,推本經傳及諸儒之説,援據甚明。然是時已尊僖祖爲始祖,遂以爲求其祖之所自出而不得,則禘禮當闕之。殊不知正以太祖爲始祖,則禘禮自可行也。修嚴墜典,實在今日。

又貼黃稱,臣臨開宗廟禮,有天下者事七世,百王之所同也。而崇寧以來,尊爲九世。三年一祫,則叙昭穆而合食於祖,百王之所同也。而去冬祫享,祖宗并爲一列,謂之隨宜設位。夫增七廟而爲九,踵唐開元之失。其非禮固已甚明。至於不叙昭穆而強名爲祫,則歷代蓋未嘗聞。究其所因,直以廟之前檻迫狹,憚於增廣而已。夫重茸數椽之屋,輕變千古之禮,臣所未諭。且君子將營宮室,宗廟爲先,今行朝官府之居下逮諸臣之居,每加管繕。顧於宗廟獨有靳節之術,豈在是乎?大抵前日之肆爲紛更,則曰"自我作古";今此日之務爲苟簡,則曰"理合隨宜",要皆無據依,不可爲法。臣今所陳,定七廟之禮,正太祖之位。如或上合聖意,願詔有司它年祫享,必叙昭穆,以别東鄉之尊,勿以去冬所行爲例。庶幾先王舊典不廢墜於我朝,使天下後世無得而議。

### 翁挺　卷四〇一三

**【校訂】書陶淵明詩**(頁一〇三)

文末注"《永樂大典》卷九〇一"。出處誤,實見《大典》卷九〇五引吴可《藏海居士集》。《大典》所標出處書名或誤。

# 册　一八四

### 邵博　卷四〇五四至四〇五六

**【輯補】康節前定數序** 紹興二十六年

先翁康節夫子,學探《連山》《龜藏》《周易》之賾,心游葛天之妙、羲黄之上。三十六宫,在方册者,即在其方寸者也。嘗撰《經世》一書,語其大也。天地之運、古今之變,不能外。又作《易數》一書。天根月窟,閑相來往,元會運世,遞相兄弟,其自然乎?自昔者誰爲之?有數焉。苟數焉,則大塊間事,高高下下有千萬也,形形色色變千萬也,一數之自然而然誘之,適然疇之,其可語其小也。一民物貴賤壽夭之所以然不能遺。則《經世》者,固與《易》相表裏;而《易數》者,又與《經世》相經緯。先翁作是書,不爲無言,蓋以栖人間世而爲人,陽埏陰殖,天戴地履,其生也有自來,雖藴堯舜君民之學,非堯舜君民之命,諉曰:"其出有間,爲誰其竟之?"先翁深於《易》者也,此所以不任有數焉。紹興二十六年十一月既望,嗣孫博拜手敬書。

《大典》卷一八七六四。

## 册 一八五

### 王之道　卷四〇五七至四〇六四

**【輯補】飛雲大師實録**

越州天台山飛雲大師諱曇翼，杭之餘杭人，姓任氏。其前生嘗爲雉，有僧結庵餘杭山中，朝夕誦《法華經》，雉巢於庵之側，每聞誦經聲，輒翔集庭下，若侍立聽受狀。如是者七年。一日忽不至，尋訪莫得所在。僧悲詫之。及夜，方假寐，夢童子再拜曰："我即雉也，荷法師力得脱羽蟲，今生於山前王氏家，爲男子，右腋獨有雉毛，見可驗矣。"僧詰朝至其家，問之，信焉。逮七歲，僧語其父母，乞師爲弟子，許之。以腋有羽毛，命曰曇翼。甫十六，落髮爲比丘云。

**崇因道大師真贊**

相山之英，金城之珍。吾不女合，人爲我賓。寂然而逝兮，清風無迹。昭然或存兮，皓月常新。

**訥上人寫天童覺老真來求予贊**

異哉若人，不言而信。道嗣曹洞，生緣汾晉。誰爲此幻，見者聞訊。傳示諸方，且莫錯認。

國圖藏翰林院抄本《相山集》卷二九。

附：《大典》卷七三二四引王之道《相山集》載"中貴人盡帶將仕郎"，全同釋文瑩《湘山野録》卷下所載，《大典》當誤標出處，不具録。

### 李若水　卷四〇六六

**【校訂】通江陵制帥李尚書啓**（頁一七八）

此文又見《橘山四六》卷一六《通江陵制帥李尚書啓》，册二八四頁三〇五李廷忠下即收。李若水下當誤收。

### 周執羔　卷四〇六七

**【輯補】安恭皇后謚議**

臣聞厚載承乾，備動静有常之德；靈陰儷日，全著明莫大之功。惟君宅尊，立后作配。蓋五教天叙之典，而二南王化之基。以綱大倫，以熙内治。嬪虞之媯汭，翼夏之塗山。或來嫁於周京，或親迎於渭涘。自家而刑國，振古而至今。是故建位而按漢儀，生則冠長秋之號；定名而考周謚，没則流永世之芳。揆厥所元，誠百王不易之彝憲也。恭惟大行皇后軒象鍾輝，層沙儲慶。出炳倪天之異，蚤彰偃月之休。淵靚其衷，柔明而慧。哲玉粹其度，和懿而温文。自相宗藩，肆媲宸極。居守箴圖，謹法度也；動循環佩，肅威儀也。澣濯而服，崇節儉也；鷄鳴而起，勤輔佐也。弗邇濯龍之游，而思賢之憂切；弗縈貫魚之序，而逮下之仁均。有警戒之道，而屢省休成；無險詖之心，而盡捐私謁。至若靈承於九廟，致養於兩宮。衡紞紘綖，隆禮以奉宗祀之重；總笄櫛縱，思媚以盡婦道之常。以贊奉先之誠，以助寧親之孝。此徽德令範，遐哉卓乎？不可尚已。芳齡未究，淑命弗融。黄屋興悲，彤闈隕涕。

禕褕之不御,詔典册之可稽。問諸外朝,謀及卿士。參之大同,殆將熙鴻號於無窮也。謹按:謚法曰:莊敬盡禮曰安,敬事尊上曰恭。大行皇后中正齊莊,率履弗越,兹不曰安乎?雍怡祗順,謹事匪懈,兹不曰恭乎?揚甚盛之名,表最高之行,豈不慰神心而當輿議哉?伏請謚號曰安恭皇后。謹議。

《大典》卷七三七八引《中興禮書》。

## 李公懋　卷四○七二

### 【輯補】祭長泰陳縣尉文

謹以清酌庶羞之奠致祭於長泰縣尉陳君之靈。嗚呼!公白屋以窮儒,力取科第。作尉於長泰,憤賊之擾民,銳意誅討,力不能抗,卒陷於賊。斷其支體,宛轉號呼,數日而盡。嗚呼痛哉!廣東總管韓公掩捕劇賊,俘馘殆盡。今取華齊、葉八、高四首級以告公,此殺公之賊也。又以紙錢百賵公之家,使致其喪歸鄉里。且督趣州縣,具實聞朝廷,乞命公之子以官,庶幾慰公千古憤鬱之氣。嗚呼!公堂有偏親,室有稚子,其將何所托乎?抑有親戚故人追念乎?素出力以輕其家者乎?不然,有富室大族,感憤義烈,捐金指廩,以敦鄉曲之義者乎?嗚呼痛哉!人等死耳,死於獄,死於貨,死於奸,使其視公之死於職事,得無愧乎?儻人不能左提右挈以脱公之厄,必將鑒公之忠誠志節以昌其後。公死無愧,余言不欺,魂其安之。尚饗。

《大典》卷一四○四九引《清漳集》。

## 熊彥詩　卷四○七六至四○七七

### 【校訂】祭史丞相母夫人文(頁四○二)

此文輯自文淵閣本《播芳》卷一○一,題"熊叔雅"。叔雅乃熊彥詩字。然《大典》卷一四○四九引《播芳》、《播芳》卷一一七、國圖藏劉氏抄本《播芳》均作"熊子復"。子復乃熊克字。《全宋文》册二二五頁三五五熊克下亦收。熊彥詩下或誤收。

### 【輯補】三善堂銘并序

予甥沈度公雅爲餘干之明年,彥詩過之而問焉,曰:"鄉見君竟上田無廢土,少壯歌吟,以趣行其犢,若衒其四支之敏以誇予者。市若列屋賴頓,樹木茂好,負任擔荷者,懷喜不怒。庭階虛閑,狌犴不宿,又無疾走大聲。他日蒲大夫之政也。何爲於此,請從君問治民。"公雅改容曰:"詔令寬大,日日來問民,謹得以實惠分付邑人,俾家有之,度不敢留一毫。遭上官明白,我書得不醜,信手爲之,無引其肘者。此所謂爲可爲於可爲之時,則從願(原作"顧")不難工也。嘗聞治心矣,何敢治民。"彥詩喟曰:"治其心而刑於民,此單襄公觀陳,范昭觀齊,孔子觀蒲而贛君觀彭城一法也。望人容色,知病淺深。其法固出於此。孰謂子貢之智,乃以孔子未見子路而稱其善者三爲可疑耶?"會公雅請名其便坐之堂,因題曰三善,且爲之銘云:

恭欽以信,可以執勇。藏勇於農,以力自寵。忠信而寬,吾與爾游。人士自愛,誰其肯偷。明察以斷,喧囂不競。弭其心兵,同一清静。惟是物三,在竟邑庭。心則君心,人識其萌。烏乎戒哉,爲山虧於簣土,疾病加於少愈。善不可輟,安不可恬。惟子沈子,治心之功。火滅修容,以圖其終。紹興二十四年。

《大典》卷七二四二引《番陽志》。

## 潘良貴　卷四〇七八至四〇七九

**【輯補】祖秀實復朝散郎制**

敕具官某：爾將憲於外，見稱彊明。間者奪官，乃坐淹緩。有司稽狀，謂已再期，在法不愆，宜還舊秩。往其祗服，尚慎旃哉。可。

《大典》卷七三二二引潘良貴《默成居士集》。

# 册　一八六

## 鄭澇　卷四〇八九

**【校訂】紹興奉詔修學記（頁一四三）**

此文《全宋文》脫漏錯簡甚多，故據大典本"常州府"卷一八重錄。

唐柳宗元移書太學諸生，謂："說者咸曰：太學生聚爲朋曹，侮老慢賢，有惰窳敗業而利口食者，有崇飾惡言而肆鬥訟者，有陵傲長上而詆罵有司者。其退然自克、特（原作'持'）殊於衆人者，無幾耳。"於戲！太學，賢士所關，其親覆載之仁爲甚厚，其依日月之光爲甚邇，其被雲漢之章爲甚飾，而習氣如許，獨蒙惡聲，則下至郡國，宜若何？時惟通患，古今一揆。學者不負士而士負學，士不興學而學興士。故有累於學者，士也，非學也；而有益於士者，學也，非士也。炎正中微，上登大寶，拯溺救焚，日不暇給，猶留神於學。粵二年，詔：天下郡國學以他官攝者，皆置正員。時江陰猶爲縣，其冬升縣復軍。後七年，知軍王侯棠，即舊縣學，革而新之，始請於朝，得置學官員與列郡等。語在胡珵《記》。又七年，知軍富公元衡分符適更歲，體國艱難，急民休戚，治源政本，綱舉目張。吉月，必偕郡吏，欽謁於先聖之庭。顧嘆學宇嘗爲秋闈戰藝所蘭轍傷夷，訖事無省，因陋就簡，日益不治，有意又新之。會君相膠漆，講好修睦，荐有言語，聞包戈虎，合意文治，乃詔：諸路州學，委守臣修葺，具次第驛聞。公目與心叶，欣然頓首奉詔。旗鸞庚止，延見學子，遍諮所宜，歷考廊廡，周及四維。出緡錢五十萬，屬其護軍，指授規畫，鳩工庀器，速其會日。即解場以揄材，傭閑民以服役。戶不知橫索，吏不得肆奸。時却雁鶩行，親臨勸勉。別異中程，以酸遺酒，人樂赴功，鼛鼓弗勝。門施綮戟，殿列軒檻，潔室以振衣，高廩以聚糧，扃三《傳》以謹其拿，合諸史以護其旁。此前日之所無，而今創建者也。整竈於庖，增齋於廊，致繪畫之壁於前，隱貯儲之庫於後。蔽隱者煥然，下窄者昂然。此前日之所有，而今因葺者也。外內森嚴，黝赤炳耀，山崎屴立，翬飛翼布。經始於孟夏月朔，而告成於其晦。事不增損，以圖實聞。澇雖不敏，誤當領袖。無吐詞，懼泯成績。乃招學子於堂而鐫之。天下之事，慮始而躬其勞爲難，樂成而享其利爲易。思其難，以處其易，則亦無愧爾。邦之學子，藏於斯，修於斯，游息於斯，能書柳子語以銘座右。老者欽之，賢者尊之，精勤事業，而不恥惡食；慎出話言，而不成凶訟。推先於長上，致嚴於有司。益堅素履，無因物遷，則上不負明良會神之誠意，下不負賢侯奉詔之深忠。頗哀綿薄，使得飽食塞責，終更而去。甚休！甚休！若其退然自克，特（原作'持'）殊於衆人，紆青拖紫，語功立名，如錐之出囊中而劍之倚天外，則曲曲他日，尚蘄寓目焉。左（原作"在"）從政郎充軍學教授鄭澇記并書。

**紹興重修龍堂記**(頁一四四)

題、"□潛""利澤""儉十里""盤紆長阪""謀自吸焉""歆艷奇段""可謂敢""白雲鄉",大典本"常州府"卷一八作"紹興重修由里山龍廟記""淵潛""利澤攸繫,大江以南編民好禨祥。山腰林腹之間,林湫宅龍,往往而有。或壇而不廟,或廟而不嚴。其隨意俎豆,亦肖""僅十里""盤行長阪""湛曰汲焉""歆艷奇政""可謂敏""白雲鄉。紹興壬戌五月望,左從事郎充軍學教授玉山鄭澂撰書"。

## 王棠　卷四〇九〇

【校訂】**上尚書請留秋苗以爲軍儲狀**(頁一六三)

大典本"常州府"卷一〇録此文,題《乞截留秋苗以爲軍儲劄子紹興五年》,較《全宋文》爲詳,故重録。

棠(原作"崇")契勘:江陰在梁、陳爲郡,至唐爲州,皆領縣三,故其賦入足以自給。其後廢州爲縣,以地屬毗陵。及其復爲軍,所管纔一縣而已。是軍名雖復,而地未復也。今本軍俯臨大江,自昔爲屯戍之地,而庫無儲金,廩無餘粟。平時旋營,尚容措畫;萬一有警,何足支持?全藉内郡撥發錢穀,以實邊壘。今則不然。本軍之稅賦,僅足以充歲額之上供。凡本軍之利原,不足以給按月之發納。一錢一粒,皆赴漕司。斗羅箕斂,以爲軍食。其初民力尚饒,故未憚於輸官;其後民力益困,則群噪而越訴。前後官吏,以兑借、敷率,得罪囚繫者,相踵也。然棠設以罪逐,何足算哉?誠恐上誤國家邊備,雖死無益。愚昧輒欲仰干鈞慈,特賜詳酌:量截本軍秋苗一二萬石,每歲椿留,準備警急支用,候至次年新苗入倉,却將陳米起發。其於漕司歲計,并無虧損,直遲速之間耳。所貴本軍常有儲積,以備不虞。

# 册　一八六至一八七

## 張嵲　卷四〇九七至四一一九

【校訂】**宋萬年爲金人内侵糾集軍馬竭力保捍敦減過官依舊給還仍差權知慶陽軍府兼主管經略安撫司公事節制鄜延環慶路軍馬換給仍升除直顯謨閣制**(頁三九四)

題"金人"、"強敵",《大典》卷一三四九九作"金賊""狡寇"。

**閻琪爲擒獲順蕃人張嵒轉拱衛大夫果州團練使升充永興軍路兵馬都監權知耀州兼管内安撫依前統領忠義軍馬換給制**(頁四〇四)

"敵寇""應敵",《大典》卷一三五〇七作"黠虜""應賊"。

**保慶軍承宣使士裦故妻郭氏可特贈碩人制一**(頁四二七)

"具官某"上《大典》卷二九七二有"上詞同"三字注。

**保慶軍承宣使士裦故妻鄭氏可特贈碩人制二**(頁四二七)

"某氏",《大典》卷二九七二原爲"上詞同"三字注。

**利州觀察使王勝故妻張氏可特贈碩人制**(册一八七頁三二)

"具官某"上《大典》卷二九七二有"上詞同"三字注。

**蠲逋欠札**(頁八一)

此文又作册一七七頁一〇二王洋《蠲逋欠札子》,歸屬未能確考。

**代張帥謝太師除敷學啓**(頁一五七)

張嵲《紫微集》久佚,四庫館臣始自《大典》輯出。此文見文淵閣本《紫微集》卷二九。《大典》卷九一七録此文,題"王紫微先生集"。四庫館臣以"王紫微"爲"張紫微"之誤,故輯録此文於張嵲《紫微集》。《大典》殘卷引録《王紫微先生集》者共有三條。另兩條見卷一四六〇七,分別是《郭淑大理寺簿制》《張嶬大理簿制》。《繫年要録》卷一七八於"(紹興二十七年十月)己亥,右奉議郎郭淑令吏部與監當差遣"條下注云:"淑,紹興十七年六月二十四日除大理寺主簿,二十三年十月再除,二十六年五月六日又除,九月遷治獄丞。"而同書卷一五六載:"(紹興十七年四月丙辰)左朝奉郎、知衢州張嵲爲敷文閣待制。"同書卷一五八載:"(紹興十八年七月)癸未,敷文閣待制、提舉江州太平興國宫張嵲獻《紹興中興復古詩》。詔嘉獎。嵲尋卒。"則張嵲無由草郭淑大理簿制。《大典》中"《王紫微先生集》"非"《張紫微先生集》"之誤,作者另有其人。檢《全宋文》卷四四三三王鎰小傳(201/4)云:"著有《紫微集》。"檢《繫年要録》卷一五六載:"(紹興十七年六月)己亥,尚書右司員外郎王鎰爲中書舍人,兼權直學士院……(十二月丙辰)中書舍人、兼侍講、兼權直學士院王鎰卒。"本年六月癸巳朔,乙亥爲七日。則王鎰有草郭淑大理簿制的可能。故《大典》所引《王紫微先生集》的作者是王鎰。該制應補入王鎰下。

【輯補】檄書

頃者,我宋有中微之運,皇天降灾於下民,中原乘不吊之秋,夷裔憑陵於上國。萬民與苦,二聖軫憂。朕時以親王躬入戎壘,豈不知犯敵國干戈之險,蓋將拯生民塗炭之憂。尋以菲凉,獲承緒業。焦勞圖治,宵旰靡寧。既已選士勵兵,以俟可爲之會,又方卑宮菲食,以迎悔禍之休。顧雖力行於十稔之餘,猶未有以佐百姓之急。永念兩宮,羈露蓋之久,徽宗阻歸祔之期。兵革連延,民人愁痛。苟可弭於禍亂,朕無憂於髠膚。既懷復振之深圖,寧避不嫌之小辱。是以間者因彼報聘,許我故疆。事有從宜,理難固拒。遂循故事,申遣使人,屈己議和,卑辭請命。豈不知拂志士復讎之意,傷忠臣循節之心,庶幾有益於寧民,不止獨緣於念母。是以雖負天下之謗而不顧,冀紓生民之禍以爲期。豈意彼國烏珠號四太子者,陰肆野心,中懷詭計,利吾好幣,背乃齊盟,欲干戈之再尋,啓人神之交憤。迹其貪亂之若此,必知共殛之匪遥。其烏珠秉嗜殺之資,懷無厭之意,嘗於建炎三年昧冒渡江之役,公行封豕之謀,欺我衆氓,怵之好語,罔以全活之惠,許無毫髮之傷,遂使士庶忘避賊之圖,官兵緩殺敵之怒,因得盗據旬月,遂其狡心。逮其擄掠既殫,玉帛將盡,肆行屠戮,視若草菅。城邑爲空,噍類無種。慘烈之禍,下及於孩嬰;痛毒之冤,深淪於骨髓。始以詐譎而濟暴,終期殄滅以快心。噫!我黎蒸可爲深戒。朕又惟山河之隔,雖限華戎;骨肉之親,詎分夷夏。烏珠之於達賚,親爲叔父尊,則元戎方謀割地之初,安有不知之理。而乃誣以難明之罪,當之大辟之誅。弱主孤危,莫致議親之宥;黨偏共憤,徒懷敢怒之心。顧至戚之猶然,豈他人之能保。惟彼族類,可不豫防。烏珠自以挾不黨之功,固已有無君之意。逮芟夷於所忌,乃恣睢而益驕。曩者割地之初,具存彼國之詔,而敢阻格不下,弦望屢更。終冒身而自逃,戀舊宮而顧望。顧方命之若此,原厥意之謂何。今者行人未至於寇庭,兵衆已臨於境上。雖意存於擅國,顧師出而何名。謾言續下於詔書,踪迹蓋非其主命;假托復收於故地,實懷竊據於上都。赤縣神京,豈逆雛之可宅;皇天后土,何凶穢之能容。烏珠自知積怨於人心,重逆於天道,所以飭兵爲術,顧寢食而自猜;虞衆見圖,雖親信而猶忌。是謂兵在其頸,豈不人得而誅,重傷南北之民,再罹兵革之禍。凡我在行之旅,與夫陷敵之人,兩河入保之黎氓,諸國脅從之種族,如能將順天法,致誅逆仇,助揚武威,思報大恥。苟吾士衆有能繼大漢陳湯而建功,若彼酋豪,或就斬悍相呂嘉而自效,便當錫之王爵,祚以國封,傳世子孫,勒盟帶勵。苟此賊之授首,庶萬衆之息肩。其薩里千者,與烏珠爲患積年,亶惟同惡,左右相濟,脅制其君。頃在陝西,爲李世輔所擒,既已爲俘,俄而脱死。緣此凶雛之佚,尚稽世輔之封。儻能誅擒,并苴茅土。朕言不再,天實臨之。朕惟將相,饗本朝爵禄之崇,兵民被百年涵養之厚。況蓄憤之已久,每枕戈而不忘。斯實忠臣效命之秋,志士立功之會也。朕施恩南北,不異華戎,志惟在於息民,誅獨加於首惡。方且輯天下之力,於以復天下之讎。有如立非常之功,則必享非常之報。凡我衆士,尚思勉哉。檄書遍下諸軍屯士,庶咸使聞知,速如立令。

**隱恫詞**

悲洋洋之遠容兮,終泛泛其焉如。既墳墓之修遠兮,又荆蜀之異塗。復余泊徂於南土兮,存殁三而鼎居。胖背膚以交痛兮,豈雨露之霑濡。登石巒以騁望兮,鳥獸歸其故墟。觀枌檟之茂凱兮,松楸宛其并蒔。豈南服之大家兮,惟氓與隸。雖蓬累與蟻封兮(原作"分"),亦子孫之具爾。夫鬼神之依人兮,諒先聖之假言。彼墓祭之非古兮,自前世而固然。既服膺於遺教兮,尚猶豫於流俗。苟逝者之若斯兮,抗何辭以自釋。國亂離以歷兹兮,信非余之所造。徒牽引以自解兮,豈事親之道。嗟生意之日蹙兮,莽茫茫之無從。庶省想於上下兮,眇不見其形容。神周流於方嵉兮,形枯槁而弗迭。苟鬼神之有像兮,將隕墜以從之。既聖哲之弗聽兮,復茹涕而莫告。生煢獨之若是兮,諒非予之所好。忽氣變而增舉兮,浮沉湘歷九疑。襃白華而登岵屺兮,就虞舜而敷辭。厥蓼莪之痛兮,遇辱之匪攘。憑愁苦而無告兮,紛憭而悵悵。帝感余之荼蓼兮,知下土之若斯。揆予情之紆軫兮,命巫感爲予占之。曰亂久必戾兮,《剝》終則《貢》。羗離居之自古兮,非昉於斯世。彼尼父之信仁兮,合葬防其既晚。少遼緩以俟清兮,固窀穸之未遠。諒遵道以揚親兮,固聖哲以詒後。苟直情而恣睢兮,期中庸之疚。予將從巫咸之所占兮,悲形骸之既瘁。矧資不足以希世兮,□揚名之可冀。循占言之有味兮,懼吾親之有望。惟弗播之是病兮,庶亦責其肯堂。懼年歲之不吾與兮,悼修名之不立。修初服以俟時兮,尚前哲之可及。嗟吾生之不淑兮,既三釜之不時。使富貴之可獲兮,孰榮耀之與居。獨煢以掩涕兮,何日夜而忘之。

**吊二妃詞**

予讀《李白集》,見其說衡湘間事,了然如在目前。因感之,作《吊二妃詞》,且招之。其詞曰:

登崗阜之蜿蜒兮,縱遠目以無窮。漫平陸之靄靄兮,聳山氣之龍嵸。忽馳神於洞庭之野兮,寄幽情予極浦。仰九疑之積翠兮,思二女之遺風。方帝之南巡兮,雲伏儼其不返。予將間之於湘濱兮,亦何爲而隕躬。湘山高兮千尋,猩猶嘯兮寒猿吟。寄荒祠予崖壁兮,動行人之永慨。吊蜿蜒於遺像兮,鬱古之木森森。睎英臺之千古兮,尚徘徊於此而不去。結幽憤之纏綜兮,生古地之層陰。相含響以悵望兮,餘天邊之新月。墜緑鬢之峨峨兮,疑江上之烟岑。遺芳馨於千祀兮,耿光凜其未泯。灑清泪於湘筠兮,寫萬載之貞心。翳兮嬪嫣以下嫁兮,粲車服之暐曄。今兹山鬼之與鄰兮,羗不恨於幽沉。望三湘而不可見兮,徒結思於蒼莽。念帝子之幽獨兮,紛泣涕以沾襟。歸來兮蒼(原作"倉")梧,歲暮寒雲深。

國圖藏翰林院抄本《紫微集》卷三〇。

**與李處權書**

近朱希真報,巽伯寄示《夢歸》古賦,文采不減兩漢,字畫遠追晉宋,當今第一流也。公有此客,顧不佳哉?

文淵閣本《崧庵集》卷首序。

# 册 一八七至一八八

## 張浚　卷四一二一至四一三七

**【校訂】措置興元府札子**(頁三一四)

題,原出處《大典》卷一〇九九九作"奏乞差官知興元府奏議"。

**論車駕進止利害疏**(頁三七四)

文末,《大典》卷一二九二九有"貼黃:臣輒盡己見,仰塵聖鑒。區區臆說,未知當否?願陛下因此閑暇,更加聖思,齋戒沐浴,以告於宗廟,謀之鬼神。此大事也,臣豈敢固執一己之見。異日,惟陛下詳教而曲諭焉。庶幾君臣之間,得盡心腹,不貽萬世之論"。

**報修瓜洲轉般倉利害奏**(册一八八頁一五)

文末,原出處《大典》卷七五一五有注"同日上"。

**奏郭振屯六合事宜狀**(頁四六)

文末注"《永樂大典》卷一二五八六"。出處卷次誤,當爲《大典》卷三五八六。

**【輯補】議明堂赦書**

以明堂大禮告成,頒恩宇内,需澤下流,仁德均被,神人胥慶,遠邇同歡。

《大典》卷八〇二二引《張魏公奏議》。

**論車駕進止事宜**

臣昨日得呂祉私書,以建康宫室未備,意望車駕少留鎮江,庶幾事集。臣反復計之,容有可議。今天氣尚熱,恢圖是時。大駕儻有定居,人情自當振作,有司措置錢糧,亦須以時而辦。臣意只欲於鎮江暫駐,兩三日間乘此晴明,便行進發。更乞聖裁。三月上。

**奏乞降車駕至江上指揮狀**

臣契勘日近事宜警急,正當鼓作士氣,以圖戰守。臣愚欲望聖慈,特降車駕至江上指揮,未須進發。庶幾將士聞風,各圖效命。伏乞詳酌施行。取進止。

以上見《大典》卷一二九二九引《張魏公奏議》。

按:以上三文《宋代蜀文輯存校補》卷四五"張浚"下吳洪澤補輯已收,吳氏所補凡二百零六篇,其中尚有《全宋文》未錄者,不具錄。

**與汪聖錫書**

妙年得盛名,曾不以此自恃,而志益下,學日益修。士論高之。

聞公不以居外而輒慢吏事,孜孜然以愛人之心爲心。此厚德事,吾聖賢心法也。甚善甚善。

**又**

浚謬於知人,幾爲吾道大害,不謂學爲士君子而晚節以利欲失本心吁? 可嘆也。吾儕幸脱死,盡出聖主大恩。然則將何以報之?

國圖藏清抄本《汪文定公集》附録《宋汪文定公行實》。

# 册　一八八

## 朱翌　卷四一四九

### 【輯補】跋元次山書堂岩題名

次山好奇,所至遇佳山水,必加雅目,使從此出涪臺瀼溪,遂傳不朽。此岩獨不辱品題,何也? 豈以曲江公嘗讀書其中,故不欲更稱述。

《大典》卷九七六五引《韶州府志》。

# 册　一九一至一九二

## 宋欽宗　卷四二一三至四二二五

### 【輯補】鄧肅除鴻臚寺主簿誥

敕:承務郎鄧肅,爾頃以布衣扣閽,主文而譎諫,深得詩人之旨。朕聞而嘉之,肆命以官,而任以列寺之屬。往其懋哉,毋易而守。可特授依前承務郎守鴻臚寺主簿。

《大典》卷一四六〇七引《鄧栟櫚先生集》。

按:該文作者不詳。《宋史》卷三七五載:"欽宗嗣位,召對便殿,補承務郎,授鴻臚寺簿。"據此,鄧肅任鴻臚寺主簿在宋欽宗時,故繫於此。

### 奉議郎章誼擬官奉敕

朕恭承聖訓,嗣守丕業。肆覃慶渥,溥及萬方。在服之臣,階及寄禄。畢進命秩,庸示寵嘉。往祗訓言,毋忘夙夜。可特授承議郎。

《大典》卷七三二四引《章忠恪公集》。

按:此文作者不詳,或在欽宗時。

# 册　一九二

## 王灼　卷四二二七

### 【校訂】賀監司正啓(頁七〇)

此文又作册一二一頁一五八李昭玘《賀運司正啓》。文淵閣本《播芳》卷二六載此文,署"王晦叔";又見同書同卷《賀正啓》,署"闕名"。正文僅少量異文:"某官"前多"恭維"二字,"佇被恩綸"作"佇被褒陞"。《中州學刊》2012年第6期載柳隽一《全宋文補正五則》認爲,李昭玘乃"元祐中擢進士第""少與晁補之齊名,爲蘇軾所知",且靖康初已卒,生活時代明顯早於王灼,故判定該文當爲李昭玘所作。

### 祭湯敷文文(頁八一)

題下,《大典》卷一四〇四九有"全道"二字注。

**代作祭王夫人文**(頁八一)

題,《大典》卷一四〇五〇作"祭王夫人文",且題下有"代作"二字注,《全宋文》改題。

【輯補】**跋馮太師迓蹇子長詩真迹** 紹興二十八年

故蹇公以才望噪一時,竟取危級,故贈太師馮公寄詩迓其歸。自今觀之,馮近於附貴。然灼舊聞,馮視蹇則以前輩自居,而相從之歡,又似忘年友。蹇得一書記歸,卒於官。馮哭之失聲,豈附貴者哉?耆舊餘風,吾不復見。讀詩不覺三太息。後七十餘年,紹興戊寅正月九日,王灼跋。

《大典》卷九〇九。

**跋墨梅**

畫花必從膠粉設色,至近世始易古法,專用淡墨,而得花之真。此兩梅枝尤奇,然不知何人作。予舊有句云:"飯顆從朝瘦,湘流獨占清。"脫梅花於閨房篁鋦中,蓋此畫與此詩乎?

《大典》卷二八一二引王灼《熙堂集》。

## 衛博　卷四二三一至四二三七

【校訂】**論治道札子**(頁一三四)

此文又作冊二七六頁一八五蔡戡《論治道疏》。《歷代名臣奏議》卷五七錄此文,云"蔡戡上奏曰",則該文作者是蔡戡,衛博下誤收。

## 仲并　卷四二三八至四二四四

【校訂】**後樂堂記**(頁三一八)

此文又作冊一五七頁二九一汪藻《信州二堂碑》。《新安文獻志》卷四四錄此文,署"汪藻"。國圖藏明正德元年馬金刻本《浮溪文粹》卷九亦錄此文。此文當即汪藻所作。仲并、汪藻二人集一名"浮山",一名"浮溪",或《大典》因集名相近而誤錄。

**江陰君山浮遠堂記**(頁三二四)

文末,大典本"常州府"卷一八有"五月丙子朔,江都仲并記。紹熙甲寅七月己未朔,郡守吳興施邁屬天台李淳父書"。則《全宋文》題下所注"紹興二十年正月",時間不確。

**祈雨文**(頁三三七)

**謝雨文**(頁三三七)

**祈晴文**(頁三三八至頁三四〇)

以上凡八首,題"文",國圖藏翰林院抄本《浮山集》均作"疏"。

## 陳之茂　卷四二四五

【校訂】傳記"字卓卿",誤,實字皁卿。

【輯補】**謝張相撰墓銘志**

行過古人,雖繫操修之效;信傳來裔,必資論撰之功。獲托斯文,有光前史。感榮交集,涕泪橫流。伏念某早襲箕裘,粗聞詩禮。頃大門《播芳》作"易")之嘉遁,慕昔人之高風。栖遲一畝之宮,睥睨萬物之表。同席而坐,率多名世之賢;曳履而歌,但樂垂衣之治。

膺神考之昌運,遇熙寧之丕圖。士無懷寶之羞,人有拔茅之望。東湖水闊,方欣蛙吹(《播芳》作"鼓")之喧;北闕雲開,遽被鶴書之召。屬負薪之引疾,非俟駕以徐行。輒披肺腑之誠,遂獲芻蕘之請。名綴熙朝之仕版,身爲清世之逸民。堯舜乃神,始縱巢由之洗耳;漢皇大度,不留黄綺之居朝。人即後(《播芳》作"没")夜之歸,但(《播芳》作"心")切逝川之痛。冢木已拱,幽碣未刊。誓托知音,發揮遺範。講求師友,考論淵源。叔向深仁,女齊有托。山公尚在,嵇紹不孤。猥沐矜容,爰賜鴻筆。張述盧篆,崔湜推二美之稱;顏書李文,魯山兼四絶之號。豈縈盛事,乃集私門。此蓋伏遇某官德厚(《播芳》作"厚德")鎮浮,清名激濁。製作侔於造化,論議通乎古今。言無愧詞,功必及物。力辭黄閣之柄,速慕赤松之游。把袖拍肩,嘗荷解顔之盼;伸紙濡(《播芳》作"行")墨,特迂華衮之褒。丕揚潛德之光,茂著久幽之操。山林之士相慶,里巷之老驚傳。義冠幽明,恩沾存殁。某謹當勒諸琬琰,傳示子孫。克紹祖風,期不忘於家學;俾增(《播芳》作"蒙")世美,誓必報於恩門。

《大典》卷一○五三九引《播芳大全》。又見《播芳》卷五七。

按:《播芳》、文淵閣本《播芳》載此文,未署作者,其前一文爲陳阜卿作。

### 賀韓户侍啓

伏審顯膺帝制,還總地官。申錫詔書,明諭德意。上恩至渥,輿論有光。恭惟某官行能并高,學術兼富。出入更踐,爲時老成。論議忠嘉,有古風烈。力求便郡,以奉親輿。惟邦計之甚繁,仰聖心之猶屬。蓋理財實周公之所學,謂富民非千秋其誰宜。載錫寵章,復還重任。實自忠獻,四時皆總於計司;歷數搢紳,一門獨專於盛事。行登黄閣,盡繼青氈。盍收陳列之功,大慰具瞻之望。某少慚妄作,老因卑飛,墮笐篋者十年,萃拙艱(文淵閣本作"囏")於一己。惟是久塵於眷奬,足以自慰於衰窮。竊有待於吹嘘,冀少逢於枯槁。其爲瞻頌,未易究宣。

《播芳》卷二九。

### 賀鄧司户啓

伏審擬自銓漕,掾於潛府。千里實繁於版籍,庸有贊神;一時并萃於輩流,卓爲魁傑。先聲所至,公論皆歸。恭惟司户學士奥學根經,懿文貫道。爭鋒文陣,已高掇於巍峨;發軔仕途,宜大施於霹靂。此殆哲人之細事,亦非俗吏之能爲。編郭丹之事於黄堂,庶爲永式;薦寶章之名於東觀,即有新除。某久矣仰高,兹焉借潤。顧未遑於馳牘,乃先沐於飛函。

《播芳》卷四○。

### 賀秦相孫及第啓

省元較藝南宫,首出髦髦之選;升華内閣,特新次對之班。逮廣漢之策名,登甲科而賜第。朝紳聚嘆,再觀臚句之傳;宗壺發祥,交映本支之盛。歡騰遐邇,事冠古今。恭惟某官當代元勛,生民先覺。優入聖域,非堯舜之道不敢陳;化成人文,雖管晏之功可復許。黼黻皇猷之麗,棟梁王室之安。西被東漸,治巍巍而日起;前英後哲,福衮衮以川增。府聯槐棗之榮,庭萃芝蘭之秀。惟時洪胄,誕毓巨儒。閑德藝於晨昏,奉義方於左右。俯從布韋之士,獨步翰墨之場。動喜色於三台,標高名於千佛。蓋孟子近孔子之世,況親見而聞知;而僖公實周公之孫,宜熾昌之俾爾。天意永延於相業,輿情傾屬於師瞻。某久托大鈞,遽聞盛事。上聖王得賢之頌,雖愧軼材;歌君子有穀之詩,徒懷胥樂。

### 賀秦少保男及第啓

省元擅場南省,次對西清。臚傳肅唱於大庭,風采復高於前列。一人增體貌之重,四方傾星斗之誠。武偃文修,當昭代世臣之盛;陰德陽報,喜慶門有子之賢。凡在聽聞,舉深歡抃。恭惟某官德充宇宙,功贊陶甄。中外倚太平之基,父子著大儒之效。彌綸治績,有古王佐之才;模範士情,曰予天民之覺。神相百祥之積,嗣生一代之英。淡墨書名,魁星助台揩之象;紫荷入侍,雲衢近天漢之章。旋躋甲第之華,光賁上游之選。益隆譽處,進拜寵榮。教子義方,得師承淵源之自;有祖風烈,永功名福禄之傳。某迹托化鈞,身拘官次。誦衣冠之盛事,贊恩閣衮衮之祥;阻賓客之後塵,罄賀惆區區之蘊。

### 賀秦待制及第啓

南省擅場,廣廷賜第。延登次對,通内朝侍從之班;典領真祠,兼史館刊修之職。增公府之盛事,聳儒林之美觀。播之邇遐,孰不欣抃。恭惟某官清標秀發,鉅德早成。文章顓華國之才,共推大手;經術禀趨庭之教,自有異聞。一從俊造之班(《播芳》作"游"),再掇巍峨之選。洎承聖問,仍擢甲科。魁星連台曜之暉,彩服映恩袍之色。遂席明倫之寵,亟躋禁橐之榮。奉香火於琳宫,不違娛侍;紬圖書於石室,允藉編摩。式彰眷注之深,并集便蕃之渥。周公爲師,而召公爲保,既(《播芳》無"既"字)左提右挈而仰成;顔氏之子,而閔氏之孫,果後哲前英之繼起。某濫將使節,久托恩門。襲紫傳龜,竊贊相延之慶;抽毫進牘,敢伸賓客之誠。

### 賀人子及第啓

慶發庭蘭,榮攀月桂。奏名墨榜,欣(《播芳》作"已")巍壓於群英;策第楓宸,竚首題於千佛。喧騰士論,喜溢親闈。恭惟某官學海梯航,儒宫柱石。崇言閣議,鬱爲天下之宗師;直道公心,肅振臺綱之風憲。久慰士林之望,載瞻砌玉之芳。想九齡與於玄文,耻一經窮於皓首。談論久聞於歆向,才華兼擅於卿雲。宜慚俗子之籯金,况在故鄉而衣錦。有是父有是子,價重縉紳;無以立無以言,訓聞詩禮。宜地芥之俯拾,看雲路之軒昂。行觀至德之榮,同居禁筦;更聽玄成之貴,繼踵台司。某頃佐邑於鄞川,獲摳衣於絳帳。進而加諸膝,雖子弟無以加焉;退則銘於心,若天地不能忘也。側聞伯魚之騰踏,謾馳賀燕之歡呼。願展寸心,輒先尺牘。永言僭浼,彌切凌兢。

以上見《大典》卷一四一三一引《播芳》。又見《播芳》卷四一。

### 賀太守正啓

一氣回春,三陽交泰。蠢然品物,俱有向榮之心;卓爾仁賢,豈無爲善之福。恭惟某官温恭毓性,謙虚持身。暫鎮撫於雄藩,未究施於遠業。茂迎穀旦,即奉召除。某乘障非才,善鄰是賴。阻奉一觴之壽,輒修尺牘之書。頌咏於中,敷宣罔既。

《播芳》卷四二。

### 謝漕使薦舉啓

西河横經,未識門户;北海薦士,猥先輩流。非所堪任,祇以慚嘆。伏念某受才樸拙,與世闊疏。譽未信而毁可疑,志雖修而身愈困。窮年簡策,所得皆古人糟粕之餘;妄意事功,未識夫賢者文武之大。一昨奉檄關陝,曳裾藩籬。親聞名理之言,勉期千慮;陰借吹噓之力,稱(文淵閣本作"稍")浣百憂。而窮能累人,公亦罹謗。都城飛雪,載(原作"裁")陪樽俎之歡;秦嶺分符,坐嘆門墻之遠。豈惟寡與,殆且息交。偶塵庠序之游,復在按臨之列。未酬恩德,嗣辱薦論。惟知音會遇之艱難,初非力到;則不肖始終之僥倖,顧豈人爲。此蓋伏遇某官博辨而有容,高明而善下。知其遲不及事,本非近名;察其愚無他腸,頗知爲己。故收舊物,稍振窮途。某敢不益勵前修,更期來效。駑駘未老,終諧希驥之心;頑鑛難工,尚有發硎之意。

《播芳》卷五〇。

### 謝講拜禮啓

伏蒙枉示牋辭,曲敦拜禮。老而耄及,方屏迹於投閑;齒以德尊,敢當仁而借重。辱承謙抑,尤倍兢慙。恭惟某官賢以下人,貴不驕物。念青衫傾蓋,屢陪笑語之餘;今白首分符,復忝交承之末。特伸雅契,將激頹風。然而某倦翼投林,虛舟倚岸。舊學飄零於晚景,初心凋喪於畏途。敢以衰病之鄙夫,輒領勤渠(文淵閣本作"劬")之盛意。禮惟其稱也,豈過於情文;拜不已重乎,願容於遜避。但深佩服,曷究惘悰。

《播芳》卷五七。

### 赴任與職官啓

功能無取,輒自試於附庸;號令所從,竊願承於僚首。敢忘愚分,用請下風。伏惟某官杞梓良材,珪璋令器。文章華國,聊游戲於江湖;術業康時,姑剸裁於州縣。乃眷吏民之慶,會逢賓主之賢。大袑褒衣,信美風流之厚;坐嘯畫諾,傳聞謠誦之歡。當公道之甚夷,適最書之連上。近而交薦,大有特招。某早以書生,寖污吏籍。四方浪走,莫遂一廛之安;千里竭來,實爲三徑之計。惟是林巢之寄,尚縈河潤之餘。渤海既清,坐恐水衡之召;陽山雖陋,或瞻從事之臨。

《播芳》卷六〇。

### 大成殿上梁文

金聲玉振,揭聖道之宏模;矢棘鞏飛,聳儒宮之壯麗。相維勝地,雄視此邦。山羅秀色以迴環,溪帶長流而演迤。翼翼占坤維之勢,闓闓毓人物之英。不幸斯文,中遭俗子。爲吾儒而弗切,毀鄉校以無餘。廟貌淒涼,衣冠慨嘆。豈有道關百世,不能身庇一椽。會際丕平,垂衣裳而治天下;大興美化,恢庠序以遍海隅。爰即故基,一新邃殿。羽籥盛陳於東序,豆籩肅薦於前楹。豈惟稱高明之居,抑亦起頹靡之俗。官無病費,民不知勞。隻身經營,方笑鴟鴞之作室;旁觀聳動,忽驚蛟蜃之吐樓。因舉修梁,雍申善頌。

東,槐市如今復舊宮。二十年來樵牧地,一朝氣象壓兵戎。

西,日薄風清濯練溪。歸咏聖門無一事,便應言下棄筌蹄。

南,夭矯雙龍戲碧潭。中有一珠留萬古,他年大手屬誰探。

北,高閣宸奎(文淵閣本作"昂霄")連斗極。雲漢昭回萬國瞻,諸生做底(文淵閣本作"何以")酬君德。

上,燁燁少微佳氣王。昨夜光芒下泮宮,定應從此多卿相。

下,聒聒弦歌聞里社。不獨三千弟子賢,樵夫亦有談王者。

伏願上梁之後,文風載鬱,教雨旁流。青衿無逸於城闉,紫微不罣於旄頭。悉奉韋經之教,應令(文淵閣本作"多")魯服之求。家興孝弟,訟息爭仇。錯履紛袍,茂彬彬之文質;離蔬釋蹻,化袞袞之公侯。

**明倫堂上梁文**

法三代以明倫,肇開宏館;本六經而立説,大振斯文。惟兹禮義之宮,曩盛清儒之席。自經遷毀,垂三十年;坐視因循,踰八九政。望荊榛之觸目,悵弦誦以無聲。道不終窮,時乎忽至。知郡監丞政知先務,洪宣常衮之風;通判學士畫盡婉謀,力贊文翁之化。爰傾府庫,用相斧斤。革馬隊之喧囂,復鱣堂之壯麗。墻高數仞,廈廣千間。翕然不日而成,怳若從天而下。洋洋灑灑,儼衿佩以來游;鬱鬱葱葱,羅溪山而呈秀。俄增士氣,益壯邦風。因舉修梁,庸申善頌。

東,大明屋角光曈曨。六經在天不可掩,聖道知如日月同。

西,虚堂秋入雨淒淒。青錢事業安排取,莫對槐黄嘆巨題。

南,薰風轉午屋潭潭。日長正是添書課,勿使牙籤蠹白蟫。

北,摳衣入侍先生側。君看木鐸走四方,倚席不談真負(文淵閣本作"素")食。

上,葉葉五雲分絳帳。不戒(文淵閣本作"勿嘆")寒酸借壁光,即看夜訪青藜杖。

下,從流一決如奔馬。仰高不解踵顏淵,定見紛華從子夏。

伏願上梁之後,人習俎豆,家聞弦歌。士不廢於三餘,師克肅於四教。聯翩駿足,來昂昂千里之駒;整頓飛翰,集翽翽九苞之羽。

以上見《播芳》卷一〇八。

按:以上文均見《播芳》,《全宋文》誤陳之茂字阜卿爲"卓卿"而失收。

# 册 一九三

### 余壹　卷四二四九

**【校訂】紹興重修龍堂記**(頁二〇)

題,大典本"常州府"卷一八作《紹興重修由里山龍王廟記》。"吳民之利",《大典》作"吾民之利";"據北江上"句"上"字下補"游"字;"吾民之利",此作"所行窟宅";"不日而成"句下有"邦人謂公静正以持身,忠恕以待物。所以施之政事者,纖悉周盡。而又齋祓其心,接於幽遐者如此。其至治民事神,可謂備善矣"四十九字;"以承公之志云"句下有"紹興壬戌初夏,兩浙漕屬余壹記。左宣教郎知江陰軍(原文有"士"字)事富元衡重建"。

### 吳憲　卷四二六一

**【輯補】摹刻徐鉉詩記**紹興九年五月

國初,徐騎省篆法妙天下。余所得四十五字,高簡莊重,幾與周鼓、秦山相抗衡,乃其合作也。

大典本"常州府"卷一三注。

### 馮時行　卷四二六五至四二六九

**【校訂】李時用墓志銘**(頁三六四)

檢《大典》卷八〇二四引《馮縉雲先生集・成彦質墓志》(見下《補遺》),其後半自"孝謹人也"句始,全同《李時用墓志銘》後半部分。觀《李時用墓志銘》全文,前半部分"别去三十年,時用死矣"句,與後半部分"後二十二年,余以事至臨卭,其子某來謁"句,所顯示二人別後時間矛盾。故《李時用墓誌銘》後半部分是《成彥質墓誌》之内容。可能在馮時行集中,二誌前後相接,且《李時用墓誌銘》後半與《成彥質墓誌》前半同在一葉。流傳中,此集佚去了二誌共同所在之葉,以致成《李時用墓誌銘》現狀。

### 【輯補】蘇氏溪堂記
可以跨竹筏,撑小艇,釣魚擷藻,陵風弄月。
《大典》卷一一六〇三引《馮縉雲先生集》。

### 成彦質墓誌
紹興丙辰,余令丹稜。被詔旨,邑之父老成天啓屬其子某以偕。發岷峨,下巴渝,歷荆楚,至吴越,凡跋涉之險夷,事理之是否,某實經紀之。周旋既久,益稔其人。蓋天資純質,孝謹人也。心甚喜之。後二十二年,余以事至臨卭,其子某來謁,泣拜具言:"父不幸棄諸孤,蓋若干年矣。鄉人某爲狀其行。重惟先君獲事君子,蒙維持護恤之恩,知先君介介無他,宜莫踰門下。願丐銘章,用終死生之惠。"追惟疇曩,爲之泫然。屬老病不任叙載,又不可無一言於故人舊交,姑繫狀以銘曰:

堯舜周孔,與天罔極,邈不可及。顧其下愚,是爲桀跖。上下之間,爲善宫壇,綽然以寬。充其大端,賢知是班。小以成小,其猶足觀。伊維其趍,以善爲徒。不迂不愚,用大或拘,以小則餘。善以爲址,没身不耻。以遺其子,洵洵濟濟。嗚呼彦質,亦以不死。銘兹幽石,永貴蒿里。

《大典》卷八〇二四引《馮縉雲先生集》

## 册 一九五至一九六

### 胡銓 卷四二九九至四三三四

#### 【校訂】代福帥張丞相奏乞加封鱔溪神狀(頁六六)
題下,原出處《大典》卷二九五〇注"辛酉",《全宋文》删去,改"紹興十一年"。

#### 祭德明兄文(册一九六頁一七七)
題下,《大典》卷一四〇五一有注"辛酉,後篇代叔兄作"八字。

#### 代妻劉祭姊姒文(頁一八二)
題下,《大典》卷一四〇五三有注"甲戌"。

#### 祭三十五叔文(頁一八二)
題下,《大典》卷一四〇五〇有注"戊寅"。

#### 【輯補】衡陽瑞竹賦 己卯
有雁城先生謐於澹庵老人曰:"蓋聞荆州北據荆山,南及衡山之陽,故曰荆及衡陽惟荆州。然則衡陽實荆之南土,而亦九州之奥區也。老人聞其故而睹其制乎?"老人曰:"未也。願先生寫念往之孤憤,據懷昔之異聞,開僕以曩記,郭僕以典墳。"先生曰:"唯唯。岷山之江,出庤梁州,經庤衡山。左據唐兒回旋之國,表以赤帝天柱之峰;右界尉他陁嶇之嶺,帶以九嶷二水之衝。蒸流其左,湘匯其西。督亢之原,則荆楚之沃壤焉。轂擊楅連,則七郡之喉襟焉。是故天假神柄,維岳專雄,有嬀南巡,禹績所届,既沐猴割壤,而楚析爲三,臨江、九江,與衡相望。及番君芮之王之也,仰悟翼軫之躔,遠瞰洞庭之汪,是惟楚疆。於是睎岣嶁,眠紫蓋,據石廩,挾湘瀨,恢宏基於億葉,葳鴻規而誕啓。爰遷長沙,厥土以圮。洎炎漢之龍興,北界淮瀨,略廬衡爲淮南,衡山廬江,實淮疆理。故屬王之子賦徙廬江而王此,呀周池而成淵,屹金城之百雉,喟厥謀之弗臧,卒窮泰而極奓。達識哲士,吊古增唶。

"若乃屬目四郊,徜徉近郭,則南望曠野,北眺平原,邑屋相望,紱冕萃㳺,風憲之臺,牢盆之淵,輻湊連城,冠蓋如煙,與庨數郡之豪,與五方之錯處,雜沓魚鱗,蓋不可以毛數也。封圻廣輪,延袤千里,違躒荆楚,亡足以儗。其陽則廣谷大川,源泉衍溢。翠篠綠其隈,綠净漪其足。盤渦迴洑,絡脉交屬,梨頰栗拳,珍果嘉木,雲山剥錦,原野綺綉。其陰則祝融隱天,嵷巃崔嵬,七十二峰,翠屏天開,隱鱗鬱律,作鎮於南,林岑嵌嶔,崒嵂嶄岩。文命之所碑,昌黎之所詩,皇甫之所銘,歐虞之遺踪,於是虜存焉。頫有沃野塗泥,農桑菜菜,溝塍綺別,原隰昀昀。東郊則軸轤相銜,沿流轉粟,百尋之艫,千斛之艤,大艦廣艫,麒䑠艒艒,若般若舶,若鰯若舯。蠻商粤賈,轔轔朐艫。若吳之艅艎艅艒,若楚之艨艟迅鶻,萬艦千艘,泛湖達淮,與漢滔滔。西郊則有陂湖麋迤,瀰漫平野,積潦所瀦,水族容與,啑呷菱藕,或翔或下。

"其棟宇也,黌堂耽耽,精舍岌岌。橫經有槐市之古,而肄業有芹水之樂。法上庠下庠之制,準東序西序之摹,遵左學右學之規,儼東膠西虞之廬。追瞽宗以導和,慕米廩以崇孝。博以十倫,而申以四教。三雍踵漢,六館紹唐。澤宫廓而知礪,學省設而向方。若夫頖本於班,泮取其半。辟海流道德之富,而璧池表文章之焕。豈特如朱浮誇禮儀之宫,子昂矜政教之地,徒角空言,而爲一時之玩哉。

"其岳神之宫,與桑門之宇也。廣殿岩岩,嵯峨崒嵘,上儗紫宫,直表嶢闕。蒂倒蓬於藻井,薦狎獵以下按。玉礩戢楹,雲楣綉栭,雕檻文甲,映帶彩楝,爾乃馺娑㡾豁,陳匼棧辥,岻崿嚞昪,駘蕩寋嵯,仰福帝宇,琁題含章。鬼氏施巧,怒鑱趪趪,力㬐員而貰勇,似鼓翻而欲驤。剛崖啟閌,瞰巘衡橑,焕赫戲以焜煌。轞轞鍔鍔,上飛闒而遐眺,薈造天而直堷,霓干太紫而竦峙。翔鵾仰而猶愕,森翩翻之威鳳,翔枳棱而騫金爵,重櫐鬱其莖攉,嶕嶢躕乎折風,軼天梁而越枌。詣激流景而倒輝,叠百增之井幹,何綺豁以交疏。既懲駭於隥眺,降回途而少低,睆複閣而却倚,又俯寮而意迷,排薨標而復上,若天閌天梁而雲卧,恍失據而亡依。青鴛特盛,隆崇洪敷,裹以綸連,斧藻列錢。絡以火齊之玫瑻,綴以夜光之璘彬。若夫周之砥砨,魯之龍輔,鄭之玉環,宋之結綠,梁之懸黎,楚之和璞,隋之明月,晉之垂棘,趙之連城,齊之拱璧,龍淵之瑛,日南之玘。激汝水之珧,狀諸山之瑻,小華山之璘,采石山之玟。平津之珠,新室之璐,東京之瓖,西都之瑊。醫無閭之玗,莨弘之碧,錯落填委,流耀旁燭,瑟瑟璇璣,璀璨纖綉,珍怪羅列,焕若昆侖之積。

"至若地秀雪山之草,峰多蘊玉之石。蓋偃千歲之松,墊聳百圍之木,雄偉傑特,是爲火維之喬岳。下覷重湖,彌望廣潊,儗滄溟與渤澥,濤蹙天以湃㴻,浟瀁澎湃,蕩空無垠,懷山廣烏,瀰濊(原作'藹')齋汯,轟霆礜石,駕雲沃日,折帆摧樯,崩濤捲雪,盍灎雲夢而灑斗域,渺日谷而薄月峀。飛流濺沫,决皆股栗,濫岱輿與員嶠,沃漸臺而溺方壺。閶風別隰,壘畢岩齲。吞舟之鱷,橫空之鱣,突机孤游,髻鬣刺天,水豹潜牛,邀蹊塞港,戕風起惡,舞河馮而飛仙倆像。提封之内,鄉縣殷賑。右極零陵,欲蒸吐湘。左界宜春,遂暨萍江。林麓川澤,跨谷彌岡。木則白㮕并閭,柟梓豫章,樅棗梗楓,楠爽楠糝,灌叢垂陰,蔚若颺榮。魚則有鱏鱛魴鱮，鮎鮦鰷鮭，鱒鯇鱅鰫，鮫鮨鰧鼈，鯪鮒鰊鮒。又如鰤似鼈而無甲，鱸似鰒而無鱗，魮鳥首而魚尾，鱷準翼而魚身，詭類殊不可具云。羽蟲則有黃鵠玄鶴，鴉鵑駕鵝，鴻鴉鷦鴇，屬玉鳧鷿，沉浮往來，雲集霧飛。候雁之群，茲焉攸聚，形儗鸘鵝，性殊鵠鷺，動必以時，行必以序。賓取秋北而春南，臣取秋朝而春去，銜蘆見幾，謀稻遠慮，離綱豈欲，隨軒匪慕。墮摩月之哀響，餐雲表之玉露。禮聞贄幣之肅，清入水馬之句，色皎霜前之白，聲斷鶩寒之浦。沸卉鞾旬，不可殫舉。於是若動若植，物物遂生。吋氣橫流，薰爲太平。雖枯栃朽株，猶能蒸出芝菌，以爲瑞物，而況乎修竹之萌。宜其挺挺對苴，猗猗并榮，儼若蜀道之兩笋，宛如仙掌之雙莖，固異槐龍之交翠，豈同檜塵之俱青。若夫同穎之禾，共秠之米，草有合歡，木多連理，松或交柯，蓮乃并蒂，木藥雙頭，金芝合砌。至若比目之鰈，相依之魚，俱飛之蝶，雙翔之梟，共命之鳥，比翼之鳥。征瑞牒以求比，非此君之與俱。若僕者，徒頌於盛美，百分未究其一偏，蓋莫能悉數也。"

老人靦然而哈曰："荒哉！結習之累德也。子實楚人，稱誦符瑞，論無說有，信晰漢唐之末俗，而熟五季之衰緒矣。烏識唐虞三代之盛德厚？夫三五之興也，以至仁而得天下，詳人事而略符命。蓋禎祥所未嘗言，史官靡或書焉。於斯之時，鳳凰儀廷，或鳴岐山。嘉禾合穗，符應斑斑。歌於《詩》，咏於《書》，時豈誇而異之哉，直紀其事常爾。先生曾不是思，顧耀流俗之么麼，無乃左虖？予將曉子以堯舜禹湯文武之德，和順寂漠、質直素朴之治，以移子之澆志。

"粵若稽古，勛華立制，繼天而作，以履帝位，文命接統，興王所自。握乾符以御極，闡坤珍以善世。蒸人乃粒，萬國作人，黎民於蕃，德博而化。方茂穰灾，溥暢王靈，山川鬼神，亦莫不寧。暨鳥獸魚鼈，咸順其生。湯克寬仁，彰信兆民，大德懋昭，建中於人。惟盤之銘，德日日新。萬邦惟懷，諸福荐臻。案典謨而校業，眇在昔而論勛。暨蒼籙之興起，以迄成康之際，上恬下嬉，重熙而纍洽，盛倉廩之墰櫛，仁澤澹虖草木，鋪景鑠揚偉績，人神之和允浹，刑蓋措而不式，豈特誇一草一木之苴，一蟲一魚之異，以爲觀美云爾哉。

"今夫納舜大麓，陰陽和而風雨時，斯乃天之所以瑞神堯也。以昭受上帝，天其申命用休，斯乃天之所以瑞舜也。予懋乃德，嘉乃丕績，天之曆數在汝躬，斯乃天之所以瑞大禹也。天監厥德，用集大命，撫綏萬邦，斯乃天之所以瑞成湯也。天休滋至，惟時二人弗戩，斯乃天之所以瑞文武也。時也，昭太素，示敦朴，鏡太清，棄末作，篤耕蠶之本務，損麗靡之奇飾，四民安土而樂業，閑邪而存誠，復汙樽抔飲之質，貴簀桴土鼓之真。飯用土簋，歠尊土鉶。采椽不斲，服御無文。金玉弗珍，珠犀可捐。於是黔黎淪塵洗垢，返朴還淳，含和而嬉，優游形神。機巧之源息，禮讓之風行，咸怡愉而自得。《擊壤歌》曰：'樂哉虖斯世！'而議者徒味典謨訓誥之空言，罕究勛華三王之高致。惟先生好古博雅，又徒漱芳潤而咀英華，不入於道德，而放縱於頹波也哉。

"且夫天降甘露，孰與雨則霶霈、雪則優渥。地出醴泉，曷若鄭白之沃，衣食之源。朱草生，孰與庶草蕃廡，百穀用成。金芝九莖，曷若九穀如雲。麟鳳在郊藪，孰與牛羊被野，麀鹿麌麌。龜龍游於沼，曷若洿池無數罟，魚鼈不可勝取。山出器車，孰與大路越席，昭其儉歟？山車垂鉤，曷若君子之車，既庶且多。山得銀甕，孰與田家老瓦之適於用。山出丹甑，曷若野人土銼之爲正。野獸并角，孰與爾羊來斯，其角戢戢。衆枝內附，曷若桑無附枝，麥秀兩岐。東平木連理，孰與拔茅而連茹。南郡白虎仁，曷若奸吏不暴民。黃龍見成紀,孰與朝廷多君子。日月如合璧,五星如連珠,曷若三光全、寒暑平。虎渡河,孰與守令之政無苛。蝗不入境,曷若潢池無桴鼓之警。稼穀生禾,野蠶成繭,孰與男務耕耘,女修織絍,而全家之飽暖也。子徒矜尤物之可珍,而未諭唐虞三代之尚德也。知美竹之爲祥,而不知六籍之無有也。若夫握河紀之錄,命曆序之辯,斗威儀之紀,楚靈均之問,顧野王之博,柳宗元之漫。謂陶唐有河圖之文,虞有白琯之獻,夏有應龍之畫,商有玉女之薦,周有魚鳥之慶,而成康有醴泉之泛,皆出於瞽言亂囑,豈聰職之宜眩矣哉。"

老人談未終,雁城先生茫瘃氣薾,惕然自失,躇階而走。老人曰:"復所僕請規子以正符之篇。"賓既受業,喟然歎曰:"猗歟!郁歟!班馬之所蔑如,豈唯老人之崇正。蓋乃會逢乎昭代也,鯫生固陋,未聞大道,敬承嘉言,敢書紳以識之。"其詩曰:

於赫正符,正符煌煌。唯德是徵,匪物爲祥。沐浴膏潤,至仁汪濊。云誰之思,唐虞三代。爰鋪鴻藻,典謨風雅。猗歟緝熙,作鑒千古。

《大典》卷一九八六六引胡銓《澹庵集》。

按:金程宇《新發現的永樂大典殘卷初探》、方健《久佚海外永樂大典中的宋代文獻考釋》指出漏收。胡建升《胡銓澹庵文集及佚賦考》錄文并考證。

**請寬六賊之黨札子**

竊見朝廷討論六賊之黨,禁錮勿仕,誠《春秋》遏惡防奸之術。然夫子之道,忠恕耳,亦何嘗過爲刻哉。凡其筆削止誅首惡而已。蕩澤之黨六人,誅止蕩澤;華亥之黨七人,誅止華亥;里克之黨十有六人,誅止里克;欒盈之黨十有七人,誅止欒盈。《書》云:"殲厥渠魁。"蓋《春秋》之法也。一作奸邪誤國之人,罪浮共鯀,咸伏厥辜。其黨中數十百族,死徒殆盡,宜曠然與之更始,以牧背畔之心。然討論至今未已,根株牽連,盤結不解。凡公卿百執不相能者,必指以爲六黨者而去之,大非《春秋》忠恕之道。彼知無路自新,操心甚危,不北走虜庭,即西走僞境,安知其間(原作"問")無如中行說之禍漢、伍子胥之禍楚、賈季之禍晉、叔孫輒之禍魯,是假寇兵、資盜糧也。夫物極則反。往者元祐黨人錮而不解,忠臣義士,飲恨次骨,遂成今日之禍。此六黨者,又復不解,則今日之禍,未有弭時。則君子小人,黨雖不同,然其極皆歸於亂。在《易》,《復》之上交於《遇》之上,得三十六陽,卒以變陰。《遇》之上交於《復》之上,得三十六陰,亦卒變陽。蓋陰陽之極,皆足以相變。聖人不能使之不變,能使不至於極而已矣。極而不解,則其禍何可言也。魯恭有云:"一物失所,則天氣爲之感動。"夫以數十百族,窮愁無聊,心罵腹非,憤蓄之氣,上切霄漢,則豈止一物失所哉。三數年來,日食地震,大異重仍。今年日薄於三朝之會,夏四月日昝無光,連日霧晦。稽之《春秋》,當夏四月是謂正陽之月,爲灾最重,故《春秋》日食三十六,食正陽之月者三爾。以人占天,是故兵連不解,民罷不堪之憂,亦恐郡臣失職,有以召之。昔唐越王之亂,緣坐者七百人,籍没者五千口。有詔趣行刑,狄梁公密表曰:"臣言,似理逆人;不言,恐孤好生之德。"夫梁公豈不知申救逆人爲不可哉?以爲寧失不經,不可損好生之德。及開元間,張曲江爲相,建議廢放之人,宜徙惡地,衣冠稱冤。自今觀之,必以曲江之議爲是,而申理逆人爲非也。然文正以梁公爲愛君,而劉播州以爲九齡深刻,卒以不祀。蓋陰謫最大耳。由是而言,曲江之刻,不如梁公之恕也。相公起救塗炭,有至誠憂天下之心,誠能酌《春秋》誅首惡之義、察《易經》《復》《遇》之變、鑒曲江深刻之咎、廣梁公平恕之仁,少寬討論之禁,而不以理逆人爲非嫌,使奸回革心,遷善遠罪,則干羽之舞,可以招攜懷遠;而桀黠之虜,可以不戰而臣矣。

《大典》卷一一八八八引胡銓《澹庵集》。

### 繳張栻賜金紫第一狀癸未

左奉議郎試起居郎兼侍講兼權中書舍人臣胡某，准中書門下省送到録黄一道，爲張栻特賜紫章服，令臣書行，須至奏聞者。右臣聞君子愛人以德，不聞姑息。陛下待遇張浚父子，自古任賢勿貳，未有如陛下者也。有識之士，莫不鼓舞，以爲恢復之期，可指以俟。近召浚之子栻，即日引對内殿。人皆謂陛下必令栻勸勉其文，遴擇將帥，力圖大舉，以復不戴天之讎，皆欣欣然有喜色。今者忽睹睿旨，張栻特賜紫章服。人皆相顧失色，以謂非愛人以德也。浚決不肯令其子栻祗受。亦狷介有守，雖微父命，亦決不肯妄受。所有録黄，臣未敢書行。謹録奏聞，伏候敕旨。隆興元年十一月日，左奉議郎試起居郎兼侍講兼權中書舍人臣胡某狀奏。

### 第二狀

臣胡某准給事中錢周材傳聖旨，令臣且書過張栻賜紫章服，須至奏聞者。右臣昨面奉聖訓，凡有繳奏，惟務當理。大哉王言！臣朝夕謹守，不敢踰越。臣近奏張栻章服事，非敢越理妄議，實以國朝故事，初無此例。張浚決不肯令栻妄受，以啓僥倖之門，使天下後世謂"此例自某人始"也。陛下鋭意恢復，事事更始，以新庶政，亦決不肯令天下後世謂僥倖之門，自陛下始也。臣雖無狀，叨備使令，亦豈忍令天下後世謂僥倖之門，自臣啓也。陛下任用張浚，可謂得"仕賢勿二"之道，天下欣幸。而遽爲此舉，臣恐讒慝之口，緣此得以議浚，非所以保全浚也。所有録黄，臣實不敢書行。謹録奏聞，伏候敕旨。隆興元年十一月十二日，左奉議郎試起居郎兼侍講兼權中書舍人臣胡某狀奏。

以上見《大典》卷一九七九二引胡銓《澹庵集》。

### 與陳長卿札

某惶恐，仰惟僕射樞使大丞相視時捲舒，與道進退。向也辭萬鍾而弗顧，凜乎其難；今焉念四海之倒懸，幡然而起。上將以軍國重事盡付於公，公宜爲社稷蒼生克勝其任。某限以措置海道，無緣躬詣鈞屏參賀。某下情不任惶懼瞻依之至。

《大典》卷三一四八引胡銓《澹庵集》。

按：《全宋文》册一九五頁一九七載《與陳長卿小簡二》，下注："又見《永樂大典》卷三一四八"，所指即此札。然《全宋文》之文，與此不同，當未檢原文而臆斷。

### 回陳亞魁俊卿啓戊午

貢從北苑，本期瑞草之魁；賦就含元，誰意靈光之下。愧非高識，喜預傍觀。伏惟新恩秘監學植英榮，辭源注射。擬顧點頤，雖弗獲於初心；志目中眉，庸何傷於妙手。方求覿面，忽拜飛牋。深有感於勞謙，願益修於遠業。高第爲將相之選，是何足言；中興賴賢哲之謀，兹焉有望。

《大典》卷三一五一引胡銓《澹庵集》。

按：《大典》此處引四文，首標胡銓集名，據《大典》體例，似均爲胡銓作。然下三首見册二二九頁三四八至三四九周必大下，合爲二文。今僅録第一首。

### 洞岩觀兩岐合幹後庭花頌

唐大興寺素公，不出院三十春，轉《法華經》三萬七千卷，而庭前山丹一枝合歡。然則

茲花也,決非偶然者。余嘉而書之,且以爲莊冲靖三萬七千卷張本。頌曰:

駢於拇者德侈,駢於明者見靡,駢於辯者直檮杌之口爾。故曰:合者不爲駢。茲花是已明乎此,斯識蒙莊之一指。

《大典》卷五八三八引《胡銓集》。

### 譚嘉言葬父祖奠祝文

維紹興二十四年,歲次甲戌十二月朔某日,孤子某,敢昭告於先考某人,踰月則葬,士之常禮。《春秋》變之,不葬有三,而士不與焉。惟先君旅櫬,奄易歲月,日夜悼心失圖,不皇康寧。雖風俗之陋,一至於此,實人子不克襄事,無所歸咎。嗚呼!嘉言尚忍言之。宅兆既得卜,將以某日安厝。嗚呼哀哉!尚饗。

《大典》卷一四〇五〇引胡銓《澹庵集》。

按:此文當是胡銓代譚嘉言所作。

### 太師朱全昱序

余觀史至唐末,獨喜太師朱公之名節。太師公,五經之長子。五經卒,太師公奉母居蕭,盡孝致養。其弟沛侯受唐禪,封公廣王,不就。燕居,呼之如兒童,且諭以唐家社稷而斥之。嗚呼!富貴之憂,甚於貧賤,人不知,竟遺伊戚。果何益哉!太師公忠孝天植,見幾明決,肯捨碭山奠枕之樂,而遺京城授首之憂?殆異夫建成、元吉之徒遠矣。余嘗觀其名節之善,而未審其後嗣之若何。今於荆南之間,偶遇朱子國用,因咨其事。出其家譜示予。予覽既畢,有感於前事,因爲之頌云:

於戲!二儀既判,理亂相半。人類之從,亦言不貫。堯舜朱象,元凱四凶。夏商桀紂,秦漢亢龍。嗚呼李唐,季年不昌。曆數何歸,瘡痍若撫。肇於汴京,丕祚可睹。區區沛侯,徒混九五。懿哉太師,良亦永臧。赦彼逆取,奠枕猶剛。厥嗣亦似,怡怡惕惕。宋司馬牛,憂心孔疑。福善者天,於今幾年。伊卜荆楚,瓜瓞綿綿。吾觀圖史,思今感古。筆之頌言,維其繩武。

乾隆《桂陽縣志》卷一一。

### 通仙廟記

世傳晉永嘉中有王君子瑤字大皋者,漢王喬之裔也。嘗慕神仙術,自玉笥山道廬陵,抵泰和,樂其山水,隱居凡四十有八年,莫知所終。相傳以爲仙去,然竟叵測也。唐貞觀間,又有匡君諱智者,長安人也。棄妻子,脫屣軒冕,慕王君之爲人,與其兄子往依之。吟風餐露、攻苦食淡者久之。人莫知其所終。里人捏塑爲像,祠之。水旱有禱輒應。或云當時有布鼓自山椒而隕,聲聞帝里。唐太宗詔取以入,擊之不鳴,復歸之祠。是夕大雷電,失鼓所在。余聞子贛云毋持布鼓過雷門,言布鼓無聲者也。今云聲聞帝里,其亦異矣。昔葉令每朝時,葉門下鼓不擊而自鳴,顯宗迎取其鼓,置都亭下,略不復聲。二事甚相類。豈好事傅會其説以爲神乎?紹興乙卯,有詔廟額曰輔順。後十年,封神爲威遠侯。今上踐祚,加封肅應。於時祀典益輝,過者加肅。是山古今多題識,惟邑人劉敏求四詩爲得其實。予嘗録其詩,又擬楚詞以遺祝之,俾歌以祀焉。其詞曰:

秋蘭兮菊英,駢滋兮階所。紫莖兮翠蓋,播野馨兮襲襘。秋芳兮菲菲,綠骨兮素枝。高堂兮百靈,層之居兮巍巍。紫室兮蓀壁,蔬芳椒兮盈户。蘭橑兮桂楣,桂蕙櫋兮藥廡。罔杜蘅兮爲綢,葺芰荷兮彌彰。瓊靡兮爲飾,僚之兮芝房。萃衆卉兮實廷,岌苴集兮萃雲。

百神繽兮輻輳,靈之歆兮苾芬。潔余薦兮寒泉,澤余民兮甘霽。搴溪毛兮杜若,將以答其恩渭。

乾隆十八年《泰和縣志》卷三二。

**鄒忠公畫像贊**

履何爲兮加元,冠何爲兮苴履。志不愬兮憤盈,道不行兮額泚。鳩媒兮中唐,鳳凰兮鷃籠。羌靈修兮浩蕩,徒謇謇兮何庸。理余榜兮濤江,息余軫兮盧水。淬青萍兮以待,彼顧行兮萬里。

謝應芳《思賢錄》卷四。

# 册 一九七

## 何俌 卷四三四八

【校訂】其傳記有可補充者。何俌(1118—1166),字德輔,周國公志崇第三子。紹興十二年(1142)王十朋榜進士,官知寧國府加敷文閣待制,朝散大夫,朝請大夫,贈少卿(據 http://dhhsyf.blog.163.com/blog/static/53216546200910633 80275/,未知所據)。

### 【輯補】擬丞相大司空辟廱奏

成帝時,犍爲郡於水濱得古磬十六枚,議者以爲善祥。劉向因是説上宜興辟廱,設庠序,陳禮樂,隆雅頌之聲,盛揖讓之容,以風化天下。成帝以向言下公卿議。會向病卒,丞相大司空奏請立辟廱,案行長安城南。

王者治要在化民,法設而弗犯,令行而弗違,山下歡欣,無乖離之咎者,具素存也。昔者帝王地不過千里,外列爲諸侯,政教咸自出,不專在京師。或因巡狩朝覲,始黜陟之。其化非甚便也。然猶用是以爲國天子辟廱,諸侯泮宫,自上達下也。成康之隆,雅頌興作,刑錯不式,四十餘年。故孔子稱曰:鬱鬱乎文。春秋大復古,變則譏焉。魯僖公,東國諸侯,能修泮宫,復伯禽之法,《詩頌》載之。今漢地數萬里,車書所該,皆爲郡縣。群臣百姓,待上施令,口所欲言,迅如雷風,甚便易,爲非古比也。高皇帝受命,天子日有事,常親御軍旅。群臣多功臣,不閑禮。博士叔孫通行君臣於杯酌之間,厭難萬里,至今賴之。他議雜秦有過差,然燔書之後,爲此甚難,故孝武皇帝元朔之詔曰:禮壞樂崩,朕甚憨焉。誠思爲漢家建大業亡極也。於是大儒公孫弘、倪寬、董仲舒,太史令司馬遷,承聖意,議禮樂,咸有發明。董仲舒首推孔氏,抑百家,立學校之官。弘請置博士弟子,廣學者。遷定正朔服色。寬議封禪事。此先帝至聖至明,垂之萬世者也。陛下丕承前烈,曲盡施行,憫念愚民,無知抵辟,過軫聖慮,自貶損以爲教化不先。幸下臣向章詔。臣等愚弗逮事,不足以與製作。竊伏見國家八聖相承,大議已定。其經傳有文,皆次第修立,不專一世。今陛下欲增未至,行所宜,誠盛德。謹按周詩,武王作鎬京,行辟廱禮,四方來觀,得廣文聲燕翼子之道。故其《詩》曰:鎬京辟廱,自西東南北無不服。臣向言合經意,便當世,宜施行。臣請立辟廱長安城南,外圓内方,如古制度。興千載之廢,新萬民之瞻。蔚然化行,天下幸甚。

《大典》卷六六二。

### 尹穡　卷四三四九

**【校訂】桂州譙門記**（頁八八）

文末注"又見《永樂大典》卷三八二五"。出處卷次誤，實爲《大典》卷三五二五。

### 吳芾　卷四三五〇

**【校訂】論運糧札**（頁一〇六）

"强敵"、兩處"金亮"，《宋人集》丁編本《湖山集》作"狂酋""逆亮"。

**【輯補】修德以服虜人疏**

陛下當修德以服虜人。虜以其力，我以其德，雖强弱之勢不侔，而勝負之形已見。

陛下勿以敵之進退爲憂愉，勿以事之緩急爲作輟。凡下詔，必務責己；引對，必令盡言。使隱之於心，有合於天地；發之於政，無愧於祖宗。

今日之事，有進無退，若爲蓄縮之計，則大事去矣。

《宋史全文》卷二三上。《宋人集》丁編本《湖山集·補遺》。

**劾湯鵬舉疏**

鵬舉天姿凶險，老而益甚。其在當塗，妄作威福。

《繫年要錄》卷一九八。《宋人集》丁編本《湖山集·補遺》。

**言諫官赴都堂事**

本臺如遇得旨，令臺諫赴都堂議事，或特令薦舉及同共看詳文字，未審監察御史合與不合干預。

同上。

**劾陳洪等**

軍器監陳洪持禄苟容，駕部員外郎趙雍假手登第，不當居天下之清選。

《繫年要錄》卷一九九。《宋人集》丁編本《湖山集·補遺》。

## 册　一九七至一九八

### 王之望　卷四三五一至四三七二

**【校訂】乞揀選諸州禁軍分隸蜀中三大將奏**（頁二〇五）

《大典》卷一八二〇七引《乞將四川禁軍分成三大將朝札》，署"蘇潁濱集"。然内容與此基本相同，《大典》標出處誤矣。以此二者相校，有不同者，列於下。"契勘蜀中"《大典》上有"某"字；"一隊"，《大典》作"一人"；"近四月"下《大典》有"初二日指揮"五字；"不可省"下有"衆少則乏事，招多則費廣。兵財兩裕，於此爲難。某輒有愚見，上瀆鈞聽"二十七字；"事勢苟簡"，《大典》作"事藝苟簡"；"今若揀選一半"，《大典》作"今若於見管人中揀選一半，取一萬五千人"；"出軍法"下《大典》有"逐州"二字；"入隊教閱"下《大典》有"一年一題"四字；"逐旋揀填"下《大典》有"常令足萬五千"六字；"賜料錢之類"下《大典》有"比招萬五千人，共計歲省三百餘萬引"十五字；"頗以爲苦"下《大典》有"今既有上件輪番禁軍，却可緩緩招收，以待其子弟之長。所費甚省而得人頗衆。州郡冗卒，皆爲精兵。實爲今日便利"四十五字;"何所不可"下《大典》僅有"若蒙采擇,乞自朝廷措置,疾速指揮施行"等字。知《全宋文》所據,與《大典》相校,多有改動。可據《大典》恢復。

  **與殿帥楊郡王論兩淮移屯利害書**(頁二六二)
  "敵人",《大典》卷三五八六作"虜人"。
  **回第三人陳學士啓**(頁三〇九)
  《大典》卷一四一三一引《播芳》載此文,題《賀第三人及第啓》,署"吳叔玉",《古儷府》卷四引此文同;《播芳》卷四一載此文,題《賀第三人及第啓》,署"吳叔玉"。吳叔玉之"叔玉"當爲字,其名不詳,亦不見《全宋文》。王之望下或誤收。
  **賀新知荊南楊待制除户部侍郎啓**(頁三五二)
  "其爲慶慰,罔既敷宣"句,《大典》卷七三〇四作"念未遑於慶牘,荷先枉於緘書"。
  **湖州到任謝宰相啓**(頁三五八)
  文末注"以下五篇所叙履歷與王之望生平不合,或是代作,或是誤收"。勞格《讀書雜識》據孫覿《汪公墓志銘》,認爲此文乃汪藻作。
  **徽州到任謝宰相啓**(頁三五九)
  此文又作册一五七頁一九八汪藻同題。《翰苑新書續集》卷三三録此文,署"汪龍溪";《新安文獻志》卷四二録此文,署"汪藻"。勞格《讀書雜識》已辨及之。
  **泉州到任謝宰相啓**(頁三六〇)
  **宣州到任謝宰相啓**(頁三六〇)
  勞格《讀書雜識》認爲此二文爲汪藻作。
  **除郡謝宣撫開府啓**(頁三六一)
  勞格《讀書雜識》據文中"仕歷三朝,年逾八十"之句,疑作者爲孫覿。
  **賀狀元及第啓一**(頁三七一)
  此文又作册一四二頁二九九葛勝仲《回王狀元啓》,歸屬未能確考。
  **賀狀元及第啓二**(頁三七一)
  此文又作册一四二頁二九九葛勝仲《回第一人董狀元啓》,歸屬未能確考。
  **軍城修造祭花溪山神文**(册一九八頁二八)
  文末注"又見《永樂大典》卷三九五〇"。出處卷次誤,實爲《大典》卷二九五〇。

# 册 一九八

## 王晉錫  卷四三七五

  **【輯補】雕造太廟室牌奏** 紹興十六年十月五日
  已奉聖旨,降下太廟逐室牌一十一面并御書,付司雕造。所有交割安挂,乞下所屬先次排辦施行。
  《中興禮書》卷九六。

## 陳誠之  卷四三七六

  **【校訂】謝及第啓二**(頁九五)

原出處《大典》卷一四一三一引《播芳》，未署作者，其前一篇《謝及第啓》署陳誠之，故繫於此。《播芳》卷五三、文淵閣本《播芳》卷三七引此文，署"李成季"。陳誠之下當誤收。

## 胡宏　卷四三八三至四三九二

### 【輯補】與汪聖錫書

從兄於禮，不得爲之後者也。常人之情，溺於養育之恩，終身不能自反，惟君子爲能權重輕，重斷以禮義，而歸於正。天性無虧，雖一日亦足，何憾焉？項辱教以供養之日少爲憾，孝愛深者，自當然耳。欽伏。

國圖藏清抄本《汪文定公集》附錄《宋汪文定公行實》。

# 册　一九九

## 唐文若　卷四三九五

### 【輯補】開元觀題記 乾道元年

乾道改元十月，被旨躬致御香，禱於九天采訪真祠，祈疆事也。是歲鄰敵通和，三邊靖謐，明靈之應如響。顧執事，其敢不敬。

《大典》卷六六九八。

## 董棻　卷四三九六

### 【校訂】議禘祫禮奏（頁六二）

文首，《中興禮書》卷九七有"臣聞：戎、祀，國之大事。而宗廟之祭，又祀事之大者也。大祀，固不一，而禘祫爲重。祫大禘小，則祫爲莫大焉。在禮，三年一祫，五年一禘。審禘其祖之所自出，謂之禘。列群廟而合食於太祖，謂之祫。一禘一祫，循理不窮。有國家者，未始或廢。今戎事方殷，祭祀之禮未暇通舉。然事有違經戾古，上不當天地神祇之意，下未合億兆黎庶之心，特出於一時大臣好勝之臆說，而行之六十年未有知其非者。顧雖治兵禦戎之際，正厥違誤，謂宜不可緩者"；文末，《中興禮書》有"以成我宋一王之制"。

## 吳沆　卷四三九六

### 【輯補】太玄論

《太玄》之作，以數爲之本，而陽爲之主也。

陽數九，九九有變，故爲八十一首。首不可以無名，故因六十四卦之名，增而配之。卦不可以無序，故因卦氣之說，自一陽生而後，以《中孚》爲之首也。九九一變，不足以成卦，故自一而推之，一變而三，再變而九，三變而二十有七，四變而八十有一。虛有其數而無其號，則不可舉以曉人也。於是以三爲方，九爲州，二十七爲部，八十一爲家。凡四變而數窮，故卦止四位。因其位而爲之贊，則不足以配周天晝夜之數。於是舍其四位而別作九贊。因方、州、部、家多寡之異，以擬贊之辭，則理淺而無說。於是又舍方、州、部、家而別配以五行，五行之數僅當九贊之半，故周而復始，一卦之内土數止一，而水、火、木、金之數皆至二焉。夫九贊之設，所以當期之日也。合七百二十九贊，當期之日猶少一晝一夜，故外爲《踦》《赢》二贊以足之。如是，而玄略備矣。

然而位無變動，猶未可以占也。是故即九贊之位而三分之爲三表，以俟三時之占。又取其一、五、七爲一表，旦筮逢焉；三、四、八爲一表，夕筮逢焉；二、六、九爲一表，晝夜之中逢焉。三表之分不可以無説也。於是立爲經、緯以别之，以一、二、五、六、七爲經，三、四、八、九爲緯。旦（原作"且"）筮以經，夕筮以緯，晝夜之中，經、緯半焉。如是，而占略備矣。

然猶未可以揲也。是故數始於三，而生於六。因而三之爲十有八，又因而配之爲三十有六。乃視策虚三卦，一分而爲二，揲之以三，而扐其餘卦。扐之外，并而數之，自十而下，得七爲一，得八爲二，得九爲三。凡四揲而卦成。如是，而揲略備矣。

數有可揲，辭有可占，然後九行之説可得而詳，九贊之位可得而别也。夫一與六共宗，二與七共朋，三與八成友，四與九同道，五與五相守。一、六爲水，二、七爲火，三、八爲木，四、九爲金，五、五爲土，是九行之説也。天曰九天，地曰九地，人曰九人，以至體九體、屬九屬、事九事，序九序，年九年，是九位之説也。夫方本有四，而固謂之三方者，玄之數始於三也。行本有五，而固謂之九行者，首之贊及於九也。事、序之間有萬不同，而固謂之九事、九序者，贊之位不過於此也。

夫《太玄》之作，以陽爲之主，以九爲之數。是故首以九變，贊以九成。首之五行，如贊之序，以五配九，而三分之爲上下之等，如禹貢之田。於是有一水下下、二火下中之别也。自中首而次一二，數之遇奇爲陽，遇耦爲陰，以八十一首，配於三元之下，而陰陽間列，於是有天玄陰家、地玄陽家之别也。首之奇偶爲晝夜，家之奇偶爲陰陽，贊之五行定於内，家之五行運於外，水、火、木、金，迭相推盪，而生王休廢加乎其間，而吉凶生，是元之辭也。一贊之策，三十有六，二贊當一晝一夜，其策七十有二。除《踦》《赢》之外，當三百六十四日有半，凡二萬六千二百四十有四爲泰積，是元之策也。一首之數，當十有九歲，是謂一章。二十七章爲一會，三會千五百三十有九年。當八十一首爲一統。因而三之，以備三才之數。凡四千六百一十有七歲，六甲俱盡爲一元，是元之數也。夫元上法於天，下法於地，中法於人。上法於天，故二贊而當一度。下法於地，故三方而入九州。中法於人，故方比公、州比卿、部比大夫、家比元士。天變以數，地變以形，人變以事。

自數而言，則有始、中、終。自形而言，則有下、中、上。自事而言，則有思、禍、福。蓋人之行事，必始於思，思極而後福，福極而後禍。上下之理，終始之義，自然之勢也。其道則以中爲貴，故有下中，有上中，有中中。所謂下中，思之中也。所謂上中，禍之中也。所謂中中，福之中也。居福之中，善之善者也。上下之中，不善之中有善焉耳。自三而下爲不及，自七而上爲太過。太過已矣，不及猶有望焉。是故自五而下謂之息，自五而上謂之消。不消不息，惟五而已。

故九位之贊，五爲極貴。是《玄》之旨也。夫《玄》，準《易》而作也。是故《易》有六畫，《玄》有四位；《易》有三才，《玄》有九贊；《易》揲以四，《玄》揲以三；《易》有變，《玄》有逢；《易》有《象》，《玄》有《測》；《易》有《彖》《繫》《文言》《説卦》十翼之辭，《玄》有衝、錯、攡、瑩、文、圖、告、棿擬之篇。《易》自無而之有，故觀象而作器；《玄》自有而之無，故假物以明數。《易》道貴神，《玄》道貴精。《易》，聖人之事；《玄》，賢人之事。《易》有六畫，故有六爻；有八卦，故有六十四卦。每卦之下以元、亨、利、正四者爲德，故《文言》及之。本與末同，名與實稱，則其道自然故也。《玄》有四位，乃作九贊；以方、州、部、家爲首，乃以水、火、木、金爲辭。八十一首之下，未嘗言罔、直、蒙、酋、冥，而玄文之中，乃極言四者之德。本與末殊，名與實異，則其道使然故也。蓋謂之準《易》，則不可使一事有闕，亦雄之志而已。《易》之道深，故人更三聖，世歷三古，然後備。《玄》之道淺，故備於一人之身。然其作則不可謂之無法。所謂衝者，對而言之也；所謂錯者，雜而言之也；攤以張之；瑩以明之；數以舉其略；文以致其祥，圖以象天；告以盡人；捃擬也，舉萬物之類，以擬五行之數也。其道則以陽爲貴，有尊君之象。其位則以五爲美，以其當九贊之中。其辭則本於五行，其占則本於陰陽，其數則本於太初，其名則本於《周易》，其序則本於卦氣。蓋卦氣一定，則自中首而下，一、二、三、四、舉之而足矣。至於方也，州也，部也，家也，乃假虛名以紀虛數，義不在焉。有之可也，無之可也。

《大典》卷四九三九引吳沆《環溪集》。

# 册　一九九至二〇〇

## 史浩　卷四三九七至四四二二

### 【輯補】周官講義序

唐、虞稽古，建官惟百；夏、商官倍，亦克用乂。至於有周，六卿分職，各率其屬，總而計之，三百有六十。官各有守，治各有職，銖分毫舉，若網在綱，上集唐、虞、夏、商之大成。迄於後世，無以復加。數千百歲，尊爲六籍，莫之少貶焉者。以文、武、周公之用心，與天運行，隨亘萬世爲之不磨也。林孝行述曰"續亂不驗之書"，何休亦曰"六國陰謀之書"，是皆不知《周官》者。惟鄭康成獨明其爲周公致太平之迹，且曰："囊括大典，網羅衆家者，在於此書。"則《周官》之顯明於後世，康成之力居多也。雖然，續《周官》者多矣，徒知其職之所掌，汩汩於物儀事數之間，而不知周公之意者，亦多矣。周公之意，不曰"以爲民極"乎？蓋極，中也。民受中以生，苟非人君設官責職以治之，使之抑其過，而勉其不及，則紛紛冠履之相望，廩餼之徒糜，何爲也哉？周之盛時，六卿皆賢，能體王意，使民不失其中，而國以大治。故周公於六官之首，皆致此念。學者當以念會，無徒從事於物儀事數之末，庶足以見成王、周公矣。

《大典》卷一〇四六〇。

### 與參政相公書

浩上覆。前日伏蒙鈞旆寵臨，弊陋生光，感着尤劇。奉誨墨，欣承鈞候動止萬福。浩比不合以親戚冤抑上訴，伏勤下諭，已有昭雪之期。幸甚幸甚。以□□□□留得參施行，庶有歸日。干冒之罪，尚乞恕□其□斥之，俟走謝，次不宣。參政相公鈞座。浩上覆。

《鳳墅續帖》卷一二。

# 册　二〇〇

## 沈介　卷四四三二

### 【校訂】賀李户侍啓（頁三七九）

此文又見《大典》卷七三〇四引《啓札淵海》載《代賀李户侍啓》，署"趙彥端"，册二二〇頁一六五趙彥端下據輯。《播芳》卷二九載此文，署"沈德和"。《全宋文》於趙文下注"當是趙彥端代沈德和所撰"，但沈介下未注明。

## 册 二〇一

### 鮑同　卷四四三三

【校訂】西湖記（頁一）

《大典》卷二二六三引《復西湖記》，可補其脱漏甚夥，故重錄。

桂林西湖，今經略使徽猷張公所復也。舊曰蒙溪，去城里許而近，勝概爲一郡甲。按唐御史吴武陵所作《隱山記》，又有韋宗卿者，亦作《六峒記》，皆述溪潭可以方泳，蓋其故迹也。然中廢爲田，歷久無能知。厥自《記》中所載，靡容辨識。尚可考者，特一潭二池。池有芰荷，廣皆不踰尋丈，餘盡耕稼之畦壟矣。初，公游山中得二《記》，按之以求，莽不知所取。既而詢知爲公田，其租則爲帥與曹兩司之入。後讀吴《記》，至"走方舟，泛畫鷁，渺然有江海趣"，則嘆曰："利彼租入，鬱兹觀美，可謂殺風景者矣。"遂有修復舊觀之意。屬與憲臺滕公、漕臺姚公同集，從容及是。漕遽欣然曰："願捐圭賦就斯勝。"特憲隨贊曰："使此邦耆老以吾人今日誇語來者，豈非千載一段風流哉！"公前已默計胸中，厥田居山之麓，衆泉所會，中偃而四穹，兹蓋天成，非假人力，第留泉使不得去，則湖可坐而復。於是相所從泄，作斗門以閘之。未幾，水遂盈衍，若潭若池，澶漫爲横徑將數十頃焉。望之蒼蒼茫茫，淵澄皎澈，千峰影落，霽色秋清，如玉鑒之新磨，如浮圖之倒插，境物輝焕，轉盼一新。然吴《記》以爲溪，而云"作亭北牖之北，夾溪潭之間"；韋《記》以爲池，而云"北牖峒口，有田砥平，可施蘭檻"，以知昔時猶有淺陸，水所不及之處，而今洪深爲過之矣。其中流平沙隆出波面如島嶼，因築亭其上，命之曰瀛洲。植卉蓺竹，映帶遠近，南附招提，面隱山爲亭。每游覽則憶家山，因命之曰懷歸。北依茂林，俯流爲閣，用老杜"湖水林風"之句，命之曰相清。放船集賓於此乎，在環山循趾，引水疏渠，繚繞縈迴，於緩篙倚楫，客與逶迤，索奇討幽，得新洞二，命之曰潛，而别之以南、北。南潛則蹼其背腹，乍隱乍顯，爲亭於其陽，直西南，命之曰望昆。是皆出乎六峒之外，發前人之遺逸，增往諜之未載。遂使初至者，翛然如立塵寰之表，常游者瞭然如刮膚翳之目。江浙所稱，亦未能遠過焉。一日，公飾彩艦載賓，佐以從酒，半客起言曰："公不動一民，不亡銖金，不終日而中興此景，以與來者、居者、仕者，同其安榮。蕭散之樂，非爲政不能，是惡可以無述諸從事，蒙成績參勝踐，又莫記之，得無愧乎！敢請。"公命曰："衆志不可虚也，宜屬别駕，毋辭。"同離席進曰："公受寄一面，克綏靖蠻貊，下予粤人按堵，上寬朝廷顧憂。鈐閣燕清，徒以談笑，復湖山之概，間引賓客酌酒，賦詩其上。任大重而居閑暇，衆人何以識此？晉羊叔子鎮襄陽，邊人懷附，羊公唯輕裘緩帶，日游憩峴山以爲常。或曰再往，若無所事，而平吴之功，皆祐方略。人豈知夫峴首之爲羊公幕府耶？今之西湖，又庸知不爲羊公之峴山也？"衆客皆曰："然。"既退，遂以書之。乾道五年十二月丙戌，左宣教郎通判軍府事鮑同記。

### 王鎡　卷四四三三

【輯補】代張帥謝太師除敷學啓

《大典》卷九一七錄此文,署"王紫微先生集"。四庫館臣誤錄入張嵲《紫微集》,册一八七頁一五七張嵲下據錄。該文應移補於此。文不具錄。

**郭淑大理寺簿制**

具官某:理官詳讞,凡目見於簿書,考按惟難,不輕畀付。以爾敏於臨事,治有能稱,往參棘路之聯,思盡勾稽之力。體予矜恤,罔或不欽。

**張巘大理簿制**

具官某:廷尉天下平,事務繁,則按牘積,典司簿領,尤貴得人。以爾詳明金科,列屬棘寺。既聞評讞之譽,必有勾稽之能。叙升厥官,益思自勉。

《大典》卷一四六〇七引《王紫微先生集》。

## 葛立方　　卷四四三四至四四三八

**【輯補】紹興重建報恩光孝禪寺記**紹興三十一年

如來般涅槃後,遺法在僧,遺言在經,遺相在像。所以安奉之者,在伽藍。伽藍不立,三者曷寄哉?今夫男穀女絲,必有縣官之賦;行商坐賈,必有關市之徵。而伏臘之外,所餘不能以十三。白簡、黑簿之説興,而三弊傾於黄冠;荊鬼、越䰰之俗熾,而六畜盡於尸祝。則三之中,又靡其二焉。嗚呼!民之生理亦窄矣。佛氏之宫,雖人心所樂施,然養生送死迫之,亦未必有指囷輸粟、殫楮揮金者。而況肯如須達長者,布金買祇陀之林園乎?肯如引正王,鑿山創龍猛之精舍乎?是必哀衆施、叢衆財,分積銖纍,玩歲愒日,則庶乎可成也。江陰軍報恩光孝禪寺,宅君山之麓,大江洶湧於其旁,而龍魚蛟蜃悲嘯出没之。呼吸萬里,水天相連,可謂瑰奇之觀。唐天祐中始建寺,錫號永壽。至本朝淳化三禩,改額壽寧。後軍守有請,欲以爲徽宗皇帝追福之地,乃賜今額。先是,宣和間,祝融回禄挺災,而寺屋掃地不存。住山海印禪師德文病之,與其徒商曰:"瓦礫之場,欲使復崇宫殿,甚難事也。唯齋薰(原作'董')植行,不蘄於人,而人自嚮即焉,則可矣。"未幾,四方雲衲,屬袂接武,皆樂爲師用。轉化多人,使修堅法,坐致金穀充牣。於是斬木伐石,鳩工僝徒,猶涉二十年而後就。余嘗杖策而游兹山,見其堂廡沉沉,寢殿言言,庫寮庖庾,皆巧便壯麗。然後知師之道可以服衆而攝事財;師之才,可以役人而集衆事。乃捐己錢,市經五千四百十八卷,龕之别室,使上士悟而忘筌,中人誦而植福,亦饒益有情之大者也。師曰:"寺應有《記》,檀越不靳金錢,以流通三藏,理宜不没。公盍并書之以示後?"余曰:"水海中建立百千萬億佛刹,與禪師所建孰多?一微塵中藏大經卷,量與三千大千世界齊等,與弟子所施孰大?師爲我言之,我當爲師計。"師曰:"真師住耽源,自識急忠塔樣;李渤明藏教,慣看歸宗拳頭。若能如是解,是爲真佛子。"紹興辛巳仲秋八月八日,左朝請大夫提舉台州崇道觀賜紫金魚袋葛立方記并書。

大典本"常州府"卷一八。

# 册　二〇一至二〇五

## 宋高宗　　卷四四三九至四五五七

**【校訂】綦崇禮再除尚書吏部侍郎制**(頁一〇一)

此文乃册一五五頁一二五程俱《徽猷閣直學士知漳州綦密禮吏部侍郎兼權直學士院制》,宋高宗下當刪。

**責降王時雍制**(頁一二三)

此文乃册一五六頁四〇二汪藻《吳開莫儔散官安置制》,宋高宗下當刪。

**李會責授承議郎秘書少監分司南京筠州居住制**(頁一四九)

此文乃册一五六頁四〇一汪藻《李回散官安置制》。高宗文輯自《三朝北盟會編》卷一一一,載:"李回責授安遠軍節度副使惠州安置,李會責授承議郎秘書少監分司南京筠州居住。上制曰:君臣分定……"知此制文所涉乃李回,非李會,宋高宗文擬題錯誤,且當刪。

**責周懿文等制**(頁一五四)

此文乃册一五六頁三四五汪藻《周懿文散官嶺外安置制》,宋高宗下當刪。

**賜青州劉洪道獎諭敕書**(頁二四八)

此乃册一五七頁二七汪藻《戒諭劉洪道敕書》,宋高宗下當刪。

**復位詔**(頁二六七)

此文乃册一七三頁一八五張守《賜門下詔一》,宋高宗下當刪。

**賜戒諭李逵宮儀張成等敕書**(頁二八一)

此文乃册一五七頁二七汪藻《戒諭李逵宮儀張成等敕書》,宋高宗下當刪。

**杜充辭免同知樞密院事第二表不允批答**(頁二九五)

此文乃册一五七頁二汪藻《杜充第二表辭免同知樞密院不允批答》,宋高宗下當刪。

**回浙西迎敵詔**(頁三一六)

此文乃册一五七頁三五汪藻《移蹕浙西迎敵諭中外詔》,據《繫年要錄》卷二九輯。此卷及他書引此制均未署草制者之名,故《全宋文》繫於宋高宗下。《繫年要錄》卷二九於同月前一日又載:"上以俊重兵不可留,遂決議皆行退。命汪藻草詔書,諭中外以將往浙西迎敵。"此所載汪藻所草詔當即此詔。宋高宗下當刪。

**尚書左僕射吕頤浩罷授鎮南軍節度使開府儀同三司中太一宮使制**(頁三三〇)

此文乃册一五六頁三九二汪藻《吕頤浩罷尚書左僕射同中書門下平章事御營使特授鎮南軍節度使開府儀同三司醴泉觀使食邑食實封如故任便居住制》。《宋宰輔編年錄》卷一四錄此文,署"汪藻詞"。宋高宗下當刪。

**綦崇禮辭免尚書吏部侍郎不允詔**(頁三三九)

此文乃册一五六頁四三六汪藻《新除吏部侍郎綦崇禮辭免恩命不允詔》,宋高宗下當刪。

**令劉光世渡江解山陽之圍御筆**(頁三六四)

此文乃册一七三頁一八八張守《賜浙西安撫大使劉光世詔》,宋高宗下當刪。

**獎諭桑仲敕書**(册二〇二頁一一)

此文乃册一五七頁二五汪藻《武義大夫忠州刺史閤門宣贊舍人襄陽府鄧隨郢州鎮撫使桑仲獎諭敕書》,宋高宗下當刪。

**李回辭免參知政事不允詔**(頁四八)

此文乃册一五七頁三汪藻《新除參知政事李回上表辭免恩命不允斷來章批答》,宋高宗下當刪。

**諭李齊使歸朝廷敕書**（頁一九七）

此文乃册一五七頁二二汪藻《李齊一行軍兵等獎諭敕書》，宋高宗下當删。

**撫諭四川官吏軍民敕書**（頁二二七）

此文乃册一六七頁二九三綦崇禮《撫諭四川路敕書》，宋高宗下當删。

**賜朝奉郎秘閣修撰歐陽徹制**（頁三三九）

《大典》卷三一四九引《賜陳東制》，署"舍人王綱中書行其詞"。行文與此制相同，僅改"爾徹"爲"爾東"，當爲同人所撰，分賜陳東、歐陽徹。該制應移入王綱下。

**上辛祈穀祝文**（册二〇五頁二三七）

**朔祭太廟分詣別廟懿節皇后室祝文**（頁二六三）

二文間所引祝文輯自《中興禮書》，均紹興間所製。因撰者不詳，故繫於此。檢《南宋館閣錄》卷五《撰述·祝辭》部分，詳述諸祝文撰人，如"正月上辛祈穀祀昊天上帝，太宗皇帝配奏告，正字王洋撰"之類。王洋紹興元年除正字，二年改他官。撰祝文當在此時。然《全宋文》頁二三七、頁二四〇均收《上辛祈穀祝文》，不知何者爲王洋所撰。且考慮到祝辭不斷修潤的特點，不能遽定爲某人所撰。姑備一説。

**【輯補】紹興增置水軍指揮** 紹興四年十二月二十日

江南沿江爲軍，皆繫緊要控扼重地，已專委諸路帥臣、漕臣打造車戰舡外，合行招置水軍，教習戰舡，以備緩急禦敵。令臨安、平江、鎮江府、秀、常州、江陰軍、太平、池、江、洪州、興國、鄂、岳、潭州各置水軍，以五百人爲額，并以橫江爲名。其招軍例物并請受并依雄節指揮則例支破。

大典本"常州府"卷一八。

**令太廟左右撤去屋宇詔** 紹興十五年九月二十二日

昨有遺火，朕以太廟在邇，終夕不安。可令於廟左右各撤去屋宇二十餘步，以備不虞。

《中興禮書》卷九六。

**蠲放被水下户積欠稅賦詔** 紹興二十九年三月二十四日

常州、鎮江府實被水，第四等以下人户并湖州、平江府、紹興府下户未經賑濟之前已自流移，未曾除放之人，下轉運司委官究見諸實，并依紹興二十八年九月二十七日指揮施行。

大典本"常州府"卷一八。

**左中奉大夫權尚書吏部侍郎兼史館修撰周綰除集英殿修撰知温州制**

此文誤錄《全宋文》册二一頁二五二胡宿下，作者不詳，據時間當繫於宋高宗下，文不具錄。

**楊愿除中書舍人誥**

此文撰於紹興十二年(1142)，《全宋文》誤收在册一三六頁一四七慕容彥逢下。該文撰者難以確指，據時間，當移於此。文不具錄。

**左中大夫同知樞密院事沈與求除知樞密院事制**

此文撰於紹興七年(1137)，《全宋文》誤收册一四九頁一五翟汝文下，其作者難以確指。文不具錄。

**參知政事劉大中除資政殿學士知處州制**

此文撰於紹興八年(1138)，《全宋文》誤收册一四九頁一五翟汝文下，其作者難以確指,應移於此,文不具錄。

### 賜右正言陳淵御札 紹興九年

昔陳瓘爲諫官,論國家安危治亂,繫君子小人之用捨。及言蔡京等誤國之罪,逮靖康之難,無一不驗。儻使其言得用,不爲奸慝所乘,以抵於死,則朕今日豈至於披草莽以立朝廷乎?今命卿以此職,注意不輕,勿隳家聲。朕之所深望也。

### 賜陳正彙御札 紹興十年

朕思忠臣,而録用其子孫。如卿者,抑又保家之主也。雖暨能趨造於朝,而終以疾病退歸丘園,可勝慨嘆。今賜卿白金二百兩,聊助俶裝之費,至可領也。

### 陳瓘賜謚制 紹興二十六年六月二十四日

陳瓘昔爲諫官,議論衆讜,所言皆驗於後。及所著《尊堯集》指定王安石《日録》之過,深明君臣之分。殊可嘆嘉。可特賜謚,令有司議定以聞。

以上見《大典》卷三一四三。

### 賜陳規詔

卿應副軍需,安存老幼,鼓作士氣,備見勞勳。朕甚嘉之,更須勉力助錡,以濟國事。遷樞密直學士。

《大典》卷三一五〇。

### 奬諭湯鵬舉進助詔

敕湯鵬舉等:三省進呈,皇太后還宮,進錢三萬貫事。馳馭言旋,輿情溢喜。兹國家之盛事,慰臣子之傾心。而爾治郡可觀,裕財有素,歸其餘積,用相禮儀。人悉如斯,事安不濟。備觀誠意,良切嘆嘉。故兹奬諭,想宜知悉。夏熱,汝比好否?遣書,指不多及。

《大典》卷六六九七。

按:文末另有"紹興十二年,臣湯鵬舉刻"。

### 章誼知平江府告詞

敕:吳門自前代號名藩,生齒之繁,賦入之廣,風物之美,甲於東南。頃罹兵火,比歲稍就安輯。駐蹕之地,視爲股肱郡,選任二千石,尤軫於懷。我得其人,肆盼成名。龍圖閣學士左太中大夫知溫州軍州事兼管内勸農使丹陽縣開國男食邑三百户章誼,才推濟劇,仕歷要塗。頃辭八座之近班,出守遠邦而均佚,曾未期月,治譽達於予聽。其輟永嘉之政,來撫姑蘇之俗。亟藉爾能,謂宜夙駕。庶從民望,毋憚暑行。尚深體於眷知,竚觀報政。可特授依前左太中大夫充龍圖閣學士知平江府事兼管内勸農使,填見闕,封如故。

《大典》卷一〇九九九引《章忠恪公集》。

按:此文作者不詳,事在紹興六年八月,故繫於此。

### 汪應辰爲吏部尚書敕

敕應辰:省所奏辭免除吏部尚書兼侍讀恩命事具悉。朕務求治道,思見良臣。俾虔召節之翅,亟賜燕朝之對,得聞其語,良副所期。度其明足以知人,故付之銓部;謂其論足以析理,故處之經帷。選用既精,聽聞自服,胡爲騰奏?姑欲守謙,嘗思遇難之時,益勵有爲之志。據而素蘊,體我至懷。所請宜不允。故兹詔示,想宜知悉。

國圖藏抄本《汪文定公集》附録。

按:汪應辰兼侍讀在紹興三十二年三月,故繫於此。

## 册 二〇五至二〇六

### 李石　卷四五五八至四五七二

【校訂】紅梅閣賦（頁二六八）

文末注"《永樂大典》卷二八一〇"。出處卷次誤，當爲《大典》卷二八〇九。

放生説（册二〇六頁一三）

"小惠求"，《大典》卷八五六九作"生心"。

癸巳二月四日齋僧疏（頁一五四）

此文又見《宋集珍本叢刊》影印清抄本《姑溪居士文集》卷四三同題，册一一二頁二八七李之儀下即收。李石下當誤收。

【輯補】題杜甫詩本

子美詩兩帙（原作"秩"），吾褚中舊藏。兩客東南，往返四萬里，此書無一日不在几案。官蜀泮之一年，即失其一，來天彭，復得之，已壞數板矣。仍緝而新之，其既失而復得者，抑自有數耶！此細字過目，宛如十餘年前不改，此書之未忍棄我而復歸耶！

《大典》卷九〇五引《方丘先生集》。

按："方丘先生"，未知其人。檢《大典》此文前爲華鎮，後爲黄長睿，皆宋人，故"方丘先生"亦當爲宋人。《古典文學研究資料彙編·杜甫卷》上編頁四〇八載此文於李石名下，并注云："李石有《方舟先生集》，李又曾爲成都學官、彭州通判，與此跋相符。'方丘'殆'方舟'之誤，姑附於此。"

## 册 二〇六

### 陳長方　卷四五七三

【校訂】祭林從事文（頁二〇二）

"奇窮"，《大典》卷一四〇五五作"窮奇"。

### 鄧文饒　卷四五七九

【校訂】有賢堂記（頁三四〇）

文末注"《永樂大典》卷七二三六"。出處卷次誤，實見《大典》卷七二三七。

### 喻樗　卷四五八二

【輯補】紹興甲寅奏對録

正月初三日，樗、松兌樞密院札子，差往行在奏事。奉聖旨：張松兌、喻樗初九日内殿引見。樗上殿奏曰："臣等隨知樞密院事張浚前去措置江上軍事，虜騎已於十二月二十七日以後節次遁去，淮甸今已安静。浚遣臣等奏知。"上曰："朕昨遣張浚措置江上，慮無遺策，江上事宜，卿等備知本末，故命卿等上殿。虜人因甚遁去？"樗曰："虜人實欲長驅江南。陛下親董六師，將士奮勵，初至淮甸，首挫其鋒。我師堅守，虜人無隙可乘。遲回疲敝，固不得不去。此皆陛下廟算深得全師致勝之道。"上曰:"既全師,便與殺獲無異。"檜曰:"過於殺獲。"上以爲然。檜又曰:"虜人愛惜士馬,不敢輕動。向使輕涉大江,則無噍類矣。"上曰:"長江不可輕渡。虜人貪婪,輒欲窺伺。苟能堅守,必不敢渡。兼朝廷今次諸事措置得宜,實天誘其衷,委用得張浚,及得卿等贊助之力。"檜等曰:"江上事宜,實緣廟廊措置皆中機會,臣等初無毫髮之補。"上曰:"邇來措置如是,不失機會。如張浚江上所行,皆與朝廷意合。"松兒奏曰:"虜人遠遁,皆陛下天威所臨。臣叔父浚蒙被使令,無尺寸之功。今待罪於外,遣臣奏事。臣草茅疏賤,因緣得望清光,不勝萬幸。"檜曰:"臣等有已見具劄子奏呈。"上曰:"好。"檜讀劄子云:"臣等聞杜牧有言,上策莫如自治,下策莫如浪戰。古今論兵者多矣,惟牧爲得要也。屬者狂虜深入淮甸,陛下親董六師,士氣奮勵,人百其勇,皆有吞噬逆賊之心,而宸慮獨得彼之所計者,不過勝負,而我之所繫者,乃在存亡。顧所以自治者,如何爾豈能與之爭一旦之利哉。卒能不費一鏃,而坐困強敵,此殆漢高帝所謂鬥智不鬥力。自用兵以來,全勝未有如此者也。今虜騎既遠,議者必曰乘勝復山東、河北,爲弔民伐罪之舉。此固今日之勢也。然臣等聞之,唐史有以亂易亂,終歸於亂,以治易治,其治乃定。《兵法》:先爲不可勝,以待敵之可勝。今叛豫僭逆不道,則誠亂矣。民之戴宋,則誠可勝矣。至所以自治而不可勝者,陛下加之意而已。願陛下兢兢業業,日謹一日,若強敵之未退。凡學術之未明,則思所以明之;邪正之未辨,則思所以辨之。厚風俗,立綱紀,修軍政,持之以至誠,行之以不倦,所以自治者無不至焉。則將帥之臣必能深謀熟慮,以成必勝之功。天下之事,可一舉而定矣。惟陛下力圖之。"上聽畢,曰:"好,好。"又問:"諸將偏裨可皆有鬥志?"檜曰:"將士皆有鬥志。"松兒曰:"近日諸將各遣輕兵追襲,皆有殺獲。張浚候類聚奏聞。"上曰:"時有捷報。昨日亦有捷報。"因曰:"虜人用兵,軍士不解甲已二十年,自古未有如此而不亡。恐一二年間,彼有自焚之禍。"松兒曰:"浚所遣間諜并擒獲招降之人,皆言虜中情狀,虜衆實攜貳。"檜曰:"劉豫自此亦不復能朝夕矣。"上曰:"此益不足道。劉豫本只是山東一書生,初無功勞,欲據十州之地,豈有此理。其滅可待也。"上曰:"劄子留下。"檜即致之榻後。上曰:"江上措置,卿等幕府之功爲多,與卿等改合入官升擢差遣。"檜曰:"臣等初無功勞,仰荷聖恩,臣等今欲復回張浚處。取聖旨。"上曰:"已召張浚。所諭以事畢,回至常州,以來等候。"檜曰:"臣等即便出門前去。"上曰:"且諭張浚,令速來。朝廷事一一待張浚商議。"檜、松兒同曰:"恭領聖訓。"下殿謝訖退。

國圖藏石研齋藏抄本《汪文定公集》卷一〇。文淵閣本《文定集》卷一一。

# 册 二〇七

## 虞允文 卷四五八三至四五九〇

### 【輯補】上書

兵休歲稔,人情少安。而宣撫司忽令造船載馬,凡三路十州,如在鼎沸。守督責既峻,又誘以賞典,所在鞭笞疲民以取利,便不復他慮。涪陵縣令王瀬至於自經而死。民家有板閣之類,皆折以納官。沿江居民,往往逃入夷界。若此役不已,三二年間,民有孑遺矣。況三峽之險,天下所知。廬山所謂三峽橋者,正以取其似也。一有疏失,又非陸路損斃之比,徒然困苦百姓。而他日決不可行。比見其不可而罷之,責民在枯魚之肆者,已不少矣。不免再具奏,更不之行,次當待罪引去。雖得罪不悔也。虞爲宣諭,嘗有此議,而茶馬司以爲不可。竊計今此,亦必有所自宣,見其方用,從而和之。今自不能回,不知斯民何罪邪?

國圖藏清抄本《汪文定公集》附録《宋汪文定公行實》。

**示垂諭札子**

允文奉札示,垂諭鄧州城事,已煩都統制親往相視,若餘人未必能倉卒辦事也。團集民伍,須煩曲折開諭,令愚民識本司美意乃可。不然,將有駭政之憂矣。他事一望疏示。正月二日,允文札子。

《鳳墅續帖》卷四。

# 李椿　卷四五九七至四六〇〇

**【校訂】論錢穀予奪移就之弊奏**(頁二七八)

題,《大典》卷六五二四引《經濟編》作"申省論椿積有名無實"。

**論區處降人奏二**(頁二八七)

題、"竊見""降人未""於北敵""與非族""如降人""反覆無常,天姿""劉石雜""十二年""魏徵""爲金兵""今降人""此臣所""臣年齒""耶律卦里""如臣愚""敷納",《大典》卷一〇八七六作"再論降虜札子""椿竊見""降虜未""於異類""與夷狄""如降虜""狼子野心,天資""諸胡雜""二十年""魏證""爲金虜""今降虜""此椿所""椿年齒""耶律适哩""如椿愚""敷奏"。

**【輯補】論淮甸屯田**隋魏公入奏時

竊謂屯兵淮甸,轉輸頗艱,民不著業,荒田迷望,屯田之利,最爲急務。言者固多,而委任不專,號令不一,無所取信於人。故竟未有成效。輒具管見如後。

一、兵民之分久矣,今者或募民屯田,或率民爲屯田,竟不成者,不得其理也。江浙之田不以肥瘠,民爭尺寸;沿淮之田雖極膏腴,棄而不耕者,蓋民不恃兵,則不保朝夕。今欲屯田必成,必使兵民共耕,可以省轉輸之費。兵民共耕,必使相愛而不相嫉,相資而不相害,各得其所,久而相安。則兵隱於農,邊鄙實矣。

一、廬、壽、光、濠、和、滁、真、楊、楚、盱眙等州軍,合先行措置去處。

一、兩淮見今荒田,不以有無業主,并充屯田之數。其見今請佃官田耕種之人,願依今來屯田者聽,於見輸租課内減半輸納。

一、兩淮之田不得典賣。其有物力退減須典賣者,并中入官。

一、州委知州同統制官,縣委知縣同將官,董兵之數、民之户相半爲標,撥田段之準,於未給之前標定,充民户田、官兵田。縣置圖册,按圖給之,庶不致臨時啓争競之端。

一、標撥田段,當以十分爲率,以一分爲公田。屯田人分工耕種,其所得課子,并入耕種兵民收受。如願中糶入官者從便。十年之後,方量立租課,或止取公田所收。

一、種子、牛具官爲借給,收成三年,還納其直。内官兵耕牛,更成兵將官交割看養,非災疫而有死損者陪。備其滋生牛犢,申官就養,亦是一利原也。

一、官兵每名給田地共五十畝。其有私身願給田者聽。民每户給田地共百畝。丁多者,每丁五十畝。

一、屯田民户,聽於州城内,指射空地以備蓋屋居止,收貯穀子。如止願於田頭居止者,從便。

一、屯田民户,課種桑麻蔬菜,官兵課種梨粟果木可以收利者,使有以相資也。

一、官兵給田,須將分隊伍,使相近便,易於管轄。軍器貯於城寨,令不係屯田人常加修飾砥礪。官兵一年更戍,當約計更戍之數給田。

一、屯田州選擇守臣久任之,候屯田就緒日推賞。縣令不任職者,聽守臣選辟替換。

一、監司守令皆帶勸農之銜,而留意勸農者,未之聞也。令屯田州各於盡城留數百畝,守令以下及公吏等躬耕之,以爲兵民之勸。

一、屯田收成,一歲之後,修築城壘;二年之後,開溝洫,仿井田之制。

一、淮東西兩漕宜省并,止置一漕,充兩淮轉運兼屯田使,以考察屯田守令勤惰而升黜之。

一、未盡事宜,更在所委屯田官相度,從長措置。

《大典》卷三五八七引《李椿集》。

**輪對**

(其上列《屯》《比》《否》《同人》《隨》《觀》《無妄》《咸》《遯》《家人》《蹇》《益》《萃》《革》《漸》《既濟》等十六卦六二、九五爻辭及《象》,不錄)

右十六卦,九居五,六居二,皆當其位。而《屯》《否》《同人》《觀》《無妄》《咸》《遯》《蹇》《萃》《革》《既濟》十卦,二、五中正相應,而皆有戒懼。《比》之爲卦,九居尊位,餘爻皆順。一陽有艮之止,坎之體,而無震之動,所以吉也。《隨》乃動而說,天下隨時變泰之卦,故九五嘉吉,而二猶有所失焉。《家人》,女正之卦,二、五位當而相應,故吉,父子、兄弟、夫婦之間,不可不正。《益》二、五相應,皆吉。蓋損上益下之卦也。《革》之時,文明以說,有元、亨、利、貞之德。已日而後革之,審之至也。故悔亡,二、五皆吉。《漸》之進也,如女歸焉,故二、五皆吉,亦有三歲不孕之艱焉。

(其上列《蒙》《師》《泰》《大有》《蠱》《臨》《大畜》《恆》《大壯》《睽》《解》《損》《升》《鼎》《歸妹》《未濟》等十六卦九二、六五爻辭及《象》,不錄)

右十六卦,九居二,六居五,皆非當位,而二、五相應,俱吉。惟《大畜》雖說輹而無由,《損》雖有征凶之戒,而能中以爲志也。《恆》六五"婦人吉,夫子凶",夫婦之道,非君臣之事也。《大壯》六五一爻,有喪羊之象,而亦無悔者,喪羊,謂不成兌也,而有兌體,故無悔,終歸於成乾也。

臣竊嘗讀《易》,觀聖人立象,明君臣之道,別君子小人之分,垂教萬世,深切著明,非空言也。《乾》,陽物也。其體剛健,爲君之象;《坤》,陰物也。其體柔順,爲臣之象。六爻之位,以五爲君之位,以二爲臣之位。王弼以謂初上無定位。《繫辭》曰"其初難知,其上易知,本末也""雜物撰德,辯是與非,則非中爻不備",謂二、三、四、五爻也。故凡六居二、九居三;六居四、九居五,爲位當。九居二、六居三;九居四、六居五,爲位不當。六十四卦皆然也。故九五爲君之位當,六二爲臣之位當。又凡位當則曰正也,二、五皆謂之中也。其吉凶悔吝,皆取於當位、正中與否,及應與不應耳。二、五,一陽一陰,則謂之應;俱陰俱陽,則謂之無應。是皆有據者也。然則六十四卦,二、五相應者三十二,九居五,六居二,當位相應,宜乎吉,無不利。而考《屯》《比》《否》《同人》《隨》《觀》《無妄》《咸》《遯》《家人》《蹇》《益》《萃》《革》《漸》《既濟》十六卦,則二、五之辭多艱。六居五,九居二,位皆不當,宜乎不利。而考《蒙》《師》《泰》《大有》《蠱》《臨》《大畜》《常》《大壯》《睽》《解》《損》《升》《鼎》《歸妹》《未濟》十六卦，則二、五之辭多吉，何哉？此聖人之教，必然之理也。蓋《乾》以剛健爲體，以虛中爲用，用虛中而行其剛健也。《坤》以柔順爲體，以剛中爲用，用剛中而守其柔順也。故《乾》，天也，在上；《坤》，地也，在下。而《乾》下《坤》上，則爲泰；《乾》上《坤》下，則爲否。是《乾》《坤》交則爲泰，不交則爲否。《乾》《坤》也，陰陽也，剛柔也，健順也，互相爲用，不可須臾離，離則非道也。故《乾》陽剛健象君子，《坤》陰柔順象小人。是故《乾》在下則君子內，《坤》在上則小人外。故曰天地交而萬物通，上下交而其志同，天人之事泰矣。天地不交而萬物不興，上下不交而天下無邦，天下之事否矣。此所以有取於六五、九二之相應，無取乎九五、六二之相應也。六五虛中之君，能用剛中之臣，則天下之事無不濟之理。九五剛中之君，惟用柔順之臣，則天下之事無不委靡矣。有如《臨》之九二曰："咸臨吉，無不利。"《象》曰："未順命也。"《臨》二剛浸長，將泰之時也。九二剛得中，上應六五柔中之君。苟不知四陰尚衆、天道未究，區區以委曲順命，不保其民，而急於求合以圖進用，六五應之，則變而爲《屯》，失將泰之道，有屯膏之凶矣。惟未順命、安其位，爲君保民，以待三陽交泰，上下志同。然後初應四，二應五，則成咸感之吉。故初、二二爻皆曰"咸臨"。《象》曰："大亨以正。"天之道三變，然後成《乾》故也。六五"知臨"，謂能委任九二剛中之臣，不急責其順命，故能成泰之時。九二，《兌》之中有信而無悔，故辭曰："孚兌吉悔亡。"《象》曰："信，志也。"六五，知其可信而行之。故曰："大君之宜，行中之謂也。"彼區區護佞之臣，常萌規進之心，或觀望，或有所進獻者，曰："我能承順君命。"是烏知"咸臨"之義哉。夫未順命者，非不順命也，待《乾》體成、天道究，而上下交耳。非用剛中而守柔順者，烏足以語此。《遯》之爲卦，於《臨》之《象》，聖人已豫言"八月有凶"，爲二陰浸長，將否之時，爲君子之戒。故六二之辭曰："執之用黃牛之革，莫之勝說。"不言中正，不言位當，不言利吉無咎，但曰"固志"而已。蓋柔佞固位之象，如黃牛之革，牢不可破。"莫之勝說"，言莫能脫也。此爻所以獨不言遯成否剥之凶，皆由此爻。聖人垂戒，豈不深切著明乎？至如《咸》九五、六二，位當相應，《大象》曰："君子以虛受人。"《常》六五、九二，位不當相應，《大象》曰："君子立不易方。"聖人之情，又可見矣。詳味諸卦意旨相符。仰惟陛下虛己待物，至如臣輩微賤，亦受其盡言，可謂得虛中之道，以行剛健之德，深合《易》旨之妙矣。然則未見有剛中而守柔順之臣，上副陛下焦勞求治之意者。臣愚慮未以剛中求之，而姑取柔順之士。故士夫從風之化，皆柔順以固寵祿而已。《坤》之《文言》曰："地道也，妻道也，臣道也。"蓋取於順。而臣輒以柔順爲不然者，若不以剛中而守其柔順，則將無所不至。故聖人戒"履霜堅冰"之義，曰"蓋言順也"，言順之極，則必至於是也。故六二之辭曰："直方大。"《文言》曰："坤，至柔而動也剛。"不專取於順也。臣願陛下觀象玩辭，取九二剛中之臣，或未即順命，使究其義無虧，則信而任之。察六二柔順之臣，或無所守，而挾情，則絶而外之。君子小人之分既別，必得盡臣道之士，仰副陛下恢圖之志，可以端拱而天下化成矣。《易》曰："方以類聚，物以群分，則吉凶生。"自然之理也。若使君子同小人，非國家之福。或指善類爲黨，或專交結爲謀，辨之宜早辨也。內君子，外小人，永泰之道。伏惟陛下聖明，必能察之而不失也。臣狂瞽之言，冒犯天威，不任惶懼待罪。

《大典》卷二〇六四八引《經濟編》。

按：《大典》此文前云："司農卿兼尹京。淳熙丙申，臨安府擇尹，大臣啓，擬公在議中。

參知政事李公彥穎奏:'李椿於人無委曲。'玉音曰:'正欲得如此人。'被旨兼權。"

# 册 二〇八至二〇九

## 王十朋　卷四六一四至四六四一

**【輯補】上書**

馬一事,極爲不便。以夔州言之,一無財,二無人,三不利於馬。夔之爲州,極爲匱乏。今造船置驛,其錢糧草料,所費不貲。最甚者捎工水手口直口食,不可勝計。蓋歲額并額外共約二百一十五綱,每綱共約捎工水手五十餘名,每名日支五百文。自夔至歸,下水三日,上水十二日,計一綱共支八百餘貫,全年二百一十五綱,共計支錢十四五萬貫。數目浩瀚,何以支吾?宣司昨來給一百兩金,今又給錢引五千道。然所給者有限,而所費者無窮。此無財也。十綱船合用九百人,今夔州三縣若計捎工水手盡數根刷不滿半。若所管之人拘留循環津載,役之不已,必至逃亡。若欲苛差人夫,非惟不諳舟楫,妨農之害尤多。宣司曾令牽馬人相助推櫓,空船上水何從得?此無人也。況蜀江之險,天下共知。所謂灧澦堆、人鮓甕之類,節節皆是。馬性善驚,聞灘聲洶湧,必致跳躍撼動,決有覆溺之患。近宣撫司決自夔州,令馬出陸。蜀道之難,自古所患。若遇雨滑,尤不可行。此又不利於馬也。若欲竭人之力,削險開道,自廢所恃,尤非保蜀之策。

**與汪聖錫書**

十朋未入境,聞於士大夫;既入境,聞於道路之民,咸謂成都之治,中和寬大,前此所未有。此皆侍郎平昔正心誠意之學無所施而不可者。中外輿言,謂今日可望廟堂佐天子者,無出侍郎之右。公議其可,久鬱邪?

國圖藏清抄本《汪文定公集》附錄《宋汪文定公行實》。

附:明隆慶刊本《文選類林》書末有署名王十朋《文選類林序》,以陸游與王十朋事迹考察,有不符處,當爲僞作。

# 册 二〇九

## 陳知柔　卷四六四三

**【輯補】仰止堂記** 紹興二十六年

右六一先生而下十餘公畫像,舊得閣本,或好事士大夫家藏,咸謂逼真。比因葺黌宮,廣東偏爲直舍,命工圖諸壁,使學者知所慕鄉焉。嘻!道學失其傳久矣。使天不生是數君子者,天下不夷貉如無有也。禹功萬世賴,而韓吏部以孟子配之,蓋以正人心、息邪説之功等而上之,與救人於魚腹之中,其輕重較然明甚。上方觀人文以化成天下,是數君子要與漢唐諸儒從祀七十子之列,然後吾道益尊。今肖其形容以警動學者,非予之私也。他日當訪求孫泰山、石徂徠、胡安定諸公之像以足之,庶幾無遺恨。《詩》云:"高山仰止,景行行止。"諸生欽之毋忽。

《大典》卷七二四二引《漳州清漳志》。

### 陳俊卿　卷四六四六至四六四七

【校訂】論白札之弊奏（頁三四四）

該文輯自《皇宋中興兩朝聖政》等書。然又作册二六九頁三六崔敦禮《代陳丞相乞住罷白札施行事札子》。則此文當爲崔敦禮代陳俊卿作。

## 册　二〇九至二一〇

### 林光朝　卷四六五〇至四六五八

【校訂】黃必達埋銘（册二一〇頁一二一）

文末注"《永樂大典》卷七六"。出處卷次誤，實見《大典》卷七六五一。

【輯補】曲禮口義序

漢興，高堂生以禮名家，一傳蕭奮，再傳孟卿，三傳后蒼。后蒼積數萬言，曰《后氏曲臺記》。其後戴德、戴聖傳之。今《禮記》四十九篇，戴聖所傳也，號曰"小戴記"。曲禮者，即曲臺雜禮也。小戴傳之於其師，故以首篇禮器稱"禮經三百，曲禮三千"。禮經，《周官》也，漢人以爲經。《周官》三百六十，故舉其全數。《曲禮》，曲臺記也。今之《曲禮》，恐竄定，與《曲臺記》未必盡同也。《中庸》，子思所作，亦嘗稱"禮儀三百，威儀三千"。是《曲臺記》所傳者，即威儀三千也。後人已見《曲臺記》，故謂之"曲禮三千"。《曲禮》者，猶載白虎傳所論之事，謂之《白虎通》。

《大典》卷一〇四八三林光朝《艾軒集》。

## 册　二一〇

### 王曦　卷四六五九

【校訂】安恭皇后謚議（頁一四二）

"□儀穀□啓瑞金□"，《大典》卷七三七八引《中興禮書》作"撰儀穀圭啓瑞金螭"。

【輯補】安恭皇后哀册文

維乾道三年歲次丁亥六月丁卯朔二十五日辛卯，安恭皇后崩於坤寧殿。七月壬寅，殯於殿之東南隅。粵閏七月癸酉遷座於菆宮，禮也。東渚星高，西陵月下。縞紼前馳，雕輶肅駕。動永愴於終天，隔徽音於厚夜。皇帝情深邦媛，禮重長秋。問靈宮之既啓，嗟繐帳之將收。乃即賓階，是臨遣奠。爰命辭臣，奉揚芳憲。辭曰：

惟昔有姒，功被萬世。席慶流光，發祥隤祉。珠躔炳靈，瑤魄降瑞。際於休明，生此淑懿。韞輝素里，育德仁門。淑問不已，德儀攸尊。恩於堯母，慧心彰聞。見於內殿，柔風益芬。軒象應符，蘭闈鍾粹。代邸膺曆，重華協帝。黃龍絢采，紫宮正位。體極坤元，尊如天妣。內輔陰教，旁裨政機。訓組致力，葱珩有儀。覃葛播美，睢鳩在詩。家道以正，王化之基。絲枲是飭，種稑是共。頻御繭館，希從濯龍。喜不失節，怒不變容。惠有恤隱，恩無濫封。處約戒奢，懷冲履素。服練斥華，脫簪知度。領略風雅，披拂韶濩。辯有微言，詩多奇句。貴則儷極，尊惟承天。既備五福，宜膺百年。忽六氣之淫厲，嗟二童之夢言。顧甚迫之短景,曾不留於逝川。嗚呼哀哉!龜策告猷,龍輴御轍。雲物結而淒凝,簫鼓合而欑咽。路隱隱兮迴重阜,旌冉冉兮背雙闕。袝玉衣兮何之,望珠櫳兮遠訣。嗚呼哀哉!美蓮娟兮撫宮楹,包紅顏兮隕朱榮。指新宮兮離故庭,去昭昭兮就冥冥。華殿塵兮神眇眇,花欄萋兮草青青。屑兮不見,超兮西征。嗚呼哀哉!遺組香兮猶穠,故鞠蛛兮未封。寶瑟委兮弦齒斷,玉臺移兮鏡奩空。象服具兮疑曉,房櫳虛兮多風。波浪深兮雌劍竟去,冰霜苦兮別鶴無踪。嗚呼哀哉!半波絶源,中春掩媚。天理莫知,人心是瘁。雖怛化之有終,豈垂芳之長在。惟德行之可傳,塞天淵而不昧。嗚呼哀哉!

《大典》卷七三七九引《中興禮書》。

## 李燾　卷四六六一至四六六七

**【校訂】南定樓賦**(頁一七六)

《全宋文》據《宋代蜀文輯存》輯,然《大典》卷二二一八引此文,出處較早,應注出。

**乞頒降釋奠儀注奏**(頁一九三)

《大典》卷二〇四二四"稷"韵"郡縣社稷"錄此奏,較詳,故重錄。

臣竊見本府春秋祭祀社稷,凡所陳設,多不依式。今姑舉一端。如祭社稷,用黑幣二著外。乾道重修祀令,今乃相承用幣,凡以四爲是,則社稷與配位,各自有幣。而祀令明著用二之制。若但以二幣爲是,則配位不當用幣。然釋奠於文宣王,以兗國公、鄒國公配,實用幣三。既釋奠通配位皆用幣,即社稷之配,似不應獨無。兩者必有一誤。臣雖欲考按簿正,則本府初不存朝廷舊所頒降儀式。取會旁近州縣,亦皆承傳謬誤。伏望睿明申敕有司,將《政和五禮新儀》節錄頒降,庶幾郡邑有所遵守。并乞下太常寺,圖畫尊、爵、簠、簋制度,令所屬各依樣製造,以奉祀事。

**祭馬梓州文**(頁二八二)

此馬梓州乃馬騏,乾道末年知梓州。此文原出處《大典》卷一四〇五六引"李壁雁湖集"署"巽齋祭馬梓州文",或爲李壁代父李燾所作。

附:《鳳墅前帖》卷一五載李燾《寵餞帖》,不具錄。

## 李庚　卷四六六八

**【輯補】陳克天台集序**

刪定,鄉人也,少時侍運判公貽序宦學四方。曾慥《詩選》叙爲金陵人,蓋失其實。今考集中,首末多在建康,且嘗就試焉,當是僑寓也。《詩選》又言不事科舉,以呂安老薦,入幕府得官。按集有《聞榜》二絶,則嘗應舉矣。又有甲午歲所作詩云"三十四",則其生當在元豐辛酉。得官入幕,蓋已老矣。詩多情致,詞尤工。

《大典》卷九〇八。又見《直齋書錄解題》卷二〇。

## 李樗　卷四六六八

**【校訂】君子責己待人如何論**(頁二八七)

原出處《大典》卷三〇〇三署《迂齋論說》,編者以李樗號迂齋,故輯於此。然宋代號迂齋者非止一人,如樓昉亦號迂齋。南宋蔡岸亦號迂齋,《論學繩尺》載其程文三篇,體式均同此文。此文歸屬不能遽斷爲李樗,或即蔡岸所作,只不過無其他證據佐證。蔡岸,《全宋文》未録其人(《論學繩尺》所録程文作者,《全宋文》未收者尚有陳松龍、莫應龍、楊茂子、蔡德潤、丘大發、林士性、陳預、黄萬里、陳合、季應旂、陳應靁、陳季南、黄九鼎、陳子直、徐邦憲、任翊龍、劉自、謝昌元、林益甫、歐陽漢老、黄道深、方剛叔、錢易直、王節、高起潛、葉子雅、張定甫、陳芳、陳子順、張亦顔、蔡順孫、李補之、洪强中、趙師榘、林斯光、潘德遠、林德頌、高山、謝奕孫、緯焯、羅志道、陳子頤、歐陽復亨、陳時中、林鐙夫、阮登炳、葉君樨、蕭符世、林昌謙、崔日南、陳文龍、郭拱朝、朱有進、陳子龍、陳介石、吳有元、詹登龍、陳協道、王囗、陳自然、程果行、張宗、黄印生、章祥道、陳若蒙、何賛、陸合、歐陽起鳴、章鑒等六十九人)。

### 王炎 卷四六六九

**【輯補】端誠殿後安排寢殿奏**

今月初一日内殿奏事,面奉聖旨宣諭:今歲郊禮,務欲節省。如寢齋在易安齋,相去稍遠,更不欲去,只端誠殿後旋安排一寢殿,可以省造露屋之類。炎已奏恭領聖旨外,緣本府見今計置合行事件,欲望朝廷特賜覆奏行下以憑,恭依施行。

《中興禮書》卷二一引《大典》卷五四七七。

### 蔣芾 卷四六七〇

**【輯補】安恭皇后諡册文**

維乾道三年歲次丁亥七月丙申朔二十四日己未,皇帝詔曰:"古我先王,必立厥配。釐爾女士,爰御於邦。"治蓋自於家齊,風實繇於近始。兹本人倫之至,式恢王化之基。帝女於時,乃降嬀(原作"僞")汭;天作之合,是嬪周京。睠於内助之良,媲彼前聞之懿。方共資於淑範,俄永謝於徽音。重翟副珈,生既有以極其寵;褕章憖册,没則有以揚其休。大行皇后夏氏婉嬺而純明,閑和而靖順。卓爾挺操,在河之洲;穆然凝輝,於渭之涘。蓋兆玉衣之瑞,合承金屋之華。含章在中,發秀於外。粤從初載,實相潛藩。肆朕纂承,嘉乃輔佐。夙夜警戒,而有相承之道;朝夕思念,而無私謁之心。推《樛木》逮下之仁,樂《關雎》進賢之義。服澣濯而崇大練,以純儉爲民彝;謹珩璜而應和鑾,以肅雝爲嬪則。造次動遵於圖史,從容雅播於聲詩。鷄初鳴而至寢門,同謹兩宫之問;蠶於郊而供祭服,每虔九廟之承。薦榛栗於舅姑,奉粢盛於宗廟。朕方上隆孝道,親親而天下平;爾能中叙壼儀,婦婦而家道正。自建長秋之位,甫臨再閏之期。何馳隙於分陰,頓沉光於曉魄。當厚飾終之典,用攄悼往之懷。訪厥攸司,諏之列辟。按柔芳於彤管,考茂實於椒塗。大酺斂前,共熙洪號。謂治内盡安行之德,宜循由舊之稱;謂奉上竭恭事之誠,宜表最高之行。備陳顯數,克播令猷。謹遣攝太傅左正奉大夫守尚書左僕射同中書門下平章事葉顒奉寶册,諡曰安恭皇后。伏惟哲靈如存,休問不息。賁於太史,光於清柘。於萬斯年,與宋無極。嗚呼哀哉!

《大典》卷七三七八引《中興禮書》。

### 蘇璠 卷四六七〇

**【校訂】紹興新創放生池碑記**(頁三三五)

文末,大典本"常州府"卷一八有"紹興十六年六月日建立。左迪功郎新嚴州壽昌縣尉兼主簿專切主管學士巡捉私茶鹽礬權江陰縣丞臣蘇磻記。右朝奉郎權發遣江陰軍事主管學士兼管內勸農公事賜緋魚袋臣蔡植立石"。

## 蘇升　　卷四六七三

### 【輯補】重修翰林堂記 紹興二十八年

予宰興寧,有山曰神光,嶪然峭峙,騰焰屬天,斂英聚華,産尤植奇,群峽阜麓,分環拱堵。一日,修蔓而前十里餘,間有故屋僅存。左右僉曰"邑人羅孟郊讀書室也"。其泉混混於石竇,流於匯,即之泠然可掬,而曰羅公讀書洗硯池也。昔隱於是,莫昉歲月。考其歷翰林、陟諫垣,名與此山俱傳。繼而有孫愷者,嘉祐初以第三名擢進士科,首除寺丞,彙遷望郡,屢總名藩,有祖風烈。然山川粹英,豈特終於是邪,而何曩隆而今替也。升來承乏,飲山堂者數回,心擊目行,極滿前之秀麗。所謂擇勝栖依,固不偶耳。至若職司王言,庭摛春藻,足以鼓流俗而聳天聽者,蓋一時之文,得不淵源之有自邪。又信夫學之不可已也。二公綿歷寖久,聲華民物,隨泯泯焉。予欲作興起廢,念不容釋,興工軒手,繪工像畫,乃所以遵故範、開後學也。暇日肅僚友而與之言焉。且曰學,植也。不學,將落公之德望,湮沒無聞。檢括宗籍,猶百三十有餘年,豈無抱資幹,負煨塵,姑惟繼前學,紹先猷,後來將有接踵輝煌,於是光前振後,行以勉之。噫!何地不生才,何才不資世。一門如二公,何可多得。有人問南中人才者,首以二公對。故樂善推崇,立碑以載其本末耳。時紹興戊寅年十月望日,從政郎知循州興寧縣兼勸農事蘇升記。

《大典》卷七二三五引《惠州府龍川縣循陽志》。

## 楊汝南　　卷四六七三

### 【輯補】漳州學新修有賢堂記 隆興元年

南漳郡學祠堂所祀者四,在唐三人,在本朝一人。閩風勸學,自常觀察衮始。閩人登第,自歐陽四門詹始。漳人登科自周先生匡物始。此三人者,在唐時咸能激厲風化,故追祀於後世,目其堂曰名第而已。在本朝唯徽學侍郎李侯彌遜。紹興己未,來守是邦,尊賢禮士,移創泮宮,以就吉壤,潤飭尊儀,而樂於教育。漳人德之,故生祠於當時,名其堂曰有賢,取"人樂有賢父兄"之義也。初堂成,規模過制。歲久疏漏,漫漶閑曠,賓客時次舍焉。褻瀆不嚴,識者病之。廣文莆陽劉洵直分教於茲,下車撤樓居以面前山,葺貢院以全齋館。樂易善誘,雅意吾道,故嘗以祠堂為念。正錄蔡冠卿、林大年,因時有請。乃委學職林球、陳嘉穎,市材鳩工,一新之。於是進祠位於前楹,餘間架於後廡。蓋以所示尊嚴(原作"岩")而廣覺居也。至若形貌凡格,窗庋欄戶,莫不周備邃密,文采昭著,雄偉可觀。俾至者肅然而敬,惕焉而懼,瞻之仰之,正心誠意之所自生,是亦教化之助云。《孟子》曰:"善政得民財,善教得民心。"茲堂其善教者歟?不然,何使斯人至今不能忘也。工既訖,而劉君之政成矣,敘秩當見於朝。學者思李侯之德,而樂劉君之教導,願紀文而謁予。余嘗假侯館而投業焉,義弗克辭,於是乎書。隆興改元八月庚午記。

《大典》卷七二三七引《清漳集》。

### 莫濟　卷四六七四

【校訂】祭薛士隆文(頁四一四)

此文又見文淵閣本《攻媿集》卷八四《祭薛寺正文代曾吏部》,册二六六頁二四〇樓鑰名下即收。莫濟文輯自薛季宣《浪語集》卷三五附錄。檢文淵閣本該文下注"失名"。《大典》卷一〇五四引"薛季宣浪語集"載此文,題"莫濟祭薛季宣文"。《攻媿集》卷八四此文前一篇爲《祭王詹事》,乃代"莫守"作。《大典》或因此而誤標出處。

## 册　二一一

### 魏掞之　卷四六七八

【輯補】與汪侍郎聖錫書

掞之歸途,遇閩人之就上庠試者,蓋以千計,人人劇談善政。問其所以然者,云侍郎以忠恕之心,行簡易之政,簡册所載,誠無越此二者。

國圖藏清抄本《汪文定公集》附錄《宋汪文定公行實》。

## 册　二一四

### 王正己　卷四七五九

【校訂】廢湖辨(頁二六七)

"曆代建謂",《大典》卷二二七一引《四明志》作"歷代建請"。

## 册　二一四至二一五

### 汪應辰　卷四七六一至四七八二

【校訂】試尚書吏部侍郎兼侍講兼直學士院陳良祐乞許奉祠或州郡差遣不允詔(頁二九七)

"卿夙"二字上,國圖藏石研齋藏抄本《文定集》有"敕良祐:省所奉札子,叨竊過分,怨謗乘之,竊恐誨尤日積,他時重費保全,欲望許臣奉祠,或與臣州郡差遣。事具悉"等句。

右朝議大夫曾懷辭免除龍圖閣學士知婺州恩命乞一宮觀差遣不允詔(頁三〇〇)

此文又見文淵閣本《文忠集》卷一〇五《右朝議大夫曾懷辭免龍圖學士知婺州乞宮觀不允詔》,册二二六頁二四二周必大下即收。《宋會要輯稿》選舉三四之二四載:"(乾道六年八月)十九日,詔户部尚書曾懷除龍圖閣學士、知婺州,從其請也。"《吳郡志》卷一一載:"(汪應辰)端明殿學士、左中奉大夫,乾道六年五月十六日到任,九月提舉江州太平興國宮。"知汪應辰未有機會草此制,當誤收。

劉章辭免除禮部侍郎兼侍讀恩命不允詔(頁三〇八)

題"劉章"二字上,石研齋藏抄本有"賜敷文閣待制提舉佑神觀兼侍讀"等字。

輪對論和議異議疏(頁三三〇)

題及題下注"五月",石研齋藏抄本作"輪對論和戎失計及群臣阿蔽札子""九月"。"敵使""謂敵人""敵之遷""謂敵使",石研齋藏抄本作"虜使""謂虜人""虜之遷""謂虜使"。

**應詔言弭灾防盜事**(頁三三二)

題下注"年"下,石研齋藏抄本有"權吏部侍郎上"六字;文首,石研齋抄本有"臣準尚書省札子三省樞密院同奉聖旨:比來久雨,有傷蠶麥,及盜賊間發,雖已措置,未至詳盡,可令侍從臺諫條具消弭災異之術、防守盜賊之策,各以己見實封聞奏者"等句。"淫而",石研齋藏抄本作"淫雨"。

**應詔陳言兵食事宜**(頁三四一)

題下注"五月"下,石研齋藏抄本有"三日"二字。兩處"金主""北邊""敵人之""敵衆"、三處"敵人""分裂""金人之""敵騎""上戰功",石研齋藏抄本作"虜酋""北狄""夷狄""虜衆""夷狄""分裂,夷狄自相攻擊,故邊境僅得以少寬,而""夷虜之""虜騎""上戰多"。

**論敵情當爲備海道未可進**(頁三四八)

《大典》卷一〇八七六引此文。題"敵情",此作"虜情";"進"字下此有"札子"二字。文中"遇有見",此作"偶有見";"金國遣人",此作"虜中遣人";"有內亂",此作"有萌古達靼之亂";"今敵人荒",此作"所謂虜酋者荒";"此三君",此作"此三君之罪";"示人有餘",此作"視人有餘";"婁敬",此作"婁欽";"敵有內變",此作"虜有內變";"所以蔽",此作"所宜蔽";"誠如敵人",此作"誠如虜人";"則中國"字上有"則萌古達靼之於女真亦猶昔日女真之於契丹矣"二十字;"事變"字上有"夷狄荒忽未易測度"八字;"應付人船",此作"應副人船";"敵勢尚強",此作"虜勢尚強";"使敵無能",此作"使虜無能";"受斃哉",此作"受敝哉";"敵人猶且",此作"虜人猶且"。均可校補。

**論愛民六事疏**(頁三七六)

題"疏"、"禦盜",石研齋藏抄本作"札子""禦盜賊"。

**論金使名犯真宗舊諱疏**(頁三八〇)

題"論金使""真宗""疏"、文"金人所",《大典》卷一〇八七六作"虜使""真□""札""虜中所"。

**除敷文閣待制舉朱熹自代狀**(頁三八五)

題下,石研齋藏抄本有"隆興元年"四字注。

**辭免户部侍郎奏狀**(頁三九四)

文末注"又見《永樂大典》卷七三〇七"。出處卷次誤,實見《大典》卷七三〇三。題下注"紹興三十二年閏二月",《大典》作"紹興三十二年";文末,《大典》注"閏二月二十七日,三省同奉聖旨不允"。

**與朱元晦書八**(册二一五頁五九)

"敵遣",石研齋藏抄本作"虜遣"。

**與吕逢吉書一**(頁九三)

"見不足"三字下,石研齋藏抄本有"至此語亦告,慎之"等字。

**賀左丞相啓**(頁一五九)

此文又作册一六七頁三九六綦崇禮《賀吕忠穆公著左相啓》,歸屬未能確考。

**題吕申公集**(頁一八一)

文末,《大典》卷二二五三六有"乾道五年六月既望玉山汪某書"。

**書朱丞相渡江遭變録**(頁一九八)

"敵情",石研齋藏抄本作"虜情"。

**讀喻玉泉紹興甲寅奏對録**(頁二○一)

"敵騎已""敵人因""敵人實""敵人無""敵人愛""敵人貪""敵人遠""敵人深""噬敵人""今敵騎""敵衆情""敵衆實",石研齋藏抄本作"虜騎已""虜人因""虜人實""虜人無""虜人愛""虜人貪""虜人遠""狂虜深""噬逆賊""今虜騎""虜中情""虜衆實"。

**廷試策**(頁二一六)

文首,石研齋藏抄本有"大意問:吏道未肅,兵勢未强,民力未蘇"十五字。"金人之入""金人自""陷於强敵",石研齋藏抄本作"金虜之禍""虜人自""陷於虜賊"。

**論禦戎以自治爲上策**(頁二二四)

"助敵""待敵人",石研齋藏抄本作"助虜""待夷狄"。

**諸溪橋記**(頁二三七)

此文又作册三四六頁一四六章鑄同題。章鑄文輯自康熙《廣信府志》卷三四、雍正《江西通志》卷一二六、道光《上饒縣志》卷三一等。文有云:"諸溪有橋,乃宋紹興間郡侯秘書林公所建……今且百年矣。""紹興間郡侯秘書林公",乃林機。據《繫年要録》,林氏知信州在紹興二十二年(1151)。距此近百年,則宋理宗時。而汪應辰卒於淳熙三年(1176)。汪應辰下當誤收。

**徽猷閣直學右大中大夫向公墓誌銘**(頁二四九)

"金人逼""金人""判官公""出敵"、兩"敵騎""敵其""敵柵""敵退""弭外患""在賊盜皆從之""變亂迭起",石研齋藏抄本作"金寇犯""虜酋""判官,寇退,隨宜支移廣糴軍籍,復""出虜""虜騎""虜其""虜柵""寇退""攘夷狄""則從之。利在夷狄、在盜賊,則從之""夷狄盜賊交亂迭起"。

**左朝散大夫直徽猷閣陳公墓誌銘**(頁二五八)

"金人入",《大典》卷三一五○作"金人入寇"。

**龍圖閣學士王公墓誌銘**(頁二七四)

"敵悉""强敵入中國""敵俱""敵情""敵果大入",石研齋藏抄本作"虜悉""醜虜亂華""賊俱""虜情""虜果入寇"。

**祭張魏公文**(頁二八四)

"以爲賢"下,石研齋藏抄本有"萬姓塗炭,中原腥羶。豈夷狄之能爲,蓋感應召至。而則然"等句。"見父母"下石研齋藏抄本有"蠢彼犬羊,亦作人語。每問中國用公與否"等句。"大敵",石研齋藏抄本作"醜虜"。

**【輯補】郭振特授武泰軍節度使進封建康郡開國侯加食邑實封餘如故制**

朕總覽多士,粹寧四方。干城斯民,實資勁武之略;注意於將,尤在安平之時。雖名器之是嚴,苟勳勞而必報。眷乃宿望,條其外康。歷年滋多,宣力靡郡。矧來朝有錫命之禮,而考績有陟明之文。其序進於元戎,肆庭揚於大號。侍衛親軍馬軍都指揮使奉國軍承宣使充建康府駐札御前諸軍都統制兼知廬州軍州事兼管内勸農營田使充淮南西路安撫使馬步軍都總管兼提領措置屯田武功縣開國子食邑六百户食實封一百户郭振,勇鷙而好義,沉潛而善謀,慷慨風流,家承氣俗之習;奇龐福艾,天賦功名之資。頃提偏師,堅守孤壘,厲士卒奮盈之氣,摧寇戎遠關之鋒。既任屬之寖隆,每勤勞之不懈。肅轅門於建業,開帥府於合淝。紀律堅明,恩威敷洽。盡忠以衛上之義,得悅以使人之方。有俶其成,不愆於素。復念轉輸之費,欲圖久駐之基。萬人留田,三事就緒。凡茲為國以遠慮,皆匪便文而自營。朕嘉其用心,倚以為重。惟名實之宜稱,庶事功之可成。俾建節於黔中,以增雄於闖外。封侯之舉,衍食之封,并舉異恩,適睹來效。於乎!丕顯亦世,尚繼汾陽之休;無競維人,誰云充國之老。往祗朕命,克壯爾猷。可特授武泰軍節度使依前侍衛親軍馬軍都指揮充建康府駐札御前諸軍都統制兼知廬州軍州事兼管內勸農營田使充淮南西路安撫使馬步軍都總管兼提領措置屯田進封建康郡開國侯加食邑五百戶實封二百戶。主者施行。

**試林光朝館職策問**乾道五年七月十日

問:帝王之功,莫大於用人。蓋必知其人矣,然後可得而用也。皋陶之謨、周公之立,政其知皆在於知人。此固萬世不易之理也。為天下國家者,豈不欲得如皋陶所謂九德、周公所謂三俊,而列於庶位以收用人之效哉?患在大端窾真偽淩雜貿亂,莫知其孰為可用也。然則知人必有道矣。皋陶、周公之書,其反復曲折,殆亦詳矣,獨不曰如之何其知人也,豈其不可言邪?仰亦有所未盡邪?世之欲耴聖人之言,以為致治之成法者,其將何以為準邪?則又即孔子所嘗言者而參之。夫言行未必相應也,毀譽好惡未必皆可信也。人之難知,此其大概也。今也聽其言則觀其行,有所譽則有所試,眾好之則察焉,眾惡之則察焉。若是者,亦足以知之矣。然觀之、試之、察之,乃能有所別白而得其是非之實,又豈易哉?問公於有夏,則曰"迪知忱恂於九德之行",湯則曰"克用三宅三俊",文、武則曰"克知三有宅心,灼見三有俊心",以聖人而優為之,固其宜矣。而禹乃曰"知人之哲,惟帝其難之",豈堯所有不能哉?道至於聖人而猶有二邪?此皆學士大夫所當講究而推明也。其詳言之。

以上見國圖藏石研齋藏抄本《汪文定公集》卷四。

**書尺稿**

自己未之秋,師友流離,遂還山間。閉門窮處,幾與世絕。

**與汪彥儒書**

疏拙叨竊,已過其分。屏居山林,正得其所。仰得以奉二親之歡,俯足以考究前言往行,以求其志。造物於我亦不薄矣。然離群獨學,陷於古人之所病,終亦勤而無功。平時嘗斐然有志於斯世,今窮居循省日久,百念已灰。但求有以糊口,優游卒歲,庶為鄉曲一無咎無譽之人耳。近嘗兩句曰:已安守道之貧,正求無禍之福。所願此心,正未易得耳。

**與徐漢英書**

示喻出處大概,以至傷世俗之莫我知,嘆思與田舍翁處,甚矣憤世嫉邪也。嘗謂君子不願乎外,是以不怨天常,盡其在我,是以不尤人,禍福得喪在天而不在人,我何怨?是非毀譽在人而不在我,我何尤?惟行法以俟命,推誠以待物耳。

**與張魏公書**

某去秋請違,嘗有狂斐之言。竊觀今日事勢與前不同,故敢復冒昧獻其區區。蓋可以久則久,可以速則速。孔子也,惟其時而已矣。

**與敷文兄書**

諸子失學，此非細事。今此正是着力之時，若半路上落下，虛費光陰，他日悔之無及矣。僧家比之如抱鷄子，須暖不斷，方有啐啄同時之氣應，若暖氣不續，雖窮年無益也。

### 與長子書

聞吏民頑猾，若欲一旦懲治之，彼且反爲以怨，切須酌輕重、察人情，勿爲已甚。惟公與正，乃萬事之本，又須行之以怨，居之以寬，庶幾久而無悔。接待上下，切宜盡敬，不可有一毫慢易之心。臨事常思所未至，不可信已逞快也。時節艱難，切宜節儉。所以惜福避禍。凡事切宜三思。《書》曰：無忿疾於頑。忿疾即私心也。與此輩爲敵，亦淺矣，亦陋矣。

### 請罷財賦之虛額奏

蜀民之大患在是，蓋於賦斂禁榷名色，百里之外又有所謂無名而白取之者，籍爲定額，若常賦然。那移預備，刷次重追，誅求剝刻，貪緣爲奸，無所不有。監司州縣，更相督責。計無所出，犴獄之繫，累田産之籍没者，紛然以取辦於民，終不能辦也。太上皇帝灼見其然，嘗屢詔減免錢物，以裕民力。又委諸司措置。有司靳吝，不能稱旨。如諸司乞減監酒重額錢五十五萬有奇，户部終難之。是於所未盡之中，復有所不行也。夫什一之征，較數歲之中爲常。《孟子》猶曰不可，況於田賦什一之外而欲多取以爲常乎？

### 請講畫變通馬政奏

蠱則飭也。物之蠱壞，必有所事以飭治之。然而說者以爲先甲三日，究其所以然也；後甲三日，慮其將然也。究其所以然，則知救之之道；慮其將然，則知備之之方。善救則前弊可革，善備則後利可久也。今將革前弊，而其節目次第關涉非一事，行之初，尤在詳審。今以磽确凋敝之地，貧困疲弱之民，而加以貪猾暗繆之吏，而行苛責峻急之政，必有不堪命者。若必欲行之，則當計會日費，出自朝廷，毋爲民擾而後可也。

同上書附録《宋汪文定公行實》。

附：戴銑輯《朱子實紀》卷一一《縣庠朱文公祠堂記》，署"汪應辰，潼川人"，撰於"嘉熙三年冬十月甲子"，與此作者乃同名異人。

# 册　二一五至二一六

## 韓元吉　卷四七八三至四八〇七

### 【校訂】論歸正忠義人錢米田札子（頁三四九）

"邊境"，《大典》卷三〇〇三作"虜境"。

### 十月末乞備禦白札子（頁三五一）

"敵已深""敵人恃衆""官兵地方""敵若未""敵已乏""彼遁去""敵已宿""敵人迫""敵已垂""彼若不""中原""今敵已""敵人往年""此入""敵已逼"，《大典》卷一四四六四作"虜已深""虜人恃衆""官兵地分""虜若未""虜乏""虜遁去""虜已宿""虜人迫""虜既垂""虜若不""中元""今虜已""虜往年""此入寇""虜已犯"。

### 謝周倉舉升陟啓（册二一六頁七二）

"真已""之舊"，《大典》卷一〇五三九作"真以""言舊"。

### 京鏜回生日啓（頁七四）

啓有"輔贊無堪，玷槐棘秉鈞之位；愛憐有素，記桑蓬垂户之辰"之語，"槐棘秉鈞之位"

指宰相而言,而韓元吉無此經歷。且京鏜入相在寧宗朝(1194—1200),時韓元吉早卒,亦不當有代言之舉。韓元吉《南澗甲乙稿》久佚,四庫館臣始自《大典》輯出。該文在《大典》中,應前接韓元吉文。四庫館臣誤認作者"京鏜"爲篇題一部分,蒙上而誤輯。該文應移入京鏜下。勞格《讀書雜識》已辨及之。

**賀禮部李侍郎兼侍講啓**(頁八六)

此文又見《翰苑新書續集》卷七,署"王格齋",又見《格齋四六》,册二八三頁二一七王子俊下收作《代賀李侍郎燾除在京宫觀兼侍講啓》。韓元吉下或誤收。

**跋蘇公父子墨迹**(頁一一五)

此文又見文淵閣本元黄溍《文獻集》卷四,韓元吉下當誤收。

**金華洞題名**(頁二二一)

該文又見《研北雜志》卷上,大典本《南澗甲乙稿》或即輯自此。依據《全宋文》收題名例,應編排於陳巖肖名下。

**蘇文定公祠碑**(頁二四七)

此文又見文淵閣本元舒頔《貞素齋集》卷四,且文末有"元至正戊戌冬十月癸酉日記"之語。二文僅略有異文。韓元吉下當誤收。

**朝散郎直秘閣致仕陳君墓誌銘**(頁三〇三)

《全宋文》據他書校勘二處文字,所改均同《大典》卷三一五五。"及金主亮敗""敵復犯淮",《大典》作"虜酋斃歸""虜復犯淮"。

**朝散郎秘閣修撰江南西路轉運副使蘇公墓誌銘**(頁三二三)

"公亡有孫",《大典》卷二四〇一作"公亡若存"。

**代祭謝舍人文**(頁三六四)

此文又作册二七一頁二〇七楊冠卿同題。《大典》卷一四〇四六録此文,未署作者或集名,而其前二文署韓元吉《南澗甲乙稿》。然其後二文亦未署出處,録入《南澗甲乙稿》。其中第二首《代養志侄祭王舍人墨卿》爲誤收。此文當亦屬誤收。

**祭許舍人幹譽文**(頁三六五)

此文未見重出,輯自《大典》卷一四〇四六,位於《代祭謝舍人文》後,《代養志侄祭王舍人墨卿》前。此文或亦誤收。

**代養志侄祭王舍人墨卿**(頁三六六)

此文又見文淵閣本《浪語集》卷三四《代養志侄祭王舍人墨卿文》,册二五八頁七〇薛季宣下即收。韓元吉下當誤收。

**【輯補】求志齋記**

予友王德修築室於其鄉,前臨清溪,背背長林,群峰駢羅,風氣佳甚。又爲一齋以待賓朋之晤語。予過而愛之,曰:"是齋得無名乎?"德修曰:"吾老矣,惟是頃游和靖先生之門,見其以三畏名其堂者,嘗欲榜於吾之舍,以無忘先生之訓。是齋尚何名?子盍爲我言之。"予曰:"我之不才,蓋亦蚤聞先生之緒餘也。吾子實從之稽山之下,且送其終焉,聞益廣矣,歸隱於田間,獨善其身,以自誨於子弟。而予濫官於朝,尚竊閑散之禄,視子爲甚愧,其又奚言?雖然,昔吾夫子有云'隱居以求其志'者,吾子殆庶幾乎?請以求志名,則何如?"德修曰:"古之爲友者,伯牙能琴,子期善聽也,故知其志在高山與流水。子知吾之志安在?

今將何求？"予曰："然。非此之謂也。吾夫子固嘗俾弟子言其志（原作"忠"），而子路亦聞夫子之志矣，皆道其所欲爲也。惟隱居而求，雖夫子乃謂'未見其人'，意蓋有所深嘆。繼（原作"絕"）言'行義以達其道'，則志之所求者，非道也歟？夫道者果何事也？夫子常言曰'士志於道而恥惡衣惡食者，未足與議'，又曰'志於道，據於德，依於仁，游於藝'，逮其自謂，則曰'我非生而知之，好古敏以求之者'，而孟子亦謂'求則得之'，抑在茲乎？自道之失其傳也。聖人正其心，至於平天下者，岐以爲二。死生動靜莫識其源，天地萬物莫明其理，舉天下溺於虛無莽沉以爲道，況於富貴貧賤之間、喜怒哀樂之際，孰（原作"就"）知所謂不可須臾離者，千歲而下，思夫子未見之人，道其有在，吾徒其可忘之。後學之士期以語之，則吾先生之教也。"

《大典》卷二五三七引韓淲《澗泉集》。

按：《大典》言是文出自韓淲《澗泉集》，文淵閣本《澗泉集》卷二〇收之，題《求遜齋銘》，并注云："案此文是銘之序，據題目當別有銘，今闕。"然據韓淲《澗泉日記》卷中載："王時敏字德修，先公友也，從呂居仁學。居仁薦之尹和靖。半年，和靖卒。守師說甚堅。先公爲寫三畏堂榜，作《求志齋記》。今皓首坐堂上，兒孫擾擾前後，巍居誦書如故。"據此，此文乃韓元吉作。

### 戒先酒文

處之公醞多敗，賓至率取酒他所，人以爲病。紹興十五年，易庫於郡廨之西南。負山嚮明，下臨大川，地極爽塏。其冬之閏，遷焉。好事卜日之吉，以桃茢葦，索取釀具而祓之，命巫祝以戒於先酒曰："咨汝帝羸，儀氏之英。下逮唐杜，誕著厥靈。窺竊造化，合和黍稷。頒天之祿，伊酒是職。導養血氣，五味之醇。已疾扶老，以壽我民。凡禮之大，賓嘉吉凶。非爾不成，萬方攸同。夏王胏胅，弗克爾旨。唯商之高，良弼是視。周登太平，有醉之既。叔季厭德，崇湎於池。亂性傷生，上惑下迷。嗟汝基胎，允罪允功。利將害除，爲世所容。今我是邦，公厨百壺。泉有并醴，米有稡珠。汝胡曠瘝，弗即乃事。惟醯惟醨，是類是比。口則起羞，壘則受恥。邯鄲之圍，貽誚萬世。吉日良辰，爾居告新。舊盎潔清，麴糱載成。却除不祥，屏蚋去蠅。往其協心，悉效汝能。希於聖賢，毋受惡名。我侯在堂，歌舞具設。獻酬徜徉，一飲千日。汝奠汝祭，醉飽有餘。唾罵弗興，百神與俱。變毀爲譽，不亦美乎？敢陳訓言，請問何如？"巫對曰："唯唯。"

### 易足堂上梁文

生長番陽，因早孤而背井；漂流胥浦，適久住以成家。乃結茅茨，以避寒暑。轉庵居士世間長物，海內窮民。書劍遠游，老作諸侯之客；簞瓢獨樂，常多長者之車。定居雖愛於江山，高卧每憂於風雨。賴豐歲石田之入，兼故人草堂之資。始辦數椽，僅容雙膝。焚香讀《易》，知天命以何疑；延景揮觴，稱吾心而易足。修梁斯舉，善頌攸同。

兒郎偉，拋梁東，五十今成一老翁。騰種秋田留客飲，醉鄉無日不春風。

兒郎偉，拋梁西，秋水年年滿稻畦。四老堂中揮翰手，甘心壟畝把鋤犁。

兒郎偉，拋梁南，鄉國群峰碧玉簪。夜鶴曉猿休悵望，江鷗沙鷺久相諳。

兒郎偉，拋梁北，邊頭無事民休息。諸塵不染在家僧，一切隨緣安樂國。

兒郎偉，拋梁上，青面老人譚實相。大鵬斥鷃永逍遙，明月清風無盡藏。

兒郎偉，拋梁下，親戚時來共情話。感懷誰復助蒸嘗，努力從今畢婚嫁。

伏願上梁之後，四大輕安，五窮辟易。里社同春秋之宴，田園了伏臘之需。有餘閑之人，過門問字；無催科之吏，妨我吟詩。永佚餘生，式貽後嗣。

**雙蓮堂上梁文**

草滿池塘，喜謝公之得句；花深林館，稱韓老之投竿。地接仙都，時容吏隱。疏別蓁蕪之舊，盡還水竹之幽。漫齋主人意廣才疏，心勞政拙。自愛桑榆之暖，靡辭枳棘之栖。挂笏看山，寄吟情於天外；移床對月，橫逸興於座中。視執扑於兩筵，方僝功於一堵。清香畫戟，雖無燕寢之風流；官柳野梅，猶有草堂之氣味。闢軒窗而面水，浮枕簟以生風。式舉修梁，用伸善頌。

拋梁東，山鎖溪流一箭通。江路數行新柳綠，海天千頃斷霞紅。

拋梁南，千步虹橋跨碧潭。玉匣雙龍人不見，劍池寒水夜光涵。

拋梁西，金碧琳宫寶篆題。介福舊開元命殿，觚稜門角與天齊。

拋梁北，令尹堂中民訟息。村歌且和竹枝詞，社酒猶嫌醅甕窄。

拋梁上，目盡青天連叠嶂。長安家信日邊來，千里白雲長在望。

拋梁下，水竹光中詩酒社。菱葉荷花取次生，天香國色俱無價。

伏望上梁之後，寇攘永息，水沴不興。樽酒追歡，賓友來過於稷下；詩書解說，主公毋滯於周南。從犬吠之相聞，任烏來之亦好。長爲盛事，以燕後昆。

文津閣本《南澗甲乙稿》卷一八。

按：《文淵閣四庫全書補遺》册三頁五二八至五三五輯此三文。

**膽泉銘**

淳熙之八年，天子復命建安李公大正爲諸道坑冶鑄錢使，時資政殿學士范成大（原作"大成"）江南東路安撫公使。鉛山爲江東屬縣，治一里所有山曰貌平，歲出銅，以佐圜法，皆鐵化也。五金，鐵器爲下，浸於水旬日而淘汰之，舉以就火，火候齊熟，即銅。凡得爲鐵觔半，十日爲銅觔二。其水世不多有，鉛山者視他處多有也。其味酸，其色青。其稱膽泉，蓋貴泉也。置卒千人以執其役，官二員以課其程，莊甫嘗是官。乃五月庚辰，大雨霖以震。役夫馳告，鎖山之門雨暴水溢，力施無所也。趣命駕視之，則水落而涸矣。鉛山歲課爲錢銅，一觔者十有三萬，山澤之產不與焉。三分，鉛山實居其一。記諸道所出，爲鎖山者九。鎖山之不爲銅，是鍾官不爲鏐錢者，歲萬六千六百有奇也。吏焉得無？安撫使狀其事以聞，上命李公往視焉。六月甲子，役夫復馳告東鎖山數十步睹澗流可異焉，澗水常濁，至是中流有揚清者。使濯焉，果膽泉。亟募役夫具畚鍤設築，決澗流於南，水分爲南，疏其泉於北，使就平地。爲溝若槽，乃推鐵鱗布其中，如期得成銅，視鎖山有加。未幾，公實來相脉地形，曰："澗盈涸不常者也，大水時就灌矣。盍圖所以經久者？"於是登山之陽，顧瞻上流，曰："吾得之矣。"即西去泉數百步，道小澗水，自北山之汙而注之江。聚石爲堤，以翼蔽泉。若是，其無患矣。卒千人喜公來，各就部伍，遮道再拜，聽公指麾，識公狀貌，謹曰："是嘗爲提點使，念我輩獨勞苦而遺我飽暖者也，請以身從公。"乃因之，遣其掾趙善宗持錢五千萬往勞焉，且董其役。百夫代興，居無何，澗通而堤亦就。堤徑十尺，而高倍之，其長又十倍。澗深兩尋，而廣四之，其長又百倍。役以日計，凡爲工一萬有奇。食以口計，凡爲斗米三千，鏐錢三百。以九月丙戌始事，十一月己酉畢工。其泉在鎖山，爲溝時以十有二，豈天地之藏，亦將待人而發耶？蓋是泉之復，實公奉詔明日也。莊甫爲前代名流，有功當世，宜有文字以告於後,如治瀧水、復羊竇道,紀其休績,勒之堅珉者。若此類不可勝數也。剡夫隴西公之爲是役也,水復其初,民忘其勞。是天與人交相之也。是可銘也。銘曰:

　　泉出於池,興自既廢。惟鉛山之利,潤別於溝。南北安流,其來無憂。靈源既復,變化神速。國用已足,鎮山之東。源源不窮,惟隴西之功。

　　乾隆八年刻本《鉛山縣志》卷一二。

　　按:萬曆《鉛書》載此銘作者爲"宋尉馬子嚴"。韓元吉有《右朝請大夫知虔州贈通議大夫李公墓碑》(216/257),乃李大正之父墓碑,則二人有交誼。故暫繫此銘於韓元吉下。安徽教育出版社2005年版韓西山《韓南澗年譜・韓元吉詩文輯佚》尚輯《跋蘇子瞻游鶴林招隱詩》《論祠祿之給》《善舉官之法》《上張浚言和戰守三事書》四文,不具錄。

## 册　二一七

### 周麟之　卷四八〇八至四八二五

【校訂】鄭知剛除宗正寺簿制(頁一〇九)
"甄耀",《大典》卷一四六〇七作"甄擢"。

## 册　二一八

### 員興宗　卷四八三四至四八四九

【校訂】察敵情輪對札子(頁九一)
題"敵情"、"屈伸在""平日屈""奉以子""霸易霸""後動也""之計志慮""安窮""倚者凡""誰善應敵""懈馳""譬猶抱虎""爲事""一旦""因循",《大典》卷一〇八七六作"虜情""伸縮在""平日晦""奉之以子""伯易伯""後動者也""之慮""安躬""倚者已""故應敵""解馳""抱虎""爲故""一忽""持循"。

賀王丈遷都大兼漕啓(頁一四八)
此文又作册一七七頁三一七劉岑《賀王茶馬啓》。劉岑文輯自《播芳》卷一九,題"劉季高"。歸屬未能確考。

上林尚書小簡(頁一九〇)
賀秦大資冬小簡(頁一九一)
上張徽猷小簡(頁一九二)
上陳侍讀小簡(頁一九三)
以上四題輯自《播芳》卷五七,均未署作者名。其前第一題未署名,然見《九華集》;其前第二題署"員顯道"。故四題輯錄於此。然以《播芳》體例論,未署名之篇,未必即與前篇作者同。四題歸屬未能確考。

策彭州學生私試一道(頁二〇六)
"敵人",國圖藏劉氏嘉蔭簃抄本《九華集》作"夷狄"。

西陲筆略(頁三一四)
此篇見《大典》卷一二九三〇,可校勘者甚多,今依順序疏之。"金初命",此作"虜初命";"金初發",此作"虜初發";"亮謂衆",此作"賊亮謂衆";"曰命喀齊喀喀齊喀",此作"曰再命合喜字莗合喜";"金將初議",此作"虜將初議";"淵谷者",此作"淵谷者有";"秦州敵將",此作"秦州賊將";"促行敵",此作"促行賊";"先是敵守",此作"先是僞守";"因糧於敵",此作"因糧於虜";"敵意不在",此作"虜意不在";"秦州腊",此作"秦州及腊";"浮休寨",此作"浮休";"金令將桑節",此作"虜令賊將幸杲";"桑節亦驍",此作"幸亦驍";"敵屢敗",此作"賊屢敗";"敵營立寨其夜爲敵劫",此作"虜營立柵其夜虜劫之";"金出令",此作"虜出令";"敵既與",此作"虜既與";"敵近令",此作"虜近令";"三十千",此作"叁拾阡";"敵之久",此作"虜之久";"什一敵",此作"千一虜";"徑最險敵",此作"最徑險虜";"其守趙鈐轄者",此作"僞守趙鈐轄者稍知義理";"大呼曰金",此作"大呼曰虜";"會敵援騎",此作"會虜援騎";"稍自衛敵衆",此作"稍自衛虜";二處"敵將楊鎮",此均作"賊將楊鎮";"求無邊患",此作"求無邊患";"爲敵用",此作"爲虜用";二處"村氓",此均作"村奔";二處"爲敵人",此均作"爲虜人";"聚嘻笑"下此有"戎狄畏服大種蓋其天性也";"大震"此下有"夷語謂酋豪爲敦又爲村奔敦者村奔之反音村奔者其義爲一村所奔走耳";"德亨者敵",此作"狄哥者狄哥一名潑察字莗賊";"槍貫敵將",此作"槍貫賊";"敵將瞪視",此作"賊瞪視";"即注射",此作"賊注射";"進敵以故",此作"進虜以故";"山東兖州人",此作"山東人兖州";"金將珠赫貝勒",此作"金寇折合字莗";"與敵遇敵",此作"與虜遇虜";"戰殺敵",此作"戰殺虜";"而屠敵",此作"而屠賊";"既得騎榜",此作"既得旗榜";"撓敵勢",此作"撓虜勢";"陷敵之久",此作"陷虜之久";"無烟含",此作"無含烟";"敵兵單弱",此作"賊兵單弱";"吾聞敵軍",此作"吾聞虜軍";"敵將忿兵",此作"虜將忿兵";"已而敵遣",此作"已而虜遣";"至浴口",此作"至長浴口";"發敵兵",此作"發虜兵";"李進駐兵",此作"李進爲兵";"射敵大",此作"射虜大";"殺數十人敵",此作"殺賊數十賊";"遂破敵",此作"遂破虜";"不知敵之",此作"不知虜之";"前伺敵之",此作"前伺虜之";"十里敵",此作"十里虜";"既與敵遇",此作"既與虜遇";"疑敵援兵",此作"疑虜援兵";"敗敵衆敵",此作"敗虜衆虜";"如走未",此作"如此走未";"大火城寨",此作"大火城柵";"百里敵",此作"百里虜";"秦州城敵",此作"秦州城虜";"蔽物敵",此作"蔽物賊";"天以敵",此作"天以賊";"其守蕭",此作"僞守蕭";"先是敵軍",此作"先是虜軍";"間出遇敵",此作"間出遇虜";"進人長於",此作"進爲人長";"或爲敵將",此作"或爲虜將";"敵將龍虎",此作"虜將龍虎任龍虎上將軍名滿察烏也";"大將哈沙子也",此作"虜大將黑煞子也一名黑風";"死事金",此作"死事虜";"誠僞未",此作"虜誠僞未";"少選敵援",此作"少選虜援";"取此鈴",此作"取此虜鈴";"敵兵忽薄",此作"虜兵忽薄";"爲敵騎所",此作"爲虜騎所";"出有驍",此作"出有虜驍";"二敵陳",此作"二虜陣";"河州敵守",此作"河州僞守";"先是敵寧",此作"先是虜寧";"爲敵守無",此作"爲虜守無";"詣官軍",此作"詣官軍焉";"久陷金地",此作"久陷逆地";"前日之降",此作"我曹華人也衣冠禮樂之舊前日被髮左袵";"敵潰將",此作"虜潰將";"熙州敵正",此作"熙州虜正";"殆半其將",此作"殆半虜將";"有敵將李",此作"有賊將李";"故敗將",此作"故敗虜";"常曰敵兵",此作"常曰虜兵";"可以見敵",此作"可以見虜";"人人炫功",此作"人人眩公";"食物踊貴",此作"食物貴踊";"守城扞敵",此作"守城扞虜";"敵軍大至",此作"虜軍大至";"不可敵衆",此作"不可虜衆";"數日敵圍",此作"數日虜圍";"敵再取",此作"虜再取";"再薄河州",此作"再傳河州";"南歸敵",此作"南歸者虜";"敵悉力",此作"虜悉力";"選壓敵",此作"選壓賊";"三日敵",此作"三日賊";"敵曲折敵",此作"虜曲折虜";"敵遂潰金",此作"賊遂潰虜";"逐敵有數",此作"逐賊有數";"有一敵將",此作"有一賊將";"逼敵將",此作"逼賊將";"獲敵問",此作"獲虜問";"敵屠戮",此作"虜屠戮";"乘城距",此作"乘城據";"敵劫熙",此作"虜劫熙";"中敵將",此作"中虜將";"敵少却",此作"虜少却";"敵將小郎",此作"賊將小郎";"上敵驅",此作"上賊驅";"不知敵至",此作"不知賊至";"翌日驅",此作"翌日賊驅";"不能支敵",此作"不能支虜";"敵今再至",此作"虜今再至";"敵兵愈前",此作"賊兵愈前";"敵焚蕩",此作"虜焚蕩";"昔聞陸",此作"聞昔陸";"金人之禍",此作"賊金之禍";"金人詐",此作"虜人詐";"邊民棄",此作"邊民有棄";"遇敵騎",此作"遇賊騎";"敵大集",此作"虜大集";"一將突前",此作"一賊突前";"塵揚敵",此作"塵揚虜";"為敵所詐",此作"為虜所詐";"各具米",此作"種具米";"金今覺",此作"虜今覺";"不息或",此作"不息砲怒或";"又有繼",此作"頃之又有繼";"金以冬",此作"虜以冬";"投北事",此作"投偽事";"敵將副都",此作"賊將副都";"敵紹興",此作"虜紹興";"金將雅蘇",此作"金寇婁宿";"州吏如驅",此作"州吏驅";"其意如何",此作"人意也原本缺三字";"何以命之",此作"所以命之";"吏陷敵地",此作"吏陷逆地";"陷敵復歸",此作"陷虜復歸";二處"金亮",此均作"賊亮";"肯仕金",此作"肯仕虜";"任南總管",此作"任荊南總管";"人至金",此作"人至賊所";"白某薩哈",此作"白某虜撒哈";"金之守將",此作"女真守將";"薩哈憐",此作"撒海憐";"順事"此下有"宏歸順起於王去惡見別章";"金即悒悒",此作"虜即悒悒";"金帥鎖",此作"虜帥鎖";"擊敵",此作"擊賊坐椅注";"不動敵",此作"不動虜";"皇弟郎",此作"賊皇弟郎"。

**紹興采石大戰始末**（頁三三〇）

國圖藏《雜史四種》（善本號06212）中有員興宗《采石戰勝錄》，據以校正如下。"金主亮",此作"完顏亮";"財南侵",此作"前來南牧";"凡十",此作"凡三十";"敵異時為",此作"虜欲";"出荊",此作"欲出荊";"敵必南侵",此作"虜必南牧";"輪對",此作"論疏";"敵使",此作"虜使";"是時金主",此作"是時虜主";"淮陽",此作"汝陽";"作計",此作"作詐示";"金使語",此作"虜使悖語";"備敵之策",此作"備虜之策";"尚和",此作"論和";"全領",此作"往遣";"敵必不",此作"虜必不";"則兵益",此作"樞兵益";"金主回",此作"虜主回";"再白堂",此作"侯堂白宰相";"金主已",此作"虜主已";"五千",此作"五千人";"五萬中",此作"五萬申";"大信口",此作"大江口";"敵以五",此作"虜以五";"金主自",此作"虜主自";"敵才與",此作"虜才與";"石桿",此作"石皋";"導敵深",此作"導虜深";"敵追騎",此作"虜追騎";"瓜淄",此作"瓜州";"將員",此作"副將員";"是時金",此作"是時虜";"在采石未走",此作"來采石未定";"餘路",此作"於路";"金主臨江",此作"虜主臨江";"金主今日",此作"虜主今日";"江北敵",此作"江北虜";"躍馬",此作"馳馬";"大黃蓋",此作"大紅蓋";"此金主",此作"此胡酋";"裹敵船",此作"裹賊船";"或聞敵",此作"或聞虜";"金主親",此作"虜酋親";"未頃",此作"傾刻";"達南岸",此作"近南岸渡";"敵登岸",此作"虜登岸";"謂時俊俊",此作"令時俊";"斬敵",此作"斬虜";"敵皆投",此作"虜皆投";"敵猶",此作"亮猶";"敵果",此作"虜果";"援至",此作"援兵至";"敵引",此作"虜引";"倘或",此作"恐或";"繼之敵",此作"待之虜";"之盛",此作"之勢";"今日必欲戰則",此作"不止今日一戰若";"而明",此作"則明";"星夜",此作"虜星夜";"設酒",此作

"張酒";"舍人宣",此作"舍人乃閤門";"敵兵已",此作"敗兵已";"至辰",此作"虜至辰";"放敵船",此作"放賊船";"度敵前",此作"度虜箭";"若敵船",此作"若虜船";"即齊力",此作"即齊向";"一船得",此作"一船行";"力射敵",此作"力射虜";"倒以",此作"倒者";"敵見",此作"虜見";"火船焚",此作"火焚燒";"亮陸",此作"亮遵陸";"策出",此作"策似";"金主焚龍鳳舟",此作"虜主焚龍鳳輦車";"引亮來采石",此作"來采石引亮";"與金",此作"與虜";"虞侯却與李顯忠商量令移時俊軍於馬家渡輟李捧一全軍一萬六千人又分戈船百艘來會京口于是月二十三日習水戰燿兵亮喚萬户渡江萬户說江口闊如采石三倍不可渡亮遂拔劍數萬户罪萬户涕泣以告釋之約十二月初一日離楊門初三日建康早飯金主上馬去衆議共謀殺之",此作"虞侯謂顯忠曰:賊懲采石之敗,控大兵往合瓜州之兵。鎮江無戰備,我當往措畫之,患兵少。今采石虜既吃手脚,必不敢窺伺。又兼長江邊岸分屯防禦甚多,其實緊要不過數處,都統能任其責。輟一處兵馬,應付如何?又須得百餘戰艦方可集事。顯忠略無難色,欣然一一應副。至建康見葉樞知府尚書張燾聞虞侯至,步行來問勞苦甚勤,曰:某真賴公之庇。昨完顔亮要初十日來此會飯,不知令燾却去那裏?諸公會議,遣官往往鎮江措置張目。虞公曰:馮、洪二公參帷幄之謀,不可行。虞丈已建大功,可任此責。虞侯曰:去不妨。然記得一小話,人得一鼈,欲以計殺而食之,熾火使釜水百沸,橫竹稍於其上,與鼈誓曰:能渡此活汝。鼈知主人計以殺之,勉力爬沙,竟渡。主人曰:汝能如此渡河,甚好。更爲我渡一遭,我欲觀之。僕之此行,無奈類是。諸公大笑。是日,泰州以急告。虞侯至鎮江,謁劉信叔。劉病已革。虞侯問疾,劉執虞侯手,曰:朝廷養兵二十年,我輩一技無所施。今日成大功,乃出於朝廷一中書舍人,我輩匱當死矣。先遣一將救泰州,連日大風,未能行。侯與楊存中、成閔謀曰:賊已瞰江,經畫守禦之備不可緩。今舟船久繫岸,萬一臨時或有不堪駕用誤事,奈何?相率臨江按試。是時江船既止有戰艦二十四隻,相繼李顯忠所遣船亦至。先是虞侯與李顯忠商量,令移時俊軍於馬家渡,輟李捧一,全軍一萬六千人,又分戈船百艘來會京口。十一月二十五日習水戰,燿兵。命戰士踏戈船上下中流如飛。北岸酋長皆憑壘縱觀,駭愕,皆曰:南軍有備。急遣人揚州報亮。亮跨馬即至,列坐諸酋長會議,爲必遣渡之舉。有酋長前曰:南軍有備,未可輕舉。向睹所來舟楫迅駛如飛,此寧能當之?且采石江面方此爲狹甚,而我軍猶不利。不如徐爲之謀,以伺其隙。亮震怒拔劍,數之曰:汝罪當死者數矣。我即不誅汝,今沮吾軍,,事尚可恕乎?酋伏地涕泣交流,哀告久之。亮曰:我且赦汝,汝與諸酋議,來旦各要船百隻,即渡江。違令者斬之。諸酋退曰:南軍如此,豈宜輕舉?輕則送死。亮凶狠不容吾等,説明日必殺我,不如先下手爲强也。遂定謀殺亮。""射中",此作"射中亮";"又挾",此作"亮引";"金主曰",此作"虜主曰";"快脆",此作"下手";"馬欽",此作"馬韓哥馬欽";"共四",此作"通四";"金人謀",此作"謀";"金之大",此作"虜之大";"投拜甚衆",此作"拜投鳴指贊嘆"。

# 册 二一九

洪遵 卷四八五五至四八六〇

**【校訂】承節郎王元慶降一官制**(頁一〇一)

題下,原出處《大典》卷七三二六有注:"權臨安府,準備差使喚,因與妓弟楊换奴,將狀於左右司理處,判押從良,受(原作"愛")酬謝錢入己,不令楊換奴赴酒庫祗應設法,特降一官。"《全宋文》徑刪去。

#### 【輯補】辭免除翰林學士承旨札子

右臣準尚書省札子,六月二十九日,三省同奉聖旨,除臣翰林學士承旨日下供職者。臣聞命震驚,罔知所措。竊以翰苑設官,均爲高選,而承旨之職,久虛不除。歷數中興以來,所授纔二三輩。自非鉅人長德優有問望者,疇克臻此。仰惟陛下勵精新政,汲汲求材,號召耆英,未聞進用。而臣鬼瑣無取,浹辰之間,再叨誤命。循涯揣分,實所不遑。是敢干犯天威,罄竭愚悃。伏望聖慈,許臣只守舊職,追還成渙,改授實能,庶安孤踪,不累新擢。所有恩命,臣未敢祗受。謹錄奉聞,伏候敕旨。

《大典》卷一〇一一五引《洪(原作"蘇")文安公集》。

按:《永樂大典索引》以《蘇文安公集》爲《蘇文定公集》之誤,繫於蘇轍下。據文中"歷數中興以來"之語,顯爲南宋人口吻,故繫於此。

### 梁介　卷四八六二

#### 【校訂】瀘江亭記(頁一九四)

《全宋文》據永樂《瀘州志》及《宋代蜀文輯存》輯,然二書源出《大典》卷二二一八引《江陽譜》,未能注明。

### 陳皁　卷四八六三

#### 【輯補】景德寺藏記 紹定五年

江州禪寺三,惟景德荒凉。主僧誘於微利,以寺地僦民。廊廡隳缺,閭閻穢逼,無藏室以結信士緣。皁得蜀僧祖照而致之。照果如人意,一日携圖籍來謁,請復舊地建藏殿。余然其請,因捐俸助鳩工,仍施藏經全部云云。

《大典》卷六六九八引《江州志》。

按:《大典》卷六六九七載:"《景德寺藏記》,紹定壬辰,陳皁記。"

### 林栗　卷四八六八至四八六九

#### 【校訂】濂溪祠堂記(頁三二六)

此文輯自《大典》卷六七〇〇,多脫略,今據《周敦頤集》卷一〇載《江州州學先生祠堂記》重録。

始予讀河南程氏兄弟語録,聞周茂叔先生道學之懿。其後閲蘇端明、黃太史所作濂溪詩,而想見其爲人。及來九江,前武學博士朱熹元晦,自建寧之崇安以書至,曰:"濂溪先生,二程之師也,身没而道顯,歲久而名尊。今營道、零陵、南安、邵陽,皆已俎豆泮宫,江獨未舉,顧非闕與?"予聞之瞿然。適會先生之曾孫直卿來訪,敬請其像與其遺文,并《通書》《拙賦》而讀之,曰:"此之謂立言者也,可無傳乎!"亟鏧諸板,而繪事於學宮,使此邦之人,知所矜式。既成,將揭其號,乃按其文字,考其所謂"濂"者,其音切義訓,與廉節之"廉"異矣。廉之訓,曰清也,儉也,有檢儉之義。又如堂之有廉、箭之有廉,截然介辨之義也。濂與廉,同其音,似廉而不類。又有里參翻者,含鹽翻者,其訓曰薄也。又曰大水中絶,小水出也。予異焉，曰："是安取此？"問其人，曰："先生之子求詩，魯直避其從父之諱改焉。"嗚呼！有是哉！儒者之學，本於文字之訓，而謹於正名。毫厘之差，千里而謬，不可忽也。東坡曰："先生本全德，廉退乃一隅。因抛彭澤米，偶似西山夫。遂即世所知，以爲溪之呼。應同柳州柳，聊使愚溪愚。"則固已不足於廉矣。又將轉而爲濂，則由儉以趨薄，由清以絶物，殆爲陳仲子之操乎！地以人重，人以名高。因諱避之訛，以成聲畫之舛，遂使先生之德，與是溪之名，俱蒙薄絶之累，將非後死者咎與！予是以正之。夫山川風氣，民之所禀而生也。故家遺俗，民之所熏而習也。先生之道，傳於二程，其所成就夥矣。而廬山之下，濂溪之上，未有聞焉，或由此也。夫自今而後，吾知九江之士，清而不隘，儉而不陋，辨而不争，嚴而不厲。有檢斂之美，而不流於薄絶。既以獨善其身，又思以兼利天下。見《中庸》之門户，入誠明之閫奥，其必自是始矣。先生名惇實，避英廟二名，改頤。其官閥行治，流風遺書，則有蒲左丞所爲墓志，洎諸儒先紀述詳矣，予無所贅其辭。乾道二年二月二十六日，左承議郎權發遣江州軍州事兼管内勸農營田事長樂林栗記。

【輯補】瑞麥贊淳熙九年

淳熙九年，夔州麥大熟西門。進士陳謙亨獻其近郊之秀，將以頌聲。數其穗三十有六。其中一岐而爲三，群目創見，相與歡異。命工圖之。工欲顯三岐之瑞，而遺六六之數。守臣林某以爲不可，俾具見焉。圖成，僅足其數，而不會諸苞。乃知化工之妙，有非人爲所能逮者。謹滌毫而志之，繫之以詩曰：

淳熙天子，御圖三七。協氣所鍾，嘉禾乃出。巴夔之山，亘連阡陌。或兩其岐，或六其脊。惟是西門，近郊所植。六六同穎，函三爲一。茲誠創見，圖寫漏逸。乃知人爲，不逮天力。上方寅畏，擯華務實。臣不敢獻，私志於室。采詩之官，汗青之筆。編諸詩書，示此其質。

《大典》卷二二一八一引《合肥新志》。

按：此贊原輯於《全宋詩》册四八頁三〇三四五"林某"下，《輯補》册五頁二〇二八僅輯贊於林栗下。今重録。

# 册 二二〇

## 徐蕆 卷四八七一

### 【輯補】乞免續添認納臨安府和買絹劄子乾道二年

蕆近具奏：建炎間，本軍爲縣隸常州日，緣臨安府遭陳通之變，彼府奏請權將年額和買紬絹，於平江府、湖、秀州寄買，江陰縣認發常州府所分之數。至紹興十四年，轉運司將買紬絹撥還臨安府認發，獨有江陰一縣正值改復爲軍，常州更不關報。因仍至今，未曾改撥。欲乞撥還彼府，自行認發，未奉回降指揮。竊緣本軍地狹民貧，元管和買絹止是二千二百一十二匹二丈，尚自艱於輸納。今却添認臨安府和買絹二千九百一十八匹一丈五寸，又認和買紬一千一百二十五匹，兩項共四千四十三匹一丈五寸，比之本軍元管之數反多一倍。况本軍一并九年遭罹大水，每年涸没田畝至以十萬計。所敷和買，若豁除水田，只以熟田均敷，則比之年例，當增一半，民間豈堪供輸。所以自來亦將水田照依年例敷買，數目浩瀚，公私煎熬。若非將所認臨安府買撥彼府，無以少寬民力。兼當時《指揮》，亦令臨安府候事定日仍舊。其平江府,湖、秀、常州并以撥還,獨有本軍至今認納。小郡灾傷之餘,百姓憔悴,尚復代爲他州當此重斂,委是無辜,理須撥正。

大典本"常州府"卷一〇。

## 謝諤　卷四八七二至四八七三

**【輯補】三先生祠堂記**淳熙元年

諤爲曲江周史君記濂溪祠堂之三年,史君剖符九江。九江,又濂溪之居也。前守長樂林公,嘗祠先生於學之廡,規模庳陋,非所以示尊敬之意。史君乃即學之隙地創建祠宇,又以明道、伊川配,以淳熙元年春正月落成。諤也攝宰豫章之奉新,距九江三百里,日知史君之訓民也,整軍也,禮其德且賢而器其才;而能也,窮達也,鬱屈紓也,愁吟欣也,事大小劇易序以理也,則規規然致意於老師先生而謹祠之。史君之於斯也,非祠也,君子之教也,不必家置一喙也,啓其敬焉可也。謂夫老師先生之嘗出處笑語於此屋焉,而形像之,安妥之,仿佛乎見聞而迎送之。爲籩籩俎豆,爲牲酒馨幣,爲進退薦獻,爲跪起仰伏,爲贊呼誦祝,如是如是,凡以帥而納諸敬。敬則不忘,不忘則安,安則能化,能化則神祠之義,惡可已也。古人誇循吏之美者,曰所居民富也,謂其在彼無惡,在此無致常久者也。蓋富,非教也,爲易也。史君所居,非止富也,教也。噫!道無乎不在,以心而會道者,亦無乎不在。或以史君祠濂溪爲二郡之遇,曾不知濂溪固不止乎二郡,而史君之心豈亦止二郡之爲拘,特因二郡而見耳!必究其道之所在,心以會之,又安有此疆爾界耶!以諤之嘗預記也,不可於此乃默。抑古人所謂大書特書,屢書不一;書者,執筆當未艾也。史君名字見前記。是年二月朔,臨江謝諤謹記。

《周敦頤集》卷一〇。又見《大典》卷六七〇〇引《九江志》。

按:《大典》卷六六九七引《江州志》載"《三先生祠堂記》,淳熙元年,謝諤撰"。《江州志》所引乃據原文刪改而成,故據《周敦頤集》録文,題仍從《大典》。

**韶州先生祠記**乾道八年

曲江周史君下車之明年,以濂溪先生在熙寧間嘗珥節其州,念斯文宗師所過者化,不可忘也,建祠學之左廡,以明道、伊川配。孟夏落成,涓吉奉安,惇請高年,因行鄉飲酒禮。士皆欣悦,相與勸勉。又明年,是爲乾道壬辰,走書於江右,謂諤嘗請業於兼山郭氏,亦營道同術者,爰命之記。夫道在天下,常自如也。初無加損也,而行乎世,乃不能不有廢興者,繫其人之爲繫也。史君之舉,所繫大矣。將俾學者於斯堂也,趨而瞻之,伏而拜之,辭而祝之,而馨香薦之,而三思之。五常五典之辨之心而身,身而家國,天下之達之。考其何爲而本之,又考其何爲而成之。若差肩諸宿儒之間,從容而質之,事何事也,非道安繫也。抑聞偃王之廟,時修以徐姓三人繼刺衢州,而黃龍山謂起慧爲清河,無盡爲後清河。今濂溪之祠,必俟史君乃能發揮,則義有出於一門,夫豈偶然耶?史君世家高密,官右朝奉郎,嘗爲丞太府。名舜元,字世美。其政順理而時中,所至民愛之。不然胡爲乎濂溪。五月朔,臨江謝諤謹記。

《周敦頤集》卷一二。

**希賢閣銘**并序　紹熙元年

古栝葉重開,字元之,分教於舂陵也,不爲徒行。何則?邦有前老先生濂溪公,究其言行而致其意焉。爲名教計,乃取先生"士希賢"之訓,爲榜州庠之閣,眷眷乎斯文,以惠乎無盡。元之過余鄉,遣其子躋門索銘,義所激也,然則不靦。銘曰:

聯聯翩翩山九嶷,有虞帝君昔於斯。因鍾正氣公非私,當此豪傑應此奇。遇我皇宋出以時,問之何在其濂溪。所得孔顏植根基,間生兩程蕃其支。晦庵復爲增光輝,泮宮名儒更深思。榜之高閣爲後詒,念念不忘宜在兹。紹熙元年五月初七日,臨江謝諤撰。

《周敦頤集》卷一〇。

## 龔茂良　卷四八七四至四八七五

【校訂】謝州解元啟(頁七四)

謝歐陽解元啟(頁七四)

二文末均注"《永樂大典》卷一四二三一"。出處卷次誤,實見《大典》卷一四一三一。

## 鄭聞　卷四八七六

【校訂】乞郊丘寓淨名寺奏(頁一〇一)

《宋會要》禮二引《大典》卷五四七七録鄭聞與范成大同上奏,較《全宋文》爲詳,故重録。

近準録黃林栗等劄子,爲季秋祀上帝,乞于郊丘行事。得旨已依所乞。然尚有當議者。蓋國初沿襲唐制,一歲四祭昊天上帝於郊丘,謂祈穀、大雩、饗明堂、祀圜丘也。惟是明堂當從屋祭,因循未正。至元祐六年,太常博士趙叡建言:本朝親饗之禮,自明道以來,即大慶殿以爲明堂,蓋得聖人之意。至於有司攝事之所,乃尚寓於圜丘。竊見南郊齋宮有望祭殿,其間屋宇頗寬,乞將來季秋大饗明堂,有司攝事只就南郊齋宮行禮。至元符元年又寓於齋宮端誠殿,以此考之,蓋既曰明堂,當從屋祭故也。前日寓祭於城西惠照齋宮,以方位爲非是,今既改就南郊,於禮爲合。但明堂當從屋祭,不當在壇。臣等竊見今郊丘之隅有淨明寺,每祠事遇雨望祭於此。欲乞遇明堂親饗則遵依紹興三十一年已行典禮,如常歲有司攝事,則當依元祐臣僚所陳,權寓淨明寺行禮,庶合明堂之義。

## 王回　卷四八七七

【輯補】乞先行汀州經界劄子　淳熙十四年

紹興間,本路八州,已經界者五,惟漳、泉、汀以何白旗等作過之後,朝廷恐其重擾,權行住罷。漳、泉從來富庶,未見其病,獨臨汀凋瘵受病最深。今若不行經界,臣恐十年之後,官民俱病,不可爲矣。欲望先行汀州一郡。

《大典》卷七八九五引《臨汀志》。

## 張淳　卷四八七七

【輯補】祭薛常州文

公不壽臧,誰爲之咎。怨天尤人,非公攸好。公之問學,君舉營道。傾倒見聞,窮極要妙。我叙二者,一語冥了。由前怨尤,由後襲蹈。故皆略之,惟矢情抱。自從公游,十見重九。半其合離,常恨靡久。我所未聞,公必析剖。一事一辭,據引精到。語妥理從,出我意表。箴過質疑,每見輒有。論所未及,詎一二數。直諒多聞,其倫蓋少。求之古人,實我良友。我齒視公,十年以老。公之敬愛,每知其舊。我履險難,公銳爲救。進退揚譽,公不輟口。信義昭然,具見肺腑。淳伏窮閻,茹藜待槁。伯熊亦歸,相與執手。每一念公,西望引脰。公守苕霅,始半厥考。俄改毗陵,其次尤後。歸謂我言,數奇不耦。説則多矣,於時何取。行亦丐祠,從容農畝。待次來歸,已過我料。況聞斯言,不悶而笑。私度會期,豈一昏晝。接陪數四,別恨方澡。若公入朝,以及出守。中間兩淮,銜命奔走。論議罷行,辭受去就。渴欲問公,曾未詳扣。何事之違,而變之早。我悼宋卿,尚餘戚繞。今又哭公,不但疾首。同誦此辭,以薦羞酒。

《大典》卷一四〇五六。又見《浪語集》卷三五。

按:此文署"友人張淳、鄭伯熊"。

# 查籥　卷四八八一

**【輯補】上書**

馬綱指揮嚴造船,代(疑作"伐")木調夫料草,所在擾擾。恭涪而下,鹽米小舟遂處拘截,無幸免者,本路糶米及運鹽先受弊矣。漢上爲路驛,屋廨庫百用具備,草麥錢糧皆有繩墨。今率棄不用,創於沿江荒涼之地摶辨,添造船雇人之費,動以萬計。風濤沉水之患,亦未保其必無,不知何苦爲是紛紛也。

國圖藏清抄本《汪文定公集》附錄《宋汪文定公行實》。

# 李呂　卷四八八六至四八八八

**【校訂】書筆談後**(頁二七五)

題,國圖藏翰林院抄本《澹軒集》作"筆談云",後改今題。《野客叢書》卷二所錄,與此文全同,當删。

**【輯補】净獄設醮詞**

國家閑暇,堯仁方遍於九垓;囹圄空虛,漢律遂收於百里。幸逭承宣之責,實縈覆燾之功。用昭謝於洪私,庶導迎於和氣。明慎而不留獄,敢矜五聽之精;穰禳必有豐年,更賴三清之助。

國圖藏乾隆翰林院抄本《澹軒集》卷七。

# 王師愈　卷四八八九至四八九〇

**【校訂】論不可輕開兵端疏**(頁三〇八)

文末注"《永樂大典》卷八四三一"。出處卷次誤,實見《大典》卷八四一三。題"疏",《大典》作"札子"。

**論監司黨局札子**(頁三一〇)

題"論",原出處《大典》卷一一八八八作"九論"。

# 册 二二一

## 李流謙　卷四八九八至四九〇七

**【校訂】上韓總領啓**（頁一九〇）
"轉輸之所"，國圖藏乾隆翰林院抄本《澹齋集》作"華蠻之所"。

**送張珍父序**（頁二二二）
"煒煜"，乾隆翰林院抄本原作"煒燁"，塗去"燁"，旁注"煜"，乃諱改。

**送虞宣樞序**（頁二二五）
"大舉"，乾隆翰林院抄本原文二字塗去，不可辨，旁注"南下"。

**送馮提刑赴召序**（頁二二八）
"必來"，乾隆翰林院抄本原文作"必叛"，塗去"叛"，旁注"敗"；"敵縱橫自如"，乾隆翰林院抄本原文不可辨，作"敵□□□□"，塗去後四字，旁注"人"；"將叛"，乾隆翰林院抄本原文同，塗去"將叛"，改"來侵"。

**送虞參政序**（頁二三〇）
"果一犁其庭"，乾隆翰林院抄本原文同，塗去，旁注"獲尺寸之功"；"控其縱橫"，乾隆翰林院抄本原作"挫其□□"，塗去後二字，旁注"侵凌"；"跳踉突蕩"，乾隆翰林院抄本原文同，塗去，旁注"敵人"；"敗盟"，乾隆翰林院抄本原作"叛盟"，塗去"叛"，旁注"背"，塗去"背"，旁注"敗"；"敵詐"，乾隆翰林院抄本原文同，塗去"詐"，旁注"人"。

**分陝志總序**（頁二三一）
"煒煜"，乾隆翰林院抄本原作"煒□"，塗去"□"，旁注"煜"，或原文作"燁"；"海東"，乾隆翰林院抄本原作"□□"，塗去，旁注"敵人"；"強悍之力磨牙搖鬐"，乾隆翰林院抄本原作"□□之力□□□□"，塗去六"□"，在"之力"上旁注"精銳"；"視敵之不殄除"，乾隆翰林院抄本原作"視敵之□□□"，塗去三"□"，"敵"後添"患"，"之下旁注"未平"；"邊陲"，乾隆翰林院抄本原作"□□"，塗去，旁注"邊陲"；"則柂罕醯木"，乾隆翰林院抄本原作"則□□□□"，塗去；"噬嚙四出天子"，乾隆翰林院抄本原作"□□□□天子"，塗去四"□"；"一時之強"，乾隆翰林院抄本原作"□□之強"，塗去"□"，旁注"一時"；"垂頭秦雍"，乾隆翰林院抄本原作"□□秦雍"，塗去"□"，旁注"睨視"；"初志"，乾隆翰林院抄本原作"□志"，塗去"□"，旁注"初"；"如室鼠之穴塞蟻之封使不得肆"，乾隆翰林院抄本原同，塗去；"強敵之氣"，乾隆翰林院抄本原作"□□之氣"，塗去"□"，旁注"強敵"。諸如此者尚有，不一一注。此乾隆翰林院抄本避諱較閣本更嚴。

**得通鑒一綱目一發明管見各一歡忭而書**（頁二四一）
文有"河北以不得是書為恨，今歲并得二本"之語，顯為金、元人口吻，與李流謙不符。該文非李流謙作，亦非宋文。

**祭二叔父文**（頁二八七）
題"二"，《大典》卷一四〇五〇作"二十"。

**【輯補】薦母開轉大藏經疏**
歲紀密移，念母之不得見；孝思罔極，惟佛乃能盡知。仰啓覺慈，俯鑒哀悃。伏念某自干鬼責，上及親闈。負鞠我之至恩，抱没身之大恨。從死何益，每生奚爲。姑仗勝因，薄資冥福。惟如來以一大事，於衆生開不二門。住世四十九年，説法五千餘卷。玄明空有，兼舉斷常。蓋直指於人心，非徒牽於義句。故引權就實者，化城安在；而體慧全真者，華藏見前。儻能半偈以授時，不待僧祇而證入。宜萬靈之嚴護，合三有以欽承。況將薦導於幽靈，固自歸投之徑路。是用式張净供，恭集名緇。發秘藏於重淵，演微言於四坐。洋乎盈耳，如聽頻伽之妙音；瞻之在前，宛是耆闍之法席。恐有天華之紛墜，可無寶塔之證明。伏願究竟一乘，深入三昧。植靈根於覺苑，濯障垢於禪河。與色空而俱空，并幻滅而亦滅。如婆竭女轉身成男子之身，若耶輸尼請記得慈尊之記。重延洪施，均庇含靈。脱三苦之塵勞，了萬緣之虚寂。

### 薦孺人看經疏語

死生有命，孰免大期；天地不仁，乃淪荒域。百身莫贖，一慟如何。念平時相與之心，寧有申申之詈；抱九泉不作之恨，忍歌緩緩之詩。歸祜從貝葉以興哀，尚冀蓮臺之托質。世世爲兄弟，更結來因；念念證菩提，頓超諸妄。

### 修大水陸道場疏語

病而尋醫，固已歷試；急而投佛，實仗哀憐。蓋惟無邊之大慈，斯度有生之巨厄。輒敷忱悃，仰叩真乘。伏念夙障阻深，業垢積厚。既托形於閨閫，復被寇於陰陽。早染沉痾，馴爲深患。血失行於經脉，固已經年之未瘳；氣結痛於腰臍，未嘗一月而不作。展轉袵席，而虐逾湯火；號呼晝夜，而毒過斧砧。聽聞者爲之動心，療治者莫知措手。一日甚矣，十年於斯。雖木石其軀，已將糜潰；況血肉之體，豈容支梧。苦極而思慮深，勢窮而祈向切。舉三界惟佛爲大，盡一心惟誠可通。況齋號無遮，又有大者；而法名難議，我欲行之。炷香歸投，殫力修奉。蓋謂能拔衆生之苦，則我苦可度；能滿衆生之願，則我願可酬。顧惟事體之匪輕，是以歲時之稍久。敬涓穀旦，允踐初言。沿大士之本儀，遵導師之演式。益增虔恪，彌積戰兢。潔敞華壇，禮事極八位之敬；嚴張法席，招延無一芥之遺。仰天靈地祇之舉臨，凡跂行喙息之皆至。千光畢照，萬苦並停。演般若之一音，耳根俱歷；展禪悦之半味，舌相均沾。皆知罪性之本空，益悟佛法之固有。根機穎脱者，徑躋覺地；業識迷滯者，亦出苦關。盡塵刹之殊勛，合丘山之勝福。俯酬誠懇，力護微生。使某人冰蕩積愆，電掃痼疾。經衛安行而毋壅，精神完集而不傷。四體恬安，百骸康復。雖負不忘之業，祈反手而亦消；或逢難解之冤，并灑心而交釋。錫蕃濃之壽福，有衆多之子孫。

### 解冤結道場疏語

冤由愛結，衆苦所因；業以懺除，諸佛所説。輒敷忱悃，仰丐慈憐。伏念夙昧本源，日滋癡幻，不知物我之俱妄，遂致怨恩之互興。代相報還，心靡覺悟。既自淪於弱質，仍久縛於沉痾。苦極歲時，醫窮方術。正當平日號呼之際，實若有物使之；乃念多身種殖之間，豈固無因至此。或怙才陵物，或矜勢虐人；作吏慘於用刑，居上刻於使下；賊性命而弗恤，掠貨財以自豐；恣刀几而安羽革之暴殘，托閨房而輕胎孕之墜壞；舞唇交亂於彼此，率意變移於是非。敵讎滋多，憤恚增積。罪大而不可解，寇深以可若何。彼方期於必償，寧不念之而懼。惟佛示平等之見，開方便門；與人垂解釋之文，實解脱法。苟一人能趣真而捨妄，則兩怨當彌仇而息争。是用哀投導師，願即勝刹。飾伊蒲之净供，闡貝葉之盛儀。微懇若伸，洪施如答。病頓瘳於危痾，體浸復於輕安。銘鏤之心愈堅，薰修之敬敢緩。適上春之穀旦,捐薄廩之遺貲。肅敞華壇,恭趨寶地。極賢聖天龍而奉事,侈花香繒蓋之莊嚴。幽列鬼神,上延宗禰。講六解一亡之義,各悟巾結之本緣;除千生萬結之冤,盡泮冰堅之宿業。伏願懲往不作,履今自新。冥冥相攻者,箭折而弓藏;念念不忘者,風反而火息。蕩二豎之餘孽,并蠲未殄之殃;錫百歲之龐禧,共締無窮之好。

### 彌勒化修造疏

彌勒荒弊滋久,前住持德言慨然欲振起之,有志不遂,勝緣中奪。緇素過聽,猥以見屬。内揆庸陋,大懼不任攝事云。初,首斥私楮,鳩工合材,是迹前志。然殿宇堂寮廊廡厨庫,爲功甚夥,顧單力不克成也。惟邑之人,豪義特達,不靳施捨朽貫陳粒,歡喜丐我華榱插天。衲子四集,彈指贊嘆,福報無量。

### 什邡六度院化修造疏

什邡邑之西隅,有院曰六度,始門於城闉之外,殿寮庖厨,位置順序,院因以盛。中更妄人,私意改革。門而内之,他屋宇例,倒置失所。於是院寖衰,緇褐侵削。風水者咎焉。既而邑之大夫士招僧了宗,使主之。至之日,即撤而還其舊。未幾,院之盛如前。比年衆議新中佛殿,度地甚廣,舊屋不相容。有喜事自用者,又徙之内。宗不能奪而下闕。

以上見國圖藏乾隆翰林院抄本《澹齋集》卷一八。

按:國圖藏本有缺頁,待訪他本補之。

# 册　二二一至二二二

## 洪邁　卷四九一一至四九二〇

### 【校訂】重建梧州府學記(册二二二頁一〇三)

文末注"《永樂大典》卷五六八"。出處卷次誤,實見《大典》卷二三四二。文末,《大典》有"紹興三十一年五月九日記,左承議郎樞密院檢詳諸房文字兼國史院編修官洪邁撰"。

### 【輯補】能仁禪寺塔記　紹熙三年

佛書言昔鐵輪王,當佛滅度後,召役鬼神,用一晝夜間造八萬四千塔,世所指明州阿育山者,其一也。一切有爲之法,莫大於此。萬靈群仙,空飛游行,隱隱下祝,必肅然瞻避作禮云云。厥今通都大邑,名山勝地,錯落競爲之,暮燃華燈,梵唄徹曉。尋陽郡能仁寺,故有水塔,其傳八百年,勢且就仆。淳熙戊申歲,一野僧從天台來,布袍菲履,佷佷如狂,笑歌語默,涉歷廛市。童兒伺且至,拍手遮侮,莫知其食息所屆。能仁之衆,以爲異人,潛相賀曰:"曩夢吾塔當興,其在斯人歟?"迎之以歸。乃定計撤塔,掊地得石函,中藏水精窣堵波,貯如來舍利,函上鎸十大字,云某年造塔,僧法隆記。比上人者,實名道隆,由是共證爲後身不疑。隆惠智裝懷,鋭爲己任。遠近赴者,肩摩袂接。珍材金錢,縑粟瓦甓,不假募丐,踵門如雲,皆若陰靈異物,盼響勸倡,未五年而僝功。隆飛錫鄱陽,一見予即乞文以記。隆居身無町畦,貌若葸黨不羈,故處處目爲風和尚。風之爲言狂也。予曰:"此其人不狂。呼我牛而謂之牛,正亦歡然不屑。"顧吾有問焉,阿育王一晝夜頃,幻八萬四千區,今捫捫五年,僅就其一,神通彰施,一何不相逮也云云。抑聞上善勝緣,魔黨睥睨。昔佉吒與僧悟宿金陵之長干,夜取寺刹捧之入雲,藏山於澤,有力者夜半負之而走,敢問隆何以善後。

《大典》卷六六九八引《江州志》。

按：《大典》原云"紹興中建塔，有洪邁記""洪邁塔記"。然《大典》卷六六九七載："《能仁寺塔記》，紹定三年，洪适記，洪（原作"供"）梓書"。據文中"淳熙戊申歲""未五年而僝功"之語，知塔應成於紹熙三年。則《大典》所云"紹興""紹定"均乃"紹熙"之誤。時洪适已卒，"洪适"之名亦誤。

# 册　二二四

## 章洽　卷四九六二

**【校訂】乾道治水記**（頁一七）

大典本"常州府"卷一八引此文，可校補不一。"北臨大江"字上有"古暨陽郡"四字；"以充經費"字下有"於是相高下，定遠邇，別艱易，計工尺，按民籍而賦工，分職任而置吏，視貲產以定多寡之數，校工程以均錢穀之給。茅舍所次，樵蘇所從，器用所須，畚鍤所出，悉有成算"六十四字；"折抵江"，此作"折北抵江"；"善之善矣"字下有"於戲！聖主屬精宵旰，勤恤民隱，有利若害必興必除。惟時莅官之良，體國愛人發於至誠，無有一毫疆勉不得已之意。吏民信服，大小競勸，五旬而畢。不惌於素，四境之内寂若弗知。率是以往，則凡興事造業，蓋將舉無遺策，而動必有成。上之德澤，其有不下究者哉"一百零一字；"有考云"下有"三年七月既望，左迪功郎軍學教授章洽記"十七字。

**【輯補】報恩光孝寺新沙記** 乾道三年

自浮屠氏入中國，千有餘歲，道盛徒衆，天下名山勝地，盡爲所有。大刹千楹，衆至數百人，魚鼓之聲鏜然。圓頂方袍，雁行麇至。趺坐展鉢，不問所從來，充足飽滿而後去。其米鹽細碎，用物衆多，與巨室等。爲住持者，責任一身，非道行禪學足以服人，智慮才幹足以集事，未能勝其任。兼是二者，吾於長老洽公見之。乾道元年，洽公來主寺事。宗風既振，檀（原作"擅"，據《大典》改）施雲萃，興利補壞，庶務畢舉。唯是樵爨，日市荒郊，時遇乏絶。人苦旰食，思所以爲長久之計。會實池鄉有沙漲出江中，乃請於官，願準申令撥以入寺。郡既從之，衆大歡喜，合辭來告，欲紀其事，勒之堅珉，傳示不朽。客有過而諗曰：利之所在，人爲賁、育。數十年後，漲沙日廣，土毛日增，得無有動心於斯者？小人囂訟侵攘，士大夫倚執（原作"恃"）豪奪。師有遠慮，嘗及是哉？"洽公忻然應之曰："我佛以不貪化人，使之樂施。錢財珍寶、肢節手足，一無所吝。若反侵漁利僧衆，是不仁之甚者。即我教中，得輕垢罪。矧寺以報恩光孝名，是唯徽廟薦嚴香火道場，臣子者尚忍争乎？法不可行，義不容犯。雖歷千萬年，其何慮之有？"余聞其說而善之，謂其合於事理而當於人心，乃爲之書。三年閏月既望，左從事郎充江陰軍軍學教授章洽記并書。

大典本"常州府"卷一八。又見《大典》卷五七七〇引《江陰志》。

## 范成大　卷四九七五至四九八五

**【校訂】鄉貢進士方權輸米補迪功郎制**（頁二四九）

此文又見文淵閣本《止齋集》卷一八同題，册二六七頁一七六陳傅良下即收。范成大文輯自《大典》卷七三二五，未題出處，其前一篇題"范石湖大全集"。《大典》當漏標出處。

**張建陣亡與子德普恩澤補承信郎制**（頁二五二）

此文又見清影宋抄本《于湖居士文集》卷一九同題,册二五三頁三一五張孝祥下即收。范成大文輯自《大典》卷七三二七。《大典》當漏標出處。

### 延和殿又論二事札子(頁三二八)

"於後""上迫",原出處《大典》卷一〇八七六作"如後""下迫"。

### 賀户部錢侍郎啓(頁三五〇)

此文又作册二二三頁三八四侯賓《賀錢户侍啓》。侯文輯自《播芳》卷一三,署"侯彦嘉";范成大文輯自《大典》卷七三〇四,未標出處,前接三文,第一篇標"范石湖大全集",據《大典》體例,判爲范成大作。《大典》或漏標出處。

# 册 二二五

## 徐安國　卷四九八九

### 【校訂】謝王守闕升啓(頁五三)

原出處《大典》卷一〇五三九署"徐衡仲西窗集"。據《孔凡禮文存》頁三三四至三三七所考,宋有二徐安國知名,一爲上饒人,紹興中進士,爲岳州學官、連山縣令;一爲富春人,乾道二年進士,知横州,提舉廣東常平等。《全宋文》誤二人爲一人。此"徐安國"名下凡三文,此文外二文爲富春徐安國作,其生平詳見《全宋詩》册四六,可改寫。此文屬上饒徐安國作,當另立目。

## 王淮　卷四九九六至四九九七

### 【校訂】省齋集跋(頁一八四)

此文原署"友弟王淮謹書",且有"淮與君同志,以道義交,年長於淮,常以兄事焉"之語。此卷王淮生於靖康元年(1126),而《省齋集》作者廖行之生於紹興七年(1137),顯與此句矛盾。廖行之文集乃卒後其子裒輯而成,諸人所作跋語多在慶元五年(1200)前後,此王淮已在淳熙十六年(1189)卒。則此卷王淮定非此文之作者。而《全宋文》册二九六卷六七六〇另有一王淮,慶元六年(1200)始官零陵令,顯然生年較廖行之爲晚,或即此文之作者。

## 季翔　卷四九九八

### 【輯補】祭吕東萊文

惟公天資穎悟,總角不凡。日誦千言,在頃刻間。歷載彌長,萬卷胸蟠。充棟汗牛,靡所不觀。咀華吐英,或筆或删。遂以文鳴,掇取兩科。如拾地芥,自致青雲。四方學者,争師其文。一經品題,自號門人。皆稱公曰:東萊先生。宣室召前,幾嘆不及。惟忠與孝,以誨環璧。著庭述作,長編巨册。一夜裁覽,寵以秘閣。鳳披鷟坡,方擬手筆。胡爲一疾,天愁不遺。後生焉放,斯文誰繼。公歸於天,爲星爲辰。攀之莫及,泣涕紓情。

《大典》卷一〇九九九引《吕東萊集》。

按:《大典》署"李知府翔祭文",然未見文獻載有知州名李翔者。考《宋會要·食貨》六六之二二載,淳熙十六年時知處州爲"季翔"。《大典》之"李翔"當即"季翔"之訛。

## 熊克　卷五〇〇四至五〇〇八

**【校訂】賀吳戶侍啓**（頁三三七）

此文又作册二三〇頁一二一周必大同題。熊克文輯自《大典》卷七三〇四引《啓札淵海》，未題作者。其前一首爲《賀趙戶侍啓》，題"熊克"。周必大文輯自《播芳》卷一三，署"周子充"。《大典》或漏標出處。

**賀李朝請閩倉啓**（頁三三八）

此文又作册二五八頁一六九姜如晦《賀李提舉啓》。熊克文輯自《大典》卷七五一七引《啓札淵海》，未題作者。其前一首爲《賀王寺丞閩倉》，題"熊克"。姜如晦文輯自《播芳》卷一二，題"姜彌明"。《大典》或漏標出處。

**賀鄭吏部閩倉啓**（頁三三九）

此文輯自《大典》卷七五一七引《啓札淵海》，未題作者。其前接《賀王寺丞閩倉》。《播芳》卷一二作《賀邵提舉啓》，題"謝子山"。同書卷一〇另有其文一首。《全宋文》無其人。《大典》或漏標出處。

**賀胡大夫閩倉啓**（頁三三九）

此文輯自《大典》卷七五一七引《啓札淵海》，未題作者。其前接《賀鄭吏部閩倉》。《播芳》卷一二作《賀胡提舉啓》題"許升卿"，檢卷前姓氏，知其名"賜"。《全宋文》未錄其人。《大典》或漏標出處。

**麟鳳二瑞圖贊**（頁三五三）

據《至順鎮江志》卷二一輯佚，然核對《宋元方志叢刊》第三册影印本，有"其麟之贊曰"云云，"鳳之贊曰"云云。則該文當分爲二，前部分爲《麟瑞贊》，"有道則見"下部分爲《鳳瑞贊》。

**祭史丞相母夫人文**（頁三五五）

此文又作册一八五頁四〇二熊彥詩《祭史丞相母夫人文》，歸屬未能確考。

**【輯補】陳公洙記**

天子即位之初，承時傾覆之後，越七年春，東南盜賊少息，上慨然閔黎元之困，鰥寡失職，刑獄冤濫，吏侵牟百姓，乃臨軒遣使循行郡邑，問民所疾苦，黜陟臧否，具聞於上。監察御史劉公大中受命，仗節宣諭江右。道衢抵信，已飫聞鉛山陳公洙政事之美，戢吏恤民，廉靖果斷。先時，邑民數千厪干郡守，將自行敷奏。會御史按臨，士民復請，欣然從之，并上其理狀。天子嘉嘆，增秩一等，綸言襃寵，示勸天下。故官人百吏歆艷其榮者，漢宣中興，旌顯黃霸；光武踐阼，襃任卓魯，皆同條共貫，未始云異，況人主顯用賢能，必先試以臨人之職，然後陟臺閣而位三公，亦其序也。公少貢上庠，屢魁多士。道君皇帝固嘗覽其文，灑宸翰而襃曰："陳洙試卷首尾俱新，育才既久，今見偉人。"聲名在人牙頰間。茲政事文學，兩盡其美，直膺殊賞，異日擢莞政機，建立事功，固知超出霸、茂遠甚。縉紳先生俾小子識之，敢不承命。熊克記。

《乾隆鉛山縣志》卷九引熊克《中興小曆》。

按：今本《中興小曆》未收此文字。

## 册　二二六至二三三

### 周必大　卷五〇一四至五二〇五

【校訂】祭陳應求俊卿丞相文（册二三三頁二〇三）
　　文末注"又見《永樂大典》卷七一五一"。出處卷次誤，實見《大典》卷三一五一。
【輯補】與汪聖錫書
　　必大比竊邸報中一二麻制，蓋自范公益、王荆公以來，久不見此作。至於常、程答詔，皆意足語簡，無一篇苟然者。其他奏札論事，則又援古意，誼出外意。回視賈、馬、嚴、徐，皆淺陋。必大雖焚硯事鋤犂，然比之賁軍小校，望見旗鼓，猶識其節制之帥也。欽哉欽哉！
　　國圖藏清抄本《汪文定公集》附錄《宋汪文定公行實》。
　　附：《全宋文》册二二八頁三四五周必大《與王監簿啓》注云："按：此文佚。"《大典》卷一四六〇八引《周益公大全集》載《與王監簿庭珪啓》，似即此文。然檢其文字，乃與《省齋文稿》其前篇《答林教授仲熊啓》全同。《大典》誤錄。

## 册　二三四至二三六

### 宋孝宗　卷五二〇六至五二八四

【校訂】降汪應辰朝請大夫敕（册二三五頁二三）
　　"允冠""逞□□""所重""□言"，國圖藏抄本《汪文定公集》附錄作"久冠""逞董之""所董""靖言"。
【輯補】淳熙間兩縣水潦御筆
　　常州宜興、無錫二縣近遭大水，今水勢何如？合補種晚稻，即日已插種多少？不可車戽再種者頃畝若干？疾速開具奏來，付章孝賁。
　　大典本"常州府"卷一八。
　　梁丞相辭免恩命不允批答
　　王丞相辭免恩命不允批答
　　二文均撰於淳熙九年九月（1182），《全宋文》誤錄册一五六頁四三六至四三七汪藻下。該文作者難以確考，應移於此，文不具錄。
　　洪遵父皓贈太子太師制
　　敕：惟天無私，積德必報。于公篤高門之慶，臧孫開有後之祥。矧節義貫於一時，勛名垂於萬世。宜侈傳家之福，啓予同德之良。苟非厚愍册之褒，何以示忠臣之勸。左中大夫同知樞密院事洪遵故父任徽猷閣直學士左朝散大夫贈左光禄大夫謚忠宣皓，德望儀於列辟，問學肩於先儒。十九年牧海上之羊，夙高蘇武之節；八千里感朝陽之鶚，咸推韓愈之忠。方頒促召之音，遽起云亡之嘆。獨有遺經之滿篋，遂詒嗣子以承家。躋於朝堂，貳我樞筦。肆厥延登之始，爰加追賁之恩。雖西清學士之班，未究平生之蘊；而東宫維師之秩，允爲窀穸之光。歆我殊榮，服之無斁。可特贈太子太師，餘如故。
　　《大典》卷九一九引洪皓《鄱陽集》。

按：《大典》此文附於洪皓集，不知作者。文中有"左中大夫同知樞密院事洪遵"，洪遵在宋孝宗隆興元年封同知樞密院事，隆興二年七月罷。則此文當繫於宋孝宗下。

**王蘭父之道追贈太子少師制**淳熙十六年正月

敕：于公以仁恕治獄，老於尺曹，而定國相漢；栖筠以忠正事主，終於御史，而吉甫相唐。夫報不在其身，則祉必施於後。積善之慶，神理不誣。中大夫參知政事無爲縣開國男食邑三百户賜紫金魚袋王蘭故父任朝奉大夫贈通奉大夫之道，以明練有爲之才，抱剛毅不回之節，服勤州縣，有志事功。曩在擾攘，保全鄉社。寇不臨於一境，活何止於千人。嗟顔駟之不逢，喜臧孫之有後。今其次嗣，翊我化鈞。是以似之，見典刑之猶在；所憑厚矣，知世德之靈長。肆因授任之初，申錫追榮之命，升宫師之亞秩，貴愍册於幽扃。尚其英靈，歆此優渥。可特贈太子少師。

《大典》卷九一九引王之道《相山文集》。又見國圖藏翰林院抄本《相山集》卷三〇。《文淵閣四庫全書補遺》册二頁九五九王之道《相山集》附録。

按：此制作者不詳。尤袤《贈故太師王公神道碑》（225/250）云："淳熙十有六年正月，壽皇聖帝將遜位，以今端明殿學士通奉大夫提舉臨安府洞霄宫王公藺自禮部尚書爲參知政事，詔有司寵其先世，於是贈皇考故朝奉大夫之道爲太子少師。"據此，繫於此。

**追封陳規忠利侯制**乾道八年

敕：爾生而弦歌，保障千里；没而俎豆，終利一方。古所謂性根惠利，以父母斯民，没而可祭於社者，非斯人歟？職聯禁密之崇，官有維師之貴，已旌其正直於他時矣。建侯賜號，以報其爲民於冥冥者。朕庶幾無愧焉。可。

**加陳規忠利知敏侯制**

敕：士夫經理邊防，纖悉備具。使後之人，祖其故智，以成扞蔽一方之功。其可不尸而祝之，社而稷之乎？爾守安陸，當虜要衝。凡而城堞器具，靡不詳緻。虜至輒衄，一方賴焉。推所由來，實肇於汝。朕既以汝所述守禦方略，俾樞庭頒行於諸郡，復加封爵，增貴廟祀。幽明雖異，激勸則一。其祗朕命，終衛乃民。可。

《大典》卷三一五〇引《太平州圖經志》。

**汪應辰授右朝議大夫依前充敷文閣待制敕**

敕：班聯次對，已酬方面之勞；法應陞明，此特彝章之舊。爰頒新命，爰復限員。左朝請大夫充敷文閣待制知福州軍州事提舉學事兼管内勸農使充福建路安撫使馬步軍都總管玉山縣開國男食邑三百户賜紫金魚袋汪應辰，學到古人之心，文追作者之妙，整暇每見於職業，議論特出於緒餘。爰自甘泉，往鎮閩嶠。獄訟衰止，恩威流行。靡人不稱，豈獨郡政。有德者進，宜在朝廷。兹因積勞，適當會課。下此贊書之寵，爲爾從橐之光。毋替遠猷，益隆美譽。可特授左朝議大夫依前充敷文閣待制知福州軍州事提舉學事兼管内勸農使充福建安撫使馬步軍都總管，封賜如故。

國圖藏清抄本《汪文定公集》附録。

按：此制未署時間，然汪應辰知福州，在紹興三十二年至隆興二年；其除敷文閣待制在隆興元年，故繫於此。

## 册 二三七至二四〇

### 楊萬里  卷五二八五至五三七八

**【校訂】祭十三叔母文**（册二四〇頁三六一）
文末注"又見《永樂大典》卷一四〇四九"。出處卷次誤，實見《大典》卷一四〇五三。

**【輯補】綦崇禮北海集序**
記覽極其博，辭章極其麗，而正君定國，扶世立教，根於自然。其進言也，曰畏天、曰愛民、曰法祖宗、曰務學、曰從諫、曰進賢退不肖；其說經也，探聖賢之本指，別訓詁之是非，取正而捨奇，尚通而惡鑿，以今準古，據舊鑒新，皆正心、修身、齊家、治國、平天下之要，何其多取哉？鴻筆麗藻，冠於一時，有功中興，獨當上意。如威鳳祥麟，斯亦偉矣。而自放泉石，深入仙城回縈之中，雖萬鍾千駟，不與易也。一觴一咏，興寄事外，雖不多賦，顧其閑雅澹泊，弗琱而工，豈營度悲鳴者所能幾耶？
文淵閣本《北海集》附錄下。又見《楊萬里集箋校》附錄二《補遺》。

**薦蔡元定章**
臣聞帝王之治世，莫大於得賢；人臣之事君，莫急於薦士。臣濫叨崇祿，漸無寸補，獨有薦揚，少竭一二。伏見建陽處士蔡元定性質豪邁，器識宏深，道德文章足以儀刑於當時，著書立言足以垂範於後世。今之賢士大夫皆仰其道德之光，成人小子俱蒙其造就之力。嘗與朱熹疏釋六經、《語》《孟》《學》《庸》之書，每有洞明自得之妙，又且深通兵法，精曉律曆，有益於當時之實用也，殆非時賢者之所及也。誠當代之逸民，聖世之豪傑。如蒙聖慈速賜施行，迎至宮館，使司勸講，必能上開朝廷尊崇之盛典，下裨生民治化之雍熙。臣謹具奏聞，俯伏俟命，待罪之至。
雍正版《蔡氏九儒書》卷二《西山文集》。
附：《大典》卷一〇九九九引《楊誠齋集》載《與丘知府書》，史實多有抵牾，乃後人偽作，不具錄。辛更儒箋校《楊萬里集箋校》附錄二《補遺》輯文多篇，可參看。

## 册 二四一

### 史彌大  卷五三九四

**【輯補】朴語·人品**
人之品有四：善焉者上也；惡焉者下也；善焉而不見其善之迹，愈上矣；惡焉而不見其惡之形，愈下矣。
《大典》卷三〇〇一引《史子朴語》。

### 趙善括  卷五三九六至五三九九

**【輯補】放生疏**
蠢動含靈，均懷天地之性；撫存愛育，普荷帝王之仁。屬當載凤之令辰，用集延生之盛福。恭惟今上皇帝陛下恩沾動植，澤被飛潛。俾萬物之情，各得其宜；惟一人之慶，罔不咸賴。伏願壽踰時億,光照大千。豈特魚躍鳶飛,率戴周王之德;將見鳳儀獸舞,示同虞舜之歡。

《大典》卷八五六九。

按:金程宇《新發現的永樂大典殘卷初探》指出漏收。拙著《永樂大典輯佚述稿》頁一七三已錄。

## 喻良能　卷五四〇〇

【輯補】舊州治記 紹熙元年

浙東山水甲天下,栝蒼復甲浙東。州宅奇秀,又栝蒼之傑特偉觀。由清香橋入賢星門,上九盤嶺,委蛇曲折,凡四百許步至譙門。雙松夭矯,狀如龍蛇,對峙門之左右。又行三百步許,至儀門,又北行百許步,穿戟門,行數十步至設廳,由設廳右行至便廳,太守治事之所也。由便廳而入柱廊,謂之凝香。由凝香至燕喜堂,幽邃靜深,灑灑可愛。由燕喜堂至志喜堂,遂至月臺。臺舊名拜香,天王居其前,石僧出其側,山之翠微,近在杖席下。其東則凝霜閣,楊公大年之所建也。由凝霜下行,至好溪堂,軒檻開豁,棟宇宏麗。層級三休,至烟雨樓,憑欄四顧,目與天遠,如登雙溪樓,如陟蓬萊閣,氣象絕似而爽塏過之。萬山峨峨,橫在一目,或砐如樓臺,或聳如帆檣,或如虎豹之蹲、驊騮之馳,或如驚麋之出林、巨魚之闖波。下睹千井畢封,隆樓傑閣,綠窗朱牖,掩映於晴霏夕靄之近遠,丹青水墨之所不能畫,令人目眩心懌,徘徊而不忍去。由好溪折而右,至浙東道院,簾影無塵,草色映階,闃然蕭然,不知其公宇也。其西則回溪、少微二閣,綿延縈拂(原無"縈拂",據雍正《處州府志》補),青山在上,流水在下,如烟雨畫屏,愈看愈奇。沿修廊至夕霏軒,見壁間盡刻名賢法書,如《蘭亭序》,如《黃庭經》,如《樂毅論》,熟復細咏,似入太廟觀彝器,令人蕭然斂衽。由夕霏至照水堂,所踐勝於前,所喜愈於初。仰睇霄漢,憑虛欲仙。又見四松出於檐楹外,如高山老人,衣冠偉甚,微風過之,如琴如筑,如蛟龍吟,如海潮聲。真人世之絕境,宇宙之奇觀也。歷階而下百許步,至擬滁亭,規模雖小而意趣絕遠。坐胡床,對溪山,下臨絕壑,南明諸峰相距無一里。琵琶捍撥,橫陳洲渚,漁舟買楫,出沒烟波中,欸乃之聲不絕於耳。雖巧於摹寫如柳儀曹、劉賓客輩,猶不能得其彷彿,況訥於辭而拙於筆如余者乎?姑存梗概,以示後之人云。紹熙(原作"興")庚戌五月既望記。

成化《處州府志》卷四。

按:鄭斌《全宋文補遺》已據雍正《處州府志》卷一七輯此文,并考定作者生於宣和元年(1119)。

## 潘景珪　卷五四〇一

【校訂】江陰軍和買事奏(頁四五一)

"尚有"及以下文字,大典本"常州府"卷一〇作"尚有二千五百四十三疋一丈五寸。是何常州之幸,而江陰之不幸耶?臣以不才,兼守京邑,親睹其害。雖嘗申請,未蒙施行。今承户部符,準都省批下江陰軍申乞放免寄買臨安和買,行下本府相度。臣切思:今來本軍所請而徑與放免,則和買無所從出。若均敷於臨安之民,則自不能足,又烏可常額之外而加之?臣之所見,欲候至今年八月,將本府糜費錢與江陰軍認納和買,每年於户部八月買絹場内盡數和買輸納。防左藏庫退換之弊,而使本府不至糜費之擾。如蒙聖慈特可其請,乞下江陰軍免行寄買,仍札下本府,日後每年於省錢内認納江陰和買本色絹,不得妄有科敷於諸縣和買。既不增敷於臨安之民,而江陰闔境之内,以蒙被陛下天地父母莫大之賜。不勝萬幸,取進止"。

# 册 二四二

## 耿秉　卷五四〇二

### 【輯補】免陳東賜田之税判

如可贖兮百身,尚何較於田税;猶將宥之十世,寧不念其子孫。

《大典》卷三一四九。

### 紹熙修學記

治人之道,必自明倫始。昔孟軻氏深究厥理,初見梁王,再見齊王,則正色言之,曰:"謹庠序之教,申之以孝弟之義。"及答滕公爲國之問,則又正色言之,曰:"學則三代共之,皆所以明人倫也。"曰庠、曰序、曰教,雖命名不同,而設教則一。繼周而有天下、崇儒重道之君尊敬其言,如親受正色之訓。此黌舍之所以普洽於四方,而此邦禮義之宫所由設也。澄江間爲毗陵附邑,暨軍額復初,而學隨以興。高宗皇帝從郡太守王侯棠之請,建學官,開養士員。至尊壽皇聖帝克守家法,益崇大化。今上皇帝得於心傳,有加無已。若漢儒所言"立太學以教於國,設庠序以化於邑,教化行而習俗美"者,端在今日。而此邦之士奮厲振躍,達焉者爲公相、爲法從,自余以序而進,以期無負皇家作成人才之意。歲益久矣。蓋自紹興之三祀,得請於朝,越二年,而學始告成。距今尚章赤奮若,適周一甲子,且復進焉。歲月有進而未已,棟宇因仍而勿葺,爲郡守者則謂之何?詹侯徽之下車之初,已啓是意,謂:"君子將營宫室,宗廟爲先。"乃鳩工度材,一新殿宇,崇焕光華。越明年,則三門克修,出入惟謹。入門而左,凡職事、諸生之列於四廡者,咸飾焉。過是而東,凡職事、諸生之列於左序者,咸飾焉。增光顯設,罔不聳觀。軍學教授鄭應申嘉與諸生均被宏蔭,思有以報之。乃儼然造門,顧謂秉曰:"邦侯之於庠序之教,其不苟也如此。欲記其歲月,以爲無窮之觀。願有請也。"秉奉祠里居,敢以疾辭。教授固請,辭不獲命。乃相與命焉。整襟肅容,瞻望周匝,廟貌嚴重,如翬斯飛,曰:"此昔日之所考也。"層門叠開,高下具宜,曰:"此前日之所輯也。"夾以兩廊,翕然并興,曰:"此今日之所繕也。"吁!是固足以記矣。然邦侯之爲政久而倦,謹終如始,以續厥成,率皆類此,是可嘉也。抑嘗聞之,漸民以仁,摩民以義,節民以禮。故其刑罰甚輕,而禁不犯,皆自學校而致然。士群居,相與講明於道義,以尋繹其本原,俾五常之教坦然明白,其於學也,誠非小補。側聞囹圄空虚,婁形於兩獄之奏,寧不由庠序之化有以先之?故曰:"人倫明於上,小民親於下。"以是而書,庶無愧三聖人崇儒重道之意。朝散大夫集英殿修撰提舉江州太平興國宫江陰縣開國男食邑三百户賜紫金魚袋耿秉記。

大典本"常州府"卷一八。

## 章深  卷五四〇八

**【輯補】愧陶齋記**紹熙元年

昔淵明令彭澤,居八旬,小不如意,幡然賦歸。今予宰窮邊,不如意事十常八九,乃方葺茅蓋頭以苟歲月。聞淵明之風,寧不愧乎? 因榜其室曰愧陶。

《大典》卷二五三六引《山陽縣志》。

# 册  二四三至二五三

## 朱熹  卷五四二八至五六九〇

**【輯補】謁元公祠題名**淳熙八年

淳熙辛丑四月辛亥,後學朱熹、劉清之、張揚卿、王阮、周頤、林用中、趙希漢、陳祖永、許子春、王翰、余偶、陳士直、張彦先、黄榦敬謁,祁(原作"祈")寬、吴兼善、僧至南爲朱熹書。

《大典》卷六六九七引《江州志》。

**書汪文定公跋蘇東坡與巨濟帖**

竊觀端明公所跋東坡帖,事有實迹,語無虚辭。有德者之言蓋如此,後學所當取法也。從表侄朱熹敬書。

國圖藏石研齋藏抄本《汪文定公集》卷九。

**題李伯時孝敬圖**

熹伏讀范陽、玉山二先生跋龍眠孝經圖語,有以見有道君子心目之間,無非至理。非如好事者徒議工拙於筆墨之間也。拜謁玉山先生墓下,公子遽出示此卷。恭想儀刑,不勝涕感,因敬書於其後云。從表侄朱熹。

同上書卷一〇。

**唐桂州刺史封開國公謚忠義黄公祠堂記**

新安朱熹少聞先生長者云,閩之鉅族莆田黄氏,派出尚書令孝子黄香,代有顯名。慶元二年,裔孫殿中侍御史黄黼上言治道被黜,與熹素有文墨之雅,將歸,授熹以祠堂記。晚輩後生,辭不敏,不嫻於文字,且不敢爲庸人頌説,而況敢記名公鉅卿之盛祠? 既公命之不置,熹不得終辭,承命而退,端坐反覆思之。范希文曾記嚴子陵,蘇子瞻曾記韓昌黎,熹雖未曾紀人祠堂,然願學焉,乃忘其固陋。按狀推公書,粤自黄氏之先,得姓有熊氏陸終,後封於江夏之間,後子孫以國爲氏。東周元王時,冀州牧封司寇公黄老遷居光州固始。十一世孫有曰大綱,漢高祖拜光州刺史,以一言悟意,拜漢定侯。至十五世知運仕晉時,爲永嘉守。生彦豐,爲晉安守。晉馬南浮,衣冠隨徙,始遷閩之侯官。至唐明皇時,桂州刺史忠義公岸偕其子謡爲閩縣令,始遷於莆涵江黄巷居焉。刺史六世孫校書郎蟾偕其孫奉禮郎文惠,孝心克篤,爰構家廟,未既而卒。其孫世規以國子司業贈朝議大夫,於明道元年命工營造,榜曰黄氏祠堂,定祭田以供祀典,未備復卒。世規孫彦輝歷官潮州通判,捐俸新之。前堂後寢,焕然有倫;昭穆尊卑,秩然有序;榆祀蒸嘗;孔惠孔時,蓋有效於司馬君實、歐陽永叔家廟之意也。則是祠堂之所由立者,三公厥功偉哉。然嘗伏思之,世患無祠堂耳,而世之有者，創於一世，不二世而淪没者多矣。嗚呼，良可悲也！如黄氏祠堂而創續於祖孫若是，此士大夫家孫子之所難也。然熹又有説焉。創之者爾祖耳，後之人可無念爾祖乎？然念之者無他，祖廟修，朔望參，時食薦，辰忌祭，雲仍千億，敦睦相傳於不朽云。慶元二年丙辰仲秋朔日，焕章閣侍制乞致仕不允依舊秘閣修撰宫觀新安朱熹拜手記。賜進士出身通議大夫初授給事中改殿中侍御史陞翰林院侍制侍郎十四世孫繡百拜立石。

《福建宗教碑銘彙編·興化分册》頁三〇。

按：諸文獻記載此文，多有異文，未見石刻，不具校。朱傑人等編《朱子全書》册二六《朱子遺集》輯有遺文，不另録。

## 册 二五四

### 虞儔　卷五七〇八至五七一三

**【校訂】權吏部侍郎孫逢吉等明堂恩贈父制**（頁二〇二）

此文又見文淵閣本《止齋集》卷一六同題，册二六七頁一二八陳傅良下即收。樓鑰《寶謨閣待制獻簡孫公神道碑》（265/330）載孫逢吉"（紹熙五年）九月，除權尚書吏部侍郎，賜金紫服。明堂恩，封廬陵縣開國男"。而《嘉泰吴興志》卷一四載："虞儔，朝奉大夫、直秘閣，紹熙五年十二月到。"知紹熙五年虞儔在京時直秘閣，不當有草制之舉。陳傅良同時所擬制尚有多篇，而虞儔下僅此一篇；虞儔《尊白堂集》久佚，四庫館臣始自《大典》輯出，而陳傅良集流傳有自。故該制當是陳傅良作，虞儔下誤收。

**馮惟説除武學博士制**（頁二一四）

此文又見《四部叢刊》影印清賜硯齋本《後村先生大全集》卷六一《馮惟説武博制》，册三二六頁二二六劉克莊下即收。馮惟説字起岩，嘉定十六年（1223）第進士。虞儔嘉泰元年（1201）擢中書舍人，不久改官，未有草此制之可能。

**被召上殿札子**（頁二四二）

"北騎"，國圖藏乾隆翰林院抄本《尊白堂集》作"北虜"，塗去"虜"，旁注"國"。

## 册 二五五至二五六

### 張栻　卷五七二一至五七四八

**【校訂】胡子知言序**（頁二六〇）

文末"門人廣漢張栻"，文淵閣本《知言》作"乾道四年三月丙寅，門人張栻序"。

**跋汪公作陳瓘墓銘**（頁三一一）

文末注"《永樂大典》卷三五〇"。出處卷次誤，實爲《大典》卷三一五〇。

**衡州石鼓山諸葛忠武侯祠記**（頁三七五）

文末，《大典》卷八六四八有"乾道五年二月，左承務郎直秘閣新權發遣撫州軍州主管學事賜紫金魚袋廣漢張栻記"。

**多稼亭記**（頁四一五）

文末，大典本"常州府"卷一六有"乾道七年九月壬申朔，廣漢張栻記"。

【輯補】主簿蕭君墓志
故譜系之樣，丘墳之族，蟬聯盤錯，爲關中第一。
《大典》卷二〇三〇八。

尋梅題名 乾道五年
乾道己丑人日，廣漢張敬夫定叟，約其友崇安吳伯立、湘陰孫師尹、廬山雷亨仲，自城東門尋梅，行數里，遇番陽鍾彥昭。酒三行，相與樂甚。薄步至陳仲思草堂，小雨初霽，烟雲澹然，南枝雖未拆，已覺春意滿眼矣。外甥甘可大偕行。
文淵閣本馬廷鸞《碧梧玩芳集》卷一五《題張宣公題名帖》。

# 册 二五八

## 葛邲　卷五七九八

【校訂】淳熙新建貢院記（頁一〇三）
大典本"常州府"卷一八引此文，可校補不一。"皇朝因之，遂"五字此作"其間廢置雖不一，然終不可廢。自翠華南渡，遂隱然"二十字；"賓興之歲"四字此作"三年大比"四字；"來守是邦"句下有"適當大比之歲，視傾屋毀埔，愀然弗怡"十五字；"常情"字下有"觀之"二字；"其可諱"句上有"吾嘗計之矣。浮屠之籍於官者，其材可度也。羡金之儲於帑者，其工可募也"二十九字；"得地……君山拱揖於其前"句此作"德秀氣磅礴之地，坐席帽峰而東望，君山拱揖於其前。卜之既吉"；"門廡堂室，庖湢備具，各"此作"重門叠廡，堂室庖湢，莫不具備，合"；"邲嘗謂科舉之法"句上有"毋耗於公，毋勤於民，從容措領，不七旬而訖工。於是學士大夫請文於邲以記。邲，里人也。其敢以弗文爲"四十字；"子弟"此作"賢子弟"；"游觀之所"下有"以騁爲懷之地"六字；"紹興乙卯"此作"紹興己卯"；"蓋得江山"句上有"人始歎艷而立言"七字；"院既成而侯去"六字此作"侯能輯費於節用之餘，創意於及時之際，使較藝者有騈孏之地。人莫見其經營而特見其成。既成矣而侯去"四十二字；"侯名鍔，字巨山，以經術決科，以儒雅飾吏，孳孳愛人，能加惠學者，是可書也"句此作"侯以經術決科，以儒雅飾吏事，孳孳愛人。故雖饑而不害，又能加惠學者如是，是可書也已。侯名鍔，字巨山。淳熙九年十一月朔朝議大夫試中書舍人兼太子右庶子句容縣開國男食邑三百户賜紫金魚袋葛邲記。"

## 顏度　卷五八〇一

【校訂】乞防護太廟奏（頁一五六）
《中興禮書》卷九六録此奏較詳，故重録。
太廟元降指揮，殿前馬步軍司差撥軍兵五十人，馬步軍司差灑熄軍兵各一十人，潛火軍兵各二十人，專一護衛宗廟，掃除直宿，緩急役使。乾道七年三月，内軍馬司抽回三十人，步軍司抽回三十八人。當時申明朝廷，蒙札下殿前馬步軍司差撥三十人外，見今缺少三十八人。竊惟崇文宗廟，事體至重，近緣居民遺火，本寺官躬詣太廟前防附守。竊見玉牒所、雜買務等處，皆有殿前馬步軍司差到軍兵防護，獨太廟前後并無軍兵照對，元差軍兵已闕三十八人，又防之祭獨無三司軍兵防守。欲乞朝廷札下殿前馬步軍司，遇有遠近遺漏,依玉牒所等處時暫差前來防護。

## 王質　卷五八〇五至五八一五

**【校訂】題李贊可掀篷梅軸**(頁二九六)
**再題李贊可掀篷梅軸**(頁二九七)
　　二文末均注"《永樂大典》卷七八一二"。出處卷次誤,實見《大典》卷二八一二。
**京丞相真贊**(頁三五〇)
　　"京丞相"指京鏜,其寧宗時(1194－1200)入相。時王質已卒。該文作者今難確考。勞格《讀書雜識》已辨及之。
**【輯補】雲韜堂紹陶錄序**
　　孔子之咏嘆鮮矣。夫一嘆顏子:"賢哉回也!一簞食,一瓢飲,在陋巷,人不堪其憂,回也不改其樂。"再嘆曾子:"莫春者,春服既成,冠者五六人,童子六七人,浴乎沂,風乎舞雩,咏而歸。喟然嘆曰:吾與點也。"孔子間微宣其至情,"飯蔬食,飲水,曲肱而枕之,樂亦在其中矣""不義而富且貴,於我如浮雲"。夫惟忘世,故能濟世。行夏之時,乘殷之輅,服周之冕,樂則韶舞,在顏子,固從容矣。鳳鳥不至,河不出圖,吾已矣。夫在孔子,仰標末哉?好事功者,事功起而本身沉;好名義者,名義著而真心隱。聖賢超然遺之。數内在世,數外在天,世有推移,天無變遷。即死生,觀聖賢然耶,又況逆順成虧乎?原始反終,故知死生之說。既知矣,何加焉?晝夜之道,幽明之故,死生之說,一也。朝聞道,夕死可矣,非耶?予欲無言此之故也。嚼簞瓢之所欣回(原無"回"字),玩沂雩之所適點,以曲肱會之,則《紹陶》之錄,姑存可也。王質序。
　　國圖藏清王氏十萬卷樓抄本《紹陶錄》卷首。
**書唐濟民事**淳熙十年
　　廬山異人多,前聞久寂矣。近得一人焉,出於士大夫之間,可書也已。同年臨川唐君名汝舟,字濟民,其本趣可見。小名宜僧,小字僧兒,其本趣之外又可見也。君亦偉哉!少業儒事決科,年四十有五始有成。户掾南康,儒官武陵,宰蘄春之黄梅。居久之,易祠官,歸溢江,人莫知何爲也。初娶黃,繼娶張。居無何,出隻子,贅旁舍。無他,唐夫婦澹處煢也。不求官,不治生,不接親朋,至不見其子,人亦莫知何爲也。臨川、豐城、溢江,量薄有生理,官廩亦微有贏資,一日盡哀施廬山諸寺及諸庵。夫婦往來轉食無定(原作"完")所,亦無多時間,旬月輒他徙,人皆莫知其何爲也。飲食固隨衆,衣服亦不加紉浣,不知其何以度寒暑。錢幣皆無所挈持,不知其何以應緩急也。有所遇耶?人亦莫知。自有所得耶?人亦莫知。惟不言,故不知也。或訪求,即深避。逢者鮮焉,終莫知何爲也。今夫年六十有九,婦不知年。輕行岩谷,甚駛,其能與君同,固宜皆康强,常悦豫。從君同里管鑄叔廉得之,及從他得,皆相符。今君不可得見,悲夫!癸卯正月六日,泰山王質書。
**書鹿伯可事**淳熙十年
　　士大夫挾才宏者,交世深;脱然遺之才空,則世疏。同年鹿君鄉之,奇哉!君名何,字伯可。再舉,登庚辰甲(原作"中")科。資精悍,才踔厲。微官已張奇聲,貳廬陵益著能事。遇事如照鏡取形,馭吏如聚火爇石也。以故,臨莅者多詘體降心,接之他所。扞格者,屬君從容,如辨白黑。入稍遷,爲郎,駸駸矣。無何,亟引章求謝事,年五十有一也。謝公廓然開之,與君同自出天台,尊事如師資。開之承上睠渥甚,睨鼎席近矣。乘推致趣近列,見君退心堅,歸辭苦,不遺餘力挽之,侵尋通簡上意。上亦愛憐,弗忍使去也。君自以喪室家喪兄弟叢哀抱疾他流者,以爲不捨去,無以延於世人,皆覺其爲辭端不爲是也。君宰燭知其深情,寓直延閣,遣之,將以感動其有懷而未决而風厲其不然者,於邦風豈小補哉?君今居鄉强健,初無他怡愉,良有適也。間語所厚曰:"吾無心酢酬世態爾。"姑蘇沈繼祖述之,君聯官者言之,他皆同辭。異時同題名,大公巨卿班班矣。先有濟民,後有伯可,兩君振此風,夫豈無繼之者。癸卯正月十五日,泰山王質題。

### 題紹陶錄

本自山野,無關世資,其闊疏固宜。周旋簪紱之間,拔出亦難。晉陶元亮、梁陶通明,皆棄官遺世者。今濟民、伯可,宦途方通,年齡未頹,而飄然去之。書之,爲《紹陶錄》云。王質題。

### 又

兩同年爲余興起山林之心至切矣。既書其事已涉閑趣者,他辭今附於後。

以上同上書卷下。

## 齊慶胄 卷五八一八

**【輯補】乞太廟牆外不得喧染奏** 淳熙五年三月二十五日

臣近因太廟齋坊宿齋,竊怪廟牆之外,臣僚軍馬呵導,技藝之流聚衆作場,甚爲喧瀆。退悉而稽典,故乃知乾道五年曾因臣僚奏,增修成法,於是始禁呵止張蓋。逮今曾未十年,除張蓋一節僅猶遵守外,呵止之禁久而廢弛。夫以宗廟重事,明立法禁而公肆違戾,詎可但已。欲望聖慈申嚴舊法,榜之通衢,許從御史臺覺察聞奏,少賜戒懲。仍乞下臨安府禁戢,諸色人不得於廟牆之外作場喧染,庶幾朝廷肅静,以稱嚴恭。

《中興禮書》卷九六。

# 册 二五九

## 謝雱 卷五八二四

**【輯補】淮海集跋** 紹熙三年

右秦學士《淮海集》前後四十六卷,文字偏旁間有訛缺,讀者病焉。雱以蜀本校之,十纔得一二。或者謂初用蜀本入板也。遂與同事諸公商榷參考,增漏字六十有五,去衍字二十有四,易誤字三百有奇,訂正偏旁至不可勝計。其文之不敢臆决者,存之。其字之瑣碎,如"齊"爲"齋","群"爲"羣","教"而從"孝","戲"而從"虛","真"不從"匕","戚"不從"戉",此類甚多,不可悉改。乃以其法授同事諸公,俟他日重刻則正之。長短句三卷,非止點畫訛也。如"落紅萬點愁如海",以"落"爲"飛";"兩行芙蓉泪不乾",以"兩行"爲"雨打",皆合訂正。又其間有下俚不經語,幾於以筆墨勸淫,疑非學士所作,然又不敢輕删去,亦并存之,以貽好事者。紹熙壬子上巳,從事郎軍學教授永嘉謝雱跋。

《大典》卷二二五三七。

### 徐得之　卷五八二六

**【校訂】重修杜工部祠堂記**（頁一三〇）
文末，《大典》卷八六四八有"嘉定元年十二月十五日，承議郎致仕清江徐得之"。

### 孫逢吉　卷五八二九

**【校訂】明堂恩恭人李氏封令人制**（頁一八〇）
原出處《大典》卷二九七二署"孫逢吉集"，然孫逢吉未曾擔任過知制誥、中書舍人之類職務，不當有草制之舉。此文又作冊二六七頁一三〇陳傅良《孫逢吉明堂恩恭人李氏封令人制》。且《寶謨閣待制獻簡孫公神道碑》（265/330）載逢吉"娶李氏，纍封令人"，與制合。《大典》以篇題中"孫逢吉"爲作者名而誤編。孫逢吉下誤收。

**【輯補】祭后稷文**
厥初生民，利在稼穡。孰宣其勤，俾之粒食。思文后稷，於懋於耕。萬世不匱，實以有生。牲既博碩，酒且嘉栗。以妥以侑，祇薦明德。
《大典》卷二〇四二五引《孫逢吉集》。

## 冊　二五九至二六〇

### 林亦之　卷五八三九至五八四二

**【校訂】代侄祭叔文**（冊二六〇頁二九）
原出處《大典》卷一四〇五〇署"林亦之《網山集》"。文云"維年嘉泰之四"，時林亦之卒已久。《全宋文》編者疑《大典》誤收，甚是。林亦之文多與陳藻文互見（見下陳藻條），此文或即陳藻作。

## 冊　二六〇

### 唐仲友　卷五八五六至五八六五

**【校訂】漢宣帝常平倉記**（頁三六二）
題，原出處《大典》卷七五〇七作"漢常平倉記"。

**【輯補】唐幽鎮招撫使諭朱克融檄**
舉泰山而壓卵，孰敢支梧；覆滄波以燎毛，必期消爛。
《大典》卷二三三七。

**賀施樞參啓**
醖醖鹽梅，正資謀王體而斷國論；舟楫霖雨，行將救歲旱而濟巨川。
《大典》卷二八一一引唐仲友《說齋集》。

**賀戶部趙侍郎啓**
德懿行純，器閎識遠。大農之掌經費，任既亞於月卿；司徒之擾兆民，望益隆於地部。

**賀戶部兩侍郎啓**

學傳聖宗,道本儒術。筞鞭朝路,尚卑劉晏之予民;推轂上前,何止當時之揚善。
### 賀户部張侍郎啓
經邦遠業,輔世嘉猷。坐斡贏貨,已流錢於地上;兼收善類,每推轂於王前。

以上見《大典》卷七三〇四引唐仲友《説齋集》。
### 上傅察院啓
某官忠言無黨,循國人取予之公;直道事君,得天下是非之正。

《大典》卷一一八八八引唐仲友《説齋集》。
### 謝諸司劉安撫啓
社稷宗工,廟堂碩輔。運籌决勝,元勛夙著於機庭;緩帶臨戎,雅望荐更於師閫。

《大典》卷一四九一二引唐仲友《説齋集》。
### 定謀議
昔韓信之用兵也,項羽可圖,三秦易并之計,已定於登拜之初。

《大典》卷二四〇六引唐仲友《説齋集》。
### 齊宣王問王政論
孟子答齊宣王王政之問曰:昔者文王之治岐也,關市譏而不征。當周之興,敦本抑末,末非於此。何於商賈反無征乎?

民之憔悴於虐政久矣。懋遷有無化居,有所壅而不行,豈獨病末,農亦病之。非有治岐之仁政,何以商旅皆欲出於王之塗乎?故止旅乃密。公劉厚民止慉,行道兑矣。則昆夷之所以駾,言與敦本抑末,并行而不悖也。《酒誥》之書曰:"其藝黍稷,奔走事厥考厥長。肇牽車牛遠服賈,用孝養厥父母。"則關市之所譏,豈皆末作哉。不作無益,不貴異物,何末作之慮。若珍禽奇獸育於國,奇技淫巧作於工,則雖復倍關市之征,其能止民之驅末乎?

《大典》卷六五五八引唐仲友《説齋集》。
### 周禮論
嗚呼!周秦之際,諸侯厭棄先生之典籍非一日已,禍極於坑焚,而禮樂之亡尤悉。高堂生、二戴,相與收拾綴葺,以補其闕,孔氏之遺文舊説則有之矣。至於先王太平之典,其僅存者《周官》五篇而已。河間獻王始得之,求《冬官》不獲,以《考工記》補之。《考工》特事典之一耳。然而備物致用立成器以爲天下利,創物之智概見於此。惜乎!漢之諸儒蔽於師傅,百有餘年,但存秘府。劉歆《移書》深取憎疾。鄭興、杜子春、賈逵、鄭衆、馬融以來,發明寖多。康成合集衆説,斷以己意。何休臨碩,方更毀難,不能廢也。唐初作《五經正義》,而《周官》之説,賈公彦爲之,大抵(原作"氏")以康成爲主。本朝熙寧,更命儒生爲《新義》,而王安石實董《周官》。其説多用《字解》,破碎經義,又因國服爲息,姑下青苗之令。諸儒非之,於是并與《周官》見疑。雖蘇轍(原作"輒")之學,猶不免於是。後學牽或義理名數,稍有不合,不加思慮考證,遽以非聖人全書,藉口世之治經者,便文决科而已。先王之寖以不彰。呼!可嘆已。《周官》之書,乃周公設官分職之事,禮典特其一耳,而總謂之《周禮》。蓋先王以仁義治天下,禮爲之節文。唐虞以前尚矣。自建官惟百,至於官倍極於三百六十而大備。故周之禮尤具。諸儒閔古禮之亡,得《周官》之書,雖不專爲禮,而大經大法可考,於此其謂之禮固宜。康成於經最深,而於《周禮》猶未得其綱領,故其大節,若封建、井牧、軍賦之屬,其説猶多闕。蓋嘗考之,古文貿略,有互見,有省文,官有不常設,禄有不兩受,能加考究觸類而長無不通者。至如《考工》明堂之說,通諸經傳,無不合者。先儒不通互見之義,自枝其說,以至於今聚訟。是可嘆矣。昔有從董遇學《左氏春秋》者,但以熟誦,告之曰:"讀書百遍,其義自見。"學者苦之,卒無傳遇學者。《周禮》之說,不幸類此。周公之書,文法簡嚴,讀之百遍,未必記憶,千遍尚恐不合句讀,能用萬遍之力,或冀一斑之見。蓋刑名度數,不比文義可以誕說相高。若言封建井田,使之分畫;言軍法乘馬,使之籌計;言寢廟明堂,使之營繕,自當汗顏束手,豈得抵掌高談?未嘗窺豹,謂南山之霧無文蔚之隱,不亦誣乎?然而道器同本,精粗一致。周公親傳文王之道,作三百八十四爻之辭。嘗因《周禮》,測聖人之用心,無一非《易》。學者因《周官》之制度文爲,悟《易》之道德性命,是乃誠實之學。聖人之所望於後世者,徒誦其文,不曉其制,而妄自尊曰:"吾志其遠大,是周公不可信也。"周公豈欺我哉?至於射妖去鼅,若甚煩碎,亦吉凶與民同患之意,無往而非道者,不可以精粗間。孔子曰:"不怨天,不尤人。下學而上達,知我者其天乎?"惟善學《周禮》者可以語此。若其典籍師傳之詳,已與二《禮》并論。

《大典》卷一○四六○引唐仲友《說齋集》。

**父前子名君前臣名左傳鍼之稱書君前之例也父前未知所考**

父前子無名父之理,寧可以孫而名子於父前乎?它人則固當爾。偶未見於經傳,不必疑禮之爲非,況尚有可考乎?夫子曰:"誰與哭者?"門人曰:"鯉也。"此它人父前子名之證也。

《大典》卷一○四八三引唐仲友《說齋集》。

# 册 二六一至二六二

## 呂祖謙　卷五八六七至五八九九

**【校訂】永康陳君迪功墓志銘**(册二六二頁九○)

"或通族爲之。其籍""至數世而得",《大典》卷三一五五作"或通或絕。有占籍""百有餘年,得"。

**祭張正甫文**(頁一三二)

文末注"《永樂大典》卷一四○五五"。出處卷次誤,實見《大典》卷一四○五四。

**【輯補】昌黎伯韓愈贊**

倡始(原作"偶智",據《聖賢像贊》改)斯文,不膠於物。馳鶩揚馬,并(原作"非",據《聖賢像贊》改)包莊屈(原作"於曲",據《聖賢像贊》改)。富澤周孔(原作"孔周",據《聖賢像贊》乙),觝排老釋(原作"佛",據《聖賢像贊》改)。言以道行(原作"付",據《聖賢像贊》改),世行爲一。

《大典》卷一八二二二引《廟學典禮本末》。

按:《大典》未署作者名。明冠洋子《聖賢像贊》卷四署作者爲呂祖謙。

## 册　二六二至二六六

### 樓鑰　卷五九〇〇至六〇一六

**【校訂】戶部郎中趙謐軍器監制**（頁二八一）

此文又見《止齋集》卷一三《朝散大夫尚書戶部員外郎趙謐除軍器監兼權兵部郎中制》，册二六七頁六四陳傅良下即收。樓鑰文見《攻媿集》卷三八。《大典》卷一三五〇七錄此文，題"陳止齋集"。歸屬未能確考。

**息齋春秋集注序**（册二六四頁九一）

文末，文淵閣本《春秋集注》卷首有"嘉定四年季冬己卯朔，樓鑰序"。

**范忠宣公文集序**（頁九五）

文末，《大典》卷二二五三七有"四月丁丑朔，正奉大夫參知政事兼太子賓客四明樓鑰謹序"。

**陳都官文集後序**（頁九九）

文末，《大典》卷二二五三六有"慶元六年孟秋丙子，郡人樓鑰書"。

**華亭縣南四鄉記**（册二六五頁六三）

文末"記"字下《大典》卷六六四一引《松江郡志》有"并書。中奉大夫試禮部尚書兼直學士院兼修玉牒官兼侍讀衛涇篆額。奉議郎知嘉興府華亭縣主管勸農公事兼兵馬都監借緋汪立中立石"。

**祭薛寺正季宣文一**（册二六六頁二一四）

《大典》卷一四〇五四引此文，署"又周砒祭文"。《宋集珍本叢刊》册六一影印清抄本薛季宣《艮齋先生薛常州浪語集》卷三五"諸公祭文"引此文，署"宣教郎知溫州永嘉縣主管學事周砒"，所題作者與此不同。今《全宋文》未載周砒其人。

**【輯補】皇子嘉王繼皇帝位詔**

此詔見《宋會要輯稿》禮四九之六八，《全宋文》誤輯於册二八三頁一六一宋光宗下。此不具錄。

**靜治堂記**

丁君大榮宰天台，以書來言，闢縣治之左為靜治堂，請書其扁，且求記焉。君視予為父行，爲書其扁，且勉之曰："俟君政有靜治之實，當為記之。"踰年政成，而邑人誦之者衆。蓋邑當往來孔道，夫力之須，最為擾民，農人失業，幾不聊生。君首欲罷去，人以為難能，而持之益堅，力請於郡，卒罷之。民已安堵，大率御吏以嚴，撫民以寬，催科不事追擾，使人樂輸。禁戢彊狡，以絕鬥爭。尤敏於聽訟，前此投牒至以千計，今則十損七八矣。變劇邑為簡政，以其餘力為邑人深長之思，作助濟倉，儲粟三千五百斛，以待饑歲以平糶價。又作續倉食，歲收百斛，率三歲則以助士子之與計偕赴廷對及游上庠者。於是上下說和，坐以無事，真可以靜治矣。予嘗倅赤城，知天台之難治，日不暇給，而君能如此，乃為之記，使邑人刻之，且益勉其善始以終焉。君實今司農少卿公之次子。少卿以才選表兼領行都彈壓之寄。君盛年試治行，卓然能世其家，遠業未可量也。

文淵閣本《赤城集》卷一二。牛勇軍《全宋文拾補 9 篇》。

附：國圖藏清抄本《汪文定公集》附錄有《汪文定公行實》一文，署"參知政事樓鑰撰"。然附錄尚有牟子才撰《諡議》，中有云"而家無行實靠志，以考其文學行義；國無正傳附傳，以究其立朝大節，誠爲缺典"，則請諡時尚未有行實。考此篇末錄文字，乃"恭題汪逵所藏高宗宸翰紹興五年御書廷試策問"，撰者乃樓鑰。頗疑此行實非樓鑰撰，故不錄。

## 册　二六七至二六八

### 陳傅良　卷六〇一七至六〇六〇

**【校訂】祭王詹事文二**（册二六八頁三一一）

此文又見文淵閣本《南軒集》卷四三《祭王詹事》，册二五六頁一三張栻下即收。《播芳》卷一一二亦載此文，署"張欽夫"。陳傅良文輯自《大典》卷一四〇四六，未署出處，其前一文同題，署"陳止齋集"。陳傅良下因此而誤輯。

**祭吕大著文**（頁三二〇）

《大典》卷三一四一"陳俌"條引吕東萊《麗澤集》引此文，題"祭陳君舉"，然此陳俌乃陳瓘父，卒於元祐二年，吕祖謙與其時代不相接。國圖藏嘉泰四年刻本《東萊吕太史文集》附錄亦載此文，署"陳通判君舉"。《大典》當誤此"陳君舉"爲"陳俌"而致誤。此祭文之作，或當歸於陳君舉下。

## 册　二六九

### 崔敦禮　卷六〇六六至六〇七四

**【校訂】平江府餞丘知府致語**（頁一三四）

文末注"《永樂大典》卷一九九九九"。出處卷次誤，實見《大典》卷一〇九九九。

**【輯補】祝聖樂致語**

聖旦光華，金鑒紀千秋之會；慈顏愉穆，玉巵介萬壽之祺。橫協氣於層霄，沸頌聲於廣宇。恭惟太上皇帝陛下功超象外，道妙化元。絳闕清都，自適逍遙之樂；金輿翠蓋，躬修侍問之勤。屬臨電繞之期，咸極嵩呼之慶。括天淵而叢祉，屬海岱以臚歡。恭惟皇帝陛下聖孝自天，仁恩浹物。奉殊宮而致福，開廣宴以示慈。仰父堯子舜之尊，壽考獨高於五帝；昭烈武謨文之盛，世年當過於三王。臣幸際明時，叨塵法部。竊效華封之祝，式資鎬宴之歡。遙望闕庭，敢陳口號。

運協千齡紀露囊，玉皇親奉萬年觴。和風度曲慈顏喜，暖日烘花御幄香。神護卿雲浮北極，宴均恩露焕朝陽。三呼競致無疆祝，壽與南山共久長。

**王母隊致語**

電樞虹渚，欣符甲觀之祥；羽蓋霓旌，特下瀛洲之馭。願簉舞鸞之侣，聊呈彩鳳之儀。恭惟太上皇帝陛下玩意穆清，游心昭曠。訪崆峒而得道，大矣無名；友姑射以凝神，自然難老。當九河之澄色，罄四海以均歡。恭惟皇帝陛下禮重承顏，孝勤致養。含風殿廣，親稱萬壽之觴；捧露盤高，敷錫千官之澤。人競華封之祝，聲騰嵩岳之呼。妾暫遠仙巢，來游聖世。念樊圃之高，幾一萬里；而漢宮所遇，蓋五千年。遙望闕庭，敢陳口號。

薰風天闕九門開,樂奏仙韶彩鳳來。萬乘鳴鞘朝特室,千官響佩集鈞臺。南山鎮地增宸筭,北斗傾霞入壽杯。欲獻蟠桃千度實,年年絳節下蓬萊。

**秋大閱致語**

十國爲連,鎮虎踞龍盤之地;一時講武,校雲屯蟻萃之師。作勇氣於三軍,沸歡聲於萬井。恭惟某官鈞衡上宰,柱石元勳。管鑰靖嚴,坐護北門之重;旌旗整暇,肆專外閫之權。飭戎備以訓齊,暢威聲而聳疊。賢於長城遠矣,既寬憂顧之深;是以袞衣歸兮,佇復登庸之盛。

犀節麟符鎮十城,煌煌英衮坐論兵。晴秋劍戟冰霜凜,曉日麾幢錦繡明。樽俎從容帥律整,烽烟沉滅塞塵清。欲知威德人歌舞,静聽還營鼓吹聲。

**建康春大閱致語**

宰相之鎮西夷,方倚建藩之重;元戎之先十乘,用修閱武之儀。壯士氣於貔貅,肅軍容於鵝鸛。恭惟留守安撫相公清朝鉅德,黃閣宗工(原作"上")。鼎鼐調元,未究經邦之略;詩書謀帥,聊爲制閫之行。飭武事以訓嚴,振戎綱於暇豫。旌旗曉日,快萬井之先瞻;鼓角春風,動十城之聳聽。

上宰堂堂擁帥牙,熒煌犀節映琱戈。分憂暫遠蒼龍闕,講武時臨白鹿坡。戎備已瞻新紀律,威聲應響舊關河。廟謨正欲公歸相,袞綉詩章便可歌。

**又**

金陵帝王州,守鑰重北門之寄;鐵馬烟霧積,建麾專外閫之權。飭戎備於無虞,肅軍容而有赫。恭惟判府留守少師相公廟堂首德,社稷元勳。希冕篆車,焕三孤之品秩;高牙大纛,侈千乘之威儀。仗犀節以總師,臨鹿坡而訓武。定知非晚,沙堤催宰相之歸;且快爭先,玉帳睹元戎之貴。

秋原霜晚按熊羆,上相臨戎喜氣隨。左棘近班新典册,中權仍擁舊旌麾。聲名鎮壓江山重,威德流聞草木知。十國晏然無外事,鼓枹常静犬生氂。

**平江春大閱致語**

宰相之望震四夷,方倚建藩之重;大侯之兵有千乘,用恢閱武之圖。溢喜氣於貔貅,整軍容於鵝鸛。恭惟判府觀文相公清朝首德,黃閣元勳。文武爲憲萬邦,精神折衝千里。作屏蒼龍之闕,訓兵白鹿之坡。侈牙旗金甲之輝,擁赤烏袞衣之貴。今朝坐聽元戎報,始知儒者之榮;相國新兼五等崇,即副都人之願。三軍凱奏,萬井歡呼。

曉來千乘肅軍容,穿月旌旗錦繡紅。皂蓋朱轓新五馬,黑頭黃閣舊三公。聊煩台鼎調元手,坐閱籌帷決勝功。待看袞衣歸去後,太平只在笑談中。

**平江府鹿鳴宴致語**

鄉大夫興賢,式謹賓書之獻;郡太守勸駕,俾偕計簿之行。乃眷輔藩,今推吳會。衣冠鼎鼎,踵四姓之餘風;弦誦洋洋,被三賢之遺化。一封縣出,多士朋來。萃梓櫃以掄材,簇驊騮而選駿。既上公車之奏,將先旅實之陳。開宴寵行,五馬屈袞衣之貴;盍簪照座,二星瞻英節之華。躋彼公堂,將其厚意。鸞笙錦瑟,聊陪東閣之游;松舫月燈,行趁曲江之會。

良辰啓宴萃嘉賓,盡是詞場得雋英。踏月東風京國路,開樽北海主人情。天邊會折(原作"拆")蟾宮桂,堂上聊歌鹿野苹。春色皇州看得意,軟紅塵裏馬蹄輕。

國圖藏翰林院抄本《宫教集》卷二。

#### 功德疏

斗樞發耀,首開赤伏之祥;海藏翻文,恭效華封之祝。皇帝陛下伏願膺無量壽,居不動尊。福亘河沙,億萬劫莫窮算數;明同日月,三千界普現光輝。

#### 功德疏

澄九河之色,丕煥休辰;按三洞之科,用祈多祉。皇帝陛下恭願與天同久,如日方升。四海會同,長拱北辰之所;萬年壽考,永符南極之星。

#### 功德疏

祥開赤伏,式符良月之盈;教演丹臺寺云"教演金文",恭致后天之祝。皇帝陛下伏願丕應古序,駿惠成休。中岳之呼有三,既多受祉;南極之星惟一,於萬斯年。

#### 功德疏

里社開祥,慶逢穀旦;華封頌聖,舉極葵心。皇帝陛下伏願福比川增,壽齊箕永。輿圖恢復,包海岱以叢禧;神筴延洪,後乾坤而難老。

#### 功德疏

甲觀開祥,欣際誕彌之旦;華封頌聖,用伸難老之祈。皇帝陛下恭願帝嘏川增,睿圖鼎固。地方千里者九,包海岱以叢禧;嵩呼萬歲者三,後乾隆而期筭。

#### 功德疏

協天人之嘉會,慶屬昌期;集仙梵之殊因,用伸慶禱。皇帝陛下恭願睿圖鼎固,帝嘏川增。上符南極之一星,斯年於萬;盡撫西方之九國,受福無疆。

#### 功德疏

彌月俯臨,允協就盈之吉;際天共慶,率同延祝之誠。皇帝陛下恭願海岱叢禧,乾坤并貺。四方來賀,血氣之屬咸賓;萬壽無疆,福祥之物畢至。

#### 功德疏

樞纏紫電,甫良月之就盈;籙按丹科,祝斯年之於萬。皇帝陛下伏願壽齊南極,尊拱北辰。三皇治萬八千年,後乾坤而難老;九州建千七百國,包海岱以叢禧。

#### 僧寺啟建疏

漢殿奉卮,喜際流虹之旦;佛書翻葉,用伸呼岳之誠。太上皇帝陛下恭願居不動尊,膺無量壽。文明克遜,三千界普現光輝;清净延生,億萬劫莫窮筭數。

#### 道觀開啟疏

赤帝乘離,欣逢誕節;丹科演教,用贊洪禧。太上皇帝陛下恭願道妙寰中,福超象外。廣成千二百歲,常安清净之游;天皇萬八千年,永御逍遙之樂。

#### 道觀開啟疏

流渚開祥,適天人之嘉會;呼嵩獻祝,乃臣子之至情。太上皇帝陛下恭願觀妙道樞,儲精物表。父堯子舜,重明齊日月之輝;甄商陶周,大業等山河之久。

#### 道觀開啟疏

九河澄色,丕昭誕聖之祥;萬宇均歡,咸慶後天之祝。太上皇帝陛下恭願功超不宰,道極難名。五日一朝,永享問安之樂;萬年億載,常膺難老之休。

#### 道觀開啟疏

榮河五色,丕昭誕聖之符;嵩岳三呼,咸起愛君之意。矧在遭逢之異,尤深頌禱之誠。

太上皇帝陛下恭願福比川曾,壽齊箕永。後天難老,八千歲爲彼春秋;卜世無疆,七百年過夫曆數。

### 道觀滿散疏

炎衡御令,欣逢誕節之期;海藏翻文,恭致後天之祝。太上皇帝陛下恭願福超浩劫,壽等須彌。百億萬億河沙,莫等逍遥之樂;三千大千世界,永修奉養之儀。

### 道觀滿散疏

南訛御令,恭臨載夙之辰;西竺翻文,用祝無疆之祉。太上皇帝陛下恭願道超衆妙,福等太虛。與造物游,周須彌之日月;以天下養,數世界於河沙。

### 道觀滿散疏

紫電旋樞,慶千齡之啓運;丹科按籙,祝萬壽之無期。太上皇帝陛下恭願如日方升,與天地同久。凝神而友姑射,坐膺難老之休;順風而問崆峒,永保長生之福。

### 道觀滿散疏

赤帝乘離,喜際誕彌之旦;丹科演教,用伸難老之期。太上皇帝陛下恭願静閲群元,妙觀衆有。凝神而居特室,體至道以長生;後天而洞三光,與太虛而罔極。

### 雪竇山圭首座住持秀峰禪寺疏

猛虎在山,既威稜之夙著;孤雲出岫,當利澤之旁霑。便請進前,不妨拈出。某人一生苦學,四海知名,入不二法門,明第一真諦。既向曹溪洞下,透徹機關;豈容雪竇山前,沉埋光彩。眷言名刹,實號秀峰。舊爲佛智道場,正是禪徒津要。淨瓶踢倒,已輸首座之機;隻履携來,請認祖師之意。

### 請雪竇山圭首座住持常熟縣慧日禪寺疏

諸佛不忘出世,欲破群迷;大隱要在居塵,誠難獨善。將迎任物,出處隨機。某人戒迹孤高,談鋒穎悟,得菩薩心法,繼曹洞宗風。眷慧日之精藍,占琴川之壯麗。龍山近接,勝絶三吳;鯨海旁翻,氣吞四澤。正是渡人津要,素爲選佛道場。宜屬當仁,用光法席。雖行雲出岫,本自信於無心;然流水盈科,必應緣而有利。無煩避席,便請浮杯。

### 請台州兜率院長老住平江楓橋寺疏

佛刹現前,本無定相;祖師說法,要在隨緣。某人長老戒迹孤高,談鋒穎悟,作舟航於覺海,示標的於叢林。台岳路幽,既睹諸天之雲閣;寒山月落,好聽半夜之霜鐘。便請浮杯,無煩避席。

### 請前住南康軍雲居寺曇顯住平江定慧禪院疏

行雲出岫,本自無心;流水盈科,政宜利物。某人明第一諦,得最上乘,正宗親授於天童,法嗣遠傳於曹洞。曾向落星灣畔,水泄不通;何妨游鹿臺邊,狐群盡破。將迎任物,彼此隨機。便請近前,無煩多避。

### 代朱參議請雅師住陽山功德院疏

松檟百年,久托龍山之勝;人天四衆,方虛猊坐之瞻。宜得當仁,用光法席。某人性宗了達,道價孤高,真臨濟孫枝,得菩提心印。十方世界,到處安禪;三座道場,臨機說法。眷褒忠之賜刹,實選佛之名藍。鐘鼓升堂,能振白蓮之祉;雲山改觀,庶增黃壤之光。辦此大因緣,須憑善知識。佇看飛錫,便請浮杯。

### 請首座尼義剖住西竺尼院疏

衆生無邊,欲證菩提心印;諸佛出世,或現比丘尼身。某人參最上乘,悟非色相,領祖機而了達,守戒迹之孤高。乃眷精藍,方虛法席。維摩妙法,既傳不盡之燈;舍利化身,請說無生之果。

### 請於潛常樂教院傳天台宗教僧法榮住平江北禪大悲教院疏

瞿曇於光明藏中,普陳方便;智者以慈悲願力,演說根源。期宗教之有光,非當仁而孰可。某人一乘法眼,三昧辯才,早明捨筏之心,夙謹護珠之戒。眷北禪之名刹,實古梵之道場。講席方虛,慈音久鬱。幸打包於潛岫,徑飛錫於吳門。亂石群聽,佇聞異事。寶花飛雨,即應殊祥。當俯狥於輿情,諒弗違於公請。

### 建藏緣化疏

如來於光明藏中,廣陳方便;衆生於清净願力,備極修崇。惟興國之明藍,全具多之妙典。琅函雲叠,玉軸星攢。備四大部之靈篇,爲一切法之捷徑。珍藏無所,瞻禮何從。宜憑檀越信心,共建雙林秘藏。真金塗飾,擁八座之光輝;衆寶莊嚴,聳丹楹之煥麗。龍天圍繞,神物護持。推原布施之功,超絶思議之境。共成勝事,同結善緣。

### 塑佛疏

僧伽現非法相,初無事於莊嚴;衆生觀具足身,固難忘於修飾。須嬰疾苦,嘗啓願心。謹以丹青之誠,成兹金碧之相。伏願以清净願力,俯鑒精虔;於苦惱厄中,爲作依護。

### 祭雷神疏

神職攸司,實布雷霆之令;農疇告病,正須霖雨之功。爰祇祓於靈場,用修崇於秘法。震驚遠邇,願施作解之仁;潤澤焦枯,盡洗亢陽之沴。

### 祈雨醮經疏

旱既太甚,浸成冬令之温;天無私親,俯鑒誠心之禱。恭陳净醮,祗演冲科。集霞襴於清壇,企飆游於紫府。伏願洗除妖沴,感召至和。雨三爲霖,溥垂膏潤;雪尺呈瑞,用格豐登。

### 又祈雨疏

旱既太甚,實深害歲之憂;神之格思,敢幾崇朝之澤。謹傾誠府,仰叩靈祠。伏願月離畢以滂沱,沛爲膏潤;歲守心而豐稔,用協金穰。

### 又寺觀謝雨疏

沛然下雨,致亢旱之獲蘇;享於克誠,實能仁之是眡觀云"實高真之是眡"。敢虔昭報,丕對靈休。更願四序均調,咸遂中和之育;百嘉繁茂,永消疵癘之灾。

### 又請銅像觀音禱雨疏

害我田穉,實甚亢陽。念彼觀音,庶憑慧力。恭延金色之相,用致丹心之誠。伏願誓海宏深,憫此七月之旱;慈雲遍覆,化爲三日之霖。

### 又諸廟謝雨疏

厥罰常暘,方切歲荒之慮;以祈甘雨,遽膺神聽之孚。吏逭責於簡書,民無憂於溝壑。仰御鴻施,但極愚衷。更願保五風十雨之期,永消咎證;致千倉萬箱之富,用協豐年。

### 又寺觀祈雨疏

夏耨方勤,深切歲穰之望;雨膏未洽,遂興旰食之憂。爰敕藩臣,并趨靈宇。伏願百神受職,肅承帝詔之温;三日爲霖,用致農民之慶。

### 又寶公祈雨疏

愆陽爲沴，尚軫淵衷；真覺垂休，宜孚善應。恭叩金容之粹，用申丹悃之精。伏願廣布慈雲，溥施法雨。田疇霑足，大寬宵旰之憂；黍稷豐穰，咸適歲時之樂。

### 又寺觀謝雨疏

農疇告旱，被聖旨之丁寧；天澤降兹，荷神聰之顧答。敢虔昭告，丕對靈休。千倉萬箱，已協歲穰之兆；五風十雨，更祈時若之祥。

### 又寶公謝雨仍再禱疏

百穀仰雨，雖蒙霢霂之膏；三日爲霖，未沛滂沱之澤。豈精神之靡至，抑禱請之不虔？躬叩晬容，終期善應。優渥霑足，庶可畢於農功；廣大慈悲，其敢忘於佛力？

### 又迎請寶公祈雨疏

翻手作雲，雖協西郊之望；舉頭見日，更深南畝之憂。謹祓精籃，敷陳净供。恭延金色之相，再罄丹心之誠。伏望真覺垂慈，憫此七日之旱；亢陽消沴，需爲三日之霖。儻獲遂於歲穰，其敢忘於佛果？

### 送寶公歸寺疏

佛力無邊，俯念禱祈之切；雨膏敷潤，稍寬旱暵之憂。當沛至於嘉祥，雖稽留於法馭。伏惟寶公大士總持妙果，應見此方。香火精嚴，久享瞻依之敬；農疇枯瘁，能忘救護之心。願歸返於靈山，用大興於利澤。

### 請銅像觀音祈雨雪疏

衆生苦惱，方病亢陽；大士慈悲，冀垂妙果。當歲律之云莫，乃雨雪之愆期。水泉欲枯，疾癘交作。農不入種，民虞阻饑。雖備罄於懇祈，了不聞於顧答。詞窮意切，理極情危。伏惟大士以智慧心，行方便力，潤兹旱暵之虐，察此憂惶之衷。温氣蕩除，變清凉於法界；同雲布滿，散潤澤於太虛。

### 祈雨雪疏

冬行春令，實傷歲和；天必民從，是資神貺。伏願三霖敷潤，尺雪呈休。天宇澄清，盡滌塵埃之濁；農疇霑足，遂登牟麥之祥。

### 謝雨祝文

旱魃爲虐，靡神不宗。神久弗歆，吏則惟慄。意乖翕之凝鬱，故驅禳之實艱。幾紓千里之憂，敢避再三之禱。果蒙嘉瑞，溥（原作"溥"）洽至和。既謝貺之艱稽，諒瀆神之有譴。謹殫所報，并叙厥愆。

### 祈雨祝文

自春徂夏，雨亦時得，而霢霂所及，爲惠未洽，實用不敢，寧將有乞於神聖。天子軫念元元，親灑宸翰，俾致虔禱。敢以明詔，恭告祠下。惟神其聽之，使霶霈之澤，充洽於西郊；而勤動之民，不憂於卒歲。守藩者得以歸報於天子，則神之責塞矣。

### 謝雨祝文

間者以膏澤未敷，農或告病，奉天子命乞雨於有神。神之降休，應若響答。田疇益霑足之功，溝澮無竭涸之患。荷神之賜，夙夜不敢忘。嘉肴旨酒，齊潔以告，以答靈貺。

### 祈雨諸廟祝文

神運威靈而福此邑，吏宣德化而宰此邑。民事登耗，吏與神俱，當關心也。今七八月之間旱,早穀薄收,晚禾將槁。吏實憂之,神其聞之否乎?謹率乃僚,再拜忱禱。宜亟請命於皇天上帝,沛然下雨,蘇我焦熬,吏能寬民之憂。神血食於此,乃無愧。其垂聽之。

### 祈雨請龍水祝文

旱虐甚矣,神龍胡爲高臥,而若罔聞知邪?豈拙政之未能格天之和氣邪?抑神龍稟令於天,而不敢擅施汪濊之恩邪?不然,胡忍聽旱魃之挺災邪?常聞龍能變水,敢借涓滴,化而爲百里之膏澤,蘇我焦枯。龍斯爲靈矣,興雲吐霧現神通,勿遜勿避。

### 祈晴祝文

天既惠於農人,春作而夏耘之,以及於大熟。今秋序既中,民且收斂,而苦雨爲患,浸淫不休。場圃成塗,稻穟生耳,將不保於西成。茲用不皇寧處,乞晴於有神。神其聽之,應若響答。俾垂登之穀,可必於有年;而勤動之民,不憂於卒歲。非惟吏得逃責,而神食此土,可以無愧矣。

### 祈晴祝文

霪雨之爲沴,極矣。自冬徂春,無十日霽。下田之麥,既蕩溢不入種,而熟於壠者,亦薄乎云爾。今四月維夏,農且收穫,而苦雨爲患,浸淫不休。束者積於場,植者偃於野。麥且不登,民無以繼食。災異至此,豈惟守土者責?神食於民,亦難乎坐視而不救也。敢以民病,告於有神,惟神其聽之。

### 祈晴祝文

蘇之爲郡,控江帶湖。雨五日不止,則水潦泛溢,農有憂色。今者入夏連雨,穉秧在田,出沒分寸,將不保於有年。茲用不敢寧,乞晴於有神。神其聽之,應若響答。劃劉霽陰,易沴爲和。非惟吏得逃責,而神之食此土,亦可以無愧矣。

### 祈晴祝文

苦雨爲害,彌旬不休。憫茲卒歲之民,重此積陰之虐。吏既慚於無術,神豈得以不憂。願掃重陰,以昭靈貺,俾民奉事,永歲益虔。

### 謝晴祝文

季冬之月,水潦爲敗,月令謹書以爲灾。比者積雨彌旬,小民咨怨,懼其致浸淫、傷至和也。乃以今月二十六日,乞晴於祠下。神之聽之,如響斯答。收捲陰沴,賜之時暘。民無墊危,吏逭瘝曠。神之貺此土厚矣。躬率寮屬,奔走分告於神明。丙子以還,膏澤荐降。農望饜足,兆維豐年。壬午之晨,既獲祇謝。而霖瀝不霽,復艱於耘。又以丁亥懇禱祠庭,維茲時暘,敢申昭報。不腆之禮,冀享厥誠。尚饗(原作"嚮")。

### 謝晴祝文

歲方秋成,雨不時霽。民以病告,用禱於神。神之聽之,休應昭格。雲捲霧廓,如手拂除。農布於郊,是刈是穫。膺茲庇貺,夙夜敢忘。恭擇吉辰,式陳報禮。仰期孚祐,俯賜鑒臨。

### 謝晴祝文

間者春夏連雨,稽人憂勞,嘉穀用虞。懼無以應貢賦、供給粢盛。乃以四月某日,奔走祠下,乞晴於有神。惟神鑒之,應若響答。劃劉雲陰,白日顯行。化荒爲穰,易沴爲和。織婦耕男,忻忻衎衎。惟神之休,夙夜不敢荒怠。謹涓吉日,齊潔以祀,以答神貺,神其尚饗。

### 謝晴祝文

積陰成沴,多虞壟麥之傷;易厲爲和,實藉神庥之賜。敢傾誠悃,仰答殊私。更願天無伏陰,致十雨五風之應;農乃登麥,符一莖九穗之祥。

### 謝晴祝文
神之格思,俯垂大貺。又時暘若,遂致嘉祥。敢傾報謝之誠,更冀終成之惠。伏願五風十雨,永蠲陰沴之虞;千倉萬箱,用享年豐之慶。天作霪雨,致小民之怨咨;神享克誠,蒙景貺之昭答。民既無於昏墊,吏得免於曠瘝。敢露至忱,仰酬善應。更願一旬無再雨,瑞永協於太平;三日以爲霖,灾潛消於咎證。

### 秋祭祝文
惟神廟食於此,實永相尉曹。而吏居官,一閏則易。某宦游於茲,三見秋序,幸逭於曠瘝,賴神之庇多矣。稽之常典,秋則有祀,茲用不敢廢。惟神鑒之,終始其惠。

### 春祭諸廟祝文
神之所降,依者人也。人之所敬事者,神也。凡封部之內,山川之神,奠饗有時,齋洗必恭,吏不敢廢也。至於克庥斯人,使無水旱雷霆疾疫風火之灾,以各寧厥宇,則神之職也。方時春序,祀有常典,不敢以不告也。

### 秋祭諸廟祝文
明神降依茲土,實芘貺斯人。郡刺史嚴齋洗且食飲,以時薦於祠下,禮也。秋序既終,年穀順成,人無咨嗟,用忻用遂,賴神之賜厚矣。祝有常典,茲用不敢忘,惟神其鑒之。

### 秋祭諸廟祝文
霜氣既肅,萬寶順成。神之聰明,實克有相。祀有常典,吏弗敢蠲。殽肥酒馨,庶其顧答。

### 謁諸廟祝文
衰庸無似,屢試罔功。上恩優隆,易守大府。受命慄慄,大懼弗任。冥冥之中,神靈是依。既至之初,敢不以告。

### 辭諸廟祝文
爲長此州,歷二百日,勤勞夙夜,幸逭於咎,賴神之相多矣。今茲得請,敢不告行。

### 創建錫山龍王廟奉安祝文
惟龍之靈,飛行在天,變化無常,將以此芘貺斯人,必降依於深山大澤,使人廟而食之。誠之所求,罔不顧答。陽山龍母之所居,蘇人飲食必祭,水旱必禱,有年矣。間者歲大旱,乞雨祠下。神之威靈,蜿蜿蜒蜒,出見於山。若擇所憑托而未得者,豈神之棲焉,當自有所,而舊廟之設,其饗專而不敢分耶?守土者甚愧且懼焉。乃於其旁,創立厥宇,明宮齋廬既備,謹卜良日,具牲酒,奏聲音,以獻以樂以妥。厥靈惟爾有神,永宅於茲。其克庥於蘇,使無旱暵水潦風火疾疫之虞,則神之饗祀,永永無極。

### 功德疏青詞
聖運重熙,式紀祥樞之旦;皇穹丕祐,實司神策之符。祗歆琳宮,旅陳寶供。企叢霄而請福,延真馭以迎禧。皇帝陛下伏願帝嘏川增,皇圖鼎固。萬年壽考,永臻逸樂之休;四海會同,盡入升平之域。

### 道觀開啓青詞
慈宸宅尊,慶協誕彌之旦;皇天輔德,實垂罔極之休。謹披三洞之科,用祝萬年之壽。

太上皇帝陛下伏願霄宸隲祉,道阻叢禧。甄商陶周,大業等山河之久;父堯子舜,重明齊日月之光。

### 道觀開啓青詞

彌月開祥,喜際千齡之會;圓穹降鑒,實司萬壽之符。敢殫臣子之誠,用祝聖神之筭。肅陳寶供,祗被蘭場。延無極之高真,誦長生之秘籙。太上皇帝陛下伏願皇圖不拔,帝祉增崇。與造物游,配乾坤而共久;以天下養,括海岱以叢禧。

### 求雨青詞

旱既太甚,方深害歲之憂;天維顯思,願鑒投誠之懇。伏念臣濫茲居守,適會亢陽。雲雖作而復收,膏或施而未廣。群祠并走,嘉應蔑聞。爰載祓於青壇,用肅陳於净供。雲軒風馭,冀垂降格之休;陰軸雷車,大賜霈霧之澤。

### 祈雨青詞

旱魃為虐,致膏澤之或屯;皇天無親,惟誠心而斯動。敢傾虔懇,仰叩高真。伏念臣猥冒君恩,叨分郡寄。承水患流離之後,當粒食艱難之時。幸甫及於秋穫,幾少蘇於民困。旱方太甚,年未順成。禱雖罄於再三,潤靡盈於膚寸。儻浹旬之不雨,將卒歲之阻饑。是用稽首投誠,籲天有請。月離於畢,願垂三日之霖;歲守於心,庶獲千蒼之慶。

### 謝雨青詞

常暘為沴,有傷至和。上帝不言,曲垂善應。物遂涵濡之樂,民寬旱暵之憂。敢具清羞,仰醻大貺。更願雨暘時若,永均玉燭之調;年穀順成,用衍金穰之慶。

同上書卷一一。

### 天申節放生疏

天德之大曰生,恭裒勝利;封人之祝使壽,仰贊洪休。太上皇帝陛下伏願天覆群生,海涵庶類。川珍岳貢,茂膺可致之祥;魚躍鳶飛,咸介不回之福。

### 天申節放生疏

虹流電繞,慶協昌辰。川咏(《宮教集》作"湧")雲飛,恭裒勝利。太上皇帝陛下伏願乾坤隲祉,海岱叢禧。震動天休,諸福之物畢至;逍遥繫表,萬世之休無疆。

### 天申節放生疏

文臺於樂,致多福之聿懷;湯網克寬,享百禄之是總。敢布好生之德,用輸報上之誠。太上皇帝陛下伏願天覆群生,海涵萬類。鳳儀獸舞,集可致之嘉祥;魚躍鳶飛,介無邊之景福。

以上見《大典》卷八五六九。翰林院抄本《宮教集》卷一一。

按:以上三首金程宇《新發現的永樂大典殘卷初探》指出漏收。拙著《永樂大典輯佚述稿》頁一七三已録。

## 廖行之　卷六〇八三至六〇八九

### 【校訂】賀隆興程帥啓(頁三一二)

此文又見文淵閣本《雙溪類稿》卷一四《賀隆興程帥啓代》,册二七〇頁一八〇王炎下即收。據題,此文為王炎代作。

### 賀趙帥啓(頁三一二)

此文又見《雙溪類稿》卷一六《賀趙帥啓》，册二七〇頁二一七王炎下即收。此文爲王炎代作。

**謝荆南陳帥啓**（頁三一三）

此文又見《雙溪類稿》卷一四《謝荆南陳帥啓代》，册二七〇頁一九六王炎下即收。此文爲王炎代作。

**與静江詹帥啓**（頁三一三）

此文又作《雙溪類稿》卷一四《與静江詹帥啓代》，册二七〇頁一三四王炎下即收。此文爲王炎代作。

**祭劉宣教文**（頁三六一）
**祭王宣教文**（頁三六一）
**祭范學諭文**（頁三六二）

三文題下《大典》卷一四〇四九分别有"秉惟""安常""孟卿"二字注。

附：文淵閣本《蓮峰集》附《蓮峰集序》，《全宋文》編於册二二五頁四五省齋下，且云"姓名不詳"。廖行之號省齋，或即其所作。

## 册 二七一

### 京鐽　卷六一一五

**【輯補】回生日啓**

此文四庫館臣誤入閣本韓元吉《南澗甲乙稿》，《全宋文》襲之，入册二一六頁七四韓元吉《京鐽回生日啓》。此文作者實爲京鐽。文不具録。

### 楊冠卿　卷六一一九至六一二六

**【校訂】代祭謝舍人文**（頁二〇七）

此文又作册二一六頁三六四韓元吉同題，歸屬未能確考。

附：《文獻》2010年第1期載辛更儒《諸老先生惠答客亭書啓編考釋》一文，據宋刻本《客亭類稿》輯録張孝祥二首、龔茂良一首、劉岑一首、范成大一首、京鐽二首、何異三首、李結七首、林大中一首、張堅三首、辛棄疾一首、吳斗南一首、李度支一首、羅點二首、沈濟一首，凡十四人二十七篇，均爲《全宋文》失收，在此言及，不一一單列。

## 册 二七二

### 葉大廉　卷六一五八

**【輯補】乞依格修築州縣社壇奏**淳熙五年十二月

臣仰惟國家奉祀社稷，春祈秋報，事體至重。比歲以來，稼穡奉稔，若遠若近，如坻如京。此皆陛下聖德感格，上天降康，尤宜昭答神貺。臣竊見州縣之間，專務苟且，以祀事爲不急，惟日前輒辦。所謂社稷壇壝，全不葺治。樵牧之所踐踏，風雨之所漂毁，漫不加省，所至皆然。祭日既至，往往陳牲幣、設篚篡於荒榛草莽之間，有同兒戲，過者笑之。崇奉之禮既缺，誠敬之心安在？臣愚欲望聖慈嚴賜行下，凡州縣社壇，并仰依格修築，常加守護。州責之守，縣責之令，逐月檢察，仰稱陛下欽崇之意。取進止。

《大典》卷二〇四二四引《中興禮書》。

## 沈繼祖　卷六一六一

【校訂】賀黃司成啓（頁三四六）

此文又作册一七六頁三三六沈與求同題。沈繼祖文輯自《大典》卷一〇五四〇，題"沈繼祖梔林集"。歸屬未能確考。

# 册　二七三

## 崔敦詩　卷六一六四至六一八二

【輯補】奏論教化札子

《全宋文》録於册二六九頁三五崔敦禮下，注云"按《歷代名臣奏議》卷一一七，爲崔敦詩作"。文不具録。

### 放生簿序

人與物均也，人特靈於物耳。天之賦之以形，欲使全其生，豈異哉？人有撫字牧養，愛惜斯民，則王法得而賞之。人有殘忍強暴，殺一非辜，則王法得而誅之。故生人者必賞，殺人者必誅，不可易也。乃若林林而植，蠢蠢而動，聲氣動作與人同也，榮枯瘁息與人同也。生人者必賞，則生物者獨無賞乎？王法所不及，則天將賞之。殺人者必誅，則殺物者獨無誅乎？王法所不及，則天將誅之。通之爲州，素號道院，其俗樂善而畏法，氣習淳厚，見義則勇於進，見一不義，相顧忸怩而不敢。故其人易誘以爲善。始余家爲放生會，蓋從之者翕然數百家。是數百家者，皆端愨敬信，視護物如護頭目，視物之傷其生，如其身傷。行之既久，物賴生全，至不可計。前年冬，虜騎長驅，擣我淮甸。淮之人，驅孥屠戮，川谷原野，厭肉流血，有至絕種。而吾鄉之生齒，全而往，全而歸，雖鷄犬亦無毫髮損。意者天固以是報之耶。願我會中若男若女，若老若少，若貴若賤，若貧若富，睹報生善，益勵且堅。於救物時，作是思惟曰："彼是物，咸有族類。行且就死，父失其子，夫失其婦，兄失其弟，寧得不哀？刀鋸利鋘，湯鑊糜沸，方其未及，如地獄戰慄恐怛；而既及已，彼有形體，痛當如何？若乃飛蛾赴燈，細蟻浮水，魚墮網中，蝶懸絲上，燕雀鶉鴿，繫命籠罩。譬如凡人落身盜賊，囚繫縲絏，豈不望救？其或漁獵之夫，籠養之隸，手扼烏鵲，罶盛鼃魚，巡門而呼，張價求售。凡彼是物，瞋目視人。口雖無言，意可知已。過而不顧，不仁也夫。"願我會人，推類而思，感物而動，至誠發憫，如是想觀，久而行之，與仁俱化。雖不責報於天，天之報之，豈輕也耶。生亨福祿，没生人天，當災而祥，宜夭而壽，慶及後嗣，榮光厥門，蓋由此也。敢書卷首，用告信者。

《大典》卷八五六九引崔敦詩《舍人集》。

按：金程宇《新發現的永樂大典殘卷初探》一文已指出漏收。

## 鄭僑　卷六一八四

### 【輯補】謝朝請郎表

臣某言：準告爲皇太子宮講《春秋》終篇，臣曾充侍講，蒙恩特轉一官，臣已望闕遥謝祇受訖者。鶴禁具僚，嘗叨進講，《麟經》徹卷，均沐疏恩。祇拜訓詞之榮，不勝僂傴之懼。臣某中謝。伏念臣起家寒遠，涉世迂疏，實不副於浮名，學未聞夫大道。頃以備員於太史，繼而列屬於承華。入侍經緯，獨執《春秋》之一藝；具陳管見，何裨日月之重明。甫浹周期，即塵外補。敢意七八年之後，尚甄萬一分之勞。覽奏終篇，策名進秩。兹蓋伏遇皇帝陛下神謨宏遠，聖學高明。立教宮庭，本文王爲世子之學；推崇君父，取孔子約魯史之書。歷命儒臣，勸講儲極。畢兹大義，被以殊私。臣敢不退省所蒙，將何以稱。鋪陳印綬，掩漢儒稽古之初；歌咏本支，過周室卜年之曆。臣無任。

### 謝皇太子朝請郎箋

某言：準告爲皇太子宮講《春秋》終篇，某曾充侍講，蒙恩特轉一官，某已祇受訖者。儲闈勸講，舊乏勞能，魯史徹章，新承寵渥。得非所望，居不自皇某中謝。伏念某冥頑不靈，單子自奮。學古而見道逾遠，反身而寡過未能。蚤充中秘之員，濫綴承華之屬。博聞道術，無非左右之端人；獨抱遺經，莫究始終之大義。每因侍學，常竊慚顔。自一去於宮墻，已七周於歲籥，敢意終篇之奏，亦叨進秩之華。兹蓋伏遇皇太子殿下仁孝日聞，聰明天縱。問安侍膳，不忘朝夕之勤；遵君奉親，更達《春秋》之指。篇章講究，德業崇成。凡預經緯，悉沾恩紀。某敢不益堅厥守，思稱所蒙。引唐士以討論，尚想退朝之暇；拜漢廷之賞賜，愈知稽古之榮。感懼并深，敷宣罔既。

《大典》卷七三二二引《鄭惠叔歷官奏表》。

### 色誨帖

僑頃因入奏，遂得一承色誨，愚合尉幸，惟是迫於臨遣，不克再造。辱下自抵金陵，適當旱潦大作之後，人物煎熬，求救□□，日不暇給。一書致□□□及□□□□□□端亮之德，久游憲府，日望位專任重，言聽諫行，使襄陋羈遠者專斯民問，見膏澤之下，豈勝幸願，更不敢□吏瀆，上浼臨紙，禮文疏略，并丐台照。右謹具呈。顯謨閣學士通奉大夫知建康安撫使兼行宮留守司公事鄭僑札子。

《鳳墅前帖》卷一五。

## 册　二七三至二七四

## 趙汝愚　卷六一八五至六一九三

### 【校訂】孝宗諡册文（頁三八九）

《宋會要輯稿》禮三〇之六載，（紹熙五年六月十二日）同日，命少保左丞相留正撰哀册文，知樞密院事趙汝愚撰諡册文。《全宋文》編者據此録此文於趙汝愚下。然同書亦載："（紹熙五年六月）二十七日，詔：撰哀册文官改差右丞相趙汝愚，撰諡册文官改差知樞密院事兼參知政事陳騤。"知陳騤當爲此文撰者。《全宋文》册二四一陳騤下即收此文。趙汝愚下當删。

**【輯補】孝宗哀冊文**

維紹熙五年歲次甲寅六月庚寅朔九日戊戌,哲文神武成孝皇帝崩於重華宮之重華殿,殯於殿之西階。粵十一月戊子朔十五日壬寅,遷座於永阜陵欑宮,禮也。即遠期臻,通喪義切。象物儼乎既備,龍輴憯其將發。孝孫嗣皇帝臣御名孝深念祖,制實代親,欒棘表性,苴麻厚倫,望仙游而已邈,企貽訓以如新。丕闡大烈,亶資弼臣。其詞曰:

於皇太祖,肇基我宋。神旗一揮,萬國星拱。功拯兆人,德彌千紀。傳祚友于,弗私其子。慶鍾來裔,元聖通開。珠庭日角,大略雄才。洪惟高宗,鑒挺則哲。早毓英睿,謂膺圖牒。爰付大統,天心允協。乾道紀旦,於赫皇明。清風發而杲日麗,潛龍奮而春雷驚。厌席顧俊,宵衣厲精。政核名實,治規平成。革玩歲之末習,揭爽邦之大經。群臣震叠,以亮采方內,涵濡而底寧。慨九陵之蕪穢,悼二都之羶腥。若劇嘗膽,夙行建瓴。意欲刷恥雪憤,掃穴犁庭。陳藁街之斧鉞,報清廟之威靈。雖壯圖之耆昧,炳聖志之丹青。宣示訓於有生,尤茂昭於人極。享帝虔恭,奉先祇惕。兢兢早暮,載嚴子職。玉卮奉而慈顏怡愉,寶册陳而叶氣充塞。十閏致養,三年宅恤。表裏交盡,初終如一。行軼曾閔,道光載籍。乃若學洞壼奧,文追典謨。諏經米廩,援翰鴻都。儒化聿宣,文風誕敷。居率儉勤,動虞驕逸。覽章夜分,決事日昃。聲色靡好,囿游不飭。賜無橫縑,府有餘積。至仁漸暨,邦本先恤。延見牧守,丁寧戒飭。中外更試,以練群能。長養成就,忠良奮興。善無微而不錄,惡無隱而不懲。日司紀綱,或糾愆謬。不難屈己,以伸法守。體正用大,消平黨偏。其德赫赫,其心淵淵。蓋明足以燭知洪纖,而不病於察;智足以獨御區宇,而不矜其全。神機電斷,蔑優游之失;卓識天授,顯精一之傳。春秋日高,聖敬彌邵。肆垂宏遠之規,終契希夷之妙。脫屣黃屋,怡神絳宮。方展禘而慶七袞,忽賓天而乘六龍。文母流涕以臨訣,聖嗣抱疹而嬰凶。嗟舜宥之甫頒,哀秦醫之莫逢。嗚呼哀哉!彌留之辰,天震地裂。人心靡怙而皇皇,國勢阽危而業業。賴遺澤之滲瀝,想靈旂之颯沓。偉大策之中定,鞏皇圖於不拔。嗚呼哀哉!流景於邁,隱憂載深。繁霜粲兮眩目,朔吹嚴兮殞心。撫御座兮虛以寂,瞻素旗兮翩復森。長樂鐘殘,猶意彩衣之問;鈞天夢斷,空驚廣奏之沉。嗚呼哀哉!因山遽催,同軌畢赴。背巍巍之遂宇,即杳杳之靈户。紛羽衛兮赫奕,愴凶儀兮縞素。薤歌咽兮前導,蔓翣移兮屢駐。流蘇月滿,清廂之夜色空凝;輦路苔生,別苑之春光誰顧。嗚呼哀哉!指濤江而欲度,辭廟祏以增欷。睇稽山兮暫寓,眷鞏洛兮終歸。痛深泉下之銀海,藏謹中方之玉衣。葬遠蒼梧,寒二妃之不從;宴終瑤圃,眇八駿以何之。嗚呼哀哉!君臨天下二十有八年,睿澤浸乎華夏,德名振乎天淵。儷美堯禹,跨成軼宣。何崇朝之厭代兮,鬱四海之煩冤;焜大孝之絕德兮,芘神孫於萬年。嗚呼哀哉!

《宋會要輯稿》禮三〇之三一(册二頁一一二一)。

**乞行鈔鹽劄子**淳熙十三年

臣檢照嘉祐之時,本路鹽法并係自差官兵般運。至上四年,軍召募客人抹鈔算請。至建炎、紹興間,汀、劍盜賊,商旅不行,權令般運出賣,自後弊物日甚。至乾道八年,本路漕臣陳峴建議行客鈔,當時不數日間,轉運司已賣鈔鹽幾及遞年所賣全額之數。而汀州客鈔遍賣緩滯者,蓋是四郡通行客鈔,互相侵奪,實非鈔法之弊。今若用四方之策,專行鈔法於汀州一郡,則無前日互相侵奪之弊。仍於將樂、沙縣各置轉般倉,召募稅户搬鹽,或依嘉祐舊法,廣行儲蓄,以俟本州措置遍賣。除分隷諸司錢外,盡數還州縣充作歲計。恐或不足,今措置增給鈔鹽六十萬斤爲之補助,則於諸司及州縣各無虧損,委是經久可行。

《大典》卷七八九五引《臨汀志》。

# 册 二七四

## 袁説友 卷六一九四至六二一一

**【校訂】講學札子**(頁一三三)

題,文淵閣本《東塘集》卷一一作"講學",《大典》卷一四七〇七載此文片段,署"東塘集·講孝"。題當以《大典》爲是。

**講易札子**(頁一三六)

題,文淵閣本《東塘集》卷一一作"講學"。

**同衆從官乞過宫上壽狀**(頁一七二)

此文又見文淵閣本《攻媿集》卷二三《同侍從請過宫第二札》,册二六三頁二一四樓鑰下即收。《歷代名臣奏議》卷一二引此奏狀,言爲袁説友上奏。今别無依據,故應兩存,注明重出。

**同衆從官入奏壽皇聖帝狀**(頁一八〇)

此文又見《攻媿集》卷二三《上壽皇聖帝札子》,册二六三頁二一六樓鑰下即收。《歷代名臣奏議》卷一二引此奏狀,言爲袁説友上奏。今别無依據,故應兩存,注明重出。

**同衆從官宣引入對狀**(頁一八一)

此文又見《攻媿集》卷二三《同侍從請過宫第一札》,册二六三頁二一三樓鑰下即收。《歷代名臣奏議》卷一二引此奏狀,言爲袁説友上奏。今别無依據,故應兩存,注明重出。

**謝除知洪州到任表**(頁二六六)

隆興元年(1163),洪州升隆興府。此後知洪州者云"知隆興府"。則此表之撰,當在此年前。而袁説友生於紹興十年(1140),時僅二十四歲,與文中所云"以臣久陪政路"不合。且袁説友隆興元年始登第,代撰之可能性也較小。味文中"向爲外敵之傷殘,未復遺民之凋瘵。加以里閭囂訟,素傳珥筆之譏;山谷阻深,尤迓弄兵之習。困連營之供億,防大敵之窺覦"之語,當撰於南宋初。勞格《讀書雜識》疑撰人爲張守,紹興八年至十年以江西路安撫制置大使兼知洪州,正與文中"雖節制之權稍重於異時,而撫綏之責莫難於今日"句相合,可備一説。

**賀留同知啓**(頁二九一)

題"留",國圖藏翰林院抄本《東塘集》作"劉"。

## 陳曄 卷六二一三

**【輯補】古靈先生年譜記**紹興三十一年

家君重刊先正密學遺文於贛之郡齋,俾曄次第《年譜》以冠之,庶幾生平游宦歲月之先後,與夫壯志晚節詩文之辭力,曉然可見。曄謹承命,恭考三朝實錄暨文集、行("行"字原缺,據《古靈先生文集》補)狀、墓志、家譜諸書,參校有可據者,乃繫於歷歲之下云。時(《古靈先生文集》無"時"字)皇宋龍集辛巳紹興紀號之三十一載十月朔旦,六世侄孫、將仕郎曄謹拜手記。

《大典》卷三一四二引《古靈先生年譜》。又見國圖藏宋刻本《古靈先生文集》卷末附錄。

### 縣學祭器記 淳熙六年

曄淳熙戊戌冬試邑於此，越明年春，祀於學宮。祭器闕且弊，豈所以尊饗先聖先師之禮？退而治之，或謂非急務。曄聞而嘆曰："異哉斯言！衛靈公問陳於孔子，孔子對曰：'俎豆之事則嘗聞之矣，軍旅之事未之學也。'及仕魯，先簿正祭器。顧此不爲重事哉？曄頃爲中都官，凡朝廷宗廟之祭，屢得而與，莫不整備，而郡邑釋奠率苟簡。噫！曾不知禮之器，其粗雖見於刑名度數之末，而其精乃寓於道德性命之理，故見之者必有肅容，有肅容必有肅心，則知恭順，知恭順則人道之本立而事治矣。若以爲非急務，則大典闕而去道愈遠也。況器以藏禮，禮以體政，詎敢不勉？"於是新之。秋祀乃用，嚴而潔，觀者生敬。因識於殿柱之左。八月丁亥，知縣事陳曄謹書。

上海古籍書店1965年影印明嘉靖三年刻本《淳安縣志》卷一三。

### 錦溪館記 淳熙八年

縣有驛，其來舊矣。始創於大門之右，名曰青溪。逮宣和庚子之後，既壞而復，更曰新安。久且圮，屬大門之左有官舍數楹，因以茸治，而其名不立。每簿領至，即以爲廨。甫別營之，又爲酒官乘虛以居。時有上官之戾止，與夫賓客之往來，皆無所憩。洎不得已，則之饗宮焉。或以公事至者，坐講堂，施鞭撻，纍桎於殿廡間。士類至今言之，猶聲呻也。曄既新學，酒官又去，視民日閑暇，可以集事，爰整舊觀，扁爲錦溪館，并叙始末，以告後來，幸毋使襲昔之迹也。辛丑四月望，陳曄記。

### 綉衣堂記 淳熙八年

淳熙辛丑夏四月，既茸錦溪館。越一月，而水潦大至。天子聞而愍之，命常平使者浚儀趙公臨視弭節焉。邑在萬山中，自宣和辛丑常平使者攝刑獄事循行之後，至今不識皇華。一旦六轡東來，人争快睹。公能仰體上意，惻怛恤民，爲之臚奏。即詔蠲閤夏賦有差，又詔取東陽積粟四十斛，俾賑其乏。民之呼舞仰戴，歡然一辭。夫部使者久不至，至則恩惠隨之。適斯館之再成，殆不偶然。又一月，曄合衆志，而名其堂曰綉衣，以示吾民之毋忘。乃屬孝廉王君勉中大書其榜，并識其歝。縣令陳曄記。

以上《淳安縣志》卷一四。

### 合洋惠人橋記

邑子黄俊茂等一日摳衣歷階，衷出一通語，若有懇乞者。予訊之，則曰："邑之合洋有谿，界驛衝番，歙人通問，津憧憧不絕。異時編薪獨木以濟，投步惴心。若春夏淫潦狂湍坌來，則又蕩柝委流而下，率一再旬阻絕，亡以濟不通。民病涉舊矣。屬者爲橋其上，其修三百尺，廣十二尺，負幹甚隆，布版則良，覆以長廊，扺以朱欄，堅縝傑麗，如虹臥波。淳熙二年七月始事，冬參半役成。毋慮用錢五百萬，工六千四百，蓋俗人倡里人之善者檀施也。顧念諸人措意，不可使其湮汨弗宣，惟訂名紀事。敢再拜先生門，跽以請。倘得一語，榮鑱而表諸橋，庶幾往來人知所原，而數十年之後，有能念始基之艱者，尚或想其亡斁也。"予退，竊伏思平時詩書宿志，奉天子命以來爲令，弗忍露才揚己，自斷其民誠，因民之利益可喜事而襃之而勸之，則推凡上可欲施與引，凡民所當爲者，不待詔而孚矣。是固予願也。

乃名之曰惠人橋,而爲之記。昔周單子過陳,見其川澤不陂梁而知其必亡。薛惠爲彭城,橋梁不修而其父不曰能。斯橋者,匪惟惠人,而亦惠令。誠使汝邑能如汝鄉若汝族,悉爲是利益可喜事,則其所爲惠人而惠令者,豈惟一橋哉?雖然,是特其粗者耳。予嘗揆諸《易》,凡履險者必曰涉川,則然也。有險於川,非橋曷濟?有橋於川,曷險足虞?所以利涉而濟險者,今予告汝,則亦然也。凡而處心,毋行險;凡而接物,毋薄人。於險能如是橋所以利涉濟險之義,則居斯世也,豈不坦然砥如,永底於大寧哉。是又予所以名橋與記之意。後六年三月朔旦,奉議郎知縣事陳曄記。

《淳安縣志》卷一五。

**清心泉銘**并序

縣治之東,舊有大井,廢一甲子矣。日遣汲於西塘鐵井欄,以供庖湢之用,負者良勞。余乃命陶工即其舊而浚之。其廣五尺,其深十倍。泉清而甘,并足旁居之給。遂屋其上,榜爲清心泉。

浚井得泉,味甘用博。扁曰清心,旨明詞約。無功及物,每以懷怍。人或利之,庶茲有托。

《淳安縣志》卷一七。

## 册　二七五至二七六

### 楊簡　卷六二一八至六二四四

【校訂】祭孫元禮尊人文(册二七六頁六二二)

"一言"處《全宋文》編者有注:"按文,'一言'上當有缺文,四庫本注'闕'字,是也。此本及《永樂大典》皆不注,今補。"檢文淵閣本《慈湖遺集》卷四,作"一言日夜闕",闕文在"日夜"二字下。《大典》卷一四〇五六作"日夜拱手",《全宋文》所據本作"日夜從事",皆已補闕文,故不當另注"闕"字。且《全宋文》因考慮闕文,致相近部分句讀不確。

附:國圖藏清康熙四十八年刻本裘萬頃《竹齋先生詩集》卷末附錄載楊簡《宋大理司直裘竹齋墓誌銘》,《全宋文》未收,不具錄。

## 册　二七六

### 朱思　卷六二六一

【輯補】故宋處士姚子東墓銘

君諱元,字子東,長洲人。七歲而孤,自知讀書。舉進士,以辭賦稱。再試不合,輒棄去。嘆曰:"窮達有分。名不我遂,命也。"由是絕意仕進,惟務著述。自號北窗居士。有《纂玄》五十卷、《洞微經》一十八卷、《次韵李瀚蒙求》三卷,及《剡溪叢語》《玉林瑶編》《易素書》等。其詩尤工。

《大典》卷二三六七。

### 楊祖識　卷六二六一

【校訂】城北靈應廟記(頁三七五)

文末注"又見《永樂大典》卷七二四〇"。出處卷次誤。檢《大典》此卷，未載此文，而載其《誠意堂記》。

【輯補】誠意堂記 乾道九年

天下之理，一言而足，散之不可勝名，用之不可勝盡，而其要不外乎誠。天地日月之所以運動，鳥獸草木之所以蕃息，匹夫匹婦之所以云爲，皆本乎是，非有異道，日月常行，非有異法，一於安而已矣。運動者有常經，一左一右，一遲一速，各安其經，而天道順矣。蕃息者有常性，一飛一潛，一榮一瘁，各安其生，而物理得矣。云爲者有常分，一飲一食，一出一處，各安其分，而人事治矣。故夫安則久，久則天，天則神，而誠之道不可勝用。且誠者何也？不欺而已也。不欺者何？不欺其心而已也。不欺其心者何？心所安則爲之，心所不安，勿爲之而已也。吾心自明，以僞故昏，能勿爲其所不安，則僞去。以是寓於事而衆善出焉。以之事君曰忠，以之事親曰孝，以之處夫婦朋友長幼，無不得其當；以之履患難、臨死生而不動，至於位天地、育萬物，宜無難者。故曰不愧屋漏，誠之不可掩也。或曰不然，是道也，烏可易言，當有所從入，或求之言，或求之動，一云爲期於不妄，一舉足期於不褻，鰓鰓然，兢兢然，無須臾之安而僞勝矣。自斯人而以迂爲誠也，人始流於僻矣；自斯人而以拘爲誠也，人始迫於隘矣。僻與隘見於世，而天下紛紛乎多事。自枝而葉，自葉而似，模擬刻畫，憔悴勞苦，卒不得其似者，而誠之道隱矣。夫道與我爲二而僞滋，道與我爲一而誠著。不思而言，言自不妄；不思而行，行自不褻。其誠耶，其不誠耶？吾不知之也。書之罔覺《易》之深，《語》之樂，而孔子從心不踰矩，子思從容中道，孟子周旋中禮，皆吾誠說也。舉是以名堂，以見誠之易易也如此。乾道癸巳季春，華陰楊祖識（原作"職"）記。

《大典》卷七二四〇引《潼川志》。

# 册 二七七

## 黃定　卷六二六四

【輯補】放生疏

汝剛足以自衛，智足以自晦，而乃見獲於徒搏之夫。人喜汝以八珍，吾憐汝以一死，捐百金以市汝，而復納汝於清泠之居。汝其益志於晦，用保厥剛，以無速於戾也夫。

《大典》卷八五六九引《宋播芳大全集》。又見《播芳》卷九七。

按：《播芳》署"黃泰之"。

## 章穎　卷六二六七

【校訂】進中興四將傳表（頁五五）

《大典》卷一八二〇七引此文，文字均同《全宋文》所校改者。

【輯補】宋南渡四將傳序 開禧二年

劉錡字信叔，秦州成紀人也。岳飛字鵬舉，相州湯陰縣人也。李顯忠鄜延路綏（原作"緩"）德軍青澗城人也。魏勝字彥威，山東淮陽軍宿遷縣人也。

南北既分，夷狄之患不息，武備不可一日廢也。天下，大物也，凝而爲難。器既裂矣，往事不足深咎，獨於機會之來，而再失之爲可鑒耳。以夷狄之所爲，豈能并天下哉？特乘中國之弱,起而以力取之,民心固未易服也。吾民固嘗惡夷狄之患,而思中國之德矣。是時北方州郡將帥,吾之所建置也;官吏,吾所選用也;人民父子,吾所撫字也,特劫於一時之威而爲之屈,鼓而行之,則醜類却;撫而定之,則人心從,梁宋齊魯之地,不難復也。蕞爾女真,非有席捲天下、囊括六合之謀,譬諸爲盜,不敢有其物而寄諸其鄰。故寄之則豫者七八年。是時關陝河東之地,南失之而未能取,北(原作"比")取之而不能定。西夏亦嘗欲乘女真之弊而取之矣。交兵十餘年,中國之兵日精,中國之威日振。嚮之阻兵諸酋,至有涕泣辭行不敢南侵者。臣伏讀高宗皇帝聖訓,有曰:"今雖以檄呼虜人渡江,必不敢來矣。"又其種類怙勢爭權,內自相疑,非誅則殞,唯兀述在耳。而兀述屢困於我師,固嘗見順昌之旌旗而走,聞岳飛之來而遁,知李世輔之歸而避之。北方之民,延頸企踵以望王師之至者,蓋朝夕也。兀述雖握兵在汴京,亦歸輜重,不復爲久留計。相檜爲謀自私,沮敗成事,有詔班師,而人皆慟哭。天實爲之,謂之何哉?自亶不君而亮繼之,復行之以無道,翦滅其宗支,而虐其其(疑有誤字)民。褒乘其亂而取之,人心固未(原作"朱")服也。山東、河北之人倡義者響應,魏勝首事於東。大河南北,蓋蜂起矣。遷延歲月而機不留,是得不長太息哉。中興以來,諸大將宣皇威,敵王愾,垂功名於竹帛,紀勳伐於金石,眷遇始終無遺憾者,獨此四臣。或困於讒,或抑於媢嫉。顧雖忠根於心,義形於色,誓不與賊俱生,而志不獲伸,目不瞑於地下。迹其規恢次序,實係當時之強弱,關後世之理亂。使不詳紀而備載之,則孰知機失於前而患貽於後世。此臣之所以獨爲之作傳之本意也。《詩》曰:"無競維人。"中國之所以大競者,非以其人乎?茲故撫其鏖鋒力戰,將士用命之時,奇謀碩畫,行師攻取之宜,而載之書。呼!何世不生材,天佑我宋,安知無四臣者出而爲國家用。故揭而出之,使夷狄知中國爲有人也。開禧二年九月朔旦謹序。

《大典》卷一八二〇七。

**濂溪田記**<sub>淳熙六年</sub>

郡既爲周先生建祠堂,南軒張寶文記之。太守直閣趙公,他日曰:"濂溪有先塋在,獨無樵牧之扞乎?"未幾,有民周與何田訟者,二十年矣。與甲則乙訴,與乙則甲訴,謂不得直。公令有司以案牘來。纍日,吏抱持文書,幾不勝。至則公一攬視,撫几曰:"得之矣!"蓋舊檔乃有濂溪倅永州時公牒云:"有田若干,舊以私具,得爲先塋守者資,族子當勿預。苟墙垣固,松楸勿翦,守者世獲弗易也。"其後守者氓,周興物故,婿又代徙他處,田周與何更有之。周則先生之族,何乃先生所自出甥,得有舅家田,自有法。以永州公檄從事,則周氏子固不得有,況甥可乎?辨視文書,則有營道所給憑文付周興者,用治平新銅符,按舊左驗皆合。即取田之非永州文所云者以與何,餘即從其初。穎因休暇,敏漫齋公,具謂若前示所判數百言,皆出前後數公意表。即檄營道丞周必端往濂溪,以田畀近塋者,田籍與營道舊文同藏學宮,歲以租倉升斗代輸省賦。守塋者李得田耕,終年不聞吏呼,守視宜蘆,且令先生江州後裔亦聞之。先生學造太極,先其爲先冢計宜遠,歷百餘年,始遇一賢太守,遇亦難矣哉!淳熙六年七月望日,南郡章穎記。

《周敦頤集》卷一〇。

# 王遇　卷六二七二

**【輯補】省齋集跋**<sub>嘉泰元年</sub>

文者,行之賓。觀其文,知其爲人賢不肖,於此有稽焉。蓋彌諸中而彪諸外,燦然有不可掩者,是文也。僕晚生,不及拜省齋於床下,隨親官辰陽,與其子益仲游,間出遺文一編,以示僕。僕捧帙而問曰:"是固淳熙間部使者以卓行薦者耶?"其辭以爲先生第奉常。初官爲主書吏,太夫人垂白在堂,戀戀鄉土,先生承顏順志,奉板輿,欣然以歸,不復以仕進爲念。噫!斯人也,其文章從可知矣。開卷跽讀,果如僕言。文中子有云:"君子哉!思王也,其文典以雅。"僕於先生亦云。時嘉泰初元二月望日,九江王遇謹跋。

文淵閣本《省齋集》附錄。

按:此文作者之王遇,與此王遇相若,或即一人,暫繫於此。

# 册 二七七至二七八

## 曾丰 卷六二七三至六二九三

**【校訂】通廣東漕使黃監簿啓**(頁二二七)

"鎮拊",《大典》卷一四六〇八作"填拊"。雖二詞義同,當遵原文。

**回鄭昌化謝到任啓**(頁二八七)

此文輯自國圖藏清抄本《撙齋先生緣督集》卷三六。又見閣本卷一二,册二七七頁二五四同人同題據録。此重出當删。

**跋仗節死難武德李公翼行狀**(頁三二六)

"金人""二大帥""帥怒",國圖藏萬曆刻本《撙齋先生緣督集》卷一二作"虜人""二大酋""酋怒"。

**紹興淳熙兩朝内禪頌**(册二七八頁五〇)

"中外",萬曆刻本卷一作"華夷"。

**鄭公知府墓誌銘**(頁五六)

"使金",萬曆刻本卷一一作"使虜"。

**祭故丞相魏國文忠京公文**(頁一〇一)

"抗敵",萬曆刻本卷一一作"抗虜"。

**【輯補】代廣東漕會慶節疏**

鳴社在晨,協應千齡之壽;呼嵩稱慶,同傾萬國之心。人謁歸依,仰伸頌咏。伏願皇帝陛下允臻於穆,長享丕平,爲不動尊,與山河而同固;得無量壽,後天地而常存。

**聖節疏**

資陽紀月,潛融天地之和;誕聖應期,溥贊國家之喜。臣鄰仰止,忭蹈以之。切以曆數有歸,乾坤不息。瑞鞠千齡之氣,藹作流虹;歡騰萬國之聲,形爲舞獸。臣叨聯散秩,幸際休辰,寅捧玉卮,阻厠衆星之拱;遥瞻金闕,同伸中岳之呼。

以上見萬曆刻本《撙齋先生緣督集》卷一。

**會昌縣詣盤古山南安岩主祈雨雪文**

臘不雪,麥不結,其數特未決也,而農家有此説也;臘不雨,禾不稻,其理特未諭也,而農家有此語也。惟公生而惻吾氓也,昏則與之明也,仆則與之興也,死則與之生也。兹歲麥禾或不孕也,則吾氓又死證也,其勢必累縣令也。他禱不如公應也,敢爲氓請命也。尚享。

**南浦謝晴祭張大王文**

有赫斯靈,昭神迹兮。有徽斯稱,畀神職兮。有儼斯容,托神恩兮。有夥斯皿,薦神食兮。有沃斯霖,軫神惻兮;有虔斯瀍音(當脫一字),覬神斯格兮。有麗斯暉,蒙神力兮。有赫斯羞,答神德兮。尚享。

以上同上書卷一一。

**代廣東漕禳謝地變星變青詞**

地動星流,天無虛變;政愆刑濫,人有潛機。積尤未免於干和,控禱何辭於引咎。竊以土爲陰之主,火出陽之精。地不滿南,故粵中之陰常病於不足;炎莫逾午,故嶺表之陽常病於有餘。況才震而孛,倘非伏則愆。是祈洪造,曲軫大慈,俾熒光歸伏於大無,而坤體永安於至静。舍爲三退,餘災既出於宋郊;震以五書,大戒敢忘於魯史。

**禳灾青詞**

爵浮於德,顏厚莫包;福過而灾,膽寒欲破。與其馴致於塗地,孰若疾起而呼天。静言所爲,俱悖於理。昭昭臨汝,望望咎誰。伏惟璇極聽卑,玉虚道大,綱容其漏,儻蒙一洗之恩;璧幸而全,當勵重磨之志。

**謝火德星君青詞**

積薪資火,俄爾上灾;比屋騰烟,已而中熄。禍猶未至於酷機,已不勝其危。踢地坐迷,呼天立應。十家何幸而全九,異事未幾而復常。多謝祝融,施霽風前之怒;滿期熒惑,永安天上之躔。

**祈雨青詞**

陽驕彌亢,田涸且枯。宜天喪予,未免饑餓而死;幸帝臨汝,猶容呼叫以聞。將以三薰,申之九跪,撫躬知咎,歸命乞憐。地毛及此以昭蘇,生齒賴焉而全活。伏願軫闕睿惻,輟畀靈休。山川出雲,群起瀚然之氣;雷雨作解,復興槁矣之苗。成就有秋,皈依無極。

**假守晉康祈雨青詞**

禾苗未實,踏地不皇。何意非虞,籲祈可應。況備員而假守,又繫職於勸耕。斯望年登,乃逢陽九。五穀虧功於一雨,三農失擬於千倉。豈聰明正直之忍聞,敢齋戒沐浴以敬告。伏願列貞降鑒,四岫出雲,沛爲三日之霖,使民之幸;馴致九年之蓄,與國增休。蒙荷不資,皈依無極。

以上同上書卷一二。

附:南圖藏清抄本《摶齋先生緣督集》四十卷本,據目錄,卷二八勸農文二首、銘文六首,卷二九贊二首、疏文九首,卷三〇青詞十七首(六首已補)、牋二首、疏六首(二首可補),正文均未錄,亦無從訪補。國圖藏萬曆刻本,與《全宋文》相校,多有異文,匆遽未能盡校。

# 册 二七八

## 彭龜年　卷六二九四至六三〇九

**【輯補】代襄陽帥張尚書論邊防事宜畫一疏**

臣材疏智淺,不堪任使。惟是先臣服役兩朝,頗有時望,而臣獲侍陛下,又玷從班。一且出守極邊，未免耳目所屬，所以舉措不敢不謹，謀慮不敢不周。然時方無事，過爲堤防，大似張皇，豈免疑議。然臣與其畏避小嫌而貽憂於國，孰若歷叙情實而預爲之圖。儻獲妄言之誅，臣亦甘心。於此謹條列下項。

一、鄂州副都統某人雖有麤才，爲人凶橫。向者辛棄疾之事，實自某人啓之。某人向爲環衛官，臣嘗與執政言，此人不可在人主左右。某人後聞此語，頗出怨言。今日忽有此除，某人必更疑忌。邊事未動，内隙先開。主將不和，緩急孰恃？朝廷若不許臣辭免，即乞改某人别一等管軍差遣。若以某人在襄陽已著績效，即乞别差臣遠小繁難州郡。

一、照得襄陽在今日最爲上流重地，有屯兵，又有民兵。朝廷方擇守臣，增重其勢，而猥及於臣。顧臣之才，何足及此。但先臣嘗服戎兩朝，頗有時望，臣復叨冒，獲在從班。一旦出守，屯戎民兵，必屬耳目，豈可不使具知帥意。儻平時情既不接，則緩急使之甚難。臣照得乾道八年，葉衡出守荆南，嘗陳乞犒軍一次，及從來閲習武藝，亦乞時加犒賞，以爲激勸。朝廷并從其請。欲望聖慈檢照乾道八年許葉衡犒軍指揮札付臣，一例施行，庶幾憑藉朝廷威靈，可以少效微勞。

一、臣竊見襄陽係是極邊去處，田土開墾絶少，租賦所入不多，客旅亦稀，商販尤薄。雖有酒庫，縁諸境司賣酒税，其利甚輕。平時亦費支吾，緩急何以集事？臣照得向來陳天麟、司馬倬、吳琚守襄陽日，皆嘗陳乞財賦，并蒙朝廷給降。臣愚欲望聖慈下禮部給降度牒一百道付臣，前去變轉支用。如後來無事，支用不盡，當盡數繳納朝廷，不敢妄費。

一、臣照得本府雖有官屬，與臣多不相識，并未諳其性行。竊恐緩急之際，無人商略事宜。臣照得臣兄栻守荆南日，嘗乞辟置官屬，特蒙朝廷矜從。臣愚欲望聖慈許臣辟置文臣幹辦一員、武臣幹辦一員及書寫機宜文字一員。乞從廣東朱安國例，許辟外姓，庶幾可擇盡心耐辛苦之人，與之協力濟事，以報萬分。伏候敕旨。

右臣條具到前件事宜，欲望聖慈特賜詳酌。如臣言可采，乞付三省樞密院施行。如不可行，即乞檢會臣前後纍奏，別與一遠小繁難州郡，別擇廷臣，任此委寄。伏望取進止。

文津閣《四庫全書》本《止堂集》卷六。

### 辭免知贛州札子

臣昨準尚書省札，三省同奉聖旨，彭某、王炎并與郡。臣已具辭免。今月初八日，再準尚書省札，三省同奉聖旨，彭某差知贛州，替衛涇；王炎差知湖州，替周夢祥，并待闕供職者。威命洊至，如履淵冰。自揣凡庸，何以稱此。臣本無材學，僅以戇直，誤蒙簡知。負累十年，忽叨録用。若臣稍可勝任，再三控辭，是爲欺罔聖明，冒黷君父，下虧素守，上負大恩。若臣不知疾病，不顧危亡，徒戀寵私，有懷不吐，則臣爲以利事君，雖死莫贖，甚失陛下平日知遇之意。臣所以冒大譴大呵而再伸其不得已之請者，蓋爲此也。伏念臣自今年五月，咯血之疾再動，及今三月，屢止屢作。已用之藥，再投不效。藥嘗中病，後效復違。此非藥之罪也，乃臣福過而災生，所以向榮而疾作。此去闕期未迫，尚可訪醫。然使臣儻無知止之心，必召虧盈之罰，病將益甚，生不可期。唯有罄竭愚誠，仰投君父，免此除命，庶獲保全。此身苟存，報德有所終。祈淵鑒俯徇忱情。意迫辭危，罪當萬死。臣無任。祈天俟命，激切屏營之至。伏候敕旨。

### 再辭免知贛州札子

臣昨準尚書省札子，三省同奉聖旨，彭某、王炎并與郡。臣於八月初五日具辭免狀申省,乞賜敷奏,未准回降。再準尚書省札,三省同奉聖旨,差知贛州。臣又於八月初九日,再具辭免札子奏聞,今月二十日伏準省札,以臣乞免與郡指揮,八月二十四日三省同奉聖旨不允,仍蒙進奏院附到告命一軸者。臣泝貢忱詞,已瀆淵聽。威命狎至,不勝恐惶。臣竊惟人之於天,臣子之於君父,其勢至相遼絕,而疾痛必呼者,亦以死亡之難忍,或冀君父之興憐。況臣戇愚,素辱知察。今茲蒙恩予郡,去家密邇,地望隆重,俸入不薄。使臣自擇,亦不能如此便利。臣自宜俯僂稟承,而乃敢申不移之愚,方已成之命者,政以實病爾。臣固知闕次尚遠,未應力辭。然臣自聞命之後,辭受之際,莫知所安。緣此心志靡寧,其疾復作。一月之間,血凡再動。尸居餘氣,難望生全。苟俟闕到而後辭,必以避事而罹罰。臣今閑居無事,尚不任勞,強使臨民,豈不誤國?臣所以瀝肝以寫不盡之悃,忘軀而犯不測之威,惟恃君父知遇之深,或察臣子危迫之意,曲垂恩眷,再予閑祠,使臣不唯今日可以免避事之譏,後日亦可以逭誤國之罪。糜身殞命,不足酬恩。干冒宸嚴,臣下情無任,祈天俟命之至。所有告命,臣未敢祗受。除已繳申臨江軍寄收軍資庫外,謹錄奏聞。伏候敕旨。

**代許國公辭免賜第札子**

伏念臣年弱冠,性尚顓蒙,方朝夕侍慈親之旁,而頂踵受隆天之施,已爲踰分,深切負慚。忽拜洪恩,賜之列第。顧勝衣之未久,豈大廈之敢專。輒控忱辭,仰祈矜許。

**代許國公乞立班行馬於宗室承宣使之下札子**

臣不避斧鉞之誅,輒控愚誠,仰干天聽。臣今月十五日,伏準尚書省札,備奉聖旨,令趁赴朝參起居,立班行馬在宗室正任承宣使上。臣聞命震驚,莫知所措。伏念臣年猶稚弱,粗任衣冠,自此日侍清光,豈不榮幸?但臣竊見今朝參宗室,臣行最卑,欲望聖慈只令臣於宗室承宣使之下立班行馬,庶幾可以少安。愚分冒犯宸嚴,臣下情不勝殞越俟命之至。伏取進止。

同上書卷七。

**致王母祝聖語**

祥開虹渚,實生天下之君;節出龜臺,來祝聖人之壽。沸雲和之琴瑟,擁絳闕之旌旗。嵩岳聲中,仙車縹渺;山河影裏,帝座熒煌。恭惟太上皇帝陛下輔相天地而莫名其功,師友造化而不見其迹。游心於淡,不俟訪安期羨門之徒;與物爲春,直可居伏羲黃帝之上。唯清净,所以長久;而泰定,是爲康寧。萬國嚮風,不問仙凡之路;千秋紀節,願依日月之光。妾玷籍玉京,修身少廣。自參朝會,莫知其始,莫知其終;不俟禱祈,必得其名,必得其壽。輒陳口號,用罄愚忠。

宮闕岩岩碧水涯,團欒拱揖萬仙家。朝携玉篋收雲實,暮濯瓊甌飲月華。翠蓋風帆辭弱水,飆車雲輅徑流沙。年年來祝君王壽,不記蟠桃幾度花。

**天申節祝聖語**

琴度薰風,適啓生商之旦;詩歌湛露,爰頒在鎬之恩。歡動兩宮,福流四海。恭惟太上皇帝陛下參天地而獨立,與日月而并明。整齊乾坤,一似成湯之勇智;昭回雲漢,無非帝堯之文章。而乃脫屣萬乘之尊,游心群物之表。鬼神饗德,產金芝十二莖;壽考維祺,過大椿五百歲。恭惟皇帝陛下心傳精一,功邁往初。天祐下民,作之君已見之授受之日;子有天下,尊於父不違於温清之間。式逢繞電之祥,大錫需雲之宴。麒麟至止,芬菲複殿之香;鳳凰來儀,鼓舞彤階之樂。花嬌迎笑,日暖留陰。歡譁騰山岳之呼,懇切效岡陵之禱。臣等世蒙聖澤，職在伶官，願祝君王，輒陳口號。
　　佳氣葱葱仰太空，山河影裏混元宮。巍巍太上如天大，日日官家問聖躬。不老丹砂元自得，無爲事業有新功。阿誰得似金厄好，長在唐虞揖遜中。
　　同上書卷一四。
　　按：《文淵閣四庫全書補遺》册三頁四四一至四六二已輯此七文。

# 册　二七九至二八〇

## 陳亮　卷六三一九至六三四九

**【校訂】祭金伯清父文**（册二八〇頁一六二）
　　文首"嗚呼"二字上《大典》卷一四〇五〇有"龍川陳亮謹再拜，致一觴之酹於新物故某人之靈"。

**訊神文**（頁一八八）
　　文末注"《永樂大典》卷二九五〇"。出處卷次誤，實見《大典》卷二九五一。
　　附：《文獻》1992年第3期載束景南《陳亮佚文證誤輯補》據《元一統志》等輯《乾道己丑上孝宗皇帝書》《與宰相虞允文書》《論作文之法》三篇。

# 册　二八〇

## 趙蕃　卷六三五〇

**【輯補】劉之道祠記**
　　論國朝人才盛者，必及於嘉祐；爲國朝人物之宗者，莫尚於歐公。鉛山劉公之道擢第於嘉祐，而賞其程文者乃吾歐公，然則其文與才，蓋可知矣。公雖終於著作郎、江寧幕府，而至今語人物者，不公遺也。至於吾州則又爲之先焉。始有祠於學，後不存。鄱陽吳紹古子嗣來之明年，因諸生請白於其長，而復於學。涓良酌清，告成如禮，慶元五年也。嘉定孟秋，書來俾記其事。惟公以嫡孫承重載於國史，見於楊無爲作志銘。《起俗記》《念祖箴》編於其集，行於其鄉，且有警於世。其他文字亦皆流通。而義榮之社，義榮之齋，至於今昭昭如在。雖欲重加藻飾，特贅焉。爾惟是楊公之銘，嘆其珪璧折闕、實不獲用，是固可惜。然不折不闕，則後之嘆息仰止，未必如今日之深且切也。自古迄今，凡不没者，豈皆不獲用者哉？吳君居有家學，出有師授，嘗作亭續於尉之廨，又刻河南夫子之帖於廨之壁，又能復公之祠，其尚論慕古之意可見，不但取其科、誦其賦而已也。凡我同志，其共勉之。公諱輝，之道其字云。
　　乾隆《鉛山縣志》卷九。
　　按：此文非輯自大典本文獻。然趙蕃集乃大典本，故附此。

## 許及之　卷六三五六至六三五七

**【輯補】儒志編序**
　　先生名開祖，字景山，永嘉人。少蘊閎博，有大志。皇祐初，以所業進，召試至京。以後時而歸,築室城東隅,盡焚舊作,絕意進取,日與門弟子論道考德爲事,多所著述,書成終不肯出。獨《儒志》一書,爲門弟子默記,轉相授受。故永嘉之學言宗師者首王賢良焉。惜其書所傳未廣,某每介介。近得番易洪公紫微,與某所藏互異,乃移札友人新喻王欽若子善,裒鄉中所傳數本,參加訂正,刊之臨江郡庠。因謂誦詩讀書,當知其人,不但識姓名而已也。揚子雲作《太玄》擬《易》,自謂:"後世復有子雲,必好之。"子雲之書,要不必謂其似《易》,即使稍不戾於《易》,天下後世皆子雲也,豈必有子雲出,獨得而好之耶?熟復是書,立言衛道,大抵似孟子,先生若有心者。夫閉門造車,天下合轍,苟於道無悖,雖百世俟聖人可也。否則,子誠齊人之譏,予豈得而辭哉!

江蘇廣陵古籍刻印社1984年版孫衣言《溫州經籍志》卷一四。

按:勞格《讀書雜識》言《慎江文徵》有此文,未見此書,茲據《溫州經籍志》轉錄。另文淵閣本《儒志編》卷末有《儒志像贊》,署"宋乾道壬辰春,知樞密院參知政事同里許及之拜書"。孫衣言《甌海軼聞》認爲,及之以寧宗嘉泰二年十一月始爲參政,上距乾道壬辰三十年,不當以參政係銜,且贊詞淺陋,當爲僞作。故文不錄。

## 鄒補之　卷六三六二

【校訂】武進縣重開後河記(頁三九四)

文末,大典本"常州府"卷一六有"冬十一月日至後三日書丹"。

# 册　二八一至二八二

## 袁燮　卷六三六五至六三九〇

【校訂】輪對乾德三年內庫金帛用度札子(頁五一)

"金人""北人""首級""北裔",《大典》卷六五二四作"金虜""北虜""胡人首""虜"。

### 讀管子(頁二〇〇)

《文獻通考》卷二一二"管子"條下引此篇,云"水心葉氏曰";明唐順之《稗海》卷四三"管子"條所引同此。檢宋葉適《習學記言》卷四五正錄此篇,題爲《管子》。則該篇非單篇文章,作者是葉適,袁燮下誤收當刪。

### 江陰尉司新建營記(頁二一五)

題,大典本"常州府"卷一八作《尉司新建弓手寨記》;文末,《大典》有"淳熙十五年□月既望日,四明袁燮記。東陽康又虎書",則《全宋文》所定撰文時間"淳熙十四年"不確。

【輯補】經筵講義

《四庫全書總目》卷一五著錄袁燮《絜齋毛詩經筵講義》四卷,并云:"宋袁燮撰。燮有《絜齋家塾書鈔》,已著錄。此書乃其爲崇政殿說書時撰進之本。《宋史·藝文志》《直齋書錄解題》皆不著錄,朱彝尊《經義考》亦不列其名。惟《永樂大典》頗載其文。蓋其失傳亦已久矣。宋代經筵講章,如朱震范冲《左氏講義》、戴溪《春秋講義》類多編輯別行,燮此書亦同其例。"四庫館臣以此書單列,理由是朱震、范冲、戴溪類似講義別行。但朱震、范冲、戴溪講義均見上述目錄書著錄,與袁燮講義不同。且驗以現存《大典》,所載袁燮文字僅有五種標識方式:袁絜齋文集、袁絜齋集、袁絜齋詩、袁絜齋奏議、絜齋袁燮書鈔。所存經筵講義《桃夭》《漢廣》兩條文字，分別見《大典》卷五二六八、卷一一九〇三，標識爲"袁絜齋集・經筵講義"，知此經筵講義在《袁絜齋集》中，未曾單列。故袁燮《毛詩》經筵講義别行的可能性不大，應并入《絜齋集》中。因此部分在《四庫全書》已單列，此不具録。

### 暑潦帖

燮□□中夏暑潦，伏惟司理朝奉燎□曹事清簡，神明薦休，台候萬福。燮襄朽無堪，强顔禄仕，日有□□之□，恨未地抽身耳。來歲便當挂冠，不能復□於塵中也。教者伏辱書疏，又沐遺以好書，感刻之。左右俊敏，至人撥繁决滯，固應一□，若夫獄事所係其重，古人所謂"悉其聰明，致其忠愛"者，不可不究必也。書籍吾□十册，聊以備公餘搜覽。不腆皇悚，尚阻披覿，更幾垂諭作記。荷彼緣進書日迫，朝夕修纂，殊無少味。教所惠者，□□亂書中，顯擇正之。至扣。倉猝不及□句，不見，又撰樓□行述，專人守。右謹呈候，尤爲逼迫，俟稍定檢尋示及，事□呈，續當抒思也。五月日，奉議郎提舉江西常平茶鹽公事袁燮札子。

### 開河帖

燮伏辱手帖，具述開河事，足見介意，但此事當□朝廷，非□拙之所敢當。竊人之財，猶謂之盜，□宜知其功而受此名乎？只以嘉定爲名可也。伏幸字□。右謹具。即刻。燮札子。

以上見《鳳墅前帖》卷一五。

# 册 二八二

## 徐誼 卷六三九二

**【校訂】重修沙塘斗門記**（頁八〇）

"安治""流泉""理築""功不可"，《大典》卷三五二六作"安治所""衆流""堙築""至不可"。

**【輯補】論天地之性人爲貴**

知三才有同然之性，又知君子有盡性之道，而後可與言人矣。夫人也者，稟乎天地而同乎天地，配兩儀而三之，夫孰有貴於此者？物交物而喪其真，於是乎始與天地不相似，紛爭之故起，戕賊之禍興，往往失其所以爲人。世之言性者，至是而始無所據，惟君子爲能知其初，則知吾所以爲人者矣。夫且存而養之，察吾固有之純全，廣大周流，動循其則，而使無一用之不盡，極而至於位天地、育萬物，無往而不可，則盡吾所以爲人者矣，是其爲貴。雖夫人有之，而獨於盡性者得之，故曰天地之性人爲貴，此夫子論性之要言也。自是言之不明也，學者不勝其多端，相持不决，而有異端之論，捷出而乘之，廢棄斯人之所以貴，一切委之渾然，謂人與物同乎一性，無有差别也。而後儒者之功用，所謂率性之道，修道之教者，毫末無所措，何也？覘其生生之原，渾然而無别，固將悠然委聽若萬物然。視聽言動，不必於禮，心思智慮，一歸於無，聖賢德業，蓋幾於熄，所謂人者，又何有焉？嗚呼！古今論性失其歸者多矣，未有與夫子背馳，而爲害之極至此者也。告子曰"生之謂性"，孟子昔嘗排之矣，孰知夫是説之不熄也。飛潛動植，雖同乎一氣，造物之巧，無所加焉，物之爲物，生始乎乾坤，而不能同乾坤之用。人之爲人，亦生始乎乾坤，而終有以贊乾坤之機，此性之妙,所以獨尊乎人,而與三才并列者也。聖人之論,蓋止於是,而無異説焉。此論一明,則學者之學,有所因而致其力,有所見而造其極,盡其所以爲人,而同其功用於天地;此論不明,則學者之學,虛無放誕,高言相誇,失其所以爲人,而卒於草木禽獸無擇,君子所不可不辨也。嗚呼!孰能推明此理,以定異説之滔滔乎?夫人之貴也,屈伸同乎天地之闔闢,動静同乎天地之晝夜,嘘而春,吸而秋,推而言之,罔或少間。人見其若此也,蓋有本之者焉。天地之本,不容言也,其可見者形於一元之運,分於陰陽,照於日月,澤於雨露,動於雷霆。凡所以爲天地者,皆此性之形見也。人之本,不容言也,其可見者發於一心之運,爲仁義,爲文武,爲禮儀三百,爲威儀三千,爲參天地贊化育之功。凡所以爲人者,皆此性之形見也。有生之初,不爲聖賢有餘,不爲愚鄙不足,人人有貴於己者,此也。世之人斵喪於嗜欲,顛冥乎得喪,三綱五常,散亂紛雜,而所貴者,乃不可考,此豈性之罪也哉!此豈足以與於三才之列哉!惟君子知其可貴也,則於吾身之中,確然有以見天地之全,而盡其可貴也。則於吾身之中,凝然有以具天地之全,使夫人而能致知以察之,自盡以體之,皆自致乎君子之域,則天下皆其人也,皆可貴者也,世固有是理也。大道之行也。以先覺覺後覺,至於人人有士君子之行也,則亦有是事也。夫子之言,蓋信而有證矣。夫子之言性,初不多見,曰"性相近也"、曰"成之者性"、曰"成性存存",雖寥寥數語,而推明此性之尊,初無曖昧不明之處。既而子思有"率性""盡性"之説,孟子有"性善"之説,與《六經》之文,探賾索隱之辭,仁義禮樂之具,所以開明乎此性,而防檢乎此性,明白於天下,異論當無所厠其迹也。奈何荀卿爲孔氏而有"性惡"之説,楊雄爲孔氏而有"善惡混"之説,韓愈爲孔氏而又有"三品"之説,夫子之所以推尊斯人之性,而指示天下者,經三説而潰亂矣。三子之駕説,將以明道也,孰知其害道之至此也。雖然,若三子者,未必敢於爲異論也,見之不明焉耳,猶有扶持名教之心焉,蓋未廢夫修爲之説也。嗚呼!未有若混人物之性於無差別之域,廢吾儒功用者之爲禍深且酷也。學者於此,要當相與明目而辨之。

《大典》卷三〇〇三。

## 何澹　卷六三九七至六四〇〇

**【校訂】辭免知建康府札子**(頁一八二)
此文及以下七文題"札子",原出處《大典》卷一〇九九八均作"奏札"。

**【輯補】賀處州趙守啓**
獻三雍於禮文未備之時,炳焉華藻;別《七略》於道術既微之後,卓爾淵源。粵從治中之賢,畀以承流之重。

《大典》卷一一六〇三引何澹《小山雜著》。

**福州賜敕書謝表**
一札天旋,三山雷動。

**跋御書**
《周易·泰卦》八法之法,上侔三聖,下陋二王。雲漢昭回,鸞鳳飛動。

以上見《大典》卷一三〇八二引何澹《小山雜著》。

## 吕祖俭　卷六四〇一至六四〇二

**【校訂】祭亡妹三娘文**（頁二五六）

題下，原出處《大典》卷一四〇五三有注："壬寅季夏。"《全宋文》改爲"淳熙九年六月"。

**祭江子昂顒文**（頁二五七）

題，原出處《大典》卷一四〇五四作"祭江子昂文"，下注"顒"。《全宋文》改題。

## 倪思　卷六四〇四至六四〇七

**【輯補】明堂典禮故事奏**

臣思聞之，《經》曰："孝莫大於嚴父，嚴父莫大於配天。"周家明堂之説，本爲嚴父。國家自皇祐定制，以太祖、太宗、真宗參配，事祖嚴父，於是兩盡。獨壽皇纍行重屋之禮。是時高宗尊御德壽，陛下初歆合宫，而光宗頤神壽康。是以止於并侑祖宗。今日事體，則非前比。蓋光宗皇帝颰御既已在天，升祔云久，嚴父之禮，豈容因循不講。司典禮者，顧可不考皇祐，復援淳熙爲説乎？今去親祠，猶有數日，臣愚欲望陛下亟命有司，討論舊典，以光宗皇帝與祖宗并配天地，庶無失禮之譏，而有盡孝之美。取進止。

按：《大典》奏文下有明堂故事多則，當爲原奏所附，今録於下：

皇祐五年八月甲辰，詔：今歲南郊三聖并侑，自後當復如舊禮。壬戌，詔：自今南郊，三聖并侑。初太常禮院言，奉詔再詳定三聖并侑事，伏以配侑之法前代不同。古則一主之，後或兼配，皆是變禮彌文。廣申誠愛也。國朝景祐二年，曾下詔書，今次郊禋三聖并侑，其後以太祖定配，一宗迭配。明堂大禮，亦三聖并侑。今陛下睿發德音，欽明大孝，況是本朝舊禮，已再躬行，於義無爽。故有是詔。嘉祐七年正月乙亥，詔：太常禮院，自今南郊，以太祖皇帝定配，改温成皇后廟爲祠殿，歲時令宫臣以常饌致祭。初諫官楊畋上言，《洪範·五行傳》曰：簡宗廟則水不潤下。又曰：聽之不聰，厥罰常水。去年夏秋之交久雨傷稼，澶州河决。東南數路，大水爲災。陛下臨御以來，容直諫，非聽之不聰也。以孝事親，非簡於宗廟也。然而灾異數見，臣愚殆以爲萬幾之聽，必有失於當者；七廟之享，必有失於順者。惟陛下精思而矯正之。於是詔太常禮院檢詳郊廟未順之事。乃言：按《孝經》曰：郊祀后稷以配天。《春秋》曰：自外至者，無主不止。然則天地之理，必有所配者，皆侑神作主之意也。且祖一而已，始受命也。宗無豫數，待有德也。由宗而下，功德顯著，自可崇廟祐之制，而百世不遷，垂之無窮，至於對越天地。則神無二主，所以奉上之尊，示不敢瀆。唐垂拱中，始用三祖同配。至開元十一年，明堂親享，遂罷之。皇祐五年詔書：今南郊且奉三聖并侑，後復迭配如舊禮。未幾復降詔三聖并侑爲定制。雖出孝思，然其事頗違經禮。又温成皇后立廟城南，四時祭奠，以待制舍人攝事。玉帛祼獻，登歌設樂，并同太廟之禮。蓋當時有司，失於講求。昔高宗遭變，飭已思咎，祖已訓以祀無豐於昵，而況以嬖寵列於秩禮。非所以享天心，奉祖宗之意也。復下兩制議。而翰林學士王珪等議曰：追尊尊以享帝義之至，推親親以享親仁之極。尊尊不可以瀆，故郊無二主。親親不可以偕，故廟止其先。今三后并侑，欲以致孝也，而適所以瀆乎享帝。後宫有廟，欲以廣恩也，而適所以瀆乎饗親。請如禮官所議。故降是詔。治平元年辛酉，詔以仁宗配享明堂。初禮院奏，乞與兩制同議，仁宗當配何祭。故事，冬、夏至祀昊天上帝、皇地祇，以太祖配。正月上辛祈穀，孟夏雩祀，孟冬祭神州地祇，以太宗配。正月上辛祀感生帝，以宣祖配。季秋大饗明堂，祀昊天上帝，以真宗配。翰林學士王珪等議：代宗即位，用禮儀使杜鴻漸等議，季秋大饗明堂，以考肅宗配昊天上帝。德宗即位，亦以考代宗配。王涇《郊祀錄注》云：即《孝經》周公嚴父之道。今請循周公嚴父之道，以仁宗配享明堂。知制誥錢公輔議：謹按三代之法，郊以祭天，而明堂以祭五帝。郊之祭，以始封之祖有聖人之德者配焉。明堂之祭，以創業繼體之君有聖人之德者配焉。故《孝經》曰：昔周公郊祀后稷以配天，宗祀文王於明堂以配上帝。又曰：孝莫大於嚴父，嚴父莫大於配天。則周公其人也。以周公言之，則嚴父也。以成王言之，則嚴祖也。方是之時，政則周公，祭則成王，亦安在乎？必嚴其父哉。《我將》之詩是也。後世失禮，不足考據，請一以周事言之。臣竊謂聖宋崛起，非有始封之祖也，則創業之君，遂爲太祖矣。太祖則周之后稷，配祭於郊者也。太宗則周之文王，配祭於明堂者也。此二配者，至大至重，萬世不遷之法也。真宗則周之武王，宗乎廟而不祧者也。雖有配天之功，而無配天之祭。未聞成王以嚴父之故，廢文王配天之祭而移於武王也。仁宗則周之成王也，雖有配天之業而亦無配天之祭。亦未聞康王以嚴父之故，廢文王配天之祭，而移於成王也。仁宗則周之成王也，雖有配天之業，而亦無配天之祭。亦未聞康王以嚴父之故，廢文王配天之祭，而移於成王也。以孔子之心，推周公之志，則嚴父也。以周公之心，攝成王之祭，則嚴祖也。嚴祖嚴父，其義一也。下至於兩漢，去聖未甚遠，而明堂配祭，東漢爲得。在西漢時則孝武始營明堂，而以高帝配之。其後又以景帝配之。孝武之後無聞焉。在東漢時，則孝明始建明堂，而以光武配之，其後孝章、孝安又以光武配之。孝安之後無聞焉。當始配之代，適符嚴父之說。及時異事遷，而章安二帝亦弗之變，此最爲近古而合乎禮者也。有唐始在孝和時，則以高宗配之。在明皇時，則以睿宗配之。在永泰時，則以肅宗配之。禮官杜鴻漸、王涇輩，不能推明經訓，務合古初，反雷同其論，以惑時聽。延及於今，牢不可破。當仁宗嗣位之初，儻有建是論者，則配天之祭，常在乎太祖太宗矣。當時無一言者，故使宗周之典禮，不明於聖代，而有唐之曲學，流弊乎後人。願陛下深詔有司，博謀群賢，使配天之祭，不膠於嚴父，而嚴父之道，不專乎配天。循宗周之典禮，替有唐之曲學。於是又詔臺諫及講讀官與兩制禮院再詳定以聞。御史中丞王疇以爲，珪等議遺真宗不得配，公輔議遺宣祖、真宗、仁宗俱不得配，於禮意未安。乃獻議曰：在《易》先王作樂崇德，薦之上帝，以配祖考。配帝從來遠矣。物之大者莫過於天，親之尊者莫踰於父，推父比天，升以嚴配。行孝之大，無越於此。又孝莫大於嚴父，嚴父莫大於配天。則周公其人也。昔者周公郊祀后稷以配天，宗祀文王於明堂以配上帝，蓋周公居攝之際，得行天子禮樂，尊祖隆父，以致崇嚴之極。故孔子嘆而美之曰：周公其人也。仲尼豈欺後世哉。今公輔以謂政則周公，祭則成王，抑不知據何經而云也。公輔又謂未聞成王以嚴父之故，廢文王配天之祭，而移之於武王。夫六經之教，以簡易立法。周自后稷至報王，歷世三十六。若代代著嚴父之訓，則六經乃記事之曆日矣，安在其簡且易也。《語》曰：商因於夏禮，所損益可知也。周因於商禮，所損益可知也。其或繼周者，雖百世可知也。今捨周公、孔子不以爲法，將誰師乎？昔藝祖創造大業，追王四代，宣祖配祀踰百年。四聖相授，未之或廢。上質之三代，旁稽之漢唐，於禮無嫌，於義爲當。今一旦黜宣祖真宗之祀廟而不配，非所以嚴崇祖，宗尊事神明也。仁宗皇帝德厚侔天地，利澤施無垠，享御四十二年，純仁善政，橫被動植，休聲茂烈，輝映今昔。祔廟之始，首議配饗。異論一出，物聽駭然。且配考之文，見於《易》。嚴父之義，著於經。聖法章明,咸足稽按。臣請依王珪等議,奉仁宗皇帝配饗明堂,以符大《易》配考之説、《孝經》嚴父之禮。奉遷真宗配孟夏雩祀,以仿唐貞觀、顯慶故事。太宗皇帝依舊配正月上辛祈穀、孟冬祭神州地祇。餘依本朝故事。如此,則列聖并侑,對越昊穹,厚澤流光,垂裕萬祀。必如公輔之議,則陷四聖爲失禮,導陛下爲不孝。違經戾古,莫此爲甚。知諫院司馬光、吕誨議:切以孝子之心,誰不欲尊其父者。聖人制禮,以爲之極,不敢踰也。故祖已訓高宗曰:祀無豐於昵。孔子與孟懿子論孝,亦曰:祭之以禮。然則事親者,不以數祭爲孝,貴於得禮而已。先儒謂禘郊祖宗,皆奉祀以配食也。禘謂祭昊天於圜丘也,祭上帝於南郊曰郊,祭五帝五神於明堂曰祖宗。故《詩》曰:思文后稷,克配彼天。又:我將祀文王於明堂。此其證也。下此,皆不見於經矣。前漢以高祖配天,後漢以光武配明堂。以是觀之,古之帝王,自非建邦啓土及奄有區夏者,皆無配天之文。故雖周之成康,漢之文、景、明、章,其德業非不美也,然而子孫不敢配天者,避祖宗也。《孝經》曰:嚴父莫大於配天,周公其人也。孔子以周公有聖人之德,成太平之業,制禮作樂,而文王適其父也。故引之以證聖人之德莫大於孝。答曾子之問而已,非謂凡有天下者,皆當以其父配天,然後爲孝也。近世祀明堂者,皆以其父配五帝,此乃誤識《孝經》之意,而違先王之禮,不可以爲法也。景祐二年,仁宗詔禮官稽案典籍,辨崇配之序,定二祧之位,乃以太祖爲帝者之祖,比周之后稷,太宗真宗爲帝者之宗,比周之文武。然則祀真宗於明堂,以配五帝,亦未失古禮。今仁宗雖豐功美德,洽於四海,而不在二祧之位。議者乃欲捨真宗而以仁宗配食明堂,恐於祭法不合。又以人情言之,是絀祖而進父也。夏父弗忌躋僖公,先兄而後弟,孔子猶以爲逆祀,書於《春秋》,況絀祖而進父乎?必若行之,不獨乖違禮典,恐亦非仁宗之意。臣等竊謂宜遵舊禮,以真宗配五帝於明堂爲便。觀文殿學士翰林侍讀學士孫抃等奏:謹按《孝經》出於聖述,其談聖治之極,則謂人之行莫大於孝,孝莫大於嚴父而配天。仲尼美周公以居攝而能行天子之禮,尊隆於父,故曰周公其人,不可謂之安在乎必嚴其父也。若止以太祖比后稷,太宗比文王,則宣祖真宗向者皆不當在配天之序。推而上之,則謂明堂之祭,真宗當以太宗配,先帝不當以真宗配,今日不當以仁宗配,必配以祖也。臣等按《易‧豫》之説曰:先王作樂崇德,薦之上帝,以配祖考。蓋若祖若考,并可配天者也。兹又符於《孝經》之説,亦不可謂安在乎必嚴其父也。祖考皆可配帝,郊與明堂,不可同位,亦不謂嚴祖嚴父其義一也。雖周家不聞廢文配而移於武,廢武配而移於成,然則《易》之配,《孝經》之嚴父,歷代循守,固亦不爲無説。魏明帝宗祀文帝於明堂,以配上帝,史官謂是時二漢郊祀之制具存,魏所損益可知,則亦不謂東漢章安之後,配祭無傳,遂以爲未嘗配嚴父也。自唐至本朝,其間賢哲講求不爲少,所不敢以異者,捨周公之遺文,無所本統也。今以爲《我將》之詩,祀文王於明堂而歌者也,亦安知非仲尼刪詩存周全盛之頌,被於管弦者獨取之也。仁宗繼體保成,置天下於大安者四十二年,功德於人,可謂極矣。今祔廟之始,遂抑而不得配上帝之享,甚非所以宣明陛下爲後嚴父之大孝。臣等參稽舊典,博考公論,敢以前所定議爲便,詔從抃等議。六月辛酉,太常寺奏,仁宗配享明堂,奠幣用《誠安》之曲,酌獻用《德安》之曲。十月壬子,翰林學士王珪等言:殿中侍御史趙鼎奏:本朝祀儀,冬至祀昊天上帝、夏至祀皇地祇,并以太祖配。正月上辛祈穀、孟夏雩祀、孟冬祭神州地祇,并以太宗配。正月上辛祀感生帝,以宣祖配。季秋大饗明堂,舊以真宗配。循周公嚴父之道,最爲得禮。陛下純孝之仁,固以格於上下矣。臣聞孝者,善繼人之志,善述人之事。陛下祗紹大統,纂承洪業,固當繼先帝之志，而述先帝之事也。仁宗臨御四十二年，配饗真宗於上帝者，四十一祭。今一旦黜真宗之祀，廟而不配，非所以嚴崇祖宗、尊事神明之義也。臣謹按《易》之《豫》曰：先王以作樂崇德，薦之上帝，以配祖考。明此稱祖者，乃近親之祖，非專謂有功之始祖也。考《易》象之文，則真宗配天之祭，亦不可闕也。有唐武德初，以元皇帝配饗明堂，兼配感生帝。至貞觀中，緣情革禮，奉祀高祖配明堂，遷世祖配感生帝。此則唐太宗故事，已有遞遷之典，最爲治古之近，有足考驗。臣伏請遞遷真宗配孟夏雩祀，以太宗專配上辛祈穀、孟冬神州地祇，循用有唐故事。如此，則列聖參侑，對越於昊天，厚澤流光，垂裕於萬祀。臣珪等按祀典，天地大祭有七，皆襲用歷代故事，以始封受命創業之君，配神作主。至於明堂之祭，用古嚴父之道，配以近考。故朝廷在真宗則以太宗配，在仁宗則以真宗配，今則以仁宗配。方仁宗始以真宗配明堂，罷太宗之配；而太宗先以配祈穀、雩祀、神州地祇，本非遞遷。今明堂既用嚴父之道，則真宗配天之祭，於禮當罷。難議更分雩祀之配。天章閣待制兼侍讀李大受、天章閣侍講傅卞言：自唐末喪亂，及五代凌遲，中夏分裂，皇綱大壞，我太祖、太宗以神武英睿，一統海内，功業之大，格於皇天。真宗以盛德大明，纂承洪緒。故先帝景祐詔書，令禮官議定以真宗與太祖、太宗并爲萬世不遷之廟。然則侑配之道，是宜與國無窮矣，豈可甫及陛下而遂闕其禮乎？議者乃謂遵用嚴父配天之義。臣等竊謂嚴父云者，非專謂考也。故《孝經》曰：嚴父莫大於配天，則周公其人也。下乃曰：郊祀后稷以配天，宗祀文王於明堂以配上帝。夫所謂天者，謂郊祀配天也。夫所謂帝者，謂五帝之神也。故上云嚴父配天，下乃云郊祀后稷以配天，則父者專謂后稷也。且先儒謂祖爲王父，亦曰大父。則知父者，不專謂乎考也。議者又引唐制，代宗用禮儀使杜鴻漸等議，季秋大饗明堂，以考肅宗配昊天上帝，德宗亦以考代宗配。又稱王涇《郊祀錄注》云：即《孝經》周公嚴父之道。夫杜鴻漸、王涇一時之言，豈可便爲萬世不移之議哉。臣等竊謂趙鼎之議，亦爲得禮。若以太宗配雩祀既久，不欲一旦遷侑，則乞以仁宗與真宗并配明堂，亦爲合禮。謹按《孝經》郊祀后稷以配天，宗祀文王於明堂以配上帝。又按《禮記》祭法，周人禘嚳而郊稷，祖文王而宗武王，文武但言宗祖。宗者，則知明堂之侑，下及乎武王矣。是文武并配於明堂也。故鄭氏曰：祭五帝五神於明堂曰祖宗，祖宗通言爾。國家祭祀，既遵用鄭氏之義，固亦當稽鄭氏祖宗之說也。又《易》曰：先王以作樂崇德，薦之上帝，以配祖考。是亦以祖考并配上帝也。上帝之祭，正謂明堂宗祀爾。昔梁國子博士崔靈恩，該通之士，達於禮者也。總三禮諸儒之說而評之，爲義宗，論議洪博，後世蓋鮮能及。其詳明鄭義，亦謂九月大饗帝之時，以文武二王泛配，謂之祖宗。祖者，始也。宗者，尊也。所以名祭爲始尊者，明一祭之中，有此二義。稽乎《孝經》《祭法》《周易》，義宗之言，則父子并侑，可謂明著矣。或者謂父子并座，有乖禮制。臣等竊謂不然者，唐朝故事，已有并侑之禮，況向來本朝祀典，太宗親祀昊天，奉太祖配。真宗親祀，奉太祖太宗配。仁宗親祀，奉太祖太宗真宗同侑。歷五六十載之間，本朝通儒不以爲非。則於此獨何疑哉。如是，則太宗既不失雩祀之配，真宗又不遷明堂之舊，得周家祖宗之義，合鄭氏九祭之說。神明安之，祖考饗之，而孝道盡矣。詔從珪等議。紹興二十九年五月二日，詔曰：孝莫大於嚴父，禮莫重於饗帝。朕率三歲之郊，纍款圜丘。惟宗祀昭配之儀，久闕不講，何以彰皇考之烈，慰在天之靈。宜以將來當郊之歲，季秋有事於明堂，合行恩賞，并一依南郊例施行，令有司討論典禮，條具以聞。

**再奏明堂典禮故事**

臣思聞議禮之家，名爲聚訟，然要當以經文爲據。證諸儒之論，有合於經文者，則可取也。歷代之制，沿革異同，然要以祖宗典故爲據。祖宗典故，亦有不一，是必據禮文盛時，乃爲定也。臣竊惟明堂之制，稽諸經文，在《孝經》則曰："孝莫大於嚴父，嚴父莫大於配天。"則是明堂專爲嚴父也。《易》之《豫》曰："先王以作樂崇德，殷薦之上帝，以配祖考。"則是饗帝可以兼配祖考也。晉摯虞之議曰："郊丘之祀，掃地而祭。牲用繭栗，器用陶匏，事反其始，故配以遠祖。明堂之祭，備物以薦，三牲并陳，籩豆成列，禮同人理，故配以近考。"此則諸儒之論，有合於經，最爲明著者也。若其他論辨，雖紛紛曲說，而曰父曰考，終不可以易經文。臣故曰："當以經爲證也。"國朝全盛，莫如仁宗。中興，莫如高宗。明堂之制，定於皇祐，則以太祖、太宗、真宗配。紹興行明堂，則專以徽宗。皇祐之參配，紹興之專配，未嘗不嚴父。臣故曰："祖宗典故，當以禮文盛時爲據，乃爲定也。"自隆興以後，屢行明堂之禮。是時，高宗萬壽，則止配以祖宗爲宜。若紹熙則止一親郊。至陛下踐祚，首行明堂是時光宗方頤神壽康，則止配祖宗，又其宜矣。此皆有爲而然。今則不然。光宗升祔廟祐已久，陛下舉行明堂，而尚循近制，不舉嚴父之典，此臣所以懼孝誠之不彰，禮文之闕遺也。且每歲季秋祀明堂，猶以考配，豈有三歲親祠，乃不配以考乎？或曰：近歲明堂，蓋與郊祀間行，專奉天地祖宗可也。臣以爲既曰明堂矣，與郊祀不同。郊祀不配考可也，明堂不配考可乎？禮從其厚，孝取其大，復何疑之有？臣當修講大祀之時，職在禮官，故敢首以爲請。陛下以爲事大體重，博詢群議，即命兩省從臣、臺諫禮官集議，可謂至當矣。臣實建議之人，不敢參預集議，尚有前奏不盡之說，謹再奏聞。伏望聖慈，速賜降出施行。

貼黃：檢照紹興十三年以前，高宗皇帝屢行明堂之禮，是時徽宗皇帝方北巡，止以祖宗配自十三年以後，三歲大禮，皆行郊禋，止三十一年行明堂，專以徽宗配。赦文云："惟仁宗之武，敢怠於遵承；惟文考之嚴，敢怠於陟配。"此又明驗也。伏乞睿照。

**三奏明堂典禮故事**

熙寧五年，神宗問王安石曰："宗祀明堂，如何？"安石曰："以古言之，太祖當宗祀。今太祖與太宗共一世，若迭配明堂，亦於事理爲當。"神宗曰："今明堂乃配先帝，如何？"安石曰："此乃誤引嚴父之說，故以考配天。《孝經》所謂嚴父者，以文王爲周公之父，周公能述父事，成父業，得四海歡心，各以職來助明堂宗祀，得嚴父之道故也。若言宗祀，則自前代已有此禮。"上曰："周公宗祀，乃在成王之世。成王以文王爲祖，則明堂非以考配明矣。"淳熙六年，初行明堂，詔書云："惟周成宗祀洛中，陟配於文王；惟漢武合祠汶上，推嚴於高宗。"皆因親郊之禮，殫尊祖之誠。

仁宗皇祐二年九月二十五日行明堂，以太祖太宗真宗配。

嘉祐三年十一月五日行郊禮。

嘉祐七年九月六日行明堂。

英宗治平二年十一月十六日行郊禮。

神宗熙寧元年十一月十八日行郊禮。

四年九月十日行明堂，以英宗配。

七年十一月二十五日行郊禮。

十年十一月二十七日行郊禮。

元豐三年九月二十二日行明堂，以英宗配。

六年十一月五日行郊禮。

哲宗元祐元年九月六日行明堂，以神宗配。見蘇軾制詞。是時司馬光爲相，自後兩行明堂，無改配之文。

四年九月十四日行明堂。

七年十一月十四日行郊禮。

紹聖二年九月十九日行明堂。

元符元年十一月二十日行郊禮。

徽宗建中靖國元年十一月二十三日行郊禮。

崇寧三年十一月二十六日行郊禮。

大觀元年九月二十八日行明堂。考《會要》無改易神宗配之文。

四年十一月三日行郊禮。

政和三年十一月六日行郊禮。

六年十一月六日行郊禮。

七年九月六日行明堂。自政和七年之後，至宣和七年，凡季秋大享，皆親祠，以神宗配。

宣和元年十一月十三日行郊禮。

四年十一月十五日行郊禮。

七年十一月十九日行郊禮。

高宗建炎二年十一月二十二日行郊禮。

紹興元年九月十八日行郊禮。

四年九月十五日行明堂。

七年九月二十三日行明堂。是時議臣孫抃等議，末云：道君皇帝梓宮未還，几筵未除，山陵未卜，不可遽議配侑之事。

十年九月十日行明堂。據《會要》，十二年十二月徽宗祔廟。

十三年十一月八日行郊禮。

十六年十一月十日行郊禮。

十九年十一月十四日行郊禮。

二十二年十一月十八日行郊禮。

二十五年十一月二十九日行郊禮。

二十八年十一月二十三日行郊禮。

三十一年九月二日行明堂，以徽宗配。

降授中奉大夫新除禮部侍郎兼直學士院倪思。

右思伏準省札關送禮部備坐思札子，乞以光宗皇帝與太祖皇帝、太宗皇帝，并侑天地事。及李參政所奏，并集議官議狀。三省同奉聖旨，祀事日迫，候將來別議。仰見聖朝，嚴重宗廟，不輕典禮之意。而禮家聚論，各爲一說，皆有所援。在思自當聽伏，然而猶有愚見於斯之時，若畏罪譴嘿而不言，實有失職之咎，須至再有條陳。思竊見李參政及集議官引援神宗皇帝聖訓及司馬光之說。思謂聖莫聖於神宗，賢莫賢於司馬光，絕學超識，遠邁先儒，固可以爲定論。然思所疑者，謹按熙寧四年、元豐三年，神宗兩行明堂親祠，實以英宗配。是時神宗雖有此聖諭,而於行禮,則未嘗不嚴父也。司馬光治平中,雖嘗建明,而當時不聞從其所議。至元祐初,光相哲宗,一時熙、豐之政,莫不變革,而明堂之祀,實以神宗配。蓋光於明堂禮成而後薨,明堂之前,若以其學改易舊制,似不爲難。然而卒未嘗變革。蘇軾行明堂加恩詞,則曰:"訪落之初,躬總章之祀,追配烈考以侑上帝。"又曰:"祗見昊帝,陟配文考。"則光相哲宗,祀明堂而配考明矣。夫以神宗之聖,司馬光之賢,又已見於議論,終不輕改舊制者,蓋以經文及漢晉以來典章故耳。今朝廷若以訓言爲定,則李參政及集議官所援,不爲無據。若以當時行禮之實爲定,則思所據蓋出於實。是以不得不剖析以申前說也。此其大節如此。至集議官謂思所引《周易·豫卦》"先王作樂崇德,殷薦之上帝,以配祖考"之說云:非爲明堂立文。思考之《正義》云:配祀明堂,以考文王也。則是於明堂立文分明。又謂祖爲王父,雖王父出先儒之說,然孔子經文止曰父而已,加以王之一字,而指以爲祖,近於牽合。借父可以爲王父,據禮,生曰父,死曰考,則難以指考爲祖,而解《易》之文矣。又謂摯虞之說,不合於經,而不明著其不合經之說,則是非不定也。又云紹興七年以後,徽宗既已上賓,至十年行明堂,止配以祖宗。其說似可據,然思猶有說者。緣十二年和議始成,徽宗梓宮方自北還,故紹興七年,議臣有云:道君梓宮未還,几筵未除,山陵未卜,不可遽議配侑之事,則十年之明堂,不配徽宗,豈非以梓宮未還之故乎?至於十三年以後,連行郊禮,即不與合宮間祠。而三十一年行明堂禮,專配徽宗,則是前之不配徽宗者,皆緣有故,後之專配徽宗者,蓋以當然。自隆興以後,高宗尊御德壽,自應越配祖宗。至淳熙十五年,高宗上仙,孝宗行明堂之禮,亦止配祖宗者,時方行三年之喪,几筵未除故也。至於光宗止於親郊,不及明堂之歲。聖上踐阼,初祀明堂,亦止配以祖宗者,蓋光宗方頤神壽康故也。謹考皇祐以來,至於紹熙,列聖行明堂之禮,蓋有參配者矣,亦有專配者矣。謂明堂之設,專以嚴父,故寧有不配祖宗,其間不嚴父而上配祖宗,蓋各有說,未有無故而不嚴父者。若在今日,光宗颷御在天,升祔已久,并無他故,若不嚴父,恐人以爲失禮。思備數禮官,議禮乃其職,況辨論經文典故,以定邦禮,自古不厭其詳,意存求是,不緣好勝。是以不避喋喋,詳述於前。今祀事既迫,思不敢重黷天聽。然異時須當議訂。思所陳不盡,則後來者必以思爲畏罪辭屈。伏乞睿照。

　　以上見《大典》卷七二一三引李壁《雁湖集》附。

　　附:鄭斌《全宋文補遺》輯《守險議》一篇,定爲倪思佚文。考倪思《經鉏堂雜志》卷七載"雪川城守已見"條,與此全同,則非專文,故不錄。且此書卷八有"意林"條,載"精養兵""救荒政""抑奔競""公薦舉""寬州縣"五篇,《全宋文》據《南宋文錄錄》錄前三篇,遺後兩篇。實際亦非專文,若收,《經鉏堂雜志》此類文字尚多,且何者收,何者不收,不易把握,均不收爲宜。

## 李寅仲　卷六四一二

**【校訂】鎮遠樓記**(頁四一九)

　　《全宋文》據明《瀘州志》及《宋代蜀文輯存》輯,然二書源出《大典》卷二二一八引《江陽譜》。《大典》此卷今存,未能注明。

## 册 二八三

### 宋光宗　卷六四一五至六四二三

【校訂】皇子嘉王繼皇帝位詔（頁一六一）。

此文輯自《宋會要輯稿》，以其撰於紹熙五年，故繫於此。考文淵閣本魏了翁《鶴山集》卷六三《跋樓參政紹熙五年内禪詔草》云："紹熙末年内禪詔書，至所謂'雖喪紀自行於宫中，而禮文難示於天下'，爲之色然以嘆，知朝廷有人也。"所云即此詔。則當歸入樓鑰下，《全宋文》樓鑰下未收。

【輯補】加贈王蘭故父太子太師制

此制誤收册三二三頁二鄭起潛下。此文作者未能確考，事在淳熙十六年二月光宗即位初，當移於此。文不具録。

**加贈王蘭父之道少師制**淳熙十六年四月

敕：士有抱負器業，砥名勵行，自見於世，而用之未盡者，乃以訓其子。今登元樞，重我本兵之地，則褒崇之典，追報其親，蓋亦理之宜而事之稱也。太中大夫知樞密院事兼參知政事廬江郡開國侯食邑一千二百户食實封三百户王蘭故父任朝奉大夫贈太子太師之道，學博而文贍，材全而識明。夤收儒科，浸階膴仕。兩持使節，風采猶存。孰遏長塗，位不配德。克生賢佐，始大爾門。進亞公師，爰頒命綍。官品增峻，用詔無窮。可特賜少師。

《大典》卷九一九引王之道《相山文集》。又見文淵閣本《相山集》卷三〇。

按：此制作者不詳。尤袤《贈故太師王公神道碑》（225/250）云："閲月，上踐阼，覃及天下，加贈太子太師。四月，遷知樞密院事，贈少師。"據此，繫於此。

### 戴溪　卷六四三〇至六四三一

【輯補】重建蔡涇閘記嘉定元年

暨陽北通大江，其支港與河接者，多置水門提閘，視潮汐贏縮，節宣其出入，爲旱潦不時之備。今黄田、蔡涇二港皆有之。黄田之水，自澄江門外，貫於城中，出朝宗門十有五里而近，與蔡涇合，迻迤七十餘里，至五瀉堰以達於漕渠。然黄田爲港狹隘，巨艦艱入。蔡涇水道寬廣，荆蜀之舟，自江入河者，率繇此而進。故蔡涇視黄田，抑又有綱運之利焉。二者莫知始置年月，計其所從來久矣。中間亟（原作"極"）壞而復修者，亦莫知其幾也。乾道丙戌有旨，漕臣姜詵按行水利，始與守徐蕆（原作"藏"）修廢於蔡涇。去舊，益東徙，斥而大之，易木以石。距今四十餘年，堤岸罅隙，波流漱齧，土竭石虚，參差欲脱。已而基下之石横裂中斷，至不復可啟閉（原作"用"）。潮汐往來，蕩無限制。沿江民田，始告病矣。開禧丙寅，葉延年守郡，士以是爲請。是時疆場之事，暨陽爲防守要地。葉侯自大理寺簿推擇爲守，方講畫防江之策，未暇及也。間遣僚屬詢究利害，備得其實，徐且置之。會督視行府調軍食有嚴，值歲潤，漕舟不通，遣官相視，欲浚五瀉河，抵於蔡涇，俾漕循江，以至京。葉侯言於行府，曰："浚河易爾。蔡涇不即治，盡洩五瀉堰水，雖浚無益也。厥今基址去河，迫近下流，衝激易壞。自是而西，一里有半，地名黄泥，水勢差緩，土色堅緻，非舊基沙土比。儻即此地改作，便。"行府以其事聞於朝，詔從之。官給錢六百萬，米三百石，其不足者，漕與郡均備之。至是，防江之策亦既有端緒，乃鳩工於丁卯十月丁未。度材評價，市之旁郡，計庸畀直，不以擾民。越明年四月庚子訖事。計用工餘三萬四千，用錢以緡計者萬四千三百有奇，米以石計者七百有奇。自官給外，郡爲通融，不敢以累漕計。其深廣之數視舊加多，兩翼增長者三之一。凡費悉減於舊。視其役者，知縣何處博，護戎何拱、丘渙。葉侯以書來告成，求記顛末。溪，曩者假守茲土，因陋就簡，不能興起事功，亦嘗從事於是役矣，隨弊補治，僅求目前。意欲有所改作，俛首愧縮，不能也。去郡屬耳。葉侯能一新之，土堅材良，利可永久，顧不謂有功於治郡與？事無難易，苟有是心者，無不可爲，患在無其材爾。因侯有請，樂爲之書。非特以侈侯功，且以遂吾欲爲之意。雖自愧也，其爲吾暨陽之民喜之而又喜也。是年改元嘉定七月望日，朝請郎權尚書兵部侍郎兼同修國史實錄院同修撰兼太子右庶子戴（原誤作"載"）溪記。朝奉大夫四川宣諭使司參議官吳𥫃書。承議郎權發遣江陰軍事葉延年立石。

大典本"常州府"卷一八。

## 田奇　卷六四三三

【校訂】宋故寧鄉主簿廖公修職墓志銘（頁三二七）

此志輯自文淵閣本《省齋集》，未署作者，不能遽歸於田奇下，當存疑。

## 任希夷　卷六四三五至六四三六

【校訂】祭眉州陽震宮文（頁三七六）

此文輯自《大典》卷一四〇五〇，"□華"，原文如此，據《大典》例，當爲避諱，應爲"棣華"。

【輯補】費埏大理正趙懊夫大理丞裘萬頃大理司直制

正、丞、司直，皆理官也。朕敬於刑，非明審者不使之典治。爾埏、爾懊夫中外更迭，已試有聞。爾萬頃志行安恬，不移所守。或遞升於厥次，或特優於汝遷。雖一時訟繫之不煩，而四方奏讞之頻上，精加閱實，尚克勉哉。

《大典》卷一三四九八引任希夷《斯庵集》。

### 錢撫宗正簿制

宗正設屬，瑤牒是司。不惟秩叙於皇支，蓋俾特書於大事。若時清選，必屬儒流。爾端厚禀姿（原作"婆"），敏明通務。昨舉一同之最，入躋六院之聯。於茲期年，翕騰美譽。宜加超拔，顯列周行。其益屬於遠猷，以克承於殊遇。

### 邢燾宗正簿制

卿寺簿領之職，式掌勾稽；玉牒屬籍之司，實兼修纂。以爾性資敏劭，才術疏通。雖搴戚畹之華，休有周行之譽。宜自奉常之屬，與裨大事之書。其服優思，克圖來效。

以上見《大典》卷一四六〇七引任希夷《斯庵集》。

### 景獻太子諡冊文

《宋會要輯稿》禮四三之一二引此文，《全宋文》誤輯入冊二九三頁一八七鄭昭先下。文不具錄。

## 羅點　卷六四三六

**【校補】天旱應詔上封事**（頁三七九）

此文輯自《宋史》，多脫漏，今據文淵閣本袁燮《絜齋集》卷一二《羅公行狀》重錄：

臣聞天下將治，必有萌象，將亂亦然。聽其議論，則正直是與，柔佞是惡；觀其朝廷，則大臣任責而不自疑，小臣盡情而無所隱，治之象也。聽其議論，則訕侮正言，仇讎正士；觀其朝廷，則大臣持禄而不敢極諫，小臣畏罪而不敢盡言，亂之象也。祖宗立國以來，言兵不如前代之彊，言財不如前代之富，惟有開廣言路、涵養士氣、人物議論，足以折奸枉於未萌，建基本於不拔，則非前代所及。崇、觀而後，此道寖衰。假紹述之名而賢人盡逐，設朋邪之禁而諫者有刑，創豐亨豫大享上之説而奸諛日甚，馴致靖康，禍不勝酷。今陛下訪天下之事非不至，求天下之言非不切，曩之竊弄威福者，既赫然逐之矣，而群下猶畏縮苟且，以言爲戒。或者今時議論，凡陋驅之使然，無所可否，則曰得體；與世浮沉，則曰有量。衆皆默，己獨言，則曰沽名；衆皆濁，己獨清，則曰立異。此豈陛下所望於臣子者哉？今欲大有爲於天下，破此凡陋而後可。夫天理人事，感應甚明。自旱暵爲虐，陛下禱群祠，赦有罪，曾不足以感動。及朝求讜言，則夕得甘雨，天心所示，昭然不誣。獨不知陛下之求言，果欲用之否乎？誠欲用之，則願以所上封事置籍禁中，時時省閱，當者審而後行，疑者咨而後決。宏謀偉論，從容召見，以質其言，以觀其才，而揣意迎合者必斥。治之萌象日長，亂之萌象日消矣。

**嘉王弱冠乞擇翊善奏**（頁三八六）

此文輯自《宋史》，多脫漏，今據《絜齋集》卷一二重錄：

皇子嘉王春秋寖長，已踰弱冠，此乃親近師友、進德修業不可稍緩之時，而官屬未備，止於贊讀、直講二員，進見有時，未有藏修游息之益。皇支國本，所繫非輕，宜擇端良忠直之士參侍燕閑，常在左右。

**彊敵對境不可偷安奏**（頁三八六）

"錫賚奢侈之費"句下，《絜齋集》卷一二作"已籍籍於衆多之口矣。彊讎對境，窺同間隙；百姓嗟怨，奸回生心，此聲豈可出哉。國家財賦無承平所入之半，而用度無節，過政、宣奢汰之日。民力至此，其困極矣。若復悠悠，悔將無及。惟陛下深慮之"。

**乞光宗朝賀重華宮奏**（頁三八六）

文末，《絜齋集》卷一二尚有"既往之事，悔之無及，惟願於一二日間起愛起敬，講家人之禮，以安壽皇之心"。

**再乞過宮奏**（頁三八七）

此奏凡兩段文字，非一時所作。其中第一段乃紹熙三年奏，第二段乃紹熙四年十月奏。且"況人主之事親乎"句下，《絜齋集》卷一二有"唐肅宗之事上皇也，時自夾城起居，上皇亦時至大明宮。其後少失歡心，雖四方珍異，莫不先薦，而上皇日以不怡，辟穀不食，屏葷不茹，寖以成疾。肅宗於是負不孝之名，萬世不磨"等句。

**上幸玉津園乞先過重華宮奏**（頁三八七）

此文輯自《宋史》，遺漏頗多，今據《絜齋集》卷一二重錄：

陛下爲壽皇之子四十餘年，一無間言，內禪以來，孝慈彌篤。止緣初郊之後，聖躬違豫,壽皇嘗至南內,督過左右之人,自此讒間遂興。竊度聖懷必大有疑,而自以闕於奉親,可以無慮。以臣觀之,陛下所疑,必無是理,而所謂無慮,則甚可憂。何者?壽皇與天下相忘久矣,今大臣同心,輔政百執事奉法循理,宗室戚里三軍萬姓皆無貳志,設有離間,將共誅之,何疑之有?若深居不出,久齟於道,群情解體,衆口謗讟。近日通衢之中,固有持此指罵大臣,無所避忌,禍患將作,可無慮乎?

**對策**（頁三八九）

此文輯自《宋元學案補遺》,遺漏頗多,今據《絜齋集》卷一二重錄:

臣聞儒者之道,與天地相爲終始,與古今相爲表裏,與風俗相爲盛衰,與治亂相爲升降。昔者天地之始,民生其間,混然無別。聖人者作,爲之正君臣以相接,爲之篤父子以相愛,夫婦則相賓,貴賤則相資,上下則相維,儒者之道,已默行於其間矣。至今賴之以安、以佚、以生、以息而不爲匪僻邪暴者,誰實使之?故曰與天地相爲終始。聖人猶慮後世之無傳也,書之簡編,示之標準。如是而安治,如是而危亂,可以爲師,可以爲戒,後人得以按籍而求,隨索而獲。故曰與古今相爲表裏。夫風俗之美,非自美也,常自仁義始;風俗之惡,非自惡也,常自功利始。儒者之道,必尚仁義,必緩功利。仁義之效遲,功利之效速,人情厭遲而喜速,所以捨彼而取此。然久而後成者,又不可以遽壞;旦暮可獲者,不足以久安。故曰與風俗相爲盛衰。夫儒者之道,非必廣學校、增生徒也。畏天修己,任賢愛民,恭儉樂諫,不自用,不變古,此用儒之實也,如是者必治。儒道之不用,非必擯斥士類、毀廢經籍也。忽天自息,棄賢虐民,恣玩好,惡諫臣,自恃其聰明,輕變其成法,此不用儒之實也,如是者必亂。故曰與治亂相爲升降。昔漢高帝不喜詩書,輕毀儒生,而遇子房、四皓也良厚,惟恐赤松之志,一動而采芝藥不改,此所謂務實也。患莫甚於名是而實非,人主當求其真,不可惑於似。如穀粟之必可以養生,如藥之必可以伐病,是真賢也。言之若可聽,而用之則罔功,是腐儒也。惟真賢是用,而毋以腐儒參之,則治具畢張矣。

【輯補】**題浮遠堂**淳熙十四年

淳熙丁未九月既望,羅春伯率侯叔平以下共九人同登君山。夕陽在波,帆影散亂,平淮千里,去雁無極。蒼然暮色,自遠而至。須臾,月出東山之上,陰翳如掃。江水湛然,與月相得。風露清美,如步蟾背。不知猶在人間世也。以其境過清,不可久留,乃記之而去。

大典本"常州府"卷一五。

附:《絜齋集》卷一二《羅公行狀》(281/275)尚存羅願奏札及戒子文近三十篇,因《全宋文》有"文中之文一律不重複收錄"之例,故不再具錄。

## 胡榘　卷六四三八

【輯補】**雙女石記**

昔北流舊爲銅州。去銅州之南五里,地名洞石里。有一富民,二女,長者年方十七八,次者未笄。少有異志,以孝事父母,以悌事族黨,雖男子有不若。每遇蠶,常采桑洞石山之側,常以一女奴相從。但以女工自樂,罔有它念。凡里巷有來與其父母議親者,其女則拒之。忽一歲,父母以其逼暮景,有女未適,遂密欲以二女娶同里陳、趙二家,語不密,爲女所切知。迨結婚日,二女沐浴,告其母語以采桑。乃登洞石山,遂立化爲二石如人形。其母往追之,但見一女奴立於二石之傍,詢之,爲二女俱化爲石矣。於是名焉。郡守廬陵胡榘謹記。

《大典》卷二三四〇引《容州志》。

**蟄龍岩詩後序**嘉定九年

　　慶元己未，余爲桂林，治中壽嗣主臨桂簿。是時，同寮士友劉正之、饒述古、劉升之、蔣子立、陳方大、趙季行、劉清卿及三數君子，皆一時秀士，往來甚密。蔣子立嘗學詩曾裴甫。劉升之爲諸生日，呂愿中帥桂，招見，任寄居。士人喻以秦城有王氣，俾各賦詩以詒老檜，劉獨不賦。其家依辰山，岩洞奇秀，尤登臨佳處。暇日，余多率諸君過之，必從容竟日。今十有八年矣。諸君多爲古人。追思曩昔游宴之好，爲之心折，因并書之。庶幾諸賢子孫，或見此卷，尚能記父友也。嘉定丙子，書於金陵總餉景蕭堂。

**又**嘉定十三年

　　槻被命帥桂，行次清湘，升之之子子陽帥其子士華來迓，談間及之。子陽欲得錄本，因書以遺之。嘉定庚辰十月。

以上《粵西文載》卷五一。

# 册　二八四

## 陳研　卷六四四五

**【校訂】紹熙重修社壇記**（頁一一四）

　　大典本"常州府"卷一八引此文，可校補者不一。"古諸侯也"下，《大典》有"有民人，社稷則當知所重，而不可忽。蓋"十五字；"□闠""門顧南入""面執之宜""二月甲子用成"，《大典》作"外闠""門顧南向""面勢之宜""二月甲申用成。土木工匠之費，一毫無擾於民。是歲春祀，躬帥僚吏，有事於此。四顧山川，頓若改觀，神其顧歆，而庶無旱乾水溢之驚乎！研解印伊邇，幸於是舉，僅克有成，以不失所重，深欲後人知研改作之意。故命簽幕述以爲記，而刻石以立於廡。朝奉郎權知江陰軍兼管內勸農事賜緋魚袋陳研記。宣教郎推簽書江陰軍判官廳公事姚舜陟撰、書"。且據"姚舜陟撰、書"之語，此文當非陳研獨立完成。

## 胡榘　卷六四六〇

**【輯補】乞浚東錢湖札子**寶慶二年

　　切見本郡負郭膏腴，連亘阡陌，劭農之政，莫急水利。鄞縣七鄉，歲不告旱，所資以爲灌溉之利者，惟東錢湖。湖面闊十萬畝，周迴八十里，受七十二溪之水所歸，水盛可瀦，旱乾則放。凡湖下之田，受灌溉者百萬餘頃。年來茭葑障塞，官司失於開淘，以致水面日狹，積水浸少。今年春夏之交，偶闕雨澤，委鄞縣丞常從事前去開閘，放水下田。據稱，止放一二板，而湖水所存已無幾。若因循度日，不行經理，深慮浸致湮淤，坐失水利，委涉未便。契勘昨來提刑程覃來攝府事，嘗創立開湖一局，撥府三萬二千緡，欲買田一千畝，歲收租穀貳千四百餘石，募民歲取茭葑二萬船，可添瀦水二萬船，遲以數十年，東湖之葑可以盡去。然自置局之後，有司坐視，不曾買舉行，已買之田，歲收租穀，未免將作（原無"將作"二字）應副修路之用。未買之錢，見樁留於庫，不曾買（原無"買"字）田。今湖面茭葑日生月長，無有窮已，根株滋蔓，日吞水面。昨因士民有請，榘即躬親前往相視，繼委通判蔡奉議重行檢踏。據蔡奉議申，五月二十六日，躬親前去。是日自錢堰拏舟，先登二靈山，一覽盡見積葑，充塞殆十之八九。惟上水下水與梅湖三節，粗存水面。既已得大略，乃亟易舟前邁，令舟人以竿刺水，步步考驗，根株之下，虛實相半，最深淼處，不過數尺。葑積歲久，勢雖浮上，根實附下。其間又雜茭葦，彼此麗屬，重以荷荇蓴蒲之類，生生無窮，異類同黨。其近山岸處，積湮更甚。亦有因而爲塍，漸成畎畝者。及詢問父老，審訂事宜。皆云東湖自魏王（原無"王"字）臨鎮之時，申請浚治一次。今踰四十年，有司未嘗過而問焉。失今不治，加以數年，茭葑根盤，水不可入，雖重施人力，亦終無補。會稽之鑑湖，蓋可監也。倘蒙有司申請開浚，則湖下兩縣田業可以歲享灌溉之澤，湖上四望漁户可以日獲鎦銖之利，號令一出，其誰不然？且魏王開湖之始，役兼資於民兵，功具舉於表裏，故事立就。其後有司非不念此，而廢於鹵莽，或牽於事力，或坐視不治，或粗舉無益。因循積纍，至於今極矣。至於所用日時，必須（原作"雖"）於農事之隙，八九月之交，水勢稍退，興工并手，則民有餘力，官無峻期，或伸或縮，惟吾所命，實爲至便。今條具到用工次第下項：

一、今開浚東湖以興水利，勢須先去茭葑，并其根株，然後放乾湖水，以去淤泥。庶幾開浚既深，可瀦水澤。但工役頗大，未易輕舉。今當以序而爲之。然後水軍，則用生券；或募民夫，則用雇直。契勘昨來魏王開湖，因錢米不給，頗有擾民。今要當斟酌，使公私俱便，乃爲至計。擬於八九月間，先用水軍人船，以去茭（原作"菱"）葑。然後於十月內，募湖下有田之家，出工夫人力，以助有司，庶事可以辦集。

一、契勘昨來魏王開湖規畫，未遂盡善，頗有遺恨。所開茭葑，積於湖傍，候有水用船運去。洎至水生，用人船般運，乃多爲欺罔，將茭葑平攤湖中，復至湮塞水面，徒費錢米，無補纖毫。今者用工不可又蹈前轍。然湖際四山少有可積葑去處，若即用舟般運，尤爲重費。衆議今當聚茭葑淤泥，築爲一堤，可以盡除茭葑之根株，可以便民旅之往來。但昨者衆議，欲自月波寺築至二靈山，橫絕渡湖，延袤八百餘丈。工（原作"功"）役尤大，不可輕爲（原無"輕爲"二字）。今者之議，欲自邵家山築至楊家山頭，纔（原無"纔"字）三四百丈，工役減半，可以舉行。

一、東湖植荷，民徵微利，所至皆是，未免妨（原作"少"）水。或者乃持"荷可養水"之說，而不受淤泥。曾不知水淺則荷盛，水深則荷衰（原作"蓑"），理之必然，所易曉者。昨程提刑嘗申請不許民户種荷，已蒙朝廷行下，盡令屏除。今未十年，荷蕩已占三之一，茭葑因占三之二。今若浚湖，勢須盡行屏去，自後不許種植荷蓮。仍乞朝廷檢會已降指揮施行。如或違犯，許人陳首，追人根勘，具情犯申尚書省內命官。取旨重作施行。

一、今浚湖必當放水，先須修整諸處碶閘，放運河之水以入於江，然後放東湖之水以入於河。河水瀦蓄稍多，庶幾湖田之民來春不失灌溉之利。

右件開湖事，條列在前。本府除已置開湖局，委通判蔡奉議範充提督官外，望朝廷給降度牒一百道，支撥常平義倉米二萬石，下本府添貼開浚東湖支費。東湖畫圖內，已貼說築堤之路，與前此不同，并於風水無妨。謹具申尚書省，伏候指揮。

《大典》卷二二七〇引《四明續志》。《寶慶四明志》卷一二。

## 楊汝明　卷六四六〇

**【輯補】告龍神廟神特封博濟公文** 紹定二年正月

惟神潛兹洞潭,澤兹遐陬。德烈在民,錫爵通侯。汝明竭（原作"竭"）來守藩,屢沐神庇。聞於帝聰,易號博濟。祀秩大神,位列上公。郵傳自天,來賁珠宮。時當東作,敬爲民禱。端月丙子,農諺相告。去歲之歉,證實有因。及兹歲首,寧不疑驚。今日人日,環及丙子。吏職是憂,神其鑒此。帝休甚渥,神荷寵靈。博濟美名,爲實之賓。相我康年,綸音將至。擊鼓坎坎,當侈君賜。

**再告龍神廟神特封博濟公文** 紹定二年

惟神司澤黔黎,受職穹昊。曰雨曰暘,靡不應禱。帝謂守臣,予嘉乃功。是升公爵,慰爾撫封。衮衣煌煌,赤舃几几。博濟之名,實不虛美。自今以始,神其懋功。所濟愈博,渙號無窮。

以上見《大典》卷二二一八引《江陽續譜》。

## 册 二八五至二八七

### 葉適 卷六四六五至六五一七

**【校訂】書龍川集後**（頁一八二）

"邱侯",《大典》卷三一五六作"丘侯";文末,《大典》有"嘉定七年三月望日,葉適書"十一字。

**宋吏部侍郎鄒公墓亭記**（册二八六頁一一五）

文末,大典本"常州府"卷一六有"嘉定十一年十月,龍泉葉適記"十二字。

**【輯補】跋世友堂爲孫祖佑解元題詩**

餘姚孫德修自其從父季和兄弟相友愛,卉衣草食,薄厚必均,至君亦崇緝無變也。嘉定十一年,因舊居燭湖爲新堂,頗壯廣,名曰世友。合饌同室,期永永不替。將請余記之,然此詩略具矣。

《大典》卷七二三八。

按:此文《會稽續志》卷五略不同,并録於下。雪齋孫不朋居餘姚燭湖上,安貧樂道,終身不願仕,有古人之節。三子:應求、應符、應時,皆以文學知名。兄弟相愛友,卉衣草食,薄厚必均。應時官止邵武軍通判。應符之子祖祐敬踐祖德,崇緝先志。嘉定甲戌,爲新堂名曰世友。合善同室,期永不替。將請予記之,然此詩已略具矣。

## 册 二八七

### 陳藻 卷六五一八至六五二〇

**【校訂】祭陳監場夫人文**（頁一五二）

此文又見《網山集》卷五同題,册二六〇頁一一林亦之下即收。而陳藻文輯自《大典》卷一四〇五〇,題"陳藻樂軒集"。《大典》當誤標出處而致誤收。

**南山墓祭文**（頁一五三）

此文又見《網山集》卷五同題,册二五九頁三八四林亦之下即收。文有"三十年十有二月"之語,結合二人生平,只能是紹興之三十年。陳藻生於紹興二十一年,三十年時年僅十歲;林亦之生於紹興六年,三十年時已二十五歲。陳藻文輯自《大典》卷一四〇五〇,題"陳藻樂軒集"。《大典》當誤標出處而致誤收。

**代陳鈞叔祭父墓文**(頁一五三)

此文又見《網山集》卷六《代陳鈞叔祭墓文》,冊二六〇頁一四林亦之下即收。陳藻文輯自《大典》卷一四〇五〇,前接《南山墓祭文》。陳藻下當誤收。

**代林耀卿祭丈母文**(頁一五八)

此文又見文淵閣本《網山集》卷六同題,冊二六〇頁二六林亦之下即收。陳藻文輯自《大典》卷一四〇五三,題"陳藻樂軒集"。《大典》當誤標出處而致誤收。

**祭曾叔寶文**(頁一六九)

題"祭",原出處《大典》卷一四〇五六作"代祭"。

## 傅兆　卷六五二二

**【校訂】重編吳興志序**(頁二二五)

文末,談鑰纂《嘉泰吳興志》卷首有"嘉泰改元臘月,郡丞廣信傅兆敬序"。

# 册　二八九

## 蔡幼學　卷六五七〇至六五八一

**【輯補】論天地之性人爲貴**

人之所以與天地并,皆一本而已矣。夫苟其本一,則物之盈乎天地間者,宜悉無以異,而豈獨貴於人？然驗其所形見,察其所稟受,則是一也。其散而爲是,偏而不全,參差而不齊者,則物各有得焉。而人之所以爲人者,則不然。嗚呼！斯人也,固豈有所增益而後至者,蓋亦其本然耳。夫惟其本然也,是以與天地并立,而謂之三才。而其充之爲聖人者,有以參天地之化也。自斯人不反其初也,則不知所以貴者安在,而後能充之者鮮矣。故夫子示學者以"天地之性人爲貴"之説。且天地吾得而見之矣,其孰爲之初也？人與物吾得而見之矣,其又孰爲之初也？嘗試求所以爲天地者,於未判之先;而求所以爲人若物者,於有生之始。則天地未判,此一存焉;天地既判,此一寓焉。有天地,然後有人,有萬物,而此一形焉。大抵似相因,而非有以次第也。則人固無以異於天地,而萬物亦何以異於人乎？今夫虎狼之噬嚙,而禽魚之飲啄,鴻鵠之騰翔,而蚊蚋之雜襲,則是物固有殊分而自適者。鸚鵡之能言,而麟鳳之識時,蜂蠆之有別,而烏烏之知愛,則是物固又有靈而有義者。凡其所以然者,意者其必有初焉。謂之非天地之性,不可也。然惟其稟受之瞹,而形見之偏也,是以囿於天地之間,而與人不相似。反觀諸人,則入而父子、兄弟、夫婦,出而君臣、鄉黨、朋友,發而爲喜怒、哀樂、愛惡、敬懼,用而爲動静、語默、進退、行藏。蓋天下共由之,而不可以離,此特其顯而可見者耳。而其所謂初者,果安在？其獨無所同然者乎？且夫匹夫匹婦昧昧而不知者,其事親從兄之時,則孝悌之心,油然而生。推而上之,則一念之誠,皆足以進於善,而至於生生而不可已。又推而上之,則盡人物之性,而天地之化育,實於我乎賴,而謂之聖人。是其所以然而所由生者,其不謂之初也耶！夫固與物同一初也而若是,其殆不若是,無以立三才之道耶！雖然,均是人也,上焉者爲聖人,而下焉者日用而不知。苟聖人矣,誠足以參天地;苟日用而不知也,則雖有是性,其異於物者幾希矣!人見其如此也,則以爲聖人固有大過人者,而又不可以一等論。由是率天地之人而自賊其貴,而聖人愈不可見矣。惟聖人謂是貴者,天地之同然也。天地得之,以爲天地;而人得之,未始不可以參天地。故其所以垂世立教者,不徒曰性相近,而必曰成性;不徒曰性善,而必曰養性。夫求性之所以善且相近者,莫切於愚夫愚婦;而所以養而盡其性者,莫若以誠。向使學者致知於其初,而存誠以力行,則習之而日察,履之而日著。其如父子、君臣、兄弟、朋友盡道,其於喜怒、哀樂、愛惡、敬懼也中節,其於動靜、語默、進退、行藏也皆時措之宜,則聖之事,自吾分内,而何異之有乎?夫子之繼斯言曰"人之行,莫大於孝"。嗚呼!此固其初者也。學者能於事親之時察之,則亦庶幾矣。

《大典》卷三〇〇三。

# 册 二八九至二九〇

## 孫應時　卷六五八二至六五九四

**【校訂】到闕與侍從先狀一**(頁三七八)

**到闕與侍從先狀二**(頁三七八)

二文分別有"北闕之覲""北闕賜還"之語,似非南宋人語。

**太守入境與文太師先狀**(頁三七八)。

《欽定四庫全書考證》卷八三云:"按《宋史·宰輔表》,淳熙以後,慶元以前,無文姓居宰執官太師者。惟彥博官太師,與應時時代先後不相及。篇中有'洛土'云云,疑爲北宋人文字,《永樂大典》誤編入此。今無別本可校,姑仍其舊。"孫應時下當誤收。

**迎文太師到闕狀**(頁三八六)

篇中有"馳鞏洛之郊"云云,疑爲北宋人文字,《大典》誤編入此。

**迎文太師入覲狀**(頁三八六)

疑爲北宋人文字,《大典》誤編入此。孫應時下當誤收。

**迎韓相自洛西由闕判北京狀**(頁三八七)

《欽定四庫全書考證》卷八三云:"按《宋史》,崇寧元年,韓忠彥自左僕射兼門下侍郎,出知大名府,兼北京留守。考《宋史·地理志》,慶曆二年,改大名府爲北京,南渡後大名没入於金,安得有判北京者?此狀當必有誤。今姑仍原本。"孫應時下當誤收。

**迎范户部狀**(頁三八七)

**迎蔡相自裕陵還闕狀**(頁三八七)

《欽定四庫全書考證》卷八三云:"按《宋史》,元豐八年,神宗葬永裕陵,以蔡確爲尚書僕射,兼門下侍郎,爲山陵使。此篇云'祗奉祠于虞崋'當指此事。應時生於南渡後,此狀當必有誤。今姑仍原本。"孫應時下當誤收。

**迎韓相入闕召以南郊陪位狀**(頁三八八)

**迎鄭資政狀**(頁三八八)

**迎李户部狀**(頁三八八)

**迎張宣猷狀**(頁三八九)

此文又見宋刻元明遞修本《臨川先生文集》卷八〇《遠迎宣徽太尉狀》，重見册六四頁二二〇王安石下即收。孫應時下當誤收。

**迎周漕使狀**（頁三八九）

此文有"俯及嵩郊"云云，似非南宋人語。孫應時下當誤收。

**迎吕龍圖知太平州狀**（頁三八九）

**迎程參謀狀**（頁三九〇）

**迎吕秦州狀**（頁三九〇）

此文有"改帥西秦，解符舊陝，歷關河之阻，將及於雍郊"之語，似非南宋人語。以上十六文均見《播芳》卷六七，皆未署作者名。其中可考者均顯示非孫應時作，其他未能確知者應亦非孫應時作。

**【輯補】長侄祖祐爲母設醮青詞**

疾痛呼天，私切爲親之禱；齋戒事帝，懼干犯分之誅。伏念臣母李氏命與年衰，體因氣弱。頃牙齦之小疾，一變非常；望醫療之全安，百方未效。由臣多罪，致此重災。顧如微螘之身，尚闕慈烏之報。戰兢自念，跼蹐靡皇。茲修六十位之醮儀，實亦七八年之宿願。上於洪造，冒貢綠章。伏望覆載垂慈，照臨敷佑，速俾沉痾之蠲滌，以迓天陽；更令晚景之優游，獲殫子職。

**黃岩縣祈雨青詞**

天地無心，一等化工之運；吏民有罪，自招旱魃之災。欲伸螻蟻之誠，彌深淵冰之懼。伏以黃岩萬家之縣，號爲台州五邑之雄。地廣人多，致財賦誅求之重；月朒日削，當公私困弊之餘。嗟嗟十室之九空，望望三秋之一飽。傷去年水潦之爲敗，慶今歲雨暘之適時。不圖至斯，遇旱已甚。重念天非僭罰，人則有愆。無慈祥忠厚之政，以召陰陽之和；多乖争陵犯之俗，以干鬼神之怒。反身自咎，得譴冥辭。惟窮民愁痛，未免呼天；而惡人齋戒，可以事帝。不早伸於悔謝，永自棄於昏迷。恭憑羽流，上奏金闕。伏願三清錫佑，列聖垂慈。念小臣無狀，而不忘其拳拳爲民之心；憐百姓至愚，而方有嗷嗷仰哺之望。蠲其不貸之罪，開以自新之途。雨施雲行，在真宰須臾之力；民安食足，共皇家晏粲之年。

**啓建道場疏**

嫣汭初嬪，載想坤儀之懿；蒼梧從狩，莫回仙馭之遥。仰新廟之追崇，當諱辰之初屆。普修佛事，式贊靈游。共願尊號皇后精爽不渝，克媲在天之烈；徽音有赫，永垂奕世之休。

**送觀音疏**

方暑雨之怨咨，孰回天意；逮時暘之休應，實賴佛慈。祇奉威容，言歸勝隱。而今而後，願無再駕之勞；有士有民，均滿三秋之望。

**龍母龍王祈晴疏**

恭惟靈媼，實孕神龍。廟食此土，庇民無窮。昨我有祈，甘澤既通。今雨其淫，復以病豐。亟拜請命，瀆靈之聰。靈其憫之，無廢前功。昔我先人，實甚敬龍。訓我小子，必誠必恭。龍宅茲邑，職司豐凶。我民有求，匪龍曷從。靈貺既昭，甘澤既蒙。今雨其淫，懼墮前功。亟拜祠宮，我顔靡容。惟龍之神，驅雲反風。時我雨暘，惠我始終。匪今斯今，千載無窮。

**祈晴迎龍疏**

惟我聖母，與我神龍。素憐我民，有禱輒從。維吏無狀，弗誠弗恭。降此霖潦，爲此禍凶。祇肅靈駕，近臨佛宮。俾我父老，祈哀是同。陰翳開除，白日麗空。水落可耨，禾黍芃芃。則母（原作"毋"）之賜，與龍之功。嗚呼何求，維歲之豐。

### 諸廟祈晴疏

嗚呼！夏潦之後，已敗下田。秋成之時，又窘多雨。禾今生耳，民實痛心。豈其竭三時之勞，而使無一飽之望。神之靈德，惠顧我民，聞此苦言，尚哀救之。

### 慈福太后違豫禱諸廟疏

天子有詔，以太皇太后有疾未平，俾我臣子遍走百神，仰祈萬壽。某等謹潔齋俯伏以告於祠下社稷云：以告我社稷。惟神相我國家，延我東朝之慶，以無爲天子之憂。

### 天申節開啓疏

乾坤盛旦，無如今日之兩宮；海宇一心，同祝聖人之萬壽。於皇慈極，永鎮昌期。尊號太上皇帝陛下，伏願如日方升，後天難老。八千歲月，長不改於春風；億萬臣民，入無邊之壽域。

### 滿散疏

天其申命用休，式慶千秋之節；臣能歸美報上，敢伸三祝之恭。尊號太上皇帝陛下，伏願日升月常，天長地久。逍遙物表，繼崆峒問道之游；鞏固皇圖，邁郟鄏過期之歷。

### 放生疏

鱗羽雖微，豈無佛性；飛潛自得，乃荷君恩。還茲百物之天，贊我一人之壽。見小臣報上之誠意，亦聖主好生之本心。何但斯民，共鳥獸昆蟲之樂；庶幾和氣，有龜龍麟鳳之祥。

### 孝宗皇帝祥除啓建疏

一日宮車，莫返賓天之駕；三年喪禮，普纏率土之哀。遽臨祥禫之期，敢事薦嚴之典。尊號皇帝伏願在帝左右，降康國家。殿閣風來，空想衣裳之御；鼎湖仙去，永嚴弓劍之藏道觀。伏願威靈有赫，福祚無疆。惟二十八年之成功，一無愧想；千百億身之變化，妙不可思佛寺。

### 滿散疏

哀我臣民，望龍髯其愈遠；瞻彼日月，知駒隙之不留。禮則既祥，恩其曷報。尊號皇帝伏願靈威降格，性體常存。聖子神孫，烏奕皇家之慶；清都太極釋云珠林法苑，逍遙仙馭之游。

### 常熟縣上方觀音祈晴疏

衆生多罪，每自速於天災；大士至慈，常普垂於法蔭。既禱雨而獲雨，復乞晴而得晴。莫酬無量之恩，更切方來之懼。恭願自今以始，俾無再三瀆之勞；錫我有年，均獲千萬箱之慶。

### 祈晴迎觀音疏

邑無善政，致霖潦之非常；佛有大慈，迄祈禱之未應。吏當其咎，民實可憐。祇請尊容，來臨近刹，焚香作禮，慰邦人瞻仰之勞；捲雨收雲，彰大士感通之妙。

### 成都府祈晴疏

天實至仁，已告康年之賜；吏無善狀，重昭苦雨之愆。欲伸疾痛之呼，彌瀆威嚴之聽。伏念蜀去朝廷之甚遠，民生衣食之常艱。矧是連年困於荒政。以臣頑昧，分國殷憂。幸得春耕之應祈,共望秋成之增倍。安知陰沴,復此霖淫,候西風而不來,嗟杲日之久闕,豈獨有腐禾之害,又將失種麥之時,庶徵之占不虛。臣當其咎,一飽而望遂已。民則何辜,敢以怨咨,形之哀籲。伏願皇穹降監,洪造回慈,施罪瘠於一臣,終哀矜於百姓。逮容銍艾,逢霽景之大明;尚使倉箱,保歲功之強半。

### 謝晴送龍疏

於維聖母,惠此一方;丕顯維龍,制我雨暘。我民有祈,必迎必偕。靈貺孔昭,允哉顧懷。潦暑既清,川流既平。保我斯今,百穀用成。靈兮歸兮,我依依兮。靈兮休兮,無後憂兮。

### 啓建疏

五百歲生上聖,有開彌月之祥;三千臣惟一心,請祝後天之壽。雖載驅於遠道,亦祈叩於真乘。今上皇帝伏願丕擁珍符,增多神筴,率行舜孝,遠纘禹功。九州四海,悉主悉臣,遹臻成烈;億載萬年,爲父爲母,永鎮昌期。

### 又

天子萬年,有赫乾坤之眷命;封人三祝,不忘草木之微情。敢憑慈氏之良因,仰贊泰元之神筴。今上皇帝陛下伏願天長地久,日輝月明。上奉兩宮,同證無量壽;下令一切,歸依不動尊。

### 又

非心黃屋,懿三聖之相承;高蹈清都,宜萬年之難老。將屆虹流之節,敢申虎拜之祈。聖安壽仁太上皇帝陛下伏願與天爲徒,如山之壽。九州四海,益占寶祚之延洪;五日一朝,長享玉卮之笑樂。

### 放生疏

大鈞坱圠,惟以生物爲心;至治休明,罔不配天其澤。故虞氏恩被動植,而文王德及昆蟲。請彰三綱之捐,仰致萬年之祝。雲飛川泳,俾陶形氣之大和;日升月常,未見臺池之共樂。

### 又

聖人盛德,必以好生爲先;我佛大慈,亦垂不殺之戒。是故作福之事,莫如及物之仁。今者紀瑞節於千秋,祝慈皇之萬壽,宜推睿澤以濟含靈,庶幾感龜龍之游,抑豈無雀蛇之報。雲飛川泳,式同物物之歡心;地久天長,要記年年之今日。

### 啓建疏

作世界主,既得聖人之時;超最上乘,今爲天子之父。祗逢慶節,仰證殊因。至尊壽皇聖帝陛下伏願永佚龍樓,增延鳳紀。慈顏萬歲,若不動妙高之山;壽域八荒,歸甚深福德之海。

### 滿散疏

龍樓問寢,光漢儀五日之朝;鳳紀編年,盛唐室千秋之宴。望玉卮而身遠,謁琳宇以神馳。至尊壽皇聖帝陛下伏願日輝月明,天長地久。三萬歲而不老,永鎮昌期;九五福之錫民,同躋壽域。

### 又

爲天子父,六五帝而益光;與造物游,億萬年而有永。祗逢慶節,仰證真筌。至尊壽皇聖帝陛下伏願永佚清都,增多神筴。慈顔不老,長觀五日之來朝;壽域無疆,更俾八荒之均福。

### 瑞慶節放生疏

臣子之心報上,方請祝於堯年;聖人之德好生,盍盡除乎湯網。凡山川之草木,暨臺沼之昆蟲,咸遂微情,式增景福。萬有千歲,一視同仁。胎生濕生化生,各全正命;天大地大王大,曷報洪私。

### 滿散疏

近天子之光,今莫如於吳甸;祝聖人之壽,心尤切於堯民。丕仰高真,敬伸美報。皇帝陛下恭願穆兩宮之榮養,鞏列聖之丕基。五百歲之春秋,未誇長久;三千年之花實,常奉燕游。

### 又

繞電流虹,祝聖哲生商之旦;望雲就日,罄臣子祝堯之心。敬集梵因,仰資睿算。皇帝陛下永清四海,榮奉兩宮。以金剛不壞身,保安法界;等河沙無量壽,普濟含生。

### 黄岩縣謝雨道場滿散疏

八月愆陽,已極人心之急;三日請命,不勝吏責之憂。逼今白露之期,得此慈霖之施。盡荷天心之仁愛,寧非佛力之贊成。公宇齋臺,敬徹香燈之供;名山勝地,諒欣鐘鼓之歸。大士證明,衆生歸嚮。

### 成都府祈雨疏 代丘帥作

春有愆陽,雨不時降。麥未秀而欲槁,土不膏而害耕,民心危而靡寧,天意凜其難測。願憑佛力,仰贊化工。使我西郊之密雲,化爲甘澤;庶幾南畝之百穀,迄用康年。

### 又

俶載南畝,土以旱而不膏;於皇來牟,苗欲槁而難秀。永念愆陽之罰,厥惟長吏之辜。爰叩九天,敬祈一雨。凡祈因之民事,毋俾失時;施罪瘠於尹身,則其矢願。

### 祝聖樂語 附

宮庭萬壽,慶當年繞電之期;海宇一家,盛今日需雲之宴。情深華祝,喜溢嵩呼。恭惟聖安壽仁太上皇帝堯舜傳心,黃老養性。爲天子父,巍乎五日之一朝;與造物游,必也千秋而萬歲。皇帝陛下率行一道,敬養三宮。間鳳紀之編,喜載臨於瑞旦;開龍樓之寢,方仰奉於玉卮。醉天樂於清都,錫露囊於廣土。侈國家之大慶,答臣子之歡心。如臣等律吕賤工,鈞陶小物,不自知其爵躍,亦少效於蟲鳴。遥望天階,恭陳口號。

滿天秋色近重陽,喜氣祥雲擁未央。王母手携千歲實,玉皇躬捧萬年觴。朱顔不爲星霜改,絳闕從知日月長。《天保》一詩臣子意,南山稱壽永無疆。

### 王母祝聖樂語

瑤池東望,久期八駿之游;青鳥西還,喜報千秋之節。來祝聖人之壽,何辭仙侶之勞。恭惟尊號太上皇帝黃屋非心,元珠得道。揖遜相傳於三聖,康寧均照於四宮。登封七十二君,未聞此盛;修身千二百歲,其永無疆。今者玉宇風清,金莖露冷。虹流電繞,載逢彌月之期;鼇抃山呼,普洽需雲之宴。妾等携持天樂,拜舞霞觴,爰寫歡心,可無嘉頌。

周王漢武非仙才,今爲重明上聖來。沆瀣不須餐玉屑,琅玕還許進霞杯。父慈子孝皇家盛,地久天長壽域開。只把蟠桃報消息,從今吉日更千回。

**面廳樂語**

虹渚佳辰,祈萬年於君父;露囊廣宴,均百縣之指南。盛事天開,歡聲鼎沸。恭惟知縣來臨劇邑,列在近畿,一時皆君子之寮,再歲有豐年之慶。坐上衆官,文摛鴻翰,武握豹韜。或顯仕而懷章,或亨途之發軔。華筵既秩,廣樂載陳。咸望闕以傾心,復簪花而拜賜。以酒以德,式歌《既醉》之太平;如山如川,敢忘《天保》之報上。某等幸因絲竹,得近尊罍。敢對公堂,輒陳口號。

衣冠濟濟佩鏘鏘,拜舞君恩賜露囊。望闕想聞清道蹕,蓼花疑挹御爐香。慈皇萬壽同山岳,王國多材盡棟梁。燕罷明年何處集,龍樓隨駕入鴛行。

**祝聖樂語**

天子有尊,方謹慈顏之奉;人臣報上,寧忘聖壽之祈。傾四方就日之心,慶千秋流虹之瑞。情深華祝,喜溢嵩呼。恭惟尊號太上皇帝陛下道妙希夷,德包覆載。二百餘載中天之業,盛大光明;三十六年臨御之仁,龐鴻深浚。托盈成於聖子,葆冲素於清躬。絳闕無塵,自是仙家之日月;朱顏不改,應同上古之春秋。天開鳳紀之編,帝謹龍樓之養。流霞稱壽,湛露均恩。閶闔九重,雖莫陪於拜舞;乾坤萬物,知永荷於涵容。臣等生值聖時,名叨樂部,學獻蟠桃於西母,茂瞻松柏於南山。遥跂天階,敢陳口號。

一家父子襲唐虞,慶事如今亘古無。天子捧巵稱萬壽,臣工拜手肅三呼。神光佳氣翔丹闕,永日熏風暖絳都。欲識堯仁難報處,兒童歌頌滿康衢。

**王母隊致語**

九天傳命,欣聞慶會之同;萬里乘風,來祝聖人之壽。恭惟尊號太上皇帝陛下崆峒得道,姑射凝神。寸地尺天,久矣陶鈞之内;清都絳闕,超然揖遜之餘。二十年而名位益尊,八千歲之春秋方永。屬流虹之開旦,猗湛露之均恩。六合清夽,百神歡舞。臣妾等憶瑶池之勝事,賀玉宇之昇平。敢羞桃實之珍,式奏雲璈之曲。恭陳口號,仰佐霞觴。

歡聲無限匝堯天,盡逐薰風入舞弦。玉斝流霞稱萬壽,清都廣樂萃群仙。父慈子孝真高古,地久天長不計年。願把蟠桃頻入貢,蟠桃一熟歲三千。

**制司請都大會食樂語**

驛道八千,慶錦里主人之初到;賓筵第一,得綉衣使者之肯臨。臺府交歡,江山動色。共嘆光華之禮樂,式睹名勝之風流。恭惟某官璞玉渾金之姿,大川喬岳之氣。平生心事,真是桐鄉循吏之孫;分内功名,當出柏府大人之上。叠頒詔紱,三換節旄。清規傳月窟之東,偉望過雪山之重。斯馬斯作,已看天駟之榮勛;爲龍爲光,即俟甘泉之入奏。某官芝蘭同味,萍梗相逢,從容使事之謀,繾綣年家之好。德星初聚,和氣鼎來。日烘雪後之樓臺,風動春前之梅柳。畫堂檜幕,開一笑於窮冬;綺席笙歌,奉千鍾於永夜。可無韵語,上助歡顏。

綉衣人物寵諸臺,玉帳元戎萬里來。同爲西川增氣象,何妨北海試尊罍。休辭臘酒十分醉,要唤春風一夜回。天上德星何處聚,應從井絡向三台。

國圖藏靜遠軒刻本《燭湖集》卷一三。

# 册 二九〇

## 張聲道 卷六五九五

### 【輯補】十里壺記 嘉定十四年

巴陵城市在山絕巔，八面之風蔑有障蔽，多火災。張子備員兩年幸免，每切憂之。役勞版築，甫竣事，而鬱攸爲祟。張子曰："是應有也。恨授代有期，毋能及矣。夜思待旦，憮然以興。山高水落，風高冬燥，雖有智者，何能爲謀。宜作十里壺，遍滿閭閻，緩急隨取隨足，猶愈於拱手聽煨燼。"客曰："惜哉！恨君去而此志不傳也。"張子笑而謂之曰："事雖不可竟，此志尚可傳。予當作百壺以爲後人倡，後人儳成此志，一年之間，由通衢至委巷，萬壺聯屬，十里不難辦也。"輅輋既遣，有旨趣代，命工董役，斧斤丁丁。衆皆贊嘆。張子作一轉語："子亦聞陶朱公老嫗之説乎？朱公致富，家多勤幹，一嫗服事尤謹。子取婦養，既去，越半日復回，家人驚問嫗來何爲，嫗曰：'中塗值雨，思獎瓿未覆，故復來。'舉室大笑。今張子百壺之作，其覆獎瓿之謂乎？"客曰："旨哉！毋謂戲言，真爲實惠，願筆之以貽後人。"張子曰："唯。"醉書壯觀臺上。時嘉定辛巳閏月賓春之日。

《大典》卷二二五六引《岳陽志》。

## 薛紱 卷六五九七

### 【輯補】續靈驗記 開禧二年

吴曦遣偽將禄禧扼夔門，本路帥張介解□付之。二月二十四日泊萬州，客有趙潭者善降神，爲介卜去就。忽大書云："吴曦世受國恩，敢謀僭叛，陷蜀左衽。九天使者奏其事，上帝震怒，敕滅其族。事不出三月。"介懼而緘之。三月初十日至忠州，逢露布，曦果以二月二十九日誅。介聚客拆觀驚嘆。萬去興州二百餘里，神之降先曦死五日。異哉！

《大典》卷六六九八引《江州志》。

按：《大典》卷六六九七載："《續靈驗記》，開禧二年，薛紱識。"

### 跋胡忠簡公紹興戊午論和議封事 開禧元年

士憤激忠義，在下位，至乞用斧鉞以誅權佞，世不數見，惟漢朱雲以前槐里令請斷佞進張禹頭，唐柳伉以太常博士請梟大將軍程元振顱，紹興胡氏以編修官請竿宰臣秦檜等首於稿街，烈氣相望。雲不過數語，伉所欲誅不過大閹，惟胡公之所論，不獨關宗社之存亡，乃天理之存亡；不獨繫一時之榮辱，乃萬世之榮辱。自檜決和議，迄今甘爲陵夷，國恥未雪，大讎未復，三綱爲之不振。當時三數人者，雖闔門寸斬，未足快天下忠義之肝。胡公之舉，豈爲過乎？伉疏勁果，與公辭氣相似，然元振污刀鋸，禹亦不足辱尚方劍也。公所欲誅，關係甚大，古今罕儷。公之子澥守沈犁，紱爲供源長，間以公手書遺稿石刻見遺，紱齊戒即誦，想公張膽奮筆時，心搖神掣，當解觸邪之角以爲函，析擊化之牙以爲簽，而襲以殿帷之囊，載以都亭之輪，發軔九折忠孝之途，以達諸天下，舒公未盡之發縕，毋敢斁。開禧元禩臘立春日，漢嘉薛紱敬書。

文淵閣本《古文集成》前集卷五五。

## 冊 二九一至二九二

### 衛涇 卷六六一二至六六四三

**【校訂】僞保義副尉梁法特授秉義郎制**（頁八）

題"僞保"，《大典》卷七三二六作"僞虜保"。

**降授朝散大夫充寶謨閣待制提舉建寧府武夷山冲佑觀賜紫金魚袋辛棄疾依前官特授知紹興軍府兼管内勸農使充兩浙東路安撫使馬步軍都總管賜如故制**（頁二二）

此文又作冊二九四頁二三周南《辛棄疾待制知紹興府制》。辛棄疾知紹興府在嘉泰三年（1203）六月。而衛涇开禧元年（1205）年始得旨入朝，授中书舍人兼职学士院。衛涇下誤收。

**中大夫充寶謨閣待制知潭州軍州事沈作賓可依前官特授試尚書户部侍郎賜封如故告詞**（頁五一）

此文又作冊二九四頁二六周南《沈作賓除户部侍郎制》。《大典》卷七三〇三載此文，署"周南仲山房後集"。衛涇下或誤收。

**賜復慶遠軍節度使差充鎮江府駐札御前諸軍都統制成閔辭免加食邑食實封恩命不允詔**（頁七七）

此文又見文淵閣本《文忠集》卷一〇五《復慶遠軍節度使差充鎮江府駐札御前諸軍都統制成閔辭免加食邑實封不允詔》，冊二二六頁二五七周必大下即收。制文所涉"成閔"，《宋史》卷三七〇有傳，云："成閔字居仁……淳熙元年卒，年八十一。"則成閔生於紹聖元年（1094），卒於淳熙元年（1174）。而衛涇淳熙十一年（1184）始進士及第，距成閔去世已十一年，不得草此詔。則衛涇下當誤收。

**賜成閔上表再辭免加食邑實封恩命不允不得再有陳請詔**（頁七七）

此文又見文淵閣本《文忠集》卷一〇五《賜成閔上表再辭免加食邑食實封恩命不允不得再有陳請詔》，冊二二六頁二五八周必大下收作《成閔再辭免食邑實封不允詔》。衛涇下當誤收。

**賜三省官滿散瑞慶聖節道場乳香口宣**（頁一二九）

此文又作冊二九一頁一三四同人《賜三省官滿散瑞慶聖節道場乳香》，當删其一。

**謝賜生飱表**（頁一四八）

"之詩"，《大典》卷一三九九二作"之時"。

**瑞慶節賀表一**（頁一六七）

此文又作冊二九四頁三六周南《代執政重名節賀表》，僅略有異文。此文應爲周南代作，衛涇下當誤收。

**元正賀表**（頁一七五）

此又作冊三二四頁一六二王邁《賀元正表》。王邁文輯自《翰苑新書後集》上卷二〇，署"王邁"。歸屬未能確考。

**謝賜臘藥表**（頁一七七）

此文又作冊三一七頁八九李劉《謝賜銀合臘藥代湖南衛帥》，輯自《翰苑新書後集》上卷二三,署"李梅亭"。此文應爲李劉代作。

### 元正賀表(頁一七七)

此文又作册三一七頁八三李劉《賀元正表》,輯自《翰苑新書後集》上卷二〇,署"李梅亭"。此文應亦爲李劉代所作。

### 謝免荆湖南路安撫大使兼知潭州依舊宮祠表(頁一八二)

此文又見文淵閣本《梁谿集》卷一〇二同題,册一七〇頁三二三李綱下即收。《繫年要錄》卷一二六載:"(紹興九年二月己未)觀文殿大學士、提舉臨安府洞霄宮李綱知潭州。"《宋史》卷三五九李綱本傳載:"(紹興)九年,除知潭州、荆湖南路安撫大使。"正與文相合。衛涇知潭州前未提舉宮觀。則衛涇下當誤收。

### 謝賜夏藥表(頁一九〇)

此文又作册三一七頁八八李劉《謝賜銀合夏藥代江西衛帥》,輯自《翰苑新書後集》上卷二三,署"李梅亭"。此文應爲李劉代作。

### 再辭免知福州表(頁一九四)

此文又作册三一七頁八五李劉《代衛參政辭免知福州》,輯自《翰苑新書後集》上卷二三,署"李梅亭"。此文應爲李劉代作。

### 乞六曹尚書依舊獨員上殿札子(頁二八二)

此文又作册一二九頁七九陳瓘《乞六曹尚書依舊獨員上殿札子》,輯自《歷代名臣奏議》卷二八六。《全宋文》於陳瓘下注重出,疑衛涇下誤收。

### 趙師垂不當除開府儀同三司奏(頁三三五)

題,《大典》卷九一八作"學士院奏師垂除開府儀同三司未當乞除檢校少師狀"。

### 乞貶竄韓侂胄陳自强疏(頁三四五)

此文輯自《歷代名臣奏議》卷一八四,又作册二七二頁三四七雷孝友《乞重賜貶竄韓侂胄陳自强疏》,輯自《四朝聞見錄》卷五。歸屬未能確考。

### 賀皇太子元正箋四(頁三六二)

此文又作册三一七頁九三李劉《賀皇太子元正箋》。《翰苑新書後集》上卷二六錄《賀元正丙子代衛參政》即此文,署"李梅亭"。此文爲李劉代作。

### 賀皇太子冬至箋一(頁三六三)

此文又作册三一七頁九三李劉《賀皇太子冬至箋》。《翰苑新書後集》上卷二六錄《賀冬至》即此文,署"李梅亭"。此文應爲李劉代作。

### 賀史丞相除少師啓(册二九二頁二八)

"朝端",《大典》卷九一八作"使端"。

### 祭安康郡太夫人章氏文(頁八二)

題下,《大典》卷一四〇四九有注"先生外姑",當是《後樂集》編者原注。

### 庵山廟祈晴文(頁一〇四)

此文又見國圖藏宋刻本《後村居士文集》卷三六同題,册三三二頁二八一劉克莊下即收。《翰苑新書別集》卷一一錄此文,署"劉後村"。衛涇下當誤收。

### 蓋竹廟祈晴文(頁一〇五)

此文又見宋刻本《後村居士文集》卷三六同題,册三三二頁二八一劉克莊下即收。衛溼下當誤收。

**【輯補】道德帖**
　　溼伏念拜違道德之光華，三閱寒暑。拳拳尊仰，猶機車辰斗，知所鄉焉。察院方擢居風憲，而溼效職遠外，以身受察，由是不敢列私記於籖隸，實非簡忘也。近僭具尺札，塵瀆台視，敢意隆謙便中親賜染答，語意慈祥。顧溼何以辱此，感懼交集，無以諭云。溼一介晚陋，□無肖似。頃久玷班行，□當引去，蒙恩畀節，實□渥分，感激奮勵，圖報萬分。適旱暵，□虛私錢汾□之際，勉強酬應，盡瘁朝夕，至於官吏姦蠹，習以成風，上下盤亘，不可□。何□先華，其所以致弊之由，方稍各就繩削。惟知精白一心，奉公率職，少副公一委住之意。朝廷言論風旨，一無所聞知，它悉不暇顧。□私錢一事，前後施行異□，遂至民旅疑惑，及人情洶洶，乃駕其□於它司，一二□□，結爲死黨，表裏爲欺。繼又乞悉行權毀，以滅形迹。溼即嘗以公牘申省，極論其非，□□上行覆不報。是時孤蹤□□炭。然溼賦性介拙，但知循理而行，不欲有所□附。由是人亦少知者。近僭陳交子利便，誠知深議臣之意，□未欲輕爲去就者，竊謂此職分之所當爲，初無容心，亦非求異，不敢輕事形迹，忽蒙易節，且在近畿，殊不曉所謂。溼到任甫及一年，若以所言爲是，當蒙施行，而姑令終任；若以所言爲非，則當罷黜，以戒妄言可否。無所問而遽它徙，進退之誼，兩無所據，儻或冒受，非惟有愧私心，抑恐上干清議。已具控免，及力扣造化，期於得請。或稍遂投閑，因可屏遠人事，杜門讀書，以求所不逮，庶幾它日持己益嚴，精進有得，或能少有植立於斯世，被朝一長，答成就之賜，益大矣。此尤溼區區之至願也。伏惟察院□立中流，垂意善類，樂獎後進。溼敢書覆中赤，無有隱情，然非持疇昔登門之舊，亦不敢出此，更望有以儆訓，惠存之幸，甚□死罪，并乞台察。右謹具申呈。三月日，朝散郎衛溼札子。

《鳳墅前帖》卷一五。

# 册　二九二

## 程松　卷六六四四

**【輯補】答周侍郎書**
　　伏承委戒提舉施學士銘文云云。世以有名爲不朽，有子爲不死。提舉妙學賢科，臨人持節，嘉譽騰聞。而龍駒鳳雛，清才臚仕，克家有繼，哀榮終始，可以無恨矣。

國圖藏石研齋抄本《汪文定公集》卷一○。

## 喬行簡　卷六六四六

**【輯補】薦吳如愚表**
　　吳某兩爲筦庫，尋即隱居。官簿當進，亦不自言。垂三十年矣，雖居都城而杜門不出。臣欲識之，不可得。多有爲臣言其行醇而介，氣直而溫，講道窮理，精於著述。凡士大夫之仕於朝、與三學之英、四方之俊，苟有志問學者，莫不造門質疑，皆充然有得而去。今年踰七十，略無倦容。近在目睫，儻不示以旌別，天下何觀焉？

文淵閣本《楳埜集》卷一一《準齋先生吳公行狀》。

## 高似孫　卷六六四七

**【輯補】滄灣亭記**紹定二年

　　大江灌注天下幾半，其汗漫浩瀚，瀾翻怒激，壯者凌峰岳，渺者吞海瀛。風烟雪月，雲陰霽朗之機，萬怪千奇，不可搏控。天地（原作"下"）之用，莫偉於斯。是皆魚龍所都，鳧雁所樂。漁郎騷老（原作"者"）之所得意，而行人過客之所甚悲。若非名藩巨鎮宅其湄，則亦蜃樓麗閣蓋其會。遐景跌蕩，壯圖崔巍。凡所湊奔，酬接靡暇。為主人者，必才如司馬子（原作"字"）長、柳子厚、元次山、大蘇公，必詩如杜少陵、孟東野、皇甫冉、司空圖諸人，而又手摘斗牛，胸中可八九雲夢，英辭動金石，藻韵叶陽春，然後可以了此。不然，則風馬牛不相及也。壹江自古全待乎人，今知者幾何，愛者幾何，領略者又幾何，彈壓者又幾何？是可數也。江陰聞江之曲，江自此入乎海。凡百景趣，則與前一耳。戶掾，郡之水曹，特能括其景，洩其趣，是或有才足以處此者乎？予在（原無"在"字）墅，殫極千岩競秀，萬壑爭流，草木蕫蘢，雲興霞蔚，其狀有非一日。戶曹能日全予酒，同予筆研，以考高明之具，闢廣大之觀，意接情諧，若有得於斯者。然非（原作"以"）其心胸不凡，目力不俗，筆下不塵埃，則匠幽裁奧，何能頡是哉？書來再三，委載其事。予曾不得同彼酒、同彼筆硯，往往神馳而意鶩，又安能為之淋漓傾倒哉？乃歌《江騷》答之，使歌者歌以侑（原無"侑"）酒，其必有知戶曹及予者。歌曰：

　　天不愛其神兮，有如斯江。江又不愛其神兮，日澎湃而夕蓊淙。天地為之混濛兮，風雲烟雨相從而掀撞。鳧雁胡為而輕狎兮，魚龍黿鼉為之怒哤。杳或沿其所趨兮，亦既雪浪而烟瀧。月濛濛其鷺鷥兮，風嫋嫋其魚舡。誰樂契其深滙兮，挈荃戶而疏蘭窗。滲餘寒於墨硯兮，注春陽於瓊缸。眇一瞬而生雋兮，筆力為之鼎扛。宛江妃之狹舞兮，律餘奏於空腔。極千里其可屬兮，合一飛於輕艫。期與子其同醉兮，予心安得而不降。

　　戶曹姓施，名德懋，予嘗字曰商輔，同年著作郎兼右司郎官諱累之子，嚼乎雋秀而端挺者也。紹定二年正月十一日，中奉大夫知處州軍州事兼管内勸農使賜紫金魚袋高似孫記并書。

　　按：明嘉靖《江陰縣志》卷三引此文，題作"小石山滄灣亭記"。

**江陰縣冰玉堂記**紹定二年

　　晉江韋氏《襄邑律己頌》曰："乃冰其清，乃玉其白。"琅標瑩榘，凜凜若對。江陰宰林君，采之以表今堂，勵志也。古者，詩人善於比（原作"此"）德。其曰"如山如河"，樂其有儀也。又曰"如圭如璧"，美其淑且潤也。又曰"如金如錫"，取其精堅也。又曰"如岡如陵"，尚其深固也。又曰"如松柏之茂"，言其秀而貞也。英□晉頌，擬象純潔，超乎《詩三百》之表，是謂善琢乎辭，達乎訓矣。夫有山川，斯有人物；有人物，斯有風月；有風月，斯有句咏；有句咏，必有政事。血絡貫串，如出一機軸。江陰介乎濤渚之間，蘆荻蔽水，雁鶩所客。神魚樓蜃，出沒變怪。漁榔琛舶，縹緲烟雨霽雪之鄉。李成、郭熙復生，莫克殫寫（原作"焉"）。以邑輔郡，歸然一都。而林君以才智風猷，裁（原作"載"）劇而施行之。饑者盡飽，病者盡蘇。濟有新梁，囚有凈榻，已足以愊服若吏與民矣。而又化榛莽作丹青，滌穢陋為芳礎。風亭月榭，釣渚弋林，各得其宜，處處詩酒。主人既甚得意，客又皆迨而忘歸。一聆咳談，如與樂衞游；一舉豆觴，如與鮑壺接。塵不敢扇，衣寒且香，吁！敢問清乎、清乎？徠斯堂者,孰不嚼(原無"嚼")且仙乎?環壁左右,則徵君吕公墨帖也,和靖林先生句圖也。豈不清之又清歟?東坡贊嘆和靖,以爲"吴儂生長湖山曲,呼吸湖光飲山緑。不論世外隱君子,傭奴販婦皆冰玉"。嗚呼!感人格之機,其妙出於影響之捷。則頑夫廉,懦夫有立志。其有動於夷之清者,當如何哉?吾甚恨不能游君堂、飲君酒,姑述君志,以答君請。紹定己丑四月十三日,中奉大夫前知處州賜紫金魚袋高似孫記。奉議郎特差知江陰軍江陰縣主管勸農公事林庚立。

以上見大典本"常州府"卷一八。

**忠節祠記**

節義之被書傳者,有風常寒。吁,哀哉!有奇姿偉才,因事表激,視死如飴,若史所載,豈不可哀?不如此,無以知天地挺生人物之英,亦有國者得憑依扶持。似孫守栝兩載,雨暘有間於祠,思厥振拔。一日,小孫彭夢神人曰:"我太原孟縣義烈祝公也;姜,官師也;章,少傅也;詹,光禄也。一屋荒寂,西亞角樓。雲馬風車,謝守振拔者,魚魚闐闐,我甚慕焉,幸爲啟太守。"彭曉白其事,乃謁以香,四公名稱,宛與夢合。吁,異矣!既瞻其像,思其事,如嚼蘇郎之雪,如蹈顏公之霜。命之不融,天之不寂,悠悠莫問,僅以節義見。使得其時,行其志,大諸事業,則書竹帛,銘鼎彞,豈外是哉?即上奏,願賜旌額。輒肖公像,甍甎而奉之。正月上浣,躬率郡僚,酒春牲肥,妥靈以告。竊惟天之爲天,日星之爲日星,鬼神之爲鬼神,人之爲人,同一清明,最靈乎萬物。其生爲忠臣、爲義士,死亦如之,耿亮湛瀅,又有踰於日星、鬼神,則節義直可以配天之神。迢迢諸公,皆以罵賊不屈於刀鋸之慘,報之者嗇,勵之者疏,是蓋有國者所當盡其義,爲人臣者不當辭其責。予歸矣,稍刊其意,以告後之垂意於斯者。四公者誰?太原府孟縣主簿祝公明、忠翊郎姜綬、義士章雲龍、知雍州詹友,并宋靖康、建炎間死難忠臣云。

雍正十一年刻本《處州府志》卷一八。

按:鄭斌《全宋文補遺》已輯。另浙江古籍出版社2017年版王群栗點校《高似孫集·補遺》輯有《周舅氏家乘序》《題喻工部桴所寫褉序》《文苑英華纂要序》《真誥叙》《休寧縣禮物記》,不另録。

# 册 二九二至二九三

## 曹彦約 卷六六五〇至六六七〇

**【校訂】壽慶節賀表二**(頁二四五)

此文又見國圖藏清抄本《可齋雜稿》卷一《代賀壽慶節》,册三三九頁一〇李曾伯下即收。則曹彦約下誤收。

**謝撰攀龍臺碑蒙賜表**(頁二四七)

《文苑英華》卷五九二所録《謝撰攀龍臺碑蒙賜物表》即此文,署作者爲李嶠,非曹彦約作。勞格《讀書雜識》、《文獻》2014年第4期載尹波《四庫本曹彦約昌谷集誤收詩文考》已辨之。

**代辭免除禮部尚書兼給事中恩命狀**(頁二八七)

文有句"臣今月十四日承福州遞到尚書省札子一道,正月一日三省同奉御筆,趙汝騰除禮部尚書兼給事中者",趙汝騰《内引第一札》(337/307)下注:"壬子六月三日,以春官夕郎召對"。"春官"指禮部尚書。時淳祐十二年(1252),曹彥約已卒,此文定非曹彥約作。

**代薦人狀**(頁二八八)

《文苑英華》卷六三八所錄《代李中丞薦道州刺史吕温狀》即此文,署"温自作"。曹彥約下誤收。尹波文已辨之。

**上廟堂書**(頁三三五)

題"上廟"、"敵寇侵邊""蒙古退""尼瑪哈烏珠""幸敵人""朝之敵""金人而""造命""皆殫""北騎驅""淮束""北騎不退""敵無謀""域外之""亡之境""敵人情""敵已失""失身敵""其桀驁""徒畏敵人""幸敵寇""敵寇不留""北騎進退",《大典》卷八四一四作"己卯上廟""虜寇侵邊""韃靼退""粘罕兀朮""幸虜寇""朝之虜""金虜而""而造命""皆殫""虜騎驅""淮搏""虜騎不退""虜無謀""腥羶之""亡之虜""虜人情""虜已失""失身虜""其驁桀""徒畏虜寇""幸虜寇""虜寇不留""虜騎進退"。

**與尉論捕盗書**(冊二九三頁一五)

此文又見國圖藏宋刻本《渭南文集》卷一三同題,冊二二二頁二三三陸游下即收。曹彥約下當誤收。《文獻》2013 年第 2 期載王政《四庫全書本宋曹彥約昌谷集誤收陸游文》、尹波已辨之。

**【輯補】跋竹齋手帖**寶慶二年

裘元量孝友著於家,節概聞於時。遺珠賸馥,散落人間者,未能盡見,即此二帖可以觀其表裏如一矣。無所怨於天,而年不稱其德;無所求於人,而仕不優於學,乃其所也。寶慶丙戌季夏,昌谷曹彥約書於吳山寓舍。

裘萬頃《竹齋先生詩集》卷末附錄。

**豐水志序**寶慶三年

豐城,雙劍所蟠,氣鍾人傑,舊矣。彥約承乏分閫,耳染心敬,已頓有兩玉人。竊意星芒紫烟,蓄洩汗漫,是不一姓也。然視諸故府,曾不一少概見,豈信然耶?邑人王孝友始遡而考之,以禋丘聚,文約事核,自當傳信百世。於是盡釋所疑,而嘆人物之果不乏也。故喜爲之,卒業而書此以歸之。至於酌風俗之本原,辨户口之登耗,識萬物之聚散,相與表章而敷菜之,使悠悠千載有所考證,則長吏事也。王君誠佳士,雖未欲廣其書,可乎哉?彥約行矣歸田,當閱成書於滕閣之上。寶慶丁亥上巳,大中大夫新除兵部尚書兼侍讀都昌縣開國男食邑三百户賜紫金魚袋曹彥約書。

乾隆刻本滿岱《豐城縣志》卷首。

# 册 二九三

## 王容　卷六六七二

**【輯補】孚應記**

鍾景辰少孫爲余言孚應廟之異。問其立廟之所,曰:"距湘陰縣六十里,有山曰白鶴。山頂有泉下注,而東出於洞口,是爲鳴水之潭,廟實居之。"問其所祀之神,曰:"晉太康中有陶談者,拔宅升天。其姻劉氏偶游它所,歸而悵恨,自沉於潭。土人憫之,因爲立廟,號鳴水府君,父老之傳云爾。"問其廟食之故,曰:"靈應尚矣,請言其近。歲在壬寅,吏民禱雨,隨即滂沛。辛亥、乙卯以及丙辰,皆常苦旱,亦獲響答。廟食不絕,實由於此。"問其賜額之因,曰:"縣之士人張廷老,免解進士鄧炳、楊九思等,列靈應之狀,上於本路轉運司。運司遣官核實,而上於朝。朝廷下禮部太常寺,復請於上。久而命未頒。鄉人龔輿宰萍鄉,專吏馳逐,而始賜今額。"余曰:"有是哉,是能出雲爲風雨,見怪物而曰神者耶?是能禦大災,捍大患,亦宜祀者耶?其廟宜,其賜額亦宜。"少孫曰:"子以爲宜矣,盍記之以永廟食而迎神休乎?"余曰:"諾哉!"因爲記其始末而未畢也。既數月矣,少孫訪余曰:"吾偶得一夢,夢若至白鶴,有碑焉,視之闕其半,是何祥邪?"余驚曰:"吾涉筆久,已草其半而偶未脱稿,而神已知之耶?"夫能拯民水旱之災,以福於一方,而達於上,以載諸祀典,而又能出異夢,以驚動人之耳目,是謂神已。書之石以章夫神之靈,以慰夫民之心,且使後之人有考焉。

《大典》卷五七六九引《古羅志》。

### 臺閣帖

容僭易再拜上問,臺閣眷集,即日伏惟并受春祺。容適有奏事之行,二月間即屆途,日聽召除,當拜□□□門之外,伏承□既春釀卅尊,感之,至此有委□□□□□。右謹具申呈。朝請郎新權知江州軍州事王容札子。

零陵王宰:甚荷介念,謹此少謝厚意,伏乞台照。容上覆。

《鳳墅前帖》卷一五。

## 鄭昭先　卷六六七三

【校訂】景獻太子謚册文(頁一八七)

該文輯自《宋會要輯稿》禮四三之一二。同書禮四三之一〇載:"二十四日,詔中書令奉册寶差知樞密院事兼參知政事鄭昭先,撰謚册文官差簽書樞密院事兼權參知政事任希夷。"知鄭昭先爲奉册寶官,任希夷爲撰謚册文官,則此文爲任希夷撰,鄭昭先下誤收當删。

# 册　二九三至二九四

## 李壁　卷六六八四至六六八七

【校訂】趙希悦妻葉氏趙希閎妻章氏并特封安人制(頁三六六)

"□華"之"□",原出處《大典》卷二九七二爲空。據《大典》體例,當爲"棣"字之諱。

### 鹽官縣尉趙師羽特授文林郎制(頁三六七)

文末注"《永樂大典》卷七三二二"。出處卷次誤,實見《大典》卷七三二三。

### 開禧乙丑十月十二日使虜回上殿札子(頁三七九)

題下,原出處《大典》卷一〇八七六有注:"論虜中事宜,且言進取之機當重發而必成,毋輕出而苟且。"《全宋文》徑删去。

### 【輯補】謝秉文降保義郎制

致喪無貳,禮律所嚴。乘險僥倖,心則何忍?爾欲進官,獨無他時乎?匪服自陳,秉彝安在?此於孝治之朝,不可以無詰也。貶秩二等,尚體寬隆。往誦《蓼莪》之章,别圖顯揚之報。

《大典》卷七三二六引李壁《雁湖集》。

# 册 二九四

## 周南 卷六六八八至六六九七

【校訂】戒諭諸將詔（頁二九）
"敵運""干戈"，國圖藏翰林院抄本《山房集》作"金運""酋豪"。
秦檜降爵易謚敕（頁三一）
"外侮"，翰林院抄本作"戎醜"。
乞經理邊事札子（頁三八）
"强敵"，翰林院抄本作"黠寇"。
庚戌廷對策（頁五〇）
池陽月試策問一〇（頁一〇六）
二文"四裔"，翰林院抄本作"四夷"。
池陽月試策問一三（頁一〇九）
"外裔""禦敵"，翰林院抄本作"外夷""禦戎"。
四塞論下（頁一三五）
"沙漠"，翰林院抄本原作"戎狄"，塗改爲"沙漠"；"敵入雲""敵自雲""敵犯""敵自右""距敵""敵雖""遇敵"，翰林院抄本以上"敵"字原作"狄"，塗改爲"敵"；"外國"，翰林院抄本作"夷狄"。
齊雲樓記（頁一四三）
此文又見《吳都文粹》續集卷八，云："五月州民周南老記。"册三〇六頁七七周南老下據輯。此文撰於嘉定六年五月，時周南在世，有撰文之可能。但未有確證乃周南撰。
雜記·第七（頁一五〇）
"强敵"，翰林院抄本作"夷狄"。
雜記·第九（頁一五〇）
"群敵"，翰林院抄本作"群醜"。
雜記·第十一（頁一五二）
"震駭而走"，翰林院抄本作"悵解而出"。
雜記·第十二（頁一五二）
《大典》卷一八二〇七署"三將罷兵"。或"雜記"類均有標題。
永國夫人何氏行狀（頁一七一）
"敵騎""敵犯""敵退"，翰林院抄本原作"胡騎""虜犯""虜退"，塗改爲"敵"字。
【輯補】讀書記
常同子正卒於海鹽，其妻方滋務德女弟。時子弟尚幼，傳聞婿蘇師德祭文獄起，懼禍，將錄其家。遂盡鬻所有，一簪不留。護柩之聚鄔。黃氏葬於水濱，以待南荒之命。時紹興二十年也。
《大典》卷二三六七。

### 進銀絹表

嵩呼者三，皆稱萬歲；庭實旅百，請祝聖人。前件物踵誕節之露囊，仿千秋之金鏡。流虹繞電，咸稱永算之齊天；執贄獻琛，敢用纖塵而足岳。

### 開啓疏

秋分而壽星見，天示休符；河清而聖人生，親逢今日。萃一辭於華祝，薰百福之椒香。伏願皇帝陛下帝極常尊，泰元授策。要羑門於天路，挹姑射於神山。絳闕雕輿，五日永朝於桂寢；金莖瓊露，千秋長薦於英觴。與世無窮，如川方至。

### 功德疏

駟見於房，數協夢齡之九；虎拜稽首，歡騰呼岳之三。齋心象教之庭，歸福龍樓之表。伏願皇帝陛下凝神姑射，比壽羑門。雙掌嵯峨，館列仙而永御；一星淵燿，對太極以常明。

國圖藏乾隆翰林院抄本《山房集》卷二。

### 賀皇帝誕皇子表

重明繼照，聿開有永之期；一索得男，肇啓無疆之慶。華夷蒙福，臣庶交欣中賀。臣聞葛藟施於條枚，固關於迂續；世嫡主乎匕鬯，尤切於繼承。矧當春秋鼎盛之時，誕降岐嶷夙成之器。恭惟皇帝陛下迪用吉康，寶行慈儉，事上帝而不大聲色，惠宗工而時罔怨恫。既安樂於神祇，宜申錫於祚嗣。臣魚符出守，獸舞無階。恭聞玉葉之敷，彌覺葵心之嚮。才非方朔，重陳禖祀之文；志切華封，三上聖人之祝。

文淵閣本《翰苑新書》後集上卷二〇。國圖藏傅增湘校《涵芬樓秘笈》本《山房集》卷二補。

### 賀太上皇天申節表

虹渚夕流，駟星朝見。三宮萃聚，重開鳳紀之編；九牧葵傾，幸見河清之會中賀。恭惟太上皇帝倦勤授禹，允哲如堯。裕後承先，已畢聖人之事；凝神御氣，方從造物者游。春秋當與於天齊，甲子豈容於數計？臣州麾出守，廷賀無因，望彩仗於雲霄，遐想龍樓之盛；誦岡陵於天保，莫伸虎拜之誠。

### 賀太上皇帝誕皇孫表

尊歸於父，超居太極之先；子又生孫，燕及後昆之裕。華夷闓澤，宗社奠安中賀。臣聞統正者系必隆，德盛者流斯遠。䃤施澤及民之已久，故儲休錫美之無窮。尊號皇帝在宥六期，脫屣大寶，貽謀之永，無愧於豐芑；受祉之多，陰施於條枚。既浚茂於慶源，遂縣延於繼緒。臣假守一障，受恩三朝，逖聞馴騎之吉音，遐想龍樓之喜氣。商孫其麗，願歌萬億之詩；堯壽獨高，更上八千之祝。

以上見文淵閣本《翰苑新書》後集上卷二一。傅增湘校《涵芬樓秘笈》本《山房集》卷二補。

### 賀皇后誕皇孫牋

前星見象，燦騰乾璧之輝；吉夢維熊，協應坤闈之慶。澤流寰海，喜溢彤庭中賀。臣聞世胙之長，允藉本支之茂。然誕彌於甲觀，渡江多在於初潛；若震夙於內朝，自昔幾成於闕典。昊穹錫命，河岳炳靈。有開繼序之皇，肇啓元良之粹。皇后配天作合，克嗣於徽音；飛日入懷，果鍾於正嫡。神祇底豫，廟社奠安。臣邈成偏州，阻陪近綴。輒傾葵向，仰瀆椒塗。率九嬪以祀高禖，已格衆多之兆；生三月而見外寢，適觀岐嶷之成。

文淵閣本《翰苑新書》後集上卷二六。傅增湘校《涵芬樓秘笈》本《山房集》卷二補。

## 王蓮　卷六六九八

【校訂】其名下僅一文，輯自《大典》，所考傳記甚簡略，多脱漏。檢隆慶《臨江府志》卷一一載其傳記，可補，今抄録於下："字少愚，濡須人。慶元間知臨江軍。故事：郡市黄雀鮓，歲遺朝貴，率三萬計。蓮至，悉罷之。上聞，詔還。凡邸第供御，悉籍歸於公。仕終户部侍郎。"檢《宋會要輯稿》禮五〇之一六（册二頁一五四一）、刑法一之五九（册七頁六四九一）等載王蓮，嘉泰二年十二月尚爲"太府少卿兼權户部侍郎"，嘉泰四年五月，尚爲"户部侍郎"。此王蓮當即字少愚者。册二九七卷六七六三誤以仕户部侍郎之王蓮爲字浩翁之王蓮。二者當合一。

## 王宗烈　卷六六九八

【校訂】潮州八賢堂記（頁二〇三）

題，《大典》卷五三四五作《八賢堂記》，且文末《大典》有"慶元庚申六月朔日，迪功郎潮州州學教授王宗烈記"二十一字。

## 王墍　卷六七〇一

【輯補】岳飛賜謚忠武告詞

此文原載册三〇三卷六九一五王墍下，與此卷王墍爲同人，當合爲一卷。

**州學重修武齋記**嘉定元年

慶曆三年，京師始建武學。列聖相承，規制大備。高宗皇帝六飛南巡，紹興十有三年，復設學行在所。二十六年，乃爲博士弟子置員。孝宗、光宗教養益至，人才輩出，濟濟可觀。今皇帝嗣位之五年，詔諸路提舉學事司下所隸郡，增闢齋館，兼養武舉之士，作人之美。邵爲郡被邊，左文右武，其奉行宜力。曾不十稔，滋怠弗虔。東平鞏公偃藩政成，乃以羨鍰俾邑令三山姜必大復舊增新，壹用慶元詔書從事。姜君蚤擢是科，敏於承命，閱三月而訖功。惟公學問文章爲世所宗，禮士愛民，知所先後。儒術既明，武經用修。咨爾承學，居於斯，食於斯，勿毁於隨，勿荒於嬉。業光而聲振，將見有名卿才大夫，由此其選，則我鞏公之德，不可忘也。是用直書以告後人。嘉定元年八月旦，迪功郎邵州軍事推官王墍書。

《大典》卷二五三六引《邵陽志》。

按：《大典》署名作"王暨"，據傳記，當爲一人。《寶慶四明志》卷一〇亦作"王暨"，未能確定何者爲正。據文中"今皇帝嗣位之五年""曾不十稔"等語，文末所署"嘉定元年"當無誤。則傳記所云"嘉定十五年爲邵州推官"不確。

## 趙師夏　卷六七〇六

【校訂】六老堂記（頁三三三）

文末，《大典》卷七二三八引《南康志》有"嘉定乙亥二月甲辰既望記"十一字。

## 李埴　卷六七〇八至六七〇九

**【校訂】潤州司理參軍壁記**（頁三九四）

文末注"《嘉定鎮江志》卷一五"。檢《宋元方志叢刊》本《嘉定鎮江志》，此文在卷一六。《全宋文》出處卷次誤。

**【輯補】重建譙樓記**嘉定六年

尋陽始治蘄春之蘭城，在江北。晉元康初，合豫章十郡置江州。永興又置尋陽郡。咸和末，温嶠自江北徙盆城之南。梁太清中，蕭大心又徙盆城是也。或曰：盆口城，漢高帝六年灌嬰所築。尋陽在昔爲江表要衝，宜英豪加意經理也。自南北分裂，歷晉至陳，號爲重鎮，與荆陽比。唐以州隸江西觀察，尋廢。本朝建炎，升定江軍節度。威體如大諸侯，城闉門閎，必貴其稱。先是州被詔修城，捄度築削，役更數歲，及是告功。列雉嶬崎（原作"畸"），隱然江濆。惟譙門獨故弊，與新城不稱，甚非所以崇藩屏而揭等威。趙侯以吏部郎來守，振弊恤隱，邦條具舉，載營載度，撤而新之。材取於宜春，工募於豫章。爲屋七椽，東西翼各三，基之崇視舊有加，費悉出少府撙約之餘。作於壬申仲冬，成於癸酉季春。於以嚴詔書之布宣，謹政令之出入。觀雲祲以占妖祥，建挈壺以定昕夜。觀示吏民，延納客使。甫於體爲愜，方將大合樂，集賓僚而落之。屬余被命造朝，道出郡下，得與燕席。嘗試與侯憑闌騁望，則康廬雲山之鬱盤，長江波濤之飛薄，與夫城邑之隱鄰，川原之決莽，日星蔽虧，烟霞吐吞，豈特爲一方環峙（原作"特"）之觀，而增面勢之偉傑，補風氣之虧疏，此尤州之人士所共誇詡而談説也。酒酣，侯屬余記，余不敢辭。切嘗考諸古，天子門五：皋、庫、雉、應、路也。諸侯門三：庫、雉、路也。經傳之説，班班可考，大較諸侯不得有皋、應。《詩》云："乃立皋門，皋門有伉。乃立應門，應門將將。"釋者謂詩人美太王之有作，文王之興而大之。周有天下，遂定天子之制。其實太王之所作者，國之郭門與正門耳。伉，高也。將將，嚴正也。太王避狄居岐，建國之初，其立門之制不嫌於高且嚴，豈非事繫政體，雖力役之殷，不爲厲民與？鄭康成獨以爲諸侯有皋、應，而天子加庫、雉，與諸侯之説抵牾，不足據也。夫諸侯臺門以高爲貴。門各有臺，所以尊臨於一邦，習民於上下之分。庫、路者，府庫、路寢所也。雉，猶治也，治朝所在也。名立制存，禮不可廢。然雉門兩觀，未免見譏於《春秋》。蓋雉門，諸侯守立。所以譏者非兩觀歟？本朝詔邦國立門，許設鴟極，制亞魏闕，使守臣司之。所以祇天子之詔令，非徒爲二千石尊重設也。古今異制，不可以一律言。今侯所建立，在古爲雉，於今爲譙，舉適其宜。因爲訂此州建置之縣者、古今門制暨侯政之善以記。

《大典》卷八〇九二引《淳祐江州圖經志》。

按：《大典》卷六六九七載："《重建譙樓記》，嘉定六年，李埴記，宜繒書。"

**周元公費琦唱和詩跋**紹定三年

埴乙酉歲曾游龍多，愛其幽勝，獨恨山衷未有建炎、紹興以前諸賢題咏。今聞同年友戎監周卿，嘗屬其鄉士趙飛鳳訪求。飛鳳爲梯陟險，至高崖危嶝斗絶荒阻之間，乃得濂溪周元公與令君費琦唱酬詩八首，實嘉祐五年正月所刻。苔蘚剥蝕，嵐霧蒙翳。飛鳳洗剔除治，幸字畫未至刓缺。然猶謂向刻石處，人迹罕到，今雖刮磨表出之，恐久仍復埋廢。乃別伐石，屬埴大書刻之鷲臺寺，俾來游者皆得縱觀。豈但增兹山之重，又以興起士俗賢賢之心,於世道不爲無補。紹定庚寅春分日,眉山李埴題。
《周敦頤集》卷六。

**留題書堂**嘉定六年

眉山李埴敬謁濂溪先生之祠,與先生五世孫淡、蒲塘蔡念成晤語久之。同來者普慈馮繼、丹棱程鋑,埴之子鏞侍。嘉定癸酉孟夏朔。
《周敦頤集》卷八。

# 册　二九六

## 王淮　卷六七六〇

**【輯補】省齋集跋**

此文見文淵閣本《省齋集》卷末,《全宋文》誤録册二二五頁一八四另一王淮下。文不具録。

# 册　二九七

## 滕强恕　卷六七六二

**【校訂】袁州儲倉記(頁二九)**

題,原出處《大典》卷七五一五作"州儲倉記"。"州儲倉"乃倉名,《全宋文》誤改。

## 王邁　卷六七六三

**【校訂】**據前所考,此官户部侍郎之王邁,字少愚,當與册二九四卷六六九八之王邁合二爲一。

**省齋集跋(頁五一)**

此文輯自文淵閣本《省齋集》附録,原署"王邁浩翁"。編者以熟知之王邁字貫之,且有王邁者字浩翁,定"邁"乃"邁"之訛。檢字浩翁之王邁父王萬全撰有《省齋集跋》(254/289)。若此文果爲王邁作,則父子同時跋同集,當爲美談。然署"王邁"所撰跋無一語及此。且檢文淵閣本《漫堂集》卷二一載《梁縣學記》,云:"宣義郎王君邁之爲梁縣也……君字浩翁,九江人,紹定初元十月望日漫塘劉某記。"此王邁字浩翁,紹定元年(1228)時爲梁縣宰,顯非嘉泰間爲户部侍郎之王邁。當然,此字浩翁之王邁不一定即爲《省齋集跋》之作者,但編者之結論尚有疑問。

## 蔣惟曉　卷六七六六

**【校訂】江陰開運河記(頁一〇二)**

題,大典本"常州府"卷一八作《嘉定開河記》;文末《大典》有"朝奉郎簽書江陰軍判官廳公事蔣惟曉撰。迪功郎新處州州學教授楊端叔書。迪功郎新衢州常川山縣主簿吴行可篆額"。

## 危稹　卷六七六七至六七六九

### 【輯補】書西峰院碑陰

始謀既臧，子孫必賢。乙酉鄉書，有子居前。云胡守謙，欲盜家甗。予其正之，曰例存焉。去珠復來，璧歸得全。爲陳後者，可不勉旃。臘月臨川危稹書。

《大典》卷三一四五引《清漳志》。

## 彭方　卷六七七二

### 【輯補】七賢堂記　嘉定元年

惟揚自國朝慶曆以來，忠獻魏王韓公、參政文忠歐陽公、集賢學士劉公、申國正獻吕公、内翰文忠蘇公，皆嘗鎮（原作"填"）守。既去，人思立五賢祠於平山堂。大觀、政和間，諫議忠肅陳公、忠敏任公貶淮郡，後葬西山，距城財三十里。考之郡志可覆也。比者邊亭俶擾，主帥備禦無策，舉城外廬舍付之一炬，於是堂不復存，且樵采不禁，卒赭二墓之木。今帥承宣使畢公方議補植松檟，且欲一新所謂平山堂者，而悾偬未暇也。歲在戊辰，戎事甫定，方適備分教，登欄檻之故址，悵舊祠之煨燼；歷成樓而西望，傷喬木之薉棄。退而謀於同志曰："惟七先生道德文章，議論節概，編之汗簡，固將鏗鍧百代，不克磨滅。然此邦乃其甘棠所憩，而封斧所寓，今顧未有以爲祠祀觀瞻之所，非吾徒之責歟！"乃白於府。闢明倫堂之東偏，肖繪遺像，以春秋致祭。使忠肅公之孫槀請於參政婁公，爲大書扁榜，以七賢名堂。凡藏修游息於是者，過其位，思其人，肅然起敬，庶知所以自勉矣。太子詹事鄒公奉使經行，問之曰："此正學校事也。"許爲之記。會出鎮泉南，未能即請而鑱之石。方自言踐更有日，輒抒區區所以建堂之意，揭於壁間，以俟夫記之成。

《大典》卷七二三七引《廣陵續志》。

### 文公先生祠堂記　嘉定十五年

晦庵先生朱文公祠於泮宫舊矣，今復立祠縣圃，非直爲觀美也，邑政之所宜得師者在是也。夫政學一源，體用一致，成己成物，非有二道。士君子講學以明之，亦將推充以行之爾。矧先生父母之邦，實爲新安。其生也，爲學者之標準；其殁也，爲萬世所宗師。則此邦之人，要當尸而祝之，社而稷之可也。任長民之職，孰不有志乎學道愛人之事，而可不知所取則乎？且斯堂以歲寒得名，自元豐、元祐間，蘇續溪嘗爲之詩，蔣穎叔嘗爲之賦。今先生之祠於此乎立，而歲寒之義始著。蓋先生抱孔孟之學，接周、程、張子之傳，以一心承道統，以一身衛名教，平生安貧樂道，難進易退，山林之日長，講學之功深。雖歷仕四朝，而其身卒不安於朝廷之上；雖薦更變故，而曾不以夷險易其操。雖不能大用於一時，而卒昌斯文於後世。所謂後凋之節，惟先生可以當之。嗚呼！先生身修而道立，理明而義精。其至德在吾心，其垂教在方册，其議論在表著，其事業在生民。所謂建諸天地而不悖，質諸鬼神而無疑，百世以俟聖人而不惑者。然要其全體大端，亦曰誠而已矣。先生之體是誠也，猶歲寒之木有是心也。以是而立人極，以是而開來學。其示人以入德之方，必主敬以立其本，觀理以致其知，養之於虛明靜一之中，察之於幽獨隱微之際。學問思辨，緝熙無窮；仁義忠正，卓爾有立。所以統情性，該事物，合隱微，齊彼我，貫徹古今，充塞宇宙者，皆是心實爲之。則夫縣圃之堂，采歲寒之義，以奉先生之祠也，宜哉！若乃群山環合，古木千章，地勢高潔，軼埃壒之混濁。陰籟瀰覆，集灝氣之清澂，則又斯堂之勝，足以妥先生之靈，而慰邦人之思。方生長星江，蓋自先生來爲邦牧，下車而新白鹿洞書院，先君實執經講下，先生以爲經論相與難疑問答，講明《論》《孟》《大學》《中庸》《西銘》諸書，以授學者。故雖以方之不敏，亦得以私淑家庭之訓，爲終身持守之要。兹以晚學承乏邑宰，入里門而思前哲，睹喬木而想高風，其依依之誠，有不能自已者。是祠之立，所以見高山景行之志，非惟朝夕之游泳，得以瞻道德於前後，而施於有政，捨是無所矜式焉。後之君子，其位同，其志同，其所師又同，願相與推廣而葺新之，俾勿壞。嘉定十五年壬午中秋日。

戴銑輯《朱子實紀》卷一一。

# 册 二九九至三〇〇

## 劉宰　卷六八二〇至六八五九

【校訂】回趙丞彦相到任啓（頁三六三）

此文又作册三二三頁三九九袁甫《代劉宰回趙丞彦湘到任啓》，爲袁甫代劉宰作。

**宜興周孝公廟記**（册三〇〇頁一一七）

文末，大典本"常州府"卷一六有"歲嘉定甲申六月朔，漫塘叟劉宰記"十四字。

【輯補】**重建京口治所記**嘉熙元年

朱方襟帶江浙，肱髀吳楚，拱淮挹海，山川阻深，爲南東一都會。自乘輿去汴都杭，無關塞形勢，指江若海爲固，而視淮爲邊。是邦介其間，上蔽京邑，下壁天塹，爲巨鎮雄壘，與建鄴、廣陵相連衡。多事以來，備守堅險，撲昔爲益難。殆非才具全、德量偉者，天子不輕以付畀。端平乙未夏五月，上御便殿，顧二三輔臣疇諸鎮江守。臣僉曰："惟臣吳淵可。"上亟俞。既受詔，甫戒塗，適獗卒獻噪，舉太守治所，洎闌闠邸閣繁廡處一燔之，闤闠奔潰，意叵測。公聞，叱徒御，督舟師，布帆易大江若平陸，不一日達境，攬轡勇往直前。時狂黨方奮挺刃，恣剽敓。或離或伍，跆藉衢陌，不自意公之猝至也。睢盱瞵睒，第第狼顧。公氣壓其凶，誠誘其憸，不譁聲色，人訖按堵。於是大加撫馭，蒐什伍，藥傷懲，已責弛征，賚泉予糧，火炧舊壞，萬室渠渠。凡絲忽可以惠厥州者，罔不用其極。一日，命其下曰："民居既植立矣，官事廳事，茇民之所也。灰燼瓦礫，蕪茀若爾，何以稱畿輔威，何以示大藩尊？"乃研綜帑廥，縮用節力，懋遷贏乏，剗剔浮隱，市材於素産，而駔狡弗敢舞厥直；募傭於子來，而軍屯不容與厥勞。心營指授，克協時制。始乎宣詔頒春，終乎麗譙儀門。營翼儼如，廊廡肅如，廳事雄屹，榱桷蟬嫣。前後有堂，東西有廳。軒曰近民，閣曰高閑，左揭仁壽之名，右標道院之目。書塾謏室，前後區別；吏坐曹廨，次序環植。版築剛栗，鐵石犀壽。自下而高，廉級益峻；由左而右，碱阤孔膴。合所建置，咸無闕焉。郡踐山作郛，治所故傅城翼山。公因其毁，削嶤嶋，坏培塿，而寓繩墨焉。彪分矑岇，井井屬屬。睨乎内則洞直闓嚴，而璘瑞邃靚；彎其外則禽闕碕礒，而錯落雄爽也。不日而成，民太和。會屋以程計者凡六百二十五，泉粟以緡考者總十五萬八千有奇。君子曰："是役也，薄用而厚存，近舉而遠獲，不廡不庫，靡輪靡奐。"蓋公以天下之才而用一州，是以談笑拱揖，百廢具舉。北門筦鑰賴以增重。然則宏濟於多艱者，獨可無材哉。夫應變制難，化獷服憸，勇也；周裁處置，經畫得宜，智也；保抱攜持，出之湯火，仁也。三者備於一身，又能於此要害興武，備作武勇，爲王畿折衝，爲三方控制計，俾隱然有金阜鐵甕之實，誠足以副聖天子之所倚仗、之所責任，真可以稱堂堂大都會、大藩之居。才具全，德量偉，於此可覘矣。嗚呼！是州也，由虞、夏、春秋、嬴、劉而下，隸吴、隸越、隸楚，曰名邑，曰封國，曰戰爭形要地。自吴、晉、宋、齊而來，爲僑州，爲留局，爲京城，曰刺史府，曰節度府，曰都督府，其統隸蓋不知其幾矣。爲之主者，迭居迭往，且賢且否，或久或速，或輕或重，其遷徙又不知其幾矣。迨今思之，真如傳舍，如蘧廬，卒莫能與此土相消長。撫事感懷，可以浩嘆。今營建於煨燼之餘，苟無以登載，歲月滔滔，來者無窮，孰知再造權輿自公哉，又孰知公於此邦，值時多艱，經畫貽遠若此者哉。故掎摭厥實，以詒永永，尚後之人繼此必葺。嘉熙元年十月丁酉上澣。

《至順鎮江志》卷一三。

**五瑞圖題記**紹定二年

特秀之芝，兩岐之麥，同本之竹，并蒂之瓜、蓮，有一於此，足爲上瑞，況五者來備乎！然則邑大夫與其同僚，所以召和迎祥者，亦必有道矣。紹定己丑寒食日，漫塘叟劉宰。

《續修四庫全書》本《江寧金石志》卷五。

# 册 三〇一

## 度正 卷六八六四至六八七二

**【校訂】周元公年表後記**（頁一四二）

"正頃""至編""皆口授子弟""恐觀""日記"，文淵閣本《周元公集》卷一作"性善兄""其編""菴""菴恐觀""日弟菴百拜謹跋"。可知改動乃有意爲之。"菴"者，不知其姓氏。此文是否歸屬度正尚有疑問。

**跋太極圖説**（頁一四四）

文末，《周敦頤集》卷三有"嘉定六年二月丁卯，門人度正謹書"。

**跋周子賀傅伯成手謁**（頁一四六）

此文録自《濂溪志》卷二，脱訛頗甚。兹據《周敦頤集》卷六重録：

濂溪以嘉祐元年爲吾州僉判，至五年六月九日解去。越明年，從游之士遂寧傅者登進士第，相遇京師。是歲唱名在三月癸巳十三日。濂溪往賀之，蓋釋褐之三日耳。按傅氏家集：濂溪在吾州，嘗以《姤説》示之。其後在零陵，又寄所改《同人説》。二説當即所謂《易通》者。往時晦庵先生書正所藏伊川手狀有曰濂溪遺迹，計其族姻閭里間必有存者。後書又曰：濂溪文字，更曾訪問得否？先生拳拳之意，冀欲得《易説》以補《通書》之遺，傳之後世，而歲月深遠，不可復得。未幾而先生亦已易簀矣。然正平日所以聞諸先生者，則何敢忘也。頃自嘉定還成都，寓於二程祠堂之右塾，偶得此紙，及明道、伊川書各一。伊川筆迹宛如前帖，明道以蜀箋作小簡，漫滅者數字。先生所以丁寧於正者，雖不止是，然斯文之傳三君子者，實啓發之。盤盂几杖，尚不可忽，而況於心畫之微乎。嘉定十三年八月日，後學樂活度正謹書於重慶之郡齋。

**【輯補】留題九江濂溪書堂**

嘉泰二年三月二十有四日，正與趙琥伯玉、冉木震甫來謁先生之祠，索米作粥，采溪毛具杯羹，從容移日。伯玉仍載郡醖與俱。蜀人度正書。

《周敦頤集》卷七。
### 書萍鄉大全集後
云云天地之間，理與氣而已。理中有氣，氣中有理，固不可離而爲二也。然聖賢之示人，有專言之者，有兼言之者。無極而太極，是指極至之理而專言之。夫子言性與天道，孟子道性善是也。太極動而生陽，静而生陰，是合理與氣而兼言之。性相近，習相遠，中人以上可以語上，中人以下不可與語上是也。物得其理，所以成性；得其氣，所以成質。理反原，氣不反原。三代而上，異端邪説不作而民聽口，愚夫愚婦可以與知焉。自佛法流入中國，而人始惑矣。周先生所以著爲是説者，蓋以發前聖之未言，啓後學之未悟，嗣遺音，續絶響，垂於無窮，其功顧不大哉！然先生以其光風霽月、灑落之胸言之，今乃欲以急迫匆遽之心，矜其聰明，恃其智巧，欲襲而取之，宜乎讀之者多，而知之者無幾也。然則學者苟能虚心一意，積其操存之實，極其涵養之功，優柔厭飫以求之，夫何難致之有，學者勉之而已云云。

同上書卷八。

## 趙善湘　卷六八七五

### 【輯補】洪範統一序
河出圖，洛出書，而八卦、九疇以數示人。八卦虚中之數也，九疇建極之數也，其道一也。何以言之？八卦奠位，而包皇極於内；皇極居中，而運八卦於外。此八卦、九章相爲表裏也。道不虚行，待人而後行。天不以道畀聖人，則八卦可以無九疇；天不能不以道畀聖人，則八卦無九疇何以顯其用。故聖人建極而天地之化成矣。托數以喻道，天實闡其秘。論道而遺其數，後世儒者晦之也。或曰："《易》之八卦，未嘗不自爲用，而何待於《洪範》皇極之建？"曰："八卦，伏羲氏之卦也。卦有八而伏羲氏畫之，即《洪範》之建極也。文王重而爲六十四，孔子繫之而十翼備，皆是道也。洛書未出，則九疇建極之道默用於聖人之經世；九疇既著，則《洪範》之書遂爲萬世經世之大法。《易》與《洪範》固無二本也。嗚呼！伏羲畫八卦而王天下，禹叙九疇而興有夏。至殷之衰，八卦在羑里，九疇在明夷。武王勝殷，以箕子歸，而《洪範》復歸於周，卜世三十，卜年八百，而過其曆者，良有以也。有天下者監於兹焉。善湘又叙。

文淵閣本《洪範統一》書末。

## 王與鈞　卷六八七六

### 【校訂】與正言内簡（頁二六五）
文末注"《永樂大典》卷一三八〇二"。出處卷次誤，實見《大典》卷一三〇八二。

### 【輯補】代謝表
丕烈告成，庶叶三千臣之大願；中興光輔，敢希四七將之盛名。

《大典》卷八〇二二引王與鈞《藍縷（原作"僂"）稿》。

### 大道至論
武帝南面之初，以大道之要未嘗泯没，至論之極，著在簡書，坦然明白，可舉而行。

《大典》卷二四〇六。

### 謝趙太守啓

衡岳降神,于門挺秀。

《大典》卷二九四八引王與鈞《藍縷稿》。

### 賀陳制置除户部侍郎啓

疇咨閫制,晉貳地官。緩帶輕裘,既仰寬於憂顧;簪筆持橐,爰圖任於規恢。峴首歡呼,魺稜增重。恭惟某官冰壺皎秋月之操,蕭斧到春葱之才。韶鈞鏘而蛟龍翔,掩百家之述作;天日明而鳳芝瑞,聳群目之觀瞻。澄蓄聲名之淵,發揮事業之會。清規婞節,親徹岩廊。治法征謀,自出機軸。盍課玉泉之最,亟煩綉斧之行。屬邊方之多虞,而戎作之用戒。碧油贊畫,六出愈奇;錦帳含香,三銓咸肅。既肇新於使領,仍促躋於卿聯。頻褒論撰之華,盡妥繹騷之竟。静無遺策,折衝尊俎之間;動有成功,過師枕席之上。豈但關其口而歛之氣,莫非應於手而得之心。宜裒對於恩徽,用展敷於經濟。方城漢水,遠軰韓范之風流;上雍甘泉,徑接夔龍之步武。間於兩社,曾不崇朝。某退省疏庸,猥叨顧遇。違逖寖久,慕用罙勤。兹聳聽於鵬搏,殆弗勝於燕賀。乾坤新渥,無由旅進而望光儀;鐘鼎殊勛,尚擬大書而爲歌頌。投誠切切,削牘欣欣。

《大典》卷七三〇四引王與鈞《藍縷稿》。

### 賀同知啓

煌煌樞筦,運籌既付於子房;翼翼神京,尊枕仍資於公旦。

《大典》卷七七〇二引王與鈞《藍縷稿》。

### 闕題

某水某丘,歸老釣游。

《大典》卷八八四五引王與鈞《藍縷稿》。

### 謝陳侍郎啓

皇猷悉資於斧藻,妙語每懷於甄陶。

《大典》卷一一六〇三引王與鈞《藍縷稿》。

### 賀趙安撫札子

治郡以功名見稱,立朝以風采宣著。

《大典》卷一四五四五引王與鈞《藍縷稿》。

### 中庸講義·中庸

中者何?至極不偏之謂也。庸者何?平常不易之謂也。自昔言道者,惟曰中而已,仲尼兼中庸以爲言。蓋中無定體,隨寓而在,然皆日用常行之不可易者。道無不中,庸無不常。或者知中之無定在,而不知其不越乎常也。故聖人不但曰中,而謂之中庸。蓋以明夫不易之常理,初未嘗與中相離也。未有不中而可言庸,未有不庸而可言中。君子惟樂循乎理,故其爲中也,必因時而取中焉。且以時中之大者言之:時當以天下遜,則如唐虞之禪授可也;時當爲天下討,則如湯武之征伐可也。當其可之謂時,時之可者,理之常者也。動惟其時,而一循乎理,此其所以爲君子之中庸。至小人則反是。彼其制行,豈不自以爲中庸哉。然德非君子,而資實小人,欲行權,而不知反經之爲非;欲蹈乎大方,而不知猖狂妄行之爲失。放浪於規矩準繩之外,而莫酌夫權衡輕重之中。蓋有舉國與人,而自以爲唐虞之禪;亦有稱兵謀叛,而自以爲湯武之師者。其他如漢胡廣、唐柳宗元之爲是。又小人中庸之細者,動失其常,而不自知其爲非。則其所謂中庸者,乃其所以爲無忌憚也。嗚呼!小人以無忌憚爲中庸,其實反中庸者也;君子以時中爲中庸,此其所以爲中庸也。故聖人首斷之以兩言曰"君子中庸,小人反中庸",而後言君子之中庸如此,小人之中庸如彼,以見小人之實反乎中庸也。説者謂小人何有乎中庸,《經》言小人之中庸也,其中必有"反"字,今闕文耳。以愚觀之,"小人中庸"之下,言"小人而無忌憚",是蓋反之之實矣,奚必更加"反"字於"無忌憚"之上哉。闕文之説,未敢信然。

《大典》卷五五一引王與鈞《藍縷稿·講義》。

### 中庸講義·子路問强

《易》曰:"天行健,君子以自强不息。"則强者,君子所以進德修業者也。一息而不强,則非天矣。《洪範》論六極而終之以弱,蓋弱之爲害,乃學者受病最深處。人惟氣昏志弱,故見理不明,用心不剛,卒至懦而無立。此所以不可不强也。然强之説有二:有氣禀之强,有理義之强。氣禀之强,則自其風氣之所使者言之;理義之强,則自其涵養之所得者言之。子路,孔門高第,以强爲問,而夫子既告之以氣禀之强,又告之以理義之强。南方、北方之强,氣禀之强也。抑而强與之强,理義之强。汝之所當强也。南方風氣柔弱,故以含忍之力勝人爲强。寬柔以教,謂誨人之際,雍容而不迫;不報無道,謂横逆之來,受之而不校。此君子之事,而南方之氣禀然也。北方氣禀剛勁,故以果敢之力勝人爲强。衽席乎金革甲胄之下,冒敵而直前,捐軀而不顧,死而無厭。此强者之事,而北方之氣禀然也。君子之所謂强者,充之以義,養之以直,持之以勇,浩然之氣,塞乎天地之間,此天下之至强也。矯者,强哉之貌。和者,君子之達道也。和而無節,則必至於流。惟和而不流,則可謂之强。中立者,君子之有守也。中立而無依,則必至於倚。惟中立而不倚,則可謂之强。邦有道則仕,此君子得志之秋也。處富貴之地,人之所易驕,吾能不變窮塞之所守,則可謂之强。邦無道則隱,此君子退處之時也。處貧賤之境,人所不能堪,吾能守而不變,則可謂之强。嘗試觀之,張儀、蘇秦,當戰國之世,紆朱懷金,從車傳食,周游乎列國之郊,一怒而諸侯懼,安居而天下息,豈非大丈夫之事。然孟子直以妾婦待之。必居天下之廣居,立天下之正位,行天下之大道,富貴不能淫,貧賤不能移,威武不能屈,而後謂之大丈夫。蓋儀、秦之所謂强者,血氣之强;而孟子之所謂强者,理義之强也。雖然,此强之説,而中庸之義存焉。南方之强,不及乎强者也;北方之强,過乎强者也。君子之不流不倚,則强之合乎中庸者也。子路好勇,故先告之以南方、北方之强,而終以君子之所謂强者啓發之,蓋將使之抑其氣禀之强,而進於理義之强也。使子路涵養之功,自此日加,則疇昔暴虎馮河之氣習,當消落而無餘矣。異日衛人之難,何至於輕死哉。惜夫!

《大典》卷五五五引王與鈞《藍縷稿》。

按:《大典》卷二〇四二六、卷二〇四二七引《藍縷稿》,所載爲論《尚書》之文,署"宋純愚"。不知王與鈞字或號純愚,或是另有一人集名《藍縷稿》。二文暫不録。

## 吴如愚　　卷六八八三至六八八四

**【輯補】辭秘閣校勘表**

先人遺澤,兩任權征。後緣親老,侍養無違,從此杜門不仕,志在聖經,分甘塵隱。雖樂有朋之來,每守往教之戒。今歷年之既久,貴晚節之彌堅。苟貪榮而復動,則是以積年修業工夫爲一旦進身捷徑,失其本心矣。

雖居西班,實受父澤。若捨武就文,是以文階爲榮,不以親恩爲重。

**再辭秘閣校勘表**

嘗謂《易》言"不事王侯,高尚其志",必見《蠱》卦之終。蓋《蠱》之一卦,專爲幹父、幹母而言,故至於終推明其義。是知所謂高尚者,乃爲親而不仕,非謂欲潔其身而廢君臣之義也。《象》以"志可則也"言之,如曾子不忍違親而辭齊之聘,其志豈不可則。伏睹公朝剡上之文,有欲識不可得之褒。是以某之杜門不出爲可嘉尚,今若祗受,爲一身之寵榮則得矣,其如乖初志,何從此奔走公卿之門,馳騖名利之塗,豈不上負旌別之盛禮哉?

**三辭秘閣校勘表**

嘗觀《兔罝》一篇,載於《周南》,自"公侯干城"至"公侯腹心",皆以"赳赳武夫"爲言。夫《關雎》之化行,雖田野武夫,雖處賤事,而不失其誠敬之心,致使詩人美其好德,形諸歌咏,爲周家之盛事。然則武夫雖勇,豈無用於國家哉?某雖居右列,未嘗以文武惑其心。而公朝所以旌別者,幸不以文武異其寵。是則公朝薦才之舉,有光周詩之所咏。而某誠敬之心,得以常存無愧《兔罝》之武夫矣。某豈不知君命之不可違,然觀《孟子》所載"君命召,不俟駕",是以將朝者論,蓋謂當仕有官職而以其官召之,則不俟駕而行,乃禮所當然。今某屢辭,是亦終安愚分,亦義所當然也。

文淵閣本《楳埜集》卷一一《準齋先生吳公行狀》。

# 册 三〇二

## 宋寧宗　卷六八八九至六九一〇

### 【輯補】葉適寶謨閣待制知建康府兼沿江制置使制

此文撰於開禧二年(1206),《全宋文》誤收册一七三頁二〇〇張守下。此文作者難以確指,當移入此,文不具錄。

**陳武知泉州制**

爾早以經學,藹然時名,退之方誨於諸生,下惠遽甘於工黜。

逮改弦而更張,旋拔茅而彙進。方諸士論,乃控忱辭。

《大典》卷三一五六。

**狄梁公封忠烈侯誥**嘉定十六年

惟侯在唐,再造王室。英風千載,凜然如生。故在天爲列星,在地爲河岳。保佑(原作"右")斯人,何所紀極。可特封忠烈侯。

《大典》卷六七〇〇引《江州志》。

**黃榦轉承議郎詔**嘉定十四年十二月

儒者而以才顯,此有用之學,而儒之爲貴也。爾聞道甚深,晚方一命,龍舒版築之功,巋然爲淮右重,可謂不負左符之寄矣。幕府謀猷,不合而去,悵賢業之未究而遽致其事。莫奪汝志,姑進一階。尚淑後人,以綏多祉。

國圖藏元刻本《勉齋先生黃文肅公文集》附《年譜》。

## 册 三〇三

### 杜孝嚴  卷六九一三

【校訂】新昌都倉記(頁一三)
文末注"又見《永樂大典》卷七八一六"。出處卷次誤,實見《大典》卷七五一六。

### 王墅  卷六九一五

【校訂】此作者已見册二九四卷六七〇一,當合并。

### 許應龍  卷六九一六至六九三〇

【校訂】宗正少卿兼檢正兼權戶部侍郎趙與權除戶部侍郎誥(頁一四四)
題"與權",《大典》卷七三〇三作"與歡"。

授內官韓申範等加恩制(頁一九七)
此文見《文苑英華》卷四一八,題"授內官韓坤范等加恩制",署作者爲李磎。許應龍下當誤收。勞格《讀書雜識》已辨及之。

陳一薦除司農寺丞兼荆湖制置司參議官制(頁二二四)
"其遷",《大典》卷一三五〇七作"其選"。

別之傑除秘撰兼制置副使制(頁二四二)
《全宋文》校:"諜:原作'某',據文意改。"原出處《大典》卷一三五〇七正作"諜"。《全宋文》據《四庫輯本別集拾遺》錄文,未核對《大典》原文而致誤。

乾會節賀表一(頁二九四)
乾會節賀表二(頁二九四)
乾會節是度宗生辰節名,其景定五年(1264)十月即位,時許應龍已卒十餘年。二文作者定非許應龍。勞格《讀書雜識》已辨及之。

回任探花啓(頁三三七)
"才華",《大典》卷五八四〇作"□華"。"□"當爲避"楝"之諱而闕文,應回改。

玉堂集序(頁三三八)
"華萼",《大典》卷二二五三六作"■萼"。"■"當爲"楝"之"貼黃"避諱,改"華"誤。

## 册 三〇四

### 許景迁  卷六九三七

【輯補】湯叔雅傳
湯叔雅,臨海士人,工畫墨梅,名繼江西楊補之。年八十餘,乃卒。無子,有女能傳其業,筆力差不及其父,而嫵媚過之。
《大典》卷二八一二引許景迁《野雪行卷》。

## 李道傳　卷六九三七

### 【校訂】告瓜步山神撤拓跋燾像文（頁四六）

"權監瓜步鎮"以上文字，《大典》卷二九五一作"維嘉定七年歲次甲戌九月壬戌朔十五日丙子，朝奉郎權知真州軍州事、新除江東提舉李道傳，謹遣五翼郎添差真州聽候使喚"。

## 史定之　卷六九四〇

### 【輯補】乞修築饒州府城奏 嘉定七年

本州郡城，歲久頹圮，蕩然不存。西北基址稍高，間有存者，尚可修築。東南兩帶，延袤五里，外瀕湖，地勢最卑，城皆不存。所謂城基，盡爲居民侵占，起造屋舍。每歲當霖潦之時，江流泛溢，民户乘舟往來。水後復被濕氣蒸溽，率多病疫。況饒州係兩司建臺之所，鄰接七郡，實爲衝要之地。今無城郭以備不虞，實爲利害。今檢照昨來自慶元五年内知州林桷申請，乞行修築。續準本安撫轉運司，委徽州通判曾帥熊到州，同前任知州陳杲、通判周根，躬親將帶壕寨劉慶等，打量城壁損闕去處，具申朝廷訖。自林桷、陳杲後，蠱政闕乏，因循至今，復二十餘年。又連遭大水，愈見城壁廢壞。欲望朝廷札下本路監司，再差官吏前來重行打量會計合用磚石、灰泥、人工。仍乞札下就近江、池州大軍，差借壕寨前來築砌。庶幾經久堅實，以爲一方捍禦之備。

### 修築饒州府城事奏 嘉定七年

已盡絕浮費，檢核吏奸。除上供外，趲到錢别行立庫收支，并無分文科抑諸縣行鋪民户。合用物料人工錢一十二萬九千餘貫，米五千餘石，酒一千三百餘石，磚四百三十八萬二千片，灰六萬七千石。

### 修饒州府城訖役奏 嘉定七年

臣至愚不才，幸被推擇爲郡長吏，待罪鄱陽。受任之初，首究民隱，咸謂此邦襟江帶湖，地卑下，故城爲水所齧，十隳八九。淫潦時至，水入民廬及檐屋，民皆乘舟去來，老稚奔竄，無所依歸，疾疫死徙，無歲不被其患。臣不勝震懼，冒昧請於朝，乞委官相度築治。荷朝廷軫憐，不以内郡城郭爲不急之務，即賜俞音，令本州一面撙節財賦，自行修築。臣聞命之日，即行經理，不敢自暇。核吏奸，絕浮用，取郡計之贏，以給費事。凡磚石灰木畚鍤器具之屬，悉面予時直如私家。集郡兵土軍，得千六百餘人，更爲番次以供役，日加優給。工匠則募民以庸，不敢有妨農時。臣躬自執扶，與之赴役，同一甘苦。以故士卒工匠樂爲之用，亦忘其勞。自三月六日興工，至八月十三日。凡鼎新築砌羅城二千三百五十九丈，起立城樓八座，斗門二座，共役軍兵十一萬四千二百五十工，役匠四萬一千七百二十工，用磚三百五十萬五千五百口，石九千七百八十四丈，灰六萬七千一百九十六碩，以至竹木釘索畚鍤鋤杵器用等，及官吏工匠支費錢米，盡係本州自行措置，收買使用，并無分文科敷縣鎮及役使搔擾民户。今來已遂訖役，除已供畫圖本繳進外，欲望聖慈差官前來核實檢視施行。

以上見《大典》卷八〇九三引《鄱陽志》。

## 林岊　卷六九四二

**【輯補】景獻太子哀册文**嘉定十三年

維嘉定十三年歲次庚辰八月戊午朔初六日癸亥,景獻太子薨於東宮。粵以九月十一日丁酉出厝於南山莊文太子攢所之東,禮也。罍蓋宵陳,池輴夙祖。雜遝象設,哀鳴些鼓。皇帝眄承華而興泗,悼望苑之賓仙。謂暉暉兮春陽,曷杳杳兮秋原。雖易名之永矣,奈割愛之茫然。德烈餘美,詞臣制編。其詞曰:

惟天錫羨,惟辟體乾。儲休貳極,胙國億年。黃離積照,幼海澄淵。稽經諏史,踵武繫傳。畀齡訪膳,周光重宣。文傳置令,漢嗣仁賢。充哲元良,挺瑞天支。金相玉裕,岳秀川輝。勝衣既冠,翼翼祇祇。文英獨越,理識冥資。學問苞舉,正邪洞知。弦更政化,策贊時幾。黼扆之斷,風霆奮飛。緄縢之韔,乾(原作"就",頁眉校"就易乾")坤清夷。莫獸匪蔡,莫知匪蓍。邦本斯托,宸襟是依。主器備册,重觴侑詞。不矜其盛,益謹其儀。鞠躬問寢,遜志尊師。侍朝拱立,會議敷施。繫心海宇,動色坤維(二字原作"紳縷",頁眉校"紳縷易坤維")。齒胄方壯,受禄咸宜。機祲安在,膏肓若疑。交使申禱,駢命挾醫。輦輿戾止,椒殿賁思。載顧載拊,以瘳以熙。來幾可復,往遽奚之。嗚呼哀哉!撫此顓商,記其星誕。常常中府之賜,湑湑內庭之宴。乎尹魚珮,驚迅召之無因;乎穎犀盈,嘆閟藏而弗見。嗚呼哀哉!胥江舒練,漢月流波。蘭菊紛砌,蜩蟬抱柯。雲霧霧兮陳幕,颸肅肅兮鳴皋。對銀榜以空揭,摧瑤山其奈何。是邪非邪丹素旐,慘兮戚兮琳琅歌。嗚呼哀哉!卜吉鼉封,栖神甸宇。痛奠徹乎曑罇,葳容啓乎翻羽。宮僚縞送以泣護,行路齎咨而涕雨。逶迤廣陌,號呼鶴馭之虛驅;寥沉紫霄,飄忽鳳笙之凝佇。嗚呼哀哉!背嶢闕以漸遥,憑層軒而遡往。酸筍希兮霜日白,虛衛歸兮煑蒿愴。憶孝敬於平生,恍忠誠於遺響。曷皇情之塞悲,畠英蕤之精爽。嗚呼哀哉!

《宋會要輯稿》禮四三之一四(册二頁一四二三)。

**碧梧臺記**

吾何取乎碧梧哉?昔有周人之詩曰:"鳳凰鳴矣,於彼高岡。梧桐生矣,於彼朝陽。菶菶萋萋,雝雝喈喈。"夫菶菶萋萋者,梧桐之生也;雝雝喈喈者,鳳凰之鳴也。鳳非梧桐不栖,非醴泉不飲,非竹實不食。則植梧者,來鳳之道也。吾何取乎鳳凰哉?昔者虞氏之書曰:"簫韶九成,鳳凰來儀。"夫九成者,樂之備也;來儀者,德之感也。鳳蹌於堯之庭,儀乎舜之樂,又鳴乎周之岐。則鳳來者,有道之國也。湘有寺,寺前有勝地,面江枕山,江而澄潭,潭而聚石。奇峰叠壁,嶄削龍鱗,宛宛如公侯家屏障山也。爲臺袤二丈許,旁立屋以憩賓客,環皆佳木亭亭可愛者,獨斯梧爲最。曉翠欲滴,春草一色;午蔭互盤,夏籥爭寒;月澄風攪,秋荷翻沼;雪落霜侵,冬松在林。臺以梧名,梧期鳳集。在漢黃霸潁川,治理教化,興行其時。上林長樂,鸞鳳之翔郡邑,并紀世之盛也。唐人過岐山之下曰:"誰謂我有耳,不聞鳳凰鳴。"《序送何堅》謂:"湖南得道爲屬,道得堅爲民,堅歸,唱其州之父老子弟服陽公之令。吾將賀其見鳳而鳴也。"噫!一士之賢可以比鳳,虞、周曁漢,鳳與賢俱集也。唐蓋慕古而思見之矣。皇振古道,承流宣化者,皆希昔人之治理。此邦人士,相與唱率以趨教令,不特何堅也。吾其不撫斯梧而徘徊哉。

《大典》卷二六○四引《全州志》。

**了齋先生舊祠堂記**嘉定三年

延平太守余景瞻以書語昌曰："了齋忠肅公，此邦沙縣人。陳公以識見之明，言論之直，褒於靖康。比嘗采諫垣之制而立勸忠之坊也。了齋遺迹而求之，公生之年距今一百五十六載，所居之屋，尚存三間并後楹一，纍甓施榱，可謂甚古。則公生之十八年也。且公居合浦，謂室爲齋，名齋曰了，自爲之記，以著齋心享上之義。後居荊、浙、江、淮之間，舉世以了翁稱公之所用居。何適而非了齋，況於其鄉耶？葺其僅存，興其既圮，復其齋扁，藏其遺書，肖像於楹，俾其雲仍歲時奉祀。是邦人尊慕所同者，而嶸也得舉而行之。願紀焉。"昌復於余侯曰："尚賢存古，教化之先務。夫了齋身居言責之時，憫邪說之誣民，憤小人之蠹國，明目張膽，力排其奸欺，痛誣詆其凶險。至於京之用捨，爲治亂之分。雖遠去於朝，流離轉徙，而顧天呼父，忠之所激，滔滔汩汩（原作"汨汨"），如長江大河無所雍；嚴嚴烈烈，如迅風勁庭無所避。若乃平生學力，尤著見於《尊堯》之書。其在合浦辦私史，增加昭裕陵之盛美，自謂對越在天。至於四明，爲《論》四十九篇，拔本塞源，不遺餘力而後已。此其任宗社安危之責，視生死禍福爲何等物。間風起者，當如何其尊慕也。故昔之藤樞竹瓦，地雖尋丈，以了齋何陋之有。非惟合浦爲然也。公之居，人必加敬，尺椽寸甓，相期勿壞。今之模舊規新匪質，謂之了齋，不在兹乎？《詩》曰："豈不爾思，室是遠而。"孔子曰："未之思也，夫何遠之有？"夫所思在心，而不繫乎室之遠近。余侯之心，豈不曰屋已百餘年矣，修之復可百年。後來繼今者，敬益弗替。是此邦之人常目繫而道存也。抑了齋之道存乎其言，既輯既藏，講明之傳於學者，以無忘公志，則邦人之尊慕，達於天下之尊慕。龜山所謂"誦其言、尊其道、仗節秉義以繼其風烈"者，廣矣。嘉定三年二月朔記。奉議郎權撫州軍州兼管內勸農營田事三山林昌撰。從事郎福州路提點刑獄司撫法官郭詢直篆書。迪功郎南劍州州學教授楊宏中隸額。

《大典》卷三一四三。

## 張侃　卷六九四三至六九四四

**【校訂】祭虞文善冠之文**（頁一八〇）

"可尊"，《大典》卷一四〇五六作"可遵"。

**【輯補】箕房李彭老詞叙**

靡麗不失爲國風之正，閑雅不失爲騷雅之賦，摹擬玉臺不失爲齊梁之工。則情爲性用，未聞爲道之累。

文淵閣本《浩然齋雅談》卷下。

## 趙師恕　卷六九四八

**【輯補】止戈堂記**嘉熙二年

天下郡國以武得名者，莫先於武陵，實先漢高祖所置也。屬邑別有義陵，後漢省之。晉潘京對趙廞，猥謂郡初名義陵，世祖徙郡東出，更"義"曰"武"。京，本郡人，言四百年前事已如此繆誤。樂廣嘗恨京不學，殆指此類。余所居官，未始換易扁榜，而此堂故號偶觸余先君子諱，不可不改。論武之德，極於止戈。郡得武名最先，當表而出之，故以止戈名堂，實爲宜稱，且不應移他所也。著雍閹茂極陽丁卯，與張敬夫、馬會叔、何德器飲酒堂上，因屬敬夫書而揭之,并刻此告來者。

《大典》卷七二四二引《武陵圖經志》。

# 册 三〇六

## 應純之　卷六九七八

【輯補】申本州形勢嘉定九年

東南皆坦夷之地,艱於設險;向北一隅,有地不廣,而淮河限之;惟西向一帶,湖蕩相連,迴環甚廣,四維多有畔岸,而泄水之處止有數里。今若取土放無水之地,築堤防,補低岸,聚水於內,作一斗門爲減水之所,則一望瀰漫沮洳,敵人不可向邇。設使水爲盜決,泥淖深遠,斷不能渡。平居無事,儘可教習舟師;緩急之際,又可擺泊船隻。此築既舉,則城西一面,必不可攻,庶乎一意經理東、南、北三面爲戰守之計。

續申

所築管家湖岸,初來相視,欲於舊運河與湖相際淺水去處,用椿幇築。今參之衆論,見得水內築岸,工役難施,不能經久。合別開新河,與運河連接。取土填壘圍岸,却使舊運河與湖通連,益使水面深闊。

以上見《大典》卷二二七〇引《山陽志》。

## 周南老　卷六九七九

【校訂】齊雲樓記(頁七七)

此文輯自《吳都文粹》續集卷八,云:"五月州民周南老記。"此文又見册二九四頁一四三周南同題。此《記》撰於嘉定六年五月,周南有作《記》之可能。此文歸屬未能確考。

# 册 三〇六至三〇七

## 洪咨夔　卷六九八四至七〇一四

【校訂】論完顏守緒骨函狀(册三〇七頁八)

題下,原出處《大典》卷九七六二有"四月一日上"五字。

# 册 三〇七至三〇八

## 唐士耻　卷七〇二二至七〇二九

【輯補】放生文

紀流虹之旦,極侯邦善頌之心;推祝網之仁,洽明主好生之德。翱翔壽域,涵泳聖涯。伏願化格鳳儀,道行魚躍。舉含靈而胥慶,無間至微;雖巧曆以莫窮,與爲罔極。

《大典》卷八五六九引韓駒《靈岩集》。

按:金程宇《新發現的永樂大典殘卷初探》因韓駒集名爲《陵陽集》,而《靈岩集》作者爲唐士耻,定此文爲唐士耻作;方健《久佚海外永樂大典中的宋代文獻考釋》認爲韓駒或另有名《靈岩集》者。此文暫歸於唐士耻下。

# 册 三〇八

## 鄭清之 卷七〇三六至七〇三七

### 【輯補】四賢堂記寶慶三年

清之弱冠游璧水,晚繇舍選上南宫,始得一第,客授夷陵。宿春(原作"春")四千里,閱三朏朓乃至。車未濯脂,即遍尋先賢遺迹,摩挲舊碑,多歐陽兗公詩什。一日抵黄牛廟,親見所謂石馬缺一耳者。廟有蘇長公記文,碑石明潤,筆勢遒逸飛動,與他蘇字不類,愛玩久之。歸而搜攬名勝所嘗題品之處,徒有林霏江月,野花岸芷,相媚嫵於寂寞之濱而已。獨四賢堂者,庶幾激清風而紀勝概,猶足識峽人愛賢之私。而棟宇圮陋,觀者伊鬱。去之餘十載,峽之夢時一訪枕上。忽左史范公以記示余,且知高侯一新斯堂,忻然欲書之,以滿昔年所不足之意。峽之江山清邃,而風俗淳古。余嘗攝郡屢月,獄訟闃然。郡有簡簿堂,每愛其名之不虚得。於今侯政成譽起,又能尊表四賢以寵靈月峽,萃江西岷蜀之秀而集有之。典刑所被,風氣遷焉。自今志夷陵人物者,當奕奕改觀矣。余既喜堂之成,又以信侯之賢,因書以勉峽之人,丐刻於碑陰云爾。寶慶丁亥季春一日,四明鄭清之。

《大典》卷七二三六引《夷陵志》。

### 與華文郎中札子

清之竊以麗日融春,光風泛曉。恭惟府判華文郎中貳郡政成,行對新渥,寄祇顯扶,公侯動止萬福。清之伏自□□峙玉之表,復見春仲,緬懷侍款,未嘗不栩栩於江漢之上也。舊歲僅獲一拜燕羞之間,無謂不敢數瀆清曹。近者李丈制參遞至所賜華染,伏讀感慰,方圖布□少謝之幅,專人洊領誨函,仰佩謙眷,尤極竦戢。清之并領□安。至廣文書備呈公意,深仞不彼,已即禀白憲帥。薦檳一宗,蒙賜來介申納,伏丐□至。清之蒙惠南軒論篤行,警誨之意甚厚,祇敬感激。使旋回爲此申謝,不敢縷布以瀆聽,嚴正□□,參侍敢祈或玉厥躬,以棟斯道,即膺清切之除。荆峽有能爲役者,敢請。右謹具申呈。二月日,迪功郎峽州州學教授兼轉運司校勘書籍鄭清之札子。

《鳳墅續帖》卷一二。

## 何大任 卷七〇三九

### 【輯補】太醫局諸科程文格序嘉定五年

昔孟氏有言:"太匠誨人,必以規矩,學者亦必以規矩。"蓋爲匠而捨規矩,則無以致其巧;爲學而捨規矩,則無以知其道。況醫之爲事,功用甚博,學者其可以易言之?自神農嘗百草,黄帝、岐伯相問難,而醫始有書。自周人建六官,設醫師瘍醫之職,而醫始制禄。自唐貞觀立醫學,開元置博士,如國子教生徒,而醫之教始盛。皇朝崇寧中,課試有式,而取士之制備矣。其書參天地、契陰陽、察人經絡血脉,以起百病之本,故能轉劇爲瘳,變死爲生。上可以事君親,次可以濟人,又其次可以攝生,故歷代帝王崇尚不廢。賢能智巧之士盡心於是,而名垂史筆册者昭然也。六飛南幸,修舉舊章,乃復局學,設判局以爲之長,列教授以分其教,又有長諭職事,綱領其徒。三歲取士,與科舉同;月書季考,與文武二學同。大方脉至書禁凡十有三科,然俱以七經爲本,亦如六藝之文,皆聖賢之格言大訓,學者所當篤意也。其文則有墨義、脉義、大義、論方、假令、運氣六者之別,皆崇寧之制也。墨義者,欲觀其記問之賅博也;脉義者,欲觀其察脉之精審也;大義則推明天文地理之奥、腑臟受病之源;論方則辯析古人用方之意;假令則假設證候方治之疑,發爲問目,以驗其識趣之高下;運氣則推究一歲陰陽客主,以論治療之大體。文之典實有據者爲中格,不貴泛引他書。故其辭簡朴而不得出意見奇也。大任寡識謭才,濫司是職,每惟國朝設科立學之意,蓋欲網羅天下之良才。今也局學生徒幾三百員,率皆京邑輔郡之人,外此豈無遺逸?得非自來諸科所習篇目及課試之文未嘗流布,遠方之士無所指南,雖欲從之而不可得?大任深感於斯,偶幸一時教官皆博習醫經,樂於作成,遂相與搜括近年合格程文,拔穎取尤,每科依式各列三場,仍分類,當治之經冠於篇首,捐俸鋟梓,以廣其傳,使凡有志於斯者得所衿式,翕然肯來。儻異乎由是而出,庶無負科目之設。大任固不敢以大匠自視,學者其可忘孟氏之訓,不以爲規矩乎?若夫非常之彦,道貫三才,識窮萬有,如古之論醫以及國、原診以知政者,大任方將率諸生以從其後,敢以斯文示之。嘉定五年仲秋朔旦,成安大夫特差判太醫局濠梁何大任序。

**乞開板太醫局諸科程文格狀**嘉定五年

本局自來依準指揮,以十三科取醫士。其文體格式,并係用崇寧之制,迄今遵行。然契勘從前脱離場屋及見今蒙被教養者,大抵止皆京邑輔郡之人,甚非聖朝設科立學以待天下醫士之意。蓋緣居常中選程文及諸科當習篇目未嘗流布,是以外方之士不知蹊徑,雖欲從之而不可得。大任不才具員,深愧無補,每感於斯,遂率本局教官搜括從來合格程文,拔穎取尤,每科各列三場,仍分類諸科當治之經冠於篇首。大任今欲開板流傳,庶使外方之士知所衿式,翕然肯來,上可無負朝廷待遇之意。今録草本一部,隨狀見到。伏乞寺廷繳申省部,備申朝廷聽候指揮,以憑遵守施行。

以上文淵閣本《太醫局諸科程文格》卷首。

附:《太醫局諸科程文格》載墨義、脉義、大義、論方、假令、運氣等程文,皆無名氏所作。因全書具在,且不以"文"爲尚,本編不具録。

## 黄桂　卷七〇四三

**【校訂】謝人賀賜第啓**(頁三五一)

原出處《大典》卷一四一三一引《啓札淵海》未署作者名。其前一文亦未署名,而其前第二文署黄桂。《全宋文》因之皆收於黄桂下。此文又見宋嘉定刻本《渭南文集》卷七《答人賀賜第啓》,册二二二頁二六二陸游下即收。黄桂下當誤收。

## 趙汝馭　卷七〇四四

**【輯補】紫陽觀記**寶慶二年

云云,觀本邑人奉采訪真君之所,紹興間增岳祠,仍號永豐道院。旱潦祈禱,答焉如響。殿宇門廡,經藏鐘閣,靡不備具。其闕典者,惟賜額耳。羽士恐人之議其後也,邑之南有蒼城山,昔唐紫陽真人飛昇之地,本朝賜額紫陽。廢於兵火,繼爲元次山祠堂,而故額猶在。乃列告於縣,縣達之州,州申於部,得請即紫陽觀易永豐額。新額舊名互存通稱。道流合辭,强汝馭記。噫！上古聖人扶世立教,未嘗不本諸天。後世樸散而民不淳,上天福善禍淫之理,嘗顯示以警頑癡。凡清静精格,歸心至道,功行周足,白日升晨。天之誘人亦昭昭矣。名山靈洞,在在有之。是將垂勸將來。因名索實,紫陽之迹可使之終泯没耶。今移其名以名觀,其觀常住,其名常存,此亦天之意歟？

《大典》卷六六九八引《江州志》。

按:《大典》卷六六九七載:"《紫陽觀記》,寶慶丙戌,趙汝馭記。"

# 册　三〇九至三一二

## 魏了翁　卷七〇五三至七一三四

**【校訂】全州清湘書院率性堂記**(册三一〇頁四一五)

文末,《大典》卷七二四〇引《清湘志》有"紹定元年九月記"七字。

# 册　三一二至三一四

## 真德秀　卷七一三五至七二一〇

**【校訂】賜資政殿學士通議大夫知潭州軍州事兼管内勸農營田使充荆湖南路安撫使馬步軍都總管衛涇辭免除資政殿大學士知隆興府江西安撫使填見闕恩命不允詔**(頁一一六)

"敕"字下,《大典》卷一〇九九八引《衛後樂先生集》有"衛某,省所奏劄子辭免除資政殿大學士知隆興府江西安撫使填見闕恩命事";"宜不允"三字下,《大典》有"故兹詔示,想宜知悉。夏熱,卿比平安好,遣書指不多及"。

**跋晦翁感興詩**(册三一三頁一八三)

此文與册三一三頁二五三同人《跋朱文公詩元亨播群品篇親書示鄧邠老》文字全同。二文分别見《西山文集》卷三四、卷三六,前文又見《大典》卷九〇九。朱熹《齋居感興二十首》,其中有"元亨播群品"篇,則二文乃爲同首詩所作跋,實爲一文,篇目命名偶不同而已。

**南雄州學四先生祠堂記**(頁四三九)

文末,《大典》卷六六六有"七月朔日,西山真德秀記"十字。

**放生池記**(册三一四頁三)

此文又作册一八六頁四五王大寶同題。王文輯自《大典》卷五三四五,真文輯自《古今圖書集成》。文中有"乾道乙酉秋,守臣曾造來莅斯邦,政事條舉,期年而治"等語,詳按此文,即應作於乾道二年。時真德秀尚未出生,真德秀下誤收當删。

**【輯補】奏置潭州倉官罷贍軍**

臣竊見潭州歲有秋税苗米四十六萬餘碩。本州有四倉,并無監官。臣相度,欲乞從尚書吏部置潭州監倉二員,一員充廣積倉、兼衙倉,一員充永豐倉、兼穀倉。仍乞四選通差,内武臣須有堪充親民,舉官二員,及識字者。本州却有城下并湘鄉縣贍軍務監官二員,各不醖造,并無職事,欲乞減罷。其已到任人,聽終滿,庶得不致虛費廩禄,亦不妨廢有職事之人,兼勉所差官,添給食錢之類,委是利便。取進止。續奉聖旨依,并先令本部尚書左選使闕,同日闕尚書右選侍郎,左右選通差出闕。若同日有官指射,先差京朝官,次大使臣,次選人小使臣,施行。所有潭州城下并湘鄉縣贍軍務監官二員,欲從本官所乞并行減罷。將見任并已差下人,就改填上件監倉官闕,通理考任。

《大典》卷七五一六引《真西山集》。

### 賜資政殿學士通議大夫知潭州軍州事兼管內勸農營田使充荊湖南路安撫使馬步軍都總管衛涇再辭免除資政殿大學士知隆興府江西安撫使填見闕恩命不允詔

敕衛某:省所奏札子辭免差知隆興府江西安撫使填見闕恩命事,具悉。朕惟更化以來,執政之舊,內翊萬幾而厎績,外分三鎮以疇庸。碩望如卿,夙懷凝眷。醫養恬於於珍館,浸閱歲華;宜纘事於价藩,近畀江右。昭予注倚之意,惠彼去思之民。昔韋武陽有功可紀於洪吉八州之間,而王仲舒使人自得於湖山千里之外。薦委鈞衡之魁彥,必高休烈於唐賢。行復璽書之褒,勿勞謙牘之屢。所辭宜不允。

《大典》卷一〇九九八引《衛後樂先生集》。

按:此文《大典》未題作者,真德秀下有衛涇辭免知隆興府不允詔書二通,此或亦真氏所作,暫繫於此。

### 題文節公像贊

經濟之才,聖賢之學。臚傳其元,業振斯卓。傳之曰霖,伊之先覺。文照日星,望崇喬岳。表章六經,後學蓍龜。翼贊萬幾,帝王保師。內外一致,忠貞弗移。凌邁百世,參列兩儀。

復旦大學圖書館藏《衛文節公後樂集》書首。

### 答竹齋札 嘉定十二年

某切以新陽既復,物有生意。伏惟撫幹司直契丈羽儀幕府,天相德人,台候萬福。某甲戌都門之別,轉首六寒燠矣。欽仰道義,未之或忘。敢圖比來叨恩分闆,而執事者實居溫石之任,殆天意也。前過莆中,見一二士友,始知司直已再入幕,不勝喜慰。既抵鄉關,迓吏出示函翰,益用感懌。某駑鈍之資,初無可用,公朝過聽,躐付十連。拜命以來,日夕危懼,未知所濟,所賴賢者爲僚,且於鄞鄉利病,請求素熟。繼自今,切望推誠傾助,俾免於戾,實千萬大幸。短啓不工,他俟續續。遣狀,伏乞台照。右謹具呈。嘉定十二年己卯十一月十又八日,朝散大夫新除集英殿修撰權知隆興府江西安撫真德秀札子。

### 答竹齋啓

某啓:伏以分顧憂於閫外,自視闕然;贊籌畫於幕中,賴有賢者。頗曾見否,何喜如之。伏惟撫幹司直學問配於古人,孝友聞於天下。陽亢宗之居晉鄙,聞者皆善良之歸;崔祐甫之佐江西,偉然多謀議之益。往者朝行之獲綴,今焉王事之偶同。豈非天憫其疏慵,故俾日親於鴻碩。議論至於十反,竊有望焉;功德被於八州,庶幾昔者。謹奉啓候起居兼謝,伏惟台察。真德秀再拜。

裘萬頃《竹齋先生詩集》卷末附錄。

### 與汪學士書

德秀昨顓造,行屏不獲晉陪餘論,重深悵仰。適辱寵惠五言絕句,良用歎服。今直院曾侍郎、秘書陳少監、劉祭酒及館中之數士,皆名妙賢欲從者,一枉訪之,不知肯俯屈否?更希示諭爲幸。右謹具呈。即日,德秀札子。汪丈學士左右。

國圖藏清雍正九年刻本汪莘《方壺存稿》附錄。

## 册　三一五

### 林時英　卷七二一一

**【輯補】永豐道院藏記** 嘉定十一年

　　大江而西，名山靈秘多萃，獨匡廬間爲盛。蓋自九天采訪真君宫於山北，名於天下，走集寅奉，重足錯轂，垂靈敷祐，江人尤敬嚮之。敬嚮之深，又未有瑞昌若者。縣北望仙橋舊有亭，邑人望而禱焉。然無高棟巨梁，夷庭宏宇，以肅威儀，觀者陋之。紹興辛酉，邑大夫劉伯英咨訪耆老，距亭百步得施真君舊隱。常現靈光，民莫敢屋，勉以營建道院，咸慶躍唯唯。遂披荆斸疏，討求木石，充大厥宇，取故里永豐道院名之。夫不驚遠，不陵危，而遠挹山光，曠延野綠，雖接闤闠，聞然林壑。蓋天鍾秀於是，正以宣昭明靈也。特經藏歲久猶闕。淳熙乙巳，長是觀者與其徒叶謀，即采訪殿右，卜基告吉，人勇趍之。已則有屹其崇，有翼其嚴，琅函秘典，充創儲藏，天宫先從，粲穆布列，幢蓋鐘鼓具焉，有禱輒答云云。嘉泰壬戌，告命褒封白龍湫神，邑令洪偲登奎軸於藏，以佐榮賜。禱雨之司，永豐專隸焉。或曰："道滿大洲，磅礴周流，運而爲藏，殆以迹求。"予告之曰："天運元氣，浩無端倪，而日月星辰之耀，顯然循行不停。道本無名，以道名藏，道即非藏，以藏觀道，藏無非道。昔人假以誘掖嚮善者，亦轉動人心之一機也。謂藏非道，猶指日月星辰之運，而曰非元氣，得乎？"

　　按：《大典》卷六六九七載："《永豐道院藏記》，嘉定戊寅，林時英記。"

**玉華洞通泉觀記**

　　康廬名甲天下，凡尋陽之山，多脉聯支附，以發奇勝，唯瑞昌之玉華特異焉。唐咸通間，有緇流幽尋，見清流湍駛，如雷斯轟；紅光晶熒，如火斯爗。因獲石磬一及五銖錢七百，皆漢物也。九江守李璋圖其勝以獻於朝。玉峰闡靈，實昉於此。歲久弗飭，蔚其蕪殁。建炎中，黄冠程世超始刉朽剔嚮，以廬其側。其徒許師妙，有志丕廣。會丞相京公鐘宰是邑，登探窺臨，面勢辨方，命卜基於中峰之麓。鳩工飭材，夷高增卑，建九天采訪之殿，面金闕寥陽之閣，橋兩翼而渡焉。夾以兩廊，殖殖其堂，噲噲其軒。有静默懒庵，頤吾真也；有霞隱雲窩，來朋儔也。曰清瑶蒼瓊者，賫筥其清；曰玄圃栖鶴，群仙其游。若此類者十餘所。功緒既載，金碧絢爛，山羞水怩，澡爲精容。史君王溉嘉之，曰："距玉峰十里有通泉舊額，宜移此以耀無穹。且洞水溉田，雖旱不竭，通泉正爲洞設也。"洞有石門，行數十武始及，則窅然而深，呀然而豁，綿岡包潤，邈無垠涯。嵌岩怪石，隆者崇臺，端者横楣，圓者卧鼓，跨者飛橋。或虬螭怒鬥，或鸞鶴翔舞，或雕甍華蓋，或剪縷幡幢。嘗有燃炬而入者，見石鐘石鼎，錯布互列，玉田之礫，沙磧夷延。間遇旱暵，禱雨輒應。蓋宫真仙，而宅神龍，非人境也云云。望鶴之仙迹，煉丹之靈井，宛然如舊云云。許志行高潔，嘗詣洞遇仙，啗以石果，由是不烟火食者二十年。驅魔攻疫，靈應響答。方役之興，人皆樂輸。劬躬苦骨，閱六十寒暑而後迄事。王洞微親得師傅，用能紹舊益新，悉整而備。謁記於余。余慨（原作"既"）然思之，昔朱丞相倬未遇，夢至玉華宫，二青衣童肅之入，問真人安在，對曰："真人朱姓，出應世矣。"覺而自負，後果位彌衡，遂即里第創玉華道院。然則京公之眷眷於此，得非亦真人之後身乎云云。冠霞弁之岌嶪，班玉珮之陸離，排烟拂霧，往來燕娱於蒼崖翠壁間，豈無出而濟時,如二相之用心者。余何足以見之。

以上見《大典》卷六六九八引《江州志》。

按:《大典》卷六六九七載:"《玉華洞通泉觀記》,林時英記。"另《玉華洞通泉觀記》後,有"道流作洞記",作者未能確考。

## 張庚　卷七二一一

【校訂】張文獻公宋十大夫二祠記(頁一〇)

"□萼"之"□",原出處《大典》卷六六六即缺,《全宋文》未補。當是"棣"字之譌。

# 册　三一五至三一六

## 吴泳　卷七二二〇至七二六〇

【校訂】趙彦吶授權兵部侍郎依舊四川安撫制置使制(頁一九三)

"破敵""蕩敵人",《大典》卷一三五〇六作"破虜""蕩羯胡"。

**趙葵降授中奉大夫依舊兵侍兼淮東制置使制**(頁二五一)

"值寇",《大典》卷一三五〇七作"值虜"。

**度正叔授禮部侍郎制**(册三一六頁一九)。

此文輯自《大典》卷八五二六,乃册三一五頁二〇一同人《度正授試禮部侍郎兼侍讀制》片段。且檢宋代文獻,未見他處載有名"度正叔"者,則"度正叔"之"叔"乃衍文。二文爲同文,此處當删。

**賜李端懿讓恩命批答**(頁三七)

李端懿(?—1060)爲李遵勖子,嘉祐五年(1060)二月除寧遠軍節度使。吴泳與其時代不相接。文云:"卿聯國懿戚,惟時茂才。久居留使之權,俾委將旄之任。允乎輿論,毋執揚謙。"歐陽修《賜新除寧遠軍節度使李端懿讓恩命第一表不允斷來章批答口宣》(31/318)云:"卿聯國懿戚,惟時美材。久居留使之權,俾委將旄之任。載嘉冲挹,思避寵榮,宜體眷懷,無煩牢讓。"二文僅略有不同,或即歐陽修所擬。勞格《讀書雜識》已辨及之。

**奏寬民五事狀**(頁一五一)

題下注"廣東運使",并有"照得本司二月二十八日準尚書省淳祐十二年正月空日札子"云云。據《全宋文》小傳,吴泳以言罷知泉州後未曾任官。李之亮《宋福建路郡守年表》頁一一三繫其知泉州於淳祐二年(1242)。該文所涉與此不合,疑非吴泳所撰。勞格《讀書雜識》已辨及之。

**論三綱**(頁三五〇)

此重見《鶴林玉露》卷一三。吴泳集名《鶴林集》,因書名相近而致誤輯。

**論斬馬謖**(頁三五一)

此重見《鶴林玉露》卷一四,誤輯。

**西陲八議·并屯**(頁三五八)

《大典》卷三五八六載此文,《全宋文》未注此出處。"司馬""或敵人""爲敵人""敵自""敵必""敵亦",《大典》作"司馬昭""或虜人""爲虜人""虜自""虜必""賊亦"。

**筆記二則**（頁三六六）

第一則重見《鶴林玉露》卷一一,第二則重見《鶴林玉露》卷一〇,誤輯。

**【輯補】王次點周禮訂義跋**

余嘗謂讀《周禮》,當先讀二《典》之書。堯命羲和分掌天地四時之職,舜曰觀四岳,首協時月歲日之紀,九官之命、十二牧之咨,亦惟曰"欽哉,惟時亮天工"。蓋亮天工者,相天事也。古之人述天授位,真是使之輔相裁成,高厚覆載,不能無偏也,必贊於兩間,而左右之,夫是之謂輔相;氣化混沌,不能有辨也,必截爲四序,而整齊之,夫是之謂裁成。周之六官,猶都此名,號其屬三百六十,尚仿此度數。然其所職掌者,則天事略而人事詳矣。古禮樂之官二,周已合而爲一。古兵刑之官一,周乃析而爲二。曆象授時之法,璣衡觀文之器,最古所重,而周僅以馮相保章氏之中士掌之。獨盼冰刷冰,尚有凌人;出火內火,尚有司爟;刊斬陽木陰木,尚有山虞柞氏。乃知以大心胸而包六官之制度,不如即真造化而玩四官之精微,天道曷嘗不依人而立哉。若夫漢三公、唐六部,名愈大號愈徽,轉相殽亂,而不復事天職矣。於是亦可以見風氣之移、世道之降也。次點寶《訂義》如大圭弘璧,若更能訂斯義,而發揮於其間,尚稽古建官之意歟?

《大典》卷一〇四六〇。

**賜喬行簡授左丞相兼樞密使肅國公口宣**

卿三朝耆俊,間代耆英。爰采搢紳之公言,俾司鈞軸之大柄。勉祗光命,益究遠猷。

國圖藏翰林院抄本《鶴林集》卷一二。又見《文淵閣四庫全書補遺》册三頁七一三。

**黃榦特贈朝奉郎告詞**

此文見册三四五頁一二八宋理宗下,輯自元刻本《勉齋先生黃文肅公文集》。今檢此集,文末有"直舍人院吴公泳行"。則詔文當歸吴泳下。文不具錄。

# 册 三一七

## 余日華　卷七二六二至七二六三

**【校訂】回泰州洪寺簿啓一**（頁五〇）

"草率",原出處《大典》卷一四六〇七作"草帥",《全宋文》以"帥"字在"草帥"一詞中似不可通,徑改"草帥"爲"草率"。然宋人用"草帥"者甚多,不可改。"原照",《大典》作"原炤"。

# 册 三一八

## 高定子　卷七三〇四至七三〇六

**【校訂】朝散大夫宋明遠特授行軍器監主簿制**（頁三五一）

題下,原出處《大典》卷一四六〇八有注"見委措置收糴,務要及時了辦,候結局供職"。

**【輯補】王與權特授權尚書戶部侍郎制**

漢錢穀一歲幾何,孰知其實;周人士萬民所望,倚服厥官。庸擢貳於地卿,俾典司於國計。肆頒渙渥,式示柬求。具官某學泳聖涯,材超士表。前言往行蓄其德,令聞廣譽施諸身。自挈民庸,遍儀朝著。迨竣使事,復重周行。成均澥館下之多材,廷理號棘中之有耳。接武螭頭之水,問津豹尾之塵。消息與時,行藏有道;碩人痡瘝,永矢弗諼。皇極敷言,無有作好,無有作惡。用錫旌招之命,亟躋版箔之聯。事所當言而言,正期辰告;國不以利爲利,尚勉日思。

### 岳珂除户部侍郎湖廣總領制

人有德慧術智,莫良於艱險之備嘗;財有本末源流,莫貴於阜通之素講。典我賦輿之新命,惟予從橐之舊臣。肆用起家,聿嚴申詔。具官某修能膚敏,懿識清通。學貫九源,允矣圓機之士;身兼數器,恢乎脱穎之材。有嘉言讜侍從之臣,不負閥閲功勞之世。久督江淮之賦,誰洗晏誣;旁收巴蜀之租,咸推蕭亞。以漢中大夫還三階之秩,以周小司徒庀六路之財。繄爾久任此官,爲予復治其賦。問甲兵問錢穀,屬當財殫師老之餘;峙糗糧峙芻茭,重課士飽馬騰之績。罔曰弗克,或戒不勤。

以上見《大典》卷七三〇三引高著齋《薇垣類稿》。

### 沿江制置司參議官李曾伯特轉朝請郎制

涒灘之歲,合肥爲虜窺闞,士大夫同心德以禦之。爾素有康時之志,聞命赴援。至則授兵登陴,盈士氣而沮敵雠。勝勢一成,虜翱翔引去。干城底績,爾力居多。用進一階,式昭懋賞。

### 淮西撫機趙希瀞催趁應援安豐人馬督辦錢糧有勞特轉朝散郎制

韃蒙内侵,豐圍不解者踰月。城孤援絶,其勢不交。爾以幕彦督餉濟師,其勤至矣。肆閔爾勞,用升一級。益圖來效,以稱所蒙。

### 通判真州劉集義應辦有勞特轉朝散郎制

虜狝淮濆,饟備爲急。匪得通材,身任其勞,罔克攸濟。爾奮自儒科,備諳疆埸之事。分刺儀真,屬時孔棘,糗糧芻茭,無敢不供,士馬得以無乏。部使者以狀來上,何惜一階而不懋功。

### 修職郎鄭江爲泗洲司理任滿推過淮賞特授儒林郎制

泗濱越在淮北,爲風寒劇處。凡隨牒是州,始至及去之日,咸有賞比。爾爲理掾,亦既終更。用進三階,式昭懋賞。

《大典》卷七三二二引高著齋《薇垣類稿》。

### 奉議郎提轄行在文思院知揚州江都縣洪若拙因隨軍運糧收復高郵有勞特轉承議郎制

師行而飢,弗得食則有睊睊胥讒之憂。高沙之役,爾以輦運餉,軍士得宿飽,以克濟登。用閔爾勞,復升一秩。賞從其厚,昭予念功。

### 儒林郎利州路提刑司檢法官范辰孫歿於王事特贈通直郎制

漢中爲虜所闞,衣冠并罹塗炭。爾以故家子,自致隨牒,以佐司臬。寇至不肯去,以其官死之。肆升朝秩,并録厥孤;式表遺忠,庶其無憾。

### 迪功郎萬盈特改宣教郎萬鎰特改通直郎制

莅官六七考,舉主五六人,始得以通籍,不亦艱乎?爾抗章公車,曉暢時務,改升京秩通秩作升朝秩,以旌爾忠。祇若兹毋怠。

### 金有大以宜黄尉盗發汀邵侵入其境贈通直郎制

群盗之起,守尉捕誅,其來尚矣。盗發汀、邵,挺於宜黄。令先寇而去,復何賴焉。爾以尉藨,能舉其職。民得安業者一年矣,猶以積勤致死傷哉。其升朝秩,以示閔勞。

**宣教郎新知福州長溪縣譚谷前任江陵察推日以守城捍禦有勞減職司一員於見今官上理作轉一官收使特轉通直郎制**

爾之荊以佐幕也,乃迭地伐城之時。爾以衆威,得受上賞,易舉將以升朝秩。賞從其後,用不汝靳。

以上見《大典》卷七三二三引高著齋《薇垣類稿》。

**韃賊擁衆攻打廬州保守無虞在城文武官各特轉兩官承奉郎淮西安撫司書寫機宜文字杜庶轉宣義郎制**

合肥爲淮西鉅屏,蠢彼韃蒙,敢爲迭地伐城之舉。爾父以帥鉞厲兵,爾從其長授兵登陴,折狂獼之鋒而奪之氣。虜引衆東去。幕府上功,賞宜從厚。進升兩秩,用酬爾勞。

**知循州興寧縣顏公衮爲陳三槍等作過歿於王事特贈朝奉郎仍與一子將仕郎制**

奸猾鴟義,以厲我民。爾爲邑長,於斯乃能譬凶渠以大義,不率則大聲詈之,雖縻捐不恤也。有司以勤事聞。肆加追命,徑陞外郎。仍録其孤,昭予於恤。

**故奉議郎通判漢州權州事劉當可於端平三年冬攝州日歿於王事特贈五官朝奉大夫兩子與將仕郎恩澤制**

將死鼓,御死轡,百吏死職,士大夫死行列。一或違此,皆不得爲忠。爾以郡丞攝守廣漢,與民共守。身膏虜鋒,郡民并罹塗炭。有司以狀轉聞,深所閔悼。躐進郎階,并官二子。國無吝賞,人有公言。

以上見《大典》卷七三二四引高著齋《薇垣類稿》。

**經星赦叙承議郎謝表**

臣某言:準亳州永城縣牒,送到誥一道。伏蒙聖恩,特授臣承議郎,已於今月初一日祗受訖者。上天垂象,允昭仁愛之心;聖主求瑞,誕布滌除之澤。盡蠲罪戾,一洗危疑。既紓永棄之悲,遂有自新之路。恩生非望,感異常倫中謝。伏念臣幼禀義方,長承師訓。慕古人之仕道,恥没世之無稱。每殫報國之忠,豈暇周身之慮。自投罪罟,屢易年圭。同時遷謫之人,所存無幾;今日甄收之賜,蒙幸獨多。伏遇皇帝陛下道契三無,仁推一視,曲矜枯槁,復俾發生。名已削於丹書,迹始班於庶士。散群壞植,率歸君子之途;合異爲同,共就常臣之列。臣敢不慎終勉節,益勵初心,誓捐螻蟻之微軀,少答乾坤之再造。臣無任。

《大典》卷七三二三引高著齋《薇垣類稿》。

# 册　三一九

## 陳耆卿　卷七三一一至七三二二

**【校訂】賀皇后表**（頁九）

此文輯自《翰苑新書》後集上卷二六,署"陳籑窗"。文又見《格齋四六·皇子降生賀皇后表》,册二八三頁一八三王子俊下即收。陳耆卿下當誤收。

**時齋銘**（頁一四〇）

銘前,《大典》卷二五三九有序"趙君汝渶需勾稽之廩六年,人屈之,不自厭也。以時名齋,且請銘"。

黄君墓志銘（頁一四九）
"麗水"，《大典》卷七六五〇作"頃麗水"。
祭妹文（頁一六二）
題，原出處《大典》卷一四〇五三作"祭妹二縣君文"。題前署"陳耆卿筼窗集"。文又見宋紹興刻本《古靈先生文集》卷二〇《祭妹三縣君文》，册五〇頁二五五陳襄下即收。陳耆卿下當誤收。
代祈雪祝文（頁一七三）
謝雪祝文（頁一七四）
代謝晴祝文（頁一七四）
代台州祈晴祝文（頁一七五）
代詣大中寺再祈晴祝文（頁一七五）
又謝晴祝文（頁一七六）
題"祝文"，浙江圖書館藏清抄本《筼窗集》卷九均作"疏"。
【輯補】聖父祝文
聖天子以城隍之祠屢上靈異，錫以王封。胚端兆倪，神之啟其後者大矣。王之休，亦神之休也，神當同其休而卒相。所以蕊我民之意，神之休止是哉。
聖母祝文
欽惟令淑，妙毓聖神。以膴千里之民，享一方之食。王爵之加，他祠莫強焉。母以子貴，理也。敬酌酒以告。
夫人祝文
人莫不有内助，況神乎？王爵之崇，人知王之爲靈，而不知夫人之爲益。瀝酒於祠，明有相也。
代禳虎祝文
守吏亡狀，德不及民。彼咥者虎，出沒荆榛。耕樵震驚，有行輒輟。渡河無策，緬愧往哲。獵師胥會，伎屈莫伸。人力不勝，勝之者神。神勤譖驅，俾還其舊。障我十同，歸德敢後。
代詣盧舍那佛祈晴疏
佛法宏深，本無罣礙；人心懇禱，隨有感通。屬槐夏之平分，窘梅霖之過溢。悃陳悃欵，微輟霢沱。奈屯雲既馭以復凝，故杲日暫舒而仍斂。老農翹首，下吏疚心。肆祇屈於紺容，用虔修於菲供。洪宣寶懺，敬演琅函。光烈千燈，大明法炬；香燃一瓣，普熏道場。庶憑護世之慈，頓解闍城之厄。散白毫於圓頂，陰蜺退藏；吐新綉於高原，陽曦呈露。庶幾不日，可樂有年。
代詣盧舍那佛再祈晴疏
曰暘而暘，嘗荷感通之異；以水濟水，乃踰泛溢之常。室廬成及於半扉，疆畝殆幾於一墊。號呼滿耳，遷徙摩肩。不虞煩瀆之誅，復露精虔之悃。琅函朝啟，紛貝葉以翻空；寶懺暮熏，對紺容而設禮。仰祈慧力，亟徇輿情。念殷懃三請之勞，掃空氛翳；俾愁困萬家之衆，咸睹清明。蹻足而須，矢心以報。
代詣定光佛祈晴疏

千年香火，共説靈岩；八郡雨暘，爭投法座。維遍野之禾雲方布，而漲川之梅潦未發。岩瀑下傾，不無衝溢；民居環匝（原作"帀"），間有漂流。人情寧免於怨咨，佛法當爲之救護。未敢輕邀於瑞相，亟先犇告於明祠。伏願起慈悲心，示真實相，祓除江蜃，如往年（此處當闕二字）之時；號召陽鳥，成此日盈疇之稔。

### 代詣定光寺謝晴疏

月離於畢，焦心泛溢之虞；日麗乎天，轉眼清明之照。仰大威力，具真圓通。不惟使禾疇免衝突之憂，抑亦俾編民無漂摇之恐。渺一彈指，應諸有情。既歡喜以垂休，宜勤拳而抒謝。誦千載芬香之偈，已成紫陌之乾；賡一時黍稌之詩，行見黄雲之熟。佛住世時有太守祈晴，與之偈，有"紫陌一條乾"之語。

以上見浙江圖書館藏清抄本《箟窗集》卷九。

# 冊　三一九至三二〇

## 包恢　卷七三二八至七三三五

### 【校訂】鳳山新城記（頁三五〇）

"郡守雷""敵患""此敵"，《大典》卷八〇九一作"夫郡守雷""虜患""此虜"。

### 【輯補】敝帚略稿自識

文忠歐公有曰：文欲開廣，勿用造語，及毋模擬前人。孟、韓雖高，不必似之。取其自然爾。至哉言乎！真文法也。然此爲能文者設。若予者，拙訥不文，有時近文而出，不得已而應，則亦輕率，不知所以裁。徒見其迂闊，而非開廣，強勉而非自然。既不能造，又不能擬，其爲不成語而有愧前人多矣。故疇昔雖或有斐然妄發，未嘗留稿，中間有親友見之，不忍棄，爲之收拾類聚，因而成編。遂有誤傳録以去者，於是不能掩其惡而匿其醜。予每病之。乃就其間選其彼善於此者，姑且存之，名曰《敝帚稿略》。第又竊有感焉。文忠嘗稱黄夢升之文，謂其辯博雄偉，其意奔放，猶不可禦，獨恨求其全稿竟不肯出，雖僅得其數語，亦爲諷誦嘆息而不已。則予稿恨無一可如文忠之所稱者。是稿之出，雖不全也，視黄夢升不其愧甚矣乎！宏翁包恢自識。

文淵閣本《敝帚稿略》卷八附録。

### 傅子淵祠堂記 淳祐元年

天地間惟有道之人，其生也可法，其死也可傳。雖事往時移，自有卓卓不可磨滅者在此。天理之所以常存，人心之所以不死也。先君子克翁嘗受學於象山陸先生，邑中同志者，時則有若傅公子淵全美二曾，子永聖謨一誠，仲昭、季魯諸前輩，皆後先輝映，稱一時賢豪。而象山尤屬意者，必首屈子淵指。蓋公爲人機警敏悟，疏通洞達，毅然以道爲己任。匪獨象山愛之，歷游南軒、晦庵二先生之門，咸以爲老友，不當在弟子列。公嘗曰："人生天地間，自有靈於萬物者。果能自作主張，於此存養，以此擴充，如木之有本、水之有源，良心善端，交暢橫發，斂而爲一致，散而爲百慮，則光明正大，充塞宇宙，又何疑焉？"蓋公之有得於道如此。兩爲博士，先澧後衡，主石鼓書院。條教詳明，議論深切，因以感發者甚衆。時文忠周公師潭上，徽齊公爲曹，日與講道論德。二公皆敬服。宰寧都，人素憚其難治，公一以道化，視邑如家，視民如子，視同僚如友朋。脱去形迹，勢分與之，爲泰不爲否，上下交乎,不逾年而大治。周文忠公盛稱其寧都政績,有光前耀後之休。雖漢之循良,未足比也。嗚呼!以公立德,如彼達用。如此,可謂無負三先生之道者。使得大行,則盛德大業昭著於天下國家,又當何如?不幸而莫殫其用,僅歷清江通守,卒。其流風餘韵,足師乎百世。鄉宜有祀,以爲致敬之地,使後學聞而興起。而没已四十七年,尚在闕殿。今天子重道崇儒,表章正學。其族侄迪功郎臨川縣尉涌,始慨然爲之請於使者,上達殿陛,崇祀鄉賢,建祠於族之玉虚觀,與子弟以時祀焉。而屬余爲記。余夙仰公,且侍下,聞公最詳,又與縣尉涌敦道誼之契,厚不可辭,故敢爲公備述之。所謂可法可傳者,捨公其誰與歸?公諱夢泉,子淵其字也。舉淳熙進士。世居南城之雅俗鄉厚坪,曾潭乃其講堂之地,學者因以爲號云。大宋淳祐改元有六歲,在丙午二月既望日題。

《宋人集》丙編《敝帚稿略》補遺。

**此所説**景定五年

操若在,舍則無,本無形,何可拘執?無時節,莫知鄉,本無所,何可測識?姑指曰此。此即所也,不必拘執,不必測識。養之自長,長而不設,勿妄勿助,至於純熟。無此無非此,無所無非所。予欲無言,天何言哉?景定甲子嘉平月書。

文淵閣本《黄氏日抄》卷九一《此所跋》。

# 册 三二〇

## 程公許　卷七三三六至七三四〇

**【校訂】北巖序**(頁六四)

"程某",《大典》卷九七六六作"桂枝程公許"。

## 岳珂　卷七三五五至七三六〇

**【輯補】思賢堂記**寶慶元年

有土而祀於國,其享以世,古之制也。有德而祀於學,世逾久而德逾尊。其享以人,雖戾乎古,因民心也。國之祀有常,世盡而毁,禮極而殺。征而載主,遷而勝社。所以祀者,惟其有是土也。德降而殫,衛絶以家。紀去其國,泯然而民莫之思。則昔之祀者,勢也,非心也。民之祀無常,因時而置。守令設邸,而朝京師。獻酬奉祀,一於王室。其有土者,固不必有祀也。遺烈在焉,桐鄉之祠,睢陽之廟,雖閱千歲,常如一日。則後之祀者,非復繫乎土也,心而已耳。是故恃德者繇,恃物者遷。繇繇者,常足以動夫人之加勉。一物之失所恃,則晉楚之富,齊秦之疆,終不能一日彊附於天下。此天理世變之相爲低昂,而非特關乎區區鐘鼓俎豆之末。言舉斯心,以占乎民。愛忘一機,斷可識矣。揚州古都會,自禹鑄鼎奠方,迄今民與地俱。歷萬古而不易者,僅可一二數。三代而上,析封啓祚,介於勾吴,弗復詳見。繇漢迄唐,裂地而王,分部而刺,建國而掌。以内史名郡,而長以太守。府而都督,軍而節度。圭組相望,前英後哲,今幾何人。方居位時,駟車駝氂,崇牙列纛,舞六佾(原作"脩"),驪八驦,尊崇赫奕,固足以窮一時之盛。年運而往,情隨事革。凡祐於國,配於社,祭野如沱,泣碑如峴,慨不少存。惟五賢者,祀於泮宫,歲時牲幣,具禮無廢,又有配位,以侑其食。斯人也,非德足以垂世,足以及民,足以固結其心,使至於久而不可解,而誰爲之也？珂生最晚，嘉定癸未歲六月，以東淮饟節來攝守符。始至而謁先聖，又拜於東序。顧瞻遺像，問之邦人，則指而曰："韓忠獻也、呂正獻也、歐蘇二文忠也、集賢劉學士也。是皆嘗以名德之重，位乎吾邦也。"又指配位曰："諫議陳、任二君也。是立節符、靖間，直聲在國史，而墓乎吾鄉者也。"相與咨嗟涕洟以思。民則曰："安得復見治平、元祐之世者乎？"士則曰："安得數君子尚在，使之摳衣趨隅以迪聞見乎？"官與吏則曰："安得所事如此諸賢，得以稱其職而安其業乎？"珂退而嘆曰："彼若人也，仕而歲年，祀而百世，思而至於今弗渝。紹聲猷，繼軌躅，其無人乎哉？"既又曰："思而祀，祀而久，是必非苟然者。棟橈阤圮，以怠於而思。是有位者之責，不可以弗葺也。"會邊聲方亟，力且未暇。居一年，珂將合符以歸，郡有故事以錢二百萬贐。珂顧不取則近名，又誼不可入私橐。乃侑以羡俸，盡歸於學。俾博士陳君至、幕府艾君丑，撤而新焉，儀圖先賢以附益之。覽於圖牒，喟然作曰："是邦也，昔之守者如杜正獻、呂忠穆，以勳以德，致隆平而佐中興，非韓、呂之亞歟？如王内相以文道蔚致時君，沾丐後學，非歐陽、蘇、劉之倫歟？如包孝肅，如唐質肅，直節洞穹壤，勁氣沮金石，其眡二諫議，又異世而若合符節者。列之新祠，以對風烈，夫孰曰不宜？"於是髹堊塈塈以尊繪事，築堂峙廡以侈神沛。亦既考室，又自饋所，治什器，飾庮闒，衛艫遣送，以相其成。竣役之日，珂既還治南徐，不克執奠。揚之士民，相帥共集祠下，酹酒以落之。有出而揚觶者，曰："君子之有斯土也，求以獲乎民者也。是數人者，非有以獲乎民，則昔雖祀也，安在乎人之不我去；今雖增也，安知乎人之必我從？夫尚安靖以壽國脉，起蠱危而定邦紀，振斯文以植名教，守遺直以追古誼，一於此獲乎民之具也。起敬起慕，無厭無斁。舉之而人莫敢廢，益之而龜弗克遺。是其獲之也，以心也，不以外也。世可久也，祀可損且益也。在人心者，其可泯乎？彼刻桷丹楹，飾則華矣；賜瑱銘鼎，事則誇矣。抑斯堂之所托以不朽者，端不在是。繼自今建隼馮熊之士，接武以幸吾土者，苟惟登斯堂，睹斯像，尚友百世，膏澤下乎民，馨烈昭乎時，則因心之祀，方且日增月衍之未艾，奚止如今日之所觀。一或反是，則車馬羽旄不足以動喜色，詩歌金石不足以文實行。是雖輪奂之美，聲容之盛，百倍於往昔，而斯民之心，亦不過感今而慨古，徒有不勝其思者矣。有土者果何擇耶？"二君以書來告，珂不走也，承乏而亟代，已無與乎此。抑人有公言，蓋所以望夫居位者也。使斯言而常存也，則凡三日之謁，二序之薦，每一見之者，必且肅然動心，思有以大慰乎邦人之願。珂也蓋亦有斯須經始之榮焉。孔子曰"見賢思齊"，顏子曰"舜何人也，予何人也"，有爲者亦若是。後之爲政者，捨孔、顏其何師？用琢樂石，以聲民意。寶慶元年四月辛卯朔，朝奉大夫司農少卿總領浙西江東財賦淮東軍馬錢糧專一報發御前軍馬文字兼提領措置屯田岳珂記并書。

《大典》卷七二三六引《維揚志》。

# 册 三二三

### 鄭起潛 卷七四一一至七四一二

**【校訂】加贈王藺故父太子太師制**（頁二）

制中有"太中大夫參知政事無爲縣開國伯食邑八百户食實封二百户王藺"，據《宋宰輔編年錄》卷一八，事在淳熙十六年二月光宗即位初，五月已爲知樞密院事兼參知政事，而鄭起潛嘉定十六年方第進士。則此制定非鄭起潛作,當歸入宋光宗下。

**忠翊郎前韶州兵馬監押周昇在任不法降成忠郎制**(頁一〇)

原出處《大典》卷七三二六未題出處,前接文《白身進士徐子寅特授成忠郎制》,題"鄭起潛立庵集"。據《大典》引文體例,視作鄭起潛文。然文又見文淵閣本《止齋集》卷一二同題,册二六七頁三二陳傅良下即收。《大典》當漏署出處而致鄭起潛下誤收。

**光禄少卿致仕張君靖侄燾可試將作監主簿制**(頁二〇)

原出處《大典》卷一四六〇八,前接《光禄卿馮沆遺表男安國可將作監主簿制》《貴妃沈氏遇聖節奏侄孫直方侄婿許該并可試將作監主簿制》《工部尚書余靖遺表女婿張元淳可試將作監主簿制》等三文,題"鄭起潛立庵"。前接文《朝請郎主管台州崇道觀趙汝舶除將作監主簿制》,題"鄭起潛立庵外制"。據《大典》引詩文,若相接文爲同一作者,則在第一文前標作者名氏或書名,以表出處,其餘各篇前僅空一格,不另注明出處。而此處相接引錄鄭起潛文不合此規範。文中所涉"張君靖",王得臣《麈史》卷三有載,云:"予里集賢張君房年六十三分司,六十九致仕。光禄卿張君靖年六十六致仕,其子朝請大夫璹任京東提刑,年六十九致仕。三人皆康寧無疾。"張君靖子張璹乃哲宗時人,鄭起潛與張君靖時代不相接。故此制非鄭起潛作。

**光禄卿馮沆遺表男安國可將作監主簿制**(頁二一)

此文據《大典》卷一四六〇八輯。鄭起潛與馮沆時代不相應。此制非鄭起潛作。

**貴妃沈氏遇聖節奏侄孫直方侄婿許該并可試將作監主簿制**(頁二一)

此文據《大典》卷一四六〇八輯。貴妃沈氏乃真宗妃,熙寧九年薨,鄭起潛與其時代不相應。此制非鄭起潛作。此制作者未能確考,當補入真宗下。

**工部尚書余靖遺表女婿張元淳可試將作監主簿制**(頁二二)

此文據《大典》卷一四六〇八輯。余靖卒於治平元年(1064),鄭起潛與余靖時代不相應。此制非鄭起潛作。此制作者未能確考,當補入宋英宗下。

## 曹至建　卷七四一三

【校訂】**惠澤廟記**(頁四〇)

文末注"《永樂大典》卷六六九七"。出處卷次誤,實見《大典》卷六七〇〇。

## 姜容　卷七四二二

【輯補】**瑞麥頌**嘉定十七年

嘉定十六年冬十有一月,上命軍器監丞王公梴出守臨海郡。越明年夏四月,二麥大稔,有一本而兩岐者。野夫奔獻,邦人歡欣。莅卜嘉祥,證匪虛應,殆協氣所感也。維侯布宣德意,神比天同,善政致和,實猶枹鼓。自昔同穎之禾有書,連理之木有頌。矧思文咏周,漁陽歌漢,則貽牟呈瑞,紀載尚矣。容忝掾文學,宜有稱述,詎敢以淺陋辭。即事實錄,庶傳示無極云。詞曰:

聖賢相逢,綱舉目張。軫念邦國,選侯惟良。猗歟霞城,密拱帝鄉。膏澤時下,江瀕沛滂。侯承君令,政罔不臧。明矣弗察,勤而有常。吏立春冰,民田康莊。至龢薰洽,嘉生效祥。朱明盛長,芃芃阜昌。斂華就實,隴畝相望。一枝挺秀,雙穗聯芳。天休荐至,侯不敢當。亟獻端揆,歸功廟堂。揆拜稽首,天子之光。籥勺萬類,陶鈞八荒。聖恩天大,穆穆當陽。臣職奉命,恪恭肅將。中和效頌,聲詩載揚。自今以始,時雨時暘。氣調玉燭,歲格金穰。永同賢佐,輔弼贊襄。皇帝萬壽,傳世無疆。

《大典》卷二二一八一引《台(原作"怠")州志》。

按:《輯補》册七頁三三七〇補於姜容下。

# 册 三二三至三二四

## 袁甫 卷七四二四至七四四三

【校訂】趙汝訓除司農寺丞杜範軍器監丞李以制大理寺簿章勵將作監簿制(頁二五一)

此文又見文淵閣本《平齋集》卷一七同題,册三〇六頁二五八洪咨夔下即收。制文所涉杜範,《宋史》卷四〇七有傳,云:"端平元年,改授軍器監丞。"《宋史》卷四〇五袁甫本傳載:"嘉熙元年,遷中書舍人。"袁甫嘉熙元年(1237)始遷中書舍人,在端平元年(1234)不當有草制之舉。且《南宋館閣續錄》卷九載洪咨夔:"(端平)元年五月,以中書舍人兼(同修國史)。"此文是袁甫下誤收。勞格《讀書雜識》已考之。

趙希至除將作簿制(頁二六〇)

"官某",《大典》卷一四六〇八作"官"。

項博文除大理寺簿制(頁二六〇)

"明慎""領理",《大典》卷一四六〇七作"明謹""領李"。

除大理寺簿制(頁二六一)

"理寺""明慎",《大典》卷一四六〇七作"李寺""明審"。

王極除太府寺簿制(頁二六一)

"官某",《大典》卷一四六〇八作"官"。

何處恬除宗正寺簿陳瑢除國子監簿制(頁二六二)

"官某等",《大典》卷一四六〇八作"官"。

除司農寺簿制(頁二六二)

"官某",《大典》卷一四六〇七作"官"。

上制帥書(頁三九六)

此文又見國圖藏宋刻本《後村居士文集》卷五四《丁丑上制帥書》,册三二八頁三四九劉克莊下即收。袁甫下當誤收。

養正齋銘(册三二四頁九六)

"物始",原出處《大典》卷八二六九作"初始"。

諸廟謝晴文(頁一三四)

此文又見文淵閣本《太倉稊米集》卷六八《諸廟謝晴文》,册一六二頁三五九周紫芝下即收。袁甫下當誤收。

【校訂】秋飆帖

甫伏以秋飆餞暑,灝氣澄空,共惟司理中大尊親契丈用法平允,神人具依,台候啓處萬福。甫比帥爾修貢尺牘,仰報先施,方愧崖略,郇翰遠墜,情意隆渥,益佩謙光。銘篆之私,未易殫述。尊契丈天中逸群,無施不可。理椽秩雖微爾,犴獄攸寄,讞議孔艱。如得其情,哀矜勿喜。聖門垂訓,昭如日星。尊契丈日夜念此至熟也。于、張二公皆號稱職,然下無冤民與民自以不冤,毫釐之間,優劣分焉。潘好禮論徐有功用法之平,亦以爲在張釋之之右。蓋釋之立法度寬大之朝,而有功處網羅嚴密之世,一難一易,於是判矣。時方尚嚴,我獨用寬。此惟有力量者能之。甫以耳目之所睹,記潘丈名友恭,字恭叔,曩在鄉間,作秋官最爲不負所學。兩詞至廷,必悉聰明、致忠愛以聽之,究問再三,誠意懇惻,有足感動人之真情,往往不能自隱。既得其情矣,於是審其輕重,權其可否。其情理不甚重而可以爲諭者,未嘗輕加以法。必其所麗於法者不可宥,而頑冥不悛,決不可自新者,然後付之有司而致法焉。蓋潘丈平日自己工夫精密,此心清明,故能洞照情僞、罪當其情,又非徒持忠厚寬恕之論,受人之欺而縱捨有罪之謂也。公論之所推服潘丈者,蓋若此。恐可以裨高明之萬一,故輒誦所聞焉。皇懼無已,尚需續得錄狀,切乞台察。右謹具申呈。八月日,四明袁甫札子。

《鳳墅前帖》卷一五。

## 册　三二四

### 王邁　卷七四四四至七四六〇

**【校訂】賀元正表一**(頁一六二)

此文輯自《翰苑新書後集》上卷二〇,署"王臞軒",又作册二九一頁一七五衛涇同題。歸屬未能確考。

**賀元正表二**(頁一六二)

此文見《臞軒先生四六》卷二,又作册三四一頁三四〇方岳《賀元正表》,輯自《翰苑新書後集》上卷二〇,署"方秋崖"。歸屬未能確考。

**與攸縣權宰周簿啓**(頁一八四)

此文又見《壺山四六》同題,册三二二頁一四九方大琮下即收。王邁下當誤收。

**上留經略啓**(頁二一六)

此文又作册二七一頁六二王謙《通留經略啓》。王邁文見《翰苑新書續集》卷二四,題《通留經略》,署"王臞軒",又見《臞軒集》卷八;王謙文輯自《播芳》,署"王弱翁"。歸屬未能確考。

**賀宣參政啓**(頁二八八)

又見國圖藏宋刻本《梅亭先生四六標準》卷一六《賀宣參政繪啓》,册三一七頁三二三李劉下即收。王邁文又見《翰苑新書續集》卷二,署"王臞軒"。王邁下當誤收。

**賀川秦茶馬魏户部啓**(頁二九三)

此文又見宋刻本《梅亭先生四六標準》卷二三《賀新除川秦茶馬魏户部泌啓》,册三一七頁三八八李劉下即收。王邁文見《臞軒先生四六》卷二,又見《翰苑新書續集》卷一二,署"王臞軒"。王邁下當誤收。

**賀李運使啓**(頁二九四)

此文又見宋刻本《梅亭先生四六標準》卷二四《賀李運使鼎啓》又見《翰苑新書續集》卷

一三,署"李梅亭",册三一七頁三九七李劉下即收。王邁文見《臞軒先生四六》卷二。王邁下當誤收。

**回趙提舶啓**(頁二九八)

此文又見宋刻本《梅亭先生四六標準》卷二三《代回趙市舶伯鳳啓》,又見《翰苑新書續集》卷一二,題《回趙提舶》,署"李梅亭",册三一七頁三九三李劉下即收。王邁文見《臞軒先生四六》卷二。王邁下當誤收。

**賀太守謝刑部啓**(頁三〇二)

此文又見《秋崖集》卷二一《賀謝刑部啓》,册三四二頁一二方岳下即收。王邁文見《臞軒先生四六》卷二,又見《翰苑新書續集》卷一五,署"王臞軒"。王邁下或誤收。

**謝張學諭啓**(頁三〇七)

此文又見宋刻本《梅亭先生四六標準》卷三八《謝張學諭元之啓》,又見《翰苑新書續集》卷二五,署"李梅亭",册三一七頁一九七李劉下即收。王邁文見《臞軒先生四六》卷二。王邁下當誤收。

**見丞相啓**代人(頁三〇八)

此文又見宋刻本《梅亭先生四六標準》卷二《代見丞相啓代朱提幹》,册三一七頁一〇九李劉下即收。王邁文輯自《翰苑新書續集》卷二八,署"王臞軒"。王邁下當誤收。

**賀史相轉光祿進封魯國公啓**(頁三〇九)

此文又見《格齋四六·代賀史丞相轉光祿大夫進封魯國公啓》,又見《翰苑新書續集》卷一,題《賀史丞相轉光祿進封魯國公》,署"王格齋",册二八三頁一九七王子俊下即收。王邁文見《臞軒先生四六》卷二。歸屬未能確考。

**賀王宗正啓**(頁三一〇)

此文又又作册三〇七頁一〇一洪咨夔《賀王秘監除宗卿啓》,又作册三四二頁六九方岳《賀王秘監除宗正卿啓》。王邁文見《臞軒先生四六》卷二,方岳文輯自《秘笈新書》卷五;洪咨夔文輯自《翰苑新書續集》卷九,署"洪平齋"。此文或爲王邁作。

**謝陳提刑舉狀啓**(頁三一一)

此文又作册三四一頁一〇七鄭霖同題。王邁文見《臞軒先生四六》卷二,鄭霖文輯自《翰苑新書續集》卷三〇,署"鄭雪岩"。鄭霖下或誤收。

**通史督相啓**(頁三一二)

此文又作册三四二頁七〇方岳同題。方岳文輯自《秘笈新書》卷七;王邁文輯自《翰苑新書續集》卷一〇,署"王臞軒"。歸屬未能確考。

**回黃知縣啓**(頁三一三)

此文又見《秋崖集》卷二三《回黃宰啓》,册三四二頁五一方岳下即收。王邁文輯自《翰苑新書續集》卷二〇,署"王臞軒"。王邁下或誤收。

**回趙主簿啓**(頁三一四)

此文又見《秋崖集》卷二三《代回趙簿啓》,又見文淵閣本《播芳》卷四八《回趙主簿》,署"方巨山",册三四二頁六二方岳下即收。王邁文輯自《翰苑新書續集》卷二一,署"王臞軒"。王邁下或誤收。

**回趙仙尉啓**(頁三一四)

此文又作册三四二頁九一方岳《回張縣丞啓》。方岳文輯自《翰苑新書續集》卷二一，王邁文輯自同書同卷，署"王臞軒"。歸屬未能確考。

**賀監司正啓**（頁三一五）

此文又見宋刻本《梅亭先生四六標準》卷三九《賀監司正啓》，册三一八頁二一四李劉下即收。王邁文輯自《翰苑新書續集》卷二六，署"王臞軒"。王邁下當誤收。

**重修興化軍學記**（頁四○一）

此文輯自《大典》卷二一九八四引《莆陽志》，然"盍諸往"下闕。檢同治十年《重刊興化府志》卷二七引此文，題作"興化軍修學增廩記"，文中"濟其乏""盍諸"，《興化府志》作"賙其乏""盍請"，且可補其缺文，今補於下：

盍請往省之？侯且行且顧，慨然曰："吾責也。其可以郡計彫寡辭。"於是力加撙節，又得二千楮，以葺治黌舍。郡博士帥諸生拜侯賜，退而職事者傳餐，課工役，無錙滲漏。樣櫨棟柱之朽蠹者，新之以良材；榮廡磚級之圯缺者，易之以堅甓；垣壁軒楹之欹傾澠漫者，皆支補而赭堊之。微而几榻、皿器，色色備具。月五，黌竣事。邁一日得寓目焉。舊同舍林立，敬階前列，僉曰："子嘗業於斯，職於斯，其爲識顛末。"予去學舍久，因詰："今生員比前二十年增幾何？"曰："三之一。""職事增幾何？"曰："三之二。"予作而曰："人物之盛，月異歲不同如此。微今侯，殆無所乎館粲矣。先是，牧吾邦者，亦豈無是心？心至而力不至，輒止。間有力可以及之，而修官者或遺於廩士，增田者或忽於庥士。今侯此舉，實兼二美，蓋出文俗拘攣之外。凡我同志，亦盍知侯盛心之所存乎？今日學校之士，他日朝廷之士也。課文程藝，非以競華藻也，史掖詞林之典册實基焉；談經繹史，非所以資口耳也，廣廈細旃之講論實昉焉。領袖班行，能糾正其徒之不帥者，爲諫官、御史，必能以殿虎自許矣；會計財用，能不取一介之非義者，爲方伯、連帥，必能以琴鶴自隨矣。容止端詳，不失尺寸，正以習臺閣之儀；局度宏闊，不立朋比，正以學廟堂之量。事師忠，必能陳善閉邪以事君；處友信，必能協恭和衷以處同列。此非侯期待吾黨之盛心乎？"或曰："子言爲達士者設也。窮通有命，幼而學者，安得人人壯而行之者乎？"曰："不然也。孝友，其政也；仁義忠信，其爵也；言寡尤、行寡悔，其禄也。豈必圭組軒裳而後謂之達乎？人心涵萬善，有不貲之富；身并三才，有不位之貴。衣縫冠章，居窮處獨，無異庸常。而道之高明，則可以官天地而府萬物也；德之川流，則可以澤生民而漸百世也。此又非侯大相期待之盛心乎？思昔吾邦爲元老大臣，則有若正獻陳公、正簡葉公、莊敏龔公，相業先明，宗社嘉賴；爲耆師鉅儒，則有若艾軒林公、湘鄉夾漈二鄭公，與近世復齋陳公。或勳業不竟，或肥遯自高，或急流勇退，皆得以并祠學宫，清風凛凛，百世可仰。是惓惓者，誰實使之？於以見君子之能爲可貴，而秉彝好德之真，在人心未嘗泯也。凡我同志，而今而後，共藏而修，共息而游，共趣而求。正心以謹其初，持敬以固其久。孝弟行於家庭，信義孚於州里。達而爲公卿，則龐勳景鑠，琢美鼎彝；窮而爲師儒，則格言嘉德，流輝方册，庶幾不負我侯修學增廩之德意。不然，則不養大體，不居廣居，未仕者衒才而涼於德，輕儇躁擾，以苟賤吾父生師教之身；既仕者屈學以諧於世，謟諛柔邪，以狹小吾聖賢傳秘之道，使往哲得專美於前，來者得訾議於後。其不負侯之教育也幾希。"學嘗修於淳熙之戊戌，中間雖小小葺理，非經久計。今又一戊戌矣，而復大修之，豈亦有關於氣數乎？侯名友，文靖之元孫，傺齋之孫。嗜學好修，趣向近正。刊艾軒、傺齋文集，以惠邦人。凡事關雅道者，爲之忘倦。諸生肖侯之像而祠之，申告後人,有引勿替。嘉熙己亥正月上元日立。

**漳州辭廟文**（頁四三三）

"似訕"中"似"原作"仙",《全宋文》編者據文意改。國圖藏孔繼涵抄本《臞軒集》正作"似"。"綰他腸",《全宋文》編者疑脱一字,孔繼涵抄本《臞軒集》作"綰無他腸"。如此類者其他文中尚存在,不具録。

**【輯補】代宗人省元希戴上梁文**

留方寸地以與子孫,昔存卜宅之基;携一束書以有屋廬,今任肯堂之寄。象嶺之山川如舊,熊翁之門户一新。車馬來觀,燕雀亦賀。是齋居士,桃源華緒,蘭省倫魁。十載侍同川府君,一經新授;三年爲國子博士,斯道有光。念松菊而賦歸去來,惟桑梓而必恭敬止。舊居失之逼仄,無地可以迴旋。凡今之人,皆喜營廛中之第;我異於是,不忍離汾曲之區。爰撫青氈,載加丹艧。美輪美奂,而悉從新度;某丘某泉,而因記昔游。面揖仙岩,履舃恍飛鳧之下;背擎雪阜,氅衣尋舞鶴之盟。一水帶連,群峰玉立。雨晴總好,寒暑亦宜。茂林修竹,清流激湍,獨占一方之勝;良辰美景,賞心樂事,是爲四美之并。朝夕往來,而無倦客;春秋祭祀,而必歸福。出與比鄰而爾汝,入聽誦聲之吾伊。按絲竹於後堂,携琴棋於別墅。雖此樂莫教兒輩,覺然不起,其如蒼生何?見説明堂,欠擎天之一柱;更營廣廈,恢庇士之千間。高舉修梁,敢陳吉語。

東,群峰玉立色青葱。葵藿傾心長向日,蓬萊有路快乘風。

西,紫翠連屏入品題。月窟重攀最高桂,雲衢留取後來梯。

南,直前突兀是仙岩。鈞天有樂聞塵界,丹竈留丹秘石函。

北,登高遠望情何極。眼中溟渤同一區,頭上星辰端可摘。

上,讀書曾感青藜杖。魁星炳炳照桃源,説與兒孫依此樣。原校:原本脱下一段。

伏願上梁之後,少長咸聚,福禄來崇。門外植槐,不負前人之望後;月中斫桂,將期來者之如今。詩書之種子長存,忠孝之家聲益美。

**養正堂上梁文**

驃騎憤匈奴之不服,何恤有家;仲舉思天下之掃清,安事一室。烈士以行道救時爲志,鄙夫則求田問舍是謀。然舊廬介族黨之間,而朽屋甚岩墻之下。舉步不盈十丈,罄囊勉葺數椽。有甚渠渠,聊復爾爾。臞軒居士山林習氣,筆硯生涯。自嘉定以決科,至端平而給札。石渠翻帙,浪傳學士之虚聲;彤陛奏言,敕賜狂生之嘉號。來從漳水,浮寄城闉。窮日力之應酬,厭市聲之喧闐。維桑梓必恭敬止,忍離祖居;因松菊賦歸去來,亟尋故步。以旁風上雨,不堪舉足;而揆日占星,何所取材。幸而青山宰相,常屢揮金;紫馬史君,更相致饋。草堂之貲稍辦,栗里之隱遂成。不求突兀大廈於眼前,且免倚傍他人之籬下。鄰雖富而吾不足,何妨東沈之安貧原校:原本脱句。竊慕昌黎之知止。入則與子弟平章文字,出則爲農夫檢視田疇。高堂侍妾數百人,輸侯門之熱樂;插架牙籤三萬軸,富書室之光華。興到吟詩,詩不必工;飲少輒醉,醉亦易醒。花底退朝,柳邊歸院,不入夢思;山間明月,江上清風,足供雅趣。對山妻而舉案,喜稚子之能文。騷人墨客,不厭過從;俗物世情,謹無來謁。山前蒔藥,約耆英九老以相陪;堂下栽槐,知兒子二郎之必做。此梁雖小,吉頌則多。

東,曦輪清曉照窗紅。蓬萊仙室前頭是,願謁鍾公與吕公。

西,筆架群峰一望齊。他日書樓高百尺,兒孫倚此作雲梯。

南,曬袒直面色按藍。門外好添丹桂五,堂前更種綠槐三。
北,萬丈翠屏圭綏直。救時無力可移山,憂國有心常拱極。
上,我屋朱門無此樣。讀書飲酒總三間,後寢前榮通七丈。
下,養正堂中靄文雅。堂記却是西山文,堂名又有鶴山寫。
　伏願上梁之後,四肢強健,十口安榮。相愛有恩,相接有文。俾壽而昌,俾耆而艾。孝友之風聲彌盛,詩書之種子長存。子能仕教以忠,莫苟一時之富貴;家積善有餘慶,要傳百世之芬芳。永作福門,稱爲仁里。

### 闢屋後地深二丈廣倍之爲蔬圃無屋安得有梁戲作上梁文

　小徑通村,舊隱在先廬之側;一園當市,親來爲老圃之謀。唾手便成,點頭一笑。腥軒居士宦途無味,野興頗濃。愛長齋對繡佛之前,學修養玩黃庭之景。諸公甲第厭梁肉,自安有道之貧;富兒盤饌羅饘葷,孰識吾徒之樂。不羨八珍禁臠,可無一筯朝虀。居既遠廛,買難求益。杜甫謝園官之送菜,比物成詩;陶侃從地主而得蔬,舉手加額。然徒資諸人而不足,孰若求諸己而有餘。今者地雖小,尚可卓錐;力雖衰,猶堪抱甕。羅致陸天隨之杞菊,栽培周處士之晚菘。從仙客而飯蔓菁,驅豎子而采卷耳。夜雨剪春韭,覺味暖之無憂;秋風憶江蓴,悔歸來之不早。羹香芹於碧澗,登萵苣於瓷盤。其餘隙地無多,莫把浮花雜蒔。園葵休拔,未忘傾嚮於太陽;寒菊添栽,要看芬芳之晚節。修梁舉矣,吉語將之。
東,寶鄰況有愛賢翁。暇日帶經鋤稍倦,棋秤茗椀策奇功。
西,江溪引水灌芳蹊。兒曹若有龍頭分,會見瓊階菜葉齊。
南,前山直面翠按藍。屠沽酒食吾何愛,只愛新柔一筯甘。
北,嘉客若來須小摘。食芹思欲獻君王,更念饑年民菜色。
上,擬等月臺高數丈。何人解送草堂貲,要看蓿盤朝日上。
下,束薪課僕爲匏架。莫令野莧入筐筥,須得嘉蔬頻滿把。
　伏願上梁之後,園常成趣,厨不闕供。蔬食樂在其中,菜羹未嘗不飽。在家好貧,莫笑先生苜蓿之餐;憂國願豐,要共農夫稻粱之慶。

### 仙游東河通津橋疏

　平心處世,每於險地作津梁;好手活人,須向中流爲砥柱。惟東河之古渡,當孔道之要衝。北通湖、浙、四川,南達漳、泉、二廣。一溪浩闊,行人惴惴以臨深;巨潦浸淫,舟子招招而不至。豈特轂擊輪馳之有礙,最是肩擔背荷之可憐。今禪和子發慈悲心,要塵世人行平等道。財不可以鬼輸而辦,石不可以神運而前。惟藉紫馬開臺之史君,更有黃金布地之長者。其餘隨力量布施,要得這因果圓成。福田有種,有收恩澤,愈流愈遠。餘長虹出初月,不妨趙州公案之重拈;乘駟馬駕高車,自有茂陵人才之輩出。請提鉅筆,立破慳囊。

### 修洛陽橋邊石門渡疏

　南國洛陽橋,爲七閩之壯觀;東邊石門渡,乃一港之要衝。舊已立於津梁,近嘗推於霖潦。褰裳而往者,拖泥帶水;具舟以濟者,喚渡呼風。今欲重整鰲頭,多排雁齒。財不可以鬼輸而辦,石不可以神擊而求。有禪和子相與承當,賴諸英壇共同協贊。十貫百貫,各隨施主之心;千年萬年,常挂行人之口。

### 仙游新架敕封忠顯英惠康佑靈護侯廟疏

　達爲宰相,窮爲良醫,俱是活人之事;生當封侯,没當廟食,還須濟世之功。惟真君毓瑞於青蕉,而仙邑托庥於鄰境。連甍接棟,孰不占瓊茅而卜筵簹;噀水飛符,皆可鍼膏肓而起廢疾。神行陰德,初豈求報?人感至善,自不能忘。爰酌輿言,將興祠宇。偶有嫣之別墅,爲延陵之舊廬。得姓同源,若吻合冥冥之數;相攸協吉,雅宜妥濯濯之靈。背擁飛仙,面擎羅漢。銅鼎挺奇而東峙,筆峰挲秀而西來。突兀乎月殿星門,横陳乎雲窗霧閣。尸而祝,社而稷,永爲奕奕之居,熾而昌,壽而臧,陰受穰穰之福。

### 爲永嘉張法鼎化度牒疏

泥裏出蓮花,莫問根頭來處;石中藏美玉,要傾具眼相逢。三生前燒得好香,一言下結成善果。張法鼎者,生長東浙,游寓南泉。家居天台雁蕩之間,曾逢尊聖;日誦寶笈琅函之典,頓悟真筌。然入他選佛場中也,着個護身符子。這好漢,將劃殿前之草;有長者,先布地上之錢。更籍作家人,贊成奇特事。清晨攬秀老之境,脱俗不難;半夜傳黄梅之衣,大家喝采。

國圖藏孔繼涵藏抄本《朣軒集》卷一〇。

### 重建龍華寺記

仙游龍華寺肇造隋末。有僧葉其姓,惟勝其名,自潤州甘露寺杖錫而南,尋梵釋龍天之宫,至是而開山焉。燕坐而七佛現容,誦經而天王下聽。唐大中初,乃錫名。至我聖宋,宇日闢,徒日繁,而劫教相值。至紹興己卯,凡經三火。不廢不興,不止不始。是故祖堂建於紹興之庚辰,閲明年辛巳,而庫堂成。又明年壬午,而佛殿成。講堂建於乾道之丁亥,閲四年辛卯,而僧堂、西藏成。又五年丙申,而羅漢堂成。東藏創於嘉定己(原作"乙")巳,儀門新於寶慶之乙酉。紺殿嵯峨,坐丈六金容而不爲高;虚堂深廠,容千百衲衣而不爲廣。兩藏輪轉,天地雷鳴;雙塔吐光,晴霄星見。法則真實,非空非華;色色莊嚴,達無色界。先是,萍齋先生林公象栖隱此山,鳩召不起,發心募建,躬董巨緣,至今塑像於寺之法華。過者必式,目爲南方第一刹。士所謂佛願宏深,因與果對者,詎不信與?訖工,日於需次,聚徒於西北隅崇臺。聞復年尊德邵,爲寺宗伯,知藏文益,行律高潔,號直指師。翻閲藏經,旁通儒學。每見,必以寺舊無記爲缺典,乞文於予。予乃申彼之教而語其徒,曰:"教各有法,法各有門。凡今居處安坐於斯,果能十二時中,由戒入律,由律入禪,得大總持,證無上果,自可於趙州屋裏親見諸佛,古靈堂前目鑠毫光,出入文殊不二法門,管界元沙中心樹子。端嚴之主人翁,惺惺嘗在;臨濟之無位真人,時時現前。必如是,則不枉作宗門法器矣。如其不然,貪、嗔、癡不除,戒、定、慧不入,横起意兵以自伐,猛然心火以自焚,則立清灑界,如坐湯鑊;履平坦途,如行刀樹。雖有斯堂斯室,爲人天共樂之處,彼烏得而有之?"見者聞者,首肯摹三。敬爲之記。

同治十二年重刊《仙游縣志》卷一七。

# 册 三二五

## 陳元晉　卷七四六一至七四六五

### 【校訂】上曾知院書(頁五〇)

"頸旅""觀之敵",國圖藏翰林院抄本《漁墅類稿》作"靰鞱""觀之虜"。

## 王九萬　卷七四七四

**【輯補】弟祭兄文**

惟靈以道，□□□□□□□□於榮利，亦何心於喜怒。兩庵之間，三十餘年。自謂清虛，餘齡可延。夫何微疾，醫不及藥。生死旦暮，使人駭愕。弟兄五人，兄實居長。欲歲晚之相依，何遽先往。嗚呼哀哉！上有百歲之親，而遽違其甘旨；下有半晬之孫，而未及其長成。度兄於此，既不能瞑九泉之目；而弟之於兄，曾不及侍湯劑問安否。此其飲恨而吞聲也耶。薄言卮酒，聊寫哀恫。靈其不昧，鑒此悲悰。

《大典》卷一四〇五一引《啟札青（原作"清"）錢》。

# 册　三二六至三三二

## 劉克莊　卷七四八七至七六六〇

**【校訂】李澤民贈朝奉郎制（頁三六五）**

題"李澤民"前，《大典》卷七三二四有"奉議郎鄆州通判"七字。

**史能之貞州分榷倍增轉朝奉郎制（頁三八九）**

《全宋文》編者疑"貞州"乃"真州"之誤，《大典》卷七三二四正作"真州"。

**華亭縣建平糴倉記（册三三〇頁二三六）**

文末，《大典》卷七五一四有"端平二年八月旦日，朝散郎樞密院編修官兼權侍右郎官劉克莊記。朝散大夫監行在都進奏院何處信書并篆蓋"四十五字。

# 册　三三三

## 衛樵　卷七六六六

**【校訂】衛涇壙志（頁九〇）**

"贈□□□□""判□□□□"，清光緒八年友順堂聚珍本《衛文節公後樂集》書首作"贈太師賻贈""判潭州溉護喪"。

## 陸德輿　卷七六八〇

**【輯補】泰民堂記**淳祐十年

長洲龔令君作堂縣圃，摘翰林王公壁記語，扁以泰民。既屬於書且諗以記。予思專斯堂之美，遜者再。請益勤，予不可得而遜。在《易》上《坤》下《乾》，《泰》。陽氣下降，陰氣上騰，陰陽訢合，萬物生遂，天地之泰也；王澤下流，物情上達，上下相乎，百姓悅豫，君民之泰也。天地之泰，天地不能自泰也，必有賴於贊化之至；君民之泰，君民不能自泰也，必有賴於宣化之臣。宣化之臣，其最近於民者，莫令若也。令最近民，使民之泰則易。然盍即《泰》之卦？觀《泰》之卦，思所以致泰之由乎？《泰》之六爻，惟九二言治道爲詳。其曰"包荒用馮河，不遐遺，朋亡"者，"包荒"，含容也；"馮河"，斷制也；"不暇遺"，無忽於小；"朋亡"，無牽於私。交泰之兆，實繫於此。反是則不交。不交，否也。然則令之於民庸可忽。

必也居之以寬,納之以仁,學愛之化,如彼武城;率之以信,斷之以明,不擾之政,如彼滿庭。毋頑之忿,毋細之鄙,當若上蔡,視之如子;毋邪爾思,毋則爾蹈,當若姑藏,不改其操。如是,則氣之所通,和之所致,薰爲嘉祥,以蟠以際,民其不泰乎? 其或弗操弗鉏,弗究弗慮,如彼曲阿,徒事求譽;爲酷爲豺,爲暴爲鷙,如彼義縱,任法行刑。愁嘆不聞,疾疢不輦,有若渭南,罔念恤人;利障不屏,欲願不澄,有若陳倉,率斂自營。如是,則氣之所閼,怨之所鍾,形爲咎證,是萃是叢,民其可泰乎? 一邑者,天下之積也。一邑之泰,天下之泰所由推也。一令之賢,一邑之泰所由致也。董子曰:"今之郡守縣令,民之師帥也。"夫惟聖明在上,師帥之賢,參錯天下,則天下之民胥泰矣。長洲,地大物繁,臺府鼎立,凤號難治。君處之裕如,知所先後,户庭無滯訟,田野無冤聲。始至,撒犴狴新之;將去,以空囹圄。蓋十數年未有王公,所謂生民之泰,其有漸乎? 幾之矣。觀君名堂,可以知君用心。後之來者,毋第以零陵三亭視。是役也,經始於淳祐庚戌六月,落成於十月。爲楹若干,爲費若干,役成而民不知,又可書也已。君名溙,今淮東常平使者基先之子。其賦政固有源流云。中奉大夫新改差知温州軍州事陸德興記并書。

《大典》卷七二三八引《蘇州府志》。

### 徐鹿卿除禮部侍郎誥<sub>淳熙九年正月</sub>

貳卿之亞文昌,衣冠華選;春官之小宗伯,禮樂攸司。肆疇試可之賢,爰錫申命之寵。具官徐某廉隅有守,悃愊無華,理義悦心,自得味書之趣;謀猷告后,不求當世之名。入綴從班,久煩叠組。瑣闥聲聞於風采,橋門久賴於師資。史院推長,經帷賴益。惟虞書重秩宗之任,而漢制著滿歲之文。宜遂爲真,式昭至眷。日月獻納,期愈罄於忠規;夙夜寅清,尚翊成於邦典。祗若予訓,毋有退心。

### 徐鹿卿特轉一官進文華閣待制致仕誥<sub>淳熙九年九月</sub>

承明厭直,久從均佚之游;神武挂冠,遽有辭榮之請。重違其志,姑遂爾高。具官某悃愊無華,果毅以達。爲諸侯客,且烜赫於聲猷;乘使者車,屢振揚於風采。入儀從橐,深罄忠規。領大司成,則能令六管無譁;兼小門下,則何止二敕執議。俄以疾而引去,雖欲留而不能。側席思賢,方擬促蒲輪之召;垂車謝事,乃竟惟菊徑之安。徒慨嘆其英風,庸務全其晚節。爰進漢官禄階之寵,載升嬀閣次對之華。既明且哲以保身,何慚大雅;視履考祥其遹吉,益燕修齡。

### 徐鹿卿封豐城縣開國男食邑三百户誥<sub>淳熙九年十月</sub>

清廟之祀,文王周歌顯相;甘泉之見,上帝漢紀侍祠。眷言重屋之威儀,允賴重臣之秉德。既成熙事,宜舉慶條。具官徐某篤實秉資,端方植操,典朕三禮,正資小宗伯之賢;誨我諸生,允藉大司成之重。夕瑣風生於駁正,露門日贊於緝熙。屬時明禋,率職愍助。兹溥均於祭澤,庸昭答於賢勞。啓爾爵封,錫之采邑。雖曰彝章之舊,是惟眷命之新。其懋遠猷,以綏燕譽。

以上見徐鹿卿《清正存稿》附錄。

## 尤焴 卷七六八一

### 【輯補】寶祐乙卯重建設廳記<sub>寶祐三年</sub>

暨陽倚江枕淮,其地邇邊。故以邑升郡。賦額不改舊而調度繁,入不補出。守是邦者寠供億如救頭然,諸所興爲皆廢,由是在在頹圮,無復著手,而郡廳爲尤甚。寶祐甲寅之仲夏,雲間潘侯燮來,始下車,喟然曰:"郡治之正衙,乃延見士民之所、會集官吏之地,凡大燕饗、大教令、大賓客,皆於是乎在。榱棟朽橈,而軒泊欹側;墻壁漫漶,而丹臒黗黮,似危邦之陋風,殊非所以重侯藩觀聽也。"乃剔蠹撙浮,蓄材待事。即常賦之人,日取什一以儲之,數月浩乎沛然。則喜曰:"吾有其資矣。"會郡人有以材木與官市者,巨幹昂霄,應需予直,伐實盈庭,適稱郢斧。又喜曰:"吾有其具矣。"於是涓辰選良,命戒鈐薛君瑜董其事,而侯躬督其間。經始於仲冬之庚戌,落成於次月之乙巳。民不知役,工不告勞。外廡之高,增尺有七。而朽者壯,欹者直,漫漶黗黮者鮮明矣。蓋嘗考是廳之創始,其日月夐不可考,特重整於紹興之庚午,距今甲子一周強半,而頹壞非一日之積矣。異時,君阜之蠻繰輻湊,青暘之販舟未窒,中更幾材太守,非不欲撤而新之,俱困於貢輸而不果。侯能即無爲有,圖難以易,興百年之廢於兩旬之間,豈變而通之,存乎其人哉?昔衛文歌楚宮之作於車乘不多之時,魯僖復周公之宇於邦用猶儉之日。古人舉事,不待優裕而後立者如此,良非後世之易及,而今見之。先是,侯嘗宰是邦之屬邑,趨階睹奧,每太息斯地之未整。去之不七八年,一聽憩棠,不日輪奐。人固疑其有數,而吾則識其有志也。是邦密邇神京,地瀕衝要,非重其威而不可。侯能增麗譙之鼓角,敞闤闠之樓觀,興養士閱兵之地,與夫倉廩庫務,靡不繕葺。聲明文物,固將與江山相雄觀。其隆內幾而消外侮,不亦偉乎!予與侯素厚,稔知其才,而梓里適與暨陽鄰,每聞其政化之美。侯以予之知君也,寓書求文以記,於是乎書。寶祐三年歲次乙卯四月中澣記。

大典本"常州府"卷一八。

# 册　三三四

## 程琳　卷七六八八

**【校訂】龍鬚石鑊潭事迹**（頁七〇）

文末注"《永樂大典》卷九六六"。出處卷次誤,實見《大典》卷六六六。

## 牟子才　卷七六九八至七七〇八

**【輯補】汪應辰謚議**

議曰:故端明殿學士汪公應辰之歿,年逾七十有三矣。朝廷始從郡太守之請,下禮部奉常命之謚。按:道德博文曰"文",紀行不爽曰"定",請以是易公名。惟公挺生昭代,毓秀玉山。天才最高,識見孔卓。而又培之岳鎮之渾厚,瀹之澗濛之精明。其樂易平曠,有前輩之風;其崇深簡重,有前輩之體。蓋開之者既極其大,而聚之者又極其粹。故鎮定大事,顧盼繫輕重;敷達大論,呼吸判成敗。信卓卓乎其不可及也。嗚呼!公在紹興,藹倫魁之譽,聯獻納之班;在乾道,掌書命之職,都紫殿之名。亦云顯矣,而家無行實氒志以考其文學行義,國無正傳附傳以究其立朝大節,誠爲缺典。然聲名在天下,義理在人心,人誰不知之。宜不待曆數以合文定之謚者,請粗陳其略。南渡之初,群賢皆在;北方之學,餘論未衰。公欵其門墻,請益殆遍;躋其堂奧,造詣獨深。合諸老之議論,而齊其同異之偏;總一代之統紀,而攬其精微之會。故蓄而爲學,則宏博深淳,包括融會,明吾道之正統;發而爲文,則粹明溫厚,平正典重,卓爲斯文之正宗。涇時流之渭,韶人心之蛙者如此。蓋不與世而交鶩,不絕俗而孤騫者也。可不謂之文乎?公歷仕兩朝,周旋四紀。或慮先根本,或動據憲章,或奮發諫議,或彌綸藏用。先後緩急,不失其宜。始而議和,既不詭隨以附小人之黨;終而論戰,復不苟同以阿君子之徒。雖權勢相攻,利欲交熏,而不以得喪累其心;雖三倅司馬,洊鎮藩方,而了無幾微見於色。瀍落叢祠之秩,荒寒蕭寺之居。所處爲甚畢,所取爲甚狹。玩羲經而高情澹泊,企騷賦而靜觀簡書。又欲蟬蜕利欲之場,春融天理之妙矣。可不謂之定乎?自後世去古甚邈,綴文之士誘之聱牭,諧其音節,不出乎風雲月露之狀,道日益靡。文則文矣,非所謂道德博文之文也。清談之士,高說性命,闊視斯世,以天下事爲不屑爲,若枯木死灰。然定則定矣,非所謂純行不爽之定也。而公則異於是。信有力於聖學,有功於世道也。文定之懿,今合辭以謚公,議者又何辭?謹議。

**附:覆謚議**

議曰:昔龜山楊文靖公倡道宣和間,一見無垢張公,意合,相與締交。紫微呂公躬受中原文獻之傳,載而之南,閩士宗之。玉泉喻公講明伊洛之學,轉受其徒,遂窮其淵源,見古人之大體。故端明殿學士汪公應辰師無垢,親紫微,婿於玉泉之門,則學貫九流,道尊德備,融諸老之規模,攬一代之統紀。如朱文公、呂成公所言,信乎有本者。如是,太常易公名曰文定,宜哉。自王氏穿鑿其說,簧鼓乎學者,人人同是,莫或非焉。公獨辭而闢之,群雅正理,賴以復明。妙年冠多士,誰不屬目。方且束書裹糧,往海昌而就學,法從帥一道,誰不斂衽。猶且移書具禮,舍延年而質疑。此其道德博文,所以謂之文也。方秦氏專國柄,軒輊乎士大夫,嗜進者競趨焉。公獨敬遠之。寧三佐神州,恥涉墻廡。舉世瘖默,以言爲戒,遷客之歿而歸也,親以文奠,不顧睨者,梯禍晚年。出鎮之奏牘,入朝之論疏,玉堂之詔命,金華之講說,讀之詞嚴氣直,凛凛前輩風骨。雖當時見憚者衆,而是志終不可磨。此純行不爽,所以謂之定也。或曰紹興執政,嘗謚斯矣,公奮其議。今以謚公,可乎?切以爲不然。夏文莊初謚文正,駁之者溫公也。其後還以謚溫公,至今無有議之者。公何謙乎哉?非博士之私也。謹議。

國圖藏清抄本《汪文定公集》附錄。

按:《復謚議》作者不詳,暫繫於此。

## 趙與坦　卷七七一〇

### 【輯補】跋咏西湖詩

世率謂"渡野水""負囊書"等詩爲前賢達官之讖。雖然,前賢之詩特(原作"恃")自讖耳。與坦始至泰邑,謁神紫極宮,邑人指召門,有溫陵王君太博之詩爲一佳。太博之爲詩也,升後進,達前修,品題湖山之勝概、人物之晶光。詩後八年,君通守是邦,及見邑人踵踵登科,則又著語以識於前詩之後。蓋周人尹卿,嘗作詩以贈崧岳之賢,曰"惟岳降神,生甫及申"。自此詩一倡,而《蒸民》《韓奕》《江漢》諸詩,尹卿又繼作焉。今君既又許邑人以"大書特書不一書",而邑人亦既信君言之驗矣。

《大典》卷二二六三引《清漳志》。

# 册　三三五

## 戴翼　卷七七一九至七七二二

**【輯補】聖人恢皇綱立人極賦**

道散天下,統歸聖人。恢皇綱於治世,立爾極於蒸民。智足以臨,大作維持之要;中由是建,孰非正直之遵。

蓋聞天下均此中,奚智與愚;人心無所統,不流則倚。惟闢而在我,先總其要;故建以示民,庶知所止。雖是極無時而顯晦,開必有先;非皇綱自聖以恢弘,立將何以。

標準萬世,表儀一堂。躬任民生之宗主,力扶世道之經常。仁義統垂,廉恥維設;父子繩正,君臣紀張。蓋民雖有中,豈自協極;苟綱(原作"綱")不先正,誰知向方。治新鳳曆之半千,舉而撮要;用叶龜疇之次五,建以惟皇。

得非道統既管,則道協厥中;義維一張,則義遵其直。既有總會,自無反側。錫厥周民,均是於訓;建諸堯世,同然順則。使綱之未舉而徒爾立中,是皇之弗建而咎其不極。張吾治具,有定紀有大經;示爾民彝,無淫朋無比德。

大抵厥初開天理,雖有物以有則;其間非聖人,果孰維而孰綱。謂民雖均訓彝,民不自以植立;而世苟無統紀,世孰為之範防。聖所以天經既秩,人紀亦敘;禮統已明,政繩復彰。自然綱舉則極立,未有本瘝而末詳。用以執端,舉由傳於大舜;建而制事,修實肇於成湯。

思昔太極肇分,混沌其形;皇極未建,頑蒙爾性。何聖人夫尊婦卑,必務經立;夷外夏內,首明統正。蓋是綱實宗主於民物,而其用賴開明於神聖。苟曰經曰紀,弗立大要;則不協不罹,能無詖行。所以荀子兼準繩之論,治自此昭;倪寬總條貫而言,順成其慶。

切嘆夫文武而降,春秋以來,皇王之正統莫接,天地之大經孰恢?蕩然無綱,周緒如綫;漏矣不綱,秦經已灰。苟非紀自唐永,統由漢開,則皇綱自此絕矣,而民極將奚賴哉?又安得創以敷皇,隨厎民心之順;立而撥亂,見稱上聖之材。

又當知君身關萬化之極,風教繫四方之習。內明婦綱,則宮閫莫重於正始;外肅朝綱,則堂陛豈容於亡級。然則皇綱必先正於上,而後民極敷於下焉,立之斯立。

《大典》卷一四八三七引《大全賦會》。

按:《大典》原署"三山戴翼"。

# 册　三三六

## 徐元杰　卷七七四四至七七五八

**【校訂】趙葵授同知制**(頁一二〇)

"彼遠",國圖藏翰林院抄本《楳埜集》作"彼凶"。

**賀湖北岳漕除帥啓**(頁二四四)

此文又作册三四〇頁一四一李曾伯同題。

**代京西漕謝蜀帥啓**(頁二四五)

此文又作册三四〇頁二一三李曾伯同題。

謝荊帥啓(頁二四六)

此文又作册三四〇頁二二二李曾伯同題。《大典》卷五四〇引此文,署"李曾伯可齋集"。

代上別帥啓(頁二四七)

此文又作册三四〇頁一八三李曾伯同題。

代上尤帥啓(頁二四八)

此文又作册三四〇頁一八五李曾伯同題。

通淮西楊制帥啓(頁二五〇)

此文又作册三四〇頁一五七李曾伯同題。

通江陵別制帥啓(頁二五一)

此文又作册三四〇頁一六〇李曾伯同題。

通江陵別帥啓(頁二五二)

此文又作册三四〇頁一五四李曾伯同題。

通京湖賈制帥啓(頁二五三)

此文又作册三四〇頁一六二李曾伯同題。

通沿江別制帥啓(頁二五四)

此文又作册三四〇頁一六一李曾伯同題。

通湖北章帥啓(頁二五五)

此文又作册三四〇頁一七一李曾伯同題。

代通興元丁帥啓(頁二五七)

此文又作册三四〇頁一四七李曾伯同題。

代通瀘南漕帥啓(頁二五八)

此文又作册三四〇頁一四八李曾伯同題。

代通瀘南楊帥啓(頁二五九)

此文又作册三四〇頁一四八李曾伯同題。

上荊湖陳制啓(頁二五九)

此文又作册三四〇頁一九三李曾伯同題。

上江陵別帥啓(頁二六一)

此文又作册三四〇頁一九四李曾伯同題。

上夔門李帥啓(頁二六二)

此文又作册三四〇頁一九五李曾伯同題。

上四川桂制帥啓(頁二六三)

此文又作册三四〇頁一九二李曾伯同題。

上四川鄭制帥啓(頁二六四)

此文又作册三四〇頁一九〇李曾伯同題。

徐元杰(1194－1245)《楳埜集》乃其子徐直諒、徐直方在其卒後五年所編,直到景定二年(1261),徐直諒知興化州,出資刊刻,計二十五卷,大概旋即毀於戰亂,故不僅《宋史·藝文志》不載,元明間公私書目也不曾見,四庫館臣從《大典》中采輯編次成十二卷;李曾伯

(1198—1268)《可齋雜稿》三十四卷、《可齋續稿》八卷、《可齋續稿後》十二卷傳世。三稿皆李曾伯手訂，再由其子李杓編次。今國圖尚藏有清初影宋抄本，上述十九篇俱存其中，由於《可齋雜稿》流傳尚爲完整，且見存有善本，故上十九篇之作者乃李曾伯無疑。且重出文有《代京西漕謝蜀帥啓》，李曾伯另有《代京西漕轉中奉大夫謝制帥啓》(340/212)等，與之對應；重出文有《代通興元丁帥啓》，李曾伯有《代蜀總賀興元丁帥除利路安撫副使啓》(340/105)，與之對應。《大典》卷五四〇引《謝荊帥啓》、卷二六〇五引《上江陵別帥啓》殘文，均題"李曾伯《可齋集》"。可以斷定，上述各文作者是李曾伯。文淵閣本《楳埜集》卷八及卷九部分爲啓。其中卷八全部無重出，卷九前三篇無重出，其餘十九篇均重見李曾伯《可齋集》。可以推定，在《大典》中，上述重出文在一處收載，而其上接徐元杰文。四庫館臣蒙上而誤輯。《西江月》2013年9月中旬刊載謝淑芳《讀全宋文札記》已言及徐元杰誤收。

**乙巳正月十五日上進故事**（頁三〇三）

"女專""四裔""中外"，翰林院抄本作"女主""四夷""華夷"。

**三月十九日進講日記**（頁三三二）

"有王國則有分土人主撫萬方""孟子特慮出無外患""所謂外患"，翰林院抄本作"有中國則有夷狄人主撫四夷""若無夷狄爲中國患""夷狄外患"。

**資政劉公贊**（頁三四八）

"令名"，翰林院抄本、乾隆《鉛山縣志》卷一二作"腥羶"。

**少傅趙公贊**（頁三四九）

"若水"，乾隆《鉛山縣志》卷一二作"治水"。

**傅長者贊**（頁三五〇）

"敵兵""衆不"，翰林院抄本作"寇兵""寇不"。

**稼軒辛公贊**（頁三五二）

"群盜"，翰林院抄本作"逆寇"。

**謁顏魯公祠文**（頁三六五）

此文重見册二〇九頁二二八王十朋同題。文云："某昔守番陽，今來霅川，皆公舊治，有像貌存。"番陽，饒州之别稱；霅川，湖州之別稱。知此文作者曾先後知饒州、湖州，徐元杰生平與此不符。且汪應辰《龍圖閣學士王公墓誌銘》(215/274)載王十朋"以集英殿修撰知饒州。乾道元年七月，移知夔州，尋除敷文閣待制。三年七月，移知湖州"，正與該文所述相符。此文作者是王十朋，徐元杰下誤收。

**【輯補】群賢堂贊**

**晦庵朱文公贊**

派傳伊洛，源接洙泗。開明日月，扶植天地。巍巍鵝峰，群賢來萃。講道于兹，流芳百世。

**象山陸文安公贊**

真識洞古，寒光照空。誰令滓翳，障我昭融。星會講習，日參異同。象山奕奕，增高鵝峰。

**狀元劉公贊**

文變于道，匪奇是務。性仁一篇，首動明主。孝義拔俗，名教有補。清風與俱，凜凜千古。

**韓洙贊**

志不苟取，能還遺金。燕山之寶，實同此心。居貧處約，竭力事親。孝廉之稱，傳流至今。

**申孝子贊**

人之事親，惟事甘旨。偉哉申生，引頸代死。彼凶何知，亦悟天理。兩全其生，爾父爾子。

乾隆《鉛山縣志》卷一二。

按：原贊共十六則，其中十一則《全宋文》已收。

# 册　三三七

## 趙汝騰　卷七七七八至七七八一

### 【校訂】歐陽伯時字說（頁三四二）

此文又見國圖藏影宋抄本《于湖居士文集》卷一五《歐陽氏子字說》，册二五四頁九一張孝祥下即收。趙汝騰下當誤收。

### 庸齋學言（頁三四四）

文末注"《永樂大典》卷二〇四〇六"。出處卷次誤，實為《大典》卷二四〇六。然《文淵閣書目》卷一"黃字號第二厨書目"載"許庸齋學言一部一册"。許庸齋為許仲翔，《性理大全書》屢見其名。該文即又見《性理大全書》卷二六所引，并標"庸齋許氏曰"云云。據《性理大全書》卷首"先儒姓氏"，知此庸齋為許仲翔。則該文乃許仲翔《庸齋學言》之部分。趙汝騰自號庸齋，因此而致誤輯。

### 忠貫日月祠堂記（頁三五〇）

同治《樂平縣志》卷二載此文，篇首"竊惟"上有"延平通宰洪芹遺書汝騰曰：'先大夫忠宣公勛在王室，名在夷狄，雖兒童走卒皆知也。弟華於公疇昔藝松之地，采光堯天語以忠貫日月扁堂而祀之，俾芹以記請。'予為兒時，侍先君子膝下，即聞忠宣使金不屈，今老矣，何敢辭"；"在漢"二字上有"夫遠使夷狄、持節不屈者，古今止有兩人"；"於武乎"下有"龍山岩洞，鄱陽之勝，仙聖所居，公嘗讀書飲客其上。華之為是祠者，冀公之精爽復游也，不惟慰百世雲來之思，且使過者興微管之嘆，慕後彫之節。華之用心賢矣哉。史稱宣帝思武之忠，法其形貌，書其官爵姓名於麒麟閣。蓋所以勸來者。予謂忠宣亦宜廟食於潘，以示褒表。此又任風化者之責也。故并識之。公名皓，字光弼，樂平金山鄉人。寶祐二年九月"。

### 【輯補】盧威仲文集序

一元之氣不能皆陽，故陰時出而乘之。然而制陰者，必陽也。世道不能常泰於君子，故小人迭出而否之。然制小人者，必君子也。古之人往往於和光同俗之中，寓其扶陽抑陰之意。聖人何心哉？順天道也。一小人生，而君子必與之并生焉。生此者，所以制彼也。仲舒、汲黯并弘、湯而生，張猛、周堪并恭、顯而生，朱雲、梅福并光、禹而生，天意可知矣。是以鳳憚王章，賢憚王嘉，覽憚陳蕃，冀憚李固，操憚孔融，諸武憚仁傑，仙客、禄山憚九齡，守澄憚劉蕡，昇、鏵憚韓愈，憚之者人也，所以使之憚者，非天乎？吾友威仲之生，其將使世之有所憚乎？其天以傾世道之陰乎？其文吾不得而多見，其大者矣：甲辰一疏，奪權臣而褫其氣，蠶繢而蟹匡，范冠而蟬綏，誇者知位之不可恃，悖者知禮之不可失，其有功於名誼如此。垂紳學館之際，是非必陳，邪正必辦。闕政無能言而言之者，必威仲也；巨憸無能拒而拒之者，必威仲也。射精而猿號，鑒明而塵至。威仲於是不見容於表著之底矣。湛浮田里，嘯傲江湖，此自古忠臣志士所不免。威仲身詘而道不詘矣。余嘗熟玩其文之一二，大抵體根於氣，氣根於識，識正而氣正，氣正而體正，故勁特而偉健，明白而洞達，激烈而懇到。望而知其爲威仲之文，蓋君子之文也。抑余有聞年有少壯，老之不侔；氣有明昏，慝之殊致。故爲善於少壯之日，則易而自立，於衰暮之節則難，惟學則一而已矣。孟子曰"我善養吾浩然之氣"，又曰"以直養而無害"，又曰"是集義所生者"。夫如是，謂之學。此威仲所素講者，余復誦而勉之。

武英殿聚珍本《牧庵集》卷三。

按：《晉陽學刊》2010 年第 4 期載查洪德《四庫輯本姚燧牧庵集漏收誤收考》考證，盧威仲乃宋人盧鉞，大典本《牧庵集》誤收，作者當爲趙汝騰。

### 衢學孔聖家廟記寶祐二年

夫子與太極合德，故其祀遍於天下，此非其子孫所得而私也。然遍廟郡國，缺廟於家，此其子孫之責，亦郡刺史之任，有天下者，尤當惓惓也。蓋神莫萃於廟。廟於郡國，所以尊夫子於天下。尊之者，以道之所在也。廟於家，所以親夫子於家庭。親之者，以氣之所自也。蓋夫子魯人也，歿於闕里。門人以其所居堂而廟焉，藏其衣冠琴書。至漢高祖、光武、明帝，皆親至而祠焉。當是時，郡國猶未有廟。至唐開元始，正夫子南面之位，門人爲配。於是郡國遍有廟。然曲阜家廟自若也。國朝真皇帝鑾輅至魯，謁祠登家，封夫子之父於齊、母顏氏於魯、妻亓官氏於鄆。魯廟於是益光輝矣。厥後，又侯其子鯉、孫伋於沂、泗。褒崇之典畢備。高皇帝駐蹕吳會，其裔孫五人傳端、友端、木、瓚、珵崖。六飛南渡，寓三衢，因家焉。朝命權以家廟寓學宮，春秋舍奠。襲封奉祠者，率族拜跪踧踖，獻不與焉。退修魚菽之祭，喧囂湫隘，甚非所以崇素王也。蓋百有三十年於茲，料院孫侯子秀至，曰："其子孫之責，與郡刺史之任。"毅然請於朝。玉音賜俞，奉常定制。得地於城之東北陬浮屠氏廢廬，撤而宮之。枕平湖以象洙泗，面龜峰以想東山，對廟門而中爲玄聖。殿西則齊、魯，後則鄆國，祠沂、泗二侯於廡之東西，又別爲室以祠襲封之得祠者。後爲堂曰思魯，俾之合族講學，且以志不忘闕里之舊也。堂之東亭曰咏春，以憩四方之士仰止高山低回而不能去者。爲屋二百二十有五楹。經始於寶祐癸丑仲夏，落成於次年仲春朔。董其役者其裔孫元龍等，郡都曹錢紳、汝騰。竊惟夫子之聖，於昭於天，奚假於廟？然洋乎其上，如在左右，非廟莫著。仲丁牲牢，雖遍方國家庭之際，烝祫無所爲聖者，子孫得不怛然乎？前此因循，冀魯疆之復、曲阜之廟可修，歲月滋久，遂成缺典。此亦有天下國家褒崇玄聖者之責。今天子聖明，慨然從請，即其子孫所屬之區，仿曲阜之制，追魯廟之遺，棟宇巍然，丹碧一新，豈獨使承祭者祼獻盡禮、視瞻如在？暨今過者如式宮牆，入者如升絲竹之堂，息者如風乎舞雩，水光漣漪，上接天碧，林薄蔽虧，遠映城市，魚鳥飛躍，道體森然，春沂杏壇，氣象可想，不亦偉乎！汝騰嘗謂夫子多賢子孫，百聖所不能及。鯉知詩禮，伋著《中庸》，猶曰逮事夫子也，若白若穿，若武若襄，若鮒若僖，若融若毿。若道輔大儒，則若安國，若穎達。何其彬彬然盛也。此固夫子儀刑之不墜,亦道德之感應然也。今兹廟成,名孫亹亹,其將必有達者出焉。舍菜之日,侯講夫子"上律天時"一章,詞旨粹明,啟迪來者多矣。方將請於上,錫雲章以揭廟顔,與斯道斯廟相爲不朽。亟走介書,請汝騰記本末。汝騰智不足以知聖人,於是祠嘉其有補於世教之大,不敢不執筆。侯有文學政事,以常丞召見家長奉岳祠璋,見襲封通守洙,皆得附書。寶祐二年二月甲子日,汝騰謹記。

文淵閣本《東家雜記》卷下附。

**妙絶古今序**寶祐五年

伯紀負奇材,游諸公間。秘監柴公敬其行,西山真公取其學,南塘趙公奇其文。昔余爲江東憲,公餘屈致館舍,論辯終日。因得是編,皆諸老之緒言也。銖兩之必較,毫髮之不差,軼梁統之《選》,而過之精矣。雖然,言之精者,道之寄,六經其元氣也。學者又當亹亹,毋但求言語句讀之工而已。寶祐丁巳三月,紫霞老人題。

文淵閣本《妙絶古今》卷末。

**程顥追封河南伯制**

**程頤追封伊陽伯制**

二文乃趙汝騰草擬,《全宋文》誤輯於册三四五頁一八七宋理宗下,文不具録。

# 册 三三八

## 劉震孫　卷七七八五

**【校訂】四明尊堯集跋**(頁四〇)

"知白""之□""□□之言""□□□白""一一不""御恚""麓記""□□者其寶",《大典》卷三一四四作"如白""之戒""王氏之信""莫能暴白""一不""衘恚""粗記""子孫者其寶藏"。

## 王柏　卷七七八八至七八一〇

**【輯補】丙辰上廟堂書一**

某切謂今日内治無一之可言,惟治外之心,尚存畏懼,未敢盡出於私意也。凡有愛君憂國,亦於其可用力者,竭其慮而已。

今日孰不曰:"靼兵幹腹之謀,最可憂也。"愚則曰:"此不足憂。"蓋思播之至辰沅,千有餘里,中間山川之險阻爲最多。《兵法》:"百里而趨利者蹶上將,五十里而趨利者軍半至。"豈有踰千里險阻而能謀人之國哉!惟無蜀爲可憂耳。況今蜀之兵將,尚可軒輊,靼果有入寇之謀,豈不慮蜀兵之尾其後,可以抄其輜重,可以絕其糧道,可以斷其歸路。靼之狡謀,必不如是之疏也。廣西、湖北固不可不備,而不足憂。不然,海道又豈不足乎?夫海舶與江艦不同,進退實係於風,非人力之可必。得風而進也固易,失風而退也極難。彼豈能爲必勝哉?能無慮其欲退乎?是海道不可不防,而亦不足憂。惟平原曠野,飄忽震蕩,長驅直擣,是其所長。其實所當憂者,只在兩淮耳。然則自古擁重兵以窺江者,未有不敗。若狡虜黠酋,知用羊祜之策,識王朴之謀,時出輕兵以擾之,或據我一二城,左右望以俟間,是淮南無日不被兵也。江南之力,日消月削,雖有上知,莫能爲之謀矣。前日維揚之兵,以纍年虜至不戰,有以召其來。今春之捷,以背城一戰,出其不意,所以敗而去。後日雪恥之師,勢所必至。來之速,憤兵也,雖可畏而謀必淺;來之遲,則謀深而不可測。但淮之列郡,凋弊甚矣,因其未至,若不增屯積粟,保險據勢,有以大挫其鋒,則兵禍未易解。爲今日備禦之道,未論某將當升、某將當黜、某屯當修、某險當守、某兵可以爲某援、某粟可以爲某糧,大略規撫不立,疏陋苟安,其弊固不止一事。而其至深至切之害,莫甚於清野,非特無禦外,亦并其內而大困焉,而舉國不以爲非也。

　　昨自嵩之創此繆畫,二十年來,號爲奇謀妙計行之,愚言之不以爲恥,如出一人,如同一口。而今日江南之困,亦已深矣,而猶未之思也。蓋自三代以來,但聞募民徙塞下矣,詔民入粟實塞下矣。至於屯田之利,兵民雜耕,書於史册,前後相望,未聞以清野爲奇謀妙計也。使清野果可以爲外治之上策,則自古謀臣良將,凡英傑智略之人,不應皆如是之愚,而不知計之出此也。古人亦自有清野之時。援兵未至,閉城自守,使敵至無所資,以爲一時之暫可也。當嵩之時,適中原荒殘之後,蘆葦一望數千里,虎豹出沒其間,虜人資糧遠戰,易於乏絕,不能不指南方爲續食之計。是時清野以待之,可坐而困敵,能僥倖數年之安。後之來者,不知通變,守以爲不可易之論,而不計其術之窮也。苟韃人必有南牧之志,我雖清野,彼自運糧積粟於沿淮諸郡,輕騎裹糧,一日夜可以直叩長江,此時復可清野以待之乎?譬之富家巨室,平日贍養群奴,其費固不貲也,日足以爲藩屏之衛,夜足以爲盜賊之防。今有人爲之謀曰:"盜之所以窺伺者,以主家有物可取耳。使主家盡鬻其所有,空室以居之,群奴可以熟睡,無巡警之勞,盜自不至,不亦善乎!"盜則果不至也,其如主家坐困而無以贍群奴何?特此規撫不立,疏陋苟安而已,豈知其爲根本害也。

　　夫自南渡以來,兩淮非不時時被兵,而每年粟米麻麥絲綿漆果之過江南者,舳艫相尾,江南藉以爲用,國以富强。自清野之後,此利遂絕。使淮南之貨,不及江南,猶未爲大害。今則不免竭江南之力,以贍江北之屯。凡昔之渡江而南者,今反盡輸於江北矣。又不止此也。兩淮之流民內徙,扶老攜幼,百十爲群,纍纍於道路者不絕,此辨於江南以爲生者也。今不知江南沃壤盛大之區,可數者幾,而可久充江北無窮之需乎!所以爲根本之大害者,此也。夫兵食出於農者也,養兵所以衛農業以自給。今既不足以爲農業之衛,又從而奪其常業,驅其老弱,使之轉乎溝壑,是豈養兵之道與!愚請得以索言清野之大繆。安土重遷,民之至情也。昔盤庚不忍民之罹水患也,開陳利害,反覆叮嚀委曲,以勉其不可不遷,猶不能止百姓胥怨之言。況韃騎之來,未如患水之不可措乎!老弱者勢不能拒,而自知逃避,正不必驅之避也。自避與驅之避,其事情大不同。自避者,心死意銷而無他念;驅之避,則含怒蓄怨有時而發。彼甘心於自避者皆老弱,强壯者或欲自相團結,或保險阻,或俟利便奮身擊逐,皆可一當百。蓋彼自護其生産作業,不待令而出死力以敵之。善用兵者,不過能發人心之憤,導其勢而已。今既足以分官軍之勞,且無饋餉供給之需,亦何苦自失其助哉!方韃虜未至,生業垂成,遽下清野之令,焚其廬,毀其業。驅迫流離之人,未見韃騎之害,而先受官軍之苦。彼疾視其長上,而歸怨於朝廷,何可解也?苟有勇士一呼,皆爲劇盜,其憂未易平。一則失民兵之利,二則失邊民之心,最大者自困江南之力。其病在於各自爲謀,此不相恤。在外者不恤朝廷之乏,不恤民力之困;在內者不恤邊備之虛,不恤軍士之貧。

　　此愚所以夙夜隱憂,而言不足以達君相之聽,智不足以破通國之惑。若夫省觀大勢,斟酌可否,操持大柄,豈不在朝廷乎?欲望鈞慈,特賜敷奏,下此一札,令侍從、給舍、臺諫、館學、百執事集議於朝,條具其清野利害之實,與夫今日備禦之策,及所以區處流民之道。惟聖天子平心遠覽,采其良策,力主於上,力行於下。天下幸甚!宗社幸甚!

### 丙辰上廟堂書二

臣聞禦戎之策有三:曰戰,曰守,曰和,因時施宜,難執一,然其事未嘗不相關焉。

銳於立功者,則曰殘虜烟滅,中原丘墟,振兵直前,當如摧枯拉朽之易,不特慰來蘇之望,尤可成克復之勋。是則攻戰之舉,固不容緩。然深謀遠慮者,則曰理內斯可禦外,強本斯可折衝,兵財俱乏,事力不繼,而遽尋干戈,則召釁稔禍,功未成而害已見,其可不為備守之圖。然城壘方營,而侵軼已至;糧食甫積,而剽掠時警。羽檄交馳,將左支右吾之不暇,其能固其圉乎?是人不容於不和也。是必和親以紓其擾,然後備守之計為可圖。備守以壯其勢,然後征伐之謀方可舉。是以古人雖和,未嘗不為守,雖守亦曷嘗忘為戰之備哉!請以漢家之事明之。

漢興之初,平城之圍未報,嫚書之辱未雪,犂庭掃穴,似不容已。然而樊噲橫行之請則卻之,賈誼三表五餌之策則謝之。和親之約,細過之棄,冠蓋往來,金繒賂遺,曾不以為勞且費,何耶?蓋小屈者,所以為大伸之基,而斂翼匿形者,未始不為搏擊計也。況當是時,民之瘡痍未瘳,而休息之政未施;公私之積尚乏,而邊陲之警未寧。則所以拳拳於議和者,將以為備守之圖也。故塞下之粟可得而積,內帑之錢可得而羨。材官騎士,蒐閱於都試。六郡良家之子,閑習於馳射。凡此者,孰非為攻戰之備也。迨夫國勢已強,皇威益振,然後馳陰山之北,而使漠南無王庭焉。極其盛也,欵塞而慕義,稽首而稱藩。推所由來,亦和親之計有以基之。

今日和好之議,意或出此,是豈怯懦而不振者乎?所患者玩一時之少安,而忘備禦之大計耳。況狼子野心,背服靡定,其吞并種落,每以和好為豢敵之計。今當深思曲防以伐其謀,外姑示講和之意,而內實為強本之圖,厲兵堅守,常若寇至。來則應之,侵則禦之,庶乎其可以自固也。乃者輶使之來,或欲絕之以杜其窺伺,或欲卑之以示吾名分,或疑其虛僞而不應加禮。此固所以尊國勢而挫戎心,然此既通好於彼,彼以復命而來,已抵中都,亦難遽絕。寵以錫賚,勞以燕享,隨時施宜,不得不爾,初非過於懲創而自損威重也。雖和好成否,難以預計,然絕之畢之,則憤心一生,其能保其無間言乎?釁端一開,其患立見,蓋不止於威重之少損也。為此舉者,姑欲因此而達和好之意,欵侵擾之兵,而為安邊息民之計耳。使和議既成,尚當嚴於備禦,況議猶未定,可不亟思所以處之乎?且今之師旅,疲於攻守,財用耗於調發,郡邑困於應辦。盡心力而為之,猶懼不給,一或少緩,突如其來,得無彷徨失措乎?兵之闕額者,當補而訓練之必精;城之頹圮者,當修而防捍之必嚴。事事而為之慮,使無一之不盡,所謂無恃其不來,恃吾有以待之者。此乃禦戎之上策也。吁!內修者如支傾,極力拄撐,不急則仆;外攘者如弈棋,當審彼己,輕舉則失。苟為計既審,而又極力以拄之,安強之效,自可坐致。雖然,能戰而後可以守,苟徒曰守之可以無虞也。彼長驅而來,與吾對壘,擁兵直前,其能閉關以自保乎?抑鋒鏑不容於不交乎?是則攻戰之具,尤所當講。今雖未為開拓之謀,然豈終忘規恢之計。生聚教訓,可以成報復之功;內修政事,可以收外攘之效。根本苟強,皇威益振,天道好還,寧無可乘之機,第今未可為耳。

今主議於中者,既有定論;而宣力於外者,當為遠謀。羊祜在襄陽,務修德信,使命常通,刹穀爲糧,則輸絹以償,欲進詭計則却而不納。二境之間,歡然交和。疑若安於苟且而無遠略矣,孰知夫規恢之謀,已寓於此,而混一之功,不旋踵而成。今之任責者,當以是爲心,毋貪小勝以窮追,毋校小嫌而起釁,養威持重,待時而動,復文武之境土,當侔德於宣王矣。惟陛下與大臣亟圖之。取進止。

以上見《大典》卷一四四六四引王魯齋《甲寅稿》。

**歲寒堂記**

此文《全宋文》誤收册一二三頁二二四劉跂下,文不具錄。

**朱子贊**

龍門遺韵,冰壺的源。理一分殊,折衷群言。潮吞百川,雷開萬戶。灑落荷珠,霈然教雨。

戴銑輯《朱子實紀》卷一〇。

# 册 三四一

## 江萬里 卷七八七三

### 【輯補】新編大成集序 景定四年

吾鄉自晦翁來,至今俗尚禮遜士,矜重自厚。其間賢太守自不乏,然其人獨喜談而私誦之曰"晦翁晦翁"者,既數十年如昨日。非後來者去思不如古人,乃其流風餘澤,所以興起人心者,有在彼而不在此也。三山陳侯嘗爲吾鄉教授,諸生謂是置力於斯文,非若前時臨之官師也。去之十五年,來守兹郡。既數月,慨然刑罰法律之外,曰"是獨鄉飲酒未舉"。歲四月望,會高年耆德,獻酬拜稽於其庭,觀者千數百人。先是,予留於鄱陽芝山之下,侯以書來召予爲上公。予謝不敢當。自是,每有來山中者,皆能言當日升降揖遜之盛,往往如睹。又甚恨不以此時從游父老、折旋諸生間,以餘年得見先生之遺風,而詠歌使君之澤,顧愧獨守此,屬耳傳說,爲之闕然動心。然吾聞鄉飲酒未行,吾鄉小人,少有忿争,輒相戒曰:"太守且行鄉飲,得無與鄉飲意。"士亦兢兢自厲,惟恐一日不得與於鄉飲也。由是民志大和,訟益稀少。陳侯日晏而起坐堂内,鞭扑弛,囹圄空,熙熙然,拊其民如舊。諸生勸以入孝出悌日用。吾固知陳侯之爲人,其有以爲此鄉飲也。賓主既設,環兒童走卒不敖不譁,侯則大喜。吾又賀吾鄉之人,有以成此鄉飲也。吾雖不與飲,然自以得爲陳侯民矣。是日也,八九十杖而至者,七十餘人,七十者百餘,深山長谷,傴僂提攜。此皆阜陵之餘民,長養存恤,以至今日。慨然惟念己未、庚申之間原注:缺文。南康竟上,横出瑞陽清江間,當時避逃岩穴,以餘息爲累,豈謂忍死復見太平。仍歲豐稔,天子加念遠民瘡痍痛苦,又幸惠我仁侯,起菱肉骨之餘,舉此曠禮,如誨子弟。幸吾目尚存,願爲鄉飲一出。予既感陳侯之德,又聞老人所以來者,稽首而嘆曰:"吾君之賜也。惜當時豈無善畫者,圖其衣冠容貌、賓主位序,傳示來世,使人視吾鄉如入魯廟,如談洛下。"其後鄉人,乃共爲刻本寄予,俾予序之。予惟此郡貧陋,不與東南州同。陳侯葺殘破、應軍餉、償宿負,又以餘力取先迂闊,惠我後生黎民。天壤間,惟風聲在人,不壞不忘。晦翁以來,甚盛斯舉。想見東西州之人,唶然不得負末爲吾鄉氓。後生傳聞,又慨然有不及見之嘆。意者亦猶予今日之耿耿也。予亦有民社之寄於晦翁之鄉。蓋方敝精神、役吏事,歉然未有善意之足以及此民也。迹陳侯行事，太息久之。侯名合，字惟善。予爲南康郡人江萬里。是年爲景定癸亥，秋七月庚辰書。

《大典》卷一二〇七二。

按：《大典》原文有錯簡，今重新釐定。

**五瑞圖序跋**寶慶二年

寶慶丙戌，邗（"戌邗"原作"午刋"）城張君侃來宰斯邑，越兩歲，而五瑞集焉。士民歌誦盈耳，蓋自有不已者。漫塘聘君劉先生言語妙天下，平昔不輕許可，其歸美於感召之所自者，信矣。山陰王令君亦有跋語，暨諸賢序贊連篇纍牘，未易悉紀。大夫初不自矜，至有《謝同僚》之詩曰"賸言聯官忘爾汝，故令元化奪胚胎"，及《惠邑士》之詩又曰"山川清美天下稀，五瑞同時盍紀碑。碑上只言人物盛，若言德政愧無之"。吁！大夫其謙矣哉。是歲五月既望，免解進士充縣學學長江萬里謹書。

弘治《句容縣志》卷一二。

**吉州鷺洲周程書院記**淳祐元年

吉爲江以右大州，事蜂午少暇，則曰："是習爲珥筆固然。"故作意理者，往往健強。鍵之鐫磨，鍛煉其民，若不勝，無復遺以思。萬里承命以來也，曰："有是哉！吾有本諸人性耳。"性順而理，以得湖山千里，如在户庭。答禮行誼，士籍民編，中概可稱。其潔以修者，閉門歸隱，不肯謁入官府，意顧近古如是，蓋按其圖記得之。

洛人太中大夫程公珦，嘗仕爲廬陵尉，則所爲醖釀胚胎非一日，故太中公在是，即二程夫子在是；二程夫子在是，即周夫子道俱在是矣。飲泉知脉，意味洞貫，吉之士誰非衣被於周、程者，不知又有私得於周、程者也。太中公初而尉黄之黄陂也，二夫子實生焉。廬陵則再調以來也。黄設二夫子祠學官，紫陽朱夫子爲之祠記，似於黄人未意滿，謂能知王公、韓公之文章之勳業，與蘇公議論氣節，曾未有道河南程夫子者。然則吉知有文章之宗，知有傑然表拔於世，以死抗虜；知有危言忤權臣，名擅天下，獨無有曰吾邦之澤，不惟自數君子來，容自周、程來也，則由之而不知然耳，胡可以終不知。太中公去吉也，而之於潤，自潤而始之於虔，於興國也，攝爲貳南安，則其虔時也，見周夫子識焉，二夫子遂以學，則其南安時也。二夫子於周，豈若孔子之於老聃、郯子哉！親切的當之傳，由太中公發之。殊方而遂以合，由吉先之。春陵之墟，河洛之間，惟是風馬牛不相及。乃江以西諸夫子之行李，日涉兹地，何故若爲斯文地也。太中公於來虔，來南安，若爲二夫子就周地也。向官於吉，又若爲今之來虔，來南安地也。故曰先之也，皆莫之爲而爲也。前乎吉，雖太中公未知有春陵；後乎吉，不惟太中公知有春陵，乃天下後世皆知有春陵矣。不惟知有春陵，亦知有洛矣。明天理，正人心，皆此一役也，盛哉！《屯》者，物之始生也。黄，其始生時。然則於吉，在《易》爲《蒙》，自初而二，是爲南安之遇以九二剛中之德，固當童蒙求我之任。

然方純一未發之蒙，已存山下出泉之果。此道體也，其機也，亦其脉然也。所幾邦之士融釋於此，於是謀於别駕劉君崇卿、陳君夢庚，則作而曰："於以補學宫闕，狀胡可已，盍祠於二夫子者。"則又曰："有是父，故子然也。是惟太中公仕國宜得祠，則正以太中公之祠祠二夫子也。"則又曰："有是師，故弟子然也。於時雖未與周際，有太中公之識，未際已際也，宜以二夫子祠，遂祠周夫子也。周夫子傳道於千古之不傳，太中公識周夫子於衆人之不識，遂以合焉。而二夫子侍，炳乎其相輝者，甚相得也。"則又曰："有爲者亦若是，是庸非天下後世所當爲人父、爲人師者,庸非天下後世所當爲人子爲弟子之傳道者,不有棟宇以棲,學者而學焉,猶不祠也。"嗚呼!周、程於祠往往是,不惟吉也。父師在焉,道在焉,則未有如此祠也。祠不於地勝,或苟而可,門扃白日,蛛絲而蝸篆之耳。州并城以東突然洲潊,是爲白鷺之洲。有廬陵來傳,到於今幾何不爲好事者規取,幾何不爲浮屠、老子奪而宮之也,而土木繕修莫先焉。天作而地藏之,以供今需。有俟德之道,千古淵懿,遂與江山雲烟千古者發焉。俱不作第二義,則未有如此地也。

披蒙茸叢薄,財新矢一祠,移廢,屋以堂以齋,以門接堂,爲方丈之室,類直舍庖湢井匽各於所。大都功制簡短,具體而微,苟可几榻用器,講受肄習則已。吾州㞸㞸,理衰補敗之餘,幸已軼思慮,案席外及此,亦寧其存以須後,不取盡今日則未有如此制也。然扶輿清淑,固已一朝大肆,其鬱洲盤地,軸橫制大江。萬竹四圍,凌厲抗勁,幾與士所學所立類,無不可愛。涵暢道德之中,心與地遠,表裏儵然。游塵至輒飛去莫浼。自然春意,夫子烏得不與點也,則未有如此意也。合而言之,鷺洲之蓄,千古以俟道統。孔孟之統,千有餘年以俟周程。周程之祠,幾二百年以俟今日,役之不可以已也如是。實以辛丑之秋孟,賦功逾月告具,具以日吉見先師以菜,乃屬諸友升堂告之曰:

"大原汋穆,不落方體。神會心得,千載一逢。遂以開二程夫子者,圖豈嘗盡意哉。元氣之會萬變,發揮不盡之盡,塞天地也。又百年,紫陽夫子出,脉絡明而規模遠矣。周程夫子於其絕者續,紫陽夫子遂以微者著也。由紫陽夫子而來至於今,若是其未遠也。於以鄉挹孔孟自周程始,則周程必自紫陽夫子始。養深積厚,自然脫灑,有此工夫,即有此應驗,亦在存意之不忘,游心之浸熟耳。然知道之存於師,不知道之存於家可乎。韋齋之友延平,則太中公之友春陵也。紫陽夫子年甫十有四,慨然求道,二夫子十五六、十四五,厭科舉時也,入而韋齋,是以出而延平,則入而太中公、出而周夫子也固宜。故人樂有賢父兄也,是非可樂者歟!心耳淺薄,此義寖不著。今於磨策鐫切,而子弟者可知矣。必曰增輯文藝,倚梯天科,至學所本,務蒔根浚源,顧以謬異,豈今棟宇所爲設之大指哉!豈此祠此學所爲源委於太中公,是以有周夫子,有二夫子意哉。韓昌黎之言曰'數窮六十,其將復平,平必自某州始'。"

方淳熙辛丑,賦廬山之白鹿啓予堂壇,訂册書洞主晦翁之作,至今而芳也。乃今辛丑,殆窮六十新乎,喟然興於學,其意豈異也。刻石記之,而立之廡以俟。

### 行下州縣建濂溪書院牒

當職暫攝庾事,凡關於職守,不敢以暫焉苟且,其中則尤有當急先者。伏見本朝大儒濂溪先生周元公,心傳道統,爲世先覺,平生游官,多在江西。慶曆元年,爲洪州分寧縣主簿,曾被堂檄攝袁州廬溪鎮市。四年,爲南安軍司理參軍。至和元年,改大理寺丞,知洪州南昌縣。嘉祐六年,遷國子博士,通判虔州。八年,行縣至雩都,游羅岩,又在吉州萬安香城寺送別虔守清獻趙公,皆有題咏。熙寧五年,始居江州。今袁州萍鄉縣與江州,皆已建立書堂。惟前數處未有表章之者。況南安乃是二程先生傳道之地,其關係世教尤爲不小。牒所屬州縣,各令踏逐山水幽邃去處,只須草創書院三間,或誅茅爲之。擇有志於學者數員,俾講誦其間。不必宏侈,姑記其地以俟來者。雖未有田,州縣學不妨時暫供給。畢事具申,別作施行。備帖分寧、南昌、雩都、萬安等縣,仍牒贛州南安軍。

以上《周敦頤集》卷一一。

## 趙孟堅　卷七八七四至七八七七

**【校訂】謝安吉使君黄寺丞先生京狀**（頁二〇八）

"使者""識機"，《大典》卷一八四〇二作"任使者""識韓"。

**謝發運權憲節齋先生京狀**（頁二〇九）

"賞鑒""示光""加意"，《大典》卷一八四〇二作"鑒賞""况光""示意"。

## 王南一　卷七八七八

**【輯補】咏西湖詩序**淳祐八年

辛丑歲，余客武安，訪舊游，館紫極。時陳君皋父、鄭君辰仲携杯相問勞，倘（原作"倘"）徉覽勝，溪山繚繞，意其躡雲衢、探月窟者，總總叩之未有應是者。酒酣耳熱，私竊感慨，豈地靈如此，而人傑未興邪？因留小詩，以刻於石。甲辰，陳君夢立亞魁蘭省，廷對巍占甲科，而吳君遇聘聯名擢第。丁未，國學諭張君漢傑鄉薦，楊君美相繼登榜。時至氣應，人物當興。而識者以是詩實爲之兆。戊申，余贅辰是邦，舊友相訪，拈出一段奇話。余安敢掠美，心竊自嘆羨，喜不能勝。嗣此聯芳續美，必有等而上之者，又當大書特書不一書。郡丞王南一志。

《大典》卷二二六三引《清漳志》。

## 林宗偉　卷七八七八

**【校訂】重修靖節祠記**（頁二九二）

原出處《永樂大典》卷六七〇〇署"林宋偉"。《大典》卷六六九七載"修祠堂記三……三嘉熙二年林宋偉撰"。林宋偉，《全宋詩》册五九卷三一二八載其詩六首、句一則。民國十一年刻本《福建新通志·金石志》卷一二載《宋朝請大夫林公宋偉墓志》，知其生於淳熙七年（1180），卒於淳祐三年（1243），其餘可補歷官不一。則《全宋文》作者名當誤。

## 方萬里　卷七八七八

**【輯補】紹定重修學記**紹定三年

國朝自慶曆三年，詔天下郡縣立學。江陰爲浙右小壘，宜以是年應詔立學。及按圖志，蓋自景祐三年文正范公作《宣聖廟記》，已誦言大厦高門金石俎豆之盛，則知江陰先自有學，正不在慶曆應詔後也。紹興初，正字胡君理作《新學記》，乃以范公《廟記》在慶曆間，殆未深考。惟江陰建學爲最久，故作成教養，非一日之力。人物儲英，習俗陶粹，鴻儒鉅公，項背（原作"頃皆"）相望，有它郡所不能及。渡江以後，郡嘗一廢爲縣，旋復爲郡，故廟學得如舊制。漕河旁環，正合古"諸侯半水"之義。其前關城爲門，因城爲樓，浮圖對峙，如文筆峰，池渠堤柳，映帶左右。蓋其籍高明，挹清淑，宅一郡之形勝者也。獨靈星門外迫泮橋，内連設戟，淺隘弗稱。稍南百步，直接通衢，僅以升俊名坊，而編氓翼居，囂雜特甚，自昔病之。紹定改元，龍谿顔侯耆仲來守是邦，知所先務，旗鸞戾止，視此歉然。即與博士郭君庭堅紬繹營理，易升俊坊於中街之西，撤去民屋，拓爲平壤，遷靈星門於坊之舊址。柱石壯偉，丹（原作"舟"）堊鮮明。門各甃涂，會歸於一。宸奎傑閣，泮宮城樓，華扁新題，照映霄漢。東西齋序,整飾遂嚴。曾不閲時,黌宇改觀。諸生以萬里曩嘗備數典教,請記其事。維顔侯以淳熙法從之孫,掇世科,躋班著。其爲郡也,政平訟理。千里如春,利興害除,百廢具舉。上自公堂,下次及官舍。維城之闉,維津之梁。食貨征権之所,營屯讞獄之地。頹者植之,壞者修之,卑者舉而高之,狹者張而廣之。度工彙直,數以萬計。無非冰蘗自律、節浮儲羡以充其需,毫髮不取之民。故所至落成,而民不知。此不足以言政之大,惟學校實關風教,故不容不書。雖然,侯之所以興學者,固可書矣。而諸生之所以承學者,當何如？繼自今,袂履雲集,濟濟雍雍,出入是門,必思誰能出不由户之訓；步趨是路,必思道若大路之歸。登斯樓,則如瞻數仞之墻；臨斯池,則依然浴沂之咏。使德仁禮義,鬱然成風,猶古闕里,庶無負於侯之意。諸生被侯之賜方深,而侯以升華月寺而去。然則是《記》也,其遺愛之碣也歟。紹定三年月日,奉議郎行宗學諭方萬里謹記。汝遜書。宣教郎知江陰軍江陰縣主管勸農公事高不儔篆額。迪功郎江陰軍軍學教授郭庭堅立石。

大典本"常州府"卷一八。

### 乞禁冒佃鼓鑄札

竊惟鄞鄮諸山,天造地設,峻秀拱揖,如伏萬犀。而四明一山,峰巒峭拔,延袤最廣,仙池石窗,尤爲絕勝。故孫綽、陸龜蒙諸公叠見賦咏,至今郡以爲稱。則是一郡之望山,又非其他諸山比也。自天禧二年,撥隸府學養士,其來久矣。係灌頂山普净寺租佃,歲入錢三百貫。灌頂即四明之子山也。嘉定十七年冬,忽有豪民唐執中者,以四明山有鐵鑛發見,密於主管司冒佃鼓鑄,焚毁林木,掘鑿坑塹。不惟一方騷動,而破壞風水,關係非輕。亟具文申主管司,以爲此山自隸本學,已二百餘年,其間豈無鐵鑛發見之時,然前此未嘗掘鑿以求鼓鑄之利者,必有謂也。昔胡文恭公宿在慶曆間,以蓬萊諸山居京師東隅,民多取金其中,以致地震,請禁民鑿山,以寧地道。況今行都去四明無五百里,而會稽山陵無三百里,千岩萬壑,氣脉相接,豈容以鄰郡望山,縱令豪民焚毁山林,掘鑿鼓鑄？臣子之義,竊有未安。至於孕靈毓秀,鍾爲一郡人物,則當今名公巨卿、大臣碩望,布滿中外,不應規此小利,毁壞風水。況在常平法,諸坑冶興發,而在寺觀、祠廟、公宇、民居、墳地及近墳園林者,不許人告官,司亦不得受理。今山既隸府學,普净寺又已管佃,而一郡士大夫墳墓之在其上者,不知其幾,豈不違背法意？竊蒙主管司即時禁止,方幸平息,書判見在。今歲正月間,復有丁思忠者,隱下唐執中斷事節,徑就坑冶司陳狀行下,告示本學剗佃普净寺所管四明山,即欲掘鑿鼓鑄。蓋此山在本學,初無利害,不過歲得錢三百緡,縱爲鼓鑄,亦不失此。萬里蕞爾冷官,竊廩鄉校,亦不過三載,何敢固執不可,以拒臬司之命。實以丁思忠冒佃此山,歲認鐵鑛五千,其直不滿二百。然在臬司十路坑冶之權,初不欠此。而一郡望山,輕於毁鑿,委有關係。却恐今日黽勉狥從,異時闔郡歸咎,必曰"使豪民鑿四明山,自萬里始"。職守所係,不敢自默。除已力陳利害,具申臬司外,竊恐豪民規圖未已,倘蒙軫念袞卿望山所在,乞賜札下慶元府主管司,以憑遵守,不許人冒佃鼓鑄,仍將唐執中、丁思忠略加懲治,以爲後來豪民違法規利之戒。

乾隆五十三年《鄞縣志》卷三。

## 册 三四一至三四二

### 方岳　卷七八七九至七九一一

#### 【輯補】與趙都倉札

某維暄風掩靄，春合翠羆。國廩裕如，休有華問。某往年戍樓孤角之外，得并英游。回首平山，柳色幾青青矣。釣閑耕寂，與世相忘。不知公子是監倉，實同此嘆。天落雲錦，字偕華星。存録陳人，凜有高誼。太阿出匣，劃刓斷犀。方事之殷，顧非陳陳相因之粟莫濟。屈爲倉庾氏，聊欲小試轉運使材耶。式遄褒綸，允穆僉矚。

#### 答趙都倉啓

某伏以稻雨需然，生意蘇醒。共惟有實其積，國以裕如。某不聞問，又幾何時矣。暑氣之酷，筆墨爲仇。有書翩翩，愧汗如洗。如某不學，列屬三雍。堂下老槐，當有恨色。執事者，不相鍼砭，奈之何其以賀也。登畿想亦非晚，褒綸趣入，豈必三年之淹。所幾佳御稱秋，金玉以俟。

以上見《大典》卷七五一八引《方秋崖集》。

#### 代與吳總侍札

某亦既顒檀敬致滌氊之賀矣。惟某無似，受知於當世，則門墻爲最；受知於門墻，則執事爲最。情分之密，交好之舊，蓋異姓而兄弟也。制之於總，往往爲諸軍錢，未動成參商。今幸吾兄實臨之，而弟得以盡布其心腹。庶幾免乎憂國如兄，憂邊如兄，不特某以爲喜，而三軍皆以爲喜；不特三軍以爲喜，而雨露數十州之民皆以爲喜。眂印之始，其必有大規模、大施設，以大悦吾軍、悦吾民者矣。側耳前驅之至，當走江滸，以道情素，籌邊防，而稟要束。不腆芥贄，謹先致於隸人，惟台慈僉受之。

#### 回吳總侍札

某奇蹇之踪，蓋自四月迄於今，不能出門户。每招醫士，則揖之左診，其父揖之右診。其兄煮藥之爐，日夜不停火。而呻吟愁嘆之聲，悲憂蹙額之容，雖行路見之，爲某不寧處也。七月朔日，家兄竟不起。手足之痛，何毒如之。老人病中，罹此禍患。又恐感傷懷抱，舊疾愈增。營死事生，頃刻難度。所以先生之移鎮，不能送；履齋之建臺，不能迎。得罪門墻，竊自憫嘆。敢謂賜之札翰，兼有頒垂。遡江以南，感塞而已。

以上見《大典》卷一三三四○引《方秋崖集》。

#### 與朱寺簿啓

伏審泥香漢璽，雲麗秦郵。天眷此邦，脱衆狙之怒嘯；民曰吾父，徯千騎以歡迎。惠然揚旌，喜甚折展。共惟某官學到考亭之妙，家近武夷之仙。作賦聲摩空，如驅龍蛇而搏虎豹；論事氣蓋世，盡騎麒麟而翳鳳凰。惟多才簡在於宸楓，無一物不勤於行李。纔訊鼎湖之弓劍，亟鋤狐兔於惠陽。欲洗天河之甲兵，遄閲貔貅於漢水。適皇華之臨遣，忽綠底之飛來。謂高沙驚一卒之鼲鼪，凡并塞費十年之生聚。徒得君重，往諧帝咨。力行顧何如，身率先耳；既亂易治也，手摩拊之。言觀政成，丕承詔可。某澗瀍一別，天地再秋。褚哀指泗口以出征，已乘破竹之勢；彥之得河南而不守，空懷離黍之悲。思昔論心，至今扼腕。有知我者，嘉幸會於同寅；捨其誰哉，恐除書於旁午。式覬佳晤，傾倒深懷。

《大典》卷一四六〇七引《方秋崖集》。

### 放生疏

惟我有宋,其仁如天。魚躍鳶飛,俱入華胥之國;鳳儀獸舞,嘉娛長樂之朝。於萬斯年,自今以始。有來儀鳳,天開心壽之期;於牣躍魚,春洽好生之德。鏗鏗喜氣,囷囷恩波。以股鳴,以翼鳴,如致華封之祝;謂贏屬,謂羽屬,共陶文囿之仁。

### 又

瑞啓虹流,日紀堯蓂之五;德惟天大,春寬湯網之三。樂只端平,何如熙皥。冰融文沼,躍多於牣之魚;雲暖舜庭,鳴有來儀之鳳。

以上見《大典》卷八五六九引《方秋崖集》。

附:金程宇《稀見唐宋文獻叢考·佚存東瀛的方岳詩文集及其價值》補不見於《全宋文》者百餘首篇目,其中即有《回吳總侍》。

# 册 三四三

## 陳仁玉　卷七九三一

### 【輯補】淳祐臨安志序

《三輔黃圖》之書,所以左右漢史也。近世程公大昌輯《雍録》以廣之,而其書始備。是固不無待於後之人也。自古都邑,代各有紀。今通郡國,下至千室之聚,必有圖諜。杭爲今行都,物聚地大,而登載弗稱,非闕歟?竊考國朝宋公敏求嘗作《東京記》,今披而觀之者,如身游其間,可謂盛矣。至若古杭有志,自宋劉道真作《錢塘縣記》,而《祥符舊經》,未詳(原作"祥")何人所作,班班尚可考見,而成書亡矣。乾道初,府尹周公淙因祥符之舊,始爲之志,而疏略特甚。八九十年間,無復訾省。乃皇上御極之二十六載,資政殿大學士趙公與{重}尹釐京國,亦既十年,百度鼎飾,政通教行。顧念圖諜散落,心焉陋之,懼非所以尊崇宸居,宣示罔極,惕不自寧,首命通判府事吳君革,府之賢僚若士,薈蕞其事。間一歲,吳君適遷官,未克就。乃命通判府事王君亞夫典領之。即仙居山中,俾仁玉與纂輯焉。誶聞陋識,弗獲控避。於是晝訪夜思,參以書傳所省憶,耳目所睹記,得古今事迹千數百條,釐爲門者十有二,爲類者九十有九,爲卷者五十有二,總之數十萬言,亦略備。微文辭義,弗可殫舉。而疑可稽,闕可補之,大者輒裒著之。又因記趙公述作之本旨,以俟後之君子。淳祐(原作"熙")十年龍集庚戌十二月壬辰朔,天台陳仁玉謹叙次顛末,附於諸序之後。

《大典》卷七六〇三引《淳祐臨安志》。

## 李萬　卷七九三四

### 【校訂】刻斷碑記(頁三五九)

此文據《藤州志》輯,又見《大典》卷二三四三引《古藤志》,異文甚夥,故重録。

缺二十六字登儒科,縣薦送至試缺一字,其缺十三字京,其一也。公本藤人,隨父商游學湖廣,遂應鄂舉,名雋三(以上十三字原缺,注"缺十二字",據《藤州志》補)元。年缺文仁宗皇帝缺十九字寵缺八字於鄂而於藤者,得非以桑梓爲缺三字邦。尋究書序本末,几閣之文既無所訂正。訪諸耆舊,及馮氏之族之後,亦無所諗其詳者。郡志直謂六字皆出宸翰,意必有所憑據。或謂當時止是遵奉御筆指揮立此。惜歲月浸遠，文簡又寄籍他邦，至於文獻不足證也。惟公一代偉人，不惟科目鮮儷，而立朝大節亦著見青史。可謂上不負天子，下不負所學矣。臣假守於茲，每謂此事中州猶不多見，詎敢不揭而揚之，以稱先朝褒寵之意。於是摹而勒諸石，期與藤之山川相與不朽，且冀有振遺響於寥寥之後者云。淳祐元年歲次辛丑九月吉日，朝散郎宜差權知藤州軍州兼管内勸農事賜緋魚袋臣李萬頓首謹跋。

# 册　三四四

## 高斯得　卷七九四五至七九五二

**【校訂】劉陽縣平糶倉記**（頁二四五）
題"劉陽"，原出處《大典》卷七五一四作"瀏陽"。

**【輯補】台州宴包知府樂語**
銅竹分符，霞嶠欣逢於召茇；金蘭締好，星屏幸蹕於蕭規。聯翩振鷺之偕來，先後滌龜之孔邇。宜開華宴，用慶康侯。恭惟某官麻嶺名流，象山法嗣。絕人問學，漢侍中家法猶存；經世才猷，包孝肅風聲故在。屢起南涯而佐幕，亟登西序以彯纓。弄月台岩，分風帝里。已富外庸之馭歷，合躋中禁之班聯。顧方涉筆於麟宗，使屈凝香於燕寢。蓋在庭莫不舉遂，而弄印無以易堯。致煩劉夢得之重來，爲繼孫興公之高咏。暫對五峰雙闕，行膺一札十行。自太守數歲而三公，此吾州近年之故事。某官偶因易地，初起佐州。已忻密接於英塵，更獲親陪於坐嘯。千里江山如有喜，一番守相總更新。試心事之共論，慰邦人之僉囑。金壺緩箭，翠管鳴筵。今宵瓊玉樓邊，莫惜清樽共醉；來歲絲綸閣下，好將佳話重拈。某等濫綴伶工，獲趨台陀，敢陳韵語，上佐歡愉。

　　使君五馬日邊來，猶是當年逸驥才。漢竹光榮知妙簡，召棠蔽芾喜重栽。試聽孝肅傳新令，竚看文清拜首台。盛事難逢須爛醉，樓頭玉漏莫相催。

**宴建寧知府趙尚書樂語**時爲福建漕
　　北門學士，久鎮藩維；西塞山人，新乘使傳。共處建安之都會，均爲元祐之黨人。宜秩華筵，以旌盛事。恭惟某官司馬九分來地位，歐陽數百載天人。鐵脊擎空，善類倚爲合脉；丹心貫日，天子識其精忠。拳拳八士之薦揚，凛凛百壬之排斥。使得居周公之位，有大設施；則回視更生之流，一何溟涬。塗歸不遂，勇退無難。老龍方卧於洛波，五馬催臨於建水。受廛百萬，再生魚腹之餘；負笈三千，聳聽虎皮之講。共惜漢宗臣之久去，行催周大老之來歸。某本踐歸田，還來問俗，尚記希文之去國，曾陪師魯之留行。及逢李稷之登車，又際潞公之出鎮。志同方而道同術，聲相應而氣相求。今宵一笑交歡，此會百年幾見。黄花晚節，相期不改於真香；青竹芳名，庶可共傳於他日。某等載陳諸語，以洽好盟。

　　本意苕溪老釣蓬，乘軺來訪玉仙翁。并游元自從迂叟，將漕何妨拜潞公。宿世神交雙劍合，平生心事一樽同。乾坤整頓須公等，夜艾鈴縧紫禁風。

**建寧府宴徐意一知院樂語**時權建守
　　元臣就第，共欽爵齒德之尊三；小國會公，敢獻伯子男之禮六。要舉綠野堂之盛事，須煩紫霞洲之主人。乃卜芳辰，肆開華宴。恭惟某官地位皋、夔、稷、契，聲名杜、富、范、韓。重朝廷如周廟之黄鐘，主公道若漢軍之赤幟。七年政地，一念君天。渭相擅朝，最憚沂公之正直;荆人相國,深嫌清獻之剛方。進力爭於凝旒負扆之前,退顯斥於合席同堂之際。豈不知以身察察,將射影之難逃;獨奈何執我仇仇,欲塞裳而不可。殆蕭蘭之并植,終玉石之俱焚。陸贄、延齡,功何難辨;韓非、老子,傳豈雷同。投簪與赤松子以并游,舉杯對武夷君而無愧。故鄉晝錦,不妨暫樂於閑身;聖主宵衣,竚見亟還於大老。某偶來駕牡,曾是登龍。耳傾英袞之相周,目駭深衣之還洛。雖則爲國家而甚惜,卻欣觀道德以親承。屬暫管於銅符,爰亟張於綺席。丹山碧水,佳氣方新;白酒黃花,蕭辰已近。試展醉翁之懷抱,庶觀退傅之風流。今日午橋,喜勝游之得與;他年東閣,好佳話之重拈。上佐歡悰,可無韵語。

　　幅巾支杖勇還鄉,昨夜方開畫錦堂。司馬高風傾國慕,韓公晚節襲人香。已忻綠野修初服,好爲丹山酹一觴。卜夜莫嫌秋漏永,仙翁鶴骨儘康強。

　　以上見文淵閣本《恥堂存稿》卷八。

　　按:《樂語》三篇,《全宋詩》册六一頁三八五八八僅摘録篇末詩歌部分,其餘部分均未收。

## 王必成　卷七九五九

**【校訂】修陶淵明祠記**(頁三八二)

　　原出處《大典》卷六七〇〇署作者"王必成"。然《大典》卷六六九七載:"《修祠堂記》三……二開禧王必大記。"則作者名"必大""必成"當有一誤,未知孰是。

# 册　三四五

## 宋理宗　卷七九六六至七九八一

**【校訂】特封正顯侯敕**(頁一四七)

　　此文又作册三一五頁三〇二吴泳《太學土地特賜靈通廟額封正顯侯制》,宋理宗下當删。

**改元推恩民户軍兵詔**(頁一五七)

　　此文又作册三〇三頁一三九許應龍《兩淮荆襄四川州縣被寇寬恤德音》,宋理宗下當删。

**以日蝕避殿減膳詔**(頁一六三)

　　此文又作册三〇三頁七四許應龍《嘉平朔日蝕星聚避朝損膳廣宥多辟降詔》,宋理宗下當删。

**程顥追封河南伯制**(頁一八七)
**程頤追封伊陽伯制**(頁一八七)

　　趙汝騰《外制序》載:"然予獨喜以書下房,遂得行周元公、程純公正公兄弟、張橫渠四先生封伯告詞,非幸歟。"則二制詞當爲趙汝騰草擬,宋理宗下當删。

**樂子贊**(頁四二六)

　　此篇輯自《藤縣志》卷七。《大典》卷一八二二二引《聖賢圖像贊》亦載此篇,未署作者。清王昶《金石萃編》卷一四九引此文,署作者爲宋高宗。《全宋詩》册三五卷一九八二宋高宗下即收。宋理宗下誤收當刪。宋理宗此卷頁四一八至四二六另有輯自《藤縣志》卷七之文二十六篇，其中《曾子贊》《閔子贊》《商子贊》《伯子贊》《冉子贊》《冉子贊》《漆雕子贊》《漆雕子贊》《公西子贊》《任子贊》《樊子贊》《巫馬子贊》《商子贊》《子蔑贊》《秦子贊》《施子贊》《公祖子贊》《縣子贊》《顏子贊》《公西子贊》《燕子贊》《狄子贊》等二十二篇與《樂子贊》類似，爲宋高宗作，理宗下當刪，《公子贊》（公良孺）、《公子贊》（公肩定）、《鄔子贊》，明冠洋子《聖賢像贊》卷三認爲是宋高宗作，別無其他證據。另有《子彊贊》四篇，未能考其非宋理宗作之證據，然亦有疑問。

【輯補】中大夫起居舍人趙綸除右文殿修撰知慶元府兼沿海制置副使制

此文撰於淳祐四年（1244），《全宋文》誤收於冊一六三頁六四李正民下。該文作者難以確指，應移於此。文不具錄。

賜何炳敕書<sub>端平二年</sub>

敕何炳：朕仰惟藝祖皇帝立國以仁，維國以義，撫軍馭軍，恩威不相掩用。能賦民養軍，而民不憚；整軍衛民，而軍不怨。經制一定，國勢尊安。慨慕風烈，常懼弗逮。間者惠陽、建安、京口、高沙之軍，蠢惟不靖，以駭民聽。雖怙終必戮，迄神邦憲；而事非獲已，痛切朕躬。夫三綱無常之理，在人未始泯絶。彼其忘平時撫養之恩，背理捐生者，而以衛民者厲民（"厲民"原作"廢"），豈盡本心哉。有司奉令不虔，故其病於掊剋，而饑寒之不免；困於力役，而休息之無期。鬱挹於沮遏，而赴訴之無所。治非一日，亦惟朕之不明，有以致之。《詩》不云乎"祈父於王之爪牙"，胡轉予於恤。内而三衙，外而列閫暨諸軍主兵官，其各體至意，上下交飭，訓禮是信，威以戒其玩，而恩以恤其私。使人人自愛，相安於紀律。而國勢張，時惟汝嘉，狃故必罰，朕不敢赦。故兹戒諭，想宜知悉。秋熟，汝比好否？遣書，指不多及。

《大典》卷六六九七。

按：《大典》下有"端平二年臣炳刻"。此書"朕不敢赦"句上乃洪咨夔《戒飭將帥撫恤士族詔》（306/170）。

誕節放生御書

朕惟誕節放生祝壽，乃見臣子忠愛，錫宴食品，自有彝式。如聞州軍縣鎮，緣此廣務烹宰，殊失好生之意。今宜戒敕，不得多殺物命。一如景祐三年詔書。務令遵守。仍於所在放生池刻石。

《大典》卷六六九七。又見《大典》卷八五六九引《寶祐濡須志》。又見《咸淳臨安志》卷四一。

按：《大典》下有"淳祐九年臣希澔刻"。

獎諭王忠敕<sub>端平元年</sub>

敕王忠：朕觀唐白志正掌神策兵，東征死亡者，隱不以聞。受市井富兒賂，輒補名廩軍籍。身敗於市，後果爲唐患。朕甚惡之。近歲掌軍者，欺益甚。隱死籍，售代名，因自利其廩賜。精鋭銷落，疲懦充斥。職是之由，方思核軍，實洗宿弊。爾攝帥武定，乃能體國首公，得所冒廩秩者六百三十七人來上。嗚呼！可謂不貪以律下，不欺以事上矣。爲將帥皆若爾，軍政其不立乎？是用汝嘉，其益加勉。所有軍將隊伍，并與原罪。故兹獎諭，想宜知悉。春暖，汝比好否？遣書，指不多及。

《大典》卷六六九七。

**允吴如愚辭免秘閣校勘詔**嘉熙中

朕聞德義可尊,遺佚不怨。自古已鮮,於今尤希。爾某隱於王城,泳於學海,朕以大臣所薦,而擢西昆之職。爾以嚴君之澤,而安東岱之祠。重違高懷,勉從雅志。庶國人有所矜式,知老成重於典刑。

文淵閣本《楳埜集》卷一一《準齋先生吴公行狀》。

**徐鹿卿除江東運判誥**嘉熙四年九月

江東發軔,刬印日久,寧虛位而未有所授,蓋艱其選也。爾頃持民庸,言歸班列,郎曹宰旅,更踐幾何。時遽以言去,祝釐真館,恬静自如。大臣惜其抱器,能而未能施也;丐以節傳,畀汝大江之東。唇齒淮甸,雲屯萬竈,供峙匪輕。刬歲大歉,流冗四集,撫綏保惠,得明決者以臨之,郡縣吏知教條之不可忽,而民隱有所訴矣。嗚呼,其懋敬之。

**徐鹿卿除浙東提刑誥**淳熙元年七月

朕欲省刑,甚而歲報重辟數盆以夥,豈法網尚密,使民難避而易犯歟?抑吏或不良,猶有訖威富而舞文者歟?故臨遣使臣,至詳且謹。爾練達世故,志不苟同,將漕江左,朕方賴之。然念東浙七州,屢當無年,吏又有撓法黷貨以害吾民者。一節平反,特以命汝。惟不忍殘虐之傷民生,故能簡節疏目;惟備見貪縱之耗國脉,故能激濁揚清。使吏無苛征,而民知遠罪。朕省刑之意,其殆庶幾。

以上見《清正存稿》卷二。

**徐鹿卿除直秘閣依舊浙東提刑兼權浙東提舉誥**淳熙元年十月

昔姚崇之告玄宗,謂能擇十道按察使,則天下不勞而理。朕嘗三復斯言,以爲有國之未大治,政繇吏民之不相習。使部使者得人,則異於是。故每出節臨遣,必謹之重之,非師論允穆者不以授。爾挺姿有堅持之操,賦政多豈弟之規,將漕江東,凛有風績,肆疇爾庸命,爾易節於浙左。夫王良、造父之鳴和鸞、逐水曲,罔不中節者,人馬相習也。爾於使事,其知習矣。即所以驗於遠者施於近,於爲政乎何有?往哉尚迪,時命無違。

同上書卷三。

**徐鹿卿除寶章閣知寧國府兼江東提舉誥**淳熙四年十一月

江左大州,比年賦籍混淆,郡以匱告,豈吏苟且歲月,而志不力歟?抑其才不逮歟?何公私之交病也。以爾介特通練,屢更麾節,輒從命召,往殿此邦。晉直奎章,兼榮使事,重兹行也。其爲吾民利圖之,毋但曰溪山之郡可以訪古而已。

**徐鹿卿除右司誥**淳熙五年二月

都司天下之劇曹,非明敏練達之士不輕畀。爾抱負偉達,才識疏通,麾節賢勞,羽儀班著,孚於衆望久矣。見幾而作,養高裕如。朕既曲成爾志,今當改弦易聽,盍歸乎來?宰旅舊壇,日參廟論,豈特吏、刑、户版,疏瀹其弊而已。尚服厥職,勉贊經綸。欽哉,其無斁。

**徐鹿卿孟享除太府少卿兼權右司郎中誥**淳熙五年四月

外府爲邦計出納之司,卿士惟月長貳一也。歷代之制,莫非高選。故吏不畏侯杖而畏尹筆,謹簡儒臣以畀之,宜矣。爾通達古今,敷歷中外,所至以才德稱。省闥彌綸,方藉婉畫。兹擢卿亞而領三尚,見謂得其人焉。往欽厥官,嗣有褒寵。

**除右文殿修撰知平江府兼淮浙發運副使誥**淳熙六年三月

天下萬幾之務，彌綸允頼於宰司；王畿千里之間，宅牧尤嚴於侯社。中外之勢雖異，委任之意則均。謂演明緒，式彰殊眷。以爾刻志尚行，學古通今，信己而不疑，臨事而有守。敭歷既久，風望寔高。頃者化弦之更張，起之家食之容與。贊治省闥，肅清紀綱。以外府卿執銓吏之權，攝少常伯有爲真之漸。胡求去之甚勇，而秉誼之不回。朕審知爲可用之才，忍曲徇其胸間之志？惟姑蘇之共理，兼淮浙之轉輸。虛席而艱於得人，刓印而無以易汝。衍沃爲今樂土，屏翰猶古右扶。爾其撫我嘉師，有同赤子。條教簡而嚴，則人自不敢犯；期會寬而信，則吏亦何忍違。苟能以平易而策勳，尚可俟簡求於他日。

**徐鹿卿除權禮部侍郎誥**淳熙七年十月

虞朝之命秩宗，復繼以教胄子之事；周官之掌邦禮，實嚴乎建學政之規。幸古意之猶存，匪儒宗其誰屬。具官某抱氣節而特立，得文章之正傳。入從甘泉，嘗殫乎忠告；出守馮翊，備極乎賢勞。賜朝京師，攝貳戎部，卿曷尚遲其行也。朕益思所以處之，以大司成之席虛；爰有兼官之命，以小宗伯之職稱。乃升換部之華，重我斯文，清哉此選。噫！皇極建而彝倫序，其丕闡於天常；師道立則善人多，尚力扶於世教。以副朕意，則惟汝能。

以上同上書卷二。

**徐鹿卿辭免禮部侍郎不允詔**淳熙九年正月

敕某：省所奏辭免除禮部侍郎兼職依舊日下供職恩命事，具悉。舜命夷夔典禮樂，終身不易，而《書》有陟明之文。卿以儒學端介，攝貳宗伯，才兼數器，選要秩清。逾歲爲真，僉言允穆。乃欲求去，何也？前受是則辭非，奚庸稽首以遜；昔者病而今愈，正資造膝之規。汝往欽哉，毋咈朕意。所辭宜不允。故兹詔示，想宜知悉。

**徐鹿卿再辭免禮部侍郎不允詔**淳熙九年二月

敕某：省三省進呈卿狀，乞給告三月，歸里燎黃并治醫藥或與祠禄事，具悉。卿樸茂篤實，爲時老成，久貳儀曹，甫兹正位，入陪經幄，多所沃心。況銀臺綱紀之所關，璧水範模之所係，職任至重，正有賴焉。乃以疾愬，爰及其私。昔漢制吏病滿三月，乃賜告，然亦不得歸也。卿雖微疢，聞發動有時。方春時和，何恙不已？其存精神、止念慮，輔助醫藥以自持，請告祈閑，非所願聞也。所請宜不允。故兹詔示，想宜知悉。

以上同上書附錄。

**徐鹿卿贈四官誥**淳熙九年十月

夕拜瑣闈，未絕塗歸之筆；夜移舟壑，驚聞淪謝之言。雖百年旦暮之常，嘆一代風流之盡。爰加愍飭，式示寵榮。具官某用世通才，識時宏蘊，其清規可以厲俗，其婞節可以尊朝。持橐甘泉，人稱名從；論説東序，士得明師。朕方興前席渴見之懷，爾已遽飾巾待終之願。宿儒可備顧問，誰其嗣之；老成尚有典型，今其已矣。叠四階之優贈，升次對之華稱。用書銘旌，永賁泉壤。

同上書卷三。

按：《清正存稿》卷二尚載應縣《徐鹿卿除權兵部侍郎敕》，《全宋文》册三三四卷七七〇九未收。宋集附詔敕者甚多，今未及遍檢，僅録所見。

# 册 三四六

## 馮夢得 卷七九八九

**【輯補】跋了翁貶通州遇赦自便謝表** 咸淳元年

嗚呼！此吾忠肅了翁先生之遺墨也。世豈復有斯人乎哉。公一片忠肝血，邪輩正如秋霜烈日，可畏而仰。公之孫以示余，余惟此表曾爲石恢袪篋而不能壞，劫火洞然，不爐惟玉，是可寶也。想公起草時，天地鬼神，臨上質傍，其克有相。恢獨何人哉，而爲京、卞之所膺，小人亦枉爲小人。公每得明道先生文，必冠帶而讀之。余於公亦然。咸淳乙（原作"己"）丑，後學馮夢得謹跋。

《大典》卷三一四三。

**重修南城記** 開慶元年

盱治豫章之南曰南城，漢以後築削莫詳。唐乾符，汝南公作羅城，周迴一十三里。以其地控閩粵孔道，爲江右第一藩屏。然郡猶未建。麻姑、鳳崗蜿蟺之氣，至我朝浸盛。開寶升爲建武，太平興國易爲建昌。元豐間，鄭公琰爲九里三十步城，正合有周以宮隅之制，爲諸侯之城制也。紹興胡公舜舉再葺，迄寶祐戊午一百有六年。日引月長，積穨宿朽，消息因革之會，天必有人物以擬之。是年夏，盜發南豐，至秋猶梗。聖天子以爲憂，環視在朝，思得有惠氣威風者鎮撫焉。今太守曾公以刑部郎官當其選。始至，不鄙夷其民，布宣天子德意，欲與并生，一以寬大從事，篁竹龍蛇，必不得已，哀旅入阻，姑殲其首惡以徇，餘則盡放爲農民。按堵如故，而境內大治。古者諸侯守在四鄰，其次守在四境。今四境寧一，左飧右粥，童兒踴躍歡呀，無內憂外懼，固異乎囊瓦之城郢也。我是以有城門之役。《月令》以冬月圮城郭，修鍵閉。凡從時啓閉，以治其弊，以待開閉之急。土功法也。我是以有季秋之役。涉冬歷夏，綢繆次第。越四月，雨潦生如擊甕盆，不沒僅三四版。醫斷邊際，凡百餘丈。"价人維藩""毋俾城壞""雨畢而除道""清風至而修邦郭"，此先王之教也。我是以有今秋之役。是役也，不亟不徐，各以叙舉。雉堞樓櫓，環植周匝，棍店瓦甓，黝堊丹漆。蓋視昔夅壯。祈仙門樓舊，偏下卑僕，弗稱嚮明之義。乃盡撤而新。高培三尺，亥過之。漫迴高啄，傑出九列，與皋門相先面離，始於體爲愜。嘗試登眺，江山之鬱盤，雲烟之飛薄，沙石細綉，覽不盈掌。摩壘而上偉觀，亦被文繢。及是百堵又興，用層石二千七十丈，軌甓二十萬二千有奇。陝陝登登，而缺者始完。匠則傭工，夫則鳩兵。顛末用錢以省緍計者二萬，米以石計者四百。《傳》曰："知所先後，則近道矣。"君子入人之國，每從宮室、臺觀、橋梁之間以觀政，況設險以守國，擊柝以禁暴，繁政之大。獨慨夫當張弓增竈之時，上下交迫，急符日旁午於道。吏捧持趨走，促遽晉陽甖絲，惟恐日不暇給。其間循良惻怛，亦未免慘慘畏咎，其於保障徒自窬嘆。公以望郎得郡如斗，盱非有宿羨舉贏，乃能審先務，裕蠱備豫，銖積寸纍，視如私家以善掌固之事。風績幹局，自有道焉。是爲知所爲政矣。夫其知所爲政，而又當其可之謂時。至其所以扞吾民仁義之懿，又在土木繕修之外，賢於城也遠矣。城門續於成，公帥僚佐上朝京北面，乃復舊名曰朝天，尊君也。此謂知本。卿大夫吏部侍郎曾公潁茂特爲大書，又書祈仙，綿絡爲南北之雄。父老扶杖來賀，遂大合樂以落之。公爲郡未期年間，景象頓異，井畫五十六道。各新其扁，以植風聲，特其末焉爾。

政教之大者，方有以幸旴人士。公餘提史筆，修圖志。適余有荆蜀之役，恨不得遍觀厥成，僅能取修城之一以紀歲月。公諱壁，會稽人，曾試詞科，茶山先生文清公幾五世孫。其系出河南，實酇侯之後云。開慶元年秋八月既望，承議郎通判建昌軍兼管内勸農營田事新特差充四川宣撫大使司幹辦公事馮夢得謹記。

《大典》卷八〇九一。

### 江州濂溪書院後記 咸淳六年

周公作而善治，可以開百世之運；孟子生而真儒，得以興千載之文。聖宋肇基，奎鈎效祥，耆輔碩學，項背相望。由孟子而來千四百有餘歲，能以斯道爲己任者，昔元公也；由周公而來二千有餘歲，能以天下爲己任者，今魏公也。喬木故家，典刑如存，氣匯感召，律吕相應。廬山之陽，濂溪之濱，元公書堂在焉。異時遺墟舊址，燕濊不治。青蘋白鷗，無與同樂。潘侯慈明，始復作堂其處，揭以舊名，而奉厥祀。趙侯崇憲，又規創書院，聚生徒其側，以郡博士主之。貴寓察院劉公元龍請於朝，先皇帝親灑宸翰，書"濂溪書院"四字扁於門，所以表章崇尚者甚。至式閭封墓録後之舉，則未之聞。淳祐六年，今太傅平章魏公，開梱溢府。元公之五世孫擇之者，膝行以請曰："惟先君元公，得不傳之學以授二程，而道以大明。迄今二百載，於其子孫弗振，洵之子無責焉耳。澹之後無傳，余爲沆之次子，曰振之者，余季也。湛之子一之，濤之子成之，是皆有志於學者，而未有以贍養之。又惟先君無恙時，榮築室少府嶺下，其肯曰：'予有後，弗棄基，弗念弗庸，以質以鬻。'今殆爲他姓所得，思欲更葺數椽，辟燥濕寒暑，以奉吾親，詎可得耶？"公惻然，亟命山長潘君之定訂其支派，爲之纖悉經紀，臚爲四位，以擇之嗣。澹後奉孀母葉氏以居，索所質鬻之地，官代爲酬直，拓隘展狹，增造檻舍，仍給没官田三百畝。會魏公易鎮上流，又撥軍資庫不繫省錢壹拾萬緡，爲市良田八百畝。若位得二百，給據立石，禁典賣，蠲二稅，比成之等，置到皇甫等田八十四畝，餘更飭屬縣買補元數，以成初志。他如修築墓墻，開填書院溪澗等費，爲錢肆阡三百緡有奇。由是而元公之廬肯堂矣，墳有識矣。爾後魏公入相，天子進位，辯章軍國機事之暇，猶眷眷不忍忘。且援褒録勛賢後嗣之典，授成之以初品官，俾主德化之學，掌元公祠。其始自今欽千世世，魏公之有大造於元公者，善藩善飾云乎哉！咸淳己巳，太府少卿李侯繇池陽改牧，款謁祠下。顧瞻左右，肪建祠堂，則朱文公實記之。再創書院，則陳北山實記之。至於憫流澤之湮微，傷詩書之廢墜，扶植於開梱之始，綱維於移鎮之日，官其後嗣於秉鈞十年之後，使元公之傳，繩蟄繼志，則魏公之德，卓乎不可幾及。稽之郡乘，未之紀録，大懼厥典，不遠千里屬夢得爲記。夫莫爲於前，雖美弗彰；莫繼於後，雖盛弗傳。元公不繇師授，默契道體，爲往聖繼絶學，其視孟子承三聖，距詖放淫以私淑人心者，同一學也。魏公不負所學，再造王家，爲萬世開太平。其視周公相成王，制禮作樂，使大治榮華者，同一道也。然君子之澤，五世儻弗克紹，孟子蓋深惜之。今魏公存録賢者之裔，而營道源流之盛，以彰以傳，實得周家崇德象賢之意，可不尚乎？可不紀乎？侯名輿，字伯輿，同慶人。學問有本，經綸有方，乃能加意於此，可謂知所先矣。《詩》曰："赫赫師尹，民具爾瞻。"又曰："高山仰止，景行行止。"夢得載賦二章，而書周公、孟子之說以復之，是爲記。時庚午閏十月四日也。顯文閣直學士朝議大夫知建寧軍府事兼管内勸農使節制左翼軍屯戍軍馬兼福建路計度轉運使兼本路勸農使將樂縣開國男食邑三百户賜紫金魚袋馮夢得撰。中奉大夫權尚書吏部侍郎兼權給事中兼同修國史實録院同修撰兼侍讀分寧縣開國男食邑三百户賜紫金魚袋章鑒書。端明殿學士朝散大夫同簽書樞密院事兼權參知政事同提舉編修敕令同提舉編修經武要略縉雲縣開國伯食邑七百户食實封一百户賜紫金魚袋趙順孫篆蓋。

《周敦頤集》卷一〇。

**考亭書院上梁文**

伏以闕里闡斯文之統緒，垂二千年；考亭接正學之淵源，恰六十載。又新輪奐，加惠佩衿。恭惟太師徽國文公晦庵先生，體用大全，明誠兩進，以道接堯、舜、禹三聖之道，以心傳周、程、張諸子之心。先太極而始，後太極而終，皆備於我；由百世之下，等百世之上，不易吾言。真如泰山北斗以仰之，所謂河圖洛書之在是。惟滄洲之勝概，乃晚歲之卜居。源頭之水不窮，户外之屨常滿。寂寥木鐸，寧無江漢秋陽之思；蕭索竹林，誰繼風露夜檠之讀。茲蓋伏遇植齋運判寶章大監望宗西蜀，學派東蒙。堂下步趨，曾仿佛乎金石絲竹；眼前突兀，將收拾乎榱桷棟梁。開玲瓏之八窗，屹堅高之數仞。何但儷嵩廬睢岳之勝，抑將廣濂洛關河之傳。相與講磨，如聆謦欬。溪山清邃，緬懷千古之風猷；雲漢昭回，增耀九重之天札。輒成善頌，同舉修梁。

東，高山仰止我文公。會得滄洲無限意，百川學海水朝宗。

西，故家喬木與雲齊。野服恂恂笑談地，個中喚醒幾人迷。

南，一抹清烟寫碧嵐。借問開山公案祖，韋齋曾向此停驂。

北，此去聚星亭咫尺。明河未落斗復昂，認取人心中太極。

上，使星大作斯文倡。滿堂衿佩玉鏘鏘，宛似考亭初氣象。

下，諸賢當識其大者。但將誠敬為入門，是亦聖人之徒也。

伏以上梁之後，弦歌不絕，一缽相傳，寤寐千載之心，涵泳四書之澤。君子之道鳶飛魚躍，各遂性真；先生之風山高水長，莫窮教惠。

戴銑輯《朱子實紀》卷一一。

附：以上四文《常熟理工學院學報》2018 年第 4 期載胡曉《全宋文補遺四篇》已補。《朱子實紀》卷九載章徠《朱子謚議》、劉彌正《朱子覆謚議》，卷一一載諸葛泰《紫陽書院記》，《全宋文》未收其人；卷一一載王遂《重修武夷書院記》，《全宋文》册三〇四失收此文；卷一〇載李方子《朱文公行實》，可校補《全宋文》册二九四頁二六七所收文。

## 文有年　卷七九八九

**【校訂】相儒堂記**（頁一三一）

文末，《大典》卷七二三五引《永州府志》有"景定癸亥朔日記"。

## 胡太初　卷七九九六

**【輯補】奏請經界保伍及移兵官一員置司城外三事** 開慶元年

竊惟汀郡，實底閩陬。土曠而民貧，俗獷而氣暴。家乏富饒之蓄，時多寇掠之虞。固切撫摩，尤嚴控禦。臣熟加詢究，浩欲奏聞。不敢繁縷瀆冒宸聰，姑摭其所甚急、所易行者，條列左方，伏惟聖明采擇。

一、臣自領事以來，每訪民詞，以產去稅存、業輕賦重告者十居七八。亟加考究，蓋由經界不行已久，田無畝步，但計收禾。官司之版籍不存，民户之砧基蔑有。以片紙成交易，收者獲産，而出者之挂稅自如；以草帳辦催科，貧者供攤，而富者之抵拒笒力。又有囑鄉胥而暗走其稅者，有占絶田而莫知其數者，有大家多膏腴而輸稅輕、小户守磽瘠而輸稅重者，不均之患，莫此之爲甚。拯而理之，莫此之爲急。臣謂經界之法，未易輕議；自實之令，委爲可行。欲望朝廷特賜札下，今照兩浙體例，奏行自實。仍以其式頒下，臣當鞠躬盡瘁，期以不擾行之千里。幸甚！

一、本州南接潮、梅，西連盱、贛，寇攘間作，淵藪實繁。昨者捕到賊徒，鞫之囹圄，多是鄰郡奸民來此告説某處某家富有財物，此邦之奸民，籍其嚮導，聚衆而行。其始集也，持挾刀杖，止以販鹽爲名；其既集也，置立部伍，公以劫屋爲事。既行劫掠，豈免殺傷？民志驚惶，率多逃匿。臣近行下諸邑，選差隅總，重排保伍。以五家爲一甲，甲有首；五甲爲一保，保有長；五保爲一大保，有大保長；五保以上爲一都，都有官；合諸都爲一鄉，或爲一團，亦各有長，其鄉團長即隅總。從本州給文帖朱記應充。設若遇警，衆急遞告捍防。如境内半年或一年無虞，與之次第減免力役。如別有保護捕獲之功，又行議賞。仍令沿門點定人户丁口，以籍申上。或有聚集欲出外生事者，則自甲保以上，互相覺察，以報隅總。關防既密，跌蕩良難。但鄰郡之奸民販私鹽而來者，常十百爲群，未易遏絶。欲朝廷行下盱、贛、潮、梅諸郡，一體編排保伍，嚴行禁戢。則犬牙相制，皆不可越境生事。豈惟汀民安，而諸郡之民舉安矣。

一、本州依山爲城，境地狹隘，民居市肆，多在城外。以户口計，城外多於城内十倍。又有保節二十一指揮一軍營，亦在城外。凡鬥毆殺傷，風水盜賊，悉委長汀一尉。而尉或遇差出體究驗視，則彌旬曠日，更無彈壓警邏之人。竊聞江西間有州郡市井在城外者，分兵官一員茌之。本州有訓練一員、兵馬監押二員。臣愚欲照例依添差監押一員，置廨舍於城外，俾與長汀尉同任警邏之責。城外無恐，則城内愈安矣。此以唇蔽齒之勢，委是別無妨礙。或蒙賜可，即乞札下以遵守。

**帖請諸鄉隅總規式** 開慶元年

今帖請某人充某縣某鄉幾都隅總，開具合關報事件在下，須至給帖者。

一、昨行下選有材德望之人，從本州給朱記文帖請充隅總。既謂之有材望，非可與幾凡民例論也。如元非公吏幹攬屠販等人，遇到縣，請縣官以客禮接見到州一同。若係投詞論訴，自依常式。應有關會，并用文帖，不可據行追呼。如三帖不報或不了，可引出。

一、隅總專是任責警察盜賊，衛護鄉閭。應追會公事、催督官物及體究審驗等事，自有保正副及保長任責，并不許官司以帖引累及隅總。如有此色，徑請繳回。

一、隅總若能保護鄉井一年，或半年境内無虞，從本路縣契勘量與次第減免力役。或別有奇功能捕獲警援，本縣保明申州，輕者借補官賞，重者申奏旌勘。

一、隅總既膺此委，盡心協力授衛鄉閭。乃若托公以行私，恃權而欺衆；或掊克民户財物；或侵奪民户田廬；或緝盜而收接其贓，復行縱匿；或容盜而密聽其囑，不即收擒，有訴到官，或官司得於知聞，定行審究着實，照條議罪。

一、今來編排保伍，專以不擾爲先，止要沿門點定户口人丁，置簿抄上。各三本，一申州，一申縣，一付隅總。以五家爲一甲，置一甲首；以五甲爲一保，置一保長；五保爲一大保，置一（原作“不”）大保長；五大保以上爲一都，置（原作“署”）都官；合諸都爲一鄉，或爲一團，隅總統之。仍於各處置立粉壁，大書保下、甲下人户姓名，以憑稽考。即不許喚集關留，有妨民業。如將來甲内有人丁事故，甲保次第報知隅總銷落，仍申縣申州照會。

一、人家密處，小保長置梆一隻；人家疏處，甲長置梆一隻。如遇警急，即仰鳴梆。一梆鳴，衆梆皆鳴。甲内及保都人户聞梆，不以早晚深夜，即刻前赴應援。各家置槍棒一條，以備緩急，不許非時施用及將帶出入。如有不遵約束及不相救應之人，仰甲保覺察報知隅總，申縣照條斷治。

一、聚集徒黨及十人以上，在法所禁，仰甲内常切覺察遞告保長、都官，以及隅總。若隱而不告者同罪。或外州縣人經過甲内，不許停留過三日。若行止不明者，不許住泊。如違約束，許甲内及保内首告。知而不告者，請隅總覺察，申縣科斷。

### 奏請武平縣令乞免差武臣復京選同差之法 開慶元年

照得本州武平縣，距州城三百里，從來係文臣寠闕。昨寶祐二年，郡守羅宗博申乞從權作文武通差，遂差兵馬監押趙與祸前去攝事，且許以就辟。未幾，以行移檢覆死囚事，蒙本路提刑司行下謂辟都監爲邑宰，武臣不曉事，且責本州不以人命社稷爲念。在後趙與祸身故，有成忠郎阮逢午爲見先有文武通差之文，遂就部注授到任。本州方欲申陳乞仍作文臣寠闕，急據武平縣貢補進士縣學長鄭震等一百三十人列札狀，本縣辟居閩底，雖號瘴鄉，水土惡弱。今格舊減舉主兩員，及免用職司。如有三舉員，即改京秩。載之圖志，隸爲中縣，注之部闕，京選通差。南岩之佛同居，靈洞之仙可訪，風景未嘗不美。自開邑而至紹定，宰是邑者，大則奉議、宣教之京官，次則承直、儒林之選人。代有循良，舊志壁記，歷歷可見。寶祐二年，本州差州都監秉義郎趙與祸攝令，因緣求辟，知郡羅宗博遂申省，破京選通差之格，放行文武通差。其時本路王提刑因本路具囚上讞，判云：武平一縣，有人民，有社稷，往往縣官皆武人權攝，今開申狀又係辟都監爲邑宰。本州殊不以人民社稷爲念。武平只在汀、漳之間，何至乏人而置一縣於度外？其所以不遵法守，是皆武人無所識之故。牒州契勘，本縣官有無注授，因何不行赴上，著實具申以憑區處。續周知郡縣牒回趙都監復舊職，改委寧化縣丞趙與康攝事。近縣令阮成忠循文武通差之例，注授填趙都監寠闕來膺邑寄。今以書兩考矣。第恐後來或又有武弁借徑而來，不諳邑（原作"色"）事，則學校誰與作興，生靈誰與摩撫？自此風俗日薄，人物日凋，戶口日耗，財賦日陷矣。且福建所隸四十九縣，宰皆文充，令皆文選。以閩之屬郡，素號文明聲教之邦，而汀之武平，獨若淮瓁用武之邑，良可惜也。士民昕夕妄議，欲望本州斟酌事體，詳與申奏天朝，復正京選通差之條，寢罷武人充闕之例。使小邑之令，獲齒諸邑之班爵。人物由是而師表，風俗由是而教化，戶口財賦由是而得安集，而節愛豈不躔歟！本州所據武平縣貢補進士縣學長鄭震等所陳，委是允當，合行備録具申，欲望公朝特賜敷奏，永爲復文臣寠闕。仍許從本州申辟文臣一次，庶幾凋弊之邑得人經理，實副百里之望。

按：文末云"八月三十日，奉聖旨依"。

### 臨汀志序 開慶元年

寶祐戊午夏五月，太初以澄江守蒙恩易兹郡，親朋讙曰："是僻遠而難治者也。"太初惟天子命詎得辭。乃於都、閩轉扣嘗官於是者，求郡乘一觀焉。則紀載闕疏而不續者，又周一甲子矣。事制之仍革，戶口之登耗，租税之虛盈，人物之盛衰，職官之到罷，皆漫焉莫考。洎馳驅及境，蓋儼然一古郡也。山川繚複，城郭縝窄，俗若悍而樸，務若叢而順，敬攘時作，制御有方，則可以無虞；氣候雖不常，攝養有素，則可以無恙。鎮之以静，行之以勤，輔之以制節謹度，亦可以無曠闕。信僻且遠，烏見其爲難治哉！半載而贏，百廢粗舉，遂與文學掾趙君與沐擇前廡之博茂士曰鍾君明之、陳君士安、鍾君知本、丘君一震，相與審繹舊志，蒐獵軼聞，而趙君提綱焉。未幾，束稿來，太初爲定科條，訂事實，劑雅俗，正訛謬而編成矣。志之外文，別爲集卷各十有五，皆闕其左方，以俟來者之續書。於是由郡而屬邑，旷分件列，粲然在吾目中，一洗前日莫考之憾。夫以郡創於唐之開元，四百三十年爲我宋之隆興甲申，而志始形，然甚略也；又三十五年爲慶元戊午，而志始修，然未備也；又六十年至今日，而志重作，亦未敢以爲大備。然則斯文廢興之故，可勝嘆哉。世運茫茫，事機浩浩，有續無絶，有興無廢，所望於後來同志之君子。次年季秋吉日，朝請大夫知汀州軍州兼管內勸農事主管坑冶節制屯戍軍馬胡太初序。

以上見《大典》卷七八九五。

### 盧康時　卷七九九六

【校訂】寶慶府慈幼局記（頁二四六）

"臨之"，《大典》卷一九七八一引《寶慶府志》作"靈之"；文末《大典》有"淳祐十一年七月朔，進士盧康時記。儒林郎寶慶府軍事判官于大義篆額。宣教郎知寶慶府邵陽縣主管勸農營田公事兼弓手寨兵軍正黄懋書丹。承議郎通判寶慶軍府兼管內勸農營田事兼權府事桂諤立石"。

## 册　三四六至三四七

### 歐陽守道　卷八〇〇〇至八〇二〇

【校訂】禮論（册三四七頁四六）

原出處《大典》卷一〇四五八署"歐陽守道巽齋集"。此文又見文淵閣本《誠齋集》卷八五及《十先生奧論注》前集卷八"楊萬里"，册二三八頁三〇一楊萬里下即收。此文乃楊萬里作，《大典》誤署出處而致誤收。

**祭曾夫人文**（頁一五六）

文末注"《永樂大典》卷一〇四五〇"。出處卷次誤，實見《大典》卷一四〇五〇。

**祭表兄劉季容文**（頁一五七）

文末注"《永樂大典》卷一〇四五一"。出處卷次誤，實見《大典》卷一四〇五一。

【輯補】與潭東西氏書

某自來不以身事語人，獨行其意。竊承慷慨之誼，故不吝情，傾倒滿紙，猶不可盡。平生作書，未嘗爾，亦乞置之勿復道。薄俗多怪，恐啓好事。既已不及於造化，而益之以衆人之議論，則殆非初意。所以相愛者，來書在襟袖，無誰見，第略爲老先生誦高誼之概，同一感激。此亦一段佳致。彼此藏之爲善。等祈台亮，某皇恐，頓首拜。又申。

文淵閣本《養吾齋集》卷二六《題巽齋文信公先君子三帖》。

## 冊 三四七

### 潛説友　卷八〇二六

【校訂】浙東提舉到任謝表（頁二六一）

此文又作冊二七四頁二三四袁説友《謝提舉浙東茶鹽表》。袁説友文見大典本《東塘集》卷一四，又見《播芳》卷一五，署"袁説友"；潛説友文輯自雍正《浙江通志》卷二五九。文有"一再命以爲州，咸無善狀；六百石以察部，誤拜渥恩"句，與潛説友生平不合，當非潛説友作。因名相近而致誤收。

## 冊 三四九

### 李恕齋　卷八〇六三

【校訂】據孔凡禮考證，此李恕齋乃李應春。李應春見《全宋文》冊三五六卷八二四〇。此李恕齋應刪去，合其篇目於李應春下，并重寫李應春傳記。

### 賈似道　卷八〇六四

【輯補】建炎以來繫年要録跋寶祐元年

臣恭惟高宗皇帝受命中天，功德巍煌，布在方冊。而廣記備言，有裨一朝巨典，則惟臣心傳撰次《建炎以來繫年要録》。首爲成書，臣當拜手稽首伏讀竟編，其間大綱目固非可一二數。竊謂大駕初南駐廣陵之年餘，天步方艱，昃食不暇，乃於斯時開經筵，召楊時，臨軒策士，汲汲惟恐後。其緝熙聖學，扶持道統，通天下言路，以迓續我宋無疆大曆服，實始於此。臣載惟藝祖皇帝肇造區夏，親平淮南，後因御營，作章武殿。臣既改築而新之，中興舊事，故老相傳，雖有能彷彿者，然文不足證也。乃以臣所藏蜀本《繫年録》二百卷，刊于州治，與臣傅良所述《建隆編》并傳云。寶祐元年歲在癸丑秋八月既望，資政殿大學士光禄大夫兩淮制置大使兼淮南東西路安撫使知揚州軍州事兼管内勸農營田屯田使馬步軍都總管兼提領措置屯田專一措置提督修城節制本路河南屯戍軍馬兼兩淮屯田大使臨海郡開國公食邑二千一百户食實封三百户臣賈似道恭跋。

文淵閣本《繫年要録》書末。

### 家鉉翁　卷八〇六六至八〇七二

【校訂】浙西判官高越可水部郎中制（頁九二）

此文又作冊二頁一三九徐鉉同題。徐氏另有文《浙西判官高越可檢校水部郎中賜紫制》(2/130)，亦涉及高越。高越，南唐烈祖時遷水部員外郎，事迹詳見馬令《南唐書》卷一三、陸游《南唐書》卷九本傳。則家鉉翁下誤收。勞格《讀書雜識》已辨之。

一庵説（頁一四一）

文末注"《永樂大典》卷二〇三〇〇"。出處卷次誤，實見《大典》卷二〇三〇八。

【輯補】月湖記

騷人勝士，留連光景，感激時序，見月而悲嗟，晤月而賞嘆。情與境遷，其逐也外，非真知月者也。學道君子，反觀内照，乃能有得於月。是所謂義理之學，與騷情異矣。夫月之行天，圓明静虚，不求與水爲印。而三江五湖，澗壑溪谷，以至於畝之池、勺之泉、杯之水，隨所止而月之全體無不在焉。斯蓋道體流行之妙，一本而萬殊者也。人之此心，圓明静虚，與造化相似，充而致之，古往今來，上天下地，陰陽之代謝，川岳之流峙，人物之生息，此心之妙，昭晰靡遺，亦豈有他哉。静而虚者，其體也。動而應者，體之達於用而無不周者也。亦猶水行地中、月升天衢，萬有殊而莫不本於一。是以學道君子，於水月二觀，每注意焉，爲其近於道故耳。予友常東甫宅於江海之上，昔年過之，東甫邀余，聯騎縱觀，滄溟萬里，極目無際，暮潮月上，水天澄碧，相與誇詫，以爲樂哉斯游。俄而颶風東來，銀濤漲空，魚龍鼓舞，悲嘯於其下，使人神情懍恍，亟返而不得留也。乃更命酒池亭，從容坐談。月落屋梁，照我襟袖。主人撫琴，客咏詩，更唱迭和，至夜分而不能去。余語東甫："神奇詭異之觀，殆不若優游泮奂之爲適乎?"自是以來，八九年間，遭時多艱，流曳朔壤，追記舊游，如在目睫。比聞東甫得屋武林城中白洋池，上立精舍，命之曰月湖，書來俾予記之。余惟聖人之道，廣大而精微。學者之學，返博而之約。東甫厭江海之混茫，慕陂池之深静，游於斯，息於斯，講習於斯，蓋將積操存涵養之功，以造於輝光日新之地。是其進也孰禦。余前謂"神奇詭異之觀，不若猶游泮奂之爲適"，東甫豈有味於斯言乎？乃爲之歌曰："湖之清兮，月之澄兮。湖之湛兮，月之瑩兮。彼湛而瑩，彼清而澄。是惟子内心之存存。"

《大典》卷二二七二引家則堂先生《瀛州集》。

**書蘇軾相視新河次張秉道韻詩後**咸淳六年

舊聞鄉曲前輩言，東坡先生將卜居於杭，乃買田陽羨以先之，志實在杭，而不謂陽羨可久居也。觀公《題壽星寺》及《寄張秉道》二詩，可以見平日之志。山之蒼蒼，泉之涓涓，公之精神無一日不在是也。鉉翁侍親東來，奠居此邦垂三十年，亦惟曰先生經行之舊，每當撰杖入麓，慨然遐想，爲公拂拭舊題，徘徊其下不能去。復得二詩墨本，以授住山龔君文焕，俾勒石岩竇，以諗來者。龔君因請摘詩中語，扁賓位曰一庵。予不得而辭也，敬跋詩後。咸淳六年十一月旦，是日冬至，眉山家鉉翁書。

《洞霄詩集》卷二。

按：此文閏雪瑩《家鉉翁則堂集漏佚、隱佚、誤收詩文考》已補。另《全元文》册一一載家鉉翁，誤收詩《題雪花達摩布衣偈》，失收《全宋文》所載六文。

# 册　三五〇

## 方澄孫　卷八〇九三

**【輯補】代祝放生文**

天子萬壽無疆，幸遇千秋之節。春和群生自樂，俾同一視之仁。薰我太平，美哉陽澤。皇帝陛下，伏願基圖天廣，福慶川增。垂拱舜廊，格來儀之祥鳳；游觀文沼，見於牣之躍魚。

**又**

天大地大王大，況當一歲之春；形和聲和氣和，丕遂群生之樂。充然仁意，同我太平。皇帝陛下，伏願恩與風翔，福如川至。舜韶奏九，見鳳凰之來儀；湯網去三，暨魚鱉而咸若。

以上見《大典》卷八五六九引澄孫《絅錦小稿》。

按：金程宇《新發現的永樂大典殘卷初探》、方健《久佚海外永樂大典中的宋代文獻考釋》二文均指出漏收。

### 通邵武守王寺簿札

某伏以梅霖麥秋，天氣清潤。共惟某官千騎鼎來，先聲載路。吏民改觀，穹昊憑依。台候動止萬福。某熏被函牘，通贄賀床，伏俟訾省。某惟千里以缺守，聞聖天子遴選一世廉循，俾宅乃牧。山君川妃，奔走率職惟恐後。茵憑鼎飪吉衛，殷麟愛助小忠。猶願圖公家右軍黃庭一通，獻置坐側。

### 又

某兹者共審自天出紼，便道擁麾。赤子田里間，未息帶牛之舊；烏君山川國，幸瞻銅虎之新。次舍纂嚴，專城增重。伏惟歡慶，某敬以某官其清如水，其明如鏡，其方如玉界尺，其直如朱絲繩。蓋見大夫中第一流也。彈壓京輦，討論國計，剸裁繁劇，纔露一班羽儀，九農駸駸響用矣。廉取符竹，少俟戍瓜。視速化者無羨心，聞騰上者無兢色。樵震於鄰，關上憂顧。遂使耆老子弟，得此賢君，可謂甚幸。顧聖哲馳鶩之秋，朝廷軍國，其所倚重。又有大於一郡者，邦人固歌叔度矣。然不識其果可以借寇恂乎否也。頒璽詔，趣鋒車，某方且拭目。某蚤歲獲盡交當世賢豪，前四三年客食五侯諸公之門。蓋嘗於筆轂下，聞風聲舊矣。分教來樵，始至，揖人士而問之曰："壁記賢廣文之可思者爲誰？"群然爲某言曰："無如國子先生太原公者。"某於是晨出焚香，思其人而從之游，屢（原誤作"婁"）起生不同時之嘆。居無何，閣下被命，來典此州。某謂考德問業，以求先正之文獻有日矣。興懷久之，事與願左。何圖末路，實獲我心。蓋自有昭武冷廳以來，未有兹盛事也。朋儕交賀，某一不覺起舞。某不肖以文墨小技，爲時輩見推，許賜第。後，今昭文即欲收拾，令讀未見書，有"何必出都門"之語。自顧地寒望淺，辭不敢當。以格爲師，群嘲衆罵，幸不入耳。中間造化料理之意，無時無之。小儒平進，揆分甚審。日與士友挾册諷咏，栽（原作"裁"）梅種竹以自樂，其樂亦不知歲月之逾邁、官舍之冷落也。今何幸府公乃世偉人，先正坐處，某實嗣芳躅。芹茆之鄉，必辱寵光而表異之。既喚回前六十年之勝踐，又留爲後千百年之美談。則某之此官，真不冷矣。所謂人皆有一天，我獨有二天，詎不信然。詞語狂狷，伏地俟罪。某隃望先驅，自念司存，非他廳比，賀語不應落人後，亟課駢儷一通，所爲道古今譽盛德者。雖淺，區區衷私，亦見其概。儻辱震擲，某榮幸倍萬。某揆分有涯，不敢僭易，裏問使閽，星珠月璧之眷。伏想由堂徂序，福慶維鈞。新治初條，端笏稟請。

以上見《大典》卷一四六〇七引方澄孫《烏山集》。

# 册 三五一

## 邵庶　卷八一二二

**【校訂】東湖放生亭記（頁二三九）**

《大典》卷五七六九引《古羅志》載此文，題"泳飛亭壁記"，多可校補，故重錄於下：

天地之大德曰生。凡飛潛蠢動、囿形於天地間者，皆生意之流暢也。雖然，生之者在天地，而所以生其生者在聖人。夏之咸若、商之去網、周之德及，雖鳥獸、魚鱉、昆蟲，亦得以各正性命,况於人乎?三代有道之長,率由是推之。人臣志於愛君者,欲推廣此生意於流動充滿之域,遇誕節必放生,亭之所由作也。嵩呼華祝,川(原衍"涿"字)泳雲飛;於天於淵,在郊在沼。盡人物之性,與天地參,具文故事云乎哉?亭經始於淳熙之甲午,已而中廢。權邑令左讜復舊觀,未幾就頹圮。臣以寶祐甲寅之秋,乃撤而新之。欄楯其前後,梯級其高低,丹堊其壁,疏櫺其門,而扁之曰"泳飛"。偶閱《圖經》,則其名已舊矣。是亦有數乎哉?不可無以識歲月。臣邵庶拜手謹書。

### 湘水驛記(頁二四〇)

此文脱漏甚多,今據《大典》卷五七六九引《古羅志》重錄於下:

邑介湖南北間,爲水陸衝要。使車行部,幕府沿檄,縣官始終,更往往税駕僧舍,或僦居於民,非便也。舊有驛,嘉泰間,令尹王君創,歲久弗葺,木蠹且腐,棟橈勾復支,因曰:"此邑大夫責也。余雖代庖者,其敢辭?"一日,乃視其地,吾夫子宮墻在焉。印州文星森其前,而頽檐敗壁居其左,外觀非美,内失所以崇重意。《春秋》凡役必書,余是役有名矣。亟撤朽弊而去之。吏相顧駭愕,且云:"將何所取財?"余謂:"先正有言,財在天地間,只有此數,不在官則在民。蓋以聚之官,不如散之民,'百姓足,君孰與不足'之義也。矧惟財在縣家者,亦只有此數,不在公則在私。則聚之官,先正猶以爲不可,財聚之私,其不可亦甚矣。余無私焉,或者其可乎?"吏始叩頭禀命曰:"可矣。"乃龜卜,乃鳩工,市竹木於江滸,而牙儈不知;市磚瓦於窑户,而鄉保不預。匠日給以直,又時勞之,而人忘其勞。由門觀而廳(原作"聽")事,由書院而堂宇,前列舍,後置庖湢,至者如歸焉。既成,扁曰"湘水驛"。湘,四通八達之區也。國家全盛時,朝京者,道所必由。上方有事於荆州,用武之國,當有挈中原版圖上職方者,馹馬驅馳,軺車駱驛,則此驛不虛設矣。是不可不書以紀歲月。時寶祐甲寅孟夏,大名邵庶記。

按:《大典》此文下有文,不知所屬,或亦邵庶文字。姑録於下:"惠民有錢大參、曾公嘉,惠邑民至渥也,久而羽化。吏乎帥漕荆溪吳先生俾核其實。九百緡糴米外,餘錢纔四十六緡。乃補苴鏵漏,今見錢一千六百一十貫,省十八界交一千三百四十貫,書以詔來者。"

### 【輯補】南堤記<sub>寶祐元年</sub>

堤介兩湖之間,久爲巨浸齧蝕,行者病焉。余以歲十一月望日至,自念曰:"此先務也。土膏將動,春水方生,則無及於事矣。"乃借夫於私,給直於公。士有黎兄爲是都保役者,又欣然助以版木。於是閱月而成。時寶祐癸丑,嘉平大名邵庶志。

### 杜公亭記<sub>寶祐二年</sub>

亭舊以杜公名,已而易爲故人曉春,相傳工部繫舟處也。歲久弗葺,日就頹圮。余亟撤朽弊而新之,且復舊名。余非徒爲是美觀也,緬想詩翁,雖不偶於唐,而形之篇咏間,乃心罔不在王室。登斯亭者,當以是心遡杜公可也,詩云乎哉。時寶祐甲寅孟陬,大名邵庶志。

### 暴家岐税務新砌江岸記<sub>寶祐二年</sub>

爲關所以禦暴也,征譏云乎哉?務因暴氏獻地以名。跨三邑之會,據衆水之衝,商賈輻湊,舳艫相銜者無虛日。其關防有道,其征取有數。津欄纂節,中寓待客,非左右望。而罔利暴征,横斂之謂也,然則奚惡乎名?前主定遠簿槎溪張君簡,受知荆溪。先生俾攝務事,乃辭之曰:"君子不飲盜泉,惡其名也。"先生力勉其往。始至,遇秋潦,深慮江岸不固,務因以圮。有意營築,而力不逮。乃積州所得俸,務所得茶湯錢,至歲終會爲銅二十萬。屬太虛管軡王嗣榮董其事。龜陰陽,鳩工石。先春而工,閱月而畢。若張君可謂勇於爲善矣,爲暴者能之乎?夫官舍,孰不視爲傳舍也。矧爲權官視之,將不止於傳其能。植砥柱,闢正途,深根固蒂,爲長久計者,蓋不多見。先是,余代製縣錦,經從務與張君語甚欵,聞(原作"門")之曩時江岸在今橋江之中流,去今之江岸十有餘尋。紹興迨今,務官知幾?其能有以江岸爲急者,豈至今之務場十有餘尋之地,盡爲魚鼈之所據?謂其事可緩,得乎?知君能力行好事,復從臾之,事竟底成。有志者固如是夫。張君括蒼人,邊賞補官,不樂仕進,以詩鳴湖海間,諸公爭欲致之。寶祐二年春,大名邵庶記。

**修縣衙壁記**寶祐二年

湘本春秋羅子國,秦始列爲縣。縣有民有社。凡催科獄訟簿書,米鹽月椿歲輸外,仰給於縣者,件目之繁夥,期會之峻急,悉叢於令之一身。故爲令者,謂縣爲灘,謂邑爲債,以其不易歷且償也,是匪獨湘爲然。余以濱之簿書,掾代製錦,惴惴然深虞其傷。令尹伻告成(原作"戊")期,喜善去有日矣。因自念曰:"邑有治,臨民苞政之所也。奚可以將去而不爲來者計耶?"顧瞻前樓,上漏下濕,環歷兩廡,左支右吾。東爲神祠,卑陋莫稱;西爲倉門,頹圮弗支。内而堂奥,下而庖湢。或棟橈,或柱朽。壁絡板面,或爲爨者所薪。著眼且不堪,況著脚乎?余欲爲是役,而力未暇者久之。若必俟暇裕而後爲,是終無可爲之日也。於是爲之益力。卑者崇之,攲(原作"歌")者正之,可因則因(原脱"因"字),可革則革,且爲之新整樓檐,重飾縣牌,以壯觀美。繼此必有新美其政事者,邑士民其嗣書之。時寶祐甲寅中秋日,大名邵庶姑志修造本末。

以上見《大典》卷五七六九引《古羅志》。

# 册 三五二

## 陳蘭孫 卷八一五九

**【校訂】南堤文星橋記**(頁四三八)

題、"邑文""作亭其間""而亭""頃謂""彭君慨然""而築",《大典》卷五七六九引《古羅志》作"重修魁星橋記""按縣志""橋而亭之""而橋與亭""顧謂""方詔歲文明蔚興而文星無橋可乎彭君慨然""而石築而丁曾"。文末《大典》有句"咸淳七年歲在辛未十月朔,奉議郎知潭州湘陰縣事兼權撫幹陳蘭孫記。迪功郎潭州湘陰縣尉兼運僉吳興文書"。

**筆峰亭銘**(頁四三九)

《大典》卷五七六九引《古羅志》載此文,題作"新建筆峰亭祝文",首有序云"按《縣志》,筆峰元在縣市内,歲久平塌,僅存一井與筆峰牌爾。後好事者謂陰陽家以尖峰屬貪狼,遂砌一石尖於井前,以象倒地貪狼,不經甚矣。咸淳五年冬,知縣陳宣教蘭孫乃采士友議,始作亭於井之上,以象筆峰。專委直學鄧埏、進士晁世基任責提督,而官助費焉。亭成,氣象高聳,咸謂壯觀。乃請於冰壺趙尚左書其扁,而涓吉以祝之。其文曰"。祝文"闇然中含""上應""德林""濯潭""吸井""之德""可耽",《大典》作"闇焉林慚""上映""德井""濯藍""汲清""之澤""可覃"。

**【輯補】重修泳飛亭記**咸淳六年

泳飛有亭,爲祝聖壽作也。其沿革已見《縣志》。歲久弗葺,委諸江滸,漁樵上下,糞薙其間,折柳樊之,弗敬甚矣。歲在庚午,將祝華,乃捐公費,委白鶴主首郭道元鳩工修繕。上甓下甃,前窗後櫺,楯陛森嚴,丹艧輝映,不兼浹而成之。凡川而泳、雲而飛者,於是欣然并生,無一物不囿吾君之仁矣。若夫推及物之心以及人,使田里銷愁,耕鑿各得,於以傳聖天子仁壽之澤,則又承流宣化者責也,敢不勉?乾會滿散日,宣都郎知潭州湘陰縣主管勸農營田公事兼兵馬監押兼弓手寨兵軍正兼權安撫司幹辦公事臣陳蘭孫百拜謹記。

《大典》卷五七六九引《古羅志》。

# 册　三五三

## 舒岳祥　卷八一六一至八一六三

**【輯補】留耕堂記**

此文《全元文》册三卷八九頁二二九已輯。不具錄。

按:此册所收《王可久梅花百和詩跋》《桂山陳雷助役記》二文,《全元文》失收。

## 吳革　卷八一六八至八一六九

**【輯補】宰輔編年錄序**咸淳二年

《宰輔編年》紀載極詳,真足以詔來世。余自建移閩,首閱是書,板朽字訛者半。俾幕屬趙必㟽校正,擇其最漫漶三百餘板,重鋟之,餘則修補。咸淳丙寅夏五月,朝散大夫直徽猷閣知福州主管福建路安撫司公事吳革謹識。

《大典》卷一二九七一。

# 册　三五三至三五四

## 馬廷鸞　卷八一七七至八一九〇

**【校訂】獎諭御前諸軍都統制利州路安撫使知興元府吳拱詔**(頁三〇三)

此文又見册二二六頁三九二周必大同題。《全宋文》于馬廷鸞該文下考知吳拱爲吳玠子,紹興三十一年(1161)已爲利州西路御前諸軍都統制,不當久視至廷鸞時,斷此詔非廷鸞所擬。所考甚是。必大該文下題"乾道七年五月十三日",應爲必大所撰。勞格《讀書雜識》已考之。

**銀青光祿大夫參知政事葉夢鼎特授資政殿學士知慶元軍府事兼沿海制置使制**(頁三五五)

"朕臨"二字上《大典》卷一三五〇七有"敕"字。

**朝散大夫曹孝慶特授集英殿修撰知隆興府兼江西轉運使制**(頁三五七)

"賦質",《大典》卷一三五〇七作"賦資"。

**【輯補】題注陶詩後**

陶公書甲子之事,後人蓋爲隱者之一節耳,不於其詩數數然附著斯意也。鄉先生東澗湯公,始從而一二箋釋之,謂其有感於興亡之際,爲之增欷而纍嘆焉!當澗爲此論時,蓋淳祐初元,國步小康時也。去之三十餘年,余乃真踐此境。山中慟哭之餘,因取陶詩湯注誦之,痛國事之已非,悼前賢之不作。因澗於彼時,預表斯指,豈亦陳了翁書杜陵《哀江頭》之意耶?嗚呼!豈不重可悲哉!是編每於世運變遷之語,數致志焉。至於二卷中,《贈羊長史》之篇,既欲考千載典墳之存,以求古人之心,復欲因九州輿圖之一,以驗聖賢之迹,而終之以經商山謝綺、角(原作"角")之意。澗之言曰:"南北雖合,而世代將易,但當與綺、角(原作"角")游耳。"嗚呼!世代之易,猶可言也;夷夏之易,不可言也。豈不又重可悲哉!本心齋書。

《大典》卷九〇五引《馬碧梧玩芳集》。

### 祭東澗先生湯文清公文

嗚呼!匯澤之陽,大江之東。巍巍堂堂,公爲儒宗。誩誩拘拘,我起孤童。徐岩之招,文酒從容。有片言之適契,豈孤論之罕同。我策玉廬,公藩劍浦。亟馳奏篇,以諗晤語曰:"大綱小物之對甚奇,而往車來軫之喻良苦。異時臨齊之密書,容臺之刻贊。"我方惕惕,而未敢操觚。公乃忻忻而命之越俎。曾斯文之深蕪,辱大老之期許也。嗚呼!咸淳之初,天子踐祚。白首重來,曰吾賢傅。公幾時而遁荒,我何爲而歸輔。考槃在澗,於汝信處。上方加璧而延,公乃牢關而拒。嘗切怪公,猶少景仁之一歲,而獨靳元祐之一來。孰知公已無意於仁義之陳王前,將乃謳吟而之帝所也。嗚呼!自端平衆正咸集之時,乾、淳餘論未衰之際。歆門牆而遍歷,躋堂奧而獨詣。蓋群公先正聚典刑,豈新學小生窺其一二。人物渺然,心短氣折。公雖未究其壯猷,天已竟全其大節。蓋嘗誦公奠久軒之斯文,爲之屢嘆而深悲。孰知今將舉以奠公,能不重爲之感咽。嗚呼!公墳既新,我簡如故。沂公之言,了翁之疏。終身誦之,有涕如雨。

《大典》卷一四〇五四引《馬碧梧玩芳集》。

### 汪元量水雲集序

余在武林別元量已十年矣!一日來樂平尋見,余且卧病,强欲一起迎肅,不可得也。家人引元量至榻前,相與坐語,恍如隔世,戚然有所感焉。元量出示《湖山稿》,求余爲序。展卷讀甲子初作,微有汗出;讀至丙子作,潸然淚下;又讀至《醉歌》十首,撫席慟哭,不知所云。家人引元量出,余病復作,不能爲元量吐一語,因題其集曰詩史。三月十一日,碧梧馬廷鸞翔仲。

文淵閣本《湖山類稿》卷五。

### 東軒黎公記

邑尹黎侯本山西將家,勇毅明決,遭時多艱,轉側兵間,久之得邑康山間。因民事過予山中,與病叟言:"吾初名震東,今名辰。吾之脱戎行,而南辟於兹邑也。雖拘於上下之交,而不得以遂其歡情素志,敢一日忘學愛之訓。願求所以自號,而名其區區焉。"叟未有以對也。而《春秋》之義,國不如氏,氏不如人,人不如名。君侯以古之國爲氏矣,盍以前之名爲號乎?是宜號曰東軒。夫震,東方也;黎,古東方之國也。東軒之號,示不忘本也。東之義何如?於行爲木,於時爲春,於德爲仁。今夫八方一冥,千古長夜,已而暘谷之日,浴於咸池,出於扶桑,孰昭陽是?今夫大澤苦焦,中谷爲嘆,已而泰山之雲,膚寸而合,觸石而起,孰神變是?今夫元冥深閉,祝融不阿,已而解凍之風,勾者畢出,萌者盡達,孰披拂是?蓋取諸東而已。嗚呼！世之化也，天地化爲鐵鑕，日月化爲豺虎，風雨化爲邸舍，霜雪化爲衣裘。康山之邑，於其化也，不能以寸。吾嘗愛杜少陵《遭田父泥飲》之詩，述其吏民之歡愛，則曰"酒酣誇新尹，畜眼未見有"；述其父子之安全，則曰"差科死則已，誓不舉家走"。吾亦不知中唐爲何如時，姑誦此詩，則尹之賢可知矣。尹非嚴鄭公乎，鄭公非西川人物乎？孰能使予隨春風，望花柳，吟哦此詩，庶幾邂逅此田父也？吾於東軒有望矣。民之謠曰："侯車不來，民爛欲靡，莫知我悲；侯車將稅，民嵩以悸，盍終我惠。東方曰春，維歲之初。侯政如新，百姓其蘇。"於是乎書。

同治九年刻本《樂平縣志》卷六。

**并都記**寶祐六年

先正文公有言曰，朝廷措置役法，終是難均。蓋鄉有闊狹，則富家有多寡。狹鄉富家僅自足，一被應役，無不破蕩，極可憐憫。惟彭仲剛令台州臨海縣，先計其闊狹多少，中分而均役之，民甚便焉。雖非法令之所得爲，然使民宜之，終不能變也。予友石君霖文，爲予言其所居金山之十一都，地隘民貧，差役之害，大約如文公所謂"極可憐憫"者。先是淳熙間，十三都以三洪最貴，編户稀少，乃分附毗都，民到於今安之。石君則援舊例，請於倉臺，倉臺移縣從之。於是十一都差役，附入十都、十二都，如淳熙故事。則文公所謂"使民宜之，終不能變"者，非耶？是舉也，倉臺使太監李公主張於上，權尹吳公奉承於下。石君儒學足以提其身，才諝足以利其鄉，爲此有經營馳騖之力焉。不鄙，謂余："盍爲之記。"余言不足徵也，文公豈欺我哉！大宋寶祐六年三月。

同上書卷七。

**孟子外書序**

坊間有四家《孟子》注，曰揚子雲也、韓文公也、李習之也、熙時子也。《中興書志》以爲依托，信也。然三家者依托，而熙時子非依托也。乃熙時子依托三家也。熙時子者誰？相傳即公非先生劉貢父也。貢父因李泰伯不喜《孟子》，爲此以示之也。注中往往用泰伯語也。熙時者，曉然也，囅也，《越絕》《參同契》之流也。《孟子外書》四篇，趙臺卿不取也。故不顯於世，賴四家注附刻於後，而熙時子且注之也。是以傳也。則熙時子之功不淺也。四家注依托不足傳，而《孟子外書》四篇不可不傳也，遂序而存之也。碧梧老人馬廷鸞書。

國圖藏星帶草堂刻本《孟子外書》卷首。

按：以上前五文《書目季刊》1970年第2期載黃筱敏《馬廷鸞及其佚文》已錄，文字多訛脱，認爲《孟子外書序》乃僞文，并據群書輯馬氏史論近三十則。

**論科舉文字之弊狀**咸淳元年

國家三歲取士，非不多矣。上之人猶有乏才之嘆，下之人猶有遺才之恨者，何也？士一日之長，不能究其終身之抱負；有司一時之見，又不能罄士之底蘊。於是新進小生，有以詞藝偶合而獲選；醇儒碩學，有以意見稍拂而見遺。豈不重可惜哉！祖宗時常有度外之事，如張詠得以舉首而遜其友、宋祁（原誤作"郊"）得以第一而與其兄，又如孫復、蘇洵、雷簡夫、姚嗣宗之徒，何嘗盡以科目進乎？先帝嘗采士論，命山林逸士以初品官，而使之分教矣。臣願續此意而充廣之，是又於尋常尺度之中，略出神明特達之舉也。

元盛如梓《庶齋老學叢談》卷下。

**回汪晞顔常簿書**

予十年與稚友所歷者何？變邪，夢邪，幻邪？念通前劫，抱此罔終，咎塞兩儀，末由自詭。平生讀元次山《化說》，自"道德爲嗜欲所化"，以至"顏容爲風俗所化"，吾見其人矣，吾聞其語矣。自"天地化爲鐵鑕"，以至"烏鳶化爲君子"，吾聞其語矣，未見其時也，而乃今見之。雖然，吾見次山之所見，而次山又未見吾之所見。次山之說，亦有不足信者，謂"朋友爲市利所化，化爲市兒"，此語殊不足信。何者？某平生交游，影滅烟散，而浮溪之上，有前太常書介（原作"价"）在門。於是以次山之說爲不足信矣。晞顏有野民之學、表聖之節、幼安之知，今遂爲天之逸民。使減某當年非據之處爲執事，今日則吾瞑目矣。何尤熏炬肴羞，與訪問死生之幅，粲然奪目，將爲我賦《十月之交》以爲壽，是何言與？某偷生而不願生，祈死而未得死者也。最是造物留此區區，朝呻暮吟，與二豎尋於無涯，久已厭之矣，亦既不足當此。但呼兒拜手占答，祝以善藏珍題之，緘而識之曰："此某年某官父執之所貺，非辛未、壬申錦標玉軸者比也。"其何敢忘。

明程敏政《新安文獻志》卷八七。

**送曹清甫序**咸淳九年

休寧曹清甫，壯年擢高科，遲遠次，抱邁往不屑之韻，予心敬焉。於是館粲於我，再寒暑矣。予輔政中朝，清甫不肯爲薛宣之吏；予謝病幽谷，清甫不肯爲翟公之賓。予觀世之塗附者不然，其趨也，翕然爲蠅蚋；其去也，倏焉爲風雨。獨予備位中書，心門俱水，特無二者之患焉，清甫助我多矣。清甫筆底殊有陽秋，前此衡文秋浦，士之嶄然露頭角者，率歸鑒裁。今茲又詔求士，方將治任東州。清甫往來，予無以贈，惟有得進士爲將相，以應今世之需，予之願也。倘得斯人，則予之贈言，無踰此矣。癸酉閏秋，碧梧病叟敬書。

同上書卷九五上。

**謝賜經筵詩**咸淳四年

臣恭惟皇帝陛下聖明冠倫，始終典學。君可爲堯舜，既參聖帝以同符；吾志在《春秋》，有感素王之修教。乃取獲麟之筆削，付諸清燕之討論。事繫日，時繫年，深明述作；傳爲案，經爲斷，同究隱微。皆自得於深情，匪徒資於講誦。方天開地辟之勢益尊，乃日就月將之講再徹。寵嘉儒彥，庸錫歌（句當脫一字）。臣待臣璃，沾恩燕席，驚睹龍鸞之妙，聊同螻蟈之鳴。聖人惟修省，益鑒遺於褒斧（句當脫一字）；良史如善畫，又新神化於丹青。臣恭和陳謝以聞。

民國十三年《扶風馬氏宗譜》卷一。

按：以上四文《牡丹江師範學院學報》2013年第6期載孫文明《碧梧玩芳集輯佚九則》已補。另《書目季刊》1972年第7期載黃筱敏《碧梧玩芳集校勘記》所獲史論頗多，不具錄。

# 册　三五四

王應麟　卷八一九二至八二〇四

**【校訂】重浚後河記**（頁三二二）

"□□淺近"，大典本"常州府"卷一六作"數術淺近"。文末"古之人"下"常州府"尚有"無斁譽髦斯士，其必將繼之。蔽芾甘棠，勿翦勿拜，其誰敢湮之。應麟於是見政教之善，遂執筆以書而不敢辭。公名能之,字子蕭,學問文章,世其家。擢淳祐元年進士第。立朝嘗爲太府丞,守兩郡,皆有治理,效選表而用,又將不一書云。咸三年龍集丁卯冬十月己未記"等字。

【輯補】閫風集序 元貞元年

讀《虞書·賡歌》可以見詩之雅正,讀《夏書·五子之歌》可以見詩之變風變雅。世道之隆污不同,而詩之正變亦異。然天典民彝之正,萬古一心也。士生斯世,豈不欲以和平之聲,鳴國家之盛時不虞氏也,遇合不皋陶也?於是《離騷》興焉,危詩作焉,曰"指九天以爲正",曰"弟子勉學天不忘也",不求人知而求天知,一心之唐虞,豈與世變俱化哉。此陶靖節、杜少陵所以卓然爲詩人冠冕,而謝靈運、王維之流,不足數也。論詩者觀其大節而已。余少時已聞舒景薛言語妙天下。景薛更字舜侯,擢丙辰第,與余弟仲儀爲同年進士。然自重難進,閱群飛之刺天而無競心,不得弦歌《生民》《清廟》之章,薦之郊廟;又不得紬金匱石室書,續左馬、班氏之筆。晚歲涉坎險,歷蹇難,萍流蓬轉,有陶、杜所未嘗。氣益勁,思益深,胸中之書不爐。方寸之廣居,浩乎其獨存。弄雲月於岷岩之下,友漁樵於寂寞之濱,固窮守道,皛皛乎白璧之全。其文如泉出山,達乎大川,而放諸海。有本者如是,何謂本大節之特立也。余與舜侯別二十餘年,時得見其詩文。一日書來,以《碎地》《篆畦》《蝶軒》三稿惠教。讀之如朱弦疏越之音,一唱三嘆。年進而學日進,學進而文日進。《述酒》之微婉,《同谷》之悲壯,友陶、杜於千載。德業之進,亦未艾也。三史纂言,考訂精確,惜不令作宋一經以垂無窮。嘗以"晚易"名齋,探索三陳九卦之蘊,以處憂患顛沛流離不能詘其志,阨窮顥領不能更其守。在《賁》之初九,捨車而徒,此《賁》之所以爲文,豈槧人墨客所能識哉。舜侯贈余詩曰:"從來明月無今古。"此坡老所云"浮雲世事改,孤月此心明",余不足以當之,而教我之意厚矣。凡百君子,各敬爾身,蓋朋友相勉之詩也,願相與切磋焉。旃蒙協洽歲圉陽月既望,浚儀遺民王應麟序。

文淵閣本《閫風集》卷首。

# 文及翁　卷八二〇六至八二〇七

【輯補】常州路宜興州天申萬壽宮重新修造記

《易》曰:"天地定位,山澤通氣。"《禮》云:"天兼日星,地竅山川。"通天地兩間,一氣爾。渾淪肇分,天開地闢,森茫皆水也。"天一生水,地六成之",《乾》《坤》二卦之後,六卦皆有坎體。坎爲水也,混沙石,淘汰之久,結而爲山,融而爲川,憑高四望,山形如波濤之涌。山峙川流,動靜不同,而氤氳之氣不同。凡名山大川,洞天福地七十有二,皆山川之竅也。南去一舍而遙,山曰張洞,乃第五十八福地。漢正一張天師煉丹棲真之所。岩洞劃開於吳赤烏元年,初焉立正一祠於山之麓。唐開(原無"開"字)元中,明皇御書,賜洞靈觀額。五代亂離,一旦灰燼。後周廣順中,仍復觀額。宋真廟感王仙聖母之夢,賜經文、醮器,給緡錢鼎新之。孝廟改賜天申萬壽宮額,建介福、延休二殿,祝德壽無疆之筭。理廟親灑奎畫,金闕廖陽寶殿、玉皇寶閣,鸞翔鳳翥,川媚山輝,千載一時,於斯爲盛。豈意倏經兵毀,一燎無遺,獨正一祠、玉泉、會仙亭亡恙。靈光巋存,碩果不食,有識指爲觀宇有復新之兆。噫!萬形有敝,惟天不變,道亦最大。苟非其人,道不虛行。今住山提點戴高士,名道可,號可山,清修雅淡,守素抱樸,不忍坐視仙宮莽爲焦土,於旃蒙大淵獻歲,宏建三門三殿、東西兩廡、法堂、齋堂、雲堂、庫堂、厨傳、寮房，凡百餘間，再闡新規，復還舊觀，所謂"神而明之，存乎其人"。風斤月斧，不日而成。星冠羽衣，如雲斯集。《春秋》善復古，於法宜書。嘗考張山、張洞開創本末，洞靈觀有《頌》，虞部韓熙載之筆；天申萬壽宮有《記》，樞相喬行簡之筆。赫聲濯靈，紀載備矣。抑嘗讀《易經》，至"山澤通氣"，惟其通，故興雲沛雨，發生萬物。又嘗閱《禮運》，至"竅於山川"，惟其竅，故岫幌岩廦，森列萬象。天降甘露，地出醴泉，山出器車，河出《圖》，洛出《書》，鳳麟在郊椒，龜龍在宮沼。鳥獸之巢，可俯而闚。道眼觀之，曾無足怪。星流而石隕，霜降而鐘鳴。陽燧可以取火，方諸可以取水。則是盈天地間，皆水火之精神。揮箒可以呼風，書符可以召雷。則是盈天地間，皆風雷之鼓舞。玄鳥降而生商，白魚躍而興周（原作"用"）。馬渡江而啓晉，鯉應運而祚唐。至於"崧高維岳，生甫及申"，傳箕蕭昴，上應列宿。□□挺端，叶長庚之夢；張騫乘（原作"秉"）槎，遡析木之津。老楓化爲羽人，瘻木題爲居士。碧鷄金馬，何莫非神；芻狗土龍，亦皆應禱。師曠奏琴（原作"瑟"）而玄鵠來下，瓠巴鼓瑟而游魚出聽。犀何求乎月，玩月而角生暈；象奚求乎雷，聞雷而牙生紋。三十六鱗之鯉，忽躍爲龍；九萬搏風之鵬，其名曰鯤。皆一氣之化也。則夫張果老之繫青騾，與周穆王之御駿轡、王子晉之歊鳳笙、函谷之騎青牛、華表柱之翔白鶴，又何以異？天地兩間，一氣流動，萬物紛紜。冷風洞之瓊茅瑤草，仙人田之丹竈紅泥，燒香臺之吐霧吞霞，真人床之左鐘右鼓，在天成象，在地成形，貫通三才，同一氣也。欲知往古，即今日是；以今復興，於昔有光。琳宮珍館，金碧翬飛，畫棟雕牆，丹艧塗墍。此梓匠事也。道家者流，所事果何事乎？姑射之山，非神人居焉，則山亦一卷石之多爾；中天之臺，非凡人游焉，則宮亦一褒城驛爾。是知營外事易，辦内事難，燭外景易，融内景難。駐虚靜恬淡，寂寞無爲，此天地之平，而道德之至。爰清爰净，游神之廷；惟寂惟寞，守德之宅。曰廷曰宅，身外物哉！身爲白玉京，頂爲泥丸宮。面爲尺宅，鼻爲岳柱，舌爲華池，兩眉之紫户青房，九竅之金闕玉扃。耳爲雙牖，喉爲十二樓，心爲絳宮，肺爲華蓋，肝爲赤城，膽爲青室，脾爲黄庭，腎爲對生門，臍爲下丹田。膏雨灑於芝房，香風透於珠閣。日之出矣，"瞻彼闕者，虚室生白"，夜如何其？"玄之又玄，衆妙之門"，谷神玄牝之徒十有三，未知以何處爲根、爲門？天根、月窟、三十六官，未知於何處閑來閑往？迨我暇矣，幅巾藜杖，順順下風，以請雲將之問。勿效鴻濛拊髀，雀躍掉頭，曰："吾弗知，吾弗知。"

**常州路宜興縣重修法藏寺記**

佛何爲而有寺也？漢明帝時，浮屠氏於中國館於鴻臚寺，佛有寺，實昉乎此。佛書初（原作"功"）止《四十二章經》，厥後貝葉雨花，爛漫繽紛，三乘、十二分教、八十一論、一千七百則公案、八萬法門，自中國至東弗於逮，西瞿耶尼、南瞻部州、北欝單越，無不合掌信向，馳載竹汗，輸而積之，可齊熊耳。乃彪分臚（原作"臚"）列，韜以緗帙，貯以縹函，罩以寶龕，轉以金輪。法有藏，實昉乎此。高廟翠華南渡，毗陵遂爲股肱郡，而陽羨又毗陵之壯哉縣。縣治東隅有古招提，面挹南岳諸峰，如蔚藍天，翠色浮動。唐團練使尚書李褒葺爲别墅。涼亭燠館，奇花異木，甚於圖畫。大中五年，復創爲寺，分十五院。至宋合爲一，賜寺額曰法藏。梵宇翬飛，經樓雄峙，與浙東王山諸刹相頡頏。先是，住持傳法沙門多妙選孤風高蹈者，法筵龍象，四面雲集。十數年來，景異事殊，魔群横行，法戰不勝。饕餮、檮杌，皆得以攘攘法席。繇是莊嚴境界，一旦與幻化俱空。棟橈梁摧，林慚澗愧，僅餘三門、二殿、鐘樓巍然。昔之翬飛雄峙者，今爲鼯鼠出没之場，蚖蠋往來之窟。兔葵燕麥，搖蕩春風。夜唄晨鄉，祀誦無所。行道之人，見者嗟嘆。曩鄉父兄出蜀來吴，鴻離雁散，指陽羨爲蘇文忠舊游之地，德星聚焉。樞密參政端明橘洲姚公嘗憩此寺，發大願力，合大檀那縣大夫林公應發，舉三山僧妙齊充主首。不三四年，興廢植僵。創法堂，開丈室，起圓通閣，建佛道場，翼以修廊，繞以環堵。月斧雲斤，木章竹個。皆妙齊起勇猛心，運神勇力，遍扣闔邑之善知識，遂使此寺蓬藋化爲旃檀之香，瓦礫變爲金碧之勝。焕然一新，寖復承平舊觀。適會橘洲姚公登庸兩地，奏乞蘆禪林院爲功德寺，帖請妙齊重席二刹，又將移鼎新法藏之心力於大蘆矣。噫！雪山修道，把蓋茅頭；渡江，少林面壁。造無雙塔，撑折脚床。鳥巢危坐於青山，丹霞聚燒於木佛。不知佛何在，寺何在，法何在，藏何在？雖然，妙齊可取者，在乎起勇猛心，運神通力，能不墜其宗門耳。昔曾南豐撫州《菜園（原作"來國"）院佛殿記》，首書"率民錢爲殿"，謂"持簿，有得輒記之"，未嘗記錢主之姓名。陽羨闔邑多名家，激義捐利者甚重。妙齊自有簿記，用不復書。

大典本"常州府"卷一七。

### 西塘集跋 咸淳二年

士自一命以直官無高卑，皆有天下國家之責。策名委質，臣後歸田乞骸。臣肯此身本是報國之物，"王臣蹇蹇，匪躬之故"。若自有區區之躬，則必無蹇蹇之節。知乎此，則殺身成仁，捨生取義，聞道夕死，致命遂志，皆職分之當然爾。介公哉，鄭介公之節也！熙寧大臣知公於未仕之時，濃雪寒齋之詩，擊節稱賞。及興已仕，曰："吾縻爾好爵，公眠如鷗得腐鼠，而嚇鵷鸞也！"低簪抱關，監安直門，會流民圖駁新法，疏擅發馬遞通銀台司。裕陵覽奏，惕然感悞，夜不安枕。翌日，敕罷不便於民者十有八事。公之擯斥至死，豈裕陵之心哉！群憸笑嘯呼，必欲置公死地。噫嘻！公豈畏死者？每直書，不曰"乞斬臣宣德門外"，則曰"乞斬臣衆人之前"。所謂"蹇蹇匪躬之故"，非公吾誰與歸！公冠而字曰介，殁而謚曰介，知死必往曰介，非公吾誰與歸。前太學博士林伯常甫生鄭公坊，慕介公節義，興貳郡丐漳也，以公常侍親宦游，援引古誼，列祠學宫，刻公父集，昭示不朽。使漳士聞風興起，知勢利鴻毛之輕、道義泰山之重，關繫風化，豈小補哉。伯常甫俾予爲之跋，不謝不敏。又念誦興詩，讀興書，不知興人，可乎？乃述介公之所以爲介書者，告同志。咸淳二年夏五月望，古涪父及翁謹跋。

《大典》卷二二五三七。

## 徐直諒　卷八二〇九

### 【輯補】跋了翁貶台州謝表 咸淳五年

忠肅了翁陳先生官諫議日，纍疏斥京、卞奸邪，遂爲群小所深仇，迄以所著《尊堯集》語言詆誣而下石之，乃坐貶天台。於是小人肆行無忌憚，稔成夷狄之禍。吁，尚忍言之！今讀公諫垣手稿及到台謝表，忠義之氣凛然，可與日月爭光於萬世。公之曰雖不得行於一世，然天經人紀，隱然賴之而存。啟我宋中興之運者，其機在此。忠臣義士讀之，當自見也。咸淳五年歲在己巳六月十有七日，後學上饒徐直諒端拜敬書於三山憲治綉彩堂。

《大典》卷三一四四引《陳了翁年譜》。

## 册　三五五

### 王楠　卷八二一一

【校訂】魚鮓迎送神詞（頁一）

此文主體乃迎神、送神二章，效《九歌》而作，以入《全宋詩》爲宜。《輯補》册六頁二五九〇已補。

## 册　三五五至三五六

### 牟巘　卷八二二二至八二三八

【校訂】文子序（頁二六四）

"道人□□□□□□□□□□□已"，《大典》卷一〇二八六作"道之人，又不但全其身而已"，可校補。《全元文》册七頁五七二已校。

**覺非齋說**（頁三四七）

《全宋文》校勘四處。今《大典》卷二五三六引此文，均同校改者，《全宋文》未據。

【輯補】陳肖梅先生遺文序　至大二年

咸淳甲戌，大虜自沙武口冒雪徑渡至馬洲，遂攻毗陵。捨門户而守堂奥，勢已甚蹙。時姚君訔（原作"嵩"）寓毗陵，朝命爲郡守。人以郡人陳炤，素號知兵，俾爲通守，合謀同慮，爲戰守計。相持五十餘日，外援既絶，生兵日增，城且陷。姚訔力戰死之，陳君亦繼以死。忠義之烈，殆無愧巡、遠。嗚呼，偉矣！先父存齋與橘洲（原作"測"）參政同年進士，予與姚君年家弟兄也，故知之甚詳。己酉秋，友人蕭子中爲毗陵學官，以陳君遺事示予，未嘗不痛恨權奸之誤國也。又見其平生所爲文若干篇，蓋工於駢儷，如《進瓊花表牋》，誠演綸手。不幸不得峻用，又死兵難，使人慨嘆不能已。後贈朝奉大夫直寶章閣，與一子恩澤，仍下有司立廟，亦少慰營魂焉。

大典本"常州府"卷一七。

**瓢泉吟稿序**　大德四年

前輩教人靜坐，正欲使學者於靜處下工夫，設不得已處事物應酬狎至之際，有所搖奪，將遂成間斷乎？天下之理散在事物，觀於靜，未若觀於動，求於簡，未若求於繁爲得也。爲詩亦然。退之嘗謂吏人休白事，公作《送春詩》，鄭五作相，亦謂詩思在灞橋驢子上。此猶戲語。若孟東野喜平陵水木幽深，每坐石上吟哦，至暮乃歸，曹務盡廢，則詩與事果判爲二矣。謀於野則獲，於邑則否，以神諶一人之身，心隨境遷，智愚懸絶，又不可曉。豈東野之詩，亦求之於野乎？朱晞顔年甚少，篤志於學，士大夫多從之游。顧其居近市，蓋塵隱也。坌塸之蓬勃，里巷之喧啾，車馬之陌塞，日旁午於前，而晞顔方乃挾册危坐，若擺落世事，初不介意。然其承親賓友泛應曲，當未嘗廢事，亦未嘗違俗，而詩輒成軸，紙長三過，讀之愈出愈奇。擬古則不失古人作者之意，咏史則能得當時之情，至於他詩，各有思致。大抵老蒼雋健，尤非近學所能窺，俗情所能汩，良可喜也。予謂晞顔儻能於事物應酬之際，常存主靜之心，不爲外奪，則此理卓然，隨在而見，亦隨在而有得，何莫非學？學進則詩益進，他日又當求之於此軸之外。庚子夏五月十有八日,陵陽牟巘序。

文淵閣本《瓢泉吟稿》卷首。

附:《全元文》册七卷二三二至二四四載牟巘,互有異文,其中頁六四六《跋洛神賦帖》、頁七〇八《重修石峽書院記》、頁七〇九《嘉興路重修儒學記》、頁七一一《嘉定州重建明倫堂記》、頁七一五《常熟州重修三皇廟記》、頁七一六《平江路新建三皇廟記》、頁七一九《平江府重修三清殿記》、頁七二〇《净相寺重興記》、頁七三三《净土寺捨田碑》、頁七三四《玄妙觀三門碑銘》、頁七三九《費棻墓志銘》、頁七四〇《費棻墓志》、頁七六〇《祭蠶叢祝文》(其二)等十三文,《全宋文》未收,不具録。《全宋文》册三五五頁二八九《白雲集序》亦爲《全元文》失收。

# 册　三五六

## 吕大圭　卷八二三九

### 【輯補】新堤記 寶祐元年

寶祐元年,南桂新堤成。南桂之人,頃歲水再至,漂田畝,包廛居,老弱沉溺,壯者散之四方矣。今堤固於曩,吾里之人,得以父子寧、畜養蕃者,非賢使君之賜而誰賜歟?伊而不記,無以示來者。遂相率請於府尹:"盍記之?"惟潮居循、梅、汀、贛之下流,每一潦至,則四州之水匯於潮之溪,以注於海。溪旁皆平地也,堤之以捍駛流,而後民得以耕於斯、家於斯。古堤八十里,望之若連繩然,一股不牢,則繩遂斷絶。而南桂之堤據要衝。紹熙(原作"興")辛亥水,堤決僅百丈,十保之地盡爲壑。郡侯張用(原作"行")成更築之,民乃粒。六十年而當淳祐辛亥八月水,堤潰,與紹熙(原作"興")害亦略等。有倡爲塞水口之議者,增其故基,與水爭勢。畚畚之役方休,而夏潦至,又潰潰益甚。新築之址,亦化爲淵。民白之郡,聞之臺,權郡樊公應亨、憲公吴燧皆曰:"築堤,縣令職也。海陽令王君衙翁爲有才,亟委之。"令乃相地之宜,避水之衝,立標以定其北。北起許銀巷口,南抵五福堂後。而又外築涵南横堤,以障數千户口,分十統諭以總之。時有不便告者,即委主簿趙君孟溶相視。簿曰:"覆轍可蹈乎?宜從今議。"擬始定矣。顧其役大,其事未易集也。今郡侯全公昭孫蒞事之初,首訪民病,慨然曰:"事有急於此者乎?春且潦,吾民其魚矣。促成之。"乃命陳巡檢濤督役,出入田間,與役夫同勞苦。侯一意任之,民有悍然不從令者,有以他辭規避者,侯不阻不弒,喻以利害而戒勉之,要以事成就乃止。又以令言,閔其棄地之産。而怠者力,悍者循,勞役者歡悦。令亦時屈而相勞焉。不數月而役畢。蓋爲堤之址廣八尺,其上半之,其高一丈二尺,其長如廣之數七十有六。夫以工計之者三萬有奇。經始於壬子仲春,告成於癸丑孟夏。而溪東之堤,所以捍三保之民,同時并築,里人陳天驥董之。於是兩岸屹立,悉復張侯之舊矣。或曰:"天地之數有六十,窮則復始。是堤也,其潰有潰之者,其築有築之者,蓋數也。"大圭曰:"非數也,人也。向者紹熙(原作"興")之役,蓋有陰扇謡言,巧相阻敗者矣,非張侯其孰主之?近者之役,亦有轉移吾説、沮撓吾令者矣,非全侯其孰成之?不然,堤之成久矣。然則亦人爾,安得諉諸數哉?"故大圭謂是役,侯之美有三:知其人而信之,明也;堅其力以行之,果也;寬其役而恤之,仁也。行一物而三善得焉,是可以書。侯又慮新土之未實也,夾植柳以盤其根;患沖流之易突也,築子堤以殺其暴。其爲後日慮至深遠也。噫嘻！推是心也，豈特一堤而已哉！寶祐元年記。

《大典》卷五三四五引《三陽志》。

按：《大典》此文在許騫《重闢西湖記》下，且未明確署名，故多有誤其作者爲許騫者。

## 方德麟　卷八二五〇

【校訂】祭御史劉公文（頁二四五）

《全宋文》於方德麟下僅收此文，輯自《大典》卷一四〇四六，題"方德麟集"。《大典》尚收方德麟十文，《全宋文》未録。方德麟生卒年，文獻未見載。編者據《宋詩紀事》卷八一所載方德麟傳記，以其爲宋人，故輯録此文。但此文作者及"御史劉公"，又見元任士林撰《松鄉集》卷一《新城縣重修學記》云："今江南行臺監察御史劉公弼舊莅爾邑，遺政猶在。"則御史劉公即劉公弼，其卒當在元時，則此文亦應作於元代。據《全宋文》編輯體例，"凡一般視爲宋人且在宋有文者……本書全收"。而方德麟雖被視爲宋人，但現存並無在宋之文，則其人其文應删。《全元文》册五一方德麟下録文八篇，其中據《大典》録六篇。

## 林千之　卷八二五一

【輯補】軍學命教堂記　咸淳三年

命教堂者，知軍寶章寺丞趙侯孟奎之所作也。堂昉於此乎？前此矣。前此，則曷爲作乎？此王侯棠實作之，歷五十三閏，嘗再葺，苟焉而已。侯一旦新之，其言侯所作，宜也。孰名之？王侯時博士范雩也。《禮》："天子命之教，然後爲學。"蓋有欲爲學以教其民而弗獲者。我朝慶曆、熙寧之盛，學校之官遂遍天下。江陰自邑升軍，建學於是始，故謹而志之也。古之教者，家有塾，黨有庠，遂有序，國有學。釋奠於斯，祭菜於斯，養老乞言於斯，鄉人飲酒於斯。化民成俗，常必繇之。一大夫不説學而君子憂焉。其憂之何？憂無以教，而國無與立也。後世簿書期會不報以爲大故，視夫冠章甫而衣縫掖、口詩書而身禮樂者，往往以迂闊姍笑之，謂是無益於富強之事。顧瞻斯地，不得已始存焉爾，甚者或并廢焉。是以學校廢而詩人譏之。諸侯廢其學而墜天子之命也。然則言政必曰"先教"，言利必曰"與民"，言當世必曰"唐、虞、三代"。聽訟雖日勤，而禮士、重農之意罕篤；鋤奸雖甚果，而恤貧、慈幼之心匪懈。若斯堂，則俗吏視爲無與吾事者，方孜孜汲汲以爲奉天子命莫先焉。於是而後，侯爲不可及也。堂之楹二十有四，得大木爲梁，撤前楹二而執（原作"執"）益宏。其工易，其材良，其棟隆。施板覆箔於椽上而瓦之，以支百年，固可也。費一出己俸，不足則繼以己帑。凡縻錢二百一十五萬有奇，粟一百一十碩有奇。既成，自書其顏，且志曰："范雩名，王棠始建。"其言"始建"，專辭也，不以己而掩前人之美也。於是而後，侯爲不可及也。先是，修御書閣，繼葺兩廡，斥宫墙之隙地。元日，大集耆老與寓公、邦人，舍采於先聖先師，行鄉飲酒。撫前言往行，序而鐫其板，歸之學官。又大書晏子言禮以遺博士。鄉飲者何？教敬也。歸板者何？聞一善言，見一善行，無非教也。教以敬，教以言行之善，亦足矣。晏子何以書？大晏子之言也。何大乎晏子之言？昔子思子曰："天命之謂性，率性之謂道，修道之謂教。"夫人，生而莫不有愛敬之心，是得於天，而所謂性。循其性之自然，則君臣父子，莫不各有其所當行者，是所謂道也。因其所當行者而裁之，使其"令而不違，共而不貳；慈焉而教，孝焉而箴"，至於愛、敬、和、柔、慈、聽之云者，莫不有以爲之秩節，是所謂教也。非外立一道以强人也。將使適乎所行之宜,以全其所命之正也。是其言雖主乎禮,而仁義與知具是矣,不亦大乎！書晏子,崇教也。於是而後,侯爲不可及也。雖然,命之教而學校不修,諸侯之過也;學校修而教不具,師之過也;學校修,教法具,行之而弗著,習矣而弗察,士之過也。爾多士,誠能反身以驗之,致學思問辨之功,資品節範防之力,全其所固有,而去其所本無,則教明而道修,道修而性之命於天者各正。邇之事父,遠之事君,内之齊家,外之治國、平天下,其誰以易之？君子於是堂也,見諸侯之有學,見諸侯之學有以教。咸淳三年七月旦,迪功郎江陰軍學教授林千之記并書。中散大夫新知桂陽軍兼管内勸農使丘汲題蓋。

**軍學蠲租記** 咸淳元年

古之教者,族、黨、鄉、遂皆爲之學。自司徒而下,至於鄉、遂之師、大夫,各掌其政教。凡征役之施舍,釋者曰"施"爲"弛"。夫其率之以知仁聖義中和之性,屬之以孝友睦婣任恤之行,博之以詩書禮樂之文,而必使免乎布縷粟米之征,此周之士所以貴且肆也。今州縣自嶺海莫不有學。澄江在甸服五百里之内,紹興初,王侯棠昉請於朝,立學官弟子員,廪以閑田,後稍增歆,凡爲畝七千有奇。土曠農惰,田之入於草莽者十之八九,歲催（原作"推"）米僅一千五百餘石。子衿日盛,懼無以繼。州縣胥方盼盼然以學之賦爲言。夫學,諸侯之學也。田以養士,又斂之,是自征也,毋乃與初意劍佩乎？咸淳乙丑,趙侯繇監丞,以内閣守兹土。始至,謁夫子廟,慨然有興起學校之志。郡方築底,急符蜂午於郡,胥無敢以前言進者,侯益捐官田以裨學計。士相與言："既廪幸不乏,惟是賦税,法應弛,吾邦獨不得眠他郡？"乃斂以請。侯曰："嘻！可以是病吾士？"命有司刪板籍,聞於臺府,著在牒書。而澄江郡類之蠲租,實自侯始。欲歟休哉！凡我多士,食於斯,息於斯,講古道於斯,今而後,寧慮吏卒（原作"率"）之叫嚣躑突乎？事固有闕於百年,而伸於一旦者,存乎其人而已。西山真文忠公之守泉也,人到於今稱之。學廪之賦,公實蠲焉。泉,富郡也。真公蠲其税,未嘗益以田也。乃今不但補昔時之所闕,而又爲近日之所難,其過人遠矣。侯治郡,表厲以廉,梳櫛以勤。賑稱貸之民而免其息,練久惰之兵而厚其賞,鋤積奸之吏而室其橐。行之三月,化乎之和,有次公、文翁之風焉。德侯之賜者,不獨士也。侯名孟奎,字文曜。是歲之望,迪功郎江陰軍軍學教授林千之記。奉直大夫新知建昌軍兼管内勸農事丘必大書。中散大夫新知桂陽軍兼管内勸農使丘汲篆蓋。

**寬徵記** 咸淳二年

澄江爲負海之國,豪商巨賈,輻湊并邑。王文公"珠犀""魚蟹"之句,父老往往能誦之。時異事殊,長筏大艑,來不可期。惟莆之客舟,歲一至。關市所徵,布縷、果蓏、鷄豚之屬而已。胥徒人私龍斷焉。官惡其慢上而殘下也,至定額使抱解,滋有以藉口,所取益無藝,雖粟麥不得免。商賈不行,物痛騰躍,日用飲食,使五尺之童持百十錢適市,悵悵然而返,幾成陋邦矣。武監丞内閣趙侯來撫兹土,有不便,聞之惟恐後,除之惟恐不速。顧閭閻蕭條,民無以爲生。出錢若干萬,廣貸而漸收,已復貸,盡免其息。囊,晝無市聲;今,午夜乃止。惟是關徵之苛,民旅病焉。亟屏所謂專攔者,取税則手自刪削:素輕者不增,多者即減,尤多者痛減。昔所徵,今可以不徵者,盡捐之。布帛、藥物、紙角亡徵。三去一,又殺之。凡纂節、津渡之在郊者,視已減例之半,過税,則量收而已。又蠲舊所取額外加一三分錢,著在公檀,揭諸通衢,聞於部使者。復刻梓都務,使皆得搴本爲據。蓋常常而曰:"商賈踰都邑、涉波濤貿遷,亦良苦。吾欲盡捐其稅,庶幾古者'譏而不征'之義。奈郡計不支,上之供億方於此乎辨,毋已,則損之又損,俾受一分之寬,以少遂吾志乎!"嗚呼! 安得君子長者之用心如此也。於是,侯爲郡期月矣,爬梳櫛理,舊觀浸還。行商坐買,既歌於野,出於塗。邦人乃造千之而請曰:"侯德政在人心,毋庸(原作'痛')言也。吾受寬征之賜甚大,將壽之石,願有述。"千之曰:"侯治郡如治家,心誠求之,以爲是當然爾,初無一毫近名之心,勿記可乎?"則又曰:"良法雖行,美意宜續。不可以傳遠垂後,吾懼不得終拜侯之賜也。"千之曰:"愛民體國,誰無是心,今豈特爲? 若便於國也,蓋多。天下患物貴多矣,征之重,則鬻於市取償焉,物烏得不貴。故通商所以阜物。物阜,斯價輕,斯楮重矣。夫便民一也,通商二也,平價三也,重楮價四也。一舉而數利存焉。蓋以《關雎》《麟趾》之意,行《周官》之法度,其誰以易之?"因記其實,使來者有考云。侯名孟奎,字文曜。咸淳丙寅記。

以上見大典本"常州府"卷一八。

按:《全元文》册九卷二八九載林千之,其中《重建麗水縣學明德堂記》爲《全宋文》失收,不具録。《全宋文》中亦有一文爲《全元文》失收。

### 上官渙　卷八二五三

【校訂】守邊之策封事(頁三〇三)

該文輯自《咸淳遺事》卷下,署"秋九月上官渙上封事曰"云云,故編者輯録於上官渙下。檢清李清馥《閩中理學淵源考》卷一三"司農丞上官文之先生渙然"條載:"上官渙然字文之。早有文名,尤留意性學,首悟太極之旨,分解圖畫,以授同志。紹定六年,以渙西禋霈補將仕郎,就授迪功郎,調鄞縣尉。不畏強禦,務直民枉,爲權門所擠,後爲無爲軍録參。淳熙元年,擢進士。就辟准備差遣。元兵圍安豐,制閫委渙然巡視江南,犒師上流。圍解,進階。尋辟河東幕,督運吳門,僅閱月運米六十萬石。右丞相趙葵、制使吳淵皆一見偉之。累遷戎簿。陛對,首言正君心明君道,培善類以壯君子之脉,容直言以申公道之氣;次言邊事,深以玩敵爲戒,條陳守邊三策以獻。改胄監簿,尋轉朝奉大夫。未幾,與祠,歲餘差知邵武軍,以鄉井乞迴避。除司農丞,遷右司郎,旋主管建康府崇禧觀。卒。渙然孝友剛方,入仕三十餘年,家無餘財。"知上官渙然曾"言邊事,深以玩敵爲戒",則該文之作者當爲上官渙然,非上官渙;該文題應作《守邊三策》。《咸淳遺事》原書早佚,現存本爲乾隆時四庫館臣輯自《大典》。"上官渙然"名之誤,或源於此。

## 册　三五七

### 劉辰翁　卷八二六二至八二七六

【校訂】閤皂山門記(頁二四六)

文末注"《永樂大典》卷二五二五"。出處卷次誤,實見《大典》卷三五二五。

【輯補】回黃敬軒啓

某皇恐頓拜,申禀復書。自合展屬吏之恭,又惟浮道非情,將不自得於貧賤,易事難説,必不以是棄。予獨械題紙尾,不得更略小銜,恐執事疑其實受職,而詭辭以欺,則罪之大者。托身幕底,政自不能不爾。

文淵閣本《養吾齋集》卷二六《題巽齋文信公先君子三帖》。

### 平福堂記

余城居携隱間，從二三子步行入深山，極樵迹所至，無問幽險。規走集乃洞林絶澗之外，得平地焉，有黄髮丈人崖居暴日，放杖而坐，見客驚避茅檐之外。就而問焉，子孫滿前。問其年，九十餘矣。自言居僻，未嘗見客。州邑城市，一無所得，至不知盛麗何似。問山外大家興替，茫然東西若何，指子孫代對。惟少年過溪橋外，至今以爲戒懼。里閭凋謝，無可往還。近年力衰，止門外。問何以壽。曰："無病故。二疏外未省有何藥也。"予於是喟然謂二三子曰："異哉！世間大福德人也。南面王樂弗及之矣。"云云。

《游志續編》。

### 叙自堂存稿

自余得自堂陳公詩，日用盡廢。舊愛林城山元甫問一二語，即蒼然欲不可極。及得其篇製不然。蓋好語恨多，成章恨少。若分樂府及題嚴切情辯，波瀾宛折，而音節跌宕；擬古精實條畼，意復勝辭，乃不知所從生，渺焉轉旋，神情俱變，不但如機紐，裁足而止；五言典而味，七言勁而思。如"魚復銷磨徐見整"勢尤精；小絶淺深下闋豫章篇治句句持字，襞故實而翼以新語，掩衰□而絶之，矯健其詩，復如其字焉。此江西詩之别出也。吾何遥遥之有何籍談之，有若斷自山谷，稱江西則吕居仁云。余嘗謂詩至《文選》一厄，工三謝者無淵明，尊建安者過蘇、李，道二陸於嗣宗之前，躋束晳於《雅》亡之次，後人又獨取夫物之寡情、情之亡味者曰"選體"，不知《選》非一人之體，《詩》非一國之風也。泛言《詩》曰"删體"，又於其中自占爲"秦體""齊體"，則可乎？或又曰"吾雅頌體"。《雅頌》，大名也，曼嗣□文章起興，沉著痛□，□獨主於風耳？詩，情之所鍾也，其宣也如樂。雖《苤苢》《采蘩》，淡更無謂，徒反復之爲章，章反復之而可感，故勤盪爲二《南》。今夫篇者，合數章起伏，或健論叢生，或中息而語未獸，判然猶斷句半句，吾安能聽之哉？蓋詩至近年，江西再厄矣。自堂，古劍玕谿人也，然其詩具衆體而成章，以爲歐又工比半山，政欲見少拙，高處已逼山谷，而下者乃近自然。吾江西人以江西評之似陋，而取以重江西則然。不然，豈不能品而置之簡齋、後山間而三陳哉？自堂名杰，字燾父，第進士，仕荆淮。及歷朝幾廿年，吟諷多時事類，先見其胸中經緯，翰墨高古，所不如何人而獨以詩不朽，則慶曆、元祐之不可望也久矣。余亦晚生無聊，獨得序自堂詩，不恨下闕。咸淳甲戌日北至，廬陵劉辰翁拜手書。

湖南省圖書館藏葉啓勛抄本《自堂存稿》卷首。

附：《全元文》册八卷二六八至卷二八○載劉辰翁，其中頁五○九《王喬山修造疏》、頁五六九《古今韻會舉要序》、頁五七○《歷世真仙體道通鑒序》、頁七三三《興泰廟記》、頁七三四《永新縣學劉侯生祠記》五篇爲《全宋文》失收，不具錄。《全宋文》中亦有十二篇爲《全元文》失收。

# 册 三五八至三五九

## 文天祥　卷八二九八至八三二二

### 【校訂】告先太師墓文（册三五九頁二四一）

題、"五月""六日""子某""自嶺""至南""先太""先生墓下""之誼""師興""出督""爲親""大勛""繫頸縶足""九原""血泪""罹此""仁得",《大典》卷一四〇五〇作"祭墓文""五月丁未""六日壬申""子文某""自嶺南""北行至南""先考太""墓下""之義""興師""出師""謂親""不虞""縶足繫頸""九京""泪血""逢此""仁而得"。

# 册 三五九

## 虞薦發　卷八三二三

### 【校訂】無錫重建譙樓記（頁二七一）

"以改并其陋",大典本"常州府"卷一七作"以故并其陋";文末有"歲大德甲辰夏五記"句。虞薦發下僅此一文,乃作於元代。此虞薦發宜刪。《全元文》册一〇卷三三八已錄其人。

## 趙孟奎　卷八三二四

### 【輯補】便民札子 咸淳二年

臣某一介眷愚,惟守樸忠,持身報主。昨者陛辭天闕,奉對威顏,玉音丁寧,首以千里民牧爲訓。大哉聖謨！臣祇服以還,無敢失墜。到郡之初,延見吏民,布宣德意。夙夜孜孜,詢求民瘼,如恐不及。其間利病臣所得爲者,已悉見之施行。非臣職分所得爲者,一一袞聚,恭俟奏聞。竊見朝廷指揮:凡作郡半年以上,即合條便民事件。適當是時,臣敢喑默？謹錄奏如後,乞賜天聽裁(原作"截")擇。

一曰分縣治。本軍雖曰小壘,地里曠遠。沿江一帶及對岸沙蕩,民居星散。土俗率多頑獷,全類淮鄉。每有期會,官司之令不行於都保,都保之令不行於田里。以抵拒爲得計,以不受追呼爲能事。只緣止有一縣,相去隔跨。雖鞭之長,不及馬腹。更有崇仁、長壽、白鹿、東西舜等鄉,地險民惡,離城郭尤遠,未嘗有輸王賦。每歲,縣不得已委官差吏催督,亦不體悉,動是率衆趕散,謂之打局。前任都監包良,被其縱火逐出;去歲,巡檢張維,被其群毆折支。皆緣頑民恃遠,不知有官司,致滋長凶惡。詢之父老,采之寓貴,僉議皆謂:"合於崇仁揚舍鎮添置一縣,以便控御催科。"但置縣則有一縣官吏,便添俸給,非本易事。契勘本軍僅有三里之城,既有兵馬副都監一員,又有兵官五員。一曰兵馬司,則有牢城之責。一曰兵馬監押,則所以處宗室、右選之人。其餘如駐泊,如添差,其冗者已三員。又有酒稅官五員。如舍村,則有本鎮烟火公事。如在城都酒稅務,則有關征、榷(原作"催")酤之職。其餘又有酒稅官一、贍軍一、添差一,皆冗員也。坐縻廩稍,無補絲毫。欲乞朝廷盡行省罷冗官六員,增置縣官三員。内知縣一員,從本軍選辟一次,京、選通差。內簿、尉各一員,如未有部注,亦聽本軍申辟。如此施行,庶幾軍、縣臂指運掉,體統聯屬,期會可以呼吸相應,一利也。沿江一帶有民社,有令佐,官府崇嚴,氣勢團簇,盜賊窺伺波濤者,有所憚而不敢發,亦隱然之保障,二利也。頑獷之民,既有官司在近可以鎮壓,無復操白梃抵拒之態,王賦必易催,三利也。省罷無用之官六,置有用之官三,計俸給之增損,所省甚多。蓋兵官率是大使臣,每一員之俸,可以支京官三兩員。以此較之,又利外之利一也。惟朝廷不憚更張,爲永久計。如蒙俞允,臣雖一時有經營興作之勞,所不敢辭。

二曰置軍將。兵,猶水也。水聚必有防,兵聚必有將。故地上有水,《師》。《易》取其義,其爻辭曰:"弟子輿尸,凶。"言號令必責於主一,若弟子衆人尸之,則凶也。兵無衆寡,聚則易驕。近年置游擊一軍,所以重江防之備。張聲援於内,而震威懷於外,其意不爲不深。本軍分屯之數近四百人,本不爲多。然大率皆是亡命惡少、配隸永鎮之徒,一時招集,聚爲一軍,最號難御。或在外販鬻求利,或出營生事鬥毆,時時有之。置軍之初,失於疏略,雖有軍分,而無將員,每令本州兵馬都監一人權行總統。以故階級不甚整齊,紀律不甚振肅。循習漸久,玩愓易生。臣謂既置此軍,則不可不置此軍之將員。或正將,或準備將;或統領,或同統領,皆出自朝廷處分,特置二員,管幹軍務。凡是游擊一軍事,皆其任責。閱習教訓,使行伍肅、階級嚴,臨時用之,可以備患,不至養驕縻廩,爲郡之蠹也。事雖小小,而所係者大,其於杜漸防微,實爲切要之務。

三曰修運河。水行天地間,舟楫之利,人實賴之。一舟所載,比人力所負,何止數十百倍。故都會之區,商旅所集,必水陸輻湊之地。江陰爲郡,居二浙之底。若自五瀉堰九十里間水常通舟,則蘇、秀、常、潤之販鬻逐利者,亦稍稍來往。惟其地勢高仰,水易於泄。而青陽、盦村以北,則潮汐時至,淤泥填塞。率一歲失浚,則淺澀膠礙,小舟亦不通行。略有重載,岸閣曩日,進退不可。人畏其滯,遂成窮僻斗絶之鄉。又此水名運河,實通行在。公田米般運及上供米綱,皆從此裝載,爲數不少。每歲自十月以後,寒潮不應,河道淤澀,率用人夫般擔三四十里外,工費倍蓰,所以期會多違。數年間,亦嘗開浚,未幾又淤。郡計無餘,坐視而已。莫若樁管一項,以爲永久調遣工役之費。臣昨來到任之初,與權軍僉判邵櫪交割軍資庫交承錢,除前政浮借外,實有二萬二千七百一十八貫十八界樁管見在。於内撥二萬貫,置庫曰便民,轉收息錢,專備修河之費。以三年計之,可以擬息六千貫。流轉不已,息復可以爲本,本復可以辦息。一番工役,取之有餘。交承本錢,元無虧動,以息充用,永遠有益。臣今一面施行,欲望朝廷主盟,備臣所請,頒降省札,以爲後人遵守之地。河道一通,公私交便。江陰自此爲舟楫湊集之邦矣。

四曰儲軍糧。本軍所管禁軍、廂軍、橫江水軍,并寨下土軍、遞鋪等,計一千五百餘人,每月支糧米二千二百餘石。此外又有游擊軍貼支米,計二百餘石。以一歲總計之,實支之數二萬六千餘石。又宗室、孤遺、歸順及見任官等俸米,不在其内。本軍遞年所催苗頭僅四萬餘石,除公田豁出三千一百餘石外,止催三萬六千餘石,并係上供綱解之額,不可侵移。從前不得已,取斛面以爲郡用,取郡用以爲軍糧。若使苗頭盡數拘催得上,亦只餘郡用米一萬餘石。合軍糧、宗室、官俸三項計之,已三萬餘石。尚少二萬石,未有地位準擬。況纍政以來,版籍不存,纔催至二萬石,已是升斗零細,收拾不上。又有坍江入海、逃亡無催之户。正額尚且虧折,而郡用亦全不及數。故本軍倉敖僅存空名,不曾有顆粒儲積。每遇支請,不獨軍人嗷嗷,宗室、官吏等亦皆互相煎迫。本軍只得拖下,以俟後月。後月無支,或迤邐遂至半年。州郡幾不可立。臣去歲交割,正在青黄不接之際,監前官久已稽欠之弊,不容即有闕支。百端那兑羅充,以至新苗起催。雖幸得按月無闕,然州郡費力殊甚。今方新歲,軍倉已竭。此去秋成,尚有數月之期,何以給之?脱巾呼道,往事可監。臣昨見本軍前政知軍楊纘任内,嘗申請朝廷,蒙給降度牒三十道,充糴軍糧米斛。欲望照前政所申,特賜給降度牒三十道,或五十道,以捄倒垂之急。臣昨來到任之初,非不備見空乏,不敢遽爾乞,竭力支撐至此,委實東牽西拽,無復可措置,築底之極,然後敢瀝血忱呼顧。此項若緩實急,沿襲不已,後須有時缺事。其於曲突徙薪之謀,不爲無補。

五曰寬舶征。臣初見海舶置司抽解，必是海道要緊之衝、州縣鎮壓之所。氣勢號令，蠻商聽服。可以檢防銅鏹出界之弊，譏察漏舶瞞稅之奸。故福建則在泉南，二浙則在四明。其他小處，如漫，則以歸舟戀家山，勢同回馬；如江陰，則以大舟易於入港，便於傴帆。從前創立，不爲無說。近一二十年間，始創抽解場於上海。但江陰本毗陵一縣，所以建立軍治者，當來不無藉於海舶湊集之助。故市井熱鬧，郡計亦沾其餘潤。自失此利，商賈絶迹不來，通闤蕭疏已甚。其間時有汀、邵、興化糖、鐵、布客，回貨、轉港到岸，往往畏憚收稅之重，迤邐前去。朝廷既有敷額未除，又有游擊軍券錢取給於內。雖纍準行下，令本軍招誘，但昨來又差到尚幹徐夔孫添回買一項，商旅因之益望風相告，視此若穽，皆從半港使轉，百口招之不能來。近者又舶司行下，不許本軍招誘。夫招之猶恐其疑而未必至，況禁其招？則游擊軍券，何所從出？臣今欲乞明降指揮：永遠即無回買，仍許本軍招誘。此不過南船回貨些小遺利，游擊軍券錢亦可藉是按月支給。通商、惠軍，兩得其便，亦本軍之急務也。
　　六曰均屯租。臣聞："物之不齊，爲物之情。"若輕重一概無辨，雖天地不能，況於人乎？本軍地瘠濱江，管田不多。內有四萬八千二百餘畝，係屯省田，管苗一萬二千七百五十石。私田之苗，畝以二升八合爲率；屯田之苗，畝以二斗六升四合爲率。屯田蓋十倍於私田矣。曩緣軍興，藉此荒田，俾屯駐之兵權行耕種。及收回屯兵之後，勒民間請佃，遂有此項租額，不曾減放。每遇催科嚴急，則全家逃亡。前政知縣湯厚之始爲修明，但不察屯稅本有上、中、下三則，盡律以一概。上等者與中等一，則失之輕，然猶曰"民被其利"；下等者與中等者一，則失之重，下戶被其害者多矣。古語云"一人幸而免，必有一人不幸而受其弊"，此之謂也。緣此不均，愈不可催。今皆荒白，無人承佃，然亦不能不挂農寺欠籍。臣見此再行修明，欲依上、中、下三則之舊。上等之爲中等，雖不可復升，而中等自還中等，下等自還下等，庶催科之際，民間無詞抵睚。欲乞依此見行，明降指揮，使下郡得以遵守奉行，亦除害興利之末畫也。臣狂瞽，不識忌諱，所奏上件事皆博采廣詢，晝思夜惟，期以上不負聖天子臨遣之意，下不負一郡求芻牧之責，非尋常應文塞事者比。欲望聖慈降付尚書省斟酌而施行之，一方生靈之幸。冒犯天顏，臣無任激切屏營、席藁待罪之至。謹錄奏聞，伏候敕旨。咸淳二年二月日，具位。

**減放屯田米申省狀**咸淳三年

　　照對：本軍止管一縣，苗額號管四萬餘石。除買爲公租外，去三分之一。內一分，係是屯省田畝五萬八千三十七畝有零，內管屯苗一萬四千七十八石四斗七升。邇年以來，業主視爲棄物。佃戶轉徙他鄉，以致屯田荒白，官賦虧陷。江陰之不可爲，此實一大弊。近究顛末，方得其所以致病之由。蓋自南渡軍興以來，因地爲田，因田駐屯，是謂之屯田。兵寢而後，募民請佃，因田起租，是謂之屯苗。紹興經界之行，視地肥瘠，爲賦重輕，於是立爲五等之則。上等，十分，每畝起苗三斗有餘。次上，九分。中等，八分。下等，六分。次下，四分。隨等折土。次下等者，每畝止輸一斗以上。二畝有半，纔準上等一畝。古例輸苗，却自用本軍斛子，每石上收白米，折、加耗、加從，一切蠲免，本是優輕。兼江陰地勢高下不等，水旱灾傷，無歲無之。人戶歲蒙朝廷蠲放，甚至有放及七分年分，人戶皆樂耕屯田。中間因郡計匱乏，軍糧無所取辦，於是申奏朝廷，始於一石止許收二斗。後又增而爲起收四斗，又增而爲折收八斗。又有運司耗米，與夫義倉、雀鼠耗，又暗收之數，皆不與焉。一石屯苗，却該一石以上送納，民始病矣。端平年間，朝廷例減斛面，易軍斛爲文思院斛，止許依私田苗加四起從、供軍，加二爲義倉、運司等耗，民力於是乎少紓。逮至淳祐，版籍浸湮，賦額浸陷，歲荒并不該放。官司不思所以去其致病之由，及於斛面上又取贏焉，民力至是又復重困矣。寶祐修明，將以除弊愈暗，其弊尤滋。方且廢其五等之則，創爲一概之論。準諸鄉分數，以均苗額。雖其間上等十分者，獲減分之利；然次下四分者，乃被增分之害。田有肥磽，賦無輕重，民户又添此不均之患。自兹以往，上等降而中等者，間有輸；下等升而中等者，類皆拖欠。所謂拖欠，亦非民户恃頑也。蓋屯田之與私田，其鄉同，其都同，其保同，其圖又同，私田每畝不過起苗三升而已，而屯田乃十倍焉。此屯租所出，實不足以供屯苗之所需。官司但知屯苗管額之當催，不念屯租收數之無幾。此業主故以視爲棄物，佃户所以寧徙他鄉，屯田之所以虧陷也。今來催排，漸成端緒。考之圖册，見得屯省田多是荒白，不可不爲區處。將以再復五等之則，則歲月寖久，舊籍不得，無可稽考。若將申減額之請，又恐於綱解有損。再三思之，上不欲虧農寺綱解之元額，下又欲除人户重征之害，寧乞少損郡計，民易輸納，而於朝廷上供元額而無虧折。較之增額徒重，民不肯耕，賦無可輸，而本軍每歲鑿空陪解，日復一日，郡愈不可爲，利害灼然。本軍今自三月以來，已將屯田折價，比纍任折價優減三分之一，民頗便之。本軍今自咸淳二年爲始，應屯田管苗一石者，止照古例納折白八斗，郡用、供軍只量收二斗，并文思院斛。運司耗、雀鼠耗，并常平、義倉，却并仍舊。零苗準此。如是，則民樂耕種，官易催輸，公私兩便。除已一面施行，勸募耕種外，所合具申朝廷，乞賜札下本軍照應，永爲定則，以憑遵守，實爲千里無窮之幸。須至申者。右謹具申尚書省，伏候指揮。咸淳三年五月十七日，奉議郎直秘閣權發遣江陰軍兼管内勸農事節制屯戍軍馬趙孟奎。

**添置丞尉申省狀**咸淳三年

照對：本軍雖係小壘，地里曠闊。止管一縣，官少事多。每有期會，呼吸不應。其中崇仁、長壽、白鹿、東西舜等鄉，地險民惡，離城郭尤遠，多睚賦輸。今年二月内，孟奎嘗循彝條，上"便民六事"，以"分縣治"爲首，詳陳利害。餘事未有不準朝省施行者，獨"分縣"一事未得指揮。深恐創立縣治，事體重難，今不敢更執前説。若不更於中斟酌，作一區處，則終是費力，謹度便宜可行者。緣江陰縣無邑佐，止有一簿、一尉。縣事既繁，地又隔跨。一簿不足以輔催科，一尉不足以遍警捕。他郡聯數縣，必備官。今一軍、一縣，而縣官乃闕，宜乎縣不可爲，郡無所賴。前日乞於崇仁楊舍鎮添置一縣，事既難行，今止乞於崇仁楊舍鎮添置一尉，通正尉爲東、西尉，仍添置縣丞一員，庶可以爲縣事脉絡相倚。并乞檢照前申，於兵馬都監、監押五員中，存留兵馬都監一員、監押一員，省罷駐泊、添差共三員。於酒税官，除金村鎮烟火公事一員、都税務一員外，省罷酒税官、贍軍官、添差官共三員。其在任者，姑與存留，滿任日更作闕。其未上者，别行注授。所有添置丞、尉二員，時暫以從本軍選辟一次。省無用之官六，置有用之官二，所增者少，所省者多。既無冗員，又可辦事，實千里無窮之便。所合具申。欲望公朝特賜敷奏，從申施行，仍吏部照（原作"昭"）應。須至申聞者。右謹具申尚書省，伏候指揮。咸淳三年九月十九日發。

以上見大典本"常州府"卷一〇。

**慈幼局記**咸淳二年

江陰本膏沃，而遠鄉曠土有不耕者，民不足也；人類常生息，而窮櫚寠户有不育者，力不足也。不足而坐視之，彼充芻牧之心者然歟？余咸淳乙丑秋至郡，臘祈而雪，率屬謝郡（《大典》作群）祀，詣龍祠，出澄江門。歸聞户曹趙君汝訥言："出門外，有補茅綴葦而廬者，聞無炊烟，嬰孩啼户，饑寒之色，不勝聞之。則凍孚所餘裁此耳。"活之不及，爲廢食轉枕纍日。念昔先公尹輦下，創慈幼局，收孤棄凡十有二年，男女襁褓籍存養者，不知其幾。守吴門，亦如之。後皆相仍至今。滕雖小，宜遵用故事。乃度地，視官舍可改者，得醋庫。庫舊有椎額，歲取糟酒務斤數千，徵民糠核以釀。官費而寡利，民擾而苦禁。遂弛推醋，以庫爲慈幼局。公未有以給，輒俸先之。置乳嫗，日予券食，月予紉澣費。男女齒二以上、十以下，皆養。養及十二，而能出就衣食者，聽。寒暑予衣、坐卧什器、帳被具，户曹庀之，郡博士提其要，咸定爲例。起於丑之冬，成於寅之春。遺棄踵收，抱哺以時。昔之天廬傷毂者，大略減矣。雖然，捐俸私無以繼也，剖廩公無以充也。則來者有憚而已爾。利城鎮，故置官，罷省久，餘職田畝百三十有奇，地畝五十有奇。民獘吏縮賦，厘而復之，刻町步、歲入與支之數於石，且爲籍，隸之局。業定而利專，費給而惠遠，蓋於是乎在。按《周禮》大司徒"以保息六養萬民"，獨首慈幼："民產子三，人與之母；二，人與之餼。"昔人措意於幼者，若此其密也。渠非保之而使之蕃息者，無崇於是歟？當時井田均，無甚富甚貧之甿，其望於上者猶狹也。今貧富之相絶者，不翅十指然矣。奈何坐視其不足於耕，不足於育，而弗之救乎？凡余之所圖者，亦庶幾芻牧之思而已。若夫人情之不足者無窮，余顧以不足之才智應之，而欲滿其望，則寧無思哉？因鑱石泮宫，非特以局事隸，它日尚惟縫掖議然否也。咸淳二年七月日記。

按：此文未署作者名。然據文中"余咸淳乙丑秋至郡"句，知爲趙孟奎。此文又見《大典》卷一九七八一引《江陰志》。

**便民浚河庫記**咸淳二年

水在天地間爲利最大。通之則行，湮之則止。風檣雨柂，雖雕題卉服、鳥言夷面之人，寶貨皆可交於中國。壞斷水絶，雖商顔、褒斜一跬步間，漕事不能致也。故坡公有言："維水之利，千里咫尺；維水之害，咫尺千里。"信哉！按《郡志》，暨陽故有河，北引大江，南出於郭，截蔡涇，歷舍村，出五瀉，以達於漕河。始春申君開以漑其封邑，民到如今受其賜。中興後，一浚於乾道之丙戌，再浚於開禧之癸丑，復浚於嘉定之庚辰，至景定之壬戌，浚凡四已。潮汛吞吐，積沙易於反壤，舟行者病之。至冬運，水澀愈甚，上供米率以數十百夫輦近青暘（原作"暘"），然後裝綱。官窘於費，民困於役。咸淳乙丑，上即位改元之歲，孟奎承乏試郡。越明年春，條奏郡事便宜，思爲經久可行之策，首以前政交承帳有管芝楮貳萬七千七百有奇，撥貳萬貫，置便民庫，取其息（原作"恩"）以庚費，旨報（原作"振"）可。庫建於郡治之西，扁曰便民浚河庫，提督以秋官廳，監庫、庫子（原作"子庫"）皆吏爲之；案前則顧募市之解事者。自百貫以下，息一分有半，恤細民也。自百貫以上至二千貫，息均二分，防販典也。每日所典，闕軍資二庫，眼以貯之。郡時稽其功緒，而爲進退賞罰，總曰成月要也。本錢永遠不移，庫息以備三歲一浚之費，民不知而事功集。雖然，寒潮漸縮，舟膠不行，目前之害，不可待三年淹也。乃治畚鍤，乃峙餱糧，乃袤丈尺，乃程期會。以坐營之卒，就委本營主兵官董其役。熟券外，厚給生券以利之。首於季秋之杪，而畢於鶉火、天策之交。費皆一出於郡，留息以候他年繼浚，未遽取辨於此也。自今以往，水脈通行。農其便於耕，商其便於販，官其便於運。舟無小大，民其皆便於往來，可以百年之利矣。天地之運無窮，生人之利無盡。余之望於後來，曷有既哉！衆願鑱之石，因爲記。咸淳二載九月十九日，奉議郎直寶章閣權發遣江陰軍兼管內勸農事節制屯戍軍馬趙孟奎立。

### 和豐倉記 咸淳三年

《江陰志》不載建倉本末，年月無所考。孟奎始至，見所謂倉橋者，幅袤隆起，意倉必稱是。問之，則頹垣斷礎，廠屋東西欹，門關之閟不楔也。郡小而賦重，地寒而斂遲。多稼尚栖畆，大農急符已鱗次，民且艾且舂，輸惟恐後。往往朝入庚，夕轉漕矣。官若兵之既稟，方鑿空旁羅以給之，倉無宿儲，過者弗顧，匪但歲久蠹（原作"橐"）毀也。孟奎聞而惕若，切伏惟念：頃叨臨遣，玉音有曰："此去千里民牧。"大哉王言，罔敢失墜。求牧與芻，蓋藏宜謹。恃陋弗葺，芻牧謂何？銖纍圭俸，創節制司酒庫。閱月七八，以其息緡授之理掾，俾提其綱。役以游擊坐營之兵，工取於傭。竹木磚甓，一用市價。始於咸淳二年之二月，落成於是年八月。爲廡一百八十五丈，崇九尺，溝塗繚匝。堂三間，合前營、後室十有六楹。廠四所，屋各四間，字以"五穀熟（據《大典》補"熟"），人民育（據《大典》補"育"）"。閟其門，手書扁，顏曰和豐倉。蓋取"民和年豐"之義。培厚增高，可支百年。向使於彼道謀，憚勞惜費，荒墟可立而待也。地與譙樓相直，後傅營，前臨河，以西曰倉灣，今訛爲"滄"，施掾（原作"椽"）作亭其上，疏寮高公所記者也。既以名橋，又以名灣，其可弊陋弗補耶？幸連歲得稔，不愧新扁，又適與古磚之讖合。孟奎嘗刻之壁，故弗重著云。明年二月日記。

以上見大典本"常州府"卷一八。此文又見《大典》卷七五一四引《江陰毗陵志》。

## 宋度宗　卷八三二八至八三三〇

【校訂】嗣榮王與芮武康寧江軍節度使制（頁三五〇）

此文又作册三五三頁三二三馬廷鸞《與芮特授武康寧江軍節度使依前太師判大宗正事嗣榮王加食邑實封制》。據《全宋文》詔敕類收錄體例，此制作者可考，當歸入本集，宋度宗下刪去。

# 册　三五九至三六〇

## 鄭思肖　卷八三三一至八三三九

【輯補】閱人齋記 十月作

王德符扁讀書寓舍曰閱人齋。天地亦傳舍爾，奚獨傳舍哉！傳舍閱人耶，人閱傳舍耶？如欲知之，問諸傳舍。

《大典》卷三〇〇三引存南翁《謬餘集》。

按：《全元文》册一〇頁六七三鄭思肖僅錄文十四篇，均見《全宋文》。

## 二、《全宋文》未收作者大典本文獻輯補

### 郭廷謂

郭廷謂(919—972),字信臣,徐州彭城(今江蘇徐州)人。初仕南唐,又仕後周。入宋,知亳州。太祖乾德二年(964),改絳州防禦使。兩川平,代馮瓚知梓州。(《宋史》卷二七一本傳)。

**重勒唐陳拾遺碑記**開寶元年

應天廣運聖文神武明道至德仁孝皇帝陛下闡統之九載,威加政和,風淳俗厚。冬十月,詔天下牧守修前代聖帝功臣賢士陵墓之毀圮者,斯以崇至仁而修闕典也。化爲異物者,尚藻飾之;縻之好爵者,則亭毒之,恩可見矣。廷(原作"延")謂權典是州,亦奉斯命。由是不俟駕而按其部,至獨坐山前,過有唐故右拾遺陳君之墳。嘻!文集之中,嘗飽其詞學志氣矣。下馬一奠,能不淒然!因賦惡詩一章以吊之,曰"魂逐東流水,墳依獨坐山"。時同官及僚屬攻文者甚有繼和。封樹茂,不勞增築而加植也。故節度使鮮于公所立之碑,苔蘚侵剝,文字磨滅,因徵舊本,命良工重勒於石。豈祇顯此公之懿行,之欲副吾君褒賢之云爾?開寶戊辰歲十二月十五日,推誠保節翊戴功臣靜江軍節度觀察留後光禄大夫檢校太傅知梓州軍州事兼御史大夫上柱國太原郡開國侯食邑一千三百(原無"百")户郭廷(原作"延")謂撰。

《大典》卷三一三四。

**上周世宗表**

臣家在江南,今若遽降,恐爲唐所種族。請先遣使詣金陵稟命,然後出降。

《資治通鑒》卷二九三。

按:後文陳尚君《全唐文補編》卷一〇八已輯。

### 康戩

康戩(?—1006),字休祐,高麗人。其父允開寶中遣戩隨賓貢,遂肆業國學。太平興國五年(980)第進士,授大理評事,出知湘鄉縣,再遷著作佐郎。淳化元年(990)知江州,後以户部判官出知峽州。至道二年(996)爲廣東經略安撫使,三年爲廣東轉運使。咸平五年(1002)知越州,景德二年赴闕,三年卒(《宋史》卷四八七)。

**元寂觀記**淳化中

夫道在二儀先,故尊;人居萬物首,故貴。天生者動而有終,地生者植而有返,唯人體道先後天地者矣。冲陽觀者,梁邵陵王綸所建也。普通中,綸以内舉親賢,觀風斯邑,地枕九江,峰横五老,登王喬駕羽之山,履赤松食芝之壤,必欲輕舉可希,長生可圖。故乃選柴桑石地,赤烏舊墟,雲蒸其山,練净其水,絶俗隔塵,真仙之窟宅也。爰命良工,遂興大廈,竭豫章之杞梓,窮昆侖之璆琳,虹梁横虚,駕瓦連漢,樓閣飛驚,若閬苑移人間。道侣栖息,群心仰止。兹山有禽,朱頂雪毛,背坎翔離,故目觀曰冲陽也。熠哉!猛焰燎原,延灾宫室,梁棟巨材,作漢池之灰;玄都雜部,成秦坑之爐。廟貌失止,玄侣無依。空山寂兮長榛

燕,白日輪兮銷歲月。自垂拱至開元,有道士蘇慕道者,糞壤金珠,桎梏榮祿,愛此泉石,罄己囊橐,命匠不日,觀宇如初。嗚呼!唐祚已穹,中原幅裂,民不聊生,何遑崇道。檜楹蠹朽,壇墠荒凉。我皇宋不讓開元之盛,今監觀宋得真,高齊慕道之肩,修復基址,告厥成功。托以好辭,刊示來者,故予不多讓。

《大典》卷六六九八引《江州志》。

按:《大典》卷六六九七載"《元寂觀記》,淳化中,康戩記"。

### 薦越州趙萬宗奏

趙萬宗年六十二,潔而能峻,直哉惟和,雜居丘園之中,獨得鄉曲之譽。論其德行,則可以訓俗;富其文辭,則可以教人。而能息心榮祿,委迹衡茅。若招以弓旌,賁之束帛,非止懦夫立素,抑亦廉士歸風。知而不舉,則臣獲蔽善之譏;舉而無徵,則臣負欺天之咎。

文淵閣本《雲溪居士集》卷二九《越州跂鼇先生趙萬宗傳》。

### 除拜不平奏 至道二年

呂端、張洎、李昌齡,皆準所引。端德之,洎曲奉準,昌齡畏懦,皆不敢與準抗,故得以任胸臆、亂經制,皆準所爲也。

《宋會要輯稿·職官》七八之七。《宋史》卷二八一。

## 胡賓王

胡賓王,字明賢,乳源人。少力學,以博洽名。南漢時登進士第,纍官中書舍人、知制誥。劉鋹淫虐,辭官歸。鋹亡,上其書《劉氏興亡錄》於宋,以明經授著作郎。宋真宗咸平三年(1000)又第進士,纍遷翰林學士(《廣東通志》卷四四)。

### 邵謁集序

邵謁,韶州翁源縣人。少傳聞爲縣廳吏,客至,令怒不揩床,逐去,遂截髻著縣門,發憤讀書。書堂距縣十餘里,隱起水心。謁平居,如里中兒未冠者髮,苦吟,繇是工古調。尋抵京師,隸國子。時溫庭筠主試,憫擢寒苦,乃牓前三十餘篇,以振公道。已而釋褐,後赴官,不知所終。他日,縣民祠神者,持幘自舞鈴,忽自稱邵先輩降,即曰:"邵先輩異時號工歌咏者,能强爲我賦詩乎?"以爲巫偶妄言,意欲苦之耳。巫略不經思,即成二十八字,詞韵淒苦,雖老筆不逮,鄉老中曉聲病者,至爲感泣咨嘆。噫!昔鍾儀操土風激生前之戀,今邵子托巫語啓歿後之思,異時同契,有足悲者。今錄其詞,附之卷末。安定胡賓王序。

《大典》卷九〇七。

## 陳高

陳高,宋真宗時人。

### 興化軍儀門記 咸平六年

天子以降,門之左右必建以戟。戟者,古制,其來亦久。唐天寶六年,復改儀式,廟社宮門二十四,東宮十八,一品十六,嗣王、郡王、上柱國、帶職事二品及京兆、河南、太原尹、大都督十四,節度使、上都護十二,舉天下州郡,十爲定制。興化軍先隸溫陵,爲劇邑,屬陳帥臣妾,朝廷始改焉。凡來典是軍者,連七八公,謹奉詔條,已而罷去。未有一者,少能興致微茫之事,使人略識古先立州郡軍監之次第。咸平五年,司門外郎胡公自廬陵守移任軍曩,不踰月,且謂:"戟者,正其闕事。"或曰:"軍監豈侔與州郡邪? 又下不請而上無命。"公由是飛章聞諸天子。越明年春,朝廷按州郡之數,制作備具,驛傳而來。公率官吏、將校出南門以迎,即時立門之左右。先是,門僚吏賓客,工役眾庶之輩,皆雜然進往。公初來,即郡東偏之門,其西則舊有存焉,以拱仰夾輔中之宏大。今列戟者,僚吏賓客、工役眾庶之輩,進退往來,知所區別。軍有戟,國朝之新典,四方未聞,曰軍監者,遍而有之,非公實聲極望,殊政異績,則不獲是命。民之有知者,相與而賀天子壯大我東南之俗,而公光揚我父母之邦云。

《大典》卷三五二五引《莆陽志》。又見同治十年《重刊興化府志》卷二六。

## 陳□

陳□,名不詳,宋真宗大中祥符二年(1009)爲守太常丞直史館。

**偃師伯王弼像贊**

《易》之爲教,潔净精微。卓哉輔嗣,極慮研幾。大(《曲阜縣志》作"天")才逸離(《曲阜縣志》作"辨"),玄理發揮。慶成疏爵,用峻等威。

《大典》卷一八二二二引《廟學典禮本末》、乾隆《曲阜縣志》卷二四。

按:《廟學典禮本末》編者不詳。《文淵閣書目》卷三載"《歷代崇儒廟學典禮本末》七十卷,不知何人撰",列於元代,應即《大典》所引《廟學典禮本末》。《大典》引此贊未署撰者名,《曲阜縣志》署"守太常丞直史館陳□"。

## 王□

王□,名不詳,宋真宗時人。

**福先塔題名**大中祥符三年四月

汾陰之寄,過是寺,命大理丞王某題。給事中知河南府兼留守司事同群牧管內勸農事薛映,同通判王好古、王拯,推官陳汝礪。大中祥符三年孟夏二十九日題。

《大典》卷一三八二三。

## 釋茂特

釋茂特,宋真宗時僧。

**法雨寺記**大中祥符六年

甘露寺,創置於唐天祐元年,重修於聖宋之世。開廣舊基,安布梵宇,左連廬岳,右接澄江。住持聰公,蓋有宿緣,力期建造,歸立紺殿。特建虹梁,重檐翼飛,叠拱甓立。碧霧凝於鴛瓦,綺霞接於璿題。乃塑迦文等像,龕帷克備,丹漆仍周。所謂慶偶昌期,皇上登封泰岳禮畢,汾陰符瑞日臻,休祥時見,直兹泰和之代,實增慶遇之心云云。

《大典》卷六六九九引《江州志》。

按:《大典》文前云:"大中祥符六年重修,治平二年改今額。僧茂特記。"《大典》卷六六九七載《法雨院記》,祥符六年,僧茂達記",然文中有"皇上登封泰岳禮畢",顯爲宋真宗時,與所署時間"祥符六年"相合。然撰者"茂達""茂特"之異,未知孰是。

## 舒雄

舒雄，歙縣（今屬安徽）人。端拱二年（989）第進士（羅願《新安志》卷八）。淳化間知南安縣（《福建通志》卷二三）。大中祥符三年，以都官員外郎知漳州（萬曆元年刻《漳州府志》卷三）。歷知衢州、建寧府、婺州，官至尚書郎（明弘治《徽州府志》卷七）。

**序職方曹公詩**天禧二年

近世詩人之作，多陷輕巧雕刻，大喪風雅。惟君之詩，立意措辭，以平澹雅正爲本，渾金璞玉，得於自然，其體致高遠，有王右丞、孟處士之風骨。如《贈漁父》云："逍遥五湖上，活計一竿頭。"《覽金員外岳詩集》云："却爲吟新句，不成彈古琴。"《喜友人過隱居》云："旋收松上雪，來煮雨前茶。"《山居書事》云："雲生枕上藤床冷，火迸爐中藥鼎香。"此深到古人之趣也。

《大典》卷八二二。

按：《大典》載"天禧二年，尚書員外郎舒雄序職方曹公詩云"，且文末另附文字云："政和間，葛勝仲來宰休寧，得其詩而讀之，謂句法雋逸，又謂屬辭精深。且知公以經術德義，高蹈州里。與潘魏二征君、和靖林居士篇什，嘗相往來，每慨嘆之，而恨不及見也。公名汝弼，字夢得，自號松蘿山人云。"可補曹氏生平。

## 錢宗懌

錢宗懌，宋仁宗時人。

**法安寺記**明道二年

唐咸通二年，有佛者於瑞昌良田社建寺，始有僧智懷、善修主之。事或污隆，時多遷變。至宋天禧四年，守通爲寺主。年代浸久，廊宇漸隳。雖云萬法皆空，安可一日不葺。遂遍拓檀越，重議興修。明道二年，新佛殿法堂、兩廊厨庫。專來求文，欲傳不朽。辭曰：盆連古郡，烏瑞仙鄉。表刹南畝，首基皇唐。多歷歲月，將隳棟梁。孰能興葺，通號法王。檀越輻湊，布施山藏。顯敞殿宇，掩映修廊。三時薰燭，六入清涼。銘於韞玉，以永百祥。

《大典》卷六六九九引《江州志》。

按：《大典》卷六六九七載"《法安院記》，錢宗櫸撰書，明道二年立"。作者名作"宗櫸"，有不同。

## 樊毓

樊毓，宋仁宗時人。

**政福院記**慶曆七年

瑞昌政福寺，直縣西百步。原其興建，即後唐景福中，廬山僧曰善宗肩錫而來，謂此真福地也。前瞰青盆山，後枕玉華洞，誅茅築土以栖之。棟宇草創而未具。子璿紹持院事，得衆歸仰，知大事之可圓，於是建三門爲之外固，時則大中祥符二禩也。繼璿者子平，遂建法堂方丈。平之嗣即今智初上人也。曰："釋迦正殿，歲久弗支。儻不鼎革，必隕墜。"乃與其徒抽囊資，導信緣，得錢三十餘萬重構之。始謀於康定元年，成功於慶曆三載。梁棟一新,金碧相照,廊廡四合,欄楯周匝。爲間五十有五,爲象六十有九。誠由初、懷二公戮力營置而然也云云。初請予紀其事。予非學佛者,不可談空,乃直書歲月。

《大典》卷六六九九引《江州志》。

按:《大典》卷六六九七載"《政福院記》,慶曆七年,樊毓"。

## 李及之

李及之(1001—1085),字公達,濮人。由蔭登第,通判安肅軍,徙通判河南。知衢州,改知信州,入判刑部。除直秘閣,歷開封府判官,知濟、涇、晉、陝、潤等州,以太中夫夫致仕,再轉正議大夫,卒年八十五(《宋史》卷三一○本傳、《長編》卷三五七)。

### 福先塔題名

太常博士通判留守司隴西李及之公達、秘書丞通判永興軍濟南張掞叔文、留推官趙郡李師錫堯夫同觀昌黎文公名刻。慶曆云云。

《大典》卷一三八二三。

## 蔡充

蔡充(986—1056),字公度,南城人。天聖二年(1024)第進士,爲邵武尉,又爲下邑尉。丁母憂,服除,歷越州司理參軍、天平軍節度掌書記,遷著作佐郎,知奉新縣、秘書丞,知小溪縣,改通判戎州,纍遷太常博士、尚書屯田、度支、司封員外郎,歷監在京都進奏院、群牧判官、知絳州,又爲提點荆湖北路刑獄公事,卒於官舍(《曾鞏《元豐類稿》卷四三《司封員外郎蔡公墓志銘》)。

### 乞添築城壁奏 皇祐三年

竊見戎、本州江安縣淯井等處城壁,本州只是木柵,自後雖有些少城壁,又絕低小,盡是沙石比土。彼處夏秋多霖雨,逐旋倒塌。臣欲乞令逐時添築城壁,務要牢壯。當於側近采刈柴茅,逐旋擘畫燒變磚瓦等,沿城上并令修起屋宇,不惟遮蓋得城壁,又得樓櫓之屬備具。所貴易爲據守。

《大典》卷二二一七引《江陽譜》。

按:《大典》載"(皇祐)三年,群牧判官蔡充乞添築城壁"。

## 章申之

章申之,宋仁宗時人。

### 承天院佛殿記 皇祐五年

尋陽郡有寺曰承天,當李氏守江南,軍帥何氏捐財以成。後王師拔城,民廬殘壞,而寺之棟宇獨完。嗟乎!同衆人之樂,而不同衆人之憂,宜釋子優游於四民之間。竭良材以崇塔廟,丹飾一晦,群工畢來。承天之殿,當始構之時,甚極華麗。歲月積久,風雨剥其彩繢。僧守楷謂:"不葺於今,則摧圮可待。"乃集衆財而新之。以皇祐辛卯歲萃工,明年八月告成。像貌嚴肅,金碧焕然,迴欄峻堦,咸固以石,以廬阜之梵刹相倚,而殿宇無能比其壯者。今禪律所聚,必曰焚修爲己事,其間或以了悟之旨受其徒,或以經營之工力其教,是皆佛學之所歸信者。若守楷之爲,可謂力其教矣云云。

《大典》卷六六九八引《江州志》。
按：《大典》卷六六九七載"《承天院佛殿記》，皇祐五年，章申之撰"。

## 盧載

盧載，宋仁宗時河內人。

**白鶴觀記** 皇祐五年

古者府、宮、觀之名未立也，統謂之老君廟焉。唐開元中，明皇始尊祖於老君，乃追諡曰玄元，故其廟得以用王者制。繇是或曰府，若丹霞、通玄之名是也；或曰宮，若太清之名是也；或曰觀，所以并兩觀之崇，而得以用王者制是也。噫！盛事聿興，垂範區內。潭州湘陰縣白鶴觀，亦其一焉。觀實陶仙君故廬之地也。按《晉書·隱逸傳》，仙君名淡，字處靜，太尉侃之孫。少孤，好道，人或鄙之，然志祈神仙不移，遂餌靈草，辟穀絶欲。雖家絫金彌千，左右僅百，殊不以盛自累。終日淵默，好究易旨，窮卜筮。俄而棄家，結廬於長沙之臨湘山。常畜一白鹿，出入與之偕焉。其屬有將覘之者，復徒渡澗，而竟不可覯。會郡舉秀才，因聞而避之，復徙卜廬於羅縣之堺山。至而樂其山泉石秀異，加北瞰洞庭大澤，遂居焉。有樵者嘗見二白鶴由雲端而下，未幾，仙君亦隱而不出也。其屬或有來訊其存否者，暨至，則聞其無人，林木晻靄。忽臨澗，聞萬籟之際，有若仙君之語曰："子無見吾，仙凡異耳。"其屬後瞻慕益深，於是家焉。永嘉中，復有樵者得石室於中峰之半，而室門偶呀然洞開，因熟視之，中有二仙。一謂樵者曰："吾陶真人也，於此得道。"乃於室前取草一葉，而與之食曰："使汝延百餘歲。"後果享齡百五十餘矣。爰用循考縣志，則羅遷而爲湘陰堺，革而爲白鶴。蓋嚮所謂樵者嘗見二白鶴，由雲端而下。諒山之名，肇自於此矣。而觀之名，復得於山矣。山侭縣之東南餘二舍，峻起二十里，環匝二百里。境與長沙梓木洞分，有澗流自洞口，沿山麓奔湍而東下，數十里越觀，僅十餘里而抵鳴水洞，澗流經巨石，如瀑布自洞口百丈懸瀉入於潭，潭納弗止，復數十里，東濟於湘江，而匯（原作"匪"）於洞庭。壯哉！山水之高遠，非仙君其孰能宅於此。其故事，蓋乎年表夐遠，世莫得而盡聞。復用循考野史，則爲仙君名。琰芝桂冠，携家八十口而餘，修道於此山。太康二年，遂拔宅，觀即故廬之地也。雖事迹與《晉書》異，而野史垂之，亦有年矣，故兩出焉。次蹟其聞見，而詳之者，則約而序之。餘所未詳者，則不書。且夫仙君既隱而不出。於是後世道家者流，得以傳其故廬之地而主之。加田疇三百畝，目之爲三洞，以謂中峰石室之前，仙君之丹壇也。其上有竹曰釣絲，清吹時摇，歸其壇而常净。又有石壇倨觀之南隅。傳云在昔中和之先，有百歲道人者，自號逍遥子，常隱於此。歲或亢旱，則投鐵符以鎮江潭，須臾而雨。暨檢校左僕射鄧侯進思，引兵下岳陽也，道人始出所隱。侯既歿官所，其子右散騎常侍康時，挈族以歸是邑，治白（原作"曰"）鶴之別墅。數游是觀，於時三洞堙塞，公爰命抉理之，其田疇遂如初。殆清泰中，有羽褐彭幼謙者，偶葺丹壇，獲大藥一粒，乃餌之，享齡百四十餘矣。信乎！山爲靈鎮，地實洞府，迭垂祥應，豈易墜耶？則土木之工，時有廢興，蓋傳而主之者，果何如人耳？先有羽褐者主之，實匪其人，觀僅廢焉。既而司封員外郎王公彬，出典長沙，有以觀之廢而言於公者，曰："孰爲其人，我將辟以代之。"僉曰："郡有道士太原王善慶者，少慕冠褐，夙藴志節，必也辟其人，捨此固不可與。"公然之。天聖二年甲子中始被命。師至而喟然嘆曰："惜乎！山弗育林木之色，猶人之去毛髮也；弗舉土木之工，猶人之失衣裾也。詎能言其大體乎？苟山存地在，則吾何慮焉。"是用植以松篁，期茂密乎山之凋毀；計之梗柟，將壯麗乎地之荒涼。何哉？物不可以終否，故受之以泰。寶元二年己卯中，師因謂邑人鄧咸曰："若予被命而來，凡十六年。今此山既以補植矣，此地將謀改觀矣。始者惟茅茨數楹，窮陋何啻乎不堪其憂。雖革故於漸，然至事未立。若乃大道無形，實先乎象帝；真官列位，莫尊乎三清。苟殿廢不作，粹容無以奉安；時至不爲，學者何所依怙。矧君祖先有濟三洞堙塞之力，故流福世世。俾玉帛豢飫，禮義之風著矣；子孫蕃大，縉紳之門高矣。然則三清至事，固風謀於君，而君決能爲我立之者乎？"咸聞之，乃施錢一百五十萬。師既受，是用萃集梗柟，犇驅匠工。上棟下宇，群材羽翼乎嚮背；以日繫時，五色輝映乎內外。三清寶坐，儼列其中；真官仙杖，蕭衛乎側。塑繪威重，香火嚴謹，峻址當中，分城而趣。然後有重門以壯其前，有迴廊以掖其傍。有仙居輔聖殿堂，連接其右；有水軒山榭（原作"謝"）花木，映帶其外。有廳事以敞其左，有藥館以亞其入。有虛閣逸齋，琴棋雅尚其次；有寢堂書室，圖書清閑其中。雖然，師綽有未平之意，且曰："夫道家者流，居宜圖正。爰度三清殿西，循山麓而上，僅百步，有巨石東嚮而橫鎮之，乃其正址也。"及計之以工直甚大，乃謂邑人吳文翼曰："予將先鑿石夷址，君能施財於其上者乎？"文翼許之。暨聞命以歸，專經構之。先亡寢食之暇，千斛資庖，萬力齊舉，堅頑削平，有若神助。遂獲文翼施錢一百五十萬，遂建玉皇殿於其上。不日丙（疑爲"而"之訛）輸奐，既以精絕，像衛塑繪，益以威重。新址之西，尚有虛位，繼而胡文寶施錢三十萬，乃作正堂，直引廊廡。前接玉皇殿之南，則有劉辨、李德施錢三十萬，作紫氣堂，爲道侶齋膳之所。北有廚舍，凡六十楹。下接舊址，總三百楹。而餘仙像，百有餘軀。旆幢供器，名數頗多，無不備新而嚴謹者。皇祐五年癸巳冬，載自豫章之西山，復來長沙，遂走單介齎手墨以招我游。暨至，周覽興葺，制度加備。辱見托記，其功敢讓。夫由三清殿而降，適二紀餘，大興葺之，謂功也，何啻於功，亦有識而已耳。抑夫向所謂"山存地在，吾何慮焉"之謂識者也。蓋以土木之功爲外飾，喜乎大體之未變，得非有識者歟？不然，安得衆廣施之，歸大功於師者也？故始見托以功遂，特垂之以有識文之旨也。

《大典》卷五七六九引《古羅志》。

按：《大典》署"河內盧載"。

## 毛抗

毛抗，字節之，衢州江山縣人。皇祐元年（1049）第進士，嘉祐間知樂平縣，終祠部郎中（嘉靖《衢州府志》卷一〇）。

**重建城隍廟記** 至和二年

城隍神，經不書也，近世治郡者廟而祭之。迹其原，豈始城之神歟？太守既上之三日，必謁。春秋有常祀，歲水旱癘疫則禱，有志於民者必取焉。吾侯沈公純受署之始，因謁神祠，嘆其棟宇圮壞，謂："不足以稱明靈。且江南自古民巫俗鬼，淫祀相望，祀有益於民者，苟不能修舉，民其謂我何？"乃鳩工治材，作新廟於北埔之隅，顯敞與疇昔倍，又塑其神，正以禮胙。既卒工，侯親執祭堂下，落始成也。切原侯意，所舉必以民爲憂。廣而充之，於爲政乎孰加焉。

《大典》卷六七〇〇引《江州志》。

按：《大典》卷六六九七引《江州志》云："《重建城隍廟記》,至和二年,毛抗。"作者名或作"杭"。另有治平二年進士富川人毛抗（或作杭）,當非此文作者。

## 曹碻

曹碻,字公易（大典本"常州府"卷一一）,江陰（今屬江蘇）人。仁宗嘉祐四年（1059）第進士（大典本"常州府"卷一二）,六年守溫州司法參軍。以文行名於時。神宗熙寧中更新學校,以名儒入選,擢爲國子直講（楊時《龜山集》卷三四《曹子華墓志銘》）。

### 井亭記 嘉祐六年

古者,井田之制行天下,民之所以相生養之道,其法備具。至於鄉鄰族黨,其民則出入相友,守相助,疾相扶,雖衣服、器用,亦相供也。及井田壞而阡陌之利興,天下之民由是不相爲矣。浸於後世,先王之法制,大者廢滅盡矣,或存而稍用者,又非古制。鄉鄰族黨,人人各爭其利,奪而并之,未足以厭其欲,何暇及於人哉。維其通津梁、治井道以爲利者,則庶乎與人共之也。江陰乾明院僧宗壽,得民錢七十萬,自院之門,甃其道以達於市。道之左,鑿大井,面縱、廣丈,深倍而什焉。閭巷之夫讙然相喜,共其利,所以然也。嗚呼！一井之用,於先王法制蓋至小者,爲之於一鄉,而一鄉賴之,況施其大者於天下,則其爲利可勝言哉？若宗壽者,乃能倡民而爲之,與夫極土木之麗而無所事於民,其義則有間矣。井成而作亭,求予文爲記。予所以樂爲之書。嘉祐六年八月十五日,將仕郎、試秘書省校書郎守溫州司法參軍曹碻記。

大典本"常州府"卷一八。

## 朱迪

朱迪,宋英宗時人。

### 冲真觀記 治平元年

道者,性之適也,儒、老、佛之所共貫也。虛乎內,則與物兼忘,而又忘其所忘,則萬化感通,至真來會。夫真理之妙,皆始煉氣以易質,運神以鎮元,內觀三一之樂,外集六九之粹。召欇靈馭,以濟物爲功；出入群生,以誘善爲事。然後登景漢以凌邁,躡雲嶺以逍遥,變不常形,飛無迅翩,列高名於金闕,肆廣步於玉清者,非宿命元德,衆真共持,而能竊冀於仙途耶？晉陶真人之居是山也,得群峰之秀,處靈源之長,幽林參天,洞房啓景。真人德夸世表,迹超物外。道醇醇乎不雜,志混混而無累。餌赤液以養三宮,佩青要以友四老。藏天隱月,授元君之書；開聰徹明,契紫虛之叙。奉日月二奔之訣,不留世居；咀琅玕九轉之丹,遂騰天馬。真人以大康中白日冲天,後以其地（原作"他"）建觀曰白鶴。天聖甲子歲,道士王善慶來主此地,比羽化凡四十年。即山治材,相地營室,輸奐壯麗,爲湘楚之冠。事備先生盧載《白鶴觀記》。治平元年五月,天章閣待制吴公守長沙,以真人遺事白鶴名奏請榜額,因賜曰冲真觀,以表靈踪,以崇至道也。噫！孤風莫繼,遺像長存。隱芝空老於寒岩,紫氣尚縈於丹閣。遂使湘南學士,日俯仰於松壇；關中鄙人,獨徘徊於岩石也。

《大典》卷五七六九引《古羅志》。

## 陳貽範

陳貽範,字伯模,臨海人。治平四年(1067)第進士。紹聖二年(1095)爲鄱陽通判。歷宗正丞、處州通判。爲胡瑗、陳襄高第(陳耆卿《赤城志》卷三三)。

**集寶齋記** 治平四年

治平三年秋八月丁亥,詔以光禄卿琅邪葛公移守茲郡,政平多暇,因閲圖籍,訪耆舊,咸曰:"天台、桐柏,一山也。"浙河東南,此實巨鎮。其間金庭方廣,多聖真所都,道風法樂,聳人毛骨。而教乘所基,藏室所總,隱然爲天下歸嚮。自赤烏以還,或栖遁,或登覽。名迹尤著者,有若葛仙公、司馬練師、柳常侍翰墨在焉。凡舊題標榜有四,道觀二,洞門、國清各一,并常侍漆書萃屏院,又批清觀紙尾合四十五字,逮旬歲乃完。況仙公於光禄是爲遠祖,今祖書之得,相望千餘禩,而手澤宛然,復能修起而嗣述之,得非陰陽護持、自有所持,及光禄遂成其美。淵源由來,有類武夷宗裔。前所謂三賢名翰,今留真故山,副在琬琰,列於西齋之壁,命曰集寶。新齋成,邵武元侯正夫亦篆文以示。茲乃纍朝神品,衆此一軒,如斗牛之旁,珠璧相照,蓋欲久其傳而垂不朽也。噫!天台雖居勝地,海嶺回深,而奇貨屑然錯於無何之境,不爲虞、褚輩題評上前,豈天意留落於此,將名山之藏爲宜邪?矧三賢之心,非專玩一藝,當以高尚忠純之節,而師仰之可也。使百世而下,聞其清與正,博存遺秘,不復烟滅,庶乎有所激云。

《大典》卷二五四〇引《陳貽範集》。

按:《大典》載"治平四年,葛守閎建"。

**范文正公鄱陽遺事録序** 紹聖二年

漢孝宣帝嘗曰:"與我共治者,其惟良二千石乎?"天下之廣,郡有太守,能用良稱者幾人哉。且鄱陽,《禹貢》揚州之域。春秋時爲楚東境,後屬吳。《史記》言:"昭王十二年,吳伐楚,取番。"蓋其事也。秦并天下,曰番陽縣,屬九江。漢更爲鄱陽縣,係豫章。後漢建安十五年,吳大帝時,張昭等議以豫章土廣人夥,請分置廬陵、番陽二郡,初治部故城。後徙吳芮,即今之所治也。梁天監中,置吳州。陳廢爲郡。隋平陳,罷郡爲饒州,大業仍爲郡。唐武德四年,平江左,乃復置州。則饒之爲州,殆四五百年矣。推諸牧守,無慮近千人。然摭於《廳壁記》,自開寶八年僞唐歸朝,有鐵林軍主張仁忠權知焉,迄元祐壬申朝奉大夫鄒軻,凡六十有八人。而比閱州圖經序,賢牧内史者,止吳周魴,晉虞溥,隋梁文謙、柳莊,梁陸襄、唐馬植、李復七人焉。求之州圖,間有周(原作"吳")、虞、梁、柳、陸、馬、李七公,與顔魯公并文正公畫像。以千百歲而守者近千人,而其著於圖記、繪像者,陸虞二内史、梁周二太守、柳儀同、馬常侍、李刺史、顔范二公九人云。二千石之良,不幾於難有耶!余倅於饒,見魯公雪程小娘被寇事,特道其始末,而圖其像,以附文正公之祠堂。是賢太守不可得而多也。噫!鄱陽之守近千人,著於圖記繪像九人,而公之德尤不泯,饒人爲之立祠班春堂、天慶觀、州學之講堂,凡三所。繇景祐距此,僅六十載,香火不絶,牲牢日盛,較以千人間,流澤之遠,惠愛之被,獨公一人而已矣。然公之遺風餘美,實浹於物,每見於民之去思,又豈止夫祠堂而已乎?公視政日,所以製作修創之迹,游賞吟咏之舊,莫不敬而念之。余因采其所敬念者,命曰《范公鄱陽遺事録》。非敢徼名於世,庶其垂話於後,而不事於召棠之歌咏也。且公始通判河中府,徙宛丘,歷(原作"壓")延、慶、杭、越、蘇、潤、青、潁、邠、耀、鄧、永興一十二郡，純獻茂績，燦在國史、家集、奏議間，何假於是歟？如公所至有恩，邠（原作"鄧"）、慶二州民與屬羌畫像而生祠之，御篆以褒賢碑額，青史傳載，四方千載，固已聞之矣。竊疑饒之遺事，或有所未聞者，安得而棄乎？紹聖乙亥六月丁卯，天台陳貽範序。

國圖藏明刻《范文正公集》附《范文正公鄱陽遺事錄》卷首。

**與楊朝奉帖**

偃伏高誼，曠日持久。比承下車，阻遠不獲參賀。即辰嚴寒，伏惟神決之暇，榮候休福。某野野無狀，蹭蹬場屋，始竊一命，守官淮甸，土廣事煩，固非愚拙所宜當也。到任經年，粗免曠敗。敝鄉有幸而得賢守，久欲馳書，上問尊候，以賤局百冗，出處不常，用是稽緩，深負愧慊。臘窮春啟，切祈若時自重，以對光寵。不宣。

《播芳》卷八三

# 王益柔

王益柔（1015－1086），字勝之，河南（今河南洛陽）人，曙之子，用蔭入官。慶曆四年（1044），以殿中丞召試，除集賢校理，預蘇舜欽進奏院會，醉作《傲歌》，黜監復州酒稅。久之，為開封府推官，改三司鹽鐵判官。歷知制誥兼直學士院，遷龍圖閣直學士，除秘書監，出知蔡州、揚州、亳州、江寧府、應天府（《宋史》卷二八六、《東都事略》卷五三）。

**寶刻叢章序**

文章難能者，莫如詩。凡刻之金石者，則必其自以為得，或作於人所愛重者。故多有清新瓌麗之語，覽者其深究焉。

《大典》卷九〇八。又見《郡齋讀書志》卷四。

**薦麻皓年奏**

試將作監主簿麻皓年嘗注孫、吳二書及唐李靖《對問》，頗得古人意旨。兼自撰《臨機兵法》，甚精當。欲望詳進所注書，或可采錄，乞加試用。

《群書考索後集》卷四七。

**論相之忠邪**

人君之難，莫大於辨邪正；邪正之辨，莫大於置相。相之忠邪，百官之賢否也。若唐高宗之李義甫、明皇之李林甫、德宗之盧杞、憲宗之皇甫鎛，帝王之鑒也。高宗、德宗之昏蒙，固無足論。明皇、憲宗之聰明，乃蔽於二人如此。以二人之庸，猶足以致禍，況誦六藝、挾才智、以文致其奸說者哉。

《宋史》卷二八六。

**論考課法奏**

今考課法區別長吏能否，必明有顯狀，顯狀必取其更置興作大利。夫小政小善，積而不已，然後能成其大。取其大而遺其細，將競利圖功，恐事之不舉者日多，而虛名無實之風日起。願參以唐四善，兼取行實，列為三等。

《歷代名臣奏議》卷一七二。又見《宋史》卷二八六。

**論水洛事奏**

水洛，一障耳，不足以拒賊。滬、䃩將，洙為將軍，以天子命呼之不至，戮之不為過，顧不敢專，執之以聽命，是洙不伸將軍之職，而上尊朝廷，未見其有罪也。

《宋史》卷二八六。

## 彭憸

彭憸（1026—1071），字公謹，湘陰人。皇祐元年（1049）第進士，除復州景陵尉。丁母喪，服除，調復州司理，舉爲江州彭澤令。丁父喪，服除，入爲著作佐郎，知澧州石門縣。遷省丞，移知南儀州事，改太常博士，卒於官（劉摯《忠肅集》卷一四《太常博士彭君墓誌銘》）。

**重修李衛公祠堂記**熙寧四年

古之善爲政者，不以地遠民陋不足以禮法法治，而惟恐其教之不至，故民皆樂其政而歌頌之。及其去也，思慕之不足，乃相與創爲廟貌，以仿像其平生。是以風俗傳播，歷世雖久，不能廢也。李衛公廟在南儀之城南，州人歲時而祀焉。蓋公之初平蕭銑也，江漢之城莫不爭下，招撫餘黨，度嶺至桂，尋授桂州總管。公爲桂州，以嶺外之遠，非震威武、示禮誼無以變其風，即率兵南巡，所過問民疾苦，宣布天子恩意，而遠近歡服。至是諸郡多有祠焉，豈非所謂善於爲政，使民思慕之不足者與。己酉仲春，予假守連城郡，視事之三日，吏白謁祠下，挹公之英風忠烈如存焉。然而棟橑圮腐，不蔽風雨，神像肅然，丹青莫辨。於是命工完葺之。前敞其廡，以嚴祠事；後重其室，以覆新像，庶幾進禮於其祠者，薦享興俯，中其儀式，而不敢瀆矣。嗚呼！以公之盛德茂功，卓犖偉絶，乃能不以遠方之故而示以禮誼，遺愛至於今數百載，可謂盛矣。後之爲政者，或鄙夷其民而且病之，聞公之風，宜有愧焉。公世系功業詳於本傳，此書其大概云。熙寧四年辛亥二月辛酉，承奉郎、守太常博士知南儀州軍州兼管内勸農事騎都尉借緋彭撰。

《大典》卷二三四三《古藤志》。

## 張佑

張佑，字聖簡，渝南人。熙寧三年（1070）自蜀解官歸京師。元豐四年（1081）因忤時貴，又自京師歸渝南。

**讀書岩記**元豐五年

渝南，古江州也，據巫黔上游，扼三峽之會，江山蟠薄，形勢豪壯。東有塗山、龍門雙劍峰、石印峽，而岷江注其下；西有巴子城、鈷鉧井、華蓋峰、古佛塔、石門、白崖，而嘉陵江縈其間，山形自清。水峽發靈感山，走蹲狖峰而住，又東自雙山連延，走州城而住。其勃然王氣，蹲狖峰盡得之。陸隱君始自渝州來居此峰。熙寧三年，佑自成都解官，放舟如京師，艤楫外江，來訪隱君。既別，回翔於岩首。隱君曰："宅居如何？"佑曰："甍棟雲表，氣象太露，惟茂林喬木擁蔽佳矣。"隱君乃手植竹柏，環墻繞庭。元豐四年夏，佑奏策忤時政，投版而歸，則隱君即世矣，佳木參天矣。予酹酒號慟，悲不可勝。既而寓家隱君東軒。其嗣子桓茂先、次子揮通夫，皆温雅好學，與佑子肖肯膺，朝夕講讀，倦則游覽。若夫波碧風暄，花露草烟，麥秀壠邊，雉鳴澗前，醉膽吟魂，天轉地旋，此則得之於春也。木陰寒庭，岩瀑雷驚，鵵鷇啾嚶，蟬簧竹笙，卯（原作"卵"）啾沙泉，讀《南華經》，此得之於夏也。露瀼霜烈，山癯葉落，春日碓鳴，搗愁砧作，登山臨水，送將歸而離索，此則得之於秋也。岩泉水澌，山火電飛，凍鼓聲沉，銅龍漏微，霄鷄未鳴，起誦書詩，此則得之於冬也。四時之趣，與朝之氣象、暮之風烟，悉得之，而貯之心、寓之文，盡乎林泉之幽矣。又相與何司馬、僧元助爲物外交，吟嘯乎宅西讀書岩，以公卿爲濡需豕蟨，以巧宦爲舐痔吮癰，陶然天真，到乎混茫。因紀石壁，久其芬芳。隱居墓在宅東官道之側，有志銘在。大宋元豐五年正月二十九日，郡人前邢臺張佑聖簡紀。

《大典》卷九七六五引《重慶府志》。

## 黃君陳

黃君陳，元豐六年（1083）知湘陰縣。

**祭忠潔侯屈原文** 元豐六年

謹以清酌之奠，敢昭告於楚三閭大夫忠潔侯之神。去歲旱暵，禾稼幾至盡槁。君陳職忝字育，撫救無術，用是再禱於神。神享其衷，立需時雨，崇朝霡霂，至足而後已。民免阻饑，神之所賜。仰思大惠，豈敢弭忘。惟神以義事君，以忠潔概世。千古之下，又能福芘斯民。是宜嚴邃廟貌，振顯功德，俾民承事不怠，名播於無窮。然而祠宇久毀，大不稱靈明，故以其事而告於郡帥，求建新祠。郡帥又因以其事而表於朝廷，乞崇封號。今奉明命，爵神曰忠潔。謹具吉日，備禮告成祠下。褒嘉之意，具於訓辭，其鑒之。尚饗。

《大典》卷五七六九引《古羅志》。

按：《宋史》卷一六載"（元豐六年正月）丙午，封楚三閭大夫屈平爲忠潔侯"。

## 洪□

洪□，名不詳，宋神宗時在世，贈太子太師。

**祭范大夫文** 名子儀，字中存

惟靈井金之傳，世莫不聞。文惠之出，忠獻之孫。當世名卿，乃秀乃昆。惟公挺生，識高才渾。以義進退，惡時趨奔。既久乃行，尚非其存。轉漕豐殖，不漁不蚊。將大厥施，以承光勛。一夕千古，夫復奚云。嗚呼！盤盤蜀山，遙遙秦川。公柩首途，霜風浩然。悲感行路，二孤號天。部吏依公，始終踰年。前日笑語，再無由緣。蔬殽薄奠，祖公道邊。魂而不亡，少歆茲筵。

《大典》卷一四〇四九引《洪太師集》。

按：此集作者不詳。范子儀（1031—1083），生平詳范純仁《范忠宣集》卷一六引《范大夫墓表》。此文當撰於元豐六年。

## 華直內

華直內，常州人，宋神宗時在世。

**張誠旌孝碑** 元豐七年

鄆州須城縣須勾鄉湯村管百姓張誠者，自祖綰至今，凡六世同居。長行、卑行，凡七十三人；大婦、小婦，合四十四姓，爲一百一十七口，聚於閨門之內，雍雍如也。子順於父，孫順於祖；婦孝於姑，女孝於母。兄以友，弟以恭；長以慈，少以謹。萬數千日如一日，百一十七心如一心。內外無間言，衣裳無常主。旦日，其主坐率子弟而分職焉，整容而出，如旗鼓之間列行陣然。不威而信，不言而治。《易》曰："風自火出，《家人》。"《文中子》曰："明內齊外。"於張氏，其得《家人》之道乎？其家無冠冕，世不讀書，以耕田捕魚爲業，貧無儲積，卒乎一歲。非有仁義以薰陶漸漬,非有詩書禮樂以教誨襲被其躬,豈能人人有順姓之孝悌?何四十四姓、一百一十七口,其間無一人異志,無一人異辭?吾不知其何道而臻此也。《詩》曰:"兄弟鬩於墻。"《書》曰:"牝雞之晨,惟家之索。"斯失家之節也。於張氏,吾無間然爾。今世衰薄,父母墳墓未乾,手澤猶存,隔其田廬,分其門巷,殊衣服,異飲食,顧猶子如行路,同胞如怨仇,於張氏之家,得無愧乎?使者如察風俗,刺史若舉孝悌,願以張氏爲首焉。元豐七年歲次甲子孟旦,毗陵華直内重上石。

大典本"常州府"卷一七。

## 李升

李升,元祐元年(1086)官滑州。

**盡心堂記** 元祐元年

君子之於事無所不盡心,而古人獨於刑曰:"一成而不可變,故君子盡心焉。"則知刑尤在所慎。以堯爲君,皋陶作士,可以謂天下無冤民矣,而猶敕戒曰:"欽哉惟刑。"舜亦曰:"刑期於無刑,民協於中,時乃功。"以天下言之,則事之不可忽者,固有甚於獄官,隨事緩急而爲之應者不一,或失之詳,或失之略,其悔可以復追,其過可以自新者有之,不害爲君子。至於刑獄一成,則失於俄頃,而終身負愧,遂至於無可奈何者,不可勝數。此不獨有識者皆知,雖塗人亦莫不然。及乎一起爲士,則或狃於勢利,或奪於憎愛,或倚法以削,或傍緣作奸,在可緩而急,當所先而後,百姓始受敝矣。其極也,則又有鑿空以求實,刺骨以求深,原其初心,豈果樂於殺人哉?厚於爲己而已。故前世如于定國、丙吉之類,號爲有陰德,往往福及數世之子孫。自漢以來,名臣以治獄多顯者,史不絶書。故士大夫益以陰德爲可尚,而不知福豈有陰陽哉!特内外之異爾。故曰明則有禮樂,幽則有鬼神。明者,陽也;幽者,陰也。事見乎明,道藏於幽,體道故無近功,立事故多後悔,是以有得於内者必忘諸外,施德於陰者必失於陽。雖遲速遠近不同,其爲有得則一也。故先登陷陣斬將搴旗,蒙被矢石,不避陽火,世必以爲名將,而見忌於道家。陰謀密計,以身徇物,疲精憊思,晝夜不得休息,世必以爲名臣,而不免有陰禍。此非得於外而忘諸内之效歟?世固有敦樸樂易,靖共持重,所至無赫赫之譽,爲一時所賤簡,而福履之盛至於纍世。或摧頹擁腫,抑情寡欲,忍辱含垢,視之若無能,世所謂吉祥善事者具享之。此非失於陽則得於陰之效歟?故《莊子》曰:"天之君子,人之小人;人之小人,天之君子。"可謂知言矣。自非中智以上,是非兩忘,則未始不以得失爲意,使知其終必有一得,則孰肯自蹈於不測之淵。惟其操之不固,恐兩失之。故謂近利爲可得,以冥冥爲可欺,此前世酷吏所以自投於死地而不悔也。夫以須臾之忍,而受報無窮,則向所謂得者,不足以補所失;忘目前之患,而福履及於後昆,則今之所謂忘者,不足以喪吾存。如是,則其進非得也,其退非忘也,雖利非福也,雖害無傷也,在我所擇而已矣。白馬於滑屬邑中號爲難治,孟君攝事數月,囹圄屢空,一境遂以無事。暇日營堂於廳之西,爲鞫獄之所,且以盡心名其堂。郡官李升,喜而爲之記。

《大典》卷七二四〇引《東郡志》。

按:《大典》載"白馬縣盡心堂。攝白馬事孟防築爲鞫獄之所,郡官李升爲作記,兼同郡官吳安持(原作"持安")題於記後"。吳安持記署"元祐元年八月九日"。

## 王滌

王滌,字長源,萊州人。元祐五年(1090)知潮州(蘇軾《潮州韓文公廟碑》)。

**拙亭記** 元祐五年

東萊太原叟,年六十餘,承命假守於潮,起小亭於燕居堂後池之北。岸有水竹,皆因其舊。雖景最幽寂,而規模甚樸。叟公餘退食,橫書隱几,默坐其上。妻孥嬉嘯於旁,且不知其異鄉之牢落也。叟太息而自訟曰:"信勞二紀,當途名公卿固有知者。不能求溫希凉,致位顯要,攜幼稚,窮山水之險,南走七千餘里,叨竊存禄,以期飽暖。既至,增學田以贍諸生,建韓廟以尊先賢,浚芹菜溝以疏水患,築梅溪堤以障民田。可矣!而又將關金湯之固,爲朝廷設險,以容保斯民。而輒取上官之怒,幾不免竄逐。賴仁者繼至,察其無私,恕爲完人。嗚呼!何其拙之甚也。"遂以名其亭。麻田居士子野吳君,惠然訪叟,問其所以。叟語其故。居士曰:"嘻!叟何惑也。夫性,天之命也。富貴貧賤,亦天之所命。惟樂天知命,直以事道,不作偽以勞心,不飾詐以釣名,古君子之守分也,奚謂之拙?"叟矍然而起,擎跽以謝居士曰:"拙之義至矣哉。不獨終身請事斯語,願誨子孫,使守之無斁。"

《大典》卷五三四五引《三陽志》。

## 張隨

張隨,宋哲宗時人。

**思賢堂記** 元祐五年

瑞昌縣地橫帶瀼溪之源,盆水之出也。唐元次山乾元中避亂於此,自稱浪士,不鄙夷其民,與父老日相往來。後守九江,復有諭瀼民之詩。民到於今思之。舊有祠在溪南蒼城之上,榛蕪翳沒,牛羊踐履,不足以盡崇敬之道。縣令朱公楚材,因民之弗忍,撤舊材移置雙溪通道之旁,遂以思賢名之。次山文章忠義有聞於前世,非特出處之迹見於此而已。名堂之意,亦所以同民之欲也。

《大典》卷六七〇〇引《九江志》。

按:《大典》此文上"元禮部祠"云:"元禮部祠二,祠唐元結……一在雙溪,曰思賢堂。"并注云:"官道旁,元祐中朱楚材移蒼城舊祠之材建,有張隨記。"《大典》卷六六九七載"《思賢堂記》,元祐五年,張祐記"。作者名不同,未知孰是。

## 朱倚

朱倚,宋哲宗時人。

**番易思賢堂記** 元祐六年

元祐五年歲在庚午,仲冬之暮,南陽安侯領麾鄱陽。莅政之暇,乃鳩工集材,於府宇西構屋數椽,彩繪往昔賢太守之像。自晉及隋,自隋及唐,迄於我宋,凡九人焉。命其名曰思賢堂。此安侯有志於民,故思古之賢守也。爰命匠氏,程功致力,榱桷端平,楹枅齊直,高甍宏開,飛宇仡仡,黛梁粉壁,朱丹間飾,不費乎財用,不勞乎民力,經之營之,與成之於不日,斯堂之大觀也。祁祁德容,有來雍雍,冠弁峩峩,藻服稱躬,天資道貌,玉裕淵冲,英暉峻發,繢色程功,望儼即溫,宛然其存,明明乎盛德之士,此九賢之真像也。雖然其人云没,厥猷未墜。爲國進賢，舉孝興廉，德溢此土，歷十三年，周子魚乃其人也。開設庠序，招來學徒，翕然向風，人四百餘，民化俗成，千里無誅，恩被飛走，庭集祥烏，虞允源乃其人也。治狀稱最，政聲尤著，曰梁曰李，卓然高步。馬歷三遷，係出扶風。柳明世務，來自河東。師鄉內史，六年政通。吏畏民懷，刻石頌功。其誰能同，魯國顏公。逮乎有宋，慶曆之間，范文正公出守此邦，以經術飾吏事，以道德移風俗，親養士子，興薦禮部。故厖眉皓首，尚能言之，隋唐以還，殆未之有。此九賢之大業也。歷世綿遠，流風善政，厚德美蔭，傳今不朽。容貌顏色，焕乎丹青，燦爛屋壁，與日俱新。想其風流，而求其治績，采於樵漁，而知其懿美；聽其歌頌，而究其善政；心之云慕，而形於念慮，此安侯之思也。《傳》曰：“在則人，亡則書。”觀於繢壁所思，思其人；按於往諜所思，思其事。思其人不可見也，思其事有可繼焉。鷄鳴而起，念兹在兹。思在乎心，即作於其事。作於其事，有利於其政者，行之無已也。思在其事，即作於其政。作於其政，有利於其民者，隆之無抑也。此安侯之所思，有在於是。故下車未期，中和樂職，愷悌美政，格於上下，教化明，習俗成，政平訟理，公庭可設羅，曠時無一事。四民謳吟，滿野和氣，躋一方生靈於春臺之上，鼓舞涵泳，莫知所之。故士歌於庠，農歌於耕，行旅歌於九達之衢，百工熙然歌於居肆。其辭曰：

鄱湖之水清兮，可以滌吾心；鄱湖之水濁兮，可以濯吾塵。清斯滌心，濁斯濯塵。君子得之而道生，小人得之僅免乎刑，則遷善遠罪，有不待勸沮之行。公之所思，日見其成。其豐功茂績，高矩盛美。古其有乎？若夫峻亭榭，崇圮壤，丹楹綉桷，雲楣刻桷，區別花卉，崇叠怪石，春賞柔條英，秋酌清溪月，舞女歌童，遏雲迴雪，珠履席上，相與快樂。此豈爲政之本耶！與夫蕭慎刑罰，審決獄訟，整綴簿符，明嚴期會。此亦爲政之小者也。未若勵風化，有志於民，思古人之治績，以復於今矣。夫興功立事有爲於世者，或相期於同時，或相望於異代，此立堂所思之深旨也。余鄰里相比，鷄犬相聞，與夫親承下風，播在人口，得之尤詳，故輒叙陳於言。元祐六年。

《大典》卷七二三六引《鄱陽圖志》。

## 劉涇

劉涇，字巨濟，號前溪（《宋元學案補遺》卷七九），簡州陽安（今四川簡陽西北）人。熙寧六年第進士。七年，以王安石薦，除經義所檢討。元祐元年，爲太學博士。罷知咸陽縣。歷常州教授，通判莫州、成都府，除國子監丞。知處、虢、眞、坊四州。元符末上書，召對，除職方郎中。卒，年五十八。（《宋史》卷四四三本傳）。

**石門洞文**紹聖三年

宋景平中，謝靈運守永嘉，蠟屐得石門洞，作詩，遂爲東吳第一勝事。梁天監中，中書侍郎丘希範，唐大曆中，侍御史丘丹、刺史裴士淹皆繼作。唐末喪亂，洞廢不修。宋皇（原作“景”）祐元年，蜀人李堯俞守郡，初復古，俄廢。垂五十年，紹聖三年，蜀人劉涇守郡，又新之。洞去人遠，溪山太陰，松竹草昧，瀑泉自雨，不見秋色，中有爽氣，仙鬼各以爲家，惡聞涕唾聲，以人迹不至稱慶，而樵漁私以生養。有客舟過，欲策杖往，輒相罔而迷曰：“可去，虎豹出矣。”壽人杜穎佐郡行縣，望洞天鬱羅，泉流號呼，疾持斧伐蒙密處，至泉，四顧太息，寫其狀歸以示。余曰：“妙物乃如此。仙都三岩，非人間世也。”飭紹賓行其事，既而告成。茶烟犬吠，伐鼓鼕鼕。於是知有官宰，仙鬼失氣，樵漁動色，以一指心力而回精神於久病。既醉之餘，余雖未目擊，而夢寐天道，真奇觀哉！余官滿日可數，其後廢興未可知，使不幸廢，又五十年必有好事君子加於前一等，與洞爲林泉主人。因作記以祝仙鬼樵漁曰："勿復期永廢，可且同樂否也？"

《大典》卷一三〇七四引《洞霄宮志》。

按：除《石門洞文》外，《宋代蜀文輯存校補》卷二七傅增湘另輯文10篇，吳洪澤補輯33篇，均不錄。

## 馬存

馬存（？－1096），字子才，樂平（今江西德興）人。師從徐積，寓楚州。元祐三年（1088）第進士，授鎮南節度推官（《直齋書錄解題》卷一七），再調越州觀察推官。紹聖三年（1096）卒於官（《宋元學案》卷一、《江西通志》卷八七）。

### 浩齋記

舜視棄天下如棄敝屣，伊尹以不義祿之天下而不顧。舜、伊尹之輕天下如此哉！古之人所以成就大事，當危疑之機，顛覆之變，處置甚暇而不亂，唯輕天下者能之。今夫操刀而斷壺、執匕以飯稻者，皆是也。至於屠龍鱠蛟刺虎之役，則束手戰栗而不敢發者，其氣懾也。於越許淳翁於其所居之東，開室讀書，名之曰浩齋，而求子記。予請以一齋之事言之，則所謂浩然者，可以立見而不惑。今子之灑掃是室也，異時之灑掃天下，有異於此乎？今子之整齊圖書，拂拭几案，卧琴於床，挂劍於壁，冠佩在上，履杖在下，異時之輔相天子，措置公卿大夫百執之士，下至於庶人，微至於萬物，有異於此乎？子有役而呼童子，小不如意，則必叱而去之，奔走顛倒，唯子所指，異時將百萬之騎，大戰於陰山之墟、朔野之北，微吟而輕呼，使熊羆豹虎之猛，畢皆赴敵，萬死而不顧，亦有異於此乎？子或志倦體疲，神昏欠伸，撫髀露腹，便然酣卧乎一榻之上，異日之厭功名，辭富貴，歸休乎江湖之間、泉石之畔，高尚以養德，醉吟而適真，亦有異於此乎？子之居是齋也，試以此觀之，則所謂浩然者，豈不壯哉！予嘗患士氣卑弱，不足與立。子有志於此言，則其自負必無敵於天下矣。予之閱人亦多矣，爲利僅耳，喜津津出顏間，而手足趑趄然搖動，小不諧世，則摧敗挫辱，作兒女聲，有可憐憔悴之色，此何謂也？予將求子以語同儕，而論心尚有此態，則可以相視一笑。

《大典》卷二五三五引《馬子才集》。又見《山堂肆考》卷一七三、《古今事文類聚續集》卷八。

### 揚雄劉向論

方王莽以險怪愚弄天下，學士大夫高節尚潔者，非引去則繼以死。龔勝以清死，鮑宣以悍死，其憤甚矣。雄斯時方著《劇秦美新論》，以發揚其盛，讀之令人氣拂膺，不懌者纍日。嗚乎！雄乎寧死，爾其忍爲此文哉。

### 試策

臣之深思，常略於東南，而獨在北方。

以上見《江西通志》卷八七。

### 古文今文論

《盤誥》之書，斯民目擊而心曉。予讀《書》至《盤庚》三篇"周公之誥"，如在宗廟武庫之中觀古器，憒然不之識，如登太行之崎嶇、劍閣之道，羊腸九折之險，一步一止而九嘆息也。

如夷狄蠻貊、窮荒萬里之人,聽華人之語,纍數十譯,僅乃能通。未嘗不廢書而驚曰:"古聖人欺予哉。後世之縉紳先生老於文學者,考釋訓詁,役馳精神,歷數十年,至於白首没齒,有不能知之。當時之人,號召告令,於一日之間,何自而知之也?當時之學士大夫,俱曰知之,何也?田夫野叟、閭巷之徒,何自而知之也?竊意三代之民,家家業儒,人人有士君子之識,所謂道德仁義之意、性命之説、典誥之語,一聞見而盡識之。非上之人好爲聱牙倔強難入之言,以驚拂之也,蓋其所習者素曉也。余謂此故,爲周誥殷盤佶屈聱牙作注脚(以上十六字原無,據《尚書古文疏證》增入)。

《群書考索別集》卷四。又見《尚書古文疏證》卷八。

### 賀王簽書啓

涣號王庭,對揚天子之命;參謨樞府,簡在上帝之心。聲名推重於朝廷,華夏想聞其風采。凡依德宇,舉極歡心。竊惟樞柄之臣,始自唐宗之制。朱梁易之爲崇政,石晉更以爲宣徽。分南院北院之稱,有正使副使之任。名雖異致,理實同條。迨我宋之隆興,鑒前朝之得失。兼置簽書之職,并爲執政之官。蓋將總禦於藩戎,抑亦參詳於機密。安危所繫,授受非輕。自(以上二字原無,據文淵閣本《播芳》卷一〇補)非才略兼優之人,曷副聖人注委之意。廣謀庶位,果得宗工。恭惟某官識造淵微,學窮元本,仰天庭而睹星辰之小,浮滄海而知江湖之圩。六藝折衷於仲尼,萬事不問於伯召(原作"始")。仁經義緯,蘊和順以積中;玉振金聲,致英華之發外。確爾自守,介然不移。其爲氣也至剛,有諸己之謂信。青雲得路,搏九萬里之扶摇;紫綬重金,際一千齡之會遇。頃從近列,浸陟華津。振耳目於烏臺,聲威稜於風憲(原作"魏",據文淵閣本《播芳》改)。巍巍然泰山北斗,無得踰焉;凛凛如烈日嚴霜,真可畏也。身既與名而俱顯,功因得位以彌昭。爰辱眷知,亟參樞要。内以制於群牧,外以鎮於四夷。形勢強而王室尊,賢能用而天下治。綸言誕布,興聞允諾。行慶九遷,即登三事。如某者么麼細行,運蹇浮生。頃緣都下之游,獲識荆州之面。傾蓋如故,陳義甚高。兹聞台座而登庸,竊偶藩符而出守。潭潭公府,方欣仰托於骿幪;六六錦鱗,敢後欽修於竿牘。

《播芳》卷二五。

### 賀王殿學除宣撫啓

神旗翠蓋,方展義於江吴;大纛高牙,實寄賢於岷蜀。采簪紳之宿望,仗樽俎之宏謀。長城巨防,致邊烽之帖息;輕裘緩帶,見民堵之歡呼。鼎彝力奏於隆勛,篋櫝兼收於遺雋。擊轅拊缶,雖慚白雪之音;彈幘振衣,願附青雲之足。恭惟某官明堂杞梓,清廟瑚璉。學問淵源,博聞強識之君子;智謀經緯,簡德易業之賢人。戎昭纍試於价藩,譽處獨高於清橐。屬聖主念坤維之凋瘵,命大臣申巽號之撫綏。讀書命於行臺,儼軍容於天府。轅門玉帳,精神折於遐衝;羽扇綸巾,謀慮愴於勁敵。不慾於素,克壯其猷。朱英緑縢,益盛魯公之徒旅;彤弓旅矢,將錫晉侯之典章。丕昭帝圖,懋建臣績。某瑣才弱質,懵學局聞。耻湮替於家聲,冀徊翔於藝苑。峨冠結綬,幸隨材閣之賓;抱槧懷鉛,誤玷蘭臺之侣。朱愚自守,藍縷無成。比牒并名,皆踐公卿之貴;閉關却掃,盡謀田里之歸。未成三徑之資,猶苟一廛之禄。念獲覯於言笑,深願就於範模。雖抱影於空廬,每馳情於交戟。鳥則擇木,果依嘉蔭而栖;魚潛在淵,當幸餘波之潤。

《播芳》卷三四。

### 赴任與通判啓

叨奉宸恩,獲承郡寄。湖山千里,慚(原作"漸")非共理之良;民社一邦,乃結同僚之契。尚徯瓜時之報,遽先雲軿之瞻。伏惟某官上智稟資,中庸爲德,學既優於膴仕,實亦茂於蜚聲,旋膺出綍之榮,更侈題輿之寵。某猥縻令使,濫預分符。方虞浮食之譏,敢意餘光之托。諸惟欣幸,曷既敷宣。

《播芳》卷五九。

### 俞彦明字序

日月星斗之明,非不暐也,天下不以爲驚;水涵太虛,燈破幽室,非不瑩徹也,天下不以爲驚。物之抱負靈耀,而埋藏於荒磏塵壤之中、寂寞之境,抑遏拂蔚,終不可没,而時吐光怪,衝射天地,天下之人始驚,以爲神奇。吾友乃江南豫章人也。請以豐城古獄之事,爲君道牛斗之間、河漢之表。昔時有異氣紅光,紫氳盤礴,衝激夾衡,璣枃摇而奪之色,此龍泉、太阿之精也。龍泉、太阿者,天下神劍也。固當抉浮雲,截流波,刺虎南山,膾蛟長橋,邊城飛塵,河角有彗,掃戎王之庭,斬佞臣之首,提携四顧間,天下事誰有不平者乎?此劍之得志而遇英雄之人,壯烈之士取决於一時也。今沈屈而在敗牢重鑰之下,是其氣不得不暴露而憤發,非以耀世也,乃其不可遏者。固如此耳。嗚呼!士君子得志,而在廊廟之上,事業昭著,天下之人以爲當然,不以爲驚。至於懷負利器,鬱鬱而不得於時,因感慨微見芒刃,故其可喜可愕者,多發於窮時。吾友自未弱冠之初,已能飛步上庠,取聲名於場屋中,今已及壯矣。其間坎壈甈靰,前跋後疐,其躍也如有躓之,其哆也如有鯁之,豈非天欲大感,怒君而使之發精煒也。予雖愚弱不靈,前日君自執手相許以友,又謂曰:"子其字我,而并序其意。"敢取寶劍鄉閭之舊事,聊以相感君其自磨無刑於衆。予將見張雷博識之士,有爲君鑒拔者矣。又將見西山北岩之膏、華陰之英,有以拂拭君者矣。煌煌燁燁,奪人精爽,其見有日矣。晉曰"君子以自昭明德",惟自昭而進者,終不可掩屈,故字彦明以晉叔。

文淵閣本《古文集成》卷二。

### 侯孟字序

侯孟名夫,求予爲字之説,予不得其意,而謂之曰:"君以'夫'自名者,豈慕灌將軍仲孺之爲人耶?君以'夫'字孟者,豈慕洛陽劇游俠之爲人耶?二子非全人,儒生法士之所諱道也。予以謂人各有所長,甚非一介淺淺者之所知。摧鋒陷堅,决死仇敵,名聞三軍,勇冠天下,不喜諂諛而重然諾,此灌將軍之所長也。剛横不遜,果於犯上,使氣杯酒之間,乃其短耳。吳楚舉大事而向京師,大將軍得之,則知諸侯之無能爲;使諸侯得之,則大將軍必以爲憂,一人之身,爲兩軍之輕重,此劇游俠之所長也。起匹夫之私,不顧國家之公議,乃所短耳。吾欲剔去二子之所短,而收其所長,持以贈君,幸君無辭而受之。可乎?"予與孟同居相悉也,知孟之爲人,氣直而貌質,行方而言謹,與人要約,勇於必信。故喜取天下之偉士,爲孟激揚而稱道之。雖然,吾因孟切有所感矣。今孟乃趙人也。古稱燕趙多慷慨謀略之士,吾嘗欲登太行之巔,游邯鄲之道,觀井陘常霍之險,放聲而悲歌,大醉以起舞,劍鳴腰間,精爽旁射,庶幾乎意氣必有感者,恨以羈留未能也。孟君還故鄉,千萬爲我道此言。囊中之錐,穎脱而立見者,其誰乎?賣漿之家,屠羊之肆,尚有昔時傲游之習者乎?廉、藺、趙牧亦有遺種,可以將兵者乎?如其舊態尚在,幸爲我望燕山之故雲,梯易水之悲風,扼腕乎沙漠之北,可以動心否?

《古文集成》卷二。又見《古今合璧事類備要續集》卷三、《御定淵鑒類函》卷二六二。

### 送陳自然西上序

朔風驚沙，枯梢號寒，子行亦良苦，聞之京師，曰："米如買珠，薪如束桂，膏肉如玉，酒樓如登天。驟雨至矣，黑潦滿道，則馬如游龍。清霜激風，客衣無褥，抱膝而苦調，則火如紅金。子之游京師，所以恃此具者，其挾幾何？豈子之家，位高金多，父母兄弟，渠渠欸欸，厚撫以遺子乎？"曰："無有也。""豈子之鄰里鄉黨，相悦以義，出門辭東家，而西家已待驢矣。寧有是乎？"曰："無有也。""豈子之昵親狎友，入室握手，説無説有，把酒相別，飲酣氣張，有解劍而指廪者乎？"曰："無有也。""豈子之於京師公侯富貴之家，舊與欸厚，有哀王孫而進食者乎？"曰："無有也。""然則子之游，挾何術以往？"曰："吾視囊中，不見乎有物；視吾胸中，耿耿者尚在也。以吾之耿耿者游天地，庶幾必有合乎？"予聞其言而壯之曰："今人適百里，必宿舂而漸，乃敢出門户。今子有數千里之役，徒手以往，浩然無憂，予因驚怪子矣。果如子言，予來春於江南林石之下，聞北方有焰焰者，必子也矣。"

《古文集成》卷二。又見《古今事文類聚前集》卷二七。

### 子長游贈蓋邦式序

予友蓋邦式嘗爲予言："司馬子長之文章，有奇偉氣，竊有志乎斯文也，子其爲説以贈我。"予謂："子長之文章，不在書。學者每以書求之，則終身不知其奇。予有《史記》一部，在天下名山大川壯麗可怪之處，將與子周游而歷覽之，庶幾可以知此文矣。子長生平喜游方，少年自負之時，足跡不肯一日休，非直景物役也，將以盡天下大觀，以助吾氣，然後吐而爲書。今於其書觀之，則其平生所嘗游者，皆在焉。南浮長淮，泝大江，見狂瀾驚波，陰風怒號，逆走而橫擊，故其文奔放而浩漫。望雲夢洞庭之波，彭蠡之潴，涵混太虚，呼吸萬壑，而不見介量，故其文渟滀而淵深。見九疑之芊綿、巫山之嵯峨、陽臺朝雲、蒼梧暮烟，態度無定，靡曼綽約，春妝如濃，秋飾如薄，故其文妍媚而蔚紆。泛沅渡湘，吊大夫之魂，悼妃子之恨，竹上猶斑斑，而不知魚腹之骨尚無恙者乎，故其文感憤而傷激。北過大梁之墟，觀楚漢之戰場，想見項羽之喑嗚、高帝之慢罵，龍跳虎躍，千兵萬馬，大弓長戟俱起而齊呼，故其文雄勇猛健，使人心驚而膽慄。世家龍門，念神禹之巍功；西使巴蜀，跨劍閣之鳥道，上有摩雲之崖，不見斧鑿之痕，故其文斬絕峻拔而不可攀躋。講業齊魯之都，觀夫子之遺風，鄉射鄒嶧，彷彿乎汶陽洙泗之上，故其文典重温雅，有似乎正人君子之容貌。凡夫天地之間，萬物之變，可驚、可愕、可以娱心，使人憂、使人悲者，子長盡取而爲文章，是以變化出没，如萬象供四時而無窮。今於其書而觀之，豈不信矣乎！子謂欲學子長之爲文，先學其游可也。不知學游以采奇、而欲操筆弄墨紉綴腐熟者，乃其常常耳。昔公孫氏善舞劍，而學書者得之，乃入於神；庖丁氏善操刀，而養生者得之，乃極其妙。事固有殊類而相感者，其意同故也。今天下之絕踪詭觀，何以異於昔，子果能爲我游者乎？予欲觀子矣。醉把杯酒，可以吞江南吳越之清風；拂劍長嘯，可以吸燕趙秦隴之勁氣。然後歸而治文著書，子畏子長乎？子長畏子乎？不然，斷編敗册，朝吟而暮誦之，吾不知所得矣。"

《古文集成》卷二。又見《文章辨體彙選》卷三三九。又見《古今事文類聚別集》卷二五。

### 迎薰堂記 元祐二年

元祐二年春三月，馬子與二三子客於程氏堂。程氏觴客，酒半酣，道古今治亂成敗事，慘戚不樂。有風生於檐户間，飄人襟裾，已而入肌骨，蕩滌腸胃，胸中之感拂不平者，不覺散失。起視萬物，欣欣熙熙，如春臺之人，有喜笑色。萬竅起音，如歌咏太平之聲。長枝牽柔，婉蔓婀娜，如翟羽庭俏，舞蹈盛德。客曰："異哉！是風何氣也？"馬子曰："噫嘻！嗟嗟！此南風也。遼乎邈哉！曠數百千歲，有時乎一來。今其時乎？吾試爲客歷古以數幾年幾何時乃一來，今幾來矣。吾聞舜孝格天，五弦之上微動帝指，拂拂以起，被動植，鳥獸魚鼈咸若。湯之時，吹雲橫霓，需作霖雨，掃滌八載之孽，而吾民俁蘇。文、武、成、康酣和塞周，飄然自阿，敦及路葦，使天地祖考安樂福禄。漢孝文時，吾民阜財，國亦富，實太倉中都之儲者，不可勝計。唐太宗貞觀之間，與三代同其和，年穀屢登，行旅不糧，外户不閉，斷獄希少，幾至刑措。宋受天命，驅逐群陰，聖子神孫，保養休息。吾聞間數十世，聖人必興，是風必來，若合符矣。禍灾愁慍之氣，立以滅息，而生氤氲。舜五百餘歲，至於湯；湯五百餘歲，至於周；周九百餘歲，至於漢；漢八百餘歲，至於唐；唐三百餘歲，至於宋。自舜迄今，三千三百餘歲矣。是風也，凡六來。非此六時，其風中人，狀直淒淒，着物顔色零落顛頓。吾與客今日之所遇，何兹其幸歟？"客於是名其堂曰迎薰，而馬子記之。

《古文集成》卷八。又見《古今事文類聚前集》卷三。

### 登瀛閣記 元祐五年

唐太宗選士十有八人與之燕游，議論古今事，待以殊禮。天下榮之，謂之登瀛洲。予外弟程通叔於其居跨池爲閣，高壯偉麗，聚書其中，以教子孫，而名之曰登瀛，欲其家必以文學取用於世也。予請道今昔灼然可驗、人所共知者，以勉通叔。予讀《于定國傳》，其父于公高其門閭，使容駟馬高車，曰："吾治獄多陰德，子孫當有興者。"已而定國爲丞相，封侯。後漢虞詡之祖曰經亦曰："吾治獄如于公，子孫當爲九卿。"故字詡曰升卿。詡官至尚書，爲漢名卿。近讀眉山先生《三槐堂記》，言故兵部侍郎晉國王公祐，於周漢之際，歷仕太祖、太宗，文武忠孝，直道厚德，嘗手植三槐於庭，曰："吾子孫必有爲三公者。"既而其子魏國文正公相真宗於景德、祥符間，十有八年，福禄壽考，爲宋賢相。歷觀古之君子，積善於身，厚施於人，責報於天，應若影響，罔有差失。于公以車益大其門閭，虞公以卿名其孫，晉國以槐名其堂，今通叔以登瀛名其閣，異世相類，天道無私，豈能獨遺君耶？通叔勉之。農夫耕腴，其穫也必豐；商賈資厚，其利也必倍。不耕而無資，其求也必無穫。今君之家積纍數世矣，爲吾里名族，子孫盡儒，且將以文學表於世。予他日歸故鄉，見君之詵詵侍立者，皆青紫也，而後知天之可必，予言爲有驗。元祐五年九月。

康熙二十年刻《樂平縣志》卷一五。

### 顏魯公祠記 元符三年

上元中，顏魯公爲蓬州長史，過新政，作《離堆記》四百餘言，書而刻之石壁上，字徑三寸。雖崩壞剥裂之餘，而典刑具在，使人見之凜然也。元符三年，余友強叔來尹是邑，始爲公作祠堂於其側，而求文以爲記。余謂仁之勝不仁久矣。然有時乎不勝，而反爲所陷焉，命也。史臣論公"晚節傴塞，爲奸臣所擠，見殞賊手"，是未必然。公孫丞相以仲舒相膠西，梁冀以張綱守廣陵，李逢吉以韓愈使鎮州，而盧杞以公使希烈，其用意正相類爾。然於數君終不能有所傷，而公獨不免於虎口。由是觀之，士之成敗存亡，豈不有命邪？而小人軒然，自以爲得計，不亦謬乎？且吾聞之，古之尚友者，以友天下之善士爲未足，又尚論古之人，誦其詩，讀其書，思見其人而不可得，則方且欲招屈子於江濱，起士會於九原。蓋其志所願,則超然慕之於數千百載之後,而况於公乎？公之功名事業已絶於人,而文學之妙亦不可及,用其書畫之所在而祠之,此昔人尚友之意也。嘗試與强叔登離堆,探石室,觀其遺迹,而有味其平生,則公（原作"今"）之精神風采,猶或可以想見也夫。

中華書局2003年點校本《方輿勝覽》卷六七。又見《全蜀藝文志》卷三七。

按:《播芳》卷二三載《賀王樞使啓》,署"馬子才"。然又作汪藻《賀三帥加樞密啓》(157/204)。考文有句"殄萬里憑陵之寇,安兩淮震擾之民",顯爲南宋初人語,非馬存所作明矣,故不録。另馬端臨《文獻通考》卷二三七引矸軒程氏言馬存文集,云"厘爲十一卷。凡爲策二、策題四、時論三、史論二十二、古詩四十六、律詩五十、絶句八十四、記十一、序八、書四、啓七、文疏八、雜著四、志銘十三",則所遺漏尚多。

## 鄭觀

鄭觀,宋徽宗時在世。

### 栖真院記 崇寧五年

栖真院,去湖口四十里。太平興國中,有僧慧倫以其地湫隘,踰一十二里而徙焉,今院是也。舊名栖隱,治平乙巳改栖真。其地前山後林,峭峻翕鬱,高人逸士,游者繼踵。紹聖乙亥,僧智塀勤儉爲務,積微至著,不十年,自廊廡及方丈法堂、佛殿三門,一鼎新之。至於栖賓房舍,庚序庖庫,誦經軒几,飯僧堂榻,莫不有法。其徒規行矩步,精進勤修,皆塀之表率也。塀謂其徒曰:"寺宇本爲國焚修,安穩僧衆,蔽風雨而已,豈必崇堂奧宇,妄興天堂地獄,矯枉世俗,奪民財以誇殊麗。非歡喜布施,智塀不爲也。"塀恐泯没無聞,後人顛墜厥址,慨然屬予記。噫！塀之欲記,豈徒然哉？

《大典》卷六六九九引《江州志》。又見《咸淳臨安志》卷三二。

按:《大典》卷六六九七載:"《栖真院記》,崇寧五年,鄭觀撰,錢白題。"

## 趙岍

趙岍,字季西,衢州西安（今浙江衢州）人。哲宗紹聖四年(1097)初官項城尉。徽宗大觀二年(1108),權潭州通判,兼知軍州事(《南岳總勝集》卷中)。宣和五年(1123)在知建寧府任(文淵閣本《蘆川歸來集》卷七《望海潮》注)。宣和末爲福建路轉運副使,建炎元年(1127)知平江(《繫年要録》卷七)。

### 皇帝本命集福殿碑 大觀三年

大觀二年三月十一日,荆湖南路部使者席貢奏曰:"潭州衡山縣南岳山岳祠之東北,有衡岳真君二觀,而皇帝本命殿在真君之東,地既狹隘,殿亦墮陋,非所以稱崇奉之意。願詔所屬,改地增廣,用迎殊祥,以集福殿爲額。"四月十八日,制可其請,易觀爲殿,賜亭牒爲錢四百二萬,詔臣岍領其事。臣拜手稽首言曰:"臣疏遠愚昧,待罪遐方,誤當付倚。雖恭奉詔命,然不識朝廷制作規模之方,敢用管見繪圖冒昧以上。"然後用日擇方卜向,得地於兩觀之中,拆除舍屋凡一百四十餘間,以爲殿。北又闢荆榛,平崇坎,取地以正門。經始二年之秋,成三年之春,凡二百日。爲殿一,兩廡中外三,門二,左右中亭三。闢東西户以通車從,爲往來之道。鑿池引泉以備放生,爲聖壽之祝。自外至中門六百三十尺,又自中門至殿門四百七十尺,合爲一百一十丈。深嚴壯麗,焕耀山谷,國門之外,雄冠天下。而有司不與其謀,百姓不勞其力,歸然而天成地就。四方往來之人,瞻仰誠至,炷香望拜,以祝吾君無疆之壽者,不可數計。於戲!非至德動天,安能使神人和格如是耶?臣謹按舊元辰殿,始自乾興元年詔建,時太歲壬戌。今又八十有八年矣。皇上嗣登寶位,以武功文德,撫來遠邇。禮樂法度,典章文物,無不備具。萬世永賴,皇天眷命,有開必先,何其盛哉!臣讀《易》至"無思也,無爲也,寂然不動,感而遂通,天下之故",老子則曰"人法地,地法天,天法道,道法自然",故知有道者,皆本清净自然,抱一無離,冲虛至極。推以爲治道,則無爲而民自化也。黄帝之華胥,唐堯之姑射,皆深泳其理,以臻康泰者也。皇上以高真應運,聖智天縱,其土苴緒餘,散爲盛化,務修其本,昭事上帝,而天下洞天福地,悉崇宫祠,以有道者居之,符水法籙,爲民祈福,兵銷農富,光澤太平。視黄帝唐堯之事,何足道哉!南岳雄鎮炎方,既新斯宇,詔道士李景章主之。歲錫紫衣,敕以爲寵渥,俾日與其對揚以答神貺者,豈小臣區區所可知耶!臣岍學淺才疏,獲專兹事,殿成,懼歲久不知始末,敢碑其事,昭示萬世,拜手稽首以獻。銘曰:

　　至哉大道,惟天法焉。道復何則,曰體自然。穆穆天子,是則是效。垂衣無爲,不顯斯教。其教伊何,玄默之言。冲而用之,不敢爲先。乃聖乃神,萬物斯睹。莫不來王,以正而取。有兵既銷,有年屢豐。功成不居,其用莫窮。奕奕新宫,經始勿亟。不日成之,神祇來格。既右饗之,旅楹有閑。赫赫千柱,鎮此南山。維此南山,天長地久。何以象之,天子萬壽。於萬斯年,降福穰穰。寄此刻文,以詔萬方。

《大典》卷八六四八引《衡州府志》。

按:《南岳總勝集》卷中載"移建本命殿碑",并云:"大觀二年三月,通直郎、權潭州通判兼軍州事趙岍文并書。"然文中云"經始二年之秋,成三年之春",則《南岳總勝集》所言撰文時間不確。

# 釋伯奎

釋伯奎,宋徽宗時僧。

### 重修惠濟寺記 大觀四年

廬山之東有龍泉焉,氣像不雜塵境。江南楊氏天祚元年,即其間爲寺,以泉名之。本朝治平二年改惠濟。舊在溪東,地不勝宇。元祐中,惟諒師患其隘十("十"字疑誤),遷溪西,未就而逝。待制孔公常甫壯其用心,而爲預記,實未盡如所載。建中靖國改元,余四望雲山,有歸休之志,適兹而至,殆若夙契。惟時一殿新成,餘皆蠹宇,而溪山隘奪,難立門廡,嗣者循之,欲以智勝。未幾,人與數窮,境隨事變。猿鳥悲吟,風烟荒涼,過者莫不爲嘆也。余追感孔公之記,有"相踵得人,則斯地不復寂寥"之語,内訟愧悔,義非苟免,乃請於有司,以嗣其事。嗚呼!是寺今幾二百年,或以人絶,或以事廢,中雖易地,無異前日。三十年間,慶弔相繼,何爲然哉?殆有來之者耶?切嘗以爲地之興廢,時之泰否,與夫人事之聚散,莫不相符,然擇地最爲先務。《詩》曰:"既景乃岡,相與陰陽。"世推郭璞地理之説,有足考者,大抵所安貴平曠,所向貴虛豁,山不欲强臨,水不欲暴犯。若夫所謂洞天福地,在乎名山大川險怪之處。或高摩烟霄,環視千里;或下據淵壑,壁立萬仞。乃神靈所都,龍鬼所衛,人斯居之,蓋有恃焉,又非世智常理可得而議。是寺故基,與今所處形勢之陋,相去無幾。所謂山之强臨,水之暴犯,二者既備,宜致居人速於衰替。直前有平原,高明可愛。

所主之岡，自坤而丙止，卓起於雲漢之際。所道之水，自丁而艮出，會同於陵谷之口。峰崿列奇，湍流激清，春陰曉霽，秋色晚霽，四顧藹然，有秀麗吉祥之氣。質之璞說，無可疑者。余來之初，目擊大概，已計於胸中矣。於是内出己用，外資衆力，涓吉即遷，面壬設門，土木之功雖未壯麗，姑遂己願。它日山川靈氣，感召人物，道德高風，久而益振，然後知吾言之不妄也云云。

《大典》卷六六九九引《江州志》。

按：《大典》卷六六九七載"《重修寺記》。大觀庚寅，僧伯奎撰"。

## 徐申

徐申，字幹臣，號青山翁（《武林舊事》卷五），三衢人（《揮塵錄·餘話》卷二）。以詞知名。大觀二年十月以朝請大夫提點太常寺大成樂知常州，政和元年十二月滿罷（大典本"常州府"卷九）。

**張氏椿桂坊** 政和元年

晉陵老儒張君彥直，今八十三歲，閉門讀書，纍舉不第。教七子以義方，皆有成方。守中崇寧進士第；宰、宭（原作"宦"）、宇，大觀三年并賜上舍釋褐；寅、宏，寔，今皆為内舍生。盛哉！史有竇燕山"靈椿一株老，丹桂五枝芳"之語，國朝以為盛事，張氏其過之矣。請表其里曰椿桂坊。政和辛卯，錢唐徐申建。

大典本"常州府"卷一七。

按：徐申之名，多有文獻誤作"徐伸"者。

## 釋守端

釋守端（1065－？），字介然，連州人。工詩，務為雅實。（《雲卧紀譚》卷下、《鐔津文集》卷二二附《序詩贊題》）。

**重修禪智寺記**

循東城源而入荊扉竹溪，杉松羅植，蓋張幢列，含颭吐靄，彌屬岡巒，於中砥平，現一鷂刹，則禪智寺焉。唐天復甲申歲，撤民居為之，本名淨居。我宋治平初，錫今號。嗚呼！不籍寸產，取鉢諸檀。視代如弈棋，假室若懸磬。剪焉傾覆，名實殆喪。紹聖甲戌，有慶昭乘虛來董，興人難之。昭笑曰："不廢何以興？其天贊神助，冥以授我歟？"西林齊訥撤金錢百萬遺之。昭歡然如獲伏藏。首建大殿，塑佛像。次為門廊，為庖庫，為堂寢。僧有寮，賓有次，棟宇相承，窗闥互映。山噴雲錦，高覆其上。峰狀石榴，供之目前。驅雙澗以左旋，促千岩而右繞。云云。遠公曰："三業之興，必禪智為宗。禪非智無以窮其寂，智非禪無以深其照。"然則禪智之要，寂照之謂洗心凈亂者以之，研慮徹悟入微者以之。窮神功在言外，經所不闡。曩吾佛祖密傳到今，如綫不絕，孰不說是禪智為心宗。即昭公荷法無難立，事有斷能不隳家聲者歟云云。

《大典》卷六六九九引《江州志》。

按：《大典》卷六六九七載："《重修禪智寺記》。政和中，僧守端記。"《全宋文》冊七〇卷一五二七收釋守端，與此非同人。

## 劉路

劉路,字斯川,東光(今河北東光)人。摯子(《陳與義集》卷一《題劉路宣義風月堂》胡穉註)。元豐二年(1079)第進士。曾爲濟陰縣主簿(呂本中《紫薇詩話》),宣和四年(1122)官開德府臨河縣丞。(《大典》卷二二五三七引劉安世《劉忠肅集序》)。

**大監蘆川老隱幽岩尊祖事實跋**宣和四年

文章可以感人,非有本者不能也。仲宗去親庭,適數千里外,見於行事,皆忠厚惻怛,與世之游子異矣。故其自叙,使人讀之慨然,增丘壟之念。宣和壬寅劉路書。

文淵閣《四庫全書》本《蘆川歸來集》附錄。

## 王攄

王攄,字叔潛。宋徽宗時人。

**福先塔題名**宣和四年

王攄叔潛、呂言問若谷、尹焞彥明,宣和四年八月晦日游。

《大典》卷一三八二三。

## 陳恬

陳恬(1058—1131),字叔易(《墨莊漫錄》卷四),號存誠子(《皇宋書錄》卷下),又號澗上丈人,閬中(今屬四川)人。堯叟裔孫。居陽翟(今河南禹州)澗上村,躬耕養母,與鮮于綽、崔鷗齊名,號陽城三士。又與晁以道同隱嵩山。徽宗大觀中召除校書郎,奉祠去,避地還蜀。高宗建炎三年(1129),詔爲主管嵩山崇福宮,以老疾求去,未幾卒於桂州(《繫年要錄》卷二五)。有《澗上丈人詩》二十卷,已佚(《郡齋讀書志》卷一九《澗上丈人詩》)。

**西臺畢仲游墓志銘**并序

公諱仲游,字公叔。其先代郡人,後徙鄭之管城。維畢氏世序綿遠,代有顯人。至公之曾大父簡公,以清德雅望,相真宗皇帝,致天下於太平,勛在王室,書於史官,議於太常,與李文靖公、王文正公同朝,俱號賢宰相,天下至今思焉。大父諱世長,故任衛尉卿,贈尚書工部侍郎;考諱從古,尚書駕部郎中,贈金紫光祿大夫,皆以德業世其家。

公始以父任補太廟齋郎。少孤力學,以求自致,與兄仲衍,俱試南廟,中高等,遂俱登進士第,聲名籍甚。調壽州霍丘主簿,南京柘城主簿,權京都提刑司檢法官,移信陽軍羅山令,改宣德郎知河南府長水縣,辟環慶路轉運司屬官,以軍功轉奉議郎,又遷承議郎,丐監在京粳米第八界。哲宗登極恩,遷朝奉郎,除軍器監丞,改衛尉寺丞。召試學士院,除集賢校理。權太常博士,出爲河北西路提點刑(原作"形")獄公事,除開封府推官,賜五品服。以太夫人疾,請罷府官,判登聞鼓院。丁內艱,服除,提點河東路刑獄。召還,爲尚書職方員外郎,奏對稱上旨,遷司勳員外郎,權禮部郎中,出爲秦鳳路提點刑獄,又移永興軍路,改秘閣校理知虢(原作"號")州。未行,改耀州。坐黨與,落秘閣校理,調知閬州。今上踐阼恩,遷朝散郎,提點利州路刑獄。改知鄭州,遷京東計度、轉運副使,權知鄆州,除尚書吏部郎中,召對崇政殿。久之,爲淮南路轉運副使。置元祐籍,知海州,改管江寧府崇禧觀,降監西京嵩山中岳廟。已而出籍,管勾崇福宮。用八寶恩,遷朝請郎,轉朝奉大夫。得請再任,遷朝散大夫,賜服三品,管勾西京留司御史臺,提舉南京鴻慶宫。遂請致仕。宣和三年七月二十八日,以疾卒於西京,享年七十五。

始司馬溫公、吕申公,最爲知公,皆不及用公而薨。范丞相平生期公可大用,比登庸,公持太夫人喪歸鄭。服除,范公已出牧。故公於元祐間不極其用,又不當言路,於國之大政無所預。

公於文章,升堂睹奥,風格同漢魏,爲古文奇而法,序事簡而悉,詩篇遒壯,牋表麗密,雖片言隻字,皆有根蒂而切於事理,不爲浮誇詭誕與夫戲弄不莊之文。行於鄉里,必可施之廊廟;用之當世,必可垂法將來。雖古作者,不能過也。議論引據古今,出入經傳百家,折衷歷代之沿襲,不爲嘗試之説、一概之論。凡所建述,必可博利天下,稽考後世。雖前輩鴻博該洽之士,無不仰公之奇論也。公嘗謁見歐陽文忠公潁州,公奇其才,使子弟來謁。少師張文定公亦以爲才,褒薦公甚美。哲宗皇帝即位,召天下文學之士九人策試,乃就文館。翰林學士蘇公子瞻覽公文驚異,擢公爲一,自黃庭堅、張耒、晁補之之徒,皆居下列。由是天下想聞公之風采。蘇公則表公自代,謂公學貫經史,才通世務,文章精麗,議論有餘,主上由是知公矣。范丞相之作大皇太后哀册文,公實代焉。攝太尉蘇公子由跪讀之,歸以告其兄内相曰:"不意公叔文章,一至於此。"内相曰:"豈惟品藻,抑又實録矣。"

丞相蘇公子容,號爲博學,通知古今,每以公爲直諒多聞之益友。公之在太常也,會太皇太后將受寶册。宰相申公召公及禮部侍郎、郎中、員外郎、太常卿、丞、博士,至政事堂喻告,且訂其論。公心知宰相欲遵用章獻明肅皇太后故事,受册文德殿也,堂吏持其目示座人,次至公,果然。公白:"願與同列更議。"宰相曰:"此先帝遺制,且故事也。奈何?"是時群禮官無一人敢置議者。公懼其事遽上,即抗聲白曰:"外朝者,天子之明堂,非母后所宜居之。今於此受册,遂將垂簾聽政。一失其位,無以示萬世。且先帝遺制,豈不曰舊章闕失,更在討論耶?"宰執默喻其意,群禮官猶守舊不變。公退,獨表請正之,宰相以聞。太皇太后乃下詔曰:"以吾不德,豈可以充入舊貫之居,其受册宫中而已。"於是搢紳大夫,皆愓然偉公之建明。有詔詳定皇太妃儀制。當是時,朝臣希世鋭進者,則欲卑其禮以避東朝之尊;求寵於歸政之後者,則欲極尊崇以盡天子之孝。而公獨不然,援引經傳及先代典禮,務稽古,不爲偏私以遷就其説。於是搢紳大夫,又服公之純正。

會朝廷方重外,而有文學者,必試以吏事。故遣公使河北,改佐開封,已而復刺諸路,又屢典藩。故公居外之日多,其宣力四方㝡勤。公爲政,剛明有斷,而應卒遇變,從容詳悉。雖文案山積,獄犴糾紛,而下車裁剸,劃然一空。其在軍旅,星駟交馳,輻凑羽書,重迹狎至,而排難解紛,倏無留迹。其從太師高遵裕討西夏,號令期日,皆從中出,嚴急無敢違者。前軍行三日,衆縣之夫畢至以餽軍者,乃三十萬。一旦暴集,有司度受其賦而給之糧,必曠日持久乃可,自計臺諸公及僚屬,相對惶惑,不知所爲,計未有以處。公獨曰:"此甚易耳。"轉運使范公純粹及李察曰:"願以此諉公,惟公圖之。"公乃召八十縣官吏,與其州倅至前,悉受所賦金銀錢帛,令無啓緘縢肩鑐,召群吏簿其要,一以付衆,令使爲質;一以備計籍,而以其副質有司。群吏筆不停綴,俄頃賦畢集,拉衆縣官吏之半,行詣所次驗遣之。衆皆曰:"善。"公則已飭有司,具畚鍤鐪磚及斗斛以數千矣。衆駭曰:"將焉用之?"公輒下令,盡撤去倉廩之墻壁。乃徇其衆,令促詣。群庚人自剌粟六斗,持其半自給,挾其半供軍,芻秫傳焉。於是數十萬之夫,颷至雲合,鱗萃烏散。已而使視,群庚空無遺粒。庚吏初尚争之,公曰:"必無少取以就贏,多持以自困也。"翌日,大軍遂行。范公及李察諸寮吏,皆嘆伏,且謝曰:"非公,幾敗乃事。"軍既行,而陝州夏縣夫争遁去。諸公曰:"他縣相視盡逃,奈何?"公請身往救之。至則尚有存者,而縣令已將自到,公遽止之,喻以無恐,又慰勉其留者,而走白諸公,請苛令使追逃者。他縣乃止。耀州大旱,野無青草。公謂郡縣拯濟多後時,力愈勞而民不救。故先民之未饑也,多揭榜示之曰:"郡將賑施,且平糶若干萬石。"實大張其數,勸喻以無出境。民歡然皆按堵。已而果漸艱食,乃出粟以賑,且平糶以給之。視鄰境之民,流散殆盡。而耀民之當徙就食者,乃十七萬九千口,顧所發粟不及萬石,以民粟繼之,而給人足,無一人逃者。監司乃故搜於長安,得二人焉,曰:"此耀之流民也。"送還郡。公驗問,皆中民之逐利者,所齎持自厚,非流民也。監司乃沮。有故吏以譴逐,輒詣闕下,唱言公救災,傾困倒廩,軍無見糧。朝廷聞之,遣使按視。公上言自劾,且願赦屬縣。朝廷察其誣也,而公治行益顯。

公爲監司,所至一路老奸宿贓,皆怖駭曰:"畢公至矣。"及事叢至,公一寓目,必曰:"某事有弊,某人有欺。"若鑒見而繩度者。其在京東,行郡至曹南。公一視其牘曰:"吏狃故態耶,是欲嘗試我也。"召吏會之,果得藏粟十萬石。公曰:"非州縣吏與吾計吏交通,不及此。其漸益長調度縱橫,將不勝其弊。"吏又當麥秋,上半歲和糴數。公不應,檄州縣,悉具出入多寡、道里遼密、盈虧登降之數,聚爲圖式,歲省和糴百萬石。淮南歲計常窘,公至,乃更優裕。有老吏白公:"前負發運司僦直三十六萬緡,有詔期三年畢償,今三年矣,且得罪。"公曰:"烏有是哉。"吏以此迫公甚急。公則發某籍視之,乃往三十年以前,計司兼主漕鹽,故有僦直,後移之矣,而其目尚存不去也。老吏非不知,第以此齟上。公核得其實,皆叩頭伏罪,以公爲神明。雖同列號爲彊明精練者,皆驚焉。公爲政未嘗撓於大吏。錢内相勰,故嘗薦公,後辟公京東憲司屬官。及尹開封,公適爲其佐,事有悖戾,必力争不置。有殺人者,吏受賕讞用犯時不知給尹,賴公辯正。錢公尹京,吏不得欺,且赫赫顯名者,多公所救正也,相知益深。韓丞相玉汝,以故元宰牧太原。公按視等列郡,韓公家奴朝童,自陳有卒剽劫其衣服黄堂之側,韓公怒,下卒吏,將黥配之。公曰:"小童衣服尠薄,而剽劫於大帥故相宇下,非人情。"易吏治之。有卒母自言八十餘矣,所恃唯一子,而丞相遣戍河外,公命召還。其小者如此,大節可知。河東吏益畏恐,而韓丞相獨善益厚。公比鎮穎昌,以書抵公洛中曰:"我思公不忘,願公一來臨,我欲與公從容。"

公之威名動四方,然所至未嘗發謫官吏,馭胥吏,箠楚幾廢不用。他人學者,終莫能及。鄆之故俗,喜群聚譏詆大吏,一經品目,輒傳笑四方。先帝患之,喻守臣使禁止。而牧守踵至,搜抉治之,終不戢,乃益肆。公至,獨晏然處之,勸善獎義。久之,人人自重,耻爲不長厚也。其曹長乃來獻頌德詩五百言,且修贄見禮。自公以來,鄆風大格矣。公還朝,因面對,論孔子廟自顔淵以降,皆爵命於朝,肖法服冠冕以居位,而鯉承訓詩禮,伋以聖道傳孟軻,非不肖也,今皆野服幅巾以祭,號二代三代者,未有爵命。上嘉納之,封鯉泗水侯、伋沂水侯。太原銅器,精巧名天下,吏多稇載以歸,公獨不市一物。懼人之謂矯也,市二茶匕而去。韓丞相曰:"如公叔,可謂真清者。"

公篤於孝悌,若天性然,非勉强者。太夫人,丞相文忠公之孫,莊重謹嚴,先帝嘗聞其風。公事親孝謹,莫逆其意。公侍食於太夫人,視太夫人食之多寡,而食不敢過,退不敢更食於私室。公之兄起居,有孤完未仕,太夫人念之,公爲謝四方辟請,獨丐爲倉官,居京五年,置匭以論,且言於公卿萬方,必官兄之孤,以慰母心乃已。公有女將嫁,會兄之女至,奪女資以嫁焉。爲府官,俸尚薄,兄弟群從百口,至鬻衣質廂以給。後官登聞,俸益薄,群從益衆。比持喪歸鄭,資用乏絶,然猶舉遠近喪數十從葬故塋無遺者,皆稱貸鬻田以致之。自小官以半俸給親族,終其身。公平生不自言有司求增秩者三十年,晚仍上一官,請封老娣。朝廷嘉之,封其娣蓬萊縣君。先正文簡公葬且百年,神道碑未立,迨公建焉。

　　此皆人之所難能者。而度量恢廓,不思小怨。高遵裕之征西,與計司屢失期會,師老財費。公密疏論其事,有詔誥問。遵裕銜之次骨。軍行,人爲公危之,卒不能害公。公歸朝,與遵裕子士充同考進士,士充暴病,公手和藥以救。人曰:"故有郄不便。"公曰:"吾知起其死,何暇念舊。"士充病愈,歸與父相持泣德公。公更薦士充京局使便養。有董嗣之者,治耀州救災獄甚力,非朝廷詔止之,公幾不免。後嗣之與其妻及子并卒,衆以其狡戾害善類,皆幸之,無收葬者。公爲致其喪千里葬之,又賙恤其家焉。公平居遇親友故舊甚厚,憂人之憂,急人之急,至區處其家事,拯救其危難,甚於其家私者。所居氣蓋一方。任諤以大夫致仕,妻死貧無以葬,公致具厚葬之。比諤卒,子弟皆遠官,公親治其喪事,不知者,謂爲公之親戚骨肉也。鄰居有書生與母俱病,公日夜調護,爲遠致醫者,給使卒病。及友人之老卒病,調護如書生。故無貴賤,德公者衆。公年逾七十,益康寧精悍,與士大夫持論,至終日不倦,爲具致仕大夫,從容言宴,無輟閱。蘇内相嘗曰:"吾聽公叔辯論傾寫,語音如鐘,坐覺衆士無精神矣。"公平生薦士,多至公卿者。後進如晁補之、李格非、李昭玘,皆公薦慰士也。出入門下久之,與公俱爲同舍郎,館中三人者,皆丈事公唯謹,不敢抗行。由是世以公爲知人。

　　嗚呼!士有文章者,未必有學問;有學問者,未必能政事;能政事者,未必敦德義;敦德義者,未必有文學。若公者,可謂兼之矣。公少時,有士爲公推命者多驗。故公晚節,益務閑退以安其命。嗚呼!若公者,然後可以言命矣。公有文集七十卷,總集古今醫方甚衆。娶(原作"聚")張氏,封太和縣君,改宜人,光禄卿鑄之女,前公二十年卒。子男四人:曰大純,宣教郎,永安軍使陵臺令;曰大亮,登仕郎,均州司理參軍;曰大能,迪功郎,監南岳廟;曰大拯,將仕郎。而大亮、大能皆好學,早世。大純、大拯,俱有才名,承公之世而大之者,將在兹乎?女三人,長適承議郎蘇處厚,次適通直郎郭體仁,次適進士范淑而卒。孫男六人:曰少章,將仕郎,卒;曰少雅,將仕郎;少膺,舉進士;曰少儀,將仕郎;曰少城、曰少虎,尚幼。孫女四人,長適迪功郎薛居安,次適承奉郎安自強以卒,餘未嫁。初,文簡公葬管城,先卿先大夫祔焉。至公地盡,乃改卜。以宣和三年九月乙酉,葬公於新鄭縣西顔村林禽原。公之先太夫人,恬先祖父親妹也。及是,大純、大拯,以公治命來請銘,且曰:"吾父知之深、愛之厚,莫如吾子。"以親又甚戚,其不可以辭。然則非恬誰宜爲公銘者。銘曰:

　　皇矣真祖,茂躋群倫。有相文簡,維皇寶臣。孰濟厥美,實惟曾孫。繄公生厚,祖德是循。剛健篤實,養之彌醇。震發暴耀,蔚爲英文。闢去浮華,上規皇墳。濟以雄辯,磅礴大鈞。浩無津涯,懷山吞雲。欲遡從之,發源昆侖。較藝玉堂,忠讜上聞。策冠群彦,晁董公孫。誦詩三百,於事懵焉。雖多奚爲,孔聖有云。公當大事,其氣益振。太母踐朝,公預討論。卒避正位,萬世不刊。大妃彝章,議者紛綸。公無側頗,典訓是援。帝麾天戈,雷動星奔。歘至侍哺,命縣炊晨。吏懼失色,莫知所存。公爲籌策,指撝若神。呼吸之間,億萬具殫。有績京兆,有勞天官。帝嘉其能,式屢典藩。民憚民懷,去久弗諼。先饑哺飼,忽如豐年。鄰境盡逃,我無一奔。刺彼諸道,攸詢攸宣。左繩右規,小物必勤。曰故丞相,我則不聞。退居汝洛,益與道遵。《詩》稱老成,《易》尊丈人。自以無愧,歸於九原。公德不泯,公文有傳。尚茲垂聲,達於壞泉。

《大典》卷二〇二〇五。

### 明道先生程君伯淳贊

賢哉先生,始於孝弟。孝篤於親,弟友其弟。推以治人,不爲而化。民靡有爭,揖讓於野。移之事君,讜言忠謨。奸邪之言,感動欷歔。舉以教人,粹然王道。天下英材,躬服允蹈。本於正身,惟德溫溫。如冬之日,如夏之雲。終其默識,洞暢今古。鉤深窮微,該世之務。賢哉先生,超然絕倫。大用甚邈,胡奪之年。先生之道,不在其弟。方其初起,天下咸喜。今其西矣,天下懷矣。誰爲有力,進之君矣。俾行其道,覺斯民矣。

《叢書集成初編》本《伊洛淵源錄》卷三。

## 阮閱

阮閱,字閎休,一字美成,號散翁,又號松菊道人,舒城(今屬安徽)人。神宗元豐八年(1085)第進士(清康熙《舒城縣志》卷一二),初爲錢塘幕官(《苕溪漁隱叢話》前集卷一一)。曾自户部郎責知巢縣(《輿地紀勝》卷四五)。徽宗崇寧二年(1103)知晉陵縣(《咸淳毗陵志》卷一〇)。宣和間知郴州(明萬曆《郴州志》卷二)。高宗建炎元年(1127)知袁州。

### 重修郡城記 建炎三年

袁州郡城,議者謂西漢大將軍灌嬰築,信史没其實,爲可疑。按高祖五年,嬰破項籍,渡江定豫章郡。時宜春爲豫章屬邑。六年,令天下郡邑城,意城自此始。必智慮宏遠、知地利者所成,不必嬰也。後升縣爲郡,改郡爲州,而城不遷。巨盗黄巢、蕭銑寇江南,獨不能入袁。馬希範據長沙,儂智高破邕管,皆不敢東窺。其城之利歟?歷年既久,墉堞穨圮,濠塹堙塞,漸不足恃。蓋郡政例安於承平而武備弛,雖時繕修,不過增庳培薄而已。可憑可踐,何所保也?靖康初,方詔修郡城。建炎改元,升郡爲次要,凡城池皆令堅險。明年春,瀕江盗起,州無城者多不守。袁人方懼之。徽溪汪公希旦來鎮以靜重,千里既肅,乃謹奉詔,帥治中閭丘公霖,暨僚屬登舊埔,視廢圃,慨然相謂曰:"險之不設,何以爲郡?然不暫勞無久逸,不一費無百利。"於是計工度用,請於朝,給度牒,又許勸有力者借助,乘農之隙,涓日之良,大興版築,諸縣禽從。伐木於山,陶磚於野,募閑民,括冗兵,雖致期勿亟,而工役自勸,鼛鼓弗勝矣。重阿崇闉,屹若雲矗,控山阻江,雄冠東南,何其趫歟!城基周三千三百一十五步,高一丈五尺。周不可益,而增高五尺爲二丈,女墻三千五百步(原無"步"),高五尺,盡易以磚。敵樓、戰棚五十,總六百五十間,皆舊無之,而今創修也。守禦之具,如弓矢甲盾、旗幕鉦鼓,數皆纍萬而藏之。有庫守卒民伍晝役夜警,居之有屋,百爾所須,無或不備。三月克成,事不愆素,費約而功倍,自非才力絕人,疇克有濟。袁爲州,屏蔽江淮,襟帶湖湘,地沃少饑,民淳惡盗,南土之樂邦也。山平廣而無高險,水遠秀而無深險,俗尚文而無武險,惟知力田畝以食,營廬舍以處,服教化修禮義而居常安。鄰封近壤,間有寇攘矯虔,則亦不能無蜂蠆之虞。今郛(原作"乳")郭既壯,奸宄潛泯,雖異時弄兵潢池之徒,亦當聞風辟易而避去矣。西北士大夫,千里流寓者,殆踵舊志有"相"字接輻輳,誠以金湯之險,有足恃焉耳。其功惠豈小補哉。閱嘗見州縣營一臺榭亭館,志在速賓客、備登覽而已，尚記其本末，建碣標名，大書深刻，誇耀無窮。斯城之作，上以奉明詔，下以保生靈，既光於前，復垂於後，而無以記之，其可乎？於是書之。時建炎三年三月吉日記。

《大典》卷八〇九二引《宜春志》。又見《江西通志》卷一二四。

### 小道院賦有序

筠於江右，地為幽曠，而民少訟，自昔士大夫目為江西道院。上高，筠屬邑也。去邪劉君獬才而且文，所至有聲。紹興己巳，來令兹土，下車未幾，梳爬節目，事之繁冗，一切罷去，俗有競者，諭以溫語，不三月而政成。於是闢縣之南，創巍閣焉，以小道院名之。越明年夏四月，以書抵余，索數語以落成之。余老矣，豈能為此文也。然去邪視予為父執，義不獲辭。賦曰：

大江之西兮，筠幽曠於他州。上高之邑兮，又踞筠之上游。士知禮義兮，民力盡乎田疇。案無留牘兮，獄何有乎冤囚。吏多暇日兮，潔身如道家者。剸游刃之有餘兮，追庖丁而與儔。以無厚而入有間兮，未嘗見有乎全牛。闢巍閣之崢嶸兮，書三洞以旁求。雖造化之妙用兮，皆不外乎冥搜。與僚友而相歡兮，猶膠漆之相投。左聯袂於稽川兮，右駢肩於浮丘。采芙蓉以為裳兮，又冥假豐狐而製裘。宜種秫以為酒兮，瀉長江而拍浮。恐名記於御屏兮，此邦不能以久留。副翰墨之清選兮，縱高步於瀛州。胡強余而賦此兮，殆將洗邦民插筆之羞。

嘉慶十六年《上高縣志》卷一五。

### 詩話總龜序宣和五年

余平昔與士大夫游，聞古今詩句，膾炙人口，多未見全本，及誰氏所作也。宣和癸卯春，來官郴江，因取所藏諸家小史、別傳、雜記、野錄讀之，遂盡見前所未見者。至癸卯秋，得一千四百餘事，共二千四百餘詩，分四十六門而類之。其播揚人之隱慝，暴白事之曖昧，猥陋太甚，雌黃無實者，皆略而不取。至其本惟一詩而記所取之意不同，如"栗爆燒氈破，猫跳觸鼎翻""春洲生荻芽，春岸飛楊花"；載所作之人或異，如"幾夜礙新月，半江無夕陽""斜陽如有意，偏傍小窗明"，如此之類，皆兩存之。若愛其造語之工，而舉一聯，如"風暖鳥聲碎，日高花影重"；不知其全篇，亦有喜其用字之當而論一字，如"惠和官尚小，師達祿須干"，不知其所引，自誤如此之類，咸辨證之。然皆前後名公鉅儒逸人達士，傳諸搢紳間而著以為書，不可得而增損也。但類而總之，以便觀閱，故名曰《詩總》。倦游歸田，幅巾短褐，松窗竹几，時捲舒之以銷閑日，不願行於時也。世間書固未盡於此，後有得之者，當續焉。宣和五年十一月朔，舒城阮閱序。

《叢書集成初編》本《苕溪漁隱叢話後集》卷三六。

### 郴江百咏序宣和六年

郴，古桂陽郡。陳跡故事，盡載圖史，亦間見於名人才士歌咏，如杜子美《寄轟令入郴州》、韓退之《郴江》、柳子厚《登北樓》、沈佺期《望仙山》、戴叔倫《過郴州》之類是也。山川寺觀之勝，城郭臺榭之壯，未經品題者尚多，亦可惜爾。余官於郴三年，常欲補其闕，愧無大筆雅思可為。然因暇日，時強作一二小詩，遂積至於百篇。雖不敢比迹前輩，使未嘗到湖湘者觀之，亦可知郴在荊楚自是一佳郡也。宣和甲辰二月中和日，舒城阮閱序。

《郴江百咏》卷首。

### 化城岩記

宜春太守龍舒陳元明下車之初，屬萍鄉賊退之後，暇日行郊原，視城壘，相形勢，慨然念韓退之謝章，曰：“‘人安吏循，閭里無事’，此非古刺史語乎？銷盜賊，還流移，撫凋瘵，吾職也。”時方艱難，要以從容鎮之。稽考圖經，訪求父老，見歷代人物之盛，如漢陳重之謙虛，唐盧肇之邁往、鄭谷之華藻，其間接武公卿、肥遁林壑者，殆不可勝數，則又嘆曰：“山水所鍾，固應爾耶。”仰山峭聳萬仞，距郡南數十里，比以渴雨，請於神輒應，未及詣山拜賜也。郡之西北，有岩曰化城，距江纔二里許。歷覽山川，回規城郭，號爲勝地。部使者趙粹中曰：“岩與仰山對，盍試登之。”翌日，相與俱來，顧予曰：“舊傳唐贊皇公嘗居於此，因摩挲石刻，驗之不誣。東西二軒，岩之上與其傍兩小亭，皆未名而記之。”予因以贊皇公《宜春十五賦》二詩讀之，掇其語曰“倚幽岩而將夕”，故以“倚岩”名西軒；“積松杉之翠靄”，故以“翠靄”名東軒；臨眺峰岑，振鷺翔集，見於公所賦，故以“振鷺”名岩旁之亭，不但臨流可觀，亦想像公之羽儀如此。岩上一亭特名曰仰山，蓋以見吾曹仰止前人之意，而又拱揖仰山相爲酬酢，雖欲辭此名而不受，不可得也。贊皇公相太和間，方文宗意向訓、注，奮身排之，連貶爲是邦長史而不悔。放浪林泉，著之言語，其賦鵷鷺有君子小人之辨，而嘉輿芳叢之晚榮，足以見其崇静退之風。逮相武宗，削平澤潞，讋服三鎮，凛然與裴度齊名。大中以後，無能繼之者。嗚呼！昔人謂丘壑廊廟不相爲用，贊皇公兼有之。然則後之所以仰止公者，豈獨倦倦於岩石之間爲哉。

《江西通志》卷一二四。

按：諸文獻多言阮閱於袁州建無訟堂，并記，且引其片段。然詳考所引，實爲阮閱《無訟堂詩》之序（見《全宋詩》册一九卷一一五二），非另撰一文，故不錄。

## 釋曇瑩

釋曇瑩，號夢月，嘉興（今屬浙江）人。住臨安退居庵，洪邁曾見其説《易》（洪邁《容齋隨筆》卷一、《宋詩紀事》卷九二）。

**珞琭子賦注序** 建炎元年

夫質判元黃，氣分清濁，三才既辨，萬象已陳。《珞琭子書》，斯文舉矣。是知榮枯否泰、得喪存亡，若鑒對形，妍醜自見。古所謂不知命無以爲君子。余獲其文，積有年矣，而禪餘之暇，未嘗忘之。於是立節苦心，求仁養志，不言之教，可以爲師。鄭潾、李全得志於前，單見淺聞，續注於後，將使來者用廣其傳。凡我同流，無視輕耳。建炎改元丁未太歲夷則望日，嘉禾釋曇瑩序。

文淵閣《四庫全書》本《珞琭子賦注》卷首。

## 陳公輔

陳公輔（1077—1142），字國佐，自號定庵居士（《嘉定赤城志》卷三三），臨海（今屬浙江）人。徽宗政和三年（1113）上舍及第，調平江府教授。累遷應天府少尹，除秘書郎。欽宗靖康初，除右司諫。語觸時宰，斥監台州税（同上書）。高宗即位，除左司員外郎。紹興六年（1136），爲左司諫。七年，遷禮部侍郎，尋知處州（《繫年要録》卷一一一、一一五）。十二年，提舉江州太平觀，卒（同上書卷一四七）。有文集二十卷、奏議十二卷，已佚。（《宋史》卷三七九本傳）。

**乞罷置詳議司奏**靖康元年四月十八日

陛下欲追復祖宗舊法，置詳議司，令宰執領之，甚盛舉也。臣愚不知陛下果有意復祖宗法耶，爲復以是爲名邪？若以是爲名，則置司辟屬，張大其事，固所當然。若果有意復之，似不必爾。何則？嘉祐、治平以前，典章具存，敕令皆在，元祐間固嘗舉行令。若令一二大臣更歷故事者，取典章、敕令，按籍而考，此可行，此不可行，立可斷之，何必置司辟屬，徒爲紛紛也。況今所辟官屬太多，又一時晚輩，非惟徒費禄廩，以耗財用，而紛紜議論，甲可乙否，亦何足深明祖宗之意哉。昔蔡京嘗置講議司，當時亟欲紛更天下事，故若此耳。今若取天下事，亟紛更之，如京之置司，雖事體稍異，而有損無補則一也。其後白時中、李邦彦亦置講議司，辟親戚故舊，坐糜禄廩，遷延歲月，未嘗了一事，至今以爲非。今朝廷知其非，故避講議之名，以爲詳議。此又可笑也。以臣觀之，祖宗盛時，所以天下和平、公私富足者，以其厚民而已。自熙、豐已後，用事之臣但知削民，不務厚民，故流弊若此。今陛下若體祖宗之意，一切以厚民爲念，取今日削民之法，盡與廢罷，則足以使四海生民復見祖宗之時矣。臣謂此事惟陛下與宰執大臣可以共圖之，參諸謀議，斷以聖裁，然後舉而行之，足矣。臣之所言，非固勸陛下不復祖宗舊法，但欲不置詳議司而已。望陛下熟議之。

《宋會要輯稿·職官》五之一九。

**上皇帝聽言等事札**靖康元年六月十日

臣竊觀今日天下之勢，譬猶病人之身，病有在四肢者，有在心腹者。金人方强，邊境不寧，河北寇難初退，河東用師失利，夏人西陲亦或侵擾（原無以上八字），病亦甚矣。然以臣觀之，猶在四肢。若乃朝廷之上，人主聽言不審，大臣用心不公，士大夫趨向不一，其病乃在心腹。四肢之病不治，猶未至於喪身；心腹之病不治，則其身有不能保。臣請冒萬死爲陛下言之。今春金寇侵逼京師，諸門閨閉經四十日，宗廟社稷危於纍卵，然人心堅守，士氣奮發，卒能使賊引去，國家復存者，四肢雖病，心腹無病故也。何以言之？陛下即位之初，求言如不及，小大之臣，皆得盡其所言，而陛下之聽未嘗惑也。其言善者，雖疏遠之人，即時施行；其言不善，雖狂妄之甚，不加以罪。故上下無不通之情，朝廷無壅蔽之患。今乃不然。忠言懇切未必信，奸言傾覆未必察，真僞不分，是非蜂起，而陛下之聽愈惑矣。前日余應求以迎合大臣得罪，臣不知其所言何事，但見應求親爲陛下拔擢，亦欲少圖報效。今若便欲希求官職，自當以諛佞之言，迎合聖意，何乃迎合大臣？人情皆謂其不然。今陛下又不出其所言，明著其罪，以釋天下之疑，乃陰逐（原作"遂"）之，使中外之人皆謂應求所言，有及大臣。故大臣欲蔽塞言路，先逐言官。應求不足惜，臣恐自此無敢爲陛下盡言，則人臣之忠邪，政事之臧（原作"藏"）否，國勢之安危，民情之疾苦，又不復聞於上矣。臣所謂人主聽言不審者，此也。陛下即位之初，一時大臣固有奸庸不足用者，而陛下灼知其人，稍稍罷去，遂乃奮然獨任三忠直之人，彼亦各知淵衷付托之重，又見國家危急，欲盡其忠，不敢懷私以相擠陷。今乃不然。或以譏巧相攻，或以功名相忌，各立私黨，不先公家。如李綱者，其忠勇雖可用，而剛褊自任，乃其所短。故同列不平，巧相誣譖。今陛下已疑之，更復使之將兵。臣聞宣王之時，吉甫所以能有功者，以内有孝友之張仲而已。今陛下若以綱爲可了此事，一意任之，如憲宗之用裴度，庶幾可責其成功。奈何陛下聖心已疑，而大臣又無張仲之助，則綱之事危矣。李綱不足惜，然國家此舉，非惟治亂繫之，而存亡實繫之，朝廷曾無慮此。臣所謂大臣用心不公者，此也。陛下即位之初，凡百政事，皆以祖宗爲法，痛改宿蠹,蠲除弊原,民心熙熙,猶幸及見仁宗四十二年太平之治,而士大夫皆一其所向,無敢異議。今則不然。或欲以祖宗熙、豐之法并行,或欲以諸儒王氏之學兼用,持兩偏之說,立中道之論,如馮澥之徒是已。夫陛下初欲盡復祖宗,猶懼有妨太上皇帝所行,聖意未決。今則上皇已自感悟,知爲奸臣誤國,盡欲改去前非。臣寮乃敢尚挾私意以害公議。且王安石開端,蔡京紹述,流弊及此,幾亡天下。若非祖宗恩德在民深厚,豈能復存國家?今乃更懷異同,此何理也。臣聞向者太上皇帝初立,便欲追復祖宗之法,未逾年間,用曾布、蔡京,遂至中輟。今日思之,誠爲誤矣。然當時一誤,天下事勢,猶可支持一二十年。今日之誤,大非前日之比,海內窮愁,公私窘迫,夷狄盛强,國勢委靡,無甚於此。一有所誤,立可召禍。議論之臣,曾不念此,可不爲太息哉。臣所謂士大夫趨向不一者,此也。凡此三者,誠心腹之病,不可以不治。願陛下急治之。審於聽納,不以言罪人,使臣下得盡其所言;專於委任,不以邪害正,使大臣得盡其公心;破兩可之說,盡歸於祖宗,使士大夫皆一其趨向。若是,心腹之病除矣,四肢之病縱使未除,姑少遲之,必無大害。蓋未有能治心腹而不能治四肢也。如不然,則内外皆病,身焉得不亡。區區小臣,誤蒙陛下拔擢,舉家數口,坐致飽暖,非不能以諂諛之言揣合(原無"合"字)聖心,附麗大臣,以苟一時富貴,何苦輒爲狂言,自取竄殛。然念平昔欲效古人事君之忠,今在可言之路,若不竭其愚忠,少圖補報,非獨負陛下特達之知,亦負臣(原無"臣"字)平生所學矣,將何顔面復在人間。伏惟陛下少霽威嚴,留神聽覽,天下幸甚。

《大典》卷三一四七引《墊江志》。又見《靖康要錄》卷六。

**乞已見願面對者許輪對奏** 紹興六年十月十九日

仰惟陛下求言之切,令行在職事官輪對,所以廣覽兼聽,日聞天下之事,非小補也。比緣巡幸,駐蹕平江,而隨駕臣僚不多,已降指揮,面對一次。今聞所輪之人相次已周。目今臺諫官止有三員,逐日上殿,班次亦少。欲令見在行在審計、官告、糧料、榷貨、鹽倉及茶場等元不係面對,緣係文臣,皆朝廷選差之人,今若有已見願面對者,許輪對一次,庶使臣下得盡其所言,而艱難之際,亦可少裨聖政。

《宋會要輯稿·職官》六〇之一〇。

**乞罷開講筵奏** 紹興七年八月二十三日

竊觀陛下自聞道君太上皇帝、寧德皇后凶訃,哀毀過制。雖從群臣所請,以日易月,而退朝宫中,實行三年之喪。恐間日下臨講筵,有妨退朝居喪之制。乞自後講日,止令講讀官供進口義,更不親臨。

《宋會要輯稿·崇儒》七之三。

按:《宋會要輯稿·職官》六之六〇繫此奏於九月一日,稍有不同。

**乞早慮金兵奏**

金人邀求不已,陛下天度包容,待之既盡。然金銀尚少,官庫既無,必須盡取於民。民之吝惜金帛,重於性命。不惟京師空虛,亦恐斂怨於民。物既不足,彼必未去,後恐其勢必至用兵,不可不早爲之慮。

**兵政三説奏**

兵政三説:一曰訓練保甲,二曰選兵以實京畿,三曰起東南鎗仗手及弓手之强勇者。所謂保甲,蓋近京諸郡及河北州軍遭金人劫掠,民有怨心,因其怨忿而用之,其勇百倍。但須得人以總之。惟擇壯勇者教之,決可用也。所謂實京畿者,本朝都汴,以甲兵爲險。今京師與諸邑兵極少,須有以實之。然今日急招,但於江淮、京東西等路近地州軍揀稍勇者,分布在京諸邑,亦可禦敵。所謂起東南鎗仗手者,蓋東南兵雖弱不可用,然鎗仗手、弓手之勇者善用鎗牌,利於步鬭。欲令東南諸州起發見在鎗仗手等,揀選以來防秋。却(原作"劫")令逐州一面招募,猶勝於招叛亡也。

### 公卿士大夫節氣忠義奏

臣聞天下國家所賴以維持者,在公卿士大夫。公卿士大夫所以能維持天下國家者,在節氣忠義。本朝承平幾二百年,海内安富,一旦夷狄長驅,中原板蕩,陵遲至今,未能興復。奚以然耶?皆公卿士大夫無節義以維持也。崇、觀、宣和間,人才最多。大抵皆畏懦軟熟卑污苟賤,其間稍有梗介之士能自激昂,往往憎如怨仇,摧敗挫辱,而寡廉鮮恥、貪冒富貴之徒,自謂得計。習俗日淪於委靡而不振也。京、黼當國,恣爲奸欺,公卿士大夫有出一言,敢議其非?平時既無忠言直道之臣,緩急豈有仗節死義之士。故末年禍難方作,而大臣解體。使者辱命,省官有棄天子而去,卿監至竊官物而逃。幸而賊兵退,京師復安。人各有心,公道不行。及至金寇再來,將相無謀,卒致大禍。張邦昌身爲重臣,僭即僞位。廷臣勸進稱賀,甘心北面,殊不知愧。以是而觀,當時之公卿士大夫,氣節忠義果安在哉?

### 守衛京師奏

時方無事,守衛京師,不可不重。况今寇賊相鄰,宜如何哉?聞諸道路之言曰:大將勁兵盡過江北,自江以南一帶,州軍士馬絶少。駐蹕之處,禁衛單微。審如此言,不可不慮。欲望陛下與大臣熟慮,江北之兵,不妨向前,可攻則攻,可守則守,量敵強弱爲之進退,而江南須當摘那兵將,重爲守衛之計。陛下警蹕所臨,亦宜嚴其禁旅之備。

### 勤儉奏

陛下痛九廟未還,兩宮尚遠,將以恢復中原,雪讎成業。故孜孜勤儉,甚盛舉也。專遣將士分屯淮甸,念其暴露之久,閔其勤苦之甚,親御六飛,巡師江上,以九重之至尊,行千里之遠道,晝夜兼程,風雨不避,其勤可謂至矣。御舟所過,州縣帖然,無供帳之勞,無飲食之奉,詔令丁寧,官司謹肅,無一毫侵擾百姓,其儉可謂至矣。一路之間,田父漁人,歡欣鼓舞。陛下盛德如此。猶願他日告成大功之後,無忘此時不以崇高自矜,不以富貴自恃,則廟社延長,休光盛烈,傳無窮,施罔極,億萬年而不泯矣。

### 營田奏

臣聞趙充國屯田,留兵而爲之。今日屯田,亦當以兵。臣愚欲乞淮東西、京西諸大帥屯田近處,盡撥閒廢之田。諭與諸帥,除出戰人外,餘并令營田。官出子種,收成之時,優與分給。遇戰即令充擔擎人,仍於帥幕中專差官主管營田司。其餘非大屯處及近裏州軍,似不必官中置莊,只令州縣多方勸誘百姓歸業,寬其租賦,限以年歲,即有主之田,自然歸耕;如實係逃絶,出限不歸,即免租佃,亦當少寬其租。不然,即作户絶出賣。是則官不廢本,民安其業,有何不可?

### 爲天下二術奏

爲天下之術有二,内焉正心,外焉治國。正心在乎務學,治國在乎用人。然知本末而後爲善務學,辯忠邪而後爲善用人。因聖人之經,求聖人之心,得聖人之道,此本也。若采摭陳言,不根義理,豈足務哉!愛君憂國,先義後利。平居犯顔逆耳,不計一身之利害,緩急仗節死難，不顧一家之存亡，此忠也。若背公營私，持禄養交，豈足用哉！

以上《大典》卷三一四七引《名臣言行録》。又見《宋名臣言行録·别集上》卷五。

按：《大典》引《名臣言行録》卷末注"并奏議"。所引奏議當爲節文。

### 陳古靈集跋 建炎二年

公輔爲兒童時，聞陳公密學先生名。今四十年，始遇其長嗣中散來官臨海，得公遺文而觀焉。方熙寧間，新法用事，大臣以權利籠取天下士，而一時沽（《古靈先生文集》作"估"）榮希進之徒，爭相傾附。公獨忠憤激發，忘身許國，與君實、獻可諸公出力排之。公於（《古靈先生文集》作"有"）青苗，疏論尤詳，知此法一行，騷動天下，胎禍之端，自此始。使當時從其言，豈復有今日事哉？雖然，宣和、靖康以來，變故極矣。民力匱竭，邦財耗散，夷狄侵陵，國勢危迫，紀綱紊亂，禮義廉恥消亡，望祖宗盛時，邈不可見。推原其本，必有所自，議者猶不以爲然。況在當日言之，宜乎不見信也。公於他文章，皆渾全博雅，不爲纖巧浮僞。片言隻字，無非至誠擇善，先義後利，出入乎子思、孟軻之説，真所謂古之君子也。嗚呼！富貴易圖，名節難保。以公之道德才猷，遭遇人主，而其爵位終不至輔相。然高名偉節，則昭然獨著，萬世不可掩，亦安取夫富貴哉！建炎二年九月旦，右司諫陳公輔謹跋。

《大典》卷二二五三六。又見國圖藏宋刻《古靈先生文集》卷末附録。

### 上欽宗條畫十二事 靖康元年三月上，時爲校書郎

臣近者兩蒙聖恩召對，親奉玉音，事平之後，當急於圖治。此實天下幸甚，臣不勝踴躍抃蹈之至。臣聞之，聖人不先時而起，不後時而縮。凡興事造業，扶危救衰，要當勇於力行，敏則有功，烏可以後時哉？伏自陛下臨御以來，天下延頸舉首，伺望新政。遲遲未聞，民惑固矣。況今宗廟垂休，神祇降福，陛下聖德所感，強兵宿將皆願盡力，軍聲大振，虜氣已奪，欲和與和，欲戰必克，事之可平，在旦暮矣。然則陛下圖治之計，宜早定睿謨，以慰天下之望，不可緩也。臣自念平昔有致君澤民之志，有犯顏逆耳之言，無路而不得進。今幸遭遇陛下，慨然願治，容受直辭，乃臣自效之秋。臣不避萬死，條畫十二事，皆今日治所宜先者，預以奏聞。伏乞聖慈貸臣狂愚，少賜睿覽，謹具列其目。

一曰審因革。臣聞聖主立法，不矜於同而矜於治。故可則因，否則革，未嘗拘於一而不知變也。國家祖宗之法善矣，至治平而稍弊，故神宗皇帝革而新之，凡以隨時之宜適民之欲耳。比來專以不變熙、豐之法爲紹述之孝，不問時之所宜、民之所欲者，曰以不變爲孝，則是神宗自不當變祖宗法。蓋法無必因，亦無必革，惟其當而已。況今吏員猥多，賦役煩重，政令數易，紀綱隳壞，以至養兵、取士、馭吏、牧民皆不如古，法至於此而已弊矣，尚何紹述爲哉？臣願考祖宗之法與今日所行，善者因之，否者革之，詳求博取，精思熟慮，擇其至當者著一代良法，不必拘拘以紹述爲名而失其實也。

二曰論大臣。臣聞天子所與共天下者，七八大臣。得人，則朝廷正，百官治，海内和平，四夷效順；苟非其人，天下不安，豈可不論哉？《傳》曰："人主之職論一相。"相之難其人久矣。古之論相，必曰才足以有爲，識足以有明，量足以有容。三者固難全矣。有一於此，亦可任焉。乃若以道事君，以公滅私，則難其人矣。惟以道事君，則自任以天下之重，毀譽得喪不以動心，聲色富貴不以累志，可則行之，不可則止。唯以公滅私，則孤忠自許，不立朋黨，所以鈞陶天下、進退人才，一付以至公，未嘗着意於其間也。本朝惟李沆、韓琦爲真相焉，近時此風無復存者。陛下承變亂之後，將大有爲，必得賢相共圖治功。臣望陛下詳

擇而審考之，則必有名世之才爲時而出者。至於樞密之地，政事之本，綱轄之任，亦必擇其真賢實能人望所歸者。儻無其人，自可兼之，不必備也。

　　三曰辨邪正。臣聞正臣進者治之表，正臣陷者亂之機。自古治亂，必主乎邪正。自古之人君所以任賢勿貳，去邪勿疑。唐太宗知士及之佞、德彝之奸，而不用，至房、杜、王、魏，則任之不疑，所以成正觀之治。明皇之初，委任姚、宋，以致太平；至於末年，罷張九齡，相李林甫，則治亂自此分。甚哉！邪正不可不辨也。然邪人乘間窺伺，揣合主意，阿權事貴，持祿固寵，故人主易以信；正人責難於君，不務苟且，直道而行，無所附麗，故人主易以疑。此唐德宗所以於裴延齡輩則委任不移，於陸贄則怫然以讒倖逐也。臣願陛下於易信者不可以輕信，於易疑者斷之以不疑，庶幾可得其實也。

　　四曰明賞罰。臣聞賞當賢則臣下勸，罰當罪則臣下畏。賞罰者，人主之威柄，安可以不當哉？國家承平既久，萬事姑息，故爵賞太濫，典刑太輕。貴游子弟，雖乳臭小兒，聯班侍從；應奉官吏，雖蒼頭奴隸，躐取顯仕；兩府、大學，而身不任責；直閣、待制，而眼不識字；伶倫嬖倖、醫卜伎藝，身被朱紫，家盈金玉，豈非爵賞太濫耶？漢法，大臣有罪皆棄市夷族；本朝祖宗恩德之厚，未嘗殺戮大臣，然竄逐嶺表，固有之矣。近時大臣懷奸誤國，天下疾之，乃令閑居都城，坐享厚祿；其他朋邪諂佞之徒，奸贓狼籍，罪惡昭著，方且結交權貴，與之營救，或貨而不問，或朝竄夕召，豈非典刑太輕耶？夫爵賞濫則人多僥倖，典刑輕則下不畏法，此所以至於危亂也。臣願陛下深鑒此弊，愛惜名爵，不輕以予人；明正典刑，不失其罪。賞以春夏，刑以秋冬，如天地之無私，則天下之治舉矣。

　　五曰廣言路。臣觀自古人君苟不至有大惡如桀、紂者，未嘗不欲納諫，然卒至於言路壅塞、天下潰亂者，皆權臣蔽之。元帝之初，聽蕭望之、劉向所言；及恭、顯用事，則不能容。成帝之初，數下明詔求言，公卿奏議可述；及外家擅權，則不復聞矣。國家祖宗之時，大臣皆公心直道，故朝廷詔令有未便者，臣下得以直言，雖天子震怒，大臣方極力救之。至熙、豐以來，用事者欲新法必行，恐人異己，故排斥群議，有出一言則謂之沮壞良法，必逐之而後已；諫官御史，以其黨爲之，觀望成風，無復公議。方太上皇帝詔求直言，言之不中，亦不加罪；及蔡卞乃盡治言者，如陳瓘等，皆當世端人，擯死不用，士論痛惜。臣觀今日，其弊極矣。大臣樂軟熟而憎鯁切，臺諫之官與夫搢紳之士，相習一律，閑居議論，無敢及國家安危、生民休戚，況望於人主前爭是非利害耶？所以上下欺罔誕謾，無所不至，而召天下之亂也。臣願陛下以前日爲鑒，擇臺諫官，責其言事不稱職者。凡政事法度有可議者，詔臣下集議，各獻其說，無令權臣壅蔽聖聰，則人人皆願明目張膽效區區之忠，下情不患不通矣。

　　六曰勵風俗。臣聞士大夫者，風俗之所繫。朝廷用賢士大夫，以職業成政事，以行義率風俗，則民德日歸於厚矣。近時士人以剽切記問爲讀書，不能行其所言；以纖艷浮巧爲能文，不能先以器識；以傾險變詐爲有材，不能持以義節。士之所尚如此，而在位大臣亦以此爲用人之先，故奔競成風，巧僞相扇，禮義廉恥浸以凋喪，而天下日流於薄也。臣願陛下稍革此弊，令廟堂之上，選公忠廉退、純實篤厚之人用於朝廷，其浮躁衒露、傾邪險薄者黜之。示以好惡，則天下之士皆相率爲善，可以革浮薄之風、成忠厚之俗也。夫忠質文之政，三代所以相救。臣觀今日禮法度數，失於太繁，聲名文物，皆非實用，習俗淫靡，人情澆僞，可不救之以質歟？

　　七曰收權綱。臣聞太阿之柄不可授於人，人主之權不可移於下。漢自昭帝之時，大臣秉權；宣帝承之，信賞必罰，總核名實，所以收威權於上而成中興之功；及至元帝，牽制文義，優柔不斷，故漢業衰焉。臣觀太上皇帝本以寬厚曠達之性，在位日久，不防奸邪，寖以欺惑，故群小狎狎，權移於下，而威令有至於不行。臣願陛下深鑒此弊，排斥群邪，奮然獨斷，使威權皆出於人主，則頹綱廢紀可以復振，而天下之治無患不成矣。

八曰抑宦侍。臣聞柔曼傾意，佞諛盜朝，漢、唐禍亂，皆原於此，不可不知也。然此曹蠱惑人主，皆以其嗜好入之。今陛下勤儉之德出於天性，聲色狗馬、觀游宴樂皆所不近，彼固無所肆其巧矣。然尚有可戒者，不宜崇其爵位，任以事權。蓋崇其爵位則志得意驕，任以事權則作威作福。唐太宗時，内侍不立三品，不任以事，惟閣門守禦，廷内掃除，可謂深鑒此弊矣。至於進退人才，尤不宜與之謀。孔子不主癰疽瘠環，孟子不畏臧倉，聖賢君子寧没身不見任用，豈肯附麗倖臣耶？其所以夤緣干進者，必朋邪憸薄之小人也。懷奸之臣皆倚之以為重，卒亂天下，可不鑒之哉？

九曰治財賦。臣聞古者制國用，皆量入以為出。是以祖宗盛時，斂取有經，用度有節，無虛費，無妄予，故常賦之外未嘗一取於民間，而聚斂興利之臣亦不得容其奸矣。比年費耗百出，征求無藝，聚斂興利之臣專以上供為名，侵漁百姓，無所不至，州縣率掠，民不聊生。陛下今日雖已盡罷御前供奉所須之物，奈何軍興之時，財用窘急，於取民者尚或未已。臣願事平之後，詔有司以一歲經費立為定額，常賦之外，如茶鹽法刻民尤深者，一切講究，取其中制，輕徭薄賦，與民休息，使海内富庶如祖宗時，國用亦無患其不饒，所謂"百姓足，君孰與不足"也。

十曰崇儉約。臣聞儉為德之共，侈為患之大。帝王所以訓天下，未有不以儉德也。比年承平既久，海内富庶，驕侈不期而至，故尊卑上下、内外遠近皆以淫靡相勝，衣服飲食極其珍異，車輿屋宅飾以金翠，聲樂玩好，觀游燕樂，其費不貲，而物價騰踊，細民窮苦，蓋不可不節之也。上之所行，下之所效。陛下在東宫，儉德著聞，今日臨御，專以敦樸為天下先。夫楊綰，人臣也，以清德在位，能使人減驕徹御，罷去聲樂，況以一人而躬行者乎？然羔羊在位節儉，雖以化文王，而有刑威之政存焉。臣願陛下明詔四方，痛革前日侈靡之弊，有不懲者重置以法，自京師貴近始，則此風可消而天下富足矣。

十一曰重外官。臣聞監司天子外臺，守令民之師帥。監司得人，則一路受賜；守令得人，則郡縣被澤，此不可不擇也。近時除擢監司，或出貴倖之門，或緣宰執親黨，不觀才能，不問資格。至於郡縣，尤不擇人。侍從之官得罪朝廷，乃付以民社，貪饕之吏干求權要，乃得除郡；士人以縣令為俗吏，不肯注受；吏部以縣令非要官，不加銓擇。故為監司者，人微望輕，不能舉善懲惡；為守令者，曠官慢法，不能承流宣化。上下蒙蔽，肆為奸欺，窮困之人無所告訴。臣願陛下謹重外任之官，凡監司有闕，選卿監省郎，藩府有闕，選侍從官，所以均其内外、更其勞逸。其餘郡守之闕，盡歸吏部，如祖宗時，以分數資望，依格授之。仍久其任，無令數更易。至於縣令，雖有吏部選格，更令侍從官舉充，其有治狀優異，委監司、御史考察以聞，特加升擢。使人知郡縣為重，不敢不勉，而四方萬里皆蒙朝廷德澤矣。

十二曰修武備。臣聞有文事者必有武備，治天下國家未有能廢此也。祖宗盛時，邊備尤謹。比來委任非人，故守禦中國、禦戎安邊之策一切壞盡。是以夷狄一旦長驅而前，良可駭嘆。臣願陛下深鑒前日之弊，以武事為急，内自京師，外至郡邑，講求兵備，盡如祖宗之時。況今金寇雖已出境，秋冬決須復來，河東、河北兩路尤當備禦，亦宜早為之計。糧不可不積，兵不可不募，將不可不擇，城池不可不固，車馬不可不修，器械不可不備。臣料此等，廟堂講究熟矣，不復具陳，姑舉其略而已。

緣臣所論十二事，其次第雖有先後，然皆今日之急。至於武備，議者必曰當在所先，而臣獨後之者，蓋文、武以《天保》以上治內，《采薇》以下治外，至於宣王亦曰"內修政事，外攘夷狄"。今日雖夷虜深入，禦之爲先。以臣觀之，朝廷若法度修舉，大臣得人，賞罰無私，風俗歸厚，以至下情得通，權綱不失，大略如臣前項所陳，則天下國家無有不治矣，彼夷虜自當懷德畏威，望風遠遁，豈足憂哉？孔子曰："遠人不服，則修文德以來之。"孟子曰："王如施仁政，可使制梃，以撻秦、楚堅甲利兵。"臣所聞如此，惟陛下不以爲迂闊，不勝幸甚。

上海古籍出版社1999年版趙汝愚編《宋朝諸臣奏議》卷一五〇。又見《歷代名臣奏議》卷四五。

**上欽宗乞迎奉上皇篤其孝心第一狀**靖康元年三月上，時爲校書郎。

臣恭聞道君太上皇帝聖駕將還，臣不勝鼓舞欣躍之至。此陛下孝誠所感，而宗廟社稷之福，天下之幸也。然議者皆謂上皇左右有懷奸之臣，離間陛下父子，致有疑心。臣切怪之。竊惟太上皇帝臨御日久，去冬緣夷狄作過，深厭萬機，欲行遜禪。陛下至誠篤孝，感泣退避，以至慈諭再三，方即大寶。此與唐睿宗因星變答天戒，遂欲傳位，太子皇懼入請，其事類矣。豈比明皇幸蜀，肅宗自即位靈武哉？是宜父子歡好之情，雖數千百年不復有疑矣。若乃陛下更改諸事，進退大臣，賞善罰惡，興利除害，皆以宗廟社稷爲念，合天下公議，所以奉承上皇罪己之詔，豈有異志邪？縱使奸臣離間百端，而上皇慈仁，陛下孝愛，二十餘年人無間言，豈一旦能入之哉？且父子天性，上皇於陛下親邪，於群臣親邪？臣謂上皇之親，無親於陛下也。臣恐臣僚未悉此意，或因道路相傳之言，致陛下於上皇自有所疑，此大不可也。況上皇聰明睿智，寬厚豁達，不防奸邪，浸以疑惑。今既自感悔，斷然不疑，以神器授之陛下。方未遜位前，已下哀痛之詔，追悟宿愆，盡革弊事。雖禹、湯罪己、周公改過，無以復加。陛下今日所行，皆奉行上皇去年十二月詔書也。臣深恐前日所遣如趙野輩，不能爲陛下感激敷陳，以解上皇之疑。臣愚欲望更擇一二重臣，前路迎候，仍齎陛下親書，爲開具上皇罪己手詔與今日奉行之意，使釋然無疑。然後迎奉上皇，備加禮數。內自后妃諸王帝姬，外至公卿百官士庶，皆出國門。使聖意知前日之去匆遽如彼，今日之還光艷如此，非陛下承付托之重、賊兵遠遁、京師復（以上七字，《靖康要錄》卷三作"寇難稍平，京師人"）安、政事修舉，人心歡快，能若是乎？以此慰悅上皇之心，方知此時爲天子父，尊之至也。若夫還宮之後，一切供奉之物，陛下過爲儉約，上皇務加隆厚，著於令式，風示四方，以勸天下之孝。仍乞於宰執侍從臺諫中，選有學術行義、明忠孝大節者，分日請見上皇，以備顧問，開諭聖意，庶幾究性命之至理，以適其優游無事之樂，顧不韙哉。夫堯、舜之道，孝悌而已矣。孝悌之至，通於神明，光於四海。陛下貴爲天子，有父可尊，此人間莫大之樂。伏惟篤其孝心，使誠意昭感，無纖介自疑，則天地神明保佑聖躬，靡所不至。臣將見陛下全萬年人子之孝，而上皇享萬年天子之養。國祚延長（以上四字《靖康要錄》作"宗社增休"），生靈蒙福，自今以始，豈有窮哉！臣一介微臣，不任言責（《靖康要錄》句下有"然區區愚忠，夙夜不忘愛君憂國之心。故前後屢以狂言，上干天誅。今又不避僭越之罪"等字），妄意論及陛下父子之間，死有餘責。惟聖慈裁之，不勝幸甚（以上九字《靖康要錄》作"伏惟睿慈特賜裁處"）。

**上欽宗乞迎奉上皇篤其孝心第二狀**靖康元年三月上，時爲左司諫

臣今月十六日延和殿引對，不識忌諱，妄有論奏，已甘誅夷。而陛下不以臣狂妄，特賜聽覽，更蒙聖慈擢爲諫官，令臣不候受告，先次供職。顧臣之愚，何敢輒當此選，臣已一面具狀辭免。然臣以昨來所言有未盡者，今輒敢冒死再爲陛下陳之。臣初謂上皇之怒，得於道路傳聞，未必的也，故不敢深以爲言。及聞聖語，乃知陛下實有此疑。夫爲人之子，若果貽父之怒，其可一日安乎？宜陛下之所以憂也。臣聞帝王之盛，莫加於舜。舜之言曰："惟不順於父母，如窮人無所歸。故人悦之好色、富、貴，皆不足以解憂，唯順於父母，然後可以解憂。"且以瞽瞍之頑，而母嚚、象傲，爲舜者亦難堪矣。舜終能使瞽瞍底豫而天下化者，以盡事親之道而已。然則陛下以舜爲非，可乎？況上皇以上聖之資，有天下之大，興事造業二十六年，實聰明睿智之主。陛下苟能如舜之孝，寧不足以感動其心而釋其怒哉？臣願陛下用臣所言，急遣重臣前路奉迎，如李綱固可委矣。更得一二人節次前去，陛下感泣面諭，使其上體聖心，至誠委曲爲陛下言之，臣料上皇必無甚怒。乃若所改之事，如放宮人、拆苑囿、減玩好之具、省應奉之物，此自是陛下宮中所不用者；若龍德宮別有所須，且當許以一面旋行措置。陛下若以奉親故薄有所費，百姓知之，亦豈敢以爲非乎？上皇久之視陛下自奉如此，養親如此，亦必自感悔，不復過當矣。至於其他更改政事，但當遵依上皇去年十二月罪己詔書，盡與推行，亦可以慰四海之望。更在宣諭臣僚，行移文字，回避語言，免有指斥，以防奸人得以藉口而激怒也。臣又恭聞聖語，謂皇后亦怒，意欲先還禁中，理會數事。此一時躁忿之言，陛下未有以解之耳。婦人從夫，豈有上皇既處龍德，而皇后得居禁中耶？若果先還，臣固嘗面奏，陛下當出郊奉迎，和容遜辭，以理開曉。皇后若當此禮，方欣慰不暇，豈復有怒心哉？若夫聖慮所疑，恐上皇還宮，左右奸邪去之未盡，或尚有蠹國害民、侵撓朝政、於人情有不可從之事，處之爲難。臣謂此不足憂，大臣、臺諫當任其責。若陛下任用大臣得人，臺諫稱職，皆以公心直道持紀綱，守法度，上下內外無所不理，雖陛下不可得而私，況上皇乎？若是，則陛下不妨以孝而隆私恩德也。金人侵犯，而陛下威德兼隆，宗社復安；上皇既歸，而陛下至誠篤孝，父子無疑。自古帝王盛德，有加於此乎？此臣所以爲陛下喜也。伏惟聖意勤勤，始終如一，當使四海生靈受福無疆，豈不盛哉！

以上見《宋朝諸臣奏議》卷一〇。又見《歷代名臣奏議》卷一〇。

**上欽宗論致太平在得民心**靖康元年上，時爲左司諫

臣比緣奏對，特蒙聖慈諭臣親自擢用之意，令臣協心助成太平。臣皇恐感激。臣誠何人，獲聞此語。臣固當展盡底蘊，以補報萬分之一。然臣自愧學術智識皆不逮人，但有樸忠而已。惟陛下憐之。臣嘗詢諸朝士大夫，皆謂今日國家夷狄之患未除，太平之治誠未易致也。然以臣觀之，所以勝夷狄者，必在於治中國；所以治中國者，必在於得民心。陛下無以臣言爲迂闊而不切於治也。孟子嘗曰："得天下有道，得其民，斯得天下矣。得其民有道，得其心，斯得民矣。"然則民心烏可失哉！臣嘗原先王所以得民心者，無他，莫先乎有德而已。蓋易感者群心，難忘者盛德。唯聖人躬行於上者既有感民之盛德，故百姓欣戴於下者斯有愛上之誠心。非特如此，因所欲而與之，因所惡而去之，皆所以得民之心者也。是故善政者民之所欲也，虐政者民之所惡也，君子者民之所欲也，小人者民之所惡也；善政行之，虐政除之，君子用焉，小人去焉。此因所欲而與之，因所惡而去之，民心其有不得哉？臣不敢遠引前古，請以今日觀之。陛下養德東宮十有餘年，恭儉出於天性，聰明本乎生知，

愛民之誠未占有孚,動民之行不言而應,盛德之至固足以感民心矣。及乎一旦即位,遂取其政之善者略施行之,政之虐者略除去之,忠良之君子以次召用,奸惡之小人以次竄殛。於是天下翕然,莫不仰戴聖朝,如重陰蔽天初見赫日,如大暑執熱初濯清風,豈有不得其心者?故雖金寇之兵圍逼京師幾四十日,而都城百姓咸願固守,無一人有離心,四方援兵不日皆集,無一士有叛志,以至於州縣之間,人情帖然,盜賊不敢乘間而起。此何以致其然哉?實有以得民之心而已。陛下誠能效大禹之克勤,體文王之節儉,至誠以行之,不倦以終之,檢身不及,從諫如流,孜孜圖治,日謹一日,則其德愈盛而不替矣,民心焉往而不歸哉?然後與宰執大臣相與講明,求其善政盡舉行之,凡所謂虐政蠹國害民者,除之唯恐不盡,擇其君子盡召用之,凡所謂小人蠹國害民者,去之唯恐不至,則所以得民心者至矣。夫民心既得,則中國焉有不治?中國既治,則夷狄焉有不服哉?此太平之功所以可圖也。昔齊宣王畏諸侯之侵,孟子曰:"臣聞七十里爲政於天下者,湯是也。未聞以千里畏人者也。"滕文公以小國間於齊、楚,孟子獨告之"鑿斯池也,築斯城也,與民守之,效死而民弗去"。孰謂陛下以一人之尊,有天下之大,尺地無非王土,一民無非王臣,區區以夷狄爲畏哉!臣願陛下勉之。但思所以得民之心,彼誠不足畏矣。

《宋朝諸臣奏議》卷四。又見《歷代名臣奏議》卷一〇七。

**上欽宗論陰盛**靖康元年上,時爲左司諫

臣聞陰盛則陽衰,陰消則陽長,此天地自然之理也。四月純陽用事、陰氣退聽之時,又陛下誕生之月,宜乎陽德方升,昭明盛大,陰所不能掩者。自數日來,天氣清寒,日色微薄,濃雲不開,霪雨繼作,其故何哉?蓋陰有以蔽之也。臣嘗原其所由,謂夷狄之强耶?然前日賊兵在外,圍迫京城,而日景晏溫,清明自若;今既欲講和好,稍稍遁去,恐咎不在夷狄也。謂女謁之盛耶?然陛下即位,不邇聲色,後宮嬪御,不過三二百人,亦無位號隆重者,此中外所共知,恐咎不在女謁也。以臣料之,奸邪去之未盡,而大臣不和,百司苟玩,皆陰盛之象。此不可不知也。自崇、觀以來,諛臣佞士,務爲誇淫之說,媚悅人主,未嘗有敢言灾異者。往往以臘月雷爲瑞雷,三月雪爲瑞雪,拜表稱賀、作詩咏贊者有之矣。夫災祥咎異,雖治世不免,此天所以警懼人君,欲其修德以銷天變也,豈可諱而不言哉!臣今日區區首論及此,蓋不敢復效諛佞之徒以欺陛下聰明也。臣聞蔡京、王黼、童貫、朱勔數輩,其爲奸邪,有不可勝言者。天下之民,思食其肉。今雖各曾行遣,然或處善地,或全腰領;其子孫親戚,尚有未曾盡行竄殛;田宅物產,尚有未盡行籍没。若是,豈非奸邪去之未盡耶?陛下謙虛退托以待臣寮,而宰執忿爭上前,無所畏避,或詆毀同列,或中傷善良,豈非大臣不和耶?陛下勤儉祗恪,留心萬機,群臣尚仍舊態,不能服勤職事,至有人主暇日猶御便殿引對臣下,而百官有司却作休務,豈非百司苟玩耶?臣願陛下將蔡京、王黼、童貫、朱勔等數輩,重行誅戮,其子孫親戚,并當流竄,田宅物產,并當籍没,以快天下之心。則四海歡欣鼓舞,自足以召和氣,而陰霪寒濕之咎,無有不弭矣。然後下臣此章,告諭大臣,各務協心盡力以輔贊聖明,絕其私心,平其宿憾,而百司庶府,亦當察其奸邪怠惰、不切奉公者,特與懲戒。如此,則不至於君弱臣强,君勞臣逸,足以使陽德昭升,陰氣消伏矣。然此雖小變,未足深憂,臣必以是爲言,恐陛下忽此而不以爲戒也。又況蠶麥適時,若陰雨不止,不能無損,亦不可不謂之災。伏惟陛下少留神焉。臣不勝幸甚。

《宋朝諸臣奏議》卷四五。又見《歷代名臣奏議》卷三〇五。

**上欽宗論不當因孟享游宴**靖康元年上，時爲左司諫

臣蒙陛下不以臣狂愚，擢在諫省，此古者拾遺補闕之官。自宰相執政以下，臣能論之，皆不爲難。唯於陛下聖躬，倘有遺闕，臣拾而補之，兹爲稱職。臣所以不避鼎鑊之罪，上干雷霆之威，伏惟睿慈，特賜矜察，臣下情不勝惶恐懇切之至（原無以上文字，據《靖康要録》卷四補）。臣竊惟陛下以孟享景靈東、西二宫，遂幸陽德佑神觀。臣誠淺陋，不熟本朝故事，不知享親之後，退而游幸，祖宗有是例邪？但近世爲之？若近世爲之，自不可爲法；設或祖宗之例，亦有可議焉。夫誠心齋戒，以薦祖廟，仰瞻英靈，如在其上，退而思之，不忘乎心。豈容於此日擁嬪御，具聲樂，肆游幸之樂耶？臣恐此舉不足以示孝也。臣又觀陛下自初即位，恭謝之時，輿服樸素，儀衛簡少，與夫供帳什物，伶倫官侍，皆少如今日。而百姓見之，莫不歡欣感戴，以手加額，謂陛下恭儉之德過乎仁祖矣。至于今日之出，輿服鮮明，儀衛衆多，與夫供帳什物，伶倫官侍，皆盛如前時。而百姓見之，已有相顧駭嘆竊議之者。安知其不腹誹心謗，謂陛下恭儉之德不及仁祖。仰惟陛下聖性淵懿，聰明勤儉，自養德東宫，以至即位，未嘗少變。臣料今日之事，必左右近習之臣，以謂陛下有崇高富貴之勢，當務爲光榮盛大，以誇耀一時之觀聽。夫貴爲天子，富有四海，區區於此，是示天下以不廣也。況今寇難未平，民力未裕，財用未饒，臣下之奢僭未革，風俗之侈靡未除，全在陛下躬儉節用如大禹、文王，以救今日之弊。豈可漸爲奢靡，異乎初即位時，使百姓議之乎！臣竊爲陛下不取也。太上皇帝奉養素厚，陛下不可薄於親，必須損己所有以供奉之。若陛下不自過爲儉約，而供奉上皇又欲豐厚，天下財用何以給之哉？臣愚欲望陛下今後孟享既畢，即詔車駕還宫，其餘游幸，除龍德、寧德二宫外，皆願暫罷。臣又慮上皇既深居外宫，非時不出，恐陛下亦自不當游幸。仍望鑾輿之出，務令簡儉，但如初即位時，可也。此臣得於百姓之言，不敢不冒死以聞。然陛下無以百姓之言爲非，彼見陛下自初即位，簡儉如此，今不兩月，儀物稍多，自此若天下無事，後豈不復肆侈靡之好邪！非獨百姓憂之，臣固以爲深憂也。《傳》曰："有始有卒者，其惟聖人乎！"伏惟陛下謹終如始，俾盛德大業遠跨唐虞三代，實宗廟社稷之福，而天下之幸也（"人乎"下，《靖康要録》作"惟陛下念之。臣愚昧不識忌諱，觸冒宸聰，無所逃死，在陛下處之而已"）。

《宋朝諸臣奏議》九二。又見《歷代名臣奏議》卷一九四。

按：《宋會要輯稿·禮》五二之一二繫此奏於靖康元年四月二十五日。

**上欽宗乞官陳東**靖康元年上，時爲右司諫

臣竊惟陛下臨御之初，詔求直言，而太學諸生皆上封事。陛下不倦聽覽，又從而官之，如張炳、雷觀是已。古者聽納之君，雖堯、舜、禹、湯，不能過也。然諸生竊有疑焉，以謂陳東之書，遠勝炳、觀，陛下不官東而官此二人，非唯諸生不平，炳與觀亦固厚顏矣。臣竊思之，陛下必謂東不當伏闕上書，以致百姓紛亂。夫東固未嘗與百姓期也。李綱之罷，東以忠義感奮，恐其言不能上聞，故率諸生伏闕争之，不謂是日百姓亦來。臣詢之諸生，皆曰："方李邦彦等退朝，百姓皆詬罵，東與諸生力遏之。既而百姓諠譁，東皇恐憂懼，面若死灰，遽欲退避，而百姓遮擁，求出不得。"然則東豈有意率百姓爲亂哉？臣觀東非唯學問淹該，善論天下事，亦忠誠奮發之士。陛下若用之於朝，必能有爲。議者又謂東書深詆李邦彦，而大臣有庇邦彦者不欲陛下官之。如是，則陛下欲以公議用人，大臣以私意沮之也，安能免人之言哉？臣願陛下不惜一官，以勸盡忠之士，以慰太學諸生之心，實天下幸甚。臣職

在言責,苟有所聞,不敢默默。惟陛下察之。

《宋朝諸臣奏議》卷一九。又見《歷代名臣奏議》卷二〇五。

**上欽宗論宦人蠱惑人主**靖康元年五月上,時爲右司諫

臣聞宦寺之亡人國家,其來已久。漢自和帝後中官始盛,至靈、獻之時極矣。故袁紹誅常侍以逞志,然曹操因之,漢遂以亡。唐自明皇後中官始盛,至僖、昭宗時極矣,故崔胤血軍容以甘心,然朱溫因之,唐遂以亡。大抵假威柄於外,以内攘奸人,則大臣愈專,主權愈卑,譬灼火攻蠹,蠹盡木燒。漢、唐之亡,皆由此輩,豈不哀哉! 恭惟本朝祖宗積德深厚,其歷年之長,固非漢、唐可比。比年以來,國家承平,宮廷使令日益增廣,加以財用富足,而横恩濫賞,覃及閹寺,故宦官由之而盛。竊弄威權,恣爲奸狀,雖朝士大夫憤疾之甚,曾無以處之。乃緣士庶伏闕獻書,因而喧譁,遂逞積年之忿,殺害宦官二三十人。不由朝廷命令,不假威柄於人,使此曹無所肆怨,而氣勢稍衰,與漢、唐異矣。此何以致其然耶? 實天祐我宋,以延宗社無疆之福也。陛下今日固當上承天意,下順人欲,因而摧抑此輩,不使復振。臣竊聞近來稍稍復用事,如盧公裔、王若冲、邵成章之徒是已。臣仰惟陛下臨御以來,崇尚儉約,聲色狗馬,畋游玩好,一切屏絕,此曹將無所肆其巧。然大率宦人蠱惑人主,決非一端。唐仇士良謂:“人主不可使閑暇,閑暇則觀書、近儒臣,故我曹不得進用而恩澤始衰。”本朝楊戩亦戒其徒曰:“汝輩不可令天子罷修造,我所得恩澤及財物皆緣修造。”陛下觀此輩用心,果可不防哉! 臣區區之心,望陛下鑒唐之亡,因今日之天意,專以此輩爲戒,無使其乘間伺隙以移陛下聰明也。至於進退人才,尤不宜與之謀。孔子不主癰疽,孟子不畏臧倉,賢人君子決不肯因嬖倖以圖富貴。其所以附麗以進者,貪饕無恥、巇險逞欲之小人。故前日蔡京、王黼、王安中等,專倚此曹爲重,此天下所共知。伏惟陛下留神於此,日夜念之,無忘小臣之言,實宗廟社稷之福,而天下之幸也。

《宋朝諸臣奏議》卷六三。又見《歷代名臣奏議》卷二九三。

**上欽宗乞戒大臣究心邊事**靖康元年五月上,時爲右司諫

臣竊聞河東用兵不利,陛下聖慮憂勞,臣子之心,夙夜不寧。然臣切料之,此未必不爲宗廟社稷之福也。伏惟少寬聖心,容臣之言。蓋有難則懼,無難則怠,人情之常也。朝廷日見河北金寇出界,雖未解圍,幸其師老,必自解散,遂至稍緩其事。廟堂大臣相與謀議者,多不急之務,或窮究往事,或經營私意,論經術是非,究禮文詳略,至於兩路邊事,曾不究心。緩急失宜,先後倒置。內外人情雖知秋冬在近,深爲可憂,然非朝廷用事之臣,徒憤嘆終日,無如之何也! 今若不緣用兵不利,往往遂以爲無事,因仍偷惰。至秋冬萬一狂寇結集諸夷,空國而來,以助河東之師,則吾之倉卒無備,又復如前日矣,可不慮哉! 臣愚伏望陛下因此一失,深戒大臣,凡不急之務,一切暫罷,專以河北、河東兵事爲先,經畫措置,多方應辦。仍仰各盡所聞,勿懷異意。并令今後臣寮上殿,亦須先及邊事。陛下留意聽納,不厭其多,或有可行,盡付三省、樞密院,令斟酌施行。夫漢之所以勝楚,以屈群策而用群力。愚者千慮,必有一得,勿謂群臣之言,皆無可采耶! 陛下若今如此曉夜圖之,則不徒以濟今日之急,將來秋冬亦不失備矣。臣故曰:“此未必不爲宗廟社稷之福也。”臣區區憂國之言,望陛下不以愚棄之,豈獨臣之幸哉!

《宋朝諸臣奏議》卷一四二。又見《歷代名臣奏議》卷三三三。

**王安石學術害人心奏**紹興六年七月,時爲吏部員外郎

臣聞今日之禍，實由公卿大夫無氣節忠義，不能維持天下國家，平時既無忠言直道，緩急詎肯伏節死義。豈非王安石學術壞之邪？議者尚謂安石政事雖不善，學術尚可取。臣謂安石學術之不善，尤甚於政事。政事害人才，學術害人心。《三經》《字說》詆誣聖人，破碎大道，非一端也。《春秋》正名分，定褒貶，俾亂臣賊子懼，安石使學者不治《春秋》；《史》《漢》載成敗安危存亡理亂，爲聖君賢相忠臣義士之龜鑑，安石使學者不讀《史》《漢》。王莽之篡，揚雄不能死，又仕之，更爲《劇秦美新》之文，安石乃曰"雄之仕，合於孔子無可無不可之義"；五季之亂，馮道事四姓八君，安石乃曰"道在五代時，最善避難以存身"。使公卿大夫皆師安石之言，宜其無氣節忠義也。

《歷代名臣奏議》卷一八三。

### 人君當守孝誠奏 紹興六年八月

臣聞人君所以得天，莫先於孝；所以得民，莫先於誠。今二聖北征，遠在沙漠。願陛下跬步在念，斯須不忘，焦心勞思，以圖恢復，期於報父兄之讎，雪積年之恥。若乃前日懷奸罔上、陷吾親至此、不忠不義負國之徒，吾痛恨之，殺而勿貸可也。今日有竭忠盡力、削平僭亂，俾廟社復安，庭闈無恙，必思所以厚報之。庶幾復還兩宮，得以盡問安侍膳之禮。如此用心，孝斯至矣。用兵以來，勞民費財。願陛下誠意惻怛，孚於四方，雖曰"取之不敢不以道"，雖曰"用之不敢不知節"，凡一金之細、一縷之微，未嘗妄有所費也。其間貪吏猾胥，并緣爲奸、重害於民者，吾痛懲之，罰而勿赦。儻能體國愛民，撫循不擾，俾均而無貧、勞而無怨，必思所以重賞之。事平之後，庶幾與民休息，盡罷無名橫斂。如此用心，誠斯至矣，中興根本不出於此。願陛下守之而勿失，行之而不倦，實宗社之福、生靈之幸。

### 蔭無出身人并令銓試奏 紹興六年八月

蔭無出身人，并令銓試經義，或詩賦論策三場，以十分爲率，取五分合格。雖累試不中，不許参選，亦不許用恩澤陳乞差遣。

以上見《繫年要録》卷一〇四。

### 在臺諫官大理寺官不許出謁奏 紹興六年十月

在法臺諫官不許出謁，許見客；都司大理寺官并禁出謁，休日許見客。比緣多事廢弛，往往不依法禁，非惟不能杜絶請求，亦恐有妨職事。乞申明行下。

### 措置宮廟之官奏 紹興六年十月

請措置宮廟之官，毋使太濫。曾任侍從以上，俸給優者捐之；曾經除名編置，罪惡重者罷之；百官禄料米麥數多，亦當酌中例與折減。

以上見《繫年要録》卷一〇六。

### 崇獎有功諸將奏 紹興六年十二月

前日賊犯淮西，諸將用命，捷音屢上，邊土稍寧。蓋廟社之靈，而陛下威德所至。然行賞當不踰時，廟堂必有定議。臣聞濠梁之急，俊遣楊沂中來援，遂破賊兵。此功固不可掩。劉光世不守廬州，而濠梁戍兵輒便抽回，如渦口要地，更無人防守，若非沂中兵至，淮西焉可保哉？光世豈得無罪？此昭然無可疑者。又沂中之勝，以吳錫先登；光世追賊，王德尤爲有力。是二人當有崇獎，以爲諸軍之勸。若韓世忠屯於淮東，賊不敢犯；岳飛進破商號，擾賊腹脅。二人雖無淮西之功，宜特優寵，使有功見知，則終能爲陛下建中興之業。

《繫年要録》卷一〇七。又見文淵閣本《中興小紀》卷二〇。

按:《中興小紀》卷二〇繫此奏於紹興六年十月。

**請禁伊川學奏** 紹興六年十二月

朝廷所尚,士大夫因之;士大夫所尚,風俗因之。此不可不慎也。國家嘉祐以前,朝廷尚大公之道,不營私意,不植私黨,故士大夫以氣節相高,以議論相可否,未嘗互爲朋比,遂至於雷同苟合也。當是時,是非明,毀譽公,善惡自分,賢否自彰,天下風俗豈有黨同之弊哉!自熙、豐以後,王安石之學,著爲定論,自成一家,使人同己。蔡京因之,挾紹述之說。於是士大夫靡靡黨同,而風俗壞矣。仰惟陛下天資聰明,聖學高妙,將以痛革積弊,變天下黨同之俗,甚盛舉也。然在朝廷之臣,不能上體聖明,又復輒以私意取程頤之說,謂之伊川學,相率而從之。是以趨時競進、飾詐沽名之徒,翕然胥效,倡爲大言,謂堯、舜、文、武之道,傳之仲尼,仲尼傳之孟軻,孟軻傳之程頤,頤死,無傳焉。狂言怪語,淫說鄙喻,曰"此伊川之文也";幅巾大袖,高視闊步,曰"此伊川之行也"。能師伊川之文,行伊川之行,則爲賢士大夫,捨此皆非也。臣謂使頤尚在,能了國家事乎?取頤之學,令學者師焉,非獨營私植黨,復有黨同之弊,如蔡京之紹述,且將見淺俗僻陋之習,終至惑亂天下後世矣。且聖人之道,凡所以垂訓萬世,無非中庸,非有甚高難行之說,非有離世異俗之行。在學者,允蹈之而已。伏望聖慈特加睿斷,察群臣中有爲此學,相師成風、鼓扇士類者,皆屏絶之。然後明詔天下,以聖人之道著在方册,炳如日星。學者但能參考衆說,研窮至理,各以己之所長而折中焉。惟不背聖人之意,則道術自明,性理自得。故以此修身,以此事君,以此治天下國家,無乎不可矣。毋執一說,遂成雷同。使天下知朝廷所尚如此,士大夫所尚亦如此,風俗自此皆知復祖宗之時。此今日之務,若緩而急者。

**銓擇縣令奏** 紹興六年十二月

縣令之職,尤爲近民。望將寺監丞簿編删六院官,已改秩未歷民事之人,各與銓擇,取繁難大邑近見闕,作堂除一次,還日,升黜如詔旨。

以上見《繫年要録》卷一〇七。

**恢復守之之策奏** 紹興七年正月

臣熟思今日恢復之策,不出攻守二事。攻者,以我攻彼也;守者,防彼攻我也。以我攻彼,則乘機而動,量敵而進,可速可遲,其勢皆在我也;防彼攻我,則突然長驅,忽然入犯,有莫測之變,有難當之鋒,其勢皆在彼也。以彼我之勢論之,攻雖爲難,而守之爲尤難。攻雖在所急,而守之尤在所急。今朝廷分委大將,各提重兵,天威震叠,士氣鼓勇,所謂攻之之策,廟堂有成算,主師有遠略,臣不得而議也。唯守之之策,臣請詳言之。陛下已詔移蹕建康,前臨大江,俯近僞境,非若臨安之比也,防守之備,可不嚴乎?又況豫賊雖屢敗,而未曾殄滅,事窮勢逼,必須求救金人。我之所患,不在豫賊,唯防金人。雖嘗逆料金人不爭土地,唯利金帛,知吾國家所有不如往時,彼無所貪,必不妄動。然原其所以立豫之意,非唯使我中國自相屠戮,亦欲爲其藩籬。今聞車駕進蹕建康,有北向之意,若漸逼中原,豫賊難立,金人必須援之,刿河北便是敵區,驅兵而入,計亦不遠,吾豈可不過爲計哉?勿信探報之言,謂敵勢已衰,不足深慮。寧守之而不來,不可俟其來而不守也。臣竊見淮東州縣相連,道里不遠,楚、泗兩州,城壁堅牢,大軍分屯,烽堠相望,此其勢不易犯也。唯淮西路分闊遠,止有一軍,今將移蹕建康,則其地尤重於淮東矣。臣愚欲乞措置淮西,先選大臣以臨之,更增兵將以實之。要害之處,不可空虛。使西連岳、鄂,東接楚、泗,皆有掎角之形,仍令諸大將緩急相援，首尾相應，則雖虜（原作"敵"，據《大典》卷三一四七引《名臣言行錄》改）騎之來，不足畏矣。

**擇精兵奏**紹興七年正月

議者皆以兵少爲憂，臣獨以兵多爲憂。望諭諸大將，據見在兵數，擇羸弱者別項差使，老病者去之，仍罷諸般私占，盡以壯強日赴閱習，則雖少而精，可以取勝。

**約束諸將奏**紹興七年正月

諸將或邀求無厭，以致各爲異議，輕視朝廷。此無他，御之未得其道。願加之以威，處之以法。苟有惡不問，有罪不治，且將肆其桀驁，又安能望其立功邪？

**論九成奏**紹興七年正月

九成平日所爲，無非矯僞。苟無仕宦之心，自當不事科舉；既僥倖一第，而堅欲辭榮，亦可謂不相副矣。不知朝廷何意，每因其辭，輒復遷擢？彼亦何憚而不辭。伏望聖慈特降睿旨，罷浙東提刑，與宮觀差遣，遂其自高之志，且爲矯僞者之戒。

以上見《靖康要錄》卷一〇八。

**王珌中不當降官奏**紹興七年四月

朝廷設審量之法，蓋爲崇、觀、宣和以來，奸臣用事，一時士人朋附結托，貪緣改轉，冒濫太甚。乃若珌中，實係方賊徒黨呂師囊等起兵攻圍台州，而本州司户滕膺率衆官與軍民并力死守，保全一州，偶貫宣撫一路，合行具奏，遂并轉一官，不爲濫賞。若令追官，恐失朝廷審量之意。

**論岳飛言辭**紹興七年四月

昨親奉聖語，説及岳飛。臣前此采諸人言，皆謂飛忠義可用，不應近日便敢如此，恐別無他意，祇是所見有異。望陛下加察。然飛本粗人，凡事終少委曲。臣度其心，往往謂其餘大將或以兵爲樂，坐延歲月，我必欲勝之；又以劉豫不足平，要當以十萬橫截敵境，使敵不能援，勢孤自敗，則中原必得。此亦是一説。陛下且當示以不疑，與之反復詰難，俟其無辭，然後令之曰"朝廷但欲先取河南，今淮東、淮西已有措置，而京西一面，緩急賴卿"，飛豈敢拒命？前此朝綱不振，諸將皆有易心，習以爲常。此飛所以敢言與宰相議不合也。今日正宜思所以制之。如劉光世雖罷，而更寵以少師，坐享富貴，諸將皆謂朝廷賞罰不明。臣乞俟張浚自淮西歸，若見得光世懦怯不法，當明著其罪，使天下知之，亦可以警諸將也。

以上見《靖康要錄》卷一一〇。

**論誅殺虔吉諸盜**紹興七年五月

虔民素號凶惡，方承平時，亦自歲往廣南，劫取財物，率以爲常。自國家多事，乘此擾攘，徒黨愈熾。然此弊亦起於朝廷容忍太過，凡有盜賊，盡是招降，所謂渠魁者，例皆不誅，且寵之以官。此豈足以奪奸雄之氣？又況虔賊實非他處之比，若不痛加誅殺，未必肯止。但令向前破蕩，早見撲滅，不可更議招降。必謂弄兵潢池，皆吾赤子，不欲多殺，亦當誅其首領，而脅從者量與釋放，庶使頑民知懼，不敢復肆凶惡，而盜賊可息。

《繫年要錄》卷一一一。

**務爲鎮靜奏**紹興七年八月

淮西軍叛，或謂朝廷緣此諸事稍沮，見謀改圖，不知今日當如何耶？謂帥不應罷，將復任之耶？謂兵不可馭，將姑息之耶？謂大臣無謀，將別用之耶？謂進臨建康爲失，將回蹕耶？此皆徒爲紛紛，未見有益。臣謂正當鎮靜，使敵無所窺。

《中興小紀》卷二二。

**明堂之禮未可追配徽宗奏**紹興七年九月，時權禮部侍郎

今暫釋凶制，權行吉禮。豈有陛下方居太上皇帝之喪，而太上皇帝神靈方在几筵，遽可以預配帝之吉禮？況又梓宮未還，祔廟未有定議。輕舉此事，求之禮經，質之人情，恐皆未便。臣竊意天地祖宗上皇神靈所以望於陛下者，必欲興衰撥亂，恢復中原，迎還梓宮，歸藏陵寢，以成中興之功，以隆我宋無疆之業也。若如議者之言，以陛下貴爲天子，上皇北狩，十有一年，未獲致天下之養。今不幸升遐，且欲因明堂之禮，追配上帝，謂是足以盡人子之孝，則於陛下之志，恐亦小矣。天地祖宗所以望陛下者，恐不止此。上皇神靈所以切切然於陛下者，恐亦不止此也。

《繫年要錄》卷一一四。《歷代名臣奏議》卷二二。

按：《文獻通考》卷七四所引，有可補者，引於下：臣愚以爲當先期一日，陛下盡哀致奠，奏於道君皇帝，以將有事明堂，暫離几筵，暫假吉服。蓋國家故事，不敢廢也。然後即齋宮，入太廟，行明堂事。事畢，服喪如初。斯謂合禮。

**嚴朝廷威令及回鑾不可奏**紹興七年九月

臣鄉者妄奏淮西軍叛，正當鎮靜，使敵靜無所窺，偶合聖心。今則陛下赫然改圖，所罷帥果已復召，所移兵更令姑息，大臣又以無謀賜罷，惟未回蹕臨安爾。是臣所言，上惑聖聰，無一可取，便當退俟竄殛。然尚有餘説，若遽不言，死不瞑目。臣竊謂光世之召，非出聖心，乃因大將之言。如是，則朝廷威令可否皆在諸將，今後大將有過，何以處之耶？張俊一軍，久在盱眙，今令過淮西而老小不欲，遂養之于行在。議者謂俊兵祇欲住此，緩急恐難遣行。可否任其自擇，何姑息之甚耶？張浚之罷，亦緣稍振紀綱，衆皆不喜，遂激怒陛下。乘此擊而去之，幾於助將帥而罷宰相，何倒置之甚耶？至於回蹕，則臣愚深以爲不可。臣鄉奏事，親聞玉音，謂"建康若不可居，臨安又豈能保"。聖（原作"堅"）斷如此，但恐群臣主進者少，主退者多，則陛下不能無惑。更望陛下勿因小害而沮，則中興之功可望。臣蒙超置諫垣，今又列在侍從，將乞骸以去，故卒獻此說，惟陛下貸其狂。

《繫年要錄》卷一一四。又見《中興小紀》卷二二。

**論已破汝穎商虢伊陽長水乞豫防金齊會合之計札**

臣竊觀《采薇》遣戍役之詩，言"一月三捷"。蓋先王之兵，以仁伐不仁，以義伐不義，攻之無前，迎之無敵，故王師所至，罔或不勝，方其遣也，已有三捷之稱焉。恭惟陛下以九月初吉，鑾輿順動，將撫巡江上之師。六軍已行，而京西岳飛先已蕩平汝、穎，既而連破商、虢，又取伊陽、長水。捷音五至，中外稱快。此與《采薇》之詩何以異焉？雖然勝敵非難，慮敵爲難，因其既勝，不得不慮，試爲陛下陳之。豫賊不能自立，專倚金人，緩則緩求，急則急請。今汝、穎及商、虢、伊陽、長水既遭破蕩，則其勢危甚，定須祈哀請命，告於金人，必得援兵而後已。縱使金人畏威遠遁，今秋無南向之意，而迫於豫賊之求，恐不得不來。此其可慮一也。岳飛之兵屢勝，恐其將士因勝而驕，數鬥而疲。商、虢之地，接連同、華，逼近東都，皆平原曠野，無險阻可憑。若金人出兵，命合豫賊，衝突而前，援兵不能及。此其可慮二也。淮上諸軍，分布要害，堅不可犯，使岳飛擣其心腹而牽制之，此萬全計也。深恐諸軍以岳飛屢勝，必謂賊兵敗亂，不復南來，各弛其備，或不至嚴整。此其可慮三也。料此三

慮,廟堂議之熟矣。臣願陛下以臣所言,更與大臣謀之,要當密詔岳飛,防備豫賊乞師,金人會合而來,勢不易支,必須豫爲之計,亦以深入爲戒;或更令諸將明其斥堠,恐其緩急,多方應援;仍詔淮上諸軍各須日日戒嚴,如對強敵,不應徼倖其不至也。如是則今冬不惟可保無虞,亦可因時乘勢,漸圖恢復。臣書生也,論兵料敵,皆非所長,然有所聞,不敢默默。伏惟聖慈特賜裁察。

中華書局 1989 年版岳珂編、王曾瑜校注《鄂國金佗稡編續編》卷三〇。

**臨海風俗記**

臨海,魚稻之鄉,在東南一隅,昔最號無事。余少時見米斗百錢、魚肉每斤不過三十錢,薪柴雜物極易得;無寄居過往,郡官公事之餘,日日把盞;百姓富樂,不聞窮愁嘆恨之聲。比年以來,國家多事,官吏冗雜,軍兵經由州縣,需索供應不暇;寄居官至有宰相者,餘不可以數計,過往日日有之,故城中百物騰踊,價皆十倍於前。余雖有弊廬,度不可居,於是遁迹村落。然鄉下寂寞,百物無有,不免布衣蔬飯,杜門待盡而已。雖然,嘗以西北觀之,所在兵燹焚蕩,千里無居民,吾鄉僥倖,未至殘滅,而更富盛如往時,庸有是理邪?嗚呼!天下之生,一治一亂。祖宗之盛,承平幾二百年,一旦衰微若此。然今日之亂,亦豈終於盡變哉?古詩云:"得見升平有幾人。"吾老矣,恐一旦先朝露,不能復存,子侄諸孫苟内無饑寒之患,外無劫奪之憂,他日猶幸及見之。故書以記。

《赤城集》卷一。

按:文末尚有注"又一本作《風俗序》",今并錄於下:夫輕死易發,尚鬼好祀,《漢志》以叙吳越之俗;急於進取,善於圖利,本朝諸志以叙兩浙之俗。然吳越之地,邊控江、淮、閩、浙六十餘郡;兩浙之地,近亦十五郡。彼川谷異制,民生異俗,固有封壤密接而習俗迥異者,得謂吳越、兩浙同是俗乎?蓋彼特合四方而論其概爾。余采之記述,訪之耆老,以爲天台介于東南之陬,方承平時,最號無事,斗米不百錢、魚肉斤不過三十錢、薪炭蔬茹之類絕易得。里無貴游,郡官公事暇,日日把盞,百姓富樂,但食魚稻,習樵獵而不識官府之嚴。渡江以來,國家多故,官吏冗沓,軍旅往還取需,郡縣供億不給。寓士有官至宰輔者,而城市百物貴騰,視前時十倍。民始逐末忘本,機變巧出,被甲荷戈,出没於艨艋之地。吏胥持文書,索逋負,日叫號於細民之門。自是訟牘繁多,而民俗浸異矣。雖衣冠輩出、風雅日盛,未之有改也。然是豈徒天台一郡爲然?他郡往往或然。則率薄歸厚,以庶幾曩時之舊,是則爲政者之任,而是邦賢士大夫之責也。姑即舊聞,以考見是邦民俗本末如此。

**送滕子勤赴衢州司錄序**

天下之事,得於所聞,固不若所見爲詳且確也。余在都城聞賊攻台,所賴以無事者滕子勤爾。初未以爲然,及歸見州人,稱子勤不容口,無大小貴賤皆以再生之賜歸於滕公,是知不妄矣。嗚呼!時方無難,賢才隱於難知,欲觀賢才之實,必在有難之時。疾風勁草,歲寒松柏,誠言非虛語。初賊起青溪,二浙方驚,子勤以爲攻守計,寅夕警備,誓與台人同其死生。然賊鋒尚遠,人固未知其果何如?韋羌群寇已破仙居,水陸夾進,逼於城下,太守且奔矣,軍民皆解體,其他官吏皇皇莫知所向,子勤獨奮然曰:"今日之事,吾誓不與賊俱生。"肩其家人輩,不使聞變而擾,申戒諸門有出城者斬之,官吏始不敢動,群情稍安,願效死以守城。凡圍十日,不得逞而退。子勤更益其備,罄倉廩府庫以犒軍士。凡所經畫,皆觀時之宜,身任其責,無纖芥自嫌。其忠誠所激如是。後四十日,賊復至。民知子勤之可倚也,捍禦愈堅,賊徒數千擁衆而登,城上皆鼓譟,矢石如雨,賊兵多被害,遂退保招延,去城四十里,不敢進。洎王師擒渠魁,餘黨殄滅,台州卒完。微子勤,吾知一州無噍類矣。朝廷叙功京秩,且患三衢經破蕩,思得人以贊治,令録州事。將行,民惜其去,願借留不可,咸謂功多賞輕,未足以稱。而子勤處之恬然,乃曰:"臣事君,無逃於天地間。吾之遇賊,以死守者,義所當爲,豈有意功賞哉。"由是益知子勤之賢爲不可及。何以言之?國家承平既久,州縣玩不知備,一旦變起,如錢塘之大,賊唾手取之。自浙望風遁去,殆百數輩,責其死守者,幾何人哉?及賊已平,或因人成事,或既逃而還,乃更較計功績,規求國恩,人人有徼倖之望,是誠何心哉?二者子勤皆所不爲,果不謂之賢乎?子勤名家子,少喜學問。余初識之於台,聽其言,詳其趣操日,已知其不凡,決謂其能立事,今兹果然。余憂居,廢筆硯,於子勤行,不可無言。亦慮夫世人不能知子勤事詳且確也,以台人所親見者,録而序之,庶以識别。

《赤城集》卷一八。

**鄭虔祠祝文**

維公才過屈、宋,道出羲皇。德尊唐代,化被台邦。時台俗陋,公不鄙夷。教以正學,啓以民彝。人始知學,去陋歸儒。家家禮樂,人人詩書。嗚呼!公生也既有功於台,殁也誠宜食報於台。時維重陽,乃公誕辰。追思景仰,誰敢忘恩。式陳明薦,敬恭明神。千秋萬歲,胥佑吾民。尚饗。

浙江古籍出版社 1990 年版王晚霞主編《鄭虔研究》。

按:《古籍整理研究學刊》2015 年第 3 期載牛勇軍《全宋文拾補 9 篇》、《濱州學院學報》2017 年第 1 期載陳開林《全宋文失收陳公輔佚文十一篇輯補》二文已輯陳公輔佚文 13 篇,今具録之。

## 施德操

施德操,字彥執,鹽官(今浙江海寧鹽官鎮)人。與張九成(1092—1159)爲友,學者稱持正先生。不婚宦,病廢而殁。(《咸淳臨安志》卷六七)。

**與汪聖錫書**

左右久淹閑散,有識所羞,而高識卒無淹留之嘆。方篤志力學,望道如未之見,深用嘆服。

國圖藏清抄本《汪文定公集》附録《宋汪文定公行實》。

## 張栻

張栻(一作"戜"),字景安,祖籍譙郡,淮陰人。張耒子。赴調,得蔡州榷山市易務。建炎中爲陝府教授(文淵閣本馬純《陶朱新録》)。

**大監蘆川老隱幽岩尊祖事實跋**

余頃未交仲宗,先伯氏景方趣使交焉。然此時但見仲宗詩文,蔚然可愛,固已恨得交之晚。乃今復以懿行見信於當世賢士大夫,則余曩日之所以愛仲宗者,殆誤矣。孰謂先伯氏平生取友,止於文詞間哉?因是,又使人追念賢兄而流涕也。譙郡張栻書。

文淵閣《四庫全書》本《蘆川歸來集》附録。

## 歐陽懋

歐陽懋（？—1141），字德孺，自號静退居士，廬陵人（樓鑰《攻媿集》卷五二《静退居士文集序》）。曾直秘閣提舉江州太平觀，建炎二年二月試衛尉卿（《繫年要録》卷一三）。紹興三年（1133）正月，充江淮荆浙都督府參議官（《繫年要録》卷六二）。四月充徽猷閣待制、知建康府（《繫年要録》卷六四）。九年正月知平江府，五月提舉江州太平觀（《吴郡志》卷一一）。後改提舉亳州明道宫。十一年九月，卒於衢州（《繫年要録》卷一四一）。

### 大監蘆川老隱幽岩尊祖事實跋

余崇寧間與安道少卿同仕於鄴，公餘把酒，以詩相屬。時仲宗年未及冠，往來屏間，亦與坐客賡唱，初若不經意，而辭藻可觀，莫不駭其敏悟。安道既入朝，其後數年，余亦歸自河朔，再會於京師，仲宗事業日進。又數年復見之，則已卓然爲成材矣。蓋其天資夙成，素有以過人也。至於竭力松楸，克勤祀享，篤於禮義孝愛之道，所謂文質彬彬者歟。此又可嘉也，於是乎書。廬陵歐陽懋。

文淵閣《四庫全書》本《蘆川歸來集》附録。

## 董穎

董穎，字仲達，號霜傑，德興（今江西德興）人。宣和六年（1124）第進士，官至學正。紹興初，與汪藻、徐俯游。有《霜傑集》（《直齋書録解題》卷一八、《江西通志》卷四九）。

### 代謝辛承旨啓

吴門假道，嘗奉殷勤之歡；臨汝分符，獲伸故舊之好。未修誠於記室，先惠問於征途。不敏懷慚（原作"漸"），拜嘉知感。恭惟某官才兼文武，世有勛勞。每暗合於孫、吴，蚤得聲於梁、楚。當敵示縱擒之妙，籌筭無遺；賦詩有競病之工，風流可尚。行復雲中之守，益擴堂上之奇。願惟無似之踪，尚冀包荒之賜。即諧良覿，預慰渴懷。

《大典》卷一〇一一六引《董霜傑先生集》。

### 代祭張中奉文

惟公操履剛正，學識高明。早任劇邑，已播英聲。利器虞韶，强項少平。旋歷外臺，風霜特異。文紀埋輪，范滂攬轡。狐狸安問，澄清有志。晚佩麟符，出守一方。神明其政，韓愈、孟嘗。珠還合浦，鰐徙潮陽。天步方艱，正期佐命。那意抱痾，乞身三徑。未幾朝廷，擢知肇慶。詔書下日，公已反真。彼蒼者天，奪此哲人。識與不識，皆爲酸辛。顧我數奇，晦迹閭里。公獨見知，妻以兄子。永懷厚德，夙夜及此。未遂報稱，遽聞掩棺。緬想疇昔，涕泗泛瀾。酹此卮酒，用寫肺肝。

### 又

惟公明斷足以窮天下之法，孰謂淹於提憲；計畫足以理天下之財，孰謂屈於運漕；德澤足以福天下之衆，孰謂止於一麾。嗚呼！自是豪偉，既不獲大用於世，天盍假之百年，使遂乞身之樂，奚又此之嗇耶。雖然，英姿爽氣，固不與凡物同腐。在天必爲箕尾之精，在地必爲岳瀆之靈。奈何世人不可復見也已，得不俛首而歆歔。某忝預姻末，受知最深。哀感之懷，倍越等倫。將承歸窆，輒以卮酒酹别。愛我不忘，公其格諸。

以上見《大典》卷一四〇四九引《董霜傑先生文集》。

### 代祭董氏孺人文

壽踰七十（原作"年"），奄爲空虛，茲亦人世之所稀。在夫人若可無憾，而後人曷爲其悲。重惟夫人之平生，誠可傷心而涕洟。伯鸞其夫，方妙齡而遽折；考叔其子，正榮養而先萎。禍故相仍，而困於命；憂懷寢劇，而至於斯。雖然固此輿情之深悼，其如造化之逆施。所幸有嗣孫之秀發，有彤史以光輝。儻英魂之不昧，毋抱恨而依依。快樂天宫，會摩耶於忉利；悠揚仙斾，訪王母於瑶池。睠我屏廡，實忝宗支。矧後令子，先君善之。肺腑相示，歲寒不衰。冲年武林，亦際風姿。嘗問先君，欣然者誰。先君語余，我言匪私。王公正孺，當世吏師。克成厥美，蓋出偏悲。汝盡性拜，少瞻母儀。如何不敏，嚴訓是違。爾後南北，積有歲時。先君令子，各成永歸。豈謂世契，膠漆未離。猶子至蒙，妻以孫枝。感此風誼，銘刻肝脾。但未修敬，居常忸怩。今焉已矣，追悔奚爲。鳳別秦樓，仰音容而安在；殊亡謝篋，驚人物以俱非。猶仗繁誠，敢酹一卮。翌日歸安，重挽靈輀。

《大典》卷一四〇五〇引《董霜傑先生集》。

### 祭先兄文

秋風蕭蕭兮，萬竅悲吟。我思兄兮，耳未聽而霑襟。秋雲漠漠兮，千里愁雲。我思兄兮，目未舉而摧心。英魂飄忽，逝波弗返。光景遄飛兮，卒哭俄臨。窅難詰兮，奈天高而地厚。恨有餘兮，緣義重而恩深。我方幼稚兮，慈母繼失。兄能友愛兮，諸苦無侵。期百歲兮，共奏塤箎之樂；曷一朝兮，轉爲號泣之音。哀而且嘆兮，山川黯鬱；招之不來兮，泉壤幽沉。嗚呼兄乎！萬事已矣。人生電露，始達兹理。何以寓誠，伊奠之菲。

### 祭兄歸窆文

猗歟我兄，音容一別。歲律崢嶸，於今十月。時雖爾移，恨不我絶。彼美泉臺，卜筮已協。歸安有期，愈增涕雪。酹此一觴，終天永訣。

以上《大典》卷一四〇五一引《董霜傑先生集》。

### 失題

公輔國之棟梁，賦材奮（句當有脱字）。公輔功高廟堂，佐神聖之基，爲國家之棟梁。赫爾登庸，體神衷之委寄；屹然任重，成王室於安强。夫惟特立岩廊，進參近輔，爰負荷於大任，副毗毗於英主。攬敷天之鈞柄，師表臣鄰；壯奕世之規模，棟梁帝宇。以左以右，爾侯爾公。職焉樞機之要，位爲槐鼎之崇。委任既專於重柄，安危斯繫於厥躬。鞏固太平之址，圖回善建之功。梁匪魯邦之壞，棟符羲易之隆。立乎本朝，顯顯冠群臣之上；施之大廈，巍巍非衆木之同。顛危托以扶持，僵仆於焉興植。乃運智幹，乃宣忠力。壯觀皇圖，竝幪廣域。曾非樸樕之用，蓋本才能之得。偉子儀之再造，寢盛唐家；期陸玩之莫傾，庶安晉國。大抵築巨室者藉良木（句當有脱字），强本朝者蓋由邇臣。措丕基之赫奕，幹洪造以經綸。端若明堂之柱，鬱然天子之鄰。睿眷特隆，咸服休而服采；真材并建，斯爲桷以爲輪。於以恢久大之基，於以格充盈之假。舜禹其君兮，垂拱法宫之内；皋陶其列兮，雍容丹陛之下。無剥廬之見於象，有考室之歌於雅。茂建勛庸，載寧宗社。仰同温嶠忠純，帝乃倚之；俯誚元規傾折，誰之責也。議者曰人主如堂，非賢才莫支；天下爲家，必忠良是毗。欲揭宏規於廊廟，在求大木於工師。務實急此，君宜審之。賈誼何爲，徒有陛簾之譬；裴公償在，寧憂柱石之衰。今我后賢堯帝之知人，邁成湯之選衆。度梗柟而登用，無繩墨之不中。堂堂乎宋室中興，得名臣以爲梁棟。

《大典》卷一四九一二。

## 歐陽獻可

歐陽獻可,字晉叔,連州陽山人。元祐三年(1088)第進士。好爲古文。張浚名其讀書處曰致一堂(同治十年刻《連州志》卷七)。

### 上州郡乞奏蠲上供銀書

昔太尉馬知節,咸平初,以樞相出帥,號爲善政。水泉銀礦,纍歲不發,歲課不除,民吏破産,鞭朴纍世。公奏除之,騰芳簡編,流譽無窮。連之爲郡,曩産白金。當承平時,地不愛寶,而元魚同官之烹鑪以技計者千數。元符中,每兩止六百。銜校邵襲攬諸郡上供銀額,利其贏餘。後以坑冶廢弛,銀額成例,數郡之錢不至,白調於民。民被其毒,至黜妻鬻子,輕去南畝云云。寅緣閣下恤民之深,不敢不一申其喙,望賜閔惻,剡章以告於上。

《大典》卷一一九〇七。又見《連州志》卷一二。

按:《大典》署"進士歐陽獻可"。

## 尹諫議

尹諫議,名不詳,南北宋之交人。

### 易齋銘

惟易之爲,匪難之慮。習行夷途,九折先度。凡易必難,百無一可。安處骨肉,如雠在左。既善其易,將知其難。當暑備裘,終身不寒。

《大典》卷二五三五引《上饒志》。

按:《大典》載:"易齋者,故知柳州青社宋授傳道之所居,與其所自號也。幼從其舅徽猷閣待制廣川董弅(原作"弃")令升讀書,未嘗出門。令豐城,知永康,權發遣柳州,俱有可紀。"董弅紹興五年《澹山題名》(《金石萃編》卷一三三)言及宋授傳道。

## 陳篆

陳篆(1104—?),字師汝(《無錫縣志》作"師文"),小名華國,小字楚卿,無錫人。紹興十八年(1148)第進士,官止州縣而終(文淵閣本《無錫縣志》卷三上、《紹興十八年同年小録》)。

### 無錫縣宰郄公德化記 建炎元年

上即位,改元建炎,秋八月,杭州守土軍竊發爲盜,意朝廷北伐之役,勢未及討,乃敢俘我王官,燔我民廬,釋獄囚,發府庫,掠金帛,殘毒百姓,據城以守。朝廷命辛將,帥甲二千,用伐有罪。將私犒賞,不分,士卒仇之。師行,次於嘉禾,共殺將以叛。勢不得進,反兵北首,聲"假道於吴,以如金陵",志實利寇。松江軒(原作"斬")橋以備,賊得巨舟百數,夜襲松江,一夕煨燼,人無逃者。蘇人閉關塹河,被甲登堞。及賊距城,雖矢石紛下,而不少却。守臣實畏之,乃使人遺以利,廣設金穀,願得沿外壕以進。賊計吴城險固,未易攻,徒老師爾,遂盟以許之。三日,棄蘇州以行,維舟於閶門之五里。賊意是將破我邑而及常也,語聞於道,欲焚我居屋,芟夷我農田,虔劉我士庶。邑人聞之,駭愕股慄,莫不舉手相吊,號泣待盡。邑宰郄公痛民之危,既盡傷心,且謀其策。丁國家軍興,倉庫所積無幾,公乃罄家之所蓄器用并帑藏,得銀二千兩。預一日,遣人具資貝以遺賊。賊見且喜,已善公之能迎勞,答公以狀,詞頗肯受。時又得丞相李伯紀弟季言,慨然謂公曰:"某職兼鈐轄屬官,公憂如此,又不可坐視,願前五十里迎賊,諭道公意。苟全此邑,亦某之衷、公之幸也。"公重信而聽之。季言不及省問家人,即衣褐單騎,從者數人,暮行夜宿於界亭。明日,賊舟果至。季言見首領,賓主禮惟謹,諭賊以公之恤民愛物如此。賊屈首,無毅色,謂季言曰:"毋(原作"母")憂,敢不如所言。"季言即間遺公書,具道賊所以狀。公爲之喜且懼,謂:"凶人奸險,雖首肯而心或違,則適敗謀。"又明日,賊舟將抵邑南門,公接見首領,以禮相勞來。度賊氣平,改容正色,語賊曰:"若所謂季公言不謬,百姓得賜更生,雖殺我以償,所志無憾。不腆金幣,以賞從者。或甘言紿我,陽許而陰背之,願先殺某,不忍百姓之罹凶毒也。"賊歔欷感嘆,謂公曰:"學士與李君,實邑之父母。當戒士卒,釋甲受犒。"即趣舟以行,乃指天以誓:"苟逾盟,有如日。"公聞,而後喜可知也。賊於衢道間,呼謂邑人曰:"爾等賴縣令郄公得保首領,不然則松江矣。雖燒頂斷臂,何以報德?"於是耋癃老扶杖,擁公之車,感泣跪謝。是日,賊兵果解維以去,一豪不取,士庶帖然弗擾。嗚呼!公之覆護一邑,如此之至,其古之遺愛乎?夫漢唐循吏止有一事可知,則勒功於碑,以甘棠遺愛。況公之德於吾民,不啻覆載,使後世湮沒無稱,亦邑子之罪也。篆於是紀其事。篆聞唐朱泚之亂,得一何蕃,而六館之士不從,君子謂蕃"仁勇人也"。公,儒者,平時理縣尚寬恤,百姓父愛之;及是,終以此得抗,非仁而有勇者乎?且以蘇州金城湯池,雖松江有大川可恃,而卒破蕩;蘇人亦不免躬甲冑,赴矢石,爲城下之盟,不愧僅得免死,亦幸爾。無錫當通道,外無城堞以守,内無甲兵以敵,賊一舉手,則旋踵而傾覆。郄公不動聲色,俾賊善解。"李勣賢於長城遠矣",斯人今復見之。嗟夫!雷霆駭耳,蜂蠆起懷。雖賁、諸、荆、育之倫,未有不沈豫奪常者。至若解紛赴難,確然有不可挫之色,自非足以化槁杌,未有能喊唬虎而奪之氣者也。以賊之殺部將、破松江,視民如螻蟻。至我邑,以公故,罔敢流毒,非有以化之而然耶?昔漢劉弘農反火、虎渡河,後世以爲難事。以公匹之,過昆遠甚。是宜邑之父老必有爲公立祠者,兒童必有爲公歌謠者,駢四儷六、錦心綉口之士必有濡毫染翰,爲公作詩以頌其德者。至篆,則恐公異日升朝以濟大事,秉史筆者舉其大而遺其細,則叙公之事業,不能無闕文,得此則庶可少助。而張文愧近俚,蓋欲道其實焉。公名漸,字子進。丁未十月日,晉陵陳篆記。

大典本"常州府"卷一七。文淵閣本《無錫縣志》卷四中。

## 陳彦文

陳彦文,莆田人,居蘇州。崇寧四年(1105)恩賜進士出身(《福建通志》卷三三)。建炎元年十二月以承議郎知江州(《繫年要録》卷一一),二年三月復龍圖閣待制(《繫年要録》卷一四),三年二月除江淮制置使(《繫年要録》卷二〇),五月爲徽猷閣直學士都大提領水軍措置江浙防托事務(《繫年要録》卷二三),六月試尚書兵部侍郎仍充措置使(《繫年要録》卷二四),閏八月罷爲龍圖閣直學士在外宮觀(《繫年要録》卷二七),九月落職(《繫年要録》卷二八)。

**醮謝應元保運真君文**建炎元年

近以淮寇猖狂,凶徒暴横,水陸并進,欲竊據於江城;矢石交攻,將盡屠於生齒。望琳宮而請命,罄丹悃以祈哀。威現旌旗,氣成龍馬,祥雲四合,知神騎之護持;大雪連朝,覺寇鋒之潛挫。

《大典》卷六六九八引《江州志》。

## 李維

李維(？—1142?)，字仲輔，常州无錫人。祖籍福建邵武，綱弟。曾以右承議郎主管江州太平觀。紹興五年(1135)十二月行國子監丞(《繫年要録》卷九六)，七年十一月爲屯田員外郎(《繫年要録》卷一一七)，九年以右朝奉郎直秘閣爲浙東提點刑獄，十年改福建提點刑獄(《會稽續志》卷二)，十一年八月初五日致仕(《淳熙三山志》卷二五)。

**大監蘆川老隱幽岩尊祖事實跋**建炎二年

後四年，歲在戊申仲冬既望，李維仲輔、李經叔易同觀於梁谿拙軒。時季言如義興未還。

文淵閣本《蘆川歸來集》附録。

**仙水洞題名**

□□□□□□卯，李仲輔來。男琳之從行，羽客樓大觀、黄見素同志。

浙江大學出版社 2015 年版徐文平《浙南摩崖石刻研究》第三章《宋代浙南摩崖石刻》。

## 虞觀

虞觀，曾攝長汀縣尉，紹興三年(1133)爲梅州司士曹參軍。

**乞分長汀縣南北團置縣狀**紹興三年

比嘗攝尉長汀，竊見縣境闊遠，有地名南北團，去縣三百餘里，弱者難於赴訴，強者恣其摽掠。居民商旅，皆無聊頼。乞於其地分一縣。

《大典》卷七八八九引《臨汀志》。

按：《大典》前云："紹興三年，梅州司士曹事虞觀進狀。"

## 劉寧止

劉寧止(？—1144)，字無虞，歸安人。宣和三年(1121)第進士。建炎三年(1129)六月除直龍圖閣同提領水軍沿江制置副使(《繫年要録》卷二四)，八月添差江淮荆浙制置發運副使(《繫年要録》卷二五)，四年知常州，改知衢州(《繫年要録》卷四〇)。紹興元年(1131)正月爲浙西安撫大使司參議官(《繫年要録》卷四一)，三月爲兩浙轉運副司(《繫年要録》卷四三)，九月特授直龍閣(《繫年要録》卷四七)，二年二月罷(《繫年要録》卷五一)。二年閏四月充秘閣修撰江淮荆浙都督府參議官(《繫年要録》卷五三)。後以秘閣修撰主管台州崇道觀。五年二月提點江淮等路坑冶鑄錢(《繫年要録》卷八五)，尋權發遣鎮江府秘閣修撰知鎮江府兼沿江安撫司公事(《繫年要録》卷八九)，五月升右文殿修撰，十一月權戶部侍郎(《繫年要録》卷九八)。七年三月權吏部侍郎(《繫年要録》卷一〇九)，閏十月落權字(《繫年要録》卷一一六)。十四年四月以顯謨閣直學士提舉江州太平觀卒(《繫年要録》卷一五一)。

**委官專措置諸州縣樓店務官房廊及賃地基奏**紹興元年五月七日

諸州縣樓店務官房廊及賃地基等錢，久來係隸漕司。自經兵火，州縣更不措置。或人吏作弊，侵欺入己；或形勢之家，彊占起造，更不納錢；或減落元賃直。欲乞本司委官專措置所有已經兵火去處，量行修蓋。或召人賃地，拘收合納錢，專充本司贍軍支用，州縣不得干預。所有無主地土，亦許本司蓋造屋宇，或召人承賃地基，與樓店務一等拘收。可以補助贍軍支費。

《宋會要·食貨》四九之三八。

**乞撥江陰軍及平江府昆山常熟縣隸沿江安撫奏**紹興五年五月二十三日

今來所帶沿江安撫，即不曾分定路分。欲乞撥常州江陰軍及平江府昆山常熟縣，隸屬本司。

《宋會要·職官》四一之一〇八。

## 陳安國

陳安國，次升侄，興化仙游人。紹興五年（1135）爲泉州南安縣丞。

**讜論集序**紹興五年

上語樞密曾布曰："朕除陳某諫官，廷議如何？"布奏："皆謂陛下得人。"上曰："尚未肯供職。"公知眷意之重，受命登對，方造膝，上遽曰："久不聞卿讜論。"公再乞避言路，上曰："朕親擢卿，復何辭？"時奸人讒毀擠陷忠良，欲肆誅戮。其事尚秘，上亦疑之，因公奏對，上顧問："近朝廷有何議論？"公遂奏曰："臣聞小人橫議，動搖宣仁徽號。如臣所聞，宣仁保佑聖躬，終始無間。"上悚然曰："卿何自知？"公曰："臣職許風聞。陛下無問其所從來，願勿聽小人銷骨之謗，恐傷國體，上虧聖德，下及無辜。"上首頷之再，其議遂不行。故待制劉公器之聞之，嘆曰："陳當時有德於元祐人深矣。"瑤華之獄，公辨不勝，中宮位虛，元符末大臣將有建立，適判宗濟陽郡王宗景妻亡，以妾楊氏爲正室。公奏："葵丘之會盟誓之戒，猶曰無以妾爲妻，而宗藩大臣乃爾。其於聖朝，寧不爲累。"論列激切，蓋有諷焉。人皆爲公危之。哲宗聖明，納公之言，罷宗景，黜楊氏。大臣愈忌，掖庭亦欲公去，乘間抵巇，無所不至。以論大理觀望，多致濫獄，乞罷京城邏者。蓋訑惇、卞之苛刻。上問："大臣觀望者何？"蔡卞奏謂："臣等觀望。"陛下遂貶監南安軍務。表謝，哲宗親覽，諭宰執與移近地，且將復用，而哲宗升遐。上皇入繼大統，正人彙，徵公還臺端。首論："堂陛不嚴，內侍不恭，凌慢無禮，將有不可制之患。蔡京奸邪凶險，詭譎誕謾，有過人者。交通貴戚，親昵閹宦，任數挾智，結連上下，呼吸群小，開國家之大隙。"是時諫官陳瓘協力彈擊，而言及欽聖已復辟，猶預政，先以罪去。京偃蹇自若，孰不畏其凶焰，公獨毅然極論京唱爲預政之語，嚇脅臺諫，此京之罪，非瓘之罪也。瓘以言爲職，當示曲全。京窺伺宮禁，罪安可赦？京始罷黜。時遼主新立，聘使往還，求爲釁端。朝廷憂之，以公爲生辰初使。及境，接伴使來，公設席用花株。使人不受，公亦不撤。沿路所至，多不遵故事，但云"今新主也"，公一切辨正之。到闕，先就館賜宴，以宰相李儼伴。儼詣館，力辯用花之禮，且曰："南朝亦在亮陰中。"公曰："本朝故事，虞主祔廟後，百官吉服，惟不聽樂。"儼曰："花樂相胥，既不聽樂，何故用花？"公曰："嘗聞三年四海遏密八音，未聞禁花。"儼詞屈，就席如禮。宴歡，告公曰："道宗皇帝廷試進士，嘗賦以南北永敦信誓爲題。"公曰："祖宗盟好，誠貫白日，兩朝赤子之福也。"使還，京黨復熾，援自奧申，其勢已成。未幾，遂召，公當批駁，力莫回天，以寶文閣待制出知潁昌府。自京竊國柄，纍謫至削籍投荒，勒刻名石。緣星變宥罪，敘復元官。重和元年三月十五日,薨於私第。遺稿散失幾半,與啓沃密者焚之,笥篋所存二百七章,今編爲二十卷,標曰《讜論集》。蓋取哲宗皇帝聖語也。公平生慎密,論事人罕知者。去國一十八年,絶口不談時政。僕於猶子中,最蒙顧盼,榻前之語,蓋嘗預聞,謹序於集首,以備國史采擇。紹興五年五月望日,侄右宣教郎知泉州南安縣丞陳安國序。

文淵閣《四庫全書》本《讜論集》卷首。

## 陳克

陳克(1081—?),字子高,號赤城居士,臨海(今屬浙江)人,僑寓金陵。曾官敕令所删定官。高宗紹興七年(1137),吕祉節制淮西軍馬,辟爲參謀。同年,宋將酈瓊叛降劉豫,幾於不免(《三朝北盟會編》卷一七七)。有《天台集》十卷、外集四卷等。

### 平江府譙門上梁文

東南奧壤,安堵者垂二百年;表裏湖山,環居者踰十萬户。持麾出守,當寧蒐賢。曩胡騎之長驅,致名都之埽地。干戈甫定,年穀屢登。人心思樂土之鄉,天子軫(《播芳》作"徹")禁林之重,一新耳目,果振風厓(《播芳》作"塵")。增修城郭之雄,浸復里閭之舊。民欣載見,盛及前時。未崇譙閣之宏模,猶闕會都之壯觀。惟翠閣之仰止,矧羽檄之捷馳。回鑾復返於神京,警蹕暫停於天仗。非加偉壯,曷表寅恭。爰因衆志之樂爲,遂建雄居而望幸。層臺霞映,曉角風傳。從容卧治之餘,際會落成之日。篇章間發,森畫戟以凝香;僚佐交歡,據胡床而嘯月。共慶中興之盛,行躋錫極之風。敢奏歡謡,以申善頌。

東,十萬人家烟瓦中。海色澄波春淡蕩,日華披露曉朦朧。

西,閭闔斜陽一望迷。月竁會瞻星緯動,玉關新報燧烟低。

南,春入滄浪水漲藍。寒食故園猶舞蝶,薰風新室(《播芳》作"令")欲宜蠶。

北,虎寺蒼蒼呈瑞色。窮胡聞道奏除書,野老何知蒙帝力。

上,百尺齊雲誇大壯。風傳飛將定神京,日望回鑾駐天仗。

下,萬頃湖光連緑野。聖德幽通玉燭明,天波遠接銀河瀉。

伏願上梁之後,皇風遠暢,睿澤咸蒙。罄綿宇永銷兵革,率編户復業農桑。穆穆嚴宸,仰一人之端拱;丕丕寶曆,享萬福以延洪。寵賴專城之重,風移澤國之雄。野無犬吠,庭皆囷空。歌麃鳴於大雅,哦鷺聲於泮宮。然後率勵在官之守,蓋(《播芳》作"益")同戴后之忠。享榮名於有永,保休寵於無窮。

《大典》卷三五二五引《播芳大全集》。又見《播芳》卷一○八、《吴都文粹續集》卷八。

### 建康府行宫上梁文

龍蟠虎踞,奠昭形勝之區;地闢天開,鬱起帝王之宅。兼六代神明之觀,嗣列聖丕平之基。盤庚將治亳商,民無胥怨;太保往營洛邑,公作迓衡。期恢復於中原,用撫綏於華夏。皇帝陛下離明繼照,乾德健行。返六蠹於天中,翔萬馬於江表。周世過卜,何妨避狄以去邠;漢日再中,將見置邸而朝渭。今兹兩觀巢甓,九重穆清。得百二之山河,吞八九之雲夢。謝安筆建太極,庶足慰蒼生之心;蕭何因治未央,非特爲後世之計。肆涓穀日,爰架柏梁。式贊歡謡,敢伸善頌。

東,吴會他年駐八龍。日轉九幽終出海,川回萬里盡朝宗。

西,百萬秦兵散合淝。净掃欃槍歸太白,不將金母葬瑶池。

南,南極星辰應壽占。雅奏凱風歸舜德,瑞圖林鳥自天銜。
北,北山猿(原作"後")鶴傳清蹕。聞道幽州(原缺"州"字)八駿回,盡捲齊城連即墨。
上,太極端門法乾象。霄占弧矢射天狼,德合昭回真帝王。
下,坤軸九盤承大廈。四海車書混一家,却挽長鯨固宗社(上三字原缺)。
伏願上梁之後,天臨斧扆,神衛宗祧。戎衣以示一怒,舞羽而格三苗。國棟無撓,虎臣不驕。豐沛習威儀之雅,康衢載爾極之謠。一清寓縣,遄歸聖朝。

### 建康行宮大殿上梁文

宣王考室,纘文武之緒而復興;世祖作京,仿殷函之踪而再造。維天眷命,相我國家。主威初振於中原,清蹕載臨於江左。巍巍翼翼,古稱帝王之州;鬱鬱蔥蔥,居有天子之氣。驗諸符讖,允屬聖明。下溫詔而申舊章,營新宮而作前殿。體元立制,希先聖之遺塵;度執權宜,極大人之壯觀。得廉隅之正,合豐約之中。聳寥廓以崢嶸,敞光輝而神麗。龍蟠虎踞,形執得於武侯;藻井繡桷,規模成於謝傅。九扉洞達,雙闕雲浮。肅劍佩而在廷,奉冕旒於當寧。陳百僚而贊群后,基皇德而開帝功。地轉天回,仿佛大梁之舊;星環輻輳,雍容四海之歸。升平之期,頃刻以冀。乃涓令日,爰舉修梁。迨此暇時,張千門而立萬戶;可無輿頌,摹二京而賦三都。蹈德咏仁,式歌且舞。

東,地闢天開氣象雄。江海雲霞升曉日,華夷草木待春風。
西,河漢昭回太白低。聞道前籌并隴蜀,要須傳檄致羌氐。
南,陸輸閩粵漕江潭。六代豪華何足紀,聖君咸五更登三。
北,星宿煌煌拱辰極。指揮頃刻正諸華,灑掃彤階朝萬國。
上,帝宇尊嚴擬元象。戢(原作"成")戈休馬看明時,協氣祥風來景貺。
下,勤政劭農歲多稼。戎夷種落避軍鋒,西北東南沾聖化。
伏願上梁之後,帝隆丕祚,福萃上躬。黃旗之運,起於東西;赤縣之封,還於圖籍。自南自北,眾多恐後於湯征;卜世卜年,億萬至延於周曆。願介繁祉,大庇群生。

### 皇子嘉王府第上梁文

武丁孫子,功德紀於商詩;文王本支,聲聞流乎周雅。洪惟盛世,繼有賢王。既出奉於燕朝,必肇新於邸第。皇子嘉國大王鍾聖君之愛,實元妃之生。德高麟趾之風,貌有龍章之表。習河間之禮樂,擅子建之文章。夙啓真封,先姬姓之有國;留朝禁闥,長劉氏之諸王。衆推大雅之不群,生知爲善之最樂。苴茅受社,而垂兩組;奉酬執脤,而冠珥貂。翮輦豫游,益虔於警衛;紫宸宴衎,每侍於清光。熒煌陳廡之金,炬赫耀庭之璧。典司嚴掖,均遞宿於邇臣;給札大庭,將校文於多士。皇帝陛下繼三王之絶業,躔五帝之高踪。治格升平,澤流遐邇。堯帝多男之祝,益大天支;漢家諸子之封(原作"風"),浸強國勢。眷兹哲嗣,早著令名。既畢冠儀,將成婚禮。肆大開於甲第,乃密邇於宸居。隆棟華榱,拱星辰於北闕;畫橋朱閣,通花萼於南樓。敞曲觀於招賢,闢側門而通禁。梁臺既就,必命鄒枚之賓;陳苑初成,自致應劉之友。豈特效宗藩之安宴,蓋將追前哲之風流。載選休辰,式升修棟。

東,帝子橫經齒學宮。玉殿問安迎曉日,槐宸唱第快春風。
西,詩成七步少陵齊。洛陽橋就仙花別,太一池新瑞霭低。
南,帝御明堂政化覃。便有好風經雁沼,更欣嘉雪滿猿岩。

北,接武前星常拱極。帝績由平朔易功,天威已震單于國。

上,傑閣重樓人景仰。五王居近接崔嵬,萬歲山高增塏爽。

下,宮僚望幸鷟龍駕。開筵內府出金錢,賜酒天邊來玉斝。

伏願上梁之後,維城益固,磐石增強。日奉寢門之問,時占宮掖之祥。勒高勳於麟閣,接清問於明光。堅一心之忠孝,保百世之隆昌。

以上見《播芳》卷一〇八。

## 徐良弼

徐良弼,宋高宗時人。

### 陳博古墓志

公諱博古,字守約。家富於貲,兄弟皆治產業,公獨慨然志於學。舍法中,公優等升貢。郡守朱公彥落海山樓成,公預坐,獻詩曰:"門外海濤奔鐵騎,檻前山背擁金鼇。"守大稱賞,自是期公以必掇高科。未幾,果於政和五年何㮚牓及第,調處州刑曹。宣和中,為江州德化縣尉。獲強盜,轉從政郎。建炎初,從太守劉公龍圖之辟,為本州司法。潰兵張敵萬以兵圍城。是時,守貳遷治海門之崇明鎮,公攝郡事,雖以力不敵,城陷被執,而公毅然不為賊屈,賊亦不能加害於公。太守部刺史莫不嘉公之有守,各以名薦於朝。改宣教郎知泰州海陵縣。時紹興五年也。賊兵再犯淮,保守有功,轉奉議郎。繼以磨勘轉承議郎。公之為邑,適承兵革之餘,民俗凋瘵,專以撫字為意。而郡守迫於軍期,科斂不時,公輒爭之。一日,以蓋營寨,立命敷蘆席數以萬計,公執不可愈力。守盛怒震喝。公自是鬱鬱不樂,再宿而歿。二子以喪歸殯。既久,適有一僧自鎮江焦山來訪,尋其家,且求公遺像而圖之。詰其所以,則云本寺主僧一夕夢迎伽藍神,問姓名,則云前任海陵縣承議陳公。主僧異其事,故遣其圖畫公遺像而去。二子祺、禔,皆世其業。祺,纍舉於禮部;禔,亦為一鄉之善士云。

《大典》卷三一四八引《通川志》。

## 鄭樸

鄭樸(？—1152),紹興二年(1132)九月,因秦檜所引而罷兵部員外郎(《繫年要錄》卷五八),後官尚書考功員外郎。十二年二月為右司員外郎(《繫年要錄》卷一四四),九月為起居郎(《繫年要錄》卷一四六)。十三年八月權尚書兵部侍郎,九月使金(《繫年要錄》卷一四九)。十五年閏十一月充敷文閣待制提舉江州太平觀(《繫年要錄》卷一五四),後改徽猷閣待制提舉江州太平興國宮。二十二年三月卒(《繫年要錄》卷一六三)。

### 郊祀八寶行禮等項奏 紹興十三年七月十八日

契勘已降指揮,將來郊祀八寶導駕,應奉行禮。今來門下後省見準兵部會問八寶行列次序、前連後次、一行人數、執著服色等圖本。除一行人數、執著服色,已回報外,本省今省既得在京日八寶名稱、行列次序、前連後次圖本下項。左一鎮國神寶,右二受命之寶,左三皇帝之寶,右四天子之寶,左五皇帝信寶,右六天子信寶,左七皇帝行寶,右八天子行寶。前連濟旗,後次方纛。

《宋會要·禮》二之二七引《中興禮書》。

## 陳桷

陳桷（1091—1154），字季任（一作季壬），自號無相居士，溫州平陽人。政和二年（1112）第進士，授文林郎冀州兵曹參軍，纍遷尚書虞部員外郎。七年提點福建路刑獄。建炎四年（1130）五月復除福建路提刑，尋以疾乞祠，主管江州太平觀。紹興三年（1133）召爲金部員外郎，升郎中；五年，除直龍圖閣、知泉州；明年改兩浙西路提刑；八年遷福建路轉運副使，十年復召爲太常少卿，十一年除權禮部侍郎，尋提舉江州太平觀；十五年知襄陽府，充京西南路安撫使，以疾乞祠，除秘閣修撰提舉江州太平興國宮，二十四年改知廣州充廣南東路經略安撫使，未至而卒（《宋史》卷三七七本傳）。

**乞祫享用太牢奏**紹興十年十二月

仰惟國家奉事宗廟，有薦新，有朔祭，有時享，有祫享。薦新用新物，朔祭用羊，時享用少牢，祫享用之太牢。此常禮也。今每月薦祭儀物略具，而祫與時享，每室止用一羊。願詔有司，自今時享復用少牢，其將來祫享，乞檢照紹興六年已降詔旨，復用太牢。

浙江大學圖書館藏《中興禮書》卷九八。

**乞神祠加賜廟額及封王公侯爵等并給降敕告奏**紹興十一年

自來神祠加賜廟額及封王公侯爵等，給降敕告，自有定式。昨自渡江，後來神祠加封合給告者，止命詞給敕，竊恐未稱褒崇之意。大觀三年三月二十三日詔：神祠封王侯、真人、真君，婦人封妃、夫人者，并給告賜額降敕。欲乞自今後，每遇神祠封王、公、侯、真人、真君，婦人之神封妃、夫人者，并乞命詞給告。其道釋封太師、塔額，神祠賜廟額及封將軍，并乞依舊降敕。

《文獻通考》卷九〇。

## 胡積中

胡積中，宋高宗時人。

**祭侄文**紹興十一年

維紹興十一年歲次辛酉四月己巳朔二十三日辛卯，叔積中、兄宗古，具時羞清酌之奠，祭於念六郎貢士之靈，曰："吾於汝年則長矣，體力衰矣。汝年未十五，則少於我也。體力方強，則不如我之疲也。吾方賴汝持門户，張大宗族，庶幾逸我以老，且百年托汝以子孫。吾雖瞑，無遺恨焉。嗚呼！孰謂汝遽捨吾而没乎，孰謂少者没而長者存、強者夭而衰者全乎？汝之孤弱不克家，汝之母則垂年矣，皆吾之所深憂。吾既失所托，而汝反以是累我耶。汝則瞑矣，吾百年何能瞑乎？嗚呼悲夫！尚享。"

《大典》卷一四〇五三引《胡文簡公集》。

## 馬永卿

馬永卿，字大年，自號懶真子，又號遂初，揚州（今屬江蘇）人。徽宗大觀三年（1109）第進士。自亳州永城主簿至知達州凡六任，仕宦四十年，官終左朝散大夫。有《懶真子》五卷、《元城語録解》二卷傳世（《鉛書》卷三、卷八）。

**請峰頂枯木住鵝湖疏**

常寂光中,本絶去來之想;道人分上,豈有喧静之殊。不出當山,請開法席。伏惟峰頂長老脚跟點地,鼻孔撩天,打開南老之三關,截斷遠公之九帶。繼南天之梵相,達麼重來;藴河朔之英靈,趙州復出。高提祖印,拂袖名藍。退居萬仞之范峰,嘗受諸天之妙供。言念湖山之寶刹,近爲荆棘之荒株。痛法宇之久隳,喜野干之遁去。考於公論,屬在當仁。屢奔輳以邀迎,每逡巡以退避。清標嶄絶,固高難進之風;洪誓宏深,幸赴衆生之願。相望數里,何惜一來。隨流水以下山,招閑雲而出岫。黄花翠竹,本來到處相親;夜鶴曉猿,況是舊庵相伴。

《大典》卷二二六七。又見乾隆《鉛山縣志》卷一二。

**劉元城語録解序**紹興五年

僕家高郵,少從外家張氏諸舅學問。五舅氏諱樅,字聖作;七舅氏諱桐,字茂實;九舅氏諱楫,字濟川。大觀三年冬,將赴亳州永城縣主簿。七舅氏戒僕曰:"永城有寄居劉待制者,汝知之乎?"僕謝不知。舅氏因爲言先生出處起居之詳,且曰:"汝到任,可以書求教。"僕到任之次日,因上謁,三日以書求教。先生曰:"若果不鄙,幸時見過。"僕因三兩日一造門。後數月,先生以僕爲可教,意亦自喜。嘗曰:"某在謫籍,少人過從。賢者少年初仕宦,肯來相從,願他日無負此言。"是時,先生寓於縣之回車院,年六十三四,容貌堂堂,精神言語,雄偉閎爽。每見客,無寒暑,無早晏,必冠帶而出。雖談論踰時,體無欹側,肩背聳直,身不少動,至手足亦不移。噫!可畏人也。僕從之學,凡一年有餘。後先生居南京,僕往來數見之,退必疏其語,今已二十六年矣。僕既不能卓然自立,行其所學,以追前輩,已負先生之托矣。若又不能追録先生之言,使之泯絶,則僕之罪大。僕懷此志久矣,獨以奔走因循,欲作復止。比因竊録祠廩,晨昏之暇,輒追録之,以傳子孫。蓋以僕聲名之微,不能使他人之必傳也。先生元城人,諱安世,字器之,事在國史。紹興五年正月望日,維揚馬永卿大年序。

文淵閣本《元城語録解》卷首。

**神女廟記**紹興十七年

永卿自少時讀《文選·高唐》等二(原作"三")賦,輒痛憤不平,曰:"寧有是哉!且高真去人遠矣,清濁净穢,萬萬不侔,必亡是理。"思有以闢之,病未能也。後得二異書,參較之,然後詳其本末。今按《禹穴紀異》及杜先生《墉城集仙録》載禹導岷江,至於瞿唐,實爲上古鬼神龍蟒之宅。及禹之至,護惜巢穴,作爲妖怪。風沙晝瞑,迷失道路。禹乃仰空而嘆,俄見神人,狀類天女,授禹太上先天呼召萬靈玉篆之書,且使其臣狂章、虞餘、黄魔、大醫、庚辰、童律爲禹之助。禹於是能呼吸風雷,役使鬼神,開山疏水,無不如志。禹詢於童律,對曰:"西王母之女也。受回風,混合萬景,鍊形飛化之道,館治巫山。"禹至山下,躬往謁謝,親見神人,倏忽之間,變化不測,或爲輕雲,或爲霏雨,或爲游龍,或爲翔鶴,既化爲石,又化爲人,千狀葱葱,不可殫述。禹疑之,而問童律。對曰:"上聖凝氣爲真,與道合體,非寓胎稟化之形,乃西華少陰之氣也。且氣之爲用,彌綸天地,經營動植,大滿天地,細入毫髮,在人爲人,在物爲物,不獨化爲雲雨。王母之女者,則有合於坤爲母,兑爲少女之説。所謂變化不測者,則有合於陰陽不測妙萬物之義,豈不灼灼明甚哉。"《易》之爲書,與《莊子》多有合。《易》者,陰陽之書,以九六爲數,而《南華》開卷,已有南鵬北鯤、九萬六月之説,概可見矣。又《莊子》所載藐姑射之神人,大似今之神女。是其言曰"肌膚若冰雪",則有合乎金行之色;"綽約若處子",則有合乎少陰之氣;"游乎四海之外",則可見乎神之無方;"使物不疵癘而年穀熟",則又見乎秋之成物。故郭象注云:"夫神人者,即今所謂聖人也。"斯得之矣。僕因悟《易》之少女,《莊子》之神人,郭象之聖人,今之神女,其實一也。僕然後知神女者,有其名而無其形,有其形而無其質,不墮於數,不囿於形,無男女相,出生滅法,故能出有入無,乍隱乍顯。舉要言之,乃西方皓靈七氣之中少陰之靈耳。豈世俗所可窺哉!且《楚辭》者,文章之大淵藪也,而屈、宋爲之冠。故《離騷》獨謂之經,此蓋風雅之再變者。宋雖小儒,然亦其流亞。自兩漢以下,未有能繼之者。今觀《文選》二賦,比之《楚辭》,陋矣!試并讀之,若奏桑濮於清廟之側,非玉所作決矣。故王逸哀類《楚辭》甚詳,顧獨無此二賦。自後歷代博雅之士,益廣《楚辭》,其稍有瓜葛者,皆附屬籍。惟此屢經前輩之目,每棄不錄,益知其贗矣。此蓋兩晉之後,膚淺鯫生,戲弄筆研、剽聞雲雨之一語,妄謂神女行是雲雨於陽臺之下,殊不知雲雨即神女也,乃於雲雨之外,別求所謂神女者。其文疏謬可笑,大率如此。僕今更以信史質之。懷、襄,屠主也。與彊秦爲鄰,是時大爲所困,破漢中,輟上庸,獵巫黔,拔郢都,燒夷陵,勢益駸駸不已,於是襄王乃東徙於陳,其去巫峽遠甚。此亦可以爲驗也。且《文選》雜僞多矣。昔齊梁小兒有僞爲西漢文者,東坡先生止用數語破之,何況戰國之文章,傑然出西漢之上,豈可僞爲哉。噫!峽之爲江,其異矣乎遠在中州之外,而行於兩山之間,其流湍駛而幽深,故無灌溉之利。若求之古人,是蓋遠遁深居之士,介然自守,利不交物,若鮑焦務光之徒。今吾儕小人,乃敢浮家泛宅,没世窮年,播棄穢濁,日夜喧闐,其罪大矣。神不汝殺,亦云幸也。且峽既介潔清閟如此,乃陸海之三神山也。是宜閬苑真仙,指以爲離宫別館,誕降爾衆之厚福。故凡往來者,既濟矣,當於此致謝;未濟矣,當於此致禱,以無忘神之大德云。紹興十有七年二月,永卿赴官期,道出祠下。既以祗謁,若有神物,以鬱發僕之夙心者。因備述之,以大闡揚神之威命明辟,且爲迎饗送神之詩,用相祀事,繫之碑末。曰:

夔子之國山曰巫,考驗異事聞古初。有龍十二騰大虛,仙官適見嚴訶呼。霹靂一聲龍下徂,化爲奇峰相與俱。至今逸氣不盡除,夭矯尚欲升天衢。壯哉絶境天下無,宜爲仙聖之攸居。仰惟高真握珍符,鎮治名山奠坤輿。昔禹治水何勤劬,按行粵至萬鬼區。妖怪護惜紛恣睢,風沙晝晦迷道途。神人親御八景輿,授禹丹篆之靈書。文命稽首受寶圖,手握造化幽明樞。驅役鬼神纔斯須,萬靈恐懼聽指呼。巨鼇振響轟雷車,回祿烈火山骨殂。墾闢頑狠如泥塗,岷江東去無停潴。倘非神人協禹謨,襄陵正怒民其魚。大功造成反清都,朝游閬苑暮蓬壺。呼吸日月飲雲腴,瀕視濁世嗟卑洿。江皋古廟象儲胥,神兮幸此留踟躕。自古膏澤常霑濡,逮今疲瘵蒙昭蘇。巴峽對人貌瘠臞,願降豐歲朝夕餔。出入樵采無於菟,客舟性命寄須臾。願賜神庥保厥軀,往來上下無憂虞。日則居兮月則諸,縶嚴奉兮永不渝。

文淵閣本《全蜀藝文志》卷三七。

**報恩寺佛牙樓記** 紹興十五年

世之議者以爲天地融結之氣,各有所在。故水聚於東南,而山聚於西北。吾江湖人也,老游宦於蜀,蓋嘗親見之矣。自鱉叢、魚鳧未有書契之前,不知其幾千萬歲,而全蜀之水,晝夜滔滔汩汩東注,未嘗暫止,未嘗告竭。然則水之多寡,東西南北果安在也?吾意水在天地間,猶血氣之在人身,上下往來,無有窮極,但造化密移,人不見耳。故曰陰陽不測之謂神,是豈世之文字、人耳目所能究哉。夔當全蜀衆水所匯,鎮以灧澦,扼以瞿唐,山川秀發,真天下壯觀也。必得古佛真身舍利,以鎮服之,普爲衆生作大饒益,此佛牙樓所以作也。或曰舍利在在處,往往有之,何也?答曰:"教言十方三世,一切諸佛,其數如號伽河沙,遍十方刹。然獨於此土衆生,經無量劫,有大因緣,攝取不捨,誓願深重,慈悲濃厚,方佛將滅度時,於人天會前遺敕,真身舍利多留於人間。蓋佛之意,以謂人不能至天上以修崇,而天可至人間以供養。此佛之善巧也。而我夔州之區,獨爲之冠焉。然此舍利,非得福地,則不可安奉;非遇信士,即不能建立。今夔子之國,可謂福地矣,而又遇信士爲內外護,此其所以能成就如是功德莊嚴歟?"報恩光孝禪寺者,夔之古刹也。晉號鐵佛,唐稱金輪。比年以來,嘗廢革。布金之地,荒蕪不治。而常住舊有佛牙一枚,方寺廢時,爲老比丘極力收藏,如護眼睛,得不遺失。及寺之復也,降禪師初至,將有爲而未能也。今璘禪師繼之,每念佛牙久此湮没,欲建一樓以崇奉之。遍謁檀越,未有如給孤獨者。豈象教之興,真有所待歟?紹興十五年冬,漕使符公行中出建外臺。一日,公至寺,循行瞻視,間若有神物警發其意者,而又聞璘公建樓之言,詳其本末,公欣然促之,即捐俸錢十萬,以爲之倡。人皆響應,各獻所有,爭助勝緣。以故,未幾,一寺鼎新。巨樓居中,雄視傑立。堂庫廊廡,環而翼之。觀者皆曰:"未曾有也。"一日,方丈老人與二客登樓,一客曰:"是蓋如來無量阿僧祇劫之所修證也,故有三十二大人相,爲第八相,其數六六,絜白平正,色如珂貝,歷大火聚,自然堅剛,非金非玉,非輕非重,是真天人福田。而世之談佛者,好爲大言,至盡略去福之因地名相,吾見必極力挣之。"一客曰:"是何言之陋也,空而已矣。吾觀世間有爲功德,皆是幻化,虚偽不實。故學佛者,當先庸行勤絕屏當之,然後宴坐觀我此身,猶如死屍,猶如蟲聚,猶如行廝。污穢不净,見事是已,即急捨離。心中出火,自焚其身。然後可見無上菩提。今學者不知出此以思,惟心生挾劣相,吾見必唾罵辱之。"方丈老人曰:"二客之言,皆非也。如前客之言,則佛法不離於文字;如後客之言,即佛法將歸於隕滅。且一身不成二佛,一佛必具三身。今客之所見,爲佛法身乎,佛化身乎,佛報身乎?又客今在此,爲過去乎,爲未來乎,爲見在乎?客若知三時即是三身,則諸佛現前矣。客又不聞净名居士之言乎?如我觀佛,前際不來,後際不斷,今復不住。若能如是,始可以觀佛牙矣。"客應曰:"唯唯。"爾時,老師復說偈言:

　　壯哉縹緲之飛樓,歸然下鎮三峽流。中有舍利萬億秋,玉奩金鑰那能收。靈光浚發騰空浮,阿迦膩吒靡不周。魔王積惡招怨尤,正如躔度遇羅睺(原作"猴")。宮殿煤黑天魔愁,諸天眷屬時嬉游。會遇佛光喜不休,相與聚集到無憂。共議是事同推求,四禪梵王列幢旒。阿叔迦寶結網幬,勝鬘纓絡交相繆。作天妓樂風颼颼,緊那樓王最稱優。簫鼓歌咽雜箜篌,舍芝夫人妙音喉。千二百種聲清修,阿素洛王神之酋。降伏彊梗解怨仇,俯伏互跪貌和柔。魚鰓鳥喙狀彌猴,殊形詭制森戈矛。亦來侍衛列群驤,供養既已衆不留。但餘雨花香且稠,吾聞佛事因人修。隱顯相遠殊不侔,維摩居士佛匹儔。應緣示現爲公侯,二見金輪火比丘。受佛記莂爲合謀,江山針芥偶相投。成沈勝事何優游,惟佛恩大不可酬。何其來此古信州,願垂鴻福常庇庥。如象如馬峽山頭,無礙行客往來舟。俗士狹劣言可羞,止欲福此西南陬。粟散諸國紛蚍蜉,不知更有四大州。

　　同上書卷三八。

　　**弦歌堂記**紹興十年

語天下之樂,而聲之正者,莫如琴語。天下之治而近乎民者,莫如弦。故云聲音之道與政通。然則能知琴者,其知政乎？是故弦無太急,太急則焦殺而失其平；弦無太緩,太緩則弇勞而不可聽。政無太猛,太猛則下有離心；政無太寬,太寬則下有慢志。然則將如之何？曰貴乎緩急寬猛得其理而已。雖然,此猶可以言而傳者耳,而未極於妙也。必也本之以天,輔之以人,得之於手,應之於心。蓋有不傳之妙,出於不言之表,然後爲至。若止緩急寬猛之間,何其淺淺也哉。鉛山在州之南八十里,蓋新奧之區也。其鎮湖山,其没大溪,而地壤膏腴,風物閑美。是故君子之爲吏隱者,亦且樂爲之。紹興九年五月,潘陽韓公來斯字民。下車之初,以爲琴既不調,必解而更張之。於是決壅滯,剪荒蕪,鍼膏肓,去稊稗,焚膏繼晷,夜分乃寐。如是者凡數月而後罷。俄而屈者伸,鬱者明,頗者平,而人人皆得此情。於是,父詔其子,兄教其弟,婦勸其夫,咸曰:"有賢令尹如此,寧忍負之？是宜深自慶幸,仰承美化,無或作爲頑囂,自取責罰,歸爲宗族鄉里羞。"期年之後,乃至無事可治,無訟可聽,而民風太和矣。公既嘉邑人之安已,且喜吏治之多暇也,乃即政事之西作爲新堂。華不及侈,質不及陋。乃速僚友而落之。有客舉手而言曰:"賢哉令尹,能成兹政；循哉邑人,善服其化。是真可以弦歌而治也。請以爲堂之名。"雜然稱善。其後數月,僕歸自二浙,謁公於新堂。公曰:"榜名無記,子盍爲我言之？"僕謝不能。既不獲命,輒爲説曰:"有世俗之琴,有君子之琴。焦尾、綺桐、玉弦、霜鐘,此世之寳琴也。若夫君子之琴,則異於是:以虛静而爲弦,以應變而爲指,以守法而爲徽,以六經而爲譜,以孔孟而爲師,然後正身静念,端坐而鼓之,動乎文弦,則疆梗服矣；意在高山,則風俗安矣；意在流水,則惠化深。噫！是琴也,不過一再行其政和矣。此弦歌之明效也。今韓公之所鼓,即君子之琴也。原其所以致此者,雖其善政不可概舉,試舉其要而言之,蓋在於虛心乎？嘗聞昔有鼓琴者,見螳螂之捕蟬,一前一却,而動心焉。聞琴聲者,及門而反矣。且意之所感,則聲爲之變,况子爲民師帥者乎？雖一嚬一笑之微,而百里之休戚繫之。然則虛其心者,蓋弦歌之本歟,可不慎哉,可不念哉？"

乾隆《鉛山縣志》卷九。

### 六齋銘
#### 誠齋
欲誠乎物,先誠乎仁。欲誠乎人,先誠乎身。苟誠乎身,乃宜乎人。可爲人子,可爲人臣。以之事親,極其道,無所不至,至於聖人而盡倫。

#### 深齋
木深以根,其葉蕃蕃。水深以源,其流渾渾。審乎此言,則左右逢源,而深入乎聖人之門。

#### 醇齋
道不欲雜,雜則町畦。學不欲雜,雜則支離。故善學者蚤夜孜孜,以賢爲友,以聖爲師。苟異于是,未免大醇而小疵。

#### 畏齋
不恤(《大典》作"恥")不仁,不畏不義。苟有是心,何所不至。是故小人,弗畏人畏。彼君子兮,小人之異。始也知畏,終也無畏。故能俯仰天地,而心無(《大典》作"不")愧。

#### 定齋

江河竟注,彼自決兮。疾雷破山,彼自裂兮。我固存定,心不讋兮。無染無污,凜冰雪兮。不詭不隨,寧缺折兮。吁嗟若人,定之至兮。

**應齋**

逐物喪己,君子所賤。愛己忘物,上天所厭。我學既成,達當兼善。出而應之,可以酬酢,萬物之變。

以上見同上書卷一二。

按:《大典》卷二五三五引《永平志》載《畏齋銘》,即六銘之一,署"馬遂初"。則"遂初"當爲馬永卿之號。

# 符行中

符行中(？—1159),南豐人。政和五年(1115)第進士。爲溫州通判(《江南通志》卷八三)。紹興十二年(1142)爲江西轉運使,十四年提點兩浙西路刑獄(《吳郡志》卷七),十七年除總領四川財賦(《繫年要録》卷一五六),十八年知夔州(《繫年要録》卷一五六),二十四年充四川安撫制置使兼知成都府,二十七年三月安置南雍州(《繫年要録》卷一七六),二十九年十一月卒(《繫年要録》卷一八三)。

**灌園集序** 紹興十四年

劉夢得嘗稱"瀟湘間無土山,無濁水,民秉是氣,往往清慧而文"。吾鄉麻源,地氣殊異,江山炳靈,視瀟湘間爲不足道。近時人物,磊落相望,其位於朝光顯者固多,而隱於韋布,卓立傑出,於灌園先生者,世未必知之。曾子固獨愛重其文,謂姑山秀氣,世不乏人,豈虛言哉！先生幼而警敏,力學不倦,於書無所不讀。發爲文章,精深浩渺,自成一家,羞同舉子輩,綴緝陳言,氣象萎苶,迎合有司之好。熙寧初,嘗預鄉薦,既試春闈,不利,退而築室灌園,不復以進取爲意,益務著書講道,發揮聖賢妙旨,且借史筆褒善貶惡,垂世立訓,遂以"衮斧"名所居齋。先生所養如此。視一第得失,奚足爲輕重耶？元祐中,在朝諸公交口稱薦,欲命以官,而先生不幸早世,咸用盡傷。余先君昔與之游,備知其賢,每嘆南城豪傑之士,如李泰伯、王補之及先生,其才皆有大過人者,而所享(原作"亨")皆不永。泰伯、補之,雖得卑位,則旋而死,先生且未及仕,造物者何奪之速？殆難以理推,蓋命也夫！先生姓吕氏,諱南公,字次儒。其子郁,亦有學問,能世其家,收拾先生遺稿,編成三十卷。紹興壬戌,余領漕江右,循行到鄉,郁携見訪,且屬爲序,欲傳不朽。因循久未暇作。後二年,移憲浙部,不遠千里,以書來請益堅。義不得辭,於是乎言。時甲子孟冬旦日,左朝奉郎、權發遣兩浙西路提點刑獄公事兼提舉常平等事借紫金魚袋符行中序。

《大典》卷二二五三七。文淵閣本吕南公《灌園集》卷首。

# 陳元裕

陳元裕,字德寬,甌寧人。博學能文,紹興十二年(1142)第進士,廷對力詆和議。試教官八等,分教明州。十八年請建御書閣。湯鵬舉爲御史,首薦之,召除將作簿(嘉靖《建寧府志》卷一五)。

**上太師啓**

明堂一柱,精忠直貫於三靈;廣廈萬間,庇蔭遍周於九野。自古大有爲之主,欲躋夫至治,必有不可召之臣,共濟其康功。措天下之危亂於已治已安,表賢人之德業於可大可久。綱維再整,竹帛難殫。但見夫君明臣良,四海仰皐陶賡載歌之咏;更加之禮制樂作,一時歸姬旦致假樂之風。能此道吾誰與歸,非盛德曷以臻此。恭惟某官禀天間氣,作世真儒,勛業冠於伊周,忠嘉合於稷卨。几几赤舄之孫碩,岩岩維石之具瞻。奮忠而權以大謀,沉幾有吉之先見。始國步丁多艱之際,奮義裾馳不測之淵。正直質諸鬼神,忠信行乎蠻貊。天欲平治,使我公歸;時方艱虞,爲蒼生起。正三軍之鼓勇,偶一介之尋盟。執劍者如燕雀蚊虻之過前,君子以獨立不懼;異議者若肝膽楚越之相視,大人以合并爲公。片言定約於樽俎之間,兩國罷兵於衽席之上。天回地轉,霧散雲收。介胄變而爲衣冠,劍戟銷而爲鋤耒。論已往之芳烈,奴隸皆知;要無象之太平,丹青莫狀。且以溥天之下,迄今十載於兹。兵歸府而將歸朝,農處野而士處校。疆場之師干不試場音亦,南北活幾百萬之生靈;僧道之度牒不行,版籍增數百千之户口。勛藏盟府,德享天心。豈徒弄刀筆,依日月之末光;誠以吐經綸,勸仁義之既效。抑又秉鈞當軸,以總三銓之柄;庶幾度德量材,而期百職之修。如某者閩嶺鯫生,武夷冷族,迹遠齊魯詩書之國,世非東西將相之家。鄰隙分光,獨對聖賢之典册;窮閭管見,慚無師友之淵源。早曾蘯薦於鄉評,晚乃叩塵於末第。衆笑讀蟹螯之書未熟,自嘆傳鼂手之術不靈。勉强銓衡,而法律之士方求精於案牘;適逢類試,幸縉紳先生重稽古於禮文。俾兹蠹紙之魚,首玷鱣堂之雀。金爐造化,藻泮清優。況領風教於四明,實倍等倫於二浙。人材岐嶷鄂力反,從古有聲;歲月因循,自慚無補。坐糜廩給,濫造階資。既逃曠職之誅,敢後趨庭之禮。藥充參桂,雖不足助調元之手於千金;筆補乾坤,亦或能寫化工之巧於一點。與其進也,請試申之。儻狂狷或不足以剪裁,則進退當自安於愚分。

《大典》卷九一七。

### 大椿八千歲爲春秋賦
物數有極,椿齡獨長以歲曆;八千之久,成春秋二序之常。

文淵閣《四庫全書》本《歷代詩話》卷二〇。

## 絢綬

絢綬,紹興十七年(1147)寓居常州無錫。

### 進真白玉狀 紹興十七年

寓居常州無錫縣,忽有客人過門,稱真白玉一段。取而視之,上有真書□出二十五字,云"神宗體元顯道法古立憲帝德王功英文烈武欽仁聖孝皇帝寶",上有雲物,背上龍紋,并有碧玉座子,全地作水紋,四邊亦是雲物。臣貿易得之,捧詣闕下,伏望睿旨宣取,以憑繳進。

浙江大學圖書館藏《中興禮書》卷九六。

## 鄭煒

鄭煒,福州人。紹興二十年(1150)訴吳元美譏毀大臣秦檜(《繋年要録》卷一六一)。

### 與秦宰相啓
亭號潛光,蓋有心於黨李;堂名商隱,本無意於事秦。

《大典》卷二三四二引《元一統志》。《繋年要録》卷一六一。

按：《大典》署作者爲"鄭暐"。

## 羅萬

羅萬，紹興七年（1137）爲成都縣尉，十二月以左承事郎監進奏院（《繫年要録》卷一一二）。二十年知果州。

**乞諸路州軍嚴飭社稷壇儀疏** 紹興二十年

臣聞社稷之祀，載於禮經。社以祭土，稷以祭穀。人之所資以生養者，實在於是，不可忽也。按禮，王爲群姓立社，曰太社；諸侯爲百姓立社，曰國社。頌詩之作，三十有一。而《載芟》之祈，《良耜》之報，不以爲後。然則社稷之祀，誠有民社者，所當加意。臣竊見郡縣之間，嘗有祈報之禮。而所謂社稷壇者，大率因陋就簡，不以經意。基堸頹圮，荆榛蕪没。有司候時日舉祀典，守令茫然從之。禮物之用，交錯雜陳。壇壝失儀，肆設異處。甚非朝廷所以敦本重農，崇奉社稷之意。欲望睿慈，嚴飭郡邑，凡室廬墻垣，壇壝陛級，稽之禮典，毋或乖違。有不如儀者，部刺史得以糾察，如崇寧詔旨。

《大典》卷二〇四二四引《中興禮書》。

按：《大典》云"高宗紹興二十年四月四日，禮部狀准都省批下知果州羅萬奏"。

## 吴朝奉

吴朝奉，名一作朝鳳，紹興二十三年（1153）知容州。

**濯纓石記** 紹興二十三年

容州距城三里外，其三洞天，足多勝景。惟附郭近地，絶難得游賞之所。暇日因投圖尋城西誼石岸，地有滄浪石，横江枕流，形如紫玉。其平如砥，可坐數客。中間有罅漏，形如紫玉鐏，隱於石面。洗去沙石，如舉冪焉。受酒數十斗，以酌賓僚。回環盤繞，踞坐而飲。自古至今，未有發揚者。因循父老，詰名石之由，莫知所以。坐客意嫌其名不足稱，且欲更之。予見其水色清平，波光如練，深不可測，躊躇之間，信步石砥，引至中流，不覺取纓就濯，因名濯纓石。葺茅亭於江滸，扁額曰滄浪亭。酒酣，夜月浸潭，寒星沉水。南山峙直森，環坐左右，若從侍上仙宴蓬島，清興不復過此。因成詩呈都嶠山翁，以召來者云。紹興癸酉下元日，吴郡守記。

《大典》卷二三四〇引《容州志》。

按：《全宋詩》册七二頁四五三五四載《濯纓石》詩，署"吴朝奉"，與此文作者乃同人。然同治十二年刻本《梧州府志》載此詩，作者署"吴朝鳳"。

## 曾遜敏

曾遜敏（？—1157），字積臣，吉水人。以蔭補右迪功郎象州司法參軍，未赴。官至德興縣尉。紹興二十六年十二月七日卒於官舍。（李流謙《德興縣尉曾修職墓志銘》）。

**自贊**

華仙醉客，竹溪愚叟。面目有相，心胸無垢。

文淵閣《四庫全書》本李流謙《澹齋集》卷一七《德興縣尉曾修職墓志銘》。

## 陳大方

陳大方,南劍州沙縣(今屬福建)人。瓘孫。紹興十六年(1146)主管官告院,十七年十二月,因兼吏部郎官,奏事誤書"權"字,罷(上圖藏抄本《中興官告院題名》、《繫年要錄》卷一五六)。二十八年權通判建州。

**刊所藏宸翰跋** 紹興二十八年

臣仰惟皇帝陛下紹興之初,宵旰求治,思念忠臣,錄其子孫。詔先臣正彙賜對行殿,將加擢用。而先臣久任在貶所,幽處窘室,時已抱病,扣陛懇辭。宸衷惻然憐之,偶寓直内閣,奉祠以歸。又寵降御札,賜白金以獎其行。顧念撫存之意,具載詔旨。宸翰寶章,雲漢昭回。榮動縉紳,輝生蔀屋。於虖休哉!先臣銜戴厚恩,乃以疾廢,不能仰酬天地之大德,爲終身恨,戒臣捐軀盡瘁,圖報萬一。臣追惟先大父臣瓘,頃在諫垣,以論事忤權臣,南流合浦。先臣繼以言獲罪,北竄海島,十有三年。徽宗皇帝照其非辜,恩徙近甸。逮靖康間,始命以官,除丞太僕。主上龍飛,眷遇愈厚。非特先臣被寵若此,邇者先大父臣復蒙賜諡忠肅。父子際遇,人臣罕有其比。臣雖至愚,竊謂君臣之際實難。唐太宗待魏徵最厚,然徵幾没,未顧其家衰矣,至文宗乃始錄用其五世孫謨。今臣一門三世,咸受聖恩,其爲榮幸,豈唐魏氏所能企及哉!臣材力駑下,懼無毫髮補報,如先臣所戒,謹昧死以所藏宸翰刊之琬琰,昭示天下萬世。且推原事迹,告於若孫,俾無忘聖天子之休德云。紹興二十八年五月朔日,右朝奉大夫、添差權通判建州軍州主管學事兼管内勸農事陳大方謹書。

《大典》卷三一四三。

按:另有紹定五年(1232)第進士陳大方者,有遺文多篇,與此非同人,《全宋文》未錄其人。

## 聞人滋

聞人滋,字茂德,嘉興(今屬浙江)人。高宗紹興二十九年(1159)爲敕令所刪定官(《繫年要錄》卷一八三)。陸游稱其精於小學(《老學庵筆記》卷一)。

**南湖草堂記**

檇李,澤國也。東南皆陂湖,而南湖尤大。

《大典》卷二二七〇。

計百有二十頃。其禽多鴛鴦,故名鴛湖。

《御定淵鑒類函》卷三二。

東西兩湖相連,故曰鴛鴦湖。

南湖以其在郡城之南,而草堂獨得其勝。

以上見《浙江通志》卷四一。

按:諸書所引該文,均僅存殘句。《大典》文前云:"宋從事郎敕令所刪定官聞人滋嘗爲僧德輝記南湖草堂云。"

**改官舉狀年勞參酌并用奏** 紹興二十九年

按察之吏,例舉選人改官任使,委責非輕,誠爲良法。然習行既久,不能無弊。凡爲薦舉,本欲選取材能,而或以相成,或以彼此貿易,或奪於勢力而不能自便,其出於誠心薦舉者,蓋亦無幾。且小官孰不求進,則皆務得而争先。奔競成風,無復操守。及被舉之人他日負犯,則一狀自陳而已。夫舉非其人,責豈容免?欲乞詔諭有司,申言同坐之條,重其陳首之法,庶幾舉者知所戒,其弊可革矣。臣復有管見:凡在官者,歷任及十考以上,則入仕亦積有歲月矣。委無公私過犯,則其人亦知愛重矣。若此之類,雖舉狀偶不及格,伏望取自聖斷,以次量材,其降格遷改。既不廢舊制,開此公道一門,使孤寒廉退者,亦有寸進之望。或有疑其失於濫者,即乞賜裁,酌取吏部每年以來改官中人數,約爲限格。舉狀年勞,參酌并用,少抑貪冒之弊,養成廉素之風,似爲有補。

《繫年要録》卷一八三。

## 馬騏

馬騏,成都人。紹興間第進士。紹興二十九年(1159)正月,因楊椿薦,以左朝奉郎行軍器監主簿(《繫年要録》卷一八一)。隆興二年(1164)三月以起居舍人兼權直翰林院,四月除直敷文閣知遂寧府(《翰苑群書》卷一一)。歷知眉州、權知潼川、秘閣修撰。奉祠。起知瀘州,再知遂寧,除右文殿修撰,再知潼川,卒(嘉慶《雙流縣志》卷三)。

**净德集序**

嗚呼!靖康丙午之禍,冥爲而至是極哉。熙寧當國者,患時舒緩不振,大爲理財拓邊之規。諸老臣不可,則援引少年銳于事者,慫惠附和,而小人遍中外矣。雖然,自熙寧至宣和,五十年間,纍聖賢明固嘗用賢士大夫,而俱無改弦易軫之調,何耶?夫一薫一蕕,十年猶有臭。邪正并用,則小人卒以得志故也。元豐間,棄置王安石者八年,有悔意矣,而執政皆其徒也。元祐克成先志,内君子外小人,天下稱治矣。而永年乃用調停之説,使其徒厠執政之列,紹聖遂熾然而作也。建中靖國固已并用,無何愛莫助之之圖行。改元崇寧,蔡京當國,善類殲焉,不可復措手矣。中間雖一再罷京,用趙挺之、張商英輩,皆一出一人之人,何能爲哉!是以五十年間,有爲之君子,皆以邪正并用,竟墮小人網罟中。良可嘆已!吾鄉有給事吕元鈞者,以賢良召試於熙寧初,極論理財拓境之非。雖爲外官,必行其言,無所顧望。暨召用於元祐,則專以判别邪正爲事。雖去國,猶丁寧反覆言之。今以遺文考其議論,但不使小人居中撓政,非有訐斥僇辱之甚,激其狠毒之性,至儕類之失,亦不苛之。其用心如鑒之照,如四時之生殺,各因物之所當得者與之。而物之受之也,無怨亦無德焉。其守道如此,使得大施用於世,亂何自作哉?公於紹聖,坐黨事貶湖南,後守潼川。拜崇寧改元詔,即乞身而歸。遺令不作碑志,休影滅迹。故崇寧以後,追貶不深,而復官亦不及。是又能以明哲自全者。然至今恤典未及,無身後之澤,而名不登於太常史院。雖公韜晦本志,無所事此,而一世明德,嘗登禁從,後世無傳焉?此有係乎國體者,子孫之責,亦鄉士大夫之責也。是以諸孫出其家集,使著於世云。成都馬騏序。

文淵閣本《净德集》卷首。

**請下四路監司蠲除鹽酒課利虛額疏** 紹興二十九年閏六月

陛下加惠蜀民,日者命有司除放州縣虛額錢。此舉所繫,利害甚重。凡所謂虛額者,皆出於鹽酒之課。蓋鹽泉有盈縮,則煎煮之數不能無多寡;人烟有稀稠,則酤賣之數不能無通塞。向者有司但持目下一定之額,而課其息,將新改舊,用實填虛,卒以無償,徒費督責。望下四路監司,取見鹽酒課利三年内所收實數,以酌中一年爲額,使之趁辦。其目前虚額之數,盡與蠲除。

《繫年要錄》卷一八二。

**王典孫墓表**

前忠州使君奉直王公之不幸,其孤曾崇、儒林持公之婿趙伯總承議所書爵里素行履踐之狀,并自述其遺録來言曰:"以是請銘於運使志夫矣,願爲其表焉。"既視其銘,則本狀、遺録燦然備具,不可以有加矣。騏復之曰:"父無其美而稱之,是誣也。有而不知,不明也。知而不傳,不仁也。三者既無愧矣。夫銘者,古人納諸幽。表者,列於道。近世多省略,皆植於墓之外,則有重複之贅,非所以質之幽明,華而不實者也。且古者,表、銘各用所宜,近世并列,有故亦鮮矣。"曾崇之言曰:"曾崇之家,數世皆有銘有表,不然無以繼先人之志矣。"騏自念於奉直公有姻連,又嘗聯闗决之政,於潼最久。公之家法人物,素所欣慕,敢綴其緒,陳其概以塞命焉。竊謂公平生過人者有三。一曰守家法。國朝黨禍之作,於蘇、黄尤酷。公之先正家聯戚里,宜杜黨人之迹矣。乃與山谷爲師友,有山谷竄嶺之詩筆,奉直公刊諸石而寶傳之。山谷集中載所答商彦書,論東坡之不幸,并論作詩之法度,又有及於其兄周彦佳士婿於東坡之兄,學有淵源者。觀其時而得其人,《傳》所謂"豪傑之士,雖無文王猶興"者,其是乎?二曰誠。平生之言,無一字不可復。人非堯舜,安能每事盡善,有數之者,對之以一默。雖孤提之童、婢僕之賤,皆用此律。是以間遭横逆而竟至大卿,領二千石,子孫滿堂,蓋與天地同出一精明者乎?三曰廉。重義而輕利,於其親族所當周急,不問多少,惟視其急難之日索之,其幹俾相當而已。嘗見其集賓僚甚衆,其羊豕之類,皆自其鄉來,取於列肆者,一聽市司之。公奉送其屬,多用其力田之客,不專用黔徒。雖其家之力可以及此,夫鑽李核而售者,何人哉?以此三長,立其德,持其世,遺子孫。年幾七十,公之行此一世,無愧哉!騏之書此,猶及其葬時。凡志夫之所列,不復重出云。公諱典孫,字陳仲。大觀庚寅七月初六日生,淳熙戊戌六月初六日卒於忠州州治之正寢。越二年,庚子十月十三日葬於榮州鳳凰山高城原。

《四川通志》卷四六。

按:傅增湘《宋代蜀文輯存》卷六一已録此三文。

## 馬藻

馬藻,師事李邦獻,高、孝宗之際權通判興元軍。

**省心雜言跋**

藻嘗謂踐履之學見於日用,其本在於正心誠意,其效小用之以齊家,大用之以治國、平天下,乃聖賢相授受之心法也。河内李公太中先生著《省心雜言》一編,以貽訓子孫,始終不離乎孝弟、忠信、仁義、道德之説。踐履至到,發而爲言。簡而有法,與《大學》篇相表裏。先生不以藻爲愚,暇日出所藏以相付授。竊怪子房跪而進履,老人夜半授以兵書,未免教以殺人,雖富貴可獵取,非藻所願學焉。是書也,實聖賢心法所寓,如老子之言道德,聖人將有取焉。乃刊而集之,以公其傳。吁!今之學者文有餘而實不足,涸源麋本,能踐其言者鮮矣。微此書,何以見聖賢之心法也。夫門生、右奉議郎、權通判興元軍府主管學事兼管内勸農事賜緋魚袋馬藻跋。

文淵閣《四庫全書》本《省心雜言》書末。

## □惠

**顯濟聖母廟祝文** 紹興三十一年

維年月日,皇帝遣武經大夫、江州南康軍都巡檢使臣惠,致祭於大孤山顯濟聖母之神。伏以國家祇奉神示,載在祀典,春秋時享,罔敢不飭。欽惟明靈,密垂護祐。蠢茲金虜,犯我邊疆。爰整王師,正繫神助,掃除妖孽,亟臻清平。嘉與含生,躋於仁壽。尚饗。

《大典》卷六七〇〇引《江州志》。

按:《大典》載:"顯濟聖母廟,在孤山市……本朝紹興十八年賜今額,三十一年敕致祈謝。"此文上有紹興三十一年十一月知江州林珣祈請文,此爲謝文。

## 朱孝友

朱孝友,瀘州人,宋高宗末在世。

**南定樓賦** 紹興三十二年

惟瀘之北,二水互擊。上有岑樓,突兀新出。雲霞來舞,日月下覷。向斤斧之未聲,憶有孤亭翼然冠之。江山呼而不回,萬景顉而相違。胡此樓之乍架,紛戢戢以來歸。吾聞綆長可得深井之水,思長可得古人之意。不誠而子弟功忽,念之深者或變色於天地。今此樓高,而抱千歲之想,宜物色之吾媚。非昔叛而今安,蓋感於中者異矣。方漢鹿之逸去,慨群雄之競逐。吟則梁父,有蜮含毒。戀隆中之暇日,忍赤子之血肉。若夫孟德眼中,芒刺吳蜀;孔明胸中,一家南北。發火德而未熵,何畜藝而不熟。雖然,治外必由内肅,服遠將自近始。小盜窺户而不剪,奚大盜之時斃。劍則逐於孟獲,志本趨於曹氏。晝望中原,遼乎邈哉;夜從枕上,而屢至焉。一日以南牧,即揚旌而北指。臨岐發疏,剖肺肝兮,泪汪汪而落紙。雖鼎峙之國署爲狹分,而此心之闊尚彌乎八荒之外。嗟乎!以義燭世,賢否了然;以古燭今,君子見前。孔明義概,欲見不可。元帥晁侯,是亦龍卧。亮心乎中原,侯心乎孔明,時不同而意同。思正乾坤,兩賢一盟。當玉帳之閑暇,侯舉酒以時歡。斜日上乎層欄,風弄袖而獨立。蓋如見燕代於户牖,從萬里之羈執。樓曾何知,但臨水炭炭而已。

《大典》卷二二一八引《江陽譜》。

按:《大典》載:"南定樓,在瀘州芙蓉橋後羅城上。舊爲水雲亭。紹興三十二年,晁公公武改建此樓……郡人朱孝友賦云。"

## 陳輝

陳輝,字晦叔,福唐(今福建福清)人(《咸淳臨安志》卷五二)。高宗紹興三十一年(1161)再知贛州(《繫年要録》卷一八八)。孝宗隆興元年(1163)以兩浙轉運副使兼知臨安府,二年改知建寧府,避家諱改知湖州(《乾道臨安志》卷三)。乾道元年(1165)知廣州(清雍正《廣東通志》卷二六)。

**題四世從祖陳古靈集** 紹興三十一年

四世從祖密學公,平日所爲文章,不知其幾,厥後裒綴爲卷者,僅二十有五,目曰《古靈先生文集》,以望天子詔冠之,預有榮焉。里人大夫徐君世昌,嘗摹刻於家,而(《古靈先生文集》無"而"字)其間頗有舛譌。歷歲漸久,且將漫漶。輝竊有意於校正,因仍未遑,每以爲恨。曷來章貢，屬數僚士參校亥豕，因命仲子暉推次年譜，并鋟之木，庶幾有以慰子孫瞻慕之心也。紹興三十一年十月既望，孫、右朝請大夫、直秘閣知贛州軍州主管學事兼管內勸農營田事提舉南安軍南（《古靈先生文集》作"大"）雄州兵甲司公事江南西路（《古靈先生文集》作"點"）兵馬鈐轄暉謹題。

《大典》卷二二五三六。又見國圖藏宋刻《古靈先生文集》卷末附錄。

**兩浙轉運使題名記**隆興元年

二浙之廣，列城十五，生齒百萬，素號劇部。粵自太上皇帝翠華南幸，駐蹕錢塘，視猶畿甸，而漕挽之計，責任尤重。在位三十六載之間，凡推擇者六十有一人。肆我主上嗣曆之初，眷求外臺之寄，輝以不才，誤膺是選，且獲繼先大父遺躅於四十年之後，敢不以榮爲懼，夙夜黽勉，誓殫駑力，庶幾圖報萬分之一。越明年，職事之暇，因訪向來歷是官者名氏爵里，而題記莫存，深懼闕典。於是搜閱案牘，詢諸老吏。歲月逾遠，莫能盡究。姑得自政和中應公安道始，謹刊樂石，用告來者。若輝亦得以托附諸公之末，預有榮焉。

《咸淳臨安志》卷五〇。

# 劉夙

劉夙（1124—1171），字賓之，莆田人。紹興二十一年（1151）第進士。釋褐吉州司戶，臨安府教授。易溫州教授。隆興元年（1163）三月爲秘書省正字，七月爲樞密院編修官。二年四月除著作佐郎，九月爲荊湖北路安撫使參議官。三年知衢州。徙知溫州。自乞病甚，主管崇道觀（葉適《水心集》卷一六《著作正字二劉公墓志銘》，《南宋館閣錄》卷七、卷八）。

**祭曾夫人文**

年月日，具官劉某等，敬告於太夫人曾氏。嗚呼！生不同姓，過於本支。非末俗之所及，而昔者人倫之所宜。某等早托錄牒，攝衣受師，時月登堂，燕好款篤，如將獨厚者，二三等夷。故夫人之質實，所以約己厚物者，悉焉可推。謂如夫人之賢，非古之所謂聞婦者而爲誰。生人短長，果不足據，而況將及於百年之期熙。然一介之士，且將深惜者，以謂行能之美，學業之富，是以海內如被縷絲。夫人有子，無問乎賢與不肖，識與不識，皆將企其所施。而且落落未偶，屈於一時。豈議論素定，而不可掩者，如麗日之昭垂。是則斗酒束芻，非以爲夫人憾。而明晦終決，聊以寓哀於斯。

《大典》卷一四〇五〇引《劉夙文集》。

**薦舉之弊對策**隆興元年

此執政大臣爲惠而不爲政之也。陳執中、章子厚，人知其小人也，然能不以官私其親。今將告執政大臣曰"子爲子厚乎？爲執中乎"，則艴然怒矣，至其行事，則有爲子厚、執中所不爲者矣。

**言天下事奏**隆興二年

自去夏至今日，再食；東南三地震，比又積陰彌月，所至水潦，蝗食雨中，爲異尤大。在廷紛紛，謂陛下宜避殿、損膳、自責矣。而至今不聞德音。古者灾沴，皆爲臣弭君上之憂，今一二大臣奉行且不暇，何足語此？殆左右近習，盜陛下權爾。且長淮無一兵之戍，而陛下乃親技擊，騁銜轡，豈緩急欲爲自將地乎？閭德、陳敏，近墮馬失臂，梁珂亦摧折瀕死，陛下所親見也。

### 詆近習奏

陛下引舊僚,謀政事,得如張闡、王十朋可也。乃與覿、大淵輩觴詠唱酬,字而不名。罷宰相,易大將,待其言而後決乎;嚴法守,裁僥倖,自宮掖近侍始可也。今梁珂一年三受醲賞,他内目一日遷四使,而但減卿監郎曹數十員乎?昔姚崇以十事要其君,曰:"能用則就,不用則去。"今陛下以五事要其臣,曰:"不能如是則去,能如是則留。"然則安用大臣?孔道輔首論曹利用、羅崇勳,使罷去。吕誨、范純仁力諫濮王稱親爲不可。今么麽如楊倓、曹某,尚熟視不敢議,然則安用臺諫?

### 罷宴游無度奏

國初僭叛雖平,人情未一,故設邏卒,廣耳目。有不便者,一切聞上改之。今徒監謗愈密,豈可不畏。禹惡旨酒,湯不邇聲色。夫宴游無度,甚則有流蕩戲狎之患。御幸無節,其終爲人獸雜亂之禍。願陛下罷行前事,應天以實,庶可消弭災變。

以上見葉適《水心集》卷一六《著作正字二劉公墓志銘》。

按:《播芳》卷一一〇載《祭忠簡趙公文》,有云"維五年冬十有一月哉生魄越翼日己巳,左奉議郎權發遣衢州軍州事借緋劉夙敬遣同僚",似爲劉夙作。然題下注"代",則定非劉夙文。檢《東萊吕太史文集》卷八載《代劉衢州祭趙忠簡公文》,且題下注"或云非太史作",文首句云"惟公高風懿躅"。則引文非《播芳》所收代劉夙所作祭文,而是其前代周曄所作。

# 曹逢時

曹逢時(?—1170),字夢良,樂清人。以太學優選,知臨江縣。紹興二十七年(1157)第進士,授嚴州司户。後升福州教授,未赴而卒。少從鄭國材學《易》,工文詞,與王十朋、劉鎮齊名。著《橘林集》,已佚(永樂《樂清縣志》卷七、王十朋《梅溪後集》卷二八《祭曹夢良文》)。

### 賀吴太博藴古啓

顯膺宸綍,光領儒宫。由星省而董賢關,皆妙極一時之選;替王邸而闡邦教,將大興百代之文。蔚爲天下之宗師,允屬兩朝之耆彦。方欣涣命,復快褒辭。平生無愧,固人所共知;奧學有孚,惟帝能表出。功多芹泮,無非蛾術而隨;訓切鯉庭,爰有雁行之貴。遂使爲人父者皆願有子,信知欲治國者先齊其家。大哉王言,翕然群聽。某早依仁里,晚厠年家。慕用尤深,事契彌厚。同僚均喜,誇慶集於彩闈;隔坐連榮,托寵登於鼎輔。其爲慰悦,周罄敷宣。

《大典》卷一〇五四〇引《曹橘林集》。

### 祭了常居士文

於乎!觀人有術,無越厥志。誠不可掩,以類而至。惟公之生,了常自名。常匪易了,必詣其精。人皆疑公,有得佛老。佛老之常,實戾於道。吾屬儒服,有溺荒唐。儵曰無物,曷嚴立方。有能於此,方立動變。終始循環,其常始見。公之言了,蓋了於斯。井蛙夏蟲,彼奚與知。僕以事親,誠所欽慕。以名稽志,其位惟素。公之自修,言義必誠。無餒於心,何羞之承。公之交物,巽以相與。不浚不振,於物奚忤。公之筮仕,勇退知幾。田而無禽,非位非時。公之貽謀,一以詩禮。久而日新,已是亡悔。聖師急善,道貴朝聞。公之遯化,復何憾云。惟是頑耄，雅懷求益。雖竊姻婭，而面未覿。揆之以常，奚分町畦。太虛爲室，我之與公，日相往來。人亡德存，目擊心會。我登公堂，了常者無乎不在。尚饗。

**祭包濟仲文**

相逐兒群，情最親於母黨；有懷肺腑，好致篤於姻家。固期同出處於忘年，孰謂判死生於半路。眷言興悼，殞泪無從。惟公氣溫而平，貌豐且偉。言若訥而事則辦，性至寬而禮則嚴。愛洽閨門，義均手足。有先生長者許其近厚，雖小夫賤隸曾不忍欺。咸謂若人必膺龐祉，夫何二孺之孴，遽傷三甲之隆。會今年之歲在辰，剡盛陽之數重五。疾因候迫，藥豈人能。畫舫臨門，不獨吊沉湘之魄；生芻在寢，且將奠如玉之人。恨莫恨兮，善積而禍隨；傷莫傷兮，母衰而子少。不獲中壽，何辜彼蒼。睹物而人已非，有言而情莫致。求田問舍，念平昔以相謀；約手論心，痛無因而再及。永言契闊，聊薦芳馨。尚饗。

以上見《大典》卷一四〇五六引《曹橘林集》。

**跋黃解元辭軸**

嬰龍鱗兮何懼，脱虎口兮何喜。確乎匪石之心，屹若中流之砥。

《大典》卷一〇一一二引《曹橘林集》。

按：金程宇《新發現的永樂大典殘卷初探》、方健《久佚海外永樂大典中的宋代文獻考釋》指出此文漏收。

**代嚴州賀回鑾表**

大巡六師，坐底妖氛之静；外薄四海，欣聆法駕之旋。宗社咸安，君臣相慶。恭惟皇帝陛下道侔天地，功顯祖宗，能化本於至誠，神武歸於不殺。强鄰自殞，靡勞彎揸覽之弓；巨寇就屠，必有假李兒之手。乃眷雲屯之旅，方馳月捷之書。往撫（原作"無"）爾勞，溫挾忘寒之纊；有激其勇，爭揮却暮之戈。遂使聞風鶴猶驚晉師，固已取鯨鯢而爲京觀。商政猶舊，而戎衣大定；徐方不回，而王曰還歸。禁籞生春，斾常動色。臣職拘守壘，躬阻迎鑾。朝隨葵影之傾，夜喜旄頭之落。功成惟斷，願獻平淮西之文；復不逾時，請咏刻浯溪之頌。

《繫年要録》卷五一注引《曹橘林集》。

## 陳天麟

陳天麟（1116—1177），字季陵，小名寧郎，小字安老，宣城（今安徽宣州）人。高宗紹興十八年（1148）第進士（《紹興十八年同年小録》），調廣德縣主簿。二十六年由太平州教授行國子正（《繫年要録》卷一七二），旋升太學博士，二十七年九月罷（《繫年要録》卷一七七）。孝宗隆興元年（1163）爲太府寺丞（《宋會要・選舉》二〇之一六）。乾道元年（1165）三月，任大理少卿兼慶王府贊讀；八月，除檢正，仍兼；當月，除權吏部侍郎，免兼（《中興東宮官僚題名》）。二年三月，遷吏部侍郎（《宋會要・職官》一〇之三〇），七月，知襄陽府（《宋會要・食貨》二一之六）。四年，改知鎮江府（《嘉定鎮江志》卷三五）。九年，改知婺州（《宋會要・選舉》三四之三〇）。淳熙二年（1175），知贛州《宋會要・職官》七二之一二）。未幾罷，復集英殿修撰，卒。

**清虛庵記** 淳熙三年

云云天麟嘗謂高士遁世，何世無之，大略無意於榮辱聲利，故退而不復顧，惟恐入山之不深。而其胸中所存可以應世者，亦未免因時而出。先生游吳，仰體天子事親之意，不自靳其姓名達於九重,而小試於吹嘘,瞻視之際,所以上承聖孝之忠,豈往而不知返者哉？宜其膺内宫眷遇之厚如此云云。

《大典》卷六七〇〇引《江州志》。

按：《大典》卷六六九七引《江州志》載："《清虛庵記》,淳熙三年,陳天麟記。"

**重建多景樓記**乾道六年

多景樓,不知其所始與所以名。寺興於唐,緜李衛公以後,登北固題咏者皆不及多景,則樓當建於本朝無疑,獨不知其歲月,初爲樓者誰也。今樓中石刻有米公元章詩,且云"禪師有建樓意,故書"。禪師不載何名,當元章時尚未樓。而東坡先生熙寧甲寅歲自杭過潤,與孫巨源、王正仲會於此,賦"江天斜照",傳於樂府,不知與元章賦詩時歲月相去幾何。豈有之而中廢耶？或云熙寧中主僧應天爲之,是皆不可知也。考《丹陽類集》,寺凡樓觀四,曰雨華、清暉、凝虛,多景其一也。劫火之餘,踪迹難辨。近歲有言於太守方公滋者,指優婆塞之居爲舊址,公因以其所名之。啓窗東鄉,僅得圖、汝、焦、石數山,長江一曲,則景固未嘗多也。謂此爲是,是又未可知也。下臨峭壁,岸稍稍壞,難於立屋。主僧化昭危之,乃相地於寢堂之西,爲屋五楹,榜以元章舊迹。登者以爲盡得江山之勝。蓋東瞰海門,西望浮玉,江流縈帶,海潮騰迅。而惟揚城堞、浮圖陳於几席之外,斷山零落,出没於烟雲杳靄之間。至天清日明,一目萬里,神州赤縣未歸輿地,使人慨然有恢復意。則是樓也,安知其非故處？不然,亦足以實其名矣。京口氣象雄偉,殆甲東南。北固瀕江而山,聳峙斗絶,在京口爲最勝。而今之建樓之地,又爲北固勝處。昭,蜀人也,胸中不録録,故於是舉爲宜。

**重建北固樓記**乾道五年

北固,京口闕九字上。至梁,樓壞爲亭。武帝登望闕七字百餘年,所謂亭者,逸不知何許闕五字於圖經者舊云：甘露即其地。其然闕五字載别嶺入江,高數十丈,三面臨水,號曰北固。予觀京口諸山,起伏繚繞,出入城府,率如瓜蔓旅綴。今甘露最近江,屹立西鄉,而山南北皆闕一字田,蓋昔江道也。與《南史》所云合矣。予於連滄觀之,西爲亭,面之而復其舊名。則甘露之爲北固,其亦安之而不辭矣。夫六朝之所以名山,蓋自固爾。其君臣厭厭若九泉下人,寧復有遠略？兹地控楚負吴,襟山帶江,登高北望,使人有焚龍庭、空漠北之志。神州陸沉,殆五十年,豈無忠義之士奮然自拔,爲朝廷快宿憤、報不共戴天之讎,而乃甘心恃江爲固虖？則予是亭之復,不特爲登覽也。

以上見《嘉定鎮江志》卷一二。

**户部行下監司州郡檢視逃户奏**紹興二十六年

比年以來,歲多豐稔,然間有水旱,細民就食他郡,其逃去之常賦,乃責之催科保長。臣親見宣城、廣德、建平三邑之患如此。宣城自經界時椿閣逃户,凡物帛九百餘匹,米三千餘石。廣德以近年水旱,逃户所遺物帛一千八百餘匹,米亦三千餘石。建平逃户,物帛一千四百餘匹,米二千二百餘石。皆額在而民去,取辦保長,以塞上司之責,至於監繫笞箠,破産敗家。臣所見三縣如此,其他亦可概見矣。欲望令户部行下監司州郡檢視逃户,委實保明聞奏,乞與倚閣三年或五年,則人自歸業,却行起理,庶幾愛惜根本。

《繫年要録》卷一七四。

**擇帥禦備奏**

近探報,敵聚糧增戍,以其太子爲元帥居汴。宜擇將帥,預講禦備之策。

《宋史全文》卷二四下。

**太倉稊米集序**乾道三年

宣人之爲詩,蓋祖梅聖俞。聖俞以詩鳴慶曆、嘉祐間,歐、范、尹、蘇諸鉅公皆推尊之。後百餘年,又得竹坡先生繼其聲。而周與梅,在宣爲著姓,且親舊家也。竹坡同時有王次卿、僧彥邦、道常三人,皆能詩。王死於兵,不復傳。彥邦學爲詩而未至,道常筆力頗過彥卿,其後亦無聞。惟竹坡之詩聲厭服江左。天麟未第時,從竹坡游。公謂予曰:"作詩先嚴格律,然後及句法。予得此語於張文潛、李端叔,故以告子。"且言"郭功父徒竊虛稱,在詩家最無法度"。天麟欽佩此語,退而學詩,不敢越尺寸,久而自定。然後知公之善教人。前年過九江,公家在焉。往拜遺像,哭而吊其孤。誦其餘文,以語太守唐立夫舍人。立夫急取公文集,相與閱於庚樓上。讀之,聲震左右。立夫最重許可,至是擊節,且爲序之。竹坡於書無所不讀,發而爲文章,不讓古作者。其詩清麗典雅,雖梅聖俞當避路,在山谷、後山派中,亦爲小宗矣。彼郭功父輩,執鞭請事可也。官晚而名不達,自興國守罷居九江,貧不能歸宣城。而江山之勝,蓋爲晚助云。公名紫芝,字少隱。乾道丁亥上元,左朝散郎、充集英殿修撰知襄陽軍府事提舉學事兼管內勸農營田使充京西南路安撫使馬步軍都總管兼提領措置屯田陳天麟序。

文淵閣《四庫全書》本周紫芝《太倉稊米集》卷首。

**重修貢院記**乾道四年

古者,自京師至於鄉邑,皆有學;自秀士至於進士,然後官。使之考《王制》之所載,士未始不出於學也。後世學校、科舉之法并行,以學校養士,而以科舉取士。養之、取之,各異其所。群試州里,拔其尤者與計偕,又群試於春官。故自京師至於郡國,莫不有取士之所焉。士方集,有司設案,主司而下下堂,再拜焚香,肅士就位。則禮闈之設,雖近沿唐制,亦所以貴進士之科而不敢苟也。於古何戾哉。建業多士,異材輩出。曩有魁群儒、首異科而爲名公卿者,項背相望也。故其後子弟益自勉,應三歲之詔者,常數千百人。兵興,百事鹵莽,有司不暇治屋廬以待進士,始奪浮圖黃冠之居而寓焉。郡凡幾守,率置不問。或告之,則曰:"此非吾之所急也。"史侯自天官貳卿出鎮之明年,諸生以是爲請,而其故基爲閭閻、營舍者,四十年矣。侯慨然念之,指地而易其居,捐金而償其遷築之費,取羨餘之木,爲屋百有十楹。適它郡潦傷,民流移江上。侯因募之,使食其力,不足則助以廂卒。經始於季夏中休,竟事於中元。是歲乾道四年也。面秦淮,接青谿,挹方山,氣象雄秀。侯集賓客而落其成,揖諸生而告之以進德修業之方。薦紳韋布之士,作爲歌詩,以贊其喜,且曰:"侯於吾建業之士至矣。願求文以識其功。"侯因以屬予。予爲之言曰:"世之爲吏,非通材不濟也。欲興利起廢,無經畫於事之先,則縮朒而不敢爲。不然,則不恤財之匱、民之勤,而惟吾有司之事是集,是亦安取於吏也?侯,通儒也。於書無所不讀,於天下之事無所不悉。故是舉也,國人不及知而辦於咄嗟之頃。其它撥煩濟劇,率稱是。其與竊實而浮名,飾外而遺中,本末首尾衡決倒植,而興學校、益庖廩,謂之崇儒,證辭於民,則曰'獨奈何厲我,勤是不急爲者',其當戾何如也?於虖!侯亦賢矣哉。自茲取巍科、登顯仕,追迹耆舊,皆侯賜也。建業之士勉之。"侯名正志,字志道,丹陽人。十一月旦,左朝散郎、充敷文閣待制知鎮江軍府事宣城陳天麟記。左承議郎、通判建康府事姑蘇嚴煥書。左朝請郎、直顯謨閣權發遣江南東路計度轉運副使公事浚儀趙彥端書額。

《景定建康志》卷三二。

**法雨院佛殿記**

人之性本實，而學佛者以性爲空。性者何？倫理是也。釋氏明心見性，談空說妙，紺其宇，緇其衣，離而父母，捨而君臣，而倫理之大，終不容泯。以此見實理無乎不在，雖欲異於吾儒之教，不可。予初游法雨，荆榛出於垣端。不數年，先講師支傾補罅。予材之未知敬也。往來稍稔，知其奉母以答歌羅邏胎育之恩，孝養備至。擔頭睦州，鬼神合爪。於是始知其爲人，因益信實理初未嘗泯。而真空不空，果非異於吾之所謂教者。矧茲寺三百餘年蕪廢之久，一旦殿宇煌煌然，廊廡翼翼然，窣堵亭亭然，法鼓鏗鏗然。鐘梵之聲，時出於青嵐白雲之上。予驚焉，曰："誰歟？"施者先曰："吾有大功德，尊天降賜僧牒公楮，俾中貴人王孝先董役，以成此段因緣。吾朝於斯，夕於斯，焚修伽陀於斯，於焉報恩，以伸華祝。"予又以知孝親者必愛君，均一倫理之實，而洋洋然盈天地間。凡有血氣，莫不尊親，空虛玄寂，孰能違之？昔闍賓王持一枝竹，插於佛前，曰："建立精藍竟。"佛云："如是如是。"以是精藍，含容法界；以是供養，福越江沙。大檀越所施，比一枝竹供養，福德可思量，不可思量？佛知一一法中具法界性，一一刹中溥福海法。性不空福德，性不空，遍法界中，無非實理。如曰空虛，是謂謗法。惟茲寺更創多闕，尚冀檀那捐廣大施，愈增河沙，不可說，不可說，阿庾多無量福德，毋以闍賓枝竹自多。寺晉天福六年建，初名水心，又改雲龍，後改法雨。殿重建於寶祐二禩，制幹陳巨川捨鑄洪鐘鐵。塔乃古婕妤孫氏造植於西偏，後移值殿之中。唐先講師，即今住山都正，舊廣果思公上足也。思寂後，寺并入慧因。先公易地建幢斯所，謂西没東涌，南没北涌，思不亡，廣果不廢矣。來謁記，喜爲書之。

《咸淳臨安志》卷七八。

按：《韶關學院學報》2015年第9期黄之棟、李萍《全宋文漏收陳天麟文輯補》訂正陳天麟生平，并補《太倉稊米集序》《建康府重修貢院記》《多景樓記》三文。

## 陳餘慶

陳餘慶，字昭善。紹興二十七年（1157）第進士。乾道元年（1165）爲潮州博士。終從政郎、泉州教授（《淳熙三山志》卷二九）。

**韓山亭記** 乾道元年

州之東山，惟雙旌爲最高。山有韓亭，昔文公選勝游賞之所也。自亭之右，陟而寢峻，豁然地稍平衍，有舊亭之東者曰觀海，有新堂之北者曰仰斗。由亭陰以級，躋於南北峰之巔，有圓亭曰抉雲、方亭曰乘風。太守曾公造，以政事之暇而增治之。落成之日，尚書王公取史氏之贊蘇公之詞而名之也。增治之意，命名之旨，所以壯形勢，所以聳瞻觀。蓋期興邦人景慕高標，宏達遠覽，飄飄然有風雲之志，要無愧於前哲焉。大凡奉天子命爲千里師帥者，一聽斷，一舉措，必存教化於其間。俾規模遺愛，漸溢於攸久，毋徒爲簿書湮没而已。文公以忠言直節，不容於朝，來刺是邦，首命趙德訓導諸生。自唐迄今，文風滋盛。其建亭於山脊，植木亭左，以舒襟宇，以繁休澤，以慰厥後去思之懷。而其精神若與神明參，若與造物伍。故四百年之後，韓木時花，以爲邦人科第之應。旄倪愛戴，衣冠敬仰，凡分符於斯者，罔不歆艷其餘烈。獨曾公報政之後，登臨環視，乃堂乃亭，以縱游步幽，以擴峻極之靈顯，以發山川之秀意。英傑輩出於邦，用廣文公之懿範。嗚呼偉哉！尚書公式嘉其志，以思韓之念,勵鄉閭之晚進,博學篤行,藏器養浩,以遂其遠者大者,故揭是名,且有深意存。昔孟子以登泰山,觀瀾水以明其道;司馬遷上會稽,窺九疑,浮沅湘,涉汶泗以發其文;謝靈運陟危嶺,窮幽峻,躡巖障以暢其詩思;謝安亦寓會稽,娛樂山水以豐其相業。而傅說之岩,太公之渭,亦未必不因感慨而成功勛者。況茲東山,巍然有峭拔之氣象,亭堂之設,又益之以眺望之佳致。四表八荒,怳乎目前;奇峰疊巘,拱乎胸次。長江巨海,波濤淊激,以涌其汗漫之詞源;朝霞莫雲,變態殊勝,以麗其摛藻之章句。尚書公既以經術忠鯁為天子侍臣,破荒於前,是必有真賢實能,嘉猷義概,接踵於其後。然則曾公之舉,豈以為游覽之樂而已哉。曾公自下車來,云為注畫,未嘗不以文公為儀式。禁暴戢奸,如清潭鱷;修學待士,如立師訓。拓東山之景,以表其景行之篤。殆見邦人思之,與文公齊休於不朽。某備員郡庠,樂其有敦勸之誠,敢不書之。乾道元(原作"七")年乙酉秋,郡博士陳餘慶謹志。

《大典》卷五三四五引《圖經志》。

**重修州學記**<sub>乾道元年</sub>

潮之為郡,實古瀛州。文物之富,始於唐而盛於我宋。爰自昌黎文公,以儒學興化。故其風聲氣習,傳之益久而益光大。紹聖以來,三歲賓興,第進士者,袞袞相望。而名臣鉅公,節義凜然,掩曲江之美,而增重東廣之價者,挺挺間出。迹其所自,豈惟山川炳靈,抑亦學校作成積習之所致也。郡有學,始基於南郭之廣法,改築於今之貢院。紹興十一年辛酉,又改卜於茲。風隕雨隙,棟梁蠹剝,齋廬濕漏,經閣傾側。士之鼓篋來游者,若不安迹。春秋課試,皆以學校為寄材之地,而無久留之意。噫!學校之設,豈徒爾哉?今太守曾公造,下車之初,祇謁於先聖先師,周行顧視,有動於色,其規模固以默定而未發也。粵明年,提綱挈領,百廢具舉。一日,謂郡丞姚公某與其屬曰:"夫瞿曇以禍福渺茫之說,恐動流俗。其徒之居,金碧照耀,爭務壯麗,陋則增修,壞則易置,若無其難者。矧吾先聖以大中至正之道立名教,其福天下、澤萬世者,為如何?而學宮之弊,一至於此,是烏可後?"乃以海陽令張君某為才,命董其事。役於農隙,而民不告勞;資以羨財,而斂不及眾。昔之蠹朽者易而新之,昔之未備者增而置之,加意修飾。有司經始,不逾時而告畢。映以清池,環以粉垣。輪奐相新,一何盛耶!公之在朝也,以嚴明為治,清以克勤,敏而有斷。秋霜肅物,吏畏其威;淑景熙春,民懷其惠。歌謠載道,境內晏然。其於敦獎士類,尊崇學校,尤切致意。學有頒賜大成樂,皆他郡之所無有,久廢而不講。公之始至,乃命生徒肄習樂章,釋奠舉而用之。冠弁峨如,衣冠襜如,珩璜琚瑀之聲,適乎疾徐;調絲比竹,敲金擊玉,黃鐘大呂之奏,成乎皦繹。公與諸生仰登俯降,周旋揖遜乎其間,使在庭之人,竦觀動聽,皆知賢邦君之將以禮樂化導此邦也。嗟夫!今之為政者,莫不以刑獄財賦為急,而視學校禮樂為不切之務。公獨後其所先,而急其所緩者,豈非家學有源,而見聞獨與時異趣乎?學既訖工,又率諸生行祭菜之禮,以告其成。公拳拳之意,豈徒為是文具也哉?繼自今學者講於斯,詠於斯,游息於斯,庶幾亦有得於斯。他時以孝顯其親、以道致其君者,亦莫不由斯而出。則公之為賜豈淺淺哉?某幸際盛事,謹撼其實以傳諸來者。乾道元年乙酉九月日,郡博士陳餘慶謹記。

《大典》卷五三四五引《三陽志》。

## 趙不拙

趙不拙,字若拙,少以進士奮,初貧無以養,以教授諸生自給。後得第,猶勤苦不廢。紹興末爲晉陵丞(孫覿《鴻慶居士集》卷二三《捨田記》),隆興二年(1164)爲江州通判(《梅溪後集》卷一〇《讀趙果州詩》),乾道元年(1165)知果州,歷漕夔州、成都(《梅溪後集》卷一七《次韵夔漕趙若拙見寄》),三年移漕成都(陸游《渭南文集》卷一四《趙秘閣文集序》)。

### 景德寺修造記 乾道元年

佛法自近年衰,其徒棄本逐末,奔走士大夫門,乘時射利,甘心爲隸不自愧。方在稠人中,即謀出世。既得志,不復辦道,汲汲然營己私,視囊中可爲巨利地,則神馬尻輿,已坐馳於四方萬里之外矣。故寓公寄客,分占其中。推牛賣漿,喧雜城市。主之者,利杯酌口腹,因循度日。棟宇頹毀,井滅竈夷,鞠爲茂草,雲游衲子過門笑唾不忍顧。是可嘆也。九江景德禪寺古爲律居,罹建炎灰燼。紹興庚(原作"唐")申,僧宗尚始編茅數椽,不能蔽風雨。經界益賦,田疇荒菜,僧童一二人餬口不給,日斂飯盂於市,饑羸憔悴,見者悲之。基址四至不可稽考,半爲營寨、有力者攘據。人謂廢不起矣。丁丑年,闢爲十方。又二年,太守王公秬謂:"景德,古名刹。思得佳士主持。"聞東林第一座法演有道眼,招之。演曰:"吾與王史君無舊,緣法純熟,不可不成其志。"自入院,窮日夜究蠹敝之源,取田於冒占,貸種以開耕。不五年,建三門、佛屋、寢廬、方丈、御書閣,塑佛、菩薩、羅漢像,極莊嚴之妙。日用魚螺、鐃鼓、鐘磬之編皆具。然後訓其徒以無生法忍。大江以南,禪林之秀皆歸之云云。非特以其能興造爲可喜也。於是爲記。

《大典》卷六六九八引《江州志》。

按:《大典》卷六六九七載:"《景德寺修造記》。乾道乙酉,趙不拙(原作"挫")記。"

### 義泉記

不知誰氏子告郡帥引三泉,每擔輒鬻十金,入公帑。大暑中,烈日如灼,細民操瓢繞舟,傍徨嚥津,欲涓滴潤喉,有不可得。自待制王公十朋,始下令罷之,易名爲義泉,任民取用,一方大悅。

《蜀中廣記》卷五七。

### 鼓角樓記

果之爲州,山深水長,秀氣所鍾,古今人物不絕。紀將軍忠節、練御史史才、謝真人飛升、程仙師尸解、牧牛峰大名尊宿,顯顯在人耳目。

《方輿勝覽》卷六三。

## 曹宷

曹宷,字宗山,江陰人。紹興八年(1138)第進士,三十二年以承議郎爲建康教授,隆興二年(1164)任滿。仕至右朝散大夫,監尚書六部門。所著有《苕溪集》《鍾山集》《抱關前集》《論語注》等。(《萬姓通譜》卷三二、《景定建康志》卷二八、大典本"常州府"卷一一)。

### 投參政札子 乾道二年

宷本鄉江陰軍,自建炎以來,即同民户,爲臨安府認納和買紬絹,迄今四十年。歷仕者,少值名賢;巡行者,例多不到,致使人户銜冤負屈,無所控告,朝廷亦無由得知。今幸遇知軍徐宗丞，上體君相深恤民隱之意，又值連九年水災，知民間無力更出横斂，遂稽考弊原，奏疏皇帝陛下。其乞兑减夏税，已蒙賜可。惟認發臨安府和買一事，猶未見行。密竊慮朝廷以爲經費，不免下諸處勘會審實。但此事非有司之所樂聞，若待勘會周圓，勢須經涉月日。今來本軍以録到户部催理上供總數内分明聲説：本軍夏税紬絹若干，又認納臨安和買紬若干；本軍夏税絹若干，又認發臨安和買絹若干。則江陰之無辜，有不待勘會可見者，諸司雖欲隱諱，不可得也。密欲望鈞慈，特爲敷奏，檢會近日徐知軍奏疏，徑爲取旨，除落江陰爲臨安認發和買紬絹，庶幾小壘水荒飢民積年冤枉，獲伸（原作"仲"）於國家仁政，誠非小補。

**與知軍徐宗丞水利札子**

密竊見江陰地勢，在浙西最爲卑下，當運河下流，與常州地界參錯。其水自常州，經由申港，以入於江。逐時湖汐捲帶沙土，壅塞港道。至春夏之交，雨水無從發泄。或已布種而潦没，或水不退而失時。況丹陽鍊湖、白鶴諸溪一帶之水，西自常州黄汀堰來，每上水大，必决而入於江陰。其南太湖震澤，吴松、梁溪一帶水大，又皆溢於運河，皆自五瀉堰奔衝而下，申港、利（原作"和"）港出江之口不决，其水聚而不出，不知江陰疆界多少，而能受諸處有入無出之水乎？其害惟江陰尤甚。今幸有出江之口，不能疏通而使之通，宜乎無有豐歲。公私所失益多，民亦漸皆流徙。若非使府矜憐哀憫，特爲申明，則二港之河終不能開，鄉民無從得食。

以上見大典本"常州府"卷一〇。

## 趙善珏

趙善珏（1130－？），字彦德，小名鐵柱，小字堅老，本貫開封。紹興十八年（1148）第進士（《紹興十八年同年小録》），乾道三年（1167）爲南雄州州學教授。

**南雄州進士題名記**乾道四年

乾道三年夏四月，右承議郎建安黄公洵來守是邦，首念學宫之陋，甫逮農隙，儳工輟材，命一新之，閣奉宸章，序圖從祀。拓卑闢隘，益所未備。越明年三月既望，偕通守右朝請郎眉陽孫公憲文臨觀厥成。孫公顧謂善珏曰："南雄素號東廣佳郡，初實離曲江爲之。在唐有張文獻公，國朝復有余襄公，文化薰染，矤久益盛。聞自天聖迄紹興初，保昌始興，登進士第者，凡三十人。寖階通顯，亦不下十數人。偶罹兵焚，餘三十年，寥寥罕繼焉者。借曰風土有盛衰，如俗尚世習，其可得而移，矧今田廬日復，户口以繁，藏修之地，庖廩之儲，自不謝疇昔，尚奚尤哉。盍悉采前達名氏，刻而植之。虚其右，以俟來者，因勉諸生，不亦可乎？"善珏喜而謝曰："善珏之願也，敢不承。"於是乎書。尚各惟所撰焉。

《大典》卷六六五引《南雄路志》。

## 釋光舒

釋光舒，宋孝宗時僧。

**寶覺廣福院記**乾道四年

江城南有梵刹曰寶覺，故梁百花亭基塋刻尚存。至本朝治平初，名壽聖。中經兵火，僧法真弊形勞思，躬拾殘棄而整齊之。殆至寶從，竭誠修復，惟懼弗及。今寺之殿，巍峨相重,赤白炫燿,皆前日之頹垣斷壍也。今寺之堂甍參差,栱桷横亘,皆前日之荒蕪野蔓也。修廊周遍,長廈接連,寮室厨庫,無不如意。晨鐘夕梵,禪律整嚴云云。吾嘗游焉,升高矚遠,見康廬岌嶪,林木森鬱,平湖浩漫,千頃一碧。寺後修竹挺立,叢錯交互,至者莫不神爽清徹,覺與日月相映,蕩乎太空,俯世界如毫髮,而吾心未始駭,信佛之功大矣,而從乃今知之。從老矣,優退養默,返照内想,心運目動,無所凝滯。吾將有請於從。

《大典》卷六六九八引《江州志》。

按:此文未署作者。史禮心《永樂大典索引辨誤》認爲,此乾道初重修。考《大典》卷六六九七引《江州志》載《寶覺廣福院記》下注:"乾道戊子,釋光舒撰。"則此記作者乃釋光舒。

## 王頤

王頤,乾道七年(1171)爲長寧軍通判。

**祭員興宗文** 乾道七年

維乾道七年歲次辛卯五月乙亥朔二十六日庚子,右奉議郎、奏差通判長寧軍主管學事賜緋魚袋王某謹以清酌庶羞之奠,致祭於近故大著員公之靈。嗚呼!公之正性,有得於天。升沉窮達,不苟其遷。止而爲山,流而爲川。用行捨藏,付之自然。仰視前哲,接武隨肩。矢志修門,操節益堅。陛對未幾,奏策上前。論議鯁正,有經有權。上實嘆嘉,曰蜀之賢。擢登著庭,爲諸儒先。詞闈瑣闥,進步可聯。公體上眷,有蘊必宣。寧我不用,耻方爲圓。屬有憸夫,懷奸有年。鱗甲其腹,毒甚戈鋋。務極聚斂,病吾民編。人言不顧,其欲自專。在廷熟視,暗若寒蟬。公獨擊之,奮吾老拳。暴其險奸,阻厥窬穿。甘以身屈,俾民獲痊。斯言既陳,甚於直弦。清議雖允,莫救擠顛。公曰歸歟,出處其全。問津江吴,檣楫翩翩。西望故國,里猶數千。不阻不抑,喜如登仙。造物叵測,末病偶纏。一臥不起,湮沉九泉。天耶人耶,壽胡不延。公面未冷,彼奸弗悛。不義自斃,卒底於愆。真之典憲,其名則鎸。公言既驗,衆憤始前。惜公已矣,不及見焉。會有直筆,誅其佞便。偉公絶識,著乎史篇。增光三嵋,千載永傳。某也不敏,衆所棄捐。囊客都下,辱承知憐。揄揚獎薦,滿於俊躔。恨費推挽,逆風泝船。偶奉宣檄,逐食窮邊。死生契闊,再見無緣。公喪屬歸,我車載牽。相望江皋,垂泪漣漣。呼公不聞,杳隔雲烟。公乎不昧,啜此一涓。嗚呼哀哉,伏惟尚饗。

文淵閣本《九華集》附録。

## 丘崈

丘崈(1135—1208),字宗卿,江陰(今屬江蘇)人。孝宗隆興元年(1163)第進士。調建康府觀察推官,歷知華亭縣、吉州,召除户部郎中,遷樞密院檢詳文字。爲接伴金國賀生辰使,被劾不禮金使,奉祠。起知鄂州,移江西轉運判官,提點浙東刑獄。乾道七年,權發遣秀州。八年知平江府,九年主管台州崇道觀。淳熙十一年(1184)再知平江府,十三年移帥紹興,十四年改兩浙轉運副使(《嘉泰會稽志》卷二),以憂去。光宗即位,擢四川安撫制置使兼知成都府。寧宗嘉泰三年(1203)知慶元府(《宋宰輔編年録》卷二〇)。四年,改知建康府、江淮宣撫使,尋拜簽書樞密院事兼督視江淮軍馬。以忤韓侂胄奉祠。開禧三年(1207)復知建康府。嘉定元年(1208)拜同知樞密院事,旋卒(《宋宰輔編年録》卷二〇)。

諡文定(《宋會要輯稿》禮五八之九九)。有《丘文定集》(《直齋書録解題》卷一八),已佚。《文定公詞》一卷傳世(《宋史》卷三九八本傳)。

### 周孚蠹齋集序

予評信道之爲詩,大要本諸黃太史,而濫觴於江西諸賢,不爲蹈襲,高爽刻厲,似可正平。而行布創立,紆徐明暢,又似高子勉。逮其合處,微詞宛轉,一唱三嘆,有諷有刺而不爲虐。跂望太史氏,猶將見之。

《嘉定鎮江志》附録卷一九。

### 克齋記 淳熙元年

吳嚴侯爲暨陽,民化其仁,不言而治,名其居克齋。郡人丘崈曰:"善乎!夫子之名夫齋也,其知之矣乎?夫十百千萬所以爲多也,形於少也;充牣偪積所以爲有也,形於無也。彼其初何有哉?不幸有以相形,而多少有無不勝其異,於是乎爭鬥敚攘之禍興焉。彼物交物且若是,獨奈何立我以形物乎?夫子其知之矣。嘗試觀諸天地之間,生物之類多矣。在陽則舒,在陰則慘,凡物皆然,而吾亦然,然後無一物非吾之同氣也。且吾一身四肢百骸亦若不同,疴養一體附著,舉身病之,不俟告語,則亦同氣而已。及其不仁也,左廢而右攫,不恤也,而人則廢矣。由是觀之,凡物札瘥夭閼而吾不以動其心,吾得爲人乎?仁者,人也,其亦不仁甚矣。獨奈何物物而我我乎?故仁者力去有我而反諸天理,則其於物也若無意然,而吾仁與天同功。聖人告顔子以'克己',而夫子揭之以'三省其身'者,意儻在是乎?非耶?且'克'云者,勝也。勝而曰'克',明夫在我者,勝之難也。不仁於物者有矣,孰不欲仁(原無,據《成化毗陵志》補)其身?乾谿之役,寇難迫於前,僨亡隨其後,楚子圍,至饋不食、寢不寐,然卒莫勝其欲,而寧亡其身。且何獨圍然?後之踵之者比比也,則信乎其難哉(以上六字原重,當衍)。聖人獨以告顔子,不以及餘子也,惟其難哉。夫子之致力於斯久矣,其必審於難易之辨,尚告哉。"侯莞爾而笑曰:"噫!子亦多言矣。子知夫饑食而渴飲乎?知夫不饑而食、不渴而飲乎?夫不饑而食、不渴而飲,則吾不爲也。吾所謂'克'者,其亦若是而已,焉知其它。子止矣,姑爲我并而説,書之左方。"淳熙元年十一月七日記。嚴焕書。

大典本"常州府"卷一八。

### 奏築捍海堰狀 乾道七年

華亭縣東南大海,古有十八堰,捍禦鹹潮。其十七久皆捺斷不通,裏河獨有新涇塘一所,不曾築捺海水,往來遂害。一縣民田,緣新涇舊堰迫近,大海潮勢湍急,其港面闊,難以施工。設或築捺,決不經久。運港在涇塘向裏二十里,比之新涇水勢稍緩,若就此築堰,決可永久。堰外凡管民田,皆無鹹海之害。其運港止可捺堰,不可置牐。不惟瀕海土性虛燥,難以建置,兼一日兩潮,通放鹽運,不下數十百艘,先後不齊,比至通放盡絶,勢必晝夜啓而不閉,則鹹潮無緣斷絶。運港堰外,別有港汊大小十六,亦合興修。若捍海塘堰既已畢工,地理闊遠,全藉人力固護。乞令本縣知佐兼帶主管塘堰職事繫銜,秩滿,視有無損壞以爲殿最,仍令巡尉據地分巡察。

《吳中水利全書》卷一三。

### 乾道重修二橋記 乾道六年

乾道五年十一月,建康府重作鎮淮、飲虹二橋,六年正月橋成。惟二橋橫跨秦淮,據府要衝，自江淮吳蜀游民行商分屯之旅，假道之賓客，雜沓旁午，肩摩轂擊，窮日夜不止。淮水至其下，奔流而西，勢益悍淢，激射衝齧滋甚。昔之爲橋者，又不暇顧計久遠，薄費而亟成，重負而弱植之，無何輒壞，則姑補苴其甚，僅取不廢。歲糜緡錢數百，多或至千，岌岌自若也。留守待制史公，厥既治成，有廢必舉，大備都邑之制，乃因民所欲爲作而新之，率增其舊四之一。鎮淮長十有六丈，爲二亭其南，屬民以詔令。飲虹長十有三丈，加屋焉，凡十有六檻，而并廣三十有六尺，基以巨石，甃以厚甓。千尋之材，世守之工，必堅必良，是度是營。而屬其事於浮圖氏致勝法才，又躬爲程度，卑以從事，創意靡密，有非工人所迨及者。訖其成，無一不合。規摹壯大，氣象雄偉，隆然相望，闤闠四合。軍民父老扶攜縱觀，推美誦休曰："公誠勞。"噫！公所建立，大於此者不可殫紀，橋未足多也。惟厥經始，人狃故常，役大用宏，謂不可爲，公決作之。未既纍月，十世之利，卒膚有濟。人乃大服，推是而言，則天下事有可以爲，而又以爲不可爲者，獨橋歟？彼能者處之，雖若不可以爲，而卒爲之，以成者，又獨橋歟？公名正志，字志道，南徐人。左文林郎、建康府觀察推官丘崈記。

《景定建康志》卷一六。

### 東冶亭記 乾道五年

留尹史公治效之明年，作亭東郊，并鍾山之南，前臨大逵，距城五里所。謂僚屬曰："厥今驛湊居所，使命賓客畢出於是。當六朝時，名園甲第，瑰壯秀麗之觀，山川之形勝，占是爲多，使夫往來者休焉。有以寓登臨觀覽，俯仰古今，感慨愉悅之適，斯亦一奇也。如將奚名？"或曰："晉東冶有亭，在縣東汝南灣、桃花園之間，三吳冠蓋，送餞於此。夫亭近是，盍以東冶名？"公命崈爲之記。辭，弗聽，則進而言曰："夫亭，整暇爲之也。故爲之無勞，而享者易之。且國家建置行都，迨今數十年。自城雉廩庚、取士之宮、齊民之居室，因仍故常。或缺弗治，而公之承之，猶自若也，獨如亭何？惟其悉繕悉營，亡一不備，而後及此。則後推公之治，能整且暇焉者，夫亭所以識也。雖然，是豈殫公志哉？蓋立館於國，以待萬國之諸侯；列邸於郊，以待四夷之客使。俾朔南萬里，拱極面內，以尊京師。是以公之志云耳，而殫於是哉？崈聞之也，結旄者志在糾紛，運甓者心存乎憂勞。君子作於小，所以寓大。嘗試從公夫亭之上，東挹方山，西眺石城，以望大江。南瞻牛首之岧嶤，北顧鍾山之大。且高商形制之謂，何論險塞之所？如究方來之若爲，悼已往之弗圖，而寓諸游觀之娛。斯亦庶幾公之志乎？"公曰："唯。"遂記之。乾道五年春三月，左文林郎、觀察推官丘崈記。左朝奉郎、通判軍府事嚴煥書。

《景定建康志》卷二二。

### 易登雲扁記

丹漆金碧，輝煌炳麗，十手爭指，十目爭視。文則文矣，實安在乎？堂堂之陣，正正之旗，空拳可以冒白刃乎？"日月却從閑裏過，功名豈向懶中來"，此十四字，座右銘也。若文不副實，非特爲諸君羞，抑可爲是扁羞。

文淵閣《四庫全書》本《升庵集》卷六八《丘崈勉方逢辰》。

### 祭東萊呂先生文 淳熙八年

維淳熙八年十月□日，朝奉大夫直秘閣江南西路轉運判官丘崈，謹以清酌庶羞之奠，敬致祭於故同年兄宮使秘閣郎中子呂子伯恭之靈。嗚呼！惟子稟資於天，溫裕明粹。渾金璞玉，表裏一致。粵自初載，潛心聖學。窮幽極深，反以卓約。既誠其身，又淑諸人。論定疑釋，遂專斯文。絕學有依，正氣有托。人之從之，如在伊洛。格以中庸，本之性善。疑似亂真，廓然大變。作爲文章，不弛不鑿。純正宏深，反僞以樸。悍彼後生，有教無類。獎進誘掖，忠實孝義。翕然宇内，是師是承。私相告語，識子爲榮。樸冥不敏，未及識面。癸未叨塵，莫逆一見。我學寡陋，無友無師。脱略繩檢，不爲時知。辱子不遺，蔚菲之義。握手定交，曰吾臭味。随食效官，每恨睽遠。歲在庚寅，合并已晚。既忝冑席，實從子後。我教我誨，人實憎咎。顯允芮公，張子敬父。惠言好我，以子之故。又積十年，我廢復起。爲郎樞屬，子領太史。退食相過，分義益敦。商略古今，或至夜分。相彼湖山，蔘敷雪霽。連輿覽勝，餘子莫暨。我過必規，我疑必質。言猶在耳，炳如皦日。前年子病，我獨私憂。山川間之，往問無由。匏繫武昌，尺書一介。子疾告平，我用自慰。暨來江西，未獲息肩。方圖遣問，訃音已傳。嗚呼天乎，曷爲其然。豈人之尤，維以怨天。盛衰生死，天地常理。賢不必壽，善不必貴。不貴不壽，於子何傷。垂之百世，是曰不亡。模毀範缺，我將疇賴。譬彼舟流，不知所屆。緘辭千里，以寓一哀。惟子明靈，慰此永懷。嗚呼哀哉，伏惟尚饗。

國圖藏嘉泰四年刻元明遞修本《東萊吕太史文集》附録卷二。

附：《粤西文載》卷三七、文淵閣本《五百家注柳先生集》附録卷二載有《重修羅池廟碑》，署"政和三年十月望日，承事郎通判融州軍州事丘崇記"。此丘崇《全宋文》亦未收。

## 陸九齡

陸九齡（1132—1180），字子壽，學者稱復齋先生，撫州金溪（今屬江西）人。與弟九淵講學鵝湖，互爲師友，時稱二陸。入太學司業，汪應辰舉爲學録。乾道五年（1169）第進士，調桂陽軍教授。以親老道遠，改興國軍。不滿歲，以繼母憂去。淳熙七年（1180）服除，調全州教授。未上，卒，年四十九。寶慶二年（1226）特贈朝奉郎直秘閣，賜諡文達。著《復齋集》，已佚（《宋史》卷四三四本傳、《象山集》卷二七《全州教授陸先生行狀》）。

### 祭李德遠文

余之生後公十有六年，於鄉黨視公爲先進。方余弱冠，年少氣銳，聞公之學而疑焉，欲求見而訂之。及其見公，則猶河伯之於海若也，蓋於是始自知不足。退而求之十有餘年，而後知公之所存。人之知公，以學則豐，以才則雄，以識則通，以文則工。其立朝蹇蹇，直道進退，則有古人之風。朝除從官，群小暮擠，卒以不容。仕雖不可謂之達，而二司農、長大理、帥廣、之桂與蜀之燮，皆名藩大郡，亦不可謂之窮。此人之所同知者也。而余之知公則進乎是矣。公嘗謂余子既修己達則可行，而我内省方且有愧。蓋公之没，而余學始少進思，欲與公論之，而天嗇於是。凡余所以自知不足而深思力索不敢自怠者，皆自公發之也。則不忘於公者，豈獨鄉里之情哉。公之没也，余方以罪罷羈先妣□喪，既不及哭公之柩，又不得望公之葬。今既除喪，乃克拜公之墓下，□予哀而叙予情。惟公之靈，尚克知之。

《大典》卷一〇四二二引《陸復齋集》。

### 祭周宣教文

惟公厚德，克享富壽。康寧考終，五福咸備。而子孫之孝，誠所以送終者，無不盡其至。則公之哀榮，終始可以無憾矣。惟鄉閭族姻，失所宗仰。後生小子，不復見寬厚長者之規摹。疾病困厄者，不復蒙所以拯救撫恤。與夫銜恩慕德者，其情皆有所不能自已。此其所以家悲人感，悽愴慕戀之不能忘也。某辱在子侄，而以哀荒衰疾，不得與執紼之列。

痛念不復得見老成,敢致薄奠,以寓永訣之意。

《大典》卷一四〇四九引《復齋先生文集》。

按:《大典》未載此集作者。檢《郡齋讀書志》卷五下載:"《復齋先生文集》六卷。右陸文安公之兄九齡字子壽之文也。"則此集爲陸九齡作。

### 祭王通伯(原作"伯通",文中均作"通伯",據改)文

嗟嗟通伯,何其困於疾耶。生二十有五年,余不知其未見之前。自余至門下之日,已覺氣宇之弗全。何執別之甫歲,忽訃音之遽傳。傷善人之早逝,爲出涕之潸然。惟君之姊,與君之乳母,尤悲哽而不可言。念相去之千里,無由親哭於靈筵。爲一慟於蕭寺,痛幽靈之眇綿。嗟嗟通伯,其尚知乎?否耶?追惟君之於平昔,亦可謂子弟之賢。語呐呐而不出諸口,而孝友睦婣之意,何如是其拳拳。既不嗇其所禀,奚獨不永於降年。況伉儷之未子,忽中道而棄捐。慕柏舟之清節,日泣涕之漣漣。動高堂之傷感,爲悲惻之弗諼。以通伯之孝愛,寧能無恨於黄泉。然自方外者而觀之,則有以照其本無。蓋人生於斯世,與夢幼而不殊。方父母之未生,曾何有於形軀。既形軀之不有,何恩愛之有乎。今通伯之既死,蓋無以異乎未生之初。由是觀之,通伯之所以爲通伯者,固有自若也,又何必悲愴而嗟呼。然則予之所以致祭於通伯者,豈特親戚傷念之情而已哉。不識通伯,尚能聞此言,悟此理否耶?

《大典》卷一四〇五四引《陸子壽集》。

### 祭張謙仲文

嗚呼謙仲,而止於是耶!自余行於天下,蓋閲人之既多,拔流俗以不污,如謙仲其幾何?不鄙余之闊迂,命三子而從游。非有見乎其心,曷爲篤信而不與衆侔。過君門者半載,何禮意之勤勤。君訪余於暨陽,慘將別而傷神。余還侍而再朞,忽聞訃於道傍。駭善人之遽喪,爲出涕而永傷。屬方試於行都,闕致哭乎哀幃。吊諸孤以尺紙,問襄事之何時。及十月之將空,余已還於故鄉。痛相望於千里,徒屬意於銘章。庶潛德之有耀,警流俗之迷狂。勉令子之繼志,慰君靈於渺茫。念鬼神之如在,知余心之弗忘。阻臨穴以永訣,聊寄哀於一觴。

《大典》卷一四〇五五引《陸子壽集》。

## 戴履

戴履,淳熙二年(1175)爲江陰軍軍學教授(大典本"常州府"卷一〇),後官國子博士。十五年八月因言者論其"學問荒唐、識見暗陋",與外任(《宋會要輯稿》職官七二之一一)。

### 淳熙重開長壽河記 淳熙二年

淳熙改元甲午秋,本路提舉陳公峴,攬轡抵車,申諭聖意:務興水利,俾州縣長吏勸率豪右,疏鑿諸河,以備水旱。始自長壽、昭聞、寶池三鄉,有河一帶,南從新河口,北屆稷山橋下,連接大江,綿亘二十有七里。又從三(原作"二")河口,西抵運河,二十餘里。其河支分派別,灌溉甚廣。曩者宣和間,里人修職郎吴公鐸開浚,之後經五十餘年,日益埋塞,潮流壅閼,無水旱之備。乾道九年癸巳,軍學生謝燁有請於軍,遂敦勸信州貴溪知縣吴公博古(原作"士"),繼先父修職之志,以率其業。適瓜期俯及,不克厥終。太守嚴公焕,奉承提舉宣諭聖君之意,專委簽判趙公善譽、知縣貝公欽世,協心經畫。民始聞之,從者半。於是

多方勸誘。乃謝燁率將仕郎吳端弼爲唱,遂無異議。淳熙二年歲在乙未月正人日,翕然從役,開積土二十九萬四千餘丈,計七萬四千餘工。不費公家一銖一粒,踰月落成。提舉核實,聞知於朝,第功行賞,或減磨勘,或進官一列,以勸後人。適五、六月間,雖遭霆潦,易於開決,不至巨浸。又七、八月間,旱既太甚,潮流來往,資以灌溉。其利博哉!暨利港諸河,別具始末。今謝燁止因長壽三鄉之役,欲勸將來,頻修水利,勿致湮塞,以爲子孫無窮之計,姑此以求紀歲月,於是乎書。迪功郎、江陰軍軍學教授戴(原作"載")履記。

大典本"常州府"卷一八。

## 徐安國

徐安國,榜姓龔,字衡仲,號西窗,江西上饒人。隆興二年(1164)第進士(《江西通志》卷五〇)。乾道八年(1172)前後官岳州州學教授(《大典》卷三五二五引王樞《重建譙門記》),時年逾五十。後遷連山令。言於朝,復姓徐。著有《西窗先生文集》(同治《廣信府志》卷九)。

### 謝王守關升啟

《大典》卷一〇五三九引"徐衡仲西窗集"載此文,誤錄册二二五卷四九八九徐安國下,當移於此,文不具錄。據王樞《重建譙門記》(242/439),此啟乃乾道八年前後爲岳守王伯時或王習所作。

## 常禕

常禕,邛州(今四川邛崍)人。孝宗淳熙元年(1174)知潮州。

### 潮州圖經序 淳熙二年

圖志以詔事,周制也。後世因之,至宋而益詳。今著在甲令,凡諸州圖經十年一上之職方氏,以備參考。是則圖經之設,豈苟然哉。潮舊有圖經,兵火以來,散逸殆盡。厥今所載,不過叙其道里(原作"理")之遠近,縣鎮鄉里之若干,有司徒以爲文具而已。至若州邑廢置之由,户版登耗之數,風俗之所尚,土(原作"王")地之所宜,則漠然無所考。蓋一邦之闕典已。矧潮在東廣,號稱佳郡,名公鉅儒,古今相望。流風遺迹,猶有存者,纂而識之,又烏可後?予郡事稍閑,因舉是以屬之教授王君中行。君一鄉之秀出者也,博識洽聞,多所采摭。於是以其平日之所得於聞見者,益加搜訪,紬繹審訂,述成一書。其文典,其事實,其地形則繪以圖,使覽者一開卷而盡得之。予既鋟版郡齋,君謂不可以不序。予曰:"夫書以紀事,事以傳信。自古文人紀事,多失之浮侈。相如賦《上林》,而引盧橘夏熟;揚雄賦《甘泉》,而陳玉樹青葱;班固賦《西都》,而嘆以出比目;張衡賦《西京》,而述以游海若。考之果木,則生非其壤;校之神物,則出非其所。論者多訛訐其侈言。惟杜子美間關秦蜀夔峽湘潭間,凡所賦者,皆其風土事實。如烏蠻、白帝、黃牛、白馬、"家家養烏鬼""竹林清啼畫"之類,不可概舉。間有未達者,多輕改以便其說,後得其實,乃知子美之不虛。故人謂之詩史,傳以不朽。君世爲潮人,事皆有考,書成而邦人無異辭。予知是書可以傳信矣。"淳熙二年七月既望,朝散郎、權知潮州軍州主管學事兼管內勸農事常禕序。

《大典》卷五三四三引《三陽志》。

## 趙伯獻

趙伯獻，宋孝宗時人。

**報恩寺藏記**淳熙二年

凡天下人爲善，志立者事成，心剛者天相云云。雖辦道亦可，況世諦事哉。比丘普欽主九江報恩禪席，周視佛堂，喟然嘆曰："是刹所以嚴崇薦，今弊如此，則吾徒散，梵諷寂，香火冷。吾將起之。"乃興長廊，乃治僧居，乃葺三門，乃營香積，百廢具舉。天宮寶藏，莊（原作"裝"）嚴佛土，不謀於衆，慨然有志，期必創成。飭材鳩工，度地爲制，上浮諸天，下現大海，中貯秘文，孝列天樂，鎮以金仙，助以威神，衛以神龍。工役方半，群魔競起。欽挫愈甚，辨愈堅，竟至圓成，若有陰相。余獨斷以一言曰："剛。"役始於淳熙元年八月，成於次年四月。噫！可哲速遠也矣。

《大典》卷六六九八引《江州志》。

按：《大典》卷六六九七載："《報恩寺藏記》。淳熙元年，趙伯巚記。"所署時間顯誤，然作者名"獻""巚"，未詳孰是。

## 陳伯廣

陳伯廣，平陽人。紹興三十年（1160）第進士，淳熙二年爲鎮江府學教授，後通判明州（《浙江通志》卷一二五）。

**練湖增置斗門磑函記**淳熙二年

自長山合八十四流而爲辰谿，自辰谿而爲練湖，湖又自別爲重湖。堤環湖四十里而築。高於舊者六尺，加厚四十尺而半殺其上。舊疏爲斗門者五，爲石磑者三，爲石函者十有三，皆以備蓄泄也。今加版於磑十有二寸，加函之管數倍之，而易十門之柱以石者，眂（《吳中水利全書》作"抵"）函之數。均用民力二十二萬六千二百九十有七，總爲米一萬八千八十石，爲錢二千一百三十一萬四千八百，皆有奇。而錢出於郡帑者五之三。鳩工於冬十二月之戊寅，粵明年三月朔而班（《吳中水利全書》作"畢"）其役。

盧憲纂《嘉定鎮江志》卷六。又見《吳中水利全書》卷二四。

按：《吳中水利全書》署撰寫時間爲"淳熙十六年"，檢《二十史朔閏表》，本年十二月丙戌朔，無戊寅日，與文所云時間相悖。而淳熙二年十二月爲戊寅朔，與文所云相合。

**聶氏三禮圖集注跋**淳熙二年

《三禮圖》，始熊君子復得蜀本，欲以刻於學。而予至，因屬予刻之。予觀其圖，度未必盡如古昔，苟得而考之，不猶愈於求諸野乎！淳熙乙未閏月三日，永嘉陳伯廣書。

國圖藏宋刻本《新定三禮圖集注》卷二〇附。

## 劉鎮

劉鎮（1114—？），字子山，一字方叔，小名阿崧，小字崧郎，溫州樂清縣人。紹興十八年（1148）第進士。歷任隆興司法參軍、武義丞、知長溪縣。淳熙五年（1178）權通判隆興軍（《紹興十八年同年小錄》、永樂《樂清縣志》卷七）。

**袁氏世範序**淳熙五年

思所以爲善，又思所以使人爲善者，君子之用心也。三衢袁公君載德足而行成，學博而文富，以論思獻納之姿，屈試一邑學道，愛人之政，武城弦歌，不是過矣。一日，出所爲書三卷示鎮曰："是可以厚人倫而美習俗，吾將版行於茲邑，子其爲我是正而爲之序。"鎮熟讀詳味者數月。一曰睦親、二曰處己、三曰治家，皆數十條目。其言則精確而詳盡，其意則敦厚而委曲。習而行之，誠可以爲孝悌、爲忠恕、爲善良，而有士君子之行矣。然是書也，豈唯可以施之樂清，達諸四海可也；豈惟可以行之一時，垂諸後世可也。噫！公爲一邑而切切焉，欲以爲己者爲人如此，則他日致君澤民，其思所以兼善天下之心蓋可知矣。鎮於公爲太學同舍生，今又蒙賴於桑梓，荷意不鄙，乃敢冠以凱皴之文，而欲目是書曰《世範》，可乎？君載諱采。淳熙戊戌中元日，承議郎、新權通判隆興軍府事劉鎮序。

文淵閣《四庫全書》本《袁氏世範》卷首。

## 韓梴

韓梴，其先延安府（治今陝西延安）人，世忠孫。淳熙四年十月爲太社令，五年九月爲將作監主簿（《南宋館閣續錄》卷五）。紹熙初，以朝請大夫直秘閣知真州。是時，司法劉宰蔚有重望，乃舉宰充練達科（《萬姓統譜》卷二四）。

**乞鼎新望祭殿宇札子**淳熙四年十月

已降指揮，太社令每月遍詣諸壇壝齋宮等處檢視，遇有損漏去處，申牒所屬修整。梴躬親前詣太社太稷檢視，得望祭殿宇、行事官齋位神厨等屋，年深損爛，望祭殿低小。乞下臨安府委官鼎新修整。

《宋會要輯稿》禮二三之六載《大典》卷二四〇二三。

## 李處全

李處全（1131—1189），字粹伯，號晦庵，祖籍徐州豐縣，南渡後僑居溧陽（今屬江蘇）。高宗紹興三十年（1160）第進士。歷宗正寺簿，太常寺丞。孝宗乾道元年（1165）以事罷（《宋會要輯稿》職官七一之一一），尋起知沅州，提舉湖北茶鹽。六年，除秘書丞，纍遷侍御史（《南宋館閣錄》卷七），丁母憂。淳熙二年（1175）知袁州，以賄罷（《宋會要輯稿》職官七二之一五）。十年，權發遣處州（《茅山凝神庵記》）。移贛州，未赴，改舒州，卒於任。有《晦庵詞》（《景定建康志》卷四九）。

**崧庵集跋**淳熙六年

少陵句法出審言，豫章句法出亞夫。有唐若我宋詩人，莫可居二老先，蓋其祖考源流所從來遠。世父萊陽府君，少承家學，尤刻苦於詩。建中靖國間，《送張芸叟帥中山三十韻》有"孝治追羊棗，嘉言問凍梨"之句，浮休撫几嗟賞，以爲發語渾厚，托意微婉，可爲後學模範。自是名重京洛，爲郎拜州，汩汩舊轍。晚節益不偶，至於廢放流離，度隴、蜀，入涪、萬；逮還故官，北歸，下瞿塘、灧澦，泛大江，泝淮、汴，多歷奇嶮，益昌其詩。崧庵兄，世父仲子也。人物高秀，山立玉舉。世父愛之，早付以衣鉢。在政、宣時，與陳叔易、朱希真，皆以詩名。中更兵火奔迸，遇物托興，亦未嘗一日廢。紹興甲子而後，齒益高，家益貧，用心益苦，句法益老，始與少作不類。然暮年頗艱出，故不多見。噫！詩果能窮人，抑窮而後工耶？審如是，則詩固人所忌也。紹興己巳，余與兄合并於武林者逾月，將行，飲餞浙江上，臨分哽愴,不忍別,且道家世斯文之屬。後六年,兄歿於荆州,蓋不獲再見矣。諸子流落湖外,遺編斷稿,多爲喜吟咏者持去,心常慊焉。陳君安民惠伯調官中都,因過余溧陽,暇日語長沙佳士有劉氏伯仲,廬陵人,自其先世喜與賢士大夫游。兄建炎末避地,客其家,其調護甚至。舊所藏詩文頗多,或者久假而不歸,每恨不獲鋟版,與吾人共之。因裒輯少日所記,與十數年來撫拾得之於親舊間者四百餘篇,寄惠伯使歸諸劉氏,以滿其好事樂善之意。兄嘗自叙作詩本末,獨幸偶存,較之今所亡則甚夥,而先後亦失次矣。異時復有得焉,當爲別集。處全行年五十而學益落,雖嘔出肺肝,望古人地位終不能到。一燈弗焰,愧負識別,慨然雪涕,書所欲言,不文其辭也。淳熙六年歲在己亥八月望日,弟處全謹題。

文淵閣《四庫全書》本《崧庵集》卷首。

### 題定武本蘭亭序

定武本自承平時已不易得,況今日乎?書學失其傳久矣。楷法出《蘭亭》,近世以書名家者返不知也。贊皇李處全題。

《蘭亭考》卷六。

### 賀單諫議啓

一貴一賤,真泥蟠而天飛;三沐三熏,願景從於焱舉。

文淵閣《四庫全書》本《橘山四六》卷一。

### 啓

念偏親垂暮之年,落窮裔非人之境。

同上書卷三。

### 啓

涸如轍鮒之揚鬐,瘠甚轅駒之驤首。

同上書卷五。

### 啓

薄宦數奇,孤踪寡與。

同上書卷七。

### 敕書樓記 乾道元年

松陵令趙君伯虚爲邑二年,其農桑勸,其獄訟簡,其簿書錢穀治,辦學有新田,三高有祠,百廢具興,不爲苟歲月計。先是,建炎中,國步方艱,而邑當敵衝,祝融回禄相其虐。自後踰四十年,廱宇庳陋,夷於編氓。乾道强圉大淵獻,蘇公始撤爲新門,培基取材,百用先具,梓人執斧斤以聽畫,至瓦甓坯釘,亦出於公之指授焉。其始於秋,而落成於冬,遲速之程,不愆於素。飛樓干霄,與江山長雄。環視具區,笠澤之廣,雲烟捲舒,濤瀾吞吐,舞鴻鵠而獻魚鳥,爲三吴壯觀。君乃以季冬之月,盛服率僚佐,更奉詔敕其上,用以鎮撫其社稷,億寧其神人。遺民故老,告語子弟,咸謂役不踰時,而功倍於昔。微令尹,不復見此矣。是時,公距受代止旬月,公不以欲去怠其事,朝夕於斯,迄用輯成,真古人之用心也。使今人之用心,皆如君公家之事,尚有不樂成者乎?故予樂爲之記。乾道元年,左承議郎、新權發遣沅州軍州事李處全記。

文淵閣《四庫全書》本《姑蘇志》卷二三。文淵閣《四庫全書》本《吴都文粹續集》卷九。

### 曾程堂記 乾道三年

余同年友高君炳儒主吴江縣簿之二年，既請於府縣，以新治舍，又即其西作堂三楹，爲退食之所。規制穏密，不庳不隆，榜之曰曾程，以禮部尚書贛州曾公楘、中書舍人新安程公俱嘗爲此官，示尊賢也。且屬余記之。余幼侍先君，獲拜二公席，益知其文章議論，軒輊一時。在京師已嶄嶄有人望，曾公既登華近，而程公亦賜第擢館閣，迄爲中興第一流，先後典內外制。渡江文物，追配中原，二公有助焉。其去此雖遠，而流風遺迹，猶或可考。尚友昔人，炳儒得之矣。炳儒行終更去，一紙書入光範門，諸公當爭挽致之。由西垣入北扉，丹青帝謨，鼓舞群聽，則於二公何羨？雖然，孔子之賢賢，孟子之論世，其尊德樂道之風，可少廢耶？後之君子，將有取於斯文。乾道三年四月朔日，贊皇李處全記。

文淵閣《四庫全書》本《吴郡志》卷三七、《吴都文粹》卷九、《姑蘇志》卷二三。

**劉給事祠堂記**淳熙八年

資政殿大學士劉公尹建康之明年，政治德洽，恩施化行，民有父母，奠厥攸居。江東之人，咨嗟感涕，謂自我宋混一區夏，繇開寶迄今，更牧守幾人矣。若張忠定之明、張文懿之静、包孝肅之肅、傅獻簡之愛，公實兼之，視兩漢循吏有加焉。先是，旱潦洊至，歲弗順成，民將阻飢。公夙宵勤勞，罔敢自逸，且懲近世習俗欺誕之弊。乃悉具實以告於上，蠲租勸分，賑廩輓漕，凡可以惠荒政者，咸推行之。又慮商賈之或壅也，復請詔上流郡縣毋溢價，毋重征，苟奉行弗虔，得以禁利聞。繇是，大江而西，巨艦連檣，輻湊於東，穀賈以平，民乃粒食，無有轉徙。所活蓋以百萬計，惠澤旁浹，三鄉賴之，以免道殣，嘆息愁恨之聲，易爲歡謠。休績升聞，天子嘆嘉，亟賜褒詔，以倡九牧，藏在盟府。公拜手稽首，颺言曰：“凡修政謹備，以禦水旱，加惠於元元，俾得事父母、育妻子，皆陛下之仁之明，幸留聽臣言，故臣得竭其區區，效萬分一，以出斯民於溝壑。繄天地父母不貲之施，臣何力之有焉？貪天之功以爲己力，臣實恐懼。敢勒琬琰，庸侈上賜，庶幾激愓吏之不在民者。”又以周宣王之事，見於《雲漢》《車攻》《吉日》《江漢》《常武》之詩者，反復申戒，欲使中興復古之盛，見於今日，士大夫然後益信服。公憂國愛民，其心本於至誠，非誇世邀名者。昔汲黯使河内，河内貧人傷水旱萬餘家，或父子相食。黯以便宜發倉粟，以賑貧民，請歸節伏矯制罪。武帝雖賢之，然終以爲戇且妄發，不果用。先正韓國富公弼自政地以讒出藩，其在青社，河朔大水，民流京東。韓公勸民出粟，得十五萬斛，益以官廩，營公私廬舍十餘萬區，散處其人，以便薪水，立法簡便，而周至活五十萬人。募而爲兵，又萬餘人。或以不善處嫌疑地尤之，韓公曰：“寧以一身易數十萬人之命，不悔也。”其後韓公卒相仁宗，輔弼三世，爲宋宗臣。較之漢武帝所以處汲黯者，遠矣。公以宥密之舊望臨一時，文能附衆，武能威敵，天下所待，以致太平於期月之間，擁樞機，坐廟堂，爲天子經營四方，復兩河，歸輿地圖，不動聲氣，措萬世於泰山之安，公之任也。乃今年三月，制詔進資政觀文殿學士，上用公之意方隆，江東之人懼公之歸而不得見也。屬邑五大夫知上元縣趙君公崇、知江寧縣趙君伯浹、知溧水縣司馬君倚、知溧陽縣周君世修、知句容縣朱君光弼，因民之願，欲繪公像於蔣山精舍。公禁之不可。又相率以書抵處全，而告以大略如此，且曰：“公朝夕相天子，則無一物不被其澤，豈惟江東？然吾江東之人，德公也深，不止其身，又及其子孫，思欲家至而日見之，飲食必祝，將不獲如都人旦旦望卷衣於衢路也，則非留公像不可。公雖欲遜善而辭名，奈違衆何？吾子於公，場屋諸生也，盍書之。”處全復於五大夫，曰：“此固公之所甚不欲。公誠朝夕且入相，布德和令，治盛功隆，竹帛紀之，鼎彝銘之，則公之像冠烟閣雲臺之上矣，於此乎何有？雖然,邦人卷卷愛慕之意,則可嘉已,其敢辭不名？所以襃美政,崇大臣。襃美政,則臣工勸；崇大臣,則帝室尊。有唐故事也。抑千百世之下,歲月猶有考焉。請以書於石。"五大夫皆曰:"唯。"乃繫之以詩,曰:

大江之東,鍾山石頭。虎踞龍蟠,帝王之州。行闕峨峨,翠鳳翯翯。其民夥繁,事亦浩穰。顯允劉公,文武咸宜。帝曰欽哉,往撫朕師。公自湖湘,植纛建牙。揚舲東來,兵衛無譁。公既開藩,童叟歡呼。剔蠹鋤奸,恤煢撫孤。饑饉適臻,公弗遑寧。剡章以聞,荒政是營。謂昔堯湯,水旱莫恕。民之毋餒,維備先具。既蠲賦租,既發貯儲。舳艫萬艘,銜尾而俱。市有餘粟,民無菜色。洋洋頌聲,載彼阡陌。民昔未飽,公弗安寢。今含哺嘻,公始高枕。帝用嘉獎,錫公璽書。乾文晋如,玉音鏗如。明明在上,公避不有。於赫豐碑,光氣衝斗。帝御正衙,一日萬機。袞職有闕,誰其補之。金節煌煌,行趣公朝。公朝京師,四夷寢謀。帝曰於戲,汝爲真儒。汝社稷臣,其遂相予。公居廟廊,明堂孔陽。曰都曰俞,帝垂衣裳。清廟崇崇,群后雍雍。鼓鐘竽笙,告時成功。一人萬年,公執魁枋。肖貌在堂,邦人之慶。

記成於丁酉之冬,而碑石褊小,未及刻。明年公薨,邦人思之益切,謂登峴首而墮泪者,有碑故也。住山祖慶,既易兹石,俾處全并書之。淳熙八年歲在辛丑四月丙午朔,朝奉大夫李處全。

《景定建康志》卷三一。

### 茅山凝神庵記 淳熙十年

句曲名山,三茅勝地,靈宫闕宇,突兀炳焕,甲於江左數千百里。凝神庵居其間,林樾蔽虧,氣象深穩,宜高人逸士之所廬也。紹興癸亥,祠宇宫道士張椿齡與其徒相攸於中峰之下,誅茅結庵,擺落世紛,怡神葆光,爲物外之游。性真内融,道腴外豐,秀骨山峙,神鋒玉舉,望之真蓬萊方壺中人,學者稍趨歸之。聲聞帝聰,有詔召對,控辭弗獲。既見,上顧勞甚寵,解御服以賜,且命圖形於神仙閣。固請還山。先生起草萊,受知聖明,前後六至闕下。壬午視師,亦賜對於行在所,每見加厚。初,太上皇欲易庵爲觀,先生辭以有觀額則事煩,非幽居之宜,故止賜今名,實乙亥六月也。庚辰歲,建三清殿,像設供具皆上方所製。其後以行宮賜銀建天祥閣,奉藏宸翰,又爲層屋,置内府賜鐘。雲漢在上,光被草木,寶器所鎮,神鬼守護。凡二紀資錫,悉充棟宇費。齋庫庖湢,位置不瀆,於是豐約中度,規制具體矣。乾道壬辰,賜田三百三十畝有畸,仍命漕浙除其税,德至渥也。屋之高下,皆因其山之勢,妥帖邃密,不晦不露,白雲峰擁其左,小峰拱其右,面抱赤山,大羅源平遠當胸,而升元頂亦逐逐在目也。紫翠環繞,四山如屏,晨光陸離,篆影凌亂,宵籟闃寂,琴聲清圓,恍若與塵世隔。匹夫而能動冕旒之高聽,享山林之至樂,其必有以也夫。噫！老佛之教,與孔氏鼎立,後世紛紛,矛盾異同,真人御辯,融三爲一,恭己正南面,而儒術行於天下,刑政修,禮樂興,二家翼之,使民心一於爲善。熏陶漸漬,風俗淳厚,兵寢刑措,日躋仁壽之域,庸非助乎！先生訪對之際,言不得聞,若夫方士誕虛之説,治道清靜之要,將奚擇焉？天實聞之矣。其能動高聽,享至樂,宜哉。先生,常州晉陵人。少爲人也,名行義,字達道,度爲道士,改今名,而世先以其字行。既殁之九年,住庵弟子茅見獨以僕疇昔與先生有一日之雅,而與其兄王見志從游荊溪之上垂四十年,屬爲之記。故獨取其庵之顛末,係於興創者,識之。其被遇兩宮,榮寵光顯,當有紀録,以侈眷異,兹不具載云。淳熙十年九月朔,朝散大夫、新權發遣處州軍州事贊皇李處全記并書。

上海古籍出版社 2016 年版《茅山志》卷二六。

**待制錢端修墓志銘**

苗傅、劉正彥之變，呂忠穆公頤浩以簽書樞密鎮金陵，謀帥師勤王。公時爲修行宮官屬，力贊之，預草《請復辟表》置懷中，一日出以告忠穆公曰："艱危如此，公以見執政處方面討叛，職也，勿居它人後。"忠穆聳然，即日提兵趨行在所。《表》語有曰："太母以柔靜之身，高居嚴邃；皇帝以幼冲之質，淵默臨朝。陛簾之間，天地相隔。萬一羽書交至，變故乘時，則迫切之虞，可勝道哉？惟念神器之大，祖業之重，不憚再四請復明辟，親攬萬機，以安衆心。然後思致寇之由，奮撥亂之略，據東南形勝以圖西北。期以歲月，中興不難致矣。"張魏公浚時以防遏使留平江，同勤王之舉。得《表》，俾謄本傳四方，讀者增氣。發運副使呂源覽之泣下，曰："國有人焉，可無憂矣。"公獨以不獲執鞭弭、從諸軍周旋爲恨。及事平，諸司表賀，往往多出公手。始入朝，見大臣於政庫堂，首言："今軍旅方興，戎幕所辟置，要須智謀策略之士，否則，仗節死義之人。今蜀僚輩中，非奔競無恥、奴事諸將，爲求官射利之計，則陰負咎累、絶進取望者，苟禄自私，徼倖攴拭而已。至於倉卒見敵，欲決疑定議，則托儒爲奸，緣飾前代，欺惑主將，惟務退縮，自爲身謀，國家何賴焉。乞悉從堂選，以革前弊。"切中時病，識者韙之。

《景定建康志》卷四三。

## 鄭鑒

鄭鑒(1144—1181)，字自明，號植齋，連江(今屬福建)人，居長樂(今屬福建)。孝宗乾道九年十二月(1173)，以太學上舍生釋褐(《宋會要輯稿》輿服四之二九)，補左承務使太學録，遷國子正。淳熙三年(1176)七月，爲校書郎。四年正月，遷著作佐郎。五年春，兼史院編修官。四月，爲著作郎兼太子侍講(同上書職官七之三一)。七月出知台州，未上。偶散步於所居之門，忽巨木仆焉，壓而死(《建炎雜記》乙集卷九)。

**跋陳徽猷墓志銘後**淳熙五年

予戊戌歲來寓安國精舍，索居荒陋，懼不聞其過。嘗記晦庵爲予言陳候官之爲人，既接而情益親，因得見其先徽猷墓志留稿。蓋玉山公之文，而書之者南軒也。其文足信，其書足敬。所以能致文若書者，其父子之賢可知已。東導鄭鑒謹跋。

《大典》卷三一五〇。又見國圖藏石研齋藏抄本《汪文定公集》卷一一。

**堯舜論**

與人同以名求之，則開闢以來一堯舜也。不强合其無，而求得其所有。則堯舜性仁，仁即堯舜也。堯舜之道孝悌，孝悌即堯舜也。堯舜非堯舜，而仁與孝悌所以爲真堯舜。則其八骸九竅而目之人者，皆勛華之徒也。漢武之欲參堯舜，思以此而合彼者也。唐太宗之欲輩堯舜，思以此而齊彼者也。堯舜與我本自一體，參之輩之，則一而二矣。知有堯舜，而不知所自有之堯舜，則與不知者一律。

《群書考索續集》卷五三。

按：鄭鑒生卒年，史無確載。《經籍考》卷三二："鄭思孝曰：'先高祖諱鑒，字自明，號植齋，贅於丞相陳正獻之家，遂家於莆。事孝宗朝，忠盡極諫，當時晦庵、南軒、東萊諸賢深敬之。三十歲釋褐,三十八歲即世。今所存者惟《易經》一部。'"據此,推定其生卒年。

## 張季謨

張季謨,宋孝宗時人。

### 敏政堂記 淳熙七年

古者長邑之官曰尹公大夫,民之尊吏,治易爲功。今選人用舉者聽爲令,已更秩,升爲縣,或辭焉不聽,視古權稍輕。人益病其難。又始趨府餉三日,吏挾一紙以示,縣板帳錢若干,經總制月楮若干,趣,如令乃止。既視事,即治朱墨,揩揩然較財計有無,不暇及民休戚,若事之當否。萬有一專意民事,財賦輒不辦。吁!亦難矣。崇仁張侯造官之初,余嘗持二説以問。侯曰:"束帶臨民,敢不敬厥事。獨催科無策,奈何?"侯去而勉於職,決積年滯訟纍百,涉筆平恕,多愜服人意,民勸趨之。凡財用巨細略無闕。一日,侯以書至曰:"撫部五邑,多以嚴健蒙惡聲。今吾邑民樂輸其上,訟日少,翕然驚奮,若可與爲善。邑近葺治旁一室如道院,願得名與記,爲父老雪耻,可乎?"余曰:"以今人病於邑,而侯來未久,能使民樂輸、省訟而興善,亦可謂敏於政矣。子思子曰'人道敏政',君子齊心服形,近在隱奥;爾民格化,捷於枹鼓。"因記其室爲敏政堂,俾歸以刻諸石,庶幾來者與侯同志,猶有感於斯云。侯名潚,字仲清,以通直郎知縣事。廉靖自好,信惠而不煩,蓋優於謀邑者也。淳熙七年孟秋月朔記。

《大典》卷七二三九引《撫州羅山志》。

## 皇甫中

皇甫中,字子立,號兀庵老人,宋孝宗時人。

### 龍門洞記 淳熙七年

長陽縣龍門洞,距縣治隔江少西。登縣樓望之鬱蒼,出没雲烟,心往神游,而迹未始接也。淳熙庚子秋月,火老候濁,泛舟之篙,植杖百步,幽花小草薰鼻,殆非人間世也。叢篁偃松,蔽日交蔭,捫石穿嵌空,攀越空牝。如是者又數百步,乃瞻飛泉百尺,作建瓴之勢,漱石而下,濺雹鳴玉,聲亂人語。予偕宋宗聖宣卿厝蘇班、藉草茵,跣足立於泉中,相顧謂曰:"壯哉雄觀,清ణ勝游!"酌泉賦詩,紀歲月名氏,毫毛森樹,肺肝冷然,不知時之在庚伏也。予嘗考導河積石,至於龍門,非此也。然山形中斷,若鑱若鑿,破崖出泉,殆若禹之遺迹。昔煬帝初營洛陽,登印山南望曰:"此豈非龍門耶?"然則耳目所及,世已三龍門矣。舉天下之號皆龍門者,不知其幾也。先是旬日,虹霓亘天而下,飲蹊而上,則龍門之名,信不虛矣。予偕宣卿,爛游無點額之纖,其兆亦佳。惜令尹宋公宗堯唐卿,以職事不輒出,不得與俱。兀庵老人皇甫中子立志。

《大典》卷一三〇七四引《夷陵志》。

## 余氏

余氏,名不詳,淳熙時爲建安萬卷堂書坊主。

### 尚書精義序 淳熙七年

《書》解數百家,或泛而不切,或略而未備,或得此而失彼,或互見而疊出,學者病之。

釋褐黃公以是應舉,嘗取古今傳注及文集語録,研精而剸截之,片言隻字有得乎經旨者,纂輯無遺,類爲成書。博而不繁,約而有要,實造渾灝噩之三昧,非胸中衡鑒之明,焉能去取若是。志於經學者,倘能嚅嚌是書,不必他求矣。余得之,不敢以私,敬鋟木,與天下共之。所載諸儒姓氏,混以今古。余不暇次其先後,觀者自能辨之。淳熙庚子臘月朔旦,建安余氏萬卷堂謹書。

文淵閣《四庫全書》本《尚書精義》卷首。

# 陳邕

陳邕,字和父,潭州衡山人。淳熙八年(1181)第進士。十一年爲桂林郡教授。紹熙五年(1194)閏十月,除秘書省正字。慶元二年(1196)正月除校書郎。是月,添差通判江州(《南宋館閣續録》卷八、九)。嘉定二年(1209)知岳陽。

**净心堂記** 嘉定四年

嘉定二年冬,余起家守巴陵。越明年春,有詔奏事之鎮,士大夫迎勞於途,咸曰:"岳,蕞爾國也,而後囿名天下,有山水之真趣焉。"余心識之。洎秋八月始克至,少間,領客與俱游以質其言。蓋岳陽郡治西臨湖,而山環其左若乳焉。湖之浩蕩渺瀰,水天一碧,氣象固高視海内。而山自東旋北,岪嶤紆徐,不巉不庳,蛇行蚪折。其勢閎以深,有丘突起其中,屹若鼇負。曰湖曰江,縈抱如帶。阤靡南注爲黃堂址,餘皆一重一掩,若肺腑然。山曲泉冽,涵空不流。林茂竹修,宛在村墅。其景物之得於天者如此,故臺榭亭觀,高者曠如,卑者奧如,寒者晦明,各遂其適。方目極重湖,神騖八表,眇焉有陵青冥、游汗漫之興。及轉至幽靚之境,則收視反聽,泊乎無營,若與世相忘者。世之名區巨填,侈園池以相詡。夷拓刱築,珊鏤藻繪,殫人力之巧,望之如丹臺貝闕神人之所宅者,固有之矣。求山水之真,誠未易班乎此。獨以守符屢易,因廢弗治,徑湮檐圮,窗户毀而欄楯刓,景之真者反流而爲野。顧駕甫税,未暇及。又數月,郡政粗有緒,始以漸經理之。然一圃行樂,固皆佳致,而余所最愛,惟浮光、野泉二亭。夫曠如之景,接洶涌之勢於軒楹,掬混漾之光於几席。莫雄於岳陽燕公之二樓,然俯之太迫,反無餘味。唯浮光遠在東嶺,四山林立,湖湛其前,迥挂霄漢,倍覺有遐眺遥企、邈不可及之意。奧如之景,諸亭各據其會。然或得於坡陁之阜,或得於泓渟之沼,則容有未全者。若野泉掩映兩山間,靈液霶沸,潛與湖通。半壁其形,有盈無涸。平巒回互,翠篠周繞,龜魚浮嬉,鷖鷗翔集,静對凝碧,泠然如浴沂而濯滄浪,煩襟滌空,俗壒辟易,不知此身之爲吏,而此地之爲官府也。故特於二役爲加詳。浮光舊規雖偏而地勢劣,容數椽,又當寒飆之衝,姑仍而葺之。野泉則木老多腐,不可撑拄,乃撤而一新焉。爲堂三楹,前飛櫺以瞰微瀾,後闢室以蔭清樾。既成而春始半,首奉親輿以落之。繼是客至,必偕觴咏,終日裴徊不能去。已而嘆曰:"久矣。昔聞之,不逮今見也。"因歌杜少陵"秋水清無底,蕭然净客心"之句,更名曰净心堂。客或問"净心"之義,予起携其手,拊危檻而立,百慮一洗,相視而笑曰:"得之矣。"四年夏四月記。

《大典》卷七二四〇。

**海陽山靈澤廟碑記** 淳熙十年

湘、灘二水之源,其山曰海陽。海陽之岩,嶮絶幽邃,泉出深竇,注於溪,遇鏵嘴折焉。右曰湘,左曰灘。湘北至靈,匯洞庭入於江。灘南至廣信,達番禺,入於海。各行數千里,過郡五六,利澤所被,悠遠廣大,而實海陽之自出。則是山也,殆與淮之桐柏、江之岷、河之崑侖同類。其發有本,其流無窮,變化功用,固非他山所敢班。而氣之所感,能通造化,司雨暘以福一方,於理則宜祀。《傳》曰:"山川有能潤於百里者,天子秩而祭之。"初不俟譎異說以神之也。山故有祠,漢屬零陵,今隸桂林之靈川。郡邑吏民若遡若邇、旱潦癘疾,必齋以禱。精誠潛孚,如響斯應。乾道間,大帥范公以其狀聞於朝,有詔賜廟額曰"靈澤"。淳熙十年,漕使胡公庭直復以請,有詔錫侯爵曰"惠濟"。襃渥薦加,神之威靈益顯。胙饗不違,如親受職。父老侈是賜也,願鑱岩以永其傳。余湘人也,而官乎灘之濱,故特推明是山之所以爲神者,表而出之。俾民敬事,益無怠。若夫旌感應之實,贊正直之德,則有天子之休命在。

《廣西通志》卷一〇八。

**彈子岩題名** 淳熙十一年

廣漢張公栻嘗大書於桂林郡之治事廳,桐廬詹公儀之欲其傳之廣也,命鑱諸石。俾凡臨民者,皆得目擊心存、力行無倦,庶不負聖人之訓。淳熙甲辰冬長至日,郡文學長沙陳邕謹題。

《粵西叢載》卷一。

## 周緒

周緒,字習夫,永嘉(今浙江溫州)人。孝宗淳熙五年(1178)第進士(弘治《溫州府志》卷一三)。十一年,爲迪功郎澧州慈利縣主簿權軍事推官。

**澧州新倉記** 淳熙十一年

淳熙十年秋八月,太守、舍人趙公被旨,自邵易澧。始至,訪郡所急先,悉興起之。倉故在州治西,厥地爽塏,厥址宏閎,厥置便宜。然棟宇未聞,誅茅織草,意象圮陋,將何以定經久法程。公顧瞻怛焉。乃九月七日,鳩工戒事,按圖斤材。中敞都廳,繞以列庾。洞闢崇門,耽耽巍巍;上覆陶瓦,鱗鱗差差。不飾不琢,斯直斯翼。垣周迴以丈,計百一十有七奇,五分丈之一。屋中廷環五區屬垣,合百有六丈奇,五分丈之二。爲楹百四十有六。於是倉庾之壯,甲於洞庭之北。凡尺株寸甓,悉官自辦,弗及民。冬十有二月既事,公與別乘洪公暨寮掾落之。惟郡之有倉,所以儲軍須,給餼廩,爲民水旱凶荒備者咸在,詎可因陋仍簡,馳焉弗圖,將風雨燥濕之不時,蕩爲飛灰,濡爲泥沮。若官若軍若民色饑,郡胡以給之?公敏識絕人,奧學經世,右庠蜚聲,稱爲有用之才。至以舍選奉大對,親擢第一。乃今掇賢上閣,出鎮巨屏。知郡有遠模,莫倉庾先是舉也。堅固可以持久,雄麗可以重威,廣夷靖深可以有容。粟人有藏,給予惟時。澧之爲郡,繼自今有本乎哉!先是有旨,因歲稔,下緡錢,糴於民。郡守臣掌視惟謹。澧之糴四萬而贏。時就糴即聚,往往依市虛、寓僧舍、留民家以爲固,分散不一。蓋藏弗謹,虞有耗失腐敗。倉成,悉移而歸之。易新陳,嚴防守,以俟上命。然則公不特爲澧計,其爲國家計也,甚忠。一舉二美,具是不可不特書。公名鼎,字和之,淇川人。淳熙十一年二月吉日,迪功郎、澧州慈利縣主簿權軍事推官周緒記。

《大典》卷七五一六引《周緒集》。

## 陳縝

陳縝，字德容，一字師文，羅源（今福建羅源）人。淳熙八年（1181）特奏名第一人（《淳熙三山志》卷三〇），十二年爲武岡軍學教授（《福建通志》卷四三）。

### 改建學外門記 淳熙十二年

學設重門，所以嚴限域，壯觀瞻，使學者所居邃然，不與事物交際，專意詩書，益自貴重。其出入乎其間，經歷乎其外者又如此。爲國家教育之地，俊造所聚，禮義由出，斂躬肅容，懷敬慕而毋敢慢，則其於規模制度，有不可得而庳陋亦明矣。武岡自移新學四十七載，外門凡三易。其始居學之左偏東向，臨譙門之路，與中門相距不能數步。紹興丁丑，太守建安劉公韞始易之梁豀而南，與舊址夾豀相望爲門。教官舊亦居豀南，臨衢道。紹興壬午，朝廷省教官，有言於郡，敞其宇爲賈區，可以獲僦利者。自是群小鱗集，而學者昕夕往來出其傍，甚以爲病。淳熙乙未，盱江王公垂始逐去其已甚者，撤屋取道南出，立門於外。然向之僦居者，尚雜處其中，檐卑巷隘，與民廬莫辨。今太守四明林公祖洽下車，觀覽徘徊，嘆曰：「都梁密邇蠻徼，自昔爲控扼用武之地，今儒者日衆。數十年來，夷人向化，聞其豪右有買經教子者，豈非文德漸摩之效？茲郡庠序，視他郡爲當經意，而門閭若此，何以示勸？且昔人創學，必擇形勝，揆陰陽以山川之秀。今層巒疊巘，直聳其前，若與吾相周旋揖遜者。而爲門乃與之參差不偶，加以穨垣敗甍爲之蔽障，是狐裘反衣之也。」於是始議改創。又踰年而昔之雜處者皆它徙，遂盡得教官故居之地。東西三十步，南北三之，平夷徑直。隙其前之十步，橫植三門，歸其餘地於門內。自外而望，其勢閎以深；由內而觀，其氣舒以達。山益奇，水益清，野綠天碧，心目夷曠。直學校之偉觀，可以移氣體，澡精神，擄幽發粹而暢之乎事業者也。門自始作逮成，邦人父老日夕來觀，歡喜感嘆。諸生合言於縝曰：「請志其事，無以忘公德。」縝謂公之可志者，不止乎此。昔魯僖公修泮宮，詩人頌之。其序曰：「頌僖公能修泮宮也。」今考其詩，凡輪奐之美不與焉，所言者載色載笑，不以勢自居也；順彼長道，不以賢自處也，而又敬明其德，以身先之。豈非所謂修泮宮者，不獨既其文邪？今公之爲政，其律身甚嚴，其治民甚恕，其於學者禮以賓客，而誨其子弟，月上所校之藝，寸長必表。每因齋宿之次，循視几席，對酒談經，和氣充襲，使學者仰不知郡侯之尊，俯不知布衣之賤，而惟知道之貴。於以作成，不其兩盡歟？諸生誠不忘公之德，其堅忠孝之心，究聖賢之學，毋輕僥敗類，毋墮窳廢業，毋出見紛華而悦，毋使過吾門而不敢踦顧，如唐人所云，茲其爲報，不已稱乎？諸生咸曰：「唯。」遂次而錄之，以告後人。淳熙十二年歲次乙巳六月，軍學教授陳縝記。

《大典》卷三五二五引《都梁志》。

## 趙汝礪

趙汝礪，熊克門生，淳熙十三年（1186）爲福建路轉運司主管帳司，開禧元年（1205）爲建昌太守，刊曾鞏《南豐類稿》。

### 北苑別錄序

建安之東三十里，有山曰鳳凰，其下直北苑，旁聯諸焙。厥土赤壤，厥茶惟上。太平興國中，初爲（原缺此字，據《續茶經》補）御焙，歲模（原缺此字，據《續茶經》補）龍鳳，以羞貢筐,蓋(原作"益",據《續茶經》補)表珍異。慶曆中,漕臺益重其事,品數日增,制度日精。厥今茶自北苑上者,獨冠天下,非人間所可得也。方其春蟲震蟄,千夫雷動,一時之盛,誠爲偉觀。故建人謂"至建安而不詣北苑,與不至者同"。僕因攝事,遂得研究其始末。姑摭其大概,條(《續茶經》作"修")爲十餘類,目之曰《北苑別錄》云。

文淵閣《四庫全書》本《北苑別錄》卷首。

**北苑別錄跋**淳熙十三年

舍人熊公博古洽聞,嘗於經史之暇,緝其先君所著《北苑貢茶錄》,鋟諸木以垂後。漕使侍講王公得其書而悅之,將命摹勒以廣其傳。汝礪白之公曰:"是書紀貢事之源委與制作之更沿,固要且備矣。惟水數有贏縮,火候有淹亟,綱次有後先,品色有多寡,亦不可以或闕。"公曰:"然。"遂摭書肆所刊《修貢錄》,曰幾水,曰火幾宿,曰某綱,曰某品若干云者,條列之,又以其所采擇製造諸說并麗於編末,目曰《北苑別錄》。俾開卷之頃,盡知其詳,亦不爲無補。淳熙丙午孟夏望日,門生、從政郎、福建路轉運司主管帳司趙汝礪敬書。

《北苑別錄》卷末。

## 湯思謙

湯思謙,思退弟,處州麗水人。乾道元年(1165)貶爲溫州平陽縣令(民國七年《平陽縣志》卷一〇)。淳熙十年(1183)知臨江軍,十二年提舉江南西路常平等事(雍正七年《撫州府志》卷一四),十五年遷提點荊湖北路刑獄公事(《宋會要輯稿》職官七二之五五)。

**題三餘集**淳熙十三年

三餘詩文,流誦士大夫間有年矣,恨未多見。幸會此來,訪其家藏,獲觀全帙。大抵根據理要,而其味悠然以長。或以文非韓退之、詩非杜子美有所不道,可謂知之深者。乃鋟諸板,用廣其傳,庶彰著述旨意云。丙午仲冬望日,縉雲湯思謙題。

文淵閣《四庫全書》本《三餘集》卷首。

## 劉興祖

劉興祖,淳熙十四年爲象州州學教授。

**摛文堂集序**淳熙十四年

古今以文名家者多矣,其有兼作者之妙、爲百代之師者,文忠蘇公而已。是以皇上萬幾之暇,親御翰墨,爲之序贊,有曰:"他人之文,或得或失,多所取捨。至於軾所著,讀之終日,亹亹忘倦,常置左右,以爲矜式。"大哉王言,誠萬世不刊之典也!當時學士大夫,有經品題,皆足以垂世,況深蒙見知者乎?尚書文友公家世伊洛,河南王之遠裔也,天姿秀拔,自幼篤學,之老不倦。家藏書數萬卷,手親是正,不憚寒暑。蓄諸中者既豐,故發諸外者汪洋,大肆浩浩乎,莫之禦也。元祐間,弱冠登進士第。至紹聖初,屬設詞科,一試而首中之。雅爲蘇公所器重,誠以道德文章有默契於言意之表,宜乎聲相應、氣相求也。公司鳳閣,直鑾坡,登八座,五知貢舉,天下服其文鑒之高,名公鉅卿多出其門。揚歷華途,垂三十載。惜乎位不滿德,未足究其所學。而恭和御製,敷演辭命,忠言讜論,高文大册,每篇奏御必蒙褒嘉,真足以造作者之淵源,垂將來之軌範也。平生所著,百有餘卷,因兵火盜賊之後,散失幾盡。慕容太守爲公嫡孫,力於親舊間搜訪所藏,尚及千篇,患其先後踳駁,且命興祖訂正之。興祖善太守之志，能使乃祖鴻筆麗藻光傳後世，孝也；天下學者有所師法，仁也。仁且孝，君子之能事畢矣，奚敢以不敏辭？若乃孝友之行，忠誼之節，謀猷之嘉，德量之廣，操履之正，建明之公，有朝廷謚議與夫行狀志銘在，開卷昭然，固無待僕措辭而後見也。輒因其文而次第之，以爲不朽之傳。公諱彥逢，字叔遇，文友其謚云。淳熙十有四年歲次丁未正月上日，從政郎、象州州學教授劉興祖謹序。

文淵閣《四庫全書》本《摛文堂集》卷首。

## 歐陽朴

歐陽朴，字全真，新喻人。乾道八年（1172）第進士（《江西通志》卷五〇）。作州縣二十餘年，不求人知。嘉泰初，改知衡陽縣（文淵閣本《文忠集》卷六八《朝議大夫工部尚書贈通議大夫謝諤神道碑》、《誠齋集》卷一二一《故工部尚書章煥閣直學士朝議大夫贈通議大夫謝公神道碑》）。末赴，一日無疾而逝（《萬姓統譜》卷一三一）。

**增修支移倉記**

袁州上供之輸，故寓於臨江。自淳熙元年，始徙歸分宜。七年，始建倉於縣江之南。輸不勤遠，公私咸宜。然規摹未備，歲輸敖告盈，往往俟漕運發厥載，乃復受。官患滯民，民苦伺官，因循苟且，以幸竟事。十四年，郡委縣主簿劉君孟容視輸，慨然以便民爲志，乃平概量，乃削年蠹，民無苛費，公不乏事。因思有以廣其倉之未備者，則請於計臺，得錢共十萬、米五鍾，乃規其倉之兩隅，創爲新廒，其度如舊廒；復增舊廒之扉鑰甍瓦，其飾如新廒。舊廒亦揭"足國裕民爲賢"六字以爲號，新廒二，曰公、平。簿謂公則國可足，平則民可裕，必公必平，所以爲賢也，民甚便之。夫士之仕者，未嘗不欲行志以及人，然左掣右繩，志堅而事遺，事順而勢格。凡小惠輒見，或有不得行者。今簿以小吏之卑，欲有所爲，而上官應之，如高屋建瓴水，在己不敢以專請輒舉爲嫌，在彼不以尸功出位爲議。是雖簿有以素信於人，然非部使者與守侯之賢，聽而從之，則簿之志，亦不能有所行矣。予家渝川，與分宜接畛，見士民往來，談十五年夏大水，簿嘗擅發計臺所儲於是倉之粟以賑民，民甚德之，使者曾不以爲專也。予固已深嘉屢嘆矣。茲又聞增修是倉，無非有以便民者。予因諗所聞，樂爲記之。前所云使者守長，則漕劉侯穎、太守黃侯璨（原作"壞"，據《袁州府志》改）、通守趙侯伯厚、邑長周侯宗文，而協贊增修之役者，監稅張君子謀云。是年冬十一月望。

《大典》卷七五一五引《宜春志》。又見正德《袁州府志》卷一四。

## 雷衡

雷衡，宋孝宗時汀州布衣。

**陳經界鈔鹽利害** 淳熙十六年

臣伏睹本州六縣，生靈久困。淳熙間，帥臣趙汝愚、漕臣王回屢乞行臣本州經界鈔鹽，整頓瘡痍。上俞其請，經今三年，未見措置。切恐朝廷謂經界工費煩重，鈔法虧折歲課，臣再以推行二者事節，條具下項。今具經界工費如後。

一臣州境東西四百十一里，南北五百里，折爲六縣。長汀管一十四里，寧化一十團里，上杭一十二鄉團，武平三十里保，清流八團，蓮城六里。逐團里又折爲都，都又分爲十井。一都有十大保，一大保統四小保。量田一井，多者十頃，少者六七頃。紹興間本州經界，只以水色作七等,定高下,遂以約禾,概以三貫二百錢重爲一秤,均受產錢,輕止三分五厘,重止五分。如農人春播五寸,投一種,秋收一穗。加一刈二者,畢工不越於芒種、立冬前後一旬。今經界專用繩縴步杖度之,日歷數百畝,工又易於播刈。

紹興間,舉行打量,起於己巳正月,畢工三月。正長旬日以量到步畝,通數報官,畢日統數,并見圖板,亦備工止六十日。計度一季吏錄紙札應用等,供用二萬九百三十六貫省。寬與半年,又肯費錢一萬七千二百七十二貫省。米人日支二升,官吏倍支,日約七石,共用米一千五百石。其錢州縣常賦及上供,經總制諸司色目不可移兌,則本州縣見管常平錢數目鉅萬。今借爲經界之用,候半年就緒,即有後項虧折稅米錢僅二十萬,可以補填。又日有人户即契牙稅錢至多,今具鈔鹽利害。

乾道壬辰,運使陳峴建議行客鈔。客鈔之行,方閲四月,漕司已賣一千二百萬斤,歲額僅登。故漕司無昔時州縣乏本不搬之數。客人先次納錢請鈔,後赴倉支鹽,亦無昔年州縣坐欠赦蠲之弊。但干官司不免占涉,只爲其時不曾議及汀與建、劍、邵武利害不同,許通行其鈔。劍、邵郡并舟運,富商儘得停塌,乘見汀之鹽闕,番改星夜并程搬來,致使汀州鈔法不行,無錢支解,竟行奏罷。淳熙丙午,帥臣趙汝愚抗章,鈔議復下。官吏恐行,於私無益。云汀鹽價高,小民艱食,不必推行鈔法,只與增綱減價,使可紓民。今雖每斤減下錢數,刻削過(原作"遇")於昔日,徒資州縣倚法爲市。今若鈔法一行,鹽價不抑自低,官價與鄰虔略同。民見私販無息,不戢自絕。

《大典》卷七八九五引《臨汀志》。

按:《大典》云"淳熙十六年汀州布衣雷衡"。

# 馬子嚴

馬子嚴,字莊父,號古洲(《詩人玉屑》卷一九),建安(今福建建甌)人。嘗問學於朱熹。孝宗淳熙二年(1175)第進士(明嘉靖《建寧府志》卷一五)。曾攝鄱陽幕(文淵閣本《南澗甲乙稿》卷五《送馬莊甫攝幕鄱陽用趙文鼎韻》),淳熙中爲鉛山尉(明嘉靖《廣信府志》卷八),十六年爲丹陽郡教授。慶元元年(1195)知閩清縣(《晦庵集》卷八三《題嚴居厚與馬莊甫唱和詩軸》)。後知岳州。纂《岳州志》,已佚。

**題焦山瘞鶴銘**淳熙十六年

予淳熙己酉歲爲丹陽郡文學,暇日游焦山,訪此石刻。初於佛榻前見斷石,乃其篇首二十餘字。寺僧云:"往年於崖間震而墜者。"予亦信然,遂挐舟歷觀崖間,尚於"兹山"之下二十餘字,波間片石傾側。舟人云:"此斷碑也,水落時亦可模搨。"予因請州將龍圖閣直學士張子顏出之。張欣然發卒挽之。既出,則"甲午歲"以下三十餘字。偶一卒復曰:"此石下枕一小石,亦覺隱指,如有刻畫。"遂并出之。疾讀,其文則與佛榻所見者其文一同,持以較之,第闕二字,而筆力穎異。乃知前所見者,爲寺僧所給耳。因模數本以遺故舊,今但餘此,因裝緝以爲一通而記其左云。近觀陶隱居諸刻,反復詳辨,乃知此銘真陶所書。前輩所稱者衆矣,惟黄長睿之説得之矣。此不復辯。

《至順鎮江志》卷二一。又見《金石文考略》卷四。

**潮汐説**

《禮記》,朝(此字原缺)日曰朝,致月曰夕。江海之水,朝生爲潮,夕至爲汐。日,太陽也,虛一次而成月;月,太陰也,合於日以起朔。陰陽消息,晦朔弦(原作"相")望,潮汐應焉。由朔至望,明生而爲息;自望及晦,魄見而爲消。水,陰物也,而生於陽。潮汐依日而滋長,隨月而漸移。日起於朔,月盈於望。一朔一晦,天西運一周有奇。月東行迎月之所次,月合於地下之中,則日之所次也。故潮平於地下之中而會於月。潮於寅,則汐於申;潮於巳,則汐於亥。兩辰而盈,兩辰而縮。日百刻,刻爲三分,時得八刻三分刻之一,周天三百六十五度四分度之一,分十二次,次得三十度八十分度之三十五。日行一度,月行一十三度有奇,漸遠於日。故潮汐之期浸移日後六刻三分刻之一。一朝夕而再至,故一晦朔而再周。朔後三日,明生而潮壯。望後三日,魄見而汐涌。每歲仲春,月薄水生而汐微;仲秋,月明水落而潮倍。減於大寒極陰而凝,弱於大暑畏陽而縮。陰陽消長,不失其時,故曰潮汐。

國圖藏明萬曆三十四年刻本滕珙輯《類編標注文公朱先生經濟文衡後集》卷二四。

**戒珠寺記**

西方教入中國,肇於東漢,而昌於梁室,至唐始大盛。其說以生死禍福輪回報應爲宗,匹夫匹婦聞者聳動,士大夫亦往從之,雖豪傑不免。其徒不耕織而衣食飽暖也。壯麗其宮,崇高其相貌,傾貲竭力以致其功,皆夫人之自爲,而佛者無勞焉。果何修而後得此哉?予惟江南連年水旱之餘,朝廷捐官爵,募民發粟以賑之,應者或鮮矣。夫以數百石粟,不過爲緡錢千數,可以得官,可以濟人,皆必致之事。顧乃不爲今浮屠氏一殿之費,或數百萬且甘心焉。是爵賞之涉,果不足貴,而死生禍福輪回之說,真足以聳動當世哉?

乾隆《鉛山縣志》卷九。

按:題下原注"略訂"。

## 林栰

林栰,字子長,福州福清人。隆興元年(1163)第進士(《淳熙三山志》卷二九)。淳熙中,歷任太平州教授、福州教授。淳熙七年知銅陵縣(《江南通志》卷一一七),十六年爲明州通判,慶元六年(1200)以樞密院檢詳諸方文字爲金國賀正旦使,出使金國(《宋史》卷三七)。嘉泰元年(1201)遷軍器監(《宋會要輯稿》選舉二一之九),官終右司郎中。

**跋蘇軾題銅陵陳公園雙池詩**

鄉老朱輅曰:"幼見壁間坡、谷翰墨尚新。"以此知二先生集中,所遺極多。

《大典》卷一〇五六。

按:《大典》云"淳熙間知縣林桶","桶",爲"栰"之誤。

## 陳憺

陳憺,字伯霆,興化軍莆田縣人。淳熙十三年(1186)特奏進士出身。紹熙二年(1191)前後爲潮州州學教授。嘉泰元年(1201)爲建康府學教授,四年罷(《景定建康志》卷二八)。嘉定七年(1214)十一月除秘書郎。八年正月爲著作佐郎,十二月除著作郎。九年八月知潮州(《南宋館閣續錄》卷八)。

**海陽築堤記**紹熙二年

紹熙(原作"興")辛亥九月,大夫張侯被命鎮州。至則宣德意,訪民隱,興利除虣,勸學劭農,有循良吏風。於是距城十保之衆,知公之有志乎民也,喟然釋耒耜言曰:"吾儕耕鑿於斯幾百載,邊溪岸海,倚爲長城固者,伊堤之力。今堤圮室壞,鴻雁轉徙。"老稚之屬,駢肩踵迹造於庭。公延詢其故,良久曰:"吾至郡,工役不妄興,臺榭無增飾,恐爲民力困。然是堤不築,民將永無寧居。狂瀾吞噬,日削一抔(原作"杯"),月且百倍,數歲之没,焉知桑田不轉而東海乎?"退而周謀咨度,思始圖終。命海陽尉趙善連而告之曰:"子其爲予往,毋具文,毋悚衆。速則易隳,緩不及事。一心遠猷,用宏兹責。"尉至,縱觀茫洋浩渺之濱,巡度基地,表識封域,號召丁壯,萬虺如雲。一之日,擾擾奔騰之勢,合戰而退;二之日,黿鼉魚鱉之區,屹然山丘;三之日,沮洳化爲平土,流民志其本業矣。士相與咏於塾,農相與歌於野,謂:"此堤不修,而底於潰。民屢以病告,非董郡者以謀多而惑,役大而沮,謀作者以力少才疏而敗乎?是役也,守與倅合謀,宰與佐同力。吾若子泊孫,萬世永賴,其敢忘功。"乃塗地創宫,合祠繪像。既事,謁於憺曰:"懷惠而報德,覯顔而起敬,吾儕小人事也。記久明遠,俾遺波懿績,與河洛并傳,郡博士其毋辭。"憺曰:"至人無功,神人無名。自郡侯之至是邦也,崇教化,緩刑獄,戢追胥,興義役,安濟置坊,亭堠築館,殊勳數十,退然不矜。意者期與世相忘衢壤間,而泯迹無懷大庭之上。小有形迹,隨即刻畫,豈侯本心哉。然白公之渠,鄭公之陂,若功不加於時,澤不遞於後,疇能使人去思之矣。向也憂填溝壑,俄而措之枕席之安,歡愉鼓舞,社而稷之,夫誰敢議。抑使彰彰之治最,臬使既剡而上聞矣,一朝而隨召盡節罄忠,竭猷告上,金城萬里,將爲天下大庇,豈以此堤爲豐功,而欲子侈言耶?"紹熙(原作"興")年月日記。

《大典》卷五三四五引《三陽志》。

# 趙充夫

趙充夫(1134—1218),字可大,原名達夫,字兼善,孝宗爲更名,寓居信州鉛山。以蔭補官永福主簿。歷泰和丞、知宜興縣、簽書淮南軍節度判官、知新喻縣、通判湖州。紹熙元年(1190)四月知汀州,三年五月知秀州,四年三月改知湖州,當年九月罷。後擢提舉淮東常平茶鹽公事,福建轉運判官(《大典》卷七八九三引《臨汀志》、袁燮《絜齋集》卷一八《運判龍圖趙公墓志銘》)。

**經界利害申安撫司札子**紹熙二年

充夫伏蒙台諭,汀民税賦不均,上户産多不納官賦,細民産去税存,恐非經界不可。然臨汀山郡,税重業輕,舟楫不通,米不直錢,大抵皆是貧窶。今若舉行經界,當以優恤爲先。凡六邑從前催不到税苗,姑置勿論,且據逐年所納税賦實數,因地之遠近,田之腴瘠,米之貴賤,逐一打量,隨宜減損,使之輕重適中。若將元祖額税苗,不以遠近盡數均敷,地遠穀賤之處,既不可增敷,其勢必盡均入負郭近鄉之田,爲害大甚。則遠近俱擾,貧富俱困矣。

一、六邑若同時舉行經界,不能官吏能者有限,頑民皆以量田爲名,不納二税,上供屯駐官兵衣糧必然闕絶。今欲先行一邑,則五邑輸納如故,而事力亦止可了辦一邑。

一、謂如一縣以四至鄉團各取縣治在四十里內者,即合照本鄉省税元額內數,并不得過鄉。若鄉團在四十里外、八十里內者,即合照本鄉省税之額,打量減十分之三均敷。在八十里外、百一十里內者,減十分之四均敷。百一十里外者,減十分之五均敷。如連城、上杭、武平,人物愈稀。又當隨上項鄉團近遠,遞減分數。如此,則鄉税額既輕易於輸納,必將重土樂業。前日輕棄之地，皆爲良田。且所減稅額，皆是汀州逐年催不到數，不妨上供歲計，減之無害。

《大典》卷七八九五引《臨汀志》。

## 施邁

施邁，武康人。乾道五年（1169）第進士。官國子博士。淳熙十五年（1188）八月因言官"繆爲誠敬、好事唇吻"之論與外任（《宋會要輯稿》職官七二之一一）。紹熙四年（1193）知江陰軍（《浙江通志》卷一二五）。

**乞減歲額科名錢札子** 紹熙四年

照對：本軍每歲額趁上供：經總制錢壹拾壹萬柒千捌百柒拾叁貫伍百貳文，月樁大軍錢柒萬玖千貳百貳拾柒貫五百伍拾貳文，肆分糴本錢貳萬伍千貫文。遇閏月，在外。三項共趁額錢貳拾貳萬貳千壹百壹貫伍拾肆文。又有合發雜色窠名官錢及轉運司打船錢等，并每月官兵請俸，春、冬衣賜，近壹拾捌萬餘貫。壹歲發納支遣，共肆拾萬餘貫文收簇。官兵廩食，不在此數。邁自到官以來，將壹歲所入之數計之，不了所出十分之六，皆是酒稅課利虧欠。除其他拖下官錢并支遣外，且以上件三色官錢，自纍年以來，止今年五月終，計有積欠下淮西總領所、大軍錢一十四萬餘貫，及行在并淮東總領所等錢八萬六千餘貫文，肆分糴本錢一萬六千餘貫文，已上共拖下錢二十四萬二千餘貫文。自淳熙十六年二月，中該遇登寶位大赦，本軍申（原作"中"）請立額高重因依，止蒙於經總制錢内減豁二萬貫文，尚有每歲椿定額錢二十餘萬貫文。其錢、場務未嘗趁及一半，并將次年收到錢數，從上年月，遞趲發納。邁遂喚上人吏，供具前項積欠之由，及參之鄉曲、士大夫之論，皆言：當來係將紹興十四年至十八年間，以最高年分收到課利立爲定額。其時，客旅輻湊，市肆翕集，兼鄉村人烟繁盛，所以酒稅課利，沛然有餘。兼廢軍爲縣，撥隸常州，凡事減省。至紹興三十一年，復置軍額，用度浸廣。然是時有屯駐大軍，客旅駢集，買賣、酒稅，尚可支吾。雖有虧少，亦不至甚。自乾道六年，大軍移屯，前去許浦，商旅稀少，課利漸虧。又因承降指揮，百里内不許重疊收稅，遂將本軍管下沿江一帶楊舍、蔡港三處稅場，一例住罷。此三港係邊臨大江，應漳、泉、福、建、溫、台、明、越等州遠商海舶，物貨輻湊，既不置立稅場，客人自此任便往來，本軍坐視，不敢誰何。當時本軍，自合申明朝廷，乞照所失課額，斟酌蠲減。玩歲愒（原作"偈"）日，因循不問，虛椿額管錢數。及用度窘迫，却於酒稅場生出一切之政。下及嬴蚌蔬茹，亦皆有稅。空船往還，令納力升。人家吉凶之事，則有經務。判押、燈火、榜子，如此等類，未易縷陳。以此客人益更稀少，本軍財賦，愈覺費力。目今市井蕭條，舊未有匹帛、金銀、生藥、雜物等鋪，今皆罷閉。商旅不來，酒稅不軟舊額三分之一。舊額，都酒稅務及舍村、利城，合趁課利錢共二十四萬四千四百二十二貫二百九十一文。今來歲收止有七萬六千三百一十一貫六百二十文，已是不可支吾。而常州以灌溉民田，開浚烈塘大港，北枕大江，南接太湖。應平日經由本軍港汊客旅船，取便徑入太湖，盡奔烈塘塘港前去。雖蒙朝廷明降約束，令本軍椿釘烈塘，非不嚴切。緣烈塘不係本軍管界地分，其椿木隨即拔去。以此，本軍舍村、利城兩務遂成虛設。未開烈塘港以前，舍村、利城酒稅務歲收，共趁到錢三萬一千九百一十三貫七十七文，去歲止趁到錢一萬一千八百九十九貫九百三十四文。蓋本軍在浙西窮絕之處，所管江陰縣止十七鄉，不及蘇、常一大縣。且如常熟、昆山所管鄉分最多,額亦不過一十餘萬貫。今來本軍鄉分不多,歲額却多三倍,委是事力有所不逮。邁非敢務爲姑息,以邀民譽;議減常課,冀免吏責。實見民間凋瘵,井邑蕭條,若不及今哀鳴控告朝廷,誠恐本軍自此愈更費力。欲望詳酌今來所申,特爲敷奏,乞降指揮,於前項月樁大軍、經總制、四分羅每本錢三色寡名内,施照近年所入之數,重行蠲減,立爲中數,以寬民力,以紓郡計。

大典本"常州府"卷一〇。

## 陳謙

陳謙(1144—1216),字益之,號水雲,又號易庵,永嘉(今浙江温州)人。孝宗乾道八年(1172)第進士,授福州司户。淳熙十六年(1189),通判江州。光宗紹熙二年(1191),知常州,四年,除提舉湖北常平(大典本"常州府"卷九)。後爲夔州轉運判官。寧宗慶元元年(1195),提點湖北刑獄(《宋會要輯稿》兵二〇之一)。二年,除户部郎中、湖廣總領。嘉泰二年(1202),提點成都路刑獄,移京西轉運判官。開禧二年(1206),爲湖廣總領,除湖北、京西宣撫副使,尋罷。嘉定元年(1208),起知江州,未幾復罷。八年,提舉太平興國宫。九年卒,年七十三。有《易庵文集》等,已佚《水心集》卷二五《朝請大夫提舉江州太平興國宫陳公墓誌銘》,《宋史》卷三九六本傳)。

**重建報恩佛殿記**慶元初

余讀曾南豐《江州景德寺戒壇記》,言僧智遷經營二十年而後成。紹熙(原作"興")初,余通守九江,訪所謂景德寺者,其人曰:"兵寇之餘,不復舊矣!中間光孝、景德二寺,合辭請於郡,兩易其址。昔之景德,則今之光孝是也。"景德易處城北,至闤闠遠,軍營□□,□蝕其地。而光孝據城中央,爲冠蓋之會瞻,□□□□爲易集。故月葺歲纍,漸就蕞席。惟佛殿以事□□究□□。考其廢興之故,景德由遷至於今,纔百二三十年間,地與屋又且變從漠然。則上(或爲"土")木崇飭之功,其不足恃明甚。而其徒務以張大佛法,必求轉壞爲城,起現於滅,以有爲之亦(或爲"迹"),顯無爲之教,不計久遠,窮晝夜之力爲之,未上也。且佛是外形骸,忘生死,鑽苦空,衣必取壞,色食必取棄餘,戴茅履菲,蓋其朽形木質,不知世間觀美事爲何物。其自爲蓋如此。至其闡設教誘,乃以其境界殊勝妙麗者,反復示現金地蓮界、七寶百珍,備極佛法之富貴,以動蕩愚夫愚婦之心目,與其所自爲者何如哉。豈以上披宏器,世不常有,總總而生,氣質昏薄,欲深而機淺,必假觀慕贊嘆,以興起其善念歟?則既壞而修,既修而兵盗焚漂之。又有如遷者出,則今之主僧法光是也。光立於紛華之肆,奮然以起廢爲勝福。有田氏、劉氏者,各捐巨萬緡爲之倡,聞者響合,金報施衍,未幾佛殿之未究者岸然矣。以其餘力,門次墻廡,堂屋寮院,悉增而新之。光以書來,願紀其役。余行天下,名山秀麓,梵宫浄宇,光耀什侯王居,方病夫耗蠹民生,踰越王制,而光之言曰:"於我法中,苟得一人成道,雖竭天地之產,不以爲泰。子以爲泰乎?若歲月之不可恃,轉從受滅之不可常。世界盡然,何獨兹寺。"余觀其功,於扶拯若是勤,其或閔其志,書其事,俾刻之。

《大典》卷六六九八引《江州志》。

按:《大典》卷六六九七載:"《報恩佛殿記》,慶元初,陳謙記。陳邕書篆。"

**重建太平興龍寺記**紹熙五年

淳熙十六年春，東林寺熾於火云云。是年，予通守九江，欲造溪之上，尋十八賢之遺迹，僧告曰："皆煨燼之末矣。"又欲訪晉、唐以來碑刻，曰："皆瓦礫之餘矣。"夫成壞固有數，然余適至，不能不致失所以來之恨也。後五年，余奉使湖北道，璵走書曰："東林復矣，盍記之。"余喜其復，而釋向之恨也。嘗考建寺之本末，蓋自遠法師，合道俗結爲净社，遠役而寺以律居，其後或廢或復。本朝元豐二年，易爲禪刹，詔總居焉。乃取昔之爲房悉廢，而公之爲屋千楹，猶有未周，思度嗣事輪藏、三門。始成佛瑞，又建羅漢閣。東林之宇，於斯大備。其成若是之艱也。淳熙之燹，一夕而盡。其壞若此之易也。璵乃經營，不五年而盡復。又何其事半而功倍。余聞舊有神運殿者，以遠初抵山，雷雨驟至，徙溪成陸，大木鱗集，用以建寺；總之作新，谷有巨杉，大風拔之，棟梁足用。試問璵曰："昔之建也，以神運；今之復也，以人力。得無復克肖歟？"璵稱："惟知竭力以起門户而已。"余謂之曰："非子所病也。凡天下至常之理，即古今不易之妙。雖大聖賢修習精到，貫通幽明，至於食粟衣帛常理，未始不與人同者。烏睹夫必現異出怪而後爲道也？"云云。遠之初建，總之更新，璵之修復，三者皆人力，而功有難易則存乎時。夫已壞之，而己成之；既已主之，而己任之。璵之心也誠，故其志也達云。

《大典》卷六六九九引《江州志》。

按：《大典》卷六六九七載："《重建寺記》，紹熙（原作"興"）五年，陳謙撰。高夔篆。"

**治體論**

爲大者，不屑於其細。而事之非甚迫者，君子不枉己以從之也。今夫千金之家，必不肯爲負販之所爲；詩書之後，雖其甚窶，終不敢鬻先世之圖籍。何者？所傷者大也。夫位者，奸之窺也；名者，孽之乘也。揭二者而制於上，巍焉而尊，確焉而公。圭芒崖角，悶焉而不露，是以無所於窺，而無所於爭。如操其柄而褻用之，齗齗焉與民相貸於尋常，彼習其勢之輕也，則誰不欲如上之所爲？欲而不得，則不肖之心誰憚而不發？嗚呼！計天下者，豈下顧區區之小利而深防乎廉隅之際者以此。昔晁錯之爲漢謀，欲令民入粟，以授爵免罪。夫上之獲利以佐國也，下之脱禍以省刑也，一舉而二利，從至便也。而識者每不可，曰："長惡而傷死也。"儒之論，大抵迂闊而不切時變。然使稍知體者觀之，慮稽其弊，則寧不食而死，無寧賈貿然以自鬻也。今天下所可慮，徇一切而忘大體也。淫涵者，先王所禁，今反觀焉。減穀粟之養，盛醪醴之設，白晝大都之中，列倡優，具帷帟，耀市人而招之，曰："吾酣爾，吾色爾。"此甚可愧也。負乘者，聖人所戒，今反誘焉。閭巷之子，儈買商俠，輕剽以逐什一之利，輩流所不齒，國家捐吾身而委之，曰："吾官爾，吾禄爾。"此甚可惜也。問其然，曰："利之也，豈惟是哉！"牒數萬以髡天下，絲粟之入耳，滋異端、耗生齒不恤也；楮數寸以權有無，歲月之智耳，長奸僞、濫桎梏不顧也。夫伐冰之家，不與民爭利，而詭遇以獲禽，一藝者所羞爲。至於朝廷，獨安爲之。玩其細而忘其大，愚恐天下之窺且爭也。一二年僅有寤者，以今用度而欲盡革是，固難也。然今之言治者，動皆欲堯舜其君，至反革其所爲，中智以下有不敢刮目焉。然則去其太甚，亦當柄者之所宜講。賈子曰："使管仲而愚人也則可，管子而少知體。"豈不爲之寒心哉。作《體論》。

**治本論**

天下喜寬而惡嚴，便簡而刻詳。沿人之情，至無已也，然則沿之乎？雖然，深於治道者，不能不懼於此也。蓋天下有至迫之機，其狀常麗於歡欣愛順之中，而涣於乖獷不相受之際。君子固憂大渙而幸夫麗也,無寧亦沿而重毒之也。昔者漢、秦之先,其世醇,其政仁,其有司賢且恕,曰:"我以治之云耳,應而無倡也,補而無缺也。"彼與天下從事於訐訶之域,未數數也。夫故其民便安之,浸入之,心臍念慮竭於上而無遺,數百年而治未泯也。嗚呼!不幸而天下不得如昔者之無事,則棼吾求理也,泛吾求底也,不至與之俱麼而已矣。待之紓,故承之也,安安之者,可久之道;容之大,故受之也,樂樂之者,不懈之術也。吾觀今之時,法密也,非紓也;事悉也,非大也。其爲見近而非遠,其爲謀拙而非工,其爲説蔽而不通。斂焉燎也,推焉瘑也,征焉禦也。今之吏非是三者,無議也;今之民非是三者,無抵也。國之大,民之細,至絶也。立法而置之,掩其口腹之尋常,而與之爲市,市之不酬而還與之爲仇,勢至蹙,事至不美也。是奚足哉!數百里之地,設數大窣,棋而布之,武夫悍吏苟逃責,大體不恤也。不必譏也,真征而已矣;不獨征也,真攘而已矣。行者重趼而遠避,迂險而深逝,虎視吏坎乎,視國也,非苛政而奚若?然而獻計者猶曰:"無顧足國耳。"嗟夫!足國而蹙其本,拔本而救其末,何如其智也?昔文王之政,賦不二,澤不禁,關不征,今之吏皆犯之矣。人之虐於斯,讟於斯,聚族歎於斯,非一日也。幸而天下未有故,孰測其倪涇原之卒,長安市上之呼,去爾架,除爾陌,撤爾儆,有不争赴者乎?夫履九軌之道,短足而蹈武步,可羈而束也。倚之於窮蹊,趾之於陁區,計□而支,得鋌而險,無擇也。天下之勢,其灼灼也如是。嗚呼!執天下之柄者,其亦少察乎此也。作《本論》。

**治具論**

天下不可以勝治也,亦求其所以然而已矣。形有格,勢有禁,彼之所以附我者,吾不知其然也;力可殫,智可窮,我之所以御彼者,吾不知其然也。今夫四肢百體之所運,孰使?則氣而已矣。視聽照了之所及,孰詰?則神而已矣。蓋其爲物也無迹,而其爲狀也無證,悠然行乎萬物之表,而不可控持。及其索然消盡,則亦漠然潰,聱然戾也。燕之南、粵之北、營閩之東西,若是其曠且夥也。而坐一人於堂奥之間,使彼曠且夥者,環而拱之,合之而不離,固之而不散。嗚呼!是豈徒然哉!豈非有以陰驅而潛率之者邪?是故古之爲天下者,必有紀綱維持之具。凡天下之人,繫之以區區之形,蓋繆輵齟齬而不定也。至於心悦而誠服,則不約而自定。繩之以一切之法,蓋抑遏剪拂而不順也。使之浸漬乎義理之所安,則不待告語而自順。吾求其順且定者,不必其形也,心可也;不必其法也,理可也。然則心者,蓋維之之地;而理者,又維之之具也。昔者三代之治,惟其從事於内,而置諸其外,與之周旋乎哀樂之中,而脱略乎勉彊之際。是以其民優游以入之,安静以守之,上下相馴,數百年而不變,而後世亦恃以爲憑藉扶持之具。今天下之勢,至難言也。征推峻而箠楚深,法令繁而禁網密。天下之吏,酷者逞其聰,懦者縱其奸。此其凡也,自始至以迄於終,更無他業也。課辦否耳,慮非願行也。督責之嚴也,迫趣之苛也。而天下之民無歡心矣。下之於上,直以形相制,而所謂心者,漠然不相及也。怵迫拘急之際,剽者嘯者時接乎聽聞。及其弭之也,非力復不可制也。則其勢可見矣。且夫今有所謂學云者,是淑之之具也。今之吏,名主之,而實棘之也。今有所謂農云者,是安之之具也。今之吏,名勸之,而實擾之也。嗚呼!有天下者,而無其具,上下以形相制,則可呼而來,亦可叫而去;可約而合,亦可約而散也。鄉閭之人,同宴於堂,凶盜猝至,則群走而不顧。何則?形合而心異也。左氏曰:"本先顛,葉從之。"管子曰:"維不張,一國從之。"韓子曰:"脉病而肥者,死矣。"夫惟固其本、張其維、壽其脉,而後天下治矣。

**治機論**

事之不立也，我知之矣。執之者，敗之也。然則不可以執乎？夫甚弊之俗，不懲不可也。苟懲矣，不執不可也。然則曷敗之？天下之事，其動有機。夫機者，發於至密，而藏於不可臆料。今夫一事之立也，昭昭然若揭日月而行也。立的於此，使過者皆得引弓而射之，吾知其不足以成也。何者？天下之情不一，衆多之口難制。欲者不止，議者無窮，則吾心不得不徇，吾說不得不搖。事垂立而徇且搖者繼之，則宜其不足以成也。昔漢之患匈奴之彊也，賈誼欲削之，晁錯又欲削之，二子發其謀，而皆不享其成。彼特恃必削之說，以與之相抗於必爭之中，是以事未發而迹已暴於天下，使之得自爲謀者固久也。至主父偃之策，則不然。予之以意之所欲，而吾無削之之名，使之有不能不分之心，而有不得不弱之勢。嗚呼！機之所動，乃在於此。故夫昔之持必然之說，以律天下者，未有能濟者也。愚觀今之世上欲立一事、革一弊，則群起而議之，議之不勝，則極力而撼之，上之人亦極力而悍之，捍之不勝，則終舉而從之。若然者，是未得夫機之說也。試以一二端論之。郊賞之汰也，任子之濫也，庶官之冗且蠹也，當世之君子未嘗不悒悒於此，然其說大抵皆曰必去是，否則曰必省是。夫上之祖宗之已行，下之人情之不順，則吾之說不直。夫惟其不直也，故其隙之易破。君子思夫事機之發，不在於灼灼明辨之日，亦不在於斷斷乖違之際。郊賞不必廢，省乎郊以遷乎賞，如蘇文忠之云，是機也；任子不必廢，嚴乎銓以難其任，如近日之議，是機也；冗曹不必廢，多其攝而缺其人，如紹興之初，是機也。此機之可言者也，其不可以告人者，吾文不能悉數也。夫三者之名舉不廢，而吾之說獨行於其間，人不得而議，我不得而搖，若是者，可以立乎？嗚呼！有餘矣。丙、魏之佐，宣帝號爲樞機周密。以愚觀之，則未也。膠東戶口如故，而王成受賞，惟其以必然者待天下，持之愈急，執之愈嚴，彼進不得攻之使破，則退而飾之以爲欺，然則安在其爲周密也。《易》曰："神而化之，使民宜之。"是吾之說也。作《機論》。

以上見《古文集成》卷三八。

**質論**

人之情，樂趨於文，而不便於質。何以哉？惑於所觀也。觀人者，常厭其陋；觀乎人者，常耻其不足。一厭焉，一耻焉，舉斯二者而求兩當焉，則宜其不便於質也。且夫侈靡之未具也，人情無趨也，安焉而已矣；不雜也，朴焉而已矣。喜新而厭故，自夫靡靡者之眩其觀也。然則蓋人情之靡敝，而非其正也。今反之本，則旁愧投乎？人之靡敝，則不得色且不獨此也。天下方有甚迫之勢，謀不給，力不贍也，而猶狥耳目之末，不肯少貶乎？觀聽之際，請譬之千金之家。出煩而用廣，貲已耗而無之矣，然而冠婚喪祭，凡動乎人之所觀者，尤竭力以事之，甚者鬻焉貸焉，以求足焜燿之飾。何者？彼之情不平乎自殺於不足之名也。嗟夫！孰知夫儒者之室，木器之苦窳，絺褐之故陋，而詩書道德之光華，然有以衣被之也。今之患者，皆曰無財，凡爲是征摧哀斂之苛者，皆以是故也。曷不要其質而推之？堯之屋不剪，椽不斲也；文帝之衣綈也，烏革也。若今之世，必欲人之所爲唐堯歟，漢文歟？則豈不姗笑之，以爲享天下之奉，何其自槁如此也？古之裕天下者，於己皆有所忘。今天下之勢，方迫外而遺虜也，內而奉宗廟也，上而禄吏也，下而廩兵也，執計者偲偲然有不繼之憂，而太平之矩度，所以耀於觀者，甚未泯也。郊祀以不文爲不重，賫賜以不渥爲非體，用度以不廣爲非稱，服御所過，絳綺文綉交映於道路，走卒繫紐，輿馬被金玉。用器服具，紛如也；百官有司，煥如也。唐堯、漢文，嘗以此示民否乎？況居天下之半，而用之不給時乎，其不屑於損也，豈其爲天下之大，而不美乎觀也。欲適於所觀，而廢天下之大計，亦惑矣。康定之初，有以日食請罷撤樂，執政曰："不可。"既而北虜行之，則深以爲悔。夫其始之不可者，豈非以不美於所觀哉。美於目，悔於心，奚擇焉？盛德之事，捨之而不爲，而方今求生財之不已，吾亦恐後來之悔也。作《質論》。

一論

物不能以相物。夫物之不能以相物者，何也？非才不贍、智不足也。夫彼我對立，於天下兩無以相勝，則亦兩無以相制。故必虛心而兩聽焉。於是不物於物者，得以制其權。嗚呼！非以物之不一，而我之一也歟？衡垂於空，輕重就焉，而衡不移；鏡設於堂，妍醜過焉，而鏡不知。夫惟以我之一不變，制彼之多變；彼之來無窮，我之應也如初。故曰天下之動，正夫一者也。坐一人於廟堂，舉萬鈞物，爲之從者，其有以一之也。今夫操至一之權，居可一之勢，有不能自一者，吾見其惑也。是非牽於首鼠，遷就成於猶豫。我與物常相挈於糾紛不定之中，以我之擾擾，謂能應物之紛紛，可信也哉？是以君子貴一。事不一，謀欲一也。謀以處事者也，謀於一人，而或變於他人，此事之所以愈不一也。雖然有本，惟公故一，溺而偏、私而沮也；惟定故一，靜而明、躁而棼也；惟精故一，審而專、懵而惑也；惟和故一，忌成疑、矜成戾也。曹參之繼，何也？始也隙，終也隨。苟可以安民，守之而不失，終不以私害公。故曰惟公故一也。子產之相鄭也，始也民欲殺之，終也民歌之，苟可以利國，安之而不變，終不以躁妨定，故曰惟定故一也。充國之計邊，始而是者十五，終而是者十八，吾亦不知也，人亦不知也，所瞭然者，吾計之勝也，故曰惟精故一也。房、杜之謀國，始而非如晦不能斷，終而卒用元齡策，而在彼不知也，在此亦不知也，所洞然者，欲謀之濟也，故曰惟和故一也。嗟夫！抗焉而公，確焉而定，灼焉而精，比焉而和。孰能行此四物者，可與語天下之事哉。今世之患，最患乎民聽之惑。民非自惑也，示之者無介然之守也。朝廷建一事、出一令，苟有罅隙之可尋，則皆執文以要其上，幸者希恩，罪者覬原。夫是之謂執文以要其上可劫之勢也。民之私相與且不可，況下之於上哉。然天下安爲之者，則亦以執之，而上之人嘗與我遷焉故也。夫民情之無窮，而我與之爲無窮，此何異物之相物，而安取夫制天下之動者哉？曹侍中，有守者也。一執而不行，再執而不行，三執而行之。或者袖手而傍睨，於是得以行其奸。然則不一者，豈惟事之不集，而奸亦生焉，可不懼哉。

要論

智不貴於周知，而貴於灼知；權不貴於盡用，而貴乎大用。夫舉萬物之長短高下，惟吾之察，而窮其抑昂軒輊，皆入吾之的，悉之而無遺，斂之而無罅。君子固亦欲神其機，而舉吾事也。然而天下之情無窮，而事變之來錯出。聰明運於微妙，而制御施於脫略。彼其聳動之險情，銜飾之詖行，雜然交至於此，而吾以臆度采聽之，區區而欲盡其故。故夫昔之周於智而盡其用者，其卒也爲繁爲褻爲不暇給，而反以病之，而卒亦不享其效。何者？天下固利其所不及，而輕於要之，而亦不平其強及，而敢於欺之也。昔者丙吉之在漢，不問死傷之群鬥；姚相之在唐，不肯任擇刺史縣令之責。其說皆矯且誕，及詳思而切揣之，彼其堂奧之邃且密，而欲耳目四方萬里之遠，進見之須臾，而根株天下之才，此固有所不可繼，而天下固有任其責者也。今天下之事，吾知其不能以盡察也，而中書之剗決日繁焉；今天下之士，吾知其不能以遍識也，而三府之召呼日湊焉。夫小民之情不習，國之尊來之則無窮，而士之至於斯者,大抵皆有可喜之論,欲行之學,而任之則不酬。夫以無窮之變,不酬之情,相幻乎吾前,而吾日以至誠惻怛之心而當其會,揣量布置,各有以塞其求,而亦卒不一二收其效。然則是擾擾者,果何爲也哉。嗚呼!是非欲周知之病邪,於此有要焉。民也歟,人可也;人也歟,求於人可也。求於人者如何?才於才,賢於賢,德於德,誠知其人與賢與德邪,則以我之所以知之者,委之以知人,夫何憂此不過灼知於萬分,而大用其一二,而天下之事畢矣。昔孔子告仲弓以"舉爾所知,爾所不知,人其捨諸"。夫天下之事,而惟所知之從,疑於不廣矣,然吾所不知者,所知之人將不我遺矣。則不廣者,是無遺之術也。嗚呼!錙銖而稱之,不若鈞之爲徑也;龠合而量之,不若鐘之爲便也。知此則知要矣。

## 重論

天下之勢,莫重於所習。習者玩之,玩者黷之。嗚呼!勢而至於黷,則情迫而難應,求煩而多怨。恩施而無所顧,紛然求以塞其難滿之欲,而弭其不平之源。吾力已窮,而人心猶未艾,則習之過也。今夫自庶人以上,至於公卿、大夫,其勢貌之相望,固已截然而不可比等。而至宰相,則又可知矣。逆而睨之,蓋如梯天而航海,而孰敢習之?夫居天子之左右,朝夕與一人謀度議論,可生可殺,可與可奪者,舉而屬之。百執事拱手以聽其所爲,付其身於不可必知之中,而委其他日於惟所造成之地,不敢以私謀邪計褻於其前,傴僂而趍進,倉皇而亟退,不敢指,不敢臆,故不敢議,而又安敢怨。惟其然,故其端坐之餘聲,峻潔之末觀,猶足以憺遠方而憺鄰國,使其非心奸態寢息而不作。此必非崇飾振耀强爲,是以嫣天下也。夫固其居之者,如此而已矣。夫居之固如此,而又安用抑絕掩遏,以與夫人從事於辨數之域,而反以自病也。愚觀今之時,宰相立乎堂上,而百吏各進疏其所欲得,若誅負於鄰,而索物於懷袖,甚者彼此相排迫,前後相扶持,敢於自置而不顧。少不酬則怨謗憤悱,退而發舒言,故情而無所憚。嗚呼!向之所謂凜然不可黷者,夫誰隳之,而邑邑至此。今夫庸人之論,必曰尊者不可抗其爲尊也,下者不可甚其爲下也,大而容,公而通,無爲隔天下之善,而盡其博而已矣。嗚呼!通者,天下之事;嚴者,人臣之法。今取夫與天下爲喜樂之權,而用之出納之際,以求盡天下之情,是不爲以公而市私者乎?昔者王文正爲相,張師德兩及其門,則終身斥之而不念。李文公當國,新進陳便利者,皆屏不奏。此不惟嚴之云耳,塞倖而抑貪,由此故也。故夫欲寬以盡其情,乃不勝其情,而卒亦不得其情。執古之恕法,以御今之極變,則亦習之而已矣。作《重論》。

## 備論

任人之事,常患乎勢迫而不暇應計,窮而無可爲也。蓋立至之機,間不容息;四空之室,智巧莫爲之計。二者不幸,而君子當焉,猶將存什一於千百也。苟其勢可以應,計可以爲,吾未睹夫置之悠悠之地,而無後憂者也。且先事而慮,慮無遺策;過思而求,求有餘應。當其可爲而不爲,耳目可及而自窒,手足可措而自縶,及一旦倉卒之變,彼有怖四體以熟視而已。鄭之垂亡也,君臣相顧,縮手無策,幸而得一人焉,其言曰:"吾不早用子。"夫向不早用,而今以急求,猶有其人可求也,故賴以濟。如無可求,不殆也哉。夫爲之不整者,未必蹶;辯之不早者,未必煩。孔子曰:"不曰如之何,如之何者,吾末如之何也已矣。"孟子曰:"今國家閒暇,及是時,明其政刑。"君子不以如之何爲可狃,而以閒暇爲不可失,則玩歲愒日,吾知其必不爲也。今之天下不易爲者,以其難測之也。向者之和,非心也,含憤而柔之,不得已而從之。蓋可危而不可安,可慮而不可恃。而柄國者不圖遽爲之晏然,是以屢盟之日,士大夫出而適當之,皆有勢迫計窮之嘆。今之和,未異於初也。夫兩國相持,此弱而彼強,則和者,其倚之以爲固邪?亦藉之以爲計邪?何者?可以歇彼之謀,而詳我之備。故凡來釁之未我及者,皆吾爲計之日也,玩而安,習而常,識者於是乎爲之懼矣。夫火流於天,狐貉戒焉;霜薄於林,絺綌具焉。古人之智,非直爲是不切也,其所以豫備者悉矣。矧事變之大可畏者乎?虞之不賴盟,和必變,變必不久,不待智者而後見也。豫防之卦,陰雨之詩,愚恐有後時之悔也。夫有備之國,天道從焉。試以吾説乎,則勢迫而計窮,非所患也。作《備論》。

**制論**

能處人於無用,而後能制人於有用。夫世未嘗無才,可用者少也。幸而有一用焉,又皆挾所有以要其上。彼則可用耳,而吾不得其用,猶故也。夫先王之世,非其無人也。天下有故,悉力而爭趍,已事則旋踵晏然而已。若夫名器不假也,爵土不濫也,彼非擯富貴、羞榮寵,與人異情也。曰君,心也;臣,手足也。心靜乎内,手足運乎外,吾責也。噫!身之衛心,心亦大哉。道之不足,其次有制。夫制之説不生於其所畏,生於其所恃也。恃忠者激,恃寵者縱,恃功者戾。持其有恃之心,而不得當焉,則反而狼顧。上之人不熟慮,何也?倚其力之足以緩其急,卒不免憂之以豐其志。嗚呼!未有用而然,如用何?捐楚以豢,信蹜足之機滋動;剖券以盟,霍驂乘之亡益凜。君臣相仇,不根於終。吾今知制之不可已也。今國家之所恃以安者,曰將與兵。無事而養,有事而用之。然而養不以爲恩,用反以爲憚。兵之驕也久矣,諉曰將用之也,然而虛籍以自豐,濫功以蓋賞;將之驕也亦久矣,諉曰此其小者也,有罪而黜之,棄瑕而復之,此亦望外之恩也。則左右睥睨,盡求故賞故爵,猶執券而取之懷袖間。且夫報功者,人主事也;盡瘁者,人臣責也。二者實相須,不可以相求。上而求之下,非甚盛事也。爲下而上之求焉,不亦難乎其上哉。乃知上功差六級,罰之不爲過,而慟哭以死者,不爲無説矣。議者尚謂創克融之亂,使唐再失河朔者,不得一官之故,以爲時相之咎。以愚觀之,咎不在此。夫鴟梟之性,安往而不爲不祥。彼不作於藩鎮,則作於肘腋。天下有變,非唱則和者,捨斯人而誰?曾謂一官而足以弭其不平之心哉?彼唐之相,知其不可用而制之,又不得策,乃脱克融以自貽患。若克融政當,以寧我負卿、毋卿負我之策制之耳。雖然,今之言制者,固不在於必予,亦不在於不予,要令伸縮在我,彼無恃焉可矣。抑遏猜沮,不厚於禮,不信其衷,而奴隷視之者,吾又不知其説矣。作《制論》。

以上見《古文集成》卷四四。

**禮樂論上**

水準平,繩準直,律準聲音,規矩準方圓,權度量準輕重、長短、小大、多寡。天下萬事何所準?曰準於禮。禮無形,準於中;中無定,準於心。權度未審,準心爲甚。心無偏繫,發乃中節。事之中節,準亦大矣。將欲作室,室無定準,心酌廣狹;將欲製器,器無定準,心量小大。夫室諧於居,器便於用,豈人之能乎?天也。飲食欲可於口,衣服欲愜於身,一言一動,欲當人情,猶是也。百事百體,天理素定,心誠求之,鮮有不中。理具於天地之先,而用因於散殊之後。仰觀俯察,細大不遺。彼一拜一揖之間行之,尊者貴者,則斂容以致恭,至卑賤,則安坐而受其禮,易位而施,人情不快。賓及門,延之坐;盜及門,操戈而逐之。書策琴瑟置於几,筐箕甕盎置於地,金玉藏於筒,瓦礫棄於糞壤之場,易而處之,亦人情以爲可笑而不安。孰使然者?人心天理,自如是也。聖人差別天下,尊卑、貴賤、親疏、小大,嫌疑、是非，而一爲之節文，非生事也，因理而已。夫理適當，舉目前皆帖泰之域。惟私惟作，惟故惟鑿，百用偏頗，天地萬物始不得其所，聖人逆將來如是以啓大亂，其一一爲之節文者，所以準天下而使之和。始於吉凶賓嘉，達乎朝廷閨門鄉黨，俾尊尊、貴貴、親親、老老、長長、幼幼，養生送死，各得其節，而安樂和易之情充且暢矣。發於手足咏歌，播於琴瑟管磬，亦準此而已。禮樂存，國家存；禮樂亡，國家亡。周公制作，致太平，魯、齊之鄰國不敢動。叔孫通得其遺，且以輯寧擊柱之亂。老氏破其説，曰："禮者，忠信之薄。"晉王何輩，如其言棄準割繩，中原遂以割裂。晉以放誕失，梁以浮屠失，陳、隋以荒淫失。禮樂不可一日亡，雖盜亦有之。刾國家失諸？曰所欲不踰矩，此乃其矩也；曰行法、曰法家，此乃其法也；曰經天、曰大經反經，此乃其經也；曰順則作則、曰物則，此乃其則也；曰皇極、曰中和之極，此乃其極也；曰天錫洪範，此乃其範也；曰節以度數、紀綱、章程，亦惟此起也。觸類而通，名殊準一。禮云樂云，鐘鼓玉帛云乎哉。

**禮樂論下**

仁名義生，義名禮顯。禮得樂，斯得義，質也。禮文義而行之，行之而當準矣。準乃樂，而樂生焉。天地準動静常，陰陽準推盪常，三辰準晷度常，四時準寒暑常，鬼神準變化常，岳瀆準地勢常，家國準君臣、父子、夫婦、長幼、朋友常。得常，太平和氣生；反常，刑兵横流作。得常，鳥獸魚鼈寧；反常，山冢陵谷易。太康畋遂十旬，桀滅德敷虐，紂刑以焚炙、飲以長夜，幽厲傾城、紀綱蕩蕩，始皇苛法厚斂、力役窮征，反常也。反常不度，不度而能國，古未之有。心，天也。以君之曰天君，以宰之曰天宰，以官之曰天官，以正之曰天政，以準之曰天常。心準則身準，身準則國家準。國猶家，天下猶國。一心易治，天下非難治。一心易正，天下非難正。君一心正，天下自定；一心準，人倫百事準矣。理有自然，心所素具，在人行之耳。至理宜於不説，而寓於尋常。智者意得，愚者名惑。智少愚多，故非禮之禮、非義之義常半天下。禮野則夷，樂繁則哀。邪氣動蕩，乖節易生。何以然？無準則也。非準非則，任私意、隨流俗，浸久則成風矣。天下滔滔，食焉鮮知味，行焉鮮知德。不知天，何以知禮樂？知天者聖，故能作；知聖者明，故能述。行爲法，作爲則，著爲經，揭爲範，序爲彝倫，建爲民極。無巨無細，一一天成；無過無不及，自有至當。適當曰中，得中曰和，開和曰常，通行曰庸，泛應曰恕。名物數度，因其當等差之；聲音舞蹈，因其和導達之。器不適當，用不和；服不適當，身不和；聲色臭味不適當，耳目口鼻不和；情文事理不適當，如之何？和於天下也。適當曰中，失中曰過。直過絞，勇過亂，恭過勞，謹過葸，明過傷，節過苦，柔過懦，剛過折，井過困，益過損，陽過亢，陰過戰。中則不立，和末從生。中和者，天地萬物之所由。位育也，禮樂根於太上，周流於日用、交際、起居之間，人自不察。察猶可能也，蹈爲難；蹈猶可能也，安爲難。安久而天動容，周旋中矣，非盛德蔑以加此。

以上見《古文集成》卷四六。

**蘭亭序跋**

近世論《蘭亭叙》感事興懷太悲，蕭統所不取，與斜川詩縱情忘憂，相去遠甚。此似未識二人面目。斜川詩與風雅同趣，固當別論。若逸少論議，於晉人最爲根據。觀其與商深源、謝安石、會稽王書，可見舉世玄學方盛，誰不能爲一死生、齊彭殤之言，顧獨以陳迹爲感慨，死生爲可痛，何也？《詩》三百篇感思憂傷，聖人不廢，約之止乎禮義，以不失性情之正。此先王立人紀之大方也。若夫遣情於事外，忘趣於情表，晉以之淪胥矣，尚忍聞之哉！東坡反《蘭亭》意爲《赤壁賦》，其詞飄飄高遠，終近蒙、莊之氣象，與玄學不相似。逸少此文，必有能辨之者。

國圖藏明刻本《蘭亭考》卷七。

**儒志學業傳**紹熙二年

皇祐賢良儒志先生王景山，諱開祖。少敏悟，書經目輒成誦，勤篤廢寢食。初習制科，以所業上。召試，皇祐五年中第三甲進士第。洪氏《登科記》云，是年應制科者十有八人，宰相不曾留意取士，密諭考官只放一人過閣下試六論，賢良趙彥若中選，及對策，又黜之。是年制科并不取人。景山幡然不調而歸，盡焚舊作，縱觀經史百家之書，考別差殊，與學者共講之。席下常數百人，尊之曰儒志先生。未幾而卒，年三十二。其所著書多不出，惟《儒志》一編，門弟子傳習。今其書首章言"復者性之宅，無妄者誠之原"，又曰"學者離性而言情，奚情之不惡"，又曰"使孔子用於當時，六經之道不若今之著矣"。旨意若此者衆，君子評其爲知德之奧。最末章曰："由孟子以來，道學不明，吾欲述堯舜之道，論文武之治，杜淫邪之路，闢皇極之門。吾畏諸天者也，吾何敢已哉。"是其自負豈淺淺者。當慶曆、皇祐間，宋興來百年，經術道微，伊洛先生未作，景山獨能研精覃思，發明經蘊，倡鳴道學二字，著之話言。此永嘉理學開山祖也，不幸有則亡之嘆。後四十餘年，伊洛儒宗始出，從游諸公還鄉，轉相授受，理學益行，而濫觴亦有自焉。紹熙二年春，朝請大夫、寶謨閣待制永嘉後學陳謙撰。

文淵閣《四庫全書》本王開祖《儒志編》卷末。

**祭東萊呂先生文**淳熙八年

維淳熙八年十月二十九日，門生迪功郎新差充寧國府府學教授陳謙，謹以清酌庶羞之奠，致祭於主管直閣郎中先生之靈。嗚呼！性命死生之際，聖人之説已定。至其偶有不合，初不以爲天道之病。故道之廢行，歸之有命。慟哭顏夭，祇云不幸。後來諸儒，聞見單斷，乃有是耶非耶之訊，復有都不省記之疑。持人事之區區，較造物之銖錙。我觀三代而下，抱道懷德之士，與材略之間出，欲規爲於一世。或終老於轍環，或中流而斷柂。自古若此者何限，豈有志之皆濟。君子惟於未澌盡以前，蘄不廂而不愧。彼世俗之所欣，等劍首之一噭。苟吾有不亡者存，雖夕死其奚悔。寓形骸之須臾，在大化以安計。嗟若先生，奪去云速。方其出而震呼，一世共倚爲彝倫之福。嘗有位乎表著，佇流川而裕谷。不挺刃以浪戰，不閉關以立獨。異端披猖，見睨自縮。諸老異同，兼包并蓄。折兩端之實衷，歸方來之懿宿。蓋已發古人之純全，非并涯之一曲。公海内之評議，翕上下以交矚。一日病廢，萬夫蒿目。縱欲托之空言，猶莫登於半贖。至此可以言命之不幸，而無所致問於茲哭也。雖然，問則不敢，猶將有言。昔伊雪之會，指布條分。亦各用世，所聞益尊。先生整前修之絶緒，欲共持於未泯。芝東南之灾孼，開晃耀於沉昏。方將舉夔相之觶，問此位之幾存。閟明月於山阿，驚螌解而鷹奔。又未知夫更數十年之後，付此事於誰論。此治任築室之友，所以拊心長痛，而不獨謙之一二登門者也。尚饗！

國圖藏嘉泰四年刻元明翻刻本呂祖謙《東萊呂太史文集》附録卷二。

**祭鄒忠公墓文**紹熙三年

紹熙三年壬子，知常州陳謙：惟公學本誠明，義行忠孝。元符之際，國有直臣。方其當言，不見鼎鑊。時論屢變，雜以詆誣。竄謫流離，不遺餘力。飲食經歷，皆以成罪。人欲殺之,何所不至。惟主聖明,萬里生還。大節凛凛,仰貫白日。没祭於社,師表一鄉。豈惟一鄉,四方是則。豈惟四方,百世興起。荒墳三尺,松柏弗茂。走兹假守,敢用展謁。廉、藺不作,猶有生氣。願公後昆,庶其似之。

謝應芳《思賢録》卷二。

按:《浙江通志》卷二五七載:"《水利記》。萬曆《上虞縣志》:嘉熙丁酉五月,監潭州南岳廟陳謙記。"待考。

## 陳剛

陳剛,盱水人。慶元元年(1195)爲竟陵郡教授。

**艇齋詩話序**慶元元年

南豐曾裹父先生生長大家,資敏妙,蚤從東萊吕紫微游,復登徐東湖諸公之門,故其議論文彩有據依,且得活法。余夙敬其人,嘗進拜焉。前年秋,之官竟陵,道過臨川,則先生殁十年餘矣。其子某盡携集見過,若經解,若雜著,若詩話。余讀之踰旬,將鋟之學宫,顧帑廪調度,未知贏縮,且復歸之其家。它日,某獨抄詩話見寄。是編也,其大者,典刑文獻所繫;其小者,温潤博雅,有傳述參訂之深工。其間豈無一二似不急者,要出於前輩一時談笑之餘,不敢輕有損益也。嗚呼!前輩風流遠矣。近世一種學未經師友,而易於言詩者,稍涉理道,輙用舉子大義語。《詩》有六義,詎止是乎?其下率意妄作,辭蕪義俚,音調嘲哳,僅以樂天所謂山歌村笛者,而詩益遠矣。然則是編也,學者之所宜考,其可使之無傳乎?先生名季貍,以艇名齋,寓居臨川。蓋南豐先生諸孫云。慶元元年正月日,郡文學盱水陳剛序。

《大典》卷九〇九。

## 李夏卿

李夏卿,宋寧宗慶元時在世。

**王侯瘞露骸記**慶元二年

聖賢酬世,所以爲斯民始終之慮悉矣。生者有以養,死者有以葬,乃盡吾職分之所當然。後世事弗逮古,長民者類役志於簿書期會間,所謂養民之政闕焉不講,況能究心於無歸之厲、不宅之枯顱哉。尋陽爲江湖會郡,兵民不知其幾,又當蜀、漢、淮、浙、閩、廣之衝,往來走集袂相屬也。一爲飢寒所困,風露所襲,仆於陂湖渺莽之區,殆螻蟻然。有司恬視之弗恤。慶元乙卯歲,郡侯王寅性寬而明,政勤以和,苟可利人惠物,行之無難。復有以露骸告者,公爲惻然,遽捐俸資七十萬,命釋善才搜拾前後二千有餘,用西方之教火之。越明年三月,賑飢貧,齋緇黄,設超拔之供,而水葬焉,從俗宜也。夫以溟漠之中,雨濕聞聲,霄長走燐,沉迷積年,思欲解脱而不可得,一日俾之離苦海,游樂界,去鬼鄉,登佛土。此其爲功,真所謂不可思議也耶。天下之事久而有所待者,天也。知其有所待、奮然而爲之者,人也。陳寵守廣漢收積骸,而城南哭聲絶;于頔刺湖南坎瘞千餘,而人賴以安。此非有待而然耶,抑亦所際得其人耶?東坡先生嘗銘暴骨曰:"是豈無主,仁人君子。"若侯者,殆仁人君子歟?

《大典》卷六六九八引《江州志》。

## 劉師文

劉師文，宋寧宗慶元時在世。

**玉清廣福觀藏記** 慶元四年

邑西三十里，有觀曰玉清，世傳神仙蘇耽昔嘗經行於此，故名蘇山。殿宇依山，象象幽雅，茂林修竹，清泉白石，翛然爲一真境。歲時雨暘，隨誠響應。道士因人心之嚮信，乃即西偏，規建藏殿。凡道家之書，旁搜遠致，將求大備。經始於紹興甲寅，落成於慶元戊午。棟宇翬飛，金碧煥燿，琅函藥笈，櫛比鱗差。其用功亦勤矣。夫藏，所以藏也。本萃集真典，爲裝嚴起敬之所，自靈寶書以飛天法輪爲普度之門，世俗遂爲轉藏周匝，與持誦一遍同功。是一斡旋運動之頃，即有轉禍爲福之益。所謂不疾而達，不行而至者，幾是已其果然乎？大抵老釋以幻化誘勸爲主，奚獨藏經云。

《大典》卷六六九八引《江州記》。

## 孟植

孟植，字元立，號畏齋，臨川人。乾道八年（1172）判南康簿（《南澗甲乙稿》卷一八《納婿祝文》），改知瑞金。開禧三年（1207）知徽州，嘉定二年（1209）除提舉兩浙東路常平等事，三年四月罷（《寶慶會稽續志》卷二），奉祠，尋起知岳州。卒贈少保（《萬姓通譜》卷一○八）。

**重建寶晉齋記** 慶元五年

寶晉齋，濡須郡守燕坐之室也。崇寧乙酉，襄陽米公元章由書學博士出守是郡，以梁唐御府所藏晉王謝法書，刻於其中而以名之。故寶晉之名聞天下。中更兵燼，尚餘《王略》一帖，僅若靈光之獨存，世益珍之。齋書南鄉，蔽於前廡，規制隘甚，屋老欹側，當改作矣。前所或未暇也。慶元丁巳，國子監丞金華楊公師旦，自詭治郡以簡靜之政，撫柔此民，歲事洊登，政益暇裕。粵明年九月庚申，乃撤而新之。且易舊鄉，東瞰平衍，崇宇修梁，高明靚深，軒檻四達，意象豁如。退食之暇，草公車之檄，詳狴犴之訟，藏修游息，莫不在是。冬曦秋月，又樂與賓客共之。而屬植記其梗概。植辭不能屢矣。公一日相過而言曰："君記不作，恐來者不知改造之故。吾將題於柱而刻之，可乎？"植愧而謝之。《詩》曰："蔽芾甘棠，勿翦勿伐，召伯所茇。"夫善政及民，以芟舍之陋，民猶久而知愛敬之，況夫易湫隘而爲爽塏。非務適己，蓋以出政而惠民，且使昔賢翰墨，風流雅尚，久而并著，顧豈待言而後傳乎？然以公約己省費，銖積而爲此。既成，復取舊刻及扁寘梁壁間，以名遜前人，以佚遺後人。若己未嘗爲之者，又將庇茲石於不朽。是皆宜書。惜乎！予文不足以發揮乎此也，姑使來者有考其歲月焉。又明年十月既望，通守澶淵孟植記。

《大典》卷二五三六引《濡須志》。

## 許騫

許騫，潮陽人。紹熙四年（1193）第進士，爲惠州府推官，調南恩簽幕。隨丁父憂，歸卒於家(《潮陽縣志》卷一七)①。

**重闢西湖記**慶元五年

西湖,古放生池也。有山嶄然據湖旁,古號湖山,則知湖之來非一日。異崖層出,輕波紋平,水影嵐光,爲南州傑觀。歲月既久,湖既(《大典》作"亦")莾爲蔬蹊,而榛棘(《大典》作"荊")叢生,蓋童然一山矣。慶元己未夏,太守林公(《大典》作"侯")嶧政(兩處《大典》分作"叚""既")成,聚風月山椒,秀麗始發越,因慨謂:"湖、山并名,豈有山,獨無湖。"貳車廖公(《大典》作"侯")德明力贊其決。於是剗朽(《大典》作"剖蓐")壞,剪繁穢,引清流,瀦而廣之。南北相距倍於昔,立三亭:濱於南曰放生,介於中曰湖平,跨於山之側曰倒景。繞湖東西,古無路,誅茅穿薜(兩處《大典》分作"蘇""徑"),插柳植竹,間以雜花,盤紆詰曲,與湖周遭。架爲(二字《大典》作"橫架")危梁,翼以紅闌。鏡奩平開,虹影宛舒。數步之內,祠宮梵宇,雲蔓鱗差,浮榮(《大典》卷二二六三作"雲")女墻,粉碧相映。中造小舟,邀賓命酒。荷香邐迤,時度弦管(《大典》二字乙)中。邦人樂公德,公每游,柳邊竹下,草際苔中,涌艣繁肴,席而坐,公酒未竟,終不去。山與水相接,民與守相忘。騫嘗游泳(《大典》作"泳")於中,竊(《大典》作"即")嘆曰:"湖山之樂,古風流騷雅士,往往以此寫幽興,寄笑(《大典》作'嘯')咏。而(《大典》無此字)於君民之際,或略焉。若使身安江湖,心忘魏闕,主意上宣,王澤下壅,是湖也,欲樂得乎?嶢榭岑青,里閈蕭(《大典》作'瀟')條,畫艎宮羽,稚韰怫鬱,是湖也,欲樂得乎?我公茬止,奉天子教條,遍(《大典》作'獨')行嶺海。(《大典》有'又'字)欲以及民者及物。雖天子萬年不待祈,猶(《大典》作'又')欲鱗介羽毛皆涵聖恩,以祈聖算(以上三字兩處《大典》分作'期聖壽''期聖澤')與湖山相無窮。則公於是湖(《大典》作'乎'),樂在君也。稻(《大典》卷五三四五作'梅')香月白,春風(以上二字《大典》分作'春色''春')滿城,我公政暇,停艫擧白。民亦熙熙陶陶,鳴儔綴賞。藻野縟川(《大典》作'州'),如屏如堵,如綺如霧,人在鑒中,舟行畫圖。則公於是湖(《大典》作'乎'),樂在民也。矧夫山嘯湖平,公卿之讖,百年遺跡,一旦還舊,將見緌綾紳佩,洋洋迭出,一以祈君壽,二以同民樂,三以振地靈、起人物,一廢擧而衆美具。"騫是用踴躍而書,鐫於(《大典》有"湖"字)濱之崖石。是歲七月望日,從奉郎新簽南恩州軍事判官廳公事許騫記。門生迪功郎潮州錄事參軍林克忠謹書(以上四十一字,《大典》無)。

黄挺、馬明達《潮汕金石文徵》(宋元卷)。又見《大典》卷二二六三引許(原作"辛")騫《重闢潮州西湖記》、《大典》卷五三四五引《山陽志》。

**西新橋記**慶元二年

環惠皆水也。左合雙江,右并長湖。江以東爲橋,湖以北爲堤,皆往來之衝。捨斯二者,弗濟。乃若自湖以西,不過禱祀游玩者往焉,樵漁者往焉,雖一葦可航也,亦必築堤建橋。意者導湖山之勝,據登覽之會,以成此邦之偉觀耶。橋故千柱,橫跨一湖。雨潦推濟(或爲"擠"之誤),弗支弗永。紹聖二年冬,僧希固築進兩岸而堤之。東坡蘇公捐腰犀以倡其役,黄門公遺金錢以助其費。炎州無堅植,乃市石鹽木爲巨橋。椓泥丈餘,固其址於下;架飛閣九間,壯其勢於上。堅完宏偉,觀者咨嘆,而西新之名,遂爲南州甲。閱歲浸久,所

---

① 廣東人民出版社1999年版《潮陽姓氏叢談》第130頁,以許騫字廣輝,生於公元1165年,卒於公元1204年,未知所據。

謂頂椿者,屹如砥柱,不可動搖。蓋其度材用功,不苟如此。自淳熙癸卯,郡嘗一修,不數歲而圮。紹熙壬子,縣亦再修,不旋踵而壞。夫其材若功,已不逮昔遠甚。乃并以其舊植遺樸撤去之,豈不甚可惜哉。紹熙甲寅夏六月,括蒼林公復由文思院轄來鎮茲土。下車之初,首謁祠宇,慨然曰:"是豐湖之望而先賢遺迹也,可廢乎?"顧急於民瘼,未暇治也。越明年,政成化洽,上下恬熙,治東新橋,以濟病涉。既成,始因農隙,募工畚土益堤。高廣咸五尺,既培既實。又明年春,命伐石而經始焉。先實拳石於泥,以平其坎,壓以松板;板之上,甃為水門五,雖舫可通。盤結互拱,聯附參錯,湊理綜密,既崇且彝。覆以危亭,翼以扶欄,飛敞軒豁,萬象畢集。西則梵宇祠宮,崔嵬煇焕;東則城市井邑,空濛掩映;南北則峰巒洲渚,隨境獻狀;俯仰則禽魚飛躍,水天互明。環湖山之景,如在几席間。父老雲集,士女和會,更相告語。皆曰:"目所未睹。"而徘徊游宴,不知幾旦暮也。會公將還朝,邦人德其賜,不忍捨去,請鐫書諸石,以慰去思。鐫曰:"是固當書也,何敢以固陋辭?"竊聞橋堤之役,郡政之一也。昔之守不能獨任其事,而二蘇公實為之。今視之,可愧也已。然坡公之咏斯橋,有"後人勿忘今"之語,其望深矣。抑未有續其緒,何哉?夫川源陵谷,土木之變無窮。要其廢興,蓋自有數,而存乎人。蘇公之橋,以紹聖丙子六月成,當其壞而莫興者,數未至也。迨今慶元丙辰,整整百年矣,而公乃新之,亦以六月告畢,蓋有不約而符者。窮則變,變則久,茲以石繼木,而期於不朽者,豈偶然哉!蓋公以當朝偉望,屈臨遠服,踵數十載,不可支吾之後,陁窮愁嘆,莫極莫舒,天矜遠氓,而公實來。靡痼不瘳,靡僵不植,民物浹和,山川增明。橋之更革,皆與政通,宜其光前垂後,與蘇公齊驅并駕於百載之間也。嗚呼!橋則堅矣,美矣。繼今以往,又未知數之底止也。此邦水灾不時,或潦嚙而甃弛,則尚賴後之人。念締創之艱難,以時補葺而修治之,使永永不墜,則善矣。橋舊名豐樂,坡公名曰西新。今題當從坡公為正。其修十一丈五尺,廣二丈一尺,崇三尋有三尺,而亭之廣袤與橋等。木石工匠之糜,皆捐自帑廩之餘,而民不知也。苾役者兵官郭潄,都護者郡獄掾黃彎,主河源簿蔡槐。因并志,以詔來者云。

光緒七年《惠州府志》卷二三。

按:原署作者名上有"宋通判",所署職官與其他文獻不同。

# 陳杞

陳杞,仙居(今屬浙江)人。紹興十八年(1148)第進士,曾監池州酒稅(《浙江通志》卷一二五),紹熙初,提舉福建路常平茶鹽等事,未幾移漕廣西。三年(1192)提舉兩浙東路常平,四年除兩浙東路提刑。慶元元年(1195)除侍右郎官(《寶慶會稽續志》卷二),五年八月知慶元府,嘉泰元年(1201)三月改知建寧府(《寶慶四明志》卷一)。

### 陳都官集序 慶元六年

曾祖都官以慶曆六年買榜登進士第,嘉祐四年,與錢公藻同中材識兼茂明於體用科,實為舉首。熙寧中,知越之山陰縣。會新法行,上書極論其害,遂貶監南康軍酒稅。纍年,竟不仕以沒。杞無以馮藉先世遺烈,叨蹸從班,惟知兢懼以保門户。先考刪定寶藏都官遺文。杞頃為閩中常平使者,嘗刻之版,未成,而移漕廣右,委之寮屬,尚多差舛,每以愧恨。洎來此邦,念都官本以明州觀察推官試大科,欲考陳迹,則相去百四十餘年,不可得知。集中自言"十五年間,再官於天台四明之二州",猶有《鄞縣鎮國院記》等文存焉。因再加雠校,而缺其不可知者,屬郡博士、郡從事刊之,以廣其傳。仰惟曾祖風節峻厲,凜然如生,不肖孫曾恃有公論,不敢贅辭云。慶(原作"廣")元六年十月望日,曾孫太中大夫、徽猷閣待制知慶元軍府事兼沿海制置使杞謹書。

《大典》卷二二五三六。文淵閣《四庫全書》本《都官集》書末。

## 陳讜

陳讜,字正仲,仙游(今屬福建)人。孝宗隆興元年(1163)第進士,授甌寧簿,泉州教授。寧宗慶元元年(1195)知潯州(《廣西通志》卷五一),後知貴州(《粵西金石略》卷一〇)。歷太府寺丞、禮部員外郎,殿中侍御史。嘉泰元年(1201)兼侍講(《宋會要輯稿》選舉二一之二七、二二之一六、職官六之七二)。俄遷起居舍人,奉祠。嘉泰三年知贛州,提點江南西路刑獄,召爲太常卿(《建炎雜記·乙集》卷一五),尋除兵部侍郎。開禧元年(1205)出知寧國府(清康熙《寧國府志》卷九)。未幾奉祠。嘉定元年(1208)致仕(《莆陽文獻傳》卷三四)。

### 賀李户侍啓

召還天闕,擢貳地官。文昌之分六聯,眷莫隆於舊德;司徒之敷五教,用再付於真儒。郵傳四馳,縉綏交慶。共惟某官清規範俗,璅望映時。學探淵源,極周情孔思之奧;文擅機軸,靄班香宋艷之餘。早以材猷,上結知遇。徑儀中禁,聯甘泉扈從之班;自詭外庸,膺東越保釐之寄。翕然治行,達於帝聰。隨召節以遄歸,付版曹而重領。財貨本末,想素講之已詳;朝夕論思,賴嘉謀之必告。佇繇禁筦,晉履政途。某晚玷周行,猥蒙異顧。雖殊教有二年之久,而戀軒無一日之忘。遽聆詔除,倍形距躍。進英隽以强本朝之勢,方慶亨嘉;飾竿牘以效小夫之恭,第深永頌。

### 賀王户侍啓

榮頒中詔,進陟貳卿。禁橐職親,允藉論思之益;民曹任重,更資經畫之長。郵音四馳,公論咸愜。恭惟某官受天間氣,爲時偉人。酌道德之淵源,高視千古;越文章之畦畛,自成一家。才無用而不宜,官所居而皆大。早膺委任,茂著事功。外典雄城,大播藩宣之績;入登華貫,備殫夙夜之勤。兹欲裕於邦儲,遂就升於計省。書生齒於版,要令户口之日滋;明貨財之源,必使君民之兼足。少究阜通之略,即登丞弼之司。佇聽明揚,用恢遠業。某濫供煩使,欣睹峻遷。巨翮之冲慶霄,舉知翹仰;倦翼之賀大廈,喜有依皈音歸。

### 賀丁農卿兼户侍啓

顯膺明綍,晉履從班。農扈爲卿,具得源流之要;民曹列貳,更資經畫之長。郵傳播聞,搢紳歡愜。共惟某官令猷經世,遠識過人。大木千尋,將儲材於鉅用;精金百煉,加淬刃於新硎。早膺明聖之知,遍更中外之寄。神皋彈壓,有高張、趙之風;稼政修明,無取管、桑之術。兹疇成績,果渙隆恩。念國計之匪輕,繄地官之攸賴。初非序進,當遂真爲。本末洞明,暫煩貨泉之柄;謀猷大展,佇陪鼎軸之司。某頃接朝紳,兹聆廷綍。屬馳使傳,悵莫箋於賓榮;祇飭書函,姑少伸其賀臆。

### 賀韓户侍免兼卿啓

光奉宸綸,真登禁閨。筦貨泉之柄,無踰經國之才;聯法從之班,已試兼官之效。除書誕播,歡頌交騰。某久沐春憐,尤深抃躍。横翔此始,綴屬車之後塵;遠到未量,紹前人之盛烈。亟馮柔吶,先致頌言。容再造於賓榮,庶具陳其下悃。

以上見《大典》卷七三〇四引《啓札淵海》。

### 賀福建姚倉啓

伏審光奉詔條,肅持使節。過家問俗,壯鄉社之榮觀;將母乘軺,極人子之盛事。方圖修慶,先沐撝謙。共惟某官抱經遠之姿,蘊鈞深之學。談王崇論,羞稱管、晏之卑;垂世高文,當在軻、雄之列。蚤以大臣之推轂,亟登清貫以彭纓。六館布韋,仰師儒之絜矩;百年禮樂,俟作者之草儀。尋假道於郎闈,將問津於禁闥。力祈補外,志在揚清。想閩粵之八城,均鄉閭之一視。究生民之情僞,諳列郡之贏虛。發廩摘山,小試康時之策;持橐簪筆,佇觀告后之猷。某辱顧頗深,蒙休茲始。銜命外臺之寄,孰不單其清嚴。同姓古人所敦,敢庶幾於芘賴。

### 賀江西陳倉啓

伏審出綸中禁,司庾外臺。英盪鼎來,覺山岳之搖動;先聲遠洎,增原隰之光華。凡仰英猷,孰不距躍。共惟某官宏才不器,恢量有容。括古包今,盡得簡齋之學;蜚英騰茂,益增相閥之光。自赤縣之奏刀,旋路門之典匦。乃安平進,自詭外庸。洊煩別駕之乘,仍列司宗之貳。中和布政,方推周翰之良;禮樂寵行,亟借漢軺之重。矧惟稼政,尤重江圻。貯儲以備荒,而常患於具文;煮摘以興利,而每艱於登額。必得碩膚之彥,式昭詢度之長。四牡載馳,已聳列城之望;修門重入,徑躋四禁之班。某濫齒宗盟,獲聯王事。一燈共績,正依鄰壁之光;尺牘寓誠,姑致小夫之敬。頌咏之至,敷染奚殫。

### 賀張郎中除福建倉啓

伏審改畀使華,按臨閩部。移遠而近,仰見九重簡注之懷;惟公而明,足膺一道澄清之寄。凡托芘幬,率倍欣愉。某沐眷最深,其喜欲抃。敢意西崦之景,重依廣廈之仁。

以上見《大典》卷七五一七引《縉紳淵源》。

### 回隆興府馬總管啓

英標久閡,良深仰德之懷;戎幕肇開,幸托同寅之好。未遑修賀,先沐撝謙。某官沉略濟時,長材邁往。運籌決勝,凤韜堂上之奇;橫槊賦詩,獨擅胸中之略。顧今副帥,視昔廉車。矧江西一路之雄,護諸將列屯之重。折沖樽俎,少資綏靜之功;拱扈殿岩,佇奉還歸之詔。某濫將隆指,方愧罔功。千里向風,尚阻參承之便;尺書走介,第深感戢之私。

### 回陳正將啓

講聞惟奮,莫瞻庭角之姿;會晤有期,行接茵憑之末。未皇修敬,遽辱撝謙。某官天賦材猷,家傳忠孝。功名自許,笑安事於毛錐;氣概不凡,漫留心於金版。頃常游刃,曾不挫芒。諸公交鶚薦之章,九重思鷹揚之勇。合留侍於環尹,尚借重於南方。弓矢橐鞬,小展總戎之略;詩書禮樂,佇膺謀帥之求。某才無瘉人,老而漫仕。未離塵埃之走,敢忘風月之分。一見勝於百聞,已愜平生之願;他人不如同姓,當知忠孝之規。

以上見《大典》卷八四一三引《縉紳淵源》。

### 賀黃寺簿啓

伏審明陟時髦,升贊農寺。假夷途於簿正,階華貫於禁嚴。除命初盼,輿情允愜。某托芘滋久,贊慶愈深。亟馮鈍吶之辭,少寓忻愉之意。嗣趨崇仞,庶列下誠。

《大典》卷一四六〇七引《啓札淵海》。

### 賀吳都大監簿啓

顯膺宸綍，肅擁星軺。分千里於日畿，已著民庸之茂；總諸道之泉柄，遂膺使指之隆。風采一新，縉紳交慶。共惟某官才兼數器，識照萬微。洪鐘在懸，自有鏗鋐之韵；干將淬鍔，初無盤錯之難。畝以聲猷，自結明聖。路朝典匭，事無壅於上聞；戎監鳩工，器咸精於能事。須就輔藩之最，果放蕩節之恩。眷言圖府之攸司，實佐大農之至計。其本澹，則其事舉；其權重，則其責專。允賴通明，佇奏流錢之效；嗣膺寵渥，入聯持橐之班。某頃綴英游，最叨異顧；兹焉承乏，復與同寅。六轡載馳，方切皇華之咏；萬間大芘，知無凌雨之虞。

### 賀胡監簿啓

伏審疏渥宸廷，躋榮胄學。簿正清簡，與他監以懸殊；師道尊嚴，喜真儒之方用。除目初播，歡頌交騰。某辱眷最深，贊喜尤切。亟馳牋檀，不知傳者之訛；仰服鈞衡，允得掄材之當。自惟衰謬，第劇兢慚。

以上見《大典》卷一四〇八引《啓札淵源》。

### 賀吉州梁守啓

眷今江右，無出廬陵，財賦獨冠於他州，卿相多生於是郡。

螺江千里之封，暫煩牧御；鳳詔十行之下，佇見褒揚。

### 賀吉州胡寺丞啓

眷今樂土，無出廬陵；財計富饒，冠於他郡。山川清淑，間出偉人。

以上見《輿地紀勝》卷三一。

### 知貴州謝宰執啓

況懷澤之為州，亦南冠之樂土。喜（原作"苦"）無瘴癘，粗有人民。財用少而歲可支吾，魚米賤而俗頗淳古。

睠今懷澤，析古鬱林。賦少而供億亦希，民淳而訟訴頗簡。未離五嶺，覺瘴霧之稍輕；何幸全家，乘舟航而良便。

### 謝廣西朱帥

眷今懷澤，即古鬱林，附於諸侯，不過一縣。城小而民社所繫，地遠而委寄匪輕。

以上見《輿地紀勝》卷一一一。

### 賀韓尚書啓

疏恩楓宸，易鎮桐城。溫詔趣行，笑擁東方之千騎；先聲遠暨，來為南國之諸侯。

況今閩粵，莫盛泉山。外宗分建於維城，異國悉歸於互市。

### 賀張舍人啓

清源七邑，舊稱節鎮之雄；紫帽朋山，今得明公而重。

### 賀黃左史启

黃堂靜治，由人望之素孚；紫帽光凝，覺公來而增重。

泉號佛國，而風俗素淳；舶交島夷，而財賦本裕。

以上見《輿地紀勝》卷一三〇。

### 彈丸岩題名 慶元元年

莆陽陳讜正仲自三城辟守懷澤，就銓計臺，仲子璉侍行。臺府賓佐移尊水東，盤礴松關，歷覽曾公、栖霞、彈子諸岩洞。同游者十二人：北岳王宗孟景醇、泉山趙庚叔初、林子蒙亨仲,廣平李正夫頤老,廬陵董世儀子羽,建安鄭繼勛少周,劉褒伯寵,臨川楊汝明仲藻,西安徐翺叔虞,金華宋牲茂叔,新安朱權聖與,長沙李魯玉伯溫。時連雨忽霽,寒氣亦斂,景物呈露,極歡乃歸。慶元改元冬十一月二十有六日。

《桂勝》卷二。

**白龍洞題名**慶元元年

陳正仲銓訖之官,王景醇、林亨仲飲餞於乙卯仲冬。

《粵西叢載》卷二。

**龍虎岩題名**嘉泰三年

嘉泰癸亥重陽前一日,莆陽陳讜正仲、漢東趙時逢遇可來游。讜蒙恩收召留所作"壽"字,屬遇可刊於石。

中國文史出版社2001年版《丹崖悠悠:贛州市通天岩摩崖石刻集錦》。

**跋楊妃手卷**

開元天寶間,有如此姝,當時丹青不及麒麟、凌烟,而及諸此。吁!世道判矣。水心葉某跋。

**跋米南宮帖**

米南宮筆迹盡歸天上,猶有此紙散落人間。吁!欲野無遺賢,難矣!

以上見元白珽《湛淵静語》卷二。

按:二跋乃以葉適口吻而作。

**題定武本蘭亭集序**嘉泰元年

莆人陳讜正仲借觀於越上齋宮。是本真定武,二三百年前本也,宜珍藏之。嘉泰元年八月初八日。

《蘭亭續考》卷一。

**莆陽比事序**

吾莆山川清淑,風俗醇美。民生其間,率多秀異,耻事末作,一歸於儒。自唐距今,歷記數百,如節行揚芳,文學垂範,代不乏人。進士擢第,則有祖孫首榜,魁亞聯名。異科有賢良詞學之英,一門有公卿岳牧之盛。至於軼材絶藝、隱士高禪、聞見軼出,殆難悉數,固炳靈之助,亦漸靡使然也。舊志間多疏略,由夫主其事者期於速成,操觚之士不暇博訪,遂使覽者不無遺憾。今國家貢士李君俊甫幼傑,慨然有志斯事,上考史記,旁摭紀錄,下至諸家文集、行實、碑碣、書尺,悉從采掇,詢於耆儒,參諸故老,積十餘年心目之勤,釐為七卷,幾數萬言。彙聚科分,聯比而書,又為綱目於前,偶儷成編,尤便披閱,可謂勤矣。書成,適國子博士三山林公來牧吾郡,李君以其書獻,一見嘆賞,命書史就抄,給以筆札,不閱月而畢。親翰抵僕,諉以序。讜自念齒耄學荒,理當推避,既而喟然謂:"士未遇時,往往編綴古今,以為選舉之圖;講學鬻文,以為俯仰之計,奚暇采拾鄉間逸事,以為前輩不朽之傳、後來慕用者之勸也哉。是書之成,若不遇博雅君子為賞鑒,但藏巾笥耳。今使君仁賢,不薄鄉郡,樂其風土之美、人物之盛,為之主盟,將以傳信久遠,使後人更相勸勵。斯為忠孝冠冕、言行楷式之歸,風化美意,實在乎是,何此書之幸、吾郡之逢耶!使君以鼎甲師儒,宜為序冠,顧乃謙抑,以筆授僕。若又固辭,恐幼傑用心之勤,與使君樂善之懿,終無以表見是題於卷首云。"

國圖藏清抄本《莆陽比事》卷首。

**韓侯增撥學田記**

永嘉韓侯漪以國學名士俛首簿領，兼主學事，尤切加意。屬本部以不濟院田，委以督租，因慨然曰："民生之艱至矣，今復爲廢院之租，迫趣如是。"首白郡將，蠲三邑舊逋，以紓細民。先是，官中以佃穀折高價，令民償納，民力不能給，往往逃徙。次白郡，損其值，得減十之一。時朝論有鬻廢院田之說，侯聞之，謂："鬻之以輸官，孰若輟之以養士。"謀之既審，乃入白事，因言："本縣建福院久廢，其院之田，爲穀百四十有四石，歲僅得緡錢二百一十五有奇。其於郡計毫末，若撥以助本縣之學廩，則供贍無闕，士受大惠。"守從其請，遂置籍於學，命學職掌之。自是，士不乏供，得以卒業。他時有能爲國器、爲時用，侯之力也。

同治十二年重刊《仙游縣志》卷二三。

**縣廳道愛堂記**嘉定十二年

莆中三邑，仙游爲壯。邑有四民，士風爲盛。士風盛，故巨室多。宰是邑者，非有學，未易濟。今邑大夫許公伯詡，溫陵人。而吾邑舊隸於泉，公諳其風俗，知其民情。其始至也，心一本於誠，而民自孚；政雖尚乎寬，而事畢舉，蓋有學也。公之尊公通守，嘗馳聲太學，縣舍選取高科，曾爲永福宰，政績著聞，民至今懷思。公之學，即通守之學也；今日之政，即昔時之政也。此去永陽不遠，先後未三十年，士夫共知之。公今政成，民詠於野，諸司推重，交薦於朝。受代伊邇，縣治之西，有小堂頹敝，近葺新之，取夫子之言，以"道愛"爲名。一日下訪，誘以題額，并請記之。譓以昔與通守同學校最厚，今又鄰居，依仁三年，荷眷甚渥，誼不宜辭。竊因茂宰之意，以求聖人之旨。所謂道者，即天下日用共由之道，布在方策者，皆是也。愛者，非姑息之謂也。民以食爲天，無力役以奪其時，又能躬行阡陌勸課之，俾獲耕斂以足其食，是愛之也。公賦取於民有制，但寬其期而使之自輸，無吏迹之擾，是愛之也。鞭朴者，治之具。民麗乎罪，小懲而大戒之，使有耻而遷善，是亦愛之也。要之，由學則必能知道，知道則必能愛民。聖人之訓，豈欺後世也哉。是二字也，公家世學，既允蹈之，又名斯堂，將以望後之縣大夫。嘉定十二年九月二日，承事郎知興化軍仙游縣主管勸農公事許伯詡立。

同治十年《重刊興化府志》卷二七。

**仙游縣廳題名記**嘉定十二年

右《縣廳題名記》，昔令尹林公子肅所作也。今令尹許子楊譓以重寫。復博訪宣和以前作是邑人名未經登載者，得二十有八人，并刻於後。是舉也，許公身居是官，而不忘前人，文采又高，而重於改作。其篤厚之情，於此可見。喜而爲書。嘉定十二年三月二十有四日，太中大夫敷文閣待制致仕清源郡開國侯食邑一千一百戶陳讜記。

**仙游縣尉廳題名記**

仙游視諸縣爲壯，其地西北接泉、福，南距大海，舟車交湊，盜賊多有，地大事繁，尉之職爲難。非有才識，莫稱厥官。今尉仙邑，莅事年餘，吏畏民服，桴鼓不鳴，田里帖然。近以鄰火不戒，延及南亭，因葺新之。顧左右問曰："此廳有記否？"皆對曰："無。"於是詢訪故老，得前人姓名十有九人，并得其歲月。一日，過訪老朽，坐定，有請曰："凡天下官廨，無小大，皆有《壁記》。敝廳獨無，敢以譓長者。"僕以老辭，以（疑作"不"）獲。退而思之曰："吾邑尉職誠不輕，向來歷此官者不少。或用賞改秩而升王官，或去此後官至牧守，又有身爲名卿，今持節於外者。前後相望，而廳壁無《記》，何哉？豈以初筮，秩卑在丞簿下，不屑爲之耶？抑當官之日，事緒倥偬，不暇及之耶？"清源莊君夢説，生長甲族，問學家傳，乃不卑厥官，究心職業，復采前任人名氏，具見於《記》，俾後來者有考，可謂志於事功者矣。推之，他日信未易量。廳在縣治之西南隅。熙春有臺，屹立其西；見山有樓，翼然其右。古木（原作"本"）蔽虧，面勢爽塏。所建歲月不可致詰，姑見其梗概。十年四月二日立。

以上見同書卷二八。

附：《重刊興化府志》所遺存宋文尚多，其中卷二六陳仁璧《興化軍廳壁記》，卷二八游醳《興化軍通判廳題名記》、林翀《仙游縣廳題名記》、陳亞卿《仙游縣廳題名記》、陳僑《跋陳亞卿仙游縣廳題名記》、陳景肅《跋蔡忠惠仙游縣學進士題名記》，卷二九林大鼐《李長者傳》，卷三二林蒙亨《螺江風物賦》，凡八人《全宋文》未收其人；卷二八姚瑤《仙游縣主簿廳題名記》，《全宋文》册三一八卷七三一〇姚瑤下失收。

# 王阮

王阮（？—1208），字南卿，德安（今屬江西）人。孝宗隆興元年（1163）第進士，調都昌主簿，移永州教授。淳熙六年（1179），知新昌縣，十五年知昌國縣。光宗紹熙中知濠州，改知撫州。寧宗慶元初韓侂胄當政，聞其名，特命入奏，遣客誘以美官，王對畢即出關，侂胄怒，批旨予奉祠，於是歸隱廬山。有《義豐文集》一卷（《宋史》卷三九五、明嘉靖《九江府志》卷一三）。

### 雪山集序 慶元四年

紹興中，阮游成均，與東平王君景文同隸時中齋，聽其論古，如讀酈道元《水經》，名川支川，貫穿周匝，無有間斷。間語世務，計後成否，又如孟子言，歷千載日至無毫厘差。咳唾隨風，皆成珠璣，使讀之者如嚼蜜雪，齒頰有味。其施之場屋，如拾芥，如破竹，而爲世所貴重者，特其餘事耳，未足以論景文也。中書舍人張公孝祥使備制舉策略并論歷代君臣治亂，蓋將舉焉。會去國，不果上。庚辰春，景文中進士第。阮以服喪，乃相契闊。明年，金人南侵，御史中丞汪公澈宣諭荆襄；又明年，丞相張公浚都督江淮；又明年，丞相虞公允文宣撫川陝，皆致景文於幕下。樞密葉公義問薦試館職，丞相湯公思退擢領學宫，丞相梁公克家處以敕局，丞相陳公俊卿更以編摩寘密府，材譽赫然，亦以是數致言者，而景文退居其里矣。守郡者亦其學校舊怨，中以流言。孝宗皇帝盛明，即疑佳士不應有此，而景文之冤不辯而自直。阮之聞此也，以書戲之曰："名果累人者哉。"景文答曰："至人無名，此某學道不至也。"時已病目，後忽寄詩，有"我疾不佳"之句。而訃至，蓋淳熙十六年正月十九日也。其家勒以遺稿見屬，乃爲搜羅删次，釐爲四十卷，名曰雪山，本其舊也。惟廬陵歐陽公序《蘇子美集》，有曰"斯文金玉也，棄擲埋没糞土，不能蝕，必有收而寶之於後世者"，又謂子美"擯斥摧挫之時，文章已自行於天下。雖其怨家仇人嘗出力擠之死地者，至其文章則不能少毀而掩蔽之"。而後山先生贊劉道原，亦謂"當道原時，識與不識，相隨訛之，如復仇施。其逝未幾，念慕歌咏，恨其生之晚"，以爲前私而後公。又曰"執屈不伸，有亡有存，有一其得，曷較後前"。噫！景文得之矣。孔子曰："求仁而得仁，又何怨？"慶元四年冬十月二十日，敷淺原王阮南卿序。

文淵閣《四庫全書》本《雪山集》卷首。

**館娃宮賦**

泛浮玉之北堂,得館娃之遺基。從先生而游焉,揖夫差而吊之。或曰是可唾也,奚以吊爲哉？夫沈湎以喪國,固君人之失道。然而有鐘鼓者,胡可以不考？聞管籥者,民喜而相告。苟厥妃之當愛,惟恐王之不好矣。是則女樂亦可少乎？必曰夏有妹喜,商有妲己,周有褒姒,而吳以西子,苟求其故,未必專於此也。齊有六嬖,威公以興,正而不謫,聖人稱焉。非夫九合一正之業,得仲父以當其任。則其一己之内,少有以自適者,舉不足以害成耶。關大夫進,夏德豈昏？微子得政,商豈穢聞？蘇公家父并用,則烽火豈得妄舉？子胥不見戮,則吳之離宮別館至於今可存。抑夫差之資異,在列國亦翹楚,一戰而越人沮,再會而諸侯懼。使僅得一中佐,置雙翼於猛虎。惟自剖其骨鯁,而放意於一女,敵乘其間,無以外禦。杯酒之失何足問,獨爲此邦惜殺士之舉也。此士不遭殺,夫差不可愚,苧羅之姝適足爲我娛,胡得而竊吾之符？榮楯可居,適足華吾之廬,胡足以臁吾之都？惟忠良之既誅,始猖狂而自如。臺兮姑蘇,舟兮太湖,食兮鱠鱸,曲兮栖鳥,宿兮嬪嬙,修明兮夷光,二八兮分明,捧心兮專房,徑兮采香,屨兮響廊,笑倚兮玉床,奈樂兮東方,稻蟹種兮不遺,爭盟兮黃池,無人兮箴規,有仇兮相窺。至德之廟,遂爲禾黍。悉陂池與臺榭,倏一變而梵宇。入笙歌於海雲,令聲鐘而柎鼓。儼麋鹿之容與,瞰僧儀而觀睹。駁越壘以在望,奚五戎之閱武。松引韵以嗚咽,柳顰眉而凝佇。山黯黯兮失色,水洶洶兮暴怒。追此謬於千里,本差之於毫厘。譬之養生,捐其良醫,逮疾作於中夜,憎藥石之不知。志士仁人所爲太息於斯焉。蓋嘗反覆於此,竊謂種、蠡亦可哂也。勾踐方明,舉國以聽,十年生聚,十年教訓,以此衆戰,何伐不定？何至假負薪之女,爲是可恥之勝哉。始其土城,海涯自君；終焉五湖,合歡其臣。青溪之典不正,金谷之義不立。悠悠扁舟,遂其全璧,使之脱鼎中之魚,而群沙頭之鷺,返耶溪之蓮,而吐洞庭之橘。竊謂越之君臣,何其陋於此役也。越則陋矣,吳亦太庸。士目既抉,夫誰納忠？可罪人之亡己,其自反而責躬乎？公慨然雍,相與斂容。起視四山之中,覺蕭蕭兮悲風。

《吳都文粹續集》卷一一。《桯史》卷三。

**禮部對策**隆興元年

臨安蟠幽宅阻,面湖背海,膏腴沃野,足以休養生聚。其地利於休息。建康東南重鎮,控制長江,呼吸之間,上下千里,足以虎視吳楚,應接梁宋。其地利於進取。建炎、紹興間,敵人乘勝,長驅直擣,而我師亦甚憊也。上皇遵養時晦,不得已與平,乃駐臨安,所以爲休息計也。三十年來,闕者全,壞者修,弊者整,廢者復,較以曩昔,倍萬不侔。主上獨見遠覽,舉而措諸事業,非固以臨安爲不足居也。戰守之形既分,動静進退之理異也。古者立國必有所恃,謀國之要,必負其所恃之地。秦有函谷,蜀有劍閣,魏有成皋,趙有井陘,燕有飛狐,而吳有長江,皆其所恃以爲國也。今東南,王氣鍾在建業,長江千里,控扼所會,輒而弗顧,退守幽深之地,若將終身焉。如是而曰謀國,果得爲善謀乎？且夫戰者,以地爲本。湖山迴環,孰與乎龍盤虎踞之雄；胥潮奔猛,孰與乎長江之險？今議者徒習吳越之僻固,而不知秣陵之通達。是猶富人之財,不布於通都大邑,而匿金以守之,愚恐半夜之或失也。倘六飛順動,中原在跬步間,況一建康耶？古人有言"千里之行,起於足下",人患不爲爾。

永樂間内府本《歷代名臣奏議》卷一〇三。《宋史》卷三九五。

按:淳祐三年刻本《義豐文集》卷末有《和淵明歸去來辭》,《全宋詩》失收。另有文獻載其有《雙溪集序》，未見。

## 譙令憲

譙令憲（1155—1222），字景源（一作元），祖籍青州益都（今屬山東）人。孝宗淳熙十一年（1184）第進士，授仙游尉。歷知錢塘、衡山縣。寧宗慶元五年（1199），主管官告院。嘉泰元年（1201），除司農寺主簿（《宋會要輯稿》選舉二一之八），遷太府寺丞，出知江州。開禧元年（1205），以都官員外郎兼國史院編修，實錄院檢討。三年，爲軍器少監（《南宋館閣續錄》卷九）。知婺州。嘉定二年（1209），遷提點兩浙東路刑獄兼提舉常平，四年，除寶文閣江南東路轉運副使（《寶慶會稽續志》卷二）。八年，提點江南東路刑獄。九年，以秘書修撰奉祠。十四年，起爲福建轉運判官。十五年卒（《西山文集》卷四四《譙殿撰墓志銘》）。

**重修寶嚴院記**<sub>嘉泰元年</sub>

循九江福星門而東行二十里，院曰寶嚴，翼然於官道旁，實唐僧常真開創。地有雙溪，因以自名。皇朝景德中賜今額。真師姓田，躬自墾闢，除柴荊，築室宇，以肅往來游方之士。金碧焜燿，爲諸方所稱。中更廢興，莫可考稽。建、紹搶攘，蕩於煨埃。來者經茸故廬，僅庇風雨。嘉泰初元，序師於是量入摶費，鳩工度材，漏者補之，傾者植之，故者新之。司業易公大書以扁其門。境界莊嚴，泉石改觀，遠邇贊嘆，以爲田道者復出。或曰："一切世法，猶如空花。學道之人，寸絲不挂。師固宜以寂滅爲宗，以禪悅爲樂，今乃區區於有爲功用，其於道法何用哉？"予曰："不然。主席之人，接物利生，固當以緣事安衆爲先。至於安禪辦道，則亦隨力所至。若一切廢置而不以緣事爲念，區區自利而不以安衆爲心，是豈方便之教哉？"師天資純正，造詣平實，瓶錫所屆，作大饒益。嗚呼！豈所謂願力而來者歟？

《大典》卷六六九九引《江州志》。

按：《大典》卷六六九七引《江州志》"寶嚴院"載"《重修院記》。譙令憲撰，黃榮書，董之奇題"。

**松源和尚語錄序**<sub>嘉泰三年</sub>

宗師提唱，各有《語錄》，叢林故事也。或曰釋迦掩室於摩竭，净名杜口於毗耶，祖師西來，單傳直指，果何取於言語文字之間？差乎！道一而已，或語或嘿，何間焉。宗門諸大老說法如雲如雨，後之學者因其言而有省者多矣。且以近事觀之，多福一叢竹，是寶覺之悟門也；東山水上行，是妙喜之門也。玄沙之語，靈源叟得之而悟；汾陽之語，甘露滅得之而悟。機緣感發，箭鋒相直，又奚有語嘿之異哉！松源禪師道眼孤高，具正知見，一鉢去就，爲諸方重輕者，三十年矣。師既歿，其嗣惠足會粹其平生之言，黃龍一翁禪師又攝取其玄要，集爲一編。予嘗諦觀，自顛至末，無非提持佛祖向上之機，爲人至深切也。予久從師游，其爲人天恣純篤，造詣端實，接明後學，一以本分見成公案，未嘗以詞色假借衲子，蓋專意於荷法而已。嗚呼！佛道陵夷，得密庵之髓，以壽楊岐正脉，非師其誰歟？或問曰："禪師千言萬句，莫祇是發明個破砂盆消息麼？"咄！無孔鐵槌。嘉泰三年十月，回庵譙令憲謹序。

上海辭書出版社 2002 年版許明編《中國佛教經論序跋記集》。

**松風集序**<sub>嘉定十五年</sub>

夫松風者，天籟也。松非有約於風，風非有情於松，適然相遇，則若嘶雲嘯月者，使人聽之，自有周情孔思存乎其中。倏如鏘玉珮，忽如鳴瑶琴，轉而爲洞簫，緩而爲雲韶。又其霏微瑟縮，則如寒食清明之雨至；澎湃喧豗，則如揚瀾左蠡之浪起。彼爲千枝萬葉，其爲一風所攝也如此。而風之曉夜疾徐自不同，而松之所受也又如此。寒響滿平，虚空清音，漲於崖谷。其非天籟乎，孰使之然哉？惟其出放自然也。非然非竹，故能換世人鄭衛之耳。耳與之化，自不覺肝脾爲清，毛骨欲蜕，飄飄然有乘雲禦氣之樂也。此逸人白君玉蟾之詩，汗漫成集，而名之曰松風者以此。余持節憲江東之日，嘗相契於廬山之陽。及其祠廬也，時過我於苕溪之上。比將漕指，復爲此來，又遂從容乎慢亭山水之間。談笑琳琅，咳唾珠玉，灑然若松風之冷。而予所得於松風多矣。四方學者謂之紫清先生云。若曰薦有道、舉逸民，其李泌、种放之流也。嘉定壬午春，青社譙令憲序。

白玉蟾《海瓊玉蟾先生文集》卷末附録。

# 秦榛

秦榛，宋寧宗嘉泰時爲太常博士。

### 謝除太博啓

虞庠司五第之規，已虧素望；載席分六經而講，復玷清流。敢圖積日之微勞，遽拜自天之誤渥。循涯過矣，拊已矍然。洪惟嘉泰盛世之招延，重念元祐故家之零落。散東風於桃李，回暖律於桑榆。袂履八千人，尚憶戲魚之同隊；蘁鹽二十載，恍疑化鶴之重來。謝臆難名，愧顔罙極。

《大典》卷一○五三九引《啓札淵海》。

按：文中有"嘉泰盛世之招延"句，則作者當爲宋寧宗時人。

# 陳鑄

陳鑄，字伯冶，臨海人。乾道八年（1172）第進士。歷大理寺主簿、司農寺丞。嘉泰四年（1204）知汀州，後提舉福建路常平。爲工部郎中，終朝散郎、主管冲祐觀（《赤城志》卷三三）。

### 上經界利害札子 開禧元年

臣嘗詳究經界難行之說，本州産稅最重，而米價極賤，商賈不通，絶難得錢，奸民豪户猶藉隱冒賦稅之利，通融補納，尚且費力，若或履畝之後，件件得實，不容隱匿，則其輸納愈更繁重，是以不便者多肆摇撼。又此法一行，則須開具圖帳，置造砧基，打量頃畝，分定等則，紐計租賦。官吏出入阡陌，保正長奔走期會，紙札食前費用百出，若不盡從官司支給，則爲大擾，反不若無事之爲愈。此議者所以得持是二說而排沮之也。臣因參用衆議，見得本州諸縣稅賦，邇年止是僅及一半以上，今若只將十年催到稅數取一最多年分，立爲定額，從各縣量到頃畝，均科年額實催之稅，於上供既無虧損，而貧富上下皆受實惠。至於費用一事，本州有交承椿積之錢，朝廷存留以爲州郡之備，若量其所用，出捐數十百緡以爲百姓經久之利，在於聖時，決不吝惜。若蒙采用此議，委自本州選擇公明不擾屬吏，先從近郭一縣措置打量，則民聽不惑，費用亦省。一縣既有程式，他邑可以依仿，決無難行之理。

《大典》卷七八九五引《臨汀志》。

按：《大典》載"開禧元年知州陳公鑄上經界利害札子"。

## 劉天益

劉天益，一名忠益，字謙中，平陽（今屬浙江）人。寧宗嘉泰元年（1201）以布衣應賢良方正直言極諫科，上書萬言，極陳時政，不報。有《筠坡集》，已佚（乾隆《平陽縣志》卷一五）。

### 愛民堂記 開禧三年

廣信汪公季良治平陽之明年，蠹除廢興，誠惠浹孚，作堂於廳事之西，名曰愛民。至哉心乎！豈唯一時，誠有望於無窮也。夫天愛民而托君，君愛民而托吏，吏受君天之托以宅萬命，忍坐視其顛隮而不抹乎？居高廣則思無廬，服鮮燠則思無衣，味甘肥則念糟糠之不給，聞鏗鋿則憂呻吟之無告，疚心撫摩，備盡矜怛，此仁人君子之至心也。然世孰無是心，而有不愛何哉？今夫螻蟻經於路，徐行者知避；蜩蝶縈於網，却立者思捄。至逐麛鹿兔豕而殺之，惟恐不力；聞其窮窘迫切之聲，則相顧而笑，何不忍於此哉？徐行却立者無所利，逐獸者有所欲也。嗚呼！世稱莅民，幾何不以逐獸之心臨之？宮室之美，妻妾之奉，金玉貨賄之積，取於民若易辦，日浸淫以動其欲，由自羅張陷設，假威力以事漁獵，竭民脂以肥百指，斯民窮窘迫切，以號呼於上者日至，邈然不恤，相顧而笑且樂者皆是也。暫焉意得，變興慮外，向之笑且樂者，安知不轉爲深憂歟？然則務廣吾愛，先窒所欲。畏義於闇室，攻媿於無人。見德而思，凜若神天。夫念與神交，必與天通，則至理無蔽，有生之類皆在吾仁。公之清則淵澄冰徹，直則玉折崖裂，至公生明，休戚洞鑒，昭乎若引星辰而上也。救灾恤危，窒欲去惡，沛然若決江河而東也。實意所施，民皆恃爲親父母。公之愛民，端由克己得之。敢原其心，以詔後來爲政君子，庶幾欲存吾愛，先去此心之累云。

《大典》卷七二三八引《溫州府志》。弘治《溫州府志》卷一九。

按：《大典》原署"宋劉質夫記"，然各種《溫州府志》載此文，均繫於"劉天益"下，"質夫"或爲天益字。弘治《溫州府志》載，刻於開禧三年。

### 豐暇堂記 嘉定元年

士大夫存心，賢莫賢於以官爲家，陋莫陋於以官爲驛。夫撫子孫，至曾仍，不識其面多矣。殖田宅以與不識面之人，曰："是吾家也。"托以不朽。逮莅官，則曰："豈吾久居哉！"至若蘧廬，暫焉栖遲，去如芻狗，違恤予後。當愁殫醵，當飢飫鮮，視荒莫除，撫利憚興，或縱戕敗不顧，何異驛耶？宰相驛天下，監司驛部署，帥令驛州縣，環天下爲居官者驛，欲理得哉？溫之南監，地亘溟渤，火工專造，雪岳冰丘，舟車沸奔，國藉以饒，向誠沛然矣。積久利銷，鹺本靳支，晒户日窶，上下削立。由是苟且益弊，庾摧廨傾，吏帙風簸，婢纍雨濕，來者嗟咨，熟視而去，甚則糜器具，敗墻壁，因陋而故殘之，直一廢驛也。不謂廳事作於代庖之手，然他圮如故。錢塘劉興嗣幅巾來莅，極力糾營於饑饉之仍，公庾旋溢，乃出己資而一新之。鹺有倉，胥有房，賓有館，書有幌，屏几器物畢具，內外嚴翼，規模煥成。開軒東臨，豁然天際，焚香燕坐，聽潮聲而覽山色，恬然風波而忘世機。夫處已有餘而待物以不足，則圖豐而實不豐；投身安豫而馳心於膠擾，則求暇而愈不暇。惟約己而裕物，物各有成，豐孰大焉！寧心以勤事，事各有紀，暇孰至焉！未至如川，源源何窮，作於今，能無望於後乎！保護增閎，毋殘前規，心忘去留，不驛而家，異時大其施於天下，視天下亦家也，何往不豐且暇哉！若其儳焉苟私，內窘室廬，則一身之宮庭壇宇未能保，況其他乎？故曰："不誠無物。"

後來其戒於兹。嘉定元年月日記。

弘治《溫州府志》卷一九。

## 陳之强

陳之强,嘉定二年(1209)爲安州教授。

**元憲集序** 嘉定二年

荆湖之間,國朝以來,安州爲望郡,名公鉅卿,相繼而出。元憲、景文宋公伯仲,則其傑也。昔太守、今右司李公揆,繪其像而立之祠。逮之强之來,請於郡,而春秋致祭,亦可以誇示後學矣。然宋公之典型雖在,而文集不傳於鄉郡,謂之闕典可也。寓公李令尹之家,舊有繕本。太守、今都運王公允初,昔爲通守,每與之强言,欲借而刊之,未能。逮持節京西,於其行,以帑藏之餘幾千緡,屬之强與之鋟本,以廣其傳。又分數册,以往將以速其就也。然考之二集,既富且贍,其言八十餘萬,工以字計,爲錢幾四百萬,米以石計,百有二十,他費不預焉。之强懼其難成,而白之今太守陳公帯。公一聞之,欣然謂之强曰:"是亦予志也。郡當瘡痍之後,雖賑恤施予,日不暇給。然亦當輟他費以成之。二公政事文章,兩極其至,故能於佗傯艱難之際,而爲粉飾治具之舉。其與蓄財而不知予、妄費而不知用者,豈不大有徑庭耶。"之强深有感焉。因其成也,書之篇首,以告來者。若夫贊元憲、景文之鉅篇大作,則有國史在。於前輩之鋪張揚厲而爲之序,則之强晚生,不敢措辭。觀是集者,自當知所敬嘆。今之序,姑記其文集之傳云爾。嘉定二禩三月上澣,郡文學陳之强序。

文淵閣《四庫全書》本《元憲集》卷首。

## 胡如塡

胡如塡,字伯和,人稱冰壺先生,廬陵人。嘉定三年(1210)已暮年,尚注盧仝《月蝕詩》(《大典》卷九〇六胡彪《題月蝕詩注》)。

**月蝕詩書**

唐盧仝居洛城之玉川,自號玉川子。《舊史》無傳,《新史》不載其事。韓愈作詩寄之,謂其"宰相未許終不仕",則其人可知矣。有《玉川集》行於世。《月蝕詩》,蓋憲宗元和五年所作也。《新史》謂其詩"譏切元和逆黨"。洪興祖作《韓愈年譜》,及胡仔《漁隱叢話》,皆謂《新史》之誤。蓋元和十五年,憲宗方遇弑,此詩不容先時而作也。然五臣注韓文年譜,載江子我之説,曰:"元和五年時,杜佑、裴垍、李藩、權德輿爲平章事,其他在朝類多賢俊,獨假宦官權太重,又往往出於閩嶺。玉川詩云'才從海窟來,便解緣青冥',蓋專譏宦官也。玉川詩固不爲無意,史臣只合以譏刺宦者言之,必預指之爲元和逆黨,是以不免後人之議也。"今考玉川之詩,其始雜陰陽、老子之説,而專指蟆精之罪;其中極言蟆精之罪,而深詰衆星不救之奸;其終則不以衆星之原赦爲幸,而以一蟆之獨誅磔爲喜也。蓋蝦蟆以微物托於月,而爲月之害,正猶宦官以微類托於君,而爲君之害。東坡云:"玉川子《月蝕詩》,謂蝕月者,月中之蝦蟆。梅聖俞《日蝕詩》,謂蝕日者,三足之烏。此固(原作'比因',據《東坡志林》改)俚説以寓意。然《戰國策》曰'日月暉輝於外,其賊在内',則俚説亦尚(原作'高',據《東坡志林》改)矣。"子我之言正此意也。況憲宗即位之初,宦官吐突承璀最爲得志,至封國公。而詩中所謂酈定進之死,亦承璀之罪。承璀固閩人,而《傳》中又載,當時諸道歲進閹兒,閩嶺最多,後皆任事,時人謂閩爲宦官區藪,則子我之言,信得之矣。《新史》謂其"譏切元和逆党",蓋亦表玉川之先見,而傷其禍之卒至於此耳。不然,篇首"明年新天子即位五年",宋景文公豈至誤指爲末年事邪?《玉川集》中,別有一《月蝕詩》,云:"東海出明月,清輝照毫髮。朱弦初罷彈,金兔至奇絶。三五與二八,此時光滿埒。頗柰蝦蟇兒,吞我芳桂枝。顧我明鏡潔,爾乃痕翳之。爾且無六翮,焉得升天涯。方寸有白刃,無由揚清輝。如何萬里光,遭爾小物欺。却吐天漢中,良久素魄微。日月尚如此,人情良可知。"辭意尤簡嚴,因并錄於此。

**月蝕詩序**嘉定三年

《詩》何爲而作乎?其有美刺乎?無與乎美刺而言《詩》,君子所以嘆後世之不古也。以盛德成功而有頌,以異政殊俗而有變風變雅,《大序》言之詳矣。然功之成,德之盛,寫之聲歌,播之金石,時君世主何怒焉。政之異,俗之殊,則下之人嗟嘆之、諷誦之,而上之人往往不樂聞之。《詩》之作始有不難於美,而難於刺者矣。故《詩》之言六義,以比興賦,與風雅頌兼言之。蓋託物以寓意,有隱然之規,而無扞格不可堪之辭。古詩之流,惟《離騷》庶幾乎風雅之變也。唐文章起八代之弊,若《中興誦》《聖德詩》《平淮雅》,可謂善於美者;《茅屋歌》《杜鵑行》《冰柱雪車詩》,則亦善於刺者也。惟玉川子《月蝕詩》,卓然獨見於當時,而百世之下,讀之者爲之興起,豈特其畦徑之絶、聲韵之豪,足以聳觀聽哉!慟天眼之虧,而憤蟆精之孽,詰海窟之奸,而干天皇之誅,其風刺之忠誠,蓋有真得於古者矣。宋景文公修《新史》,獨能以意逆志,而謂其"譏切元和逆黨"。蓋傷其志之不獲伸,使其禍兆於元和之初,而熾於元和之末也。余嘗紬繹其詩,愛其殖風雅之根,換《離騷》之骨,因銖較而寸量之。其感傷變異,則"十月之交",同一宏規;其排擊星宿,則"維天有漢",同一微意。閔黔婁而斥董秦,猶所謂"西人之子,粲粲衣服"也;留北斗以相北極,猶所謂"不憖遺一老,俾守我王"也。屈"反顧以流涕",而玉川"涕泗下"焉;屈"長跪以敷衽",而玉川"心禱再拜"焉。寄"小心風"之詞,非"後飛廉使奔屬"之詞乎?越"排閶闔"之句,非"倚閶闔而望予"之句乎?"喚皋陶一問"之説,又非"指蒼天以爲正,命皋陶使聽直"之説乎?昌黎予之,而東坡復予之。二公非妄許可者也。余猶病其貫穿之不易窮,而句讀之猝難理,暇日因考訂之,以玉川本集及《文粹》爲祖,不得已,則以韓集所附及觀瀾文所錄參定之,間亦以己意,正其所未然者。三復以還,僅得其十之七八,因編以授之童孫,且序其説,圖其象,而冠之篇首。其間闕疑,以俟君子。吁!有唐宦寺之禍,基於元宗之賞力士,識者憂之。蓋久涓涓不息,將成江河。憲宗始初之清明,玉川蓋有望焉。使此詩而獲用,則元和末年之事不復見矣。至甘露之禍,而玉川亦爲之不免。君子未嘗不嘆息於斯。嘉定庚午,廬陵福塘胡如塤伯和序。

以上見《大典》卷九〇六。

# 徐邦憲

徐邦憲(1157?—1213?)①,字文子,號東軒,謚文肅,婺州金華人。紹熙四年(1193)試禮部第一人,登進士第三。嘉泰三年(1203)歷秘書省正字、校書郎,四年三月出知處州(《南宋館閣續錄》卷八)。開禧間被召,上疏忤韓侂胄,罷職秩。開禧三年(1207)三月二十二日爲江南東路運判運判,五月改除户部郎官、淮西總領。嘉定元年(1208)三月十三日召赴行在奏事。二年,兼知臨安府。三年,知江州。以寶謨閣待制致仕,卒于官,年五十七(《宋史》卷四〇四)。

### 與龍舒趙使君帖

邦憲已贅開藩之慶,兹不重叙彝儀,輒有拜禀。樅陽張監鎮,其先中華人,自其祖寓武義,邦憲與之鄰居有年矣,知其篤行好學,博讀古今之書,近世無與比者,真所謂從生可畏者也。邦憲心甚敬之,折行輩而與之交。比以貧甚急禄,不暇擇木,挈老母携諸弟以行,乃天假厚幸,得趨走于教令之下。敢望台慈借之從容,扣其所藴而眄睞之,必有取知者矣。其天姿恂恂謹畏,若怯懦無能發明者。然其中所藴,殊非凡近。願年丈特垂異顧。幸甚。

文淵閣《四庫全書》本《雲谷雜紀》卷首。

### 到任謁祠祝文 癸酉五月二十七日

先生道闡不傳之秘,學明有用之實。高風幽韵,師表百世。天下之士,相與講切,以成德美行者,先生之賜也。邦憲莅事云始,毋敢不敬。謹涓日吉,祗款祠下。尚冀有靈,實昭鑒之。

《周敦頤集》卷八。

### 君子絶德論

論曰:天下未嘗有不可能之事,而賢者亦未嘗沮人以不可能之説。夫德者,性分之固有,夫人而能之也。古之君子所以形於孝、著於功、陳於謨,無非出於德之所固有,而人之所能爲,初非絶人之事也。議者見其於難事之親而盡其孝,於難平之患而成其功,於巍巍極治無所容言之時而矢其謨,於是歆艷侈大,指爲絶德。殊不知時有難易,而德無加損,以謂爲君子之德則可,謂之絶德則是以天下後世不可復能也。噫!天下豈有不可能之德哉。揚雄以舜之孝、禹之功、皋陶之謨爲君子絶德,愚未許爲通論也。雄之説曰"君子絶德,小人絶力",愚則曰"天下有絶力,無絶德"。以力論之,有一夫之力,有十夫之力,有百夫之力。有一夫之力者,舉十夫之任,則不能勝矣。有十夫之力者,舉百夫之任,則不能勝矣。故烏獲、任鄙,古今謂之絶力者,以扛洪鼎、揭華旗,人所不能,而烏獲、任鄙獨能之。若夫德則異於力矣。德出於性,性出於天。天之命是性也無私,則其畀是德也,宜其無所私也。舜、禹、皋陶,古之所謂有德者,自雄觀之,則以爲不可能也,自理觀之,則未有不可能之德也。夫世無虞,舜而天下未嘗無聞孝,世無夏禹而天下未嘗無偉功,世無皋陶而天下未嘗

---

① 徐邦憲生卒年,史無確載。張溟《雲谷雜紀》卷首《侍郎徐公帖跋》云:"嘉定癸酉,予自龍舒歸。公已出守九江,而數數寄聲,問予還期。予時將以所記書傳疑事往質正焉,未果,而公卒。予方痛悼,有以公貳冬官時與龍舒趙使君帖示予……嘉定甲戌張溟書。"據此跋,徐邦憲當卒於嘉定六年或七年,六年的可能性最大,且《宋史》載其卒時年五十七,據此推定其生卒年。

無名言。且古今一時也,聖愚一性也。今以彼爲絕德,而處天下於不可能之地,則是舜、禹、皋陶之所爲,乃加於人一等之事,未免爲聖人所病,豈所謂天下之達德哉?聞人皆可以爲舜矣,未聞以舜爲絕德而不可能也;聞塗人皆可以爲禹矣,未聞以禹爲絕德而不可能也;聞淑問如皋陶矣,未聞以皋陶爲絕德而不可能也。雄之說奚自而發哉?爲雄之說曰孝可能也,事頑嚚之親而能竭全廩浚井之事者,舜之孝所不可能也;功可能也,拯昏墊之患而能致隨山浚川之利者,禹之功所不可能也;謨可能也,居雍熙垂拱之朝而能申知人安民之戒者,皋陶之謨所不可能也。是三者,後世之無有,此所以爲絕德也。嗟夫!甚矣雄之不知德也。德者,本也。孝也,功也,謨也,皆德之所寓而後見者也。使必有是孝、有是功、有是謨,然後可以希舜、禹、皋陶之德,使舜不遇難事之親而顯其孝,則舜爲無德,可乎?禹不遇洪水之患而著其功,則禹爲無德,可乎?皋陶不遇明良之朝而陳其謨,則皋陶爲無德,可乎?要之有德於中,不必有全廩浚井之事,然後可以爲舜之孝。凡能盡子職之所當盡者,皆可無愧於舜矣。不必有隨山浚川之利,然後可以爲禹之功。凡能盡臣職之所當盡者,皆可無愧於禹矣。不必有知人安民之仁,然後可以爲皋陶之謨。凡能盡言職之所當盡者,皆可無愧於皋陶矣。略其迹之異,而反其性之同,則舜、禹、皋陶其絕人乎,其將比我而同之乎?逆雄之意,蓋不過欲人知舜、禹、皋陶之德卓越超絕,不可企及,庶幾勉強力行,以奔走乎君子之域。否則,易忽而不爲之也。殊不知天下之事,誘之以易,猶憚其難;約之以同,猶蔽於異,況以難懼之,而以異絕之?孤聖人之道,沮學者之心,則雄之絕德之言,斯爲過矣。嗟夫!君子之設心,又奚以絕人爲事哉?以絕人爲事,雄之立論,大抵然也。謂賢人必爲人所不能,則謂君子爲絕德,蓋無足怪者。不幸而使斯言不顯行於世,吾懼學者以喬桀相高,以卓鷟相務,不循天下常行之理,而動欲爲絕人之事,孝不爲舜而爲申生,功不爲禹而爲白圭,謨不爲皋陶而爲公孫惠子,其流弊有不可勝言者矣。幸而雄之言不顯行耳。謹論。

文淵閣《四庫全書》本《論學繩尺》卷三。

## 李氏

李氏,嘉定六年(1213)在長沙。

**題胡伯和月蝕詩注後**嘉定六年

讀胡伯和所注玉川子《月蝕詩》,一句一字,必詳其所自出。杜子美所謂"更覺良工心獨苦",豈伯和之謂耶?前輩但能誦此詩,已見賞異,況章分指別,鉤玄探秘,用力如許哉!余聞伯和之父至文,好修篤學,著書滿家,鄉人尊之曰孝友先生。艮齋謝公嘗銘其墓,比之以河汾王氏。余竊以爲伯和,可謂於至文爲孝子,於玉川子爲忠臣。嘉定癸酉臘,臨川李氏書於長沙帥治之廣咨軒。

《大典》卷九〇六。

按:《大典》此文上署"又孫士彪題"。故研治盧仝詩者,認爲此文作者或爲"孫士彪",或爲"孫彪"。然此下文字凡有兩處署時間,一爲"嘉定癸酉臘臨川李氏書於長沙帥治之廣咨軒",另一爲"嘉熙丁酉冬至後五日孫鄉貢進士彪題",且以第一處時間爲分界,其上稱胡如塤爲"胡伯和",其下稱"先大夫",可知《大典》此處有錯簡且誤文,第一段文字爲李氏撰,第二段文字爲胡伯和之孫胡彪撰。胡彪文,《全宋文》已收(343/250)。

## 胡玢

胡玢，豫章人。太學博士吴炎門人，嘉定五年（1212）爲常州府教授（大典本"常州府"卷一〇）。

**嘉定重建黄田閘記** 嘉定七年

暨陽城之西北，黄田港出焉，江潮入焉。轉輸、灌溉，所利甚博。置閘以節水之盈虚，舊矣，莫知其所始。改作於大觀庚寅，詳見於待制蔣公静之《記》。百餘年間，潮汐吞吐射齧，闕裂疏漏，日就頽圮。啓閉以廢，既溢旋涸，公私俱病。太學博士昭武吴侯炎下車期年，剔弊剗蠹，百廢俱舉。又思所以利民者，莫此爲急，列上省部，命下庾司，使者户部郎官四明楊公燁慨然主之，捐所隸錢爲緡三千，米爲斛二百。於是鳩工聚材，以護戎玉牒趙君善愭、邑尉三山黄君德洪董其役。嘉定癸酉十月甲寅，始築壩以斷南北之流。越明年，正月辛未啓故址，二月戊戌施新功。底昔用板，朽腐殆盡，今易以石，深於舊四寸，下施松椿，實以石墨。對植金口二柱，柱間有限，限外置龍骨，縱布石版，而聯之以鐵。中廣二丈有八寸，而外則遞增，至於三丈三尺有奇，袤四丈有六尺。兩涯石岸，高丈三尺有五寸者，二十有二尺。其哆爲八字，而深至於丈有六尺者，各十有四尺，植木繼之，亦各爲尺二十有五，深廣稍加於前。閘屋三間，悉復舊制。計募夫匠萬六千有奇。郡足餘費，不擾而辨。材良工精，可久弗壞。五月甲戌落成。繇是啓閉時，灌溉足，轉輸畢達。人蒙其利，踴躍交慶。侯前嘗修橋梁，新廩庚。或請記其事，侯曰："常事也，何以記爲？"至是復請之，侯曰："噫！是閘之興，其役大，其利廣，不記，來者將安考？"乃屬門人、文學掾（原作"椽"）豫章胡玢爲之記。玢不獲辭，敬録其實。黄君書并隸額。訪得舊碑，輂置道院，而刻其碑陰。

大典本"常州府"卷一八。

## 王益祥

王益祥，字謙叔，號止軒，長樂（今屬福建）人。孝宗淳熙十一年（1184）第進士（清乾隆《福建通志》卷四三），調桂陽軍學教授。光宗紹熙五年（1194），爲建康府教授（《景定建康志》卷二八），寧宗慶元三年（1197）滿罷。開禧二年（1206），除樞密院編修官，兼資善堂説書，遷監察御史（《中興東宫官僚題名》）。嘉定二年（1209）知楚州（《宋會要輯稿》食貨六之三二）。七年，由江南東路提點刑獄任罷（同上書職官七五之六）。

**檢視核實饒州府城奏** 嘉定七年

饒之爲郡，西瀕大江，通彭蠡澤，山藏水宿，常多盗賊。建炎間，屢有淮賊攻城之擾。經今九十餘年。緣城之東南有徽、信二水直下，衝至城岸，合而爲一，環繞而西。每歲春水暴漲，東南一帶城壁，因積年衝激，湹浸損圮，民旅往還，全無城禁。城之西北，地勢雖高，基址亦多頽圮。知郡史朝散到任，首以修城爲急務，朝夕究心，惟核吏奸，撙節財賦以助支遣。所用人工，以本州廂禁軍并六寨土軍調發更役，夫匠工作，收買物料，革絶官司減剋之弊，盡從民間時值支給。人不憚勞，役不及民。首尾僅六閲月。周迴城壁圓備，兼以餘財餘力，建造州治浮橋，及諸官廳等處廨宇，興崇學校，廣闢道路。益祥置司饒州，目睹是實。

永平門東至朝天門，凡四百八十二丈，瀕湖用石脚二層，高一尺七寸，通女墻高二丈二尺五寸。

朝天門北至盤州園門，凡八百一十七丈一尺，依山爲址，用石脚一層，高八寸半，通女墻一丈五尺。

盤洲園門西至識山堂城隅，凡六百一十二丈，地勢稍高，用石脚一層，高八寸半，通女墻高一丈五尺。

識山堂城隅至楚東門，凡一百七十丈，前臨江用石脚二層，高一尺七寸，通女墻高一丈五尺五寸。

楚東門南至永平門，凡二百七十八丈。臨江最卑，用石脚七層，高六尺，通女墻高二丈一尺五寸。

《大典》卷八〇九三引《饒州府志》。

按：《大典》文前有"提刑爲朝請郎王益祥具申"云云。

## 游龍

游龍，嘉定八年（1215）爲鄠雷州州學授。

**梧州天妃廟記** 嘉定八年

直蒼梧邑治之左，少出而陽，且十餘步，鏡池巘山，環晞旁眡，岡阜蜿蜒，江流泓澂，亶灘勝區，非神罔宅。舊有荒祠，桷櫟下窄，頂雨旁風，歲積陁陊，圖默威滅，潘拔級蕪。析盯岡虔，隨祉微所。嘉定乙亥，浚儀趙侯粹夫以天拔英來剖斤使惠威劀刜蠹剔類，夷人用寧，神亦妥懌。甫期年間，百陵鼎易矣。爰諗兹祠，諦度胎愕，曰："戲！是維秩於祀典，籍在祠曹，錫順濟之嘉名，崇亞后之穹品者，靈容叛赫，厥寓宜閎，而庫陋若此，謂揭虔何？"乃軫度庀工，課材繕用。關隘徹扢，悉更以新。曾不十旬，而萬盯拱手張目眼具曰前曰寢，爲殿者二；曰正曰便，爲門者三。翼以飛甍，繞以修垣。桷楯城阤，烏奕棧巋，棼撩薨摽，辨華莖擢，游極重欒，際衆序縠。惚焉恍焉，如望蜃氣而詹蓬萊。目戲神竦，胥如有閽。副竿峨峨，榆翟楚楚。衆靈環侍，雜遝繽紛。庭弁陛戟，流光險燼。視詹既更，拜伏案肅。想夫妃君耀靈，載恍載忻，風馬雲車，來臨來顧。則梢夒魖，扶橘往，斥飛廉，逐畢萬，百物不降，福孔皆施，隆報丰，實維過元。雖神之體，抑侯之賜也已。噦！地之廢興，厥轂維神。人之去留，厥視維居。匪人弗興，匪居匪留。錄今校往，亶其然乎。是庸摭夫廢興去留之意，而屬之記，章之以詩，以爲邦人迎送之歌焉。

歸故邑兮蒼梧，山蜿蜒兮其水縈紆。孰勝兮名區，寨妃君兮兹居。昔頹祠兮神羞，欿局陋兮如舟。徠乎妃君兮徘徊不下，莫予宮兮寨誰留。今業業兮反宇，黝沈沈兮王所。桂橑兮蘭芬，妃君至喜兮誰奠我處。有美兮王孫，其經兮其營。處之揭兮式妥厥靈，我神既宇兮庸祉我氓。風馬兮雲車，璀羅衣兮珥瑤琚。婉龍游兮翩鴻騖，踐遠游兮曳霧絹之居。妃君兮來歸，侯不來兮余悲。文魚騰兮鸞和，屏翳牧兮川静波。紛紀總兮群靈，湘靈瑟兮蝸歌。妃君兮來斯，恍若見兮余喜以嬉。荔丹兮蕉子黄，瓊靡兮椒漿。坎坎鼓兮萬舞，君欣欣兮樂康。灘之水兮泱泱，梧之山兮蒼蒼。君毋庸歸兮而處孔臧，千秋萬歲兮福兹方（原作"兮"）。王孫孔虔兮神報伊何，君子豈弟兮受祉孔多。朱芾斯皇兮牂牂室家，慰我氓思兮匪妃君之耶。從事郎、鄠雷州州學授游龍撰。

《大典》卷二三四二引《蒼梧志》。

## 盧仲雋

盧仲雋，江西南昌人。開禧元年（1205）第進士（《江西通志》卷五〇）。嘉定七年（1214）知永興縣（光緒九年《永興縣志》卷三五），十二年知巴陵縣。

**修復城池記** 嘉定十二年

岳之爲郡，背山并湖，據四達之衝，北援荆州，西控鼎澧，南闓湘潭，東蔽沔鄂。三國時爲重鎮，魯肅嘗以兵屯巴丘。其城因山爲基，北繞州治，聯絡東南，獨西恃江爲固，三隅之外，因谿爲壕，險若天造。舊圖經謂悉經始於魯公之手。侯景之亂，王僧辨守巴陵以扼之，景兵百道攻城，力疲而敗。乃知前賢所規度，保險據要，至今賴之以安。國朝囊因湖寇震擾，屯十指揮於內，列九砦於外。承平日久，十指揮廢其六，城壁亦就墮壞。而外之隍池，又爲有力者泄而墾之，入薄少於公帑。昔之所恃以爲險者，皆蕩然不存。嘉定丁丑十二月，三山陳侯被命守兹土，櫛茸濯垢，修飾百度，起視圮垣毛澤，驚噫良久，顧僚屬曰："魯肅之所經畫，王僧辨之所屯守，歲久因循，荒圮若是。乃今邊遽日至，則守禦之備，詎宜以匱廢？"於是損廚傳，節宴游，錙纍銖積。越明年九月，始命都監彊景仁、監押柳祖昌盡督羨卒，捄土築基，百堵皆興。新作重門，藩屏屹立，節鎮爲之增壯。又命錄參趙崇簡核外壕之田，償民直而復有之。禾粟既空，乃鋤去畦畛，疏浚溝域，增築長堤，補綴垠堮，內固襟抱，外捍寇偷，一郡之水，潴而爲淵，汪洋衍溢於兩山之間。自南湖下北至閘口，袤廣五百餘丈，衡廣二十六丈，渺如上湖。城高水深，始盡復子敬（原作"欲"）之舊。侯念復古之難，且懼無以爲持久之托也，則又徙放生池榜之壕上，去湫底而就深曠，爲亭山椒。亭成，適遇瑞慶節，盡致魚鼈輔之清波之中。是日也，邦人聚觀，登亭而望，風濤泱漭，雉堞岌嶪，相與咨嗟嘆息，且曰："吾父兄子弟，自今得固志而奠居。微而鱗介，亦且涵泳聖澤，充牣而自適。侯之用心，可忘也哉？"已而，衆賓咸喜，且贊謂仲雋曰："侯當內修外攘之時，而能興復魯公城池於千餘年之下，一宜書；又能愛城池以及魚鼈，且推廣君上好生之德於無窮，二宜書；是役也，力出於兵，財出於□費之外，而民不知，三宜書。子爲邑宰，於斯睹見侯經畫之詳，可不□□□伐石大書，以傳示無極者乎？"仲雋義不當辭，謹書其實。侯名士表，紹興壬（以上四字原無）戌，廷對爲天下第一、知樞密之孫，淳熙庚子，爲給事中之季子。其□君體國，固自有家法云。嘉定十二年十一月記。

《大典》卷一〇五六引《岳州志》。

按：《大典》原署"宣教郎知巴陵縣主管勸農公事兼義勇民兵軍正盧仲雋記。從事郎岳陽軍節度判官李□復書"。

## 委心翁

委心翁，宋寧宗時人。

**開化院記** 嘉定十四年

德安縣治北有精廬曰開化，翼然於官道旁。面敷原，背彭山，西葛嶺，東蠡澤，寺踞其中。竹侯松君，掩映葱蒨，敷陽佳山水也。建、紹寺毀，無碑碣可考。相傳於唐，舊額華林，我宋祥符中錫今名。按俗諺相傳（原字殘存右半"專"）詩曰："貞觀三年三月中，到今多少事無踪。惟留古寺彭山下，僧尚焚香答太宗。"是知多歷年所。紹興甲子，僧道照得地寺西蟹坑,遷焉云云。嘉泰壬戌,得今僧子義。子義頗咎前人不善遷革,謀復故址,并心戮力,不數年間,成此浩緣云云。登者莫不增皈向之心。至嘉定辛巳,建寶殿,塑九尊十八士,種種莊嚴,是可與種竹建精藍同年而語矣。

《大典》卷六六九九引《江州志》。

按:《大典》卷六六九七載"《北山開化寺記》,嘉定(當爲"泰")壬戌,委心翁記"。《全宋文》册二〇六頁三六六載有宋某,號委心子。然彼文撰於乾道五年(1169),與此文撰寫時間嘉定十四年(1221),間五十餘年,當非一人。

### 馬範

馬範,宋寧宗時人。

**十里壺記** 嘉定十四年

公在郡二年,每事精思遠慮,爲民興利除害,不可概舉。戍將更,適有鬱攸之變,公極力賑以錢米,蠲商稅、屋租兩月,罷斗斛之征,涥割清俸,令緇黃爲民襀襘。民甚德之。公曰:"是特目前之惠爾。此邦距山并湖,多大風,逆數之,凡十年必一大火,民豈堪命。如作十里壺,充滿衢巷,以厭勝之,民無患矣。吾雖行有日,當作百壺爲後人張本。"一日,飲予壯觀臺上,醉中索紙,大書《壺記》,不加點而成。範時侍坐,因謂:"范文正公有言'先天下之憂而憂',此乃仁人君子之用心。禪宗亦有'老婆心切'之語,正謂此也。願勿以前言爲戲,刻之臺上,使後來者知公之心,無一日不在斯民,相與樂成之。則其惠爲不窮矣。"

《大典》卷二二五六引《岳陽志》。

按:《大典》此文上爲張聲道《十里壺記》,作於嘉定十四年。二文爲同一事而作,則此文撰寫時間亦爲嘉定十四年。

### 鄧選揚

鄧選揚,江安縣人。宋寧宗時人。

**江安縣新建城樓記** 嘉定十五年

縣治背大江,向南山,諸峰橫陳於前,如拱如揖。自縣譙望南城樓,直如引繩。樓歲久頹壓,過者病之。嘉定十四年,遂寧府長江縣主簿閻君,來贊帥幕,沿檄攝邑事。始至,崇獎善類,政令求以便民。念壤地接邊,即營葺東、西、北城樓,而離明之方,因陋就簡。恐無以感民,和通旺氣,遂拓開南城,增土爲基,疊石二尋,立木十六檻,以屋其上,廣五尋,其崇如疊石之數,而加二尺。費出於核實吏欺、樽節浮蠹之餘,期月落成。制作高明,面勢宏敞。太博曹公又捐米四十斛佐之。又爲命名,扁題城門:南曰嘉靖,東曰來遠,西曰迎安,北曰鎮流。墨妙大書,人謂偉嚴。

《大典》卷二二一七引《江陽譜》。

按:《大典》文前云:"嘉定十五年,權縣令閻師古改築四門,建樓其上。邑人鄧選揚於其南門爲樓記。"

### 胡岩起

胡岩起,字伯岩,永康人。嘉定七年(1214)第進士,授知閩縣。卓行危論,奇文瑰句,士大夫皆自以爲不可及。紹定時,爲江西提刑司幹辦公事,平贛州之難,全活數十萬人(《金華先民傳》卷六)。

**少儀外傳跋**嘉定十六年

道無精粗本末,而古有大學小學之別者,特學有其漸云爾。子夏之門人小子灑掃應對進退,而子游以爲末,不知灑掃應對進退,即精義入神之妙,而欲二之,則過矣。東萊先生所編《少儀外傳》,學者終身行之,猶懼不及,而曰"少儀"云者,謂時過則難學,而少成若天性,故欲自童卯而習之,庶幾趨嚮蚤正,氣質易成,非曰小學宜習,而大學不必知也。與我同志者盍深省焉。嘉定癸未三月朔,雲谷胡岩起題。

文淵閣《四庫全書》本《少儀外傳》卷末。

**敷文書說序**嘉定十六年

《書》自孔子刊定,所存僅百篇,帝王之軌範悉備,不幸火於秦。傳注於漢,而堯、舜、禹、湯、文、武傳授之奧旨,與夫皋、益、伊、傅、周、召警戒之微機,雖老師宿儒皓首窮經,枝辭蔓說,汗牛充棟,曾不能仿佛其萬一。而世無所考證,至於今千有餘歲矣。心本同然,理不終泯。自伊洛諸先生力尋墜緒,遠紹正學,而敷文鄭公得其傳焉。探聖賢之心於千載之上,識孔子之意於百篇之中。雖不章解句釋,而抽關啓鑰,發其精微之蘊,深切極至。要皆諸儒議論之所未及,亦可謂深於《書》者歟。學者於此優游玩味之,則思過半矣。嘉定癸未四月。

《經義考》卷八〇。

附:孫能傳等纂《內閣藏書目錄》卷二載《正易心法》云:"宋嘉定間胡岩起前序。"檢《四庫存目叢書》影印嘉靖范欽刻本《正易心傳》,無此序,待檢其他版本。

## 陳冠

陳冠,嘉定十七年(1224)充武岡軍軍學教授。

**溫公傳家集序**嘉定十七年

右《司馬文正公文集》,總八十卷。公平生片文隻字,靡不畢載。然公初意,止爲傳家,則天下之士,固有願見而不可得者。淳熙中,甫板行於泉南,然後其書稍稍間出。歷年浸久,刓缺未可知。嘉定癸未,公四世孫遵出守武攸,復以泉本刊於郡齋,課工未及五六,一而罷去,事遂中廢。是年冬,寶婺應侯謙之實未宣布之暇,閱其故編,喟然嘆曰:"文正一代偉人,方其立朝,建明論議,皆有關(原作"開")於治亂安危之大端,微而一話一言,亦足以警策後進。是書也,雖莫爲前,吾猶將彰之,況既閱其端,其可已乎?"於是益鳩木飭匠,嚴其程式,且俾冠訂正其字畫之舛訛。始於春仲,迄於冬孟。工告訖事,視舊本加核。自是以往,凡昔之願見而不可得者,皆可以家藏而人蓄之矣!《詩》云:"高山仰止,景行行止。"吾夫子嘗贊之曰:"《詩》之好仁如此!"夫推其景行先哲之心,與天下共之,非好仁之篤,能如是乎?然則是書之成,抑足以見侯之志云!甲申日南至,門生、文林郎、差充武岡軍軍學教授陳冠謹識。

《大典》卷二二五三六。

## 劉子澄

劉子澄,字清叔,號玉淵,太和(今江西泰和)人。寧宗嘉定十三年(1220)第進士(清雍正《江西通志》卷五〇),爲澧陽縣尉,除軍器監簿,兼淮西安撫司參議官(《平齋文集》卷一七《除軍器監簿兼淮西安撫司參議官制》)。知棗陽,端平二年(1235),棄師夜遁,謫瑞州居住(《宋史》卷四二)。淳祐六年(1246),始北歸(劉子澄《游層岩》序)。後隱居廬山。有《玉淵吟稿》,已佚(清順治《吉安府志》卷二八)。

### 澧州群賢堂記

四明林公岳守澧之明年,議祠澧先賢。稽載驗聞於《祥符郡志》,得楚相申公鳴;於《晉史》傳,得吏部尚書車公胤、宜都內史猶子該、內史周公級;於《唐史》志,得校書郎李公群玉。曰:"澧產也,祠之宜。"既又曰:"楚三閭大夫屈公平,嘗游澧作《九歌》;我朝文正范公仲淹嘗讀書安鄉,處士蘇公庠嘗家焉。則寓澧者也,祠之亦宜。"乃瀕龍潭,築室繪像,而識名氏,命澧尉劉子澄董役焉。既成,復俾爲記。子澄不敢辭也。謹按申公相楚,誅白勝,以父死賊,故自殺。靈均不忍去宗國,尸諫而後已。尚書忤會稽王公子被害。該奉叔父命約譙王舉義,見殺於道將。內史僅免,然抱志以没。李、蘇二公,則又詩人云,不願仕,或仕輒棄去。仕而行者,文正耳。八賢落落千載間,其出處不齊若此,一旦合祠如齒諸黨。兹非賢守以有材尚澧,且風澧歟?嘻!正主庇民,士志然也。今澧賢八,而徇忠五,肥遁二。有志斯世者,可以懼矣。窮而在野,辭曰獨善,出身許國,則有君父,焉所逃命義之戒哉。變臨乎前,捨生取義,可也。陳力就列,不能者止。此識微之士,芥視軒冕而弗顧歟。賢其人而迹其所以遁。向微范公,來者幾不信《易》之有《泰》矣。雖然,仕已,時也;死生,命也。古之達人,仕已則一,生死不二。故臨變就義者,類蟬蛻於溷濁,況其間得全其天者乎。悠悠古澧,江山如舊,尚有騎風駕霆而過之,請作歌以備迎送焉。歌曰:

主辱兮忘家,國安兮親寧。奈何有軀兮而焉自形,寧隕絶兮無生。望蒼穹兮痛徹,君精誠兮爲列星。

蕙肴兮椒漿,歷芳蕪兮薦君堂。君不來兮予愁,渺貝宮兮誰留。高丘之人兮爲君妒,聊澧浦兮消遥。

熠耀兮高明,讀經兮漱芳。仕不辰兮經以不信,蹇道直兮難行。人心險兮劍戟,公歸來兮故鄉。

陰凝陽兮血塗野,臣力微兮肝膽怒。睨堦庭兮激諸子,往間道兮戴盟主。陳志誠兮冠期舉,事危就兮天弗假。天高兮蒼蒼,君奈何兮歸來雙。

蘭之江兮有洲,環堵兮蘭幽。胡獨微兮臺閣,留不歸兮焉求。咏歌兮卒歲,名與兮江流。

酌水兮澧清,酹月兮洞庭。公讀書兮湖上堂,波濤捲兮胸中甲兵。浩然兮長在,烟水兮茫茫。

鶴書賁兮林丘,假截徑兮予羞。曳杖兮長歌,清風賓兮明月友。雲山兮未改,羌何日兮公游。

《大典》卷七二三七引《澧陽志》。

按:《全宋詩》册五九收此文歌部分於劉子澄下,今厘正。劉子澄尉澧時間不詳,或在理宗寶慶初。

### 鶴山集序

此文已録入《全宋文》吴淵（334/24）。然《隱居通議》卷一七《魏鶴山文集序》云："劉清叔澂舊居廬陵，徙匡廬，自號玉淵。登科入仕，至監簿，中更台劾，謫瑞州道判，又謫封州。嘗以文墨事信庵趙丞相，藉甚文名，有《玉淵集》刊行。其筆端透徹處痛醒人意，第腴贍之過，反傷氾濫。若加摯斂之工，以造簡古之味，足可名世矣。《魏鶴山集叙》曰：'藝祖救百王之弊……亦豈濂溪所尚哉。'"所引正與此文前半全同。所言"劉清叔澂"，即劉子澄，字清叔。此文當劉子澄代作，不具録。

## 許儀

許儀，宋寧宗、理宗時在世。

### 易祓周禮總義序

經以禮名，不徒文爲制度而已。三墳五典，屬之禮官。《易》象、《春秋》，皆謂之禮。蓋禮者，理也。天秩天叙，本諸民彝物則之始，見於王道綱常之大。凡古今載籍，所以總攝是理者，無適非禮。而六典獨謂之《周禮》，豈非成王、周公制作明備，事事物物之理，皆萃此書者歟？周道既衰，人亡政息，布在方册，可舉而行。不幸諸侯惡其害己，而盡去之。重以秦人焚坑之禍，而是書之亡久矣。漢儒求斷簡，訪識舊聞，用志不可謂不勤。惜其掇拾於散逸之餘，未暢厥旨。至本朝河南諸君子，欲推原《關雎》《麟趾》之化，而新學一倡，異論滋熾。《周官》訓釋眡諸經，獨爲舛雜，未有能洗衆陋而涣群疑者。蓋嘗病之思欲考明其説，而莫知所折衷焉。文昌易先生蚤以《周官》之文，冠帝學之彦，繼以《周官》之事，緯王國之典。及其閑退，從容泉石，爵禄榮寵，不介於心。乃取素所講明者，而加以研覃，述《總義》三十六卷。嘗敬請莊誦，見其略訓詁而尚大義，喜且嘆曰："天下後世，誠不可無此書也。"既刊之以傳遠，復序其所以爲書之意。夫天下之事至於理而止，天下之理至於經而備。《周官》六典，至理具焉。《總義》一書，所以集諸儒之大成者，本諸理而已。觀其論序官之次第，已足以發明其端。及以一經之綱領求之，王政莫大於井田，井田莫先於經制。夏貢殷助，具有成灋。百畝而徹，至周益詳。然上地家七人，中地家六人，下地家五人，此定制也。而於四人以下，則莫知所以養民之法，不易之地家百畝，一易之地家二百畝，再易之地家三百畝，此定制也。而於上地萊五十畝，則莫知所以授田之法。夫三爲屋，屋三爲井，此司馬法之説也，而較之開方則有嫩惡多寡之異。十里有洫，百里有澮，此匠人溝洫之説也，而較之治野則有遠近疏數之殊。遠郊二十而三旬，稍縣都皆無過十二，此載師任地之法也，而較之什一則有内外輕重之差。諸儒於此惑焉。是非角立，迄無定論。井田大政猶不明若此，況其他乎？今先生一皆以經證之。既於統宗會元者，昭揭至理而本數末度詳法略，則凡見於設官分職，莫不條分縷析，辭約理盡，使周家一代之制，光明經緯如日月星辰之文，貫串流通如江河淮濟之水，可謂至當歸一，精義無二。後有述者，恐不能加毫末於此矣。至若《考工》一編，雖取其宏偉邃麗，而概以《王制》《玉藻》之類，於周典有異同者，不復牽附而爲之説，且俾學者遺迹而探本。烏乎！禮汩於諸儒，理固無恙也。理著於《總義》，而禮復彰明矣。如有用我，執此以往可也。彼有因井田之説而爲王田，因國服爲息之説而爲青苗，皆考古不明，流弊滋甚。然則是經之明晦，其繫於裡亂何如哉？此書一出，所以嘉惠天下後世，信無窮矣。志於明經者，惟優而柔之，饜而飫之，庶乎由先生之說，得周公之意。周公既没，《周禮》不在兹乎？

《大典》卷一〇四六〇。

按：文淵閣本《郡齋讀書志》卷五上趙希弁《附志》載"《周禮總義》三十卷。右山齋易祓所著也。許儀爲之序，刻於衡陽。"趙希弁補正《郡齋讀書志》在淳祐九年（1249）。文言《周官總義》乃撰於易祓"及其閑退，從容泉石"時，顯然在其開禧二年（1206）自禮部尚書兼直学士院落職後。則許儀或爲宋寧宗、理宗時人。

## 諸葛興

諸葛興，字仁叟，會稽（今浙江紹興）人。寧宗嘉定元年（1208）第進士。歷彭澤、奉化縣丞。有《梅軒集》，已佚（參清乾隆《紹興府志》卷三一、五四）。

**匯東樓記**嘉定十六年

自秦建九江郡，歷代沿革非一，而中流要爲重鎮；屬邑離合不常，而彭澤要爲望縣。《禹貢》"東匯澤爲彭蠡"，邑名蓋取諸此。然則其源古矣。晉靖節、唐狄公，皆嘗令是邑，迨今仰高風而跂遲躅。故彭澤地望，視他邑尤以人爲重。然近歲井里蕭條，規模偪陋，東南二門，日漸摧圮。北瀕大江，實藉城壁。而頽垣廢址，蕩然不存。嘉定壬午，章侯來莅，慨然有作興之意。弦歌之餘，稍出心計，斡贏取資，乃修二門，乃築城堞。又創江樓，扁曰匯東。江山勝狀，軒豁呈露。顧瞻邑治，層巒叠巘，岑蔚繚繞，三面迴抱。其東北則小孤巋立，澄瀾如練，風帆浪舶。或繇岷漢踰萬派而來也。東望則順流滔滔，距行都千里，使人懷子牟魏闕之心。直北則長淮在望，平蕪渺渺，悵神州之久隔，使人興中流擊楫之念。若夫春和景明，有岳陽之勝；鶩飛霞落，有滕閣之觀。涼夏簟之清風，凛漁蓑之暮雪。四時之景，俱足以舒旅懷而動詩興云云。頃歲邊方繹騷，聲聞江右，而是邑爲切要，豈容不嚴備豫云云。乃今門關城堡，既足爲捍敵計，若察奸民待暴客，固亦長民者之先務也。

《大典》卷八〇九二引《江州圖經志》。

按：《大典》卷六六九七載"《匯東樓記》，嘉定十六年，諸葛興記"。

**張杲醫說跋**紹定元年

越帥待制汪公，鎮越纍年，未嘗不以濟人救物爲心、興利除害爲事。一日，以張氏《醫說》巨編示興，俾校正其訛謬，將鋟梓以廣其傳。興因整襟肅容而觀之，見其叙醫家之本末，疾病之精微，無慮數十萬言。吁！何其詳且博也。夫醫之道大矣。自神農、黃帝、岐伯、雷公而下，無非聖哲開其源，賢智導其流，故能拯黎元之疾苦，贊天地之生育。世道既降，士大夫以此爲技藝，不屑爲之，而畀之凡流。故以至精至妙之理，而出於至卑至淺之思，其不能起人之疾，反以夭其命者多矣。此范文正公所以自謂不遇則願爲良醫。前輩亦云治病而委之庸醫，比之不慈不孝也。抑興思之，自昔卓然名家者，如和緩、扁鵲、淳于意、張仲景、孫真人及《脉訣》等書，其論醫也，莫不以保養爲先，藥石爲輔，至於察形診脉，必致辦於毫芒疑似之末，而深痛夫世之醫者苟簡虚憍之習也。是書所載大略舉矣，而以序冠其前者，顧乃以醫之伐病，如將之伐敵，當用背水陣以決勝。是徒見夫華佗之說時出其間，而或有以奇捷之方，拯人之危者爾。愚觀近世賢士，有爲《證類本草》者，其説謂道經略載扁鵲數法，其用藥猶是本草家意。至漢淳于意及華佗等方，今時有存者，皆條理藥性。惟仲景一部,最爲衆方之祖,但其善診脉,明氣候,以意消息之爾。至如剖腸剖臆,刮骨續筋之法,乃别術,所得非神農家事。至哉!爲論足以發明是書之大旨矣。興既爲辨其舛誤,芟其蕪類,而間以所聞於記録者,稍附益之。且以其管見復於公,庶幾不負委屬之意云。紹定改元孟夏望日,門下士山陰諸葛興謹書。

中國中醫藥出版社 2009 年版王旭光、張宏校注《醫説》。

按:《全宋詩》册五六卷二九三九載諸葛興《於越九頌并序》,實可作文處理。不具録。

## 王梴

王梴,濡須人。曾任軍器監丞。嘉定十六年(1223)十一月,出知台州(《大典》卷二二一八一姜容《瑞麥頌》)。

### 瑞麥記寶慶元年

寶慶元年仲冬,有麥生於台城州治便廳西、新築土墻之中。四穗秀實,挺然可觀。其旁又有續發生者。姑命工圖之,以紀其異。是月上澣日,郡守濡須王梴書。

《大典》卷二二一八一引《台(原作"怠")州志》。

## 楊端叔

楊端叔,字子正,江陰(今屬江蘇)人。寧宗嘉定十年(1217)第進士,寶慶二年(1226)爲江東憲幹。著有《自嬉集》,已佚。(參明嘉靖《江陰縣志》卷一四、一七)。

### 君山塔院記寶慶二年

江陰,春申君黄歇湯沐邑。君事楚雖無大功烈,然賈長沙稱其"知明而忠信,寬厚而愛人",則風流可想。其後,秦滅六國,楚最無罪。故甘棠之思益在民不忘。郡有黄山、黄田港、申港,皆以君得名,而君山名尤著。山瞰大江,直郡治後。上有堂曰浮遠,前有塔拱揖,譙樓如屏障,如壁壘,而所謂塔者,表立絶頂,又如大將牙纛植焉。浮遠之名,蓋取東坡"江遠浮天"之句,紹興中太守趙公建之,乾道中太守徐公,擇善書者扁之。群賢詩咏,具載圖志。紹熙甲寅,都督丘(原諱作"邱")樞相、國子施先生,覽景興懷,作意繕葺。梓人承命,跂翼翬飛。於是來者簿書之餘,皆寄丘(原諱作"邱")壑之興。寶慶元二,西浙司馬、倉使顧瞻翠微,景與心會,慨然曰:"有山如此佳哉,疇克領此?"於是郡寓公十有四人,皆以内能仁院住持僧了慶薦,遂命專主塔院,毋與他寺相屬。慶,淳質,被壞布衣,以瓦鐵食,辛苦營求,塔爲增壯。一日訪予,具道本末,且求文爲記,將先以贅新太守衛公。予曰:"記,非吾所長。吾有疑,姑以問子:吾郡之山,東南一帶雄厚綿亙,君山不甚高,郡治何爲倚之?太守、群賢何惓惓焉?"慶曰:"子未聞陰陽家説乎?在《易》六爻,五陰一陽,則陽爲主;五陽一陰,則陰爲主。今衆山皆大,此山獨小,東南之綿亙者,此發其源,正郡主山也。表而出之,宜也。維是寂寞,人不樂居。吾老矣,其何堪之?"予携之登堂,指示之曰:"導江自岷,東匯於兹。送目想之,萬里無幾。是天之雄也。海潮以時,琛貢來航。市(原作"示")有魚鹽,舶有珠犀。是天下之富也。予游戲焉,獨不可乎?華月委波,空水交明,積雪被崗,八表無塵。皆元圃之夜光也,子縱觀之。松風夏摩,如奏笙簧,濤音春撞,如鼓如鍾。皆六時之天樂也,子日聽之。是子集耳目之勝而有之也。子其勉矣。吾於世味未能忘也,使得此以居,亦將心廣而體胖。况子於壞布瓦鐵中作佛事乎?"慶笑曰:"然。吾今相與問答,即記也。"顧爲侍者奉紙筆以進,乃爲之書。寶慶丙戌夏至日,郡人、從事郎、差充江南東路提點刑獄司幹辨公事楊端叔記。

大典本"常州府"卷一八。

## 黄宧

黄宧,寶慶三年(1227)通判漳州。淳祐七年(1247)提舉廣州常平(《廣東通志》卷二六)。

**清心堂記** 寶慶三年

高而非華,簡而非陋。纖塵不到,真趣自如。文書希有,雁鶩休退。宴坐靜觀,怡然有得。

《大典》卷七二四〇引《清漳志》。

按:《大典》文前云:"堂在漳州府。寶慶丁亥,倅黄宧作。自爲記,恬軒趙維書。"

## 袁韶

袁韶(1161-1237),字彦淳,慶元府(今浙江寧波)人。孝宗淳熙十四年(1187)第進士。寧宗嘉泰中爲吴江丞,改知桐廬縣。嘉定四年(1211)召爲太常寺主簿。九年,遷著作郎(《南宋館閣續録》卷七)。十三年,知臨安府。理宗紹定元年(1228)拜參知政事。三年,出爲浙西制置使,後再知臨安(《咸淳臨安志》卷四九)。卒年七十七。(《宋史》卷四一五本傳)。

**乞建先賢祠疏** 寶慶二年

伏睹乾道中,忠定史越王以故相鎮越,於鏡湖立先賢祠。凡會稽先儒高士,揭石分享,遂爲一郡盛典。近者朝家復賜緡錢,葺而新之。又金陵因卞壼舊宅,亦取江左諸賢萃爲一祠,皆所以見尊禮名勝、昭示民則之意。杭居吴會,爲列城冠,湖山清麗,瑞氣扶輿,人傑代生,踵武相望,祠祝未建,實爲闕文。仰惟聖神御極,萬化維新,飭治以文,增光儒道。其在首善之地,若兹逸禮,庸可不搜舉而振起之。韶承乏京邑,職在宣化。昨以三賢祠宇位置弗(《咸淳臨安志》作"勿")稱,已更諸爽塏,獨先賢祀典未秩,營度有日,擇勝良艱。近聞南山之北,新堤之上,居民有以屋廬園池求售者,因捐公帑以酬其直,計緡錢七千有畸。嘗躬往相視其地,前挹平湖,四山環合,基址夷曠,意像(《咸淳臨安志》作"象")窈深。今欲建立堂皇,表以臺門,翼以廊廡,繚以墻垣,通以橋梁,創爲嚴奉先賢之所。并欲稽考歷代史傳及百家之書,并郡志所載,凡忠臣孝子、善士名流,有德行節義、學問功業,足以表世厲俗者,詮次事實,撰述繫贊,勒諸堅石,列置中堂,將以旌前哲而淑方來,隆上都而觀萬國。其於教化,實非小補。涓日鳩工,以次興建。所合具申朝廷,欲乞札下本府,以憑遵守施行。

《大典》卷七二三五引《臨安志》。又見《宋元方志叢刊》本《咸淳臨安志》卷三二。《錢塘先賢傳》附録。

**乞修三賢堂疏** 嘉定十五年

竊見本府三賢堂,實爲尊禮名勝之所。考之圖經,更易非一。其始孤山廣化寺有白公竹閣,因其遺迹而祀白公。後人以東坡、和靖附焉。南渡之後,就孤山創延祥觀,遷廣化於北山路口,僅移竹閣,而堂廢不存。乾道五年,知府事周淙乃重建於普安寺側、水仙王廟之東廡,蓋取東坡詩"配食水仙王"之意,殊不知此詩之作,特爲和靖,而樂天、東坡并以配食,大失本旨。況水仙王儼居其中,三賢俛居廡下,郡守謁晴禱雨,幄帷迫近,固已不敢安處。而吏卒喧囂,箕踞自若,慢賢滋甚,何以祀爲?竊惟三賢道德名節,震耀今古,而祠宇未嚴,何以崇教化而厲風俗?又其勝踐陳踪,咸在西湖孤山大堤之間,今乃僻處巖阿,與湖光夐不相接,榛莽蔽翳,棟宇傾頹,位置尤爲弗稱。詔假守以來,即欲更建,未得爽塏。搜訪久之,近踏逐到廢花塢一所,正當蘇堤之中,前挹平湖,氣象清曠;背負長岡,林樾深窈,南北諸峰,嵐翠環合。遂於此地,築叠基址,且闢大逵,與蘇堤貫聯。鳩材命工,建立堂宇,奉安三賢,庶幾妥靈得地,復還古迹。都邑人士,知所尊敬。其祠堂之外,參錯亭館,周植花竹,以顯清概。續俟工役了畢,製畫圖本繳申。

《大典》卷七二三六。又見《咸淳臨安志》卷三二。

**水仙王廟記**寶慶二年

予自承乏內史,雨暘禬禱,數詣所云水仙王廟者。廟有壇墠,間於是斬牲瀝酒,以起龍蟄。穹碑植宇,下龜趺隆然,摩挲刻文,則吳越錢武肅所著,其額曰錢唐廣潤龍王廟。東偏有堂,列三賢像,乾道中,郡太守周君淙建。退而質諸《臨安志》,成周君手,且言:"廣潤龍君祠即水仙王廟。"按錢唐水仙王事,始見於蘇文忠公詩。公詩石本今存,自書其左方曰:"今西湖有水仙王廟。"仙之廟於湖,公出守時蓋無恙,後莫知廟所在。六龍南渡,杭爲帝所,絡孤山,築殊庭,得不廢者惟和靖墓,他皆一掃刮絕去。荒基老屋,漫不見踪迹。廟之廢,未必不於此。故趙君夔注蘇公詩,考驗無所得,乃序夢中語,誣以茫昧。使龍君之祠是,趙復奚所疑哉?彼龍君祠,與普安佛廬鄰,距葛嶺,占北巖之阿,視湖邈焉。牽聯遷就,因附祀三賢,而祝號以訛。好事者又從而井其旁,名薦菊,以即蘇公句,贅矣。予既更三賢祠,而水仙廟未有所厘正。于是廢酒壚創焉。地據湖堤右,湖光拍堤,平挹千頃。仙娥冠佩玉,乘風載雲,方羊于水月倒景之中。仙有靈,宜不宜邪?昔湘旁黃陵有廟,自秦漢迄晉,釋辭亂真。王逸以爲湘君者自其水神,而湘夫人乃舜二妃。郭璞則又以爲天帝二女。至昌黎韓公,始正娥皇爲湘君,而湘夫人則女英也。異哉!水仙之事,果相似乎?嗟乎!自蘇公去杭,今百三十有七年,水仙有廟,名存實亡。予何人,乃適有感是,孰使之然邪?或曰事廢興,存乎數,其又信然耶?廟經始於寶慶乙酉冬,明年春落成。因記其所以,又作楚語以展仙之靈。其辭曰:

桂水闊兮仙宮,今何爲兮山之中。羌時俗兮改錯,寄嘉名兮土龍。卜中洲兮芷間,仙歸兮故居。旂夫容兮蘭枻,詔馮夷兮先驅。杜蘅紛兮旅庭,酌寒泉兮秋英。福帝郊兮塵清,終萬古兮揚靈。

《咸淳臨安志》卷七一。

**恭跋獎諭獄空詔**嘉定十六年

皇帝御寓之二十七載冬十二月,臣韶猥以駑材,蒙恩推擇,使得待罪內史。越三載,夏六月,囹圄告空。參稽故實,謹以奏聞。越三日,有詔賜臣韶。臣拜手感誦,以榮以懼。竊惟皇朝本仁立國,列聖繼承,明謹獄事,期於無刑,而後爲仁之至。恭惟皇帝陛下愛人育物,培養此仁,行法立制,發越此仁,根諸一念,充塞天地。而首善之區,始於京師,犴狴囚纍,必先清肅。故有司八上虛囹之奏。然德盛仁熟,功用昭著。厥惟今日,乃陛下嗣位之三十年也,此正夫子所謂"王者,必世而後仁",《易》所謂"聖人久於其道而化成"者歟?向也斯民間有抵冒,皆以被恩寬釋爲幸。今也回心嚮道,不復犯禁,而桁楊栖卧矣。向也官吏推廣聖意,皆以承流宣化爲幸。今也蒙成奉職,不待宣布而上德已洽矣。猗歟休哉！此陛下積纍盡仁之效,顧臣何力之有？璽書勉勵,榮踰華衮。臣知陛下將以臣爲風厲四方之首,抑臣竊觀陛下今日之仁,不特化流天邑,而群黎百姓遍爲爾德,甚至裔夷醜類,一見中國衣冠,知所愛慕,猶不忍傷。易遏邇大小,咸歸吾仁之内。然則天運至此而變,禮樂至此而成。如刑章不式,特仁道功用中之一爾。若昔漢君仁恕,相傳至四十年,間斷獄數百,幾致刑錯,山東父老願觀德化。今陛下歷年愈深,仁效愈廣,當度越前漢,追繼唐虞。臣敢對揚休命,勒諸堅珉,以詔萬世。

**恭跋獎諭獄空詔**紹定元年

皇帝臨御,紹定改元,臣猥以非才,備員内史,囹圄偶空,濫叨詔獎。臣謹盥手拜手伏讀而言曰:"帝堯以仁聞天下,民畏於不罰；帝舜以孝聞天下,功底於無刑。仁孝大端,聖人治本。措刑之效,捷於影響。恭惟本朝仁宗皇帝,深恩厚澤,日照月臨,四十二年之間,勝殘去殺,刑錯無用,仁化漸摩之至也。神聖相繼,大業中興。孝宗皇帝躬膺授受,篤敬事親,二十八載之内,京圄屢(原作"婁")空,萬國歡心,民知恥格,孝道感發之應也。是以聖德駿功,顯諸廟號；編金鏤玉,尊稱盛帝。仰惟陛下丕纘鴻圖,握符闡珍,兼堯舜之令美,法二宗之成憲,博施以仁,子育黎庶；克諧以孝,承歡太極。好生洽民心,德教刑四海。首善京師,兹用不犯。將見丕冒率土,無一人之獄。唐虞雍熙,垂拱可致,貞(原諱作"正")觀四年之治,不足進矣。臣退揆玩愒,適睹昌期,大懼無以仰承明詔,敢不對揚聖謨。鑱諸堅珉。自今以始,當不一書。庸俟億萬載,無疆惟休。"

以上見《咸淳臨安志》卷四一。

# 陳元粹

陳元粹,永嘉人。紹熙元年(1190)第進士。嘉泰時官長沙,嘉定七年(1214)知江州瑞昌縣。曾通判寶慶(《浙江通志》卷一二六)。

**省齋集跋**

昔司馬談之文,遷實發之；班彪之文,固實發之。二公光焰照映千古,以其有子也。益仲篤學有大志,其文窺班、馬之門,於是省齋可以不朽矣。益仲與僕爲同僚,知之審,故期之遠。永嘉陳元粹敬題。

文淵閣《四庫全書》本《省齋集》附録。

**補漢兵志序**嘉定七年

《漢兵志》,永嘉白石先生往爲大都授時所著。予少小執經師從,曾備討閱,因獲聞纂集之大旨。初藝祖開基,次第剗削五代僭僞,收其精兵,聚於京師。天下既平,而已聚之兵不可復散,遂定都汴京,以便漕運。始倚兵以固國,而不及天下之形勢。嘗自嘆曰:"不出百年,天下民力殫矣。"固已逆知後世以兵爲病也。然當時徒見兵聚而精,不知其後兵聚而不可復用。蓋自太宗既平太原,欲遂取幽燕而不克,自是歲有契丹之擾。澶淵之役,僅能罷兵爲和。而西夏之叛,終莫得其要領。尋至永樂之衂,極爲中原之變,所在戰卒望風奔潰,訖未聞一戰之獲。渡江以來,稍自振刷。和議既成,尋復廢弛。數十年來,天下無事,衣糧犒賞,不可少殺,生息長養,而貪將黠吏得以浸容其奸。故老弱者難汰,虛籍者難核。

安坐無事則驕,驕則難用;久聚而法弛則悍,悍則難制;生息繁而衣給有限則貧,貧則思亂;征行調發之日稀,不閑臨陣決戰之術則怯,怯則棄甲曳兵而走。今自京師禁衛、江上諸屯、諸州廂禁、邊上戍守,往往以百萬爲額,而未嘗可用也。夫以天下不及承平之半,而養百萬無用之卒,凡今天下嗷嗷,行一切之術,網羅天下之遺利,以竭生民之力,而楮幣茶鹽之法日益敝壞,皆爲此也。抑可久而不知變乎?於虖!此先生所以拳拳有意於漢家之遺制也。謹按漢制:調民有限,無常役之歲,則與今日老弱虛籍者異。按《補兵制》,首當知用民之目。蓋漢法,民二十始傅,二十三爲正卒,五十六免,通爲三十六年。自始傅爲更卒,歲一月,止於三十有六月,即今廂軍備廝役者是。爲衛士,止一歲,即今禁衛扈從者是。爲材官騎士,止一歲,即今禁軍備戰守者是。戍邊三日,即今更遣戍卒者是。漢之用民,止此四條。夫以民之爲生,除其少與老,中間三十有六年之間,藉其強壯之日而用之,又不過兩歲及三十有六月,加以戍邊,通爲五歲有三日耳。其勢老弱虛籍,自無所容於其間。夫兵不常役,則佚而不怨;在官之日少,則有餘力而不疲。故漢兵所向,未嘗敗衂,橫行於四夷,而匈奴卒於摧敗破滅,欵塞奉國珍來來朝闕下,近古未嘗有也。其與今日常有邊境(以上二字乃"四夷"之諱改)之憂異矣。有事檄召,事已罷歸,無聚食之費,則與今日竭民力以養兵者異。按高帝十年征陳豨,上曰:"吾以羽檄徵天下兵,未有至者。"是年,淮南王布反,檄諸侯兵,上自將以擊布。孝武云:"吾初即位,不欲出虎符,發兵郡國。"齊哀王謀發兵,中尉魏勃給召平曰:"王欲發兵,非有漢虎符驗也。"《高帝紀》:五年夏五月,既誅項羽,兵皆罷歸家。則知漢法,兵皆散於郡國,有事則以虎符檄召而用之,事已皆罷歸家,無復養兵之費矣。衣齎自備,無供億之勞,則與今日春秋衣賜不時激賞者異。按《賈誼傳》曰:漢淮南吏民縣役往來長安者,自悉而補,中道衣敝錢用諸費稱此。《貨殖傳》曰:"長安中列侯封君行從軍旅,齎貸子錢家。"則知漢兵雖以征行調發,衣齎猶自備,而況無事而歲科和買供給春秋二衣乎?近地調發,無遠征之勞。已詳補志并注。不立素將,無擁兵專制之虞。按唐杜佑《通典》云:兵制可采,惟有漢氏。或有四夷侵軼,則從中命將,發五營騎士、六郡良家、貳師、樓船、伏波、下瀨,咸因事立稱,畢事則省。雖衛、霍勛高績重,身奉朝請,兵皆散歸。都試課殿最,無驕寒難用之患。已詳《補志》并注。故自文帝以來,與民休息,經常不耗,則減田租、弛山澤。文帝二年,賜天下民田租之半。十三年,除田租稅。後元六年,弛山澤。尋至太倉之粟,陳陳相因,都内之錢貫朽而不可校。皆不養兵之效也。誠使稍取漢制,斟酌劑量,參而行於今日,以救其極敝,不十年間,國力可紓,民力可裕,其效猶指諸掌。夫亦何憚而不爲?嗟夫!先生乃老矣,方力疾丐休,築室深山中,尚羊物外,以書史泉石自娛,將終身焉,此志邈矣。顧每以予講肆滋久,警策蘊奧,粗可與語理道者,其素相期待者遠矣。然予亦偃蹇半世,安於静退,未嘗出位而思,豈敢輕言兵事。而先生憂國之心與所著書,要不可不與有志於斯世者共之也。雖然,其事大體重,關繫宏遠,要在成順致利,不駭民聽。其條目次第,固非一端。初,先生更欲編次漢調兵弛役、尺籍伍符、金鼓旗幟及凡兵間調度,別爲一書,未果。蓋漢兵最近古,其規模尤精密,而史闕其文。姑采摭群書,先志其大節,而其纖悉未能盡載此書也。先生名文子,字文季,世居樂邑白石山下,因自號白石山人云。嘉定甲戌謹序。

國圖藏明抄本錢文子《補漢兵志》卷首。

按:原題下署"門人、奉議郎、知江州瑞昌縣主管勸農營田公事兼買納茶場陳元粹跋"。

## 王邁

王邁,字浩翁,寧宗嘉泰時人。
**省齋集跋**

邁嘗曰："以仕宦世其家易,以文章世其家難。貂蟬七葉,盈床象笏,此世祿之尤盛者,而天下未嘗無其人。至於詩書事業,克守其緒,使先人之遺風不墜於數十百年之後者,蓋絕無而僅有也。"嗟夫!彼何爲乎易,此何爲乎難耶?毋亦利祿者,衆人之所樂趨,而文章者,世胄之所不暇爲乎?省齋先生以詩文知名湖南,而其子益仲復能辛苦卓立,以承其志。益仲與邁游久矣,常時一觴一咏,見其純深典雅,宛然省齋之遺緒,可謂能以文章世其家者。而今而後,吾知省齋之名,益不泯矣。故喜書之。王邁浩翁跋。

《省齋集》附錄。

按:《全宋文》誤録此文於王邁下。《省齋集》附跋十七首,撰寫時間或爲慶元元年、四年、五年,或爲嘉泰元年,則此文亦當撰於嘉泰元年左右。劉宰《漫堂集》卷二一載《梁縣學記》,云:"宣義郎王君邁之爲梁縣也……君字浩翁,九江人,紹定初元十月望日漫塘劉某記。"此九江王邁,或即作者。

## 彭士楚

彭士楚,廬陵人。嘉定十年(1217)第進士(《江西通志》卷五〇)。

### 謝及第啓

執經北面,久依夫子之門墻;拜命南歸,誤玷聖朝之科目。得踰所望,愧溢於懷。靖惟進士之科,允謂清流之選。韋布假途而筮仕,冕旒親策以疏恩。岩逋谷隱,入我縠中;相器將才,由此塗出。故露囊錐之穎者,皆期立見;決蜃弧之中者,咸願先登。矧惟廬陵,素稱多士。氣禀青原之秀,才鍾螺浦之清。人銜隋珍,家藏卞璞。議論文章之末,皆醉翁數子之淵源;經綸康濟之功,盡澹老諸公之事業。文風大振,仕進居多。或後先亞蘭省之魁,或伯仲擢太常之第。登禁林居八座,比比可稱;持從橐(原作"囊")位三公,源源相繼。是足爲衣冠之盛,豈徒侈鄉里之觀。必當其人,乃稱兹選。如某者,賦才不穎,托地甚寒。謬承奕世之箕裘,素被明師之陶冶。妄提寸管,干試有司。幸標薦鶚之名,敢有釣鼇之望。豈期末學,獲對明庭。惟才能本出於下中,故名姓難居於甲乙。擲盧得雉,雖匪初心;解褐取青,已踰素分。退循忝冒,實有貪緣。兹蓋恭遇某官,學探畫前,文妙天下,月斧琢成於肝肺,冰壺寫就於精神。入碧海掣鯨鯢,特餘事耳;上青雲跨(原作"誇")駥駬,尚且遲之。暫分典於泮宫,益養成於遠業。長安日近,行將入直於木天;泥軾星馳,姑且平分於風月。鱣堂自此升矣,驥足始可展其。惟是謭才,夙蒙異顧。久被四科之樂育,毋勞再駕以成功。雖脱身韋布之中,謹頓首函丈之側。某敢不廣充素藴,仰慕前修。獄訟簿書,豈辭勞於今日;功名事業,將有望於他年。庶免小人之歸,圖爲國士之報。

《大典》卷一四一三一引《啓札淵海》。

## 張煥

張煥,廬陵人。嘉定十年(1217)第進士(《江西通志》卷五〇)。

### 謝及第啓

日月栖遲,素負功名之志;風雲會遇,忽膺科第之榮。被寵若驚,過情而恥。切以用捨本由一院,窮通非有兩途。達乎己必達乎人,施之家即施之國。簞瓢陋巷,殷周之禮樂已明;未耜莘郊,君民之事業素定。第惟後效,未易前知。裴度取青,淮蔡之師正動;齊賢解褐,幽燕之策未行。豈謂大勳,俱由一第。信是題氊之秀,莫非入縠之英。如某者,涼薄無聊,空疏有覗,參内聖外王之衣鉢,剽聞百氏之餘;摭《中庸》《大學》之菁華,徒立萬人之上。固知金鑄昏而瓦注巧,敢謂鏌爲鈍而鉛爲銛。粵從點額以暴腮,尤切繩頭而刺股。一游黌宇,浪倍鶚泮之諸生;再試南宮,遂作龍門之仙客。扶摇九萬里,而風斯下;縱横三千字,而日未斜。百數何補於時,曹參理屈;三者皆出其下,吴起功卑。僥倖至斯,吹嘘有自。兹蓋伏遇某官以館閣之才,而分學校之職;以廊廟之器,而從州縣之游。教雨露人,姑少正康成之席;屏星燭物,如親覩仲舉之輿。六一先生之鄉里增輝,十八學士之瀛洲在望。宜令朽鈍,例入甄收。某既在選掄,當思報稱。名教之中有餘樂,敢替初心;忠孝之外無他腸,誓堅晚節。

《大典》卷一四一三一引《啓札淵海》。

## 羅匯

羅匯,廬陵人,嘉定十年(1217)第進士(《江西通志》卷五〇)。

### 謝及第啓

三預周鄉之貢,徒玷鶚書;一從孔户之升,遂登虎榜。何前失而後得,抑今是而昨非。雖寵若驚,有偉其遇。切念設科立目,上期蒐獵於英材;覓舉求官,士欲推行乎素學。如編排之先後,由分定之崇卑。是以本朝惟求忠孝之臣,凡在前哲不爲温飽之計。載惟吾郡,凛有高風。醉翁之文而澹庵之忠,益國之勳而誠齋之節。級次初焉若異,事業蔚乎可觀。矧居維梓之邦,不遠伐柯之則。片言可以裨政,必爲此圖;一分足以寬民,要推是念。賢當知其所慕,考書下以何嫌。如某者,蚤著虚聲,頗全定力。謂決科射策,非止乎利禄;而致君澤物,自是以權輿。蟲素習於篆雕,鼠屢窮於鼯技。連偕計吏,未奏太常。持戟失三,似難語勇;背城借一,復鋭鼓行。浪收蘭省之戰功,預拜楓宸之賜第。列甲乙丙丁之次,廁簿書會計之聯。儻萬有一獲展其平生,居四之中何足以深計。得誠匪易,端有自來。兹蓋伏遇某官,早蜚璧沼之聲,旋騁蟾宫之步。取士得倫魁之士,衡鑒甚高;命題合省試之題,橐籥可卜。泮水一新於扁目,文風大振於曩時。某素辱品題,果叨掄選,誓益堅於素履,用仰答於殊知。四舉而後有成,每自笑鈍飛之翮;一命皆可行志,尚能遵前輩之規。凡曰官箴,更祈教載。

《大典》卷一四一三一引《啓札淵海》。

## 張希萃

張希萃(原作"莘"),廬陵人,嘉定十年(1217)第進士(《江西通志》卷五〇)。

### 謝賜出身啓

萬里秋天,已快横飛之鶚;三層春浪,幸逃點額之鱗。得之若驚,望非所及,敢憑尺素,少露寸丹。竊觀國家策士之文,及考先王求言之意。布韋就列,黼扆臨軒。上非藉此以爲美談,下豈泛然而應故事。一篇訪問,悉令對上聖之經;六事疇咨,皆俾究當今之務。顧虚文之安用,惟實學之是求。儻非負仲舒博洽之才,何以稱漢庭勤渠之問。如某者,反求諸己,敢望其人。誦詩三百篇,粗究切磋之旨;對策千餘字,希陳剴切之言。愧無賈誼之陳,遽竊劉蕡之第。幸雙親之未老,冀寸禄以爲榮。不再戰以成功,衆而後定;雖五甲而無愧,忠以何傷。但知攄所蘊之猷爲，奚暇計決科之高下。用究源流之自，端由長育而成。知有自來，報何以稱。恭惟某官潁（原作"穎"）川英傑，璧水奇才，早題雁塔之名，姑掌鱣堂之教。簪纓敬仰，俱泰山北斗之高；冠履從游，靄沂水雩風之盛。聊居領袖，未究規摹。且爲倡芹宫，切莫厭居官之冷；將召還芸閣，豈久令坐席之温。所幸蠢愚，辱歸陶鑄。某敢不鞭其不逮，勉所未修。樂矣育材，豈但見菁莪之咏；美而報上，又將歌《天保》之詩。

《大典》卷一四一三一引《啓札淵海》。

# 陳汶

陳汶，字魯叟（戴復古《石屏詩集》卷五《寄廣西漕陳魯叟誥院》），西安人。紹熙元年（1190）第進士（《浙江通志》卷一二六），嘉定十一年（1218）知湖州軍（《浙江通志》卷一一五），寶慶元年（1225）爲廣南西路轉運判官（《象臺首末》卷二《行述》），紹定元年（1228）爲福建路轉運使判官，二年爲福建路轉運副使（《福建通志》卷二一），淳祐三年（1243）爲寧化軍知軍（《福建通志》卷二三）。

**儀禮集釋序**

古者禮儀三百，威儀三千，其節備矣。漢興，高堂生傳《士禮》止十七篇。魯徐生善爲頌，爲禮官大夫。顔師古曰：頌與容同。而瑕丘蕭奮以禮至淮陽太守。東海孟卿事蕭奮，以授后倉。倉説禮數萬言，號曰《后氏曲臺記》，授戴德、戴聖。鄭康成云五傳弟子，則高堂生、蕭奮、后倉、二戴，凡五人，所傳即《儀禮》之書也。《漢舊儀》有二郎爲此頌貌威儀事，天下郡國有頌史皆詣魯學之。蓋周旋曲折，必習而後能。其善盤辟爲頌而不知經者有矣，未有不習於儀而能通其意者也。自漢以來，禮日益壞，其大經大本固已晦蝕不明，所謂頌貌威儀之事僅存此書，世亦莫有知者。此學士大夫之責也。然其節目之繁，文義之密，驟而讀之，未易曉解，甚或不能以句。后倉所説泯没無傳，鄭注又時有疏略，汶心竊病之。近得廬陵李君如圭所著《集釋》，窮探博采，出入經傳，以發明前人之未備。考論宫室之制，則有《釋宫》；分别章句之指，則有《綱目》。其有志於古，而用力之勤如此。學者能玩而繹之，則知禮與天地并，其周旋、揖讓、登降、進退，莫非天理之流行。人道之所以立，先王之盛，化行俗美，與夫後世之不如古，皆由於禮之興（原作"與"）廢，而不可誣也。則是書於世教，豈小補哉？遂刻之桂林郡之學官，與同志者共之。陳汶撰。

文淵閣《四庫全書》本《儀禮集釋》卷首。

按：《儀禮集釋》乃宋人李如圭撰，《四庫全書》所録爲"永樂大典本"，撰於寶慶元年左右。

**禮部韵寶跋**嘉定十三年

臣仰惟高宗皇帝釋去萬幾，游戲翰墨，朝夕不倦，聖心冲澹，不累於物，合於道矣。宜其超妙入神，不可摹擬。御書《禮部韵》，真、草兼備，凡二萬二千一百九十六字。臣與懃得而秘藏之，臣汶刊置墨妙亭以爲萬世之寶。承議郎權發遣湖州軍州兼管内勸農事臣陳汶謹識。

文淵閣《四庫全書》本《六藝之一録》卷二七〇。

按：朱劍心《金石學》第三編《説石·字書》云："天一閣范氏藏宋高宗御書《禮部韵略》，真草二體。嘉定十三年陳汶摹刻。"

## 鄭起濱

鄭起濱,福州羅源人。嘉定十六年(1223)武舉特奏名(《淳熙三山志》卷三二)。紹定二年(1229)爲撫州州學教授。曾官學錄(道光《新修羅源縣志》卷一七)。

**州學重建先賢堂記**紹定二年

像先哲以示崇厲,在在然也。夫其抱明握醇,焯焯斯世,豈非黨里之所敬慕,必表而出,以耀其覿,媺其趣,亦風化之大者。此邦實昉於淳熙間趙侯爲之興祠,繼而益附,今而蒐補不遺盛矣。然祠始寓於郡學之文昌軒,軒爲眺玩所,吏僕道以往來,鄰於褻。再徙於演道堂後,楹之左位所不寬博,人隘之。刺史寺丞林公孝聞,下車不數月,每慨觀瞻未肅,展敬無容。名腆而實意歉,祀存而文獻缺,乃度地學之西偏而新其宇焉。尺柘寸瓦,悉公爲辦。日在胃而址,火南正而畢。蓋公以寬栗厚世俗,敬簡理官事,慈明得人心。矧景哲之誠篤,而激獎之義宏。故能意所就而令隨,費不吝而工勤,役不踰時而亟成。自晏元獻、曾南豐而下凡十有三人,咸秩有儀。或登元立要,而位與德顯;或潛深伏奧,而文與行高。躔離相輝,圭璧交映,見者肅心。昔丹青漫漶而今顯設,昔規模褊狹而今敞晃,昔氣象湫然闠然而今儼然且穿然矣。人之所賦與其所趣,自有不同。道義所在,何間窮達。苟立節、立言、立功,一有補於治教,皆聖賢所嘉尚。夷清、惠和、尹任,孟軻氏俱不敢廢。後世聞其風而起頑懦,易鄙薄,與期於任重者知所羨慕,誠有待於發揮其致,何獨伯夷之得夫子也哉。先覺後覺,相爲師資,是數君子者,發其幽光,似有待乎。今也表宅里,植風聲,寖不古矣,視益迂矣。拳拳專以崇厲爲風化之大者,捨公其誰歸?起濱掾文學,公門人也。諸生以記請弗置,乃揖而詺之,曰:"本原師友,而納諸道德,公之意也。扶植世教,浚源而導其流,先哲之心也。居是邦,登是堂,進而瞻先哲,其知所師法乎?退而泝公之意,其亦有所感發乎?《詩》云:'高山仰止,景行行之。'又云:'以似以續,續古之人。'請事斯語,勉之。"紹定二年己丑八月朔,修職郎、撫州州學教授鄭起濱記。

《大典》卷七二三五引《臨川志》。

## 朱璹

朱璹,紹定二年(1229)任常德府通判。

**岳廟一仙亭記**慶元五年

元豐五年二月既望,邑民熊氏家誕女子有瑞證,稟質端重,幼觀剖鮮,屏葷蔬食。及笄,善談休咎,人皆異之。崇寧中(下原有"曰"字),以外氏寓桑落洲,侍母往省。中流風起浪涌,同舟罔知攸濟。女子神色自若,曰:"吾非凡人,必有陰相。"母恐,但瞑目。衆唯唯。或竊窺之,雙龍翼舟以行,果亡恙。歸,悠曰:"岳帝之聖母,欲吾爲女,號聖一娘。"厥父倉惶走皇廟,祝與之偕來。女子伸前說,俾具空儀,立像聖母西偏,約七日棄世。口授榜語,筆示通衢,大略率官隸民兵,動循正理。至期前一夕,置酒設樂於其舍,燕於群神。翌朝,啟禱天地四方,辭決宗姻鄉鄰,逝而復蘇,曰:"聖母以時人疑貳,姑令暫還。"即刻木肖形,代內諸柩而瘞焉。於是辟穀,惟飲聖池之水,日詣祠庭,儼接神語,間發弈聲,聞者震駭。返仙之期,再涓九月五日,躬卜宅兆,畫辦葬禮如初。是日,潔服飾容儀,伏鼓吹導前,由虹橋達祠下,雲霧潝從。至則受奠訖事,趨進起居,顧左右曰:"岳帝有旨,朝奉郎吳君明宰邑，崇敬居多，宦路掀騫，乃報之也。舟行將届，速逆之。"已而吳來致祭，聖一娘俄曲肱而終。邑人欽仰，會齋飯僧，越四日，藏於廟右。遵治命也。以墓前亭爲一仙亭，所過之橋爲度仙橋。追今遇誕日，士女相帥朝拜，凡請嗣乞靈，應答如響。璹比燔薌廟化，欲得予紀之。詢諸故老，僉以爲然。因次顛末。

《大典》卷六七〇〇引《江州志》。

按：《大典》卷六六九七引《江州志》載："《岳廟一仙亭記》，慶元己未，朱璹記。"

**常德府椿積倉記**紹定二年

寶慶二年十一月，司農丞四明林公以湖北憲使兼府事，恪遵上命，積穀備荒。甫及數月，得米一萬一千二百餘碩。雖籍之數上之朝，公之意未屬饜也。紹定二年三月，公復兼領，益務廣儲過前數，至二萬一千碩有畸。先是未專置廩，姑附於府倉北隅。今乃闢慶豐坊官地，別創一廩，爲屋二十四楹，中設廳事，旁列廒張，前建門扃，周繚垣整，規模堅壯。落成。璹竊惟皇朝開國，一以仁爲家法。庚司置使，專爲賑民。凡所屬部，既皆各有會積，以備旱潦。聖上光紹前烈，猶慮蓄積未豐，因廷臣有請，令州郡更爲先具之備。公念積蓄之設，本以利民，然碩以萬計，卒不（原作"下"）易辦。儻措置失宜，是利未至而害已見。公益裁省浮費，抑絕佗供，以資糴本。又擇僚屬材而不苛者，多方招誘，增直平概。故人樂與官爲市，不擾而集。自非體國固本、約己濟物，何以及此。且復深思却慮，俾每歲以新易陳，期無耗腐之患。永爲定式。繼是得賢牧守增廣美意，斯民被惠，何有紀極？右通判朱璹記。

《大典》卷七五一四引《武陵圖經志》。

## 趙體國

趙體國，吳縣人。嘉定十三年（1220）第進士。紹定二年（1229）爲廬州州學教授（《吳郡志》卷二八）。

**祖龍學家集題識**紹定二年

右《祖龍學家集》十六首。典雅輻藉，我國朝太平之文獻也。苗裔有居合肥者，貧不給饘粥，能保此版，不妄予人，獨欣然以歸於學，其志可嘉尚已！然版之脱亡，二十有九，不能爲完書。雖得别本，帑亡羨財，弗克治。故書目僅存其名，體國懷茲久矣。於是謄拔刊補，首袟始備，庶幾可以傳遠，亦先哲之志云。紹定己丑十月既望，郡文學趙體國敬識於卷末。

《大典》卷二二五三六。

## 蔣重珍

蔣重珍（1183—1236），初名奎，字良貴，號實齋，又號一梅老人，諡忠文，常州無錫（今屬江蘇）人。寧宗嘉定十六年（1223）第進士，簽判建康軍，未上，丁憂。服闋，僉書昭慶軍。改簽豐國軍。理宗紹定二年（1229），召除秘書省正字。入對忤執政，謁告還家，命官均不拜。端平間，纍遷著作郎兼起居舍人、起居郎説書。以疾外除，知安吉州。以病甚請祠，不允，召爲刑部侍郎，未就，守權刑部侍郎致仕。（尤焴《宋故刑部侍郎蔣公壙志》、《宋史》卷四一一本傳）。

**一梅堂記**紹定六年

寶慶丁亥，皇上即位之四年，重珍試吏苕幕，以病易鄞幕待次，歸治藥石，無横榻之地。解脱閫中簪珥，得敗屋一區，灑掃扶持而居之。癸巳春，奉祠杜（原作"社"）門，痼疾弗瘳，目昏耳聵，老態具見。乃於室之東南隅，撤舊而新之，爲堂一間兩挾，置藥爐、丹竈、蒲團、紙帳於其中，將靜坐養痾，以茍旦莫之命。屋卑地狹，月餘落成。故舊有誚予者曰："子其掃除一室之小丈夫歟？吾視子幼孤，繩樞瓮牖，所居不能容膝。遷徙徬徨，將母而行。傍人籬落，竊一椽之庇，輒（原作"轍"）以爲幸。今破屋視昔，已過分矣，而奚以堂爲？"余竦然而悲曰："是予之過也。雖然，吾豈以堂爲樂哉？獨念吾家凋弊五十餘年，生意幾絶。某不肖，誤蒙寧廟親擢。未幾，叨被皇上召對，名列班簿。幺微此身，病廢退休。足矣，足矣。雖然，此身，父母之遺體也，可不敬乎？築斯堂也，敬斯體也，乃所以報親也。不然，則安宅何在，廣居何在，而顧區區於此堂哉？自斯堂之成，而可以求師也。凡齒德俱尊者、學可及人者、義理精熟者、克忠克孝者、博通經史者、深識時務者，吾於此下風而問焉。則身雖病，而心不病矣。自斯堂之成，而可以合族也。凡姿禀可教者、好禮知恥者、遷善遠罪者、小廉曲謹者、貴不簡傲者、貧不卑屈者、文藝自將者、多識事物者，吾於此因材而篤焉。則身雖病，而家不病矣。自斯堂之成，而可以取友也。凡能修而通者、能言而踐者、卓犖而重者、淳静而立者、已知大體者、能勤小物者、虚心無我者、善如已出者、惡如無隱者、相觀爲善者，吾於此久交而敬焉。則身雖病，而道不病矣。夫心不病則不蔽，家不病則不替，道不病則不孤，賤無憾也，賤無憾也。存順（原無"順"字）事而没，寧也。嗚呼！此豈忘其親而事其身哉！堂之前有梅一株，清圓茂密，因以名堂，無所取義，示不改其舊也。"

**萬竹亭記**

　　余已記一梅堂，復爲後圃，開林爲徑，縛亭東偏，扁曰萬竹亭。有池，池上有梅，梅之外琅玕森然，向亭而立，如衆賢盍簪，挺挺其清也；如三軍成列，懍懍其嚴也。風清月明，發揮高爽；雨陰霧暗，韜晦蒙密。景物常變，皆啓人意。余時命蒼頭，扶掖病足，自徑而亭焉。非日涉成趣之謂也，非起居適安之謂也，其所感慨深矣。余生於淳熙末年，時和歲豐，田里安樂。先君與諸父實居鳳山，貧不聊生，故廬已屬有力者。然茅齋方池，飽足幽趣。前植古梅，後列修竹。藜杖野服，日引兒侄，從容其（原作"有"）間。故余平時清夢，皆此時事。嘗刻之家傳，以寫罔極之思矣。今是亭之營，本非求合，而梅老竹茂，渾然天成。時異事殊，心感情愴。見先訓遺風，使余一刻之不能忘。是余之一游一息，洞洞屬屬，如將見之也，可不謹哉。雖然，園林之樂一也。而其所以樂此，則有間焉者（原無"者"字）。蓋先君諸父之樂此也，安於貧；而予之樂此也，厄於病。貧者，循其理分之當然；病者，出於形體之偶然。律之以原憲之言，則大有愧矣。先儒亦曰：人多言安於貧賤，皆是力屈才短，不能營畫，若稍動得，恐未肯安。余之病廢，抑近是歟？書置壁間，因以自警。

　　大典本"常州府"卷一六。又見《無錫縣志》卷四中。

**論火灾疏**

　　臣頃進本心、外物界限之説，蓋欲陛下親攬大柄，不退托於人，盡破恩私，求無愧於已。儻以富貴之私視之，一言一動不忘其私，則是以天下生靈社稷宗廟之事爲輕，而以一身富貴之所從來爲重。不惟上負天命，以先帝聖母至於公卿百執事之所以望陛下者，亦不如此也。昔周勃今日握璽授文帝，是夜即以宋昌領南北軍；霍光今年定策立宣帝，而明年稽首歸政。今臨御八年，未聞有所作爲。進退人才，興廢政事，天下皆曰此丞相意。一時恩怨，雖歸廟堂；異日治亂，實在陛下。爲有爲天之子、爲人之王，而自朝廷達於天下，皆言相而不言君哉。天之所以火宗廟、火都城者，殆以此。臣所以痛心者，九廟至重，事如生存，而徹小塗大，不防於火之未至，宰相之居華屋廣袤，而焦頭爛額，獨全於火之未然，亦足以見人心陷溺，知有權勢不知有君父矣。他有變故，何所倚仗？陛下自視，不亦孤乎？昔史浩兩入相，纔五月，或九月，即罷。孝宗之報功，寧有窮已？顧如此，其亟何哉？保全功臣之道，可厚以富貴，不可久以權也。

《歷代名臣奏議》卷三〇九。又見《宋史》卷四一一本傳。

**本心外物界限疏**

界限明，則知有天下治亂而已，何樂其尊；知有生民休戚而已，何樂其奉。

苟且有昔所未有之物，故吾民罹昔所未有之害；苟且有不可勝窮之費，故吾民有不可勝窮之憂。

**端平入對奏五事**

隱蔽君德，昔咎故相，故臣得以專詆權臣；昭明君德，今在陛下，故臣得以責難君父。

以上見《宋史》卷四一一本傳。

**爲母夫人乞墓志銘上魏華父先生書**

走也不天，以禍吾母，曾不及豆區之養。嗚呼！尚忍言之。吾母餘十歲，鞠於外家管氏。一日父母家絶糧，母祝髮而號曰："天乎！吾親之未愁也，此髮其有售乎？"命鬻於市，得百錢以給炊。自是，父母家生理浸蘇，若有相之者。迨歸我先君，事大母軒氏，樂而忘其疾。我諸父七人，或夭或貧，先君不能自振，假館於人。吾母贊治，室事既備且戒。能誦習五經、《論》《孟》，親以授重珍，有關於孝義，則伸而複之。重珍既孤，諸父給以饘粥，母治絲枲，取毫末之贏以衣之。嘗驟寒無衾，重珍覺而溫如，則吾母紉繨以覆之，且語曰："保汝以奉先祀也。"重珍泣數行下。嫠孤之人，不堪其苦。或以訾詶重珍，爲之子而奪母志以配鬷舉得官者。吾母叱之。吾先君之未泯，則母之力也。重珍年十七歲，爲人授小學。有褥鶉結，忍敝以待束脩之入。他日，吾母持敝襦於諸父，曰："願藏此，俾無忘貧賤。"時有欲妻重珍以女，室廬田土皆具，母謂："幼孤得不死者，諸父之力。謹毋他徙。"乃固謝焉。重珍年四十餘，始獲齒名於進士籍。冬至之前日，親黨賀吾母生辰，母曰："吾雅憚宴娭，今不聽汝爲之，後將有悔。"重珍艴然以疑。季冬得疾，月正元日而卒，身後惟破楮敗衣。嗚呼！天乎！使吾母居約蹈困，而曾不食子之報也。今將以三月庚申，葬於謝堰之原，祔先君兆。重惟昔試禮部，嘗以文字受知於先生，由是幸有録於門。心授神予，非他人面交勢合比也。墓中之石，不可以他屬。

魏了翁《鶴山集》卷七三《顧夫人墓志銘》。

**祭伯父文**

不必輕生，前以爲空；不必重死，後以爲實。

《浩然齋雅談》卷上。

## 陳南一

陳南一，字冠卿，溫州永嘉人。嘉定十六年（1223）第進士。紹定五年（1232）官江陰軍學教授（大典本"常州府"卷一〇）。曾官太學録。淳祐二年（1242）至七年，歷正字、校書郎、秘書郎、著作佐郎、著作郎等。七年十月知撫州(《南宋館閣續錄》卷八、卷九)。

**重建教授廳記** 端平元年

莅官有舍，隆其業也。矧校廳範模之地、名教之宗，學校以尊，州邑以重乎。余紹定辛卯到官，顧瞻茲宇，榱折棟撓，凛凛就壓，殆長卿之四壁，子美之重茅，榛莽燕穢；張仲蔚之門，蓬蒿然然。比年，來者莫容，客貢士所。夷考壁記，紹興壬子，王侯棠建學，遂創焉。歲久則蠹，宜也。然所居必葺，豈乏若人？事以力屈，志弗願果，棄忘，亦宜也。雖然，機會之離合有時，學政之廢修有數。故有曠世莫就，一日畢集者。使平居之人，豈能之哉！蓋今距昔，百年之運，時之更、歲之變也。植仆立僵，意其有待乎？壬辰冬，太守宗諭方公萬里果來，居無何，諗余曰："吾典教墜(原作"墜")也，曩似不然，今胡遽至此。盍新之。"飲水自持，約浮窣羨，明年秋，大治夫子廟，肇先賢祠。冬，是役舉焉。不廣墜(原作"墜")，不厲民，不科吏，發帑飭材，弗愛其力。浚玉帶以益舊基，挹文筆以寫新意。橋外於門，甃足於砌。旁夾以吏舍，祠左廡右。廳而堂，堂而奧。會友有軒，讀書有帷，蔬茹有圃。翼翼嚴嚴，規制愈偉，中調度如家。故之所有必具，其無也乃今有之。垣以丈者二百一十有奇。端平改元，夏首畢工。梓人法，悉指授，余亦得盡心焉耳。吁！公，造物者攸屬與？不然，壬子而後，何獨公見之？舉茲以旃，未易量也。余因謂："是邦，古暨陽。亘長淮，泝大江。君皋鳳聚禕萃，墜(原作"墜")靈人傑，沨風遺化，無恙也。郡於國初，邑於崇寧，復於建炎。未幾，王侯棠并請於天子命教，俞音既頒，石湖范先生父霅首選，文昌、從橐，鼎鼎講席。逮公之來，師友淵源益衍矣。今又以惠諸生者惠一州，修起學宮，與古循吏等。厥有旨哉。爾多士，歲當賓興，勵乃行，精乃業，乘百年之旺氣，攄胸臆之楙縕，發經綸開濟之軔。公之是舉，抑大有功於吾道也。公名萬里，字子萬，舊富春，世儒級，今居吳中。是歲夏五，文林郎、江陰軍軍學教授陳南一記。奉議郎、知江陰軍江陰縣主管勸農公事黃紹庭書。宣教郎、簽書江陰軍判官廳公事趙希瑾題蓋。

大典本"常州府"卷一八。

# 史歸之

史歸之，慶元府鄞縣(治今浙江寧波)人。史彌忠子。端平二年(1235)八月至三年十一月知江陰軍(大典本"常州府"卷一○引《江陰志》)。

**乞明收郡用供軍米肆斗**(原作"石") 端平二年

照對：本軍止管附郭一縣，元額管苗米肆萬餘石。緣田畝瀕江，高下相半，肥瘠不等，每年人户申訴災傷田畝分數，無歲無之。又有抷江、逃閣之田檢放除豁外，稔歲止合催叁萬餘石。本軍往年古例，人(原作"户")户輸納苗米鈔面：正苗捌斗，收義倉捌升、耗米捌升、腳米四升，四項總為計收一石。却於一石上明收從米五斗，又暗收斗面米五斗，共是二石。文思院斛方，納得正苗八斗。端平元年，恭準御筆指揮，減免斛面折納之弊，繼蒙浙西提舉常平司行下：每正苗壹石，在上收義倉壹斗、運司耗伍升、雀鼠耗伍升、郡用供軍米貳斗，共米壹石肆斗。却消入正苗壹石，豁除義倉、運司耗米之外，本軍淨有郡用供軍米貳斗。既準上項指揮，本軍即合遵稟。蓋事有未便，不容緘默，未免冒昧申控。竊緣本軍舊係常州屬邑，因纍廢纍復，不曾申明朝廷支降。官兵俸、糧、衣賜，皆是鑿空取辦。照得本軍有管廂軍、禁軍、水軍、土軍、遞鋪兵士，牢城、作院、敢勇軍等，共壹千六百餘人。及見任、寄居文武官、宗室、孤遺、歸朝、歸正、養濟人等。又有沿江渡口壹拾捌處監渡、機察軍兵券米,及造甲工匠食米、編拘管人囚糧。并修造公廨,不時批支。過往官兵券米及非泛支遣。每月約計貳千捌伯餘石,一歲計之,共該米叁萬餘石。若只以所收郡用供軍米貳斗支用,如端平元年分秋苗,檢放災傷外,實合催貳萬捌千肆伯壹拾陸石玖斗肆合陸勺,在上止合收郡用供軍米伍千陸百捌拾叁石叁斗,止可支遣兩月,其餘拾個月并未有指擬。本軍已於去年十一月内,條陳欠闕米數利害因依,具申朝廷,乞照數截留本軍合發端平元年分上供苗米以軍糧。如必不得已,則乞革去暗收名色等弊,明收從米八斗、義倉、運司耗、雀鼠耗米二斗。繼準省札從申,行下本軍及浙西提舉司照會。本軍雖準省札指揮,不敢專擅,遂再申取浙西提舉司指揮。續奉行下:仰本軍照省札□揮,詳酌施行。前任知軍、朝奉趙大夫斟酌,於從米八斗上,兩次裁減米三斗,止(原作"正")收從米五斗,揍充軍糧。八月十五日,巋之祇領郡事,仰體朝廷寬厚之意,又更饒減一斗,每石止明收從米四斗,并用文思院斛,人户自行概量。視提舉司立下則例,則僅多二(原作"三")斗,比前政趙大夫申獲加八斗面已減四斗,委爲中正可行。所有欠闕軍糧支遣,本軍仍自別作措置。已具申浙西提舉常平司照會,及遍牒鄉村曉示外。今準浙西提舉常平司檢舉行下,令每石止收從米二斗。本軍非不欲竭力勉遵約束,但本軍地狹民寡,財計有限,實與其他州郡可以通融措劃,事體不同。況倉廪赤立,此月軍糧未有顆粒。況今歲舶舟絶少,官吏憂懼,束手無措。今開具端平元年分實支過米數,連粘在前,欲望矜憐,速賜檢照本軍已申事理:每正苗一石,許令本軍照已降省札指揮減免四斗,止收郡用供軍米四斗,并用文思院斛,人户自行概量。特賜札下本軍,及浙西提舉常平司照會。伏候指揮。

大典本"常州府"卷一〇引《江陰續志》。

按:該文乃端平二年省札主體部分。題下原云"係知軍史省門巋之任内。"

## 林剛中

林剛中,潮州人,理宗端平二年(1235)爲閩清縣縣尉。

### 潮州圖經序 端平二年

圖經有續,非直爲風土民物記也,以郡有政績,故亦書之,將以示方來,庶知所繼乎?昔昌黎文公僅半歲而歸,置鄉校,去豀毒,民安其生,士習其教,卓然已有可紀。矧今置爲郡,率再歲而更。則若利若害,苟有興而除者,宜優爲之。至於東橋之中間尚舟而纜,西城之内旁未石而甃,與無貢院之當遷,水軍寨之當復,丁錢之猶可寬減,鹽役之猶可代輸。凡若此類,皆能一一次第而爲之繼,毋使識者重真驛之嘆,而使邦人蒙宅生之惠,將有大書屢書,復於是乎續,又安知後之人不觀其所續,且更相繼於無窮耶?州民林剛中敬書。

《大典》卷五三四三引《三陽志》。

按:文末空兩格,附"州學録檠豀唐更('更'當爲'曾'之誤)。從事郎新福州閩清縣尉巡捉私茶鹽礬兼催綱(原作'剛')林剛中"。馬楚堅《兩宋潮州方志之史轍考索》據以認爲此序乃唐曾所作,可備一説。

## 黄夢錫

黄夢錫,潮州揭陽人。端平二年(1235),主管襲慶府東岳宫,參與修纂《潮州圖經》

（《大典》卷五三四三）。

**潮州圖經序**端平二年

九域有志，蓋以稽風土之媺惡也；職方有圖，蓋以便民物之登耗也。郡國圖志作於前者，既有一定不刊之典，述於後者，何更爲哉？然而井邑之有遷改，禮文之有損益，户口之有增減，財賦之有盈虚，若非陸續而纂集，則殆將何所考證。宋舊制十年方一條上，意有沿革未遽登載，姑少遲之以俟詳備，庶幾仰副九重之披覽，而周知天下之版籍。其關係也甚重，爲守臣者，宜體此意，隨時編次，靡有遺缺，斯可傳遠而考信。然有爲期會文書所窘束者，謂非急務，悠悠歲月，不屑經意。板之朽腐，字之糜滅，幾成廢典。迨其當上之歲，臨期補緝，苟簡應需，特循故事而已。潮有圖經，其來尚矣。昔昌黎文公將至韶石，貽詩於郡侯張端公曰："願借圖經，將入界一逢佳處，便開看。"則知諸郡圖經，唐已有之。參稽舊序，具言一經兵火，散逸殆盡。淳熙二載，常侯褘方衷而集之。繼閱二紀，趙侯師岌又從而修之。歷年二十有五，孫侯叔謹檝夢錫偕同志，編緝校定，僅成全帙。以歲數計之，自淳熙乙未至於紹定己丑，幾六十稔，更三十政，纂修者僅三焉。端平改元之四月，郡侯葉觀輗朝行而守兹土，莅政以來，重士愛民，百廢具興。修學增廩，絫石甃城，繕治輿梁，敞闢郡治，置立坊門，築砌堤岸。公餘閑暇，因閱圖經，嘆其未備，豈前是數政，屬歲事荒歉，鄰寇搶攘，拯貸民饑，督餽軍餉，以故莫遑耶？今兹事簡年豐，儻不拾遺補闕，竊恐寖久易墜。再令夢錫與唐曾、林剛中點勘編修，續而新之。於是搜訪事迹，紬繹典故，可删則删，可録則録，粲然靡不具載。始事於七月之望，迄成於閏月之晦。若夫先後編集之有其人，品式條畫之有其目，前序已歷言之矣。然以事有因革，不可不紀其顛末；時有纂修，不可不記其歲月。復叙梗概，諗諸來者云。端平二年八月朔日，朝奉郎、主管襲慶府東岳宫、賜緋魚袋黄夢錫序。

《大典》卷五三四三引《三陽志》。

# 潘周伯

潘周伯（1181—1269），字宗之，長樂人。以父蔭補將仕郎。嘉定四年（1211）調常德龍陽尉。十五年左右，監黄巖買納鹽場。紹定初，徙郴州桂東縣丞，破黑風洞賊亂。端平間，添差通判潭州。任滿，除監左藏東庫。出守潯州，改知靖州，擢廣東安撫司參議官。（林希逸《竹溪鬳齋十一稿續集》卷二一《潘左藏墓誌銘》）。

**萬歲寺記**端平三年

余觀湘江之鄉，靈壇古迹，龍君藏焉，釋子居之。或興或發，或顯或晦，同繫乎時，固繫乎人。湘陰爲古黄陵，南眺瀟湘，北枕岳陽，洞庭之澤，洶涌乎中。舟航之要津，江漢之通道也。昔軒轅氏奏樂於重湖之上。釋子以其遺址，立小招提，命名曰龍壽山萬歲寺。於是有龍君之祠，多歷年所。楊公沸湖，金碧輪奐，敕黄碑額，盡墮煨爐。寺廢矣，龍乃韜晦。紹興六載，方還舊觀。寺興矣，龍復顯應。公而綱運，私而商旅，皆於此乞靈焉，始到彼岸。厥後主僧屢易，無力興修，日頹月圮。嘉定庚辰，夕郎鄒公帥潭，命本邑南陽徒弟沙門祖發主席是山。卓錫云初，若入青野，棟宇摧倒，香火蕭條。祖發慨念風濤之險，舟楫之危，不有佛力，何以扶顛極溺？况濟急救難者，觀音之願力也；浮杯度錫者，羅漢之神通也。洞庭之神，以龍君爲長；楚尾之民，奉祠山者多。衆聖萃靈，不可不興祠設像，以爲往來祈福之地。遂建觀音大士寶閣，增修羅漢應真之閣。周圍上下，鏤彩擁壁，以示莊嚴。又架洞庭龍神八殿，及祠山大帝殿，與夫佛殿、藏殿暨諸堂殿、方丈、寢殿堂、僧堂、官廳、兩廡、三門、望江樓等屋，色色圓備。以至傍岸沿江路徑，磚石甃砌，靡不精緻。興工於庚辰，落成於丙申。洪功浩果，約費三萬餘緡。無非祖發倒鉢傾囊，積銖（原作"珠"）纍寸，依憑佛化，抄募衆緣，以畢斯事。聚徒安衆，不下五六十人。晨夕香燈，遠近檀施，翕然信慕。豈寶社當興，故龍神推出若人，以任是責哉？竊謂湖右名刹，如漢陽之鳳樓，公安之二聖，皆據乎江濱水面。泝流而上，順流而下，莫不輸金施粟。田無坵角，而贍衆動以千計。意有陰化嘿助，人辦心而神辦供者。此山雖律舍持戒，焚修接待，不遜於鳳樓、二聖。勝事告成，祖發以記來請。此固余之所當記，然余所望於山主者，更欲闡揚聲價，興起道場，必使龍神長護沙門，必使龍王來聽講席，然後見地之靈、龍之靈，得其人而益靈。

《大典》卷五七六九引《古羅志》。

按：《大典》署"通判潘周伯"。

# 陳晉

陳晉，宋理宗時人。

### 連州遷學記 端平三年

溫陵留侯守連州之明年，民歌於塗，士誦於校，乃遷學於治城南，因邦人之請也。將迄役，以書與圖來曰："連山水之秀名天下，蓋自唐賢以記咏發之。繇是文風日振，爲名進士者，代不乏人，至國朝尤盛。見諸錢學士希白所爲《書堂記》，班班可紀。而邇來人物少不如昔，故議者咸以郡庠斗辟一隅，氣象鬱律爲言。城南有列秀亭，乃丞相紫岩先生張公嘗所游憩之地。而扁榜則其子宣公南軒先生之手澤也。其地爽塏而平衍，一水縈迴，四山環揖，宛然古頖宮規制。殆天造神設，若有所待者。既定遷議，亟發帑廩爲之倡。邦人喜夙心之一旦獲也，相率捐金唯恐後。挽使李公華嘗爲是邦決曹掾，遠致五十萬以助。連帥彭公鉉、常平使者黃公成，聞而趨之，亦各致二十萬。事力既裕，百堵皆作。於是有殿有廡，有堂有序，門有橋，射有圃，御書有閣，禮器有庫，齋廬庖湢，靡所不具。又祠先賢於學之左，仍亭其前，以有列秀之舊。風氣宣暢，人心作興。詵詵成材，或者其旿乎是歟？願爲我識歲月，且有以惠告於連之人。"晉接不敏，何以辱此，而重辭侯命。竊謂連舊隸湖南，湖南學者實宗南軒。而此地又嘗經其品題，然則是學之遷，夫豈偶然哉？抑聞先生之學，得之五峰。以仁爲天地之全體，以弘毅爲求仁之妙法。所謂豁然大觀以充其體，卓然有立，不同其波。學者亦嘗從事於斯乎？今其書，家蓄而人誦，誠能力探精索，繇五峰之門，溯伊洛之庭，上有以闖見洙泗宗廟之美、百官之富，則其於藏修游息之間，必有所警發。他日之所成就，亦必光明俊偉有大可觀，而非直區區業文爲名進士而已。山川炳靈，當爲是乎在？侯尚且見之，惟爾連之士楸之。侯名元長，丞相忠宣公之孫，所至有惠愛。其治連也，會鄰寇爲暴，畢力捍禦，州以無事。調度煩費之餘，又能興此鉅役，此尤可書。是役也，學職蔡之武、高子儀、廖梃、陳濟時、陳用中、黃甲、劉念祖、陳自信，分任程督；權司理連山簿尉顏純，顓掌出納。凡傭工市材，率眡私直，吏一不得與。而經理規畫，則郡博士范會之之力云。端平三年夏五月甲申記。

《大典》卷二一九八四引《連桂州志》。

## 劉易

劉易，宋理宗時人。

**三學院鐘樓記**嘉熙初

湖口距廬山纔一舍，僧寺相望，三學又中立。縣境相傳爲彭澤縣舊城，以陶靖節作令日，嘗即其地起書堂，故寺有流杯池、玩月臺。今雖廢圮，然山水縈帶，意象幽邃。必知其前賢卜築住處也。寺舊名慧發，皇朝治平三年賜今額。佛殿之前，鐘樓巋然。實乾道間，主僧圖所建。今踰七八十年，樓弊將壓。僧祖昌曰："樓壞則鐘不鳴，何以起人敬心？"力謀更新。乃易以良材，上棟隆然，檐牙斯翼，中堵外版，爲一方壯觀。鳴鐘四遠，聞者歸心。其教之尊，斯樓不爲無耶？云云。

《大典》卷六六九九引《江州志》。

按：《大典》文前云："嘉熙初，修鐘樓。"

## 楊師謙

楊師謙，宋理宗嘉熙間在世。

**馬當重建廟記**嘉熙三年

長江西來，洶涌澎湃，折旋而東，以趨於海。其或飄風迅發，波濤怒驚，蛟鼉出没，詭怪萬狀。而風帆浪楫，恣睢渺茫，不知其所窮，豈無物司之哉。九江而下二百里，有山屹然，橫枕大江，曰馬當。或曰其形象馬，以是得名。山石犖确，林木屏翳，望之隱然。是必神居之，上元水府有廟尚矣。世傳有唐王勃嘗謁，神靈默佑，借助風舶，信宿達豫章，而《滕王閣記》以成。是自唐以來，廟貌已立，國朝加敕額。建炎兵毀，中興纍加修崇。閱時浸久，棟宇傾圮。紹定中，四明何公炳守江州，舟過祠下，瓣香致禱，得安流以達。既抵郡，首捐俸百千，命邑令姚君瓘修葺廟宇。前此基址逼江，湫隘局趣。乃攀捫而上，開鑿山險，芟除蓁莽，適得寬夷之地，若神啓其秘者。於是撤而新之，翼以兩廡，周以重門。俯瞰江流，浩渺傾奔，遠視淮山，參差環列，萬象軒豁，昔所未見。神之靈異，於兹顯著，殆非偶然者云云。意神龍之居，其在此歟。

《大典》卷六七〇〇引《江州志》。

按：《大典》卷六六九七引《江州志》載："《馬當重建廟記》，嘉熙三年，楊師謙記。"

## 朱天錫

朱天錫，蘇州人。寧宗嘉定九年（1216）知丹陽縣（光緒《丹陽縣志》卷一三）。十四年，知武進縣（光緒《武進陽湖縣志》卷一八）。嘉熙三年（1239）權知桂陽軍。官至台州知州（《姑蘇志》卷五一）。

**桂陽府創通惠倉省札**嘉熙四年

朝奉大夫、權知桂陽兼管內勸農營田事節制本軍屯戍軍馬提舉義丁朱天錫申，照對桂陽爲郡，山多田少。重岡複嶺，舟楫不通，地瘠民貧，全藉步擔客米以充日糶，往往頳肩負重，運至極艱。闔郡在城之民，何啻數千百口，上市之米日有三十擔，則一日無久闕。或米擔數少，嗷嗷待哺，殊不聊生。每歲收成之時，富家大室，率就郊外賣糶四出，竟爲鄰邑般販而去,不及城中之民。蓋亦勢使然爾。謂如臨武、藍山兩邑,名曰屬縣,而境連永道,自邑去彼則近便,到郡則遷迴。雖有軫念鄉曲之人,莫致轉移之力。故雖豐稔之年,徒爲富室之利,而城市細民不(原作"下")蒙其惠。纔遇小歉,彷徨無措,比屋阻饑,壯者轉徙他郡,謂之青荒;弱者食噉草根,以延朝夕。若官司亟行賑濟,續養民生,尚庶幾焉。則此見得本郡年年官糴不可廢,而管額苗米有限,常平義米有拘,恐不足以周遍羅用。此守令近民之官所當急爲措置也。照得本軍前守之賢者創萬石倉,慮後政出納不謹,申請於朝,比常平法。緣立例既嚴,大率纂政慮其累己,不過勞其肩鐻,遞相付授,至或纂數十年不一瞥省,積埃聚壤,已不可倉矣。前守臣高不倚任内別自令項糴米三千石置一敖,名先備倉,仍許賤糴貴糶。夫以賤言之,如每升作十文,足以利民。貴糶必照市價增錢收糴,展轉消折,不及數年,倉具而米不存矣。方其置倉之初,謀非不善,末流之弊,遂成乾没。坊緣高知軍具以其事申於朝省,且令新舊守臣依作元數三千碩交割,同銜申上。天錫去春交領郡事之時,徒聞先備之名,實無在倉之米,迫於交承之義,備員預名。然捫心隱憂,深恐重誤民倉,爲害甚大。於是撙節浮費,那輟俸餘,僅得錢伍仟緡,以禮招請諸鄉上户,厚加勸諭,曉以義理,且謂與其廣糴以收利,孰若先吾鄉而後他及;與其俟勸分而糴,孰若推有餘以周衆急?於是立米價,每升拾伍文足爲定,隨其家力之高下,預借糴本之價錢。上户得錢藉營運增搭以取利,較之旋糴時直不爲折閲。上户欣然聽從,爭先責借。俟至次年艱糴之際,仍作拾伍文足,糶與在城之民。米雖翔貴,價亦不增。使之常食賤米,而利歸細民。隨椿所糴之錢,轉作循環之本。不敢付之吏手,就與在城年德者艾、衆所推服之人,爲之主張。歛散悉取今歲賑濟户口給曆分俵,在城之民以憑日後批糶,一則可復先備倉叁阡碩之舊額,一則可仿江西社倉之遺意,名之曰通惠倉。天錫責在字民,所當勉盡職業,以圖永久利便。儻不具此,因依申控朝廷,依憑威重,則無以爲將來遵守之地。所合申具,伏乞照合申聞事。

《大典》卷七五一三引《桂陽志》。

按:《大典》文前云:"嘉熙庚子,朱知軍天錫乃合二倉之額,以'通惠'名之。"

## 劉木

劉木,淳祐二年(1242)爲南雄州州學教授,五年差本路常平提幹(《大典》卷六六五引《南雄路志》)。

### 南雄州太守續題名記 淳祐三年

太守題名有碑舊矣。登載既溢,復續一碑。續之者何?續生生不窮之仁也。夫暖焉爲春,淒焉爲秋,或流金爍石而夏,折膠墮指而冬。其令不同,其所以相須而成化者一而已。循環無端,往來不息,斯天地之仁,所以愈續而愈無窮也。二千石體九重委寄之意,權一時寬猛之宜,其事蓋略相似。故大君,民之天地也;牧守,民之四時也。政平訟理,愁嘆不作,其守之春乎?袁扇揚風,召棠永日,其守之夏乎?貪猾解印,豪黠歛手,其守之秋與冬乎?相因焉,不至於背馳;相成焉,不至於扞格。脉絡貫通,生意周浹,是又四時迭運而六子之循環者也。以賢偉相繼之善,其用與四時周流,守之所寄,蓋偉矣。判府制參趙先生承命出鎮,篤志愛民。陛辭之初,抗章論事,如明版籍、戢吏奸、平市貨、厚蓄積,皆固本寧邦之急務。先生此意,是直欲無一事之不便乎民,無一息之不志乎民也。南雄之春,其殆續續於此。若夫修城築以衛民，崇學校以養士，禁戢吏奸，獎用廉潔，則又一元之續，隨在隨布，沛乎而不可遏者也。繼自今來者，大書特書，以至於不一書而止。則始終相承，又將與時而偕行矣。天地生生之德，果何時而紀極耶？然則是碑之續，非續其名，是續其仁也。後有歷指而誦之者曰："某爲民之春，某爲民之夏，某爲民之秋與冬。"則凡續天地之仁於不窮者，政又自續其令聞於無窮也。是碑之續，不尤偉乎！淳祐三年正月日，門生迪功郎、南雄州州學教授劉木記并書。承議郎、通判南雄州軍州兼管內勸農事趙希鄂篆額。承議郎、知南雄州軍州兼管內勸農事借紫趙善璃立石。

《大典》卷六六五引《南雄路志》。

按：《江西通志》卷五一、《浙江通志》卷一二八均載有"嘉熙二年進士"劉木，一爲廬陵人，一爲瑞安人，與此文作者之關係不詳。

## 胡嚞

胡嚞，字明仲，天台人。嘉定十六年（1223）第進士。淳祐間知湘陰縣（參《赤城志》卷三三）。

### 經理汨羅廟記

按《史記》，屈原遭讒放逐，作《懷沙賦》，自投汨羅以死。注云：汨水在羅，故曰汨羅。又云：長沙有汨羅縣，北帶汨水。湘陰，古羅子國也。則汨羅在湘陰，不在他縣。有曰在寧鄉者，非也。以志考之，縣北五十里爲汨羅江，原之正廟、故冢在焉。好古君子，顧瞻徘徊，未有不加封殖，以無忘其忠者。嚞東浙儒生，幼讀《離騷》，企想遐躅，謂安得訪汨羅之濱，握蘭芷之香，持斗酒以酹英魂乎？脫選得邑，不圖獲遂斯願。始至之日，固有以廟地當正、廟宇當新爲告者。事方倥偬，條理未就，姑少需焉。既而翻閱公牘，采聽輿論，乃知窘閨餘之厄，困尺蠖之屈，浩有年歲，不容不疾治而亟圖之。遂委寓公屬士友，聯騎相度，歸以語嚞曰："兩山對峙，一水縈紆，是爲汨羅。其右爲廟，其左爲冢。廟之棟宇將摧，冢之荊榛如沒。群木在山，枯者可因之以爲材，生者可籍之以貽後。至於豪民削碑刻以泯故實，貪土地而包隴畝。張主維持，皆君之責。"嚞蹙然曰："雖不材，敢不殫力負荷。"爰檄藍田王君錡，任歸彊之事。命僧與土人，董建廟之役。於是詰奸辨方，而執其領；鳩工聚材，而圖其新。入深十三丈有奇，橫廣九丈有奇，此廟之基地然也。廟前東向爲丈六十有五，南向爲丈一百二十，西向爲丈一百二十有二，北向爲丈六十有六，西南隅爲丈一百三十有八，西北隅爲丈二百五十有三，皆起於滴水，止於界石。詳載之圖志，則地之已侵者歸矣。自正廟、寢室、廊廡、拜亭、門屋，凡二十五間。又結庵以居焚獻者，架橋以便往來者。縻錢三十萬，取給於枯木之餘，縣助其不足。七月戊申興役，迨九月下澣畢手。則廟之將摧者興矣。自天至兄，凡三百五十五，號爲廟木。自弟至甲，凡六百五十有三，號爲塚木。標釘有牌，紀載有籍，則兩山之木，可枚而數矣。噫嘻！殖殖新阡，克復青氈。有畝可蕙，有畹可蘭。擷芳挹潤，於以盤旋。巍巍祠宇，足蔽風雨。桂醑其馨，荷衣其楚。乘鸞駕鶴，於以來處。古木維喬，聳壑昂霄。斧斤不入，民無敢樵。休陰息影，於以逍遙。叠是三者，經理古意，大略概見。若冢前之祠頹毀，冢外之地侵據，又將次第舉行之。朝思夕念，盡瘁竭勞，亦求以無負於公而已。雖然人之負公，不特是也。稽之《武陵志》，則錫號清烈，進侯爵而爲公者久矣，邑以侯稱猶故。茲乃正名位，新扁額。瓣香昭白，神必聽之。厄者漸舒，屈者粗伸。

忠魂耿耿，萬古如生。其當以疇昔之愛君者愛斯民，則民被公之福為無窮，所以報公者亦無窮。廟食百里，其將來永不替歟！鋪叙甫既，復取其傳讀之。公之繫心懷王，而顧睠其宗國者，不以讒間阻，不以疏遠廢。方上官之譖得行，此身已不能安於王之左右。而張儀之殺既諫之，秦國之會又諫之。王不一悟。繼以頃襄，卒遷之江南，以成百身不可贖之恨。殺身成仁，公固無憾，而楚則可哀也。太史公曰：懷王兵挫地削，身客死於秦，為天下笑，此不知人之禍也。信哉！予故并討論其事，以彰我公之盛心，以寓後世之深戒云。

**重修縣西行祠記**淳祐四年

清烈公正廟，在南陽汨羅江。行祠三：一磊石，一菱子市，一縣西。汨羅正廟，傾圮弗支。磊石行祠，侵削非曩。嚞盡瘁經理，竭心厘正，皆捨舊而新是圖。其在縣者，始至奠謁，入其門，草萊沒膝；循其廊，棟宇將壓；瞻其像，風雨剝蝕；閱其址，波濤吞齒。凜乎朝不謀夕之憂，乃喟然嘆曰："是考是度，予責弗可緩。"踰年，遷於廣照之東，因地於寺。因材之堅好，而易其朽腐。因肖貌之已設，而施黼藻。因面向之西，而疏竹通河。宇妥而不峻，牆素而不雕，椽斲而不塗，堦夷而不級。大概取其縝密牢固，悠久難壞。經始於六月己巳，落成於九月。為屋九間，縻錢十萬。梅仙從事趙善黃實董其役。聞之父老，祠舊在廣照前，嘉定癸未，邑宰林岡易黃氏地移建縣西，至是復歸之寺。蓋祠、寺密邇，晨香夕燈，僧灑掃以時。公之英靈，庶（原作"度"）幾乘風御氣，駕鸞鳳而來歟？楚節彝儀，每於行祀而不於正廟。予謂捨正廟而致敬於所寓，非禮也。甲辰端陽，始持瓣香，屬寒官伸一酹之誠於汨羅，揭為定式。所以慰藉忠魂，興起衆聽。行祠舊貫，仍并舉而不廢。修建迄事，將記歲月於堅珉。并書其悉，貽諸後人，勿替此意。雖然商之比干，以諫而死，廖廖千載，繼希闊不可蹈常之高躅，公一人而已。自漢至唐，文人才士，讀《離騷》之詞而起敬，談《懷沙》之事而興慨者，蓋以直氣干雲霄，義風隘宇宙，殺身成仁，廉貪立懦。天地無終窮，公之節概亦與之無終窮耳。若夫易操於貝錦之成，變色於棘蠅之止，依阿婥嬺，苟容於世，則誦公之文，拜公之祠，寧不顏厚十甲？噫！珮携蘭芷，裁製芰荷。湘江東注，砥柱頹波。江流可竭，忠不可磨。

**重修磊石行祠記**

事之興廢在時，而亦有數焉。時與數偶，舉而措之，雖難而易。時與數乖，則動輒齟齬，易亦難矣。是皆關乎天運之推移，非人力所能預也。自乾坤奠位，日月著明，以忠而殺身成名者，三閭清烈公，表表霄壤間。《懷沙》之恨無窮，《招魂》之祀不廢。楚懷迄今，千有餘載，錫寵號而旌泉扃，舉義貨而新廟貌，固非一人。其祠之在磊石者，實馬殷捐金以重修，蕭振磨松而作記。今讀其《記》，有曰"前依積水，迥壓高丘，占形勝於一隅，奠馨香於高古"，則彊界未嘗不廣袤也。又曰"規圓矩方，上棟下宇，華榱錦簇，將日耀而月暉；彩檻帶縈，或龍盤而獸走"，則祠未嘗不壯麗也。蓋自維持之意不堅，奸猾之計得逞，懷吞并之心者，奄有其地不之恤；肆凌鑠之志者，傾覆其廟不之顧。於是廣袤者削，壯麗者隳，甚至委蕭碑於荒郊，遷神像於陋屋，設符券以實其妄，治墳宅以據其所，欺公法而忘陰譴，旁若無人。靈祠氣脈，僅不絕如綫。此識者為之拂膺，議者不能緘諸口也。嚞叨恩試邑，適在行吟之邦，睹遺迹而興懷，慨遺忠而抵掌，凡可以效振起之力者，挾山超海，靡或憚勞。故南陽正廟，刻意經理；縣西行祠，竭誠改創。而磊石香火，廢壞莫支。因詞牒之來檄，委寮佐躬為料理。神奪豪民之氣而褫其魄，俯首聽命，標釘界止。地之已侵者漸歸，承認建造；廟之垂泯者復興，步驟規畫。雖未盡還舊觀，尚庶幾無負於清烈。磊石距南陽，總踰一舍。英魂義氣，凛凛如生。想夫乘鶴駕之蹁躚，擁雲旂之蔽芾，揖東皇而徒彭咸，翱翔兩地間。則其瞻所居之新美，履其畝之縱橫，知時與數之適偶，亦將開一笑於冥冥矣。予既任其事，懼來者無所考據，不揆劣材，鋪陳顛末，勒之堅珉。若好古君子，與我同志，有隆無替。清烈公之幸也，湘陰百里之望也。

**祭清烈侯屈原文**

侯抱忠貞而不遇兮，嗟無路以叩閽。困行吟於澤畔兮，志於邑而莫伸。托《離騷》以紓懷兮，慨想乎唐虞之君。處濁世而若浼兮，甘俎豆於江神。葬魚腹而不悔兮，播千古之清芬。惟懷沙之遺俗兮，迄流傳於楚人。歲蒲節之來臨兮，潔瓣香而招魂。伊南陽之故里兮，祠妥靈而若存。界一江之相望兮，墓木拱而輪囷。昔彊界之廣袤兮，寇侵攘之紛紜。孰（原作"熟"）釐正而使歸兮，量予力而微單。欲東走於長安兮，言懼卑而莫聞。惕朝思而夕念兮，莫慰侯於九原。薦菲奠於正祠兮，擷澗沼之蘋蘩。希御風而下降兮，鑒予意之勤拳。

以上見《大典》卷五七六九引《古羅志》。

# 劉坦

劉坦，字然明，衢州人。習《周禮》。淳祐元年（1241）第進士。十二年十一月以監華州西岳廟召試，十二月除秘書省正字。寶祐元年（1253）六月兼國史實錄院校勘，除校書郎。二年二月除秘書郎，兼國史實錄院校勘，除著作郎，兼職依舊。景定元年（1260）正月，除著作佐郎。三月，兼司封郎官。六月，除司封郎官。咸淳七年（1271）知郴州。（《南宋館閣續錄》卷八卷九、萬曆四年《郴州志》卷一三）。

**得初心堂記** 淳祐四年

衡南入嶺且半，荒嶂密葦，漫數十里無釁烟。郴水忽渟清瀉，東注而下瀟湘。攢峰倩蔚，中聚茅舍百餘，爲邑曰永興。俗悍以輕，撫字失宜，則峒落往往擾動。領邑者常不樂至焉，至者亦不堪其寂。官舍朽敗傾欹，苟歲月代去弗治。丁君爲之宰，始至，睹溪山澄深，松竹條茂，憶韓句"欣然得讀書之趣"，乃闢縣齋，以"得初心"名之，而屬坦爲記。竊惟學道愛人，求諸心也。有社有民，何必讀書。自仲由已有此論。漢以後，未甘心俗吏者，亦不過借儒以飾治，詩書之澤不及於民，豈但爲一邑嘆哉。今之令，奉期會，急賦租，目不暇涉書。心之存焉者寡矣。長於斯者，事簡以暇，終日對松竹，吟誦其間，是心亦可以求矣。雖然，人固有是心也，心固有是初也，勿失而已耳。求諸紙上，玩物喪志，惡在其能得哉。君必有得於書之外者。君名濂，清江人，五世爲儒，皆擢名科，號月橋丁氏。嘗扁其居曰紹志，仕焉而心不失其初，自謂得家傳之學云。淳祐四年歲次甲辰九月己亥朔，三衢劉坦記。廬陵劉洪範書。上饒徐元杰題額。

《大典》卷七二四〇引《郴州志》。

# 滄州樵叟

滄州樵叟，名不詳，理宗時人。

**慶元黨禁序** 淳祐五年

古者,左右前後罔非正人,所以嚴其選於近習者,慮至深也。後世論親賢士、遠小人,必宮中府中,俱爲一體。而作奸犯科(《大典》無"科"字),付之有司,所以嚴其法於近習者,慮益遠矣。慶元大臣,得君之初,收召群賢,一新庶政。方將措天下於太平之盛,而宮府之間,近習竊柄,一罅弗窒,萬事瓦裂,國家幾於危壞而不可救。是則立紀綱,嚴界限,防微杜漸,在君相可一日不加之意哉。余於慶元黨禁而有感焉,因記其首末。淳祐乙巳至日,滄州樵叟序。

《大典》卷一一八八七引《慶元黨禁》。

## 劉卿月

劉卿月,字升叟,福州人。嘉熙二年(1238)至四年間,爲鎮江府教授。淳祐五年(1245)知豐城縣。(《至順鎮江志》卷一七、滿岱《豐城縣志》卷首徐鹿卿《豐水志序》、乾隆二十一年《福州府志》卷三八)。

**龍瑞贊**嘉熙中

或潛或躍,龍稱其神。爰飛在天,《易》况大人。名師命紀,瑞應昌辰。類孰從之,祥風慶雲。

**龜瑞贊**

天下有道,神龜出焉。背書脅文,光昭後先。謂何千歲,游於芳蓮。得氣致和,維以永年。

《宋元方志叢刊》本《至順鎮江志》卷二一"郡庠四靈"。

按:原引云:"嘉熙中,教官劉卿月又得四靈圖於應天之府治,摹刻於大成殿西廡。麟、鳳二贊與熊直院所傳正同。"《古墨齋金石跋》卷一云:"嘉熙中,劉卿月補刊龜、龍。"則龍、龜之贊當爲劉卿月作。

**豐水志序**淳祐六年

洪都壯邑,厥水維豐。池山躍龍,芙蓉浴日,而品翼以三洲,故人才多偉特;章水北來,西江東匯,而旁帶以雙流,故風俗務質厚;天寶產靈,紫氣紅光,而上貫乎牛斗,故士氣尚激昂。涪翁謂"處士有岩穴之雍容""文章有江山之秀發",其信然矣。淳熙前圖志,凡一再詮次,而綱羅未備,久且不傳。卿月昉視事,請於後林李公,公曰:"吾友王順伯手所讎定,昌谷曹公嘗品題之。然筆早絕而書無完,每爲太息。今其子學裘能世其家,且相與辦此者,非大夫事乎?"卿月辭弗獲。因以比年政役之沿革、財計之盈虛、城池風物之變遷,稍附益之,纂成三卷,從學裘是正於後林,文獻於是乎足證矣。竊謂自有天地,則有此山川,其炳靈發秀,固不以古今異也。自周通真、黃吏部、王西坡、孫敷山而下,歌詞賦頌,不止一家。今騷人逸士,詞藻交絢,夫豈無以振其響? 自甘伯武、梅福、王季友、李君儀而下,勳名事業,不知幾人。今鉅公聞人,風節相望,夫豈無以昌其傳? 甘露、鳳凰、神丹、金粟,闡珍現美,夫孰非數,今豈無以宣其秘? 雷、裴、柳、張、朱、馮、程、孟,流風美化,代不乏人,今豈無以新其政? 則是志也,何足以盡富豐之奇哉? 學裘其益討理之,後林其轉從臾之,而今而後,將大書特書,且不一書,千載而下當與寶鍔璿璣相爲光明矣。淳祐六年丙午孟夏,奉議郎、知龍興府豐城縣主管勸農營田公事兼弓手寨兵軍正劉卿月謹書。

乾隆刻本滿岱《豐城縣志》卷首。

按：此文非出大典本文獻，姑附於此。另《豐城縣志》尚有王孝友、李宗旭、李義山、陸漸等文，《全宋文》亦未收，附記於此。

## 徐栻

徐栻，淳祐七年（1247）在戶部任職。

**許江陰軍仍收郡用供軍米四斗公文** 淳祐七年

提舉常平司據江陰軍申繳到錄白省札：本軍每正苗一石，在上收義倉一斗、運司耗米五升、雀鼠耗米五升、郡用米二斗，共米一石四斗。當。蒙前政知軍朝奉趙大夫申控朝廷，每石苗正，明收從米八斗，義倉、耗米二斗。繼準從申行下，令本軍照省札勘酌施行。當。蒙知軍史省門勘酌，於前政趙大夫所申，加八斗面上，再行減損，每石止收郡用供軍米四斗，用文思院斛交量等因依，申本司，乞照會當司。照得：近據江陰軍申具到：人戶納苗一石，收郡用供軍米四斗、義倉一斗、運耗五升、雀鼠耗五升，於人戶鈔上照格書寫色額，至今別無增收因依。奉台判：諸處申到，皆只是每石加四斗，義倉、供軍、運司耗、雀鼠耗在內。獨江陰所申，係加六（原作"六加"），案呈，本司已具呈。再牒江陰軍：請契勘，限三日具保明狀申。今據前項所申，承僉廳官擬：昨江陰軍申所收斛面加耗米數，準使判：諸郡止收加四，獨本軍加六，牒下契勘。今本軍申：向以支遣不敷，曾申朝廷以加八之數，準省札，今收郡用米四斗。若此，則是加六。分明繳到省札在前，欲從所申牒報。奉台判：照仍牒報，利便。

大典本"常州府"卷一〇。

按：題下原注："係知軍陳鑄任內。"

## 趙崇淐

趙崇淐，浚儀人，宋理宗時在世。

**信州小學記** 淳祐八年

古者，教法通行於黨庠、術序、家塾（原作"墊"）之間，而小學之教，尤其所先務。小學在公宮南之左，大學在郊。其所從來尚矣。廣信舊有小學，義方之家子弟來游，薰陶既久，穎異自見，他日奮身立名，類能有大成就。如首唱大庭，獨步詞科，表表一世，皆繇此選也。中閒典學者，非必咸有誨人不倦之志，或匆略而廢罷之者，無責爾矣。修舊起廢，間不乏人，靡不有初，旋亦休止。今廣文張君某以天台之秀，來掌學事。其律己廉，其奉職勤，其待士愛而公。嚴課試以勵實才，杜冗濫以省虛廢，滌弊刷蠹，以豐餼廩。采芹咏歌，視昔有加，尚恐遺才，羅以混試。其嘉惠大學者，至矣。誘掖後進之心，則未已也。慨小學之久廢，一日而謀復之。試選生徒至五十員，命經賦論，月司講課，規畫之力，茲惟難哉。然昔之廢者，幸今而復興，今之興者，安保後日之不廢？於是為經久計，以二年添給之合請於學帑者，悉椿留，為置田畝，計其租入而別之，以為職小學者俸札之費。又慮生徒肄習之無定所，而講授之無定位也。會郡侯章公監丞鑄尊禮學校，一日睹御書閣（原作"閒"）之摧圮，命葺而新之。張君相地，視宜於是閣之旁，因得書庫舊址，白之侯，以新小學之宮，委學職以董其成。東、西兩齋曰果行、曰育德，為諸生肄習之地。齋廳爐亭曰極高明，職講授者蒞焉。良材堅甓與工役費糜多出於積稍之餘，而非盡取辦於公帑。其加惠小學者，亦至矣。

列職友朋，泳張君之德，以諗崇淌。崇淌束髮游鄉校，知其廢興爲詳，不敢以疏陋辭。然嘗深念古之教者，莫謹於童蒙，而果行育德，雖作聖之功，不外此。人之行，莫大於孝，孩提之童，無不知愛其親及其長也，無不知敬其兄。信夫啓初筮之蒙，玉少成之性，於此最爲切要。誠使孝敬之端不失於良知、良能之始，而性竇日以開明，天資日以豁悟。要其成也，雖未能皆至，聖賢之閫奧，亦不失其善人君子之歸。張君培植之功，於是爲大。景行前修，蓋嘗從事於斯，敢以爲職教者告云。淳祐八年戊申二月日，浚儀趙崇淌記。郡人潁川鍾國秀書。

文淵閣《四庫全書》本趙蕃《章泉稿》卷五《重修廣信郡學記》注。

# 周夢李

周夢李，慈溪人。淳祐元年（1241）第進士。八年，以迪功郎爲旌德縣尉。（《寶慶四明志》卷一〇、嘉慶《旌德縣志》卷六、乾隆《浙江通志》卷一二八）。

**重建琴齋記**淳祐十一年

藝祖皇帝嘗詔郡縣吏代歸者，皆上其官舍弊壞，或興葺之數，以爲殿最。於戲！創業垂統，用敷於後人休，汲汲如是加意，得非宅生寄命之地爲甚重。民之萃賤，猶有閭廬以避燥濕寒暑，則從仕四方，所居公廨，渠可聽其摧圮，而不知一日必葺之義乎？聖謨洋洋，寫諸琬琰，此萬世臣子之所當體承也。旌德創邑，肇唐寶應，迄今五百載。廳治之建，雖曰昉於前令周公宗文，而堂皇寢室，歷年滋久。質者艾，按圖志，莫省其所從來。風雨漂搖，棟橈瓦毀，宰之職報期會，日不暇給，補苴鏬漏，隨力支撐，苟且及瓜，掉鞅而去。比年有岩牆覆厭之懼，權宜易處於廳事西偏，僅堪容膝，一席逼隘，鞭朴喧囂。呼！終日宣勞，公餘偃仰，一張一弛，人之至情也。因陋就簡，非缺典歟？興舊起廢，非先務歟？令尹喬如岡，由戊申仲冬，來領撫字，日縈慨嘆，作念經始。奈何賦有宿逋，帑庾赤立，臺府之程，督正旁午，顧工役艱大，始置弗言。令盡瘁爬梳，承上應下，粵兩期，以辦治稱。於是謀之廷尊，定其規畫。增高闢廣，授成梓人，撤而新之，榜曰製錦。疇曩堂庀屹然，中庭閒截。今乃貫通地脉，列廡三楹，以更出入。邑之雋造欲議其政之然否，亦延見於斯，皆纍政圖度，而未皇者也。先正何大參題扁，得初揭茲爲稱。令俸弊廩粟，弗靳所施。呂君濱，一鄉善士，復樂相是役。慮材鳩庸，丁丁登登，器使勝任。興功於庚戌朔易，畢手於辛亥孟陬，纔三閱月而告成矣，其他毫髮無擾於民。信乎胸次出奇，眼前突兀，疏庫黯爲閎爽，化剝腐爲堅良。琴齋靚深，砥道夷坦，氣象改觀，視昔有光。今之居此，外適內穌。其飲食也，必欲斯民有右餐左饡之樂；其宴息也，必使斯民有上笮下簞之安。利於民則興，蠹於民則剔。休戚同體，豈特崇飾徇佚娛而設耶？令律以端方，蒞官明敏。下車未幾，修學宫，葺社壇。門曰拱辰，驛曰栖真，率加營繕。圃有亭館，舊名清風，于湖張紫微之真迹。屋隳矣，榜亦弗存。令即故基而締創焉。時則有兩岐之麥，并蒂之蓮，更爲雙瑞，與斯宇相爲輪奐。暨將秩滿，復捐餘力，建閱武亭於尉廨之旁，塗塈俱備。蓋令不以豐殖爲己私計，故能去如始至，知無不爲，茲甚盛舉。後之宰是邑、升斯堂者，當思令尹所以經始計度之勤，勿視爲傳舍，第第相承，其永無斁。庶令尹之美意常新，而德初扁題共爲不朽，則斯堂之幸，亦令之所望也。士民懷甘棠之愛，恐來者無所考，合辭以請。夢李因述梗概，非但勒堅珉而紀歲月。令政成伊邇，必有錄與葺之最，表上於朝，仰遵藝祖之詒謀者，加甄擢而示激勸云。

《大典》卷二五四〇引宋《周夢李集》。

按：文中有云"旌德創邑，肇唐寶應，迄今五百載"，可推知此文撰於宋理宗、度宗之時。且文内另有"興功於庚戌朔易，畢手於辛亥孟陬"，確考文撰於淳祐十一年。

## 令狐震己

令狐震己，字立道，遂寧人。淳祐元年（1241）第進士，十一年，權知湘潭縣，爲潭州僉幕，去而爲桂州通判。辟差知象州，劉克莊以其著貪聲、一無所長、了無善狀等繳奏。（康熙二十九年《遂寧縣志》卷二、高斯得《耻堂存稿》卷四《湘鄉縣平濟倉記》、《後村先生大全集》卷八一《繳令狐震己辟差知象州奏狀》）。

**措置湘潭平濟倉札** 淳祐十一年

本縣當湖廣往來之衝，井邑廣袤，户口繁庶。每當青黄不接之際，細民艱食。設遇水旱，餓殍隨之。况俗喜佩刀，平時且相雠殺，萬一天時荒歉，憂端必深。救荒之政，所宜預講。紹定四年，邵知縣自信訾撥錢壹仟柒佰貫足，創義廩於定勝市。緣去縣百里，不便檢捉，三四年間，倉官侵移，旋失初意。淳祐二年，孟知縣傑恐歲月浸久，淪胥於無，遂收回定勝李斗南等所管糴本捌佰伍拾貫足，合人户張昌齡遞年賑糴米叁佰碩、慈雲寺壹佰碩，爲米壹仟碩，置倉於慈雲寺，名平糴倉。淳祐四年，趙知縣汝珨又拘回劉中等所管捌佰伍拾貫文，復增添糴本，亦爲米壹仟碩，置倉於福果寺，名平糴西倉。前人用心，要非沽名，蓋爲此邦長久之利也。震己偶此代匱，不敢以暫攝爲辭，正欲推廣其意，稍加增益，不獨以惠利細民，亦以少紓上户勸分之數。尋閲舊檔，往往移爲他用。吏緣爲奸，三僅存一。夫以兩倉合貳仟碩之米，其數非不多也。自淳祐四年至十一年，歲月非甚久也，而流弊已若此。欲與釐而正之，而承行吏適當迓新，藏去其籍。告新在邇，無從可問。欲因仍舊倉充（《大典》作"充"）同在内，則恐抱薪救火，與之俱燼，殆成虚設。今搏節縣用，積到現錢貳仟叁佰貫足，充米壹仟碩，糴本别置一局，名曰平濟倉。錢撥隸縣丞廳置簿，請上户有物力者貳拾叁家，各領壹佰貫足，令及時以市價儲米於家，更不置倉。遇當糶時，排日發糶。却預期告報，令備一色乾净好米，先一日搬至縣丞廳，交量見數，一就置場發糶。仍令上户照四廂人户曆頭自糶拘錢，公吏不許干預。糶畢，仍當官領錢歸家，從便經營，不許取息，但要及時收米，以備來歲之用。發糶之價，自丞廳申縣，取時價酌量而行，務要平於市價，而不虧元本足矣。縣道提其大綱，縣丞主其糶糴。錢米藏之上户，一無侵移之弊，二無敷糴之擾，三無倉斗之費，四無折閱之患，而米本長存，不亦善乎！人户兩年一替，輪流縣郭上户，周而復始。如縣丞得替，自本縣取會人户有無侵移狀申，然後保明申州，放行批書。庶使上下相維，絲牽繩聯，經久不壞，誠非小補。後之君子更能窮極前弊，復還元數，使堂堂大邑有叁仟碩凶荒之備，則安静之福，已自享之。民實賴之，去者奚預焉。

《大典》卷七五一四引《湘潭志》。

按：《大典》文前云："平濟倉。淳祐十一年，權縣令令狐震己措置具申諸司。"其名《大典》原作"震巳"或"震已"，然《後村先生大全集》作"震己"，今從之，徑改《大典》原文。

## □龘

□龘，宋理宗時人。

**創立社倉記**淳祐十二年

本軍建昌縣舊有社倉規模，嘉定乙亥（原作"巳"），郡守趙師夏撙節浮費，趲錢二千貫，米一萬二千碩，以三縣地分廣狹，户口多寡，酌量分撥：建昌六千碩，都昌四千五百碩，星子一千五百石。般運夫船、建立倉廠之費，就以錢二千貫支用。每縣選寄居及士人之有行義者充倉首，縣委官一員提督。春貸秋斂，民甚蒙惠。歲月浸久，倉首不無侵蠹虧失之弊。淳祐壬子，郡守希悦克紹先志，力加整葺，漸復其舊。但倉首之職，宛轉推抵，頗費定差，獨建昌爲甚。嚞嘗立斂散無虧、以所管多寡量免役次月日之令，遵而行之，使無失濟惠初心，端有賴於來者云。

復齋陳公慮治郡有聲，未可悉舉。其尊賢則首創周朱祠堂，其救荒則務行實惠及民。鼎建治事廳，不擾而辦。維持三邑社倉，最加意焉。千萬士民，甘棠之思，至今爲之不絶。

《大典》卷七五一〇引《南康志》。

按：《大典》所引乃不連貫片段二，闕文無從補。

## 黄遂

黄遂（1217—？），字善夫，福州侯官人。寶祐初，知桂陽縣（乾隆《桂陽縣志》卷八），潭州長沙喬口監鎮，四年（1256），以治賦第進士（《寶祐四年登科録》卷二）。

**暴家岐務新砌江岸記**寶祐二年

縣有商稅舊矣。惟湘陰稅，居洞庭青草之上，左磊石，右琴岐，兩山作限，一道之水歸會焉。至若洪濤起漲，蕩齧島濱，衝者奔，當者壞，稅場由是遷徙不一。殆創於喬山黃帝陵之側，再遷於楊家灣，三止兹地。暴氏所獻，因其姓名曰暴家岐。岐，要害地也。總括三湘，幷吞沅鼎，商榷涓澮，網絡群流。乃立纂節，乃創廨宇，而務成焉。舳艫蔽江，財貨通阜，記一時之盛觀也。歲在癸卯，水失其性，蕩廬齧堤，公廨一木不留。官無定居，多就民舍。戊申秋，三山潘公瑞以柳齋陳大參來攝事，俞奥於是乎一新。越六年，槎溪張君以荆溪吴大師檄來，適當秋潦，水勢訊急。砯崖鼓作，棟宇屹屹。君謂："堤防不設，些屋其能久有乎？"乃鳩倅得銅二十萬，又益以己錢五萬，縣助錢楮二萬。龜吉，屬太虚管押王嗣榮以董斯役。時功僝而人不知，財費而吏不與。興於甲寅之正月，閲月而告成。基石入地六尺，高十有五尺，長二百二十尺，上下甃爲二層，以敵暴灑。岐之父老曰："務創於紹興初年，水毁者屢，堤始築於今日。"吁！興廢其有時耶？後之君子，能以君之心爲心，嗣而葺之，堤不壞則務存，其功豈淺淺哉？君括蒼人，邊奏入仕，嘗從西山鶴山游，有文行於世，亦特立獨行之士也。寶祐二年三月丙申，侍省進士、管勸農公事潭州長沙喬口監鎮黄遂記。

《大典》卷五七六九。

## 湯舉

湯舉，字叔謙，江陰人。端平二年（1235）第進士，景定元年（1260）知泉州（大典本"常州府"卷一二、同治九年《泉州府志》卷二六）。

**送徐廣文序**寶祐六年

甲寅之冬，予自吴門，奉憲檄慮囚苕、霅間，鄉郡廣文徐君訪我於舟中，標致挺挺，有歲寒色。聽其言，鑿鑿無浮語，古君子也。越明年，鄉友來訪，類能道郡庠佳話：異時學計弗裕,職事若生員俸,纍數月不支。公厨至飯不足。君至,未暖席,即解行橐,代公支。舊比有所謂"回食錢",例供校官泛支。吏援例來,君怒曰:"是何爲?至我別儲之。"居無何,呼吏曰:"靈星内多隙地,宜鑿雙井以便民。泮橋東西衢,雨甚至,輒淖,是宜瓮。是邦素號多士,程文類穎拔,堪膾炙,宜會萃(原作"悴")鋟梓。《感應篇》雖老氏語,蜀士李君有注,西山真公有跋,足以勉人爲善,爲風教助,宜亟命工。"吏以費請,君叱曰:"向所謂'回食錢'舊奚用?"指顧間,四事立辦。予聞之,擊節嗟嘆。鄉友曰:"又有大於此者焉。學租蠱弊如蟻穴,君盡革去,具新籍,聞部使者。撙浮剔冗(原作"穴"),效他郡貢士莊,儲錢爲上禮部、上賢關者之助。隸後正者,且預期椿積,俾此意續續勿壞。"予又擊節(原無"節"字)嗟嘆。鄉友復曰:"又有大於此者焉。士有修能絕藝,輒爬羅搜挟,延遇以禮。片善寸長,以引以翼,稱道不絶口。有甚貧者,解衣捐廩,無靳色。甚而周身有具,藏骨有地,老者必安之。乃若課試講説,必以法度之文爲準、義理之學爲的。所以淑人心、美士習者甚大。"郡博士,初品官耳,所就已如此可敬也已。雖然,未也,推是心以往,他日爲穹官顯職,立大規模,使善教放乎四海,如利斧破竹,健足登梯,颶風怒而黃鵠奮也,奚止今日之所觀?君其懋之。予辱契於其行也,願出一語爲別。會友朋有請,書此以寓期溪之意云。寳祐戊午三月既望,暨陽湯舉序。

大典本"常州府"卷一八。

## 趙與沐

趙與沐,爲汀州州學教授,寳祐三年(1255)六月七日到任,開慶元年(1259)八月二十六日滿替(《大典》卷七八九三引《臨汀志》"郡縣官題名")。

**臨汀志跋** 開慶元年

州有圖志,一邦之史也。凡而山川之融茂,人物之消長,風俗之仍改,户口之耗增,事制之沿革,官吏之更代,校舍之廢置,世故之屯屯殷殷,皆繫焉。歷歲踰遠,荒陋遺誤,則不足以詔後。苾政者著身簿書朱墨叢,每視爲迂緩不切之務,而不介之意,實爲曠典。天台境物,一賦於孫興公,則赤城奇勝在目睫。曲江地圖,一披於昌黎,則繫舟韶石可以窮佳趣。矧臨汀山水人材之萃可陋乎?鄞江舊志,始纂於隆興者頗略,繼修於慶元者尚疏。識者慨其寑嘆。今甲子一周,屢修而屢輟,用志不堅,宜志之竟無成也。判府節制宗丞吏部怡齋胡公先生,以邁往之韵,負兩科重望,天下盛名,再持麾節,鎮撫兹郡。既下車,疏凝蠹,崇學校,厚風化,禮多士,撫摩斯民,政通人和。凡事關治原者,尤切留意。越數月,大捐俸積,鼎新泮宮。高明其百年陋習,作成美意,穹宇照耀。舊志冗略失宜,懼其不足以詔方來,禮請郡士之俊秀,貢士鍾明之等,相與搜摭而裒輯之。訂其舛,獵其遺,采録嘉精,專局於黌舍,俾與商其綱。與沐與三四友趨承教命唯謹,三閲月,僅成編,筆削於先生大宗匠之手。俾百年之故典,一旦昭明。非洞識卓然,何以及是?抑地靈人傑,機有幸會,際此賢史君植立振起之功歟?與沐懦響糞英,無能爲役,今將得替而行矣,幸而及拭目斯志之成。若夫賢史君主盟斯文,恢風弘化之功,當有一代大手筆,大書特書以壽於石,與宇宙山川同其久者,其是以上裨職方氏。開慶改元中秋吉日,學生修職郎、汀州州學教授趙與沐敬跋。

《大典》卷七八九五引《臨汀志》。

## 夏埜

夏埜，江州德安（今属江西）人，竦九世孫。

**夏文莊公遺像贊**

洪惟我祖，慶曆儒臣。乾坤間氣，岳瀆英靈。載瞻遺像，儼肅如神。文章冠冕，王度丹青。勛庸將相，夷夏聲名。譽高毀來，讒言其興。猗歟休哉，惟公德明。三千禮樂，淑我後人。噫！前百餘年而建炎之離亂，不火於兵；後百餘年而開慶之焚蕩，不煨於塵。意公之道，不可磨滅。垂之萬代，以貽典刑。於赫斯文，匪形則存。巋然炳然，卓彼昆侖。誰其似之，繄我子孫。

《大典》卷六七〇一引《江州志》。

按：此文當作於開慶後。

## 馬光祖

馬光祖，字華父，一字實夫，號裕齋，金華（今屬浙江）人。理宗寶慶二年（1226）第進士，調新喻主簿。知餘干縣、高郵軍，遷軍器監主簿，出知處州。嘉熙四年（1240），加直秘閣、浙東提舉常平。淳祐元年（1241）九月，移浙西提點刑獄，暫兼權浙西提舉常平。起復軍器監，總領淮東軍馬錢糧，兼知鎮江。進直徽猷閣江西轉運副使兼知隆興府，以右正言劉漢弼言罷。後九年起直徽猷閣，知太平州提領江西茶鹽所，進直寶文閣，遷太府少卿，仍知太平州，提領江淮茶鹽所，遷司農卿，淮西總領兼權江東轉運使。拜户部尚書兼知臨安府、浙西安撫使。寶祐三年（1255）八月，加寶章閣直學士沿江制置使、江東安撫使、知建康府，兼行宮留守，兼節制和州、無爲軍、安慶府三郡屯田使。加焕章閣。尋加寶章閣學士。拜端明殿學士、荆湖制置、知江陵府。以資政殿學士沿江制置大使江東安撫使，再知建康。進大學士兼淮西總領。遷提領户部財用兼知臨安府、浙西安撫使。進同知樞密院事。尋差知福州福建安撫使。以侍御史陳堯道言罷，以前職提舉洞霄宮。開慶元年（1259）四月，再以沿江制置江東安撫使知建康。咸淳三年（1267）拜參知政事，五年拜知樞密院事，兼參知政事。以監察御史曾淵子言罷，給事中盧鉞復繳奏，新命以金紫光禄大夫致仕。卒謚莊敏（參《宋史》卷四一六本傳）。

**雨花臺記** 咸淳元年

雨花臺勝甲江南，事詳郡乘。余公餘一往，則臺屹其崇，萬象環集，山川城郭，江淮吞吐，如拱如赴。而顧瞻吾臺，藩拔級夷，反若焰然有不足當者。乃（《大典》原闕）度材更繕，不兩月告成。既成，率賓佐落之。余撫欄作而言曰："嗟乎！地以山川勝，山川以人勝，而人之所以勝者何哉？今吾與二三子登斯臺也，仰而觀（《大典》原衍"之"字），行闕奐如，趙元鎮、張德遠之所建請，猶凛有生氣。俯而觀（《大典》原衍"之"字），長江渺如，韓蘄國、虞雍公戰勝之迹，尚可一二數也。予以是而觀之，其亦有概於心否歟？向皆如晉元奕輩，把酒清譚，脱落世事，則雖茂弘新亭，士行石城，遺迹之爲丘墟久矣，而况所謂雨花臺者？然則吾與若從容無事，相與游於此也，而可不知其所自耶？知其所自，則當監其所爲矣。吾老矣，何能爲？惟聞誦《北（《大典》原作"此"）山移》説東廬山故事，則躍然有所契。金盆石室，諒不終寒我盟。然前所謂元鎮諸賢之事，其卒付之登臨一概而已乎。《詩》曰'高山仰止,景行行止',又曰'以似以續,續古之人',吾敢以是爲二三子勉,二三子有不勉者耶?"乃相與離席而謝曰:"敢不勉?"因筆以爲之記(《大典》原文止此,以下文字據《景定建康志》補)。時咸淳改元八月望日,觀文殿學士金紫光禄大夫沿江制置大使兼知建康軍府事兼管内勸農營田使兼江南東路安撫大使馬步軍都總管兼行宫留守節制和州無爲軍安慶府三郡屯田使兼權淮西總領金華郡開國公食邑四千一百户食實封捌伯户馬光祖記并書。朝請郎集英殿修撰汪文信篆蓋。

《大典》卷二六○三引《建康志》。又見《宋元方志叢刊》本《景定建康志》卷二二。

**平糴倉記**咸淳二年

我朝本仁立國,置常平倉,與義倉并。蓋以取民者,還以予民,作法良矣。歲久,蠹於支移隱匿,吏持空鑰相授受。部使者一詰治之,株連不幸,而銖粒弗可得。易地通患,幾以養人者害人矣。天時不齊,豐儉迭異,趙清獻、富文忠寂寂笑人地下,民有遇荒而莫之救以死。間有爲平糴者,視饑由己,豐而入,儉(《大典》原作"歉")而出,較元直無取贏,或可助常平、義倉之不及。庚寅、辛卯,余令干越。年饑勸分,不遺餘力,僅活疲羸。既又諭大家貸助,仿平糴備先具。凡得我心之同然者,桴應響答,爲斛四千。計公家之積,與大家所益略相半。余嘗訟於西山真公,公喜爲記顛末。會余去弗繼,而直幸存。後一二紀間,遇水災,邑人藉以摺運。寶祐初,余守當塗。儲粟二萬,亦盡吾心焉耳矣。陪京生齒甲江左,歲一告侵,操瓢乞食,恤恤莫之適。饑商饕儈,簸箕權以乘其急。而糴價翔不能遏,見大夫瞪視,噤莫敢下禁切之令,幾若負牧芻之寄者。余心戚焉,載稽往牒,名存實歉。舊平糴所儲纔三萬,昇數百萬家,脱值緩急,杯水救輿薪之燎,戞戞乎何以制其昂而抑其踴也?乃縮泛節浮,糴七萬斛,通舊積合爲一十萬。度地建屋,以廩以峙,扁曰咸淳平糴倉。又輟芝楮二十萬,立助糴庫,歲取息以補其價之折閲。官吏斗級,簿書糜費,給各有式。然余志不於是盡也。增益相因,至去乃止。告成之日,揭虔籲天,願俾勿壞。於虖!天地生物之德,祖宗立國之仁,均是心耳。余雖不敏,獨於昇人有緣。余愛其民,民亦愛余。今承乏三矣,老至而耄及之,行且乞身去,所以爲此邦計者,惟是心在。天下事莫難於經始,亦莫難於繼成。其嗣今與我同志者,庶維持於不壞不滅而後可。昔後村劉公嘗創平糴於浦城,西山記之曰:"必秉彝盡亡,而後此倉可廢。"噫!此心法也。惻隱之心,人皆有之,心心相印,得無望於後之人。後村書倉門兩扉曰:"且與吾民留飯椀,豈無來者續心燈。"余於是倉亦云。咸淳二年正月十五日記。觀文殿學士、金紫光禄大夫、沿江(《大典》原作"山")制置大使兼知建康軍府事兼管内勸農營田使兼江南東路安撫大使馬步軍都總管兼行宫留守節制和州無爲軍安慶府三郡屯田使金華郡開國公食邑四千一百户食實封捌伯户馬光祖撰并書。朝奉大夫、秘閣修撰江南東路計度轉運副使兼本路勸農使借紫趙孟頫篆蓋。

**平糴倉後記**咸淳二年

余之三至金陵也,欲爲邦人創平糴一倉,積米十萬斛,夏糶冬糴,以濟乏食。自咸淳乙丑秋七月至丙寅春正月,共得七萬石。事力僅僅弗克繼,則以前師王公埜所蓄三萬斛足成之,且識之曰:"倘未即去,不以是畫。"今自(《大典》原作"因")二月,以迄八月,再糴三萬,合爲十萬,而王公舊積不與焉。蓋其初已申朝廷樁管,不欲混此數也。夫出糴之價微損,固足以見惠養之心;收糴之價不常,則不可無變通之法。此助糴庫所由設也。庫始爲本芝楮二十萬,今陸續增至八十五萬。雖然,猶未也。緡纍充廣,歲衍月益,俾所入常有加於今日，則此庫不爲無助。毋已則糶價但可略減，不可用今日之例減之太驟，以致後日難補。若夫輒有餘以助不足，使十萬斛之數，永永無墜，不無望於後之人。是歲重陽日，馬光祖謹書。

**平糴倉三記**咸淳四年

平糴倉之設，自咸淳乙丑七月至丙寅正月，得米七萬石，又自二月至六月，再得三萬石，合爲十萬石。余嘗記其略矣。丁卯冬，糴二萬，衍而爲十二萬。戊辰春，再糴三萬，總而爲十五萬。如鷄哺雛，勺積侖纍。所以及此數者，偶值歲稔，司造實嘉相之。然爲是倉，深長之慮有二焉。其一餘米不可久頓，當以新易陳，庶米色常新而民被實惠。其二糶之價常損，糴之價常多，恐異時措置糴本之艱，有折閱合額之患。於是先創助糴一庫，爲本百萬，收息補糴。又懼其所入之微也，則再創西庫以佐之。合兩庫爲本二百萬。然余志猶未愜也。輒郡帑之有餘，助兩庫之不足，俾是倉是庫，相爲無窮。則余雖去，猶不去也。咸淳戊辰夏五上澣，光祖書。

**省札判**咸淳元年七月

當使三來開闔，昇人愛余，余亦愛昇人。公帑所儲，毫分不敢妄費，思欲爲此邦建一久遠利益事，無如平糴。呈撥米價錢，差人糴足十萬石，并令創倉敖盛貯。續踏逐到舊稻子倉基址，鼎新創造，屋四十六間，敖一十二座，以"玉衡正泰階平陰陽和風雨時"十二字爲記，專一椿頓上件米十萬石。今開具條畫如後：

一照文思院斛造一石斛、五斗斛，各一十隻，斗及連柄升，各二十隻，當官較制雕記。并造三色籌，共一千五百根發下。遇收支畢，拘收本倉，不許移用。

一於本府三通判中選委一員，充提督官。凡倉中管鑰一應事務，任責提督。所有合差譏（《大典》原作"機"）察倉官一員，專任出納之責，請提督官於本府職曹官中選差能事者充之，以才不以序。仍專差都吏充統轄，拘確收支，專一任責補糴，每年須管數足。

一每遇青黃不交、布糴驟貴，先喚上牙人供具時直實價，却於時價中減價二分出糶。謂如時價每石二十貫，則減作十六貫之類。若時價頓貴，又在臨時斟酌痛減。

一出糶必減時價，却恐米數因此銷折。今別撥十八界會一十萬貫置解庫一所，名曰咸淳助糴庫，則例并依本府解庫，趁到息錢，專充補糴。管要糴足十萬石之數。若歲久息羨，則增數收糴。

一天時不常，豐歉難必。設遇歲饑，當行賑濟，本府自有區處，不許將本倉米及助糴庫錢作賑濟支移。

一此米本以濟艱糴，纔遇價貴，便當出糶，却不可過慮補糴之難，從而措數。今州縣常平米，亦多是官司不肯擔負，以致陳積腐壞，反爲公私之累。今既有庫息裨助，則補糴不難。但有一說，若遇豐年，發糶不盡，未免有陳蠹灰蛀之患，合用以新易陳，今著爲例。如有糶不盡米，從本府作軍糧支遣，却於輸納秋苗時撥數就倉交納，盤量抵還。庶幾此米常新，又免般擔勞費。

一糶在春夏，糴在秋冬。糴到本錢，須是拘椿有所。今仰提督譏（原作"機"）察官將糶到錢即日拘工寄收常平庫，令置簿籍必糴米方支，如有分文移易，并依常平法。

一出糶照本府甲牌戶口，三日一次。每大口五升，小口三升，憑由交錢給米。其有經紀小民於當糶日分湊（《大典》原作"揍"）錢不上，或出外他幹，未曾收糴者，許於後次一并補糴,不許邀阻。

一甲牌户或有遷移,或口數增減,或貧富升降,請提督官行下各廂,每季從實抄具,結罪保明,仍不時核實。如有欺弊,廂官對移,廂吏重斷。仍許人陳訴。

一出糴合分場。分以防壅并。城内分六場,城外分四場,各就寺觀、廟宇寬閑去處。東廊交錢,西廊糴米,庶免壅并之患。

一出糴每場委監官一員,吏人、庫子、對子各一名。十場分作兩日,每日各支點心錢監官一貫,輪番等人共二貫,吏人、庫子、對子各六百文十八界。

一置場糴米,撥斛、拔手等人,寧無糜費?若官司不與區處,則必漁取於客販之人。所合照苗倉官拘錢例斟酌裁減。除倉官免支外,每石計支糜費六十文十八界。但苗倉則取之於納户,本倉却不當取之於糴户。今從助糴庫息錢内,每年照所糴客米數稟支。此只是防其漁取糴户耳。若本府自於諸司回糴,却不當支。專知一十文,攢司、貼司共六文,斗衆二十文,脚夫等一十文,門司二文,門子一文,請匙匣一文。

一在倉之米,以新易陳,固無十分耗折。但米之蛀腐,多在經梅之際,却是四月以後。糴不盡之米,直待新穀登場,方可換易。此時則不能無些少耗折(《大典》原作"新")。創立之始,若不曲盡其慮,却恐向後日積月累,耗折必多。其流弊必至於入則取贏斛面,出則減剋斛面,以補不足。豈不有失初意?今立爲定式:凡糴到之米,自次年四月以後未曾支糴者,每石與豁耗折一升。

一前項雜支,并於解庫趁到息錢支給。

**平糴倉落成設醮青詞**

聚粟積倉,懼民饑之由己;獻花酌水,冀天聽之鑒衷。蠲潔落成,屏營望賜。伏念臣某久司漢鑰,稔察昇阡,末作成風於服田乎,何有窮閻拊(《大典》原作"待")哺。惟艱食之是憂,力摶公餘,創儲平糴。粒粒皆知於辛苦,家家期遂於飽温。必求實惠之旁周,更賴後人之增廣。念吏有時而代去,孰守成規;惟心與帝以相通,庶幾永保。願鑒老臣之經始,曲綏民命以圖終。億秭既盈,千燈相續。崇墉栗栗,將百載以常存;多黍陳陳,無一夫之不獲。

以上見《大典》卷七五一四引《建康志》。又見《景定建康志》卷二三。

**置鎮巢軍札** 景定元年

照得本司所部淮西三城,獨巢縣正當要害之衝。北據焦湖,南扼濡塢,跨聯合肥、和陽、無爲三郡。自丙申被兵之後,增城築埭,屯兵幾及萬人。至假邑宰以節制之權,俾任干城之寄。去秋上流之警,諜報謂虜謀於此窺覦,欲掠焦湖之舟,出從裕溪,以瞰江面。至煩宣諭行下措置防拓。本司隨即調遣一項兵船把守。終是隔涉一江,不過遥制而已。況巢民每遇清野,船多迁避焦湖之中。地雜合肥,動以帥司臨之,使不得專守禦,識者病焉。按圖志,此邑舊爲巢州,而南渡初張魏公丞相經理淮西,亦嘗進司於此。當孫氏有國時,每於此進軍,以扼魏師。蓋其形勢足恃如此。今既嚴爲江防,合於此增屯加備,謂宜升爲軍壘,緩急之際,庶可倚重保障。急務莫先於此。

**申措置下流江防札**

本司被旨通制下流,亦既立遞卒,分隘兵擺戰艦,次第施行矣。續據分司孫制參備、總統湯華申,射陽湖通江港汊,豈止三二十處,惟最緊河闊水深冬月不涸者七處:一曰口岸,即柴墟是也;二曰過船港,即泰興港是也;三曰新河,即魏村相對是也;四曰漾港,即馬馱沙相對是也；五曰石莊河；六曰天賜港；七曰通州新河。并舊來泰興縣一城，每遇潮生，通徹城下，或有哨來，爲其占據，返爲寇基。既不可守，只當攤平。如釘塞港汊，只可暫爲間隔。我既可塞，彼亦可開。兼釘塞港口，徒費民力。須當於發源淺狹要路去處，如蘆濟橋下左側六七里，用工填塞，更填流復溪橋下，及將泰興舊城土攤平填本縣西北門河，直至周橋，以斷泰興過船港、新河、漾港三口子來路等處。本職再詳湯知郡所申，得於足歷目擊之審，極爲詳盡，於江防事最有關係。然地分既隸淮東、鎮江節制司，豈敢越境而問？若非於源頭下手關防，直待其侵逼江面，與之相持，則彼我之勢懸絕，客主之權遂分。力倍事難，居然可見。兼射陽既迫漣水，賊騎向後出沒不常。其中百姓一聞哨警，必是各隨所通港汊遷避。渡江民導其前，賊乘其後，倉卒之際，着手不及。乘間窺伺，豈不可憂？此事合從朝廷下之淮東制司，着緊措置關防。當於緊要來路淺狹源頭填塞，使支港別汊不可得而通。及將泰興舊城攤平，使倏去忽來，不可得而據。然後用防江兵船移實以備虛、那緩以圖急，可合者則合，可分者則分。又將三流之兵，循江上下，聯絡氣勢，令首尾相應如常蛇勢，彼此救援，然後江面方爲牢實。緩急之際，委可倚仗，允爲江防之幸。本職除已就諸隘點視，却將敷布兵船斟酌緊慢，別行擺泊防拓，續容開申外，候指揮所據狀申事理備錄在前，本司照得參議官孫料院備、湯知郡所申泰興縣一帶出江港汊，合於近裏措置關防。其説利害甚明，合行備申朝廷，乞賜札下兩淮制置使司照應施行。

以上見《景定建康志》卷三八。

**將例册犒給軍民判**寶祐三年

昔謝尚爲建武將軍，能壞烏布帳以爲軍士襦褲，當使於前修，無能爲役。然損己利人，心庶幾焉。分閫此來，内省望薄，無以上報君恩，下副人望，豈敢尚循故例，安受例册？自當使到任送到例册并備堂公用，器皿見錢等的計一十八萬三千貫。更關宅庫撥湊二十萬，將合赴教射射諸軍，均犒一次。

**乞省罷冗員以其俸給寧江軍制領將佐札**景定五年

景定五年六月日，準樞密院札子，備本司申照得：安軍士之心者，莫若擇撫循之將；厲掊剋之禁者，不若厚廩稍之給。年來軍校俸入無幾，物價騰翔，米鹽之靡密、妻孥之供贍，未必不取辦於諸軍。甚至受錢以買閑，私役以營利。以故貧者不容於不病，病者不容於不死，不病不死，不逃何待？是固管軍者之責，循流遡源，亦由俸廩微薄，不足以自給故也。毋已則稍增其俸，然爲數浩瀚，日引月長，一時行之，後將安繼？展轉而思，惟有去無益而就有益，省無用而爲有用。其於責實之政，庶幾有補。今照得建康府總管、鈐、路、正副將等闕添差猥衆，往往多是不堪任事之人。前任未滿，又於再任請給，人從悉同正官，委爲帑廩之蠹。今縱未能盡汰，亦當就内節省。照對總管除正任一員、歸正二員外，添差八員，今欲省罷四員，存留四員。路鈐除正任一員外，添差者七員，今欲省罷三員，存留四員。州鈐除正任一員、歸正一員外，添差者三員，今欲省罷一員，存留二員。路分除正任一員、歸正二員外，添差一十二員，今欲省罷六員，存留六員。正將除正任一員、歸正三員外，添差八員，今欲省罷四員，存留四員。副將除正任一員、歸正四員外，添差者五員，今欲省罷二員，存留三員。準備將見任添差一員仍舊。却以省到各官，每月所請錢米，添給寧江新軍制領將佐，庶幾稍有顧藉，不至掊剋。如蒙朝廷矜允所申，乞賜敷奏札下本司照應，仍關合屬去處。其已省罷者，見任人聽令終滿，已注下者別令注授。伏候指揮。

**招填在府諸軍闕額判**咸淳元年五月十九日

諸軍近日闕額頗多，有妨差調，合行下諸軍任責招募須要各等：每勝捷一名支二十貫，吐渾一名支十六貫，雄威一名支十二貫。

**招募水軍判**咸淳元年閏五月二十九日

差人招軍，多是拖扯生事。今所招水軍，合行下鎮江許浦兩戎司、澉浦水軍各任責，招三百人。能船能水刺勝捷支等下錢六十貫，能水不能船刺吐渾支四十貫，能船不能水刺雄威支二十貫。仍各支五事件軍裝一副。

**諸軍婚嫁判**

應有女年十四歲以上，及孀婦無依、願再嫁者，許就諸軍擇年紀相當之人議親。每一名支十八界二十貫、米一石、絹一匹、酒四瓶。

**申省造新船狀**

照對本司見管戰船，除添新補舊之外，欠數尚多。今措置那撥官錢，專差靖安唐灣水軍統制郭俊，將帶工匠前往江西吉州置場，收買材植物料，打造三百料四櫓海船五十隻、二百五十料四櫓富陽船五十隻。所費幾及百萬，不敢遽申朝廷科撥，且於本司諸項窠名錢內那撥前去。竊照江西一路，不隸本司節制，切恐所差兵將道里生疏，未能辦集，或致牴牾，徒老日月。所合具申朝廷，乞賜札下吉州照應，仍就差本州陳通判任責提督，庶易辦集。

**申嚴修船約束**

當使前日曾親到船場，見得全然浩散無統，合專令劉準使坐局監修，陳路分專充受給。所有書擬船場一行事務，委孫制幹、胡制參別立規模須管，以日計效。

**撥助屬郡造船錢判**

鎮江府兵船雖有專司，然江面關繫不小，所有兵船除本司已為管認三十隻，自餘合係都大兵船司修葺訪聞。本府事力有限，誼同一家，無緣置而不問。本司助錢一十萬貫文，專人牒押，赴鎮江府都大司交管，作急趲修。仍申樞密院照應。

**又**

采石戰艦，見此修葺，雖是本州之責，切恐事力有限，一時不能副速。當使襄以當塗兼領所事，多是撙節二厘庫餘錢添助工費，今契勘本所二厘庫支遣之外，所餘無幾。然不過支給官吏（原脫"吏"字），并以分發解發朝省。此外或有些少寬剩，不當妄有支用。且於現在二厘雜收錢內撥一十五萬貫文，牒太平州收管，專一打造采石戰船。仍札袁路分主兵官申密院、尚書省。

**又**

太平、鎮江兩處，本司已行支助。池州事力，其實不能及當塗。而提舉知郡寺簿，自能撙節創造，前事已為申聞。今又欲接續為之，雖無假本司之力，而本司實自不容阻（原作"但"），已特助五萬貫。仍申尚書省照應，并札池州催鎮江府計撥錢一十萬貫文、太平州計撥錢一十五萬貫文、池州計撥錢五萬貫文。

**又**

修造兵船，各州之責。當使曩守當塗，皆是撙節浮費，躬自為之，未嘗干瀆於朝，亦未嘗請於制司。至今采石江防，猶獲其利。但鎮江凋弊，財計匱乏，積非一日，又難援此為比，只得彼此相體。今於八十三隻內，本司自為抱認修葺三十隻，行下張斌監督，日下興工。自餘船隻，仰本府任責。仍申朝廷，乞於已支降一十萬貫外，更與科降，庶幾不至悠悠推抵，以致誤事。

以上見《景定建康志》卷三九。

**上元江寧兩縣推排和買比舊額各有增數判**咸淳元年

公朝講行挨量，祇欲革去詭挾欺隱及産去稅存之弊。賦輸各有歸，著差科咸得其平。即不求增，見諸播告。本府布宣德音，深戒煩苛。附城兩邑，厥既訖功，較之元數，反有不及，亦不暇問也。和買例於及等産錢内均敷比之登承，却有增益。有産此有稅，亦合照例起理。但新籍甫成，開場已迫，人户不能盡悉，備辦未能如期，姑爲一分繭絲之寬，少慰兩邑旄倪之望。札江寧、上元兩縣，且將今年和買綿、絹照登承數起催，仍榜市曹并兩縣門曉諭，仰兩縣遍榜鄉都貼挂，各令通知。

**蠲放銀林東埧稅錢判**咸淳四年三月

銀林東埧，官旅往來，和雇車船，自寶祐元年立定規式，斟酌已當。近聞本務巧作名色，官牙、私牙乘時爲奸，苛取不一，重爲往來和雇者之困。當使聞之久矣。契勘本務課額，自寶祐减放之外，月解至爲不多。一行人挾此爲名，入於公者一，歸於私者十。若官司不爲倡率，一筆勾去，則雖榜文日下，戒飭日嚴，終不能革。損上益下，古有明訓。倡自官府，令乃可行。當使平生樸實工夫，實不欲見之空言。合行下本務將月解本府車船、夫脚官錢，以成年計之，約計四萬餘貫十八界，并與除放免解，抽回清冊毁抹。所以如此施行者，正爲寬商之地。若牙儈不體此意，而仍前誅求高價者，決不容恕。本府自當時時覺察，犯人重議。施行守此之令，堅如金石，備判鏤榜。

**放免人户夏稅市例錢判**咸淳四年四月

人户輸納物帛則例，前此已行痛減，十數年來因而行之，他無增損。受納官人從并場衆合得者，且當仍舊。若又痛損，則吏奸捷出，必將多方賣弄，又漁獵於常例之外。前輩所謂好處，却穿破是也。毋已惟有將市例錢一項，一切罷免，其人從并場衆合得者，別措置從官給。此蓋損上益下，酌中絜矩之道。若以紕薄爲堪好，以糊藥爲厚實，致令美惡之易位，誤認選委之初心。事關上供，責有攸屬，備榜五縣，并鏤小字榜散貼，俾深山窮谷小民，皆户知之，務在經久，庶可持循。其有已算在攬户名下者，仰自行理算。

**重依文思院式鑄銅斛受納判**咸淳四年十月

苗倉受輸之斛，自紹興年間朝廷發下文思院式樣之後，歲久更換不常，州府不曾子細契勘，聽其添新換舊，創造一等新斛。所謂新斛者，多用碎板合成，厚薄不等，其口或敞或撮，其製或高或低，分寸差殊，升斗贏縮。官員每早入倉斗級，謬爲呈斛，詭稱公當，其實不然。瞬息之間，納米叢雜，心機手法，捷若鬼神。病弊萬端，不可枚數。究其大指，則攬户城居也，倉斗亦城居也。或自爲攬户，或身非攬户而子壻親戚爲之。事同一家，臂指相應。始者受納民户之米，民户鄉人也，豈能一一計囑此曹，就使效尤。局生情格，不能相符。故自納者常是喫虧，堆頭量米，已自取尖，暨過廳前，復行打住，拂去尖角，再令增加。至於攬户入納，則盡是自家人，暗記小斛，計囑扛夫，注米則如奉盈，倒斛則必看鐵，或用泥塗其底，或用板襯令高，過廳則疾走如飛，官員雖欲詰問，而已去，却取民户之有餘，以補攬户之不足。粞碎當篩不篩而亦交，濕潤當退不退而亦來。今日退出，明日復入而亦交。利盡歸於猾攬矣。民户則無是也。一行倉斗都吏所差，彼固不應；無謂而差，而被差者皆以錢買也。借錢做債以媒身,幸其著身而償債,享肥甘,據娼妓。皆做此一番經紀,而吾民之膏血不得而不朘削矣。此固老守之所痛心疾首者也。始者銳意創造銅斛一百枚,易去木斛,以垂永久。鑄未易成,受輸已近,僅鑄其一。餘則悉用全片之板,爲之鐵葉幫釘以周斛身。底板不揍,防換易也;楦板成片,防脱落也。當廳較製矣,更請僉廳官審而較之,非爲一時計也。雖然老守至此已閲五周,行且謀去,作法詎能無弊,美意貴於迓續,至於體認而力行之,則老守雖去,猶不去也。舊斛索上劈碎,焚之通衢。仍雕小榜,使户知之。異時豈無收一二於千百,以爲印證者乎?并榜。

以上見《景定建康志》卷四〇。

### 倚閣諸縣積欠苗税榜示<sub>寶祐三年</sub>

元年五縣見欠夏、秋畸零二税,權行倚閣,以寬民力。夏税折帛錢七萬六千五百三貫四百三十六文、絹八千六百四十二匹一丈六尺九寸、綿一萬六千二百六十一兩五錢七分、絲一百七兩六錢五分,秋苗粳米三萬四千一百八十五石八斗六升七合、糯米一千二百九十五石五斗六升三合、穰草七千五百六十九束、豆錢一千三百一十七貫七百六十八文十八界錢會中半。仍帖五縣,將日前已催在官未解府者,盡數起發,不許欺隱。二、三年照現見催却,不許又行拖違。板榜曉示,仍申朝省户部照應。

### 倚閣諸縣積欠苗税榜示<sub>寶祐四年</sub>

三年六料催科,所在皆然,事關上供,本難蠲閣。緣今歲諸邑間有被潦去處,損上益下,有不容已。榜帖下三縣,將二年折帛錢絹并穰草未催之數,并日下權與倚閣,以寬民力。夏税折帛錢六萬八千二百九十二貫九百七十二文、絹一萬一千八百九十九匹二丈六寸三分、綿二萬五百七兩二錢六分、紬五百八匹二丈六寸、絲三十五兩四錢五分,秋苗粳米二萬七千九百九十石一斗八合二勺、糯米四百五十六石八斗一升四合、穰草四千九百二十八束、豆錢二千八百九貫二百二十三文。其民户有已算在團攬名下者,仰一面自行理取,庶幾實惠及民。其已催在官者,自榜帖下日爲始,倒底解發,不許隱漏,如違根究。

### 倚閣諸縣積欠苗税榜示<sub>寶祐五年</sub>

今年夏税,若以二年比之,尚未及數,且特與倚閣,以寬民力。榜先鋒門,仍帖縣照應。通前共放過五縣夏税,折帛錢一十五萬三百三十五貫七百五十二文十八界錢會中半、絹二萬一千一百九十六匹三丈五尺三寸七分七厘、綿三萬六千七百六十八兩八錢三分、紬五百八匹二丈六寸、絲一百四十三兩一錢,秋苗粳米六萬二千一百七十五石九斗七升五合二勺、糯米一千七百五十二石三斗七升七合、穰草一萬二千四百九十七束、豆錢四千一百二十六貫九百九十一文十八界錢會中半。

### 蠲秋苗斛面榜文<sub>寶祐三年</sub>

照得受納秋苗斛面,事關郡計,一粒以上,指爲經常支遣,本亦未易蠲除。然寬之一分,培植根本,乃芻牧之本心。況當來增耗,正恐專斗,無藝取於斛面,故使明增。今明增之外,又再尖量,即是增而又增。官司之取於攬户者如此,攬户之取於百姓者又不止是。當使假守當塗之時,除明收耗米之外,并聽百姓親自行概,撙節支遣,亦自不致大段虧損。豈此例可行於當塗,而不可行於留都乎?備鏤榜曉諭,餘照條收,明耗米外,并聽民户親自概量,但不許虧官。仍帖受納官并諸縣照應,使明知此意,毋爲攬户多算,庶幾百姓可被實惠。

#### 蠲秋苗斛面榜文 開慶元年

照對本府受納秋苗,自來所取斛面,爲數甚夥。自當使開闔,遞年優減,除合收數外,并聽民户親自執概,人所素知。今準朝省備據臣僚奏請,每苗一石止收義耗用米,共四斗二升。選委廉謹官員下場受納,務在盡革前弊。聖恩寬大,惠養元元,培護根本。本司所當奉以布宣,爲屬部郡縣之倡。合鏤榜曉諭。并遵照朝省指揮行,仍申省部照應。

#### 蠲除兩縣虧隱稅額榜文

上元、江寧兩縣,逐年每遇起催夏秋二稅,拘納虧隱等稅錢。寶祐三年八月二十二日具呈潘府判擬申呈奉台判:奸民果有欺隱,究見主名分曉,付之三尺,其將奚辭?若概立欺隱之名,不得欺隱之實,歲歲爲例,責令户長代輸,户長決須斂掠人户。兩縣之入於府者,不滿三千緡,而齊民之受其害者,不知其幾也。以若所爲,殊非理財正辭之義。潘通判所擬,可謂切當,有志於民,并自當使交割日爲始,一切住罷。仍備榜曉示,不許縣吏鄉胥尚循舊轍,私行催討。本府儻有所聞,决不輕恕。知縣失覺察,亦議責罰。

以上見《景定建康志》卷四一。

#### 進建康志表 景定二年

臣光祖言:鍾阜帝王之宅,奈備居留;職方土地之圖,輒成紀載。敬衷竹簡,冒徹楓宸。臣光祖惶懼惶懼,頓首頓首。竊以紫蓋東南,勢雄建業;青山表裏,景似洛陽。吳晉以來,皆號京畿;秦楚之間,已占王氣。洗前日六朝之陋,肇吾宋萬世之基。曆數有歸,太陽升而爝火熄;神武不殺,膏澤下而江水清。爰重昇州,遂開節鎮。嘉祐之進大國,龍飛猶軫於初潛;紹興之作新宮,馬渡喜逢於再造。發天作地藏之勝,著祖功宗德之隆。建邦設都,非列城之能儗;詔今傳後,豈鉅典之可虛。臣叨佩玉麟,密瞻銅鳳,職在承流而宣化,法當章往而考來。閱治八年而重臨,曷報恩徽之厚;圖經三歲則一上,敢違令甲之嚴。乃選幕僚,恪修郡乘。揭琅根而首録,昭弁冕之常尊。諸地諸邑諸城,繼加詮次;十表十志十傳,序列編摩。四八萬言,皆聚此書;千七百裸,如指諸掌。辨山林川澤之名物,粹衣冠禮樂之風流。善有勸而惡有懲,往者過而來者續。兹蓋伏遇皇帝陛下性明日月,道整乾坤。帝書九丘言九州,聖學夙深於稽古;天下一日行一遍,遠模蓋得於傳家。運藝祖仁皇高宗之心,兼創業中興太平之事。既徹疆於江表,行復竟於關中。臣未能刊浯溪之碑,且此效雍州之録。漢光投戈講藝,願益恢興地之披;周宣備器修車,何但美東都之會。所有新修《景定建康志》五十卷,計四十六册,謹隨表上進以聞。臣無任,瞻天望聖,激切屏營之至。臣光祖惶懼惶懼,頓首頓首,謹言。景定二年八月日,觀文殿學士、光祿大夫、沿江制置大使知建康軍府事兼管内勸農營田使江南東路安撫使馬步軍都總管行宮留守節制和州無爲軍安慶府三郡屯田使暫兼淮西總領金華郡開國公食邑三千户食實封陸伯户臣馬光祖上表。

《景定建康志》卷首。

#### 到建康任謝表

臣光祖言:伏奉告命,除臣江淮制置大使知建康府兼江東安撫使。臣除已於四月初三日到任,交割職事,望闕遥謝,祗受訖者。荆州授代,祈返故廬;書殿升班,還畀舊鎮。大恩天造,危涕雨零。已延見於吏民,如歸對其子弟。謂臣去昇之後,纔及一年;訝臣守邊以來,老已數倍。臣具宣德意,咸得歡心中謝。載念臣蒙被簡知,常加鞭辟。雖一日欲辦一日之事,毋敢惰容;然三邊自有三邊之才,終慚本色。曩風濤之震撼,每雨露之涵濡。既全孤踪,復誤殊渥。恩言嘉獎,豈憚再三;溫旨慰存,非止一二。臣際逢明聖,殊異尋常。他無稱塞之方,惟竭馳驅之力。深惟閫事,尤切江防。綢繆牖户之當先,綿絡舟船之當急。兵當使練,民當使安。昔素幸其相孚,今仍持於不擾。嘗以重來之意,揭諸四達之衢,上昭皇仁,下盡臣職。茲蓋恭遇皇帝陛下文武并用,功德兼隆,朝夕憂勤,至損玉食。時幾謹敕,思保金甌。厚司馬法之賞,以激士心;輟奉宸庫之財,以濟國用。爰重陪都之寄,濫叨易地之除。臣敢不體奎畫之丁寧,於風采而振飭。忠信以事其上,直可通天;死生不入於心,惟知報國。臣無任,感天荷聖,激切屏營之至。

**謝賜大使印表**

麟符改畀,增重使名;龜印肇頒,有華恩命。矩陰陽而辨器,爐天地以成功。八字昭垂,百神參護中謝。伏念臣身叨授鉞,才匪攻金。砥礪孤忠,不移水火之性;銷磨萬事,猶存鐵石之心。奉綍詔以重來,愧鉛刀之再割。爰趣有司之刻,式隆外閫之權。森玉筯以分明,儼金寽而妥帖。江山精采,壁壘輝煌。茲蓋恭遇皇帝陛下同符三皇,作信萬國。公侯封而論賞,曾無刓敝之私;核治效以賜書,具嚴勉勵之意。用廣陶鎔之造,俾膺犖犖之榮。臣敢不奉以欽行,守而勿墜。恐威稜寖減,望風乏解綏之人;逮邊鄙康寧,即日上歸田之疏。

**謝授資政殿大學士表**

上公制勝,賞及濟師;邃殿升班,任仍顓閫。所謂因人而成事,是為不稼而取禾。牢辭弗俞,冒受知愧中謝。臣竊觀大學士之選,間寵舊輔臣之尊。祥符賜敏中之詩,參以兩制;康定如梁適之請,止於二員。凡特冠於隆名,蓋有資於庶政。我祖宗所不輕授,故臣子以為至榮。矧管鑰之寄,要在當仁;而鉛刀之材,已試弗績。乃頒誤渥,更衍真畬。伏念臣本乏異能,過叨繁使,屬蟻蜂之巢聚,上貽當寧之憂;率貔虎以舟征,外稟宣威之令。賴武絲之密運,致昬緯之森明。皆謝安授將之功,皆裴度董師之力,於臣何有,敢意此除。茲蓋恭遇皇帝陛下剛健時行,武文天運。謂朝廷之名器,不以假人;謂軍國之紀綱,先乎信賞。知臣雖無可用之實,察臣粗守不欺之忠,爰錫袞褒,聊示甄別。臣敢不誓酬獎拔,徒恨衰頹,齟技已窮,況復過飲河之量;駑材既頓,恐難妨歷塊之良。

**謝授觀文殿學士表**

尸職留臺,慚無寸效;通班書殿,序進一階。儼分野之不移,赫觀瞻之自改中謝。眷延恩之逮幄,本集瑞之秘庭。夷考先朝以待舊輔臣之禮,亦有宰揆未加大學士之名。至於外臣之叨除,蓋亦歷年而間見。允為異數,顧可冒居。乃若臣愚濫承人乏,少仕州縣,但服勞於期會之間;晚際聖明,遂許國以馳驅之事。克恭朝夕,惟命東西。誦諸葛討賊之詞,慨然太息;慕充國請行之勇,疑是前生。雖兩閫之間,粗免疏虞;然三軍之事,竟非習熟。而況老將至而耄及,食既少而事煩。歲月暮遲,疾疢縈絆。臣為此懼,將削牘以祈閑;帝矜其愚,又加恩而因任。循牆無計,望闕知歸。茲蓋伏遇皇帝陛下聖策有功,常德立武,謹微接下,聿嘉庭燎之規;復古會侯,克振車攻之業。致令冗散,獲與訓齊。臣惟有瘏瘵鐵衣,摩娑石鼓。觀人文以化天下,雖莫輔於緝熙;錫王命以在師中,尚力全於正吉。

以上見《景定建康志》卷三六。

**獻皇太子牋**景定二年

右光祖伏以龍盤勝地,叨分居守之符;鶴禁麗天,輒獻職方之乘。既先塵於丹扆,敢繼徹於青閫。光祖惶懼惶懼，叩頭叩頭。惟建業之名區，實仁皇之潛邸。前收圖於開寶，聰明神武不殺者；夫後駐蹕於建炎，險阻艱難備嘗之矣。再造中天之業，永垂萬世之基。光祖筦鑰才卑，冕旒恩大，承流宣化，敢忘載筆之勤；考古訂今，庶遂闕文之備。恪遵著令，悉上送官。茲蓋伏遇皇太子殿下恭敬溫文，賢聖仁孝。行必正道，宮中常務於觀書；建以元良，天下咸安於主器。凡屬乾坤之內，宜周日月之明。光祖俯效編摩，仰祈省覽。星重輝、海重潤，益綿景祚之隆；車同軌、書同文，行復輿圖之盛。所有新修《景定建康志》四十五冊，謹隨牋上獻。瞻望宮庭，下情無任，激切屏營之至。光祖惶懼惶懼，叩頭叩頭，謹牋。景定二年八月日具位馬光祖上牋。

**景定建康志序** 景定二年

郡有志，即成周職方氏之所掌，豈徒辨其山林川澤都鄙之名物而已？天時驗於歲月災祥之書，地利明於形勢險要之設，人文著於衣冠禮樂風俗之臧否。忠孝節義，表人材也；版籍登耗，考民力也；甲兵堅瑕，討軍實也；政教修廢，察吏治也；古今是非得失之迹，垂勸鑒也。夫如是，然後有補於世。郡皆然，況陪都乎？昔忠定李公嘗言，天下形勝，關中為上，建康次之。自楚秦以來，皆言王氣所在。句踐城之，六朝都之，隋唐而後為州為府為節鎮為行臺，五季僭偽眴消，實開吾宋混一之基。南渡中興，此為根本。章往考來，國志宜詳於它郡。而乾道有舊志，慶元有續志，皆略而未備，觀者病之。慶元迄今，逾六十年，未有續此筆者。實祐丁巳，光祖蒙恩來司留鑰，因閱前志，編摩在念。一年而勤民，二年而整軍，三年而易閫荊州，未暇也。己未重來，汲汲守禦，補尺籍，治戰艦，備器械，固城池，日不暇給。未幾，鼓枻驚濤，風餐露馳，於舒、蘄、江、黃之間，往復無慮數四。元勛振旅，長江肅清，光祖始得少休於郡，興滯補弊之餘，爰及斯文。有幕客周君應合，博物洽聞，學力充贍，舊嘗為《江陵志》，紀載有法。乃以是屬之。開書局於郡圃之鍾山閣下，相與研古訂今，定凡例而衷篇帙，先為《留都錄》四卷。隆炎創興之盛，宮城建置之詳，與夫雲漢昭回之章，皆備錄焉，揭為一書之冠冕。其次為地理圖，為侯牧表，為志，為傳，合為五十卷。表起周元王四年越城長干之時，以至於今。千七百載，年經類緯，曰時、曰地、曰人、曰事，類之所由分也。志凡十，一曰疆域、二曰山川、三曰城闕、四曰官守、五曰儒學、六曰文籍、七曰武衛、八曰田賦、九曰風土、十曰祠祀。傳凡十，一曰正學、二曰孝悌、三曰節義、四曰忠勳、五曰直臣、六曰治行、七曰耆舊、八曰隱德、九曰儒雅、十曰貞（原譌作"正"）女，大略備矣。始於三月甲子，成於七月甲子。獻之天子，玉音嘉焉。用不敢闕，傳之無窮。補其闕遺，續其方來，則有望於後之君子。景定辛酉歲良月初吉，觀文殿學士、光禄大夫、沿江制置大使知建康軍府事兼管內勸農營田使江南東路安撫使馬步軍都總管行宮留守節制和州無為軍安慶府三郡屯田使暫兼淮西總領金華郡開國公食邑二千六百户食實封陸伯户馬光祖書。

以上見《景定建康志》卷首。

**大宋中興建康留都錄序** 景定二年

臣光祖恭惟本朝以仁立國，聖聖相承，用綿億萬世無疆之休。普天之下，莫非治迹，考之建康為尤著。粵自藝祖皇帝應天順人，肇造區夏，江南底定，不戮一人，乃即南唐故府為昇州治。此蓋創業之遠模，而至仁之根本也。肆於真宗皇帝，篤生聖嗣，封國於昇，尹茲東土，府號江寧。其後入繼大統，是為仁宗皇帝，德侔天地，道久化成。此蓋太平之盛典，而至仁之充周也。至我高宗皇帝，復受天命，再造鴻業，翠華南渡，首幸江寧，乃即府治以建行闕,卑宮克儉,不忍勞民,洋洋聖謨,啓佑我後。此蓋中興之丕基,而至仁之迓續也。迨移蹕錢塘,世命重臣留守於茲。後百三十五年,臣疊叨誤恩,浡司留鑰。人微責重,懼弗勝任,惟忠惟實,圖報萬分。凡所以興滯補弊、撫軍恤民、布宣聖天子之深仁厚澤以固藩籬而護堂奧者,一事不敢苟且,一刻不敢暇逸。力之所至,粗無廢事,惟府志一書,尚爲闕典。雖乾道有舊志,慶元有續志,而紀載疏略,不無謬訛。自慶元以後,六十餘年間,未有續其書者。所部諸郡,圖志略備,而都會之府獨闕,無以章往考來,非所以隆陪京而備文獻。臣實懼焉。矧稽之令甲,有"諸郡圖志,三歲一來上"之文,蓋將以考修廢而驗興除也。臣之再至,歲又及三,志而上之,茲惟其時。於是選委官屬臣周應合,置書局於府廨鍾山閣下,相與考古訂今,凡四閱月,修纂成書。爲圖凡十有五曰龍盤虎踞形勢圖、曰歷代城郭互見圖、曰建康府境方括圖、曰金陵建鄴所部圖圖分上下、曰府城圖、曰府治圖、曰上元縣圖、曰江寧縣圖、曰句容縣圖、曰溧水縣圖、曰溧陽縣圖、曰府學圖、曰明道書院圖、曰青溪先賢堂圖,爲表凡千七百年侯牧表,起周元王四年以至於今,爲表者十,爲志凡十一曰疆域、二曰山川、三曰城闕、四曰官守、五曰儒學、六曰文籍、七曰武衛、八曰田賦、九曰風土、十曰祠祀,爲傳凡三卷。而圖之後有辨,傳之後有拾遺,志之中各著事迹,各爲考證。若圖、若辨、若表,皆舊志所未有,而創爲之。若志、若傳,因舊志而刪修者十之四,增其所無者十之六。合爲四十有六卷,皆府志也。又有大於府志者,宮城建置之詳,隆炎創興之盛,備錄宜也。而舊志所載,不過數行。顧以鳳闕龍章,雜書於六朝之編,混列於庶司之目,甚非臣子尊君之意。臣尤懼焉。謹於未成府志之先,恭修《留都錄》四卷,"行宮"爲卷之一,"建隆以來詔令"爲卷之二,"建炎以來詔令"爲卷之三,"御書御製"爲卷之四,又有詔札,不獨繫於建康,而守臣立石於此者,則錄於第四卷末,揭爲一書之冠冕,昭如日星,萬目共睹,皆知大分之有常尊,留都之有鉅典。凡厥庶民,是彝是訓,以近天子之光,則於宣德流化,未必無小補云。景定二年歲次辛酉六月吉日,觀文殿學士、光禄大夫、沿江制置大使知建康軍府事兼管內勸農營田使江南東路安撫使馬步軍都總管行宮留守節制和州無爲軍安慶府三郡屯田使暫兼淮西總領金華郡開國公食邑二千六百户食實封伍百户臣馬光祖頓首頓首,謹書。

《景定建康志》卷一。

**錄用勳臣後手詔戒貪吏手詔跋**寶祐五年

臣馬光祖跋云:臣恭惟皇帝陛下以忠厚制刑賞,以典則柄廢置,以正直作福威,率由憲章,發爲辭命。謂虞氏之賞,漢人之官,皆世也。今勳伐餘幾,得無有降在皂隸者乎?我其收之,是以有錄用之詔。謂污吏之罰,淳熙之法未遠也。今民生終寠,得無有墊其人以自封者乎?我其艾之,是以有舉行之詔。天聲雷動,宸畫奎垂,巍巍煌煌,盪人耳目,可以躡虞而躒漢,躋寶祐於淳熙矣。若時臣庶固有宅命義之正,燭理欲之分,不勉而忠、不砥而厲者,至於賞罰辨其前,寵辱怵其後,則雖中人以下猶將蹶然自度曰"以身殉貨,孰與以身殉國者之昌?以忠烈澤子孫,孰與以貨財殺子孫者之殃",違彼而就此,利初而安終,家伊吕、人夷齊,事可日月致也。彼有倚閥閱以爲庸,而先猷之弗紹;濯襟裾以爲潔,而素踐之弗符,饕其名而違其實者,天青日白,必無幸焉。臣服在管鑰,甚慶甚盛,獲承不顯休命,宣昭而摹勒之。豈惟勒之,式克則之,又朝夕之尚,帥東諸侯與其屬有司胥保胥誨,以勸於帝之迪。寶祐五年八月初吉,寶章閣學士、通奉大夫、沿江制置使江南東路安撫使馬步軍都總管兼營田使知建康軍府事兼管內勸農使兼行宮留守節制和州無爲軍安慶府三郡屯田使兼提領江淮茶鹽所武義縣開國男食邑三百户臣馬光祖拜手稽首謹言。

### 御筆戒貪吏跋 景定二年

觀文殿學士、光禄大夫、沿江制置大使知建康軍府事兼管内勸農營田使江南東路安撫使馬步軍都總管行宮留守節制和州無爲軍安慶府三郡屯田使暫兼淮西總領、金華郡開國公食邑三千户食實封陸伯户臣馬光祖立石，恭書曰：皇上改元景定之明年月正元日，特發睿思，親御宸毫，歷舉祖宗黜貪之詔，申飭訓告，頒示群臣。蓋念民生之寡遂，由於吏習之多貪，吏貪弗革，由於監司按察之不嚴，自今必以按吏多寡爲殿最而勸懲之。大哉王言，諄勤惻怛，雷霆震肅之中，皆雨澤滂霈之意。嚴誅賞之令，所以浚惠養之仁；昭祖宗之心，所以永上天無疆之命也。臣職叨分閫，祇服明訓，既銘於心，復刻於石。謹拜手稽首言曰：先民有訓，世無賞罰，雖堯舜不能化天下。天下之吏，人品不齊，不賞而勸、不罰而懲者，上也；聞賞而勸、聞罰而懲者，次也；賞而不勸、罰而不懲，斯爲下矣。聖人從而刑之，蓋有不得已焉者。臣少嘗誦書，至《盤庚》之篇，有曰"朕不肩好貨，敢恭生生。鞠人謀人之保居"，又曰"無總於貨寶，生生自庸"，此《盤庚》戒貪之辭也。成湯之時，宜非盤庚比，敢有狥貨，時謂淫風。臣下不正，其刑墨猶見於制官刑儆有位之時。堯舜之時，宜非商比。渾敦、窮奇、檮杌、饕餮，猶不能無，必待流放竄殛而後天下咸服。是雖堯舜至治之世，不能無貪臣。堯舜至仁之君，不能無嚴刑也。然罪止於四，它無聞焉。聖心之易孚而人心之易化故也。今我皇上之心同符堯舜流放之刑，既除奸凶，有人心者皆宜洗濯舊染，精白一心，以承休德。聖意丁寧，猶慮有下品之吏聞罰而不知懲者，於是按察殿最之法，不容不嚴。且明信且必也。法如江河，使人易避；刑期無刑，聖人本心。爲吏者聞此詔，必自謹其身，而不待監司之按察，然後爲吏之善。爲監司者奉此詔，必申儆所部，使部内無可按之吏，然後爲令之孚。天下皆無可按之吏，然後爲聖化之成。臣與所部之吏、之監司，何幸親逢堯舜之君，身爲堯舜之臣，以觀聖化之成哉。臣嘗聞先師臣德秀之言曰"萬分廉潔，止是小善；一點貪污，便是太惡"，拳拳服膺久矣。《大學》曰"無諸己，而後非諸人"，臣願事斯語，與同爲監司者儆之，以無負聖天子黜貪之令；又曰"有諸己，而後求諸人"，臣願事斯語，與同爲監司者勉之，以無負聖天子舉廉之意。謹拜手稽首，書於下方。

以上見《景定建康志》卷四。

### 明道先生祠記跋 寶祐六年

盈宇宙間一天理而已，明道先生體驗而表出，以傳孔、孟之傳，先生天人也。書堂乃遺教之地，西山真先生記之，首述精一之傳，直以道心爲天理之謂，教學者知天、事天而天其人。西山之旨，即先生之教，以先生之傳，望學者傳之也。其以人心爲人欲之謂，或者疑之，盍知夫心之未發，本無理與欲之分，則無道與人之別。其發於理而爲道心，固無不善矣。其發於欲而爲人心，雖不能皆善，亦曷嘗皆不善哉。精之則理制欲而不相雜，一之則欲從理而不相離，動静語默，無適不善，則無適非天。此帝王之心傳也。學者果能操存於未發之先，戒謹於將發之際，而於此心之天有自得之趣，則可以洞然無疑矣。寶祐戊午仲春上澣日，門人通奉大夫守刑部尚書沿江制置使知建康軍府事兼管内勸農使江南東路安撫使馬步軍都總管兼節制和州無爲軍安慶府三郡屯田使兼行宮留守兼提領江淮茶鹽所武義縣開國子食邑六百户馬光祖謹跋。

### 程子序 開慶元年

孔孟之道，至程子而大明；程子之道，至淳祐表章而益尊。大哉王言，比之顏、曾，所以示學者求道之標的也。明道書院之在金陵，實因仕國而蒸嘗之，程子之徒位之以師友，而講學其間，以爲尊聞行知之地。然登程子之堂，則必讀程子之書。讀其書，然後能明其道而存於心、履於身，推之國家天下，則天地萬物皆於我乎賴。然斯堂爲程子設，而未有程子之書，非闕歟？余每有志於斯，會易閫未果。己未重來，嘗以語客周君應合，乃粹二程先生之言之行，輯爲一書，以《大學》八條定其篇目，表以《程子》。無何，文君及翁來，相與參訂，而書遂成。雖然昔二程子之學於師也，嘗令尋仲尼、顔子所樂何事。程子十五六時，脫然欲學聖人。今之讀其書者，當尋程子所以學聖人者何事，則此書不徒輯矣。先儒論明道之學，皆謂孟子之後一人而已。今程子之書，非續孟子者乎？韓退之嘗曰："觀聖道，自孟子始。"余亦曰："孟子之後觀聖道，自程子始。"開慶己未秋八月中澣，後學金華馬光祖序。

以上見《景定建康志》卷二九。

**松陽縣進士題名記**淳祐七年

松邑介於括蒼之南，群山森秀，如列障，如倚屏，清淑之英，造化磅礴。父子世科，勛著方面；持橐論思，兄弟蟬聯，迭將使指，以儒飭吏者，皆邑人之傑也。文擅當時，紬書東觀，好古博雅，耆艾不衰，又今之巨擘焉。十數年來，氣數尤盛，春官得雋，舉不乏人。淳祐七年秋，葉君茂洪繇大學擢第歸，閭里榮之。令長會稽高君彭盍朋簪於鄉較，舉觴相屬，爲志其榮而題名之石。適無餘刻，乃礱堅珉以續前記。謂予嘗假守是邦，移書來諗，俾記其端。余復書曰："牙籤汗青，厲志研精，詞場擷英，劃然飛騰，父老歡迎，喜溢謝庭，世以爲榮者，其不在茲乎？予觀先正鉅公衮然爲舉首，人語以嚥着不盡，則曰'其志不在溫飽'。惟其抱負者遠大，故所植立光明俊偉，至今望之若神人。然士生天地間，任重道遠，豈特榮其身而已？昆侖濫觴，益浚其源；豫章拱把，益培其根。淳深蓄茂，日肆以弘，用之則行，發爲事業，使天下誦其人而記其州邑，夫豈一時榮乎哉？予外氏家古松，故於松士拳拳焉。山川炳靈，人物秀發，當有名斯石而光前哲者矣。賢令尹試以予言質之。"曰："然。"則勒諸石。

光緒元年刻本《松陽縣志》卷一一。

按：此文鄭斌《全宋文補遺》已據《處州府志》輯，然有脫漏，故重錄。

**通江館壁記**開慶元年

懋遷有無，商賈事也。官自爲之，則其害著矣。蓋商賈之術，逶迤萬狀，身履目繫，旁通曲遂，左右望而罔焉，始得倍稱之息。今掌之以吏，制之以縣官之令，其情逆，其分格，勢已難矣。就使綜理，得人出納，以道而利，未一二害且百十，矧耳目之弗周，而弊倖之紛錯乎。金陵中興，駐蹕之地，爲古東西都。其井邑當殷阜，人民當富殖，物貨當輻湊。今皆不然。市無藏賈，民以寠告，蓋其俗多游惰，習末作，恥苦心力業務本，一值連雨，闤闠蕭條，往往菜色，狼顧長民者率多。大吏養威望，不屑細微，有隱弗達，民已病矣。旦視暮撫，擾懼弗蒁。顧乃聚駔儈，競刀錐通街焉，以爲之壟斷，取之於素貧，爭之於無贏，刮龜之毛，剝鷺之股，是民已病而又益之疾也。余所至惡言利。開慶己未春，自荊閫被旨復還舊鎮，下車見吏民有爲言回易庫之害者，無智愚貴賤蹙頞不忍道，始而行之，不過貿易以逐什一之利，神經費所不及，未爲甚害。然日引月長，不特守長未嘗預聞，僚佐亦未嘗經目。其與百姓商賈相爾汝量較者，皆獰卒悍胥，猶出柙之虎兕、當道之蝮蛇也。既欲自肥而家，又欲藉是迎合徼寵，恨不掩其目、搤其吭而豪奪之。有司方幸其術之售，餘不暇問。於是商賈愈望望而去之。逮歲久物蠹,官視元估,太半責羨,又畫策盡敷之列肆,復於其中高下其手,而官又不暇問。市井販夫無不束手失業,此金陵之民不能自聲之痛也。郡本無土物,僅產紅花。自庫之興,而種藝者反受害焉。余兩守是邦,愧無以及人,知其害爲甚深,決意罷之,以其廬爲通江館,不獨欲舍過客,蓋又欲泯其迹云。

《景定建康志》卷二一。

### 鳳凰臺記 開慶元年

尚書戶部員外郎倪公以總領淮西軍馬錢糧兼漕江東,金陵郡其治所也。治以簡静,賦平人和,故得休其暇日,考卜惟勝,作鳳皇臺。臺舊在郡西南隅保寧寺側,余嘗剥蘚尋碑,訪古訂實,而老禪宿衲無能道者。雖《圖經》載宋元嘉中因神爵至而臺得名,然寺之《淳熙壁記》乃謂晉升平已有臺,元嘉時王顗復面臺締樓,我朝祥符間,又嘗著亭於斯。斯樓斯亭,咸以鳳字,星移境換,鳳去臺空,於是蕪没於屯烟戍火之場矣。今臺蓋唐布政臺也,後世因以存古焉。然而風隳雨毀,漫漶不鮮,棟橈級夷,荒穢弗治。騷人勝士,顧瞻徊徨,率不得以極其游覽之娛,盡登臨之美,後觀得無廢乎?公乃凌氛埃,登亢爽,腐折斯革,破缺用完,碧欄螭飛,萬瓦鱗次,然後幽想逸發,神游飄蕭,烟雲徐來,風雨在下,遥青遠白,刻露清高,沙鷺水鳧,油浣飛泳,龍腰鶴膝,俯伏後先,而夕陽衰草之悲,夜月寒沙之恨,亦紛紛落研席間矣!公於是舉酒觴客,撫飛軒而浩歌白也之詩,聲連林木,吳時花草亦不覺爲之出色也。客有屬而和者曰:"臺峨峨兮山之陽,招桂櫂兮芳菲彌章。日五色兮雲飛揚,嘻鳳皇兮胡不來翔。臺巍巍兮山之扉,膏吾車兮天風歟衣。鷟在笤兮鳥潛飛,噫鳳皇兮胡不來儀。"公聞之曰:"梧桐生矣,子姑醉。"公,錢塘人,名垕,字泰定。開慶元年四月,資政殿學士、通奉大夫、沿江制置大使知建康府事兼管内勸農營田使江南東路安撫使馬步軍都總管行宫留守節制和州無爲軍安慶府三郡屯田使金華郡開國侯食邑一千户食實封貳伯户馬光祖記并書。朝奉郎、守軍器監總領淮西江東軍馬錢糧專一報發御前軍馬文字兼提領措置屯田兼江南東路轉運判官兼提領江淮茶鹽所借紫印應雷篆蓋。

《景定建康志》卷二二。

### 先鋒馬并建寨記 咸淳元年

南方倚舟師爲長技,北人事鞍馬利馳突。南不言騎,北不言舟,師非習也。雖然,用我之長,兼彼之長,彼以其偏,我以其全,何戰不克,何守不固哉!中興,六飛南渡,駐蹕全吳,天險在前,利在舟楫。然是時命吳璘通馬於西胡,舜陟市駿於廣。至紹興間,李世輔以馬司精鋭,一日馳安豐,會采石,蹙逆亮而斃之。其兼用所長之效如此。昇左臂淮,右吭浙,首枕荆蜀,水陸上下之會,武備宜畢精。制司舊有先鋒馬軍,歷祇久,圉牧廢,存者不什一。余奉命留鑰,始至,百廢如蝟毛,念未及兹。再至,則計宿儲,考初籍,欲舉而未遂。橘洲姚公實來,方搏度費務,而余又三至矣。先是,姚公命都統趙紀祥市馬,得三百一十四匹。不敢墮公志,乃益選斯臧阜厥牝。因慨聚之之難,則殿而牧之其可易。遂度地南門之外曰沙井者,平坡曼衍,水草豐沃,河濟近則汰之易,芻菱便則飼之勤。乃召匠經始,程土物,量事期,計徒庸,主費有司,護作有校。役始於景定甲子四月,至咸淳乙丑正月,成列楹一千有四,糜緡錢一十一萬五千有奇,米八百二十三石有奇,費一出於制帑。役成,昇人不知。因念隆興、乾道間張、虞二公,志在規恢,士馬精壯,馬司移屯自兹始也。余老矣,方將爲伏櫪想,何敢望二公。然力不足意有餘,倘尚此一日留,尚當殫一日力,牟多務,廣絡求改,足余意而亦以成姚公欲爲未竟之志焉。異時馳勁騎三千,磔血虜庭,不肯以天限南北一語挂牙輔,知必有不負余志者,姑識諸石以俟。觀文殿學士、金紫光禄大夫、沿江制置大使兼知建康軍府事兼管内勸農營田使兼江南東路安撫大使馬步軍都總管兼行宫留守節制和州無爲軍安慶府三郡屯田使兼權淮西總領金華郡開國公食邑四千一百户食實封捌伯户馬光祖記并書。朝奉大夫、秘閣修撰江南東路計度轉運副使兼本路勸農使借紫趙孟傳篆蓋。

《景定建康志》卷三八。

### 告忠宣公文 寶祐二年

維寶祐二年歲次甲寅十一月庚子朔初三日壬寅,中奉大夫、守司農卿總領淮西江東軍馬錢糧專一報發御前軍馬文字兼提領措置屯田時暫兼權江東轉運使司事借紫馬光祖敢昭告於大丞相范忠宣公。光祖惟世所難得者才,才所難得者時。治平一代,盛時也。江左遠在南服,觀風之任,必惟其人。公以名世領漕事,吏化其廉,民懷其德。凡所以培植相業,以開元祐之盛者,實發源於此。故節義凛凛,至今與龍盤虎踞相爲凌厲。尸而祝之,以風後人,宜也。而偏隅陋宇,適所以彰司存之不敬,曷來共職。躋公堂、目公像,所謂堂堂巍巍,爲砥柱,爲虛舟,如曾文昭公所銘者,儼然猶存,是不可不起敬起慕於數百載之下也。用徹而新之,以表前人之心,以厲後人之業,以昭太平人物之盛。敢因告成,以寫其志,惟公其鑒之。尚饗!

### 告文忠公文 寶祐二年

維寶祐二年歲次甲寅十一月庚子朔初三日壬寅,門人、中奉大夫、守司農卿總領淮西江東軍馬錢糧專一報發御前軍馬文字兼提領措置屯田時暫兼權江東轉運使司事借紫馬光祖敢昭告於大參真文忠公先生。光祖幼志於道,年十四五時誦先生《救楮疏》,已願執經簽弟子列。既冠,爲新喻簿,先生實帥洪都。嘗以文字求質正,會先生以憂去,未暇也。及宰餘干,始獲登先生之門。《心經》《政經》《文章正宗》《夜氣箴》《裕齋詩》,皆爲光祖作。先生之望光祖深矣,期光祖厚矣。今以總攝漕,先生棠蔭在焉。流風善政,其隱然於人心者,垂五十年如一日。尸而祝之,以與忠宣范公并祠,宜也。而頹垣敗宇,卑陋弗稱。光祖祗歉之餘,既求先生之遺迹,而遵行之,而保守之。乃相彼爽塏,闢舊而新繼。自今事君、臨民、行己、接物,不以先生之心爲心者,有如大江。雖然,豈特光祖也哉?後之爲使者,目遺像之儼然,其尚知所矜式。夫祗奉之初,不敢不告。尚饗!

以上見《景定建康志》卷三一。

按:《中州學刊》2015 年第 4 期載鄭利鋒《全宋文補遺》補九文,其中《西山真公記跋》《鳳凰臺記》《程子序》《通江館壁記》《先鋒馬建寨記》五文錄文,《雨花臺記》《平糴倉記》《平糴倉後記》《平糴倉三記》四文僅錄篇名。今重録。

## 楊棟

楊棟,字元極,眉州青城(今屬四川)人。人稱平舟先生。理宗紹定二年(1229)第進士,爲荆南制置司幕官。四年,召試授秘書省正字兼吳益王府教授,遷校書郎、樞密院編修官。因臣僚言奉祠。起知興化軍,遷福建提點刑獄,尋加直秘閣兼權知福州,兼本路安撫使。遷都官郎中,又遷左司郎中,尋爲右司郎官兼玉牒所檢討官,除宗正少卿。累遷國史院編修,實録院檢討。景定五年(1264),進簽書樞密院事兼權參知政事。咸淳三年

(1267),以資政殿學士致仕。學本周、程氏,負海內重望。然言行不一,晚年附賈似道,遂爲世人所輕。有《崇道集》《平舟文集》等。(參《宋史》卷四二一本傳、《南宋館閣續錄》卷七、卷九)

**慈幼局記**寶祐三年

　　昔者聖人茂對時育萬物,一草之苗萋萋然,一木之萌夭夭然。毋覆巢,毋殺孩蟲,魚尾不盈尺不中殺,不鬻於市。夫於庶物也如此,則其於吾民也可知其仁矣,於其子與人之子也可知其親矣。伊川先生少時取食貓之魚,大者如指,細者如箸,養盆池中,作文記之曰:"生汝誠吾心,汝得生已多。萬類天地中,吾心將奈何。"曾南豐之記孫齊殺禿禿曰:"人固擇於禽獸夷狄。禽獸夷狄於其配合孕育,知不相禍,相禍則其類絶也久矣。如齊何議焉?"余思聖人之政,又觀二書,未嘗不三復而嘆。山陰陸景思督爲大農簿,以才選分符徙濡須。予節漕淮南。以書走餘杭,抵余於野寺中,曰:"吾守邊三稘紅矣,它不足爲公道。顧嘗有所忾惕,創慈幼局。節約漕用,得緡錢一十五萬,用抵當法,會其息,給生子者。爲條目,使經久。郡日有助,率五十緡。局成未幾,活嬰兒已數十百。蓋推行先朝胎養令,亦以聞諸朝矣,欲後人之增培之也。盍爲我記?"自仁義之説微,而世之論治者,以兵與財爲急。況乎戎馬之郊,雲霜之外,馳驅四牡,角聲滿天,撑左支右,日懼不給,旅單而室罄,戈朽而鼓寒,疏以爲告焉,宜也。若夫野清人散,火腥鬼哭,壯夫健婦,化爲塵壤,吊古冤新亦可也。居養雖舊典,視兵與財之方急,不幾迂乎?曰:不然。方千里者九,而取七十焉,或取百焉,其兵財多寡,亦可得而計矣。然而卒無敵於天下,豈有他術哉?湯爲一童子,文王矜幼無父者,發政必先焉,如此而已耳。志伊、吕之志者,捨是焉學。彼伯者之善於富强,而葵丘載書必曰慈幼,孟子猶有取焉。蓋古之人甚愛赤子,每與老老并稱。故曰"若保赤子",曰"乍見孺子",蒙穉必待養,受之以需,飲食之道也。飲食有訟,則事制曲防以永其終。聖人所以續乾坤之生德者在是,膚使其得之矣。《養魚記》曰"吾知江海之大而未得其路",此澤天下之志也。景思以文學論議取重當世,而其勤於民者又如此。維時艱虞,方賴其用,使深山窮谷之間,鷄豚酒醴,饘粥在鼎,而鰥寡廢疾皆有養也。余羸老也,其亦庶有望乎。寶祐三年九月甲寅,朝散大夫、集英殿修撰、提舉江州太平興國宮楊棟記。

《大典》卷一九七八一引《寶祐濡須志》。

**獎諭詔**

　　齊地開十二,奉圖籍以歸本朝;禹服廣數千,知衣冠之爲正統。

《隱居通議》卷二一。

**請謚羅李二先生狀**淳祐六年

　　臣竊惟欲治天下者,先正人心;欲正人心者,先正學術。學術不正,則名實淆亂、是非顛倒,上無所折衷,下無所則效。無所折衷,故上聽惑;無所則效,故民志亂。民志靡定,則遺親後君之俗興,而天下之患,從此始矣。故正學術以正人心,誠當今之急務也。恭惟聖朝天開文治,純公、正公二程先生,崛興伊洛之間,聞道於元公周夫子,而遂造其至,續孔孟太公之傳,開萬世可久之業。本末一貫,人已俱立,堯舜復起,不易吾言。嗚呼盛哉!二先生没,門人傳其道者,曰龜山楊文靖公。文靖傳之羅先生從彥,羅先生傳之李先生侗。時朱文公篤志講學,求師四方,後見李先生,聞所謂"默坐澄心、體認天理"之語,脱然知道之大本在乎是也。從游纍年,往復問辨,而卒傳先生之學。由周、程而來,其所傳授,本末源流,不可誣也。陛下嗣登大寶,首宗朱文公之道,以風天下。其門弟子之賢者,亦蒙褒表,或賜美謚,甚大惠也。然朱文公之學,實師乎先生。獨未聞有以推尊其師者,豈以其師著書不多,不若諸人之論述詳而發明廣歟？不然,何隆禮於其弟子而反遺其師也？夫天下之至善曰師。師道立,則善人多。善人多,則朝廷正而天下治。此言爲道義而發,書之多寡,初不足計。且聖賢著述,皆非得已。孔子曰:"予欲無言。"孟子曰:"予豈好辯哉,予不得已也。"顏子不著書,實爲亞聖。然而《論語》必以《堯曰》終篇,《孟子》末章歷叙堯舜至孔子,而韓愈《原道》之作,所謂以是傳之,必謹擇而明辨者,所以示萬世之公傳,率天下以正道。實至重至大之事,不可忽也。觀朱文公所稱羅氏曰"潛思力行,任重詣極,如公一人而已",其稱李氏曰"講誦之餘,危坐終日,以驗夫喜怒哀樂未發之前氣象爲如何,而求所謂中者若是者,蓋久之而知天下之大本在乎是也"。然則朱文公之所得於李先生,李先生所得於羅先生者,厥或在此,而有出於文字詞義之表者,可知矣。今天下學士,家有朱氏之書,人誦朱門之語。而其切要遠大、精實中正,得之心而見於行,則知者鮮焉。是徒誦文公所著之書,而不知文公所傳之道。若非明示正宗,使天下曉然,識所趨向,以求造夫至善之地,棟恐名實淆亂、是非顛倒,文公之書雖存,文公之道將喪矣。故竊以爲欲明文公之道,莫若尊文公之師。棟濫將明指,咨諏閩部,實在羅、李二先生之鄉,而平生之志,頗知景慕,用敢列其事以聞。欲乞聖慈探聖學之傳,重師道之本,以其所以尊崇朱文公者,而推尊其師,等而上之,以及羅氏。各賜美謚,昭示寵褒,表勵方來。庶幾伊洛之學不淪於言語,朱氏之書實見於踐行。豈惟二臣潛德發揮,其道光大,而於損文華以崇德行,正學術以正人心,實非小補。

文淵閣《四庫全書》本羅從彥《豫章文集》卷一五。

**東陽樓記**咸淳元年

余曩登平都山,訪濂溪周子舊游,亂碑中得小片,周子題兩絶句,點畫勁正,猶存溫厲之氣。官合陽時筆也。其一《咏陰仙丹訣》云:"始觀丹訣信希夷,蓋得陰陽造化機。子自母生能致立,精神合後更知微。"又從山中人得觀《丹訣》一篇。二十年間,往來於心,未忘也。先墓在餘杭,廬居山中,數游洞霄。道藏寫本甚真,山廬無事,時得假借,無何閱之遍。則知《丹訣》所云,周子一言蔽之矣。宮殿都監,貝其姓,大欽其名,餘杭人,賜號靈一。作小樓寮中,不侈不約,可詩可觴。愛其翼然於塵外也,與客造焉,請名。適朝陽出高崗之上,因作"東陽樓"三字遺之,摘《陰仙訣》中語也。今又十餘年矣。《丹訣》則已忘之,惟周子詩中之意,炯然心目。靈一之孫守一,囑如圭來言曰:"靈一年八十六而卒。願得向者名樓之義,以發其幽光。"余曰:"乾元陽神,吾資以始;坤元陰精,吾資以生。元一也,而分二體。於是有尊卑,有貴賤。以尊卑言,則先乾而後坤,尊當在先也。以貴賤言,則先陰而後陽,貴當居後也。既有先後,則有嗌有暌,有同有訟,不得而齊焉。不齊則離,離去爲變。相保則合,合爲大和。物生於和,死於變。精神合一,即日月合一。日月合一,即乾坤之元復爲一。此天地之正道,萬物之公理。聖人以是制爲禮樂,達之天下。禮無往而不來,樂無進而不返。斯道也在人,或識其大,或識其小,未嘗墜也。周衰道微,四代禮樂之數,掌於柱下史,乃或取之以養其生。雖然,禮樂者,大和之器也。所以建天地、溥萬物,非有我之所得私也。私之者,小之也。知廣而充之,則大矣。是故一物有盡,而萬物無終;一身有終,而萬人無盡。萬人無盡,即我之無盡矣,又何人己之分？靈一以壽終矣。四海之内,一視而同,其未死者,皆靈一也,不與天地同長久乎？平都烟塵蒼莽,石刻之存者幾希。由是以志諸洞霄,尚不泯乎？儒先之遺意,不亦可哉？"咸淳元年中春,資政殿學士、宣奉大夫眉山楊棟記并書。光禄大夫、參知政事姚希得篆蓋。

《叢書集成初編》本《洞霄圖志》卷六。

### 批黄鏞湯文孔子聞知如何論

學粹文婉,皆自講貫中來。讀之終篇,猶有餘味。

三聖人之所以知堯舜者,知在聞先也。如《中庸》説知天也,知人也。苟知天矣,一聞天道,即知天之所以爲天。苟知人矣,一聞人道,即知聖人之所以爲聖人。生知、學知、困知,及其知之一也。到此地位,聞斯知矣。

《論學繩尺》卷二。

### 廖瑩中酒器銘

皇帝御極之三十七年,國有大功。一相禹胼,曰余瑩中。與隨斾旃,余實手扶,余後手牽。曰公何之,敵脇是穿,奇勝草坪。受降馬前,公一何勇,敵一何恐。余訖濟南,公飯余共。挽漢倒江,盡洗羶潼。既清夷矣,公歸余從。内金惟精,上賞惟重。文昌孫子,是寶是用。誰其銘之,史臣楊棟。

遼寧教育出版社 2000 年版周密《浩然齋雅談》卷中。

### 太傅平章賈魏公家廟碑

宋有天下,治出於一,君勸臣承,率本至孝。動天地,感鬼神。穆穆明明,并受多助。是以履危而安,遇險而平,滔天之害,禹成厥功。寇賊奸宄,皋討有罪。至於迓續上帝之休,建立社稷之策,培桐梓,集麟鳳,驅魑魅,剪棫棘。泛泛國航,磐石維之；曄曄皇輿,九軌馭之。物來而神爲之謀,事至而人與之會。莫知所以然者,皆至德大順之應也。景定三年正月,詔賜今太傅平章軍國重事魏國賈公"忠貫日月,身佩安危,滌除妖氛,再造王室,勳績不在趙普、文彦博下,宜賜第宅家廟,令有司條具以聞",公以勞民費財辭,而天筆下者十數。公固辭,遂命賜集芳園及緡錢百萬建廟。公又辭。天筆有曰"卿盡思曩者妖氛未息,天下大勢何如？今民保其居,朕保其國,顧無以酬卿耳。百萬緡何足惜耶",天命諄勤,不敢不拜。乃卜賜園正基,治位爲門,再重爲宫五室。五代祖太師居中,左二室高祖太師、祖太師魏國公居之,右二室曾祖太師魏國公、王考太師忠肅魏郡王居之,皆以妣配。東西序爲祀堂,以祀旁親。祭器在東房,名諱爵里譜系在西房,庖庫在中門外。大抵皆頖臺所定。是歲四月,廟成。祖考安樂,天子有慶,廟以崇德,賜以報功,上悦下順,休明之典也。先是,凶憸當柄,政斁備弛,實啓戎心。寶祐六年冬,韃空國南寇,蒙酋入蜀,守將望風以城降。恭惟理宗皇帝聖明獨斷,將盡付公以兵事。明年改元開慶,遂命公自樞密使、兩淮宣撫大使知揚州,依舊樞密使、除京西、湖南北、四川宣撫大使、提舉兩淮兵甲、總領湖廣江西京西財賦、知江陵府,尋節制江西、二廣。公受詔,即日趨荆州,辭府事,進夷陵,麾軍赴蜀,斷賊梁於麻堆,解重圍於合江。蒙酋斃,吴蜀通。護烈初與蒙酋期,并入雲南之寇,會合而東,乃乘沿江隙,偷舟羅洑,擁衆夜渡。公自荆疾馳,拒守漢、鄂,身當百萬師,晝夜死戰百餘日,四面斬殺,寇却走。既全漢、鄂,又遣師勦賊於湘潭。寇重兵猶駐鄂下流,以俟南來之衆。江闉遣將覘寇,而舟覆師敗,寇勢復張,壘於白鹿磯,浮梁斷江,東西隔絶,烽燧達甘泉。時凶憸雖斥,而其醜聚污合,潰亂中外。土堕民解,無足憑者。朝廷創宣閫於洪,聯絡九江，倚以扞蔽。既而屯將遇敵潰敗，寇益深入，焚掠江西諸郡，京城大震。此天筆所謂"天下大勢何如"之時也。於是天子飛親札，諭公可移軍九江。公讀詔泣下，飭制臣謹守武昌，獨攜數百兵，從間路夜穿寇脇。寇自江西回，適與之遇。阨險疾擊，斬其酋，掩其衆以行。謂江州遠賊，徑渡黃岡，出寇之東。上拜公特進、右丞相、樞密使、茂國公。至是，七閱月矣。顧下流諸將制於洪閫，事不統一。公東望拜相，命以右相勒兵，沂水而上。寇謂公在鄂，旗鼓忽自東來，駭汗顛踣。遂大破其壘，殱之，無一得還。寇由是大懲，不敢窺江。今十年矣。此天筆所謂"再造王室，勛績不下趙、文二公"者也。夫狂寇積數十年猾夏之志，謀深氣盛，卒然遇之，如山裂海翻，變異不測。而公獨揮天戈，西撐南擊。及鉅狄橫衝，則親冒鋒鏑，攀棘拔險，斡奇飛渡，求一生於百死中，豈不知愛其身哉？戰陣無勇，非孝也。聖祖神宗，威靈在天，乃祖乃父，竭忠盡孝，不知有身。繼其志、服其事者，在此立此心也，目中已無寇矣。理考念功勞勤之禮備至，茲斥靈囷、開珍府、城闕宫、昭先烈，皆所以彰明公志。若昔帝王知教孝之光，無所不通也。感神與征苗，同一至誠。力溝洫與孝鬼神，同一無間。臣告君以七世之廟，君命臣以世世享德。盤告聲牙，無非上帝先王暨乃父祖馨享之事。褒賞申伯曰"寢廟既成"，咏歌中興曰"纘戎祖考"。蓋幽顯一源，君臣一體，祖孫一氣，幾動於彼，誠動於此。神應之妙，非上智不足知之。公既入相，首建議立皇儲，以尊宗廟、繫四海心。於是旌别淑慝，登用賢俊，拔去憸邪，斥絶苞苴，宫府內肅，户牖外綱，皇綱一振。景定五年，奉皇太子即位，垂紳正笏，以安天下。四方無虞，年穀順成，鐘磬鼎彝，郊格廟享，春秋祭祀，達於黎烝。王通有言："美哉公旦之爲周也，曰必使我子孫相承，而宗祀不絶也。"深乎深乎！安家者，所以寧天下也；存者，所以厚蒼生也。程純公謂通有格言，非荀、楊所及，其以是歟？家國匹休，人己俱立。仁也，孝之至也。作廟之七年，庭有碑而辭未立。公以命棟。夫風動四方，允賴萬世，禹皋之功大矣！其必帝舜申之？今斯人安居暇食，以奉其先，孰不樂此功而仰舜之盛德？乃繫之詩，以聲於朝。其辭曰：

天作高山，稽山之東。兩兩而比，神秀有鍾。是應泰階，是生元輔。匪今斯鍾，厥有宗祖。維周諸姬，世德可推。辟雍名流，遂昌大之。作牧參井，悍將盤錯。萬里身危，能折其角。開厥元帥，護我淮甸。聲被齊魯，招攜察變。終老北門，遺德餘威。生寇有憚，死寇無歸。惟孝有忠，代代所授。手整堪輿，前烈是究。先皇神聖，遠料窮漠。九天專命，世臣付託。狂輗謀我，殆數十年。一旦披狙，齊入三邊。奉辭往禦，震電轟雷。天戈所揮，蒙弊江開。護烈凶狡，隙罅覦巧。揮揮漁艘，苟征避撓。江北有洑，偷渡犬鼠。初湊漢鄂，百萬其旅。順流赴危，一以當千。公何壯哉，叱咤笞鞭。麾軍南指，衡岳湘潭。封胡無血，猶帶嶺嵐。寇却且遁，睨江洪閩。內驚京師，殺氣猛很。公怒而起，劍履不俟。草坪無路，赤壁無鱗。先有帝敕，下流辦賊。公拜稽首，捐軀臣職。躍出其東，寇駭旗幢。瞻前忽後，莫測神踪。厥角如摧，弗赦顧哀。以快吾事，以懲厥魁。捷書夜奏，天子斷謨。帝曰俞哉，汝功永孚。江湖淮廣，酣寢甘飴。社稷再安，宗廟塡窴。天清地寧，一人以懼。君臣相救，無忘今日。何以報功，廟宅是營。若昔趙文，亦有國勳。我有靈囷，北山之麓。其木虬龍，其水瑩玉。匪我與爾，高皇嘉喜。中興以來，功孰汝比。爰作閟宫，斷度尋尺。太常所定，桷楶孔碩。赫赫官儀，五廟帝師。翼翼承祀，圭衮委蛇。相武朔成，孰競訪落。國正法度，邊停鉦柝。惟彼憸人，載娉載芟。惟此良士，實播實函。氣鬱和薰，上際於天。大雅無拂，春秋有年。黍稷馨止，辯章受祉。邦家之光，與宋千禩。子子孫孫，載嘗福衡。勿替永年，熙我頌聲。

《宋元方志叢刊》本《咸淳臨安志》卷一〇。

## 楊蒙

楊蒙，湘陰人。景定元年（1260）爲岳麓書院校正、湘陰縣學諭。

### 知縣趙通直生祠記 景定元年

景定初元，歲在庚申，孟秋六日，邑大夫趙侯嵩神慶生，天潢霽曉。湘之士民，少長咸集，薰心香，沸賀聲，鼓舞隘衢，謳謡盈耳，相與揭壽祠於東明清净之宫，奉壽相於玉皇香案之近。頌於斯，敬於斯，舉乎加額於斯，千萬人同一誠也，豈曰文云乎哉？禮生於極順，樂生於和，和順中積，禮樂外著，非人心外物也，是蓋自然而然。何者？侯之德斯民也深也，民之德侯者亦深；侯之愛斯民至，而民之愛侯者亦至。侯之福斯民也，與湘山爲無窮；民之福於侯者，亦與湘山、湘水爲無窮。嘻嘻！此香火新祠之創建，天人壽相之具瞻。神動機隨，鳶飛魚躍，不自已於人心，宜與！維湘之陰，控長沙、瀏（原作"洌"）川、濱（原作"資"）陽之三邑，匯洞庭三峽之上流。去歲秋季，虜渡武昌，勢壓江面，羽檄之水馳陸遞者，若飆風迅雷之疾，自廣透潭，直迫城下。哨騎之草逐露宿者，距縣治一舍之邇，然且奸諜剽於鄉，潰卒迸於境，黠寇（原作"冠"）伏於波，官軍出於市，洶涌震懼，驚駭奔竄。一同無寧居，纍月不聊生。境有風寒，誰其獲之？邑有井市，疇其安之？人有室廬，疇其庇之？家有老稚，疇其保之？列柵木於四關，以捍衝突；集義丁於四境，以壯軍聲；置郵傳於南北，以伺敵（原作"敵"）勢；檄於總諸郡，以保鄉落，侯之禦侮者然也。首威民之掠奪，以肅奸膽；亟便民之保聚，以妥衆志；出糴本錢，以濟民乏；行勸糶令，以蘇民餒，侯之弭患者然。昔夫子有言曰："可以寄百里之命，臨大節而不可奪也，君子人歟？君子人也。"百里之國，無城池之險，無甲兵之利，無倉廩府庫之積，生民之命寄焉。有人焉，臨大節必守封疆，守社稷而不奪於浮言之胥動，非學道愛人君子之巨力量，能之乎？方其夜半間探，聞者股立；江干警傳，觀者色變；十室九空，居者心怖。侯（原作"候"）於此時也，屹然坐鎮，不動如山。是可能也，孰不可能也。彼有懷印遠徙，棄治弗顧，旋不免焚掠蕩析（原作"拆"）之者，渠不忸怩漸汗乎？事甫定，侯不自以爲功，亟狀巡檢曹君橒兩江總轄，宣勞著力，上之幕府。制帥侍郎向公如響斯答，大書曰："虜不得入境，知縣曲突徙薪之備頗密，政不待焦頭爛額而後以爲功。即從請褒録。"侯涉秋訖冬，隨機應變，措慮運籌，爲生民立命，可謂不負兹土。百姓或之，大閫薦之，天子亦將嘉之。邑不立調，無以見公論；祠不紀實，無以□（原脱一字）後來。若夫廉於律身，勤於蒞官，修泮宫以厚風化，繕亭橋以復前緒，壯廟宇以崇明祀，是又《春秋》常事不書。報政三年，以一身壽百里之民社；催班升朝，由一邑以壽天下之生靈。像商岩，圖雲臺，繪（原作"澮"）凌烟，皆自是推之也。郡建向大公帥壽祠，邑建明府趙侯壽祠。獨吾郡吾邑之有祠，於是可以觀人心之禮樂也。用撫其實，以俟太史觀風之采擇。侯名時鎦，字宗堯，寓括之龍泉。中元日，進士、岳麓書院校正、縣學諭楊蒙記。

《大典》卷五七六九引《古羅志》。

## 袁希孟

袁希孟，宋理宗時人。

**游牧坡記**景定三年

牧坡，霽窗孫楚望之別墅也，江山之勝甲南徐。景定壬戌仲春既望，岷山王君文、眉山朱德華、合陽王子厚，暨余來游，訪楚望於第一村，講洛中先賢真率會故事。淮蜀同風，氣味膠漆。牧坡鼇負，首對江漬，亭四庵一，水天平遠居首而爲之冠。是日也，風軟日和，春氣盎盎，百卉初發。始會於虛白，泛梅而飲數行，輒捨去。山陰佳致，觸處皆然，未暇一一應接。攝衣而上，遂飲於水天平遠。風櫺洞開，萬景翕聚，長江橫陳，翠岫騰赴。生烟遠樹，淮鄉之明滅；雲帆沙鳥，海上之來去，率獻奇於斯亭之下。金山孤撐，縈舟繚碧，入我研席，攬不盈尺。襟懷舒適，痛飲無算，笑語浩浩，直造乎天根月窟。余曰："昔晉人金谷之會，二十有四人，大率皆金多之流爾，何足道哉！吾曹僅僅五人，作真率飲，何歉乎彼！"莫不捧腹大笑。又捨去，飲於無極，有先天圖在焉。筌蹄玄象，寓意文楸。局未終，又捨去，飲於橫雲。夕陽在山，禽聲零亂，杯盤狼藉，蔬甲雜進。諸賢已稅駕醉鄉矣，然猶眄戀橫斜，愛惜澹佇。復還於虛白焉。飲以此始，亦以此終。從者竟日提壺挈具，不得休息，穿林陟巘，求吾曹於翠微間，未嘗以屢遷爲苦，似可人意。馭僕有醉謳亭左者不問，大白覆手而不悟，山屨去齒而不顧，風巾墜地而不知，不知身世之交累，賓主之爲誰。然後相與扶攜而歸，又不知天壤之間，山林之樂有加此乎否也。其視大庭氏天放之遺民，不亦庶幾矣乎。若夫游峴山而傷人物，游蘭亭而痛死生，游新亭而哭山河風景，往往未知酒中趣耳。吾五人則不暇。詰朝，楚望簡余曰："昨之游不可無記，願屬之子。"爲山中佳話，不敢辭也。

《大典》卷三五八〇引《鎮江志》。

## 楊應己

楊應己，號鐵庵，臨邛人。曾任國子監主簿（《大典》卷一四六〇八《楊應己國子監主簿制》）。淳祐初知梅州（方大琮《鐵庵集》卷四《舉知潮州劉克遜知循州趙彥斑知梅州楊應己知肇慶府林士變奏狀》、《廣州通志》卷二六）。

**存心堂銘**景定三年

泰、禧間，論者謂令宰受地百里，古公侯之國，今受辱，役於郡若部，不得與判司小吏比。凡郡若部之府史胥徒，皆得辱縣令宰。士大夫百方巧計，爭避於令宰；國家百方立法，迫必（原作"逼"，據《景定建康志》改）爲令宰。有不爲令宰，或爲之而遁其歲月，大吏得交劾之，必使爲令宰乃已。蓋數十年前已如此。今眂之，殆無以異，而加難焉。吾弟應善志元，以大帥尚書姚公之辟，出宰上元。公聰明惠愛，視郡邑如家，待寮屬如子弟，凡令宰所難，不以爲病。縣治舊有堂曰存愛，實用程純公語。歲久頹圮，撤而新之，更扁存心。公爲之記。予語志元，是心所以能存，其存者抑有繇也。爲之銘曰：

方寸之運，虛明公溥，六合可彌。操之而存，舉斯加彼，善推所爲。古之從仕，志於行己，位無崇卑。吾心所及，吾力未逮，惟勿（原作"物"，據《景定建康志》改）忘之。有惻於中，爾痾予恫，禹、稷溺飢。須臾不存，痒痛莫關，杞魯瘠肥。彼夸毗子，夷言蹻行，謂心可欺。而狼疾人，自謂勿能，則亦勿思。河南夫子，樂顏之樂，自任則伊。與物爲春，視民如傷，內恕所推。仁義之言，式穀多士，爲百世師。季也學製，肇新斯堂，景行前規。嗟惟宰邑，展布之難，莫甚今時。星符羽檄，繭絲保障，心剟力疲。簿書眯目，敲榜犯慮，所存幾希。不遇其長，弗獲乎上，民不可治。堂堂橘翁，威風大體，忠信惠慈。季也何幸，祗若教條,二天我私。翁(原作"公",據《景定建康志》改)非爾私,絜矩之學,百辟表儀。季吾語汝,勿替此心,朝斯夕斯。燕興一堂,無愧此顏,是答已知(以上十六字,原作"念兹在兹",據《景定建康志》改)。

《大典》卷七二四〇引《建康志》。又見《景定建康志》卷二一。

按:《景定建康志》卷二一云:"存心堂,在上元縣廨西偏。景定三年知縣事臨邛楊應善創建。"

### 鐵庵銘

柔可克剛,弱可勝強,曷而獨取百煉之鋼?蓋夫貧賤、富貴、威武,每足以遷大丈夫之守,耳目口體之奉,又足以爲冲氣之戕。於此而存養操持,要當如金城銅柱之不可拔,放遠割棄,當如莫邪與干將。此元城所以山立玉色,至於今有耿光。雖然和者所以爲達,中者所以爲常,覆而運奇,不如安行乎平康。凌厲乎霜雪之冲,孰愈乎從容乎春風和氣之場?鐵庵兮不可久留!吾懼乎深山大澤,烟霾昏翳,而龍蛇伏藏。還而竹吾屋,蓬吾户,樂天真而徜徉。際九關之清夷,豈必欲登金門、步玉堂。又何必錚錚者之與居,固余之所望。

### 又

義理吾性,血氣吾體。體則有欲,剛發於義。惟欲惟剛,性非兩立。劉、項滎陽,蜀、魏漢賊。火因木有,乃木之禍。嗜欲殺身,烈於猛火。我壁既堅,我兵既除。敬義夾持,誰敢侮予?孰策是勛,前劉後楊。孰媲其剛,惟鐵之良。豈曰嶺西,以居廟廊。是錚錚者,何用不臧?

以上見乾隆《嘉應州志》卷七。

## 王庚

王庚(?—1263),字景長,温陵人。與林希逸、劉克莊游。嘗爲莆、杭、福三州教授,景定二年(1261)知福清縣。四年,卒於任(《後村先生大全集》卷九二《福清縣重建譙樓記》、同書卷一〇六《跋郡學刊文章正宗》)。

### 考工記解序 景定三年

僕初來試邑,得鬳齋先生《列子口義》與《考工記解》,心欲傳之梓,顧費無從給。於是銖纍裘葛之具,期年乃克就。蓋《列子口義》,先生遁世無悶之書也。《考工記解》,先生經世有用之學也。自科舉之學盛,士之志於學者,僅取其足以資決科之利而已,外是則諱不講究矣。故童而入學,《語》《孟》是其閫端也,六經則《詩》《書》《易》猶成誦。至二《禮》則鮮有讀之終篇者。一取拾芥之效,則六經皆芻狗矣。間有業爲場屋通經之士,亦不過於孔、鄭諸人脚迹下轉,而通天下郡國士之習二《禮》者,比他經且絶少。所謂《考工記》之書,蓋有頳皓而目不到者。自非師友淵源所漸者深,疇克精貫之哉。吾閩自艾軒林氏爲乾、淳間太師,一傳而爲網山林氏,再傳爲樂軒陳氏。先生蚤得樂軒單傳,刻志問學,以覺後爲己任。及夫擢高科,躋顯仕,踐颺中外。而孳孳矻矻,手不廢卷,其勤過於寒生癯儒者。且《周官》六典,周室致太平之具也。冬官吾不得而見之矣,得見《考工記》,幸矣。雖曰漢儒所補,而三代制度盡在於是。先生考訂之精,商榷之備,凡而縱横曲直,盈縮巨細,開卷瞭然在目。如有用我,執此以往。蓋其淵源,皆自艾軒氏來也。昔孔門惟顏氏子一人,足以當四代禮樂之事,而與其聖師,皆捨藏不用。艾軒用於乾、淳而未盡,網山、樂軒,亦皆不得用。今先生方日侍邇英，朝夕啓沃，且大用矣。爲邦禮樂，當必見於行事，不但載之空言也。至哉樂軒之言曰"《考工記》真可以補亡"。而王公論道數語，乃唐虞三代精微之訓。然則以考論制度之粗求之者，是殆見吾先生杜德機爾。

《大典》卷一〇四六〇。

## 陳炎

陳炎，生平不詳，宋理宗景定間在世。

### 通郭判府

四月維夏，一氣先秋。某官輻蓋化流，袴襦歌洽。九重簡注，三極贊扶。台候動止萬福。某熏沐頓首，端肅裁楸，通名於典籤記者，首祈監在。某聞《詩》有云"樂只君子，福祿申之"，況閥閲名門，慶源清澈沅衍，啓佑後人。金紫貂蟬，充盈幄內。宜也。動靜語嘿，福妥祿騈。世俗膳服之禱，何敢僭申以凟二御。某竊惟某官，精金美玉之粹純，霽月光風之灑落。文章本乎家學，政事可爲吏師。袞袞臺省，孰云不可。然嚴陵去天咫尺，匪賢能太守，京師將誰倚邪？屈公惠來，推行所學，治理有效，膾炙人口多矣。弱翁治行，久爲朝廷知。宣室見思，玉堂有詔，道將行也。毋曰歸哉，非其蓋言。

《大典》卷一一〇〇一引《陳炎集》。

### 賀馬府判除宗正簿啓

頒綸鳳掖，司籍麟宗。半刺翶翔，正喜分嚴陵之月；九族秩序，又移近長安之天。凡屬照臨，不勝鼓舞。禮樂先進，典刑老成。瑤林瓊樹之人豪，紫闥黃扉之地步。雖聞周景素見重於題輿，豈有王祥能久淹於別駕。詔果來於當寧，簿爰止於司宗。晉陟清班，咸謂華選。金枝譜衍，行將歌螽羽之詩；紅藥階翻，遄即鳴鳳池之珮。某冒難作縣，竊呲監州。忽聞成命之敉，倍激儒衷之喜。屏星東駕，遥攄燕雀賀廈之忱；恩天下臨，幸監犬馬戀軒之意。

《大典》卷一四六〇七引陳炎《松溪集》。

按：《通郭判府》有句"嚴陵去天咫尺"，顯爲南宋人語。檢文淵閣《四庫全書》本《景定嚴州續志》卷二"知州題名"載"郭自中"云："奉議郎。景定三年六月初八日到任，四年三月初二日準省札令赴都堂稟議，於當年四月十五日去任。"《通郭判府》之"郭判府"即郭自中。則該文撰於景定三年（1262）。《全宋詩》册六八頁四三一二九載陳炎詩一首，并考定宋時二陳炎，其一爲三山（今福建福州）人，度宗咸淳二年（1266）知永州，或即《松溪集》之作者陳炎。

## 陳合

陳合，字惟善，號中山，長樂人。淳祐四年（1244）第進士，授南康軍教授。寶祐四年（1256）十一月以太學博士召試，十二月除校書郎。五年正月兼莊文府教授，五月，除著作佐郎，兼職依舊。後兼考功郎官。景定元年（1260），知南康軍。歷翰林學士，官至樞密，終資政殿學士。謚文惠。（《淳熙三山志》卷三二）。

### 新編大成集序 景定四年

人道始於事親敬長，鄉飲屬民，所以教孝弟也。康之俗，如古鄒魯，其民畏法而易治，守禮而易信,先賢之澤也。合昔者爲郡文學,蓋嘗稔其父兄子弟矣。假守重游,欿然辱斯文是懼。惟是禮政教之本,古卿大夫、黨正、州長,所爲汲汲焉者,故願與邦人士,一講行之。顧方簿書期會不暇給,而議及此迕之者,初什九,乃諗於衆曰:"古者,或歲一飲,或再飲,或三歲一飲,而禮國中之賢者,輒飲。信爾周公其迂矣?"始相與蒐舉儀文,考協等數,按經采傳,自謀賓介,以至於息司正,一惟先民是程。飲之日,章逢而至者八九百人。主賓有秩,少長咸序,周旋登降,如從三代人,揖遜堂上。山中扶携而觀者旅於庭,更相戒曰:"毋怞以亂籩豆。"其退也,充然若有得於心。行之期月,市無讙甚鬨,境無忿鬥,獄犴屢空,訟日益少。希此可以觀俗,抑亦可以觀禮矣。因念一時迕闊之舉,耆頤厖皓,項背相屬,毋慮百數十人。衣冠甚偉,拜跪如度。山中人,禀厚嗜薄,固如此,又他邦之所無者。會鄉之先生爲序其事,且惜當時無善畫者,圖其衣冠容貌,賓主位序,傳示來世。於是繪爲一圖,被之樂石。雖不足以備聲容文物之觀,然使後之覽者,想望其典刑。則阜陵淳熙亭育之故老,皇上景定庚申之遺民,猶足以繫斯人百世之瞻,而孝弟敬遜之心,緣之而起。是以風教不爲無助。吾觀於鄉,乃今知周公之德。是年九月朔,長樂陳合書。

《大典》卷一二〇七二。

按:《大典》此文署"前南康陳守序",與同卷江萬里《新編大成集序》有錯簡,今厘正。江氏文撰於景定四年,此文當同。

## 張用泰

張用泰(1220—?),字純卿,遂寧小溪人。治《春秋》,寶祐四年(1256)第進士(《宋寶祐四年登科録》卷三)①。

**祭字溪陽先生文** 咸淳三年

嗚呼!先生之亡,天之喪坤文乎。字溪之圖,發濂溪不盡之意;字溪之《易》,發朱、程不盡之蘊。先生雖亡,有不亡者。而況五福備膺,如先生者希。世科陸續,如一門者又希。先生何憾焉。峽山蒼蒼,蜀江湯湯。白水之卜,先生所藏。爐峰之上兮,公魂之所游;爐峰之路兮,公魂之所藏。其有隨魂而游,不隨魂而藏者,長存乎四方。

《大典》卷一四〇五四引《字溪陽先生集》。

按:《大典》原署"承直郎張用泰"。"字溪陽先生"乃陽枋,卒於度宗咸淳三年(1267)。

## 章鑒

章鑒(1214—1294),字公秉,號杭山,分寧人。淳祐四年(1244)第進士,累官權參知政事,遷同知樞密院事。咸淳十年(1274)拜右丞相兼樞密使。元兵逼臨安,鑒託故去,遣使召還,罷相予祠。尋放歸田里,屏居山中。著有《杭山集》。(《宋史》卷四一八)②。

**題汪水雲詩** 至元二十三年

---

① 《宋寶祐四年登科録》卷三載"年三十八,十二月十一日申時生",逆推當生於嘉定十二年。此年十二月朔爲公曆一月八日,故其生年公曆當爲 1220 年。

② 章鑒生卒年,據江西省地方志編纂委員會辦公室所編《江西古代名人·九江市名人名録》頁一六一所載,不知所據。

水雲汪子，吳人。感姑蘇麂游，翩然北征，向燕昭黃金之臺，問自隗始。會方釋鍾儀論職官事，水雲從旁援桴命官總弦，遂操南音。合上意，有旨詣衡岳。於是乘風雲姿，挾日月光，馳神終南，寓目太行，舉驪山、阿房、長城、易水，羅列胸次。居延出塞之音，祁連青冢之怨，弦麋句索，收拾殆盡。已而追二卿河梁之別，揮五弦，彈雙鳧，載歌再揚，南翔北飛，會各有適。一日，水雲出示行稿。初讀如轉圜脱兔，微露機軸。再讀如移宫換徵，聞韶忘味。三讀如鞭鸞駕霆，倐忽八極。不知吾心水雲，水雲吾心也。夫水乃動之機，雲非止之物。君有至文之水張四海，有無心之雲行四方，子長避三舍矣。水雲顋然而笑，據梧而弄，不覺風寒大江空。丙戌小雪，雙井章鑒公秉。

　　《大典》卷九〇九。

### 薦鄉貢進士葉點疏

　　臣鑒伏讀某月某日宸翰，示令内外臣工各以類舉人才，不得苟飾虛詞，以應故事者。臣重荷寵眷，謬陪侍從，雖或延訪不周，敢蹈蔽賢之罪？姑就耳目所接，上應旁求之書。竊見龍興府武寧縣鄉舉進士葉點，好學淹博，久爲士林所尊；行己潔清，不失鄉黨之望。兩魁漕薦，對人未嘗言文；一意孤高，生平耻事干謁。老練典章，可備清筵顧問；周歷時事，足任外郡馳驅。當此烽烟交警，正需才俊之時，豈使衡廬樂飢，致有遺逸之嘆。苟有裨於家國，罔不竭其愚忠。謹具狀以聞，唯陛下裁擇。

　　道光二十九年《武寧縣志》卷三一。

### 冷和仲秋澗清吟詩序

　　乾坤有清氣，散入詩人脾。凡受中以生而爲人者，皆是氣之鍾也。秀於人而爲士，又等而上之爲賢爲聖，則是氣之清者也。詩自性情流出，即其文，可占其氣。豫寧冷君和仲好吟，一日寄予《清吟小稿》。亟揩老眼讀之，炯然如清泉出罃，置之白露玉壺中也。稿曰"清吟"，信吟之清者歟。君號秋澗。秋，候之最清者；澗，水之最清者，其清又可知矣。雖然盛年不再，以其清者自寄之吟弄，充其可以爲聖爲賢者，蓄而爲清德，播而爲清名，厲而爲清節，出而際清和之朝，登清要之路，使斯世斯民復睹清平之治，非爲士者分内事歟？清吟云乎哉，清吟云乎哉。

　　道光二十九年《武寧縣志》卷三七。

### 周易象義序

　　《易》之道，其神乎？以象數，則象數不可窮；以卜筮，則占驗不可違；以義理，則義理之妙愈求而愈邃。《象義》之作，石潭之得於《易》者深矣。或曰："《易》窮理盡性，以至於命之書也。近代河南氏之《易》，學者宗焉，以其根於理也。今專以象言，得無蹈諸儒一偏之失乎？"噫！天下無理外之物。河圖未出，此理在太極；六爻既畫，此理在《易》象。以象觀象，則《易》無非象；以理觀象，則象無非理。捨象以求《易》，不可也；捨理以求象，可乎哉？善乎石潭之言曰"不得於象則不得於理，不得於理則亦不得於象"。是書也，當合河南氏之《易》互觀之。至元中秋朔，杭山寓叟章鑒書。

　　文淵閣《四庫全書》本《周易象義》卷首。

### 跋封事後 咸淳三年

　　國無綱常，不可以爲國；人無氣節，不可以爲人。寶慶一疏，鳳鳴朝陽。竹林知愛國耳，不知愛其身也；欲植綱常耳，非欲植氣節也。先皇帝嘉其忠而官其子，今天子又嘉其子之能官而擢之朝著，而節惠之典且行。又所以壽千萬世之綱常，而非獨昭一士之氣節而已。余嘗訪象臺之遺轍，過鷺洲之故家，奕奕高風，九京如可作也。咸淳丁卯，與公之子部門公同朝，出示《象臺首末》，敬瓣香再拜，附書於後。是歲良月既望，杭山章鑒。

《叢書集成初編》本《象臺首末》卷四①。

### 柳貞公祠記 德祐元年

　　此唐柳貞公讀書之所也。山以公讀書，遂姓其姓，地以人重也。後人即其地以祠之，所以明其敬且示勸。或曰山巔水崖，矻矻窮年者多，能以姓著者鮮；姓著矣，能與地俱著者鮮；姓與地俱著矣，能使千百世而下起敬起慕者鮮。公之讀書，果有以異於人乎？余曰不然。衣冠而士者，皆讀書者也。往往名不副實，行不勝文。巧者鉤爵位，偽者盜時名，懷奸挾智者至於誤天下後世。遂使世之好事者，例以書生而不適用。然則豈書之罪哉？不知所以讀書者之罪也。居則忝其鄉，仕則羞其國。視公之於此山，其輕重何如哉？方公十餘歲，有妖巫怖以生死，弗爲動，曰：「去聖教而從異術，吾有速死爾。」其爲學識力，已於童稚時見之。既第進士，歷衢州司馬，遽棄官去，隱此山讀書。公豈自潔其身者歟，抑隱居以求其志與？否則，從政而後學，與公之出處，固衆人所不識也。聘幣可却，而御史之召則聞王命而不敢辭；愛子可捐，而相印之追則慎逆命而不肯屈。王衍誤天下，殷浩誤中軍，則直辭正色足以折大臣授任之輕；五帝無誥誓，三王無盟詛，則高見卓識足以破番戎講和之詐；頭可斷，而舌不可禁，則剛風勁節足以奪當朝恃勢固寵者之氣。祿仕洊更，而家無一塵之土；位望逾峻，而宅無一畝之宮。即其所行，占其所學，則向也公之讀書此山，口耳云乎哉？公家於汝，仕於衢，於此山非有里社之舊，又平日轍迹所不到，其委官而來，獨眷眷焉，不復他適。山何以得此於公哉？山爲豫章鉅鎮，卓然崛起萬山間。其端重類君子，其秀雅類學士大夫，其幽閑靜深類隱者，其崒嵂巉絶類奇傑特立之士。修水如帶繞其趾，諸峰四面環匝如翼如抱。距山之巔可百丈有岩，岩有二室。檻械之迹儼然，泉流岩竇清可燭毛髮。岩而下不數百丈，則公讀書所也。舊有祠室，其旁石井一，號貞公井。山以姓，井以謚。山何以得此於公哉。里人陳氏世居山之下，族多讀書者。高山景行，所以致其惓惓者，先後靡二志。初，祠厄於紹興劫燼，柳隱君功顯一新之，且闢講肆之所曰柳山書堂，若曰：「此山公讀書所也，以公讀書此山而祠矣。」於是聘望儒，合宗戚閭里之子弟，相砥礪其間。相去數百載，使後學聞風而興者，公之賜也，又不獨此山蒙被而已。開慶兵變，祠復毀。已而水嚙故址，松谷君憮然念祠事不可廢，亟倚岩誅茆綿蕝，以寓其敬。然弗稱也，繼即公讀書之地而改築之。大建祠宇，中爲講堂，室廬門廡亦既具偶。祠以春秋仲丁，所以崇先哲成志也。又以林谷幽閑，有祠矣，不可無守；有守矣，不可無固守者之志。適瑞慶羽士余惟鈴來任守事，乃於祠之偏營數椽，以栖其徒。觀曰真慶，奉武當神也，里民之祈禱者從之，與公之祠截然有別而不紊。亦曰彼有以自立，則吾之所資以守者爲可久，而祠庶無恙矣。噫！公於此山一何厚，而松谷於公亦何勤哉。既落成，則述建祠本末，乃載公行概大事，求爲之記。余因念兒時聞先生長者言山以公讀書得名，深雅慕之。年十五，隨舉子後，舟行遠望，一峰玉立雲表間，則柳山也。亟欲窮山之奇觀，訪公之遺迹，若有縶其足者。今老矣，尚嗇一往。抑今之居於斯者，猶昔之寓於斯者。寓於斯者若而人，則居於斯者可不若而人耶？此

---

① 《象臺首末》所載宋文，《全宋文》未錄者尚多，附記於此。

祠之所以建也。祠於斯，必學於斯，而祠不徒建也。此前乎柳隱，後乎松谷之所以切切也。此後之人，當家傳世守而不替焉，可也。雖然祠非儀文之末，書非言語文字之贅，拜其祠，讀其書，是又在家傳世守者躬體而實踐之也。松谷字時章，鄉以善士稱。柳隱其父云。德祐改元中秋節記。

道光二十九年《武寧縣志》卷三四。

**廣居正位大道如何論**

論曰：一理混融之天，萬理流通之地也。夫有此天即有此理。廣而非隘，正而非他，大而非小也。自夫人不能天其天也，性以情窒，理以欲蔽，方寸之間，自爲町畦，而所處者隘矣。於是遷奪流蕩而正者曰他，拘攣淺狹而大者曰以小。然則亦是理之未融耳。何則曰仁也者，天下之廣居也。禮其正位而義則大道也。要必真見夫仁者以天地萬物爲一體，而一毫私意不得以隘吾廣居焉。則動容進退，何莫非禮；周流洞達，何莫非義。而所謂正位大道固在我矣，夫豈以廣居爲外物哉？吁！一理融萬理徹，兹其爲一貫之妙歟？廣居正位，大道如何？請因孟氏之言而先推衍仁之説。且仁果何物乎？在天爲命，在人爲心，在四德爲元，在四時爲春。禮者，履此者也；義者，宜此者也。彼愛牛易羊，仁之小耳；移民移粟，仁之偏耳。見孺子入井而有怵惕，惻隱之心，抑又仁之端倪耳。必天地萬物與我無間，然後仁。而小有限隔，非仁也。必物我內外一脉融貫，然後仁。而彼善於此，非仁也。自其廣者而充之，則視聽言動必以其禮，而正者可與立；簡易平直行所無事，而大者可與行。有是廣者而自隘之，則禮不足以制欲，而正者爲他適；義不足以勝利，而大者爲小用。吁！仁之道固何如哉？斂之可以宅吾心，普之可以宅天下，渾然大同，物我無蔽。其廣居之氣象乎？且吾何以知廣居之爲仁也？洞然八荒，皆在我闥，非廣居乎？萬境俱融，畛域不立，非廣居乎？以民物爲同體，以天下爲一家，非廣居乎？體而長人者，此也。推而保四海者，此也。一日克己復禮，而天下歸焉者，亦此也。故履而爲禮，則反身而誠，萬物皆備，而正位立。不視不聽，不言不動，而正位立。暗室屋漏，昭於神明，尸居龍見，對越上帝，而正位立。宜而爲義，則無偏無陂，遵王之義，而大道行。天下爲公，是爲大同，而大道行。君子可履，而小人亦可視，賢者可由，而愚夫愚婦亦可行，而大道行。帝驟王馳，而不知古今之爲終始；鳶飛魚躍，而不知天淵之爲深溥；雲行雨施，而不知品物之爲流暢。一境混融，萬境昭徹，洞洞屬屬，皆吾廣居中物耳。正位何有哉？大道何有哉？堯、舜、禹、湯、文、武，達而在上，則居天下之廣居。而所謂正位大道者，其用在吾身。若夫老莊之虛誕，管、晏之功利，斯、高之慘刻，蘇秦、張儀之縱橫捭闔，是皆自隘其廣居，而位非正位，道非大道者也。孟氏舉廣居正位大道之言，而答景春之問，其言粹矣。愚因其言，而以仁義禮三者實之，而且主於仁之説。雖然，此非愚臆説也。孟氏之言曰：仁，宅也；禮，門也；義，路也。曰宅也、曰門也、曰路也，非廣居正位大道之異名乎？人能安是宅，則能出入是門矣，則能由是路矣。抑問仁之方可聞歟？曰一而已矣。一則靜虛動直，靜虛則明，明則通；動直則公，公則溥。明通公溥，其庶矣乎？謹論。

文淵閣《四庫全書》本《論學繩尺》卷一〇。

# 陳杰

陳杰（1215？－1290），字燾甫，號自堂，又號覃山主人，豐城圳谿人。淳祐十年（1250）

第進士。授贛州簿，知江陵縣，歷參淮、荊幕。景定四年（1263），知壽昌軍。咸淳十年（1274），以朝奉大夫、提點江西刑獄兼制閫參謀。恭宗德祐二年（1276），轉朝散大夫，召赴行在。未行，宋亡，隱居東湖（詳見拙著《自堂存稿輯校·前言》）。

**自堂存稿自序** 咸淳十年

文字貴三長，詩爲甚。夫斡二儀於象外，籠萬古於芒端，音節特嚴，體製猶密，非三長莫濟。已而詩亦豈易言哉？予才乏潘江，學虛任笥，獨稍識慚好，異乎瓤貯窖藏，而詩之存，十無四五焉。晚歲杜門，山深日永，因得博窺近代之作，而重有感於本朝詩不及唐之言，蓋奎運盛明，士倡古（原殘留"十"）文倍唐，鳴古道遠過唐，惟詩□（殘留"一"）有如老杜集厥大成，以接引來世。故後生無靳於準諸大家，騁其才學，各據己長。滂葩者架議論以爲高，博洽者櫛故實以爲富，或義理涌出，或姿態橫生，未嘗不光焰希李、杜，閑適慕韋、王，雄而韓，勁而柳，未嘗不風情如元、白，典則如孟、張、夢得、牧之，怪效《月蝕》篇，漫凝《天上謠》。甚者薄唐不爲，又托於近古，以學《選》濃體。三百年間，要亦何所不有哉。其各殫才力之大，學問之夥，極□□，極鋪張，均之不過作國朝韵語而已。逮山谷卓識，首學杜陵，後山妙契而勇從，簡齋神領而隃邁，乃始拔出一代，自成三家。雖聲氣熏染，未能盡除。如《快閣》聯，送秦觀前章，咏梅花首尾絕折，入於俗評，所謂膾炙者尚多有之，然不能掩三先生之超悟，而隳其所已成。獨江西一派，號爲宗黃，而傍出橫流，風骨殊絕，其實不過作宋語。四靈一支，號爲宗唐晚，而效顰學步，工力更懸，其實不過又別作一種□宋語。伯樂觀馬，陸羽辨泉，識者固已望而得之。予爲其懼，益取己作，刪而又刪。平近俚，遒類生，深疑庋，高涉誕，麗趣靡，約鄰於缺，豐入乎羨。或有是數美，而撲法則遠；或無是數病，而於用亦乖。江湖疏俊，鬼神荒幻，房闥低昵，是皆不得在列。而詩之存，十無二三焉。編成，會之若干，又大愍曰：商逮周季，千四百餘年，詩三百五篇耳。予何人，敢抗盛古哉？覆視其篋中，則所謂熏染未能盡除者，正復不少。方遴選終日，欲取音節體製粗如而小補於詩教者，各存一二，餘并焚棄之。客或言："得無已忍歟？必然者，公諸後之刪乎可也。"予亦倦，少休，姑束閣以俟，而命曰《自堂存稿》。咸淳甲戌十望，賜進士第、朝奉大夫、提點江西刑獄兼制閫參謀前工部郎中玕谿陳杰燾甫識。

湖南省圖書館藏葉啓勛抄本《自堂存稿》卷首。

按：諸閣《四庫全書》本陳杰《自堂存稿》卷四載文二篇，均爲誤收。

# 曾子良

曾子良（1224—？），字仲材，金谿人。咸淳四年（1268）第進士，調興安尉，遷淳安令。入元，程鉅夫薦爲憲僉，不赴。扁其室曰節居。學者稱平山先生（王梓材等《宋元學案補遺》卷八四）。

**題汪水雲詩**

汪子元量《燕山稿》，文山既序之矣。《湖山稿》，俾余着語焉。余觀之，見其出入貫穿，馳騁上下，皆大家數。樂府自昌谷，五言佳處，往往自工部。德祐元、二年間，買似道悉精銳，竭帑藏以出，國人皆知其有無君之心，知而不敢言，言而不敢盡，君能抉剔奸腸，萬世之下，猶足寒亂賊之膽。白虹貫天，乃知其爲藍田之玉，蓋其一點忠義之氣固如此。而其病簡齋體格如一，則其識固高。爲人質樸簡默，似不能言者。其詩乃如此，此其詩必傳。南豐曾子良亦陶。

《大典》卷九〇九。

按：曾子良，入元不仕，故當入《全宋文》。《全元文》册卷五一四四載其《水雲邨吟稿序》《宅相二山集後序》《論語四贊》《真風殿記》等七篇，不具錄。

# 熊 瑞

熊瑞，字西父，號冕山，餘干（今江西餘干西北）人。咸淳七年（1271）第進士，調廬陵教授，遷國子正。宋亡不仕，自號清虛道人。有《瞿梧集》，已佚。（參《養吾齋集》卷一〇《瞿梧集序》、鄧文原《巴山集》卷上《熊西父瞿梧集序》、清同治《餘干縣志》卷九）。

### 明堂禮備樂和賦

丹宸思孝，明堂藏祠。禮既備以享此，樂亦和而感之。裡在所嚴，中寓交孚之實；敬於我盡，音諧中節之時。聞之君有所親必有所尊，祭如以文何如以實。儼然對越，此敬肅肅；隨所感通，厥音秩秩。制而爲禮，作而爲樂。於堂之明，備不在物，和不在聲，自心而出。時也伊嘏既饗，肇裡有成。赫赫儼臨乎穹昊，洋洋如對於神明。若曰心術精神，有無感不通之妙；聲容文物，皆積中發外之誠。惟天惟父，此地昭格；是禮是樂，吾心所生。伊霜露之感，春秋之思，宗祠煌穆；凡玉帛之粲，鐘鼓之節，實意流行。但見夫帝可承於駿奔，執豆之儀；考來格於獸舞，鳴球之樂。散則形器，斂而誠慤。物所以多，將敬內之玉帛；音所以諧，發胸中之祉角。蓋鬼神裡樂，雖幽亦明；必方寸中間，有純無駁。地昭永孝，九重益致於肅雝；制不求文，六律且諧於清濁。大抵心乃神之會，於祭可見；物無意以將，其文特虛。蘋蘩何所薦，信所薦爾；笙鏞豈能格，德能格歟。故八窗重屋之肆祀，即丹府靈臺而有餘。璋粲璧輝，天則森布；金鏗石調，心聲發舒。不有實也，亦徒祀歟。想美以盛儀，寓漢室薦神之際；諒洽於至德，在周宮享帝之初。吾故謂和明堂之聲，不在乎祉暢宮宣；備明堂之物，豈專乎牲陳幣奠。蓋其神與此念以相接，況所祭於斯時而如見。今也文鍾於樂，文純德之流動；禹冕致美，禹孝心之發見。則知多其儀物，未必成享；苟有明信，庶幾可薦。果事之至也，威儀式稱於三千；若祀以文之，歌舞謾形於六變。嘗論夫禮廢於《內則》，何取祭義；樂謠於《關雎》，有慚我將。蓋游衍莫畏於天威之鑒，而左右最關乎神聽之洋。毋小人同其和，工敢鳴玉；毋後宮極其備，妾形襘裳。非平日宮庭，常積意誠之學；豈一旦禮樂，可登宗祀之堂。切笑夫唐重九筵，圭璧曷污於房闥；秦嚴五室，歌弦胡侈於宮妝。雖然不誠無物，神固難乎；助祭非人，心胡能啓。今此廟而終穆，宣其意於歌咏；裡不敢宿，將此忱於拜稽。然則於明堂而相嚴父，配天之祀者誰歟？有周公之作樂制禮。

《大典》卷七二一四引熊冕山《瞿梧集》。

### 主用民賦農功如何論 咸淳己巳，京學類申論魁

近古而不勉之復古，君子惜其言之不知本。井田，農之古也。古者上之取乎下，下之供乎上，羨然有餘裕者，井田而已矣。自夫良法決壞，民之務農者寡。供焉者既竭，取焉者亦匱，而上下始交病。漢去古最近，井田猶可古也。晁錯知勸農，而不知所以爲農功之本。奚農爲哉，不農奚爲其賦，不賦奚其用？云云。請先古漢之農。農自肇畬闢以來，爲生民一日不可闕之事。井田又爲吾農千萬世不可易之古。古孟軻氏日以王道行李戰國，口刺刺談農不輟，山之東翹企以殍觥飯。齊梁迂之，滕稍可語古。鷄豚植桑之樂，萬目於布縷

絲粟之征,能古否乎？阡陌而秦,誘三晉願耕之氓,以實地於山西,瞠然以富强震六合,走黔首於頭會箕斂之下,而不敢喘息。秦不師古,天地之大變也。嗚呼！秦變古,齊梁迂古,滕亦不能古,君子安得不於近古之漢望焉。漢後元邇周之古,文帝又有復古之資。吾讀《漢書》至《籍田詔》,如呼豳原老叟游葵棗春風中。太史公書高、惠《紀》,而詔皆不書,獨帝之詔以上曰書之,蓋其言言淳實,自肺腑流出,無非歸本之論。一履之不華,為農朴素之;一木之不斲,為農嗇縮之。當是時,用未嘗不足。噫！此意古矣。今日為農出一書曰"減今年租",明日復為農出一書曰"減明年租"。當是時,賦未嘗患少。噫！此意古矣。粒我蒸民,莫匪爾極。古聖人以之順帝則也。錯抉囊底智,乃欲柄賞罰而福禍之,毋乃朝暮其三四,若狙公之芧乎？錯之智在於貴粟爾,烏議古井田之制哉。貢也,助也,徹也,皆什一也,而皆微也。賓師給焉,札荒仰焉,匪頒寵禄需焉。帝非窘於用者也,非苛於賦者也。渠渠躬耕,方與芸夫蕘子,浩然出作入息之天。錯籌三便而殿乎農,本之則無,如之何？異日烟火萬里之盛,贊史者獨於農反覆致意,錯立下風矣。長沙傅《治安》一策,慨慷言當世事,且於封建而不於井田,於錯也何容喙？不井而限,宜少近古,竹林清明之識卓矣。惜乎志有餘者道不足,征和之令,已不能復後元之古,況三代乎？抑嘗縱觀往古,禹等九州之賦以作貢,密於帝嚳以前,其後周公之治周,視禹尤詳。然王畿千里之內,法不盡取,未聞以財少為患。漢文景時,天下之財不入於關中,人主不租税,天下諸侯若吴人者,亦不租税其田。噫！今非古矣。漢之區寓僅存吴壤,復不念江南火耕水耨之勞。終夜掩卷,為之傷今思古。

《大典》卷六二四引熊冕山《瞿梧集》。

按：《大典》文首附云："主文劉省加辰翁批：筆力如千歲虯松,偃蹇傲倨乎巉崖峭壁之上,雪霜之操凜如也。"

## 顏達龍

顏達龍（一說顏達）,江陵人,宋末元初在世。家貧力學,行義自持,不苟取給（文淵閣本《湖廣通志》卷五七）,著有《詩經講說》。

### 尊師重教

凡人之性,未有不善,亦未有不資於教也。自古迄今,無聖愚賢否,皆知師之可尊者,重教法也。

《大典》卷九二二引《顏先生百衲錦》。

### 社稷

人非土不生,非穀不食。知土穀之不容一日廢,故社稷之祀亦不可廢。人臣有平土之功,則取以配社；有播穀之功,則取以配稷（《群書考索別集》無以上四十九字）。"載芟載柞,其耕澤澤",此春祈社稷之詩也。"其崇如墉,其比如櫛",此秋報社稷之詩也。夫廬居族處,非土不生；枵腹張頤,非穀不食。知土穀之不容一日廢,則社稷之祀,如之何其廢之？是故人臣有平土之功,則取以配社,如共工氏之子龍,高陽氏之子黎是也。有播穀之功,則取以配稷,如烈山氏之子柱,厲山氏之子農是也。古人崇重之意為何如？而祭之以春官,卜之以肆師,擇之以元日,重藏事也。行之於新邑,禱之於枌榆,立之於洛陽,示尊敬也。其崇重之意又為何如？蓋自不立官稷,而祀稷之禮（《群書考索別集》下有"始"字）廢；不建周社,而祀社之禮(《群書考索別集》下有"始"字)壞。一變於漢之中世,再壞於唐之建州,況復有《載芟》《良耜》之(《群書考索別集》下有"遺"字)意乎?吁!此張文琮所以有何觀之嘆。然而社用羊、豕,稷用黍、稷,又奚為不用犢祭?蓋用犢乃祭地之禮。社稷雖地祇之屬而非地,猶五常("常",《群書考索別集》作"帝")為天之尊神而非天也。社安得不用羊、豕,稷安得不用黍、稷乎?吾於此又知社稷為土穀之正神,實非人為之也。

《大典》卷二〇四二五引《顏先生百納錦》。又見書目文獻出版社 1992 年版《群書考索別集》卷一四《社稷之祀不可廢》。

### 正玄

我朝邵先生之作《正玄》,正楊子雲之《太玄》也。正者,正救之謂也,實欲以正《太玄》之所未正也。三復《正玄》而知先生有功於《太玄》深矣。陳漸之《演玄》,所以發《太玄》之旨。吳祕之《音義》,所以發《太玄》之疑。陸績之《釋失》,所以辨《太玄》之惑。夫發其旨,祛其疑,固有賴於陳漸、吳祕之功。而正救舛訛,若非陸績以釋其失,則後世之惑滋甚。吁!又孰知陸績之後,而我朝邵先生堯夫之《正玄》乎?夫所謂正者,則正救之謂也。以楊子雲之《太玄》,而邵先生正之,固非短於雄而訕己所長也,實欲以正《太玄》之所未正者也。愚嘗三復《正玄》,而知邵先生有功於《太玄》也深矣。且方、州、部、家,名曰四重,《玄》何義也。《正玄》則以方、州、部、家而為爻之形象,而以上下命名,真足以正《太玄》之四重,亦猶《易》卦之有上下爻也。由初至上,分為九贊,《玄》何拘也。《正玄》則自一至五,而以五行次之,真足以正《太玄》之九贊,亦猶《洪範》之序五行也。《玄》有十二卷,《正玄》則以九天分為九卷。《玄》有八十一首,《正玄(原作"元")》則以九首各為一卷。《玄》九首僅一配土,《正玄》則以水火木金土隨次序而品第之。至於象工、象几、象示、象止、象器、象亦、象坐、象光、象幽之數,無非正救《太玄》,而為子雲鑽皮出羽也。不然,著何以用三十三首,何以依八十一乎?信乎先生之有功於《太玄》也深矣哉。《太玄》之有方、州、部、家,亦猶易卦之有六爻也。其研幾極深,隱微奧妙,蓋非淺學所能到也。是知子雲之精於數也深矣。不讀《太玄》,無以知方、州、部、家之畫。不究索隱,無以辨方、州、部、家之名。夫《太玄》之有方、州、部、家,亦猶易卦之有六爻也。易之六爻,亦下畫上。《太玄》之方、州、部、家,則自上畫下也。故一首各有四重,八十一首總有六百四十八畫。方其未畫也,策用三六,儀用二九,蓍虛三而卦一數起,三而再揲,八揲始成四重,而定一首之名次。及其將畫也,一方分三州,一州分三部,一部分三家,故有三方、九州、二十七部、八十一家之目。迨其既畫也,方取方伯之象,州取州牧之象,部取一同之象,家取一家之象,以上統下,以寡制眾,而八十一首成矣。故以縱而觀之,方則二十七首而一變,州則九首而一變,部則三首而一變,家則一首而一變。以橫而觀之,方則九變,而州八十一首,州則九周而盡八十一首,部則三變而周八十一首,家則三周而盡八十一首。研幾極深,隱微奧妙,蓋非淺學之所以能者。愚是以知子楊子之精於數也深矣。

《大典》卷四九三九引《百納錦》。

### 射可以觀德

"仡仡勇夫,射御不違",此《書》之論射也。"終日射侯,不出正兮",此《詩》之論射也。夫射者,所以觀德而非事乎?張弓挾矢之可觀也,必心正體平而後可以言射,必周旋中禮而後可以言射。否則,威儀不肅,動作不文,雖有逢蒙、后羿之藝,無益也。是故天子射熊,諸侯射麋，大夫射虎、豹，士射鹿、豕，明其德之所服有大小也。天子百二十步，諸侯九十步，大夫七十步，士五十步，明尊卑之所服有遠近也。天子以《騶虞》，諸侯以《狸首》，大夫以《采蘋》，士以《采蘩（原作"藻"）》，明奏樂之上下有節也。天子合九而成規，大夫合五而成規，士合三而成規，所射之弓異也。天子六耦三侯，諸侯四耦二侯，士三耦犴侯，所射之侯異也。天子射於郊，諸侯射於境，大夫射於鄉，士射於學，所射之地異也。吁！射禮其可廢乎哉？若果可廢，則《禮記》胡爲有射義，《周官》胡爲有射人，《白虎通》又胡爲有鄉射乎？雖然，二十學射，是又男子之事，而士君子之所當肄習者也。

《群書考索別集》卷一三。

### 大祭合祭之義

"有來雝雝，至止肅肅"，此豈非《雝》之詩乎？讀《雝》詩十六句，則知爲禘文（原作"商"）王而作也。"天命元鳥，降而生商"，此豈非《元鳥》之詩乎？讀《元鳥》三章，則知爲祫高宗而作也。禘祫之祭，其來尚矣。蓋禘之爲言大（原作"祭"）也，惟大祭則謂之禘。祫之爲言合也，惟合祭則謂之祫。或謂之間祀者，以其祭在四時之間也。或謂之盛祭者，以其合五年再（原作"粢"）盛之義也。是故三年一禘，重其事也。祫以五齊，禘以四齊，昭其數也。禘以四月，祫以十月，正其時也。所以序昭穆，所以貴功德，所以尊人君，所以廣孝道，則禘定尊卑，合度飲食，固非徇虛議而循故事也。奈何魯以諸侯用天子之禘？而禘禮之廢，自魯始。後漢以君臣并列於祫祭，而祫禮之廢，自後漢始。更歷至唐，抑又甚焉。或祫在禘後三年，或禘在（原作"或"）祫後二年，或禘祫并在一年。祀典不明，先後倒置，雖粢盛必潔，酒泉必香，器用必備，又奚取於禘祫哉。善乎元燦之議，以五年再祭爲證徐邈之說，以六十月中置一祫爲常，此又足以發明古禘祫之義，而爲後世標準之論。

### 獻莫重於祼

"王入太室"，此《書·洛誥》言祼之祭也。"灌用鬱鬯"，此《禮》郊特牲言祼之義也。夫祼者，灌也。謂獻尸求神而用鬯，始祼也。吾夫子曰："禘自既灌而往者，吾不欲觀之矣。"蓋獻（原作"欲"）祼爲歆神之始，而獻莫重於祼也。是故大君執圭瓚，大宗執璋瓚，明祼之必有尸也。春夏用雞鳥，秋冬用斝黃，明祼之必順時也。有鬯人以司其鬯，有小宰以贊其事，有鬱人以詔其儀，明祼之必有司也。灌用雞尊，則爲夏制；灌用斝尊，則爲商制；灌用黃尊，則爲周制，明祼之必有尊也。王再祼而酢，則爲上公之禮；王一灌而酢，則爲侯伯之禮；王一祼而不酢，則爲子男之禮，明祼之用酢禮也。然宗廟用祼，天地大神不用，何耶？曰："宗廟用祼者，人道也。非人道有所不用耳。"

### 求雨之祭

書雩祀之失者，莫詳於夫子之《春秋》。辨雩祀之時者，莫詳於穎達之《月令疏》。夫雩者，求雨之祭也。建巳之月，常用焉。故有以"雩"音近"吁"，而謂女巫吁嗟之祭。又以雩爲遠，而謂遠爲百穀求雨之祭。曰吁曰遠，義雖不同，其所以爲求雨之祭一也。是故天子雩於上帝，諸侯雩於上公，言雩祀之必有別也。天子禱九州山川，諸侯禱封內，大夫禱所食邑，言邑祀之必先禱也。或者則曰周以四月，秦以五月，何耶？吁！是特未之思耳。蓋是周人以建子爲正，四月雩者，今之二月也。秦人以建亥爲正，五月雩者，亦今之二月也。周曆起元自冬至甲子，故四月以東方蒼龍星見而雩。秦曆自孟春起，日在營室五度，故仲夏之月以昏亢中而雩。要之亢中，此所以爲龍見也。不然，周何以用四月，秦何以用五月乎？

雖然，《穀梁》說以得雨曰雩，《公羊》說以言雩則旱見，是又二家之說爲不同。而愚以鄭氏釋"廢疾"證之，則《穀梁》之說爲得也。

### 取神明告示之義

自呂令有"鳥至祠禖"之說，而後世始以高禖爲嘉祥之神。自穎達有"從帝而見"之說，而後世始以高禖爲配祭之人。夫古"禖"字從女而今從示者，蓋取神明告示之象。是故祠以仲春，正其候也。祭以太牢，尊其物也。祀以南郊，重其事也。然祠禖之說雖不廢於後世，愚不知始立是祠者誰乎。嘗考之《詩》傳，有曰"姜嫄從帝而祠於郊禖"，又曰"簡狄從帝而祈於郊禖"，則是姜嫄、簡狄之前，先有神矣。故蔡邕之論以爲高辛已前有之，實據《詩》傳云爾。又考之《殷本紀》，有曰"元鳥遺卵，娀簡吞之而生契"，則是高辛之世有此異祥，而後王以爲禖官矣。故鄭康成之論以爲高辛已後有之，是又得之《殷本紀》也。蔡邕謂高辛已前，康成謂高辛已後，二論抵巇，將何取正？抑嘗思之而得其說。蓋高辛已前實有先媒之祀，高辛已後始更高禖之名。夫以禖神而謂之高者，正有取於高辛配祭之義。故高禖立而先禖廢矣。不然，高禖之說胡不聞（原作"開"）於高辛已前乎？

### 牲牢

"騂牡既備，以享以祀"，此《旱麓》之詩也。"享以騂犧，是享是宜"，此《閟宮》之詩也。特牢之用，其來尚矣。蓋牛、羊、豕曰牲，而繫養曰牢。古人之所以行禮者，皆是物也。是故虞祭用特，周祀用五，所用之數不同也。夏后用元，商人用白，周代用騂，所尚之色不同也。或用之於祭祀，或用之於賓客，祭享之禮異也。天地之牛角繭栗，宗廟之牛角握，小大之祭明也。然則牲牢之用，烏可去之而廢禮哉？蓋自魯僖郊免牲，而君子始嘆其非。自吳王用百牢，而君子始議其僭。自宣、成、定、哀改牛而郊，而君子始譏其失。《楚茨》之刺興，而"潔爾牛羊，以往烝嘗"者，誰乎？《甫田》之咏作，而"與我犧羊，以社以方"者，又誰乎？是則以微物而廢禮，奚爲不謹於用牲乎？愚故爲之說曰："爾愛其牲，我愛其禮。"

### 五齊三酒

觀周酒正之職，而知五齊之辨；考鄭司農之注，而知三酒之名。夫國有祭祀，齊必用五，酒必用三，以其至誠，不尚味而貴多品也。知《坎》之樽酒二簋，而不知有孚之心；知《旱麓》之清酒以祀，而不知不回之德。冕服趨蹌，事文飾也。八樽充溢，崇縟典也。器用精潔，侈虛文也。共粢盛耕，循故事也。若是，則享多儀。儀不及物，又奚取於五齊、三酒？蓋五齊者，泛、醴、盎、緹、沈是也。三酒者，曰酨、曰澄、曰清是也。泛齊之味尚乎泛薄，故祭祀以泛齊爲先，非取其尚質之義乎？清酒之味近於清美，故享禮以清酒爲後，非取其後文之義乎？鬱齊雖薄，不數於六齊；元酒雖淡，不與於三酒。又豈非鬱爲九獻之先，元爲五味之本乎？吁！知此則知祭祀之典，不在物而在誠，不貴華而貴質。否則，西鄰之禴，視以爲簡；南澗之蘋，視以爲陋矣。故秋稻必齊，麴糵必時，湛熾必潔，水泉必香，然後奉五齊、三酒以祀，庶乎神之聽之，介爾景福。

以上見《群書考索別集》卷一四。

### 土圭求天地之中

自伏羲造蓋天，而土圭之制已寓。至周公稽日景，而土圭之名始立。迨虞氏用九尺表，而土圭之用始驗。其所謂土圭者，所以求土地之中，而稽日景之永短也。是故掌以司徒，崇地官也。縣以陽城，辨中域也。立表於夏至之日，示相等也。置圭於晝漏之半，取中正也。然則天地之所合,四時之所交,風雨之所會,陰陽之所和,不以土圭驗之,其可哉?要必置中圭而後可以測日之中,置南圭而後可以測日之南,置北圭而後可以測日之北,置東圭而後可以測日之東,置西圭而後可以測日之西。否則,不足以辨千里之景也。必於平地立南表,而後可以測南土之深。望北極立北表,而後可以測北土之深。於東方立東表,而後可以測東土之深。於西地立西表,而後可以測西土之深。於南表影末立中表,而後可以測中土之深。否則,不足以辨五方之正也。由是而推證之於天,則爲春,爲夏,爲秋,爲冬。驗之於地,則或東,或西,或南,或北。質之於人,則多暑,多寒,多風,多陰。舉造化之大,皆不外於尺有五寸之制,又奚必候氣於緹室,占象於渾天,定晦朔於蓂莢哉?蓋天地之升降,不過三萬里。自地以至日,不過一萬五千里。圭之景苟差一寸,則地差千里。宜矣!故古人置五土圭,而皆以千里爲證,是必有高天下之見。

《群書考索別集》卷一六。

**名儀象**

觀楊子雲八事之難,則蓋天不如渾天。觀蔡邕無師法之譏,則宣天亦不如渾天。觀《晉志》"好音狥異"之語,則昕安穹天,皆不如渾天。夫渾天,乃顓帝之始造者也。周旋無端,其形渾渾,此則爲渾天之名。上以璣運,下以衡窺,此則爲渾天之儀。日月更迭,星宿蟠羅,此則爲渾天之象。究其名,驗其儀,考其象,定三光之出入,逆陰陽之升降,推歲序之往來,有不必造緹室之律以候氣,正陽城之土圭以測景矣。是故梁置於重雲殿,隋置於觀象殿,太宗置於凝暉閣,皆所以寓崇重之意也。魏永興有銘,唐元宗有銘,崔子玉亦有銘,皆所以示不朽之傳也。虞帝用璣,張衡用銅,梁令瓚用木,魏永興用鐵,皆所以爲造器之驗也。平子轉之以水,葛衡動之以機,張思訓代之以水銀,皆所以成轉運之法也。有六合儀,有三辰儀,又有四游儀,李淳風所造之儀也。有雙環規,有單橫規,又有單規,梁人所置之規也。有陽經環,有陰經環,又有璇極環,僧一行所製之環也。渾天造化,精深微妙,又豈容以淺識肆其喙哉。彼梁武帝立新意以排渾天,王仲壬以掘地有水駁渾天,是皆未知渾天之妙者也。

《群書考索別集》卷一七。

按:《群書考索別集》引顔達龍之論十條,其中論社稷一條見《大典》,引作"顔先生百衲(原作納)錦",則其餘九條當亦出此書,故附於此。另元劉瑾《詩傳通釋》注引顔達龍之論二條,當出《詩經講説》,不具錄。

# 陳仁子

陳仁子(1253—1331)①,字同甫,號古迂,茶陵人。咸淳十年(1274)漕試第一。宋亡,不仕。博學好古,以刻書爲業。

**唐詩序**

唐以詩取士,士亦以詩名家。韵人才士,露穎挻奇,或皭若冰霰,或膩若瑚璉,或蒼古

---

① 陳仁子生卒年,參"茶陵歷史人物簡介"(http://www.docin.com/p-1360678052.html),未知所據。然《牧萊脞語》卷二《酴醿賦》下注:"此辛未作也。時予年十九矣。"據此,其生年確爲公元1253年。

若岩柏，或眩怪若海濤，或綺麗縝密若閟帳流蘇。千載而下，嚅嚌涵泳，竟莫闖其藩。世人觀盛唐詩，云是一種言語，晚唐又別是一種。一代制作，果異乎哉？家以詩名，詩以家異：李豪、韓贍、韋澹、柳遒、白通俗、杜渾成，呆呆行世，户刻人誦。它有長篇短聯，擅長吟囿，浩如烟海。編綴類刊，人自爲集，俾得與諸老并行宇宙間。飲水知冷暖，當知各爲一大家數。

《大典》卷九〇七引《牧萊脞語》。又見《牧萊脞語》卷七。①

### 太玄經序

《易》者何？變易之書也。或曰非變易也，易從日從月，陰陽根本，希微凝寂之謂也。是希夷受諸麻衣翁然也。《玄》，準《易》者也。源於一，究於九，表裹河洛之數也。分以陰陽，錯以五行，主以二十四氣、三百六十度，倍乘之以八十一首，截乎階厄堂陛之序也，亦易也。而世之窮《易》者難窮，窮《玄》者易窮，何也？世會無窮，理亦無窮。聖人非不可一蹴抉而泄之也，《易》愈窮而愈不易窮。奇耦畫矣，八卦生矣，三百八十四爻衍矣。麋角之解也，芸草之生也，以至獺祭魚豺祭獸也。撼卦氣比之千歲之日，坐致指掌間，易以一定而叙無難也。天有先有後，成（原作"或"，據《牧萊脞語》改）有小有大，體有正有伏，有互有參。上經首《乾》《坤》，而二老對立也。下經首《咸》《恒》，而二少合體也。《頤》與《大過》，偶在《坎》《離》之前也；《中孚》與《小過》，偶而在《既濟》《未濟》之前也；以至《否》《泰》之相傾也，《剥》《復》之相繼也。一爻之立，各有其意，一卦之設，各有其序。其義深，其例密，聖人悉包藏而雜緯其中，未嘗括而爲一定之説。夫固隨後人之自窮者也。是以言者，尚其辭也；動者，尚其變也；制作者，尚其象也；卜筮者，尚其占也。析之而知其同也，合之而知其異也，充之而知其不可窮也。《玄》之爲書也，《乾》始於子，終於離也。《坤》始於午，終於坎也。以二測當一晝一夜，以四日五分當一日，固配月令卦氣六十之圖，落下閎六日七分之説也。而較諸《易》之窮，無窮何如也。嗚呼！《易》更三聖而後成，韋絶三編而始悟，雄以一人之見，覃數十年之思，欲立擬之，宜世人皆可一覽窮也。眉山翁論雄以艱深之辭文淺近之説，夫世之深淺，非辭也，理也。雄之説亦得《易》之一也。《易》不敢以一定詁，而雄欲以一定求之，鄰於淺而近，宜也。雖然，《玄》亦一家之書也。後學古迂陳仁子同俌書（句，《牧萊脞語》作"元貞丙申秋陳某書"）。

《大典》四九二三。又見《牧萊脞語》卷七。

### 後山集序

文歷邃古之初，典謨雅麗，盤誥聱屈，近古如漢，猶難之。班、楊而降，雲譎濤詭，悴爲唐，豐爲宋。唐文悴，雖經韓柳匕劑，氣脉奄奄，到今猶泉下人。宋文豐，異時歐、蘇祖左海内士，若渥洼墮地，趨趨不易縶。文，小技也，抑果關大氣會耶？黄峻截，秦浩蕩，晁、張深沈，游眉山門，人具一體，黼黻藻火，章施慶宇，最後後山翁，縝密細膩，時人尤未易識度。偃息南榮，荷風襲人，抽卷讀記序，則靈榆古橙，偃蹇而蒼秀也；策論則泰宗封登，屑然有景光也；談叢理究，又幽蘭之自芳，美璞之小試也。人言杜陵詩高於文，世稱公詩必曰陳、黄，至妙處不墮杜後。獨於公文厭飫《思亭記》《參寥序》，餘未覯大方。因刊本詒四方操觚士，

---

① 陳仁子文集現存《牧萊脞語》二十卷、《牧萊脞語二稿》九卷（《四庫存目叢書》集部册二〇收國家圖書館藏清抄本）。《全宋文》《全元文》均未收其人，今僅録其文見於《大典》者，餘不及。

知杜陵,公蓋兼之,持較蘇門,甚矣軻之似夫子也,軻之似夫子也。

《大典》卷二二五三七。又見《牧萊脞語》卷七。

**鴛鴦梅贊**

吾家植梅數本,有鴛鴦梅者,自華而蒂,自蒂而實,自實而調羹,皆相比不相離也。既命工圖之,復爲之贊曰:

嘉魚比目,祥禽比翼。猗歟江梅,比蒂而實。如膠其朋,陳雷之漆。齊眉其配,梁孟之匹。千年精英,化此穎栗。調鼎何時,永堅無斁。

《大典》卷二八一〇引陳仁子《牧萊脞語》。又見《牧萊脞語》卷一四。

**闡儒堂記**爲浯水鄧學正作(題據《牧萊脞語二稿》)

浯鄧國望,築室(《牧萊脞語二稿》作"舍")一區,種竹萬個,將歸爲講訓所。念舊交長公,叱馭温存,索余溪隱。且言異時息齋李公持節使南交,過其廬,作墨竹手卷,題曰"大闡儒風。廉使新齋李公踵記之"。今浡摘"闡儒"二字名堂,丐一言自釋。余曰:"大塊噫氣,號天籟而怒萬竅。融於春,薰於夏,凜冽於秋冬。大木之畏佳,似鼻,似枅,似圈,似臼,洼者,激者,謞者,吸者,揚沙踏屋,松撼半天,蒲弄輕柔,各以其聲應。而獨不見之刁刁之調調乎。閑倚碧鮮,蕭疏玉立,微飆過之,颯颯焉,瀟瀟焉,徐徐焉,寥寥焉。回薄動盪,磨戛清越,萬葉龍吟,泠泠乎,瀏瀏乎。觸之而愠解,襲之而肌清,若與儒道相似。儒道淡而清,幽而深,紆餘而茫洋。噓以仁義,煦以禮樂,披拂以詩書倫紀。茫如捕風,不可捫摸,而能心天地,命生民,太平萬世,吹萬不同。微微相著,亦有潛化而不知所以然。故天假竹風以鼓萬物,人假儒風以楝萬古。一種清氣,并行太虚間而不悖。余試共盱衡人間世,其來也凡幾,而所以來也,將以其地,以其人。秦晉之風多鷙悍,燕趙之風多慷慨,吳越多佻悅,鄭衛多淫靡,獨齊魯誑誑文雅。子且以爲是固然也。非乎?而奚舉世不皆然也。汶陽之濱,鄒嶧之墟,鼓元氣,管橐籥爲教父。父者,蓋有在而匪固然也。動之化之,其體鉅,其機神,其功庸爽快,吾亦不知清韵過此君幾等。世稱孔孟之道與天地并,其地邪,人邪?天之風著於物而物不知,孔孟之風著於人而人亦不知。乘堅策肥,今之風若燕,若趙,若吳越者不少矣,而獨不皆齊魯者,何也?齊魯以文雅,文則淡,雅則難合,曷振而動,曷颭而入,亢焉捍焉,嗤且訕焉。在吾黨,士不得不任其責也。吾老矣,尚不忍捐素業,暇日肆餘力,創學宮,析壤市書,廩海內學子,窮年講貫,庶幾爽籟吾伊,或可砭人骨,清人懷,濯世塵而滌歊塋。矧國望司教來上爲今太宗師,歸而闡之,特一揮箠易耳。儒者,何世道所繫也。嘗一厄於阮焚矣,賈、董獨闡於洛都廣川而不悔;嘗再混於清談矣,文中子獨闡於河汾間而不倦;嘗又蝕於華戎之戰爭矣,周、程、張、邵獨闡於濂洛關右而不群。當時觀數子不知其闡者爲可貴,數子在當時亦不知其所以闡者爲可辭。千載而下,灑然猶可挹孔孟遺風,旁薄六合,一縷薰焉,服媚而不絶者,數子力也。吾與國望其獨無意於斯乎?則願相與勖之。清陰滿林,琅玕挺直。國望坐皋比,招諸生林下,坐春風中,將隨撞擊吟弄,各有得。襟袖飄蕭,豈無咏歸若點者。簜兮簜兮,風其吹女。儒兮儒兮,闡之在子。吾將寓目焉。國望國望,毋多讓。"

《大典》卷七二三五引《牧萊脞語·浯水鄧學正闡儒堂記》。又見《牧萊脞語二稿》卷二上。

**安堂記**

物亦適所安,蟻於垤,禽於巢,狐兔於穴,均也。特芚焉,漠焉,止也。人非芚焉、漠焉者也。宇宙在身,今古在心,位育贊襄在手。東西存問,炊且不及,浙求安也,奚自余隱者也。茫焉,思焉,將求安焉。尚不悟法當何所。東平史侯壯年佐宜江郡,方當上星辰之履,乃以"安"名堂。侯安乎?人情欲安等耳,而未易言也。聖賢之地位不同,義利之界限甚截,一以爲樂窩,一以爲酖毒,一以爲左右逢原,一以爲積薪厝火,譬諸器,吾亦不知孰置而安也。余蒿目一世,嘗見計利鞭箠,勃窣劻勷,航溟海,轍隴坻,聞雞而征,戴星而宿,至困且躓,奈何猝猝無須臾安也。膏粱紈綺,樂閑便静,酗酒癖財,因謂之安,而金谷之危,郿塢之誅,景陽辱井之墜,燕巢幕而烟爐焚也。豪宗甲邸鼎食戟衛,家僮至八百,世之求而安者,彼皆襲而有之,頤指意使,無不快意,且懸薄鑽集,柄權怙勢,竟不免冰山之摧向焉。自以爲安者,皆危境也。人生幾何,百年過化,求其啖蔬啜水,夷猶無事,難已。乃以有限之身,窮無涯之欲,至不滿千萬世談吻,斯人也,其鬱鬱不自休乎?其亦有悔乎?凡可安而不安,非也。不可安而溺於安者,亦非也。可不可未論也,其或有終身不得安者,又何也?且試以侯較余。侯歷仕途,乘朱轓,將爲國措置大事,俸給驕哄,優游閑雅。而余隱居力耕以供伏臘,差可俛仰一世。安乎?非邪。而晨窗夜燈,如針氈,如刺股,立程課,端踐履,求爲聖賢君子之歸,猶日夕遑遑焉,恤恤焉,幾狂乎。韋布士寄身太虚,一梯米耳。所安何事?而豈真無容身之隙?蓋有知止而安,如曾子,而曾何所知?亦有居安資深,如孟氏,而孟何所居?由曾、孟而上有安安,若放勛,而放勛安其何所安?傳有之懷,與安實敗名。或曰安非令德也。聖賢之安,則與世俗異矣,以身觀世俗,盱盱雎雎,草間温飽,即擬以遼東幼安之志,淵明容安之規。以身觀聖賢,千古在前,萬古在後,曾、孟、放勛,浩莫窺一斑。凡世俗以安爲羨者,蓋凛焉,日三省而猶未安也。身,吾身也,亦聖賢之身也。惡乎安,惡乎不安?余間求之六經,而得一所,世或未知也。地廓而平,宇靚而深,俗愿而樸,仁義爲户牖,道德爲膏粱,經史百氏爲几榻。凡居其中,若倚太山,坐平原,略無杌隉震撼之恐。世間決性命饕富貴之欲者,固未嘗躡足一至。或有引而至者,亡何厭而棄之。余與侯且磨戛,且擊撞,常恐越其所而身陷於危險之窣。身安矣,又安其心焉;心安矣,又安於聖賢焉;安於聖賢矣,又援一世皆安焉。此豈易與世俗言哉!余别侯歸舊隱,侯仕日顯,位日高,各勖而勉之。更數年,還以書問侯,曰:"余安矣,侯亦安否?"侯名某,字某。

　　《大典》卷七二四二引陳仁子("子",原誤作"山")《牧萊脞語》。又見《牧萊脞語二稿》卷四。

### 種樹説

　　有語予移樹之訣者,凡移巨樹,其本築以固,欲其屹然而不摇也;其土篩以膩,欲其穊焉而不膠也;其枝葉稀而或秃,欲其末輕而不張乎風也;其時日冬而昉移,欲其液回而足乘乎春也。既種已,間一日斟水以滋焉,而不可淫;編棘以圍焉,而不可近;遲之歲月以俟焉,而不可爪其膚。然後性之傷者復,天之病者徐而全,精神内固,横枝外罨,生意沛乎其不可闋矣。予曰:"是法也,即種學法也。凡學之著乎心,亦猶樹之著乎土者也。簡者其功疏以陋,慢者其味淺以短,躁且污者其質誘以變。今夫學也者,非可易而爲也。温故而肆,玩味精深,猶築之欲其堅也。韋編而絶,程度縝密,猶篩之欲其膩也。靠實以擔之,不事浮華之美觀,猶末之欲其輕而秃也。及時以操之,不聽歲月之蹉跌,猶春之欲其乘以榮也。澆胸以聖賢之義理,而不淫以邪也;去誘以詩書之關鍵,而不近以褻也;計功以日新又新之矩度,而不亟以盈也。夫是以養深而不可撼,誘多而不可移,行之而固,需之而成,躋之而聖賢。雖富貴臨乎前而不羨,刀鋸加乎後而不懾。否則涸可立而待也。嗟夫!人之學也,而種之不如法,是不如老圃者,真不如也。"

《大典》卷一四五三七引《牧萊脞語》。又見《牧萊脞語》卷一五。

## 鄒子益

鄒子益,盱江人。

### 聖人擬天地參諸身賦

天地至大,聖明與參。擬其迹以雖異,并諸身而曰三。稟厥睿聰,位乎中而有立;揆之高厚,質於己以無慚。

厥初判太極而三才,惟聖中兩間而并立。揆之大造,雖若異迹;質以眇躬,曾無二致。擬非求合,同者此理,殊者氣形;參則謂何,顯而吾身,隱而天地。

雖曰德稟睿哲,姿全智仁。顧貌焉淵穆以中處,似判若高卑之位陳。然而職覆職載,惟職教以何慊;辟上辟下,揆辟中而亦均。皆隱然運量之妙用,非求以擬參於聖人。德運乃神,任此化工之托;迹非求象,同然己德之純。

擬者何非規規驗動靜於山川,非屑屑揆往來於寒暑。三極肇判,一機相與。觀上下於堯,躬亦率性;驗幬覆於舜,己同揆叙。茲聖神并立於其間,特幽顯不同於所處。明足有臨,智足有執,爲用也弘;躬不必象,己不必當,并觀其所。

大抵合隱顯而觀,於迹若異;與天地同大,惟王則然。彼琮玉可禮地,由有意於象地;璇璣可齊天,尚容心於察天。惟此則無心於比擬,自然與元化以周旋。行爲則矣,何待取法;動應規矣,奚勞象員。參之爲擬,非有迹也;三者并行,不相悖焉。《大易》修之,不假範圍之力;《中庸》正此,自同化育之權。

且以流形於地,岳瀆山川;有象於天,星辰月日。是雖洪造之迹異,而有大君之首出。其身之正行,同攸叙之五;其身之修政,并以齊之七。果何心擬象以爲參,特其用周流而則一。想周正集命,毋勞占測日之圭;諒黃帝服形,豈特驗吹灰之律。

因知位奠而三,由泥物理;道貫於一,始融性真。今此內境湛一泓之水,宸襟融萬象之春。海晏河清,吾心地之主靜;雲行雨施,吾性天之運神。此又能全造化之全體,見還有一乾坤於一身。堪嗟思正之太宗,德求以合;孰謂齋精之宣帝,利待乎因。

然而天時豈能無旱暵之災,地道亦或失水金之性。聖也德宇之春,不盡發育;善淵之妙,無窮涵泳。君子則曰天地之天地有否剥,吾身之天地無睽離,何待參於上聖。

《大典》卷一四八三七引《大全賦會》。

按:《四庫全書總目》卷一九一著録大典本"《大全賦會》,五十卷",云:"不著編輯者名氏,皆南宋程試之文也。"凡分段處《大典》原文均以空格標識。

## 張深父

張深父,江西人。

### 聖人擬天地參諸身賦

妙擬天地,理融聖神。以同出於太極,故默參於此身。躬睿智以有臨,存誠者至;準高卑而與合,視己惟均。

常人多自累於群形,上智獨妙融於三極。謂胚腪之始,既本同體;則踐履之間,固宜合德。雖人有一身之天地,鮮矣潛心;惟聖參太始之機緘,擬而順則。

神以運德,聰而繼天。胸中元氣之流轉,性内真機之斡(原作"幹")旋。不形其形,默探與形之始;不物與物,妙窺生物之先。蓋吾身造化同所出也,豈妙用工宰得無異焉。作哲作謀,方寸洞澄於淵鑒;以觀以察,一中還有於坤乾。

擬之曰陰陽分動静,則我之動静亦然;乾坤具剛柔,則我之剛柔豈異。厥初相貫於脉絡,反己何容於私僞。係星載岳,混融形著之誠德;降雨流霆,凝合清明之神志。非自形自色,同一本原;何徹上徹下,妙參天地。方龍見尸居之際,盡性無餘;察鳶飛魚躍之間,反躬皆備。

言之曰三才異勢,非有極之外物;上聖踐形,全眇躬之兩儀。彼蜉蝣寄天地,與物何異;醯雞處天地,豈人所爲。惟此氣凝五岳之至粹,心體北辰之不移。乾首尊居,正此元首;坤支順適,暢於四支。使上下蟠際,與我無間;豈土木形骸,所能自知。想文后象明,象以德純之日;諒伏羲觀法,觀於近取之時。

泛觀夫中受天地,毓和粹於性情;形肖天地,寓方員於顱趾。既同得於氣禀,宜罔乖於躬履。何虚舟其體者,不知厚載之德;何死灰其心者,未識好生之理。彼形囿宇宙間,塊爾者位;此心在天地先,自然之擬。是則照臨運德,皆吾之日往月來;行止隨時,即我之川流山峙。

然嘗論物有不倫,則擬之力有待;道如本合,則參之言可無。迨天旱灾殊湯德之配者,水患異堯功之蕩乎。則己憂未得,始驗龍涖之放;而事責過詳,庶幾霓望之蘇。使始焉兩間,非有異證;則渾若一體,果何間吾。是則宜既遇灾,可不行修於瞻漢;光非鬥野,何勞指示於披圖。

乃若河決何時,而多欲自如;霜旱何世,而疲形不已。不曰錫智之王,且因不雨以剪爪;戀德之主,尚以橫流而罪己。如其不知參擬,而徒借天地有憾之説以自文,非聖人之心矣。

《大典》卷一四八三七引《大全賦會》。

# 何文龍

何文龍,三山人。

**聖人以天下爲大器賦**

天下至重,聖人謹持。爲大器以在是,宜歷年而保之。寶位尊臨,襲此纍傳之慶;綿區坐奄,作吾巨用之資。

聖人瑶圖光紹於纍朝,寶祚鎮安於中夏。謂我家付托,斷匪小用;故予心謹重,不容輕假。處兆民之上,獨膺社稷於朕躬;爲大器者何,長保祖宗之天下。

觀夫浚哲高世,聰明冠倫。皇天眷命,奄爾四海;百姓屬心,繫予一人。可不以此重器,負予朕身。智足以臨,任土地人民之寄;安明所置,豈準繩規矩之陳。

是器也,國家重玉,綿亘億年;山河巨鎮,雄吞萬里。要在永保,毋容輕視。受不在球,而在商邑之封域;實非以鼎,而以周原之疆理。捨是爲之,特其小耳。五百年曆數,相傳之統業屬焉；百萬井提封，自治之規模繫此。

大抵人主以一身，負其責以甚大；天下非小物，顧所置之何如。漢祚石盤，關內增重；秦邦瓦解，崤函擁虛。故此萬鈞雖重，寧如萬國之底定；九鼎雖貴，不若九州之奠居。是器可謂大矣，在我毋輕置諸。五不必修，想舜帝治平之際；六何用禮，諒成王綱紀之初。

至如爵云公器，寧假人爲；威曰神器，宜伸天討。器或寓於藏禮，器或形而謂道。雖散而爲用，特天下之一物；矧付予有家，乃域中之大寶。要將揭斯世於無危，所以多歷年而永保。抑見重惟仁舉，歸仁起海北之夫；利以德施，觀德聳山東之老。

又況鼎命啓中興之運，寶龜衍奕代之傳。侯圭男璧，玉帛甸衛；蠻琛夷貝，梯航陸川。雖衆寶畢陳，固天下之願也；然大器當重，尤聖人之責焉。是則奠枕於京，穆穆迓衡之俗；覆盂而治，熙熙擊壤之天。

又當知扶持大物，非綿力之能成；經論重任，得群材而爲盛。鈞璜如望，出逢渭水之獵；負鼎若尹，來就莘郊之聘。然則聖人以天下爲大器，而賢者又天下之利器焉，見臣賢而主聖。

《大典》卷一四八三七引《大全賦會》。

## 周興

周興，潭州人。

**聖人以天下爲大器賦**

器孰爲大，聖宜審觀。以臣忠之過計，措天下於常安。據寶位之至尊，豫思有托；即綿區之巨用，益底多盤。

當其乾符方興運以有歸，震子亦諸祥之非晚。然社稷重任，貴在謀早；故臣子至忠，過於慮遠。非小智所及，惟聖人可與。守邦爲大器者何，安天下宜先正本。

雖曰浚哲高世，聰明繼天。國勢民心之盤固，祖功宗德之綿延。續日（原作"曰"）躋之敬，必有日以重曜；統星拱之民，將有星而粲前。特坤器之傳，至重至大；故臣計若過，不容不然。離照以明，當衍我家之慶；坤輿所奄，敢輕是寶之傳。

蓋曰湯孫未立，球當念於受商；禹子將生，鼎可知於傳夏。事機寧至於過慮，儲嗣豈容於或捨。必本思豫建，民俾按堵；毋嫡不早定，勢形解瓦。繼聖以聖，固有待焉；非器之器，此爲大者。五百年勃興運祚，復欲善承；千萬里奄有封圻，豫防輕假。

吾知夫臣心知愛君，常過所慮；天下非小物，不安則危。況大器晚成，未必無多男之慶；而大器難傾，當先培萬世之基。此明君欲長世以繼體，故儒者合先時而進規。要使國本一正，而磐石九鼎；宗祧載安，而泰山四維。器所謂大，聖其審宜。想文以是傳，鼎有難遷之象；諒成能以守，寶隆所遺之龜。

故嘗謂憲宗中世，豈無憑藉之紀綱；文帝元年，未可動搖於宗社。何大器難獨化，切切於絳；何大器在所置，拳拳於賈。而且國嗣未立，衆等之疏力請；太子蚤建，有司之言具寫。蓋續聖人後，當日圖之；故爲天下計，又寧過也。必言自魏謨之建，始免傳非；使書無楚客之規，孰知安下。

又況璇源襲慶，纔十四世；寶運垂休，何千萬年。然而燕翼之貽，當啓爾後；虹流之兆，未開厥先。宜乎金闕寫丹衷之奏，玉音勤清問之宣。謂日夜豫思，臣計孰矣；雖春秋鼎盛，帝心察焉。又將見繼承寶璽之休，愈躋於盛；恢拓金甌之業，永保其全。

又論之餽邊大計，易傷田里之和；生財大道，毋蹙國家之命。是以壽昌納粟，終損漢富；平叔更鹽，反虧唐盛。是必聖人以天下爲大器，而所以愛護其器者，靡不至焉。則大本不爲徒正。

《大典》卷一四八三七引《大全賦會》。

## 高仕卿

高仕卿，盱江人。
### 聖人以天下爲大器賦
本正上聖，慮闕普天。以是器之爲大，得其人而後傳。據寶位以端臨，重離孰繼；奄綿區而巨用，主震惟賢。

蓋聞祖宗立國，固欲衍於基圖；嗣續得人，乃能安於宗社。創造以來，有是重任；畀付於後，斷無輕假。伊天下乃至公之天下，器亦大哉；非聖人復繼有於聖人，責誰任也。

觀夫正位凝鼎，握符闡珍。纂帝王今古之正統，任社稷人民於一身。念金甌自保，固無負承家之責；而寶奎相傳，尤當資有德之人。非建茲賢嗣，每謹所授；是有此重器，與無則均。稟德冠倫，每異皇圖之衍曆；待人後寶，甚於王府之貽鈞。

是器也，中國磐石，億萬載之丕基；四海廣輪，幾百年之興地。斷匪小用，無容輕畀。夏鼎貴矣，必夏啓以乃授；周寶重矣，非周成而寧遺。繼者述者，必當其人；保之惜之，有如此器。足以有臨也，思子孫世守之謀；擇而後措之，皆夷夏生靈之爲。

天下非小物，猶置器之當謹；聖君付後嗣，必得賢而乃宜。況幾年謹護，萬幸脫乘航之險；使一旦輕授，烏能無累卵之危。故欲奠坤輿之廣，但當嚴震子之司。必文帝果賢，漢璽乃奉；毋扶蘇不立，秦車莫支。知所重矣，曾何殆而。置以宜安，請考賈生之語；定之不易，兼稽李絳之辭。

蓋始者應符創業，幾載規恢；定鼎建都，纍朝培植。嗟前人付我，正期永保於鴻祚；豈今日貽謀，烏可或輕於燕翼。得不嚴國器之守，每擇賢輔；謹神器之荷，必求敏德。使其付授之少忽，縱欲延長而安得。必敬於元子，乃貽陳寶之邦；非祇若嗣王，豈付受球之國。

抑又論付托於後，固有綿延之望；儀刑於前，當□創造之難。必也念神璽之重，則守位惟謹；思銅駝之棘，則寢薪敢安。毋寶貨玉食，嗜好徒逞；毋瑤臺瓊室，逸游自盤。以此正後代家傳之本，斯可堅萬年國勢之磐。將見西北舊甗，故土重恢於疆界；東南半壁，諸侯復會於衣冠。

然昔人嗣皆可立，何必推仁孝之聞；子固宜繼，何必察謳歌之者。蓋與其出於己見，私以授受；孰若采諸衆望，爲之取捨。夫惟今日以儲嗣爲天下公器，而必參之公論而後正焉，大器永傳於天下。

《大典》卷一四八三七引《大全賦會》。

## 鄧王孫

鄧王孫，盱江人。
### 聖人寶天地之綱紀賦

元化攸繫，聖人是司。位天地之中也，即紀綱而寶之。躬全淵懿之資，彌綸所寄；首重高卑之統，綜理於斯。

切原兩間所以立者，扶植之功；一日不容紊者，經常之道。如非謹重於明主，果孰維持於洪造。且天地自肇分之後，綱紀已存；通古今無可泯之時，聖神是寶。

觀夫浚哲生禀，聰明夙彰。念太極分兩儀，有統有會；而大君爲宗子，是維是綱。非彝常一理，自我愛護；則天地中間，伊誰主張。膺此珍符，出任宗師之托；貴兹統緒，俾循高下之常。

寶之如何？正乾之統，貴於乾玉之良；秉坤之維，甚若坤珍之瑞。張理所在，扶持者至。重堯之經，堯但文運；謹舜之叙，舜惟事治。倘非寶此之綱紀，毋乃塊然之天地。一己任成能之責，審所當先；兩儀有定序之常，毋容輕視。

請言夫厥初開太極，綱常之理已具；其間無聖人，造化之功孰全。使漢緯唐經，有少紊也；縱隋珠和璧，亦何恃焉。故此加珍重保全之意，任整齊秩序之權。世未知有極，順帝則以敢後；不可無倫，訪洛書而是先。予非敢忽，乃所謂寶；它有足珍，恐其不然。想黃帝重兹，皆屬緯經之域；諒伏羲珍此，咸歸綿絡之天。

蓋始者天有天綱紀，而日往月來；地有地綱紀，而川流山峙。人知高下，一定者序；孰識經緯，不踰此理。聖乃齊而七政，首在璇玉；叙以九功，先修金水。非聖人寶此，是主是宰；恐元工紊矣，不綱不紀。所以建功自武，叙倫并惟玉之珍；德合於文，爲政喻琢金之美。

夫然故星珠月璧，天象絢彩；河帶山礪，地維闓珍。或晝夜有經，既秩既序；或東西爲緯，以平以均。此真機運轉，果孰王於元造；皆一理扶持，大有功於聖人。不見明三統以運三星，志自班生之述；叙五行而次五紀，範由箕子之陳。

抑又聞經綸穹壤，固已屬於九重；恢張治化，尤有資於衆正。必也經陰經陽，金甌碩輔之當軸；維藩維翰，玉帳元戎之分命。夫惟能寶天地之綱紀，又能寶賢以共寶之，咸仰當今之明聖。

《大典》卷一四八三七引《大全賦會》。

## 汪仲遜

汪仲遜，江西人。

### 聖人寶天地之綱紀賦

綱紀至重，聖神謹持。爲天地以寶此，貫氣形而統之。崇一德以統臨，主張自我；秩兩儀而張理，珍愛於斯。

蓋聞兩間實有資總攝之功，一日不可缺經常之道。使吾心輕視，不任重責；恐元化無統，必虧大造。且天地賴紀綱而乃立，信有其原；此聖明必珍重於其間，以爲之寶。

觀夫睿哲高古，聰明繼天。立一□經常之統，任兩儀宗主之權。若曰德比乾玉，當令乾紐之運轉；躬握坤珍，必使坤維之混全。使紀綱不有以寶也，雖天地亦幾於塊然。眇躬全曰睿之資，輔成責重；一意貴統元之妙，高下繩聯。

豈非陰陽有以繩，乃循寒暑之經；上下無以統，必紊尊卑之位。當貴所保，毋輕以視。堯擧而經，重於堯玉之薦；文勉以張，有甚文龜之遺。何常經所在，視若珍寶；蓋一目不張，有虧天地。九重儼若，宸躬膺輔贊之權；歷代重之，元化得彌綸之義。

大抵綱常正理，貫三極以統攝；明聖贊化，謹一心而主張。況扚衡天之綱，環拱衆星之列；江漢地之紀，流分萬派之長。信所謂商緒周經之秩，有甚於隋珠和璧之良。山河由此正，襟帶咸秩；日月自此明，緯經有常。使大經不謹以不重，則洪造孰維而孰綱。想黄帝羅星，何必元珠之索；諒成王經野，無煩鎮器之藏。

是寶也，考之於《易》，綱曰提綱；著之於《書》，紀云叶紀。向非寶重河圖，彌綸八卦之道；寶居皇極，紬繹一中之理。則何以天以之經，歲月運轉；地以之緯，山川流峙。凡上下千餘年，宇宙秩若；皆前後數聖人，始終寶此。使統如失漢，漢皇何取於振金；若綱既漏秦，秦帝徒誇於傳璽。

常觀天經斁於旱，勢極焚虐；地維裂於水，倫嗟汨湮。迨夫周綱復振於鳴佩，夏紀力扶於有鈞。所以績用底成，自致琳琅之貢；蘊隆已殄，何勞圭璧之禋。於紛擾之餘，復秩定位；見統攝之功，有資聖人。更令績就撫辰，亦仰體在璿之玉；抑使經勒强海，又將分釐瓚之珍。

抑又聞胸中有造化，器與道融；心上起經綸，理明欲净。故我金石其令，謹綸綍於告詔；圭璋其行，守準繩於德性。是必寶一身之綱紀，而後能保兩儀之綱紀焉，建天地而關百聖。

《大典》卷一四八三七引《大全賦會》。

## 陳彥誠

陳彥誠，盱江人。

**聖人寶天地之綱紀賦**

綱紀至重，聖神謹持。因天地之錫此，任宗師而寶之。端履位以有臨，妙而獨運；保常經之無墜，足以相維。

聖人貫統形統氣之機，妙立極立心之道。謹重一意，扶持大造。且天地豈能自運，予總其權；使紀綱少有不齊，是輕其寶。

觀夫黼設丹扆，琉垂紫宸。知此理實兩間之脉絡，在吾心妙萬事以經綸。且曰典雖所秩也，予必敕典；倫固所界也，我當叙倫。能於綱紀視以爲寶，所謂天地立之在人。以執以臨，得工宰獨專之妙；曰張曰理，誠高卑可貴之珍。

是寶也，藏於家兮，繩繩父子之倫；瑞於國兮，總總君臣之義。以齊洪造之常序，以秩化工之定位。舉堯之經，大符堯帝之訓；勉文之緯，紹即文王之遺。此聖明中有主宰，捨綱紀外無天地。統御仰聰明之冠，運以不窮；整齊合上下而觀，保而無墜。

請言夫幽明與并立，異勢同理；今古不容墜，三綱五常。況乾成男坤成女，人之性本貴；而陽爲夫陰爲婦，氣之和亦祥。信彝倫可不珍重，在上聖力爲主張。湯后肇修，旒不必綴；成王以治，鎮奠待藏。則知欲立天地，在扶紀綱。想尺璧可輕叙，道本爲於夏后；諒介圭寧用緯，方由起於宣王。

蓋始者瑞陳龜字，胚腪正直之彝；珍負馬圖，發露剛柔之理。向非寶皇極兮，範建周武；寶神易兮，畫陳羲氏。則何以定八卦之首，而植立乾統；叙五行之次，而維持歲紀。非秩吾常道可與立者，是有此至珍反爲輕耳。毋若亂繩，未理璧徒托於雍郊；寧如失統，莫操鼎謾誇於汾水。

迨夫人紀一齊，地紀截若；朝綱一肅，天綱秩然。琴入五弦之奏，帶兼四海之連。貫作珠星，合作璧月；植爲朱草，液爲醴泉。以此見闡握珍符之地，皆有關扶持正大之天。更令永以綏民，商后弭雉飛之鼎；謹而徽典，姚虞正璣在之璿。

終之曰鈞衡改正，則星且改躔；鼎鼐失調，則水因失性。必也綱戒其陵，拳拳補袞之望；紀齊所領，藹藹綉裳之咏。是又所寶惟賢，以共扶天地綱紀焉，咸仰臣賢而主聖。

《大典》卷一四八三七引《大全賦會》。

## 陸定甫

陸定甫，盱江人。

### 聖人接三才理四海賦

道貫太極，聖司治權。理四海以孰是，接三才於自然。嚮此離明，因統元而紹續；推而臨御，默與世以周旋。

聖人即心爲夷夏之經綸，揭人與乾坤之綱紀。續其一脉，未始少間；治彼群方，曾何強使。且四海非三才，外物無所容私；接三才於四海，中間是之謂理。

大以能化，廣而運神。自渾淪筆判於萬象，而總攝實歸於一人。所以身有極之後，繼繼建極；冠群倫之上，綿綿叙倫。純乎任理，以接以續；外此爲治，孰成孰因。祖乾綱於兼御之時，使之聯絡；通泰道於皆徠之域，順以彌綸。

吾非創爲之統，而臨統一之天；吾非強習其紀，以御紀爲之地。貫必有道，治寧任智。格上下授人時，南秩朔易；叙平成厚民生，東漸西被。運其機而不強以力，舉斯世亦莫知所自。陰陽之準，民極之立，續續匪私；舟車所及，人迹所通，安安無事。

吾故曰總一世權綱，初匪容力；續三極脉絡，當無已時。蓋覆載中物，莫踰天地之形氣；宇宙內事，不過君民之訓彝。故聖也本諸性以非鑿，安群生於不知。則皆順帝，道化四被；智若行水，教聲四馳。接之勿使間耳，理者曾何強其。若曰兼臨，三復華譚之語；如云奧廣，載稽仲郢之辭。

蓋四海乾清坤夷，惟驗乎河岳日星；家齊國治，所辨者君臣父子。然而三統不屬，元氣間斷；三綱少紊，彝倫廢弛。是必有叙疇之主，乃悦服於內外；無修府之君，曷會同於遠邇。信接而理之，非矯拂也；特因彼本然，以維持是。不見堯邦奄有文經，相與以運行；湯域肇開人紀，實爲之終始。

彼有昧三才於胸中，以絶爲繼；置四海於度外，雖安易危。鼙稔西屠舞殿風雨，禍基南幸華清苑池。或艷挺趣馬，侵國之難作；或色嬖羊車，亂華之變隨。於大造生民，祇自絶耳；則一縷治脉，將誰續之。豈止夫仙承臺露於柏梁，耗虛者漢；人綴衣冰之花彩，沸涌於隋。

又孰知聖全仁義，先得我心；聖極動靜，互根二氣。斂而方寸之變化，散則萬形之經緯。故曰未理則爲三才已奠之四海，既接則爲三才未判之混元，聖乃混元之謂。

《大典》卷一四八三七引《大全賦會》。

## 余子範

余子範，盱江人。

### 聖人接三才理四海賦

聖以順動，治非力爲。合四海以主是，接三才而理之。洪惟貫道之君，妙融其際；安彼從風之域，各得其宜。

切原造化人心，有此自然；聖明治世，因之而已。惟順其成法，洞洞幽顯；故何所容力，安安遠邇。聖接三才之一脉，形其無形；時臻四海之群生，理皆自理。

觀其德冠於古，化馳若神。動作蔑一豪之僞，流通本太極之真。繼善之成，續續陰陽之道；緝熙之止，繩繩父子之倫。蓋合氣與形，本不外理；故成順致利，因而治人。不可知之謂神，顯幽無間；推而放諸而準，脉絡相因。

由是上乾下坤，垂世衣裳；愛親敬長，示人仁義。物各付物，事行無事。配順得人，安堯奄有之域；平成治事，叶禹會同之地。蓋三才之理，當然而然；故一人之治，因利而利。從容以中，合財成左右之宜；矯揉毋容，極南北東西之自。

吾知夫一道妙之真，自散氣形之内；開世運之治，豈容智力之私。蓋物物具乾坤，惟順乾坤之位；而人人有孝悌，俾先孝悌之知。況此上判斷鰲之極，下安慕蟻之思。高卑之位，爲萬世以制禮；長幼之倫，由九疇而叙彝。吾惟性所性以接此，彼自安其安而得其。奧且廣焉；《傳》載稽於仲郢；兼而兩也，《易》乃繫於宣尼。

蓋謂水惟修，則平土居之；春既正，則厥民析矣。下之平也，老老長長；政曰善哉，父父子子。聖乃因彼固有，安乎汝止。妙氣形識之統，混以兼統；立天地人之紀，以之爲紀。非人力强以致焉，亦天理所當如是。不見意之同，心之得，虞舜光施；德則合，民則懷，文王率俾。

然嘗謂一而二、二而三，一之妙無迹；極生兩、兩生四，極之真默傳。三才兼而由性順此，四海遠而惟心邇焉。山川雲雨，不出清明之氣；臣民家國，勿離仁智之天。雖行於不擾，俾事物之理也；及欽而蜜藏，泯識知於寂然。更令入以精神，妙屈伸於龍蠖；察於上下，自飛躍於魚鳶。

乃若振杏臺之四教，日月民心；揚木鐸於四方，塤箎道氣。刪詩定禮，名教宗主；律時襲土，乾坤經緯。吁！明王不出於海内，而三才之道屬夫子焉，此率性之謂修道之謂。

《大典》卷一四八三七引《大全賦會》。

## 黄義夫

黄義夫，盱江人。

### 聖人抱誠明之正性賦

伊性之正，惟誠則明。本上聖之素抱，異常人之習成。妙獨智以有臨，心源瑩徹；懷一真之不昧，天禀純精。

聖人二五與合，太極融融；毫厘不雜，靈襟皛皛。與生而俱，若此至粹；退藏於密，非由力保。且誠而明謂之性，至矣何私；維天之命存於心，斯其曰抱。

光以履位，淵而冠倫。躬兩儀大造之異禀，脉五帝三王之本真。妙中庸不息，胸襟之監常静；存大易無妄，已分之著甚神。我所謂性力，非以一人。不勉不思，匪賢者操持之比；則形則著，皆天然賦予之純。

抱者何體胖不欺，知至機融；室闇無愧，神潜境净。乾坤胸次之高厚，日月襟期之暉映。情不決兮,自無失指之失;和默保兮,妙得流形之正。不以人爲,純乎天命。達浩浩於經綸之地,精蘊可知;欽昭昭於悠久之天,私邪悉屏。

言之曰無一息之妄,斯心鏡之自徹;致纖毫之力,非聖人之所爲。況光岳精英,毓作殊常之質;則氣象渾涵,常如無極之時。今此即實心而融我實見,妙至理而發吾至知。誠則明矣,可謂粹矣;抱者性之,曾何守之。非必服膺,則動述戴生之語;毋煩執善,不思形韓子之辭。

蓋是性也,愚者障其誠,豐蔀斗以何知;私者鑿其誠,井觀天而莫竟。亦豈無進此以有覺,又不過復焉而持敬。幸此間氣,鍾於上聖。飭五常之天,昭若智燭;包一書之易,潔夫心鏡。茲純然渾蓄之粹,無所謂修爲之病。精由微著,姚虞悉所守之勞;純以顯言,文后播聿懷之咏。

抑又聞必謹其獨者聖之學,莫見乎隱者心之誠。宦官女子,性易溺於所習;闇室屋漏,性安知其不情。要使襟内太虛,纖翳無礙;胸中真境,一塵不生。雖不假持循之力,亦當防偏倚之萌。將令被褐以懷,輝含玉潤;抑使尸居而默,顯甚雷聲。

又當知卷之藏一心,固誠學之純;放之彌六合,乃明通之盛。察鳶魚飛躍,保育萬類;同兄弟顛連,包容百姓。蓋明則動,動則變,變則化,而後爲天下之至誠。故曰惟至誠能盡其性。

《大典》卷一四八三七引《大全賦會》。

# 林友龍

林友龍,國學生。(《淳熙三山志》卷三二於寶祐元年(1253)第進士中載林友龍,或即此人)。

### 聖人根中庸之正德賦

性具天德,美該聖人。根此中庸之正,原於資禀之純。足以有臨,先得同然之善;究其自本,獨全至矣之真。

蓋聞人均至善,易汨人心;天生上智,獨該天理。凡粹然一德之妙,皆極彼鮮能之美。且中庸之德謂之正,性固有之;無毫厘之僞雜其間,聖能根此。

誠以拔萃自出,向離獨尊。芟除人欲之私僞,涵養性初之本原。融止善之天,非由擇以固執;造自誠之境,不待閑而後存。衆理具足,何者非正;一毫無假,乃其自根。禀有容有執之資,淵淵浩浩;全不易不偏之善,本本元元。

是根也,無心茅之塞,何用鎪心;無性柳之戕,奚勞率性。渾然天理之妙,屏爾人爲之病。養蒙之果,時叶蒙象;固乾之幹,信符坤行。蓋不中不庸,豈謂正德;惟異衆異賢,斯爲上聖。生而知也,粹精得天縱之能;本其至乎,篤實極日新之盛。

大抵理與生俱生,均具天然之粹;聖能性其性,不參人者之私。況瞬養息存,得實地渾涵之素;而理明仁熟,乃善端呈露之時。惟聰明睿智之爲至,實廣大精微之所基。發而中節,即未發之喜怒;敷而爲極,本未敷之訓彝。自本自根,有此德也;非身非假,純乎性之。相適以之純祗,本文王之克;諒率而有大精,原虞舜之惟。

蓋始者根仁根義,均此善心;根陰根陽,渾然太極。其奈邪妄汨其正,易蔽資禀;好樂戕其正,浸虧物則。小人反中庸,每每自梏;君子依中庸,拘拘務植。惟聖維乎天,不雜乎人;故性具此理,實根此德。虛焉是溺,異蒙莊若槁之心;奧僅能知,小孟子其性之色。

況聖也璪疏天廣於睿聽,翠幄日親於鉅儒。睹中庸之鑒,佩此正訓;入中庸之道,遵乎正途。所以暢則有德林之茂,發而爲德藻之敷。雖渾融所性,聖者事也;而培植此根,學之力乎。是則仁自此成仁,隨充於有實;行由兹顯行,亦見於爲株。

又當知以此性根此德,不梏於私;出乎身加乎民,共由具正。叙彝而後,孰不有守;建極以還,疇非順慶。然則聖人根中庸之正德,又將使天下皆爲中庸之民,爾德遍爲於百姓。

《大典》卷一四八三七引《大全賦會》。

## 余汝舟

余汝舟,三山人。

### 聖人根中庸之正德賦

天德之正,聖人所存。凝造化以妙合,有中庸之素根。道得不思,具此生知之蘊;行該爲至,粹然自出之原。

聖人具最秀之秀於有初,自與生俱生而先得。本體胚腪,有大蘊蓄;善端萌蘖,不勞培植。至精至粹,實鍾爲資禀之純;自本自根,莫正者中庸之德。

出類拔萃,繼天冠倫。一塵不芥於真境,萬善皆叢於此身。胸中太極,受不盡之生意;性而至誠,涵自然之本真。信知德其德以自我,所謂天其天而不人。非或利而行,或勉而行,由生以禀;即不易之謂,不偏之謂,均具其純。

是德也,心不必鎪,曾無刻楮之勞;善非待擇,自去揠苗之病。見自晬面,歸非復命。謹乾之言,因以幹事;亨蒙之時,養於果行。非栽之培之以爲功,由性焉安焉之謂聖。獨備生而知之粹,實異常倫;兩無過不及之偏,自存謙柄。

乃今知德非身外物,所禀至粹;聖具性中天,其生有殊。況萬善萌芽,已具精英之秀;苟一毫矯揉,殆將澒潦之無。禀德性者,豈人力乎?道云允執,植作道本;行曰有常,發爲行株。何聖焉於正以不失,是德也自生而已俱。所謂茂昭,道自商湯之立;不勞滋植,彝知周武之敷。

吾故曰二氣五行,均此自然;萬殊一本,初無異者。何小人反中庸,或至於戕杞;何君子依中庸,尚資於養檟。得非賢特異衆,愚甘爲下。惟聖獨能根之,有本固如是也。想有於秩禮,寧易葉以後知;諒立自修身,豈芸田之或舍。

又嘗論挺然異於人,固具陰陽之秀;有以養其天,猶加雨露之滋。故聖也墾闢情田之耕耨,發敷經訓之菑畬。觀因材等言,則栽者培矣;誦執柯數章,則睨而伐之。此又以誠意正心之學,而爲吾養根俟實之基。如節中以和,其至得道端之造;若物言其發,之純稱天命之惟。

聞之師曰陰根陽,陽根陰,同出一機;聖與賢,賢與聖,本無二性。必擇如顏子,則體具顏子;苟執若鄒孟,則材稱鄒孟。是知安行之與利行者雖異,而其歸根也則同,粹然一出於正。

《大典》卷一四八三七引《大全賦會》。

## 陳晞傳

陳晞傳，三山人。

### 聖人抱誠明根中庸賦

神聖素抱，誠明内存。包體用於未發，此中庸之已根。躬禀實聰，斯合静虚之性；生全正德，大爲培養之原。

蓋聞身外無餘理，本本素存；聖心一太極，生生不息。自厥出得所命以禀受，而此道已於斯而培植。誠明皆固有，純乎天不雜乎人；中庸不可能，抱此性始根此德。

蓋聖也間氣鍾毓，一初混成。包含乎天地全體，融會乎陰陽五行。心境無塵，神集虚室；性天不翳，氣涵太清。胸中大造，恢有餘地；天下萬善，根於至誠。先得所同然，澹若不膠而不擾；其可謂至矣，由兹資始以資生。

豈非二五俱凝，乃一元長育之基；冲漠無朕，實衆善萌芽之始。中具至粹，外非實理。存若純乾，蓄爲謹行之善；哲如洪範，敷作無偏之美。生成此德，有本者存；負抱之初，已根乎此。出其類拔其萃，始者渾然；動生陽静生陰，能之鮮矣。

大抵理與生俱生，合萬變於一體；聖獨秀其秀，散一真於萬殊。蓋上天所命，本至正大公之妙；如寸念未實，豈淫朋比德之無。所以上智異夫下愚，性乎用守，無性柳之戕賊；心不待揉，豈心茅之或蕪。兹聖真純粹之天也，乃善行滋萌之地乎？舜盛其忠，精一奚勞於允執；武端乎信，訓彝何暇於言敷。

思昔負陰抱陽，均融二氣之精；戴仁抱義，皆得五常之正。意胚胎同此實地，則發見無非粹行。奈何智者人其天，肆其刻楮之巧；愚者情其性，賊以揠苗之病。非聖人求異於衆人，蓋此性不離乎正性。既合而有體，剛柔可貫於乾坤；毋睨以伐柯，忠怒已生於性命。

又當知天之降衷，均具於一本；賢者希聖，當防其七情。故齋心如顔子，忘禮忘義；盡性若子思，則形則明。一則擇中庸而具是體以不遠，一則作中庸而戒其材之覆傾。使千萬世宗盟，推曰亞聖；亦二君子力學，造於至精。若曰謬悠，身陋莊周之槁；既全剛大，性宜孟子之萌。

然而民吾同胞，因私習以桔亡；天生上聖，覺群心之淵浩。必也寂感一機，順此性於神易；正直數語，會天人於王道。然則爲天地立心，爲生民立極，皆不離乎德性之中，俾亦各全其負抱。

《大典》卷一四八三七引《大全賦會》。

## 陳堯章

陳堯章，三山人。

### 聖人抱誠明根中庸賦

神聖獨抱，誠明兩全。挺姿禀以特異，根中庸於自然。得以不思，蘊自初而謂性；充之有本，發爲德以皆天。

夫惟經綸心上之真筌，發越胸中之太極。惟則形則著，有大涵養；故不偏不易，由兹培植。誠明聖所至，純乎天不雜乎人；中庸民鮮能，抱此性必根此德。

時其教闡神道，化恢大猷。包括性初之工宰，胚胎心學之源流。如止水不波，萬境俱徹；如太虛無翳，一塵不留。有體有用，洞洞無累；自本自根，生生有由。全寬柔溫裕之資，心存至正；發廣大精微之用，道豈它求。

想其欽龜疇之哲，而芟彼黨偏；閑羲易之邪，而萌夫言行。但存培養之力，自有榮華之盛。性何待率而戕，無性柳之賊；心不必鏤而塞，去心茅之病。凡栽培何者以非德，見保抱實原於所性。德崇業廣，素存乎理徹境融；本立道生，親得乎心傳面命。

請言夫善根發露，本諸性分之素抱；天理混融，萃在聖人之一身。何弸中彪外，合體用之異致；猶自枝及榦，同陽和之一春。聖所謂性，天而不人。秉繼天之靈，而敷暢天德；懷盡性之能，而發萌性真。所抱皆正，其生有因。若曰爲能，請考戴生之述；如云無過，載稽韓愈之陳。

彼有自明而誠，賢者所爲；不明乎誠，小人自處。是故中庸僅能擇柯，執此以徒泥；中庸不知守木，伐之而失所。茲聖異乎賢，不肖奚辨；必和積於中，精英可咀。愛如合抱之桐，刻戒無根之楮。想存而德博，充爲言行之常；諒建以哲推，敷作訓彝之叙。

今我皇聖學留意，經筵銳情。寫《中庸》一篇，灑灑宸翰；講《中庸》數語，琅琅玉聲。亦曰誠毋自欺，參《大學》之旨趣；明以用晦，探《易》書之粹精。伊君德養成，學有餘力；見中道植立，正由此生。是則萬物育焉，蓋本宣尼之不惑；兩端執此，亦原虞舜之安行。

愚嘗即顏子之論以詳推，以孔伋之言而訂正。何《中庸》言性，誠妙贊化；何《中庸》載德，明稱爲聖。及其至也，德即性性即德，何所抱亦何所報，了然心鏡。

《大典》卷一四八三七引《大全賦會》。

**聖人□道知治象賦**

原缺類推。知治象之攸驗，見化工之所爲。仰以嚮原缺出驗諸爲政有成法之昭垂。

聞之聖心體原缺天理與人事，相爲形見著，而在上自可稽驗原缺運轉。粵自極鼇之既判，於道已存；欲知治象之昭如，觀天則見。

觀夫大以能化，得於不思。窺鼓籥於左旋之際，睹光明於下濟之時。風雨霜露，此教謂至；春秋陰陽，其端可窺。觀彼之形，知此之象，苟無所見，果何所知。惟聰明之至，爲能求端於上；於恍惚之中，自有觀政於茲。

想其睹風行於渙，而彰渙之言；觀天健於乾，而正乾之事。鑒實不遠，於因以視。是宜月因其和，則挾日觀法；曆得其欽，則授時敬致。惟有形於上，有象於下；故在天爲道，在君爲治。且乃神乃文而乃武，識彼自然；凡布政布教而布刑，昭乎如示。

大抵天以道而示，惟聖可見；治者道之形，自初已基。昔太極渾淪，此道泯矣；迨三才剖判，聖人則之。今此躬接原天之統，面稽上帝之咨。雲漢昭回，號令隨著；雷霆震動，刑威迭施。道實在是，象因寓斯。若曰定時，策考翼生之對；如云改政，注稽師古之辭。

向使河圖未出，道實隱於先天；洛書未訪，道不知其大寶。則何以食貨有條，疇布於周武；天澤皆禮，爻分於太昊。信昭則自天，見則自聖。法之爲象，體之爲道。法時布政，魏旌六典之昭；設教盡神，觀禮六爻之造。

又況皇極象天，以理垂世；王畿象日（原作"曰"），求中立規。作服象日月，立以爲式；制禮象天地，從而卜儀。則知象之所形，皆道著驗；聖其有作，因天轉移。承於王者，任德刑政端云爾；揣之天下，謂事業自上形而。

故曰天不愛道，方示於人；聖不秘道，復陳於象。法垂治象，政以昭布；民觀治象，人知歸往。則知天以道覺聖人，聖人復以道曉斯世焉，道無二，心無兩。

《大典》卷一四八三八引《大全賦會》。

## 鄭德淵

鄭德淵，三山人。

### 聖人抱正性根正德賦

聖所謂性，天而不人。躬抱自然之正，德根固有之純。淵默何爲，蘊此誠明之實；本原自出，粹然物則之真。

聞之胸中太極，該貫一真；吾身實地，渾涵百行。由胚胎純粹，獨妙所蘊；故英華發見，蔑加其盛。且性均此德，有於初難保於初；惟聖異乎人，抱其政乃根其正。

觀其大以能化，得於不思。蘊造化妙凝之氣，如胚腪未鑿之時。蛇伸蠖屈，藏物外之萬變；魚躍鳶飛，具誠中之兩儀。惟方寸之地，洞洞無撓；此中正之德，生生有基。聰明睿智以有臨，生而靜矣；篤實輝光之所發，行本安而。

豈非受中於初，已萌蘗於中庸；有物之始，實胚腪於物則。毋煩擇善以操守，不待以人而培植。乾幹非自，固保於乾命之粹；坤支豈偶，暢發自坤元之直。則知身外無物，性中有德。至誠又盡，蘊則形則著之天；生稟所鍾，爲無比無淫之極。

吾故曰德非性外物，本身得於生稟；聖與人同體，特此全而彼虧。彼性曰修性，尤假操修之力；而德云植德，又幾滋殖之爲。

惟此智燭獨炳，心淵內夷。杞柳不戕，何待揉種；桐梓既養，奚勞務滋。曰抱者何，全則在己；以根而論，本諸秉彝。首謂誠而，注考鄭公之語；歸其源也，書稽李氏之辭。

至如孝曰根也，德爲至孝之基；仁謂根也，德乃行仁之政。然而仁本常性，包涵固有之稟賦；孝爲天性，蘊蓄本然之愛敬。信抱之根之，蓋亦同源；既始是終是，莫如至聖。想善爲易簡，得於素稟之降衷；諒則以威儀，亦我有生之定命。

而況乾坤真氣之秀毓，河岳英標之粹存。性得以養，性因以尊。然且明德片辭，參稽《大學》之成訓；達德等語，佩服《中庸》之格言。雖性之有德，固奚假於學力；然學以進德，尤養成於性根。何異夫心蘊成王，萊杞著遐音之茂；善稱堯帝，茅茨彰克儉之溫。

雖然性宮洞徹，則衆善由生；天君不撓，則外邪悉屏。必也知德之奧，湛若靈府；含德之光，昭然心鏡。故必有正心之學，而後可以抱正性而根正德焉，夫豈徇人爲之病。

《大典》卷一四八三七引《大全賦會》。

## 林孺震

林孺震，興化人。

### 聖人順性命以立道賦

氣散乎極，聖全是彝。性與命以順也，道以身而立之。夙全超古之資，因其稟受；懋建統元之理，賴以扶持。

聖人後太極而全太極之功，先群心而得群心之理。非稟賦之初，因以無拂；何扶植其間，秩然有紀。曰性曰命而曰道，蓋本同然；立天立地以立人，順斯可以。

時其出震，主器繼離。面南彌綸元化之功大，貫徹真機於內涵。窮《大易》之理，而理與心契；率《中庸》之誠，而誠無物參。非順其當順，道出於一；何立之斯立，用能貫三。當位居龍德之中，因其各正；自氣判鴻濛之後，建以何慚。

蓋曰陰陽動静，即二實之流行；仁義剛柔，本五常之負抱。貫通乎此理一脉，培植乎生民大造。成而惟后，全吾輔相之大；建以自皇，錫汝猷爲之保。惟聖明所立，初匪容私；見性命之外，斷無餘道。位也獨尊於九五，付予獨全；理焉昭揭於兼三，經常可考。

請言夫窮理以至命，命非性之外物；離身以求道，道與身而兩岐。況天爲氣、地爲質，乃造化之定則；而仁主愛、義主敬，亦賢愚之共知。聖也進善念於樂天之日，滅私情於盡己之時。公覆載之心，親上親下；正長幼之序，有尊有卑。可與言也，初非強而。中曰以形釋，載稽於康伯；理陳將以説，更考於宣尼。

蓋始者命凝乎二氣，而陰吸陽嘘；性具乎五行，而火炎水潤。義定於命，而命本中受；仁根於性，而性惟正順。信自幽而顯，同一機括；故此順彼立，有如符印。所以八風平、八弦一，純德自文；五典叙、五教明，體仁由舜。

思昔鰲極未斷，而至理猶隱；馬圖既負，而真機始開。一健一順，而乾闢坤闔；一消一長，而否傾泰來。性云成性，善本可繼；命曰致命，理無不該。此千百年立道，其本屹若；皆二三聖作經，有功大哉。知以不憂，化允同於成物；大而悉備，數亦見於兼才。

抑又聞一身備萬善，是理渾涵；萬殊歸一本，有機出入。陽主乎剛，蓋本同出；陰屬乎柔，初無兩立。吾故曰聖與三才非二致，道與性命非二物焉，於講論而當及。

《大典》卷一四八三七引《大全賦會》。

## 陳癸發

陳癸發，建安人。

**聖人紀綱正天下定賦**

教立上聖，躬臨普天。正紀綱而定也，安名分之當然。仰惟實睿之君，繩乎張理；遍及寰區之俗，晏若生全。

聞之古今不可無世道之防，分義自有安人心之理。非上能設教，小大不紊；恐民各越常，乖争必起。聖臨斯世，敬莫大於君親；志定敷天，正蓋先於綱紀。

睿智間出，聰明鳳資。躬任彝倫之寄，行爲當世之師。詔王以馭，繩繩八統之兼舉；事親爲大，秩秩九經之具垂。聖握其機，所以正也；人知乎理，自然定之。運乃武、運乃文，目張於上；莫非臣、莫非土，枕奠於斯。

想其帝堯舉大族乃睦親，成后能爲官斯董正。井井一理，安安百姓。父子懷其生，曾無紛擾之患；君臣守厥位，寧有僭陵之病。使夫人安禮義之中，蓋斯道實綱維於聖。群倫卓冠，整爲張爲理之方；萬國咸寧，盡事上事親之行。

吾故曰理有不容紊者，由聖明之力；世所以相安者，知分守之常。民何以興，經本能正；國何以滅，維先不張。惟聖任君師之責，俾人知愛敬之方。孝經於家，而孝盡事父；禮繩於國，而禮嚴見王。定非求定於上下，安所當安之紀綱。若曰以爲，記考戴生之述；如云不失，注稽鄭氏之詳。

胡不觀分存於纓請，而鼎重周邦；孝寓於弦歌，而物和舜野。湯惟修此，民瞻商邑之極；禹但爲之，侯會塗山之下。使不綱不紀，烏得正儲；則孰君孰親，終無定者。倘匪維張於禮義，齊則傾乎；但今經立於法程，漢已安也。

彼有紀綱大基者，未免争功之習；紀綱永命者，或貽慚德之愆。舞佾僭禮，綱且蕩於王室；借鋤德色，紀謾陳於少年。堪嗟世變，至此極矣；安得天下，定於一焉。必有聖君之作，乃知人道之先。不惟察彼安危，慮薪積火然之勢；豈止施於號令，神風飛雷厲之權。

矧一令綱爲於上，令自君行；紀修於下，志由民定。自然無取尋之風，忍及父母；無背厥之習，至形朝廷。斯時也，紀綱既正，將爲生民立命，爲萬世開太平，孰不一新於觀聽。

《大典》卷一四八三七引《大全賦會》。

## 劉澤民

劉澤民，三山人。

### 聖人紀綱正天下定賦

天下望治，聖人總權。正紀綱而自定，知體統之當先。禀獨智以端臨，張其小大；俾寰區之底乂（原作"又"），晏若安全。

切原人心無檢束，難使之安；治道有統要，不張則弛。惟條目繩繩，罔不整飭；故邐遞晏晏，同躋寧救。且民烏乎定，非聖人他有規模；意本正於先，俾天下各循綱紀。

觀夫性稟睿哲，德全發強。禮維樂統之具舉，刑綱政條之畢張。夏王穆穆，昭夏憲度；周后勉勉，秩周典章。何修明治具，庸示繩檢；以繫屬民心，有關紀綱。明以冠群，萬化悉歸於張理；治之於一，四方坐底於安康。

想其尊卑之經立，而臣盡敬君；內外之統明，而夷無猾夏。治舉於上，人安乎下。是宜父詔子兄詔弟，和靄家室；耕遂畔行遂路，俗陶田野。非堤防品節自我正焉，恐乖争陵犯何時定也。惟資淵懿，并乎其有條乎；民俗安寧，遠者何殊近者。

請言夫致治在乎君，何治不立；齊民有其具，安民所基。匹夫非亂秦，秦實自漏；諸鎮豈服唐，唐能永持。我得不扶植百王之治統，修明萬代之民彝。義維一舉，相敬相遂；禮經一秩，有尊有卑。俾民物自今而一定，見紀綱與世以相維。記請考於戴生，德云和此；注更稽於鄭氏，音謂言而。

況是時肆請纓之僭者，侯服恃強；邀賂繒之利者，夷方逆命。赤子亂繩，紛争之俗或有；孽妾履絲，侈靡之風猶盛。嘆人人越分守，未易遽治；則事事有紀綱，詎容不正。惟能振舉於萬化，自可乂安於百姓。想舉如堯帝，邦果見於叶和；諒修若成湯，政靡聞於絿競。

嘗論夫漢紀紛而炎漢中否，周綱蕩而東周已遷。何思見官儀，三輔晏若；何共尊王室，諸侯帖然。得非仁得天下，綿絡三十世；義統天下，維持四百年。信紀綱特抑末耳，而德澤又其本焉。是則萬國繩聯，地關神州赤縣；百蠻索引，有來桂海冰天。

抑又聞經正而民興，有不紊之綱維；身齊而國治，當率先於朝廷。今也詔傳萬里，則謹吾如綍之詔；聽合四海，則端我猶繩之聽。此聖人又以一身之紀綱，而惟爲天下之紀綱，內外自聞於安定。

《大典》卷一四八三七引《大全賦會》。

## 林允元

林允元，三山人。

**聖人紀綱正天下定賦**

天下命脉,聖人紀綱。上一正以乃定,分相安於有常。經諸範以維持,秩然條理;措群方於平治,截若堤防。

蓋聞君師之職,世教攸關;分義之天,人心所止。常經秩秩,既有其序;舉世安安,無踰此理。生而群者,非聖人何以檢防;正則定焉,使天下一於綱紀。

倫自我盡,法由我垂。爲地義天經之宗主,於人情世變以維持。軍國體統,庭大邊細;君臣等級,堂尊陛卑。開闢以來,有以存耳;整齊而後,夫誰越之。予惟精德立中,扶持不及;爾自望風成俗,寧一如斯。

兹蓋中庸九經等別,臣民春秋一統。分存夷夏,有主張是。無陵犯者,人安人之道,外不得以踰內;民順民之志,上豈容於陵下。苟人心無以律之,則天下烏乎定也。人倫至矣,統必有宗,會必有元;海內化之,强無暴弱,衆無暴寡。

大抵君示人以分,是乃相安之地;民有欲則争,特其未定之天。衛纓不請,陪臣之僭動矣;漢維一制,捍將之譁帖然。然予一人管此繼要,爾四海歸吾帶聯。使士卒畏主帥,兵紀森若;使王公臣皂隸,朝綱肅焉。於此絶陵犯乖争之習,以其有維持限制之權。若曰作爲,紀考戴生之語;如云善計,又稽韓愈之篇。

蓋聖人設賞罰之繩,以銷兵卒之悍驕;張廉耻之維,以障士大夫之奔競。臺綱清肅,小人畏君子之黨;國紀赫張,天子制外夷之命。彼雜然天下之風俗,終定以聖人之中正。成湯修此,式隨見於九圍;堯帝舉之,平豈惟於百姓。

噫!人居戴履,惟分難越;國有綱維,即家可推。索震之男,加以蒙養;係壯之女,絶其觀闚。毋曲沃編衣,皋落將戰;毋阿房暮弦,山東已離。雖明分固有繫人心之道,然正家又爲定天下之基。家早下於純坤,戰何疑也;室咸宜於大學,止乃知而。

毋曰經生出位,烏可議於縉紳;小臣越職,不當言於朝廷。蓋舉幡闕下,可以伸多士之氣;裂度庭中,可以回九天之聽。是則扶今日之紀綱者,正當續公論於一脉如綫之時,國是定,則天下定。

《大典》卷一四八三七引《大全賦會》。

## 程式

程式,饒州人。

**聖人輔天地準陰陽賦**

聖妙贊化,氣惟叶時。輔天地以孰是,準陰陽而見之。雖居覆載之間,若何而相;但揆推移之序,俾中其宜。

切原二儀肇二氣之運行,大造資大君而統理。非來往之間,能揆厥序;恐參贊之任,有慚諸己。天地所分者,閫以陰而變以陽;聖明其知之,準乎彼即輔乎此。

聖也敬則躋日,聰惟繼天。自開闢高卑之後,握扶持造化之權。然而定未定之時,定非在於成歲;平不平之土,平豈專於濬川。必其準二氣以秩若,始見輔元工之自然。欲竭我力焉,仰不愧,俯不怍;在揆斯序也,夏無伏,冬無愆。

豈非贊乾之化,在乎乾健之宜;扶坤之元,當揆坤柔之次。舒慘有則,財成無愧。所以律叶八風,節叶十雨;衡齊七政,柄齊四季。非陽得其理、陰得其道,恐上慚乎天、下慚乎地。雖本因爲以，盡翼之使得之誠；必叙俾秩然，有揆以取平之義。

言夫氣行隱顯，徇豈自舛以自順；聖任範圍，責賴是綱而是維。非春而生、秋而殺，揆度中節；是員者動、方者静，扶持賴誰。信欲盡《大易》相宜之理，要當無《由庚》失道之詩。規矩不踰，候叶震兑；權衡皆中，序平坎離。所謂輔者，於斯見其。想元氣能調，何愧平成之黄帝；諒四時必節，奚慚綿絡之包義。

況是時二曜薄蝕，天浸紊於常經；百川未理，地莫平於庶土。此元功幾至不立，賴上聖力爲之主。得不持兹六度六氣使正，立以五則五辰隨撫。亦曰彼陰陽一造化，初非天地之外物；豈天地間工師，勿使陰陽之叶矩。不此致念，豈其爲輔。倘欲誠而贊育，係宜秩於星辰。如將相以叶居，若當調於暘雨。

嘗論氣象有少乖，因貴準繩之任；上下苟未奠，尤資扶植之功。必也誠存欽若，時則敬授；患拯懷襄，水無割洪。使地得地之宜，治府治事；使天有天之序，秩西秩東。既心賴我立，功賴我建；豈序難使正，氣難使中。更令三光全、寒暑平，過差蔑有；五紀叶、歲時順，代謝無窮。

噫！少陽後嗣，貽則未聞。窮陰小醜，抗衡猶且。不思拓地恢疆，宜斥戎虜；繼天承統，合安宗社。愚請歌豐水詒謀、《車攻》復古之詩，爲今日規此，又輔相之第一義也。

《大典》卷一四八三七引《大全賦會》。

## 王必用

王必用，三山人。

**聖人輔天地恢皇綱賦**

天與地立，道由聖財。非人力以能輔，惟皇綱之是恢。禀獨智以在躬，責爲甚重；贊兩儀而建極，統所由開。

聞之造化無全功，賴吾道以維持；帝王有正統，爲兩間而宗主。欲其盡贊助之一意，可不闡經常於萬古。天地非皇綱不立，孰使之恢；功用待聖人而成，實爲之輔。

時也虎變當極，龍飛御天。躬膺大造之付托，道貫三才而斡旋。能事畢矣，曲盡成能之責；化鈞運矣，猶操贊化之權。使綱常有未立者，雖天地亦幾熄焉。淵默無爲，任一世經綸之寄；財成有道，闡百王統紀之傳。

意曰萬世有君臣，則乾坤之位不移；一日非仁義，則陰陽之機亦秘。此所以任彌綸贊相之責，示廣大包羅之意。《洪範》五紀，歲時日月之功用；《大易》一經，山澤風雷之定位。使皇綱不泯於今古，見上聖有功於天地。躬全睿哲，默參元化於無窮；功贊高卑，丕（原作"不"）闡大猷而昭示。

大抵聖爲綱常王，自有妙於工宰；道與天地并，實相維於久長。彼日星非無紀，或至失次；晝夜亦有經，豈無亂常。信乎資道統以運用，所以待聖人而主張。天欲其秩，叙典自我；地使之平，建疇者皇。厥功正大造之有望，是理豈一朝之可亡。使不叙彝倫，功何資於周武；惟肇修人紀，奉無愧於成湯。

人徒見南北經、東西緯，秩秩以繩聯；日月躔、星辰紀，森森而輝映。謂無功固自有於綱理，而妙用亦何資於明聖。豈知禹倫既叙，有必治之水；舜典弗明，無可齊之政。如非獲斯道之助，寧不爲全功之病。想勉如周后，乃形曰緯之言；諒永若唐宗，因奏頓絃（原作

"弦")之咏。

胡不觀天方定位而象數成列,地不愛寶而龜書效祥。然而道非自深,必綿絡於八卦;彝不自叙,以範圍於九章。但觀運用不足於造物,乃見經綸有餘於聖王。必握以闡珍,經自漢皇之道;毋歌其曰旦,蕩嗟周后之綱。

斷之曰綱維一理,其用不窮;扶植三極,於君有得。今也張而爲維,廉恥之道不泯;垂而爲統,仁義之經常在。然則是綱也,爲天地立心,爲生民立極焉,豈特輔化工之不逮。

《大典》卷一四八三七引《大全賦會》。

## 劉必得

劉必得,三山人。

**聖人輔天地恢皇綱賦**

聖輔天地,統傳帝王。以一身之大造,恢萬世之皇綱。仰獨智之成能,孰窮妙用;贊兩儀而建極,丕闡經常。

蓋聞洪造無全功,責任在君;百王有正統,源流自古。使彝常一理,不有以開廣;則高下兩間,孰爲之宗主。且吾道待聖明而後立,大以爲公;謂皇綱與天地以相維,恢之乃輔。

誠以睿智高古,聰明繼天。然念辟上辟下,必有任辟中之責;職覆職載,所宜司職教之權。然非植斯道以不泯,何以成其功之未全。躬負全能,禀實睿實聰之懿;力扶元化,闡大經大法之傳。

蓋曰紀非自順,原於修己之初;經曷有常,本自立經而致。正大一理,維持二位。教始於《中庸》,乃全造化之妙;道立於《易》象,始任成能之寄。使元功無或息之機緘,豈人道果無關於天地。位隆乾造,綿綿休命之維新;道佐泰財,秩秩大猷之不墜。

大抵厥初開太極,必有以扶植;是理與化工,相爲於久長。鯀水懷襄,以洪範之斁鯀;商物暴殄,亦五常之侮商。以此見立心之責,正有資作極之皇。覆載大功,繫於敷我之五典;平成妙用,寓在叙疇之九章。非舉此宏綱,自我工宰;是塊然二氣,烏能主張。既曰能爲,化果弘於成誦;如非舉大,功曷建於陶唐。

人徒見南北經、東西緯,秩秩以繩聯;日月躔、星辰紀,森森而輝映。謂元功固自有綱理,而妙用亦何資於明聖。豈知禹倫既叙,有必治之水;舜典弗明,無可齊之政。如非獲是道之助,寧不爲全功之病。想勉如文后,乃形曰緯之言;諒永若唐宗,因奏頓絃之咏。

抑又知寅亮行化,賴爾三公之任;燮調順時,委之一相之才。經備於旦,而法則明矣;典秩於臯,而事其懋哉。雖化工默贊,固有攸屬;非官聯茂建,道何自恢。又豈止文帝立經,果使三光之軌順;光皇系ögon,肯令九縣之飆回。

抑又聞兩儀莫高下,隱顯雖殊;一道在古今,維持有待。今也寶地之綱,總地之紀;提天之綱,穆天之緯。將見是綱也,貫三才爲一經,歷萬世如一日焉,本其有在。

《大典》卷一四八三七引《大全賦會》。

## 王益卿

王益卿,三山人。

**聖人恢皇綱立人極賦**

治世天啓,皇綱日新。聖恢此以何道,極立之而示人。夙稱獨智之君,張吾正統;先建大中之理,遍爾蒸民。

蓋聞邦基國祚,有賴以維持;人心天理,大爲之培植。使是彝是訓,不闖自我;則無統無紀,君何能國。仰惟明聖,恢皇朝莫大之綱;先立規模,示天下常行之極。

雖曰統括四海,繩聯八荒。治具我總,國維我張。然念天經地紀,不徒一世以顯設;帝統王業,曷與萬年而久長。當知皇極,繫吾國之根本;其它衆目,非治朝之紀綱。躬膺鳳曆之半千,天開休緒;首建龜疇之次五,日示群方。

豈不以發明道統,聯治統以貫通;掀揭常經,總國經而條理。兹聖君所以扶植,與洪祚相維終始。執舜之一,秩秩舜典;建湯之中,繩繩湯紀。非其中之建立有賴,何所恃而綱維至此。大有執有臨之主,規畫何如;示無偏無黨之公,主張在是。

請言夫國家所永賴者,萬世一理;今古不可無者,三綱三常。夏非滅其德,乃夏紀之自滅;秦豈亡吾道,是秦維之欲亡。我是以訓則示帝,位惟建皇。推經緯之功,而經理體統;總條貫之用,而條陳典章。信國焉,與中道以并立;是極也,豈一朝之可亡。想順則於民舉,始彰於堯帝;諒敷言於下協,益賴於周王。

向使太宗非立極,而王道未明;光武不爲極,而人倫幾廢。則何以權綱總攬,四七際之再造;紀綱憑藉,三百年之未艾。由開端立極,始終一意;此創業垂統,維持萬代。植立非輕,規恢有在。不見武皇建此,緒綿於六世之間;高帝敷之,統定於五年之內。

自叙疇之主不作,而經國之綱浸頹。紀亂於春秋,而版蕩多矣;統裂於南北,而紛紜甚哉。所幸修極者王通,隋末而後;建極於夫子,東周以來。嗟諸儒任責,亦吾道之一幸;然正統相傳,必聖君而有開。將見自我并受丕(原作"不")基,不外大中之建;今王嗣有令緒,庸彰王道之恢。

又當知聖朝統緒,固締創之所基;元化功用,賴彌縫其不及。極繩陰陽爲二氣之統,極緯天地中兩間而立。故曰大哉中之爲道,雖造化猶將賴之,豈止措皇綱於寧輯。

《大典》卷一四八三七引《大全賦會》。

# 薛福公

薛福公,三山人。

### 聖人原天地而達理賦

物具太極,心潛聖人。原天地以達理,貫機緘而以神。睿哲夙全,本彼無私之化;昭融罔間,渾然先得之真。

蓋聞一物具一則,肇自氣初;大君有大造,本從心起。探其自出,徹上徹下;無所不通,知終知始。聖人作矣,位天地之間以爲徒;善性洞然,自本原之中而達理。

觀夫浚哲高古,聰明繼天。惟一念運經綸之化,爲兩間贊生育之權。道明其大,本虛靜於性內;易探其始,惟剛柔於畫前。圓形之間,皆是物也;由原而達,無非理焉。仰觀於俯觀於,元元洪造;始條者終條者,洞洞真筌。

兹蓋元始於乾,得自乾爲;美發於坤,通由坤至。塵慮消釋,性真純粹。自君臣至朋友,坦然行道之五;曰仁義與理智,沛若始泉之四。何貫通萬物,所達皆理;蓋脉絡一心,其原有地。惟智足有臨也,爲本是先;得我之所同然,何私可累。

請言夫君爲民物主,固何事之不備;理在宇宙間,必推原而後知。況五殊二實,乃太極已開之象;而九疇大法,正洛書攸叙之彝。惟聖也,推明天下之一本,融貫性中之兩儀。觀鴻雁至情,兄弟義著;目螻蟻定序,君臣禮基。有所謂至至終終之妙,得之於淵淵浩浩之時。宣尼陳倚數之辭,窮云至以;莊子述不言之語,美曰成而。

昔者易在先天,時更數聖。豫未陳順動之象,益未著施生之令。重門何所取,謹飭武事;斷木何所因,修明農政。亦曰豫者備之理,備缺則國弱;益者利之理,利虧而民病。非因事物外以求達,皆本天地間而取正。想順由俯仰,繫辭必述於反終;諒明自靜虛,作樂實先於本性。

且以贊天地兮孔伋中庸之訓,包天地兮軻書仁義之言。用能智聰躬備於達德,爵齒首推於達尊。始其條理,金玉是取;察以文理,淵源所存。觀物即性、性即理,有待真識;亦賢希聖、聖希天,相傳大原。切鄙夫刻楮三年,衹奪化工之巧;揠苗終日,徒勞人力之煩。

又當知典未救於舜,麓豈弗迷;禮既宜於成,風何爲拔。湯紀一修,禱應桑野;宣善一行,變銷旱魃。以是知天地之所以能自立者,皆有賴於聖人達理之功,況於物而非達。

《大典》卷一四八三七引《大全賦會》。

## 陳國器

陳國器,三山人。

**聖人原天地達物理賦**

天地肇極,聖明立人。達此理於萬物,會其原於一真。躬獨智以存誠,妙於索至;本兩儀而盡性,大以通倫。

聖人一誠之徹,萬境之融。萬有所形,一元所始。俯仰其間,求道之本;出入此機,歸吾所視。究其原之始,潛而地、亦潛而天;達者誠之通,求諸物、但求諸理。

觀其淵懿生稟,浚聰夙存。自二氣既奠分之後,非三才互別立之根。念五殊二實,妙該太極之全體;而千變萬化,不出神心之混元。包有於無,何者非拘;要終驗始,是之謂原。足以有臨,詣誠内淵深之奥;心猶反復,徹道中長養之門。

豈非仰觀俯觀,觀蛇伸蠖屈之誠;上察下察,察魚躍鳶飛之性。身探此蘊,心爲之鏡。參乾流形,得體乾易;合坤資生,通符坤正。渾淪之始,此外無物;該貫者誰,其間有聖。大矣不知謂之化,誠極則明;推而皆可見之情,至窮乎命。

吾故曰道在物之先,有不物之爲物;聖與理者游,自先知而致知。方函三爲一,元元本本者如是;及散一於三,化化生生之所基。聖也索群象於形有形無之始,探真機於蓋高蓋厚之時。故分布爲水火,性内燥濕;翕散爲風雷,胸中發施。欽則吾身,達則萬境。小非一物,大非兩儀。語請考於蒙莊,知云美矣;象詳稽於孔聖,見述觀而。

蓋聖人理涵二五,天地參諸身;理根動靜,天地吾其帥。日月光昭,軒豁心鏡;淵泉時出,渾涵性地。開闢以來,何物非我;推明其用,反身皆備。是則性之順也,交符羲易之通;文以察之,育并中庸之位。

識者猶曰《崧丘》咏其高,不若咏《蓼蕭》之澤;《魚麗》歌其盛,何如歌《麟趾》之篇。今也總理萬機,儲嗣貴矣;疆理四方,民居蕩然。必天潢毓秀,位並正於主器;必地利敏植,令戒行於括田。謂冥冥屬望,其尚鑒此;亦親親仁民,及於物焉。豈止夫木石與居,舜帝詣若虛之境；昆蟲同樂，文王安不識之天。

其有天寶之主，卒惑愛於珍禽；地節之君，反售欺於飛鷗。是皆理以智勝，理爲欲奪之人也。物交物而引之，何所原又何所達。

《大典》卷一四八三七引《大全賦會》。

## 黄子遴

黄子遴，三山人。

### 聖人久其道而化成賦

易以心會，聖惟力行。其體道之日久，而感人之化成。爲標準於無窮，常持正理；及陶鈞之既就，隨變群情。

聖人妙一心之理以經綸，體大易之常而持守。始終此念，不至間斷；薰陶爾俗，皆歸醇厚。且道外本無餘外，非可速成；惟胸中不替純誠，故能持久。

觀其躬稟睿哲，志存發強。一念不轉移於雜伯，此心惟終始以行王。如天之峻，而天運無息；猶日之中，而日行有常。兹易體於心，確守一道；想化被乎人，陶成四方。九重推觀設之神，謀非淺近；萬國歸乾元之變，效自昭彰。

想其治非驟治，紀必三移；明豈遽明，變凡九至。毋計速效，但堅初意。是宜山東一思，老亦扶杖；天下一陶，人皆有器。凡爾民從化，比比皆然；亦是心與道，常常不離。睿主守大原之正，何日而忘；群生歸善教之中，知風之自。

嘗謂道化及民，固無近效之可喜；人主體易，但守初心而不移。蓋惟常則久，久乃能變；非以漸而成，成焉亦虧。此聖經設教然爾，而君上感人以之。仁義未四年，效不足計；禮樂必百載，興斯可期。皆此心此道，相與不息；豈一朝一夕，所能遽爲。文王積世以相傳，教之風也；舜帝歷年而允執，變若時而。

抑嘗觀周去殷幾世，民尚殷頑；漢繼秦數傳，風猶秦詐。既難移舊染之污，若可稅半途之駕。迨夫四十年忠厚，在在成化；六十載清静，人人昭化。昔吾猶未革，特積纍之尚淺；今心既體常，自感孚之不暇。是則質如可尚，豈宜朝質以暮文；王所當行，烏可始王而終霸。

考之《易》化成乎文，成亦有《賁》；化成以麗，成兼取《離》。既皆明是理以爲教，何獨體於常而使宜。要知《離》曰（原作"日"）繼明，即久照之一意；《賁》云永正，亦久中之片辭。以它卦互觀，同此道也；苟是心少變，若何化其。切異夫政聞五月之間，報之何疾；變自期年之内，尚以爲遲。

又當知舒徐以計效，效固足期；玩愒以求治，治終莫保。彼宣皇歷載，何謂猶闕；而文宗十年，曷云太早。此皆有常久之歲月，無常覲之規模。而借九成之說以自文，悠悠者最爲害道。

《大典》卷一四八三七引《大全賦會》。

## 李叔虎

李叔虎，盱江人。

### 聖人久於道而化成賦

聖久於道,心存者誠。人均覺於固有,化不期而自成。睿智以臨,理常由於正大;甄陶所就,教益底於休明。

嘗原人均是性,無自覺之真機;君運此誠,有不言之大造。純乎一理,所守弗變;達彼群心,其和可保。久非徒久,見聖化深入於人;成不獨成,與天下共由此道。

觀其睿智高世,聰明冠倫。正統接古初之授受,至誠自心上之經綸。率中庸之性,而悠久無息;設大易之教,而變通盡神。於此闡道中之用,夫誰爲化外之人。祖乾龍行健之剛,躬常適正;新觀象有孚之教,民盡還淳。

蓋以善惟素進,自遷善於群黎;仁苟未熟,豈道仁於百姓。運吾心不息之妙,覺爾衆同然之性。宜乎處時雍之世,民盡於變;居純被之朝,倫無不正。道久之中,神妙無迹;化成之餘,人皆由聖。美全於上,端由誠運於無疆;民感之深,但見心孚於不令。

道雖人所同,必賴開明之力;聖以誠而化,當觀悠久之時。非日漸月漬,漸成以理;恐性近習遠,孰全是彝。惟此神機無一息之間斷,善教因群心而轉移。極自此歸,舉絕朋比;則由是順,泯無識知。久則成矣,化非強而。想文王盡不已之純,禮皆無犯;諒黃帝闡常行之理,民自咸宜。

蓋始者陽動陰靜,道已流行;精凝妙合,道均付受。奈顓蒙多昧於本性,此啓迪必資於元后。聖乃觀天地常久,而妙矣變物;體日月能久,而昭然發蔀。蓋民非難於感而難於孚,此化不成於速而成於久。當若受而守一,格苗俗於舞干;毋令說以變三,蔽秦風於取尋。

試論夫理本同得,而性本均善;今非不足,而昔非有餘。何唐虞而上,性皆遂於野鹿;何威文而下,習反流於詐狙？得非通而則久,道以神運;假而不久,道非古如。君心誠僞,即此判矣;民風厚薄,從而異於。若聞自漢皇,豈變惑期年之近;奈行於唐太,反效誇四載之初。

或謂《離》曰乃成,特先麗正之明;《賁》言以成,第取觀文之化。豈知道簡而文,中默寓於顯飾;道適乎正,下自消於鄙詐。然則常卦之言久於道者,與二卦相爲發揮焉,説非徒駕。

《大典》卷一四八三七引《大全賦會》。

**聖人祖乾綱開四聰賦**

聖德天運,下情日通。綱獨祖於乾健,聽四開於巽聰。躬履位以無爲,法兹元統;開隨方而皆達,洞若宸衷。

切聞事情每壅於陰柔晦濁之時,公道常新於陽德亨道之始。惟體此純剛,無少間斷;故洞然兼聽,何分遠邇。健乃乾綱之大者,萬善會焉;聖於臨政以祖之,四聽開矣。

明哲躬備,帝王事該。起心上不窮之經緯,探畫前未露之胚胎。陽體其純,性中之剛德流暢;天法其統,胸次之混元往來。終始運行,健以無息;疏通洞達,聰由此開。兹剛毅發强,仰究始亨之總;合東西南北,俯垂公聽之恢。

開者何道參其變,機同相應之聲;易窮其蘊,下有自通之意。闢堯之門,在在進善;通舜之耳,人人盡議。信志符交泰之同,由德法純乾之四。神存穆穆,究粹精所統之宗;德達皇皇,無壅遏不通之累。

吾故曰乾以健而行,總攝萬殊之理;德以剛而達,流通衆善之天。蓋六陽如不續,則造化壅矣;而一念或未純,則私邪塞焉。信胚腪龍德之純粹,皆脉絡羲經之直專。其自强也,聽納無倦;其體仁也,寬洪廣延。聖心無蔽以無惑,主道利明而利宣。想文王廣義問之昭,紀參乎易;諒黄帝有合宮之聽,係取諸乾。

蓋聖人無枘鑿之見,而轉彼乾圖;無門庭之限,而闢夫乾户。言參乾信,絲綸四海之播告;情體乾通,絡繹四民之疾苦。凡普天之下,聽靡不達;由大綱所在,健爲之祖。且異耳亨以巽剛,徒順於巽繩;面聽取離柔,不重於離罟。

厥有握乾總綱,光武興運;旋乾執綱,憲宗御時。四關無擾,生意方復;四海悉臣,群心悅隨。何乃聰雖無壅,而圖讖惑矣;聰雖達善,而奸邪蔽之。信聽不難開,亦不難塞;見綱非易祖,尤非易持。使行健有常,何終搖於群議;奈閑邪不至,反輕信於單辭。

終之曰綱言其祖,未免迹求;聰謂之開,尚勤時憲。孰若幾與知分,融機括於内境;利不言兮,妙經綸於方寸。至此則乾之綱在聖人,而聖人亦無所用其聰,豈屑屑法天而行健。

《大典》卷一四八三八引《大全賦會》。

## 葉木元

葉木元,建安人。

### 聖人祖乾綱以流化賦

總乾德(當缺一字),神潛聖人。祖其綱而同運,流是化以維新。仰止冠倫,上本天行之統;沛而爲教,下皆風動之民。

蓋聞易經妙用,惟變則通;王政大端,以元爲主。取諸天則,兹實統會;疏厥教源,乃臻洋普。且乾造有宏綱者在,由始而亨;今聖人新大化之流,盡知所祖。

觀夫龍位居正,鴻圖紹休。審政教不同之變,明帝王所本之由。以謂易存乎蘊,卦莫重於首畫;元乃其統,端宜先於上求。聖其祖此,與物更始;神而化之,自源達流。出以乘時,法彼純剛之總括;推而鼓衆,洋乎盛德之翱游。

豈非下期純被,則純參亨也之元;風欲變移,則變體大哉之正。推原始物之端緒,宣布新民之政令。唐堯稽則,教斯廣於漸被;文后重爻,美莫窮於游泳。周流四海,何地非化;總會一機,觀天見聖。以臨以執,體元得統卦之剛;其浩其淵,行道播《汝墳》之咏。

乃今知與一世而更新者,聖所運化;爲萬世之資始者,元之統天。念生意無窮,莫非是氣之總攝;剡治源久壅,當體此機而轉旋。我乃起經綸之蘊於心上,探綿絡之端於畫前。道由此變,流乃道海;德自此博,流爲德泉。此原原本本之妙者,有化化工工之道焉。闖若伏羲,統類得所爲之卦;馳如虞舜,繫辭言蓋取之乾。

非不知《坤》謂之維,化亦順乎;《離》爲之綱,化其成以。《巽》繩申命,有行事之象;《坎》纏習教,得用時之理。蓋《易》非元化,彼皆泛舉之目;惟《乾》總以元,是乃方亨之始。伊欲流之,必先祖此。想德明所合,演爲治德之和;諒仁體而行,溢作漸仁之美。

其有洛邑荒屯,德未開漢;河湟陷没,令誰振唐。幸而旋乾之機,唐憲操領;握乾之符,漢光攬綱。所以慈祥濡洃,九有蒙惠;政教清明,四夷向方。使天下沐同流之化,如元工回一氣之陽。是則舉以清夷,詩載歌於順叙;因而蕩滌,賦兼美於恢疆。

又言之造物無全功,有大彌綸;成能非上聖,孰爲憑藉。今也文而治國,文可緯於天地;道以澤民,道乃經於春夏。然則聖之於乾也,不惟祖其綱以流化,而又能流化以維其綱。此所謂範圍之化。

《大典》卷一四八三七引《大全賦會》。

## 徐桂老

徐桂老,江西人。
### 聖人祖乾綱以流化賦
治道開泰,聖心即乾。祖其綱而流化,達諸用以皆天。明足冠倫,本此純剛之統;妙存鼓衆,洋乎善教之淵。

聞之君道經綸,蓋有本存;風教淵源,斷從心始。凡妙用周游無所壅者,皆剛體純全爲之主耳。乾道之外無餘化,一以貫之;聖心之運有大綱,祖而流此。

中正光履,聰明有臨。襟懷之元氣毓粹,德性之陽明勝陰。本仁之統,脉絡長人之念;宗義之維,準繩利物之心。統會於中,天者常運;流行於外,化其益深。神哉用易之六陽,體其總要;溥矣洽和於兆姓,發自胸襟。

想其神與天同,胸中之天則渾融;道久時成,性內之時行運轉。自大統要,無窮發見。疏爲德雨,德施者溥;浚作道源,道神其變。惟乾乾此心,得所本祖;故化化妙用,因之流衍。心涵龍德,本諸天統之渾全;道被驪虞,混若泉源之周遍。

大抵心者,道之精也,體統從出;化者,功之溥也,源流可推。方乾性保合,乃德海停涵之日;及乾情發揮,其善淵融液之時。於此見先天之造化,斷不離方寸之綱維。泰和自此游,民樂民氣;美利由此溢,物安物宜。散而爲萬化之流也,斂則自一心而統之。想漸被朔南,取自堯經之舉;諒行乎江漢,重由文紀之爲。

蓋聖人至誠能化誠乾之誠,盡性贊化性乾之性。化以德溢,則德體乾善;化由道洽,則道純乾正。兹統宗會元,皆從寸念以運量;故自源徂流,益衍清朝之教令。則知所祖爲綱,綱即爲化;是乾在心,心融在聖。非謂垂衣取此,洋乎順黃紀之休;觀象畫兹,渙若結羲繩之政。

切意夫光武握乾綱攬無縱,憲宗旋乾綱張有餘。何乃化云未洽,漢德意之猶淺;化曰不霑,唐治源之莫疏。得非讖緯動其好,粹精之體何在;利欲屈其志,剛健之誠蕩如。嗟迹若合乾,心不乾矣;縱我欲流化,人誰化歟?徒聞干紀於淮西,下猶未洽;雖使欲經於河北,業曷能居。

終之曰道爲治樞紐,功用充周;乾乃天性情,氣形超越。以紀五行水流,濕以潤澤;以統萬類物流,形而生發。然則乾之爲綱也,聖祖之爲心化,天祖之爲氣化焉,見隱顯同流而不竭。

《大典》卷一四八三七引《大全賦會》。

## 王持

王持,興化人。
### 聖人祖乾綱兼三才賦
聖妙乾運,道新泰開。祖其綱於一己,兼所統之三才。智足有臨,本乎剛而獨總;極斯與立,貫是理以咸該。

粤自鰲極分而五位中居,龍德運而一機不已。惟本諸剛健,無所弗統;故合彼顯幽,秩然咸理。聖與三才而并位,何道兼之;心無一息以非乾,其綱祖此。

觀夫出震主器,繼離面南。畫前之妙用先得,道内之真機默探。四德統於元,而一陽常運;六陽純乎健,而群陰莫参。惟有得乾綱之大,故能總太極之三。乃神乃武以乃文,剛爲錯綜;辟上辟中而辟下,用實包函。

豈非道神其變,則各安立道之常;元足以長,則咸遂爲元之始。彌綸在我以能健,運用有機而默使。是宜曰氣曰形,至於識以亦統;或理或事,合乎文而有紀。非以乾總攝,萬有繫焉;恐此機間斷,三才熄矣。剛正得爲君之義,統有宗乎;古初自定位以來,一皆得以。

大抵一日不容息者,剛健其德;三極分以立者,聖明此身。況吾體吾胞,莫匪道中之形氣;則是維是主,亦惟心上之經綸。今也妙幹先天之藴,健參六畫之純。使三光全寒暑平,自我合德;使五穀熟人民育,由吾體仁。豈幽明自叶於常存,皆綱理有功於聖人。何止統天和合,著《易經》之訓;固宜御物化流,稽史策之陳。

思昔生民天地初有極方開,黄帝堯舜氏肇端自古。曰持綱而綱果安在,曰舉綱(原作"綱")而綱何所祖。衣裳一垂,位定上下;宮室方易,人安棟宇。蓋脉絡一乾十三卦之綱領,故植立此極千萬年之宗主。抑見周王重此,布爲經緯之文;犧氏畫茲,推作佃漁之罟。

又況體乾君子,學與時進;御乾大人,德非昔潛。何乃水橫流而河尚堤決,雨未施而時猶旱炎。外健内順,非邪正之辨早;陰盛陽微,豈華夷之分嚴。使自强不息,一念常續;則轉亂爲治,三才復兼。將見合序四時,日紀皆禹疇之叶;咸寧萬國,民繩欣漢化之霑。

愚嘗因乾德之流行,参《易》書而訂正。何奠位以還,即理統氣;何取象之際,以天喻聖。蓋乾之爲綱也,聖人得之以兼三才,而天得之以首庶物焉。故曰乾者,天之情性。

《大典》卷一四八三七引《大全賦會》。

## 劉文英

劉文英,興化人。

### 聖人祖乾綱兼三才賦

聖德乾運,混元復開。祖其綱於一己,兼所統之三才。大以建中,本純剛而悉總;備而立道,参有極以咸該。

蓋聞大君宗主,獨立兩間;剛德運行,萬殊一理。非總攝真機,本至健之體;何顯幽異勢,有秩然之紀。且三才之責萃於聖,道曷兼之;蓋六陽之變主乎乾,綱知祖此。

浚哲高古,聰明冠倫。五行二氣之妙合,四海九州之望新。德始一元,德中之經緯無迹;道出庶物,道内之彌綸有神。使天下事物各有定理,亦乾體剛健運於聖人。德本乎中正,粹精包羅自出;功妙於財成,左右統理惟均。

想夫體元爲首,元包氣形識之分;存誠不息,誠盡天地人之性。運一機而我主我宰,爲萬世而立心立命。叶舜之經,六府三事;歸周之紀,五行八政。信純陽之德,能統乎物;而奠極之初,居中者聖。有容有臨而有執,統則必宗;辟上辟下以辟中,品皆各正。

吾故曰萬形無不統,惟天下之至健;三極不自立,必聖人而與参。況曰仁曰義,無非是道之脉絡;而親上親下,不外此元之渾涵。惟聖也乘六兮,陽德偕極;用九兮,神機默探。使寒暑有經,時燠時雨;使析因順序,秩東秩南。健故能統,二而貫三。兩具述於成章,語稽乎孔;化詳言於御物,傳考乎譚。

且是時靈紀未軌,而人尚朣朦;彝倫猶斁,而患深水土。向非綱持者黃,道本乾合;綱舉於堯,治惟乾取。則何以緯三辰、調元氣,後太極以主宰;睦九族、叶萬邦,爲兆民之宗主。由二君大造化,運此乾道;使三才再開闢,常如太古。切異夫水旱仍强藩,梗旋奚取於憲宗;關河擾炎正,微總未多於世祖。

又況狼烟警而鴻室靡定,鰐潮驚而妖星屢占。此旋轉正觀於運量,豈剛明尚晦於沉潛。可不御六位之陽,大以能化;體四德之元,守之以謙。雖其氣暫變,其理自定;必以道密幹,以身獨兼。如是則馭彼臣民,冢宰實資於分任;敬於上下,朕虞亦賴於惟僉。

嘗論之無極而有極,統各有宗;君德與天德,相爲終始。今也德綱我運,混外夷內夏之勢;禮綱我制,辨下澤上天之履。然則是綱也,祖於純乾,散於三才,而斂於一身,非聖人而何以?

《大典》卷一四八三七引《大全賦會》。

## 石祐孫

石祐孫,盱江人。

**聖人兼三才以御物賦**

物遂太極,用該聖人。兼三才而以御,本一理之相因。稟此實聰,洞貫統元之妙;宰夫庶類,各全賦性之真。

蓋聞高下洪纖,均是理之流行;聖神參贊,不以私而矯拂。惟統會於中,無隱無顯;故剸裁之下,自伸自屈。兼而一也,萬物之理即三才;因以御之,三才之外無萬物。

出震主器,繼離面南。胸中之大造密運,道內之真機默探。何性云盡性,必通人紀以如一;何德曰合德,猶同陰陽而迭參。蓋道形而上,一散爲萬;此聖御其間,妙惟貫三。淵懿冠倫,消息會謙盈之運;幹旋在我,化光宜坤道之含。

茲蓋致中和之位,而并育并行;合乾坤之性,而資生資始。分殊而理則爲一,道盡而術焉不以。服牛乘馬,堯利致遠;驅龍放菹,禹功平水。御焉豈膠擾之云乎,兼者特貫通而已矣。和同罔(原作"岡")間,辟上辟下而辟中;統攝無遺,維有維嘉而維旨。

大抵物盈於宇宙,惟聖能制;道行乎隱顯,無形不該。彼函三爲一,本至理之如是;豈自三生萬,可徇私而治哉。惟此探其機於闔闢動靜,順爾性之屈伸往來。所以西河疏導,乘載刊木;南風長養,鼓弦阜財。制彼不齊之萬類,混然奚間於三才。孔生陳盡性之辭,育言所贊;晉史述祖綱之論,總取其開。

蓋始者乾爲物之陽,具此粹精;人秉物之品,均茲情性。黿鼉因河海之不洩,螻蟻即君臣之主敬。聖乃佃漁網罟,取十三卦;阜通食貨,參諸八政。信周流此理,無間三極;特宰制其間,有關百聖。想舜如被植,端由典禮之惟寅;諒羲若類情,亦曰統天而正命。

後世貫通之理莫察,總攝之功匪嚴。三正怠棄,天怒人怨;三統錯行,木饑火炎。以至梁則移粟,漢則平準;唐之稅竹,齊之鬻鹽。彼任智復任術,御者弗審;是論勢不論理,判然莫兼。豈知夫統彼官臣,冢宰尚資於制用;敬於上下,朕虞亦賴於惟僉。

又當知齊其品彙者,土苴緒餘;通乎造化者,精神念慮。今也龍蛇信屈,皆吾神氣之融暢;鳶魚飛躍,即我至誠之形著。及其至也,萬物自我備,三才自我出焉,何所兼又何所御。

《大典》卷一四八三七引《大全賦會》。

## 陳嘉富

陳嘉富，臨川人。

### 聖人兼三才以御物賦

物性均具，聖心獨該。御蓋兼於一道，本不外□三才。運吾接奧之神，元無不統；制被混成之類，用豈難裁。

夫惟一真本洞融幽顯之機，萬有自不出斡旋之外。立心立命，獨妙貫通；有象有形，悉歸統會。物之理即三才之理，曰御何先；聖之心涵太極之心，所兼者大。

雖曰履位躬正，離明面南。然且職偕覆載，教之卫立；辟合上下，中而與參。道云立道，此貫道心之妙；元曰爲元，此全元氣之涵。茲物雖不一，理貫則一；由極既判三，聖兼此三。足以執足以臨，渾融有道；取諸近取諸遠，主宰無慚。

豈不謂父生師教，人紀孰齊；天覆地持，元功誰秩。當知君有以總，道同所出。性能盡性，不離贊化之妙；則安有則，豈外秉彝之質。由流通此理，無隱無顯；故統御自聖，貫三爲一。美其獨備，妙得一之機融；類則各從，豈能群之道失。

大抵位分三極，無理外之形氣；聖融一念，會道中之散殊。蓋乾坤皆物也，心宰妙矣；臣民亦物也，力驅可乎。此其會脉絡於一致，而可判顯幽於兩途。位無易位，元化我叙；綱蔑不綱，彝倫我敷。兼者心會，御之迹無。近以法觀，取果聞於羲氏；得而配順，成宜見於姚虞。

蓋始者天垂星日，豈自齊星日之經；地載山川，不能奄山川之寶。穀粟未有經，民用曷致；君臣苟無紀，人倫孰保。蓋函三既判，雖具是理；然統一其間，莫非此道。使各安事物之常理，斷有賴君師之大造。武陳八政，豈能秩攸敘之彝；禹奉三無，何止暢惟天之草。

況聖人日綱月輪，涵性內之靈曜；乾經坤緯，具胸中之太初。仁義準繩，秩若心根之始；禮樂統紀，粹然形踐之餘。由方寸三才，已備道矣；故宰制萬類，何容力歟。非立極於中，聖克兼此；恐奠位而後，勢終判如。所以功格平成，自爾息龍蛇之害；教明親信，其誰近禽獸之居。

抑又聞男女有艮巽，常道乃明；水日非坎離，化工終鬱。泰長否傾，道所升降；剝窮復反，數之伸屈。是知聖人以一心兼三才之道，而又能會三才於一心之易焉。見易能開物，聖能御物。

《大典》卷一四八三七引《大全賦會》。

## 吳逢泰

### 聖人開四聰以招賢賦

天聽貴廣，聖心敢專。開四聰而在上，合衆議以招賢。仰上智之挺生，聞皆旁達；求英才而并用，意極詳延。

聞之可否參衆論，始得真才；謀議私一人，何如公是。但能不惑於偏聽，斯可廣延於庶士。今上聖開四聰之廣，何所不容；爾群賢由數路而求，招之以此。

器則主震，明焉繼離。念群才久鬱於當世，且公道大恢於此時。所以堯聞欲廣，門自堯闢；舜聰未達，岳常舜咨。惟世有洪範作謀之主，夫誰歌白駒在谷之詩。端紫宸楓禁之居,索恢天聽;致綠水芙蓉之彥,欣睹雲披。

是招也,不以一人方譽而季布遽登,不以片言甫久而千秋即相。信若人之拔擢不偶,皆與詢之之非各當。高宗惟多聞,始采肖象之說;文王惟周度,斯得揚鷹之望。苟單辭隻語,遽欲聽信;恐真才碩能,何由歸向。龍顏端拱,九重恢坎耳之公;鳳招肆頒,多士喜泰亨之長。

大抵人有真才能,眾所熟識;君欲公選舉,聽非可私。道惟四達,賢乃可舉;門但四賓,賢無少遺。況聖主旁達異聰之聽,豈人才尚懷遁世之思。曰聞僉曰,斷必任禹;選聽眾選,決然舉伊。朕開公道以招也,爾為明時而出之。若曰旁求,宜考孔融之表;兼陳臨下,請稽華氏之辭。

非不知公府薦賢,奏目上聞;郡守舉賢,剡書交赴。然而主聽之不廣,未必賢才之樂附。要在有高帝之聰,始來商皓之成翼;無太宗之聰,難進馬周之徒步。未嘗執私,見以招徠。所以得真賢之會聚,且異唐人之取士,僅止三科;未多漢帝之得人,旁延數路。

又況興賢有詔,綸綍屢寫;聘賢加禮,弓旌遠招。不分其四甌以在路,則資彼四鄰而立朝。是宜南陽枉顧,且見諸葛;東海召至,豈惟一蕭。皆眾謀眾議,賢士乃舉;豈一譽一毀,私言易搖。肯使夫晦跡箕山,應欲洗許由之耳;栖身栗里,終難折陶令之腰。

雖然萬招之始,論固宜公;既招之後,用非可捨。張良果賢臣,何尋鉤於黃石;裴度真賢相,何養高於綠野。是必人君能開四聰以招之,又能堅一意以任之,庶無負也。

《大典》卷一四八三八引《大全賦會》。

按:《大典》此卷吳逢泰上未標籍貫,當是所佚《大典》引《大全賦會》前卷已收錄其賦。

## 李宏叔

李宏叔,盱江人。

### 聖人竭心思仁天下賦

心運天下,道公聖人。竭其思而在我,隨所覆以皆仁。素全經緯之神,益加盡慮;坐視幅員之廣,咸與為春。

大凡方寸雖微,可納寰區;毫厘未盡,殆虧生理。誠運於中,罔有欠缺;澤周於外,何分遠邇。蓋仁道本公於天下,心實主之;使心思未竭於聖人,仁難溥矣。

濬哲生稟,聰明有臨。眇己中居於宇宙,一機妙運於胸襟。能慮能定,大學其志;弗得弗措,中庸此心。謂物物生全,皆我之責;此心心運用,憂民也深。五百年間世之君,盡誠而慮;千萬里為公之域,被澤於今。

思之如何以憂勤一意而發政四民,以兢業寸誠而叙功六府。念念惻隱,元元生聚。性地周流,時雨庶域;善淵充暢,春風萬宇。天下非大,吾道為大;心思既溥,斯仁亦溥。至誠不息,居嘗極慮於九重;達德旁周,孰不相安於率土。

吾故曰天下皆吾民,每勢異而理一;君心一太極,寧此全而彼虧。使昧昧我思,無同體同胞之見;是屑屑其仁,特移民移粟之私。惟此密運宸衷之機括,悉除道外之藩籬。慮周四表,仁治四表;念及八維,仁沾八維。公溥其心,聖所以聖;姑息者流,思猶不思。恩謂之行,請考趙岐之注;政言其繼,願稽孟子之辭。

始者萬物一其體,孰視孰疏;八荒皆我闥,何封何畛。此大君中三極以是主,豈善念可一毫之未盡。必也雲行雨施,流通性内之大造;火然泉達,充暢胸中之不忍。斂在一心,間不容髮;散諸四海,放之而準。想老無不養,源流成后之永艱;諒民既咸親,脉絡夏王之勤敏。

又當知及下之仁,體固達用;得人之仁,責尤在吾。所以思天下之飢,稷奏庶食;思天下之仁,尹憂匹夫。由聖賢無兩心,所慮皆盡;故遠近雖異勢,何仁不孚。切異夫銳志唐宗,徭役稔勞人之弊;厲精漢帝,刑名重束下之誅。

至矣哉！仁天曠蕩,有大骿巏;心地渾融,毋勞經緯。何爲而已,五服聲教;無憂而已,萬民和氣。此又帝堯非心之日,文王宅心之時,但見行仁之效既。

《大典》卷一四八三八引《大全賦會》。

## 林季龍

林季龍,三山人。

**聖人能同天下之意賦**

天下俗異,聖人道公。化自我以能運,意在人而則同。端居寶位之尊,統臨有屬;克混綿區之習,志向皆通。

蓋聞民生異風俗,所性則均;君心如天地,乃公之至。由吾獨化,統攝斯世;宜爾百慮,會歸一致。惟聖人能此,覺夫未覺之民;故天下從之,同彼不同之意。

觀其睿哲莫及,聰明夙全。妙防範群心之道,握轉移一世之權。俗由我御,統爾倍於不齊之地;民自我順,導斯民於所稟之天。非至聖所能,世莫能此;何人心不一,今皆一焉。五百年之休運有開,冠倫爲至;千萬里之民心無異,易地皆然。

想其智雖足臨,智無任己之私;政雖以治,政自齊民而始。統一衆庶,均齊遠邇。感之以心,心皆欲正之念;立之者誠(原作"誠者"),誠盡毋欺之理。使天下定於一焉,非聖人庶能與此。躬全上智,備中庸爲至之資;人絶異心,叶賁象觀文之以。

吾知夫人皆有是心,所見各異;聖能同其倍,非人可爲。況性天稟受,其本一矣;而民情好惡,亦君使之。故此任斯世綱維之責,一夫人趨向之私。奢褊剛柔,異俗隨革;喜怒哀樂,一真不漓。意則同此,人誰外其。律以定之,載考班書之語;志言通也,更稽羲易之辭。

昔者七情未啓,均是善端;一天不鑿,渾然正性。奈爾民紛雜於私念,幸此日混同於上聖。經綸天下,能立其本;平治天下,能修其政。使夫人自觸於一機,故此意悉同於萬性。想武清四海,一心形《泰誓》之言;諒成撫兆民,叶志謹《周官》之命。

抑嘗考《漢志》立言之旨,知古人作樂之因。六律同而律以和衆,八音同而音斯感人。聽吾雅奏者,自滌邪念;樂我至和者,悉還本真。由樂非獨樂,百姓同好;宜心以感心,一機覺民。又何必易以盡言,辨悔吝吉凶之證;詩而逆志,有箴規美刺之陳。

抑嘗論世有莫爲,則能之論始興;心無或異,則同之功何假。漢也民不同風,或起詐僞;吏不同心,至聞苟且。然則能同之論,孟堅所以歸之於聖人者何哉？蓋深惜漢家之天下。

《大典》卷一四八三八引《大全賦會》。

## 歐陽天澤

歐陽天澤，三山人。

**聖人感人心天下平賦**

天下勢異，聖人化行。當爾衆之願治，感其心而自平。仰止實聰，合輿情而孚契；要其成效，措寰宇於安榮。

自祖宗立國以來，而德澤入人也久。綏懷之内，中悦誠服。效驗所形，民安俗阜。聖天子勃然挺（原作"梃"）出，正群心欲治之初；感則遂平，治天下何難之有。

於時新命凝鼎，大君有臨。河北喜威儀之見，山東思德化之深。簡役以來，安有異志；制書所下，誰非革心。人情之愛戴如是，世道之隆平自今。明明一德以天臨，使民悦服；穆穆四方之衡迓，舉世謳吟。

想是時懷湯之德，寧輯湯邦；戴堯之仁，雍熙堯野。感動情性，鎮安夷夏。自然月塞寢兵，人人奠枕之域；春堂飲酒，在在覆盂之下。信泰和盛治，非偶然爾；意感發人心，有機存者。足有臨足有執，深矣結民；曰已治曰已安，誰其解瓦。

大抵人惟有感，於戴上以彌切；世不相安，以其情之未親。故心既離商，終莫定於商邑；而心如戴舜，可坐安於舜民。矧此曩世恩洽，本朝化醇。是宜工歌廛商歌肆，鼓舞善政；行遜路畔遜畔，薰陶至仁。想身處太平之世，此心皆咸感之人。化謂之生，請考戴經之語；誠言所發，載稽唐史之陳。

嘗慨夫秦漢同一天下，何秦失而漢興；隋唐均此天下，何隋亡而唐治。豈安危之勢適爾，抑理亂之機有自。良由人苦秦苛而樂漢寬大，人厭隋暴而戴唐仁義。惟待民以君子長者之化，乃措世於磐石泰山之地。亦何異安周四海，必由大畏以小懷；治禹九州，蓋本東漸而西被。

況夫痛心悔咎，武士流涕；動心傷體，斯民息肩。起一愛心，念念綏撫；托一誠心，言言諭宣。上每念乎民，有若此者；民欲亡乎上，其能恝然。非此心交感於百姓，何一旦驟安於普天。果令赤子弄兵，波静潢池之亂；烏孫請命，風清北塞之烟。

雖然國家無所事，未見吾仁；患難迫於前，始知深感。故悦民如成周，争犯難以忘死；恤人如七制，雖即戎而無憾。君子於勞不怨死不避，然後知聖人之感人也深，天下欲忘之而奚敢？

《大典》卷一四八三八引《大全賦會》。

## 陳安之

陳安之，建安人。

**聖人感人心天下平賦**

天理終定，聖人不争。感其心於自悟，聽天下之皆平。仰睿主之覺民，志因潛格；宜寰區之安業，分所由明。

蓋聞民均此性，初無難動之機；物逆其天，終有必還之理。予惟明義，默使之悟；彼自樂業，各安汝止。方分諭於下，特人心暫蔽以如斯；乃聖感其心，宜天下不期而平矣。

尊履五位，君臨兆人。開明性内之天理，啓迪道中之本真。民未知有分，則悟以常分；

世不可無倫,則覺之大倫。由平日相孚,不外是理;故其天一定,隨安爾民。獨智有臨,得胥動興情之道;多方開泰,宜一陶和氣之春。

兹蓋義一諭而義隨,識於君臣;分一覺而分咸,知於上下。其動也順,不安者寡。是宜士守其業,工守其藝;賈安於市,農安於野。使聖非以理,感爾俗之本然;恐人不知分,果何時而平也。實聰實睿,格民蓋本於綱常;已治已安,復業自臻於夷夏。

大抵民皆知所守,患未有以潛感;理必至於定,始相安於自然。非性覺性、天覺天,秩秩禮分;恐智鬥智、力鬥力,紛紛目前。故此即古者有常之理,開吾民自動之天。故萬邦臣服,而君臣之義自正;四方子至,而父子之彝具全。此聖君感動之機也,爲天下安平之地焉。想能治如堯戴,實由於億兆;諒用康若武同,蓋自於三千。

思昔和平之世,且聞崇亂之有憂;治平之朝,猶以苗頑而爲病。嗟綱常至此以浸泯,而禮義蕩然而不正。迨夫文教一修,隨臻當日之親善;舜德一敷,旋格曩時之逆命。念暫擾者人,終定者天;見不應自民,有孚自聖。遂使居皆願逐,歷山成所聚之都;田不忍争,虞國無不從之令。

是何孽胡雖禍晉,卒爲晉義之屈服;匈奴雖背漢,終屬漢綱之統臨。河西緘一書,見即知意;奉天祇一詔,叛隨革心。蓋人欲方滋,固未免紛紜之擾;迨天真一悟,豈復容强暴之侵。信不憂守分之未定,特所患感人之不深。不惟涇隴之武夫,至形流涕;豈特關畿之故老,亦切謳吟。

然嘗論義自知所激,則靡勞潛惑之功;情未至於和,則始有不平之憾。故古者士歌廛商歌肆,生理自若;行遜路耕遜畔,乖争莫敢。於斯時也,人心皆知有分守,而天下自相安於道化之中,何所平又何所感。

《大典》卷一四八三八引《大全賦會》。

## 連應昇

連應昇,三山人。

### 聖人清天君天地官賦

心統天地,職專聖明。官有主以後定,君居中而本清。鏡萬物以無私,湛然宰制;管兩儀而并位,秩若平成。

蓋聞大君實宗主乎三極之中,元化本脉絡於一心之粹。何思何慮,不雜真境;辟上辟下,各安定位。欲消而理徹,凝聖性者在聖神;此清則彼官,即天君以參天地。

觀夫哲鑒昭晣,性淵靖深。中正若辰星之揭,虛明如日象之臨。且曰胸次無昏淬,澄澈萬境;化工有管攝,綱維寸心。使秩然二位之各叙,由清則一塵之不侵。莊足有敬、寬足有容,中虛以治;高所以覆、博所以載,職謹攸欽。

官之如何?乾邪一閑,物流乾品之形;坤敬一直,位正坤臣之美。使兩間之綱舉目順,即寸念之鑒明水止。羲叔不必命,輝聯星日之次舍;職方何用掌,棋布山川之疆理。非聖明有以主之,則造物幾乎紊矣。且精神静而能鑒,所守湛然;非禮樂備以且明,相維在是。

大抵太極分高厚,必待綱維之力;聖心妙工宰,實司統攝之權。況三光全、寒暑平,心正故也;而庶物生、風霆流,志神使然。信知妙括於洪造,端自静涵於善淵。帝衷澄湛,則五帝位格;靈臺融澈,則百靈職虔。蓋君則爲能官之地,亦聖焉清所性之天。注載考於楊生,政言以任;論詳稽於荀子,功謂之全。

人徒見日月顯於文,秩有常經;草木若於舜,品分庶彙。似無關方寸之造化,皆不出元工之形氣。豈知舜直而清,性仁守此虛靜;文明而清,心德爲之經緯。想天地同其間,官以是正;意心術主於內,聖惟我既。是則維分南北,止乎坎麗乎離;令叶陰陽,復於子生於未。

然嘗疑融風警宋,都天曷在?聲色混吾清,漲流脂渭之必遏;貨賂濁吾清,煽焰權門之莫干。使無私邪無嗜欲,以靜爲主;則職覆幬職持載,繼今自官。當如思謹堯欽,曆正星虛星昴;抑若心無武貳,證乎時燠時寒。

聞之師曰磅礴非地也,吾地以心;穹窿非天也,我天其性。陽動陰靜,二氣之凝合;鳶飛魚躍,一誠之游泳。夫(原作"天")惟靜守,在我之天地;然後能官,在彼之天地焉。心之精神是謂聖。

《大典》卷一四八三八引《大全賦會》。

# 鍾鼎

鍾鼎,浙漕舉進士。

### 聖人清天君正天官賦

天理之粹,聖人所爲。君內清而在是,官外正以兼之。儼南面以尊臨,一無或累;湛宸心而中主,五治其司。

蓋聞帝王稟賦,太極渾全。身心動靜,一誠表裏。湛吾所主,獨妙宰制;謹乃攸司,各安役使。聖人聖德,內亦然外亦然;天君天官,清乎此正乎此。

浚哲生稟,聰明夙彰。冲虛萬慮之俱淨,邪曲一毫之必防。好樂忿懥,心大學之數語;視聽言貌,身次疇之九章。內外之地,交盡存養;純全之天,自無梏亡。根德之中,抱性之明,真淳素具;出令於此,聽命於彼,澄治交相。

豈不以外足以養內,則誠明主宰之當存;靜無以制動,則臣僕寇讎之交害。要必誠存得一之妙,事本建中之大。心由此虛,自以治之隨應;目不爾蔽,皆則思之默會。此清彼正,天者不泯;瞬養息存,功其有賴。以臨以執,去其僞而全其真;是主是司,澄於中復治於外。

大抵心與身相合,烏有相離之理;聖雖天所賦,益加所養之功。故帥性中存,斯能形役於群動;如客邪外入,必至心爲於衆攻。茲所以操存湛若以養志,踐履粹然而在躬。肢安所職,乃全謂性以謂命;思睿曰主,自見曰明而曰聰。既清且正,二者兼盡;若內與外,渾然一同。荀況立言,養兼云於順政;趙岐著論,治亦謂於居中。

蓋始者心思志慮,且天理之胚腪;耳目口鼻,均大形之戴履。奈汨於邪念者,轉逐乎物;而偏於外好者,反搖乎內。惟聖也主之以成敬,隨舉動以皆中;司之以聽視,洞虛靈而不昧。茲清正之功,隨地而謹;以畀付於我,有天者在。所以身之修者,由先其意在其心;性所存焉,斯見於面盎於背。

又當知萬境變於前,則好惡雜襲;一心無所主,則正邪混淆。且以令色汨吾天,易蠱易惑;讒口蝕吾天,載惛載呦。可不玩沃心等語,佩服書訓;味盡性片言,盤銘易爻。必清而後正,官自君始;無操之不存,理爲欲交。是則思絕朋從,衛益嚴於神舍;體均一視,愛兼及於民胞。

斷之曰君無待於清,是爲天德之純全;官猶假於正,始賴人爲之涵養。今此何思何慮,渾然性理之不鑿;無聲無臭,泯若儀刑之可象。此則帝堯順則之日,虞舜出寧之時。而文王不知不識之天,但見體胖而心廣。

《大典》卷一四八三八引《大全賦會》。

## 張雷復

張雷復,雪川人。

**聖人清天君正天官賦**

天理攸寓,聖人則思。君内清而能定,官外正而相維。大矣化神,功兩全於妙者;湛乎心宰,職咸使於安之。

聖明動靜,太極渾融;身心存養,一誠表裏。謹吾主宰,無撓無雜;安爾職掌,不偏不倚。君此理而官此理,清且正焉;內之天與外之天,交相養此。

觀其性稟寬裕,姿全睿聰;欲謹酌損,志加養蒙。謂心主乎一靜,固可以制動;然形役者衆外,亦能於亂中。此神動天隨,獨妙於聖;見君清官正,兩全厥功。尊以冠群,得知化窮神之妙;虛而治五,加澄源端本之功。

想其澄之不濁,自然神定守安;粹而一出,毋或色昏味爽。欲去理得,體胖心廣。念慮謹所主,則四體無曠;視聽欽厥司,則寸誠克長。毋天以人勝,而人以天勝;必內爲外養,而外爲內養。兼三才御萬物,操守何如;潔一念統衆形,渾融可想。

吾故曰聖全天稟賦,功不偏廢;君與官表裏,分皆有常。況理欲界限,甚於堂陛之等級;而內外體統,秩若朝廷之紀綱。我得不以心正身修之道,爲瞬存息養之方。清匪自清,官賴扶翼;正非徒正,君爲主張。此脉融貫,其功迭相。若曰不思,書考孟軻之戒;如云以治,傳稽荀氏之詳。

蓋曰身乃心之官,方寸流行;心亦身之君,百爲統會。是皆始者之賦予,非可判然於內外。故歌舞亂其天,則心以身累;嗜欲戕其天,則身爲心害。是必適堯之正,精一允執;象文之清,色聲不大。此聖明與理俱融,亦清正之功是賴。是則功全蒙養,內斯絕於蔽蒙;志合泰交,外自無於驕泰。

亦由夫玩湮水之辭,洪範五事;睹躍淵之訓,體乾六爻。思存曰睿,理本融貫;誠謹毋邪,欲無混淆。凡天理運全,洞貫身心之蘊;亦聖學高明,不爲口耳之膠。以此見君官之養,又當嚴內外之交。聖若木從,心悟詩書之旨;性無湍決,味耽仁義之肴。

噫! 清之名一立,則天德未融;正之功未泯,則天真已晦。孰若武身自修,無好無惡;孔欲不踰,寡(原作"寬")尤寡悔。至此則内外兩忘,無待於交相養之功,孰爲外又孰爲內?

《大典》卷一四八三八引《大全賦會》。

## 周一清

周一清,隆興人。

**聖人清天君順天政賦**

聖主中御,心君內清。純乎天而無間,順其政以偕行。繼此離明,湛靈襟而是主;協夫常令,幹元化以難名。

原夫帝王興起,實爲三極之宗;造化運行,不外一心之正。理明欲净,不汩於物;氣叶時和,罔乖其令。心統萬形而爲主,是所謂君聖無一息之非,天清而順政。

觀其英毅間出,聰明夙全。念吾心妙二氣之凝合,與大造同一機而轉旋。所以潛經綸之神,萬化出是;湛靈明之府,五官屬焉。此真境渾融之地,即化工秩叙之天。淵懿有臨,恪守神明之主;叶調無爽,密參化育之權。

寧不由陽舒陰慘,皆此性之密融;寒往暑來,亦真機之不已。工宰自我,流通此理。周裋不必卞,而秩秩協序;舜衡不待齊,而繩繩循軌。隱然可宰物之妙,大抵自清心而始。澄吾物鏡,居中實主於一身;運彼化機,叶用寧乖於五紀。

大抵聖與天爲一,默寓主張之妙;心爲物所汩,始取輔相之宜。百慮皆澄,亭毒密運;一真少混,經躔易虧。信欲叶元造流行之序,其可容一毫嗜欲之私。誠而則著,日月久照;思以惟睿,雨暘若時。君者清矣,天之合其。若以授時,精自唐堯之執;奉而理物,澤由文后之惟。

抑嘗觀命者天之令,渾涵太極之全;性者天所予,融會一真之粹。哲謀寒燠,非有二理;中和化育,實均一致。惟胸中有大造,默存調叶之妙;故心外無餘政,足任恢張之寄。於渾融真境之中,知流動天機之自。如是則發而布令,同然秋殺以春生;用以合和,自爾雲行而雨施。

乃若四序愆和,燭未調玉;三登觖望,旱仍鑠金。豈宸心澄澹之未至,抑帝眷扶持之實深。方且欽天有臺,神則如在;敬天名圖,凛乎若臨。以澄源正本,默協庶證;此轉咎爲休,實關一心。將見惟而命官,躔次驗台衡之正;用而謹罰,光芒占貫索之沈。

斷之曰運行無爽者,誠内之機緘;悠久不息者,化工之符印。歲月雖協用,汲汲思睿;風雨固弗迷,拳拳德浚。是知天政無一日之不順,天君無一息之不清,已順常如未順。

《大典》卷一四八三八引《大全賦會》。

## 左居厚

左居厚,鎮江人。

### 聖人清天君順天政賦

聖御三極,理純一天。清其君而主是,順夫政之當然。夙全有執之能,澄吾工宰;爰奉無私之令,與帝周旋。

國家有大柄,惟賞與刑;帝王位兩間,此心皆理。非湛然居中,不汩於物;恐逆以從事,或私諸己。且聖治自聖心而出,求則得之;謂天君乃天政所關,清而順此。

剛正履位,聰明冠倫。靈臺止水之無滓,虛室太空之未塵。官由我治,外制群妄;身自我主,内融一真。則知達此念於有政,所謂純乎天而不人。睿以臨、寬以容,淵乎有守;賞不僭、罰不濫,審所當因。

吾非萌一忍心,而用法過苛;吾非徇一私情,而以名輕假。本正事治,理明欲寡。舜但惟精,德因命於虞室;武惟曰睿,罰自行於牧野。苟微而此心,少有私焉;是吾所謂政,特其人者。誠不勉而中境,全方寸之虛明;上以承所爲事,蔑一毫之苟且。

大抵心爲政之原,易以物曉;君承天之意,動宜理循。使念慮蔽昏,或非大學之先正;是智力矯揉,未免伯圖之不純。今此靜守虛中之府,妙存索至之神。雷霆其怒,奚意用武;

雨露其恩，何心得民。以此見政中之造化，渾然皆心上之經綸。事惟在於所爲，注稽於諒；類首言於以貴，書考之荀。

人但見配天其澤，難窮湯后之仁；將天之威，莫若文王之盛。遂云明聖之出治，不過賞刑之操柄。不思銘盤而新德，善念澄澈；重易以洗心，虛襟凝净。信出於君本於天，爲政有道；而清乎此順乎彼，澄源自聖。不見聲惟弗邇，賞悉當於懋功；出罔（原作"岡"）不欽，臧亦聞於施令。

然嘗論天惟有所蔽，則清之說斯有；理苟無所怫，則順之名必無。自後世昧誠意正心之學，而庸君多縱情逐物之娛。刑，天討也，鑄鼎甚矣；禮，天秩也，請纓可乎。嗟治本在心，憒不之察；此儒者立論，返其所趨。甚而静若漢文，猶侈鄧通之賜；明如唐太，反加君羨之誅。

夫豈知宸衷恬淡，貫彼顯幽；治道勸懲，特其土苴。好能無作，則燠寒不爽於歲月；誠至則明，則飛躍亦安於上下。至是則聖人情其君，蓋將爲天地立極，爲民物立命焉，彼順功又其末也。

《大典》卷一四八三八引《大全賦會》。

## 李洙

李洙，太平人。

### 聖人清天君全天功賦

太極同體，聖人宅中。清君心而在我，合天道以全功。德著日新，湛一真之主宰；效成時亮，與大造以流通。

夫惟聖明與元化，渾若同流；工宰在吾心，純乎任理。由本真不汩，表裏洞若；故妙用曲成，轉移間耳。且人欲乃天君之累，清則湛然；雖天功非人力所爲，全之在此。

浚哲無蔽，智仁不居。寸忱常湛於止水，纖翳不浮於太虛。令由此出，群動坐制；官自此正，衆邪悉除。未嘗昏蔽於天者，自有財成之道歟。聰明卓冠於群倫，虛中湛若；化育仰禪於洪造，成效昭如。

兹蓋潛洪範之睿，則庶政咸休；溥大易之誠，則四時各正。職覆於上，成能自聖。建於堯兮，明日月之增輝；亮於舜兮，秩陰陽之順令。由本原不汩於心，雖造化亦爲之聽命。物無凝滯，澄五官所治之司；道妙彌綸，無一簣或虧之病。

乃今知真宰功用，自有貫通之妙；聖君念慮，不容私欲之侵。惟至誠弗雜，可盡性以贊化；苟靈光少蔽，恐愆陽而伏陰。今也萬境俱涵於太宇，一塵難染於中襟。璧合珠連，轉休證以如昔；木饑水毁，回豐年而自今。有脉融貫，以心統臨。訓著荀卿，治汝官而順政；語稽莊叟，明此鑒以由心。

人徒見文知天迪，功著丕承，禹致天成，功昭永賴，於是致五星應瑞之驗，弭九載洪滔之害。豈知道惟一兮，貫通脉絡之妙；德象明兮，彰著輝光之大。良由湛本體之獨清，所以成混元之一泰。故得成而不怠，冒於出日之隅；除以惟歌，浚此距川之澮。

抑論之聖德即天德，固由體以致用；内朝與外朝，實自源而達流。彼蔽於近歲，曷弭日青之變；而搖於群小，乃貽星隕之憂。必攻心之衆，自我先去；庶運化之功，與天者游。不見志得其寧，有若時之寒燠；中由是執，無紊序之春秋。

雖然運化機緘，自一念以潛通；格心事業，又大臣之素抱。説能啓沃，道所由奉；尹爲左右，雨冀必禱。然則聖人清天君以全天功，又能建輔弼以成天功，斯可斡旋於妙造。

《大典》卷一四八三八引《大全賦會》。

## 李霖

李霖，太平人。

### 聖人清天君全天功賦

上聖中御，天君内融。清我本原之地，全夫造化之功。抱正性以有臨，湛然宰制；亮元工而無闕，妙矣流通。

聖人妙真宰以彌綸，太極與吾心而融會。澄源之地，靜定不汩；贊化於上，財成有賴。且心所主即君所主，内養者清；以我之天回彼之天，功全也大。

黼座淵默，法宫靖深。挽回休運於今日，融會真機於寸心。所以治居中之主，主宰者定；湛統性之神，神明若臨。清者常清，思慮不撓；至所未至，轉移自今。仰止聰明，洗羲易退藏之密；備夫工宰，叶虞書時亮之欽。

想其心官既正，隨亨氣運之屯；道宰不凝，旋召陰陽之否。妙無虧無欠之用，自不濁不昏而始。是宜亮以惟時，寒暑叶序；建而增耀，日星順紀。爲天全功用之未及，皆心上經綸之由起。精神罔汨，宸衷之澄徹渾然；化育靡虧，洪造之範圍在此。

吾知夫聖心且妙用，本脉絡之相貫；大造無全功，一準繩而有餘。非淵衷澄泰，物欲净矣；恐世運復否，休祥缺如。惟聖也，渾然穹昊之同體，湛若本真之一初。五官淵湛，五紀叶順；四端泉達，四時發舒。此聖人清我之天者，爲造物全功之地歟。諒建若文王，克宅以文明之懿；相亮如舜帝，惟微本舜德之虚。

人皆曰天功成於禹，順考天心；天功建於武，恭承天命。金木水火，秩秩咸叙；日月歲時，繩繩各正。豈知洚水平水，源流精一之執；常雨時雨，根本睿思之敬。貫通妙造於此心，回斡化工之自聖。使渾涵神舍，星文移退舍之祥；苟澄湛靈臺，雲瑞紀登臺之慶。

又當知帝王全天功，雖本天君之静；輔弼成天功，尤資天職之修。夫何四牡勤歸，南仲莫挽；十漸入告，鄭公幸留。則三光未全，誰克寅亮；而五行雖全，尚多隱憂。必志意交孚，嘉賴二臣之力；庶國家自今，可延一脉之休。更資恭叶皋、夔，迷弭風雷之烈；抑使心同周、召，祥開烏火之流。

噫！晉嗣未安，基於夕陽之一言；漢本早定，成以商山之四老。蓋貪天之功，患起歸寺；而成天之功，弼資師保。吾故曰清天君以全天功，又當知正儲君以慰天心，仰聖君之大造。

《大典》卷一四八三八引《大全賦會》。

## 周祥

周祥，慶元人。

### 聖人致大利和天人賦

聖統三極，利公一時。致功用之大也，和天人而以之。禀厥聰明，丕格乾能之美；叶於幽顯，各臻預順之宜。

切原上帝下民，初無難感之機；人君妙用，不外自然之理。阜通一意，所濟既博；融會兩間，其端在是。大利本天人所有，致者誰乎；全功待神聖而能，和之以此。

淵懿高古，哲謀過人。任洪造裁成之責，全群生養育之仁。雲行雨施，充廣不言之美；物備器成，周流咸用之神。此時此利，非強而致；於天於人，其和有因。業廣德崇，極萬世無窮之用；上歆下叶，妙一機相與之真。

兹蓋不暴殄其物，以傷造化之仁；不剝削其財，以咈富安之意。生機流動以不息，道妙渾融而有自。時調玉燭，薰爲亨泰之象；民腯塡篪，播作雍熙之治。凡是和在在以皆然，豈其利規規之所致？誠不欺於暗室，所益無方；純何假於明堂，相乎基易。

請言夫太極肇分，已具因成之用；一毫少咈，殆非宰制之公。彼劉鞭桑計，特小小之爲術；而禹府周泉，有生生之不窮。此利源之流衍自古，而聖上之叶調有功。風薰阜財，融元化之長育；日中爲市，會萬民而變通。因利而利，初不容力；知和而和，隱然在中。繫請考於宣尼，用稱其備；言更稽於楊子，際謂之同。

思昔鴻荒肇判，而天之道未成，鳥迹方交，而人之生猶病。向使日月星辰未授堯曆，食貨賓師未頒周政。則何以樂成鳳儀，聲溢九奏；武偃馬歸，悦形萬姓。信大哉爲利，雖出於天人；然致而後和，必歸之明聖。所以民皆餘積，養遂至於開源；物自流形，保乃聞於正性。

後世焚竭太甚，生意幾熄；征斂已煩，民愁莫紓。或妖異見象占之候，或流離哀雁渚之居。方且大東怨矣，徒重國賦；大盈富矣，益私己儲。彼惟目前計利之末耳，烏議古者召和之意歟。甚而間架且征，隨見怨嗟之肆起；舟車亦筭，反咨災異之何如。

雖然至和固當格於隱顯之間，大計實取辦於富饒之地。必也實貨曰庫，毋隳巴蜀之險；兵賦爲淵，當厚江淮之備。此孟子所謂天時人和兼之地利。

《大典》卷一四八三八引《大全賦會》。

# 徐可勝

徐可勝，三山人。

## 聖人致大利和天人賦

大利所在，全功執資。偉明聖之致此，和天人而以之。禀乃睿聰，坐底不言之美；形諸隱顯，俾安允叶之宜。

太極民極，肇功於未形；元化道化，待聖明而後理。斡旋一機，所濟既博；調叶兩間，其端在是。所利乃天人之利，大者致之；以和合形氣之和，功其若此。

淵懿超古，清明若神。發洪造施生之德，遂群黎養育之春。用周於係易，非區區備物以成器；義充於大學，豈小小發則之謂仁。此其有道以致利，否則咈天而害人。實聰實睿之夙全，阜通甚大；辟上辟中而無間，調叶惟均。

兹蓋不暴殄其物，始全温厚之仁；不窮削其財，安有怨嗟之病。生機融貫於妙造，日用流通於兆姓。以正德厚生，塡篪德内之善；以達道育物，橐籥道中之性。非大利之外，它有斯和；見妙用之機，獨全於聖。仰作哲作聰之主，益以無方；全立極立命之功，罔乖於正。

大抵天與人并立，惟聖宗主；和自利中出，有機混融。況無無功願政期，并育以無害；而化化初心所冀，相生之不窮。故必有睿哲文明之主，乃能全財成左右之功。舜璇周圭，調順乾晷；幽棗禹桑，薰陶土風。於此見至和之叶，得之於大利之中。保以咸亨，義兼陳於孔聖;用而無間,順備述於揚雄。

亦知夫在天之和,則雨暘寒燠之時;在人之和,則夷隩析因之利。自夫舜令逆之,浸形干紀之變,苛斂害之,遂失養生之意。可不體天保合,回陽氣於寒谷;順謹養植,□春臺於樂地。則知太和本流行於隱顯之間,上聖惟深得於因成之義。如云解愠,皆五弦所阜之財;若曰叙疇,本六府惟歌之治。

其有天意眷眷,於十七年之久;人情依依,於三百載之餘。夫何日中以致貨,泉府源壅;漕運以致粟,太倉積虛。固宜妖星或見於象緯,民怨靡安於雁居。使利惟能致,功亦大矣;則天且可和,人將曷如。當令女則布男則桑,業遂民間之樂;木無飢水無毀,日遲化國之舒。

抑又知群黎并育,乃道之功;大計或乖,豈和之至。此乃海涵春育,時臻草木之茂;雲飛川泳,性極鳶魚之遂。夫惟天和人和,而萬物亦和,尤見聖功之極致。

《大典》卷一四八三八引《大全賦會》。

## 張彥博

張彥博,建安人。

### 聖人致天下之大利賦

天下欲治,聖人使宜。本大利之同者,爲群生而致之。臨寶位之至尊,所行以順;益寰區而非小,當廣而推。

聖人即物理而成開物之功,因民用而寓便民之意。繫斯世得宜,不過順適;苟外此求益,皆非極至。大哉同利,以衆人之心而爲心;致亦何心,因天下之利而謂利。

觀其淵懿高古,聰明繼天。道盡君師之善,職同教化之專。念生生而群,曷得養生之具;而物物皆用,孰司創物之權。必因其利,有以爲利;所謂自然,初非使然。聰冠群倫,任此綱常之責;澤施四海,博哉功用之全。

是利也,或人之順,則飲食葛裘;備物而用,則舟車牛馬。中有裕爾,它皆小者。乾始而亨,能以乾美;益有攸往,光而益下。有便於民,豈強民乎;不同其利,特私利也。智以臨、文以別,運此規模;事之幹、義之和,達諸朝野。

請言夫事物流行,皆有理在;聖明制作,豈容己私。非意在利民,神農氏之等作;是私於利國,梁惠王之所爲。所以即日月以不闌,爲民生之共資。茹毛既不便,則教以佃漁之利;處野非所宜,則易之宮室之規。使屑屑而爲,致特強致;是小小之利,斯焉取斯。想萬邦表正於成湯,以除其害;諒五服弼成於虞舜,蓋取諸隨。

嘗考夫《繫辭》十三卦,器在畫前;《洪範》三八政,用存言外。蓋始初本物理之均具,特工宰於聖人而有賴。是宜一食二貨,有不盡之生養;上棟下宇,受無窮之庇蓋。皆因其生理,有以致用;使利止小惠,豈能成大。想稼有作甘之味,乃殖稻粱;諒貨明交易之宜,自通龜貝。

後世君非因利以爲利,民有若同而不同。爲弧可也,烏可干戈之慘;服絲宜也,豈宜杼軸之空。托利勢之言,威則徒尚;假利用之説,費爲莫窮。雖名致利,適以爲害;良以徇私,未能合公。盍思民既厭於結繩,乃從造契;世不資於贍用,未必爲工。

至矣哉!利之丕庸,民則不知;利必咸用,神之所謂。飢食渴飲,適自得之天性;鑿井耕田，融未開之風氣。至是則聖以美利，利天下不言。所利大矣哉，其功罔既。

《大典》卷一四八三八引《大全賦會》。

## 何極先

何極先，盱江人。

**聖人抱一爲天下式賦**

聖謹躬履，誠存法隨。一本胸中之抱，式公天下之爲。端居寶位之尊，所操粹若；庸作寰區之法，皆放行之。

聖人物欲不能參正性之誠，明哲實足作生民之則。揆吾方寸，終始勿貳；放之四海，會歸有極。一惟獨報，見聖人罔敢於盤；久也弗渝，合天下以爲之式。

觀夫睿哲高古，聰明繼天。吾身乃億兆之宗主，誠意不二三而變遷。德守德之和，德外無範；道執道之精，道中有權。乃知抱吾一之誠也，是即爲敷天之式焉。聰明淵懿冠乎倫，誠存至當；南北東西放而準，德自中全。

蓋曰粹然守正，誰無適正之思；允以執中，孰有罔中之失。立爾標準，純無心術。四方雖廣，儀由文后之無貳；九圍雖衆，表自商王之克一。此聖心精一以獨抱，乃天下儀刑之自出。且王心獨守乎正，執本精微；使國人皆有所歸，舉陶純實。

大抵誠至聖而盡，主一弗雜；君爲民之則，毋參以私。苟貳以二、叁以三，撓彼事物；是上無法、下無效，蕩然表儀。惟聖也心不貳兮有執，僞無載兮謹持。百官承此，令自兹稟；萬民見之，德由是丕。二者如是，式其在兹。想度以身先，義自夏王之繼；諒法因世仰，精由虞帝之惟。

或者謂抱義而處，義有準之功；抱誠之正，誠寓繩之理。是皆經世之法則，足以示人之底止。豈知誠行者一，此乃中道；義歸於一，外無殊軌。雖式之爲式，散諸用以若異；然抱所當抱，由謹終而如始。是以元先乎德準，亦體乎義經；統大於王法，洞明於麟史。

抑嘗議可法可度，在守一理；易摇易撓，當防衆攻。向使聲色亂吾一，霓羽奏曲；營繕間吾一，龍翔侈宫。則何以四方用式，蔑有越常之習；百辟是式，潛消植黨之風。信天下知所矜，無越準則；皆聖心純乎一，不分始終。堪嗟唐太知多慚，律人以法；切笑漢皇之雜霸，繩下非公。

雖然蒸民之則固有取焉，萬世之法亦無違也。今此一而定國，儲位早立；一於任賢，憸儔決捨。然則聖之抱一者，又知相授一道咸有一德者焉，是以爲法於天下。

《大典》卷一四八三八引《大全賦會》。

## 李君瑞

李君瑞，興化人。（林希逸《竹溪鬳齋十一稿續集》卷一二《李君瑞奇正賦格序》"莆陽同舍李君瑞以賦得名，屢薦於鄉，優升於學，每以奇取勝，自謂之伏兵。蓋前後見賞有司，皆以鋪叙體得之"，即此李君瑞。）

**聖人抱一爲天下式賦**

天下向化，聖人示儀。一自同心之抱，衆皆成式之爲。獨全正性之明，執而無失；推作寰區之則，照若咸知。

聞之君心當決於是非邪正之間,治法常聽於把握堅凝之日。主之於中,見不疑貳;放之而準,民歸表奕。物之功者衆,國論不齊人品不齊;式自抱中來,天下此一聖人此一。

南面垂拱,法宮靖深。念用人幾易於鈞軸,而言治屢更於瑟琴。必也主興邦之言,挈衆論以歸獨;任制誰之賢,扶陽明而勝陰。即此爲身儀刑之地,孰不見聖人明白之心。端居九五位之尊,惟精以執;昭揭億兆民之表,丕見於今。

是式也,言其世則,毋搖異論之鼓簧;官惟民極,當立正人之砥柱。斂而獨主於常德,散則咸孚於下土。舜精以詢謀,舉世法舜;禹執而選士,萬邦則禹。非主宰其間,一者常定;則觀聽之下,式何所取。王心無爲而守,允執厥中;國人知有所矜,惟公斯溥。

故曰事物均此一,蓋不出人心之理;意向無所主,其何挽天下之趨。非執中庸之兩,擇善決矣;縱立太宰之九,正民可乎。此乃正論持而私意之説破,善類主而小人之勢孤。衆議不能移,揭衆望之山斗;群邪莫能撓,示群方之範模。準之四海,治表攸立;如曰兩心,聖人則無。想謀既大同,範底庶民之叶;諒賢惟勿貳,法宜九土之敷。

向使堯守此一,非詢訪之必精;湯主此一,非忠良之爲輔。則巧言與嘉謨,喙喙爭騁;頑童與耆德,紛紛無主。何以極立烝民,新唐治之標準;表正萬邦,揭商民之規矩。惟定吾所主,罔有偏見;此自然之則,可推同宇。推純其德,儀爰作於文王;無貳爾心,法宜遵於周武。

厥有太宗常謹一,而心未能正;宣帝亦純一,而德猶不純。所以親魏證疏魏證,邪佞易惑;信充國疑充國,便宜謾陳。然且樞機品式,徒切繩下;條令格式,第嚴律民。彼識見已差私心,徒曰任己;是規矩不正大匠,亦難誨人。不見虞書執此,以任賢事修於府;載記行之,而察邇民證於身。

噫!忠佞不兩立,而佞每亂忠;正邪不同處,而邪常干正。爲法之朝,凶族尚肆;爲極之世,讒言猶病。嗚呼!天地間陽一陰二,故真元會合之時少,參差不齊之時多,信抱此莫難於聖。

《大典》卷一四八三八引《大全賦會》。

## 黄士震

黄士震,盱江人。

**聖人立天地人之道賦**

天地人異,聖明責均。道兼立於三極,功獨歸於一身。素存設教之神,出而宗主;庸建統元之理,妙矣彌綸。

粵從二氣之剖分,中有兆民之生聚。非聰明之主,融貫隱顯;何扶植此理,流行古今。形器獨超之謂道,聖闡其機;天地且立而況人,身之爲主。

觀夫智燭物表,美全性真。發揮無極之至奧,統攝有常之大倫。若曰一元剖而已露一中之妙,五氣布而遂鍾五性之民。徹上徹下,均此道體;立極立心,繫於聖人。方龍位乎中,曷顯其功於培植;俾鰲分而後,各全此理之真淳。

雖曰陰陽二位,分作剛柔;仁義兩端,根於負抱。欲扶此理於不墜,必賴吾君之有造。致中庸之位,化育我贊;建洪範之疇,猷爲汝保。立之斯立,非事他術;有其所有,不離此道。位居乎五,自然化化以生生;極建乎三,孰測淵淵而浩浩。

厥初有道原,若隱若晦;其間無聖人,孰綱孰維。況乾坤之內,非止形氣;而咸常之外,初無訓彝。宜聖也心融一理之脉絡,力爲三才而主持。使日月草木,正位各麗;君臣父子,常經不虧。因所有者,從而立斯。形謂其誠,注請稽於康伯;理言其順,説載考於宣尼。

向使氣涵混沌,泯矣機緘;民胞二五,渾然形質。立常兮,太昊不作;立極兮,唐堯未出。則何以象彼星辰,考彼疆域;綱而佃漁,居而宫室。使至今道脉接續於後世,皆隆古聖人主張於當日。想事修六府,蓋由夏禹之執中;言順五常,率本姚虞之惟一。

果而立地之維,流峙川岳;立天之時,暑寒夏冬。教立於人,而庠序人物;敬立於人,則鄉閭禮容。散之於外,功與用著;斂而在己,聖爲道宗。不惟常叶於歲時,範由武建;豈但順言於性命,文自爻重。

是何羲雖廢時,時不廢於上天;鯀雖湮水,水弗湮於本性。魯俗嗇而道於魯以無損,商風靡而道在商而以病。至是則人欲變道,而道不變焉,見植立有功於上聖。

《大典》卷一四八三八引《大全賦會》。

# 藍伯升

藍伯升,建安人。

**聖人順天政以全功賦**

天意佑下,聖人立中。惟順自然之政,以全不及之功。大以冠倫,曲盡因成之理;承其示事,罔虧化育之工。

混元自剖判以來,大造之主張孰是。惟實聽贊治,罔咈其意;故妙用有機,渾然此理。且天方眷聖,政實賴於輔成;使聖不順天,功欲全而何以。

雖曰虎變當極,龍飛御天。然念縱以多能,正切成能之望;命其職化,盡持贊化之權。順成之道,容有未盡;運用之功,得無少偏。獨智足臨,輔相體交通之泰;真機密運,保和成美利之乾。

兹蓋驗一氣推遷,予乃調元;因四時代謝,我其正閏。動則合豫,柔而體晉。是宜歲成所主,自臻日月之來往;道相其密,何有風雷之烈迅。凡是功全所未全,皆在我順其當順。出乎類拔乎粹,惟以身參;裁其道相其宜,初非私徇。

乃今知皇天無私眷,所望者不淺;洪造有遺用,待人而後全。使統元於上,自成化以足矣;何承意於中,膺作君之責焉。矧聰明出任付托,與造化相爲斡璇。功存勞道,則運以無積;功在養物,則輔其自然。使其私智之少勝,寧免化工之或愆。永賴夏王,善實由於府事;亮時虞舜,齊蓋本於璿璣。

思昔宅未命,而曆象之數孰司;範未訪,而寒燠之時不正。向非堯自天眷,武由天命,則何以功成兮,形爲暘雨之證叶;功廣兮,寓在星辰之時敬。故凡膺帝佑以爲君,烏可咈元工而治政。未爲魯國,嚴豐年秬黍之司;無若宋人,有終日揠苗之病。

而況天君清矣,洞若心鏡;天情養矣,瞭然性真。官曰天官,謂司聽以自我;養云天養;每畏威而檢身。修之於己,既無往以無咈;以此全功,豈不成而不因。妙斡元化,用歸聖人。是則亮於其寅,抑且賴爕調之相;成而與共,又將資輔弼之臣。

又當知盡順承之職,固所當爲;極全能之妙,莫名其盛。川流山峙,且叙定位;魚躍鳶飛,亦安止性。及其至也,天地官而萬物役焉,何者不歸於上聖?

《大典》卷一四八三八引《大全賦會》。

## 熊高昇

熊高昇,福州人。

**聖人立天道曰陰陽賦**

惟聖立極,曰陰與陽。此天道之形著,以吾身而主張。大矣冠倫,曷建運行之妙;言其有證,罔乖動靜之常。

切原極中分造化,二氣流行;君上妙經綸,一(原作"以")機出入。謂代謝其間,乖戾未免;必均調自我,輔成不及。天道若難名其形象,以證而求;聖人知可驗者陰陽,曰和則立。

雖曰濬哲高古,聰明繼天。探觀神之妙以設觀,握乾化之機而保乾。然念藏於無形,實發露於有形之際;化而生物,已胚胎於不物之先。矧陰陽流動,變者暫耳;必氣數斡回,道斯立焉。擬以與參,曷使有常而有序;其斯之謂,當令無伏以無愆。

豈不以洪水未平,是終汨於五行;烈風弗迷,斯可齊於七政。扶持窈漠之洪造,調叶慘舒之常性。小大象於泰,成泰裁輔;剛順彖於臨,保臨亨正。蓋充周宇宙,氣外無道;而綱維功用,責歸諸聖。惟發強剛毅之有執,何以建中;謂秋冬春夏之相推,必其叶令。

請言夫運真機於亭毒,理氣一脈;為元工而宗主,聖明此身。雖太極本無極,難探賾以索隱;然咎證與休證,均以形而示人。信欲盡彌綸之責,亦當回氣運之新。水火既修,時乃叶於治府;燠寒未若,我不知其叙倫。此氣之散,此道之寓;非人不成,非天不因。舜曷受謙,惟驗舜衡之日月;堯何順則,但觀堯曆之星辰。

是道也,藏有於無,陰陽之妙既胚;根動於靜,陰陽之端已造。使流轉如常,何待建極;然輔相或虧,能無失道。故曰有武之叙證,斯彰厥類之顯;有湯之禱旱,乃永欽崇之保。蓋因道以見道,有大植立;使外天而求天,曷明淵浩。是則經言乎大,在春秋無紊於生成;變述其元,必水火各安於濕燥。

然嘗謂理為氣之根,同出此極;誠者大之道,反求自心。且以叙天九疇,脈絡一敬;授天四時,胚腪一欽。故疑信不同,則風大風反;而肅狂既異,則雨時雨淫。蓋踐履為實地,感召在我;而道器非二物,維持自(原作"目")今。更令福善無私,君子常逢於一泰;好還有助,外夷自應於三陰。

斷之曰胸中具一極,妙矣合凝;身外無餘天,隱然對越。天性靜虛,真境止水;天君昭晳,靈臺霽月。然則聖人之於天道也,又自有一身之陰陽,此人道於繫辭而亦曰。

《大典》卷一四八三八引《大全賦會》。

## 張林桂

張林桂,廬陵人。

**聖人一天下財萬物賦**

天下至廣,聖人獨司。總大權而使一,財萬物以皆宜。稟卓冠之英姿,混同者遠;合不齊之眾類,宰制於斯。

蓋聞群分類聚,必資品節之功;國異家殊,殆匪均齊之術。惟統臨爾域,不以勢隔;則劑量之權,皆由己出。且天下有群情之異,夫豈易齊;故聖人欲萬物之財,必先使一。

睿哲高世,聰明御天。混六合之廣,而撫御無間;齊四海之衆,而總臨獨專。茲同風共貫,罔有扞格;故隨物制宜,惟無斡旋。此穆穆明明,既已合爲公之域;彼林林總總,疇非屬兼制之權。

由是均調庶彙,俾遂化生;節制群品,使歸陶冶。男粟女布,商鄽農野。爾生紛錯,悉由運量之内;爾類散殊,均在通融之下。由總權御世,有以一之;故凡物得宜,無難處者。上智奄坤維之勢,時已同然;有生具咸見之情,吾能制也。

請言夫物盈宇宙,未易區處;權在聖明,當嚴總持。非奄乃提封,自有使同之道;恐紛然異體,紛無可制之時。聖也壹乃衆異,混夫八維。飲食衣裳,兼制以無外;山川魚鱉,曲成而不遺。茲物情有所則矣,舉天下莫能異之。通若周王,何止飭五材之以;混如虞帝,豈徒修六府之惟。

人但見土穀叙而禹俗惟和,財貨通而商民不困。則曰聖以道御,物無形遁。豈知九州攸同,均兹慕德之意;萬邦以正,共此來王之願。若綿區未有以使一,則爾物何由而制萬。壹而齊類,更符崔氏之言;達以養民,兼叶荀卿之論。

又况業邁九年之進,德同萬里之來。錢可鑄矣,議深鑒於單穆;糴可平矣,法思行於李悝。可不誼明一統而更幣制立,仁同一視而賑民廩開。使人情無或異者,則物理何難制哉。將見和以統之,和可臻於利用;道以同此,道足遂於生財。

其有寵物貴賤,而國力易窮;制物低昂,而民心愈屈。蓋權宜而致利,斯謂均濟;若執異以爲同,不幾矯拂。要知聖人之一天下,未嘗强天下焉,所以能財於萬物。

《大典》卷一四八三八引《大全賦會》。

## 湯一翁

湯一翁,信州人。

### 聖人聽天下取諸離賦

聖德天下,智周事情。無一毫之蒙蔽,取諸象之離明。聰足有臨,外達幅員之廣;理能近譬,中存利正之亨。

聞之聖心無壅而不決之機,易象有虛則能明之理。厥初畫卦,意已先寓;自今臨政,體之可以。惟能聽也,天下之情何遁乎;非外取諸,胸中之明即離矣。

雖曰中正履位,清明在躬。恭己南面,詢謀合宫。然而堯光所獨,何盡在於堯耳;舜智之臨,何不遺於舜聰。意者合坤輿之大,會而歸離照之中。禀淵懿以作君,萬方洞達;體正中而爲政,一理昭融。

取之如何?象其麗正,而履正居尊;體彼重明,而嚮明御極。洞徹一性,照臨萬國。當文明之盛,如二之吉;毋向晦之終,若三之昃。欲其隨事以兼聽,當即離虛而取則。素全惟睿,達乎遐邇之間;近體於身,同此虛明之德。

我聞曰天下有萬事,能聽則能斷;聖人爲一心,貴明而貴虛。使伏羲所畫,猶或昧此;縱師曠之聰,能無蔽歟?惟聖也,洞一己於臨民之際,闢四門於莅事之餘。不惟麗著,象曰象火;奚止俯觀,以佃以漁。其聽溥也,即身取諸。若曰通之,注考王生之語;如云明也,説稽孔氏之書。

嘗疑之聽非火也,且形屬火之言;聽豈衡也,至有爲衡之語。豈取其幽顯之洞照,抑取彼重輕之兼舉。當知衡司於夏,夏爲離正之地;火盛於南,南乃離明之所。苟能即此道以兼聽,可不虛其中而自處。想出征以此,昭昭仁義之師;諒成化由之,秩秩紀綱之序。

非不知取益教天下,耒耜斲揉;取隨利天下,馬牛服乘。或舟楫取諸渙,濟以致遠;或書契取諸夬,易夫結繩。雖隆古數聖人,隨所皆法;然繫辭十三卦,離尤首稱。因知聽政之有道,惟以虛心而後能。更令廣彼巽聽,庚可知於先後;抑使用夫坎耳,險備識於丘陵。

愚嘗籌世事以參稽,鑒易書而審訂。明離當照,陽精胡至於薄蝕;重離用繼,儲議故爲而未定。嗚呼!今之聽天下者,又當明兩之離,以戒九三之離,庶有裨於聖聽。

《大典》卷一四八三八引《大全賦會》。

## 胡宗

胡宗,袁州人。

### 聖人立人倫正情性賦

性本衷降,情防外移。待聖上之興也,立人倫而正之。獨抱誠明,揭以彝常之教;兩無偏詖,粹然動靜之時。

聞之烝民均物,雖有常心;一日廢紀綱,能無過行。惟揭之爲教,賴有元后;故發而中節,各安天命。且性本不流於物欲,易縱者情;非聖能自立於人倫,曷歸於正。

觀其作以惟睿,運而乃神。爲生民立極於萬世,知名教在吾之一身。品如未遂,則五典秩禮;道或不達,則九疇叙倫。非教明於上,揭作人紀;恐情動乎中,或虧性真。藏諸用、顯諸仁,首明綱紀;出於理、合於道,悉返真淳。

是正也,非拂其好惡,強加田耨之功;非外夫仁義,反有杞戕之病。統會一極,儀刑兆姓。達《中庸》道民,無不中之喜怒;原《關雎》化詩,有自然之吟咏。叙彝者倫,立極者聖。豈人其天,復情其性。王者方新於統理,闡作教樞;品焉雖有於上中,澄爲心鏡。

大抵命兩間而謂人,均具良善;於大中而爲教,有資聖明。自君臣至夫婦,五秩是禮;無賢否與智愚,一均此生。特暫爲血氣之私己,不無賴君師之正名。三綱舉兮,準繩三品之論性;五常修兮,防範五姦之縱情。方其未立,何有異理;及其既正,渾然一誠。如云稟節之辭,志稽班固;若曰原明之語,疏考康衡。

蓋始者友朋倫也,情亦見於友朋;父子倫也,性不知於父子。奈身不正者,有所忿懥;心勿正者,流於邪侈。故必有湯之修紀,則性乃可若;無舜之叙典,則情終不美。幸六君子以來,皆妙斡於風化;而五星極之建,誰不還其天理。使人皆一出於正也,則倫果何資於立耳。是則教防其爲,更資彝訓以敷之;學所以修,無賴序庠之明以。

慨後世常棣之詩廢,則兄弟珍臂;家人之道乖,則婦姑反脣。所以六鑿相攘,情寔皆欲;四端未達,性根豈仁。幸而宣詔人倫,情且見於導下;武紀人倫,性亦成於化民。倘非因爾極以設教,未必純乎天而不人。使禮可耕田,何至有借鋤之子;如心猶伐木,豈能無擊柱之臣。

抑又聞始焉敷教,雖因稟賦之真;終也感民,又自中和而入。樂曷管情,管於長幼之分定;禮可節性,節以尊卑之序立。不然則立人倫、正情性之論何以發?於禮樂一志焉,又見帝王之沿襲。

《大典》卷一四八三八引《大全賦會》。

## 劉龍翔

劉龍翔，袁州人。

**聖人立人倫正情性賦**

惟聖立極，因人叙倫。爰正其情之發，以全此性之真。位繼離明，植乃典彝之教；功存蒙養，粹然動静之純。

烝民均物，則曾何愚智之分；一日無綱，常易溺黨偏之病。惟英君扶植，自有常典；故真境渾融，略無過行。且情生於性，奈何物欲之易移；幸聖覺其天，爰立人倫而使正。

妙斡道管，躬持化鈞。出爲儀表於萬世，責任經常於一身。世不可無教，則力扶五典以垂世；民未知有紀，則首植三綱而示民。非極因心，立正表於下；恐性爲情，撓拂天以人。藏諸用顯諸仁，茂宗厥典；出於理合於道，盡返乎純。

正之如何？堤防六鑿，則揭天六順之修；檢束五蠹，則提我五常之病。脉絡一理，範圍萬姓。成王睦族，咸遵防僞之教；商湯修己，孰越隆衷之性。蓋凡有此生，則均具此理。特暫逐於物，而正資於聖。學校以明也，何分上智以下愚；陶冶而成之，但見理融而欲净。

賦者曰情自性中來，暫爲私欲之湮洇；極非心外立，正賴聖君之發明。非禮有經、訓有紀，揭示斯世；恐人勝天、欲勝理，孰全此生。所幸得上智有彝常之教，用能制群心於嗜欲之萌。厚《關雎》化正禮正義，達《中庸》道盡明盡誠。非以天覺天，表正自我；恐因物交物，性戕者情。不然稟節之言，曷陳於固；宜爾原明之語，兼述於衡。

蓋始者庭闈惟諾，父子主恩；廊廟都俞，君臣有紀。禮耕義種，發必中節；人去天全，戕無猶杞。雖厥初均善於抱負，然因物易流於邪侈。是以文后明倫，依人性以罔咈；唐帝教倫，防人情之不美。惟以身任教，君有如此；亦因心立極，吾非強以。但見遵王無惡直形遵道之庶民，順則不知謡沸康衢之童子。

蓋曰六君子不作，教缺宗主；五皇極浸湮，人亡典彝。雖漢武紀倫，性覬民壽；而孝宣韶倫，情期下知。奈何指狗爲仙，竟陷欺君之責；侍燕作色，略無爲父之慈。豈時君無大扶植，抑爾俗強難轉移。當知一則心惟多欲，庸主性質；一則政皆雜霸，中才等夷。使君爲堯舜，有所立矣；則人盡皋夔，奚勞正之。不容色起借鋤，豈復有耨田之比；設或争興擊柱，亦尚如伐木之爲。

斷之曰導之以理，既會本真；防之無教，終流私習。惟此樂以管情，殊貴賤於音律；禮以節性，下尊卑之等級。是以立人聖人倫、正情性，獨見於禮樂志焉，雖天地之心亦立。

《大典》卷一四八三八引《大全賦會》。

## 鮑得一

鮑得一，邵武人。

**聖人器禮義田人情賦**

人自聖覺，情防物遷。禮與義以爲器，功若農之服田。仰止聰明，兼備修陳之具；推而墾闢，伸全粹美之天。

聖人念民生猶物之生，以君事體農之事。惟中節合宜，兩有治具；故養華去穢，一陶春意。人之感者，善此情惡亦此情；田以治之，禮爲器義復爲器。

當其德禀淵懿，性全睿明。觀群心感物以隨動，念衆欲如根之易生。所以修種之柄，有不種之爲種；治耕之耟，雖非耕而亦耕。惟能即道，器以制用；自可推農，功而理情。方出以經綸，其具異斧戕之比；若勤夫疆畎，於中防蓁鑿之明。

兹蓋去惡無其具，則惡草滋繁；樂善有其柄，則善根毓粹。當陳此以後種，肯捨之而不治。接其生者，芟夷物交物之害；理而動者，培養天其天之利。俾群然不縱於情欲，所恃者可操之禮義。修兹柄叙，有秦耰漢甒之功；明彼始終，若夏甸商郊之地。

嘗謂器者農之資，難缺於耕耘之日；理爲欲之對，當明於界限之時。况如周生穀期，既碩以既阜；豈謂粵無鎛可，乃畲而乃菑。必也因群情而耕種，隱然有農畝之鎡基。約如弗畔，在在興遂；捨異不芸，生生務滋。信有問器興能之理，乃無甫田維莠之詩。記考戴生，修達兼云於實也；注詳鄭氏，剛柔亦謂於和其。

亦由夫根陰根陽，情涵未發之初；生動生静，情露方萌之始。人心自可制物，人欲豈能勝理。奈愚者縱其情，田甚梯秭；昧者蔽其情，田誰耘秄。我得不器藏於禮，探彼禮節；器安於義，勃然義起。但令耕方寸之地焉，皆可囿道中之春矣。想見而用此，依然成后之載芟；諒緣以制之，是亦夏王之操耟。

或者曰悅義如悅芻，人所同得；有禮猶有蘖，人誰不知。觀民情不莠於欲，意君上果農所爲。何植杖而芸，義弗容廢；何借鋤而慮，禮終可維。嗟世道荒蕪，天者自若；亦性善本根，人皆有之。倘曰下通，焉用并耕於許子；未知上好，固宜學稼於樊遲。

抑又聞防民甚防物之荊榛，治己即治人之根柢。耳管弦之器，當剗蠢於聲色；目樽罍之器，盡去蟊於酒醴。夫惟不捨己之田，而耘人之田，始可制情於義禮。

《大典》卷一四八三八引《大全賦會》。

## 鄭大年

鄭大年，建安人。(《後村先生大全集》卷一〇九《跋鄭大年文卷》中之"建士鄭君"，當即此鄭大年。)

### 聖人理財正辭曰義賦

惟聖知本，理財有辭。必曰義以斯正，豈罔民之可爲。全夫致利之能，言奚自順；斷以合宜之謂，道貴由斯。

大凡利公天下，捨道則私；事當人心，於言無愧。非取之有制，動合乎順；縱巧於爲說，用何以致。財者末也，詎容理此以無辭；聖曰非它，不過正之而以義。

觀夫備物之用，使民以宜。處事合名言之順，示人無毫髮之欺。意謂九式非過取，捨周令則爲過；六府豈私用，外禹謨而必私。使辭不正焉，於義悖矣；是利以爲利，強民取之。每思守位以聚人，言焉曷當；要必度宜而制事，在審其惟。

是辭也，名之以助徹，名有定名；今之以貢賦，令無舛令。非利一己，以愚百姓。貨云其聚，立於大易之道；用言其足，宜以中庸之政。苟違其義以過求，吾恐其辭之非正。且權低昂制輕重，蓋有名存；必立可否明是非，不爲私病。

吾故曰利自義中來，捨義則非利；財之名不正，何名而取財。生之有道，則圖府龜具；取之無藝，則鉅橋鹿臺。吾非巧其說以聚斂，不過公此心而剗裁。貢無橫取，任土九貢；材不枉費，用天五材。辭不正也，義安在哉。繫載考於宣尼，非言以禁；史更稽於班固，道謂能開。

　　何聖人錢穀未嘗問，藏有富於縣都；鹽鐵未嘗議，去其征於關市。不區區乎頭會之令下，不屑屑乎口錢之筭起。蓋曰以太宰計財用，自足邦賦；捨大學言財利，是無天理。有義制之，正辭在此。不見誥言貨殖，皆云本務於商王；詩咏阜民，蓋謂由行於虞氏。

　　或者議更幣以贍財，何漢倍之虛耗；稅畝以斂財，何唐民之怨咨。稅畝不義也，筭至丁口；更幣非義也，創爲繢皮。所以輪臺雖有詔，覺則已晚；奉天非無制，悔其可追。嗟理財於初，念不到此；縱正辭於後，終難反而。甚而間架之令行，諫焉不用；至若舟車之筭及，仁亦徒施。

　　又當知羡餘言售，以味翠之費奢；會斂説行，自泥沙之用侈。故古者匪頒有式，謹德所致；貨利不殖，制心而已。使徒知理財之有義，而不知節財又今之第一義焉，人亦有辭於我矣。

《大典》卷一四八三八引《大全賦會》。

## 陳世延

陳世延，建府人。

### 聖人理財正辭曰義賦

惟聖裕國，理財正辭。非容心於過取，蓋曰義以無私。躬全致利之能，言何以順；道本得宜之謂，事審當爲。

　　蓋聞取民之制，烏可無名；有道之君，未嘗規利。凡源源致用，一出公是；亦事事合宜，了無私意。今日雖理財之當急，必也正辭；聖人不任智以強求，亦惟曰義。

　　觀其設教體觀，向明繼離。念邦家雖生計之當裕，然政令豈吾民之可欺。所以均周之用，昭明周式之六典；阜虞之民，洞達虞弦之一詩。曉然使天下以知此，不過自義中而得之。仰明君之不害不傷，言皆當矣；亦大道之無偏無陂，宜務行而。

　　蓋曰見得而思，則令必當情；先利而後，則言皆悖理。有定論在，自公心始。足用數言，根《中庸》爲天之道；聚人等語，本《大易》禁非之旨。信知行義，所利博哉；□是言財，其辭曲矣。履兹五位阜殷，寓巽令之公；蔽以一言揆度，得坤方□美。

　　吾故曰財散於天下，御以術則非正；言合乎人情，必所行之得宜。□以道而生，無劉鞭桑計之功取；恐語人有愧，縱湯誥堯言而亦疑。此聖□知邦計之從出，故凡事揆時宜而後施。農桑非強致，行道攸始；食貨豈□求，遵王所基。未嘗捨義，惟利是徇。以此爲辭，其公可知。想明若武王，八政言用農之次；諒行如舜帝，九功歌生𣪘之惟。

　　何古者漁鹽可議也，議不及於漁鹽；關市不可征也，征不行於關市。《豳詩》八章，無強取之桑穀；《禹貢》一書，蔑過求之絲枲。亦曰生財無非道，義所當好；得財亦有政，義焉必以。使私者勝公者泯，妄有所取；恐名不正言不順，皆從此起。所理無它，曰公而已。仁如有矣國，奚梁室之征；道未至於畝，謾魯人之履。

　　自取民以義，既遠隆古；而捨道言利，浸形後來。更鑄之令下，爲漢民害；搜借之説進，開唐利媒。幸而陸宣公百奏，言言征斂之大慘；賈少年一疏，懇懇公私之可哀。嗟我家大計，幾爲私懷；幸公議一脉，力爲挽回。苟務明義，何難理財。既唐太行仁，運漕奚言於關内；如武皇多欲，耗虛徒嘆於輪臺。

斷之曰利以義則公，不以義則私；財因人而理，亦因人而病。信一張湯，巧興籠鐵之議；用一宇文，妄出括田之令。是必去《大學》小人務財之害，而後可以行《繫辭》理財正辭之言。正人進則辭無不正。

《大典》卷一四八三八引《大全賦會》。

## 謝拱父

謝拱父，三山人。

**聖人仁守位財聚人賦**

權總上下，德歸聖神。仁素履以守位，財必豐而聚人。智足有臨，望素孚於當世；寬能凝鼎，利兼萃於生民。

蓋聞群生每安於富足之天，神器要必有維持之地。何統傳於上，衆戴於下？意命眷者德，民趍者利。且體元作聖，深思奧道以經邦；非曰仁與財，何以聚人而守位。

雖曰鳳曆光啓，鴻圖筆新。星聯億兆之赤子，天拱九重之紫宸。然念大寶龍飛，曷永乾符之握；萬民雁集，當思離散之因。必養生厚下，因被之利；而祈天永命，推吾此仁。絕類離倫，爲帝眷民心之所屬；保邦蓄衆，在貨泉德澤之咸均。

想其基圖千載而睿澤綿洪，烟火萬里而利源蕃裕。世世燕翼，元元蟻慕。豐水蒸哉，鄗邑鼎定；南風阜兮，鄧墟民聚。非吾仁天覆，爾利泉衍，何生齒日繁，宸居山固？有容乃大，聰明新南面之臨；宜在其高，招集異東吳之鑄。

請言夫皇家有憑藉，雖萬世以可保；民生苟困乏，曾一朝之莫支。舜由仁義，曆數在爾；禹底財賦，謳歌者之。今此寬恕襲家傳之法，農桑富日用之資。驪虞被矣，八百載之過歷；鹿臺散矣，三千臣之會師。信知德盛則祚永，未有財豐而衆離。大曰寶大曰生，請考《繫辭》之語；有斯富有斯貴，更稽范史之辭。

人徒見七十翁嬉戲，漢俗相安；三十世流傳，周基寢久。豈斯民烏合之偶爾，抑纍代鴻休之私受。當知綿綿忠厚，仁本世積；在在富庶，財猶貫朽。信人惟蒙利，人乃可聚；而位匪有德，位何長守。想永茲天祿，自九功惟叙之時；諒會彼大家，乃圜法既流之後。

彼有商鼎將遷，猶濫忠良之戮；漢戶已耗，且寵商賈之財。或竹木有征，啓亂卒之憤氣；或鞭笞肆虐，速再傳之禍胎。嗟竭民膏血，爲利而已；而戕國命脉，豈仁也哉。盍思夫約法二三章，都永長安之地；賜分百餘萬，聲傳魏博之雷。

抑聞之上惟有德，於利必輕；后欲守邦，非民罔與。孝文崇義，始除盜鑄之禁；武帝多欲，乃有筭緡之舉。是知聚人正所以守位，散財正所以爲仁，故首述曰仁之一語。

《大典》卷一四八三八引《大全賦會》。

## 羅世英

羅世英，三山人。

**聖人觀會通行典禮賦**

惟聖制作，觀時會通。行典禮於天下，皆源流於易中。智足以臨，默察亨亨之治；制斯可舉，大哉秩序之功。

聖人用易以乘時，審權而達體。凡熙朝顯設，其制特盛；亦休運亨嘉，自今以啓。觀四海適會通之日，寖底文明；非一人得參酌之宜，曷行典禮。

神武間出，聰明挺生。以大易周流之義，察斯民和洽之情。睹變化之乾，則可見乾合；考往來之泰，則始知泰亨。此休期自克罕遇，宜盛制於今可行。誠明素抱於宸躬，亨而復合；經制特因於世道，大以兼明。

蓋曰民情既達，防民之政可施；治道少暌，飾治之功莫顯。心與易以爲用，治隨宜而後闡。維多維有，三嘆備物；我享我將，載歌式典。非當時強是制以修舉，由聖意察其時而運轉。存神索至，識混融洞達之機；創制辨儀，極顯飾修爲之善。

請言夫世道升降，即易可見；治具修明，惟時是因。戰爭何代，典且見魯；倥偬何日，禮猶撫秦。矧當盛世以飾治，盍闡彌文而示人。順而通財，始可祭蜡；遵而會極，乃能敘倫。信觀時察變，皆得於易見；行典與禮，初非強民。用曰適時，注考韓生之述；象言見賾，辭稽孔氏之陳。

是何秩宗所掌，不言於司空平土之先；宗伯所職，必繫於冢宰佐王之命。蓋四海未會同，何有實直；萬民既通阜，乃知遜敬。斯時苟未極乎治，是制亦難施於聖。朝來萬國，儀（原作"議"）容瞻玉帛之新；道啓八蠻，文物睹衣裳之盛。

又況明繼豐照，位新履端。輿地再恢，父老霓望；璽書一至，氈裘膽寒。於是辟雍修學，新樂有紀；祖廟致享，慈闈問安。惟聖心於易有得，故治典仕人可觀。踵虞朝成聚之時，五庸於我；邁周室用享之日，六建其官。

抑又聞儀之大備，多生平定之時；世不如古，罕遇亨嘉之會。困非通也，何用祀之義亦取；渙非會也，何假廟之儀猶賴。要知會通時也，若典禮其可一日而不明，觀變之功其大。

《大典》卷一四八三八引《大全賦會》。

## 余子敬

余子敬，旴江人。

### 聖人立中道以示後賦

道統之正，聖心所傳。立大中而有地，示我後以皆天。夙稱至美之官，極公所建；用啓遺仁之世，覺以其先。

切原嗣王果孰開，心悟之機；皇極所以爲，家傳之寶。植其大本，即此默會。啓予繼世，俾之能保。聖貽乎後，契其天以覺其天；躬立厥中，示此道當傳此道。

大以能化，得於不思。念大原自無極以有極，欲正統由今時而異時。惟精惟一，開明心上之精一；是訓是彝，扶植性中之訓彝。此立之斯立，聖聖傳是；而覺其後覺，天天契之。聰明足以有臨，不偏所建；啓佑正而罔缺，如指諸斯。

示者何心而允執，俾心領以誠孚；言不可開，非言傳而面受。培植者正，會歸其有。武作汝極，將開述養之主；湯建其大，正啓思庸之后。即其中以立其心，非吾道曷傳吾後。且蕩蕩無名也，允植惟微；非諄諄然命之，俾臻長守。

賦者曰中其不中，道在方寸；示非真示，聖貽後人。況吾心一太極，先得古今之正；豈家法畀嗣王，不開知覺之真。故此有所謂家傳之脉絡，得之於心上之經綸。大而垂世，欲垂統之可繼；妙以傳心，冀傳家之克遵。即此授受，爾其率循。世以裕焉，請考商書之語；教云爲也，載稽柳子之陳。

蓋中道也，同於羲文，首探本原；傳於堯舜，已存根柢。上古以來，至於中古之世；先天之奧，發作後天之體。所以周王建中，克開遠酌之成后；大禹執中，用迪敬承之夏啓。道吾謂道，接此續續；心以示心，承之遞遞。奚必則思貽厥出，猶及於遺仁；德以垂焉教；抑由於修禮。

又聞之道垂萬世，心之妙固盡；道貫三才，聖之功亦深。康衢童子，泯若知識；王路庶民，誰其比淫。天得天之中，閏正曆數；地有地之中，疇分土金。以人傳道，豈惟一統之示後；建中於民，復爲兩間而立心。但令正則是遵，錫咸敷於五福；毋使極惟既弱，罰自見於常陰。

終之曰立心傳後，固妙流通；立賢輔後，乃能負荷。今也誨而求道，伊尹訓己；開以諭道，周公啓我。然則聖人之示後也，既有洪範建極之道，又不可無豐水有芑之仁，離之非可。

《大典》卷一四八三八引《大全賦會》。

## 蔡惟和

蔡惟和，三山人。

### 聖人辨上下定民志賦

上下辨等，聖明有功。正人倫而在我，定民志以歸中。稟獨智以無爲，尊卑既別；安群心而丕應，趨向皆同。

聞之高卑既判，有禮者存；等級雖嚴，至中而止。非吾君一正於名分，恐人欲易虧乎天理。自古立常經於上下，聖則辨之；使民遵皇極之訓彝，志斯定矣。

觀夫德仰離照，命疑鼎新。任君師之責以立極，揭天地之經而示人。世未知慈孝，則父子有等；俗未識尊卑，則君臣叙倫。倘不有會歸之道，恐皆爲陵僭之民。仰惟睿主之天臨，等差不紊；至使懦夫之風立，習俗皆醇。

是民也，一聞作極，念無反側之私；一沐綏猷，性蔑滔淫之有。明大分以昭示，挈群情而歸厚。使富貴而修者無失所好，使貧賤不攝者愈堅其守。蓋限則以中，導則以禮。見定之者民，辨之者后。自聰有臨、剛有執，然後正名；雖老益壯、窮益堅，斷無罹咎。

吾知夫是禮各有中，中非禮之外物，咈天以勝人，人與天而兩岐。況等衰之別，物且然爾；而辭遜之心，人皆有之。惟明君既立於常制，則爾衆孰從於匪彝。堂陛勢嚴，斷無逆命之臣子；首足分存，果見傾心於外夷。蓋此志可移，此理難泯。故其極一建，其民已隨。成后正儀，禮備陳於以道；姚虞徽典，書具述於惟熙。

思昔爪剛力扶，久矣相陵；抔飲（原作"飯"）污樽，混然同體。聖乃辨上下之位，而位序各正；辨上下之儀，而儀文寖啓。所以五極一敷，志曷敢越；禹疇一叙，志皆丕俟。非中在天地間，揭立自我；則人特禽獸耳，其誰知禮。想富貧異制，人自別於嫌微；諒兄弟有倫，下亦流於愷悌。

故嘗謂分義未明，則辨之用乃著；小大未一，則定之功有餘。向使衆志俱若蒙童之日，蒸民常如泰古之初，則何必辨等立教、定親與疏？恐中道晦冥，轉人欲以滋甚；此天常宗主，賴聖君之責歟？果而安民考戴記之言，思云敬若；爲教述班生之語，心謂防於。

矧今東朝展慶，上承慈極之尊；后冊告成，下迪民彝之大。宜夫叶周至治，定鼎郟鄏；

頌唐中興,定功淮蔡。愚何幸親逢建極之君,而身爲極中之民,孰敢越禮門之外。

《大典》卷一四八三八引《大全賦會》。

## 李守正

李守正,三山人。

**聖人輔萬物之自然賦**

物以類聚,功由聖全。輔萬有以咸若,本一真之自然。屏乃多能,靜處不爲之地;贊夫庶彙,俾安固有之天。

一原肇自有初,萬象紛乎同宇。惟相之以道,無事於矯拂;故聽彼成形,各安於生聚。爾物不傷而不害,是謂自然;聖人何慮以何思,克全所輔。

睿智素稟,聰明夙資。意其運智以酬酢,而乃存神於靖夷。若曰好順惡逆,天理素定;揉曲以直,仁人不爲。有道相爾,無心處之。九重正龍德之中,神功俱泯;庶類極魚麗之盛,帝力何知。

是輔也,贊其化於中庸能盡之時,想其宜於泰道交通之地。若爾常性,非吾私意。鳶飛魚躍,順飛躍之妙理;蠖屈蛇伸,於爾類(此上當有脱漏)。贊成一付於本然,生育孰知其所自。臨也而有執也,穆穆何爲;翼之而使得之,生生各遂。

吾知夫大造無全功,有賴乎聖;凡物具成理,毋參以人。禹何心於水,以水用智;舜何意於風,因風阜民。今此昆蟲草木,順彼之順;丘陵川澤,因其所因。苟涉人爲之鑿,恐虧天理之真。又何事焉,請考淮南之述;不敢爲也,更稽老子之陳。

乃若物言以御,尚勞駕馭之權;物謂之財,未免剸裁之力。揠苗助長,至勤終日之擢;刻楮求工,徒費三年之刻。與其徇所欲以求逞,孰若輔其宜而自得。順如堯帝無爲,果見於垂衣;理若文王不識,但聞於順則。

嘗論夫古者數聖人,利及天下;畫前十三卦,理該繫辭。斲耒揉木,蓋取諸益;服牛乘馬,所因者隨。或剡剡以體渙,或佃漁而仿離。蓋當然而然,靡強然爾;故因利而利,疇非利而。不見《月令》著篇,有傷卵覆巢之戒;《豳風》播詠,歌烹葵剥棗之詩。

抑又聞智巧不鑿,自令生意之全;機械少明,未免人爲之病。苟不誠無物,則經綸宰一世之望;必至誠盡物,則發育遂群生之性。此天地位萬物育,子思子必本之以誠,見輔相有功於上聖。

《大典》卷一四八三八引《大全賦會》。

## 曹雲之

曹雲之,三山人。

**聖人法天而立道賦**

太極奠位,聖人法天。探其原之自出,立是道以相傳。稟睿智以端臨,心寧過用;憲聰明而茂建,理本無偏。

夫惟神心契元化之機,皇極據域中之寶。謂開闢之初,已具成理;故扶植於上,必參大造。推睿作聖,任兩間宗主之權;觀法於天,立萬世綱常之道。

大以能化,得於不思。念正統之傳,雖自我以親授;而大原所出,自厥初而已基。在天有可法者,是道夫何遠而。共己而治,何爲哉密庸神化;順帝之則,莫匪爾揭作民彝。

豈不以曰陰曰陽,即仁義之一端;一冬一夏,亦德刑之政可。不仰以從事,承而順命,則稽如堯,揭爲堯極之大;面若於禹,建作禹疇之正。立之斯立,無一非道;法所當法,奚矜於聖。尊而居上,存何思何慮之誠;承以建中,無不植不修之病。

大抵道在極之先,正賴扶持之力;聖爲道之主,當明法象之因。況三才并位,皆通貫於一理;而萬古常經,實綱維於此身。我得不揭是彝之正直,參洪造以彌綸。盡贊化之誠,因以修教;體錫範之意,爲之叙倫。信乃聖之立道,純乎天而不人。武王順有顯之常,極敷是訓;湯后奉無私之德,建中於民。

試觀夫天道寓春秋,則主殺主生;天道在陰陽,則一噓一吸。道運於天而叶四序之來往,道顯於天而妙三光之出入。信厥初位奠,於是理以已具;豈惟聖時憲,或私心而強立。施而博愛,策兼述於董生;位自致中,訓亦陳於孔伋。

吾乃知鼇極未分,象數猶隱;馬圖既出,機緘可推。所以令發風行之渙,化成日麗之離。道濟於謙,則禮以謙制;道神於觀,則教由觀施。觀先天成理,自易而闡;見作易聖人,因天所爲。立者卓爾,疇非會其。抑見統御於乾變化,合乾和之保;交通以泰裁成,叶泰長之宜。

又當知探無極之初者,但見混融;泥有形之末者,不幾淺狹。今也不識不知,泯若言意;無聲無臭,隱然象法。故曰聖法天,天法道,道法自然,見運用之功不乏。

《大典》卷一四八三八引《大全賦會》。

## 張壽父

張壽父,廬陵人。

**聖人輔萬物之自然賦**

聖所謂道,天而不人。非強輔於萬物,本自然之一真。據五位以尊臨,澹無所欲;相群生之固有,罔咈其因。

大凡有生性所性,順適其真;上聖天其天,因成而已。運量於中,不有陰相;靡刃於下,殆幾巧使。萬物林然生也,曷遂其宜;一人因而輔之,自然之理。

雖曰教化我職,裁成我司。然而擾擾之中,虞舜以靜;安安之外,唐堯不知。茲利因所利,利豈強者;見輔不求輔,輔斯得其。聰明冠乎群倫,寂然靜處;品彙付之一順,相以無私。

想其贊其化於中庸能盡之時,相其道於泰卦交通之義。蓋有常性,豈容私意。昆蟲草木,各順天理;穀粟桑麻,皆因地利。信知物生各遂真機,智者安行無事。盛矣蔑加矣,無一毫有拂其間;相之使得之,彼萬彙莫知所自。

言之曰隨方而散聚,物理素定;任智以攖拂,聖人不爲。況乾父坤母,能生不能教;人君宗子,任真非任私。特因功用之不及,所以裁成之有資。不惟舟楫,蓋取諸渙;雖至罔罟,所因者離。皆天然之理如是,豈蔽者所能輔之。何所事焉,請考淮南之語;不敢爲也,更稽老氏之辭。

吾故曰禹治水矣,不能強之西流;稷播穀矣,不能使之冬殖。麟自游鳳自至,成后何意;鳶自飛魚自躍,文王何力?蓋物有生有長,其理順適;特天不人不因,資予輔翼。相以自然,宜其各得。彩花徒剪,甚哉隋氏之奢;玉楮求工,陋矣宋人之刻。

然論之烏鵲可窺也,卵翼非我;草木可識也,勾萌者天。自動自植,自生自全。奈何穿牛絡馬,天者人矣;續鳧斷鶴,悖其性焉。嗟過爲知巧,大率求助;故未能輔相,已虧自然。甚至機心見而鷗亦疑,且驚於海;安得至誠著而魚可察,咸躍於淵。

噫!畫蛇者適以自戕,象龍者果將安補。故此力非我有,耕鑿咸遂。則惟順帝識知,何取至此。又所謂聖人觀天而不助焉,何所自亦何所輔。

《大典》卷一四八三八引《大全賦會》。

## 黄愷翁

黄愷翁,京庠生。

### 聖人見道知治象賦

聖與人異,治因類推。道於中而有見,象非外以能知。躬全上智之資,理觀其賾;足驗當今之政,形著於斯。

聖人萃幽明之責以在躬,於形器之中而察理。元化運行,洞洞無隱;王政著驗,昭昭可指。是道自斷鰲之既判,類實彰焉;雖治非有象之可名,見而知此。

觀夫明足高世,哲能識微。身爲三極之宗主,用合兩間而範圍。察乾之化,得雨施雲行之妙;驗泰之交,悟陰消陽長之機。蓋象中有道,隱者實顯;如道外求象,岐之則非。眇躬中立以成能,理窮至奧;庶政足知其有兆,應豈相違。

豈不以若常若時,證闕狂肅之殊;一凶一吉,影有惠從之異。彼有所繫,此其如示。睹舜玉衡,即舜欽典;觀周土圭,乃周布治。信形上形下,其本則一;豈曰道曰象,可分而二。穆若岩廊之高拱,燭理惟精;瞭如都鄙之所觀,求端有自。

請言夫象著於有形,乃造化之至顯;人惟不見道,判幽明而異觀。故板蕩證形,川沸雷震;優游害著,日青夏寒。苟不有聖人之識,其誰窺元化之端。玉燭既調,民想影附;泰階苟平,國如石磐。非因此以有見,欲知之而實難。仲舒述陽德之居,教明所任;翼奉論天心之敬,言取其安。

胡不觀雷者君之象,出地震驚;雲者民之象,隨方隱見。蒼龍象物,次則在野;太白象丘,義焉主戰。凡著而成形,治所由出;非明其爲道,視猶不見。當使興言其有重暉,開晉室之符;毋令平謂之無甘露,召唐家之變。

自古人稽驗之意失,而後世步占之説乘。一權罕之□,用止昏火;一宮室之過,指爲木水。甚至以天戒驗,朝鮮□缺星占燕運之興。雖某證應其事,固已幸然一象□缺能僅見。夫賦斂重增,谷永著日星之變;讒邪□缺水之騰。

又當知至治證應,固以象求;聖心□缺日月照臨,即吾大易之常久;河海流轉,亦我□缺則聖人觀象,亦不過求諸吾身之天地。焉以□缺。

《大典》卷一四八三八引《大全賦會》。

## 吳南一

吳南一,撫州人。嘉泰二年(1202)第進士者有吳南一,或即其人。

### 聖人五行以爲質賦

惟聖察治,以天驗人。行即五以爲質,事可參於在身。挺卓爾之聰明,行虞或闕;取自然之形氣,證審相因。

聞之顯幽雖爲迹之殊,感召皆自身而出。非參諸證應以驗休咎,則凡所云爲曷知得失。天以五行而密運,可探其端;聖期一己之盡純,以爲之質。

位始光履,明方繼離。足以臨也,大而化之。雖天不求知,但惟吾事之盡善;然事恐未善,必驗諸天而後知。所以質彼之證,正吾所爲。粹然龍德之正,中常虞有過;參彼龜疇之初,一益信於斯。

豈非哲謀既作,則火時燠水時寒;肅乂不明,則金常暘木常雨。思必曰睿風,斯叶於可不。觀得性失性,而相彼由致;驗休證咎證,而察其所主。五如皆順,行罔缺一;一有錯行,事當正五。抱此誠明之正,躬欲無虧;觀諸運轉之機,證皆可睹。

大抵吾身視造物雖若有間,天理與人事感之必隨。觀雨若時,斯袞在躬之敬;因風有變,始知措慮之疑。顯然在彼之證驗,可以推吾之設施。曰從革曰爰稼,則乂作以睿作;不炎上不潤下,是智虧而禮虧。質不此取,類何以推?禹若稽天,必稽自汨陳之後;舜如審己,亦審於允治之時。

思昔以湯之齊聖,而七載流金;以堯之神聖,而九年浲水。豈躬行或有闕者,而天變胡爲至此。然儆予一意,堯即悟於方割;罪己數辭,湯歷原其何以。即當時之事觀之,則爲質之言驗矣。所以地平之效,功底允成;不然雨至之祥,言猶未已。

乃若五味爲質而調和之理寓,五色爲質而彰施之意明。然作鹹作辛,不出水金之類;以黃爲圓,特殊火土之名。信散爲皆係於庶事,而何者不關於五行。可不察原缺妙,驗吾修省之誠。是宜兼復也之言,經垂戴原缺然之證,志述班生。

又當知士居於五默原缺蒽曰以五實主彼貌言聽視苟參求或原缺乖其次。然則所謂爲質者,又當考察原缺揆五事原缺。

《大典》卷一四八三八引《大全賦會》。

## 藍謙甫

藍謙甫,三山人。

### 聖人以日星爲紀賦

原缺聖人以日星而爲紀,擬天地以參身。仰惟實原缺統理法。彼秉陽之曜,庸□經綸。

蓋聞見道知原缺察時,自乾文而始。仰而觀象,軌度可考;俯以立事,綱維在是。雖神聖繼離明而治,必也求端;謂日星有常度者存,以之爲紀。

觀其浚哲素稟,聰明夙資。道可貫於三極,誠必參乎兩儀。熙舜之績,且汲汲於齊政;舉堯之綱,猶拳拳於受時。皆所以觀象而治,承天所爲。剛有執智有臨,步占敢忽;夜以觀晝以察,經理由基。

茲蓋一周三百餘度,而靈曜弗違;五佐二十八宿,而常經自正。秩若有序,迄無舛令。是宜地自我明,而隨分畫地;政自我修,而以中考政。使輝煌咸炳於列曜,見統紀有資於上聖。作謀作哲,運乾旋坤轉之機;有列有明,蔑渙散乖暌之病。

大抵厥初開太極,固有法以有象;其間非聖人,果孰綱而孰維。月何關於量,而月以量取;時何預於柄,而時因柄移。況此太平之休運叶應,圓極之祥光陸離。昏妻宿旦軫宿,而乃別季仲;春暘谷秋昧谷,而遂分析夷。紀者理也,則何遠而。疏考孔生,備述授時之語;記稽戴氏,兼陳作則之辭。

古者人時之授,必謹占星;王畿之廣,亦惟象日。或炎帝司之星屬婺女,或太皞掌之日行營室。凡六爲舉動,皆本造化;豈總攝綱維,不由平秩。倘依於斗定,更稽斗建之移;如著在月窮,亦考月行之疾。

因知民間暇而日有化日,德昭明而星云景星。重暈重輪,有曜皆顯;同色同曇,流光自形。信象非偶者,紀不偶叶;而彼既效驗,斯焉效靈。鄧平雖驗於初躔,第施於曆;賈誼計言於必籌,請念乎經。

雖然爲君法天,固自我之當然;立經陳紀,尤在君而必以。故中和之紀,樂自此作;賞罰之紀,國因以理。然則聖人以天文爲記,而不忘人紀之修,豈正日星而已矣。

《大典》卷一四八三八引《大全賦會》。

# 梁崧老

梁崧老,隆興人。

## 聖人以日星爲紀賦

治象開泰,聖人法乾。以日星而爲紀,於朝夕以皆天。稟聰哲以在躬,居常惕若;即暉光而作則,叶用昭然。

蓋聞造化常經,有法者存;帝王此身,與天則一。仰觀於上,躔次不紊;俯驗諸躬,綱維自出。聖惟内省,於其天不於其人;紀匪外爲,以是星而以是日。

雖曰睿哲高古,聰明冠倫。理精而世故已熟,天定而本真益純。然念出以視朝,莫難運陽明之德;入而向晦,恐易移夜氣之真。必以日星之成象,用而綱紀於吾身。全實聰實睿之資,大其運量;觀有列有明之象,法以經綸。

豈不以畫經之秩,皆我經常;斗綱之建,即吾綱理。履行純粹,乾文表裏。武何所用,因五叶以建極;舜不必設,由七政而審己。垂象於上,有紀在焉;取法以還,與天一耳。足以臨也,毫厘絲忽之敢欺;則而象之,璇玉璣衡之察以。

請言夫無一息不運者,乾象昭著;與大造相維者,聖人所爲。況陽動陰静,闔闢一理;而夜息晝梏,存亡兩歧。必以在天之躔度,推而作我之綱維。義轡朝騰,則政轡有執;玉繩夜轉,則聽繩不欺。天則如此,聖人以之。想敬以授時,維乃參於堯帝;諒仰而觀象,繩遂結於包犧。

蓋聖人一日之次,混融乎洪範睿思;一星之係,貫徹乎中庸性命。日叶日之時,脉絡作哲;星齊星之文,源流察政。觀吾躬一太極,本自相貫;然天君於列象,尤嚴取正。則知參彼以驗此,所謂觀天而見聖。切想夫夙興惟統,光瞻犧馭之升;夜半論經,輝挹奎躔之映。

然嘗論欲波不流,豈召飛流之異;性天□□,□真薄蝕之因。艷煬昏吾紀,微則見卯;淫洇亂吾紀,原缺。

故必戒小星之寵,陰屏女謁;揭皎□之照,冰消佞臣。信變者在彼,常者在我。而徵之自天,回原缺吾。王祥一正,漢綱之大;暈重闈瑞,再開晉原缺。曰天文萬變,足驗人文;身法一脉,尤關家原缺星,輝聯群象之著;光符重日,瑞絢五龍之原缺星。近則爲一身之紀,遠則爲萬世之原缺治。

《大典》卷一四八三八引《大全賦會》。

## 路萬里

路萬里,隆興人。度宗咸淳十年(1274)第進士第二人者爲路萬里,或即此人。

**聖人以日星爲紀賦**

上缺日星而爲紀,凡朝夕以皆天。獨禀實原缺。與天終始,參諸晝夜。炳炳垂象,作我原缺。之紀非器數,當正所爲。謂乾文之運有日星,云胡不原缺。夫大矣經範,至哉盡倫。性内參兩儀之運,胸中一太極之真。天光發越,萬物仰照;德性昭融,千官拱辰。然猶觀象以爲紀,式表存誠而律身。此清其君正其官,猶懷兢惕;彼昱乎晝見乎夜,用作經綸。

蓋曰統非由理,取辰統之相維;經非以法,有天經之毋失。乾行軌度之一定,人事準繩之自出。武疇何以叶,曆用其五;舜經何以有,政齊者七。紀爲綱理之有常,天者流行之則一。德全内抱,心淵湛若以無私;象取陽垂,身法因之而有秩。

大抵運行同此極,觀天象以可見;絕續間其心,非聖人之所爲。況百爲錯綜,豈容泛若以無統;而萬變往來,方且紛乎其理絲。必吾身有法以主是,此上聖以天而處之。審己察其文,德晷常運;視朝必於朝,聽繩焕垂。有所謂自然之則,得之於取法之時。想人由湯后之修德新以又,諒天自有熊之順曆考而知。

蓋始者一極胚腪,同是真機;五行凝合,各全正性。陽德舒明,德中自有靈耀;神心經緯,心外本無天政。奈何智者鑿其天,適貽紛錯之患;昏者悖其真,終昧操持之柄。彼謬迷失統,自外元化;此終始憲天,獨歸至聖。豈但統惟萬事,辰知天統之同;不惟綱彼四方,衡取年綱之正。

抑嘗謂日星天之綱,固取經常之義;日星陽之類,當明法象之因。可不嚴太陽之尊,而體統不紊;儼皇極之居,而權綱一新。毋日中見昧而昏蔽於外寵,毋星微主讒而糾紛於小人。蓋在天垂象,正以純剛之力;而貴陽賤陰,又其定紀之陳。又豈止正統莫干,共仰大明之光耀;改權獨總,咸瞻太一之威神。

是何日存定晷,而或郜陽精;星有常躔,而或差曆法。豈未離乎炁,寧免差忒;苟取必於天,得無玩狎。要知有時而或紊者,日星之紀;無時而不形者,聖人之紀。焉足想明時之道治。

《大典》卷一四八三八引《大全賦會》。

## 陳璉

陳璉,生平不詳。

**通新除宣倉啓**

妙選儒宗,肅將使指。輟千里惠慈之政,靡徇民留;司一道廉察之權,欲倚君重。不獨任聖朝耳目之寄,要使措遠氓畿甸之間。除目一盼(原作"盼"),歡聲四起。共惟某官受天間氣,絕世清標。蟠萬卷於胸中,蘊冰柱雪車之瑩;掃千軍於筆下,決風檣陣馬之神。遂魁璧水之英,即展雲霄之步。圜橋冠帶,夙欽夫子之才名;祕府圖書,久屈仙郎之讎校。横經朱邸,襆被丹階。上方要路以期登,公乃急流而勇退。民庸自詭,物論未伸。出守雄藩,萬口靄袴襦之咏;入騰異最,九重思繭障之功。屬時軫民瘼之尤深,分責惟外臺之是賴。眷令重地，莫若全閩。擅摘山煮海之饒，利源實鉅；專發廩賑貧之職，事權匪輕。以至褰帷問俗，而悉藉諏訪之勤；攬轡登車，而賴有澄清之志。凡茲數者，疇克兼之。必得疏通明敏之賢，然後可以察事幾；不有發強剛毅之謀，則亦無以主風憲。將欲遴求於勝任，孰如就畀於惟良。所以暫勤此行，蓋非苟遣。願亟馳於四牡，副久徯之群情。紅腐儲倉，行播外府流錢之譽；紫泥璽詔，徑歸甘泉從橐（原作"囊"）之班。伏念某賦性顓蒙，受才譾薄。讀父書而謾不知變，涉世事而自嘆甚迂。三世登科，家訓有慚於點額；一行作吏，儒冠深恐於誤身。所幸季子之舌雖存，其如虞翻之骨猶在。爛斑彩袖，合躬菽水之歡；冷落青衫，勉爲門户之計。神形徒瘁，官學何成。然而力雖綿而粗知激昂，志尚剛而克自抑畏。所以不辭奔走，益屬事功。兩載司征，登壟備諳於冗賤；一同成政，對松企慕於清真。喜委身於造化之中，獲受察於照臨之下。駑馬之躬十駕，敢辭奔走之勞；鷦鷯之巢一枝，深有骿巘（原作"蠓"）之望。

《大典》卷七五一七引《啓札淵海》。

## 徐湘

徐湘，生平不詳。

### 賀廣東倉岳郎中啓

伏審懷雞舌之香而宿應，久簡帝心；攬軺車之轡以宣風，茂膺天寵。縉紳相慶，原隰有光。共惟某官兼德行、言語、政事、文學之科，濟明允、篤誠、宣慈、惠和之美。惟象圖烟閣，臨淮推第一之功；故鶴在雞群，延祖有不孤之托。屬開衆正之路而杜枉，遂蒙十世之宥以勸能。載馳宦情，大起義烈。入而青被，告爾后之謀猷；出則綉衣，送皇華之禮樂。矧惟赤米白鹽之寄，曾屈紅蕖綠水之游。想應南海之旌旆，快睹使臺之節鉞。桑陰未徙，恐已歌四牡之來；麻制亟宣，行遂正三槐之位。某誤恩乘障，末學面墻。企明命之發中，動歡顏於芘下。抽毫進牘，敢修仰斗之誠；腰笏引舟，將展望塵之拜。

### 賀廣東張倉啓 自郡守而遷

伏審麥秀兩歧，方播樂不可支之咏；軺車一乘，忽歌周爰咨度之詩。十行之細札自天，五嶺之歡聲動地。共惟某官軻、雄仁義，稷、契忠嘉。羅列宿於胸中，若燭照數計而龜卜；掃千軍於筆下，如日光玉潔而龍翔。聘隽軌以橫驅，膺前旒之特眷。擁皁蓋朱幡而作文章太守，向青山綠水而爲風月主人。威名草木以皆知，姓字屏風之久錄。白鹽紅米，使臣姑遣於皇華；青瑣黃扉，公子合居於天上。某誤旌麾之畀付，喜山岳以動搖。六轡沃而馬載馳，遥起執鞭之慕；大廈成而燕相賀，敬修奏記之誠。

### 賀廣東葉倉啓 自市舶而遷

伏審金山珠海，膺收必倍之功；紅米白鹽，就易惟新之命。尺一書來從天上，十四城遜聽風聲。共惟某官鳳凰池上之鳳毛，龍馬廐中之龍脊。慈祥豈弟，素安仁者之仁；醖藉風流，自是相門之相。凛然清德，籍甚香名。出幕府而持旌麾，播儋州之謠頌；交海舶而溢犀象，致南庫之充盈。妙簡宸衷，榮遷庾使。雖皇華之禮樂，言遠而光；然公侯之子孫，必復其始。將見追鋒趣召，問宣室之鬼神；熙載奮庸，傳當家之衣鉢。某金科是守，玉節焉依。惟二天既與一天之殊，則南枝必先北枝之暖。大廈成而燕相賀，恨莫登門；喬木遷而鶯其鳴，願言推轂。

### 謝陳倉啓

山用虎節，澤用龍節，遥瞻使節之光華；調合竹符，兵合銅符，俯愧守符之忝昧。六轡在手，既屬馳驅；一鏡當臺，曷逃妍醜。不聞風解印以遁，乃撰日束裝而前。且將斂板而事上官，敢不小書以通下執。恭惟某官藍田生玉，滄海遺珠。仁義禮智之根心，充實輝光而有大。伊尹天民先覺，將以道而覺斯民；孟子命世大才，謂何才不用於世。一椽施霹靂之手，兩同靄弦歌之聲。風月平分，容與乎勾曲神仙之宅；袴襦謡誦，歡騰於大江東西之州。香名薰聞閭之九重，治最奏潁川之第一。光被禮樂皇華之遣，小勞錢穀細務之親。凛凛綉衣，刺史之威動山岳；陳陳紅粟，曾孫之庾如京坻。春山處處檜旗，炎海村村烏鹵。盡是重利輕離，前月買茶之客；寧或聞韶忘味，爾來無鹽之人。使管、蕭之功，有以足國裕民；則堯、湯之具，何憂七旱九潦。暴暴丘山，汸汸河海，爭觀儒術之行；鏘鏘鸞鳳，濟濟鴛鴻，趣上周行之實。伏念某書惟父讀，學於壯行。固知政猶琴弦，千慮豈無一得；其奈才如襪綫，尺短曾靡寸長。豈其甞再承流，必不上孤隆委。遜矣二千里極東之界，不勝羽族趨林、鱗宗歸海之心；富哉三十年通計之儲，尚托山藪藏疾、川澤納污之庇。

### 賀薛倉啓

伏審榮被泥封，進除星使。虎符坐嘯，方作中和宣布之詩；龍節觀風，已有慷慨澄清之志。列城交慶，百吏知歸。共惟某官學擅儒宗，望隆人傑。守數世傳家之清白，蜚一時仕路之聲華。王畿方千里之間，才高彈壓；刺史古諸侯之任，治極循良。果膺黼座之知，增重綉衣之寄。雖爲直指，送之以禮遠而有光華；恐不淹辰，爰立作相置諸其左右。某初無三異，誤試一同。曩甞修維梓之恭，今復托甘棠之蔽。大廈成而燕相賀，莫厠於飛；六轡沃而馬維騏，徒瞻載驟。

以上見《大典》卷七五一七引《縉紳淵源》。

### 賀熊總管啓

嶺之南，去朝廷遠甚，深切顧尤；閫以外，付將軍制之，有光分命。旌旗日暖，草木春回。某官國士無雙，將材有五，翹關負重，臚傳卓冠於倫魁；攬轡澄清，威望雅誇於淮海。俄急流而勇退，從醉尉以誰何？拊髀興嘆，方漢文恨不得頗、牧；用兵爲善，惟李靖可與語孫、吳。爰起蟄龍之卧於南陽，俾總如虎之屯於廣管。獨當方面，小留細柳之真；嚴設壇場，即拜淮陰之大。某辱知有素，聞命尤欣，瞻厦屋之連雲，久懷阻闊；企麾幢之壓境，庶托絣幪。

### 通趙都監啓

仰公侯之干城，籍甚維城之望；叨賓客而入幕，缺然佐幕之能。茲幸及瓜，遂將施柏。某官麟之角，振振公族；螽斯羽，蟄蟄子孫。漢東平之善，朱虛之忠；唐阿間之功，江夏之略。屬兩階之舞羽，屈千里以臨戎。分寶玉以展周親，正賴枝葉本根之庇；刑白馬而王劉氏，佇膺河山帶礪之封。某偶同君子之寮，獲從大夫之後。饑鳥繞樹，既有可依之枝；美玉在山，疇非不潤之木。

### 與李都監啓

干城南國，微而草木以皆知；泛水儉池，久矣匏瓜之不食。及茲副掌，得所芘依。某官材氣天下無雙，戰功中興第一。鳴劍馳伊吾之志，著鞭恐祖生之先。屬舞羽於兩階，暫總戎於千里。上方拊髀，遠思李牧之爲人；日伫登壇，亟拜淮陰之大將。某居前居後，不能軒輕；一飛一集，何計少多。俾同君子之僚，獲從大夫之後。開太尉羔兒之酒，儻容著綠之書生；賦將軍竸病之詩，或見能文之稚子。

**代回趙監押啟**

問津鐸浦，昔諧覿面之私；領郡近江，今有親人之便。是惟幸會，深切歡悰。某官學有餘師，器非近用，擢仙籍鬱然之秀，蜚仕途籍甚之聲。暫屈總戎，未聞召節。周以異姓爲後，獨尚懿親；漢非劉氏不王，寧容外服？某久茲間闊，行矣瞻承，未遑縑素之馳，首辱駕緘之貺。感銘交集，敷述奚殫。

**通吳巡檢啟**

細柳屯雲，仰止真將軍之久；紅蓮泛水，靦然老賓容之慚。行將盍簪，敬用削牘。某官龍虎熟於韜略，草木知其威名。精神足以折遐衝，中興第一；詩書可以謀元帥，天下無雙。維時戢櫜，小屈俱邐。上方拊髀，遠思李牧之爲人；日佇登壇，亟拜淮陰之大將。某後前不能軒輊，飛集何計少多。偶同君子之寮，獲從大夫之後。興其進也，儻坐間不厭於綠衣；俯而就之，庶屋上竊窺於解瓦。

《大典》卷八四一三引《縉紳淵源》。

# 嚴仲仁

嚴仲仁，生平不詳。

**祭先考祠堂祭文**

士孰不知學，學而儒雅，足以飾吏，乃士之賢；吏孰不爲政，政而剛明，足以去惡，乃吏之先。茲二者，難乎一舉而兩得之矣，又孰見其雖老而彌堅。惟公醉飽六經，網羅百氏，胸中之所停蓄，浩乎江海之巨浸；文焰之所暴耀，爛如星日之高懸。若其偉望推美乎當代，懿行儷踪乎古人，庠校願得以爲友。奮乎百世之下，克生孔、孟之與淵、騫。奈何徒資之以如此之德，且賦之以如此之才，而不使折桂林之一枝，搏鵬程之九萬。誰爲此者，蓋乎莫致之命，莫爲之天，而仕猶足以行其志，功猶足以及其民，祿猶足以貤其親。而令聞廣譽，遂與卓茂、魯恭幷流無窮者，乃公平昔所蘊之萬一。獨有爲於耆艾之年，至於厭簪紱之儻來，樂溪山之勝賞，養恬少室，游意松茲，一觴一咏，歡無虛日。人皆謂公爲山中宰相、閬苑神仙。善既積夫厥躬，壽雖富而合延。奄玉樓之落成，亟鶴馭之言旋。雖芳蘭乍凋，一時以爲恨；而高風不泯，萬古以猶傳。愴哀思之罔極，念欲報以茫然。爰卜吉於崇岡，庶安止於新阡。清飈吹林，素月滿川。溪光起而相蕩，烟色散而争妍。公生則愛此，今死寧捨旃？靈車在途，繐帳云遷。望佳城而永訣，空隕涕而漣漣。聊寓辭於一奠，公來歆其（原作"某"，據《播芳》改）吉蠲。嗚呼哀哉！伏惟尚享。

《大典》卷一四〇五〇引《播芳大全集》。《播芳》卷一一五。

按：《大典》未署作者，此據《播芳》補。

# 黄國錄

**祭鄭狀元文**

惟靈處畎畝而志在廊廟，以韋布而氣凌公卿。成均獻書，天子色動；金鑾綉筆（《播芳》作"華"），雄豪膽驚。華問鏗錚於宇宙，高文烜赫乎著庭。蓋其學本仁義，故無詭說；行蹈中庸,故無矯名。方習俗之澆薄,賴公執古之禮,行古之道,以藥其既病;方士風之委靡,賴公其操也持,其論也正,以支其將傾。含香蘭省,姑試其攝事;剖竹名城,將觀其治民。如鵬之飛,勢摩九霄,胡爲而遽折其翼;如車之載,日適萬里,胡爲而遽毀其衡?雖公之精神,同流天地,固不恃形而立;然公死之異,遠近傳播,孰不驚嗟而涕零。某等久諧色笑,俄隔幽冥。菲奠告哀,蓋亦傷乎吾道之無人。尚享!

又

惟靈不遠之復,由顔而得,故視聽言動,已常自克;至大之養,自軻而傳,故貧賤富貴,氣常浩然。以布衣陳事,而敢論時政之可論;以詞坡對策,而能言諫官之未言。小人以懼,而君子以恃。士氣益增,而吾道益尊。何承明之厭直,乃力求於補藩。何迂者之在途,而弔者盈門。豈非以直道處世者,易以罹人之機穽。故神運而解者,亦所以全其天。某忝同舍選,叨在盧前。屬予多病,賴公着鞭,以塞學校師儒之責,以酬君親教育之恩。駭聞凶訃,如失鶺原。含哀菲奠,少慰幽魂。尚享!

以上見《大典》卷一四〇五五引《播芳大全集》。《播芳》卷一一一。

按:《大典》署"王國録",然《播芳》署"黃國録",《播芳》當是。宋代鄭姓狀元凡三人:鄭獬、鄭僑、鄭性之,文中有"某忝同舍選"句,則爲神宗後事,鄭性之、鄭僑與此相符。與文中其他文字相較,鄭僑(1132—1202)"以言事去國"事更加相合。與鄭僑時代相近之"黃國録",《文獻通考》卷四二載:(乾道)三年,黃倫以兩優釋褐。自紹興建學,至是始有兩優。用崇寧恩例,授承務郎、國子録。此黃國録或爲黃倫。

## 王民望

王民望,生平不詳。

**回王先輩謝及第啓**

伏承擢秀儒林,策名仕版。素缺雅問,倍極歡悰。惟是穆清之臣,尤高廉茂之選。人浸文治,術陶聖真。闢衢途以待奔逸之才,略華藻而收根本之學。與以奧問巨目,評以宗工碩生。充賦者數雖三千,中等者中纔一二。預於此者,不其榮哉。而況奮飛接羽於鶺原,煒燁聯芳於棣(原作"杖",據《播芳》改)萼。固爲朝野之異觀,坐挹淮湖之駿聲。仍沐沖懷,遠貽長牘。其於景佩,曷既喻言。

《大典》卷一四一三一引《播芳大全集》。《播芳》卷六五。

## 伍積中

伍積中,生平不詳。

**致語**

福撫肇基,斗牛分野。源分鄞派,郡建臨汀。東南界於潮梅,西北連於閩越。卧龍山下,建大府之雄居;伏虎庵中,隱真儒之妙相。

《大典》卷七八九五引《臨汀志》。

按:《大典》引《臨汀志》纂成於開慶元年(1259),故附文於此。

## 王侍郎

王侍郎,名不詳。

**祭師學老文**

嗚呼！在昔伏生,九十其餘。頭童齒豁,口誦故書。後有尚平,僅足衣食。酒間撫弦,醉後卧幘。秩彼有宣,郎公最賢。不予其位,而優其年。襞積故實,如探懷袖。李書纂修,已縮蝗螟。必撲二山,必祈斗斛,必復果州之遺。復死者天下,不死者我,公笑不言,其亦曰可。

《大典》卷一四〇五四引《宣城志》。

按:據《中國古方志考》頁三〇二所考,《大典》引《宣城志》乃宋嘉定中趙希遠、李兼纂。且《大典》此文前接宋文,故附於此。

## 吴勛

吴勛,爲漳州教授。

**陳湜記**

陳湜,龍溪人。政和間,嘗有牙媪遺珠於其門,莫記其所。久之,媪造其門,四顧若有所物色。公呼問之。媪曰:"嘗遺珠,爲主迫取,雖市屋鬻女,度不能償。"公曰:"第言其狀,當爲汝訪求之。"媪以實告。公全歸之。媪驚喜,呼爲父,拜謝而去。里有喪,多假婦女首飾、繪彩器皿,以事莊嚴。有遺白金器者,公往吊,見而拾之,屢問掌事者:"器皿有遺否?"掌事數人方倉皇求之,未得。公即出於袖中,歸之。鄉人咏嘆不已。公嘗夢人告之,曰:"汝壽七十二。"後享壽八十四,蓋陰德之報也。

《大典》卷三一四八引《清漳志》。

按:《大典》引《清漳志》乃淳祐時趙崇玶纂,姑附於此。

## 鄭安靖

鄭安靖,生平不詳。

**東岳行宮記**

兖之奉符縣,天齊仁聖帝廟在焉。朝廷歲時尊祀,其廟貌甚嚴。他鄉之民有欲依其神者,患遠不得詣,往往因其地建行宮,遥擬本廟之制。湖邑之西由是興焉云云。

《大典》卷六七〇〇引《江州志》。

## 劉光

劉光,生平不詳。

**正心堂銘**

潼川楊子忠,往歲徙居城北,取《大學》"先正其心"之義以名堂,未嘗與時遷也。余别子忠三十餘年,子忠求余記之,未暇也,而爲銘之。銘曰:

心本中虚,在《易》爲離。曰麗乎正,非有它歧。譬諸北辰,居所不動。正一而已,宰制六用。不得其正,七情所移。匪心則然,不遠復之。利欲紛紜,汩喪物則。語以格言,匪笑而惑。我友楊君，家學靡忘。於衆笑時，揭名斯堂。昔者黨禍，先生實與。謂潼川先生也。邇年偶論，子乃弗顧。憶與君游，三十載餘。我實愛君，不變厥初。傷者幸今，共由大道。我銘子室，可與俱老。

《大典》卷七二四〇引《江州志》。

按：據文中"昔者黨禍，先生實與"句，知文中"楊子忠"爲熙寧二年（1069）第进士潼川先生楊天惠後人。周紹良主編《全唐文新編》第二部册三誤錄文於唐玄宗時劉光下。

## 鄭宗顔

鄭宗顔，生平不詳。《大典》其前後皆宋人。

**周禮新講義序**

先王之設官各有職，而所職各有禮。故小宗伯之職曰："毛六牲，辨其名物而頒之於五官。"然則教官，土屬也，而主乎牛。教所以順民，而牛者，順物也。禮官，木屬也，而主乎雞。禮所趨時，而雞者，知時也。政官，火屬也，而主乎馬羊。政以軍爲主，馬行健也，於軍有所資，於羊能群而善觸也，於軍有所象。刑官，金屬也，而主乎犬。犬善禦而且能警也，刑所以禦其有惡，而警其未有過也。至於事則百工制器，以嚴天地陰陽之理，而豕者能發隱伏也。是以司空之官，於時則主冬，於職則主事。蓋以萬物至於冬則藏，而其動則可見也。於是屬之以百工而使之興事造業，發其理之不可見於人者。此先王居百工之意也。且天地能生物而不能使之有所和，與之材而不能使之有所象。方是時也，先王運其智於心術，而致其功於法度。故因材而爲之器，因器而爲之象。器有其用也，則使服其器者，必思所以觀其德；象其有意也，則使攻其器者，必思所以體其道。故有芘風雨者爲宮室，利川途者爲舟車，爲衣裳以在躬，爲弁鳥以在體。有以養目也，爲繢章；有以養耳也，爲聲樂。至於服用不一，而器用不同，皆所以致天下之利也。圓者中規，以其能變也；方者中矩，以其能止也。厚以有載，虛以有容。尊卑所以象天地，奇偶所以法陰陽。器之未嘗無象也，名之未嘗無義也。故名之所在，象之所取；象之所取，則禮之所在。先王之禮，將以養人也。而人情之所欲者，養之備矣。故凡可以利天下者，不遺一物。《易》曰："備物致用，立成器以爲天下利，莫大乎聖人。"聖人於《易》以教天下之動，於《禮》以顯天下之頤。故非深於《易》，則不足以制禮；而非深於制禮，則不可以言《易》。故曰百工之事，皆聖人之作也。蓋其度數足以明妙外之意，其道德足以盡方（當闕一字，或爲"內"）之形故也。雖然莫非事也，而百工者，居其一而已。《記》之所載，自王公士大夫，以至於農夫婦功，皆有職於國者也。而百工者，事職之所主，故列於事官而爲之屬也。然而上無道揆，則下無法守；朝不信道，則工不信度。三公坐而論道，士大夫作而行事，所謂道揆也。百工審曲面執（原作"埶"），以飾五材，以辨民器，所謂法守也。惟其上有道揆而朝信道，此道德之所以明也；下有法守而工信度，此風俗之所以同也。先王之時，其所以同風俗者，尤謹於百工，以其衣服器械之所由出也。然則其可不屬之以官乎？故有三公以經理天下，有士大夫以任事，而後可以責百工以辨器用，有器用而後商賈有以阜通貨賄，三農有稼穡而後嬪婦有以治絲枲。此三者，百工以爲利，而百工所以爲養也。故其序如此。

《大典》卷一〇四六〇。

## 劉肩吾

劉肩吾，生平不詳。

### 鄉飲酒義

鄉飲，三代禮樂也。禮云禮云，豆籩爵觶云乎哉；樂云樂云，琴瑟鐘磬云乎哉。是當以義求之也。鄉飲，禮也，而謂之義，何也？《儀禮》，述其《禮記》，禮釋其義也。試以鄉飲大義觀之。立賓以象天，尊之至也；立主以象地，卑之至也。設三賓以象三光，言繫於天也。設介僕以象陰陽，所以助天地養成萬物也。此立名取象之義也。坐賓於西北，以法天地嚴凝之氣，接以義也。坐介於西南，輔賓也。坐主於東南，以法天地溫厚之氣，接以仁也。坐僕於東北，輔主也。此辨方設位之義也。六十者坐，五十者立，六十者三豆，七十者四豆，八十者五豆，九十者六豆，此燕毛序齒之義也。主人拜迎賓於庠門之外，所以致其尊也。賓入三揖而後至階，三讓而後升，所以致其讓也。自盥洗以至於揚觶，所以致其絜也。自拜至、拜洗、拜受，以至於拜送、拜既，所以致其敬也。尊也、讓也、絜也、敬也，是四德者，禮之本也。主人親速賓及介，而衆賓自從。主人拜賓及介，而衆賓自入。貴賤之義，於是乎別矣。賓升則獻酬，辭讓之節繁，及介則少減矣。衆賓則坐祭立飲，不酢而升降，隆殺之義於是乎辨矣。工歌三終，笙入三終，間歌三終，合樂三終，工告樂備，乃立司正，則和樂不流之義見矣。賓酬主，主酬介，介酬衆賓，少長以齒，則弟長之義明矣。說屨升坐，修爵無筭，賓出主送，節文終遂，則燕安不亂之義盡矣。記禮者曰："此五行者，足以正身安國，國安而天下舉安。故曰吾觀於鄉而知王道之易易也。"四德孔該，五行兼備，尊賢養老，莫尚於此。至如登降拜興之節，獻酬交錯之文，莫不一一有義存乎其間。此記禮名篇，所以謂之鄉飲酒義也。維茲三山禮義之邦，見謂海濱洙泗，遭逢聖世，興起儒風。渠觀名流，執斯文之牛耳；齊魯文獻，正堂上之皋比。鄉飲禮行，觀者如堵，邦之人士，咸曰："斯禮也，勉齋先生一序載之詳矣。吾鄉乃勉齋先生之鄉，流風未遠，猶有足證。文不在茲乎，文不在茲乎。"《記》曰："禮儀三百，威儀三千。"待其人而後行，政在今日。然嘗合鄉飲終篇而考之，竊知聖人制禮，防人情於未然，其義深矣。曰"尊讓則不爭，絜敬則不慢"，曰"不爭不慢，則遠於鬥辨矣"，曰"不鬥辨，則無暴亂之禍矣"。聖人豈固薄於待學者哉？天下聖賢常少，衆人常多。聖人設爲之禮，立爲之防，使衆人皆可以爲聖賢，其待學者厚矣。故曰：聖人制之以道者，此也。方且丁寧諄復。既申之以敬讓而不爭，又繼之以和樂而不流；既道之以和樂而不流，又終之以安燕而不亂，其思深慮遠也至矣。預於鄉飲之席者，容可以不知此義乎？昔明道先生睹僧飯而嘆曰："三代禮樂，盡在是矣。吾之爲禮，粲然而有文，肅然而有譁，容止可觀，進退可度，三代禮樂，當在此而不在彼矣。何幸身親見之。"

《大典》卷一二〇七二引《劉肩吾集》。

按：《大典》此文前接宋人，且文中言及勉齋先生，或爲宋末人，姑附於此。

## 王之堅

王之堅，生平不詳。

### 常平糶糴乞免除頭子錢

臣契勘常平之法，穀賤則增價而糴，貴則損價而糶。朝廷之法，務在惠民。伏睹常平令諸給納，及折博糴糶，并計價收頭子錢。臣愚以爲凶年賤糴，所以賑饑；豐年貴糴，所以利農，與其他給納不同，理宜優恤。今穀價轉賤，農家尤苦乏錢。欲乞州縣常平倉，豐年收糴，凶年賑糶，其頭子錢并與除免，庶幾良法美意，纖悉畢及於民。

《大典》卷七五〇七引《王之堅集》。

按：《大典》此文前接宋人文，姑附於此。

## 徐文禮

徐文禮，生平不詳。

### 衛濟寶書後序

文禮不才，蒙賢太守招致求醫。會新安王大監論及背證，文禮歷舉諸家治法，因投其機，遂令編類校正集成一書，名曰《衛濟寶書》，後之覽者毋誚愚爲僭可也。徐文禮識。

文淵閣《四庫全書》本《衛濟寶書》卷末。

按：《衛濟寶書》乃宋人撰，徐文禮或亦爲宋人，姑附於此。

## 王宗度

王宗度，生平不詳。《大典》其前後皆宋人。《淳熙三山志》卷三〇載淳熙八年（1181）第進士王宗度，閩縣人，字叔霞，或即其人。

### 論善擇者制人

談仁義於戰國之世，儒者蓋難乎其言也。夫苟難乎其言也，則儒者於此，亦必有權以濟道者而入之，庶乎樂於吾說者，猶可以異其聽，而漸去其習也。夫自源徂流、抑末歸正，不即其目前可喜之效，而安之於無所容心，儒者豈不能言之。而時方急於權勢功利之近效，則殆將以吾說爲迂也。迂固非知道者之所病，而道之不行，則亦維持王道者之所深憂也。故吾惟毋曲其說以規利，毋捨其道以狥人耳，曉然力辨義信權謀於毫厘之際，而假其制人之利，以婉吾說，而誘其入，則聽之者不逆，而言之者亦不迂，議者乎何尤？荀卿子屢致意於霸王之辨，而繼之曰："善擇者制人。"是固不可不擇王而行之也。然王者之道，豈獨爲制人之具乎？噫！吾固知荀卿子之言，在戰國之世不得不然也。夫嚴於衛聖人之道，而尊王以黜霸者，固儒者之責也。然狃於持其說之大，一切舉近效可喜之事，植之封畛之外，而不屑言，則時君世主，急於圖功者，且將曰："世務不可問之儒者。"此固不知儒之罪，而亦儒者執論之過也。且儒者平日之所學問，之所講明，不欲濟世以求用則已。如其有意於濟斯民也，扶持是君，而充擴是道也，又不幸而生於三代之後，而乃牢執其說，謂仁義之必無近效，王者之必不制人，優游不迫之治，必無斬艾懲創之利。彼無貪於吾之說，而吾略不假借於彼之所覬幸，亦戛戛乎難入矣！其於立言垂教之責則無負，而權以濟道則未也。昔者孟子之書，蓋判義利，分德力，嚴乎其不可犯矣，而時亦有所寬。而道之入也，有所假，而誘之聽也，委曲其辭，而馴揉其心也。教之以爲仁，而與之以無敵之名，假制挺撻秦楚之威，以勉其孝悌忠信之修，屈先王於好色好貨不美之名，以開其與民同欲之意。孟子豈不知拔本塞源，一以正告之爲得哉？抑亦因其資，而爲之說也？吾觀荀卿《王霸》一篇，反覆明白，而言之者不一再而止，何其確於《王霸》之辨也！及其以制人之說，而爲善擇者之功，則又未免震於禦服求勝之事，又何駁於《王霸》之用也？嗚呼！荀卿子之意則有在矣！戰國之君,富彊是狃,權力是勝,非可遽然納之於正,而咈其欲也。況道大則難從,效久則易厭。告之難從之道,而又遲其效,以滋其厭之心,無怪乎霸之不王也。吾寧嚴張厲之功,於和緩之中,駕命令加意之説,於君子長者之道,庶幾霸者之聞吾説,且曰:"制人,顯效也;王者,美名也。吾不失吾所覬慕之顯效,而又得古人之美名,何憚而不行之哉!"雖未可以使之純乎仁義之舉,而主盟自好之諸候,有伐叛存亡之師,救民恤灾之政,王道之粗,猶見其一二也。嗟乎!山之堅,難穴也,有指之曰"彼有玉",則人且窮其力而不厭;淵之深,難入也,有告之曰"彼有珠",則勇者躍而不顧。王道之易行,非若穴山墜淵之難也,而霸者貪制人之功,尤甚於好珠玉之利,其能無擇之之喜乎?蓋嘗三復荀卿之言,非徒以制人之説,而誘其入也。如曰"義立而王,信立而霸"。夫義固王者也,遇民之信,堯舜且不能廢,信之立果不足以王乎?荀卿寧屈之名於霸,亦欲時君之爲霸者,則不可捨吾先王之信,此因而正之也。權謀本霸者之用,則遽屏之以亡,此又危而諭之也。誘而入之,雖憚必從;因而正之,雖迷必復;危而諭之,雖昏必懼。荀卿之於王霸,蓋別白於中者甚明,而劑量運用於其言者,莫不有深意存焉,未可一概論也。不然,終篇斷之曰:"粹而王,駁而霸。"湯、文、齊、晉之用心,兩言而定,而後世王霸之説,皆折衷於此。則荀卿之審於見,蓋素矣,豈固欲以制人厚誣王道耶?不特此爾,卿嘗言曰:"道德之威成乎安彊。"夫既謂之道德,則人自心悦而誠服之,何假於威與彊哉?蓋借威彊而信道德,是亦以制人,而誘其行王之意也。學者要當考戰國之時,以即荀卿子之心。

《大典》卷三〇〇三。

### 無名氏

名不詳,大中祥符二年(1009)爲大理寺丞充秘閣校理。

**司徒杜預像贊** 大中祥符二年

博學多通,昔稱《傳》癖。《釋例》既詳,異端斯式(《曲阜縣志》作"斥")。建我慶成,布昭純錫。追錫(《曲阜縣志》作"寵")公台,增芳流名(上三字《曲阜縣志》作"封疏秩")。

《大典》卷一八二二二引《廟學典禮本末》、乾隆《曲阜縣志》。

按:《大典》引此贊未署撰者,《曲阜縣志》署"大理寺丞充秘閣校理□□",時爲大中祥符二年。

### 無名氏

**蘭陵伯荀況像贊**

道德不明,邪説恣肆。著書蘭陵,倚挈當世。別白是非,綿絡二義。要諸仲尼,異乎不異。

**成都伯揚雄像贊**

篤志好學,淵哉若(原誤作"苦")人。三世一官,强顔詆秦。《法言》《太玄》,出入聖神。德名爲幾,既久愈新。

以上見《大典》卷一八二二二引《廟學典禮本末》。

按:《大典》引《廟學典禮本末》中贊二十四則,作者可考者有二十二則,皆撰於宋真宗大中祥符二年。此二贊所涉荀況、揚雄,據馬端臨《文獻通考》卷四四所載,封蘭陵伯、成都伯均在元豐七年（1084）。據贊文之義，作者當爲宋人，故暫繫於此。

無名氏

**乞追贈陳瓘及官其子孫奏**靖康元年二月十七日

審取捨以辨是非，行賞罰以明好惡，明主之先務也。切見蔡京於元符、建中之際，包藏既深，罪惡未顯，有識之士雖知其必亂天下，而嗜進妄佞（"妄佞"，《靖康要錄》作"躁妄"）之徒亦（《靖康要錄》作"方"）且倚以爲宗主。故右司員外郎陳瓘嘗爲諫官，獨能推測其用心，而披露其奸狀於未萌之前，詳言極論，明若蓍龜。至於今日，無一不效。故京尤忌畏之。此一時言事官，得禍爲最酷。諸人既得自便，而瓘獨再貶，指定居住州郡。流離羈窮，終以廢死。忠義之士，至今悲之，語及瓘者，未嘗不爲之流涕也。竊考前代以忠直忤犯，瓘倖至於公議獲伸之時，雖已死亡，未有不褒崇爵秩，而録用其子孫者也。伏望睿慈憫瓘齎恨没地，不及目睹聖明，優加追贈，及官其子孫，以爲忠義之勸，增士習以厚民風，實天下幸甚。取進止。

《大典》卷三一四三。又見《靖康要錄》卷二。

無名氏

名不詳，淳熙六年（1179）在世。

**別解封樁庫牙契錢牒**淳祐六年

勘合近準省札行下，開具截日終，牙契未抱認州軍，三年内解數具申本所，已具三年所收數回申朝廷，未行下間。據湖南運司申，并繳連到潭、衡等九州軍府申乞抱認錢數，當所遂行備申朝廷，取自指揮施行。今準淳祐六年八月二十九日尚書省札子節文，坐下諸郡合抱認錢數，内武岡軍每年且抱認一萬文，右札付所照應抱解，準此。具呈取僉廳書，擬欲備省札指揮，牒報承抱。自今年七月一日爲始，分作上下半年起發，仍牒元委監司照應拘解。未抱認以前合行分隸錢數送納，三月奉台判行，當司除已牒轉運司照應拘催外，牒請遵照牒内備去省札指揮事理。嚴勤承吏將合抱認牙契錢，成年以十八界會一萬貫文爲額，自淳祐六年七月一日爲始，分作上下半年起解，每半年合解五千貫文，至限速將已抱錢數，差人押赴運司交納，團并起發。仍請將今年七月以前已收過合分隸牙契一半錢數，照限三日盡數解赴運司，先次起解，差人管押赴樁庫送納，即具已起發赴運司交納月日錢數文狀供申，不請占吝遷延稽滯。淳祐六年九月十一日牒。

《大典》卷六五二四引《都梁志》。

無名氏

名不詳，淳熙十年（1183）在世。

**上供倉銘**淳熙十年

人力負米一石，日行可逾一舍。鉛山歲租萬有七千，縣用一萬有奇，餘悉上供。邑抵舟次一舍而遙，歲調丁男八千，計往來，遠郊五日，近郊三日，廢農功三萬日程有奇，民勞焉。上饒太守吳越錢侯，名象祖，字伯同，爲政期年，利興害除。命尉相地瀕河治倉，俾民便道就輸，以省陸運。面水百步得故基，爲屋百楹，東西列廠六，南鄉設廳事，繚以周墻。

木之工三百,土工倍之。陶瓦六萬,釘十一萬。食與傭直皆給。期月而成,人大悅慰。蓋淳熙十年七月癸未也。倉(原作"食")之地曰汭口。其銘曰:

政以字人,匪以勞之。役非其道,奪我農時。乃復斯倉,乃勞斯逸。無斁之休,君子之德。君子孔嘉,民以豫乎。永啓厥後,毋致錯予。

《大典》卷七五一五引《永平志》。

## 無名氏

### 歐陽公滁州詩

滁之爲郡,地僻壤狹。自唐以來,朝廷達官非遷謫不至其地。非所樂,則憖嗟湮鬱之意,往往形之詠歌。獨歐公以雄文直道謫守是邦,它人處之,宜怏怏不釋,而公無怨無悶,不鄙夷其民。政教既敷,益自放山水間,奇篇傑作,發揮偉觀,一時文儒,賡唱迭和。琅邪幽谷之勝,播於天下。名卿巨公,以不得一至爲慊。滁自是爲名郡,而邦人亦得以自高。尸而祝之,非私意也。公在郡二年,爲詩數十章,所與諸公書,無半詞及遷謫意。其後登禁林,參政柄,而思滁之意,猶見於詩。公之惓惓於滁如此,則凡一話一言之所及,皆邦人之甘棠也。況其樂天知命,處困而亨,尤足以示訓來世。紀載之際,庸可略乎?故裒類於篇,以見公意,以繫邦人之思。其已見於《慶曆集》者,弗再録。

《大典》卷九○九引《永陽志》。

按:張國淦《中國古方志考》頁三一一以《大典》引《永陽志》爲滁守林嶧命法曹龔維蕃修。《人文滁州》第4期載王浩遠《宋代滁州方志考略》考此志纂修於宋寧宗嘉泰年間,故繫文於此。

## 無名氏

作者名不詳,宋寧宗嘉定元年(1208)撰此文。

### 五賢堂記(題,《文載》作"馬刺史重修五賢堂碑")

容(《文載》上有"南"字)爲古粵地,舊隸交州,貞觀八年改爲容州,迄今六百年矣。刺是郡者,未嘗乏人,惟五賢爲稱者(《文載》作"首"),豈(《大典》卷二三四一有"惟"字)非鳳凰麒麟世不常有,所以爲嘉瑞也歟。唐代宗時,有元次山,身諭夷酋,綏定八州。繼有王宏肱出財募士,與賊鏖戰,悉復疆宇。在德宗時,有戴叔倫,綏徠夷落,赫著威名。在順宗時,有韋文明,興崇學校,教民稼穡,仁化盛行。我(《文載》下有"朝"字)建炎間,有王慶曾,思慕元子,刻其儀表以便觀省,蠲免科租,刻石猶在。是五賢者,豐功實德,著在青史,盪人耳目,豈易得哉。容去朝廷極遠,分符而至者,類皆因循苟且。其能興利除害,景慕先哲者,百無一二。唐元子距建炎中二百七十年,有王慶曾出焉。由慶以來,六十餘年,有譚公出焉。譚公以來二十年,馬公出焉。寥寥六百年間,五賢之名,得譚公而始彰;五賢之政,得馬公而益顯。思賢之堂,雖創於譚,第(《文載》作"但")止用小牌列其名位,真於壁間。欽慕雖勤,實則未備。未幾頹毀,尺椽片瓦無復存者。經八政而恬不介意。我公既至,念其湮微,鼎而新之,塑其像而祀之(原無"之"字,據卷二三四一補)。信五(《文載》作"夫")賢守之不易得,如鳳鳴朝陽,麟游林(《文載》作"郊")藪,爲治世之嘉瑞也。抑嘗聞天下之善士,斯友天下之善士,以天下爲未足,又尚論古人。誦其詩,讀其書,如正考甫之慕尹吉甫,司馬相如之慕藺相如,其志尚慨然企慕於數百年之下,得古人尚友之意,可不深加而屢嘆耶!公之盛年,負倜儻英銳之氣,言天下事三相而爲言,賜對孝宗朝,頗蒙加納。今觀《寓忠録》四十九篇,其言精雅,無非切中利病。自欽倅滿得郡入對,復論蠣海蜑(《文載》作"蜑")之丁税,罷廣民之科擾,乞復白皮鹽場。意在興利除害,求以便民者,念念不忘。上可其奏,悉罷行之。抵容下車之初,創造郡學,勸課農桑,有古循吏之風。比之五賢,實相伯仲。故并述其大概而記之,使後之觀政者於此可以想見也。嘉定元年冬至日("至日",《文載》作"日之吉")記。

《大典》卷七二三六引《容縣郡志》、卷二三四一引《古藤志》。《粵西文載》(簡稱《文載》)卷三七。

## 無名氏

名不詳,嘉定三年(1210)撰此文。

### 中興館閣續録跋

《中興館閣録》,淳熙四年成書,其後附録者多訛舛缺略。嘉定三年十月,重行編次,是正訛舛,其缺略者增補之,名曰《館閣續録》。逐卷之末不題卷數,貴在他日可以旋入。繼今每於歲杪,分委省官取歲中合載事,略加刪潤,刊於卷末。《前録》凡例,其目有九,今并仍其舊云。

中華書局1998年版《南宋館閣續録》頁四一五。

## 無名氏

名不詳,嘉定中撰此文。

### 崇真堂記

尋陽,淮浙之咽喉,衡廬之軛軹。昔吕洞賓嘗有詞曰:"白蘋紅蓼,再游盆浦廬山。"以是知神仙輻湊於是歟。五湖四海,烟蓑雨笠,嗟無可巢之地。淳熙間,玄谷先生王參議守道倅九江,以龍銘虎永爲心,每延方外之客。偶廳治側竹孕雙笋,芝誕四莖,意者異人所感化也。卜陽剛之地爲雲水憩息處,香雲燈星,熏映闐閬,亦九江之佳境。未幾,雲消水涸,事始中畫。洪都劉道存一劍東來,德羶道胉,爲人所敬。抉玄綱之已頹,整道闈之幾廢。一呼百檀,三飡千喙,由是復興焉云云。混聖凡而爲一,奄有無以歸真,斯堂其可不加之培樹也夫。

《大典》卷六七〇〇引《江州志》。

按:《大典》文前云:"崇真堂,在城南,本名朝真。淳熙間倅王守道建,後廢,嘉定中續建,改名,有記。"則此文當撰於宋寧宗嘉定時。

## 無名氏

名不詳,寶慶元年(1225)撰此文。

### 武陵縣建平糴倉記 寶慶元年

武陵北間數萬户,而城内乏積穀之家,日仰鄉民輦負以給。其或雨雪連陰之月,農畎竭作之時,市以艱糴告官,必爲之發倉移粟而後濟,固不待歲歉而然也。司成林公以嘉定癸未出守,適水潦爲沴,蕩民田廬。公請於庚臺,出常平積粟以賑之,存活數千計。水退,躬行江趾,捐金築堤,高廣可數丈,延袤且百里。自是民無水患,湖田歲稔。盡心於民,蓋切切矣。惟是賑荒一事,不免取之常平,常平不足,則勸分於産户。故常平所積之數日耗,則有虧於公。産户科糶之擾日甚,則有病於私。公慨然曰:"糶濟,美事也。病民則不可行,虧公亦不可繼。"退度府庫之羨,散糶於産米之鄉,幾萬餘石。而貳車司直趙公,復以經常之餘捐萬緡以助。於是倚倉於開元寺之西,爲敖有六,積米可容數萬斛,榜其倉曰平糶。蓋取李悝之遺意,而尤便於民焉。當粒米狼戾之時秋,則每斛增市價二百以糶。蓋以濟常平之乏,而免大家般運之勞,使市價平而公私便。此我公建倉之意也。公將受代,再輟府金五千緡以豐糶本。拳拳此邦,爲經久之利者可知矣。

《大典》卷七五一四引《武陵圖經志》。

按:《大典》文前云:"平糶倉在武陵縣開元寺西廡。寶慶元年,林司業垌所創。"

## 無名氏

名不詳,紹定元年(1228)撰此文。

### 筠州學門記 紹定元年

治平三年,高安郡始應詔立學宫,曾南豐所謂州之東南亢爽之地者。今皇華館蓋其處也。其後徙於水南,而邦人皆不以爲宜,則又徙於州治之西鳳山之翼。蓋五十餘年矣。然其左則城隍祠,而官廩介於兩間,門徑狹隘,往來觀聽或病焉。開禧乙丑,教授金華何君逵實來,善於其職,學之政,大小必舉。謂廟學雖修而門不稱,欲闢而大之。鳩工飭材,度爲屋六楹。層檐三成,瓦木之工既立,而何君去。嚴陵方君秘繼之不懈,益勤繕飭,户牖塗塈丹雘,纖悉備具。又增築基階,使内外高下相稱,爲室兩翼,經籍、祭器藏焉。雄麗宏敞,挹江山勝勢,登望軒豁,意陵風烟,非獨閌閬有所表顯而已。蓋經始於丁亥之冬,落成於戊子之十二月。吾州之士繪圖以來,屬予記。夫宮室有制,非以崇侈相尚。今之世教有三,佛、老子之居,凡所規創,惟其力之所及,禮或過矣,而莫之禁。其於風厲表勸之道蔑如也。若夫國家尊祀先聖,建立學校之意,則異於是。蓋將使天下之人知所崇向,陶染化習,以底於平治。所以顯設藩飭,稽合古制,名號等數同於王者。其門三之,豈苟然而已哉!何、方二君知其職之所務,開導誘掖,孜孜不倦,教養之事至矣!而其餘力又足以及此,使凡出入乎是者,起敬起慕,思其所當爲,而勤其所未至。推二君之意亦遠矣!予既觀其圖而想見其處,幸他日乞身以歸,謁於廟學,從邦人士友語其顛末,相勉以無負二君之意。而先書其大概,使刻之。

《大典》卷三五二五引《瑞陽志》。

## 無名氏

作者名不詳,淳祐時撰此文。

### 循州興寧縣學記

上御極之十九年,壺山方公帥東廣,爲屬郡循之興寧擇令。閱吏籍,見封川尉陳君湯秩將滿,曰:"此吾端平初程士别頭所取進士也,薦員及格,宜爲令。"辟之。未幾,拜俞音。越二年,令眡邑事。一之日,謁先聖先師於學,顧瞻殿宇湫溢、黌館頽圮,士無所肄其業。

方有意教道,以厲士俗。而邑經兵火,財一星周,燒痕方補,生意未回,不敢亟議土木之役。首於弊事,苗耨髮櫛,皇皇然膏枯醒喝,加惠田里。二考甫報政,適當大比興賢之年,爰進諸生而經畫之。先是,學宮在縣治之左,去公廨百餘步。嘉定初,徙於闤闠之中,與安王易地而居。庚寅毀於兵,衿佩弦誦之地,莽爲丘(原作"兵")墟。曾、趙二令尹,僅綿蕞數畝之宮,姑以存學之云耳。至是鼎創大成殿於舊學之基,復武安王於故廣。令割俸金二十萬、米五百斗爲之倡,士旅翕然和之。崇門大殿,屹乎其高,旁列齋舍,明靚閎敞,冠蓋雲集,倍蓰前時。爲之講說以誘其衷,爲之課試以玉其成。初塑夫子之像,有湖湘舊讖,所謂素王容津,津津喜之兆,是詔果有聯名貢南宮者。士相率以賀曰:"賢令尹之衣鉢,庶其有傳乎?"令亦自賀曰:"幸而歲薦有人,庶其無負詩書元帥之所托乎!"職事鍾槐等,持書請識顛末。余曰:"令之所望於徇之士者,豈特進取而已。鄒魯之門以言行寡悔尤爲祿,而深詆其徒之干祿;以仁義忠信爲天爵,而弗許夫人之要爵。豈非以身幷三材,有不位之貴;心涵萬善,有不賫之富,無所願乎其外歟?然自鄉舉里選之法廢,有志於致君澤民者,非科目不足以自見。子程子固嘗許人從事科舉,特戒之以絕利之一源。子朱子未嘗不業進士,不失爲傳聖賢之正統。士之藏修息游者,要無出於言行之祿、仁義忠信之爵,知修於家,而不壞於天子之庭而已矣。謂余不信,則有是郡所刊令之先世諫議公《讜論》一書在。"

《大典》卷二一九八四。

按:文中"上御極之十九年,壺山方公帥東廣",指理宗淳祐二年方大琮知廣州事。可知《大典》引文標"陳次升撰",當因此文原爲陳次升《讜論》附錄而誤。今歸無名氏。

## 無名氏

**重建省倉記**景定三年

都梁省倉,志不載興建歲月。景定三年六月十八日,永嘉趙希邁來領郡事。後六日,給官軍餼,傾廩戴星,腐粟委地,化不暇顧,亟事鼎新。八月十一日命工,十月初六日訖役,爲屋八十六楹。郡帑不蠹,邦人莫知,用書其實。又省倉敝陋,經年不葺。景定三年,永嘉趙侯希邁領郡,汲汲軍餉,用工修營,規模宏敞。內建一廳,扁曰豐瑞堂。揭扁之日,率僚屬舉酒,并犒饗工匠、執役等人。是日也,飛雪盈尺,人以爲豐瑞之兆也。

《大典》卷七五一六引《都梁志》。

按:此文"用書其實"下似另爲一文,別無依據,暫依舊。

## 無名氏

名不詳,景定後知江陰軍。

**屯苗截軍糧札子**

竊見朝廷舊年和糴,未嘗及於江陰,非獨私於江陰也。正以爲郡止小邑,所管僅十七鄉。地力磽瘠,民力困乏。民以斗計租,每畝不及二三;縣以石計苗,每歲不過四萬。遇豐歲,僅能自給;遇水旱,則公私皇皇。此和糴獨不及於江陰也。開慶元年,朝旨:"一例行下諸郡和糴。"前守臣王琮再三控告,隨蒙蠲免。經今數載矣。偶去年發運司以浙西被水,行下"派糴五萬石",百姓驚駭,多有逃亡。今年之夏,尚不及數。天子明見千里之外,盡從蠲放。令下之日,歡聲如雷。臣竊見兩浙州郡,其褊小凋敝,莫江陰若也。使其可以應糴,則嘉熙四年亦將取辦於此。公朝既免之於曩年，發運司乃强之於今日，無怪民情之胥動也。況本軍抵無錫運河，其中有三十六里湮塞，舟楫不通。每歲發上供本色白米，科役民力，遵陸搬運，老弱困憊。若添此糴，是則役者將十萬丁夫矣。牧民者所不忍見也。伏望公朝念其壘小民貧，與他郡不同，照開慶年間指揮，特與永免。則百姓可以存活，小郡可以支吾，人心不搖，户口還集。控淮海，是所以爲保障之地也。

二曰減屯田以招逃户。本軍地瀕瀕江，管田不多，内有四萬八千二百餘畝係屯省田，管苗一萬二千七百五十五石。私田之苗，畝以二升八合爲率；屯田之苗，畝以二斗六升四合爲率。屯田蓋十倍於私田也。蓋向者軍興之時，籍此項荒瘠之田，俾屯駐之兵權行耕種，遂立此項租額，勒之耕蒔。及收回屯田之後，勒民請佃。舊年職租、義倉，耗米、加從，一切蠲免，今則一概加從交量。舊年灾傷，只是本軍審實減放，申省照會。今則申檮數四，不蒙從申。緣是催科嚴急，則全家逃亡。比來苗税不登，户口彫落，亦此之由。朝廷矜念，特將屯田量與減豁，不惟免農寺催督之勞，亦免漕倉義、耗之供。千里幸甚。

三曰截軍糧以減斛面。臣竊見諸郡軍糧，皆於上供苗米截撥。江陰本毗陵支邑升爲軍額，養兵之需，失於陳乞。遂於斛面取贏給之，甚非得已，以軍糧無所從出也。朝廷亦嘗聞而知之矣。臣到任以來，減人户糜廢，戒斗級苛取。雖得民情少安，而軍糧則無所取給。近日嘗乞糴，郡勸諭上户，以應目下支散，而此一項錢又無從出。商旅以河道窒塞而罕至，舶舟以他場攔截而不通。枵然郡計，極其寥落。聖朝忠厚，仁及草木。有是軍則有是糧，不可一日闕食，肯使斗大之壘，鑿空取辦哉！今本軍有禁軍，有廂軍，又有横江軍，每月合支軍糧爲數甚夥。歲復一歲，民力既殫，郡計築底。司存凛凛，日以匱乏軍糧爲憂；人户皇皇，日以應副軍糧爲苦。江陰自來土薄民貧，豈不重困哉！所合控告朝廷，乞賜指揮，照諸郡例，於秋苗上供數内截撥軍糧若干。士飽而歌，民寬以裕，豈止一分之賜而已。

大典本"常州府"卷一〇引《江陰續志》

# 無名氏

### 先考奉議祠堂祭文

典册府之秘藏，纔叨序轉；攝辭闈之遼直，遽冒簡除。維此誤於上恩，蓋實緣於先慶。懷錦溪風月之藏，徒夢繞於祠堂，寓鑾坡雲霧之窗，阻躬陳於薦豆。

《大典》卷一四〇五〇引《播芳大全集》。《播芳》卷一一五。

按：《播芳》諸版本均有大量未署作者作品，其中少量爲漏署名，可通過現存文獻考定作者，已爲《全宋文》收錄，但大部分爲無名氏，且《全宋文》失載者。今僅録《大典》所載此文。

# 無名氏

### 新居安謝神疏 集卦名

凌雨震風，棟橈深虞於大過；戴天履地，葵傾爰露於中孚。幸新革故之規，當致常儀之謝。伏念某心存謙仰，義審隨時。順豫志行，果蒙陰騭。肯堂之志，幹於父蠱；量材之能，得於工師。臨居不日而復成，賤累迄安於坎止。雖旅瑣莫殫於報稱，然晉羞可薦於潢污。尚冀鑒臨，普加既濟。伏願灾消无妄，禍絶遯屯。使否極泰來，燕取永安於大壯；庶咸資頤養,鯉庭行見於同升。進退存亡,元亨利貞。

### 三牲享神疏

民瘼未瘳,方望歲分閔閔;天恩甚渥,乃興雨之祁祁。豈伊人力之感通,賴爾神麻之駿相。厭厭晚苗之秀發,綿綿早稻之方華。螟蝗畀炎火之中,原隰足膏濡之澤。一飽可必,百室以寧。是用糾衆信以同心,備三牲而用享。何以報德,兹爲明信之存;乞用康年,願畢始終之惠。

《大典》卷二九五一引《祈禳四六》。

### 天基節放生疏

舉萬年之觴,丕講漢儀之盛;去三面之網,庸彰湯德之寬。瑞已應於誕彌,恩宜推於咸若。恭惟皇帝陛下千齡啓聖,一視同仁。飛翔盡脱於樊籠,潛躍免游於鬵釜。莫不欲壽,莫不欲逸,既各遂於群生;必得其位,必得其名,宜永膺於多福。

### 又

五方祝聖,恭惟菩薩母之尊;一視同仁,用衍長壽王之箓。昆蟲樂德,魚鼈歡聲。在虞弦長養之中,皆湯網恢洪之賜。雲飛川泳,春育海涵。恭願壽明皇后殿下養極慈寧,福齊憲聖。宜有雀蛇之報,茂延龜鶴之齡。太極真人三十六芝,永享長生之奉;無量壽佛四十八願,永推弘濟之仁。

按:宋理宗趙昀(1205—1264)即位後以其生日爲天基節。

### 放生會設齋疏

負水濟魚,果登佛品;編樓救蟻,尚中甲科。欲教正令重行,須是斬新拈出。慈舟撥動,何妨濟渡衆生;法雨遍周,正好利益品群。變湯火作清涼之境,移庖厨爲快樂之宫。但令法界有情,咸使死中得活。功沾水陸,福等虛空。雖知獨木不成林,各請大家齊出手。

### 又

誦周人尊祖之詩,敢忘報本;稽孟子遠庖之義,切戒傷生。况靈萬物者,莫若人群;而具一性者,皆是佛子。欲闢超生之徑,用推愛物之心。輒傾篋笥之餘,就贖羽毛之族。命苾蒭爲説因果,請慈尊爲作戒師。纔聞七寶妙因,便脱一生苦趣。上資亡者,徑離泉扃;下接衆生,同登彼岸。

以上見《大典》卷八五六九引《祈禳四六》。

### 祭稷神祝文

百嘉之物,所寶惟穀。神職攸司,種無不熟。報功以祀,禮行仲春。匪福其私,惟以爲民。上饗。

### 又

社爲五土,稷播百穀。土穀之利,萬民以濟。某人始至,敢不款謁,神其相之。

### 又

惟神播種之功,蒸民乃粒。從於先稽,宜以侑食。春祀以嚴,敬恭無斁。尚格神休,惠此一邑。尚享。

以上見《大典》卷二○四二五引《祈禳四六》。

按:《大典》引《祈禳四六》編者不詳,當爲宋人。以上文作者非一人,暫繫於此。

## 無名氏

### 楊少師見訪啓

某共審麻制渙敭,棘班晉寵。屬有嚴於謁禁,致岨賀於賓榮。致意隆謙,特垂臨貴。又以集議,不克肅迎。悚企之私,粵陳莫究。亟憑柔訥,少控謝忱。徑率匪儀,融鑒幸甚。

《大典》卷九一八引《縉紳淵源》。

### 與軍器陳監簿啓

切以烟鎖藍光,綠秀平野。共惟某官玉立清班,發明賢業,神貺狎臻,台候動止萬福。某吉蠋斐尺,驪干筆曹,引領仞墻,若爲伏謁敢祈(原作"祁")。備四時而叶序,導六氣以御和。亟奉贄書,徑儀從橐。某詹祝惟謹。某鄉留侍膝,得覘燊座,以償其平生所願。欲慈仁謙厚,顧遇殷勤,銘心感藏,永矢無貳。違拜道誼,寒暑屢遷。竿牘彝儀,不敢冒進。每拭目奏稿,危言鯁論,竦動朝紳;峻節清名,照映當世,未嘗不起敬起畏,擊節降嘆。一爲奕世象賢慶,二爲鄉邦有人賀。尊詹慕用,籍以慰釋。寸心耿耿,叩祈原恕。

### 又

某仰惟某官清方而開敏,肅括而弘深,精忠畣結於主知,定力不搖於時論。自牛刀之課最,即駕序以騫華,屢殫憂國之忠,咸伏敢言之勇。蓋盡言爲諱今日之敝,緘口爲高士風之偷。自景元古史,每抗直言,不容於朝。而風憲近臣,多舉細固以應故事,緘嘿成習,淪胥不回。睹公囊封,激我懦氣,願展盡於底縕,益昭焯於先猷。某屭庸不隽,冒昧司征,貲裝居官,先手奉職,閔勉夙夜,士民相安。下考再書,未速重劾。代者近已交訊,首夏度可更戍。突兀廣廈,風雨不危,非門下而疇依。規繩警戒,以玉於成,忱有望焉。某仰止防丘、槐洲列仙之聚,共想萬福骈集,無間崇儒,下鎭恐有驅馱,拱伺敉曉。

以上見《大典》卷一四六〇八引《縉紳淵源》。

按:《大典》引《縉紳淵源》編者不詳,現存文署作者者,皆爲宋人。此三文當亦爲宋人作,故繫於此。

## 無名氏

### 借從人

某啓:昨迫晚至府下,以衣冠不正,未敢躬詣臺階參謁,下情惟切瞻仰。即日盛暑,伏惟台候萬福。少意欲就使廳,假人從看謁兩日。倘蒙允賜,幸遣至,即容面謝。不宣。

### 答

某再拜,伏辱教字,就審舟馭已抵江口,盛德神相,台候萬福爲慰。須祗應人,謹遣備使喚。他委尚望頤旨,即容首詣參見,以盡區區。先此以謝。不宣。

以上見《大典》卷三〇〇三引《萬啓類編》。

### 起三聖廟門疏

閟宮有侐,邃岩已儉於華嵩;蓬户不完,侈麗未謀於閭閻。將欲鼎新而革故,須緣成事而因人。敢求樂施之賢豪,待其關鍵;庶俾異時之薦享,容此駟車。上壯祠庭,下延景貺。

《大典》卷三五二七引《萬啓類編》。

### 送紙與人

某啓:多日阻奉教談,詹仰盛德韓文《盤古序》:"道古今而譽盛德。"不少忌也。春晚極暄,伏惟尊候多福。姚黄、玉版各百幅,輒助文窗竿牘揮毫之興東坡詞:"揮毫萬字。"弟愧麓耳,笑留爲幸。不宣。某啓上。

**答**

某再拜復,稍違風度,政爾企仰,忽被教字,欣慰無已。從審春闌,尊候萬福。蜀牋重蒙美貺,領外感感。仍愧越之章甫,未副雅望也章甫,注見一卷游江。人回姑此少謝,非面曷既。不宣。

以上見《大典》卷一○一一引《萬啓類編》。

按:《大典》引《萬啓類編》編者不詳,後二文《大典》前後皆宋人作品,或亦爲宋人作,暫繫於此。

## 無名氏

### 顱顖經自序

夫顱顖者,謂天地陰陽,化感顱顖,故受名也。嘗覽《黃帝內傳》,王母金文始演四序二儀陰陽之術、三才一元之道,采御靈機,黃帝得之升天,秘藏金匱,名曰《內經》。百姓莫可見之。後穆王賢士師巫於崆峒山得而釋之,叙天地大德,陰陽化功,父母交和,中成胎質。爰自精凝血室,兒感陽興;血入精宮,女隨陰住。故以清氣降而陽谷生,濁氣升而陰井盛也。甚者,二儀互換,五氣相參,目睹元機,非賢莫達。謂真陰錯雜,使精血聚而成狭,陽發異端,感榮衛合而有疾,遂使嬰兒纔養,驚候多生。庸愚不測始末,亂施攻療,便致枉損嬰兒。吁哉吁哉!遂究古言,尋察端由,叙成疾目,曰《顱顖經》焉。真憑辨證,乃定死生。後學之流,審依濟疾。天和太清,降乘赤海,真一元氣乘之,則母情先摇,蕩漾熾然。是陽盛發陰,當姙男也。六脉諸經皆舉其陽證。所謂姙衰不勝藏氣,則觸忤而便傷,姙勝而氣劣,則母疾。三五月而發,皆隨五藏。心藏乾而口苦舌乾,肺藏渴而多涕發寒,肝藏邪而胻酸多睡,脾藏發而嘔逆惡食,腎藏困而軟弱無力,藏姙氣平則和而無苦。胎若劣而強得,藏養至生,亦乃多疾。二儀純陰之證,升雜真一者,謂陰發陽則父精薄,姙當成女也。六脉諸經皆發陰證。若血盛氣衰,則肥而劣氣;若氣盛血衰,則瘦而壯氣。餘藏姙之氣,皆同男說。孩子處母腹之內時,受化和之正氣,分陰陽之紀綱。天地降靈,十月而化,萬物以生成。隨其時變,大理清純,化成祥瑞之基,全真道一,故生成焉。一月爲胚,精血凝也;二月爲胎,形兆分也;三月陽神爲三魂,動以生也;四月陰靈爲七魄,靜鎮形也;五月五行分藏,安神也;六月六律定腑,滋靈也;七月精開竅通,光明也;八月元神具降,真靈也;九月宮室羅布,以生人也;十月氣足,萬物成也。太乙元真,在頭曰泥丸,總衆神也。得諸百靈以禦邪氣,陶甄萬類,以静爲源。是知慎於調護,即以守恬和,可以保長生耳。故小兒瘦瘠,蓋他人之過也。

文淵閣《四庫全書》本《顱顖經》卷首。

按:《顱顖經》作者不詳,四庫館臣疑此書爲宋初人作,姑附於此。

## 無名氏

### 故宋朝奉大夫主管仙都觀陳公墓表

公姓陳氏，諱沂，字咏甫，一字唐卿，世爲處之麗水人。曾祖諱忠，祖諱時可，俱隱德不仕。父諱觀光，纍贈奉直大夫。母虞氏，贈恭人。幼好學，游鄉校有聲，補辟雍弟子員。登淳熙十四年進士弟。授岳州户曹，遷武岡軍教授，爲汀州上杭令。秩滿，調福建舶司幹官，改宣教郎知安豐霍丘縣、泉州惠安縣、常德龍陽縣，通判容州，主管建昌仙都觀，積階朝奉大夫。以疾卒於正寢，享年八十。公在巴陵，瀕江堤圮。邑僚興築，未匝者五百餘丈，力不能辯，漕使以委公。堤成，工乃數陪而費更損於舊。諸司爲列其事於朝。在上杭，决滯柅奸，櫛垢爬痒。豪家殺人，重賄求免，暴其罪刑之。吏魁稔惡侮文，歷任不能理，白之郡竄之。迨終更以最聞。其宰霍丘邑，當極邊而無城堡。公以營築請於朝，役將興，不樂者造口語，外臺竟以繁言去。及其宰惠安，適丁歉歲，講求荒政，賑窮乏，爲粥以食餓者，民賴以活。縣瀕海，地多斥鹵，不宜於種植。南北來（原作"未"）艘，聚於斗門港市澮。邑胥多所漁取，商賈不至，而民以續食爲憂。公嚴於禁戢，其弊遂除。水利未興，捐俸置田，開築陂塘，可溉萬餘頃。造二橋於上，以便往來。士民立石道旁，以紀遺愛。其宰龍陽，聚潦江流暴漲，民居淹墊，公計口賑給，且築堤以捍水，民得平土而居。廣西經略、計使辟容倅，以避親食祠禄，而公老矣。公天資剛介，其居家以孝聞。親殁既免喪，與人言未嘗不流涕。居官勤事如處家，一毫不妄取。故所至有成績，親正人，嫉邪佞，以是見稱於人，亦以是爲人所媢忌。事業雖有以自見，然不得竟其所施。當時明公賢大夫，未嘗不惜也。娶王氏，贈宜人，先十二年卒。子男四：長伯謙，次伯成、仲益，皆先逝；次叔漢，官承直郎。孫男五，女五。曾孫男四，女六。玄孫男七人，女八人。公以紹定四年七月卒。卒之明年三月，葬於縣之包岡。後甲子踰乙，周公之曾孫康子以朝奉郎周汝明之狀來，俾爲之志，將刻之墓表。未及成，而其玄孫嗣宗、起宗相繼爲會稽邑文學，重以爲請，不得辭。狀言公在上庠時，所居室産芝九莖，人以爲異。及公起家，名聲日聞。陳氏之興於麗水，若有相者焉。能而所蘊不得盡行於時，則造物之意，又有未易悉者。公之曾、玄皆爲行號，士大夫家詩禮之傳，於今弗替。又欲立表墓阡，以著其祖諸克家保族之意，惓惓勿忘。靈芝之祥，其遂酬乎？余既序公之行，復道其求志之旨，俾其後人拜掃墓道，而讀之益有勉也。

　　《大典》卷三一五六引《陳亮集》。

　　按：《文學評論》1981年第1期載欒貴明《陳亮陸游集拾遺》曾輯，束景南《陳亮佚文證誤輯補》考證爲誤收。《全宋文》陳亮下未收，作者名氏未能確考，當撰於宋末元初，暫附於此。

# 第三編　大典本宋人別集現存版本標注

# 大典本宋人別集現存版本標注

### 逍遥集一卷　　宋潘閬撰

四庫館臣余集纂。○文淵閣《四庫全書》寫本，乾隆四十六年九月恭校。八行行二十一字，白口，四周雙邊。册首葉鈐"文淵閣寶"，末葉鈐"乾隆御覽之寶"。現藏臺灣故宫博物院。臺灣商務印書館、上海古籍出版社、鷺江出版社先後影印（簡稱文淵閣本，且不再於每種書下詳述其版面信息）。一九七八年臺灣商務印書館《四庫全書珍本别集》（簡稱《珍本》）用文淵閣本影印。○文溯閣《四庫全書》寫本，乾隆四十六年九月恭校。八行行二十一字，白口，四周雙邊。册首頁鈐"文溯閣寶"，末頁鈐"乾隆御覽之寶"。現藏甘肅文溯閣藏書館（簡稱文溯閣本。該叢書未能目睹，相關信息録自金毓黻編《文溯閣四庫全書提要》）。○文津閣《四庫全書》寫本，乾隆四十六年九月恭校。八行行二十一字，白口，四周雙邊。册首葉鈐"文津閣寶"，末葉鈐"避暑山莊""太上皇帝之寶"。現藏國圖。2005年商務印書館影印文津閣本（簡稱文津閣本，且不再於每種書下詳述其版面信息。現存閣本《四庫全書》尚有文瀾閣本，現藏浙江圖書館，已影印出版，未能目睹。且此本屢經散佚補録，每種圖書保存狀態不同，此不述）。○蘇州市圖書館藏清抄本。○國圖、南圖、浙圖均藏有清抄本。○知不足齋叢書本，提要署"乾隆四十年五月""分校兼纂修官編修臣余集"。《叢書集成初編》據此本排印。○《全宋詩》本。以知不足齋叢書本爲底本，校以文淵閣本、蘇州市圖書館藏本等編成。

### 南陽集五卷　　宋趙湘撰

四庫館臣王汝嘉纂。○文淵閣本，乾隆四十二年二月恭校，提要云"南陽集六卷"。《珍本》用文淵閣本影印。○文溯閣本，乾隆四十七年五月恭校。書前提要作六卷。○南陽集六卷。文津閣本，乾隆四十九年八月恭校。其中詩六首爲文淵閣本失收。○六卷。武英殿聚珍本，乾隆四十二年十一月校，纂修官王汝嘉。福建本、廣州本有拾遺一卷。《叢書集成初編》據此本排印。○道光二年南城胡氏刻本，六卷，北大等有藏。○遼寧圖書館藏清光緒二十一年刻本。○國圖藏清刻本。○天津圖書館藏清刻本。○民國十六年二十五世孫趙炳然鉛印本，南圖等有藏。○沈德壽《抱經樓叢刊》本，凡六卷。○《唐宋三大詩宗集》本，民智書局據武英殿叢書本，截出詩二卷刊行。○《清芬樓叢書》本。○《全宋詩》本。以武英殿聚珍本爲底本，校文淵閣本、江西書局覆刻武英殿本等編成。○《全宋文》本。以武英殿聚珍本爲底本，校以文淵閣本、南城胡氏刻本、叢書集成初編本編成。

### 文莊集三十六卷　　宋夏竦撰

四庫館臣莊通敏纂。○文淵閣本，乾隆四十六年九月恭校。民國二十三年至二十四年上海商務印書館《四庫全書珍本初集》用文淵閣本影印。○文溯閣本，乾隆四十六年二月恭校。○文津閣本，乾隆四十六年二月恭校。文四首爲文淵閣本失收。○乾隆翰林院抄本，藏國圖（善本號05867）。凡五册，八行二十一字，紅格，白口，四周雙邊。鈐"北京圖書館藏""詩龕藏書印"。《宋集珍本叢刊》册二據以影印。○清抄本,藏國圖(善本號14946)。凡五册,存卷一至三〇。十行二十一字,無格。册一末有"殘,中國書店標價簽,册數5定價20.00"。○清丁杰抄本,藏國圖(善本號02001)。凡四册,十行行二十一字,無格,提要署"乾隆四十一年十月""纂修官莊通敏"。孔繼涵跋。鈐"延古堂李氏珍藏""國子監祭酒盛昱印信""國立北平圖書館收藏"。○邵晉涵藏抄本,藏復旦大學圖書館(索書號:1294)。一函四册,十行行二十字,鈐"復旦大學圖書館藏""觀書石室""晉涵之印""邵氏二雲"諸印,抄本所用紙印"吳正昌號"。此本抄自四庫館稿本,與國圖藏四庫館稿本相較,篇目、文字及注文皆有不同之處,當爲另一來源。○湖南師範大學圖書館藏清李氏宜秋館藏抄本(索書號:14145)。凡四册,十行行二十一字,四周雙邊,對魚尾。每葉版心有"宜秋館精抄本"字樣。鈐"南城李氏宜秋館藏""宜秋館藏書""振唐鑒藏""通山夏氏所藏圖書""衷聖山房積書記""衷聖山房積書畫記""二硯簃主""大夏""芳圃""芳圃翰墨""陳浴新的書贈與湖南大學校公閱""安化陳浴新藏"等印。卷内有朱筆、墨筆校記。書末朱筆題識有"此册集乃漢陽周子幹由大内錄出,自京郵贛,重行迻錄,以備刊入《宋人集》中……戊午二月廿七日,振唐識。廿一卷已前爲劉劍白校,廿二卷以下自校"。○中山大學圖書館珍藏部藏漢陽周氏書種樓抄本。凡十册,十二行行二十一字,白口,四周單邊,紅格。版心有"漢陽周氏書種樓本",每葉末左下角記該葉字數。○清抄本,藏南圖(索書號111104)。凡十六册,十行行二十一字。鈐"江蘇第一圖書館藏善本書之印記""四庫著錄""嘉惠堂藏閱書"諸印。○國圖藏繆氏雲自在堪抄本(索書號82130)。凡六册,十行行二十一字。首提要,署"乾隆四十一年十月""纂修官莊通敏"。鈐"傅增湘讀書""立炎""友季所見""陳立炎""海昌陳炎""古書流通處""拾遺補闕"諸印。○天一閣博物館藏清抄本。○《全宋詩》本。以文淵閣本爲底本,校以孔繼涵跋本、翰林院抄本等編成。○《全宋文》本。以《四庫全書珍本初集》本爲底本,校以翰林院抄本、孔繼涵跋本等編成。

### 元憲集 三十六卷　宋宋庠撰

四庫館臣劉權之纂。○文淵閣本,乾隆四十九年十月恭校,提要云"宋元憲集四十卷"。《珍本》用文淵閣本影印。○文溯閣本,乾隆四十六年七月恭校。提要云"今以類排比,仍可得四十卷。因内有青詞樂語,不合文章正體,謹遵旨於刊本中删削不錄,共存三十六卷"。○元憲集三十五卷。文津閣本,乾隆四十九年十月恭校。詩二十四首,文十一首爲文淵閣本失收。○南圖藏清抄本。○南圖藏清刻本。○武英殿聚珍本,乾隆四十六年七月校,纂修官劉權之。《叢書集成初編》據此本排印。○《湖北先正遺書》本,據武英殿版影印。○河南省圖書館藏一卷本,非大典本,乃據他書輯錄而成。○《全宋詩》本。以武英殿聚珍版本爲底本,校以文淵閣本等編成。○《全宋文》本。以文淵閣本爲底本,校以武英殿聚珍版本等編成。

### 宋景文集 六十二卷　宋宋祁撰

四庫館臣吳壽昌纂。○文淵閣本,乾隆四十九年十月恭校。《四庫全書總目》卷一五二載"宋景文集六十二卷補遺二卷附錄一卷"。《珍本》用文淵閣本影印。○文溯閣本,乾隆四十九年十月恭校。○宋景文集六十二卷補遺二卷。文津閣本,乾隆四十一年六月恭校。正文詩三十首，文四百六十九篇文淵閣本失收。○武英殿聚珍本，乾隆四十六年七月校，纂修官吴壽昌。《叢書集成初編》據此本及《佚存叢書》本排印。閩覆本、廣雅書局本有拾遺二十二卷，卷一至卷二十一據《佚存叢書》本輯，卷二二據《播芳》輯。○《景文集》六十二卷拾遺二十二卷，《湖北先正遺書》本，六十二卷據武英殿版影印。○日本宮内廳書陵部藏南宋建安麻沙本，殘存三十二卷。《佚存叢書》本即以此爲底本（《日本藏宋人文集善本鉤沉》頁九）。○河南省圖書館藏一卷本，非大典本，乃據他書輯録而成。○湖南師範大學藏殘抄本。○《全宋詩》本。○《全宋文》本。以上二種均以《湖北先正遺書》本爲底本，校以佚存叢書本、文淵閣本等編成。

### 文恭集四十卷　　宋胡宿撰

四庫館臣徐步雲纂。○文淵閣本，乾隆四十三年九月恭校，提要云"文恭集五十卷補遺一卷"。《珍本》用文淵閣本影印。○文溯閣本，乾隆四十七年五月恭校。○文津閣本，乾隆四十九年三月恭校。○武英殿聚珍本，乾隆四十年二月校，纂修官徐步雲。《叢書集成初編》本據此本排印。閩覆本、廣雅書局本有拾遺一卷。○國圖藏清刻本。○北大圖書館藏清抄本，凡五十卷補遺一卷，較文淵閣本多文一百七十餘篇，保留輯本原貌。○《常州先哲遺書》第一集本。據武英殿聚珍版本影印。○《全宋詩》本。以武英殿聚珍本爲底本，校以清抄五十卷本、文淵閣本等編成。○《全宋文》本。以文淵閣本爲底本，校以武英殿聚珍本、常州先哲遺書本、傳鈔四庫全書本等編成。

### 祠部集三十五卷　　宋强至撰

文淵閣本，乾隆四十九年十月恭校。《四庫全書總目》卷一五二載"祠部集三十六卷"。《珍本》用文淵閣本影印。○文溯閣本，乾隆四十九年十月恭校。○文津閣本，乾隆四十一年七月恭校。較文淵閣本多詩二首（一首爲他人和詩）。○武英殿聚珍本。《叢書集成初編》本據此本排印。北京大學圖書館藏"大倉文庫"本有徐時棟題識。鈐"臣士璨""菊農""柳泉書畫""城西草堂""甬上"諸印。○中國科學院圖書館藏抄本。○《全宋詩》本。以文淵閣本爲底本，校以武英殿聚珍本、同治七年重刻武英殿聚珍本等編成。○《全宋文》本。以閩覆武英殿聚珍本爲底本，校以文淵閣本等編成。

### 華陽集六十卷附録十卷　　宋王珪撰

四庫館臣周厚轅纂。○文淵閣本，乾隆四十二年十一月恭校。一九七三年臺灣商務印書館《四庫全書珍本四集》用文淵閣本影印。○文溯閣本，乾隆四十七年十月恭校。提要作"四十卷"。○四十卷，文津閣本，乾隆四十九年三月恭校。詩十首爲文淵閣本失收。○四十卷，武英殿聚珍本，乾隆四十六年九月校，纂修官周厚轅。《叢書集成初編》本據此本排印。○《全宋詩》本。以武英殿聚珍本爲底本，校以文淵閣本等編成。○《全宋文》本。以文淵閣本爲底本，校以武英殿聚珍本等編成。

### 金氏文集二卷　　宋金君卿撰

文淵閣本，乾隆四十六年三月恭校。《四庫全書珍本四集》用文淵閣本影印。○文溯閣本,乾隆四十五年十月恭校。○文津閣本,乾隆四十九年三月恭校。○乾隆翰林院抄本,藏國圖(善本號05868)。凡一册,八行行二十一字,紅格,白口,四周雙邊。卷首提要署"乾隆四十一年月恭校上"。鈐"北京圖書館藏""詩龕居士存素堂圖書印""詩龕藏書印"諸印。《宋集珍本叢刊》册一三據以影印。○南圖藏抄閣本(索書號111126),提要署"乾隆五十年四月恭校"。凡一册,版心有"八千卷樓抄本"字樣,鈐"八千卷樓珍藏善本"印。書端有丁丙題識。○宜秋館《宋人集》甲編本,據丁氏八千卷樓本刊。○上圖藏清勞氏丹鉛精舍抄本。○中國科學院圖書館藏清抄本。○國圖藏清抄本。○北大藏清抄本。○中國社科院文學所藏清抄本。○上海社科院文學所藏清抄本。○《全宋詩》本。以文淵閣本爲底本。校以宜秋館本、勞氏抄本等編成。○《全宋文》本。以文淵閣本爲底本。校以翰林院抄本、宜秋館本等編成。

### 公是集 五十四卷　宋劉敞撰

四庫館臣周永年纂。○文淵閣本,乾隆五十四年二月恭校。《珍本》用文淵閣本影印。○文溯閣本,乾隆五十四年四月恭校。○文津閣本,乾隆四十六年七月恭校。較文淵閣本多劉敞序一首。○湖北圖書館藏清抄本。○天津圖書館藏傳抄閣本。○上海圖書館藏清抄本。○南京圖書館藏清抄本。○香港大學圖書館藏文源閣本。○武英殿聚珍本,乾隆四十六年七月校,纂修官周永年。《叢書集成初編》本據此本排印。○五十四卷拾遺一卷續拾遺一卷。傅增湘校補光緒二十五年廣雅書局本,藏國圖(善本號00332)。凡十册,九行行二十一字,白口,四周雙邊。傅氏據盧抱經手抄本及宏遠堂殘本校。《宋集珍本叢刊》册九據以影印。○國圖藏光緒三年劉繹據聚珍版重刻本,凡十二册。○山東省圖書館藏乾隆四十六年王友亮抄本。○國圖藏《劉敞公是先生集錄》不分卷、《公是先生文集》不分卷、《劉原父公是先生集》不分卷等。○國圖、北大等藏清抄本《公是先生集》十卷。○《新喻三劉文集·公是集》四卷本。○《全宋詩》本。以閩覆武英殿聚珍本爲底本。校以文淵閣本、明抄本、劉氏刊本、廣雅書局刻本,并酌采鮑廷博、傅增湘校記編成。○《全宋文》本。以傅增湘校補廣雅書局本爲底本,校以明抄本、文淵閣本、鮑廷博校清抄本、閩覆本、叢書集成本等編成。

### 彭城集 四十卷　宋劉攽撰

四庫館臣周永年纂。○文淵閣本,乾隆四十九年十月恭校。《珍本》用文淵閣本影印。○文溯閣本,乾隆四十六年七月恭校。○文津閣本,乾隆四十九年八月恭校。較文淵閣本多文三首。○武英殿聚珍版,乾隆四十七年十月校,纂修官周永年。《叢書集成初編》本據此本排印。○國圖藏沈叔埏校本(善本號A00552)。凡八册,十行二十一字,白口,四周雙邊。書衣有同治十一年上元孫氏題識一則,卷中有乾隆四十八年沈叔埏題識二則。鈐"南陵徐乃昌校勘經籍志""徐乃昌讀""積餘秘笈識者寶之""積學齋徐乃昌藏書""漢唐齋""古鹽馬氏""笏齋珍藏之印""馬印玉堂""笏齋""式古訓齋藏書""吳丙湘校勘經籍印"諸印。○國圖藏讀易樓校藏本(善本號04693)。凡八册,十一行行二十四字,白口,左右雙邊。乾隆五十九年玉棟批校并跋,乾隆五十九年王芑孫跋。鈐"惕甫""臣印浚蘭""法善庵""鄉泉""玉棟之印""讀易樓藏書記""玉棟私印""子隆""長白姚氏讀易樓珍藏男榮譽得月簃世寶""高安蕭浚蘭印""玉楝字子隆號筠圃一號雲浦""苣孫審定""浚蘭私印""筠圃審定""北京圖書館"諸印。此本乃抄自周永年林汲山房抄本。○上圖藏清抄本。○南京大學圖書館藏清劉之翰刊本。○《公非先生集》二卷，復旦大學藏本（索書號：0761）。凡一册，十行行二十字、二十一字不等。書衣有"舊抄本公非先生集　鄭谷口簜題籤""積學齋審定善本"。鈐"復旦大學圖書館藏""延古堂李氏珍藏""積學齋徐乃昌藏書"諸印。此本非大典本，乃輯自傳世藏書《賦匯》《宋文鑒》等編成，所輯詩與他人重出者甚多。○《新喻三劉文集·公非集》一卷。○《全宋詩》本。以文淵閣本爲底本，校以武英殿聚珍等編成。○《全宋文》本。以武英殿聚珍本爲底本，校以文淵閣本、玉楝抄本等編成。

### 都官集十四卷　　宋陳舜俞撰

文淵閣本，乾隆四十六年九月恭校。一九七二年臺灣商務印書館《四庫全書珍本三集》用文淵閣本影印。○文溯閣本，乾隆四十六年十月恭校。○文津閣本，乾隆四十六年十月恭校。○文源閣《四庫全書》殘本，藏國圖。凡一册，存卷三、卷四。首葉鈐"古稀天子之寶""北京圖書館藏"，末葉鈐"乾隆御覽之寶""蟬隱廬秘籍印"。○乾隆翰林院抄本，藏國圖（善本號 05869）。凡二册，八行二十一字，紅格，白口，四周雙邊。鈐"詩龕藏書印""詩龕居士存素堂圖書印"。《宋集珍本叢刊》册一三據此影印。○南圖藏抄閣本（索書號 111125），提要署"乾隆五十年二月恭校"。凡二册。有丁丙題識。鈐"八千卷樓珍藏善本""四庫著錄""八千卷樓藏書之記""錢唐丁氏藏書"諸印。○宜秋館《宋人集》甲編本。提要署"乾隆五十年二月"，以丁氏八千卷樓抄本刊。○中國社科院文學所藏清抄本，有張壽鏞校。○上圖藏清傳抄閣本。○十四卷附錄一卷，國圖藏清抄本。○《全宋詩》本。○《全宋文》本。以上二種均以宜秋館本爲底本，校以文淵閣本等編成。

### 鄖溪集二十八卷　　宋鄭獬撰

文淵閣本，乾隆四十六年九月恭校。《四庫全書總目》卷一五三載"鄖溪集三十卷"。《四庫全書珍本三集》用文淵閣本影印。○文溯閣本，乾隆四十六年九月恭校。○文津閣本，乾隆四十六年九月恭校。○乾隆翰林院抄本，藏國圖（善本號 05870）。凡四册，八行二十一字，紅格，白口，四周雙邊。鈐"北京圖書館藏""詩龕藏書印"。《宋集珍本叢刊》册一五據此影印。○廣東省立中山圖書館藏孔氏岳雪樓影鈔文瀾閣本（索書號 80/2.50.406）。○廣東省立中山圖書館藏抄本（索書號 80/2.50.5）。鈐"雲輪閣""荃孫""古書流通處""陳立炎""陳琰"諸印。《中國古籍珍本叢刊·廣東省立中山圖書館卷》册四〇據以影印。○北大圖書館藏傳抄閣本，有補遺一卷。○山東省圖書館藏清抄本，有徐時棟題跋。○南圖藏清抄本。○遼寧圖書館藏清抄本。○中國科學院圖書館藏民國七年抄本。○張國淦無倦齋刻本，國圖有藏。據文津閣本重刻。○《湖北先正遺書》本，據張氏無倦齋刻本影印。○《全宋詩》本。以文淵閣本爲底本。校以《湖北先正遺書》本等編成。○《全宋文》本。以《湖北先正遺書》本爲底本，校以文淵閣本、翰林院抄本等編成。

### 净德集三十八卷　　宋吕陶撰

四庫館臣楊昌霖纂。○文淵閣本，乾隆四十九年十月恭校。《珍本》用文淵閣本影印。

○文溯閣本，乾隆四十九年十月恭校。○文津閣本，乾隆四十二年七月恭校。詩十七首、文七首爲文淵閣本失收。○武英殿聚珍本，乾隆四十二年七月校，纂修官楊昌霖。《叢書集成初編》本據此本排印。○南圖藏清抄本。○南圖藏清刻本。○《全宋詩》本。以武英殿珍本爲底本，校以文津閣本、文淵閣本等編成。○《全宋文》本。以文津閣本爲底本，校以文淵閣本、武英殿聚珍本等編成。

### 忠肅集二十卷　　宋劉摯撰

四庫館臣黃軒纂。○文淵閣本，乾隆四十九年十一月恭校。《珍本》用文淵閣本影印。○文溯閣本，乾隆四十九年十月恭校。○文津閣本，乾隆四十一年十月恭校。詩二首、文六篇爲文淵閣本失收。○嘉慶元年孔繼涵抄本，藏國圖（善本號06458）。凡二册，四周雙邊，十行行二十字，無格。存卷一至卷八共八卷。鈐"孔繼涵印""葓谷"諸印。《宋集珍本叢刊》册一五據此本影印。○武英殿聚珍本，乾隆四十六年十月校，纂修官黃軒。福建重刻本、廣東重刻本有拾遺一卷。《叢書集成初編》本據此本排印。○《畿輔叢書》本。○中華書局2002年版裴汝誠、陳曉平點校《忠肅集》本，以文津閣本爲底本，并將勞氏拾遺一卷附於後。以文淵閣本、畿輔叢書本、武英殿本等爲校本。○《全宋詩》本。以文淵閣本爲底本，校以《畿輔叢書》本等編成。○《全宋文》本。以《畿輔叢書》本爲底本，校以文淵閣本、文津閣本、光緒覆武英殿聚珍本等編成。

### 王魏公集七卷　　宋王安禮撰

文淵閣本，乾隆四十六年九月恭校。《四庫全書總目》卷一五三載"王魏公集八卷"。《珍本》用文淵閣本影印。○文溯閣本，乾隆四十六年三月恭校。提要云"八卷"。○文津閣本，乾隆四十六年三月恭校。○乾隆翰林院抄本，八卷，藏國圖（善本號05871）。提要署"乾隆四十一年九月"。凡一册，八行行二十一字，紅格，白口，四周雙邊。《宋集珍本叢刊》册一七據此影印。○乾隆翰林院抄本，南圖藏（索書號111136）。凡四册，八卷。提要署"乾隆四十一年九月恭校"。存館臣校勘痕迹。○中國科學院藏清抄本。○《豫章叢書》本，八卷附校勘記一卷校勘續記一卷。民國八年用李振唐抄本付刊，以文瀾閣本覆校。江西教育出版社2004年出版有江西省高校古籍整理領導小組整理本《豫章叢書》。○《全宋詩》本。以文淵閣本爲底本，校以《豫章叢書》本編成。○《全宋文》本。以《豫章叢書》本爲底本，校以文淵閣本、翰林院抄本編成。

### 濟南集八卷　　宋李廌撰

文淵閣本，乾隆四十六年三月恭校。《珍本》用文淵閣本影印。○文溯閣本，乾隆四十六年九月恭校。○文津閣本，乾隆四十六年九月恭校。○《宋人集》丙編本。以傳抄庫本爲底本，并以文津閣本重校。○李氏研録山房校抄本，藏國圖（善本號10305）。凡二册，十一行行二十一字，白口，單魚尾 左右雙邊。《宋集珍本叢刊》册三〇據此影印。○舊鈔校本，藏南圖（索書號111174）。凡二册，九行行二十一字。有朱、墨二色筆校。書首有丁丙跋，《補遺》末有嘉慶五年知不足齋識，另有乙卯年胡思敬識。鈐"八千卷樓珍藏善本""四庫著録""振唐""復廬""八千卷樓丁氏藏書記""江蘇第一圖書館善本書之印記"諸印。

○乾隆四十八年沈叔埏屬四庫館臣抄本，藏南圖（索書號 111175）。凡一冊，十行行二十一字。書首有《雜記》，附李廌雜事。○湖北圖書館藏清錢唐丁氏八千卷樓抄本。○國圖藏抄本，存三卷。○中國科學院藏宜秋館抄本。○江西圖書館藏民國新昌問影樓抄本。○南圖藏清抄本，濟南集八卷文粹二卷補遺一卷。○《全宋詩》本。○《全宋文》本。以上二種均以文淵閣本爲底本，校以宜秋館本編成。

### 畫墁集八卷　宋張舜民撰

文淵閣本，乾隆四十六年三月恭校。○文溯閣本，乾隆四十六年九月恭校。○文津閣本，乾隆四十六年九月恭校。○守經閣抄本，臺北"中央圖書館"藏。○《知不足齋叢書》本。提要署"乾隆五十年二月"。另有補遺一卷。○《關隴叢書》本。八卷、補遺四卷、畫墁錄二卷，另有校勘記。○天一閣博物館藏清抄本。○李之亮校箋《張舜民詩集校箋》輯佚、校箋成果甚富。○《全宋詩》本。以文淵閣本爲底本。校以《知不足齋叢書》本等編成。○《全宋文》本。以《知不足齋叢書》本爲底本。校以文淵閣本、《叢書集成初編》本等編成。○三秦出版社 2010 年版李忠堂輯注《張舜民詩詞輯注》本。

### 陶山集十六卷　宋陸佃撰

四庫館臣陳初哲纂。○文淵閣本，乾隆四十七年十一月恭校，提要云"陶山集十四卷"。《珍本》用文淵閣本影印。○文溯閣本，乾隆四十一年六月恭校。提要云"十四卷"。○文津閣本，乾隆四十九年八月恭校。○武英殿聚珍本，乾隆四十一年六月校，纂修官陳初哲。《叢書集成初編》本據此本排印。○北大藏傳抄閣本。○《清芬堂叢書》本，據聚珍本重刊。○《全宋詩》本。以文淵閣本爲底本編成。○《全宋文》本。以文淵閣本爲底本，校以武英殿聚珍本編成。

### 雲溪居士集三十卷　宋華鎮撰

文淵閣本，乾隆四十六年九月恭校。《四庫全書珍本初集》用文淵閣本影印。○文溯閣本，乾隆四十六年十月恭校。○文津閣本，乾隆四十六年十月恭校。○乾隆翰林院抄本，藏國圖（善本號 05872）。凡五冊，八行行二十一字，紅格，白口，四周雙邊。鈐"詩龕居士存素堂圖書印""北京圖書館藏""詩龕藏書印"。卷三〇較文淵閣本多疏、青詞、致語等十篇。《宋集珍本叢刊》册二八據此影印。○湖北博物館藏清抄本。○北大藏傳抄閣本。○南圖藏清抄本，另有附錄一卷。有丁丙跋。○《全宋詩》本。以文淵閣本爲底本。校以北大藏抄本、翰林院抄本等編成。○《全宋文》本。以文淵閣本爲底本。校以乾隆翰林院抄本等編成。

### 潏水集十六卷　宋李復撰

文淵閣本，乾隆四十六年九月恭校。一九七一年臺灣商務印書館《四庫全書珍本二集》用文淵閣本影印。○文溯閣本，乾隆四十六年九月恭校。○文津閣本，乾隆四十六年九月恭校。○南圖藏抄閣本（索書號 111191），提要署"乾隆五十年五月恭校"。凡三冊。有丁丙題識。鈐"八千卷樓珍藏善本"印。○四川圖書館藏清抄本，存六卷。○《關隴叢書》本。〇《全宋詩》本。以文淵閣本爲底本,校以文津閣本等編成。〇《全宋文》本。以文淵閣本爲底本,校以守經堂影抄庫本、《關隴叢書》本等編成。

### 學易集 八卷　　宋劉跂撰

四庫館臣鄒炳泰纂。〇文淵閣本,乾隆四十六年四月恭校。《珍本》用文淵閣本影印。〇文溯閣本,乾隆四十年十一月恭校。書前附録云"十二卷"。〇文津閣本,乾隆四十九年二月恭校。〇武英殿聚珍本,乾隆四十一年二月校,纂修官鄒炳泰。《叢書集成初編》本據此排印。〇南圖藏清末刻本。〇《畿輔叢書》本。〇《清芬堂叢書》本。以上二種均據聚珍本刊。〇六卷,南圖藏清刻本。〇《全宋詩》本。以文淵閣本爲底本編成。〇《全宋文》本。以文淵閣本爲底本,校以《畿輔叢書》本編成。

### 西臺集 二十卷　　宋畢仲游撰

四庫館臣黄良棟纂。〇文淵閣本,乾隆四十九年十月恭校。《珍本》用文淵閣本影印。〇文溯閣本,乾隆四十九年十月恭校。〇文津閣本,乾隆四十九年十月恭校。附畢仲衍札子一首,詩二首、文二十七篇,爲文淵閣本失收。〇武英殿聚珍本,乾隆四十六年七月校,纂修官黄良棟。《叢書集成初編》本據此本排印。〇南圖藏清抄本二種。〇《山右叢書初編》本,據聚珍本重刊。〇《全宋詩》本。以文淵閣本爲底本。校以武英殿聚珍本等編成。〇《全宋文》本。以文淵閣本爲底本,校以武英殿聚珍本、山右叢書初編本等編成。

### 北湖集 五卷　　宋吴則禮撰

文淵閣本,乾隆四十六年九月恭校。《珍本》用文淵閣本影印。〇文溯閣本,乾隆四十六年九月恭校。〇文津閣本,乾隆四十六年九月恭校。〇清抄本,藏浙江省圖書館(索書號4274)。凡五册,十行行十六字。鈐"浙江省圖書館珍藏善本""長興王氏詒莊樓藏"諸印。〇南圖藏抄閣本(索書號111199),提要署"乾隆五十年四月恭校"。凡一册。有丁丙題識。〇北京師範大學圖書館藏清抄本,有清佚名録鮑廷博校。〇山西省圖書館藏清抄本。〇國圖藏清宜秋館抄本。〇《涵芬樓秘笈》第四集本,據涵芬樓藏抄本影印。〇《湖北先正遺書》本,據涵芬樓藏抄本影印。卷端提要署"乾隆五十年四月恭校上"。〇《宋人集》乙編本,據八千卷樓舊抄本刻。〇《全宋詩》本。以文淵閣本爲底本,校以《涵芬樓秘笈》本、宜秋館刊本等編成。〇《全宋文》本。以鮑廷博校本爲底本,校以《涵芬樓秘笈》本、宜秋館刻本等編成。

### 溪堂集 十卷　　宋謝逸撰

四庫館臣鄒炳泰纂。〇文淵閣本,乾隆四十六年九月恭校。《珍本》用文淵閣本影印。〇文溯閣本,乾隆四十六年四月恭校。〇文津閣本,乾隆四十六年四月恭校。詩二首爲文淵閣本失收。〇乾隆五十四年鮑氏知不足齋抄本,藏國圖(善本號07048),鮑廷博批校并跋。凡一册,十行行二十一字,無格。鈐"鐵琴銅劍樓""北京圖書館""海寧楊芸士藏書之印""歙西長塘知不足齋藏書"等印。《宋集珍本叢刊》册三一據此影印。〇北大藏"大倉文庫"本,乃鮑氏知不足齋抄本。九行行二十一字。鈐"歙西長塘知不足齋藏書""老屋三間賜書萬卷""董康私印""毗陵董氏誦芬室收藏舊槧精鈔書籍之印"諸印。○南圖藏抄本(索書號111192),凡二册。有丁丙題識。鈐"八千卷樓珍藏善本""四庫著録""振唐""錢唐丁氏正修堂藏書"諸印。○上圖藏味無味齋抄本。闕卷二至卷五。○江西省圖書館藏清咸豐四年宜秋館抄本,有李之鼎批校。○中國科學院圖書館藏宜秋館抄本。闕卷八至卷十。○《豫章叢書》本。民國五年據文瀾閣本刊。卷末有補遺、續補一卷。○天一閣博物館藏清抄本。○上官濤《溪堂集竹友集校勘》本。以文淵閣本爲底本,校以《豫章叢書》本而成。○《全宋詩》本。○《全宋文》。以文淵閣本爲底本,校以知不足齋抄本、《豫章叢書》本等編成。

### 日涉園集 十卷　宋李彭撰

四庫館臣劉湄纂。○文淵閣本,乾隆四十六年九月恭校。《珍本》用文淵閣本影印。○文溯閣本,乾隆四十五年十月恭校。○文津閣本,乾隆四十五年十月恭校。○孔繼涵校跋本,藏國圖(善本號07676)。凡二册,十行行二十字,無格。鈐"昭煟謹藏""涵芬樓""海鹽張元濟經收""孔繼涵印""荭谷""北京圖書館藏""涵芬樓藏"。卷首目録下題"嘉慶元年丙辰夏五廿五日己巳大雨午後録起",卷一題識"乾隆乙未借劉湄岸淮同年纂大典散篇,秋八月抄初七日校",卷九卷端有簽條"是集係乙未先君爲同年友劉湄岸淮所編也,本編以五卷,以未分卷次抄此副本,遂爾標目未暇,而劉欲以卷多衒功,遂以卷五爲九卷,蓋欲共成十卷也"。○乾隆翰林院抄本,藏國圖(善本號05873)。凡二册,八行行二十一字,紅格,白口,四周雙邊。鈐"詩龕居士存素堂圖書印""北京圖書館藏""燕庭藏書""詩龕藏書印"。《宋集珍本叢刊》册三三據此影印。○中山大學圖書館珍藏部藏清南海孔廣陶岳雪樓抄本(索書號01692)。凡二册,八行行二十一字,無格。鈐"孔氏岳雪樓影抄本""國立中山圖書館珍藏印"。書末無補遺。○南圖藏抄本(索書號111196),凡二册,十卷補遺一卷。有丁丙題識。鈐"振唐""八千卷樓珍藏善本""八千卷樓藏書記""四庫著録""錢唐丁氏藏書"印。○北京師範大學圖書館藏李氏宜秋館抄本。○臺北"中央圖書館"藏知不足齋抄本、藝海樓抄本二種。○日本静嘉堂文庫藏樂易居士抄本,有雲泉居士、鮑廷博、陸心源題識(《日本藏宋人文集善本鈎沉》頁一一四)。○《豫章叢書本》。民國八年據文瀾閣本刊。書末有補遺一卷,補八首。國圖藏本有傅增湘校。○《全宋詩》本。以文淵閣本爲底本,校以《豫章叢書》本編成。

### 灌園集 二十卷　宋吕南公撰

文淵閣本,乾隆四十六年九月恭校。《四庫全書珍本初集》用文淵閣本影印。○文溯閣本,乾隆四十六年九月恭校。○文津閣本,乾隆四十六年九月恭校。○南圖藏丁氏八千卷樓抄本。○上圖藏清宜秋館抄本。○北大藏清芝蘭堂傳抄閣本。○臺北"中央圖書館"藏清藝海樓抄本。○《全宋詩》本。以文淵閣本爲底本,校以八千卷樓抄本等編成。○《全宋文》本。以《四庫全書珍本初集》本爲底本編成。

### 摛文堂集 十五卷附録一卷　宋慕容彦逢撰

文淵閣本,乾隆四十六年九月恭校。○文溯閣本,乾隆四十六年九月恭校。○文津閣本，乾隆四十六年九月恭校。文十篇爲文淵閣本失收。○北大藏乾隆翰林院抄本。○南圖藏抄本（索書號111205），提要署"乾隆五十年五月恭校"。鈐"四庫著録""八千卷樓珍藏善本""錢唐丁氏藏書"印。○《常州先哲遺書》本，光緒二十三年盛氏用傳抄文瀾閣本刊。○《全宋詩》本。以文淵閣本爲底本，校以盛氏刊本等編成。○《全宋文》本。以盛氏刊本爲底本，校以文淵閣本等編成。

### 襄陵文集 十二卷　　宋許翰撰

文淵閣本，乾隆四十六年九月恭校。《四庫全書總目》卷一五五作"襄陵集"。《四庫全書珍本初集》用此本影印。○文溯閣本，乾隆四十六年四月恭校。○文津閣本，乾隆四十六年四月恭校。○《全宋文》本。以文淵閣本爲底本編成。○河北大學出版社2014年版劉雲軍點校《許翰集》，以文淵閣本爲底本，以文津閣本爲參校本。

### 浮沚集 九卷　　宋周行己撰

四庫館臣王汝嘉纂。○文淵閣本，乾隆四十七年四月恭校，提要云"浮沚集八卷"。《珍本》用文淵閣本影印。○文溯閣本，乾隆四十二年三月恭校。提要云"八卷"。○文津閣本，凡八卷，乾隆四十九年五月恭校。與文淵閣本相較，闕卷九之律詩、絕句共九十八首。當是謄録刪去以符提要八卷之數。○武英殿聚珍本，乾隆四十四年五月校，纂修官王汝嘉。浙江大學圖書館藏本有孫衣言校并跋。○浮沚集九卷補遺一卷。《敬鄉樓叢書》本（第三輯之一）。民國二十年黄群以殿本及閩覆刻聚珍本爲底本校印，并輯文十首、詩十三首爲補遺一卷。○南京大學圖書館藏清同治八年刻本。○《全宋詩》本。以文淵閣本爲底本，校以武英殿聚珍本等編成。○《全宋文》本。以文淵閣本爲底本，校以武英殿聚珍本、《敬鄉樓叢書》本等編成。

### 東堂集 十卷　　宋毛滂撰

文淵閣本，乾隆四十六年九月恭校。《四庫全書珍本初集》用文淵閣本影印。○文溯閣本，乾隆四十六年四月恭校。○文津閣本，乾隆四十六年四月恭校。○中山大學圖書館珍藏部藏清南海孔氏岳雪樓抄本（索書號01688）。凡六册，八行行二十一字，無格。鈐"國立中山大學圖書館珍藏印""孔氏岳雪樓影抄本"。卷末有《祭土牛文》《祭鄭庭誨文》二首。○浙江省圖書館藏清顧氏藝海樓抄本，題"長洲顧沅校""揚州府訓導邵廷烈參校"。卷首提要署"乾隆五十年正月恭校上"，版心有"藝海樓"字樣。十八行行二十一字。鈐"御賜金聲玉振""浙江省立圖書館藏印""吴興劉氏嘉業堂藏書記"。卷末有《祭土牛文》《祭鄭庭誨文》二首。黄靈庚、諸葛慧艷主編《衢州文獻集成》集部册一六七據以影印。○南圖藏知不足齋抄本（索書號1111201），凡二册。版心有"知不足齋字樣"，鈐"八千卷樓珍藏善本"印。○重慶市圖書館藏乾隆間鮑氏知不足齋抄本，有沈叔埏校并跋。○國圖藏清抄本。○南圖藏清抄本。○《全宋詩》本。○《全宋文》本。以上二種均以文淵閣本爲底本編成。

## 竹隱畸士集 二十卷　宋趙鼎臣撰

文淵閣本，乾隆四十六年九月恭校。《四庫全書珍本初集》用文淵閣本影印。○文溯閣本，乾隆四十六年九月恭校。○文津閣本，乾隆四十四年九月恭校。○南圖藏勞權抄本（索書號111202），提要署"乾隆五十年三月恭校"。鈐"權""八千卷樓丁氏藏書印"印。有題記云"丹鉛精舍藏本。乙卯四月歸安丁氏假錄副本"。○南圖藏鈔小字本（索書號111203），提要署"乾隆五十年三月恭校"。凡二册，十五行行二十八字。鈐"八千卷樓珍藏善本""四庫著錄""錢唐丁氏正修堂藏書"印。○上圖藏清乾隆五十六年刻本。○十卷附錄一卷，清道光十一年吳傑刊本。河南圖書館等有藏。○北大藏清傳抄閣本，有朱筆校。○《全宋詩》本。○《全宋文》本。以上二種均以文淵閣本爲底本編成。

## 洪龜父集 二卷　宋洪朋撰

文淵閣本，乾隆四十六年九月恭校。《四庫全書珍本初集》用文淵閣本影印。○文溯閣本，乾隆四十五年九月恭校。○文津閣本，乾隆四十五年九月恭校。○國圖藏抄本二種。○山東圖書館藏清抄本，有鮑廷博批校。另有清抄本一種。○南圖藏清抄本，有羅槑校并跋。○南圖藏丁氏八千卷樓抄本。○國圖藏清非集二卷本。○清非集二卷，光緒三十一年李氏木犀軒傳抄閣本。○清非集二卷補遺一卷，四川圖書館藏光緒大關唐氏怡蘭堂鈔校本。有清查騫識語。○洪氏《晦木齋叢書·豫章三洪集》本。○《全宋詩》本。以文淵閣本爲底本，校以鮑廷博批校抄本、八千卷樓抄本、洪氏刻本編成。

## 跨鰲集 三十卷　宋李新撰

文淵閣本，乾隆四十六年九月恭校。《四庫全書珍本初集》用文淵閣本影印。○文溯閣本，乾隆四十六年三月恭校。○文津閣本，乾隆四十六年三月恭校。○南圖藏抄閣本，提要署"乾隆五十年二月恭校"。鈐"八千卷樓珍藏善本"印。○上圖藏清劉氏嘉蔭簃抄本。○中國科學院藏清抄本。○《全宋詩》本。○《全宋文》本。以上二種均以文淵閣爲底本編成。

## 忠愍集 三卷附錄一卷　宋李若水撰

四庫館臣陳昌圖纂。○文淵閣本，乾隆四十六年九月恭校，提要云"忠愍集三卷"。四庫全書珍本四集》用文淵閣本影印。○文溯閣本，乾隆四十六年四月恭校。○文津閣本，乾隆四十六年四月恭校。○南圖藏抄閣本（索書號111209）。凡一册，鈐"四庫著錄""八千卷樓藏書之記""振唐"印。有校記。○北大藏清抄本。○國圖藏清抄本。○上圖藏民國二十八年傳抄本。○一卷，《乾坤正氣集》本。○一卷，《畿輔叢書》本。○《全宋詩》本。○《全宋文》本。以上二種均以文淵閣爲底本編成。

## 初寮集 八卷　宋王安中撰

文淵閣本，乾隆四十六年九月恭校。《四庫全書珍本二集》用文淵閣本影印。○文溯閣本，乾隆四十六年四月恭校。○文津閣本，乾隆四十六年四月恭校。○廣東省立中山圖書館藏孔氏岳雪樓影鈔文瀾閣本(索書號80/2.50.259)。○乾隆翰林院抄本,藏國圖(善本號05874)。凡二册,八行行二十一字,紅格,白口,四周雙邊。鈐"詩龕居士存素堂圖書印""北京圖書館藏""詩龕藏書印"。《宋集珍本叢刊》册三三據此影印。○南圖藏清抄本。○湖北博物館藏清抄本。○上圖藏清抄本。○上圖藏近代廬江抄閣本。○《全宋詩》本。○《全宋文》本。以上二種均以文淵閣本爲底本,校以乾隆翰林院抄本編成。

### 横塘集二十卷　宋許景衡撰

文淵閣本,乾隆四十六年二月恭校。《珍本》用文淵閣本影印。○文溯閣本,乾隆四十六年十月恭校。○文津閣本,乾隆四十六年十月恭校。○乾隆翰林院抄本,藏國圖(善本號05875)。凡三册,八行行二十一字,紅格,白口,四周雙邊。鈐"北京圖書館藏""詩龕藏書印"。○光緒間孫氏述舊齋抄本,藏浙江大學圖書館。凡六册,十行行二十四字。有孫衣言、孫詒讓校識。○光緒二年刊《永嘉叢書》本。十三行行二十二字。卷端有提要、傳記資料及孫詒讓跋。《跋》稱"曩從吳興陸氏寫得一本,復從祥符周氏得別本,以相讎校,甄著同異,定爲此本。光緒乙亥奉命開藩東鄂,會永康胡月樵丈領書局,遂屬擇匠刊版以廣其傳"。○永嘉詩人祠堂叢書本。○南圖藏清抄本。○《全宋詩》本。以文淵閣本爲底本,校以《永嘉叢書》本編成。○《全宋文》本。以文淵閣本爲底本,校以乾隆翰林院抄本、《永嘉叢書》本編成。

### 老圃集二卷　宋洪芻撰

四庫館臣陳昌圖纂。○文淵閣本,乾隆四十六年三月恭校。《珍本》用文淵閣本影印。○文溯閣本,乾隆四十五年九月恭校。○文津閣本,乾隆四十五年九月恭校。○上圖藏藝海樓抄本,有王禮培跋。○國圖藏抄本二種。○北大藏清傳抄閣本,有鮑以文校。○天津圖書館藏抄本,趙懷玉校錄。○南圖藏清抄本。○二卷補遺一卷,上圖藏清鮑氏知不足齋抄本。○二卷補遺一卷,山東圖書館藏清抄本,有佚名批校。○國圖藏黑格抄本,二卷補遺一卷。○二卷補遺一卷,《玉雨堂叢書》第一集本。○一卷補遺一卷遺文一卷,洪氏《晦木齋叢書·豫章三洪集》本。○《全宋詩》本。以文淵閣本爲底本,校以鮑廷博批校本、洪氏刻本編成。

### 丹陽集二十四卷(卷二四爲附錄)　宋葛勝仲撰

文淵閣本,乾隆四十六年九月恭校。《珍本》用文淵閣本影印。○文溯閣本,乾隆四十七年十月恭校。○文津閣本,乾隆四十六年十月恭校。○乾隆四十一年孔繼涵家抄本,藏國圖(善本號07679)。凡四册,十行行二十字,無格。鈐"北京圖書館藏""涵芬樓""海鹽張元濟經考"。《宋集珍本叢刊》册三二據此影印。○廣東省立中山圖書館藏南海孔氏抄本。○湖北博物館藏清抄本。○南圖藏清抄本。○《常州先哲遺書》本,盛氏據傳抄文瀾閣本刊。○《全宋詩》本。以文淵閣本爲底本編成。○《全宋文》本。以《常州先哲遺書》本爲底本,校以文淵閣本、孔繼涵抄本等編成。

### 毗陵集 十五卷　　宋張守撰

四庫館臣周興岱纂。〇文淵閣本,乾隆四十一年十月恭校。《珍本》用文淵閣本影印。〇毗陵集十六卷。文津閣本,乾隆四十九年二月恭校。文四首爲文淵閣本失收。〇武英殿聚珍版十六卷,乾隆四十四年三月校,纂修官周興岱。閩覆本、廣雅書局本有拾遺一卷。《叢書集成初編》本據此排印。〇《常州先哲遺書》本,據武英殿聚珍版影印。十六卷拾遺一卷。書末有據《播芳》補遺文多首。〇《全宋詩》本。〇《全宋文》本。以上二種均以文淵閣本爲底本,校以武英殿聚珍本編成。

### 浮溪集 三十二卷　　宋汪藻撰

四庫館臣周永年纂。〇文淵閣本,乾隆四十七年三月恭校。《四庫全書總目》卷一五六載"浮溪集三十六卷"。《珍本》用文淵閣本影印。〇文溯閣本,乾隆四十一年七月恭校。提要云"三十六卷"。〇文津閣本,乾隆四十九年閏三月恭校。〇武英殿聚珍版,乾隆四十六年二月校,纂修官周永年。閩覆本、廣雅書局本有拾遺三卷。《叢書集成初編》本據此排印。〇上圖藏清抄本。〇南圖藏清刻本。〇《浮溪文粹》十五卷、附錄一卷。國圖有明刻本多種。〇《浮溪遺集》十五卷、附錄一卷。有明刻本、清刻本、清抄本多種。〇《全宋詩》本。以文淵閣本爲底本。校以福建刊武英殿聚珍本、汪士漢居仕堂刻本《浮溪遺集》編成。〇《全宋文》本。以武英殿聚珍本爲底本,校以文淵閣本等編成。

### 莊簡集 十八卷　　宋李光撰

文淵閣本,乾隆四十六年九月恭校。《四庫全書珍本初集》用文淵閣本影印。〇文溯閣本,乾隆四十六年四月恭校。〇文津閣本,乾隆四十六年四月恭校。〇乾隆翰林院抄本,藏國圖(善本號 05876)。凡四冊,八行行二十一字,紅格,白口,四周雙邊。鈐"北京圖書館藏""詩龕居士存素堂圖書印""詩龕藏書印"。《宋集珍本叢刊》册三三據此影印。〇中國科學院藏孔氏岳雪樓抄本。〇上圖藏清抄本,有清李慈銘校。〇莊簡集十六卷附錄一卷,上圖藏清李宗蓮立本堂抄本。〇十六卷抄本,山東省圖書館藏。〇十七卷,南圖藏清抄本。〇北大藏"大倉文庫"本,乃清山陰杜氏知聖教齋抄本,凡一冊。〇《全宋詩》本。以文淵閣本爲底本,校以乾隆翰林院抄本等編成。〇《全宋文》本。以文淵閣本爲底本編成。

### 忠正德文集 十卷　　宋趙鼎撰

文淵閣本,乾隆四十六年九月恭校。《四庫全書珍本四集》用文淵閣本影印。〇文溯閣本,乾隆四十五年七月恭校。〇文津閣本,乾隆四十五年七月恭校。〇上圖藏乾隆五十六年刊本。〇道光十一年吳傑刻本,藏國圖(索書號 88902)。凡四冊,九行行二十一字。鈐"飛青閣藏書印"等印。〇光緒二年浙江山陰謝氏刻本,藏國圖等。〇《乾坤正氣集》八卷本。〇二卷。存素堂鈔《宋元人詩集》本。〇《全宋詩》本。以文淵閣本爲底本編成。〇《全宋文》本。以文淵閣本爲底本,校以光緒二年謝氏刻本等編成。

### 東窗集十六卷　宋張擴撰

文淵閣本，乾隆四十六年九月恭校。《四庫全書珍本初集》用文淵閣本影印。○文溯閣本，乾隆四十五年十月恭校。○文津閣本，乾隆四十五年十月恭校。○上圖藏清抄本。○《全宋詩》本。○《全宋文》本。以上二種以文淵閣本爲底本編成。

### 忠惠集十卷附録一卷　宋翟汝文撰

文淵閣本，乾隆四十六年九月恭校。《四庫全書珍本初集》用文淵閣本影印。○文溯閣本，乾隆四十六年四月恭校。○文津閣本，乾隆四十六年三月恭校。○南圖藏清吉氏研經堂抄本（索書號 KB0952），凡八册。版心有"研經堂"字樣，卷端有丁丙跋。鈐"東魯觀察使者""孫星衍印""八千卷樓藏書記""四庫著録""吉夢熊印""昔司馬温公藏書甚富所讀之書終身如新今人讀書恒随手拋置甚非古人遺意也夫佳書難得易失稍一殘缺修補甚難每見一書或有損壞輒憤惋浩嘆不已數年以來搜羅略備卷帙頗精伏望觀是書者倍宜珍護即後之藏是書者亦當諒愚意之拳拳也護聞齋主人記""臣顧錫麟""竹泉珍秘圖籍""護聞齋"印。此本尚存校定前面目。○國圖藏黑格抄本，存卷一至二。○國圖藏清抄本。○上圖藏抄本，存卷八至卷十、附録。○四卷，南京大學圖書館清顧氏藝海樓抄本。○《全宋文》本。以文淵閣本爲底本編成。

### 檆溪居士集十二卷　宋劉才邵撰

文淵閣本，乾隆四十六年九月恭校。《四庫全書珍本初集》用文淵閣本影印。○文溯閣本，乾隆四十六年十月恭校。○文津閣本，乾隆四十六年十月恭校。文一首爲文淵閣本失收。○南圖藏抄文瀾閣本（索書號 111232），凡四册，八行行二十字。鈐"八千卷樓珍藏善本""四庫著録""八千卷樓藏書之記""錢唐丁氏正修堂藏書"印。○《全宋詩》本。以文淵閣本爲底本，校以《大典》殘本編成。○《全宋文》本。以文淵閣本爲底本編成。

### 忠穆集八卷　宋吕頤浩撰

四庫館臣黄良棟纂。○文淵閣本，乾隆四十六年三月恭校。《四庫全書珍本初集》用文淵閣本影印。○文溯閣本，乾隆四十六年九月恭校。○文津閣本，乾隆四十六年九月恭校。○乾隆翰林院抄本，藏國圖（善本號 05877）。凡二册，八行行二十一字，紅格，白口，四周雙邊。首提要，署"乾隆四十年十一月恭校上""纂修官黄良棟"。鈐"北京圖書館藏""詩龕居士存素堂圖書印""詩龕藏書印"。《宋集珍本叢刊》册三一據此影印。○另有《吕忠穆公奏議》三卷。○《全宋詩》本。以文淵閣本爲底本編成。○《全宋文》本。以文淵閣本爲底本，校以明嘉靖本《吕忠穆公奏議》等編成。

### 紫微集三十六卷　宋張嵲撰

文淵閣本，乾隆四十六年九月恭校。《珍本》用文淵閣本影印。○文溯閣本，乾隆四十六年十月恭校。○文津閣本，乾隆四十六年十月恭校。○乾隆翰林院抄本，藏國圖（善本號 05878）。凡六册，八行行二十一字，紅格，白口，四周雙邊，鈐"詩龕居士存素堂圖書印"

"詩龕藏書印""燕庭藏書""北京圖書館藏"等。○《湖北先正遺書》本，據文津閣本影印。○《全宋詩》本。○《全宋文》本。以上二種均以文淵閣本爲底本，校以《湖北先正遺書》本等編成。

### 東牟集 十四卷　宋王洋撰

文淵閣本，乾隆四十六年九月恭校。《四庫全書珍本初集》用文淵閣本影印。○文溯閣本，乾隆四十五年十月恭校。○文津閣本，乾隆四十五年十月恭校。○上圖藏清丁晏輯五卷本。○《全宋詩》本。以文淵閣本爲底本，酌校《大典》殘本等編成。○《全宋文》本。以文淵閣本爲底本編成。

### 相山集 三十卷　宋王之道撰

文淵閣本，乾隆四十六年九月恭校。《四庫全書珍本初集》用文淵閣本影印。○文溯閣本，乾隆四十六年九月恭校。○文津閣本，乾隆四十六年九月恭校。詩一首、附錄文一首爲文淵閣本失收。○乾隆翰林院抄本，藏國圖（善本號05879）。凡四冊，八行行二十一字，紅格，白口，四周雙邊。鈐"北京圖書館藏""詩龕藏書印"。《宋集珍本叢刊》册四○據此影印。○南圖藏清抄本。○《全宋詩》本。○《全宋文》本。以上二種均以文淵閣本爲底本編成。

### 三餘集 四卷　宋黄彦平撰

文淵閣本，乾隆四十六年九月恭校。一九七四年臺灣商務印書館《四庫全書珍本五集》用文淵閣本影印。○文溯閣本，乾隆四十六年二月恭校。○文津閣本，乾隆四十六年二月恭校。○南圖藏翰林院抄本（索書號111233）。鈐"唐栅朱氏藏書""唐栅朱氏結一廬圖書記""振唐""翰林院"印。館臣校改痕迹尚存，主要涉及鈔錄格式。○南海孔氏岳雪樓抄本，復旦大學圖書館藏（索書號1334）。凡一函二冊，十八行行二十一字。書首提要署"乾隆五十年十二月恭校上"。○四川師範大學圖書館藏清陸心源抄本。○江西圖書館藏清抄本。○《宋人集》乙編本，以乾隆翰林院抄本爲底本校勘而成。《宋集珍本叢刊》册三九據此影印。○二卷。存素堂鈔《宋元人詩集》本。○《全宋詩》本。○《全宋文》本。以上二種均以文淵閣本爲底本編成。

### 大隱集 十卷　宋李正民撰

文淵閣本，乾隆四十六年九月恭校。《四庫全書珍本四集》用文淵閣本影印。○文溯閣本，乾隆四十五年七月恭校。○文津閣本，乾隆四十五年七月恭校。○乾隆翰林院抄本，藏國圖（善本號05880）。凡二冊，八行行二十一字，紅格，白口，四周雙邊。鈐"詩龕居士存素堂圖書印""北京圖書館藏""詩龕藏書印"。《宋集珍本叢刊》册三六據此本影印。○廣東省立中山圖書館藏孔氏岳雪樓影鈔文瀾閣《四庫全書》本（索書號80/2.50.375）。○南圖藏邵晉涵抄本（索書號111229）。鈐"邵二雲藏書""晉涵之印""邵氏二雲""鳴野山房""善本書室""嘉惠堂丁氏藏"印。○乾隆翰林院抄本，厦門圖書館藏。○國圖藏清抄本。○《全宋詩》本。以文淵閣本爲底本編成。○《全宋文》本。以文淵閣本爲底本，校以乾隆翰林院抄本編成。

### 鄱陽集 四卷　宋洪皓撰

文淵閣本,乾隆四十六年九月恭校。《珍本》用文淵閣本影印。○文溯閣本,乾隆四十五年十月恭校。○文津閣本,乾隆四十五年十月恭校。○清抄本,藏國圖(03700)。凡一册,八行行二十一字,無格。提要署"乾隆五十年四月"。鈐"鐵琴銅劍樓""北京圖書館藏"。○南圖藏抄閣本(索書號111227),提要署"乾隆五十年四月恭校"。卷二末題"道光己亥七月廿五日四鼓月樵校畢"。鈐"八千卷樓珍藏善本""錢塘丁氏正修堂藏書"印。○南圖藏抄本(索書號113479),提要署"乾隆五十年四月恭校"。鈐"錢塘丁氏正修堂藏書"印。○四卷拾遺一卷,洪氏《晦木齋叢書》本。○《全宋詩》本。以文淵閣本爲底本編成。○《全宋文》本。以文淵閣本爲底本,校以洪氏刊本編成。

### 澹齋集 十八卷附錄一卷　宋李流謙撰

文淵閣本,乾隆四十六年九月恭校。《四庫全書珍本二集》用文淵閣本影印。○文溯閣本,乾隆四十五年九月恭校。○文津閣本,乾隆四十五年九月恭校。○廣東省立中山圖書館藏孔氏岳雪樓影鈔文瀾閣本(索書號80/2.50.68)。○乾隆翰林院抄本,藏國圖(善本號11178)。凡八册,八行行二十一字,紅格,白口,四周雙邊。鈐"北京圖書館藏""趙鈁珍藏""曾存趙元方家"等印。《宋集珍本叢刊》册四六據此影印。○南圖藏丁氏八千卷樓抄本。○上圖藏清抄本。○《全宋詩》本。以文淵閣本爲底本編成。○《全宋文》本。以文淵閣本爲底本,校以清抄本編成。

### 灊山集 三卷　宋朱翌撰

四庫館臣莊承篯纂。○文淵閣本,乾隆四十六年九月恭校。《珍本》用文淵閣本影印。○文溯閣本,乾隆四十五年九月恭校。○文津閣本,乾隆四十五年九月恭校。○灊山集三卷補遺一卷附錄一卷。南圖藏抄本(索書號111238),提要署"乾隆四十年四月""纂修官編修臣莊承篯"。鈐"四庫著錄""振唐""八千卷樓藏閱書""八千卷樓珍藏善本"印。○《知不足齋叢書》本,提要署"乾隆四十年四月""纂修官編修臣莊承篯"。另有補遺、附錄一卷。《叢書集成初編》本據此排印。○《全宋詩》本。以文淵閣本爲底本,校以《知不足齋叢書》本編成。○《全宋文》本。以《知不足齋叢書》本,參輯他書編成。

### 雲溪集 十二卷　宋郭印撰

文淵閣本,乾隆四十六年九月恭校。《四庫全書珍本初集》用文淵閣本影印。○文溯閣本,乾隆四十六年十月恭校。○文津閣本,乾隆四十六年十月恭校。○乾隆翰林院抄本,上圖藏,乾隆四十二年抄。○乾隆翰林院抄本,廈門圖書館藏。○南圖藏清丁氏八千卷樓抄本。○《全宋詩》本。以文淵閣本爲底本編成。

### 北海集 四十六卷附錄三卷　宋綦崇禮撰

文淵閣本,乾隆四十六年九月恭校。《四庫全書珍本初集》用文淵閣本影印。○文溯

閣本，乾隆四十六年四月恭校。○文津閣本，乾隆四十六年四月恭校。文一首爲文淵閣本失收。○乾隆翰林院抄本，藏國圖（善本號 05881）。凡五册，八行行二十一字，紅格，白口，四周雙邊。鈐"北京圖書館藏""詩龕居士存素堂圖書印""詩龕藏書印"。《宋集珍本叢刊》册三八據此影印。○南圖藏清八千卷樓抄本。○天津圖書館藏清抄本。○一卷。存素堂鈔《宋元人詩集》本。○《全宋詩》本。以文淵閣本爲底本編成。○《全宋文》本。以文淵閣本爲底本，校以翰林院抄本編成。

### 崧庵集 六卷　宋李處權撰

文淵閣本，乾隆四十六年六月恭校。《四庫全書珍本三集》用文淵閣本影印。○文溯閣本，乾隆四十六年四月恭校。○文津閣本，乾隆四十六年三月恭校。○乾隆翰林院抄本，廈門圖書館藏，存卷一至卷四。○南圖藏清抄本。○《宋人集》甲編本。《宋集珍本叢刊》册三八據此影印。○《全宋詩》本。以文淵閣本爲底本。校以《大典》殘本、宜秋館刊本等編成。○《全宋文》本。以文淵閣本爲底本編成。

### 藏海居士集 二卷　宋吳可撰

文淵閣本，乾隆四十六年九月恭校。《四庫全書珍本五集》用文淵閣本影印。○文溯閣本，乾隆四十六年四月恭校。○文津閣本，乾隆四十六年四月恭校。○乾隆翰林院抄本，藏南圖。一册，有清丁丙跋。鈐"翰林院""唐棚朱氏結一廬圖書記""杏約過眼"印。多有館臣校勘痕迹。○南圖藏道光十六年抄本。○南圖藏傳抄朱緒曾刻本。○道光二十一年金陵吳氏雙梧軒刻本。○《宋人集》甲編本，李之鼎宜秋館據丁氏舊抄本刻。○一卷。存素堂鈔《宋元人詩集》本。○中國科學院藏清抄本。○上圖藏清抄本。○天一閣博物館藏道光十七年抄本，有瞿瑛跋。○《全宋詩》本。以文淵閣本爲底本編成。

### 茶山集 八卷　宋曾幾撰

四庫館臣劉權之纂。○文淵閣本，乾隆四十五年九月恭校，提要云"茶山集十卷"。《珍本》用文淵閣本影印。○文溯閣本，乾隆四十七年十月恭校。○文津閣本，乾隆四十九閏三月恭校。○武英殿聚珍本，乾隆四十一年二月校，纂修官劉權之。浙江省圖書館藏本有盧文弨校記，存卷一至卷四。閩覆本、廣雅書局本有拾遺一卷。○《全宋詩》本。以文淵閣本爲底本，校以武英殿聚珍本編成。

### 蘆川歸來集 十卷附録一卷　宋張元幹撰

文淵閣本，乾隆四十六年九月恭校。《四庫全書珍本五集》用文淵閣本影印。○文溯閣本，乾隆四十五年十月恭校。○文津閣本，乾隆四十五年十月恭校。○清顧沅藝海樓抄本（索書號 1316），藏復旦大學圖書館。凡一函二册，八行行二十一字。版心上題"蘆川歸來集"，下題"藝海樓"。書首提要未署校上年月，正文與文淵閣本多有不同。如卷二《感事四首丙午冬淮上作》之四之"靖邊塵"，此本作"靖烟塵"；《丙午春京城圍解口號》之"龍鳳聚"此作"龍虎踞"、"虎狼侵"此作"甲兵侵"、"按堵見"此作"良復見"；《次韻劉希顏感懷二首》其一"北騎"此作"胡騎"；卷三《次韻奉呈公澤處士》"烽火急"此作"戎馬入"。則此本乃四庫館中間本。○南圖藏抄閣本（索書號111261），提要署"乾隆五十年四月恭校"。凡一册。鈐"四庫著錄""八千卷樓藏書之記"印。○上圖藏清抄本。○蘆川歸來集十六卷，清抄本，藏國圖（善本號07683）。凡二册，存卷六之七、十二之十四、十六等六卷。九行行十六字，無格。鈐"涵芬樓""海鹽張元濟經考""北京圖書館藏"諸印。《宋集珍本叢刊》册四〇據此本影印。○《全宋詩》本。以文淵閣本爲底本，校以清抄殘本、1978年上海古籍出版社排印本等編成。○《全宋文》本。以文淵閣本爲底本，校以《大典》殘本編成。

### 大隱居士詩集二卷　宋鄧深撰

文淵閣本，乾隆四十六年十二月恭校。《四庫全書總目》卷一五八作"鄧紳伯集二卷"。一九七九年臺灣商務印書館《四庫全書珍本九集》用文淵閣本影印。○文溯閣本，乾隆四十七年四月恭校。○文津閣本，乾隆四十六年十二月恭校。○國圖藏鄧紳伯集二卷（索書號22451），凡一册，十行行二十三字。鈐"延古堂李氏珍藏""北京圖書館藏"諸印。○南圖藏抄本（索書號111256），凡一册，提要署"乾隆五十年四月恭校"。版心題"壺隱居藏本"。鈐"八千卷樓珍藏善本""四庫著錄""八千卷樓藏書之記"諸印。有墨筆校文。○北大藏清黑格抄本。○中國社科院文學所藏清汪家聲刊本。《宋人集》甲編本，以丁氏藏邵晉涵抄本爲底本，校以朱述之舊抄本而成。《宋集珍本叢刊》册四三據此影印。○天一閣博物館藏清抄本。○《全宋詩》本。以文淵閣本爲底本編成。

### 浮山集十卷　宋仲並撰

文淵閣本，乾隆四十六年九月恭校。《四庫全書珍本初集》用文淵閣本影印。○文溯閣本，乾隆四十六年四月恭校。提要云"八卷"。○浮山集八卷。文津閣本，乾隆四十六年四月恭校。較文淵閣本少文十四首。○乾隆翰林院抄本，藏國圖（善本號05882）。凡二册，八行行二十一字，紅格，白口，四周雙邊。鈐"詩龕居士存素堂圖書印""北京圖書館藏""詩龕藏書印"。《宋集珍本叢刊》册四二據此影印。○清抄本，藏國圖（善本號03710）。凡二册，八行行二十一字，無格。鈐"鐵琴銅劍樓""北京圖書館藏"。○南圖藏清丁氏八千卷樓抄本。○《全宋詩》本。以文淵閣本爲底本編成。○《全宋文》本。以文淵閣本爲底本，校以翰林院抄本編成。

### 湖山集十卷　宋吴芾撰

文淵閣本，乾隆四十六年九月恭校。《珍本》用文淵閣本影印。○文溯閣本，乾隆四十五年十月恭校。○文津閣本，乾隆四十五年十月恭校。○道光二十三年王魏勝以抄朱述之藏本爲底本校刊活字本。八行行二十五字，白口，四周寬單邊。浙江省圖書館藏有碧蘿書屋吴氏藏本（索書號普811.14/2644）。國圖藏本存七卷。○南圖藏清抄本。○南圖藏同治九年木活字本。○《宋人集》丁編本，李之鼎以家藏内府殘本卷一至卷三，并抄配文津閣本而成，另輯有《補遺》一卷。○十卷附錄一卷，《台州叢書》己集本。○十卷補遺一卷附錄一卷，《仙居叢書》第一集本。○《全宋詩》本。以文淵閣本爲底本，校以宜秋館刊本、《仙居叢書》本編成。○《全宋文》本。以文淵閣本爲底本編成。

## 文定集 二十四卷　宋汪應辰撰

四庫館臣沈孫漣纂。○文淵閣本，乾隆四十五年十月恭校。一九八〇年臺灣商務印書館《四庫全書珍本十集》用文淵閣本影印。○文溯閣本，乾隆四十二年二月恭校。○文津閣本，乾隆四十九年八月恭校。附錄三則爲文淵閣本失收。○武英殿聚珍本。乾隆四十五年十月校，纂修官沈孫漣。閩覆本、廣雅書局本有拾遺一卷。《叢書集成初編》本據此排印。○南圖藏清末抄本。○一卷。存素堂鈔《宋元人詩集》本。○汪文定公集十三卷附錄一卷。國內藏明嘉靖二十五年刻本多種，并有據其抄錄本多種。清石研齋藏抄本，藏國圖（善本號06209）。凡二冊，咸豐八年翁心存據武英殿聚珍版本校并跋。十行二十字，無格。鈐"翁同書字祖庚""北京圖書館藏""臣恩復""秦伯敦父""石研齋秦氏印""出□叟"。《宋集珍本叢刊》冊四六據此本影印。○《全宋詩》本。以文淵閣本爲底本，校以夏浚刊本編成。○《全宋文》本。以文淵閣本爲底本，校以武英殿聚珍本編成。

## 唯室集 四卷附錄一卷　宋陳長方撰

文淵閣本，乾隆四十六年九月恭校，附錄編爲卷五。《四庫全書珍本初集》用文淵閣本影印。○文溯閣本，乾隆四十六年九月恭校。○文津閣本，乾隆四十六年九月恭校。○乾隆翰林院抄本，臺北"中央圖書館"藏。○南圖藏抄閣本，提要署"乾隆五十年五月恭校"。凡一冊，有丁丙跋。鈐"四庫著錄""八千卷樓藏書之記""錢唐丁氏正修堂藏書"印。○南圖藏丁國鈞抄本。○四卷附錄一卷增輯一卷，中國社科院文學所藏宜秋館抄本。○一卷。存素堂鈔《宋元人詩集》本。○《全宋詩》本。○《全宋文》本。以上二種均以文淵閣本爲底本編成。

## 漢濱集 十六卷　宋王之望撰

文淵閣本，乾隆四十六年七月恭校。《珍本》用文淵閣本影印。○文溯閣本，乾隆四十六年十二月恭校。○文津閣本，乾隆四十六年十二月恭校。○乾隆翰林院抄本，藏西安博物館。○南圖藏清抄本。○上圖藏清抄本。○《湖北先正遺書》本，據文津閣本影印。○《全宋詩》本。以文淵閣本爲底本，校以文津閣本編成。○《全宋文》本。以文淵閣本爲底本，校以《湖北先正遺書》本編成。

## 雲莊集 五卷　宋曾協撰

文淵閣本，乾隆四十六年三月恭校。《珍本》用文淵閣本影印。○文溯閣本，乾隆四十五年七月恭校。○文津閣本，乾隆四十五年七月恭校。○南圖藏清抄本。○江西圖書館藏民國抄本。○《豫章叢書》本，五卷附校勘記一卷。據丁氏八千卷樓抄本校。○《全宋詩》本。以文淵閣本爲底本，校以《大典》殘本、《豫章叢書》本編成。○《全宋文》本。以《豫章叢書》本爲底本，校以文淵閣本編成。

## 竹軒雜著 六卷　宋林季仲撰

文淵閣本，乾隆四十六年九月恭校。《珍本》用文淵閣本影印。○文溯閣本，乾隆四十六年三月恭校。○文津閣本，乾隆四十六年三月恭校。詩一首爲文淵閣本失收。○復旦大學圖書館藏清抄本（索書號1318）。凡一函三冊，八行行二十一字。書首提要署"乾隆五十年二月恭校上"。○乾隆翰林院抄本，北大藏。○北大藏光緒二十年李氏木犀軒抄本。○北大藏舊抄本，存二卷。○光緒二年刻《永嘉叢書》本。十三行行二十二字。卷端有補遺一篇、提要、傳記資料并孫詒讓跋語。《宋集珍本叢刊》册四二據此影印。○南圖藏抄閣本（索書號111268），凡一册。鈐"八千卷樓珍藏善本""四庫著録""八千卷樓藏書之記"印。○《全宋詩》本。以文淵閣本爲底本，校以翰林院抄本、《永嘉叢書》本編成。○《全宋文》本。以《永嘉叢書》本爲底本，校以文淵閣本編成。

### 雪山集 十六卷　　宋王質撰

四庫館臣黄軒纂。○文淵閣本，乾隆四十六年四月恭校。○文溯閣本，乾隆四十七年十一月恭校。○文津閣本，乾隆四十九年八月恭校。○武英殿聚珍本，乾隆四十四年四月校，纂修官黄軒。《叢書集成初編》本據此排印。○乾隆四十一年孔氏微波榭抄本，藏國圖（善本號01654）。凡十二卷，八册，十行行二十字，無格。卷首孔繼涵題："乾隆丙申十二月，借莊庶子羹堂承籛本鈔。"《宋集珍本叢刊》册六一據此影印。○清李文藻抄本，藏國圖（善本號11402）。凡二册，十二卷，缺卷一至卷四，十行行二十字，無格。鈐"北京圖書館藏""李南澗藏書印""雙鑒樓藏書印""李文藻印"。○清秦氏石研齋抄本，藏國圖（善本號05400）。抄自李南澗家藏本。凡四册，十二卷，缺卷二。十行行二十字，細黑口，左右雙邊。鈐"北京圖書館藏""翁同書字祖庚""翁同書""石研齋秦氏印""祖庚在軍中所讀書""臣恩復""秦伯敦父"。○《湖北先正遺書》本，據武英殿版影印。○《全宋詩》本。《雪山集》四卷以文淵閣本爲底本，校以孔氏微波榭抄本、秦氏石研齋抄本；《紹陶録》二卷，亦以文淵閣本爲底本，校以翁栻校跋抄本、微波榭抄本等編成。○《全宋文》本。以文淵閣本爲底本，校以李文藻校本編成。

### 方舟集 二十四卷　　宋李石撰

文淵閣本，乾隆四十六年九月恭校。《四庫全書珍本初集》用文淵閣本影印。○文溯閣本，乾隆四十六年十月恭校。○文津閣本，乾隆四十六年十月恭校。○乾隆翰林院抄本，藏國圖（善本號05883）。凡四册，八行行二十一字，紅格，白口，四周雙邊。鈐"詩龕藏書印"。《宋集珍本叢刊》册四三據此影印。○復旦大學圖書館藏清抄本（索書號0697）。凡十四册，十九行行二十字，鈐"復旦大學圖書館藏""潘恭辰印""紅荼""青琅玕館"諸印。書首提要署"乾隆五十年四月恭校上"。○北大藏"大倉文庫"本，乃方功惠原藏本，凡八册。鈐"方家書庫""巴陵方氏功惠柳橋甫印"諸印。○北京師範大學圖書館藏清抄本。○國圖藏清抄本。○上圖藏清抄本。○南圖藏清抄本。○《全宋詩》本。以文淵閣本爲底本編成。○《全宋文》本。以文淵閣本爲底本，校以翰林院抄本編成。

### 香山集 十六卷　　宋喻良能撰

文淵閣本，乾隆四十六年九月恭校。《珍本》用文淵閣本影印。○文溯閣本，乾隆四十六年三月恭校。○文津閣本，乾隆四十六年三月恭校。○乾隆翰林院抄本，藏國圖（善本號05884）。凡二冊，八行行二十一字，紅格，白口，四周雙邊。鈐"詩龕居士存素堂圖書印""北京圖書館藏""詩龕藏書印"。《宋集珍本叢刊》冊五六據此影印。〇南圖藏清丁氏八千卷樓抄本。〇存素堂鈔《宋元人詩集》本。〇《續金華叢書》本，據文瀾閣本刊。〇《全宋詩》本。以文淵閣本爲底本，校以《大典》殘本、《兩宋名賢小集》本編成。〇《全宋文》本。以文淵閣本爲底本編成。

### 蒙隱集二卷　　宋陳棣撰

文淵閣本，乾隆四十六年九月恭校。《四庫全書珍本三集》用文淵閣本影印。〇文溯閣本，乾隆四十六年二月恭校。〇文津閣本，乾隆四十六年二月恭校。〇乾隆五十六年鮑廷博抄本，藏國圖（善本號15053）。凡一冊，九行行二十一字。有鮑廷博題識及校文瀾閣本校記。〇南圖藏抄閣本（索書號111291），凡二冊。有墨筆校記，書末有"道光丙戌初秋十日讀校。謹識"。鈐"四庫著錄""嘉惠堂丁氏藏書之記""振唐""善本書室""何元錫印"諸印。〇湖南師範大學圖書館藏李氏宜秋館精抄本（索書號14149）。凡一冊，十行行二十一字，對魚尾，每葉有"宜秋館精抄本"字樣。鈐"宜秋館藏書""振唐鑒藏""湘陰任凱南藏書"諸印。卷首提要署"乾隆五十年二月恭校上"。卷內有朱筆、墨筆校記，署"南城程湘初校""宛平劉家立劍白覆校"。卷一卷端有題識"辛酉季春假蔣孟萍藏鮑氏知不足齋以文自鈔校本校過，用墨筆。振唐"。卷二有題識"辛酉三月假蔣孟萍藏鮑以文鈔校本再校一過""丙辰十月初五日假洪樗園所藏朱氏開有益齋舊抄本三次覆校畢"。另有"乾隆五十六年歲次辛亥二月初七日校完并校。乾隆六十年歲次乙卯八月初四日恭詣文瀾閣校正一過"。書眉題識"此三行乃蔣孟萍藏鮑以文自抄本識語也"。〇《宋人集》丙編本。《宋集珍本叢刊》冊三九據此影印。〇北大藏抄閣本，闕卷一。〇天一閣博物館藏清抄本。〇《全宋詩》本。以文淵閣本爲底本，校以宜秋館刊本等編成。

### 宮教集十二卷　　宋崔敦禮撰

文淵閣本，乾隆四十六年九月恭校。《四庫全書珍本三集》用文淵閣本影印。〇文溯閣本，乾隆四十五年十月恭校。〇文津閣本，乾隆四十五年十月恭校。〇乾隆翰林院抄本，藏國圖（善本號05885）。凡二冊，八行行二十一字，紅格，白口，四周雙邊。鈐"北京圖書館藏""詩龕居士存素堂圖書印""詩龕藏書印"。《宋集珍本叢刊》冊五六據此影印。〇光緒二十七年龍氏校刊《螺樹山房叢書》本，卷一一《雜著》有祝文三十三篇。《廣州大典》第十三輯據之影印。〇南圖藏清抄本。〇中國科學院藏文瀾閣本。存卷一至卷三，前有"古稀天子之寶""乾隆御覽之寶"。〇《全宋詩》本。以文淵閣本爲底本，校以《大典》殘本編成。〇《全宋文》本。以文淵閣本爲底本編成。

### 定庵類稿四卷　　宋衛博撰

文淵閣本，乾隆四十六年九月恭校。《四庫全書珍本初集》用文淵閣本影印。〇文溯閣本，乾隆四十六年四月恭校。〇文津閣本，乾隆四十六年四月恭校。〇南圖藏清抄本。〇《全宋詩》本。以文淵閣本爲底本編成。〇《全宋文》本。以文淵閣本爲底本編成。

### 澹軒集八卷　宋李吕撰

文淵閣本,乾隆四十六年九月恭校。《四庫全書珍本初集》用文淵閣本影印。○文溯閣本,乾隆四十五年九月恭校。○文津閣本,乾隆四十五年九月恭校。詩一首爲文淵閣本失收。○乾隆翰林院抄本,藏國圖(善本號 A01047)。凡一册,八行行二十一字,紅格,白口,四周雙邊。鈐"國立北平圖書館收藏"。○南圖藏清抄本。○《全宋詩》本。以文淵閣本爲底本,校以《大典》殘本編成。○《全宋文》本。以文淵閣本爲底本編成。

### 尊白堂集六卷　宋虞儔撰

文淵閣本,乾隆四十六年三月恭校。《四庫全書珍本初集》用文淵閣本影印。○文溯閣本,乾隆四十五年九月恭校。○文津閣本,乾隆四十五年九月恭校。○乾隆翰林院抄本,藏國圖(善本號 14813)。凡一册,卷一第一葉至第三葉前半缺,卷六第二十五葉後缺。八行行二十一字,紅格,白口,四周雙邊。鈐"詩龕居士存素堂圖書印""詩龕藏書印"等。○乾隆翰林院抄本,藏國圖(善本號 05886)。凡二册,八行行二十一字,紅格,白口,四周雙邊。鈐"詩龕居士存素堂圖書印""詩龕藏書印"等。《宋集珍本叢刊》册六三據此本影印。○南圖藏丁氏八千卷樓抄本。○《全宋詩》本。以文淵閣本爲底本編成。○《全宋文》本。以文淵閣本爲底本,校以翰林院抄本編成。

### 東塘集二十卷　宋袁説友撰

文淵閣本,乾隆四十六年九月恭校。《四庫全書珍本初集》用文淵閣本影印。○文溯閣本,乾隆四十五年十月恭校。○文津閣本,乾隆四十五年十月恭校。○乾隆翰林院抄本,藏國圖(善本號 05887)。凡四册,八行行二十一字,紅格,白口,四周雙邊。鈐"詩龕藏書印"。《宋集珍本叢刊》册六四據此影印。○清抄本,藏浙江省圖書館(索書號 4326)。凡十二册,八行行二十一字。鈐"秘册""吴興劉氏嘉業堂藏""張月霄印""愛日精廬藏書""稽瑞樓""五橋珍藏""慈溪馮氏醉經閣圖籍""浙江省立圖書館藏書印"諸印。○南圖藏丁氏八千卷樓藏本。○《全宋詩》本。以文淵閣本爲底本,校以《大典》殘本編成。○《全宋文》本。以文淵閣本爲底本,校以翰林院抄本編成。

### 涉齋集十八卷　宋許及之撰

文淵閣本,乾隆四十六年三月恭校,題作者作"許綸"。《珍本》用文淵閣本影印。○文溯閣本,乾隆四十五年九月恭校。○文津閣本,乾隆四十五年九月恭校,題作者爲"許綸"。○乾隆翰林院抄本,藏國圖(善本號 05888)。凡二册,八行行二十一字,紅格,白口,四周雙邊。鈐"北京圖書館藏""詩龕居士存素堂藏書印""詩龕藏書印"。○南圖藏清抄本。○上圖藏宜秋館抄本。○《敬鄉樓叢書》本。以孫衣言抄本爲底本,校以文瀾閣本而成。○《全宋詩》本。以文淵閣本爲底本編成。○《全宋文》本。自他書輯文二卷。

### 乾道稿二卷　淳熙稿二十卷　章泉稿五卷　宋趙蕃撰

文淵閣本,乾隆四十九年十一月恭校。《珍本》用文淵閣本影印。○文溯閣本,乾隆四十二年六月恭校。○文津閣本，乾隆四十九年十一月恭校。○乾隆翰林院抄本，藏國圖（善本號17397）。淳熙稿二十卷，九行行二十一字，紅格，白口，四周雙邊。卷首題"副本""王朝梧"字樣。當是武英殿聚珍版底本。○武英殿聚珍。閩覆刻本有拾遺一卷。《叢書集成初編》本據此排印。○《全宋詩》本。以文淵閣本爲底本，校以武英殿聚珍本、《大典》殘本等編成。○《全宋文》本。自他書輯文一卷。

### 止堂集十八卷　　宋彭龜年撰

四庫館臣勵守謙纂。○文淵閣本，乾隆四十九年十月恭校。《四庫全書總目》卷一六〇載"止堂集二十卷"。《珍本》用文淵閣本影印。○文溯閣本，乾隆四十九年十月恭校。○止堂集二十卷。文津閣本，乾隆四十一年十月恭校。文十三首爲文淵閣本失收。○武英殿聚珍版，乾隆四十一年十月校，纂修官勵守謙。《叢書集成初編》本據此排印。○南圖藏清刻本。○《全宋詩》本。○《全宋文》本。以上二種均以文淵閣本爲底本，校以武英殿聚珍本編成。

### 緣督集二十卷　　宋曾丰撰

文淵閣本，乾隆四十六年九月恭校。《四庫全書珍本二集》用文淵閣本影印。○文溯閣本，乾隆四十六年十二月恭校。○文津閣本，乾隆四十六年十二月恭校。○乾隆翰林院抄本，國圖藏（索書號5889）。凡四冊，鈐"詩龕居士存素堂圖書印""詩龕藏書印"。○搏齋先生緣督集十二卷，萬曆十一年刻本，藏國圖（善本號A01050）。凡四冊，十行行二十字，白口，四周單邊。鈐"國立北平圖書館收藏""士經齋藏書""菉菲軒藏書記""圳香樓""古愚"諸印。○國圖藏咸豐元年曾氏刻本，十二卷附錄一卷。○南圖藏清抄本，搏齋先生緣督集四十卷，有丁丙跋。○上圖藏抄本搏齋先生緣督集四十卷，存二十九卷。○日本靜嘉堂文庫等藏抄本，搏齋先生緣督集四十卷本，存三十六卷。○南圖藏搏齋先生緣督集四十卷補遺一卷，清抄本，錄自汪氏振綺堂藏元刊本。鈐"江寧甘元煥劍侯父珍藏金石書畫記"印。《宋集珍本叢刊》冊六五據此影印。○《全宋詩》本。以清抄四十卷本爲底本。校以文淵閣本、明萬曆選刻本、丁丙跋抄本等編成。○《全宋文》本。以文淵閣本爲底本，校以清抄四十卷本等編成。

### 絜齋集二十四卷　　宋袁燮撰

四庫館臣黃良棟纂。○文淵閣本，乾隆四十五年六月恭校。《珍本》用文淵閣本影印。○文溯閣本，乾隆四十七年二月恭校。○文津閣本，乾隆四十九年四月恭校。○武英殿聚珍版，乾隆四十五年五月校，纂修官黃良棟。《叢書集成初編》本據此排印。天一閣博物館藏本有徐時棟批校并跋。福建重刻本有拾遺一卷。○四川省圖書館藏清抄本。○國圖藏四明張氏約園刻《袁正獻公遺文鈔》二卷附錄三卷，凡一冊，乃二十一世孫士杰輯，書首有張壽鏞序。○二十四卷附從祀錄六卷，國圖藏清同治十一年浙江四明袁氏進修堂刊本。○《全宋詩》本。以文淵閣本爲底本編成。○《全宋文》本。以文淵閣本爲底本，校以武英殿聚珍本、進修堂刊本編成。

### 定齋集二十卷　宋蔡戡撰

文淵閣本,乾隆四十六年九月恭校。《珍本》用文淵閣本影印。〇文溯閣本,乾隆四十六年九月恭校。〇文津閣本,乾隆四十六年九月恭校。〇《常州先哲遺書》本,盛氏據傳抄文瀾閣本刊。〇《全宋詩》本。〇《全宋文》本。以上二種均以文淵閣本爲底本,校以《常州先哲遺書》本編成。

### 九華集二十五卷附錄一卷　宋員興宗撰

文淵閣本,乾隆四十六年九月恭校。《四庫全書珍本初集》用文淵閣本影印。〇文溯閣本,乾隆四十六年四月恭校。〇文津閣本,乾隆四十六年四月恭校。〇清東武劉氏嘉蔭簃抄本,藏國圖(善本號05955)。凡十册,十行行二十一字,藍格,白口,四周單邊。鈐"教經堂""北京圖書館藏""學有用齋""海陵錢犀庵校藏書籍""燕庭藏書""吳興劉氏嘉業堂藏書記""辛道人""曾爲綉衣使書""錢犀庵藏書印""犀庵藏本""曾經燕庭勘讀"。卷首提要署"乾隆五十年四月"。《宋集珍本叢刊》册五六據此本影印。〇國圖藏孔繼涵抄本(善本号17040),存卷二四、卷二五,十行行二十一字,鈐"繼涵印""荭谷""濰高翰生藏經籍記"諸印,卷二四末題識"乾隆乙未閏十月廿一日,沈垣爲處借我鈔得二種"。此本爲孔繼涵抄四庫館臣沈叔埏藏本。〇南圖藏清抄本。〇上圖藏清抄本。〇《常州先哲遺書》第一集本。據文瀾閣本刊。〇國圖藏《雜史四種》(善本號06212)中有員興宗《采石戰勝錄》,九行行二十字,周星詒跋。可校閣本之諱改。〇《全宋詩》本。〇《全宋文》本。以上二種均以文淵閣本爲底本編成。

### 應齋雜著六卷　宋趙善括撰

文淵閣本,乾隆四十六年二月恭校。《珍本》用文淵閣本影印。〇文溯閣本,乾隆四十六年二月恭校。〇文津閣本,乾隆四十六年二月恭校。〇南圖藏抄閣本(索書號111314),凡一册,提要署"乾隆五十年四月恭校"。鈐"八千卷樓珍藏善本""四庫著錄""八千卷樓藏書之記""振唐"印。〇《豫章叢書》本。民國八年用八千卷樓抄本刊,附校勘記一卷。〇江西圖書館藏清抄本。〇國圖藏清末抄本。〇《全宋詩》本。以文淵閣本爲底本編成。〇《全宋文》本。以文淵閣本爲底本,校以《豫章叢書》本編成。

### 芸庵類稿六卷　宋李洪撰

文淵閣本,乾隆四十六年九月恭校。《四庫全書珍本初集》用文淵閣本影印。〇文溯閣本,乾隆四十六年四月恭校。〇文津閣本,乾隆四十六年四月恭校。〇南圖藏丁氏竹書堂抄本。〇山東大學圖書館藏劉氏遺碧樓抄本。〇《全宋詩》本。〇《全宋文》本。以上二種均以文淵閣本爲底本編成。

### 南湖集十卷　宋張鎡撰

文淵閣本,乾隆四十六年九月恭校。《珍本》用文淵閣本影印。〇文溯閣本,乾隆四十六年十月恭校。〇文津閣本,乾隆四十六年十月恭校。詩二首爲文淵閣本失收。〇清邵二雲藏本,藏國圖(善本號 A00605)。凡二册,十行行二十一字,無格。有清鮑廷博校。鈐"邵氏二雲""晉涵之印""國立北平圖書館收藏"諸印。○北大圖書館藏乾隆翰林院抄本。○國圖藏清抄本,有鮑廷博校。○中國科學院有清南山閣抄閣本。○南圖藏民國十三年杭州慧雲寺刊本。○《知不足齋叢書》本,據邵晉涵傳抄本編成,另有附錄三卷。○九卷。存素堂鈔《宋元人詩集》本。○《全宋詩》本。以文淵閣本爲底本,校以《大典》殘本、鮑廷博校刻本編成。○《全宋文》本。自他書輯文一卷。

### 南澗甲乙稿 二十二卷　宋韓元吉撰

四庫館臣吳典纂。○文淵閣本,乾隆四十九年十一月恭校。《珍本》用文淵閣本影印。○文溯閣本,乾隆四十九年十一月恭校。○文津閣本,乾隆四十九年十一月恭校。文三首爲文淵閣本失收。○武英殿聚珍本,乾隆四十六年十一月校,纂修官吳典。閩覆本、廣雅書局本另有拾遺一卷。《叢書集成初編》本據此排印。○《全宋詩》本。○《全宋文》本。以上二種均以文淵閣本爲底本,校以武英殿聚珍本編成。

### 自鳴集 六卷　宋章甫撰

文淵閣本,乾隆四十六年九月恭校。《珍本》用文淵閣本影印。○文溯閣本,乾隆四十五年九月恭校。○文津閣本,乾隆四十五年九月恭校。○天尺樓抄本,藏國圖(索書號 86279),凡一册,十行行二十一字。每葉有"天尺樓鈔"字樣,鈐"長州章氏四當齋珍藏書籍記"。卷六末有"庚戌八月十一日,爲茗禮先生校於江南圖書館。秉衡記"。○南圖藏乾隆翰林院抄本。○《豫章叢書》本。民國八年用李振唐抄本付刊,用文瀾閣本覆校。附校勘記一卷。○《全宋詩》本。○《全宋文》本。以上二種均以文淵閣本爲底本,校以《豫章叢書》本編成。

### 客亭類稿 十四卷　宋楊冠卿撰

文淵閣本,乾隆四十六年九月恭校。《四庫全書總目》卷一六○載"客亭類稿十五卷"。《珍本》用文淵閣本影印。○文溯閣本,乾隆四十五年九月恭校。提要云"十五卷"。○文津閣本,乾隆四十五年九月恭校。○南圖藏丁氏八千卷樓抄本。○國圖藏宋刊巾箱本,存十一卷。○《湖北先正遺書》本,據文津閣本影印。○三卷。存素堂鈔《宋元人詩集》本。○《全宋詩》本。以文淵閣本爲底本,校以宋刊本、文津閣本等編成。○《全宋文》本。以文淵閣本爲底本,校以宋刊本編成。

### 蓮峰集 十卷　宋史堯弼撰

文淵閣本,乾隆四十六年九月恭校。《四庫全書珍本初集》用文淵閣本影印。○文溯閣本,乾隆四十五年十月恭校。○文津閣本,乾隆四十五年十月恭校。○國圖藏清抄本。○南圖藏清抄本。○二卷。存素堂鈔《宋元人詩集》本。○《全宋詩》本。以文淵閣本爲底本,校以《大典》殘本等編成。○《全宋文》本。以文淵閣本爲底本編成。

### 燭湖集二十卷附編二卷　宋孫應時撰

文淵閣本，乾隆四十六年九月恭校。《四庫全書珍本四集》用文淵閣本影印。○文溯閣本，乾隆四十六年九月恭校。○文津閣本，乾隆四十六年九月恭校。○嘉慶静遠軒抄本，藏國圖。凡八册，十行行二十一字。版心有"静遠軒"字樣，卷端鈐"京師圖書館藏書記"。書末有吴安世、黄徵蕭、孫熙載、孫景洛、孫元杏等跋。此本以邵晉涵抄本爲底本，參校文瀾閣本編成。○南圖藏清抄本。○《全宋詩》本。○《全宋文》本。以上二種均以文淵閣本爲底本編成。

### 昌谷集二十二卷　宋曹彦約撰

文淵閣本，乾隆四十六年九月恭校。《四庫全書珍本初集》用文淵閣本影印。○文溯閣本，乾隆四十六年十一月恭校。○文津閣本，乾隆四十六年十一月恭校。○天津圖書館藏清抄本。○日本静嘉堂文庫藏抄文瀾閣本。○《全宋詩》本。以文淵閣本爲底本，校以《大典》殘本等編成。○《全宋文》本。以文淵閣本爲底本編成。

### 省齋集十卷附錄一卷　宋廖行之撰

文淵閣本，乾隆四十六年三月恭校。《四庫全書珍本初集》用文淵閣本影印。○文溯閣本，乾隆四十五年九月恭校。○文津閣本，乾隆四十五年九月恭校。○四卷。存素堂鈔《宋元人詩集》本。○《全宋詩》本。以文淵閣本爲底本編成。

### 山房集八卷　山房後稿一卷　宋周南撰

文淵閣本，乾隆四十六年九月恭校。《四庫全書珍本三集》用文淵閣本影印。○文溯閣本，乾隆四十五年五月恭校。○文津閣本，乾隆四十五年五月恭校。經解一則爲文淵閣本失收（乃誤收）。○乾隆翰林院抄本。藏國圖善本部（藏書號A01057）。凡二册，八行行二十一字，紅格，白口，四周雙邊。鈐"國立北京圖書館收藏""一大淵海"諸印。○乾隆翰林院抄本。藏國圖善本部（藏書號05890），凡二册，八行行二十一字，紅格，白口，四周雙邊。鈐"北京圖書館藏""詩龕居士存素堂圖書印""詩龕藏書印"諸印。《宋集珍本叢刊》册六九據此影印。○山房集八卷。中山大學圖書館珍藏部藏抄本（索書號01717）。凡五册，八行行二十一字，小字雙行二十一字，黑口，四周單邊，緑絲欄，卷端及版口題"欽定四庫全書"。○《涵芬樓秘笈》第八集本。國圖藏本有傅增湘校并跋。《宋集珍本叢刊》册六九據此影印。○南圖藏舊抄本（索書號111326），凡四册。鈐"四庫著錄""八千卷樓""嘉惠堂丁氏藏書之記""八千卷樓珍藏善本"諸印，有丁丙跋。○日本静嘉堂文庫藏傳抄庫本。○存素堂鈔《宋元人詩集》本。山房集一卷山房後稿一卷。○《全宋詩》本。以文淵閣本爲底本編成。○《全宋文》本。以文淵閣本爲底本，校以《涵芬樓秘笈》本編成。

### 後樂集二十卷　宋衛涇撰

文淵閣本，乾隆四十六年九月恭校。《四庫全書珍本初集》用文淵閣本影印。○文溯閣本，乾隆四十六年十月恭校。○文津閣本，乾隆四十六年十月恭校。文一首爲文淵閣本失收。○南圖藏清抄本。○衛文節公後樂集二十卷,光緒八年友順堂聚珍本。凡一函十冊,九行行二十一字。提要署"乾隆五十年正月恭校上"。書前有彭慰高、沈德潛等序,《像贊》《文節公年譜》《壙志》等;書後有衛華福、衛若金後序。復旦大學圖書館有藏本(索書號4934),鈐"復旦大學圖書館藏""王氏二十八宿硯齋藏書印"。卷一夾一籤條,乃王欣夫手筆,云:"癸酉十月,欣夫爲購婁韓氏所藏叢書堂抄本《陸士龍集》,余乃適得葉文莊公稿本、石浦衛族考及衛族雜抄明寫本,附以此集。雖不及五十年,而傳本亦稀。既以前二書入善本目,而此本歸南宋集類。"○北大圖書館藏清抄本。○《全宋詩》本。○《全宋文》本。以上二種均以文淵閣本爲底本編成。

### 性善堂稿十五卷　　宋度正撰

文淵閣本,乾隆四十六年九月恭校。《四庫全書珍本初集》用文淵閣本影印。○文溯閣本,乾隆四十五年十月恭校。○文津閣本,乾隆四十五年十月恭校。○四卷。存素堂鈔《宋元人詩集》本。○《全宋詩》本。○《全宋文》本。以上二種均以文淵閣本爲底本編成。

### 東山詩選二卷　　宋葛紹體撰

文淵閣本,乾隆四十六年九月恭校。《四庫全書珍本五集》用文淵閣本影印。○文溯閣本,乾隆四十六年三月恭校。○文津閣本,乾隆四十六年三月恭校。○南圖藏清抄本。○國圖藏光緒二十七年太平陳氏刻本。○《宋人集》丙編本。據傳抄文津閣本刻印。《宋集珍本叢刊》册八三據此本影印。○《全宋詩》本,以文淵閣本爲底本編成。○《全宋文》本。自他書輯文一篇。

### 蒙齋集二十卷　　宋袁甫撰

四庫館臣平恕纂。○文淵閣本,乾隆四十七年四月恭校。《四庫全書總目》卷一六二載"蒙齋集十八卷"。《珍本》用文淵閣本影印。○文溯閣本,乾隆四十年十一月恭校。提要未言卷數。○文津閣本,乾隆四十九年三月恭校。文四首爲文淵閣本失收。○武英殿聚珍本,乾隆四十一年二月校,纂修官平恕。閩覆本及廣雅書局本有拾遺一卷。《叢書集成初編》本據此排印。○光緒十六年刻《清芬堂叢書》本。○《全宋詩》本。以文淵閣本爲底本,校以《大典》殘本等編成。○《全宋文》本。以文淵閣本爲底本,校以武英殿聚珍本編成。

### 鶴林集四十卷　　宋吳泳撰

文淵閣本,乾隆四十六年九月恭校。《四庫全書珍本初集》用文淵閣本影印。○文溯閣本,乾隆四十六年十月恭校。○文津閣本,乾隆四十六年十月恭校。文一首爲文淵閣本失收。○乾隆翰林院抄本,藏國圖(善本號05891)。凡六册,八行行二十一字,紅格,白口,四周雙邊。鈐"北京圖書館藏""詩龕居士存素堂圖書印""詩龕藏書印"。《宋集珍本叢刊》册七四據此影印。○南圖藏清抄本。○《全宋詩》本。以文淵閣本爲底本編成。○《全宋文》本。以文淵閣本爲底本,校以翰林院抄本、舊抄本等編成。

### 東澗集十四卷　宋許應龍撰

文淵閣本,乾隆四十六年九月恭校。《四庫全書珍本初集》用文淵閣本影印。○文溯閣本,乾隆四十六年十二月恭校。○文津閣本,乾隆四十六年十二月恭校。○乾隆翰林院抄本,藏國圖(善本號05892)。凡二册,八行行二十一字,紅格,白口,四周雙邊。鈐"北京圖書館藏""詩龕藏書印"。《宋集珍本叢刊》册七三據此影印。○傅增湘抄本,藏國圖(善本號22645)。凡四册,十行行二十一字。每葉有"藏園傅氏寫本"字樣,鈐"傅增湘讀書""國立北平圖書館珍藏"諸印。有傅氏校勘。○南圖藏清藍格抄本。○《全宋詩》本。以文淵閣本爲底本編成。○《全宋文》本。以文淵閣本爲底本,校以翰林院抄本編成。

### 浣川集十卷　宋戴栩撰

文淵閣本,乾隆四十六年九月恭校。《珍本》用文淵閣本影印。○文溯閣本,乾隆四十五年九月恭校。○文津閣本,乾隆四十五年九月恭校。○南圖藏清抄本。○《敬鄉樓叢書》本,十卷補遺一卷。以孫衣言抄本爲底本編輯而成。○《全宋詩》本。以文淵閣本爲底本,酌校殘本《大典》等編成。○《全宋文》本。以文淵閣本爲底本,校以《敬鄉樓叢書》本編成。

### 漁墅類稿八卷　宋陳元晉撰

文淵閣本,乾隆四十六年九月恭校。《四庫全書珍本初集》用文淵閣本影印。○文溯閣本,乾隆四十五年十月恭校。○文津閣本,乾隆四十五年十月恭校。○乾隆翰林院抄本,藏國圖(善本號03939)。凡二册,清朱文鼎、四庫館謄錄孫曙滄校、編修"劉東"校,八行行二十一字。鈐"翰林院印"。《宋集珍本叢刊》册七八據此影印。○《全宋詩》本。以文淵閣本爲底本編成。○《全宋文》本。以文淵閣本爲底本,校以翰林院抄本編成。

### 滄洲塵缶編十四卷　宋程公許撰

文淵閣本,乾隆四十六年九月恭校。《四庫全書珍本初集》用文淵閣本影印。○文溯閣本,乾隆四十六年四月恭校。○文津閣本,乾隆四十六年四月恭校。○南圖藏抄閣本(索書號111342)。凡四册,提要署"乾隆五十二年恭校"。鈐"四庫著錄""八千卷樓珍藏善本""八千卷樓藏書之記""張紹仁印""長洲張氏執經堂藏""訒庵""張紹仁訒庵藏書""紫安十萬卷樓藏書""十萬卷樓藏書"印。○《全宋詩》本。以文淵閣本爲底本,校以殘本《大典》編成。○《全宋文》本。以文淵閣本爲底本編成。

### 篔窗集十卷　宋陳耆卿撰

四庫館臣陳昌圖纂。○文淵閣本,乾隆四十六年九月恭校。《四庫全書珍本初集》用文淵閣本影印。○文溯閣本,乾隆四十五年五月恭校。○文津閣本,乾隆四十五年五月恭校。○清抄本,藏浙江省圖書館(索書號4349)。凡二册,八行行二十一字。鈐"浙江省文物管理委員會藏""浙江省圖書館珍藏善本"諸印。較他本卷九收文爲多。○南圖藏抄閣本(索書號111339),凡四册,提要署"乾隆五十年二月恭校"。鈐"四庫著錄""八千卷樓藏書之記""八千卷樓珍藏善本"印。收文同浙江省圖書館藏本。○溫州圖書館藏清瑞安孫鏘鳴抄本。○國圖藏光緒二十年葉氏《蔭玉閣叢書》活字本。○北大藏光緒三十一年李氏木犀軒抄閣本。○《台州叢書·己集》本,有補遺。○《全宋詩》本。○《全宋文》本。以上二種均以文淵閣本爲底本編成。

### 臞軒集十六卷　　宋王邁撰

文淵閣本,乾隆四十六年九月恭校。《四庫全書珍本初集》用文淵閣本影印。○文溯閣本,乾隆四十六年九月恭校。○文津閣本,乾隆四十六年九月恭校。○乾隆翰林院抄本,藏國圖(善本號05893)。凡四册,八行行二十一字,紅格,白口,四周雙邊。鈐"北京圖書館藏""詩龕藏書印"。《宋集珍本叢刊》册七九據此影印。○孔繼涵抄本,藏國圖(善本號05711)。凡三册,十行二十三、二十四字不等,無格。鈐"吳興劉氏嘉業堂藏書記""孔繼涵印""荭谷"等印。○上圖藏清抄本。○南圖藏清抄本。○《臞軒先生四六》二卷。此本版本甚多,不具錄。○《全宋詩》本。以文淵閣本爲底本,校以殘本《大典》等編成。○《全宋文》本。《臞軒集》以文淵閣本爲底本,校以翰林院抄本;《臞軒先生四六》以宜秋館抄本爲底本,校以宋刻《四家四六》編成。

### 敝帚稿略八卷　　宋包恢撰

文淵閣本,乾隆四十六年九月恭校。《四庫全書珍本三集》用文淵閣本影印。○文溯閣本,乾隆四十五年九月恭校。○文津閣本,乾隆四十五年九月恭校。○乾隆翰林院抄本,藏國圖(善本号A01072)。凡二册,八行行二十一字,白口,紅格,四周雙邊。○乾隆翰林院抄本,藏國圖(善本號05894)。凡二册,八行行二十一字,紅格,白口,四周雙邊。鈐"北京圖書館藏""詩龕居士存素堂圖書印""詩龕藏書印"。《宋集珍本叢刊》册七八據此本影印。○南圖藏清抄本。○南京大學圖書館藏金陵大學中國文化研究所抄本。○《宋人集》丙編本。抄自文瀾閣本,提要署"乾隆四十五年九月"。○《全宋詩》本。○《全宋文》本。以上二種均以文淵閣本爲底本編成。

### 泠然齋詩集八卷　　宋蘇泂撰

四庫館臣周興岱纂。○文淵閣本,乾隆四十六年九月恭校。《四庫全書總目》卷一六三作"泠然齋集"。《四庫全書珍本初集》用文淵閣本影印。○文溯閣本,乾隆四十五年九月恭校。○文津閣本,乾隆四十五年九月恭校。○南圖藏趙氏星鳳閣抄本(索書號111362),提要署"纂修官編修臣周興岱恭校"。有丁丙題識。版心有"星鳳閣正本"字樣,右邊有"楳泉居士校"。鈐"八千卷樓珍藏善本""杏約過眼""古歡書屋""振唐""趙輯寧印""典承"印。○國圖藏民國二十二年藏園傅氏抄閣本。○北大藏抄閣本。○天津圖書館藏劉氏遠碧樓抄本。○復旦大學圖書館另藏《金陵雜興》一卷附錄一卷。○《全宋詩》本。以文淵閣本爲底本編成。

### 澗泉集二十卷　　宋韓淲撰

文淵閣本,乾隆四十六年九月恭校。《四庫全書珍本初集》用文淵閣本影印。○文溯

閣本，乾隆四十五年十月恭校。○文津閣本，乾隆四十五年十月恭校。○乾隆翰林院抄本，藏國圖（善本號 05895）。凡四冊，八行行二十一字，紅格，白口，四周雙邊。鈐"詩龕居士存素堂圖書印""北京圖書館藏""詩龕藏書印"諸印。《宋集珍本叢刊》冊七〇據此本影印。○遼寧圖書館藏清抄本。○《全宋詩》本。以文淵閣本爲底本。校以殘本《大典》《瀛奎律髓》等編成。○《全宋文》本。自文淵閣本及他書録文二篇。

### 庸齋集 六卷　　宋趙汝騰撰

文淵閣本，乾隆四十六年九月恭校。《四庫全書珍本初集》用文淵閣本影印。○文溯閣本，乾隆四十六年四月恭校。○文津閣本，乾隆四十六年四月恭校。○《全宋詩》本。○《全宋文》本。二種均以文淵閣本爲底本編成。

### 彝齋文編 四卷　　宋趙孟堅撰

文淵閣本，乾隆四十六年九月恭校。《四庫全書珍本三集》用文淵閣本影印。○文溯閣本，乾隆四十六年九月恭校。○文津閣本，乾隆四十六年九月恭校。○彝齋文編四卷補遺一卷，鮑氏知不足齋抄本，藏國圖（善本號 12245）。凡二冊，十行行二十一字，黑口，左右雙邊。所據本提要署"乾隆五十年五月恭校上"，乾隆六十年鮑廷博偕趙魏據文瀾閣本校，嘉慶六年鮑氏又校。鈐"世守陳編之家""吳興劉氏嘉業堂藏書印"。○彝齋文編四卷補遺一卷，南圖藏知不足齋精抄本（索書號 111368）。一冊，版心有"知不足齋叢書"字樣。鈐"知不足齋傳鈔""平江陳氏""遵印""仲遵""振唐""西畇藏書""潁川書畫記""江蘇第一圖書館善本書之印記"諸印。○南圖藏抄本（索書號 111363），凡二冊。有丁丙題識。鈐"江蘇第一圖書館善本書之印記"印。有朱筆校記。○《嘉業堂叢書》本，據鮑氏知不足齋抄本校勘而成。○上圖藏勞氏抄本。清勞權校補。○中國科學院藏清抄本。有王獻唐題記。○北大藏鮑氏知不足齋抄本。鮑廷博校并跋。有補遺一卷。○二卷。存素堂鈔《宋元人詩集》本。○《全宋詩》本。以文淵閣本爲底本，酌校殘本《大典》編成。○《全宋文》本。以《嘉業堂叢書》本爲底本，校以文淵閣本編成。

### 張氏拙軒集 六卷　　宋張侃撰

文淵閣本，乾隆四十六年九月恭校。《四庫全書珍本初集》用文淵閣本影印。○文溯閣本，乾隆四十六年三月恭校。○文津閣本，乾隆四十六年三月恭校。○四卷。存素堂鈔《宋元人詩集》本。○《全宋詩》本。以文淵閣本爲底本，酌校《大典》殘本編成。○《全宋文》本。以文淵閣本爲底本編成。

### 靈岩集 八卷　　宋唐士耻撰

文淵閣本，乾隆四十六年九月恭校。《四庫全書珍本三集》用文淵閣本影印。○文溯閣本，乾隆四十五年四月恭校。○文津閣本，乾隆四十五年四月恭校。○南圖藏清藍格抄本。○日本東京大學圖書館藏覆八千卷樓抄本。○《續金華叢書》本。據八千卷樓抄本刊。○《全宋詩》本。以文淵閣本爲底本，校以《續金華叢書》本等編成。○《全宋文》本。以《續金華叢書》本爲底本，校以文淵閣本等編成。

## 楳埜集十二卷　宋徐元杰撰

文淵閣本，乾隆四十六年九月恭校。《珍本》用文淵閣本影印。○文溯閣本，乾隆四十六年九月恭校。○文津閣本，乾隆四十六年九月恭校。○乾隆翰林院抄本，藏國圖（善本號05896）。凡三册，八行行二十一字，紅格，白口，四周雙邊。鈐"北京圖書館藏""詩龕居士存素堂藏書印""詩龕藏書印"諸印。《宋集珍本叢刊》册八三、八四據此影印。○天津圖書館藏清抄本。有佚名校。○南圖藏清抄本。○十一卷。《乾坤正氣集》本。○《全宋詩》本。以文淵閣本爲底本編成。○《全宋文》本。以文淵閣本爲底本，校以《乾坤正氣集》本等編成。

## 耻堂存稿八卷　宋高斯得撰

四庫館臣邵晉涵、程晉芳纂。○文淵閣本，乾隆四十二年三月恭校。《珍本》用文淵閣本影印。○文溯閣本，乾隆四十七年十月恭校。○文津閣本，乾隆四十九年二月恭校。○武英殿聚珍本，乾隆四十四年五月校，纂修官程晉芳。《叢書集成初編》本據此排印。○四川省圖書館藏光緒元年四川浦口廣定鶴山祠刻本。○南京大學圖書館藏民國十三年蒲江民治書報社鉛印本。○《全宋詩》本。以文淵閣本爲底本，校以武英殿聚珍本等編成。○《全宋文》本。以文淵閣本爲底本，校以武英殿聚珍、鶴山祠刻本等編成。

## 字溪集十一卷附錄一卷　宋陽枋撰

文淵閣本，乾隆四十六年九月恭校，附錄題作卷十二。《四庫全書珍本初集》用文淵閣本影印。○文溯閣本，乾隆四十六年九月恭校。○文津閣本，乾隆四十六年九月恭校。○乾隆翰林院抄本，北大"大倉文庫"藏，凡八册，八行行二十一字，有館臣墨筆校勘。鈐"溫陵黃氏藏書""篤生經眼"諸印。○清抄本，藏國圖（索書號22666）。凡六册，八行行二十一字。鈐"延古堂李氏珍藏"印。○北大藏宣統二年李氏木犀軒傳抄閣本。○上圖藏清抄本。○字溪詩集二卷，清抄本，藏國圖（索書號22667）。凡一册，九行行二十一字。○《全宋詩》本。○《全宋文》本。二種均以文淵閣本爲底本編成。

## 潜山集十二卷　宋釋文珦撰

文淵閣本，乾隆四十六年九月恭校。《四庫全書珍本初集》用文淵閣本影印。○文溯閣本，乾隆四十六年四月恭校。○文津閣本，乾隆四十六年四月恭校。○南圖藏丁氏八千卷樓黑格抄本。○天津圖書館藏劉氏遠碧樓抄本。○《全宋詩》本。以文淵閣本爲底本，酌校《大典》及《詩淵》引詩編成。

## 須溪集十卷　宋劉辰翁撰

四庫館臣鄒炳泰纂。○文淵閣本，乾隆四十六年九月恭校。《四庫全書珍本四集》用文淵閣本影印。○文溯閣本，乾隆四十六年四月恭校。○文津閣本，乾隆四十六年四月恭校。○南圖藏乾隆四十六年王友亮抄本（索書號115047）。凡五册。○北師大圖書館藏孔氏岳雪樓抄本。○國圖藏清紅格抄本，八卷。○江西圖書館藏清抄本，凡七卷。○《豫章叢書》本,七卷,民國六年以八千卷樓抄本刊,附校勘記一卷、校勘續記一卷。○另有《劉須溪先生記鈔》八卷、《須溪先生四景詩》四卷、《劉須溪集略》四卷等集。○《全宋詩》本。《須溪集》以文淵閣本爲底本,酌校有關書引録,編爲第一卷;《須溪先生四景詩集》以宜秋館本爲底本,校以文淵閣本等,編爲第二、三、四、五卷。○《全宋文》本。以文淵閣本爲底本,校以《豫章叢書》本等編成。

### 葦航漫游稿 四卷　　宋胡仲弓撰

文淵閣本,乾隆四十六年九月恭校。《四庫全書珍本初集》用文淵閣本影印。○文溯閣本,乾隆四十六年三月恭校。○文津閣本,乾隆四十六年三月恭校。○南圖藏清抄本,有丁丙跋。○《全宋詩》本。前四卷以文淵閣本爲底本;他卷以顧氏讀畫齋刊《南宋群賢小集》爲底本,校以文淵閣本等編成。

### 碧梧玩芳集 二十四卷　　宋馬廷鸞撰

文淵閣本,乾隆四十六年九月恭校。《珍本》用文淵閣本影印。○文溯閣本,乾隆四十六年四月恭校。○文津閣本,乾隆四十六年四月恭校。○乾隆翰林院抄本,藏國圖(善本號05897)。凡三册,八行行二十一字,紅格,白口,四周雙邊。鈐"詩龕居士存素堂藏書印""詩龕藏書印""北京圖書館藏"。《宋集珍本叢刊》册八七據此本影印。○國圖藏清抄本。○南圖藏清抄本,有丁丙跋。○《豫章叢書》本。民國四年以八千卷樓抄本刊,附校勘記一卷。○《全宋詩》本。以文淵閣本爲底本,校以《豫章叢書》本等編成。○《全宋文》本。以文淵閣本爲底本,校以《豫章叢書》本編成。

### 閬風集 十二卷　　宋舒岳祥撰

文淵閣本,乾隆四十六年九月恭校。《四庫全書珍本三集》用文淵閣本影印。○文溯閣本,乾隆四十五年九月恭校。○文津閣本,乾隆四十五年九月恭校。○乾隆翰林院抄本。藏國圖(A01077)。凡二册,八行行二十一字,白口,紅格,四周雙邊。鈐"國立北平圖書館收藏"。《四庫提要著録叢書》册二七據此影印。○南圖藏清抄本,有丁丙跋。○北大圖書館藏光緒間刻本,有補遺等二卷。○静嘉堂文庫藏清抄本。○《嘉業堂叢書》本,有附録補遺一卷。○九卷。存素堂抄《宋元人詩集》本。○《全宋詩》本。以文淵閣本爲底本,校《大典》殘本編成。○《全宋文》本。以《嘉業堂叢書》本爲底本,校以文淵閣本編成。

### 秋聲集 六卷　　宋衛宗武撰

文淵閣本,乾隆四十六年二月恭校。《四庫全書珍本初集》用文淵閣本影印。○文溯閣本,乾隆四十六年三月恭校。○文津閣本,乾隆四十六年三月恭校。○南圖藏清抄本。○四卷,上圖藏清抄本。○四卷。存素堂鈔《宋元人詩集》本。○《全宋詩》本。以文淵閣本爲底本,酌校殘本《大典》編成。○《全宋文》本。以文淵閣本爲底本編成。

### 廬山集 五卷　英溪集 一卷　　宋董嗣杲撰

文淵閣本,乾隆四十六年九月恭校。《四庫全書珍本初集》用文淵閣本影印。○文溯

閣本，乾隆四十五年九月恭校。○文津閣本，乾隆四十五年九月恭校。○乾隆翰林院抄本，藏國圖（A01081）。凡一冊，八行行二十一字，白口，四周雙邊。鈐"國立北平圖書館收藏"。《四庫提要著録叢書》册二八據此影印。○南圖藏清抄本，有丁丙跋。○天津圖書館藏宜秋館抄本，有佚名批校。○北大藏抄閣本。○國圖藏長春室烏絲欄抄本。○上圖藏抄本《英溪集》一卷。○存素堂鈔《宋元人詩集》本。○《全宋詩》本。卷一至六以文淵閣本爲底本，七、八兩卷以嘉惠堂刊《西湖百咏》爲底本，校以文淵閣本等編成。

### 則堂集 六卷　　宋家鉉翁撰

文淵閣本，乾隆四十六年九月恭校。《四庫全書珍本初集》用文淵閣本影印。○文溯閣本，乾隆四十六年九月恭校。○文津閣本，乾隆四十六年九月恭校。○乾隆翰林院抄本，國圖藏。《四庫提要著録叢書》册二八據此影印。○道光二十八年劉氏嘉陰簃抄本，藏國圖（善本號06297）。有劉喜海跋。凡一冊，十行行二十一字，小字雙行同，藍格，白口，四周單邊。書口題"嘉蔭簃""東武劉燕庭氏校鈔"。提要署"乾隆五十年四月恭校上"，乃從文瀾閣本録出。《宋集珍本叢刊》册八六據此影印。○則堂先生文集六卷，知白齋抄本，藏國圖（善本號11995）。凡一冊，存卷一至四凡四卷，九行行二十五至二十七字，黑格，上下細黑口，中白口，左右雙邊。鈐"敦夙好齋""北京圖書館藏""書潛經眼""葉名澧潤臣印"。○國圖藏藍格抄本，有傅增湘校跋。○南圖藏清抄本。○上圖藏抄本。○《全宋詩》本。以文淵閣本爲底本編成。○《全宋文》本。以文淵閣本爲底本，校以嘉蔭簃抄本編成。

### 百正集 三卷　　宋連文鳳撰

四庫館臣邵晉涵纂。○文淵閣本，乾隆四十六年九月恭校。《珍本》用文淵閣本影印。○文溯閣本，乾隆四十五年八月恭校。○文津閣本，乾隆四十五年八月恭校。○乾隆翰林院抄本，藏國圖（善本號12017）。凡一冊，八行行二十一字，紅格，白口，四周雙邊。○清抄本，藏浙江省圖書館（索書號4364）。凡一冊，九行行二十一字。鈐"曹溶之印""檇李曹氏藏書"諸印。○上圖藏清内府抄本。○國圖藏清抄本。○北大藏抄閣本。○清抄本，藏臺北"中央圖書館"，有鮑廷博校。鈐"邵氏二雲"。○《知不足齋叢書》本，提要署"乾隆四十年十一月"。《叢書集成初編》本據排印。○百正集二卷，國圖、北大等藏抄本。○《全宋詩》本。以文淵閣本爲底本編成。○《全宋文》本。以《知不足齋叢書》本爲底本，校以文淵閣本編成。

### 自堂存稿 四卷　　宋陳杰撰

文淵閣本，乾隆四十六年七月恭校。一九八二年臺灣商務印書館《四庫全書珍本十二集》用文淵閣本影印。○文溯閣本，乾隆四十五年十月恭校。○文津閣本，乾隆四十五年十月恭校。○乾隆翰林院抄本，藏南圖。凡一冊，紅格，八行行二十一字。鈐"江蘇第一圖書館善本書之印記""振唐""九峰居""翰林院印""丁氏八千卷樓藏書之記"諸印。書中多有文字、格式等校改處。卷末有題記云："光緒三年五月三十日，從朱子清借此帙。子清病卷有損污，屬別鈔歸彼，因以此帙藏之八千卷樓。時梅雨不作，蒸熱無殊伏暑。分龍甘澤忽沛，芳田可播種，江南蝗災亦可稍熄矣。丁丙記。"○湖南圖書館藏民國葉啓勛抄本十三卷，十行行十八字。此本尚爲原本，經葉啓勛等收藏，卷末有其序跋二則。○國圖藏清抄本。○《豫章叢書》本。民國五年用朱伯修藏抄本刊。○《全宋詩》本。以文淵閣本爲底本，校以《豫章叢書》本編成。

### 心泉學詩稿 六卷　　宋蒲壽宬撰

文淵閣本，乾隆四十六年九月恭校。《四庫全書珍本初集》用文淵閣本影印。○文溯閣本，乾隆四十六年四月恭校。○文津閣本，乾隆四十六年四月恭校。○乾隆翰林院抄本，南圖藏（索書號111418），紅格，八行行二十一字。有館臣校勘痕迹。鈐"翰林院""振唐""朱學勤印""修伯""朱修伯藏書"印。有丁丙跋。○南圖藏清抄本。○中國科學院藏抄本。○北大藏"大倉文庫"本，凡一册。○《全宋詩》本。○《全宋文》本。以上二種均以文淵閣本爲底本編成。

### 剩語 二卷　　元艾性夫撰

文淵閣本，乾隆四十六年九月恭校。作者署"艾性"。《四庫全書珍本初集》用文淵閣本影印。○文溯閣本，乾隆四十五年十月恭校。○文津閣本，乾隆四十五年十月恭校。○國圖藏乾隆翰林院抄本，凡一册，鈐"翰林院""北京圖書館藏"諸印。多有闕葉。○存素堂抄《宋元人詩集》本。○國圖藏清抄本。○《全宋詩》本。以文淵閣本爲底本編成。

### 牆東類稿 二十卷　　元陸文圭撰

四庫館臣林澍蕃纂。○文淵閣本，乾隆四十六年九月恭校。《珍本》用文淵閣本影印。○文溯閣本，乾隆四十六年四月恭校。○文津閣本，乾隆四十六年四月恭校。○國圖藏乾隆翰林院抄本（索書號05898），凡四册。○道光十九年江陰陸氏世德堂刻本，以文瀾閣本爲底本，陸煒輯補遺文一卷補遺詩一卷，國圖有藏。○南圖藏光緒十二年藍格抄本，另有卷首一卷補遺一卷。○天津圖書館藏光緒二十二年武進盛氏重刻世德堂刻本，有補遺一卷校勘記一卷，凡三册。○《全宋詩》本。以文淵閣本爲底本編成。《全宋文》未錄此人。

### 青山集 八卷　　元趙文撰

文淵閣本，乾隆四十六年九月恭校。《四庫全書珍本初集》用文淵閣本影印。○文溯閣本，乾隆四十五年十月恭校。○文津閣本，乾隆四十六年四月恭校。○乾隆翰林院抄本，國圖藏（索書號05899），凡二册。○《全宋詩》本。以文淵閣本爲底本編成。《全宋文》未錄此人。

### 金淵集 六卷　　元仇遠撰

四庫館臣閔思誠纂。○文淵閣本，乾隆四十年四月恭校。○文溯閣本，乾隆四十七年五月恭校。○文津閣本，乾隆四十九年五月恭校。詩三首爲文淵閣本失收。○武英殿聚珍版，乾隆四十年四月校，纂修官閔思誠。國圖藏本有傅增湘錄盧文弨校文（善本號05663）。○仇遠另有《山村遺稿》。○《全宋詩》本。以文淵閣本爲底本編成。

**斜川集**六卷　　宋蘇過撰

四庫館臣周永年、全唐文館法式善纂。○六卷訂誤一卷附錄二卷，乾隆五十三年趙懷玉亦有生齋刻本。○《知不足齋叢書》本。《叢書集成初編》本據此排印。○浙江圖書館藏清尚卿居抄本。○南圖藏清抄本。○六卷，《宛委別藏》本。○静嘉堂文庫藏吴長元抄本，有吴長元題識（《日本藏宋人文集善本鈎沉》頁一○九）。○斜川集六卷附錄二卷訂誤一卷補遺二卷續抄一卷附錄一卷，嘉慶十六年唐仲冕增刻本。○國圖藏清抄本，不分卷，間有周永年校筆。○臺北"中央圖書館"藏周氏林汲山房抄本，六卷。○舒大剛等《斜川集校注》以《知不足齋叢書》本爲底本，會校諸本，并加以編年。○《全宋詩》本。以《知不足齋叢書》本爲底本，校以趙懷玉刻本、清舊抄本等編成。○《全宋文》本。以《知不足齋叢書》本爲底本，校以趙懷玉刻本、宛委別藏本、《四部備要》本、眉山三蘇祠刻本、國圖藏舊抄本、清抄本等編成。

**平庵悔稿**一卷　　**丙辰悔稿**一卷　　**悔稿後編**一卷　　宋項安世撰

四庫館臣余集纂。○秦敦夫抄本，平庵悔稿一卷平庵丙辰悔稿一卷平庵悔稿後編一卷平庵詩稿補遺一卷，藏國圖（善本號05405）。凡二册，十行行二十一字，無格。清翁心存、翁同書跋。鈐"翁同書藏書印記""翁同書字祖庚""海虞翁氏陔華館圖書印""翁心存字二銘號遂庵""北京圖書館藏""臣恩復""秦伯敦父""石研齋秦氏印"諸印。《宋集珍本叢刊》册六六據此影印。○清抄本，平庵悔稿十四卷平庵丙辰悔稿一卷平庵悔稿後編六卷平庵悔稿補遺一卷，藏國圖（善本號07703）。凡四册，八行行二十一字，無格。鈐"巴陵方氏珍藏""北京圖書館""涵芬樓""海鹽張元濟經考""巴陵方氏碧琳琅珍藏秘笈""巴陵方氏功惠柳橋甫印""方家書庫""熙徵私印""誠齋居士""方功惠藏書印"諸印。《宋集珍本叢刊》册六六據此影印。○平庵悔稿十四卷丙辰悔稿一卷悔稿後編六卷補遺附錄，北大藏舊抄本。○平庵詩稿十六卷，北大圖書館藏王宗炎十萬卷樓抄本。○平庵丙辰悔稿平庵悔稿後編不分卷。中山大學圖書館珍藏部藏抄本（索書號01715）。凡二册，十行行二十一字，無格。下册第十八葉末有朱筆"九月廿四日校於執禮軒"、册末有朱筆"九月二十五日校畢"楷書題記。平庵悔稿後編以體編排，五言排及其下皆無。○杭州圖書館藏清抄本。有吴長元跋。○日本静嘉堂文庫藏舊抄本，平庵悔稿十四卷丙辰悔稿一卷悔稿後編六卷（《日本藏宋人文集善本鈎沉》頁一六三）。○十六卷本，上圖、南圖、湖南師範大學圖書館等藏抄本多種。○十二卷，宛委別藏本。○《全宋詩》本。以宛委別藏本爲底本，校以吴長元抄本編成。

# 本書主要參考文獻

本書所涉諸家輯本版本甚夥，已見前文，此不贅舉。本部分僅列其餘關涉大典本詩文文獻者。

## 著作

勞格《讀書雜識》，《續修四庫全書》本
繆荃孫《藝風堂文集》，《續修四庫全書》本
何異《宋中興百官題名》，《藕香零拾》本
何異《宋中興百官題名》，上圖藏翰林院抄本
何異《宋中興百官題名》，國圖藏錢大昕抄本
徐松輯《中興禮書》《續編》，《續修四庫全書》影印蔣光焴抄本
徐松輯《中興禮書》《續編》，北京大學圖書館藏抄本
徐松輯《中興禮書》《續編》，杭州大學圖書館藏抄本
徐松輯《宋會要輯稿》，中華書局，1957年
張國淦《中國古方志考》，中華書局，1963年
魏齊賢、葉棻《聖宋名賢五百家播芳大全文粹》，《中國史學叢書》影印一百二十六卷本，台灣學生書局，1964年
張宗祥《補鈔文瀾閣闕簡書目》，《書目類編》第9輯，成文出版社，1978年
欒貴明《四庫輯本別集拾遺》，中華書局，1983年
顧力仁《永樂大典及其輯佚書研究》，私立東吳大學、中國學術著作獎助委員會，1985年
《詩淵》，書目文獻出版社，1985年
解縉等《永樂大典》，中華書局，1986年
孔凡禮《宋詩紀事續補》，北京大學出版社，1987年
徐松輯、陳智超整理《宋會要輯稿補編》，全國圖書館文獻縮微複製中心，1988年
昌彼得《宋人傳記資料索引》，中華書局，1988年
黃愛平《四庫全書纂修研究》，中國人民大學出版社，1989年
黃淮、楊士奇編《歷代名臣奏議》，上海古籍出版社，1989年
四川大學古籍所編《現存宋人別集版本目錄》，巴蜀書社，1990年
陳智超《解開宋會要之謎》，社會科學文獻出版社，1995年
北京大學古文獻研究所編《全宋詩》，北京大學出版社，1995年
薛瑞兆、郭明志主編《全金詩》，南開大學出版社，1995年

嚴紹璗《日本藏宋人文集善本鈎沉》，杭州大學出版社，1996年
舒大剛等《斜川集校注》，巴蜀書社，1996年
中國第一歷史檔案館編《纂修四庫全書檔案》，上海古籍出版社，1997年
楊訥，李曉明《文淵閣四庫全書補遺》，北京圖書館出版社，1997年
欒貴明編《永樂大典索引》，作家出版社，1997年
《南宋館閣錄·續錄》，中華書局，1998年
李修生主編《全元文》，江蘇古籍出版社，1999年
《海外新發現〈永樂大典〉十七卷》，上海辭書出版社，2003年
吳格整理《翁方綱纂四庫提要稿》，上海科學技術文獻出版社，2005年
中國國家圖書館編《永樂大典編纂600周年國際研討會論文集》，北京圖書館出版社，2003年
馬蓉等《永樂大典方志輯佚》，中華書局，2004年
傅增湘《宋代蜀文輯存》，北京圖書館出版社，2005年
陳新等《全宋詩訂補》，大象出版社，2005年
張升《永樂大典研究資料輯刊》，北京圖書館出版社，2005年
陳尚君輯纂《舊五代史新輯會證》，復旦大學出版社，2005年
張國淦《張國淦文集四編》，北京燕山出版社，2006年
曾棗莊，劉琳主編《全宋文》，上海辭書出版社，2006年
孔凡禮《宋代文史論叢》，學苑出版社，2006年
《文津閣四庫全書提要匯編》，商務印書館，2006
嚴紹璗《日藏漢籍善本書錄》，中華書局，2009年
金程宇《域外漢籍叢考》，中華書局，2007年
金程宇《稀見唐宋文獻叢考》，中華書局，2009年
鞏本棟《宋集傳播考論》，中華書局，2009年
孔凡禮《孔凡禮文存》，中華書局，2009年
史廣超《永樂大典輯佚述稿》，中州古籍出版社，2009年
張升《永樂大典流傳與輯佚研究》，北京師範大學出版社，2010年
中國古籍總目編纂委員會編《中國古籍總目》（集部），中華書局，2012年
張升《四庫全書館研究》，北京師範大學出版社，2012年
朱剛，陳珏《宋代禪僧詩輯考》，復旦大學出版社，2012年
楊鐮主編《全元詩》，中華書局，2013年
劉雲軍點校《許翰集》，河北大學出版社，2014年
傅增湘原輯，吳洪澤補輯《宋代蜀文輯存補輯》，重慶大學出版社，2014年
《永樂大典卷2272—2274》，國家圖書館出版社，2014年
金毓黻等編《文溯閣四庫全書提要》，中華書局，2014年
湯華泉《全宋詩輯補》，黃山書社，2016年
李燾《續資治通鑒長編》（四庫全書底本），中華書局，2016年
天一閣博物館編《天一閣博物館藏古籍善本書目》，國家圖書館出版社，2016年

王群栗點校《高似孫集》，浙江古籍出版社，2017 年

陳杰著，史廣超輯校《自堂存稿輯校》，河南人民出版社，2018 年

張升《永樂大典流傳與輯佚新考》，社會科學文獻出版社，2019 年

祝尚書《宋人別集敘録》，中華書局，2020 年

## 論文

黃筱敏《馬廷鸞及其佚文》，《書目季刊》1970 年第 2 期

黃筱敏《碧梧玩芳集校勘記》，《書目季刊》1972 年第 2 期

欒貴明《陳亮、陸游集拾遺》，《文學評論》1981 年第 1 期

欒貴明《楊萬里、尤袤集拾遺》，《文學評論》1981 年第 2 期

欒貴明《蘇軾、蘇轍詩拾遺》，《文學評論》1981 年第 5 期

欒貴明《張元幹蘆川歸來集補遺》，《文學遺産》1982 年第 2 期

欒貴明《宋別集拾遺三種》，《文學遺産》1982 年第 4 期

陳香白《永樂大典"潮"字號殘卷概説》，《文獻》1983 年第 1 期

欒貴明《宋人別集拾遺二種》，《文學遺産》1983 年第 3 期

林瑞生《金君卿及其著作評介》，《江西學大學報》1988 年第 1 期

費君清《永樂大典中發現的江湖集資料論析》，《杭州大學學報》1988 年第 1 期

費君清《永樂大典中南宋詩人姓名考異九則》，《文獻》1988 年第 4 期

王智勇《宋文作者、繫年考辨七則》，《文獻》1989 年第 2 期

費君清《永樂大典江湖詩補輯》，《温州師院學報》1989 年第 4 期

李春光《四庫全書校勘芻議》，《遼寧大學學報》1989 年第 5 期

費君清《宋人江湖詩後補》，《渤海學刊》1990 年第 1 期

劉尚榮《蘇軾佚詩真僞辨》，《寶鷄師院學報》1990 年第 4 期

尹波《讜論集誤收陳升之上神宗狀》，《文獻》1990 年第 4 期

吴哲夫《丁氏兄弟與文瀾閣四庫全書》，《國魂》1990 年總 531 期

張弘弘《項安世生平、詩作、交游考》，北京大學碩士論文，1991 年

周少雄《毛滂佚詩三首》，《文獻》1991 年第 3 期

束景南《陳亮佚文證誤輯補》，《文獻》1992 年第 3 期

楊晉龍《"四庫學"研究的反思》，《中國文哲研究集刊》第四輯 1994 年

陳新《古代分體詩集的缺陷》，《文教資料》1996 年第 1 期

楊訥，李曉明《四庫全書文津閣文淵閣本宋別集類録異》（上），《北京圖書館館刊》1996 年第 1 期

楊訥，李曉明《四庫全書文津閣文淵閣本宋別集類録異》（下），《北京圖書館館刊》1996 年第 2 期

刁忠民《鄭獬鄖溪集釋疑一例》，《文獻》1996 年第 2 期

張國朝《永樂大典和它的文獻價值》，《古籍研究》1996 年第 4 期

費君清《宋人江湖詩續補》，《電大教學》1997 年第 5 期

吴哲夫《文津閣本宋代別集的價值及其相關問題》，《故宮學術季刊》1997 年第 2 期

祝尚書《忠惠集提要辨誤》,《文獻》1998 年第 1 期
黃寬重《文津閣本宋代別集的價值及其相關問題》,《文獻》1998 年第 3 期
胡益民《江湖諸總集"名録"新考》,《復旦學報》2000 年第 2 期
李曉明《四庫全書宋別集類的永樂大典輯佚書》,《文獻》2001 年第 2 期
段學儉、劉榮平《張侃三考》,《文學遺產》2001 年第 1 期
孔凡禮《見於永樂大典的若干宋集四考》,《文史》2002 年第 4 輯
彭國忠《補全宋詩 34 首》,《古籍整理研究學刊》2002 年第 6 期
李裕民《全宋詩辨誤》,《文獻》2003 年第 2 期
周郢《泰山雅咏：永樂大典中的泰山佚書》,《古籍整理研究學刊》2003 年第 6 期
楊洪升《全宋詩失收李庭詩補輯》,《古典文獻研究》第六輯 2003 年
楊洪升《四庫全書總目補正六則》,《古典文獻研究》第七輯 2004 年
石開玉《戴震的歷史文獻學成就初探》,安徽大學碩士學位論文 2004 年
方艷,李俊標《永樂大典所收曾鞏佚文考》,《安慶師範學院學報》2004 年第 5 期
金程宇《新發現永樂大典殘卷中的曾鞏佚文》,《學術月刊》2004 年第 9 期
彭萬隆《永樂大典所收元厲震廷唐宋百訥詩考釋》,《文學遺產》2004 年第 6 期
彭國忠《補全宋詩 81 首》,《華東師範大學學報》2005 年第 2 期
金程宇《新發現的永樂大典殘卷初探》,《文獻》2005 年第 2 期
方健《海外新發現永樂大典十七卷考釋》,《文匯報》2005 年 3 月 20 日第八版
方健《久佚海外永樂大典中的宋代文獻考釋》,《暨南史學》第三輯,暨南大學出版社 2005 年
卞東波《新材料與新發現——讀海外新發現永樂大典十七卷》,《書品》2006 年第 1 期
李曉明《四庫底本新發現》,《文獻》2006 年第 3 期
陳恒舒《王質詩誤作張經詩》,《中國典籍與文化》2006 年第 3 期
陳恒舒《盧襄詩誤作韋驤詩》,《中國典籍與文化》2006 年第 3 期
王應《吕陶誤收詩考》,《中國典籍與文化》2006 年第 3 期
潘猛補《從温州地方文獻訂補〈全宋詩〉》,《温州師範學院學報》2006 年第 4 期
金程宇《鳳墅帖與宋代文學輯佚》,《古典文獻研究》2006 年 6 月
湯華泉《永樂大典新見宋佚詩輯録（上）》,《古籍研究》2006 年卷下
胡可先《全宋詩輯佚 120 首》（一）,《古籍整理研究學刊》2006 年第 5 期
胡可先《全宋詩輯佚 120 首》（二）,《古籍整理研究學刊》2006 年第 6 期
湯華泉《全宋詩補遺叢札》,《大學圖書情報學刊》2006 年第 6 期
湯華泉《永樂大典新見宋佚詩輯録（下）》,《古籍研究》2007 年卷上
洪振寧《從温州地方文獻訂補全宋詩續録》,《温州大學學報》2007 年第 1 期
胡建升《全宋詩 10 家補遺》,《蘭州學刊》2007 年第 1 期
謝冬榮《傅增湘與永樂大典》,《四川圖書館學報》2007 年第 1 期
湯華泉《新見宋十二名家詩輯録》,《阜陽師範學院學報》2007 年第 1 期
湯華泉《談永樂大典中宋佚詩的輯録》,《光明日報》2007 年 3 月 31 日
卞東波《永樂大典殘卷所載詩選詩海繪章考釋》,《中國韻文學刊》2007 年第 2 期

岳振國《趙鼎臣竹隱畸士集佚文考》,《文史哲》2007 年第 2 期
陳光熙《許景衡橫塘集及佚作》,《溫州大學學報》2007 年第 3 期
胡建升《胡銓澹庵文集及佚賦考》,《北京科技大學學報》2007 年第 2 期
郝艷華《海外新發現永樂大典十七卷校補四庫全書本之價值》,《圖書館雜志》2007 年第 5 期
趙燦鵬《宋人曹彥約昌谷集中楊簡詩作的羼入問題辨析》,《書目季刊》2007 年第 3 期
陳光熙《許景衡的文集及佚作》,《古籍整理研究學刊》2008 年第 1 期
王秀潔《汪藻別集版本源流考》,《江西師範大學學報》2008 年第 1 期
卞東波《宋人總集叙録補遺》,《圖書館雜志》2008 年第 1 期
李小龍《楊萬里佚詩考辨》,《中國典籍與文化》2008 年第 2 期
胡建升《全宋詩·胡銓詩集輯補》,《古籍整理研究學刊》2008 年第 2 期
曾維剛《全宋詩虞儔佚詩二首考録》,《甘肅廣播電視大學學報》2008 年第 4 期
鞏本棟《論清人整理宋人别集的貢獻》,《東華漢學》第 7 期 2008 年
李更《宛委别藏本平庵悔稿小識》,《中國典籍與文化》2009 年第 3 期
鞏本棟《論清人整理宋人别集的貢獻》,《中華文史論叢》2009 年第 3 期
辛更儒《諸老先生惠答客亭書啓編考釋》,《文獻》2010 年第 1 期
劉雲軍《南宋宰輔王之望墓志及相關問題研究》,《宋史研究論叢》2010 年
余瓊霞《陸佃及陶山集考述》,華東師範大學 2010 年碩士論文
張升《法式善與四庫全書》,《歷史文獻研究》第 29 輯 2010 年
李冬燕《汪應辰文集版本源流考》,《上饒師範學院學報》2010 年第 5 期
陳萍,王繼宗《永樂大典久未人知的輿地紀勝 4800 字佚文考》,《圖書館雜志》2011 年第 1 期
史廣超《南宋郊廟歌辭作者考》,《鄭州航空工業管理學院學報》2011 年第 2 期
周方高《全宋詩拾補》,《湖南科技大學學報》2011 年第 2 期
朱騰雲《全宋詩重出誤收研究》,河南大學 2011 年博士論文
蔣信《初春游李太尉宅東池非蘇轍作考辨》,《宋代文化研究》(第 19 輯)2011 年
彭國忠《補全宋詩 101 首》,《華東師範大學學報》2012 年第 2 期
閻雪瑩《家鉉翁則堂集漏佚、隱佚、誤收詩文考》,《古籍整理研究學刊》2012 年第 2 期
王福元《宋祁景文集流傳與版本考》,《貴州文史叢刊》2012 年第 2 期
李懿《中華本永樂大典陳瓘詩文輯考》,《古籍整理研究學刊》2012 年第 3 期
史廣超《大典輯本膢軒集誤收詩考》,《古籍整理研究學刊》2012 年第 3 期
馬培潔《鮑廷博及其知不足齋叢書研究》,南京大學 2012 年博士論文
史廣超《勞格於四庫全書集部輯本的貢獻》,《洛陽理工學院學報》2013 年第 1 期
楊洪升《四庫館私家抄校書考略》,《文獻》2013 年第 1 期
王政《四庫全書本宋曹彥約昌谷集誤收陸游文》,《文獻》2013 年第 2 期
易水霞《南澗甲乙稿詩作辨僞及韓詩輯佚》,《上饒師範學院學報》2013 年第 2 期
馬津《谢逸别集版本源流考》,《劍南文学》2013 年第 4 期
史禮心《永樂大典索引辨誤》,《北方工業大學學報》2013 年第 4 期

孫文明《碧梧玩芳集輯佚九則》,《牡丹江師範學院學報》2013 年第 6 期
張學謙《南京圖書館藏四庫底本十種及其學術價值》,《圖書館雜志》2013 年第 10 期
劉尚恒《鮑廷博年譜再補遺》,《歷史研究》第十八輯 2014 年
劉倩《論四庫全書中"永樂大典本"的誤輯問題》,《宿州學院學報》2014 年第 1 期
陳紅秋《淺談四庫底本雲溪集》,《圖書館工作與研究》2014 年第 2 期
陳艷軍《大連圖書館藏抄本永樂大典僞書考》,《文獻》2014 年第 3 期
王繼宗《永樂大典十九卷内容之失而復得:洪武〈常州府志〉來源考》,《文獻》2014 年第 3 期
廖寅,趙晨《徐元杰楳埜集卷九誤録李曾伯可齋雜稿書信》,《古籍整理研究學刊》2014 年第 3 期
尹波《四庫本曹彦約〈昌谷集〉誤收詩文考》,《文獻》2014 年第 4 期
郎菁《陝西所藏四庫進呈本考略》,《圖書館雜志》2014 年第 9 期
李清華《北宋蜀人馮山家世行年及安岳集版本考并補馮山佚詩》,《西華師範大學學報》2014 年第 6 期
楊峰,張莉《雜詩四首爲元好問所作辨》,《齊魯師範學院學報》2015 年第 1 期
苗潤博《〈續資治通鑑長編〉四庫底本之發現及其文獻價值》,《文史》2015 年第 2 期
牛勇軍《全宋文拾補 9 篇》,《古籍整理研究學刊》2015 年第 3 期
張春國《四庫全書閣本所據底本考》,《圖書館工作與研究》2015 年第 5 期
鄭利鋒《全宋文補遺》,《中州學刊》2015 年第 4 期
周方高,宋惠聰《全宋文補遺十一則——以〈永樂大典〉本〈湖州方志〉爲中心》,《信陽師範學院學報》2016 年第 2 期
周方高《全宋文增補十二則—以〈永樂大典〉卷 5769〈湘陰縣古羅志〉爲中心》,《井岡山大學學報》2017 年第 1 期
陳小輝《全宋詩之宋祁、宋庠詩重出考辨》,《圖書館研究》2017 年第 6 期
胡曉《全宋文補遺四篇》,《常熟理工學院學報》2018 年第 4 期
鄭斌《全宋文補遺》,《欽州學院學報》2018 年第 4 期
張曉芝,伍斯琦《文淵閣四庫本緣督集考論》,《貴州文史叢刊》2019 年第 3 期
姜高威《全宋詩之胡仲弓詩重出考辨》,《名作欣賞》2019 年第 5 期
楊玉鋒《〈全宋詩〉補遺不能迷信〈永樂大典〉》,《圖書館理論與實踐》2020 年第 3 期

# 作者索引

        $0021_1$ 龐
08∽謙孺    322
        $0022_2$ 廖
21∽行之    169;636;1076
24∽德明    323
72∽剛    93;491
        $0022_3$ 齊
00∽慶胄    623
        $0022_7$ 高
00∽言    29
12∽登    534
24∽仕卿    977
28∽似孫    190;679
30∽定之    706
40∽吉    230
42∽斯得    231;740;1081
44∽鬻    211
  ∽荷    320
72∽氏    303
        $0022_7$ 方
12∽廷實    116
20∽信孺    214
24∽德麟    765
30∽賓    326
32∽澄孫    752
44∽夔    135
  ∽萬里    736
60∽回    276
72∽岳    231;738
77∽鳳    282

  ∽開之    112
90∽惟深    69
        $0022_7$ 席
34∽汝明    78
        $0023_1$ 應
25∽純之    699
        $0024_7$ 度
10∽正    208;690;1077
        $0026_7$ 唐
00∽庚    92
  ∽康    240
  ∽文若    132;573
07∽詢    23
25∽仲友    167;624
40∽士耻    699;1080
        $0029_4$ 麋
21∽師旦    323
        $0029_9$ 康
13∽戩    775
        $0040_0$ 文
00∽彥博    23
10∽天祥    281;768
17∽子平    374
  ∽及翁    760
40∽有年    747
77∽同    34;420
        $0040_1$ 辛
00∽棄疾    174
        $0040_6$ 章
03∽誼    513

| | | | | |
|---|---|---|---|---|
| 10∽元振 | 112 | | 77∽興 | 908 |
| 21∽穎 | 644 | | $0742_7$ 郭 | |
| 26∽得象 | 9 | | 12∽廷謂 | 3；775 |
| 35∽清 | 102 | | 17∽邛 | 327 |
| 37∽深 | 619 | | 38∽祥正 | 63；320；444 |
| 38∽洽 | 611 | | 47∽獬 | 27 |
| 40∽森 | 181 | | 67∽暉妻 | 367 |
| 50∽申之 | 779 | | 77∽印 | 112；1066 |
| 53∽甫 | 167；1075 | | $0742_7$ 郊 | |
| 78∽鑒 | 960 | | 00∽廟朝會歌辭 | 291 |
| 90∽惇 | 308；445 | | $0821_2$ 施 | |
| $0063_1$ 譙 | | | 00∽文清 | 367 |
| 80∽令憲 | 894 | | 24∽德操 | 821 |
| $0090_6$ 京 | | | 34∽邁 | 873 |
| 89∽鏜 | 637 | | 35∽清臣 | 236 |
| $0121_1$ 龍 | | | 40∽尤 | 305 |
| 40∽太初 | 64 | | $0864_0$ 許 | |
| $0128_6$ 顔 | | | 00∽應龍 | 209；695；1078 |
| 00∽度 | 621 | | ∽奕 | 211；312 |
| 21∽師魯 | 348 | | 02∽端夫 | 125 |
| 34∽達龍 | 966 | | 11∽棐 | 223 |
| 44∽耆仲 | 228 | | 17∽及之 | 164；650；1072 |
| $0180_1$ 龔 | | | 28∽儀 | 907 |
| 30∽準 | 247 | | 30∽騫 | 884 |
| 44∽茂良 | 606 | | 37∽洞 | 7 |
| 77∽開 | 275 | | 40∽志仁 | 131 |
| $0460_0$ 謝 | | | 48∽翰 | 499；1060 |
| 06∽諤 | 143；605 | | 60∽景衡 | 94；496；1062 |
| 07∽訶 | 68 | | ∽景迂 | 205；695 |
| 10∽雩 | 623 | | 90∽光曾 | 369 |
| 20∽采伯 | 215 | | $1010_4$ 王 | |
| 27∽翺 | 287 | | 00∽庚 | 958 |
| 37∽逸 | 89；487；1058 | | ∽應麟 | 759 |
| 40∽枋得 | 276 | | 04∽諶 | 233；313 |
| 44∽邁 | 97 | | 05∽竦 | 332 |
| 54∽拱父 | 1021 | | 10∽震 | 458 |
| $0466_4$ 諸葛 | | | ∽晉錫 | 572 |

| | | | | |
|---|---|---|---|---|
| ∽正己 | 591 | | 40∽存 | 51 |
| 14∽琪 | 14 | | ∽古 | 454 |
| ∽珪 | 38;420;1053 | | ∽十朋 | 136;586 |
| 17∽君宜 | 333 | | ∽志道 | 233 |
| ∽郡守 | 302 | | ∽右丞 | 300 |
| 20∽信 | 170 | | ∽堯臣 | 415 |
| ∽禹偁 | 5;397 | | ∽九萬 | 721 |
| 21∽師正 | 372 | | ∽南一 | 736 |
| ∽師愈 | 607 | | 42∽梃 | 909 |
| 22∽岩叟 | 455 | | 44∽蓬 | 67 |
| 24∽侑 | 276 | | ∽萊 | 168 |
| ∽侍郎 | 1034 | | ∽世則 | 5 |
| 25∽仲修 | 465 | | ∽孝嚴 | 177 |
| 27∽綱 | 548 | | 45∽樞 | 275;763 |
| ∽紹宗 | 328 | | ∽執禮 | 249 |
| 28∽綸 | 126 | | 46∽旭 | 5 |
| 30∽淮 | 155;612;687 | | ∽柏 | 229;324;730 |
| ∽容 | 681 | | ∽覿 | 448 |
| ∽安石 | 41;319;432 | | 47∽朝俊 | 338 |
| ∽安中 | 100;501;1061 | | 50∽素 | 24 |
| ∽安國 | 52;441 | | 51∽攄 | 798 |
| ∽安禮 | 62;445;1056 | | 54∽持 | 997 |
| ∽之道 | 118;551;1065 | | 60∽□ | 356 |
| ∽之望 | 129;571;1069 | | ∽□ | 777 |
| ∽之堅 | 1036 | | ∽回 | 606 |
| ∽宗賢 | 316 | | ∽呈瑞 | 215 |
| ∽宗烈 | 685 | | 64∽晞亮 | 344 |
| ∽宗度 | 1037 | | 66∽曠 | 587 |
| 33∽必用 | 990 | | ∽曙 | 319 |
| ∽必成 | 741 | | 67∽映 | 516 |
| 34∽邁 | 217;715;913;1079 | | 71∽堅 | 685;695 |
| ∽漢 | 9;398 | | ∽頤 | 851 |
| ∽遘 | 193;685;687 | | ∽阮 | 892 |
| 36∽遇 | 645 | | 72∽質 | 167;622;1070 |
| 37∽滌 | 788 | | 74∽隨 | 399 |
| 38∽洋 | 114;532;1065 | | 77∽與鈞 | 205;311;691 |
| ∽遵 | 310 | | ∽卿月 | 323 |
| ∽道士 | 315 | | ∽民望 | 1033 |

| | | | | | |
|---|---|---|---|---|---|
| 80 ∽曾 | 8 | | 28 ∽似道 | 751 | |
| ∽令 | 58 | | 80 ∽善翔 | 459 | |
| ∽普 | 548 | | **1118₆ 項** | | |
| ∽無咎 | 52;438 | | 30 ∽安世 | 158;1085 | |
| ∽益柔 | 784 | | **1123₂ 張** | | |
| ∽益祥 | 901 | | 00 ∽廣 | 107 | |
| ∽益卿 | 991 | | ∽庚 | 705 | |
| 81 ∽銍 | 126;537 | | ∽方平 | 24;416 | |
| 88 ∽鑗 | 576 | | ∽商英 | 71;455 | |
| 90 ∽炎 | 172;589 | | ∽彥博 | 1011 | |
| ∽賞 | 500 | | 08 ∽詳 | 332 | |
| ∽棠 | 554 | | 10 ∽元幹 | 116;538;1067 | |
| ∽惟正 | 8 | | ∽于文 | 115 | |
| 97 ∽灼 | 140;310;558 | | ∽至龍 | 236 | |
| **1020₀ 丁** | | | ∽雷復 | 1006 | |
| 00 ∽度 | 404 | | 13 ∽琮 | 224 | |
| 06 ∽謂 | 307;399 | | 17 ∽子文 | 132 | |
| 24 ∽佐 | 332 | | ∽子立 | 347 | |
| 30 ∽寶臣 | 418 | | ∽子顏 | 346 | |
| **1021₁ 元** | | | ∽子正 | 347 | |
| 24 ∽德昭 | 331 | | 18 ∽群 | 21 | |
| 27 ∽絳 | 26;416 | | 20 ∽維 | 137 | |
| **1024₇ 夏** | | | ∽舜民 | 65;446;1057 | |
| 05 ∽竦 | 10;402;1051 | | ∽季謨 | 864 | |
| 15 ∽臻 | 333 | | 21 ∽經 | 43 | |
| 44 ∽堃 | 936 | | ∽衛 | 209 | |
| **1060₀ 石** | | | 22 ∽山人 | 327 | |
| 12 ∽延年 | 12 | | 23 ∽似 | 4 | |
| 34 ∽祐孫 | 999 | | ∽嬪 | 183 | |
| 37 ∽祖文 | 235 | | 24 ∽先 | 11 | |
| 44 ∽英民 | 54 | | ∽斛 | 107 | |
| 50 ∽中立 | 399 | | ∽佑 | 785 | |
| 80 ∽介 | 23 | | 26 ∽嶧 | 121;554;1064 | |
| **1060₃ 雷** | | | ∽侃 | 225;312;698;1080 | |
| 21 ∽衡 | 869 | | ∽伯玉 | 28 | |
| 24 ∽侍郎 | 274 | | 28 ∽徽 | 40 | |
| **1080₆ 賈** | | | 30 ∽守 | 107;528;1063 | |
| | | | ∽淳 | 606 | |

作者索引 | 1095

|  |  |  |  |
|---|---|---|---|
| ∽憲武 | 112 | ∽氏 | 302 |
| ∽進彥 | 119 | 74∽隨 | 788 |
| 33∽浚 | 123；557 | 77∽闡 | 116 |
| 36∽湯 | 301 | ∽用泰 | 960 |
| 37∽祁 | 122 | 80∽俞 | 28 |
| ∽深父 | 974 | ∽夔 | 326 |
| 40∽煮 | 343 | ∽公庠 | 40 |
| ∽奇 | 376 | ∽公裕 | 319 |
| ∽去華 | 4 | 81∽榘 | 237 |
| ∽堯幹 | 215 | 87∽銘 | 367 |
| ∽志道 | 240 | 88∽鎡 | 186；1074 |
| ∽大直 | 306 | 90∽惟中 | 306 |
| ∽士遜 | 307；319 | 94∽煒 | 119 |
| ∽壽父 | 1025 | 97∽煥 | 914 |
| ∽希莘 | 915 | $1241_0$ 孔 | |
| 41∽頎 | 420；538 | 10∽平仲 | 71；456 |
| 43∽載 | 41；432 | ∽霆發 | 362 |
| ∽栻 | 163；323；620 | 13∽武仲 | 69 |
| ∽械 | 821 | $1249_3$ 孫 | |
| ∽弋 | 207 | 00∽應時 | 188；669；1076 |
| 44∽塤 | 249 | ∽應鳳 | 234 |
| ∽范 | 338 | ∽應威 | 305 |
| ∽蘊 | 314 | ∽應成 | 358 |
| ∽孝祥 | 162 | 24∽僅 | 7 |
| ∽林桂 | 1015 | 35∽迪 | 72 |
| 45∽椿齡 | 138 | 37∽逢吉 | 624 |
| 47∽聲道 | 675 | 46∽覿 | 105 |
| 50∽擴 | 101；503；1064 | 80∽介 | 138 |
| ∽耒 | 81 | ∽義叟 | 491 |
| 52∽授都 | 316 | 86∽錫 | 12 |
| 57∽邦昌 | 521 | $1314_0$ 武 | |
| 59∽掞 | 315 | 21∽衍 | 235；313 |
| 60∽景 | 7；319 | $1623_6$ 強 | |
| ∽因 | 64 | 10∽至 | 46；433；1053 |
| ∽昌 | 495 | $1710_7$ 孟 | |
| 63∽詠 | 4 | 26∽皇后 | 500 |
| 67∽明中 | 222 | 44∽植 | 884 |
| 72∽氏 | 185 | | |

## $1712_7$ 鄧
- 00㇏文饒　581
- 10㇏王孫　977
- 37㇏深　140；1068
- ㇏選揚　904

## $1721_5$ 翟
- 34㇏汝文　101；503；1064

## $1722_7$ 胥
- 21㇏偃　403

## $1750_6$ 鞏
- 00㇏彥輔　52

## $1750_7$ 尹
- 05㇏諫議　824
- 24㇏穑　571
- 97㇏焞　358

## $1762_0$ 司馬
- 26㇏儼　183
- 33㇏述　222
- 90㇏光　40；425

## $1762_7$ 邵
- 00㇏雍　27
- ㇏庶　753
- 43㇏博　550
- 44㇏桂子　283
- 90㇏光　333

## $1948_0$ 耿
- 20㇏秉　618
- 60㇏思誠　366

## $2022_7$ 喬
- 21㇏行簡　678
- 37㇏通叔　369

## $2033_1$ 焦
- 20㇏千之　58

## $2040_4$ 委
- 33㇏心翁　903

## $2040_7$ 季
- 87㇏翔　812

## $2071_4$ 毛
- 17㇏翊　227
- 30㇏滂　85；485；1060
- 50㇏抗　781

## $2110_0$ 上官
- 37㇏渙　767
- 47㇏均　450

## $2121_2$ 伍
- 25㇏積中　1033

## $2121_7$ 盧
- 00㇏襄　102
- ㇏康時　750
- 12㇏廷輔　302
- 25㇏仲雋　903
- 40㇏奎　106
- ㇏壽老　301
- 43㇏載　780
- 72㇏氏　365

## $2122_0$ 何
- 00㇏棄仲　303
- ㇏文龍　975
- 23㇏俌　570
- 30㇏宋英　325
- 33㇏溥　346
- 37㇏澹　169；311；323；653
- 40㇏大任　700
- 47㇏極先　1012
- 60㇏異　148

## $2122_1$ 衛
- 30㇏宗武　1082
- 31㇏涇　202；676；1076
- 40㇏樵　721
- 43㇏博　559；1071

## $2123_4$ 虞
- 23㇏允文　582
- 24㇏儔　165；620；1072
- ㇏儲　373

| | | | |
|---|---|---|---|
| 44∽薦發 | 282；769 | | 2426₄ 儲 |
| 46∽觀 | 826 | 33∽泳 | 217 |
| 2133₁ 熊 | | 2520₆ 仲 | |
| 00∽彥詩 | 552 | 80∽幷 | 127；559；1068 |
| ∽高昇 | 1015 | 2590₀ 朱 | |
| 12∽瑞 | 282；965 | 00∽彥 | 465 |
| 17∽子壽 | 360 | 04∽詵 | 325 |
| 40∽克 | 613 | 10∽天錫 | 925 |
| 2140₆ 卓 | | 14∽璹 | 917 |
| 34∽汝恭 | 365 | 17∽翌 | 123；558；1066 |
| 2190₄ 柴 | | 21∽倬 | 343 |
| 07∽望 | 244 | 22∽繼芳 | 236 |
| 2221₄ 任 | | 23∽弁 | 109 |
| 00∽文薦 | 345 | 24∽倚 | 788 |
| 26∽伯雨 | 458 | 35∽迪 | 782 |
| 27∽伋 | 308 | 40∽熹 | 161；310；619 |
| 40∽希夷 | 191；662 | ∽南杰 | 240 |
| 50∽申先 | 493 | 44∽孝友 | 842 |
| 2221₅ 崔 | | 48∽松 | 123；310；322 |
| 08∽敦禮 | 144；628；1071 | 60∽思 | 643 |
| ∽敦詩 | 172；638 | 64∽晞顏 | 204 |
| 77∽閑 | 67 | ∽睎顏 | 311 |
| ∽鷗 | 83 | 77∽服 | 75 |
| 2290₀ 利 | | ∽熙載 | 149 |
| 12∽登 | 242 | 2600₀ 白 | |
| 2290₄ 樂 | | 12∽珽 | 287 |
| 50∽史 | 4；395 | 17∽子西 | 367 |
| 2324₂ 傅 | | 20∽維中 | 373 |
| 26∽伯成 | 177 | 77∽與時 | 372 |
| 32∽兆 | 668 | 2641₃ 魏 | |
| 44∽夢得 | 304 | 17∽了翁 | 214；702 |
| 60∽墨卿 | 326 | 30∽寶光 | 212 |
| 2350₀ 牟 | | 59∽掞之 | 591 |
| 17∽子才 | 723 | 2610₄ 皇甫 | |
| 23∽巘 | 276；763 | 50∽中 | 864 |
| 2421₇ 仇 | | 2691₄ 程 | |
| 34∽遠 | 285；1084 | 08∽敦厚 | 131 |

| | | | | |
|---|---|---|---|---|
| 12∽瑀 | 533 | | 86∽智嵩 | 138 |
| 14∽琳 | 723 | | 90∽惟鳳 | 8；307 |
| 21∽師孟 | 27 | | ∽光舒 | 851 |
| 27∽俱 | 516 | | 97∽輝 | 300 |
| 43∽式 | 989 | | $2721_2$ 危 | |
| 48∽松 | 678 | | 24∽積 | 324；688 |
| 80∽公許 | 216；324；711；1078 | | $2721_7$ 倪 | |
| 90∽炎子 | 237 | | 60∽思 | 654 |
| $2694_1$ 釋 | | | $2722_0$ 向 | |
| 00∽文珦 | 241；1081 | | 88∽敏 | 374 |
| 15∽璉 | 300 | | ∽敏中 | 397 |
| 21∽行彌 | 361 | | $2726_1$ 詹 | |
| 24∽贊寧 | 3 | | 64∽時澤 | 371 |
| ∽德洪 | 92 | | $2731_2$ 鮑 | |
| 25∽仲殊 | 67 | | 26∽得一 | 1018 |
| 26∽伯奎 | 796 | | 77∽同 | 576 |
| 30∽永頤 | 219 | | $2732_0$ 絢 | |
| ∽守端 | 329；797 | | 22∽綬 | 837 |
| 34∽法喜 | 328 | | $2742_7$ 鄒 | |
| 35∽清順 | 71 | | 10∽元慶 | 331 |
| ∽清佚 | 329 | | 17∽子益 | 974 |
| 36∽遇賢 | 3 | | 20∽季倫 | 372 |
| 37∽祖可 | 89 | | 33∽補之 | 651 |
| 40∽希晝 | 8 | | 34∽浩 | 85 |
| 44∽梵崇 | 341 | | $2760_3$ 魯 | |
| ∽茂特 | 777 | | 00∽交 | 30 |
| 48∽敬之 | 366 | | $2771_2$ 包 | |
| 49∽妙倫 | 234 | | 94∽恢 | 216；710；1079 |
| 55∽慧梵 | 349 | | $2829_4$ 徐 | |
| ∽慧性 | 203 | | 00∽文卿 | 211 |
| 60∽圓悟 | 246 | | ∽文禮 | 1037 |
| ∽日損 | 361 | | 03∽誼 | 652 |
| ∽曇瑩 | 804 | | 10∽霖 | 246 |
| 61∽顯忠 | 320 | | ∽元杰 | 228；313；725；1081 |
| 77∽居簡 | 205 | | ∽可勝 | 1010 |
| ∽用文 | 375 | | 12∽璣 | 203 |
| 80∽善權 | 316 | | 20∽俯 | 97；501 |
| ∽普濟 | 324 | | | |

| | | | | |
|---|---|---|---|---|
| 21㇇經孫 | 226 | | ㇇度宗 | 774 |
| ㇇處仁 | 487 | | 10㇇晉之 | 155 |
| 25㇇積 | 53 | | 16㇇理宗 | 237;741 |
| 26㇇得之 | 624 | | 21㇇仁宗 | 418 |
| 27㇇綱 | 204 | | 26㇇白 | 395 |
| ㇇向 | 356 | | ㇇自遜 | 313 |
| 28㇇似道 | 169 | | 28㇇徽宗 | 526 |
| 30㇇安國 | 167;316;612;857 | | 30㇇寧宗 | 208;694 |
| ㇇良弼 | 830 | | ㇇之才 | 535 |
| 35㇇冲淵 | 177 | | 34㇇濤 | 6 |
| 36㇇湘 | 1030 | | 35㇇神宗 | 464 |
| 37㇇逢年 | 213 | | 37㇇祁 | 17;410;1052 |
| 40㇇直諒 | 762 | | 40㇇太宗 | 4;395 |
| 43㇇栻 | 931 | | ㇇真宗 | 399 |
| 44㇇葳 | 604 | | 42㇇彭來 | 363 |
| ㇇桂老 | 997 | | 44㇇孝宗 | 155;614 |
| 50㇇申 | 797 | | ㇇英宗 | 444 |
| 57㇇邦憲 | 899 | | 52㇇哲宗 | 513 |
| 72㇇氏 | 365 | | 60㇇思遠 | 185 |
| 80㇇鉉 | 3 | | 80㇇無 | 289 |
| 94㇇愗 | 180;323 | | 87㇇欽宗 | 558 |
| **2835₁ 鮮于** | | | 90㇇光宗 | 182;661 |
| 24㇇侁 | 40 | | **3111₂ 江** | |
| **3020₁ 寧** | | | 24㇇休復 | 23 |
| 24㇇化九龍進士 | 392 | | 44㇇萬里 | 230;733 |
| **3021₄ 寇** | | | **3111₄ 汪** | |
| 30㇇準 | 6 | | 00㇇應辰 | 141;591;1069 |
| **3023₂ 家** | | | 10㇇元量 | 285 |
| 80㇇鉉翁 | 244;751;1083 | | 25㇇仲遜 | 978 |
| **3040₁ 宇文** | | | 30㇇安行 | 350 |
| 27㇇紹奕 | 87 | | 38㇇澈 | 135 |
| 28㇇价 | 351 | | 44㇇藻 | 104;517;1063 |
| **3060₆ 富** | | | ㇇萬寶 | 370 |
| 17㇇弼 | 22 | | **3112₇ 馮** | |
| **3090₄ 宋** | | | 00㇇京 | 43 |
| 00㇇庠 | 14;405;1052 | | 22㇇山 | 62;443 |
| ㇇高宗 | 133;577 | | 44㇇夢得 | 745 |
| | | | 57㇇拯 | 397 |

作者索引 | 1101

| 64∽時行 | 129；563 |
| $3114_6$ 潭 | |
| 32∽州帥守 | 327 |
| $3128_6$ 顧 | |
| 37∽逢 | 245 |
| $3216_9$ 潘 | |
| 20∽牥 | 237 |
| 30∽良貴 | 553 |
| 40∽大臨 | 82 |
| 60∽景珪 | 617 |
| 77∽閬 | 4；1051 |
| ∽周伯 | 923 |
| $3390_4$ 梁 | |
| 00∽庚齋 | 370 |
| 01∽顏 | 327 |
| 21∽頎 | 7 |
| 22∽崧老 | 1028 |
| 40∽克家 | 157 |
| ∽大用 | 371 |
| 45∽棟 | 283 |
| 80∽介 | 323；603 |
| $3411_2$ 沈 | |
| 00∽唐老 | 356 |
| 22∽繼祖 | 172；638 |
| 28∽綸 | 375 |
| 33∽俊 | 125 |
| 34∽遼 | 59 |
| 44∽蒙齋 | 366 |
| 52∽括 | 56 |
| 68∽晦 | 529 |
| 80∽兌 | 333 |
| ∽介 | 345；575 |
| $3412_7$ 滿 | |
| 20∽維端 | 308 |
| 45∽執中 | 64 |
| 50∽中行 | 76 |
| $3418_1$ 洪 | |

| 24∽皓 | 115；1066 |
| ∽德秀 | 327 |
| 27∽芻 | 87；320；1062 |
| 32∽适 | 141 |
| 34∽邁 | 147；610 |
| 37∽咨夔 | 213；699 |
| 38∽遵 | 143；602 |
| 57∽擬 | 93 |
| 60∽□ | 786 |
| 77∽朋 | 87；1061 |
| ∽興祖 | 535 |
| $3516_8$ 潛 | |
| 08∽說友 | 751 |
| $3530_0$ 連 | |
| 00∽文鳳 | 382；1083 |
| ∽應昇 | 1004 |
| $3611_7$ 溫 | |
| 25∽仲舒 | 396 |
| $3612_7$ 湯 | |
| 10∽一翁 | 1016 |
| 25∽仲友 | 240 |
| 44∽莘叟 | 132 |
| 60∽思退 | 129 |
| ∽思謙 | 868 |
| 77∽舉 | 934 |
| $3630_2$ 邊 | |
| 27∽歸讜 | 331 |
| $3721_2$ 祖 | |
| 80∽無擇 | 307；418 |
| $3722_7$ 祁 | |
| 30∽寬 | 340 |
| $3813_7$ 冷 | |
| 44∽世光 | 347 |
| $3814_7$ 游 | |
| 01∽龍 | 902 |
| 21∽經 | 486 |
| 37∽冠卿 | 83 |

$3816_7$ 滄
32∽洲樵叟　929

$3826_8$ 裕
00∽庵先生　369

$4001_1$ 左
24∽緯　113
77∽居厚　1007

$4010_6$ 查
00∽應辰　68
88∽籥　607

$4040_7$ 李
00∽廌　83；485；1056
　∽庭　300
　∽商　301
　∽庚　588
　∽應春　242；314
　∽方敬　301
　∽慶齡　359
01∽龔　227
02∽新　85；488；1061
04∽謹思　281
10∽石　134；581；1070
　∽至　396
　∽霖　1009
　∽正民　106；524；1065
　∽工侍　365
　∽夏卿　883
11∽珏　357
　∽彌遜　116；534
13∽武弁　339
17∽邴　321；531
　∽璆　339
　∽及之　779
　∽君瑞　1012
20∽維　826
　∽受　10
　∽喬　12

21∽處權　121；530；1067
　∽處權父　338
　∽處全　859
　∽師中　29
22∽鼎　139
23∽巘　182
24∽先　12
　∽升　787
25∽仲光　213
26∽伯玉　238
27∽綱　107；321
　∽峒　371
　∽叔虎　994
28∽復　78；468；1057
30∽沆　396
　∽流謙　146；608；1066
　∽之儀　72
　∽寅仲　183；660
　∽宏叔　1001
　∽守正　1024
34∽洪　157；1074
　∽沐　355
35∽洙　1008
38∽道傳　696
40∽燾　139；588
41∽樗　588
42∽彭　97；321；1059
44∽塤　203；686
　∽華　215
　∽萬　739
　∽若水　117；551；1061
45∽椿　583
46∽觀　51
　∽恕齋　751
56∽覯　26
57∽邦彥　309；321；516
60∽呂　145；607；1072
　∽易　106

| ∽昂英 | 234 | | 27∽龜年 | 175;647;1073 |
|---|---|---|---|---|
| 61∽顓 | 125 | | 34∽汝礪 | 70;453 |
| 62∽則範 | 371 | | 40∽士楚 | 914 |
| 64∽時亮 | 55 | | 57∽耜 | 226 |
| 67∽昭玘 | 89;467 | | 94∽愷 | 785 |
| 70∽壁 | 197;682 | | $4241_3$ 姚 | |
| 72∽氏 | 302 | | 10∽西岩 | 300 |
| ∽氏 | 347 | | 50∽中一 | 304 |
| ∽氏 | 900 | | 77∽關 | 40 |
| 80∽兌 | 12 | | 80∽鉉 | 7 |
| ∽鐏 | 97 | | $4252_1$ 靳 | |
| ∽含章 | 4 | | 10∽更生 | 224 |
| ∽曾伯 | 233 | | $4301_0$ 尤 | |
| ∽公異 | 299 | | 90∽焴 | 722 |
| ∽公明 | 302 | | $4385_0$ 戴 | |
| ∽公懋 | 552 | | 17∽翼 | 725 |
| ∽義山 | 312 | | 21∽師古 | 218 |
| 86∽鐸 | 331 | | 28∽復古 | 207 |
| ∽知己 | 148 | | 32∽溪 | 661 |
| 90∽光 | 103;514;1063 | | 47∽栩 | 215;1078 |
| $4050_6$ 韋 | | | 50∽表元 | 284 |
| 70∽驤 | 61;308;444 | | 77∽履 | 856 |
| $4073_2$ 袁 | | | $4410_7$ 藍 | |
| 07∽韶 | 193;910 | | 08∽謙甫 | 1027 |
| 08∽説友 | 173;641;1072 | | 20∽喬 | 306 |
| 40∽希孟 | 956 | | 26∽伯升 | 1014 |
| 44∽植 | 91 | | $4410_4$ 董 | |
| 53∽甫 | 218;714;1077 | | 10∽天吉 | 315 |
| 63∽默 | 60 | | 21∽穎 | 119;309;822 |
| 99∽爕 | 180;651;1073 | | 44∽苹 | 344 |
| $4080_1$ 真 | | | ∽棻 | 573 |
| 24∽德秀 | 214;702 | | 47∽杞 | 299 |
| $4192_0$ 柯 | | | 67∽嗣杲 | 279;1082 |
| 72∽氏 | 302 | | $4411_2$ 范 | |
| $4212_2$ 彭 | | | 07∽諷 | 5 |
| 00∽方 | 688 | | 25∽仲淹 | 10;403 |
| 12∽延年 | 326 | | ∽純仁 | 52;440 |

| 30 ⌒宗尹 | 125 | ⌒洄 | 210;1079 |
| 35 ⌒冲 | 489 | ⌒過 | 93;499;1085 |
| 37 ⌒祖禹 | 453 | 53 ⌒軾 | 65;448 |
| 51 ⌒揆辰 | 373 | 58 ⌒轍 | 68 |
| 53 ⌒成大 | 152;611 | 81 ⌒頌 | 41 |
| 84 ⌒鎮 | 25;416 | $4440_0$ 艾 | |
| $4412_7$ 蒲 | | 21 ⌒穎 | 395 |
| 30 ⌒宗孟 | 51 | 95 ⌒性夫 | 288;1084 |
| 40 ⌒壽宬 | 280;1084 | $4443_0$ 莫 | |
| $4422_7$ 蕭 | | 26 ⌒伯鎔 | 537 |
| 00 ⌒立之 | 236 | 30 ⌒濟 | 591 |
| 24 ⌒德藻 | 145 | 37 ⌒汲 | 147 |
| 27 ⌒磐 | 88;320 | $4443_0$ 樊 | |
| 37 ⌒澥 | 233 | 80 ⌒毓 | 778 |
| 40 ⌒太秀 | 360 | $4445_6$ 韓 | |
| $4424_7$ 蔣 | | 00 ⌒彥質 | 162 |
| 00 ⌒亨叔 | 375 | 10 ⌒元吉 | 142;595;1075 |
| 11 ⌒瑎 | 487 | 14 ⌒琦 | 24 |
| 20 ⌒重珍 | 226;918 | 20 ⌒維 | 33 |
| 24 ⌒侍郎 | 366 | 27 ⌒絳 | 29 |
| 30 ⌒之奇 | 57 | 31 ⌒淲 | 200;1079 |
| 41 ⌒楷 | 326 | 42 ⌒梃 | 859 |
| ⌒概 | 418 | 48 ⌒松 | 209 |
| 44 ⌒苕 | 589 | 56 ⌒擇中妻 | 367 |
| 55 ⌒捷 | 284 | 77 ⌒駒 | 105;522 |
| 57 ⌒靜 | 77;466 | $4450_4$ 華 | |
| 90 ⌒惟曉 | 687 | 40 ⌒直內 | 786 |
| $4433_3$ 慕容 | | 72 ⌒岳 | 212 |
| 0 ⌒彥逢 | 488;1059 | 84 ⌒鎮 | 77;468;1057 |
| $4439_4$ 蘇 | | $4453_0$ 英 | |
| 00 ⌒庠 | 88;488 | 32 ⌒州司寇女 | 298 |
| 10 ⌒雲卿 | 123 | $4472_7$ 葛 | |
| 12 ⌒磻 | 589 | 00 ⌒立方 | 130;577 |
| 21 ⌒師德 | 341 | 10 ⌒天民 | 191 |
| 24 ⌒升 | 590 | 27 ⌒紹體 | 229;1077 |
| 34 ⌒邁 | 308 | 30 ⌒密 | 29 |
| 37 ⌒洞 | 26 | 37 ⌒邲 | 351;621 |

| | | | | |
|---|---|---|---|---|
| 50∽書思 | 59 | | 50∽中 | 344 |
| 79∽勝仲 | 95；494；1062 | | 60∽□ | 340 |
| | $4474_1$ 薛 | | ∽國錄 | 1032 |
| 20∽季宣 | 166 | | 68∽曦 | 55 |
| 23∽紱 | 675 | | 80∽公舉妻 | 337 |
| 26∽嶼 | 243 | | ∽義夫 | 981 |
| 27∽叔似 | 351 | | 88∽簡 | 209 |
| 31∽福公 | 992 | | 90∽裳 | 72；456 |
| 40∽嘉言 | 534 | | ∽裳 | 182 |
| | $4477_0$ 甘 | | 92∽愷翁 | 1026 |
| 33∽泳 | 277 | | 99∽當 | 311 |
| | $4480_1$ 其 | | | $4490_1$ 蔡 |
| 24∽他 | 329 | | 00∽襄 | 28；419 |
| | $4480_6$ 黃 | | ∽充 | 779 |
| 00∽庶 | 35 | | 20∽雋 | 213 |
| ∽度 | 171 | | 24∽幼學 | 668 |
| ∽彥平 | 115；1065 | | 27∽條 | 120；309 |
| ∽庭堅 | 73；320 | | 32∽淵 | 191 |
| ∽應龍 | 243 | | 34∽沈 | 207 |
| 04∽誥 | 453 | | 38∽肇 | 84 |
| 08∽謙 | 148 | | 43∽戡 | 175；1074 |
| 11∽棐 | 224 | | ∽載 | 96 |
| 17∽子遜 | 994 | | 45∽楠 | 322 |
| ∽君陳 | 786 | | 46∽如松 | 143 |
| 23∽似 | 449 | | 56∽揚 | 373 |
| 25∽仲林 | 360 | | 90∽惟和 | 1023 |
| 27∽叔美 | 288 | | | $4490_3$ 綦 |
| 30∽定 | 644 | | 22∽崇禮 | 527；1066 |
| ∽宣 | 910 | | | $4490_4$ 葉 |
| 33∽補 | 137 | | 24∽德符 | 370 |
| 37∽祖舜 | 120 | | 27∽紹翁 | 215 |
| 38∽洽 | 350 | | 30∽適 | 184；667 |
| ∽邃 | 934 | | 40∽大廉 | 637 |
| 40∽樵仲 | 184 | | ∽木元 | 996 |
| ∽士震 | 1013 | | 44∽燾 | 148 |
| 44∽桂 | 701 | | ∽茵 | 230 |
| ∽夢錫 | 922 | | ∽夢得 | 102；502 |
| | | | 60∽見泰 | 304 |

| | | | | |
|---|---|---|---|---|
| 71∽原賀 | 301 | | 47∽桷 | 871 |
| 80∽義問 | 343 | | 50∽東喬 | 64 |
| **4491₀ 杜** | | | ∽表民 | 312 |
| 08∽旃 | 352 | | 60∽防 | 299 |
| 10∽于能 | 29 | | 64∽時英 | 704 |
| 21∽衍 | 9 | | 72∽剛中 | 922 |
| 44∽孝嚴 | 695 | | 77∽岊 | 184;697 |
| 60∽昱 | 333 | | 86∽錫翁 | 305 |
| **4499₀ 林** | | | 90∽光宗 | 174 |
| 00∽庚 | 229 | | ∽光朝 | 587 |
| ∽亦之 | 624 | | **4594₄ 樓** | |
| 10∽栗 | 322;603 | | 86∽鍔 | 350 |
| ∽一父 | 360 | | 88∽鑰 | 170;627 |
| 11∽孺震 | 986 | | ∽鐩 | 214 |
| 20∽采 | 183 | | **4680₆ 賀** | |
| ∽季仲 | 117;1069 | | 23∽允中 | 116 |
| ∽季龍 | 1002 | | **4692₇ 楊** | |
| ∽千之 | 277;765 | | 00∽應己 | 957 |
| 21∽嶫 | 190 | | 02∽端叔 | 223;909 |
| ∽慮 | 484 | | 20∽億 | 8;400 |
| ∽虔 | 489 | | ∽信祖 | 105;309 |
| 23∽允元 | 988 | | 21∽師謙 | 925 |
| 30∽憲 | 139 | | 22∽稱 | 326 |
| ∽淳 | 166 | | 24∽備 | 8 |
| ∽慮 | 489 | | 25∽傑 | 54 |
| ∽之奇 | 136 | | 27∽俣 | 139 |
| ∽宗偉 | 736 | | 28∽徽之 | 3 |
| 33∽逋 | 7 | | 30∽寅 | 167 |
| 34∽洪 | 246 | | 34∽汝南 | 590 |
| ∽汝礪 | 224 | | ∽汝明 | 666 |
| 35∽迪 | 88;321 | | 37∽冠卿 | 171;637;1075 |
| ∽迪 | 202 | | ∽祖識 | 643 |
| 37∽遙 | 91 | | 40∽士彥 | 24 |
| 40∽希 | 63 | | 44∽蒙 | 956 |
| ∽希逸 | 226 | | ∽萬里 | 153;616 |
| ∽友龍 | 982 | | 45∽椿 | 121 |
| 41∽概 | 23 | | ∽棟 | 951 |
| 44∽某 | 177 | | 52∽蟠 | 32 |

| | | | | |
|---|---|---|---|---|
| 57 ᄼ邦弼 | 137 | | 07 ᄼ詢 | 6 |
| 64 ᄼ時 | 79;469 | | 40 ᄼ堯臣 | 21 |
| 77 ᄼ巽齋 | 300 | | $4980_2$ 趙 | |
| 84 ᄼ鎮 | 277 | | 00 ᄼ文 | 282;315;1084 |
| 88 ᄼ簡 | 175;643 | | ᄼ廱 | 148 |
| 92 ᄼ恬 | 87 | | ᄼ文昌 | 54 |
| $4762_0$ 胡 | | | ᄼ彥政 | 114 |
| 00 ᄼ交修 | 103;516 | | ᄼ庚夫 | 212 |
| 10 ᄼ晉臣 | 348 | | ᄼ充夫 | 872 |
| 12 ᄼ廷真 | 372 | | 10 ᄼ丙 | 26 |
| 16 ᄼ珵 | 535 | | ᄼ不敵 | 164 |
| 18 ᄼ玢 | 901 | | ᄼ不譾 | 202 |
| 22 ᄼ岩起 | 904 | | ᄼ不拙 | 850 |
| 25 ᄼ仲弓 | 242;1082 | | 12 ᄼ廷美 | 396 |
| ᄼ積中 | 831 | | 17 ᄼ孟堅 | 232;736;1080 |
| 26 ᄼ緝 | 355 | | ᄼ孟奎 | 359;769 |
| 30 ᄼ宿 | 13;406;1053 | | ᄼ及甫 | 213 |
| ᄼ寅 | 125 | | 21 ᄼ岍 | 795 |
| ᄼ宏 | 573 | | ᄼ師民 | 22 |
| ᄼ宗 | 1017 | | ᄼ師睪 | 183 |
| ᄼ宗愈 | 441 | | ᄼ師夏 | 685 |
| ᄼ賓王 | 776 | | ᄼ師恕 | 698 |
| 40 ᄼ矗 | 927 | | 22 ᄼ鼎 | 109;309;530;1063 |
| ᄼ直孺 | 89 | | ᄼ鼎臣 | 90;490;1061 |
| ᄼ太初 | 747 | | ᄼ崇懌 | 246 |
| 44 ᄼ世將 | 108 | | ᄼ崇侯 | 359 |
| 46 ᄼ槻 | 664 | | ᄼ崇淌 | 931 |
| ᄼ如塤 | 897 | | 26 ᄼ伯獻 | 858 |
| 81 ᄼ矩 | 324;665 | | 27 ᄼ衆 | 40 |
| 88 ᄼ銓 | 128;322;564 | | ᄼ帆 | 63 |
| $4762_7$ 都 | | | 30 ᄼ宗德 | 182 |
| 77 ᄼ民望 | 346 | | 34 ᄼ汝騰 | 234;728;1080 |
| $4792_0$ 柳 | | | ᄼ汝談 | 190;324 |
| 30 ᄼ安道 | 75 | | ᄼ汝譡 | 204 |
| 54 ᄼ拱辰 | 21 | | ᄼ汝礪 | 867 |
| 77 ᄼ開 | 396 | | ᄼ汝淳 | 213 |
| $4895_7$ 梅 | | | ᄼ汝愚 | 639 |
| | | | ᄼ汝馭 | 701 |

| | | | | | |
|---|---|---|---|---|---|
| 36∽湘 | 6;1051 | | 30∽窑 | 850 | |
| 37∽逢 | 78 | | 37∽逢時 | 155;844 | |
| 40∽希畫 | 206 | | 48∽翰 | 3 | |
| ∽希逢 | 235;313 | | 64∽勛 | 125 | |
| ∽希鄂 | 245 | | $5602_7$ 揚 | | |
| 44∽蕃 | 178;650;1072 | | 80∽無咎 | 123 | |
| 50∽抃 | 25;307 | | $5824_0$ 敖 | | |
| 75∽體國 | 918 | | 77∽陶孫 | 190 | |
| 77∽與坦 | 724 | | $6000_0$ □ | | |
| ∽與沐 | 935 | | 33∽溥 | 340 | |
| 80∽善晤 | 128 | | 40∽嘉 | 933 | |
| ∽善括 | 171;616;1074 | | 50∽惠 | 842 | |
| ∽善扛 | 175 | | $6011_3$ 晁 | | |
| ∽善珏 | 851 | | 08∽説之 | 84 | |
| ∽善湘 | 691 | | 33∽補之 | 79 | |
| 83∽釴夫 | 149;310 | | 35∽冲之 | 84 | |
| $5000_6$ 史 | | | 80∽公武 | 128 | |
| 11∽彌應 | 218 | | ∽公遡 | 135 | |
| ∽彌大 | 616 | | $6022_7$ 易 | | |
| 22∽歸之 | 921 | | 33∽祓 | 191 | |
| 30∽定之 | 696 | | $6040_0$ 田 | | |
| 34∽浩 | 132;310;575 | | 40∽奇 | 662 | |
| 36∽渭 | 358 | | $6040_4$ 晏 | | |
| 40∽堯弼 | 156;1075 | | 15∽殊 | 11;307;319;404 | |
| $5090_4$ 秦 | | | 22 幾道 | 56 | |
| 45∽榛 | 895 | | $6050_4$ 畢 | | |
| 46∽觀 | 75 | | 25∽仲游 | 74;460;1058 | |
| 48∽檜 | 535 | | ∽仲衍 | 451 | |
| $5310_7$ 盛 | | | 60∽田 | 9 | |
| 12∽烈 | 299 | | $6060_0$ 呂 | | |
| $5320_0$ 成 | | | 08∽誨 | 419 | |
| 30∽守祖 | 352 | | 10∽天策 | 91 | |
| $5560_6$ 曹 | | | 37∽祖儉 | 169;311;654 | |
| 00∽彥約 | 191;680;1076 | | ∽祖謙 | 626 | |
| 10∽至建 | 713 | | 40∽大圭 | 764 | |
| ∽雲之 | 1024 | | ∽南公 | 74;460;1059 | |
| 14∽確 | 54;782 | | ∽本中 | 107;309;529 | |

| | | | |
|---|---|---|---|
| 50〇夷簡 | 9 | | |
| 〇由誠 | 316 | 77〇興宗 | 135；599；1074 |
| 71〇頤浩 | 93；491；1064 | | $6091_5$ 羅 |
| 〇愿中 | 138 | 21〇處純 | 306 |
| 77〇陶 | 53；441；1055 | 33〇必元 | 212 |
| | $6080_4$ 吳 | 44〇萬 | 838 |
| 00〇育 | 415 | 〇椅 | 314 |
| 08〇說 | 126；534 | 〇世英 | 1021 |
| 10〇可 | 80；320；1067 | 61〇點 | 663 |
| 17〇及 | 30 | 71〇願 | 167 |
| 〇琚 | 181 | 〇匯 | 915 |
| 18〇致堯 | 321 | | $6624_8$ 嚴 |
| 21〇順之 | 114 | 25〇仲仁 | 1032 |
| 22〇岩夫 | 487 | 40〇嘉賓 | 169 |
| 30〇沆 | 139；573 | | $6716_4$ 路 |
| 〇憲 | 563 | 44〇萬里 | 1029 |
| 〇永濟 | 300 | | $6802_1$ 喻 |
| 32〇淵 | 224 | 30〇良能 | 156；617；1070 |
| 33〇泳 | 214；705；1077 | 41〇樗 | 581 |
| 34〇漢英 | 175 | 71〇陟 | 78 |
| 35〇潛 | 228 | | $7121_1$ 阮 |
| 37〇逢泰 | 1000 | 14〇琦 | 375 |
| 40〇枋 | 328 | 77〇閱 | 80；802 |
| 〇南一 | 1026 | | $7132_7$ 馬 |
| 42〇機 | 324 | 10〇琉 | 332 |
| 43〇博古 | 348 | 12〇廷鸞 | 275；756；1082 |
| 44〇芾 | 130；571；1068 | 17〇子嚴 | 870 |
| 〇革 | 756 | 25〇仲甫 | 325 |
| 〇英父 | 190 | 30〇永卿 | 831 |
| 46〇如愚 | 355；693 | 40〇存 | 790 |
| 47〇朝奉 | 301；838 | 44〇藻 | 841 |
| 62〇則禮 | 86；443；1058 | 74〇騏 | 840 |
| 64〇勔 | 1034 | 88〇範 | 904 |
| 74〇陵 | 223 | 80〇光祖 | 228；936 |
| 77〇居仁 | 155 | 99〇榮祖 | 327 |
| 88〇鎰 | 174 | | $7210_0$ 劉 |
| 90〇惟信 | 225 | 00〇庭式 | 58 |
| 〇當可 | 356 | | |

| | | | | |
|---|---|---|---|---|
| ∽文英 | 998 | 64∽跂 | 76;468;1058 |
| 01∽龍翔 | 1018 | 67∽路 | 798 |
| 03∽誼 | 68 | 71∽巨 | 27 |
| 07∽望之 | 322 | ∽辰翁 | 278;767;1081 |
| 10∽元 | 361 | 72∽氏 | 102 |
| ∽一止 | 105;513 | ∽剛 | 158 |
| ∽震孫 | 229;730 | ∽屋 | 229 |
| ∽天益 | 896 | 77∽夙 | 843 |
| 17∽弱 | 306 | ∽學箕 | 203 |
| ∽子羣 | 126 | ∽興祖 | 868 |
| ∽子寰 | 223 | ∽卿月 | 930 |
| ∽子澄 | 224;906 | 80∽弇 | 75 |
| 20∽季孫 | 59 | ∽義仲 | 487 |
| 21∽師文 | 884 | 84∽鎮 | 858 |
| 25∽仲常 | 369 | 88∽攸 | 48;436;1054 |
| 30∽宰 | 206;689 | 90∽光 | 1034 |
| ∽肩吾 | 1036 | ∽光祖 | 177 |
| ∽安世 | 75;465 | 98∽敞 | 35;430;1054 |

7210₂ 丘

| | |
|---|---|
| ∽安上 | 470 |
| ∽寧止 | 826 |
| 30∽宓 | 852 |

31∽涇 72;789

7277₂ 岳

| | |
|---|---|
| 33∽必得 | 991 |
| 36∽澤民 | 988 |
| 11∽珂 | 216;711 |
| 53∽甫 | 180 |

37∽汲 91

7421₄ 陸

| | |
|---|---|
| ∽過 | 189 |
| 40∽木 | 926 |
| 00∽文圭 | 289;1084 |
| ∽才邵 | 113;531;1064 |
| 21∽經 | 29 |
| ∽志行 | 169;311 |
| 24∽德興 | 721 |
| ∽克莊 | 220;721 |
| 26∽佃 | 71;454;1057 |
| ∽克遜 | 224;324 |
| 30∽定甫 | 980 |
| 44∽孝孫 | 52 |
| 38∽游 | 149 |
| 45∽贅 | 30 |
| 40∽九齡 | 163;311;855 |
| ∽摯 | 55;442;1056 |
| ∽九淵 | 172 |

46∽坦 929

7529₆ 陳

| | |
|---|---|
| 57∽握 | 62 |
| 60∽景 | 337 |
| 00∽襄 | 33 |
| ∽易 | 925 |
| ∽亮 | 650 |
| ∽國瑞 | 349 |
| ∽高 | 776 |
| | | ∽康伯 | 123 |

| | | | | |
|---|---|---|---|---|
| |∽彥文|825| |∽宗禮|237|
| |∽彥誠|979| |∽宗達|364|
|03|∽誠之|572| |∽之茂|559|
|05|∽靖|397| |∽之強|897|
|08|∽謙|180；874| |∽安之|1003|
|09|∽讜|166；887| |∽安國|827|
|10|∽晉|924|31|∽瀧|127|
| |∽元晉|219；312；720；1078|33|∽必復|249|
| |∽元英|305|34|∽造|163|
| |∽元裕|836|37|∽冠|905|
| |∽元粹|912| |∽洞直|212；312|
| |∽天麟|139；845| |∽次升|456|
| |∽正善|306|40|∽杰|249；963；1083|
|11|∽研|665| |∽克|321；828|
|12|∽癸發|987| |∽堯佐|6；398|
|13|∽武|184| |∽堯道|290|
|14|∽瑾|82；470| |∽堯叟|397|
| |∽珪|400| |∽堯章|984|
|15|∽璉|1029| |∽大用|217|
|20|∽舜俞|30；1055| |∽大方|839|
| |∽舜道|290| |∽南一|920|
|21|∽師道|79| |∽嘉富|1000|
| |∽經|327|44|∽薦|32|
| |∽師嵩|374| |∽藻|185；667|
| |∽仁玉|739| |∽夢庚|312|
| |∽仁子|970| |∽耆卿|708；1078|
|22|∽邕|865| |∽蘭孫|755|
|23|∽俌|86| |∽世延|1020|
| |∽傅良|628|45|∽棣|131；1071|
| |∽俊卿|137；587| |∽執中|11；404|
|24|∽繽|867|47|∽郁|217|
| |∽德昭|370| |∽起|222|
|26|∽伯廣|858| |∽椆|831|
|27|∽阜|603| |∽杞|886|
|28|∽從易|7| |∽起宗|364|
|30|∽良|68| |∽朝老|92|
| |∽容|238|50|∽中孚|140|
| |∽汶|916| |∽貫誠|212|

| | | | |
|---|---|---|---|
| ₍₎東叟 | 359 | 00₍₎文璞 | 208 |
| 51₍₎軒 | 60 | 02₍₎端臣 | 204 |
| ₍₎振甫 | 304 | 06₍₎謂 | 319 |
| 53₍₎輔 | 43 | 09₍₎麟之 | 141;599 |
| 55₍₎搏 | 3 | 10₍₎一清 | 1006 |
| 56₍₎規 | 494 | 17₍₎弼 | 227;312 |
| 60₍₎□ | 777 | 20₍₎孚 | 166 |
| ₍₎昉 | 218 | 21₍₎行己 | 86;489;1060 |
| ₍₎國材 | 155 | ₍₎師成 | 210 |
| ₍₎國器 | 993 | 22₍₎紫芝 | 105 |
| ₍₎畢萬 | 361 | 24₍₎緒 | 866 |
| 63₍₎貽範 | 783 | 25₍₎秩 | 466 |
| 64₍₎曄 | 184;641 | 30₍₎密 | 278 |
| ₍₎晞傳 | 984 | ₍₎宗溥 | 304 |
| 65₍₎映 | 180 | 33₍₎必大 | 154;614 |
| 71₍₎長方 | 322;581;1069 | 38₍₎祥 | 1009 |
| 72₍₎剛 | 883 | 40₍₎南 | 197;683;1076 |
| 77₍₎覺民 | 74 | ₍₎南老 | 699 |
| ₍₎覺 | 126 | 44₍₎林 | 533 |
| ₍₎居仁 | 158 | ₍₎夢李 | 932 |
| ₍₎隆之 | 304 | 45₍₎執羔 | 551 |
| 80₍₎合 | 959 | 57₍₎邦彥 | 82 |
| ₍₎公輔 | 804 | 77₍₎興 | 976 |
| ₍₎人傑 | 357 | 86₍₎鍔 | 83 |
| 84₍₎鑄 | 228 | 87₍₎邠 | 61 |
| ₍₎鑄 | 352;895 | 90₍₎少游 | 363 |
| 86₍₎知柔 | 586 | | $7722_0$ 陶 |
| 88₍₎篆 | 824 | 00₍₎應霱 | 305 |
| ₍₎餘慶 | 848 | 17₍₎弼 | 31;307;319 |
| 90₍₎炎 | 959 | 47₍₎穀 | 307 |
| ₍₎少章 | 67 | | $7722_0$ 閻 |
| 92₍₎恬 | 798 | 44₍₎苑 | 334 |
| 97₍₎炤 | 281 | | $7740_1$ 聞人 |
| ₍₎憯 | 871 | 38₍₎滋 | 839 |
| ₍₎輝 | 842 | | $7744_7$ 段 |
| | $7622_7$ 陽 | 23₍₎允迪 | 359 |
| 40₍₎枋 | 219;1081 | | $7760_2$ 留 |
| | $7722_0$ 周 | | |

| | | | |
|---|---|---|---|
| 10∽正 | 158 | 30∽容 | 713 |
| 93∽怡然 | 305 | 80∽夔 | 190 |

### 7778₂ 歐陽

### 8060₆ 曾

| | | | |
|---|---|---|---|
| 10∽天澤 | 1003 | 17∽鞏 | 35；426 |
| 23∽獻可 | 824 | ∽子良 | 964 |
| 27∽修 | 24 | 22∽幾 | 110；530；1067 |
| 30∽守道 | 750 | 32∽遜敏 | 838 |
| 38∽澈 | 122 | 44∽協 | 137；1069 |
| 43∽朴 | 869 | ∽孝基 | 409 |
| 44∽戀 | 822 | 47∽極 | 185 |

### 7923₂ 滕

| | | | |
|---|---|---|---|
| | | 50∽丰 | 176；646；1073 |
| 10∽元秀 | 432 | ∽由基 | 219 |
| 16∽強恕 | 687 | 77∽開 | 97 |
| 22∽岑 | 171 | 90∽惇 | 322 |
| 24∽先生 | 366 | | |
| 25∽仲諒 | 404 | | |

### 8090₄ 余

### 8010₉ 金

| | | | |
|---|---|---|---|
| | | 05∽靖 | 21 |
| | | 08∽謙一 | 281 |
| 17∽君卿 | 30；447；1053 | 17∽子範 | 980 |

### 8012₇ 翁

| | | | |
|---|---|---|---|
| | | ∽子敬 | 1022 |
| 52∽挺 | 550 | 18∽玠 | 325 |
| 90∽卷 | 185 | 34∽汝舟 | 983 |

### 8022₁ 俞

| | | | |
|---|---|---|---|
| | | 40∽壹 | 563 |
| 44∽桂 | 236 | ∽直卿 | 360 |
| 59∽掞 | 246 | 60∽□ | 371 |

### 8030₂ 令狐

| | | | |
|---|---|---|---|
| | | ∽日華 | 706 |
| 10∽震己 | 933 | 72∽氏 | 864 |

### 8033₁ 無

### 8211₅ 鍾

| | | | |
|---|---|---|---|
| 27∽名氏 | 302 | 22∽鼎 | 1005 |

### 8315₃ 錢

| | | | |
|---|---|---|---|
| ∽名氏 | 303 | | |
| ∽名氏 | 303 | 00∽文子 | 204 |
| ∽名氏 | 304 | 30∽宗懌 | 778 |
| ∽名氏 | 305 | 71∽厚 | 206 |
| ∽名氏 | 306 | 77∽聞詩 | 175 |
| ∽名氏 | 376－391 | 90∽惟濟 | 9 |
| ∽名氏 | 1038－1047 | | |

### 8742₇ 鄭

### 8040₄ 姜

| | | | |
|---|---|---|---|
| | | 13∽戩 | 405 |
| 24∽特立 | 149 | 16∽強 | 341 |

| | | | | |
|---|---|---|---|---|
| 22∽僑 | 173；639 | | 64∽勛 | 357 |
| 24∽俠 | 70；453 | | 67∽昭先 | 682 |
| ∽魁 | 298 | | 71∽厚 | 132 |
| ∽德淵 | 986 | | 77∽聞 | 606 |
| 26∽伯熊 | 139 | | 78∽鑒 | 863 |
| 30∽安靖 | 1034 | | 90∽常 | 84 |
| ∽宗顏 | 1035 | | 94∽煒 | 837 |

$8762_2$ 舒

| | | | | |
|---|---|---|---|---|
| 32∽州書生 | 103 | | 00∽亶 | 69 |
| 34∽汝諧 | 155 | | 40∽雄 | 778 |
| 35∽清之 | 213；700 | | 72∽岳祥 | 247；314；756；1082 |

$8824_3$ 符

| 37∽潡 | 553 | | | |
|---|---|---|---|---|
| 40∽樵 | 130 | | | |
| ∽大年 | 1019 | | 21∽行中 | 836 |

$8877_7$ 管

| 43∽域 | 324 | | | |
|---|---|---|---|---|
| ∽朴 | 830 | | 21∽師復 | 68 |

$9022_7$ 常

| 46∽觀 | 795 | | | |
|---|---|---|---|---|
| 47∽獅 | 43；434；1055 | | 23∽傅正 | 78 |
| ∽起濱 | 917 | | 34∽襌 | 857 |
| ∽起潛 | 712 | | | |

$9090_4$ 米

| 50∽夷亮 | 375 | | | |
|---|---|---|---|---|
| 60∽思肖 | 774 | | 44∽芾 | 77；467 |